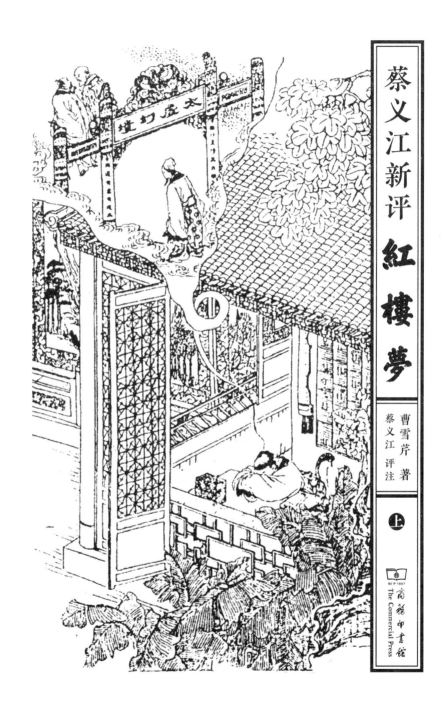

蔡义江新评

**红楼梦**

曹雪芹 著

蔡义江 评注

上

商務印書館
The Commercial Press

**图书在版编目（CIP）数据**

蔡义江新评红楼梦：精装典藏本 /（清）曹雪芹著；蔡义江评注 .—北京：商务印书馆，2023（2025.6 重印）

ISBN 978-7-100-22187-0

Ⅰ.①蔡… Ⅱ.①曹… ②蔡… Ⅲ.①章回小说—中国—清代②《红楼梦》研究 Ⅳ.① I242.4 ② I207.411

中国国家版本馆 CIP 数据核字（2023）第 050618 号

**蔡义江新评红楼梦**

精装典藏本

（上下册）

（清）曹雪芹 著 蔡义江 评注

商 务 印 书 馆 出 版
（北京王府井大街 36 号 邮政编码 100710）
商 务 印 书 馆 发 行
北京中科印刷有限公司印刷
ISBN 978-7-100-22187-0

2023 年 8 月第 1 版　　开本 787×1092　1/16
2025 年 6 月北京第 3 次印刷　印张 81¼ 插页 10

定价：498.00 元

顾智宏先生为本书题写的书名

脂硯齋重評石頭記批註

九三老人顧廷龍題

顾廷龙先生九十三岁时为本书题写的书签

第一回

甄士隱夢幻識通靈　賈雨村風塵懷閨秀

列位看官：你道此書從何而來？說起根由雖近荒唐，細諳則深有趣味。待在下將此來歷註明，方使閱者了然不惑。原來女媧氏煉石補天之時，于大荒山無稽崖煉成高經十二丈、方經二十四丈頑石三萬六千五百零一塊。媧皇氏只用了三萬六千五百塊，只單單剩了一塊未用，便棄在此山青埂峰下。誰知此石自經煅煉之後，靈性已通，因見眾石俱得補天，獨自己無材不堪入選，遂自怨自嘆，日夜悲號慚愧。一日，正當嗟悼之際，俄見一僧一道遠遠而來，生得

五

雪芹所写的《红楼梦》原是这样开头的（甲戌本）

满纸荒唐言　一把辛酸泪

都云作者痴　谁解其中味　此是第一首標題詩

至脂硯齋甲戌抄閱再評仍用石頭記

明旦看石上是何故事按那石上書云當日地

陷東南這東南一隅有處曰姑蘇有城曰閶門

者最是紅塵中一二等富貴風流之地這閶門

外有個十里街街內有個仁清巷巷內有個古

廟因地方窄狹人皆呼作葫蘆廟廟傍住着一

家鄉宦姓甄名費字士隱嫡妻封氏情性賢淑

深明禮義家中雖無甚富貴然本地便也推他

為望族了只因這甄士隱稟性恬淡不以功名

為念每日只以觀花修竹酌酒吟詩為樂到是

眉批因挤而连抄，致使前批署时误作后批"泪尽"之时间状语，遂有雪芹死于"壬午除夕"之说。

（甲戌本）

曹頫题陶柳村所绘海棠图

曹頫为陶柳村所绘海棠图题"秋边"二字

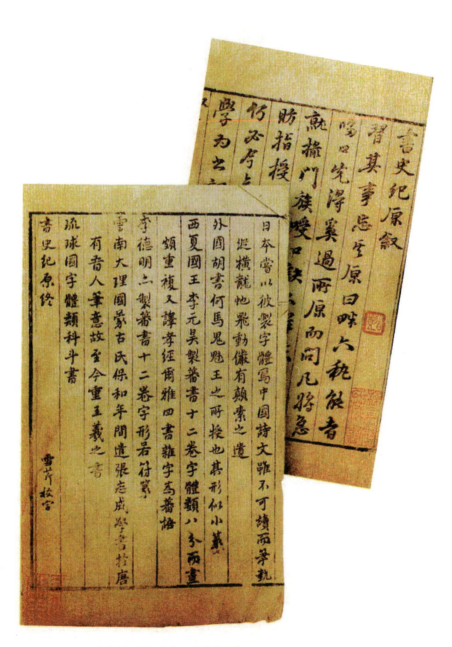

《书史纪原》卷末"雪芹校字"题记及"长相思"印章

最早的《红楼梦》彩画册页（共十二幅），绘者是画家汪圻（1776—1840），
号惕斋，安徽旌德籍，生于江苏扬州。（杜春耕藏）

雅女苦吟诗（汪绘，杜藏）

探春放风筝（汪绘，杜藏）

潇湘馆春困（汪绘，杜藏）

# 总 目 录

再版说明 ……………………………………………………………………… 1

前言 ……………………………………………………………………………… 2

增评校注本修订重版说明 ………………………………………………… 7

初版前言 ……………………………………………………………………… 9

校注凡例 ……………………………………………………………………… 21

甲戌本凡例 …………………………………………………………………… 23


第 一 回 甄士隐梦幻识通灵 贾雨村风尘怀闺秀 ………………………… 1

第 二 回 贾夫人仙逝扬州城 冷子兴演说荣国府 ………………………… 17

第 三 回 金陵城起复贾雨村 荣国府收养林黛玉 ………………………… 28

第 四 回 薄命女偏逢薄命郎 葫芦僧乱判葫芦案 ………………………… 42

第 五 回 开生面梦演红楼梦 立新场情传幻境情 ………………………… 52

第 六 回 贾宝玉初试云雨情 刘姥姥一进荣国府 ………………………… 70

第 七 回 送宫花周瑞叹英莲 谈肆业秦钟结宝玉 ………………………… 81

第 八 回 薛宝钗小恙梨香院 贾宝玉大醉绛芸轩 ………………………… 93

第 九 回 恋风流情友入家塾 起嫌疑顽童闹学堂 ………………………… 104

第 十 回 金寡妇贪利权受辱 张太医论病细穷源 ………………………… 113

第十一回 庆寿辰宁府排家宴 见熙凤贾瑞起淫心 ………………………… 121

第十二回 王熙凤毒设相思局 贾天祥正照风月鉴 ………………………… 129

第十三回 秦可卿死封龙禁尉 王熙凤协理宁国府 ………………………… 136

第十四回 林如海捐馆扬州城 贾宝玉路谒北静王 ………………………… 146

第 十 五 回　王熙凤弄权铁槛寺　秦鲸卿得趣馒头庵…………………155

第 十 六 回　贾元春才选凤藻宫　秦鲸卿夭逝黄泉路…………………163

第十七至十八回　大观园试才题对额　荣国府归省庆元宵…………………176

第 十 九 回　情切切良宵花解语　意绵绵静日玉生香…………………205

第 二 十 回　王熙凤正言弹妒意　林黛玉俏语谑娇音…………………220

第二十一回　贤袭人娇嗔箴宝玉　俏平儿软语救贾琏…………………229

第二十二回　听曲文宝玉悟禅机　制灯谜贾政悲谶语…………………240

第二十三回　西厢记妙词通戏语　牡丹亭艳曲警芳心…………………255

第二十四回　醉金刚轻财尚义侠　痴女儿遗帕惹相思…………………264

第二十五回　魇魔法叔嫂逢五鬼　通灵玉蒙蔽遇双真…………………276

第二十六回　蜂腰桥设言传蜜意　潇湘馆春困发幽情…………………289

第二十七回　滴翠亭杨妃戏彩蝶　埋香冢飞燕泣残红…………………301

第二十八回　蒋玉菡情赠茜香罗　薛宝钗羞笼红麝串…………………313

第二十九回　享福人福深还祷福　痴情女情重愈斟情…………………330

第 三 十 回　宝钗借扇机带双敲　龄官划蔷痴及局外…………………342

第三十一回　撕扇子作千金一笑　因麒麟伏白首双星…………………351

第三十二回　诉肺腑心迷活宝玉　含耻辱情烈死金钏…………………362

第三十三回　手足眈眈小动唇舌　不肖种种大承笞挞…………………371

第三十四回　情中情因情感妹妹　错里错以错劝哥哥…………………379

第三十五回　白玉钏亲尝莲叶羹　黄金莺巧结梅花络…………………390

第三十六回　绣鸳鸯梦兆绛芸轩　识分定情悟梨香院…………………401

第三十七回　秋爽斋偶结海棠社　蘅芜苑夜拟菊花题…………………411

第三十八回　林潇湘魁夺菊花诗　薛蘅芜讽和螃蟹咏…………………426

第三十九回　村姥姥是信口开河　情哥哥偏寻根究底…………………437

第 四 十 回　史太君两宴大观园　金鸳鸯三宣牙牌令…………………446

第四十一回　栊翠庵茶品梅花雪　怡红院劫遇母蝗虫…………………460

第四十二回　蘅芜君兰言解疑癖　潇湘子雅谑补余香…………………470

第四十三回　闲取乐偶攒金庆寿　不了情暂撮土为香…………………481

第四十四回　变生不测凤姐泼醋　喜出望外平儿理妆…………………491

第四十五回 金兰契互剖金兰语 风雨夕闷制风雨词…………… 501

第四十六回 尴尬人难免尴尬事 鸳鸯女誓绝鸳鸯偶…………… 513

第四十七回 呆霸王调情遭苦打 冷郎君惧祸走他乡…………… 525

第四十八回 滥情人情误思游艺 慕雅女雅集苦吟诗…………… 535

第四十九回 琉璃世界白雪红梅 脂粉香娃割腥啖膻…………… 546

第 五 十 回 芦雪广争联即景诗 暖香坞创制春灯谜…………… 557

第五十一回 薛小妹新编怀古诗 胡庸医乱用虎狼药…………… 572

第五十二回 俏平儿情掩虾须镯 勇晴雯病补雀金裘…………… 584

第五十三回 宁国府除夕祭宗祠 荣国府元宵开夜宴…………… 596

第五十四回 史太君破陈腐旧套 王熙凤效戏彩斑衣…………… 608

第五十五回 辱亲女愚妾争闲气 欺幼主刁奴蓄险心…………… 621

第五十六回 敏探春兴利除宿弊 时宝钗小惠全大体…………… 632

第五十七回 慧紫鹃情辞试忙玉 慈姨妈爱语慰痴颦…………… 644

第五十八回 杏子阴假凤泣虚凰 茜纱窗真情揆痴理…………… 659

第五十九回 柳叶渚边嗔莺咤燕 绛芸轩里召将飞符…………… 670

第 六 十 回 茉莉粉替去蔷薇硝 玫瑰露引来茯苓霜…………… 677

第六十一回 投鼠忌器宝玉瞒赃 判冤决狱平儿行权…………… 687

第六十二回 憨湘云醉眠芍药裀 呆香菱情解石榴裙…………… 696

第六十三回 寿怡红群芳开夜宴 死金丹独艳理亲丧…………… 712

第六十四回 幽淑女悲题五美吟 浪荡子情遗九龙佩…………… 727

第六十五回 膏粱子惧内偷娶妾 淫奔女改行自择夫…………… 741

第六十六回 情小妹耻情归地府 冷二郎一冷入空门…………… 750

第六十七回 馈土物颦卿念故里 讯家童凤姐蓄阴谋…………… 758

第六十八回 苦尤娘赚入大观园 酸凤姐大闹宁国府…………… 774

第六十九回 弄小巧用借剑杀人 觉大限吞生金自逝…………… 784

第 七 十 回 林黛玉重建桃花社 史湘云偶填柳絮词…………… 794

第七十一回 嫌隙人有心生嫌隙 鸳鸯女无意遇鸳鸯…………… 804

第七十二回 王熙凤恃强羞说病 来旺妇倚势霸成亲…………… 816

第七十三回 痴丫头误拾绣春囊 懦小姐不问累金凤…………… 826

第七十四回　惑奸谗抄检大观园　矢孤介杜绝宁国府…………837

第七十五回　开夜宴异兆发悲音　赏中秋新词得佳谶…………852

第七十六回　凸碧堂品笛感凄清　凹晶馆联诗悲寂寞…………866

第七十七回　俏丫鬟抱屈夭风流　美优伶斩情归水月…………878

第七十八回　老学士闲征姽婳词　痴公子杜撰芙蓉诔…………893

第七十九回　（含第八十回）薛文龙悔娶河东狮　贾迎春误嫁中山狼………915

＊　　　　＊　　　　＊　　　　＊

第八十一回　占旺相四美钓游鱼　奉严词两番入家塾…………931

第八十二回　老学究讲义警顽心　病潇湘痴魂惊恶梦…………938

第八十三回　省宫闱贾元妃染恙　闹闺阃薛宝钗吞声…………945

第八十四回　试文字宝玉始提亲　探惊风贾环重结怨…………953

第八十五回　贾存周报升郎中任　薛文龙复惹放流刑…………960

第八十六回　受私贿老官翻案牍　寄闲情淑女解琴书…………967

第八十七回　感秋深抚琴悲往事　坐禅寂走火入邪魔…………974

第八十八回　博庭欢宝玉赞孤儿　正家法贾珍鞭悍仆…………982

第八十九回　人亡物在公子填词　蛇影杯弓颦卿绝粒…………988

第九十回　失绵衣贫女耐嗷嘈　送果品小郎惊叵测…………994

第九十一回　纵淫心宝蟾工设计　布疑阵宝玉妄谈禅…………1000

第九十二回　评女传巧姐慕贤良　玩母珠贾政参聚散…………1006

第九十三回　甄家仆投靠贾家门　水月庵掀翻风月案…………1013

第九十四回　宴海棠贾母赏花妖　失宝玉通灵知奇祸…………1020

第九十五回　因讹成实元妃薨逝　以假混真宝玉疯癫…………1027

第九十六回　瞒消息凤姐设奇谋　泄机关颦儿迷本性…………1033

第九十七回　林黛玉焚稿断痴情　薛宝钗出闺成大礼…………1039

第九十八回　苦绛珠魂归离恨天　病神瑛泪洒相思地…………1048

第九十九回　守官箴恶奴同破例　阅邸报老舅自担惊…………1054

第一〇〇回　破好事香菱结深恨　悲远嫁宝玉感离情…………1060

第一〇一回　大观园月夜感幽魂　散花寺神签惊异兆…………1065

第一〇二回　宁国府骨肉病灾褯　大观园符水驱妖孽…………………………1072

第一〇三回　施毒计金桂自焚身　昧真禅雨村空遇旧…………………………1077

第一〇四回　醉金刚小鳅生大浪　痴公子余痛触前情…………………………1083

第一〇五回　锦衣军查抄宁国府　骢马使弹劾平安州…………………………1089

第一〇六回　王熙凤致祸抱羞惭　贾太君祷天消祸患…………………………1095

第一〇七回　散余资贾母明大义　复世职政老沐天恩…………………………1100

第一〇八回　强欢笑蘅芜庆生辰　死缠绵潇湘闻鬼哭…………………………1106

第一〇九回　候芳魂五儿承错爱　还孽债迎女返真元…………………………1113

第一一〇回　史太君寿终归地府　王凤姐力诎失人心…………………………1121

第一一一回　鸳鸯女殉主登太虚　狗彘奴欺天招伙盗…………………………1127

第一一二回　活冤孽妙尼遭大劫　死雠仇赵妾赴冥曹…………………………1134

第一一三回　忏宿冤凤姐托村妪　释旧憾情婢感痴郎…………………………1140

第一一四回　王熙凤历幻返金陵　甄应嘉蒙恩还玉阙…………………………1146

第一一五回　惑偏私惜春矢素志　证同类宝玉失相知…………………………1151

第一一六回　得通灵幻境悟仙缘　送慈枢故乡全孝道…………………………1158

第一一七回　阻超凡佳人双护玉　欣聚党恶子独承家…………………………1165

第一一八回　记微嫌舅兄欺弱女　惊谜语妻妾谏痴人…………………………1172

第一一九回　中乡魁宝玉却尘缘　沐皇恩贾家延世泽…………………………1179

第一二〇回　甄士隐详说太虚情　贾雨村归结红楼梦…………………………1188

# 再 版 说 明

自从 1993 年 10 月此书由浙江文艺出版社以《红楼梦校注》为名初版以来，不知不觉已过了近三十个年头。其间陆续出过两次新版——2007 年作家出版社以《增评校注红楼梦》为名出版，2010 年龙门书局以《蔡义江新评红楼梦》为名出版。每次出新版，都参纳学者朋友和热心读者的意见，或多或少地做了一些修订和补充，编排形式上也几经调整，最终形成现在这个面貌，算是"定本"了。

因缘际会，红楼梦研究，俗称"红学"，百余年来在中国发展成为一门独立的人文学科，影响波及周边国家乃至全世界，究其原因，是与这部伟大的中国古典文学名著，拥有广大而深厚的读者基础分不开的。人们喜爱这部作品，在被其生动的故事情节、鲜活的文学语言、丰富的生活场景和曲折的人物命运所打动之余，愿意进一步去了解蕴含在文字背后博大精深的文化内涵，探究隐藏于文本之中待解或难解的诸多谜团，这本《蔡义江新评红楼梦》，希望能为读者提供一些参考和帮助。

此次商务印书馆重新出版这本书，由于年龄和健康的原因，本人已无力对全书做全面修订。商务印书馆的编辑同志对本书内容提出了细致中肯的意见，在小女蔡宛若的协助下，做了多处必要的修改完善，对文字、标点等的错讹也做了校订，使得这一版的内容和编校质量有了进一步提升。在此对商务印书馆的同志表示感谢。借此机会，也对多年来对此书提供过支持和帮助的所有朋友，再一次表达衷心的谢意。

蔡义江

2021 年 7 月

# 前　言 *

十余年前，我就想花大力气做成一部《脂砚斋重评石头记批注》，请友人帮我印好数千张田字格稿纸，准备写大（正文）小（批注）字用，且试着做了一回，很不容易，也很不满意。后来又非常难得地请到德高望重的顾廷龙老先生为我题了书签，其时他已九十三岁高龄了。可惜书未成，顾老就驾鹤西归了。

我为什么执意想做这么一部书呢？目的主要有二。

一、我以为历来有不少旧见、如今又有不少新说，都在误导读者对《红楼梦》的理解；加之一些改编的影视、戏曲作品的影响，也容易令人在未开卷前，便对人物、情节有先入之见，不能客观地、不带偏见地去读这部伟大的古典文学作品。所以想把自己几十年来的研究心得告诉读者，希望他们能少受些迷惑，少生些误解。选题目写文章固然也是办法，但总替代不了逐字逐句地表述自己对全书的看法，所以才想到用传统评点派的办法来作"批注"。

二、书名题作《脂砚斋重评石头记》的甲戌、己卯、庚辰三种早期抄本中的脂评，是研究曹雪芹和《红楼梦》最珍贵、最重要的原始资料之一。这一点近百年来逐渐被越来越多的研究者所认识。但仍有人对其持怀疑甚至否定态度，或说它是民国时期为迎合胡适而伪造的，或辱骂它歪曲了《红楼梦》思想。这在我看来实在是很可悲哀的事。鉴定是乾隆抄本，对行家来说并不困难，而伪造书籍却最不容易。更关键的是从乾隆时期到胡适发表《〈红楼梦〉考证》的二十世纪二十年代，尚未出现这种造假的社会普遍需求，即使能造出来也是绝对无利可图的。那时的人们多数只谈论故事写得怎样，对人物如何褒贬，并不关心小说的作者是谁，其家庭有何变化，他是依据哪些素材写成的。我以为到目前为止，因为脂评情况复杂，许多问题还有待搞清楚，所以总体上看，它的价值仍是被大大低估而不是高估了。有些人只是粗略翻看，以为脂评所言不合自己的理解，观点并不高明，便不屑一顾。这实在是很轻率的态度。脂评与作者思想有距离，这并不奇怪。但脂砚斋绝非平庸的评点者，这且不论。脂评有两点是后来人所无法企及的：一是他们是作者的亲友，对作者都有不同程度的了解，也提供了不少可供研究的线索；二是他们读到过或部分读到过作者全书的原稿，即使有的未读到后来不幸"迷失"的那部分文字，也知其结局大概。光凭这两点，还不值得我们重视吗？所以我将它当成研究的原

---

* 本文为龙门书局 2010 年版《蔡义江新评红楼梦》前言。——编者注

始资料，而不同于后来各家的评点。同时也想借此机会，将自己对脂评的理解，作必要的阐释。

2007年某日，科学出版社龙门书局的田旭先生来舍下商谈，盛情邀约我为他们写一部关于《红楼梦》的书稿，提出的要求与我原来计划想做的书相近，所以很快就谈妥了。唯书名要按照他设想的叫《蔡义江新评红楼梦》。我初时觉得过于张扬，不如低调些好。转而一想，人家也有人家的道理，还是尽量尊重田总的意见为好，所以用了现在这个书名。我把别的写作的事都停了下来，开始撰写书稿。我先将赶出来的近二十回初稿交给书局征求意见，看看哪些不符合要求，需要改进。问题是明摆着的：我将主次倒置了，只要是脂评，我几乎全部抄录了，占了大部分篇幅。这一来，自己写评的余地就很少了，有时只能对所录脂评作些阐述。倘若自己仍放开手脚加评，评语的总量文字就太多了，与正文不相称，怕读者也不耐烦看。

我与张书才兄商讨书稿的写法。他十分肯定地说，书名既称"新评"，自当以自己的评为主，这样才有意思。重要的脂评可以引录，有的也不妨采其意而用自己的话来说。我采纳了书才兄和书局的意见，放弃了原来的路子，改为以我为主，将自己想说的话都说出来，但对脂评仍持尽量尊重和保留的态度。

一天，当今很有才华且酷爱《红楼梦》、写过《黛玉之死》等小说的著名女作家西岭雪来访，我也与她谈起写书稿的事。她是另一种意见：脂评不要选录，要全录，一条也别遗漏，这样才能提高学术价值。我完全理解她特别看重脂评价值的想法，且与我最初的打算一样。但事实上做起来困难很多，且未必能处理得妥善，还不仅仅是字数多少的问题。

各种脂本上评语的情况相当复杂，对"脂评"应属的范围，研究者的理解，也有宽有严，其中有的是有价值的，也有的是没有多大价值的。据我多年研究，这些评语大体上是四种人批的。一、家人：畸笏叟（曹頫）和曹棠村（早逝），主要是前者。他是从作者处接受和负责支配书稿，又是最初读到和最后保存书稿的人。二、友人：松斋、梅溪及其他未署名者，脂评中常称他们为"诸公"。以上两种人在书的"征求意见稿"上批下自己的读后感和意见，有的批语还是专门写给作者看的。三、合作人：脂砚斋或作"脂研"。他学金圣叹批书，是准备与小说正文一道传世的，是批给读者看的。因为他拿到书稿在后，上面已有畸笏及诸公很多的批，为不掠人之美，便称自己的批是"重评"或"再评"，以区别于诸公的初评，并非他自己的第二次批。他总共至少批阅了四次，都属"重评"。每誊抄时，他把评语用双行形式写在正文下预留的空处，不收畸笏、诸公批，此是其标志。以后新加的评只好先写在一侧或书眉（很少）上了。他应该是作者成年后才结识的友人，对作者的幼年情况不甚了然，往往说错，如说他早年曾过着锦衣玉食的生活（敦诚也犯同样的错，误以为"雪芹曾随其先祖寅织造之任"，其实曹寅早在雪芹出生前十余年已死）。这一点与记曹家盛衰事历历的畸笏截然不同。他在重评之初，还为书写了"凡例"，这可从他的评语中得到印证。但后来又取消了，我估计是畸笏的意思，原因不外乎三点。①"凡例"待出成后由作者自己来写更恰当，不必先由评者越俎代庖。②不尽符作者原意；作者如何想的，旁人很难代言；有的是作者不想明说或不必说明的，何况阐述还有错误。③不干涉朝廷之类的话多了，反有"此地无银"之嫌。"凡例"取消后，又将其中阐释首回回目隐寓意的末条文字，经修改移作首回回前总评，后又被混作正文发端，讹传至今。乾隆二十九年甲申（1764）初，雪芹逝世；约半年后（农历八月前）脂砚斋相继病故。四、圈外人：鉴堂、绮园、玉蓝坡以及立松轩等人。蒙府、戚序本是同一系统本子，其形成应是如此：权势之家（佟府？）看中了《石头记》，于"壬午九月"向畸笏"索书"，拿到后删掉畸笏、脂研等署名及有关曹雪芹的信息，新加了许多评，且多词曲小诗类文字，并出现"立松轩"之名（故今人称之为"立松轩评本"）。如此改头换面，据为己有，令畸笏"感慨悲愤"。这一来，蒙戚本上独有的评语算不算"脂评"便成了问题。陈庆浩脂评辑校本将其收入，郑庆山脂评辑校本将其剔除，处理不同。我感到两难：从这些评出自圈外人之手，且多隔靴搔痒的泛泛之语看，自不应算作脂评。但书稿被索去时作者尚在世，对方必读过，且完全有可能了解到原稿结局如黛玉之死和宝玉出家的大概，因此有少数涉及后来情节的评语，其价值不亚于脂评，如第三回末说到"绛珠之泪，至死不干，万苦不怨，所谓'求仁而得仁，又何怨'"即是。与程高本印行后的各家评点，又不可同日而语。此外，还有"甲辰本""靖藏本"独有的评语问题。说这许多，无非是表明要确定脂评范围，并不像想象中那么简单，要想不选不漏地全录，几乎是很难做得好的，也无必要。

此书中有真知灼见、能开启思路的重要脂评，当然全都引录；凡有研究资料价值的，也尽量做到不漏；有署年月或批书人名号的，不论内容如何，都保存了；有的评语看法可商，仍采录而加适当说明；有的评语未署时间、名号，但可判断属谁且有必要指出的，也指出。回前回后的脂评，则在"题解""总评"中引出。脂评中有明显错字、漏字、衍字，则参考陈、郑脂评辑校本加以改正，不再说明。脂评后括号内的字代表所在的抄本，有的几种抄本都有，只选其中一种：如甲戌本作"甲"；己卯本作"己"；庚辰本作"庚"；列藏本作"列"；蒙府本作"蒙"；戚序本作"戚"；梦稿本已称杨藏本，作"杨"；甲辰本又称梦觉本，作"觉"；卞藏本作"卞"；靖藏本作"靖"。

每回回目后是"题解"、正文后是"总评"，作为定例。唯第七十八回正文之后又多出《芙蓉女儿诔》的"语译"，是因为这篇"大肆妄诞""杜撰"而成的长文，文字上较艰深难读些。虽也作了一些注释，怕未必都能解决问题。对于以往接触辞赋类作品较少、古文基础不太好的读者来说，毕竟是一种麻烦和障碍。但它又非无关宏旨的闲文，作者正是通过宝玉因晴雯抱屈惨死而生的内心巨大感情波澜，将自己对黑暗现实的愤恨和寻求光照不可得的无可奈何的悲哀，借诔文作一次大大的宣泄。所以，跳过去不读是一大损失。不得已，开此特例，想到用语译的办法搭一座桥，是方便读者通过之意，非欲以自己笨拙的译文替代精彩的原作也。

此书正文的评点止于第七十九回（含第八十回）。后四十回续书中只有每回前较简略的"提示"（其实也是评点），没有再作逐字逐句的细评说。曾有友人建议或仍用评原作文字同样的格式去做，以求前后一致。我考虑再三，觉得还是不作细评为妥。否则很可能让人误以为我是主张全盘否定后四十回续书的功绩的。对续书的评价，还不如看我专题文章为好。最近，红学老友吕启祥与我通电话，谈到她对后四十回的看法，以为所写人物、情节符不符雪芹原意是另一回事，若光从文字上看，本身似乎也极不平衡，有些章节段落，文笔还很不错，另一些地方，却又写得相当糟糕。我同意这样的判断和评价，以为这也许与续书经不同文化素养、不同想法态度的二三个人，先续写，后匆忙地补缺、增删或局部改写有很大关系。

此书所依据的版本文字与注释，是在1993年10月浙江文艺出版社初版《红楼梦校注》和2007年1月作家出版社重版《增评校注红楼梦》基础上，再经精心修订调整后形成的，其完善程度，比之于前两版来，又有极大的改进。关于版本文字，曾有一位熟知通常校订古籍惯例而对《红楼梦》版本形成的特殊情况缺乏了解的同志问我：你为什么不找一种最好的本子作底本，参其他本子来校订，而要用不固定一种本子为底本，用多种本子互校，择善而从的办法？这样你的本子岂不有点像"百衲本"了？问得似乎很有道理，其实不然。我可以简单地把问题说清楚。

正文文字最接近原作、最可信，因而也最好的本子是甲戌本。但它只存十六回，仅有所存八十回原作的五分之一；如果用它作底本，另外五分之四还得找其他本子（本书就是这么做的）。那么，如果改用保存回数较多且也属早期抄本比如说庚辰本（它只缺两回，存七十八回）为底本怎么样呢？问题立刻就出现了：庚辰本与甲戌本所存的十六回相比较，差异处就不少，且可看出异文都非作者自己的改笔而出自旁人之手，改坏改错的地方比比皆是。一次，与来华讲学的陈庆浩兄夜谈，我问到以庚辰本为底本参照他本校订出来的本子文字质量会如何时，他一语中的地说："先天不足。"这话说得真不错，底本不好，再校订也无能为力。比如庚辰本也与其他本子一样，首回都缺失了石头求二仙带它入红尘，仙僧大展幻术，将大石变为美玉一段420多字的情节，这固然可参甲戌本校补上去，但其他读起来可通得过的文字，就不好——一都改了。若都改了，就非底本了。而实际上那些异文却大有优劣甚至正误之分。甲戌本光原拟的十六回回目，就被庚辰本改掉六回之多，且都改坏了。我在本书"题解"中已有说明，兹不赘。正文被改坏的更多，只举一例便知：第七回凤姐要瞧瞧秦钟，贾蓉回说："他生得腼腆，没见过大阵仗儿，婶子见了，没的生气！"作者接着写道：

　　　凤姐啐道："他是哪吒，我也要见一见，别放你娘的屁了……"

情态、语态都生动之极，活现出凤姐的个性。庚辰本却莫名其妙地删去表现她情态的"啐"字，又好像不知道"哪吒"是什么玩意儿，便挥笔将"他是哪吒"四字，改作"凭他什么样儿的"。通是也通的，但读来嚼蜡无味，令人为作者叫苦。这一句倒是蒙府、戚序本还保持甲戌本原样未改。这就是所谓"先天不足"所致。比这更误导读者的地方还有，如第五回写太虚幻境中宝玉惊梦的情节即是。我在《初版前言》中列举了不少例子，可以参看。这也就是本书不采用固定一种本子作底本的根本原因。

　　此书的"注释"比以前初版、重版也有所修改调整，除纠正疏误外，主要是将原来包括在内的脂评都尽量分离出来，和新编选入的脂评一起融入新加的评点之中。

　　此书的出版得到出版社的大力支持并依靠诸同志不嫌其烦地辛勤工作，才得以比较满意的式样呈献给读者。此书编写过程中，还得到吕启祥、张书才、杜春耕、李明新、任晓辉、邵蕙蕙、西岭雪、于鹏等新老朋友的关怀、指点和帮助，著名书法家顾智宏先生为此书题写了书名，谨在此一并表示衷心的感谢！我除了诚恳地希望学界的专家学者们和广大读者对此书的不足和谬误处提出批评外，还特别期望能在各种媒体上多见到议论的反响，毕竟书能起到怎样的社会效果，是一点也离不开媒体传播的。

蔡义江

2009 年 3 月 31 日

于北京东皇城根南街 86 号寓舍

# 增评校注本修订重版说明 *

1993 年 10 月，此书在浙江文艺出版社出了初版。发行后，各方面的反应都不错，所以后来又印了一次。但我自己逐渐发现其中还有不少有待改进、修订和完善的地方，所以向出版社暂时叫停了，这一停就是十年。

尊敬的卓琳大姐关怀过我的书，我很受鼓舞。她对我说："你的书出得太厚了，拿不动。我买回来后，请人替我拆开，重新分装成五册，才能读。以后出书不要出得这么厚。"这是很好的意见，我转告过出版社。

在武汉的《红楼梦》版本专家杨传镛兄，不但写文章推荐了我的校注本，还写信对我在文字上的取舍，提出过许多宝贵意见。为此，我特地恳请他完全以自己的眼光在我的初版本上作一次任意的校改。他花费了很多时间、精力，为我做了这项麻烦的工作，我十分感激。不料书未再版，杨兄病逝，悲怆感慨，难以言表。这次重版的本子，很多地方都遵照他的意见作了修订。

于鹏老弟对此书的修订再版，也特别关心，多次向我提出修订的建议，我也吸收了他不少宝贵的意见。

周汝昌老先生、汪维辉先生和老友吕启祥先后在《人民日报》《古籍整理工作简报》《〈红楼梦〉学刊》上发表文章，评介拙校注本。周文称"到目前为止，这是我最喜欢的一个本子"。除感谢周老的厚爱外，过誉之辞，愧不敢当。

去年，在应语文出版社之约，编写普通高中语文选修课教材《〈红楼梦〉选读》过程中，发现在每篇课文前，加个"提示"，对学生很有好处。因而，就想到在此书的每一回正文之前，也加上一段"提示"，把自己的研究心得，作点概括性介绍，或许也对读者会有些帮助，所以就这样做了。今之所谓"增评"，即指此而言。

小说正文是原貌还是后人增改，尽可能作个区分，会对研究者有很大方便。所以，这次试用了〔〕符号，用以表示已可确知的后增。第十七回至十八回尚未分开，第七十九回实际上包括八十回在内，这次都保持原样，这也是与初版本不同的地方。

承作家出版社王宝生先生大力支持出版，并为此书的审稿、编排、校阅做了大量认真细致的工作。此外，冯其庸、李希凡、张庆善、邓庆佑、胡文彬、杜春耕、张书才、邵蕙蕙、殷梦霞、李明新、刘文莉、任晓辉诸先生好友，也给了我不少支持或帮助；

* 本文为作家出版社 2007 年版《增评校注红楼梦》重版说明。——编者注

四弟蔡国黄、妻李月玲、小女蔡宛若都是修订工作中的得力助手。在此一并表示深切的谢意。

此书谬误和不当处恐难免，仍祈红学界专家们和广大读者不吝批评指正。

蔡义江

2006 年 10 月

于北京东皇城根南街 86 号

# 初 版 前 言

　　我国最优秀的古典长篇小说《红楼梦》应该有一种最理想的本子，它应该最接近曹雪芹原稿（当然只能是前八十回文字），同时又语言通顺，不悖情理，便于阅读，最少讹误。要能做到这样，绝非易事。

　　曹雪芹是既幸运又不幸的。家道的败落，生活的困厄，倒是他的幸运，正因为他"意有所郁结，不得通其道，故述往事，思来者"（司马迁《报任安书》），才激发起他的创作热情，不然，世上也就不会有一部《红楼梦》了。他的最大不幸乃是他花了十年辛苦，呕心沥血写成的"百余回大书"，居然散佚了后半部，仅止于八十回而成了残稿。如果是天不假年，未能有足够时间让他写完这部杰作倒也罢了，然而事实又并非如此。早在乾隆十九年甲戌（1754），雪芹才三十岁时，这部书稿已经"披阅（实即撰写，因其假托小说为石头所记，故谓）十载，增删五次，纂成目录，分出章回"，除了个别地方尚缺诗待补、个别章回还须考虑再分开和加拟回目外，全书包括最后一回"警幻情榜"在内，都已写完，交其亲友们加批、誊清，而脂砚斋也已对它作了"重评"。使这部巨著成为残稿的完全是最平淡无奇的偶然原因，所以才是真正的不幸。

　　我们从脂批中知道，乾隆二十一年（即甲戌后两年的丙子，1756）五月初七日，经重评后的《红楼梦》稿至少已有七十五回由雪芹的亲友校对誊清了。凡有宜分二回、破失或缺诗等情况的都一一批出。但这次誊清稿大概已非全璧。这从十一年后（乾隆三十二年丁亥，1767），作者已逝世，其亲人畸笏叟在重新翻阅此书书稿时所加的几条批语中可以看出，其中一条说：

　　　　茜雪至"狱神庙"方呈正文。袭人正文标目曰"花袭人有始有终"，余只见有一次誊清时，与"狱神庙慰宝玉"等五六稿被借阅者迷失。叹叹！丁亥夏，畸笏叟。

又一条说：

　　　　"狱神庙"回有茜雪、红玉一大回文字，惜迷失无稿。叹叹！丁亥夏，畸笏叟。

又一条说：

　　　　写倪二、紫英、湘莲、玉菡侠文，皆各得传真写照之笔。惜"卫若兰射圃"文字迷失无稿。叹叹！丁亥夏，畸笏叟。

再一条说：

> 叹不能得见宝玉"悬崖撒手"文字为恨。丁亥夏，畸笏叟。

批语中所说的"有一次誊清时……被借阅者迷失"，时间应该较早，"迷失"的应是作者的原稿。若再后几年，书稿抄阅次数已多，这一稿即使丢失，那一稿仍在，当不至于成为无法弥补的憾事。从上引批语中，我们还可以推知以下事实：

一、作者经"增删五次"基本定稿后，脂砚斋等人正在加批并陆续誊清过程中，就有一些亲友争相借阅，先睹为快。也许借阅者还不止一人，借去的也有尚未来得及誊清的后半部原稿，传来传去，丢失的可能性是很大的。从所举"迷失"的五六稿的情节内容看，这五六稿并不是连着的；有的应该比较早，如"卫若兰射圃"，大概是写凭金麒麟牵的线，使湘云得以与卫若兰结缘情节的；学射之事前八十回中已有文字"作引"，可以在八十回后立即写到；有的较迟，如"狱神庙"；最迟的如"悬崖撒手"，只能在最后几回中，但不是末回，末回是"警幻情榜"，没有批语说它丢失。接触原稿较早的脂砚斋应是读到过全稿的；畸笏叟好像也读过大部分原稿，因而还记得"迷失"稿的回目和大致内容，故有"各得传真写照之笔"及某回是某某"正文"等语；只有"悬崖撒手"回，玩批语语气，似乎在"迷失"前还不及读到。

二、这些"迷失"的稿子，都是八十回以后的，又这里少了一稿，那里又少了一稿，其中缺少的也可能有紧接八十回情节的，这样八十回之后原稿缺的太多，又是断断续续的，就无法再誊清了。这便是传抄存世的《红楼梦》稿，都止于八十回的原因。

三、上引批语都是雪芹逝世后第三年加在书稿上的，那时，跟书稿有关的诸亲友也都已"相继别去，今丁亥夏，只剩朽物（畸笏自称）一枚"，可见《红楼梦》原稿或誊清稿，以及八十回后除了"迷失"的五六稿外其余残稿，都应仍保存在畸笏叟的手中。如果原稿八十回后尚有三十回，残稿应尚存二十四五回。但也有研究者认为脂批所谓的"后三十回"，不应以八十回为分界线，而应以贾府事败为分界，假设事败写在九十回左右，则加上"后三十回"，全书亦当有一百二十回，残留之稿回数也更多。残留稿都保存在畸笏处，是根据其批语的逻辑自然得出来的符合情理的结论。若非如此，畸笏就不会只叹息五六稿"迷失"或仅仅以不得见"悬崖撒手"文字为恨了。

四、几年前我就说过，《红楼梦》在"甲戌（1754）之前，已完稿了，'增删五次'也是甲戌之前的事；甲戌之后，曹雪芹再也没有去修改他已写完的《红楼梦》稿。故甲戌后抄出的诸本如'己卯本''庚辰本'等等，凡与'甲戌本'有异文者（甲戌本本身有错漏而他本不错漏的情况除外），尤其是那些明显改动过的文字，不论是回目或正文，也不论其优劣，都不出之于曹雪芹本人之手"（拙著《论红楼梦佚稿》第286页）。最初，这只是从诸本文字差异的比较研究中得出的结论。当时，总有点不太理解：为什么曹雪芹在最后十年中把自己已基本完成的书稿丢给畸笏、脂砚等亲友去批阅了又批阅，而自己却不动手去做最后的修补工作；他创作这部小说也不过花了十年，那么再花它十年工夫还怕补不成全书吗？为什么要让辛苦"哭成"的书成为残稿呢？现在我明白了：主要原因还在"五六稿被借阅者迷失"。倘若这五六稿是投于水或焚于火，再无失而复得的可能，曹雪芹也许倒死了心，反而会强制自己重新将它补写出来，虽则重写是件令人十分懊丧的事，但时间是足够的。现在不然，是"迷失"，是借阅者一时糊涂健忘所致，想不起将手稿放在哪里或者交在谁的手中了。这是常有的事。谁都会想：它总还是搁在某人某处，没有人会存心将这些片断文字隐藏起来；说不定在某一天忽然又找到了呢？于是便有所等待。曹雪芹等待交给脂砚等亲友的手稿都批完、誊清、收齐，以便再作最后的审订，包括补作那几首缺诗或有几处需调整再拟的回目。可是完整的誊清稿却始终交不回来，因为手稿已不全了。对此，曹雪芹也许有过不快：手稿怎么会找不到的呢？但结果大概除了心存侥幸外，只能是无可奈何；总不能责令那些跟他合作的亲友们限期将丢失的稿子找回来，说不定那位粗心大意的借阅者还是作者得罪不起的长辈呢。这位马大哈未料自己无意中成了中国文学史上千古罪人自不必说，可悲的是曹雪芹自己以至脂砚斋等人，当时都没有充分意识到此事的严重性，总以为来日方长，《红楼梦》大书最终何难以全璧奉献与世人。所以在作者去世前，脂批无一字提到这五六稿迷失事。

　　谁料光阴倏尔，祸福难测，穷居西山的雪芹唯一的爱子不幸痘殇，"因感伤成疾"，"一病无医"，绵延"数月"，才"四十年华"，竟于甲申春（1764 年 2 月 2 日后）与世长辞。半年后，脂砚斋也继而去世。"白雪歌残梦正长"，《红楼梦》成了残稿已无可挽回。再三年，畸笏叟才为奇书致残事叹叹不已。但畸笏自己也犯了个极大的错误，他因为珍惜八十回后的残稿，怕再"迷失"，就自己保藏起来，不轻易示人。这真是太失策了！个人藏的手稿能经得起历史长流的无情淘汰而幸存至今的，简直比获得有奖彩券的头奖还难。曹雪芹的手迹，除了伪造的赝品，无论是字或画，不是都早已荡然无存了吗？对后人来说，就连畸笏究竟是谁，死于何时何地，也难以考稽了，又哪里去找他的藏稿呢？曹雪芹死后近三十年，程伟元、高鹗整理刊刻了由不知名者续补了后四十回的《红楼梦》一百二十回本。续作尽管有些情节乍一看似乎与作者原来的构思基本相符，如黛玉夭亡（原稿中叫"证前缘"）、金玉成姻（原稿中宝玉是清醒的，在"成其夫妇时"尚有"谈旧之情"）和宝玉为僧（原稿中叫"悬崖撒手"）等等，但那些都是前八十回文字里已一再提示过的事，无须像有些研究者所推测的，是依据什么作者残稿、留存回目或者什么提纲文字等等才能补写的。若以读到过雪芹全稿而时时提起八十回后的情节、文字的脂砚斋等人的批语来细加对照，续作竟无一处能完全相合者，可知续补者在动笔时，除了依据已在世间广为流传的八十回文字外，后面那些曾由畸笏保藏下来的残稿也全都"迷失"了。续补者绝对没有看到过曹雪芹写的后数十回原稿中的一个字。

现在该说说版本了。这里不打算谈版本的发展源流问题，只想说说我选择版本的基本原则。

迄今为止，已出版的《红楼梦》排印本，多数是以程高刻本为底本的；只有1982年人民文学出版社出版的中国艺术研究院红楼梦研究所校注的本子，前八十回是以脂评手抄本（庚辰本）为底本的。另据刘世德兄相告，南方某出版社约他新校注一个本子，前八十回也取抄本，尚未及见。又早在五六十年代间，俞平伯已整理过《红楼梦八十回校本》在人民文学出版社出版，此书虽受红学研究者所关注，但一般读者仍多忽略，"文革"后没有再版。

为什么《红楼梦》本子多以程高刻本为底本呢？除了有几家评的本子，原先清人就是评在程高本上的这一原因外，我想，还因为程高本经过后人加工整理，全书看去已较少矛盾抵触，文字上也流畅些，便于一般读者阅读；而脂评手抄本最多只有八十回，有的仅残存几回、十几回，有明显抄错的地方，有的语言较文，或费解，或前后未一致，特别是与后四十回续书合在一起，有较明显的矛盾抵触。尽管如此，我仍认为以脂评本为前八十回底本的俞平伯校本和红研所新校注本的方向是绝对正确的。

众所周知，程高本对早期脂评本来说，文字上改动是很大的。如果这些改动是为了订正错误，弥补缺陷，倒也罢了，事实又并非如此。在很多情况下，程高本只是任意或为了迁就后四十回续书的情节而改变作者原意。比如小说开头，作者写赤瑕宫的神瑛侍者挟带着想历世的那块石头下凡，神瑛既投胎为宝玉，宝玉也就衔玉而生了。程高本篡改为石头名叫神瑛侍者，将二者合而为一。这样，贾宝玉就成石头投胎了，从逻辑上说，当石头重回青埂峰下，把自己经历写成《石头记》时，宝玉就非同时离开人世不可了，光出家为僧仍活着是说不通的。我想，这样改是为了强调贾宝玉与通灵玉不可分的关系（其实，这种关系在原作构思中处理得更好），以便适应后四十回中因失玉而疯癫情节的需要。再如有一次凤姐取笑黛玉说："你既吃了我们家的茶，怎么还不给我们家作媳妇？"众人都笑了起来。李宫裁笑向宝钗道："真真我们二婶子的诙谐是好的。"对此，脂评揭示作者的用意说："二玉之配偶，在贾府上下诸人（当然包括贾母、凤姐在内），即观者、作者皆谓无疑，故常常有此等点题语。我也要笑。""好赞！该她（指李纨）赞。"可见原意是借此表明后来宝黛婚姻不能如愿，颇出乎"诸人"意料之外。然而到程高本，末了这句李纨说的话被改成宝钗说的了："宝钗笑道：'二嫂子诙谐，真是好的。'"故意给读者造成错觉，仿佛宝钗很虚伪，早暗地与凤姐串通一气，这与后四十回续书写"掉包计"倒是能接得上榫的，只是荼毒了曹雪芹文字。还可再举一例：第七十八回中，在贾政命宝玉、贾环、贾兰作《姽婳诗》前，原有一大段文字论三人之才学，说环、兰二人"若论举业一道，似高过宝玉"；若论作诗，"不及宝玉空灵娟逸，每作诗亦如八股之法，未免拘板庸涩"，宝玉则在作诗上大有别才。又说"近日贾政年迈，名利大灰，然起初天性也是个诗酒放诞之人，因在子侄辈中，少不得规以正路。近见宝玉虽不读书，竟颇能解此，细评起来，也还不算十分玷辱了祖宗。就思及祖宗们各各亦皆如此，虽有深精举业的，也不曾发迹过一个，看来此亦贾门之数。况母亲溺爱，遂也不强以举业逼他了"，等等，程高本都删得一干二净，用意很明显：为了使后四十回的情节得以与前八十回相连接，不互相矛盾。若不删改原作，则宝玉奉严父之训而入家塾读书，改邪归正，又习学八股文，终于精通举业之道，一战中魁，金榜题名，名次还远在本来"高过宝玉"的贾兰之上等等的情节就都不能成立了。

原作与续书本不一致，删改原作去适应续书以求一致是不可取的；而在程高本中，这样的删改，多得难以一一列举。这里应该说明的是为适应续书情节所作的改动，并非都起自程高本，不少在甲辰本中已经存在，因此，我颇怀疑甲辰本底本的整理加工者，就是那位不知名的后四十回续书的作者，而程伟元、高鹗只是在它的基础上的修补加工，正如他们自己在刻本序文中所说的那样。程高本还有许多无关续书的自作聪明反弄巧成拙的增删改易，也早经不少研究者著文指出过，这里就不必再赘述了。总之，我们不能不加分析地为求一百二十回前后比较一致、减少矛盾而采用程高本为底本，因为那样做的代价是严重地损害曹雪芹原作；我们宁可让这些客观存在着的原作与续作的矛盾抵触的描写继续存在，让读者自己去评判，这也比提供不可靠的、让读者上当的文字好得多。

前八十回文字以早期脂评抄本作底本的本子不是也已经出版了吗？为什么还要再另搞一种呢？俞校本或红研所校注本的出版，对红学研究的贡献自然是很大的，后一种我有幸也参加做了一些工作。不过近年来，我经过反复比较研究，认为要搞出一个真正理想的本子，选择某一种抄本为底本而参校其他诸本的办法，对于《红楼梦》来说，并不是最好的办法。比如说庚辰本吧，在早期脂评抄本中，它也许是总体价值最高的本子，因为它兼有比较早、比较全和保存脂评比较多等优点。选择它作为底本该没有什么问题了吧？事实不然，只残存十六回的甲戌本，其底本比它更早，文字更可信，更接近曹雪芹原作的本来面目，庚辰本与它差异的地方，绝大多数都可以看出是别人改的。因此，就这十六回而言，甲戌本的价值又显然高出庚辰本，只可惜它所存的回数太少。以庚辰本为底本，虽则也可以参甲戌本校补一些文字，但毕竟只能改动些明显有正与讹、存与漏、优与劣之分的地方，其余似乎也可以的文字（若细加推究，仍可分出高下来），只好尊重底本保持原样了。这样，从尽量恢复曹雪芹原作面貌来说，就不无遗憾。比如以回目来说，第三回甲戌本作"金陵城起复贾雨村　荣国府收养林黛玉"，对仗通俗稳妥，上下句有对比之意，在"收养"旁有脂评赞曰："二字触目凄凉之至。"可见为雪芹亲拟无疑。至庚辰本则被人改作"贾雨村夤缘复旧职　林黛玉抛父进京都"，词生句泛，黛玉寄养外家之孤立无援处境全然不见，可谓点金成铁。又如第五回回目，甲戌本作"开生面梦演红楼梦　立新场情传幻境情"，此亦雪芹原拟之回目，有第二十七回《葬花吟》眉端脂评引语可证，评曰："开生面、立新场，是书多多矣，惟此回更生更新，非颦儿断无是佳吟，非石兄断无是情聆，难为了作者了，故留数字以慰之。"此批庚辰本亦过录，文稍有异，曰："开生面、立新场是书不止'红楼梦'一回，惟是回更生更新，且读去非阿颦无是佳吟，非石兄断无是章法行文，愧杀古今小说家也。畸笏。"初加批语时，雪芹尚在世，故只言留字相慰；至作者已逝，畸笏再理旧稿，遂改末句而加署名，亦借此别于其他诸公之批。经改易过的批语"开生面、立新场"六字未变，反而更写明是指"'红楼梦'一回"，可知畸笏所见的作者自拟回目始终如此。庚辰本虽录此批，但其第五回回目却已被改换成"游幻境指迷十二钗　饮仙醪曲演红楼梦"，这一来批语"开生面"云云就不知所指了。

　　至于正文，可证明甲戌本接近原作，庚辰本异文系旁人后改而又改坏了的地方更多。拙文《〈红楼梦〉校读札记之一》（载《红楼梦学刊》1991 年 4 期）曾举过几个明显的例子。其一是第五回宝玉至迷津惊梦的描写。甲戌本："那日，警幻携宝玉、可卿闲游至一个所在……"至迷津，警幻阻宝玉前进并训诫一番后，"宝玉方欲回言，只听迷津内水响如雷……"写的是警幻主动导游和宝玉不及回话，这是对的，因为惊梦本是警幻设计的"以情悟道"的一幕，警幻始终是导演。己卯、庚辰本改为宝玉、可卿脱离警幻私自出游，直至危急关头，警幻才"后面追来"，又改警幻"话犹未了，只听迷津内……"——连话都不让她说完，使宝玉、可卿和迷津中妖怪都不受警幻控制，倒像水中之怪比警幻更加厉害。还将迷津中"一夜叉般怪物（按：象征情孽之可怖，因无可名状，故谓）窜出直扑而来"句改为"许多夜叉海鬼（按：此坐实其为海中群怪）将宝玉拖将下去"等等，都是不顾作者寓意、单纯追求情节惊险而弄巧成拙的文字，非出于作者之手甚明。其二是第七回写周瑞家的给凤姐送宫花去。甲戌本说她"穿夹道从李纨后窗下过，越西花墙出西角门进入凤姐院中"，正如脂评夹批所说，这是"顺笔便墨"，间带点到李纨其人。可是庚辰本在"后窗下过"句后，又平添上"隔着玻璃窗户，见李纨在炕上歪着睡觉呢"一句，不但成了蛇足，还闹了个大笑话。因为紧接着就写周瑞家的问大姐儿的奶妈说："奶奶睡中觉呢？也该请醒了！"可见已到不该再睡中觉的时候了，当然，周瑞家的万没想到白昼里凤姐夫妻间还有风月之事。庚辰本居然把"奶奶"改成"姐儿"，成了"姐儿睡中觉呢？也该请醒了！"前面刚说奶妈"正拍着大姐儿睡觉"，怎么反而要将姐儿弄醒呢？姐儿是哺乳婴儿，有昼夜都睡觉的权利，有什么睡中觉、睡晚觉的？改来改去，李纨不该睡中觉的，倒要她睡；姐儿该好好睡觉的，倒不让她睡。这样的改笔，曹雪芹看到，非气得发昏不可。其三，第六回贾蓉来向凤姐借玻璃炕屏，起初凤姐不肯，贾蓉就油腔滑调地笑着恳求。甲戌本接着写道："凤姐笑道：'也没见（按"真好笑""真怪"的意思，小说中常用）我们王家的东西都是好的不成？一般你们那里放着那些东西，只是看不见我的才罢！'"己卯、庚辰本的涂改者弄不清意思，就把"我"字改成"你"字，又添了些话，重新断句，成了"凤姐笑道：'也没见你们，王家的东西都是好的不成？你们那里放着那些好东西，只是看不见，偏我的就是好的。'"这有点像改字和标点游戏。以上数端，以庚辰本为底本者都未能参照甲戌本改正过来。

还有些人物对话，庚辰本增了字，虽不背文义，也无关宏旨，但却影响了语气的生动和神态的逼真。这里不妨仅就第七回来看：

例一，薛姨妈要把宫花分送给众姊妹。

> 甲戌本：王夫人道："留着给宝丫头戴罢了，又想着她们。"
> 庚辰本：王夫人道："留着给宝丫头戴罢，又想着她们作什么。"

例二，周瑞家的问金钏，香菱可就是上京时买的小丫头。

> 甲戌本：金钏道："可不就是。"
> 庚辰本：金钏道："可不就是她。"

例三，周瑞家的找寻四姑娘惜春。

> 甲戌本：丫鬟们道："在这屋里不是？"
> 庚辰本：丫鬟们道："那屋里不是四姑娘？"

例四，周瑞家的女儿要她妈去求情了事。

> 甲戌本：周瑞家的听了道："我就知道的，这有什么大不了的！"
> 庚辰本：周瑞家的听了道："我就知道呢，这有什么大不了的事！"

例五，周瑞家的给黛玉送花来所说。

> 甲戌本：林姑娘，姨太太着我送花儿与姑娘戴。（"戴"，抄本都别写作"带"。）
> 庚辰本：林姑娘，姨太太着我送花儿与姑娘带来了。

以上五例，可见庚辰本篡改者不知文学语言要贴近生活，要保持人物语气的生动和神态的逼真，一句话常有省略，不必把每一部分都说出来；他以为句子不全，就随便添字，其实都是多余的，末一例还因为没有弄清"带"是"戴"字，错会了意，改得句子也不通了。作者自己是绝不会如此改的。另外，也还有别样的改动，也都改坏了。如：

例六，凤姐要见见秦钟，贾蓉说他生得腼腆，没见过大场面，怕惹婶子生气。

> 甲戌本：凤姐啐道："他是哪吒，我也要见一见，别放你娘的屁了！……"
> 庚辰本：凤姐道："凭他什么样儿的，我也要见一见，别放你娘的屁了！……"

把应有的"啐"字删去，又改掉了这句中最生动的用词"哪吒"。

例七，形容秦钟的长相。

> 甲戌本：较宝玉略瘦些，清眉秀目，粉面朱唇。
> 庚辰本：较宝玉略瘦些，眉清目秀，粉面朱唇。

改者不知后八字互成对仗，这在修辞上是常见的，如鲍照《芜城赋》中"薰歇烬灭，光沉响绝"即是。

例八，凤姐见秦钟。

> 甲戌本：就命他身旁坐下，慢慢问他年纪、读书等事，方知他学名秦钟。（脂评夹批："设云'情种'。古诗云：'未嫁先名玉，来时本姓秦。'二语便是此书大纲目、大比托、大讽刺处。"）
> 庚辰本：就命他身旁坐了，慢慢地问他：几岁了，读什么书，兄弟几个，学名唤什么。秦钟一一答应了。

此为初次介绍秦钟之名，应如甲戌本方妥，况有脂评证其为原来文字。

例九，宝玉所想。

> 甲戌本：若也生在寒儒薄宦之家……
> 庚辰本：若也生在寒门薄宦之家……

"寒儒薄宦"四字成对，铢两悉称。

例十，秦钟眼中的宝玉。

> 甲戌本：秦钟自见了宝玉形容出众，举止不浮。（脂评夹批："'不浮'二字妙，秦卿目中所取，止在此。"）
> 庚辰本：秦钟自见了宝玉形容出众，举止不凡……

宝玉并非超凡脱俗者，"不浮"是。

例十一，秦钟所想。

> 甲戌本：可恨我偏生于清寒之家……可知"贫富"二字限人，亦世间之大不快事。（脂评夹批："'贫富'二字中失却多少英雄朋友！"）
> 庚辰本：可恨我偏生于清寒之家……可知"贫窭"二字限人……

秦钟贫、宝玉富，应是"贫富"。

以上诸例均说明甲戌本的文字大大优于庚辰本而保持了原作面貌，除非以甲戌本为底本，才可避免此种遗憾，但奈何甲戌本残存回数太少，仅有十六回。那么，除此十六回外，其余诸回以庚辰本为底本又如何呢？还是不妥。因为：一、己卯本与庚辰本虽都经旁人改过，文字大体相同，但两本互校，仍可发现己卯较庚辰少些讹误，而庚辰在很多地方或抄错或又作了新的改动。可惜己卯本也不全，只存四十一回加两个半回。二、庚辰本原来只存七十八回，中缺第六十四回、六十七回，这两回是后人根据程高系统本抄配的，与戚序等本比较，叙事详略既不同，描写差异也极大，若加推究评品，优劣可分，戚序等本的文字反接近原作，而以庚辰本为底本的整理者没有舍程高而取戚序，这不能不说又是一大遗憾。

其实，《红楼梦》因为整理和传抄情况的复杂，一种较迟抄录、总体质量不如其他本子的本子，也可能在某些地方却保留着别本已不存的原作文字而显示其合理性；反之，那些底本是作者尚活着的年代抄录的、总体可信性较大的本子，也不免有些非经作者之手甚至不经作者同意的改动或抄漏抄错的地方。如第三回描写黛玉的容貌，有两句说其眉目的，是：

> 两湾似蹙非蹙罥烟眉，
> 一双似喜非喜含情目。

这里下句用的是甲辰本文字，在底本很早的甲戌本中，这一句打了五个红框框，写成"一双似□非□□□□"，表示阙文；庚辰本无法补阙，索性重拟两句俗套，将九字句改为六字句，叫什么"两湾半蹙鹅（应是'蛾'）眉，一对多情杏眼"，与脂评所说的，"奇目妙目，奇想妙想"全不相称。甲辰本补的文字，似乎勉强通得过了，其实也经不起推敲，因为下文接着有"泪光点点"之语，此说"似喜非喜"，岂非矛盾？又"罥烟眉"是取喻写眉，"含情目"则是平直实说；"烟"与"情"非同类，对仗也不工。近年出版的列藏本，此句独作"似泣非泣含露目"，没有这些疵病，像是真正的原文。列藏本的文字也经人改过，总体上并未优于甲戌、己卯、庚辰诸本，但也确有骊珠独得之处。再如第六十四回，甲戌本无，庚辰本原缺，有人曾疑别本此回文字系后人所补，今此本此回回目后有一首五言题诗，为别本所无，回末有一联对句，仍保留着早期抄本的形象，推究诗的内容，更可证此回亦出于曹雪芹之手无疑。同样，梦稿本等也有类似情况，如第四回正文前存有回前诗，为甲戌、己卯、庚辰诸本所无。

即便甲辰、程高等较晚的、被人改动得很多的本子，也非全不可取，如第五十回芦雪广即景联句中，有两句是写雪花的：

> 花缘经冷□，色岂畏霜凋。

出句末一字，庚辰、蒙府、列藏本作"绪"，义不可通，是错字无疑；戚序、戚宁本以为是音讹，改作"聚"，其实是"结"的形讹，谓六出雪花乃因为寒冷而结成，而甲辰、程高本倒存其正。再如第十六回写六宫都太监夏守忠来传旨"立刻宣贾政入朝",庚辰等诸本接着都说"贾赦等不知是何兆头,只得急忙更衣入朝",这就怪了,宣入朝的是贾政,何须贾赦忙碌代劳!况下文说,入朝两个时辰后,元春"晋封为凤藻宫尚书,加封贤德妃"的消息传来,"贾赦、贾珍亦换了朝服,带领贾蓉、贾蔷奉侍贾母大轿前往"谢恩。很显然,前面的"贾赦"是"贾政"之误;但诸本皆同庚辰本误作"贾赦",唯甲辰、程高本作"贾政",不误。

总之,要校出理想的前八十回文字,只选一种本子作底本的办法存在着难以避免的缺陷,是不可取的,唯一妥善合理的办法是用现存的十余种本子互参互校,择善而从,所谓"善",就是在不悖情理和文理的前提下,尽量地保持曹雪芹原作面貌。这是一项须有灼见卓识又麻烦费事的细致工作。既然这是唯一正确的办法,我也只好这样做,用加倍的认真、细心,使工作尽量做得让读者和自己都满意。

在整理出版古典白话小说中,文字改革发展的成果应该也是可以体现的。简化字、新式标点、分段已经普遍实行,我想可以再前进一步。一个是"他"字,旧时代表了今天的"他""她""它"三个字,《红楼梦》当然也是不分的,只有"他"字。这次将它分开来了。我以为这样做有利无弊,在很大程度上方便了阅读,就像繁体字改简体一样,不是不尊重也不是擅改原著。另一个是"那"字,它代表了今天的"那"和"哪"两个字,还有与"地""得"混用的"的",这次也分开了,使读来能一目了然,全照现代汉语规范化用法。

同样的道理,较陌生的异体字、另有别义的借用字等也没有保持原样的必要。如"玩耍""玩笑""游玩"的"玩",小说中用"顽",现在也改过来了。又小说用了许多"舡"字,其实都是"船"字,没有不改的理由。再如"笑欬欬"其实就是"笑嘻嘻","搭赸"就是"搭讪","濣"即"涮","踹"是"踩","賸"现在都写"剩","战敠"现作"掂掇","愚强"或"愚彊"现在写是"愚犟","伏侍"现通用"服侍","终久"现为"终究","委曲"为"委屈",等等,这些也都改了。还有"带"借作"戴"的,也改了;"一回"与"一会"不分的,能分的都分,个别确实难辨的,则仍其旧。

有两个字的改换还值得一提:一个是"捂"字,比如说:"袭人忙用手捂住宝玉的嘴。"在小说中"捂"就都写作"握",大概当时"捂"字在文章中还不通行而口语里早有,故以近音字"握"代之(在南方方言中读音差别就很大)。今天看来,就是写了别字(白字)。两个字都是表示手的动作的动词而字义不同,借用易滋混淆,所以要改。不过,这种情况在古代白话文学中是不足为奇的。另一个是"焐"字,是以物覆盖使之保暖或用热的东西接触冷的东西使之变暖的意思,在小说中都写作"渥"字,情况与写"握"字相同,我们也改去,恢复今天的规范用法。

此外，有些词写法不一致，如"糟蹋"，"糟"有时写成"遭"，"蹋"或作"塌"，或作"踏"，现在把它统一了起来。偶尔还有明显有语病的句子，要改又无版本可作依据的，只好按文理改了，幸好此种情况极其少见。第三十九回中有一句："原来是一个十七八岁的极标致的一个小姑娘。"两处"一个"重复多余，我只好把后一个"一个"去掉。我想读者是能够认可的。

再说说几个人名的校改。薛蟠的字叫什么，第四回有介绍，甲戌本说："这薛公子学名薛蟠，字表文龙。"但其余诸本"文龙"皆作"文起"。古人起名与字，义常相关。名叫"蟠"，字为"文龙"无疑。"起"是"龙"的草书形讹，以讹传讹而不察，续书作者也就拟第八十五回回目曰"薛文起复惹放流刑"。续作与原作抵牾处本无法也没有必要改的。但统一人名，倒还是可以和方便阅读的，所以我把续作中的"文起"也改成了"文龙"，同时加注说明之。这样做的还有蒋玉菡，后四十回原来都作"玉函"。还有"茗烟"与"焙茗"，诸本歧出，未知孰是，同一种本子也前后不统一，竟如二人，但细加查看，仍是一人，也没有改名之说。这次都统一为"茗烟"。"侍书"与"待书"也难定是非，现暂统一为"待书"，是否有当，再俟高明。又有"绮霰"与"绮霞"之不同，我起初以为应是"绮霞"，取小谢"余霞散成绮"诗意，而"绮"与"霰"似不相关；后来反复推敲，否定了原来想法，觉得还应该是"绮霰"。理由是：一、丫头中已有彩霞，意思一样，作者拟名不至重复如此；二、"绮"与"霰"是可以相关的，张若虚《春江花月夜》诗中就有"月照花林皆似霰"之句；三、宝玉的丫头中"麝月"与"檀云""琥珀"与"玻璃"或"珍珠"都可成对，已有"茜雪"，配一个"绮霰"恰好。何况从版本角度看，也站得住。

注释《红楼梦》如果像仇兆鳌详注杜诗那样，读者是没有耐心看下去的，也没有必要。所以力求简明了当，有时只写明出处，除非必要，尽量不去繁引经籍原文。与通常的注释有所不同的是这里的注释实际上还包括了脂评摘引和校记。脂评在红学研究中的重要价值已用不着多说，我在注释中摘引的只是其中对研究作者身世、交游、成书、隐寓和八十回后佚稿情节线索等有参考资料价值的部分，多数都说明其价值之所在；至于其他谈写作方法、文字技巧等欣赏性的评语，都不录引，以免庞杂。所摘脂评不再注明其出于某本、是何格式，也不作校改说明。小说正文既非以固定的一种版本为底本，诸本文字的异同现在又出版有《汇校》本一书可查，所以一般情况下，不必再一一作校记；但对后人增删篡改、传抄讹误较明显较重要的地方和我为何舍此而取彼确有必要加以说明的地方，仍出校记说明之；只是都并入"注释"内，不再专门列项。所有这些办法都是尝试性的，是否能受到读者的欢迎，尚待实践检验。

此书的校注稿按协议本该早就完成交付编审排印的，除了事先对工作量之大估计不足外，也因这两年公私冗杂，少有余暇，以致校注工作一拖再拖，书稿迟迟交不出去。这期间，罗达同志给我以很大的精神支持。又得小女蔡宛若相助，最近始日夜兼程地工作，总算陆续将书稿整理好，向出版社交齐。在校注过程中，热情地协助我工作的还有四弟蔡国黄，并由他约请宁波师范学院中文系汪维辉、贺圣模同志共同来为我审核校对此书稿，辛勤尽责，纠正疏误；中国艺术研究院红楼梦研究所吕启祥同志给我提出了许多宝贵意见和建议；邓庆佑、黄曼丽同志为我提供了不少必需的资料和帮助；又承沈诗醒同志代我约请尊敬的苏渊雷教授为此书题签，苏老欣然允诺，又特为拙著题诗惠寄，诗云：

> 艳说红楼梦，酸辛两百年。
> 凭君一枝笔，多为辨中边！

　　佛经中有"譬如食蜜，中边皆甜"之说，因以"中边"指中正之道与偏边之见，亦作真假、有无、内外、表里解。戴敦邦同志为此书配画，使此书增色不少；特别是负责此书审稿编辑的严麟书同志更为提高书稿的文字和排版质量一丝不苟地工作，花费了他许多时间精力，谨在此一并表示衷心的感谢。

　　限于水平，此书不当和错误之处，恐所难免，诚恳地希望得到广大读者和专家们的批评和指正。

蔡义江

1993 年春节自京回乡

于宁波孝闻街 73 弄 46 号

# 校 注 凡 例

一、本书前八十回回目与正文以《脂砚斋重评石头记汇校》一书中所列十二种版本为主进行互校，择善而从，不固定某一种版本作底本。这十二种版本为："甲戌本"（存十六回）、"己卯本"（存四十一回又两个半回）、"庚辰本"（存七十八回）、"列藏本"（存七十八回）、"梦稿本"（存一百二十回）、"蒙府本"（原存七十四回、配成一百二十回）、"戚序本"（存八十回）、"戚宁本"（存八十回）、"舒序本"（存四十回）、"郑藏本"（存二回）、"甲辰本"（存八十回）、"程甲本"（存一百二十回）。2006 年发现的"卞藏本"（存十回）亦有参考。择文首重甲戌，次为己卯、庚辰，亦不忽略列藏、梦稿、戚序等各本之存真文字，力求保存曹雪芹原作面目。后四十回则以程甲、程乙本为主互校，亦参以曾通行的经整理过的诸本文字，只着眼于是否合乎情理与文理。

二、本书首回按甲戌本格式，以"列位看官，你道此书从何而来"发端，他本首回开头一段文字，原系甲戌本《凡例》（当为脂砚斋所作；其观点、用词与书中脂砚之评可相互印证）之末条，后移改作回前总评，又在传抄中误窜为正文。今复其旧，以存原貌，故同时收甲戌本《凡例》以供参看。

三、早期抄本或有回前题诗及回末骈句，凡可辨认其为原作所有而非评诗者，为存原貌，本书均予保留。

四、本书第六十四、六十七回文字与现已出版的诸排印本多有不同，以六十七回之差异尤大；今之所取因其接近原作故也；两种文字之得失，读者可自行比较。

五、从早期抄本及脂评提示看，作者原稿有未分回部分，如第十七、十八、十九回和七十九、八十回；几种本子尚保留其式样与痕迹，今亦参照保留原样。

六、早期抄本有一回结尾处戛然而止者，晚出经整理的本子都已加有"下回分解"之类套语。凡知其为后加者，都标出。

七、本书文字均以版本为依据，除非诸本皆有明显错误，不擅加增删改易，但某句话各本之间往往有此正彼误而又彼是此非者，故可能须参校数种版本，各有取舍，综合而成。

八、小说的原作与续作，在思想主旨、人物性格、情节发展等方面都存在着矛盾，无从一致，只有任其存在；但前后既已合为一书，至少在人名上可以统一，故有数处据前而改后；又原作未统一者今亦统一，均已加注说明。

九、本书将小说中所用之"他"字，据其所指分为"他""她""它"；将"那"字据其用法分为"那""哪",与"地""得"混用的"的",也加以区别,使符合现代汉语规范用法,以利阅读。

十、本书将小说中所用之异体字均改为常用字;将借代字、别字亦按今之规范用法改正;一词有多种写法的,则以通用写法统一之。

十一、本书对于脂评的引录原则请参见前言第 4 页。

十二、本书的整理是在红学界现有研究成果基础上进行的,已出版、发表的各种版本的校注和有关论著,都可能在不同程度上有所利用和吸收,恕不能一一注明。

# 甲戌本凡例

　　《红楼梦》旨义：是书题名极多，一曰[1]《红楼梦》，是总其全部之名也；又曰《风月宝鉴》，是戒妄动风月之情；又曰《石头记》，是自譬石头所记之事也。此三名皆书中曾已点睛矣。如宝玉作梦，梦中有曲，名曰《红楼梦十二支》，此则《红楼梦》之点睛。又如贾瑞病，跛道人持一镜来，上面即錾"风月宝鉴"四字，此则《风月宝鉴》之点睛。又如道人亲眼见石上大书一篇故事，则系石头所记之往来，此则《石头记》之点睛处。然此书又名曰《金陵十二钗》，审其名，则必系金陵十二女子也；然通部细搜检去，上中下女子岂止十二人哉！若云其中自有十二个，则又未尝指明白系某某，及至[2]"红楼梦"一回中，亦曾翻出金陵十二钗之簿籍，又有十二支曲可考。

　　书中凡写"长安"，在文人笔墨之间，则从古之称；凡愚夫妇、儿女子家常口角，则曰"中京"，是不欲着迹于方向也。盖天子之邦，亦当以中为尊，特避其东南西北四字样也。

　　此书只是着意于闺中，故叙闺中之事切，略涉于外事者则简，不得谓其不均也。

　　此书不敢干涉朝廷，凡有不得不用朝政者，只略用一笔带出，盖实不敢以写儿女之笔墨唐突朝廷之上也，又不得谓其不备。

　　此书开卷第一回也，作者自云：因曾历过一番梦幻之后，故将真事隐去，而撰此《石头记》一书也，故曰"甄士隐梦幻识通灵"。但书中所记何事，又因何而撰是书哉？自云：今风尘碌碌，一事无成，忽念及当日所有之女子，一一细推了去，觉其行止见识皆出于我之上，何堂堂之须眉诚不若彼一干裙钗？实愧则有余，悔则无益，真[3]大无可奈何之日也！当此时，则自欲将已往所赖——上赖天恩，下承祖德，锦衣纨袴之时，饫甘餍美之日，背父母教育之恩，负师兄规训之德，以致今日一事无成、半生潦倒之罪，编述一记，以告普天下人。虽我之罪固不能免，然闺阁中本自历历有人，万不可因我不肖，则一并使其泯灭也。虽今日之茅椽蓬牖，瓦灶绳床，其风晨月夕，阶柳庭花，亦未有伤于我之襟怀笔墨者，何为不用假语村言敷衍出一段故事来，以悦人之耳目哉？故曰"贾雨村风尘怀闺秀"[4]，乃是第一回提纲正义也。开卷即云"风尘怀闺秀"，则知作者本意原为记述当日闺友闺情，并非怨世骂时之书矣。虽一时有涉于世态，然亦不得不叙者，但非其本旨耳。阅者切记之。

　　诗曰：

　　　　浮生着甚苦奔忙，盛席华筵终散场。
　　　　悲喜千般同幻渺，古今一梦尽荒唐。
　　　　漫言红袖啼痕重，更有情痴抱恨长。
　　　　字字看来皆是血，十年辛苦不寻常。

［校记］

① "多，一曰"三字原破缺，现为研究者所拟补，也还有别样补法，因无关文义，不赘。

② "及至"原误写作"极至"。

③ "真"原作"之"，当是"真"字草体之形讹，今参梦稿本改。

④ "贾雨村风尘怀闺秀"，原缺"贾雨村"三字，以上文字是在解说回目的下一句寓意，故前有"何为不用假语村言（曹雪芹当说过，拟名"贾雨村"是寓"假语存焉"之意，脂砚斋听错了，写成了"假语村言"，遂与"真事隐去"不能成对。）敷衍出一段故事来"等语，"贾雨村"三字实不可省略，其抄漏的原因，也许因为错眼，看了下一句只引回目五字之故。今据文理补。

# 第 一 回

## 甄士隐梦幻识通灵　贾雨村风尘怀闺秀

【题解】

　　本回回目诸本相同。《脂砚斋重评石头记》甲戌本《凡例》末段揭示第一回回目有全书"提纲正义"的隐寓意义。"甄士隐"，乃"真事隐（去）"，"贾雨村"，则是"假语存（焉）"。只因音近，写《凡例》的脂砚斋讹为"假语村言"（此四字若省末字，便不成语）。贾雨村思念一个丫头，回目为迁就隐寓义，便说是"怀闺秀"，可知此书为记述闺友闺情云云，假语存焉。

　　《凡例》在此书再抄时取消不用了，但末段文字"此书开卷第一回也，作者自云……"经改动后，被移作首回回前总评而保留了下来。但改动有明显不合理处，如以为只要将"此书开卷第一回也"句去掉"书"字就可适用了。其实一字之差，意思根本改变了。原义是"在此书开卷第一回中"，与《凡例》的每段都用"此书"开头一致；经删后变为"这是开卷第一回"的意思了，紧接在第一回回目之后，再这样说，岂非废话！

　　这段从《凡例》移来的文字，因未区别格式，旧时诸本多误作首回正文的开头。近出的本子虽明知非正文，但仍不割弃。原因是以为其中有十分重要的"作者自云"的话。其实，这并不是曹雪芹说过的话，而是脂砚斋对作者文字含意的习惯性解说语。如宝玉梦入太虚幻境，仙姑说有新撰《红楼梦》仙曲十二支，脂砚斋就解说曲名道："点题。盖作者自云所历不过红楼一梦耳。""作者自云"都是作者通过自拟的回目或曲名在告诉大家之意，是解说而不是转述作者的话。

　　那么，脂砚的解说没有价值吗？它提供作者"今风尘碌碌，一事无成""半生潦倒"及"茅椽蓬牖，瓦灶绳床"等状况，当然很有价值。但解说作者写书动机就未必是真话了，倒像在替作者打掩护。至于说作者曾有"锦衣纨袴之时，饫甘餍美之日"的"已往"，那只是他并不确知曹家败落时间和雪芹早年实况而想当然说的话，是会误导读者的。这些话与雪芹好友敦诚说"雪芹曾随其先祖（曹）寅织造之任"（曹寅在雪芹降生前十余年已过世）一样，是出于误会。另一位熟知往昔情况的长者批书人畸笏叟（应即作者生父曹頫）就从不说此类话。

　　列位看官[1]：你道此书从何而来？[2] 说起根由，虽近荒唐，细按则深有趣味。[3] 待在下将此来历注明，方使阅者了然不惑。

1. 开场第一句正应如此。今天多说"女士们、先生们"。

2. 书如何写成是楔子须交代的问题。

3. 用荒唐无稽的神话故事来代替说明文表述，自非细心体会其寓意不可。自占地步。自首荒唐，妙！（甲）

原来女娲氏炼石补天①之时，¹ 于大荒山无稽崖²炼成高经十二丈、方经二十四丈顽石三万六千五百零一块。娲皇氏只用了三万六千五百块，³只单单的剩了一块未用，便弃在此山青埂峰②下。⁴谁知此石自经煅炼之后，灵性已通③，⁵因见众石俱得补天，独自己无材，不堪入选，遂自怨自叹，日夜悲号惭愧。⁶

一日，正当嗟悼之际，⁷俄见一僧一道远远而来，生得骨格不凡，丰神迥别，⁸说说笑笑，来至峰下，坐于石边，高谈快论：先是说些云山雾海、神仙玄幻之事，后便说到红尘中荣华富贵。此石听了，不觉打动凡心，也想要到人间去享一享这荣华富贵，但自恨粗蠢，不得已，便口吐人言，向那僧道说道："大师，弟子蠢物，⁹不能见礼了！适闻二位谈那人世间荣耀繁华，心切慕之。弟子质虽粗蠢，¹⁰性却稍通，况见二师仙形道体，定非凡品，必有补天济世之材，利物济人之德。如蒙发一点慈心，携带弟子得入红尘，在那富贵场中、温柔乡里受享几年，自当永佩洪恩，万劫不忘也！"二仙师听毕，齐憨笑道："善哉，善哉！那红尘中却有些乐事，但不能永远依恃；况又有'美中不足，好事多磨'八个字紧相连属；瞬息间则又乐极悲生，人非物换；究竟是到头一梦，万境归空，④¹¹倒不如不去的好。"这石凡心已炽，哪

1. 历来用"补天"一词都表示为国为民做一番大事业，这里也是。有人却以为先写"女娲"是作者重视女性；又或争论所补之"天"是封建主义的天还是情天、离恨天，实已偏离原意。比如说"亡羊补牢"，不过是事后补救之意，若推求羊之雌雄或牢是木栅还是石垒，岂非不得要领？

2. 荒唐也。（甲）无稽也。（甲）批得明白，却有人偏考证大荒山在何处。

3. 总应十二钗。（甲）照应副十二钗。（甲）合周天之数。（甲）作者惯用大观万象视角。后写大出殡，以寓十二生肖为送丧者起名亦同。此处若谓其应十二个月、二十四节气、合人生百年之数，亦可能。

4. 剩了这一块，便生出这许多故事。使当日虽不以此补天，就该去补地之坑陷，使地平坦，而不有此一部鬼话。（甲）此畸笏叟谑语，谓既然不能求功名，成大业，就该去务农、做工、行医，干点实事，如此便不会有《红楼梦》了。"鬼话"是荒唐言，也是过世人的陈迹故事。妙！自谓落堕情根，故无补天之用。（甲）

5. 后有诗曰："却因煅炼通灵后，便向人间觅是非。"煅炼后性方通，甚哉，人生不能学也！（甲）与东坡"人生识字忧患始"同慨。

6. 经科考入仕之路不通，老天待自己太不公平。

7. 接得紧。后人竟增石头"落得逍遥自在，各处去游玩"等语，可笑！

8. 此是真相，后则幻化为癞头、跛足矣。

9. 后石头自指，皆用此谦称。岂敢，岂敢！（甲）

10. 乃形体粗大笨重之意，下文"质蠢"义同此。

11. 四句乃一部之总纲。（甲）也不妨视作对书名《红楼梦》最好的解释。

---

① 女娲（wā蛙）氏炼石补天——古代神话：远古时，天塌地陷，大火、洪水、猛兽使百姓遭殃。女娲炼五色石补了天，又消除种种灾祸，百姓得以安生。见《淮南子》《列子》等。女娲，所传"三皇"之一，故又称娲皇。

② 大荒山、无稽崖、青埂峰——虚拟的地名。脂评揭其寓意曰："荒唐也。""无稽也。""自谓堕落情根，故无补天之用。"

③ 灵性已通——此句后，程高本添加上"自去自来，可大可小"八个字，完全违背了作者原意，石头并没有这个本领。添"自去自来"是为了改石头就是神瑛侍者，将两者合二为一；添"可大可小"是因为缺页漏了一大段文字，因而不知大石怎么会变成小小美玉的。

④ "那红尘中……万境归空"四句——脂评以为是全书情节脉络。其中"好事多磨"原作"好事多魔"。据习常用法改。董解元《西厢记》一："真所谓佳期难得，好事多磨。"

里听得进这话去，¹乃复苦求再四。二仙知不可强制，乃叹道："此亦静极思动、无中生有之数也！既如此，我们便携你去受享受享，只是到不得意时，切莫后悔！"石道："自然，自然。"那僧又道："若说你性灵，却又如此质蠢，并更无奇贵之处。如此也只好踮脚而已。也罢！我如今大施佛法，助你助，待劫终之日，复还本质，²以了此案。你道好否？"石头听了，感谢不尽。那僧便念咒书符，大展幻术，将一块大石登时变成一块鲜明莹洁的美玉，³且又缩成扇坠大小的可佩可拿。那僧托于掌上，笑道："形体倒也是个宝物了！还只没有实在的好处，须得再镌上数字，使人一见便知是奇物方妙。⁴然后好携你到那昌明隆盛之邦、诗礼簪缨之族、花柳繁华地、温柔富贵乡①⁵去安身乐业。"石头听了，喜不能禁，乃问："不知赐了弟子哪几件奇处？又不知携了弟子到何方？望乞明示，使弟子不惑。"那僧笑道："你且莫问，日后自然明白的。"说着，便袖了这石，同那道人飘然而去，竟不知投奔何方何舍。⁶

后来，不知又过了几世几劫②，因有个空空道人访道求仙，从这大荒山无稽崖青埂峰下经过，忽见一大块石上字迹分明，编述历历。空空道人乃从头一看，原来就是无材补天，幻形入世③⁷，蒙茫茫大士、渺渺真人⁸携入红尘，历尽离合悲欢、炎凉世态⁹的

1. 事非经过，怎知其中甘苦？自然听不进。

2. 将来由美玉仍变回大石，所不同者，石上多出编述历历的故事。

3. 因此句"变成"前有大段脱漏，后人不见仙僧施术，不知大石如何能缩小，便在本回开头处，添"自去自来，可大可小"等语，纯属妄改。奇诡险怪之文，有如犛苏《石钟》《赤壁》用幻处。（甲）苏轼多髯，故称；有《石钟山记》，前、后《赤壁赋》。

4. 近来从事广告、包装业者，多知此诀窍。妙极！今之金玉其外，败絮其中者，见此大不欢喜。（甲）世上原宜假，不宜真也。谚云："一日卖了三千假，三日卖不出一个真。"信哉！（甲）

5. 伏长安大都。（甲）借旧称，清都为北京。伏荣国府。（甲）簪缨，贵族的冠饰。伏大观园。（甲）伏紫芸轩。（甲）即绛芸轩，贾宝玉居室名。汉成帝初幸赵合德，因她肌体极柔，称之为"温柔乡"。何不再添一句云："择个绝世情痴作主人？"（甲）玉之主人贾宝玉，以"情痴"相称，与甲戌本《凡例》末所题七律用词同。

6. 半途中还要遇见午梦中的甄士隐。从此，据老人们述说而促成作者梦幻般想象早已失落的伊甸园中的风月繁华故事，便由石头来充当亲见亲闻、亲身经历者和记述者了。

7. 作者写贾宝玉极恶科举仕途，是自己无缘补天愧恨的心理在其创造的人物形象上的折射，这一点与蒲松龄颇有相似之处。八字便是作者一生惭恨。（甲）

8. 虚拟僧名、道名。茫茫渺渺，是说非真有二仙。

9. 离合悲欢，不言可知；炎凉世态，只在贾芸向其舅借贷受气一节上略有展现。然此是曹家极痛处，至贾府事败抄没后，必有着力描写文字，故有"势败休云贵，家亡莫论亲"之语。

---

① 从"说说笑笑"到"登时变成"四百二十几个字——这一段文字仅见于甲戌本，其他诸本皆无，当是诸本所依据的最初抄本缺了双面一页所造成的。
② 劫——佛教认为世界经若千万年便要毁灭一次，然后重生，这一周期叫"劫"，又作灾难解。这里同"世"。
③ 无材补天，幻形入世——补天，喻匡时济世，青史留名的大事业。幻形入世，谓不以真相示世人。

一段故事。后面又有一首偈①云：

> 无材可去补苍天，枉入红尘若许年。[1]
> 此系身前身后事，倩②谁记去作奇传？

诗后便是此石堕落之乡、投胎之处、<u>亲自经历的一段陈迹故事</u>。[2]其中家庭闺阁琐事，以及闲情诗词倒还全备，或可适趣解闷；然<u>朝代年纪、地舆邦国却反失落无考</u>。[3]

　　空空道人遂向石头说道："石兄，你这一段故事，据你自己说有些趣味，故编写在此，意欲问世传奇。据我看来：第一件，<u>无朝代年纪可考；第二件，并无大贤大忠理朝廷、治风俗的善政，</u>[4]其中只不过几个异样女子，或情或痴，或小才微善，亦无班姑、蔡女③之德能。我纵抄去，恐世人不爱看呢！"石头笑答道："我师何太痴也！<u>若云无朝代可考，今我师竟借汉、唐等年纪添缀，又有何难？</u>[5]但我想，历来野史，皆蹈一辙，莫如我这不借此套者，反倒新奇别致。<u>不过只取其事体情理罢了，</u>[6]又何必拘拘于朝代年纪哉！再者，市井俗人喜看理治之书④者甚少，爱看适趣闲文者特多。<u>历来野史，或讪谤君相，或贬人妻女，</u>[7]奸淫凶恶，不可胜数。<u>更有一种风月笔墨⑤，其淫秽污臭，荼毒笔墨⑥，坏人子弟，</u>[8]又不可胜数。至若佳人才子等书，则又千部共出一套，且其中终不能不涉于淫滥，以致满纸潘安、子建、西子、文君⑦。<u>不过作者要写出自己的那两首情诗艳赋来，故假拟出男女二人名姓，又必旁出一小人其间拨乱，亦如剧中之小丑然。</u>[9]且鬟婢开口即'者''也''之''乎'，非文即理。故逐一看去，悉皆自相矛盾、大不近情理之话，竟不如

1. 因而只得借写小说来体现自身价值。惭愧之言，呜咽如闻。（甲）

2. "陈迹故事"四字着眼！非雪芹"亲自经历"，乃前辈们"亲自经历"也。虚拟石头为原始作者正为此，为表明非凭空编造也。

3. 防文字有关碍也。若用此套者，胸中必无好文字，手中断无新笔墨。（甲）据余说，却大有考证。（甲）评语不过说，虚构故事中颇有以可证实事为素材的，不是说读此书非考证不可。

4. 这是将小说视作记述大事的史传或关于表彰忠良贤德、弘扬善政、教化民风的理治之书的迂论。将世人欲驳之腐言预先代人驳尽，妙！（甲）

5. 随便说是某朝代的事，还不容易？所以答得好。（甲）

6. "取其事体情理"六字最重要。

7. 特表明此书非其类。先批其大端。（甲）

8. 作者深恶痛绝如此，有研究者却推断其早年所作《风月宝鉴》大概是色情小说，实难令人置信。

9. 讥贬淫滥佳人才子书，语语犀利。可知此书中的诗词曲赋，必以服务于人物形象塑造为要。

---

① 偈（jì记）——佛经中的颂词。
② 倩（qìng庆，不读qiàn欠）——央求。这句话，让谁抄了去作奇闻流传？
③ 班姑、蔡女——东汉班昭，班固之妹，曾续《汉书》，编《女诫》，被奉为妇德的楷模。东汉蔡琰（文姬），蔡邕之女，史称其作《悲愤诗》，是著名的才女。
④ 理治之书——关于理政治国的书。
⑤ 风月笔墨——写男女情爱的文字。
⑥ 荼毒笔墨——糟蹋文字。
⑦ 潘安、子建、西子、文君——历史上有名的才子佳人。晋潘岳，字安仁，后世又省称"潘安"，文人，美男子。三国曹植，字子建，能七步成诗。西施，春秋时期越国美女。汉卓文君，追求婚姻自由，与司马相如"私奔"，结为夫妻。

我半世亲睹亲闻的这几个女子，虽不敢说强似前代书中所有之人，但事迹原委，亦可以消愁破闷；也有几首歪诗熟话，可以喷饭供酒。至若离合悲欢，兴衰际遇，则又追踪蹑迹，不敢稍加穿凿，徒为供人之目而反失其真传者。¹ 今之人，贫者日为衣食所累，富者又怀不足之心；纵一时稍闲，又有贪淫恋色、好货①寻愁之事，哪里有工夫去看那理治之书！所以，我这一段故事，也不愿世人称奇道妙，也不定要世人喜悦检读，² 只愿他们当那醉余饱卧之时，或避世去愁之际，把此一玩，岂不省了些寿命筋力？就比那谋虚逐妄，却也省了口舌是非之害、腿脚奔忙之苦。再者，亦令世人换新眼目，不比那些胡牵乱扯，忽离忽遇，满纸才人淑女、子建、文君、红娘、小玉②等通共熟套之旧稿。我师意为何如？"³

空空道人听如此说，思忖半晌，将这《石头记》再检阅一遍，⁴ 因见上面虽有些指奸责佞、贬恶诛邪之语，亦非伤时骂世之旨；及至君仁臣良、父慈子孝，凡伦常所关之处，皆是称功颂德，眷眷无穷，实非别书之可比。虽其中大旨谈情，亦不过实录其事，又非假拟妄称，一味淫邀艳约，私订偷盟之可比。因毫不干涉时世，⁵ 方从头至尾抄录回来，问世传奇。因空见色，由色生情，传情入色，自色悟空③，空空道人遂易名为情僧，改《石头记》为《情僧录》。至吴玉峰题曰《红楼梦》④。东鲁孔梅溪则题曰《风月宝鉴》。⁶

1. 这是作者严格遵循的崇高美学原则。《红楼梦》能超越其他小说，这是重要原因，即摒弃一切人为制造的有悖情理的戏剧性效果。开卷一篇立意，真打破历来小说窠臼。阅其笔，则是《庄子》《离骚》之亚。（甲）对此评后一句，另有评以为"太过"，其实只是类比欠妥。

2. 作者非真不愿此书被人称道喜读，乃不肯媚俗也。

3. 以上借空空道人与石头的辩驳，对社会上流行的庸滥低俗小说作了严厉的批判，申明此书与它们截然异趣。自视极高，自信极强，是作者美学观、小说观的重要表述。以后在甄士隐午梦中尚有必要补充。余代空空道人答曰："不独破愁醒眠，且有大益。"（甲）

4. 此处称《石头记》最恰。脂评以为本名。（甲）其实作者同时人多称《红楼梦》，如永忠及其堂叔瑶华道人、明义等皆是。这空空道人也太小心了，想亦世之一腐儒耳。（甲）

5. 脂砚斋笑空空道人太小心，其实他自己也差不多，对"非伤时骂世""毫不干涉时世"等句，都一再批：要紧句。（甲）与其写《凡例》）过多地作此类声明的态度一样。"大旨谈情"的"情"，与作《长生殿》的洪昇所谓"看臣忠子孝，总由情至"的"情"相同，是广义的，非专指男女爱情。

6. 雪芹旧有《风月宝鉴》之书，乃其弟棠村序也。今棠村已逝，余睹新怀旧，故仍因之。（甲）脂评中有署名"梅溪"的批语。这条批语当亦为孔梅溪所加，说明自己为何题这个书名。批语最后两句的意思是："我看到雪芹《石头记》新稿，就不免怀念起他弟弟棠村曾为旧书作序的情景；为了纪念逝者，所以仍沿用了旧书的名称，题曰《风月宝鉴》。"

---

① 好货——爱钱财。

② 红娘、小玉——红娘，唐代元稹《会真记》传奇、元王实甫《西厢记》杂剧中崔莺莺的丫头；小玉，唐蒋防《霍小玉传》中的女主人公。

③ "因空见色"四句——作者借佛家"色空"之言，说出自己的创作过程和感受。大意说，由于幻灭，才想见当年的繁华（因空见色）；从回忆繁华景然而产生激情（由色生情）；再把激情传入"备记风月繁华之盛"的小说（传情入色）；又从记述风月繁华中悟到人生终究是一场梦（自色悟空）。现在出版的很多排印本，都在这四句前加上"从此，空空道人"等字作主语，这是据程高本后增的文字，这些字现存的各种脂评本都没有。但列藏本在四句之后，有"空空道人"主语，这是对的，今从之。

④ 至吴玉峰题曰《红楼梦》——此句诸本皆无，仅见于甲戌本。吴玉峰其人不详。《红楼梦》之名，亦如《石头记》《风月宝鉴》《金陵十二钗》一样，均为小说文字中原有的。

后因曹雪芹于悼红轩中，披阅十载，增删五次，①1篡成目录，分出章回，则题曰《金陵十二钗》，并题一绝云：

满纸荒唐言，一把辛酸泪！
都云作者痴，谁解其中味？②2

至脂砚斋甲戌抄阅再评，仍用《石头记》③。

出处④既明，且看石上是何故事。按那石上书云：3

当日地陷东南⑤，这东南一隅有处曰姑苏，4有城曰阊门⑥者，最是红尘中一二等富贵风流之地。这阊门外有个十里街，街内有个仁清巷5，巷内有个古庙，因地方窄狭，人皆呼作葫芦庙。6庙旁住着一家乡宦，7姓甄名费，字士隐。嫡妻封氏，情性贤淑，深明礼义。8家中虽不甚富贵，然本地便也推他为望族了。只因这甄士隐禀性恬淡，不以功名为念，每日只以观花修竹、酌酒吟诗为乐，倒是神仙一流

1. 若云雪芹披阅、增删，然则开卷至此，这一篇楔子又系谁撰？足见作者之笔狡猾之甚。后文如此处者不少，这正是作者用画家烟云模糊处，观者万不可被作者瞒蔽了去，方是巨眼。（甲）此批说得明白，雪芹就是《红楼梦》作者，绝不仅仅是什么披阅增删者，可就有人偏要竭力曲解其语意，真非能实事求是者。

2. 注意"满纸"二字，言此书人物、情节皆虚构而成。此是第一首标题诗。（甲）标题诗，标明题目（回目）含义的诗，本拟每回都有，现在只部分有；通常都在回目后、正文前，但首回特殊，因开头至此，只是楔子（自序、引言），故写在它的结尾处、故事正式开始之前。能解者方有辛酸之泪哭成此书。壬午除夕。（甲）壬午年畸笏批最多，从"壬午春"到"壬午重阳"已多达42条，"壬午除夕"应也是署时，且雪芹不死于壬午。书未成，芹为泪尽而逝。余尝哭芹，泪亦待尽。每意觅青埂峰再问石兄，奈不遇癞头和尚何？怅怅！今而后，惟愿造化主再出一芹一脂，是书何幸！余二人亦大快遂心于九泉矣！甲申八月泪笔。（甲）甲申（1764）初，雪芹病逝，半年后，脂砚去世。作者亲人畸笏作此批痛悼。"余二人"，畸笏夫妇，即雪芹亲生父母。

3. 从严格意义上说《石头记》应从以下开始。以下石上所记之文。（甲）

4. 是金陵。（甲）评语非曰姑苏与金陵同地，乃谓写姑苏是隐指金陵真事。

5. 街巷名皆有谐音义。开口先云"势利"，是伏甄、封二姓之事。（甲）又言"人情"，总为士隐火后伏笔。（甲）

6. 俗话说："不知葫芦里卖的什么药。"糊涂也，故假语从此兴焉。（甲）宋元口语中有"葫芦提"一词，词曲中常用，意即糊涂。

7. 乡宦甄士隐故事，只是全书的缩影。不出荣国大族，先写乡宦小家，从小至大，是此书章法。（甲）

8. 多用谐音，脂砚批"甄"为"真"，"费"为"废"，"士隐"为"托言将真事隐去也"，"封"为"风。因风俗来。（甲）"等；批"情性"二句为"八字正是日后之香菱，见其根源不凡（甲）"。

---

① 披阅十载，增删五次——作者假托石头将历世见闻写成小说，而自己只作了些披阅、增删工作，脂评揭出这不是真话，小说从头至尾都是作者曹雪芹自己写的。意即花费十年工夫，不断增删修改，五易其稿。

② 解——懂得；领会。

③ "至脂砚斋"句——此句诸本皆无，仅见于甲戌本。应该是脂砚斋"再评"后添加的，因先前已有诸公之评，故称"再评"或"重评"。甲戌，乾隆十九年（1754），距曹雪芹逝世尚有十年。

④ 出处——诸本多作"出则"，不通。吴恩裕考此为"处"简笔字形讹作草体"则"字，是。今从甲戌本。

⑤ 地陷东南——古代神话：共工争夺帝位，怒触不周山，使天倾西北，地陷东南，故日月星辰移动，江河之水东流。见《淮南子》。

⑥ 姑苏、阊门——苏州别名姑苏，此指苏州府辖境。苏州之西北门曰阊门，此指代苏州城。

人品。[1]只是一件不足：如今年已半百，膝下无儿，只有一女，乳名英莲，年方三岁。[2]

一日，炎夏永昼，士隐于书房闲坐，至手倦抛书，伏几少憩，不觉朦胧睡去。梦至一处，不辨是何地方。忽见那厢来了一僧一道，[3]且行且谈。只听道人问道："你携了这蠢物，意欲何往？"那僧笑道："你放心，如今现有一段风流公案正该了结。这一干风流冤家，尚未投胎入世。趁此机会，就将此蠢物夹带于中，[4]使他去经历经历。"那道人道："原来近日风流冤孽又将造劫历世去不成？但不知落于何方何处？"那僧笑道："此事说来好笑，竟是千古未闻的罕事：只因西方灵河岸上三生石畔有绛珠草一株，时有赤瑕宫[5]神瑛侍者①，日以甘露灌溉，这绛珠草便得久延岁月。后来既受天地精华，复得雨露滋养，遂得脱却草胎木质，得换人形，仅修成个女体，终日游于离恨天②外，饥则食蜜青果为膳，渴则饮灌愁海③水为汤。只因尚未酬报灌溉之德，[6]故其五衷④便郁结着一段缠绵不尽之意。[7]恰近日神瑛侍者凡心偶炽，乘此昌明太平朝世，意欲下凡造历幻缘，已在警幻仙子[8]案前挂了号。警幻亦曾问及，灌溉之情未偿，趁此倒可了结的。

1. 先写其安居乐业。自是羲皇上人，便可作是书之朝代年纪矣。总写香菱根基原与正十二钗无异。（甲）

2. 记清，是三岁。所谓"美中不足"也。（甲）此前二仙劝告石头语。起名有谐音隐义：设云"应怜"也。（甲）

3. 将楔子与正文联结起来，是作者一大创造。是方从青埂峰袖石而来也，接得无痕。（甲）

4. 石头是被"夹带"下凡的。后人妄改，将石头、神瑛侍者、宝玉三者合一，完全改变了作者让石头成为主人公"随行记者"的立意。

5. 按"瑕"字本注："玉小赤也，又玉有病也。"以此命名确极。（甲）后人改"赤瑕"为"赤霞"，遂失去作者虚拟宫名的寓意。

6. 后四十回续作写黛玉误会宝玉薄幸，遂怀恨而殁。观此，知绛珠还泪本为报答神瑛甘露之惠，若以怨报德，如何证得前缘？

7. 如此大恩大德不报，情何以了？以顽石草木为偶，实历尽风月波澜，尝遍情缘滋味，至无可如何，始结此木石因果，以泄胸中恺郁。古人之"一花一石如有意，不语不笑能留人"，此之谓耶？（甲）脂评所引古人诗，乃唐刘长卿戏赠女尼之诗，其中"一花一石"原作"一花一竹"。

8. 一个关键性的非现实人物，名因写作意图而起。

---

① 西方灵河岸上三生石、绛珠草、赤瑕宫神瑛侍者——西方，指天竺（印度），佛教发源地。灵河，指恒河，人称"圣水"。三生石，喻因缘前定。唐李源与圆观交好。圆观临死，约李十二年后中秋在杭州天竺寺外相见。后李源如约，遇一牧童唱道："三生石上旧精魂，赏月吟风不要论。惭愧情人远相访，此身虽异性常存。"即圆观之后身。见唐袁郊《甘泽谣》。绛珠草，虚拟的仙草，隐"血泪"二字。赤瑕宫神瑛侍者，虚拟的仙宫、神仙，"神瑛"可解作通灵的如美玉的石头。瑛，美石如玉。侍者，长老左右听使唤的人，佛家多用。从仙僧的话看，"赤瑕宫神瑛侍者"显然不可能是他袖中的"蠢物"石头。但程高本却妄改成："只因当年这个石头，娲皇未用，自己却落得逍遥自在，各处去游玩。一日来到警幻仙子处，那仙子知他有些来历，因留他在赤霞宫中，名他为赤霞宫神瑛侍者。……"
② 离恨天——俗传天之最高层，喻悲哀气氛笼罩之处。《西厢记》："这的是兜率宫，休猜做了离恨天。"
③ 蜜青果、灌愁海——虚拟的果名、海名。"蜜青"谐音"秘情"。
④ 五衷——亦称五内，五脏，实指内心。

那绛珠仙子道：'他是甘露之惠，我并无此水可还。他既下世为人，我也去下世为人，但把我一生所有的眼泪还他，也偿还得过他了。'[1] 因此一事，就勾出多少风流冤家[2]来陪他们去了结此案。"那道人道："果是罕闻。实未闻有'还泪'之说。想来这一段故事，比历来风月故事更加琐碎细腻了。"那僧道："历来几个风流人物，不过传其大概，以及诗词篇章而已；至家庭闺阁中一饮一食，总未述记。再者，大半风月故事，不过偷香窃玉，暗约私奔而已，并不曾将儿女之真情发泄一二。[3] 想这一干人入世，其情痴色鬼、贤愚不肖者，悉与前人传述不同矣！"那道人道："趁此你我何不也去下世度脱几个，岂不是一场功德？"那僧道："正合吾意。你且同我到警幻仙子宫中，将这蠢物交割清楚，[4] 待这一干风流孽鬼下世已完，你我再去。如今虽已有一半落尘，然犹未全集。[5]"道人道："既如此，便随你去来。"

却说甄士隐俱听得明白，但不知所云"蠢物"系何东西。遂不禁上前施礼，笑问道："二仙师请了。"那僧道也忙答礼相问。士隐因说道："适闻仙师所谈因果，实人世罕闻者。但弟子愚浊，不能洞悉明白，若蒙大开痴顽，备细一闻，弟子则洗耳谛听，稍能警省，亦可免沉沦之苦。"二仙笑道："此乃玄机不可预泄者。到那时，只不要忘了我二人，便可跳出火坑矣。"[6] 士隐听了，不便再问，因笑道："玄机不可预泄，但适云'蠢物'，不知为何，或可一见否？"那僧道："若问此物，倒有一面之缘①。"说着，取出递与士隐。士隐接了看时，原来是块鲜明美玉，上面字迹分明，镌着"通灵宝玉"四字，后面还有几行小字，[7] 正欲细看时，那僧便说："已到幻境！"[8] 便强从手中夺了去，与道人竟过一大石牌坊，那牌坊上书四个大字，乃是"太

1. 欲还甘露水，非爱之泪不可。历来小说可曾有此句？千古未闻之奇文。（甲）知眼泪还债，大都作者一人耳。余亦知此意，但不能说得出。（甲）后诗僧苏曼殊套张籍《节妇吟》赠某女子曰："还卿一钵无情泪，恨不相逢未剃时。"

2. 余不及一人者，盖全部之主惟二玉二人也。（甲）

3. 展示现实画面，描绘广阔生活场景，是《红楼梦》最大的特色。历来小说只着眼于故事情节，不看重生活。

4. 看清！这是要将袖中的石头交给专司情案的警幻仙子，让警幻命即将下凡的神瑛侍者"夹带"它入世。若如后人妄改为石头早已自己去到警幻处当了神瑛侍者，那么此时仙僧袖中袖的是什么？"将这蠢物交割清楚"又是什么意思？

5. 有比贾宝玉早出生的，也有晚出生的，故言"一半"。若从头逐个写去，成何文字？《石头记》得力处在此。丁亥春。（甲）甲戌底本正文最早，最少后人改动；脂评有晚过录者，多删所署时、号，此处未删"丁亥春"，是漏网之鱼。

6. 与后来甄士隐闻跛足道人唱《好了歌》而彻悟相照应。

7. 凡三四次始出明玉形，隐屈之至。（甲）必待到宝钗细看时才和盘托出，连几行小字也清楚了。

8. 又点幻字，云书已入幻境矣。（甲）

---

①　一面之缘——只有石头与甄士隐见过面，石头经历的故事从甄士隐叙述起才合情理。

虚幻境"①。两边又有一副对联，道是：

假作真时真亦假，无为有处有还无。②

　　士隐意欲也跟了过去，方举步时，忽听一声霹雳，有若山崩地陷。<u>士隐大叫一声，定睛一看，只见烈日炎炎，芭蕉冉冉，所梦之事，便忘了对半。</u>¹又见奶母正抱了英莲走来。士隐见女儿越发生得粉妆玉琢，乖觉可喜，便伸手接来，抱在怀内，逗她玩耍一回；又带至街前，看那过会的热闹。方欲进来时，只见从那边来了一僧一道。那僧则癞头跣脚，那道则跛足蓬头，疯疯癫癫，挥霍③谈笑而至。²及至到了他门前，看见士隐抱着英莲，那僧便哭起来，³又向士隐道："施主，你把这有命无运、累及爹娘⁴之物，抱在怀内作甚？"士隐听了，知是疯话，也不去睬他。那僧还说："舍我罢，舍我罢！"士隐不耐烦，便抱女儿撤身进去。那僧乃指着他大笑，⁵口内念了四句言词，道是：

惯养娇生笑你痴，菱花空对雪澌澌。④
好防佳节元宵后⑤，便是烟消火灭时。⁶

士隐听得明白，心下犹豫，意欲问他们来历。只听道人说："你我不必同行，就此分手，各干营生去罢。三劫后，我在北邙山⑥等你，会齐了，同往太虚幻境销号。"那僧道："妙，妙，妙！"说毕，二人一去再不见个踪影了。士隐心中此时自忖：这两个人必有来历，该试一问，如今悔却晚也！

1. 白日梦如此醒法。醒得无痕，不落旧套。（甲）妙极！若记得，便是俗笔了。（甲）

2. 暗接士隐梦境，所异者，一僧一道外形甚秽。所谓"万境都如梦境看"也。（甲）

3. 奇怪，所谓情僧也。（甲）僧知被抱小儿将遭大不幸是实，但竟写僧哭是想不到之文。

4. "命运"一词若分开来说，命是出生时的条件，运是后来的遭遇。八个字屈死多少英雄？屈死多少忠臣孝子？屈死多少仁人志士？屈死多少词客骚人？今又被作者将此一把眼泪洒与闺阁之中，见得裙钗尚遭逢此数，况天下之男子乎？（甲）看他所写卷第一个女子，便用此二语以订终身，则知托言寓意之旨，谁谓独寄兴于一"情"字耶？（甲）武侯之三分、武穆之二帝，二贤之恨及今不尽，况今之草芥乎？（甲）家国君父事有大小之殊，其理其运其数则略无差异。知运知数者，则必谅而后叹也。（甲）只八字有脂评如此，可见此书以儿女笔墨寄托着作者对人生对社会的大感慨。

5. 刚才还哭，随即大笑，举止之夸张，突显非俗世僧人。其所笑者，天下父母之痴心也。

6. 曹家事败、甄家祸起，都发生在元宵前后，不知小说原稿后半部中贾府遭巨变是否亦与之有关。**参见注释⑤。**

---

① 太虚幻境——虚拟的仙境。意谓虚无缥缈的境界。

② "假作真时"一联——把假的当作真的，真的也就成了假的；把没有的当作有的，有的也就成为没有的了。此联亦见于第五回，两次重出是着意强调。作者用高度概括的哲理诗语言，提醒大家读本书要辨清什么是真的、有的，什么是假的、无的，理解彼此的辩证关系，才不至于惑于假象而迷失真意。当然，也还有贾、甄对照互补的含义在。

③ 挥霍——动作轻疾的样子。

④ "菱花"句——菱花，隐指英莲，她后来叫香菱。空对，有不幸碰上的意思。雪，谐"薛"，隐指后纳香菱为妾的薛蟠。澌澌，状声词，形容雪盛。菱于夏日开花，而竟遇雪，喻生不逢时，遇又非偶，必遭摧残，亦即所谓"有命无运"。

⑤ "好防"句——脂评："'前''后'一样，不直云'前'而云'后'，是讳知者。"这是指出作者用家事作素材处：雍正五年十二月二十四日，皇上亲谕江南总督范时绎查抄曹頫家产，将文书行程须时计算在内，实际被抄时间恰为雍正六年元宵前夕。但书中说"元宵后"，是免"知者"看出，故将真事隐去。

⑥ 北邙山——即邙山，在今河南洛阳市北，汉魏时，王侯公卿多葬于此，后常泛指墓地。此隐指人的一生过完时，故曰"三劫后"，脂评释曰："佛以世为劫。凡三十年为一世。三劫者，想以九十春光寓言也。"

这士隐正痴想，忽见隔壁¹葫芦庙内寄居的一个穷儒——姓贾名化，表字时飞，别号雨村²者走了出来。这贾雨村原系胡州①人氏，也是诗书仕宦之族，因他生于末世，父母祖宗根基一尽，人口衰丧，只剩得他一身一口，在家乡无益，因进京求取功名，再整基业。自前岁来此，又淹蹇②住了，暂寄庙中安身，每日卖字作文为生，故士隐常与他交接。³当下雨村见了士隐，忙施礼陪笑道："老先生倚门伫望，敢是街市上有甚新闻否？"士隐笑道："非也。适因小女啼哭，引她出来作耍，正是无聊之甚；兄来得正妙，请入小斋一谈，彼此皆可消此永昼。"说着，便令人送女儿进去，自携了雨村来至书房中。小童献茶。方谈得三五句话，忽家人飞报："严老爷来拜。"⁴士隐慌得忙起身谢罪道："恕诳驾③之罪！略坐，弟即来陪。"雨村忙起身亦让道："老先生请便，晚生乃常造之客，稍候何妨。"⁵说着，士隐已出前厅去了。

这里雨村且翻弄书籍解闷。忽听得窗外有女子嗽声，雨村遂起身往窗外一看，原来是一个丫鬟，在那里撷花。生得仪容不俗，眉目清朗，⁶虽无十分姿色，却亦有动人之处。⁷雨村不觉看得呆了。那甄家丫鬟撷了花，方欲走时，猛抬头见窗内有人，敝巾旧服，虽是穷贫，然生得腰圆背厚，面阔口方；更兼剑眉星眼，直鼻权腮④。⁸这丫鬟忙转身回避，心下乃想："这人生得这样雄壮，却又这样褴褛，想他定是我家主人常说的什么贾雨村了，每有意帮助周济，只是没甚机会。我家并无这样贫穷亲友，想定系此人无疑了。怪道又说他必非久困之人。"如此想来，不免又回头两次。⁹雨村见她回了头，便自谓这女子心中有意于他，便狂喜不禁。自谓此女子必是个巨眼英豪，风尘中之知己也。¹⁰一时小童进来，雨村打听得前面

1. "隔壁"二字极细极险，记清。（甲）

2. 姓名谐音：假话，妙。（甲）实非，妙。（甲）雨村者，村言粗语也。言以村粗之言，演出一段假话也。（甲）言"雨村"谐音义不确，见"题解"说明。

3. 初写雨村，谋生之计亦属正当。又夹写士隐实是翰林文苑，非守钱房也。直灌入《慕雅女雅集苦吟诗》一回。（甲）即第四十八回，写香菱学诗，谓其有家学渊源。

4. 用"飞报"二字，即可想见来者必是有权势者，故下文接"士隐慌得忙起身谢罪"等语。脂评谐"严"姓：炎也。炎既来，火将至矣。（甲）

5. 雨村人情通达，言行豁达大方。

6. 八字足矣。（甲）

7. 更好。这便是真正情理之文。可笑近之小说中满纸羞花闭月等字。这是雨村目中，又不与后之人相似。（甲）作者艺术分寸感把握得恰到好处。

8. 是莽操遗容。（甲）批书人已知雨村后来作为，以为奸诈乃其天性，故将一穷书生预先视之为王莽、曹操。最可笑世之小说中，凡写奸人则用鼠耳鹰腮等语。（甲）

9. 丫鬟所想与举止合情合理，并无明显失当处，也无明显倾向性，却由此反映出主人士隐平日对雨村的观感。这方是女儿心中意中正文。又最恨近之小说中满纸红拂、紫烟。（甲）

10. 雨村所想虽是一厢情愿，不免有几分可笑，但也是常理。写出他对丫鬟的好感和不甘久居人下的自负心态。

---

①　胡州——虚拟地名，脂评谓其谐音"胡诌"。后人改为"湖州"，非。从甲戌本。

②　淹蹇（jiǎn 简）——即偃蹇，困顿，滞留。

③　诳驾——骗了您前来，不能奉陪的歉词。

④　权腮——颧骨长得高，命相学以为贵。

留饭，不可久待，遂从夹道中自便，出门去了。士隐待客既散，知雨村自便，也不去再邀。

一日，早又中秋佳节。士隐家宴已毕，乃又另具一席于书房，却自己步月至庙中来邀雨村。[1] 原来雨村自那日见了甄家之婢曾回顾他两次，自谓是个知己，便时刻放在心上。今又正值中秋，不免对月有怀，因而口占五言一律云：[2]

> 未卜三生愿，频添一段愁。
> 闷来时敛额，行去几回头。
> 自顾风前影，谁堪月下俦？
> 蟾光如有意，先上玉人楼①。

雨村吟罢，因又思及平生抱负苦未逢时，乃又搔首对天长叹，复高吟一联云：

> 玉在椟中求善价，钗于奁内待时飞。②3

恰值士隐走来听见，笑道："雨村兄真抱负不浅也！"雨村忙笑道："岂敢！不过偶吟前人之句，何敢狂诞至此！"因问："老先生何兴至此？"士隐笑道："今夜中秋，俗谓'团圆之节'，想尊兄旅寄僧房，不无寂寞之感，故特具小酌，邀兄到敝斋一饮，不知可纳芹意③否？"雨村听了，并不推辞，便笑道："既蒙谬爱，何敢拂此盛情！"4 说着，便同了士隐复过这边书院中来。

须臾茶毕，早已设下杯盘，那美酒佳肴，自不必说。二人归坐，先是款斟漫饮，次渐谈至兴浓，不觉飞觥限斝④起来。当时街坊上家家

---

1. 待雨村诚意如此，可知士隐非势利辈。写士隐爱才好客。（甲）

2. 这是第一首诗。后文香奁闺情皆不落空。余谓雪芹撰此书，中亦有传诗之意。（甲）此批后半很重要，常被研究者引用，但断句必如此方合古人行文习惯。又其中"有"原作"为"；吴恩裕以为"为"乃"有"字行书之讹抄，极是。"第一首诗"，指人物情节中的诗。"香奁"，多裙钗脂粉之语的诗体，唐韩偓有《香奁集》。

3. 脂评还以为此联有隐说宝玉、宝钗的寓意。表过黛玉则紧接上宝钗。前用二玉合传，今用二宝合传，自是书中正眼。（甲）此批若非牵强，或谓宝玉未公开表白，欲求真正知音；宝钗能安分守时，可待青云直上。有研究者因联中"时飞"二字偶与贾雨村表字（书中交代后再不提到）相同，遂有宝钗后来嫁雨村之探佚说，实属求之过深而引起的误会。"时飞"若是人名，岂非"善价"亦当是人名，方合对仗要求？且后来宝玉出家，弃妻宝钗而为僧，已有定论，如何容得下这样的怪论？读此书须顾到方方面面，慎防钻牛角尖。

4. 雨村毫不拘谨，给读者印象不错。此庸手难及处。作者塑造人物形象，总不用脸谱式、标签式的描绘。写雨村豁达，气象不俗。（甲）

---

① "未卜三生愿"一首——首句说，不能预知自己求偶的心愿能否实现。"一段愁"用李白《长门怨》"月光欲到长门殿，别作深宫一段愁"诗意，切"对月"。三、四句闷时皱眉是说自己，离去回头是说甄家丫头。五、六句自惭潦倒，不堪寻偶。"月下俦"，月下老人结成的伴侣，配偶。末二句为希望之词，借月光光照美人居处，说自己一朝"蟾宫折桂"，谋得功名，当先去求婚。
② "玉在椟中"一联——玉盛在木匣中，等人出大价钱才卖；钗放在化妆盒里，伺机要飞向天上。椟（dú读），木柜、木匣。此联见雨村自命不凡，自高身价，欲求当权者赏识，伺机飞黄腾达。上句典出《论语·子罕》，下句事出托名郭宪《洞冥记》。
③ 芹意——有乡民以为芹菜味美，献给乡豪，乡豪却觉得难吃。后用"献芹""美芹""芹意"等词谦称自己的一番心意。事见《列子》。
④ 飞觥（gōng工）限斝（jiǎ假）——举酒限杯。觥、斝，皆古时盛酒器皿。

箫管，户户弦歌。当头一轮明月，飞彩凝辉，¹二人愈添豪兴，酒到杯干。雨村此时已有七八分酒意，狂兴不禁，乃对月寓怀，口号一绝云：

> 时逢三五便团圆，满把晴光护玉栏。
> 天上一轮才捧出，人间万姓仰头看。①²

士隐听了，大叫："妙哉！吾每谓兄必非久居人下者，今所吟之句，飞腾之兆已见，不日可接履于云霓之上矣。可贺！可贺！"乃亲斟一斗为贺。雨村因干过，叹道："非晚生酒后狂言，若论时尚之学②，晚生也或可去充数沽名，³只是目今行囊、路费一概无措，神京路远，非赖卖字撰文可能到者。"士隐不待说完，便道："兄何不早言。愚每有此心，但每遇兄时，兄并未谈及，愚故未敢唐突。今既及此，愚虽不才，'义利'二字却还识得③。且喜明岁正当大比，兄宜作速入都，春闱④一战，方不负兄之所学也。其盘费余事，弟自代为处置，亦不枉兄之谬识矣！"当下即命小童进去，速封五十两白银，并两套冬衣。又云："十九日乃黄道之期，兄可即买舟西上，待雄飞高举，明冬再晤，岂非大快之事耶？"⁴雨村收了银衣，不过略谢一语，并不介意，仍是吃酒谈笑。⁵那天已交三鼓，二人方散。

士隐送雨村去后，回房一觉，直至红日三竿方醒。因思昨夜之事，意欲再写两封荐书，与雨村带至神京，使雨村投谒个仕宦之家，为寄足之地。⁶因使人过去请时，那家人去了回来说："和尚说，贾爷今日五鼓已进京去了，也曾留下话与和尚转达老爷，说'读书人不在黄道黑道，总以

1. 寥寥数语，如见夜市欢歌，良宵美景。

2. 向往能出人头地的意识，会自然表露。奸雄心事，不觉露出。（甲）

3. 虽说非酒后狂言，然自负自诩之言，必借酒说出方更入情理。脂批评"时尚之学"：四字新而含蓄最广，若必指明，则又落套矣。（甲）

4. 写士隐如此豪爽，又全无一些粘皮带骨之气相，愧杀近之读书假道学矣。（甲）

5. 常言大恩不言谢。初读此数句，总以为雨村日后得意之时，必涌泉以报。岂知不然！是不是作者借此在告诉读者知人之难的道理呢？写雨村真是个英雄。（甲）

6. 此时竭力写士隐照顾周到，恩德不浅，反跌后来。

---

① "时逢三五"一首——前两句谓月逢十五而圆，光辉洒遍玉栏杆。后两句被视为"飞腾之兆"。宋太祖赵匡胤未显贵时，有《咏月》诗云："未离海底千山黑，才到中天万国明。"徐铉以为已见帝王之兆。见宋代陈师道《后山诗话》。贾诗仿此。

② 时尚之学——指考科举用的试帖诗、八股文之类。

③ "义利"二字却还识得——儒家以为君子懂得道义，小人只懂货利（钱财）。这里说识得此二字，意即知道应重道义而轻钱财的道理。

④ 大比、春闱——考科举分院试（府县）、乡试（省）、会试（全国）三级。考取者分别为生员（秀才）、举人、贡士（经殿试后，赐进士出身）。乡试、会试三年一次，又称"大比"。乡试在秋季，称"秋闱"；会试在春季，称"春闱"。闱，指考场。

事理为要，不及面辞了'。"[1] 士隐听了，也只得罢了。

　　真是闲处光阴易过，倏忽又是元宵佳节矣。士隐命家人霍启[2]抱了英莲去看社火花灯，半夜中，霍启因要小解，便将英莲放在一家门槛上坐着。待他小解完了，来抱时，哪有英莲的踪影？[3]急得霍启直寻了半夜，至天明不见。那霍启也就不敢回来见主人，便逃往他乡去了。

　　那士隐夫妇，见女儿一夜不归，便知有些不妥，再使几个人去寻找，回来皆云连音响皆无。夫妻二人半世只生此女，一旦失落，岂不思想。因此昼夜啼哭，几乎不曾寻死。[4]看看一月，士隐先就得了一病。当时，封氏孺人也因思女构疾，日日请医疗治。

　　不想这日三月十五，葫芦庙中炸供①，那些和尚不加小心，致使油锅火逸，便烧着窗纸。此方人家多用竹篱木壁者，[5]大抵也因劫数，于是接二连三，牵五挂四，将一条街烧得如火焰山一般。[6]彼时虽有军民来救，那火已成了势，如何救得下去！直烧了一夜，方渐渐熄去，也不知烧了几家。只可怜甄家在隔壁，早已烧成一片瓦砾场了，只有他夫妇并几个家人的性命不曾伤了。[7]急得士隐惟跌足长叹而已。只得与妻子商议，且到田庄上去安身。偏值近年水旱不收，鼠盗蜂起，无非抢粮夺食，鼠窃狗偷，民不安生，因此官兵剿捕，难以安身。士隐只得将田庄都折变了，便携了妻子与两个丫鬟投他岳丈家去。

　　他岳丈名唤封肃，本贯大如州②人氏，[8]虽是务农，家中却还殷实。今见女婿这等狼狈而来，心中便有些不乐。幸而士隐还有折变田地的银子未曾用完，拿出来托他随分就价，薄置些须房地，为后日衣食之计。那封肃便半哄半赚，些须与他

①　炸供——用油炸供神的食品。
②　大如州——虚拟的地名。

1. 写雨村真令人爽快。（甲）至此，雨村的故事暂告一段落。细想作者描写人物的方法，实在可以得到极大的启发。

2. 谐音：妙，祸起也。此因事而命名。（甲）

3. 从此，英莲坠入苦海矣！难怪她的名字谐音"真应怜"。有一事可思：前面写到英莲时说她"年方三岁"，到元宵节则是四岁。敦诚甲申年挽诗称曹雪芹"四十年华付杳冥"，从此推算，曹家被抄没时雪芹也恰好四岁。二人同样可怜地被改变了命运。这不知是有意隐写还是偶然巧合。

4. 失去心爱人之痛，对后来的宝玉来说，有象征性。

5. 最怕发生火灾。写出南直召祸之实病。（甲）谓有炸供风俗、民居多用竹木建造，故易燃而招祸。今江苏、安徽一带，明朝时直隶南京，称南直隶，简称南直。

6. 此"连络有亲"的家族政治集团"一损皆损"的艺术象征。

7. 曹𫖯被抄家后，家产人口全部没收，唯余妻孥等亲人及为赡养"两代孀妇"（曹寅、曹𫖯之妻）所需而照顾发还的三对奴仆。

8. 还用谐音寓意。托言大概如此之风俗也。（甲）

些薄田朽屋。士隐乃读书之人，不惯生理稼穑等事，勉强支持了一二年，越觉穷了下去。封肃每见面时，便说些现成话，<u>且人前人后又怨他们不善过活，只一味好吃懒做等语</u>。[1] 士隐知投人不着，心中未免悔恨；再兼上年惊唬，急忿怨痛，已伤暮年之人，贫病交攻，竟渐渐露出那下世的光景来。

可巧这日拄了拐，挣挫到街前散散心时，忽见那边来了一个跛足道人，疯狂落拓，麻屣鹑衣①，口内念着几句言词，道是：

> 世人都晓神仙好，惟有功名忘不了。
> 古今将相在何方？荒冢一堆草没了！
> 世人都晓神仙好，只有金银忘不了。
> 终朝只恨聚无多，及到多时眼闭了！
> 世人都晓神仙好，只有姣妻忘不了。
> 君生日日说恩情，君死又随人去了！
> 世人都晓神仙好，只有儿孙忘不了。
> 痴心父母古来多，孝顺儿孙谁见了？[2]

士隐听了，便迎上来道："你满口说些什么？只听见些'好''了''好''了'。"那道人笑道："你若果听见'好''了'二字，还算你明白。可知世上万般，好便是了，了便是好。<u>若不了，便不好；若要好，须是了。</u>[3] 我这歌儿便名《好了歌》。"士隐本是有宿慧的，一闻此言，心中早已彻悟。因笑道："且住！待我将你这《好了歌》解注出来何如？"道人笑道："你解，你解。"士隐乃说道：

> 陋室空堂，当年笏满床；衰草枯杨，曾为歌舞场。蛛丝儿结满雕梁，绿纱今又糊在蓬窗上。说什么脂正浓、粉正香，如何两鬓又成霜？昨日黄土陇头送白骨，今宵红灯帐底卧鸳鸯。金满箱，银满箱，展眼乞丐人皆谤。正叹他人命不长，哪知自

1. 此等人何多之极！（甲）所谓"家亡莫论亲"也。

2. "好了歌"是作者借通俗歌谣形式对当时社会现象和人们观念中最有代表性的几个方面所作的批判。有概括性，又容易被广泛接受；这与歌词植根于人民大众中有关。但究其思想，谈不上深刻，也并不新颖，倒与其凡事"到头一梦，万境归空"的虚无悲观思想一致。

3. 禅学机锋，说来如绕口令。

---

① 麻屣（xǐ喜）鹑（chún纯）衣——麻鞋破衣。衣衫褴褛百结，状如鹌鹑之尾秃，故谓。

己归来丧！训有方，保不定日后作强梁。择膏粱，谁承望流落在烟花巷！因嫌纱帽小，致使锁枷扛。昨怜破袄寒，今嫌紫蟒长。乱烘烘你方唱罢我登场，反认他乡是故乡。甚荒唐，到头来都是为他人作嫁衣裳！①1

那疯跛道人听了，拍掌笑道："解得切！解得切！"士隐便说一声："走罢！"将道人肩上褡裢抢了过来背着，2竟不回家，同了疯道人飘飘而去。

当下哄动街坊，众人当作一件新闻传说。封氏闻得此信，哭个死去活来，只得与父亲商议，遣人各处访寻，哪讨音信？无奈何，少不得依靠着她父母度日。幸而身边还有两个旧日的丫鬟服侍，主仆三人，日夜做些针线发卖，帮着父亲用度。那封肃虽然日日抱怨，也无可奈何了。3

这日，那甄家的大丫鬟在门前买线，忽听得街上喝道之声，众人都说新太爷到任。丫鬟于是隐在门内看时，只见军牢快手一对一地过去。俄而，大轿内抬着一个乌帽猩袍的官府过去。4丫鬟倒发了个怔，自思："这官好面善，倒像在哪里见过的？"于是进入房中，也就丢过，不在心上。5至晚间，正该歇息之时，忽听一片声打得门响，许多人乱嚷说："本府太爷差人来传人问话！"封肃听了，唬得目瞪口呆，不知有何祸事。〔且听下回分解。〕

1. 甄士隐解注好了歌更详，脂评也多，唯见于甲戌本。其中侧批已于注释①中引用，再录眉批如下："陋室……蓬窗上"：先说场面，忽新忽败，忽丽忽朽，已见得反覆不了。"说什么……卧鸳鸯"：一段妻妾迎新送死，倏恩倏爱，倏痛倏悲，缠绵不了。"金满箱……归来丧"：一段石火光阴，悲喜不了；风露草霜，富贵嗜欲，贪婪不了。"训有方……烟花巷"：一段儿女死后无凭，生前空为筹画计算，痴心不了。"因嫌……紫蟒长"：一段功名升黜无时，强夺苦争，喜惧不了。"乱烘烘……嫁衣裳"：总收古今亿兆痴人，共历这幻场幻事，扰扰纷纷，无日可了。眉批亦见于梦觉（甲辰）本。此等歌谣原不宜太雅，恐其不能通俗，故只此便妙极。其说得痛切处，又非一味俗语可到。（甲）

2. "走罢"二字，真悬崖撒手，若个能行？（甲）佚稿宝玉出家一回叫"悬崖撒手"；此批说甄士隐如此主动、决绝，真像后来的贾宝玉啊！别人谁做得到？若与后来续书写宝玉出家，依依难舍，被僧道喝断，挟持而去的情景对照起来看，是很有意思的。

3. 不怜恤，反抱怨，其人可知；是女儿，故无可奈何。甄士隐故事至此了结。下文雨村娶娇杏是对比，也是余波。

4. 先不说是谁，好！雨村别来无恙否？可贺，可贺！（甲）所谓"乱烘烘你方唱罢我登场"是也。（甲）

5. 是曾回头多看了两眼的人，丢过为是，当时便未留情。是无儿女之情，故有夫人之分。（甲）

---

① 《好了歌》解注一首——脂评以为"当年笏满床"指"宁、荣未有之先"；"衰草枯杨"二句指"宁、荣既败之后"。笏，大臣朝见皇帝时拿的用以指画、记事用的板子。"蛛丝儿"句，脂评："潇湘馆、紫芸轩等处。"可见黛玉、宝玉居处，人去室空。"绿纱"句，脂评："雨村等一干新荣暴发之家。""说什么……又成霜？"两句，脂评："宝钗、湘云一干人。""昨日"句，脂评："黛玉、晴雯一干人。""今宵"句，脂评："熙凤一干人。""金满箱"三句，脂评："甄玉、贾玉一干人。"可知原稿后来有甄宝玉、贾宝玉沦为"乞丐"情节。"正叹"两句，脂评无批或漏抄，"命不长"者如元春、迎春、香菱等皆是。"保不定"句，脂评："言父母死后之日。"又曰："柳湘莲一干人。"柳湘莲入空门前，行侠江湖，凭武艺称雄，此亦"强梁"之意，非必定是做强盗。"择膏粱"两句，当指巧姐无疑。她选富家子弟为婿而结果沦为娼妓。"因嫌"两句，脂评："贾赦、雨村一干人。"可知他们是获重罪坐牢或流配的。"昨怜"两句，脂评："贾兰、贾菌一干人。"紫蟒，紫色蟒袍，贵官公服。贾菌续书中未及，原稿中有。"乱烘烘"句，脂评："总收。""反认"句，脂评："太虚幻境、青埂峰一并结住。"末句喻为别人忙碌，自己没得到好处。唐代秦韬玉《贫女》诗："苦恨年年压金线，为他人作嫁衣裳。"

**【总评】**

　　曹雪芹写的《红楼梦》原来就是像此评注本这样开头的。

　　作者先说"此书从何而来"或叫"出处",实际上就是交代创作的动机和素材的来源。因为主客观条件都不允许作者通过科考,获取功名,去做一番被喻作"补天"的安邦治国、青史留名的大事业,但他又不甘于埋没,所以只好以写小说传世来显现自身的价值。他自信写出来的小说会远远胜过历来的"稗官野史""佳人才子等书",这才不惜花费十年时间,五易其稿,投入了大量的精力和感情来完成它。所以,从开头到曹雪芹成书后自题一绝为止的大篇文字,通常称其为"楔子",也就是引子,是故事情节正式开始前的必要交代,近乎作者自序或前言;只是作者别出心裁地摒弃了通常用说明文写序的老套,而改用石头撰书的故事来表述而已。

　　《红楼梦》从故事情节、活动环境到人物形象都是虚构的,即所谓"满纸荒唐言"。但它的基础,即素材来源、兴衰轨迹和种种感受,都来自生活,是真实的。从曹家来说,像荣国府所过的那种风月繁华生活,元妃省亲时那种"烈火烹油,鲜花着锦"的盛况,只有在作者的祖父曹寅四次接待康熙南巡时才略见一二。而作者迟生了二三十年,不可能亲历。自己虽然没有,但这"一段陈迹故事"老辈人确是亲见亲闻,亲身经历的。为此,雪芹特地虚拟了一个始终随伴着小说主人公经历悲欢离合的原始作者"石头",而自己却只扮演"披阅增删"者的角色。所以,就撰写小说而言,石头就是作者;就经历的那段繁华生活来说,石头又并不等于作者。

　　紧接楔子的是甄士隐故事,甄家的遭遇是后来贾府特别是主角贾宝玉遭遇的缩影。这有点像宋元话本的"入话"或称"得胜头回"的形式,在讲主要故事前先说一个情理相似的小故事。但它又是与前面的"楔子"及后面的贾府为故事中心的叙述彼此勾连着的。这也是在继承传统形式上的发展和创造。

# 第 二 回
## 贾夫人仙逝扬州城　冷子兴演说荣国府

**【题解】**

　　本回回目诸本一致,唯杨藏(梦稿)本"仙逝"作"仙游"。回目两句所指两件事,简繁差别极大:说林黛玉之母贾敏的"仙逝",只用一语带过;写冷子兴谈荣国府情况,则十分繁杂(但仍是个大概),占了此回很大的篇幅。回前有很长的脂评,今摘录其要者如下:"其演说荣府一篇者,盖因族大人多,若从作者笔下一一叙出,尽一二回不能得明,则成何文字?故借用冷子兴一人,略出其大半,使阅者心中已有一荣府隐隐在心,然后用黛玉、宝钗等两三次皴染,则跃然于心中眼中矣。""未写荣府正人,先写外戚,是由远及近,由小至大也。""开笔即写贾夫人已死,是特使黛玉入荣府之速也。""通灵宝玉于士隐梦中一出,今又于子兴口中一出,阅者已洞然矣。然后于黛玉、宝钗二人目中极精极细一描,则是文章锁合处。盖不肯一笔直下,有若放闸之水、燃信之爆,使其精华一泄而无余也。(甲)"此回开始,是上一回雨村偶见娇杏,终至迎娶故事的继续。借雨村仕途起落为线索,引出荣国府,将宝、黛、钗等男女主角串联起来。

　　诗云:

　　　　一局输赢料不真,香销茶尽尚逡巡。
　　　　欲知目下兴衰兆,须问旁观冷眼人。①1

　　却说封肃因听见公差传唤,忙出来陪笑启问。那些人只嚷:"快请出甄爷来!"2封肃忙陪笑道:"小人姓封,并不姓甄。只有当日小婿姓甄,今已出家一二年了,不知可是问他?"那些公人道:"我们也不知什么'真''假',3因奉太爷之命来问,他既是你女婿,便带了你去亲见太爷面禀,省得乱跑。"说着,不容封肃多言,大家推拥他去了。封家人各各惊慌,不知何兆。

　　那天,约二更时分,只见封肃方回来,欢天

1. 只此一诗便妙极!此等才情自是雪芹平生所长。余自谓评书,非关评诗也。(甲)曹雪芹工诗,是位诗人小说家。脂评极称此标题诗之妙,遂有人以为书中诗词等是雪芹披阅时所增,至于散文叙述部分,则另有作者。这真奇怪,评语并无难解处:"只此一诗便妙极",岂非等于说书中其他文字就更别提有多妙啦!如何能生歧义?诗末句以"旁观冷眼人"点人物命名之用意。

2. 雨村不知士隐已出家,公差奉命而来,自然这样喊。

3. 幽默。点真假妙语,却是公差说话情理。

---

① "一局输赢"一首——以下棋的输赢比喻贾府的兴衰,历时百年的贾府,尚维持着表面的繁荣,好比棋已下得很久,尚未决出胜败。当局者迷,旁观者清。局外人冷子兴以冷眼看贾府,故能道其兴衰先兆。逡巡,徘徊不进。

喜地，<sup>1</sup>众人忙问端的。他乃说道："原来本府新升的太爷姓贾名化，本胡州人氏，曾与女婿旧日相交。方才在咱门前过去，因看见娇杏那丫头买线，<sup>2</sup>所以他只当女婿移住于此。我一一将原故回明，那太爷倒伤感叹息了一回；又问外孙女儿，我说看灯丢了。太爷说：'不妨，我自使番役，务必探访回来。'<sup>3</sup>说了一回话，临走倒送了我二两银子。"<sup>4</sup>甄家娘子听了，不免心中伤感。<sup>5</sup>一宿无话。

至次日，早有雨村遣人送两封银子、四匹锦缎，答谢甄家娘子；<sup>6</sup>又寄一封密书与封肃，转托他向甄家娘子要那娇杏作二房。<sup>7</sup>封肃喜得屁滚尿流，巴不得去奉承，便在女儿前一力撺掇①成了。<sup>8</sup>乘夜，只用一乘小轿，便把娇杏送进去了。雨村欢喜，自不必说，乃封百金赠封肃，外又谢甄家娘子许多物事，令其好生养赡，以待寻访女儿下落。<sup>9</sup>封肃回家无话。

却说娇杏这丫鬟，便是那年回顾雨村者。因偶然一顾，便弄出这段事来，亦是自己意料不到之奇缘。谁想她命运两济，<sup>10</sup>不承望自到雨村身边，只一年，便生了一子；又半载，雨村嫡妻忽染疾下世，雨村便将她扶侧作正室夫人了。正是：

　　　　偶因一着错，便为人上人。②<sup>11</sup>

原来，雨村因那年士隐赠银之后，他于十六日便起身入都。至大比之期，不料他十分得意，已会了进士，选入外班③，今已升了本府知府。虽才干优长，

---

1. 不正面写见雨村事，只听口述，剪去多少枝蔓文字。

2. "娇杏"之名此时方点出，其谐音义显然。侥幸也。托言当日丫头回顾，故有今日，亦不过偶然侥幸耳，非近日小说中满纸红拂、紫烟之可比。（甲）此畸笏叟批。末句举红拂、紫烟的话在首回批丫头回顾时已说过，发现重复了，故又说：余批重出。余阅此书偶有所得，即笔录之，非从首至尾阅过后从首加批者，故偶有复处。且诸公之批，自是诸公眼界，脂斋之批，亦有脂斋取乐处。后每一阅，亦有一语半言重加批评于侧，故又有于前后照应之说等批。（甲）将诸公、脂斋和自己——书稿的负责保管者分得很清楚。

3. 轻诺寡信。找到后也未必能送回，读至葫芦案便知。

4. 此是最高兴之事。

5. 所谓"旧事凄凉不可闻"也。（甲）评语引中唐窦叔向《夏夜宿表兄话旧》诗："远书珍重何曾达，旧事凄凉不可听。"

6. 恐另有所图。雨村已是下流人物，看此，今之如雨村者亦未有矣。（甲）此愤世者言。

7. 如何？果有所图。谢礼却为此，险哉人之心也！（甲）

8. 封肃之喜，比他冷漠、无心肝更可鄙，从作者用词可看出。

9. 情节要渐度至贾府了，甄家故事只是正文前的入话。士隐家一段小荣枯至此结住，所谓真不去，假焉来也。（甲）

10. 再注明结缘全属侥幸，总感慨命运不公。好极！与英莲"有命无运"四字遥遥相映射。莲，主也；杏，仆也；今莲反无运，而杏则两全，可知世人原在运数，不在眼下之高低也。此则大有深意存焉。（甲）

11. 调侃语。妙极！盖女儿原不该私顾外人之谓。（甲）

---

① 撺掇——从旁促成；怂恿。

② "偶因"两句——着，走一步棋，比喻一次行动。娇杏偶因好奇，回头看了贾雨村两眼，这从封建礼教不准女子私顾外人的眼光看，是不应该的。但她却因为这一错反而由奴婢变成了主子。"一着错"，甲辰本，程高本作"一回顾"，系后人篡改；二字之差，把讽刺改成了称羡。

③ 外班——会试中进士后，分发外省做官者。

未免有些贪酷之弊；且又恃才侮上，那些官员皆侧目而视。[1] 不上一年，便被上司寻了一个空隙，作成一本，参他"生性狡猾，擅纂礼仪，且沽清正之名，而暗结虎狼之属，致使地方多事，民命不堪"[2] 等语。龙颜大怒，即批革职。该部文书一到，本府官员无不喜悦。那雨村心中虽十分断恨，却面上全无一点怨色，仍是嘻笑自若。[3] 交代过公事，将历年做官积的些资本并家小人属送至原籍，安插妥协。却又自己担风袖月，游览天下胜迹。[4]

那日，偶又游至维扬①地面，因闻得今岁鹾政②点的是林如海。这林如海姓林名海，字表如海，[5] 乃是前科的探花③，今已升至兰台寺大夫④，[6] 本贯姑苏人氏，[7] 今钦点出为巡盐御史，到任方一月有余。原来这林如海之祖，曾袭过列侯，今到如海，业经五世。起初时，只封袭三世，因当今隆恩盛德，远迈前代，[8] 额外加恩，至如海之父，又袭了一代；至如海，便从科第出身。虽系钟鼎之家⑤，却亦是书香之族。[9] 只可惜这林家支庶不盛，子孙有限；虽有几门，却与如海俱是堂族而已，没甚亲支嫡派的。[10] 今如海年已四十，只有一个三岁之子，偏又于去岁死了。虽有几房姬妾，奈他命中无子，亦无可如何之事。今只有嫡妻贾氏，生得一女，乳名黛玉，年方五岁。夫妻无子，故爱女如珍；且又见她聪明清秀，[11] 便也欲使她读书识得几个字，不过假充

1. 科场得意，初仕顺利，最易犯此病。此亦奸雄必有之理。（甲）

2. 难免如此。此亦奸雄必有之事。（甲）

3. 欲当政客，非有这点修养本领不可。此亦奸雄必有之态。（甲）

4. 故能至金陵、扬州等地。

5. 脂评也说有寓意：盖云学海文林也。总是暗写黛玉。（甲）

6. 官制半遵古名亦好。余最喜此等半有半无、半古半今，事之所无，理之必有，极玄极幻，荒唐不经之处。（甲）

7. 十二钗正出之地，故用真。（甲）好事者以为有此批为据，林黛玉真的是姑苏人无疑，遂说在苏州找到林姑娘原型。这是误解。批语只是说次要角色的籍贯多虚拟，如胡州、大如州之类，此处用真地名（尚有金陵、扬州等），以示郑重而已，与人物之真假无关。

8. 脂评见颂圣的话就要发挥：可笑近时小说中，无故极力称扬浪子淫女，临收结时，还必致感动朝廷，使君父同入其情欲之界，明遂其意，何无人心之至！不知彼作者有何好处，有何谢报到朝廷廊庙之上，直将半生淫污秽渎睿听，又苦拉君父作一干证护身符，强媒硬保，得遂其淫欲哉！（甲）

9. 更看重"书香"二字。盖钟鼎亦必有书香方至美。（甲）

10. 总为黛女孤女身份而写。

11. 初出黛玉，竟用如此平常语言，正是作者对自己笔墨有充分信心的表现。看他写黛玉只用此四字，可笑近来小说中满纸天下无二、古今无双等字。（甲）

---

① 维扬——扬州的别称。
② 鹾（cuó 嵯）政——朝廷派往地方督察所属盐务官员的官。鹾，盐。
③ 探花——经殿试赐进士及第的第三名，前两名为状元、榜眼。
④ 兰台寺大夫——虚拟的官职，当借指御史大夫。汉有兰台，也用以称御史台，又称兰台寺。
⑤ 钟鼎之家——"钟鸣鼎食之家"的简称，即豪门贵族。

养子之意，聊解膝下荒凉之叹。

雨村正值偶感风寒，病在旅店，将一月光景方渐愈。一因身体劳倦，二因盘费不继，也正欲寻个合式之处，暂且歇下。幸有两个旧友，亦在此境居住，<sup>1</sup>因闻得甄政欲聘一西宾①，雨村便相托友力，谋了进去，且作安身之计。妙在只一个女学生，并两个伴读丫鬟。这女学生年又小，身体又极怯弱，功课不限多寡，故十分省力。

堪堪②又是一载的光阴，谁知女学生之母贾氏夫人一疾而终。女学生侍汤奉药，守丧尽哀，遂又将辞馆别图。林如海意欲令女守制读书，故又将他留下。近因女学生哀痛过伤，本自怯弱多病的，触犯旧症，遂连日不曾上学。<sup>2</sup>雨村闲居无聊，每当风日晴和，饭后便出来闲步。

这日，偶至郭外③，意欲赏鉴那村野风光。<sup>3</sup>忽信步至一山环水旋、茂林深竹之处，隐隐有座庙宇，门巷倾颓，墙垣朽败。门前有额，题着"智通寺"三字，<sup>4</sup>门旁又有一副旧破的对联，曰：

> 身后有余忘缩手，眼前无路想回头。<sup>5</sup>

雨村看了，因想到："这两句话文虽浅近，其意则深。我也曾游过些名山大刹，倒不曾见过这话头；其中想必有个翻过筋斗④来的也未可知，<sup>6</sup>何不进去试试。"想着，走入看时，只有一个龙钟老僧在那里煮粥。雨村见了，便不在意。<sup>7</sup>及至问他两句话，那老僧既聋且昏，齿落舌钝，所答非所问。<sup>8</sup>

雨村不耐烦，便仍出来，意欲到那村肆中沽酒三杯，以助野趣。于是款步行来，刚入肆门，只见座上吃酒之客有一人起身大笑，接了出来，口内说："奇遇，奇遇！"雨村忙看时，此人是

1. 也是偶然机遇，若非做林家西宾，便不得推荐至荣府。

2. 不必上课，始有出游之闲暇。

3. 要写他遇见冷子兴，先写他欲赏野外风光，所谓"文似看山不喜平"。

4. 寺名便有深意。谁为智者？又谁能通？一叹！（甲）

5. 是警示世人，也是警示雨村。先为宁、荣诸人当头一喝，却是为余一喝。（甲）

6. 雨村能想到这点，还不笨。随笔带出禅机，又为后文多少语录不落空。（甲）"翻筋斗"为佛家常用之喻；语录，指通俗的谈禅文字。唐时，僧徒不通于文，乃书其师语于俚俗，谓之语录。

7. 雨村毕竟是俗眼，只能看表象，若使遇见癫僧跛道，也必定不在意。是雨村火气。（甲）

8. 还是俗眼看人，禅语机锋中答非所问者多矣！是翻过来的。（甲）

---

① 西宾——对家塾教师或幕友的敬称，又可称"西席"。古时以席西面东为尊。

② 堪堪——差不多。今多作"看看"。

③ 郭外——城外；郊区。郭，外城。

④ 翻过筋斗——喻遭受过重大挫折。

都中古董行中贸易的号冷子兴者，<sup>1</sup>旧日在都相识。雨村最赞这冷子兴是个有作为大本领的人，这子兴又借雨村斯文之名，故二人说话投机，最相契合。雨村忙笑问："老兄何日到此？竟不知今日偶遇，真奇缘也！"子兴道："去年岁底到家，今因还要入都，从此顺路找个敝友说一句话，承他之情，留我多住两日。我也无甚紧事，且盘桓两日，待月半时也就起身了。今日敝友有事，我因闲步至此，且歇歇脚，不期这样巧遇！"一面说，一面让雨村同席坐了，另整上酒肴来。二人闲谈漫饮，叙些别后之事。<sup>2</sup>

雨村因问："近日都中可有新闻没有？"<sup>3</sup>子兴道："倒没有什么新闻，倒是老先生你贵同宗家出了一件小小的异事<sup>4</sup>。"雨村笑道："弟族中无人在都，何谈及此？"子兴笑道："你们同姓，岂非同宗一族？"雨村问是谁家。子兴道："荣国府贾府中，可也不玷辱了先生的门楣了？"<sup>5</sup>雨村笑道："原来是他家。若论起来，寒族人丁却不少。自东汉贾复<sup>①</sup>以来，支派繁盛，各省皆有，谁能逐细考查！若论荣国一支，却是同谱。但他那等荣耀，我们不便去攀扯，至今越发生疏难认了。"

子兴叹道："老先生休如此说！如今的这宁、荣两门，也都萧疏了，不比先时的光景。"<sup>6</sup>雨村道："当日宁、荣两宅的人口极多，如何就萧疏了？"冷子兴道："正是，说来也话长。"雨村道："去岁我到金陵地界，因欲游览六朝遗迹，那日进了石头城<sup>②</sup>，<sup>7</sup>从他老宅门前经过。街东是宁国府，街西是荣国府，二宅相连，竟将大半条街占了。大门前虽冷落无人，<sup>8</sup>隔着围墙一望，里面厅殿楼阁，也还都峥嵘轩峻；就是后一带花园子里<sup>9</sup>树木山石，也还都有蓊蔚洇润<sup>③</sup>之气，哪里像个衰败之家？"冷子兴笑道："亏你是个进士出身，

1. 豪门大宅今昔状况，古董行商人因职业之故，所知最详，其所言种种或能冷却荣华富贵追慕者的兴头，因而命名？第七回说到他是管家周瑞的女婿，则其能演说荣府更合情理了。此人不过借为引绳，不必细写。（甲）

2. 此类闲谈，自应一笔带过。

3. 都中新闻是雨村有兴趣的事。

4. "贵同宗家"，说得他摸不着头脑。雨村已无族中矣，何及于此耶？看他下文。（甲）

5. 确是俗人总喜高攀之心态。刳小人之心肺，闻小人之口角。（甲）

6. 记清此句，可知书中之荣府已是末世了。（甲）

7. 点睛妙笔。（甲）所谓"睛"，应是书名，则《石头记》之名，其含义不但是"石头经历的故事"，也可以说是"石头城的故事"了。"石头城"也简称"石头"，如刘禹锡《西塞山怀古》诗："一片降幡出石头"即是。

8. 这是金陵老宅，不是都中景况，看清！好，写出空宅。（甲）

9. "后"字何不直用"西"字？（甲）批者以为作者此处在隐写往年家事。曹寅在世日，其江宁织造署内之居处，多以"西"字为名，其花园即称"西园"，又有"西池""西亭""西堂""西轩"等名。此批者当是畸笏叟。又有批答以谑语曰：恐先生堕泪，故不敢用"西"字。（甲）

---

① 东汉贾复——南阳冠军（今河南邓州一带）人，官至左将军，封胶东侯。《后汉书》有传。

② 石头城——即金陵，今南京，清代的江宁府。

③ 蓊（wěng 滃）蔚洇（yīn 因）润——茂盛而有光泽。

原来不通！古人有云：'百足之虫，死而不僵'①，如今虽说不似先年那样兴盛，较之平常仕宦之家，到底气象不同。如今生齿②日繁，事物日盛，主仆上下，安富尊荣者尽多，运筹谋画者无一；其日用排场费用，又不能将就省俭，如今外面的架子虽未甚倒²，内囊却也尽上来了。这还是小事，更有一件大事：谁知这样钟鸣鼎食之家，翰墨诗书之族，如今的儿孙，竟一代不如一代了！"³ 雨村听了，也纳罕道："这样诗书之家，岂有不善教育之理？别家不知，只说这宁、荣二宅，是最教子有方的。"⁴

子兴叹道："正说的是这两门呢。待我告诉你：当日宁国公与荣国公是一母同胞弟兄两个。宁公居长，生了四个儿子。⁵ 宁公死后，长子贾代化袭了官，也养了两个儿子：长名贾敷，至八九岁上便死了，只剩了次子贾敬袭了官，如今一味好道，只爱烧丹炼汞③，余者一概不在心上⁶。幸而早年留下一子，名唤贾珍，因他父亲一心想作神仙，把官倒让他袭了。他父亲又不肯回原籍来，只在都中城外和道士们胡羼④。这位珍爷也倒生了一个儿子，今年才十六岁，名叫贾蓉。如今敬老爹一概不管。这珍爷哪肯读书，只一味高乐不已，把宁国府竟翻了过来，也没有人敢来管他。⁷ 再说荣府你听，方才所说异事就出在这里。自荣公死后，长子贾代善袭了官，娶的是金陵世勋史侯家的小姐为妻，⁸ 生了两个儿子：长子贾赦，次子贾政。如今代善早已去世，太夫人尚在，⁹ 长子贾赦袭着官；次子贾政，自幼酷喜读书，祖父最疼，原欲以科甲出身的。不料代善临终时，遗本一上，皇上因恤先臣，即时令长子袭官外，问还有几子，立刻引见，遂额外赐了这政老爹一

1. 是后文多次提到的话。二语乃今古富贵世家之大病。（甲）

2. 所谓"百足之虫，死而不僵"也。"甚"字好，盖已半倒矣。（甲）

3. "一代不如一代"是多少人见有作为的起家者子孙不肖的共同感慨。文是极好之文，理是必有之理，话则极痛极悲之话。（甲）

4. 有"教子有方"之问，方转出下文一一说子孙。

5. 贾蔷、贾菌之祖，不言可知矣。（甲）按，前回批甄士隐解注好了歌"昨怜破袄寒，今嫌紫蟒长"二句称"贾兰、贾菌一干人"，此批又提及"贾菌"，则此人在佚稿中必有故事，惜已不可知。

6. 宁府弛堕家教、纵容子孙可知，直贯至第六十三"死金丹"回。

7. 贾敬放纵儿子胡作非为，以致贾珍乱伦与儿媳秦可卿私通，酿成她悲剧结局。后《好事终》曲"箕裘颓堕皆从敬"，此之谓也。

8. 因湘云，故及之。（甲）

9. 贾母也。湘云祖姑史氏太君也。（甲）

---

① 百足之虫，死而不僵——马陆、蜈蚣之类多脚虫子，死了也不倒。这里喻豪门大族，虽已衰败，但表面仍能保持繁荣的假象。语见三国魏曹冏《六代论》。
② 生齿——人口。
③ 烧丹炼汞——道教以为朱砂与水银能烧炼成仙丹妙药，服后可长生不死，成仙飞升。
④ 胡羼（chàn 忏）——胡乱混杂在一起。

个主事之衔，令其入部习学，如今现已升了员外郎了。[1]这政老爹的夫人王氏，头胎生的公子，名唤贾珠，十四岁进学，不到二十岁就娶了妻，生了子，一病死了。第二胎生了一位小姐，生在大年初一，这就奇了，不想后来又生了一位公子，[2]说来更奇：一落胎胞，嘴里便衔下一块五彩晶莹的玉来，上面还有许多字迹，[3]就取名叫作宝玉。你道是新奇异事不是？"

雨村笑道："果然奇异。只怕这人来历不小。"子兴冷笑道："万人皆如此说，因而乃祖母便先爱如珍宝。那年周岁时，政老爹便要试他将来的志向，便将那世上所有之物摆了无数，与他抓取①。谁知他一概不取，伸手只把些脂粉钗环抓来。[4]政老爹便大怒了，说：'将来酒色之徒耳！'因此便大不喜悦。独那史老太君还是命根一样。说来又奇，如今长了七八岁，虽然淘气异常，但其聪明乖觉处，百个不及他一个。说起孩子话来也奇怪，他说：'女儿是水作的骨肉，男人是泥作的骨肉。[5]我见了女儿，我便清爽；见了男子，便觉浊臭逼人。'你道好笑不好笑？将来色鬼无疑了！"[6]雨村罕然厉色，[7]忙止道："非也！可惜你们不知道这人来历。大约政老前辈也错以淫魔色鬼看待了。若非多读书识事，加以致知格物之功、悟道参玄②之力，不能知也。"

子兴见他说得这样重大，忙请教其端。雨村道："天地生人，除大仁大恶两种，余者皆无大异。若大仁者，则应运而生；大恶者，则应劫而生。运生世治，劫生世危。尧、舜、禹、汤、文、武、周、召、孔、孟、董、韩、周、程、张、朱，皆应运而生者；蚩尤、共工、桀、纣、始皇、王莽、曹操、桓温、安禄山、秦桧等，

1. 嫡真实事，非妄拥也。（甲）总是称功颂德。（甲）凡有作者家事影子的素材，批书人都关注。曹寅死后，曹颙继承父职，为江宁织造，"加授主事职衔"。颙病死，曹頫再袭父兄职衔，为江宁织造主事、内务府员外郎。

2. 一部书中第一人却如此淡淡带出，故不见后来玉兄文字繁难。（甲）此句"后来"二字，甲戌本作"次年"，与元春、宝玉间年龄差距矛盾，故未取。

3. 青梗顽石已得下落。（甲）通灵玉被如此挟带入世。

4. 宝玉性格的方方面面，以后有的是机会，可以慢慢勾画、着色、丰富，先突出他在旁人眼中最显著的特异处，选择了抓周与奇谈一行一言，写他天性爱女儿，便能马上给人以极深的印象。这是一条成功的艺术经验。

5. 如此奇语，像是在新编《创世记》，遂成宝玉千古名句。

6. 俗人之见，亦钓后语之钩饵。没有这一句，雨村如何罕然厉色并后奇奇怪怪之论。（甲）

7. 下此四字，正为使以下一番议论醒目。

---

① 所有之物……抓取——指"抓周"，也叫"试儿"，旧时试测幼儿将来性情、志趣的习俗。

② 致知格物、悟道参玄——致知，获得知识。格物，推究事物之理。语出《礼记·大学》。悟、参，都有经思索而领会的意思。玄，指精妙的道理。

皆应劫而生者<sup>①</sup>。<sup>1</sup>大仁者，修治天下；大恶者，扰乱天下。清明灵秀，天地之正气，仁者之所秉也；残忍乖僻，天地之邪气，恶者之所秉也。今当运隆祚永<sup>②</sup>之朝，太平无为之世，清明灵秀之气所秉者，上至朝廷，下及草野，比比皆是。所余之秀气，漫无所归，遂为甘露，为和风，洽然<sup>③</sup>溉及四海。彼残忍乖僻之邪气，不能荡溢于光天化日之中，遂凝结充塞于深沟大壑之内，偶因风荡，或被云摧，略有摇动感发之意，一丝半缕误而泄出者，偶值灵秀之气适过，正不容邪，邪复妒正，<sup>2</sup>两不相下，亦如风水雷电，地中既遇，既不能消，又不能让，必致搏击掀发后始尽。故其气亦必赋人，发泄一尽始散。使男女偶秉此气而生者，上则不能成仁人君子，下亦不能为大凶大恶，<sup>3</sup>置之于千万人之中，其聪俊灵秀之气，则在万万人之上；其乖僻邪谬、不近人情之态，又在万万人之下。<sup>4</sup>若生于公侯富贵之家，则为情痴情种；若生于诗书清贫之族，则为逸士高人；纵再偶生于薄祚寒门，断不能为走卒健仆，甘遭庸人驱制驾驭，亦必为奇优名倡。<sup>5</sup>如前代之许由、陶潜、阮籍、嵇康、刘伶、王谢二族、顾虎头、陈后主、唐明皇、宋徽宗、刘庭芝、温飞卿、米南宫、石曼卿、柳耆卿、秦少游；近日之倪云林、唐伯虎、祝枝山；再如李龟年、黄幡绰、敬新磨、卓文君、红拂、薛涛、崔莺、朝云之流<sup>④</sup>，此皆易地则同之人也。"<sup>6</sup>

1. 此亦略举大概几人而言。（甲）这是贾雨村之论，非曹雪芹之论。此书总以塑造人物为第一要义，切莫因其说玄虚奥妙，便生雪芹思想高深莫测之想。当然，能借我国传统医学中常用的正邪二气概念自圆其说，也相当不容易。

2. 正邪不两立亦系常言，无须将其夸大为高论。

3. 此类是大多数，其中出类拔萃者，亦具复杂人性，非生而有之。

4. 这篇高论中，最有思考价值的，莫过于说大仁大恶之外的第三类人物，他们既非应运而生，也非应劫而生，而是因所处环境、条件、命运的差异而表现出复杂性格特点来的各类杰出人物。总为解说贾宝玉思想秉性而有。

5. 能将逸士高人与奇优名倡一例看，实属不易。

6. 警句，归纳得好。

---

① 尧、舜……秦桧——所谓"大仁"者，为唐尧、虞舜、夏禹、商汤、周文王、周武王、周公、召公，以及孔子、孟子、西汉儒学大师董仲舒、唐韩愈、北宋理学家周敦颐和程颢程颐兄弟、哲学家张载、南宋理学家朱熹。所谓"大恶"者，为神话中上古的叛逆者蚩尤、共工，无道暴君夏桀、商纣、秦始皇，西汉篡位的王莽，三国的曹操和东晋擅朝政的桓温、唐叛乱的安禄山、南宋奸相秦桧。因为是写小说，须顾及说话人的身份、思想，故区分大仁大恶，只从流俗维护封建正统之说，并不能认真看作是作者对历史人物的严肃评价。

② 运隆祚（zuò 做）永——国运兴旺，皇位久长。祚，皇位、国统。下文"薄祚寒门"之"祚"，则是福气的意思。

③ 洽然——普遍地。

④ 许由……朝云——许由：尧时避名而隐的高人。陶潜：东晋大诗人。阮籍、嵇康、刘伶：魏晋间名士，均"竹林七贤"中人。王谢二族：东晋王导、谢安两大家族，出了不少文采风流人物。顾虎头：东晋大画家顾恺之，小名虎头。陈后主：南朝陈代好淫词艳曲的亡国皇帝陈叔宝。唐明皇：唐玄宗李隆基，擅音乐的风流皇帝。宋徽宗：北宋皇帝赵佶，长书画。刘庭芝：初唐诗人刘希夷，字庭芝。温飞卿：晚唐诗词名家温庭筠，字飞卿。米南宫：北宋大书画家米芾，曾为礼部员外郎，礼部郎官又称南宫舍人，故世称米南宫。石曼卿：北宋诗人石延年，字曼卿。柳耆卿：北宋著名词人柳永，字耆卿。秦少游：北宋著名词人秦观，字少游。倪云林：元大画家倪瓒，号云林子。唐伯虎：明大画家、文人唐寅，字伯虎。祝枝山：明著名书法家、文学家祝允明，号枝山。李龟年：唐著名宫廷乐师。黄幡绰：唐宫廷艺人，善演参军戏。敬新磨：五代后唐宫廷艺人，长于诙谐。卓文君：已见前注。红拂：唐传奇《虬髯客传》中的奇女子。薛涛：唐代工文辞的名妓。崔莺：即唐传奇《会真记》和后来《西厢记》中的女主角崔莺莺。朝云：北宋钱塘名妓，苏轼纳为妾。

子兴道："依你说，'成则王侯败则贼'[1]了？"雨村道："正是这意。你还不知，我自革职以来，这两年遍游各省，也曾遇见两个异样孩子。[2]所以，方才你一说这宝玉，我就猜着了八九亦是这一派人物。不用远说，只金陵城内，钦差金陵省体仁院总裁甄家①，[3]你可知么？"子兴道："谁人不知！这甄府和贾府就是老亲，又系世交。两家来往，极其亲热的。便在下也和他家来往非止一日了。"[4]

雨村笑道："去年我在金陵，也曾有人荐我到甄府处馆。我进去看其光景，谁知他家那等显贵，却是个富而好礼之家，[5]倒是个难得之馆。但这一个学生，虽是启蒙，却比一个举业的还劳神。说起来更可笑，他说：'必得两个女儿伴着我读书，我方能认得字，心里也明白；不然我自己心里糊涂。'[6]又常对跟他的小厮们说：'这女儿两个字，极尊贵、极清净的，比那阿弥陀佛、元始天尊的这两个宝号还更尊荣无对的呢！[7]你们这浊口臭舌，万不可唐突了这两个字要紧！但凡要说时，必须先用清水香茶漱了口才可；设若失错，便要凿牙穿腮'等事。其暴虐浮躁，顽劣憨痴，种种异常。只一放了学，进去见了那些女儿们，其温厚和平，聪敏文雅[8]，竟又变了一个。因此，他令尊也曾下死笞楚过几次，无奈竟不能改。每打得吃疼不过时，他便'姐姐''妹妹'乱叫起来。后来听得里面女儿们拿他取笑：'因何打急了只管唤

1. 《女仙外史》中论魔道已奇，此又非外史之立意，故觉愈奇。（甲）《女仙外史》清吕熊作，叙明初山东蒲台唐赛儿造反事。其论魔道文字，人称"奇而诞"。参见陈庆浩《新编石头记脂砚斋评语辑校》此条注，中国友谊出版公司。

2. 必先虚晃一枪，方显得以下所言非编造而有。

3. 此衔无考，亦因寓怀而设，置而勿论。（甲）作者说"失落无考"时，脂评就说"大有考证"；作者隐重大真事时，脂评却又作此地无银之说，说它"无考""置而勿论"，此种矛盾现象，真实地反映了小说创作圈子里人的惶惑心理状态。又一个真正之家，持与假家遥对，故写假则知真。（甲）此批极重要。作者想写的家世真事，原应在金陵（江宁府），但怕太触目了，就移至都中，却又不甘心真事隐没，故又在原籍虚设一家与都中无异，一真（甄）一假（贾），"写假则知真"，以此来统一实录其事与真事隐去的矛盾。

4. 虽自高身份，却未必全是说大话。说大话之走狗，毕真。（甲）批语似有所愤而发。

5. 只一句便是一篇家传，与子兴口中是两样。（甲）批者似心中先存有个现实中的家。

6. 一个宝玉，性情已够出奇的了，居然还有第二个同样的宝玉。二人特点全同，叙事却丝毫不重复。以如此大胆的荒唐言，告诉读者：甄就是贾，贾就是甄。作者真煞费苦心。甄家之宝玉乃上半部不写者，故此处极力表明，以遥照贾家之宝玉。凡写贾宝玉文，则正为真宝玉传影。（甲）此批极重要，可知下半部要写到甄宝玉，或以此代替写贾宝玉，而贾反以侧笔点到。

7. 如何只以释老二号为譬，略不敢及我先师儒圣等人，余则不敢以顽劣目也。（甲）文中之譬自妥，亦合情理，何必再及孔圣人以惹是非！

8. 前后判若二人。与前八个字嫡对。（甲）

---

① 钦差金陵省体仁院总裁甄家——钦差，皇帝亲派办理重大事情的官员。体仁院总裁，虚拟的官名。极可能隐寓作者祖上历任江宁织造之职。其祖辈曹玺、曹寅皆康熙亲信，出任江宁皆有特派使命，为皇帝访察江南吏治民情，直接专折奏报。

姐妹作甚？莫不是求姐妹去说情讨饶？你岂不愧些！'他回答得最妙。他说：'急疼之时，只叫"姐姐""妹妹"字样，或可解疼也未可知，因叫了一声，便果觉不疼了，遂得了秘方：每疼痛之极，便连叫姐妹起来了。'¹你说可笑不可笑？也因祖母溺爱不明，每因孙辱师责子，²因此我就辞了馆出来。如今在巡盐御史林家坐馆了。你看，这等子弟，必不能守祖父之根基，从师友之规谏的。只可惜他家几个好姐妹都是少有的。"³

　　子兴道："便是贾府中，现有的三个也不错。政老爹之长女，名元春⁴，现因贤孝才德，选入宫中作女史①去了⁵。二小姐乃赦老爹前妻所出，名迎春⁶；三小姐乃政老爹之庶出，名探春⁷。四小姐乃宁府珍爷之胞妹，名唤惜春⁸。因史老夫人极爱孙女，都跟在祖母这边一处读书，听得个个不错。"雨村道："更妙在甄家的风俗，女儿之名，亦皆从男子之名命字，不似别家另外用这些'春''红''香''玉'等艳字的。何得贾府亦落此俗套？"子兴道："不然。只因现今大小姐是正月初一日所生，故名元春，余者方从了'春'字。上一辈的，却也是从弟兄而来的。现有对证：目今你贵东家林公之夫人，即荣府中赦、政二公之胞妹，在家时名唤贾敏。不信时，你回去细访可知。"雨村拍案笑道："怪道这女学生读书，凡书中有'敏'字，她皆念作'密'字，每每如是；写字时，遇着'敏'字，又减一二笔②，我心中就有些疑惑。今听你说的，是为此无疑矣！⁹怪道我这女学生言语举止另是一样，不与近日女子相同。度其母必不凡，方得此女，今知为荣府之孙女，又不足罕矣。可伤上月竟亡故了！"子兴叹道："老姊妹四个，这一个是极小的，又没了；长一辈的姊妹，一个也没了！只看这少一辈的，将来之东床③如何呢。"

　　雨村道："正是。方才说这政公，已有了一个衔玉之儿，又有长子所遗一个弱孙。这赦老竟无一个不成？"子兴道："政公既有玉儿之后，其妾后又生了一个，倒不知其好歹。¹⁰只眼前现有二子一孙，却不知将来如何。若问那赦公，也有二子：长名贾琏，今已二十来往了，亲上作亲，娶的就是政老爹夫人王氏之内侄女，¹¹今已娶了二年。这位琏爷身上，现捐的是个同知④，也是不喜读书，于世路上好机变言谈去的。所以如今

1. 以自古未闻之奇语，故写成自古未有之奇文。此是一部书中大调侃寓意处。盖作者实因鹡鸰之悲、棠棣之威，故撰此闺阁庭帏之传。（甲）鹡鸰、棠棣皆喻兄弟，语出《诗经》。王利器以为二句一义，都说兄弟死丧之事。因史料阙如，尚难确指。

2. 此语可与后宝玉挨打情节对看。

3. 实点一笔，余谓作者必有。（甲）也尚难落实。

4. 姊妹四人名组成谐音义。原也。（甲）

5. 因汉以前例，妙。（甲）

6. 应也。（甲）

7. 叹也。（甲）

8. 息也。（甲）

9. 黛玉是书中女一号，又即将入荣府，故多说几句，使下文能顺其势。她尊母避讳如此，可知作者无意将她写成有封建叛逆倾向的人，她只是重情不重功名利禄而已。避讳一事也见出她是个细心敏感的人。

10. 不点贾环名，也不说好歹，自合情理。

11. 凤姐则不同，内外皆有闻，且是要角，故必得有一些表述。

---

① 女史——古代宫中女官名，借汉以前职称。
② "敏"念"密"，又减一二笔——所谓避讳。古人对君亲名字，必须改写、改音或省笔，以示尊敬。
③ 东床——女婿。出《世说新语·雅量》。
④ 同知——主管府的副职。

只在乃叔政老爷家住着，帮着料理些家务。谁知自娶了他令夫人之后，倒上下无一人不称颂他夫人的，琏爷倒退了一射之地。<u>说模样又极标致，言谈又爽利，心机又极深细，竟是个男人万不及一的。</u>"[1]

雨村听了，笑道："<u>可知我前言不谬。</u>[2]你我方才所说的这几个人，都只怕是那正邪两赋而来一路之人，未可知也。"子兴道："邪也罢，正也罢，只顾算别人家的帐，你也吃一杯酒才好！"雨村道："正是，只顾说话，竟多吃了几杯。"子兴笑道："<u>说着别人家的闲话，正好下酒，[3]即多几杯何妨！</u>"雨村向窗外看道："天也晚了，仔细关了城！我们慢慢进城再谈未为不可。"于是，<u>二人起身算还酒帐。[4]</u>方欲走时，又听得后面有人叫道："<u>雨村兄，恭喜了！特来报个喜信的。</u>[5]"雨村忙回头看时，〔——要知是何人，且听下回分解。〕

1. 未见其人，先速写几笔，画出主要特征来。

2. 仍归正邪两端之论，将闲谈结住。

3. 虽说是可下酒的闲话，却是为初阅者作主要人物表而用心设计的。

4. 不得谓此处收得索然，盖原非正文也。（甲）

5. 时来运转。喜信来得快，不必过渡，立即接上。

## 【总评】

贾雨村被聘为林如海家的西宾，教读黛玉，是为其与荣国府牵上关系。但此回重点还在酒肆中雨村遇冷子兴的一番闲谈。其作用主要有几个方面：

一、介绍贾府概貌。在故事情节展开前，让读者对宁、荣二府众多人物间的关系，先有个大体了解，起着长篇小说常有的"人物表"的作用。

二、让小说主人公贾宝玉先在旁人闲谈中"亮相"。只讲他重女轻男、女尊男卑的反世俗观念的性情特点，尽量给人以鲜明、突出的印象。

三、将在都中的贾府与在金陵的老宅及甄府联结起来，特别是有一个在尊崇女儿上完全与贾宝玉一模一样的甄宝玉，用这样特殊的手法，也暗示书中故事在都中是假（贾），在金陵的才是真（甄）。

四、点明贾家（包括甄家）已是渐趋"衰败之家"，所谓"百足之虫，死而不僵"，"如今外面的架子虽未甚倒，内囊却也尽上来了"，即书中屡屡提及的"末世"。

雨村的正邪二气之说，并非严肃的科学论述，也不必为誉扬作者而将他当成哲学思想家，说是"雪芹以假语村言，写程朱理学与反程朱理学之斗争"。议论中列举大仁大恶者的标准，须合乎雨村之为人及世俗观念，并不代表作者对历史人物的认真评判。值得注意的倒是说，除了少数大仁大恶者以外，普遍的人性"皆无大异""皆易地则同之人"。所谓"地"，即人的生活环境、客观条件。至于说到"其聪俊灵秀之气，则在万万人之上；其乖僻邪谬、不近人情之态，又在万万人之下"，又显然是以贾宝玉为主要对象的。脂砚斋曾说贾宝玉之为人"说不得贤，说不得愚，说不得不肖；说不得善，说不得恶；说不得正大光明，说不得混账恶赖；说不得聪明才俊，说不得平凡庸俗；说不得好色好淫，说不得情痴情种"（第十九回评）的话，也与之极其相似。毕竟作者的天才在于敏锐地发现现实生活中贾宝玉一类人的特性，而成功地将其强化，成功地塑造成出色的艺术形象。小说家的任务只在于描绘、表现，至于对形象的剖析、说明，并不是他的职责，也是他所无能为力的。

# 第 三 回
## 金陵城起复贾雨村　荣国府收养林黛玉

【题解】

　　本回回目诸本不一。己卯、杨藏本作"贾雨村夤缘复旧职,林黛玉抛父进京都";庚辰本"京都"作"都京",余同。蒙府、戚序、列藏、甲辰本作"托内兄如海酬训教,接外孙贾母惜孤女";卞藏本"内兄"讹作"内弟","惜"作"恤";程高本"酬训教"作"荐西宾"。今从甲戌本回目,其上下句有对比之意,在"收养"二字之侧,尚有脂评说:"二字触目凄凉之至。"可知是作者原拟之回目,且小说在原稿交付畸笏、脂砚等加批誊清后,一直未及返还作者,故知此回甲戌以外诸本回目皆他人所拟。推敲起来,多有不妥。如"夤缘"一词不通俗;贾雨村谋得金陵应天府之缺,乃新职位,并非"复旧职",书中也只说"起复旧员"。至于其他所拟不出"贾雨村"之名的回目,与下回"护官符"少了照应,也不佳。起复,解官者被恢复任用。

　　却说雨村忙回头看时,不是别人,乃是当日同僚一案参革的号张如圭者。[1]他本系此地人,革职后家居。今打听得都中奏准起复旧员之信,他便四下里寻情找门路,忽遇见雨村,故忙道喜。二人见了礼,张如圭便将此信告诉雨村,雨村自是欢喜,忙忙地叙了两句,遂作别各自回家。[2]冷子兴听得此言,便忙献计,[3]令雨村央烦林如海,转向都中去央烦贾政。雨村领其意,作别回至馆中,忙寻邸报①看真确了。[4]

　　次日,面谋之如海。如海道:"天缘凑巧,因贱荆②去世,都中家岳母念及小女无人依傍教育,前已遣了男女船只来接,因小女未曾大痊,故未及行。此刻正思,向蒙训教之恩,未经酬报,遇此机会,岂有不尽心图报之理!但请放心,弟已预为筹画至此,已修下荐书一封,转托内兄务为周全协佐,方可稍尽弟之鄙诚。即有所费用之例,弟于内兄信中已注明白,

1. 名用谐音。盖言如鬼如蜮也,亦非正人正言。(甲)

2. 兴奋之情从无心多叙写出。画出心事。(甲)

3. 势利之人多如此。毕肖赶热灶者。(甲)

4. 必查核准了,心里方踏实。细。(甲)

――――――――――

① 邸报――官府传抄的新闻记事,早期的一种报纸。

② 贱荆――对自己妻子的谦称。

亦不劳尊兄多虑矣。"雨村一面打恭，谢不释口，一面又问："不知令亲大人现居何职？只怕晚生草率，不敢骤然入都干渎①。"[1]如海笑道："若论舍亲，与尊兄犹系同谱，乃荣公之孙。大内兄现袭一等将军，名赦，字恩侯；二内兄名政，字存周，现任工部员外郎，其为人谦恭厚道，大有祖父遗风，非膏粱轻薄仕宦之流，故弟方致书烦托。否则，不但有污尊兄之清操，即弟亦不屑为矣。"[2]雨村听了，心下方信了昨日子兴之言，于是又谢了林如海。如海乃说："已择了出月初二日，小女入都，尊兄即同路而往，岂不两便？"雨村唯唯听命，心中十分得意。如海遂打点礼物并饯行之事，雨村一一领了。

那女学生黛玉身体方愈，原不忍弃父而往；无奈她外祖母致意务必去，且兼如海说："汝父年将半百，再无续室之意；且汝多病，年又极小，上无亲母教养，下无姊妹兄弟扶持，[3]今依傍外祖母及舅氏姊妹去，正好减我顾盼之忧，何反云不往？"黛玉听了，方洒泪拜别，[4]遂同奶娘及荣府中几个老妇人登舟而去。雨村另有一只船，带两个小童，依附黛玉而行。

有日，到了都中，[5]进入神京，雨村先整了衣冠，带了小童，拿着宗侄的名帖，至荣府门前投了。[6]彼时贾政已看了妹丈之书，即忙请入相会。见雨村相貌魁伟，言谈不俗，且这贾政最喜读书人，[7]礼贤下士，拯溺济危，大有祖风；况又系妹丈致意，因此优待雨村，更又不同，便竭力内中协助。题奏之日，轻轻谋了一个复职候缺。不上两个月，金陵应天府②缺出，便谋补了此缺，[8]拜辞了贾政，择日上任去了。不在话下。

且说黛玉自那日弃舟登岸时，[9]便有荣国

1. 从冷子兴口中早已知悉，必曰"不知""只怕""不敢"，方显得既有礼数，又自尊。奸险小人欺人语。（甲）全是假，全是诈。（甲）批书人可以说如此憎恶雨村的话，作者却并不将人物先贴上标签。

2. 述贾政之为人，以表明是为荐才而非为徇私。亦堂皇话而已。写如海实系写政老，所谓此书有不写之写是也。（甲）

3. 先将黛玉孤女身世一提。可怜！一句一滴血，一句一滴泪之文。（甲）脂砚斋说如此重话，与其在甲戌本《凡例》末题诗"字字看来皆是血"句同调。

4. 亲情虽难舍，却是明事理人。此泪与还泪债无涉。

5. 繁中减笔。（甲）

6. 先说雨村，以便说完可放置一边，好细写黛玉。名帖上居然自称"宗侄"，攀附之心已露。

7. 君子可欺其方也，况雨村正在王莽谦恭下士之时，即政老亦为所惑，作者指东说西。（甲）白居易《放言》诗："周公恐惧流言日，王莽谦恭未篡时。向使当初身便死，一生真伪复谁知？"

8. 官场中彼此扶持关系，叙来不着痕迹。《春秋》字法。（甲）

9. 转述黛玉，详写其经过。这方是正文起头处，此后笔墨与前两回不同。（甲）

---

① 干渎——冒犯，对趋访的谦称。

② 应天府——袭用明代旧称，即清代江宁府，府治即今南京市。

府打发了轿子并拉行李的车辆久候了。这林黛玉常听得母亲说过，她外祖母家与别家不同。她近日所见的这几个三等仆妇，已是不凡了，何况今至其家。因此步步留心，时时在意，不肯轻易多说一句话，多行一步路，生恐被人耻笑了她去。[1]自上了轿，进入城中，便从纱窗向外瞧了一瞧，其街市之繁华，人烟之阜盛，自与别处不同。又行了半日，忽见街北蹲着两个大石狮子，[2]三间兽头大门，门前列坐着十来个华冠丽服之人。正门却不开，只有东西两角门有人出入。正门之上，有一匾，匾上大书"敕造①宁国府"五个大字。[3]黛玉想到，这是外祖母之长房了。想着，又往西行，不多远，照样也是三间大门，方是荣国府了。却不进正门，只进了西边角门。[4]那轿夫抬进去，走了一射之地，将转弯时，便歇下，退出去了。后面的婆子们已都下了轿，赶上前来。另换了三四个衣帽周全的十七八岁的小厮上来，复抬起轿子，众婆子步下围随，至一垂花门②前落下。众小厮退出，众婆子上来打起轿帘，扶黛玉下轿。林黛玉扶着婆子的手，进了垂花门，两边是抄手游廊③，当中是穿堂④，当地放着一个紫檀架子大理石的大插屏。转过插屏，小小三间内厅，厅后就是后面的正房大院。正面五间上房，皆是雕梁画栋。两边穿山游廊⑤厢房，挂着各色鹦鹉、画眉等鸟雀。台矶之上，坐着几个穿红着绿的丫鬟，一见她们来了，便忙都笑迎上来，说："刚才老太太还念呢，可巧就来了。"于是三四人争着打起帘栊，一面听得人回话："林姑娘到了！"[5]

黛玉方进入房时，只见两个人搀着一位鬓发如银的老母迎上来，黛玉便知是她外祖母。方欲拜见时，早被她外祖母一把搂入怀中，"心肝儿肉"叫着大哭起来。[6]当下地下侍立之人，无不掩面涕泣，黛玉也哭个不住。[7]一时，众人慢慢地解劝住了，黛玉方拜见了外祖母。——此即冷子兴所云之史太君也，贾赦、贾政之母。[8]当下贾母一一指与黛玉："这是你大舅母；这是你二舅母；这是你先珠

1. "常听得"三字有情理。黛玉最怕被人歧视，落人讥议。写黛玉自幼之心机。（甲）

2. 宁、荣二府大门的标志。

3. 先写宁府，这是由东向西来。（甲）

4. 由此至到达，一路建筑方位、布置陈设、礼仪规矩等方方面面，写得极细致、具体，写大家庭场景，往往不作静止描述，而用人物眼中所见等动态方式。

5. 此等看似非紧要处，最见作者文字功力。如见如闻，活现于纸上之笔，好看煞！（甲）真有是事，真有是事。（甲）此书得力处，全是此等地方，所谓颊上三毫也。（甲）顾恺之画人像，颊上添三毛以增色事。

6. 着力一笔，却从容。先不说为何如此，读者自会渐渐知道。几千斤力量写此一笔。（甲）

7. 仍非还债之泪。

8. 书中人目大繁，故明注一笔，使观者省眼。（甲）

---

① 敕造——奉皇帝命令建造。

② 垂花门——内院院门，两侧雕刻下垂花饰，上有宫殿式顶檐。

③ 抄手游廊——二门内院中两旁环抱的走廊。

④ 穿堂——两院间可穿行的厅堂。

⑤ 穿山游廊——屋顶呈人字形的房子两侧的墙，因其顶部呈山尖形，叫山墙，从山墙上开门连接另一座房屋的游廊叫穿山游廊。

大哥的媳妇珠大嫂。"黛玉一一拜见过。贾母又说："请姑娘们来。今日远客才来，可以不必上学去了。"众人答应了一声，便去了两个。

　　不一时，只见三个奶嬷嬷并五六个丫鬟，簇拥着三个姊妹来了。[1]第一个肌肤微丰，合中身材，腮凝新荔，鼻腻鹅脂，温柔沉默，观之可亲。[2]第二个削肩细腰，长挑身材，鸭蛋脸面，俊眼修眉，顾盼神飞，文彩精华，见之忘俗。[3]第三个身量未足，形容尚小。[4]其钗环裙袄，三人皆是一样的妆饰。黛玉忙起身迎上来见礼，互相厮认过，大家归坐。丫鬟们斟上茶来。不过说些黛玉之母如何得病，如何请医服药，如何送死发丧。不免贾母又伤感起来，因说："我这些儿女，所疼者惟有你母，今日一旦先舍我去了，连面也不能一见，今见了你，我怎不伤心！"说着，搂了黛玉在怀，又呜咽起来。[5]众人忙都宽慰解释，方略略止住。

　　众人见黛玉年貌虽小，其举止言谈不俗，身体面庞虽怯弱不胜，却有一段自然的风流态度，便知她有不足之症①。[6]因问："常服何药，如何不急为疗治？"黛玉笑道："我自来是如此，从会吃饮食时便吃药，到今未断；请了多少名医修方配药，皆不见效。那一年我才三岁时，听得说来了一个癞头和尚，说要化我去出家，[7]我父母固是不从。他又说：'既舍不得她，只怕她的病一生也不能好的。若要好时，除非从此以后总不许见哭声；除父母之外，凡有外姓亲友之人，一概不见，方可平安了此一世。'[8]疯疯癫癫，说了这些不经之谈，[9]也没人理他。如今还是吃人参养荣丸。"贾母道："这正好，我这里正配丸药呢。叫他们多配一料就是了。"

　　一语未了，只听后院中有人笑声说："我来迟了，不曾迎接远客！"[10]黛玉纳罕道："这些人个个皆敛声屏气，恭肃严整如此，这来者系谁，这样放诞无礼？"[11]心下想时，只见一群媳妇、丫鬟围拥着一个人，从后房门进来。这个人打扮与众姊妹不同，彩绣辉煌，恍若神妃仙子：头上戴着金丝八宝攒珠髻，绾着朝阳五凤挂珠钗；项上戴着赤金盘螭璎珞圈；裙边系着豆绿宫绦、双衡比目玫瑰佩；身上穿着缕金百蝶穿花大红洋缎窄褃袄，外罩五彩刻丝石

1. 仍从黛玉眼中看出，先见声势不小。

2. 是迎春。不犯宝钗。（甲）

3. 是探春。《洛神赋》中云"肩若削成"是也。（甲）

4. 是惜春。浑写一笔更妙。必个个写去则板矣。可笑近之小说中有一百个女子，皆是如花似玉，只一副脸面。（甲）

5. 再写贾母伤感，交代动情原因。为黛玉自此不能别住。（甲）孙辈中贾母最溺爱者无非宝玉、黛玉二人。

6. 黛玉给众人的最初印象：弱不胜衣，有不足之症，已定调为非能享福寿之辈。草胎卉质，岂能胜物邪？（甲）

7. 癞僧或跛道即首回曾言欲下凡超度风流孽鬼者。通部中假借癞僧、跛道二人点明迷情幻海中有数之人也。非袭《西游》中一味无稽，至不能处便用观世音可比。（甲）

8. 一语定案。要翻案用"除非"说两件最不可能的事。总是命中注定。甄英莲乃副十二钗之首，却明写癞僧一点；今黛玉为正十二钗之冠，反用暗笔。（甲）

9. 此句不可少。

10. 先声夺人。第一笔，阿凤三魂六魄已被作者拘定了，后文焉得不活跳纸上？（甲）

11. 有此纳罕一想，大大强化了凤姐个性色彩的效果。

---

① 不足之症——中医认为由身体某个部分、某种功能虚弱亏损而引起的病症，简称虚症。

青银鼠褂；下着翡翠撒花洋绉裙①。一双丹凤三角眼，两弯柳叶掉梢眉；身量苗条，体格风骚；粉面含春威不露，丹唇未启笑先闻。[1]黛玉连忙起身接见。贾母笑道："你不认得她，她是我们这里有名的一个泼皮破落户儿，南省俗谓作'辣子'，你只叫她'凤辣子'就是。"[2]黛玉正不知以何称呼，只见众姊妹都忙告诉她道："这是琏嫂子。"黛玉虽不识，也曾听见母亲说过，大舅贾赦之子贾琏，娶的就是二舅母王氏之内侄女，自幼假充男儿教养的，学名叫王熙凤。[3]黛玉忙陪笑见礼，以"嫂"呼之。这熙凤携着黛玉的手，上下细细地打量了一回，[4]便仍送至贾母身边坐下，因笑道："天下真有这样标致人物，我今儿才算见了！[5]况且这通身的气派，竟不像老祖宗的外孙女儿，竟是个嫡亲的孙女，怨不得老祖宗天天口头心头，一时不忘。[6]只可怜我这妹妹这样命苦，怎么姑妈偏就去世了！"[7]说着，便用帕拭泪。贾母笑道："我才好了，你倒来招我！你妹妹远路才来，身子又弱，也才劝住了，快再休提前话！"[8]这熙凤听了，忙转悲为喜道："正是呢！我一见了妹妹，一心都在她身上了，又是喜欢，又是伤心，竟忘记了老祖宗。该打，该打！"又忙携黛玉之手，问："妹妹几岁了？可也上过学？现吃什么药？在这里不要想家，想要什么吃的，什么玩的，只管告诉我；丫头老婆们不好了，也只管告诉我。"一面又问婆子们："林姑娘的行李东西可搬进来了？带了几个人来？你们赶早打扫两间下房，让她们去歇歇。"

　　说话时，已摆了茶果上来。熙凤亲为捧茶捧果。又见二舅母问她："月钱②放完了不曾？"[9]熙凤道："月钱已放完了。刚才带着人到后楼上

1. 如此精细写照，可知阿凤非一般角色。形容其穿戴妆饰是织造世家的拿手本领，他人所不能。

2. 贾母喜爱二人的不同心态活现。阿凤一至，贾母方笑，与后文多少"笑"字作偶！（甲）阿凤笑声进来，老太君打诨，虽是空口传声，却是补出一向晨昏起居，阿凤于太君承欢应候一刻不可少之人，看官勿以闲文淡文看也。（甲）

3. 奇想奇文，以女子曰学名固奇，然此偏有学名的反倒不识字。（甲）

4. 传神。

5. 是凤姐的话。出自凤口，黛玉丰姿可知。宜作史笔看。（甲）

6. 这话别人如何说得出？今人还有不懂为何孙女与外孙女气派就不一样的。贾母听了自喜，所以离不开凤姐。仍归太君，方不失《石头记》文字，且是阿凤身心之至文。（甲）偏能恰投贾母之意。（甲）

7. 有这话才得体。若无这几句，便不是贾府媳妇。（甲）

8. 都是必有之言，不是谁拍拍脑子就想得出的。文字好看之极！（甲）反用贾母劝，看阿凤之术亦甚矣！（甲）

9. 不见后文，不见此笔之妙。（甲）后来写放月钱，多有做手脚事。

---

① 凤姐的首饰、服饰——八宝，指镶嵌成珠花的多种宝石。攒（cuán），聚。绾（wǎn 碗），系住，指插钗使发髻盘结住。盘螭（chī 吃）璎珞圈，状如盘曲的黄色无角蛟龙、由珠玉联缀成的项圈。绦（tāo 滔），丝带。衡，佩玉上端的小横杠。比目，比目鱼，俗传它成双而行，此即双鱼形。窄裉（kèn）袄，紧身袄；裉，衣服前后幅缝合处。刻丝，用彩丝平织图案于丝织品上。石青，淡青灰色。银鼠褂，以银鼠皮作里子的褂子。洋绉，一种略带皱纹、轻而薄的丝绸，古称縠。

② 月钱——也叫"月例""分例"。旧时大家庭中每月按等级发给家庭成员和奴仆的零用钱。

找缎子，找了这半日，也并没有见昨日太太说的那样的，想是太太记错了？"王夫人道："有没有，什么要紧。"因又说道："<u>该随手拿出两个来，给你这妹妹去裁衣裳的，等晚上想着叫人再去拿罢，可别忘了！</u>"[1]熙凤道："<u>倒是我先料着了，知道妹妹不过这两日到的，我已预备下了，等太太回去过了目好送来。</u>"[2]王夫人一笑，点头不语。[3]

　　当下茶果已撤，贾母命两个老嬷嬷带了黛玉去见两个母舅时。贾赦之妻邢氏忙亦起身，笑回道："我带了外甥女过去，倒也便宜①。"贾母笑道："正是呢，你也去罢！不必过来了。"邢夫人答应了一个"是"字，遂带了黛玉与王夫人作辞，大家送至穿堂前。出了垂花门，早有众小厮们拉过一辆翠幄青绸车来。邢夫人携了黛玉坐上，众婆子们放下车帘，方命小厮们抬起，拉至宽处，方驾上驯骡，亦出了西角门，往东过荣府正门，便入一黑油大门中，至仪门前，方下来。众小厮退出，方打起车帘，邢夫人搀了黛玉的手，进入院中。<u>黛玉度其房屋院宇，必是荣府中之花园隔断过来的。</u>[4]进入三层仪门②，果见正房厢庑游廊，悉皆小巧别致，不似方才那边轩峻壮丽；<u>且院中随处之树木山石皆有。</u>[5]一时进入正室，早有许多盛妆丽服之姬妾丫鬟迎着。邢夫人让黛玉坐了，一面<u>命人到外面书房中请贾赦。</u>[6]一时人来回说："老爷说了：'<u>连日身上不好，见了姑娘彼此倒伤心，暂且不忍相见。</u>[7]劝姑娘不要伤心想家，跟着老太太和舅母，即同家里一样。姊妹们虽拙，大家一处伴着，亦可以解些烦闷。或有委屈之处，只管说得，不要外道③才是。'"黛玉忙站起来，一一听了。再坐一刻，便告辞。邢夫人苦留吃过晚饭去。黛玉笑回道："<u>舅母爱恤赐饭，原不应辞，只是还要过去拜见二舅舅，恐领了赐去不恭，</u>[8]异日再领，未为不可。望舅母容谅！"邢夫人听说，笑道：

1. 从月钱、找缎子事，仍说到黛玉。

2. 在小事上也不肯别人比自己想得周到，真是女强人性格！余知此缎阿凤并未拿出，此借王夫人语机变欺人处耳。若信彼果拿出预备，不独被阿凤瞒过，亦且被石头瞒过了。（甲）

3. 王夫人虽点头认可，却也未被瞒过，深知阿凤之为人也，故一笑不语。

4. 仍从黛玉心目中写来，着眼于花园，作者有成竹在胸。黛玉之心机眼力。（甲）

5. "树木山石"，非泛泛之笔。为大观园伏脉。试思荣府之园今在西，后之大观园偏写在东，何不畏难之若此！（甲）

6. 不直接领至贾赦前，有缘故。这一句都是写贾赦，妙在全是指东击西，打草惊蛇之笔。若看其写一人即作此一人看，先生便呆了。（甲）批语当是说，从这两句话可看出，贾赦虽知黛玉到来，但由于贾母对子女有偏心，心存芥蒂，故意不与她见面。不知是否？

7. 追魂摄魄。（甲）余久不作此语矣，见此语未免一醒。（甲）批语皆触动批者自己情怀的话，但这只能说明作者生活体验深，所取素材广，描写真实可信。若以为贾赦即以批书人为原型，则大不合情理。后一评语显然是畸笏叟所加。

8. 说得委婉，有理有礼。

---

① 便宜——方便。
② 仪门——官署、府第大门内的正门；亦有将旁门称"仪门"的。
③ 外道——见外。

"这倒是了。"遂令两三个嬷嬷用方才的车好生送了过去。于是黛玉告辞。邢夫人送至仪门前，又嘱咐了众人几句，眼看着车去了，方回来。

　　一时黛玉进了荣府，下了车。<u>众嬷嬷引着，便往东转弯，</u>[1]穿过一个东西的穿堂，向南大厅之后，仪门内大院落，上面五间大正房，两边厢房鹿顶耳房钻山①，四通八达，轩昂壮丽，比贾母处不同。黛玉便知这方是正经正内室，一条大甬路，直接出大门的。<u>进入堂屋中，</u>[2]抬头迎面先看见一个赤金九龙青地大匾，匾上写着斗大的三个字，是"<u>荣禧堂</u>"，[3]后有一行小字："某年月日书赐荣国公贾源"，又有"万几宸翰之宝"②。大紫檀雕螭案上，设着三尺来高青绿古铜鼎，悬着待漏随朝墨龙大画③，<u>一边是金蜼彝</u>④，<u>一边是玻璃盒</u>⑤。[4]地下两溜十六张楠木交椅。又有一副对联，乃是乌木联牌，镶着錾银⑥的字迹，道是：

　　　座上珠玑昭日月，堂前黼黻焕烟霞。⑦[5]

下面一行小字，道是："同乡世教弟勋袭东安郡王穆莳拜手书"。

　　原来王夫人时常居坐宴息，亦不在这正室，只在这正室东边的三间耳房内。于是老嬷嬷引黛玉进东房门来。临窗大炕上猩红洋罽⑧，正面设着大红金钱蟒靠背，石青金钱蟒引枕⑨，秋香色金钱蟒大条褥。两边设一对梅花式洋漆小几。左边几上文王鼎、匙箸、香盒⑩；右

1. 仍详述经过。

2. 此句后，凡堂室陈设，皆精细描绘，与到贾赦处之简略，截然不同。

3. 有人因康熙南巡时曾为曹家题过"萱瑞堂"三字，便坐实它就是"荣禧堂"原型，并无证据，殆不可信。

4. 有意用"蜼""盒"等非常见字称器物名，以突显摆设之珍奇。后人不明作意，为求通俗，改为"錾金彝"，且将"盒"讹作"盒"。竟有否定脂本者说："盒"字对，"盒"不知何物，大概是酒缸（其实只是大碗，俗称"海"），还怕紫檀长案承受不住。一何可笑！

5. 此联武侠小说家古龙曾照搬于其书中。又有人因王渔洋将刘禹锡"楼中饮兴因明月，江上诗情为晚霞"诗句误记为清废太子允礽所作，遂牵强附会地与曹家硬扯上关系，竟将康熙亲信、至死效忠的曹寅说成是"太子党"，无知如此！

---

① 两边厢房鹿顶耳房钻山——两边的厢房以山墙开门的方式与正房两侧的平顶小屋相连接。鹿顶耳房，平屋顶的小屋，亦称耳房，附于正屋两侧。

② 万几宸翰之宝——意即日理万机的皇帝御笔书写所用的印章。万几，即万机。宸，北极星的位置，以代坐北面南的皇帝。翰，笔。宝，皇帝印玺的专称。

③ 待漏随朝墨龙大画——待漏随朝，大臣等待时刻按班列次序朝见皇帝。漏，古代滴水计时器。墨龙大画，此种大画以水墨画雨天海潮中的龙；龙，象征皇帝；以雨切"漏"，以"潮"谐"朝"，故画前冠以"待漏随朝"字样。

④ 金蜼彝（wěi yí 伟夷）——有长尾猿图案的青铜祭器，此为陈设品。

⑤ 玻璃盒（hǎi 海）——玻璃制的盛酒器，也是陈设品。

⑥ 錾（zàn 赞）银——银雕工艺，在金属器物上雕刻叫"錾"。

⑦ "座上"一联——意谓座中人所佩戴的珠玉，光彩可与日月争辉；堂前人所穿的官服，色泽犹如云霞绚烂。黼黻（fǔ fú 府弗），古代高官礼服上所绣的花纹。

⑧ 罽（jì 计）——毛毯。

⑨ 引枕——圆墩形的倚枕。

⑩ 文王鼎、匙箸、香盒——仿古鼎香炉、添香料拨香灰用具和盛香料盒子。

边几上汝窑美人觚①内插着时鲜花卉，并茗碗、唾壶等物。地下面西一溜四张椅上，都搭着银红撒花椅搭，底下四副脚踏。椅子两边，也有一对高几，几上茗碗、瓶花俱备。其余陈设，自不必细说。老嬷嬷们让黛玉炕上坐，炕沿上却也有两个锦褥对设。黛玉度其位次，便不上炕，只向东边椅子上坐了。<sup>1</sup>本房内的丫鬟忙捧上茶来。黛玉一面吃茶，一面打量这些丫鬟们，妆饰衣裙，举止行动，果亦与别家不同。<sup>2</sup>

茶未吃了，只见穿红绫袄、青缎掐牙②背心的一个丫鬟走来，笑说道："太太说，请姑娘到那边坐罢！"老嬷嬷听了，于是又引黛玉出来，到了东廊三间小正房内。正面炕上横设一张炕桌，桌上磊着书籍茶具，<sup>3</sup>靠东壁面西，设着半旧青缎靠背引枕。王夫人却坐在西边下首，亦是半旧青缎靠背坐褥。见黛玉来了，便往东让。黛玉心中料定这是贾政之位。因见挨炕一溜三张椅子上，也搭着半旧的弹墨椅袱③，<sup>4</sup>黛玉便向椅上坐了。王夫人再四携她上炕，她方挨王夫人坐了。王夫人因说："你舅舅今日斋戒去了，再见罢。<sup>5</sup>只是有一句话嘱咐你：你三个姊妹倒都极好，以后一处念书认字、学针线，或是偶一玩笑，都有尽让的。但我不放心的最是一件：我有一个孽根祸胎，<sup>6</sup>是家里的'混世魔王'，<sup>7</sup>今日因庙里还愿去了，尚未回来，晚间你看见便知。你只以后不用睬他，你这些姊妹都不敢沾惹他的。"

黛玉亦常听见母亲说过，二舅母生的有个表兄，乃衔玉而诞，顽劣异常，极恶读书，<sup>8</sup>最喜在内帏④厮混；外祖母又极溺爱，无人敢管。今见王夫人如此说，便知说的是这表兄了。因陪笑道："舅母说的，可是衔玉所生的这位哥哥？在家时亦曾听见母亲常说，这位哥哥比我大一岁，小名就唤宝玉，虽极憨顽，说在姊妹情中极好的。<sup>9</sup>况我来了，

1. 写其行止谨慎，知所谦让。写黛玉心意。（甲）

2. 从黛玉所见三等使婢，写出荣府之显贵。

3. 伤心笔，堕泪笔。（甲）桌上之物最平常不过，谁不能有？批书人当有所触动而言。脂评固提供研究此书、作者及其家世的极重要线索，但过于敏感亦易致人迷惑。

4. 形容大族之家具陈设，全是半旧的，足以给人不少为文的启示。可笑近之小说中，不论何处，则曰商彝周鼎、绣幕珠帘、孔雀屏、芙蓉褥等样字眼。（甲）

5. 好，贾政也不能见。若见面，冷也不是，热也不是，有何精彩文字可写？不如不见。点缀官途。（甲）

6. 四字是血泪盈面，不得已，无可奈何而下；四字是作者痛哭。（甲）意谓做儿子的对母亲深深的愧疚。作者除了自惭半生碌碌、一事无成、不能减轻母亲的艰辛忧愁外，不知还有什么我们尚未知晓的事，令其愧疚。

7. 与"绛洞花主"为对看。（甲）"主"原讹作"王"，后正文也有讹作"玉"的；乃"主"字行书将一点向右甩远了，或因行侧有批而忽略，或误认属右下而致。后结诗社起雅号，李纨说"你的旧号'绛洞花主'就好"，"主""主人"是当时文人起雅号最常用的，宝玉幼时赶时髦，故用。

8. 是极恶每日"诗云""子曰"的读书。（甲）看杂书当时不算"读书"。

9. 想不到由黛玉说出。"虽"字是有情字，宿根而发，勿得泛泛看过。（甲）

---

① 汝窑美人觚（gū 孤）——宋代著名的河南汝州瓷窑所烧制的一种盛酒瓷瓶，长身细腰，状如美人。

② 掐牙——衣服滚边内，加嵌一条很细锦缎滚条，叫"掐牙"。

③ 椅袱——椅套。

④ 内帏——女子的居室。

自然只和姊妹同处，兄弟们自是别院另室的，岂得去沾惹之理！"[1] 王夫人笑道："你不知原故：他与别人不同，自幼因老太太疼爱，原系同姊妹们一处娇养惯了的。[2] 若姊妹们有日不理他，他倒还安静些，纵然他没趣，不过出了二门，背地里拿着他的两三个小幺儿①出气，咕唧一会子就完了。若这一日姊妹们和他多说一句话，他心里一乐，便生出多少事来！所以嘱咐你别睬他。他嘴里一时甜言蜜语，一时有天无日，一时又疯疯傻傻，只休信他！"[3]

黛玉一一地都答应着。只见一个丫鬟来回："老太太那里传晚饭了！"王夫人忙携黛玉从后房门由后廊往西，出了角门，是一条南北宽夹道。南边是倒座三间小小抱厦厅②，北边着一个粉油大影壁③，后有一半大门，小小一所房宇。王夫人笑指向黛玉道："这是你凤姐姐的屋子，回来你好往这里找她来，少什么东西，你只管和她说就是了。"这院门上也有四五个才总角④的小厮，都垂手侍立。王夫人遂携黛玉穿过一个东西穿堂，便是贾母的后院了。[4] 于是，进入后房门，已有多人在此伺候，见王夫人来了，方安设桌椅。贾珠之妻李氏捧饭，熙凤安箸，王夫人进羹。贾母正面榻上独坐，两旁四张空椅，熙凤忙拉了黛玉在左边第一张椅上坐了。黛玉十分推让。贾母笑道："你舅母和嫂子们不在这里吃饭。你是客，原应如此坐的。"黛玉方告了座，坐了。贾母命王夫人坐了。迎春姊妹三个告了座，方上来。迎春便坐右手第一，探春左第二，惜春右第二。旁边丫鬟执着拂尘、漱盂、巾帕。李、凤二人立于案旁布让⑤。[5] 外间伺候之媳妇丫鬟虽多，却连一声咳嗽不闻。[6] 寂然饭毕，各有丫鬟用小茶盘捧上茶来。当日林如海教女以惜福养身，云饭后务待饭粒咽尽，过一时再吃茶，方不伤脾胃。[7] 今黛玉见了这里许多事情不合家中之式，不得不随的，少不得一一地改过来，因而接了茶。早有人又捧过漱盂

1. 又揽开一笔，妙妙！（甲）评得细。

2. 此一笔收回，是明通部同处原委也。（甲）细。

3. 总束。不写黛玉眼中之宝玉，却先写黛玉心中已早有一宝玉矣，幻妙之至。自冷子兴口中之后，余已极欲一见，及今尚未得见，狡狯之至。（甲）

4. 写一路所经之处，可据文字画出示意图来。这正是贾母正室后之穿堂也，与前穿堂是一带之屋。中一带乃贾母之下室也。记清。（甲）

5. 吃饭座次排序，皆大族人家规矩，未出嫁女儿倒有座，同辈媳妇只能站立餐桌旁布让。

6. 用餐时规矩，如亲历其境。

7. 夹写如海一派书气，最妙！（甲）

---

① 小幺儿——小僮仆。
② 倒座、抱厦厅——四合院以北房为正房，南房称"倒座"。回绕堂屋后面的侧室叫"抱厦厅"。
③ 影壁——又叫"照墙"，在门内或门外正对大门以作屏障的墙壁。
④ 总角——儿童将头发扎成向上左右分开的小辫或小髻。
⑤ 布让——宴席上向人敬菜、劝餐。

来，黛玉也照样漱了口。然后盥手毕，又捧上茶来，方是吃的茶。[1] 贾母便说："你们去罢，让我们自在说话儿。"王夫人听了，忙起身，又说了两句闲话，方引李、凤二人去了。贾母因问黛玉念何书。黛玉道："只刚念了《四书》①。"[2] 黛玉又问姊妹们读何书。贾母道："读的是什么书，不过是认得两个字，不是睁眼的瞎子罢了！"

一语未了，只听院外一阵脚步响，丫鬟进来笑道："宝玉来了！"[3] 黛玉心中正疑惑着："这个宝玉，不知是怎生个惫懒②人物、懵懂顽劣之童？倒不见那蠢物也罢了！"[4] 心中正想着，忽见丫鬟话未报完，已进来了一个年轻公子：头上戴着束发嵌宝紫金冠，齐眉勒着二龙抢珠金抹额；穿一件二色金百蝶穿花大红箭袖，束着五彩丝攒花结长穗宫绦；外罩石青起花八团倭缎排穗褂；登着青缎粉底小朝靴③。面若中秋之月，色如春晓之花，[5] 鬓若刀裁，眉如墨画，眼似桃瓣，睛若秋波。虽怒时而若笑，即瞋视而有情。[6] 项上金螭璎珞，又有一根五色丝绦，系着一块美玉。黛玉一见，便吃一大惊，心下想道："好生奇怪！倒像在哪里见过的一般，何等眼熟到如此！"[7] 只见这宝玉向贾母请了安。贾母便命："去见你娘来！"宝玉即转身去了。一时回来，再看，已换了冠带：头上周围一转的短发，都结成小辫，红丝结束，共攒至顶中胎发，总编一根大辫，黑亮如漆，从顶至梢，一串四颗大珠，用金八宝坠角；上穿着银红撒花半旧大袄，仍旧戴着项圈、宝玉、寄

1. 黛玉回想家中茶饭之式与这里不同，可见已误将初次捧上之茶认作吃的茶了。幸好细心慎行，未忙着就去吃。写大人家排场，毫不费力。余看至此，故想日前所阅王敦初尚公主，登厕时不知塞鼻用枣，敦辄取而啖之，早为宫人鄙诮多矣。今黛玉若不漱此茶，或饮一口，不为荣婢所诮乎？观此则知黛玉平生之心思过人。（甲）

2. 谦语也。只读《四书》者，如何能做得好诗？好极，稗官专用腹隐五车者来看。（甲）稗官，写小说者。腹隐五车，读书多。

3. 上场锣鼓打得精彩。与阿凤之来相映而不相犯。（甲）余为一乐。（甲）

4. 文字不反不见正文之妙，似此应从《国策》得来。（甲）这蠢物不是那蠢物，却有个极蠢之物相待，妙极！（甲）"这蠢物"，指宝玉；"那蠢物"，指石头；"极蠢之物"，当指黛玉，既视彼为蠢物，结果又甘愿为他付出一生的眼泪和生命，岂非更蠢！

5. 此非套满月，盖人生而有面青白色者，则皆可谓之秋月也。用满月者不知此意。（甲）此批之用意费解。因其或可为某实有之人的面相作参证，姑存之。"少年色嫩不坚牢"以及"非天即贫"之语，余犹在心，今阅至此，放声一哭。（甲）此批亦有难解处，批书人视自己面相同于宝玉还是作者面相同于宝玉，哭的对象是自身还是作者或别的什么人，都不易确定。《金瓶梅词话》第九十六回有"老年色嫩招辛苦，少年色嫩不坚牢"之语。

6. 真真写杀。（甲）

7. 怪甚。（甲）正是，想必在灵河岸上三生石畔曾见过。（甲）

---

① 《四书》——封建时代奉为经典的必读书。即《大学》《中庸》《论语》《孟子》，合称《四书》。
② 惫懒——也作"惫赖"，调皮，不听话。
③ 宝玉装饰——紫金冠，束发于顶的一种冠。金抹额，金线绣花围扎于额头的饰巾。箭袖，窄袖衣服。长穗宫绦，指系于腰间、两端垂有长长穗子的丝带。倭缎，又叫东洋绒。排穗，缀于衣服下边成排下垂的穗子。青缎，黑色缎子，犹以"青丝"指黑发。朝靴，厚底半高统方头靴。

名锁、护身符①等物；下面半露松花绿撒花绫裤腿，锦边弹墨袜，厚底大红鞋。越显得面如敷粉，唇似施脂；转盼多情，语言常笑。天然一段风骚，全在眉梢；平生万种情思，悉堆眼角。¹看其外貌，最是极好，却难知其底细。后人有《西江月》二词，批这宝玉极恰，其词曰：

> 无故寻愁觅恨，有时似傻如狂。纵然生得好皮囊，腹内原来草莽。　潦倒不通世务，愚顽怕读文章。行为偏僻性乖张，哪管世人诽谤！
>
> 富贵不知乐业，贫穷难耐凄凉。可怜辜负好韶光，于国于家无望。　天下无能第一，古今不肖无双。寄言纨袴与膏粱，莫效此儿形状！②²

贾母因笑道："外客未见，就脱了衣裳，还不去见你妹妹！"宝玉早已看见多了一个姊妹，便料定是林姑母之女，忙来作揖。厮见毕，归坐，细看形容，与众各别：

> 两弯似蹙非蹙罥烟眉，一双似泣非泣含露目。³态生两靥之愁，娇袭一身之病。泪光点点，娇喘微微。闲静时，如娇花照水；行动处，似弱柳扶风。心较比干多一窍，病如西子胜三分③。⁴

1. 前写凤姐出场，穿戴妆饰已极详尽，不料宝玉出场更有过之。一时间先正装、后便装两套行头一一亮相，并夹写其容貌神态，出力描绘。

2. 通常以为二词是以贬语为褒，都是反话，恐也不尽然。作者有意借世俗眼光来作评议，倒是事实。词甚精警。其中"潦倒""贫穷"等句，应与后来情节有关，当非泛泛之言。二词更妙。（甲）末二语最要紧，只是纨袴膏粱亦未必不见笑我玉卿。可知能效一二者，亦必不是蠢然纨袴矣。（甲）

3. 评说见注释。奇眉妙眉，奇想妙想。（甲）奇目妙目，奇想妙想。（甲）

4. 绝妙骈文，恰似小赋。不写衣裙妆饰，正是宝玉眼中不屑之物，故不曾看见。黛玉之举止容貌亦是宝玉眼中看、心中评；若不是宝玉，断不能知黛玉终是何等品貌。（甲）描摹品貌，也只从虚处落笔。"多一窍"固是好事，然未免偏僻了，所谓过犹不及也。（甲）

---

① 寄名锁、护身符——旧时迷信习俗，怕小儿夭折，捐钱物与寺院道观，在神或僧道前寄名为弟子，并用锁形饰物悬挂颈间，以示借神之法力将命锁住，得保长寿，称"寄名锁"，也叫"长命锁"。将僧道、巫师所画的符箓，佩带于小儿身上，以为可借此获得保护，避邪消灾，叫"护身符"。

② 《西江月》二词——词借世俗眼光来看贾宝玉，故说他是"草莽""愚顽""偏僻""乖张""无能""不肖"等等。皮囊，佛家语，指人的躯体，此为长相。怕读文章，脂评曾批宝玉"极恶读书"曰："是极恶每日'诗云''子曰'的读书。"偏僻，谓不近常情。乖张，谓执拗不驯。乐业，满意，知足。"贫穷难耐凄凉"，应是《好了歌》解注中"展眼乞丐人皆谤"时情景，为原稿后半部中所写。不肖，不像自己父亲和祖先，即不成材。纨袴（kù裤）、膏粱，指代富家的公子哥儿。

③ 赞林黛玉一段——罥（juàn倦）烟眉，形容眉色好看，如青烟挂于额间。罥，挂，诸本或作"笼"，或作"罩"，或作"冒"，或经涂改，或易全句，今从己卯本。"似泣非泣含露目"，诸本文字歧出，各种排印本多取"似喜非喜含情目"，细究并不妥当，"似喜"云云与下文"泪光点点"矛盾，亦非黛玉情态。"含情目"是直说而俗，与上句"罥烟眉"取喻而雅不协调，且"情"与"烟"对得也不工。列藏本为"泣"字"露"字（2006年发现的卞藏本作"飘"字"露"字），工巧妥帖远胜诸本，似近原文，从之。"态生"二句，意谓面涡含愁，生出一番媚态；体弱多病，反而增添娇妍。比干，商朝贵族，强谏触怒纣王，纣怒曰："吾闻圣人心有七窍。"剖比干观其心。见《史记·殷本纪》。这句说黛玉的心还不止七窍，极言其聪明。西子，西施，她"捧心而颦（pín频，皱眉）"，样子很好看。见《庄子·天运》。多病的黛玉像她而胜过她。

宝玉看罢，因笑道："这个妹妹我曾见过的。"[1]贾母笑道："可又是胡说！你又何曾见过她？"宝玉笑道："虽然未曾见过她，然我看着面善，心里就算是旧相识，今日只作远别重逢，未为不可。"[2]贾母笑道："更好，更好，若如此，更相和睦了！"宝玉便走近黛玉身边坐下，又细细打量一番，因问："妹妹可曾读书？"[3]黛玉道："不曾读书，只上了一年学，些须认得几个字。"[4]宝玉又道："妹妹尊名是哪两个字？"黛玉便说了名字。宝玉又问表字。黛玉道："无字。"宝玉笑道："我送妹妹一妙字，莫若'颦颦'二字极好！"探春便问："何出？"宝玉道："《古今人物通考》①上说：'西方有石名黛，可代画眉之墨。'况这林妹妹眉尖若蹙，用取这两个字，岂不两妙！"探春笑道："只恐又是你的杜撰。"宝玉笑道："除《四书》外，杜撰的太多，偏只我是杜撰不成？"[5]又问黛玉："可也有玉没有？"[6]众人不解其语。黛玉便忖度着，因他有玉，故问我也无。[7]因答道："我没有那个。想来那玉亦是一件罕物，岂能人人有的！"宝玉听了，登时发作起痴狂病来，摘下那玉，就狠命摔去，[8]骂道："什么罕物！连人之高低不择，还说'通灵'不'通灵'呢！[9]我也不要这劳什子②了！"吓得地下众人一拥争去拾玉。贾母急得搂了宝玉道："孽障！你生气，要打骂人容易，何苦摔那命根子！"[10]宝玉满面泪痕泣道："家里姐姐妹妹都没有，单我有，我就没趣。如今来了这么一个神仙似的妹妹也没有，可知这不是个好东西！"[11]贾母忙哄他道："你这妹妹原有这个来的，因你姑妈去世时，舍不得你妹妹，无法可处，遂将她的玉带了去了：一则全殉葬之礼，尽你妹妹之孝心；二则你姑妈之灵，亦可权作见了女儿之意。因此她只说没有这个，不便自己夸张之意。你如今怎比得她？还不好生慎重戴上，仔细你娘知道了！"说着，便向丫鬟手中接来，亲与他戴上。宝玉听如此说，想一想，竟大有情

1. 与黛玉感觉相同，表现却大不一样，性情使然。黛玉见宝玉写一"惊"字，宝玉见黛玉写一"笑"字，一存于中，一发乎外。可见文于下笔，必推敲得准稳，方才用字。（甲）

2. 怎么想怎么说，"远别重逢"说对了。三生石畔一别，还不远吗？一见便作如是语，宜乎王夫人谓之疯疯傻傻也。（甲）

3. 问得意外。自己不读书，却问别人，妙！（甲）

4. 与答贾母问读书又不同。初见时，谦虚如此。后来熟了，可不一样。

5. 说"只恐又是"，可见宝玉杜撰是常事。探春精明，姊妹中数她与宝玉最亲近，深知其为人，故先有"何出"一问。那个时代，对《四书》不能有微词，故须特意除外。对古今著述，以"杜撰的太多"一句持批判态度，实为卓见。如此等语，焉得怪彼世人谓之怪，只瞒不过批书者。（甲）

6. 问得奇怪。

7. "心有灵犀一点通"。观此初会二人之心，则可知以后之事矣。（甲）

8. 恨不二人同有。试问石兄，此一摔比在青埂峰下萧然坦卧何如？（甲）

9. 此一骂便将内心倾慕之情袒露无遗。人之高者彼，低者己也。当众说出，少女之心能不为之震撼？

10. 情急之语。因通灵玉与生俱来，故曰"命根子"，续书当作宝玉之三魂六魄，则非作者原意。如闻其声。恨极语却是疼极语。（甲）

11. "不是冤家不聚头"第一场也。（甲）后贾母说此语。

---

① 《古今人物通考》——宝玉杜撰的书名，所引的话是他信口编造的。
② 劳什子——犹言"东西"，有讨厌、看不起的意思。

理，也就不生别论了。[1]

当下，奶娘来请问黛玉之房舍。贾母便说："今将宝玉挪出来，同我在套间暖阁①儿里面，把你林姑娘暂安置碧纱橱②里。等过了残冬，春天再与他们收拾房屋，另作一番安置罢。"宝玉道："好祖宗，我就在碧纱厨外的床上很妥当，何必又出来，[2]闹得老祖宗不得安静。"贾母想了一想说："也罢了！每人一个奶娘并一个丫头照管，余者在外间上夜听唤。"一面早有熙凤命人送了一顶藕合色花帐，并几件锦被缎褥之类。

黛玉只带了两个人来：一个是自幼奶娘王嬷嬷，一个是十岁的小丫头，亦是自幼随身的，名唤雪雁。贾母见雪雁甚小，一团孩气，王嬷嬷又极老，料黛玉皆不遂心省力的，便将自己身边的一个二等丫头，名唤鹦哥者与了黛玉。[3]外亦如迎春等例，每人除自幼乳母外，另有四个教引嬷嬷③，除贴身掌管钗钏盥沐两个丫鬟外，另有五六个洒扫房屋来往使役的小丫头。当下，王嬷嬷与鹦哥陪侍黛玉在碧纱厨内。宝玉之乳母李嬷嬷，并大丫鬟名唤袭人者，陪侍在外面大床上。

原来这袭人亦是贾母之婢，本名珍珠。[4]贾母因溺爱宝玉，生恐宝玉之婢无竭力尽忠之人，素喜袭人心地纯良，克尽职任，遂与了宝玉。[5]宝玉因知她本姓花，又曾见旧人诗句上有"花气袭人"之句④，遂回明贾母，即便名袭人。这袭人亦有些痴处：服侍贾母时，心中眼中只有一个贾母；今与了宝玉，心中眼中又只有个宝玉。[6]只因宝玉性情乖僻，每每规谏，宝玉不听，心中着实忧郁。[7]

是晚，宝玉、李嬷嬷已睡了。她见里面黛玉和鹦哥犹未安歇，她自卸了妆，悄悄进来，笑问："姑娘怎么还不安歇？"黛玉忙笑让："姐姐请坐。"袭人

1. 能合宝玉心意之谎言，便信以为真事，以后尚多。所谓小儿易哄，余则谓君子可欺以其方云。（甲）

2. 与妹妹挨得越近越好。

3. 后之紫鹃应即此鹦哥改名，然未作交代。程高本则作二人，却又没鹦哥什么事。

4. 前鹦哥已伏下一鸳鸯，今珍珠又伏下一琥珀矣。（甲）从名字多成偶着眼。

5. "溺爱"二字是贾母定评；"心地纯良，克尽职任"八字是对袭人的褒语。历来贬袭者特多，恐不接受此语。我倒以为作者在这里借贾母心目中写出，却说得公平、中肯。旧时恶袭者多被妇女贞操观和续书描述所左右；今人则更有从意识形态着眼者，以为封建思想烙印较深的都不好。

6. 契诃夫短篇小说《宝贝儿》，写一位女子跟着谁，心中就只有谁，也有袭人的"痴处"。

7. 我读至此，不觉放声大哭。（蒙）这又是触景生情的话，想这位批书人定有从前不听某好心女子规谏，后来不幸被言中，终至追悔莫及的经历。

---

① 暖阁——套间内再分隔出的小房间，为防寒，两边有隔扇，上有横楣，内设炕褥。
② 碧纱橱——亦称"纱厨"，帷帐的一种，木作架，四周蒙绿纱，可折叠张开，人坐卧其中。
③ 教引嬷嬷——贵族家庭中管教孩子饮食起居、行止礼节的保姆。
④ "花气袭人"之句——南宋陆游《村居书喜》诗："花气袭人知骤暖，鹊声穿树喜新晴。"（小说中"骤"均引作"昼"。）

在床沿上坐了。鹦哥笑道："林姑娘正在这里伤心，自己淌眼抹泪地说：'今儿才来了，就惹出你家哥儿的狂病来，倘或摔坏了那玉，岂不是因我之过！'[1]因此便伤心，我好容易劝好了。"袭人道："姑娘快休如此，将来只怕比这个更奇怪的笑话儿还有呢！若为他这种行止，你多心伤感，只怕你伤感不了呢。快别多心！"[2]黛玉道："姐姐们说的，我记着就是了。究竟不知那玉是怎么个来历，上头还有字迹？"袭人道："连一家也不知来历，听得说，落草时从他口里掏出，上头有现成的穿眼。等我拿来你看便知。"黛玉忙止道："罢了！此刻夜深，明日再看不迟。"[3]大家又叙了一回，方才安歇。

次日起来，省过贾母，因往王夫人处来。正值王夫人与熙凤在一处拆金陵来的书信看，又有王夫人之兄嫂处遣了两个媳妇来说话的。黛玉虽不知原委，探春等却都晓得是议论金陵城中所居的薛家姨母之子、姨表兄薛蟠，倚财仗势，打死人命，现在应天府案下审理。[4]如今母舅王子腾得了信息，故遣人来告诉这边，意欲唤取进京之意。〔要知端详，且听下回分解。〕

1. 黛玉第一次哭却如此写来。（甲）所谓"第一次"，专指为宝玉而哭，别的哭不计在内。所谓宝玉知己，全用体贴工夫。（甲）这是第一次算还，不知下剩还该多少？（甲）

2. 后百十回黛玉之泪，总不能出此二语。（蒙）此批有两点可注意：一、"后百十回"四字该如何理解？详见拙著《红楼梦是怎样写成的》中"全书几回很难说清"一章。二、提示黛玉后来为宝玉掉泪，也都是因为他有不自爱惜的行止。

3. 出于体贴，不愿再多事。蒙府、戚序本有回末批，对研究作者原稿写黛玉之死极重要，曰：补不完的是离恨天，所余之石岂非离恨石乎？而绛珠之泪偏不因离恨而落，为惜其石而落。可见惜其石必惜其人，其人不自惜，而知己能不千方百计为之惜乎？所以绛珠之泪至死不干，万苦不怨，所谓"求仁而得仁，又何怨！（《论语》中语）"悲夫！"万苦不怨"的黛玉，与续书所写大异。

4. 牵出下回来，宝钗要登场了。

【总评】

　　林黛玉是书中的女主角，所以在小说开卷便通过仙僧述说，先介绍她和宝玉的前身事——绛珠仙子受神瑛侍者甘露之惠而欲以一生眼泪还债，而不及其余人物。入正文，接"冷子兴演说荣国府"之后，又先写到她，并让她很快地就进入贾府。贾府的门庭宅院、有关亲戚人众，也由这个初来时"步步留心，时时在意"的林黛玉眼中一一见出叙来，这是作者极精心的安排。

　　贾宝玉作为压台戏最后出场，且让他两次上下场换装亮相，可见宝黛初会非同一般。事先，王夫人还将宝玉的个性向黛玉描述了一番；黛玉对其"顽劣"表现也先有所闻。相见后，宝黛的形貌气质，又通过彼此眼中所见作了详细的描画。其间还插入所谓后人批他的《西江月》二词，借世俗眼光作褒贬讥评，手法变幻，好从反面落笔。宝玉在黛玉面前，显得异常兴奋，摔玉时毫无遮饰地直吐胸中对黛玉的爱慕。少女的心防立时被冲垮，心灵受到巨大的震撼，爱情之苗就此扎根。所以，晚间黛玉在房中想："倘或摔坏了那玉，岂不是因我之过！"因而伤心落泪。这种为宝玉不自惜行为而伤心落泪的情节，有着全书宝黛悲剧——眼泪还债的阐释性的象征意义。

# 第 四 回

## 薄命女偏逢薄命郎　葫芦僧乱判葫芦案

### 【题解】

此回回目诸本一致，唯甲辰本"乱判"作"判断"，改坏了。本回主要情节是叙贾雨村为照顾"护官符"中所提到的四大家族政治集团势力的利益而徇私枉法，乱判一件人命案的过程。因此，又常被称作"护官符"一回。回目用有意重出字面的"双拟对"形式，是作者拟回目的习惯。前一句说的是案情。"薄命女"指甄英莲即香菱；"薄命郎"指被薛蟠家人打死的冯渊。后一句说的是判案。"葫芦僧"指的是葫芦庙里的小和尚，他还俗后充当应天府的门子。判案的原是贾雨村，但他听门子剖析利害后，便言听计从地胡乱判结此案，今说僧判，讥刺意味极强。"葫芦案"，即糊涂案，宋元俗语中的"葫芦提"一词，即糊里糊涂之意，戏曲中常用之。

题曰：

> 捐躯报国恩，未报身犹在。
> 眼底物多情，君恩或可待。①1

却说黛玉同姊妹们至王夫人处，见王夫人与兄嫂处的来使计议家务，又说姨母家遭人命官司等语。因见王夫人事情冗杂，姊妹们遂出来，至寡嫂李氏房中来了。

原来这李氏即贾珠之妻，2珠虽夭亡，幸存一子，取名贾兰，今方五岁，已入学攻书。这李氏亦系金陵名宦之女，父名李守中，曾为国子监祭酒②，族中男女无有不通诗读书者。3至李守中继承以来，便说"女儿无才便有德"③，4故生李氏时，

1. 蒙府、戚序本异于甲戌、己卯、庚辰本的批语，多数非畸笏、脂砚等作者"圈内人"所加，尤其是四十回之后的批和回前回末批。但亦偶有颇知佚稿内容及作者家事的有价值的批，如上回结尾述黛玉之死的回末批即是。此回回前有七绝一首，有研究参考价值，诗云："请君着眼护官符，把笔悲伤说世途。作者泪痕同我泪，燕山仍旧窦公无？"燕山窦公，指窦禹钧，五代后周渔阳人，官至谏议大夫，任官时推举了许多"四方贤士"，有五子相继登科。窦公当指代作者先祖曹寅。

2. 以为要结住黛玉，好写薛家事，不料偏又说起李纨来了。

3. 怪不得李纨之外，后文来到荣府的李纹、李绮都能作诗。

4. "有"字改得好。（甲）

---

① "捐躯"一首——见于梦稿本、列藏本和卞藏本。诗讥贾雨村之流，口头说要捐躯报国，实际上贪恋荣华。因为眼前风物多情，功名利禄的诱惑力太大，机会不错，所以报君恩云云不妨等等再说。

② 国子监祭酒——隋唐起，国家最高教育机关和学府的主管官。

③ 女儿无才便有德——封建妇道要求女子安分守拙，只从事日常家务，以为过于聪明有才学反易招致是非而"败行"。故明代陈继儒"女子无才便是德"的话便成了名言。见清石成金《家训钞》引。小说中又改"是"为"有"，更进了一步，以见李守中受这种意识影响之深固和可笑。

便不十分令其读书，只不过将些《女四书》《列女传》《贤媛集》①等三四种书，使她认得几个字，记得前朝这几个贤女便罢了；却只以纺绩井臼②为要，因取名为李纨，字宫裁。¹因此，这李纨虽青春丧偶，且居处于膏粱锦绣之中，竟如槁木死灰一般，一概无见无闻，惟知侍亲养子，外则陪侍小姑等针黹③诵读而已。²今黛玉虽客寄于斯，日有这般姐妹相伴，除老父外，余者也就无庸虑及了。³

　　如今且说贾雨村，因补授了应天府，一下马，就有一件人命官司详至案下，乃是两家争买一婢，各不相让，以至殴伤人命。彼时，雨村即问原告。那原告道："被殴死者，乃小人之主人。因那日买了一个丫头，不想系拐子所拐来卖的。这拐子先已得了我家银子，我家小爷原说第三日方是好日子，再接入门。⁴这拐子便又悄悄地卖与了薛家，被我们知道了，去找那买主，夺取丫头。无奈薛家原系金陵一霸，倚财仗势，众豪奴将我主人竟打死了。凶身主仆已皆逃走，无影无踪，只剩了几个局外之人。小人告了一年的状，竟无人作主。⁵望大老爷拘拿凶犯，剪恶除凶，以救孤寡，死者感戴天恩不尽！"

　　雨村听了，大怒道："岂有这样放屁的事！打死人命，就白白地走了，再拿不来的？"⁶因发签差公人立刻将凶犯族中人拿来拷问，令他们实供藏在何处；一面再动海捕文书④。未发签时，只见案边立着一个门子使眼色儿，——不令他发签之意。雨村心中甚是疑怪，只得停了手。⁷即时退堂，至密室，使从皆退去，只留下门子一人服侍。这门子忙上来请安，笑问："老爷一向加官进禄，八九年来就忘了我了？"⁸雨村道："却十分面善得紧，只是一时想不起来。"那门子笑道："老爷真是贵人多忘事，把出身之地竟忘了，不记当年葫芦庙里之事了？"雨村听了，如雷震一惊，方想起往事。⁹原来这门子本是葫芦庙内一个小

1. 不俗，确是诗书之族、名宦之家起的名字。

2. 以上文字可作李纨一篇小传看。

3. 仍归到黛玉，这才算结住，以下另表一头。

4. 坏了！拐子手里买人，还能等过夜？所谓迟则有变，往往世人因不经之谈，误却大事。（甲）

5. 已隐隐写出"护官符"所表四大家族无人敢碰撞来。

6. 新官上任心态，一点不错。谁知结果还真是"这样放屁的事"，倒成了骂自己。

7. 警觉起来，知其中必有蹊跷。若鲁莽行事，便不是雨村了。原可疑怪，余亦疑怪。（甲）

8. 哪有门子这样对老爷说话的？语气傲慢，怪甚！（甲）

9. 刺心语，自招其祸，亦因夸能恃才也。（甲）刚欲腾达，便被揭老底，岂不记恨！"葫芦庙里之事""往事"，说得含混。雨村总以为那样出身，极不光彩。余亦一惊，但不知门子何知，尤为怪甚。（甲）

---

① 《女四书》《列女传》《贤媛集》——都是宣扬封建妇道的书。明代王相台刻并注释汉班昭《女诫》，唐代宋若莘、宋若昭《女论语》，明成祖皇后徐氏《内训》，王相母刘氏《女范捷录》四种，称《闺阁四书集注》，即《女四书》。《列女传》，西汉刘向所编。《贤媛集》，当是南朝宋刘义庆《世说新语》中说秦汉以来贤淑女子之事的《贤媛》篇三十余则笔记单独传抄印行的册子。
② 井臼——指汲水、舂米等家务劳动。
③ 针黹（zhǐ 止）——针线活儿。黹，刺绣、缝纫。
④ 海捕文书——通令各地缉拿逃犯的公文。

沙弥①，因被火之后，无处安身，欲投别庙去修行，又耐不得清凉景况，因想这件生意倒还轻省热闹，遂趁年纪蓄了发，充了门子。¹ 雨村哪里料得是他，便忙携手笑道："原来是故人。"又让了坐好谈，这门子不敢坐。雨村笑道："贫贱之交不可忘。你我故人也；² 二则此系私室，既欲长谈，岂有不坐之理？"这门子听说，方告了座，斜签着坐②了。

雨村因问方才何故不令发签。这门子道："老爷既荣任到这一省，难道就没抄一张'护官符'③来不成？"³ 雨村忙问："何为'护官符'？我竟不知。"⁴门子道："这还了得！连这不知，怎能作得长远！⁵如今凡作地方官者，皆有一个私单，上面写的是本省最有权有势、极富极贵的大乡绅名姓，各省皆然；倘若不知，一时触犯了这样的人家，不但官爵，只怕连性命还保不成呢！⁶所以绰号叫作'护官符'。方才所说的这薛家，老爷如何惹得他！他这件官司并无难断之处，皆因都碍着情分脸面，所以如此。"一面说，一面从顺袋中取出一张抄写的'护官符'来，递与雨村。看时，上面皆是本地大族名宦之家的谐俗口碑④。其口碑排写得明白，下面皆注着始祖官爵并房次。⁷石头亦曾照样抄写了一张，今据石上所抄云⑤：

贾不假，白玉为堂金作马。（宁国、荣国二公之后，共二十房分，除宁、荣亲派八房在都外，现原籍住者十二房。）

阿房宫，三百里，住不下金陵一个史。（保龄侯尚书令史公之后，房分共十八，都中现住者十房，原籍现居八房。）

东海缺少白玉床，龙王来请金陵王。（都太尉统制县伯王公之后，共十二房，都中二房，余在籍。）

丰年好大雪，珍珠如土金如铁。（紫薇舍人薛公之

1. 原来如此！好逸恶劳，又不耐冷清，本非出人坏子。一路奇奇怪怪，调侃世人，总在人意臆之外。（甲）

2. 善机变颜色是政客必备本领。妙称，全是假态。（甲）全是奸险小人态度，活现活跳。（甲）

3. 新名词，未见有人说过。可对"聚宝盆"，一笑。三字从来未见，奇之至。（甲）

4. 必有此一问。余亦欲问。（甲）

5. 骂得爽快！（甲）

6. 此是极大胆之言。先说："如今凡作地方官者"，后说"各省皆然"，将当时官场中普遍存在的"关系网"、官官相护的黑幕揭开。若非借"满纸荒唐言"卸责，大可获诋毁政府的诽谤罪。可怜可叹，可恨可气，变作一把眼泪也。（甲）

7. "护官符"四句俗谚下面的小字是原文。注明四家"官爵并房次"是这张私单最重要的信息，是不可或缺的。很多版本或作脂评处理，或干脆删除，皆谬甚。

---

① 沙弥——初出家受戒的男子，多称小和尚。

② 斜签着坐——侧身而坐，表示谦恭。

③ 护官符——从"护身符"一词化出的新名词。它可能是某个愤恨官场黑暗的人私下所说的讥语，被作者闻知，大胆写入作品，或者竟是作者自己的创造。

④ 口碑——喻民间口头舆论，如碑刻之难以磨灭。《五灯会元》卷十五："劝君不用镌顽石，路上行人口似碑。"

⑤ "其口碑排写得明白"四句——甲辰本和程甲、程乙本均删去，还将"贾不假"四句俗谚下面的小字注文也都删除。其实，注出官爵、房次，是为了具体说明这四家的权力和财产占有情况，让看者知其在政治、经济上的显赫地位，落实四句俗谚之所指，是这张起"护官符"作用的私单上理所应有的文字。若删去，这张本为备忘之用"排写得明白"的私单，就变得像无揭底的谜语了，是不合理的。

后，现领内府帑银行商，共八房分。）①1

雨村犹未看完，忽闻传点②人报："王老爷来拜。"2雨村听说，忙具衣冠出去迎接。有顿饭工夫，方回来细问。这门子道："这四家皆连络有亲，一损皆损，一荣皆荣，扶持遮饰，皆有照应的。3今告打死人之薛，就系'丰年大雪'之薛也。也不单靠这三家，他的世交亲友在都在外者，本亦不少。老爷如今拿谁去？"雨村听如此说，便笑问门子道："如你这样说来，却怎么了结此案？你大约也深知这凶犯躲的方向了？"

门子笑道："不瞒老爷说，不但这凶犯躲的方向我知道，一并这拐卖之人我也知道，死鬼买主也深知道。4待我细说与老爷听：这个被打之死鬼，乃是本地一个小乡宦之子，名唤冯渊，5自幼父母早亡，又无兄弟，只他一个人守着些薄产过日。长到十八九岁上，酷爱男风③，最厌女子。6这也是前生冤孽，可巧遇见这拐子卖丫头，7他便一眼看上了这丫头，立意买来作妾，立誓再不交接男子，也不再娶第二个了，8所以三日后方过门。谁晓这拐子又偷卖与了薛家，他意欲卷了两家银子，再逃往他省；谁知又不曾走脱，两家拿住，打了个臭死，都不肯收银，只要领人。那薛家公子岂是让人的，便喝着手下人一打，将冯公子打了个稀烂，9抬回家去，三日死了。薛家原是早已择定日子上京去的，头起身两日前，就偶然遇见了这丫头，意欲买了就进京的，谁知闹出这事来。既打了冯公子，夺了丫头，他便没事人

1. "护官符"中四大家族的排列顺序，各本皆如本书作贾、史、王、薛，唯独甲戌本作贾、史、薛、王。从版本比较上说，甲戌本正文（不是批语）最接近原著，即最少被他人改动，故最优，最可信。但从这四家"房分"的多少看，诸本的排序不误；从公、侯、伯以至紫薇舍人（即中书舍人）的官爵顺序看，也不存在问题。甲戌本另样排序，不知何故，姑存疑。

2. 未看完及时阻断好，若再看别家有何必要？妙极！若只有此四家，则死板不活；若再有两家，又觉累赘，故如此断法。（甲）横云断岭法，是板定大章法。（甲）

3. 要紧语。早为下半部伏根。（甲）由此批可知后来不但贾府一败涂地，史、王、薛家也都"一损皆损"，"接二连三，牵五挂四"地株连获罪了。

4. 门子神通广大，因其社会交往复杂。斯何人也？（甲）

5. 谐音，"逢冤"也。真真是冤孽相逢。（甲）

6. 清代一时风气。"最厌女子"，仍为女子丧生，是何等大笔！不是写冯渊，正是写英莲。（甲）

7. 所谓"逢冤"也。善善恶恶多从"可巧"而来，可畏可怕。（甲）

8. 欲归正途，反寻死路，与后来写尤三姐，同一机杼。谚云："人若改常，非病即亡。"信有之乎？（甲）虚写一个情种。（甲）

9. 说拐子，"打了个臭死"，说冯渊，"打了个稀烂"，二字之差，便有轻重生死之别。拐子什么风雨没经过，自然并无大碍；冯渊一孤弱少男，哪禁得如此重殴！

① "贾不假"四句及注——分别指贾、史、王、薛（谐"雪"）四家，以夸张手法，说他们豪富，或言其白玉造堂，黄金开路；或以"规恢三百余里"、历史上最大的秦阿房（ē páng 娿旁）宫作比；或夸其藏宝之多，连东海龙王也比不上；或说他挥霍珠宝金银，视同土块废铁。金作马，与汉代金马门无关，乃本回脂评"世路难行钱作马"中"钱作马"之意。注中所举尚书令等职及后面提到的"节度使"，皆借古代高官或统领一方的官名虚拟，明清时已不存。帑（tǎng 倘）银，国库中的钱。
② 传点——点，铁制响器，铸作云头形，又叫"云板"，设于官署、豪家二门旁，向内院报事，以打"点"为信号，叫"传点"。
③ 男风——也称男色、男宠，男子同性恋对象。

一般，只管带了家眷走他的路。他这里自有弟兄奴仆在此料理，并不为此些些小事值得他一逃走的。[1] 这且别说，老爷你当被卖的丫头是谁？[2] 雨村道："我如何得知。"门子冷笑道："这人算来还是老爷的大恩人呢！[3] 她就是葫芦庙旁住的甄老爷的小姐，名唤英莲的。"[4] 雨村罕然道："原来就是她！闻得养至五岁被人拐去，[5] 却如今才来卖呢？"

门子道："这一种拐子单管偷拐五六岁的儿女，养在一个僻静之处，到十一二岁，度其容貌，带至他乡转卖。当日，这英莲我们天天哄她玩耍；虽隔了七八年，如今十二三岁的光景，其模样虽然出脱得齐整好些，然大概相貌，自是不改，熟人易认。况且她眉心中原有米粒大小的一点胭脂痣，从胎里带来，[6] 所以我却认得。偏生这拐子又租了我的房舍居住。那日，拐子不在家，我也曾问她。她是被拐子打怕了的，万不敢说，只说拐子系她亲爹，因无钱偿债，故卖她。[7] 我又哄之再四，她又哭了，只说：'我原不记得小时之事。'这可无疑了！那日冯公子相看了，兑了银子，拐子醉了，她自叹道：'我今日罪孽可满了！'[8] 后又听得冯公子三日之后才娶过门，她又转有忧愁之态。我又不忍其形景，等拐子出去，又命内人去解释她：'这冯公子必待好日期来接，可知必不以丫鬟相看。况他是个绝风流人品，家里颇过得，素习又最厌恶堂客①，今竟破价买你，后事不言可知。只耐得三两日，何必忧闷！'她听如此说，方才略解忧闷，自为从此得所。谁料天下竟有这等不如意事，[9] 第二日，她偏又卖与了薛家。若卖与第二个人还好，这薛公子的混名人称'呆霸王'，最是天下第一个弄性尚气的人，而且使钱如土，遂打了个落花流水，生拖死拽，把个英莲拖去，如今也不知死活。这冯公子空喜一场，一念未遂，反花了钱，送了命，岂不可叹！"[10]

雨村听了，亦叹道："这也是他们的孽障遭遇，亦非偶然。不然，这冯渊如何偏只看准了这英莲？

---

① 堂客——旧时称妇女为堂客，男子为官客。

1. 借阿呆行凶，写出社会恶势力的嚣张跋扈。妙极！人命视为些些小事，总是刻画阿呆耳。（甲）

2. 问得又怪。（甲）

3. 特出"大恩人"三字，恰衬出雨村之忘恩负义。

4. 至此一醒。（甲）

5. 是四岁，前已批明；既是"闻得"，就不必太精确。消息当来自娇杏。

6. 有此标记，可见确认无误。宝钗之热、黛玉之怯，悉从胎中带来。今英莲有痣，其人可知矣。（甲）

7. 真应怜也！

8. 作此庆幸语，愈令人悲感。

9. 不如意事才开始呢！一篇薄命赋，特出英莲。（甲）

10. 从葫芦僧叙述中补出英莲被拐后遭遇，省去许多笔墨，且为其入贾府留后文。所谓"美中不足，好事多磨"，先用冯渊作一开路之人。（甲）"美中"八字，开卷僧道劝石头语。

这英莲受了拐子这几年折磨，才得了个头路，且又是个多情的，若能聚合了，倒是件美事，偏又生出这段事来。这薛家纵比冯家富贵，想其为人，自然姬妾众多，淫佚无度，未必及冯渊定情于一人者。这正是梦幻情缘，恰遇见一对薄命儿女。[1]且不要议论他，只目今这官司，如何剖断才好？"门子笑道："老爷当年何等明决，今日何反成个没主意的人了！小的闻得老爷补升此任，亦系贾府、王府之力；此薛蟠即贾府之老亲，老爷何不顺水行舟，做个整人情，将此案了结，日后也好见贾、王二公的。"雨村道："你说的何尝不是。[2]但事关人命，蒙皇上隆恩，起复委用，实是重生再造，正当殚心竭力图报之时，岂可因私而废法！是我实不忍为者。"[3]门子听了，冷笑道："老爷说的何尝不是大道理，但只是如今世上是行不去的。岂不闻古人有云：'大丈夫相时而动'，又曰'趋吉避凶者为君子'。[4]依老爷这一说，不但不能报效朝廷，亦且自身不保，还要三思为妥。"

雨村低了半日头，[5]方说道："依你怎么样？"门子道："小人已想了个极好的主意在此：老爷明日坐堂，只管虚张声势，动文书，发签拿人。原凶自然是拿不来的，原告固是定要，自然将薛家族中及奴仆人等拿几个来拷问。小的在暗中调停，令他们报个暴病身亡，合族中及地方上共递一张保呈。老爷只说善能扶鸾①请仙，堂上设下乩坛，令军民人等只管来看。老爷就说：'乩仙批了，死者冯渊与薛蟠原因风月相逢，今狭路既遇，原应了结。薛蟠今已得无名之症，被冯魂追索已死。[6]其祸皆由拐子某人而起，拐之人原系某乡某姓人氏，按法处治，余不累及'等语。小人暗中嘱托拐子，令其实招。众人见乩仙批语与拐子相符，余者自然也都不虚了。薛家有的是钱，老爷断一千也可，五百也可，与冯家作烧埋之费。那冯家也无甚要紧的人，不过为的是钱，见有了这个银子，想也

1. 使雨村一评，方补足上半回之题目。所谓此书有繁处愈繁，省中愈省；又有不怕繁中繁，只要繁中虚；不畏省中省，只要省中实。此则省中实也。（甲）

2. 可发一长叹。这一句已见奸雄。全是假。（甲）脂评能揭示人物的表里不一，实属难得。然过多地想到奸雄作假，似与作者创作思想仍有差别。雪芹刻画人物更看重事态发展过程中人物所处的具体环境，必表现得合情合理，一步步地深入人物的灵魂，让人逐渐看出他究竟是何等人物，是如何变成的。

3. 连批三次奸雄。（甲）及全是假。（甲）

4. 近时错会书意者多多如此。（甲）

5. 奸雄欺人。（甲）低头半日未必不是真写沉思和内心斗争。

6. "无名之症"却是病之名，而反曰无，妙极。（甲）

---

①　扶鸾——也叫"扶乩（jī 机）"，一种占卜问疑的迷信活动。由二人扶一丁字形木架在沙盘上，谓神（所谓乩仙）降时，木架即随神的意志划字，能为人决疑治病，预示吉凶。

就无话了。老爷细想此计如何？"雨村笑道："不妥，不妥。等我再斟酌斟酌，或可压服口声。"[1]二人计议，天色已晚，别无话说。

至次日，坐堂，勾取一应有名人犯，雨村详加审问。果见冯家人口稀疏，不过赖此欲多得些烧埋之费。薛家仗势倚情，偏不相让，故致颠倒未决。雨村便徇情枉法，胡乱判断了此案。[2]冯家得了许多烧埋银子，也就无甚话说了。雨村断了此案，急忙作书信二封，与贾政并京营节度使王子腾，[3]不过说"令甥之事已完，不必过虑"等语。此事皆由葫芦庙内之沙弥新门子所知，雨村又恐他对人说出当日贫贱时的事来，因此心中大不乐业，后来到底寻了个不是，远远地充发①了才罢。[4]

当下言不着雨村。且说那买了英莲、打死冯渊的薛公子，亦系金陵人氏，本是书香继世之家。只是如今这薛公子幼年丧父，寡母又怜他是个独根孤种，未免溺爱纵容些，遂至老大无成；且家中有百万之富，现领着内帑钱粮，采办杂料。这薛公子学名薛蟠，字表文龙，[5]今方十有五岁，性情奢侈，言语傲慢。虽也上过学，不过略识几字，终日惟有斗鸡走马，游山玩景而已。虽是皇商②，一应经纪世事，全然不知，不过赖祖父旧日的情分，户部挂虚名，支领钱粮，其余事体，自有伙计老家人等措办。寡母王氏，乃现任京营节度使王子腾之妹，与荣国府贾政的夫人王氏，是一母所生的姊妹。[6]今年方四十上下年纪，只有薛蟠一子；还有一女，比薛蟠小两岁，乳名宝钗，生得肌骨莹润，举止娴雅。当日有她父亲在日，酷爱此女，令其读书识字，较之乃兄竟高过十倍。[7]自父亲死后，见哥哥不能体贴母怀，她便不以书字为事，只留心针黹家计等事，好为母

1. 奸雄欺人。（甲）似非"欺人"语。言"不妥"者，门子的办法，本十分荒唐也。说"再斟酌斟酌"，不过是多想想有否更好的办法来"压服口声"，让旁人观感舆论不生异议而已。准备枉法已无疑问。

2. 写到乱判，反用简语作结。实注一笔，更好，不过如此等事，又何用细写！可谓此书不敢干涉廊庙者，即此等处也，莫谓写之不到。盖作者立意写闺阁尚不暇，何能又及此等哉！（甲）与甲戌本《凡例》第四条用语如出一辙，为作者开脱也。此类批语连篇累牍，如：盖非有意讥刺仕途，实亦出人之闲文耳。（甲）虽曰不涉世事，或亦有微词耳。但其意实欲出宝钗，不得不做此穿插。故云此等皆非《石头记》之正文。（甲）一而再，再而三声称无关政治，反给人以"此地无银"的感觉。甲戌本《凡例》写了又取消，除脂砚斋越俎代庖地做了应由作者来做的工作外，这种不干涉朝廷的说明，欲盖弥彰，大概也是原因之一。

3. 两家都是薛家近亲，下文有说明。

4. 雨村终除去心头之患，亦勾结造孽者自尝苦果。至此了结葫芦庙文字。又伏下千里伏线。起用葫芦字样，收用葫芦字样，盖云一部书皆系葫芦提之意也，此亦系寓意处。（甲）此称"千里伏线"，则下半部佚稿中当有葫芦僧报复雨村，揭其罪行，加重其"锁枷扛"的情节。

5. "字表"是"字起作"之意，不误。"文龙"有误作"文起"的，是"龙"字行草形讹。

6. 此即薛姨妈，与王夫人是同胞姊妹，其兄王之腾。记清。

7. 宝钗只如此写来，自好。

---

① 充发——充军发配。
② 皇商——专为皇室采办物品的官商。

亲分忧解劳。近因今上①崇诗尚礼，征采才能，降
不世出之隆恩，除聘选妃嫔外，凡世宦名家之女，
皆报名达部，以备选择为公主、郡主②入学陪侍，
充为才人、赞善③之职。1 二则自薛蟠父亲死后，各
省中所有的买卖承局④、总管、伙计人等，见薛蟠
年轻，不谙世事，便趁时拐骗起来，京都中几处生意，
渐亦消耗。薛蟠素闻得都中乃第一繁华之地，正思
一游，便趁此机会，一为送妹待选，二为望亲，三
因亲自入部销算旧帐，再计新支。其实，则为游览
上国⑤风光之意。因此，早已打点下行装细软，以
及馈送亲友各色土物人情等类，正择日已定，不想
偏遇见了那拐子重卖英莲。薛蟠见英莲生得不俗，
立意买了，2 又遇冯家来夺人，因恃强喝令手下豪
奴将冯渊打死。他便将家中事务嘱了族中人并几个
老家人，他便同了母妹等竟自起身长行去了。人命
官司一事，他却视为儿戏，自谓花上几个臭钱，没
有不了的。3

　　在路不记其日。4 那日，已将入都时，却又闻得
母舅王子腾升了九省统制，奉旨出都查边。薛蟠心
中暗喜道："我正愁进京去有个嫡亲的母舅管辖着，
不能任意挥霍挥霍，偏如今又升出去了，可知天
从人愿。"5 因和母亲商议道："咱们京中虽有几处房
舍，只是这十来年没人进京居住，那看守的人未免
偷着租赁与人，须得先着几个人去打扫收拾才好。"
他母亲道："何必如此招摇！咱们这一进京，原是
先拜望亲友，或是在你舅舅家，或是你姨爹家。6
他两家的房舍极是方便的，咱们先能着⑥住下，再
慢慢地着人去收拾，岂不消停⑦些！"薛蟠道："如
今舅舅正升了外省去，家里自然忙乱起身，咱们这
工夫反一窝一拖地奔了去，岂不没眼色些？"他母

1. 宝钗进京本为待选，故初无择婿之
事，也不至于另有他想。

2. 阿呆兄亦知不俗，英莲人品可知矣。
（甲）

3. 已养成恶少习气。是极。人谓薛蟠
为呆，余则谓大彻悟。（甲）此评故
作谐语调侃。

4. 自江南北上，非三五天路程可知，
不必细写。

5. 以后所作所为不难想见。写尽五陵
心意。（甲）五陵，纨袴子弟也；杜
诗"五陵裘马自轻肥"。

6. 舅舅既升职外出了，必是住姨爹处
无疑了。陪笔。（甲）正笔。（甲）

---

①　今上——对当朝皇帝的称谓。
②　公主、郡主——皇帝之女为公主；诸王（亲王）之女为郡主。
③　才人、赞善——皆宫中女官名。
④　买卖承局——商行中的听差。
⑤　上国——京都。
⑥　能着——将就。
⑦　消停——从容。

亲道："你舅舅家虽升了去，还有你姨爹家。况这几年来，你舅舅、姨娘两处，每每带信捎书，接咱们来，如今既来了，你舅舅虽忙着起身，你贾家姨娘未必不苦留我们。咱们且忙忙收拾房舍，岂不使人见怪？[1]你的意思我却知道：守着舅舅、姨爹住着，未免拘紧了你，不如你各自住着，好任意施为的。你既如此，你自去挑所宅子去住，我和你姨娘姊妹们别了这几年，却要厮守几日，我带了你妹子投你姨娘家去，你道好不好？"[2]薛蟠见母亲如此说，情知扭不过的，只得吩咐人夫一路奔荣国府来。

那时，王夫人已知薛蟠官司一事，亏贾雨村就中维持了结，才放了心。又见哥哥升了边缺，正愁又少了娘家的亲戚来往，更加寂寞。[3]过了几日，忽家人传报："姨太太带了哥儿姐儿，合家进京，正在门外下车。"喜得王夫人忙带了媳妇、女儿等接出大厅，[4]将薛姨妈等接了进来。姊妹们暮年相见，自不必说，悲喜交集。泣笑叙阔一番，忙又引了拜见贾母，将人情土物各种酬献了。合家俱厮见过，忙又治席接风。

薛蟠已拜见过贾政，贾琏又引着拜见了贾赦、贾珍等。贾政便使人上来对王夫人说："姨太太已有了春秋，外甥年轻不知世路，在外住着，恐有人生事。咱们东北角上梨香院一所十来间，白空闲着，赶着打扫了，请姨太太和哥儿姐儿住了甚好。"[5]王夫人未及留，贾母也就遣人来说："请姨太太就在这里住下，大家亲密些"等语。[6]薛姨妈正欲同居一处，方可拘紧些儿子，若另住在外，又恐他纵性惹祸，遂忙道谢应允。又私与王夫人说："一应日费供给，一概免却，方是处常之法。"[7]王夫人知她家不难于此，遂任从其愿。从此后，薛家母子就在梨香院中住了。

原来这梨香院乃当日荣公暮年养静之所，小小巧巧，约有十余间房舍，前厅后舍俱全。另有一门通街，薛蟠家人就走此门出入。[8]西南有一角门，通一夹道，出了夹道，便是王夫人正房的东院了。每日或饭后，或晚间，薛姨妈便过来，或与贾母闲谈，或与王夫人相叙。宝钗日与黛玉、迎春姊妹等

1. 亲姐妹能得较长日子相处畅谈，必是双方都最期盼的。闲语中补出许多前文，此画家之云罩峰尖法也。（甲）

2. 知蟠儿尚能孝顺，故特点出"好任意施为"来让他别处去。薛母亦善训子。（甲）

3. 与薛姨妈预料的一样。

4. 闻胞妹一家来到，欣喜如此，可知能留住长处无疑了。

5. 由贾政先发话请姨太太留下就对了，于理也该如此，若姐姐自己先提出留妹妹住下反不得体。

6. 有贾母之命，就更妥当了。

7. 想得周到，薛家不难费用，这话必须先说清的。作者提清，犹恐看官误认与今之靠亲投友者一例。（甲）

8. 薛蟠可免受姨父、姨娘管束，自由与外界交往了。

一处，或看书下棋，或作针黹，倒也十分乐业。[1]

只是薛蟠起初之心，原不欲在贾宅居住者，生恐姨父管约拘禁，料必不自在的；无奈母亲执意在此，且贾宅中又十分殷勤苦留，只得暂且住下；一面使人打扫出自家的房屋，再移居过去的。[2] 谁知自在此间住了不上一月日期，贾宅族中凡有的子侄，俱已认熟了一半，凡是那些纨绔气习者，莫不喜与他来往。今日会酒，明日观花，甚至聚赌嫖娼，渐渐无所不至，引诱得薛蟠比当日更坏了十倍。[3] 虽说贾政训子有方，治家有法，[4] 一则族大人多，照管不到这些；二则现任族长乃是贾珍，彼乃宁府长孙，又现袭职，凡族中事，自有他掌管；三则公私冗杂，且素性潇洒，不以俗务为要，每公暇之时，不过看书着棋而已，余事多不介意。况且这梨香院相隔两层房舍，又有街门另开，任意可以出入，所以这些子弟们竟可以放意畅怀的。[5] 因此，遂将移居之念渐渐打灭了。〔要知端的，且听下回分解。〕

1. 作者不专写宝钗与黛玉见面，只一笔带过，有意思。宝钗为人处事随和，故能乐业。金玉相见，却如此写，虚虚实实，总不相犯。（甲）这一句衬出后文黛玉之不能乐业，细甚妙甚。（甲）

2. 总先把惯于浪荡度日的纨绔子弟心思写足，然后再转笔写其如何改变初衷。

3. 贾府本是个大黑染缸。虽说为纨绔设鉴，其原意只罪贾宅，故用此等句法写来。（甲）

4. 为贾政洗刷。八字洗出政老来，又是作者隐意。（甲）

5. 街门另开，前已提及。自家子弟未必能管好，何况亲戚！开脱贾政面面俱到。其用笔墨何等灵活，能足前摇后，即境生文，真到不期然而然，所谓水到渠成，不劳着力者也。（戚）

【总评】

《红梦楼》是以描写贾府中生活场景为主而展开故事的，人物也多半是闺阁小姐、丫鬟或公子哥儿，看似并不带什么政治性。但值得思索和探究的是：这种封建贵族官僚大家庭的风月繁华是建立在什么基础上的呢？他们是依仗着什么来维持这种生活的呢？为什么这种荣华富贵不能长久保持而最后竟致一败涂地呢？在以"儿女笔墨"面目出现的小说中，作者开启了一些可让我们窥见其真实原因的窗口，"护官符"一回就起着这样的作用。所以它对我们理解《红楼梦》的思想认识价值有着特殊的重要的意义。以前，把这一回说成是全书的"总纲"，就是要我们从这一角度来看待问题，倒并非是就小说主题或故事情节而言的。

对贾雨村这一人物形象的刻画是动态的，有层次的；作者成功地把握着艺术分寸感，步步深入，让你能看到他灵魂深处，写法上很值得我们欣赏和学习。

薛宝钗是另一位女主角，其重要性与林黛玉可谓双峰并峙。所以，叙过黛玉后，紧接着便写她随家进京。脂评对此回中涉及官场黑暗的描述，虽多欲盖弥彰的掩饰之词，但言及情节结构的话，仍颇有见地。

# 第 五 回
## 开生面梦演红楼梦　立新场情传幻境情

**【题解】**

　　本回回目诸本分四类：己卯、庚辰、杨藏本作"游幻境指迷十二钗，饮仙醪曲演红楼梦"，从骈体角度看，几不成对。蒙府、戚序、卞藏本作"灵石迷性难解仙机，警幻多情秘垂淫训"，"迷性""多情"等用词不当，亦非作者本意。甲辰、程甲、程乙本作"贾宝玉神游太虚境，警幻仙曲演红楼梦"，文字较前两种为优，然晚出之本系改诸本回目而成甚明。唯甲戌本作"开生面……，立新场……"。有第二十七回脂评为赞葬花词而批，曰："'开生面''立新场'，是书不止'红楼梦'一回，惟是回更'生'更'新'……"可证甲戌本回目为作者原拟无疑。又回目用"梦"和"情"重出的双拟对形式，也是作者拟回目的习惯，故从之。红楼梦，指仙女们演唱的《红楼梦曲》十二支，其中隐含金陵十二钗的命运归宿。幻境情，指宝玉梦游太虚幻境中所经历的男女情事。

　　题云：

　　　　春困葳蕤拥绣衾，恍随仙子别红尘。
　　　　问谁幻入华胥境，千古风流造孽人。①1

　　却说薛家母子在荣府中寄居等事略已表明，此回则暂不能写矣。

　　如今且说林黛玉自在荣府以来，贾母万般怜爱，寝食起居，一如宝玉，²迎春、探春、惜春三个亲孙女倒且靠后。便是宝玉和黛玉二人之亲密友爱，亦自较别个不同，日则同行同坐，夜则同息同止，真是言和意顺，略无参商②。不想如今忽然来了一个薛宝钗³，年岁虽大不多，然品格端方，容貌丰美，人多谓黛玉所不

1. 风流多情的秦氏对于正性成熟的宝玉，自有极大的诱惑力，但毕竟限于心动，故由她引入梦境，从几个侧面作暗示。若以为此是隐写秦氏与宝玉有性关系，则肯定看偏了，既不符小说描写，也把宝玉误视同珍、琏辈了。

2. 如此万般怜爱之外孙女，后人竟写其病危时被外祖母弃置不顾，其谁信之？妙极！所谓一击两鸣法，宝玉身分可知。（甲）

3. 异军突起，转折有力。总是奇峻之笔，写来健拔，似新出之一人耳。（甲）欲出宝钗，便不肯从宝钗身上写来，却先款款叙出二玉，陡然转出宝钗，三人方可鼎立，行文之法又一变体。（甲）

---

①　"春困葳蕤"一首——诗见于梦稿、蒙府、戚宁、戚序、舒序诸本正文的开头，己卯本见于另签。诗写宝玉梦游太虚幻境事，葳蕤，这里是委顿不振的意思。华胥境，指代太虚幻境；华胥，本神话中庖牺氏之母，遇异迹而孕，生庖牺。《列子》："黄帝昼寝，而梦游于华胥氏之国。"诗用此。幻入仙境的"造孽人"，隐指秦可卿；标志着宝玉性成熟之日，正是他对风流多情的秦氏颇为亲近之时，这一点，小说只从几个侧面作暗示而不用正面叙述。

②　参（shēn申）商——两颗此出彼没的星名，常喻分离不得相见，这里则是隔阂、不和的意思。

及①。而且宝钗行为豁达，随分从时，不比黛玉孤高自许，目无下尘，故比黛玉大得下人之心。便是那些小丫头子们，亦多喜与宝钗去玩笑。因此黛玉心中便有些恌郁不忿之意，宝钗却浑然不觉。²那宝玉亦在孩提之间，况自天性所禀来的一片愚拙偏僻，视姊妹弟兄皆出一体，并无亲疏远近之别。³其中因与黛玉同随贾母一处坐卧，故略比别个姊妹熟惯些。既熟惯，则更觉亲密；既亲密，则不免一时有求全之毁，不虞之隙①。⁴这日不知为何，他二人言语有些不合起来，黛玉又气得独在房中垂泪，宝玉又自悔言语冒撞，前去俯就，⁵那黛玉方渐渐地回转来。

因东边宁府中花园内梅花盛开，贾珍之妻尤氏乃治酒，请贾母、邢夫人、王夫人等赏花。是日，先携了贾蓉之妻二人来面请。贾母等于早饭后过来，就在会芳园游玩，⁶先茶后酒，不过皆是宁、荣二府女眷家宴小集，并无别样新文趣事可记。

一时宝玉倦怠，欲睡中觉。贾母命人好生哄着，歇息一回再来。贾蓉之妻秦氏便忙笑道："我们这里有给宝叔收拾下的屋子，老祖宗放心，只管交与我就是了。"又向宝玉的奶娘、丫鬟等道："嬷嬷、姐姐们，请宝叔随我这里来！"贾母素知秦氏是个极妥当的人，生的袅娜纤巧，行事又温柔和平，乃重孙媳中第一个得意之人，⁷见她去安置宝玉，自是安稳的。

当下秦氏引了一簇人来至上房内间。宝玉抬头先见一幅画贴在上面，画的人物固好，其故事乃是《燃藜图》②，也不看系何人所画，心中便有些不快。又有一副对联，写的是：

世事洞明皆学问，人情练达即文章。③

---

① 求全之毁，不虞之隙——为了追求完美，因此而会有所责难；虽然亲密，难免有意料不到的误会。毁，责备、指斥、出言伤人。不虞，没想到。隙，裂缝、闹矛盾。
② 《燃藜图》——汉代刘向夜读，有仙人来，吹藜杖头出火，为其照明，并授以文章。见《三辅黄图》等书。画此故事，劝人勤学苦读。
③ "世事"一联——意思是把人世故弄懂就是学问，有一套应付本领也是文章。上下句是互文。练达，老练通达。

1. 众人眼里如此。此句定评，想世人目中各有所取也。（甲）

2. 敢在一开始就将钗、黛作比较，非大手笔不能；敢说女一号黛玉的缺失，更见作者胆识过人。将两个行止撮总一写，实是难写，亦实系千部小说中未敢说写者。（甲）此一句是今古才人同病，如人人皆如我黛玉之为人，方许他妒，此是黛玉缺处。（甲）黛玉短处，恰恰是宝钗长处。

3. 用此贬词，却是褒奖，文章也可以这样写的。

4. "求全"八字，想得到，写得出，概括多少恋人心态！不独黛玉、宝玉二人，亦可为古今天下亲密人当头一喝。（甲）

5. 凡用二"又"字，如双峰对峙，总补二玉正文。（甲）未写具体情节前，先作概括描述。黛玉过于敏感，易生气恼，与宝钗浑厚相比，明显处于劣势。然宝玉仍情有独钟。若非作者能深刻理解并把握人性之复杂、爱情之不可理喻，怎敢如此不畏难地开头？

6. 会芳园，后扩建成大观园者，真集会群芳之处。元春消息动矣。（甲）

7. 贾母只重模样性格，不重出身贫富，后来还有提到。有人硬派她择媳，必首重门第血统高贵，是庸俗社会学在头脑中作怪。

及看了这两句，纵然室宇精美，铺陈华丽，亦断断不肯在这里了。[1] 忙说："快出去！快出去！"[2] 秦氏听了笑道："这里还不好，可往哪里去呢？不然，往我屋里去吧。"宝玉点头微笑。有一个嬷嬷说道："哪里有个叔叔往侄儿房里睡觉的礼？"秦氏笑道："嗳哟哟！不怕他恼。他能多大了，就忌讳这些个？上月你没看见我那个兄弟来了，虽然与宝叔同年，两个人若站在一处，只怕那一个还高些呢。"[3] 宝玉道："我怎么没见过？你带他来我瞧瞧。"[4] 众人笑道："隔着二三十里，哪里带去？见的日子有呢。"说着，大家来至秦氏房中。刚至房门，便有一股细细的甜香袭了人来。[5] 宝玉便愈觉得眼饧骨软，连说："好香！"[6] 入房向壁上看时，有唐伯虎画的《海棠春睡图》①，两边有宋学士秦太虚写的一副对联，其联云：

　　　　　嫩寒锁梦因春冷，芳气笼人是酒香。②[7]

案上设着武则天当日镜室中设的宝镜③，[8] 一边摆着飞燕立着舞过的金盘④，盘内盛着安禄山掷过伤了太真乳的木瓜⑤。上面设着寿阳公主于含章殿下卧的榻⑥，悬的是同昌公主制的连珠

1. 怕读文章者偏见劝读的画，不通世务者偏见说深通世情重要的对联，怎能不反感？如此画联，焉能入梦？（甲）看此联极俗，用于此则极妙！盖作者正为古今王孙公子劈头先下金针。（甲）下金针之说，似尚可商榷。若撇开小说情节人物，换一种目光看此联，非但警精不俗，且可作一味死读书者的极好座右铭。

2. 如闻恶臭。

3. 秦氏虽擅风情、不忌讳嬷嬷言，可知其对宝玉并无暧昧之心。话中带出其兄弟来，后回写秦钟便不突然。

4. 宝玉对秦氏之好感移之于其兄弟，故急欲一见。

5. 此香名"引梦香"。（甲）是脂砚斋起的谐名。

6. 未入房先为香气所诱。刻骨吸髓之情景，如何想得来？又如何写得来？（甲）

7. 图画、对联都令其心醉神迷，其实只是写可卿对进入青春期的宝玉所产生的难以抗拒的诱惑力。联语隐意更如脂评所说：艳极，淫极！已入梦境矣！（甲）

8. 设譬调侃耳，若真以为然，则又被作者瞒过。（甲）数句皆历史上有名的香艳故事。

---

① 唐伯虎画的《海棠春睡图》——唐伯虎，即唐寅，参阅前注。唐寅擅长画仕女，这一幅画的便是杨贵妃醉酒，而非花卉。因为唐明皇曾以"海棠睡未足"的话形容贵妃醉酒。见《明皇杂录》。但小说此处所写种种房内陈设，多为暗示秦可卿之风流而随手牵合。唐寅未必真有此作。

② 宋学士秦太虚写的一副对联——北宋秦观，字少游，一字太虚，诗词名家，为"苏（轼）门四学士"之一。作品风格纤弱媚丽，元好问摘其句称"女郎诗"，多男女情爱之作。这副对联是学得很像的拟作，不出自他的《淮海集》。对联上句说，轻寒不成眠是因为青春孤单寂寥；下句说，人被美酒的香气所包围、吸引。锁梦，不能入梦；今见几种本子注为"春睡沉沉，锁于梦乡""沉迷于梦境，如被幽闭"等等，不确。岂有寒冷反能入梦之理！唐僧人齐己《城中示友人》诗："重城不锁梦，每夜自归山。""不锁梦"，正不能阻断其梦中归山之意，则"锁梦"为受阻不能入梦明矣。联句乃说春心缭乱不成眠，须看清。"笼人"，梦稿、舒序、甲辰及程高本作"袭人"，当是后人效"花气袭人"而改。"袭"为仄声，则句犯孤平（虽"芳"为平声也不行），此诗律之大忌，不可从。

③ 武则天当日镜室中设的宝镜——武则天，人责其"秽乱春宫"。传唐高宗曾建造四壁都安着镜子的镜殿。"至武后时，遂用以宣淫。"见明沈德符《敝帚轩剩语》。

④ 飞燕立着舞过的金盘——赵飞燕身轻善舞，汉成帝微行寻欢作乐时遇见她，召入宫为皇后，曾造水晶盘，令其在上歌舞。见《汉书·外戚传》《汉成帝内传》。

⑤ 安禄山掷过伤了太真乳的木瓜——安禄山叛乱前，得玄宗宠信，杨贵妃（号太真）认为养子，与他有私，禄山狂悖，以指爪伤贵妃胸乳间。见宋代高承《事物纪原》。后来因"指爪"二字，音近形似，讹传为"掷瓜"。

⑥ 寿阳公主于含章殿下卧的榻——寿阳公主为南朝宋武帝之女，曾卧于含章殿檐下，有梅花飘落其额上，拂之不去。经三日，方洗落。宫女相效以五出花妆额，后称"梅花妆"。见《太平御览》引《杂五行书》。"寿阳公主"原讹作"寿昌公主"，据实改。

帐①。宝玉含笑连说："这里好！"秦氏笑道："我这屋子，大约神仙也可以住得了。"说着亲自展开了<u>西子浣过的纱衾②，移了红娘抱过的鸳枕③</u>。[1] 于是，众奶母服侍宝玉卧好，款款散去，只留袭人、媚人、晴雯、麝月[2]四个丫鬟为伴。秦氏便吩咐小丫鬟们，<u>好生在廊檐下看着猫儿狗儿打架</u>。[3]

　　那宝玉刚合上眼，便惚惚睡去，<u>犹似秦氏在前，遂悠悠荡荡，随了秦氏至一所在</u>。[4]但见朱栏白石，绿树清溪，真是人迹稀逢，飞尘不到。[5]宝玉在梦中欢喜，想道："这个去处有趣！我就在这里过一生，纵然失了家也愿意，<u>强如天天被父母、师傅打呢</u>！"[6]正胡思之间，忽听山后有人作歌曰：

　　　　春梦随云散，飞花逐水流；
　　　　寄言众儿女，何必觅闲愁！[7]

<u>宝玉听了，是女子的声音</u>。[8]歌音未息，早见那边走出一个人来，蹁跹袅娜，端的与人不同。有赋为证：

　　　　方离柳坞④，乍出花房。但行处，鸟惊庭树⑤；将到时，影度回廊。仙袂乍飘兮，闻麝兰之馥郁；荷衣⑥欲动兮，听环佩之铿锵。靥笑春桃兮，云堆翠髻⑦；唇绽樱颗兮，榴齿⑧含香。纤腰之楚楚⑨兮，回风舞雪⑩；珠翠之辉辉兮，满额鹅黄⑪。出没花间兮，宜嗔宜喜⑫；徘徊池上兮，若飞若

1. 一路设警之文，迥非《石头记》大笔所屑，另有他属，余所不知。（甲）谓作者本不屑作此种老套俗滥设警文字，只为要表达别的意思而不得不用。至于想表达什么，脂评故意卖关子说自己不知道。其实，无非是暗示秦可卿性欲很强，风流多情；与对联所隐含的意思相似。这些都是启宝玉情窦，使之跨过童子门限的客观原因。

2. 对四个丫头，脂评分别有批，袭人：一个再见。媚人：二新出。晴雯：三新出。名妙而文。麝月：四新出。尤妙。（甲）看出四婢之名，则知历来小说难与并肩。（甲）"媚人"之名，再未出现过，不知何故；或是作者修改书稿过程中忘了删改所留下的痕迹。较晚的甲辰（梦觉）本、程高本将她改作"秋纹"。

3. 细极。（甲）

4. 此梦文情固佳，然必用秦氏引梦，又用秦氏出梦，竟不知立意何属，惟批书人知之。（甲）何必讳言受惑！

5. 一篇蓬莱赋。（甲）

6. 一句忙里点出小儿心性。（甲）若以宝玉真的天天被打，还有师傅，就呆了。

7. 开口拿"春"字，最紧要；二句比也；将通部人一喝。（甲）恰是"警幻"二字注脚。

8. 写出终日与女儿厮混最熟。（甲）

---

① 同昌公主制的连珠帐——同昌公主为唐懿宗之女。串珍珠作帐事，见唐苏鹗《杜阳杂编》。
② 西子浣过的纱衾——相传西施曾在若耶溪旁浣过纱。衾，被子。
③ 红娘抱过的鸳枕——红娘凑合莺莺与张生幽会，为其抱送衾枕。系《西厢记》情节。
④ 柳坞——柳成林如屏障。
⑤ 鸟惊庭树——《庄子》写毛嫱之美，以"鱼见之深入，鸟见之高飞"形容，后因以"鱼入鸟惊"说美貌。
⑥ 荷衣——荷花荷叶制成的仙人服装。见屈原《九歌·少司命》。
⑦ 云堆翠髻——乌黑的发髻如云隆起。"翠""青""绿"等词，常代"黑"以形容鬓发的颜色。
⑧ 榴齿——牙齿如排石榴子，整齐光洁。
⑨ 楚楚——原义鲜明的样子，引申为好看。
⑩ 回风舞雪——形容身姿蹁跹。
⑪ 满额鹅黄——六朝妇女于额间涂黄为饰，称额黄。
⑫ 宜嗔宜喜——不论是生气还是高兴，总是很美的。

扬。蛾眉颦笑兮，将言而未语；莲步①乍移兮，待止而欲行。美彼之良质兮，冰清玉润；慕彼之华服兮，闪灼文章②。爱彼之貌容兮，香培玉琢③；美彼之态度兮，凤翥龙翔④。其素若何？春梅绽雪。其洁若何？秋菊被霜。其静若何？松生空谷。其艳若何？霞映澄塘。其文若何？龙游曲沼⑤。其神若何？月射寒江。应惭西子，实愧王嫱⑥。吁，奇矣哉！生于孰地，来自何方？信矣乎！瑶池不二，紫府无双⑦。果何人哉？如斯之美也！ <sup>1</sup>

宝玉见是一个仙姑，喜得忙上来作揖，笑问道："神仙姐姐<sup>2</sup>不知从哪里来，如今要往哪里去？我也不知这里是何处，<sup>3</sup>望乞携带携带！"那仙姑笑道："吾居离恨天之上，灌愁海之中，乃放春山遣香洞太虚幻境警幻仙姑是也。<sup>4</sup>司人间之风情月债，掌尘世之女怨男痴。因近来风流冤孽，缠绵于此处，是以前来访察机会，布散相思。今忽与尔相逢，亦非偶然。此离吾境不远，别无他物，仅有自采仙茗一盏，亲酿美酒一瓮，素练魔舞歌姬数人，新填《红楼梦》仙曲十二支⑧，<sup>5</sup>试随吾一游否？"宝玉听了，喜悦非常，便忘了秦氏在何处，<sup>6</sup>竟随了仙姑，至一所在。有石牌横建，上书"太虚幻境"四个大字，<sup>7</sup>两边一副对联，乃是：

假作真时真亦假，无为有处有还无。<sup>8</sup>

转过牌坊，便是一座宫门，上面横书四个大字，道是："孽海情天"。又有一副对联，大书云：

---

① 莲步——旧时称美女的脚步。

② 闪灼文章——花纹绚烂。"文"通"纹"，"章"通"彰"。文章，即花纹。

③ 香培玉琢——用香料造就，美玉雕成。

④ 凤翥（zhù助）龙翔——龙飞凤舞。翥，鸟向上飞。

⑤ 龙游曲沼——传说龙耀五彩，所以以游龙喻文采。沼，池子。

⑥ 王嫱——即王昭君，汉元帝时宫人，著名美人。

⑦ "瑶池"二句——神话中的仙境瑶池和紫府里，没有第二个人比她更美。

⑧ 《红楼梦》仙曲十二支——脂评："点题。盖作者自云所历不过红楼一梦耳。"可知小说以《红楼梦》为书名，并非后起。

1. 按此书凡例本无赞赋闲文，前有宝玉二词，今复见此一赋，何也？盖此二人乃通部大纲，不得不用此套。前词却是作者别有深意，故见其妙。此赋则不见长，然亦不可无者也。（甲）此评所谓"凡例"，乃体例之意，是泛义，非指甲戌本卷首《凡例》。一般章回小说在描写人物、景色或某种不寻常场面时，常插入此类"赞赋闲文"，独此书基本上不用此套，故脂评特为指明。此赋从曹植《洛神赋》中取意处甚多，是否作者有意让人联想到曹子建梦宓妃事，值得研究。

2. 千古未闻之奇称，写来竟成千古未闻之奇语，故是千古未闻之奇文。（甲）

3. 大有禅意。

4. 与开卷绛珠仙草修成女体一段合符。与首回中甄士隐梦境一照。（甲）

5. 点题。盖作者自云所历不过红楼一梦耳。（甲）谓借仙曲名点出书名、主题。"作者自云"是脂砚斋惯用语，用来解释作者自拟的曲名、回目等文字的含义。他也用这四个字来阐释首回回目的内涵，致使许多人认为那是曹雪芹自己说过的话，误会竟一直沿续至今。罪过，罪过！

6. 确是做梦时的感受。细极。（甲）

7. 甄士隐曾见过而无缘进入之地。菩萨、天尊皆因僧道而有，以点俗人，独不许幻造太虚幻境以警情者乎？观者恶其荒唐，余则喜其新鲜。有修庙造塔祈福者，余今意欲起太虚幻境，似较修七十二司更有功德。（甲）

8. 凡有意重现的文字，都是作者一再强调最要读者注意的话，此联即是。

厚地高天<sup>①</sup>，堪叹古今情不尽；

痴男怨女，可怜风月债<sup>②</sup>难偿。

宝玉看了，心下自思道："原来如此！但不知何为'古今之情'，又何为'风月之债'？从今倒要领略领略。"宝玉只顾如此一想，不料早把些邪魔招入膏肓<sup>③</sup>了。<sup>1</sup>当下随了仙姑进入二层门内，只见两边配殿皆有匾额对联，一时看不尽许多，惟见有几处写的是："痴情司""结怨司""朝啼司""夜哭司""春感司""秋悲司"。<sup>2</sup>看了，因向仙姑道："敢烦仙姑引我到那各司中游玩游玩，不知可使得？"仙姑道："此各司中皆贮的是普天之下所有的女子过去未来的簿册，尔凡眼尘躯，未便先知的。"宝玉听了，哪里肯依，复央之再四。仙姑无奈，说："也罢！就在此司内略随喜随喜<sup>④</sup>罢了！"宝玉喜不自胜，抬头看这司的匾上，乃是"薄命司"三字，<sup>3</sup>两边对联写的是：

春恨秋悲皆自惹，花容月貌为谁妍？<sup>4</sup>

宝玉看了，便知感叹。进入门来，只见有十数个大橱，皆用封条封着。看那封条上，皆是各省地名。宝玉一心只拣自己的家乡封条看，遂无心看别省的了。只见那边橱上封条上大书七字云："金陵十二钗正册"。<sup>5</sup>宝玉问道："何为'金陵十二钗正册'？"警幻道："即贵省中十二冠首女子之册，故为'正册'。"宝玉道："常听人说，金陵极大，怎么只十二个女子？如今单我们家里，上上下下，就有几百女孩儿呢。"警幻冷笑道："省上女子固多，不过择其紧要者录之。下边二橱则又次之。余者庸常之辈，则无册可录矣。"<sup>6</sup>宝玉听说，再看下首二橱上，果然一个写着"金陵十二钗副册"，又一个写着"金陵十二钗又副册"。宝玉便伸手先将"又副册"橱门开了，拿出一本册来，揭开一看，只见这首页上画着一幅画，又非人物，亦非山水，

1. 我国传统医学理论有句重要的话，叫内虚外乘，招入邪魔即由自愿领略。

2. 由"薄命司"衍化而出。虚陪六个。（甲）

3. 已总摄女儿之不幸。正文。（甲）

4. 对联虽笼统而言，若举以说林黛玉，最恰。所谓"自惹"者，即"求仁而得仁，亦何怨"意。

5. 首回楔子末称"后因曹雪芹于悼红轩中……则题曰《金陵十二钗》"，书名虽未通行，却也于此点明。正文，点题。（甲）

6. 金陵十二钗之橱共三个，册分三等，共36人，其余已"无册可录"，说得清清楚楚。有研究者不重正文，却据一条理解上有歧义的脂评，另立新说，谓册分五等，共60人（还有说72人的），徒然扰乱读者视听。（详见拙文《"警幻情榜"与"金陵十二钗"》，收入《追踪石头——蔡义江论红楼梦》一书中）

① 厚地高天——谓天地虽宽广，人却受禁锢不能自在。语出《诗经·小雅·正月》。金元好问《论诗》诗："东野（孟郊）穷愁死不休，高天厚地一诗囚。"

② 风月债——以欠债还债为喻，说爱情不免要付出痛苦的代价。

③ 膏肓（huāng 荒）——心脏与横膈膜之间部位，谓病入于此，则不可救药。

④ 随喜——佛家语，原意为随人做善事，因行善可生"欢喜心"，故谓；引申为到寺庙参观、游览。

不过是水墨滃染的满纸乌云浊雾而已。[1]后有几行字迹，写道是：

> 霁月难逢，彩云易散。心比天高，身为下贱。风流灵巧招人怨。寿夭多因诽谤生，多情公子空牵念。①[2]

宝玉看了，又见后面画着一簇鲜花，一床破席，[3]也有几句言词，写道是：

> 枉自温柔和顺，空云似桂如兰。
> 堪羡优伶有福，谁知公子无缘！②[4]

宝玉看了不解。遂掷下这个，又去开了副册橱门，拿起一本册来，揭开看时，只见画着一株桂花，下面有一池沼，其中水涸泥干，莲枯藕败，后面书云：

> 根并荷花一茎香，[5]平生遭际实堪伤。
> 自从两地生孤木，[6]致使香魂返故乡。③

宝玉看了仍不解。便又掷了，再去取"正册"看。[7]只见头一页上便画着两株枯木，木上悬着一围玉带；又有一堆雪，雪下一股金簪。也有四句言词，道是：

> 可叹停机德，堪怜咏絮才。
> 玉带林中挂，金簪雪里埋。④[8]

1. "晴雯"二字的反义。

2. 恰极！至"病补雀金裘"回中与此合看。（甲）

3. 隐袭人终至嫁与优伶。"花"其姓，"席"谐"袭"。

4. 骂死宝玉，却是自悔。（甲）说作者自悔，我们无从印证。说宝玉该"骂"，则袭人的嫁人或与宝玉后来沦为"乞丐"一样，都是同一变故的结果，而这一变故又与宝玉不听袭人劝谏，最终招致了袭人担心过的所谓"丑祸"（第三十二回）有关。

5. 却是咏菱妙句。（甲）

6. 拆字法。（甲）

7. 世之好事者争传"推背图"之说，想前人断不肯煽惑愚迷，即有此说，亦非常人供谈之物。此回悉借其法，为儿女子数运之机，无可以供茶酒之物，亦无干涉政事，真奇想奇笔。（甲）《宋史·艺文志》有《推背图卷》，相传唐李淳风与袁天纲共作图谶，预言历代变革之事。参见陈庆浩《新编石头记脂砚斋评语辑校》120页注。

8. 将黛玉、宝钗合写于一首之中是打破常格，也大有深意，后之仙曲十二支中则分述。寓意深远，皆生非其地之意。（甲）

---

① 又副册画和判词之一——说晴雯的。画中"乌云浊雾"，暗示环境险恶，晴雯难为阴暗、污浊的社会所容。霁月，天净月朗；旧时喻人的品格光明磊落为"光风霁月"。雨后新晴叫霁，寓"晴"字。彩云，喻好景；云呈彩叫雯，寓"雯"字。晴雯心高，不肯低三下四讨好主子；但她是被赖大买来养大的"奴才的奴才"，地位最低贱。她模模样标致，口齿伶俐，能说惯道，招人妒恨。后来王善保家的在王夫人前谗诽她，使她遭迫害而夭折，年仅十六岁。多情公子，指宝玉。

② 又副册画和判词之二——说袭人的。画中鲜花破席，除"花""席"（谐"袭"）隐其姓名外，又对其最终嫁与优伶表示惋惜。判词前两句说她心愿落空。"似桂如兰"暗点其名，所谓"花气袭人"。优伶，旧称戏剧艺人，指蒋玉菡。

③ 副册画与判词一首——说香菱的。判词首句暗点其名；香菱本名英莲，莲就是荷，菱与荷同住池中，所以说根在一起。三四句说，自从薛蟠娶夏金桂为妻之后，香菱就被迫害而死了。"两地生孤木"，两个"土"字，加一个"木"字，是金桂的"桂"字，故画中画桂花。"魂返故乡"，指死。画中也有这个意思。戚序本第八十回有回目用"姣怯香菱病入膏肓"的，还写她"酿成干血痨症，日渐羸瘦作烧"，医药无效，接着当写她死，即所谓"水涸泥干，莲枯藕败"（"藕"谐音配偶的"偶"）。续书所写未遵原意。

④ 正册画与判词之一——说薛宝钗和林黛玉的。判词首句叹宝钗虽有贤妻良母的品德，可惜徒劳无功。东汉乐羊子远出寻师求学，中途想家回来，他妻子以刀断布机上的绢，比喻学业中断，劝他继续求学，谋取功名，不要半途而废，见《后汉书·列女传·乐羊子妻》。二句说黛玉聪明有才华，但命运令人同情。晋代谢道韫，有才思，某天大雪，叔谢安吟句说："白雪纷纷何所似？"道韫堂兄弟谢朗答道："撒盐空中差可拟。"道韫接道："未若柳絮因风起。"谢安大加赞赏，见《世说新语·言语》。三句说黛玉，前三字倒读即谐其名。画中"两株枯木（双'木'为'林'），木上悬着一围玉带"可能寓黛玉泪"枯"而死，宝玉为怀念她而弃绝世俗欲念（玉带象征贵族公子生活）为僧的意思。"悬""挂"，思念。末句说宝钗，"雪"谐"薛"，"金簪"义同"宝钗"，本是光耀头面的，竟埋没雪中，是对宝钗空闺独守的冷落处境的写照。

宝玉看了仍不解。待要问时，情知她必不肯泄漏；待要丢下，又不舍。遂又往后看时，只见画着一张弓，弓上挂一香橼。也有一首歌词云：

> 二十年来辨是非，榴花开处照宫闱。
> 三春争及初春景？[1] 虎兔相逢大梦归。[①][2]

后面又画着两人放风筝，一片大海，一只大船，船中有一女子掩面泣涕之状。也有四句写云：

> 才自精明志自高，生于末世运偏消。[3]
> 清明涕送江边望，千里东风一梦遥。[②][4]

后面又画几缕飞云，一湾逝水。其词曰：

> 富贵又何为，襁褓之间父母违。
> 展眼吊斜晖，湘江水逝楚云飞。[③][5]

后面又画着一块美玉，落在泥垢之中。其断语云：

> 欲洁何曾洁，云空未必空。
> 可怜金玉质，终陷淖泥中。[④][6]

后面忽画一恶狼，追扑一美女，欲啖之意。其书云：

> 子系中山狼，得志便猖狂。[7]

1. 显极。（甲）

2. 元春死，则贾府大树摧倒；作者先祖曹寅以"树倒猢狲散"俗语为口头禅，寅者虎也，不知与"虎兔"或"虎兕"之隐寓有关否？

3. 两句作曹雪芹自慨看，未尝不可。感叹句，自寓。（甲）

4. 从此句看，探春绝无续书所写嫁后又重回娘家探视之事。好句。（甲）

5. 夫妻生活短暂之意甚明，故白首如牛女之隔银河。

6. 可知非偶逢不幸如遭劫或被杀之类。

7. 好句。（甲）

---

① 正册画与判词之二——说元春的。画中弓当谐"宫"，橼（yuán 园），可谐"缘"，也可谐其名"元"。判词大概说，元春如榴花使宫闱生色，二十岁时，便选入凤藻宫封为贤德妃，故"四春"中三个妹妹都不及她荣耀，只可惜她的死期也不太远了。"虎兔相逢"，原意不详。可以说人的生肖，也可以代表干支（年月或月日），续书以时间比附（所谓"交卯年寅月"），很像算命，未必定符原意，又己卯、梦稿本作"虎兕相逢"，若非抄误，或寓元春死于两派政治势力的恶斗中。

② 正册画与判词之三——说探春的。说她将来出海远嫁。"清明"，当指出嫁的时节，画中"两人放风筝"是隐寓有两个人（不知是否赵姨娘和贾环）设谋让探春远嫁的，"放风筝"的"放"是"放走"的意思（小说中特地写到），象征有去无回。

③ 正册画与判词之四——说湘云的。湘云出生不久，父母亡故，富贵之家金银散尽，她幼年坎坷。后来嫁个"才貌仙郎"，又好景不长，正如凭吊斜晖叹息"夕阳无限好，只是近黄昏"，转眼间夫妻生活终竟。末句藏"湘云"二字，又暗借楚襄王梦见能行云作雨的巫山神女等故事，说夫妻间幸福短暂，画也同此意。

④ 正册画与判词之五——说妙玉的。妙玉有洁癖，又皈依空门，可是后来连这一点也无法保持。妙玉大概随贾府的败落，而遭到流落"瓜洲渡口……红颜固不能不屈从枯骨"（据已迷失的靖应鹍藏本脂评，周汝昌校文）的悲剧结局。淖（nào 闹），烂泥。

　　金闺花柳质，一载赴黄粱。①

后面便是一所古庙，里面有一美人，在内看经独坐。其判云：

　　　勘破三春景不长，缁衣顿改昔年妆。
　　　可怜绣户侯门女，独卧青灯古佛旁。②1

后面便是一片冰山，上面有一只雌凤。其判曰：

　　　凡鸟偏从末世来，都知爱慕此身才。2
　　　一从二令三人木3，哭向金陵事更哀。③

后面又是一座荒村野店，有一美人在那里纺绩。其判曰：

　　　势败休云贵，家亡莫论亲。4
　　　偶因济刘氏，巧得遇恩人。④

诗后又画一盆茂兰，旁有一位凤冠霞帔的美人。也有判云：

　　　桃李春风结子完，到头谁似一盆兰？
　　　如冰水好空相妒，枉与他人作笑谈。⑤5

后面又画着高楼大厦，有一美人悬梁自缢。其判云：

1. 是水月庵、地藏庵之类地方。好句。（甲）

2. 作者亦爱慕其才乎？

3. 拆字法。（甲）究竟如何"拆"法，笔墨官司打到今天，也没有一个大家都能接受的结果。

4. 非经历过者，此二句则云纸上谈兵，过来人哪得不哭！（甲）曹寅有女嫁平郡王纳尔苏，其子福彭，在乾隆嗣位后官运亨通，遂有人在毫无史料依据情况下，臆测曹頫必得这门亲戚的援助，免罪后，起复为内务府员外郎，曹家因而中兴。立此说者，当细读此判词并脂评，三思之。

5. 真心实语。（甲）有人以为小说中唯一无缺点的人物是李纨，因疑其原型是作者生母。此说亦谬。姑且不论找原型的索隐方法有几分可信，李纨是否真无缺点，即视此判词之末句，怎能说作者没有讥贬之意呢？

————————————

①　正册画与判词之六——说迎春的。判词中"子"，男子通称。"系"，是。"子""系"合而成"孙"，隐指其丈夫孙绍祖。中山狼，喻恩将仇报的人。见明马中锡《中山狼传》。花柳质，喻迎春娇弱，不禁摧残。末句说她嫁到孙家一年，便被虐待致死。赴黄粱，与元春判词"大梦归"一样，指死。出唐代沈既济《枕中记》。

②　正册画与判词之七——说惜春的。勘，察看。三春，惜春的三个姐姐（元春、迎春、探春）。即她们都好景不长，惜春感到人生幻灭而出家为尼。缁（zī资）衣，黑衣，指僧尼的衣服，出家也叫披缁。画中古庙，当是世俗的尼庵，非大观园中环境幽雅的栊翠庵。

③　正册画与判词之八——说凤姐的。冰山，喻凤姐独揽贾府大权的地位难以持久。唐天宝十一载，张彖曾以冰山比杨国忠权势，意思说皎日出时，冰将融化。见《资治通鉴》。雌凤，当指后来凤姐被休孤寂时。"凡鸟"，合起来是"鳳"字，点其名。三国魏吕安曾在人家门上题"鳳"字，以嘲遇见之人是凡鸟。见《世说新语·简傲》。"一从"句，脂评："拆字法。"意思是把要说的字拆开来，但如何拆法，没有说。历来众说纷纭。吴恩裕先生说："凤姐对贾琏最初是言听计'从'，继则对贾琏可以发号施'令'，最后事败终不免于'休'之，故曰'哭向金陵事更哀'云云。"

④　正册画与判词之九——说巧姐的。前两句势败家亡之日，任你贵族千金，连亲骨肉也翻脸不认。当是指被她的"狠舅奸兄"卖于烟花巷。后两句说，刘姥姥告艰难，凤姐接济她银子，后来巧姐遭难，幸得恩人刘姥姥相救。续书写巧姐后来嫁给一个"家财巨万，良田千顷"的姓周的大地主家做媳妇，把画中的"荒村野店"写成了地主庄院，与作者原意相悖。巧，双关语，是凑巧，也是巧姐。

⑤　正册画与判词之十一——说李纨的。首句说她生下贾兰不久，丈夫便亡故，短暂的婚姻生活就此结束，恰如桃李结子，春色也就完结。"桃李"藏"李"字，"完"与"纨"谐音。次句说贾府子孙后来只有贾兰"爵禄高登"，做母亲的也因此显贵。画中图景即指此。后两句说，李纨死守贞节，品行如冰清水洁，似乎得了好报，但实在用不着妒忌羡慕，她为儿子苦熬了一辈子，待以为可享晚福时，却已"昏惨惨、黄泉路近"了。结果也只是白白地作了他人谈笑的材料。

情天情海幻情身，情既相逢必主淫。

漫言不肖皆荣出，造衅开端实在宁。①

宝玉还欲看时，那仙姑知他天分高明，性情颖慧，[1]恐把仙机泄漏，遂掩了卷册，笑向宝玉道："且随我去游玩奇景，[2]何必在此打这闷葫芦！"

宝玉恍恍惚惚，不觉弃了卷册，[3]又随了警幻来至后面。但见珠帘绣幕，画栋雕檐，说不尽那光摇朱户金铺地，雪照琼窗玉作宫。更见仙花馥郁，异草芬芳，真好个所在。[4]又听警幻笑道："你们快出来迎接贵客！"一语未了，只见房中又走出几个仙子来，皆是荷袂蹁跹，羽衣飘舞，姣若春花，媚如秋月。一见了宝玉，都怨谤警幻道："我们不知系何贵客，忙的接了出来。姐姐曾说今日今时必有绛珠妹子的生魂前来游玩，[5]故我等久待。何故反引这浊物来污染这清净女儿之境？"[6]

宝玉听如此说，便唬得欲退不能退，果觉自形污秽不堪。警幻忙携住宝玉的手，向众姊妹道："你等不知原委：今日原欲往荣府去接绛珠，适从宁府所过，偶遇宁、荣二公之灵，嘱吾云：'吾家自国朝定鼎以来，功名奕世，富贵传流，虽历百年，奈运终数尽，不可挽回。故近之子孙虽多，竟无一可以继业。[7]其中惟嫡孙宝玉一人，禀性乖张，生情怪谲，虽聪明灵慧，略可望成，无奈吾家运数合终，恐无人规引入正。幸仙姑偶来，万望先以情欲声色等事警其痴顽，[8]或能使彼跳出迷人圈子，然后入于正路，亦吾兄弟之幸矣。'如此嘱吾，故发慈心，引彼至此，先以彼家上、中、下三等女子之终身册籍，令

1. 与世俗之见截然不同。通部中笔笔贬宝玉，人人嘲宝玉，语语谤宝玉，今却于警幻意中忽写出此八字来，真是意外之意。此法亦别书中所无。（甲）

2. 警幻始终是宝玉的导游，也是导演，梦中之宝玉并无自行其是之举。是哄小儿语，细甚。（甲）

3. 是梦中景况，细极。（甲）

4. 在作者构思中，太虚幻境与大观园虚实相映。已为省亲别墅画下图式矣。（甲）脂评首次将天上人间联系起来。

5. "捧心西子玉为魂"，宝玉也是黛玉之魂。绛珠为谁氏？请观者细思首回。（甲）

6. 折射出宝玉自惭形秽的心境。奇笔摅奇文，作书者视女儿珍贵之至，不知今时女儿可知？余为作者痴心一哭，又为近之自弃自败之女儿一恨。（甲）摅，音书，发抒也。贵公子岂容人如此厌弃，反不怒而反欲退，实实写尽宝玉天分中一段情痴来。若是阿呆至此闻此语，则警幻之辈共成斋粉矣。一笑。（戚）

7. 既运终数尽，纵有可继业者何用？这是作者真正一把眼泪。（甲）总是批书人拟想中的作者。

8. 所谓"以情悟道"是也。实非真可警人迷幻之药方。二公真无可奈何，开一觉世觉人之路也。（甲）

① 正册画与判词之十一——说秦可卿的。作者初稿曾以"秦可卿淫丧天香楼"为回目，写贾珍与其儿媳秦氏私通，内有"遗簪""更衣"诸情节。丑事败露后，秦氏羞愤自缢于天香楼。作者长辈亲友、批书人之一的畸笏叟，出于维护大家庭利益的立场，命作者删改这一情节，为秦氏隐恶。因删去天香楼一节四五页文字（约二千余字），成了现存的样子。但有些地方，作者故意留下痕迹，如画中图景，便是最明显的地方。"情天情海"，与太虚幻境的匾额"孽海情天"同意，皆借幻境说人世间情多。"幻情身"，幻化出一个象征着风月之情的女身。暗示警幻称为"吾妹"的仙姬，即秦氏幻化的形象，作者讳言可卿引诱宝玉，假托梦魂游仙，说是两个多情的碰在一起的结果。三四句说，不要以为不肖子孙都出于荣国府，坏事的开端实在还在宁国府。或谓宝玉只是被引诱，而可卿的堕落却是她和公公有不正当关系就开始的，而这首先应由贾珍负责。衅，事端。

彼熟玩，尚未觉悟。故引彼再至此处，令其再历饮馔声色之幻，或冀将来一悟，亦未可知也。"[1]

说毕，携了宝玉入室。但闻一缕幽香，竟不知其所焚何物。宝玉遂不禁相问。警幻冷笑道："此香尘世中既无，尔何能知！此香乃系诸名山胜境内初生异卉之精，合各种宝林珠树之油所制，名'群芳髓'。"[2]宝玉听了，自是羡慕。已而，大家入座，小鬟捧上茶来。宝玉自觉清香味异，纯美非常，因又问何名。警幻道："此茶出在放春山遣香洞，又以仙花灵叶上所带宿露而烹，此茶名曰'千红一窟'。"[3]宝玉听了，点头称赏。因看房内，瑶琴、宝鼎、古画、新诗，无所不有；更喜窗下亦有唾绒①，奁间时渍粉污。壁上亦有一副对联，书云：

> 幽微灵秀地，无可奈何天。[4]

宝玉看毕，无不羡慕。因又请问众仙姑姓名：一名痴梦仙姑，一名钟情大士，一名引愁金女，一名度恨菩提，[5]各各道号不一。少刻，有小鬟来调桌安椅，设摆酒馔，真是：琼浆满泛玻璃盏，玉液浓斟琥珀杯。更不用再说那肴馔之盛。宝玉因闻得此酒清香甘冽，异乎寻常，又不禁相问。警幻道："此酒乃以百花之蕊、万木之汁，加以麟髓之醅、凤乳之曲酿成，因名为'万艳同杯'[6]。"宝玉称赏不迭。

饮酒间，又有十二个舞女上来，请问演何词曲。警幻道："就将新制《红楼梦》十二支演上来。"舞女们答应了，便轻敲檀板，款按银筝，听她歌道是：

> 开辟鸿蒙……[7]

方歌了一句，警幻便说道："此曲不比尘世中所填传奇之曲②，必有生、旦、净、末之别，又有南北九宫之限。此或咏叹一人，或感怀一事，

1. 以上既点贾府百年基业将尽，又期宝玉能悟声色之幻，回头归入正途。不料在现实中接连碰壁之后，反"由色悟空"，终至皈依佛门去了。这正如王维诗说的："一生几许伤心事，不向空门何处消？"一段叙出宁、荣二公，足见作者深意。（甲）

2. 遵下文以"窟"隐"哭"例，"髓"当隐"碎"字。好香。（甲）

3. 仅就茶名看，亦新雅、何况又寓深意。隐"哭"字。（甲）

4. 妙联，非诗才卓尔者拟不出。女儿之心，女儿之境。（甲）两句尽矣！撰通部大书不难，最难是此等处，可知皆从无可奈何而有。（甲）

5. 随手拟成道号，其义皆可思，似从"警幻"二字化出。

6. 酒名更妙。与"千红一窟"一对，隐"悲"字。（甲）

7. 好，唱一句打断，再取原稿来对看，便不板。故作顿挫摇摆。（甲）

---

① 唾绒——妇女停针线时，用牙齿咬断线绒，口中所沾，连唾吐出，俗称唾绒。

② 传奇之曲——戏曲中明清传奇为南曲，杂剧为北曲；角色有生、旦、净、末、丑之分；戏曲音律南曲北曲派别不同；元人杂剧有五宫四调，合为九宫调，戏剧的曲牌，受其限制。

偶成一曲，即可谱入管弦。若非个中人①，不知其中之妙，¹料尔亦未必深明此调。若不先阅其稿，后听其歌，反成嚼蜡矣！"²说毕，回头命小丫鬟取了《红楼梦》的原稿来，递与宝玉。宝玉揭开，一面目视其文，一面耳聆其歌，曰：

〔红楼梦·引子〕开辟鸿蒙，谁为情种？³都只为风月情浓。趁着这奈何天、伤怀日、寂寥时，试遣愚衷。因此上演出这怀金悼玉的《红楼梦》。②⁴

〔终身误〕都道是金玉良姻，俺只念木石前盟。空对着、山中高士晶莹雪；终不忘、世外仙姝寂寞林。叹人间、美中不足今方信。纵然是齐眉举案，到底意难平！③⁵

〔枉凝眉〕⁶一个是阆苑仙葩，一个是美玉无瑕。若说没奇缘，今生偏又遇着他；若说有奇缘，如何心事终虚化？一个枉自嗟呀，一个空劳牵挂。⁷一个是水中月，一个是镜中花。想眼中能有多少泪珠儿，怎禁得秋流到冬尽、春流到夏！④⁸

1. 因曲子隐寓诸钗归宿，故谓。三字要紧，不知谁是个中人？宝玉即个中人乎？然则石头亦个中人乎？作者亦系个中人乎？观者亦个中人乎？（甲）宝玉、石头、作者分开说，因各自角色有别，非彼此全不相干。

2. 须细加玩味，方能领略曲中深意。近之大老观戏，必先翻阅角本，目睹其词，耳听彼歌，却从警幻处学来。（甲）

3. 情种自多，非真诘问，只表感慨而已。非作者为谁？余又曰，亦非作者，乃石头耳。（甲）

4. 后人改一字作"悲金悼玉"，不如"怀金悼玉"妥当。存者用"怀"，殁者用"悼"。读此几句，翻厌近之传奇中必用开场、付末等套，累赘太甚。（甲）

5. 曲名只适用于嫁人不当而误了终身的女子，不用于男子，故唯指宝钗一人。曲中又提到二玉，乃因丈夫不忘逝者，与他最终弃钗为僧有关，正写"终身误"三字。"俺只念""终不忘"都可看出黛死在先，钗婚在后，与贾家择谁为媳无关。

6. 《枉凝眉》是徒然悲伤，后人改为《枉凝眸》成了徒然注视，可笑。

7. 是人分两地、彼此为对方而痛苦的话。

8. 语句泼撒，不负自创北曲。（甲）此评甲戌本为眉批，抄录位置偏前，在《终身误》之上，蒙府、戚序本作《枉凝眉》批，是。此用六个"一个"、两个"若说"，堪称"语句泼撒"。

① 个中人——圈子里的人。个，此。

② 〔红楼梦·引子〕一首——《红楼梦》十二支曲连〔引子〕〔收尾〕共十四首，与金陵十二钗正册画与判词互为补充，皆预示小说主要人物的命运与结局。开辟鸿蒙，开天辟地，混沌初开。试遣愚衷，试着抒发自己的情怀。怀金悼玉，金，指代薛宝钗；玉，指代林黛玉；以薛林为代表，实际上包括了"薄命司"众女儿。怀念存者，伤悼死者，故演出此曲。用以概说此曲创作缘由的引子，着眼一"情"字，颇受清洪昇《长生殿》开头的影响。

③ 〔终身误〕一首——从宝玉婚后仍不忘死去的黛玉，写宝钗终身寂寞，故以此名曲。金玉良姻，所谓金锁配宝玉，指宝玉与宝钗的婚姻。木石前盟，指宝玉与黛玉的爱情：他们生前有一段旧缘和盟约，绛珠仙草（木）为酬报神瑛侍者（石）甘露灌溉之惠，曾有盟言要把"一生所有的眼泪还他"。雪，谐"薛"，指宝钗，以"山中高士"比她有道德修养而能淡然处寂。林，指黛玉，她本是绛珠仙子，死后离世而登仙籍，故称"世外仙姝"。姝，美女。齐眉举案，东汉梁鸿家贫，妻孟光对他十分恭顺，每送饭，把食案举得同眉毛一样高，因成为封建妇道楷模。宝玉对宝钗能维持夫妻相敬如宾的表面虚礼，仍感不满。

④ 〔枉凝眉〕一首——写黛玉的泪尽而逝。曲名意为蹙眉悲愁也是枉然。阆苑（làng yuàn 浪院），仙境。阆苑仙葩，指黛玉，她本是灵河岸上三生石畔的仙草。下句指宝玉，同时赞他心地纯良洁白。"虚化"，化为乌有。戚序本误作"虚花"，变动词为名词；程高本改作"虚话"，变心事为明言。从庚辰本。嗟呀，悲伤叹息，指黛玉。牵挂，指宝玉，他流落在外，情况不明，空存挂念。水月镜花，都是虚幻的景象。末了几句说黛玉因怜惜宝玉的不幸而恸哭，自秋至冬，自冬历春，春残花落时，泪尽而逝。实现了以泪相报的诺言。原稿八十回后写黛玉之死的回目叫"证前缘"（据靖藏本第七十九回脂评）。

宝玉听了此曲，<u>散漫无稽，不见得好处</u>；¹但其声韵凄惋，竟能销魂醉魄。<u>因此也不察其原委，问其来历，就暂以此释闷而已。</u>²因又看下面道：

　　〔恨无常〕喜荣华正好，恨无常又到。眼睁睁、把万事全抛。荡悠悠、把芳魂消耗。望家乡，路远山高。故向爹娘梦里相寻告：儿命已入黄泉，天伦呵，须要退步抽身早！①³

　　〔分骨肉〕一帆风雨路三千，把骨肉家园齐来抛闪。恐哭损残年，告爹娘，休把儿悬念。自古穷通皆有定，离合岂无缘？从今分两地，各自保平安。奴去也，莫牵连！②⁴

　　〔乐中悲〕襁褓中父母叹双亡。⁵纵居那绮罗丛，谁知娇养？幸生来英豪阔大宽宏量，从未将儿女私情略萦心上。好一似、霁月光风耀玉堂。⁶厮配得才貌仙郎，博得个地久天长，准折得幼年时坎坷形状。终久是云散高唐，水涸湘江。这是尘寰中消长数应当，何必枉悲伤！③⁷

　　〔世难容〕气质美如兰，才华复比仙。⁸天生成孤癖人皆罕。你道是、啖肉食腥膻，视绮罗俗厌。却不知，太高人愈妒，过洁世同嫌。⁹可叹这、青灯古殿人将老；辜负了、红粉朱楼春色阑。到头来、依旧是风尘肮脏违心愿。好一似、无瑕白玉遭泥陷；又何须、王孙公子叹无缘！④

1. 自批驳，妙极。（甲）写此时之宝玉不能听懂曲文之隐意，故觉"散漫无稽"耳。二曲之后，用几句叙述语与后面诸曲隔断，其用意有二：一、突出了钗、黛在十二钗中的女主角地位；二、强调宝玉对关系最密切二人之不幸命运尚不能预知，更不必说其他了。

2. 叹宝玉之未悟。妙！设言世人亦应如此法看此《红楼梦》一书，更不必追究其隐寓。（甲）脂评解释作者用意，往往带很大主观性。

3. 此贾府大树之摧倒。元春梦中语惊心动魄。悲险之至。（甲）

4. 用探春倾诉口吻写来，从此一去无回，说得明白。

5. 意真辞切，过来人见之，不免失声。（甲）此批书人应亦失父母者。

6. 写湘云之为人，闻一片赞扬声。

7. 悲壮之极，北曲中不能多得。（甲）

8. 妙玉之才华，从其后来续完凹晶馆黛、湘联句之作可见。妙卿实当得起。（甲）

9. 任意挥洒，语句活泼，词意恳切。绝妙！曲文填词中不能多见。（甲）至语。（甲）

---

① 〔恨无常〕一首——写元春之死。无常，佛家语，指人世一切即生即灭，变化无常，后俗传为勾命鬼。芳魂消耗，指元春的鬼魂忧伤憔悴。从曲中语看，后来她似在宫闱倾轧中，被放逐出宫，死于遥远的荒僻之地，故以自己含恨而死为鉴，劝其父及早从险恶的官场脱身，以避免即将临头的灾祸。

② 〔分骨肉〕一首——写探春远嫁不归。曲中"爹娘"，指贾政、王夫人。探春庶出，为贾政之妾赵姨娘所生，但她说："我只管认得老爷、太太，别人我一概不管。"（第二十七回）牵连，彼此相关联。

③ 〔乐中悲〕一首——写湘云美满婚姻好景不长。绮罗丛，富贵的生活环境。霁月光风，喻胸怀光明磊落。已见本回又副册画与判词之一注。厮配，匹配。才貌仙郎，才貌出众的年轻男子，脂评提到她后嫁与贵族公子卫若兰（曾出现于第十四回）。准折，抵消。坎坷，说生活道路艰难，指湘云丧父母后，寄养于叔婶家的不幸。云散高唐，水涸湘江，藏"湘云"二字，以"巫山云雨"的消散干涸，喻男女欢乐成空。尘寰，人世间。消长，消减和增长，盛衰。数，命运气数。

④ 〔世难容〕一首——写妙玉终至流落风尘的不幸。罕，纳罕，诧异。啖（dàn旦），吃。腥膻（shān山），腥臊难闻之物；出家人素食，故谓。春色阑，春光将尽，喻人青春将过。风尘肮脏（kǎng zǎng），在污浊的人世间挣扎。肮脏，亦作"抗脏"，高亢刚直的样子，引申为强项挣扎，仄声，与读作平声"āng zāng"解为龌龊之义有别。王孙公子，当指宝玉。但续书写她为宝玉"害起相思病来了"，即动了邪念，却与妙玉"太高""过洁"的"孤僻"个性无关，她的遭遇是环境改变使然，故曲名"世难容"，非心地不净，情欲未断的结果。

〔喜冤家〕中山狼，无情兽，全不念当日根由。一味地骄奢淫荡贪欢媾。觑着那，侯门艳质同蒲柳；作践得，公府千金似下流。叹芳魂艳魄，一载荡悠悠！①¹

〔虚花悟〕将那三春看破，桃红柳绿待如何？把这韶华打灭，觅那清淡天和。说什么，天上天桃盛，云中杏蕊多。到头来，谁见把秋捱过？²则看那，白杨村里人呜咽，青枫林下鬼吟哦。更兼着，连天衰草遮坟墓。³这的是，昨贫今富人劳碌，春荣秋谢花折磨。似这般，生关死劫谁能躲？闻说道，西方宝树唤婆娑，上结着长生果。②⁴

〔聪明累〕机关算尽太聪明，反算了卿卿性命。⁵生前心已碎，死后性空灵。⁶家富人宁，终有个家亡人散各奔腾。⁷枉费了，意悬悬半世心，好一似，荡悠悠三更梦。忽喇喇似大厦倾，昏惨惨似灯将尽。⁸呀！一场欢喜忽悲辛。叹人世，终难定！③

〔留余庆〕留余庆，留余庆，忽遇恩人；幸娘亲，幸娘亲，积得阴功。劝人生，济困扶穷，⁹休似俺那爱银钱、忘骨肉的狠舅奸兄！正是乘除加减，上有苍穹！④

〔晚韶华〕镜里恩情，更哪堪梦里功名！¹⁰

1. 迎春出嫁后，仅"一载"而亡，其判词亦云。何续书让她久无消息，直至贾母寿终时，始与之同归。题只十二钗，却无人不有，无事不备。（甲）

2. "秋"字，既以季节之摧败喻大家族之没落，稽之以其他线索，又极可能是暗指贾府遭剧变的时间段。

3. 阴森可怖。

4. 末句开句收句。（甲）谓末了以推开一步收结。

5. 直破曲名。凤姐定评。警拔之句。（甲）

6. 由此句知原稿中应有凤姐托梦或显灵情节。

7. 因原稿后半部散佚，故不得见"家亡人散"惨象。

8. 过来人睹此，宁不放声一哭！（甲）当是畸笏叟批无疑，他是过来人。

9. 本意只在此。

10. 发端撇开一层，破空而落。起得妙。（甲）

---

① 〔喜冤家〕一首——写迎春被丈夫虐待而死。曲名是说她所嫁的人是冤家对头。婚嫁称喜事。头几句说迎春丈夫孙绍祖无情无义，完全忘了他祖上曾受过贾府的好处。蒲柳，蒲与柳易生易凋，借以喻低贱的人。作践，糟蹋。下流，下贱的人。

② 〔虚花悟〕一首——写惜春悟到荣华只是虚幻的镜中花的道理而出家为尼。头两句与前判词"勘破三春"句意相同。韶华，春光，这里又喻所谓"凡心"、欲念。天和，所谓元气，古有清净淡泊，可保持元气之说，故"觅天和"亦即养性修道。天上天桃、云中杏蕊，喻富贵荣华，出唐高蟾《下第后上永崇高侍郎》诗："天上碧桃和露种，日边红杏倚云栽。"谁见把秋捱过，表面说桃杏至秋早落尽。实有深意，从其他线索看，原稿写贾府之败，时在秋天。白杨村，暗喻坟墓所在，因墓地多种白杨。青枫林，意同白杨村，出杜甫《梦李白》诗。的是，真是。生关死劫，佛教把人的生死说成关头、劫数。"西方"二句，指皈依佛教，求得超度，修成正果。释迦牟尼在菩提树下觉悟成佛，因其枝叶婆娑，遂俗传为婆娑树。清晋昌《题阿那尊像册》诗："婆娑树底认前因。"长生果，即人参果，俗传吃了长生不老的仙果。果，佛家又指修行有成果。

③ 〔聪明累〕一首——写凤姐的惨痛结局。曲名是受聪明之连累、聪明自误之意。语出北宋苏轼《洗儿》诗："我被聪明误一生。"卿卿，夫妇、朋友间一种亲昵称呼，这里指凤姐。死后性空灵，所据情节不详。她到死牵挂的可能是她女儿巧姐的命运。

④ 〔留余庆〕一首——写巧姐因为她娘王熙凤接济过刘姥姥，积了德，因而在遭难时，有刘姥姥救她出火坑。《易·坤·文言》："积善之家，必有余庆。"留余庆，为后代留下的福泽。娘亲，娘，方言。狠舅奸兄，续书写巧姐后为王仁（狠舅）、贾环贾芸（奸兄）所盗卖。"奸兄"所指非作者原意，贾芸据脂批提示，他是"仗义"的，并说"此人后来荣府事败，必有一番作为"。贾环则既非"舅"，也非"兄"，而是巧姐的叔叔。乘除加减，指老天的赏罚丝毫不爽。苍穹（qióng穷），苍天。

那美韶华去之何迅！再休提绣帐鸳衾。只这戴珠冠，披凤袄，也抵不了无常性命。虽说是、人生莫受老来贫，也须要阴骘积儿孙。气昂昂头戴簪缨，气昂昂头戴簪缨，光灿灿胸悬金印；威赫赫爵位高登，威赫赫爵位高登，昏惨惨黄泉路近。问古来将相可还存？也只是、虚名儿与后人钦敬。①

〔好事终〕画梁春尽落香尘。¹擅风情，秉月貌，便是败家的根本。箕裘颓堕皆从敬，²家事消亡首罪宁。宿孽总因情。②³

〔收尾·飞鸟各投林〕为官的，家业凋零；富贵的，金银散尽；⁴有恩的，死里逃生；无情的，分明报应。欠命的，命已还；欠泪的，泪已尽。冤冤相报实非轻，分离聚合皆前定。欲知命短问前生，老来富贵也真侥幸。看破的，遁入空门；痴迷的，枉送了性命。⁵好一似食尽鸟投林，落了片白茫茫大地真干净！③⁶

歌毕，还要歌副曲。⁷警幻见宝玉甚无趣味，因叹：“痴儿！竟尚未悟！”那宝玉忙止歌姬不必再唱，自觉朦胧恍惚，告醉求卧。警幻便命撤去残席，送宝玉至一香闺绣阁之中，其间铺陈之盛，乃素所未见之物。更可骇者，早有一位女子在内，其鲜艳妩媚，有似乎宝钗，风流袅娜，则又如黛玉⁸。正不知何意，忽警幻道：“尘世中多少富贵之家，那些绿窗风月，绣

1. 绮丽。六朝妙句。（甲）“自从建安来，绮丽不足珍。”

2. 深意他人不解。（甲）以小说情节言，并不难解。若指作者所取生活素材，则无从印证。

3. 是作者具菩萨之心，秉刀斧之笔，撰成此书，一字不可更，一语不可少。（甲）此评前半甚佳，后二句说的不是地方：恰恰是秦氏淫丧文字，写成后被更改删掉了。

4. 二句先总宁、荣。（甲）

5. 俞平伯曾以为“恰恰十二句分配十二钗”是“百衲天衣”。依次为：湘云、宝钗、巧姐、妙玉、迎春、黛玉、可卿、探春、元春、李纨、惜春、凤姐。后来他自己也觉欠妥。以上列举十二种情况，确实将十二钗的各种不幸遭遇概括无遗，但不宜拘泥于一句属一人，把文义说死。将通部女子一总。（甲）

6. 大悲剧结局的最重要提示。又照看葫芦庙。与“树倒猢狲散”反照。（甲）首回葫芦庙和隔壁甄士隐家都在一把大火中化为乌有，其象征意义与此曲言食尽鸟飞、唯余白地相似，故曰“照看”。

7. 虚写一笔，好。是极。香菱、晴雯辈岂可无，亦不必再。（甲）

8. 俗话说：“日有所思，夜必有梦。”黛玉是宝玉意中人，自不必说，宝钗也让宝玉动过心，此可作补笔。在青春期激素作用下，两人叠影于梦境中是很真实的。

---

① 〔晚韶华〕一首——写李纨的命运。曲名字面上说晚年荣华，其真意是说好光景到来已经晚了。头两句说，夫妻恩情已是徒有空名，谁料儿子的功名，对自己来说，也像梦一样虚幻。阴骘（zhì 志），即阴功，暗中有德于人。积儿孙，为儿孙积德。簪缨，贵人冠饰。缨，帽带。金印，也贵人所悬带。《后汉书·皇后纪上》：“贵人金印紫绶。”

② 〔好事终〕一首——写秦可卿之死。曲名中的“好事”，特指男女风月之事，是反语，首句暗指可卿在天香楼悬梁自尽。擅、秉，皆有自恃之意。箕裘颓堕，旧时指儿孙不能继承祖业。古人说，要子弟能冶炼，得会修补器具，就先学缝补皮袍；要学造弓，得弄弯竹子，就先学做簸箕。故后以“箕裘”喻祖先的事业。出《礼记·学记》。敬，指贾敬，他颓堕家教，纵子孙胡作非为，其子贾珍即与儿媳秦氏私通者。宁，宁国府。宿孽，起头的坏事，祸根。

③ 〔收尾·飞鸟各投林〕一首——总写十二钗命运，道出了贾府最后家破人亡、一败涂地的景象。曲名与“树倒猢狲散”含义同；曲文末句比喻贾府说，地上有食时，众鸟相聚鸣啄，十分热闹；一朝食尽，鸟便飞散，各寻生路，而地亦空空。可知茫茫白地乃鸟散的结果，故用“落了”二字，是比喻中的虚景，是一种象征。有据白地而推想后来贾府遭火，化为焦土，或如续书结尾以白茫茫雪地景象来比附，皆未明喻意，以实代虚，殆非作者本意。

阁烟霞，皆被淫污纨袴与那些流荡女子悉皆玷辱。更可恨者，<u>自古来多少轻薄浪子，皆以'好色不淫'为饰，又以'情而不淫'①作案，</u>[1] 此皆饰非掩丑之语也。<u>好色即淫，知情更淫。是以巫山之会，云雨之欢，皆由既悦其色，复恋其情所致也。</u>[2] 吾所爱汝者，乃天下古今第一淫人也！"[3]

宝玉听了，唬得忙答道："仙姑错了！我因懒于读书，家父母尚每垂训饬，岂敢再冒'淫'字？况且年纪尚小，不知'淫'字为何物。"警幻道："非也！淫虽一理，意则有别。如世之好淫者，不过悦容貌，喜歌舞，调笑无厌，云雨无时，恨不能尽天下之美女，供我片时之趣兴，[4] 此皆皮肤滥淫之蠢物耳！如尔则天分中生成一段痴情，吾辈推之为'意淫'。'意淫'二字，惟心会而不可口传，可神通而不能语达。[5] 汝今独得此二字，在闺阁中，固可为良友，然于世道中，未免迂阔怪诡，百口嘲谤，万目睚眦②。今既遇令祖宁、荣二公剖腹深嘱，吾不忍君独为我闺阁增光，见弃于世道。是以特引前来，醉以灵酒，沁以仙茗，警以妙曲，<u>再将吾妹一人，乳名兼美、字可卿者，许配于汝。</u>[6] 今夕良时，即可成姻。不过令汝领略此仙闺幻境之风光尚然如此，何况尘境之情景哉！而今后万万解释③，改悟前情，将谨勤有用的工夫，<u>置身于经济之道</u>④。"[7] 说毕，<u>便秘授以云雨之事，推宝玉入帐，</u>[8] 将门掩上自去。

那宝玉恍恍惚惚，<u>依警幻所嘱之言，</u>[9]

1. 对历来饰非掩丑之说加以批驳。"色而不淫"四字已滥熟于各小说中，今却特贬其说，批驳出矫饰之非，可谓至切至当，亦可以唤醒众人，勿以前人之矫词所惑也。（戚）

2. "好色即淫"，其辞甚严，闻者或有疑焉，下文复有"滥淫""意淫"之说。"色而不淫"，今翻案，奇甚。（甲）

3. "语不惊人死不休"此之谓也。不见下文，使人一惊。多大胆量，敢作如此之文！（甲）

4. 若无此说，则宝玉何异于珍、琏辈？说得恳切恰当之至。（甲）

5. 二字新雅。（甲）按宝玉一生心性，只不过"体贴"二字，故曰"意淫"。（甲）近见说"意淫"文章甚多，将问题说得很复杂，总不及此评简要中肯。

6. 妙！盖指薛、林而言也。（甲）此评只释"兼美"二字而未及"可卿"之字。秦氏之"擅风情，秉月貌"是宝玉性成熟的催化剂，故于此点其小名。

7. 此句蒙府、戚序本作"留意于孔孟之间，委身于经济之道"二句，且评曰：说出此二句，警幻亦腐矣，然亦不得不然耳。（蒙）

8. 必写出警幻亲授并由她来推入帐内。庚辰本嫌此举不雅，遂仿习俗送入洞房，妄改为"推宝玉入房"，诸本及今校注本从之。其实大谬。浙江梁岳标说得好："警幻已经带宝玉'入房'了，而且可卿已等在房中了，接下来的事只能是'入帐'，若依庚辰本，难道'香闺绣阁之中'还有另一套房？"

9. 必写出宝玉是遵嘱行事，须知警幻是全剧的编与导。

---

① 好色不淫、情而不淫——意谓虽喜爱美色或虽情意相投而不越于礼而流于淫乱。古人有"《国风》好色而不淫"和"发乎情，止乎礼"之说。见《史记·屈原贾生列传》《毛诗序》。

② 睚眦（yá zì 牙自）——怒目而视。

③ 解释——这里是不要萦于怀、别留恋的意思，指风月情怀。

④ 经济之道——经国济民之道。

未免有阳台、巫峡之会①。数日来，柔情缱绻，软语温存，与可卿难解难分。

那日，警幻携宝玉、可卿闲游②[1]至一个所在，但见荆榛遍地，狼虎同群。忽而，大河阻路，黑水淌洋，又无桥梁可通。[2]宝玉正自彷徨，只听警幻道：[3]"宝玉，再休前进，作速回头要紧！"[4]宝玉忙止步问道："此系何处？"警幻道："此即迷津③也。深有万丈，遥亘千里，中无舟楫可通，只有一个木筏，乃木居士掌舵，灰侍者④撑篙，[5]不受金银之谢，但遇有缘者渡之。尔今偶游至此，如堕落其中，则深负我从前一番以情悟道、守理衷情之言矣！"宝玉方欲回言，[6]只听迷津内水响如雷，竟有一夜叉般怪物窜出，直扑而来。[7]唬得宝玉汗下如雨，一面失声喊叫："可卿救我！可卿救我！"慌得袭人、媚人等上来扶起，拉手说："宝玉别怕，我们在这里！"[8]

秦氏在外听见，连忙进来，一面说："丫鬟们，好生看着猫儿

1. 警幻所授的最后一课。必由教师主动携学生去经历才对，绝非学生私自外出，教师随后追来阻止，如自作聪明者所妄改的文字那样。一切都是事前计划好的，最先将警幻携他俩闲游妄改为"二人携手"私自出游者是己卯、庚辰本的整理者。由此可见甲戌本文字之珍贵，而己卯、庚辰本凡与甲戌本有异文者，皆系他人所改。

2. 若有桥梁可通，则世路人情犹不算艰难。（甲）

3. 此句被己卯、庚辰本改为"忽见警幻后面追来"，以为如此改方显情势紧张。

4. 象征走在人生道路上。机锋。（甲）

5. 言欲渡迷津，除非心如槁木死灰。《庄子·齐物论》："形固可使如槁木，而心固可使如死灰乎？"旧注："死灰槁木，取其寂寞无情耳。"

6. 此句被己卯、庚辰本改为"话犹未了"，警幻可怜，连话都不让说完。

7. 只说"扑来"，不知会不会堕入迷津，为后来情节留着悬念是关键。己卯、庚辰本改成被"许多夜叉海鬼"拖下水去，岂非去了水晶宫？宝玉最后"悬崖撒手"正是写他觉悟而未堕迷津。

8. "扶起""拉手"合理，被改作"忙上来搂住"，不怕宝玉误认作海鬼夜叉？接得无痕。历来小说中之梦，未见此一醒。（蒙）

---

① 阳台、巫峡之会——犹言云雨之事，男女间做爱。出宋玉《高唐赋》。

② "那日，警幻携宝玉"至梦醒一段——甲戌本与诸本文字差异甚大，现整理出版的本子，多未采甲戌本文字。其实，细作比较，甲戌本存原作面目，诸本文字则系旁人后改。理由是：为使宝玉"以情悟道"，太虚幻梦中每一环节，都由警幻设计安排，也都是有意显露的幻象。因而，宝玉行止离不了警幻导引，幻象更不能离警幻而存在。甲戌本写警幻携宝玉二人闲游是对的。而诸本改为警幻不在场，让宝玉、可卿二人自己去游玩，看见"荆榛遍地，狼虎同群"等景象，居然并不惊惧，直至走向迷津，才见"警幻从后面追来"，这种追求情节效果的改笔，使幻象成了一般小说中写的神界。警幻告诫宝玉应防堕入迷津，"宝玉方欲回言，只听迷津内水响如雷……"也是对的；改为警幻"话犹未了，只听……"以求气氛紧张，殊不知这一改，迷津便不受警幻控制了，连她的话也不让说完，这又是弄巧成拙。再如迷津之精怪本为象征情孽之可怖而虚拟的，实无可名状，且能使情窦初开的宝玉惊心却步即可，故曰"一夜叉般怪物窜出，直扑而来"；改为"许多夜叉海鬼将宝玉拖将下去"，坐实其为海中群怪，好像宝玉要被解往水晶宫似的，岂不成了《西游记》！

③ 迷津——佛家语，令人迷妄的渡口，佛教以为声色货利能使人迷失本性，故有此喻。

④ 木筏、木居士、灰侍者——以筏喻能超度人生苦难的佛法。居士、侍者，道士、和尚之称；以"木""灰"喻无情无欲。

狗儿打架！"又闻宝玉口中连叫"可卿救我"，因纳闷道："我的小名这里没人知道，他如何从梦里叫出来？"[1]正是：

一场幽梦同谁近，千古情人独我痴。

1. 秦氏闻叫大出意外，与宝玉无苟且事，甚明。云龙作雨，不知何为龙？何为云？何为雨？（甲）

## 【总评】

作者写贾宝玉梦游太虚幻境的情节，其用意有几点是很明显的：

一、他告诉读者，宝玉已从懵懂无知的小男孩，步入了情窦初开的青春期，生理上开始成熟了。初次梦遗和下回紧接着"初试云雨情"就是标志。此后，男女间才谈得上有爱情产生。梦中警幻仙子将其"妹"许配给宝玉成姻，书中描绘这位女子"其鲜艳妩媚，有似乎宝钗，风流袅娜，则又如黛玉""乳名兼美、字可卿者"，就是把宝玉平时有过爱慕之情的钗、黛和对他有性诱惑力的秦氏三者叠影起来，在梦中合而为一了（"兼美"二字，即含有此意）。这种潜意识和心理状态的描写，是十分真实的，倒并非在暗示宝玉与秦氏有什么事实上的不正当关系。

二、梦境中，警幻仙子自始至终在每一个环节中都主导着宝玉所见所闻所历，其目的是明确的，即期望宝玉能"以情悟道"。——让宝玉领略仙界的风光也不过如此，何况人世间呢？同时又让他去翻阅注写着相关女子红颜薄命的册子和聆听同一性质的仙曲，希望他从中醒悟瞬息的繁华欢乐会落得大悲哀的结果；在他沉湎于风月之情不能自拔时，又携他去经历一条布满荆棘虎狼之路，告诫他急速回头，倘不慎堕入迷津，将万劫不复。凡此种种，对宝玉最终弃家为僧，该是有呼应的。

三、在警幻开导宝玉觉悟的过程中，既安排了他看册子和听曲子的一课，就把以金陵十二钗为代表的人物及贾府命运，通过隐曲的诗、画、曲一一地展现出来。这样，全书的基本情节便预先有了一个梗概、一个大纲，这样的写法是从未有过的。小说八十回后的原稿，因在"一次誊清时"有"五六稿被借阅者迷失"，不能抄出，未抄的其他部分也没再传出来，终致使全书成了残稿。在这种情况下，这些判词、曲子对我们探究由后人所续补的后四十回书是否符合作者原意，有着很重要的参考价值。如黛玉泪尽而证前缘，宝钗被弃而终身误，贾府终至食尽飞鸟，唯余白地等等皆是。

当然，悲剧命中注定的观念此回最明显。以后书中时时处处作"谶语式"的诗句、谜语、酒令、对话等皆是，可知"宿命"本是《红楼梦》的大悲音。

# 第 六 回

## 贾宝玉初试云雨情　刘姥姥一进荣国府

**【题解】**

　　本回回目诸本基本一致。唯甲戌、己卯"云雨"作"雨云"；蒙府、戚序本"姥姥"作"老妪"；甲辰本作"老老"。此用庚辰本回目。前句是上回余波，故篇幅极短。宝玉真正有男女之事从此回开始，与上回的梦遗不同，故特标明"初试"。有人深求于文字之外，以为上回隐写宝玉与秦氏发生性关系，此回其实是"再试"。这样读小说的方法并不可取。后句述刘姥姥事是本回主体。标明"一进"是因为后来还有两次进荣国府。此回正文前，甲戌本有脂评说："宝玉、袭人亦大家常事耳，写得是已全领警幻意淫之训。此回借刘妪，却是写阿凤正传，并非泛文，且伏二进、三进及巧姐之归着。"又说："此回刘妪一进荣国府，用周瑞家的，又过下回无痕，是无一笔写一人文字之笔。"续书写刘氏进荣府凡五六次，几成常客。

　　题曰：

　　　　朝叩富儿门，富儿犹未足。

　　　　虽无千金酬，嗟彼胜骨肉！①

　　却说秦氏因听见宝玉从梦中唤她的乳名，心中自是纳闷，又不好细问。彼时宝玉迷迷惑惑，若有所失。众人忙端上桂圆汤来，呷了两口，遂起身整衣。袭人伸手与他系裤带时，不觉伸手至大腿处，只觉冰凉一片粘湿，唬得忙退出手来，问是怎么了。宝玉红涨了脸，把她的手一捻。袭人本是个聪明女子，年纪本又比宝玉大两岁，近来也渐通人事，<u>今见宝玉如此光景，心中便觉察了一半，不觉也羞得红涨了脸面，遂不敢再问。</u>¹ 仍旧理好衣裳，遂至贾母处来，胡乱吃毕了晚饭，过这边来。

　　袭人忙趁众奶娘丫鬟不在旁时，另取出一件中

1."觉察了一半"，写得极有分寸，毕竟也是小女儿也。

---

① "朝叩富儿门"一首——写刘姥姥至贾府告艰，凤姐却说"不知大有大的难处"，此富而犹未餍足也。凤姐所赠，不过二十两银子，但刘氏受恩不忘，后来救巧姐出火坑，则胜过其骨肉"狠舅奸兄"多矣。首句用杜诗《奉赠韦左丞丈二十二韵》原句，又敦诚《寄怀曹雪芹》诗："劝君莫弹食客铗，劝君莫叩富儿门。残杯冷炙有德色，不如著书黄叶村。"可见作者也有如刘氏向人借贷的经历。

衣①来与宝玉换上。宝玉含羞央告道："好姐姐，千万别告诉别人要紧！"袭人亦含羞笑问道："你梦见什么故事了？是哪里流出来的那些脏东西？"[1]宝玉道："一言难尽。"说着，便把梦中之事细说与袭人听了。然后说至警幻所授云雨之情，羞得袭人掩面伏身而笑。[2]宝玉亦素喜袭人柔媚娇俏，遂强袭人同领警幻所训云雨之事。[3]袭人素知贾母已将自己与了宝玉的，今便如此，亦不为越礼，遂和宝玉偷试一番，[4]幸得无人撞见。自此，宝玉视袭人更与别个不同，袭人待宝玉更为尽职。暂且别无话说。[5]

　　按荣府一宅中合算起来，人口虽不多，从上至下也有三四百丁；事虽不多，一天也有一二十件，竟如乱麻一般，并无个头绪可作纲领。正寻思从哪一件事、自哪一个人写起方妙，恰好忽从千里之外，芥豆之微，小小一个人家，因与荣府略有些瓜葛，[6]这日正往荣府中来，因此便就此一家说来，倒还是头绪。你道这一家姓甚名谁，又与荣府有甚瓜葛。——诸公若嫌琐碎粗鄙呢，则快掷下此书，另觅好书去醒目；若谓聊可破闷时，待蠢物逐细言来。②[7]

　　方才所说这小小之家，姓王，乃本地人氏，祖上曾作过小小的一个京官，昔年曾与凤姐之祖王夫人之父认识。因贪王家的势利，便连了宗，认作侄子。[8]那时，只有王夫人之大兄凤姐之父与王夫人随在京中的，知有此一门连宗之族，余者皆不认识。目今其祖已故，只有一个儿子，名唤王成，因家业萧条，仍搬出城外原乡中住去了。王成新近亦因病故，只有其子，小名狗儿。狗儿亦生一子，小名板儿；嫡妻刘氏，又生一女，名唤青儿。[9]一家四口，仍以务农为业。因狗儿白日间又作些生计，刘氏又操井臼

1. 问得似懂非懂。

2. 写得出。

3. 此"强"字，非"强暴"义。数句文完一回题纲文字。（甲）

4. 一来此是脂评所谓"大家常事"；二来也是小儿女间容易发生的生理行为、性游戏。原不该对二人责备过于严苛。然历来君子责宝玉者少，责袭人者不依不饶。若以后袭人再说宝玉行为不检点，怕出丑事，对王夫人说应男女有别，以防未然，便是虚伪；倘或最后不得已嫁了他人，更被视作不能守节，倒不如一死。我为袭人不平。写出袭人身份。（甲）

5. 伏下晴雯。（甲）意谓会使晴雯心生妒意，晴雯是另一种个性表现，与宝玉的关系也有所不同。一段小儿女之态，可谓追魂摄魄之笔。（甲）一句接住上回"红楼梦"大篇文字，另起本回正文。（甲）姥姥告艰难是本回正文，从标题诗只言回目后句亦可看出。

6. 说是为叙述找头绪，其实是精心安排，找的正是贾府荣枯的见证人。略有些瓜葛，是数十回后之正脉也。真千里伏线！（甲）正脉，有真正血缘关系的亲人。当指后来板儿娶巧姐事。

7. 时时提醒读者，此书为石头所记。妙谦！是石头口角。（甲）

8. 前贾雨村持"宗侄的名帖"投贾府，也是贪图势利。与贾雨村遥遥相对。（甲）

9. 一家四口，夫妻及所生一姊一弟，接来姥姥，共五人。《石头记》中公勋世宦之家，以及草莽庸俗之族，无所不有，自能各得其妙。（甲）

---

①　中衣——衬裤。
②　"诸公若嫌……逐细言来"数句——作者假托小说乃石头所记之事，故常常穿插几句以石头身份说的话，此即是。

等事，青、板姊弟两个无人看管。狗儿遂将岳母刘姥姥①接来一处过活。这刘姥姥乃是个久经世代的老寡妇，膝下又无儿女，只靠两亩薄田地度日。¹如今女婿接来养活，岂不愿意，遂一心一计，帮衬着女儿女婿过活起来。

因这年秋尽冬初，天气冷将上来，家中冬事未办，狗儿未免心中烦虑，吃了几杯闷酒，在家闲寻气恼，²刘氏不敢顶撞。因此刘姥姥看不过，乃劝道："姑爷，你别嗔着我多嘴。咱们村庄人，哪一个不是老老诚诚的，多大碗儿吃多大的饭。³你皆因年小时，托着你那老的福，吃喝惯了，⁴如今所以把持不住。有了钱就顾头不顾尾，没了钱就瞎生气，成个什么男子汉大丈夫了！⁵如今咱们虽离城住着，终是天子脚下。这长安城中，遍地都是钱，只可惜没人会拿去罢了。在家跳蹋也不中用的。"⁶狗儿听说，便急道："你老只会炕头儿上混说，难道叫我打劫偷去不成？"刘姥姥道："谁叫你偷去呢！也到底大家想法儿裁度，不然，那银子钱自己跑到咱家来不成？"狗儿冷笑道："有法儿还等到这会子呢？我又没有收税的亲戚，⁷作官的朋友，⁸有什么法子可想的？便有，也只怕他们未必理我们呢！"⁹

刘姥姥道："这倒不然。谋事在人，成事在天。咱们谋到了，靠菩萨的保佑，有些机会也未可知。我倒替你们想出一个机会来。当日，你们原是和金陵王家¹⁰连过宗的，二十年前，他们看承你们还好；如今自然是你们拉硬屎②，¹¹不肯去俯就他，故疏远起来。想当初，我和女儿还去过一遭。¹²他家的二小姐着实响快，会待人的，倒不拿大。如今现是荣国府贾二老爷的夫人。听得说，如今上了年纪，越发怜贫恤老，最爱斋僧敬道、舍米舍钱的。如今王府虽升了边任，只怕这二姑太太还认得咱们。你何不去走动走动，或者她念旧，有些好处，也未可知。要是她发一点好心，拔一根寒毛，比咱们的腰还粗呢！"¹³刘氏一旁接口道："你老虽说得是，但只你我这样个嘴脸，怎么好到她门上去的？先不先，他们那些门上人也未必肯去通报，没的去打

1. 先将刘姥姥勾勒几笔，"久经世代"四字着眼。

2. 贫户小家尤其在农村，此种情形随处可见。病此病人不少，请来看狗儿。（甲）自"红楼梦"一回至此，则珍羞中之斋耳。好看煞！（甲）

3. 是老诚村妪声口。能两亩薄田度日，方说得出来。（甲）

4. 妙称，何肖之至！（甲）

5. 写谁像谁。此口气自何处得来？（甲）人多以为《红楼梦》中热闹大场面、奢华情景，大家礼仪等必作者亲自经历，恐未必。倒是此种贫贱人家的言行，更可能出自切身的生活体验。

6. 语语鲜活。长安，从古称也，是北京。

7. 骂死。（甲）

8. 骂死。（甲）

9. 总写人情冷暖，世态炎凉。

10. 四字便抵一篇世家传。（甲）

11. 可曾在别的书中见过这样的话？

12. 补前文之未到处。（甲）

13. 粗鄙话，听进去了，后文姥姥还说。

---

① 岳母刘姥姥——姥，不念作通常的 mǔ。脂评："音老，出《谐声字笺》。称呼毕肖。"
② 拉硬屎——强充硬气。

嘴现世①！"

　　谁知狗儿名利心甚重，听如此一说，心下便有些活动起来。又听他妻子这番话，便笑接道："姥姥既如此说，况且当年你又见过这姑太太一次，何不你老人家明日就走一趟，先试试风头再说。"刘姥姥道："嗳哟哟！¹ 可是说的'侯门似海'②，我是个什么东西，她家人又不认得我，我去了也是白去的。"狗儿笑道："不妨，我教你老一个法子：你竟带了外孙子小板儿，先去找陪房③周瑞，² 若见了他，就有些意思了。这周瑞先时曾和我父亲交过一桩事，我们极好的。"³ 刘姥姥道："我也知道他的。只是许多时不走动，知道他如今是怎样？这也说不得了，⁴ 你又是个男人，又这样个嘴脸，自然去不得。我们姑娘年轻媳妇子，也难卖头卖脚去，倒还是舍着我这副老脸去碰一碰。⁵ 果然有些好处，大家都有益；便是没银子来，我也到那公府侯门见一见世面，也不枉我一生。"说毕，大家笑了一回。当晚计议已定。

　　次日天未明，刘姥姥便起来梳洗了，又将板儿教训了几句。那板儿才五六岁的孩子，一无所知，听见带他进城逛去，便喜得无不应承。于是，刘姥姥带他进城，找至宁荣街。⁶ 来至荣府大门石狮子前，只见簇簇的轿马，刘姥姥便不敢过去，且掸了掸衣服，又教了板儿几句话，然后蹭④到角门前，⁷ 只见几个挺胸叠肚指手画脚的人，坐在大凳上，说东谈西呢。⁸ 刘姥姥只得蹭上来说："太爷们纳福！"众人打量了她一会，便问是哪里来的。刘姥姥陪笑道："我找太太的陪房周大爷的，烦哪位太爷替我请他老出来。"那些人听了，都不瞅睬，半日方说道："你远远地在那墙角下等着，⁹ 一会子他们家有人就出来的。"内中有一年老的说道："不要误她的事，何苦要她。"¹⁰ 因向刘姥姥道："那周大爷已往南边去了。他在后一带住着，他娘子却在家。

1. 口声如闻。（甲）

2. 狗儿不笨，法子还真想对了。

3. 欲赴豪门，必先交其仆。写来一叹。（甲）

4. 转语如滚珠，姥姥意已决。

5. 想来别无他人可遣，水到渠成。

6. 街名本地风光，妙。（甲）谓即以宁、荣二府为街名。

7. "蹭"原写作"偵"，今罕用，义同。"偵"字神理。（甲）

8. 不知如何想来，又为侯门三等豪奴写照。（甲）何用想，作者定见过。

9. 大家奴仆还能不是势利眼？

10. 有年纪人诚厚，亦是自然之理。（甲）

---

① 打嘴现世——当场丢脸。
② 侯门似海——形容官僚贵族的深宅大院出入不易。唐代崔郊《赠去婢》诗："侯门一入深如海，从此萧郎是路人。"
③ 陪房——贵族妇女出嫁时，从娘家带去的仆人。
④ 蹭（cèng）——迟疑地慢步行走。

你要找时，从这边绕到后街，上后门上去问就是了。"

　　刘姥姥听了谢过，遂携了板儿，绕到后门上。只见门前歇着些生意担子，也有卖吃的，也有卖玩耍物件的，闹哄哄三二十个小孩子在那里厮闹。[1]刘姥姥便拉住一个道："我问哥儿一声，有个周大娘可在家么？"孩子道："哪个周大娘？我们这里周大娘有三个呢，还有两个周奶奶，[2]不知是哪一个行当上的？"刘姥姥道："是太太的陪房周瑞。"孩子道："这个容易，你跟我来。"说着，跳跳蹦蹦引着刘姥姥进了后门，[3]至一院墙边，指与刘姥姥道："这就是她家。"又叫道："周大妈，有个老奶奶来找你呢。

　　周瑞家的在内听说，忙迎了出来，问是哪位。刘姥姥忙迎上来问道："好呀，周嫂子！"周瑞家的认了半日，方笑道："刘姥姥，你好呀！你说说，能几年，我就忘了。[4]请家里来坐罢。"刘姥姥一壁走，一壁笑，说道："你老是贵人多忘事，[5]哪里还记得我们了。"说着，来至房中。周瑞家的命雇的小丫头倒上茶来，吃着。周瑞家的又问板儿长得这么大了，又问些别后闲话，再问刘姥姥："今日还是路过，还是特来的？"[6]刘姥姥便说："原是特来瞧瞧你嫂子，二则也请请姑太太的安。若可以领我见一见更好，若不能，便借重嫂子转致意罢了。"[7]

　　周瑞家的听了，便已猜着几分来意。只因昔年她丈夫周瑞争买田地一事，其中多得狗儿之力，今见刘姥姥如此而来，心中难却其意；[8]二则也要显弄自己体面。[9]听如此说，便笑道："姥姥你放心！大远的诚心诚意来了，岂有个不教你见个真佛去的？[10]论理，人来客至回话，却不与我相干。我们这里都是各占一枝儿：[11]我们男的只管春秋两季地租子，闲时只带着小爷们出门就完了；我只管跟太太、奶奶们出门的事。皆因你原是太太的亲戚，又拿我当个人，投奔了我来，我竟破个例，给你通个信去。但只一件，姥姥有所不知，我们这里又比不得五年前了。如今太太竟不大管事了，都是琏二奶奶当家。你道这琏二奶奶是谁？就是太太的内侄女，当日大舅老爷的女儿，小名凤哥的。"刘姥姥听了，罕问道："原来是她！怪道呢，我当日就说她不错呢。[12]这等说来，我今儿还得见她了。"周

1. 旧时小街胡同里常能见到。如何想来，合眼如见。（甲）

2. 答得风趣，却真有此等事。

3. 因女眷，又是后门，故容易引入。（甲）

4. 倒非故意装贵人，是有此情形。如此口角，从何处出来。（甲）

5. 一个陪房女仆，也算贵人？

6. 必问清来因，方可继续说话。问得有情理。（甲）

7. 毕竟是久经世代的老姬，说出话来，既表旧情，又达来意，且能进能退。刘婆亦善于权变应酬矣。（甲）

8. 补出昔年相助欠情事来。在今世，周瑞妇算是个怀情不忘的正人。（甲）

9. 周瑞妇心态揣摩得准，是肯相帮的重要动力。"也要显弄"句为后文作地步也。陪房本心意实事。（甲）

10. 俗言妙语。好口角。（甲）自是有宠人声口。（甲）

11. 说贾府规矩，更显破例做人情。略将荣府中带一带。（甲）

12. 曾见过小时凤姐的好话。我亦说不错。（甲）

瑞家的道："这个自然的。如今太太事多心烦，有客来了，略可推得去的，也就推过去了，都是这凤姑娘周旋迎待。今儿宁可不见太太，倒要见她一面，才不枉这里来一遭。"[1] 刘姥姥道："阿弥陀佛！全仗嫂子方便了。"周瑞家的道："说哪里话！俗语说的：'与人方便，自己方便。'不过用我说一句话罢了，害着我什么！"说着，便叫小丫头到倒厅①上悄悄地打听打听，[2] 老太太屋里摆了饭了没有。小丫头去了。这里二人又说些闲话。[3]

刘姥姥因说："这凤姑娘今年大还不过二十岁罢了，就这等有本事！当这样的家，可是难得的。"周瑞家的听了道："嗐！我的姥姥，告诉不得你呢。这位凤姑娘年纪虽小，行事却比世人都大呢。如今出挑得美人一样的模样儿，少说些有一万个心眼子。再要赌口齿，十个会说话的男人也说她不过。回来你见了就信了。就只一件，待下人未免太严些。"[4] 说着，只见小丫头回来："老太太屋里已摆完了饭，二奶奶在太太屋里呢。"周瑞家的听了，连忙起身，催着刘姥姥说："快走，快走！这一下来她吃饭是一个空子，咱们先等着去。若迟一步，回事的人也多了，难说话；再歇了中觉，越发没了时候了。"[5] 说着，一齐下了炕，打扫打扫衣服，又教了板儿几句话，随着周瑞家的，逶迤往贾琏的住宅来。

先到了倒厅，周瑞家的将刘姥姥安插在那里略等一等。自己先过了影壁，进了院门，知凤姐未下来，先找着了凤姐的一个心腹通房大丫头②名唤平儿的。[6] 周瑞家的先将刘姥姥起初来历说明，又说："今日大远的特来请安。当日太太是常会的，今儿不可不见，所以我带了她进来了。等奶奶下来，我细细回明，奶奶想也不责备我莽撞的。"平儿听了，便作了主意："叫他们进来，先在这里坐着就是了。"[7] 周瑞家的听了，忙出去引他两个进入院来。上了正房台矶，小丫头打起猩红毡帘。才入堂屋，只闻一阵香扑了脸来，竟不辨是何香味，身子如在云端里一般。满屋中之物都是

1. 因已猜着姥姥来意，才这么说的。

2. 熟知荣府内情，领人来见须找空隙儿。一丝不乱。（甲）

3. 趁小丫头去打听，才能借"闲话"说凤姐。

4. 与其女婿冷子兴话一样："说模样又极标致，言谈又爽利，心机又极深细，竟是个男人万不及一的。"只多说一点欠缺，却极紧要，后文会写。

5. 凤姐管家之忙碌不暇，从侧面一点。写出阿凤勤劳冗杂，并骄矜珍贵等事来。（甲）然却是虚笔，故于后文不犯。（甲）

6. 初出平儿，先下"心腹"二字。着眼！这也是书中一要紧人。《红楼梦》曲内虽未见有名，想亦在副册内者也。（甲）观"警幻情榜"，方知余言不谬。（靖）

7. 有主意，不热不冷。暗透平儿身份。（甲）

---

① 倒厅——古建筑中大厅通常坐北向南，其对面反方向或其背面的厅房称倒厅或倒座厅。
② 通房大丫头——被收纳为妾的近身丫头，地位低于姨娘。

耀眼争光的，使人头悬目眩。刘姥姥此时惟点头咂嘴念佛而已。[1] 于是来至东边这间屋内，乃是贾琏的女儿大姐儿睡觉之所。[2] 平儿站在炕沿边，打量了刘姥姥两眼，只得问个好，让坐。[3] 刘姥姥见平儿遍身绫罗，插金戴银，花容玉貌的，便当是凤姐儿了。[4] 才要称姑奶奶，忽听周瑞家的称她是平姑娘，又见平儿赶着周瑞家的称周大嫂，方知不过是个有些体面的丫头。于是让刘姥姥和板儿上了炕。平儿和周瑞家的对面坐在炕沿上，小丫头子斟上茶来吃茶。

　　刘姥姥只听见咯当咯当的响声，大有似乎打箩柜筛面①的一般，[5] 不免东瞧西望的。忽见堂屋中柱子上挂着一个匣子，底下又坠着一个秤砣般的一物，却不住地乱幌。[6] 刘姥姥心中想着："这是个什么爱物儿②？有啥用呢？"正呆时，[7] 陡听得当的一声，又若金钟铜磬一般，不防倒唬得一展眼。接着又是一连八九下。[8] 方欲问时，只见小丫头子们一齐乱跑，说："奶奶下来了。"[9] 平儿与周瑞家的忙起身，命刘姥姥"只管坐着等，是时候，我们来请你呢"。说着，都迎出去了。

　　刘姥姥屏声侧耳默候。只听远远有人笑声，约有一二十妇人，衣裙窸窣，渐入堂屋，往那边屋内去了。[10] 又见两三个妇人，都捧着大漆捧盒，进这东边来等候。听得那边说了声"摆饭"，渐渐的人才都散出，只有伺候端菜的几个人。半日鸦雀不闻之后，忽见两个人抬了一张炕桌来，放在这边炕上，桌上碗盘森列，仍是满满的鱼肉在内，不过略动了几样。[11] 板儿一见了，便吵着要肉吃。刘姥姥一巴掌打下他去。忽见周瑞家的笑嘻嘻走过来，招手儿叫她。刘姥姥会意，于是携了板儿下炕，至堂屋中，周瑞家的又和她唧咕了一会，方蹭到这边屋里来。

　　只见门外鏊铜钩上悬着大红撒花软帘，南窗下是炕，炕上大红毡条，靠东边板壁立着一个锁子锦③靠背与一个引枕，铺着金心绿闪缎大坐褥，旁边有银唾沫盒。那凤姐儿家常戴着紫貂昭君套④，围着攒珠勒子，穿着桃红撒

1. 是刘姥姥感受，只怕也是作者的。反而是生活其中的人习以为常，感受不到。脂评称"点头咂嘴念佛"：六字尽矣，如何想来？（甲）

2. 记清。（甲）不知不觉先到大姐寝室，岂非有缘？（蒙）

3. 用"只得"二字，写她有点瞧不起，碍于礼数不得不如此耳。

4. 何曾见过，难免误会。毕肖。（甲）

5. 又是乡下人才有的感受，若是府中人则视而不见、听而不闻矣。从刘姥姥心中意中幻拟出奇怪文字。（甲）

6. 总从小民常用器物设想。从刘姥姥心目中设譬拟想，真是镜花水月。（甲）

7. 接得紧。三字有劲。（甲）

8. 妙在总从感受上写。是十时正。细。是巳时。（甲）

9. 虽欲问，何用答，截得好。只不过小丫头们乱跑，声势何减高官外出开锣喝道！

10. 写众多陪侍仆妇排场只用声音，见姥姥默候侧耳神情。

11. 全是小民眼中。我曾对一友人说，刘姥姥的眼睛其实就是曹雪芹的眼睛，友人以为然。

---

① 打箩柜筛面——箩柜，也叫面柜，筛面用的木柜样的机器，筛面时以脚踏之，"咯当咯当"作响。
② 爱物儿——玩意儿。
③ 锁子锦——用金线织成锁链图案的锦缎。
④ 昭君套——无顶的女式皮帽套。戏台上王昭君出塞时戴此，故名。

花袄，石青刻丝灰鼠披风，大红洋绉银鼠皮裙，粉光脂艳，端端正正坐在那里，[1] 手内拿着小铜火筋儿拨手炉内的灰。平儿站在炕沿边，捧着一个小小的填漆茶盘，盘内一个小盖钟。凤姐也不接茶，也不抬头，只管拨手炉内的灰，慢慢地问道："怎么还不请进来？"[2] 一面说，一面抬身要茶时，只见周瑞家的已带了两个人在地下站着了。这才忙欲起身，犹未起身，[3] 满面春风地问好，又嗔周瑞家的怎么不早说。刘姥姥在地下已是拜了数拜，问姑奶奶安。凤姐忙说："周姐姐，快搀住不拜罢，请坐。我年轻，不大认得，可也不知什么辈数，不敢称呼。"周瑞家的忙回道："这就是我才回的那姥姥了。"[4] 凤姐点头。刘姥姥已在炕沿上坐下。板儿便躲在背后，百端地哄他出来作揖，他死也不肯。

　　凤姐笑道："亲戚们不大走动，都疏远了。知道的呢，说你们弃厌我们，不肯常来；不知道的那起小人，还只当我们眼里没人似的。"[5] 刘姥姥忙念佛道："我们家道艰难，走不起，来了这里，没的给姑奶奶打嘴，就是管家爷们看着也不像。"凤姐儿笑道："这话叫人没的恶心。不过借赖着祖父虚名，作个穷官儿罢了，谁家有什么，不过是个旧日的空架子。俗语说，'朝廷还有三门子穷亲'呢，何况你我。"[6] 说着，又问周瑞家的回了太太了没有。[7] 周瑞家的道："如今等奶奶的示下。"凤姐道："你去瞧瞧，要是有人有事就罢，得闲呢就回，看怎么说。"周瑞家的答应着去了。

　　这里凤姐叫人抓些果子与板儿吃，刚问些闲话时，就有家下许多媳妇管事的来回话。[8] 平儿回了，凤姐道："我这里陪客呢，晚上再来回。若有很要紧的，你就带进来现办。"平儿出去，一会进来说："我都问了，没什么紧事，我就叫她们散了。"凤姐点头。只见周瑞家的回来，向凤姐道："太太说了，今日不得闲，二奶奶陪着便是一样。多谢费心想着；白来逛逛呢便罢，若有甚说的，只管告诉二奶奶，都是一样。"刘姥姥道："也没甚说的，不过是来瞧瞧姑太太、姑奶奶，也是亲戚们的情分。"周瑞家的道："没甚说的便罢，若有话，只管回二奶奶，是和太太一样的。"[9] 一面说，

1. 凤姐家常穿戴，奢华如此。

2. 仿佛漫不经心，一无所觉，神态举止，摆足架势。尤妙在借拨手炉内灰细节写出。神情宛肖。（甲）此等笔墨，真可谓追魂摄魄。（甲）

3. "忙欲"而"犹未"最妙；要作知礼模样，更要自高身份。从姥姥进屋起，就一直在表演。

4. 有眼色，不认识的"亲戚"，岂可轻易便认！"不敢称呼"是"不想称呼"也。凤姐云"不敢称呼"，周瑞家的云"那个姥姥"。凡三四句一气读下，方是凤姐声口。（甲）

5. 说出话来尖利刺人。阿凤真真可畏可恶。（甲）

6. 引俗语恰当之极，口齿旁人难及。

7. 必定要回的，不但因与王家连宗，也须探知关系深浅。一笔不肯落空，的是阿凤。（甲）

8. 趁着周瑞妇去回太太之空，写一笔家务冗杂。不落空家务事，却不实写，妙极妙极！（甲）

9. 将对凤姐说的话再说一遍，是提醒姥姥别错过机会。周妇系真心为老妪，也可谓得方便。（甲）

一面递眼色与刘姥姥。[1]刘姥姥会意，未语先飞红了脸。欲待不说，今日又所为何来？只得忍耻说道：[2]"论理今儿初次见姑奶奶，却不该说的，只是大远的奔了你老这里来，也少不得说了……"刚说到这里，只听得二门上小厮们回说："东府里小大爷进来了。"[3]凤姐忙止刘姥姥不必说了。一面便问："你蓉大爷在哪里呢？"只听一路靴子脚响，进来了一个十七八岁的少年，面目清秀，身材夭矫①，轻裘宝带，美服华冠。[4]刘姥姥此时坐不是，立不是，藏没处藏。凤姐笑道："你只管坐着，这是我侄儿。"刘姥姥方扭扭捏捏在炕沿上坐了。

贾蓉笑道："我父亲打发我来求婶子，说上回老舅太太给婶子的那架玻璃炕屏②，明日请一个要紧的客，借了略摆一摆就送过来的。"[5]凤姐道："说迟了一日，昨儿已经给了人了。"贾蓉听说，嘻嘻地笑着，在炕沿下半跪道："婶子若不借，又说我不会说话了，又挨一顿好打呢。婶子只当可怜侄儿罢！"[6]凤姐笑道："也没见我们王家的东西都是好的不成？一般你们那里放着那些东西，只是看不见我的才罢！"③贾蓉笑道："哪里如这个好呢！只求开恩罢。"凤姐道："碰一点儿，你可仔细你的皮！"因命平儿拿了楼门钥匙，传几个妥当人来抬去。贾蓉喜得眉开眼笑，忙说："我亲自带了人拿去，别由他们乱碰。"说着，便起身出去了。

这里凤姐忽又想起一事来，便向窗外叫："蓉儿回来！"外面几个人接声说："蓉大爷快回来！"贾蓉忙复身转来，垂手侍立，听何指示。那凤姐只管慢慢地吃茶，出了半日神，方笑道："罢了！你且去罢。

1. 催其快说之意，有帮人帮到底之心。如何？余批不谬。（甲）

2. 老妪有"忍耻"之心，故后有招大姐之事，作者非泛写。且为求亲靠友下一棒喝。（甲）大姐后取名巧姐。"招大姐"，即招她为板儿媳妇。招贾府千金而要"忍耻"，是因为那时她已堕为烟花女子。姥姥拼老命将她从火坑中救出，接到家中招为媳妇，让她从此自食其力。这要承受求助于人、遭人讥诮及自身受贞操观影响等种种压力，都要"忍耻"。

3. 姥姥刚要开口告艰难，却突被另一件也有求于凤姐的事截断，是谁也想不到的。在作者是必不肯用直笔。惯用此等横云断山法。（甲）

4. 贾蓉出场。不在叙述其妻秦氏情节时写他年纪仪表容貌，却于姥姥眼中描述，令其局促不安，可知行文不应有定式。为纨袴写照。（甲）

5. 蓉儿虽有求于凤姐，却能让凤姐舒心，说话知奉承也。夹写凤姐好奖誉。（甲）

6. 深谙婶子脾性，只要放低身段软求，必成。庚辰本将"炕沿下"讹作"炕沿上"，今有以庚辰为底本的校本，居然亦从之。炕沿上岂能跪！难怪陈庆浩兄说它是"先天不足"。

---

① 夭矫——这里是轻捷恣纵的样子。

② 炕屏——陈设在炕上的一种小型屏风。

③ "也没见"三句——"也没见"，习惯性口语，相当于"真好笑""真怪"。作者常用，如王夫人笑湘云穿衣服多，说："也没见穿上这些作什么？"（第三十一回）又如迎春笑湘云爱说话，说："也没见睡在那里还是咭咭呱呱，笑一阵，说一阵，也不知哪里来的那些话！"（同上）因此，"也没见我们王家的东西都是好的不成？"凤姐这一句反问话一点也不错。己卯、庚辰诸本的整理者弄不懂"也没见"是什么意思，把"我们"改成"你们"，一句分成了两句，成了"也没见你们，王家的东西都是好的不成？"虽勉强可通，但绝非作者原意。第三句"只是看不见我的才罢！"意思也很明确，程甲本怕读者看不懂，添加了一句："见了就要想拿去"，意思没有错，却是多余的。己卯、庚辰诸本整理者又不理解，把"只是看不见"属于上句，把最后四字改成"偏我的就是好的"。这真是胆大手低。所以我断定诸本与甲戌本有异文者，除甲戌本身的漏误外，均非出自雪芹手笔。

晚饭后你来再说罢。这会子有人，我也没精神了。"[1]
贾蓉应了，方慢慢地退去。

这里刘姥姥心身方安，才又说道："今日我带了你
侄儿来，也不为别的，只因他老子娘在家里，连吃的
都没有。如今天又冷了，越想越没个派头儿①，只得带
了你侄儿奔了你老来。"[2]说着又推板儿道："你那爹在
家怎么教你了？打发咱们作啥事来？只顾吃果子咧！"
凤姐早已明白了，听她不会说话，因笑止道：[3]"不必
说了，我知道了。"因问周瑞家的道："这姥姥不知可
用过饭没有呢？"[4]刘姥姥忙道："一早就往这里赶咧，
哪里还有吃饭的工夫咧！"凤姐听说，忙命快传饭来。
一时周瑞家的传了一桌客馔来，摆在东边屋内，过来
带了刘姥姥和板儿过去吃饭。凤姐说道："周姐姐，好
生让着些儿，我不能陪了。"于是过东边房里来。

凤姐又叫过周瑞家的去，问她："方才回了太太，
说了些什么？"周瑞家的道："太太说，他们家原不是
一家子，不过因出一姓，当年又与太老爷在一处作官，
偶然连了宗的。这几年来也不大走动。当时他们来一
遭，却也没空了他们。今儿既来了，瞧瞧我们，是她
的好意思，也不可简慢了她。[5]便是有什么说的，叫二
奶奶裁度着就是了。"凤姐听了说道："我说呢，既是
一家子，我如何连影儿也不知道。"

说话时，刘姥姥已吃毕了饭，拉了板儿过来，舔
唇抹嘴地道谢。凤姐笑道："且请坐下，听我告诉你老
人家。方才的意思，我已知道了。若论亲戚之间，原
该不待上门来就该有照应才是。但如今家里杂事太烦，
太太渐上了年纪，一时想不到也是有的。[6]况是我近来
接着管些事，都不大知道这些个亲戚们。二则外头看
着这里烈烈轰轰的，殊不知大有大的艰难去处，[7]说与
人也未必信罢了。今儿你既老远的来了，又是头一次
见我张口，怎好叫你空回去呢。[8]可巧昨儿太太给我的
丫头们做衣裳的二十两银子，我还没动呢，[9]你若不嫌
少，就暂且拿了去罢。"

那刘姥姥先听见告艰难，只当是没有，心里便突
突的；[10]后来听见给她二十两，喜得又浑身发痒起来，[11]

---

① 派头儿——即盼头儿。

1. 不交代何事，想是不便在外人前面说的。虽有隐秘（比如后文吸纳其参与"毒设相思局"之类即是），但非苟且之事，别想歪了。凤姐亲近蓉、蔷辈，令其俯首帖耳，听命于己是实，却不失身份，此事平儿知之最确。此处写其神情心态，刻画得细到毫颠，又与刘姥姥进屋时有表演成分不同。传神之笔，写阿凤跃跃纸上。（甲）

2. 凤姐侄儿刚离开，姥姥告艰难便口口声声"带了你侄儿来"，凤姐听了，是何感觉？

3. 又一笑；凡六。自刘姥姥来凡笑五次，写得阿凤乖滑伶俐，合眼如立在前。若会说话之人，便听他说了，阿凤利害处正在此。问看官，常有将挪移借贷已说明白了，彼仍推聋装哑，这人比阿凤若何？呵呵，一叹！（甲）

4. 这是阿凤要背着刘姥姥了解太太态度想出来的办法，莫认作是关心姥姥饿不饿。

5. 穷亲戚来看是"好意思"，余又自《石头记》中见了，叹叹！（甲）王夫人数语，令余几欲哭出。（甲）评者又触语生情，当是从前听到过这样的话。

6. 点"不待上门就该有照应"数语，此亦自《石头记》再见话头。（甲）

7. "大有大的难处"，今已成了成语。

8. 也是《石头记》再见了，叹叹！（甲）

9. 要接济姥姥，编出话来，将太太与自己连起来，人情都照顾到，是凤姐能干处。

10. 可怜可叹。（甲）

11. 可怜可叹。（甲）

说道："嗳！我也是知道艰难的。但俗语说：'瘦死的骆驼比马还大'，凭他怎样，你老拔根寒毛，比我们的腰还粗呢！"[1]周瑞家的在旁听她说得粗鄙，只管使眼色止她。凤姐听了，笑而不睬，只命平儿把昨儿那包银子拿来，再拿一串钱来，[2]都送到刘姥姥跟前。凤姐乃道："这是二十两银子，暂且给这孩子做件冬衣罢。若不拿着，可真是怪我了。这串钱雇了车子坐罢。改日无事，只管来逛逛，方是亲戚间的意思。天也晚了，也不虚留你们了，到家里该问好的问个好儿罢。"[3]一面说，一面就站起来了。

刘姥姥只管千恩万谢，拿了银钱，随周瑞家的出来至外厢房。周瑞家的方道："我的娘！你见了她怎么倒不会说了？开口就是'你侄儿'。我说句不怕你恼的话，便是亲侄儿，也要说和柔些，那蓉大爷才是她的正经侄儿呢，她怎么又跑出这么个侄儿来了？"[4]刘姥姥笑道："我的嫂子，[5]我见了她，心眼儿里爱还爱不过来，哪里还说得上话了！"二人说着，又到周瑞家坐了片时。刘姥姥便要留下一块银子，与周瑞家的儿女买果子吃，周瑞家的如何放在眼里，执意不肯。[6]刘姥姥感谢不尽，仍从后门去了。正是：

> 得意浓时易接济，[7]受恩深处胜亲朋。

1. 此时的刘姥姥心满意足，兴奋不已，说惯了的粗鄙话自然会脱口而出。

2. 这样常例亦再见。（甲）

3. 虽是客套话，也说得动听。

4. 旁观者清。与前眼色真对，可见文章中无一个闲字，为财势一哭。（甲）

5. 报颜如见。（甲）

6. 所谓人情做到底。

7. 心里分外得意时，便容易出手给钱，非真有怜老惜贫之心。凤姐正代王夫人掌管荣府大权，处处受人尊敬；所宠之侄儿贾蓉代父求借炕屏，态度谦恭，唯唯听命，如此皆令阿凤春风得意也。

## 【总评】

《红楼梦》前五回有点像序曲或前奏，自本回起似乎才正式展开荣国府的故事。可是又偏从一个远在农村的小小人家刘姥姥一家叙起，大概这是因为刘姥姥是贾府这个大家庭自始至终、由盛至衰的见证人。这段故事情节的描写有多处亮点。比如姥姥在家时与女婿狗儿的拌嘴，姥姥颇费周折才得进荣府，尤其是通过姥姥的眼睛——很可能就是曹雪芹的眼睛——所见写出荣府里的种种奢华景象，以及凤姐接待她时双方的对话、情态等等，无一不写得生动逼真，十分精彩。

根据读到过雪芹全部书稿者所加的评语，这一回写刘姥姥一进荣国府是"伏二进、三进及巧姐之归着"。可知全书写刘姥姥进荣国府一共有三次（若按续书所写计算，她后来成了常客，进荣府总共不下五六次），前八十回中有两次。这"一进"主要写她来告艰难，得到接济，因而对凤姐深深感恩。到将来，"势败休云贵，家亡莫论亲"时，凤姐之女巧姐遭"爱银钱、忘骨肉的狠舅奸兄"的骗卖，"流落在烟花巷"受苦时，"幸娘亲积得阴功"而"巧得遇恩人"刘姥姥；刘姥姥竭尽努力将她从火坑中救出来，招为板儿媳妇，即册子中画的在"荒村野店"里"纺绩"的"美人"，借此报答凤姐最初接济之恩。

# 第 七 回
## 送宫花周瑞叹英莲　谈肄业秦钟结宝玉

【题解】

　　本回回目诸本不一。此处用甲戌本回目。己卯、庚辰、杨藏（梦稿）本作"送宫花贾琏戏熙凤，宴宁府宝玉会秦钟"；蒙府、戚序、列藏、卞藏本作"尤氏女独请王熙凤，贾宝玉初会秦鲸卿"。后两种当是不满于甲戌本而另拟的，但并不见佳。最后一种且勿论。己卯、庚辰本回目中出"贾琏戏熙凤"这一作者用侧笔顺便带出的细节，实无必要，且与"送宫花"没有任何内在联系。甲戌本以"周瑞"代替"周瑞家的"，固不甚妥，但毕竟英莲之身世先由周瑞从其女婿冷子兴处获悉。宫花十二，照应十二钗，则"叹英莲"亦有点醒寓意作用，即群芳薄命真应怜也。暗点十二钗为本回重要内容，有题诗可证。故从之。肄（yì 异）业，修习学业。

题曰：

　　　　十二花容色最新，不知谁是惜花人。

　　　　相逢若问名何氏，家住江南姓本秦。①

　　话说周瑞家的送了刘姥姥去后，便上来回王夫人话。¹谁知王夫人不在上房，问丫鬟们时，方知往薛姨妈那边闲话去了。²周瑞家的听说，便转东角门出至东院，往梨香院来。刚至院门前，只见王夫人的丫鬟名金钏儿者，³和一个才留了头的小女孩儿站在台矶上玩。⁴见周瑞家的来了，便知有话回，因向内努嘴儿。⁵

　　周瑞家的轻轻掀帘进去，只见王夫人和薛姨妈长篇大套地说些家务人情等语。周瑞家的不敢惊动，遂进里间来，⁶只见薛宝钗穿着家常

1. 周瑞家的向凤姐传达过王夫人的话，事毕，自当前去回复。不回凤姐，却回王夫人，不交代处，正交代得清楚。（甲）
2. 自然进入本回要写情节去处。文章只是随笔写来，便有流丽生动之妙。（甲）
3. 虽未在太虚幻境判词中列出，必继晴雯、袭人之后，在警幻情榜又副册之内。
4. 顺便先勾画一笔，却不点出名字来，留待后文周瑞家的发问，极有章法。莲卿别来无恙否？（甲）
5. 画。（甲）
6. 周瑞妇来向王夫人回话，只不过是由头，作者真正意图是让她能见到宝钗。王夫人"长篇大套"地闲聊，正好能留出足够时间来给宝钗详说冷香丸。总用双岐岔路之笔，令人估计不到之文。（甲）

---

① "十二花容"一首——首句说的，即文中写的分送给众姊妹的"宫里头作的新鲜样法堆纱花十二枝"，但也有脂评说的"凡用'十二'字样，皆照应十二钗"的意思在。所以此回写到冷香丸制方时，用了许多"十二两""十二钱""十二分"之类字样。"惜花人"，似指宝玉或只是泛说。后两句与本回写宝玉会秦钟有关：小说初提"秦钟"之名时，脂评说："设云'情种'。古诗云：'未嫁先名玉，来时本姓秦。'二语便是此书大纲目、大比托、大讽刺处。"结合回末二句诗看，"秦""情"谐音，似非脂评穿凿。只是作者真实意图、脂评所引古诗句及其与全书的关系究竟应如何确切理解，尚不易弄清。

衣服，头上只挽着鬖儿①，¹坐在炕里边，伏在小炕儿上同丫鬟莺儿正描花样子呢。²见她进来，宝钗便放下笔，转过身来，满面堆笑让："周姐姐坐。"周瑞家的也忙陪笑问"姑娘好"，一面炕沿上坐了，因说："这有两三天也没见姑娘到那边逛逛去，只怕是你宝兄弟冲撞了你不成？"³宝钗笑道："哪里的话！只因我那种病又发了两天，⁴所以且静养两日。"周瑞家的道："正是呢，姑娘到底有什么病根儿，也该趁早儿请了大夫来，好生开个方子，认真吃几剂药，一势儿除了根才好。小小的年纪倒坐下个病根也不是玩的。"宝钗听说，便笑道："再不要提吃药。为这病请大夫、吃药，也不知白花了多少银子钱呢。凭你什么名医仙药，总不见一点儿效。后来还亏了一个癞头和尚，⁵说专治无名之症，因请他看了。他说我这是从胎里带来的一股热毒，⁶幸而我先天结壮，⁷还不相干，若吃凡药，是不中用的。他就说了一个海上方②，又给了一包末药作引③，异香异气的，不知是哪里弄了来的。⁸他说发了时吃一丸就好。倒也奇怪，这倒效验些。"

　　周瑞家的因问道："不知是个什么海上方儿？姑娘说了，我们也记着，说与人知道，倘遇见这样的病，也是行好的事。"宝钗见问，乃笑道："不问这方儿还好，若问起这方儿，真真把人琐碎坏了。东西药料一概都有，现易得的，只难得'可巧'二字。要春天开的白牡丹花蕊十二两，⁹夏天开的白荷花蕊十二两，秋天开的白芙蓉花蕊十二两，冬天开的白梅花蕊十二两。将这四样花蕊，于次年春分这日晒干，和在末药一处，一齐研好。又要雨水这日的雨水十二钱……"周瑞家的忙道："嗳哟！这样说来，这

1. 宝钗搁置久矣，至此出力一写。自入梨香院至此方写。（甲）好！写一人换一副笔墨，另出一花样。（甲）"家常爱着旧衣裳"是也。（甲）唐王建《宫词》："家常欲着旧衣裳，空插红梳又作妆。"

2. 一幅绣窗仕女图，亏想得周到。（甲）

3. 为引出话头而特设此问。然此前必有过冲撞事，或可作补笔看。一人不漏，一笔不板。（甲）

4. 先未提过就说"那种病"，正为解疑而写。"那种病""那"字，与前二玉"不知因何"二"又"字皆得天成地设之体；且省却多少闲文，所谓"惜墨如金"是也。（甲）二"又"字，指第五回开头，有"黛玉又气得独在房中垂泪，宝玉又自悔言语冒撞，前去俯就"等语。

5. 提到癞和尚总是关键，所言必有深意。奇奇怪怪，真如云龙作雨，忽隐忽见，使人逆料不到。（甲）庚辰本妄改为"秃头和尚"，有遵之者，和尚哪个不秃头？

6. 此"热毒"实非生理病症，乃喻热衷功名利禄世俗观念。凡心偶炽，是以尊火齐攻。（甲）

7. 喻天性浑厚，不患得患失也。

8. 方子、药引皆非关药铺。余则深知是从放春山采来，以灌愁海水和成，烦广寒玉兔捣碎，在太虚幻境空灵殿上炮制配合者也。（甲）

9. 说十二两则可，说十二钱或十二分，按常理应说一两二钱或一钱二分，可知总为凑"十二"之数。凡用"十二"字样，皆照应十二钗。（甲）

---

①　鬖（zuǎn纂）儿——女子的发髻。
②　海上方——对民间验方、秘方的美称。意谓从海上仙山求得的妙方。
③　引——中医以若干种药材组成方剂，药按其在处方中的作用分"君、臣、佐、使"，"使"的作用是将药力引向一定的经络或病变部位，故称"引经药""药引"或"引子"。

就得一二年的工夫。倘或雨水这日竟不下雨水，又怎处呢？"宝钗笑道："所以了，哪里有这样可巧的雨，便没雨也只好再等罢了。白露这日的露水十二钱，霜降这日的霜十二钱，小雪这日的雪十二钱。把这四样水调匀，和了药，再加蜂蜜十二钱，白糖十二钱，丸了龙眼大的丸子，盛在旧磁罐内，埋在花根底下。若发了病时，拿出来吃一丸，用十二分黄柏煎汤送下。"[1]

周瑞家的听了笑道："阿弥陀佛，真巧死了人！等十年未必都这样巧呢。"宝钗道："竟好，自他说了去后，一二年间可巧都得了，好容易配成一料。如今从南带至北，现就埋在梨花树下。"[2] 周瑞家的又问道："这药可有名字没有呢？"宝钗道："有。这也是那癞和尚说下的，叫作'冷香丸'。"[3] 周瑞家的听了点头儿，因又说："这病发了时到底觉怎样？"宝钗道："也不觉什么，只不过喘嗽些，吃一丸也就罢了。"[4]

周瑞家的还欲说话时，忽听王夫人问："是谁在里头？"[5] 周瑞家的忙出去答应了，趁便回了刘姥姥之事。略待半刻，见王夫人无话，方欲退出，薛姨妈忽又笑道：[6] "你且站住，我有一宗东西，你带了去罢。"说着便叫香菱。[7] 帘栊响处，方才和金钏儿玩的那个小女孩子进来了，问："奶奶叫我做什么？"[8] 薛姨妈道："把那匣子里的花儿拿来。"香菱答应了，向那边捧了个小锦匣来。薛姨妈乃道："这是宫里头作的新鲜样法，堆纱花儿十二枝。昨儿我想起来，白放着可惜旧了，何不给她们姊妹们戴去。昨儿要送去，偏又忘了。你今儿来得巧，就带了去罢。你家的三位姑娘，每人两枝，下剩六枝，送林姑娘两枝，那四枝给了凤哥儿罢。"王夫人道："留着给宝丫头戴罢了，又想着她们！"薛姨妈道："姨娘不知道，宝丫头古怪呢，她从来不爱这些花儿粉儿的。"[9]

说着，周瑞家的拿了匣子，走出房门，见金钏仍在那里晒日阳。周瑞家的因问她道："那香菱小丫头子，可就是时常说临上京时买的、为她打人命官司的那个小丫头子？"金钏道："可不就是。"正说着，只见香菱笑嘻嘻地走来。周瑞家的便拉了她的

1. 末用黄柏更妙。可知甘苦二字，不独十二钗，世皆同有者。（甲）黄柏味苦，能清热泻火。

2. 与居处名巧合。"梨香"二字有着落，并未白白虚设。（甲）

3. 正为宝钗作评。新雅奇甚。（甲）

4. 以花入药者《本草》中多有。作者深通药理，故能写来既不悖理，又极风趣。是小说，勿真作验方看。以花为药，可是吃烟火人想得出者？诸公且不必问其事之有无，只据此新奇妙文悦我等心目，便当浮一大白。（甲）

5. 该说的已说完，自应截断。

6. 欲断还连，正须用其人，怎可退出？行文原只在一二字便有许多省力处。不得此窍者便在窗下百般扭捏。（甲）"忽"字"又"字与"方欲"二字对射。（甲）

7. "香菱"之名初见，想是宝钗为她新起的。二字仍从"莲"上起来，盖英莲者应怜也；香菱者亦相怜之意。（甲）

8. 说话总带孩子口气。

9. "淡极始知花更艳"，此"古怪"以后还会写到。

手，细细地看了一回，因向金钏笑道："倒好个模样儿！竟有些像咱们东府里蓉大奶奶的品格。"[1] 金钏儿笑道："我也是这么说呢。"周瑞家的又问香菱："你几岁投身到这里？"又问："你父母今在何处？今年十几岁了？本处是哪里人？"香菱听问，都摇头说："不记得了。"[2] 周瑞家的和金钏儿听了，倒反为她叹息伤感一回。

一时，周瑞家的携花至王夫人正房后来。原来近日贾母说孙女们太多了，一处挤着倒不便，只留宝玉、黛玉二人在这边解闷，却将迎、探、惜三人移到王夫人这边房后三间小抱厦内居住，令李纨陪伴照管。如今周瑞家的故顺路先往这里来，只见几个小丫头子都在抱厦内听呼唤默坐。迎春的丫鬟司棋与探春的丫鬟待书[3] 二人正掀帘子出来，手里都捧着茶盘茶钟，周瑞家的便知她姊妹在一处坐着，遂进入内房，只见迎春、探春二人正在窗下下围棋。周瑞家的将花送上，说明原故。二人忙住了棋，都欠身道谢，命丫鬟们收了。[4]

周瑞家的答应了，因说："四姑娘不在房里？只怕在老太太那边呢。"丫鬟们道："在这屋里不是？"周瑞家的听了，便往这边屋里来。只见惜春正同水月庵的小姑子智能儿两个一处玩笑。[5] 见周瑞家的进来，惜春便问她何事。周瑞家的便将花匣打开，说明原故。惜春笑道："我这里正和智能儿说，我明儿也剃了头，同她作姑子去呢，可巧又送了花儿来；若剃了头，把这花可戴在哪里？"[6] 说着，大家取笑一回，惜春命丫鬟入画来收了。[7]

周瑞家的因问智能儿："你是什么时候来的？你师父那秃歪剌①往哪里去了？"智能儿道："我们一早就来了，我师父见过太太，就往于老爷府里去了，[8] 叫我在这里等她呢。"周瑞家的又道："十五的月例香供银子可得了没有？"智能儿摇头说："不知道。"[9] 惜春听了，便问周瑞家的："如今各庙月例银子是谁管着？"周瑞家的道："是余信管着。"[10] 惜春听了，笑道："这就是了！她师父一来了，余信家的就赶上

① 秃歪剌——骂尼姑的话。歪剌，是不正派女人的意思。

1. 一击两鸣法，二人之美并可知矣。……何玄幻之极！（甲）

2. 父母、年岁、家乡一概无知，真堪怜悯。伤痛之极！亦必如此收住方妙。不然，则又将作出香菱思乡一段文字矣。（甲）

3. 司棋、待书初见。妙名。贾府四钗之环，暗以"琴棋书画"四字列名，省力之甚，醒目之甚，却是俗中不俗处。（甲）

4. 写送花事，若平均用力，必死板，须有详有略，突出重点，迎、探非着重要写的，故只平叙带过。

5. 这是专写惜春的第一句话，特意不离尼庵。总是得空便入，百忙中又带出王夫人喜施舍等事，可知一支笔作千百支用。又伏后文。（甲）

6. 闲闲一笔，却将后半部线索提动。（甲）此评甚好，揭出作者写人物好作谶语，乃宿命观念使然。

7. 又出"入画"，后文再补元春之婢"抱琴"就齐了。

8. "于"谐"愚"。又虚贴一个于老爷，可知所尚僧尼者，悉愚人也。（甲）

9. 小尼哪管那些事？妙！年轻未任事也。一应骗布施，哄斋供诸恶，皆是老秃贼设局。写一种人，一种人活像。（甲）

10. 亦谐音，后之版本有讹作"蔡信"者。明点"愚性"二字。（甲）

来，和她师父咕唧了半日，想是就为这事了。"¹

那周瑞家的又和智能儿唠叨了一会，便往凤姐处来。穿夹道，从李纨后窗下过，越西花墙①，²出西角门进入凤姐院中。走至堂屋，只见小丫头丰儿坐在凤姐房门槛上，见周瑞家的来了，连忙摆手儿叫她往东屋里去。³周瑞家的会意，慌得蹑手蹑脚地往东边房里来，只见奶子正拍着大姐儿睡觉呢。周瑞家的悄问奶子道："奶奶睡中觉呢？②也该请醒了！"奶子摇头儿。⁴正问着，只听那边一阵笑声，却有贾琏的声音。⁵接着，房门响处，平儿拿着大铜盆出来，叫丰儿舀水进去。平儿便进这边来，一见了周瑞家的便问："你老人家又跑了来作什么？"⁶周瑞家的忙起身，拿匣子与她，说送花儿一事。平儿听了，便打开匣子，拿出四枝，转身去了。半刻工夫，手里拿出两枝来，先叫彩明来，吩咐他送到那边府里给小蓉大奶奶戴去，⁷次后方命周瑞家的回去道谢。

周瑞家的这才往贾母这边来。穿过了穿堂，顶头忽见她女儿打扮着才从她婆家来。周瑞家的忙问："你这会子跑来作什么？"⁸她女儿笑道："妈一向身上好？我在家里等了这半日，妈竟不出去，什么事情这样忙得不回家？我等烦了，自己先到老太太跟前请了安了，这会子请太太安去。妈还有什么不了的差事？手里是什么东西？"周瑞家的笑道："嗳！今儿偏偏的来了个刘姥姥，我自己多事，为她跑了半日；这会子又被

1. 师父净虚，第十五回有故事。一人不落，一事不忽，伏下多少后文，岂真为送花哉！（甲）

2. 整理者嫌其略，添加大不近情理文字，见注释。细极，李纨虽无花，岂可失而不写者，故用此顺笔便墨，间三带四，使观者不忽。（甲）

3. 小丫头坐在房门槛上，就为把守住，不准任何人进入，以免冲撞了贾琏夫妻好事，故有摆手举动。有批"连忙"二字曰：二字着紧。（甲）

4. 也有自作聪明妄改文字，见注释②。有神理。（甲）"睡中觉""该请醒"之类话犯大忌，奶子连回答一声都不敢，故只能摇头，意思是"快别问了"。

5. 此种写法独一无二，非难于写男女房事，实作者之美学理想他人不及。妙文奇想，阿凤之为人岂有不着意于"风月"二字之理哉！若直以明笔写之，不但唐突阿凤声价，亦且无妙文可赏。若不写之，又万万不可。故用"柳藏鹦鹉语方知"之法，略一皴染，不独文字有隐微，亦且不至污渎阿凤之英风俊骨。所谓此书无一不妙。（甲）余素所藏仇十洲《幽窗听莺暗春图》，其心思笔墨已是无双，今见此阿凤一传，则觉画工太板。（甲）

6. 不知为何。

7. 又借此写出凤姐与秦氏之间的亲密关系。忙中更忙，又曰"密处不容针"，此等处是也。（甲）

8. 送花未完，已嫁人的女儿又跑来做什么？

---

① "从李纨后窗下过，越西花墙"——己卯、庚辰、梦稿本两句间多出"隔着玻璃窗户，见李纨在炕上歪着睡觉呢"等语，这是多余且不合理的。宫花不应送守寡的李纨，本可不提及，但如前注十二枝宫花有照应十二钗用意，故用"从李纨后窗下过"七字带到。既是顺便，就不必作具体描写。写李纨正睡中觉有三点不合理：一、早过了睡中觉时间，故下文有"也该请醒了"的议论；二、李纨非慵懒娇弱小姐，怎么会白昼如此贪睡；三、过往者从玻璃窗外直接看到女子在卧室内睡觉的样子，实在过于"开放"。大概不审作意的过录者嫌原文过简，遂添此蛇足。今从甲戌本。

② "奶奶睡中觉呢？"——"奶奶"，庚辰本等作"姐儿"，大谬。周瑞家的被丰儿挡驾，已想到凤姐可能在睡中觉，所以才"蹑手蹑脚"地往东屋来，为了证实自己的揣测，才悄声问奶子："奶奶睡中觉呢？也该请醒了。"她没有想到会有房中戏，奶子一听她话犯忌，才连忙"摇头儿"示意她别说。作者虽用笔隐曲，但情理却明确无误。姐儿是哺乳婴儿，她有昼夜睡觉的权利，既无所谓"睡中觉"，更不会限定什么时候"该请醒了"。何况来者又不知她睡了多久。"奶子正拍着大姐儿睡觉"，怎么反要弄醒她呢？这些改笔是很可笑的。但却有校注本盲从而不加改正。所以，我怀疑诸本异于甲戌本的文字，除甲戌本本身漏误外，都是旁人后改的，而且未经得作者的同意。

姨太太看见了，送这几枝花儿与姑娘奶奶们。这会子还没送清白呢。你这会子跑来，一定有什么事情的。"她女儿笑道："你老人家倒会猜。实对你老人家说，你女婿前儿因多吃了两杯酒，和人分争起来，不知怎的被人放了一把邪火<sup>①</sup>，说他来历不明，告到衙门里，要递解还乡。所以我来和你老人家商议商议，这个情分，求哪一个可了事？"周瑞家的听了，道："我就知道的。这有什么大不了的！<sup>1</sup>你且家去等我，我送林姑娘的花儿去了就回来。此时，太太、二奶奶都不得闲儿，你回去等我。这没有什么忙的。"她女儿听如此说，便回去了，还说："妈，你好歹快来！"周瑞家的道："是了，小人家没经过什么事情，就急得你这样子。"<sup>2</sup>说着，便到黛玉房中去了。

　　谁知此时黛玉不在自己房中，却在宝玉房中，大家解九连环<sup>②</sup>作战。<sup>3</sup>周瑞家的进来笑道："林姑娘，姨太太着我送花儿来与姑娘戴。"宝玉听说，先便问："什么花儿？拿来给我！"<sup>4</sup>一面早伸手接过来了。开匣看时，原来是两枝宫制堆纱新巧的假花。黛玉只就宝玉手中看了一看，<sup>5</sup>便问道："还是单送我一个人的，还是别的姑娘们都有？"<sup>6</sup>周瑞家的道："各位都有了，这两枝是姑娘的了。"黛玉再看了一看，冷笑道："我就知道，别人不挑剩下的，也不给我。<sup>7</sup>替我道谢罢！"周瑞家的听了，一声儿不言语。宝玉便问道："周姐姐，你作什么到那边去了？"周瑞家的因说："太太在那里，因回话去了，姨太太就顺便叫我带来了。"宝玉道："宝姐姐在家作什么呢？怎么这几日也不过来？"周瑞家的道："身上不大好呢。"宝玉听了，便和丫头们说："谁去瞧瞧？就说我和林姑娘打发来问姨娘、姐姐安，<sup>8</sup>问姐姐是什么病，吃什么药。论理我该亲自来的，就说才从学里来的，也着了些凉，异日再亲来。"<sup>9</sup>说着，茜雪便答应去了。周瑞家的自去，无话。

　　原来这周瑞的女婿，便是雨村的好友冷子兴，

1. 女婿被告到衙门要受惩处，居然以为没有什么大不了的。荣府女仆尚如此有恃无恐，其主人家又当如何？

2. 周瑞家的什么事没经过，所以一点也不急。又生出一小段来，是荣、宁中常事，亦是阿凤正文。若不如此穿插，直用一送花到底，亦太死板，不是《石头记》笔墨矣。（甲）

3. 偏不在，总不肯用直笔，如此能夹写宝玉自好。此时二玉已隔房矣。（甲）

4. 与黛玉已不分彼此。

5. 不拿只看，就为显得并不太看重。

6. 却又是多心而问。在黛玉心中不知有何丘壑。（甲）

7. 总是小性儿。教送花的人何以为情？"再看一看"上传神。（甲）却又将阿颦之天性从骨中一写……小说中一笔作两三笔者有之，一事启两事者有之，未有如此恒河沙数之笔也。（甲）

8. 为了向黛玉示好，教人传话说："我和林姑娘"是表示不在乎让薛家母女知道他们亲近。"和林姑娘"四字着眼。（甲）

9. "怕读文章"者偏推故说"才从学里来"，有趣。

---

①　放了一把邪火——喻造谣诽谤、诬告。
②　九连环——一种金属丝制成的玩具，套着九个连环圈，按一定顺序，经复杂步骤，可以解下。

近因卖古董和人打官司，故遣女人来讨情分。周瑞家
的仗着主子的势利，把这些事也不放在心上，晚间只
求求凤姐儿便完了。[1]

　　至掌灯时分，凤姐已卸了妆，来见王夫人回话："今
儿甄家送了来的东西，我已收了。[2]咱们送他的，趁着
他家有年下进鲜①的船去，一并都交给他们带去了。"王
夫人点头。凤姐又道："临安伯老太太千秋的礼已经打
点了，太太派谁去送？"[3]王夫人道："你瞧谁闲着，不
管打发两个女人去就完了，又来当什么正经事问我。"[4]
凤姐又笑道："今儿珍大嫂子来，请我明儿过去逛逛，
明儿倒没有什么事。"王夫人道："有事没事都害不着什
么。每常她来请，有我们，你自然不便意；她既不请我们，
单请你，可知是她诚心叫你散淡散淡，别辜负了她的心，
便是有事，也该过去才是。"凤姐答应了。当下，李纨、
迎春等姊妹们亦曾过省毕，各自归房，无话。

　　次日，凤姐儿梳洗了，先回王夫人毕，方来辞贾母。
宝玉听了，也要逛去。凤姐只得答应着，立等换了衣
服，姐儿两个坐了车，一时进入宁府。早有贾珍之妻
尤氏与贾蓉之妻秦氏，婆媳两个引了多少姬妾、丫鬟、
媳妇等接出仪门。那尤氏一见了凤姐，必先笑嘲一阵，
一手携了宝玉入上房来归坐。秦氏献茶毕，凤姐因说：
"你们请我来作什么？有什么东西来孝敬，就献上来，
我还有事呢。"[5]尤氏、秦氏未及答话，地下几个姬妾
先就笑说："二奶奶今儿不来就罢，既来了，就依不得
二奶奶了。"[6]正说着，只见贾蓉进来请安。宝玉因问：
"大哥哥今日不在家？"尤氏道："出城请老爷安去了。"
又道："可是，你怪闷的，也坐在这里作什么？何不去
逛逛？"

　　秦氏笑道："今日巧，上回宝叔立刻要见见我兄弟，
他今儿也在这里，[7]想在书房里，宝叔何不去瞧一瞧？"
宝玉听了，即便下炕要走。尤氏、凤姐都忙说："好生
着，忙什么！"一面便吩咐人："好生小心跟着，别委
屈着他，倒比不得跟了老太太过来就罢了。"[8]凤姐儿
道："既这么着，何不请进这秦小爷来，我也瞧瞧。难

1. 难怪周瑞家的不在心，衙门像是
凤姐儿开的。本穿插细事，故一
语便收结。

2. 甄家只在下半部写到，怕读者忘
却，故又一提。又提甄家。（甲）
不必细说，方妙。（甲）

3. 阿凤一生尖处。（甲）或其中能
有好处，但必问过太太，方不落
口实。

4. 虚描二事，真真千头万绪。纸上
虽一回两回中或有不能写到阿凤
之事，然亦有阿凤在彼处手忙心
忙矣，观此回可知。（甲）

5. 故作姿态，以示彼此亲近不见外。
对太太说"倒没有什么事"，这
里说"我还有事呢"，作态之中
又自高身份。

6. 姬妾们亦善于辞令者，想凤姐听
了定十分惬意。

7. 不忘当日宝玉说过的话。欲出鲸
卿，却先小姑娌闲闲一聚，随笔
带出，不见一丝作造。（甲）

8. 跟了老太太过来，有不是就不必
担当责任了。"委屈"二字极不通，
却是至情，写愚妇至矣。（甲）

_____

　　①　进鲜——指向皇帝进献时鲜的果品、水产等。

道我就见不得他不成？"尤氏笑道："罢，罢！可以不必见，他比不得咱们家的孩子们，胡打海摔的惯了。人家的孩子，都是斯斯文文惯了的，乍见了你这破落户，还被人笑话死了呢！"凤姐笑道："普天下的人，我不笑话就罢，竟叫这小孩子笑话我不成？"¹贾蓉笑道："不是这话，他生得腼腆，没见过大阵仗儿，婶子见了，没的生气。"凤姐啐道："他是哪吒①，我也要见一见，别放你娘的屁了！²再不带去，看给你一顿好嘴巴子！"贾蓉笑嘻嘻地说："我不敢强，就带他来。"

说着，果然出去带进一个小后生来，较宝玉略瘦巧些，清眉秀目，粉面朱唇，身材俊俏，举止风流，似在宝玉之上，只是怯怯羞羞，有女儿之态。腼腆含糊地向凤姐作揖问好。凤姐喜得先推宝玉，笑道："比下去了！"³便探身一把携了这孩子的手，就命他身旁坐下。慢慢地问他年纪、读书等事，方知他学名唤秦钟。⁴早有凤姐的丫鬟媳妇们见凤姐初会秦钟，并未备得表礼来，遂忙过那边去告诉平儿。平儿素知凤姐与秦氏厚密，虽是小后生家，亦不可太俭，遂自作了主意，拿了一匹尺头②、两个"状元及第"的小金锞子③，交付与来人送过去。⁵凤姐犹笑说太简薄等语。秦氏等谢毕。一时吃过饭，尤氏、凤姐、秦氏等抹骨牌④，不在话下。

宝玉、秦钟二人随便起坐说话。那宝玉只一见秦钟人品，心中便有所失。痴了半日，自己心中又起了呆意，乃自思道："天下竟有这等人物！如今看来，我竟成了泥猪癞狗了。可恨我为什么生在这侯门公府之家，若也生在寒儒薄宦之家，早得与他交结，也不枉生了一世。我虽如此比他尊贵，可知绫锦纱罗，也只不过裹了我这根死木头；美酒羊羔，也只不过填了我这粪窟泥沟。'富贵'二字，不料遭我荼毒了！"⁶秦钟自见了宝玉形容出众，举止不浮，⁷更兼金冠绣服，骄婢侈童，秦钟

1. 凤姐这样说，自无不可。自负得起。（甲）

2. 己卯、庚辰本删去"啐"字，并改"他是哪吒"为"凭他是什么样儿的"，遂使凤姐的泼辣个性全失，真可谓点金成铁。此等处写阿凤之放纵，是为后回伏线。（甲）所谓"伏线"，当指敢于承办秦氏丧事。

3. 真把人物写活了。不知从何处想来。（甲）

4. 谐音。设云"情种"。古诗云"未嫁先名玉，来时本姓秦"便是此书大纲目、大比托、大讽刺处。（甲）评语亦"大旨谈情"之意乎？"未嫁"二句出《玉台新咏》南朝梁刘缓《敬酬刘长史咏名士悦倾城诗》。"玉"，原当指汝南王爱妾刘碧玉；"秦"，原当指《陌上桑》所咏之秦罗敷。

5. 平儿真不愧凤姐之心腹臂膊。一人不落，又带出强将手下无弱兵。（甲）

6. 自贬如此，可见不仅仅是对女儿才自称"浊物"，重品貌而轻衣食，将心目中之秦钟托举到极点，则以后二人之交情不言可知。一段痴情，翻"贤贤易色"一句筋斗，使此后朋友中无复再敢假谈道义、虚论情常。（甲）

7. "不浮"二字，己卯、庚辰本改作"不凡"，蒙府、戚序本改作"不群"，皆非本意，且改坏了。"不浮"二字妙，秦卿目中所取止在此。（甲）不止在此。

---

① 哪吒——原为佛教中的护法神，能变三头六臂。后传说中演为托塔天王李靖之子，踏火轮，神通广大，作孩儿形象。

② 尺头——衣料。

③ "状元及第"小金锞子——金锞子，金锭，小金锞一二两重。铸有吉祥图案或文字。"状元及第"就是一种，还有"流云百蝠（谐'福'）"、"事事如意"、"岁岁平安"、"玉堂富贵"等等。

④ 骨牌——又叫"牙牌"，俗称"牌九"。兽骨或象牙与竹制成的游戏或赌博用具。牌面刻点，自一至六，上下都刻，共三十二张。

心中亦自思道："果然这宝玉怨不得人人溺爱他。可恨我偏生于清寒之家，不能与他耳鬓交接，可知'贫富'二字限人，亦世间之大不快事。"[1] 二人一样的胡思乱想。忽又有宝玉问他读什么书，秦钟见问，便因实而答。二人你言我语，十来句后，越觉亲密起来。

一时摆上茶果吃茶，宝玉便说："我们两个又不吃酒，把果子摆在里间小炕上，我们那里坐去，省得闹你们。"[2] 于是二人进里间来吃茶。秦氏一面张罗与凤姐摆酒果，一面忙进来嘱宝玉道："宝叔，你侄儿年小，倘或言语不防头①，你千万看着我，不要理他。他虽腼腆，却性子左强②，不大随和些是有的。"宝玉笑道："你去罢，我知道了。"秦氏又嘱了她兄弟一回，方去陪凤姐。

一时凤姐、尤氏又打发人来问宝玉："要吃什么，外面有，只管要去。"宝玉只答应着，也无心在饮食上，只问秦钟近日家务等事。[3] 秦钟因说："业师于去年病故，家父又年纪老迈，残疾在身，公务繁冗，因此尚未议及再延师一事，目下不过在家温习旧课而已。再读书一事，也必须有一二知己为伴，[4] 时常大家讨论，才能进益。"宝玉不待说完，便答道："正是呢，我们家却有个家塾，合族中有不能延师的，便可入塾读书。子弟们中亦有亲戚在内，可以附读。我因上年业师回家去了，也现荒废着。家父之意，亦欲暂送我去，且温习着旧书，待明年业师上来，再各自在家亦可。家祖母因说：一则家学里子弟太多，生恐大家淘气，反不好；二则也因我病了几天，遂暂且耽搁着。如此说来，尊翁如今也为此事悬心。今日回去，何不禀明，就往我们这敝塾中来，我亦相伴，彼此有益，[5] 岂不是好事？"秦钟笑道："家父前日在家提起延师一事，也曾提起这里的义学③倒好，原要来和这里的亲翁商议引荐。因这里事忙，不便为这点小事来聒絮的。宝叔果然度小侄或可磨墨涤砚，何不速速的作成，又彼此不致荒废，又可以常相谈聚，又可以慰父母之心，又可以得朋友

1. 秦钟之羡宝玉，不只其形容举止，也有"金冠绣带，骄婢侈童"；宝玉不以富贵自重，秦钟却以贫贱自卑，两人并非一样。"贫富"二字中，失却多少英雄朋友！（甲）总是作者大发泄处，借此以伸多少不乐！（蒙）评语谓是作者借此发泄，似可商榷。又己卯、庚辰本改"贫富"为"贫窭"亦谬。

2. 已见情投意合。

3. 先问读书，此又问家务，皆不得要领，总写无心与旁人应对及饮食上无话找话。

4. 一语启下文。眼。（甲）

5. 一拍即合，总为能相伴，非关讨论、进益。

---

① 不防头——不顾及各个方面，冒失。
② 左强——倔强执拗。
③ 义学——指宗族办的免费学校。

之乐，岂不是美事？"[1]宝玉笑道："放心，放心！咱们回来先告诉你姐夫、姐姐和琏二嫂子。你今日回家就禀明令尊；我回去再回明家祖母，再无不速成之理。"二人计议一定，那天气已是掌灯时候，出来又看他们玩了一回牌。算帐时，却又是秦氏、尤氏二人输了戏酒的东道，[2]言定后日吃这东道。一面又说了回话。

　　晚饭毕，因天黑了，尤氏因说："先派两个小子送了这秦相公去。"媳妇们传出去，半日，秦钟告辞起身。尤氏问："派了谁送去？"媳妇们回说："外头派了焦大，谁知焦大醉了，又骂呢。"[3]尤氏、秦氏都说道："偏又派他作什么！放着这些小子们，哪一个派不得？偏要惹他去！"[4]凤姐道："我成日家说你太软弱了，纵得家里人这样，还了得呢！"尤氏叹道："你难道不知这焦大的？连老爷都不理他的，你珍大哥哥也不理他。只因他从小儿跟着太爷们出过三四回兵，从死人堆里把太爷背了出来，得了命；自己挨着饿，却偷了东西来给主子吃，两日没得水，得了半碗水，给主子喝，他自己喝马溺。[5]不过仗着这些功劳情分，有祖宗时都另眼相待，如今谁肯难为他去！他自己又老了，又不顾体面，一味的咪酒，一吃醉了，无人不骂。我常说给管事的，不要派他差事，全当一个死的就完了。今儿又派了他！"凤姐道："我何曾不知这焦大。倒是你们没主意，有这样，何不打发他远远的庄子上去就完了。"[6]说着，因问："我们的车可齐备了？"地下众人都应："伺候齐了。"

　　凤姐亦起身告辞，和宝玉携手同行。尤氏等送至大厅，只见灯烛辉煌，众小厮都在丹墀①侍立。那焦大又恃贾珍不在家，即在家亦不好怎样，更可以恣意地洒落洒落②。因趁着酒兴，先骂大总管赖二，[7]说他不公道，欺软怕硬，"有了好差事就派别人，像这样黑更半夜送人的事，就派我。没良心的王八羔子！瞎充管家！你也不想想，焦大太爷跷起一只脚，比你的头还高呢。[8]二十年头里的焦大太爷，眼里有谁？别说你们这一把子杂种王八羔子们！"

1. 真是可卿之弟！（甲）为要宝玉作成美事，便一一列举好处，都是宝玉乐听的。

2. 原为讨好而玩，何用算账？自然是二人输。（甲）

3. 焦大，即鲁迅所说的"贾府里的屈原"，一次登场便以骂出名，是不可或缺的人物。可见骂非一次矣。（甲）

4. 话出有因。便奇。（甲）

5. 所述故事有从家史中作素材的，作者之先祖正借军功起家，也参加过死里逃生的惨酷战役。焦大乃祖宗之忠仆，其愤慨情绪由来已久，实因贾氏子孙不肖，非只计较主子派差事之劳逸也。

6. 凤姐先责尤氏"太软弱了"，这里又说"你们没主意"，正见她有办法。这是为后"协理宁国府"伏线。（甲）

7. 记清，荣府中则是赖大，又故意错综得妙。（甲）宁府为长，反是赖二，故曰错综。

8. 此类话头，作者在平日生活中听得多了，写来无不活灵活现。

---

　　① 丹墀（chí迟）——古时宫殿前的石阶，以红色涂饰，叫"丹墀"，这里指大厅前的台阶。
　　② 洒落——即数落，说别人的不是。

正骂的兴头上，贾蓉送凤姐的车出去，众人喝他不听，贾蓉忍不得，便骂了他两句："使人捆起来！等明日醒了酒，问他还寻死不寻死了！"¹那焦大哪里把贾蓉放在眼里，反大叫起来，赶着贾蓉叫："蓉哥儿，你别在焦大跟前使主子性儿。别说你这样儿的，就是你爹、你爷爷，也不敢和焦大挺腰子呢！不是焦大一个人，你们做官儿，享荣华，受富贵？你祖宗九死一生挣下这个家业，到如今不报我的恩，反和我充起主子来了。不和我说别的还可，若再说别的，咱们白刀子进去，红刀子出来！①"²凤姐在车上说与贾蓉道："以后还不早打发了这没王法的东西！留在这里岂不是祸害？倘或亲友知道了，岂不笑话咱们这样的人家，连个王法规矩都没有？"贾蓉答应"是"。

众小厮见他太撒野不堪了，只得上来几个，揪翻捆倒，拖往马圈里去。焦大越发连贾珍都说出来，乱嚷乱叫："我要往祠堂里哭太爷去，哪里承望到如今生下这些畜牲来！每日家偷狗戏鸡，爬灰的爬灰②，养小叔子的养小叔子，我什么不知道？³咱们'胳膊折了往袖子里藏'！"众小厮听他说出这些没天日的话来，唬得魂飞魄丧，也不顾别的了，便把他捆起来，用土和马粪满满地填了他一嘴。⁴

凤姐和贾蓉等也遥遥地闻得，便都装作没听见。⁵宝玉在车上见这般醉闹，倒也有趣。因问凤姐道："姐姐，你听他说'爬灰的爬灰'，什么是'爬灰'？"⁶凤姐听了，连忙立眉瞋目断喝道："少胡说！那是醉汉嘴里混吣③，你是什么样的人！不说没听见，还倒细问！等我回去回了太太，仔细捶你不捶你！"⁷唬得宝玉连忙央告："好姐姐，我再不敢说这话了！"凤姐亦忙回色哄道："好兄弟，这才是。等回去咱们回了老太太，打发人往家学里说明白了，请了秦钟家学里念书去要紧。"⁸说着，自回荣府而来。正是：

不因俊俏难为友，正为风流始读书。

1. 此时耍主子威风不是时候，只会将事情闹大，贾蓉毕竟少爷脾气。

2. 醉汉不顾主仆尊卑之言。是醉人口中文法，一段借醉奴口角，闲闲补出宁、荣往事近故，特为天下世家一哭。（甲）忽接此焦大一段，真可惊心骇目。一字化一泪，一泪化一血珠。（甲）评语末二句与《凡例》题诗"字字看来皆是血"同一口气。

3. "不如意事常八九，可与人言无二三。"此二句批是段，聊慰石兄。脂评将小说细节与作者真事实感相联系时，多闪烁其词。

4. 敢说实话者所得的酬报。

5. 所谓"非礼勿听"也。

6. 越不想听，越有人问；宝玉发问在情理之中，他哪里知道这些！

7. 先是威胁。蒙府、戚序本改"太太"为"老太太"，甚谬，岂有贾母捶其宝贝孙子的事？

8. 后是安抚。此是宝玉最愿之事。凤姐哄孩子办法也有一套。

① "白刀子进去红刀子出来"——己卯、梦稿本作"红刀子进去白刀子出来"。显系笔误。有的本子反以误为正，以为写"醉人颠倒口吻"。焦大前后后借醉骂主子，说了很大一篇，只有不顾尊卑、不成体统的话，却没有一句是语言颠三倒四、不成文理的，何独此句要颠倒红白、混淆进出？所说实难令人置信。今从甲戌等本。
② 爬灰——也作"扒灰"。公公与儿媳妇私通。为谐音歇后语。谓爬灰上，则"污膝（谐'媳'）"也。
③ 混吣（qìn 沁）——胡扯。吣，又作"嗖"，畜牲呕吐；用以比喻口出污言。

**【总评】**

此回由两件事组成，即回目所标：一是周瑞家的替薛姨妈送宫花给众姊妹，一是贾宝玉结识秦可卿的小兄弟秦钟。两件都是极平常、琐碎之事，却在叙述中带出许多重要信息，从中可窥见作者精巧编织的匠心。

叙周瑞家的送花事，脂评以为"正为宝（钗）、（香）菱二人所有"。周瑞家的来至梨香院，正遇宝钗发病，因吃药而谈起癞头和尚给她专治"从胎里带来的一股热毒"的海上方"冷香丸"——这是标志性的细节，这里无论是"热毒"或"冷香"，其实都不是它表面上病理和药性的含义；宝钗不爱"花儿粉儿"的"古怪"个性也于此点出。对香菱模样以及她不记父母家乡的补述也有必要。此外，因送花为惜春将来出家为尼作谶语，以"柳藏鹦鹉语方知"的暗笔写凤姐着意风月的一面，林黛玉小性，疑花是别人"挑剩下的"等等，真可谓得空便入，一支笔作无数支笔用。

秦钟会宝玉一节，秦氏与凤姐、秦氏与宝玉、宝玉与秦钟彼此之间微妙关系，都写得耐人寻味。带出焦大也很重要，焦大是研究者非常关注的小人物：一是尤氏说他"从小儿跟太爷们出过三四回兵，从死人堆里把太爷背了出来，得了命"的事。此一事与曹氏祖上参加清初平叛、立军功的遭遇颇为相似。一是焦大的醉骂，揭破了宁府贾珍一伙的家丑。焦大的发作，不但因贾蓉等在他跟前使主子性儿，还在他长期愤恨贾氏子孙的不肖，败坏了"祖宗九死一生挣下这个家业"，故鲁迅曾有焦大是贾府里的屈原之说。

# 第 八 回
## 薛宝钗小恙梨香院　贾宝玉大醉绛芸轩

【题解】

　　本回回目诸本歧出，多后人妄改，如己卯、庚辰本作"比通灵金莺微露意，探宝钗黛玉半含酸"，忽略了后半回不说，将丫头金莺提出来与黛玉成对，且都只着眼细节，极不妥。蒙府、戚序本作"拦酒兴李奶母讨恢（厌），掷茶杯贾公子生嗔"，不但忽略了前半回中的宝钗，居然连奶母也上了；还有"贾公子"之称，从未见作者如此用过。甲辰、程高本作"贾宝玉奇缘识金锁，薛宝钗巧合认通灵"，虽突出了二宝，然仍只说了此回前半情节。此用甲戌本回目。二宝命中注定为金玉姻缘，故本回详述金锁和通灵宝玉，并郑重标出薛宝钗、贾宝玉二人姓名和他们的住处居室来。宝玉醉撵茜雪，虽回中未明言（后来补出），但与后半部情节有关，故也以"大醉"暗含之。

题曰：

　　　　古鼎新烹凤髓香，哪堪翠斝贮琼浆。
　　　　莫言绮縠无风韵，试看金娃对玉郎。①

　　话说凤姐和宝玉回家，见过众人。宝玉先便回明贾母秦钟要上家塾之事，自己也有了个伴读的朋友，<u>正好发奋</u>；¹ 又着实地称赞秦钟的人品行事，最使人怜爱。凤姐又在一旁帮着说²"过日他还来拜老祖宗"等语，<u>说得贾母喜悦起来。³</u>凤姐又趁势请贾母后日过去看戏。<u>贾母虽年高，却极有兴头，⁴</u>至后日，又有尤氏来请，遂携了王夫人、林黛玉、宝玉等过去看戏。至晌午，贾母便回来歇息了。⁵

1. 也知自己以往从未发奋过。未必。（甲）

2. 都是贾母所宠之人，一起称赞，能不说动贾母？"怜爱"二字是宝玉真情表露。凤姐是秦氏闺中挚友，故一旁帮腔。

3. 贾母喜悦了，一切都妥了。止此便十成了，不必繁文再表，故妙。偷度金针法。（甲）

4. 有此一句，后来许多热闹事，都已有根。为贾母写传。（甲）

5. 接住上回玩牌"秦氏、尤氏二人输了戏酒的东道，言定后日吃这东道"等语，叙事无一任意处。叙事有法，若只管写看戏，便是一无见世面之暴发贫婆矣。写随便二字，兴高则往，兴败则回，方是世代封君正传。且高兴二字，又可生出多少文章来。（甲）

────────────

①　"古鼎新烹"一首——鼎，古代烹烧器皿，这里泛说烹茶用器之贵重。凤髓，名贵的茶。此回中宝玉探病梨香院，作者写了很多与喝茶有关的重要细节；宝玉醉归，还有为枫露茶生气事。斝（jiǎ 甲），古代三足酒器，实即指酒杯。琼浆，指美酒。薛姨妈以上等酒让宝玉喝，结果他"大醉绛芸轩"，所以用"哪堪"二字。绮縠，犹言绮罗，指代女子，这里指宝钗。宝玉对钗、黛的态度，有明显的倾向。作者说这一切并非宝钗之风韵不及黛玉，试看此回"金娃对玉郎"情景便知。言外之意宝玉不愿"金玉姻缘"，而偏念"木石前盟"，乃别有缘故。诗为适应内容，风格上也金玉旖旎。

王夫人本是好清净的，见贾母回来，也就回来了。然后凤姐坐了首席，尽欢至晚无话。

　　却说宝玉因送贾母回来，待贾母歇了中觉，意欲还去看戏取乐，<u>又恐扰得秦氏等人不便，</u>[1]因想起近日薛宝钗在家养病，未去亲候，意欲去望她一望。若从上房后角门过去，又恐遇见别事缠绕，<u>再或可巧遇见他父亲，更为不妥，</u>[2]宁可绕远路罢了。当下众嬷嬷丫鬟伺候他换衣服，见他不换，仍出二门去了，众嬷嬷、丫鬟只得跟随出来，还只当他去那府中看戏。谁知到了穿堂，便往东向北绕厅后而去。偏顶头遇见了门下清客相公①詹光、单聘仁二人走来。[3]一见了宝玉，便都笑着赶上来，<u>一个抱住腰②，一个携着手，都道："我的菩萨哥儿！</u>[4]我说作了好梦呢，好容易得遇见了你。"说着，请了安，又问好，唠叨半日，方才走开。老嬷嬷叫住，因问："你二位爷是从老爷跟前来的不是？"他二人点头道："<u>老爷在梦坡斋</u>[5]<u>小书房里歇中觉呢，不妨事的。"一面说，一面走了。</u>[6]说得宝玉也笑了。于是转弯向北奔梨香院来。可巧银库房的总领名唤吴新登与仓上的头目名唤戴良[7]，还有几个管事的头目，共有七个人，从帐房里出来，一见了宝玉走来，都一齐垂手站住。独有一个买办名唤钱华的，[8]因他多日未见宝玉，忙上来打千儿③请安。宝玉忙含笑携他起来。众人都笑说："<u>前儿在一处看见二爷写的斗方，字法越发好了，多早晚赏我们几张贴贴？</u>[9]"宝玉笑道："在哪里看见了？"众人道："好几处都有，都称赞得了不得，还和我们寻呢。"宝玉笑道："不值什么，你们说给我的小幺儿们就是了。"一面说，一面前走，<u>众人待他过去，方都各自散了。</u>[10]

1. 有此一想，去梨香院方自然而然。全是体贴工夫。（甲）

2. 本意正传，实是曩时苦恼，叹叹！（甲）作者少小时苦恼，批书人何从知道？是其生父吗？或者以为这里的宝玉是在写自己的往事？

3. 人名谐音：妙，盖沾光之意。（甲）更妙，盖善于骗人之意。（甲）

4. 未曾听过如此称呼。没理没伦，口气毕肖。（甲）

5. 妙，梦遇坡仙之处也。（甲）

6. 清客也知宝玉之所担心。一路用淡三色烘染，行云流水之法，写出贵公子家常不即不离气致。经历过者则喜其写真，未经者恐不免嫌繁。（甲）

7. 人名仍用谐音。妙，盖云无星戥也。（甲）戥（děng），称量金银、药品等所用的小秤。星，指秤花。用无秤花的秤，银子多少就没定准了，说是银库房总领，大调侃也。妙，盖云大量也。（甲）

8. 亦钱开花之意，随事生情，因情得文。（甲）

9. 余亦受过此骗，今阅至此，赧然一笑。此时有三十年前向余作此语之人在侧，观其形已皓首驼腰矣，乃使彼亦细听此数语，彼则潸然泣下，余亦为之败兴。（甲）**此畸笏叟批无疑。三十年前他当亦处在尊贵地位，向他说过奉承话的人，该已是老家奴了。**

10. 瞧他无意中又写出宝玉写字来。固是愚弄公子之闲文，然亦是暗逗宝玉历来课事。不然，后文岂不太突。（甲）后有父命须写字若干情节。

---

　①　清客相公——依附官僚贵族之家，为其凑趣帮闲的门客。相公，读书人的通称。
　②　抱腰——王瀣批本批语："抱腰系清制，于此一见。"
　③　打千儿——清代满洲男子通行的半跪礼。

闲言少述，且说宝玉来至梨香院中，先入薛姨妈室中来，正见薛姨妈打点针黹与丫鬟们。宝玉忙请了安，薛姨妈忙一把拉了他，抱入怀内，[1]笑说："这么冷天，我的儿，难为你想着我，快上炕来坐着罢！"命人倒滚滚的茶来。宝玉因问："哥哥不在家？"薛姨妈叹道："他是没笼头的马，天天逛不了，哪里肯在家一日！"宝玉道："姐姐可大安了？"薛姨妈道："可是呢，你前儿又想着打发人来瞧她。她在里间不是，你去瞧她！里间比这里暖和，那里坐着，我收拾收拾就进去和你说话儿。[2]"宝玉听说，忙下了炕，来至里间门前，只见吊着半旧的红绸软帘。[3]宝玉掀帘一迈步进去，先就看见薛宝钗坐在炕上做针线，头上挽着漆黑油光的鬂儿，蜜合色①棉袄，玫瑰紫二色金银鼠比肩褂，葱黄绫棉裙，一色半新不旧，看来不觉奢华。唇不点而红，眉不画而翠；脸若银盆，眼如水杏。罕言寡语，人谓藏愚；安分随时，自云守拙②。[4]宝玉一面看，一面口内问："姐姐可大愈了？"宝钗抬头，只见宝玉进来，连忙起来，含笑答说："已经大好了，倒多谢记挂着！"说着，让他在炕沿上坐了，即命莺儿斟茶来。一面又问老太太、姨娘安，别的姊妹们都好；一面看宝玉[5]头上戴着累丝嵌宝紫金冠，额上勒着二龙抢珠金抹额，身上穿着秋香色立蟒白狐腋箭袖，系着五色蝴蝶鸾绦，项上挂着长命锁、记名符，另外有那一块落草时衔下来的宝玉。宝钗因笑说道："成日家说你的这玉，究竟未曾细细地赏鉴，我今儿倒要瞧瞧。"[6]说着便挪近前来。宝玉亦凑了上去，从项上摘了下来，递在宝钗手内。宝钗托于掌上，[7]只见大如雀卵，灿若明霞，莹润如酥，五色花纹缠护。这就是大荒山中青埂峰下的

1. 是真爱宝玉。

2. 既来探望宝钗病，就让他进里间去瞧她。

3. 从门外看起，有层次。（甲）

4. 此言"人谓藏愚"，贬薛者尤其在续书刊行后，视宝钗为黛玉情敌、暗中争夺者，多将"藏愚"说成"藏奸"。我深感读此书要不受人左右，真不容易。这方是宝卿正传，与前写黛玉之传一齐参看，各极其妙，各不相犯。（甲）画神鬼易，画人物难。写宝卿正是写人之笔。（甲）

5. 礼数周全，看宝玉装束，为见通灵玉。"一面"二，口中眼中，神情俱到。（甲）

6. 通灵玉留待此时细写，有安排。自首回至此，回回说有通灵玉一物。余亦未曾细细赏鉴，今亦欲一见。（甲）回回，次次也。

7. 温馨。试问石兄，此一托比在青埂峰下猿啼虎啸之声如何？（甲）代石兄答曰：幸来人间，能享此乐事，只是不知将来如何。

---

① 蜜合色——浅黄白色。
② 藏愚、守拙——藏愚，少言寡语，不表现自己所知所能。守拙，亦不愿向人显露而甘于自居愚拙之意。

那块顽石的幻相。[1] 后人曾有诗嘲云：

> 女娲炼石已荒唐，又向荒唐演大荒。
> 失去幽灵真境界，幻来亲就臭皮囊。
> 好知运败金无彩，堪叹时乖玉不光。[2]
> 白骨如山忘姓氏，无非公子与红妆。[3]①

那顽石亦曾记下它这幻相并癞僧所镌的篆文，今亦按图画于后。但其真体最小，方能从胎中小儿口内衔下。今若按其体画，恐字迹过于微细，使观者大费眼光，亦非畅事。故今只按其形式，无非略展放些规矩，使观者便于灯下醉中可阅。今注明此故，方无胎中之儿口有多大，怎得衔此狼犺②蠢大之物等语之谤。[4]

通灵宝玉正面图式　　　　通灵宝玉反面图式

仙寿恒昌　莫失莫忘　音注云　三知祸福　二疗冤疾　一除邪祟　音注云

宝钗看毕，又从新翻过正面来细看，口内念道："莫失莫忘，仙寿恒昌。"念了两遍，乃回头向莺儿笑道："你不去倒茶，也在这里发呆作什么？"[5] 莺儿嘻嘻笑道："我听这两句话，倒像和姑娘的项圈上的两句话是一对儿。"[6] 宝玉听了，忙笑说道："原来姐姐那项圈上也有八个字，我也赏鉴赏鉴。"[7] 宝钗道："你

---

① "女娲炼石"一首——第二句意谓又向这荒唐人世间敷演出这一大荒山青埂峰下的石头的荒唐故事。脂评说顽石"坦腹而卧"的青埂峰下，有"松风明月""猿啼虎啸之声"，这便是作者所肯定的"幽灵真境界"。亲就，自己求得的，自己造就的；顽石曾乞求下凡。好知，须知。运败金无彩，靖藏本脂评："伏下文。又夹入宝钗，不是虚图对的工。"可知原稿后半部有宝钗（金）"运败"时"无彩"的情节，但难知其详。堪叹，可叹。时乖，与"运败"同义。玉不光，不仅指宝玉后来"贫穷难耐凄凉"，很可能是嘲他在不幸的境遇下与宝钗成了亲，即所谓"尘缘未断"。在作者看来，重要的是精神上有默契，肉体只不过是臭皮囊而已，所以为之而发出末联的叹息。

② 狼犺（kāng 康）——与"蠢大"同义，吴地方言。

---

右欄評注：

1. "只见"五句，分别有评曰：一、体。二、色。三、质。四、文。五、注明。（甲）

2. 嘲玉而连及金，是不得不说也。又夹入宝钗，不是虚图对得工。二语虽粗，本是真情……为天下儿女一哭。（甲）

3. 看似不切题，却是推开一步，嘲顽石之凡心，亦世上荣枯悲欢，到头一梦之意。

4. 借此数语，再申顽石之被投胎的神瑛侍者夹带入世及其将所历见闻写成故事的"随行记者"身份与职责。

5. 这种描述，才是此书最精彩也是他人最难到的笔墨。请诸公掩卷合目想其神理，想其坐立之势，想宝钗面上口中，真妙！（甲）

6. 妙！由莺儿作点睛之笔，说出项圈及一对儿来。

7. 项圈平时戴着，当然见过，只想不到上面也有八个字。补出素日眼中虽见而实未留心。（甲）

别听她的话，没有什么字。"宝玉笑央："好姐姐，你怎么瞒我的呢！"宝钗被他缠不过，因说道："也是个人给了两句吉利话儿，[1] 所以錾上了，叫天天带着；不然，沉甸甸的有什么趣儿！"[2] 一面说，一面解了排扣，从里面大红袄上将那珠宝晶莹、黄金灿烂的璎珞掏将出来。[3] 宝玉忙托了锁看时，果然一面有四个篆字，两面八字，共成两句吉谶①。亦曾按式画下形相：

璎珞正面图式

不离不弃　音注云

璎珞反面图式

芳龄永继　音注云

宝玉看了，也念了两遍，又念自己的两遍，因笑问："姐姐，这八个字倒真与我的是一对。"[4] 莺儿笑道："是个癞头和尚送的，他说必须錾在金器上……"宝钗不待说完，便嗔她不去倒茶，[5] 一面又问宝玉从哪里来。宝玉此时与宝钗相近，只闻一阵阵凉森森、甜丝丝的幽香，[6] 竟不知系何香气，遂问："姐姐熏的是什么香？我竟从未闻见过这味儿。"宝钗笑道："我最怕熏香，好好的衣服，熏得烟燎火气的！"[7] 宝玉道："既如此，这是什么香？"宝钗想了一想，笑道："是了，是我早起吃了丸药的香气。"[8] 宝玉笑道："什么丸药这么好闻？好姐姐，给我一丸尝尝！"[9] 宝钗笑道："又混闹了，一个药也是混吃的？"

一语未了，忽听外面人说："林姑娘来了。"[10] 话犹未了，林黛玉已摇摇地走了进来。[11] 一见了宝玉，便笑道："嗳哟，我来得不巧了！"[12] 宝玉等忙起身笑让坐。宝钗因笑道："这

1. 上回对周瑞家的说冷香丸，直说是癞头和尚，此处却不肯说出，为避嫌也。就连上面有字也先否认，不肯给宝玉看，只因"被他缠不过"才掏出来的。宝钗之珍重芳姿如此！

2. 出自天性的实话。一句骂死天下浓妆艳饰富贵中之脂妖粉怪。（甲）

3. 只一掏锁，便写得细致出色。按璎珞者，颈饰也；想近俗即呼为项圈者是矣。（甲）

4. 且对得工。"莫失莫忘"，只恐将来要失要忘；"不离不弃"，难免也是被离被弃。余亦谓是一对，不知干支中四柱八字可与卿亦对否？（甲）

5. 怪丫头多嘴说出和尚来，故立时打断。或以为金锁是薛家人制造，假借癞头和尚之名，来蒙骗贾家人的，主此说者恐看不得此书。花看半开，酒饮微醉，此文字是也。（甲）

6. 看他形容冷香扑鼻的用字。

7. 说得是。真真骂死一干浓妆艳饰鬼怪。（甲）

8. 不说出冷香丸来，好！

9. 宝玉怎么胭脂、丸药什么都想吃？仍是小儿语气。（甲）

10. 金玉都看过，冷香也闻到了，是该转换文章。紧处愈紧，密不容针之文。（甲）

11. 二字画出身。（甲）指"摇摇"二字，后人有改成"摇摇摆摆"的，反成蛇足。

12. 是说笑，也是酸语、尖语。

---

① 吉谶（chèn 衬）——预示吉利的话。这两句吉谶："莫失莫忘，仙寿恒昌；不离不弃，芳龄永继。"其实，倒极可能并不怎么吉利，因为其中有"莫""不"二字作为前提条件。若被遗失或离弃，即无吉利可言。从脂评提供的线索来看，正是如此。

话怎么说？"[1] 黛玉笑道："<u>早知他来，我就不来了。</u>"[2] 宝钗道："我更不解这意。"黛玉笑道："要来时一群都来，要不来一个也不来；今儿他来了，明儿我再来，如此间错开了来着，岂不天天有人来了？[3] 也不至于太冷落，也不至于太热闹。姐姐如何反不解这意思？"

宝玉因见她外面罩着大红羽缎对衿褂子，因问："<u>下雪了么？</u>"[4] 地下婆娘们道："下了这半日雪珠儿了。"宝玉道："取了我的斗篷来了不曾？"黛玉便道："<u>是不是？我来了，你就该去了？</u>"[5] 宝玉笑道："我多早晚说要去了？不过是拿来预备着。"宝玉的奶母李嬷嬷因说道："天又下雪，也好早晚①的了，就在这里同姐姐妹妹一处玩玩罢。姨妈那里摆茶果子呢。我叫丫头去取了斗篷来，说给小幺儿们散了罢。"宝玉应允。李嬷嬷出去，命小厮们各都散去不提。

这里薛姨妈已摆了几样细巧茶果，留他们吃茶。[6] 宝玉因夸前日在那府里珍大嫂子的好鹅掌、鸭信②。薛姨妈听了，忙也把自己糟的取了些来与他尝。[7] 宝玉笑道："<u>这个须得就酒才好。</u>"薛姨妈便命人去灌了些上等的酒来。[8] 李嬷嬷便上来道："姨太太，酒倒罢了。"宝玉笑央道："好妈妈，我只吃一钟。"李嬷嬷道："不中用！当着老太太、太太，哪怕你吃一坛呢！想那日我眼错不见一会，不知是哪一个没调教的，只图讨你的好儿，不管别人死活，给了你一口酒吃，葬送得我挨了两日骂。姨太太不知道他性子又可恶，<u>吃了酒更弄性</u>。[9] 有一日老太太高兴了，又尽着他吃，什么日子又不许他吃，何苦我白赔在里面！"薛姨妈笑道："<u>老货！你只放心吃你的去。我也不许他吃多了。</u>[10] 便是老太太问，有我呢。"一面命小丫鬟："来！让你奶奶们去，也吃杯掭掭雪气。"那李嬷嬷听如此说，只得和众人且去吃些酒水。这里宝玉又说："不必烫热了，我只爱吃冷的。"薛姨妈忙道："<u>这可使不得，吃了冷酒，写字手打飐儿③。</u>"[11] 宝钗笑道："<u>宝兄弟，亏你每日家杂学旁收的，难道就不知道酒性最热，若热吃下去，发散得就快；若冷吃下去，便凝结在内，以五脏去暖它，岂不受害？从此还不快要吃那冷的呢！</u>"[12] 宝玉听这话有情理，便放下冷

---

① 多早晚、好早晚——什么时候、好长时间。
② 鸭信——鸭舌头，这里指酒糟腌制的卤味。
③ 打飐儿——即打颤儿。

的，命人暖来方饮。

黛玉磕着瓜子儿，只抿着嘴笑。[1] 可巧黛玉的小丫鬟雪雁走来，与黛玉送小手炉来，黛玉因含笑问她说："谁叫你送来的？难为她费心，哪里就冷死了我！"[2] 雪雁道："紫鹃姐姐[3] 怕姑娘冷，使我送来的。"黛玉一面接了，抱在怀中，笑道："也亏你倒听她的话。我平日和你说的，全当耳旁风；怎么她说了你就依，比圣旨还快呢？"[4] 宝玉听这话，知是黛玉借此奚落她，也无回复之词，只嘻嘻地笑了两阵罢了。[5] 宝钗素知黛玉是如此惯了的，也不去睬她。[6] 薛姨妈因道："你素日身子弱，禁不得冷的，她们记挂着你倒不好？"黛玉笑道："姨妈不知道。幸亏是姨妈这里，倘或在别人家，人家岂不恼？好说就看得人家连个手炉也没有，巴巴的从家里送个来。不说丫头们太小心过余，还只当我素日是这等轻狂惯了的呢。"[7] 薛姨妈道："你是个多心的，[8] 有这样想。我就没这心。"

说话时，宝玉已是三杯过去了。李嬷嬷又上来拦阻。宝玉正在心甜意洽之时，和宝黛姊妹说说笑笑的，哪肯不吃。宝玉只得屈意央告："好妈妈，我再吃两钟就不吃了！"李嬷嬷道："你可仔细老爷今儿在家，提防问你的书！"[9] 宝玉听了这话，便心中大不自在，慢慢地放下酒，垂了头。黛玉先忙地说："别扫大家的兴！舅舅若叫你，只说姨妈留着呢。这个妈妈，她吃了酒，又拿我们来醒脾①了！"[10] 一面悄推宝玉，使他赌气；一面悄悄地咕哝说："别理那老货！咱们只管乐咱们的。"那李嬷嬷也素知黛玉的，因说道："林姐儿，你不要助着他了。你倒劝劝他，只怕他还听些。"林黛玉冷笑道："我为什么助着他？我也犯不着劝他。你这个妈妈太小心了，往常老太太又给他酒吃，如今在姨妈这里多吃一杯，料也不妨事。必定姨妈这里是外人，不当在这里的也未可知。"李嬷嬷听了，又是急，又是笑，说道："真真这林姑娘，说出一句话来，比刀子还尖。[11] 这算了什么呢！"宝钗也忍不住笑着，把黛玉腮上一拧，说道："真真这个颦丫头的一张嘴，叫人恨又不是，喜欢又不是！"[12] 薛姨妈一面又说："别怕，别怕，我的儿！来了这里，没好的你吃，别把这点子东西吓得存在心里，倒叫我不安。只管放心

1. 真好看，想是又有妙语了！

2. 一闪念即有，真冰雪聪明！吾实不知何为心，何为齿、口、舌！（甲）

3. 前写贾母只给鹦哥，并无别人，想是改名为紫鹃了。鹦哥改名矣。（甲）

4. 指桑骂槐难在即兴，此真神乎其技也。要知尤物方如此，莫作世俗中一味酸妒狮吼辈看去。（甲）

5. 这才好，这才是宝玉。（甲）

6. 浑厚天成，这才是宝钗。（甲）

7. 还真能有辩词。用此一解，真可拍案叫绝，足见其以兰为心，以玉为骨，以莲为舌，以冰为神。真真绝倒天下之裙钗矣！（甲）

8. 一语中的。

9. 哪壶不开提哪壶，老姬令人讨厌处。不入耳之言是也。（甲）

10. 宝玉扫兴如此，黛玉能不愤起出手吗？这方是阿颦真意对玉卿之文。（甲）

11. 让李嬷嬷有点下不了台，夸她又不是，生气又不是。是认不得真，是不忍认真，是爱极颦儿，疼煞颦儿之意。（甲）评语前两句自好，说"爱极""疼煞"似有点过，李嬷嬷非薛姨妈。

12. 毕竟还是喜欢。宝钗心中不存芥蒂，难得如此气量。我也欲拧。（甲）

---

① 醒脾——中医术语，健脾开胃的意思，引申为开心。

吃,都有我呢!越发吃了晚饭去,便醉了,就跟着我睡罢。"因命:"再热酒来!姨妈陪你吃两杯,可就吃饭罢。"[1]宝玉听了,方又鼓起兴来。

李嬷嬷因吩咐小丫头子们:"你们在这里小心着,我家里去换了衣服就来,悄悄地回姨太太,别任他的性,多给他吃。"说着便家去了。这里虽还有三四个婆子,都是不关痛痒的,见李嬷嬷走了,也都悄悄地自寻方便去了。只剩了两个小丫头子,乐得讨宝玉的欢喜。幸而薛姨妈千哄万哄的,只容他吃了几杯,就忙收过了。做了酸笋鸡皮汤,宝玉痛喝了两碗,吃了半碗饭碧粳粥。一时薛、林二人也吃完了饭,又酽酽地沏上茶来,大家吃了。薛姨妈方放了心。雪雁等三四个丫头已吃了饭,进来伺候。黛玉因问宝玉道:"你走不走?"[2]宝玉乜斜①倦眼道:"你要走,我和你一同走。"[3]黛玉听说,遂起身道:"咱们来了这一日,也该回去了。还不知那边怎么找咱们呢。"说着,二人便告辞。

小丫头忙捧过斗笠来,[4]宝玉便把头略低一低,命她戴上。那丫头便将着大红猩毡斗笠一抖,才往宝玉头上一合,宝玉便说:"罢,罢!好蠢东西,你也轻些儿!难道没见过别人戴过的?[5]让我自己戴罢!"黛玉站在炕沿上道:"啰唆什么,过来,我瞧瞧罢!"宝玉忙就近前来。黛玉用手整理,轻轻笼住束发冠,将笠沿拽在抹额之上,将那一颗核桃大的绛绒簪缨扶起,颤巍巍露于笠外。整理已毕,端相了端相,说道:"好了,披上斗篷罢!"[6]宝玉听了,方接了斗篷披上。薛姨妈忙道:"跟你们的妈妈都还没来呢,且略等等不是。"宝玉道:"我们倒去等她们?有丫头们跟着也够了。"[7]薛姨妈不放心,便命两个妇女跟随他兄妹方罢。他二人道了扰,一径回至贾母房中。

贾母尚未用晚饭,知是薛姨妈处来,更加欢喜。因见宝玉吃了酒,遂命他自回房去歇着,不许再出来了。因命人好生看侍着。忽想起跟宝玉的人来,遂问众人:"李奶子怎么不见?"[8]众人不敢直说家去了,[9]只说:"才进来的,想有事才去了。"宝玉踉跄回头道:"她比老太太还受用呢,问她作什么!没有她只怕我还多活两日!"[10]一

① 乜(miē)斜——眼睛眯成一条缝。

1. 将慈爱之心写到极致,却又能爱而不溺。二语不失长上之体。且收拾若干文,千斤力量。(甲)

2. 一问便知非一般关系。妙问。(甲)

3. 所答之言,若深求,岂非生死不离?此等话阿颦心中最乐。(甲)

4. 接住前问下雪、斗篷事。不漏。(甲)

5. 说话已见有几分醉意。"别人"者,袭人、晴雯之辈也。(甲)

6. 用像责怪又像命令口气说话,只有黛玉口中才有。细写她动手整理,顺序一丝不乱,轻便动作中总含柔情。

7. 正为下文李嬷嬷回到宝玉住处去过而有此语。

8. 该问。细。(甲)

9. 怕惹贾母不悦。有是事,大有是事。(甲)

10. 醉态醉语,一泄怨恨。

面说，一面来至自己的卧室。只见笔墨在案，[1] 晴雯先接出来，笑说道："好，好！要我研了那些墨，早起高兴，只写了三个字，丢下笔就走了，哄得我们等了一日。快来与我写完这些墨才罢！"[2] 宝玉忽然想起早起的事来，因笑道："我写的那三个字在哪里呢？"晴雯笑道："这个人可醉了！你头里过那府里去，嘱咐我贴在这门斗上的，这会子又这么问。我生怕别人贴坏了，我亲自爬高上梯地贴上，这会子还冻得手僵冷的呢。"[3] 宝玉听了，笑道："我忘了。你的手冷，我替你焐①着。"说着便伸手携了晴雯的手，同仰首看门斗上新书的三个字。[4]

一时黛玉来了，宝玉便笑道："好妹妹，你别撒谎，你看这三个字哪一个字好？"黛玉仰头看里间门斗上，新贴了三个字，写着"绛芸轩"。[5] 黛玉笑道："个个都好。怎么写得这么好了？明儿也替我写一个匾。"[6] 宝玉嘻嘻地笑道："又哄我呢。"说着又问："袭人姐姐呢？"晴雯向里间炕上努嘴。宝玉一看，只见袭人和衣睡着在那里。[7] 宝玉笑道："好！太焐早了些。"因又问晴雯道："今儿我在那府里吃早饭，有一碟子豆腐皮的包子，我想着你爱吃，和珍大奶奶说了，只说我留着晚上吃，叫人送过来的，你可吃了？"晴雯道："快别提！一送了来，我知道是我的，偏我才吃了饭，就搁在那里。后来李奶奶来了看见，说：'宝玉未必吃了，拿来给我孙子吃去罢。'她就叫人拿了家去了。"[8] 接着，茜雪捧上茶来。宝玉因让林妹妹吃茶。众人笑说："林妹妹早走了，还让呢！"[9]

宝玉吃了半碗茶，忽又想起早起的茶来，[10] 因问茜雪道："早起沏了一碗枫露茶，我说过，那茶是三四次后才出色的，这会子怎么又沏了这个来？"[11] 茜雪道："我原是留着的，那会子李奶奶来了，她要尝尝，就给她吃了。"[12] 宝玉听了，将手中的茶杯只顺手往地下一掷，"豁啷"一声，打个

1. 前有众人夸其斗方写得好事。如此找前文最妙，且无斗榫之迹。（甲）

2. 承前而写，也是补笔。晴雯的说话，别个丫头替不了。憨态活现，余双圈不及。（甲）

3. 宝玉嘱咐的事，尽心尽力如此！语言句句欲活。写晴雯是晴雯走下来，断断不是袭人、平儿、莺儿等语气。（甲）

4. 偏不说是哪三个字，留待更合适的地方才说。是不作开门见山文字。（甲）

5. 原来要到黛玉看时才揭晓。

6. 妙答，不知是夸是讥。滑贼！（甲）

7. 看晴雯神情，袭人睡，后文还提到。

8. 难怪宝玉会生气。奶母之倚势亦是常情，奶母之昏愦亦是常情，然特于此处细写一回，与后文袭卿之酪遥遥一对，足见晴卿不及袭卿远矣。余谓晴有林风，袭乃钗副，真真不错。（甲）袭人之乳酪见第十九回，晴不及袭，是批书人的好恶，代表不了作者。

9. 醉态。写䌽儿去，如此章法，从何设想，奇笔奇文。（甲）

10. 贴字忘了，茶倒记得，然真有此种事。

11. 想晴雯也爱此茶，后《芙蓉女儿诔》中还提到。

12. 宝玉难忍了，何况酒后。又是李嬷，事有凑巧，如此类是。（甲）

---

① 焐（wù误）——以热物接触冷物使之变暖。诸本原作"渥"，今改。

齑粉，泼了茜雪一裙子的茶。<sup>1</sup>又跳起来问着茜雪道："她是你哪一门子的奶奶，你们这么孝敬她？不过是仗着我小时候吃过她几日奶罢了。如今逞得她比祖宗还大了！如今我又吃不着奶了，白白地养着祖宗作什么！撵了出去，大家干净！"说着，立刻便要去回贾母，撵他乳母。<sup>2</sup>

原来袭人实未睡着，不过故意装睡，引宝玉来怄<sup>①</sup>她玩耍。<sup>3</sup>先闻得说字、问包子等事，也还可不必起来；后来摔了茶钟，动了气，遂连忙起来解释劝阻。早有贾母遣人来问："是怎么了？"袭人忙道："我才倒茶来，被雪滑倒了，失手砸了钟子。"<sup>4</sup>一面又安慰宝玉道："你立意要撵她也好，我们也都愿意出去，不如趁势连我们一齐撵了，我们也好，你也不愁再有好的来服侍你。"宝玉听了这话，方无了言语，被袭人等扶至炕上，脱换了衣服。不知宝玉口内还说些什么，只觉口齿绵缠，眼眉愈加饧涩，忙服侍他睡下。袭人伸手从他项上摘下那通灵玉来，用自己的手帕包好，塞在褥下，次日带时，便冰不着脖子。<sup>5</sup>那宝玉就枕便睡着了。彼时李嬷嬷等已进来了，听见醉了，不敢前来再加触犯，只悄悄地打听睡了，方放心散去。

次日醒来，就有人回："那边小蓉大爷带了秦相公来拜。"宝玉忙接了出去，领了拜见贾母。贾母见秦钟形容标致，举止温柔，堪陪宝玉读书，心中十分欢喜，<sup>6</sup>便留茶留饭，又命人带去见王夫人等。众人因素爱秦氏，今见了秦钟是这般人品，也都欢喜，临去时都有表礼。贾母又与了一个荷包并一个金魁星<sup>②</sup>，<sup>7</sup>取"文星和合"之意。又嘱咐他道："你家住得远，或一时寒热饥饱不便，只管住在我这里，不必限定了。只和你宝叔在一处，别跟着那起不长进的东西学。"秦钟一一答应，回去禀知。

他父亲秦业，现任营缮郎，<sup>8</sup>年近七十，夫人

1. 如何？气上来要控制也难，看"顺手"二字便知。

2. 写出"大醉"来。按"警幻情榜"，宝玉系"情不情"；凡世间之无知无识，彼俱有一痴情去体贴。今加"大醉"二字于石兄，是因问包子问茶顺手掷杯，问茜雪撵李嬷，乃一部中未有第二次事也。袭人数语，无言而止，石兄真大醉也。余亦云实实大醉也，虽难辞醉闹，非薛蟠纨袴辈可比。（甲）此批可证甲戌本回目是原拟。

3. 宝玉与袭人特殊关系，自"初试"回后不再提及，此处作一点缀。

4. 从不肯多事，宁可揽在自己身上，也不把别人牵进去，是袭人善良处。现成之至，瞧他写袭人为人。（甲）

5. 试问石兄，此一焙比青埂峰下松风明月如何？（甲）交代清楚塞玉一段，又为"误窃"一回伏线。晴雯、茜雪二婢又为后文先作一引。（甲）"误窃"一回在佚稿中，那时将写甄宝玉，当与通灵玉转移至他身上有关（有甄"送玉"事）。茜雪之文在"狱神庙慰宝玉"回中。

6. 与前宝玉对贾母夸秦钟一致。

7. 作者今尚记金魁星之事乎？抚今思昔，肠断心摧。（甲）此畸笏叟批。曹頫获释为贱民后，曾携年幼的雪芹去见在京的老亲故友，对方的老太太给雪芹一个金魁星作见面礼。

8. 人名、官职脂评皆揭其寓意，但涉及作者写作意图的话，恐不能全信。妙名。业者，孽也；盖云情因孽而生也。（甲）官职更妙，设云因情孽而缮此一书之意。（甲）

----

① 怄——也作"呕"，逗引。
② 荷包、金魁星——荷包，绣花小袋，装香料或细小物品。金魁星，金铸神像。魁星，即奎星，旧说此星掌文运。二物谐音取义，故谓"文星和（谐音'荷'）合"。

早亡。因当年无儿女，便向养生堂抱了一个儿子并一个女儿。谁知儿子又死了，只剩女儿，小名唤可儿，¹长大时，生得形容袅娜，性格风流。因素与贾家有些瓜葛，故结了亲，许与贾蓉为妻。那秦业五旬之上方得了秦钟。因去岁业师亡故，未暇延请高明之士，只暂家温习旧课。正思要和亲家去商议，送往他家塾中去，暂且不致荒废，可巧遇见了宝玉这个机会。又知贾家塾中现今司塾的是贾代儒，²乃当今之老儒，秦钟此去，学业料必进益，成名可望，因此十分欢喜。只是宦囊羞涩①，那贾府上上下下都是一双富贵眼睛，容易拿不出来；³又恐误了儿子的终身大事，说不得东拼西凑地恭恭敬敬封了二十四两贽见礼②，⁴亲自带了秦钟，来代儒家拜见了。然后听宝玉上学之日，好一同入塾。⁵正是：

> 早知日后闲争气，岂肯今朝错读书！⁶

1. 秦可卿抱自养生堂，是弃婴，自然不知亲生父母是谁，此种社会现象司空见惯。有"揭秘"者遂指认其为皇家私生女。这就不是读小说、研究小说而是创作小说了。如此写出，可见来历亦甚苦矣！又知作者是欲天下人共来哭此"情"字。（甲）

2. 随笔命名，省事。（甲）

3. 正对应秦钟初会宝玉时所述家境寒素。

4. 可怜父母心，总望子成龙，结果如何？

5. 万事俱备，只待入塾。不想浪酒闲茶一段、金玉骑旃之文后，复忽用此等寒瘦古拙之词收住，亦行文之大变体处。（甲）

6. 偏有此诙谐幽默语收结。

## 【总评】

宝玉到梨香院探望宝钗病情，薛姨妈爱护备至。前有宝黛初会时对二人的描述，此则细致描写二宝的见面，以平衡钗、黛。脂评以为能"各极其妙，各不相犯"。情节的重点自然在于他俩互看通灵宝玉和金锁，借此细写二物。这是最恰当的安排，因为命运注定将来是金玉成姻。玉上与锁上各镌有两句话，被莺儿道破"是一对儿"，遂成吉谶。据脂评提示，八十回后有通灵玉被"'误窃'一回"（第八回评），又有"凤姐扫雪拾玉"（第二十三回评）及"甄宝玉送玉"（第十七至十八回评）等情节，虽难知其详，但"莫失莫忘"的话，看来是与后半部有照应的；宝玉最终离家弃钗为僧，则锁上"不离不弃"语，也同样并非虚设。

情节动人处，黛玉忽来打断，她戏语笑言，都带醋意；奚落宝玉，总见慧心俐齿。但当宝玉喝酒被拦阻扫了兴时，黛玉立即站到宝玉一边，讥刺李嬷嬷的话让对方狼狈不堪，说："真真这林姑娘说出一句话来，比刀子还尖。"

宝玉醉后回房，其室名"绛芸轩"三字，通过他自书和黛玉称赞点出。因特意留着的枫露茶被李嬷嬷喝了，宝玉趁醉大发其火，又摔茶杯又要撵走茜雪和李嬷嬷，看似一时气话，但从后来所述看，"茜雪出去"（第二十回）倒成了事实。而脂评偏又有"'狱神庙'回有茜雪、红玉一大回文字"（第十六回评）及"茜雪至'狱神庙'方呈正文"（第二十回评）等话，可见小说情节中事态的后来发展，往往有出乎人们意料的地方。

---

① 宦囊羞涩——为官而少钱。杜甫《空囊》诗："囊空恐羞涩，留得一钱看。"用"阮（孚）囊羞涩"事（见《韵府群玉》）。

② 贽见礼——初次求见人时送的礼物或钱。

# 第 九 回

## 恋风流情友入家塾　起嫌疑顽童闹学堂

【题解】

　　本回回目诸本分两种：一、己卯、庚辰、蒙府、戚序、列藏、杨藏、卞藏等多数本回目即此所采用的。从文字风格看，似非作者原拟。如"情友""起嫌疑"等词，雪芹未必肯用，然因文字上最接近原作的甲戌本此回至十二回缺，无法再寻更可信的。二、甲辰、程高本作"训劣子李贵承申饬，嗔顽童茗烟闹书房"。更一看便知是后拟的。因小厮茗烟与焙茗二名较早的版本中尚未统一。回目说，宝玉与秦钟因彼此倾慕相伴进家塾读书，结果在学的顽童们为猜疑秦钟等有同性相恋勾当而吵架打闹了起来。

　　话说秦业父子专候贾家的人来送上学择日之信。原来宝玉急于要和秦钟相遇，却顾不得别的，遂择了后日上学："后日一早请秦相公先到我这里会齐了，一同前去。"打发人送了信。

　　是日一早，宝玉未起时，袭人早已把书笔文物包好，收拾得停停妥妥，<u>坐在床沿上发闷。</u>[1] 见宝玉醒来，只得服侍他梳洗。宝玉见她闷闷的，因笑问道："好姐姐，你怎么又不自在了？难道怪我上学去丢得你们冷清了不成？"袭人笑道："<u>这是哪里的话？读书是极好的事，不然，就潦倒一辈子，终究怎么样呢？</u>[2]但只一件：只是念书的时节想着书，<u>不念的时节想着家些。别和他们一处玩闹，碰见老爷不是玩的。虽说是奋志要强，那功课宁可少些，一则贪多嚼不烂，二则身子也要保重。这就是我的意思，你可要体谅。</u>[3]袭人说一句，宝玉应一句。袭人又道："大毛衣服我也包好了，交出给小子们去了。学里冷，好歹想着添换，比不得家里有人照顾。脚炉手炉的炭也交出去了，你可逼着他们添。那一起懒贼，你不说，他们乐得不动，白冻坏了你。"宝玉道："<u>你放心，出外头我自己都会调停的。</u>[4]你们可也别

1. 设身处地摹写袭人神情。

2. 袭人固有观念如此，是所谓正论，合其身份。

3. 多少心意尽在几句叮嘱中！担心宝玉处，不能不说，又不能都直说；要说得得体，又要让人理解，也够难的。盖袭卿心中明知宝玉他并非真心奋志之人，袭人自别有说不出来之语。（戚）

4. 不过为了安慰，嘴上说说而已。

闷死在屋里，长和林妹妹一处去玩笑才好。”[1]说着，俱已穿戴齐备，袭人催他去见贾母、贾政、王夫人等。宝玉又去嘱咐了晴雯、麝月等几句，方出来见贾母。贾母未免也有几句嘱咐他的话。然后去见王夫人，又出来书房中见贾政。

　　偏生这日贾政回家得早，[2]正在书房中与相公清客们闲话。忽见宝玉进来请安，回说上学里去。贾政冷笑道：“你如果再提‘上学’两字，连我也羞死了。[3]依我的话，你竟玩你的去是正理。仔细站脏了我这地，靠脏了我的门！”[4]众清客相公们都起身笑道：“老世翁何必如此！今日世兄一去，三二年就可显身成名的了，断不似往年仍作小儿之态的。天也将饭时，世兄竟快请罢！”说着便有两个年老的携了宝玉出去。

　　贾政因问：“跟宝玉的是谁？”只听外面答应了两声，早进来三四个大汉，打千儿请安。贾政看时，认得是宝玉的奶母之子，名唤李贵的。因向他道：“你们成日家跟他上学，他到底念了些什么书？倒念了些流言混语在肚子里，学了些精致的淘气。等我闲了，先揭了你的皮，再和那不长进的算帐！”[5]吓得李贵忙双膝跪下，摘了帽子，碰头有声，连连答应“是”，又回说：“哥儿已念到第三本《诗经》，什么‘呦呦鹿鸣，荷叶浮萍’①，小的不敢撒谎。”[6]说得满座哄然大笑起来。贾政也撑不住笑了。因说道：“哪怕再念三十本《诗经》，也都是掩耳偷铃，哄人而已。你去请学里太爷的安，就说我说了：什么《诗经》、古文，一概不用虚应故事②，只是先把《四书》一齐讲明背熟，是最要紧的。”[7]李贵忙答应“是”，见贾政无话，方退了出去。

　　此时，宝玉独站在院外，屏声静候。待他们出来，便忙忙地走了。李贵等一面掸衣服，一面说道：“可听见了不曾？先要揭我们的皮呢！人家的奴才，跟主子赚些好体面，我们这等奴才，白陪着挨打受骂的。从此后也可怜见些才好。”宝玉笑道：“好哥哥，

1. 也是真心牵挂的人。

2. “偏生”二字透出宝玉怕见父亲，又不得不见心态。倘若尚未回家，那就求之不得。若俗笔则又云不在家矣。试思若再不见，则成何文字哉！所谓不敢作安逸苟且塞责文字。（蒙）

3. 早给父亲留下不学贪玩的印象。这一句才补出已往许多文字，是严父之声。（蒙）

4. 从严父的呵斥中能看出宝玉的畏缩情态来。画出宝玉的俯首挨壁之形象来。（蒙）

5. 只会虚声恫吓，有何效果？说是贾政“教子有方”，真不算好方法。

6. 读《诗经》论第几本，故贾政有“哪怕再念三十本”的话。李贵能记起这两句来，真的不能算作“撒谎”。我每叹服雪芹文字富于幽默感，以为我国大文学家中，除庄子、东坡外，能幽默者，并不多见。

7. 这番话代表当时相当一批人为适应经科举考试进入仕途的需要而对学生学业提出的基本要求，功利性极强。

---

① “呦呦鹿鸣”二句——《诗经·小雅·鹿鸣》：“呦呦鹿鸣，食野之苹。”李贵不懂，误听作“荷叶浮萍”。
② 虚应故事——照例行事，只做做样子。故事，已成惯例的事。

你别委屈，我明儿请你。"李贵道："小祖宗，谁敢望请！只求听一两句话就有了。"说着，又至贾母这边，秦钟早已来等候了，贾母正和他说话呢。[1] 于是二人见过，辞了贾母。宝玉忽想起未辞黛玉，[2] 因又忙至黛玉房中来作辞。彼时黛玉才在窗下对镜理妆，听宝玉说上学去，因笑道："好，这一去，可要'蟾宫折桂①'了。我不能送你了。"宝玉道："好妹妹，等我下了学再吃晚饭。那胭脂膏子，也等我来再制。"唠叨了半日，[3] 方撤身去了。黛玉忙又叫住，问道："你怎么不去辞辞你宝姐姐呢？"宝玉笑而不答，[4] 一径同秦钟上学去了。

原来这贾家之义学，离此也不甚远，不过一里之遥。原系始祖所立，恐族中子弟有不能请师者，即入此中肄业。凡族中有官爵之人，皆有供给银两，按俸之多寡帮助，为学中之费。特举年高有德之人为塾掌，专为训课②子弟。[5] 如今宝、秦二人来了，一一的都互相拜见过，读起书来。自此后，二人同来同往，同坐同起，愈加亲密。又兼贾母爱惜，也时常留下秦钟，住上三天五夜，和自己的重孙一般疼爱。[6] 因见秦钟家中不甚宽裕，更又助些衣履等物。不上一月之工，秦钟在荣府便熟惯了。宝玉终是不安本分之人，[7] 一味地随心所欲，因此又发了癖性，又特向秦钟悄说道："咱们两个人一样的年纪，况又同窗，以后不必论叔侄，只论弟兄朋友就是了。"先是秦钟不肯，当不得宝玉不依，只叫他"兄弟"，或叫他的表字"鲸卿"，[8] 秦钟也只得混着乱叫起来。

原来这学中虽都是本族人丁与些亲戚的子弟，俗语说得好："一龙生九种，种种各别。"未免人多了，就有龙蛇混杂，下流人物在内。[9] 自宝、秦二人来了，都生得花朵一般模样，[10] 又见秦钟腼腆温柔，未语面先红，怯怯羞羞，有女儿之风；宝玉又是天生成惯能作小服低，赔身下气，性情体贴，话语绵缠。[11] 因

1. 写贾母也喜欢秦钟。

2. 别人倒可忘了不辞。

3. 不细写好。

4. 不回答更好。必有是语，方是黛玉。此又系黛玉平生之病。（蒙）

5. 创立者之用心，可谓至矣。（蒙）可惜老儒教导群童，不见有何效果，一旦委其不肖孙暂管，还会出事。

6. 贾母疼爱秦钟，固出自其慈祥天性，或亦有"爱屋及乌"之心；"屋"者，其宝贝孙子宝玉及其第一得意之重孙媳妇可卿也。

7. 安分守己，也不是宝玉了。（靖）

8. 秦钟表字，如此写出，出人意外，其字谐意义当为"情亲"。

9. 先冒一笔。

10. 奇文，谁见以花朵形容男的？

11. 写二人性情温柔一面，都有些女儿态。以后宝玉在群芳之间玩笑、作诗，"惯能作小服低"的表现，便有根源可寻了。

---

① 蟾宫折桂——喻科举及第。晋代郤诜（xì shēn 戏身）曾以"桂林之一枝"比喻自己长于对策（当时考核选拔官员的科目），后称登科为"折桂"。月中有桂树，又有蟾蜍（癞蛤蟆），故月宫又称蟾宫。
② 塾掌、训课——塾掌，家族私办学校的主管者。训课，教导。

此二人更加亲厚，也怨不得那起同窗人起了疑，背地里你言我语，诟谇谣诼①，布满书房内外。

原来薛蟠自来王夫人处住后，便知有一家学，学中广有青年子弟，不免偶动了龙阳之兴②。因此，也假说来上学读书，不过是三日打鱼，两日晒网，白送些束修③礼物与贾代儒，却不曾有一些进益，只图结交些契弟④。谁想这学内就有好几个小学生，图了薛蟠的银钱吃穿，被他哄上手的，也不消多记。1更又有两个多情的小学生，亦不知是哪一房的亲眷，亦未考其名姓，只因生得妖媚风流，满学中都送了他两个外号，一号"香怜"，一号"玉爱"。虽都有窃慕之意、将不利于孺子之心⑤，只是都惧薛蟠的威势，不敢来沾惹。如今宝、秦二人一来，见了他两个，也不免缱绻羡爱，亦因知系薛蟠相知，故未敢轻举妄动。香、玉二人心中，也一般的留情与宝、秦。因此，四人心中虽有情意，只未发迹。每日一入学中，四处各坐，却八目勾留，或设言托意，或咏桑寓柳⑥，遥以心照，却外面自为避人眼目。不意偏又有几个滑贼，看出形景来，都背后挤眉弄眼，或咳嗽扬声，2这也非止一日。

可巧这日代儒有事，3早已回家去了，只留下一句七言对联，命学生对了，4明日再来上书。将学中之事，又命长孙贾瑞5暂且管理。妙在薛蟠如今不大来学中应卯⑦了，因此秦钟趁此和香怜挤眼使暗号，二人假装出小恭⑧，走至后院说梯己话。秦钟先问他："家里的大人可管你交朋友不管？"6一语未了，只听背后咳嗽了一声。二人吓得忙回头看时，原来是窗友名金荣者。7香怜本有些性急，便羞怒相激，问他道："你咳嗽什么？难道不许我们说话不成？"金荣笑道："许你

1. 有必要坐实其事，以示并非小学生之间的玩耍儿戏；用"不消多记"四字带过便好。

2. 男子同性恋流行在清代成为一种非个别的病态社会现象。长篇小说《品花宝鉴》即着重写达官贵人、公子王孙玩弄男优伶的丑恶行为。这种风气也渗透到大族的家塾内，此回所描写的便是，其他情节中也还有。但不能据此就简单地认定贾宝玉是个同性恋者，因为总体上的描述，并非如此。也许至多可以说，宝玉受社会风气影响及其生性特点，而在某种情况下也多少表现出这种倾向来。

3. 只道是代儒有事，谁知是塾内有事矣。

4. 代儒未遵贾政只将《四书》背熟之命，而教学生作诗矣。有此交代，宝玉后来能拟对吟咏方不突然。

5. 此人后来还有文章。

6. 妙问，真真活跳出两个小儿来。（蒙）

7. 妙名，盖云有金自荣，廉耻何益哉！（戚）

① 诟谇（suì碎）谣诼（zhuó浊）——辱骂造谣。
② 龙阳之兴——男子同性恋的癖好。龙阳，原指战国时人龙阳君，他以男色事魏王而得宠。
③ 束修——原指十条干肉扎成一束的见面礼，后指代学费。
④ 契弟——把兄弟，此实指同性恋对象。
⑤ 将不利于孺子之心——对孩子的心灵有害。用《尚书》中原句，书载诸叔造流言诬周公要篡夺年幼的成王王位时，说了这句话。用在这里，是作者的幽默。也有研究者以为此句是混入正文的批语。
⑥ 咏桑寓柳——借吟咏一物而寄寓别的意思。又《桑中》（《诗经》篇名）之曲、"章台之柳"（喻妓）都涉淫风，故桑、柳又暗示风流勾当。
⑦ 应卯——上班报到。古时官府、军营在卯时（早晨五至七时）点名，叫"点卯"，前去应付点名叫"应卯"。
⑧ 出小恭——小便。上厕所叫出恭。

们说话，难道不许我咳嗽不成？我只问你们：有话不明说，谁许你们这样鬼鬼祟祟的干什么故事？我可也拿住了，还赖什么！先得让我抽个头儿，咱们一声儿不言语，不然大家就奋起来。"秦、香二人急得飞红了脸，便问道："你拿住什么了？"金荣笑道："我现拿住了是真的。"说着，又拍着手笑嚷道："贴的好烧饼！你们都不买一个吃去？"秦钟、香怜二人又气又急，忙进来向贾瑞前告金荣，无故欺负他两个。

原来这贾瑞最是个图便宜、没行止的人，每在<u>学中以公报私，勒索子弟们请他；后又附助着薛蟠图些银钱酒肉，一任薛蟠横行霸道，他不但不管约，反助纣为虐</u>①讨好儿。<sup>1</sup> 偏那薛蟠本是浮萍心性，今日爱东，明日爱西，近来又有了新朋友，把香、玉二人丢开一边。就连金荣亦是当日好友，自有了香、玉二人，便弃了金荣。近日连香、玉亦已见弃。故贾瑞也无了提携帮衬之人。他不说薛蟠得新弃旧，只怨香、玉二人不在薛蟠前提携帮补他，因此贾瑞、金荣等一干人，也正在醋妒他两个。今见秦、香二人来告金荣，贾瑞心中便不自在起来，<u>虽不好呵叱秦钟，却拿着香怜作法</u>②，<sup>2</sup>反说他多事，着实地抢白了几句。香怜反讨了没趣，连秦钟也讪讪地各归座位去了。金荣越发得了意，摇头咂嘴的，口内还说许多闲话，玉爱偏又听了不忿③，两个人隔座咕咕唧唧地角起口来。金荣只一口咬定说："方才明明的撞见他两个在后院里亲嘴摸屁股，两个商议定了，一对一肏，撅草根儿抽长短，谁长谁先干。"金荣只顾得意乱说，却不防还有别人。谁知早又触怒了一个。<u>你道这个是谁？</u>

原来这一个名唤贾蔷，<sup>3</sup>亦系宁府中之正派玄孙，父母早亡，从小儿跟着贾珍过活，如今长了十六岁，比贾蓉生得还风流俊俏。他弟兄二人最相亲厚，常相共处。宁府人多口杂，那些不得志的奴仆们，专能造言诽谤主人，因此，不知又有了什么小人诟谇

1. 替贾瑞画像，写其人不堪，为后文自投凤姐"相思局"先作铺垫。

2. 为何"不好呵叱秦钟"，为其是宝玉挚友，有宁荣、贾母背景，写人之势利如此。

3. 先设问"你道这一个是谁"，可知也是个要紧人物，与贾蓉同为凤姐儿的左膀右臂。

---

① 助纣为虐——帮坏人干坏事。纣，商末代的暴虐君主。

② 作法——也叫"扎筏子"，找一人为替罪，以儆其余。

③ 不忿——不高兴。

谣诼之词。贾珍想亦风闻得些口声不大好，自己也要避些嫌疑，如今竟分与房舍，命贾蔷搬出宁府，自去立门户过活去了。[1] 这贾蔷外相既美，内性又聪明，虽然应名来上学，亦不过虚掩眼目而已。仍是斗鸡走狗，赏花阅柳从事。[2] 上有贾珍溺爱，下有贾蓉匡助，[3] 因此族中人谁敢来触逆于他。他既和贾蓉最好，今见有人欺负秦钟，如何肯依？如今自己要挺身出来抱不平，心中且忖度一番：[4]"金荣、贾瑞一干人，都是薛大叔的相知，向日我又与薛大叔相好，倘或我一出头，他们告诉了老薛，我们岂不伤了和气？[5] 待要不管，如此谣言，说得大家都没趣。如今何不用计制伏，又止息口声，又不伤了脸面？"想毕，也装作出小恭，走至外面，悄悄把跟宝玉的书童名唤茗烟者唤到身边，如此这般，调拨他几句。[6]

这茗烟乃是宝玉第一个得用的，且又年轻不谙事，如今听贾蔷说金荣如此欺负秦钟，连他的爷宝玉都干连在内，不给他个利害，下次越发狂纵难制了。这茗烟无故就要欺压人的，如今得了这个信，又有贾蔷助着，便一头进来找金荣。也不叫金相公了，只说"姓金的是什么东西！"贾蔷遂跺一跺靴子，故意整整衣服，看看日影儿说："是时候了。"遂先向贾瑞说有事要早走一步。[7] 贾瑞不敢强他，只得随他去了。这里茗烟走进来，便一把揪住金荣问道：[8]"我们瘠屁股不瘠，管你乱把①相干！横竖没瘠你爹去就罢了。你是好小子，出来动一动你茗大爷！"[9] 吓得满室中子弟都怔怔地痴望。贾瑞忙吆喝："茗烟不得撒野！"金荣气黄了脸，说："反了！奴才小子都敢如此，我只和你主子说。"便夺手要去抓打宝玉、秦钟。尚未去时，从脑后飕的一声，早见一方砚瓦飞来，[10] 并不知系何人打来的，幸未打着，却又打在旁人的座上，这座上乃是贾兰、贾菌②。

这贾菌亦系荣国府近派的重孙，[11] 其母亦少寡，独守着贾菌。这贾菌与贾兰最好，所以二人同桌而坐。谁

1. 反正不是亲生儿子，既闻有口舌，分开居住，可免于牵连。

2. 八字写尽纨袴子弟日常生活。

3. 上有纵容包庇者，下则物以类聚。

4. 大家族人事关系复杂，必为一番算计。这一忖度，方是聪明人之心机，写得最好看、最细致。（戚）

5. 想得有道理。先曰"薛大叔"，次曰"老薛"，写尽骄侈纨袴。（戚）

6. 这是宝玉身边的要紧人。如何调拨，不必细说，看下文茗烟骂金荣的话便了然了。

7. 狡猾。

8. 茗烟岂是省油的灯，既有人调唆助着，一进来就直扑猎物。

9. 茗烟一揪一骂，便知是打架好手。

10. 由辱骂转为动手，有明的抓打，还有暗的飞砚，真好看！

11. 说是"幸未打着"，其实正打中要打的地方，作者正欲出此二人也。先写一宁派，又写一荣派，交相综错得妙。（蒙）贾菌本也是要紧人，后半部中他与贾兰同属"昨怜破袄寒，今嫌紫蟒长"者（据首回甄士隐歌脂评）。今续书去之不写。

① 乱把——也作"鸡巴"，男性生殖器。
② 贾兰、贾菌——第一回甄士隐歌词："昨怜破袄寒，今嫌紫蟒长。"脂评："贾兰、贾菌一干人。"可知贾菌后来也是有官诰前程的。这里接着说他"志气最大，极是个淘气不怕人的"。脂评："要知没志气小儿，必不会淘气。"可相印证。但后四十回续书只提贾兰，没有写到贾菌。

知贾菌年纪虽小，志气最大，极是个淘气不怕人的。[1]他在座上冷眼看见金荣的朋友暗助金荣，飞砚来打茗烟，偏没打着茗烟，便落在他桌上，正打在面前，将一个磁砚水壶打了个粉碎，溅了一书黑水。贾菌如何依得，便骂："好囚攮的们，这不都动了手了么！"[2]骂着，也便抓起砚砖来要飞。[3]贾兰是个省事的，忙按住砚，极口劝道："好兄弟，不与咱们相干。"[4]贾菌如何忍得住，见按住砚，他便两手抱起书匣子来，照那边抢了去。终是身小力薄，却抢到半道，至宝玉、秦钟案上就落了下来。[5]只听"豁啷啷"一声响，砸在桌上，书本、纸片、笔砚等物撒了一桌，又把宝玉的一碗茶也砸得碗碎茶流。贾菌便跳出来，要揪打那一个飞砚的。金荣此时随手抓了一根毛竹大板在手，地狭人多，哪里经得舞动长板。茗烟早吃了一下，乱嚷道："你们还不来动手？"宝玉还有三个小厮：一名锄药，一名扫红，一名墨雨。[6]这三个岂有不淘气的，一齐乱嚷："小妇养的！动了兵器了！"[7]墨雨遂掇起一根门闩，扫红、锄药手中都是马鞭子，蜂拥而上。[8]贾瑞急得拦一回这个，劝一回那个，谁听他的话，肆行大闹。众顽童也有趁势帮着打太平拳①助乐的，也有胆小藏过一边的，也有直立在桌上拍着手儿乱笑，喝着声儿叫打的。登时鼎沸起来。[9]

外边李贵等几个大仆人听见里边作起反来，忙都进来，一齐喝住。问是何原故，众声不一，这一个如此说，那一个又如彼说。[10]李贵且喝骂了茗烟等四个一顿，撵了出去。秦钟的头早撞在金荣的板子上，打起一层油皮。[11]宝玉正拿褂襟子替他揉呢，见喝住了众人，便命李贵："收书！拉马来，我去回太爷去！我们被人欺负了，不敢说别的，守礼来告诉瑞大爷，瑞大爷反派我们的不是，听着人家骂我们，还调唆他们打我们。茗烟见人欺负我，他岂有不为我的？他们反打伙儿打了茗烟，连秦钟的头也打破了，还在这里念什么书！"李贵劝道："哥儿不要性急。太爷既有事回家去了，这会子为这点事去聒噪他老人家，倒显得咱

---

① 打太平拳——趁别人打架时，在旁伺机打几下冷拳，自己很安全。

们没理似的。依我的主意，哪里的事情哪里了结，何必惊动老人家。这都是瑞大爷的不是，太爷不在这里，你老人家就是这学里的头脑了，众人看你行事。众人有了不是，该打的打，该罚的罚，如何等闹到这步田地还不管？"贾瑞道："我吆喝着都不听。"[1]李贵笑道："不怕你老人家恼我，素日你老人家到底有些不正，所以这些兄弟才不听。[2]就闹到太爷跟前去，连你老人家也脱不过的。还不快作主意撕罗①开了罢！"宝玉道："撕罗什么？我必是回去的！"秦钟哭道："有金荣，我是不在这里念书的了。"宝玉道："这是为什么？难道有人家来得，咱们倒来不得？我必回明白众人，撵了金荣去。"又问李贵："金荣是哪一房的亲戚？"李贵想一想道："也不用问了。若说起哪一房的亲戚，更伤了兄弟们的和气。"[3]

茗烟在窗外道："他是东胡同子里璜大奶奶的侄儿。哪是什么硬正仗腰子的②，也来唬我们！璜大奶奶是他姑妈。你那姑妈只会打旋磨儿③，给我们琏二奶奶跪着借当头④。我眼里就看不起她那样的主子奶奶！"[4]李贵忙断喝不止，说："偏你这小狗脅的知道，有这些蛆嚼⑤！"宝玉冷笑道："我只当是谁的亲戚，原来是璜嫂子的侄儿，我就去问问她来！"说着便要走。叫茗烟进来包书。茗烟包着书，又得意道："爷也不用自己去见，等我去她家，就说老太太有话问她呢，雇上一辆车拉进去，当着老太太问她，岂不省事？"[5]李贵忙喝道："你要死！仔细回去我好不好先捶了你，然后再回老爷、太太，就说宝玉全是你调唆的。我这里好容易劝哄得好了一半，你又来生个新法子。你闹了学堂，不说变法儿压息了才是，倒往火里奔！"[6]茗烟方不敢作声儿。

此时，贾瑞也生恐闹大了，自己也不干净，只得委屈着来央告秦钟，又央告宝玉。先是他二人不肯。

1. 众人眼睛亮着呢，怎能听命于他？

2. 实话实说，"不正"二字定评。

3. 李贵毕竟老成得多，亦知宝玉脾气，故不愿事情闹大。

4. 茗烟极淘气，是有点无法无天、什么话都敢说的坏小子，与李贵形成强烈对照，文章才好看。

5. 竟能想出这样好办法来，真是唯恐天下不乱。

6. 急忙喝住，语气逼肖。一个有法子生事，一个就有法子制伏；一个要倚仗老太太来欺压，一个偏抬出有老爷、太太管教来。

---

①　撕罗——调解。
②　硬正仗腰子的——有硬后台撑腰的。硬正，坚硬。
③　打旋磨儿——喻围着人打转，向人献殷勤。
④　借当头——借别人衣物去当铺典押，换一点钱花，待有能力时，再赎出归还。
⑤　蛆嚼——骂人多嘴多舌叫"嚼蛆"。

后来宝玉说:"不回去也罢了,只叫金荣赔个不是便罢。"金荣先是不肯,后来禁不得贾瑞也来逼他去赔个不是,李贵等只得好劝金荣,说:"原是你起的端,你不这样,怎得了局?"金荣强不过,只得与秦钟作了揖。宝玉还不依,偏定要磕头。贾瑞只要暂息此事,又悄悄地劝金荣说:"俗语说得好:'杀人不过头点地。'你既惹出事来,少不得下点气儿,磕个头就完事了。"金荣无奈,只得进前来与秦钟磕头。[1]且听下回分解。

1. 无奈之下,磕头赔了不是,自咽不下这口气,遂有下回情节。

【总评】

　　宝玉、秦钟入家塾读书,顽童们闹学堂是本回的中心情节。贾政问学,李贵对答,如剧中丑角之诙谐。贾政"只是先把《四书》一齐讲明背熟,是最要紧的"的嘱咐,代表着当时教育的正统观点,为的是能适应科举考试,获取功名。

　　大家族学堂,各支脉亲戚贵贱不一,亲疏有别,子弟间极易形成小帮派,而清代社会好男风、畜娈童之恶习颇为流行,小说中屡屡有所反映,亦会影响到童稚的意识,学堂里顽童之间嘲骂、打架也由此而起。其结果还得看哪一帮人的背景更硬。一场群殴,虽不过以砚砖、书匣子、竹板、门闩、马鞭子为"兵器",却写得生龙活虎,行为、态度,因人而异。

　　此回结尾,要金荣给秦钟磕头赔罪文字,各版本多有差异,恐多属后来整理者所增饰改动,未必出于作者的不同稿本。

# 第 十 回
## 金寡妇贪利权受辱　张太医论病细穷源

**【题解】**

　　此回回目诸本一致，唯蒙府、戚序本"源"作"原"。上句说的是，金荣能入家塾，靠的是贾府中人的情面，让他家省去了许多吃用开支，还得到资助。金荣母亲寡妇胡氏为贪图这些好处，不愿得罪贾府，要吃了亏的儿子别再多事，权且受辱忍让。"金寡妇"，不是指前往珍大奶奶处，想评理，结果碰了软钉子回来的金氏。她是贾璜之妻、金荣的姑姑，并非寡妇。下句是写张士友为秦可卿诊断、处方、论病源事，两件事结合得很紧密。太医，当时普遍用于对有名望的医师的尊称，非专指宫廷御医。


　　话说金荣因人多势众，又兼贾瑞勒令，赔了不是，给秦钟磕了头，宝玉方才不吵闹了。大家散了学，金荣回到家中，越想越气，说："秦钟不过是贾蓉的小舅子，又不是贾家的子孙，附学读书，也不过和我一样。他因仗着宝玉和他好，他就目中无人。他既是这样，就该行些正经事，人也没的说。[1] 他素日又和宝玉鬼鬼祟祟的，只当人都是瞎子，看不见。[2] 今日他又去勾搭人，偏偏地撞在我眼睛里。就是闹出事来，我还怕什么不成？"

　　他母亲胡氏听见他咕咕嘟嘟地说，因问道："你又要增什么闲气？好容易我望你姑妈说了，你姑妈又千方百计地向他们西府里的琏二奶奶跟前说了，你才得了这个念书的地方。[3] 若不是仗着人家，咱们家里还有力量请得起先生？况且人家学里，茶也是现成的，饭也是现成的。你这二年在那里念书，家里也省好大的嚼用呢。[4] 省出来的，你又爱穿件鲜明衣服。再者，不是因你在那里念书，你就认得什么薛大爷了？那薛大爷一年不给不给，这二年也帮了咱们有七八十两银子。[5]

1. 说的也是。

2. 牢骚话说出秦钟实况来。

3. "好容易""千方百计"，求助于人，何其难也！事非琏二奶奶不能成。

4. 一层利。

5. 二层利。因何无故给许多银子，金母亦当细思之。（己）

你如今要闹出了这个学房，再要找这么一个地方，我告诉你说罢，比登天还难呢！¹你给我老老实实的，玩一会子睡你的觉去，好多着呢。"于是金荣忍气吞声，不多一时，他自去睡了。次日仍旧上学去了。不在话下。

　　且说他姑娘，²原聘给的是贾家"玉"字辈的嫡派，名唤贾璜。但其族人哪里皆能像宁、荣二府的富势，原不用细说。这贾璜夫妻，守着些小小的产业，又时常到宁、荣二府里去请请安，又会奉承凤姐儿并尤氏，所以凤姐、尤氏也时常资助资助他，³方能如此度日。

　　却说这日贾璜之妻金氏因天气晴明，又值家中无事，遂带了一个婆子，坐上车，来家里走走，瞧瞧寡嫂并侄儿。闲话之间，金荣的母亲偏提起昨日贾家学房里的那事，从头至尾，一五一十都向她小姑子说了。这璜大奶奶不听则已，听了，一时怒从心上起，说道："这秦钟小崽子是贾门的亲戚，难道荣儿不是贾门的亲戚？⁴人都别恃势利了，况且都做的是什么有脸的好事！就是宝玉，也犯不上向着他到这个田地。等我去到东府瞧瞧我们珍大奶奶，再向秦钟他姐姐说说，叫她评评这个理。"⁵这金荣的母亲听了这话，急得不得，忙说道："这都是我的嘴快，告诉了姑奶奶，求姑奶奶快别去说去，别管他们谁是谁非，⁶倘或闹起来，怎么在那里站得住？若是站不住，家里不但不能请先生，反倒在他身上添出许多嚼用来呢。"璜大奶奶听了，说道："哪里管得许多！你等我说了，看是怎么样。"也不容她嫂子劝，一面叫老婆子瞧了车，就坐上往宁府里来。⁷

　　到了宁府，进了车门，到了东边小角门前下了车，进去见了贾珍之妻尤氏。也未敢气高，⁸殷殷勤勤叙过寒温，说了些闲话，方问道："今日怎么没见蓉大奶奶？"⁹尤氏说道："她这些日子不知怎么着，经期有两个多月没来。叫大夫瞧了，又说并不是喜。那两日，到了下半天就懒待动，话也懒待说，眼神也发眩。我说她：'你且不必拘礼，早晚不必照例上来，你竟好生养养罢。就是有亲

1. 落实题中"权受辱"原因。

2. 此处"姑娘"是"姑妈"之意。

3. 因奉承而得资助，岂能与凤姐、秦钟的关系相比。

4. 相互攀比是依仗权势妇人心态。这"贾门的亲戚"比那"贾门的亲戚"。（己）

5. 说得振振有词、底气十足，只怕是不识深浅，要碰壁。未必能如此说。（己）这个理怕不能评。（靖）

6. 总写金寡妇宁可受辱，也不愿失去受资助机会。不论"谁是谁非"，有钱就可矣。（己）

7. 璜大奶奶去时信心十足，也够有气派的，不知回来如何。

8. 若仍敢气高，倒有几分可佩服处。

9. 与来前之盛气，说话大不一样。何不叫"秦钟的姐姐"？（己）

戚一家儿来，有我呢。就有长辈们怪你，等我替你告诉。'连蓉哥我都嘱咐了，我说：'你不许累掯①她，不许招她生气，叫她静静地养养就好了。她要想什么吃，只管到我这里取来。倘或我这里没有，只管往你琏二婶子那里要去。倘或她有个好歹，你再要娶这么一个媳妇，这么个模样儿，这么个性情的人儿，打着灯笼也没地方找去。'1她这为人行事，哪个亲戚、哪个一家的长辈不喜欢她？所以我这两日好不烦心，焦得我了不得。偏偏今儿早晨她兄弟来瞧她，谁知那小孩子家不知好歹，看见他姐姐身上不大爽快，就有事也不当告诉她，别说是这么一点子小事，就是你受了一万分的委屈，也不该向她说才是。2谁知他们昨儿学房里打架，不知是哪里附学来的一个人欺侮了他了。3里头还有些不干不净的话，都告诉了他姐姐。婶子，你是知道那媳妇的，虽则见了人有说有笑，会行事儿，她可心细，心又重，不拘听见个什么话儿，都要度量个三日五夜才罢。这病就是打这个秉性上头思虑出来的。4今儿听见有人欺负了她兄弟，又是恼，又是气。恼的是那群混账狐朋狗友，——扯是搬非、调三惑四的那些人；气的是她兄弟不学好，不上心读书，以致如此学里吵闹。她听了这事，今日索性连早饭也没吃。我听见了，我方到她那边安慰了她一会子，又劝解了她兄弟一会子。我叫她兄弟到那边府里找宝玉去了。我才瞧着她吃了半盏燕窝汤，5我才过了。婶子，你说我心焦不心焦？况且如今又没个好大夫，我想到她这病上，我心里倒像针扎似的。你们知道有什么好大夫没有？"6

　　金氏听了这半日话，把方才在她嫂子家的那一团要向秦氏论理的盛气，早吓得丢在爪洼国②去了。7听见尤氏问她有知道的好大夫的话，连忙答道："我们这么听着，实在也没听见人说有个好大夫。如今听起大奶奶这个来，定不得还是喜呢。嫂子倒别教人混治。倘或认错了，这可是了不得的！"尤氏道：

1. 还有这么个好小舅子。（己）此评调侃。然模样好、情性好也是贾母的择媳标准，读至贾母与张道士谈为宝玉择媳时便知。

2. 不待告状，先从尤氏口中说出，直堵住了璜大奶奶之口，文笔之妙如此！

3. 直说"欺侮"，是真不知，还是装不知，难说。眼前竟像不知者。（己）

4. 着眼，心太重，思虑太过是可卿病之根。

5. 句句直对来客当头敲击，就算尤氏非有意说，也必是作者有意写的。

6. 不论有意无意，这一问压力更大，秦氏之病既被气出来的，谁还敢为此负责？

7. 早知要吓成这模样，何必当初一腔怒气来论理！吾为趋炎附势、仰人鼻息者一叹。（靖）

---

① 累掯（kèn）——也作"勒掯"，强制。
② 爪洼国——古代南洋国名，今属印尼。习惯指代极远的地方，等于说"不知哪里"。

"可不是呢。"正说话之间，贾珍从外进来，见了金氏，便向尤氏问道："这不是璜大奶奶么？"金氏向前给贾珍请了安。贾珍向尤氏说道："让这大妹妹吃了饭去。"贾珍说着话，就过那屋里去了。金氏此来，原要向秦氏说说秦钟欺负了她侄儿的事，听见秦氏有病，不但不能说，亦且不敢提了。况且贾珍、尤氏又待得很好，反转怒为喜的，又说了一会子话儿，方家去了。[1]

金氏去后，贾珍方过来坐下，问尤氏道："今日她来，有什么说的事情？"尤氏答道："倒没说什么。一进来的时候，脸上倒像有些着恼的气色似的，及至说了半天话，又提起媳妇这病，她倒渐渐地气色平静了。你又叫让她吃饭，她听见媳妇这么病，也不好意思只管坐着，又说了几句闲话儿就去了，倒没有求什么事。如今且说媳妇这病，你到哪里寻个好大夫来给她瞧瞧要紧，可别耽误了！现今咱们家走的这群大夫，哪里要得，一个个都是听着人的口气儿，人怎么说，他也添几句文话儿说一遍。可倒殷勤得很，三四个人一日轮流着，倒有四五遍来看脉。他们大家商量着立个方子，吃了也不见效，倒弄得一日换四五遍衣裳，坐起来见大夫，其实于病人无益。"[2] 贾珍说道："可是。这孩子也糊涂，何必脱脱换换的，倘或又着了凉，更添一层病，那还了得！衣裳任凭是什么好的，可又值什么呢！孩子的身子要紧，就是一天穿一套新的，也不值什么。我正进来要告诉你：方才冯紫英来看我，他见我有些抑郁之色，问我是怎么了？我才告诉他说，媳妇忽然身子有好大的不爽快，因为不得个好太医，断不透是喜是病，又不知有妨碍无妨碍，所以我这两日心里着实着急。冯紫英因说起他有一个幼时从学的先生，姓张名友士，学问最渊博的，更兼医理极深，且能断人的生死。[3] 今年是上京给他儿子来捐官①，现在他家住着呢。这么看来，竟是合该媳妇的病在

1. 不知金氏回家后，怎么向金荣的寡母交代？凡事须三思而后行，真正不错。

2. 借尤氏这番话，为世间混饭吃的庸医们画一幅群像，病家抱怨劳而无益是必然的。作者奉畸笏叟之命，将后文秦氏夭亡情节中"淫丧"文字删去，改为病死，不知此段话是原本就有的，还是根据需要后来才添的。

3. 虽是传言，但未必是虚词通套。

---

① 捐官——向朝廷交钱买官做。

他手里除灾，亦未可知。[1]我即刻差人拿我的名帖①请去了。今日倘或天晚了不能来，明日想必一定来。况且冯紫英又即刻回家，亲自去求他，务必叫他来瞧瞧。等这个张先生来瞧了再说罢。"

尤氏听了，心中甚喜，因说道："后日是太爷的寿日，到底怎么办？"贾珍说道："我方才到了太爷那里去请安，兼请太爷来家来受一受一家子的礼。太爷因说道：'我是清净惯了的，我不愿意往你们那样是非场中去闹去。[2]你们必定说是我的生日，要叫我去受众人些头，莫过你把我从前注的《阴骘文》②给我叫人好好写出来刻了，比叫我无故受众人的头还强百倍呢。倘或明后这两日一家子要来，你就在家里好好地款待他们就是了。也不必给我送什么东西来，连你后日也不必来，你要心中不安，你今日就给我磕了头去。[3]倘或后日你来，又跟随多少人来闹我，我必和你不依。'如此说了又说，后日我是再不敢去的了。且叫来升，吩咐他预备两日的筵席。"尤氏因叫了贾蓉来："吩咐来升照旧例预备两日的筵席，要丰丰富富的。你再亲自到西府里去请老太太、大太太、二太太和你琏二婶子来逛逛。你父亲今日又听见一个好大夫，业已打发人请去了，想必明日必来。你可将她这些日子的病症细细地告诉他。"贾蓉一一地答应着出去了。

正遇着方才去冯紫英家请那先生的小子回来了，因回道："奴才方才到了冯大爷家，拿了老爷的名帖请那先生去。那先生道：'方才这里大爷也向我说了。但是今日拜了一天的客，才回到家，此时精神实在不能支持，就是去到府上，也不能看脉。'他说等调息一夜，明日务必到府。[4]他又说，他'医学浅薄，本不敢当此重荐，因我们冯大爷和府上的大人既已如此说了，又不得不去，你先代我回明大人就是了。大人的名帖实不敢当。'仍叫奴才拿回来了。哥儿替

1. 说来兴致高，期望不小，写贾珍心情。

2. 插入贾敬撒手不管子孙事，又开下回寿宴情节。

3. 一心绝缘，将话说透。

4. 张太医虽不是神医，却也绝非庸医，应是一位很有学识修养和从业经验，且医德品行不错的良医。前有贾珍"今日倘或天晚了不能来"的话，与他所说，已忙了一天精神不支合榫。把脉者先须静心调息，必精神好时，才能切得准确。蒙府本有评曰："医生多是推三阻四，拿腔作调。"恐怕对医道外行，或者还以为张太医虽说得头头是道，但结果病人还是死了，岂非也是只会夸夸其谈的庸医。若果真如此，则作此批者必不知作者曾奉"命"删改有关秦氏情节，其非作者圈内人无疑。

---

① 名帖——即今之名片。
② 《阴骘（zhì治）文》——即《文昌帝君阴骘文》的简称。道教劝人积德行善的书。《尚书·洪范》："惟天阴骘下民。"意谓天默默地安定下民。骘，定。旧时也称阴德为"阴骘"。

奴才回一声儿罢。"贾蓉复转身进去，回了贾珍、尤氏的话，方出来叫了来升来，吩咐他预备两日的筵席的话。来升听毕，自去照例料理。不在话下。

且说次日午间，人回道："请的那张先生来了。"贾珍遂延入大厅坐下。茶毕，方开言道："昨承冯大爷示知老先生人品学问，又兼深通医学，小弟不胜钦仰之至！"张先生道："晚生粗鄙下士，本知见浅陋。昨因冯大爷示知，大人家第谦恭下士，又承呼唤，敢不奉命。但毫无实学，倍增颜汗①。"¹贾珍道："先生何必过谦。就请先生进去看看儿妇，仰仗高明，以释下怀。"

于是，贾蓉同了进去。到了贾蓉居室，见了秦氏，向贾蓉说道："这就是尊夫人了？"贾蓉道："正是。请先生坐下，让我把贱内的病症说一说再看脉如何？"那先生道："依小弟的意思，竟先看过脉，再说的为是。²我是初造②尊府的，本也不晓得什么，但是我们冯大爷务必叫小弟过来看看，小弟所以不得不来。如今看了脉息，看小弟说得是不是，再将这些日子的病势讲一讲，大家斟酌一个方儿，³可用不可用，那时大爷再定夺。"贾蓉道："先生实在高明，如今恨相见之晚。就请先生看一看脉息，可治不可治，以便使家父母放心。"于是家下媳妇们捧过大迎枕来，一面给秦氏拉着袖口，露出脉来。先生方伸手按在右手脉上，调息了至数③，宁神细诊了有半刻的工夫；方换过左手，亦复如是。诊毕脉息，说道："我们外边坐罢。"⁴

贾蓉于是同先生到外间房里床上坐下，一个婆子端过茶来。贾蓉道："先生请茶。"于是陪先生吃了茶，遂问道："先生看这脉息，还治得治不得？"先生道："看得尊夫人这脉息：左寸沉数，左关沉伏；右寸细而无力，右关需而无神。其左寸沉数者，乃

1. 真有实学者，反而谦虚。

2. 莫看作是要炫耀本领。

3. 先自己据病人脉息来说病情，是避免心中有先入之见干扰客观判断。然后再听病家说病势，则可检验自己诊断是否正确，作参考修正，如此对医者也大有裨益。但要这样做，又谈何容易！医者非有真本领、大胆识不可。张太医已亮出剑来。

4. 看他调息至数，宁神细诊。脉象种类很多，除少数几种很明显外，有一大半是不容易准确分辨的，即使精于脉理者，也必须潜心体会，方能不生误差，因而颇费时。诊毕要谈病情，尤其是重症，不能当着病人的面说，这是医德，也是规矩，今天还适用。故曰"外边坐罢"。

---

① 颜汗——也作"汗颜"，脸上出汗，常在表示羞愧时用。

② 初造——初到。

③ 调息了至数——中医诊脉，先调整好自己的呼吸，使之正常，然后诊病人脉搏在一呼一吸（叫"一息"）间跳动的次数。

心气虚而生火；左关沉伏者，乃肝家气滞血亏。右
寸细而无力者，乃肺经气分太虚；右关需而无神者，
乃脾土被肝木克制。心气虚而生火者，应现经期不
调，夜间不寐。肝家血亏气滞者，必然肋下疼胀，
月信过期，心中发热。肺经气分太虚者，头目不时
眩晕，寅卯间必然自汗，如坐舟中。脾土被肝木克
制者，必然不思饮食，精神倦怠，四肢酸软。据我
看，这脉息应当有这些症候才对。或以这个脉为喜脉，
则小弟不敢从其教也。"[①] [1] 旁边一个贴身服侍的婆子
道："何尝不是这样呢。真正先生说的如神，倒不用
我们告诉了。[2] 如今我们家里现有好几位太医老爷瞧
着呢，都不能说得这么真切。有一位说是喜，有一
位说是病；这位说不相干，那位说怕冬至，总没有
个准话儿。求老爷明白指示指示。"

那先生笑道："大奶奶这个症候，可是那众位耽
搁了。[3] 要在初次行经的日期就用药治起来，不但断
无今日之患，而且此时已痊愈了。如今既是把病耽
误到这个地位，也是应有此灾。依我看来，这病尚
有三分治得。[4] 吃了我这药看，若是夜间睡得着觉，
那时又添了二分拿手了。据我看这脉息：大奶奶是
个心性高强，聪明不过的人；但聪明太过，则不如
意事常有；不如意事常有，则思虑太过。此病是忧
虑伤脾，肝木特旺，经血所以不能按时而至。大奶
奶从前的行经的日子问一问，断不是常缩，必是常
长的。是不是？"[5] 这婆子答道："可不是，从没有缩
过，或是长两日三日，以至十日都长过。"先生听了道：
"妙啊！这就是病源了。从前若能够以养心调经之药
服之，何至于此！这如今明显出一个水亏木旺[②]的症
候来。待用药看看。"于是写了方子，递与贾蓉，上
写的是：

1. 神乎其技矣！五行相克。脏腑机
理的阐述且不论，单说只切切脉
息，居然能将病人的各种症状，
说得这么具体、准确，实在是我
国传统医学优势的表现。

2. 让贴身服侍的婆子当裁判最好。

3. 一语中的。别以为是同行相忌，在
打击别人，抬高自己，只不过实话
实说而已。前文已写过从前请来的
医生"都是听着人的口气儿"说话，
装模作样，白白损耗病者精神。此
类耽误最佳治疗时间，致使病情加
重，发展到难以救治地步的现象，
至今仍时有存在。

4. 出语谨慎。病情既险恶，又未至
绝望，非故意模棱两可。对读者
而言，是增加了悬念。

5. 推断其心性要强，思虑太过，揭
出病源，仍由婆子来证实。

--------

① 张太医论脉息一段——中医诊脉，分六个部位，病者左、右手各三部。按照切脉者三指自近病人腕部始，分
"寸、关、尺"，各主人体的心、肝、肾；肺、脾、命门。脉象种类很多，各主病症。如脉快叫"数"，慢叫"迟"，
轻按即得叫"浮"，重按始得叫"沉"，软弱无力、轻按则有、重按反无叫"需"（需，软也），甚于沉脉，重
按着骨始得叫"伏"等等。又以五脏配五行，即肝为木、心为火、脾为土、肺为金、肾为水。又有相生相克
之说，如木能克土，故有"脾土被肝木克制"等语。月信，月经。寅卯间，早晨五时前后几小时。喜脉，怀
孕妇女的脉象。不敢从其教，不敢表示赞同。
② 水亏木旺——肾阴虚亏而肝郁火旺。

益气养荣补脾和肝汤 [1]

| 人　参 | 二钱 | 白　术 | 二钱<br>土炒 | 云　苓 | 三钱 |
|---|---|---|---|---|---|
| 熟　地 | 四钱 | 归　身 | 二钱<br>酒洗 | 白　芍 | 二钱<br>炒 |
| 川　芎 | 钱半 | 黄　芪 | 三钱 | 香附米 | 二钱<br>制 |
| 醋柴胡 | 八分 | 怀山药 | 二钱<br>炒 | 真阿胶 | 二钱<br>蛤粉炒 |
| 延胡索 | 钱半<br>酒炒 | 炙甘草 | 八分 | | |

引用建莲子七粒，去心。红枣二枚。

　　贾蓉看了，说："高明得很。还要请教先生，这病与性命终究有妨无妨？"先生笑道："大爷是最高明的人。<u>人病到这个地位，非一朝一夕的症候，吃了这药，也要看医缘了。</u>[2]<u>依小弟看来，今年一冬是不相干的。总是过了春分，就可望痊愈了。</u>[3]"贾蓉也是个聪明人，也不往下细问了。

　　于是贾蓉送了先生去了，方将这药方子并脉案都给贾珍看了，说的话也都回了贾珍并尤氏了。尤氏向贾珍说道："从来大夫不像他说得这么痛快，想必用的药也不错。"贾珍道："人家原不是混饭吃的久惯行医的人。因为冯紫英与我们相好，他好容易求了他来的。既有这个人，媳妇的病或者就能好了。<u>他那方子上有人参，就用前日买的那一斤好的罢。</u>[4]"贾蓉听毕话，方出来叫人打药去煎给秦氏吃。不知秦氏服了此药病势如何，且听下回分解。

1. 参、术、苓、草称"四君子"，常作方剂书之首方；地、归、芍、芎称"四物"，为女子用的基本方；两者相加称"八珍"，为妇女有虚症者所常用，此方全有。再加上黄芪、山药、阿胶、香附、柴胡、延胡索等以增强调理气血功能，平肝息风、补益心脾。方剂之药理，未必尽如愚见妄言，但组方有来历讲究是可以看出的。有人竟以为此书是隐去的清宫秘史，猜此方是雍正密令谐音，真无知可笑。

2. 重症病人能否转危为安，不是光凭治法是否正确一端，尚有其他复杂因素影响病情的发展趋势，故"看医缘"之说，亦非推诿责任之词。

3. 预言是否有准，本容易验证，岂料事出意外，"非战之罪也"。

4. 珍爷何其关心！

【总评】

　　金荣在家塾里因打架向秦钟磕头赔不是，受了气，回来牢骚满腹，他的寡妇母亲想想利害，只得忍气。其姑金氏闻知后忿恨不平，满怀盛气地去到宁府，要向尤氏和秦可卿"评理"。恰值秦氏卧病，尤氏对金氏说，大夫嘱咐"不许招她生气"，不料秦钟一早就来向姐姐告状，说在学堂里受人欺侮，使秦氏又气又恼，连饭都没吃。还问金氏"有什么好大夫没有"。吓得金氏不敢出声，只得灰溜溜地回家。这让人更深一层看到富势地位在家族中举足轻重的作用。

　　贾珍卖力请来好大夫张友士为儿媳秦氏诊脉，张太医分析脉案病症，见地精到，令人折服，开出方子来，也"高明得很"。小说中述说医理，头头是道，足见作者对我国传统医药学有极深的修养。张太医回答贾蓉问病人预后的话，与后文的情节发展关系甚大，值得注意；研究者发表有关见解，也总是要引到它，那就是："人病到这个地位，非一朝一夕的症候，吃了这药，也要看医缘了。依小弟看来，今年一冬是不相干的。总是过了春分，就可望痊愈了。"作者特处处襄扬张友士为良医，则更令人思索后来可卿之死的真实原因。

# 第 十 一 回
## 庆寿辰宁府排家宴　　见熙凤贾瑞起淫心

**【题解】**

　　此回回目诸本也基本一致。唯列藏本"寿辰"作"生辰"。上句是说宁国府为庆贾敬寿日而摆下家宴，请来荣国府贾母等一帮人。借此机会写凤姐、宝玉探视秦可卿的病情，这是重要内容。但因为畸笏叟"命"作者删除秦氏"淫丧"结局，改写为病死或好像病死，则此回描写其病势危重，预后不良，是否也是经改动过的文字，还很难说。下句则转入写贾瑞在园中遇见凤姐而起淫心事，是下一回主要情节的发端。

　　话说是日贾敬的寿辰，贾珍先将上等可吃的东西、稀奇些的果品装了十六大捧盒，着贾蓉带领家下人等与贾敬送去，向贾蓉说道："你留神看太爷喜欢不喜欢，你就行了礼来。你说：'我父亲遵太爷的话未敢来，在家里率领合家都朝上行了礼了。'"贾蓉听罢，即率领家人去了。

　　这里渐渐地就有人来了。先是贾琏、贾蔷到来，先看了各处的座位，并问："有什么玩意儿没有？"家人答道："<u>我们爷原算计请太爷今日来家，所以并未敢预备玩意儿。</u>[1]前日，听见太爷又不来了，现叫奴才们找了一班小戏儿并一档子打十番①的，都在园子里戏台上预备着呢。"次后邢夫人、王夫人、凤姐儿、宝玉都来了，贾珍并尤氏接了进去。尤氏的母亲已先在这里呢。大家见过了，彼此让了坐。贾珍、尤氏二人亲自递了茶，因笑说道："<u>老太太原是老祖宗，我父亲又是侄儿，这样日子，原不敢请她老人家，但是这个时候，天气正凉爽，满园的菊花又盛开，请老祖宗过来散散闷，看着众儿孙热闹热闹，</u>[2]是这个意思。谁知老祖宗又不肯赏脸。"凤姐儿未等王夫人开口，先说道："<u>老太太昨日还说要来着呢，因为晚上看着宝兄弟他们吃桃儿，老人家又嘴馋了，吃了有大半个，五更天的时候，就一连起来了两次，</u>[3]今日早晨略觉

1. 因贾敬好清静、怕热闹的缘故。

2. 请贾母来为侄儿贾敬过生日，于礼不合，故特地说明只为赏景散心。

3. 凤姐说老太太本要来的，因闹肚子不能来。这样安排极妥：宁府有热闹，不请贾母不好；若真的请来，则必成众人的中心，反有碍情节开展，故作如此处理。

_____

　　① 十番——俗称"十番锣鼓"，一种用十样或更多几样乐器合奏的套曲。

身子倦些。因叫我回大爷，今日断不能来了，说有好吃的
要几样，还要很烂的。"[1] 贾珍听了笑道："我说老祖宗是爱
热闹的，今日不来，必定有个原故，若是这么着就是了。"
王夫人道："前日听见你大妹妹说，蓉哥儿媳妇儿身上有些
不大好，到底是怎么样？"尤氏道："她这个病病得也奇，
上月中秋还跟着老太太、太太们玩了半夜，回家来好好的。
到了二十后，一日比一日觉懒，也懒待吃东西，这将近有
半个多月了。经期又有两个月没来。"邢夫人接着说道：
"别是喜罢？"

　　正说着，外头人回道：[2] "大老爷、二老爷并一家子的
爷们都来了，在厅上呢。"贾珍连忙出去了。这里尤氏方
说道："从前大夫也有说是喜的。昨日冯紫英荐了他从学过
的一个先生，医道很好，瞧了说不是喜，竟是很大的一个
症候。昨日开了方子，吃了一剂药，今日头眩得略好些，
别的仍不见怎么样大见效。"凤姐儿道："我说她不是十分
支持不住，今日这样的日子，再也不肯不扎挣着上来。"[3]
尤氏道："你是初三日在这里见她的，她还强扎挣了半天，
也是因你们娘儿两个好的上头，她才恋恋地舍不得去。"[4]
凤姐儿听了，眼圈儿红了半天，半日方说道："真是'天有
不测风云，人有旦夕祸福'。这个年纪，倘或就因这个病
上怎么样了，人还活着有甚么趣儿！"[5]

　　正说话间，贾蓉进来，给邢夫人、王夫人、凤姐儿前
都请了安，方回尤氏道："方才我去给太爷送吃食去，并回
说我父亲在家中伺候老爷们，款待一家子的爷们，遵太爷
的话并未敢来。太爷听了甚喜欢，说'这才是'。叫告诉父
亲、母亲好生伺候太爷、太太们，叫我好生伺候叔叔、婶
子们并哥哥们。还说那《阴骘文》叫急急地刻出来，印
一万张散人。我将此话都回了我父亲了。我这会子得快出
去打发太爷们并合家爷们吃饭。"凤姐儿说："蓉哥儿，你
且站住。你媳妇今日到底是怎么着？"贾蓉皱皱眉，说道：
"不好么！婶子回来瞧瞧去就知道了。"[6] 于是贾蓉出去了。

　　这里尤氏向邢夫人、王夫人道："太太们在这里吃饭啊，
还是在园子里吃去好？小戏儿现预备在园子里呢。"王夫
人向邢夫人道："我们索性吃了饭再过去罢，也省好些事。"
邢夫人道："很好。"于是尤氏就吩咐媳妇婆子们："快送饭
来！"门外一齐答应了一声，都各人端各人的去了。不多
一时，摆上了饭。尤氏让邢夫人、王夫人并她母亲都上了座，

1. 有这样的回话，方得皆大
欢喜。

2. 秦氏有病，经期不至，邢夫
人初闻，必如此说方妥。若
再解说，则多余，故截断。

3. 毕竟凤姐深知可卿生性要强。

4. 可儿对阿凤之依恋，可谓深
矣！家常聚散，说来竟令人
伤感。

5. 凤姐对秦氏情谊也特亲密深
厚，才有祸福难料、独活无
趣的话头，说的话总不吉利。

6. 有蓉儿这句话，凤姐就非得
去瞧瞧不可了。

她与凤姐儿、宝玉侧席坐了。邢夫人、王夫人道："我们来原为给大老爷拜寿，这不竟是我们来过生日来了么？"凤姐儿说道："大老爷原是好养静的，已经修炼成了，也算得是神仙了。太太们这么一说，这就叫作'心到神知'了。"[1]一句话说得满屋里的人都笑起来了。

于是，尤氏的母亲并邢夫人、王夫人、凤姐儿都吃毕饭，漱了口，净了手，才说要往园子里去。贾蓉进来向尤氏说道："老爷们并众位叔叔、哥哥、兄弟们也都吃了饭了。大老爷说家里有事，二老爷是不爱听戏又怕人闹得慌，都才去了。[2]别的一家子爷们都被琏二叔并蔷兄弟让过去听戏去了。方才南安郡王、东平郡王、西宁郡王、北静郡王四家王爷，并镇国公牛府等六家，忠靖侯史府等八家，[3]都差人持了名帖送寿礼来，俱回了我父亲，先收在帐房里了，礼单都上了档子①了。老爷的领谢的名帖都交给各来人了，各来人也都照旧例赏了，众来人都让吃了饭才去。母亲该请二位太太、老娘、婶子都过园子里坐着去罢。"尤氏道："也是才吃完了饭，就要过去了。"

凤姐儿说："我回太太，我先瞧瞧蓉哥儿媳妇，我再过去。"王夫人道："很是。我们都要去瞧瞧她，倒怕她嫌闹得慌，说我们问她好罢。"[4]尤氏道："好妹妹，媳妇听你的话，你去开导开导她，我也放心。你就快些过园子里来。"宝玉也要跟了凤姐儿去瞧秦氏去，王夫人道："你看看就过去罢，那是侄儿媳妇。"于是尤氏请了邢夫人、王夫人并她母亲都过会芳园去了。

凤姐儿、宝玉方和贾蓉到秦氏这边来了。进了房门，悄悄地走到里间房门口，秦氏见了，就要站起来，凤姐儿说："快别起来，看起猛了头晕。"[5]于是凤姐儿就紧走了两步，拉住秦氏的手，说道："我的奶奶！怎么几日不见，就瘦得这么着了！"于是就坐在秦氏坐的褥子上。宝玉也问了好，坐在对面椅子上。贾蓉叫："快倒茶来！婶子和二叔在上房还未喝茶呢。"

秦氏拉着凤姐儿的手，强笑道："这都是我没福。这样人家，公公、婆婆当自己的女孩儿似的待。[6]婶娘的侄儿虽说年轻，却也是他敬我，我敬他，从来没有红过脸儿。就是一家子的长辈、同辈之中，除了婶子倒不用说了，别人也从无不

1. 一句得道成仙的趣语，竟成贾敬误服丹砂致死之谶。

2. 贾敬做寿，贾赦、贾政必得一到。既来过了，趁早回家才是。

3. 此处略一提重要社交，后文写秦氏大出殡声势方不突然。

4. 说的也是。王夫人等不去，秦氏这才有向凤姐一诉衷曲的机会。

5. 关心体贴。

6. 秦氏因未报公婆疼爱之恩而耿耿于心。抱恨终天之语。

---

① 档子——原为记事木牌，后也沿用称登记上账的簿册。

疼我的，也无不和我好的。这如今得了这个病，把我那要强的心一分也没了。公婆跟前未得孝顺一天，就是婶娘这样疼我，我就有十分孝顺的心，如今也不能够了。我自想着，未必熬得过年去呢。"[1]

宝玉正眼瞅着那《海棠春睡图》并那秦太虚写的"嫩寒锁梦因春冷，芳气笼人是酒香"的对联，不觉想起在这里睡晌觉，梦到"太虚幻境"的事来。正自出神，听得秦氏说了这些话，如万箭攒心，那眼泪不知不觉就流下来了。[2]凤姐儿心中虽十分难过，但恐怕病人见了众人这个样儿，反添心酸，倒不是来开导劝解的意思了。见宝玉这个样子，因说道："宝兄弟，你忒婆婆妈妈的了。她病人不过是这么说，哪里就到得这个田地了？[3]况且能多大年纪的人，略病一病儿，就这么想那么想的，这不是自己倒给自己添病了么？"贾蓉道："她这病也不用别的，只是吃得些饮食就不怕了。"[4]凤姐儿道："宝兄弟，太太叫你快过去呢。你别在这里只管这么着，倒招得媳妇也心里不好。太太那里又惦着你。"因向贾蓉道："你先同你宝叔过去罢，我还略坐一坐儿。"[5]贾蓉听说，即同宝玉过会芳园来了。

这里凤姐儿又劝解了秦氏一番，又低低地说了许多衷肠话儿。尤氏打发人请了两三遍，凤姐儿才向秦氏说道："你好生养着罢，我再来看你。合该你这病要好，所以前日就有人荐了这个好大夫来，[6]再也是不怕的了。"秦氏笑道："任凭神仙也罢，治得病治不得命。[7]婶子，我知道我这病不过是挨日子。"凤姐儿说道："你只管这么想着，病哪里能好呢？总要想开了才是。况且听得大夫说，若是不治，怕的是春天不好。如今才九月半，还有四五个月的工夫，什么病治不好呢？咱们若是不能吃人参的人家，这也难说了；你公公、婆婆听见治得好你，别说一日二钱人参，就是二斤，也能够吃得起。[8]好生养着罢，我过园子里去了。"秦氏又道："婶子，恕我不能跟过去了。闲了时候还求婶子常过来瞧瞧我，咱们娘儿们坐坐，多说几遭话儿。"凤姐儿听了，不觉得又眼圈儿一红，遂说道："我得了闲儿，必常来看你。"

于是凤姐儿带领跟来的婆子、丫头并宁府的媳妇、婆子们，从里头绕进园子的便门来。[9]但只见：

　　黄花满地，白柳横坡。小桥通若耶之溪，曲径接天台之路。[10]石中清流激湍，篱落飘香；树头红叶翩翻，疏林如画。西风乍紧，初罢莺啼；暖日当暄，又添蛩语。

1. 病渐沉重而不见愈，不免丧气。

2. 宝玉跟着来探视可卿，正为写他有此一番感触。

3. 宝玉之情，动于中而露于外，一片天真。凤姐老练，看形势说话，此时照顾病者感受第一，虽内心也悲观，总竭力宽慰，不使病者增虑。有宝玉流泪，正好有理由将他赶走。

4. 一语中的。"食谷者生"，此之谓也。

5. 不但说话更方便，且便于安排后文情节。

6. 不忘一提昨日出诊来府上的张太医。

7. 又是极丧气的话，病者怎能如此心灰意冷！

8. 不但吃得起，还不惜付任何代价。

9. 要突然遇到贾瑞说轻薄话，偏跟着一大帮子人，总非人想得到的。

10. 暗讽回目下句之事。

遥望东南，建几处依山之榭；纵观西北，结三间临水之轩。
笙簧盈耳，别有幽情；罗绮穿林，倍添韵致。①

　　凤姐儿正自看园中的景致，一步步行来赞赏。猛然从假山石后走过一个人来，[1] 向前对凤姐儿说道："请嫂子安。"凤姐儿猛然见了，将身子往后一退，[2] 说道："这是瑞大爷不是？"贾瑞说道："嫂子连我也不认得了？不是我是谁？"凤姐儿道："不是不认得，猛然一见，不想到是大爷到这里来。"贾瑞道："也是合该我与嫂子有缘。[3] 我方才偷出了席，在这个清净地方略散一散，不想就遇见嫂子也从这里来。这不是有缘么？"一面说着，一面拿眼睛不住地觑着凤姐儿。

　　凤姐儿是个聪明人，见他这个光景，如何不猜透八九分呢。因向贾瑞假意含笑道："怨不得你哥哥时常提你，说你很好。今日见了，听你说这几句话儿，就知道你是个聪明和气的人了。[4] 这会子我要到太太们那里去，不得和你说话儿，等闲了咱们再说话儿罢。"贾瑞道："我要到嫂子家里去请安，又恐怕嫂子年轻，不肯轻易见人。"凤姐儿假意笑道："一家子骨肉，说什么年轻不年轻的话！[5] 贾瑞听了这话，再不想到今日得这个奇遇，那神情光景，越发不堪难看了。[6] 凤姐儿说道："你快去入席去罢，仔细他们拿住罚你酒！"贾瑞听了，身上已木了半边，慢慢地一面走着，一面回过头来看。凤姐儿故意地把脚步放迟了些儿，见他去远了，心里暗忖道："这才是'知人知面不知心'呢，哪里有这样禽兽的人呢！他如果如此，几时叫他死在我的手里，他才知道我的手段！"[7]

　　于是，凤姐儿方移步前来。将转过一重山坡，见两三个婆子慌慌张张地走来，见了凤姐儿，笑说道："我们奶奶见二奶奶只是不来，急得了不得，叫奴才们又来请奶奶来了。"凤姐儿说道："你们奶奶就是这么急脚鬼似的。"凤姐儿慢慢地走着，问："戏唱了有几出了？"那婆子回道："有八九出了。"说话之间，已到了天香楼[8] 的后门，见宝玉和一群丫头子们在那里玩呢。凤姐儿说道："宝兄弟，别忒淘气了！"[9] 一个丫头说

1. 行动便如劫贼。

2. 凤姐身份。跟从者当落后，见主子与人说话，于礼必停步不前。

3. 出言便佻达。

4. 假话随口就来，嘴上说"聪明和气"，心里必曰：不要脸的蠢货！

5. 言外之意可会。

6. 丑态毕露。

7. 此书中写凤姐劣行不少，但除夫妻外，两性间从未见有淫荡不检行为，虽则书一开始就说她"体格风骚"。今见贾瑞如此厚颜无耻，心中愤然暗骂是完全可信的。

8. "天香楼"在未经删改前的较早一稿中，原是有秦氏重要情节的地点。特于此一点。

9. 宝玉爱跟丫头们玩，凤姐深知之，故有是嘱。

---

① 写园中景致一段——黄花，菊花。若耶溪，在浙江绍兴南，相传为西施浣纱处，又叫浣纱溪，借以点染景色人事。天台路，传说汉代刘晨、阮肇入天台山（今浙江天台北）采药，遇二仙女，留住半年后回家，已过了七世。借此烘托景物和接着写贾瑞要调戏凤姐情节。暄，暖和。蛩（qióng 穷）语，蟋蟀的叫声。榭，筑于台上的房屋。轩，有窗的小屋。笙簧，吹奏乐器；簧是笙管中振动发声的薄片。罗绮，指代穿绫罗彩绸衣服的女子。这段描写美好外景的骈文，对接写大家庭帏内幕后的丑事起着反衬作用。

道:"太太们都在楼上坐着呢,请奶奶就从这边上去罢。"

凤姐儿听了,款步提衣上了楼,见尤氏已在楼梯口等
着呢。尤氏笑说道:"你们娘儿两个忒好了,见了面总舍
不得来了。你明日搬来和她住着罢。你坐下,我先敬你一
钟。"于是凤姐儿在邢、王二夫人前告了坐,又在尤氏的
母亲前周旋了一遍,仍同尤氏坐在一桌上吃酒听戏。尤氏
叫拿戏单来,让凤姐儿点戏。凤姐儿说道:"太太们在这
里,我如何敢点!"邢夫人、王夫人说道:"我们同亲家太
太都点了好几出了,你点两出好的我们听。"凤姐儿立起
身来,答应了一声,方接过戏单,从头一看,点了一出《还
魂》①,一出《弹词》②,递过戏单去说:"现在唱的这
《双官诰》③,唱完了,再唱这两出,也就是时候了。"¹王
夫人道:"可不是呢,也该趁早叫你哥哥、嫂子歇歇,他
们又心里不静。"尤氏说道:"太太们又不常过来,娘儿们
多坐一会子去,才有趣儿,天还早着呢。"凤姐儿立起身来,
望楼下一看,说:"爷们都往哪里去了?"旁边一个婆子道:
"爷们才到凝曦轩,带了打十番的那里吃酒去了。"凤姐儿
说道:"在这里不便易?背地里又不知干什么去了!"²尤
氏笑道:"哪里都像你这么正经人呢。"

于是说说笑笑,点的戏都唱完了,方才撤下酒席,摆
上饭来。吃毕,大家才出园子来,到上房坐下,吃了茶,
方才叫预备车,向尤氏的母亲告了辞。尤氏率同众姬妾并
家下婆子、媳妇们方送出来;贾珍率领众子侄都在车旁侍
立,等候着呢,见了邢、王夫人说道:"二位婶子明日还
过来逛逛。"王夫人道:"罢了,我们今日整坐了一日,也
乏了,明日歇歇罢。"于是都上了车去了。贾瑞犹不时拿
眼睛觑着凤姐儿。³贾珍等进去后,李贵才牵过马来。宝
玉骑上,随了王夫人去了。这里贾珍同一家子的弟兄、子
侄吃过了晚饭,方大家散了。

次日,仍是众族人等闹了一日,不必细说。此后凤
姐儿不时亲自来看秦氏。秦氏也有几日好些,也有几日仍
是那样。贾珍、尤氏、贾蓉好不焦心。⁴

- 1. 所点三出戏,似亦有象征性寓意。若然,则"也就是时候了"一语或也带双关。

- 2. 凤姐与尤氏对丈夫态度明显不同,一则处处提防,一则听之任之。

- 3. 应前文园中情节。

- 4. 自就诊后,已有日子,尚吉凶难料,家里亲人自然焦心。

---

① 《还魂》——明代汤显祖《牡丹亭》中的一出,写杜丽娘死后复活与柳梦梅结为夫妻。
② 《弹词》——清洪昇《长生殿》中的一出,写乐工李龟年"安史之乱"后,流落江南,卖唱为生,唱李、杨离合悲欢及唐王朝之盛衰。
③ 《双官诰》——清代陈二白著传奇。写冯林如侍妾碧莲守节教子,后来丈夫和儿子得了双份官诰(赐爵、授官的证书)的故事。

　　且说贾瑞到荣府来了几次，偏都遇见凤姐儿往宁府那边去了。这年正是十一月三十日冬至。到交节的那几日，贾母、王夫人、凤姐儿日日差人去看秦氏，回来的人都说：<u>"这几日也未见添病，也不见甚好。"</u>王夫人向贾母说：<u>"这个症候，遇着这样大节不添病，就有好大的指望了。"</u>[1]贾母说："可是呢，好个孩子，要是有些原故，可不叫人疼死！"说着，一阵心酸，叫凤姐儿说道："你们娘儿两个也好了一场，明日大初一，过了明日，你后日再去看看她去。你细细地瞧瞧她那光景，倘或好些儿，你回来告诉我，我也喜欢喜欢。那孩子素日爱吃的，你也常叫人做些给她送去。"凤姐儿一一地答应了。

　　到了初二日，吃了早饭，来到宁府，<u>看见秦氏的光景，虽未甚添病，但是那脸上身上的肉全瘦干了。</u>[2]于是和秦氏坐了半日，说了些闲话儿，又将这病无妨的话开导了一番。秦氏说道：<u>"好不好，春天就知道了。如今现过了冬至，又没怎么样，或者好得了也未可知。</u>[3]婶子回老太太、太太放心罢。昨日老太太赏的那枣泥馅的山药糕，我倒吃了两块，倒像克化得动①似的。"凤姐儿说道："明日再给你送来。我到你婆婆那里瞧瞧，就要赶着回去回老太太的话去。"秦氏道："婶子替我请老太太、太太的安罢。"

　　凤姐儿答应着就出来了，到了尤氏上房坐下。尤氏道："你冷眼瞧媳妇是怎么样？"凤姐儿低了半日头，说道：<u>"这实在没法儿了。你也该将一应的后事用的东西给她料理料理，冲②一冲也好。"</u>[4]尤氏道："我也叫人暗暗地预备了。就是那一件东西不得好木头，暂且慢慢地办罢。"[5]于是，凤姐儿吃了茶，说了一会子话儿，说道："我要快回去回老太太的话去呢。"尤氏道：<u>"你可缓缓地说，别吓着老太太。"</u>[6]凤姐儿道："我知道。"于是凤姐儿就回来了。

　　到了家中，见了贾母，说："蓉哥儿媳妇请老

1. 明明不见起色，却偏说有指望。亦热切盼其病能好转者一厢情愿之自慰语耳。

2. 食纳不能进，哪有不日渐消瘦之理！大是凶象。

3. 本已心灰意冷的人，反作此等乐观语，亦万万想不到的。

4. 恰似死刑宣判。要改"淫丧"为"病死"绝非容易的事，光凭删去多少页直接描述的相关情节是远远不够的，须知作者行文前后关照，牵一发而动全身。拙见以为作者既听从了"赦"秦氏而不写其丑行之"命"，则必不能只删不改。此段写其将死之文，我以为定作过改动；倘若删改前就如此，则往后秦氏如何还能有风流事？现在这样改写其实也有问题：没有给接着要发生的贾瑞悲剧留下足够的时间段，因为秦氏病危如此，总不能再平安无事地拖上一年吧。

5. 所谓"预备了"，当指寿衣之类；讳言"棺材"二字，有情理，且留下后文。

6. 似缓而紧，贾母之疼爱重孙媳妇，谁人不知。

――――――――――
①　克化得动——消化得了。
②　冲——旧时迷信，以为用提前成婚或办丧事的举动可以破除病灾，叫"冲"。

太太安，给老太太磕头，说她好些了，求老祖宗放心罢。¹她再略好些，还要给老祖宗磕头请安来呢。"贾母道："你看她是怎么样？"凤姐儿说："暂且无妨，精神还好呢。"²贾母听了，沉吟了半日，因向凤姐儿说："你换换衣服，歇歇去罢。"

凤姐儿答应着出来，见过了王夫人，到了家中，平儿将烘的家常衣服给凤姐儿换了。凤姐儿方坐下，问道："家里没有什么事么？"平儿方端了茶来，递了过去，说道："没有什么事。就是那三百银子的利银①，旺儿媳妇送进来，我收了。³再有瑞大爷使人来打听奶奶在家没有，他要来请安说话。"⁴凤姐儿听了，哼了一声，说道："这畜生合该作死，看他来了怎么样！"平儿因问道："这瑞大爷是因为什么只管来？"⁵凤姐儿遂将九月里在宁府园子里遇见他的光景，他说的话，都告诉了平儿。平儿说道："癞蛤蟆想天鹅肉吃，没人伦的混账东西，起这个念头，叫他不得好死！"⁶凤姐儿道："等他来了，我自有道理。"不知贾瑞来时作何光景，且听下回分解。

1. 总是只回秦氏传言，"好些了""放心"都不是自己的话，凤姐真善于措辞。

2. 贾母并不愚，哪会听不出回避之意，故必有此一问。凤姐答的也极有考虑。

3. 放高利贷事，得便插入。

4. 一个仿佛已丢过一边，一个却急不可待。

5. 必有此问，凤姐也必详告其心腹。

6. "不得好死"，本来只是平儿表示气愤的平常语，不意却言中了。

**【总评】**

　　贾敬做寿，荣府里凤姐、宝玉等都过宁府来，还特地去探望了秦可卿。秦氏的病未见起色，倒是人更"瘦"了，她自己也丧气地说："未必熬得过年去呢。"宝玉闻言十分伤感。他走后，凤姐竭力安慰秦氏。

　　凤姐出来经会芳园时，碰上贾瑞，贾瑞起淫心，挑逗她。凤姐假意示好，心想："这样禽兽的人"，"几时叫他死在我手里"。这段情节有两点可注意：一、相遇前有一段骈文，描写会芳园优美景色，对接写的丑事，起着反衬作用，所谓"曲径接天台之路"，实际上只是通淫秽之径；涧流清溪，也只不过是臭水泥潭而已。二、贾瑞故事正为配合秦氏故事而有，一则明写，一则已改为暗笔，两者相辅相成，以增强表现意图：即所谓"是戒妄动风月之情"（甲戌本《凡例》）。

　　那年冬至刚过，凤姐再次去看望秦氏，只是她"那脸上身上的肉全瘦干了"，于是对尤氏说："你也该将一应后事用的东西给她料理料理，冲一冲也好。"这实际上是很明白地表示，秦氏的死期不远了。凤姐回家后，平儿告诉她贾瑞"要来请安说话"事，这样就度至下回情节。但可注意的是后面写秦氏之死，在时间上将难以安排，无法合乎情理。

---

　　①　利银——利息。此为凤姐放高利贷所得。

# 第 十 二 回
## 王熙凤毒设相思局　贾天祥正照风月鉴

**【题解】**

此回回目各本一致；故事情节也较集中，没有别的事穿插其间。上句是写贾瑞一而再地去找凤姐寻欢，而落入其所设陷阱之中的经过。下句是写贾瑞受此淫念之害而得病求治，却不愿遵道士须看风月宝鉴反面之嘱，终于到死不能觉悟。

话说凤姐正与平儿说话，只见有人回说："瑞大爷来了。"凤姐急命："快请进来。"[1]贾瑞见往里让，心中喜出望外，急忙进来，见了凤姐，满面陪笑，连连问好。凤姐儿也假意殷勤，让茶让坐。

贾瑞见凤姐如此打扮，亦发酥倒，因饧了眼问道："二哥哥怎么还不回来？"凤姐道："不知什么原故。"贾瑞笑道："别是在路上有人绊住了脚，舍不得回来也未可知？"[2]凤姐道："也未可知。男人家见一个爱一个也是有的。"[3]贾瑞笑道："嫂子这话说错了，我就不这样。"[4]凤姐笑道："像你这样的人能有几个呢，十个里也挑不出一个来。"[5]贾瑞听了，喜得抓耳挠腮。又道："嫂子天天也闷得很。"凤姐道："正是呢，只盼个人来说话，解解闷儿。"贾瑞笑道："我倒天天闲着，天天过来替嫂子解解闲闷可好不好？"凤姐笑道："你哄我呢，你哪里肯往我这里来！"贾瑞道："我在嫂子跟前，若有一点谎话，天打雷劈。只因素日闻得人说，嫂子是个利害人，在你跟前一点也错不得，所以唬住了我。如今见嫂子最是有说有笑极疼人的，[6]我怎么不来？死了也愿意！"[7]凤姐笑道："果然你是个明白人，比贾蓉、贾蔷两个强远了。我看他们那样清秀，只当他们心里明白，谁知竟是两个糊涂虫，一点不知人心。"[8]贾瑞听了这话，越发撞在心坎儿上，由不得又往前凑了一凑，[9]觑着眼看凤姐戴的荷包，然后又问戴着什

1. 来得正好！立意追命。（庚）

2. 开口调笑，便轻佻。

3. 顺势下钓饵。

4. 以为找到门径了。如闻其声。（己）
   渐渐入港。（己）

5. 逗引语说来恰如讥剌语：这样的人确实不多。勿作正面看为幸！畸笏。（庚）

6. 非有火眼金睛者怎看得破？

7. 作者惯用闲言作谶。这倒不假。（庚）

8. 这才是凤姐厉害处。反文着眼。（庚）

9. 只差动手动脚了。

么戒指。凤姐悄悄道："放尊重些！别叫丫头们看了笑话。"贾瑞如听纶音①佛语一般，忙往后退。凤姐笑道："你该去了。"[1] 贾瑞道："我再坐一会儿，好狠心的嫂子！"凤姐又悄悄地道："大天白日，人来人往，你就在这里也不方便。你且去，等着晚上起了更你来，悄悄地在西边穿堂儿里等我。"[2] 贾瑞听了，如得珍宝，忙问道："你别哄我。但只那里人过的多，怎么好躲的？"凤姐道："你只管放心。我把上夜的小厮们都放了假，两边门一关，再没别人了。"贾瑞听了，喜之不禁，忙忙地告辞而去，心内以为得手。[3]

　　盼到晚上，果然黑地里摸入荣府，趁掩门时，钻入穿堂，果见漆黑无一人。往贾母那边去的门户已倒锁，只有向东的门未关。贾瑞侧耳听着，半日不见人来，忽听"咯噔"一声，东边的门也倒关了。[4] 贾瑞急得也不敢作声，只得悄悄出来，将门撼了撼，关得铁桶一般。此时要求出去亦不能够，南北皆是大房墙，要跳亦无攀援。这屋内又是过门风，空落落的；现是腊月天气，夜又长，朔风凛凛，侵肌裂骨，一夜几乎不曾冻死。[5] 好容易盼到早晨，只见一个老婆子先将东门开了，进来去叫西门。贾瑞瞅她背着脸，一溜烟抱着肩跑了出来，幸而天气尚早，人都未起，从后门一径跑回家去。

　　原来贾瑞父母早亡，只有他祖父代儒教养。那代儒素日教训最严，[6] 不许贾瑞多走一步，生怕他在外吃酒赌钱，有误学业。今忽见他一夜不归，只料定他在外非饮即赌，嫖娼宿妓，哪里想到这段公案，[7] 因此气了一夜。贾瑞也捏着一把汗，少不得回来撒谎，只说："往舅舅家去了，天黑了，留我住一夜。"代儒道："自来出门，非禀我不敢擅出，如何昨日私自去了？据此亦该打，何况是撒谎！"[8] 因此，发狠到底打了三四十板，还不许吃饭，令他跪在院内读文章，定要补出十天的功课来方罢。贾瑞直冻了一夜，今又遭了苦打，且饿着肚子，跪着在风地里读文章，其苦万状。[9]

1. 施以拒为纳之法老练如此！叫去，正是叫来也。（己）

2. 怎么约这么个地方？先写穿堂，只知房舍之大，岂料有许多用处。（庚）

3. 总写执迷不悟。未必。（庚）

4. 进笼之鼠听得笼子门"啪"地合下。平平略施小计。（庚）

5. 略示惩戒。可为偷情一戒。（庚）

6. 可见教训子弟，还要得法，不全在严不严。

7. 世人万万想不到，况老学究乎。（庚）

8. 究竟不知为何私出不归，光靠打罚，岂能收效？处处点父母痴心，子孙不肖。（庚）

9. 吃苦事小，只怕要落下病来。祸福无门，惟人自招。（己）

---

① 纶（lún 伦）音——皇帝的话，圣旨。语出《礼记·缁衣》。

此时，贾瑞前心犹是未改，再想不到是凤姐捉弄他。¹过后两日，得了空，便仍来找凤姐。凤姐故意抱怨他失信，贾瑞急得赌身发誓。凤姐因见他自投罗网，少不得再寻别计令他知改，²故又约他道："今日晚上，你别在那里了。你在我这房后小过道子里那间空屋里等我，可别冒撞了。"³贾瑞道："果真？"凤姐道："谁可哄你！你不信就别来。"贾瑞道："来，来，来，死也要来！"⁴凤姐道："这会子你先去罢。"贾瑞料定晚间必妥，⁵此时先去了。凤姐在这里便点兵派将，⁶设下圈套。

那贾瑞只盼不到晚上，偏生家里亲戚又来了，⁷直等吃了晚饭才去，那天已有掌灯时分。又等他祖父安歇了，方溜进荣府，直往那夹道中屋子里来等着，热锅上蚂蚁一般，只是干转。左等不见人影，右听也没声响，心下自思："别是又不来了，又冻我一夜不成？"正自胡猜，只见黑魃魃的来了一个人，⁸贾瑞便意定是凤姐，不管皂白，饿虎一般，等那人刚至门前，便如猫捕鼠的一般，抱住叫道："亲嫂子，等死我了！"说着，抱到屋里炕上就亲嘴扯裤子，满口里"亲娘""亲爹"的乱叫起来。那人只不作声。贾瑞扯了自己裤子，硬帮帮的就想顶入。忽见灯光一闪，只见贾蔷举着个捻子①照道："谁在屋里？"只见炕上那人笑道："瑞大叔要肏我呢。"贾瑞一见，却是贾蓉，⁹真臊得无地可入，不知要怎么样才好。回身就要跑，被贾蔷一把揪住道："别走！如今琏二婶已经告到太太跟前，说你无故调戏她。¹⁰她暂用了个脱身计，哄你在这边等着。太太气死过去了，因此叫我来拿你。刚才你又拦住他，没的说，跟我去见太太！"

贾瑞听了，魂不附体，只说："好侄儿，只说没有见我，明日我重重地谢你。"贾蔷道："你若谢我，放你不值什么，只不知你谢我多少？况且口说无凭，写一文契②来！"贾瑞道："这如何落纸呢？"¹¹贾蔷道："这也不妨，写一个赌钱输了外人账目，借头家银若干两便罢。"贾瑞道："这也容易。只是此时无纸笔。"

① 捻子——引火的纸卷。
② 文契——字据，这里指借条。

1. 既看不破，必改不了。苦海无边，回头是岸，若个能回头也？叹叹！壬午春，畸笏。（庚）

2. "令他知改"四字是关键，可知凤姐本意只如此，并非定要置贾瑞于死地不可。四字是作者明阿凤身分，勿得轻轻看过。（庚）

3. 偏事先提醒，妙！

4. 真可谓自寻死路。不差。（己）

5. 未必。（庚）

6. 要"点兵派将"，必与上次设谋不同。四字用得新，必有新文字好看。（庚）

7. 欲急反缓，文章之法。专能忙中写闲，狡猾之甚。（己）

8. 总算盼到了，能不狂喜？

9. 诙谐之极！作者拿手本领。原来派的是"两个糊涂虫"。

10. 这一吓真够贾瑞受的。好题目。（庚）调戏还有故？一笑。（庚）

11. 不用发愁，早替你想好了。也知写不得，一叹。（庚）

贾蔷道："这也容易。"说罢，翻身出来，纸笔现成，[1]拿来命贾瑞写。他两个作好作歹，只写了五十两，然后画了押，贾蔷收起来。然后撕罗贾蓉。贾蓉先咬定牙不依，[2]只说："明日告诉族中的人评评理。"贾瑞急得至于叩头。贾蔷作好作歹的，也写了一张五十两欠契才罢。贾蔷又道："如今要放你，我就担着不是。[3]老太太那边的门早已关了，老爷正在厅上看南京的东西，那一条路定难过去，如今只好走后门。若这一走，倘或遇见了人，连我也完了。等我们先去哨探哨探，再来领你。这屋里你还藏不得，少时就来堆东西，等我寻个地方。"说毕，拉着贾瑞，仍熄了灯，[4]出至院外，摸着大台矶底下，说道："这窝儿里好，你只蹲着，别哼一声，等我们来再动。"[5]说毕，二人去了。

贾瑞此时身不由己，只得蹲在那里。心下正盘算，只听头顶上一声响，嗡喇喇一净桶尿粪从上面直泼下来，[6]可巧浇了他一身一头。贾瑞掌不住"嗳哟"了一声，忙又掩住口，不敢声张，满头满脸浑身皆是尿屎，冰冷打战。[7]只见贾蔷跑来叫："快走，快走！"贾瑞如得了命，三步两步从后门跑到家里，天已三更，只得叫门。开门人见他这般景况，问是怎的。少不得扯谎说："黑了，失脚掉在茅厕里了。"一面到了自己房中，更衣洗濯，心下方想到是凤姐玩他。因此发一回恨，再想想凤姐的模样儿，[8]又恨不得一时搂在怀内，一夜竟不曾合眼。

自此满心想凤姐，只不敢往荣府去了。贾蓉两个又常常地来索银子，他又怕祖父知道，正是相思尚且难禁，更又添了债务。日间功课又紧，他二十来岁人，尚未娶亲，迩来①想着凤姐，未免有那指头告了消乏②等事；[9]更兼两回冻恼奔波，因此三五下里夹攻，不觉就得了一病：[10]心内发膨胀，口中无滋味，脚下如绵，眼中似醋，黑夜作烧，白昼常倦，下溺连精，嗽痰带血。诸如此症，不上一年都添全了。[11]于是不能支持，一头睡倒，合上眼还只梦魂颠倒，满口乱说胡话，惊

---

① 迩来——近来。
② 指头告了消乏——指手淫。

1. 全在算计之中，还能不"现成"？二字妙。（庚）

2. 是演双簧。

3. 欠契也收了，还有什么花样？又生波澜。（己）

4. 令其不辨四周环境也。细。（己）

5. 孽债尚未还清。未必如此收场。（庚）

6. 中埋伏了！嘱他蹲着别动为此。

7. 报应也够惨的！余料必有新奇解恨文字收场，方是《石头记》笔力。（庚）此一节可入《西厢记》批评内十大快中。畸笏。（庚）此评末句出处，陈庆浩《新编石头记脂砚斋评语辑校》增订本有注。文繁不引。

8. 明知是梦，仍不愿醒来。欲根未断。（庚）

9. 在常人本无大碍，贾瑞则不同。此刻还不回头，真自寻死路矣！（庚）

10. 写得历历病源，如何不死！（庚）

11. 此谓"不上一年"，下文有"倏又腊尽春回，这病更又深重"等语，则贾瑞自二次受惩回家得病，至其殁，时间已逾一年甚明，则上回已濒危之秦氏岂能拖一年以上而无动静，无消息。此是作者改变原来所写情节，又不愿删贾瑞故事（二事作意密切相关）所难以自圆其说的地方。

怖异常。百般请医疗治，诸如肉桂、附子、鳖甲、麦冬、玉竹等药①，吃了有几十斤下去，也不见个动静。[1]

倏又腊尽春回，这病更又沉重。代儒也着了忙，各处请医疗治，皆不见效。因后来吃"独参汤"②，代儒如何有这力量，只得往荣府来寻。王夫人命凤姐秤二两给他，凤姐回说："前儿新近都替老太太配了药，那整的太太又说留着送杨提督的太太配药，偏生昨儿我已送了去了。"王夫人道："就是咱们这边没了，你打发个人往你婆婆那边问问，或是你珍大哥哥那府里再寻些来，凑着给人家，吃好了，救人一命，也是你的好处。"[2]凤姐听了，也不遣人去寻，只得将些渣末泡须凑了几钱，命人送去，只说："太太送来的，再也没了。"然后回王夫人，只说："都寻了来，共凑了有二两送去。"[3]

那贾瑞此时要命心甚切，无药不吃，只是白花钱，不见效。忽然这日有个跛足道人来化斋，[4]口称专治冤业之症③。贾瑞偏生在内就听见了，直着声叫喊说："快请进那位菩萨来救我！"一面叫，一面在枕上叩首。众人只得带了那道士进来。贾瑞一把拉住，连叫"菩萨救我"！[5]那道士叹道："你这病非药可医，我有个宝贝与你，你天天看时，此命可保矣。"说毕，从褡裢中取出一面镜子来——两面皆可照人，[6]镜把上面錾着"风月宝鉴"四字[7]——递与贾瑞道："这物出自太虚幻境空灵殿上，警幻仙子所制，[8]专治邪思妄动之症，有济世保生之功。[9]所以带它到世上，单与那些聪明杰俊、风雅王孙等看照。千万不可照正面，只照它的背面。要紧，要紧！[10]三日后吾来收取，管叫你好了。"说毕，佯长④而去，众人苦留不住。

贾瑞收了镜子，想道："这道士倒有意思，我

1. 说得有趣。（己）犹妙在不背医理，所列数种皆补肾虚之常用药。

2. 出自慈善心肠。夹写王夫人。（己）

3. 若据此即谓凤姐故意害死贾瑞，则又过矣。凤姐知病之缘由，不信独参汤可医，况是贪利之人。明明"凑了几钱"，而回王夫人说"二两"，只此一端，即可知矣。由厌恶其人而至轻忽其生死，心肠之硬之冷亦甚矣！

4. 和尚度钗、黛，道士度其余人。自甄士隐随君去，别来无恙否？（己）

5. 临死情状，惨不忍睹。如闻其声，吾不忍听也。（己）如见其形，吾不忍看也。（己）人之将死，其言也哀，作者如何下笔？（己）

6. 回应首回甄士隐故事，道士之"褡裢"也曾见过。借传统意象以镜喻书，却如新出。妙极！此褡裢犹士隐所抢背者乎？（庚）此书表里皆有喻也。（己）

7. 《风月宝鉴》是雪芹早年旧作，孔梅溪"睹新怀旧"，题作此书书名。明点。（己）

8. 言此书原系空虚幻设。（己）所谓人物故事皆出自虚构，亦即"满纸荒唐言"意。

9. 宜广义看，非止情欲，心羡荣华富贵，便是妄动邪思。

10. 有人竟据此以为找到书中秘藏另一故事的证据，真走火入魔！观者记之，不要看这书正面，方是会看。（己）

---

① 肉桂……等药——都是些补肾养阴的药。
② 独参汤——中药成方，治元气大虚将脱之症，重用一味人参煎服，一剂可用参一二两。
③ 冤业之症——迷信观念认为由于做错了事而"结冤造孽"，受报应所得的病症。业，同"孽"。
④ 佯长——同"扬长"，大模大样。

何不照一照试试。"想毕，拿起风月鉴来，向反
面一照，只见一个骷髅立在里面，<sup>1</sup>唬得贾瑞连忙
掩了，骂："道士混账，如何吓我！我倒再照照正
面是什么。"想着，又将正面一照，只见凤姐站
在里面招手叫他。<sup>2</sup>贾瑞心中一喜，荡悠悠地觉得
进了镜子，<sup>3</sup>与凤姐云雨一番，凤姐仍送他出来。
到了床上，"嗳哟"了一声，一睁眼，镜子从手里
掉过来，仍是反面立着一个骷髅。<sup>4</sup>贾瑞自觉汗津
津的，底下已遗了一滩精。心中到底不足，又翻
过正面来，只见凤姐还招手叫他，他又进去。如
此三四次。到了这次，刚要出镜子来，只见两个
人走来，拿铁锁把他套住，拉了就走。<sup>5</sup>贾瑞叫道：
"让我拿了镜子再走！"<sup>6</sup>只说得这句，就再不能说
话了。

　　旁边服侍贾瑞的众人，只见他先还拿着镜子
照，落下来，仍睁开眼，拾在手内；末后，镜子
落下来，便不动了。众人上来看时，已没了气，
身子底下冰凉渍湿一大滩精。这才忙着穿衣抬床。
代儒夫妇哭得死去活来，大骂道士："是何妖镜！
若不早毁此物，遗害于世不小。"<sup>7</sup>遂命架火来烧，
只听镜内哭道："谁叫你们瞧正面了！你们自己以
假为真，何苦来烧我？"①<sup>8</sup>正哭着，只见那跛足道
人从外面跑来，喊道："谁毁风月鉴？吾来救也！"
说着，直入中堂，抢入手内，飘然去了。

　　当下，代儒料理丧事，各处去报丧。三日起
经②，七日发引③，寄灵于铁槛寺，<sup>9</sup>日后带回原籍。
当下，贾家众人齐来吊问。荣国府贾赦赠银二十
两，贾政亦是二十两；宁国府贾珍亦有二十两；
别者族中人贫富不等，或三两、五两，不可胜数。
另有各同窗家分资，也凑了二三十两。代儒家道
虽然淡薄，倒也丰丰富富完了此事。

1. 所谓"好知青冢骷髅骨，就是红楼掩面人"是也。作者好苦心思。（己）所引为明代唐寅《和沈石田落花诗》句，原诗上句为"好知青草骷髅冢"，当是脂评误记。

2. 可怕是"招手"二字。（庚）

3. 写得奇峭，真好笔墨。（己）

4. 镜子也通人性，必当做到仁至义尽。

5. 借一句俗套，亦不得不用者。

6. 写执迷不悟，必至十足。可怜，大众齐来看此！（己）

7. 此书不免腐儒一谤。（己）凡野史俱可毁，独此书不可毁。（己）腐儒！（己）评得好。

8. 作者苦口婆心作此精辟语。观者记之！（己）

9. 所谓"铁门限"是也。先安一开路之人，以备秦氏仙柩，有方也。（己）贾府修建之寺庙，说详第十五回。

---

①　谁叫你们瞧正面了！你们自己以假为真，何苦来烧我——作者借"风月宝鉴"有正反两面的情节来暗示自己创作《红楼梦》的整体艺术构思，因而这里的一些对话，往往有深一层的寓意：提醒读者读《红楼梦》要善辨其真假，要着眼于表面文字的背后。

②　起经——旧时人死后第三天，请和尚道士念经，超度亡灵，叫"起经"。

③　发引——旧时出殡，送葬者手执牵引灵柩的绳索为前导，叫"发引"。

再进这年冬底，林如海的书信寄来，却为身染重疾，写书特来接林黛玉回去。[1]贾母听了，未免又加忧闷，只得忙忙地打点黛玉起身。宝玉大不自在，争奈父女之情，也不好拦劝。于是贾母定要贾琏送她去，仍叫带回来。一应土仪盘缠①，不消烦说，自然要妥帖。作速择了日期，贾琏与林黛玉辞别了众人，带领仆从，登舟往扬州去了。要知端的，且听下回分解。

1. 为黛玉能长住荣府，故有此家书。此回忽遣黛玉去者，正为下回可儿之文也。若不遣去，只写可儿、阿凤等人，却置黛玉于荣府，成何文哉！故必遣去，方好放笔写秦，方不脱发。况黛玉乃书中正人，秦为陪客，岂因陪而失正耶？后大观园方是宝玉、宝钗、黛玉等正紧文字，前皆系陪衬之文也。（庚）

## 【总评】

贾瑞是被凤姐害死的？还是他自寻死路？很值得深思。作者并没有讳言凤姐手段的厉害，所以回目标一个"毒"字。但如果以为这是说她的心肠毒如蛇蝎，存心要害死贾瑞，恐也未必。她发现贾瑞如此无耻，确有过"他如果如此，几时叫他死在我手里"的想头，但这种气愤的心理反应并不足为据，为人一向平和的平儿也说："癞蛤蟆想天鹅肉吃，没人伦的混账东西，起这念头，叫他不得好死！"所以，如果贾瑞知耻而止或知难而退，也就不会有以后的事了。可他偏贼心不死，一而再再而三地来寻凤姐。第一次小施惩罚，只在穿堂里关他一夜禁闭；谁知他痴迷不醒，"凤姐因见他自投罗网，少不得再寻别计，令他知改"。从客观叙述中，可见凤姐本意，不过是"令他知改"。

贾瑞若想逃脱厄运，最后机会是跛足道人给他的一面錾着"风月宝鉴"四字的镜子；如果他能遵照道人嘱咐，不照正面而只照背面，他还能死里逃生。可是他的本性决定他必然只愿去"正照风月鉴"，所以他死定了。"风月鉴"是作者的比喻，其寓意从小到大都适用：对贾瑞来说，他迷恋于淫乐，把向他招手的死神当作凤姐，把坟场骷髅看成了温柔乡。镜子也一样照见可卿之死，故下回开头有"古今风月鉴，多少泣黄泉"一诗。孔梅溪曾将"风月宝鉴"题作此书的书名，脂砚斋则解说为"是戒妄动风月之情"，又在贾瑞之死情节中反复批出宝镜为此书设喻的用意，还感叹"所谓'好知青冢骷髅骨，就是红楼掩面人'是也。作者好苦心思"！这与第八回中"白骨如山忘姓氏，无非公子与红妆"句又相通。这一来，所谓"风月之情"，便越出男女私会的狭义，而扩大为对风月繁华生活的眷恋了。

有些红学迷，以为"风月鉴"作为全书的比喻，正面是小说中描写的情节，背面则隐藏着另一个截然不同的可怕故事。这是完全误解了作者的本意。

研究者已注意到秦氏之死与贾瑞之死，在情节安排上有些矛盾：凤姐在那年腊月初二探望秦氏时，秦氏已病危，包括棺木等一应"后事"已在准备。其时贾瑞已来探听过凤姐多次，直到他陷相思局再至病死，历时一年多，并无片言只语提及秦氏病况，甚难理解。直到贾瑞的丧事完，才接上"再讲这年冬底……"叙秦氏之死。二者不知孰前孰后，若谓贾瑞之死在前，则秦氏这一年如何成了谜团；若谓秦氏之死在前，则其后是办丧事、出殡等大事，并无空隙可安插贾瑞事。这可能是因为作者删秦氏"淫丧"改为病死情节过程中，尚未及将文字、细节安排妥当所致。

---

① 土仪盘缠——用来作礼品的土特产叫"土仪"。盘缠，旅费。

# 第 十 三 回
## 秦可卿死封龙禁尉　王熙凤协理宁国府

【题解】

　　此回回目诸本一致。初稿有贾珍与秦氏私通，事败露，秦羞愤自缢于天香楼情节，修改时删去。脂评："此回可卿托梦阿凤，作者大有深意，惜已为末世，奈何奈何！贾珍虽奢淫，岂能逆父哉？特因敬老不管，然后恣意，足为世家之戒。"秦可卿淫丧天香楼"，作者用史笔也。老朽因有魂托凤姐贾家后事二件，岂是安富尊荣坐享人能想得到者！其事虽未漏，其言其意，令人悲切感服，姑赦之。因命芹溪删去遗簪、更衣诸文，是以此回只十页，删去天香楼一节，少去四五页也。"评语见于甲戌本回末总评及末条眉批，分作两条，无其中"遗簪、更衣诸文，是以"八字，据靖藏本补。从少去页数计，此一节当删二千余字。脂评只提到删而未言改，并不等于没有改或可以不改。秦氏患病事应为原有，但写其病情发展趋势，当有所更改。因为初稿既写其"淫丧"，则只能写她病渐有起色，而不能写成病危至家人皆已准备后事。龙禁尉，虚拟官名，应相当于皇帝侍卫。"封龙禁尉"者本是贾蓉，并非秦可卿，现在这样的标题法，亦与"送宫花周瑞叹英莲"同例。

　　诗云：

　　　　一步行来错，回头已百年。
　　　　古今风月鉴，多少泣黄泉！①

　　话说凤姐儿自贾琏送黛玉往扬州去后，心中实在无趣。每到晚间，不过和平儿说笑一回，就胡乱睡了。[1]

　　这日夜间，正和平儿灯下拥炉倦绣，早命浓薰绣被，二人睡下，屈指算行程该到何处，[2] 不知不觉已交三鼓。平儿已睡熟了。凤姐方觉星眼微朦，恍惚只见秦氏从外走了进来，含笑说道："婶婶好睡！我今日回去，你也不送我一程。因娘儿们素日相好，我舍不得婶婶，故来别你一别。还有一件心愿未了，非告诉婶子，别人未必

1. 写出意兴阑珊来。"胡乱"二字奇。（甲）

2. 所谓"计程今日到梁州"是也。（甲）评语引白居易寄元稹诗："忽忆故人天际去，计程今日到梁州。"见孟棨《本事诗·征异第五》。

---

①　此诗见于靖藏本。庚辰另书于第十一回前空页上，或误以为是说贾瑞的，遂移前，有"诗曰"字样；甲戌本有"诗云"二字，留空。当为雪芹所作。诗说秦氏"一失足成千古恨，再回头已百年身"。"风月鉴"本是象征性的，贾瑞与秦氏情节穿插写也是有意的，故用"多少"来概括。

中用。"[1]

凤姐听了，恍惚问道："有何心愿？你只管托我就是了。"秦氏道："婶婶，你是个脂粉队里的英雄，[2]连那些束带顶冠的男子也不能过你，你如何连两句俗语也不晓得：常言'月满则亏，水满则溢'；又道是'登高必跌重'。如今我们家赫赫扬扬，已将百载，[3]一日倘或乐极悲生，若应了那句'树倒猢狲散'的俗语，[4]岂不虚称了一世的诗书旧族了。"凤姐听了此话，心胸大快，十分敬畏。忙问道："这话虑得极是，但有何法可以永保无虞？"[5]秦氏冷笑道："婶婶好痴也！否极泰来①，荣辱自古周而复始，岂是人力能可保常的。但如今能于荣时筹画下将来衰时的世业，亦可谓常保永全了。即如今日诸事都妥，只有两件事未妥，若把此事如此一行，则日后可保永全。"

凤姐便问何事。秦氏道："目今祖茔虽四时祭祀，只是无一定的钱粮；第二，家塾虽立，无一定的供给。依我想来，如今盛时固不缺祭祀、供给，但将来败落之时，此二项有何出处？[6]莫若依我定见，趁今日富贵，将祖茔附近多置田庄、房舍、地亩，以备祭祀、供给之费皆出自此处，将家塾亦设于此。合同族中长幼，大家定了则例，日后按房掌管这一年的地亩、钱粮、祭祀、供给之事。如此周流，又无争竞，亦不有典卖诸弊。便是有了罪，[7]凡物可入官，这祭祀产业，连官也不入的。便败落下来，子孙回家读书务农，也有个退步，祭祀又可永继。若目今以为荣华不绝，不思后日，终非长策。[8]眼见不日又有一件非常喜事，真是烈火烹油、鲜花着锦之盛。[9]要知道，也不过是瞬间的繁华，一时的欢乐，万不可忘了那'盛筵必散'的俗语。[10]此时若不早为后虑，临期只恐后悔无益矣！"凤姐忙问："有何喜事？"秦氏道："天机不可泄漏。只是我与婶子好了一场，临别赠你两句话，须要记着。"因念道：

1. 秦氏托梦凤姐，除二人交情最笃外，也看中她的才干。一语贬尽贾家一族空顶冠束带者。（甲）

2. 确评。称得起。（庚）

3. 常言之中有深慨焉，"已将百载"，恰与曹氏家世符合。

4. "树倒猢狲散"之语，余犹在耳，屈指三十五年矣。哀哉伤哉，宁不痛杀！（庚）此畸笏叟批。曹寅之友施闰章之孙施瑮《病中杂赋》诗："廿年树倒西堂闭，不待西州泪万行。"原注："曹楝亭公（寅）时拈佛语，对坐客云：'树倒猢狲散。'今忆斯言，车轮腹转。"西堂、楝亭皆江宁织造府中斋室名，也用作自号。"三十五年"，当从俗语应验即曹家抄没之时算起。

5. 无法可永保荣华，却引出后虑的话来。

6. "将来败落"，看似假设之词，却是实告。二项事，若非畸笏叟这样的过来人，看了是不会"悲切感服"的。畸笏叟是作者生父曹頫。见本书文章《畸笏叟应是曹雪芹的父亲曹頫》。

7. 又言获罪，亦非泛泛。

8. 语语见道，字字伤心，读此一段，几不知此身为何物矣。松斋。（甲）松斋，清雍正朝文华殿大学士白潢后人白筠的号。见敦诚《四松堂集·潞河游记》。

9. 极好形容。非常喜事指元妃省亲。

10. 也可作"红楼梦"三字的一种阐释。

---

① 否（pǐ 匹）极泰来——坏运气到了极点，好运气就要来了。否、泰，本《易经》中两卦名。

三春去后诸芳尽，各自须寻各自门。①1

凤姐还欲问时，只听得二门上传事云板连叩四下②，正是丧音，将凤姐惊醒。人回："东府蓉大奶奶没了！"凤姐闻听，吓了一身冷汗，出了一回神，只得忙忙地穿衣服往王夫人处来。2

彼时合家皆知，无不纳罕，都有些疑心。3那长一辈的想她素日孝顺，平一辈的想她素日和睦亲密，下一辈的想她素日慈爱，以及家中仆从老小想她素日怜贫惜贱、慈老爱幼之恩，莫不悲嚎痛哭者。4

闲言少叙，却说宝玉因近日林黛玉回去，剩得自己孤恓，也不和人玩耍，每到晚间，便索然睡了。5如今从梦中听见说秦氏死了，连忙翻身爬起来，只觉心中似戳了一刀的，不忍"哇"的一声，喷出一口血来。袭人等慌慌忙忙来搀扶，问是怎么样，又要回贾母来请大夫。宝玉笑道："不用忙，不相干！这是急火攻心，血不归经③。"6说着便爬起来，要衣服换了，来见贾母，即时要过去。袭人见他如此，心中虽放不下，又不敢拦，只是由他罢了。贾母见他要去，因说："才咽气的人，那里不干净；二则夜里风大，明早再去不迟。"7宝玉哪里肯依。贾母命人备车，多派跟从人役，拥护前来。

一直到了宁国府前，只见府门洞开，两边灯笼照如白昼，乱哄哄人来人往，里面哭声摇山振岳。8宝玉下了车，忙忙奔至停灵之室，痛哭一番。然后见过尤氏。谁知尤氏正犯了胃疼旧疾，睡在床上。9然后又出来见贾珍。彼时贾代儒带领10贾敕、贾效、贾敦、贾赦、贾政、贾琮、

1. 此句令批书人哭死。（甲）不必看完，见此二句，即欲堕泪。梅溪。（甲）署名人当是题此书名为《风月宝鉴》的"东鲁孔梅溪"，其人不详。或以为是孔继涵；继涵有此别号仅凭记忆口述而无文字证据，且其出生于乾隆四年，比雪芹小得太多，殆不可信。

2. 读此段真会出冷汗，文字之神奇如此！

3. 后来本子有改"纳罕"为"纳闷"、改"疑心"为"伤心"的，皆因不知此是天香楼事的不写之写。九个字写尽天香楼事，是不写之写。常村。（靖）常村，当是作者之弟"棠村"。可从此批。通回将可卿如何死故隐去，是余大发慈悲也。叹叹！壬午季春，畸笏叟。（靖）

4. 可卿之为人，生前写得不多，至此方大加褒奖，读来令人惋惜。松斋云，好笔力，此方是文字佳处。（庚）

5. 与前写凤姐胡乱睡了对应。

6. 急火攻心，虽无大碍，却见出宝玉之重情非同一般。

7. 逼真是极疼孙儿的老祖母说的话。此一阻，为宝玉非去不可作反衬。

8. 如此声势，令人大开眼界。写大族之丧，如此起绪。（甲）

9. 尤氏卧病，偌大丧事，谁来料理？妙，非此何以出阿凤。（甲）

10. 写出来的，"文"字辈，加上贾敬，共6人；"玉"字辈，加珍、琏、宝玉、环，算上已死的瑞，共12人；"草"字辈，共14人。将贾族约略一总，观者方不惑。（庚）

---

① "三春去后"两句——表面上说春光逝去尽，众花都要落尽，实际上是预言后事，即待到元春、迎春、探春死去或远嫁后，大观园姊妹们也都要死的死、散的散，各自寻找自己的归宿了。

② 云板连叩四下——能敲响传事用的、常铸成云头形的金属板叫"云板"。旧俗以"三"为吉，"四"为凶；故报丧音敲四下。

③ 血不归经——中医术语。中医认为在正常情况下，血液循着一定的经脉运行，若情绪突然受到刺激，会引起心火上炎、逼血妄行，致使血溢于经脉之外而产生吐血、衄血（出鼻血）等症状，但这并不要紧，它会随着情绪逐渐平复而自行停止。

贾瑞、贾珩、贾珖、贾琛、贾琼、贾璘、贾蔷、贾菖、贾菱、贾芸、贾芹、贾菶、贾萍、贾藻、贾蘅、贾芬、贾芳、贾兰、贾菌、贾芝等都来了。贾珍哭得泪人一般，[1]正和贾代儒等说道："合家大小，远近亲友，谁不知我这媳妇比儿子还强十倍！如今伸腿去了，可见这长房内绝灭无人了。"说着，又哭起来。众人忙劝道："人已辞世，哭也无益，且商议如何料理要紧。"[2]贾珍拍手道："如何料理，不过尽我所有罢了！"[3]

正说着，只见秦业、秦钟并尤氏的几个眷属尤氏姊妹也都来了。[4]贾珍便命贾琼、贾琛、贾璘、贾蔷四个人去陪客，一面吩咐去请钦天监阴阳司①来择日，推准停灵七七四十九日，三日后开丧送讣闻。这四十九日，单请一百单八众禅僧在大厅上拜大悲忏②，超度前亡后化诸魂，以免亡者之罪。另设一坛于天香楼上，[5]是九十九位全真道士③，打四十九日解冤洗业醮④。然后停灵于会芳园中，灵前另有五十众高僧、五十众高道，对坛按七作好事⑤。那贾敬闻得长孙媳死了，因自为早晚就要飞升，如何肯又回家染了红尘，[6]将前功尽弃呢，因此并不在意，只凭贾珍料理。

贾珍见父亲不管，亦发恣意奢华。[7]看板时，几副杉木板皆不中用。可巧薛蟠来吊问，因见贾珍寻好板，便说道："我们木店里有一副，叫作什么檣木，[8]出在潢海铁网山⑥上，[9]作了棺材，万年不坏。这还是当年先父带来，

---

1. 可笑，如丧考妣，此作者刺心笔也。（甲）考妣，父母死后之称谓。刺心笔，意谓作者不得已而揭家丑。

2. 淡淡一句，勾出贾珍多少文字来！（庚）意谓众人心里也明白。

3. 失态如见。

4. 伏后文。（甲）意谓后文尚有秦钟、尤氏姊妹等故事，他们与可卿之死，也有某些可比之处。

5. 删却！是未删之笔。（甲）此评是写给作者看的，命他把尚未删干净的、涉及"淫丧天香楼"的文字删掉。否则，"另设一坛"令人疑猜。何必定用"西"字？读之令人酸鼻。（靖）按，已迷失的靖本正文这一句作"设坛于西帆楼上"。这是一条尚难弄清的重要信息。

6. 可笑可叹！古今之儒，中途多惑老佛。王梅隐云："若能再加东坡十年寿，亦能跳出这圈子来。"斯言信矣。（庚）据吴恩裕考：王茂森著《梅隐集》，以为即其人；徐恭时疑非其人。见陈庆浩《新编石头记脂砚斋评语辑校》237页注。

7. 所谓"箕裘颓堕皆从敬"也。

8. 檣者，舟具也；所谓人生若泛舟而已，宁不可叹！（甲）

9. 所谓迷津易堕，尘网难逃也。（甲）

---

① 钦天监阴阳司——钦天监为主管天文、气象、编制历法等事的官署；择吉日等事，清时由署内刻漏科之阴阳生掌管，阴阳司为作者虚拟之机构。

② 拜大悲忏——和尚诵经拜佛，代死者忏悔，叫"拜忏"。这里说拜忏所诵之经为《大悲忏》经文，此经为宋天台宗僧人知礼所著，全称《千手千眼大悲心咒行法》。

③ 全真道士——全真本道教中的一派，此作道士的统称。

④ 打……醮——旧时道士设坛作法事，祈福消灾，叫"打醮"。

⑤ 按七作好事——迷信认为人死后会转生，七天为一期，期满可重新投生。如果未得生缘，须再等一期，如此最多等七期，满七七四十九日，必定重生。在重生前，因祸福未定，故每隔七天，亡者家属都要祭奠一番，请僧道诵经祈福，即所谓"作好事"。

⑥ 檣木、潢海铁网山——作者虚拟的木名、地名。皆有寓意。

原系义忠亲王老千岁要的，因他坏了事①，<sup>1</sup>就不曾拿去。现今还封在店里，也没有人出价敢买。你若要，就抬来罢了。"贾珍听了，喜之不禁，即命人抬来。大家看时，只见帮底皆厚八寸，纹若槟榔，味若檀麝，以手扣之，玎当如金玉。大家都奇异称赞。贾珍笑道<sup>2</sup>："价值几何？"薛蟠笑道："拿一千两银子来，只怕也没处买去。什么价不价，赏他们几工银就是了。"<sup>3</sup>贾珍听说，忙谢不尽，即命解锯糊漆。贾政因劝道："此物恐非常人可享者，殓以上等杉木也就是了。"<sup>4</sup>此时，贾珍恨不能代秦氏之死，这话如何肯听。<sup>5</sup>

因忽又听得秦氏之丫鬟名唤瑞珠者，见秦氏死了，她也触柱而亡②。<sup>6</sup>此事可罕，合族中人也都称赞。贾珍遂以孙女之礼殡殓，一并停灵于会芳园中之登仙阁。<sup>7</sup>小丫鬟名宝珠者，因见秦氏身无所出，乃甘心愿为义女，誓任摔丧驾灵③之任。贾珍喜之不禁，即时传下："从此皆呼宝珠为小姐。"那宝珠按未嫁女之丧，在灵前哀哀欲绝。<sup>8</sup>于是，合族人丁并家下诸人，都各遵旧制行事，自不敢紊乱。<sup>9</sup>

贾珍因想着贾蓉不过是个黉门监④，灵幡经榜上写时不好看，便是执事⑤也不多，因此心下甚不自在。<sup>10</sup>可巧这日正是首七第四日，早有大明宫掌宫内相戴权⑥，<sup>11</sup>先备了祭礼遣人抬来；次后坐了大轿，打伞鸣锣，亲来上祭。贾珍忙接着，让至逗蜂轩献茶。<sup>12</sup>贾珍心中打算定了主意，因而趁便就说要与贾蓉蠲个前程⑦的话。戴权会意，因笑道："想是为丧礼上风光些。"<sup>13</sup>贾珍忙笑道："老内相所

1. 世态炎凉如此。或以为置好板未用，素材取纳尔苏事。

2. 一路来只见哭，此时却笑。

3. 的是阿呆兄口气。（甲）

4. 褒贾政。政老有深意存焉。（甲）

5. 贬贾珍。"恨不能代"，写得露骨。

6. 补天香楼未删之文。（甲）留下谜，由你猜。或以为她是爬灰丑事当场撞见者，见注释②。

7. 因事命名。

8. 非恩惠爱人，哪能如是，惜哉可卿，惜哉可卿！（甲）

9. 此等事大族人家规矩必严。

10. 慕虚荣、讲排场者定会想到。又起波澜，却不突然。（庚）

11. 姓名谐音：妙，大权也。（甲）

12. 轩名可思。（甲）逗引蜂蝶者，自是花香；逗引太监者，无非铜臭。

13. 行家老手，哪能不知！得。内相机括之快如此！（甲）

---

① 坏了事——指获罪被革职。

② 名唤瑞珠者，见秦氏死了，她也触柱而亡——研究者多认为秦氏私通事，因被瑞珠撞见而败露。知情者，或尚有宝珠。

③ 摔丧驾灵——旧俗出殡时，先由死者的子孙摔一瓦器，然后抬起棺材，叫"摔丧"或"摔盆"。主丧孝子在棺材前领路叫"驾灵"。

④ 黉（hóng 红）门监——也叫"太学生""国子监生员"，明清时统称"监生"。黉，古代学校，此指国子监，即最高学府。监生，本指国子监就读的人，后来可用钱捐得这种出身。

⑤ 执事——仪仗，如旗、幡、扇、舆、马等。

⑥ 大明宫掌宫内相——大明宫，借用唐代宫名。内相，对太监的尊称。

⑦ 蠲（juān 捐）个前程——买个官职。

见不差。"戴权道："事倒凑巧，正有个美缺。如今三百员龙禁尉短了两员，昨儿襄阳侯的兄弟老三来求我，现拿了一千五百两银子，送到我家里。你知道，咱们都是老相与，不拘怎么样，<u>看着他爷爷的分上，胡乱应了。</u>[1]还剩了一个缺，谁知永兴节度使冯胖子来求，要与他孩子蠲，我就没工夫应他。既是咱们的孩子要蠲，[2]快写个履历来。"贾珍听说，忙吩咐："快命书房里人恭敬写了大爷的履历来。"小厮不敢怠慢，去了一刻，便拿了一张红纸来与贾珍。贾珍看了，忙送与戴权。戴权看时，上面写道：

> 江南江宁府江宁县监生贾蓉，年二十岁。曾祖，原任京营节度使世袭一等神威将军贾代化；祖，乙卯科进士贾敬；父，世袭三品爵威烈将军贾珍。

戴权看了，回手便递与一个贴身的小厮收了，说道："回来送与户部堂官①老赵，说我拜上他，起一张五品龙禁尉的票②，再给个执照③，就把那履历填上，明儿我来兑银子送去。"小厮答应了，戴权也就告辞了。贾珍十分款留不住，只得送出府门。临上轿，贾珍因问："银子还是我到部兑，还是一并送入老内相府中？"戴权道："<u>若到部里，你又吃亏了。不如平准一千二百两银子，送到我家里就完了。</u>"[3]贾珍感谢不尽，只说："待服满④后，亲带小犬到府叩谢。"于是作别。

接着，又听喝道之声，<u>原来是忠靖侯史鼎的夫人来了。王夫人、邢夫人、凤姐等刚迎至上房，</u>[4]又见锦乡侯、川宁侯、寿山伯三家祭礼摆在灵前。少时，三家下轿，贾政等忙接上大厅。如此亲朋你来我去，也不能胜数。只这四十九日，<u>宁国府街上一条白漫漫人来人往，</u>[5]<u>花簇簇官去官来。</u>[6]

1. 随口带出，是专靠这一行捞钱的。
2. 太监偏喜欢扯上孩子。奇谈。画尽阉官口吻。（甲）
3. 你吃了亏，我吃什么？此类交易，岂能公事公办？
4. 史湘云之姊母。史小姐湘云消息也。（甲）伏史湘云。（己）大概是评语"史湘云"之名被甲辰本抄书者误写作正文，程甲本便在"王夫人"之前添上"史湘云"，将她也归入出迎者；程乙本则索性改成"史鼎的夫人带着侄女史湘云来了"，都不合理。岂有史湘云已在贾府，数回中再无一字提及？看脂评"消息""伏"等字，便知尚未登场。
5. 是有服亲友并家下人丁之盛。（甲）
6. 是来往祭吊之盛。（甲）

---

① 堂官——衙署的长官。
② 起票——拟好凭证。
③ 执照——指授官的证书。
④ 服满——服丧期满。当时，父母为嫡长子之妻服丧期为一年。

贾珍命贾蓉次日换了吉服，领凭回来。灵前供用执事等物，俱按五品职例。灵牌、疏上皆写"天朝诰授贾门秦氏恭人①之灵位"。会芳园的临街大门洞开，现在两边起了鼓乐厅，两班青衣按时奏乐，一对对执事摆的刀斩斧齐。更有四面朱红销金大字牌对竖在门外，上面大书：

防护
内廷紫金道
御前侍卫龙禁尉

对面高起着宣坛，僧道对坛榜文，榜上大书："世袭宁国公冢孙妇②、防护内廷御前侍卫龙禁尉贾门秦氏恭人之丧。四大部州至中之地③、奉天永运太平之国，¹ 总理虚无寂静教门僧录司正堂④万虚、总理元始三一教门道录司正堂叶生等，敬谨修斋，朝天叩佛"，以及"恭请诸伽蓝、揭谛、功曹⑤等神，圣恩普锡，神威远镇，四十九日消灾洗孽平安水陆道场⑥"诸如等语，余者亦不消烦记。

只是贾珍虽然此时心意满足，但里头尤氏又犯了旧疾，不能料理事务，惟恐各诰命⑦来往，亏了礼数，怕人笑话，因此心中不自在。当下正忧虑时，因宝玉在侧，问道："事事都算安贴了，大哥哥还愁什么？"² 贾珍见问，便将里面无人的话说了出来。宝玉听说，笑道："这有何难，我荐一个人与你权理这一个月的事，管必妥当。"³ 贾珍忙问："是谁？"宝玉见座间还有许多亲友，不便明言，走至贾珍耳边说了两句。⁴ 贾珍听了，喜不自

1. 不着朝代地域名，故有此代称。奇文。若明指一州名，似若《西游》之套，故曰"至中之地"，不待言可知是光天化日、仁风德雨之下矣。不云国名更妙，可知是尧街舜巷、衣冠礼义之乡矣。直与第一回呼应相接。（庚）

2. 定须宝玉来问。余正思如何高搁起玉兄了。（甲）

3. 唯宝玉知之最确。荐凤姐须得宝玉，俱龙华会上人也。（甲）谓凤、宝皆有来历之人，非俗凡辈。"龙华会"，佛家语，"龙华三会"的略称；传弥勒菩萨曾在龙华树（花枝如龙头而得名）下开法会，济度世人，故称。

4. 借故亲友多，不点出是谁，写法最妙，能即刻提起读者兴趣来。

---

① 恭人——当时，四品官之妻叫"恭人"，五品官之妻叫"宜人"。旧俗为丧礼风光些，可在灵幡经榜上将死者的品位提高一级。

② 冢孙妇——长孙媳妇。

③ 四大部州至中之地——等于说世界之中心。四大部州，"州"通常作"洲"，古印度神话及佛教中四方的大洲名，指人类居住的世界。小说中虽有几次提到"南京"，却绝口不提"北京"二字。甲戌本《凡例》指出有时称"中京"者，"是不欲着迹于方向也。盖天子之邦，亦当以中为尊，特避其东南西北四字样也"。

④ 虚无寂静教门僧录司正堂——佛教全国最高官署首领。下一个是道教的头衔，义同。

⑤ 伽蓝、揭谛、功曹——卫护寺院的神、护法猛神和值年、月、日、时传递人间呈文给玉帝的神。

⑥ 水陆道场——僧众举行诵经设斋、礼佛拜忏，以超度水陆众鬼的法会。

⑦ 诰命——此指受皇帝封号的贵妇。

禁，连忙起身笑道："果然安贴，如今就去。"说着
拉了宝玉，辞了众人，便往上房里来。

可巧这日非正经日期①，亲友来的少，里面不
过几位近亲堂客，邢夫人、王夫人、凤姐并合族
中的内眷陪坐。有人报说："大爷进来了。"吓得众
婆娘唿的一声，往后藏之不迭。¹独凤姐款款站了
起来。贾珍此时也有些病症在身，二则过于悲痛了，
因拄了拐蹒跚了进来。邢夫人等因说道："你身上不
好，又连日事多，该歇歇才是，又进来做什么？"
贾珍一面扶拐，扎挣着要蹲身跪下请安道乏。²邢
夫人等忙叫宝玉搀住，命人挪椅子来与他坐。贾
珍断不肯坐，因勉强陪笑道："侄儿进来有一件事
要恳求二位婶婶并大妹妹。"邢夫人等忙问："什么
事？"贾珍忙笑道："婶婶自然知道，如今孙子媳
妇没了，侄儿媳妇偏又病倒，我看里头着实不成
个体统。怎么屈尊大妹妹一个月，在这里料理料理，
我就放心了。"³邢夫人笑道："原来为这个。你大
妹妹现在你二婶子家，只和你二婶子说就是了。"
王夫人忙道："她一个小孩子家，⁴何曾经过这样事？
倘或料理不清，反叫人笑话。倒是再烦别人好。"
贾珍笑道："婶子的意思侄儿猜着了，是怕大妹妹
劳苦了。⁵若说料理不开，我包管必理得开，便
是错一点儿，别人看着还是不错的。从小儿大妹
妹玩笑着，就有杀伐决断；⁶如今出了阁，又在那
府里办事，越发历练老成了。我想了这几日，除
了大妹妹，再无人了。婶婶不看侄儿、侄儿媳妇
的分上，只看死了的分上罢！"说着滚下泪来。⁷

王夫人心中怕的是凤姐儿未经过丧事，怕她
料理不清，惹人笑话。今见贾珍苦苦地说到这步
田地，心中已活了几分，却又眼看着凤姐出神。
那凤姐素日最喜揽事办，好卖弄才干，虽然当家
妥当，也因未办过婚丧大事，恐人还不服，巴不
得遇见这事。⁸今日见贾珍如此一来，她心中早已
欢喜。先见王夫人不允，后见贾珍说得情真，王

1. 好色本性是出了名的。素日行止可知。
作者自是笔笔不空，批者亦字字留神
之至矣。（甲）

2. 不忽略礼数细节。

3. 至此方点明宝玉推荐之人。阿凤此刻
心痒矣。（庚）

4. 必有此一曲折。王夫人识阿凤尚浅。

5. 不是猜不着，正是猜着了。此声东
击西法也。"怕劳苦了"是虚晃一枪；
话锋一转，在"必料理得开"上施出
全力。

6. 补出小时来。阿凤身分。（庚）

7. 为请人料理，还动了真感情。有笔力。
（庚）

8. 好逞强显能，当权树威，是凤姐一大
特点。

---

① 正经日期——正式诵经吊祭死者的日子，如逢七。

夫人有活动之意，便向王夫人道："大哥哥说得这么恳切，太太就依了罢。"王夫人悄悄地道："你可能么？"凤姐道："有什么不能的！外面的大事大哥哥已经料理清了，[1]不过是里头照管照管，便是我有不知道的，问问太太就是了。"[2]王夫人见说得有理，便不作声。贾珍见凤姐允了，又陪笑道："也管不得许多了，横竖要求大妹妹辛苦辛苦。我这里先与妹妹行礼，等事完了，我再到那府里去谢。"说着，就作揖下去，凤姐儿还礼不迭。

贾珍便忙向袖中取了宁国府对牌①出来，命宝玉送与凤姐。又说："妹妹爱怎么样就怎样，要什么只管拿这个取去，也不必问我，只求别存心替我省钱，只要好看为上；二则也要同那府里一样待人才好，不要存心怕人抱怨。[3]只这两件外，我再没不放心的了。"凤姐不敢就接牌，只看着王夫人。[4]王夫人道："你哥哥既这么说，你就照看照看罢了，只是别自作主意。有了事，打发人问你哥哥、嫂子要紧。"宝玉早向贾珍手里接过对牌来，强递与凤姐了。贾珍又问："妹妹还是住在这里，还是天天来呢？若是天天来，越发辛苦了。不如我这里赶着收拾出一个院落来，妹妹住过这几日倒安稳。"凤姐笑道："不用。[5]那边也离不得我，倒是天天来的好。"贾珍听说，只得罢了。然后又说了一回闲话，方才出去。

一时，女眷散后，王夫人因问凤姐："你今儿怎么样？"凤姐儿道："太太只管请回去，我须得先理出一个头绪来，才回去得呢。"王夫人听说，便先同邢夫人等回去，不在话下。

这里，凤姐儿来至三间一所抱厦内坐了。因想：头一件是人口混杂，遗失东西；第二件，事无专执，临期推委；第三件，需用过费，滥支冒领；第四件，任无大小，苦乐不均；第五件，家人豪纵，有脸者不服钤束②，无脸者不能上进。[6]此五件实

1. 一个尚存疑虑，一个信心十足。王夫人是悄言，凤姐是响应，故称"大哥哥"。（庚）已得三昧矣。（庚）

2. 真擅辞令，自信语中不忘捧着大哥哥和太太。

3. 确是贾珍语言。知凤姐之所欲，特委以全权：要银子只管拿，对下人只管打。

4. 非胆怯犹豫，是不越礼，待命于王夫人也。

5. 凤姐是不惮辛劳的，必事事处处都妥才放心。故答得干脆。二字句，有神。（甲）

6. 读五件事未完，余不禁失声大哭，三十年前作书人在何处耶？（庚）评语末句意谓三十年前，怎么不见有人作此书呢？是见书恨晚的意思。有人解为"三十年前的作书人"，则大误矣。旧族后辈受此五病者颇多，余家更甚，三十年前事见书于三十年后，令余悲恸，血泪盈面。（甲）批者当是畸笏叟（曹𫖯之化名），时间为乾隆二十二年丁丑（1757），该年他曾批"谢园送茶"一条。上推三十年，为雍正六年（1728），正曹𫖯被抄家时。他读此五件事，当然会怵触感伤不已，恨不能早早听到如此洞察弊端的话；现在再引以为戒也晚了。

---

① 对牌——支领财物的凭证，用木竹制成，上有号码、印记，从中劈作两半，保管者与领取者各持一半，支领时，以两半相符合为凭。

② 钤（qián 前）束——约束，管制。钤，锁。

是宁国府中风俗。不知凤姐如何处治，且听下回
分解。正是：

　　金紫①万千谁治国，裙钗一二可齐家。[1]

1. 借"齐家"喻"治国"，以小见大是
此书一大特点。

【总评】

　　秦氏亡灵托梦凤姐，预先传出了这个"赫赫扬扬，已将百载"的大家族，经"烈火烹油，鲜花着锦之盛"的"瞬息繁华"之后，终将"乐极生悲""树倒猢狲散"的丧音；其中理应有取自作者自己家世的素材。秦氏魂谈贾家后事二件，令畸笏叟"悲切感服"，他甚至感情用事地"赦"免了秦氏之罪，竟"命芹溪（作者的号）"删去"淫丧天香楼"情节。这是哪二件事呢？一、祭祀的钱粮谁出，二、家塾的供给谁给，都没有着落。如果及早规定交纳定例，多置族内共有田产，将来事败后，祖宗祭祀可以不绝，子孙退可务农读书。——这种事对一般读者来说，兴趣不大，读了也印象不深。可是对有过类似遭遇的曹家人来说，感受就完全不同了。秦氏的预见，大概在现实生活中会是曹家事败后悔恨时总结出的教训。这也为我们研究畸笏叟的真实身份提供了重要线索。

　　作者虽遵"命"删去天香楼情节，却留下许多让人窥见其真相的蛛丝马迹。那就是合家闻噩耗"无不纳罕，都有些疑心"，就是贾珍"如丧考妣"（脂评语）地"哭得泪人一般"的种种失常的表现，以及秦氏的丫鬟瑞珠"触柱而亡"，或者还有宝珠"甘心愿为义女"等。

　　贾珍为丧榜上风光，替儿子贾蓉买官职，以满足虚荣心理，太监总管戴权乘机许以"龙禁尉"虚衔，索取一千二百两银子。这一现象应是对当时朝廷官场中歪风陋习的真实的艺术反映。

　　"王熙凤协理宁国府"是全面展现她杰出的政治家能力的篇章。其事分在两回中描述。此回是写其出任与筹划，下回则写她具体实施的过程。贾珍要将丧事办得尽量奢华体面，这就大大提高了操办要求，增加了管理难度，而宁府又恰恰缺少能料理如此大事的人。宝玉深知凤姐才干，又对秦氏生前有特殊的好感，故由他主动推荐。在贾珍的苦求下，"素日最喜揽事办，好卖弄才干"的凤姐接受了这项任务。这一情节看似只在过渡，不太重要，实则是作者于虚处着力渲染的文字。凤姐上任前，先作情况分析，所谓"须得先理出一个头绪来"，于是归纳出宁府五大弊端，犹如大夫看病，须得对医治对象的病情先有准确的判断，然后才能对症下药。五件事又引起批书人畸笏叟内心极大的震动，以至"失声大哭"。这又是研究畸笏与作者关系很值得注意的地方。

　　回末"金紫万千"的对句，将治国与治家联系在一起，这正是作者喜欢借题发挥，常在小说中运用以小见大、以家喻国写法的一个例子。

---

　　① 金紫——佩金饰穿紫袍者，指高官显爵的男子。

# 第 十 四 回
## 林如海捐馆扬州城　贾宝玉路谒北静王

【题解】

　　本回回目诸本一致，但上下句所指情节虚实简繁大不相同。上句是说黛玉之父林如海终于病故。捐馆，抛弃所住的房屋，是死亡的婉词。这段情节根本没有正面写到，只是在此回中间，由从苏州赶回来报信的小厮昭儿口述的。而上半回的篇幅实际上都用来继续上一回回目所标"王熙凤协理宁国府"事，具体描述其前后全过程。下句写秦可卿大出殡途中，贾宝玉谒见北静王水溶一事，但只开了个头。之所以要用回目标出，应与后半部佚稿中北静王对故事情节的发展有重要关系。

　　话说宁国府中都总管来升闻得里面委请了凤姐，因传齐同事人等说道："如今请了西府里琏二奶奶管理内事，倘或她来支取东西，或是说话，我们须要比往日小心些。每日大家早来晚散，宁可辛苦这一个月，过后再歇着，不要把老脸面丢了。[1]那是个有名的烈货，脸酸心硬，一时恼了，不认人的。"众人都道："有理。"又有一个笑道："论理，我们里面也须得她来整治整治，[2]都忒不像了。"正说着，只见来旺媳妇拿了对牌来领取呈文京榜纸札①，票上批着数目。众人连忙让坐倒茶，一面命人按数取纸来抱着，同来旺媳妇一路行来，至仪门口，方交与来旺媳妇自己抱进去了。

　　凤姐即命彩明定造簿册。[3]即时传来升媳妇，兼要家口花名册来查看，又限于明日一早，传齐家人媳妇进来听差等语。大概点了一点数目单册，[4]问了来升媳妇几句话，便坐了车回家。一宿无话。

1. 从宁府家仆们的反应来渲染凤姐。此是都总管的话头。（庚）

2. 仆人们自己看不过，欲求劳逸公平，赏罚分明。

3. 宁府如此大家，阿凤如此身分，岂有使贴身丫头与家里男人答话交事之理呢？此作者忽略之处。（甲）彩明系未冠小童，阿凤便于出入使令者。老兄并未前后看明是男是女，乱加批驳，可笑！（庚）后评对前评的批驳，是颇有代表性的例证，说明脂评实有多人在加，不能要求彼此看法一致、无矛盾抵触。关键在于正确解读，知其价值所在。

4. 已心中有数了。

---

① 呈文京榜纸札——呈文、京榜都是纸名。呈文纸，麻料制成，质地坚实，多作契券、呈文之用。京榜纸，质地精良，常用于书写榜文的纸，多销向京城。纸札，纸张。古时以木札代纸，故谓。

至次日，卯正二刻①便过来了。那宁国府中婆娘媳妇闻得到齐，只见凤姐正与来升媳妇分派，众人不敢擅入，只在窗外听觑。¹只听凤姐与来升媳妇道："既托了我，我就说不得要讨你们嫌了。²我可比不得你们奶奶好性儿，由着你们去。再不要说你们这府里原是这样的，³这如今可要依着我行，⁴错我半点儿，管不得谁是有脸的，谁是没脸的，一例现清白处治。"说着，便吩咐彩明念花名册，按名一个一个地唤进来看视。⁵

一时看完了，便又吩咐道："这二十个分作两班，一班十个，每日在里头单管人来客往倒茶，别的事不用她们管。这二十个也分作两班，每日单管本家亲戚茶饭，别的事也不用她们管。这四十个人也分作两班，单在灵前上香添油，挂幔守灵，供饭供茶，随起举哀②，别的事也不与她们相干。这四个人单在内茶房收管杯碟茶器，若少一件，便叫她四个描赔③。这四个人单管酒饭器皿，少一件，也是她四个描赔。这八个单管监收祭礼。这八个人单管各处灯油、蜡烛、纸札，我总支了来，交与你八个，然后按我的定数再往各处去分派。这三十个每日轮流各处上夜，照管门户，监察火烛，打扫地方。这下剩的按着房屋分开，某人守某处，某处所有桌椅、古董起，至于痰盒、掸帚，一草一苗，或丢或坏，就和守这处的人算帐描赔。⁶来升家的每日揽总查看，或有偷懒的，赌钱吃酒的，打架拌嘴的，立刻来回我。你要徇情，经我查出，三四辈子老脸就顾不成了。如今都有定规，以后哪一行乱了，只和哪一行说话。素日跟我的人，随身自有钟表，不论大小事，我是皆有一定的时辰。横竖你们上房里也有时辰钟。卯正二刻我来点卯，巳正④吃早饭，凡有领牌、回事者，只在午初刻⑤。戌初⑥烧过黄昏纸⑦，我亲到各处查一遍，回来上夜的交明钥匙。⁷第二日还是

1. 写出小心敬畏情状。传神之笔。（甲）

2. 先占地步。（甲）

3. 反对施行新举措者，常有此话。
此话听熟了，一叹。（甲）

4. 强硬立规，偏有柔软措辞。

5. 既来掌管，认得人头也重要。

6. 以上分派，今称"岗位责任制"。

7. 定下必须严格遵守的上下班工作时间表，自己带头执行。

---

① 卯正二刻——早晨六时半。
② 随起举哀——随同死者眷属哭丧而一起号哭，旧俗有丧，多派婢仆助哭。
③ 描赔——照原来的式样赔偿。
④ 巳正——上午十时。
⑤ 午初刻——上午十一时到十一时一刻。
⑥ 戌初——下午七时。
⑦ 黄昏纸——丧家定时在灵前烧纸钱，傍晚那一次叫"黄昏纸"。

卯正二刻过来。说不得咱们大家辛苦这几日，[1]事完，你们家大爷自然赏你们。"[2]

　　说毕，又吩咐按数发与茶叶、油烛、鸡毛掸子、笤帚等物。一面又搬取家伙：桌围、椅搭、坐褥、毡席、痰盒、脚踏之类。一面交发，一面提笔登记，某人管某处，某人领某物，开得十分清楚。众人领了去，也都有了投奔，不似先时只拣便宜的做，剩下的苦差没个招揽。各房中也不能趁乱失迷东西。便是人来客往，也都安静了，不比先前正摆茶，又去端饭，正陪举哀，又顾接客。如这些无头绪、荒乱、推托、偷闲、窃取等弊，次日一概都蠲①了。[3]

　　凤姐儿见自己威重令行，心中十分得意。因见尤氏犯病，贾珍又过于悲哀，不大进饮食，自己每日从那府中煎了各色细粥，精致小菜，命人送来劝食。[4]贾珍也另外吩咐每日送上等菜到抱厦内，单与凤姐。[5]那凤姐不畏勤劳，天天于卯正二刻，就过来点卯理事，独在抱厦内起坐，不与众妯娌合群，便有堂客来往，也不迎会。[6]

　　这日，正五七正五日上，那应佛僧正开方破狱②，传灯照亡③，参阎君，拘都鬼，筵请地藏王④，开金桥⑤，引幢幡；那道士们正伏章申表，朝三清，叩玉帝⑥；禅僧们行香，放焰口⑦，拜水忏⑧；又有十三众青年尼僧，搭绣衣，靸⑨红鞋，在灵前默诵接引诸咒⑩，十分热闹。那凤姐必知今日人客不少，在家中歇宿一夜，至寅正⑪，[7]平儿便请起梳洗。及收拾完备，更衣盥手，喝了两口奶子糖粳粥，漱口已毕，已是卯正二刻了。来旺媳妇率领诸人伺候已

1. 是协理口气，好听之至。（甲）所谓先礼而后兵是也。（庚）

2. 罚要自行做主，赏则推给贾珍。滑贼，好收煞。（庚）

3. 立竿见影，秩序井然。

4. 要贾珍满意，想得够周到的。写凤姐之心机。（庚）

5. 贾珍也要讨好凤姐。写凤之珍贵。（庚）

6. "不畏勤劳"，又能分清事之主次，知自己责任之所在，非一味骄矜托大也。写凤之骄大。（庚）

7. 直书"寅正"，可见作者并不避其先祖讳。

---

　①　蠲（juān捐）——消除。
　②　应佛僧正开方破狱——应付佛事的和尚正演说佛法，超度亡灵脱离地狱。
　③　传灯照亡——迷信认为人死后走向阴间，冥路黑暗，所以要燃灯以照亡灵。
　④　阎君、都鬼、地藏王——地狱之神阎罗王，冥司所在地酆都城里的鬼卒，能于地狱中拯救众生苦难的地藏王菩萨。
　⑤　开金桥——为亡灵打开金桥。迷信传善人死后，灵魂过金桥、银桥，托生好的去处；恶人则过奈何桥，受苦难。
　⑥　三清、玉帝——道教的最高境界为"玉清""上清""太清"，此"三清"指居其中的三位尊神，即玉清元始天尊、上清灵宝天尊、太清太上老君。玉帝，玉皇大帝，道教尊奉的最高天神。
　⑦　放焰口——诵经舍食，以度饿鬼，为死者祈福的佛事。焰口，口内燃火的饿鬼名。
　⑧　拜水忏——诵《慈悲水忏法》佛经，为亡灵解冤除灾的佛事。
　⑨　靸（sǎ）——把鞋后跟踩在脚后跟下。此泛指穿鞋。
　⑩　接引诸咒——接引亡灵到"极乐世界"的种种咒语。
　⑪　寅正——凌晨四点钟。

久。凤姐出至厅前，上了车，前面打了一对明角灯①，大书"荣国府"三个大字，款款来至宁府。大门上门灯朗挂，两边一色戳灯②照如白昼，白茫茫穿孝仆从两边侍立。请车至正门上，小厮等退去，众媳妇上来揭起车帘。凤姐下了车，一手扶着丰儿，两个媳妇执着手把灯罩，簇拥着凤姐进来。宁府诸媳妇迎来请安接待。凤姐缓缓走入会芳园中登仙阁灵前，一见了棺材，那眼泪恰似断线珍珠滚将下来。¹ 院中许多小厮垂手伺候烧纸。凤姐吩咐得一声："供茶烧纸。"只听得一棒锣鸣，诸乐齐奏，² 早有人端过一张大圈椅来，放在灵前，凤姐坐下，放声大哭。³ 于是里外男女上下，见凤姐出声，都忙接声嚎哭。⁴

一时，贾珍、尤氏遣人来劝，凤姐方才止住。来旺媳妇献茶漱口毕，凤姐方起身，别过族中诸人，自入抱厦内来。按名查点，各项人数都已到齐，只有迎送亲客上的一人未到。⁵ 即命传到，那人已张惶愧惧。凤姐冷笑道：⁶ "我说是谁误了，原来是你！你原比她们有体面，所以才不听我的话。"那人道："小的天天来得早，只有今日，醒了觉得早些，因又睡迷了，来迟了一步，求奶奶饶过这次。"正说着，只见荣国府中的王兴媳妇来了，在外探头。⁷

凤姐且不发放这人，却先问："王兴媳妇作什么？"王兴媳妇巴不得先问她完了事，连忙进来说："领牌取线，打车轿网络③。"⁸ 说着，将个帖儿递上去。凤姐命彩明念道："大轿两顶，小轿四顶，车四辆，共用大小络子若干根，用珠儿线若干斤。"凤姐听了，数目相合，便命彩明登记，取荣国府对牌掷下。王兴家的去了。

凤姐方欲说话时，只见荣国府四个执事人进来，都是要支取东西领牌来的。凤姐命彩明要了帖儿念过，听了共四件，凤姐因指两件说道："这两件开销错了，再算清了来取。"⁹ 说着掷下帖子来。那二人扫兴而去。

凤姐因见张材家的在旁，因问道："你有什么事？"¹⁰

1. 真情难遏。

2. 有三军主帅传令声势。

3. 谁家行事，宁不堕泪？（庚）

4. 丧事中，主吊者先出声，相陪众人接声嚎哭的风俗，旧时十分普遍，今逐渐少见了。

5. 不听命误事者总有，且看如何处置。

6. 看"冷笑"二字，知要作法了。凡凤姐恼时，偏偏用"笑"字，是章法。（甲）

7. 却又被打断，留下悬案。惯起波澜，惯能忙中写闲，又惯用曲笔，又惯综错，真妙！（甲）

8. 叙事必如此时时被打断，才见出诸务冗杂，头绪纷繁。是丧事中用物，闲闲写却。（庚）

9. 凤姐明察，不让"需用过费，滥支冒领"也。前后领牌不同。

10. 又一顿挫。（庚）

---

① 明角灯——又叫羊角灯，灯罩用羊角胶制成，半透明，可防风雨。
② 戳灯——又叫"矗灯""绰灯"或"高灯"。一种有底座、长柄、竖立在地上可移动的灯笼。
③ 车轿网络——指出殡时，罩在车顶上用白色珠儿线编成的网状饰物。

张材家的忙取帖儿回说道："就是方才车轿围作成，领取裁缝工银若干两。"凤姐听了，便收了帖子，命彩明登记。待王兴家的交过牌，得了买办的回押相符，然后方与张材家的去领。一面又命念那一个，是为宝玉外书房完竣，支买纸料糊裱。[1]凤姐听了，即命收帖儿登记，待张材家的缴清，又发与这人去了。

凤姐便说道："明儿他也睡迷了，后儿我也睡迷了，[2]将来都没有人了。本来要饶你，只是我头一次宽了，下次人就难管，不如开发的好。"登时放下脸来，喝命："带出打二十大板！"一面又掷下宁府对牌："出去说与来升，革他一月银米！"[3]众人听了，又见凤姐眉立，[4]知是恼了，不敢怠慢。拖人的出去拖人，执牌传谕的忙去传谕。那人身不由己，已拖出去挨了二十大板，还要进来叩谢。凤姐道："明日再有误的打四十，后日的六十，有不怕打的，只管误！"说着，吩咐："散了罢！"窗外众人听说，方各自执事去了。彼时宁国、荣国两处执事领牌交牌的人来往不绝，那抱愧被打之人含羞去了，这才知道凤姐的利害。[5]众人不敢偷安，自此兢兢业业，[6]执事保守，不在话下。

如今且说宝玉[7]因见今日人众，恐秦钟受了委屈，因默与他商议，要同他往凤姐处来坐。秦钟道："她的事多，况且不喜人去，咱们去了，她岂不烦腻？"[8]宝玉道："她怎好腻我们，不相干，只管跟我来。"说着，便拉了秦钟，直至抱厦。凤姐才吃饭，见他们来了，便笑道："好长腿子，快上来罢。"[9]宝玉道："我们偏了①。"凤姐道："在这边外头吃的，还是那边吃的？"宝玉道："这边同那些浑人吃什么！[10]原是那边，我们两个同老太太吃了来的。"一面归坐。

凤姐吃毕饭，就有宁国府中的一个媳妇来领牌，为支取香灯事。凤姐笑道："我算着你们今儿该来支取，总不见来，想是忘了。这会子到底来取，要忘了，自然是你们包出来，都便宜了我。"那媳妇笑道："何尝不是忘了，[11]方才想起来，再迟一步，也领不成了。"

1. 却从闲中又引出一件关系文字来。（庚）下文提念夜书事。

2. 遥接因误事而求饶者的话，妙在说来声色并无不同。接得紧，且无痕迹，是山断云连法也。（庚）

3. 不是革迟到妇人，而是革来升银米。既是都总管，手下出差错，便有管人不善责任。罚得好！今多忽略处分主管。

4. 二字如神。（庚）

5. 又伏下文，非独为阿凤之威势费此一段笔墨。（甲）所谓"下文"，当指其"弄权铁槛寺"。

6. 以明显绩效暂且收拾过协理宁国府事。

7. 接着要忙出殡事，得便夹写宝玉琐细。

8. 像是体贴，恐也不免情怯。

9. 恰有好吃的便赶到之意。家常戏言，毕肖之至。（庚）

10. 是瞧不起，却含混。奇称，试问谁是清人？（甲）

11. 此妇亦善迎合。（甲）

---

① 偏了——先了一步，意思已经吃过了。

说罢，领牌而去。

一时登记交牌。秦钟因笑道："你们两府里都是这牌，倘或别人私弄一个，支了银子跑了，怎样？"凤姐笑道："依你说，都没王法了？"宝玉因道："怎么咱们家没人来领牌子做东西？"[1]凤姐道："人家来领的时候，你还做梦呢！我且问你，你们这夜书多早晚才念呢？"[2]宝玉道："巴不得这如今就念才好，她们只是不快收拾出书房来，这也没法。"凤姐笑道："你请我一请，包管就快了。"宝玉道："你要快也不中用，她们该作到那里的，自然就有了。"凤姐笑道："便是她们作，也得要东西去，搁不住我不给对牌是难的。"宝玉听说，便猴①向凤姐身上立刻要牌，[3]说："好姐姐，给出牌子来，叫她们要东西去！"凤姐道："我乏得身子上生疼，还搁得住你揉搓！你放心罢，今儿才领了纸裱糊去了，[4]她们该要的还等叫去呢，可不傻了！"宝玉不信，凤姐便叫彩明查册子与宝玉看了。

正闹着，人回："苏州去的人昭儿来了。"[5]凤姐急命唤进来。昭儿打千儿请安。凤姐便问："回来作什么？"昭儿道："二爷打发回来的。林姑老爷是九月初三日巳时没的②。[6]二爷带了林姑娘同送林姑老爷的灵到苏州，大约赶年底就回来了。二爷打发小的来报个信请安，讨老太太示下，还瞧瞧奶奶家里好，叫把大毛衣服带几件去。"凤姐道："你见过别人了没有？"昭儿道："都见过了。"说毕，连忙退出。凤姐向宝玉笑道："你林妹妹可在咱们家住长了。"[7]宝玉道："了不得！想来这几日她不知哭得怎样呢。"说着，蹙眉长叹。

凤姐见昭儿回来，当着人未及细问贾琏，心中自是记挂。待要回去，争奈事情繁杂，一时去了，恐有延迟失误，惹人笑话。少不得耐到晚上回来，复命昭儿进来，细问一路平安信息。连夜打点大毛衣服，和平儿亲自检点包裹，再细细追想所需何物，一并包藏交付。[8]又细细吩咐昭儿"在外好生小心服侍，不要惹

---

1. 是饭来张口、衣来伸手的人说的话。

2. 从领牌子说到念夜书，又说到收拾出书房，渐与前文"为宝玉外书房完竣，支买纸料糊裱"等语相合。

3. 诗中知有炼字一法，不期于《石头记》中多得其妙。（庚）

4. 与前文支领事合榫，此书写闲文琐节也一笔不苟。

5. 接得好。（甲）插此一小段，方完回目之上句。

6. 时间有问题，见注释。

7. 是作者早构思好的，借凤姐话点明而已。

8. 替丈夫细想日常所需之物，是能干妻子所为。

---

① 猴——动词，攀援、纠缠。
② 林姑老爷是九月初三日巳时没的——这日期与前面所叙有矛盾：第十二回末说："谁知这年冬底，林如海的书信寄来，却为身染重疾，写书特来接林黛玉回去。"时间上与秦氏病重一致，秦氏未过次年春分病逝，丧事期间，昭儿赶回，岂能说林如海死于秋天，贾琏、黛玉"大约赶年底就回来"。此类疏误，不知何而起。

你二爷生气。时时劝他少吃酒，别勾引他认得混账女人——回来打折你的腿"¹等语。赶乱完了，天已四更将尽，纵睡下又走了困，²不觉又是天明鸡唱，忙梳洗过宁府中来。

那贾珍因见发引日近，亲自坐了车，带了阴阳司吏，往铁槛寺来踏看寄灵所在。又一一嘱咐住持①色空，好生预备新鲜陈设，多请名僧，以备接灵使用。色空忙看晚斋，贾珍也无心茶饭，因天晚不得进城，就在净空处胡乱歇了一夜。次日一早，便进城料理出殡之事，一面又派人先往铁槛寺，连夜另外修饰停灵之处，并厨、茶等项接灵人口。

里面凤姐见日期在即，也预先逐细分派料理。一面又派荣府中车轿人从跟王夫人送殡，又顾自己送殡去占下处。目今正值缮国公诰命亡故，王、邢二夫人又去打祭送殡；西安郡王妃华诞②，送寿礼；镇国公诰命生了长男，预备贺礼；又有胞兄王仁连家眷回南，一面写家信禀叩父母并带往之物；又有迎春染疾，每日请医服药，看医生启帖、症源、药案等事，亦难尽述。又兼发引在迩，因此忙得凤姐茶饭也没工夫吃得，坐卧不能清净。³刚到了荣府，宁府的人又跟到荣府；既回到宁府，荣府的人又找到宁府。凤姐见如此，心中倒十分欢喜，并不偷安推托，恐落人褒贬，因此日夜不暇，筹画得十分的整肃。于是合族上下无不称赞者。⁴

这日，伴宿③之夕，里面两班小戏并耍百戏④的与亲朋、堂客伴宿，尤氏犹卧于内寝，一应张罗款待，都是凤姐一人周全承应。合族中虽有许多妯娌，但或有羞口的，或有羞脚的，或有不惯见人的，或有惧贵怯官的，种种之类，俱不及凤姐举止舒徐，言语慷慨，珍贵宽大。因此也不把众人放在眼里，挥霍指示，任其所为，目若无人。⁵一夜中，灯明火彩，客送官迎，那百般热闹，自不用说的。至天明，吉时已到，

1. 深知丈夫之所好，才有此嘱。切心事耶？（甲）

2. 劳神如此，不得安息，岂能持久？此为病源伏线。后文方不突然。（庚）

3. 总得好。（庚）前写不得好好睡眠，此写不得好好吃喝，焉得不病？

4. 被人这样跟来跟去，得不到片刻悠闲，在常人必心烦意乱，恨不得逃开去，找个清静的去处，或至多能任劳任怨，而凤姐却"十分欢喜"，此凤姐之所以为凤姐也！末句也是作者对她所作出成绩的褒奖。

5. 将凤姐之才干，写到极点。写秦氏之丧，却只为凤姐一人。（甲）

---

① 住持——主管寺院、道观的僧道。
② 华诞——生日。
③ 伴宿——又叫"坐夜"，出殡前丧家全都整夜守灵不睡。
④ 百戏——古代歌舞杂技的总称。

一般六十四名青衣请灵，前面铭旌①上大书"奉天洪建兆年不易之朝，诰封一等宁国公冢孙妇防护内廷紫禁道御前侍卫龙禁尉享强寿②贾门秦氏恭人之灵柩"。一应执事陈设，皆系现赶着新做出来的，一色光艳夺目。宝珠自行未嫁女之礼外，捧丧驾灵，十分哀苦。

那时，官客送殡的有：¹镇国公牛清之孙现袭一等伯牛继宗、理国公柳彪之孙现袭一等子柳芳、齐国公陈翼之孙世袭三品威镇将军陈瑞文、治国公马魁之孙世袭三品威远将军马尚、修国公侯晓明之孙世袭一等子侯孝康；缮国公诰命亡故，其孙石光珠守孝不曾来得。这六家与宁、荣二家，当日所称"八公"的便是。余者更有南安郡王之孙、西宁郡王之孙、忠靖侯史鼎、平原侯之孙世袭二等男蒋子宁、定城侯之孙世袭二等男兼京营游击谢鲸、襄阳侯之孙世袭二等男戚建辉、景田侯之孙五城兵马司裘良。余者锦乡伯公子韩奇、神武将军公子冯紫英，陈也俊、卫若兰等诸王孙公子，²不可枚数。堂客算来，亦共有十来顶大轿，三四十顶小轿，连家下大小轿车辆，不下百十余乘。连前面各色执事、陈设、百耍，浩浩荡荡，一带摆三四里远。

走不多时，路旁彩棚高搭，设席张筵，和音奏乐，俱是各家路祭：第一座是东平王府祭棚，第二座是南安郡王祭棚，第三座是西宁郡王祭棚，第四座是北静郡王祭棚。原来这四王，当日惟北静王功高，及今子孙犹袭王爵。现今北静王水溶年未弱冠③，生得形容秀美，情性谦和。³近闻宁国府冢孙妇告殂，因想当日彼此祖父相与之情，同难同荣，未以异姓相视，因此不以王位自居。上日也曾探丧上祭，如今又设路奠，命麾下④各官在此伺候。自己五更入朝，公事一毕，便换了素服，坐大轿鸣锣张伞而来，至棚前落轿。手下各官两旁拥侍，军民人众不得往还。

1. 对下列官客一段，有评曰：牛，丑也。清属水，子也。柳拆卯字。彪拆虎字，寅字寓焉。陈即辰。翼火为蛇，巳字寓焉。马，午也。魁拆鬼字，鬼，金羊，未字寓焉。侯猴同音，申也。晓鸣，鸡也，酉字寓焉。石即豕，亥字寓焉。其祖曰守业，即守镇也，犬字寓焉。所谓十二支寓焉。（庚）寓十二干支生肖，是作者起人名的又一种方法，无非暗示包罗万象，此外似不必强求其隐义。

2. 此二人夹在众客之中，却不同于跑龙套者，后有写他们的"侠文"，为闺阁文字"间色"。卫若兰是佚稿中史湘云婚后不久就分手的丈夫，其"射圃"事紧接第七十九回（含第八十回）写到。惜被借阅者"迷失"，致使书稿誊抄工作不能继续进行。

3. 四王之中，三王皆陪，独出北静王一人，乃与后来情节有干系者。"形容秀美，情性谦和"是宝玉倾心的原因。

---

① 铭旌——也叫"旌铭"、"明旌"或简称"铭"。长条绛帛旗幡，以白粉写死者官衔、姓名，用竹竿挑悬于灵座右前方。

② 享强寿——活得长寿。这是表面上风光的话。但古籍中另有一词叫"强死"，那是死于强健之年，即死于非命如被杀、自缢之类。这里能令人产生这种联想。

③ 弱冠——男子二十岁。

④ 麾（huī 挥）下——部下。麾，古代用以指挥军队的旗帜。

一时，只见宁府大殡浩浩荡荡、压地银山一般从北而至。[1] 早有宁府开路传事人看见，连忙回去报与贾珍。贾珍急命前面驻扎，同贾赦、贾政三人连忙迎来，以国礼相见。水溶在轿内欠身含笑答礼，仍以世交称呼接待，并不妄自尊大。贾珍道："犬妇①之丧，累蒙郡驾下临，荫生②辈何以克当！"水溶笑道："世交之谊，何出此言。"遂回头命长府官③主祭代奠，贾赦等一旁还礼毕，复身又来谢恩。

水溶十分谦逊，因问贾政道："哪一位是衔玉而诞者？[2] 几次要见一见，都为杂冗所阻。想今日是来的，何不请来一会？"贾政听说，忙回去，急命宝玉脱去孝服，领他前来。那宝玉素日就曾听得父兄亲友人等说闲话时，常赞水溶是个贤王，且生得才貌双全，风流潇洒，每不以官俗国体所缚。[3] 每思相会，只是父亲拘束严密，无由得会，今见反来叫他，自是欢喜。一面走，一面早瞥见那水溶坐在轿内，好个仪表人材。不知近看时又是怎样，下回便知。

1. 如此声势，可与李白《北风行》"燕山雪花大如席"想象媲美。数字道尽声势。壬午春，畸笏老人。（庚）

2. 衔玉而生乃罕有新闻，自然早传入水溶耳中，故询问合情合理，然总为将来宝玉危难时得其援助而写。忙中闲笔。点缀玉兄，方不失正文中之正人。作者良苦！壬午春，畸笏。（庚）

3. 非慕其王爷之权势地位可知。宝玉见北静王水溶，是为后文之伏线。（蒙）

【总评】

凤姐协理事从宁府都总管来升叙起，他传齐同事们关照大家，以后办事要格外小心，说"那是个有名的烈货，脸酸心硬，一时恼了，不认人的"。先作一番渲染。凤姐头一天上班，也齐集府中婆娘媳妇表了态，把丑话说在前头，所言与来升的话恰好对榫。然后，将众人分成数班，一一派定每班任务，提出严格要求，明确各自职责。这办法在今天就叫岗位责任制。这一来，以往的种种弊端，第二天就不见了。

在行文上，很能显示大手笔面面俱到的本领，各种事件错综复杂地展开，不用平直单线的笔触加以描述，以显示举办规模宏大丧事的纷繁场景。但也有重点，那就是"正五七正五日上"的做佛事。佛事的特殊场面和凤姐的辛勤操劳、威重令行的情景，都一一生动地写了出来。处罚迟到者过程的描述，尤见精彩，总不用直叙而时时被别的事打断，最后除受罚者被"带出打二十大板"外，还追究都总管来升的领导责任，"革他一月银米"。

后半回的重点转入大出殡，场面之宏大，礼仪之隆重，超越常规，自然是对贾府在都中的煊赫权势的艺术夸张。突出贾宝玉路谒北静王水溶事，研究者有以为小说的后半部中或有借助北静王之力令宝玉得以解厄的情节。

---

① 犬妇——犬子之妇，对儿媳的谦称。
② 荫生——靠祖先官爵的庇荫而取得监生资格的人。
③ 长府官——王府的长史，掌管全府事务。

# 第十五回
## 王熙凤弄权铁槛寺　秦鲸卿得趣馒头庵

【题解】

　　此回用甲戌本回目，其他本子与其基本一致，唯"王熙凤"多作"王凤姐"。写的是凤姐和秦钟在为秦可卿送灵至铁槛寺期间，各自发生不可告人的事。甲戌本回前有脂评数条，兹录于此："宝玉谒北静王辞对神色，方露出本来面目，迥非在闺阁中之形景。""北静王问玉上字果验否，政老对以未曾试过，是隐却多少捕风捉影闲文。""北静王论聪明伶俐，又年幼时为溺爱所累，亦大得病源之语。""凤姐中火，写纺线村姑，是宝玉闲花野景，一得情趣。""凤姐另住，明明系秦玉智能幽事，却是为净虚攒营凤姐大大一件事作引。""秦智幽情，忽写宝秦事云，不知'算何账目，未见真切，不曾记得，此系疑案，不敢纂创'是不落套中，且省却多少累赘笔墨。昔安南国使有题一丈红句云：'五尺墙头遮不得，留将一半与人看。'"

　　话说宝玉举目见北静郡王水溶头上戴着洁白簪缨银翅王帽，穿着江牙海水五爪坐龙白蟒袍，系着碧玉红鞓带①，<u>面如美玉，目似明星，真好秀丽人物。</u>宝玉忙抢上来参见，水溶连忙从轿内伸出手来挽住。见宝玉戴着束发银冠，勒着双龙出海抹额，穿着白蟒箭袖，围着攒珠银带，<u>面若春花，目如点漆。</u>[1] 水溶笑道："名不虚传，果然如'宝'似'玉'。"因问："衔的那宝贝在哪里？"宝玉见问，连忙从衣内取了递与过去。水溶细细地看了，又念了那上头的字，因问："果灵验否？"贾政忙道："虽如此说，只是未曾试过。"水溶一面极口称奇道异，<u>一面理好彩绦，亲自与宝玉戴上，</u>[2] 又携手问宝玉几岁，读何书。宝玉一一地答应。

　　水溶见他<u>语言清楚，谈吐有致，</u>[3] 一面又向贾政笑道："令郎真乃龙驹凤雏，非小王在世翁前唐突，

1. 状二人容貌，词非独创，然皆更新。

2. 珍惜钟爱之举。

3. 信笔写来反倒好。八字道尽玉兄。如此等方是玉兄正文写照。壬午季春。（庚）凡署"壬午"者，皆畸笏叟批。

---

　　① 红鞓（tīng 听）带——红色皮带。

将来'雏凤清于老凤声'①，未可量也。"¹贾政忙陪笑道："犬子岂敢谬承金奖！赖藩郡余祯②，果如是言，亦荫生辈之幸矣。"²水溶又道："只是一件，令郎如是资质，想老太夫人、夫人辈自然钟爱极矣；但吾辈后生，甚不宜钟溺，钟溺则未免荒失学业。昔小王曾蹈此辙，想令郎亦未必不如是也。若令郎在家难以用功，不妨常到寒第。³小王虽不才，却多蒙海上众名士凡至都者，未有不另垂青目③。是以寒第高人颇聚，令郎常去谈会谈会，则学问可以日进矣。"贾政忙躬身答应。

水溶又将腕上一串念珠卸了下来，递与宝玉道："今日初会，仓促竟无敬贺之物，此系前日圣上亲赐鹡鸰香④念珠一串，⁴权为贺敬之礼。"宝玉连忙接了，回身奉与贾政。⁵贾政与宝玉一齐谢过。于是贾赦、贾珍等一齐上来请回舆。水溶道："逝者已登仙界，非碌碌你我尘寰中之人也。小王虽上叨天恩，虚邀郡袭，岂可越仙辀⑤而进也！"贾赦等见执意不从，只得告辞谢恩回来，命手下掩乐停音，滔滔然将殡过完，⁶方让水溶回舆去了。不在话下。

且说宁府送殡，一路热闹非常。刚至城门前，又有贾赦、贾政、贾珍等诸同僚属下各家祭棚接祭，一一地谢过，然后出城，竟奔铁槛寺大路行来。彼时贾珍带贾蓉来到诸长辈前，让坐轿上马，因而贾赦一辈的各自上了车轿，贾珍一辈的也将要上马。凤姐因记挂着宝玉，怕他在郊外纵性逞强，不服家人的话，⁷贾政管不着这些小事，惟恐有个闪失，难见贾母，因此便命小厮来唤他。宝玉只得来到她的车前。凤姐笑道："好兄弟，你是个尊贵人，女孩儿一样的人品，⁸别学他们猴在马上。下来，咱们姐儿两个坐车，岂不好？"宝玉听说，便忙下了马，爬入凤姐车上，二人

1. 妙极。开口便是"西昆体"，宝玉闻之，宁不刮目哉！（甲）北宋初，杨亿、钱惟演、晏殊、刘筠等人以文章立朝，为诗皆崇尚李商隐，号"西昆体"。见刘攽《中山诗话》。

2. 用文绉绉语以示尊敬。谦得得体。（庚）

3. 如此钟爱，恐与构思后来宝玉遭厄，须有人登门求援有关。

4. 以念珠为见面礼，本也有限，贵在是皇上亲赐，又贵在是贴身之物，当场从腕上卸下。

5. 转出没调教。（庚）作此评者，大概以为宝玉应先有答谢之词或叩拜之举，就此接了，未免"没调教"。观点近迂，当非作者本意。

6. 此等处非平日细心观察写不出。有层次，好看煞。（庚）

7. 凤姐之关爱宝玉实出自然，并非只为向贾母、贾政有个交代。千百件忙事内不漏一丝。（甲）细心人自应如是。（庚）

8. 谙其性情，故如此说。非此一句宝玉必不依，阿凤真好才情。（甲）

---

① 雏凤清于老凤声——赞儿子胜过父亲。唐李商隐《韩冬郎即席为诗相送一座尽惊他日余方追吟连宵侍坐徘徊久之句有老成之风因成二绝寄酬兼呈畏之员外》诗："桐花万里丹山路，雏凤清于老凤声。"
② 赖藩郡余祯——托郡王的福。
③ 另垂青目——特加尊重、爱护。"垂青""青睐"等语，均出阮籍用青眼或白眼看人以别好恶事，见《晋书·阮籍传》。
④ 鹡鸰（jí líng 脊灵）香——当是一种香木的别名，后人不识，改为"蓁苓香"，此固香料，但蓁苓草本，似非制念佛珠之材料。鹡鸰，水边鸟名，黑白色。传统多比喻兄弟。见《诗经·小雅·棠棣》："脊令在原，兄弟急难。"
⑤ 仙辀（ér 儿）——灵车。辀，运棺材的车。

说笑前进。

不一时，只见从那边两骑马压地飞来，[1] 离凤姐车不远，一齐蹿下来，扶车回说："这里有下处，奶奶请歇歇更衣①。"凤姐急命请邢夫人、王夫人的示下，[2] 那人回来说："太太们说不用歇了，叫奶奶自便罢。"凤姐听了，便命歇歇再走。众小厮听了，一带辕马，岔出人群，往北飞走。宝玉在车内急命请秦相公。那时，秦钟正骑马随着他父亲的轿，忽见宝玉的小厮跑来，请他去打尖②。秦钟看时，只见凤姐的车往北而去，后面拉着宝玉的马，搭着鞍笼，便知宝玉同凤姐坐车，自己也便带马赶上来，同入一庄门内。早有家人将众庄汉撵尽。那庄村人家无多房舍，婆娘们无处回避，只得由她们去了。[3] 那些村姑、庄妇见了凤姐、宝玉、秦钟的人品、衣服、礼数、款段③，岂有不爱看的？

一时凤姐进入茅堂，因命宝玉等先出去玩玩。宝玉等会意，因同秦钟出来，带着小厮们各处游玩。凡庄农动用之物，皆不曾见过。宝玉一见了锹、锄、镢、犁等物，皆以为奇，不知何向所使，其名为何。小厮在旁一一地告诉了各色，说明原委。宝玉听了，因点头叹道："怪道古人诗上说，'谁知盘中餐，粒粒皆辛苦'④，正为此也。"[4] 一面说，一面又至一间房前，只见炕上有个纺车，宝玉又问小厮们："这又是什么？"小厮们又告诉他原委。宝玉听说，便上来拧转作耍，自为有趣。只见一个约有十七八岁的村庄丫头跑了来乱嚷："别动坏了！"[5] 众小厮忙断喝拦阻。宝玉忙丢开手，陪笑说道：[6]"我因为没见过这个，所以试它一试。"那丫头道："你们哪里会弄这个！站开了，我纺与你瞧。"[7] 秦钟暗拉宝玉笑道："此卿大有意趣。"宝玉一把推开，笑道："该死的！再胡说，我就打了。"[8] 说着，只见那丫头纺起线来。宝玉正要说话时，[9] 只听那边老婆子叫道："二丫头，快过来！"那丫头听见，丢下纺车，一径去了。

1. 有气有势，写形有影。（庚）

2. 凤姐在主持丧务上，看似任意挥霍，目若无人，但大小场合无不执长幼婆媳之礼，从不越规，看此小节可知。

3. 庄稼汉不得直面大家女眷，当时阶级歧视如此，也因此而有宝玉与二丫头趣事一节。

4. 特安排机会写膏粱子弟不识农事，作者大有深意。写玉兄正文总于此等处，作者良苦。壬午季春。（庚）

5. 农家生计所系，能不在意？故"乱嚷"。

6. 宝玉之和善与小厮粗暴作对照。一"忙"字，二"陪笑"字，写玉兄是在女儿分上。壬午季春。（庚）

7. 村丫头天真无邪，说话没顾忌，此正豪门大族所缺少的。三字如闻。（庚）

8. 秦钟与宝玉都对二丫头有好感。然一则起亵玩之念，一则存珍爱之心，人品之高下立判。玉兄身分本心如此。（庚）

9. 若说话，便不是《石头记》中文字也。（庚）

---

① 更衣——这里作上厕所的婉辞。

② 打尖——旅途中休息、进食。

③ 款段——模样举止。

④ "谁知"二句——唐李绅《悯农》诗原句。

宝玉怅然无趣。<sup>1</sup>只见凤姐打发人来叫他两个进去。凤姐洗了手，换衣服，抖灰土，问他们换不换。宝玉不换，只得罢了。家下仆妇们将带着行路的茶壶、茶杯、十锦屉盒、各样小食端来，凤姐等吃过茶，待他们收拾完备，便起身上车。外面旺儿预备下赏封，赏了本村主人，庄妇等来叩赏。凤姐并不在意，宝玉却留心看时，内中并无二丫头。<sup>2</sup>一时上了车，出来走不多远，只见迎头二丫头怀里抱着她小兄弟，同着几个小女孩子说笑而来。宝玉恨不得下车跟了她去，料是众人不依的，少不得以目相送，<sup>3</sup>争奈车轻马快，一时展眼无踪。<sup>4</sup>

走不多时，仍又跟上大殡。早有前面法鼓金铙、幢幡宝盖，铁槛寺接灵众僧齐至。少时，到入寺中，另演佛事，重设香坛。安灵于内殿偏室之中，宝珠安理寝室相伴。外面贾珍款待一应亲友，也有扰饭的，也有不吃饭而辞的，一应谢过乏，从公、侯、伯、子、男，一起一起地散去，至未末<sup>①</sup>时方分散尽了。里面的堂客，皆是凤姐张罗接待，先从显官诰命散起，也到晌午大错<sup>②</sup>时方散尽了。只有几个亲戚是至近的，等做过三日安灵道场方去。那时，邢、王二夫人知凤姐必不能回家，也便就要进城。王夫人要带宝玉去，宝玉乍到郊外，哪里肯回去，只要跟凤姐住着。王夫人无法，只得交与凤姐便回来了。

原来这铁槛寺是宁、荣二公当日修造，现今还是有香火地亩布施，以备京中老了<sup>③</sup>人口，在此便宜寄放。其中阴阳两宅俱已预备妥帖，好为送灵人口寄居。<sup>5</sup>不想如今后辈人口繁盛，其中贫富不一，或性情参商，<sup>6</sup>有那家业艰难安分的，便住在这里了；有那尚排场有钱势的，只说这里不方便，一定另外或村庄或尼庵寻个下处，为事毕宴退之所。<sup>7</sup>即今秦氏之丧，族中诸人皆权在铁槛寺下榻，独有凤姐嫌不方便，<sup>8</sup>因而早遣人来和馒头庵的姑子净虚说了，腾出两间房子来作下处。

原来这馒头庵就是水月寺，因它庙里做的馒头好，

1. 若非心已被牵，怎能如此失落！丫头长相容貌都无一字，写来却令人信服。作者之笔真是神了！

2. 总不肯作一直笔。妙在不见。（庚）

3. 情之痴如此！

4. 东坡《和子由渑池怀旧》诗曰："人生到处知何似？应似飞鸿踏雪泥。泥上偶然留指爪，鸿飞哪复计东西！"读此十二字，正有同样感慨。四字有文章，人生难聚未尝不如此也！（甲）

5. 祖宗为子孙之心细到如此。（甲）

6. 《石头记》总于没要紧处闲三二笔，写正文筋骨，看官当用巨眼，不为彼瞒过好矣。壬午季春。（庚）所谓"源远水则浊，枝繁果则稀"，余为天下痴心祖宗为子孙谋千年业者痛哭！（甲）

7. 妙在艰难就安分，富贵则不安分矣。（甲）凡言及祖宗家业等事，脂评特关注，话也多。

8. 不用说，阿凤自然不肯将就一刻的。（甲）另外住开，为在馒头庵中方便私下交易，也为写秦钟与智能儿风流事。

---

① 未末——下午近三点钟。
② 晌午大错——中午过去很久了。晌午，正午。
③ 老了——"死了"的忌讳说法。

就起了这个诨号，离铁槛寺不远。¹当下和尚功课已完，奠过晚茶，贾珍便命贾蓉请凤姐歇息。凤姐见还有几个姊娌陪着女亲，自己便辞了众人，带了宝玉、秦钟往水月庵来。原来秦业年迈多病，²不能在此，只命秦钟等待安灵罢了。那秦钟便只跟着凤姐、宝玉，一时到了水月庵，净虚带领智善、智能两个徒弟出来迎接，大家见过。凤姐等来至净室，更衣净手毕，因见智能儿越发长高了，模样儿越发出息了，因说道："你们师徒怎么这些日子也不往我们那里去？"净虚道："可是。这几天都没工夫，因胡老爷府里产了公子，太太送了十二两银子来这里，³叫请几位师父念三日《血盆经》①，忙得没个空儿，就没来请奶奶的安。"

不言老尼陪着凤姐。且说秦钟、宝玉二人正在殿上玩耍，因见智能过来，宝玉笑道："能儿来了。"秦钟道："理那东西作什么？"宝玉笑道："你别弄鬼，那一日在老太太屋里，一个人没有，你搂着她作什么？这会子还哄我。"⁴秦钟笑道："这可是没有的话。"宝玉笑道："有没有也不管你，你只叫住她倒碗茶来我吃，就丢开手。"秦钟笑道："这又奇了，你叫她倒去，还怕她不倒？何必要我说呢。"宝玉道："我叫她倒的是无情意的，不及你叫她倒的是有情意的。"⁵秦钟只得说道："能儿，倒碗茶来给我。"那智能儿自幼在荣府走动，无人不识，因常与宝玉、秦钟玩耍。她如今大了，渐知风月，便看上了秦钟人物风流，那秦钟也极爱她妍媚，二人虽未上手，却已情投意合了。⁶今智能见了秦钟，心眼俱开，走去倒了茶来。秦钟笑说："给我。"⁷宝玉叫："给我！"智能儿抿嘴笑道："一碗茶也来争，我难道手里有蜜！"⁸宝玉先抢得了吃着，方要问话，只见智善来叫智能去摆茶碟子。一时来请他两个去吃茶果点心。他两个哪里吃这些东西，坐一坐，仍出来玩笑。

凤姐也略坐片时，便回至净室歇息，老尼相送。此时，众婆娘媳妇见无事，都陆续散了，自去歇息，跟前不过几个心腹常侍小婢，老尼便趁机说道："我正

1. 前人诗云："纵有千年铁门限，终须一个土馒头。"是此意，故"不远"二字有文章。"（甲）此评所举为南宋范成大《重九日行营寿藏之地》诗句。土馒头，坟墓也。《全唐诗外编》王梵志诗："世无百年人，强作千年调。打铁作门限，鬼见拍手笑。""城外土馒头，馅草在城里。一人吃一个，莫嫌没滋味。"此又为石湖诗所本。小说言"庙里做的馒头好"是故意蒙人的话，又名"水月庵"，也取"镜花水月"之意，说世事人生都如梦幻。

2. 伏一笔。（甲）伏下回老父气死。

3. 虚陪了一个胡姓，妙，言是胡涂人之所为也。（甲）

4. 秦钟貌似佳公子，行事恰如数回后与丫鬟卍儿云雨之小厮茗烟。补出前文未到处。细思秦钟近日在荣府所为可知矣。（甲）

5. 总作如是等奇语。（甲）

6. 谁爱谁，本难说清缘故。"上手"二字，微露贬意。不爱宝玉，却爱秦钟，亦是各有情葬。（甲）

7. 如闻其声。（甲）

8. 这话出自智能这样的人之口，恰好。一语毕肖，如闻其语，观者已自酥倒，不知作者从何着想。（甲）

① 《血盆经》——全名《目莲正教血盆经》，又名《女人血盆经》，迷信认为女人生产出血是罪孽，故要念此经消灾祈福。

有一事，要到府里求太太，先请奶奶一个示下。"
凤姐因问何事，老尼道："阿弥陀佛！<sup>1</sup>只因当日
我先在长安县内善才庵<sup>2</sup>内出家的时节，那时有
个施主姓张，是大财主。他有个女儿小名金哥，<sup>3</sup>
那年都往我庙里来进香，不想遇见了长安府府太
爷的小舅子李衙内。那李衙内一心看上，要娶金哥，
打发人来求亲，不想金哥已受了原任长安守备的
公子的聘礼。张家若退亲，又怕守备不依，因此
说已有了人家。谁知李公子执意不依，定要娶他
女儿，张家正无计策，两处为难。不想守备家听
了此信，也不管青红皂白，便来作践辱骂，说一
个女儿许几家，偏不许退定礼，就要打官司告状
起来。<sup>4</sup>那张家急了，<sup>5</sup>只得着人上京求寻门路，赌
气偏要退定礼。<sup>6</sup>我想如今长安节度云老爷与府上
最契，可以求太太与老爷说声，打发一封书去，
求云老爷和那守备说一声，不怕那守备不依。若
是肯行，张家连倾家孝敬也都情愿。"<sup>7</sup>

　　凤姐听了笑道："这事倒不大，<sup>8</sup>只是太太再不
管这样的事。"老尼道："太太不管，奶奶也可以
主张了。"凤姐听说笑道："我也不等银子使，也
不做这样的事。"<sup>9</sup>净虚听了，打去妄想，半晌叹
道：<sup>10</sup>"虽如此说，只是张家已知我来求府里，<sup>11</sup>
如今不管这事，张家不知道没工夫管这事，不希
罕他的谢礼，倒像府里连这点子手段也没有的
一般。"

　　凤姐听了这话，便发了兴头，说道："你是素
日知道我的，从来不信什么是阴司地狱报应的，<sup>12</sup>
凭是什么事，我说要行就行。你叫他拿三千两银
子来，我就替他出这口气。"老尼听说，喜之不尽，
忙说："有，有，有！这个不难。"凤姐又道："我
比不得他们拉篷扯纤的图银子。<sup>13</sup>这三千银子，不
过是给打发说去的小厮做盘缠，使他赚几个辛苦
钱，我一个钱也不要他的。便是三万两，我此刻
还拿得出来。"<sup>14</sup>老尼连忙答应，又说道："既如此，
奶奶明日就开恩也罢了。"凤姐道："你瞧瞧我忙
的，哪一处少了我？既应了你，自然快快地了结。"
老尼道："这点子事，在别人跟前就忙得不知怎

1. 开口称佛，毕肖，可叹可笑。（甲）"阿
弥陀佛"成了魔咒的开场白。

2. "才"字应改作"财"字才对。

3. 俱从一"财"字上发生。（甲）

4. 守备一闻便闹，断无此理。此不过张
家惧府尹之势，必先退定礼，守备方
不从，或有之。此时老尼只欲与张家
完事，故将此言遮饰，以便退亲，受
张家之贿也。（甲）此类说词，是非
黑白本可任意颠倒。

5. 如何便急了，话无头绪，可知张家礼屈。
此系作者巧摹老尼无头绪之语，莫认
作者无头绪，正是神处奇处。摹一人，
一人必到纸上活现。（甲）

6. 如何？的是张家要与府尹攀亲。（甲）

7. 顺手向凤姐投出香饵。坏极，妙极！
若与府尹攀了亲，何惜张财不能再得。
小人之心如此，良民遭害如此！（甲）

8. 心动矣。若即刻答应，便不是阿凤了。
五字是阿凤心迹。（甲）

9. 是口是心非，是自恃身份，也是行文
必须曲折。

10. 一叹转出多少至恶不畏之文来！（庚）

11. 请将不如激将。闺阁营谋说事，往
往被此等语惑了。（庚）

12. 不料这话后来被写续书的人翻了案。

13. 欺人太甚。（庚）对如是之奸尼，阿
凤不得不如是语。（庚）二批恰好相
反，前者为是。

14. 固可作夸口看，但也未必不是实况。
阿凤欺人如此。（甲）

样，若是奶奶跟前，再添上些也不够奶奶一发挥的。[1] 只是俗语说的，'能者多劳'，太太因大小事见奶奶妥帖，越性都推给奶奶了，奶奶也要保重金体才是。"一路话奉承得凤姐越发受用了，也不顾劳乏，更攀谈起来。[2]

谁想秦钟趁黑无人，来寻智能。刚到后面房中，只见智能独在房中洗茶碗，秦钟跑来便搂着亲嘴。[3] 智能急得跺脚说："这算什么呢！再这么，我就叫唤了。"秦钟求道："好人，我已急死了。你今儿再不依，我就死在这里。"智能道："你想怎么样？除非等我出了这牢坑，离了这些人，才依你。"秦钟道："这也容易，只是远水救不得近渴。"说着，一口吹了灯，满屋漆黑，将智能抱在炕上就云雨起来。[4] 那智能百般挣挫不起，又不好叫的，[5] 少不得依他了。正在得趣，只见一人进来，将他二人按住，也不则声。二人不知谁，唬得不敢动一动。只听那人嗤的一声，撑不住笑了，[6] 二人听声，方知是宝玉。秦钟连忙起身，抱怨道："这算什么？"宝玉笑道："你倒不依，咱们就叫喊起来。"羞得智能趁黑地跑了。[7] 宝玉拉了秦钟出来道："你可还和我强？"秦钟笑道："好人，[8] 你只别嚷得众人知道，你要怎样我都依你。"宝玉笑道："这会子也不用说，等一会睡下，再细细地算帐。"一时，宽衣安歇的时节，凤姐在里间，秦钟、宝玉在外间，满地下皆是家下婆子，打铺坐更。凤姐因怕通灵玉失落，便等宝玉睡下，命人拿来塞在自己枕边。宝玉不知与秦钟算何帐目，未见真切，未曾记得，此系疑案，不敢纂创。[9]

一宿无话。至次日一早，便有贾母、王夫人打发了人来看宝玉，又命多穿两件衣服，无事宁可回去。宝玉哪里肯回去，又有秦钟恋着智能，调唆宝玉求凤姐再住一天。凤姐想了一想，[10] 凡丧仪大事虽妥，还有一半点小事未曾安插，可以指此再住一天，岂不又在贾珍跟前送了满情？二则又可以完净虚那事；三则顺了宝玉的心，贾母听见，岂不欢喜？因有此三益，[11] 便向宝玉道：

1. 千穿万穿，马屁不穿。

2. 因奉承而受用，因受用而兴奋，因兴奋而不顾伤身，凤姐究竟是智是愚？总写阿凤聪明中痴人。（甲）

3. 实表奸淫尼庵之事如此。壬午季春。（庚）

4. 秦钟的行为与贾琏有几分相似，也仿佛与其姐可卿有相同基因，虽则二人并无血缘关系。

5. 还是不肯叫？（庚）

6. 请掩卷细思此刻形景，真可喷饭。历来风月文字可有如此趣味者？（庚）

7. 若历历写完，则不是《石头记》文字了。壬午季春。（庚）

8. 前以二字称智能，今又称玉兄，看官细思。（庚）

9. 小说虚拟作者石头即通灵玉，性既通灵，即使被凤姐塞在枕下，照样也能知道周围发生的事。这里要写到宝玉和秦钟的同性恋情，偏说石头"未见真切"，还自相矛盾地加一句"未曾记得"，故意显得躲躲闪闪，语无伦次。这又是作者的诙谐幽默。忽又作如此评断，似自相矛盾，却是最妙之文。若不如此隐去，则又有何妙文可写哉？这方是世人意料不到之大奇笔。若通部中万万件细微之事俱备，《石头记》真亦太觉死板矣。故特用此二三件隐事，借石之未见真切，淡淡隐去，越觉得云烟渺茫之中，无限丘壑在焉。（甲）

10. 一想便有许多好处，真好阿凤！（甲）

11. 世人只云一举两得，独阿凤一举更添一得。（甲）

"我的事都完了，你要在这里逛，少不得越性辛苦一日罢了，明儿可是定要走的了。"宝玉听说，千姐姐万姐姐地央求："只住一天，明日必回去的。"于是又住了一夜。

凤姐便命悄悄将昨日老尼姑之事，说与来旺儿。来旺儿心中俱已明白，急忙进城找着主文的相公，假托贾琏所嘱，修书一封，[1]连夜往长安县来，不过百里路程，两日工夫俱已妥协。那节度使名唤云光，久欠贾府之情，这一点小事，岂有不允之理，给了回书，旺儿回来。且不在话下。[2]

却说凤姐等又过了一日，次日方别了老尼，着她三日后往府里去讨信。[3]那秦钟与智能百般不忍分离，背地里多少幽期密约，俱不用细述，只得含泪而别。凤姐又至铁槛寺中照望一番。宝珠执意不肯回家，贾珍只得派妇女相伴。后文再见。

1. 不细。（甲）评语非指作者文字而言，是指凤姐办这件事考虑不周：修书白纸黑字，给人留下交通官府证据，一旦东窗事发，即可据以定罪。此所谓"智者千虑，必有一失"，或叫利令智昏。

2. 一语过下。（甲）

3. 过至下回。（甲）

---

**【总评】**

大出殡队伍途经庄村人家歇脚，是都中一门贵族大家与郊外若干农村小户两个群体间的短暂碰撞，拓展小说境界，也换新读者眼目。心灵慧敏的贾宝玉留情于村女二丫头，自是其天性所致。好景如云烟过眼，令批书人为之感喟。

凤姐喜欢弄权敛财。水月庵老尼净虚看准了她这个习性，便利用贾府与官场的特殊关系，托她帮办一件婚姻诉讼，答应贿赂她三千两银子作谢。凤姐私下包揽了此事，派人与官府打招呼，官府自然照办。情节延至下一回的开头，其结果是逼得一对青年男女双双殉情。此事在八十回后的佚稿中，写凤姐将来获罪，当是重要原因之一。

在凤姐与净虚权钱交易的同时，又插入秦钟与智能儿好色淫乱的"孽障"。他们的一段情缘，与这个风流少年在下回中"夭逝黄泉路"为因果。

# 第十六回
## 贾元春才选凤藻宫　秦鲸卿夭逝黄泉路

**【题解】**

此回用甲戌本回目，其他诸本基本相同，只有个别字的差异。上句说的是贾元春被晋封为凤藻宫尚书，加封贤德妃。这对贾府来说是天大的喜事，因为从此有了政治大靠山，但并没有具体情节，只用喜讯传来的侧笔叙出。下句说的是秦钟与智能私下往来缱绻过度，又遭到挫折，终至一病夭亡的事。一喜一悲两件事是穿插着写的，但重点是围绕着元春晋封事来描述的。

甲戌本有回前总批数条，录于后："幼儿小女之死，得情之正气，又为痴贪辈一针灸。凤姐恶迹多端，莫大于此件者——受赃婚以致人命。贾府连日热闹非常，宝玉无见无闻，却是宝玉正文。夹写秦、智数句，下半回方不突然。""黛玉回方解宝玉为秦钟之忧闷，是天然之章法。平儿借香菱答话，是补写菱姐近来着落。赵姨讨情闲文却引出通部脉络，所谓由小及大，譬如登高必自卑之意。细思大观园一事，若从如何奉旨起造，又如何分派众人，从头细细直写将来，几千样细事，如何能顺笔一气写清？又将落于死板拮据之乡。故只用琏、凤夫妻二人一问一答，上用赵姨讨情作引，下文蓉、蔷来说事作收，余者随笔顺笔略一点染，则耀然洞彻矣。此是避难法。"

却说宝玉见收拾了外书房，约定与秦钟读夜书。偏那秦钟秉性最弱，因在郊外受了些风霜，又与智能儿偷期缱绻，未免失于调养，[1]回来时便咳嗽伤风，懒进饮食，大有不胜之态①，遂不敢出门，只在家中养息。[2]宝玉便扫了兴头，只得付于无可奈何，且自静候大愈时再约。[3]

那凤姐儿已是得了云光的回信，俱已妥协。老尼达知张家，果然那守备忍气吞声地收了前聘之物。谁知那张财主虽如此爱势贪财，却养了一个知义多情的女儿，[4]闻得父母退了亲事，她便一条绳索悄悄地自缢了。那守备之子闻得金哥自缢，他也是个极多情的，遂也投河而死。[5]只落得张、李两家没趣，

1. 从失于调养到一病不起只怕不远。勿笑。这样无能，却是写与人看。（庚）

2. 为下文伏线。（甲）谓下文写智能找上门来，被秦业知觉。

3. 所谓"好事多磨"也。（甲）评中所引四字，乃首回僧道劝阻顽石下凡时所说。

4. 所谓"老鸦窝里出凤凰"，此女是在十二钗之外副者。（庚）评语赞其难得也，非真有十二钗外副之文。

5. 至双双自尽，方知是重情义儿女，令人惋惜。一双美满夫妻。（庚）

---

①　不胜之态——患了虚劳病的样子。

真是人财两空。这里凤姐却坐享了三千两，王夫人等连一点消息也不知道。¹自此，凤姐胆识愈壮，以后有了这样的事，便恣意地作为起来，也不消多记。²

　　一日，正是贾政的生辰，宁、荣二处人丁都齐集庆贺，热闹非常。忽有门吏忙忙进来，至席前报说："有六宫都太监①夏老爷来降旨。"吓得贾赦、贾政等一干人不知是何消息，³忙止了戏文，撤去酒席，摆香案，启中门跪接。早见六宫都太监夏守忠乘马而至，前后左右又有许多内监跟从。那夏守忠也并不曾负诏捧敕，至檐前下马，满面笑容，走至厅上，南面而立，口内说："特旨：立刻宣贾政入朝，在临敬殿陛见②。"说毕，也不及吃茶，便乘马去了。贾政③等不知是何兆头，只得急忙更衣入朝。

　　贾母等合家人等心中皆惶惶不定，不住地使人飞马来往报信。有两个时辰工夫，忽见赖大等三四个管家喘吁吁跑进仪门来报喜，又说"奉老爷命，速请老太太带领太太等进朝谢恩"等语。那时贾母正心神不定，在大堂廊下伫立。⁴邢夫人、王夫人、尤氏、李纨、凤姐、迎春姊妹以及薛姨妈等皆在一处。听如此信至，贾母便唤进赖大来细问端的。赖大禀道："小的们只在临敬门外伺候，里头的信息一概不能得知。后来还是夏太监出来道喜，说咱们家大小姐晋封为凤藻宫尚书④，加封贤德妃。后来老爷出来亦如此吩咐小的。如今老爷又往东宫去了，速请老太太领着太太们去谢恩。"贾母等听了方心神安定，不免又都洋洋喜气盈腮。⁵于是都按品大妆起来。贾母带领邢夫人、王夫人、尤

1. 王夫人等不知，并非天下无人知晓。如何消缴？造孽者不知，自有知者。（庚）

2. **必然越陷越深，直至没顶。**一段收拾过。阿凤心机胆量，真与雨村是一对乱世之奸雄。后文不必细写其事，则知其平生之作为。回首时无怪乎其惨痛之态，使天下痴心人同来一警，或可期共入于恬然自得之乡矣。脂研。（己）评语直接指出凤姐结局惨痛与此事有关。"回首"是死的别称。

3. 一闻降旨，先写"吓"，只恐祸事临头也。泼天喜事却如此开宗，出人意料外之文也。壬午季春。（庚）

4. 从贾母等合家人心神不安，等待消息，反衬泼天喜事。慈母爱子写尽，回廊下伫立与"日暮倚庐仍怅望"对景，余掩卷而泣。（庚）"日暮倚庐仍怅望"，南汉先生句也。（庚）号南汉者，宋有柴中行，元有顾英，明有朱伯骥，清有韩超、荆道乾、汤之昱、郑性、姚之麟等，未知孰是。

5. "不免又都"用字有讲究。忽惧忽喜，此时之喜，焉知不是伏他日之悲？

① 六宫都太监——总管皇后、妃嫔寝宫事务的太监。
② 陛见——臣僚谒见皇帝。陛，宫殿前台阶。
③ 贾政——甲戌、己卯、庚辰诸本皆作"贾赦"，但被宣入朝者是贾政，下有"急忙更衣入朝"语，故从甲辰、程甲本作"贾政"。
④ 凤藻宫尚书——虚拟的宫名，凤藻，如凤毛之有文彩。尚书，宫中女官名，女尚书。唐代白居易写宫女幽闭怨旷之苦有《上阳白发人》诗，诗中说到"遥赐尚书号"事。作者或借此暗示元春命运。

氏，一共四乘大轿入朝。贾赦、贾珍亦换了朝服，带领贾蓉、贾蔷奉侍贾母大轿前往。于是宁、荣两处上下里外，莫不欣然踊跃，个个面上皆有得意之状，言笑鼎沸不绝。[1]

谁知近日水月庵的智能私逃进城，找至秦钟家下看视秦钟。[2]不意被秦业知觉，将智能逐出，将秦钟打了一顿，自己气得老病发作，三五日光景呜呼死了。秦钟本自怯弱，又值带病未愈受了笞打，今见老父气死，此时悔痛无及，更又添了许多症候。因此宝玉心中怅然如有所失。[3]虽闻得元春晋封之事，亦未解得愁闷。[4]贾母等如何谢恩，如何回家，亲朋如何来庆贺，宁、荣两处近日如何热闹，众人如何得意，独他一个皆视有如无，毫不曾介意。因此众人嘲他越发呆了。[5]

且喜贾琏与黛玉回来，先遣人来报信，明日就可到家，宝玉听了，方略有些喜意。[6]细问原由，方知贾雨村亦进京陛见，皆由王子腾累上保本①，此来候补京缺，与贾琏是同宗弟兄，又与黛玉有师徒之谊，故同路作伴而来。林如海已葬入祖坟了，诸事停妥，贾琏方进京。本该出月到家，因闻得元春喜信，遂昼夜兼程而进，一路俱各平安。宝玉只闻得黛玉"平安"二字，余者也就不在意了。[7]

好容易盼到明日午错，[8]果报："琏二爷和林姑娘进府了。"见面时彼此悲喜交集，未免又大哭一阵，后又致喜庆之词。[9]宝玉心中品度黛玉，越发出落得超逸了。黛玉又带了许多书籍来，忙着打扫卧室，安插器具。又将些纸笔等物分送宝钗、迎春、宝玉等人。宝玉又将北静王所赠鹡鸰香串珍重取出来，转赠黛玉。[10]黛玉说："什么臭男人拿过的！我不要它。"遂掷而不取。[11]宝玉只得收回，

1. 元春晋封，关乎全局，从此，贾家成皇亲国戚矣！能不人人得意，喜气盈门？

2. 锣鼓声正热闹，戛然止住。忽接水月庵智能找秦钟事，是意想不到之笔。以下叙事极简捷，几句话将智能被逐、秦钟挨打、老父气死、病情加重等一一说完，干净利落。

3. 又搁置秦钟，转入宝玉，方是着重要写的。

4. 众人皆喜，唯独他一人不乐，正见宝玉唯情是重，"势利"二字难入其心。眼前多少热闹文字不写，却从万人意外撰出一段悲伤，是别人不屑写者，亦别人之不能处。（己）

5. 此嘲不是作者贬宝玉。大奇至妙之文，却用宝玉一人连用五"如何"，隐过多少繁华势利等文。试思若不如此，必至种种写到，其死板拮据、琐碎杂乱，何可胜哉！故只借宝玉一人如此一写，省却多少闲文，却有无限烟波。（庚）

6. 知己千里至，稍得宽怀。不如此，后文秦钟死去，将何以慰宝玉？（甲）

7. 还有比平安更重要的吗？总为掩过宁荣两处许多琐细闲笔。处处交代清楚，方好启大观园也。（己）

8. 宝玉之急切如此。

9. 莫谓悲喜无常，人之常情正如此。

10. 自己珍重的东西以为别人也会珍重，赠错对象的事生活中常见。

11. 今有人读到此句，以为找到了黛玉大胆反封建的证据，居然骂皇上、北静王为"什么臭男人"。这未免错看。古有高人许由，不慕荣利，尧欲召为九州长，他闻而洗耳于颍水。不知黛玉比洗耳翁情怀如何。若宝玉送她两块旧手帕，恐不会"掷而不取"。黛玉之深情独钟于宝玉，除宝玉外别的男人都臭，她哪管什么南静王北静王，恐与反封建挨不上。

───────────

① 保本——向皇帝保举人才的奏本。

暂且无话。

　　且说贾琏自回家参见过众人，回至房中。正值凤姐近日多事之时，无片刻闲暇之工，¹ 见贾琏远路归来，少不得拨冗接待，房内无外人，便笑道："国舅老爷大喜！国舅老爷一路风尘辛苦。小的听见昨日的头起报马来报，说今日大驾归府，略预备了一杯水酒掸尘，不知可赐光谬领否？"贾琏笑道："岂敢岂敢，多承多承！"² 一面平儿与众丫鬟参拜毕，献茶。贾琏遂问别后家中的事，又谢凤姐操持劳碌。凤姐道："我哪里照管得这些事，见识又浅，口角又笨，心肠又直率，人家给个棒槌，我就认作针。脸又软，搁不住人给两句好话，心里就慈悲了。况且又没经历过大事，胆子又小，太太略有些不自在，就吓得我连觉也睡不着了。我苦辞了几回，太太又不容辞，倒反说我图受用了，不肯习学了。殊不知我是捏着一把汗儿呢。一句也不敢多说，一步也不敢多走。³ 你是知道的，咱们家所有的这些管家奶奶们，哪一位是好缠的？⁴错一点儿她们就笑话打趣，偏一点儿她们就指桑说槐地抱怨。'坐山观虎斗'，'借刀杀人'，'引风吹火'，'站干岸儿'，'推倒油瓶不扶'，都是全挂子的武艺。况且我年纪轻，头等不压众，怨不得不放我在眼里。更可笑⁵那府里忽然蓉儿媳妇死了，珍大哥又再三再四地在太太跟前跪着讨情，只要请我帮他几日；我是再四推辞，太太断不依，只得从命。依旧被我闹了个马仰人翻，⁶更不成个体统，至今珍大哥还抱怨后悔呢。你这一来了，明儿你见了他，好歹描补描补，⁷就说我年纪小，原没见过世面，谁叫大爷错委她的。"

　　正说着，只听外间有人说话，凤姐便问："是谁？"⁸ 平儿进来回道："姨太太打发了香菱妹子来问我一句话，我已经说了，打发她回去了。"贾琏笑道："正是呢，方才我见姨妈去，不防和一个年轻的小媳妇子撞了个对面，生得好齐整模样。⁹我疑惑咱家并无此人，说话时因问姨妈，谁知就是上京来买的那小丫头，名叫香菱的，竟与薛大傻

1. 补阿凤二句最不可少。（甲）

2. 欣喜之情从戏语中透出，尤妙在称谓应景。贾琏居然答不上来。娇音如闻，俏态如见，少年夫妻常事，的确有之。（甲）

3. 听她如何说自己。此等文字作者尽力写来，是欲诸公认得阿凤，好看以后之书，勿作等闲看过。（庚）

4. 独这一句不假。脂研。（己）评语亦有所感而言。

5. 三字是得意口气。（庚）

6. 得意之至口气。（庚）

7. 自鸣得意，全反着说，亦奇。阿凤之弄琏兄如弄小儿，可怕可畏。若生于小户，落在贫家，琏兄死矣。（庚）

8. 打断说话的平儿说是香菱，乃谎话，却借机写了她。

9. 奇在贾琏证实是香菱，还夸她模样好。

子作了房里人，开了脸①，越发出挑得标致了。那薛大傻子真玷辱了她。"¹凤姐道："嗳！往苏杭走了一趟回来，也该见些世面了，²还是这么眼馋肚饱的。你要爱她，不值什么，我去拿平儿换了她来如何？³那薛老大也是'吃着碗里望着锅里'，这一年来的光景，他为要香菱不能到手，和姨妈打了多少饥荒②，⁴也因姨妈看着香菱模样儿好还是末则，其为人行事，却又比别的女孩子不同，温柔安静，差不多的主子姑娘也跟她不上呢。故此摆酒请客地费事，明堂正道地与他作了妾。过了没半月，也看得马棚风一般了，我倒心里可惜了的。"⁵语未了，二门上小厮传："老爷在大书房等二爷呢。"贾琏听了，忙忙整衣出去。

这里凤姐乃问平儿："方才姨妈有什么事，巴巴地③打发了香菱来？"⁶平儿笑道："哪里来的香菱，是我借她暂撒个谎。⁷奶奶说说，旺儿嫂子越发连个成算也没了。"说着，又走至凤姐身边，悄悄说道：⁸"奶奶的那利钱银子，迟不送来，早不送来，这会子二爷在家，她且送这个来了。⁹幸亏我在堂屋里撞见，不然时，走了来回奶奶，二爷倘或问奶奶是什么利钱，奶奶自然不肯瞒二爷的，¹⁰少不得照实告诉二爷。我们二爷那脾气，油锅里的钱还要找出来花呢，听见奶奶有了这个梯己④，他还不放心地花了呢？所以我赶着接了过来，叫我说了她两句，谁知奶奶偏听见了问，我就撒谎说香菱来了。"¹¹凤姐听了笑道："我说呢，姨妈知道你二爷来了，忽喇巴⑤地反打发个房里人来了？原来你这蹄子赖鬼。"¹²

说话时，贾琏已进来，凤姐便命摆上酒馔来，夫妻对坐。凤姐虽善饮，却不敢任性，¹³只陪着贾琏。一时贾琏的乳母赵嬷嬷走来。贾琏、凤姐忙让她一同吃酒，令其上炕去，赵嬷嬷执意不肯。平儿

1. 看得眼馋了。垂涎如见，试问兄宁有不玷平儿乎？脂研。（己）

2. 吴越之地是出过西施的。这"世面"二字，单指女色也。（甲）

3. 竟有如此打趣丈夫的！也只有阿凤。

4. 谈起香菱事已属无中生有，不料还有这一段补笔。补前文之未到，且将香菱身分写出。脂研。（己）

5. 又带出阿呆喜新厌旧本性。一段纳灶之文，偏于阿凤口中补出，亦尖猾幻妙之至。（甲）"纳灶"即纳妾另一说法。

6. 不当着贾琏问是凤姐机灵处。必有此一问。（甲）

7. 至此方说出是谎言。卿何尝谎言，的是补菱姐正文。（甲）此处系平儿搞鬼。（觉）

8. 如闻如见。（庚）

9. 总是补遗。（甲）补以前曾背着贾琏收利钱。

10. 平姐欺看书人了。（甲）可儿可儿，凤姐竟被她哄了。（庚）平儿真擅辞令。

11. 一段平儿见识作用，不枉阿凤平日刮目，又伏下多少后文，补尽前文未到。（己）

12. 疼极反骂。（庚）

13. 百忙中又点出大家规范，所谓无不周详，无不贴切。（甲）

---

① 作了房里人，开了脸——指作了侍妾。旧时，女子出嫁时，要用线绞除脸上汗毛，描眉修鬓，叫"开脸"。
② 打饥荒——找人麻烦。
③ 巴巴地——特地。
④ 梯己——又作"体己""梯息"，私人积蓄的钱。
⑤ 忽喇巴——忽然；匆匆忙忙。

等早已炕沿下设下一杌子①，又有一小脚踏，赵嬷嬷在脚踏上坐了。贾琏向桌上拣两盘肴馔与她放在杌上自吃。凤姐又道："妈妈很咬不动那个，倒没的砟了她的牙。"¹因向平儿道："早起我说那一碗火腿炖肘子很烂，正好给妈妈吃，你怎么不取去，赶着叫她们热来？"又道："妈妈，你尝一尝你儿子带来的惠泉酒②。"²赵嬷嬷道："我喝呢，奶奶也喝一盅，怕什么？只不要过多了就是了。³我这会子跑了来，倒也不为酒饭，倒有一件正经事，奶奶好歹记在心里，疼顾我些罢。我们的爷，只是嘴里说得好，到了跟前就忘了我们，幸亏我从小儿奶了你这么大。我也老了，有的是那两个儿子，你就另眼照看他们些，别人也不敢呲牙儿③的。⁴我还再四地求了你几遍，你答应得倒好，到如今还是爆屎④。⁵这如今又从天上跑出这样一件大喜事来，哪里用不着人？所以倒是来求奶奶是正经，靠着我们爷，只怕我还饿死了呢。"

　　凤姐笑道："妈妈你放心，两个奶哥哥都交给我，你从小儿奶的，你还有什么不知他那脾气的？拿着皮肉倒往那不相干的外人身上贴。可是现放着奶哥哥，哪一个不比人强？你疼顾照看他们，谁敢说个'不'字儿？⁶没的白便宜了外人。——我这话也说错了，我们看着是'外人'，你却看着是'内人'⑤一样呢。"说得满屋里人都笑了。⁷赵嬷嬷也笑个不住，又念佛道："可是屋子里跑出青天来了？若说'内人''外人'这些混账事，我们爷是没有，不过是脸软心慈，搁不住人求两句罢了。"⁸凤姐笑道："可不是呢，有'内人'求的他才慈软呢，他在咱们娘儿们跟前才刚硬呢！"赵嬷嬷笑道："奶奶说得太尽情了，我也乐了，再吃一杯好酒。从此我们奶奶做了主，我就没的愁了。"

　　贾琏此时没好意思，只是讪笑吃酒，说"胡说"

1. 何处着想，却是自然有的。（庚）

2. 补点不到之文，像极。（庚）

3. 宝玉之李嬷嬷，此处偏又写一赵嬷嬷，特犯不犯。先有"梨香院"一回，今又写此一回，两两遥对，却无一笔相重，一事合掌。（甲）

4. 不另眼照看，哪有后来贾蔷去姑苏采买女孩子，带上赵嬷两个儿子的事。为蔷、蓉作引。（庚）

5. 有是乎？（庚）

6. 会送情。（庚）

7. 可儿可儿。（庚）

8. 千真万真是没有，一笑。（甲）有是语，像极，毕肖，乳母护子。（庚）

---

① 杌（wù 物）子——小凳子。

② 惠泉酒——江苏无锡惠山西山麓下有泉叫惠泉或慧泉，水质好，酿南酒著名。

③ 呲（zī 资）牙儿——掀唇露齿，指说些责骂、讥诮别人的话。

④ 爆屎——"干搁着"的歇后语。事情搁着未办。

⑤ 内人——对自己妻子的称呼。

二字，——"快盛饭来吃碗子，还要往珍大爷那边去商议事呢。"凤姐道："可是别误了正事。才刚老爷叫你说什么？"[1]贾琏道："就为省亲①。"[2]凤姐忙问道："省亲的事竟准了不成？"[3]贾琏笑道："虽不十分准，也有八分准了。"[4]凤姐笑道："可见当今的隆恩。历来听书、看戏，古时从来未有的。"[5]赵嬷嬷又接口道："可是呢，我也老糊涂了。我听见上上下下吵嚷了这些日子，什么省亲不省亲，我也不理论它去；如今又说省亲，到底是怎么个原故？"[6]贾琏道："如今当今体贴万人之心，[7]世上至大莫如'孝'字，想来父母儿女之性，皆是一理，不是贵贱上分别的。当今自为日夜侍奉太上皇、皇太后，尚不能略尽孝意，因见宫里嫔妃才人等皆是入宫多年，以致抛离父母音容，岂有不思想之理？在儿女思想父母，是分所应当。想父母在家，若只管思念儿女，竟不能一见，倘因此成疾致病，甚至死亡，皆由朕躬②禁锢，不能使其遂天伦之愿，亦大伤天和之事。故启奏太上皇、太后，每月逢二六日期，准其椒房③眷属入宫请候看视。于是太上皇、皇太后大喜，深赞当今至孝纯仁，体天格物。因此二位老圣人又下旨意，说椒房眷属入宫，未免有国体仪制，母女尚不能惬怀。竟大开方便之恩,特降谕诸椒房贵戚，除二六日入宫之恩外，凡有重宇别院之家，可以驻跸关防④之处，不妨启请内廷鸾舆⑤入其私第，庶可略尽骨肉私情、天伦中之至性。此旨一下，谁不踊跃感戴！

---

① 省（xǐng 醒）亲——探望父母等长辈亲人。

② 朕躬——皇帝自称：我自身。

③ 椒房——后妃居处，指代后妃。

④ 驻跸关防——帝王后妃在宫外停留和防卫。

⑤ 鸾舆——宫车。"鸾"又作"銮"。

1. 此一问，问出全书的一件大事来。

2. 二字醒眼之极，却只如此写来。（甲）

3. "忙"字要紧，特于凤姐口中出此字，可知事关钜要，非同浅细，是此书中正眼矣。（蒙）问得珍重，可知是外方人意外之事。脂研。（己）大观园用省亲事出题，是大关键事，方见大手笔行文之立意。畸笏。（庚）

4. 如此故顿一笔，更妙。见得事关重大，非一语可了者，亦是大篇文章抑扬顿挫之致。（甲）

5. 于闺阁中作此语，直与击壤同声。脂研。（己）评语赞闺阁中出此"颂圣"语，诚朴实在，极其难得。晋皇甫谧《帝王世纪》："帝尧之世，天下太和，百姓无事，有老人击壤而歌。"即"日出而作，日入而息"一首，见《古诗源》首篇。

6. 借赵嬷问"省亲"原故，引出贾琏以下大篇说词。赵嬷一问是文章家进一步门庭法则。（甲）补近日之事，启下回之文。（甲）

7. 自政老生日用降旨截住，贾母等进朝如此热闹，用秦业死岔开。只写几个"如何"，将泼天喜事交代完了。紧接黛玉回，琏、凤闲话，以老妪勾出省亲事来。其千头万绪合榫贯连，无一毫痕迹，如此等，是书多多，不能枚举。想兄在青埂峰下经锻炼后，参透重关至恒河沙数。如否，余日万不能有此机括，有此笔力，恨不得面问果否，叹叹。丁亥春，畸笏叟。（庚）

现今周贵人的父亲已在家里动了工了，修盖省亲别院呢。又有吴贵妃的父亲吴天佑家，也往城外踏看地方去了。[1]这岂不有八九分了？"

赵嬷嬷道："阿弥陀佛！原来如此。这样说，咱们家也要预备接咱们大小姐了？"[2]贾琏道："这何用说呢！不然，这会子忙的是什么？"[3]凤姐笑道："若果如此，我可也见个大世面了。可恨我小几岁年纪，若早生二三十年，如今这些老人家也不薄我没见世面了。[4]说起当年太祖皇帝仿舜巡①的故事，比一部书还热闹，我偏没造化赶上。"[5]赵嬷嬷道："嗳哟哟，那可是千载希逢的！那时候我才记事儿，咱们贾府正在姑苏扬州一带监造海舫，修理海塘，只预备接驾一次，[6]把银子都花得淌海水似的！说起来……"凤姐忙接道：[7]"我们王府也预备过一次。那时我爷爷单管各国进贡朝贺的事，凡有的外国人来，都是我们家养活。[8]粤、闽、滇、浙所有的洋船货物都是我们家的。"

赵嬷嬷道："那是谁不知道？如今还有个口号儿呢，说'东海少了白玉床，龙王来请江南王'，[9]这说的就是奶奶府上了。还有如今现在江南的甄家②，[10]嗳哟哟，好势派！[11]独他家接驾四次，[12]若不是我们亲眼看见，告诉谁谁也不信的。别讲银子成了土泥，[13]凭是世上所有的，没有不是堆山塞海的，'罪过''可惜'

1. 吴天佑，己卯、庚辰、蒙府、戚序本"佑"作"祐"，二字相通。《五庆堂重修曹氏宗谱》："天祐，颙子，官州同。"《八旗满洲氏族通谱》："曹天祐，现任州同。"则吴天祐与生于康熙五十四年（1715）的曹颙遗腹子大名相同。或以为曹雪芹即曹天祐。这绝不可能。岂有将自己大名写成小说中龙套角色名的？曹颙妻马氏，若是雪芹生母，似也不应将小说中最邪恶的妖妇马道婆写成与她同姓。况脂评说雪芹曾受"严父之训"，又有"弟棠村"，皆与遗腹子身份不合。

2. 文忠公之嬷。（庚）雍、乾朝谥文忠者，唯傅恒一人，则评语谓赵嬷以傅家嬷为素材，盖因两人声口相似，如说话都以"阿弥陀佛""嗳哟哟"等开头。又研究者以为批者是畸笏叟，批的时间必定在乾隆三十四年七月之后。参见陈庆浩《新编石头记脂砚斋评语辑校》279 页注。

3. 补出贾府已在为省亲事忙碌了。

4. 注意！作者借凤姐之口说出了自己的遗憾，算一算年代便知。

5. 作者遗憾的正是自己没能赶上看康熙南巡的热闹。

6. 又要瞒人。（庚）康熙南巡，曹寅亲自接驾四次，故脂评揭穿之。

7. 抢人话头，写来传神。

8. 怪道凤姐居处有许多舶来品。

9. 应前"护官符"口诀。

10. 作者要点出真的家事来了。甄家正是大关键、大节目，勿作泛泛口头语看。（甲）

11. 口气如闻。（庚）

12. 点正题正文。（庚）此即告诉读者，作者已点明真事了。

13. 查查曹寅因接驾亏空多少库银，便知此语不假。

---

① 舜巡——相传帝舜曾巡视江南，崩于苍梧之野。
② 还有如今现在江南的甄家——作者隐真存假地记叙他的家世遭遇，用了实写都中贾家和虚点江南甄家，一假一真，互为映照，其实两家就是一家的办法。这里就是一例。

四个字竟顾不得了。"¹凤姐道："我常听见我们太爷们也这样说，岂有不信的。²只纳罕他家怎么就这么富贵呢？"赵嬷嬷道："告诉奶奶一句话，也不过是拿着皇帝家的银子往皇帝身上使罢了！³谁家有那些钱买这个虚热闹去？"⁴

正说得热闹，王夫人又打发人来瞧凤姐吃了饭不曾。凤姐便知有事等她，忙忙地吃了半碗饭，漱口要走。⁵又有二门上小厮们回："东府里蓉、蔷二位哥儿来了。"贾琏才漱了口，平儿捧着盆盥手，见他二人来了，便问："什么话？快说。"凤姐且止步稍候，听他二人回些什么。贾蓉先回说："我父亲打发我来回叔叔：老爷们已经议定了，从东边一带，借着东府里的花园起，转至北边，一共丈量准了，三里半大，可以盖造省亲别院了。⁶已经传人画图样去了，⁷明日就得。叔叔才回家，未免劳乏，不用过我们那边去，有话明日一早再请过去面议。"贾琏笑着说道："多谢大爷费心体谅，我就从命不过去了。正经是这个主意才省事，盖得也容易；若采置别处地方去，那更费事，且倒不成体统。你回去说这样很好，若老爷们再要改时，全仗大爷谏阻，万不可另寻地方。明日一早，我给大爷请安去，再议细话。"贾蓉忙应几个"是"。⁸

贾蔷又近前回说："下姑苏聘请教习，采买女孩子，置办乐器、行头等事，大爷派了侄儿，⁹带领着来管家两个儿子，还有单聘仁、卜固修两个清客相公，一同前往，所以命我来见叔叔。"贾琏听了，将贾蔷打量了打量，¹⁰笑道："你能在这一行么？这个事虽不甚大，里头大有藏掖①的。"¹¹贾蔷笑道："只好学习着办罢了。"

贾蓉在身旁灯影下悄拉凤姐的衣襟，凤姐会意，因笑道："你也太操心了，难道大爷比咱们还不会用人？偏你又怕他不在行了。谁都

1. 真有是事，经过见过。（庚）畸笏叟比作者大一辈，即年长二三十岁，又是曹家人，所以才能"经过见过"当年曹寅接驾的盛况。

2. 必指明是老辈人说的。对证。（庚）

3. 是不忘本之言。（甲）评语这样说，不足为奇。我们今天看，恰恰是忘本之言。"皇帝家的银子"，这话便说错了，便是忘本了。千年前的杜甫就说过："彤庭所分帛，本自寒女出。鞭挞其夫家，聚敛贡城阙。"这才是不忘本之言。

4. "虚热闹"三字着眼。

5. 闲话该结束了，如此转换自好。

6. 后来的景观建筑极少用写实方法来描绘。倘若死认"三里半大"是容不下大观园的。今北京据此面积建造大观园，结果连袖珍型也谈不上，只能当作一般园林景观看。

7. 大观园系玉兄与十二钗之太虚幻境，岂可草率？（庚）评语又把人间与天上联系了起来。

8. 省亲别院已确定就地改建了。当年曹寅即在织造府内（亦其所居）就地改建行宫。

9. 贾蔷领头，后有学戏的十二"官"登场。

10. 此事大有油水，故打量。

11. 点明大可从中牟利来。射利人微露心迹。（甲）

---

① 藏掖——隐匿。指作弊的机会。

是在行的？孩子们已长得这么大了，'没吃过猪肉，也看见过猪跑'。大爷派他去，原不过是个坐纛旗儿①，难道认真地叫他去讲价钱、会经纪②去呢！依我说就很好。"[1] 贾琏道："自然是这样。并不是我驳回，少不得替他筹算筹算。"因问："这项银子动哪一处的？"贾蔷道："才也议到这里。赖爷爷说，[2] 竟不用从京里带下去，江南甄家还收着我们五万银子。明日写一封书信会票③我们带去，先支三万，下剩二万存着，等置办花烛、彩灯并各色帘栊帐幔的使费。"贾琏点头道："这个主意好。"[3]

凤姐便向贾蔷道："既这样，我有两个在行妥当人，你就带他们去办，这个便宜了你呢。"[4] 贾蔷忙陪笑道："正要和婶婶讨两个人呢，这可巧了。"[5] 因问名字。凤姐便问赵嬷嬷。彼时赵嬷嬷已听呆了话，平儿忙笑推她，她才醒悟过来，[6] 忙说："一个叫赵天梁，一个叫赵天栋。"凤姐道："可别忘了，我可干我的去了。"说着便出去了。贾蓉忙赶出来，又悄悄向凤姐道："婶子要带什么东西？"[7] 凤姐笑道："别放你娘的屁！我的东西还没处摆呢，希罕你们鬼鬼祟祟的？"说着一径去了。[8]

这里贾蔷也悄问贾琏："要什么东西？顺便置来孝敬叔叔。"贾琏笑道："你别兴头。才学着办事，倒先学会了这把戏。我短了什么，少不得写信去告诉你，[9] 且不要论到这里。"说毕，打发他二人去了。接着回事的人来，不止三四次，贾琏害乏，便传与二门上，一应不许传报，俱等明日料理。凤姐至三更时分方下来安歇，[10] 一宿无话。

次早贾琏起来，见过贾赦、贾政，便往宁府中来，合同老管事人等，并几位世交门下清客相公，审察两府地方，缮画省亲殿宇，一面度办理人丁。自此后，各行匠役齐集，[11] 金、银、铜、锡，

1. 还是做妻子的说了算。

2. 此等称呼令人酸鼻。（甲）此评一看便知是畸笏作的。

3. 必想到如此支取银子，更便于弄虚作假。《石头记》中多作心传神会之文，不必道明，一道明白，便入庸俗之套。（庚）

4. 总要从中得人情交易的好处。再不略让一步，正是阿凤一生短处。脂研。（己）

5. 明白婶子意图，索性顺水推舟。写贾蔷乖处。脂研。（己）

6. 应前赵嬷嬷所求，凤姐的事，平儿件件了然于胸。

7. 深知其凡有照顾，必欲从中获利，索性明说。

8. 一"笑"字已心照不宣，但不欲被人道破，故作此不屑一顾姿态。从头至尾细看阿凤之待蓉、蔷，可谓一体一党，然尚作如此语欺蓉，其待他人可知矣。（庚）阿凤欺人处如此。忽又写到利弊，真令人一叹！脂砚。（己）

9. 亦一丘之貉。又作此语，不犯阿凤。（庚）

10. 阿凤岂是说两句撇清话便一走了之的人，必另有嘱咐关照，但无须写出。好文章，一句隐两处若许事情。（庚）

11. 省亲别院动工了，先总写一笔。

---

① 坐纛（dào 到）旗儿——喻主事的人。纛，军中主帅的大旗。
② 经纪——本指做买卖，此为交易中撮合双方而赚佣金者。
③ 会票——商人发行的信用货币。一地付款，在另一地兑现的汇票，也作现款在市场上流通。

以及土、木、砖、瓦之物，搬运移送不歇。先令匠役拆宁府会芳园墙垣楼阁，直接入荣府东大院中。荣府东边所有下人一带群房尽已拆去。当日宁、荣二宅，虽有一小巷界断不通，然这小巷亦系私地，并非官道，故可以连属。[1]会芳园本是从北角墙下引来一股活水，今亦无烦再引。[2]其山石树木虽不敷用，贾赦住的乃是荣府旧园，其中竹树山石以及亭榭栏杆等物，皆可挪就前来。如此两处又甚近，凑来一处，省得许多财力，纵亦不敷，所添亦有限。全亏一个老明公号山子野①者，[3]一一筹画起造。

贾政不惯于俗务，[4]只凭贾赦、贾珍、贾琏、赖大、来升、林之孝、吴新登、詹光、程日兴等几人安插摆布。凡堆山凿池，起楼竖阁，种竹栽花，一应点景之事，又有山子野制度②。下朝闲暇，不过各处看望看望，最要紧处和贾赦商议商议便罢了。贾赦只在家高卧，有芥豆之事，贾珍等或自去回明，或写略节；或有话说，便传呼贾琏、赖大等来领命。贾蓉单管打造金银器皿。[5]贾蔷已起身往姑苏去了。贾珍、赖大等又点人丁，开册籍，监工等事。一笔不能写到，不过是喧阗热闹非常而已。暂且无话。

且说宝玉近因家中有这等大事，贾政不来问他的书，[6]心中是件畅事；无奈秦钟之病一日重似一日，也着实悬心，不能乐业。[7]这日一早起来，才梳洗完毕，意欲回了贾母去望候秦钟，忽见茗烟在二门照壁前探头缩脑。宝玉忙出来问他作什么。茗烟道："秦相公不中用了！"[8]宝玉听说，吓了一跳，忙问道："我昨儿才瞧了他来了，还明明白白的，怎么就不中用了？"[9]茗烟道："我也不知道，才刚是他家的老头子特来告诉我的。"宝玉听了，忙转身回明贾母。贾母盼咐："好生派妥当人跟去，到那里尽一尽同窗之情就回来，不许多

1. 交代清改建之新园，由东、西二府拆通而成。补明，使观者如身临足到。（甲）

2. 园景中山石花木可垒可栽，唯水须交代清是挖是引。园中诸景最要紧是水，亦必写明方妙。（甲）余最鄙近之修造园亭者，徒以顽石土堆为佳，不知引泉一道。甚至丹青，唯知乱作山石树木，不知画泉之法，亦是恨事。脂砚斋。（庚）

3. 妙号，随事生名。（甲）

4. 贾政读书人，且留待园成后巡视题对额时再写。

5. 凤姐爱将之一，自然派给好差使。

6. 一笔不漏。（庚）

7. 刚说畅事，接言不乐，文笔起伏有姿。偏于大热闹处写大不得意之文，却无丝毫牵强，且有许多令人笑不了，哭不了，叹不了，悔不了，唯以大白酬我作者。壬午季春，畸笏。（庚）从"悔不了"三字看，畸笏又将自己摆进去了，或以为此书是自悔而成。

8. 秦钟只是宝玉陪衬人物，故略去病重经过。从茗烟口中写出，省却多少闲文！（甲）

9. 中用不中用，并不关明白不明白。点常去。（庚）

---

① 老明公号山子野——原以"明公"称有学识地位者，后泛作尊称，犹言"先生"。山子野，人名号。

② 制度——动词，规划设计。

耽搁了。"宝玉听了，忙忙地更衣出来，车犹未备，急得满厅乱转。[1] 一时催促得车到，忙上了车，李贵、茗烟等跟随。来至秦钟门首，悄无一人，[2] 遂蜂拥至内室，唬得秦钟的两个远房婶子并几个弟兄都藏之不迭。[3]

此时，秦钟已发过两三次昏了，移床易箦① 多时矣。[4] 宝玉一见，便不禁失声。李贵忙劝道："不可，不可！秦相公是弱症，未免炕上挺扛得骨头不受用，[5] 所以暂且挪下来松散些。哥儿如此，岂不反添了他的病？"宝玉听了，方忍住近前，见秦钟面如白蜡。宝玉叫道："鲸兄！宝玉来了。"连叫两三声，秦钟不睬。宝玉又道："宝玉来了！"

那秦钟早已魂魄离身，只剩得一口悠悠余气在胸，正见许多鬼判持牌提索来捉他。[6] 那秦钟魂魄哪里就肯去，又记念着家中无人掌管家务，[7] 又记挂着父亲还有留积下的三四千两银子，[8] 又记挂着智能尚无下落，[9] 因此百般求告鬼判。无奈这些鬼判都不肯徇私，反叱咤秦钟道："亏你还是读过书的人，岂不知俗语说的：'阎王叫你三更死，谁敢留人到五更！'我们阴间上下都是铁面无私的，不比你们阳间瞻情顾意，有许多的关碍处。"[10]

正闹着，那秦钟的魂魄忽听见"宝玉来了"四字，便忙又央求道："列位神差，略发慈悲，让我回去，和这一个好朋友说一句话就来的。"众鬼道："又是什么好朋友？"秦钟道："不瞒列位，就是荣国公的孙子，小名宝玉的。"都判官听了，先就唬慌起来，忙喝骂鬼使道："我说你们放回了他去走走罢，你们断不依我的话，如今只等他请出个运旺时盛的人来才罢。"[11] 众鬼见都判如此，也都忙了手脚，一面又抱怨道："你老人家先是那等雷霆电雹，原来见不得'宝玉'二字。依我们愚见，他是阳间，我们是阴间，怕他们也无益于我们。"[12] 都判道："放屁！俗语说

1. 单纯的前往，也必有曲折。顿一笔方不板。（甲）

2. 触目凄凉。

3. 秦家死绝了，远房亲戚倒来得快。妙！这婶母弟兄是特来分绝户家私的，不表可知。（甲）

4. 总算能赶到送终。

5. 于事无补的宽慰语。

6. 以为又用俗套，却是奇妙趣文。看至此一句令人失望，再看至后面数语，方知作者故意借世俗愚谈愚论设譬，喝醒天下迷人，翻成千古未有之奇文奇笔。（甲）

7. 已无家人，何来家务？总写到死看不破。扯淡之极，令人发一大笑，余谓诸公莫笑，且请再思。（甲）

8. 积下银子给谁？更属可笑，更可痛哭。（甲）

9. 智能永无下落矣。忽从死人心中补出活人原因，更奇更奇。（甲）

10. 《石头记》一部中皆是近情近理必有之事，必有之言，又如此荒唐不经之谈间亦有之，是作者故意游戏之笔，聊以破色取笑，非如别书认真说鬼话也。（庚）认真说鬼话续书中多多，唯缺游戏之笔。

11. 写都判，刺变色龙也。如闻其声。试问，谁曾见都判来？观此则又见一都判跳出来。调侃世情固深，然游戏笔墨一至于此，真可压倒古今小说！这才算是小说。（甲）

12. 幽默，犀利无比。调侃"宝玉"二字，妙极！脂研。（己）世人见宝玉而不动心者为谁？（甲）神鬼也讲有益无益。（甲）

---

① 易箦（zé责）——更换寝席，用来称人之将死。语出《礼记·檀弓》。

得好，'天下的官管天下事'，阴阳本无二理。[1]别管他阴也罢，阳也罢，敬着点没错了的。"[2]众鬼听说，只得将秦魂放回。哼了一声，微开双目，见宝玉在侧，乃勉强叹道："怎么不肯早来？再迟一步也不能见了。"宝玉忙携手垂泪道："有什么话，留下两句。"[3]秦钟道："并无别话，以前你我见识自为高过世人，我今日才知自误了。[4]以后还该立志功名，以荣耀显达为是。"[5]说毕，便长叹一声，萧然长逝了。[6]下回分解。

1. 与第三十一回翠缕说阴阳难分高下。更妙，愈不通愈妙，愈错会意愈可。脂砚。（己）

2. 此一节虽只寥寥数笔，却是极佳讽刺小品。

3. 交好一场，必有之问。

4. 除荒唐行为外，自始至终未见秦钟有何"高过世人"的"见识"，怎能用"你我"硬将宝玉拉在一起？像是悔迟，实与念念不忘家务、银子、智能一样，是至死看不破。

5. 如何？竟以此二语相劝，岂真宝玉知己哉？此种描述，脂评也未必是能"解其中味"者，如言：此刻无此二语，亦非玉兄之知己。（庚）读此则知全是悔迟之恨。（庚）"悔迟"说秦钟可，说宝玉不可，说作者更不可。宝玉是不听劝的顽石，且不说；被敦敏称作"傲骨如君世已奇"、张宜泉称作"羹调未羡青莲宠，苑召难忘立本羞"的曹雪芹，岂能自悔未及早"立志功名"，以求"荣耀显达"？读者勿"正照风月鉴"为幸！

6. 若是细述一番，则不成《石头记》之文矣！（己）

### 【总评】

元春晋封为凤藻宫尚书，加封贤德妃，贾家从此有了皇家大靠山。这本是天大的喜事，但小说并不对盛事加以详细描写；而用宝玉因秦钟气死老父，病情加重而心情愁闷，对家中诸多盛事"皆视有如无，毫不曾介意"，以及此时正闻黛玉平安回来，"余者也就不在意了"而一笔带过。这对塑造宝玉的个性自然很有作用，但与接着将着重描述元妃省亲的盛况不致重复，怕也是用省笔的原因。

贾琏带来省亲消息，郑重其事，引起凤姐与赵嬷嬷一段闲聊，为省亲先营造气氛。但更主要的目的，如脂评所说，是"借省亲事写南巡，出脱心中多少忆昔感今"。康熙南巡，曹寅亲自四次接驾，将织造府修建为行宫，这是曹家人最引以为荣的回忆，也是作者不能写又不甘心不写的事。所以才有"借省亲事写南巡"的构思。但对这条脂评有两种不同的解读：一种是认为南巡与省亲是两码事，"南巡"只是因"省亲"而在闲聊中提及而已，不能把聊往事与不久后描述的事混为一谈；另一种与之相反，认为写省亲就是写南巡，元春就是影射康熙大帝，两者是一回事。其实，看法太极端了都不免失之于片面。写省亲确是为了写南巡，两者有关，但不能等同。否则，省亲故事和元春形象，就都失去了它独立存在的意义，也就谈不上真正的艺术价值。曹雪芹运用"真事隐去，假语存焉"的创作方法，这实在是个很典型的例子。

秦钟的夭亡，被安排在贾府上下为迎接元春省亲，正忙着作准备的热闹喜庆气氛之间。这种热中出冷、喜中有悲的写法，颇能使小说所反映的生活场景呈现其多样性和复杂性。为好友送终，本是令人悲伤的事，但其中却又有一段幽默谐笑的荒唐情节。对此，脂评说得好："《石头记》一部中皆是近情近理必有之事、必有之言。又如此等荒唐不经之谈，间亦有之，是作者故意游戏之笔，聊以破色取笑，非如别书认真说鬼话也。"用游戏之笔借题发挥，对所谓无私执法的封建官吏的欺贫怕富的变色龙嘴脸作了绝妙的讽刺。

# 第十七至十八回
## 大观园试才题对额　荣国府归省庆元宵

**【题解】**

小说第十七、十八、十九回的分回、拟目工作，原来尚未最后确定。如己卯、庚辰本十七、十八回不分，只称"第十七回至十八回"，回目为"大观园试才题对额，荣国府归省庆元宵"，回前另纸有批语曰："此回宜分二回方妥。"因而在分回段落和回目文字上，诸本差异纷呈。后拟的回目，有的上下句所指为同一事，有的事之大小重轻不相称。这里用的是己卯、庚辰本回目。同时也保留其两回未分的形式，以存原貌。甲戌本自十七至二十四回缺八回，若书稿订成四回一册，缺两册。甲戌本的中间缺回，我估计与抽出书准备让作者再改有很大关系（结果作者不一定已改过），未必是原来抄好而后遗失的。前缺九至十二回一册，恰好是秦氏由生病到死亡的一段，在如何改妥由"淫丧"变为仿佛病死的细节处理上，尚有矛盾而不能自圆处。此处则有分回、拟目工作待做；再后第二十二回末，又有制灯谜未完，书稿破失待补的情形。所以甲戌本原只誊抄出我们现见的十六回来的可能性是很大的。此回回目上句写贾宝玉随父亲贾政巡视刚竣工的大观园，贾政趁机试其在题对联、匾额上的才情；下句则写贾元春出宫回荣国府省亲，与家人在元宵节团聚的全过程。回前有总批曰："宝玉系诸艳之贯，故大观园对额必得玉兄题跋，且暂题灯匾联上，再请赐题。此千妥万当之章法。（己）""诸艳之贯"，有改作"诸艳之冠"的，误。贯，穿钱之索。宝玉正是贯穿诸艳的线索，即所有情案皆从宝玉挂号之意。"诸艳之冠"，则是林、薛，宝玉非"艳"。

诗曰：

> 豪华虽足羡，离别却难堪。
> 博得虚名在，谁人识苦甘？①1

话说秦钟既死，宝玉痛哭不已，李贵等好容易劝解半日方住，归时犹是凄恻哀痛。贾母帮了几十两银子，外又另备奠仪，宝玉去吊纸②。七日后，便送殡掩埋了，别无述记。只有宝玉日日思慕感悼，然亦无可如何了。2

1. 写出荣华掩盖下的人性来。好诗！全是讽刺。近之谚云："又要马儿好，又要马儿不吃草。"真骂尽无厌贪痴之辈。（己）诗之成功，不在讽刺，也不在骂。

2. 如此方能结住以上情节，另开新局。

---

① "豪华虽足羡"一首——诗见于己卯、庚辰、梦稿、蒙府、戚序等诸本，原是题十七、十八回的。诗写元春归省，以敕封贵妃为"虚名"，说她的"苦甘"无人识得，揭露了宫闱是妇女的死牢，借此表明"豪华"并不足羡慕。

② 吊纸——吊丧烧纸。

又不知历几何时，¹这日贾珍等来回贾政："园内工程俱已告竣，大老爷已瞧过了，只等老爷瞧了，或有不妥之处，再行改造，好题匾额对联的。"贾政听了，沉思一会，说道："这匾额对联倒是一件难事。论理该请贵妃赐题才是，然贵妃若不亲睹其景，大约亦必不肯妄拟；若直待贵妃游幸①过再请题，偌大②景致，若干亭榭，无字标题，也觉寥落无趣，任有花柳山水，也断不能生色。"众清客在旁笑答道："老世翁所见极是。如今我们有个愚见：各处匾额对联断不可少，亦断不可定名。如今且按其景致，或二字、三字、四字，虚合其意，拟了出来，暂且做灯匾联悬了。²待贵妃游幸时，再请定名，岂不两全？"贾政听了，笑道："所见不差。我们今日且看看去，只管题了，若妥当便用；不妥时，将雨村请来，令他再拟。"³众人笑道："老爷今日一拟定佳，何必又待雨村。"贾政笑道："你们不知，我自幼于花鸟山水题咏上就平平；⁴如今上了年纪，且案牍③劳烦，于这怡情悦性文章上更生疏了。纵拟了出来，不免迂腐古板，反不能使花柳园亭生色。⁵倘不妥协④，反没意思。"众清客笑道："这也无妨。我们大家看了公拟，各举其长，优则存之，劣则删之，未为不可。"贾政道："此论极是。且喜今日天气和暖，大家去逛逛。"说着起身，引众人前往。

贾珍先去园中知会众人。可巧近日宝玉因思念秦钟，忧戚不尽，贾母常命人带他到新园中来戏耍。⁶此时亦才进来，忽见贾珍走来，向他笑道："你还不出去？老爷一会就来了。"宝玉听了，带着奶娘、小厮们，一溜烟就出园来。⁷方转过弯，顶头贾政引众清客来了，躲之不及，只得一边站了。贾政近因闻得塾掌称赞宝玉专能对对联，虽不喜读书，偏倒有些歪才情似的，⁸今日偶然撞见这机会，便命他跟来。⁹宝玉只得随往，尚不知何意。

1. 省亲事大，时间上越模糊越好。年表如此写亦妙。（己）

2. 此两全之法当有所本。

3. 荣府正当盛时，故雨村时来走动。贾政颇重雨村，与当年甄士隐有几分相似。

4. 此言可信，当非谦虚。是纱帽头口气。（庚）

5. 贾政有自知之明，说话也实在。政老情字如此写。壬午季春，畸笏。（庚）

6. 说来总合情理，并无穿凿。现成榫楔，一丝不费力，若特唤出宝玉来，则成何文字！（庚）

7. 不肖子弟来看形容。余初看之，不觉怒焉，盖谓作者形容余幼年往事，回思彼亦自写其照，何独余哉！信笔书之，供诸大众同一发笑。（庚）评者过于敏感，过于夸张，也过于一本正经。听说严父将至，一溜烟出园来，是最普通不过的事，作者信笔就能写出，既不必拿谁为蓝本，也不必是自我写照。

8. 这是必定要交代的，不然怎会试其才？

9. 偶然撞见，才使名园增色，也给大姊元春带来多少欣慰！

---

① 游幸——皇帝、后妃的游赏。
② 偌（ruò若）大——这么大。
③ 案牍——官府里的案卷公文。
④ 妥协——妥当。

贾政刚至园门前，只见贾珍带领许多执事人来，一旁侍立。贾政道："你且把园门都关上，我们先瞧了外面再进去。"[1]贾珍听说，命人将门关了。贾政先秉正①看门。只见正门五间，上面筒瓦泥鳅脊②，那门栏窗槅，皆是细雕新鲜花样，并无朱粉涂饰；一色水磨群墙③，[2]下面白石台矶，凿成西番草花样④。左右一望，皆雪白粉墙，下面虎皮石，随势砌去，果然不落富丽俗套，自是喜欢。遂命开门，只见迎面一带翠嶂挡在前面。[3]众清客都道："好山，好山！"贾政道："非此一山，一进来，园中所有之景悉入目中，则有何趣？"众人都道："极是。非胸中大有邱壑⑤，焉想及此。"说着，往前一望，见白石峻嶒⑥，[4]或如鬼怪，或如猛兽，纵横拱立；上面苔藓成斑，藤萝掩映，[5]其中微露羊肠小径。[6]贾政道："我们就从此小径游去，回来由那一边出去，方可遍览。"

说毕，命贾珍在前引导，自己扶了宝玉，逶迤进入山口。[7]抬头忽见山上有镜面白石一块，正是迎面留题处。[8]贾政回头笑道："诸公请看，此处题以何名方妙？"众人听说，也有说该题"叠翠"二字的，也有说该题"锦嶂"的，又有说"赛香炉"的，又有说"小终南"⑦的，种种名色，不止几十个。原来众客心中早知贾政要试宝玉的功业进益如何，只将些俗套来敷衍，宝玉亦料定此意。[9]贾政听了，便回头命宝玉拟来。宝玉道："尝闻古人有云：'编新不如述旧，刻古终胜雕今。'[10]况此处并非主山正景，原无可题之处，不过是探景一进步耳。莫若直书'曲径通幽处'⑧这句旧诗在上，倒还大方气

1. 是行家看法。（庚）也是描述大观园的需要。

2. 只用雕镂水磨，不施朱粉涂饰，门与墙便高雅不俗。

3. 犹大宅之入门，先有屏风掩映。

4. 想入其中，一时难辨方向，用前后这边那边等字，正是不辨东西。（己）

5. 曾用两处旧有之园所改，故如此写方可，细极。（己）若新搬土石堆磊，便无苔藓成斑之景。

6. 交通须由大道，探景必寻小径。

7. 逶迤曲折而入，方能尽得幽深之趣。按此一大园，羊肠鸟道不止几百十条，穿东度西，临山过水，万勿以今日贾政所行之径，考其方向基址。（己）此小说也。有严格按照方位远近叙述的，也偶有随心信笔发挥处，看后人所绘大观园示意图各不相同，由所据不一可知。

8. 行家筹划园林布局，留题处往往有匠心设计。

9. 聪明人焉能不知。补明好。（己）

10. 未闻古人说此两句，却又似有者。（己）宝玉杜撰古人言不是第一次了。

---

① 秉正——站正位置的意思。
② 筒瓦泥鳅脊——当时高爵位者府第的建筑式样。筒瓦，半圆筒状的屋瓦。泥鳅脊，屋顶两坡面筒瓦瓦垅过脊时，呈一种卷棚式，因状如泥鳅，故名。
③ 水磨群墙——用水磨砖砌成的围墙。水磨砖，一种加水细磨过的光滑精致的砖。
④ 西番草花样——一种蔓生的西番莲式样的图案。
⑤ 胸中大有邱壑——喻人大有见解才识。邱壑，即丘壑，山丘和山谷。语出《世说新语·巧艺》。
⑥ 峻嶒（céng 曾）——山势高峻的样子。
⑦ 香炉、终南——江西庐山的香炉峰和陕西南部的终南山，都是风光奇特的名山。
⑧ 曲径通幽处——唐代常建《题破山寺后禅院》诗："曲径通幽处，禅房花木深。"论诗者以为语带禅机。意谓要到达能领悟妙道的胜境，先得走过一段曲折的小路。程高等迟出的本子，大概以为留题用四个字更好，遂删去"处"字，作"曲径通幽"。但这一来，便不是"直书"，也非"旧诗"原句了。

派。"¹众人听了，都赞道："是极！二世兄天分高，才情远，不似我们读腐了书的。"贾政笑道："不可谬奖。他年小，不过以一知充十用，取笑罢了。再俟选拟。"

说着，进入石洞来。只见佳木茏葱，奇花闪灼，一带清流，从花木深处曲折泻于石隙之下。²再进数步，渐向北边，³平坦宽豁，两边飞楼插空，雕甍①绣槛，皆隐于山坳树杪②之间。俯而视之，则清溪泻雪，石磴穿云，白石为栏，环抱池沼，石桥之港③，兽面衔吐④，桥上有亭。贾政与诸人上了亭子，倚栏坐了，⁴因问："诸公以何题此？"诸人都道："当日欧阳公《醉翁亭记》⑤有云，'有亭翼然'，就名'翼然'。"贾政笑道："'翼然'虽佳，但此亭压水而成，还须偏于水题方称。依我拙裁，欧阳公之'泻出于两峰之间'，竟用他这个'泻'字。"有一客道："是极，是极！竟是'泻玉'二字妙。"贾政拈髯寻思，因抬头见宝玉侍侧，便笑命他也拟一个来。宝玉听说，连忙回道："老爷方才所议已是。但是如今追究了去，似乎当日欧阳公题酿泉用一'泻'字则妥，今日此泉若亦用'泻'字，则觉不妥。⁵况此处虽云省亲驻跸别墅，亦当入于应制之例⑥，用此等字眼，亦觉粗陋不雅。求再拟较此蕴藉含蓄者。"贾政笑道："诸公听此论若何？方才众人编新，你又说不如述古；如今我们述古，你又说粗陋不妥。你且说你的来我听。"宝玉道："有用'泻玉'二字，则莫若'沁芳'⑦二字，岂不新雅？"⁶贾政拈髯点头不语。⁷众人都忙迎合，赞宝玉才情不凡。贾政道："匾上二字容易。再作一副七言对联来。"宝玉听说，立于亭上，四顾一望，便机上心来，乃念道：

1. 此论却是。（己）此书之后，"曲径通幽"字样已被用滥了。

2. 上回说："会芳园本是从北角墙下引来一股活水，今亦无烦再引。"即此清流也。

3. 细极。后文所以云进贾母卧房后之角门，是诸钗日相往来之境也。后文又云诸钗所居之处只在西北一带。最近贾母卧室之后，皆从此"北"字而来。（己）

4. 飞楼、绿树、清溪、白石、池沼、桥亭，无景不到。此亭大抵四通八达，为诸小径之咽喉要路。（己）

5. 揣摩前贤题额之用心，深察精到，莫谓宝玉不知读书。

6. 果然新雅。

7. 难得其父首肯。六字是严父大露悦容也。壬午春。（庚）

---

① 甍（méng 蒙）——栋梁。
② 杪（miǎo 秒）——树梢。
③ 港（hòng 哄）——桥下涵洞。
④ 兽面衔吐——指桥拱侧面上端中间的兽面形石雕，作张口的样子。
⑤ 欧阳公《醉翁亭记》——北宋欧阳修所作著名游记。亭在今安徽滁州；醉翁，作者自号。
⑥ 应制之例——奉帝王之命而作诗文的体例，如需歌功颂德、文雅蕴藉并切须忌讳等。
⑦ 沁芳——水渗透着芳香。

绕堤柳借三篙翠，隔岸花分一脉香①。[1]

贾政听了，点头微笑。众人先称赞不已。

于是出亭过池，一山一石，一花一木，莫不着意观览。[2]忽抬头看见前面一带粉垣，里面数楹修舍②，有千百竿翠竹遮映。众人都道："好个所在！"[3]于是大家进入，只见入门便是曲折游廊，[4]阶下石子漫成甬路。上面小小三间房舍，一明两暗，里面都是合着地步打就的床机椅案。从里面房里又得一小门，出去则是后院，有大株梨花兼着芭蕉。又有两间小小退步。后院墙下，忽开一隙，得泉一派，开沟仅尺许，灌入墙内，绕阶缘屋至前院，盘旋竹下而出。

贾政笑道："这一处倒还罢了。[5]若能月夜坐此窗下读书，不枉虚生一世。"说毕，看着宝玉，唬得宝玉忙垂了头。[6]众客忙用话开释，[7]又说道："此处的匾该题四个字。"贾政笑问："哪四字？"一个道是"淇水遗风"③，贾政道："俗。"[8]又一个是"睢园雅迹"④，贾政道："也俗。"贾珍笑道："还是宝兄弟拟一个来。"[9]贾政道："他未曾作，先要议论人家的好歹，可见就是个轻薄人。"[10]众客道："议论得极是，其奈他何？"贾政忙道："休如此纵了他。"因命他道："今日任你狂为乱道，先设议论来，然后方许你作，[11]方才众人说的，可有使得的？"宝玉见问，便答道："都似不妥。"[12]贾政冷笑道："怎么不妥？"宝玉道："这是第一处行幸之处，必须颂圣方可。若用四字的匾，又有古人现成的，何必再作？"贾政道："难道'淇水''睢园'不是古人的？"宝玉道："这太板腐了。莫若'有凤

1. 恰极，工极，绮靡秀媚，香奁正体。（己）唐韩偓有《香奁集》，其诗"皆裙裾脂粉之语"，人称香奁体，也称艳体。

2. 疏疏一笔，知已走过一段路了。

3. 千竿翠竹是后名"潇湘馆"的标志。作第一处居所来写是经过一番考量的。

4. 不犯"超手游廊"。（己）

5. "倒还罢了"是"倒还不错"意。

6. 宝玉听到父亲说"窗下读书"，怕他乘机责备自己不爱读书，故忙垂头。

7. 以免不愉快。客不可不有。（己）

8. 为宝玉作陪衬。贾政亦非无鉴赏力者。

9. 贾珍不能文，此话由他来说好，读者几乎已忘却随行中还有贾珍在。又换一章法。壬午春。（庚）

10. 既有好歹，议论一下又何妨？怎么就"轻薄"了？难道有看法不说，免得罪人，才算持重？知子者莫如父。（庚）

11. 原来为此才有前言。于作诗文时，虽政老亦有如此令旨，可知严父亦无可奈何也。不学纨袴来看！畸笏。（庚）

12. 依旧实话实说。明知是故意要他盘驳议论，乐得肆行施展。（己）

---

① "绕堤"一联——水光澄清，好像借来堤上杨柳的翠色；泉质芬芳，仿佛分得两岸花儿的香气。"绕堤""隔岸"，水在其中；"三篙"，从深度上说水，"一脉"，从溪形上说水。但不着"水"字，这是诗歌炼句修辞的一种技巧。

② 数楹修舍——几间整洁的房屋。

③ 淇水遗风——淇水在今河南北部，出竹。《诗经·卫风·淇奥》说到绿竹和切磋琢磨文章事，后来诗文多承其说。这里正好有千竿翠竹，贾政又欲读书于此，故清客拟此匾题。

④ 睢（suī 虽）园雅迹——汉梁孝王刘武筑睢园，又称"兔园""梁园"。在睢阳（今河南商丘南），以竹美闻名，当时文士司马相如、枚乘等都曾被邀以吟诵。

来仪'①四字。"¹众人都哄然叫妙。贾政点头道："畜生，畜生，可谓'管窥蠡测'②矣！"因命："再题一联来。"宝玉便念道：

宝鼎茶闲烟尚绿，幽窗棋罢指犹凉。③²

贾政摇头说道："也未见长。"说毕，引众人出来。

方欲走时，忽又想起一事来，³因问贾珍道："这些院落房宇并几案桌椅都算有了，还有那些帐幔帘子并陈设的玩器古董，可也都是一处一处合式配就的么？"⁴贾珍回道："那陈设的东西早已添了许多，自然临期合式陈设。帐幔帘子，昨日听见琏兄弟说，还不全。那原是一起工程之时就画了各处的图样，量准尺寸，就打发人办去的。想必昨日得了一半。"贾政听了，便知此事不是贾珍的首尾④，便命人去唤贾琏。

一时，贾琏赶来，⁵贾政问他共有几种，现今得了几种，尚欠几种。贾琏见问，忙向靴筒内取靴掖⑤内装的一个纸折略节来，⁶看了一看，回道："妆、蟒、绣、堆、刻丝、弹墨⑥，并各色绸绫大小幔子一百二十架，昨日得了八十架，下欠四十架。帘子二百挂，昨日俱得了。外有猩猩毡帘二百挂，湘妃竹帘二百挂，金丝藤红漆竹帘二百挂，黑漆竹帘二百挂，五彩线络盘花帘二百挂，每样得了一半，也不过秋天都全了。椅搭、桌围、床裙、桌套，每分一千二百件，也有了。"

一面说，一面走，⁷倏尔青山斜阻。⁸转过山怀中，隐隐露出一带黄泥筑就矮墙，墙头皆用稻茎掩护。⁹有几百株杏花，如喷火蒸霞一般。¹⁰里面数楹茅屋。外面却是桑、榆、槿、柘，

1. 既合竹，又合元妃，实恰当之极。其父奈何不得，只好口不应心。

2. 咏竹中精舍妙句。"尚绿""犹凉"四字，便如置身于森森万竿之中。（己）所咏对象不直接说出而隐含其中，是诗词修辞上的一种技巧要求。

3. 自然。借一事为间隔，以免平铺直叙写题咏。

4. 正可写帘幔陈设。大篇长文不如此顿，则成何说话！（己）

5. 贾政虽不掌管冗杂诸务，但想到是必要过问的。

6. 细极，从头至尾誓不作一笔逸安苟且之笔。（己）文学要形象思维尽人皆知，作家要真正做到却不容易，如此处贾琏细节，庸笔必忽略之。

7. 不过大略了解进度，不必耽误巡视。

8. "斜"字细，不必拘定方向。诸钗所居之处，若稻香村、潇湘馆、怡红院、秋爽斋、蘅芜苑等，都相隔不远。究竟只在一隅，然处置得巧妙，使人见其千丘万壑，恍然不知所穷，所谓会心处不在乎远。大抵一山一水，一木一石，全在人之穿插布置耳。（己）"青山郭外斜"孟浩然句，为"青山斜阻"所本。

9. 稻茎配黄泥墙，农家景象。

10. 风景亮点，设喻形容，夺目光彩。

---

① 有凤来仪——凤凰是传说中的仙禽，它的出现，被视作瑞应。《尚书·益稷》："箫韶（舜乐）九成（一曲终叫一成），有凤来仪（来归）。"传说凤是食竹实的。又多比后妃。为元春归省而拟，正合。

② 管窥蠡（lí离）测——《汉书·东方朔传》："语曰：'以管窥天，以蠡测海。'"喻见陋识浅。蠡，瓢。

③ "宝鼎"一联——鼎，指茶炉。本来，茶沸热时，则有绿烟，棋在着时，指头觉凉。现在却说"茶闲""棋罢"之时，亦复如此，正是为了写竹。翠竹遮映，所以疑尚有绿烟；浓荫生凉，所以似乎仍觉指冷。

④ 首尾——干系，关系。

⑤ 靴掖——扁平的小夹子，装钱票、纸片等，可塞在靴筒内。

⑥ 妆、蟒、绣、堆、刻丝、弹墨——脂评有"一字一句""二字一句"之批，指各种织品的制作工艺。

各色树稚新条，随其曲折，编就两溜青篱。篱外山坡之下，有一土井，旁有桔槔、辘轳①之属。下面分畦列亩，佳蔬菜花，漫然无际。1

贾政笑道："倒是此处有些道理。固然系人力穿凿，2此时一见，未免勾引起我归农之意。3我们且进去歇息。"说毕，方欲进篱门去，忽见路旁有一石碣，亦为留题之备。4众人笑道："更妙，更妙！此处若悬匾待题，则田舍家风一洗尽矣。立此一碣，又觉生色许多，非范石湖田家之咏②不足以尽其妙。"贾政道："诸公请题。"众人道："方才世兄有云，'编新不如述旧'，此处古人已道尽矣，莫若直书'杏花村'③妙极。"5贾政听了，笑向贾珍道："正亏提醒了我。此处都妙极，只是还少一个酒幌④。明日竟作一个，不必华丽，就依外面村庄的式样作来，用竹竿挑在树梢。"贾珍答应了，又回道："此处竟还不可养别的雀鸟，只是买些鹅、鸭、鸡类，才都相称了。"贾政与众人都道："更妙。"贾政又向众人道："'杏花村'固佳，只是犯了正名⑤村名，直待请名方可。"众客都道："是呀！如今虚的，便是什么字样好？"

大家想着，宝玉却等不得了，也不等贾政的命，6便说道："旧诗有云：'红杏梢头挂酒旗。'⑥如今莫若'杏帘在望'四字。"7众人都道："好个'在望'！又暗合'杏花村'意。"宝玉冷笑道：8"村名若用'杏花'二字，则俗陋不堪了。又有古人诗云：'柴门临水稻花香'⑦，何不就用'稻香村'的妙？"9众人

1. 阅至此，又笑别部小说中一万个花园中，皆是牡丹亭、芍药圃，雕栏画栋，琼树珠楼，略不见差别。（己）

2. 贾政先退一步承认"人力穿凿"，以为能占理，反使下文宝玉之批驳，持之有据，大有发挥余地。

3. 君不闻"须要退步抽身早"？极热中偏以冷笔点之，所以为妙。（己）

4. 此处只宜用石碣。更恰当，若有悬额之处，或再用镜面石，岂复成文哉！忽想到"石碣"二字，又托出许多郊野气色来，一肚皮千邱万壑只在这"石碣"上。（庚）

5. 门客所拟虽犯杜牧诗中村名，却引出酒幌来。

6. 不待命而踊跃，写宝玉技痒，变一式样。

7. 在此四字，方有后文五律佳作。

8. 得意忘形之态。

9. 就此定名。

---

① 桔槔、辘轳——古老的井上汲水工具。桔槔，又叫"吊杆"，架一杠杆，一端系水桶，一端坠大石，此起彼落，用以汲水。辘轳，又叫"轳辘"，架一有柄的转轴，轴上绕桶绳，摇柄转轴，吊起水桶。

② 范石湖田家之咏——南宋诗人范成大，自号石湖居士，所作《四时田园杂兴》数十首，写田家生活、景物风光，最为传诵。

③ 杏花村——唐代杜牧《清明》诗："借问酒家何处有，牧童遥指杏花村。"

④ 酒幌——也叫"酒旗"或"酒帘"，旧时酒店用竹竿挑一布帘在门口作招牌。

⑤ 犯了正名——谓不应直接用前人已实有的村名。

⑥ "红杏"句——明代唐寅《杏林春燕》诗："绿杨枝上啭黄鹂，红杏梢头挂酒旗。"

⑦ "柴门"句——唐代许浑《晓至章隐居郊园》诗："村径绕山松叶暗，柴门临水稻花香。"

听了，越发哄声拍手道："妙！"贾政一声断喝："无知的业障！[1] 你能知道几个古人，能记得几首熟诗，也敢在老先生前卖弄！你方才那些胡说的，不过是试你的清浊，取笑而已，你就认真了！"

说着，引人步入茆堂①，里面纸窗木榻，富贵气象一洗皆尽。贾政心中自是欢喜，却瞅宝玉道："此处如何？"众人见问，都忙悄悄地推宝玉，教他说好。宝玉不听人言，便应声道："不及'有凤来仪'多矣。"[2] 贾政听了道："无知的蠢物！你只知朱楼画栋、恶赖②富丽为佳，哪里知道这清幽气象。终是不读书之过！"宝玉忙答道："老爷教训得固是，但古人常云'天然'二字，不知何意？"

众人见宝玉牛心，都怪他呆痴不改。[3] 今见问"天然"二字，众人忙道："别的都明白，如何连'天然'不知？'天然'者，天之自然而有，非人力之所成也。"宝玉道："却又来！此处置一田庄，分明见得人力穿凿扭捏而成。远无邻村，近不负郭③，背山山无脉，临水水无源，高无隐寺之塔，下无通市之桥，峭然孤出，似非大观。争似先处有自然之理，得自然之气，虽种竹引泉，亦不伤于穿凿。[4] 古人云'天然图画'四字，正畏非其地而强为地，非其山而强为山，虽百般精巧，终不相宜……"未及说完，贾政气得喝命："又出去！"[5] 刚出去，又喝命："回来！"命再题一联："若不通，一并打嘴！"[6] 宝玉只得念道：

> 新涨绿添浣葛处，好云香护采芹人。④[7]

① 茆堂——即茅堂。"茆"同"茅"。
② 恶赖——庸俗。
③ 负郭——背靠城郭。郭，外城。
④ "新涨"一联——在洗葛衣的地方增添了新涨的碧绿春水，在读书人的周围有红云般的杏花飘着香气。浣，洗濯。葛，山间蔓生植物，纤维可织布制成葛衣。《诗经·周南·葛覃》写一个新妇很勤谨，洗净葛衣才回娘家。旧说此诗颂"后妃之德"，合元春身份。元春后来赐名为"浣葛山庄"。这句从田庄背山临水写。好云，祥云，又兼喻云霞般的杏花，故用"香护"。采芹人，读书人。语出《诗经·鲁颂·泮水》。这句又暗喻元春为贵妃，如祥云庇护着贾府。此联还能兼合后来住于此的李纨事。

1. 老先生前总要摆出严父架势，不许儿子张扬太过，卖弄本领。爱之至，喜之至，故作此语。作者至此，宁不笑杀！壬午春。（庚）

2. 不肯顺从听命，故被目为性情乖张。公然自定名，妙。（己）

3. 所谓"牛心""呆痴不改"是宝玉真性情，也是极可贵处，哪管旁人怪不怪。

4. 索性将爱好天然的志趣痛快淋漓地发挥出来。与作者写书"不敢稍加穿凿，徒为供人之目而反失其真传者"的美学理想一致。

5. 辩说有理，伤了为父的自尊也。

6. 生气管生气，毕竟儿子占理，若真让他走了，为父的如何下台？所谓奈何他不得也，呵呵！畸笏。（庚）

7. 恰好与后来居住者李纨的身份相切合。采风采雅都恰当，然冠冕中不失香奁格调。（庚）

贾政听了，摇头说："更不好。"一面引人出来，转过山坡，穿花度柳，抚石依泉，过了荼蘼架，再入木香棚，越牡丹亭，度芍药圃，入蔷薇院，出芭蕉坞，盘旋曲折。¹ 忽闻水声潺湲，泻出石洞，上则萝薜倒垂，下则落花浮荡。² 众人都道："好景，好景！"贾政道："诸公题以何名？"众人道："再不必拟了，恰恰乎是'武陵源'三个字。"贾政笑道："又落实了，而且陈旧。"众人笑道："不然就用'秦人旧舍'①四字也罢了。"宝玉道："这越发过露了。'秦人旧舍'说避乱之意，如何使得！莫若'蓼汀花溆'②四字。"贾政听了，更批胡说。

于是要进港洞时，又想起有船无船。³贾珍道："采莲船共四只，座船一只，如今尚未造成。"贾政笑道："可惜不得入了。"贾珍道："从山上盘道亦可以进去。"⁴ 说毕，在前导引，大家攀藤抚树过去。只见水上落花愈多，其水愈清，溶溶荡荡，曲折萦迂。池边两行垂柳，杂着桃杏，遮天蔽日，真无一些尘土。忽见桃柳中又露出一条折带朱栏板桥来。⁵ 度过桥去，诸路可通⁶，便见一所清凉瓦舍，一色水磨砖墙，清瓦花堵，那大主山所分之脉，⁷皆穿墙而过。⁸

贾政道："此处这所房子，无味得很。"⁹因而步入门时，忽迎面突出插天的大玲珑山石来，四面群绕各式石块，竟把里面所有房屋悉皆遮住，且一株花木也无。¹⁰ 只见许多异草：或有牵藤的，或有引蔓的，或垂山巅，或穿石隙，甚至垂檐绕柱，萦砌盘阶，¹¹ 或如翠带飘飘，或如金绳盘屈，或

1. 所经六处皆以花木命名，则其景物不写可知矣。

2. 美不胜收，却是原来水流一脉延伸。仍是沁芳溪矣。究竟基址不大，全是曲折掩隐之巧可知。（己）

3. 自然而然想起船来。船，后来元妃、刘姥姥都要用到。

4. 因无船方有经此山上盘道而入的机会，设想周到。

5. 此处则用桃柳板桥互衬，红绿相间点缀，又是一格。

6. "诸路可通"，必不可少。补四字，细极，不然后文宝钗来往，则将日日爬山越岭矣。（己）

7. 与前所写"青山斜阻"是同一座山逶迤至此。

8. 水固可穿墙，山也可穿过，有趣。

9. 为写有趣得很，先写无味得很，文章曲折如此！先故顿此一笔，使后文愈觉生色，未扬先抑之法。盖钗、颦对峙，有甚难写者。（己）

10. 难道真被贾政说中了，无味得很？

11. 转得好，原来妙处难与君说。当是平时细察山野异草，留心园林景观，再借想象翅膀写出来的。

---

① 武陵源、秦人旧舍——都用晋代陶渊明《桃花源记》事：武陵捕鱼人入桃源，源中人自称"先世避秦时乱，率妻子、邑人来此绝境，不复出焉"。

② 蓼汀花溆（xù序）——汀，汀洲，水边平沙。"蓼汀"一词当从唐代罗邺《雁》诗"暮天新雁起汀洲，红蓼花开水国愁"想来。所以元春看了说："'花溆'二字便好，何必'蓼汀'？"溆，浦，水边。"花溆"一词当从唐代崔国辅《采莲》诗"玉溆花争发，金塘水乱流"想来。

实若丹砂，或花如金桂，味芬气馥，非花香之可比。[1] 贾政不禁笑道："有趣！[2] 只是不大认识。"有的说："是薜荔藤萝。"贾政道："薜荔藤萝不得如此异香。"宝玉道："果然不是。这些之中也有藤萝薜荔；那香的是杜若蘅芜，那一种大约是茝兰，这一种大约是清葛，那一种是金偬草，这一种是玉蕗藤，红的自然是紫芸，绿的定是青芷。想来《离骚》《文选》①等书上所有的那些异草，也有叫作什么藿纳姜荨的，也有叫作什么纶组紫绛的，还有石帆、水松、扶留等样，又有叫什么绿荑的，还有什么丹椒、蘼芜、风连。如今年深岁改，人不能识，故皆象形夺名，渐渐地唤差了也是有的……"[3] 未及说完，贾政喝道："谁问你来！"[4] 唬得宝玉倒退，不敢再说。

　　贾政因见两边俱是超手游廊，便顺着游廊步入。只见上面五间清厦连着卷棚，四面出廊，绿窗油壁，更比前几处清雅不同。贾政叹道："此轩中煮茶操琴，亦不必再焚名香矣！[5] 此造已出意外，诸公必有佳作新题以颜其额，方不负此。"众人笑道："再莫若'兰风蕙露'贴切了。"贾政道："也只好用这四字。其联若何？"一人道："我倒想了一对，大家批削改正。"念道是：

　　　　麝兰芳霭斜阳院，杜若香飘明月洲。②

众人道："妙则妙矣，只是'斜阳'二字不妥。"那人道："古人诗云'蘼芜满院泣斜晖'。"众人道："颓丧，颓丧！"又一人道："我也有一联，诸公评阅评阅。"因念道：

　　　　三径香风飘玉蕙，一庭明月照金兰。③[6]

　　贾政拈髯沉吟，意欲也题一联。忽抬头见宝玉在旁不敢则声，因喝道："怎么你应说话时又不

1. 前二处皆还在人意之中，此一处则今古书中未见之工程也。连用几"或"字，是从昌黎《南山诗》中学得。（己）连用"或"字组句，《诗经》即有，如《小雅·北山》"或燕燕居息，或尽瘁事国"等连用十二句。韩愈《南山诗》"或连若相从，或蹙若相斗"等增至十九句，以求奇崛。真正用以写花草果实，倒是杜甫《北征》写山果琐细景象，用"或红如丹砂，或黑如点漆"，颇似有承继渊源。

2. 从"无味"到"有趣"，自己翻案最妙。

3. 有可炫耀见识处，自然滔滔不绝。脂评注出若干香草之名出《字汇》《楚辞》及《吴都赋》《蜀都赋》等等。由此可见，说宝玉怕读书，实在要看读什么书，如《离骚》《文选》之类，其中有的并不易读，然多辞藻文采，合其口味，故不在怕读之列。

4. 何必如此！又一样止法。（己）

5. 政老哪里晓得这就是"冷香"。

6. 此二联皆不过为钓宝玉之饵，不必认真批评。（己）是。

---

① 《离骚》《文选》——屈原的代表作《离骚》用"香草美人"手法寄托自己的政治理想。南朝梁昭明太子萧统编一部历代诗文集《文选》（又称《昭明文选》），其中所收辞赋，也如屈骚一样，提到许多奇花异草的名称。

② "麝兰"一联——麝兰、杜若，都是香草。霭，云气，引申为弥漫。上句书中说它"颓丧"，套前人"蘼芜满院泣斜晖"句。唐代鱼玄机《闺怨》诗："蘼芜盈手泣斜晖，闻道邻家夫婿归。"下句或套唐代徐坚《棹歌行》："影人桃花浪，香飘杜若洲。"此联所述与环境不切合。

③ "三径"一联——三径，庭园间小路。汉代蒋诩隐居后，曾于舍中竹下开一条三叉小路，只与求仲、羊仲二人来往。蕙，兰的一种，多穗。此联亦不顾具体环境、凑合俗套而成。

说了？还要等人请教你不成！"宝玉听说，便回道："此处并没有什么'兰麝''明月''洲渚'之类，若要这样着迹说起来，就题二百联也不能完。"贾政道："谁按着你的头，叫你必定说这些字样呢？"宝玉道："如此说，匾上则莫若'蘅芷清芬'四字。对联则是：

吟成豆蔻才犹艳，睡足酴醾梦也香。①"1

贾政笑道："这是套的'书成蕉叶文犹绿'，2不足为奇。"众客道："李太白'凤凰台'之作，全套'黄鹤楼'②，只要套得妙。3如今细评起来，方才这一联，竟比'书成蕉叶'犹觉幽娴活泼。视'书成'之句，竟似套此而来。"贾政笑说："岂有此理！"

说着，大家出来。行不多远，则见崇阁巍峨，层楼高起，面面琳宫③合抱，迢迢复道④萦纡；青松拂檐，玉栏绕砌，金辉兽面，彩焕螭头。贾政道："这是正殿了，4只是太富丽了些。"众人都道："要如此方是。虽然贵妃崇节尚俭，天性恶繁悦朴，5然今日之尊，礼仪如此，不为过也。"一面说一面走，只见正面现出一座玉石牌坊来，6上面龙蟠螭护，玲珑凿就。贾政道："此处书以何文？"众人道："必是'蓬莱仙境'方妙。"贾政摇头不语。宝玉见了这个所在，心中忽有所动，寻思起来，倒像那里曾见过的一般，却一时想不起哪年月日的事了。7贾政又命他作题，宝玉只顾细思前景，全无心于此了。众人不知其意，只当他受了这半日的折磨，精神耗散，才尽词穷了；再要考难逼迫，着了急，或生出事来，倒不便。遂忙都劝贾政："罢，罢，明日再题罢了。"贾政心中也怕贾母不

1. 词意俱佳。前谓其父"闻得塾掌称赞宝玉专能对对联"，非虚语。

2. "书成"句未详出处，似非唐宋诗。

3. 这一位篾翁更有意思。（庚）是诗话中常谈。

4. 想来此殿在园之正中。按园不是殿方之基，西北一带通贾母卧室后，可知西北一带是宽出一带来的，诸钗始便于行也。（己）

5. 有后文元春之语可证。写出贾妃身分天性。（庚）

6. 牌坊上只差"太虚幻境"四字。

7. 好在只暗示，不说破。仍归于葫芦一梦之太虚幻境。（己）

---

① "吟成"一联——豆蔻，花初开时，卷嫩叶中，俗称含胎花，以喻少女。唐代杜牧《赠别》诗："娉娉袅袅十三余，豆蔻梢头二月初。"上句说，吟成像杜牧那样的豆蔻诗后，才思还是很旺。"才犹艳"，戚序、程高诸本作"诗犹艳"，当是后人妄改；"犹"字没有着落，不成文理。酴醾（tú mí 图迷），也作"荼蘼"，春末开花。下句有两层意思：一是说花枝软垂无力，像睡梦沉酣；一是说人在花气中睡梦也香甜。

② 李太白"凤凰台"之作，全套"黄鹤楼"——唐代崔颢作《黄鹤楼》诗："昔人已乘黄鹤去，此地空余黄鹤楼。……"李白为之倾慕，有"眼前有景道不得，崔颢题诗在上头"之语，又曾几次仿其格调作诗，如《登金陵凤凰台》诗："凤凰台上凤凰游，凤去台空江自流。……"即是。

③ 琳宫——本神仙居处，此指富丽宫室。

④ 复道——楼阁间架空连接的通道。

放心，<sup>1</sup>遂冷笑道："你这畜生，也竟有不能之时了。也罢，限你一日，明日若再不能，我定不饶。这是要紧之处，更要好生作来！"

说着，引人出来，再一观望，原来自进门起，所行至此，才游了十之五六。<sup>2</sup>又值人来回，有雨村处遣人来回话。<sup>3</sup>贾政笑道："此数处不能游也。虽如此，到底从那一边出去，纵不能细观，也可稍览。"说着，引客行来，至一大桥前，见水如晶帘一般奔入。原来这桥便是通外河之闸，引泉而入者。<sup>4</sup>贾政因问："此闸何名？"宝玉道："此乃沁芳泉之正源，就名'沁芳闸'。"<sup>5</sup>贾政道："胡说！偏不用'沁芳'二字。"<sup>6</sup>

于是一路行来，或清堂，或茅舍；或堆石为垣，或编花为牖；或山下得幽尼佛寺，或林中藏女道丹房；或长廊曲洞，或方厦圆亭，贾政皆不及进去。<sup>7</sup>因说半日腿酸，未尝歇息。忽又见前面又露出一所院落来，<sup>8</sup>贾政笑道："到此可要进去歇息歇息了。"说着，一径引人绕着碧桃花，穿过一层竹篱花障编就的月洞门，俄见粉墙环护，绿柳周垂。<sup>9</sup>贾政与众人进去，一入门，两边俱是游廊相接。院中点衬几块山石，一边种着数本芭蕉，那一边乃是一棵西府海棠，其势若伞，丝垂翠缕，葩吐丹砂。众人赞道："好花，好花！从来也见过许多海棠，哪里有这样妙的。"贾政道："这叫作'女儿棠'，乃是外国之种。俗传系出'女儿国'中，云彼国此种最盛，亦荒唐不经之说罢了。"<sup>10</sup>众人笑道："然虽不经，如何此名竟传久了？"宝玉道："大约骚人咏士，以此花之色红晕若施脂，轻弱似扶病，大近乎闺阁风度，<sup>11</sup>所以以'女儿'命名。想因被世间俗恶听了，他便以野史纂入为证，以俗传俗，以讹传讹，都认真了。"<sup>12</sup>众人都摇身赞妙。

一面说话，一面都在廊外抱厦下打就的榻上坐了。<sup>13</sup>贾政因问："想几个什么新鲜字来题此？"一客道："'蕉鹤'二字最妙。"又一客道：

1. 行文时刻，必处处都想到。一笔不漏。（己）

2. 这就对了，哪能不为后文留余地？伏下后文所补等处。若都入此回写完，不独太繁，使后文冷落，亦且非《石头记》之笔。（己）

3. 此处渐渐写雨村亲切，正为后文地步。伏线千里，横云断岭法。（己）此评所指系八十回后佚稿中事；或贾府之败，亦受雨村连累；或雨村闻贾府出事，有落井下石行为。

4. 园中之水系墙外引入，前虽提及而不显，故于此再补明。

5. 自定其名，总因自信。

6. 政老亦执拗，不免意气用事。

7. 以后自会一一补出。

8. 问卿此居，比大荒山若何？（庚）此处即后之怡红院，故有是问。

9. 外有碧桃花、垂杨柳，内又有芭蕉、海棠，宜此处题"红""绿"二字。

10. 贾政之谈，虽称荒唐，却不离谱，古籍笔记所载，多有此类。

11. 东坡诗写海棠，甚多妙句，皆以佳人作比。宝玉之形容亦切合其性情。

12. 借题发挥，有见地。不独此花，近之谬传者不少，不能悉道，只借此花数语驳尽。（己）

13. 从容写来。至阶又至檐，不肯轻易写过。（己）

"'崇光泛彩'①方妙。"贾政与众人都道:"好个'崇光泛彩'!"宝玉也道:"妙极!"又叹:"只是可惜了。"[1]众人问:"如何可惜?"宝玉道:"此处蕉、棠两植,其意暗蓄'红''绿'二字在内。若只说蕉,则棠无着落;若只说棠,蕉亦无着落。固有蕉无棠不可,有棠无蕉更不可。"贾政道:"依你如何?"宝玉道:"依我,题'红香绿玉'四字,方两全其妙。"[2]贾政摇头道:"不好,不好!"

说着,引人进入房内。只见这几间房内收拾得与别处不同,竟分不出间隔来的。[3]原来四面皆是雕空玲珑木板,或"流云百蝠",或"岁寒三友",或山水人物,或翎毛花卉,或集锦,或博古②,[4]或ᛕ䨻ᛕ🕸③,[5]各种花样,皆是名手雕镂,五彩销金嵌宝的。一槅一槅,或有贮书处,或有设鼎处,或安置笔砚处,或供花设瓶、安放盆景处。其槅各式各样,或天圆地方,或葵花蕉叶,或连环半璧。真是花团锦簇,剔透玲珑。倏尔五色纱糊就,竟系小窗;倏尔彩绫轻覆,竟系幽户。且满墙满壁,皆系随依古董玩器之形抠成的槽子。诸如琴、剑、悬瓶、桌屏之类,虽悬于壁,却都是与壁相平的。[6]众人都赞:"好精致想头!难为怎么想来!"

原来贾政等走了进来,未进两层,便都迷了旧路,左瞧也有门可通,右瞧又有窗暂隔,及到了跟前,又被一架书挡住。回头再走,又有窗纱明透,门径可行;及至门前,忽见迎面也进来了一群人,都与自己形相一样,却是一架玻璃大镜相照。[7]及转过镜去,越发见门子多了。[8]贾珍笑道:"老爷随我来。从这门出去,便是后院,从后院出去,倒比先近了。"说着,又转了两层纱橱锦槅,果得一门出去,[9]院中满架蔷薇、宝相。转过花障,则见青溪前阻。众人诧异:"这股水又是从何而来?"贾珍遥指道:"原从那闸起流至那洞口,从东北山坳里引到那村庄里,又开一道岔口,引

1. 宝玉赞客语罕见,倒不是谬奖,指其不足更中肯。

2. 此四字却俗,为后文改名留余地。

3. 以罕见式样设置"温柔富贵乡"环境。特为青埂峰下凄凉,与别处不同耳。(庚)

4. 列举雕镂木板各种图案花样,包罗无遗。非平日留心熟悉,未必能在需要时形诸笔下。

5. 又出奇文。描摹世间百态千姿,哪怕琐细到这样的民俗文字图案,也敢往小说中写(画),不管行文有什么规则限制,都可以为追求美学理想而突破。这就是曹雪芹不可企及之处。前金玉篆文是可考正篆,今则从俗花样,真是醒睡魔……只据此便是一绝。(己)

6. 怡红院后为宝玉所居,是最重要场所,故出力尽情描绘一番。

7. 不先说大镜,却写忽见迎面来人与自己形相一样,只重感受,不为说明,此文学与其他文字不同之处。伏下后来刘姥姥醉中误闯怡红院,错认亲家母前来一段幽默文字。

8. 多歧路,不知通道者不迷也难。

9. 此方便门也。(庚)

---

① 崇光泛彩——春光焕发的光彩。语本苏轼《海棠》诗:"东风袅袅泛崇光。"只说了海棠,漏了芭蕉。

② 博古——指用古器物图形装饰成的工艺品。

③ ᛕ䨻ᛕ🕸——即"万福万寿"。

到西南上，共总流到这里，仍旧合在一处，从那墙下出去。"[1]众人听了，都道："神妙之极！"说着，忽见大山阻路。众人都道："迷了路了。"贾珍笑道："随我来。"仍在前导引，众人随他直由山脚边忽一转，便是平坦宽阔大路，豁然大门前现。[2]众人都道："有趣，有趣，真搜神夺巧之至！"于是大家出来。[3]

那宝玉一心只记挂着里边，又不见贾政吩咐，少不得跟到书房。贾政忽想起他来，方喝道："你还不去？难道还逛不足！[4]也不想逛了这半日，老太太必悬挂着。快进去，疼你也白疼了！"宝玉听说，方退了出来。[5]

至院外，就有跟贾政的几个小厮上来拦腰抱住，都说："今日亏了我们，老爷才喜欢，方才老太太打发人出来问了几遍，都亏我们回说老爷喜欢，[6]若不然，老太太叫你进去，就不得展才了。人人都说，你那些诗比世人的都强。今儿得了这样的彩头。该赏我们了。"宝玉笑道："每人一吊钱。"众人道："谁没见那一吊钱！[7]把这荷包赏了罢。"说着，一个上来解荷包，那一个就解扇囊，不容分说，将宝玉所佩之物尽行解去。又道："好生送上去罢。"一个抱了起来，几个围绕，送至贾母二门前。[8]那时，贾母已命人看了几次，众奶娘、丫鬟跟上来，见过贾母，知不曾难为着他，心中自是欢喜。

少时，袭人倒了茶来，见身边佩物一件无存，[9]因笑道："戴的东西又是那起没脸的东西们解去了？"林黛玉听说，走过来瞧瞧，果然一件无存，因向宝玉道："我给你的那个荷包也给他们了？你明儿再想我的东西，可不能够了！"[10]说毕，赌气回房，将前日宝玉所烦她做的那香袋儿——才做了一半——赌气拿过来就铰。宝玉见她生气，便知不妥，忙赶过来，早剪破了。宝玉已见过这香囊，虽尚未完，却十分精巧，费了许多工夫。今见无故剪了，却也可气。因忙把衣领解了，从里面红袄襟上将黛玉所给的那荷包解了下来，递与黛玉瞧，道："你瞧瞧，这是什么！我哪一回把

1. 于怡红总一园之水，是书中大立意。（庚）评语"水"字原作"看"，宋淇校作"首"；余英时疑为"水"字草书形讹。参见陈庆浩《新编石头记脂砚斋评语辑校》311页注。

2. 语带哲理。可见前逛来是小路曲，此云"忽一转，便是平坦宽阔"之正甫路也，细极。（庚）

3. 游园暂告结束。以上可当《大观园记》。（庚）

4. 正写宝玉怕严父，不见吩咐，不敢擅离。

5. 蒙府、戚序本于"宝玉听说，方退了出来"处分回，以下为第十八回；程高本则于下文写请帖备轿车去接妙玉处方分回。

6. 是小厮向宝玉邀功讨好口气。

7. 豪门小厮眼界高，也为别有所图。

8. 好收煞。（庚）宝玉在众小厮眼中全无主子架子，任凭"打劫"也不生气，难得，难怪受爱戴。

9. 袭人在玉兄一身无时不照察到。（庚）如此引出黛玉之问，再自然不过了。

10. 原来写宝玉佩物都被解去，也为引起这一波澜。

你的东西给人了？"黛玉见他如此珍重，戴在里面，可知是怕人拿去之意，因此又自悔莽撞，未见皂白，就剪了香袋。¹因此又愧又气，低头一言不发。宝玉道："你也不用剪，我知道你是懒怠给我东西。我连这荷包奉还，何如？"说着，掷向她怀中便走。²黛玉见如此，越发气起来，声咽气堵，又汪汪地滚下泪来，拿起荷包来又剪。³宝玉见她如此，忙回身抢住，笑道："好妹妹，饶了它罢！"⁴黛玉将剪子一摔，拭泪说道："你不用同我好一阵歹一阵的，要恼，就撂开手。这当什么！"说着，赌气上床，面向里倒下拭泪。禁不住宝玉上来"妹妹"长"妹妹"短赔不是。

前面贾母一片声找宝玉。众奶娘、丫鬟们忙回说："在林姑娘房里呢。"贾母听说道："好，好，好！让他姊妹们一处玩玩罢。才他老子拘了他这半天，让他开心一会子罢，只别叫他们拌嘴，不许牛了他。"众人答应着。黛玉被宝玉缠不过，⁵只得起来道："你的意思不叫我安生，我就离了你。"说着往外就走。宝玉笑道："你到哪里，我跟到哪里。"一面仍拿起荷包来戴上。黛玉伸手抢道："你说不要了，这会子又戴上，我也替你怪臊的！"说着，"嗤"的一声又笑了。宝玉道："好妹妹，明儿另替我作个香袋儿罢！"⁶黛玉道："那也只瞧我高兴罢了。"一面说，一面二人出房，到王夫人上房中去了。可巧宝钗亦在那里。

此时，王夫人那边热闹非常。⁷原来贾蔷已从姑苏采买了十二个女孩子——并聘了教习——以及行头等物来了。那时，薛姨妈另迁于东北上一所幽静房舍居住，将梨香院早已腾挪出来，另行修理了，就令教习在此教演女戏。⁸又另派家中旧有曾演学过歌唱的女人们——如今皆已皤然①老妪了，⁹着她们带领管理。就令贾

1. 宝黛之恋，若平静不起涟漪，必无味得很。但真要写出他俩那种"求全之毁、不虞之隙"而不穿凿生造，也绝非容易。今香袋荷包事，自然引起，冲突的每一细节，都合情合理，而二人恋情反由此加深，真非高手不能。按理论之，则是"天下本无事，庸人自扰之"。若以儿女之情论之，则是必有之事，必有之理，又系今古小说中不能写到写得，谈情者亦不能说出讲出，真情痴之至文也。（己）情痴之至。若无此悔，便是一庸俗小性之女子矣。（己）

2. 见如此精巧的香囊平白剪破，怎不也有气？

3. 气自己误剪还是气宝玉掷还？只可意会。怒之极，正是情之极。（己）

4. 宝玉毕竟能体贴，荷包事小，气坏妹妹事大。这方是宝玉。（己）

5. 这句本应直接上文"'妹妹'长'妹妹'短赔不是"，而偏插入贾母关心，与丫头对话，将叙述隔开，如此更好。这是庸笔所想不到的。

6. 已烟消云散了。了结二玉之事。

7. 四字特补近日千忙万冗，多少花团锦簇文字。（己）

8. 记清：薛氏母女已另迁居处，梨香院作了女戏教习之所。

9. 令人生"白头宫女在"之慨。又补出当日宁、荣在世之事，所谓此是末世之时也。（己）

---

①　皤（pó 婆）然——白发满头的样子。

蔷总理其日用出入银钱等事，以及诸凡大小所需之物料、帐目。[1] 又有林之孝家的来回："采访聘买的十个小尼姑、小道姑都有了，连新做的二十分道袍也有了。外有一个带发修行的，本是苏州人氏，祖上也是读书仕宦之家。因生了这位姑娘自小多病，买了许多替身儿①皆不中用，足的②这位姑娘亲自入了空门，方才好了。所以带发修行，今年才十八岁，法名妙玉。[2] 如今父母俱已亡故，身边只有两个老嬷嬷、一个小丫头服侍。文墨也极通，经文也不用学了，模样儿又极好。[3] 因听见长安都中有观音遗迹并贝叶遗文③，去岁随了师父上来，现在西门外牟尼院住着。[4] 她师父极精演先天神数④，于去冬圆寂⑤了。妙玉本欲扶灵回乡的，她师父临寂遗言，说她衣食起居不宜回乡，在此静居，后来自然有你的结果。所以她竟未回去。"王夫人不等回完，便说："既这样，我们何不接了她来？"林之孝家的回道："请她，她说：'侯门公府，必以贵势压人，我再不去的。'"[5] 王夫人笑道："她既是官宦小姐，自然骄傲些，就下个帖子请她何妨。"林之孝家的答应了出去，命书启相公写帖去请妙玉。次日遣人备车轿去接等后话，暂且搁过，此时不能表白。[6]

1. 靖藏本独有长眉批一条，有研究资料价值。今从陈庆浩《新编石头记脂砚斋评语辑校》姑系于此。批前抄庾信《哀江南赋序》一百五十字左右，即自"孙策以天下为三分"至"可以悽怆伤心者矣"，今略，其下接批语曰：大族之败，必不至如此之速，特以子孙不肖，招接匪类，不知创业之艰难。当知"瞬息荣华，暂时欢乐"，无异于"烈火烹油，鲜花着锦"，岂得久乎？戊子孟夏，读《庾子山文集》，因将数语系此。后世子孙，其毋慢忽之。（靖）首回脂评有"泪笔"一条，署年"甲午"（1774），或以为时间最晚。然该评另有"甲申"（1764）异文，则"甲午"有抄讹可能。此曰"戊子孟夏"（1768），似未见有更晚者。其中"子孙不肖，招接匪类"八字，或关系曹家事败细节，尤可注意。

2. 妙卿出现。至此细数十二钗，以贾家四艳再加薛、林二冠有六，去秦可卿有七，再凤有八，李纨有九，今又加妙玉，已得十人矣。后有史湘云与熙凤之女巧姐儿者，共十二人。雪芹题曰《金陵十二钗》，盖本宗《红楼梦十二曲》之义。后宝琴、岫烟、李纹、李绮皆陪客也，《红楼梦》中所谓副十二钗是也。又有又副册三断词，乃晴雯、袭人、香菱三人而已，余未多及，想为金钏、玉钏、鸳鸯、素云、平儿等人无疑矣。观者不待言可知，故不必多费笔墨。（己）以副册为"陪客"不对；故所举副册诸人未必是。将香菱归入又副册也错了。

3. 妙玉世外人也，故笔笔带写，妙极妥极。畸笏。（庚）副册引十二钗总未的确，皆系漫拟也。至末回"警幻情榜"，方知正副、再副及三四副芳讳。壬午季春，畸笏。（庚）后一条批引起争论颇多。起句"副册"二字，原作"树处"，多校作"前处"，拙校以为是"副册"二字草书及简笔形讹。"正副""再副"……是首副、次副之意，非十二钗有五等分，共六十人也。详见拙文《"警幻情榜"与"金陵十二钗"》，收入《追踪石头》220页，文化艺术出版社。

4. 交代妙玉入都原因，如此方能与贾府结缘。

5. 补出妙卿身世不凡，心性高洁。（庚）也是行文必有的小曲折。

6. 程高本于此分回。

---

① 替身儿——迷信以为出家为僧尼可以消灾，富家常买穷人子女代替自己子女出家，叫"替身"。

② 足的——一直到。诸本不解其含义，或改成"促的"，或改成"到底"。

③ 贝叶遗文——古时写在贝多树叶子上的佛教经文。此叶经水沤后，可代纸用，古印度僧人多用以写佛经。

④ 先天神数——北宋理学家邵雍所创。他据《易传》关于八卦形成的解释，参道教思想，创一个所谓能推测自然和人事变化的宇宙构造图式，叫"先天八卦图"，其学说叫"先天学"。

⑤ 圆寂——佛家称僧尼之死亡为"圆寂"。

当下又有人回，工程上等着糊东西的纱绫，请凤姐去开楼拣纱绫；又有人来回，请凤姐开库收金银器皿。连王夫人并上房丫鬟等众，皆一时不得闲的。宝钗便说："咱们别在这里碍手碍脚，找探丫头去。"说着，同宝玉、黛玉往迎春等房中来闲玩，无话。

王夫人等日日忙乱，直到十月将尽，幸皆全备：各处监管都交清帐目；各处古董文玩，皆已陈设齐备；采办鸟雀的，自仙鹤、孔雀以及鹿、兔、鸡、鹅等类，悉已买全，交于园中各处像景饲养；贾蔷那边也演出二十出杂戏来；小尼姑、道姑也都学会了念几卷经咒。贾政方略心意宽畅。[1] 又请贾母等进园，色色斟酌，点缀妥当，再无一些遗漏不当之处了。于是贾政方择日题本。[2] 本上之日，奉朱批准奏：次年正月十五上元之日，恩准贾妃省亲。贾府领了此恩旨，越发昼夜不闲，年也不曾好生过得。[3]

展眼元宵在迩，自正月初八日，就有太监出来先看方向：何处更衣，何处燕坐①，何处受礼，何处开宴，何处退息。又有巡察地方总理关防太监等，带了许多小太监出来，各处关防，挡围幕；指示贾宅人员何处退，何处跪，何处进膳，何处启事，种种仪注不一。外面又有工部官员并五城兵备道打扫街道，撵逐闲人。贾赦等督率匠人扎花灯、烟火之类，至十四日，俱已停妥。这一夜，上下通不曾睡。[4]

至十五日五鼓，自贾母等有爵者，皆按品服大妆。园内各处，帐舞蟠龙，帘飞彩凤；金银焕彩，珠宝争辉；鼎焚百合之香，瓶插长春之蕊；静悄无人咳嗽。[5] 贾赦等在西街门外，贾母等在荣府大门外。街头巷口，俱系围幕挡严。正等得不耐烦，忽一太监坐大马而来，[6] 贾母忙接入，问其消息。太监道："早多着呢！未初刻用过晚膳，未正二刻还到宝灵宫拜佛，酉初刻

1. 省亲大事，做父亲的首担重责，况是臣僚身份，自不敢稍有懈怠。

2. 郑重其事。

3. 不难想见。大族过年种种礼仪习俗相当繁缛（其事在第五十三回中详写），但与准备迎接归省完全不同。

4. 既已事事停妥，全家上下尚通宵不眠，诚惶诚恐如此，今人怕已不太理解。

5. 着力一写，末句尤有神。是元宵之夕。不写灯月，而灯光月色满纸矣。（己）

6. 此种情形，作者当听长辈说起过。有是礼。（己）

①　燕坐——闲坐。

进大明宫领宴看灯方请旨，只怕戌初才起身呢。<sup>①</sup>"
凤姐听了道："既这么着，老太太、太太且请回房，<sup>1</sup>
等是时候再来也不迟。"于是贾母等暂且自便，园
中悉赖凤姐照理。又命执事人带领太监们去吃酒饭。

一时传人一担一担地挑进蜡烛来，各处点灯。
方点完时，忽听外边马跑之声。一时，又有十来个
太监都喘吁吁跑来拍手儿。<sup>2</sup>这些太监会意，都知
道是"来了来了"，各按方向站住。<sup>3</sup>贾赦领合族子
侄在西街门外，贾母领合族女眷在大门外迎接。半
日静悄悄的。忽见一对红衣太监骑马缓缓地走来，<sup>4</sup>
至西街门下了马，将马赶出围幕之外，便垂手面西
站住。半日又是一对，亦是如此。少时便来了十来
对，方闻得隐隐细乐之声。一对对龙旌凤翣，雉羽
夔头<sup>②</sup>，又有销金提炉焚着御香。然后一把曲柄七
凤黄金伞过来，便是冠袍带履。又有值事太监捧着
香珠、绣帕、漱盂、拂尘等类。一队队过完，后面
方是八个太监抬着一顶金顶金黄绣凤版舆，缓缓
行来。贾母等连忙路旁跪下。<sup>5</sup>早飞跑过几个太监
来，扶起贾母、邢夫人、王夫人来。那版舆抬进大
门，入仪门往东去，到一所院落门前，有执拂太监
跪请下舆更衣。于是抬舆入门，太监等散去，只有
昭容、彩嫔<sup>③</sup>等引领元春下舆。只见院内各色花灯
闪灼，皆系纱绫扎成，精致非常。上面有一匾灯写
着"体仁沐德"四字。元春入室，更衣毕，复出，
上舆进园。只见园中香烟缭绕，花彩缤纷，处处灯
光相映，时时细乐声喧；说不尽这太平气象，富贵
风流。——此时自己回想当初在大荒山中、青埂峰
下，那等凄凉寂寞，<sup>6</sup>若不亏癞僧、跛道二人携来到
此，又安能得见这般世面。本欲作一篇《灯月赋》
《省亲颂》，以志今日之事，但又恐入了别书的俗套。
按此时之景，即作一赋一赞，也不能形容得尽其

1. 既当家，照顾好长辈，不使劳累要紧。

2. 静极，故闻之，细极。（己）画出内
家风范，《石头记》最难之处，别书
中摸不着。（己）内家，指宫内太监。

3. 难得他写得出，是经过之人也。（庚）
应是"经过之人"向作者述说的，
写出来却像亲身经历。作者虚拟早
于他的石头是此书原始作者，其用
意正为表明书中所述种种，非出于
后来人凭空妄拟也。

4. 写来恰如亲见。

5. 老祖母居然在路旁给孙女儿下跪，
今天看来，不可思议；可当时却天
经地义。这就是封建宗法统治下的
社会。一丝不乱。（庚）

6. 再表石头身份，正是时候。如此繁
华盛极花团锦簇之文，忽用石兄自
语截住，是何笔力！令人安得不拍
案叫绝。试阅历来诸小说中有如此
章法乎？（庚）

---

① "未初刻用过晚膳……戌初才起身呢"——即下午一点一刻前晚膳，二点半拜佛，五点后进大明宫请旨，七点
后动身。
② 龙旌凤翣（shà 霎）、雉羽夔（kuí 葵）头——帝后仪仗用物。翣，作为仪仗用的大扇，用孔雀或野鸡羽毛编
成。夔，传说中怪物。
③ 昭容、彩嫔——宫廷中女官名。

妙；即不作赋赞，其豪华富丽，观者诸公亦可想
而知矣。所以倒是省了这工夫纸墨，且说正经的
为是。①1

　　且说贾妃在轿内看此园内外如此豪华，因默
默叹息奢华过费。2忽又见执拂太监跪请登舟，贾
妃乃下舆。只见清流一带，势若游龙；两边石栏上，
皆系水晶玻璃各色风灯，点得如银花雪浪；上面
柳、杏诸树虽无花叶，然皆用通草、绸、绫、纸、
绢依势作成，粘于枝上的，每一株悬灯数盏；更
兼池中荷、荇、凫、鹭之属，亦皆系螺、蚌、羽
毛之类作就的。诸灯上下争辉，真系玻璃世界、
珠宝乾坤。船上亦系各种精致盆景诸灯，珠帘绣
幕，桂楫兰桡②，自不必说。已而，入一石港，
港上一面匾灯，明现着"蓼汀花溆"四字。3——
按：此四字并"有凤来仪"等处，皆系上回贾政
偶然一试宝玉之课艺才情耳，何今日认真用此匾
联？4况贾政世代诗书，来往诸客屏侍座陪者，
悉皆才技之流，岂无一名手题撰，竟用小儿一戏
之辞苟且搪塞？5真似暴发新荣之家，滥使银钱，
一味抹油涂朱，毕则大书"前门绿柳垂金锁，后
户青山列锦屏"之类，则以为大雅可观，岂《石
头记》中通部所表之宁、荣贾府所为哉！据此论
之，竟大相矛盾了。诸公不知，待蠢物将原委说
明，6大家方知。

　　当日，这贾妃未入宫时，自幼亦系贾母教养。
后来添了宝玉，贾妃乃长姊，宝玉为弱弟，贾妃
之心上念母年将迈，始得此弟，是以怜爱宝玉，
与诸弟待之不同。且同随祖母，刻未暂离。那宝
玉未入学堂之先，三四岁时，已得贾妃手引口传，
教授了几本书、数千字在腹内了。其名分虽系姊
弟，其情状有如母子。7自入宫后，时时带信出来
与父母说："千万好生扶养，不严不能成器，过严
恐生不虞，且致祖母之忧。"眷念切爱之心，刻

1. 自"此时"以下，皆石头之语，真是
千奇百怪之文。(己)作为此书虚拟作
者的石头，表明自己身份和职能的插
话不可无，但也不必多，前面已有过
几次，此回之后就罕见了。

2. 写出元春俭朴惜物、不尚奢华的天性，
也借此衬托园内外极尽靡费的装饰
布置。

3. 前注四字出处。"花溆"自好，"蓼汀"
二字，令人联想唐诗"暮天新雁起汀
洲，红蓼花开水国愁"意境，不免萧
索。以此未臻妥善之题额起，带出石头说
明原委，恰当之至。

4. 必有之疑问。驳得好。(庚)

5. 以"苟且搪塞"等语自占地步。又借
此引出贾妃与宝玉姊弟间的特殊关系
来。

6. 石兄自谦，妙。可代答云，岂敢！(己)

7. 批书人领过此教，故批至此，竟放声
大哭。俺先姊仙逝太早，不然，余何
得为废人耶？(庚)此畸笏即曹頫所
批。曹頫之姊比他岁数大不少，早年
带教幼弟，甚疼爱，后嫁纳尔苏郡王，
生福彭等四子。曹頫获罪抄没，纳
尔苏家不肯伸援手，曹頫因无力归还
四百余两赔银，被多年"枷号"追催，
致使身上落下残疾，故称"废人"，自
号"畸笏"。详见文章《畸笏叟应是曹
雪芹的父亲曹頫》。

---

① "此时自己回想当初"一段——作者既假托小说是石头自记其见闻经历，便在小说整体第三人称的记述中，偶
　尔插入几句此类第一人称的石头自语，以免读者忘却。
② 桂楫兰桡——以桂树、木兰等香木制成的船桨，指代华美的船。

未能忘。前日，贾政闻塾师背后赞宝玉偏才尽有，贾政未信，适巧遇园已落成，令其题撰，聊一试其情思之清浊。其所拟之匾联虽非妙句，在幼童为之，亦或可取。即另使名公大笔为之，固不费难，<u>然想来倒不如这本家风味有趣。更使贾妃见之，知系其爱弟所为，亦或不负其素日切望之意。</u>[1] 因有这段原委，故此竟用了宝玉所题之联额。<u>那日虽未曾题完，后来亦曾补拟。</u>[2]

闲文少述，且说贾妃看了四字，笑道：" '花溆' 二字便妥，何必 '蓼汀'？" 侍座太监听了，忙下小舟登岸，飞传与贾政。贾政听了，即忙移换。一时，舟临内岸，复弃舟上舆，便见琳宫绰约，桂殿巍峨。<u>石牌坊上明显 "天仙宝境" 四大字，</u>[3]<u>贾妃忙命换 "省亲别墅" 四字。</u>[4] 于是进入行宫。<u>但见庭燎①烧空，</u>[5] 香屑布地，火树琪花②，金窗玉槛。说不尽帘卷虾须，毯铺鱼獭，鼎飘麝脑之香，屏列雉尾之扇。真是：

> 金门玉户神仙府，桂殿兰宫妃子家。

贾妃乃问："此殿何无匾额？" 随侍太监跪启曰："此系正殿，外臣未敢擅拟。" 贾妃点头不语。礼仪太监跪请升座受礼，两阶乐起。礼仪太监二人引贾赦、贾政等于月台下排班，殿上昭容传谕曰："免。" 太监引贾赦等退出。<u>又有太监引荣国太君及女眷等自东阶升月台上排班，</u>[6] 昭容再谕曰："免。" 于是引退。

茶已三献，贾妃降座，乐止。退入侧殿更衣，方备省亲车驾出园。至贾母正室，欲行家礼，贾母等俱跪止不迭。贾妃满眼垂泪，方彼此上前厮见。<u>一手搀贾母，一手搀王夫人，三个人满心里皆有许多话，只是俱说不出，只管呜咽对泣，</u>[7] 邢夫人，李纨，王熙凤，迎、探、惜三姊妹等，俱在旁围绕，垂泪无言。半日，贾妃方忍悲强笑，安慰贾母、王夫人道："当日既送我到那不得见人

1. 如此想来，真能令元春愉悦。政老作此决策，妥当之极。一驳一解，跌宕摇曳之至。且写得父母兄弟体贴恋爱之情淋漓痛切，真是天伦至情。（己）

2. 一句补前文之不暇，启后文之苗裔，至后文凹晶馆黛玉口中又一补，所谓一击空谷，八方皆应。（己）第七十六回黛玉有拟额语。

3. 题此四字虽俗，却有意引人作 "太虚幻境" 的联想。

4. 元春谦和。妙，是特留此四字与彼自命。（己）

5. 又将荣华富丽景象渲染一番。"庭燎" 最恰。（己）

6. 一丝不乱，精致大方，有如欧阳公九九。（己）陈庆浩注：此处疑是指欧阳询的《九成宫醴泉铭》，"九九" 或为 "九成" 之误。

7. 《石头记》得力擅长，全是此等地方。（己）非经历过，如何写得出。壬午春。（庚）全在作者体察人情深切细微，又写得真实，不关经历不经历。

----

① 庭燎——庭院中照明的火炬。见《诗经·小雅·庭燎》。
② 火树琪花——亦说成 "火树银花"，喻灯火灿烂。语出唐代苏味道《正月十五夜》诗。

的去处，<sup>1</sup> 好容易今日回家娘儿们一会，不说说笑笑，反倒哭起来。一会子我去了，又不知多早晚才来！"说到这句，不禁又哽咽起来。<sup>2</sup> 邢夫人等忙上来解劝。贾母等让贾妃归座，又逐次一一见过，又不免哭泣一番。然后东西两府掌家执事人丁在厅外行礼，及两府掌家执事媳妇领丫鬟等行礼毕。贾妃因问："薛姨妈、宝钗、黛玉因何不见？"<sup>3</sup> 王夫人启曰："外眷无职，未敢擅入。"<sup>4</sup> 贾妃听了，忙命快请。一时，薛姨妈等进来，欲行国礼，亦命免过，上前各叙阔别寒温。又有贾妃原带进宫去的丫鬟抱琴等上来叩见，<sup>5</sup> 贾母等连忙扶起，命人别室款待。执事太监及彩嫔、昭容各侍从人等，宁国府及贾赦那宅两处自有人款待，只留三个小太监答应。母女姊妹深叙些离别情景，及家务私情。

又有贾政至帘外问安，贾妃垂帘行参等事。又隔帘含泪，<sup>6</sup> 谓其父曰："田舍之家，虽齑盐布帛<sup>①</sup>，终能聚天伦之乐。今虽富贵已极，然骨肉各方，终无意趣！"<sup>7</sup> 贾政含泪启道：

"臣，草莽寒门<sup>②</sup>，鸠群鸦属之中，岂意得征凤鸾之瑞<sup>③</sup>。<sup>8</sup> 今贵人上锡天恩，下昭祖德<sup>④</sup>，此皆山川日月之精奇、祖宗之远德钟于一人，幸及政夫妇。且今上启天地生物之大德，垂古今未有之旷恩，虽肝脑涂地，臣子岂能得报于万一！惟朝乾夕惕<sup>⑤</sup>，忠于厥<sup>⑥</sup>职外，愿我君万寿千秋，乃天下苍生之同幸也。贵妃切勿以政夫妇残年为念，懑愤金怀<sup>⑦</sup>，更祈自加珍爱。惟业业兢兢，勤慎恭肃以侍上，庶不负上体贴眷爱如此之隆恩也。"<sup>9</sup>

1. 不得见人的去处，岂非地牢？

2. 包含多少相思之苦！追魂摄魄。《石头记》传神摹影，全在此等地方，他书中不得有此见识。（己）说完不可，不先说不可，说之不痛不可，最难说者是此时贾妃口中之语。只如此一说方千贴万妥，一字不可更改，一字不可增减，入情入神之至。（己）

3. 彼等来贾府居住信息，想早已闻知了。

4. 所谓诗书世家，守礼如此。偏是暴发，骄妄自大。（己）此非守家礼，是守君臣礼。

5. 前所谓贾家四钗之环，暗以琴、棋、书、画排行，至此始全。（己）

6. 一旦当上贵妃，父女亲情也须改变。写见面三句话，连用"帘外""垂帘""隔帘"，真是可悲！

7. 何谓快乐？何谓幸福？家庭亲情之可珍可贵，由位极皇妃之元春口中说出，便觉有千钧之重。

8. 此语犹在耳。（庚）由评语看，此种话头，应是作者祖上为官者的口头语。

9. 此启揭出封建宗法统治下的畸形父女关系，身为生父的贾政要用最恭肃卑顺的语言，像一个下贱的奴才侍奉最尊贵的主子那样对待自己的女儿，因为女儿是皇帝的代表，这种颠倒血缘关系的描写，也是对封建伦理纲常中的孝道的莫大讽刺。

---

① 齑（jī 基）盐布帛——犹言素食布衣。齑，切碎的腌菜。

② 草莽寒门——卑称自己出身于山村里的穷人家。其实是世家大族。

③ 岂意得征凤鸾之瑞——哪里想到出现了呈祥的鸾凤。与俗语说"飞出金凤凰"意思相同。征瑞，应了吉祥之兆。

④ "今贵人"句——贵人，妃子。赐天恩，赐皇恩。昭祖德，光宗耀祖。若是常人，都说"上昭祖德"，此处君臣之礼高于一切，故改"上"为"下"。

⑤ 朝乾夕惕——从早到晚慎勤戒惧，不敢稍有懈怠。乾，勉力而为。惕，小心谨慎。语出《易经·乾卦》。

⑥ 厥——其；自己的。

⑦ 懑（mèn 闷）愤金怀——心里忧闷烦躁。金，表示尊重的饰词。

贾妃亦嘱"只以国事为重，暇时保养，切勿记念"等语。贾
政又启："园中所有亭台轩馆，皆系宝玉所题；如果有一二稍
可寓目者，请别赐名为幸。"元妃听了宝玉能题，便含笑说："果
进益了。"贾政退出。

　　贾妃见宝、林二人亦发比别姊妹不同，真是姣花软玉一
般。因问："宝玉为何不进见？"¹贾母乃启："无谕，外男不敢
擅入。"元妃命快引进来。小太监出去引宝玉进来，先行国礼
毕，元妃命他进前，携手拦于怀内，又抚其头颈笑道："比先
竟长了好些……"一语未终，泪如雨下。²

　　尤氏、凤姐等上来启道："筵宴齐备，请贵妃游幸。"元
妃等起身，命宝玉导引，遂同诸人步至园门前。早见灯光火
树之中，诸般罗列非常。进园来先从"有凤来仪""红香绿
玉""杏帘在望""蘅芷清芬"等处，登楼步阁，涉水缘山，
百般眺览徘徊。一处处铺陈不一，一桩桩点缀新奇。贾妃极加
奖赞，又劝："以后不可太奢，此皆过分之极。"³已而，至正
殿，谕免礼归座，大开筵宴。贾母等在下相陪，尤氏、李纨、
凤姐等亲捧羹把盏。

　　元妃乃命传笔砚伺候，亲搦湘管，择其几处最喜者赐名。
按其书云：

　　　　"顾恩思义"匾额
　　　　天地启宏慈，赤子苍头①同感戴；
　　　　古今垂旷典②，九州万国被恩荣。此一匾一联书于正殿⁴
　　　　"大观园"园之名
　　　　"有凤来仪"赐名曰"潇湘馆"
　　　　"红香绿玉"改作"怡红快绿"即名曰"怡红院"⁵
　　　　"蘅芷清芬"赐名曰"蘅芜苑"
　　　　"杏帘在望"赐名曰"浣葛山庄"

正楼曰"大观楼"，东面飞楼曰"缀锦阁"，西面斜楼曰"含
芳阁"，更有"蓼风轩""藕香榭""紫菱洲""荇叶渚"等
名；⁶又有四字的匾额十数个，诸如"梨花春雨""桐剪秋风"
"荻芦夜雪"等名，此时悉难全记。⁷又命旧有匾联俱不必摘
去。于是先题一绝云：

1. 宝玉是元春在心之人，问
其人却在问薛、林之后，
先外眷，后爱弟，于礼得
体。至此方引出宝玉。（己）

2. 读此数句，真想请来世界
各国文豪齐来看，问谁
能写得出。作书人将批
书人哭坏了！（庚）看
来畸笏叟太投入了，几
不能自拔。

3. 总是性尚节俭。

4. 是贾妃口气。（己）

5. "红香绿玉"俗气，且
"香""玉"一类字也非
元春所好，故改名。这
一改格调全然不同，真
有脱胎换骨之妙。

6. 雅而新。（己）

7. 故意留下秋爽斋、凸碧
山庄、凹晶溪馆、暖香
坞等处，为后文另换眼
目之地步。（己）

---

　①　赤子苍头——老幼，即所有百姓。赤子，本指初生婴儿，后亦用以泛指百姓。苍头，本指老年奴仆，后泛指老
　　　年人。
　②　古今垂旷典——与贾政奏启上"垂古今未有之旷恩"同义。垂，下赐。典，恩。

衔山抱水建来精，多少工夫筑始成！
天上人间诸景备，芳园应锡大观名。①1

写毕，向诸姊妹笑道："我素乏捷才，且不长于吟咏，妹辈素所深知。今夜聊以塞责，不负斯景而已。2异日少暇，必补撰《大观园记》并《省亲颂》等文，以记今日之事。妹辈亦各题一匾一诗，随才之长短，亦暂吟成，不可因我微才所缚。且喜宝玉竟知题咏，是我意外之想。此中'潇湘馆''蘅芜苑'二处，我所极爱，次之'怡红院''浣葛山庄'，此四大处，必得别有章句题咏方妙。前所题之联虽佳，如今再各赋五言律一首，使我当面试过，方不负我自幼教授之苦心。"3宝玉只得答应了，下来自去构思。

迎、探、惜三人之中，要算探春又出于姊妹之上，然自忖亦难与薛、林争衡，4只得勉强随众塞责而已。李纨也勉强凑成一律。5贾妃先挨次看姊妹们的。写道是：

旷性怡情　匾额　迎　春
园成景备特精奇，奉命羞题额旷怡。
谁信世间有此境，游来宁不畅神思？②6

万象争辉　匾额　探　春
名园筑出势巍巍，奉命何惭学浅微！
精妙一时言不出，果然万物生光辉。③7

文章造化　匾额　惜　春
山水横拖千里外，楼台高起五云中。

1. 此诗从题园景角度看，未见出色；若以其双关寓意（见注释①）说，却又十分巧妙。诗却平平。盖彼不长于此也，故只如此。（己）

2. 实话实说，又说得十分得体。

3. 宝玉在题咏上有进益，是做大姊最欣慰的事，所以必"当面试过"心里才踏实。"自幼教授"四字呼应前文。虽说元春不长于吟咏，但仍有鉴别诗之优劣高下的眼光，后文担任海棠诗社社长的李纨也如此。

4. 贵有自知之明。只一语便写出宝黛二人，又写出卿知己知彼，伏下后文多少地步。（己）

5. 不表薛、林可知。（己）

6. 三姊妹中，迎春最不能诗。她为人懦弱，逆来忍受，所以自谓能"旷性怡情"。因缺乏想象力，故诗也写得空洞无物，末句是额题四字的同义语重复。

7. 诗也未见精彩，然前二句"势巍巍""何惭"仍透出强者个性；后二句可看出是勉强塞责。

---

① "衔山抱水"一绝——这首总题大观园的绝句与后面几首不同，作者是有深意的：说的是园林建筑，其实也指小说创作。前两句借环绕山萦水的构建设计精心，工程浩大，暗寓小说创作呕心沥血，周密构思，花了他一生许多精力。后两句可以看出：一、"天上人间诸景备"的大观园只有通过艺术的典型概括才能创造出来，不可能把它落实到某一个具体的地点。二、"天上"，也隐指"太虚幻境"，暗示"天上"与"人间"两种境界的联系。三、小说所反映的社会生活面是广阔的。从"天上"到"人间"亦即从皇家到百姓，形形色色，包罗万象，蔚为"大观"，确是一幅反映当时社会的历史画卷。

② 《旷性怡情》一首——旷性怡情，使心胸开阔，心情愉快。羞题额旷怡，不好意思地题了"旷性怡情"的匾额。宁不，怎不。

③ 《万象争辉》一首——程高本将此首探春所作的七绝改属李纨，而将李纨所作的七律"文采风流"改属探春。这样的调换不妥。探春为人精明，因知"难与薛、林争衡"，故特藏拙，只作一绝以"塞责"。但"何惭学浅"之语，自是探春个性，与迎春实言"羞题"，宝钗谦称"自惭"绝不相犯。

园修日月光辉里，景夺文章造化功。①1

文采风流　匾额　李　纨

秀水明山抱复回，风流文采胜蓬莱。
绿裁歌扇迷芳草，红衬湘裙舞落梅。
珠玉自应传盛世，神仙何幸下瑶台！
名园一自邀游赏，未许凡人到此来。②2

凝晖钟瑞　匾额　薛宝钗

芳园筑向帝城西，华日祥云笼罩奇。
高柳喜迁莺出谷，修篁时待凤来仪。
文风已著宸游夕，孝化应隆归省时。
睿藻仙才盈彩笔，自惭何敢再为辞！③3

世外仙源　匾额　林黛玉

名园筑何处？仙境别红尘。
借得山川秀，添来景物新。
香融金谷酒，花媚玉堂人。
何幸邀恩宠，宫车过往频。④4

贾妃看毕，称赏一番，又笑道："终是薛、林二妹之作与众不同，非愚姊妹可同列者。"原来林黛玉安心今夜大展奇才，将众人压倒，5不想贾妃只命一匾一咏，倒不好违谕多作，只胡乱作一首五言律应景罢了。6

彼时宝玉尚未作完，只刚作了"潇湘馆"与"蘅

1. 更牵强。三首之中还算探卿略有作意，故后文写出许多意外妙文。（己）因惜春年最幼，便说其诗"更牵强"，似欠公允。

2. 李纨虽乏诗人气质才情，但毕竟自幼读书，根基不错，故能多借用前人文章意象成篇，如一三联，皆稳妥。且律诗若能凑成，看去就比绝句容易像样。此四诗列于前，正为瀜托下韵也。（己）

3. 宝钗诗遣词使事、构章立意，处处以盛唐时代著名的应制、早朝之作为楷模，故写得雍容典雅。好诗。此不过颂圣应酬耳。犹未见长，以后渐知。（己）

4. 挥洒自如，仙境之比，不脱将来自己作"世外仙姝"。然此亦非其佳构，黛玉之诗才，至其为宝玉作枪手时，始尽情施展。所谓信手拈来无不是，阿颦自是一种心思。（己）末二首是应制诗。余谓宝、林此作未见长，何也？……在宝卿有生不屑为此，在黛卿实不足一为。（己）

5. 是奇才多有好胜之心。

6. 自认胡乱应景，可见确实尚未充分展才。

---

① 《文章造化》一首——文章，义同"文采"。造化，谓天地创造化育万物。常指天运、神力。四字意思是景物之奇如天工神力造成。首句极言地广；次句极写楼高。五云，五色云霞。隐以神宫仙府作比。白居易《长恨歌》："楼阁玲珑五云起，其中绰约多仙子。"三四句谓园修建于皇帝贵妃的恩泽荣光中，风光景物有巧夺天工之奇。日月，比皇帝。

② 《文采风流》一首——文采风流，这里指景物多彩，风光美好，人事标格不凡。"绿裁"句，谓歌扇用绿绸裁制成，与芳草颜色一样，迷离难分。歌扇，女子歌唱时用以遮面。"红衬"句，谓绣裙衬着红花，舞动时如红梅落瓣，随风飞回。湘裙，湘绣做的裙子。以歌扇、舞衣对的诗句历来甚多。如梁代阴铿即有"莺啼歌扇后，花落舞衫前"之句；又清初吴梅村《鸳湖曲》："芳草乍疑歌扇绿，落花错认舞衣鲜。"皆是。脂评："凑成。"珠玉，喻诗文美好。瑶台，传说中神仙所居。这句说元妃省亲，如仙子下凡。

③ 《凝晖钟瑞》一首——凝晖钟瑞，光辉瑞象毕集于此。晖，日光，喻皇恩。钟，聚集。"高柳"句说，喜庆莺从幽谷飞到高柳上去，喻元春出深闺进宫为妃。《诗经·小雅·伐木》："伐木丁丁，鸟鸣嘤嘤。出自幽谷，迁于乔木。嘤其鸣矣，求其友声。"文风，指提倡文学、重视礼乐的风气，此指大观园赋诗事。著，表现得显著。宸游，皇帝、贵妃外出巡游。孝化，以孝道教化人们。隆，发扬光大。睿（ruì 瑞）藻，指元春的诗。睿，颂扬帝后所用的敬辞。

④ 《世外仙源》一首——程高诸本改首句为"宸游增悦豫"，增加了"颂圣"色彩。别红尘，不同于人间。"借得"二句，说吟诗从山川中借得灵气，使园林景物增色。金谷酒，晋代石崇家有金谷园，曾宴宾客于园中，命赋诗，不成者，罚酒三斗。此借说大观园中开筵命题赋诗。玉堂人，指元春。玉堂，妃嫔所居之处。

芜苑"二首，正作"怡红院"一首，起草内有"绿玉春犹卷"一句。宝钗转眼瞥见，便趁众人不理论，急忙回身悄推他道：[1]"她因不喜'红香绿玉'四字，才改了'怡红快绿'；你这会子偏用'绿玉'二字，岂不是有意和她争驰了？况且蕉叶之说也颇多，再想一个字改了罢。"宝玉见宝钗如此说，便拭汗说道：[2]"我这会子总想不起什么典故出处来。"宝钗笑道："你只把'绿玉'的'玉'字改作'蜡'字就是了。"宝玉道："'绿蜡'可有出处？"[3]宝钗见问，悄悄地咂嘴点头笑道：[4]"亏你今夜不过如此，将来金殿对策①，你大约连'赵钱孙李'都忘了呢！[5]唐钱珝咏芭蕉诗②头一句：'冷烛无烟绿蜡干'，你都忘了不成？"[6]宝玉听了，不觉洞开心臆，笑道："该死，该死！现成眼前之物偏倒想不起来了，真可谓'一字师'③了。从此后我只叫你师父，再不叫姐姐了。"宝钗亦悄悄地笑道："还不快作上去，只管姐姐妹妹的。谁是你姐姐？那上头穿黄袍的才是你姐姐，[7]你又认我这姐姐来了。"一面说笑，因又怕他耽延工夫，遂抽身走开了。[8]宝玉只得续成，共有了三首。

此时，林黛玉未得展其抱负，自是不快。因见宝玉独作四律，大费神思，何不代他作两首，也省他些精神不到之处。[9]想着，便也走至宝玉案旁，悄问："可都有了？"宝玉道："才有了三首，只少'杏帘在望'一首了。"黛玉道："既如此，你只抄录前三首罢。赶你写完那三首，我也替你作出这首来了。"说毕，低头一想，早已吟成一律，[10]便写在纸上，搓成个团子，掷在他跟前。[11]宝玉打开一看，只觉此首比自己所作的三首高过十倍，真是喜出望外，[12]遂忙恭楷呈上。贾妃看道：

1. 宝钗聪慧，能体察元妃改题心意。这样章法又是不曾见过的。（庚）

2. 有趣！焦急神情如见。想见其构思之苦，方是至情。最厌近之小说中满纸神童、天分等语。（己）

3. 其实，"绿蜡"与"春犹卷"同一出处，必是一起想到的。此处正为穿插需要而故意先写成"绿玉"，还问"可有出处"的。

4. 神情可爱。媚极，韵极。（庚）

5. 虽是戏语，仍自然流露自己的观念：男孩子努力的目标应在仕途，真是个性化语言。如此穿插，安得不令人拍案叫绝！壬午春。（庚）

6. 揭晓"绿蜡"出处，却未说"春犹卷"也出此诗第二句中。此等处使用硬证实处，最是大力量。但不知是何心思，是从何落想穿插到如此玲珑锦绣地步！（己）

7. 此种话头，风趣活泼，是作者所长。

8. 适可而止，再不走就不好了。

9. 一展诗才的机会来了。偏又写一样，是何心意构思而得？畸笏（庚）

10. 比曹子建七步成诗如何？瞧他写阿颦只如此，便妙极。（己）

11. 多少人有过同样考场作弊的早年记忆？纸团送递，系应试童生秘诀，黛卿自何处学得？一笑。丁亥春。（庚）

12. 果然，又快又好，真是捷才！这等文字亦是观书者望外之想。（己）

---

① 金殿对策——在金銮殿对答皇帝的策问。汉代以来，朝廷考试取士，以政事、经义等设问，写在简策上，让应试者回答，叫"对策"或"策问"。

② 唐钱珝（xǔ许）咏芭蕉诗——钱珝，诸本原误作"钱翊"。诗题为《未展芭蕉》，全诗是："冷烛无烟绿蜡干，芳心犹卷怯春寒。一缄书札藏何事？会被东风暗拆看。"句句设喻，构思巧妙。

③ 一字师——对改动他人诗文一个字而显示高明、使其从中得益者的尊称。唐代诗僧齐己作《早梅》诗，有"前村深雪里，昨夜数枝开"之句，郑谷改"数枝"为"一枝"，齐己下拜，时人称谷为"一字师"。见陶岳《五代史补》。

有凤来仪　宝玉谨题

秀玉初成实，堪宜待凤凰。
竿竿青欲滴，个个绿生凉。
迸砌妨阶水，穿帘碍鼎香。
莫摇清碎影，好梦昼初长。①1

蘅芷清芬

蘅芜满净苑，萝薜助芬芳。
软衬三春草，柔拖一缕香。
轻烟迷曲径，冷翠滴回廊。
谁谓池塘曲，谢家幽梦长？②2

怡红快绿

深庭长日静，两两出婵娟。
绿蜡春犹卷，红妆夜未眠。
凭栏垂绛袖，倚石护青烟。
对立东风里，主人应解怜。③3

杏帘在望

杏帘招客饮，在望有山庄。
菱荇鹅儿水，桑榆燕子梁。
一畦春韭绿，十里稻花香。
盛世无饥馁，何须耕织忙！④4

贾妃看毕，喜之不尽，说："果然进益了！"又指"杏帘"一首为前三首之冠，遂将"浣葛山庄"改为"稻香村"。5又

1. 评首联：凤凰比元春、黛玉都宜。起便拿得住。（己）颈联：妙句。古云"竹密何妨水过"，今偏翻案。（己）

2. 评首联："助"字妙。通部书所以皆善炼字。（己）颔联：刻画入妙。（己）切藤蔓特点。颈联：甜脆满颊。（己）

3. 评首联：双起双敲。读此首始信前云"有蕉无棠不可，有棠无蕉更不可"等批，非泛泛妄批驳他人，到自己身上则无能为之论也。（己）颈联：是海棠之情。（己）是芭蕉之神。何得如此工恰自然，真是好诗，却是好书。（己）尾联：双收。（己）归到主人，方不落空。王梅隐云：咏物体又难双承双落，一味双拿，则不免牵强。此首可谓诗题两称，极工极切，极流离妩媚。（己）主人应是绛洞花主。

4. 评首联：分题作一气呵成，格调熟练，自是阿颦口气。（己）颔联：此"鸡声茅店月"句法，无谓语，全用名词组成，如欧阳修诗"鸟声梅店雨，野色柳桥春"等即是。颈联：因上联整饬锤炼，此联须疏散洒脱，方呈不同面目，此律诗必定之章法。又因有"十里稻花香"句为元春所赏，才又改名为"稻香村"，恰巧是宝玉所初拟。尾联：以幻入幻，顺水推舟，且不失应制，所以称阿颦（己）这联评得好。

5. 评得是。仍用玉兄前拟"稻香村"，却如此幻笔幻体，文章之格式至矣尽矣。壬午春。（庚）

---

① 《有凤来仪》一首——秀玉，喻竹。实，竹实，凤食竹实。个个，竹叶像许多"个"字。明刘基《种棘》诗："风条曲抽'乙'，雨叶细垂'个'。""迸砌"二句倒装，即"妨阶水迸砌，碍鼎香穿帘"。砌，阶台的边沿。"莫摇"二句，意谓在此翠竹遮荫之下，正好舒适昼睡，希望竹子别因风而动摇，使散乱的影子晃动于眼前，扰我好梦。

② 《蘅芷清芬》一首——软衬、柔拖，蘅芜苑的异草香花从牵藤引蔓为多，所以用"软""柔"指代。写色用"衬"，写香用"拖"。轻烟，喻藤蔓萦绕的样子，如女萝亦称烟萝。冷翠，指花草上的露水。迷曲径、滴回廊，因为这些植物"或垂山巅，或穿石隙，甚至垂檐绕柱，萦砌盘阶"，所以这样写。末两句谓：谁说只有写过"池塘生春草"名句的谢灵运才有触发诗兴的好梦？典故见《诗品》引《谢氏家录》。

③ 《怡红快绿》一首——这一律四联，同时写芭蕉、海棠，暗蓄"红""绿"二字，用双起双收章法。婵娟，美好的样子，指蕉棠。"春犹卷"三字本钱珝诗，与"绿蜡"二字原是一起构思的。小说穿插对话，指明出处，为了让人知道"春犹卷"就是钱诗中"芳心犹怯寒"的意思。与下句一样，不是单纯写景，实在都是借花木以写人，写怡红院中生活。"红妆"句说海棠在夜里并未睡着。红妆，女子，喻花。苏轼《海棠》诗："只恐夜深花睡去，故烧高烛照红妆。"五六句说，海棠如美人凭栏垂下大红色衣袖；芭蕉倚石而植，便山石如被青烟笼罩。主人，题咏时，应指元春，以后也就是怡红院主宝玉自己。解怜，会爱惜。

④ 《杏帘在望》一首——首联分题目为两句，浑成一气，以下六句即从"客"所见所感来写。三四句全用名词组成，是"鸡声茅店月"句法。荇，水生，嫩叶可食。畦（qí奇），田园中划分成块的种植地。"盛世"二句，大观园本无耕织之事，诗顺水推舟说，有田庄而无人耕织不必奇怪，现在不是太平盛世吗？既然没有饿肚皮的人，又何用忙忙碌碌地耕织呢？

命探春另以彩笺誊录出方才一共十数
首诗,出令太监传与外厢。贾政等看了,
都称颂不已。贾政又进《归省颂》。元
春又命以琼酥金脍等物,赐与宝玉并
贾兰。¹ 此时贾兰极幼,未达诸事,只
不过随母依叔行礼,故无别传。贾环
从年内染病未痊,自有闲处调养,故
亦无传。²

那时,贾蔷带领十二个女戏,在
楼下正等得不耐烦,只见一太监飞跑
来说:"作完了诗,快拿戏目来!"贾
蔷急将锦册呈上,并十二个花名单
子。少时,太监出来,只点了四出戏:
第一出,《豪宴》;³ 第二出,《乞巧》;⁴
第三出,《仙缘》;⁵ 第四出,《离魂》。⁶
贾蔷忙张罗扮演起来。一个个歌欺裂
石之音,舞有天魔之态。虽是妆演的
形容,却作尽悲欢情状。⁷ 刚演完了,
一太监执一金盘糕点之属进来,问:"谁
是龄官?"贾蔷便知是赐龄官之物,喜
得忙接了,⁸ 命龄官叩头。太监又道:"贵
妃有谕,说龄官极好,再作两出戏,
不拘哪两出就是了。"贾蔷忙答应了,
因命龄官作《游园》《惊梦》二出。龄
官自为此二出原非本角之戏,执意不
作,定要作《相约》《相骂》①⁹二出。
贾蔷扭她不过,只得依她作了。¹⁰ 贾妃
甚喜,命不可难为了这女孩子,好生
教习。¹¹ 额外赏了两匹宫缎、两个荷包
并金银锞子、食物之类。¹² 然后撤筵,
将未到之处又复游玩。忽见山环佛寺,
忙另盥手进去焚香拜佛,又题一匾云:

1. 又顺便点出贾兰。

2. 贾环无传,也必补明。

3. 《一捧雪》中,伏贾家之败。(己)清初李玉作,
   演明莫怀古因玉杯"一捧雪"被奸邪害得家破人
   亡故事。贾家亦一败涂地。

4. 《长生殿》中,伏元妃之死。(己)清初洪昇作,
   演唐明皇与杨贵妃悲剧故事。则元春之死当与政
   治斗争有关,且可能死于"望家乡路远山高"的
   外地。

5. 《邯郸梦》中,伏甄宝玉送玉。(己)即汤显祖《邯
   郸记·合仙》,演卢生梦中历尽升沉荣辱,因而大
   悟,吕洞宾度其上天,替何仙姑天门扫花故事。
   后半部通灵玉转至甄宝玉身上,遂多以写甄代替
   写贾,"送玉"当指其将玉送还癞僧,仍置于大荒
   山,如此方与剧目中卢生大悟有相似之处。

6. 《牡丹亭》中,伏黛玉之死。(己)汤显祖作,即
   剧本中《闹殇》一出,演杜丽娘病死魂离故事。
   按当时礼仪习俗,省亲大喜之日,是不能演这些
   悲剧性剧目的。此为寓意而不得不写。所点之戏
   剧伏四事,乃通部书之大过节、大关键。(己)

7. 概括得好。

8. 透出贾蔷与龄官相好,伏后文风情故事。

9. 畸笏叟加评,述其与梨园子弟及世家兄弟交往经
   历,有与余三十年前目睹亲之人,现形于纸上。
   (己)等语,可探知畸笏之身份,文过长,不录。

10. 如何反"扭她不过",其中便隐许多文字。(己)
    作者每写人一言一行,必已有全局在胸。

11. 能得元妃欢心,其人必不一般。

12. 又伏下一个尤物,一段新文。(己)

---

① 《游园》《惊梦》与《相约》《相骂》——《牡丹亭》中《惊梦》一出,演出本分为《游园》《惊梦》二出,演
杜丽娘游园时梦中与柳梦梅欢会事,主角由闺门旦扮杜丽娘。《相约》《相骂》为明代月榭主人《钗钏记》中
二出,演史碧桃遣丫头芸香约皇甫吟私会及芸香与老夫人拌嘴相骂事,主角由贴旦扮芸香。龄官本是演贴旦的,
故以前二出非本角戏而不肯演。

"苦海慈航"①。¹又额外加恩与一般幽尼女道。

少时，太监跪启："赐物俱齐，请验等例。"乃呈上略节。贾妃从头看了，俱甚妥协，即命照此遵行。太监听了，下来一一发放。原来贾母的是金、玉如意各一柄，沉香拐拄一根，伽楠念珠一串，"富贵长春"宫缎四匹，"福寿绵长"宫绸四匹，紫金"笔锭如意"锞十锭，"吉庆有鱼"②银锞十锭。邢夫人、王夫人二份，只减了如意、拐、珠四样。贾敬、贾赦、贾政等，每份御制新书二部，宝墨二匣，金、银爵③各二只，表礼按前。宝钗、黛玉诸姊妹等，每人新书一部，宝砚一方，新样格式金银锞二对。宝玉亦同此。²贾兰则是金银项圈二个，金银锞二对。尤氏、李纨、凤姐等，皆金银锞四锭，表礼四端④。外表礼二十四端，清钱一百串，是赐与贾母、王夫人及诸姊妹房中奶娘、众丫鬟的。贾珍、贾琏、贾环、贾蓉等，皆是表礼一份，金锞一双。其余彩缎百端，金银千两，御酒华筵，是赐东西两府凡园中管理工程、陈设、答应⑤及司戏、掌灯诸人的。外有清钱五百串，是赐厨役、优伶、百戏、杂行人丁的。

众人谢恩已毕，执事太监启道："时已丑正三刻，请驾回銮。"贾妃听了，不由得满眼又滚下泪来。却又勉强堆笑，拉住贾母、王夫人的手，紧紧地不忍释放，³再四叮咛："不须挂念，好生自养。如今天恩浩荡，一月许进内省视一次，见面是尽有的，何必伤惨。倘明岁天恩仍许归省，万不可如此奢华靡费了！"⁴贾母等已哭得哽噎难言了。贾妃虽不忍别，怎奈皇家规范，违错不得，只得忍心上舆去了。这里诸人好容易将贾母、王夫人安慰解劝，搀扶出园去了。正是〔且听下回分解。〕

1.作者十分自然地借为佛寺题匾，暗点此书反面，所谓"不过是瞬息的繁华，一时的欢乐"，用心良苦。写通部人事，一篇热文，却如此冷收。（己）

2.宝玉与钗、黛等诸姊妹一道吟咏，因而赐赠相同。

3.闻太监启奏回銮，恰如闻法官宣判终身囚禁。使人鼻酸。（己）

4.妙极之谶。试看别书中专能用一不祥之语为谶，今偏不然，只有如此现成一语，便是不再之谶。只看他用一"倘"字便隐讳自然之至。（己）可知元春这次回宫，便是永诀了。

---

① 苦海慈航——佛教宣扬现实人世如苦海，佛发慈悲，能超度众生脱离苦海，故喻称"慈航"。
② 笔锭如意，吉庆有鱼——金银锭子上刻的都是吉庆话。"笔锭"，谐音"必定"；"鱼"谐音"余"。
③ 爵——古时的三脚酒杯。
④ 端——古时布帛长度名，相当于半匹或一匹。
⑤ 陈设、答应——均指仆役。即摆设器具的仆役和伺候人的仆役。

【总评】

　　大观园是小说中主要人物活动和故事开展的场所，园林建筑众多，规模宏大，是一个"天上人间诸景备"的地方，如何作介绍才能让读者有较深印象，是个颇费思量的问题。作者通过贾政带宝玉等人视察竣工的园林，并在佳胜处——"试才题对额"的办法，把这个问题成功地解决了。既展现了宝玉的才气，又交代了大观园诸建筑、景点所在的方位、路线及各处景物的不同特点。大观园并非是以某一实地实景为蓝本的写生画；当时的私家园林也不可能有如此的规模。它是作者在现实生活中观察了我国众多园林建筑后，通过丰富的艺术想象力虚构出来的。在名胜景点留题，则是当时社会的风气，后人称之为"乾隆遗风"。这里正是这种社会风气的艺术反映。

　　林黛玉剪香袋，原是由爱生怨的小误会、小碰撞、小插曲，以增省亲主线叙述的曲折迤逦。为筹办省亲事，从姑苏采买学戏的小女孩，聘买小尼姑、小道姑，由此带出妙玉来。妙玉的身世、教养、年龄、模样、性情以及接她来府事，一一交代。

　　元妃省亲是荣国府鼎盛的标志，所以作者浓墨重彩地加以描绘。尽管在这一虚构故事中作者寄托着对往昔先祖亲自接待康熙南巡盛况的遐想，但两者毕竟并非一回事。贾元春作为艺术形象，其独立意义是不容忽视的。试看她回家省亲在私室与家人相聚的一幕，在荣华的背后，便可见骨肉生离的惨状。元春说一句，哭一句，把皇宫大内说成是"终无意趣"的"不得见人的去处"，完全像从一个幽闭囚禁她的地方出来一样。作者以有力的笔触，揭出了世人所钦羡的荣华，对元春这样的贵族女子来说，也还是深渊，她不得不为此付出丧失自由的代价。

　　省亲之后，元春回宫似乎是生离，其实已是死别；她丧失的不只是自由，还有她的生命。因而，写元春尊贵所带来的贾府盛况，也是为了预示后来她的死，是庇荫着贾府大树的摧倒，为贾府事败、抄没后的凄惨景况作了反衬。总之，元春形象有着自己完整的重要的艺术价值，不能简单化地把她当作只为影射南巡的康熙帝而虚设的代号。

# 第 十 九 回

## 情切切良宵花解语　意绵绵静日玉生香

【题解】

　　此回回目诸本一致，但己卯、庚辰本虽已分出回来，却未加回目，唯己卯本在另纸上抄有此目，又有朱批曰："移十九回后。"像是有所来历而记以备忘的；也不排除原是回末对句，后移作回目的可能。回目拟得风格婉约，对仗稳妥，饶有意趣。上句说的是宝玉与袭人间的事。"花解语"的说法从"解语花"一词而来，原意是善解人语或能说话的花儿。唐玄宗曾把杨贵妃比作"解语花"，见《开元天宝遗事》。袭人正巧姓花，用来说她很会说话，知用柔情作武器，说得宝玉对她服服帖帖。下句则说宝玉与黛玉之间彼此玩笑打趣的事。"玉生香"之说含意双重：既是说宝玉找正在午睡的黛玉，闻得她袖子中发出的一阵阵幽香，又是指宝玉说小耗子偷香芋，以谐音"香玉"的故事调笑黛玉。

　　话说贾妃回宫，次日见驾谢恩，并回奏归省之事，龙颜甚悦。又发内帑彩缎、金银等物，以赐贾政及各椒房等员，[1]不必细说。

　　且说荣、宁二府中，因连日用尽心力，真是人人力倦，各各神疲，又将园中一应陈设动用之物，收拾了两三天方完。第一个凤姐事多任重，别人或可偷安躲静，独她是不能脱得的；二则本性要强，不肯落人褒贬，只扎挣着与无事的人一样。[2]第一个宝玉是极无事最闲暇的。偏这日一早，袭人的母亲又亲来回过贾母，接袭人家去吃年茶，晚间才得回来。[3]因此，宝玉只和众丫头们掷骰子、赶围棋作戏。[4]正在房内玩得没兴头，忽见丫头们来回说："东府珍大爷来请过去看戏、放花灯。"宝玉听了，便命换衣裳。才要去时，忽又有贾妃赐出糖蒸酥酪来，[5]宝玉想上次袭人喜吃此物，便命留与袭人了。自己回过贾母，过去看戏。

　　谁想贾珍这边唱的是《丁郎认父》《黄伯央

1. 与最初议论到省亲一致，事非贾府一家。

2. 书中人物凡享寿不长者，必早早写出病之由来，黛玉固时时提及，凤姐亦不落，非独写其要强之本性也。伏下病源。（己）

3. 又启一事。一回一回各生机轴，总在人意想之外。（己）

4. 是正月里所玩游戏。

5. 总是新正妙景。（己）此等风俗，今人多已不知。

大摆阴魂阵》，更有《孙行者大闹天宫》《姜子牙斩将封神》等类的戏文①。¹倏尔神鬼乱出，忽又妖魔毕露，甚至于扬幡过会，号佛行香，锣鼓喊叫之声远闻巷外。²满街之人个个都赞："好热闹戏，别人家断不能有的！"宝玉见繁华热闹到如此不堪的田地，³只略坐了一坐，便走开各处闲耍。先是进内去和尤氏和丫鬟、姬妾说笑了一回，便出二门来。尤氏等仍料他出来看戏，遂也不曾照管。贾珍、贾琏、薛蟠等只顾猜枚行令，百般作乐，也不理论，纵一时不见他在座，只道在里边去了，故也不问。至于跟宝玉的小厮们，那年纪大些的，知宝玉这一来了，必是晚间才散，因此偷空也有去会赌的，也有往亲友家去吃年茶的，更有或嫖或饮的，⁴都私自散了，待晚间再来；那小些的，都钻进戏房里瞧热闹去了。

宝玉见一个人没有，因想：这里素日有个小书房，内曾挂着一轴美人，极画得得神。今日这般热闹，想那里自然无人，那美人也自然是寂寞的，须得我去望慰她一回。⁵想着，便往书房里来。刚至窗前，闻得房内有呻吟之韵。宝玉倒唬了一跳：敢是美人活了不成？⁶乃乍着胆子，舔破窗纸，向内一看，那轴美人却不曾活，却是茗烟按着一个女孩子，也干那警幻所训之事。宝玉禁不住大叫："了不得！"一脚踹进门去，将那两个唬开了，抖衣而颤。

茗烟见是宝玉，忙跪求不迭。宝玉道："青天白日，这是怎么说！⁷珍大爷知道，你是死是活？"一面看那丫头，虽不标致，倒还白净，些微亦有动人之处，羞得脸红耳赤，低头无言，宝玉跺脚道："还不快跑！"⁸一语提醒了那丫头，飞也似去了。宝玉又赶出去，叫道："你别怕，我是不告诉人的！"⁹急得茗烟在后叫："祖宗，这是分明告诉人了！"宝玉因问："那丫头十几岁了？"茗烟道："大不过十六七

1. 都是最热闹的戏。此日正当烈火烹油之时，岂能不热。

2. 形容克剥之至，弋阳腔能事毕矣。阅至此，则有如耳内喧哗，目中撩乱。后文至隔墙闻"袅晴丝"数曲，则有如魂随笛转，魄逐歌销。形容一事，一事毕真，石头是第一能手矣。（己）弋阳腔，源江西弋阳县，是重要地方戏曲声腔之一，以金鼓铙钹等打击乐器为伴，极热闹，乾隆年间，流行于北方，称京腔。"袅晴丝"，《牡丹亭》中《惊梦》折杜丽娘唱词，第二十三回末写到，当是昆腔。

3. "繁华热闹"本非宝玉所喜欢，更何况加"如此不堪"四字，已非热闹而是吵闹了。

4. 此句特为接写茗烟之勾当而有。

5. 不情之物，宝玉也有一段痴情去体贴。极不通极胡说中，写出绝代情痴，宜乎众人谓之疯傻。（己）

6. 幽默。又带出小儿心意，一丝不落。（己）

7. 开口说的不是事之是非，而是担心出事。

8. 只有宝玉能如此。此等搜神夺魄至神至妙处，只在囫囵不解中得。（己）

9. 若问何谓"意淫"，何谓"体贴"，这里便是。活宝玉，移之他人不可。（己）

---

① 《丁郎认父》等戏文——《丁郎认父》，演明代被严嵩迫害的杜文学，经曲折遭遇，与其前妻之子丁郎彼此相认的故事。《黄伯央大摆阴魂阵》，演燕国乐毅与齐国孙膑对阵，乐毅请师父黄伯杨（因音近转而作"央"）摆下迷魂阵，困住孙膑，结果被孙膑师父鬼谷子所破。它与取材于《西游记》《封神演义》的戏文一样，剧情都很热闹。

岁了。"宝玉道："连她的岁属也不问问，别的自然越发不知了。可见她白认得你了。可怜，可怜！"[1]又问："名字叫什么？"茗烟笑道："若说出名字来话长，真真新鲜奇文，竟是写不出来的。[2]据她说，她母亲养她的时节做了个梦，梦见得了一匹锦，上面是五色富贵不断头卍字的花样，所以他的名字就叫作卍儿。"[3]宝玉听了笑道："真也新奇，想必她将来有些造化。"说着，沉思一会。

茗烟因问："二爷为何不看这样的好戏？"宝玉道："看了半日，怪烦的，出来逛逛就遇见你们了。这会子作什么呢？"茗烟嘻嘻笑道："这会子没人知道，我悄悄地引二爷往城外逛逛去，一会子再往这里来，他们就不知道了。"[4]宝玉道："不好，仔细花子拐了去。或是他们知道了，又闹大了，不如往熟近些的地方去，还可就来。"茗烟道："熟近地方，谁家可去？这却难了。"宝玉笑道："依我的主意，咱们竟找你花大姐姐去，瞧她在家作什么呢。"[5]茗烟笑道："好，好！倒忘了她家。"又道："若他们知道了，说我引着二爷胡走，要打我呢？"[6]宝玉道："有我呢。"茗烟听说，拉了马，二人从后门就走了。

幸而袭人家不远，不过半里路程，展眼已到门前。茗烟先进去叫袭人之兄花自芳。[7]彼时，袭人之母接了袭人与几个外甥女儿、[8]几个侄女儿来家，正吃果茶。听见外面有人叫"花大哥"，花自芳忙出去看时，见是他主仆两个，唬得惊疑不止。连忙抱下宝玉来，在院内嚷道："宝二爷来了！"别人听见还可，袭人听了，也不知为何，忙跑出来迎着宝玉，一把拉着问："你怎么来了？"宝玉笑道："我怪闷的，来瞧瞧你作什么呢。"袭人听了，才放下心来。嗤了一声，笑道："你也忒胡闹了，可作什么来呢！"[9]一面又问茗烟："还有谁跟来？"[10]茗烟笑道："别人都不

1. 贾宝玉非作者自我写照而是他创造的全新的典型形象，就像鲁迅创造了阿Q。在现代文学理论出现之前，下引脂评是最能抓住特征、表述最精彩的典型论。按此书中写一宝玉，其宝玉之为人，是我辈于书中见而知有此人，实未目曾亲睹者，又写宝玉之发言，每每令人不解，宝玉之生性，件件令人可笑。不独于世上亲见这样的人不曾，即阅今古所有之小说传奇中，亦未见这样的文字。于颦儿处为更甚。其囫囵不解之中实可解，可解之中又说不出理路。合目思之，却如真见一宝玉，真闻此言者，移之第二人万万不可，亦不成文字矣。……（己）

2. 若都写得出来，何以见此书中之妙。脂研。（己）

3. 世界之奇妙，作者都想写来。千奇百怪之想，所谓牛溲马勃皆至药也，鱼鸟昆虫皆妙文也，天地间无一物不是妙物，无一物不可成文，但在人意拾取耳。此皆信手拈来，随笔成趣，大游戏、大慧悟、大解脱之妙文也。（己）卍儿，大多数后出的版本都据读音，将名字改作"万儿"。

4. 为弥补自己过失，尽量设法讨好宝玉。

5. 袭人回家去，宝玉当然很想去瞧瞧，但苦于不能公然提出，又不敢叫人引他私出。适遇茗烟犯事，要引他外出，正好遂了愿。情节安排巧妙之至。文字榫楔细极。（己）

6. 茗烟滑贼，要宝玉承诺保护也。

7. 随姓成名，随手成文。（己）

8. 脂评谓此句伏脉千里。（己）惜佚稿情节不可知。

9. 写袭人细心，一笔不懈。

10. 必要问的。

知，就只我们两个。"袭人听了，复又惊慌，[1]说道："这还了得！倘或碰见了人，或是遇见了老爷，街上人挤车碰，马有个闪失，也是玩的！你们的胆子比斗还大。都是茗烟调唆的，[2]回去我定告诉嬷嬷们打你。"茗烟撇了嘴道："二爷骂着打着，叫我引了来的，这会子推到我身上。[3]我说别来罢，——不然我们还去罢。"[4]花自芳忙劝："罢了，已是来了，也不用多说了。只是茅檐草舍，又窄又脏，爷怎么坐呢？"

袭人之母也早迎了出来。袭人拉了宝玉进去。宝玉见房中三五个女孩儿，见他进来，都低了头，羞惭惭的。花自芳母子两个百般怕宝玉冷，又让他上炕，又忙另摆果桌，又忙倒好茶。袭人笑道："你们不用白忙，[5]我自然知道。果子也不用摆，也不敢乱给东西吃。"[6]一面说，一面将自己的坐褥拿了铺在一个杌子上，宝玉坐了；用自己的脚炉垫了脚；向荷包内取出两个梅花香饼儿①来，又将自己的手炉掀开焚上，仍盖好，放与宝玉怀内；然后将自己的茶杯斟了茶，送与宝玉。[7]彼时，她母兄已是忙另齐齐整整摆上一桌果品来。袭人见总无可吃之物，[8]因笑道："既来了，没有空去之理，好歹尝一点儿，也是来我家一趟。"说着，便拈了几个松子瓤，吹去细皮，用手帕托着送与宝玉。[9]

宝玉看见袭人两眼微红，粉光融滑，因悄问袭人："好好的哭什么？"袭人笑道："何尝哭，才迷了眼揉的。"因此便遮掩过了。[10]当下宝玉穿着大红金蟒狐腋箭袖，外罩石青貂裘排穗褂。袭人道："你特为往这里来又换新服，她们就不问你往哪里去的？"[11]宝玉笑道："原是珍大爷那里去看戏换的。"袭人点头。又道："坐一坐就回去罢，这个地方不是

1. 以为过了明路，原来竟是私出，若被发现，怪罪下来或出点事，谁担当得起？因而"惊慌"。尽心尽责如此。贾母重袭人，真能知人。是必有之神理，非特故作顿挫。（己）

2. 袭人岂能想不到是宝玉主动要来，一来感其情重，二来毕竟是主人，所以只好责骂茗烟。该说，说得更是。脂研。（己）

3. 何曾"骂着打着"？狡猾。

4. 将袭人一军。

5. 母子忙碌如此、袭人反笑白忙，真想不到。妙！不写袭卿忙，正是忙之至；若一写袭人忙，便是庸俗小派了。（己）

6. 宝玉在家时之娇贵可知。如此至微至小中便带出家常情，他书写不及此。（己）

7. 自宝玉、袭人领警幻之训后，不再提及二人亲密关系，却在此时此处补写，如镜中反射映像，细微末节悉历在目，是常人万万想不到的。

8. 补明宝玉自幼何等娇贵。以此一句，留与下部数十回"寒冬噎酸斋，雪夜围破毡"等处对看，可为后生过分之戒。叹叹！（己）此评重要，它提供了宝玉后来"贫穷难耐凄凉""展眼乞丐人皆谤"时的具体细节，可能还是回目文字。

9. 十分情理。惟此品稍可一拈，别品便大错了。（己）

10. 察其容颜是关心；状其刚收泪样子，下字准确；遮掩是为后文留地步。

11. 指晴雯、麝月等。（己）

---

① 梅花香饼儿——用香料制成梅花形的小饼，可佩带，也可燃烧。

你来的。"宝玉笑道："你就家去才好呢，我还替你留着好东西呢。"袭人悄笑道："悄悄的，叫他们听着什么意思。"[1]一面又伸手从宝玉项上将通灵玉摘了下来，[2]向她姊妹们笑道："你们见识见识。时常说起来都当希罕，恨不能一见，今儿可尽力瞧了再瞧。什么希罕物儿，也不过是这么个东西。"[3]说毕，递与她们传看了一遍，仍与宝玉挂好。又命她哥哥去，或雇一乘小轿，或雇一辆小车，送宝玉回去。花自芳道："有我送去，骑马也不妨了。"袭人道："不为不妨，为的是碰见人。"[4]

花自芳忙去雇了一顶小轿来，众人也不好相留，只得送宝玉出去。袭人又抓些果子与茗烟，又把些钱与他买花炮放，教他"不可告诉人，连你也有不是"。[5]一直送宝玉至门前，看着上轿，放下轿帘。花、茗二人牵马跟随。来至宁府街，茗烟命住轿，向花自芳道："须等我同二爷还到东府里混一混，才好过去的，不然人家就疑惑了。"花自芳听说有理，忙将宝玉抱出轿来，送上马去。宝玉笑说："倒难为你了。"[6]于是仍进后门来。俱不在话下。

却说宝玉自出了门，他房中这些丫鬟们都越性恣意地玩笑，也有赶围棋的，也有掷骰抹牌的，磕了一地瓜子皮。偏奶母李嬷嬷拄拐进来请安，瞧瞧宝玉，见宝玉不在家，丫头们只顾玩闹，十分看不过。[7]因叹道："只从我出去了，不大进来，你们越发没个样儿了，别的妈妈们越发不敢说你们了。那宝玉是个丈八的灯台——照见人家，照不见自家的。只知嫌人家脏，这是他的屋子，由着你们糟蹋，越不成体统了。"[8]这些丫头们明知宝玉不讲究这些，二则李嬷嬷已是告老解事出去的了，[9]如今管她们不着，因此只顾玩，并不理她。那李嬷嬷还只管问"宝玉如今一顿吃多少饭""什么时辰睡觉"等语。丫头们总胡乱答应。有的说："好一个讨厌的老货！"[10]

李嬷嬷又问道："这盖碗里是酥酪，怎不送

1. 二人之温情私密，只如此写来。

2. 袭人为人虽温厚，却好胜。此举动略一显露平时二人亲密关系。

3. 得意得好。盖言你等所希罕不得一见之宝，我却常守常见，视为平物。（己）通灵玉本为表明书中故事来历而虚设，确无神秘化之必要。

4. 与前"惊慌"相应，忽忽心未稳也。

5. 正可与前"回去我定告诉嬷嬷们打你"句对看，前者是虚声恫吓，此时方露真意。

6. 应是茗烟早就想好了蒙人办法。

7. 宝玉纵容的结果。人人都看不过，独宝玉看得过。（己）

8. 是奶母说的话。宝玉不愿管束丫头的特点相当突出。所以为今古未有之一宝玉。（己）

9. 谐语有趣。"告老解事"通常只用于官员身上。

10. 写出李嬷嬷背晦，末句是背着她说的。

与我去？我就吃了罢。"说毕，拿匙就吃。¹一个丫头道："快别动！那是说了给袭人留着的，回来又惹气了。你老人家自己承认，别带累我们受气。"²李嬷嬷听了，又气又愧，便说道："我不信他这样坏了。别说我吃了一碗牛奶，就是再比这个值钱的，也是应该的。难道待袭人比我还重？难道他不想想怎么长大了？我的血变的奶，吃得长这么大，如今我吃他一碗牛奶，他就生气了？我偏吃了，看怎么样！你们看着袭人不知怎样，那是我手里调理出来的毛丫头，什么阿物儿①！"³一面说，一面赌气将酥酪吃尽。又一丫头笑道："她们不会说话，怨不得你老人家生气。宝玉还时常送东西孝敬你老去，岂有为这个不自在的。"⁴李嬷嬷道："你们也不必妆狐媚子②哄我，打量上次为茶撵茜雪的事我不知道呢。⁵明儿有了不是，我再来领！"说着，赌气去了。

少时，宝玉回来，命人去接袭人。只见晴雯躺在床上不动，⁶宝玉因问："敢是病了？再不然输了？"秋纹道："她倒是赢的。谁知李老太太来了，混输了，她气得睡去了。"宝玉笑道："你别和她一般见识，由她去就是了。"说着，袭人已来，彼此相见。袭人又问宝玉何处吃饭，多早晚回来，又代母妹问诸同伴姊妹好。一时换衣卸妆。宝玉命取酥酪来，丫鬟们回说："李奶奶吃了。"宝玉才要说话，袭人便忙笑道："原来是留的这个，多谢费心。前儿我吃的时候好吃，吃过了好肚子疼，足的③吐了才好。她吃了倒好，搁在这里倒白糟蹋了。我只想风干栗子吃，你替我剥栗子，我去铺床。"⁷

宝玉听了信以为真，方把酥酪丢开，取栗子来，自向灯前检剥。一面见众人不在房中，乃笑问袭人道："今儿那个穿红的是你什么人？"

---

① 阿物儿——等于说"东西"。
② 妆狐媚子——装得像狐狸精那样献媚讨好。
③ 足的——直至。

1. 惹得丫头们讨厌，就是此种作为。

2. 与第八回"大醉绛芸轩"喝掉留着的枫露茶让茜雪受气被撵事相照应。这等话语声口，必是晴雯无疑。（己）

3. 倚老卖老。虽暂委曲唐突袭卿，然亦怨不得李媪。（己）

4. 既已"吃尽"了，倒不如说几句好话。听这声口，必是麝月无疑。（己）

5. 茜雪是被撵还是别有原委，前未明写她已离去，于此补一句，然仍不知底细。下半部"狱神庙"情节中有其"正文"，或届时再补明亦未可知。照应前文。又用一"撵"，屈杀宝玉。然李媪心中口中毕肖。（己）据此评语意，茜雪不是被宝玉撵走的。

6. 必有缘故。为接着的问答起了头。娇憨已惯。（列）

7. 袭人何等聪明机灵！随口编造，像真的似的，又让宝玉有为自己剥栗子效劳机会，且有意显得亲密无间，这一切无非都只为免得宝玉生气，袭人真难得！与前文应失手碎钟遥对。通部袭人皆是如此，一丝不错。（庚）

袭人道："那是我两姨妹子。"宝玉听了，赞叹了两声。[1]袭人道："叹什么？我知道你心里的缘故，想是说她哪里配穿红的。"[2]宝玉笑道："不是，不是。那样的人不配穿红的，谁还敢穿！[3]我因为见她实在好得很，怎么也得她在咱们家就好了。"[4]袭人冷笑道："我一个人是奴才命罢了，难道连我的亲戚都是奴才命不成？定还要拣实在好的丫头才往你家来！"[5]宝玉听了，忙笑道："你又多心了。我说往咱们家来，必定是奴才不成？说亲戚就使不得？"[6]袭人道："那也般配不上。"宝玉便不肯再说，只是剥栗子。袭人笑道："怎么不言语了？想是我才冒撞冲犯了你，明儿赌气花几两银子买她们进来就是了。"[7]宝玉笑道："你说的话，怎么叫我答言呢？我不过是赞她好，正配生在这深堂大院里，没的我们这种浊物倒生在这里。"[8]袭人道："她虽没这造化，倒也是娇生惯养的呢，我姨爹、姨娘的宝贝。如今十七岁，各样的嫁妆都齐备了，明年就出嫁。"

宝玉听了"出嫁"二字，不禁又嗐了两声。[9]正不自在，又听袭人叹道："只从我来这几年，姊妹们都不得在一处。如今我要回去了，她们又都去了。"宝玉听这话内有文章，不觉吃一惊，[10]忙丢下栗子，问道："怎么，你如今要回去了？"袭人道："我今儿听见我妈和哥哥商议，叫我再耐烦一年，明年他们上来，就赎我出去呢。"宝玉听了这话，越发怔了，因问："为什么要赎你？"袭人道："这话奇了！我又比不得是

1. 前文有"彼时袭人之母接了袭人与几个外甥女儿"句，宝玉此时才问。若见过女儿之后没有一段文字，便不是宝玉，亦非《石头记》矣。（己）这一赞叹又是令人囫囵不解之语，只此便抵过一大篇文字。（己）

2. 袭人善诱。只一"叹"字，便引出"花解语"一回来。（己）补出宝玉素喜红色。这是激语。（己）

3. 想什么，说什么，全无掩饰。

4. 妙谈妙意。（己）宝玉之多情，理解的有，不喜欢的也尽有。

5. 妙答。宝玉并未说"奴才"二字，袭人连补"奴才"二字，最是劲节。怨不得作此语。（己）

6. 勉强，如闻。（己）宝玉至三十六回"识分定"始有所悟。

7. 换一说法，总要激得宝玉说出究竟是怎么想的。

8. 说出实话来了。总是视女儿最为尊贵之言。对此，脂评有重要长批曰：这皆是宝玉意中心中确实之念，非前勉强之词，所以谓今古未有之人耳。听其囫囵不解之言，察其幽微感触之心，审其痴妄委婉之意，皆今古未见之人，亦是未见之文字：说不得贤，说不得愚，说不得不肖，说不得善，说不得恶，说不得正大光明，说不得混账恶赖，说不得聪明才俊，说不得庸俗平凡，说不得好色好淫，说不得情痴情种，恰恰只有一个儿可对，今他人徒加评论，总未摸着他二人是何等脱胎，何等心臆，何等骨肉。余阅此书亦爱其文字耳，实亦不能评出此二人终是何等人物。后观"情榜"评曰："宝玉情不情，黛玉情情。"此二评自在评痴之上，亦属囫囵不解，妙甚。（己）连用十一个"说不得"，说明人性之复杂。作者绝不按正面、反面、好人、坏人概念塑造人物，宝玉形象的成功与价值正在于此。"情榜"二人评的前一"情"都是动词，后面是它的宾语。"不情"指不知情之人，甚至无知觉之物，宝玉都有一段痴情去体贴，有情人就更不必说了。而黛玉只钟情于有情者亦即宝玉一人，对之一往情深，至死靡他。

9. 才赞好，怎能听得这个消息？所谓不入耳之言也。（庚）

10. 初闻而惊，尚不信是真。

你这里的家生子儿①，一家子都在别处，独我一个人在这里，怎么是个了局？"¹宝玉道："我不叫你去也难。"袭人道："从来没这道理。便是朝廷宫里，也有个定例，或几年一选，几年一入，也没有个长远留下人的理，别说你了！"²

宝玉想一想，果然有理。又道："老太太不放你也难。"³袭人道："为什么不放？我果然是个最难得的，或者感动了老太太、太太，必不放我出去的，设或多给我们家几两银子，留下我，然或有之；其实我也不过是个最平常的人，比我强的多而且多。自我从小儿来了，跟着老太太，先服侍了史大姑娘几年，如今又服侍了你几年。如今我们家来赎，正是该叫去的，只怕连身价也不要，就开恩叫我去呢。若说为服侍得你好，不叫我去，断然没有的事。那服侍得好是分内应当的，不是什么奇功。我去了，仍旧又有好的来，不是没了我就成不得的。"⁴宝玉听了这些话，竟是有去的理，无留的理，心内越发急了，因又道："虽然如此说，我一心只要留下你，不怕老太太不和你母亲说。多多给你母亲些银子，她也不好意思接你了。"⁵袭人道："我妈自然不敢强。且漫说和她好说，又多给银子；就便不好和她说，一个钱也不给，安心要强留下我，她也不敢不依。但只是咱们家从没干过这倚势仗贵霸道的事。这比不得别的东西，因为你喜欢，加十倍利弄了来给你，那卖的人不得吃亏，可以行得。如今无故平空留下我，于你又无益，反叫我们骨肉分离，这件事老太太、太太断不肯行的。"⁶宝玉听了，思忖半晌，乃说道："依你说，你是去定了？"袭人道："去定了。"宝玉听了，自思道："谁知这样一个人，这样薄情无义。"⁷乃叹道："早知道都是要去的，我就不该弄了来！临了剩我一个孤鬼。"说着，便赌气上床睡去了。⁸

1. 说得肯定，且说明要去理由。

2. 自恃在家娇子地位，可说了算，却被朝廷宫里尚有定例驳回。

3. 不得已，出第二招。第二层仗祖母溺爱，更无理。（己）

4. 袭人有备而来，以事非无我不可为基调，将老太太、太太必会开恩放人的理由说透。百忙中又补出湘云来，真是七穿八达，得空便入。（己）

5. 宝玉非不讲理的人，但越着急，话反越说得无理了。急心肠，故入于霸道，无理。（己）

6. 你越无理，我越有理。三驳不独有理，且又补出贾府自家慈善宽厚等事。（己）

7. 君子可欺其方。宝玉是没心机的人，却不笨，纵然有千条赎回理由，倘自己不愿赎，其家人也奈何不得。只谈与家人骨肉之情，却没有一句说到他俩的情，视其为"薄情无义"有何过分？

8. 由此及彼，这种对现实的失望情绪发展起来，会走向极端。"都是要去的"，妙！可谓触类旁通，活是宝玉。（己）又到无可奈何之时了。（己）

---

① 家生子儿——家奴所生的子女。按清律规定，"世世子孙，永远服役，婚配俱由家主"。

原来，袭人在家听见她母兄要赎她回去，她就说至死也不回去的。¹ 又说："当日原是你们没饭吃，就剩我还值几两银子，若不叫你们卖，没有个看着老子娘饿死的理。² 如今幸而卖到这个地方，吃穿和主子一样，又不朝打暮骂。况且如今爹虽没了，你们却又整理得家成业就，复了元气。若果然还艰难，把我赎出来再多淘澄几个钱也还罢了，³ 其实又不难了。这会子又赎我作什么？权当我死了，再不必起赎我的念头！"因此哭闹了一阵。⁴

她母兄见她这般坚执，自然必不出来的了。况且原是卖倒的死契①，明仗着贾宅是慈善宽厚之家，不过求一求，只怕连身价银一并赏了还是有的事呢。⁵ 二则，贾府中从不曾作践下人，只有恩多威少的。且凡老少房中所有亲侍的女孩子们，更比待家下众人不同，平常寒薄人家的小姐，也不能那样尊重的。⁶ 因此，他母子两个也就死心不赎了。次后，忽然宝玉去了，他二人又是那般景况，他母子二人心下更明白了，越发石头落了地，而且是意外之想，彼此放心，再无赎念了。⁷

如今且说袭人自幼见宝玉性格异常，其淘气憨顽自是出于众小儿之外，更有几件千奇百怪口不能言的毛病儿。近来仗着祖母溺爱，父母亦不能十分严紧拘管，更觉放荡弛纵，任性恣情，最不喜务正。⁸ 每欲劝时，料不能听，今日可巧有赎身之论，故先用骗词，以探其情，以压其气，然后好下箴规②。⁹ 今见他默默睡去了，知其情有不忍，气已馁堕。¹⁰ 自己原不想栗子吃的，只因怕为酥酪又生事故，亦如茜雪之茶等事，¹¹ 是以假以栗子为由，混过宝玉不提就完了。于是命小丫头们将栗子拿去吃了，自己来推宝玉。

只见宝玉泪痕满面，¹² 袭人便笑道："这有

1. 至此方说赎回事真相。试想若按先后，在宝玉来访前便交代清楚，岂复有以上精彩文字？作者文心须领会。

2. 早年还有过那样的事，不说不知。补出袭人幼时艰辛苦状，与前文之香菱、后文之晴雯大同小异。（己）孝女义女。（庚）

3. 说得透，虽虚设之言，却是世上实有之事。

4. 袭人岂真无情无义者，看她说得何等坚决！哭闹与宝玉察觉泪痕合榫。

5. 再提贾府慈善宽厚，与袭人所言一致。

6. 后来王夫人厚待袭人，凤姐也特尊重，都是；或者还隐含袭人出嫁情节，只是难知其详。又伏下多少后文……此一句是传中本旨。（己）

7. 来访时二人情景，都看在眼里可知。自可就此结住。一件闲事，一句闲文皆无，警甚！（己）

8. 至此方说袭人诳骗宝玉用意，同样也提前交代不得。

9. 想得倒不错，效果尚待验证。

10. 因此准备转舵。不独解语，亦且有智。（己）以为宝玉可劝，是智否？

11. 再点茜雪事，或因前未写其如何出去，故再三提起，以免读者忽略。

12. 伤透了心。正是无可奈何之时。（己）

---

① 卖倒的死契——卖定不变的、写明永远不能赎取的人口买卖字据。

② 箴（zhēn 珍）规——规劝。

什么伤心的？你果然留我，我自然不出去了。"宝玉见这话有文章，便说道："你倒说说，我还要怎么留你？我自己也难说了。"¹袭人笑道："咱们素日好处，再不用说。但今日你安心留我，不在这上头。我另说出两三件事来，你果然依了我，就是你真心留我了，刀搁在脖子上，我也是不出去的了。"

宝玉忙笑道："你说，哪几件？我都依你。好姐姐，好亲姐姐！别说两三件，就是两三百件我也依。²只求你们同看着我，守着我，等我有一日化成了飞灰——飞灰还不好，灰还有形迹，还有知识。³——等我化成一股轻烟，风一吹便散了的时候，你们也管不得我，我也顾不得你们了。那时凭我去，我也凭你们爱哪里去就去了。"⁴急得袭人忙捂他的嘴，说："好好的，正为劝你这些，倒更说得狠了。"宝玉忙说道："再不说这话了。"⁵袭人道："这是头一件要改的。"宝玉道："改了，再要说，你就拧嘴。还有什么？"

袭人道："第二件，你真喜读书也罢，假喜也罢，只是在老爷跟前或在别人跟前，你别只管批驳诮谤，只作出个喜读书的样子来，⁶也教老爷少生些气，在人前也好说嘴。他心里想着：我家代代读书，自从有了你，不承望你不但不喜读书——已经他心里又气又愧了。——而且背前背后乱说那些混话，凡读书上进的人，你就起个名字叫作'禄蠹'①；⁷又说只除'明明德'②外无书，都是前人自己不能解圣人之书，便另出己意，混编纂出来的。⁸这些话，怎么怨得老爷不气，不时时打你！叫别人怎么想你？"宝玉笑道："再不说了，那原是小时不知天高地厚，信口胡说，如今再不敢说了。"⁹还有什么？"

袭人道："再不可毁僧谤道，调脂弄粉。"¹⁰

1. 当然听得出来，要她揭开谜底。

2. 条件已开出，留住没问题，自然愁绪全消，笑逐颜开，兴奋异常。叠二语，活见从纸上走一宝玉下来，如闻其呼、见其笑。（己）

3. 为极言愿不离不弃，以至语无伦次，如灰还有知识之类。脂砚斋所谓不知是何心思，始得口出此等不成话之至奇至妙之话。诸公请如何解得？如何评论？所劝者正为此，偏于劝时一犯，妙甚！（己）评语中提"脂砚斋""诸公"者，必是畸笏叟。

4. 已进入生与死的人生哲学思考。是聪明，是愚昧，是小儿淘气，余皆不知，只觉悲感难言。（己）

5. 随口答应而已，从此不说怎么可能？那就不是宝玉了。

6. 这样劝说，闻所未闻，真新鲜！是怕宝玉吃亏也。大家听听，可是丫环说的话？（庚）

7. 从《韩非子》文中化出，见注释①。二字从古未见，新奇之至！难怨世人谓之可杀，余却最喜。（己）

8. 犯大忌的离经叛道的话，几骂倒后代儒学。宝玉目中犹有"明明德"三字，心中犹有"圣人"二字，又素日皆作如是等语，宜乎人人谓之疯傻不肖。（己）

9. 也是作者将尖锐的话抹去。又作是语，说不得不乖觉，然又是作者瞒人之处也。（己）

10. 弄脂粉有写，谤僧道未见，若然，则儒道释皆遭讥贬矣。

---

① 禄蠹——热衷功名利禄的蛀虫。战国时，韩非曾作《五蠹》，把五种人比作邦国的蛀虫，所谓"五蠹之民"。"禄蠹"一词当从此化出。
② 明明德——《大学》："大学之道，在明明德。"前一个"明"，动词，发扬、阐明的意思；后一个"明"，形容词，完美的意思。"明明德"，即阐明完美的德行。在这里，指代《四书》。

还有更要紧的一件，再不许吃人嘴上擦的胭脂了，与那爱红的毛病儿。"[1]宝玉道："都改，都改。再有什么？快说。"袭人笑道："再也没有了。只是百事检点些，不可任意任情的就是了。[2]你若果都依了，便拿八人轿也抬不出我去了。"宝玉笑道："你在这里长远了，不怕没八人轿你坐。"袭人冷笑道："这我可不希罕的。有那个福气，没有那个道理。纵坐了，也没甚趣。"[3]

二人正说着，只见秋纹走进来，说："快三更了，该睡了。方才老太太打发嬷嬷来问，我答应睡了。"宝玉命取表来看时，果然针已指到亥正。[4]方从新盥漱，宽衣安歇，不在话下。

至次日清晨，袭人起来，便觉身体发重，头疼目胀，四肢火热。先时还扎挣得住，次后捱不住，只要睡着，因而和衣躺在炕上。[5]宝玉忙回了贾母，传医诊视，说道："不过偶感风寒，吃一两剂药疏散疏散就好了。"开方去后，令人取药来煎好。刚服下去，命她盖上被焐汗。宝玉自去黛玉房中来看视。

彼时，黛玉自在床上歇午，丫鬟们皆出去自便，满屋内静悄悄的。宝玉揭起绣线软帘，进入里间。只见黛玉睡在那里。忙走上来推她道："好妹妹，才吃了饭，又睡觉！"将黛玉唤醒。[6]黛玉见是宝玉，因说道："你且出去逛逛。我前儿闹了一夜，今儿还没有歇过来，浑身酸疼。"宝玉道："酸疼事小，睡出来的病大。我替你解闷儿，混过困去就好了。"[7]黛玉只合着眼，说道："我不困，只略歇歇儿。你且别处去闹会子再来。"宝玉推她道："我往哪里去呢？见了别人就怪腻的。"[8]

黛玉听了，"嗤"的一声笑道："你既要在这里，那边去老老实实地坐着，咱们说话儿。"宝玉道："我也歪着。"黛玉道："你就歪着。"宝玉道："没有枕头，咱们在一个枕头上罢。"[9]黛玉道："放屁！外头不是枕头？拿一个来枕

1. 此一句是闻所未闻之语，宜乎其父母严责也。（己）此等奇特个性，易被错看，说宝玉像个色狼。又有索隐癖曰：红者，朱也，此反清复明明证。此亦走火入魔。

2. 说得像包容一切，可越是要求宝玉事事检点，越不可能做到。人之性情岂是能轻易改变的？何况是顽石。

3. 虽玩笑话，却能看出袭人并无非分之想，只是以为从此得以贾府为家，与宝玉长相厮守了。可后事谁知呢？"花解语"一段，乃袭卿满心意将玉兄为终身得靠，千妥万当，故有是。余阅至此，余为袭卿一叹。丁亥春，畸笏叟。（庚）袭人终因宝玉不免"丑祸"而出嫁，故畸笏有此批。

4. 富家已多用怀表，凤姐协理宁国府时说过各人随身有钟表。

5. 袭人偶感风寒，须服药睡下，宝玉正好得空出来。

6. 见意中人睡着，全无邪念，与当年秦钟比，真有天壤之别。若是别部书中写此时之宝玉，一进来便生不轨之心，突萌苟且之念，更有许多贼形鬼状等丑态邪言矣。此则反推唤醒她，毫不在意，所谓"说不得淫荡也"是也。（己）所引本回长批中语。

7. 此种养生之道，知之者不少。

8. 真是拆不开的一对。所谓"只有一颦儿可对"，亦属怪事。（己）引长批中语。

9. 不存他念，便敢直说。更妙，渐逼渐近，所谓"意绵绵"也。（己）

着。"宝玉出至外间,看了一看,回来笑道:"那个我不要,也不知是哪个脏婆子的。"黛玉听了,睁开眼,起身,笑道:<u>"真真你就是我命中的'天魔星'!"</u>[1]请枕这一个。"说着,将自己枕的推与宝玉,又起身将自己的再拿了一个来,自己枕了,二人对面倒下。

黛玉因看见宝玉左边腮上有纽扣大小的一块血渍,便欠身凑近前来,<u>以手抚之细看。</u>[2]又道:<u>"这又是谁的指甲刮破了?"</u>[3]宝玉侧身,一面躲,一面笑道:"不是刮的,<u>只怕是才刚替她们淘漉胭脂膏子,蹭上了一点儿。"</u>[4]说着,便找手帕子要揩拭。<u>黛玉便用自己的帕子替他揩拭了,</u>[5]口内说道:"你又干这些事了。干也罢了,[6]必定还要带出幌子来。便是舅舅看不见,别人看见了,又当奇事新鲜话儿去学舌讨好儿,吹到舅舅耳朵里,又该大家不干净惹气。"[7]

宝玉总未听见这些话,[8]只闻得一股幽香,却是从黛玉袖中发出,<u>闻之令人醉魂酥骨。</u>[9]宝玉一把便将黛玉的袖子拉住,要瞧笼着何物。黛玉笑道:"冬寒十月,谁带什么香呢!"宝玉笑道:"既然如此,这香是哪里来的?"黛玉道:"连我也不知道。想必是柜子里头的香气,衣服上熏染的也未可知。"[10]宝玉摇头道:"未必。这香的气味奇怪,不是那些香饼子、香球子、香袋子的香。"黛玉冷笑道:<u>"难道我也有什么'罗汉''真人'给我些奇香不成?</u>[11]便是得了奇香,也没有亲哥哥、亲兄弟弄了花儿、朵儿、霜儿、雪儿替我炮制。[12]我有的是那些俗香罢了。"

宝玉笑道:"凡我说一句,你就拉上这么些,不给你个利害,也不知道,从今儿可不饶你了。"说着翻身起来,将两只手呵了两口,便伸向黛玉膈肢窝内两肋下乱挠。黛玉素性触痒不禁,宝玉两手伸来乱挠,便笑得喘不过气来,口里说:"宝玉!你再闹,我就恼了。"[13]宝玉方住了手,笑问道:"你还说这些不说了?"黛玉笑道:"再不敢了。"一面理鬓,笑道:"我

1. 妙语,妙之至,想见其态度。(己)天魔,古印度传说四魔之一,常率众魔扰人身心,以坏佛法。此犹言"冤家"。

2. 想见其绵缠态度。(己)

3. 一片怜惜,"又"字用得好。妙极,补出素日。(己)

4. 虽笑躲,却不说谎。遥与后文平儿于怡红院晚妆对照。(己)

5. 想见情之脉脉,意之绵绵。(己)

6. 又用"又"字,好。一转细极,这方是颦卿,不比别人一味固执死劝。(己)

7. 不幸言中,后宝玉挨打即其例。补前文之未到,伏后文之线脉。(己)"大家"二字何妙之至,神之至,细腻之至。乃父责其子纵加以笞楚,何能"使大家不干净"哉!今偏"大家不干净",则知贾母如何管孙责子,迁怒于众,及自己心中多少抑郁难堪难禁,代忧代痛一齐托出。(己)

8. 宝玉素恶人劝,哪怕是黛玉。可知昨夜"情切切"之语,亦属行云流水。(己)一句描写玉刻骨刻髓,至矣尽矣。壬午春。(庚)

9. 却像似淫极,然究竟不犯一些淫意。(己)

10. 正是。按谚云:"人在气中忘气,鱼在水中忘水。"余今续之曰:"美人忘容,花则忘香。"此则与黛玉不自知骨肉中之香同。(己)有理。(己)

11. 偏不说"和尚",却说"罗汉""真人",讥讽之意毕现,语言个性化,非黛玉不可。

12. 活颦儿,一丝不错。(己)

13. 只知嬉闹,有真情,绝无邪念邪行。活画。(己)

有奇香，你有'暖香'没有？"

宝玉见问，一时解不来，[1]因问："什么'暖香'？"黛玉点头叹笑道："蠢才，蠢才！你有玉，人家就有金来配你；人家有'冷香'，你就没有'暖香'去配？"[2]宝玉方听出来。宝玉笑道："方才求饶，如今更说狠了。"说着，又去伸手。黛玉忙笑道："好哥哥，我可不敢了。"宝玉笑道："饶便饶你，只把袖子我闻一闻。"说着，便拉了袖子笼在面上，闻个不住。黛玉夺了手道："这可该去了。"宝玉笑道："去？不能。咱们斯斯文文地躺着说话儿。"说着，复又倒下。黛玉也倒下。用手帕子盖上脸。宝玉有一搭没一搭地说些鬼话，[3]黛玉只不理。宝玉问她几岁上京，路上见何景致古迹，扬州有何遗迹故事、土俗民风。黛玉只不答。

宝玉只怕她睡出病来，[4]便哄她道："嗳哟！你们扬州衙门里有一件大故事，你可知道？"[5]黛玉见他说得郑重，且又正言厉色，只当是真事，因问："什么事？"宝玉见问，便忍着笑，顺口诌道：[6]"扬州有一座黛山，山上有个林子洞。"[7]黛玉笑道："就是扯谎，自来也没听见这山。"宝玉道："天下山水多着呢，你哪里知道这些不成？等我说完了，你再批评。"[8]黛玉道："你且说。"宝玉又诌道："林子洞里原来有群耗子精。那一年腊月初七日，老耗子升座议事，[9]因说：'明日乃是腊八，世上人都熬腊八粥，如今我们洞中果品短少，须得趁此打劫些来方妙。'乃拔令箭一枝，遣一能干的小耗子前去打听。一时小耗回报：'各处察访打听已毕，惟有山下庙里果米最多。'老耗问：'米有几样？果有几品？'小耗道：'米豆成仓，不可胜记。果品有五种：一红枣，二栗子，三落花生，四菱角，五香芋。'老耗听了大喜，即时点耗前去。乃拔令箭问：'谁去偷米？'一耗便接令去偷米。又拔令箭问：'谁去偷豆？'又一耗接令去偷豆。然后一一的都各领令去了。[10]只剩了香芋一种，因又拔令箭问：'谁去偷香芋？'只见一个极小

1. 问得怪，不细想，非懵了不可。一时原难解。终逊黛卿一等，正在此等处。（己）

2. 正猜疑金玉之说阶段，故时时将宝钗当作情敌，待到第四十二、第四十五回钗黛结成金兰契，才日出烟消、彻底冰释。

3. 黛玉羞态如见。宝玉只要能挨着黛玉就行，并无要紧话要说。

4. 提醒读者莫往歪路上想。

5. 因见她不搭理，故意说得郑重其事，以引起对方注意，果然奏效。

6. 又哄我看书人。（庚）评语说作者故意将精心构想出来的故事说成是"顺口诌"。

7. 此山此洞，黛玉岂能不知。

8. 不先了此句，可知此谎再诌不完的。（庚）

9. 耗子亦能升座且议事，自是耗子有赏罚有制度矣。何今之耗子犹穿壁啮物，其升座者置而不问哉？呵呵！（蒙）

10. 该略处省略为是。

极弱的小耗应道：[1]'我愿去偷香芋。'老耗并众耗见它这样，恐不谙练，且怯懦无力，都不准它去。小耗道：'我虽年小身弱，却是法术无边，口齿伶俐，机谋深远。[2]此去管比它们偷得还巧呢。'众耗忙问：'如何比它们巧？'小耗道："我不学它们直偷。我只摇身一变，也变成个香芋，滚在香芋堆里，使人看不出，听不见，却暗暗地用分身法搬运，渐渐地就搬运尽了。岂不比直偷硬取的巧些？'[3]众耗听了，都道：'妙却妙，只是不知怎么个变法，你先变个我们瞧瞧。'小耗听了，笑道：'这个不难，等我变来。'说毕，摇身就变，竟变了一个最标致美貌的小姐。[4]众耗忙笑道：'变错了，变错了！原说变果子的，如何变出小姐来？'小耗现形笑道：'我说你们没见世面，只认得这果子是香芋，却不知盐课林老爷的小姐才是真正的香玉呢。'"[5]

黛玉听了，翻身爬起来，按着宝玉笑道："我把你烂了嘴的！我就知道你是编我呢。"说着，便拧得宝玉连连央告说："好妹妹，饶我罢，再不敢了！我因为闻你香，忽然想起这个故典来。"[6]黛玉笑道："饶骂了人，还说是故典呢！"

一语未了，只见宝钗走来，[7]笑问："谁说故典呢？我也听听。"黛玉忙让坐，笑道："你瞧瞧，还有谁！他饶骂了人，还说是故典。"宝钗笑道："原来是宝兄弟，怨不得他，他肚子里的故典原多。只是可惜一件，凡该用故典之时，他偏就忘了。[8]有今日记得的，前儿夜里的芭蕉诗就该记得。眼面前的倒想不起来，别人冷得那样，你急得只出汗。[9]这会子偏又有记性了。"黛玉听了笑道："阿弥陀佛！到底是我的好姐姐，你一般也遇见对子了。可知一还一报，不爽不错的。"刚说到这里，只听宝玉房中一片声嚷，吵闹起来。正是①〔且听下回分解。〕

1. 玉兄玉兄，唐突颦儿了！（庚）

2. 得便就讽，不待卒章显志。凡三句暗为黛玉作评，讽得妙。（己）

3. 果然巧，而且最毒；直偷者可防，此法不能防矣。可惜这样才情，这样学术，却只一耗耳。（己）评者借耗子刺世情，此类皆是。

4. 趣闻故事，机轴在此。

5. 卒章显志。像所有笑话趣话一样，其机智诙谐的集中爆发都必定在最后一句。

6. "玉生香"是要与"小恙梨香院"对看，愈觉生动活泼。且前以黛玉，后以宝钗，特犯不犯，好看煞。丁亥春。畸笏叟。（庚）

7. 该写的都已写完，正好截住。让宝钗来打断更好，此前黛玉之调笑都关宝钗，这一来，势成鼎立。

8. 仍呼应前奉命作诗时想不起"绿蜡"出处。

9. 当时是正月十五，正寒冷，宝玉苦思着急的样子宝钗记忆犹新，故有此妙讽。与前"拭汗"二字针对。不知此书何妙至如此！（己）

---

① 回末——另页有评曰："此回宜分三回方妙，系抄录之人遗漏。——玉蓝坡。"

**【总评】**

此回由贾宝玉的三个生活片断组成，事情都属私下进行的，相关三人又是宝玉最亲近的，却地位、个性各异，绝不相类。那就是宝玉的随身小厮茗烟、关系特殊的大丫头袭人和生死恋人黛玉。这样写就更便于多角度、多层次地来展示宝玉其人，但重点如回目所标，自然是宝玉与袭人和宝玉与黛玉的戏。

茗烟与卍儿的寻欢，只为满足欲望，谈不上有多少爱情。所以宝玉对茗烟说："她白认得你了，可怜，可怜！"但最显露宝玉关爱体贴女儿的个性的，还是他跺着脚叫那丫头"快跑"和追着叫："你别怕，我是不告诉人的！"

宝玉来到袭人家情节，安排得特好。环境的改变落差，使角色都有戏。袭人知根知底言行，可见两人平日关系；其眼有哭痕与下文赎身之论接榫。回来后，掩过酥酪被李嬷嬷占吃事，是袭人厚道处；先用骗词，后下箴规，是袭人聪明处。要宝玉改三件事，勾勒出这个"不肖"之子的主要特点来；但作者并无庸俗社会学眼光，不可因此而视袭人为反面。

后半回是一段写宝玉与黛玉两情相悦而又天真无邪的文字。此时，宝黛二人已不是平常兄妹间亲情友爱关系了，爱情已不知不觉在他们各自心中萌生。但无论言语或行动，除了彼此体贴关爱，像孩子般嬉闹外，又没有任何不轨之处。作者在艺术表现的分寸上，是把握得非常准确的。

情节从一开始黛玉要支开宝玉，步步退让，到两人终于"对面倒下"，黛玉替宝玉揩拭腮帮上胭脂膏迹，宝玉因而闻得一股幽香"从黛玉袖中发出"起，到宝玉忽想出一个扬州的趣话来讲，最后仍归结到"香玉"二字（故回目叫"玉生香"），文思是非常巧妙、细密的。

# 第 二 十 回
## 王熙凤正言弹妒意　林黛玉俏语谑娇音

【题解】

　　此回回目诸本基本一致，只个别字讹写，如"俏"作"悄"；"娇"作"姣"。此用己卯、庚辰本回目。上句说，王熙凤在当家管事中，用道理正大的话批评了赵姨娘、贾环母子妒忌贾宝玉的不当言行；这是本回的重点。下句说的是史湘云来到荣国府，林黛玉用俏皮话戏谑她讲话的咬舌口音；相对于写凤姐的情节来说，篇幅要短些。

　　话说宝玉在林黛玉房中说"耗子精"，宝钗撞来，讽刺宝玉元宵不知"绿蜡"之典，三人正在房中互相讥刺取笑。那宝玉正恐黛玉饭后贪眠，一时存了食，或夜间走了困，皆非保养身体之法。[1] 幸而宝钗走来，大家谈笑，那林黛玉方不欲睡，自己才放了心。忽听他房中嚷起来，大家倾耳听了一听，林黛玉先笑道："这是你妈妈和袭人叫嚷呢。那袭人也罢了，你妈妈再要认真排场①她，可见老背晦了。"[2]

　　宝玉忙要赶过来，宝钗忙一把拉住道："你别和你妈妈吵才是，她老糊涂了，倒要让她一步为是。"[3] 宝玉道："我知道了。"说毕走来，只见李嬷嬷拄着拐棍，在当地骂袭人："忘了本的小娼妇！我抬举起你来，这会子我来了，你大模大样地躺在炕上，见我来也不理一理。一心只想妆狐媚子哄宝玉，哄得宝玉不理我，听你们的话。[4] 你不过是几两臭银子买来的毛丫头，这屋里你就作耗②，如何使得！好不好拉出去配一个小子，看你还妖精似的哄宝玉不

---

1. 上回已写到宝玉恐黛玉睡出病来，这里又重申，是再表事出真心关怀，强调宝黛的恋情是纯净的，嬉闹是不存邪念的。

2. 赞扬袭人的话从黛玉口中说出，尤为难得，可见公道在人心，袭人的确堪称"温柔和顺"（判词中语）。

3. 宝钗行为豁达，随分从时，又尊老礼让，在小事上，不主张与人计较，所以才一把拉住宝玉，劝他让一步。

4. 写上了年纪的退位奶妈的失衡心态。出于妒意，恶言骂得宠的丫头十分真实，话也写得毕肖，句句都让袭人蒙冤受屈，使人感到真是个讨厌。有两条脂评很有意思：一批"一心只想妆狐媚子哄宝玉"句说："看这句几把批书人吓杀了。"（庚）接批"哄得宝玉不理我，听你们的话"说："幸有此二句，不然，我石兄、袭卿扫地矣！"（庚）可见对宝、袭间的隐私是持遮饰庇护态度的，这与后来的评点家动辄讥贬袭人反差极大。我以为脂评较能体会作者并无很强的道学贞节观的原意。

---

① 排场——在这里作"排揎"解，即指责。
② 作耗——生事、捣乱。

哄！"袭人先只道李嬷嬷不过为她躺着生气，少不得分辩说"病了，才出汗，蒙着头，原没看见你老人家"等语。后来只管听她说"哄宝玉""妆狐媚"，又说"配小子"等，由不得又愧又委屈，禁不住哭起来。

宝玉虽听了这些话，也不好怎样，少不得替袭人分辩"病了""吃药"等话，又说："你不信，只问别的丫头们。"李嬷嬷听了这话，益发气起来了，说道："你只护着那起狐狸，哪里认得我了，叫我问谁去？谁不帮着你呢，谁不是袭人拿下马来的！我都知道那些事。[1]我只和你在老太太、太太跟前去讲讲。把你奶了这么大，到如今吃不着奶了，把我丢在一旁，逼着丫头们要我的强。"一面说，一面也哭起来。彼时，黛玉、宝钗等也走过来劝说："妈妈，你老人家担待他们一点子就完了。"李嬷嬷见她二人来了，便拉住诉委屈，将当日吃茶、茜雪出去与昨日酥酪等事，[2]唠唠叨叨说个不清。

可巧凤姐正在上房算完输赢帐，听得后面一片声嚷动，便知是李嬷嬷老病发了，排揎宝玉的人。——正值她今儿输了钱，迁怒于人——便连忙赶过来，拉了李嬷嬷，笑道："好妈妈，别生气。大节下，老太太才喜欢了一日，你是个老人家，别人高声，你还要管他们呢；难道你反不知道规矩，在这里嚷起来，叫老太太生气不成？你只说谁不好，我替你打他。我家里烧的滚热的野鸡，快来跟我吃酒去。"[3]一面说，一面拉着走，又叫丰儿："替你李奶奶拿着拐棍子，擦眼泪的手帕子。"那李嬷嬷脚不沾地跟了凤姐走了，一面还说："我也不要这老命了，越性今儿没了规矩，闹一场子，讨个没脸，强如受那娼妇蹄子的气！"后面宝钗、黛玉随着，见凤姐儿这般，都拍手笑道："亏这一阵风来，把个老婆子撮了去了。"

宝玉点头叹道："这又不知是哪里的帐，

1. 前两句倒是实情，责袭人却是想当然的冤枉人的话，再接一句含混语更好：似乎已知隐私内情，其实全不知晓。脂评批前两句说："真有是语。"（庚）"真有是事。"（庚）是指对话情节取自真实的生活素材。

2. 因茜雪事，引出一条重要脂评说《红楼梦》原著因何成为残稿的：茜雪至"狱神庙"方呈正文。袭人正文标目曰："花袭人有始有终。"余只见有一次誊清时，与"狱神庙慰宝玉"等五六稿，被借阅者迷失，叹叹！丁亥夏，畸笏叟。（庚）狱神庙，狱中拘留待罪处，宝玉后流落于此。丁亥，1767年，作者和脂砚斋先后逝世已三年。其时，全部书稿除早被借阅者迷失的五六稿外，应该尚在加批语的畸笏叟手中。小说之所以仅传抄出前八十回，我以为唯一的原因，就是后面的原稿早已不完整，缺了互相不关联的五六稿。其中"卫若兰射圃"一回，紧接八十回之后。雪芹没有急于重新补写，大概总希望借阅者有一天能找出来吧，谁知时不待人，雪芹"一病无医"，竟去世了。原来已写完的全书，除已传抄出的八十回外，只留三十余回残稿由畸笏收藏着，最后随着世事变迁，连这些残稿也像畸笏其人一样，都从这世上消失了。

3. 回目中凤姐"弹妒意"，虽说以批评赵姨娘、贾环母子为主，但对李嬷嬷的责备规劝，其实也包括在内。把几件同类性质的情节组织在一起，看她对不同对象的不同处理方法，就更能显出凤姐的治家才干来。这里，数落后拉李姬吃酒是恩威并用。脂评说：阿凤两提"老太太"是叫老姬想袭卿是老太太的人，况又双关大体，勿泛泛看去。（庚）是读得相当细心的。

只拣软的排揎。昨儿又不知是哪个姑娘得罪了，上在她帐上。"一句未了，晴雯在旁笑道："谁又不疯了，得罪她作什么！便得罪了她，就有本事承认，不犯着带累别人！"[1] 袭人一面哭，一面拉宝玉道："为我得罪了一个老奶奶，你这会子又为我得罪这些人，这还不够我受的？还只是拉别人。"宝玉见她这般病势，又添了这些烦恼，连忙忍气吞声，安慰她仍旧睡下出汗。又见她汤烧火热，自己守着她歪在旁边，劝她只养着病，别想着这些没要紧的事生气。袭人冷笑道："要为这些事生气，这屋里一刻还站不得了。但只是天长日久，只管这样，可叫人怎么样才好呢？时常我劝你，别为我们得罪人，你只顾一时为我们，那样他们都记在心里，遇着坎儿①，说得好说不好听，大家什么意思！"[2] 一面说，一面禁不住流泪，又怕宝玉烦恼，只得又勉强忍着。

一时，杂使的老婆子煎了二和药②来。宝玉见她才有汗意，不肯叫她起来，自己便端着就枕与她吃了，即命小丫头子们铺炕。袭人道："你吃饭不吃饭，到底老太太、太太跟前坐一会子，和姑娘们玩一会子再回来，[3] 我就静静地躺一躺也好。"宝玉听说，只得替她去了簪环，看她躺下，自往上房来。同贾母吃毕饭，贾母犹欲同那几个老管家嬷嬷斗牌解闷，宝玉记着袭人，便回至房中，见袭人朦朦睡去。自己要睡，天气尚早。彼时晴雯、绮霰③、秋纹、碧痕都寻热闹，找鸳鸯、琥珀等要戏去了，独见麝月一个人在外间房里灯下抹骨牌。宝玉笑问道："你怎不同她们玩去？"麝月道："没有钱。"宝玉道："床底下堆着那么些，还不够你输的？"麝月道："都玩去了，这屋里交给谁

1. 夹写晴雯，个性活现，也只有她敢顶嘴。

2. 袭人并不为李姬辱骂她的话生气，却替宝玉为袒护自己而得罪人、被人记恨担心。这固然写袭人一心只在宝玉身上，但这些话同时也带谶语性质的可能性极大，因为作者行文有此特点。后来宝玉运败时乖遭厄（所谓难免"丑祸"），未必没有人背地里"说不好听"的，袭人说不定真有到"这屋里一刻还站不得了"的时候。她的中途出嫁，或与在类似处境下，为保全宝玉和自己的颜面，不得已而自告奋勇有关。否则，在第二十二回中脂评为何要说后来"袭人是好胜所误"（庚）呢？

3. 不是嫌宝玉在身边忙碌，使自己不得安静休息，而是怕别人生疑有闲言：宝玉竟为照顾一个生病丫头，连吃饭的心思都没有了。

---

① 坎儿——路凹凸不平处，喻可以生是非的机会。
② 二和药——中医汤药通常一剂煎服两次，头煎的叫"头和药"，二煎的叫"二和药"。
③ 绮霰——己卯、庚辰等本均作"绮霰"，后人改为"绮霞"，以为取意于谢朓诗"余霞散成绮"名句。其实"绮霰"与"茜雪"成对，若作"绮霞"，则与"彩霞"重复。当取意于张若虚诗"月照花林皆似霰。"

呢？那一个又病了，满屋里上头是灯，地下是火。那些老妈妈们，老天拔地，服侍了一天，也该叫她们歇歇了；小丫头们也是服侍了一天，这会子还不叫她们玩玩去？所以让她们都去罢，我在这里看着。"

宝玉听了这话，公然又是一个袭人。因笑道："我在这里坐着，你放心去罢。"¹麝月道："你既在这里，越发不用去了，咱们两个说话玩笑岂不好？"宝玉笑道："咱两个作什么呢？怪没意思的。也罢了，早上你说头痒，这会子没什么事，我替你篦头罢。"麝月听了便道："就是这样。"说着，将文具镜匣搬来，卸去钗钏，打开头发，宝玉拿了篦子替她——地梳篦。²只篦了三五下，只见晴雯忙忙走进来，原为取钱，一见了他两个，便冷笑道："哦，交杯盏还没吃，倒上头了①！"³宝玉笑道："你来，也给你篦一篦。"晴雯道："我没那么大福。"说着，拿了钱，便摔帘子出去了。

宝玉在麝月身后，麝月对镜，二人在镜内相视。宝玉便向镜内笑道："满屋里就只是她磨牙。"麝月听说，忙也向镜中摆手，宝玉会意。忽听"嗯"的一声帘子响，晴雯又跑进来问道："我怎么磨牙了？咱们倒得说说。"麝月笑道："你去你的罢，又来问人了。"晴雯笑道："你又护着。你们那瞒神弄鬼的，我都知道。等我捞回本儿来再说话。"说着，一径出去了。⁴这里宝玉通了头，命麝月悄

1. 曹雪芹深刻的悲观主义"宿命"思想，时时透过艺术表现手法流露出来。这一节写麝月言行，也同样有后事的预兆。故脂评批麝月的话说：正文。（庚）麝月闲闲数语令余酸鼻，正所谓对景伤情。丁亥夏，畸笏。（庚）这就是指出麝月随口说的话成了谶语，因为将来众丫鬟都走散了，袭人也嫁了人，只有麝月一人代替袭人留在宝玉夫妇身边，故下文麝月说到"咱们两个说话玩笑岂不好"时，脂评又明确批出：全是袭人口气，所以后来代任。（庚）

2. 宝玉平时在居处室内与丫头们一起的生活情景，略一展示。唯有闺中友爱融洽之温情，全然不见封建宗法制家庭中主仆间尊与卑、贵与贱的差别。

3. 从晴雯的戏谑语中，可看出她个性直爽、语言犀利、口无遮拦；说的话也透露平日彼此间谈笑的主题。

4. 梳头小事，写得曲折多姿，精彩纷呈。宝玉与麝月对镜相视，一议论一摆手，晴雯摔帘而去，复又掀帘回来，机灵斗智，令人叫绝。故脂评多有赞语，如：此系石兄得意处。（庚）好看煞，有趣！（庚）娇憨满纸，令人叫绝。壬午九月。（庚）等等。此外还有一条长批，对探索佚稿情节有重要价值，说：闲闲一段儿女口舌，却写麝月一人。看袭人出嫁后，宝玉、宝钗身边还有一人，虽不及袭人周到，亦可免微嫌小弊等患，方不负宝钗之为人也。故袭人出嫁后云"好歹留着麝月"一语，宝玉便依从此话。可见袭人虽去，实未去也。……（庚）尚有评人物的，与后来亦有异，如：但观者凡见晴雯诸人则恶之，何愚也哉！要知自古及今，愈是尤物，其猜忌妒妒愈甚，若一味浑厚大量涵养，则有何令人怜爱护惜哉！然后知宝钗袭人等行为，并非一味蠢拙古板，以女夫子自居。当绣灯前，绿窗月下，亦颇有或调或妒，轻俏艳丽等说。不过一时取乐买笑耳，非切切一味妒才妒贤也，是以高诸人百倍。不然，宝玉何甘心受屈于二女夫子哉……（庚）颇提供有价值的信息。

---

① 交杯盏、上头——皆旧时婚礼习俗。新郎新娘交换酒杯饮酒，叫"交杯"；女子出嫁时改梳发髻，加簪首饰，叫"上头"。

悄地服侍他睡下，不肯惊动袭人。一宿无话。

　　至次日清晨起来，袭人已是夜间发了汗，觉得轻省了些，只吃些米汤静养。宝玉放了心，因饭后走到薛姨妈这边来闲逛。彼时正月内，学房中放年学，闺阁中忌针黹，都是闲时。因贾环也过来玩，正遇见宝钗、香菱、莺儿三个赶围棋作耍，贾环见了，也要玩。宝钗素习看他亦如宝玉，并没它意；今儿听他要玩，让他上来坐了一处玩。<u>一磊十个钱，头一回自己赢了，心中十分喜欢。谁知后来接连输了几盘，便有些着急。</u>¹ 赶着这盘正该自己掷骰子，若掷个七点便赢，若掷个六点，下该莺儿掷三点就赢了。因拿起骰子来，狠命一掷，一个坐定了五，那一个乱转。莺儿拍着手只叫"幺"，贾环便瞪着眼，"六七八"混叫。那骰子偏生转出幺来。<u>贾环急了，伸手便抓起骰子来，然后就拿钱，说是个六点。</u>² 莺儿便说："分明是个幺！"宝钗见贾环急了，便瞅莺儿说道："<u>越大越没规矩，难道爷们还赖你?</u>³ 还不放下钱来呢！"莺儿满心委屈，见宝钗说，不敢则声，只得放下钱来，口内嘟囔："<u>一个作爷的，还赖我们这几个钱，连我也不放在眼里。</u>⁴ <u>前儿和宝二爷玩，他输了那些，也没着急。下剩的钱，还是几个小丫头子们一抢，他一笑就罢了。</u>"⁵宝钗不等说完，连忙喝断。贾环道："<u>我拿什么比宝玉呢? 你们怕他，都和他好，都欺负我不是太太养的。</u>"⁶说着便哭了。宝钗忙劝他："好兄弟，快别说这话，人家笑话你。"又骂莺儿。

　　正值宝玉走来，见了这般形况，问是怎么了。贾环不敢则声。<u>宝钗素知他家规矩，凡作兄弟的，都怕哥哥。</u>⁷却不知那宝玉是不要人怕他的。他想着："兄弟们一并都有父母教训，何必我多事，反生疏了。况且我是正出，他是庶出，<u>饶这样还有人背后谈论，还禁得辖治他了。</u>"更有个呆意思存在心里。——<u>你道是何呆意?</u>⁸因他自幼姊妹丛中长大，亲姊妹有元春、

1. 写先赢后输自好，愈急愈要赖，也就愈不堪。文笔生猛活跳。

2. 莺儿娇憨的样子惹人爱怜；环儿猴急，因患得患失而入于霸道，也逼真。

3. 这个爷们不怎么样，所以才会赖。宝钗何尝不知环儿在耍赖，她看重的只是"规矩"二字；宝玉却不重规矩，所以二宝彼此心灵难有沟通。

4. 虽是受了委屈嘟囔说的话，却是极不屑语，其快如刀。

5. 从莺儿口中补出宝玉与丫头们赌钱玩的情景，真是巧思安排；既在对比中为宝玉性情行为着色，又由此逼出贾环下面的话来，以完回目中"妒意"二字。

6. 丫头们与宝玉好，岂是"怕他"之故，说到是谁"养"的，怎不想想与他一样的同胞姊姊探春，在丫头们中何等有威信，在姊妹们中何等受敬重。难怪脂评见他说出这样可笑的话来，直斥之曰："蠢驴！"（庚）

7. 大族规矩原是如此，一丝儿不错。（己）

8. 此意不呆。（庚）又用讳人语瞒着看官。己卯冬辰。（庚）评语所谓"讳人语"，就是作者把肯定的甚至欣赏的见解，故意说成"呆意"。因为在世人看来，这些想法不免离经叛道，所以在行文上要"瞒着看官"。

探春，伯叔的有迎春、惜春，亲戚之中又有史湘云、林黛玉、薛宝钗等诸人。他便料定，原来天生人为万物之灵，凡山川日月之精秀只钟于女儿，须眉男子不过是些渣滓浊沫而已。因有这个呆念在心，把一切男子都看成混沌浊物，可有可无。[1]只是父亲叔伯兄弟中，因孔子是亘古第一人说下的不可忤慢，只得要听他这句话，[2]所以兄弟之间不过尽其大概的情理就罢了，并不想自己是丈夫，须要为子弟之表率。是以贾环等都不怕他，却怕贾母，才让他三分。如今宝钗生怕宝玉教训他，倒没意思，便连忙替贾环掩饰。宝玉道："大正月里哭什么？这里不好，你别处玩去。你天天念书，倒念糊涂了。比如这件东西不好，横竖那一件好，就弃了这件取那个。难道你守着这个东西哭一会子就好了不成？你原是来取乐玩的，既不能取乐，就往别处去再寻乐玩去。哭一会子，难道算取乐玩了不成？倒招自己烦恼，不如快去为是。"[3]贾环听了，只得回来。

赵姨娘见他这般，因问："又是哪里垫了踹窝①来了？"一问不答，再问时，贾环便说："同宝姐姐玩的，莺儿欺负我，赖我的钱，宝玉哥哥撵我来了。"[4]赵姨娘啐道："谁叫你上高台攀去了？下流没脸的东西！哪里玩不得，谁叫你跑了去讨没意思！"

正说着，可巧凤姐在窗外过，都听在耳内，便隔窗说道："大正月又怎么了？环兄弟小孩子家，一半点儿错了，你只教导他，说这些淡话作什么！凭他怎么去，还有太太、老爷管他呢，你就大口啐他！他现是主子，不好了横竖有教导他的人，与你什么相干！[5]环兄弟出来，跟我玩去。"贾环素日怕凤姐比怕王夫人更甚，听见叫他，忙唯唯地出来，赵姨娘也不敢则声。凤姐向贾环道："你也是个没气性的！时常说给你：要吃，要喝，要玩，要笑，只爱同哪一个姐姐、妹妹、哥哥、

1. 宝玉思想的主旋律又在此奏响，亦出人意外。

2. 在那个时代，孔子是讥贬不得的，所以这句话不得不说。听了这一个人之话岂是呆子，由你自己说吧，我把你作极乖的人看。（庚）脂评理解作者行文的为难处，所以这样批。

3. 这话若往深处想，宝玉最后弃家，岂非亦为速去烦恼？这就应了王维的诗语："一生几许伤心事，不向空门何处销？"

4. 专好无事生非的人，一开口便如此。本来理亏，一时不知如何说好，所以"一问不答"，神态逼真。但转念间就有词了，顺口颠倒黑白，使坏诬人的本性毕露。

5. 在封建时代，庶出的孩子是主子，其生母因为是妾，地位几同奴婢。这是宗法制度统治下家庭内必要遵守的规矩，被公认为是正大的道理。凤姐就是用这些正理"正言"来讥"弹"说"淡话"的赵姨娘的"妒意"的，要她认清主奴尊卑关系，找准自己的位置。作者客观真实地反映这一现实，无可指摘。但如果要他主观上也持今天看来更合乎人性的观点来批判或否定这种封建秩序，那就未免苛求作者了。

———————————

① 垫踹窝——垫平路面的坑窝。意即供人践踏、被人欺侮。

嫂子玩，就同哪个玩。<u>你不听我的话，反叫这些人教得歪心邪意，狐媚子霸道的。自己不尊重，要往下流走，安着坏心，还只管怨人家偏心。</u>¹输了几个钱？就这么个样儿！"贾环见问，只得诺诺地回说："输了一二百。"²凤姐道："亏你还是爷，输了一二百钱就这样！"回头叫丰儿："去取一吊钱来！①姑娘们都在后头玩呢，把他送了玩去。——你明儿再这么下流狐媚子，我先打了你，再打发人告诉学里，皮不揭了你的！为你这个不尊重，恨得你哥哥牙痒，不是我拦着，窝心脚把你的肠子窝出来了。"喝命："去罢！"贾环诺诺地跟了丰儿，<u>得了钱</u>，自己和迎春等玩去。³不在话下。

　　且说宝玉正和宝钗玩笑，忽见人说："史大姑娘来了。"⁴宝玉听了，抬身就走。宝钗笑道："等着，咱们两个一齐走，瞧瞧她去。"说着，下了炕，同宝玉一齐来至贾母这边。只见<u>史湘云大笑大说的，</u>⁵见他两个来，忙问好厮见。正值林黛玉在旁，因问宝玉："在哪里的？"宝玉便说："在宝姐姐家的。"<u>黛玉冷笑道："我说呢，亏在那里绊住，不然早就飞了来了。"</u>⁶宝玉笑道："只许同你玩，替你解闷儿。不过偶然去她那里一趟，就说这话。"林黛玉道："好没意思的话！去不去管我什么事，我又没叫你替我解闷儿。可许你从此不理我呢！"说着，便赌气回房去了。

　　<u>宝玉忙跟了来，</u>⁷问道："好好的又生气了。就是我说错了，你到底也还坐在那里，和别人说笑一会子，又来自己纳闷。"林黛玉道："你管我呢！"宝玉笑道："我自然不敢管你，<u>只没有个看着你自己作践了身子呢。</u>"⁸林黛玉道："我作践坏了身子，我死，与你何干！"宝玉道："何苦来！大正月里，死了活了的。"林黛玉道："偏说死！我这会子就死！你怕死，你长命百岁的，

1. 指桑骂槐，借环儿责赵姨，"这些人"，明指其生母。有脂评曰：借人发脱，好阿凤，好口齿！句句正言正理，赵姨安得不退翅低头，静听发挥！批至此，不禁一大白又大白矣。（庚）

2. 作者尚记一大百乎？叹叹！（庚）以为又用往昔实事，太过敏感。

3. 写凤姐之威亦不可少。"得了钱"三字见贾环品格，找迎春最妥。

4. 妙极。凡宝玉、宝钗正闲遇时，非黛玉来，即湘云来，是恐泄漏文章之精华也。若不如此，则宝玉久坐忘情，必被宝卿见弃，杜绝后文成其夫妇时无可谈旧之情，有何趣味哉！（己）可知原稿写宝玉、宝钗结成夫妻大概很自然、很现实，不像续书那样先安排宝玉疯傻，又穿凿地追求戏剧性效果——让黛死钗婚在同一时辰。原稿写他们婚后"谈旧"，亦当有风趣文字，故可称之为"文章之精华"。

5. 史湘云第一笔，所谓"英豪阔大宽宏量"是也。首重刻画人物的不同个性是小说成功的重要艺术经验。

6. 初坠爱河，醋意特多；"绊住"对宝钗，"早飞来"对湘云。

7. 第一在乎之人生气了，还能不跟了来？宝钗、湘云倒不妨暂且冷落一边。

8. 一语中的。以后多少事都是"自己作践了身子"！正所谓"春恨秋悲皆自惹"，又所谓"莫怨东风当自嗟"也。

---

　　① 一吊钱——千文。

如何？"宝玉笑道："要像只管这样闹，我还怕死呢，倒不如死了干净！"黛玉忙道："正是了，要是这样闹，不如死了干净。"宝玉道："我说我自己死了干净，别听错了话赖人。"正说着，宝钗走来道："史大妹妹等你呢。"说着便推宝玉走了。<u>1</u> 这里黛玉越发气闷，只向窗前流泪。

　　没两盏茶的工夫，宝玉仍来了。林黛玉见了，越发抽抽噎噎地哭个不住。宝玉见了这样，知难挽回，打叠起千百样的款语温言来劝慰。不料自己未张口，只见黛玉先说道："你又来做什么？横竖如今有人和你玩，比我又会念，又会做，又会写，又会说笑，又怕你生气拉了你去，你又做什么来？死活凭我去罢了！"宝玉听了，忙上来悄悄地说道："<u>你这么个明白人，难道连'亲不间疏，先不僭后'①也不知道？</u><u>2</u> 我虽糊涂，却明白这两句话。头一件，咱们是姑舅姊妹，宝姐姐是两姨姊妹，论亲戚，她比你疏。第二件，你先来，咱们两个一桌吃，一床睡，长得这么大了。她是才来的，岂有个为她疏你的？"林黛玉啐道："<u>我难道为叫你疏她？我成了个什么人了呢！我为的是我的心。</u>"宝玉道："<u>我也为的是我的心。难道你就知你的心，不知我的心不成？</u><u>3</u> 黛玉听了，低头一语不发，半日说道："你只怨人行动嗔怪了你，你再不知道你自己恼人难受。就拿今日天气比，分明今儿冷得这样，你怎么倒反把个青肷披风②脱了呢？"宝玉笑道："<u>何尝不穿着，见你一恼，我一暴躁，就脱了。</u><u>4</u> 林黛玉叹道："回来伤了风，又该饿着吵吃的了。"

　　二人正说着，只见湘云走来，笑道："二哥哥，林姐姐，你们天天一处玩，我好容易来了，也不理我一理儿。"黛玉笑道："<u>偏是咬舌子爱说话，连个'二哥哥'也叫不出来，只是'爱哥哥''爱哥哥'的。回来赶围棋儿，又该你</u>

1. 宝钗以为大家都是兄弟姊妹，不该冷落刚来的湘云，根本不曾从宝黛间有恋情上去想，所以推着宝玉就走，正见其襟怀豁达坦荡。脂评也有这样的看法：此时宝钗尚未知他二人心性，故来劝；后文察其心性，故掷之不闻矣。（己）

2. 看似有理，其实根本说不到点子上，倒像从未有生活经验的孩子在谈论亲情友谊。亲疏先后哪能管得住爱情？这是宝玉在内心焦急又万般无奈下想出来的理由。黛玉并不认可，所以必有反驳，并由此吐露说不清的爱。不过黛玉倘若能想想宝玉的良苦用心，这气也确是该消的了。

3. 这些话让今天人来表达，大概比较容易。可对当时初涉爱河的少女少男来说，就只能说到这个地步了。脂评为赞其文字，便说得过于玄虚了：此二语不独观者不解，料作者亦未必解。不但作者未必解，想石头亦不解，不过述宝、林二人之语耳。若观者必欲要解，须自揣自身是宝、林之流，则洞然可解；若自料不是宝、林之流，则不必求解矣。……（己）评语将作者与石头分述，常被人当作此书非雪芹原作的证据，这是没道理的；说宝、林自己亦不解所言，倒有几分道理。

4. 黛玉即使不能将彼此所言解说清楚，但已感觉到心心相印了，所以改变了态度，转而关心起宝玉冷暖来了。

---

①　亲不间疏，先不僭后——关系亲密的不会被关系疏远的离间，先到的不会被后来的超越。僭，超越本分。
②　青肷（qiǎn 遣）披风——青狐的腋下皮毛制成的斗篷。

闹'幺爱三四五'了。"宝玉笑道:"你学惯了她,明儿连你还咬起来呢。"[1]史湘云道:"她再不放人一点儿,专挑人的不好。你自己便比世人好,也不犯着见一个打趣一个。我指出一个人来,你敢挑她,我就服你。"黛玉忙问是谁。湘云道:"你敢挑宝姐姐的短处,就算你是好的。我算不如你,她怎么不及你呢?"黛玉听了冷笑道:"我当是谁,原来是她!我哪里敢挑她呢。"宝玉不等说完,忙用话岔开。湘云笑道:"这一辈子我自然比不上你。我只保佑着明儿得一个咬舌的林姐夫,时时刻刻你可听'爱''厄'去。阿弥陀佛,那才现在我眼里!"说得众人一笑,湘云忙回身跑了。要知端详,下回分解。

1. 湘云一来,说话仍是其爽直性子,却被黛玉抓住发音咬舌的特点,戏谑一番,以完回目的下句。在描绘人物形象上,不追求完美无缺的艺术经验,脂评深有体会,他说:可笑近之野史中,满纸羞花闭月,莺啼燕语。殊不知真正美人方有一陋处,如太真之肥,飞燕之瘦,西子之病,若施于别个不美矣。今以"咬舌"二字加之湘云,是何大法手眼,敢用此二字哉!不独不见其陋,且更觉轻俏娇媚,俨然一娇憨湘云立于纸上。掩书合眼思之,其"爱""厄"娇音如入耳内。然后将满纸莺啼燕语之字样,填粪窖可也。(戚)

【总评】

　　王熙凤的杰出才干,不仅表现在办理秦氏丧事那样调度全局的大场面上,她在处理或调解家庭琐事的矛盾纠纷上,也同样有一套出色的本领。本回的前半,写与她有关的两件事:

　　一、宝玉的乳母李嬷嬷,因宝玉亲近袭人而疏远她,内心不平衡,便挑衅袭人,骂她"妆狐媚子哄宝玉,哄得宝玉不理我"。又哭又嚷,连宝玉也骂在里头。黛玉、宝钗过来劝说,也奈何她不得。凤姐一到,只几句话一说,便将她拉走了。

　　二、贾环与宝钗、莺儿等玩耍,掷骰子,输了就急,赖钱不给,遭莺儿奚落,又被宝玉教训了几句。他回去后,就告赵姨娘说,莺儿"赖我的钱",宝玉"撵我来了"。气得赵姨娘啐他:"谁叫你上高台攀去了?下流没脸的东西!哪里玩不得,谁叫你跑了去讨没意思!"深怀忌恨地挑拨宝玉、环儿兄弟间的关系。恰好凤姐经过听到,便狠狠地训斥了赵姨娘和贾环。话虽从强烈的主奴尊卑的封建观念出发,但在那个时代,仍是被视作天经地义而得到认可的,故回目用了"正言"二字。

　　作者叙述情节时,极少单一用笔,总夹写一些其他人物,如晴雯、麝月等的个性,在此也有生动的表现。

　　史湘云大说大笑地到来,是另换场景;引得小性儿的林黛玉对宝玉怄气、斗嘴,在表现人物不同个性上有互相映衬的作用,同时也折射出宝黛爱情已达到的深度。宝玉对黛玉总甘愿服低作小,自然是"打叠起千百样的款语温言来劝慰"。末了,黛玉戏谑湘云"偏是咬舌子爱说话,连个'二哥哥'也叫不出来,只是'爱哥哥''爱哥哥'的",真是传神文笔,"俨然一娇憨湘云立于纸上"(脂评语)。

# 第二十一回
## 贤袭人娇嗔箴宝玉　俏平儿软语救贾琏

**【题解】**

　　本回回目诸本一致。回中情节分两部分：前半回以宝玉为中心，写了黛玉、湘云、袭人，也涉及宝钗，回目说的是袭人用撒娇生气的办法规劝宝玉改掉爱在姊妹间胡闹的老毛病；后半回则写贾琏、凤姐和平儿之间的事，回目说的是平儿藏了罪证，帮着遮丑，救了贾琏，不让凤姐发现他与"多浑虫"媳妇私通事。在袭人和平儿的名字前，加一"贤"字"俏"字，不应忽视以为是随便说说的，它关乎作者的倾向，而这种倾向又与后来情节发展有关。

　　本回有很长的回前脂评，由此回回目、内容联想到后半部佚稿中的情节等，十分重要。其文曰：有客题《红楼梦》一律，失其姓氏，惟见其诗意骇警，故录于斯："自执金矛又执戈，自相戕戮自张罗。茜纱公子情无限，脂砚先生恨几多。是幻是真空历遍，闲风闲月枉吟哦。情机转得情天破，'情不情'兮奈我何！"凡是书题者不可不以此为绝调。诗句警拔，且深知拟书底里，惜乎失名矣。按此回之文固妙，然未见后三十回犹不见此之妙；此曰"娇嗔箴宝玉""软语救贾琏"，后曰"薛宝钗借词含讽谏，王熙凤知命强英雄"。今只从二婢说起，后则直指其主。然今日之袭人、之宝玉，亦他日之袭人、他日之宝玉也；今日之平儿、之贾琏，亦他日之平儿、他日之贾琏也。何今日之玉犹可箴，他日之玉已不可箴耶？今日之琏犹可救，他日之琏已不可救耶？"箴"与"谏"无异也，而袭人安在哉？宁不悲乎！"救"与"强"无别也甚矣，但此日阿凤英气何如是也，他日之身微运蹇，展眼亦何如彼耶？人世之变迁如此，光阴之倏尔如此！（庚）今日写袭人，后文写宝钗，今日写平儿，后文写阿凤；文是一样情理，景况光阴事却天壤矣。多少眼泪洒出此两回书！此回袭人三大功，直与宝玉一生三大病映射。（庚）按，"后三十回"或"后数十回"之称，不是从第八十一回算起的，因为八十回并非书稿的自然分界，其所指的分界当在写贾府势败家亡的开始，估计在第九十回左右，故全书当仍有一百二十回。此评还提供了已佚原稿中一个完整的回目，及据此可窥见的一些情节线索，是很有价值的。客题七律诗的解说，参见拙著《红楼梦诗词曲赋鉴赏》一书，中华书局版。

　　话说史湘云跑了出来，怕林黛玉赶上，宝玉在后忙说："仔细绊跌了！哪里就赶上了。"林黛玉赶到门前，被宝玉又手在门框上拦住，笑劝道："饶她这一遭罢。"林黛玉扳着手说道："我要饶过云儿，再不活着！"湘云见宝玉拦住门，料黛玉不能出来，便立住脚笑道："好姐姐，饶我这一遭！"恰值宝钗来在湘云身后，也笑道："我劝你两个看宝兄弟分上，都丢开手罢！"[1]黛玉道："我不依。

1. 在后忙叫"仔细绊跌"，是宝玉性情行事，叉手在门框上阻拦，是怕玩得狠了，真动气，伤了和气。黛玉不依不饶，口吻酷似；湘云转身逗她，调皮模样如见，又插入宝钗来劝，越发热闹。写小儿女彼此嬉闹这样琐细小事，也十分精彩。故脂评曰：好极妙极。玉、颦、云三人已难解难分，插入宝钗云"我劝你两个看宝兄弟分上"，话只一句，便将四人一齐笼住，不知孰远孰近，孰亲孰疏，真好文字！（庚）

你们是一气的，都戏弄我不成！"宝玉劝道："谁敢戏弄你？你不打趣她，她焉敢说你！"四人正难分解，有人来请吃饭，方往前边来。那天早又掌灯时分，王夫人、李纨、凤姐、迎、探、惜等都往贾母这边来，大家闲话了一回，各自归寝。

　　湘云仍往黛玉房中安歇。[1]宝玉送她二人到房，那天已二更多时，袭人来催了几次，方回自己房中来睡。次日天方明时，便披衣靸鞋往黛玉房中来。[2]进去看时，却不见紫鹃、翠缕二人，只见她姊妹两个尚卧在衾内。那黛玉严严密密裹着一幅杏子红绫被，安稳合目而睡。那史湘云却一把青丝拖于枕畔，被只齐胸，一弯雪白的膀子撂于被外，又戴着两个金镯子。[3]宝玉见了叹道："睡觉还是不老实！回来风吹了，又嚷肩窝疼了。"[4]一面说，一面轻轻地替她盖上。黛玉早已醒了，觉得有人，就猜着定是宝玉，[5]因翻身一看，果中其料。因说道："这早晚①就跑过来作什么？"宝玉笑道："这天还早么？你起来瞧瞧。"黛玉道："你先出去，让我们起来。"宝玉听了，转身出至外间。

　　黛玉起来叫醒湘云，二人都穿了衣服。宝玉复又进来，坐在镜台旁边，只见紫鹃、雪雁进来服侍梳洗。湘云洗了面，翠缕便拿残水要泼，宝玉道："站着，我趁势洗了就完了，省得又过去费事。"说着便走过来，弯腰洗了两把。紫鹃递过香皂去，宝玉道："这盆里的就不少，不用搓了。"再洗了两把，便要手巾。[6]翠缕道："还是这个毛病儿，多早晚才改。"[7]宝玉也不理，忙忙地要过青盐擦了牙，漱了口，完毕。见湘云已梳完了头，便走过来笑道："好妹妹，替我梳上头罢。"湘云道："这可不能了。"宝玉笑道："好妹妹，你先时怎么替我梳了呢？"[8]湘云道："如今我忘了，怎么梳呢？"宝玉道："横竖我不出门，又不戴冠子勒子，不过打几根散辫子就完了。"说着，又千妹妹万妹妹地央告。湘云只得扶过他的头来，一一梳

1. 嬉闹管嬉闹，过后亲厚如常。前文黛玉未来时，湘云宝玉则随贾母。今湘云已去，黛玉既来，年岁渐成，宝玉各自有房，黛玉亦各自有房，故湘云自应同黛玉一处也。（庚）

2. 宝钗之所以称他"无事忙"也。

3. 两人睡态不同，调换不得。写黛玉之睡态，俨然就是娇弱女子，可怜；湘云之态，则俨然是个娇憨女儿，可爱。真是人人俱尽，个个活跳，吾不知作者胸中埋伏多少裙钗。（庚）

4. 居然是"叹"，唯宝玉如此。

5. 不醒不是黛玉，猜不到也不是黛玉。

6. 宝玉性情确异乎常人。虽出自作者艺术创造，但已塑造得恰如真有其人，每写一言一行，都能色彩鲜明地画出其奇特处来。即此用湘云用过的洗脸水洗脸，亦庸手难以梦见的。难怪警幻说他"乃天下古今第一淫人也"。脂评曾以"体贴"二字解说"意淫"，看来还不能说尽全部，如此处所写的"毛病"亦不可少。

7. 用翠缕的话来点出，很好，"还是"二字着眼。

8. 用"先时"如何，带出幼时情景。

---

① 这早晚——这时候。下文"多早晚"，什么时候。

篦。在家不戴冠，并不总角，只将四围短发编成小辫，往顶心发上归了总，编一根大辫，红绦结住。自发顶至辫梢，一路四颗珍珠，下面有金坠脚。湘云一面编着，一面说道："这珠子只三颗了，这一颗不是的。我记得是一样的，怎么少了一颗？"[1]宝玉道："丢了一颗。"湘云道："必定是外头去掉下来，不防被人捡了去，倒便宜他。"[2]黛玉一旁盥手，冷笑道："也不知是真丢了，也不知是给了人镶什么戴去了！"[3]宝玉不答。因镜台两边俱是妆奁等物，顺手拿起来赏玩，不觉又顺手拈了胭脂，意欲要往口里送，又怕史湘云说。正犹豫间，湘云果在身后看见，一手掠着辫子，便伸手来"拍"的一下，从手中将胭脂打落，说道："这不长进的毛病儿，多早晚才改！"[4]

一语未了，只见袭人进来，看见这般光景，知是梳洗过了，只得回来自己梳洗。忽见宝钗走来，因问："宝兄弟哪去了？"袭人含笑道："宝兄弟哪里还有在家的工夫！"宝钗听说，心中明白。又听袭人叹道："姊妹们和气，也有个分寸礼节，也没个黑家白日闹的！凭人怎么劝，都是耳旁风。"[5]宝钗听了，心中暗忖道："倒别看错了这个丫头，听她说话，倒有些识见。"宝钗便在炕上坐了，慢慢地闲言中套问她年纪、家乡等语。留神窥察，其言语志量，深可敬爱。[6]

一时，宝玉来了，宝钗方出去。宝玉便问袭人道："怎么宝姐姐和你说得这么热闹，见我进来就跑了？"[7]问一声不答，再问时，袭人方道："你问我么？我哪里知道你们的原故。"宝玉听了这话，见她脸上气色非往日可比，便笑道："怎么动真气了？"袭人冷笑道："我哪里敢动气！只是你从今以后别进这屋子了。横竖有人服侍你，再不必来支使我。我仍旧还服侍老太太去。"一面说，一面便在炕上合眼倒下。[8]宝玉见了这般景况，深为骇异，禁不住赶来劝慰。那袭人只管合了眼不理。宝玉没了主意，因见

1. 湘云的记性不错。应了宝玉说她曾替自己梳过头的话。

2. 妙谈。这"倒便宜他"四字是大家千金口吻。近日多用"可惜了的"四字，今失一珠不闻此四字，妙极是极。（庚）另有眉批与此批略有异同，署名"畸笏"。

3. 黛玉是另一种生性，另一种口气。

4. 伸手将胭脂打落，极好，恰恰是湘云的举止。说的话也和翠缕一样，可见这毛病儿从小就有，要改也难。

5. 这是袭人本心本意的话，在她的道德观念上就认为与姊妹们应有个分寸礼节，并非出于妒忌。

6. 为人之道，与宝钗看法相同，故认其贤，由此开始，渐成知己。脂评：今日"便在炕上坐了"，盖深取袭卿矣。（庚）记住，"便在炕上坐了"句，第三十六回"绣鸳鸯梦兆绛芸轩"中重现，引出一段小故事。

7. 宝玉一来，宝钗就去，大概因为恰好袭人谈及"姊妹间和气，也有个分寸礼节"，以示自己与黛、湘有别之故。脂评于此有长批说二宝似远实近，二玉似近实远，接着说：不然，后文如何尔较胜角口诸事皆出于颦哉！以及宝玉砸玉，颦儿之泪枯，种种孽障，种种忧忿，皆情之所陷，更何辩哉！（庚）这些警人陷情的话，只能认作批书人自己的观点，未必尽符作者本意。

8. 这是开始施出"娇嗔箴宝玉"手段。

麝月进来，[1]便问道："你姐姐怎么了？"麝月道："我知道么？问你自己便明白了。"[2]宝玉听说，呆了一回，自觉无趣，便起身叹道："不理我罢，我也睡去。"说着便起身下炕，到自己床上歪下。袭人听他半日无动静，微微地打鼾，料他睡着，便起身拿一领斗篷来，替他刚压上，只听"忽"的一声，宝玉便掀过去，也仍合目装睡。[3]袭人明知其意，便点头冷笑道："你也不用生气，从此后我也只当哑子，再不说你一声儿，如何？"宝玉禁不住起身问道："我又怎么了？你又劝我。你劝也罢了，才刚又没见你劝我，一进来你就不理我，赌气睡了。我还摸不着是为什么，这会子你又说我恼了。我何尝听见你劝我是什么话了。"袭人道："你心里还不明白？还等我说呢！"[4]

　　正闹着，贾母遣人来叫他吃饭，方往前边来。胡乱吃了半碗，仍回自己房中。只见袭人睡在外头炕上，麝月在旁边抹骨牌。宝玉素知麝月与袭人亲厚，一并连麝月也不理，揭起软帘自往里间来。麝月只得跟进来。宝玉便推她出去，说："不敢惊动你们。"[5]麝月只得笑着出来，唤两个小丫头进来。宝玉拿一本书，歪着看了半天，因要茶，抬头只见两个小丫头在地下站着，一个大些的生得十分水秀。宝玉便问："你叫什么名字？"那丫头便说："叫蕙香。"宝玉便问："是谁起的？"蕙香道："我原叫芸香的，是花大姐姐改了蕙香。"宝玉道："正经该叫'晦气'罢了，什么蕙香呢！"[6]又问："你姊妹几个？"蕙香道："四个。"宝玉道："你第几？"蕙香道："第四。"宝玉道："明儿就叫'四儿'，不必什么'蕙香''兰气'的。哪一个配比这些花，没的玷辱了好名好姓。"[7]一面说，一面命她倒了茶来吃。袭人和麝月在外间听了，抿嘴而笑。[8]

　　这一日，宝玉也不大出房，也不和姊妹、丫头等厮闹，自己闷闷的，只不过拿书解闷，或弄笔墨；[9]也不使唤众人，只叫四儿答应。

1. 恰好来的是袭人的同调人。

2. 听她说话口吻！是同调人吧？

3. 原来打鼾也是装的。文是好文，唐突我袭卿，吾不忍也。（庚）脂评竟如此爱护袭人，不知与作者心意有差别否。

4. 与麝月的话一样，不挑明。《石头记》每用圈圈语处，无不精绝奇绝，且总不觉相犯。壬午九月，畸笏。（庚）

5. 袭人说过"横竖有人服侍你，再不必来支使我"。既然袭人与麝月同样都说你自己明白之类的话，可见两人是一气的，不必再分袭、麝了，所以说"不敢惊动你们"。

6. 借名字的谐音来出一出闷气，真幽默。好极，趣极。（庚）

7. 袭人之名，本取自花的"香""气"，凑巧又姓"花"，宝玉的话像是在讥诮小丫头，其实是说给大丫头听的。语言巧妙风趣之极。

8. 大丫头们果然听见了，写得真好看。

9. 不出房、不厮闹和翻书弄笔墨。脂评以为此是袭人的"三大功劳"，还说：此虽未必成功，较往日终有微补小益。（庚）在我看来，恰恰相反，不但不能成功，没有补益，反而会促使他进一步去寻求从现实的烦恼中解脱出来的办法。于是在逃离现实的向往中越走越远，终至走上彻底绝情之路。须知宝玉是假，顽石是真。

谁知这个四儿是个聪敏乖巧不过的丫头，[1] 见宝玉用她，她变尽方法笼络宝玉。至晚饭后，宝玉因吃了两杯酒，眼饧耳热之际，若往日，则有袭人等，大家喜笑有兴；今日却冷清清的一人对灯，好没兴趣。待要赶了她们去，又怕她们得了意，以后越发来劝，[2] 若拿出做上的规矩来镇唬，似乎无情太甚。[3] 说不得横心只当她们死了，横竖自然也要过的。便权当她们死了，毫无牵挂，反能怡然自悦。[4] 因命四儿剪烛烹茶，自己看了一回《南华经》。正看至《外篇·胠箧》① 一则，其文曰：

> 故绝圣弃知②，大盗乃止；擿③ 玉毁珠，小盗不起；焚符破玺，而民朴鄙④；掊斗折衡⑤，而民不争；殚残⑥ 天下之圣法，而民始可与论议。擢乱六律⑦，铄绝竽瑟⑧，塞瞽旷⑨ 之耳，而天下始人含其聪⑩ 矣；灭文章⑪，散五彩，胶离朱之目⑫，而天下始人含其明⑬ 矣；毁绝钩绳而弃规矩⑭，攦工倕之指⑮，而天下始人有其巧矣。

---

1. 对"聪敏乖巧"四字，脂评深有感慨地说：又是一个有害无益者。作者一生为此所误，批者一生亦为此所误，于开卷凡见如此人，世人故为喜，余反抱恨，盖四字误人甚矣！（庚）

2. 宝玉恶劝，此是第一大病也。（庚）说得是。

3. 宝玉重情不重礼，此是第二大病也。（庚）从传统观念看，说是病，也对。

4. 此意却好，但袭卿辈不应如此弃也。宝玉之情，今古无人可比，固矣；然宝玉有情极之毒，亦世人莫忍为者，看至后半部，则洞明矣。此是宝玉第三大病也。宝玉有此世人莫忍为之毒，故后文方能"悬崖撒手"一回，若他人得宝钗之妻、麝月之婢，岂能弃而为僧哉！玉一生偏僻处。（庚）此批价值极高。我们从批语中可知"悬崖撒手"是原稿写宝玉出家一回的回目文字。宝玉最终弃家为僧，看来是非常忍心亦即非常决绝的。连加脂评者也视其为一大病，称之为"情极之毒"——最多情者终至成为最无情者。这与续书所描写宝玉出家，依依拜别父亲，被僧道挟持而去的情景多么不同！

---

① 《南华经》《外篇·胠箧》——唐代重道教，玄宗下诏尊《庄子》一书为《南华真经》，尊庄子其人（名周，战国中期道家学派的代表人物）为"南华真人"，其书现存 33 篇，分内、外、杂篇，一般认为内篇为庄子所作，外篇、杂篇出自其门人后学之手。篇名"胠箧（qū qiè 区怯）"二字，是打开箱子的意思。文章开头用为防备打开箱子的小偷而加锁，结果反方便大盗搬运为喻，宣扬"绝圣弃知"，返璞归真，回到"民结绳而用之"的上古时代。这是一种消极的空想的政治理想，但其中颇多抨击现实的愤激之言。

② 绝圣弃知——摒弃聪明才智。

③ 擿（zhì 至）——同"掷"，丢弃。

④ 焚符破玺（xǐ 喜），而民朴鄙——符，古时用竹制的信符，作证明用。玺，玉石印章。这些东西本为防止欺诈，但坏人正可利用它进行诈骗，所以说要焚毁、敲破它。朴鄙，朴实单纯。

⑤ 掊（pǒu 剖上声）斗折衡——击碎斗，折断秤。

⑥ 殚（dān 单）残——毁掉。

⑦ 擢乱六律——搅乱音律。古代音乐审音标准分"六律""六吕"，总称"十二律"，此泛指音律。

⑧ 铄绝竽瑟——毁灭乐器。铄，销毁。

⑨ 瞽（gǔ 古）旷——师旷，春秋时期晋国著名乐师，相传他能审音以占吉凶，古代乐官多是盲人，所以称"瞽旷"。

⑩ 聪——耳明。

⑪ 文章——同"纹彰"，花纹。

⑫ 胶离朱之目——把离朱的眼睛粘合住。离朱，相传古代目力很强的人。

⑬ 明——指目明。

⑭ 钩绳、规矩——钩，画曲的工具。绳，画直的工具。规，画圆的工具。矩，画方的工具。

⑮ 攦（lì 利）工倕之指——折断工倕的手指。工倕，传说尧时的巧匠。

看至此，意趣洋洋，趁着酒兴，不禁提笔续曰：[1]

　　焚花散麝①，而闺阁始人含其劝②矣；戕宝钗之仙姿，灰黛玉之灵窍，丧灭情意，而闺阁之美恶始相类矣。彼含其劝，则无参商之虞矣；戕其仙姿，无恋爱之心矣；灰其灵窍，无才思之情矣。彼钗、玉、花、麝者，皆张其罗而穴其隧③，所以迷眩缠陷天下者也④。

续毕，掷笔就寝。头刚着枕，便安然睡去，一夜竟不知所之，直至天明方醒。翻身看时，只见袭人和衣睡在衾上。[2]宝玉将昨日的事已付于意外，[3]便推她说道："起来好生睡，看冻着了！"

　　原来袭人见他无晓夜和姊妹们厮闹，若直劝他，料不能改，故用柔情以警之，料他不过半日片刻仍复好了。不想宝玉一日一夜竟不回转，自己反不得主意，直一夜没好生睡得。今忽见宝玉如此，料他心意回转，便越性不睬他。宝玉见她不应，便伸手替她解衣，刚解开了钮子，被袭人将手推开，又自扣了。[4]宝玉无法，只得拉她的手笑道："你到底怎么了？"连问几声，袭人睁眼说道："我也不怎么。你睡醒了，你自过那边房里去梳洗，再迟了就赶不上了。"[5]宝玉道："我过哪里去？"袭人冷笑道："你问我，我知道？你爱往哪里去，就往哪里去。从今咱们两个丢开手，省得鸡声鹅斗的叫别人笑。横竖那边腻了过来，这边又有个什么'四儿''五儿'服侍你。我们这起东西，可是白'玷辱了好名好姓'的。"[6]宝玉笑道："你今儿还记着呢！"袭人道："一百年还记着呢！比不

1. 东坡所谓"酒酣胸胆尚开张"也，所以敢续《庄子》。看来，宝玉"任意纂著""大肆妄诞"的习好，非待后来作《芙蓉女儿诔》始有。趁着酒兴，不禁而续，是作者自站地步处：谓余何人耶，敢续《庄子》？然奇极怪极之笔，从何设想？怎不令人叫绝！己卯冬夜。（庚）这亦暗露玉兄闲窗净几，不寂不离之功业。壬午孟夏。（庚）

2. 找到解脱烦恼之法在于弃绝不顾；理既得而心遂安，所以能够睡稳。如何安置袭人是难题，作者举重若轻，写得十分合理。脂评说：神极之笔，试思袭人不来同卧亦不成文字，来同卧更不成文字，却云和衣衾上，正是来同卧不来同卧之间，是何神奇妙绝文字。（庚）

3. 宝玉非小小不愉快便耿耿于怀者，所以昨日事已不存芥蒂。脂评说他是"天真烂熳之人"是不错的。

4. 目的未达，岂能让步。

5. 说得好像挺认真的，却是讥讽，也是提醒。此时点出动气所为何事，很有必要，总不能老打闷葫芦。

6. 昨日的话不但听到，记住，且已领会其指桑骂槐的用意。袭人何等聪明！

---

① 焚花散麝——没有袭人、麝月那样的丫头。袭人姓"花"，花木可以"焚"毁；"麝"是香，所以用"散"。
② 劝——受教而知所勉力。
③ 穴其隧——挖好她们的陷阱。隧，暗道，意为陷阱。
④ 所以迷眩缠陷天下者也——拿她们的智巧、美貌来迷惑、捕捉天下人的啊！

得你，拿着我的话当耳旁风，夜里说了，早起就忘了。"[1]宝玉见她娇嗔满面，情不可禁，便向枕边拿起一根玉簪来，一跌两段，说道："我再不听你说，就同这个一样！"袭人忙地拾了簪子，说道："大清早起，这是何苦来！听不听什么要紧，也值得这种样子。"[2]宝玉道："你哪里知道我心里急。"袭人笑道："你也知道着急么，可知我心里怎么样？快起来洗脸去罢。"[3]说着，二人方起来梳洗。

宝玉往上房去后，谁知黛玉走来，见宝玉不在房中，因翻弄案上书看，可巧便翻出昨日的《庄子》来。看至所续之处，不觉又气又笑，不禁也提笔续书一绝云：

> 无端弄笔是何人？作践南华《庄子因》①。
> 不悔自己无见识，却将丑语怪他人！[4]

写毕，也往上房来见贾母，后往王夫人处来。

谁知凤姐之女大姐儿病了，正乱着。请大夫来诊过脉，大夫便说："替夫人、奶奶们道喜，姐儿发热是见喜②了，并非别病。"王夫人、凤姐听了，忙遣人问："可好不好？"医生回道："症虽险，却顺，倒不妨。预备桑虫、猪尾要紧。"凤姐听了，登时忙将起来。一面打扫房屋供奉痘疹娘娘，一面传与家人忌煎炒等物，一面命平儿打点铺盖、衣服，与贾琏隔房，[5]一面又拿大红尺头与奶子、丫头亲近人等裁衣。外面又打扫净室，款留两个医生，轮流斟酌诊脉下药，十二日不放回家去。贾琏只得搬出外书房来斋戒，凤姐与平儿都随着王夫人日日供奉娘娘。

1. 借答宝玉话说出"耳旁风"来，甚巧妙。在此段文字上，脂评有一长批，值得研究，录于此：赵香梗先生《秋树根偶谭》内：兖州少陵台有子美祠，为郡守毁为己祠。先生叹子美生逢丧乱，奔走无家，孰料千百年后数椽片瓦犹遭贪吏之毒手，甚矣才人之厄也。因改公《茅屋为秋风所破歌》数句，为少陵解嘲："少陵遗像太穷极无力，忍能对面为盗贼。公然折克作己祠，旁人有口呼不得。梦归来今闻叹息，白日无光天地黑。安得旷宅千万间，太守取之不尽生欢颜，公祠免毁安如山。"读之令人感慨悲愤，心常耿耿。壬午九月，因索书甚迫，姑志于此，非批《石头记》也。为续《庄子因》数句，真是打破胭脂阵，坐透红粉关，另开生面之文，无可评处。（庚）此评当与小说书稿被有权势者"索"去，删畸笏、脂砚等名号，据为己有有关。详见本书所附《解读脂评"索书甚迫"条》。

2. 断簪发誓，知彼此时是真心，急忙转舵。至于以后事，立誓何用。

3. 此时方笑，收结得干干净净。

4. 是嘲骂，是批语，不作诗来评论自好，若当作诗则难说好，岂有四句诗两用"人"字押韵的，何况出自黛玉。骂得痛快，非颦儿不可。真好颦儿！若云知音者，颦儿也。至此方完"箴玉"半回。（蒙）不用宝玉见此诗若长若短，亦是大手法。（庚）又借阿颦诗自相鄙驳，可见余前批不谬。己卯冬夜。（庚）宝玉不见诗，是后文余步也。《石头记》得力所在。丁亥夏，畸笏叟。（庚）

5. 前后连用四个"一面"，正写出一番忙乱景象。然四句话全为夹在中间这一句而有。凤姐为女儿痘疹忙乱，便无心思顾及他事，恰好让贾琏有可乘之机。叙来最合情理。

---

① "作践"句——《庄子因》，清康熙时林云铭所著解释《庄子》的书。这句意思说，像宝玉这样胡乱发挥《庄子》文义，简直把那些解释《庄子》一书者的声誉也给糟蹋了。后人不知"庄子因"为何物，以为错字，遂提笔改为"庄子文"（如程甲、程乙本）。但宝玉所续，不论好坏，都对原作无损，于是又不得不改"作践"为"剿袭"。宝玉是明续，不是暗偷。这样改，越改越坏，越离了原意。

② 见喜——小儿出痘疹（天花）的忌讳说法。痘疹发出后可保平安且终身免疫，故称"见喜"。下文"桑虫、猪尾"是发痘的药物。又传说有管痘疹的神，叫"痘疹娘娘"，小儿发痘时，供奉其画像于清洁的室内，可消灾保平安；又因痘疹娘娘爱干净，故须禁忌房事。

那个贾琏，只离了凤姐便要寻事，¹独寝了两夜，便十分难熬，便暂以小厮们内有清俊的选来出火。不想荣国府内有一个极不成器破烂酒头厨子，名唤多官，人见他懦弱无能，都唤他作"多浑虫"。²因他自小父母替他在外娶了一个媳妇，今年方二十来往年纪，生得有几分人才，见者无不羡爱。她生性轻浮，最喜拈花惹草，多浑虫又不理论，只是有酒有肉有钱，便诸事不管了，所以荣、宁二府之人都得入手。³因这个媳妇美貌异常，轻浮无比，众人都呼她作"多姑娘儿"。如今贾琏在外熬煎，往日也曾见过这媳妇，失过魂魄，只是内惧娇妻，外惧娈宠①，不曾下得手。那多姑娘儿也曾有意于贾琏，只恨没空，今闻贾琏挪在外书房来，她便没事也走三两趟去招惹。惹得贾琏似饥鼠一般，少不得和心腹的小厮们计议，合同遮掩谋求，多以金帛相许。小厮们焉有不允之理，况都和这媳妇是好友，一说便成。是夜二鼓人定，多浑虫醉昏在炕，贾琏便溜了来相会。进门一见其态，早已魄飞魂散，也不用情谈款叙，便宽衣动作起来。谁知这媳妇有天生的奇趣，一经男子挨身，便觉遍身筋骨瘫软，使男子如卧绵上；⁴更兼淫态浪言，压倒娼妓，诸男子至此，岂有惜命者哉！⁵那贾琏恨不得连身子化在她身上。那媳妇故作浪语，在下说道："你家女儿出花儿，供着娘娘，你也该忌两日，倒为我脏了身子，快离了我这里罢！"贾琏一面大动，一面喘吁吁答道："你就是娘娘，我哪里管什么娘娘！"那媳妇越浪，贾琏越丑态毕露。一时事毕，两个又海誓山盟，难分难舍，自此后遂成相契②。⁶

一日，大姐毒尽癍回。十二日后送了

---

① 娈（luán 峦）宠——男宠；男子同性恋者。
② 相契——有共同志趣的好友。

1. 如何？

2. 名"多官"，称"多浑虫"，有脂评说：今是多多也，妙名。（庚）更好，今之浑虫更多也。（庚）

3. 从多姑娘具普及性说起，更合情理。

4. 奇喻。

5. 枚乘所谓"纵恣于曲房隐间之中，此甘餐毒药，戏猛兽之爪牙也"。凉水灌顶之句。（庚）

6. 居然还有"海誓山盟"，能成"相契"，调侃滥淫纨袴辈不少。趣文。"相契"作知此用，"相契"扫地矣！（庚）一部书中只有此一段丑极太露之文，写为贾琏身上，恰极当极。己卯冬夜。（庚）看官熟思写珍、琏辈当以何等文方妥方恰也。壬午孟夏。（庚）此段系书中情之瘢疵，写为阿凤生日泼醋回及"天风流"宝玉悄看晴雯回作引，伏线千里外之笔也。丁亥夏，畸笏。（庚）文章雅俗藏露，须因人而异，是准则。

娘娘，合家祭天祀祖，还愿焚香，庆贺放赏已毕。贾琏仍复搬进卧室，见了凤姐，正是俗语云"新婚不如远别"，更有无限的恩爱，自不必烦絮。

次日早起，凤姐往上屋去后，平儿收拾贾琏在外的衣服铺盖，不承望枕套中抖出一绺青丝来。平儿会意，忙揣在袖内，[1]便走至这边房里来，拿出头发来，向贾琏笑道："这是什么？"贾琏看见，着了忙，抢上来要夺。平儿便跑，被贾琏一把揪住，按在炕上，掰手要夺，口内笑道："小蹄子，你不趁早拿出来，我把你膀子撅折了。"[2]平儿笑道："你就是没良心的。我好意瞒着她来问你，你倒赌狠！等她回来我告诉她，看你怎么着。"贾琏听说，忙陪笑央求道："好人，赏我罢！我再不赌狠了。"[3]

一语未了，只听凤姐声音进来。[4]贾琏听见，松了手不是，还要抢又不是，只叫："好人，别叫她知道。"平儿只刚起身，凤姐已走进来，命平儿快开匣子，给太太找样子。平儿忙答应了找时，凤姐见了贾琏，忽然想起来，便问平儿："前日拿出去的东西，都收进来了么？"平儿道："收进来了。"凤姐道："可少什么没有？"平儿道："我也怕丢下一两件，细细地查了查，一点儿也不少。"凤姐道："不少就好，只是别多出来罢？"[5]平儿笑道："不丢就是万幸，谁还多添出来呢？"[6]凤姐冷笑道："这半个月难保干净，或者有相厚的丢失下的东西：戒指、汗巾、香袋儿，再至于头发、指甲，都是东西。"[7]一席话，说得贾琏脸都黄了。贾琏在凤姐身后，只望着平儿杀鸡抹脖使眼色儿。[8]平儿只装看不见，因笑道："怎么我的心就和奶奶的心一样！我就怕有这些个，留神搜了一搜，竟一点破绽也没有。奶奶不信时，那些东西我还没收呢，奶奶亲自翻寻一遍去。"[9]凤姐笑道："傻丫头，[10]他便

1. 看得出是打算瞒凤姐的，不过也要借此警告一下贾琏。脂评颇肯定平儿做法：好极。不料平儿大有袭卿之身分，可谓何地无材，盖遭际有别耳。（庚）

2. 一见露馅儿，就急坏了，欲以狠劲制服平儿，故用威胁。

3. 硬的不成，只好来软的，所以乞求，变得虽快，也仍是焦急。

4. 如疾雷破山，观者惊愕，且看下文。惊天骇地之文！如何？不知下文怎样了结，使贾琏及观者一齐丧胆。（庚）

5. 说得奇怪，然平儿、贾琏都明白其所指。

6. 平儿装傻还装得真像。可儿，可儿！卿亦明知故说耳。（庚）

7. 厉害！毕竟是深知其丈夫性情者。好阿凤，令人胆寒。（庚）

8. 惧内的贾琏逼真地成了丑角。

9. 以攻为守，真想不到平儿有如此本领。

10. 可叹可笑，竟不知谁傻。（庚）

有这些东西，哪里就叫咱们翻着了！"说着，寻了样子去了。

　　平儿指着鼻子、晃着头笑道：[1]"这件事怎么回谢我呢？"喜得个贾琏身痒难挠，跑上来搂着，"心肝肠肉"乱叫乱谢。平儿仍拿了头发笑道："这是我一生的把柄了。好就好，不好就抖出这事来。"贾琏笑道："你只好生收着罢，千万别叫她知道。"口里说着，瞅她不防，便抢了过来，笑道："你拿着终是祸患，不如我烧了它完事。"[2]一面说着，一面便塞于靴掖内。平儿咬牙道："没良心的东西，过了河就拆桥，明儿还想我替你撒谎！"贾琏见她娇俏动情，便搂着求欢，被平儿夺手跑了，急得贾琏弯着腰恨道：[3]"死促狭小淫妇！一定浪上人的火来，她又跑了。"平儿在窗外笑道："我浪我的，谁叫你动火了？难道图你受用，一会叫她知道了，又不待见①我。"[4]贾琏道："你不用怕她，等我性子上来，把这醋罐打个稀烂，她才认得我呢！她防我像防贼似的，只许她同男人说话，不许我和女人说话，我和女人略近些，她就疑惑；她不论小叔子、侄儿，大的小的，说说笑笑，就不怕我吃醋了。以后我也不许她见人！"[5]平儿道："她醋你使得，你醋她使不得。她原行得正，走得正；你行动便有个坏心，连我也不放心，别说她了。"[6]贾琏道："你两个一口贼气。都是你们行的是，我凡行动都存坏心。多早晚都死在我手里！"

　　一句未了，凤姐走进院来，因见平儿在窗外，就问道："要说话两个人不在屋里说，怎么跑出一个来，隔着窗子，是什么意思？"贾琏在窗内接道："你可问她，倒像屋里有老虎吃她呢。"平儿道："屋里一个人没有，我在他跟前作什么？"凤姐儿笑道："正是没人才好呢。"[7]平儿听说，便道："这话是说我么？"

1. 平儿得意娇俏情态活活画出。

2. 前文硬的一手威胁、软的一手求情都用过，皆不见效，如今只好施诈术，先松懈对方，趁其不备，以突然偷袭的办法得手。作者作如此安排，与后来情节发展有关。对此，脂评提供了线索：妙。设使平儿收了，再不致泄漏，故仍用贾琏抢回，后文遗失，方能穿插过脉也。（蒙）可知贾琏藏起来的这绺头发，将来还要"遗失"的，虽详情无法知晓，但可揣测它或许成了贾琏夫妇后来闹翻的导火线也难说。

3. 丑态，且可笑。

4. 凤姐之醋劲儿非比寻常，从平儿话中可想见。

5. 说话气甚壮、胆甚豪，可惜是背后说的。

6. 凤姐与宝玉及蓉、蔷辈皆极亲近，甚或收为手下干将强兵，但未闻她与哪个之间真有什么风流勾当，与贾琏之滥淫大不一样。今得平儿一褒一贬，快言快语，可作定论。

7. 三人处境不同，心情各异，这段对话写得极有趣。脂评以为有所取法：此等章法，是在戏场上得来，一笑。畸笏。（庚）是否真如所言，是可以研究的。但从最详知作者生平事历的畸笏叟的话来看，雪芹无疑是常常出入戏场的。

————————

　　①　不待见——讨厌、不喜欢。

凤姐笑道：“不说你说谁？”平儿道：“别叫我说出好话来了。”说着，也不打帘子让凤姐，自己先摔帘子进来，往那边去了。凤姐自掀帘子进来，说道：<u>“平儿疯魔了。这蹄子认真要降伏我，仔细你的皮要紧！”</u>[1]贾琏听了，已绝倒①在炕上，拍手笑道：“我竟不知平儿这么利害，从此倒服她了。”凤姐道：“都是你惯的她，我只和你说话！”贾琏听说忙道：“你两个不卯②，又拿我来作人③。我躲开你们。”凤姐道：“我看你躲到哪里去”贾琏道：“我就来。”凤姐道：“我有话和你商量。”不知商量何事，且听下回分解。正是：

淑女从来多抱怨，娇妻自古便含酸。[2]

1. 虽未认真生气，仍不免讶异平儿态度反常。凤姐岂容屋里人真敢挑战其虎威，故略微掀吻露牙，作低吼状。

2. 二语包尽古今万万世裙钗。（庚）

## 【总评】

　　此回情节分两部分：前半回以宝玉为中心，写了黛玉、湘云、袭人，也涉及宝钗；后半回则写贾琏、凤姐和平儿之间的事。

　　黛玉和湘云闹管闹，夜间姊妹俩还是一床睡。宝玉则为之兴奋、忙碌。一早她们未起床，他就赶了过去，又替湘云盖被，又用她俩洗面剩下的残水盥洗，还求湘云为他梳头、编辫子，见了胭脂要往口里送，被湘云伸手打落……这种不管男女有别的厮闹，自然遭致袭人的不满，故有“凭人怎么劝，都是耳旁风”的确评。袭人不理他，宝玉有气，就撒在小丫头蕙香（四儿）身上，还因苦闷而提笔续了《庄子·胠箧》中的一段话，说是“彼钗、玉、花、麝者，皆张其罗而穴其隧，所以迷眩缠陷天下者也”。虽说这是全套《庄子》造句的游戏文字，还被读到它的黛玉讥为“丑语”，但作者显然也有为宝玉将来弃钗、麝出家为僧而先暗示其有思想根源的意图在。

　　贾琏因女儿大姐出痘疹，与凤姐隔房十二日，搬出在外书房住，于是乘机勾搭上多姑娘。作者对此二人的色欲浪行持否定态度，所以不用雅洁文字。脂评云：“一部书中只有此一段丑极太露之文，写于贾琏身上，恰极当极。”与前宝玉跟湘、黛厮闹事写在同一回里，或也有反衬作用。平儿抖出多姑娘私赠的“一绺青丝”，又被贾琏抢回，乃为小说后半部情节伏根，已有脂评指出。

---

① 绝倒——笑得无法自制。
② 不卯——不投合。
③ 作人——作践；出气。

# 第二十二回

## 听曲文宝玉悟禅机　制灯谜贾政悲谶语

**【题解】**

本回回目诸本一致。前句说宝玉在贾府为宝钗过生日的演出中，听了一出戏曲的唱词，从中领悟出佛家精微的道理。后句说贾府过元宵节，姊妹们奉元春之命制作灯谜，制成挂出来，贾政看了后，感到字里行间都有一种不吉祥的预兆，因而心生悲感。谶（chèn 衬）语，旧时迷信以为人在无意之中会说出将来要应验的话。通常多用指不幸的预兆，但也有吉谶，如应验姻缘、富贵、晋升等喜事。

话说贾琏听凤姐儿说有话商量，因止步问是何话。凤姐道："二十一日是薛妹妹的生日，你到底怎么样呢？"贾琏道："我知道怎么样！你连多少大生日都料理过了，这会子倒没了主意？"凤姐道："大生日料理，不过是有一定的则例在那里。如今她这生日，大又不是，小又不是，<sup>1</sup> 所以和你商量。"贾琏听了，低头想了半日道："你今儿糊涂了。现有比例，那林妹妹就是例。往年怎么给林妹妹过的，如今也照依给薛妹妹过就是了。"<sup>2</sup>凤姐听了，冷笑道："我难道连这个也不知道？我原也这么想定了。但昨儿听见老太太说，问起大家的年纪生日来，听见薛大妹妹今年十五岁，虽不是整生日，也算得将笄之年①。老太太说要替她做生日。想来若果真替她作，自然比往年给林妹妹作的不同了。"<sup>3</sup>贾琏道："既如此，就比林妹妹的多增些。"凤姐道："我也这么想着，所以讨你的口气。我若私自添了东西，你又怪我不告诉明

1. 基调确定，当家人须花心思考量如何方妥，情节也由此展开。

2. 援引旧例就对了，宗法制大家庭重礼，即讲规格。黛玉往年如何过生日，前文并未写过，特在这里作一补笔，才不偏不漏，是所谓不写之写。

3. 凤姐管家办事，时时揣摩贾母心意，留意其所说的每一句话，必得老太太十分满意，才算办好了。

① 将笄（jī 机）之年——又叫"及笄"，女子成年。笄，插发髻的一种簪子；古代女子到十五岁，开始盘发戴笄，表示成年可以出嫁了。

白你了。"贾琏笑道："罢，罢！这空头情我不领。你不盘察我就够了，我还怪你！"说着一径去了，不在话下。

且说史湘云住了两日，便要回去。贾母因说："等过了你宝姐姐的生日，看了戏再回去。"湘云听了，只得住下。又一面遣人回去，将自己旧日作的两色针线活计取来，为宝钗生辰之仪。谁想贾母自见宝钗来了，喜她稳重和平，正值她才过第一个生辰，便自己蠲资二十两，唤了凤姐来，交给她置酒戏。[1] 凤姐凑趣笑道："一个老祖宗给孩子们作生日，不拘怎样，谁还敢争，又办什么酒戏！既高兴要热闹，就说不得自己花上几两。巴巴地找出这霉烂的二十两银子来作东道，这意思还叫我赔上。果然拿不出来也罢了，金的、银的、圆的、扁的，压塌了箱子底，只是勒掯我们。举眼看看，谁不是儿女？难道将来只有宝兄弟顶了你老人家上五台山①不成？那些体己只留于他，我们如今虽不配使，也别苦了我们。这个够酒的？够戏的？"[2] 说得满屋里都笑起来。贾母亦笑道："你们听听这嘴，我也算会说的，怎么说不过这猴儿。你婆婆也不敢强嘴，你和我梆梆的。"凤姐笑道："我婆婆也是一样的疼宝玉，我也没处去诉冤，倒说我强嘴。"说着，又着引贾母笑了一回，[3] 贾母十分喜悦。

到晚间，众人都在贾母前，定昏之余，大家娘儿、姊妹等说笑时，贾母因问宝钗爱听何戏，爱吃何物等语。宝钗深知贾母年老人，喜热闹戏文，爱吃甜烂之食，便总依贾母往日素喜者说了出来。[4] 贾母更加欢悦。次日便先送过衣服玩物礼去，王夫人、凤姐、黛玉等诸人皆有，随分不一，不须多记。

1. "稳重和平"四字，是对宝钗的恰评。自己蠲资，可见贾母兴致甚高。有脂评曰：前看凤姐向琏作生日数语，甚泛泛，至此见贾母蠲资，方知作者写阿凤心机，无丝毫漏笔。己卯冬夜。（庚）对凤姐、贾琏谈宝钗生日一段，又有眉批曰：将薛、林作甄玉、贾玉看书，则不失执笔人本旨矣。丁亥夏，畸笏叟。（庚）这是一条颇值得研究玩味的批。甄玉、贾玉显然是作者有目的地将宝玉一分为二，是所谓幻笔。在畸笏看来，钗、黛亦如是。这是一般读者不易接受的。因为写二宝玉色色相同，而钗黛却处处相异，如何本是一体，是否畸笏搞错了？但有一点是绝对应重视的：最了解作者生平的人，将钗、黛也当作幻笔，可见她们也是作者的虚构艺术形象，而非照真人模写的。

2. 杂技演员凭惊险的高难度动作博得喝彩。凤姐这番话，殆可相比。试问，谁敢面讥贾母小气？什么"巴巴地找出这霉烂的二十两银子"，什么"叫我赔上"，还有金子银子"压塌了箱子底""勒掯我们""别苦了我们""这个够酒的？够戏的？"等等，这些话换作别人，吃了豹子胆也不敢。她却能随口就来，且能引得贾母开心，真神乎其技了。拙于言辞者怕是一辈子也学不会。关键恐在对批贾母心思脾气拿捏得准。脂评还批压塌箱底句说：小科诨解颐，却为借当伏线。壬午九月。（庚）"借当"事在第七十二回。

3. 原来说话就为逗贾母笑。正文在此一句。（庚）

4. 看宝钗行事！贬钗者多责其太世故，讨好贾母。读者当平心思量：宝钗如此行事究竟是好是坏？照顾长辈喜好是短处还是长处？看他写宝钗，比颦儿如何？（庚）

---

① 顶了你老人家上五台山——顶，旧时出殡，主丧孝子在灵前引路，叫"顶丧"或"顶灵"，即为此意。上五台山，上山成佛，死亡的避讳说法。五台山在今山西五台县东北，为我国佛教四大名山之一。

至二十一日，就贾母内院中搭了家常小巧戏台，定了一班新出小戏，昆、弋两腔①皆有。就在贾母上房排了几席家宴酒席，并无一个外客，只有薛姨妈、史湘云、宝钗是客，余者皆是自己人。¹ 这日早起，宝玉因不见林黛玉，便到她房中来寻，只见林黛玉歪在炕上。宝玉笑道："起来吃饭去，就开戏了。你爱看哪一出？我好点。"林黛玉冷笑道："你既这样说，你就特叫一班戏来，拣我爱的唱给我看。这会子犯不上趿②着人借光儿问我。"² 宝玉笑道："这有什么难的。明儿就这样行，也叫他们借咱们的光儿。"一面说，一面拉起她来，携手出去。

吃了饭点戏时，贾母一定先叫宝钗点。宝钗推让一遍，无法，只得点了一折《西游记》。³ 贾母自是欢喜，然后便命凤姐点。凤姐亦知贾母喜热闹，更喜谑笑科诨③，便点了一出《刘二当衣》④。⁴ 贾母果真更又喜欢，然后便命黛玉点。黛玉又让薛姨妈、王夫人等。贾母道："今儿原是我特带着你们取乐，咱们只管咱们的，别理她们。我巴巴地唱戏、摆酒，为她们不成？她们在这里白听白吃，已经便宜了，还让她们点呢！"⁵ 说着，大家都笑了。黛玉方点了一出。⁶ 然后宝玉、史湘云、迎、探、惜、李纨等俱各点了，按出扮演。

1. 这就是"大又不是，小又不是"的规格。另有大礼所用之戏台也。侯门风俗断不可少。（庚）昆山腔舞蹈性强，动作好看，唱腔优美；弋阳腔声调高亢，锣鼓喧天，气氛热闹。两大声腔皆当时最受观众喜爱者。是家宴，非东阁盛设也。非世代公子，再想不及此。（庚）凭间接生活经验即可。脂评读末句甚细，说：将黛玉也算为自己人，奇甚。（庚）

2. 虽说黛玉往年也曾过生日，但对宝钗心结未解，今见她风光，自不免对宝玉会有尖酸语。

3. 脂评以为：是顺贾母之心也。（庚）是。

4. 凤姐之知贾母比宝钗又深一层。只从贾母对自己常以戏语调笑，不以为忤反以为乐，则其有观赏"谑笑科诨"的喜剧表演的爱好，还能不知吗？有两条脂评极受研究者关注：凤姐点戏，脂砚执笔事，今知者寥寥矣，不怨夫！（庚）前批知者寥寥，不数年，芹溪、脂砚、杏斋诸子皆相继别去，今丁亥夏，只剩朽物一枚，宁不痛杀！（靖）言丁亥知是畸笏批。将凤姐与脂砚扯在一起，甚怪。或以为据此可推断脂砚参与小说创作，凤姐点戏一段文字，即其所执笔。此说不可信。戏众人皆点，怎不言"此回文字"或"点戏一段"。显然"执笔"是记下所点戏名交演出也。"凤姐点戏"只是畸笏以为此据有脂砚在场的某真人素材而已。后一条庚辰本无"不数年……别去"句，若据靖批，则脂砚分明男性，他继雪芹逝世后不久也去世了。

5. 贾母也诙谐，其所说谑语，可与凤姐媲美。想年轻时一定也是管家好手。这里除写她溺爱黛玉外，也可看出这位老太太极会享福，是个充满生活乐趣的人。

6. 不说点了什么戏有讲究，因黛玉并不喜欢这些戏曲，尤其是热闹的。但宠她的外祖母都说了那些话，不得已才胡乱点了。脂评也说：不题何戏，妙。盖黛玉不喜看戏也。正是与后文"妙曲警芳心"留地步，正见此时不过草草随众而已，非心之所愿也。（庚）

---

① 昆、弋（yì义）两腔——两种历史较久的地方剧种。昆，昆山腔，起源于江苏昆山县，后又多叫昆曲。弋，弋阳腔，起源于江西弋阳县。

② 趿（cǐ此）——脚踩，引申为跟着。

③ 科诨——"插科打诨"的略称，穿插于戏曲中的令人发噱的滑稽动作和谐谑对话。

④ 《刘二当衣》——又名《叩当》，一出弋阳腔的滑稽戏。

至上酒席时，贾母又命宝钗点。宝钗点了一出《鲁智深醉闹五台山》①。宝玉道："只好点这些戏。"宝钗道："<u>你白听了这几年的戏，哪里知道这出戏的好处，排场②又好，词藻更妙。</u>"宝玉道："我从来怕这些热闹。"宝钗笑道："<u>要说这一出热闹，你还算不知戏呢。</u>[1]你过来，我告诉你，这一出戏是一套北［点绛唇］③，铿锵顿挫，韵律不用说是好的了；只那词藻中有一支［寄生草］④，填得极妙，你何曾知道。"宝玉见说得这般好，便凑近来央告："好姐姐，念与我听听！"宝钗便念道：

漫揾英雄泪，相离处士家⑤。谢慈悲，剃度在莲台下⑥。没缘法，转眼分离乍⑦。赤条条，来去无牵挂⑧。哪里讨，烟蓑雨笠卷单行？一任俺，芒鞋破钵随缘化！⑨

宝玉听了，喜得拍膝画圈，称赏不已，又赞宝钗无书不知。林黛玉道："<u>安静看戏罢！还没唱《山门》，你倒就《妆疯》⑩了。</u>[2]说得湘云也笑了。于是大家看戏。

至晚散时，<u>贾母深爱那作小旦的与一个作小丑的，因命人带进来，细看时益发可怜见。[3]</u>因问年纪，那小旦才十一岁，小丑才九岁，大家叹息一回。贾母命人另拿些肉果给他两个，又另外赏钱两串。凤姐笑道："这个孩子扮上，活像一个人，你们再看不出来。"宝钗心里也知道，便只一笑，

1. 写出宝钗博学广识。是极，宝钗可谓博学矣，不似黛玉只一《牡丹亭》便心身不自主矣。真有学问如此，宝钗是也。（庚）**人各有特点，为扬钗而抑黛不必。**

2. 宝玉既喜又赞，况又手舞足蹈，兴奋不已，黛玉焉得不醋？语言之机敏锋利，自是少有，犹难在能即景而发，只说戏曲剧目。趣极。今古利口莫过于优伶，此一诙谐，优伶亦不得如此急速得趣，可谓才人百技也。一段醋意可知。（庚）

3. 对小戏子有如此怜惜疼爱之心的老太太实在难得。作者笔下的贾母，总是满怀爱心，富于人情味，绝不势利的。

---

① 《鲁智深醉闹五台山》——又名《山门》或《醉打山门》。清初丘园《虎囊弹》传奇中的一出。演的是《水浒》中鲁智深打死郑屠后，为避祸在五台山为僧，因醉酒打坏寺院和僧人，被师父智真长老遣送往别处的故事。

② 排场——指上场表演。

③ 北［点绛唇］——南北曲都有［点绛唇］曲牌，《山门》所用的是北曲。

④ ［寄生草］——曲牌名，为［点绛唇］套曲中的一支。

⑤ "漫揾（wèn 问）"二句——说自己英雄末路，转徙避祸。漫，聊且、胡乱。揾，揩拭。处士，隐居不仕的人，此指七宝村赵员外。

⑥ 剃度在莲台下——到佛寺里落发为僧。莲台，寺中佛像下所塑的莲花座台。

⑦ "没缘法"二句——缘法，缘分。乍，突然，仓促。

⑧ 赤条条，来去无牵挂——佛教用以说不受身外之累。语出《景德传灯录》。

⑨ "哪里讨"数句——意谓任凭我云游四方，化缘度日，这样自由自在的生活向哪里去讨呢？用苏轼《定风波》语意："竹杖芒鞋轻胜马，谁怕？一蓑烟雨任平生。"卷单行，离寺而去。行脚僧到寺投宿，须将衣钵等物挂搭在僧堂东西两序的名单之下，叫"挂单"，离寺就叫"卷单"。芒鞋，草鞋。随缘化，随机缘而布施。化，化缘，求人布施。

⑩ 《妆疯》——出元代无名氏《功臣宴敬德不伏老》中的折子戏。演唐代尉迟敬德因不肯为帅而装疯的故事。

不肯说。宝玉也猜着了，亦不敢说。史湘云接着笑道："倒像林姐姐的模样儿①。"<sup>1</sup> 宝玉听了，忙把湘云瞅了一眼，使个眼色。<sup>2</sup> 众人却都听见了这话，留神细看，都笑起来了，说果然不错。一时散了。

晚间，湘云更衣时，便命翠缕把衣包打开收拾，都包了起来。翠缕道："忙什么，等去的那日再包也不迟。"湘云道："明儿一早就走。在这里做什么？看人家的鼻子眼睛，什么意思！"<sup>3</sup> 宝玉听了这话，忙赶近前拉她说道："好妹妹，你错怪了我。林妹妹是个多心的人。别人分明知道，不肯说出来，也皆因怕她恼。谁知你不防头就说了出来，她岂不恼你。我是怕你得罪了她，所以才使眼色。你这会子恼我，不但辜负了我，而且反倒委屈了我。若是别人，哪怕他得罪了十个人，与我何干呢！"<sup>4</sup> 湘云摔手道："你那花言巧语别哄我。我也原不如你林妹妹，别人说她，拿她取笑都使得，只我说了就有不是。我原不配说她。她是小姐主子，我是奴才丫头，得罪了她，使不得！"<sup>5</sup> 宝玉急得说道："我倒是为你，反为出不是来了。我要有外心，立刻化成灰，叫万人践踹！"湘云道："大正月里，少信嘴胡说。这些没要紧的恶誓、散话、歪话，说给那些小性儿、行动爱恼的人、会辖治你的人听去！"<sup>6</sup> 别叫我啐你。"说着，一径至贾母里间，忿忿地躺着去了。

宝玉没趣，只得又来寻黛玉。刚到门槛前，黛玉便推出来，将门关上。宝玉又不解何意，在窗外只是低声叫"好妹妹"。黛玉总不理他。宝玉闷闷地垂头自审。袭人早知端的，当此时断不能劝。<sup>7</sup> 那宝玉只呆呆地站着。黛玉只当他回房去了，便起来开了门，只见宝玉还站在那里。黛玉反不好意思，不好再关，只得抽身上床躺着。宝玉随进来问道："凡事都有个原故，说出来，人也不委屈。好好的就恼了，终究是为什么起的？"黛玉

1. 凤姐只说"活像一个人"，是要人只看别说；宝钗、宝玉都看出来了，一个"不肯说"，一个"不敢说"，都知道黛玉是个多心人；只有湘云心直口快，无有不可说之事。（庚）才一语道破。四个人，四种性情，四种反应，绝不相混。

2. 这个眼色欠考虑，出于好心未必效果也好。要让直率的人不直率，反而将问题复杂化了。

3. 如何？湘云不但不见情，倒真的生气了。

4. 这种事解释往往是多余的，且有可能愈说愈糟。但在宝玉，为获得湘云的谅解甚至亲近感，又不能不说。且看效果如何。

5. 是会有这个想头，作者体会角色心理入微。

6. 一急便乱，发恶誓却被顶回。宝玉越怕湘云得罪黛玉，湘云越不怕得罪，直斥黛玉短处，也捎了宝玉一下子。

7. 宝玉心里窝火之时，既不知该当如何，又无处发泄委屈，岂能再听人劝。宝玉此时一劝必崩了，袭人见机，甚妙。（庚）

---

① 倒像林姐姐的模样儿——诸本都作"林妹妹"，但湘云比黛玉小，应称"姐姐"，与下文对宝玉说"你林妹妹"情况不同，故据情理校改。

冷笑道："问得我倒好，我也不知为什么。我原是给你们取笑儿的，拿着我比戏子给众人取笑。"[1]宝玉道："我并没有比你，我并没有笑，为什么恼我呢？"黛玉道："你还要比？你还要笑？你不比不笑，比人家比了笑了的还利害呢！"宝玉听说，无可分辩，不则一声。

黛玉又道："这一节还可恕。再你为什么又和云儿使眼色，这安的是什么心？莫不是她和我玩，她就自轻自贱了？她原是公侯的小姐，我原是贫民的丫头，她和我玩，设若我回了口，岂不是她自惹人轻贱呢？[2]是这个主意不是？这却也是你的好心，只是那一个偏又不领你这情，一般也恼了。你又拿我作情，倒说我小性儿，行动肯恼。你又怕她得罪了我，我恼她。我恼她，与你何干？她得罪了我，又与你何干？"[3]

宝玉见说，方知才与湘云私谈，她也听见了。细想自己原为她二人，怕生隙恼，方在中间调和，不想并未调和成功，反自己落了两处的贬谤。正合着前日所看《南华经》上，有"巧者劳而智者忧，无能者无所求，饱食而遨游，泛若不系之舟"①；又曰"山木自寇，源泉自盗"②等语。[4]因此越想越无趣。再细想来，目下不过这两个人，尚未应酬妥协，将来犹欲为何？想到其间，也无庸分辩回答，自己转身回房来。[5]林黛玉见他去了，便知回思无趣，赌气去了，一言也不曾发，不禁自己越发添了气，便说道："这一去，一辈子也别来，也别说话！"[6]

1. 模样相像与人格相像岂是一回事？为此而生气，在今天看来，千金小姐的优越感未免太强了些。戏子怎么了，就不是人？不过在当时社会中，黛玉有气并不足怪，她不是那种心胸宽阔、对旁人议论观感能浑然不觉的人。

2. 多心人是会有这个想头，也是宝玉难以分辩处。

3. 宝玉与湘云的一番对话，黛玉未必真听到，但以她的冰雪聪明，又极用心此事，自不难一猜即中。若以为必听见了才这样说，反小看了黛玉。对她连说两个"与你何干"，脂评曰：问的却极是，但未必心应。若能如此，将来泪尽夭亡已化乌有，世间亦无此一部《红楼梦》矣。（庚）今有人竟说林黛玉后来是投水死的，怎不见"泪尽夭亡"等语，何其可笑！

4. 脂评曾有长批解说"山木"等八个字说：意皆寓人智能聪明多知之害也。（庚）又在同一条批的结尾说：黛玉一生是聪明所误。宝玉是多事所误；多事者，情之事也，非世事也。多情日多事，亦宗庄笔而来。盖余亦偏矣，可笑。阿凤是机心所误。宝钗是博知所误。湘云是自爱所误。袭人是好胜所误。皆不能跳出庄叟言外，悲亦甚矣。再笔。（庚）所述诸人"所误"，应如何解说，才与各自结局相符，是探索佚稿情节者所绝不应忽略的。如果己见与之相抵触，说不通，就表明自己的探索有问题，因为批书人是看过全部原稿，知各人结局后才说的。

5. 已生消极之想。颦儿云"与你何干"，宝玉如此一回则曰"与我何干"可也。口虽未出，心已悟矣，但恐不常耳。若常存此念，无此一部书矣。看他下文如何转折。（庚）

6. 与宝玉之情总是割不断，所以才会添气。说出来的气话，不幸又成了谶语。故脂评对"宝玉不理"批道：此是极心死处，将来如何？（庚）将来宝玉离家，对泪将流尽的黛玉来说，也是一去无回。那时，虽日夜盼能与其再见一面，再说上几句话而不可得了，故脂评有"将来如何"之问。

---

① "巧者劳"数句——出《庄子·列御寇》。
② "山木自寇，源泉自盗"——语本《庄子·人间世》。意思说，山中树木越长得高大，越招人砍伐，岂不是由于自身的缘故，所以叫"自寇"，自己掠夺了自己。源泉的水越甘美，越招人汲饮，结果是自己把自己弄得干涸了，所以叫"自盗"。

宝玉不理，回房躺在床上，只是瞪瞪
的。袭人深知原委，不敢就说，只得以它
事来解释，因笑道："今儿看了戏，又勾
出几天戏来。宝姑娘一定要还席的。"宝
玉冷笑道："她还不还，管谁什么相干？"¹
袭人见这话不是往日口吻，因又笑道："这
是怎么说？好好的大正月里，娘儿们、姊
妹们都喜喜欢欢的，你又怎么这个形景
了？"宝玉冷笑道："她们娘儿们、姊妹们
喜欢不喜欢，也与我无干。"²袭人笑道：
"她们既随和，你也随和，岂不大家彼此
有趣。"宝玉道："什么是'大家彼此'！
她们有'大家彼此'，我是'赤条条来去
无牵挂'。"谈及此句，不觉泪下。³袭人
见此光景，不肯再说。宝玉细想这一句趣
味，不禁大哭起来，翻身起来至案前，遂
提笔立占一偈云：

> 你证我证，心证意证。
> 是无有证，斯可云证。
> 无可云证，是立足境。①

写毕，自虽解悟，又恐人看此不解，因此
又填一支［寄生草］，也写在偈后。⁴自己
又念一遍，自觉了无挂碍，心中自得，便
上床睡了。⁵
　　谁想黛玉见宝玉此番果断而去，故以
寻袭人为由，来视动静。⁶袭人笑回："已
经睡了。"黛玉听说，便要回去。袭人笑
道："姑娘请站住，有一个字帖儿，瞧瞧
是什么话。"说着，便将方才那曲子与偈
语悄悄拿来，递与黛玉看。黛玉看了，知
是宝玉因一时感忿而作，不觉可笑可叹，
便向袭人道："作的是玩意儿，无甚关
系。"⁷说毕，便拿了回房去，与湘云同看。

1. 黛玉说过的话，开始发酵了。平素相亲者如黛
玉，尚不相干，更何况缺少默契的宝钗呢。

2. 举一反三，推而广之。先及宝钗，后及众人，
皆一颦之祸，流毒于众人。宝玉之心，实仅有
一颦乎？（庚）

3. 点出回目"听曲文悟禅机"来。然而此时毕竟
还难以断绝情缘，从落泪、大哭中可见。

4. 真正彻悟者是不管旁人解不解的。自悟则自
了，又何用人亦解哉！此正是犹未正觉大悟也。
（庚）前看戏时听唱的是［寄生草］，故也续此
曲调。此处亦续［寄生草］。余前批云不曾见
续，今却见之，是意外之幸也。盖前夜《庄子》
是道悟，此日是禅悟，天花散漫之文也。（庚）

5. 仍与上回续《庄子》后一样，是精神上强自宽
慰。不写出所填的曲子词句来，留到宝钗看它
时才写，是行文上的合理布局。

6. 这才是黛玉。不论遇到什么，宝玉都是她的唯
一。故末回"警幻情榜"评其为"情情"。此
因心头忽忽未稳，故想出如此勉强的理由前来
探视。

7. 毕竟是宝玉知己，判断无误。有一长评，虽有
所见，然太啰嗦，且引一段：黛玉说"无关系"，
将来必无关系。余正愁颦、玉从此一悟，则无
妙文可看矣。不想颦儿视之为漠然，更曰"无
关系"，可知宝玉不能悟也。余心稍慰。盖宝
玉一生行为，颦知最确，故余闻颦语则信而又
信，不必定玉而后证之方信也。（庚）

---

①　"你证我证"一偈——意谓彼此都想从对方的身上得到感情的印证，内心在寻找证明，表情达意也为了获得证
　　明。无求于身外，不要证验，才谈得上参悟禅机，证得上乘。到万境归空无证验可言时，才算找到安身立命之
　　境。证，印证，证验；又作领悟、修成解。

次日又与宝钗看。宝钗看其词曰：

无我原非你，从他不解伊。①肆行无碍凭来去。茫茫着甚悲愁喜？纷纷说甚亲疏密？从前碌碌却因何？到如今，回头试想真无趣！[1]

看毕，又看那偈语，又笑道："这个人悟了。都是我的不是，都是我昨儿一支曲子惹出来的。这些道书禅机最能移性。[2]明儿认真说起这些疯话来，存了这个意思，都是从我这一支曲子上来，我成了个罪魁了。"说着，便撕了个粉碎，递与丫头们说："快烧了罢！"黛玉笑道："不该撕，等我问他。你们跟我来，包管叫他收了这个痴心邪话。"[3]

三人果然都往宝玉屋里来。一进来，黛玉便笑道："宝玉，我问你：至贵者是'宝'，至坚者是'玉'。尔有何贵？尔有何坚？"[4]宝玉竟不能答。三人拍手笑道："这样钝愚，还参禅②呢！"黛玉又道："你那偈末云，'无可云证，是立足境'，固然好了，只是据我看，还未尽善。我再续两句在后。"因念云："无立足境，是方干净。"[5]宝钗道："实在这方悟彻。当日南宗六祖惠能③，初寻师至韶州。闻五祖弘忍在黄梅，他便充役火头僧。五祖欲求法嗣④，令徒弟诸僧各出一偈。上座神秀⑤说道：'身是菩提树，心如明镜台；时时勤拂拭，莫使有尘埃。'⑥彼时惠能在厨房

1. 有脂评赞此曲曰：看此一曲，试思作者当日发愿不作此书，却立意要作传奇，则又不知有如何词曲矣。（庚）

2. 宝钗此语，从其见多识广来。

3. 黛玉此语，出自对宝玉的了解，也出自自信。

4. 进来当头一棒，黛玉果然聪明。所问语虽浅而答甚难也。拍案叫绝。大和尚来答此机锋，想亦不能答也。非颦儿，第二人无此灵心慧性也。（庚）

5. 以为是绝妙续句，谁知却成谶语。后来一个泪尽夭亡，一个弃家为僧，不都是"无立足境"吗？拍案叫绝。此又深一层也。亦如谚云："去年贫，只立锥；今年贫，锥也无。"其理一也。（庚）

---

① 无我原非你，从他不解伊——意谓我既与你互为依存，不分彼此，那就任凭别人不理解好了。"无我"句取意于《庄子·齐物论》："非彼无我，非我无所取。"伊，你。

② 参禅——佛教禅宗的修道方法，即通过静心冥想来领悟佛教玄妙的真理。也叫"悟禅"。

③ 南宗六祖惠能——中国佛教禅宗，自5世纪初由初祖达摩建立，为早期禅宗，相传至五祖弘忍，以下便分为两支：一支为北宗，以神秀为六祖；一支为南宗，以惠能（也作"慧能"）为六祖。后来南宗势力扩大，取代北宗，成为我国禅宗的主流。

④ 法嗣——佛教宗派的衣钵继承人。

⑤ 上座神秀——上座，寺院中地位很高的僧职；神秀是弘忍的大弟子，长期为弘忍所器重，故得任上座之职。

⑥ 神秀"身是菩提树"一偈——菩提树，桑科常绿乔木，相传释迦牟尼在此树下成佛，故有此名；菩提，佛教名词，意为觉悟。全偈代表禅宗的北宗观点。北宗主张"背境观心，息灭妄念。念尽即觉悟无所不知。如镜昏尘，须勤勤拂拭，尘尽明现，即无所不照"。见《禅源诸诠集都序》卷上之二。

碓米，听了这偈，说道：'美则美矣，了则未了。'因自念一偈曰：'菩提本非树，明镜亦非台；本来无一物，何处染尘埃①？'五祖便将衣钵②传他。[1] 今儿这偈语，亦同此意了。只是方才这句机锋③，尚未完全了结，这便丢开手不成？"黛玉笑道："彼时不能答，就算输了，这会子答上了也不为出奇。只是以后再不许谈禅了。连我们两个所知所能的，你还不知不能呢，还去参禅呢！"[2] 宝玉自以为觉悟，不想忽被黛玉一问，便不能答；宝钗又比出"语录"④来，此皆素不见她们能者。自己想了一想："原来她们比我的知觉在先，尚未解悟，我如今何必自寻苦恼。"想毕，便笑道："谁又参禅，不过一时玩话罢了。"说着，四人仍复如旧。[3]

忽然人报，娘娘差人送出一个灯谜来，命你们大家去猜，猜着了每人也作一个进去。四人听说，忙出来至贾母上房。只见一个小太监，拿了一盏四角平头白纱灯，专为灯谜而制，上面已有一个，众人都争看乱猜。小太监又下谕道："众小姐猜着了，不要说出来，每人只暗暗地写在纸上，一齐封进宫去，娘娘自验是否。"宝钗等听了，近前一看，是一首七言绝句，并无甚新奇，口中少不得称赞，只说难猜，故意寻思，其实一见就猜着了。[4] 宝玉、黛玉、湘云、探春四个人也都解了；各自暗暗地写了半日。一并将贾环、贾兰等传来，一齐各揣机心都猜了，写在纸

1. 这故事此时说最自然妥帖，真该宝钗来说，方与前文"道书禅机最能移性"语相呼应，以见其博学广识，非众姊妹、宝玉之可及。作者本亦杂学旁收，三教九流，无所不晓，往往在小说中能恰到好处地用上。

2. 黛玉有备而来，意图此时揭晓：出难题诘问，指偈语未尽善等等，无非都为打消他自以为参悟透彻的信念。为了宝玉，颦儿可谓费尽心机。

3. 参禅悟机故事情节，都为宝玉最终"悬崖撒手"铺垫，写出他末了遁入空门非一时心血来潮，而有逐渐积累的思想基础。但因此时宝玉尚未跌大筋头、受人劫难，故必不能彻悟，所以写到一定程度，必须打住，并将此事当成玩笑，即脂评所谓：轻轻抹去也。"心难净"三字不谬。（庚）

4. 既是贵妃娘娘所作，岂能不加称赞，不故意自惭识浅，非止宝钗世故也，故于其名后加一"等"字，以见人情大都如此。然作者又必说出"其实"如何来，乃明言元春之谜并不高明。作者真善于实录世情者。

---

① 惠能"菩提本非树"一偈——头两句即"菩提树本非树，明镜台亦非台"的简语。全偈是禅宗南宗"泯绝无寄"观点的代表。这一派主张"说凡圣等法，皆如梦幻，都无所有；本来空寂，非今始无。……无佛，无众生，法界亦是假名；心既不有，谁言法界？"因而这一派反对各种烦琐的宗教仪式，轻视念经、拜佛，也不主张坐禅，专门追求精神解脱，其教义核心，就是顿悟空幻，立地成佛。
② 衣钵——僧人的袈裟和食器，代表其一切所有，禅宗师徒间道法的传授，初以付衣钵为验，使见者信之，故后称师徒传承为"衣钵相传"。
③ 机锋——禅宗以为佛道禅理，只可意会，不可言传，因而彼此说法论道，多用比喻、隐语，甚至动作来表达，以问答能机智锋利者为上乘，所以叫"机锋"。
④ 语录——一种起源于唐代僧人记录其师言传授的语体文。

上。然后各人拈一物作成一谜，恭楷写了，挂在灯上。[1]

太监去了，至晚出来传谕："前娘娘所制，俱已猜着，惟二小姐与三爷猜的不是。[2]小姐们作的也都猜了，不知是否。"说着，也将写的拿出来。也有猜着的，也有猜不着的，都胡乱说猜着了。[3]太监又将颁赐之物送与猜着之人，每人一个宫制诗筒，一柄茶筅①，独迎春、贾环二人未得。迎春自为玩笑小事，并不介意，贾环便觉得没趣。[4]且又听太监说："三爷作的这个不通，娘娘也没猜，叫我带回问三爷是个什么。"众人听了，都来看他作的是什么，写道是：

　　大哥有角只八个，二哥有角只两根。
　　大哥只在床上坐，二哥爱在房上蹲。②[5]

众人看了，大发一笑。贾环只得告诉太监说："一个枕头，一个兽头。"[6]太监记了，领茶而去。

贾母见元春这般有兴，自己越发喜乐，便命速作一架小巧精致围屏灯来，设于堂屋，命她姊妹们各自暗暗地作了，写出来粘于屏上，然后预备下香茶、细果以及各色玩物，为猜着之贺。贾政朝罢，见贾母高兴，况在节间，晚上也来承欢取乐。设了酒果，备了玩物，上房悬了彩灯，请贾母赏灯取乐。上面贾母、贾政、宝玉一席，下面王夫人、宝钗、黛玉、湘云又一席，迎、探、惜三个又一席。地下婆娘、丫鬟站满。李宫裁、王熙凤二人在里间又一席。贾政因不见贾兰，便问："怎么不见兰哥？"[7]地下婆娘忙进里间问李氏，李氏起身笑着回道："他说方才老爷并没去叫他，他不肯来。"婆娘回复了贾政。众人都笑说："天生的牛心古怪。"

1. 特带出贾兰来。贾环之谜，当场揭示，唯贾兰之谜，因惜春谜后破失而不可见。后人有补宝钗钗之谜文字，却遗漏了贾兰。

2. 迎春、贾环也。交错有法。（庚）为揶揄贾环之可笑而带上"二木头"迎春，以便写出二人同中之异。

3. 如何？人情如此。岂能说自己作的谜娘娘猜不着？

4. 迎春虽乏才情，然不失为大家小姐。（庚）非如贾环患得患失，心胸狭窄，这是两人极大的差别。

5. 诙谐幽默，令人叫绝。可发一笑，真环哥之谜。请卿勿笑，难为了作者摹拟。（庚）

6. 谜底似是而非，更见作者风趣。亏他好才情，怎么想来？（庚）脂评所说的"他"是指贾环，是反语、讥语。环儿无才情，正见作者之才情令人叹服。

7. 又提贾兰。看他透出贾政极爱贾兰。（庚）

---

①　诗筒、茶筅（xiǎn 险）——作诗装草稿用的可佩带的小竹筒和洗茶具用的刷帚。

②　贾环灯谜——有角只八个，古人枕头两端是方形的，所以共有八个角。兽头，古建筑塑在屋檐角上的怪兽，名"螭吻"，俗称"兽头"。把枕头、兽头拉在一起，称作"大哥""二哥"，有八个角还用"只"字，兽头既然真长着两角而蹲在房屋上，制谜就不应直说。凡此种种，都说明"不通"。

贾政忙遣贾环与两个婆娘将贾兰唤来。贾母命他在身旁坐了，抓果品与他吃。[1]大家说笑取乐。

往常间，只有宝玉长谈阔论，今日贾政在这里，便惟有唯唯而已。余者，湘云虽系闺阁弱女，却素喜谈论，今日贾政在席，也自缄口禁言。[2]黛玉本性懒与人共，原不肯多话。宝钗原不妄言轻动，便此时亦是坦然自若。故此一席虽是家常取乐，反见拘束不乐。[3]贾母亦知因贾政一人在此所致，酒过三巡，便撵贾政去歇息。贾政亦知贾母之意，撵了自己去后，好让他们姊妹兄弟取乐，因赔笑道："今日原听见老太太这里大设春灯雅谜，故也备了彩礼酒席，特来入会。何疼孙子、孙女之心，便不略赐与儿子半点？"[4]贾母笑道："你在这里，他们都不敢说笑，没的倒叫我闷得慌。你要猜谜时，我便说一个你猜，猜不着是要罚的。"贾政忙笑道："自然要罚。若猜着了，也是要领赏的。"贾母道："这个自然。"说着便念道：

　　猴子身轻站树梢。[5]
　　——打一果名①

贾政已知是荔枝，便故意乱猜别的，罚了许多东西，然后方猜着，也得了贾母的东西。然后也念一个与贾母猜，念道：

　　身自端方，体自坚硬。
　　虽不能言，有言必应。[6]
　　——打一用物

1. 从众人话中，可看出贾兰是个自尊心极强的孩子，未见贾政叫他，他就躲得远远的。这样写他更可见这次制灯谜情节必有关于他的下文，绝不会只写他入席来吃果品的，况前文已说猜谜、作谜有他在内。

2. 贾政在座，各人言谈拘束，不能畅怀，自是人情常理。脂评却为此发出一番涉及作者生平的感慨：写宝玉如此，非世家曾经严父之训者，断写不出此一句。（庚）非世家经明训者，断不知此一句。写湘云如此。（庚）长辈在席，晚辈慎言，实寻常情景，"断写不出此一句"云云，未免过于夸张，但从中倒可见曹雪芹是"经严父之训者"，如果他是曹頫的遗腹子，何来"严父"？

3. 脂评又说：非世家公子，断写不及此。想近时之家，纵其儿女哭、笑索饮，长者反以为乐，其无礼不法何如是耶？（庚）此必脂砚斋批，他与作者是成年后才结识的。若深悉作者幼年状况的畸笏叟，绝不说"世家公子"之类的话，免得误导旁人以为雪芹曾有过"锦衣纨袴之时，饫甘餍肥之日"，其实他没有能赶上过这样的日子，而脂砚斋则与敦诚曾误解"雪芹曾随其先祖（曹）寅织造之任"一样，以为他有过繁华生活的实际经历。

4. 隔代亲现象亦属常见，非贾母不近人情也，况后有宝玉"大承笞挞"一回，写三代人冲突，此不过略伏一笔而已。脂评却另有所感曰：贾政如此，余亦泪下。（庚）

5. 所谓"树倒猢狲散"是也。（庚）所引作者先祖曹寅之口头禅。

6. 从传统观点看，贾政确实可称得上品行端方，能坚持礼法操守。他并无雄辩口才，辞赋吟咏本领也有限得很。但有想法还是敢于说出来的。如秦氏入殓，用樯木为棺，他曾劝阻；大观园正殿造得豪华，他认为"太富丽了些"，后来还对贾赦嫁迎春给孙家表示不妥。因而此谜颇合其身份。但脂评另有所见，说：好极，的是贾老之谜，包藏贾府祖先自身。"必"字隐"笔"字。妙极妙极！（庚）其中"包藏贾府祖先自身"句颇费解，小说并未写贾府祖先如何啊。前些年，发现雍正发还曹家赡养二代孀妇的北京崇文门外蒜市口"十七间半"旧宅，尚存屏门四扇，每扇一字，合成"端方正直"四字，似是朝廷所赐。因联想到此处脂评，可能又将真实素材与小说细节搞混了。

---

① 贾母谜——站树梢，与"立枝"同义；"立"又谐音"荔"，所以谜底是荔枝。

说毕，便悄悄地说与宝玉。宝玉会意，又悄悄地告诉了贾母。¹贾母想了想，果然不差，便说："是砚台。"贾政笑道："到底是老太太，一猜就是。"回头说："快把贺彩送上来。"地下妇女答应一声，大盘小盒一齐捧上。贾母逐件看去，都是灯节下所用所玩新巧之物，心中甚喜，遂命："给你老爷斟酒。"宝玉执壶，迎春送酒，贾母因说："你瞧瞧那屏上，都是她姊妹们作的，再猜一猜我听。"

贾政答应，起身走至屏前，只见头一个写道是：

> 能使妖魔胆尽摧，身如束帛气如雷。
> 一声震得人方恐，回首相看已化灰。①²

贾政道："这是爆竹嗄。"宝玉答道："是。"贾政又看道：

> 天运人功理不穷，有功无运也难逢。
> 因何镇日纷纷乱？只为阴阳数不同。②³

贾政道："是算盘。"迎春笑道："是。"又往下看，是：

> 阶下儿童仰面时，清明妆点最堪宜。
> 游丝一断浑无力，莫向东风怨别离。③⁴

1. 政老的孝心亦感人，如此富于人情味，令人意想不到。

2. 前谓元春之谜"并无甚新奇"，众姊妹故意"只说难猜"，"其实一见就猜着了"。今见其谜，果然。此元春之谜。才得侥幸，奈寿不长，可悲哉！（庚）所谓"喜荣华正好，恨无常又到"也。

3. 此迎春一生遭际，惜不得其夫何！（庚）不得其夫，岂命运数奇耶？迎春是包办婚姻的牺牲品。

4. 此探春远适之谶也。使此人不远去，将来事败，诸子孙不至流散也，悲哉伤哉！（庚）此评透露佚稿情节的重要信息：可知贾府将来事败，诸子孙流散了，确是应了"树倒猢狲散"那句话。也知事情发生的先后：探春远嫁在前，贾府事败在后。评语的想法是一厢情愿：探春虽精明能干，但到那时又何能为力；即使人在，又怎能改变大厦倾覆时"家亡人散各奔腾"的局面。

---

① 元春谜——俗传爆竹能驱鬼辟邪，所以说使妖魔丧胆。束帛，爆竹像一束卷起来的绢帛。回首，既是回头间、转眼间之意，又是佛家称俗人死亡的婉词。

② 迎春谜——前二句说，算盘上的子，靠手指去拨，是"人功"，或碰在一起，或分离，在没有计算出"数"之前，谁也不知，要看注定的结果是什么，故称"天运"。结局明明是人拨出来的，但又不随人意志，不为人所预知，其理难明，故曰"理不穷"。如果"数"中注定两子相离，任你怎么拨算也是不会相逢的。镇日，整天。阴阳，奇数偶数，泛指数字；又一义可指男女、夫妻。数，另一义就是命运，命不好叫"数奇"。

③ 探春谜——仰面，指抬头看风筝。"清明"句，春季多持续定向的东风，最宜放风筝。妆点，指点缀清明佳节。游丝，本指春天飘荡在空中的飞丝，由昆虫吐出，此指风筝线。浑，全。探春判词中说"清明涕送江边望"，这里又点"清明"可见其离家出嫁之时无疑。这样，"妆点"的隐义又是新娘的梳妆打扮。续书中把她出嫁置于落叶纷纷的秋天，显然没有注意到这些暗示。

贾政道:"这是风筝。"探春笑道:"是。"又看,
道是:

> 前身色相总无成,不听菱歌听佛经。
> 莫道此生沉黑海,性中自有大光明。①1

〔贾政道:"这是佛前海灯嗄。"惜春笑答道:"是
海灯。"

　　贾政心内沉思道:"娘娘所作爆竹,此乃
一响而散之物;迎春所作算盘,是打动乱如麻;
探春所作风筝,乃飘飘浮荡之物;惜春所作海
灯,益发清净孤独。今乃上元佳节,如何皆用
此不祥之物为戏耶?"心内愈思愈闷,因在贾母
之前,不敢形于色,只得仍勉强往下看去。只
见后面写着七言律诗一首,却是宝钗所作,随
念道:〕

> 朝罢谁携两袖烟?琴边衾里总无缘。
> 晓筹不用鸡人报,五夜无烦侍女添。
> 焦首朝朝还暮暮,煎心日日复年年。

1. 此回原作到此为止,后半破失,所见以
下文字是后人补的。补法有两种:一种
是谨慎的补法,即将脂评暂记的宝钗更
香谜诗添入,用贾政看了以为不祥因而
生悲的话连接起来,匆匆结束,即现在
我们所取的。另一种是有更大随意性的
补法,惜春谜因谜底未揭又猜不准,便
删去了,又以为宝钗谜诗很像黛玉的(其
实是错觉),便改属于她了,另外又找
来两首分属宝玉与宝钗。宝玉的镜谜是
从明代李开先《诗禅》和冯梦龙《挂枝
儿》中抄来的;宝钗的竹夫人谜则用语
浅陋,全不类蘅芜体。较晚的甲辰本还
对这二首添上批语,有意混充为原作。
重要脂评:此惜春为尼之谶也。公府千
金至缁衣乞食,宁不悲夫!(庚)"缁
衣乞食"是其原构思结局。此后破失,
俟再补。(庚)另有批:暂记宝钗制谜
云:"朝罢……(略)"(庚)此回未成而
芹逝矣,叹叹。丁亥夏,畸笏叟。(庚)
靖批"未成"作"未补成",其实一样,
原是完整的,后才破失。雪芹生前未补
写是因为畸笏、脂砚等未将已残缺书稿
交还作者,故尚未做最后改讹补漏的扫
尾工作。原稿破失部分,据前入席的人
看,应尚有宝钗、黛玉、湘云、宝玉及
李纨母子等五六首。

---

① 惜春谜——色相,佛家称事物的外形。旧时亦用指女子长相,此借灯说人,把人之空有姿色,不能享受欢乐,
归于前世宿缘。谜底长明灯(后人猜"佛前海灯",虽同为一物,但谜面有"佛""前""海"三字,不该直言),
供于寺庙佛像前,灯内大量贮油,中燃一焰,长年不灭,灯外表堂皇(色相),却不用于繁华行乐处,故曰"无
成"。菱歌,乐府中菱歌曲子多唱男女爱情。沉黑海,入佛门在世人看来,无异于沉人看不见一丝光明的海底。
末句谓海灯看似暗淡无光,内中自有光焰在。性,佛家语,此以人为喻指灯内。大光明,又指大光明普照菩萨。
小说第二十五回中说"这海灯便是菩萨现身法像,昼夜不敢熄的"。

光阴荏苒须当惜，风雨阴晴任变迁。<sup>①1</sup>
……

〔贾政看完<sup>②</sup>，心内自忖道："此物还倒有限，只是小小之人作此诗句，更觉不祥，皆非永远福寿之辈。"想到此处，愈觉烦闷，大有悲戚之状，因而将适才的精神减去十分之八九，只是垂头沉思。

贾母见贾政如此光景，想到或是他身体劳乏亦未可定，又兼恐拘束了众姊妹不得高兴玩耍，即对贾政道："你竟不必猜了，去安歇罢，让我们再坐一会，也好散了。"贾政一闻此言，连忙答应几个"是"字，又勉强劝了贾母一回酒，方才退出去了，回至房中只是思索，翻来覆去，竟难成寐，不由伤悲感慨，不在话下。<sup>2</sup>

且说贾母见贾政去了，便道："你们可自在乐一乐罢。"一言未了，早见宝玉跑至围屏灯前，指手画脚，满口批评，这个这一句不好，那一个做得不恰当，如同开了锁的猴子一般。宝钗便道："还像适才坐着，大家说说笑笑，岂不斯文些儿！"凤姐自里间忙出来插口道："你这个人，就该老爷每日令你寸步不离方好。适才我忘了，为什么不当着老爷，撺掇叫你也作诗谜儿。<sup>3</sup>若如此，怕不得这会子正出汗呢。"说得宝玉急了，扯着凤姐儿，扭股儿糖似的只是厮缠。贾母又与李宫裁并众姊妹说笑了一会，也

1. 甲辰本（梦觉本）将此谜改属林黛玉，又另添宝玉、宝钗二谜，并对三个谜加评说："此黛玉一生愁绪之意。""此宝玉之镜花水月。""此宝钗金玉成空。"以便跟前面原作的众人谜都有脂评保持一色。这是有意造假，读者切勿受蒙蔽，以为这三条也是脂评，不是的。至于将更香谜改属林黛玉，倒很可能并非续改者对原作者不尊重，在他看来一定是脂评记忆有误，或有笔误，将黛玉错记或错写成宝钗了。否则，宝钗与宝玉既成了夫妻，怎么能说"琴边衾里总无缘"呢？这就是关键。有缘无缘，通常用义比较泛，如说与某人有一面之缘，二人有一定关系就可用。但作者用法不同，比如宝玉与袭人有性关系，该说有缘了吧。但作者为她拟的判词中却说："堪羡优伶有福，谁知公子无缘。"可知"无缘"只是没有结果的意思。据此而可知此谜中"总无缘"是说宝钗最终被丈夫所弃，无结果。

2. 贾政看完宝钗谜，就被贾母"逐客"回房，是夜悲感难寐。虽过于简略，却能完成回目的意思，也不自以为是地添加什么，故可称谨慎的补法。

3. 写宝玉不安分一段，虽不见精彩，但为了述明为何没有宝玉的谜儿，似也不能责其多余。后人竟有将两种不同补法合在一起的，如程高本既用甲辰本宝玉制镜谜，受其父赞"妙极"情节，又用了戚序本等凤姐对宝玉说"适才我忘了，为什么不当着老爷，撺掇叫你也作诗谜儿"的话，这一来宝玉究竟作了还是没作谜，便弄不清了。这是十分可笑的。

---

① 宝钗谜——首句翻新杜甫《和贾至早朝大明宫》诗"朝罢香烟携满袖"而成，隐藏谜底"香"字。"两袖烟"，等于说两手空。第二句承上解说是什么香，伴琴棋的是炉香，熏被衾的是熏笼，都用不着谜底的更香，故曰"无缘"，寓意也承上说夫妻关系成空（丈夫出家）。更香是用以计时的香，夜间打更报时者，燃此香以定时。三四句正面说其特点。反王维《和贾至早朝大明宫》诗"绛帻鸡人报晓筹"意。鸡人，古代宫中掌管时间的卫士，天明时向宫中报晓。晓筹，早晨的时刻。有更香就不必再报晓了。此香非炉香，故也不必由侍女加添香料。五夜，一夜时间五等分，叫五夜、五更或五鼓。翻唐代李颀《送司勋卢员外》诗"侍女新添五夜香"的案。寓意都因愁绪而不眠。香从头上点燃，所以说"焦首"；棒香有心，盘香由外往内烧，所以说"煎心"。都又喻人的苦恼、内心自煎熬。末二句更香同风雨阴晴变化无关，却随时间的消逝而不断消耗自身。荏苒（rěn rǎn 忍染），时光渐渐过去。寓意是红颜渐老，青春堪惜，虽世事变幻，自己已心灰意冷，只是听之任之了。

② 贾政看完——在贾政看完灯谜情节中，后出的程高诸本又插入宝玉的镜子谜："南面而坐，北面而朝；像忧亦忧，像喜亦喜。"它本是明代李开先《诗禅·镜》和冯梦龙《挂枝儿·咏镜》中的古镜谜。并将宝玉诗谜改属黛玉，另凑四句给宝钗，即竹夫人（竹篾编的夏日睡觉时取凉用具）谜："有眼无珠腹内空，荷花出水喜相逢。梧桐叶落分离别，恩爱夫妻不到冬。"语言俗陋，不似"蘅芜体"。

觉有些困倦起来。听了听，已是漏下四鼓，命
将食物撤去，赏散与众人。遂起身道："我们
安歇罢。明日还是节下，该当早起。明日晚
间再玩罢。"且听下回分解。〕

**【总评】**

　　"宝玉悟禅机"和"贾政悲谶语"都是隐写后半部中人物结局——贾宝玉出家和众姊妹薄
命——的先兆。

　　宝玉"参禅"从听《山门》中那支"赤条条来去无牵挂"的《寄生草》曲文触发。这就
要有看戏情节；要演戏，就得有做生日之类的事。所以，才从贾母要为十五岁的宝钗来贾府
过第一个生日写起。为对钗、黛的描述保持相对的平衡，所以才有"往年怎么给林妹妹过的，
如今也照依给薛妹妹过就是了"这样不写之写的说头。贾母出资二十两银子为生日置办酒戏，
凤姐居然敢调笑老太太，嫌她出得少了，还能引得贾母高兴，是绝大本领；宝钗能投贾母听戏、
吃食之所好，也是她人情练达的长处。

　　对文字的感悟，总离不开生活的切身感受。所以，在看戏时，又让心直口快的湘云说出
小戏子的模样像林姐姐。黛玉以为"拿着我比戏子，给众人取笑"，就恼了。宝玉想缓解双方
的误解，结果反而是两面不讨好，这才又想起庄子的一些话来，悟到了其中的禅机，便作一
偈一曲子以寄一时的感忿。由宝钗点出"这些道书禅机最能移性"，因为她见多识广。黛玉为
宝玉偈再续两句，显然是自作谶语。最后让宝玉自知"尚未解悟"是"自寻苦恼"，则是作者
用心描画后又轻轻抹去。

　　谶语式的表现方法是《红楼梦》的一大艺术特点，人物的对话、诗词、酒令、灯谜中无
处不有。但像本回回目中明白标出"谶语"二字来的，还是首次，也是唯一的一次。它有点
像太虚幻境中的册子判词或曲子，只是多了贾母、贾政而又少了十二钗中"四春"以外的一
些人。因惜春的谜诗后"破失"，作者原稿中还写了哪些人（脂评只记下宝钗的谜诗）作过灯谜，
贾政又如何兴悲的等等，都无从知道了。

# 第 二 十 三 回
## 西厢记妙词通戏语　牡丹亭艳曲警芳心

**【题解】**

　　本回回目诸本基本一致。回目措辞工丽，将我国古典戏曲中两部名著的书名用来标目，但说的是同一故事前后不同的细节。上句说宝玉与黛玉共读《西厢记》后，借书中的唱词来彼此打趣；下句说的是两人分手后，黛玉回房途中听到梨香院传出一班小女孩练唱《牡丹亭》中的曲词而产生的感触。整回重点只在写宝玉和黛玉二人的故事，且是全书写大观园生活的开始。

　　话说贾元春自那日幸大观园回宫去后，便命将那日所有的题咏，命探春依次抄录妥协，自己编次，叙其优劣，<u>又命在大观园勒石，为千古风流雅事</u>。[1]因此，贾政命人各处选拔精工名匠，在大观园磨石镌字。贾珍率领贾蓉、贾萍等监工。因贾蔷又管理着文官等十二个女戏并行头等事，不大得便，因此贾珍又将贾菖、贾菱唤来监工。一日，烫蜡钉朱①，动起手来。这也不在话下。

　　且说那个玉皇庙并达摩庵两处，一班的十二个小沙弥并十二个小道士，如今挪出大观园来，贾政正想发到各庙去分住。不想后街上住的贾芹之母周氏，正盘算着也要到贾政这边谋一个大小事务与儿子管管，也好弄些银钱使用，可巧听见这件事，便坐轿子来求凤姐。<u>凤姐因见她素日不大拿班作势②的，便依允了，想了几句话，便回王夫人</u>[2]说："这些小和尚、道士万不可打发到别处去，一时娘娘出来就要承应。倘或散了伙，若再用时，可是又费事。依我的主意，不如将他们竟送到咱们家庙里铁槛寺去，月间不过派一个人拿几两银子去买柴米就完了。说声用，就去叫来，一点儿不费事呢。"王夫人听

1. 元春雅兴不浅。其实，康熙、乾隆两朝皇帝亦颇有此类雅趣逸兴，故至今江南一带名胜景点如杭州西湖等地，仍处处可见他们的题咏石刻。

2. 下回要写贾芸找差事，先从贾芹之母为儿子谋差事引起，方自然而然。凤姐答应成全，乃看重周氏之为人。故脂评说凤姐行事一派心机。（庚）

---

①　烫蜡钉朱——刻碑的工序。石碑上用朱笔先写好字，叫"书丹"；再用熔化的白蜡涂在上面，以免刻石时擦掉字迹，叫"烫蜡"；石工按朱书字迹镌刻，叫"钉朱"。

②　拿班作势——对人摆架子，显得了不起的样子。

了，便商之于贾政。贾政听了，笑道："倒是提醒了我，就是这样。"即时唤贾琏来。

当下贾琏正同凤姐吃饭，一闻呼唤，不知何事，放下饭便走。<u>凤姐一把拉住，笑道："你且站住，听我说话。若是别的事我不管，若是为小和尚们的那事，好歹依我这么着。"</u>[1]如此这般教了一套话。贾琏笑道："我不知道，你有本事你说去。"凤姐听了，把头一梗，把筷子一放，腮上似笑不笑地瞅着贾琏道："你当真的，是玩话了？"贾琏笑道："<u>西廊下五嫂子的儿子芸儿来求了我两三遭，要个事情管管。我依了，叫他等着。好容易出来这件事，你又夺了去。</u>"[2]凤姐笑道："你放心。园子东北角子上，娘娘说了，还叫多多地种松柏树，楼底下还叫种些花草。等这件事出来，我管保叫芸儿管这件工程。"[3]贾琏道："果然？这样倒也罢了。只是昨儿晚上，我不过是要改个样儿，你就扭手扭脚的。"凤姐儿听了，"嗤"的一声笑了，向贾琏啐了一口，低下头便吃饭。[4]

贾琏已经笑着去了，到了前面见了贾政，果然是小和尚一事。贾琏便依了凤姐的主意，说道："如今看来，芹儿倒大大的出息了，这件事竟交与他去管办。横竖照在里头的规例，每月叫芹儿支领就是了。"贾政原不大理论这些事，听贾琏如此说，便依了。贾琏回到房中告诉凤姐，凤姐即命人去告诉了周氏。贾芹便来见贾琏夫妻两个，感谢不尽。凤姐又作情央贾琏先支三个月的，叫他写了领字，贾琏批票画了押，登时发了对牌出去。银库上按数发出三个月的供给来，白花花二三百两。<u>贾芹随手拈了一块，撂与掌秤的人，叫他们吃了茶罢。</u>[5]于是命小厮拿了回家，与母亲商议。登时雇了大脚驴，自己骑上；又雇了几辆车，至荣国府角门前，唤出二十四个人来，坐上车，一径往城外铁槛寺去了。当下无话。

如今且说贾元春，因在宫中自编大观园题咏之后，忽想起那大观园中景致，自己幸过之后，贾政必定敬谨封锁，不敢使人进去骚扰，岂不寥落。况家中现有几个能诗会赋的姊妹，何不命她们进去居住，也不使佳人落魄，花柳无颜。[6]却又想到宝玉自幼在姊妹丛中长大，不比别的兄弟，若不命他进去，只怕他冷清了，一时不大畅快，未免贾母、王夫人愁虑，须得也命他进园居住方妙。[1]想毕，遂命太监夏守忠到荣国府来下一道谕，命宝钗等只管在园中居住，不可禁约封锢，命宝玉仍随进去读书。

　　贾政、王夫人接了这谕，待夏守忠去后，便来回明贾母，遣人进去各处收拾打扫，安设帘幔床帐。别人听了还自犹可，惟宝玉听了这谕，喜得无可不可。正和贾母盘算，要这个，弄那个，忽见丫鬟来说："老爷叫宝玉。"宝玉听了，好似打了个焦雷，登时扫去兴头，脸上转了颜色，[2]便拉着贾母扭得好似扭股儿糖，杀死不敢去。贾母只得安慰他道："好宝贝，你只管去，有我呢，他不敢委屈了你。[3]况且你又作了那篇好文章。想是娘娘叫你进去住，他吩咐你几句，不过不叫你在里头淘气。他说什么，你只好生答应着就是了。"一面安慰，一面唤了两个老嬷嬷来，吩咐："好生带了宝玉去，别叫他老子唬着他。"老嬷嬷答应了。

　　宝玉只得前去，一步挪不了三寸，蹭到这边来。可巧贾政在王夫人房中商议事情，金钏儿、彩云、彩霞、绣鸾、绣凤等众丫鬟都在廊檐下站着呢。一见宝玉来，都抿着嘴笑。金钏一把拉住宝玉，悄悄地笑道："我这嘴上是才擦的香浸胭脂，你这会子可吃不吃了？"[4]彩云一把推开金钏，笑道："人家正心里不自在，你还奚落他。趁这会子喜欢，快进去罢。"宝玉只得挨进门去。原来贾政和王夫人都在里间呢，赵姨娘打起帘子，宝玉躬身挨入。只见贾政和王夫人对面坐在炕上说话，地下一溜椅子，迎春、探春、惜春、贾环四个人都坐在那里。一见他进来，惟有探春、惜春和贾环站了起来。[5]

　　贾政一举目，见宝玉站在跟前，神彩飘逸，秀色夺人；看看贾环，人物委琐，举止荒疏；忽又想起贾珠来，再看看王夫人只有这一个亲生的儿子，素爱如珍，自己的胡须将已苍白：因这几件上，把素日嫌恶、处分宝玉之心不觉减了八九。[6]半晌，说道："娘娘吩咐说，你日日外头嬉游，渐次疏懒，如今叫禁管，[7]同你姊妹们在园里读书写字。你可好生用心习学，再若不守分安常，你可仔细！"宝玉连连答应了

1. 元春最疼爱其幼弟，亦最熟知其性情，所以宠爱有加，赐此特殊待遇。宝玉从此成大观园脂粉队中首脑矣。何等精细！（蒙）

2. 忽喜忽惧，随手起小波澜，总不肯施一直笔。脂评也有太过夸张的赞语说：多大力量写此句，余亦惊骇，况宝玉乎？回思十二三时，亦曾有是病来，想时不再至，不禁泪下。（庚）毫无疑问，这又是畸笏叟老先生的批语。

3. 贾母溺爱、庇护孙儿如此！为后来写宝玉挨打一回张本。

4. 这阵仗难得一见，写来神态活现。金钏之逗趣，已为后来对宝玉说挑逗话激怒王夫人作引。且又反射出宝玉往日有女儿们人人皆知的毛病。

5. 大家中长幼之礼一丝不乱。迎春是姊，所以见到宝玉站起来的只有弟妹三人。

6. 从"素日嫌恶"宝玉的严父眼中所见，来为宝玉着色添彩，是常人万万想不到的。对贾政复杂心态的描述，丰满了这一形象，"想起贾珠"句，脂评：批至此，几乎失声哭出。（庚）这无疑又是畸笏批，读小说与自我和真人真事联系太紧，难免要神经过敏。

7. 元春只命宝玉可随姊妹们进园读书，这话到了贾政口中，便变成"如今叫禁管"，特有意思。写宝玉可入园，用"禁管"二字，得体理之至。壬午九月。（庚）

几个"是"。王夫人便拉他在身旁坐了。他姊弟三人依旧坐下。

王夫人摸挲着宝玉的脖项说道："前儿的丸药都吃完了么？"宝玉答道："还有一丸。"王夫人道："明儿再取十丸去，天天临睡的时候，叫袭人服侍你吃了再睡。"宝玉道："自从太太吩咐了，袭人天天晚上想着，打发我吃。"贾政问道："袭人是何人？"王夫人道："是个丫头。"贾政道："丫头不管叫个什么罢了，是谁这样刁钻，起这样的名字？"[1]王夫人见贾政不自在了，便替宝玉掩饰道："是老太太起的。"贾政道："老太太如何知道这样的话，一定是宝玉。"宝玉见瞒不过，只得起身回道："因素日读书，曾记古人有一句诗云：'花气袭人知昼暖'。因这个丫头姓花，便随口起了这个名字。"[2]王夫人忙又向宝玉道："你回去改了罢。老爷也不用为这小事动气。"贾政道："究竟也无碍，又何用改。只是可见宝玉不务正，专在这些浓诗艳曲上做工夫。"[3]说毕，断喝一声："作孽的畜生，还不出去！"王夫人也忙道："去罢，去罢，只怕老太太等你吃饭呢。"宝玉答应了，慢慢地退出去，向金钏儿笑着伸伸舌头，带着两个老嬷嬷一溜烟去了。

刚至穿堂门前，[4]只见袭人倚门立在那里，一见宝玉平安回来，堆下笑来问道：[5]"叫你作什么？"宝玉告诉她："没有什么，不过怕我进园去淘气，吩咐吩咐。"一面说，一面回至贾母跟前，回明原委。只见林黛玉正在那里，宝玉便问她："你住哪一处好？"黛玉正心里盘算这事，[6]忽见宝玉问她，便笑道："我心里想着潇湘馆好，我爱那几竿竹子隐着一道曲栏，比别处更觉幽静。"宝玉听了拍手笑道："正和我的主意一样，我也要叫你住这里呢。我就住怡红院，咱们两个又近，又都清幽。"[7]

二人正计较，就有贾政遣人来回贾母说："二月二十二的日子好，哥儿、姐儿们好搬进去的。这几日内遣人进去分派收拾。"薛宝钗住了蘅芜苑，林黛玉住了潇湘馆，贾迎春住了缀锦楼，探

1. 袭人之名，经贾政一发问一责难，便使读者加深了印象。贾政虽乏吟咏才情，岂可任人蒙骗，况王夫人之掩饰笨拙之至。

2. 前有"试才题对额"事，贾政已知宝玉所好所长，故一猜就中，宝玉只得引放翁诗句的出处来。丫头姓花，方见名字起得确切新雅。

3. 好在贾政并不拘泥这些小事，才幸运保住这个名字。或者还与他今日见宝玉"神彩飘逸，秀色夺人"心情不错有关。几乎改去好名。（庚）

4. 妙，这便是凤姐扫雪拾玉之处，一丝不乱。（庚）脂评无意中又提供了凤姐将来"身微运蹇"时的一个细节。她居然落到亲自执帚扫雪的地步。但不知她所拾到的玉，是否即宝玉之通灵玉，因何遗落于穿堂门前。

5. 袭人唯恐宝玉受其严父训斥责骂，或者出什么更严重的事，其关切之甚，竟如慈母之盼爱子能平安归来。等坏了，愁坏了，所以有"堆下笑来问"问话。（庚）

6. 黛玉本多心眼，自然要盘算一番，对宝玉只说看中环境幽静，或者还有别的想头未说出来也难说。颦儿亦有盘算事，拣择清幽处耳。未知择邻否，一笑。（庚）

7. 宝玉便将黛玉住处也盘算在内。择邻出于玉兄，所谓真知己。（庚）

春住了秋爽斋，惜春住了蓼风轩，李氏住了稻香村，宝玉住了怡红院。[1] 每一处添两个老嬷嬷，四个丫头，除各人奶娘亲随丫鬟不算外，另有专管收拾打扫的。至二十二日，一齐进去，登时园内花招绣带，柳拂香风，[2] 不似前番那等寂寞了。

　　闲言少叙。且说宝玉自进园来，心满意足，再无别项可生贪求之心。每日只和姊妹、丫头们一处，或读书，或写字，或弹琴下棋，作画吟诗，以至描鸾刺凤，斗草簪花，低吟悄唱，拆字猜枚，无所不至，倒也十分快乐。他曾有几首即事诗①，作的虽不算好，却倒是真情真景，[3] 略记几首云：

### 春夜即事

霞绡云幄任铺陈，隔巷蟆更听未真。
枕上轻寒窗外雨，眼前春色梦中人。
盈盈烛泪因谁泣？默默花愁为我嗔。
自是小鬟娇懒惯，拥衾不耐笑言频。②[4]

### 夏夜即事

倦绣佳人幽梦长，金笼鹦鹉唤茶汤。
窗明麝月开宫镜，室霭檀云品御香。
琥珀杯倾荷露滑，玻璃槛纳柳风凉。
水亭处处齐纨动，帘卷朱楼罢晚妆。③

### 秋夜即事

绛芸轩里绝喧哗，桂魄流光浸茜纱。
苔锁石纹容睡鹤，井飘桐露湿栖鸦。
抱衾婢至舒金凤，倚槛人归落翠花。
静夜不眠因酒渴，沉烟重拨索烹茶。④

---

① 即事诗——以眼前的事物为题材的诗。

② 《春夜即事》一首——一二句谓任凭锦被铺着，绣帐挂着，深夜中隔巷更鼓之声已隐约可闻，但自己并无睡意。幄（wò握），帐幕。蟆更，也叫"虾蟆更"，夜里报时的打梆子声。"盈盈"二句，一因所见而感，一因闻雨而联想。嗔（chēn），生气。"自是"二句，意谓娇懒惯了的丫头已被欲睡，不耐烦我在她耳边还谈笑不绝。自是，本是。

③ 《夏夜即事》一首——前六句嵌入丫头名，即袭人（"倦绣佳人"的隐指，见第三十六回）、鹦鹉、麝月、檀云、琥珀、玻璃。"窗明"二句，意谓以为明月映窗，原来是打开了镜匣，以为云雾绕室，原来是点燃了炉香。荷露，既是夏夜实景，又指酒，酒以花露命名的见《通俗编》。滑，亦可指酒味醇美。齐纨，指绢绸裙衫，亦可指绢制团扇，古代齐国产细绢著名，故称"齐纨"。

④ 《秋夜即事》一首——"桂魄"句说月光似水，浸透了红色的窗纱。桂魄，月。三四句说石上裂缝都被青苔盖满，变得柔软平滑，可让鹤憩息了；井栏上桐叶飘落，栖鸦为秋露所湿。抱衾婢至，用唐代元稹《会真记》（即《莺莺传》，后演为诸宫调和杂剧名《西厢记》）红娘抱衾而至事。金凤，指有金凤图案的被子。倚槛，写望月情怀。落翠花，卸下镶嵌翡翠的簪花。酒渴，酒后口渴。沉烟，指炉中的深灰余火。索，索取，要求。

---

**右侧批注：**

1. 记清，各人住处。

2. 此类形容，皆从诗词句法中汲取。八字写得满园之内处处有人，无一处不到。（庚）

3. 虚写宝玉进大观园后一般生活状况，用春夏秋冬四时即事诗来概括，特别合适，它告诉人有时间推移，可以是经过了一年，或二三年亦无不可。然后另外再开出新场景来。喜欢给小说故事情节和人物岁数排出年表来的人，遇到这些地方不知该如何处理。其实，研究小说不必把时间算得过于精确。

4. 用四首四时即事诗来替代描述贾宝玉在大观园过着"富贵闲人"的生活，在结构上是省笔，却是写宝玉这个人物所不可少的，必然要有的一个过程。以后他还要经历种种挫折、苦恼、愤恨、失望，以此表明这种悠闲的欢乐日子是不能长久维持的。四诗作尽安福尊荣之贵介公子也。壬午孟夏。（庚）

冬夜即事

梅魂竹梦已三更，锦罽鹴衾睡未成。

松影一庭惟见鹤，梨花满地不闻莺。

女儿翠袖诗怀冷，公子金貂酒力轻。

却喜侍儿知试茗，扫将新雪及时烹。①

因这几首诗，当时有一等势利人，见是荣国府十二三岁的公子作的，抄录出来，各处称颂；再有一等轻浮子弟，爱上那风骚妖艳之句，也写在扇头壁上，不时吟哦赏赞。因此竟有人来寻诗觅字，倩画求题的。宝玉越发得了意，镇日家作这些外务。

　　谁想静中生烦恼。忽一日不自在起来，这也不好，那也不好，出来进去只是闷闷的。¹园中那些人多半是女孩子，正在混沌世界、天真烂熳之时，坐卧不避，嘻笑无心，哪里知宝玉此时的心事。那宝玉心内不自在，便懒在园内，只在外头鬼混，却又痴痴的。茗烟见他这样，因想与他开心，左思右想，皆是宝玉玩烦了的，不能开心，惟有这件，宝玉不曾看见过。²想毕，便走去到书坊内，把那古今小说并那飞燕、合德、武则天、杨贵妃的外传与那传奇脚本买了许多来，引宝玉看。宝玉何曾见过这些书，一看见了便如得了珍宝。茗烟又嘱咐他："不可拿进园去，若叫人知道了，我就吃不了兜着走呢。"宝玉哪里舍得不拿进园去，踟蹰再三，单把那文理细密的拣了几套进去，放在床顶上，无人时自己密看。那粗俗过露的，都藏在外面书房里。

　　那一日，正当三月中浣②，早饭后，宝玉携了一套《会真记》③，走到沁芳闸桥边桃花树底下一块石上坐着，展开《会真记》从头细玩。正看到"落红成阵"，只见一阵风过，把树上桃花吹下一大半来，落得满身满书满地皆是。³宝玉要抖将下

1. 首回中青埂峰下顽石曾求一僧一道将自己携入红尘享受几年富贵荣华生活。二仙曾叹道："此亦静极思动，无中生有之数也。"这话正可用于说此时宝玉的心情。

2. 茗烟是机灵鬼，亦是坏坯子。一味只想取乐主人，不计后果。这才弄来许多写风月之情、香艳之事的传奇脚本给宝玉看。这些书中虽有文理高雅的，也有不少是粗俗淫滥的，茗烟哪里分得清。在当时，或属于禁书，或为父母者不准子弟看的，所以只做得偷偷摸摸。书房伴读，累累如是，余至今痛恨。（庚）

3. 精彩的诗化描写。李贺《将进酒》有"桃花乱落如红雨"诗句，似曾启此想象。好一阵凑趣风。（庚）

---

① 《冬夜即事》一首——锦罽（jì季），织出花纹的毛毯。鹴（shuāng双）衾，雁𪊟羽绒的被子。梨花，喻雪。"公子"句，谓公子穿戴着貂皮尚嫌酒力不足御寒。试茗，讲究喝茶的，烹时火候要恰到好处，故要"试"，试着品尝，叫"烹试"。见北宋蔡襄《进茶录序》。

② 中浣——一个月的中旬。

③ 《会真记》——这里指的是元代王实甫的《西厢记》杂剧的别称，非指唐代元稹的传奇小说《莺莺传》。会真，是与神仙（喻美女）相会的意思。

来，恐怕脚步践踏了，¹只得兜了那花瓣，来至池边，抖在池内。那花瓣浮在水面，飘飘荡荡，竟流出沁芳闸去了。²

回来只见地下还有许多，宝玉正踟蹰间，只听背后有人说道："你在这里作什么？"宝玉一回头，却是林黛玉来了，肩上担着花锄，锄上挂着花囊，手内拿着花帚。³宝玉笑道："好，好，来把这个花扫起来，撂在那水里。我才撂了好些在那里呢。"林黛玉道："撂在水里不好。你看这里的水干净，只一流出去，有人家的地方脏的臭的混倒，⁴仍旧把花糟蹋了。那畸角上我有一个花冢，如今把它扫了，装在这绢袋里，拿土埋上，日久不过随土化了，岂不干净。"⁵

宝玉听了，喜不自禁，笑道："待我放下书，帮你来收拾。"⁶黛玉道："什么书？"宝玉见问，慌得藏之不迭，便说道："不过是《中庸》《大学》。"⁷黛玉笑道："你又在我跟前弄鬼。赶早儿给我瞧瞧，好多着呢。"宝玉道："好妹妹，若论你，我是不怕的。你看了，好歹别告诉人去。真真这是好文章！你看了，连饭也不想吃呢。"⁸一面说，一面递了过去。黛玉把花具且都放下，接书来瞧，从头看去，越看越爱，不顿饭工夫，将十六出俱已看完，自觉词藻警人，余香满口。虽看完了书，却只管出神，心内还默默地记诵。⁹

宝玉笑道："妹妹，你说好不好？"黛玉笑道："果然有趣。"宝玉笑道："我就是个'多愁多病身'，你就是那'倾国倾城貌'①。"¹⁰黛玉听了，不觉带腮连耳通红，登时直竖起两道似蹙非蹙的眉，瞪了两只似睁非睁的眼，微腮带怒，薄面含嗔，指

1. 怜惜之情及于飘落的花瓣。"情不情"。（庚）

2. 不闻老杜《佳人》诗说"在山泉水清，出山泉水浊"吗？宝玉将落花抖在池内举动，引出下文黛玉说，别看这里的水干净，一流出去就脏了的话来，于是自然地归结到"未若锦囊收艳骨，一抔净土掩风流"的葬花上来。

3. 这已是一幅林黛玉标志性的肖像画，画作中常见。一幅采芝图，非葬花图也。（庚）写出扫花仙女。（觉）

4. 清洁的涧溪河水，经人家集居处而变脏，自古而然，今又加工业污染矣。

5. 明代唐寅有将牡丹花"盛以锦囊，葬于药栏东畔"事，作者先祖曹寅有"百年孤冢葬桃花"诗句。写黛玉又胜宝玉十倍痴情。（庚）对黛玉葬花一段，脂评记为其作画事：此图欲画之心久矣，誓不遇仙笔不写，恐亵我颦卿故也。己卯冬。（庚）丁亥春间，偶识一浙省新发，其白描美人，真神品物，甚合余意。奈彼因官缘所缠无暇，且不能久留都下，未几南行矣。余至今耿耿，怅然之至。恨与阿颦结一笔墨缘之难若此，叹叹！丁亥夏，畸笏叟。（庚）据陈庆浩考："浙省新发"为余集（1738—1823），乾隆三十二年丙戌进士，以白描美人著称于世。

6. 一时高兴，忘了忌讳。顾了这头，忘却那头。（庚）

7. 连撒谎也不会。幽默。

8. 《西厢记》得宝玉一夸赞，胜却评家文字无数，因其实是曹雪芹在夸赞也。

9. 又透过黛玉感受来写，"词藻"等八字确评。"默默地记诵"语，还有后文。

10. 看官，说宝玉忘情，有之；若认作有心取笑，则看不得《石头记》。（庚）此评有理。

① 多愁多病身、倾国倾城貌——金本《西厢记》卷二《闹斋》中张生唱词："我是个多愁多病身，怎当你倾国倾城貌。"倾国倾城，语出汉李延年歌，形容绝色女子。

宝玉道："你这该死的胡说！好好的把这淫词艳曲弄了来，还学了这些混话来欺负我。我告诉舅舅、舅母去。"[1] 说到"欺负"两个字上，早又把眼睛圈儿红了，转身就走。宝玉着了忙，向前拦住说道："好妹妹，千万饶我这一遭！原是我说错了。若有心欺负你，明儿我掉在池子里，教个癞头鼋①吞了去，变个大王八，等你明儿做了一品夫人、病老归西的时候，我往你坟上替你驮一辈子的碑去。"[2] 说得林黛玉嗤的一声笑了。一面揉着眼，一面笑道："一般唬得这个调儿，还只管胡说。'呸！原来是苗而不秀，是个银样蜡枪头。'②"[3] 宝玉听了，笑道："你这个呢？我也告诉去。"林黛玉笑道："你说你会过目成诵，难道我就不能一目十行么？"

　　宝玉一面收书，一面笑道："正经快把花埋了罢，别提那个了。"二个便收拾落花，正才掩埋妥协，只见袭人走来，说道："哪里没找到，摸在这里来。那边大老爷身上不好，姑娘们都过去请安，老太太叫打发你去呢。快回去换衣裳去罢！"宝玉听了，忙拿了书，别了黛玉，同着袭人回房换衣，不提。

　　这里黛玉见宝玉去了，又听见众姊妹也不在房，自己闷闷的。正欲回房，刚走到梨香院墙角边，只听墙内笛韵悠扬，歌声婉转。林黛玉便知是那十二个女孩子演习戏文呢。只因林黛玉素习不大喜看戏文，便不留心，只管往前走。[4] 偶然两句吹到耳内，明明白白，一字不落，唱道是："原来姹紫嫣红开遍，似这般都付与断井颓垣。"林黛玉听了，倒也十分感慨缠绵，便止住步侧耳细听。[5] 又听唱道："良辰美景奈何天，赏心乐事谁家院？"

1. 不是写黛玉矫情做作，恰恰是写出她的身份来，能自重，不容人侮弄亵玩。须知她是处在那个时代、那个社会、那个大家庭的千金小姐。

2. 好宝玉！竟能发如此妙誓。虽是混话一串，却成了最新最奇的妙文。（庚）看官想，用何等话令黛玉一笑收科。（庚）

3. 黛玉早就深受曲文感染，可礼教给了她一个非戴不可的假面具。终于假面脱落，原来曲文已溶入她血液中了。虽有点过于戏剧化，但还无伤大雅。

4. 听《牡丹亭》又是一种写法，与读《西厢记》截然不同。梨香院笛韵歌声虽悦耳，黛玉偏偏不喜欢看戏文，所以既不留心，也不停步。这样开头，令人意想不到，也算是一种欲扬先抑吧。

5. 偏偏入耳之曲词，明明白白，心有所动，于是止步细听。这样，进入了第二层次。

---

① 癞头鼋——与"大王八"同指俗传中驮石碑的大龟，名赑屃（bì xì 币戏），相传是龙所生的九种怪物之一。见明代杨慎《升庵集》。鼋，大鳖。

② "呸，原来是……蜡枪头"——《西厢记》第四本第二折红娘嘲张生语："你原来苗而不秀。呸，你是个银样镴枪头。"苗而不秀，长苗不结穗，喻中看不中用，语出《论语·子罕》。银样蜡枪头喻意同。蜡，原出处作"镴"，铅与锡的合金，色似银，闪亮而软。

听了这两句，不觉点头自叹，心下自思道："原来戏上也有好文章。可惜世人只知看戏，未必能领略其中的趣味。"[1] 想毕，又后悔不该胡想，耽误了听曲子。又侧耳时，只听唱道："则为你如花美眷，似水流年……"林黛玉听了这两句，不觉心动神摇。又听道"你在幽闺自怜"等句①，越发如醉如痴，站立不住，便一蹲身坐在一块山子石上，细嚼"如花美眷，似水流年"八个字的滋味。[2] 忽又想起前日见古人诗中有"水流花谢两无情"②之句，再又有词中有"流水落花春去也，天上人间"③之句，又兼方才所见《西厢记》中"花落水流红，闲愁万种"之句，都一时想起来，凑聚在一处。仔细忖度，不觉心痛神驰，眼中落泪。[3] 正没个开交，忽觉背上击了一下，及回头看时，原来是……且听下回分解。正是：

　　妆晨绣夜心无矣，对月临风恨有之。

1. 继续听唱下去，便不禁感叹了。还唯恐漏听。这是第三层。对其所思之言，脂评说：非不及钗，系不曾于杂学上用意也。（庚）将进门便是知音。（庚）

2. 最后到"心动神摇""如醉如痴"地步，且将以前读过的诗词，也都一一联想起来。步步深入，层次井然。让她最动情的"如花美眷，似水流年"八字，紧切黛玉处境心事。

3. 从读《西厢记》起的头，转了一圈又回到《西厢记》上来，行文作豹尾绕额之势。

**【总评】**

奉元妃之命，宝玉和众姊妹分别住进了大观园。他心满意足地过着"富贵闲人"的生活；作者以其自作"四时即事"诗替代对这段生活的描述，是省笔，也是情节的过渡，以后另展画幅。

茗烟偷买来古今小说、传奇脚本给宝玉，宝玉如获珍宝，这是当时正统的封建教育思想受到此类书极大的冲击的普遍社会现象。

共读《西厢》一节，写得很优美，如"桃花乱落如红雨"（李贺诗）那样的情景，许多都化用了传统诗词中的意象和境界。黛玉读书时的神往、读后的记诵与她羞赧嗔怒，生宝玉的气，并非写她娇情造作，她的表现，完全合乎那个时代、那样环境中的闺阁小姐的身份和必然会有的矛盾心态。葬花之事，由此始。

黛玉回房时，路经梨香院墙外，听得墙内十二个小女孩唱《牡丹亭》中最脍炙人口的唱段，是再次强化她的感受。两大戏曲名著接连编入此回故事中，也可见作者受这些优秀作品影响之深。

---

①　"原来姹紫嫣红"等曲文至"你在幽闺自怜"等句——都是《牡丹亭·惊梦》中杜丽娘和柳梦梅的唱词。南朝宋谢灵运《拟魏太子邺中集诗序》："天下良辰、美景、赏心、乐事，四者难并。"奈何天，无可奈何之日，意谓面对如此美好时光和景色，不知如何排遣。美眷，娇妻。
②　"水流"句——唐代崔涂《春夕》诗："水流花谢两无情，送尽东风过楚城。"
③　"流水落花"二句——南唐李煜《浪淘沙》词中句，谓好时光如春去花落再难寻觅，相见之难如天上与人间之相隔。

# 第 二 十 四 回
## 醉金刚轻财尚义侠　痴女儿遗帕惹相思

**【题解】**

　　本回回目诸本基本相同，只有个别字的出入，如有几种本子"惹相思"作"染相思"。此用庚辰本回目。回目为烘托本回所写的主要人物贾芸而拟。上句说的是街坊泼皮"醉金刚倪二"能尚侠仗义，将银子借给急需用钱而又借不到、反受气的贾芸。下句说的是丫头小红对贾芸有意，梦见自己遗落的手帕原来被贾芸拾得，因而惹得相思不已。

　　话说林黛玉正自情思萦逗、缠绵固结之时，忽有人从背后击了她一掌，说道："你做什么一个人在这里？"林黛玉倒唬了一跳，回头看时不是别人，却是香菱。林黛玉道："你这个傻丫头，唬我这么一跳，好的！你这会子打哪里来？"香菱嘻嘻地笑道："我来寻我们姑娘的，总找她不着。你们紫鹃也找你呢，说琏二奶奶送了什么茶叶来给你的。走罢，回家去坐着。"[1]一面说着，一面拉着黛玉的手回潇湘馆来。果然，凤姐儿送了两小瓶上用的新茶来。林黛玉和香菱坐了。况她们有何正事谈讲，不过说些这一个绣得好，那一个刺得精，又下一回棋，看两句书，香菱便走了。[2]不在话下。

　　如今且说宝玉因被袭人找回房去，果见鸳鸯歪在床上看袭人的针线呢，见宝玉来了，便说道："你往哪里去了？老太太等着你呢，叫你过那边请大老爷的安去。还不快换了衣服走呢。"袭人便进房去取衣服。宝玉坐在床沿上，褪了鞋等靴子穿的工夫，回头见鸳鸯穿着水红绫子袄儿，青缎子背心，束着白绫绸汗巾儿，脸向那边，低着头看针线，脖子上戴着扎花领子。宝玉便把脸凑在她脖项上，闻那粉香油气，不住用手摩挲，其白腻

1. 凤姐送茶叶给黛玉，后来还要提起，借此说趣话。细节小事，并非随便写过就算。"回家去坐着"之言，是恐石上冷意。（庚）

2. 此段其实只是过渡，毋须用力。脂评倒不放过，对"有何正事谈讲"说：为学诗伏线。（庚）对下棋看书说：棋不论盘，书不论章，皆是娇憨女儿神理。写得不即不离，似有若无，妙极。（庚）对整段说：是书最好看如此等处，系画家山水树头邱壑俱备，末用浓淡墨点苔法也。丁亥夏，畸笏叟。（庚）赞得都不是地方。

不在袭人之下。宝玉便猴上身去，涎皮笑道："好姐姐，把你嘴上的胭脂赏我吃了罢。"[1]一面说着，一面扭股糖似的粘在身上。鸳鸯便叫道："袭人，你出来瞧瞧。你跟他一辈子，也不劝劝，还是这么着。"[2]袭人抱了衣服出来，向宝玉道："左劝也不改，右劝也不改，你到底是怎么样？你再这么着，这个地方可就难住了。"[3]一边说，一边催他穿了衣服，同鸳鸯往前面来。

见过贾母，出至外面，人马俱已齐备。刚欲上马，只见贾琏请安回来了，正下马，二人对面，彼此问了两句话。只见旁边转出一个人来，"请宝叔安"。[4]宝玉看时，只见这人容长脸，长挑身材，年纪只好十八九岁，生得着实斯文清秀，倒也十分面善，只是想不起是哪一房的，叫什么名字。[5]贾琏笑道："你怎么发呆，连他也不认得？他是后廊上住的五嫂子的儿子芸儿。"宝玉笑道："是了，是了，我怎么就忘了。"因问他母亲好，这会子什么勾当。贾芸指贾琏道："找二叔说句话。"宝玉笑道："你倒比先越发出挑了，倒像是我的儿子。"[6]贾琏笑道："好不害臊！人家比你大四五岁呢，就替你作儿子了？"宝玉笑道："你今年十几岁？"贾芸道："十八了。"

原来这贾芸最伶俐乖觉，[7]听宝玉这样说，便笑道："俗语说的，'摇车里的爷爷，拄拐的孙孙'。虽然岁数大，山高高不过太阳。只从我父亲没了，这几年也无人照管教导。[8]如若宝叔不嫌侄儿蠢笨，认作儿子，就是我的造化了。"贾琏笑道："你听见了？认了儿子不是好开交的呢。"说着就进去了。宝玉笑道："明儿你闲了，只管来找我，别和他们鬼鬼祟祟的。[9]这会子我不得闲儿。明儿你到书房里来，和你说天话儿，我带你园里玩耍去。"说着扳鞍上马，众小厮围随往贾赦这边来。

见了贾赦，不过是偶感些风寒，先述了贾母问的话，然后自己请了安。贾赦先站起

1. 宝玉这一毛病一犯再犯，让照看他的人不能不担心。脂评：胭脂是这样吃法，看官阿经过否？（庚）"阿经过"有人校作"可经过"，虽不错，但不必，因为这是苏州话，批书人若非吴侬，当也是长期在那一带居住过的。

2. 鸳鸯叫袭人来看，好极。不骂宝玉，是不恶宝玉，然也对他此种不长进的毛病，大不以为然。又写出鸳、袭二人关系极亲密。

3. 袭人此语与后来对王夫人说的"防未然"的话，想法一脉相承。

4. 芸哥此处一现，后文不见突然。（庚）

5. 可见贾府一族支脉之繁。大族人众，毕真，有是理。（庚）

6. 虽然只是说笑，也显得过于老气横秋。难怪脂评说：何尝是十二三岁小孩语。（庚）说得有理。

7. "伶俐乖觉"是贾芸为人的特点，并无贬义。

8. 有机遇岂肯放过，一开口说话便伶俐。脂评批"父亲没了"二句说：虽是随机而应，伶俐人之语，余却伤心。（庚）一看知是畸笏批。

9. 妙在不说明宝玉认不认这个"儿子"，毕竟只是一句玩笑话，认真不得，故只表示乐意他前来。何其堂皇正大之语。（庚）

来回了贾母话，[1] 次后便唤人来："带哥儿进去太太屋里坐着。"宝玉领命退出，来至后面，进入上房。邢夫人见了他来，先倒站了起来，请过贾母的安，宝玉方请安。邢夫人拉他上炕坐了，方问别人，又命人倒茶来。一钟茶未吃完，只见那贾琮来问宝玉好。邢夫人道："哪里找活猴儿去！你那奶妈子死绝了！也不收拾收拾你，弄得黑眉乌嘴的，哪里像大家子念书的孩子！"

正说着，只见贾环、贾兰小叔侄两个也来了，请过安，邢夫人便叫他两个椅子上坐了。贾环见宝玉同邢夫人坐在一个坐褥上，邢夫人又百般摩挲抚弄他，早已心中不自在了，[2] 坐不多时，便和贾兰使眼色儿要走。贾兰只得依他，一同起身告辞。宝玉见他们要走，自己也就起身，要一同回去。邢夫人笑道："你且坐着，我还和你说话。"宝玉只得坐了。邢夫人向他两个道："你们回去，各人替我问你们各人母亲好。你们姑娘、姐姐、妹妹都在这里呢，闹得我头晕，今儿不留你们吃饭了。"[3] 贾环等答应着，便出来回家去了。

宝玉笑道："可是姐姐们都过来了，怎么不见？"邢夫人道："她们坐了一会子，都往后头不知哪屋里去了。"宝玉道："大娘方才说有话说，不知是什么话？"邢夫人笑道："哪里有什么话，不过叫你等着，同你姊妹们吃了饭去。[4] 还有一个好玩的东西给你带回去玩。"娘儿两个说话，不觉早又晚饭时节。调开桌椅，罗列杯盘，母女姐妹们吃毕了饭。宝玉辞别了贾赦，同姐妹们一同回家，见过贾母、王夫人等，各自回房安息。不在话下。

且说贾芸进去见了贾琏，因打听可有什么事情。贾琏告诉他说："前儿倒有一件事情出来，偏生你婶婶再三求了我，给了贾芹了。[5] 她许了我说，明儿园里还有几处要栽花木的地方，等这个工程出来，一定给你就是了。"贾芸听了，半晌说道："既是这样，我就等着罢。叔叔也不必先在婶婶跟前提我今儿来打听的话，到跟前再说也不迟。"[6] 贾琏道："提它作什么，我哪里有这些工夫说闲话儿呢。

1. 大家规矩如此。一丝不乱。（庚）

2. 贾环妒意可知，所以后来渐生歹心。

3. 从留不留饭一节，见邢夫人厚彼薄此的势利态度，也加深了赵姨娘、贾环对其媳凤姐和宝玉的妒恨。故脂评曰：一段为五鬼魇魔法作引。脂砚。（庚）

4. 如何？人情世态如此。宝玉一片天真，如何知道。

5. 上回贾琏对凤姐说，"好容易出来这件事，你又夺了去"，如今只好对贾芸作如此交代。反说体面话，惧内人累累如是。（庚）

6. "半响"是思忖贾琏既然做不了主，就该另求做得了主的人去。已得了主意了。（庚）

明日一个五更，还要到兴邑去走一趟，须得当日赶回来才好。你先去等着，后日起更以后你来讨信儿，早了我不得闲。"说着便回后面换衣服去了。

贾芸出了荣国府回家，<u>一路思量，想出一个主意来，便一径往他母舅卜世仁家来。</u>[1]原来卜世仁现开香料铺，方才从铺子里回来，忽见贾芸进来，彼此见过了，因问他这早晚什么事跑了来。贾芸道："有件事求舅舅帮衬帮衬。<u>我有一件事，用些冰片、麝香使用，好歹舅舅每样赊四两给我，八月里按数送了银子来。</u>"卜世仁冷笑道："再休提赊欠一事。[2]前儿也是我们铺子里一个伙计，替他的亲戚赊了几两银子的货，至今总未还上。因此我们大家赔上，立了合同，再不许替亲友赊欠。谁要错了，就罚他二十两银子的东道。况且如今这个货也短，你就拿现银子到我们这不三不四的小铺子里来买，也还没有这些，只好倒扁儿①去。这是一。二则你哪里有正经事，不过赊了去又是胡闹。你只说舅舅见你一遭儿就派你一遭不是。<u>你小人儿家很不知好歹，也到底立个主意，赚几个钱，弄得穿是穿吃是吃的，我看着也喜欢。</u>"[3]

贾芸笑道："舅舅说得倒干净。我父亲没的时候，我年纪又小，不知事。后来听见我母亲说，都还亏舅舅们在我们家作主意，料理的丧事。难道舅舅就不知道的，还是有一亩地、两间房子，如今我手里花了不成？巧媳妇做不出来没米的粥来，叫我怎么样呢？<u>还亏是我呢，要是别个，死皮赖脸三日两头儿来缠着舅舅，要三升米二升豆子的，舅舅也就没法儿呢。</u>"[4]

卜世仁道："我的儿，舅舅要有，还不是该的。我天天和你舅母说，只愁你没个算计儿。你但凡立得起来，到你大房里，<u>就是他们爷儿们见不着，便下个气，和他们的管家或者管事的人们嬉和嬉和②，也弄个事儿管管。</u>[5]前儿我出城去，撞见了你们三房里的老四，骑着大叫驴，带着四五辆车，

1. 想出的是如何让凤姐能照顾自己的主意。母舅名以谐音义示贬。既云"不是人"，如何肯共事，想芸哥此来空了。（庚）

2. 世态炎凉是此书中要描写的重点之一。前半部贾府尚处在繁华时，故除开卷写甄士隐岳丈封肃外只此等处略一写。后半部佚稿中写"家亡莫论亲"处必定不少。甥舅之谈如此，叹叹！（庚）

3. 不借倒也罢了，还要被教训一顿。这口气难咽。

4. 贾芸受气后的反驳，令母舅无以言对。芸哥亦善谈，井井有理。（庚）接着一条脂评，很值得注意：余二人亦不曾有是气。（庚）俞平伯曾因此怀疑脂砚斋是作者的舅舅。这是看反了，批语是指贾芸受其舅之气，非舅舅受外甥的气。作此评者是畸笏叟，即作者生父曹頫，沦为贱民后，也常有向人借贷度日事，虽有时也碰壁，不顺利，但也不曾受过贾芸那样的恶气，故云；是称赞作者这段文字写得生动。"余二人"，畸笏夫妇即作者之父母自指也。

5. 小人想出来的馊主意。可怜可叹，余竟为之一哭。（庚）

---

① 倒扁儿——同"倒掮"，这里是说无货，需到别的店铺里去套购货物来应付。
② 嬉和嬉和——巴结讨好的意思。

有四五十和尚、道士，往家庙里去了。<sup>1</sup>他那不亏能干，就有这样的事到他了！"贾芸听他唠叨得不堪，便起身告辞。<sup>2</sup>卜世仁道："怎么急得这样？吃了饭再去罢。"一句未说完，只见他娘子说道："你又糊涂了。<sup>3</sup>说着没有米，这里买了半斤面来下给你吃，这会子还装胖呢。留下外甥挨饿不成？"卜世仁说："再买半斤来添上就是了。"他娘子便叫女儿："银姐，往对门王奶奶家去问，有钱借二三十个，明日就送过来。"夫妻两个说话，那贾芸早说了几个"不用费事"，去得无影无踪了。<sup>4</sup>

不言卜家夫妇，且说贾芸赌气离了母舅家门，一径回归旧路。心下正自烦恼，一边想，一边低头只管走，不想一头就碰在一个醉汉身上，把贾芸唬了一跳。听那醉汉骂道："肏你妈的！瞎了眼睛，碰起我来了。"贾芸忙要躲身，早被那醉汉一把抓住，对面一看，不是别人，却是紧邻倪二。<sup>5</sup>原来这倪二是个泼皮，专放重利债，在赌博场吃闲钱，专爱打降<sup>①</sup>吃酒。如今正从欠钱人家索了利钱，吃醉回来，不想被贾芸碰了一头，正没好气，抢拳就要打。只听那人叫道："老二住手！是我冲撞了你。"倪二听见是熟人的语音，将醉眼睁开看时，见是贾芸，忙把手松了，趔趄着笑道："原来是贾二爷，我该死，我该死。<sup>6</sup>这会子往哪里去？"贾芸道："告诉不得你，平白的又讨了个没趣。"倪二道："不妨不妨，有什么不平的事，告诉我，替你出气。这三街六巷，凭他是谁，有人得罪了我醉金刚倪二的街坊，管叫他人家离散！"

贾芸道："老二，你且别气，听我告诉你这缘故。"说着，便把卜世仁一段事告诉了倪二。倪二听了大怒道："要不是令舅，我便骂出好话来，<sup>7</sup>真真气死我倪二。也罢，你也不用愁烦，我这里现有几两银子，你若用什么，只管拿去买办。但只一件，你我作了这些年的街坊，我在外头有名放帐的人，你却从没有和我张过口。也不知你厌恶我是个泼皮，怕低了你的身份；也不知你怕我难缠，利钱重？若说怕利钱重，这银子我是不要利钱的，也不用写文约；若说怕低了你的身分，我就不敢借给你了，<sup>8</sup>各自走开。"一面说，一面果然从搭包里掏出一卷

---

① 打降——斗殴、打架。一说为赌博术语，应念作"打杠"。

1. 与上一回贾芹捷足先登得到差使，送一群小和尚、道士去铁槛寺的事接上。文心细密。妙极，写小人口角羡慕之言加一倍。毕肖，即又是背面傅粉法。（庚）

2. 有志气，有果断。（庚）

3. "吃了饭再去"本是空头套话，娘子唯恐外甥会赖着，故立即上演一出双簧。虽写小人家琐细，一吹一唱，酷肖之至，却是一气逼出，后文方不突然，《石头记》笔仗全在如此样者。（庚）

4. 研究者多以为作者必有繁华生活的直接经验，其实倒是间接经验。反而是此类情节，非仅凭想象可得，必须实描，更难写得到位，很可能是作者亲自观察体验所得。有知识有果断人自是不同。（庚）

5. 气恼之时，又低头想事，走路碰人，再自然不过了。这一节对《水浒传》杨志卖刀遇没毛大虫一回看，觉好看多矣。己卯冬夜，脂砚。（庚）

6. 贾芸虽落魄，仍受街坊尊敬。如此称呼，可知芸哥素日行止，是"金盆虽破分量在"也。（庚）

7. 肝肠似火，大为抱不平；不骂出来比骂出来更好。仗义人岂有不知礼乎？何尝是破落户，冤杀金刚了。（庚）

8. 有自知之明。说得透，且能激将。知己知彼之话。（庚）

银子来。

　　贾芸心下自思："素日倪二虽然是泼皮无赖，却因人而使，颇颇的有义侠之名。[1]若今日不领他这情，怕他臊了，倒恐生事。不如借了他的，改日加倍还他也倒罢了。"想毕，笑道："老二，你果然是个好汉，我何曾不想着你，和你张口。但只是我见你所相与交结的，都是些有胆量的有作为的人，像我们这等无能为的你倒不理。[2]我若和你张口，你岂肯借给我。今日既蒙高情，我怎敢不领？回家按例写了文约过来便是了。"倪二大笑道："好会说话的人。我却听不上这话。[3]既说'相与交结'四个字，如何又放账给他使，图赚他的利钱！[4]既把银子借与他，图他的利钱，便不是相与交结了。闲话也不必讲。既你肯青目，这是十五两三钱有零的银子，你便拿去治买东西。你要写什么文契，趁早把银子还我，[5]让我放给那些有指望的人使去。"贾芸听了，一面接了银子，一面笑道："我便不写罢了，有何着急的。"倪二笑道："这才是了。天色黑了，也不让茶让酒，我还到那边有点事情去，你竟请回去。我还求你带个信儿与舍下，叫她们早些关门睡罢，我不回家去了。倘或有什么要紧事，叫我们女儿明儿一早到马贩子王短腿家来找我。"一面说，一面趔趄着脚儿去了，不在话下。[6]

　　且说贾芸偶然碰了这件事，心下也十分希罕，想那倪二倒果然有些意思，只是还怕他一时醉中慷慨，到明日加倍地要起来，便怎么处，心内犹疑不决。[7]忽又想道："不妨，等那件事成了，也可加倍还他。"想毕，一直走到个钱铺里，将那银子称一称，十五两三钱四分二厘。贾芸见倪二不撒谎，心下越发欢喜，收了银子来至家门，先到隔壁将倪二的信捎与他娘子，方回家来。见他母亲自在炕上拈线，见他进来，便问哪里去了一日。贾芸恐他母亲生气，便不说起卜世仁的事来，[8]只说在西府里等琏二叔的。问他母亲吃了饭不曾，他母亲吃过了，说留的饭在那里。叫小丫头子拿过来与他吃。那天已是掌灯时候，贾芸吃了饭，收拾安歇，一夜无话。

1. 有见识，有判断。"义侠"二字定评。

2. 不说你交结的也都是些强梁无赖之徒，却说"有胆量的有作为的人"，真能措辞！芸哥亦善谈，好口齿。（庚）

3. 也说他会说话，却不接受这类辞令。"光棍眼内揉不下砂子"是也。（庚）

4. 识得"义利"二字之言。如今不单是亲友言利。不但亲友，即闺阁中亦然。不但生意新发户，即大户旧族颇颇有之。（庚）评语有所感而发。

5. 爽快人，爽快话。（庚）

6. 以上情节有脂评提到有关佚稿内容及其真实素材：醉金刚一回文字，伏芸哥"仗义探庵"。余卅年来得遇金刚之样人不少，不及金刚者亦复不少，惜书上不便历注上芳讳，是余不是心事也。壬午孟夏。（靖）研究者有以为"探庵"即探监者，谓后来贾芸与小红共往"狱神庙慰宝玉"，此说未必是。贾府事败后，可能落到"庵"里受苦的不乏其人，惜春就是一个。又"壬午孟夏"为1762年，上推卅年为雍正十年（1732），这正是未完欠款的曹𫖯得提前脱枷获释，回家开始过平民生活之时。详见拙著本书文章《畸笏叟应是曹雪芹的父亲曹𫖯》。

7. 必有此疑惑方真实，反衬倪二不撒谎。

8. 孝心可感。孝心可敬，此人后来荣府事败，必有一番作为。（庚）后四十回续书将他写成偷卖巧姐的坏人，恰与作者原意相反。

次日一早起来洗了脸，便出南门，大香铺里买了冰、麝，便往荣国府来。打听贾琏出了门，贾芸便往后面来，到贾琏院门前，只见几个小厮拿着大高笤帚在那里扫院子呢。忽见周瑞家的从门里出来叫小厮们："先别扫，奶奶出来了。"贾芸忙上去笑问道："二婶婶往哪里去？"周瑞家的道："老太太叫，想必是裁什么尺头。"

正说着，只见一群人簇着凤姐出来了。贾芸深知凤姐是喜奉承、尚排场的，[1]忙把手逼着，恭恭敬敬抢上来请安。凤姐连正眼也不看，仍往前走着，只问他母亲好，"怎么不来我们这里逛逛？"贾芸道："只是身上不大好，倒时常记挂着婶子，要来瞧瞧，又不能来。"凤姐笑道："可是你会撒谎，不是我提起她来，你就不说想我了。"贾芸笑道："侄儿不怕雷打了，就敢在长辈前撒谎？昨儿晚上还提起婶婶来，说婶婶身子生得单弱，事情又多，亏婶婶好大精神，竟料理得周周全全。[2]要是差一点的，早累得不知怎么样呢。"

凤姐听了满脸是笑，不由得便止了步，问道："怎么好好的你娘儿两个在背地里嚼起我来？"贾芸道："有个原故，[3]只因我有个极好的朋友，家里有几个钱，现开香铺。只因他身上捐着个通判①，前儿选了云南不知哪一处，连家眷一齐去，他这香铺也不在这里开了。[4]便把账物攒了一攒，该给人的给人，该贱发的贱发了，像这细贵的货，都分着送了亲朋。他就一共送了我些冰片、麝香。我就和我母亲商量，[5]若要转卖，不但卖不出原价来，而且谁家拿这些银子买这个作什么，便是很有钱的大家，也不过使个几分几钱就挺折腰②了；若说送人，也没个人配使这些，倒叫他一文不值半文转卖了。因此我就想起婶婶来，往年间我还见婶婶大包的银子买这些东西呢。别说今年贵妃宫中，就是这个端阳节下，不用说这些香料自然是比往常加上十几倍的。因此想来想去，只有孝敬婶婶

1. 当家人有是派。（庚）"深知凤姐"是贾芸乖觉处。

2. 是真是假难说，即便是编的，也编得好，能让凤姐上钩。

3. 必有此一问。答曰"有个原故"，如此一说，便入正题。简捷自然。

4. 看来要说的话事先经周密构思，这位"朋友"去处最远，且不知何州何府，无法查证。

5. 自然带出与"母亲商量"来，等于回答了凤姐所问。

---

① 通判——知府的助理官。
② 挺折腰——到头、为止的意思。

才合式，方不算糟蹋这东西。"¹一边说，一边将一个锦匣举起来。

凤姐正是要办端阳的节礼、采买香料药饵的时节，忽见贾芸如此一来，听这一篇话，心下又是得意又是欢喜，便命丰儿接过芸哥儿的来，送了家去，交给平儿。因又说道："看着你这样知好歹，怪道你叔叔常提起，说你说话儿也明白，心里有见识。"²贾芸听这话入了港，便打进一步来，故意问道："原来叔叔也曾提我的？"凤姐见问，才要告诉他与他事情管的话，便忙又止住，心下想道："我如今要告诉他那话，倒叫他看着我见不得东西似的，为得了这点子香，就混许他管事了。今儿先别提这事。"³想毕，便把派他监种花木工程的事都隐瞒得一字不提，随口说了两句淡话，便往贾母那里去了。贾芸也不好提的，只得回来。

因昨日见了宝玉，叫他到外书房等着，贾芸吃了饭便又进来，到贾母那边仪门外绮霰斋书房里来。只见茗烟①、锄药两个小厮下象棋，为夺"车"正拌嘴；还有引泉、扫花、挑云、伴鹤四五个，又在房檐上掏小雀儿玩。⁴贾芸进入院内，把脚一跺，说道："猴头们淘气，我来了。"众小厮看见贾芸进来，都才散了。贾芸进入房内，便坐在椅子上问："宝二爷没下来？"茗烟道："今儿总没下来。二爷说什么，我替你哨探哨探去。"说着便出去了。

这里贾芸便看字画古玩，有一顿饭工夫还不见来，再看看别的小厮，都玩去了。正自烦闷，只听门前娇声嫩语地叫了一声"哥哥"。⁵贾芸往外瞧时，见是一个十六七岁的丫头，生得倒也细巧干净。那丫头见了贾芸，便抽身躲了过去。⁶恰值茗烟走来，见那丫头在门前，便说道："好，好，正抓不着个信儿。"贾芸见了茗烟，也就赶了出来，问怎么样。茗烟道："等了这一日，也没个人来。这就是宝二爷房里的。好姑娘，你进去带个信儿，就说廊上的二爷来了。"

那丫头听说，方知是本家的爷们，便不似先

1. 一番话能瞒过凤姐是绝大本领。也因听话者喜奉承，才令智昏。作续书者见贾芸能如此用心计，巴结凤姐谋得差使，便认定其必是奸邪之徒。实是不谙世事人情者之迂见。今之乡下老农老妇上城为求人办成急事，携一篮鸡蛋，背一袋土产作人情者多多，哪能都是奸邪之徒？

2. 看官须知凤姐所喜者是奉承之言，打动了心，不是见物而喜，若说是见物喜，便不是阿凤矣。（蒙）评语固有所见，然喜言与见物恐不能分得过清，凤姐也不是只喜听奉承话而不爱财物者。

3. 阿凤心机如此，维护威信为要，岂能让人小看了。芸儿且等着吧，会有结果的。

4. 宝玉外书房的一群小厮，写得鲜龙活跳。好名色。（庚）

5. 从芸儿耳中听出。"哥哥"，唤茗烟也。稚声稚气，惹人怜爱。

6. 从芸儿眼中看出。丫头见了陌生人须回避，当时都如此。

---

①　茗烟——其名在庚辰等本中前后不统一，如本回起用"焙茗"，第三十九回后又用"茗烟"。今统一用"茗烟"。

前那等回避，下死眼把贾芸钉了两眼。[1] 听那贾芸说道："什么是廊上廊下的，你只说芸儿就是了。"半晌，那丫头冷笑了一笑："依我说，二爷竟请回去罢，有什么话明儿再来。今儿晚上得空儿我回了他。"茗烟道："这是怎么说？"那丫头道："他今儿也没睡中觉，自然吃的晚饭早。晚上他又不下来。难道只是要的二爷在这里等着挨饿不成？[2] 不如家去，明儿来是正经。便是回来有人带信，那都是不中用的。他不过口里答应着，他倒给带呢！"贾芸听这丫头说话简便俏丽，待要问她的名字，因是宝玉房里的，又不便问，[3] 只得说道："这话倒是，我明儿再来。"说着便往外走。茗烟道："我倒茶去，二爷吃了茶再去。"[4] 贾芸一面走，一面回头说："不吃茶，我还有事呢。"口里说话，眼睛瞧那丫头还站在那里呢。

那贾芸一径回家。至次日来至大门前，可巧遇见凤姐往那边去请安，才上了车，见贾芸来，便命人唤住，[5] 隔窗子笑道："芸儿，你竟有胆子在我跟前弄鬼。怪道你送东西给我，原来你有事求我。[6] 昨儿你叔叔才告诉我说你求他。"贾芸笑道："求叔叔这事，婶婶休提，我这里正后悔呢。早知这样，我竟一起头儿求婶婶，这会子也早完了。[7] 谁承望叔叔竟不能的。"凤姐笑道："怪道你那里没成儿，昨儿又来寻我。"贾芸道："婶婶辜负了我的孝心，我并没有这个意思。若有这个意思，昨儿还不求婶婶。如今婶婶既知道了，我倒要把叔叔丢下，少不得求婶婶了，好歹疼我一点儿！"[8]

凤姐冷笑道："你们要拣远路儿走，叫我也难说。早告诉我一声儿，什么不成的，多大点子事，耽误到这会子。[9] 那园子里还要种树种花，我只想不出一个人来，你早来不早完了？"贾芸笑道："既是这样，婶婶明儿就派了我罢。"凤姐半晌说道："这个我看着不大好。[10] 等明年正月里的烟火灯烛那个大宗儿下来，再派你罢。"贾芸道："好婶婶，先把这个派了我罢。果然这个办得好，再派我那个。"[11] 凤姐笑道："你倒会拉长线儿。罢了，若不是你叔叔说，我不管你的事。[12] 我不过吃了饭就

1. 写小红见贾芸有层次。一见钟情，便从这"钉了两眼"始。这句是情苗上生。（庚）

2. 装出是宝玉身边亲近的丫头（其实连倒茶都不曾），故说来仿佛其起居情况十分了然，且不称"宝二爷"而称"他"。话中已可体味出对芸儿的爱意。一连两个"他"字，怡红院中使得，否则有假矣。（庚）

3. 又从芸儿感觉上来写，"说话简便俏丽"，是小红的擅长，后凤姐对此特欣赏。想问她名字，便透出好感，只是不敢造次。

4. 假客气，到处都有。滑贼。（庚）

5. 被正要走的凤姐唤住，不知出了何事？

6. 凤姐不是好糊弄的。虽被蒙过一时，只须将前后事一想就明白了。

7. 妙在贾芸能从容应对，且总能不离奉承凤姐。

8. 好芸儿，既能据理反驳，又正好顺着杆子往上爬。

9. 对芸儿找错门路略示不满，借此自诩：只有我才说了算。曹操语。（庚）

10. 故意吊胃口。又一折。（庚）

11. 眼前的先抓住，后来的也要。

12. 既应允了，又把照应芸儿之功推给贾琏，这是为何？总不认受冰、麝贿。（庚）

过来，你到午错的时候来领银子，后日就进去种树。"
说毕，命人驾起香车，一径去了。

贾芸喜不自禁，来至绮霰斋打听宝玉，谁知宝玉
一早便往北静王府里去了。[1] 贾芸便呆呆地坐到晌午，
打听凤姐回来，便写个领票来领对牌。至院外，命人
通报了，彩明走了出来，单要了领票进去，批了银数
年月，一并连对牌交与贾芸。贾芸接了，看那批上银
数批了二百两，心中喜不自禁，翻身走到银库上，交
与收牌票的，领了银子。回家告诉他母亲，自是母子
俱各欢喜。次日一个五鼓，贾芸先找了倪二，将前银
按数还他。[2] 那倪二见贾芸有了银子，他便按数收回，
不在话下。这里贾芸又拿了五十两，出西门找到花儿
匠方椿家里去买树，亦不在话下。[3]

如今且说宝玉，自那日见了贾芸，曾说明日着他
进来说话儿。如此说了之后，他原是富贵公子的口角，
哪里还把这个放在心上，因而便忘怀了。[4] 这日晚上，
从北静王府里回来，见过贾母、王夫人等，回至园内，
换了衣服，正要洗澡。袭人因被薛宝钗烦了去打结子；
秋纹、碧痕两个去催水；檀云又因她母亲的生日接了
出去；麝月又现在家中养病；虽还有几个作粗活听唤
的丫头，估量叫不着她们，都出去寻伙觅伴玩去了。
不想这一刻的工夫，只剩了宝玉在房内。偏生的宝玉
要吃茶，[5] 一连叫了两三声，方见两个老嬷嬷走进来。
宝玉见了她们，连忙摇手儿说："罢，罢！不用你们
了。"[6] 老婆子们只得退出。

宝玉见没丫头们，只得自己下来，拿了碗向茶壶
去倒茶。只听背后说道："二爷仔细烫了手！让我来
倒。"[7] 一面说，一面走上来，早接了碗过去。宝玉倒
唬了一跳，问："你在哪里的？忽然来了，唬我一跳。"
那丫头一面递茶，一面回说："我在后院子里，才从里
间的后门进来，难道二爷就没听见脚步响？"宝玉一
面吃茶，一面仔细打量那丫头，[8] 穿着几件半新不旧的
衣裳，倒是一头黑鬒鬒的好头发，挽着个鬏，容长脸面，
细巧身材，却十分俏丽干净。[9]

宝玉看了，便笑问道："你也是我这屋里的人
么？"[10] 那丫头道："是的。"宝玉道："既是这屋里的，

1. 两次来访未晤，免去烦琐枝蔓，
却成就了一段情缘。

2. 为人诚信，所以贾芸受街坊尊敬。

3. 买树种树事，除了表示贾府尚处
于盛时外，主要还是为写芸儿与
小红结缘情节的需要，所以越简
略越好。

4. 说得是。宝玉与存心要接近他的
贾芸当然不同。若是一个女孩儿，
可保不忘的。（庚）

5. "不想""偏生"，意即偶然、凑巧，
可见平时宝玉饮食起居，一刻也
离不了丫头们。

6. 宝玉喜欢女儿，却讨厌老嬷嬷，
嫌其不洁净也。反应之快，自是
宝玉之作为。

7. 奇峰突起。神龙变化之文，人岂
能测。（庚）

8. 六个"一面"是神情，并不觉厌。
（庚）

9. 从宝玉仔细打量中看出，似比芸
儿所见更胜。与贾芸目中所见不
差。（庚）

10. 开口便笑，神情如见。

我怎么不认得？"那丫头听说，便冷笑了一声道："爷认不得的也多，岂止我一个？从来我又不递茶递水，拿东拿西，眼见的事一点儿不作，爷哪里认得呢！"[1]宝玉道："你为什么不作那眼见的事？"[2]那丫头道："这话我也难说。[3]只是有一句话回二爷：昨儿有个什么芸儿来找二爷。我想二爷不得空儿，便叫茗烟回他，叫他今日早起来，不想二爷又往北府里去了。"

刚说到这句话，只见秋纹、碧痕嘻嘻哈哈地说笑着进入院来，两个人共提着一桶水，一手撩着衣裳，趔趔趄趄，泼泼撒撒的。那丫头便忙迎去接。[4]那秋纹、碧痕正对着抱怨，"你湿了我的裙子"，那个又说"你踹了我的鞋"。忽见走出一个人来接水，二人看时，不是别人，原来是小红。二人便都诧异，将水放下，忙进房来东瞧西望，并没个别人，只有宝玉，便心中大不自在。[5]只得预备下洗澡之物，待宝玉脱了衣裳，二人便带上门出来，走到那边房内便找小红，问她方才在屋里说什么。[6]小红道："我何曾在屋里的？只因我的手帕子不见了，往后头找手帕了去。不想二爷要茶吃，叫姐姐们一个没有，是我进去了，才倒了茶，姐姐们便来了。"

秋纹听了，兜脸啐了一口，骂道："没脸的下流东西！正经叫你催水去，你说有事故，倒叫我们去，你可等着做这个巧宗儿。一里一里的①，这不上来了。难道我们倒跟不上你了？你也拿镜子照照，配递茶递水不配！"[7]碧痕道："明儿我说给她们，凡要茶要水送东送西的事，咱们都别动，只叫她去便是了。"秋纹道："这么说，还不如我们散了，单让她在这屋里呢。"二人你一句我一句正闹着，只见有个老嬷嬷进来传凤姐的话说："明日有人带花儿匠来种树，[8]叫你们严禁些，衣服裙子别混晒混晾的。那土山上一溜都拦着帷幕呢，可别混跑。"秋纹便问："明儿不知是谁带进匠人来监工？"那婆子道："说是什么后廊上的芸哥儿。"秋纹、碧痕听了，都不知道，只管混问别的话。那小红听见了，心内却明白，[9]就知是昨儿外书房所见的那个人了。

原来这小红本姓林，小名红玉，只因"玉"字犯了林黛玉、宝玉，便都把这个字隐起来，便都叫她"小

---

① 一里一里的——步一步的。

1. 以冷笑应之，多怨怼之语。

2. 晋惠帝时，天下荒乱，百姓饿死。帝曰："何不食肉糜？"宝玉之问，虽不至于此，然其理则一。这是下情不能上达意语也。（庚）

3. "难说"二字隐多少宝玉不知情之事。不服气语，况非尔可完，故云"难说"。（庚）

4. 欲不被讥诮也。好，有眼色。（庚）

5. 大小丫头等级有序，分工内外有别，即可与主子亲近的程度各不相同，谁若逾越，必有人不乐意。这很像宫中嫔妃间争宠，彼此互有猜忌。对"大不自在"四字，脂评曰：四字渐露大丫头素日怡红细事也。（庚）

6. 步骤清清楚楚，要查问的，仍不依不饶。综上一段，脂评曰：怡红细事俱用带笔白描，是大章法也。丁亥夏，畸笏叟。（庚）

7. 连递茶水都讲配不配，小红为婢亦艰难。"难说"二句，全在此句来。（庚）

8. 接得紧。

9. 自然心里明白。

红"。原是荣国府中世代的旧仆，她父母现在收管各处房田事务。[1]这红玉年方十六岁，因分人在大观园的时节，把她便分在怡红院中，倒也清幽雅静。不想后来命人进来居住，偏生这一所儿又被宝玉占了。这红玉虽然是个不谙事的丫头，却因她原有三分容貌，心内着实妄想痴心地向上攀高，[2]每每的要在宝玉面前显弄显弄。只是宝玉身边一干人，都是伶牙利爪的，哪里插得下手去。[3]不想今儿才有些消息，又遭秋纹等一场恶意，心内早灰了一半。正闷闷的，忽然听见老嬷嬷说起贾芸来，不觉心中一动，便闷闷地回至房中，睡在床上暗暗盘算，翻来掉去，正没个抓寻。忽听窗外低低地叫道："红玉，你的手帕子我拾在这里呢。"红玉听了，忙走出来看，不是别人，正是贾芸。红玉不觉的粉面含羞，问道："二爷在哪里拾着的？"贾芸笑道："你过来，我告诉你。"一面说，一面就上来拉她。那红玉急回身一跑，却被门槛绊倒。[4]要知端的，下回分解。

1. 只是不说出林之孝的名字来，留待后文交代。

2. 向上高攀，人之所望，况有"三分容貌"。有"三分容貌"尚且不肯受屈，况黛玉等一干才貌者乎？（庚）八十回前未有黛玉受屈事，岂后半部佚稿情节中有此事？

3. 大观园并不是仙境，怡红院也不是欢乐谷，一群看似活泼可爱的女儿，照样也有钩心斗角，你争我夺。"难说"的原故在此。（庚）

4. 若不说穿，谁知是梦？既知是梦，再从"忽听"句起，细加玩味，竟句句是梦境方有。《红楼梦》写梦章法总不雷同，此梦更写得新奇，不见后文，不知是梦。（庚）红玉在怡红院为诸环所掩，亦可谓生不逢时，但看后四章供阿凤驱使可知。（庚）

## 【总评】

本回的主角是贾芸。贾芸为谋生来荣府，急着找事做。他"伶俐乖觉"，因宝玉一句戏言，便认其为父，虽则自己还比宝玉大了四五岁。他先求贾琏给他活儿干，接着又因其舅卜世仁正开着香料铺，想到端午节临近，赊些冰片、麝香去巴结凤姐以便于谋事。谁知其舅不但不帮衬，反而大加讥嘲，让他受尽了窝囊气。幸好遇近邻泼皮倪二仗义，供给银子，让他买来香料，完了心愿。文中写炎凉世态，极为生动、深刻；凤姐接受贾芸的"孝敬"，给他差使的过程，也写得曲折起伏，很不简单，凤姐与贾芸的个性、对话和心理活动，更是表现得十分到位。

在贾芸谋事过程中，穿插着小红初识贾芸，逐渐惹出一段相思情愫，由小红遗落一块手帕，梦见被贾芸拾得而逗出。从此回后的情节发展及读过已佚原稿的批书人所提示的线索看，不但梦境不妄，两人后来还由此结缘。脂评批贾芸说："此人后来荣府事败，必有一番作为"，还说他有"仗义探庵"事。虽详情莫知，但作者写这个曾向势利亲戚伸手告贷而听冷言、受闲气，被人瞧不起的贾芸，却能在贾府有危难时一显身手，是肯定的。而续书中将贾芸写得十分不堪，显然是看走眼了。

曹雪芹以贾府盛衰、荣枯为小说情节发展的主要线索，所以人物众多，场景铺得很开；续书作者则以宝、黛、钗爱情婚姻为故事的主要线索，所以用不着写这许多人和事。这是题材上创新与传统的两种不同思路。类似本回所写人物故事，与宝、黛、钗并无直接关系，这样的文字在八十回前是很多的。到了后四十回，则多数都被忽略不写，或只简单提到，因为主线随思路改变了。

# 第二十五回

## 魇魔法叔嫂逢五鬼　通灵玉蒙蔽遇双真

【题解】

　　本回用甲戌本回目。诸本各有异文。如庚辰本"叔嫂"作"姊弟","通灵玉蒙蔽"作"红楼梦通灵";别本还有改"双真"作"双仙"的，但所指都是同一情节。魇（yǎn 演）魔法，一种迷信活动，认为施行诅咒法术，可驱使鬼神害人，使人疯癫，甚至置人于死地。五鬼，恶煞之一。双真，双仙，指癞头和尚和跛足道人。上句说的是赵姨娘勾结马道婆，欲用魇魔法咒杀宝玉、凤姐叔嫂二人，让他们遇到恶鬼中邪。下句说被咒后的二人命在旦夕，幸遇癞僧、跛道二仙相救。办法是让本有"除邪祟"功能的通灵玉恢复它原来的效用，因为据二仙说它已被声色货利所"蒙蔽"，所以才不灵验。此回中尚写有别的情节，因宝玉和凤姐是小说的重要人物，他们遭人暗算，是他们生活中的一次重大劫难，故以此情节为主来标目。

　　话说红玉心神恍惚，情思缠绵，忽朦胧睡去，见贾芸要拉她，却回身一跑，被门槛子绊了一跤，唬醒过来，方知是梦。[1]因此翻来覆去，一夜无眠。至次日天明，方才起来，就有几个丫头来会她去打扫屋子地面，提洗脸水。这红玉也不梳洗，向镜中胡乱挽了一挽头发，洗了洗手，腰内束了一条汗巾子，便来扫。谁知宝玉昨儿见了红玉，也就留了心。若要直点名唤她来使用，<u>一则怕袭人等寒心；二则又不知红玉是何等行为，若好还罢了，若不好起来，那时倒不好退送的。</u>[2]因此心中闷闷的，早起来也不梳洗，只坐着出神。一时下来，[3]隔着纱屉子①，向外看得真切，只见好几个丫头在那里扫地，都擦胭抹粉，簪花插柳的，[4]独不见昨儿那一个。宝玉便趿了鞋，晃出了房门，只装着看花儿，这里瞧瞧，那里望望。一抬头，只见西南角上游廊底下栏杆外，<u>似有一个人在那里倚着，却恨面前有一株海棠花遮着，看不真切。</u>[5]只

1. 终于揭底。

2. 这顾虑该有。是宝玉心中想，不是袭人拈酸。（甲）不知"好"是如何讲？答曰：在"何等行为"四字上看便知。玉兄每"情不情"，况有情者乎？（甲）此与前送殡途中见村女二丫头而生情，同属"情不情"例子。

3. "一时下来"，庚辰本作"一时下了窗子"，是后人改笔，其后诸本多从之。其实是以讹传讹。原意是说坐在炕上和从炕上"下来"。宝玉连喝茶都要人倒，岂能自己去做下窗子这样的事。

4. 写几个打扮俗气的丫头，以区别"俏丽干净"的小红。

5. 只为写宝玉之多情。余所谓此书之妙，皆从诗词句中泛出者，皆系此等笔墨也。试问观者，此非"隔花人远天涯近"乎？（甲）"隔花"句出金圣叹批《西厢记》。

---

① 纱屉子——旧时窗户里层是用纱糊在木屉上的，透明通风，称"纱屉子"。

得又转了一步，仔细一看，可不是昨儿的那个丫头在那里出神？待要迎上去，又不好去的。正想着，忽见碧痕来催他洗脸，只得进去了。不在话下。

　　却说红玉正自出神，忽见袭人招手叫她，[1] 只得走来。袭人道："你到林姑娘那里去，把她们的喷壶借来使使，我们的还没有收拾了来呢。"红玉答应了，便往潇湘馆去。正走上翠烟桥，抬头一望，只见山坡上高处都拦着帷幕，方想起今儿有匠人在里头种树。因转身一望，只见那边远远的一簇人在那里掘土，贾芸正坐在山子石上。红玉待要过去，又不敢过去，只得闷闷地向潇湘馆取了喷壶回来，无精打彩自向房内倒着去。众人只说她一时身上不爽快，都不理论。[2]

　　展眼过了一日，[3] 原来次日就是王子腾夫人的寿诞。那里原打发人来请贾母、王夫人的，王夫人见贾母不去，自己也便不去了。倒是薛姨妈同凤姐儿并贾家三个姊妹、宝钗、宝玉一齐都去了，至晚方回。

　　且说王夫人见贾环下了学，便命他来抄个《金刚咒》唪诵①。[4] 那贾环在王夫人炕上坐了，命人点上灯，拿腔作势地抄写。[5] 一时叫彩云倒茶来，一时又叫玉钏儿来剪剪灯花，一时又说金钏儿挡了灯影。众丫鬟们素日厌恶他，都不答理。只有彩霞还和他合得来，[6] 倒了一钟茶递与他。见王夫人和人说话，便悄悄地向贾环说道："你安些分罢，何苦讨这个厌呢！"贾环道："我也知道了，你别哄我。如今你和宝玉好，把我不答理，我也看出来了。"彩霞咬着嘴唇，向贾环头上戳了一指头，说道："没良心的！才是狗咬吕洞宾，不识好人心！"[7]

　　两人正说着，只见凤姐来了，拜见过王夫

1. 这一招手，给红玉招来相思烦恼。

2. 心底事，没人知，没人管。文字到此一顿，狡猾之甚。（甲）

3. 此一句承上而来。必云"展眼过了一日"者，是反衬红玉"挨一刻似一夏"也，知乎？（甲）"挨一刻"句出《西厢记》。

4. 信佛人家抄经积善是常事，却因为此回涉鬼神情节而有。作者这种暗露先兆或称作引的行文方法和习惯，很值得研究者注意。用金刚咒引五鬼法。（甲）

5. 因受王夫人托付，就神气了起来。如此小事亦"拿腔作势"，可见上不得台面，难怪丫头们都瞧不起。

6. 情之所钟，非能以常理推断。暗中又伏一风月之隙。（甲）

7. 偏又讲蠢话，令彩霞有恨。脂评不得不归之于孽障：风月之情皆系彼此孽障所牵，虽云惺惺惜惺惺，但亦从孽障而来。蠢妇配才郎世间固不少，然俏女慕村夫者尤多，所谓孽障牵魔，不在才貌之论。（甲）此等世俗之言，亦因人而用，妥极当极。壬午孟夏，雨窗，畸笏。（庚）

―――――――――――
①　《金刚咒》唪（fěng 讽）诵——《金刚咒》，是《金刚般若波罗蜜经》中的咒语，佛家以为诵念它可以免除烦恼。唪诵，高声诵经。

人。王夫人便一长一短地问她，今儿是哪位堂客在那里，戏文如何，酒席好歹等话。说了不多几句话，宝玉也来了，进门见了王夫人，不过规规矩矩说了几句，便命人除去抹额，脱了袍服，拉了靴子，便一头滚在王夫人怀里。王夫人便用手满身满脸摩挲抚弄他，宝玉也搬着王夫人的脖子说长道短的。[1] 王夫人道："我的儿，你又吃多了酒，脸上滚热。你还只是揉搓，一会闹上酒来。还不在那里静静地倒一会子呢。"说着，便叫人拿个枕头来。宝玉听了便下来，在王夫人身后倒下，又叫彩霞来替他拍着。宝玉便和彩霞说笑，只见彩霞淡淡的，不大答理，两眼睛只向贾环处看。[2] 宝玉便拉她的手笑着："好姐姐，你也理我一理儿呢。"彩霞夺了手道："再闹，我就嚷了。"

　　二人正说，原来贾环听得见，素日原恨宝玉，如今又见他和彩霞厮闹，心中越发按不下这口毒气。虽不敢明言，却每每暗中算计，只是不得下手，[3] 今儿相离甚近，便要用蜡灯里的滚油烫他一下。因而故意装作失手，把那一盏油汪汪的蜡灯向宝玉脸上只一推。只听宝玉"嗳哟"了一声，满屋人都唬一跳。连忙将地下的戳灯挪过来，又将里外屋拿了三四盏，看时，只见宝玉满脸满头都是蜡油。王夫人又急又气，一面命人来替宝玉擦洗，一面又骂贾环。凤姐三步两步跑上炕去，给宝玉收拾着，[4] 一面笑道："老三还是这么慌脚鸡似的，我说你上不得高台盘。赵姨娘时常也该教导教导他才是。"[5] 一句话提醒了王夫人，王夫人便不骂贾环，便叫过赵姨娘来骂道："养出这样不知道理下流黑心种子来，也不管管！几番几次我都不理论，你们倒得了意了，[6] 这不越发上来了！"

　　那赵姨娘素日虽然也常怀嫉妒之心，不忿凤姐、宝玉两个，[7] 也不敢露出来；如今贾环又生了事，受这场恶气，不但吞声随受，而且还要替宝玉来收拾。只见宝玉左边脸上烫了一溜燎泡，幸而眼睛没动。王夫人看了，又是心疼，

1. 此时着力写母子柔情，正为强化接写宝玉被烫，王夫人的心疼。脂评只顾抒自身感触，定是畸笏无疑：余几几失声哭出。（甲）普天下幼年丧母者齐来一哭。（甲）畸笏即曹𫖯，必幼而丧生母者。

2. 顾忌贾环吃醋。

3. 所以后来在贾政前有诬宝玉强奸金钏未遂事，皆多日处心积虑的结果。

4. 必用凤姐上来收拾，正为其是赵姨娘将谋害的对象。阿凤活现纸上。（甲）

5. 必说出赵姨娘来。不是不教导，正是教导出来的。为下文紧一步。（庚）

6. 要激化双方冲突，这骂断不可少。"几番几次"可知下流行为非自今日始。补出素日来。（甲）

7. 点明两人。

又怕明日贾母问怎么回答，急得又把赵姨娘数落一顿。[1]然后又安慰了宝玉一回，又命取败毒消肿药来敷上。宝玉道："有些疼，还不妨事。明儿老太太问，就说是我自己烫的罢了。"[2]凤姐笑道："便说自己烫的，也要骂人为什么不小心看着，叫你烫了。横竖有一场气生，到明儿凭你怎么说去罢。"王夫人命人好生送了宝玉回房去后，袭人等见了都慌得了不得。

林黛玉见宝玉出了一天门，就觉得闷闷的，没个可说话的人。至晚，正打发人来问了两三遍回来没有，这遍方才说回来，偏生又烫了脸。林黛玉便赶着来瞧，只见宝玉正拿镜子照呢，左边脸上满满地敷着一脸药。黛玉只当烫得十分利害，忙上来问："怎么烫了？"要瞧瞧。宝玉见她来了，忙把脸遮着，摇手不肯叫她看。——知道她的癖性喜洁，见不得这些东西。林黛玉自己也知道有这件癖性，知道宝玉的心内怕她嫌脏，[3]因笑道："我瞧瞧烫了哪里了，有什么遮着藏着的！"一面说，一面就凑上来，强搬着脖子瞧了一瞧，问他疼得怎么样。宝玉道："也不很疼，养一两日就好了。"黛玉坐了一回，闷闷地回房去了。一宿无话。次日，宝玉见了贾母，虽然自己承认是自己烫的，不与别人相干，免不得贾母又把跟从的人骂一顿。

过了一日，就有宝玉寄名的干娘马道婆进荣国府来请安。[4]见了宝玉，唬了一跳，问起原故，说是烫的，便点头叹惜一回，又向宝玉脸上用指头画了几画，又口内嘟嘟嚷嚷地持诵了一回，就说道："管保你好了，这不过是一时飞灾。"又向贾母道："祖宗老菩萨哪里知道，那经典佛法上说得利害，[5]大凡那王公卿相人家的子弟，只一生下来，暗中就有许多促狭鬼跟着他，得空便拧他一下，掐他一下，或吃饭时打下他的饭碗来，或走着推他一跤，所以往往的那大家子的子孙多有长不大的。"

1. 总是为楔紧"五鬼"一回文字。（甲）

2. 这才是宝玉。宝玉身上毛病固也不少，但姊妹们丫头们都喜欢亲近他，正因其心地纯真善良也。才遭兄弟暗算，却不记恨，写来与贾环恰成对照。玉兄自是悌之心性，一叹。（甲）又评"宝玉被烫"一段曰：为五鬼法作耳，非泛文也。雨窗。（庚）

3. 借此细节写宝玉、黛玉彼此体贴之心意。

4. 此书中第一邪恶阴毒的妇人，便是这个姓马的道婆。今研究者中有主张曹雪芹即曹頫遗腹子曹天佑者，因定其出生为1715年。若果真如此，则其生母即为马氏，小说本荒唐言，可信手拈来之姓氏何止百家，怎么偏偏将其母姓用于这一恶婆身上，这种可能性存在吗？这与雪芹将自己大名天佑（如果他真是"官州同"的曹天佑的话），用来作小说中跑龙套人物吴天佑拟名（第十六回）一样不可思议。

5. 此等邪说岂真出于"经典佛法"？不过随口编造，用来吓唬老太太，以便伺机图利耳。一段无伦无理信口开河的浑话，却句句都是耳闻目睹者，并非杜撰而有，作者与余实实经过。（甲）是畸笏叟批。

贾母听如此说，便赶着问道："这可有什么佛法解释①没有呢？"马道婆道："这个容易，只是替他多多做些因果善事也就罢了。¹再那经上还说，西方有位大光明普照菩萨，专管照耀阴暗邪祟，若有那善男子、善女子虔心供奉者，可以永佑儿孙康宁安静，再无惊恐邪祟撞客②之灾。"贾母道："倒不知怎么供奉这位菩萨呢？"马道婆道："也不值什么，不过除香烛供养之外，一天多使几斤香油，添在大海灯里。这海灯就是菩萨的现身法像③，昼夜是不敢熄的。"贾母道："一天一夜也得多少油？明白告诉我，我好做这件功德。"马道婆听如此说，便笑道："这也不拘，随施主们心愿舍罢了。像我们庙里，就有好几处的王妃诰命供奉：南安郡王太妃，她许的多，愿心大，一天是四十八斤油，一斤灯草，²那海灯也只比缸略小些；锦田侯的诰命次一等，一天不过二十四斤油；再还有几家也有五斤的，三斤的，一斤的，都不拘数。那小家子舍不起这些，就是四两半斤，也少不得替他点。"贾母听了，点头思忖。³马道婆又道："还有一件，若是为父母尊亲长上点，多舍些不妨；像老祖宗如今为宝玉，若舍多了倒不好，还怕哥儿禁不起，倒折了福，⁴也不当家④。要舍，大则七斤，小则五斤，也就是了。"⁵贾母说："既这样，你就一日五斤合准了，每月来打趸关了去⑤。"马道婆念了一声"阿弥陀佛，慈悲大菩萨"。贾母又命人来吩咐道："以后大凡宝玉出门的日子，拿几串钱交给他小子们带着，遇见僧道穷苦之人好施舍的。"

说毕，那马道婆又闲话了一回，便又往各院各房问安，闲逛了一回。一时来至赵姨娘房内，⁶二人见过，赵姨娘叫小丫头倒了茶来与她

1. 心中已有成算了。看她放下诱饵。

2. 此诈骗犯惯用骗辞的套路。贼婆先用大铺排之。（甲）

3. 此处有两条用语相同而长短繁简不同的脂评："点头思忖"是量事之大小，非吝涩也。日费香油四十八斤，每月油二百五十余斤，合钱三百余串，为一小儿如何服众？太君细心若是。（甲）庚辰本有眉批，前两句全同，无后面"日费香油"等四五句而署为壬午夏，雨窗，畸笏。不知是先作评语较长，后删削，还是先作评语较短，后增饰。我猜是前者，因为账算错了：日费四十八斤，每月应是一千四百四十斤才对，畸笏连算账都不会，大概是后来知错而改的吧。

4. 说出仿佛设身处地为贾母着想的话来，以便让听者上钩。贼盗婆，是自太君思忖上来，后用如此数语收之，使太君必心悦诚服愿行。贼婆，贼婆！赞我作者许多心机摹写也。（甲）

5. 终于开出价码来了，不信你不照付。

6. 叙来必合情合理。有"各院各房"，按此方不觉突然。（甲）

----

① 解释——这里是解除、脱免的意思。
② 撞客——迷信以为人突然精神失常是鬼神附体，叫"撞客"。
③ 现身法像——菩萨变幻出来的化身形象。
④ 不当家——不妥当。
⑤ 打趸（dǔn 盹）关了去——算出总数领走。趸，整数。关，领取。

吃。马道婆因见炕上堆着些零碎绸缎湾角，赵姨娘正粘鞋呢。马道婆道："可是我正没有鞋面子。赵奶奶，你有零碎缎子，不拘什么颜色，弄一双给我。"[1]赵姨娘听说，叹口气道："你瞧瞧那里头，还有哪一块是成样的？成样的东西，也到不了我手里来！有的没的都在那里，你不嫌，就挑两块子去。"那马道婆见说，果真挑了两块袖起来。

赵姨娘问道："可是前日我送了五百钱去药王①跟前上供，你可收了没有？"马道婆道："早已替你上了供了。"赵姨娘叹口气道："阿弥陀佛！我手里但凡从容些，也时常地上个供，只是心有余力量不足。"马道婆道："你只管放心，将来熬得环哥儿大了，得个一官半职，[2]那时你要做多大的功德不能？"赵姨娘听了，鼻子里笑了一声，[3]道："罢，罢，再别说起。如今就是个样儿，我们娘儿们跟得上哪一个！也不是有了宝玉，竟是得了个活龙。他还是小孩子家，长得得人意儿，大人偏疼他些也还罢了；[4]我只不服这个主儿。"一面说，一面伸出俩指头来。[5]马道婆会意，便问道："可是琏二奶奶么？"赵姨娘唬得忙摇手儿，走到门前，掀帘子向外看看无人，[6]方进来向马道婆悄悄地说道："了不得，了不得！提起这个主儿，这一分家私要不教她搬送了娘家去，我就不是个人！"[7]

马道婆道："我还用你说，难道都看不出来。也亏你们心里都不理论，只凭她去。倒也妙。"[8]赵姨娘道："我的娘，不凭她去，难道谁还敢把她怎么样？"马道婆听说，鼻子里一笑，半晌说道："不是我说句造孽的话，你们没有本事也难怪。明不敢怎么样，暗里也就算计了，还等到这时候！"[9]赵姨娘听这话有道理，心里暗暗地欢喜，便问道："怎么暗里算计？我倒有这心，只是没这样的能干人。你若教给我这法子，我大大的谢你。"[10]马道婆听说这话打拢了一处，

① 药王——迷信认为能施良药治病痛的菩萨。

1. 必用小事引起，又见马道婆之贪心。所以听说有钱，鬼便推磨矣。

2. 随口一句奉承话，恰好引出赵姨娘的一腔怨气来。

3. 活画。

4. 视宝玉为环儿出头一大障碍，却未加恶语。赵姬数语可知玉兄之身分，况在背后之言。（甲）

5. 凤姐之威，令赵氏畏惧如此。活现赵姬。（甲）

6. 画出贼头狗脑心虚模样。

7. 所以积愤怀恨，原来为此。这是炉心的正题目。（蒙）

8. 看出赵姬心思，便激一激，以探其深浅虚实。

9. 才得了贾母为保孙平安的好处，转过身便想下毒手，还是"宝玉寄名的干娘"呢！贼婆操必胜之券，赵姬已堕术中，故敢直出明言，可畏可怕。（甲）

10. 这一句抓住了贼道婆的心。

她便又故意说道:"阿弥陀佛! 你快休来问我,我哪里知道这些事。罪过罪过! "¹赵姨娘道:"又来了,你是最肯济困扶危的人,难道就眼睁睁地看着人家来摆布死了我们娘儿两个不成? 还是怕我不谢你? "马道婆听说如此,便笑道:"若说我不忍叫你娘儿们受人委屈还犹可,若说'谢'的这个字,可是你错打了砝码了。就便是我希图你的谢,靠你又有些什么东西能打动我? "²赵姨娘听这话口气松了些,便道:"你这么个明白人,怎么也糊涂起来了。你若果然法子灵验,把他两个绝了,明日这家私不怕不是我环儿的。那时你要什么不得? "马道婆听说,低了头,半晌说道:"那时候事情妥当了,又无凭据,你还理我呢! "³赵姨娘道:"这又何难! 如今我虽手里没什么,也零零碎碎攒了几两梯己,还有几件衣服、簪子,你先拿了去。下剩的,我写个欠银子文契给你,⁴你要什么保人也有,到那时我照数给你。"马道婆道:"果然这样? "赵姨娘道:"这如何撒得谎! "说着,便叫过一个心腹婆子来,耳根底下嘁嘁喳喳说了几句话。那婆子出去了,一时回来,果然写了个五百两的欠契来。赵姨娘便印了手模,⁵走到厨柜里将梯己拿了出来,与马道婆看看,道:"这个你先拿了去做香烛供奉使费,可好不好? "马道婆看看白花花的一堆银子,又有欠契,并不顾青红皂白,满口里应着,⁶伸手先去接了银子掖起来,然后收了欠契。又向裤腰里掏了半晌,掏出十几个纸铰的青脸红发的鬼来,并两个纸人,⁷递与赵姨娘。又悄悄地道:"把他两个的年庚八字写在这两个纸人身上,一并五个鬼都掖在他们各人的床上就完了。我只在家里作法,自有效验。千万小心,不要害怕! "⁸正才说完,只见王夫人的丫鬟进来找,道:"奶奶可在这里,太太等你呢。"二人方散了,不在话下。

　　却说黛玉因见宝玉近日烫了脸,总不出门,倒时常在一处说说话儿。这日饭后,看了二三

1. 注意"故意"二字,似拒实迎也。要做谋财害命的事,故又念佛又说"罪过"。远一步却是近一步,贼婆,贼婆! (甲)

2. 是探问能有多少回报。探谢礼大小,是如此说法,可怕可畏! (甲)

3. 不是想事情能不能做,而是想如何才能保证钱财到手,所以要索取"凭据"。

4. 急切想成事,故不惜血本,又坏又蠢。

5. 物以类聚,坏人干坏事,必有"心腹",所以办起来十分利索。所谓狐群狗党是也,大族所在不免,看官着眼。(庚)痴妇愚妇。(甲)

6. 目的已达到,再无所求。有道婆作干娘者来看此句,"并不顾"三字怕杀人,千万件恶事,皆从三字生出来,可怕可畏可警,可长存戒之。(甲)

7. 专业得很,什么"阿弥陀佛""罪过",其实早有准备。如此现成,想贼婆所害之人,岂止宝玉、阿凤二人哉! 大家太君、夫人诚之慎之! (庚)

8. 诚其轻心,壮其贼胆,作恶老手经验谈。脂评马道婆一段:宝玉乃贼婆之寄名儿,一样下此毒手,况阿凤乎! 三姑六婆之为害如此。即贾母之神明,在所不免,其他只知吃斋念佛之夫人、太君,岂能防范得来。此作者一片婆心,不避嫌疑,特为写出。看官再四着眼,吾家儿孙慎之戒之! (甲)

篇书，自觉无味，便同紫鹃、雪雁做了一回针线，更觉烦闷。便倚着房门出了一回神，信步出来，看阶下新迸出的稚笋，[1]不觉出了院门。一望园中，四顾无人，惟见花光柳影，鸟语溪声。[2]林黛玉信步便往怡红院来，只见几个丫头舀水，都在回廊上围着看画眉洗澡呢。[3]听见房内有笑声，林黛玉便入房中看时，原来是李宫裁、凤姐、宝钗都在这里呢，一见她进来，都笑道："这不又来了一个！"林黛玉笑道："今儿齐全，倒像谁下帖子请来的。"凤姐道："前儿我打发人送了两瓶茶叶去，[4]你往哪去了？"林黛玉笑道："可是，我倒忘了，多谢多谢！"凤姐儿又道："你尝了可还好不好？"没有说完，宝玉便道："论理可倒罢了，只是我说不大甚好，可也不知别人尝着怎么样。"宝钗道："味倒轻，只是颜色不很好。"[5]凤姐道："那是暹罗①进贡来的。我尝着也没什么趣儿，还不如我每日吃的呢。"黛玉道："我吃着好。"[6]宝玉道："你果然吃着好，把我这个也拿了去罢。"凤姐道："你真爱吃，我那里还有呢。"林黛玉道："果真的？我就打发人取去了。"凤姐道："不用取去，我叫人送来就是了。我明日还有一件事求你，一同打发人送来。"

　　林黛玉听了笑道："你们听听，这是吃了她一点子茶叶，就来使唤我了。"凤姐笑道："倒求你，你倒说这些闲话。你既吃了我们家的茶，怎么还不给我们家作媳妇？"众人听了，都一齐笑起来。[7]黛玉便红了脸，一声儿也不言语，回过头去了。李宫裁笑向宝钗道："真真我们二姊子的诙谐是好的。"[8]林黛玉含羞笑道："什么诙谐，不过是贫嘴贱舌讨人厌恶罢了！"[9]说着便啐了一口。凤姐笑道："你别作梦！给我们家作了媳妇，你想想——"便指宝玉道："你瞧，人物儿

---

① 暹（xiān 先）罗——今泰国一带的古国名。

1. 脂评又指其从诗句泛出：所谓"闲倚绣房吹柳絮"是也。（甲）此李商隐《访人不遇留别馆》诗，"绣房"原作"绣帘"。妙，妙，"笋根稚子无人见"，今得颦儿一见，何幸如之？（甲）此杜甫《漫兴九首》之七诗句。

2. 不必寻出处，自有诗情画意洋溢文字间。

3. 佳趣横生。狂风暴雨即将袭来，特用悦心笔墨作反衬。闺中女儿乐事。（甲）

4. 凡与情节发展相关，即使是琐事，都不突然冒出来。有照应。（庚）

5. 因为要借"吃茶"二字说出重要趣话来，所以先对茶味茶色议论一番，以免读者轻忽。二宝答言是补出诸艳俱领过之文。乙酉冬，雪窗，畸笏老人。（庚）

6. 与凤姐说诙谐话又近了一步。卿爱因味轻也。卿如何担得起味厚之物耶？（甲）

7. 旧时女子受聘叫"吃茶"，故有此谑。二玉之配偶，在贾府上下诸人，即观者、批者、作者皆谓无疑，故常常有此点题语。我也要笑。（庚）二玉事在贾府上下诸人，即看书人、批书人皆信定一段好夫妻，书中常常每每道及，岂其不然！叹叹。（甲）既然上自贾母、下至丫环都对宝黛婚事无疑，则雪芹原意非如续书所写取钗弃黛甚明。"岂其不然"，是大家都想不到的意思。倘若凤姐后来设下"调包计"促成黛玉夭亡，而这里又故意开她的玩笑，批书人岂能不切齿，而反说"我也要笑"？

8. 好赞！该她赞。（庚）李纨是厚道人，从不嘲弄人，故曰"该她赞"。程高本删去"李宫裁"名字而篡改成"宝钗笑道：我们二嫂子的诙谐是好的。"移花接木，故意给人造成宝钗有心藏奸，与凤姐心照不宣的错觉。

9. 此句还要候查。（甲）

门第配不上，还是根基配不上？模样儿配不上，是家私配不上？哪一点玷辱了谁呢？"[1]

林黛玉便起身要走。宝钗便叫道："颦儿急了，还不回来坐着！走了倒没意思。"[2]说着便站起来，拉住。只见赵姨娘和周姨娘两个人进来瞧宝玉。[3]李宫裁、宝钗、宝玉等都让她两个坐。独凤姐只和黛玉说笑，正眼也不看她们。宝钗方欲说话时，只见王夫人房内的丫头来说："舅太太来了，请奶奶、姑娘们出去呢。"李宫裁听了，忙叫着凤姐等要走。赵、周两个也忙辞了宝玉出去。宝玉道："我也不能出去，你们好歹别叫舅母进来。"又道："林妹妹，你先站一站，我和你说一句话。"凤姐听了，回头向黛玉笑道："有人叫你说话呢。"说着便把林黛玉往里一推，[4]和李纨一同去了。

这里宝玉拉着黛玉的袖子，只是嘻嘻地笑，心里有话，只是口里说不出来。[5]此时，林黛玉只是禁不住把脸红涨起来了，挣着要走。宝玉忽然"嗳哟"了一声，说："好头疼！"[6]林黛玉道："该，阿弥陀佛！"[7]只见宝玉大叫一声："我要死！"将身一纵，离地跳有三四尺高，嘴里乱嚷乱叫，说起胡话来了。林黛玉并丫头们都唬慌了，忙去报知贾母、王夫人等。此时，王子腾的夫人也在这里，都一齐来时，宝玉越发拿刀弄杖，寻死觅活的。贾母、王夫人见了，唬得抖衣乱颤，且"儿"一声"肉"一声恸哭起来。于是惊动众人，连贾赦、邢夫人、贾珍、贾政、贾琏、贾蓉、贾芸、贾萍、薛姨妈、薛蟠并家中一干家人、上上下下里里外外众媳妇丫头等，都来园内看视，登时乱麻一般。[8]正都没个主见，只见凤姐手持一把明晃晃钢刀砍进园来，见鸡杀鸡，见狗杀狗，见人就要杀人。[9]众人越发慌了。周瑞媳妇忙带着几个有力量的胆壮的婆娘上去抱住，夺下刀来，抬回房去。平儿、丰儿等哭得泪天泪地。贾政等心中也有些烦难，顾了这里，丢不下那里。

别人慌张自不必讲，独有薛蟠更比诸人忙

1. 逼得凤姐将话转暗为明。写大凶之前，先给人以大吉之喜悦，以便与下文造成落差。大大一泻，好接后文。（甲）

2. 凤姐谐笑也是好意，何不大大方方坐着。宝钗绝无丝毫妒意。

3. 借瞧瞧被烫的宝玉来探虚实，不用问周是被赵拉来的。

4. 凤姐有心促宝黛成一对，再明白不过了。

5. 所谓"好事多磨""乐极悲生"竟如此写来。看似已到香巢垒成之时，却原来是人去巢倾。情节安排颇具象征性。是已受镇，说不出来，勿得错会了意。（甲）

6. 脂评赞此段用笔：自黛玉看书起，闲闲一段写来，真无容针之空。如夏日乌云四起，疾闪长雷不绝，不知雨落何时，忽然霹雳一声，倾盆大注，何快如之，何乐如之，真令人宁不叫绝！（庚）

7. 如此才真实。黛玉念佛，是吃茶之语在心故也，然摹写神妙，一丝不漏如此。己卯冬夜。（庚）

8. 宝玉的安危，惊动多少人！写玉兄惊动若许人忙乱，正写太君一人之钟爱耳，看官勿被作者瞒过。（庚）

9. 一波未平，一波又起，来势更骇人。荣国府非农家大院，哪能真放养鸡狗，然文字必如此写方见景象之可怖，若拘泥于有无，则呆矣。此处焉用鸡犬，然辉煌富丽非处家之常也，鸡犬闲闲始为儿孙千年之业，故于此处必用鸡犬二字，方是一簇腾腾大舍。（甲）解说却难苟同。

到十分去：又恐薛姨妈被人挤倒，又恐薛宝钗被人瞧见，又恐香菱被人臊皮——知道贾珍等是在女人身上做功夫的，因此忙得不堪。忽一眼瞥见了林黛玉风流婉转，已酥倒在那里。[1]

当下众人七言八语，有的说请端公送祟的，有的说请巫婆跳神①的，有的又荐玉皇阁的张真人，种种喧腾不一。也曾百般的医治祈祷，问卜求神，总无效验。堪堪日落。王子腾的夫人告辞去后，次日王子腾自己亲来瞧问。接着小史侯家、邢夫人兄弟辈并各亲眷都来瞧看，[2]也有送符水的，也有荐僧道的，也都不见效。他叔嫂二人越发糊涂，不省人事，睡在床上，浑身火炭一般，口内无般不说。到夜时，那些婆娘、媳妇、丫头们都不敢上前。因此把他二人都抬到王夫人的上房内，[3]夜间派了贾芸等带着小厮们挨次轮班看守。贾母、王夫人、邢夫人、薛姨妈等寸地不离，只围着干哭。

此时贾赦、贾政又恐哭坏了贾母，日夜熬油费火，闹得人口不安，也都没有主意。贾赦还是各处去寻僧觅道。贾政见都不灵效，着实懊恼，因阻贾赦道：[4]"儿女之数，皆由天命，非人力可强者。他二人之病出于不意，百般医治不效，想天意该当如此，也只好由他们去罢。"贾赦也不理此话，仍是百般忙乱，哪里见些效验。看看三日光阴，那凤姐和宝玉躺在床上，越发连气都将没了。合家人口无不惊慌，都说没了指望，忙着将他二人的后世衣履都治备下了。贾母、王夫人、贾琏、平儿、袭人这几个人更比诸人哭得忘餐废寝，觅死寻活。赵姨妈、贾环等心中欢喜称愿。[5]

到了第四日早晨，贾母等正围着他两个哭时，只见宝玉睁开眼说道："从今以后，我可不在你家了！[6]快些收拾打发我走罢。"贾母听了这话，如同摘去心肝一般。[7]赵姨娘在旁劝道："老太太也不必过于悲痛了，哥儿已是不中用了，不如把

1. 写薛蟠忙乱一段，脂评多赞语，如：写呆兄忙是躲烦碎文字法。好想头，好笔力。《石头记》最得力处在此。（庚）忙中写闲，真大手眼，大章法。（甲）都不免过誉。

2. 以惊动亲眷前来瞧看，烘染府内忙乱不安情状。

3. 安置得妥当。收拾得干净有着落。（甲）

4. 贾赦、贾政虽都着急，但仍能看出二人处事的不同态度来。政老听由天意的话，脂评：念书人自应如是语。（甲）

5. 补明赵姨进怡红为作法也。（甲）"补明"之说不确，然前写赵姨来瞧宝玉"为作法"自不错，否则纸人如何能塞到宝玉床上。

6. "语不惊人死不休"，此之谓也。（甲）所引杜甫《江上值水如海势聊短述》诗。续书写黛玉死前亦作此语，乃效颦也。

7. 形容得出。

---

① 端公送祟、巫婆跳神——端公，巫师。旧有烧纸送鬼祟的迷信活动。巫婆烧香上供，手舞足蹈，装成神仙附体的样子，自称代神降旨，叫"跳神"。

哥儿的衣裳穿好，让他早些回去罢，也免些苦；只管舍不得他，这口气不断，他在那世里也受罪不安生。"¹这些话没说完，被贾母照脸啐了一口唾沫，骂道："烂了舌根的混账老婆，谁叫你来多嘴多舌的！你怎么知道他在那世里受罪不安生？怎么见得不中用了？你愿他死了，有什么好处？²你别做梦！他死了，我只和你们要命。素日都是你们调唆着逼他写字念书，把胆子唬破了，³见了他老子还不像个避猫鼠儿？都不是你们这起淫妇调唆的！这会子逼死了他，你们遂了心了，我饶哪一个！"一面骂，一面哭。贾政在旁听见这些话，心里越发难过，便喝退赵姨娘，自己上来委婉解劝。一时又有人来回说："两口棺材都做齐了，请老爷出去看。"贾母听了，如火上浇油一般，便骂道："是谁做了棺材？"一叠连声只叫把做棺材的拉来打死。⁴

正闹得天翻地覆，没个开交，只闻得隐隐的木鱼声响，⁵念了一句："南无解冤孽菩萨。"又听说道："有那人口不安，家宅颠倾，或逢凶险，或中邪祟不利者，我们善能医治。"贾母、王夫人等听见这些话，哪里还耐得住，便命人去快请来。贾政虽不自在，奈贾母之言如何违拗；又想如此深宅，何得听得如此真切，心中亦是希罕，便命人请了进来。⁶众人举目看时，原来是一个癞头和尚与一个跛足道人。⁷只见那和尚是怎生模样：

> 鼻如悬胆两眉长，目似明星蓄宝光，
> 破衲芒鞋无住迹，腌臜更有满头疮。

看那道人又是怎生模样，但见：

> 一足高来一足低，浑身带水又拖泥。
> 相逢若问家何处，却在蓬莱弱水西①。⁸

贾政问道："你道友二人在哪庙焚修？"那僧笑道："长官不须多言。"⁹因闻得尊府人口不利，故特来

1. 称心如愿人必有这番假惺惺姿态，可惜句句是不入耳话，贾母如何听得下去？

2. 该！挨这顿臭骂一点也不冤枉。

3. 骂至"有什么好处"，只能佩服贾母神明，其直觉丝毫不错。可一到探究原因，就犯糊涂了，是被溺爱蒙蔽住了。奇语，所谓溺爱者不明，然天生必有是一段文字的。（甲）

4. 再接再厉，总要将贾母决不愿作不利估计的心情激到极限。偏写一头不了又一头之文，真步步紧之文。（甲）

5. 溺水者凡能抓住的任何浮物都不会放过。真可谓钧天九奏箫韶乐，未抵木鱼剥啄声。不费丝毫勉强，轻轻收住数百言文字，《石头记》得力处全在此处。以幻作真，以真为幻，看书人亦要如此看为幸。（甲）

6. 贾政本不甚信僧道巫师装神弄鬼事，故心态有此一番曲折。作者是幻笔，合屋俱是幻耳，焉能无闻？（甲）政老亦落幻中。（甲）

7. 二仙别来无恙。僧因凤姐，道因宝玉，一丝不乱。（甲）据此评僧道还有分工，则宝玉最后出家似乎只须一道，不必僧道都来到，也如写甄士隐、柳湘莲出家那样？不可知也。

8. 两首诗皆一半透露真身，一半形容幻相。

9. 何必寒暄，一切早了然于胸。避俗套法。（甲）

---

① 蓬莱弱水西——蓬莱仙岛在东海中。弱水在我国西部，传说不一，谓水不能浮鸿毛，所以叫"弱水"。《西游记》中唐僧取经也曾经过。一东一西，是说"无住迹"可寻，是仙界人物。

医治。"贾政道："倒有两个人中邪，不知二位有何符水？"那道人笑道："你家现放着希世奇珍，如何倒还问我们有何符水？"贾政听这话有意思，心中便动了，因说道："小儿落草时虽带了一块宝玉下来，上面说能除邪祟，[1]谁知竟不灵验。"那僧笑道："长官，你哪里知道那物的妙用。只因它如今被声色货利所迷，故此不灵验了。[2]你今且取它出来，待我们持诵持诵，只怕就好了。"[3]

贾政听说，便向宝玉项上取下那玉来递与他二人。那和尚接了过来，擎在掌上，长叹一声道："青埂峰一别，展眼已过十三载矣！人世光阴，如此迅速，尘缘满日，若似弹指！[4]可羡你当时的那段好处：

　　天不拘兮地不羁，心头无喜亦无悲；
　　却因锻炼通灵后，便向人间觅是非。[5]

可叹你今朝这番经历：

　　粉渍脂痕污宝光，绮栊昼夜困鸳鸯①。
　　沉酣一梦终须醒，冤孽偿清好散场！[6]"

念毕，又摩弄一回，说了些疯话，递与贾政道："此物已灵，不可亵渎，悬于卧室上槛。将他二人安在一屋之内，除亲身妻母外，不可使外人冲犯。三十三天之后，包管身安病退，复旧如初。"说着回头便走了。贾政赶着还说，让他二人坐了吃茶，要送谢礼，他二人早已出去了。贾母等还只管使人去赶，哪里有个踪影。少不得依言将他二人就安在王夫人卧室之内，将玉悬在门上。王夫人亲自守着，不许别个人进来。

至晚间，他二人竟渐渐地醒来，说腹中饥饿。贾母、王夫人等如得了珍宝一般，[7]旋熬了米汤来与他二人吃了，精神渐长，邪祟稍退，一家子才把心放下来。[8]李宫裁并贾府三艳、薛宝钗、林黛玉、平儿、袭人等在外间听信。闻

1. 点题。（庚）竟让贾政自己说出。

2. 作者写这回非现实的充满神秘色彩的故事情节，原来是寓言，真意也在揭示"声色货利"之害，而四字又各有侧重："声色"对宝玉；"货利"对凤姐。石皆能迷，可知其害不小。观者着眼，方可读《石头记》。（甲）棒喝之声。（庚）

3. 作推测语气，好。"只怕"二字，是不知此石肯听持诵否。（庚）

4. 展眼宝玉已十三四岁了。后十六字古今同慨：年华似水，人生苦短。正点题，大荒山手捧时语。（庚）见此一句，令人可叹可惊，不忍往后再看矣。（甲）

5. 总是聪明人总被聪明所误之意。所谓越不聪明越快活。（甲）

6. 预言全书结局。"沉酣一梦"者，红楼梦也。

7. 切心人自当如此。昊天罔极之思如何报得？哭杀幼而丧亲者。（甲）批书人再次自述是幼年丧生母者。

8. 通灵玉一段，有重要脂评数条：通灵玉听癞和尚二偈即刻灵应，抵却前回若干《庄子》及语录机锋偈子，正谓物各有主也。叹不能得见宝玉"悬崖撒手"文字为恨。丁亥夏，畸笏叟。（庚）原来初稿在誊清时被借阅者"迷失五六稿"中也有"悬崖撒手"文字。通灵玉除邪，全部只此一见，却又不灵，遇癞和尚，跛道人一点方灵应矣。写利欲之害如此。（甲）通灵玉除邪，全部百回只此一见，何得再言。僧道踪迹虚实，幻笔幻想，写幻人于幻文也。壬午孟夏，雨窗。（庚）可见此类与通灵玉有关的神秘情节，小说中除此之外不再写到。续书却又模仿此回，借通灵玉之失得，写宝玉之昏醒，以便使其能任人摆布，与宝钗成婚，是未遵原作构思。又从评语可见"全部"书稿是写完的无疑。"全部百回"四字，则可作研究原稿回数的参考。

① "绮栊"句——绮栊，彩色丝织品为窗纱的窗子，指代房间。困鸳鸯，沉溺于风月之事。

得吃了米汤，省了人事，别人未开口，林黛玉先就念了一声"阿弥陀佛"。[1]薛宝钗便回头看了她半日，"嗤"的一笑。众人都不会意，惜春问道："宝姐姐，好好的笑什么？"宝钗笑道："我笑如来佛比人还忙：[2]又要讲经说法，又要普度众生，这如今宝玉与凤姐姐病了，又是烧香还愿，赐福消灾；今儿才好些，又要管林姑娘的姻缘了。你说忙得可笑不可笑？"黛玉不觉红了脸，啐了一口道："你们这起人不是好人，不知怎么死！再不跟着好人学，只跟那些贫嘴恶舌的人学。"一面说，一面摔帘子出去了。〔不知端详，且听下回分解。〕

1. 宝玉刚发病时，黛玉也曾念"阿弥陀佛"来。

2. 宝钗的玩笑话，绝无醋意、恶意，一是恢复姊妹间平日的轻松气氛；二是回到发病前彼此正谈论宝黛婚姻上来。故脂评赞曰：这一句作正意看，余皆雅谑，但此一谑抵颦儿半部之谑。（庚）

## 【总评】

在荣国府中，凤姐和宝玉是当权者和得宠者，赵姨娘和贾环是在野的、失宠的；利益相抵触，使彼此积怨日深，矛盾冲突难以调和。双方的势力强弱本不相称，但凤姐等在明处，有恃无恐，并不设防；赵姨娘等在暗处，私下用心，防不胜防。本回写的就是这一斗争的激化，赵姨娘的邪恶阴谋差点儿得逞，凤姐等身临险境，幸运地闯过了生死关。

掀大波之前，先起小风波。贾环嫉恨宝玉得王夫人宠爱，又跟自己平日相好的丫头彩霞厮闹，咽不下这口气，便装失手用蜡灯的滚油烫伤宝玉，就是这样的风浪。贾环和赵姨娘都因此挨了一顿臭骂，更加深了怀恨。

但赵姨娘能施出来的只有三姑六婆式的下三滥报复手段，于是就有臭味相投的马道婆出现。她看准贾母爱孙心切且信佛，哄骗得老太太为海灯舍油，说的尽是蛊惑人心的话。密谈凤姐、宝玉事，与赵姨娘一拍即合，在马道婆，只要有钱捞，什么伤天害理的事都干得出来，说是"宝玉寄名的干娘"，心肠邪恶阴毒，在书中怕是已无出其右了。魇魔法是清代屡有记闻的迷信邪术，由来已久，效验如何，难以深究。小说的描写，反映社会上传闻而已。

凤姐、宝玉被邪术镇住，在荣国府不啻响起晴天霹雳。这样，情节发展也须有急转，才能造成剧变效果。凤姐调笑黛玉说："你既吃了我们家的茶，怎么还不给我们家作媳妇？"还当着众人直指宝玉说，他有哪一样"配不上"。这就把全家上下心里认定"二玉之配偶"事挑明了。话不但说到宝黛的心坎里，连读者也为这一对有情人将来"终成眷属"而高兴。就在这样事先毫无征兆的情况下，一场灾祸疾雷破山似的突然降临，荣国府顿时天翻地覆。这也就合上了"好事多磨""乐极悲生"的话。

末了，以"荒唐言"述说僧道二仙持诵通灵玉救厄故事，点出即使是宝物也会"被声色货利所迷"，可见四者危害之大；这是针对中邪者二人说的。其所念"沉酣一梦终须醒，冤孽偿清好散场"等语，则更使这次事故对凤姐、宝玉后来的命运（遭厄拘于狱神庙）具有象征意义。

# 第二十六回
## 蜂腰桥设言传蜜意　潇湘馆春困发幽情

【题解】

　　本回用甲戌本回目。其他诸本有将"蜜意"改作"心事"的，也有作"蜜语"或"密语"的；"蜂腰桥"则有改作"蘅芜苑"的。上句说的是红玉与贾芸在蜂腰桥相遇时，彼此对看一眼，借此暗传倾慕之意，以后又借手帕的失落和拾到事，互设关切语，通过小丫头坠儿传递以表示爱意，故"蜜意"二字最妥；改"蜂腰桥"为"蘅芜苑"，为求对仗工整，却不免以词害意了。下句说的是贾宝玉走至潇湘馆外，听得室内的林黛玉因春日困倦，不知不觉借《西厢记》词句以发抒心情的事。

　　话说宝玉养过了三十三天之后，不但身体强壮，亦且连脸上疮痕平服，仍回大观园内去。这也不在话下。

　　且说近日宝玉病的时节，贾芸带着家下小厮坐更看守，昼夜在这里，那红玉同众丫鬟也在这里守着宝玉，彼此相见多日，都渐渐混熟了。那红玉见贾芸手里拿的手帕子，倒像是自己从前掉的，[1] 待要问他，又不好问的。不料那和尚、道士来过，用不着一切男人，贾芸仍种树去了。这件事待要放下，心内又放不下；待要问去，又怕人猜疑，正是犹豫不决、神魂不定之际，忽听窗外问道：[2] "姐姐在屋里没有？"红玉闻听，在窗眼内望外一看，原来是本院的小丫头名叫佳蕙的，因答说："在家里，你进来罢。"佳蕙听了，跑进来，就坐在床上，笑道："我好造化！才刚在院子里洗东西，宝玉叫往林姑娘那里送茶叶，花大姐姐交给我送去。可巧老太太那里给林姑娘送钱来，正分给她们的丫头们呢。见我去了，林姑娘就抓了两把给我，[3] 也不知多少。你替我收着。"便把手帕子打开，把钱倒

1. 日久生情。前回梦中拾得，此又写见而生疑。两番提及，因手帕是情节发展的重要道具。

2. 不一直叙去而插入其他琐事，方呈生活自然状态。

3. 钱字从不在黛玉心上。潇湘常事出自别院婢口中反觉新鲜。（甲）此等细事是旧族大家闺中常情，今特为暴发钱奴写来作鉴，一笑。壬午夏，雨窗。（庚）

了出来，红玉替她一五一十地数了收起。

佳蕙道："你这一程子心里到底觉怎么样？依我说，你竟家去住两日，请一个大夫来瞧瞧，吃两剂药就好了。"红玉道："哪里的话，好好的家去作什么！"佳蕙道："我想起来了，林姑娘生得弱，时常她吃药，[1]你就和她要些来吃，也是一样。"红玉道："胡说！药也是混吃的？"佳蕙道："你这也不是个长法儿，又懒吃懒喝的，终究怎么样？"红玉道："怕什么，还不如早些儿死了倒干净！"[2]佳蕙道："好好的，怎么说这些话？"红玉道："你哪里知道我心里的事！"

佳蕙点头想了一会，道："可也怨不得这个地方难站。就像昨儿老太太因宝玉病了这些日子，说跟着服侍的这些人都辛苦了，如今身上好了，各处还完了愿，叫把跟着的人都按着等儿赏他们。我算年纪小，上不去，不得我也不怨，像你怎么也不算在里头，我心里就不服。[3]袭人哪怕她得十个分儿，也不恼她，原该的。说良心话，谁还敢比她呢？[4]别说她素日殷勤小心，便是不殷勤小心，也拼不得。可气晴雯、绮霰她们这几个，都算在上等里去，仗着老子娘的脸面，众人倒捧着她去。你说可气不可气？"红玉道："也不犯着气她们。俗语说的'千里搭长棚①，没有个不散的筵席'，谁守谁一辈子呢？[5]不过三年五载，各人干各人的去了。那时谁还管谁呢？"这两句话不觉感动了佳蕙的心肠，由不得眼睛红了，又不好意思好端端的哭，只得勉强笑道："你这话说的却是。昨儿宝玉还说，明儿怎么样收拾房子，怎么样做衣裳，倒像有几百年的熬煎。"[6]

红玉听了，冷笑了两声，方要说话，只见一个未留头的小丫头子走进来，手里拿着些花样子并两张纸，说道："这是两个样子，叫你描出来呢。"说着向红玉掷下，回身就跑了。红玉向外问道："到底是谁的？也等不得说完就跑，谁蒸下

1. 黛玉之病弱，人人皆知，时时提起。闲言中叙出黛玉之弱，草蛇灰线。（甲）

2. 一来不被看重，二来又惹相思，竟心灰意懒如此！从旁人眼中口中出，妙极。（庚）此句令人气噎，总在无可奈何上来。（甲）

3. 大小丫头间彼此攀比，闲言碎语自多。禁不住挑拨，往往生事。

4. 却是公论，方见袭卿身分。（庚）

5. 红玉是可用之才，却位处卑微，故发此感慨。言语间直透出一股悲凉气息。如其所说："谁守谁一辈子呢？不过三年五载，各人干各人的去了。那时谁还管谁呢？"贾府后来果如所言。此时写出此等言语，令人堕泪。（甲）不但佳蕙，批书者亦泪下矣。（庚）

6. 闲评之言，恰如警世语。却是小女儿口中无味之谈，实是写宝玉不如一爆婢。（甲）

---

①　千里搭长棚——长棚，旧时豪门贵族遇婚丧之事，架起长棚来以备设宴招待宾客亲友。棚越长表明筵席越盛，故俗语的后半句接"没有个不散的筵席"。

馒头等着你，怕冷了不成！"那小丫头在窗外只说得一声："是绮大姐姐的。"抬起脚来咕咚咕咚又跑了。红玉便赌气把那样子掷在一边，向抽屉内找笔，[1]找了半天，都是秃了的，因说道："前儿一枝新笔，放在哪里了？怎么一时想不起来。"一面说着，一面出神，想了一会，方笑道："是了，前儿晚上莺儿拿了去了。"便向佳惠道："你替我取了来。"[2]佳惠道："花大姐姐还等着我替她抬箱子呢，你自己取去罢。"红玉道："她等着你，你还坐着闲打牙儿？我不叫你取去，她也不等着你了。坏透了的小蹄子！"说着，自己便出房来，出了怡红院，一径往宝钗院内来。[3]

刚至沁芳亭畔，只见宝玉的奶娘李嬷嬷从那边走来。红玉立住问道："李奶奶，你老人家哪去了？怎打这里来？"李嬷嬷站住，将手一拍道："你说说，好好的又看上了那个种树的什么云哥儿雨哥儿的，这会子逼着我叫了他来。[4]明儿叫上房里听见，可又是不好。"红玉笑道："你老人家当真的就依着他去叫了？"李嬷嬷道："可怎么样呢？"红玉笑道："那一个要是知道好歹，就回不进来才是。"李嬷嬷道："他又不痴，为什么不进来？"红玉道："既是来了，你老人家该同他一齐来，回来叫他一个人乱碰，可是不好呢。"[5]李嬷嬷道："我有那样工夫和他走？不过告诉了他，回来打发个小丫头子或是老婆子，带进他来就完了。"说着，拄着拐一径去了。红玉听说，便站着出神，且不去取笔。[6]

一时，只见一个小丫头子跑来，见红玉站在那里，便问道："林姐姐，你在这里作什么呢？"红玉抬头见是小丫头子坠儿。[7]红玉道："哪去？"坠儿道："叫我带进芸二爷来。"说着一径跑了。这里红玉刚走至蜂腰桥门前，只见那边坠儿引着贾芸来了。那贾芸一面走，一面拿眼把红玉一溜；那红玉只装作和坠儿说话，也把眼去一溜贾芸。四目恰相对时，红玉不觉脸红了，[8]一扭身往蘅芜苑去了。不在话下。

1. 一个差遣一个。小丫头写得神情活现，有绮大姐姐命令在，怕你不听从。红玉一腔委曲怨愤，系身在怡红不能遂志，看官勿错认为芸儿害相思。（甲）相思烦恼，也不必完全排除，上回写其梦见贾芸后文字可知。既在矮檐下，怎敢不低头？（庚）

2. 又差遣佳惠，好在不受指使，否则没有自己来至蜂腰桥的机遇了。

3. 自怡红院至蘅芜苑要经蜂腰桥。曲折再四，方逼出正文来。（庚）

4. 说得有趣，这话旁人不解，红玉却明白得很。

5. 一番对话，多方试探，可见红玉心机。总是私心语，要直问又不敢，只用这等语慢慢套出，有神理。（甲）

6. 必有的神情。

7. 脂评以为"坠儿"之名有谐音贬义。坠儿者，赘儿也。人生天地间已是赘疣，况又生许多冤情孽债，叹叹。（庚）

8. 数行文字完回目前句的前半，尚有下文。红玉一段另有脂评曰："狱神庙"回有茜雪、红玉一大回文字，惜迷失无稿，叹叹。丁亥夏，畸笏叟。（庚）狱神庙不是与狱无关的东岳庙或天齐庙，它是嫌犯待审且能与亲友人等相会及祭祀狱神（古时的皋陶或萧何）的地方，简称"狱庙"，也有称"狱神祠"的。多数设于监狱内，但并非囚房，也有设在州县治所内的。可参看《光绪顺天府志》第三册，北京古籍出版社。宝玉和凤姐曾羁留于狱神庙，备受饥寒之苦，前去相慰的二婢，恰恰是原在怡红院被撵者、失意者，这就很有意思了。作者对生活认识的深刻性叫人惊服。

这里贾芸随着坠儿，逶迤来至怡红院中。坠儿先进去回明了，然后方领贾芸进来。贾芸看时，只见院内略略有几点山石，种着芭蕉，那边有两只仙鹤在松树下剔翎。一溜回廊上吊着各色笼子、各色仙禽异鸟。上面小小五间抱厦，一色雕镂新鲜花样隔扇，上面悬着一个匾额，四个大字题道是"怡红快绿"。贾芸想道："怪道叫'怡红院'，可知原来匾上是恁样四个字。"[1]正想着，只听里面隔着纱窗子笑说道："快进来罢。我怎么就忘了你两三个月！"[2]贾芸听得是宝玉的声音，连忙进入房内，抬头一看，只见金碧辉煌，文章闪灼①，却看不见宝玉在哪里。[3]一回头，只见左边立着一架大穿衣镜，从镜后转出两个一般大的十五六岁的丫头来说："请二爷里头屋里坐。"贾芸连正眼也不敢看，连忙答应了。又进一道碧纱橱，只见一张小小填漆床上，悬着大红销金撒花帐子。宝玉穿着家常衣服，靸着鞋，倚在床上，拿着本书看。[4]见他进来，将书掷下，早堆着笑立起身来。贾芸忙上前请了安，宝玉让坐，便在下面一张椅子上坐了。宝玉笑道："只从那日见了你，我叫你往书房里来，谁知接接连连许多事情，就把你忘了。"贾芸笑道："总是我没福，偏偏又遇着叔叔身上欠安。叔叔如今可大安了？"宝玉道："大好了。我倒听见说你辛苦了好几天。"[5]贾芸道："辛苦也是该当的。叔叔大安了，也是我们一家子的造化。"[6]

说着，只见有个丫鬟端了茶来与他。那贾芸口里和宝玉说着话，眼睛却溜瞅那丫鬟：细挑身材，容长脸面，穿着银红袄儿，青缎背心，白绫细折裙。——不是别个，却是袭人。[7]那贾芸自从宝玉病了，他在里头混了两天，却把那有名人口认记了一半。[8]他也知道袭人在宝玉房中比别个不同，[9]今见她端了茶来，宝玉又在旁边坐着，便忙站起来笑道："姐姐怎么替我倒起茶来？我来

---

① 文章闪灼——花纹彩色绚烂。

1. 对"怡红快绿"脂评又感慨说：伤哉，展眼便红稀绿瘦矣，叹叹！（甲）评语指深秋萧索季节，写将来宝玉流亡归来所见怡红院的冷落凄惨景象。

2. 隔着纱窗唤，是十分兴奋状，正合前逼李嬷去叫。此文若张僧繇点睛之龙，破壁飞矣。焉得不拍案叫绝。（庚）

3. 怡红院是最要紧处，故借贾芸眼中精描数笔，以后还借刘姥姥眼中再层层雕绘。武夷九曲之文。（甲）福建武夷山有九曲溪，风景奇丽多变，故喻。

4. 一条自鸣得意的脂评让人看走了眼：这是等芸哥看，故作款式，若果真看书，在隔纱窗子说话时已放下了。玉兄若见此批，必云："老货，他处处不放松我，可恨可恨！"回思将余比作钗、颦等，乃一知己，余何幸矣！一笑。（甲）有研究者据此评认为批书人是女的，恐看错了。艺术形象之创造，是复杂的综合与变形过程。并不受性别的限制。郭沫若历史剧《蔡文姬》自序云："蔡文姬就是我，是照着我写的。"能推断自序者是个女的吗？

5. 因当时在昏迷不省人事中，故用"听见说"三字。

6. 不是一家而说成一家，竭力套近乎语。谁"一家子"，可发一大笑。（庚）不伦不理迎合字样，口气逼肖，可笑可叹。（甲）

7. 说话心不在焉了。从贾芸眼中为袭人画像。《水浒》文法，用得恰当，是芸哥眼中也。（甲）

8. 不想混日子，就留心认记周边的人。一路总是贾芸是个有心人，一丝不乱。（甲）

9. 是第一个须拉近关系的人。

到叔叔这里，又不是客，让我自己倒罢了。"[1]
宝玉道："你只管坐着罢，丫头们跟前也是这
样。"贾芸笑道："虽如此说，叔叔房里姐姐们，
我怎么敢放肆呢？"[2]一面说，一面坐下吃茶。

　　那宝玉便和他说些没要紧的散话。又说
道谁家的戏子好，谁家的花园好；又告诉他
谁家的丫头标致，谁家的酒席丰盛；又是谁
家有奇货，又是谁家有异物。[3]那贾芸口里只
得顺着他说，说了一会，见宝玉有些懒懒的了，
便起身告辞。宝玉也不甚留，只说："你明儿
闲了，只管来。"仍命小丫头子坠儿送他出去。

　　出了怡红院，贾芸见四顾无人，便把脚
慢慢停着些走，口里一长一短和坠儿说话，
先问她："几岁了？名字叫什么？你父母在哪
一行上？在宝叔房内几年了？一个月多少钱？
共总宝叔房内有几个女孩子？"那坠儿见问，
便一桩桩都告诉他了。[4]贾芸又道："刚才那个
与你说话的，她可是叫小红？"坠儿笑道："她
倒叫小红。你问她作什么？"贾芸道："方才
她问你什么手帕子，我倒捡了一块。"[5]坠儿听
了笑道："她问了我好几遍，可有看见她的帕
子。我有那么大工夫管这些事！今儿她又问
我，她说我替她找着了，她还谢我呢。才在
蘅芜苑门口说的，二爷也听见了，[6]不是我撒
谎。好二爷，你既捡着了，给我罢。我看她
拿什么谢我。"

　　原来上月贾芸进来种树之时，便捡了块
罗帕，便知是在园内的人失落的，但不知是
哪一个人的，故不敢造次。今儿听见红玉问
坠儿，便知是红玉的，心内不胜喜幸。又见
坠儿追索，心中早已得了主意，便向袖内将
自己的一块取了出来，[7]向坠儿笑道："我给是
给你，你若得了她的谢礼，可不许瞒着我。"
坠儿满口里答应了，接了手帕子，送出贾芸，
回来找红玉，不在话下。[8]

　　如今且说宝玉打发了贾芸去后，意思懒

1. 虽是丫头，却与众不同，得敬着点，礼多
　　不怪嘛。总写贾芸乖觉，一丝不乱。（甲）

2. 话是很得体，很漂亮，至于放肆不放肆，
　　要看怎么说了。红玉何以使得？（甲）

3. 有两条驳难脂评：妙极是极，况宝玉又有
　　何正紧可说的。（甲）此批被作者骗过了。
　　（庚）写这些话并非真的"没要紧"，借说
　　"散话"为由，补出未写到的宝玉与王公
　　贵族间交结往来的纨袴生活。

4. 兜着圈子一步步接近侦察目标。坠儿不假
　　思索，和盘托出。也许正因为她在风情月
　　债上牵线搭桥，才被唤作赘儿的。

5. 前蜂腰桥相遇时写道："那红玉只装作和坠
　　儿说话"，没有交代说了什么。至此，方
　　揭了底，原来是说手帕事。那么，当时红
　　玉就是存心说给贾芸听的，因为她见过贾
　　芸有一块像是自己的手帕。说者有意，听
　　者也有心，贾芸与坠儿的一番搭话就为要
　　说这一句。

6. 一块手帕又不是什么珍贵宝物，一问再问，
　　又让贾芸听到，可见志不在物，则"谢"
　　字就情思无限了，亦所谓"传蜜意"也。
　　"传"字正文，此处方露。（庚）

7. 是贾芸行事，与前为谋事以冰、麝送凤姐
　　一样用心机。

8. 留下悬念。至此一顿，狡猾之甚。原非书
　　中正文之人，写来间色耳。（甲）

懒地歪在床上，似有朦胧之态。袭人便走上来，坐在床沿上推他说道："怎么又要睡觉？闷得很，你出去逛逛不是？"宝玉见说，便拉她的手笑道："我要去，只是舍不得你。"袭人笑道："快起来罢！"一面说，一面拉了宝玉起来。[1]宝玉道："可往哪里去呢？怪腻腻烦烦的。"[2]袭人道："你出去了就好了。只管这么葳蕤①，越发心里烦腻。"

宝玉无精打彩的，只得依她晃出了房门，在回廊上调弄了一回雀儿，出至院外，顺着沁芳溪看了一回金鱼。只见那边山坡上两只小鹿箭也似的跑来，宝玉不解何意。正自纳闷，只见贾兰在后面拿着一张小弓儿追了下来，[3]一见宝玉在前面，便站住了，笑道："二叔叔在家里呢，我只当出门去了。"宝玉道："你又淘气了。好好的射它作什么？"贾兰笑道："这会子不念书，闲着作什么？所以演习演习骑射。"[4]宝玉道："把牙栽了，那时才不演呢。"

说着，顺着脚一径来至一个院门前，只见凤尾森森，龙吟细细②，举目望门上一看，只见匾上写着"潇湘馆"三字。[5]宝玉信步走入，只见湘帘垂地，悄无人声。走至窗前，觉得一缕幽香从碧纱窗中暗暗透出，[6]宝玉便将脸贴在纱窗上，往里看时，耳内忽听得细细地长叹了一声道："'每日家情思睡昏昏。'③"[7]宝玉听了不觉心内痒将起来，再看时，只见黛玉在床上伸懒腰。[8]宝玉在窗外笑道："为什么'每日家情思睡昏昏'？"一面说，一面掀帘子进来了。

林黛玉自觉忘情，不觉红了脸，拿袖子遮了脸，翻身向里装睡着了。宝玉才走上来要搬她的身子，只见黛玉的奶娘并两个婆子都跟了进来说："妹妹睡觉呢，等醒了再请来。"[9]刚说着，黛玉便翻身向外，坐起来，笑道："谁睡觉

1. 亲热话听来虽舒心，但当不得真。如此最好。

2. "往哪里去"，这不是什么难题，想一想，谁都能猜到。

3. 闲缓散漫之时，忽插迅疾意外之象，行文有变化。

4. 顺便写贾兰。骑射是当时八旗子弟常习的科目，故说来理直气壮。奇文奇语，默思之方意会：为玉兄毫无一正事，只知安富尊荣而写。（甲）答的何其堂皇正大，何其坦然之至。（庚）

5. 重要馆舍，须留心着色。虽宝玉常到，写来却似无意间初至，醒人眼目。"凤尾森森，龙吟细细"，词赋妙句。与后文"落叶萧萧，寒烟漠漠"一对，可伤可叹。（甲）脂评所引八字，乃将来黛玉夭亡，宝玉归来后所见潇湘馆景象，时为深秋。

6. 写得出，写得出。（甲）

7. 这是无意间说出来的，可见《西厢记》已深入颦儿血脉中了。用情忘情，神化之文。（甲）

8. 有神理，真真画出。（甲）

9. 若非婆子跟来，宝玉动手搬她，岂能成新雅文字。

---

① 葳蕤——懒散，萎靡不振。
② 凤尾森森，龙吟细细——凤尾，竹名的一种，此泛指竹的枝叶。森森，竹木茂密的样子。龙吟，形容风吹竹子发出的声音。
③ 每日家情思睡昏昏——《西厢记》第二本第一折中莺莺唱词。家，同"价"，语助词。无义。

呢？"¹那两三个婆子见黛玉起来，便笑道："我们只当姑娘睡着了。"说着，便叫紫鹃说："姑娘醒了，进来伺候。"一面说，一面都去了。

黛玉坐在床上，一面抬手整理鬓发，一面笑向宝玉道："人家睡觉，你进来作什么？"²宝玉见她星眼微饧，香腮带赤，不觉神魂早荡，一歪身坐在椅子上，笑道："你才说什么？"黛玉道："我没说什么。"宝玉笑道："给你个榧子①吃！我都听见了。"

二人正说话，只见紫鹃进来。宝玉笑道："紫鹃，把你们的好茶倒碗我吃。"紫鹃道："哪里是好的呢？要好的，只是等袭人来。"黛玉道："别理他，你先给我舀水去罢。"紫鹃笑道："他是客，自然先倒了茶来再舀水去。"说着倒茶去了。³宝玉笑道："好丫头，'若共你多情小姐同鸳帐，怎舍得叠被铺床'②？"⁴林黛玉登时撂下脸来，说道："二哥哥，你说什么？"宝玉笑道："我何尝说什么。"黛玉便哭道："如今新兴的，外头听了村话来，也说给我听；看了混账书，也来拿我取笑儿。我成了替爷们解闷的。"一面哭着，一面下床来，往外就走。⁵宝玉不知要怎样，心下慌了，忙赶上来，笑道："好妹妹，我一时该死，你别告诉去！我再要敢，嘴上就长个疔，烂了舌头。"

正说着，只见袭人走来说道："快回去穿衣服，老爷叫你呢。"⁶宝玉听了，不觉打了个焦雷一般，⁷也顾不得别的，急忙回来穿衣服。出园来，只见茗烟在二门前等着，宝玉便问道："是作什么？"茗烟道："爷快出来罢，横竖是见去的，到那里就知道了。"一面说，一面催着宝玉。

转过大厅，宝玉心里还自狐疑，只听墙角边一阵呵呵大笑，回头看时，见是薛蟠拍着手跳了出来，⁸笑道："要不说姨父叫你，你哪里出

1. 若不坐起来，宝玉非要出去不可了。妙极，可知黛玉是怕宝玉去也。（甲）

2. 当着婆子面否认睡觉，这会儿却说正睡觉，有趣。

3. 紫鹃机灵。不但知宝玉宠袭人，也更知小姐心思，岂能真怠慢宝玉。巴结宝玉，也为让黛玉舒心。写紫鹃笔墨不多，此处信手几笔，为带出宝玉"好丫头"之赞，不露一丝痕迹。

4. 是有意说的，由黛玉叹语引起，写来无丝毫牵强。虽因忘情，冲口而出，毕竟太唐突，难怪要惹恼颦儿。为反映此类书对当时年轻人的吸引力，特虚构出这番情节。可知《西厢记》《牡丹亭》在雪芹胸中，早滚瓜烂熟。

5. 不是矫情做作，那时的闺阁千金，听不得这样没遮拦的话，恼是必然的。

6. 已完回目后半事，故用袭人来截断，另起情节。若无如此文字收拾二玉，写颦无非至再哭恸哭，玉只以陪尽小心软求漫恳，二人一笑而止；且书内若此亦多多矣，未免有犯雷同之病。故用险句结住，使二玉心中不得不将现事抛却，各怀一惊心意，再作下文。壬午孟夏，雨窗，畸笏。（庚）

7. 惧怕严父如此，想黛玉也同闻此焦雷了。

8. 画出薛蟠来。如此戏弄，非呆兄无人。欲弄二玉，非此戏弄不能立解，勿得泛泛看过，不知作者胸中有多少丘壑。（甲）

---

① 榧子——也叫"香榧"，果仁炒食香脆。这里指用拇指和中指相拭捻，发出一种像剥榧子壳的清脆响声。叫"打榧子"，是戏谑的动作。

② "若共你"二句——《西厢记》第一本第二折中张生的唱词，宝玉自比张生，把紫鹃比作红娘，黛玉比作莺莺。

来得这么快。"茗烟也笑着跪下了。宝玉怔了半天，方解过来，是薛蟠哄他出来。薛蟠连忙打恭作揖陪不是，又求："不要难为了小子，都是我逼他去的。"宝玉也无法了，只好笑，因说道："你哄我也罢了，怎么说我父亲呢？我告诉姨娘去，评评这个理，可使得么？"薛蟠忙道："好兄弟，我原为求你快些出来，就忘了忌讳这句话。改日你也哄我，说我的父亲就完了。"[1]宝玉道："嗳，嗳，越发该死了！"又向茗烟道："反叛肏的，还跪着作什么！"茗烟连忙叩头起来。薛蟠道："要不是我也不敢惊动，只因明儿五月初三日是我的生日，谁知古董行的程日兴，他不知哪里寻了来的这么粗、这么长粉脆的鲜藕，[2]这么大的大西瓜，这么长的一尾新鲜的鲟鱼，这么大的一个暹罗国进贡的灵柏香熏的暹猪。你说，他这四样礼可难得不难得？那鱼、猪不过贵而难得，这藕和瓜亏他怎么种出来的。我连忙孝敬了母亲，赶着给你们老太太、姨父、姨母送了些去。如今留了些，我要自己吃，恐怕折福，左思右想，除我之外，惟有你还配吃，[3]所以特请你来。可巧唱曲儿的一个小子又才来了，我同你乐一日何如？"

　　一面说，一面来至他书房里。[4]只见詹光、程日兴、胡斯来、单聘仁等并唱曲儿的都在这里，见他进来，请安的，问好的，都彼此见过了。吃了茶，薛蟠即命人摆酒来。话犹未了，众小厮七手八脚摆了半天，才停当归坐。[5]宝玉果见瓜、藕新异，因笑道："我的寿礼还未送来，倒先扰了。"薛蟠道："可是呢，明儿你送我什么？"[6]宝玉道："我可有什么可送的？若论银钱吃穿等类的东西，究竟还不是我的，惟有或写一张字，画一张画，才算是我的。"[7]

　　薛蟠笑道："你提画儿，我想起来了。昨儿我看人家一张春宫①，画得着实好。[8]上面还有许多的字，我也没细看，只看落的款，原来是

——————

　　① 春宫——色情画。

1. 没伦理的胡言乱语，出自薛蟠之口，像极。

2. 是薛蟠说话神情口气。

3. 孝心难得，却写在薛蟠身上。存正、反面人物僵化观念写书的人，再也想不到的。还怕折福，亦非人能想得到的。呆兄亦有此语，批书人至此，诵"往生咒"至恒河沙数也。（甲）此语令人哭不得，笑不得，亦真心语也。（甲）

4. 不读书人偏有书房。

5. 小厮们何曾摆过酒席？又一个写法。（庚）

6. 客气话也当真。

7. 宝玉有此想法，胜过今之啃老族多多。谁说得出，经过者方说得出，叹叹！（甲）

8. 唐寅擅长仕女画，与色情淫亵的春宫画不同，薛呆子哪里分得清。啊，呆兄所见之画也。（庚）

'庚黄'画的。¹真真好得了不得！"宝玉听说，心下猜疑道："古今字画也都见过些，哪里有个'庚黄'？"想了半天，不觉笑将起来，命人取过笔来，在手心里写了两个字，又问薛蟠道："你看真了是'庚黄'？"薛蟠道："怎么看不真！"宝玉将手一撒，与他看道："别是这两字罢？其实与'庚黄'相去不远。"众人都看时，原来是"唐寅"两个字，²都笑道："想必是这两字，大爷一时眼花了也未可知。"薛蟠自觉没意思，³笑道："谁知他'糖银''果银'的！"

正说着，小厮来回"冯大爷来了"。宝玉便知是神武将军冯唐之子冯紫英了。薛蟠等一齐都叫"快请"。说犹未了，只见冯紫英一路说笑，已进来。⁴众人忙起席让坐。冯紫英笑道："好呀！也不出门了，在家里高乐罢。"⁵宝玉、薛蟠都笑道："一向少会，老世伯身上康健？"紫英答道："家父倒也托庇康健。近来家母偶着了些风寒，不好了两天。"薛蟠见他面上有些青伤，便笑道："这脸上又和谁挥拳的？挂了幌子了。"冯紫英笑道："从那一遭把仇都尉的儿子打伤了，我就记了再不恼气，如何又挥拳！这个脸上，是前日打围①，在铁网山教兔鹘②捎一翅膀。"⁶宝玉道："几时的话？"紫英道："三月二十八日去的，前儿也就回来了。"宝玉道："怪道前儿初三四儿，我在沈世兄家赴席不见你呢。我要问，不知怎么就忘了。单你去了，还是老世伯也去了？"紫英道："可不是家父去，我没法儿，去罢了。难道我闲疯了，咱们几个人吃酒听唱的不乐，寻那个苦恼去？这一次，大不幸之中又大幸。"⁷

薛蟠众人见他吃完了茶，都说道："且入席，有话慢慢地说。"⁸冯紫英听说，便立起身来说道："论礼，我该陪饮几杯才是，只是今儿有一件大大要紧的事，回去还要见家父面回，

---

① 打围——打猎。
② 兔鹘（hú 胡）——猎鹰的一种。

1. 谁能识得？奇文奇文。（甲）

2. 若非宝玉聪明，如何解得此疑案。然写此笑话，亦可知雪芹其实并不讲究避讳。闲事顺笔，骂死不学之纨袴。壬午，雨窗，畸笏。（庚）

3. 实心人。（庚）

4. 豪侠之人出场。一派英气如在纸上。（甲）

5. 可知素日多各处宴游。如见其人于纸上。（庚）冯紫英一段又有批说：紫英豪侠小三段是为金闺间色之文。壬午，雨窗。（庚）写倪二、紫英、湘莲、玉菡侠文，皆各得传真写照之笔。丁亥夏，畸笏叟。（庚）惜"卫若兰射圃"文字迷失无稿。叹叹！丁亥夏，畸笏叟。（庚）可知卫若兰亦"侠"，其射圃故事，紧接今存第八十回（实第七十九回）后，因原稿被借阅者迷失，致使誊抄中断，全书终成残稿。叙射圃事起头于第七十五回。参见本书文章《曹雪芹原作为何止于七十九回？》。

6. 随事起姓。往日遇不平，恼气出手，又好臂鹰纵马围猎，笑谈中豪侠之气全出。即如脸上青伤来源，岂庸手凡笔所能写得出的。如何着想，新奇字样。（庚）

7. 读者与当时人均以为必有一段故事。

8. 已勾起听新闻兴趣来，以为可慢慢品味。

实不敢领。"薛蟠、宝玉众人哪里肯依，死拉着不放。[1] 冯紫英笑道："这又奇。你我这些年，哪一回有这个道理的？果然不能遵命。若必定叫我领，拿大杯来，我领两杯就是了。"[2] 众人听说，只得罢了。薛蟠执壶，宝玉把盏，斟了两大海①。那冯紫英站着，一气而尽。[3] 宝玉道："你到底把这个'不幸之幸'说完了再走。"[4] 冯紫英笑道："今儿说得也不尽兴。我为这个，还要特治一东，请你们去细谈一谈；二则还有所恳之处。"[5] 说着执手就走，薛蟠道："越发说得人热刺刺的丢不下。多早晚才请我们？告诉了，也免得人犹疑。"[6] 冯紫英道："多则十日，少则八天。"一面说，一面出门上马去了。众人回来，依席又饮了一回方散。

宝玉回至园中，袭人正记挂着他去见贾政，不知是祸是福，[7] 只见宝玉醉醺醺地回来，问其原故，宝玉一一向她说了。袭人道："人家牵肠挂肚地等着，你且高乐去，也到底打发人来给个信儿。"宝玉道："我何尝不要送信儿，只因冯世兄来了，就混忘了。"

正说着，只见宝钗走进来笑道：[8] "偏②了我们新鲜东西了。"宝玉笑道："姐姐家的东西，自然先偏了我们了。"宝钗摇头笑道："昨儿哥哥倒特特地请我吃，我不吃它，叫他留着请人送人罢。我知道我的命小福薄，不配吃那个。"说着，丫鬟倒了茶来，吃茶说闲话儿，不在话下。[9]

却说那林黛玉听见贾政叫了宝玉去了，一日不回来，心中也替他忧虑。[10] 至晚饭后，闻得宝玉来了，心里要找他问问是怎么样了。一步步行来，见宝钗进宝玉的院内去了，[11] 自己也便随后走了来。刚到了沁芳桥，只见各色水禽都在池中浴水，也认不出名色来。但见一个个文

---

1. 可见紫英人缘好，更因众人都想听其说出所以然来。

2. 豪爽人作豪爽语。

3. 颇有樊哙"自拔长刀割彘肩"（放翁句）之壮。

4. 心中悬念，不解不快。

5. 为说此事，还要特治一东，已吊足众人胃口，紫英的目的已达到，谜底留待第二十八回说。

6. 如此说来，后文必有一次有趣的宴请了。但不妨放一放，先说别事。实心人如此，丝毫形迹俱无，令人痛快然。（庚）

7. 回到开头，贾政唤宝玉去，是袭人切心事，何况久候未归。生员切己之事，时刻难忘。（甲）明清时，经县试、府试、院试合格的童生，进入府、州、县学，称之为生员，即通称之秀才。因经常要受到当地学官的监督和考核，故脂评借以比袭人心情。

8. 宝、黛、钗之间往来，常直进直出，并不避男女之嫌。

9. 宝钗无事来闲坐，不料却惹出二玉间一场误会。

10. 自然闻讯，亦切心事。

11. 偏偏看见，又要生出事来。《石头记》最好看处是此等章法。（甲）

---

① 大海——大酒杯。
② 偏——占先享用。

彩炫耀，好看异常，因而站住看了一会。[1]再往怡红院来，只见院门关着，黛玉便以手扣门。

谁知晴雯和碧痕正拌了嘴，没好气，[2]忽见宝钗来了，那晴雯正把气移在宝钗身上，正在院内抱怨说："有事没事跑了来坐着，叫我们三更半夜不得睡觉！"[3]忽听又有人叫门，晴雯越发动了气，也并不问是谁，便说道："都睡下了，明儿再来罢！"[4]林黛玉素知丫头们的情性，她们彼此玩耍惯了，恐怕院内的丫头没听真是她的声音，只当是别的丫头们了，所以不开门。[5]因而又高声说道："是我，还不开么？"晴雯偏生还没听出来，[6]便使性子说道："凭你是谁，二爷吩咐的，一概不准放人进来呢！"林黛玉听了，不觉气怔在门外，待要高声问她，斗起气来，自己又回思一番：[7]"虽说是舅母家如同自己家一样，到底是客边。如今父母双亡，无依无靠，现在他家依栖。如今认真淘气，也觉没趣。"一面想，一面又滚下泪珠来。正是回去不是，站着不是。正没主意。只听里面一阵笑语之声，细听一听，竟是宝玉、宝钗二人。[8]林黛玉心中越发动了气，左思右想，忽然想起早起的事来："必定是宝玉恼我要告他的原故。[9]但只我何尝告你去了！你也不打听打听，就恼我到这步田地。你今儿不叫我进来，难道明儿就不见面了！"越想越伤感，也不顾苍苔露冷，花径风寒，独立墙角边花阴之下，悲悲戚戚呜咽起来。[10]

原来这林黛玉秉绝代姿容，具希世俊美，不期这一哭，那附近柳枝花朵上的宿鸟栖鸦一闻此声，俱忒楞楞飞起远避，不忍再听。真是：

> 花魂默默无情绪，鸟梦痴痴何处惊！[11]

因有一首诗道：

> 颦儿才貌世应希，独抱幽芳出绣闺；
> 呜咽一声犹未了，落花满地鸟惊飞。

那林黛玉正自啼哭，忽听"吱嘍"一声，院门开处，不知是哪一个出来。且看下回。[12]

1. 似因贪看水禽浴水而留步，实则更因想到宝钗刚进去，自己不宜立即跟进也。用笔极细密，又合情合理。

2. 恰值一块爆炭被点着，难免火星四溅。

3. 如此铺垫，必不可少。犯宝钗如此写法。（甲）指明人则暗写。（甲）

4. 先没好气，接着移气，后越发动气，顺理成章。犯黛玉如此明写。（甲）不知人则明写。（甲）

5. 黛玉心思细密，必有此一想方在情理之中。

6. 晴雯本心浮气躁，又在火头上，如何肯细细分辨！想黛玉高声亦不过你我平时说话一样耳，况晴雯素昔浮躁多气之人，如何辨得出。此则须得批书人唱"大江东去"的喉咙，嚷着"是我林黛玉叫门"方可。又想若开了门，如何有后面许多好字样好文章，看官者意为是否？（甲）晴雯迁怒一段评：晴雯迁怒是常事耳，写钗、颦二卿身上，与踢袭人之文，令人于何处设想着笔？丁亥夏，畸笏叟。（庚）踢袭人事在第三十回末。

7. 若无这番回思，真的隔着门斗气质问，便不是林黛玉了。

8. 再接再厉，无一懈怠之笔。

9. 先听说不准放人进来，又传出笑语之声，确有点像故意要气人。

10. 可怜杀，可疼杀，余亦泪下。（甲）

11. 花鸟无情物，与忍不忍本不相干。此种非现实的描述，在《红楼梦》中也有运用，多出现在需要竭力渲染的关键性细节上，能提升诗意境界和感染效果，而无损于艺术的真实性。沉鱼落雁，闭月羞花，原来是哭了出来的。一笑。（庚）

12. 每阅此本掩卷者，十有八九不忍下阅看完，想作者此时泪下如豆矣。（甲）

## 【总评】

　　此回前半着重写贾芸与红玉（小红）的几次碰面，两情未了。红玉所说"'千里搭长棚，没有个不散的筵席'，谁守谁一辈子呢？不过三年五载，各人干各人的去了"的话，也是谶语。贾芸到怡红院去，遇见小丫头坠儿，坠儿遂成传递信物——手帕的穿线人。

　　宝玉出来漫步，见贾兰追射小鹿，说是"演习演习骑射"，此旗人子弟之训练课目也，可为后来"卫若兰射圃"文字（原稿在一次誊清时被借阅者迷失）作引。宝玉进潇湘馆，来至窗前，听到黛玉用《西厢记》中唱词叹"每日家情思睡昏昏"，进屋后，宝玉也同样引句调笑紫鹃说"好丫头，'若共你多情小姐同鸳帐，怎舍得叠被铺床？'"是照应数回前共读《西厢》事，写透此类书对年轻人影响之深。

　　宝玉被茗烟骗出来，说是老爷传唤，其实是薛蟠邀他，借此对这个呆霸王之为人有所勾勒，错读"庚黄"事可入《笑林》。冯紫英出场，寥寥数语，已画出他粗犷豪爽的个性来，他说过些天"还要特治一东，请你们去细谈一谈"，为后回宝玉到冯家，与紫英、玉菡、薛蟠、云儿等聚饮行令事，先牵出头来。

　　回末黛玉来到宝玉处打听消息，叩门被正动气的晴雯使性子顶撞，不得而入，因而气苦，伤心落泪一段，创造性地运用诗化语言，拉开了下回葬花情节的序幕。

# 第 二 十 七 回

## 滴翠亭杨妃戏彩蝶　埋香冢飞燕泣残红

【题解】

　　本回回目诸本基本相同。我国古代美人中汉代的赵飞燕体态轻盈，唐代的杨贵妃（玉环）长得丰满，有"燕瘦环肥"之称。故回目中借"杨妃"比薛宝钗，"飞燕"比林黛玉。前句说，宝钗见一对美丽的大蝴蝶，想扑来玩，追至滴翠亭外，无意中听到两个小丫头在亭内谈隐私——借送还手帕暗传男女情愫事。后句说，黛玉错怪宝玉不开门后，次日独自到曾与宝玉葬过桃花的山坡上去葬花，并念成《葬花吟》以寄托内心的委屈和感伤。恰被也来葬花的宝玉听到。

　　话说林黛玉正自悲泣，忽听院门响处，只见宝钗出来了，宝玉、袭人一群人送了出来。待要上去问着宝玉，又恐当着众人问，羞了他倒不便，[1] 因而闪过一旁，让宝钗去了，宝玉等进去关了门，方转过来，犹望着门洒了几点泪。[2] 自觉无味，便转身回来，无精打彩地卸了残妆。

　　紫鹃、雪雁素日知道她的情性：无事闷坐，不是愁眉，便是长叹，且好端端的不知为了什么，便常常的就自泪自干。[3] 先时还解劝，怕她思父母，想家乡，受了委屈，用话来宽慰解劝。谁知后来一年一月的竟常常的如此，把这个样儿看惯，也都不理论了。所以没人去理，由她去闷坐，[4] 只管睡觉去了。那林黛玉倚着床栏杆，两手抱着膝，眼睛含着泪，好似木雕泥塑的一般，[5] 直坐到三更多天，方才睡了。一宿无话。

　　至次日，乃是四月二十六日，原来这日未时交芒种节。尚古风俗：凡交芒种节的这日，都要设摆各色礼物，祭饯花神，言芒种一过，便是夏日了，众花皆卸，花神退位，须要饯行。[6] 然闺中更兴这件风俗，所以大观园中之人都早起来了。那些女

1. 必有的想头。

2. "犹望着门"四字，想见其一时惊怪、疑惑、失落种种复杂感情的神态。

3. 多愁善感的性情，于此总写一笔。补写，却是避繁文法。（庚）

4. 伤感是常事，因看惯而麻木也是常情。所谓"久病床前少孝子"是也。（庚）

5. 心结难解，夜坐出神，竟如"木雕泥塑"，能不令人恻恻！

6. 遍查岁时风俗书，不见有记此事者，即批书人亦似未曾闻知。饯花风俗，不论是否真有出典，应看作是作者为象征将来大观园风流云散、群芳落尽而创造的，虽然说得似乎煞有介事。在薄命的众多女儿中，黛玉自可作为代表，因此又由她来吟成葬花词。《葬花吟》是大观园诸艳之归源小引，故用在饯花日诸艳毕集之期。饯花日不论其典与不典，只取其韵致生趣耳。（庚）无论事之有无，看去有理。（庚）

孩子们或用花瓣、柳枝编成轿马的，或用绫锦、纱罗叠成干旄旌幢<sup>①</sup>的，都用彩线系了。每一棵树每一枝花上，都系上了这些物事。满园中绣带飘飘，花枝招展，<sup>1</sup>更又兼这些人打扮得桃羞杏让，燕妒莺惭，<sup>2</sup>一时也道不尽。

　　且说宝钗、迎春、探春、惜春、李纨、凤姐等并大姐、香菱与众丫鬟们都在园内玩耍，<sup>3</sup>独不见林黛玉。迎春因说道："林妹妹怎么不见？好个懒丫头！这会子还睡觉不成？"宝钗道："你们等着，我去闹了她来。"<sup>4</sup>说着便丢下众人，一直往潇湘馆来。正走着，只见文官等十二个女孩子也来了，<sup>5</sup>见宝钗问了好，说了一回闲话。宝钗回身指道："她们都在那里呢，你们找去罢。我叫林姑娘去就来。"说着便往潇湘馆来。忽见宝玉进去了，宝钗便站住，低头想了一想：宝玉和黛玉是从小一处长大，他二人间多有不避嫌疑之处，嘲笑喜怒无常；况且黛玉素习猜忌，好弄小性儿。<sup>6</sup>此刻自己也跟了进去，一则宝玉不便，二则黛玉嫌疑。倒是回来的妙。<sup>7</sup>想毕，抽身要寻别的姊妹去。

　　忽见面前一双玉色蝴蝶，大如团扇，一上一下地迎风翩跹，十分有趣。宝钗意欲扑了来玩耍，遂向袖中取出扇子来，<sup>8</sup>向草地下来扑。只见那一双蝴蝶忽起忽落，来来往往，穿花度柳，将欲过河。倒引得宝钗蹑手蹑脚的，一直跟到池中的滴翠亭，香汗淋漓，娇喘细细，也无心扑了。<sup>9</sup>刚欲回来，只听亭子里边嘁嘁喳喳有人说话。<sup>10</sup>原来这亭子四面俱是游廊曲桥，盖造在池中，周围都是雕镂隔子糊着纸。<sup>11</sup>

　　宝钗在亭外听见说话，便煞住脚，往

1. 虽属想象虚构，却描述得满园五彩缤纷，历历在目。数句大观园景倍胜省亲一回，在一园人俱得闲闲寻乐上看。彼时只有元春一人闲耳。（甲）

2. 此类四字句，从文学传统意象中提炼而得，是作者所长。桃杏燕莺是这样的用法。（甲）

3. 列举群芳名字，连大姐都点出，此脂评所谓"诸艳毕集"也；而凤姐与后赏识红玉有关，故必当有。写凤姐随大众一笔，不见红玉一段则认为泛文矣，何一丝不漏若此！畸笏。（庚）

4. 宝钗是去找黛玉的，记清。

5. 作者既赋予"众花皆卸，花神退位"之饯花辰以红颜命薄如花的象征意义，那么群芳之中岂能没有那些唱戏的十二个女孩子，所以也顺便捎带一句。一人不漏。（庚）

6. 旁观者清，况宝钗之见识，从其心目中总写宝黛之间关系及黛玉平素习性。道尽二玉连日事。（庚）

7. 二玉亲近，宝钗并不在意，此时则以避嫌为是。道尽黛玉每每小性，全不在宝钗心上。（甲）

8. 写出女儿活泼好玩耍天性。今见有作"宝钗扑蝶"图者，画其手执团扇，乃不细读原文故。袖中之扇，折叠扇也。可是一味知书识礼女夫子行止？写宝钗无不相宜。（甲）

9. 宝钗体丰，形容得当。若玉兄在，必有许多张罗。（庚）原无可无不可。（庚）指无心再扑。

10. 忽起波澜。无闲纸闲笔之文如此。（甲）

11. 交代清亭子构筑，是情节发展的需要。

---

① 干旄（máo 毛）旌幢——古时的仪仗用具，此为送花神别去时用。干，盾牌。旄，顶端用牦牛尾作装饰的旗。旌，似旄，有彩羽为饰。幢，形似伞的旗。

里细听，只听说道："你瞧瞧这手帕子，果然是你丢的那块，你就拿着；要不是，就还芸二爷去。"[1] 又有一人道："可不是我那块！拿来给我罢。"又听说道："你拿什么谢我呢？难道白寻了来不成？"又答道："我既许了谢你，自然不哄你。"又听说道："我寻了来给你，自然谢我；但只是捡的人，你就不拿什么谢他？"又回道："你别胡说！他是个爷们家，捡了我们的东西，自然该还的。叫我拿什么给他呢？"又听说道："你不谢他，我怎么回他呢？况且他再三再四地和我说了，若没谢的，不许我给你呢。"半晌，又听答道："也罢，拿我这个给他，就算谢他的罢。[2]——你要告诉别人呢？须说个誓来。"又听说道："我要告诉一个人，就长一个疔，日后不得好死！"又听说道："嗳呀！咱们只顾说话，看有人来悄悄地在外头见。[3] 不如把这隔子都推开了，[4] 便是有人见咱们在这里，他们只当我们说玩话呢。若走到跟前，咱们也看得见，就别说了。"

宝钗在外面听见这话，心中吃惊，[5] 想道："怪道从古至今那些奸淫狗盗的人，心机都不错。[6] 这一开了，见我在这里，她们岂不臊了。况才说话的语音儿，大似宝玉房里的红儿。她素昔眼空心大，最是个头等刁钻古怪的东西。今儿我听了她的短儿，一时人急造反，狗急跳墙，不但生事，而且我还没趣。如今便赶着躲了，料也躲不及，少不得要使个'金蝉脱壳'的法子……"犹未想完，只听"咯吱"一声，[7] 宝钗便故意放重了脚步，笑着叫道："颦儿，我看你往哪里藏！"[8] 一面说，一面故意往前赶。那亭子里的红玉、坠儿刚一推窗，只听宝钗如此说着往前赶，两个人都唬怔了。[9] 宝钗反向她二人笑道："你们把林姑娘藏在哪里了？"[10] 坠儿道："何曾见林姑娘了？"宝钗道："我才在河边看着她在这里蹲着弄水儿的。我要悄

1. 原稿下半部有贾芸、红玉故事，亦重要角色。但其两情相悦事，却多用侧笔叙出，变化不板。这桩风流案，又一体写法，甚当。己卯冬夜。（庚）

2. 谢礼是何物？珠花头饰或者还是手帕？不必说出，反正总是传情信物。

3. 出语惊心，自知见不得人。这是自难自法，好极好极！惯用险笔如此。壬午夏，雨窗。（庚）

4. 未见人，先斗智。贼起飞志，不假。（庚）

5. 两种道德观猝然相遇。四字写宝钗守身如此。（甲）

6. 道尽矣。（庚）"想道"二字着眼，以下交代清宝钗恪守的准则、对人事的洞察力和自己行止的动机。

7. "犹未想完"四字着眼，推窗声如迅雷不及掩耳。

8. 反应间不容发。"放重了脚步"，让亭内听来像刚赶到；"笑着叫"，像根本不知亭内有人；喊"颦儿"，最最现成，宝钗本就为找黛玉而来。闺中弱女机变如此之便，如此之急。（庚）

9. 正心虚提防之时，能不丧胆？

10. 又一"笑"字，以攻为守，精彩演技。像极，好煞，妙煞，焉得不拍案叫绝！（庚）

悄地唬她一跳，还没有走到跟前，她倒看见我了，朝东一绕就不见了。别是藏在这里头了。"一面说,一面故意进去寻了一寻,抽身就走,<u>¹</u> 口里说道："一定又是在那山子洞里去。遇见蛇,咬一口也罢了。"一面说一面走,心中又好笑：这件事算遮过去了,不知她二人是怎么样。²

谁知红玉听了宝钗的话,便信以为真,³ 让宝钗去远,便拉坠儿道："了不得了! 林姑娘蹲在这里,一定听了话去了!"坠儿听说,也半日不言语。⁴ 红玉又道："这可怎么样呢?"坠儿道："便是听了,管谁筋疼,各人干各人的就完了。"⁵ 红玉道："若是宝姑娘听见还倒罢了。林姑娘嘴里又爱刻薄人,心里又细,她一听见了,倘或走露了,怎么样呢?"⁶ 二人正说着,只见文官、香菱、司棋、待书等上亭子来了。二人只得掩住这话,且和她们玩笑。

只见凤姐儿站在山坡上招手叫红玉,⁷ 红玉连忙弃了众人,跑至凤姐前,堆着笑问："奶奶使唤作什么?"凤姐打量了一打量,见她生得干净俏丽,说话知趣,⁸ 因说道："我的丫头今儿没跟进来。我这会子想起一件事来,要使唤个人出去,可不知你能干不能干,说得齐全不齐全?"红玉道："奶奶有什么话,只管吩咐我说去。若说不齐全,误了奶奶的事,凭奶奶责罚罢了。"⁹ 凤姐笑道："你是谁房里的? 我使你出去,他回来找你,我好替你答应。"红玉道："我是宝二爷房里的。"凤姐听了笑道："嗳哟! 你原来是宝玉房里的,怪道呢!¹⁰ 也罢了,等他问,我替你说。你到我家,告诉你平姐姐：外头屋里桌子上汝窑盘子架儿底下放着一卷银子,那是一百二十两,给绣匠的工价,等张材家的来要,当面称给她瞧了,再给她拿去。再里头屋里床上有个小荷包拿了来给我。"¹¹

1. 必演到十二分像。像极,是极。(庚)

2. 有人以为宝钗有心藏奸,借机嫁祸黛玉,是误会了作意。宝钗当时的心理活动,小说已和盘托出,所谓"想道""犹未想完"是也。把没有的动机硬栽在她身上,或是受续书写钗代黛嫁等情节的影响。真弄婴儿,轻便如此,即余至此亦要发笑。(甲)亭外急智脱壳,明写宝钗非拘拘然一迂女夫子。(甲)

3. 宝钗身分。(甲)

4. 沉思神情,想：会听见吗? 听见了会怎样?

5. 没有答案,无可奈何,只能如此说。勉强语。(庚)

6. 丫头间的"钗黛论"。与宝钗初到贾府,作者评说钗黛的话一致。

7. 机缘来了。

8. 第一眼印象不错。

9. 答得那么自信,与宝钗前所想"她素昔眼空心大"恰吻合。

10. 宝玉房里的自然不同,怪不得长得如此"干净俏丽"。

11. 这番话要"说得齐全",非得十分"能干"的丫头不可。

红玉听了，撤身去了。回来只见凤姐不在这山坡上了。因见司棋从山洞里出来，站着系裙子①，¹便上来问道："姐姐不知道二奶奶往哪里去了？"司棋道："没理论。"红玉听了，又往四下里看，只见那边探春、宝钗在池边看鱼。红玉便走来陪笑问道："姑娘们可看见二奶奶没有？"探春道："往大奶奶院里找去。"红玉听了，才往稻香村来，顶头只见晴雯、绮霰、碧痕，²紫绡、麝月、待书、入画、莺儿等一群人来了。晴雯一见了红玉，便说道："你只是疯罢！花儿也不浇，雀儿也不喂，茶炉子也不炀②，就在外头逛。"³红玉道："昨儿二爷说了，今儿不用浇花，过一日再浇罢。我喂雀儿的时候，姐姐还睡觉呢。"碧痕道："茶炉子呢？"红玉道："今儿不该我炀的班儿，有茶没茶别问我。"⁴绮霰道："你听听她的嘴！你们别说了，让她逛去罢。"红玉道："你们再问问，我逛了没有。二奶奶才使唤我说话取东西去的。"说着将荷包举给她们看，方没言语了，大家分路走开。⁵晴雯冷笑道："怪道呢！原来爬上高枝儿去了，把我们不放在眼里。不知说了一句半句话，名儿姓儿知道了不曾呢，就把她兴得这样！这一遭儿半遭儿的算不得什么，过了后儿还得听呵！有本事的从今儿出了这园子，长长远远的在高枝儿上才算得。"⁶一面说着走了。

这里红玉听说，也不便分证，只得忍着气来找凤姐，到了李氏房中，果见凤姐在那里说话儿呢。红玉便上来回道："平姐姐说，奶奶刚出来了，她就把银子收起来了，才张材家的来取，当面称了给她拿去了。"说着将荷包递了上来，⁷又道："平姐姐叫回奶奶说：旺儿进来讨奶奶的示下，好往那家子去的。平姐姐就把那话按着奶奶的主意打发他去了。"凤姐笑

1. 小点缀，一笑。（庚）此批未见作者插这句话的真正用意：是为司棋后来事而有。见注释①。

2. 第二十四回末有红玉给宝玉倒茶，遭秋纹、碧痕恶语一段，此时为凤姐赏识而得意，正需再次强调她一直以来受宝玉房中丫头们压制排挤的处境，故安排她遇见晴雯一干人。又一折。（庚）

3. 必有此数句，方引出称心得意之语来。（庚）

4. 所责种种不是，一一据理反驳。红玉不是可随便让人捏的软柿子。

5. 说得更理直气壮，众人不再言语是怕惹事，得罪二奶奶谁担当得起？独心高的晴雯敢回嘴。非小红夸耀，系尔等逼出来的，离怡红意已定矣。（甲）众女儿何苦自讨之。（甲）得意称心如意，在此一举荷包。（庚）

6. 本以为上不了高枝，故用此话气她，不料真会另移高枝。虽是醋语，却兴下无痕。（庚）

7. 交代的事办完，不差半点。

---

① 因见司棋从山洞里出来，站着系裙子——后来鸳鸯无意中发现司棋幽会，也在这种地方，这里写她解手是伏笔。

② 炀（lóng 龙）——生火。

道："她怎么按我的主意打发去了？"红玉道："平姐姐说：我们奶奶问这里奶奶好。原是我们二爷不在家，虽然迟了两天，只管请奶奶放心。等五奶奶好些，我们奶奶还会了五奶奶来瞧奶奶呢。五奶奶前儿打发了人来说，舅奶奶带了信来了，问奶奶好，还要和这里的姑奶奶寻两丸延年神验万全丹。若有了，奶奶打发人来，只管送在我们奶奶这里。明儿有人去，就顺路给那边舅奶奶带去的。"[1]

话未说完，李纨笑道："嗳哟哟！这话我就不懂。什么'奶奶''爷爷'的一大堆。"[2]凤姐笑道："怨不得你不懂，这是四五门子的话呢。"说着又向红玉笑道："好孩子，倒难为你说得齐全。[3]别像她们扭扭捏捏蚊子似的。[4]嫂子你不知道，如今除了我随手使的这几个人之外，我就怕和别人说话。她们必定把一句话拉长了作两三截儿，咬文咬字，拿着腔儿，哼哼唧唧的，急得我冒火。先时我们平儿也是这么着，我就问着她：难道必定装蚊子哼哼就是美人了？[5]说了几遭，才好些了。"李宫裁笑道："都像你破落户才好。"凤姐又道："这个丫头就好。方才说话虽不多，听那口气就简断。"[6]说着又向红玉笑道："你明儿服侍我去罢。我认你作女儿，我再调理调理，你就出息了。"[7]

红玉听了，扑嗤一笑。凤姐道："你怎么笑？你说我年轻，比你能大几岁，就作你的妈了？你别做春梦呢！你打听打听，这些人都比你大的大的，赶着我叫妈，我还不理呢！"[8]红玉笑道："我不是笑这个，我笑奶奶认错了辈数了。我妈是奶奶的女儿，[9]这会子又认我作女儿。"凤姐道："谁是你妈？"李宫裁笑道："你原来不认得她？她就是林之孝之女。"[10]凤姐听了，十分诧异，因笑问道："哦！原来是他的丫头！"又笑道："林之孝两口子都是锥子扎不出一声儿来的。我成日家说，他们倒是配就了的一对，夫妻一双，天聋地哑。[11]哪里承望养出这么个伶俐丫头来！你十几岁了？"红玉道："十七了。"又问名字，红玉

1. 红玉传平儿的回话，将"我们奶奶""这里奶奶""五奶奶""舅奶奶""这里的姑奶奶"等"四五门子"的事一气说尽，真是一篇比绕口令还复杂精彩的绝妙说辞。也只有极富于幽默感和文字才能的作者笔下才有。聪明机灵的红玉于此得以大显一番身手。

2. 借李纨听不懂作渲染。又一润色。（庚）

3. 难得凤姐夸奖，真投了缘。红玉今日方遂心如意，却为宝玉后伏线。（甲）（此批原错位于李纨话旁。）脂评另有"狱神庙回有茜雪、红玉一大回文字"（第十六回评）、"狱神庙慰宝玉"（第二十回评）等语，这里所谓"为宝玉后伏线"当与佚稿中狱神庙情节有关。

4. 凤姐之好恶突显其风格。骂死假斯文。（庚）

5. 贬杀，骂杀。（庚）

6. 先面赞，再向李纨夸其好，不容易。小红说话"简断"，正合凤姐所好。红玉此刻心内想，可惜晴雯等不在旁。（甲）

7. 这是真心喜欢，一眼便认准是可造就之材。看来小红后来定有一番作为。不假。（庚）

8. 地位尊卑，比年龄大小重要，只看贾芸愿认宝玉作父亲便知。

9. 述发笑缘故，证明凤姐的话不妄。所以说"比你大的大的"。（庚）

10. 前面只说小红"原是荣国府中世代的旧仆，她父母现在收管各处房田事务"（第二十四回末），此时说清。管家之女，而晴卿辈挤之，招祸之媒也。（甲）

11. 说话何其生猛，全个性化语言。用得是阿凤口角。（甲）

道："原叫红玉的，因为重了宝二爷，如今叫红儿了。"[1]

　　凤姐听了，将眉一皱，把头一回，说道："讨人嫌得很！得了玉的便宜似的，你也玉，我也玉。"因说道："既这么着，上月我还和她妈说：'赖大家的如今事多，也不知这府里谁是谁，你替我好好地挑两个丫头我使'，她一般地答应，她饶①不挑，倒把她这女孩子送了别处去。难道跟我必定不好？"[2]李纨笑道："你可是又多心了。她进来在先，你说话在后，怎么怨得她妈呢！"凤姐道："既这么着，明儿我和宝玉说，叫他再要人，叫这丫头跟我去。[3]可不知本人愿意不愿意？"[4]红玉笑道："愿意不愿意，我们不敢说。只是跟着奶奶，我们也学些眉眼高低、出入上下，大小的事也得见识见识。"[5]刚说着，只见王夫人的丫头来请，[6]凤姐便辞了李宫裁去了。红玉回怡红院，不在话下。

　　如今且说林黛玉因夜间失寐，次日起迟了，闻得众姊妹都在园中作饯花会，恐人笑她痴懒，连忙梳洗了出来。刚到了院中，只见宝玉进门来了，笑道："好妹妹，昨儿可告我不曾？教我悬了一夜心。"[7]林黛玉便回头叫紫鹃道：[8]"把屋子收拾了，下一扇纱屉子；看那大燕子回来，把帘子放下来，拿狮子②倚住；烧了香，就把炉罩上。"一面说一面仍往外走。宝玉见她这样，还认作是昨日中晌的事，哪知晚间的这段公案，[9]还打恭作揖的。林黛玉正眼也不看，各自出了院门，一直找别的姊妹去了。宝玉心中纳闷，自己猜疑：看起这个光景来，不像是为昨日的事；但只昨日我回来得晚了，又没有见她，再没有冲撞

1. 所以都叫她小红。

2. 借多心出怨言，写小红被凤姐实实看中。

3. 必先和宝玉商量，因姊弟关系特别融洽。有悌弟之心。（甲）

4. 这是一定要问的，也给小红有表白心意机会。总是追足红玉十分心事。（庚）

5. 措辞极好。"不敢说"者，岂宜自己选择主人？况宝玉对小红不错，只是难被其手下人所容耳。想到能跟着凤姐必有出头机会，故十分乐意又非明白说出不可。千愿意万愿意之言。（庚）且系本心本意，狱神庙回内方见。（甲）小红答凤姐一段，又有评说：奸邪婢岂是怡红应答者，故即逐之。前良儿，后坠儿，便是确证。作者又不得可也。己卯冬夜。（庚）此系未见"抄没""狱神庙"诸事，故有此批。丁亥夏，畸笏。（庚）两条评，后一条纠正前一条，前评称小红为"奸邪婢"，还以为作者有意将她"逐"出怡红院，太道学，太误看了，即使未见后来她的作为。坠儿因偷虾须镯被逐出贾府，良儿事只言谈中提到，均见第五十二回。

6. 该写的都写出，故打住。截得真好。（庚）

7. 故意逗黛玉。明知无是事，不得不作开谈。（甲）

8. 装作没有看见、没有听见，才有一番看来多余的嘱咐。

9. 本不信真会生气，今见如此，反疑是被调笑惹恼。

---

①　饶——不但。
②　狮子——指压帘用的石狮子。

了她的去处。一面想，一面走，又由不得从后面追了来。[1]

只见宝钗、探春正在那边看鹤舞，[2] 见黛玉来了，三个一同站着说话儿。又见宝玉来了，探春便笑道："宝哥哥，身上好？整整三天没见了。"[3] 宝玉笑道："妹妹身上好？我前儿还在大嫂子跟前问你呢。"探春道："宝哥哥，往这里来，我和你说话。"[4] 宝玉听说，便跟了她，来到一棵石榴树下。探春因说道："这几天老爷可叫你没有？"宝玉道："没有叫。"探春说："昨儿我恍惚听见说老爷叫你出去的。"[5] 宝玉笑道："那想是别人听错了，并没叫的。"[6] 探春又笑道："这几个月，我又攒下有十来吊钱了。你还拿去，明儿出门逛去的时候，或是好字画、书籍、卷册，轻巧玩意儿，给我带些来。"宝玉道："我这么城里城外、大廊小庙的逛，也没见个新奇精致东西，左不过是金玉铜器、没处撂的古董，再就是绸缎、吃食、衣服了。"探春道："谁要那些！像你上回买的那柳条儿编的小篮子，整竹子根抠的香盒子，胶泥垛的风炉儿，这就好。[7] 把我喜欢得什么似的，谁知她们都爱上了，都当宝贝似的抢了去了。"宝玉笑道："原来要这个。这不值什么，拿五百钱出去给小子们，管拉两车来。"[8] 探春道："小厮们知道什么！你拣那朴而不俗、直而不拙[9]者，这些东西，你多多地替我带了来。我还像上回的鞋做一双你穿，比那双还加工夫，[10] 如何呢？"

宝玉笑道："你提起鞋来，我想起个故事来了：那一回我穿着，可巧遇见了老爷，[11] 老爷就不受用，问是谁做的。我哪里敢提'三妹妹'三个字，我就回说是前儿我的生日，是舅母给的。[12] 老爷听了是舅母给的，才不好说什么，半日还

1. 疑团不解，非问清不可。

2. 若追上解释和好，便无妙文可看，故有钗、探挡路。二玉文字岂是容易写的，故有此截。（庚）《石头记》用截法、岔法、突然法、伏线法、由近渐远法、将繁改简法、重作轻抹法、虚敲实应法，种种诸法，总在人意料之外，且不曾见一丝牵强，所谓"信手拈来无不是"是也，己卯冬夜。（庚）

3. 宝、探兄妹感情深挚，一开口便不同，既见面，定有许多话要说。横云截岭，好极妙极。二玉文原不易写，《石头记》得力处在兹。（甲）

4. 显见有梯己话要说。是移一处语。（庚）

5. 先问宝玉事，可见关心。老爷叫宝玉再无喜事，故园中合宅皆知。（甲）

6. 若说出薛蟠哄骗事，涉及他人，倘再传开去，反不好，不如否认。非谎也，避繁也。（甲）又评宝、探一段说：若无此一岔，二玉和合，则成嚼蜡文字，《石头记》得力处正此。丁亥夏，畸笏叟。（庚）

7. 补出前兄妹间送小物件事及探春之爱好。

8. 不知物理艰难，公子口气也。（庚）此评有点一本正经，缺乏幽默感。宝玉岂是呆公子，故意说说趣话而已。

9. 八字可作诗文评。是论物是论人，看官着眼。（甲）

10. 又补出做鞋事，见关爱之深，且又牵出故事来。

11. 补出贾政，活现其为人。补遗法。（庚）

12. 机警。

说：'何苦来！虚耗人力，作践绫罗，作这样的东西。'我回来告诉了袭人，袭人说，这还罢了，赵姨娘气得抱怨得了不得：[1] '正经兄弟，鞋搭拉袜搭拉的没人看见，且作这些东西！'"探春听说，登时沉下脸来道："你说这话糊涂到什么田地！怎么我是该做鞋的人么？环儿难道没有分例的，没有人的？[2] 衣裳是衣裳，鞋袜是鞋袜，丫头、老婆一屋子，怎么抱怨这些话！给谁听呢？我不过是闲着没有事，做一双半双的，爱给哪个哥哥兄弟，随我的心。谁敢管我不成！这也是她气的？"[3] 宝玉听了，点头笑道："你不知道，她心里自然又有个想头了。"[4] 探春听说，益发动了气，将头一扭，说道："连你也糊涂了！她那想头自然有的，不过是那阴微鄙贱的见识。她只管这么想，我只管认得老爷、太太两个人，别人我一概不管。[5] 就是姊妹兄弟跟前，谁和我好，我就和谁好，什么偏的庶的，我也不知道。论理，我不该说她，但她忒昏愦得不像了！[6] 还有笑话儿呢：就是上回我给你那钱，替我带那玩的东西。过了两天，她见了我，也是说没钱使，怎么难，我也不理论。谁知后来丫头们出去了，她就抱怨起我来，说我攒了钱为什么给你使，倒不给环儿使了。[7] 我听见这话，又好笑又好气，我就出来往太太屋里去了。"正说着，只见宝钗那边笑道："说完了，来罢。显见得是哥哥妹妹了，丢下别人，且说梯己去。[8] 我们听一句儿就使不得了！"说着，探春、宝玉二人方笑着来了。

宝玉因不见了林黛玉，便知她是躲了别处去了，[9] 想了一想，索性迟两日，等她的气消一消再去也罢了。因低头看见许多凤仙、石榴等各色落花，锦重重地落了一地，[10] 因叹道："这是她心里生了气，也

1. 事若贯珠，不料又牵出一个，探春心头之疙瘩。

2. 糊涂话大伤探春自尊心，焉得不愤愤！

3. 想见当时反唇状况。

4. 什么想头不必说出，探春一听就明白，所以更加生气。

5. 探春的宗法等级观念特深固，她之所以对生母如此轻蔑、厌恶、无情，除赵氏本身非善良之辈外，一个处于婢妾地位的人，竟敢逾越界线，冒犯她作为主子的尊严也是重要原因。她只认老爷、太太两个人就能说明问题。这在今天，大可非议；在当时，却很占理。

6. 生母血缘关系毕竟也是理，故有"不该说她"语，但话锋一转，伏而又起，是忍无可忍。开一步，妙妙。（甲）

7. 宝玉是赵氏母子欲置之死地的对头，生女偏和对头好，故心里难平，一而再找茬儿。话又回到钱上，与前文合榫。这一节特为"兴利除弊"一回伏线。（庚）在第五十六回。

8. 截得好。（庚）

9. 原为追黛玉来，回到原来。兄妹话虽久长，心事总未少歇，接得好。（甲）

10. 渐近主题。不因见落花，宝玉如何突至埋香冢，不至埋香冢，如何写《葬花吟》。《石头记》无闲文闲字正此。丁亥夏，畸笏叟。（庚）

不收拾这花儿了。待我送了去,明儿再问她。"[1] 说着,只见宝钗约着她们往外头去。宝玉道:"我就来。"说毕,等她二人去远了,便把那花兜了起来,[2] 登山渡水,过柳穿花,一直奔了那日同林黛玉葬桃花的去处。犹未转过山坡,只听山坡那边有呜咽之声,一行数落着,哭得好不伤感。宝玉心中想道:"这不知是哪房里的丫头,受了委屈,跑到这个地方来哭。"[3] 一面想,一面煞住脚步,听她哭道是:

> 花谢花飞飞满天,红消香断有谁怜?[4]
> 游丝软系飘春榭,落絮轻沾扑绣帘。
> 闺中女儿惜春暮,愁绪满怀无释处,
> 手把花锄出绣帘,忍踏落花来复去。
> 柳丝榆荚自芳菲,不管桃飘与李飞。[5]
> 桃李明年能再发,明年闺中知有谁?
> 三月香巢已垒成,梁间燕子太无情。
> 明年花发虽可啄,却不道人去梁空巢也倾。[6]
> 一年三百六十日,风刀霜剑严相逼。
> 明媚鲜妍能几时,一朝飘泊难寻觅。
> 花开易见落难寻,阶前闷杀葬花人。
> 独倚花锄泪暗洒,洒上空枝见血痕。
> 杜鹃无语正黄昏,荷锄归去掩重门。
> 青灯照壁人初睡,冷雨敲窗被未温。[7]
> 怪奴底事倍伤神,半为怜春半恼春:
> 怜春忽至恼忽去,至又无言去不闻。
> 昨宵庭外悲歌发,知是花魂与鸟魂?
> 花魂鸟魂总难留,鸟自无言花自羞。
> 愿奴胁下生双翼,随花飞到天尽头。
> 天尽头,何处有香丘?
> 未若锦囊收艳骨,一抔净土掩风流。
> 质本洁来还洁去,强于污淖陷渠沟。[8]
> 尔今死去侬收葬,未卜侬身何日丧?

1. 又近一步。至埋香冢方不牵强,好情理。(甲)

2. 恐被姊妹说痴。怕人说笑。(庚)

3. 再也想不到竟会是黛玉。文似看山不喜平。岔开线路,活泼之至。(甲)诗词歌赋有如此章法写于书上者乎?(甲)开生面,立新场,是书多多矣,惟此回更生更新。非颦儿无是佳吟,非石兄断无是情聆赏。难为了作者了,故留数字以慰之。(甲)庚批略同,唯"是书多多矣"作"是书不止'红楼梦'一回",可知"开生面"六字是第五回原拟回目,庚辰本改其回目,而未改迄录脂评,则开头几句含义难明。又末二句改为"愧杀古今小说家也。畸笏"。可知原批时作者尚在世,故长辈留字以"慰",作者逝世后,畸笏遂改其原批结语。

4. 起得有声势。老杜《曲江》诗"一片花飞减却春,风飘万点正愁人"意境。

5. 或喻病危时无人顾惜。

6. 香巢垒成当喻二玉婚事已定,然变故突发,宝玉匆忙离家出走,借燕子无情飞去为喻。"一别西风又一年",宝玉回来后,一切都改变了,美人已归黄土,居处蛛丝结满雕梁,此或即"人去梁空巢也倾"之谓也。

7. 二句演化成第四十五回《秋窗风雨夕》一诗。

8. 后黛玉病重时,必闻诟谇之言,因有此喻。二玉初葬花时,黛玉阻将花瓣撒入水中,以为不洁,故有是语。今竟有人谓黛玉是投水而死,岂非强要她"污淖陷渠沟"吗?

侬今葬花人笑痴，他年葬侬知是谁？
试看春残花渐落，便是红颜老死时。
一朝春尽红颜老，花落人亡两不知。①1

宝玉听了，不觉痴倒。2 要知端的，且看下回。

1. 后六句谶语性质最明显，书中反复强调，下回开头写宝玉痴倒时重复之；后又于鹦鹉学舌中再次提到。"花落"喻黛玉泪尽夭亡；"人亡"喻宝玉离家出走。"两不知"者，"一个枉自嗟呀，一个空劳牵挂"也。余读《葬花吟》至再至三四，其凄楚感慨，令人身世两忘，举笔再四，不能下批。有客曰："先生身非宝玉，何能下笔，即字字双圈，批词通仙，料难遂颦儿之意，俟看玉兄之后文再批。"噫唏！阻余者想亦《石头记》来的，故停笔以待。（甲）"玉兄之后文"，当指下一回开头写宝玉闻此吟后的感想，对"葬花吟"似谶含义颇有阐发。又与作者同时的明义《题红楼梦》绝句之十八日："伤心一首葬花词，似谶成真自不知。安得返魂香一缕，起卿沉痼续红丝？"后面两句说，希望有起死回生的返魂香，能救治黛玉的不治之症，让宝黛两个有情人成为眷属，使已确定了的美满婚姻得以结成。

2. 宝玉是贾府中最能感知繁华之林中的悲凉之雾者，故听词痴倒，读下回开头一节便知。

【总评】
　　宝钗扑蝶与黛玉葬花这两事对钗、黛形象来说都属标志性事件，同写于此回之中。
　　宝钗扑蝶，追赶到滴翠亭时，凑巧听到亭内两个小丫头在说要与人结私情的话，宝钗用"金蝉脱壳"之法脱身。对此有着迥异的两种评论：一种认为是写宝钗心机诡深，故意嫁祸于黛玉；另一种则认为此事只不过表现宝钗洁身自好、处变机智而已，并无别的深意。脂评说是后者，以为是"明写宝钗非拘拘然一迂女夫子"。宝钗离姊妹们而独行，本来就为寻找黛玉，这也许是她急智时叫"颦儿，我看你往哪里藏"的一个原因。更重要的是宝钗听到亭内私语时的心理活动，书中是毫不遗漏地写出来的，细读原文，可以帮助我们作更符合实际的判断。
　　黛玉葬花，说来也简单，就是把落花当成老死的红颜，给予好好的埋葬，以表自己怜惜之心，也包括怜惜如花一般美好、短暂的自身。把落花比成绝代佳人，古已有之。北朝诗人庾信曾写过《瘗花铭》。瘗（yì），就是埋葬。但此文已佚，无从知道它写的是什么，南宋时尚存，故吴文英《风入松》词有"听风听雨过清明，愁草《瘗花铭》"之句，只是那时说的

---

① 《葬花吟》一首——榆荚，又叫"榆钱"，榆树的实，似成串的钱。芳菲，花草香茂。"洒上"句，与两个传说有关：一、湘妃哭舜，泣血染竹枝成斑。二、蜀帝魂化杜鹃鸟，啼血染花枝，即杜鹃花。奴，我，女子自称。底。何。一抔（póu），一捧，一抔土指坟墓。侬，我，吴语。

葬花并非指人之所为，常常是比喻风雨对花的摧残。如唐代韩偓《哭花》诗："若是有情怎不哭，夜来风雨葬西施。"北宋周邦彦《六丑》词用其意说："为问花何在？夜来风雨，葬楚宫倾国。"到明代才有唐寅哭花葬花事。

作者在《葬花吟》中用了明显的谶语式的表现手法，使许多诗句都带有某种象征性和预言性。故与雪芹同时的明义《题红楼梦》诗有"伤心一首葬花词，似谶成真自不知"之句。下一回开头写宝玉聆听黛玉吟诵后之感触，更表明了这一点。

本回中还用一定的笔墨穿插着写到小红，脂评说：凤姐用小红，可知晴雯等埋没其人久矣，无怪有私心私情。且红玉后有宝玉大得力处，此于千里外伏线也。（甲）可知她在此书的情节发展中，也是起相当作用的人物。

# 第 二 十 八 回

## 蒋玉菡情赠茜香罗　薛宝钗羞笼红麝串

**【题解】**

　　本回回目诸本一致。有脂评曰："茜香罗""红麝串"写于一回，盖琪官虽系优人，后回与袭人供奉玉兄、宝卿得同始终者，非泛泛之文也。（庚）可知回目是原拟。又从此评中知道，后来袭人嫁了琪官（蒋玉菡）。宝玉、宝钗成夫妻后，生活不易，幸而得到琪官、袭人夫妇的"供奉"。回目上句说，宝玉与蒋玉菡彼此爱慕，交换汗巾，蒋的大红汗巾据说是"茜香国女国王进贡"之物，故名。下句说，元春各赐红麝香珠二串给宝玉和宝钗，宝玉要看宝钗的，宝钗从腕上褪下给他，见宝玉看得发呆，倒不好意思了。此外，回中还写到药名药方，也有脂评说：自"闻曲"回以后，回回写药方是白描颦儿添病也。（庚）"闻曲"指第二十三回。"回回"之"回"，不作章回解，而是"次"的意思，即次次。

　　话说林黛玉只因昨夜晴雯不开门一事，错疑在宝玉身上。至次日，又可巧遇见饯花之期，正是一腔无明①正未发泄，又勾起伤春愁思，因把些残花落瓣去掩埋，由不得感花伤己，哭了几声，便随口念了几句。[1]不想宝玉在山坡上听见是黛玉之声，先不过点头感叹；次后听到"侬今葬花人笑痴，他年葬侬知是谁"，"一朝春尽红颜老，花落人亡两不知"等句，[2]不觉恸倒山坡之上，怀里兜的落花撒了一地。试想林黛玉的花颜月貌，将来亦到无可寻觅之时，宁不心碎肠断！既黛玉终归无可寻觅之时，推之于他人，如宝钗、香菱、袭人等，亦可以到无可寻觅之时矣。宝钗等终归无可寻觅之时，则自己又安在哉？且自身尚不知何在何往，则斯处、斯园、斯花、斯柳，又不知当属谁姓矣！[3]因此，一而

1. 精心之构，叙来偏轻描淡写。

2. 要紧句，故复述之。

3. 由黛玉推至宝钗等，由他人转想到自己，由人及物，说大观园不知当属谁，大是谶语。不言炼句炼字，辞藻工拙，只想景、想情、想事、想理，反复推求悲感，乃玉兄一生之天性；真颦儿之知己，玉兄外实无一人。想昨阻批《葬花吟》之客，嫡是宝玉之化身无疑。余几作点金为铁之人，幸甚幸甚！（庚）上回末和此处提到的阻批之客，是实有其人，还是批书人批书的技巧，很难说。

---

　　① 无明——怒火，语出佛家。

二，二而三，反复推求了去，¹真不知此时此际欲为何等蠢物，杳无所知，逃大造，出尘网，使可解释这段悲伤。①² 正是：

　　　　花影不离身左右，鸟声只在耳东西。³

那黛玉正自悲伤，忽听山坡上也有悲声，心下想道："人人都笑我有些痴病，难道还有一个痴子不成？"⁴想着，抬头一看，见是宝玉。林黛玉看见，便道："啐！我当是谁，原来是这个狠心短命的……"刚说到"短命"二字，又把口掩住，⁵长叹了一声，自己抽身便走了。

这里宝玉悲恸了一回，见黛玉去了，便知黛玉看见他躲开了，自己也觉无味，抖抖土起来，下山寻归旧路，往怡红院来。⁶可巧看见林黛玉在前头走，⁷连忙赶上去说道："你且站住。我知道你不理我，我只说一句话，从今以后撂开手。"⁸林黛玉回头，见是宝玉，待要不理他，听他说："只说一句话，从此撂开手"，这话里有文章，少不得站住说道："有一句话，请说来。"宝玉笑道："两句话，说了你听不听？"⁹黛玉听说，回头就走。宝玉在身后面叹道："既有今日，何必当初！"¹⁰林黛玉听见这话，由不得站住，回头道："当初怎么样？今日怎么样？"宝玉叹道："当初姑娘来了，哪不是我陪着玩笑？凭我心爱的，姑娘要，就拿去；¹¹我爱吃的，听见姑娘也爱吃，连忙干干净净收着等姑娘吃。一桌子吃饭，一床上睡觉。丫头们想不到的，我怕姑娘生气，我替丫头们想到了。我心里想着：姊妹们从小儿长大，亲也罢，热也罢，和气到了头，才见得比人好。¹²如今谁承望姑娘人大心大，不把我放在眼里，¹³倒把外四路

1. 百转千回矣。（庚）

2. "一生几许伤心事，不向空门何处销？"王维之所以皈依佛家也。此为"悬崖撒手"伏根。非大善知识说不出这句话来。（甲）

3. 借实景以写虚境。"花影"，又不妨理解为总是晃动眼前的黛玉、宝钗、袭人等的身影；"鸟声"，也不妨理解为总是在他耳边响起的"侬今葬花人笑痴，他年葬侬知是谁"之类的吟咏。文笔空灵如此！二句作禅语参。（甲）所谓"禅语"亦借虚喻而别有他指之意。一大篇《葬花吟》却如此收拾，真好机思笔仗，令人焉得不叫绝称奇！（甲）

4. 与前宝玉疑"哪房里的丫头受了委屈"对应。

5. 情情。不忍道出"的"字来。（甲）"情情"是原稿末回"警幻情榜"中作者对黛玉的评语。意即对意中人一往情深。

6. 不好再追，只能回来，其实还与追一样。折得好，誓不写开门见山文字。（甲）

7. 如何？还是看见了。哄人字眼。（庚）指"可巧"二字。

8. 宝玉有算计。非此三字，难留莲步，玉兄之机变如此。（甲）指"撂开手"三字。

9. 不免得寸进尺。

10. 此是真话。自言自语，真是一句话。（甲）

11. 以"当初""今日"为纲，开始倾诉委屈。以下乃答言，非一句话也。（甲）我阿颦恼者，玉兄实摸不着，不得不将自幼之苦心实事一诉，方可明心，以白今日之故，勿作闲文看。（甲）

12. 说完当初，总一句自己所愿。要紧语。（庚）

13. 说事与愿违，是牢骚，也是激语。反派不是。（庚）

---

① "逃大造"三句——逃离这世界，超出利欲的羁绊，解除这样的痛苦。大造，创造万物的宇宙。

的①什么宝姐姐、凤姐姐的放在心坎儿上，¹倒把我三日不理四日不见的。我又没个亲兄弟、亲姊妹。——虽然有两个，你难道不知道是和我隔母的？我也和你是独出，只怕同我的心一样。²谁知我是白操了这个心，弄得我有冤无处诉！"说着，不觉滴下泪来。³

黛玉耳内听了这话，眼内见了这形景，心内不觉灰了大半，⁴也不觉滴下泪来，低头不语。宝玉见她这般形景，⁵遂又说道："我也知道我如今不好了，但只凭着怎么不好，万不敢在妹妹跟前有错处。便有一二分错处，你倒是或教导我，戒我下次，或骂我两句，打我两下，⁶我都不灰心。谁知你总不理我，叫我摸不着头脑，少魂失魄，不知怎么样才是。⁷就便死了，也是个屈死鬼，任凭高僧高道忏悔，也不能超生，还得你申明了缘故，我才得托生呢！"⁸

黛玉听了这话，不觉将昨晚的事都忘在九霄云外了⁹，便说道："你既这么说，昨儿为什么我去了，你不叫丫头开门？"宝玉诧异道："这话从哪里说起？我要是这么样，立刻就死了！"¹⁰林黛玉啐道："大清早死呀活的，也不忌讳！¹¹你说有呢就有，没有就没有，起什么誓呢。"宝玉道："实在没有见你去。就是宝姐姐坐了一坐，就出来了。"林黛玉想了一想，笑道：¹²"想必是你的丫头们懒怠动，丧声歪气的也是有的。"宝玉道："想必是这个原故。等我回去问了是谁，教训教训她们就好了。"黛玉道："你的那些姑娘们也该教训教训，只是论理我不该说。今儿得罪了我的事小，倘或明儿宝姑娘来，什么贝姑娘来，也得罪了，事情岂不大了！"说着抿着嘴笑。¹³宝玉听了，又是咬牙，又是笑。二人正说话，只见丫头来请吃饭，¹⁴遂都往前头来了。

1. 在"宝姐姐"前加"外四路的"，还加"什么"，又把"凤姐姐"带上，有策略。用此人（凤姐）瞒着官也，瞒颦儿也。心动阿颦，在此数句也。一节颇似说辞，玉兄口中却是衷肠话。（甲）此条庚批分两条，后署"己卯冬夜"。

2. 与提"宝姐姐"一样。"独出"也针对黛玉心事要害，宝玉好厉害！这里"只怕"乃也许会之意。

3. 说到伤心处。玉兄泪非容易有的。（甲）

4. 耳闻"撂开手""白操心"，眼见将他伤透心的样子，以为这次真要吹了。

5. 知火候已到，是该索解疑团的时机了。

6. 尽量放低身段，以消妹妹的气。可怜语。（庚）

7. 不理比训斥打骂可怕多了，衬出妹妹在自己心中的分量。实难为情。（庚）真有是事。（庚）意即这种心情，生活中是常有的。

8. 既说到关键，就非说得酣畅淋漓、无以复加不可。

9. 烦恼本因情起，如何抵挡得住宝玉这番处处以情动人的攻击，已全线崩溃了。"情情"本来面目也。（甲）

10. 急了。（甲）

11. 一变而为宝玉的守护神。

12. 已看得清清楚楚，还用你说？疑团既冰释，便笑逐颜开。不用兄言，彼已亲睹。（庚）

13. 就为丫头们"懒怠动"，让我一夜无眠，白白流了多少眼泪！还不该教训教训！照样得妙。（庚）心结才解，尖酸本性又露，但此刻不过是轻松愉快的调侃罢了。至此心事全无矣！（甲）

14. 收拾得干净。（甲）

---

① 外四路的——外来的人，此指血缘关系较疏远的亲戚。

王夫人见了林黛玉，因问道："大姑娘，你吃那鲍太医的药可好些？"林黛玉道："也不过这么着，老太太还叫我吃王大夫的药呢。"[1]宝玉道："太太不知道，林妹妹是内症，先天生得弱，所以禁不住一点风寒，不过吃两剂煎药疏散了风寒，还是吃丸药的好。"[2]王夫人道："前儿大夫说了个丸药的名字，我也忘了。"宝玉道："我知道那些丸药，不过叫她吃什么人参养荣丸。"王夫人道："不是。"宝玉又道："八珍益母丸？左归？右归？再不，就是麦味地黄丸。①"王夫人道："都不是。我只记得有个'金刚'两个字的。"[3]宝玉扎手笑道："从来没听见有个什么'金刚丸'。若有了'金刚丸'，自然有'菩萨散'了！"[4]说得满屋里人都笑了。宝钗笑道："想是天王补心丹②。"[5]王夫人笑道："是这个名儿。如今我也糊涂了。"宝玉道："太太倒不糊涂，都是叫'金刚''菩萨'支使糊涂了。"[6]王夫人道："扯你娘的臊！又欠你老子捶你了。"宝玉笑道："我老子再不为这个捶我的。"[7]

王夫人又道："既有这个名儿，明日就叫人买些来。"宝玉笑道："这些药都是不中用的。太太给我三百六十两银子，我替妹妹配一料丸药，包管一料不完就好了。"[8]王夫人道："放屁！什么药就这么贵？"宝玉道："当真的呢，我这方子比别的不同。那个药名儿也古怪，一时也说不清。只讲那头胎紫河车、人形带叶参，三百六十两不足，龟大何首乌、千年松根茯苓胆③，诸如此类的药都不算为奇，[9]只在群药里算那为君的

1. 和乐之后，隐隐接上愁事，脂评所谓"写药方是白描颦儿添病也"。鲍太医、王大夫，是暗示医生不断地在更换。

2. 又是风寒，又是内症，又是煎药，又是丸药，带出一串成药名和偏方的趣话来。引下文。（甲）

3. 闻所未闻。奇文奇语。（甲）

4. 此时心情轻松，不觉出此谑语。亦作者幽默也。慈母前放肆了。（甲）宝玉因黛玉事完，一心无挂碍，故不知不觉手之舞之，足之蹈之。（甲）

5. 宝钗既博识又聪慧，故一猜就中。慧心人自应知之。（甲）

6. 又借弄混药名调笑其母。是语甚对，余幼时所闻之语合符，哀哉伤哉！此畸笏所批无疑。

7. 别得意，有捶的时候。此节对话又有脂评说：此写玉兄亦是释却心中一夜半日要事，故大大一泄。己卯冬夜。（庚）写药案是暗度颦卿病势渐加之笔，非泛泛闲文也。丁亥夏，畸笏叟。（庚）

8. 像江湖郎中卖假说的话，如何信得？

9. 再奇的药是什么，不说出，怕是说不出。

---

① 人参养荣丸、八珍益母丸、左归（丸）、右归（丸）、麦味地黄丸——都是常用的著名中医补益方剂配制的药丸。
② 天王补心丹——亦著名中医成药，能补心安神。
③ 头胎紫河车、人形带叶参、龟大何首乌、千年松根茯苓胆——胎盘中药名紫河车，传统以为头胎补力大。人参，传说认为似人形者佳，炮制成药而带叶者更难得。何首乌为块根，似薯块小。茯苓多寄生于松树根部，块状，故称"胆"，千年古松亦难得。有研究者以为"不足"乃"六足"之讹，词连下，有"六足龟"之称，乃龟之异种。此说不可信。"不足"显言只此两味药，这些银子还不够。若断成与"龟"相连，则如何解"三百六十两"？

药<sup>①</sup>，说起来吓人一跳。前儿薛大哥哥求了我有一二年，我才给了他这个方子。他拿了方子去，又寻了二三年，花了有上千的银子，才配成了。<sup>1</sup> 太太不信，只问宝姐姐。"宝钗听说，笑着摇手儿道："我不知道，也没听见。你别叫姨娘问我。"<sup>2</sup> 王夫人笑道："到底是宝丫头，好孩子，不撒谎。"宝玉站在当地，听见如此说，一回身把手一拍，说道："我说的倒是真话呢，倒说我撒谎。"说着一回身，只见林黛玉坐在宝钗身后抿着嘴笑，用手指在脸上画着羞他。<sup>3</sup>

凤姐因在里间屋里看着人放桌子，听如此说，便走来笑道："宝兄弟不是撒谎，这倒是有的。<sup>4</sup> 上月薛大哥亲自和我寻珍珠，我问他作什么，他说是配药。他还抱怨说，不配也罢了，如今哪里知道这么费事。我问他什么药，他说是宝兄弟的方子，<sup>5</sup> 说了多少药，我也没工夫听。他说：'不然我就买几颗珍珠了，只是定要头上戴过的，所以来和你寻。'他说：'妹妹，若没散的，花儿上也得，掐下来，过后儿我拣好的再给妹妹穿了来。'我没法儿，把两枝珠花儿现拆了给他。还要了一块三尺大红上用库纱去，乳钵乳了隔面子<sup>②</sup>呢。"凤姐说一句，那宝玉念一句佛，说："太阳在屋里呢<sup>③</sup>！"<sup>6</sup> 凤姐说完了，宝玉又道："太太想，这不过是将就呢。正经按那方子，这珍珠宝石定要古坟里的，有那古时富贵人家装裹的头面，拿了来才好。如今哪里为这个去刨坟掘墓，所以只要活人戴过的，也可以使得。"王夫人道："阿弥陀佛，不当家花花的<sup>④</sup>！就是坟里有这个，人家死了几百年，如今翻尸盗骨的，作了药也不灵！"<sup>7</sup>

1. 此话更教人无法相信，请问老兄，你奇方从何而得，难道也是和尚给的？宝玉本就惯于杜撰，况在兴高采烈之时。

2. 宝钗毕竟敦厚，实话实说，不来圆谎，也不讥诮宝玉。

3. 虽不出面，岂肯饶过宝玉不羞他。好看煞，在颦儿必有之。（庚）

4. 事有凑巧，被凤姐听到，出来作证，令人意想不到。凤姐非有文化者，不像宝玉杂学旁收，读到稀奇古怪的东西多。恐是把未必是同一回事扯到一起了。且不接宝玉文字，妙。（庚）

5. 宝玉得理在此一句。可能他真向薛蟠说过某类奇方，阿呆便践行之。这一来，即便撒谎，也非完全无据了。

6. 遇救星了，能不得意！

7. 作者说王夫人"是个宽仁慈厚的人"（第三十回）。人多不信，我是相信的。人的言行离不开所处的客观环境和主观动机，王夫人"作孽"的事是有，但亦当细辨起因，不应遽下断语。这里几句话亦为写其为人而有。不止阿凤圆谎，今作者亦为圆谎了，看此数句则知矣。（甲）是阿凤还是作者，是圆谎还是真话，并不重要，重要的是作者要借此节写出在传统医学发展过程中孳生出的怪现象。"医者，意也"是中医名言，片面运用，也能荒谬可笑。有幼童食管被头发卡住，众医束手，一医处方以陈年木梳熬汤服，谓梳子能克头发。又清人处方有"蟋蟀一对，原配"一味，蟋蟀固可利尿通淋，而何从知其原配或再婚，故遭鲁迅尖锐讽刺，皆是。其中清代用作药引的奇物尤多，所写即此类也。此节又有脂评说：写得不犯冷香丸方子。（庚）前"玉生香"回（第十九回）中，颦云：她有金，你有玉，她有冷香，你岂不该有暖香，是宝玉无药可配矣。今颦儿之剂若许材料，皆系滋补热性之药，兼有许多奇物，而尚未拟名，何不竟以暖香名之，以代补宝玉之不足，岂不三人一体矣。己卯冬夜。（庚）

---

① 为君的药——中药方剂，各味药的组成有不同的作用，分君、臣、佐、使，君药起主要作用。
② 隔面子——筛滤粉末取其极细者。
③ 太阳在屋里呢——犹言我没有说谎吧，天日可鉴。
④ 不当家花花的——罪过。家，同"价"，与"花花的"都是语气助词。

宝玉向黛玉说道："你听见了没有，难道二姐姐也跟着我撒谎不成？"脸望着黛玉说，却拿眼睛瞟着宝钗。[1]黛玉便拉王夫人道："舅母听听，宝姐姐不替他圆谎，他直问着我。"王夫人也道："宝玉很会欺负你妹妹。"宝玉笑道："太太不知道原故。宝姐姐先在家里住着，那薛大哥的事，她就不知道，何况如今在里头住着呢，自然是越发不知道了。[2]林妹妹才在背后，以为是我撒谎，就羞我。"

说着，只见贾母房里的丫头找宝玉、黛玉吃饭。林黛玉也不见宝玉走，便起身拉了那丫头就走。那丫头说："等着宝玉一块儿走。"林黛玉道："他不吃饭了，咱们走。我先走了。"说着便出去了。[3]宝玉道："我今儿还跟着太太吃罢。"王夫人道："罢，罢，我今儿吃斋，你正经吃去罢。"宝玉道："我也跟着吃斋。"[4]说着便叫那丫头"去罢"，自己先跑到炕上坐了。王夫人向宝钗道："你们只管吃你们的去，由他罢。"宝钗因笑道："你正经去罢。吃不吃，陪着林妹妹走一趟，她心里打紧的不自在呢。"[5]宝玉道："理她呢，过一会子就好了。"[6]

一时吃过饭，宝玉一则怕贾母记挂，二则也记挂着黛玉，忙忙地要茶漱口。探春、惜春都笑道："二哥哥，你成日家忙些什么？[7]吃饭、吃茶也是这么忙碌碌的。"宝钗笑道："你叫他快吃了，瞧林妹妹去罢，叫他在这里胡羼些什么。"宝玉吃了茶，便出来，直往西院走。可巧走到凤姐儿院前，只见凤姐蹬着门槛子拿耳挖子剔牙，[8]看着小厮们挪花盆呢。见宝玉来了，笑道："你来正好。进来，替我写几个字儿。"宝玉只得跟了进来。到了房里，凤姐命人取过笔砚纸来，向宝玉道："大红妆缎四十匹、蟒缎四十匹、上用纱各色一百匹、金项圈四个。"宝玉道："这算什么？又不是帐，又不是礼物，怎么个写法？"凤姐道："你只管写上，横竖我自己明白就罢了。"[9]宝玉听说，只得写了，凤姐收起来，笑道："还有句话告诉你，不知你依不依？[10]你屋里有

1. 望着你，瞟着她，看你们还有什么话说！

2. 剖析宝钗所以说"不知道，也没有听见"的缘故，分析得是，不敢正犯。（庚）

3. "出去了"，不一定真就走了，看后文方知。

4. 有你永远吃斋的日子。依恋慈母。

5. 以诚待人，宝钗早看出黛玉心里不自在，故劝宝玉前去相陪，她哪里知道二玉在丫头来请吃饭前，已在路上解释误会彼此和好了。

6. 不解说为何不须相陪，却在宝钗面前挺脖子装硬汉，也不想想黛玉有否走远，会不会站在门外听。后来袭人责备宝玉："你有甚忌讳的，一时高兴了，你就不管有人无人了。"（第七十七回）说得一点也不错。后文方知。（庚）

7. 怪道有"无事忙"诨号。冷眼人自然了了。（甲）

8. 从不单线直叙，遇见凤姐，必有它事先将话头岔开。凤姐闲散时造型。画出饭后全无拘束全无顾忌状态。也才吃了饭，是阿凤身段。（庚）

9. 写阿凤不甚识字，又见姐弟悌爱亲情甚笃。有是语，有是事。（庚）

10. 主要想说之事反如随口带到。

个丫头叫红玉，我和你说说，要叫了来使唤，也总没说，今儿见你，才想起来。"宝玉道："我屋里的人也多得很，姐姐喜欢谁，只管叫了来，何必问我。"[1] 凤姐笑道："既这么着，我就叫人带她去了。"宝玉道："只管带去。"说着便要走。凤姐道："你回来，我还有句话说。"宝玉道："老太太叫我呢，有话等我回来罢。"[2] 说着，便来至贾母这边，已经都吃完了饭。贾母因问他："跟着你母亲吃什么好的了？"宝玉笑道："也没什么好的，我倒多吃了一碗饭。"[3] 因问："林妹妹在哪里呢？"[4] 贾母道："里头屋里呢。"

宝玉进来，只见地下一个丫头吹熨斗，炕上两个丫头打粉线，黛玉弯着腰，拿着剪子裁什么呢。宝玉走进来笑道："哦，这是作什么呢？才吃了饭，这么空着头①，一会子又头疼了。"黛玉并不理，[5] 只管裁她的。有一个丫头道："这块绸子角儿还不好呢，再熨它一熨。"黛玉把剪子一撂，说道："理它呢，过一会子就好了。"宝玉听说，只是纳闷。[6] 只见宝钗、探春等也来了，和贾母说了一会话。宝钗也进来问："林妹妹作什么呢？"见黛玉裁剪，因笑道："越发能干了，连裁剪都会了。"黛玉笑道："这也不过是撒谎哄人罢了。"[7] 宝钗笑道："我告诉你个笑话儿，才刚为那个药，我说了个不知道，宝玉心里不受用了。"林黛玉道："理他呢，过一会子就好了。"[8] 宝玉又向宝钗道："老太太要抹骨牌，正没人，你抹骨牌去罢。"[9] 宝钗听说，便笑道："我是为抹骨牌才来了？"说着便走了。林黛玉道："你倒是去罢，这里有老虎，看吃了你！"说着又裁。宝玉见她不理，只得还陪笑说道："你也去逛逛再裁不迟。"黛玉总不理。宝玉便问丫头们："这是谁叫裁的？"黛玉见问丫头们，便说道："凭他谁叫裁，也不管二爷的事！"宝玉听了，方欲说话，只见有人进来回说"外头有人请你呢"。[10] 宝玉听说，忙撤身出来。黛玉向外头说道："阿弥陀佛！

1. 凤姐如何安排，宝玉无有不依从的，可见是完全信任、依赖。虽说宝玉对红玉也有好感，但毕竟不是一时也离不开的林妹妹。红玉接杯倒茶，自纱屉内觅至回廊下再见。此处如此写来，可知玉兄除颦儿外，俱是行云流水。又了却怡红一箪冤，一叹。（甲）评者以男女相悦为箪冤。

2. 急着要走，已有点不耐烦了，故推给老太太。非也，林妹妹叫我，一笑。（甲）

3. 常有的事，未必吃得好才有饭量。安慰祖母之心也。（甲）

4. 急着来只为此。

5. 不理必有原因。

6. 果然听见了前言，就用你射出的箭射还给你。宝玉可不会如此多心，这话要想上老半天：她说这话是什么意思？这是自己说过的话吗？她不是走了吗，怎么会听见的？所以纳闷。有意无意，暗合针对，无怪玉兄纳闷。（庚）是有意，非无意；不理宝玉，正为此语。

7. 仍暗刺前宝玉说奇异药方事。

8. 怕自己只说一句未引起注意，故再次重复。连重两遍前言，是颦、宝气味相仿，无非偶然暗合相符，勿认作过言小人也。（庚）此评不可从，黛玉反讽，岂是偶然暗合？特巧妙引用，天衣无缝而已。

9. 上次还纳闷，这次明指自己，在宝钗前被讥，脸上有点挂不住，所以借故"逐客"，催促她快走。

10. 此时截断，令纠葛未尽而尽，最妙。

_____

① 空着头——"空"借作"控"，弯腰低头。

赶你回来，我死了也罢了！”¹

　　宝玉出来到外头，只见茗烟说道：“冯大爷家请。”²宝玉听了，知道是昨日的话，便说要衣裳去，自己便往书房里来。茗烟一直到了二门前等人，只见出来个老婆子，茗烟上去说道：“宝二爷在书房里等出门的衣裳，你老人家进去带个信儿。”那婆子道：“你娘的屁！倒好，宝二爷如今在园子里住着，跟他的人都在园子里，你又跑了这里来带信儿！”茗烟听了笑道：“骂得是，我也糊涂了。”说着一径往东边二门上来。可巧门上小厮在甬路底下踢球，茗烟将原故说了。有个小厮跑了进去，半日才抱了一个包袱出来，递与茗烟。回到书房里，宝玉换了，命人备马，只带着茗烟、锄药、双瑞、双寿四个小厮，一径来到冯紫英家门口。

　　有人报与冯紫英，出来迎接进去。只见薛蟠早已在那里久候，³还有许多唱曲儿的小厮并唱小旦的蒋玉菡⁴、锦香院的妓女云儿。大家都见过了，然后吃茶。宝玉擎茶，笑道：“前儿所言幸与不幸之事，我昼悬夜想，今日一闻呼唤即至。”冯紫英笑道：“你们令姑表兄弟①倒都心实。前日不过是我的设辞，诚心请你们一饮，恐又推托，故说下这句话。⁵今日一邀即至，谁知都信真了。”说毕，大家一笑，然后摆上酒来，依次坐定。冯紫英先命唱曲儿的小厮过来让酒，然后命云儿也来敬。

　　那薛蟠三杯下肚，不觉忘了情，拉着云儿的手笑道：“你把那梯己新样儿的曲子唱个我听，我吃一坛如何？”云儿听说，只得拿起琵琶来唱道：

　　　　两个冤家，都难丢下，想着你来又记挂着他。两个人形容俊俏，都难描画。想昨宵幽期私订在茶蘼架，一个偷情，一个寻拿，拿住了三曹对案②，我也无回话。⁶

1. 又念佛，又自咒，真是冤家孽债。仍丢不下，叹叹！（甲）虽是一时气话，谁料说出来竟成谶语。故脂评曰：何苦来，余不忍听。（甲）

2. 接上前冯紫英说以后“要特治一东”语。至此，方开始说回目前句中情节。

3. 此类宴请，薛蟠是最有兴致的人，前面说药方几次提他，或亦为他要出场先露个头。

4. 此次宴会席上五人，个性、地位或生活行业都不相同，聚在一起，各呈色彩，所以好看。其中蒋玉菡是与后来多处故事情节有关的重要人物，其人出场偏如随笔带出。

5. 多日悬念，一语解除。若真有一事，则不成《石头记》文字矣。作者得三昧在兹，批书人得书中三昧亦在兹。（甲）

6. 此唱一曲，为直刺宝玉。（甲）此批不可认真。无论作者或唱曲人都无借此讥刺宝玉的必要。云儿，妓女也；处处留情，招来纷争，有何不宜？勿将宝玉感情生活庸俗化为幸！

---

　　①　令姑表兄弟——诸本同；然“姑”当作“姨”方合。
　　②　三曹对案——审案时，原告、被告、证人三方面的人一同都到，互相对质。曹，通“造”，到，指到堂。

唱毕笑道："你喝一坛子罢了。"薛蟠听说，笑道："不值一坛，再唱好的来！"

宝玉笑道："听我说来，如此滥饮，易醉而无味。我先吃一大海，发一新令，有不遵者，连罚十大海，逐出席外与人斟酒。"¹冯紫英、蒋玉菡等都道："有理，有理。"宝玉拿起海来，一气饮尽，说道："如今要说悲、愁、喜、乐四字，都要说出'女儿'来，还要注明这四字的原故。说完了，饮门杯。酒面要唱一个新鲜时样曲子；酒底要席上生风①一样东西，或古诗、旧对，《四书》《五经》成语。"薛蟠未等说完，先站起来，拦住道："我不来，别算我，这竟是捉弄我呢！"²云儿便站起来，推他坐下，笑道："怕什么？这还亏你天天吃酒呢，难道连我也不如！³我回来还说呢。说是了，罢；不是了，不过罚上几杯酒，哪里就醉死了！你如今一乱令，倒喝十大海，下去给人斟酒不成？"⁴众人都拍手道："妙！"薛蟠听说，无法可治，只得坐下，听宝玉先说，宝玉便道：

> 女儿悲，青春已大守空闺。
> 女儿愁，悔教夫婿觅封侯②。
> 女儿喜，对镜晨妆颜色美。
> 女儿乐，秋千架上春衫薄。⁵

众人听了都道："说得有理。"薛蟠独扬着脸摇头说："不好，该罚！"众人问道："如何该罚？"薛蟠道："他说的我都不懂，怎么不该罚？"云儿便拧他一把，笑道：⁶"你悄悄地想你的罢。回来说不出，才是该罚呢。"于是拿琵琶，听宝玉唱道：

> 滴不尽相思血泪抛红豆③，开不完春柳
> 春花满画楼，睡不稳纱窗风雨黄昏后，忘

1. 寻常话语却引得畸笏老人对如烟往事的追忆和悲叹：大海饮酒，西堂产九台灵芝日也。批书至此，宁不悲乎！壬午重阳日。（庚）谁曾经过？叹叹！西堂故事。（甲）西堂，曹寅为江宁织造时署内室名，亦常作其人指代。能"经过""西堂故事"的，除非他比雪芹年长二三十岁。

2. 呆霸王一听就跳：这不明摆着欺侮我没文墨！爽人爽语。（甲）

3. 正该云儿来劝。"难道连我也不如"一语，激得阿呆非遵令不可。

4. 又提醒他权衡得失。有理。（庚）

5. 悲、愁之句暗合宝钗结局。"春衫薄"炼字炼句尤妙。

6. 云儿与阿呆一搭一档，令情节增趣。

---

① 门杯、酒面、酒底、席上生风——酒席上放在各人面前的一杯酒，叫"门杯"。斟满酒不饮，先行酒令，叫"酒面"。行完令后，喝干酒，叫"酒底"。取酒席上有的一样东西，说一句有关的诗文、成语，叫"席上生风"。生风，生出风趣来。

② 悔教夫婿觅封侯——唐代王昌龄《闺怨》诗中成句。这里宝玉唱的"女儿悲""女儿愁"，正好与宝钗误了终身一致。

③ 红豆——红豆树的种子，大如豌豆，色鲜红，又称"相思子"，亚热带植物，这里象征"相思血泪"。

不了新愁与旧愁，咽不下玉粒金莼①噎满喉，照不见菱花镜里形容瘦。展不开的眉头，捱不明的更漏。呀！恰便似遮不住的青山隐隐，流不断的绿水悠悠。1

唱完，大家齐声喝彩，独薛蟠说无板。宝玉饮了门杯，便拈起一片梨来，说道："雨打梨花深闭门②。"2 完了令。

下该冯紫英。听冯紫英说道：

女儿悲，儿夫染病在垂危。
女儿愁，大风吹倒梳妆楼。
女儿喜，头胎养了双生子。
女儿乐，私向花园掏蟋蟀。3

说毕，端起酒来唱道：

你是个可人，你是个多情，你是个刁钻古怪鬼灵精，你是个神仙也不灵。我说的话儿你全不信，只叫你去背地里细打听，才知道我疼你不疼！4

唱完饮了门杯，〔便拈起一片鸡肉，〕③说道："鸡鸣茅店月④。"令完，下该云儿。云儿便说道：

女儿悲，将来终身指靠谁？5

薛蟠叹道："我的儿，有你薛大爷呢，你怕什么！"6 众人都道："别混她，别混她！"

云儿又道：

女儿愁，妈妈⑤打骂何时休！

薛蟠道："前儿我见了你妈，还吩咐她不叫她打你呢。"众人都道："再多言者，罚酒十杯。"薛蟠连忙自己打了一个嘴巴子，7说道："没耳性，再

1. 十个"不"字组合，如一串贯珠、百丈飞涧，滚滚而下，格式独创，真不愧"新鲜时样曲子"中的佳作。只要不与姊妹们在一起吟咏，宝玉诗才总能突显。此曲句句像专为黛玉而作。杜牧有"青山隐隐水迢迢"之诗，稼轩有"青山遮不住，毕竟东流去"词句，曲末两句，熔唐诗宋词中的意象而重铸，写内心之隐痛，愁思之不绝，也有悠然不尽之致。

2. 亦令人联想到《长恨歌》"玉容寂寞泪阑干，梨花一枝春带雨"诗句。

3. 紫英豪侠之人，亦非有文墨者，然与阿呆全无情思自别。其酒令极难摹拟。四句中说女儿悲喜，皆常情，恰到好处。不能修饰容貌确是女儿愁事，但说梳妆楼被大风吹倒，近乎滑稽说笑，由此人说出，自能突现其个性。末句说小女儿不受管束活泼天性，也有情趣。当时斗蟋蟀是富家子弟所好的玩意儿。

4. 调笑腔调，俗而不陋，狎而不亵，别是一格。

5. 道着了。（甲）

6. 此种插科打诨断不可少。

7. 疑从戏剧丑角表演中化出。

---

① 玉粒金莼（chún 纯）——精细的米饭和美味的菜肴。莼，南方水生植物，叶大如钱，嫩时可食，爽滑可口，多作羹汤，借以代表美肴。程高本改"金莼"作"金波"，则美酒也；酒岂能"噎满喉"，谬甚。
② 雨打梨花深闭门——宋代李重元《忆王孙》词："杜宇声声不忍闻，欲黄昏，雨打梨花深闭门。"词牌与句又暗合住梨香院的宝钗将来的遭遇。
③ 便拈起一片鸡肉——与"便拈起一个桃来"，甲戌、己卯、庚辰本皆无，当是蒙府、戚序本整理者所加。然依情理当有，故从之。
④ 鸡鸣茅店月——唐代温庭筠《商山早行》诗："鸡声茅店月。"冯紫英说成"鸡鸣"，或正表现其非有文墨者。
⑤ 妈妈——指鸨（bǎo 保）母，妓院的老板娘。

不许多说了。"云儿又道：

> 女儿喜，情郎不舍还家里。
> 女儿乐，住了箫管弄弦索。[1]

说完，又唱道：

> 豆蔻开花三月三，一个虫儿往里钻。
> 钻了半日不得进去，爬到花儿上打秋千。
> 肉儿小心肝，我不开了你怎么钻？[2]

唱毕，饮了门杯，〔便拈起一个桃来，〕说道："桃之夭夭①。"[3] 令完了，下该薛蟠。

薛蟠道："我可要说了：女儿悲……"说了半日，不见说底下的。冯紫英笑道："悲什么？快说来。"薛蟠顿时急得眼睛铃铛一般，瞪了半日，才说道："女儿悲……"又咳嗽了两声，[4]说道：

> 女儿悲，嫁了个男人是乌龟。

众人听了，都大笑起来。薛蟠道："笑什么，难道我说的不是？一个女儿嫁了汉子，要当忘八，她怎么不伤心呢？"[5]众人笑得弯腰，说道："你说得很是，快说底下的。"薛蟠瞪了瞪眼，又说道："女儿愁……"说了这句，又不言语了。众人道："怎么愁？"薛蟠道：

> 女儿愁，绣房窜出个大马猴。[6]

众人呵呵笑道："该罚，该罚！这句更不通，先还可恕。"说着便要斟酒。宝玉笑道："押韵就好。"[7]薛蟠道："令官都准了，你们闹什么！"众人听说，方罢了。云儿笑道："下两句越发难说了，我替你说罢。"[8]薛蟠道："胡说！当真的我就没好的了？听我说罢：

> 女儿喜，洞房花烛朝慵起。"

众人听了都诧异道："这句何其太韵？"薛蟠又道：

---

1. 仍不脱其行当身份。

2. 以花虫作伪装的淫曲，句句是性行为的廋辞。

3. 本出自谈婚论嫁的诗，由云儿说自宜。

4. 画出。受过此急者，大都不止呆兄一人耳。（甲）

5. 此种幽默实非他人笔下所有。

6. 大马猴似喻被当场发现的偷情者，故用"窜"字，程高本改为"钻"，不佳。不愁，一笑。（甲）

7. 骂倒胡乱凑泊而成的所谓诗。

8. 用云儿此语一垫，蓄足文势。

---

① 桃之夭夭——《诗经·周南·桃夭》中的成句。夭夭，形容花开得盛而艳。

女儿乐，一根乿(chán)往里戳。[1]

众人听了都扭着脸说道："该死，该死！快唱了罢。"薛蟠便唱道：

一个蚊子哼哼哼。

众人都怔了，说道："这是什么曲儿？"薛蟠还唱道：

两个苍蝇嗡嗡嗡。[2]

众人都道："罢，罢，罢！"薛蟠道："爱听不听！这个新鲜曲儿，叫作哼哼韵。你们要懒怠听，连酒底都免了，我就不唱。"众人都道："免了罢，免了罢，倒别耽误了别人家。"于是蒋玉菡说道：

女儿悲，丈夫一去不回归。
女儿愁，无钱去打桂花油①。
女儿喜，灯花并头结双蕊②。
女儿乐，夫唱妇随真和合。[3]

说毕，唱道：

可喜你天生成百媚娇，恰便似活神仙离碧霄。度青春，年正小；配鸾凤，真也着。呀！看天河正高，听谯③楼鼓敲，剔银灯同入鸳帏悄。[4]

唱毕，饮了门杯。笑道："这诗词上我倒有限。幸而昨日见了一副对子，可巧只记得这句，幸而席上还有这件东西。"[5]说毕，便饮干了酒，拿起一朵木樨④来，念道："花气袭人知昼暖。"[6]

众人倒都依了，完令。薛蟠又跳了起来，喧嚷道："了不得，了不得！该罚，该罚！这席上并没有宝贝，你怎么念起宝贝来？"[7]蒋玉菡怔了，说道："何曾有宝贝？"薛蟠道："你还赖呢！你

1．"女儿喜"句非阿呆能自拟者，不知从何处可巧拾得，以此造成前后反差的效果。末句毫无遮饰，直说秽语。此非作者偶尔寻求低级趣味，实为写活薛蟠其人（从所好、个性到灵魂）所不得不用者。如此大胆落笔，文才、见识庸凡浅陋之辈绝不能有。有前韵句，故有是句。（甲）对薛蟠说酒令一段又有脂评曰：此段与《金瓶梅》内西门庆应伯爵在李桂姐家一回对看，未知孰家生动活泼。（甲）见《金瓶梅》第十二回。

2．淫曲秽语与蚊蝇之声何异，不知是否有借此讥诮意？

3．此曲中之"女儿"当暗合袭人命运。悲、愁二句，似隐宝玉离家流落在外及荣府败后的窘况。喜、乐二句，则指她嫁给了蒋玉菡无疑，故对灯花结蕊句脂评曰：佳谶也。（甲）

4．此唱洞房花烛夜情景。所拟曲文，很像舞台上生旦演对手戏的唱词，这是玉菡的看家本领，所以一开口就来，充分展示了他的职业优势。

5．为将情节安排得合情合理，作者颇费心机。此处用两个"幸而"，一个"可巧"，便见布局用心。真巧。（甲）瞒过众人。（甲）

6．念放翁诗已说是偶然从对联中见到，而当时宴席上并不摆设插花，不像今天。虽无花，却有洒在点心上的糖桂花，所以说拿起来的是"一朵"而不是"一枝"。这一来，便合情理了。

7．语惊四座，不如此如何加深读者印象？奇谈。（甲）

---

① 桂花油——一种有桂花香气的发油。
② "灯花"句——灯烛余烬结成花蕊形叫"灯花"；俗传以结灯花为喜兆，并头结双蕊当象征夫妻相会。
③ 谯（qiáo乔）楼——即鼓楼。
④ 木樨——又作"木犀"，桂花的别称。

再念来。"蒋玉菡只得又念了一遍。薛蟠道："袭人可不是宝贝是什么！[1] 你们不信，只问他。"说着，指着宝玉。宝玉没好意思起来，说道："薛大哥，你该罚多少？"薛蟠道："该罚，该罚！"说着拿起酒来，一饮而尽。冯紫英与蒋玉菡等不知原故，犹问原故，云儿便告诉了出来。[2] 蒋玉菡忙起身陪罪，众人都道："不知者不作罪。"

　　少刻，宝玉席外解手，蒋玉菡便随了出来。二人站在廊檐下，蒋玉菡又赔不是。宝玉见他妩媚温柔，心中十分留恋，[3] 便紧紧地搭着他的手，叫他："闲了，往我们这里来。还有一句话借问，也是你们贵班中，有一个叫琪官的，他在哪里？如今名驰天下，我独无缘一见。"蒋玉菡笑道："就是我的小名儿。"[4] 宝玉听说，不觉欣然跌足笑道："有幸，有幸！果然名不虚传。今儿初会，便怎么样呢？"想了一想，向袖中取出扇子，将一个玉块扇坠解下来，递与琪官道："微物不堪，略表初见之谊。"琪官接了，笑道："无功受禄，何以克当！也罢，我这里也得了一件奇物，今日早起方系上，还是簇新的，聊可表我一点亲热之意。"说着，将系小衣儿一条大红汗巾子解下来，递与宝玉道："这汗巾是茜香国女国王进贡的，[5] 夏天系着，肌肤生香，不生汗渍。昨日北静王给我的，今日才上身。若是别人，我断不肯相赠。二爷请把自己系的给我系着。"宝玉听说，喜不自禁，连忙接了，将自己一条松花汗巾解了下来，递与琪官。[6] 二人方束好，只见一声大叫："我可拿住了！"只见薛蟠跳了出来，[7] 拉着二人道："放着酒不吃，两个人逃席出来干什么？快拿出来我瞧瞧！"二人都道："没什么。"薛蟠哪里肯依，还是冯紫英出来才解开了。于是复又归坐饮酒，至晚方散。[8]

　　宝玉回至园中，宽衣吃茶。袭人见扇子上的坠儿没了，便问他："往哪里去了？"宝玉道："马上丢了。"睡觉时，只见腰里一条血点似的大红汗巾子，袭人便猜了八九分，[9] 因说道："你有了好的系裤子，把我那条还我罢。"宝玉听说，方

1. 原来如此！揶揄宝玉也算得有高招。阿呆实不笨。

2. 云儿所事行业，最关注人家此类细事，故由她来说出缘故。用云儿细说，的是章法。（甲）云儿知怡红细事，可想玉兄之风情意也。壬午重阳。（庚）

3. 清代盛行男风，尤其在上层和都市社会。小说中也有涉及，从家塾里学童到戏班子艺人，处处可见此种风气的影响。在宝玉身上则表现为与秦钟、琪官等人的亲近。人谓是同性恋，此问题太过深奥，尚待作深入的科学研究，不宜妄加评议。但书中无论是谁，都同时有明显恋异性的表现；尤其是视女儿是水做的骨肉的宝玉，他所留恋的也是"妩媚温柔"，有某种女性化倾向的男子。

4. 艺名琪官，居然这样介绍出来，亦令人意想不到。

5. 琪官受宠，其馈赠之盛情，比宝玉犹有过之。述说汗巾之来历，方完本回回目上句。

6. 宝玉一时感动，欣然作此交换，已为袭人终身安排下宿命的伏笔。红绿牵巾是这样用法，一笑。（甲）

7. 要写的已写完，故立即打断。薛蟠是有此癖好者，由他跳出来，最恰当。

8. 一语了结。

9. 袭人是深知宝玉行为性情者，懂得的世事也多，故发现此两件，便猜到大半。

想起那条汗巾子原是袭人的，不该给人才是，心里后悔，口里说不出来，[1] 只得笑道："我赔你一条罢。"袭人听了，点头叹道："我就知道又干这些事！也不该拿着我的东西给那起混账人去。也难为你心里没个算计儿。"[2] 再要说上几句，又恐怕恼上他的酒来，少不得也睡了，一宿无话。

至次日天明起来，只见宝玉笑道："夜里失了盗也不晓得，你瞧瞧裤子上。"袭人低头一看，只见昨日宝玉系的那条汗巾子系在自己腰里，便知是宝玉夜间换了，[3] 忙一顿把解下来，说道："我不希罕这行子，趁早儿拿了去！"宝玉见她如此，只得委婉解劝了一回。袭人无法，只得系上。过后，宝玉出去，终究解下来，掷在个空箱子里，自己又换了一条系着。

宝玉并不理论，因问起昨日可有什么事情。袭人便回说道："二奶奶打发人叫了红玉去了。[4] 她原要等你来，我想什么要紧，我就作了主，打发她去了。"宝玉道："很是。我已知道了，不必等我罢了。"袭人又道："昨儿贵妃差了夏太监出来，送了一百二十两银子。叫在清虚观初一到初三打三天平安醮①，唱戏献供，叫珍大爷领着众位爷们等跪香拜佛呢。还有端午儿的节礼也赏了。"[5] 说着命小丫头来，将昨日的所赐之物取了出来，只见上等宫扇两柄、红麝香珠二串、凤尾罗二端、芙蓉簟②一领。宝玉见了，喜不自胜，问道："别人的也都是这个么？"袭人道："老太太的多着一柄香如意、一个玛瑙枕。太太、老爷、姨太太的只多着一柄如意。你的同宝姑娘的一样。林姑娘同二姑娘、三姑娘、四姑娘只单有扇子同数珠儿，别人都没了。[6] 大奶奶、二奶奶她两个是每人两匹纱、两匹罗、两个香袋、两个锭子药③。"宝玉听了，笑道："这是怎么个原故？怎么林姑娘的倒不同我的一样，倒是宝姐姐的同我一样？别是传错了罢？"[7] 袭人道："昨儿拿出来，

1. 没有后悔之心，也不是宝玉了。

2. "干这些事"，说得含混；"那起混账人"，也说得囫囵，不过如此，何须追究。袭人为人真当得起"温柔和顺"了。

3. 此宝玉补过之举。为写袭人之归宿乃命中注定，费我作者多少心力去构思安排！茜香罗暗系于袭人腰中，系伏线之文。（靖）

4. 应前，说红玉事是陪。

5. 贵妃送节礼来是主，然只在说送银打醮等事之后带出。

6. 赐物之异同，令一些研究者错会作意：以为元春在暗示父母将来宝玉、宝钗可成一对夫妻，甚至有人探佚说后来金玉完婚是奉了元妃之命。这绝不可能。家中祖母、父母都健在，儿女婚事长辈做主才合乎礼仪，岂有元春仗着皇家权势越俎代庖硬要插上一脚？宝玉是其爱弟，居然不问其是否愿意、有无意中人，便乱点鸳鸯谱，这可能吗？元春早卒，她命入黄泉后还托梦，要天伦早退步抽身，可见死于贾府变故之前而诸芳零落在后，时间上也不对。元春厚礼赐钗，只因薛氏母女是家中的贵宾亲戚，宝钗是她姨表姊妹，应特别给面子方是待客之道。而父母双亡的黛玉，正不妨将她视同自己的妹妹，故与二、三、四姑娘同列，如此而已。至于这来自宫中的二宝礼物相同，恰好也成了象征将来金玉姻缘的吉兆，则又是另一回事。金姑玉郎是这样的写法。（甲）

7. 宝玉自然是另一种心思，还以为别人也该跟他一样想。

---

① 打平安醮——因丧事请僧道念经叫"打醮"，平时为祈求无病消灾降福的打醮，叫"打平安醮"。
② 芙蓉簟（diàn 电）——编织有芙蓉花图案的细竹席。
③ 锭子药——将药压制成各种花样的硬的小块，叫"锭子药"。

都是一份一份的写着签子，怎么就错了！你的是在老太太屋里来着，我去拿了来了。老太太说，明儿叫你一个五更天进去谢恩呢。"宝玉道："自然要走一趟。"说着便叫："紫绡，来，拿了这个到林姑娘那里去，就说是昨儿我得的，爱什么留下什么。"[1]紫绡答应了，便拿了去，不一时回来说："林姑娘说了，昨儿也得了，二爷留着罢。"

宝玉听说，便命人收了。刚洗了脸出来，要往贾母那边请安去，只见林黛玉顶头来了。宝玉赶上去，笑道："我的东西叫你拣，你怎么不拣？"林黛玉昨日所恼宝玉的心事，早又丢开，[2]只顾今日的事了，因说道："我没这么大福禁受，比不得宝姑娘，什么金什么玉的，我们不过是草木之人！"[3]宝玉听她提出"金玉"二字来，不觉心动疑猜，便说道："除了别人说什么金什么玉，我心里要有这个想头，天诛地灭，万世不得人身！"[4]林黛玉听他这话，便知他心里动了疑，忙又笑道："好没意思，白白的说什么誓！管你什么金什么玉的呢！"宝玉道："我心里的事也难对你们说，日后自然明白。除了老太太、老爷、太太这三个人，第四个就是妹妹了。要有第五个人，我就说个誓。"黛玉道："你也不用说誓，我很知道，你心里有妹妹。但只是见了姐姐，就把妹妹忘了。"[5]宝玉道："那是你多心，我再不的。"黛玉道："昨儿宝丫头不替你圆谎，为什么问着我呢？那要是我，你又不知怎么样了。"

正说着，只见宝钗从那边来了，二人便走开了。宝钗分明看见，只装看不见，低着头过去了，到了王夫人那里，坐了一会，然后到了贾母这边，只见宝玉在这里呢。[6]宝钗因往日母亲对王夫人等曾提过"金锁是个和尚给的，等日后有玉的方可结为婚姻"等语，所以总远着宝玉。昨日见了元春所赐的东西，独她与宝玉一样，心里越发没意思起来。[7]幸亏宝玉被一个黛玉缠绵住了，心心念念只记挂着黛玉，并不理论这事。此刻忽见宝玉笑问道："宝姐姐，我瞧瞧你的红麝串子。"[8]可巧宝钗左腕上笼着一串，见宝玉问她，

1. 怕林妹妹有委屈，特示关怀、体贴。

2. 知宝玉向着自己，故不计前嫌，但对礼物的厚薄确有不平。

3. 自然会触动切心事而生妒意。自道本是绛珠草也。（甲）

4. 宝玉就怕她有如此想头，所以一听"金玉"二字就急，就赌咒发誓。

5. 虽是醋语，说的也是。

6. 得到礼物的，贾母处是必去的。宝钗往王夫人处去，故宝玉先在贾母处，一丝不乱。（甲）

7. 宝钗本豁达之人，可情势却偏偏令她难以避嫌，故心中特不自在。可知宝钗确不屑存与黛玉争夺之心。此处表明，以后二宝文章，宜换眼看。（甲）峰峦全露，又用烟云截断，好文字！（甲）"峰峦全露"指说出金玉姻缘来，即和尚所言。

8. 宝玉所得之物中有"红麝香珠二串"，又听说礼物与宝姑娘一样，故想验证一下。

少不得褪了下来。宝钗原生得肌肤丰泽，容易褪不下来。宝玉在旁看着雪白一段酥臂，不觉动了羡慕之心，暗暗想道："这个膀子要长在林妹妹身上，或者还得摸一摸，偏生长在她身上。"[1] 正是恨没福得摸，忽然想起"金玉"一事来，再看看宝钗形容，只见脸若银盆，眼似水杏，唇不点而红，眉不画而翠，比黛玉另具一种妩媚风流，不觉就呆了，[2] 宝钗褪下串子来递与他也忘了接。宝钗见他怔了，自己倒不好意思的，丢下串子，回身才要走，只见黛玉蹬着门槛子，嘴里咬着手帕子笑呢。[3] 宝钗道："你又禁不得风儿吹，怎么又站在那风口里呢？"黛玉笑道："何曾不是在屋里呢。只因听见天上一声叫，出来瞧了一瞧，原来是个呆雁。"宝钗道："呆雁在哪里呢？我也瞧瞧。"林黛玉道："我才出来，它就'忒儿'一声飞了。"口里说着，将手里的帕子一甩，向宝玉脸上甩来。不防正打在眼上，"嗳哟"了一声。[4] 再看下回分明。

1. 此真一击两鸣绝妙的表述方法：既羡姐姐酥臂，又恨不长在妹妹身上。前者是爱美天性，也是异性身姿对宝玉具诱惑力的真实描述；后者则又表达了超越形体的心灵相通。

2. 又及容貌。须知"银盆""水杏"是形容貌美的传统意象，若认以实物相比，则无美可言矣。此时写其"妩媚风流"，是从宝玉眼中看出，所以呆了。太白所谓"清水出芙蓉"。（甲）李白《经丧乱后……》诗："清水出芙蓉，天然去雕饰。"忘情，非呆也。（甲）

3. "不好意思"就是回目中"羞"字。回身见黛玉，如戏剧场面，精彩极了。

4. 这次又与以往只用语言奚落不同，作者真神乎其技矣！

## 【总评】

宝玉听《葬花吟》，以其超乎常人的敏锐感觉，预见到群芳和大观园将来的悲凉情景，所以才会恸倒于山坡。宝黛见面后，因昨夜被拒门外事，自有一番纷争；疑团消除、重归于好后，宝玉如释重负。在谈药方一段，不难看出他兴高采烈、得意忘形的神态。宝钗要宝玉去陪陪心里不自在的黛玉，宝玉说："理她呢，过一会子就好了。"后来可推想到此话已被黛玉听见，竟在她与丫头和宝钗的对话中，连说两次来反讽宝玉，宝玉似乎还没有察觉。这一细节也写出宝黛二人不同的个性。

写冯紫英家宴，把聚饮者的层次放低了，看来作者是相当熟悉这种场景的。席上唱曲行令，颇多淫词亵语，夹杂插科打诨，可看出他对戏曲艺术的传承。作者摹写不同职业身份人物的文化教养、个性特点的本领，非凡手庸笔能到；其中仍不乏对人物未来命运的隐约预言。

对蒋玉菡（琪官）言行的描述，颇与后来情节发展有关。他行酒令先带出"袭人"，再与宝玉两情相悦，交换汗巾（琪官的大红汗巾据说是"茜香国女国王进贡"，故回目称"茜香罗"）。此事近则与宝玉受其父笞挞成因果，远则与将来袭人由于某种变故，离开宝玉，出嫁琪官以及琪官"后回与袭人供奉玉兄、宝卿得同终始者"（脂评）相关。又有研究者以为宝玉在性方面多少带点同性恋倾向，此亦一例。但宝玉喜欢的男性是"怯怯羞羞，有女儿之态"的秦钟和"妩媚温柔"演小旦的琪官，二人在某种程度上已女性化了。

宫中送来元春端午节的节礼，宝玉与宝钗所得的一样，比其他姊妹略多一二件。遂有研究者以为后来"金玉良姻"，乃出于元春指婚。这不可能，理由是：一、黛与钗就贾府血缘而言，有亲疏之分，钗更近似客，重客合待客之道；二、宝玉有祖母、父母在，婚姻大事，自有人做主，何用元春越俎代庖；三、元春与宝玉"分虽姊弟，情同母子"，岂有不问胞弟之意愿，乱点鸳鸯谱之理；四、元春早卒，宝玉成亲时，只怕她"命已入黄泉"了；五、小说正文和脂评都无这方面的暗示，有的均是不利于这种指认的线索。

宝玉要看宝钗腕上的红麝串子，"看着雪白一段酥臂，不觉动了羡慕之心，暗暗想道：'这个膀子要长在林妹妹身上，或者还得摸一摸，偏生长在她身上。'"此非写滥情者之轻佻，作者描写真实复杂的人性，总是深刻的、大胆的，这里妙在动心时想到黛玉，乃用一击两鸣之法。

# 第 二 十 九 回
## 享福人福深还祷福　痴情女情重愈斟情

【题解】

　　此回回目诸本大体一致，有个别字的差异，如"痴情女"程高本作"多情女"；庚辰本则误作"斟情女"。此用蒙府、戚序本回目。对仗中用同一字重复（如"福""情"），像律诗中的"双拟对"形式，是曹雪芹拟对喜欢用的习惯，可知其是原拟。"享福人"指贾母，以她为首率领贾府上下众人前往清虚观打醮祈神，即所谓"祷福"。"痴情女"指林黛玉，她与宝玉又因"说亲""姻缘"等话语顶撞而大闹了一场。过后黛玉对一些有关两情话头的深义，细细回味思量，即所谓"斟情"。

　　话说宝玉正自发怔，不想黛玉将手帕子甩了来，正碰在眼睛上，倒唬了一跳，问是谁。黛玉摇着头儿笑道："不敢，是我失了手。因为宝姐姐要看呆雁，我比给她看，不想失了手。"宝玉揉着眼睛，<u>待要说什么，又不好说的。</u>¹

1. 了结上回故事，另起头绪。

　　一时，凤姐儿来了，因说起初一日在清虚观打醮的事来，遂约着宝钗、宝玉、黛玉等看戏去。宝钗笑道："<u>罢，罢，怪热的。什么没看过的戏，我就不去了！</u>"²凤姐儿道："他们那里凉快，两边又有楼。咱们要去，我头几天打发人去，把那些道士都赶出去，把楼上打扫了，挂起帘子来，<u>一个闲人不许放进庙去，</u>³才是好呢。我已经回了太太了，你们不去我去。这些日子也闷得很了。家里唱动戏①，我又不得舒舒服服地看。"贾母听说，笑道："既这么着，我同你去。"凤姐听说，笑道："老祖宗也去，敢情好了！<u>就只是我又不得受用了。</u>"⁴贾母道："到明儿，我在正面楼上，你在旁边楼上，你也不用到我这边来立规矩，可好不好？"凤姐笑道："这

2. 必先一折，再由老祖宗出面请。

3. 后文见。

4. 只有凤姐才敢如此说话。

────────────

　　① 唱动（tòng 痛）戏——唱热闹的戏。

就是老祖宗疼我了。"贾母因而向宝钗道："你也去，连你母亲也去。长天老日的，在家里也是睡觉。"宝钗只得答应着。[1]

贾母又打发人去请了薛姨妈，顺路告诉王夫人，要带了她们姊妹去。王夫人因一则身上不好，二则预备着元春有人出来，早已回了不去的；听贾母如此说，笑道："还是这么高兴。"因打发人去到园里告诉："有要逛去的，只管初一跟了老太太逛去。"这个话一传开了，别人还都可以，只是那些丫头们天天不得出门槛儿，听了这话，谁不要去。便是各人的主子懒怠去，她也百般地撺掇了去，因此李宫裁等都说去。贾母越发心中欢喜，[2]早已吩咐人去打扫安置，都不必细说。

单表到了初一这一日，荣国府门前车轿纷纷，人马簇簇。那底下凡执事人等，闻得是贵妃作好事，贾母亲去拈香，正是初一日乃月之首日，况是端阳节间，因此凡动用的什物，一色都是齐全的，不同往日。少时，贾母等出来。贾母坐一乘八人大轿，李氏、凤姐儿、薛姨妈，每人一乘四人轿，[3]宝钗、黛玉二人共坐一辆翠盖珠缨八宝车，迎春、探春、惜春三人共坐一辆朱轮华盖车。然后贾母的丫头鸳鸯、鹦鹉、琥珀、珍珠，林黛玉的丫头紫鹃、雪雁、春纤，宝钗的丫头莺儿、文杏，迎春的丫头司棋、绣橘，探春的丫头待书、翠墨，惜春的丫头入画、彩屏，薛姨妈的丫头同喜、同贵，外带着香菱、香菱的丫头臻儿，李氏的丫头素云、碧月，凤姐儿的丫头平儿、丰儿、小红，并王夫人的两个丫头也要跟了凤姐儿去的是金钏、彩云，奶子抱着大姐儿①另在一车，还有两个丫头，一共再连上各房的老嬷嬷、奶娘并跟出门的家人媳妇子，乌压压的占了一街的车。贾母等已经坐轿去了多远，这门前尚未坐完。[4]这个说"我不同你在一处"，那个说"你压了我们奶奶的包袱"，那边车上又说"蹭了我的花儿"，这边又说"碰折了我的扇子"，咭咭呱呱，说笑不绝。周瑞家的走来过去地说道："姑娘们，这是街上，看人笑话！"说了两遍，方觉好了。[5]前头的全副执事摆开，

1. 果然，没有再推辞的理了。

2. 老太太如此喜欢热闹，确是会享福之人。丫头们踊跃争着去，连韶华已逝的寡嫂也有兴头，更衬出贾母之兴高采烈。

3. 大阵仗出门。从贾母乘八人大轿起，然后按长幼尊卑顺序乘轿坐车，连各房丫头、老嬷嬷、奶娘等都一人不漏地列出，可谓是着力渲染。

4. 说来毫不费劲，却见阵势吓人。

5. 举出"这个""那个""那边""这边"的话语来，将一大群姑娘出门时兴奋笑闹场面写得栩栩如生。周瑞家的一句劝说，起着点睛作用。

---

①　奶子抱着大姐儿——庚辰诸本在这句话后，尚有"带着巧姐儿"五字，从小说前后描述来看，凤姐只有一个女儿，未取名前就叫"大姐儿"，后来，才请刘姥姥起了"巧姐"之名。此时名尚未起，所以这里说"带着巧姐儿"是不合理的，故删。

早已到了清虚观。宝玉骑着马，在贾母轿前。街上的人都站在两边。

将至观前，只听钟鸣鼓响，早有张法官①执香披衣，带领众道士在路旁迎接。贾母的轿刚至山门②以内，贾母在轿内因看见有守门大帅并千里眼、顺风耳、当方土地、本境城隍各位泥胎圣像，便命住轿。[1] 贾珍带领各子弟上来迎接。凤姐知道鸳鸯等在后面，赶不上来搀贾母，自己下了轿，忙要上来搀。[2] 可巧有个十二三岁的小道士儿，拿着剪筒，照管剪各处的蜡花。正欲得便且藏出去，不想一头撞在凤姐儿怀里。[3] 凤姐便一扬手，照脸一下，把那小孩子打了一个筋斗，骂道："野牛肏的，朝哪里跑！"[4] 那小道士也不顾拾烛剪，爬起来往外还要跑。正值宝钗等下车，众婆娘、媳妇正围随得风雨不透，但见一个小道士滚了出来，都喝声叫："拿，拿，拿！打，打，打！"[5]

贾母听了，忙问："是怎么了？"贾珍忙出来问。凤姐儿上去搀住贾母，就回说："一个小道士儿，剪灯花的，没躲出去，这会子混钻呢。"贾母听说，忙道："快带了那孩子来，别唬着他！小门小户的孩子，都是娇生惯养惯了的，哪里见得这个势派。倒怪可怜见的，倘或唬着他，他老子娘岂不疼得慌？"[6] 说着，便叫贾珍去好生带了来。贾珍只得去拉了那孩子来。那孩子还一手拿着蜡剪，跪在地下乱颤。贾母命贾珍拉起来，叫他不要怕，问他几岁了。那孩子通说不出话来。[7] 贾母还说"可怜见的"，又向贾珍道："珍哥儿，带他去罢。给他些钱买果子吃，别叫人难为了他。"贾珍答应了，领他去了。这里贾母带着众人，一层一层地瞻拜观玩。外面小厮们见贾母等进入二层山门，忽见贾珍领了一个小道士出来，叫人来带去，给他几百钱，不要难为了他。家人听说，忙上来，领了下去。

贾珍站在阶矶上，因问："管家在哪里？"底下站的小厮们见问，都一齐喝声说："叫管家！"登时林之孝一手整理着帽子跑了来，[8] 到贾珍跟前。贾珍道："虽说这里地方大，今儿不承望来这么些人。你使的人，

1. 虽是泥胎，不敢不敬，贾母祈神虔诚之心可见。

2. 凤姐精细周到处，不是只会在贾母前说笑耍嘴皮子。

3. 坏了！什么地方不好撞！

4. 凤姐发威，一时打骂并施。

5. 身似败将陷重围，已无路可逃。

6. 史太君大慈大悲，令人感动。怜幼恤贫之心与阿凤形成对照。菩萨有灵，当保佑其多福多寿。

7. 惊魂未定之状。

8. 声势如见，管家整理帽子细节，是颊上添毫。

①　法官——指有职位的道士。
②　山门——佛寺、道观的外门。

你就带了你的那院里去；使不着的，打发到那院里去。把小幺儿们挑几个在这二层门上同两边角门上，伺候着要东西传话。你可知道不知道，今儿小姐、奶奶们都出来了，一个闲人也不许到这里来！"[1] 林之孝忙答应"晓得"，又说了几个"是"。贾珍道："去罢。"又问："怎么不见蓉儿？"一声未了，只见贾蓉扣着纽子从钟楼里跑了出来。贾珍道："你瞧瞧他，我这里也没说热，他倒乘凉去了！"喝命家人啐他。那小厮们都知道贾珍素日的性子违拗不得，有个小厮便上来向贾蓉脸上啐了一口。[2] 贾珍又道："问着他！"那小厮便问贾蓉道："爷还不怕热，哥儿怎么先乘凉去了？"贾蓉垂着手，一声不敢说。那贾芸、贾萍、贾芹等听见了，不但他们慌了，亦且连贾璜、贾琼等也都慌了，一个一个从墙根下慢慢地溜下来。[3] 贾珍又向贾蓉道："你站着作什么？还不骑了马跑到家里，告诉你娘母子去！老太太同姑娘们都来了，叫她们快来伺候。"[4] 贾蓉听说，忙跑了出来，一叠连声要马，一面抱怨道："早都不知作什么的，这会子寻趁①我！"一面又骂小子："捆着手呢？马也拉不来。"要打发小子去，又恐怕后来对出来，说不得亲自走一趟，骑马去了，不在话下。

　　且说贾珍方要抽身进去，只见张道士站在旁边陪笑说道："论理我不比别人，应该里头伺候。只因天气炎热，众位千金都出来了，法官不敢擅入，请爷的示下。恐老太太问，或要随喜哪里，我只在这里伺候罢了。"[5] 贾珍知道这张道士虽然是当日荣国府国公的替身，曾经先皇御口亲呼为"大幻仙人"，如今现掌"道录司"印，又是当今封为"终了真人"，现今王公、藩镇都称他为"神仙"，所以不敢轻慢。二则他又常往两个府里去，凡夫人、小姐都是见的。[6] 今见他如此说，便笑道："咱们自己，你又说起这话来。再多说，我把你这胡子还挦②了呢！还不跟我来！"[7] 那张道士呵呵大笑着，跟了贾珍进来。

　　贾珍到贾母跟前，控身③陪笑说道："张爷爷进来请安。"贾母听了，忙道："搀他来。"贾珍忙去搀了过来。

1. 与前日凤姐约宝钗等去看戏说的话一样。

2. 贾珍个性执拗于此点明。此次出门，爷们中以珍为长，凡保护、伺候如此众多女眷及安排差遣诸事皆其职责所在，岂敢稍有疏忽，惹老太太不高兴、众人怪罪，故严谴蓉儿偷懒。

3. 贾芸等是带"草"字头的小辈，贾璜等则是带"玉（王）"字旁的同辈，都慌着贾珍行事。

4. 荣府车马人等，来若云屯；宁府伺候，若不主动，万一有闪失，岂不落人讥议。

5. 张道士身份本自特殊，此亦故意先说退让话，以示谦恭。

6. 珍爷对老道心中有谱，故不敢轻慢，又加其常来府见过女眷，自然另眼相看。

7. 故作谑语以戏之，既示彼此亲近，又自持身份。

---

①　寻趁——找碴子；故意找麻烦。
②　挦（xún 旬）——拔。
③　控身——弯腰屈身。

那张道士先呵呵笑道:"无量寿佛!老祖宗一向福寿康宁?众位奶奶小姐纳福!一向没到府里请安,老太太气色越发好了。"贾母笑道:"老神仙,你好?"[1]张道士笑道:"托老太太万福万寿,小道也还康健。别的倒罢,只记挂着哥儿,[2]一向身上好?前日四月二十六日,我这里做遮天大王的圣诞,人也来得少,东西也很干净,我说请哥儿来逛逛,怎么说不在家?"贾母说道:"果真不在家。"一面回头叫宝玉。谁知宝玉解手去了才来,[3]忙上前问"张爷爷好"。张道士忙抱住问了好,又向贾母笑道:"哥儿越发发福了。"贾母道:"他外头好,里头弱。又搭着他老子逼着他念书,生生的把个孩子逼出病来了。"[4]张道士道:"我前日在好几处看见哥儿写的字,作的诗,都好得了不得,[5]怎么老爷还抱怨说哥儿不大喜欢读书呢?依小道看来,也就罢了。"又叹道:"我看见哥儿的这个形容身段、言谈举动,怎么就同当日国公爷一个稿子!"说着两眼流下泪来。[6]贾母听说,也由不得满脸泪痕,说道:"正是呢,我养了这些儿子孙子,也没一个像他爷爷的,就只这玉儿像他爷爷。"[7]

那张道士又向贾珍道:"当日国公爷的模样儿,爷们一辈的不用说,自然没赶上,大约连大老爷、二老爷也记不清楚了。"说毕,呵呵又一大笑道:"前日在一个人家看见一位小姐,今年十五岁了,生得倒也好个模样儿。我想着哥儿也该寻亲事了。若论这个小姐模样儿,聪明智慧,根基家当,倒也配得过。[8]但不知老太太怎么样,小道也不敢造次。等请了老太太的示下,才敢向人去张口。"贾母道:"上回有个和尚说了,这孩子命里不该早娶,等再大一大儿再定罢。[9]你可如今也打听着,不管她根基富贵,只要模样配得上就好,来告诉我。便是那家子穷,不过给他几两银子也罢了。只是模样儿性格儿难得好的。"[10]

说毕,只见凤姐儿笑道:"张爷爷,我们丫头的寄名符你也不换去。前儿亏你还有那么大脸,打发人和我要鹅黄缎子去![11]我要不给你,又恐怕你那老脸上过不去。"张道士呵呵大笑道:"你瞧,我眼花了,也没看见奶奶在这里,也没道多谢。符早已有了,前日原要送去的,不料娘娘来作好事,就混忘了,还在佛前镇着。待我取来。"说着,跑到大殿上去,一时拿了一个茶盘子,

1. 是念佛,是称呼,都很恰当。

2. 只怕另有惦念之事,不是平白记挂。

3. 偏说"解手"细事,或借此表示宝玉不把老道当回事。

4. 溺爱不明语。

5. 可知宝玉所写斗方、所赋之诗,流传在外不假。也亏得老道留意。

6. 追忆早岁情景心结,人皆有之,正引起贾母怀旧无限怅触。

7. 爱宝玉如命的老祖母,如此想可信,也可理解。所不可理解的是有人竟对这段描述穿凿深求,以为是在隐写早年张道士与贾母有过某种不正当关系。此类说法,既不严肃,又近龌龊,故不愿置辩。

8. 替人家攀亲说媒,能获得极大好处,恐是老道士记挂着宝玉的真正原因,所以话说到一定火候,便直接提明。

9. 幸好贾母深通世故,也不糊涂,立即以"命里不该早娶"婉言谢绝。若非言不由衷,则也可解释贾母为何不早早说定宝玉的婚事。

10. 话不说绝,网不收回。贾母择媳标准于此说出:不重门第根基,不问是否富贵,只看重姑娘本人的"模样儿性格儿"如何。贾母特别满意生前的重孙媳妇秦可卿,得到了解说。

11. "我们丫头"指由奶子抱着的大姐儿,后名巧姐。话语泼撒,是凤辣子口吻。

搭着大红蟒缎经袱子①，托出符来。大姐儿的奶子接
了符。张道士方欲抱过大姐儿来，只见凤姐笑道："你
就手里拿出来罢了，又用个盘子托着。"张道士道："手
里不干不净的，怎么拿，用盘子洁净些。"凤姐儿笑
道："你只顾拿出盘子，倒唬我一跳。我不说你是为送
符，倒像是和我们化布施来了。"[1]众人听说，哄然一笑，
连贾珍也撑不住笑了。贾母回头道："猴儿，猴儿！你
不怕下割舌地狱？"凤姐儿笑道："我们爷儿们不相干。
他怎么常常的说我该积阴骘，迟了就短命呢！"[2]

　　张道士也笑道："我拿出盘子来一举两用，却不为
化布施，倒要将哥儿的这玉请了下来，[3]托出去给那些
远来的道友并徒子徒孙们见识见识。"贾母道："既这
么着，你老天拔地的跑什么，就带他去瞧了，叫他进来，
岂不省事？"张道士道："老太太不知道，看着小道是
八十多岁的人，托老太太的福倒也健朗；二则外面的
人多，气味难闻，况是个暑热天，哥儿受不惯，倘或
哥儿受了腌臜气味，倒值多了。[4]贾母听说，便命宝玉
摘下通灵玉来，放在盘内。那张道士兢兢业业地用蟒
袱子垫着，捧了出去。

　　这里贾母与众人各处游玩了一回，方去上楼。只
见贾珍回说："张爷爷送了玉来。"刚说着，只见张道
士捧了盘子，走到跟前笑道："众人托小道的福，见了
哥儿的玉，实在可罕，都没什么敬贺之物，这是他们
各人传道的法器，都愿意为敬贺之礼。[5]哥儿便不希罕，
只留着在房里玩耍赏人罢。"贾母听说，向盘内看时，
只见也有金璜，也有玉玦②，或有"事事如意"，或有
"岁岁平安"，皆是珠穿宝贯，玉琢金镂，共有三五十件。
因说道："你也胡闹。他们出家人是哪里来的！何必这
样，这断不能收。"张道士笑道："这是他们一点敬意，
小道也不能阻挡。老太太若不留下，岂不叫他们看着
小道微薄，不像是门下出身了？"[6]贾母听如此说，方
命人接下了。宝玉笑道："老太太，张爷爷既说又推辞
不得，我要这个也无用，不如叫小子们捧了这个，跟
我出去散给穷人罢。"贾母笑道："这倒说得是。"张道

1. 凤姐不说话则已，一开口便诙谐机智，令人绝倒。这样的对话，后四十回续书中一句也没有；如果不信，请找出一句来我看。

2. "爷儿们"指张道士；原来他曾向凤姐说过那样的话，戏语遂又成谶了。为什么作者对人物的结局要不断以谶语来预示呢？看来这是《红楼梦》的大悲音：宿命。

3. 一个盘子多用途。

4. 哥儿受不了腌臜气味，通灵玉可不怕，它第一功能不就是"除邪祟"吗？不过不让宝玉去，老道士也许另有打算。

5. 原来为此。虽曰贺礼，实同贿赂。要巴结贾府，借宝玉之玉为贺，讨老太君欢心，最是妙法。拉近与贾府关系，即开辟出长远的生财之道，如打醮演戏，设宴招待，哪一项不可大捞一笔？小小投资正是一本万利的交易。此处所谓小道士们献上的法器，恐只是说说而已，大概计划中早就准备下的。

6. 张道士真会措辞，说得老太太想推辞也不能。

---

① 经袱子——僧道用来包裹经卷的绸布包袱。
② 金璜、玉玦——金属制的像玉璧一半的饰物和环形有缺口的玉饰。

士又忙拦道："哥儿虽要行好，但这些东西虽说不甚希奇，到底也是几件器皿。若给了乞丐，一则与他们无益，二则反倒糟蹋了这些东西。要舍穷人，何不就散钱与他们。"宝玉听说，便命："收下。等晚间拿钱施舍罢了。"<sup>1</sup> 说毕，张道士方退出。

这里贾母与众人上了楼。在正面楼上归坐，凤姐等占了东楼，众丫头等在西楼，轮流伺候。贾珍一时来回："神前拈了戏<sup>①</sup>，<sup>2</sup> 头一本《白蛇记》。"贾母问："《白蛇记》是什么故事？"贾珍道："是汉高祖斩蛇方起首的故事。第二本是《满床笏》<sup>②</sup>。"贾母笑道："这倒是第二本上，也罢了。神佛要这样，也只得罢了。"又问第三本。贾珍道："第三本是《南柯梦》<sup>③</sup>。"贾母听了，便不言语。<sup>3</sup> 贾珍退了下来，至外边预备着申表、焚钱粮、开戏，不在话下。

且说宝玉在楼上，坐在贾母旁边，因叫个小丫头子捧着方才那一盘子贺物，自己将玉戴上，用手翻弄寻拨，一件一件地挑与贾母看。贾母因看见有个赤金点翠的麒麟，便伸手翻弄拿了起来，笑道："这件东西，好像我看见谁家的孩子也戴着这么一个的。"宝钗笑道："史大妹妹有一个，比这个小些。"<sup>4</sup> 贾母道："是云儿有这个。"宝玉道："她这么往我们家去住着，我也没看见？"探春笑道："宝姐姐有心，不管什么她都记得。"<sup>5</sup> 林黛玉冷笑道："她在别的上，心还有限，惟有这些人戴的东西上越发留心。"宝钗听说，便回头装没听见。<sup>6</sup> 宝玉听见史湘云有件东西，自己便将那麒麟忙拿起来揣在怀里。<sup>7</sup> 一面心里又想到怕人看见他听见史湘云有了，他就留这件，因此手里揣着，却拿眼睛瞟人。<sup>8</sup> 只见众人都倒不理论，惟有林黛玉瞅着他点头儿，似有赞叹之意。<sup>9</sup> 宝玉不觉心里没好意思起来，又掏了出来，向黛玉笑道："这个东西倒好玩，我替你留着，到了家穿上你戴。"<sup>10</sup> 林黛玉将头一扭，说道："我不希罕。"宝玉笑道："你果然不希罕，我少不得就拿着。"<sup>11</sup> 说着又揣了起来。

1. 幸好收下，不然就没有有趣的下文了。

2. 虽说打醮时神前拈戏是惯例，但也借此暗示世事都有天意。

3. 贾母颇信冥冥中有神佛指点，故对大富大贵的吉庆戏的安排早晚也甚在意。第三本显然不是吉兆，心情为之一变，不言语，乃陷入沉思也。

4. 宝钗只比贾母记得清楚些，本是常事。

5. 探春的话是称道，并不带讥刺意。

6. 这就是有意讥诮了。宝钗深知黛玉脾性心思，故不愿搭腔。

7. 伸手时倒未必已有成算，宝玉就是这种性情。可这一拿一揣，却引出后面多少故事来。

8. 自己意识到这样的举动，不够磊落大方，故又不免有几分心虚。

9. 谁都不在意，自有在意人。

10. 既被看穿心思，只好如此说了。但哄孩子的话能骗得了黛玉？

11. 碰钉子了，进退失据，强作自若，难免尴尬相。

① 神前拈了戏——用抓阄的方法选出要演的戏目，表示是神选的，戏名义上也是演给神看的。
② 《满床笏》——清代范希哲撰，演唐代郭子仪"七子八婿，富贵寿考"的故事。
③ 《南柯梦》——即汤显祖之《南柯记》，取材于唐代李公佐《南柯太守传》。所点三部戏也象征贾府的兴衰过程：即从起家到盛极，终归于幻灭。

刚要说话，只见贾珍、贾蓉的妻子婆媳两个来了，[1]彼此见过，贾母方说："你们又来做什么？我不过没事来逛逛。"一句话没说了，只见人报："冯将军家有人来了。"原来冯紫英家听见贾府在庙里打醮，连忙预备了猪羊、香烛、茶食之类的东西送礼。凤姐儿听见了，忙赶过正楼来，拍手笑道："嗳呀！我就不防这个。只说咱们娘儿们来闲逛逛，人家只当咱们大摆斋坛地来送礼。都是老太太闹的。这又得预备赏封儿。"刚说了，只见冯家的两个管家娘子上楼来了。冯家的两个未去，接着赵侍郎家也有礼来了。于是接二连三，都听见贾府打醮，女眷都在庙里，凡一应远亲近友、世家相与都来送礼。[2]贾母才后悔起来，说："又不是什么正经斋事，我们不过闲逛逛，就想不到这礼上没的惊动了人。"因此虽看了一天戏，至下午便回来了，次日便懒怠去。凤姐又说："打墙也是动土，已惊动了人，今儿乐得还去逛逛。"那贾母因昨日张道士提起宝玉说亲的事来，谁知宝玉一日心中不自在，回家来生气，嗔着张道士与他说了亲，口口声声说，从今以后不再见张道士了，别人也并不知为什么原故；[3]二则林黛玉昨日回家又中了暑：因此二事，贾母便执意不去了。[4]凤姐儿见不去，自己带了人去，也不在话下。

且说宝玉因见林黛玉又病了，心里放不下，饭也懒去吃，不时来问。林黛玉又怕他有个好歹，因说道："你只管看你的戏去，在家里作什么？"宝玉因昨日张道士提亲，心中大不受用，今听见黛玉如此说，心里因想道："别人不知道我的心还可恕，连她也奚落起我来。"[5]因此心中更比往日的烦恼加了百倍。若是别人跟前，断不能动这肝火，只是黛玉说了这话，倒比往日别人说这话不同，由不得立刻沉下脸来，说道："我白认得了你。罢了，罢了！"[6]林黛玉听说，便冷笑了两声道，"白认得了？我哪里像人家，有什么配得上呢！"宝玉听了，便向前来直问到脸上："你这么说，是安心咒我天诛地灭？"[7]黛玉一时解不过这话来。宝玉又道："昨儿我还为这个赌了几回咒，今儿你到底又准我一句。我便天诛地灭，你又有什么益处？"黛玉一闻此言，方想起上日的话来。[8]今日原是

1. 这是贾蓉骑马回东府叫来的。贾蓉已再娶，于此补一笔，因蓉儿新妇非警幻情案中角色，只须带到就是。

2. 与今之大明星日常生活行动，处处被人关注追逐，造成诸多不便，十分相似。与贾府略有交往者，都不肯错过这一示好拉近关系的机会。

3. 别人不知缘故，读者应该知道，说亲对宝玉来说是其实现爱情理想的重大威胁。

4. 贾母最溺爱最在意者，唯宝黛二人，如今一个不自在，一个中了暑，哪里还有心情去。清虚观，贾母、凤姐原意大适意、大快乐，偏写出多少不适意事来，此亦天然至情至理必有之事。（庚）

5. 所谓"求全之毁，不虞之隙"（第五回）是也。

6. 这话无异点着了火。

7. 口角一起，冲突便迅速升级。

8. 前日，因礼物的异同，内心不平衡，宝玉曾对黛玉说过心里若有"金玉"之类的想头，便"天诛地灭，万世不得人身"，被立即阻止其发誓。如今黛玉自己又说了配得上配不上的话，故觉说错了。

自己说错了，又是着急，又是羞愧，便战战兢兢地说道："我要安心咒你，我也天诛地灭。何苦来！我知道，昨日张道士说亲，你怕阻了你的好姻缘，你心里生气，来拿我来煞性子。"[1]

原来那宝玉自幼生成有一种下流痴病，况从幼时和黛玉耳鬓厮磨，心情相对；及如今稍明时事，又看了那些邪书僻传，[2]凡远亲近友之家所见的那些闺英闱秀，皆未有稍及黛玉者：所以早存了一段心事，只不好说出来。故每每或喜或怒，变尽法子暗中试探。那林黛玉偏生也是个有些痴病的，也每用假情试探。[3]因你也将真心真意瞒了起来，只用假意，我也将真心真意瞒了起来，只用假意，如此两假相逢，终有一真。其间琐琐碎碎，难保不有口角之争。即如此刻，宝玉的心内想的是："别人不知我的心，还有可恕，难道你就不想我的心里眼里只有你！你不能为我烦恼，反来以这话奚落堵噎我。可见，我心里一时一刻自有你，你竟心里没我。"心里这意思，只是口里说不出来。那林黛玉心里想着："你心里自然有我，虽有'金玉相对'之说，你岂是重这邪说不重我的。我便时常提这'金玉'，你只管了然自若无闻的，方见得是待我重，而毫无此心了。[4]如何我只一提'金玉'的事，你就着急，可知你心里时时有'金玉'，见我一提，你又怕我多心，故意着急，安心哄我。"

看来两个人原本是一个心，但都多生了枝叶，反弄成两个心了。那宝玉心里又想着："我不管怎么样都好，只要你遂意，我便立刻因你死了也情愿。你知也罢，不知也罢，只由我的心，可见你方和我近，不和我远。"那林黛玉心里又想着："你只管你，你好我自好，你何必为我而自失。殊不知你失我自失。可见你是不叫我近你，有意叫我远你了。"如此看来，却都是求近之心，反弄成疏远之意。[5]如此之话，皆他二人素习所存私心，也难备述。

如今只述他们外面的形容。那宝玉又听她说"好姻缘"三个字，越发逆了己意，心里干噎，口里说不出话来，便赌气向颈上抓下通灵玉来，咬牙恨命往地下一摔道："什么捞什骨子，我砸了你完事！"[6]偏生那玉坚硬非常，摔了一下，竟文风不动。宝玉见没摔碎，

1. 既然不是安心咒，如何又说出"好姻缘"的话来？可见心有猜疑，要不表露也难。

2. 故意借道学眼光作贬语，故有"下流痴病""邪书僻传"等语，别误会作者竟如此一本正经。

3. 真可谓"你证我证，心证意证"（第二十二回宝玉偈语）了。

4. 我国传统小说并不特别注重心理描写，纵有，也多结合行动来写，极少作详尽述说。像这两节中停下来细加剖析的文字，实是表现手法上的一大创新和跨越。能如此写，必须对人物心理活动有深切的体验作为创作基础，然后才可能运用艺术的想象力。

5. 一个心弄成两个心，求近反弄成疏远，其理说来，令人信服。但在今天某些年轻人看来，总觉何必如此复杂，怎么就会说不清呢？这是不能脱离二三个世纪前的历史社会环境条件来理解的。

6. 与初见黛玉时摔玉又不同：那次是因众姊妹，尤其是神仙似的林妹妹都没有，可见此玉不是好东西，连人之高低都不识，自己独有也没趣，不如不要；此次则是将玉视同祸根，"金玉"之说因它而生，招致多少苦恼，故必欲砸之而后快，只有毁掉它方能一泄心头之愤恨。

便回身找东西来砸，黛玉见他如此，早已哭起来，说道："何苦来！你又摔砸那哑巴物件。有砸它的，不如来砸我！"[1]二人闹着，紫鹃、雪雁等忙来解劝。后来见宝玉下死力砸玉，忙上来夺，又夺不下来，见比往日闹得大了，少不得去叫袭人。袭人忙赶了来，才夺了下来。宝玉冷笑道："我砸我的东西，与你们什么相干！"[2]

袭人见他脸都气黄了，眉眼都变了，从来没气得这样，便拉着他的手笑道："你同妹妹拌嘴，不犯着砸它。倘或砸坏了，叫她心里脸上怎么过得去！"林黛玉一行哭着，一行听了这话说到自己心坎儿上来，可见宝玉连袭人不如，[3]越发伤心大哭起来。心里一烦恼，方才吃的香薷饮①解暑汤便承受不住，"哇"的一声都吐了出来。紫鹃忙上来用手帕子接住，登时一口一口地把块手帕子吐湿。雪雁忙上来捶。紫鹃道："虽然生气，姑娘到底也该保重着。才吃了药好些，这会子因和宝二爷拌嘴，又吐了出来。倘或犯了病，宝二爷怎么过得去呢？"宝玉听了这话说到自己心坎儿上来，可见黛玉不如一紫鹃。[4]又见黛玉脸红头胀，一行啼哭，一行气凑，一行是泪，一行是汗，不胜怯弱。宝玉见了这般，又自己后悔方才不该同她较证，这会子她这样光景，我又替不了她。[5]心里想着，也由不得滴下泪来。袭人见他两个哭，由不得守着宝玉也心酸起来，又摸着宝玉的手冰凉，待要劝宝玉不哭罢，一则又恐宝玉有什么委屈闷在心里，二则又恐薄了黛玉。不如大家一哭，就丢开手了，因此也流下泪来。紫鹃一面收拾了吐的药，一面拿扇子替黛玉轻轻地扇着，见三个人都鸦雀无声，各自哭各自的，也由不得伤起心来，也拿手帕子擦泪。四个人都无言对泣。[6]

一时，袭人勉强向宝玉道："你不看别的，你看看这玉上穿的穗子，也不该同林姑娘拌嘴。"[7]黛玉听了，也不顾病，赶来夺过去，顺手抓起一把剪子来要剪。袭人、紫鹃刚要夺，已经剪了好几段。黛玉哭道："我也是白效力。他也不希罕，自有别人替他再穿好

1. 若谓通灵玉是宝玉的命根子，则宝玉又是黛玉的命根子，宝玉受伤害是黛玉最大的痛，无论发生什么情况，这一点绝不会改变，所以无愧"情情"之称。

2. 太相干了！若通灵玉真的被砸碎，老太太能饶得过谁？首先是在一旁伺候的丫头们难辞其咎，还想不想活了！

3. 旁观者清，话也好说。黛玉因此有宝玉不如袭人的想法，很自然，很合乎常情，但绝非事实。

4. 同样道理，黛玉不如紫鹃的想法，也只说说而已。世上事，只知其一，不知其二而产生的念头，往往如此。

5. 见状后悔，是真爱真情的必然，若无心疼怜惜之情，木石前盟便无价值可言了。

6. 袭人、紫鹃都是对主人全心全意、情深意重的丫头，既不能缓解二玉间的纷争烦恼，也只剩下陪着一齐哭了。

7. 坏了！心是好心，话却不是此时此刻该说的。

---

①　香薷饮——中医常用的治疗外感暑热的方剂，由香薷、厚朴、白扁豆组成。

的去。"[1] 袭人忙接了玉道："何苦来！这是我才多嘴的不是了。"宝玉向林黛玉道："你只管剪，我横竖不戴它也没什么。"[2]

只顾里头闹，谁知那些老婆子们见黛玉大哭大吐，宝玉又砸玉，不知道要闹到什么田地，倘或连累了她们，便一齐往前头回贾母、王夫人知道，好不干连了她们。[3] 那贾母、王夫人见她们忙忙地作一件正经事来告诉，也都不知有了什么大祸，一齐进园来瞧他兄妹。袭人急得抱怨紫鹃为什么惊动了老太太、太太；紫鹃又只当是袭人去告诉的，也抱怨袭人。[4] 那贾母、王夫人进来，见宝玉也无言，黛玉也无话，问起来又没为什么事，便将这祸移在袭人、紫鹃两个人身上，[5] 说："为什么你们不小心服侍？这会子闹起来都不管了！"[6] 因此，将她二人连骂带说教训了一顿。二人都没话，只得听着。还是贾母带出宝玉去了，方才平复。

过了一日，至初三日，乃是薛蟠生日，家里摆酒唱戏，来请贾府诸人。宝玉因得罪了林黛玉，二人总未见面，心中正自后悔，无精打采的，哪里还有心肠去看戏，因而推病不去。黛玉不过前日中了些暑溽之气，本无甚大病，听见他不去，心里想："他是好吃酒看戏的，今儿反不去，自然是因为昨儿气着了。再不然，他见我不去，他也没心肠去。只是昨儿千不该、万不该剪了那玉上的穗子。管定他再不戴了，还得我穿了他才戴。"因而心中十分后悔。[7]

那贾母见他两个都生了气，只说趁今儿那边去看戏，他两个见了，也就完了，不想又都不去。老人家急得抱怨说："我这老冤家是哪世里的孽障，偏生遇见了这么两个不省事的小冤家，没有一天不叫我操心。真是俗语说的，'不是冤家不聚头'。[8] 几时我闭了这眼，断了这口气，凭这两个冤家闹上天去，我眼不见、心不烦也就罢了，偏又不咽这口气。"自己抱怨着也哭了。这话传入宝、林二人耳内，原来他二人竟从未听见过"不是冤家不聚头"的这句俗语，如今忽然得了这句话，好似参禅的一般，都低头细嚼这话的滋味，[9] 都不觉潜然泪下。虽不会面，然一个在潇湘馆临风洒泪，一个在怡红院对月长吁，却不是

1. 文笔如后浪逐前浪，一波接一波，仍不见稍有衰颓之势。

2. 话是这么说，如何做得到？

3. 连外头的老婆子都怕连累，可知里头动静有多大。

4. 惊动上头，必遭责骂，所以彼此抱怨。

5. 果然，不骂才怪！何况又问不出什么事来。

6. 怎么没有管？管得住吗？越管闹得越凶。

7. 过了一日，二人都静下来了，方后悔当时冲动。人之思绪心境，恰如水中之影，激荡波动时是看不清的，必待平静后方可。

8. 爱总是与烦恼共生，这就是生活，就是世界。难怪贾母要抱怨前世孽障，说出这句颇含哲理性的俗语来。二玉心事，此回大书，是难于割，却用太君一言以定，是道悉通部书之大旨。（庚）此可见贾母已认知宝黛心事，只是未到挑明的时候。又有一条圈外人加的广义脂评说：一片哭声，总因情重；金玉无言，何可为证？（蔡）

9. 滋味可以领略，禅理却难参透。

人居两地，情发一心？

　　袭人因劝宝玉道："千万不是，都是你的不是。往日家里小厮们和他们的姊妹拌嘴，或是两口子分争，你听见了，还骂小厮们蠢，不能体贴女孩儿们的心肠。今儿你也这么着了。[1]明儿初五，大节下，你们两个再这么仇人似的，老太太越发要生气，一定弄得不安生。依我劝，你正经下个气儿，赔个不是，大家还是照常一样，[2]这么也好，那么也好。"那宝玉听了，不知依与不依，要知端详，且听下回分解。

1. 此当局者迷之谓也。

2. 袭人此劝甚是。以前不是没有说过，时机不对，适得其反；此时宝玉听了，定以为有理。

【总评】

　　本回除宝黛外，贾母是重要角色。

　　端午节前的初一，清虚观打醮，贾家二府主仆尽数前往。从一个剪灯花的小道士不慎闯入，挨了凤姐一巴掌，被众人围住，喊拿喊打的细节，就可看出贾府阵仗势派之大。也是通过对小道士的不同态度，使贾母怜贫爱幼的慈祥老贵妇形象得以充分展示。

　　荣国公生前许出家修道的替身张道士，在贾母前夸宝玉"同当日国公爷一个稿子"，非客套话，他和贾母都因而流泪也令人信服。老道乘机给宝玉提亲，贾母婉拒说："上回有个和尚说了，这孩子命里不该早娶，等再大一大儿再定罢。"话似非随口搪塞。这也许可以解释为何贾母心中虽有"二玉之配偶"想法（第二十五回脂评）而未早早挑明。她还对张道士说："你可如今也打听着，不管她根基富贵，只要模样配得上就好，来告诉我，便是那家子穷，不过给他几两银子罢了。只是模样儿性格儿难得好的。"这就与先前贾母心目中秦可卿"生得袅娜纤巧，行事又温柔和平，乃重孙媳中第一个得意之人"对上榫了。庸俗社会学从僵化程式出发，为人物另制思想模子，以为贾母择媳标准必重门第与血统高贵，从养生堂抱来的秦氏必实际生身于皇家方可，于是便生种种怪想。

　　清虚观内演戏，特说明戏目是在神前拈出的，三本戏恰恰象征了贾府百年兴衰的三个阶段：一、演汉高祖斩蛇的《白蛇记》：祖上由军功起家；二、演郭子仪七子八婿、富贵寿考的《满床笏》：正当盛极之时；三、取材于唐传奇的《南柯梦》：终至事败、抄没，"到头一梦，万境归空"。故"贾母听了，便不言语"。

　　宝玉在张道士的贺礼盘中，独选了湘云也有这么一个的金麒麟揣在怀里（这与湘云后来的命运密切相关），从宝玉的为人看，这是最自然不过的。可却因此引起有关"金玉"的口角之争。但关键不在黛玉真疑宝玉有他心，而在于双方以假意试探，结果反把一个心弄成两个心。作者在这段情节中对双方的心理状态作了极详尽的剖析，充分展示了宝黛之恋的深度，是其他小说中所未见的。一个死命地砸玉，一个剪了穿玉的穗子，闹得不可开交。急得贾母抱怨连连，还哭了，说出"不是冤家不聚头"的俗话来，让宝黛听了，都"好似参禅的一般"警悟、伤感起来。

# 第 三 十 回
## 宝钗借扇机带双敲　龄官划蔷痴及局外

**【题解】**

　　本回回目诸本大体一致，唯梦稿本（杨本）别作"讯宝玉借扇生风，逐金钏因丹受气"。不佳。大概以为金钏被逐事比龄官画蔷更重要，故作此改动，其实看法未必对。庚辰、列藏、甲辰（梦觉）、舒序、程高诸本"龄官"作"椿灵"，此据蒙府、戚序本回目。上句说宝钗借扇子为由头，说出机智的双关语来，同时讥刺了宝玉和黛玉两个人。下句说龄官在地上不断地画她意中人的名字：（贾）"蔷"，她的痴情举动，竟传染给了在局外观看她的宝玉，使宝玉也成了痴情人。

　　话说林黛玉自与宝玉口角后，也自后悔，但又无去就他之理，因此日夜闷闷，如有所失。紫鹃度其意，乃劝道："若论前日之事，竟是姑娘太浮躁了些。[1]别人不知宝玉那脾气，难道咱们也不知道的。为那玉也不是闹了一遭两遭了。"黛玉啐道："你倒来替人派我的不是。我怎么浮躁了？"紫鹃笑道："好好的，为什么又剪了那穗子？岂不是宝玉只有三分不是，姑娘倒有七分不是？我看他素日在姑娘身上就好，皆因姑娘小性儿，常要歪派他，才这么样。"[2]林黛玉正欲答话，只听院外叫门。[3]紫鹃听了一听，笑道："这是宝玉的声音，想必是来赔不是来了。"黛玉听了道："不许开门！"紫鹃道："姑娘又不是了。这么热天毒日头地下，晒坏了他如何使得呢！"口里说着，便出去开门，[4]果然是宝玉。一面让他进来，一面笑道："我只当宝二爷再不上我们这门了，谁知这会子又来了。"宝玉笑道："你们把极小的事倒说大了。好好的，为什么不来？我便死了，魂也要一日来一百遭，[5]妹妹可大好了？"紫鹃道："身上病好了些，只是心里的气不大好。"宝玉笑

1. 紫鹃真可谓是黛玉闺中诤友，看准时机，便直言劝谏。

2. 心气浮躁，都因姑娘小性儿，揭其短，能切中要害。

3. 心知言之有理，无可反驳；又不愿当面认输，没有答话，用叫门截断最好。

4. 深知姑娘心里特在乎宝玉，故敢抗命去开门。

5. 显然已依了袭人"下个气儿，赔个不是"之言，是有备而来。

道："我晓得有什么气。"一面说着，一面进来，只见林黛玉又在床上哭。

那林黛玉本不曾哭，听见宝玉来，由不得伤了心，止不住滚下泪来。[1] 宝玉笑着走近床来，道："妹妹身上可大好了？"黛玉只顾拭泪，并不答应。宝玉因便挨在床沿上坐了，一面笑道："我知道你不恼我。但只是我不来，叫旁人看着，倒像是咱们又拌了嘴似的。若等他们来劝咱们，那时节，岂不咱们倒觉生分了？[2] 不如这会子，你要打要骂，凭着你怎么样，千万别不理我。"说着，又把"好妹妹"叫了几十声。黛玉心里原是再不理宝玉的，[3] 这会子听见宝玉说别叫人知道他们拌了嘴就生分了似的这一句话，又可见得比别人原亲近，[4] 因又撑不住哭道："你也不来用哄我。从今以后，我也不敢亲近二爷，二爷也全当我去了。"[5] 宝玉听了笑道："你往哪里去呢？"黛玉道："我回家去。"宝玉笑道："我跟了去。"黛玉道："我死了。"宝玉道："你死了，我做和尚！"[6] 黛玉一闻此言，登时将脸放下来，[7] 问道："想是你要死了，胡说的是什么！你家倒有几个亲姐姐、亲妹妹呢，明儿都死了，你有几个身子去做和尚？明儿我倒把这话告诉人去评评。"

宝玉自知这话说得造次了，后悔不来，登时脸上红胀，低着头不敢则一声。幸而屋里没人。黛玉两眼直瞪瞪地瞅了他半天，气得一声儿也说不出来。见宝玉憋得脸上紫胀，便咬着牙用指头狠命地在他额颅上戳了一下，哼了一声，咬牙说道："你这……"[8] 刚说了两个字，便又叹了一口气，仍拿起手帕子来擦眼泪。宝玉心里原有无限心事，又兼说错了话，正自后悔；又见黛玉戳他一下，要说也说不出来，自叹自泣，因此自己也有所感，不觉滚下泪来。要用帕子揩拭，不想又忘了带来，便用衫袖去擦。[9] 黛玉虽然哭着，却一眼看见了，见他穿着簇新藕合纱衫，竟去拭泪，便一面自己拭着泪，一面回身将枕上搭的一方绡帕子拿起来，向宝玉怀里一摔，[10] 一语不发，仍掩面自泣。宝玉见她摔了帕子来，忙接住

1. 勿认作因生气受委屈而落泪。

2. 先给个台阶，让黛玉下，也让自己下，想得不错。

3. 未必。

4. 果然能有效果。

5. 黛玉何曾当面叫过"二爷"？明知他俩比别人亲近，偏要敬而远之，说惹不起还躲得起的话。

6. 前缘已定，如影随形，想躲也躲不过。直逼出"你死了，我做和尚"这句已注定无法改变的悲剧结局的谶语来。对话至此，又极自然。

7. 敏锐的心已预感到这话大不吉利，岂可轻言。

8. 爱恨交加，不忍说出来的大概是贾母说过的"冤家"二字。

9. 也管不了那么多了。

10. 藕合纱衫最不经脏，又是簇新的，用来拭泪，不免可惜，能惜其衣者，必惜其人，不言可知。

拭了泪，又挨近前些，<u>伸手挽了黛玉一只手笑道："我的五脏都碎了，你还只是哭。走罢，我同你往老太太跟前去。"</u>[1]黛玉将手一摔道："谁同你拉拉扯扯的。一天大似一天，还是这么涎皮赖脸的，连个道理也不知道。"[2]一句话没说完，只听喊道："<u>好了！</u>"宝黛两个不防，都唬了一跳，[3]回头看时，只见凤姐跳了进来，笑道："<u>老太太在那里抱怨天抱怨地，只叫我来瞧瞧你们好了没有。我说不用瞧，过不了三天，他们自己就好了。</u>[4]老太太骂我，说我懒。我来了，果然应了我的话。也没见你们两个有些什么可拌的，三日好了，两日恼了，越大越成了孩子了！有这会子拉着手哭的，昨儿为什么又成了乌眼鸡呢！<u>还不跟我走，到老太太跟前，叫老人家也放些心。</u>"说着拉了黛玉就走。[5]黛玉回头叫丫头们，一个也没有。凤姐道："又叫她们作什么？有我服侍你呢。"一面说，一面拉了就走。宝玉在后面跟着出了园门。到了贾母跟前，凤姐笑道："我说他们不用人费心，自己就会好的。老祖宗不信，一定叫我去说合。及至我到那里要说合，谁知两个人倒在一处对赔不是了。对笑对诉，<u>倒像'黄鹰抓住了鹞子的脚'，两个都扣了环了，</u>[6]哪里还要人去说合。"说得满屋里都笑起来。

此时宝钗正在这里。那林黛玉只一言不发，挨着贾母坐下。宝玉没甚说的，便向宝钗笑道："<u>大哥哥好日子，偏生我又不好了，没别的礼送，连个头也不得磕去。</u>[7]大哥哥不知我病，倒像我懒，推故不去的。倘或明儿闲了，姐姐替我分辩分辩。"宝钗笑道："这也多事。你便要去也不敢惊动，何况身上不好，弟兄们日日在一处，要存这个心倒生分了。"宝玉又笑道："姐姐知道体谅我就好了。"又道："姐姐怎么不看戏去？"宝钗道："<u>我怕热，看了两出，热得很。要走，客又不散。我少不得推身上不好，就来了。</u>"[8]宝玉听说，自己由不得脸上没意思，只得又搭讪笑道："<u>怪不得他们拿姐姐比杨妃，原也体丰怯热。</u>"宝钗听说，<u>不由得大怒，</u>[9]待要怎样，又不好怎样。回思了

1. 激动之余，差一点冲破礼教在当时人心中所设下的樊篱了。

2. 毕竟不是新时代女性，"道理"还须懂得。

3. 读者也为之一惊。

4. 凤姐料事如神。

5. 风风火火。

6. 妙语解颐，应前宝玉伸手挽起黛玉手来描述。

7. 无关紧要闲话开头，以见"没甚说的"硬找话来说。如此反而容易失言。

8. 与前面宝钗所说"怪热的，什么没看过的戏，我就不去了"的话呼应。

9. 当众讥笑女孩子的体态，乃忌中之大忌，宝玉何不慎言如此！是故意说给黛玉听的吗？难怪宝钗要大怒。不当场发作，并非不在意。

一会，脸红起来，便冷笑了两声说道："我倒像杨妃，只是没一个好哥哥好兄弟可以作得杨国忠①的！"[1]二人正说着，可巧小丫头靓儿因不见了扇子，和宝钗笑道："必是宝姑娘藏了我的。好姑娘，赏我罢！"宝钗指她道："你要仔细！我和你玩过，你再疑我。和你素日嘻皮笑脸的那些姑娘们，你该问她们去。"[2]说得靓儿跑了。宝玉自知又把话说造次了，当着许多人，更比才在林黛玉跟前更不好意思，便急回身又同别人搭讪去了。

林黛玉听见宝玉奚落宝钗，心中着实得意，才要搭言，也趁势取个笑，不想靓儿因找扇子，宝钗又发了两句话，她便改口笑道：[3]"宝姐姐，你听了两出什么戏？"宝钗因见黛玉面上有得意之态，一定是听了宝玉方才奚落之言，遂了她的心愿，[4]忽又见问她这话，便笑道："我看的是李逵骂了宋江，后来又赔不是。"宝玉便笑道：[5]"姐姐通今博古，色色都知道，怎么连这一出戏的名字也不知道？就说了这么一串子。这叫《负荆请罪》。"宝钗笑道："原来这叫《负荆请罪》！你们通今博古，才知道'负荆请罪'，我不知道什么是'负荆请罪'！[6]"一句话未说完，宝玉、黛玉二人心里有病，听了这话，早把脸羞红了。凤姐儿于这些上虽不通，但只见他三人形景，便知其意，便也笑着问人道："你们大暑天，谁还吃生姜呢？"[7]众人不解其意，便说道："没有吃生姜。"凤姐儿故意用手摸着腮，诧异道："既没人吃生姜，怎么这么辣辣的？"宝玉、黛玉二人听见这话，越发不好过了。宝钗再欲说话，见宝玉十分惭愧，形景改变，也就不好再说，只得一笑收住。[8]别人总未解得他四个人的言语，因此付之流水。

一时宝钗、凤姐儿去了，黛玉笑向宝玉道："你也试着比我利害的人了。谁都像我心拙口笨的，由着人说呢！"[9]宝玉正因宝钗多了心，自己没趣，

1. 挨骂是自找的。

2. 指桑骂槐，合回目中"借扇"二字，至于"双敲"，还有下文。

3. 欲攻不成，只好转为守势。

4. 宝钗的本领还不在善察颜观色，洞悉对方心思，更在机变之快，能一转念便设下语言陷阱。

5. 宝玉粗心大意，竟自己往圈套里钻。

6. 收网了。本以为能捕捉住来蹈者，不料竟一网获俩。作者之巧思，真太出神入化了。

7. 凤姐此谑，令一对尴尬人无可遁形。

8. 适可而止，是宝钗宽厚处。

9. 从黛玉话中，再证宝钗有说话厉害，不可轻侮一面。

① 杨国忠——杨贵妃之兄。唐玄宗天宝间权倾朝野的奸相，招致"安史之乱"。玄宗西逃，才至马嵬坡，士兵激愤，杀杨国忠。

又见黛玉来问着他，越发没好气起来。待要说两句，又恐黛玉多心，说不得忍着气，[1]无精打采一直出来。

谁知目今盛暑之际，又当早饭已过，各处主仆人等多半都因日长神倦，宝玉背着手，到一处，一处鸦雀无闻。[2]从贾母这里出来，往西走过了穿堂，便是凤姐儿的院落。到她院门前，只见院门掩着。知道凤姐儿素日的规矩，每到天热，午间要歇一个时辰的，进去不便，遂进角门，来到王夫人上房内。只见几个丫头子手里拿着针线，都打盹儿呢。王夫人在里间凉榻上睡着，金钏儿坐在旁边捶腿，也乜斜着眼乱恍。[3]

宝玉轻轻地走到跟前，把她耳上戴的坠子一摘，金钏儿睁开眼见是宝玉。宝玉悄悄地笑道："就困得这么着？"金钏儿抿嘴一笑，摆手令他出去，仍合上眼。[4]宝玉见了她就有些恋恋不舍的，悄悄地探头瞧瞧王夫人合着眼，[5]便自己向身边荷包里带的香雪润津丹掏了一丸出来，便向金钏儿口一送。金钏儿并不睁眼，只管噙了。宝玉上来便拉着手，悄悄地笑道："我明日和太太讨你，咱们在一处罢。"金钏儿不答。宝玉又道："不然，等太太醒了我就讨。"[6]金钏儿睁开眼，将宝玉一推，笑道："你忙什么！'金簪子掉在井里头，有你的只是有你的'，[7]连这句俗语难道也不明白？我倒告诉你个巧宗儿，你往东小院子里拿环哥儿同彩云去。"[8]宝玉笑道："凭他怎么去罢，我只守着你。"只见王夫人翻身起来，照金钏儿脸上就打了个嘴巴子，指着骂道："下作小娼妇！好好的爷们，都叫你们教坏了。"[9]宝玉见王夫人起来，早一溜烟去了。[10]

这里金钏儿半边脸火热，一声不敢言语。登时众丫头听见王夫人醒了，都忙进来。王夫人便叫玉钏儿："把你妈叫上来，带出你姐姐去！"金钏儿听说，忙跪下哭道："我再不敢了。太太要打要骂，只管发落，别叫我出去就是天恩了。我跟了太太十来年，这会子撵出去，我还见人不见人

1. 自己造次，招惹来的没趣，也只好忍着。

2. 另写一事，先处处布下盛夏昼长神倦的氛围作背景。

3. 摹写房中诸人情态如见。

4. 情理之中，宝玉能听从其手势就好了。

5. 可叹者，被宝玉恋恋者都没有好结果。合着眼，未必睡着，情令智昏。

6. 焉知不是醒着在听。

7. 恰好与金钏儿投井同义，居然也为近日将发生的事作谶语。

8. 彩云与贾环要好，大概府内已有传闻。替宝玉出此"巧宗儿"主意，王夫人听了，如何能容忍？

9. 当母亲的大概都会如此。王夫人这一巴掌，一声怒骂，设身处地地站在一位竭力要保护自己唯一爱子不被人带坏的母亲立场想想，实在并不算太过分。

10. 两人调戏的话既被王夫人听到，且已发怒，此刻不赶快溜更待何时？有研究者严责宝玉太自私，缺乏担当，在危急关头自己溜之大吉，丢下金钏儿不管，导致她走上绝路，所以不幸的发生，宝玉难辞其咎。如此仗义执言的高见，实不敢苟同。当王夫人动怒时，宝玉能料到此事的后果吗？他若留下来不走，能理直气壮地向母亲争自由人权，捍卫金钏儿不受责罚吗？此事在宝玉看来，只不过是一次有趣的玩闹十分遗憾地被打断了而已。

呢！"[1] 王夫人固然是个宽仁慈厚的人，从来不曾打过丫头们一下，今忽见金钏儿行此无耻之事，此乃平生最恨者，故气忿不过，打了一下，骂了几句。[2] 虽金钏儿苦求，亦不肯收留，到底唤了金钏儿之母白老媳妇来领了下去。那金钏儿含羞忍辱地出去，不在话下。

　　且说宝玉见王夫人醒了，自己没趣，忙进大观园来。只见赤日当空，树阴合地，满耳蝉声，静无人语。[3] 刚到了蔷薇花架，只听有人哽噎之声。宝玉心中疑惑，便站住细听，果然架下那边有人。如今五月之际，那蔷薇正是花叶茂盛之时，宝玉便悄悄地隔着篱笆洞儿一看，只见一个女孩子蹲在花下，手里拿着根绾头的簪子，在地下抠土，一面悄悄地流泪。宝玉心中想道："难道这也是个痴丫头，又像颦儿来葬花不成？"因又自笑道："若真也葬花，可谓'东施效颦'①，[4] 不但不为新特，且更可厌了。"想毕便要叫那女孩子说："你不用跟着林姑娘学了。"话未出口，幸而再看时，这女孩子面生，不是个侍儿，倒像是那十二个学戏的女孩子之内的一个，却辨不出她是生、旦、净、丑哪一个角色来。宝玉忙把舌头一伸，将口掩住，自己想道："幸而不曾造次。上两回皆因造次了，颦儿也生气，宝儿也多心，[5] 如今再得罪了她们，越发没意思了。"
　　一面想，一面又恨认不得这个是谁。再留神细看，只见这女孩子眉蹙春山，眼颦秋水，面薄腰纤，袅袅婷婷，大有林黛玉之态。宝玉早又不忍弃她而去，只管痴看。[6] 只见她虽然用金簪划地，并不是掘土埋花，竟是向土上画字。宝玉用眼随着簪子的起落，一直一画一点一勾的看了去，数一数，十八笔。自己又在手心里用指头按着她方才下笔的规矩写了，猜是个什么字。写成一想，原来就是个蔷薇花的"蔷"字。[7] 宝玉想道：

1. 颜面比什么都重要，可惜王夫人低估了。

2. 作者立即替王夫人辩白，以免有人把她当主犯来抓。她内心真实想法，且留待后文交代。

3. 盛暑风物，换一种写法，令人如临其境。

4. 必先生一疑、一曲折，不作直笔。今之为文作"东施效颦"者多多。

5. 对上两回教训作一回顾。

6. 这里说体态外貌近似黛玉，后文更有性情相像处，难怪宝玉眷恋。

7. "蔷"字繁体，可十七笔，也可十八笔，全看此字的下部"回"字，若写作"囘"，即多一笔，作者正是这个算法。

①　东施效颦——美人西施捧心皱眉很好看，邻女东施长得很丑，也学西施的样子，结果更丑。后作为生硬模仿别人的成语。

"必定是她要作诗填词。这会子见了这花，因有所感，或者偶成了两句，一时兴至恐忘，在地下画着推敲，也未可知。[1] 且看她底下再写什么。"一面想，一面又看，只见那女孩子还在那里画呢，画来画去，还是个"蔷"字。再看，还是个"蔷"字。里面的原是早已痴了，画完一个又画一个，已经画了有几十个"蔷"。外面的不觉也看痴了，[2] 两个眼睛珠儿只管随着簪子动，心里却想："这女孩子一定有什么说不出的大心事，才这么个形景。外面既是这个形景，心里不知怎么熬煎。看她的模样儿这般单薄，心里哪里还搁得住熬煎。可恨我不能替你分些过来。"[3]

伏中阴晴不定，扇云可致雨。忽一阵凉风过了，唰唰的落下一阵雨来。宝玉看着那女孩子头上滴下水来，纱衣裳登时湿了。宝玉想道："这时下雨。她这个身子，如何禁得骤雨一激！"[4] 因此禁不住便说道："不用写了。你看下大雨，身上都湿了。"那女孩子听说，倒唬了一跳，抬头一看，只见花外一个人叫她不要写了，下大雨了。一则宝玉脸面俊秀；二则花叶繁茂，上下俱被枝叶隐住，刚露着半边脸：那女孩子只当是个丫头，再不想是宝玉，因笑道："多谢姐姐提醒了我！难道姐姐在外头有什么遮雨的？"[5] 一句提醒了宝玉，"嗳哟"了一声，才觉得浑身冰凉。低头一看，自己身上也都湿了。说声"不好"，只得一气跑回怡红院去了，心里却还记挂着那女孩子没处避雨。[6]

原来明日是端阳节，那文官等十二个女孩子都放了学，进园来各处玩耍。可巧小生宝官、正旦玉官等两个女孩子，正在怡红院和袭人玩笑，被雨阻住。大家把沟堵了，水积在院内，把些绿头鸭、花鸂鶒①、彩鸳鸯，捉的捉，赶的赶，缝了翅膀，放在院内玩耍，将院门关了。袭人等都在游廊上嬉笑。[7] 宝玉见关着门，便以手叩门，

① 鸂鶒（xī chì 溪赤）——类似鸳鸯的水鸟。

1. 又先从生疑始，想的也合乎事理，后香菱学诗，就有"蹲在地下抠土"的举动（第四十八回）。

2. 恰恰是回目中"痴及局外"四字。

3. 活宝玉。虽是与己无关的陌生女孩子，也同样体贴用情，所以称"情不情"。

4. 已入忘我之境，宝玉之痴，他人难及。

5. 错看成丫头，真妙不可言。要说没有看错也行，宝玉确是一位好心姐姐。其痴又胜龄官十倍，真找不出第二个来。

6. 一语喝醒迷梦，痴情人顿悟了，哈哈！

7. 如何想来？为一群顽皮的小女孩画一幅嬉戏图。没有骤雨积水，玩不成；没有园内养的许多水禽，也玩不成；没有这场关了院门的嬉笑玩耍，也就没有宝玉被关在门外的事。为即将发生的情节，想得无丝毫缝隙。

里面诸人只顾笑，哪里听见。叫了半日，拍得门山响，里面方听见了，估量着宝玉这会子再不回来的。[1] 袭人笑道："谁这会子叫门？没人去。"宝玉道："是我。"麝月道："是宝姑娘的声音。"晴雯道："胡说！宝姑娘这会子做什么来。"袭人道："让我隔着门缝儿瞧瞧，可开就开，要不可开，叫她淋着去。"说着，便顺着游廊到门前，往外一瞧，只见宝玉淋得雨打鸡一般。袭人见了，又是着忙，又是可笑，忙开了门，笑得弯着腰拍手道：[2] "这么大雨地里跑什么？哪里知道爷回来了。"

宝玉一肚子没好气，满心里要把开门的踢几脚，及开了门，并不看真是谁，还只当是那些小丫头子们，便抬腿踢在肋上。袭人"嗳哟"了一声。宝玉还骂道："下流东西们！我素日担待你们得了意，一点儿也不怕，越发拿我取笑儿了！"口里说着，一低头见是袭人哭了，方知踢错了，[3] 忙笑道："嗳哟，是你来了！踢在哪里了？"袭人从来不曾受过一句大话的，今忽见宝玉生气踢她一下，又当着许多人，又是羞，又是气，又是疼，真一时置身无地。[4] 待要怎么样，料着宝玉未必是安心踢他，少不得忍着说道："没有踢着。还不换衣裳去！"[5] 宝玉一面进房来解衣，一面笑道："我长了这么大，今日是头一遭儿生气打人，不想就偏遇见了你！"袭人一面忍痛换衣裳，一面笑道："我是个起头儿的人，不论事大事小、事好事歹，自然也该从我起。[6] 但只是别说打了我，明儿顺了手，也打别人来。"宝玉道："我才刚也不是安心。"袭人道："谁说是安心了！素日开门关门，都是那起小丫头子们的事。她们是惯皮惯了的，早已恨得人牙痒痒，她们也没个怕惧儿。你原当是她们，踢一下子，唬唬她们也好。才刚是我淘气，不叫开门的。"[7]

说着，那雨已住了，宝官、玉官也早去了。袭人只觉肋下疼得心里发闹，晚饭也不曾好生吃。至晚间洗澡时，脱了衣服，只见肋上青了碗大一块，自己倒唬了一跳，又不好声张。一

1. 前见黛玉叩门吃了闭门羹，不料宝玉也有叩门不开时。不过一是悲泣，一是发火，又绝无半点雷同。

2. 须防乐极生悲。若不笑得弯腰，宝玉或不至于看不真切。

3. 踢了还骂，直至低头方知踢错。是写袭人一直弯着腰，初时是因为笑，此刻则因为疼。

4. 此日挨踢，只是皮肉伤，他年受累出嫁，则伤及灵魂、疼彻肺心。从羞、气、疼、置身无地等语看，似有某种瓜葛。不知以为作者写此情节有象征性是否求之过深。

5. 这就是袭人，难得难得。

6. 如果当作双关隐语去解读，您以为如何？

7. 宽慰宝玉，不使内疚，终至揽到自己身上。

时睡下，梦中作痛，由不得"嗳哟"之声从睡梦中哼出。宝玉虽说不是安心，因见袭人懒懒的，也睡不安稳。忽夜间闻得"嗳哟"之声，便知踢重了，[1]自己下床来，悄悄地秉灯来照。刚到床前，只见袭人嗽了两声，吐出一口痰来，"嗳哟"一声，睁开眼见了宝玉，倒唬了一跳道："作什么？"宝玉道："你梦里'嗳哟'，必定踢重了。我瞧瞧。"袭人道："我头上发晕，嗓子里又腥又甜，你倒照一照地下罢。"宝玉听说，果然持灯向地下一照，只见一口鲜血在地。宝玉慌了，只说"了不得了"！袭人见了，也就心冷了半截。[2]要知端的，且听下回分解。

1. 不知有碍无碍，所以睡不稳，总是在意之人。

2. 见吐鲜血，谁都会吃惊，况袭人有日后争荣耀之心。脂评曾说"袭人是好胜所误"（第二十二回评），亦与此心思相关。

## 【总评】

上回写宝黛口角之争，此回接写双方归于和好，当然是宝玉前来黛玉处赔不是。和好过程很有层次：宝玉未来时，先是丫头紫鹃批评小姐黛玉太"浮躁"，接着宝玉来敲门，黛玉说："不许开门！"紫鹃不听，还是去开了。然后是紫鹃与宝玉对话，让他说出"我便死了，魂也要一日来一百遭"的话来。再是黛玉哭，宝玉哄，甚至说"你死了，我做和尚"，让黛玉放下脸来骂他胡说。最后是两人对哭，黛玉摔帕子给他拭泪，宝玉挽起她的手说："我同你往老太太跟前去。"意思是让贾母亲自答应他俩的事。凤姐闯来截住，说是老太太叫她来瞧瞧的，并拉他们去见贾母，叫老人家放心。

贾母处有宝钗在，说起自己怕热，宝玉口不择言，将她比作"杨妃"，说她"体丰怯热"。当众说女孩子体态又有揭短之嫌，是最忌讳的，难怪宝钗"大怒"，反唇相讥，还借小丫头找扇子事，用双关语回击，又设套儿让宝玉钻，奚落其"负荆请罪"，宝黛"心里有病，听了这话，早把脸羞红了"。这样写出宝钗的自尊、机智和"利害"的一面来，人物的性格就丰满了。

宝玉与王夫人丫头金钏儿调笑，被王夫人打了一嘴巴子，"宝玉见王夫人起来，早一溜烟去了"。有人以为宝玉闯了祸，自己跑了，不敢承担责任，太不像话。其实，也不该苛责宝玉，他毕竟只是个大孩子，哪能想到几句调笑的话会酿成事后的严重后果。那么，是王夫人要玉钏儿叫来她妈将金钏儿领回去的事做得太绝了吗？作者在叙述中特意强调了王夫人本是"宽仁慈厚的人"，只是"平生最恨""行此无耻之事"，故有此举。她后来还对宝钗说："我只说气她两天，还叫她上来，谁知她这么气性大，就投井死了。岂不是我的罪过！"（第三十二回）可见，世上事往往是很复杂的。

"龄官划蔷"也是一段精彩文字，龄官恋着贾蔷，以簪在地上不断地划他名字，固然痴心，宝玉是"局外"人，居然也看得痴了，连一阵大雨下来，只怕女孩子淋湿，却忘了自己，回目"痴及局外"便是这个意思。宝玉"情不情"的特点，再次得到强化。淋着雨回来与袭人开门后被宝玉误踢又直接相关；袭人强忍疼痛地遮掩，也再次将她温顺宽厚的性格，涂上了一层柔美色彩。

# 第三十一回
## 撕扇子作千金一笑　因麒麟伏白首双星

**【题解】**

　　本回回目除了个别本子外,诸本都一致,如上所标。梦稿本(杨本)另作"撕扇子公子追欢笑,拾麒麟侍儿论阴阳"。显然是因为原目后句不知当如何确解,方能与书中故事对上号。不得已,才作此改换的。这一改,将作者提供的佚稿中许多重要信息都取消了。前句易懂,说晴雯不慎,跌折了扇骨,被宝玉责备,引起激烈争吵;事后宝玉俯就,让她以撕扇子取乐,博得她嫣然一笑。"千金一笑",语本《史记·周本纪》所记周幽王举烽火戏诸侯,以博取宠妃褒姒一笑的故事。后句是说:因为金麒麟一物,伏下了将来一对到老都分离的夫妻姻缘线索。这一对夫妻就是贵公子卫若兰(后宝玉的金麒麟给了他)和史湘云。双星,牵牛、织女星,即牛郎织女,夫妻分离的象征;近代之前,"双星"一词没有别的用法。自小说传世后,不少人误解回目此句含义,遂生出湘云后来嫁宝玉的说法,其实这是不对的,也是不可能的。

　　话说袭人见了自己吐的鲜血在地,也就冷了半截。想着往日常听人说:"少年吐血,年月不保,纵然命长,终是废人了。"[1]想起此言,不觉将素日想着后来争荣夸耀之心尽皆灰了,眼中不觉滴下泪来。宝玉见她哭了,也不觉心酸起来,因问道:"你心里觉得怎么样?"袭人勉强笑道:"好好的,觉怎么呢。"宝玉的意思即刻便要叫人烫黄酒要山羊血黎洞丸①来。[2]袭人拉了他的手,笑道:"你这一闹不打紧,闹起多少人来,倒抱怨我轻狂。分明人不知道,倒闹得人知道了,你也不好,我也不好。正经明儿你打发小子问问王太医去,弄点子药吃吃就好了。人不知鬼不觉的可不好?"[3]宝玉听了有理,也只得罢了,向案上斟了茶来,给袭人漱了口。袭人知宝玉心内是不安稳的,待要不叫他服侍,他又必不依;二则定要惊动别人,不如由他去罢,因此只在榻上

1. 从严重后果去想,故灰心落泪,其实何至于如此。

2. 宝玉杂学,颇知药理,难得,更难得是能真情关切。

3. 袭人最怕多事,落人讥贬,所以只要悄悄问医。

---

　　①　山羊血黎洞丸——黎洞丸,中成药名,治跌打损伤、出血瘀血等症。此与山羊血同服。

由宝玉去服侍。一交五更，宝玉也顾不得梳洗，忙穿衣出来，便往王济仁家来，亲自确问。¹ 王济仁问其原故，不过是伤损，便说了个丸药名字，怎么服，怎么敷。宝玉记了，回园依方调治。不在话下。

1. 袭人由宝玉来服侍，真非常有之事，且特别尽心，问医也不派小厮去，必亲自前往才放心。

这日正是端阳佳节，蒲艾簪门，虎符系背①。午间，王夫人治了酒席，请薛家母女等赏午②。宝玉见宝钗淡淡的，也不和他说话，便知是昨日的原故。王夫人见宝玉没精打采，也只当是昨日金钏儿之事，他不好意思的，越发不理他。林黛玉见宝玉懒懒的，只当是他因为得罪了宝钗的原故，心中不自在，形容也就懒懒。凤姐儿昨日晚间王夫人就告诉了她宝玉、金钏儿的事，知道王夫人不自在，自己如何敢说笑，也就随着王夫人的气色行事，更觉淡淡的。贾迎春姊妹见众人无意思，也都无意思了。因此，大家坐了一坐就散了。²

2. 书中不但有许多过节宴会热闹场面，也有这样大家寡言少语、没精打采的描述，个个不同，说来都合情理。

林黛玉天性喜散不喜聚。她想的也有个道理，她说："人有聚就有散，聚时欢喜，到散时岂不清冷？既清冷则生伤感，所以不如倒是不聚的好。比如那花开时令人爱慕，谢时则增惆怅，所以倒是不开的好。"故此人以为喜之时，她反以为悲。那宝玉的情性只愿常聚，生怕一时散了添悲；³ 那花只愿常开，生怕一时谢了没趣；及到筵散花谢，虽有万种悲伤，也就无可如何了。因此，今日之筵，大家无兴散了，林黛玉倒不觉得，倒是宝玉心中闷闷不乐，回至自己房中，长吁短叹。⁴ 偏生晴雯上来换衣服，不防又把扇子失了手跌在地下，将股子跌折。宝玉因叹道："蠢才！蠢才！将来怎么样？明日你自己当家立业，难道也是这么顾前不顾后的？"⁵ 晴雯冷笑道："二爷近来气大得很，行动就给脸子瞧。前儿连袭人都打了，今儿又来寻我们的不是。⁶ 要踢要打凭爷去就是。跌了扇子，也是平常的事。先时连那么样的玻璃缸、玛瑙碗不知弄坏了多少，也没见个大气儿，⁷ 这会子一把扇子就这么着了。

3. 黛玉与宝玉对聚散的喜好，看似截然相反，其实根源是一样的，都是聚时喜，散时悲；区别只在于对这同一情况的不同态度。

4. 烦闷的时候最容易生气。

5. 晴雯蠢，就没有聪明人了。她有"将来"吗？还望"当家立业"呢。话本身不能算说得特别重，但是教训语气和难看的脸色让她受不了。

6. 此时为袭人抱不平，过一会儿就难说了。

7. 补出从前事。

---

① 蒲艾簪门，虎符系背——农历五月初五端午节，习俗将气味浓烈的菖蒲、艾叶悬于门框上，菖蒲常剪扎成宝剑形，叫蒲剑；又将绫罗缝制成小老虎挂在小儿背上，传说可以辟邪。

② 赏午——端午节盛餐，喝雄黄酒，吃粽子、樱桃，赏石榴花等事都叫"赏午"。

何苦来！要嫌我们，就打发了我们，再挑好的使。好离好散的倒不好？"宝玉听了这些话，气得浑身乱战，因说道："你不用忙，将来有散的日子！"[1]

袭人在那边早已听见，忙赶过来向宝玉道："好好的，又怎么了，可是我说的，一时我不到，就有事故儿！"[2]晴雯听了冷笑道："姐姐既会说，就该早来，也省了爷生气。自古以来，就是你一个人服侍爷的，我们原没服侍过。因为你服侍得好，昨日才挨窝心脚；我们不会服侍的，到明儿还不知是个什么罪呢！"[3]袭人听了这话，又是恼，又是愧，待要说几句话，又见宝玉已经气得黄了脸，少不得自己忍了性子，推晴雯道："好妹妹，你出去逛逛，原是我们的不是。"[4]晴雯听她说"我们"两个字，自然是她和宝玉了，不觉又添了醋意，冷笑几声道："我倒不知道你们是谁，别叫我替你们害臊了！便是你们鬼鬼祟祟干的那事儿，也瞒不过我去，哪里就称起'我们'来了。明公正道，连个姑娘①还没挣上去呢。[5]也不过和我似的，哪里就称上'我们'了！"袭人羞得脸紫胀起来，想一想，原是自己把话说错了。宝玉一面道："你们气不忿，我明儿偏抬举她！"袭人忙拉了宝玉的手道："她一个糊涂人，你和她分证什么？[6]况且你素日又是有担待的。比这大的过去了多少，今儿是怎么了？"晴雯冷笑道："我原是糊涂人，哪里配和我说话呢！"袭人听说道："姑娘倒是和我拌嘴呢，是和二爷拌嘴呢？要是心里恼我，你只和我说，不犯着当着二爷吵；要是恼二爷，不该这么吵得万人知道。我才也不过为了事，进来劝开了，大家保重。姑娘倒寻上我的晦气。又不像是恼我，又不像是恼二爷，夹枪带棒，终究是个什么主意？我就不多说，让你说去。"[7]说着便往外走。宝玉向晴雯道："你也不用生气，我也猜着你的心事。我回太太去，你也大了，打发你出去可好不好？"[8]晴雯听见了这话，不觉又伤起心来，含泪说道："我为什么出去？[9]要嫌我，变着法儿打发我去，也不能够。"宝玉道："我何曾经过这么个吵闹？一定是你

1. 丝毫不肯服软，倒让宝玉的气话无意言中，也与前面谈聚散的话作映衬。

2. 是真实想法，只是此刻说不得。

3. 出言锋利如刀。

4. 本想退一步宁人息事，不料失言了。也是心中隐秘观念不自觉流露。

5. 火力全开，袭人如何抵挡得住。

6. 总是劝慰宝玉要紧，得不得罪晴雯无所谓。

7. 既非对手，不如撤兵为是。

8. 无奈之下，施出最后一着来，说得越心平气和，越厉害。

9. 晴雯何尝真的不安于位，真的对宝玉无情，只是自尊心强，不肯逆来顺受而已。她已习惯宝玉素日平等相待，视同闺友知己，不防也忽然变脸，摆出主子架子来。但若真的要她离开怡红院，那是她最伤心的，宝玉的话恰好触到了她的软肋。

---

①　姑娘——这里是"通房丫头"的意思。

要出去了。不如回太太，打发你出去吧。"说着，站起来就要走。[1] 袭人忙回身拦住，[2] 笑道："往哪里去？"宝玉道："回太太去。"袭人笑道："好没意思！认真地去回，你也不怕臊了！便是她认真要去，也等把这气下去了，等无事中说话儿回了太太也不迟。这会子急急地当一件正经事去回，岂不叫太太犯疑？"宝玉道："太太必不犯疑，我只明说是她闹着要去的。"[3] 晴雯哭道："我多早晚闹着要去了？饶生了气，还拿话压派我。只管去回，我一头碰死了也不出这门儿。"[4] 宝玉道："这又奇了。你又不去，你又闹些什么？我经不起这么吵，不如去了倒干净。"说着一定要去回。[5] 袭人见拦不住，只得跪下了。碧痕、秋纹、麝月等众丫鬟见吵闹，都鸦雀无闻地在外头听消息，这会子听见袭人跪下央求，便一齐进来都跪下了。[6] 宝玉忙把袭人扶起来，叹了一声，在床上坐下，叫众人起来，向袭人道："叫我怎么样才好！这个心使碎了，也没人知道。"说着，不觉滴下泪来。袭人见宝玉流下泪来，自己也就哭了。

晴雯在旁哭着，方欲说话，只见林黛玉进来，[7] 便出去了。林黛玉笑道："大节下怎么好好的哭起来？难道是为争粽子吃，争恼了不成？"宝玉和袭人嗤的一笑。黛玉道："二哥哥不告诉我，我问你就知道了。"一面说，一面拍着袭人的肩，笑道："好嫂子，你告诉我。必定是你两个拌了嘴了。[8] 告诉妹妹，替你们和劝和劝。"袭人推她道："林姑娘你闹什么？我们一个丫头，姑娘只是混说。"黛玉笑道："你说你是丫头，我只拿你当嫂子待。"宝玉道："你何苦来！替她招骂名儿。饶这么着，还有人说闲话，还搁得住你来说她？"袭人笑道："林姑娘，你不知道我的心事，除非一口气不来，死了倒也罢了。"林黛玉笑道："你死了，别人不知怎么样，我先就哭死了。"宝玉笑道："你死了，我做和尚去。"[9] 袭人笑道："你老实些罢，何苦还说这些话。"林黛玉将两个指头一伸，抿嘴笑道："做了两个和尚了。我从今以后都记着你做和尚的遭数儿。"宝玉听了，知道是点他前日的话，自己一笑也就罢了。

一时黛玉去后，就有人来说："薛大爷请。"[10] 宝

1. 倔脾气，真气着了。

2. 袭人冷静，严防宝玉一时冲动，事后懊悔。

3. 这是凭自己是主子，有谎报之便利，故意压人了。

4. 纵然已处劣势，也不肯就此低头，写出晴雯的刚烈性格。

5. 非宝玉无情，此时不坚持也下不了台了。

6. 袭人看似软弱怕事，实是看准了此举行不得，非阻止到底不可。这一跪，不应被轻视。难得众丫头都一齐跟进求情，又见晴雯平时为人行事正直，故院内并无一人挟私怨愿其受辱离去。

7. 真不知此事如何了结，幸亏林黛玉来得及时。

8. 虽是开玩笑的话，"好嫂子"之称袭人如何当得起？见黛玉平时极关注怡红院事。

9. 此话可一不可再。初次说时，黛玉极认真，放下脸来，斥之为"胡说"。如今再说，只能当作笑话了。为加深读者对这句话的印象，有意重复。

10. 一场吵闹，因黛玉来而停歇下来，但要弥合裂痕，尚须有过程，因而有薛蟠来请作区隔，这只是时间上过渡，叙述越简短越好，不必再生枝节。

玉只得去了。原来是吃酒，不能推辞，只得尽席而散。晚间回来，已带了几分酒，踉跄来至自己院内，只见院中早把乘凉枕榻设下，榻上有个人睡着。宝玉只当是袭人，[1]一面在榻沿上坐下，一面推她，问道："疼得好些了？"只见那人翻身起来说："何苦来，又招我！"宝玉一看，原来不是袭人，却是晴雯。宝玉将她一拉，拉在身旁坐下，[2]笑道："你的性子越发惯娇了。早起就是跌了扇子，我不过说了那两句，你就说上那些话。你说我也罢了，袭人好意来劝，你又括上她，你自己想想，该不该？"晴雯道："怪热的，拉拉扯扯作什么！叫人来看见像什么！我这身子也不配坐在这里。"[3]宝玉笑道："你既知道不配，为什么睡着呢？"晴雯没得说，嗤的又笑了，说："你不来，便使得；你来了，就不配了。起来，让我洗澡去。袭人、麝月都洗了澡，我叫了她们来。"宝玉笑道："我才又吃了好些酒，还得洗一洗。你既没有洗，拿了水来，咱们两个洗。"[4]晴雯摇手笑道："罢，罢，我不敢惹爷。还记得碧痕打发你洗澡，足有两三个时辰，也不知道作什么呢？我们也不好进去的。后来洗完了，进去瞧瞧，地下的水淹着床腿儿，连席子上都汪着水，也不知是怎么洗了，笑了几天。[5]我也没那工夫收拾水，也不用同我洗去。今儿也凉快，那会子洗了，这会子可以不用。我倒舀一盆水来，你洗洗脸，通通头。才刚鸳鸯送了好些果子来，都湃①在那水晶缸里呢，叫她们打发你吃。"[6]宝玉笑道："既这么着，你也不许洗去，只洗洗手来拿果子来吃罢。"晴雯笑道："我慌张得很，连扇子还跌折了，哪里还配打发吃果子！倘或再打破了盘子，还更了不得呢。"[7]宝玉笑道："你爱打就打，这些东西原不过是供人所用，你爱这样，我爱那样，各自性情不同。比如那扇子原是扇的，你要撕着玩，也可以使得，只是不可生气时拿它出气。就如杯盘，原是盛东西的，你喜听那一声响，就故意地摔碎了，也可以使得，只是别在生气时拿它出气。这就是爱物了。"[8]晴雯听了笑道："既这么

1. 醉眼朦胧，自然最容易看错。又可见这样睡的人，按常理是袭人的可能性最大。

2. 酒未全消气已消。

3. 心知于理有亏，顾左右而言他。说不配，又睡着，令人怀疑晴雯是有意等待宝玉。

4. 这算是好意吗？不过就宝玉身份而言，毋须大惊小怪。

5. 晴雯哪有如此雅兴？她的一番话倒说出了一段颇令人浮想的怡红公子奇异而有趣的绯闻。为不掩生活真实，又不损艺术形象，宝玉的那些风流事，往往只用此类隐笔点出，这是作者美学理想使然，也是他写作技巧高明处。

6. 这两个细节，足可看出晴雯对宝玉的深情，也由此可领悟她宁一头碰死也不愿离去的原因。

7. 仍不忘因扇子挨训事，还得宝玉来抚平。

8. 亏他能想出这一套歪理来。晴雯弄坏扇子，哪里是生气时拿它出气，倒是自己生气时训人。

---

① 湃（pài 派）——浸入凉水使冷；冰镇。

说，你就拿扇子来我撕。我最喜欢撕的。"[1]宝玉听了，便笑着递与她。晴雯果然接过来，"嗤"的一声撕了两半，接着"嗤嗤"又听几声。[2]宝玉在旁笑着说："响的好，再撕响些！"正说着，只见麝月走过来笑道："少作些孽罢！"宝玉赶上来，一把将她手里的扇子也夺了递与晴雯。晴雯接了，也撕作几半子，二人都大笑。[3]麝月道："这是怎么说，拿我的东西开心儿？"宝玉笑道："打开扇子匣子你拣去，什么好东西！"麝月道："既这么说，就把匣子搬了出来，让她尽力地撕，岂不好？"[4]宝玉笑道："你就搬去。"麝月道："我可不造这孽。她也没折了手，叫她自己搬去。"晴雯笑着，便倚在床上说道："我也乏了，明儿再撕罢。"宝玉笑道："古人云，'千金难买一笑'，几把扇子能值几何？"[5]一面说着，一面叫袭人。袭人才换了衣服走出来，小丫头佳蕙过来拾去破扇，大家乘凉，不消细说。

　　至次日午间，王夫人、薛宝钗、林黛玉众姊妹正在贾母房内坐着，就有人回："史大姑娘来了。"[6]一时果见史湘云带领众多丫鬟、媳妇走进院来。宝钗、黛玉等忙迎至阶下相见。青年姊妹间经月不见，一旦相逢，其亲密自不消说得。一时进入房中，请安问好，都见过了。贾母因说："天热，把外头的衣服脱了罢。"史湘云忙起身宽衣。王夫人因笑道："也没见穿上这些作什么？"[7]史湘云笑道："都是二婶婶叫穿的，谁愿意穿这些！"宝钗一旁笑道："姨娘不知道，她穿衣裳还更爱穿别人的衣裳。可记得旧年三四月里，她在这里住着，把宝兄弟的袍子穿上，靴子也穿上，额子也勒上，猛一瞧倒像是宝兄弟，就是多两个坠子。她站在那椅子背后，哄得老太太只是叫'宝玉，你过来，仔细那上头挂的灯穗子招下灰来迷了眼'。她只是笑，也不过去。后来大家撑不住笑了，老太太才笑了，说'倒扮上男人好看了'。"[8]林黛玉道："这算什么。惟有前年正月里接了她来，住了没两日，下起雪来，老太太和舅母那日想是才拜了影①回来，老太

① 拜影——逢节日或祭祀时叩拜祖宗的画像。

1. 试他说话有多少诚意。

2. 你以为我不敢，偏撕给你看！

3. 两个人都任性，气味相投。为寻求心情愉悦畅快，将其他物事都看得不值一钱，是一种极夸张的个性表现。或以为是暴殄天物，实属贵族阶级中一部分人的人生哲学。

4. 索性推向极端，方能适可而止。

5. 点明回目句意。"撕扇子"是以不知情之物供娇嗔不知情时之人一笑。所谓"情不情"。(己)如此解释"警幻情榜"中对宝玉的评语，虽很独特，总不免牵强。

6. 又有热闹可看了！

7. 贾母、王夫人说穿衣服多少的话，极平常，却与接着的话题相关。此书不作泛泛无谓文字。

8. 活画出一个活泼、顽皮、可爱的小女孩来。

太的一个新新的大红猩猩毡斗篷放在那里，谁知眼错不见她就披了，又大又长，她就拿了条汗巾子拦腰系上，和丫头们在后院子扑雪人儿去，一跤栽到沟跟前，弄了一身泥水。"[1]说着，大家想着前情都笑了。宝钗笑问那周奶妈道："周妈，你们姑娘还那么淘气不淘气了？"周奶妈也笑了。迎春笑道："淘气也罢了，我就嫌她爱说话。也没见睡在那里还是咭咭呱呱，笑一阵，说一阵，也不知哪里来的那些话。"[2]王夫人道："只怕如今好了。前儿有人家来相看，眼见有婆婆家了，还是那么着。"[3]贾母因问："今儿还是住着，还是家去呢？"周奶妈笑道："老太太没有看见衣服都带了来，可不住两天？"史湘云问道："宝玉哥哥不在家么？"宝钗笑道："她再不想着别人，只想宝兄弟，两个人好憨的。"[4]这可见还没改了淘气呢。"贾母道："如今你们大了，别提小名儿了。"

刚说着，只见宝玉来了，笑道："云妹妹来了。前儿打发人接你去怎么不来？"王夫人道："这里老太太才说这一个，他又来提名道姓的了。"林黛玉道："你哥哥得了好东西，等着你呢。"[5]史湘云道："什么好东西？"宝玉笑道："你信她呢！几日不见越发高了。"湘云笑道："袭人姐姐好？"宝玉道："多谢你记挂。"湘云道："我给她带了好东西来了。"说着，拿出手帕子来，挽着一个疙瘩。宝玉道："什么好的？你倒不如把前儿送来的那种绛纹石戒指儿带两个给她。"[6]湘云笑道："这是什么？"说着便打开。众人看时，果然就是上次送来的那绛纹石戒指，一包四个。林黛玉笑道："你们瞧瞧她这主意。前儿一般的打发人给我们送了来，你就把她的也带了来岂不省事？[7]今儿巴巴地自己带了来，我当又是什么新奇东西，原来还是它。真真你是个糊涂人。"史湘云笑道："你才糊涂呢！我把这理说出来，大家评一评谁糊涂。给你们送东西，就是使来的人不用说话，拿进来一看，自然就知是送姑娘们的了；若带她们的东西，这须得我先告诉来人，这是哪一个丫头的，那是哪一个丫头的。那使来的人明白还好，再糊涂些，丫头的名字他也不记得，混闹胡说的，反连你们的东西都搅糊涂了。若是打发个女人来，素日知

1. 湘云够淘气的，都由穿衣的话引起。

2. 又带出湘云爱说话的特点来，偏由不爱说话的迎春说出，妙。

3. 一提"有人家来相看"，婚事虽尚遥远，也见湘云已初长成了，又可知贾家不会再存招她为儿媳的念头。

4. 宝玉、湘云都有几分傻气，因而亲近，亦见彼此有脾气相投处。

5. 可知宝玉揣下金麒麟事，黛玉心中一直在乎。

6. 还不知带来的是什么好东西，先用这样的话点出，也属别出心裁。

7. 正为湘云要说分两次送戒指的理由，才有黛玉此一问。

道的还罢了，偏生前儿又打发小子来，可怎么说丫头们的名字呢？横竖我来给她们带来，岂不清白！"说着，把四个戒指放下，说道："袭人姐姐一个，鸳鸯姐姐一个，金钏儿姐姐一个，平儿姐姐一个：[1]这倒是四个人的，难道小子们也记得这么清白？"众人听了，都笑道："果然明白。"宝玉笑道："还是这么会说话，不让人。"林黛玉听了冷笑道："她不会说话，她的金麒麟也会说话。"[2]一面说着便起身走了。幸而诸人都不曾听见，只有薛宝钗抿嘴一笑。[3]宝玉听见了，倒自己后悔又说错了话，忽见宝钗一笑，由不得也笑了。宝钗见宝玉笑了，忙起身走开，找了林黛玉去说笑。[4]

贾母因向湘云道："吃了茶，歇一歇，瞧瞧你的嫂子们去。园子里也凉快，同你姐姐们去逛逛。"[5]湘云答应了，将三个戒指儿包上，歇了一歇，便起身要瞧凤姐等人去。众奶娘、丫头跟着，到了凤姐那里，说笑了一回，出来便往大观园来。见过了李宫裁，少坐片时，便往怡红院来找袭人。因回头说道："你们不必跟着，只管瞧你们的朋友亲戚去，留下翠缕服侍就是了。"[6]众人听了，自去寻姑觅嫂，单剩下湘云、翠缕两个人。翠缕道："这荷花怎么还不开？"[7]史湘云道："时候没到。"翠缕道："这也和咱们家池子里的一样，也是楼子花①？"湘云道："他们这个还不如咱们的呢。"翠缕道："他们那边有棵石榴，接连四五枝，真是楼子上起楼子，这也难为它长。"史湘云道："花草也是同人一样，气脉充足，长得就好。"[8]翠缕把脸一扭，说道："我不信这话。若说同人一样，我怎么不见头上又长出一个头来的人？"[9]湘云听了，由不得一笑，说道："我说你不用说话，你偏好说。这叫人怎么好答言？天地间都赋阴阳二气所生，或正或邪，或奇或怪，千变万化，都是阴阳、顺逆、多少；一生出来，人罕见的就奇，究竟理还是一样。"翠缕道："这么说起来，从古至今，开天辟地，都是些阴阳了？"[10]湘云笑道："糊涂东西！越说越放屁。什么'都是

① 楼子花——一蕊中开出双层或多层的花，又叫"重台"。

1. 宝玉、贾母、王夫人、凤姐贾府四大要人的丫头，定是常接触、得关照之人，须联络感情，湘云的公关本领不错。

2. 心中有结难忘，怕的是这次真会应了金配玉的话。金玉姻缘已定，又写一金麒麟，是间色法也。何颦儿为其所惑，故颦儿谓"情情"。(己)此评说：金锁配通灵玉的姻缘已是命中注定，不会改变的，现在又写一个金麒麟，是为了衬托前者，使之更突出而设的。为什么黛玉会看不清而被迷惑生出烦恼来呢？所以黛玉称"情情"，即由于对其所爱之人感情上过于专注反而多疑的缘故。为使主要颜色鲜明突出，用另一种颜色来衬托，叫"间色"。比如此书以儿女笔墨为主，用一些豪侠文字来"为金闺间色"。将来宝钗婚姻的结果是独居，是主；湘云也是独居，是次，以次衬托主便是间色。黛玉因太在乎宝玉而"为其所惑"，一些研究者则因误解"白首双星"含义，以为是白头双双，也是"为其所惑"。

3. 笑黛玉醋意。

4. 不屑与宝玉一鼻孔出气。

5. 为拾麟情节布局。

6. 又距构思好的情节近了一步。

7. 先从荷花说起，一步步接近目标。

8. 从花草比到人。

9. 将翠缕写成一个好发问的傻姑娘。

10. 难答的问题只好归之于阴阳二气的大道理。这样，就进入设定的目标区了。可这超出了傻姑娘的理解能力。越解说，越不懂，故有此糊涂的一问。

些阴阳'，难道还有两个阴阳不成！'阴''阳'两个字还只是一个字，阳尽了就成阴，阴尽了就成阳，不是阴尽了又有个阳生出来，阳尽了又有个阴生出来。"翠缕道："这糊涂死了我！什么是个阴阳，没影没形的。我只问姑娘，这阴阳是怎么个样儿？"[1]湘云道："阴阳可有什么样儿，不过是个气，器物赋了成形。比如天是阳，地就是阴；水是阴，火就是阳；日是阳，月就是阴。"翠缕听了笑道："是了，是了，我今儿可明白了。怪道人都管着日头叫'太阳'呢，算命的管着月亮叫什么'太阴星'，就是这个理了。"[2]湘云笑道："阿弥陀佛！刚刚的明白了。"翠缕道："这些大东西有阴阳也罢了，难道那些蚊子、虼蚤、蠓虫儿、花儿、草儿、瓦片儿、砖头儿也有阴阳不成？"[3]湘云道："怎么没有呢？比如那一个树叶儿还分阴阳呢，那边向上朝阳的就是阳，这边背阴覆下的就是阴。"翠缕听了，点头笑道："原来这样，我可明白了。只是咱们这手里的扇子，怎么是阳，怎么是阴呢？"[4]湘云道："这边正面就是阳，那边反面就为阴。"翠缕又点头笑了，还要拿几件东西问，因想不起个什么来，猛低头就看见湘云宫绦上系的金麒麟，便提起来笑道："姑娘，这个难道也有阴阳？"[5]湘云道："走兽飞禽，雄为阳，雌为阴；牝为阴，牡①为阳。怎么没有呢！"翠缕道："姑娘这个是公的，倒底是母的呢！"湘云道："这连我也不知道。"[6]翠缕道："这也罢了，怎么东西都有阴阳，咱们人倒没有阴阳呢？"湘云照脸啐了一口道："下流东西，好生走罢！越问越问出好的来了！"[7]翠缕笑道："这有什么不告诉我的呢？我也知道了，不用难我。"湘云笑道："你知道什么？"翠缕道："姑娘是阳，我就是阴。"说得湘云拿手帕子捂着嘴，呵呵地笑起来。翠缕道："说是了，就笑得这样！"湘云道："很是，很是。"翠缕道："人规矩主子为阳，奴才为阴，我连这个大道理也不懂得？"湘云笑

1. 翠缕哪有哲学思维，再说也白费劲，只知问什么模样儿，逼得湘云只好不断地举实例，以期能开窍。

2. 不笨，只是并非真懂。

3. 由大及小，近了一步。

4. 从手里拿的，渐次问到腰间佩的，有安排。

5. 点中目标了。说雌雄是要旨，与隐寓配偶意相关。

6. 马上就会知道的。

7. 湘云误会其所问了，以为事涉男女，非姑娘该问，故啐她。

---

　　①　牝、牡——即雌、雄，原特指兽畜类。

道："你很懂得。"[1]

　　一面说，一面走，刚到蔷薇架下，湘云道："你瞧，那是谁掉的首饰？金晃晃在那里。"翠缕听了，忙赶上拾在手里攥着，笑道："可分出阴阳来了。"[2]说着，先拿史湘云的麒麟瞧。湘云要她捡的瞧，翠缕只管不放手，笑道："是件宝贝，姑娘瞧不得。这是从哪里来的？好奇怪！我从来在这里没见有人有这个。"湘云道："拿来我瞧瞧。"翠缕将手一撒，笑道："请看。"湘云举目一验，却是文彩辉煌的一个金麒麟，比自己佩的又大又有文彩。湘云伸手擎在掌上，只是默默不语。[3]正自出神，忽见宝玉从那边来了，[4]笑问道："你两个在这日头底下作什么呢？怎么不找袭人去？"湘云连忙将那麒麟藏起，说道："正要去呢。咱们一同走。"说着，大家进入怡红院。袭人正在阶下倚槛追风，忽见湘云来了，连忙迎下来，携手笑说一向别情。一时，进来归坐，宝玉因笑道："你该早来，我得了一件好东西，专等你呢。"[5]说着，一面在身上摸掏，掏了半天，"啊呀"了一声，便问袭人："那个东西你收起来了么？"袭人道："什么东西？"宝玉道："前儿得的麒麟。"袭人道："你天天带在身上的，怎么问我？"宝玉听了，将手一拍，说道："这可丢了，往哪里找呢！"就要起身自己寻去。[6]湘云听了，方知是他遗落的，便笑问道："你几时又有个麒麟了？"宝玉道："前儿好容易得的呢，不知多早晚丢了，我也糊涂了。"湘云笑道："幸而是玩的东西，还是这么慌张。"说着，将手一撒："你瞧瞧，是这个不是？"宝玉一见，由不得欢喜非常，[7]因说道……不知是如何，且听下回分解。

1. 谁知竟是如此出奇的答案，一说出来，令人忍俊不禁。作者幽默诙谐的才情再次迸发。如此风趣文字续书中一处也找不到。

2. 点睛一笔。

3. 大者为雄，小者为雌，何用再说，只不知其为何人所有，与自己终身是否有关，故陷入沉思。

4. 毫不拖沓，没有过渡文字，立即接上宝玉。

5. 对应黛玉见湘云时说的第一句话。

6. 不必找，已经送来了。

7. 由湘云将金麒麟送还宝玉，是令读者误以为二人将来有另一种金玉姻缘的原因。后数十回若兰在射圃所佩之麒麟，正此麒麟也。提纲伏于此回中，所谓草蛇灰线在千里之外。（己）从此评中知道，原来宝玉无意中充当了红娘角色。他在后来贾珍设的射圃中与卫若兰结识，并彼此比赛射箭，将金麒麟送给或输给了若兰，因此成就了卫、史这一对到老都成为牛郎织女的失败婚姻。比射事已在第七十五回中写到，尚未展开，第八十回正是"射圃文字"，可惜这一回被借阅者弄丢了，小说也因此无法再抄下去而终成残稿了。至于若兰与湘云婚姻短暂的原因，见本回总评。

【总评】

　　此回主要情节是"晴雯撕扇"和"湘云拾麟"。

　　袭人吐血疗伤是上一回的余波。可注意的是"不觉将素日想着后来争荣夸耀之心尽皆灰了"一句，袭人存有将来"争荣夸耀"心思，似出人意外。但脂砚斋曾用抽象的话提到过数钗的不幸："阿凤是机心所误，宝钗是博知所误，湘云是自爱所误，袭人是好胜所误。"（第二十二回评）倒有相似处。但将来变故发生，荣耀是争不到了，为保全自己和宝玉的声誉，同意离府嫁人，甚至自告奋勇，是很可能的。这或许也可算是一种"好胜"吧。

　　丫头中晴雯地位次于袭人，却在"又副册"之首，说她"心比天高"；后来宝玉的一篇最长的瑰奇诔文，也是为她作的，可见其分量之重。撕扇是首次专写她的章节。晴雯失手跌折了扇子骨，宝玉骂她"蠢才""顾前不顾后"，晴雯不受这个气，就与他顶撞起来。可注意的是一开始她还为袭人挨踢抱不平，说"前儿连袭人都打了"，可是等到袭人一介入，她立刻转而讥诮袭人，言辞之锋利尖刻，让袭人难以招架。晴雯是个直烈性子，有正义感，最少奴颜媚骨。她对宝玉绝非无情无义，故有"一头碰死了也不出这门儿"的话。她是见不得平时像闺友般的宝玉，忽然摆出主子爷儿的架势、脸色来给她看，拿她当奴才训斥、出气，这里包含着某种人格上平等的观念，尽管还是朦胧的。与袭人口角也非出于争宠，而是对她以柔猫式的温顺态度向主子邀宠的不屑和反感。

　　宝玉当然有纨袴习气，但毕竟不同于流俗，跟晴雯大吵后，到底还是他迁就晴雯，消她的气。晴雯不肯与之同浴，补出宝玉平时行为，也洗出晴雯的洁白无邪。宝玉"爱物"的说教，未必不是歪理，却引出任其撕扇以博"千金一笑"的事来。此举固暌违常情，或有暴殄天物之议，然本意或在竭力宣扬轻财物、重人情的价值观，也借此消除主奴间尊卑的隔阂。晴雯非轻薄之辈，此时虽无言，将来或有以报答宝玉的一片深情。

　　幽默风趣是才华的表现，湘云跟丫头翠缕谈阴阳二气的一段文字，便显现着作者的这种才华。翠缕再缺少文化，也不能真傻成那样，既是幽默风趣，就不应以常理衡量。所以，她说的话，越不通越妙。然而，这一切都只是为了带出一句话来，那就是她们在拾到宝玉遗落的那个比湘云佩带的略大些的金麒麟时说的："可分出阴阳来了！"东西既是宝玉掉的，又还给了他，加上回目的示意，于是宝玉娶湘云之说便随之而纷起：有载于笔记见闻的，有写入某种续书情节的，就连红学家也将宝、湘成偶事写到研究著作中去。其实，这是大谬不然的。

　　首先，回目"白首双星"作何解说？不少人理解为白头成双、白头夫妻、白头偕老的意思，大名鼎鼎的学者胡适也这么看，其实是误解。"双星"是专指牵牛星和织女星的特定名词，与现代可泛用不同。自唐至清，诗词中用"双星"的多不胜举，一律都指牛郎织女，绝无例外。所以，"白首双星"是夫妻到老都分居的意思。这一点有的研究者如梅节、朱彤等也已著文指出。且"双星"所指是卫若兰与史湘云而非宝、湘。金麒麟在宝玉处只过一过手，如此回回目注释引脂评说的"后数十回若兰在射圃所佩之麒麟，正此麒麟也，提纲伏于此回中"。

　　那么"因麒麟伏白首双星"与宝玉没有什么关系吗？当然不是。梅节先生说："湘云对嫁得若兰这样一个夫婿是满意的。但他们的婚姻似没有维持多久。原因大概就是由金麒麟而起。若兰的麒麟得自宝玉，婚后发现，湘云也有这样一个金麒麟，一雌一雄，刚好是一对儿。他认为这是二人的'信物'，因此怀疑湘云与宝玉有私。湘云不能忍受这种冤屈，关系破裂。从白海棠诗之'自是霜娥偏爱冷''幽情欲向嫦娥诉'看，可能是湘云主动离去。她是贞洁的，想不到她所最心爱的人竟怀疑她不贞。也许她应该向若兰作解释，讲明真相，但她没有这样做。……'湘云是自爱所误'，大概就是指这一点而说的。"（《红学耦耕集·史湘云结局探索》）推断合理，极有可能。"自传说"者由误解而说湘云是脂砚斋，是作者"新妇"，着实不敢苟同。

# 第三十二回

## 诉肺腑心迷活宝玉　含耻辱情烈死金钏

**【题解】**

本回回目诸本一致。前句说的是宝玉向黛玉倾诉肺腑之情，令黛玉心灵震动，走后，宝玉还继续诉说，迷糊中把袭人错当作黛玉了。后句说的是金钏儿被王夫人撵回家，性情刚烈的她，因为一时忍受不了这样的耻辱，便投井死了。此回正文前有总批说：前明显祖汤先生有怀人诗一截，读之堪合此回，故录之以待知音："无情无尽却情多，情到无多得尽么？解到多情情尽处，月中无树影无波。"（己）戚序本有此评，"截"作"绝"，末句作"月中无影水无波。"据陈庆浩兄《新编石头记脂砚斋评语辑校》注："所引汤显祖七绝，确见玉茗堂诗之九，题为《江中见月怀远公》。按远公指庐山归宗寺僧真可。真可字远观，号紫柏。"

话说宝玉见那麒麟，心中甚是欢喜，便伸手来拿，笑道："亏你捡着了。你是哪里捡的？"史湘云笑道："幸而是这个，明儿倘或把印①也丢了，难道也就罢了不成？"宝玉笑道："倒是丢了印平常，若丢了这个，我就该死了。"[1]袭人斟了茶来与史湘云吃，一面笑道："大姑娘，我听见前日你大喜了。"[2]史湘云红了脸，吃茶不答。袭人道："这会子又害臊了。你还记得十年前，咱们在西边暖阁住着，晚上你同我说的话儿？那会子不害臊，这会子怎么又害臊了？"史湘云笑道："你还说呢。那会子咱们那么好，后来我们太太没了，我家去住了一程子，怎么就把你派了跟二哥哥，[3]我来了，你就不像先待我了。"袭人笑道："你还说呢。先姐姐长姐姐短哄着我替你梳头洗脸，作这个弄那个，如今大了，就拿出小姐的款来。你既拿小姐的款，我怎么敢亲近呢？"史湘云道："阿弥陀佛，冤枉冤哉！我要这样，就立刻死了。你瞧瞧，这么大热天，我来了必定赶来先瞧瞧你。不信，你问问缕儿，

1. 宝玉真性情：功名算得了什么！

2. 应前王夫人"有人家来相看"等语。

3. 十年前湘云至多五六岁，也曾住荣府，与比她大的袭人相伴，且与宝玉是青梅竹马，逐渐补出。

---

① 印——指官印。丢印也就是丢官。

我在家时时刻刻哪一回不念你几声。"话未了，忙得袭人和宝玉都劝道："玩话你又认真了。还是这么性急。"¹史湘云道："你不说你的话噎人，倒说人性急。"一面说，一面打开手帕子，将戒指递与袭人。袭人感谢不尽，因又笑道："你前儿送你姐姐们的，我已得了；²今儿你亲自又送来，可见是没忘了我。只这个就试出你来了。戒指儿能值多少，可见你的心真。"³史湘云道："是谁给你的？"袭人道："是宝姑娘给我的。"湘云笑道："我只当是林姐姐给你的，⁴原来是宝钗姐姐给了你。我天天在家里想着，这些姐姐们再没一个比宝姐姐好的。可惜我们不是一个娘养的。我但凡有这么个亲姐姐，就是没了父母也是没妨碍的。"说着，眼睛圈儿就红了。⁵宝玉道："罢，罢，罢！不用提这些话。"史湘云道："提这个便怎么？我知道你的心病，恐怕你林妹妹听见，又怪嗔我赞了宝姐姐。可是为这个不是？"⁶袭人在旁嗤的一笑，说道："云姑娘，你如今大了，越发会心直口快了。"宝玉笑道："我说你们这几个人难说话，果然不错。"史湘云道："好哥哥，你不必说话叫我恶心。只会在我们跟前说话，见了你林妹妹，又不知怎么了。"

　　袭人道："且别说玩话，正有一件事还要求你呢。"史湘云便问"什么事？"袭人道："有一双鞋，抠了垫心子①。我这两日身上不大好，不能做，你可有工夫替我做做？"史湘云笑道："这又奇了，你家放着这些巧人不算，还有什么针线上的，裁剪上的，怎么叫我做起来？你的活计叫谁做，谁好意思不做呢？"袭人笑道："你又糊涂了。你难道不知道我们这屋里的针线，是不要那些针线上的人做的。"⁷史湘云听了，便知是宝玉的鞋了，因笑道："既这么说，我就替你做了罢。只是一件，你的我才做，别人的我可不能。"⁸袭人笑道："又来了，我是个什么，就烦你做鞋了。实告诉你，可不是我的。你别管是谁的，横竖我领情就是了。"史湘云道："论理，你的东西也不知烦我做了多少了，今儿我倒不做了的

1. 湘云为人豪爽，心直口快，都与其性子急一致。

2. 引出湘云赞宝钗的话来。

3. 辩明自己刚才说的"拿出小姐的款来"是"玩话"。

4. 袭人是宝玉的人，而与宝玉要好的是黛玉。故有此猜想。

5. 有感于宝钗处处对人关爱，说赞语是动了真情的。

6. 好湘云，一语中的！难怪袭人说她心直口快。

7. 回避直言宝玉是如此说法。宝玉的怪脾气与他喜爱女儿憎恶婆子有关。

8. 一听便知是为宝玉，心里已愿意了，嘴上却偏要把他排除在外，定有缘故。

---

①　抠（kōu）了垫心子——用剪刀在鞋面上挖镂出图案花样，再从背面以别种颜色的料子来衬贴。

原故，你必定也知道。"袭人道："我倒也不知道。"
史湘云冷笑道："前儿我听见把我做的扇套子拿着
和人家比，赌气又铰了。我早就听见了，你还瞒
我。[1]这会子又叫我做，我成了你们的奴才了。"
宝玉忙笑道："前儿的那事，本不知是你做的。"
袭人也笑道："他本不知是你做的。是我哄他的话，
说是新近外头有个会做活的女孩儿，说扎得出奇
的花，我叫他们拿了一个扇套子试试，看好不好。
他就信了，拿了出去给这个瞧，给那个看的。不
知怎么又惹恼了林姑娘，铰了两段。回来他还叫
赶着做去，我才说了是你做的，他后悔得什么似
的。[2]史湘云道："这越发奇了。林姑娘她也犯不
上生气，她既会剪，就叫她做。"袭人道："她可
不做呢。饶这么着，老太太还怕她劳碌着了。大
夫又说好生静养才好，谁还烦她做？[3]旧年好一年
的工夫，做了个香袋儿；今年半年，还没见拿针
线呢。"

　　正说着，有人来回说："兴隆街的大爷来了，
老爷叫二爷出去会。"宝玉听了便知是贾雨村来了，
心中好不自在。[4]袭人忙去拿衣服。宝玉一面蹬着
靴子，一面抱怨道："有老爷和他坐着就罢了，回
回定要见我。"[5]史湘云一边摇着扇子，笑道："自
然你能会宾接客，老爷才叫你出去呢。"宝玉道："哪
里是老爷，都是他自己要请我去见的。"湘云笑道：
"主雅客来勤，自然你有些警①他的好处，他才只
要会你。"宝玉道："罢，罢，我也不敢称雅，俗
中又俗的一个俗人，并不愿同这些人往来。"[6]湘
云笑道："还是这个情性改不了。如今大了，你就
不愿读书去考举人进士的，也该常会会这些为官
做宰的人们，谈谈讲讲学些仕途经济的学问，也
好将来应酬世务，日后也有个朋友。没见你成年
家只在我们队里搅些什么！"[7]宝玉听了道："姑娘
请别的姊妹屋里坐坐，我这里仔细脏了你知经济
学问的。"[8]袭人道："云姑娘，快别说这话！上回
也是宝姑娘曾说过一回，他也不管人脸上过得去

1. 原来为此，难怪湘云内心不忿。

2. 不后悔才怪呢。

3. 贾母宠爱外孙女如此，也顺便一提黛玉之病。

4. 厌见利禄之徒是其天性。

5. 喜欢攀附、应酬奉承，是雨村秉性。

6. 宝玉之恶雨村，非俗雅之分，是性情真假有别。作者之蔑视功名利禄、仕途经济的态度，寄托在宝玉身上，乃对在现实生活中此路不通、一生惭恨的强烈反弹，犹在考场中屡试屡败，屡败屡试，终不甘心之蒲松龄，深切痛恨并深刻揭露科举任用制度的不合理。宝玉的话引出湘云、宝钗都碰了壁的劝说来。

7. 此话何堪入耳！宝玉平时对姊妹们宽容谦让，唯此一端碰也碰不得。

8. 翻脸不认，谁叫你往枪口上撞？

————————————
　　① 警——使人动心的意思。

过不去，他就咳了一声，拿起脚来走了。[1]这里宝姑娘的话也没说完，见他走了，顿时羞得脸通红，说又不是，不说又不是。幸而是宝姑娘，那要是林姑娘，不知又闹到怎么样，哭得怎么样呢。提起这些话来，真真宝姑娘叫人敬重，自己讪了一会子去了。[2]我倒过不去，只当她恼了。谁知过后还是照旧一样，真真有涵养，心地宽大。谁知这一个反倒同她生分了。那林姑娘见你赌气不理她，你得赔多少不是呢！"宝玉道："林姑娘从来说过这些混账话不曾？若她也说过这些混账话，我早和她生分了。"[3]袭人和湘云都点头笑道："这原是混账话。"[4]

原来林黛玉知道史湘云在这里，宝玉一定又赶来说麒麟的原故。因心下忖度着，近日宝玉弄来的外传野史，多半才子佳人，都因小巧玩物上撮合，或有鸳鸯，或有凤凰，或玉环金佩，或鲛帕鸾绦①，皆由小物而遂终身。今忽见宝玉亦有麒麟，便恐借此生隙，同史湘云也做出那些风流佳事来。[5]因而悄悄走来，见机行事，以察二人之意。不想刚走来，正听见史湘云说经济一事，宝玉又说："林妹妹不说这样混账话，若说这话，我也和她生分了。"林黛玉听了这话，不觉又喜又惊，又悲又叹。[6]所喜者，果然自己眼力不错，素日认他是个知己，果然是个知己。所惊者，他在人前一片私心称扬于我，其亲热厚密，竟不避嫌疑。所叹者，你既为我之知己，自然我亦可为你之知己矣；既你我为知己，则又何必有金玉之论哉！既有金玉之论，亦该你我有之，则又何必来一宝钗哉！[7]所悲者，父母早逝，虽有铭心刻骨之言，无人为我主张。况近日每觉神思恍惚，病已渐成，医者更云气弱血亏，恐致劳怯之症②。你我虽为知己，但恐自不能久待；你纵为我知己，奈我薄命何！[8]想到此间，不禁滚下泪来。待进去相见，自觉无味，便一面拭泪，一面抽身回去了。

这里宝玉忙忙地穿了衣裳出来，忽抬头见林黛

1. 一个正面描述，一个从话中补出，一色两曜。

2. 袭人的褒贬，与其本性本意一致，又引出宝玉的反驳。

3. 说得理直气壮，这话真该让林姑娘听。

4. 点头笑是完全不认同"混账话"三字，但只说反话，不加争辩，是将宝玉视作发狂病、说傻话，可见在人生价值这一带根本性问题上，不同观念的对立是何等尖锐。

5. 黛玉生疑心结于此直说。

6. 心灵遭受九级地震，然后分述喜、惊、叹、悲内涵。

7. 命运之不可抗拒也，所以说"宿命"是本书的大悲音。

8. 沉痼已成，时不我待，这无异于宣告残酷无情的死刑判决。颇讶大谈林黛玉后来投水而死的人为何没看清这段话。

---

① 鲛帕鸾绦——绢纱的手帕和织着鸾凤图案的丝带。传说南海有美人鱼叫鲛人，滴泪成珠，能织质地轻薄的绡，后遂以鲛绡指代手帕。
② 劳怯之症——中医把肺结核病称为"痨"，亦作"劳"，以为由虚弱劳损所致，当时是难治之症。怯，虚弱。

玉在前面慢慢地走着，似有拭泪之状，便忙赶上来笑道："妹妹往哪里去？怎么又哭了？又是谁得罪了你？"林黛玉回头见是宝玉，便勉强笑道："好好的，我何曾哭了。"宝玉笑道："你瞧瞧，眼睛上的泪珠儿未干，还撒谎呢。"一面说，一面禁不住抬起手来替她拭泪。[1]林黛玉忙向后退了几步，说道："你又要死了，作什么这么动手动脚的！"[2]宝玉笑道："说话忘了情，不觉地动了手，也就顾不得死活。"林黛玉道："你死了倒不值什么，只是丢下了什么金，又是什么麒麟，可怎么样呢？"[3]一句话又把宝玉说急了，赶上来问道："你还说这话！到底是咒我还是气我呢？"林黛玉见问，方想起前日的事来，遂自悔自己又说造次了，[4]忙笑道："你别着急，我原说错了。这有什么呢，筋都暴起来，急得一脸汗。"一面说，一面禁不住近前伸手替他拭脸上的汗。[5]宝玉瞅了她半天，方说了"你放心"三个字。林黛玉听了，怔了半天，方说道："我有什么不放心的？我不明白这话。你倒说说，怎么是放心不放心？"[6]宝玉叹了一口气，问道："你果不明白这话？难道我素日在你身上用的心都用错了？连你的意思若体贴不着，就难怪你天天为我生气了。"林黛玉道："果然我不明白放心不放心的话。"[7]宝玉点头叹道："好妹妹，你别哄我。果然不明白这话，不但我素日之心白用了，且连你素日待我之意也都辜负了。你皆因总是不放心的原故，才弄了一身病。但凡宽慰些，这病也不得一日重似一日。"[8]林黛玉听了这话，如轰雷掣电，细细思之，竟比自己肺腑中掏出来的还觉恳切，[9]竟有万句言语，满心要说，只是半个字也不能吐，却怔怔地望着他。此时，宝玉心中也有万句言语，一时不知从哪一句上说起，却也怔怔地望着黛玉。两个人怔了半天，[10]林黛玉只咳了一声，两眼不觉滚下泪来，回身便要走。宝玉忙上前拉住，说道："好妹妹，且略站住，我说一句话再走。"林黛玉一面拭泪，一面将手推开，说道："有什么可说的。你的话我早知道了！"[11]口里说着，却头也不回竟去了。

宝玉站着，只管发起呆来。原来方才出来慌忙，

1. 发乎情却难止乎礼。

2. 也就是那个时代，在今天替情侣拭泪，哪能被责怪成"动手动脚"？

3. 不是醋劲儿尚未过去，是此类讥语随口就来，本性和习惯使然。

4. 如何？是一时考虑欠周吧？

5. 妙！怎么就不算"动手动脚"了呢？可知情之所至，都是自然的，没有什么举动是不应该的。

6. 若以为真的"不明白"，就被黛玉骗了。这样说只是想证实一下自己心里所想的。

7. 非要宝玉亲口说出来不可。此种心态也很真实。

8. 只好实话实说了。

9. 尽管先已猜到几分，但与此刻听到宝玉亲口说出来还是大不一样，敏感的心因而受到极大的震动。

10. 感情的闸门打开一点，就势不可挡，"万句言语"也诉说不尽。

11. 肺腑言既已说出，别的话不说也罢。

不曾带得扇子，袭人怕他热，忙拿了扇子赶来送与
他，忽抬头见林黛玉和他站着。一时黛玉走了，他
还站着不动，因而赶上来说道："你也不带了扇子去，
亏我看见，赶了送来。"宝玉出了神，见袭人和他
说话，并未看出何人来，便一把拉住，说道："好
妹妹，我这心事，从来也不敢说，今儿我大胆说出来，
死也甘心！我为你也弄了一身病在这里，又不敢告
诉人，只好捱着。只等你的病好了，只怕我的病才
得好呢。¹睡里梦里也忘不了你！"袭人听了这话，
吓得魄消魂散，只叫："神天菩萨，坑死我了！"²
便推他道："这是哪里的话！敢是中了邪？还不快
去？"宝玉一时醒过来，方知是袭人送扇子来，羞
得满面紫胀，夺了扇子，便忙忙地抽身跑了。

　　这里袭人见他去了，自思方才之言，一定是因
黛玉而起，如此看来，将来难免不才之事①，令人
可惊可畏。想到此间，也不觉怔怔地滴下泪来，心
下暗度，如何处治，方免此丑祸。³正裁疑间，忽
有宝钗从那边走来，笑道："大毒日头地下，出什么
神呢？"袭人见问，忙笑道："那边两个雀儿打架，
倒也好玩，我就看住了。"⁴宝钗道："宝兄弟这会子
穿了衣服，忙忙的哪去了？我才看见走过去，倒要
叫住问他呢。他如今说话越发没了经纬，我故此没
叫他了，⁵由他过去罢。"袭人道："老爷叫他出去。"
宝钗听了忙道："嗳哟！这么黄天②暑热的，叫他做
什么！别是想起什么来生了气，叫出去教训一场。"
袭人笑道："不是这个，想是有客要会。"宝钗笑道：
"这个客也没意思，这么热天，不在家里凉快，还
跑些什么！"袭人笑道："倒是呢，你说说罢。"

　　宝钗因又问道："云丫头在你们家做什么呢？"
袭人笑道："才说了一会子闲话。你瞧，我前儿粘的
那双鞋，明儿叫她做去。"宝钗听见这话，便向两
边回头，看无人来往，便笑道：⁶"你这么个明白人，
怎么一时半刻的就不会体谅人。我近来看着云丫

① 不才之事——没出息的事，指男女间的丑事，故下文有如何可免"丑祸"的话。
② 黄天——古代五行之说，以五色配岁时季节，即春季为青，夏季为赤，长夏为黄，秋季为白，冬季为黑。农
历六月称"长夏"。黄天就是盛夏。

1. 宝玉想倾吐的话煞也煞不住，于是
有这节神而弄错对象的描写，完
成回目中"心迷"二字。

2. 主子与奴婢关系压倒了包括两性关
系在内的所有关系，所以才惊呼"坑
死我了"。

3. 袭人的预感绝不是过虑，绝不是泛文。
所谓"不才之事"，所谓"丑祸"，一
定都会有的，袭人内心的恐惧可想而
知。只是"好胜"的她不愿就此顺命，
她还想尽最大的努力去预防祸事的
发生，去与命运抗争，可是能斗得过
命吗？——又是"宿命"！

4. 此事非掩饰不可。

5. 诸如说宝钗体丰，像杨妃，所以怕
热之类。

6. 要说不能让旁人听的事了。

头的神情，再风里言风里语地听起来，那云丫头在家里竟一点儿作不得主。她们家嫌费用大，竟不用那些针线上的人，差不多的东西都是她们娘儿们动手。[1]为什么这几次她来了，她和我说话儿，见没人在跟前，她就说家里累得很。[2]我再问她两句家常过日子的话，她就连眼圈儿都红了，[3]口里含含糊糊待说不说的。想其形景来，自然从小儿没爹娘的苦。我看着她，也不觉地伤起心来。"[4]袭人见说这话，将手一拍，道："是了，是了！[5]怪道上月我烦她打十根蝴蝶结子，过了那些日子才打发人送来，[6]还说'这是粗打的，且在别处能着①使罢；要匀净的，等明儿来住着再好生打罢'。如今听宝姑娘这话，想来我们烦她，她不好推辞，不知她在家里怎么三更半夜地做呢。可是我也糊涂了，早知是这样，我也不烦她了。"宝钗道："上次她就告诉我，在家里做活做到三更天，若是替别人做一点半点，她家的那些奶奶、太太们还不受用呢。"[7]袭人道："偏生我们那个牛心左性的小爷，凭着小的大的活计，一概不要家里这些活计上的人做，[8]我又弄不开这些。"宝钗笑道："你理他呢！只管叫人做去，只说是你做的就是了。"[9]袭人道："哪里哄得过他，他才是认得出来呢。说不得我只好慢慢地累去罢了。"宝钗笑道："你不必忙，我替你做些如何？"[10]袭人笑道："当真的这样，就是我的福了。晚上我亲自送过来。"

　　一句话未了，忽见一个老婆子忙忙走来，说道："这是哪里说起！金钏儿姑娘好好的，投井死了！"[11]袭人唬了一跳，忙问："哪个金钏儿？"那老婆子道："哪里还有两个金钏儿呢？就是太太屋里的。前儿不知为什么撵她出去，在家里哭天哭地的，也都不理会她，谁知找她不见了。刚才打水的人在那东南角上井里打水，只见一个尸首，赶着叫人打捞起来，谁知是她。[12]她们家里还只管乱着要救活，哪里中用了！"宝钗道："这也奇了。"[13]

1. 湘云可怜！在家的日子竟与奴婢相差无几。

2. 只肯对宝钗说，不让旁人知道，且只说到很累为止。"自爱"之人必自尊。

3. 不用说就明白了。

4. 收养她的叔伯家待她不好，都在"从小儿没爹娘的苦"中了。宝钗是极富于同情心的。

5. 恍然大悟。

6. 必须以实例来印证。

7. 又补上一层为难来，更增袭人歉疚。

8. 虽说个性与众不同，也总是只管自己喜欢，不顾他人干活计辛苦的大少爷习气。

9. 必先替袭人想出此一法来应付，看看可行否。

10. 既哄不过，不得已，才自告奋勇，是出于同情袭人，也可见宝钗在针线活上相当自信。

11. 接得快。婆子说得干脆。

12. 叙述简要，过程清楚。

13. 宝钗对王夫人为人"宽仁慈厚"有基本认识，一时也想不出金钏儿有什么事让她非投井不可，所以称奇。

---

① 能着——将就着。

袭人听说，点头赞叹，想素日同气之情，不觉流下泪来。[1]宝钗听见这话，忙向王夫人处来道安慰。[2]这里袭人回去不提。

却说宝钗来至王夫人房中，只见鸦雀无闻，独有王夫人在里间房内坐着垂泪。宝钗便不好提这事，只得一旁坐了。[3]王夫人便问："你从哪里来？"宝钗道："从园里来。"王夫人道："你从园里来，可见你宝兄弟么？"[4]宝钗道："才倒看见了。他穿了衣服出去，不知哪里去了。"王夫人点头，哭道："你可知道一桩奇事？金钏儿忽然投井死了！"[5]宝钗见说，道："怎么好好的投井？这也奇了。"王夫人道："原是前儿她把我一件东西弄坏了，[6]我一时生气，打了她一下，撵了她下去。我只说气她两天，还叫她上来，谁知她这么气性大，就投井死了。岂不是我的罪过！"[7]宝钗笑道："姨娘是慈善人，固然是这么想。[8]据我看来，她并不是赌气投井。多半她下去住着，或是在井跟前憨玩，失了脚掉下去的。她在上头拘束惯了，这一出去，自然要到各处去玩玩逛逛，岂有这样大气性的理！[9]纵然有这样大气，也不过是个糊涂人，也不为可惜。"[10]王夫人点头叹道："这话虽然如此说，到底我心不安。"宝钗笑道："姨娘也不劳念念于兹，十分过不去，不过多赏她几两银子发送她，也就尽了主仆之情了。"[11]王夫人道："刚才我赏了她娘五十两银子，原要还把你姊妹们的新衣服拿两套给她妆裹。谁知凤丫头说，可巧都没有什么新做的衣服，只有你林妹妹作生日的两套。我想你林妹妹那孩子素日是个有心的，况且她原也三灾八难的，既说了给她过生日，这会子又给人去妆裹，岂不忌讳！[12]因为这么样，我现叫裁缝赶两套给她。要是别的丫头，赏她几两银子也就完了，只是金钏儿虽然是个丫头，素日在我跟前，比我的女儿也差不多。"口里说着，不觉流下泪来。[13]宝钗忙道："姨娘这会子又何用叫裁缝赶

1. 同气姊妹必有之悲情。

2. 丫头不明不白死了，宝钗立刻想到应去安慰主人，这很正常，也是她懂得关心人的做法。可就有批评者先认定王夫人是逼死金钏儿的凶手，于是对宝钗颇有微词，难道说听到消息，漠然置之，甚至义愤填膺，前去声讨更好？

3. 不明究竟，故不敢造次。

4. 去会雨村先生了。

5. 主动提起，哭着说，也以为奇事。可见十分后悔，也完全没有预料到结果会是这样。

6. 面子太重要了，故为宠儿讳，也为死者讳，却不推卸自己责任。

7. 王夫人述说自己的动机，是可信的。但她有个很大的弱点，是只顾全自己的面子，却不想到面子对他人也同样重要。金钏儿固然"气性大"，但也总该记得她求情时的那句话："这会子撵出去，我还见人不见人呢！"王夫人想保护儿子不被勾引坏的心越切，越容易犯此类毛病，以后怕也难免。

8. 王夫人的述说不足以构成赌气投井的充分理由，也不能令宝钗完全信服，故笑着说。

9. 因为事非顺理成章，宝钗才推想另有缘故。若就此指责宝钗"虚伪"，何能服人？

10. 退一步说（因不信"有这样大气"），称之为"糊涂人"也并非全无道理，何况是在宽慰痛悔不已的王夫人。但这些话也被批评为编造谎言，冷酷无情——成见是很可怕的。

11. 悲剧已发生，无法补救，这话本也颇合情理，若责其是想拿几两银子买一条命，宝钗非吓昏不可。

12. 有理，有理。

13. 几同自己的女儿的话可信。

去，我前儿倒做了两套，拿来给她岂不省事。况且她活着的时候也穿过我的旧衣服，身量又相对。"王夫人道："虽然这样，难道你不忌讳？"宝钗笑道："姨娘放心，我从来不计较这些。"[1]一面说，一面起身就走。王夫人忙叫了两个人跟宝姑娘去。

一时宝钗取了衣服回来，只见宝玉在王夫人旁边坐着垂泪。王夫人正数说他，因见宝钗来了，却掩口不说了。宝钗见此光景，察言观色，早知觉了八分，[2]于是将衣服交割明白。王夫人将她母亲叫来拿了去。再看下回便知。

1. 宝钗可敬可佩处。宝玉有许多超前意识，大家易见，宝钗不计较忌讳不忌讳，只想着为姨娘解难，岂是容易做到的！

2. 了结得好！宝钗的疑窦终于解开了，以她的慧心明智，哪里是可以轻易瞒过的。说知觉"八分"最恰当，还有不知的二分，只是细节，不过是些风流勾当，何必过问，也不屑过问。

【总评】

　　此回的前半，重点虽在写宝黛，但对湘云仍有些重要着笔：一、袭人见到她第一句话："大姑娘，我听见前日你大喜了。"这是回应上回王夫人说："前儿有人家来相看，眼见有婆婆家了。"二、回忆"十年前"与袭人为伴，那该是四五岁吧，应在贾母处，与宝玉两小无猜；湘去后，来了黛。三、湘云动情地极夸宝姐姐好。四、袭人烦湘云替宝玉做鞋，补出湘云曾给宝玉做过扇套，被黛玉铰了。五、宝玉不愿会见贾雨村，湘云以仕途经济、应酬世务一套道理相劝，宝玉顿时要下逐客令。袭人对湘云说宝钗也同样碰过钉子，幸好有涵养，叫人敬重；若换作林姑娘，不知要怎么闹。看来湘、袭与钗有共同语言，宝玉孤立。可他所说林姑娘从来不说这些"混账话"的话，恰好被悄悄走来的黛玉听到，惊喜地引为知己。这样，自然地转入"诉肺腑"情节。

　　至此，宝黛之恋又上了新台阶。黛玉即以宝玉为知己，则其心病已由疑宝玉会移情别恋而转为怕自己心事"无人为我主张"（恨有"金玉之论"亦为此），而今"病已渐成"，时不我待奈何！宝玉直说出"你皆因总是不放心的原故，才弄了一身病"，黛玉闻言，"如轰雷掣电，细细思之，竟比自己肺腑中掏出来的还觉恳切"。所以，不用再听，走了。可宝玉意犹未尽，还要说出"我为你也弄了一身病在这里"，却因神误把袭人当作黛玉，袭人因此而生大忧虑："如此看来，将来难免不才之事，令人可惊可畏……如何处治，方免此丑祸。"这些话是有预言性质、要应验的，极为重要。她后来向王夫人进言"防未然"，也出于这一想法。

　　宝钗对袭人说湘云"从小儿没爹娘的苦"，在"家里累得很"，表示愿帮湘、袭做点针线活，似应从她善于关怀别人去看，不该被苛责为拉拢。

　　金钏儿投井消息传来，宝钗忙去王夫人处道安慰。王夫人哭着相告，虽掩过金钏儿与宝玉的事，却没有推卸责任，说是自己的罪过。宝钗好言宽慰，尽量为王夫人开脱，想减轻她的精神压力；还将自己新做的两套衣服拿出来作死者的妆裹。可是这些作为，却常被人说成是"虚伪"。不知贬钗者若处在宝钗位置上，将会怎样做、怎么说，是否能做得更妥，说得更好。末了宝钗送衣服来，见宝玉在垂泪，王夫人正数说他，"察言观色，早知觉了八分"。这样交代就完整了。宝钗岂是能轻易被瞒过的人？

# 第三十三回
## 手足眈眈小动唇舌　不肖种种大承笞挞

**【题解】**

　　本回回目诸本都一样，唯"卞藏本"作"小进谗言素非友爱，大加打楚诚然不肖"，不知是否整理者以为以"手足"对"不肖"欠工而自己重拟的。说实在的，拟得很蹩脚，文字也不像雪芹风格。用"素非友爱"来替代"手足眈眈"可谓点金成铁。"打楚"一词强扭生造，再添"大加"，就变原来的被动为主动了，难道是为父的"不肖"，很可笑。还有"诚然"一词也是无谓硬凑的，总之属于妄改。此回前句，"手足"指贾环。"眈眈"形容瞪着眼睛等待机会，所谓"虎视眈眈"。贾环借机向父亲进谗言，低毁宝玉，激怒了贾政。后句"不肖"指宝玉，他被揭出的罪状多种，因而遭到严父的毒打。"笞（chī 吃）挞"，用鞭子或板子打罚。

　　却说王夫人唤上金钏母亲来，拿几件簪环当面赏与，又吩咐请几众僧人念经超度。她母亲磕头谢了出去。

　　原来宝玉会过雨村回来，就听见金钏儿含羞赌气自尽，心中早又五内摧伤，[1] 进来被王夫人数落教训，也无可回说。见宝钗进来，方得便出来，茫然不知何往，背着手，低着头，一面感叹，一面慢慢地走着。[2] 信步来至厅上，刚转过屏门，不想对面来了一人正往里走，可巧撞了个满怀。只听那人喝了一声："站住！"宝玉唬了一跳，抬头一看，不是别人，却是他父亲，[3] 早不觉倒抽了一口气，只得垂手一旁站了。贾政道："好端端的，你垂头丧气嗐些什么？[4] 方才雨村来了要见你，叫你那半天才出来；既出来了，全无一点慷慨挥洒谈吐，仍是葳葳蕤蕤。[5] 我看你脸上一团思欲愁闷气色，这会子又嗐声叹气。你哪些还不足，还不自在？无故这样，却是为何？"宝玉素日虽然口角伶俐，只是此时一心总为金钏儿感伤，恨不得此时也身亡命陨，跟了金钏儿去。如今见了他父亲说这些话，究竟不曾听见，只是怔怔

1. 仿佛能听到内心的哭泣：怎么会这样！怎么会这样！

2. 宝玉又一次茫然心迷了。

3. "屋漏偏逢连夜雨"，与父亲撞满怀是绝无仅有的事。

4. 即使不垂头丧气，也难免要责问。

5. 心里本就有气：出来得晚，与客谈吐又令他大失所望，为父亲的没了面子。

地站着。[1]

贾政见他惶悚，应对不似往日，原本无气的，这一来倒生了三分气。[2]方欲说话，忽有回事人来回："忠顺亲王府里有人来，要见老爷。"[3]贾政听了，心下疑惑，暗暗思忖道："素日并不与忠顺王府来往，为什么今日打发人来？"一面想，一面命"快请"，[4]急走出来看时，却是忠顺府长史官，忙接进厅上坐了献茶。未及叙谈，那长史官先就说道："下官此来，并非擅造潭府①，皆因奉王命而来，有一件事相求。[5]看王爷面上，敢烦老大人作主，不但王爷知情，且连下官辈亦感谢不尽。"贾政听了这话，抓不住头脑，[6]忙陪笑起身问道："大人既奉王命而来，不知有何见谕，望大人宣明，学生好遵谕承办。"[7]那长史官冷笑道："也不必承办，只用大人一句话就完了。我们府里有一个做小旦的琪官，那原是奉旨由内园赐出，[8]只从出来，好好在府里，住了不上半年，如今竟三五日不见回去，各处去找，又摸不着他的道路，因此各处察访。这一城内，十停人倒有八停人都说，他近日和衔玉的那位令郎相与甚厚。[9]下官辈听了，尊府不比别家，可以擅来索取，因此启明王爷。[10]王爷亦云：'若是别的戏子呢，一百个也罢了；只是这琪官乃奉旨所赐，不便转赠令郎。'若十分爱慕，老大人竟密题一本请旨，岂不两便？[11]若大人不题奏时，还得转谕令郎，请将琪官放回，一则可免王爷负恩之罪，二则下官辈也可免操劳求觅之苦。"说毕，忙打一躬。贾政听了这话，又惊又气，[12]即命唤宝玉来。宝玉也不知是何缘故，忙赶来时，贾政便问："该死的奴才！你在家不读书也罢了，怎么又做出这些无法无天的事来！那琪官现是忠顺王驾下承奉之人，你是何等草芥，无故引逗他出来，如今祸及于我。"[13]宝玉听了，唬了一跳，忙回道："实在不知此事。究竟连'琪官'两个字不知为何物，更又加'引逗'二字！"说着便哭了。[14]贾政未及开言，只见那长史官冷笑道："公子也不必掩饰。或隐藏在家，

1. 严父训斥什么，竟未听见，也不当回事了，也是从未有过的，写宝玉此时心迷意乱入木三分。

2. "三分气"打个底。

3. 风暴来得快，不容人喘息。

4. 岂敢怠慢。

5. 说话软中带硬。

6. 岂止贾政，读者也丈二和尚摸不着。

7. 尽量谦恭。

8. 来头不小，怪道有茜香国女国王进贡来的汗巾。

9. 此类新闻自能不胫而走。

10. 不启报倒好些。

11. 直拿"奉旨"来压，可题密本请旨云云，是明知不可行而将一军。厉害！

12. 是不敢相信，又不敢不信。

13. 恰恰是"孽根祸胎"。

14. 宝玉也会演戏，只怕蒙混不过去。

---

① 擅造潭府——擅自来到府上。潭府，深宅大院，对人府第的尊称。

或知其下落，早说了出来，我们也少受些辛苦，岂不念公子之德？"宝玉连说："不知，恐是讹传，也未见得。"[1] 那长史官冷笑道："现有据证，何必还赖？必定当着老大人说了出来，公子岂不吃亏？既云不知此人，那红汗巾子怎么到了公子腰里？"[2] 宝玉听了这话，不觉轰去魂魄，目瞪口呆，心下自思："这话他如何得知！他既连这样机密事都知道了，大约别的瞒他不过，[3] 不如打发他去了，免得再说出别的事来。"因说道："大人既知他的底细，如何连他置买房舍这样大事倒不晓得了？[4] 听得说他如今在京东郊外离城二十里，有个什么紫檀堡，他在那里置了几亩田地、几间房舍。想是在那里也未可知。"那长史官听了，笑道："这样说，一定是在那里。[5] 我且去找一回，若有了，便罢，若没有，还要来请教。"说着，便忙忙地走了。

贾政此时气得目瞪口歪，[6] 一面送那长史官，一面回头命宝玉："不许动！回来有话问你。"一直送那官员去了。才回身，忽见贾环带着几个小厮一阵乱跑。[7] 贾政喝命小厮："快打，快打！"贾环见了他父亲，唬得骨软筋酥，连忙低头站住。贾政便问："你跑什么？带着你的那些人都不管你，不知往哪里逛去，由你野马一般！"喝命叫跟上学的人来。贾环见他父亲盛怒，便乘机说道："方才原不曾跑，只因从那井边一过，那井里淹死了一个丫头，我看见人头这样大，身子这样粗，泡得实在可怕，[8] 所以才赶着跑了过来。"贾政听了惊疑，问道："好端端的，谁去跳井？我家从无这样事情，自祖宗以来，皆是宽柔以待下人。[9] 大约我近年于家务疏懒，自然执事人操克夺之权①，致使生出这暴殄轻生②的祸患来。[10] 若外人知道，祖宗颜面何在！"喝命快叫贾琏、赖大、来兴儿来。小厮们答应了一声，方欲去叫，贾环忙上前拉住贾政的袍襟，贴膝跪下道："父亲不用生气。[11] 此事除太太房里的人，别人一点也不知道。我听见我母亲说……"说到这里，便回

1. 一口咬定"不知"，犯案者刚被稽查时，每每如此。

2. 必举出铁证，使无可抵赖。果然"吃亏"了。可见长史官已为此事花费了不少察访工夫。

3. 心防已垮塌，只好从实招了。

4. 倒反问起长史官来了，不得已，下台阶也。

5. 知道这次不会撒谎了。

6. 惹出如此没颜面的事来，还能不气！

7. 再接再厉，无一懈笔。强台风刚登陆，大海啸又涌到。

8. 是未成年孩子说的话，想见其边说边比画的神态。将几件倒霉的事巧妙地组织在一起，绑成威力巨大的集束炸弹。

9. 追述贾府世代家风，以从未见此类事说震惊之大。

10. 必先误判其原因，再也想不到仍是宝玉生事。有此一折，更突现反弹之猛。

11. 机会来了，岂可放过！故用"忙"字，"拉"字。素日妒恨，正欲借此一泄，所谓"手足眈眈"也。

---

① 克夺之权——生杀予夺之权。
② 暴殄（tiǎn 舔）轻生——任意糟蹋自己，不爱惜生命。

头四顾一看。¹ 贾政知其意，将眼一看众小厮，小厮们明白，都往两边后面退去。贾环便悄悄说道："我母亲告诉我说，宝玉哥哥前日在太太屋里，拉着太太的丫头金钏儿强奸不遂，打了一顿。那金钏儿便赌气投井死了。"² 话未说完，把个贾政气得面如金纸，大喝："快拿宝玉来！"³ 一面说，一面便往书房去，喝命："今日再有人劝我，我把这冠带家私①一应交与他与宝玉过去！我免不得做个罪人，把这几根烦恼鬓毛剃去，寻个干净去处自了②，也免得上辱先人、下生逆子之罪。"⁴ 众门客、仆从见贾政这个形景，便知又是为宝玉了，一个个都是咶指咬舌，连忙退出。那贾政喘吁吁地直挺挺坐在椅子上，满面泪痕，一叠声"拿宝玉！拿大棍！拿索子捆上！把各门都关上！有人传信到里头去，立刻打死"！⁵ 众小厮只得齐声答应，有几个来找宝玉。

那宝玉听见贾政吩咐他"不许动"，早知凶多吉少，哪里承望贾环又添了许多话。正在厅上干转，怎得个人来，往里头去捎信，⁶ 偏生没一个人，连茗烟也不知在哪里。正盼望时，只见一个老姆姆出来了。宝玉如得了珍宝，⁷ 便赶上来拉她，说道："快进去告诉：老爷要打我呢！快去，快去！要紧，要紧！"宝玉一则急了，说话不明白；二则老婆子偏生又聋，竟不曾听见是什么话，⁸ 把"要紧"二字只听作"跳井"二字。便笑道："跳井让她跳去，二爷怕什么？"宝玉见是个聋子，便着急道："你出去快叫我的小厮来罢！"那婆子道："有什么不了的事？⁹ 老早的完了。太太又赏了衣服，又赏了银子，怎么不了事的！"

宝玉急得跺脚，正没抓寻处，只见贾政的小厮走来，逼着他出去了。贾政一见，眼都红紫了，也不暇问他在外流荡优伶③，表赠私物，在家荒疏学业，淫辱母婢等语，只喝令："堵起嘴来，着实打死！"¹⁰ 小厮们不敢违拗，只得将宝玉按在凳上，举起大板，打

1. 怕公然说出来，传开去，于己不利，何况出自赵姨娘邪念编造。所以只好鬼鬼祟祟。

2. "小动唇舌"，竟能说成大大罪行。贾政一听，便深信不疑，因素有宝玉是"酒色之徒"成见，特别是刚刚闻知琪官丑事的缘故。

3. 这一气更非同小可，形容得出。宝玉危矣！

4. 不到绝望境地，怎会说这样的话，不定是指谁，却隐隐有王夫人在。

5. 教子无方，出事后，唯凭棍棒泄愤，多少做父亲的难免走这条路！既决心重罚，须先断援兵。

6. 情势危急，讨救兵第一，贾母是最大保护神。

7. 反衬其心急如焚。

8. 欲速而偏缓，有此一折，便见文字精彩。

9. 此等谐趣，当从喜剧中来。宝玉倒霉透了，注定在劫难逃，行文色调不单一，方见大家手笔。

10. 是盛怒神情。

---

① 冠带家私——官位和家业。

② 把这几根烦恼鬓毛剃去，寻个干净去处自了——把头发剃光，找个寺院去做和尚，自己了却这些烦恼。佛家称头发为"烦恼丝"。

③ 流荡优伶——依恋戏子。流荡，留恋、亲近。

了十来下。贾政犹嫌打轻了，一脚踢开掌板的，自己夺过来，咬着牙狠命盖了三四十下。[1] 众门客见打得不祥了，忙上来夺劝。[2] 贾政哪里肯听，说道："你们问问他干的勾当，可饶不可饶！素日都是你们这些人把他酿①坏了，到这步田地，还来解劝！明日酿到他弑君杀父，你们才不劝不成！"[3]

众人听这话不好听，知道是气急了，忙又退出，只得觅人进去给信。[4] 王夫人不敢先回贾母，[5] 只得忙穿衣出来，也不顾有人没人，忙忙赶往书房中来，慌得众门客、小厮等避之不及。王夫人一进房来，贾政更如火上浇油一般，那板子越发下去得又狠又快。[6] 按宝玉的两个小厮忙松了手走开，宝玉早已动弹不得了。贾政还欲打时，早被王夫人抱住板子，[7] 贾政道："罢了，罢了！今日必定要气死我才罢！"王夫人哭道："宝玉虽然该打，老爷也要自重。况且炎天暑日的，老太太身上又不大好，打死宝玉事小，倘或老太太一时不自在了，岂不事大！"[8] 贾政冷笑道："倒休提这话。我养了这不肖的孽障，我已不孝！教训他一番，又有众人护持，不如趁今日一发勒死了，以绝将来之患！"[9] 说着，便要绳索来勒死。王夫人连忙抱住哭道："老爷虽然应当管教儿子，也要看夫妻分上。我如今已将五十岁的人，只有这个孽障，必定苦苦地以他为法，我也不敢深劝。今日越发要他死了，岂不是有意绝我。既要勒死他，快拿绳子来先勒死我，再勒死他。我们娘儿们不敢含怨，到底在阴司里得个依靠。"[10] 说毕，爬在宝玉身上大哭起来。贾政听了此话，不觉长叹一声，向椅上坐了，泪如雨下。[11] 王夫人抱着宝玉，只见他面白气弱，底下穿的一条绿纱小衣皆是血渍，禁不住解下汗巾看，由臀至胫，或青或紫，或整或破，竟无一点好处，[12] 不觉失声大哭起"苦命的儿"来，因哭出"苦命儿"来，忽又想起贾珠来，便叫着贾珠，[13] 哭道："若有你活着，便死一百个我也不管了。"此时，里面的人闻得王夫人出来，那李宫裁、王熙凤与迎春姊

———————

① 酿——犹言"惯"。

1. 以小厮们不敢下重手为陪衬，"一脚踢开""夺过来"，写举动而其心情如见，非如此怎能解气？

2. 众门客上来夺劝，既写宝玉被打得"不祥"，也逼出贾政满腔怨恨的话来。

3. 气急败坏，都怪到门客头上，说到"弑君杀父"的分上了，谁还敢来劝？说严重后果，仍不离老夫子口吻。

4. 再不让老太太、太太知道，不行了。

5. 能不惊动贾母最好。

6. 贾政想：都是你当母亲的平时惯的，还来劝！

7. 母性自然反应。

8. 以老太太为挡箭牌，也只好用这一手了。说的也是理。

9. 谁知以孝道论理，倒生出反效果来：不如早绝后患。

10. 此非以死要挟，乃出于母爱的肺腑之言。未丧母者来细玩，既丧母者来痛哭。（己）

11. 贾政能听出这是真心话，既痛苦，又无奈。

12. 趁此间隙，将宝玉被打后不忍睹之惨状一写。

13. 由此想到不幸早死的大儿，合情合理。

妹早已出来了。王夫人哭着贾珠的名字，别人还可，惟有李宫裁禁不住也放声哭了。贾政听了，那泪珠更似滚瓜一般滚了下来。[1]

正没开交处，忽听丫鬟来说道："老太太来了。"[2]一句话未了，只听窗外颤巍巍的声气说道："先打死我，再打死他，岂不干净了！"[3]贾政见他母亲来了，又急又痛，连忙迎出来，只见贾母扶着丫头，摇头喘气地走来。贾政上前躬身陪笑道："大暑热天，母亲有何生气，亲自走来？有话只该叫了儿子进去吩咐。"贾母听说，便止住步，喘息一会，厉声说道："你原来是和我说话！我倒有话吩咐，只是可怜我一生没养个好儿子，却叫我和谁说去！"[4]贾政听这话不像，忙跪下含泪说道："为儿的教训儿子，也为的是光宗耀祖。母亲这话，我做儿的如何禁得起？"贾母听说，便啐了一口道："我说了一句话，你就禁不起，你那样下死手的板子，难道宝玉就禁得起了？你说教训儿子是光宗耀祖，当初你父亲是怎么教训你来！"[5]说着，也不觉滚下泪来。贾政又陪笑道："母亲也不必伤感，皆是做儿的一时性起，从此以后再不打他了。"贾母便冷笑道："你也不必和我使性子赌气。你的儿子，我也不该管你打不打。我猜着你也厌烦我们娘儿们。不如我们早离了你，大家干净！"说着便命人去看轿马，"我和你太太、宝玉立刻回南京去"！[6]家下人只得干答应着。贾母又叫王夫人道："你也不必哭了。如今宝玉年纪小，你疼他，他将来长大为官作宰的，也未必想着你是他母亲了。你如今倒不要疼他，只怕将来还少生一口气呢。"[7]贾政听说，忙叩头哭道："母亲如此说，贾政无立足之地。"[8]贾母冷笑道："你分明使我无立足之地，你反说起你来！只是我们回去了，你心里干净，看有谁来许你打。"一面说，一面只命快打点行李、车轿回去。贾政苦苦叩求认罪。贾母一面说话，一面又记挂宝玉，忙进来看时，[9]只见今日这顿打不比往日，又是心疼，又是生气，也抱着哭个不了。王夫人与凤姐等解劝了一会，方渐渐地止住。早有丫鬟、媳妇等上来，要搀宝玉，凤姐便骂道："糊涂东西，也不睁开眼

1. 作者之笔，不漏一角，李纨之哭，顿时增强了悲情，从贾政的反应也可看出，可怜的父亲！场面确是到了不可开交的地步。

2. 救苦救难观世音菩萨到了。

3. 先声夺人，只"颤巍巍"三字已将此刻贾母焦急气愤情状写尽了。

4. 从来没有见过贾母如此厉声厉色地说话，须知这是摘心肝的痛。

5. 句句话都顶回去，不依不饶。

6. 忽提"南京"二字，着眼。《石头记》本来就是发生在石头（即石头城，古时南京的别称，如"一片降幡出石头"）的"一段陈迹故事"（首回石上碣后语）。写在都中，假语也。

7. 借儿刺父。人到大气恼时，说话也尖刻。

8. 贾政不能不说是孝子，无地立足是实情，只怕这话仍被顶回。

9. 记挂宝玉是必写的。

瞧瞧！打得这个样儿，还要搀着走！还不快进去把那藤屉子春凳①抬出来呢。"¹众人听说，连忙进去，果然抬出春凳来，将宝玉抬放在凳上，随着贾母、王夫人等进去，送至贾母房中。

1. 遇事处置得当，骂下人为写宝玉伤势之重。

彼时贾政见贾母气未全消，不敢自便，也只得跟了进去。看看宝玉，果然打重了。²再看看王夫人，"儿"一声，"肉"一声，"你替珠儿早死了，留着珠儿，免你父亲生气，我也不白操这半世的心了。这会子你倘或有个好歹，丢下我，叫我靠哪一个"！数落一场，又哭"不争气的儿"。贾政听了也就灰心，自悔不该下毒手打到如此地步。³先劝贾母，贾母含泪说道："你不出去，还在这里做什么！难道于心不足，还要眼看着他死了才去不成！"⁴贾政听说，方退了出来。

2. 不跟进便不是孝顺儿子了，冷静下来看看，方知当时下手有多重。

3. 冲动之下做出来的事，没有不后悔的，何况父子之间。

4. 不挨骂还不能出去。

此时，薛姨妈同宝钗、香菱、袭人、史湘云等也都在这里。袭人满心委屈，只不好十分使出来，见众人围着，灌水的灌水，打扇的打扇，自己插不下手去，便索性走出来，到二门前，令小厮们找了茗烟来细问：⁵"方才好端端的，为什么打起来？你也不早来透个信儿！"茗烟急得说："偏生我没在跟前，打到半中间，我才听见了。忙打听原故，却是为琪官同金钏儿姐姐的事。"袭人道："老爷怎么得知道的？"茗烟道："那琪官的事，多半是薛大爷素习吃醋，没法儿出气，不知在外头调唆了谁来，在老爷跟前下的火②。⁶那金钏儿的事，是三爷说的，我也是听见老爷的人说的。"⁷袭人听了这两件事都对景，⁸心中也就信了八九分，然后回来，只见众人都替宝玉疗治。调停完备，贾母命"好生抬到他房内去"。众人答应，七手八脚忙把宝玉抬入怡红院内自己床上卧好。又乱了半日，众人渐渐散去，袭人方进前来经心服侍，问他端的。且听下回分解。

5. 别人犹可，袭人是第一切心人，非要寻根探底不可，也必定先找宝玉的贴身小厮茗烟。

6. 略知一二，便自作聪明地揣测，虽说得像那么回事，仍不免冤枉了薛大爷。

7. 这点说对了，有当事人可作证。

8. 未必。

---

① 藤屉子春凳——面上用藤皮编织成的、可以坐也可单人躺卧的家具。
② 下的火——点的火，进的谗言。

**【总评】**

　　这是《红楼梦》中十分精彩的章回。这次家庭内部的冲突碰撞，能说明的问题很多，能提供借鉴的艺术经验也不少。比如封建家庭的伦理道德问题、家庭教育问题等等，都是可探讨的课题，但对爱好文学的人来说，欣赏作者的写作技巧，也许会得到更多的启发。比如在人物形象的描绘上，作者把处在不同地位、有着不同思想的人物，置于这场激烈冲突的旋涡之中，而使他们能充分展现各自特点，并使情节始终紧张和吸引人。这里，每个人物形象都生动逼真而又合情合理，其中贾政和贾母的形象刻画得尤为出色。

　　贾政对宝玉大加笞挞，甚至要拿绳索来勒死他，就必须有足够的原因让他一腔怒气被刺激到如火山般爆发出来，否则就难以合情合理。在这一点上，作者把几件事集中起来，组织安排得非常到位。他一环扣一环，层层加码，让人觉得事态发展到这一步，是势所必然。

　　先是贾政不满于宝玉去会见雨村时的态度，宝玉正为金钏儿感伤，自然"应对不似往日"，贾政"原来无气的，这一来倒生了三分气"。

　　接着是忠顺王府派长史登门索取琪官，还说了些仗势压人的话，令贾政"又惊又气"，感到儿子的丑行将祸及一家。宝玉本想抵赖，反而被当场戳穿红汗巾事，只得从实招出琪官去处。这样丢脸的事还不让贾政"气得目瞪口歪"？

　　刚送走长史官，回身又迎面碰上贾环，责问之下，贾环趁机状告宝玉"拉着太太的丫头金钏儿强奸不遂，打了一顿。那金钏儿便赌气投井死了"。虽说，贾政是封建专制家长的代表，但事情到了这样地步，哪个做父亲的能不怒火万丈呢？

　　贾母与贾政的冲突，并不表明她在教育子女问题上持有更开明的观点。这只是封建家庭中两种很有代表性的不同态度的冲撞。贾母的表现，纯属做祖母的对其视同命根子的孙子的极端溺爱不明；当然也可以把要延续贾氏的血脉香火的因素考虑在内。所以，百般纵容、包庇，而训斥贾政的话也句句不让，令其难以自辩。两种不同对待儿孙的方式，自然都有问题。不过，对宝玉而言，恰恰因为有了祖母的大力庇护，才在这样气氛令人窒息的家庭环境中，获得了更多的自由发展其思想、个性的空间。

# 第 三 十 四 回
## 情中情因情感妹妹　错里错以错劝哥哥

【题解】

　　本回回目诸本相同，符合雪芹拟对好重出字、词以求巧的习惯，为原拟无疑。唯卜藏本独作"露真情倾心感表妹，信讹言苦口劝亲兄"。一看便知非雪芹手笔，什么"表妹"啦，"亲兄"啦，将血缘关系算得那么清干吗？还有"倾心""苦口"，也不高明。宝黛间的感情，难道此回前都隐藏在各自心里，到此时才"露真情"？大概是觉得原拟目不好懂，才缺乏自知之明地将好端端的回目给改掉的。原目上句说，宝玉养伤中，黛玉来探望，动真情而流泪不止，使宝玉也在动情之余，派晴雯送去旧帕以相劝慰，此即"情中情"，黛玉深感其深情，激动不已，遂题诗于帕上以抒悲情。下句说，茗烟错疑薛蟠将琪官送红汗巾事调唆人去告发宝玉，说与袭人听，后者信以为真，又告诉宝钗，宝钗母女也相信了。薛姨妈就以这件"错中错"事责问薛蟠，引得受屈的他大闹一场，宝钗从中劝其兄今后少在外胡闹、管闲事。

　　话说袭人见贾母、王夫人等去后，便走来宝玉身边坐下，含泪问他："怎么就打到这步田地。"[1]宝玉叹气说道："不过为那些事，问它做什么！只是下半截疼得很，你瞧瞧打坏了哪里。"[2]袭人听说，便轻轻的伸手进去，将中衣①褪下。宝玉略动一动，便咬着牙叫"嗳哟"，袭人连忙停住手，如此三四次才褪了下来。袭人看时，只见腿上半段青紫，都有四指宽的僵痕高了起来。[3]袭人咬着牙说道："我的娘，怎么下这般的狠手！你但凡听我一句话，也不得到这步地位。[4]幸而没动筋骨，倘或打出个残疾来，可叫人怎么样呢！"

　　正说着，只听丫鬟们说："宝姑娘来了。"袭人听见，知道穿不及中衣，[5]便拿了一床袷纱被替宝玉盖了。只见宝钗手里托着一丸药走进来，[6]向袭人说道："晚上把这药用酒研开，替他敷上，把那淤血的热毒散开，可以就好了。"说毕，递与袭人，又问："这会

1. 袭人必定是要问缘故、看伤势的人。

2. 不回答为何挨打，是。自己也不比袭人知道的多。伤势倒主动要袭人看，亦见二人非寻常关系。庸手落笔未必想得到。

3. 又与刚打时，王夫人所见有别。

4. 痛心语，懊恼语，所言确是袭人的想法。

5. 褪时三四次才褪下，穿上哪来得及。细。

6. 宝钗是很懂医理的，以后时有写到。

---

　　① 中衣——内裤。

子可好些？"宝玉一面道谢说"好了"，又让坐。宝钗见他睁开眼说话，不像先时，心中也宽慰了好些，便点头叹道：[1]"早听人一句话，也不至今日。[2]别说老太太、太太心疼，就是我们看着，心里也……"刚说了半句，又忙咽住，自悔说的话急速了，不觉红了脸，低下头来。[3]宝玉听得这话如此亲切稠密，大有深意，忽见她又咽住不往下说，红了脸低下头只管弄衣带，那一种娇羞怯怯非可形容得出者，不觉心中大畅，将疼痛早丢在九霄云外。[4]心中自思："我不过挨了几下打，她们一个个就有这些怜惜悲感之态露出，令人可玩可观，可怜可敬。假若我一时竟遭殃横死，她们还不知是何等悲感呢！[5]既是她们这样，我便一时死了，得她们如此，一生事业纵然尽付东流，亦无足叹惜，冥冥之中若不怡然自得，亦可谓糊涂鬼祟矣！"想着，只听宝钗问袭人道："怎么好好的动了气，就打起来了？"袭人便把茗烟的话说了出来。[6]宝玉原来还不知道贾环的话，听见袭人说出，方才知道。因又拉上薛蟠，惟恐宝钗沉心①，忙又止住袭人道："薛大哥哥从来不这样的，你们别混猜度。"[7]宝钗听说，便知宝玉是怕她多心，用话拦袭人，因心中暗暗想道："打到这个形景，疼还顾不过来，还是这样细心，怕得罪了人，可见在我们身上也算是用心了。你既这样用心，何不在外头大事上做工夫，老爷也喜欢了，也不能吃这样亏。[8]但你固然怕我沉心，所以拦袭人的话，难道我就不知道我哥哥素日恣心纵欲，毫无防范的那种心性？当日为一个秦钟，还闹得天翻地覆，自然如今比先又更利害了。"想毕，因笑道："你们也不必怨这个，怨那个。据我想，到底宝兄弟素日不正，肯和那些人来往，老爷才生气。就是我哥哥说话不防头，一时说出宝兄弟来，也不是有心调唆：一则也是本来的实话，二则他原不理论这些防嫌小事。[9]袭姑娘从小儿只见宝兄弟这么样细心的人，你何尝见过我那哥哥

1. 原有不忍心、同情心，刚得宽慰，便作感叹。

2. 竟与袭人说的一样，可知为人之道彼此近似。

3. 自悔说话欠斟酌，怕被误会，因而脸红。勿错认作有心里话羞于出口。

4. 果然被误会了。宝玉好一厢情愿地去猜度别的女孩子，正所谓"情不情"也。到第三十六回在龄官处碰了钉子，才"识分定"而有所"情悟"。

5. 想入非非矣！

6. 无非是贾环与薛蟠。说出前者。宝玉知道罢了，没事；说出后者，便惹出下半回薛家的一场纷争来。

7. 总是体贴。

8. 这才是宝钗的心里话，只是不肯说出来，因为以前碰过钉子，印象深刻。

9. 善于措辞，说得有原则、有分寸、有策略，是经过一番斟酌的话。内心对两人都不以为然。

---

① 沉心——又叫"嗔心""吃心"，疑别人说自己有不是，心中不快。

天不怕地不怕，心里有什么，口里就说什么的人。"
袭人因说出薛蟠来，见宝玉拦她的话，早已明白自
己说造次了，恐宝钗没意思，听宝钗如此说，更觉
羞愧无言。[1]宝玉又听宝钗这番话，一半是堂皇正
大，一半是去自己的疑心，更觉比先畅快了。[2]方
欲说话时，只见宝钗起身说道："明儿再来看你，
你好生养着罢。方才我拿了药来交给袭人，晚上敷
上管保就好了。"说着便走出门去。袭人赶着送出
院外，说："姑娘倒费心了。改日宝二爷好了，亲
自来谢。"宝钗回头笑道："有什么谢处。你只劝他
好生静养，别胡思乱想的就好了，不必惊动老太太、
太太众人，倘或吹到老爷耳朵里，虽然彼时不怎
么样，将要对景终是要吃亏的。"[3]说着，一面去了。

　　袭人抽身回来，心内着实感服宝钗。[4]进来见
宝玉沉思默默、似睡非睡的模样，因而退出房外，
自去栉沐①。宝玉默默地躺在床上，无奈臀上作痛，
如针挑刀挖一般，更又热如火炙，略展转时，禁
不住"嗳哟"之声。那时，天色将晚，因见袭人
去了，却有两三个丫鬟伺候，此时并无可呼唤之事，
因说道："你们且去梳洗，等我叫时再来。"众人听
了，也都退出。[5]

　　这里宝玉昏昏默默，只见蒋玉菡走了进来诉
说忠顺府拿他之事，一时又见金钏儿进来哭说为
他投井之情。宝玉半梦半醒，都不在意。忽又觉
有人推他，恍恍惚惚听得有人悲戚之声。[6]宝玉从
梦中惊醒，睁眼一看，不是别人，却是林黛玉。宝
玉犹恐是梦，忙又将身子欠起来，向脸上细细一认，
只见她两个眼睛肿得桃儿一般，满面泪光，不是黛
玉却是哪个。[7]宝玉还欲看时，怎奈下半截疼痛难
禁，支持不住，[8]便"嗳哟"一声，仍旧倒下，叹
了一声说道："你又做什么来了！虽说太阳落了，
那地上余热未散，走两趟或又要受了暑。我虽然挨
了打，并不觉疼痛。我这个样儿，只装出来哄他们，
好在外头布散与老爷听，其实是假的。[9]你不可信

1. 最怕多事之人，能不羞愧！

2. 总从好心着想，若宝钗说出"何不
在外头大事上做工夫"的话来，只
怕没有这么"畅快"了。

3. 所谓"不必惊动"，是怕她再去说贾
环调唆事，又生波澜。

4. 当然，当然。

5. 众人不在，方能出黛玉探视一幕，
黛玉是特意选"天色将晚"时来的，
有意避人也。

6. 真爱无言，与宝钗来访截然不同。

7. "犹恐相逢是梦中"。也管不了能否
欠起身子，细认是拉近镜头，给个
特写：只看两眼，就知道绛珠已还
了多少泪债。

8. 当然受不了，还用说。

9. 忘我之境，心中只有黛玉。真活宝玉，
再找不出第二个人来。

①　栉沐——梳洗。

真。"此时林黛玉虽不是嚎啕大哭，然越是这等无声之泣，气噎喉堵，更觉得利害。[1] 听了宝玉这番话，心中虽然有万句言词，只是不能说得，半日方抽抽噎噎地说道："你从此可都改了罢！"[2] 宝玉听说，便长叹一声道："你放心！别说这样话。我便为这些人死了，也是情愿的！"[3] 一句话未了，只听院外人说："二奶奶来了。"林黛玉便知是凤姐来了，连忙立起身来说道："我打后院子里去罢，回来再来。"宝玉一把拉住说道："这又奇了，好好的怎么怕起她来了？"林黛玉急得跺脚，悄悄地说道："你瞧瞧我的眼睛，又该她取笑儿开心呢。"[4] 宝玉听说，连忙地放了手。黛玉三步两步转过床后，出后院而去，凤姐从前头已进来了，问宝玉："可好些了？想什么吃？叫人往我那里取去。"接着，薛姨妈又来了。一时贾母又打发了人来。

至掌灯时分，宝玉只喝了两口汤，便昏昏沉沉地睡去。接着，周瑞媳妇、吴新登媳妇、郑好时媳妇这几个有年纪常往来的，只听宝玉挨了打，也都进来。[5] 袭人忙迎出来，悄悄地笑道："婶婶们来迟了一步，二爷才睡着了。"说着，一面带她们到那边房里坐了，倒茶与她们吃。那几个媳妇子都悄悄地坐了一回，向袭人说："等二爷醒了，你替我们说罢。"袭人答应了，送她们出去。

刚要回来，只见王夫人使了个婆子来，口称"太太叫一个跟二爷的人呢。"袭人见说，想了一想，便回身悄悄地告诉晴雯、麝月、檀云、秋纹等说："太太叫人，你们好生在房里，我去了就来。"[6] 说毕，同那婆子一径出了园子，来至上房。王夫人正坐在凉榻上摇着芭蕉扇子，见她来了，说道："你不管叫个谁来也罢了。你又丢下他来了，谁服侍他呢？"[7] 袭人见说，连忙陪笑回道："二爷才睡安稳了，那四五个丫头如今也好了，会服侍二爷了，太太请放心。恐怕太太有什么话吩咐，打发她们来，一时听不明白倒耽误了。"王夫人道："也没什么话，白问问他这会子疼得怎么样。"[8] 袭人道："宝姑娘送去的药，我给二爷敷上了，比先好些了。先疼得躺不稳，这会子都睡沉了，可见好些。"王夫

1. 有时，假话比真话更动人，此是"情情"大悲大痛。

2. 不是以是非论，只为怕宝玉往后再遭罪也。

3. 真是死不改悔的顽石本性。

4. 如此取笑已不止一次了，能不急吗？也是对黛玉泪眼如桃的再次描述。

5. 众媳妇来探望，只是礼节性的，虽无情节可述，为使生活场景真实，也不可不写，故特安排在宝玉睡着之时，以免文字累赘。

6. 想到有可能会问及的事，不放心别人，非亲自出马不可。

7. 最在意宝玉伤势能早早康复，只有袭人服侍着，才放心。

8. 此是开场白，想要问的，也须由表及里，渐渐深入。

人又问："吃了什么没有？"袭人道："老太太给的一碗汤，喝了两口，只嚷干渴，要吃酸梅汤。我想着酸梅是个收敛的东西，才刚挨了打，又不许叫喊，自然急得那热毒热血未免不存在心里，倘或吃下这个去激在心里，再弄出大病来，可怎么样呢。[1]因此我劝了半天才没吃，只拿那糖腌的玫瑰卤子和了吃，吃了半碗，又嫌吃絮①了，不香甜。"王夫人道："嗳哟！你不早来和我说。前儿有人送了几瓶子香露来，[2]原要给他一点子的，我怕他胡糟蹋了，就没给。既是他嫌那些玫瑰膏子絮烦，把这个拿两瓶子去。一碗水里只用挑一茶匙儿，就香得了不得呢。"说着就唤彩云来："把前儿的那几瓶香露拿了来。"袭人道："只拿两瓶来罢，多了也白糟蹋。等不够再要，再来取也是一样。"彩云听说，去了半日，果然拿了两瓶来，付与袭人。袭人看时，只见两个玻璃小瓶，都有三寸大小，上面螺丝银盖，鹅黄绫笺上写着"木樨清露"，那一个写着"玫瑰清露"。袭人笑道："好金贵东西！这么个小瓶儿，能有多少？"王夫人道："那是进上的，你没看见鹅黄笺子？你好生替他收着，别糟蹋了。"[3]

袭人答应着，方要走时，王夫人又叫："站着，我想起一句话来问你。"[4]袭人忙又回来。王夫人见房内无人，便问道："我恍惚听见今日宝玉挨打，是环儿在老爷跟前说了什么话。你可听见这个了？你要听见，告诉我听听，我也不吵出来教人知道是你说的。"[5]袭人道："我倒没听见这话②，只听说为二爷霸占着戏子，人家来和老爷要，为这个打的。"[6]王夫人摇头说道："也为这个，还有别的原故。"袭人道："别的原故实在不知道了。我今日大胆在太太跟前说句不知好歹的话，论理——"[7]说了半截，忙又咽住。王夫人道："你只管说。"袭人笑道："太太别生气，我就说了。"王夫人道："我有什么生气的，你只管说来。"袭人道："论理，我们二爷也须得老爷教训教训。若老爷再不管，不

1. 袭人也粗通生理物性，说出来的话颇合医道。

2. 这香露与二三十回后情节还有点关联，先提个头。"你不早来和我说"，庚辰本妄改作"你不该早来和我说"，可笑！然今之校注本有从之者，不知是何眼光。

3. 荣府之显贵及其与皇家的关系，借小物件提醒。

4. 其实不是忽然想起来的。

5. 找宝玉身边人来，正为此问。

6. 看来，宝钗嘱咐她别惊动老太太、太太，以免吹到老爷耳朵里的话，已心领神会，谨记不忘了。何况袭人原就不肯多事，所以推得一干二净。

7. 自"诉肺腑心迷活宝玉"被错认后，"如何处治，方免此丑祸"的念头始终存在于袭人心中，宝玉受父笞挞后，更觉制止此种事态发展迫在眉睫，今谈及此事，便觉机不可失，故壮着胆子，向王夫人陈言。

---

①　吃絮——吃厌了。下文"絮烦"也是厌腻的意思。
②　我倒没听见这话——前文写袭人已听说贾环动了口舌，这里说"没听见"，是怕多事，写袭人厚道，宁人息事。

知将来做出什么事来呢。"[1] 王夫人一闻此言，便合掌念声"阿弥陀佛"，由不得赶着袭人叫了一声："我的儿，亏你也明白，这话和我的心一样。[2] 我何曾不知道管儿子，先时你珠大爷在，我是怎么样管他，难道我如今倒不知道管儿子了？只是有个原故：[3] 如今我想，我已经快五十岁的人了，通共剩了他一个，他又长得单弱，况且老太太宝贝似的，若管紧了他，倘或再有个好歹，或是老太太气坏了，那时上下不安，岂不倒坏了，所以就纵坏了他。[4] 我常常掰着口儿劝一阵说一阵，气得骂一阵哭一阵，彼时他好，过后儿还是不相干，端的吃了亏才罢。设若打坏了，将来我靠谁呢！"说着，由不得滚下泪来。

袭人见王夫人这般悲感，自己也不觉伤了心，陪着落泪。又道："二爷是太太养的，岂不心疼。便是我们做下人的服侍一场，大家落个平安，也算是造化了。要这样起来，连平安都不能了。哪一口哪一时我不劝二爷，只是再劝不醒。偏生那些人又肯亲近他，也怨不得他这样，总是我们劝的倒不好了。今儿太太提起这话来，我还记挂着一件事，每要来回太太，讨太太个主意。[5] 只是我怕太太疑心，不但我的话白说了，且连葬身之地都没了。"王夫人听了这话内有因，忙问道："我的儿，你有话只管说。近来我虽听见众人背前背后都夸你，我只说你不过是在宝玉身上留心，或是诸人跟前和气，这些小意思好，所以将你和老姨娘一体行事。谁知你方才和我说的话竟是大道理，正合我的心事。你有什么只管说什么，只别教别人知道就是了。"[6] 袭人道："我也没什么别的说。我只想着讨太太一个示下，怎么变个法儿，以后竟还教二爷搬出园子来住就好了。"[7] 王夫人听了，吃一大惊，忙拉了袭人的手问道："宝玉难道和谁作怪了不成？"[8] 袭人连忙回道："太太别多心，并没有这话。这不过是我的小见识。如今二爷也大了，里头姑娘们也大了，况且林姑娘、宝姑娘又是两姨姑表姊妹，虽说是姊妹们，到底是男女之分，日夜一处起坐不方便，由不得叫人

1. 此开宗明义，后面还准备提具体建议。贬袭者认为，最初与宝玉发生两性关系者，如今反说这样的话，可见其虚伪。其实，袭人所说的不是性，而是与性相关的"丑祸"。在那个时代，那种贵族家庭环境里，主子与归属他、服侍他的丫头之间发生性关系，并不算什么大事。在宝玉强袭人同领警幻所训云雨之事时，书中写道："袭人素知贾母已将自己与了宝玉的，今便如此，亦不为越礼。"还有晴雯笑话宝玉与丫头碧痕一同洗澡事等等皆是。但若在姊妹之间做出这些来，便是"不才之事"了，为礼法所不容。

2. 说中为母者内心之忧了。

3. 必申明当时拼死庇护的缘故。

4. 实话实说，合情合理。

5. 这件事是最想说的。

6. 竭力打消其顾虑。

7. 多日来思考着"如何处治"，想来想去，也只有此一法。可是，要想"变个法儿"，谈何容易！

8. 住在园子里的人想搬出去，确实很奇怪。听了吃惊，怀疑有事是必然的。

悬心，便是外人看着也不像大家子的事。¹俗语说的'没事常思有事'，世上多少没头脑的事，多半因为无心中做出，有心人看见，当作有心事，反说坏了。只是预先不防着，断然不好。二爷素日的性格，太太是知道的。他又偏好在我们队里闹，倘或不防前后，错了一点半点，不论真假，人多口杂，那起小人的嘴有什么避讳，心顺了，说得比菩萨还好，心不顺，就贬得连畜牲不如。²二爷将来倘或有人说好，不过大家直过，设若要叫人哼出一声'不'字来——我们不用说粉身碎骨、罪有万重，都是平常小事——但后来二爷一生的声名品行岂不完了，二则太太也难见老爷。俗语又说'君子防未然'①，³不如这会子防避的为是。太太的事情多，一时固然想不到。我们想不到则可，既想到了，若不回明太太，罪越重了。近来我为这事日夜悬心，又不好说与人，惟有灯知道罢了。"⁴王夫人听了这话，如雷轰电掣的一般，正触了金钏儿之事，心内越发感爱袭人不尽，⁵忙笑道："我的儿，你竟有这个心胸，想得这样周全！我何曾又不想到这里，只是这几天有事就忘了。你今儿这一番话提醒了我。难为你成全我娘儿两个声名体面，真真我竟不知道你这样好。罢了，你且去罢，我自有道理。⁶只是还有一句话：你今日既说了这样的话，我就把他交给你了，好歹留心，保全了他就是保全了我。我自然不亏负你。"⁷袭人连连答应着去了。

回来正值宝玉睡醒，袭人回明香露之事。宝玉喜不自禁，即命调来尝试，果然香妙非常。因心下记挂着黛玉，满心里要打发人去，只是怕袭人，⁸便设一法，先使袭人往宝钗那里去借书。

袭人去了，宝玉便命晴雯来吩咐道：⁹"你到林姑娘那里看看她做什么呢。她要问我，只

1. 赶紧先解除王夫人怀疑，说清只是防范，并无状况发生。为此，特意将"林姑娘、宝姑娘"一起提，绝不让王夫人听起来，自己的话在暗示某人某事。即便如此小心，一丝风也不漏，仍有贬低者责其是向王夫人"告状""打小报告"，甚至说是"告密"。连贾环进谗事都不肯说，何况宝玉的隐私！不知她告过谁的"状"，泄过什么"密"。人既有观点，总是会在适当时候表露的。除非你批评她不该有这样的看法、想法。但后来事态的发展，很可能又恰恰证明袭人之忧是有预见的。

2. 世情如此，恐宝玉后来也难免遭诟辱讥谤。

3. 引用得当。

4. 是实情，非自夸也。

5. 是王夫人听了感爱袭人，不是袭人设辞向王夫人邀宠。

6. 留一悬念，不知是否已想好了，总是给袭人特殊待遇。

7. 见清后期评点者讥贬说："认贼作子，'交给她了'绝倒！"（三家评本）这是很有代表性的。将袭人比作"贼"，不外乎两点：第一，受后四十回续书所写的影响；第二，失去贞操的人还谈男女大防。然而这与作者思想相距极远。曹雪芹并没有如此强的贞节观，对刚懂人事的两个小儿女的性游戏，也没有看得太严重。此外，他圈子内的批书人，也从未蔑视过他们所偏爱的"袭卿"。世界和人性都是复杂的。此书的难企及处在于都能如实描写，并无讳饰。

8. 扬钗抑黛的人，自然要避开。

9. 找对了。前文晴雯放肆，原有把柄所恃也。（己）撕扇博笑，晴雯确是欠着宝玉一份人情，但不能说是"把柄"。之所以派她去，还看重晴雯为人单纯，办事诚心，不多管宝玉闲账，足以信赖。

---

① 君子防未然——古乐府《君子行》："君子防未然，不处嫌疑间。瓜田不纳履，李下不正冠。"

说我好了。"晴雯道:"白眉赤眼①,做什么去呢? 到底说句话儿,也像一件事。"宝玉道:"没有什么可说的。"晴雯道:"若不然,或是送件东西,或是取件东西,不然我去了怎么搭讪呢?"宝玉想了一想,便伸手拿了两条手帕子撂与晴雯,[1]笑道:"也罢,就说我叫你送这个给她去了。"晴雯道:"这又奇了。她要这半新不旧的两条手帕子作什么? 她又要恼了,说你打趣她。"宝玉笑道:"你放心,她自然知道。"[2]

1. 是灵机一动,非刻意为之。

2. 对黛玉必领悟,很有信心。

　　晴雯听了,只得拿了帕子往潇湘馆来。只见春纤正在栏杆上晾手帕子,[3]见她进来,忙摇手儿说:"睡下了。"晴雯走进来,满屋魆黑,并未点灯。黛玉已睡在床上,问是谁,晴雯忙答道:"晴雯。"黛玉道:"做什么?"晴雯道:"二爷送手帕子来给姑娘。"黛玉听了心中发闷,暗想道:"做什么送手帕子来给我?"因问:"这帕子是谁送他的? 必是上好的,叫他留着送别人罢,我这会子不用这个。"晴雯笑道:"不是新的,就是家常旧的。"林黛玉听见越发闷住,着实细心搜求思忖,一时方大悟过来,[4]连忙说:"放下,去罢。"晴雯听了,只得放下抽身回去,一路盘算,不解何意。[5]

3. 送的是手帕,见晾的也是手帕,真巧。已暗示拭泪之多。

4. 手帕是用来拭泪的,由此而悟。

5. 我说晴雯单纯,如何? 其深意当然不解。

　　这里林黛玉体贴出手帕子的意思来,不觉神魂驰荡:宝玉这番苦心,能领会我这番苦意,又令我可喜;我这番苦意,不知将来如何,又令我可悲;忽然好好的送两块旧帕子来,若不是领我深意,单看了这帕子,又令我可笑;再想令人私相传递与我,又可惧;我自己每每好哭,想来也无味,又令我可愧。如此左思右想,一时五内沸然炙起。黛玉由不得余意绵缠,令掌灯,也想不起嫌疑避讳等事,[6]便向案上研墨蘸笔,便向那两块旧帕上走笔写道:

6. 悲喜感愧,种种心绪一时交集,令其激情似火。唯借笔墨一抒其胸中之缠绵意。不顾"嫌疑避讳"是以下题帕诗的特点。

其一

眼空蓄泪泪空垂,暗洒闲抛却为谁?
尺幅鲛绡劳解赠,叫人焉得不伤悲!

其二

抛珠滚玉只偷潸,镇日无心镇日闲;
枕上袖边难拂拭,任它点点与斑斑。

---

① 白眉赤眼——平白无故。

其三

彩线难收面上珠，湘江旧迹已模糊；
窗前亦有千竿竹，不识香痕渍也无？[1]

林黛玉还要往下写时，觉得浑身火热，面上作烧，走至镜台前，揭起锦袱一照，只见腮上通红，自羡压倒桃花，却不知病由此萌。[2]一时方上床睡去，犹拿着那帕子思索，不在话下。

却说袭人来见宝钗，谁知宝钗不在园内，[3]往她母亲那里去了，袭人便空手回来。等至二更，宝钗方回来。原来宝钗素知薛蟠情性，心中已有一半疑是薛蟠调唆了人来告宝玉的，今又听袭人说出来，越发信了。究竟袭人是听茗烟说的，那茗烟也是私心窥度，并未据实，竟认准是他说的。那薛蟠都因素日有这个名声，其实这一次却不是他干的，被人生生地一口咬死是他，有口难分。[4]这日，正从外头吃了酒回来，见过母亲，只见宝钗在这里，说了几句闲话，因问："听见宝兄弟吃了亏，是为什么？"[5]薛姨妈正为这个不自在，见他问时，便咬着牙道："不知好歹的冤家，都是你闹的，你还有脸来问！"薛蟠见说便怔了，忙问道："我何尝闹什么？"薛姨妈道："你还装憨呢！人人都知道是你说的，还赖呢。"薛蟠道："人人说我杀了人，也就信了罢？"[6]薛姨妈道："连你妹妹都知道是你说的，难道她也赖你不成？"[7]宝钗忙劝道："妈和哥哥且别叫喊，消消停停的就有个青红皂白了。"因向薛蟠道："是你说的也罢，不是你说的也罢，事情也过去了，不必较证，倒把小事弄大了。我只劝你从此以后少在外头胡闹，少管别人的事。天天一处大家胡逛，你是个不防头的人，过后没事就罢了，倘或有事，不是你干的，人人都也疑惑是你干的。不用说别人，我先就疑惑。"[8]薛蟠本是个心直口快的人，一生见不得这样藏头露尾的事，又见宝钗劝他不要逛去，他母亲又说他犯舌，宝玉之打是他治的，早已急得乱跳，赌身发誓地分辩。又骂众人："是谁这样赃派我？我把那囚攮的牙敲了才罢！[9]分明是为打了宝玉，没的献勤儿，拿我来作幌子。难道宝玉是天王，他老子打他一顿，一家子定要闹几天？那一回为

1. 三首绝句都写一"泪"字，率而成篇，未加琢磨，若以字句工拙论，过于浅俗直露，算不上矕儿佳作。但从借此突出绛珠偿还神瑛"甘露之惠"意图看，情节上自有强调作用。如"暗洒闲抛却为谁""任他点点与斑斑"等，都超出了平时说话必不如此直截了当的限度。用"湘江旧迹"典故，孤立地看，似是胡乱堆砌，因为娥皇、女英哭舜是妻子哭丈夫，与宝哥哥挨打，林妹妹痛惜根本挨不上。如果理解为黛玉自抒内心已将宝玉视为同命鸟的精神向往，就一点也不奇怪了。

2. 病体最不宜如此激动耗神，欧阳修所谓"有动于中，必摇其精"（《秋声赋》）。此虚火炽旺上炎之象。

3. 本来就为要叫晴雯送帕，借口遣开袭人往宝钗处去，其实并没有事，但也正好借此将叙述转到宝钗身上，过渡无痕。

4. 可见为人名声之重要。

5. 薛蟠憨直，不像是有意装相的人，也不屑去装。

6. 不杀人，怎么能有香菱？

7. 宝钗身份可知。

8. 回应母亲的话，但只说"疑惑"，毕竟与"知道"不同。

9. 是薛蟠着急时说话口气。

他不好，姨爹打了他两下子，过后老太太不知怎么知道了，说是珍大哥治的，好好的叫了去，骂了一顿。[1]今儿越发拉上我了！既拉上，我也不怕，越性进去把宝玉打死了，我替他偿了命，大家干净！"[2]一面嚷，一面抓起一根门闩来就跑。慌得薛姨妈一把抓住，骂道："作死的孽障，你打谁去？你先打我！"薛蟠急得眼似铜铃一般，[3]嚷道："何苦来！又不叫我去，又好好的赖我。将来宝玉活一日，我担一日的口舌，不如大家死了清净！"宝钗忙也上来劝道："你忍耐些儿罢。妈急得这个样儿，你不说来劝妈，你还反闹得这样。[4]别说是妈，便是旁人来劝你，也为你好，倒把你的性子劝上来了。"薛蟠道："你这会子又说这话。都是你说的！"[5]宝钗道："你只怨我说你，再不怨你那顾前不顾后的形景。"薛蟠道："你只会怨我顾前不顾后，你怎么不怨宝玉外头招风惹草的那个样子！[6]别说多的，只拿前儿琪官的事比给你们听：那琪官，我们见过十来次的，他并未和我说一句亲热话；怎么前儿他见了，连姓名还不知道，就把汗巾子给他了？难道这也是我说的不成？"[7]薛姨妈和宝钗急得说道："还提这个！可不是为这个打他呢？可见是你说的了。"[8]薛蟠道："真真的气死人了！赖我说的我不恼，我只恼为一个宝玉闹得这样天翻地覆的。"宝钗道："谁闹了？你先持刀动杖地闹起来，倒说别人闹。"薛蟠见宝钗说的话句句有理，难以驳正，比母亲的话反难回答，因此便要设法拿话堵回她去，就无人敢拦自己的话了；也因正在气头上，未曾想话之轻重，[9]便说道："好妹妹，你不用和我闹，我早知道你的心了。从先妈和我说，你这金要拣有玉的才可正配，你留了心儿，见宝玉有那劳什子，你自然如今行动护着他。"话未说了，把个宝钗气怔了，[10]拉着薛姨妈哭道："妈妈你听，哥哥说的是什么话！"薛蟠见妹子哭了，便知自己冒撞了，便赌气走到自己房里安歇，不提。

这里薛姨妈气得乱战，[11]一面又劝宝钗道："你素日知那孽障说话没道理，明儿我叫他给你陪不是。"宝钗满心委屈气忿，待要怎样，又怕她母亲不安，少不得含泪别了母亲，各自回来，到房里整哭了一夜。[12]次日早起，也无心梳洗，胡乱整理整理，便出来瞧

1. 补出一段没有写到过的事来。

2. 暴跳如雷，一副蛮横不讲理的样子。在气头上说的话，未必真的去做。

3. 再蛮再横，母亲的骂还不敢违抗。

4. 深知哥哥的性子，也深知他颇有孝心，故先出此言。

5. 气发到宝钗头上了。

6. 怎么不怨宝玉？怨得着吗？

7. 举宝玉招风惹草例子，本想证明非自己生事，谁料倒跌进坑里爬不出来。

8. 如此尴尬局面，也亏作者想出来。

9. 薛蟠在说下面的话之前，作者先说明：这是他"要设法拿话堵回她去"，是"正在气头上"，是不知"轻重"等等，究其用意，乃表明所说的话是无中生有的，故意那样说的。

10. 果然，若真说中宝钗心思，何至于如此反应。

11. 连薛姨妈都气成那样，可知话有多离谱。

12. 看"满心委屈气忿"六字，便知这是实写。宝钗对宝玉友谊亲情都不错，若说男女爱情是没有的，甚至不屑于有。倘或疑其在人前装作没有，那又何必独自"整哭了一夜"！

母亲。可巧遇见林黛玉独立在花阴之下，问她哪里去。薛宝钗因说："家去。"口里说着，便只管走。黛玉见她无精打采地去了，又见眼上有哭泣之状，大非往日可比，便在后面笑道："<u>姐姐也自己保重些儿。就是哭出两缸眼泪来，也医不好棒疮！</u>"[1]不知薛宝钗如何答对，且听下回分解。

1. 恰遇黛玉而受其累落，是令人再也想不到的。哭得最多的人反笑人哭，且又将哭的缘故弄反了。文笔奇妙风趣如此！

【总评】

宝钗与黛玉分别来探望被严父打伤的宝玉，两人的态度确实很不同，但不是一个假意、一个真情；两个人都是真心的，所不同的只是钗与黛的思想性格、与宝玉的关系，以及对宝玉惹祸问题的看法。

宝钗来看宝玉并非虚礼，她有亲情友情。在见到卧床的宝玉时，想说自己也心疼而咽住不说，赧颜局促的情态不是装出来的。只是她很理智、现实，也信奉传统家教。见宝玉能体贴用心，便想："你既这样用心，何不在外头大事上做工夫。"所以她说："据我想，到底宝兄弟素日不正，肯和那些人来往，老爷才生气的。"所言皆"堂皇正大"。袭人无意中拉上薛蟠，使描写在场的三个人的个性特点得以充分展现，因而也有了后半回情节。

黛玉看宝玉是基于爱情，她又是情绪型的，板子打在宝玉身上比打在她身上还痛。所以她不是堂而皇之来到，而是在"天色将晚"，众人散去后，宝玉昏睡之中悄悄地到来。当她推醒宝玉时，"只见她两个眼睛肿得桃儿一般满面泪光"。黛玉说："你从此可都改了罢！"着眼宝玉受苦；故宝玉答："你放心！别说这样话。我便为这些人死了，也是情愿的！"真是顽石本性。

王夫人叫去袭人，先是问宝玉疼得如何，给香露让他解渴，然后打听环儿在老爷跟前说了什么，末了是袭人对她说了自己的想法："怎么变个法儿，以后竟还教二爷搬出园子来住好了。"对于最后一点，贬袭人者曾说她是"告密""打小报告"。人们恶袭的原因很多，如未见后半部原稿而受续书描述的影响；将宝玉"初试云雨情"归咎于她，见她反处处怕宝玉做"不才之事"，以为是伪善；她受封建统治阶级精神奴役的烙印是较深；着眼于阶级斗争，以是否反封建划线，定正、反面人物等。脱离历史条件，将作者思想政治化，未必能公正褒贬人物。前文说袭人已从茗烟处详知贾环告状事，但她回答王夫人的询问，却是"我倒没听见这话"。在与王夫人谈及姊妹们大了，应有"男女之分"时，举"林姑娘"必带上"宝姑娘"，以示宝玉并没有"和谁作怪"事，所以是不能看作"进谗""告密"的。何况，据线索提示，在后半部中像袭人所担心的那种"丑祸"还真的惹出来了。

宝玉打发人去看黛玉，遣走袭人而命晴雯，是知袭、晴之为人；不说为何送旧手帕，是深知黛玉；黛玉果然领会，是写两心相通。题帕三绝句只写一"泪"字，是还债也；以黛玉的诗作而论，算不得上乘，但写她"想不起嫌疑避讳"，直抒内心，倒是成功的；用"湘江旧迹"典故，自比娥皇、女英哭舜而为之殉情，已将宝哥哥当作自己的丈夫了。

薛姨妈、宝钗因"疑是薛蟠调唆了人来告宝玉的"，便责备薛蟠，引起一场大吵，急得他要去拼命。回目三用"错"字是说薛蟠因平日作为，故被大家错认作是他干的。借此事对薛家三人作一番描述，也是很有必要的。

# 第三十五回
## 白玉钏亲尝莲叶羹　黄金莺巧结梅花络

**【题解】**

　　本回回目诸本基本一致。前句，"白玉钏"是王夫人的丫头、金钏儿的妹妹。玉钏在其姊投井后，对宝玉心存怨恨，但在宝玉的体贴关怀下，改变了心情，并受宝玉哄骗，亲尝了他的莲叶羹。下句"黄金莺"，即宝钗的丫头莺儿。宝玉求她打个准备装汗巾子的络子，莺儿则以为打个络通灵玉的更好。在谈到如何花色搭配才好看上，尽显莺儿的心灵手巧。

　　话说宝钗分明听见林黛玉刻薄她，因记挂着母亲、哥哥，并不回头，一径去了。[1] 这里林黛玉还自立于花阴之下，远远地却向怡红院内望着，只见李宫裁、迎春、探春、惜春并各项人等都向怡红院内去过之后，一起一起地散尽了，只不见凤姐儿来，心里自己盘算道："如何她不来瞧宝玉？便是有事缠住了，她必定也是要来打个花胡哨①，讨老太太和太太的好儿才是。今儿这早晚不来，必有原故。"[2] 一面猜疑，一面抬头再看时，只见花花簇簇的一群人又向怡红院内来了。定睛看时，只见贾母搭着凤姐儿的手，后头邢夫人、王夫人跟着周姨娘并丫鬟、媳妇人等都进院去了。[3] 黛玉看了不觉点头，想起有父母的人的好处来，早又泪珠满面。少顷，只见宝钗、薛姨娘等也进入去了。忽见紫鹃从背后走来说道："姑娘吃药去罢，开水又冷了。"黛玉道："你到底要怎么样？只是催，我吃不吃管你什么相干！"[4] 紫鹃笑道："咳嗽得才好些，又不吃药了。如今虽然是五月里，天气热，到底也还该小心些。大清早起，在这个潮地方站了半日，也该回去歇息歇息了。"[5] 一句话提醒了黛玉，方觉有点腿酸，呆了半日，方慢慢地扶着紫鹃回潇湘馆来。

1. 不与计较。

2. 站立远望，凡来怡红院者一一留心，想得也多。

3. 凤姐久未至，原来为此。是好媳妇，熟知侍奉长辈之要义。

4. 怎么不相干？紫鹃是姑娘最难得的忠婢。

5. 由紫鹃来点明站立之久，可见小姐的举止行动，她一直都在心。

---

　　① 打个花胡哨——假惺惺地说些好听的话。

一进院门，只见满地下竹影参差，苔痕浓淡，不觉又想起《西厢记》中所云"幽僻处可有人行，点苍苔白露泠泠"①二句来，¹因暗暗地叹道："双文，双文②，诚为命薄人矣！然你虽命薄，尚有媚母弱弟；今日林黛玉之命薄，一并连媚母弱弟俱无。古人云'佳人薄命'，然我又非佳人，²何命薄胜于双文哉！"一面想，一面只管走，不防廊上的鹦哥儿见林黛玉来了，"嘎"的一声扑了下来，倒吓了一跳，因说道："作死的，又扇了我一头的灰。"那鹦哥仍飞上架去，便叫："雪雁，快掀帘子，姑娘来了。"黛玉便止住步，以手扣架笑道："添了食水不曾？"那鹦哥便长叹一声，竟大似林黛玉素日吁嗟音韵，接着念道："侬今葬花人笑痴，他年葬侬知是谁？试看春残花渐落，便是红颜老死时。一朝春尽红颜老，花落人亡两不知！"³黛玉、紫鹃听了都笑起来。紫鹃笑道："这都是素日姑娘念的，难为它怎么记了。"黛玉便命将架子摘下来，另挂在月洞窗外的钩上，于是进了屋子，在月洞窗内坐了。吃毕药，只见窗外竹影映入纱窗来，满屋内阴阴翠润，几簟生凉。黛玉无可释闷，便隔着纱窗调逗鹦哥作戏，又将素日所喜的诗词也教与它念，⁴这且不在话下。

且说薛宝钗来至家中，只见母亲正自梳头呢。一见她来了，便说道："你大清早起跑来作什么？"宝钗道："我瞧瞧妈身上好不好。昨儿我去了，不知他可又过来闹了没有？"一面说，一面在她母亲身旁坐了，由不得哭将起来。薛姨妈见她一哭，自己撑不住也就哭了一场，⁵一面又劝她："我的儿，你别委屈了，你等我处分那孽障。你要有个好歹，我指望哪一个来！"薛蟠在外听见，连忙跑了过来，对着宝钗左一个揖，右一个揖，只说："好妹妹，恕我这次罢！原是我昨儿吃了酒，回来得晚了，路上撞客着了，来家未醒，不知胡说了什么，连自己也不知道，怨不得你生气。"⁶宝钗原是掩面哭的，听如此说，由不得又好笑了，遂

1. 潇湘馆环境再一渲染，联想起的莺莺唱词，虽"白露"等语不合季节，然与心境极为协调，凄然之感，何异泠泠寒露。

2. 卿非佳人，则世间女子皆成无盐嫫母矣！

3. 一而再重出这几句诗，是为加深读者印象，则知所述必成谶也。

4. 有此描述作结，方显鹦鹉学舌细节，非穿凿而成。

5. 前事余波。

6. 勇于认错，向妹妹道歉。薛蟠也不是一无是处。

---

① "幽僻处"二句——《西厢记》第二本第三折中红娘唱词。泠泠（líng 灵），形容水的清凉。
② 双文——指《西厢记》中的崔莺莺，因其叠字为名，故称"双文"。

抬头向地下啐了一口，说道："你不用做这些像声儿①。我知道你的心里多嫌着我们娘儿两个，你是变着法儿叫我们离了你，你就心净了。"薛蟠听说，连忙笑道："妹妹这话从哪里说起来的，这叫我连立足之地都没了。妹妹从来不是这样多心说歪话的人。"[1]薛姨妈忙又接着道："你就只会听见你妹妹的歪话，难道昨儿晚上你说的那话就该的不成？当真是你发昏了！"薛蟠道："妈也不必生气，妹妹也不用烦恼，从今以后我再不同他们一处吃酒闲逛如何？"[2]宝钗笑道："这不明白过来了？"薛姨妈道："你要有这个恒劲，那龙也下蛋了。"[3]薛蟠道："我若再和他们一处逛，妹妹听见了，只管啐我，再叫我畜生，不是人，如何？何苦来，为我一个人，娘儿两个天天操心！妈为我生气还有可恕，若只管叫妹妹为我操心，我更不是人了。如今父亲没了，我不能多孝顺妈，多疼妹妹，反教娘生气、妹妹烦恼，真连个畜生也不如了！"[4]口里说，眼睛里禁不住也滚下泪来。薛姨妈本不哭了，听他一说，又勾起伤心来。宝钗勉强笑道："你闹够了，这会子又招妈哭起来了。"薛蟠听说，忙收了泪，笑道："我何曾招妈哭来！罢，罢，罢，丢下这个别提了。叫香菱来倒茶妹妹吃。"宝钗道："我也不吃茶，等妈洗了手，我们就进去了。"薛蟠道："妹妹的项圈我瞧瞧，只怕该炸②一炸去了。"宝钗道："黄澄澄的又炸它作什么？"薛蟠又道："妹妹如今也该添补些衣裳了，要什么颜色、花样，告诉我。"[5]宝钗道："连那些衣服我还没穿遍呢，又做什么？"一时薛姨妈换了衣裳，拉着宝钗进去，薛蟠方出去了。

这里薛姨妈和宝钗进园来瞧宝玉，[6]到了怡红院中，只见抱厦里外回廊上许多丫鬟、老婆站着，便知贾母等都在这里。母女两个进来，大家见过了，只见宝玉躺在榻上。薛姨妈问他可好些。宝玉忙欲欠身，口里答应着"好些"，又说："只管惊动姨娘、姐姐，我禁不起。"薛姨妈忙扶他睡下，又问他："想什么只管告诉我。"宝玉笑道："我想起来，自然和姨娘要去。"

1. 从哥哥口中说出妹妹平时之为人，想不到。

2. 纵然真有此决心，无奈要做到太难。

3. 知子莫若母。在古生物学家、地质学家发现恐龙蛋之前，世上没有人相信龙会下蛋。

4. 明白过来后，对母亲、妹妹真不赖！前之胡言乱语，必如此才能"彻底消毒"。

5. 为了赔罪作补偿，想出些难说高明的主意来。呆霸王还是有几分呆气。

6. 薛姨妈也是必定要来探望的，方合情理。前时宝玉至梨香院探视母女俩，薛姨妈留下他用餐吃酒，何等宠爱！

---

① 像声儿——也作"像生儿"，亦即"相声"；原为模仿各种声响的技艺，这里说薛蟠装模作样的表演。

② 炸一炸（zhá 札）——将金属器物淬火加工，使它重现光泽。

王夫人又问："你想什么吃，回来好给你送来。"宝玉笑道："也倒不想什么吃，倒是那一回做的小荷叶儿、小莲蓬儿的汤还好些。"[1]凤姐一旁笑道："听听口味不算高贵，只是太磨牙①了。巴巴地想这个吃了。"贾母便一叠声地叫人做去。凤姐儿笑道："老祖宗别急，等我想一想这模子谁收着呢。"[2]因回头吩咐个婆子去问管厨房的要去。那婆子去了半天回来说："管厨房的说，四副汤模子都交上来了。"凤姐儿听说，想了一想道："我记得交上来了，但不知交给谁了，多半在茶房里。"一面又遣人去问管茶房的，也不曾收。次后还是管金银器皿的送了来。薛姨妈先接过来瞧时，原来是个小匣子，里面装着四副银模子，都有一尺多长，一寸见方，上面凿着有豆子大小，也有菊花的，也有梅花的，也有莲蓬的，也有菱角的，共有三四十样，打得十分精巧。因笑向贾母、王夫人道："你们府上也都想绝了，吃碗汤还有这些样子。若不说出来，我见这个也不认得这是作什么用的。"[3]凤姐儿也不等人说话，便笑道："姑妈哪里晓得，这是旧年备膳，他们想的法儿：不知弄些什么面印出来，借点新荷叶的清香，全仗着好汤，究竟没意思，谁家常吃它呢。[4]那一回呈样地作了一回，他今日怎么想起来了。"说着接了过来，递与个妇人，吩咐厨房里立刻拿几只鸡，另外添了东西，做出十来碗来。[5]王夫人道："要这些做什么？"凤姐儿笑道："有个原故：这一宗东西家常不大作，今儿宝兄弟提起来了，单做给他吃，老太太、姑妈、太太都不吃，似乎不大好。不如借势儿弄些大家吃，托赖着连我也上个俊儿②。"[6]贾母听了笑道："猴儿，把你乖的！拿着官中的钱你做人情。"[7]说得大家笑了。凤姐也忙笑道："这不相干。这个小东道我还孝敬得起。"便回头吩咐妇人："说给厨房里，只管好生添补着做了，在我的账上来领银子。"[8]妇人答应着去了。

宝钗一旁笑道："我来了这么几年，留神看起来，凤丫头凭她怎么巧，再巧不过老太太去。"[9]贾母听说，便答道："我如今老了，哪里还巧什么。当日我像凤哥

1. 光听这话，怕是没人知道是什么汤。

2. "磨牙"的汤，哪能说做就做，先说要"模子"，又想不起在哪里，看来，总得有一番周折。

3. 贾府之豪奢，并非都从大处落墨，有时偏从一小器物上来表现，薛家是领内府国库帑银的皇商，交通四海，见识最广，居然也不认得，物之稀奇可知。

4. 徒有好名色的新奇菜肴，多半不过如此。

5. 宝玉哪能喝得了这些。

6. 想得周全。

7. 是玩笑话，也是实话。贾母脑筋灵活。

8. 凤姐真乖，循着贾母"做人情"的话，立马认了这东道，几碗汤能值几何，得个侍奉长辈有孝心美名，何乐而不为？

9. 像是奉承话，但奉承老太太也属知礼，况非违心之言。贾母因此而得意起来。

---

① 磨牙——本指多言善辩，难以对付，这里指提出的要求相当麻烦的意思。
② 上个俊儿——沾点光。

儿这么大年纪，比她还来得呢。她如今虽说不如我们，也就算好了，比你姨娘强远了。你姨娘可怜见的，不大说话，和木头似的，在公婆跟前就不大显好。[1]凤儿嘴乖，怎么怨得人疼她。"宝玉笑道："若这么说，不大说话的就不疼了？"[2]贾母道："不大说话的又有不大说话的可疼之处，嘴乖的也有一宗可嫌的，倒不如不说的好。"[3]宝玉笑道："这就是了。我说大嫂子倒不大说话呢，老太太也是和凤姐姐的一样看待。若是单是会说话的可疼，这些姊妹里头也只是凤姐姐和林妹妹可疼了。"贾母道："提起姊妹，不是我当着姨太太的面奉承，千真万真，从我们家四个女孩儿算起，都不如宝丫头。"[4]薛姨妈听说，忙笑道："这话老太太是说偏了。"王夫人忙又笑道："老太太时常背地里和我说宝丫头好，这倒不是假话。"宝玉勾着贾母，原为赞林黛玉的，不想反赞起宝钗来，倒也意出望外，便看着宝钗一笑。宝钗早扭过头去和袭人说话去了。[5]

忽有人来请吃饭，贾母方立起身来，命宝玉好生养着，又把丫头们嘱咐了一回，方扶着凤姐儿，让着薛姨妈，大家出房去了。因问："汤好了不曾？"又问薛姨妈等："想什么吃，只管告诉我，我有本事叫凤丫头弄了来，咱们吃。"薛姨妈笑道："老太太也会怄她的。时常她弄了东西孝敬，究竟又吃不了多少。"凤姐儿笑道："姑妈倒别这样说。我们老祖宗只是嫌人肉酸，若不嫌人肉酸，早已把我还吃了呢。"[6]

一句话没说了，引得贾母、众人都哈哈地笑起来。宝玉在房里也撑不住笑了。袭人笑道："真真的二奶奶的这张嘴怕死人！"宝玉伸手拉着袭人笑道："你站了这半日，可乏了？"一面说一面拉她身旁坐了。[7]袭人笑道："可是又忘了。趁宝姑娘在院子里，你和她说，烦她的莺儿来打上几根络子。"[8]宝玉笑道："亏你提起来。"说着，便仰头向窗外道："宝姐姐，吃过饭叫莺儿来，烦她打几根络子，可得闲儿？"宝钗听见，回头道："怎么不得闲，一会叫她来就是了。"贾母等尚未听真，都止步问宝钗。宝钗说明了，大家方明白。贾母又说道："好孩子，你叫她来替你兄弟作几根。你要无人使唤，我那里闲着的丫头多呢，你喜欢谁，只管叫了来使唤。"[9]薛姨妈、宝钗等都笑道："只管叫

1. 只有贾母才能这样当面品评王夫人。

2. 说到母亲了，宝玉自然会有此一问。

3. 贾母善辩，但也是深谙人情的实话。

4. 凡相信续书所写后来在宝玉婚姻上贾母取钗弃黛的人，必拍手叫好，以为找到了有力的证据。我想奉劝老太太、太太说话要多加注意，有人不管何种场合、情况，将您每一句话都当成在掂量将来为宝玉择媳哪个更好。

5. 又一次装作不在意、没听见。宝钗最烦宝玉在这种时候看着她，对她笑。

6. 不过是说胃口还算不错，竟能说成这样！凤姐时时大胆调笑贾母，是她说话的明显标记，后续者代笔来写凤姐时，怎么就一点也不会。

7. 宝玉体贴、亲昵袭人处，并不时时写到。

8. 过到莺儿打络子情节，便捷。

9. 关心薛家母女，亦见贾府婢仆浮于事。

她来做就是了，有什么使唤的去处。她天天也是闲着淘气。"

　　大家说着，往前正走，忽见史湘云、平儿、香菱等在山石边掐凤仙花儿①，见了她们走来，都迎上来了。少顷，出至园外，王夫人恐贾母乏了，便欲让至上房内坐。贾母也觉腿酸，便点头依允。[1]王夫人便命丫头先去铺设座位。那时，赵姨娘推病，只有周姨娘与众婆娘、丫头们忙着打帘子，立靠背，铺褥子。贾母扶着凤姐儿进来，与薛姨妈分宾主坐了。薛宝钗、史湘云坐在下面。王夫人亲捧了茶奉与贾母，李宫裁奉与薛姨妈。[2]贾母向王夫人道："让她们小姑娌服侍，你在那里坐了好说话儿。"王夫人方向一张小杌子上坐下，便吩咐凤姐儿道："老太太的饭在这里放，添了东西来。"凤姐儿答应了出去，便命人去贾母那边告诉，那边的婆娘忙往外传了，丫头们忙赶过来。王夫人便命请姑娘们去。请了半天，只有探春、惜春两个来了，迎春身上不耐烦，[3]不吃饭；林黛玉自不消说，平素十顿饭只好吃五顿，众人也不着意。少顷饭至，众人调放了桌子。凤姐儿用手巾裹着一把牙箸站在地下，笑道："老祖宗和姑妈不用让，还听我说就是了。"贾母笑向薛姨妈道："我们就是这样。"薛姨妈笑着应了。于是凤姐放了四双：上面两双是贾母、薛姨妈，两边是薛宝钗、史湘云的。王夫人、李宫裁等都站在地下看着放菜。[4]凤姐先忙着要干净家伙来，替宝玉拣菜。

　　少顷，荷叶汤来，贾母看过了。王夫人回头见玉钏儿在旁边，便命玉钏与宝玉送去。[5]凤姐道："她一个人拿不去。"可巧莺儿和同喜儿都来了。宝钗知道她们已吃了饭，便向莺儿道："宝兄弟正叫你去打络子，你们两个一同去罢。"[6]莺儿答应，同着玉钏儿出来。莺儿道："这么远，怪热的，怎么端了去？"玉钏笑道："你放心，我自有道理。"说着，便命一个婆子来，将汤饭等类放在一个捧盒里，命她端了跟着，她两个却空着手走。[7]一直到了怡红院门口，玉钏儿方接了过来，同莺儿进入宝玉房中。袭人、麝月、秋纹三个人正和

1. 王夫人让贾母至上房歇脚，并在这里用饭，情节安排上大有考虑。这样，叫玉钏儿送汤，再后面太太特意叫人给袭人送菜，写来都顺理成章了。

2. 今之座位，只论主客、尊卑、长幼，清代习俗，在家中茶饭待客，更多一层规矩：未出阁的女儿为尊，是主子待遇，可坐，已婚媳妇则须站立侍奉。故钗、湘得坐，王夫人、李纨反站着奉茶。王夫人比姑娘们长一辈，未与薛姨妈同坐，贾母觉得不安，故有"让她们小姑娌服侍"之言。小姑娌，指纨、凤。后吃饭座次亦同此。

3. 指经期身体不适。

4. 凤姐仍遵规矩安排，故桌上只放四双筷，探春、惜春等可知在另桌吃。

5. 因而有亲尝羹汤事。

6. 巧结络子事也有了。

7. 偷懒法子，又差遣婆子来端，玉钏儿也会欺人。

----

①　掐凤仙花儿——凤仙花又名"指甲花"。开花时，女孩子掐取而捣之，以染指甲，颜色鲜红。

宝玉玩笑呢，见她两个来了，都忙起来笑道："你两个来得这么碰巧，一齐来了？"一面说，一面接了下来。玉钏儿便向一张杌子上坐了，莺儿不敢坐下。[1]袭人便忙端了个脚踏来，莺儿还不敢坐。宝玉见莺儿来了，却倒十分欢喜；忽见了玉钏儿，便想起她姐姐金钏儿来，[2]又是伤心，又是惭愧，便把莺儿丢下，且和玉钏儿说话。袭人见把莺儿不理，恐莺儿没好意思的，又见莺儿不肯坐，便拉了莺儿出来，到那边房里去吃茶说话儿去了。

　　这里麝月等预备了碗箸来伺候吃饭。宝玉只是不吃，问玉钏儿道："你母亲身子好？"玉钏儿满脸怒色，正眼也不看宝玉，半日方说了一个"好"字。[3]宝玉便觉没趣，半日，只得又陪笑问道："谁叫你替我送来的？"玉钏儿道："不过是奶奶、太太们！"宝玉见她还是这样哭丧，便知她是为金钏儿的原故；待要虚心下气，摸转①她，又见人多不好下气的，因而变尽方法将人都支出去，然后又陪笑问长问短。[4]那玉钏儿先虽不悦，只管见宝玉一些性气没有，凭她怎么丧谤②，还是温存和悦，自己倒不好意思了，脸上方有了三分喜色。[5]宝玉便笑求她："好姐姐，你把那汤端了来我尝尝。"玉钏儿道："我从不会喂人东西，等她们来了再吃。"宝玉笑道："我不是要你喂我。我因为走不动，你递给我吃了，你好赶早儿回去交代了，你好吃饭的。我只管耽误时候，你岂不饿坏了？你要懒怠动，我少不得忍了疼下去取来。"说着，便要下床来，扎挣起来，禁不住"嗳哟"之声。[6]玉钏儿见了这般，忍不住，起身说道："躺下罢！哪世里造了孽的，这会子现世现报！教我哪一个眼睛看得上！"一面说，一面"哧"的一声又笑了，[7]端过汤来。宝玉笑道："好姐姐，你要生气，只管在这里生罢，见了老太太、太太，可放和气些。若还这样，你就又挨骂了。"玉钏儿道："吃罢，吃罢！不用和我甜嘴蜜舌的，我可不信这样话！"说着催宝玉喝了两口汤。宝玉故意说："不好吃，不吃了。"[8]玉钏儿道："阿弥陀佛！这还不好吃，什么好

1. 二人表现殊异：玉钏不见拘束；莺儿只怕越礼，想是长期跟着宝钗学的。

2. 不免愧疚，由此生补偿心意。

3. 怜姐之亲情所致，可以理解。

4. 下心气"陪笑"，宝玉演练有素，做来轻车熟路。

5. 终究抵挡不住柔情攻势。

6. 半真半假，估量施此计能让她听使唤。

7. 半骂半谑，可这一笑彻底暴露自己已没了气。

8. 再施一计，不知又打什么主意。

---

①　摸转——挽回；使对方回心转意。
②　丧谤——说话难听，态度又不好。

吃？"宝玉道："一点味儿也没有，你不信尝一尝就知道了。"玉钏儿果真就赌气尝了一尝。[1] 宝玉笑道："这可好吃了。"玉钏儿听说，方解过意来，原是宝玉哄她吃一口，便说道："你既说不好吃，这会子说好吃也不给你吃了。"[2] 宝玉只管陪笑央求要吃，玉钏儿又不给他，一面又叫人来打发吃饭。

　　丫头方进来时，忽有人来回话："傅二爷家的两个嬷嬷来请安，来见二爷。"[3] 宝玉听说，便知是通判傅试家的嬷嬷来了。那傅试原是贾政的门生①，历年来都赖贾家的名势得意，贾政也着实看待，故与别个门生不同，他那里常遣人来走动。宝玉素习最厌勇男蠢妇的，今日却如何又命这两个婆子进来？其中原来有个原故：只因那宝玉闻得傅试有个妹子，名唤傅秋芳，也是个琼闺秀玉，常听人传说才貌俱全，虽目未亲睹，然遐思遥爱之心十分诚敬，[4] 不命她们进来，恐薄了傅秋芳，因此连忙命让进来。那傅试原是暴发的，因傅秋芳有几分姿色，聪明过人，那傅试安心仗着妹妹要与豪门贵族结姻，不肯轻易许人，所以耽误到如今。目今傅秋芳已二十三岁，尚未许人。[5] 怎奈那些豪门贵族又嫌他穷酸，根基浅薄，不肯求配。那傅试与贾家亲密，也自有一段心事。今日遣来的两个婆子偏生是极无知识的，闻得宝玉要见，进来只刚问了好，说了没两句话。那玉钏儿见生人来，也不和宝玉斯闹了，手里端着汤只顾听话。宝玉又只顾和婆子说话，一面吃饭，一面伸手去要汤。两个人的眼睛都看着人，不想伸猛了手，便将碗撞落，将汤泼了宝玉手上。玉钏儿倒不曾烫着，唬了一跳，忙笑道："这是怎么了！"慌得丫头们忙上来接碗。宝玉自己烫了手倒不觉得，却只管问玉钏儿："烫了哪里了？疼不疼？"[6] 玉钏儿和众人都笑。玉钏儿道："你自己烫了，只管问我。"宝玉听说，方觉自己烫了。众人上来连忙收拾。宝玉也不吃饭了，洗手吃茶，又和那两个婆子说了两句话。然后两个婆子告辞出去，[7] 晴雯等送至桥边方回。

　　那两个婆子见没人了，一行走一行谈论。这一个笑道："怪道有人说他们家宝玉是外像好里头糊涂，中

1. 中计了。

2. 也会微嗔撒娇。

3. 为行文不致平直，故用它事打断。傅家非要紧人，总为写宝玉性情而有。

4. 只闻其名，未曾亲见，便"遐思遥爱"，此"情不情"又一例证。

5. 想凭姿色聪明攀高枝，反成明日黄花，宝玉不见也罢。

6. 是提醒龄官躲雨，自己反被淋湿情节的翻版。

7. 本来无事，早走为是。

---

① 门生——这里是门客的意思。

看不中吃的，果然竟有些呆气。他自己烫了手，倒问人疼不疼，<sup>1</sup>这可不是个呆子？"那一个又笑道："我前一回来，听见他家里许多人抱怨，千真万真的有些呆气。大雨淋得水鸡似的，他反告诉别人'下雨了，快避雨去罢'。<sup>2</sup>你说可笑不可笑？时常没人在跟前，就自哭自笑的；看见燕子，就和燕子说话；河里看见了鱼，就和鱼说话；见了星星月亮，不是长吁短叹的，就是咕咕哝哝的。<sup>3</sup>且连一点刚性也没有，连那些毛丫头的气都受得。<sup>4</sup>爱惜东西，连个线头儿都是好的；糟蹋起来，哪怕值千值万的都不管了。"<sup>5</sup>两个人一面说，一面走出园来，辞别诸人回去，不在话下。

如今且说袭人见人去了，便携了莺儿过来，问宝玉打什么络子。宝玉笑向莺儿道："才只顾说话，就忘了你。烦你来不为别的，也替我打几根络子。"莺儿道："装什么的络子？"宝玉见问，便笑道："不管装什么的，你都每样打几个罢。"莺儿拍手笑道："这还了得！要这样，十年也打不完了。"宝玉笑道："好姐姐，你闲着也没事，都替我打了罢。"<sup>6</sup>袭人笑道："哪里一时都打得完，如今先拣要紧的打两个罢。"莺儿道："什么要紧，不过是扇子、香坠儿、汗巾子。"宝玉道："汗巾子就好。"莺儿道："汗巾子是什么颜色的？"宝玉道："大红的。"莺儿道："大红的须是黑络子才好看，或是石青的才压得住颜色。"宝玉道："松花色配什么？"莺儿道："松花配桃红。"宝玉笑道："这才娇艳。再要雅淡之中带些娇艳。"莺儿道："葱绿柳黄是我最爱的。"<sup>7</sup>宝玉道："也罢了，也打一条桃红，再打一条葱绿。"莺儿道："什么花样呢？"宝玉道："共有几样花样？"莺儿道："一炷香、朝天凳、象眼块、方胜<sup>①</sup>、连环、梅花、柳叶。"宝玉道："前儿你替三姑娘打的那花样是什么？"莺儿道："那是攒心梅花。"<sup>8</sup>宝玉道："就是那样好。"一面说，一面袭人刚拿了线来。窗外婆子说："姑娘们的饭都有了。"宝玉道："你们吃饭去，快吃了来罢。"袭人笑道："有客在这里，我们怎好去呢！"莺儿一面理线，一面笑道："这话又打哪里说起，正经快吃了来罢。"袭人等听说，方去了，

1. 借两个婆子的讥贬，将宝玉的"呆气"作一番概述。从眼前所见说起，列举种种，此其一。

2. 此其二，先举最相似的避雨淋雨事。

3. 此其三，是没有写到过具体情节的，可作"情不情"事例的补笔。其实，惜花葬花也属同一性质。

4. 此其四，不只有对玉钏儿如此。

5. 此其五，晴雯撕扇事，及其说过的话。宝玉"呆气"，不止此五件，仅择适合婆子谈吐之事。

6. 总是"富贵闲人"的口吻，只管自己喜欢，不管别人劳累，还以为别人都闲着没事。又可见络子种类之多，莺儿手艺之巧，会打的必定多。

7. 色彩搭配的学问。

8. 花样变化之繁复。

① "一炷香"等花样——炷香，直线形。朝天凳，梯形。象眼块，菱形。方胜，一角相叠的两个方形。

只留下两个小丫头听呼唤。

　　宝玉一面看莺儿打络子，一面说闲话，因问她："十几岁了？"莺儿手里打着，一面答话说："十六岁了。"宝玉道："你本姓什么？"莺儿道："姓黄。"宝玉笑道："这个名姓倒对了，果然是个黄莺儿。"莺儿笑道："我的名字本来是两个字，叫作金莺。¹姑娘嫌拗口，就单叫莺儿，如今就叫开了。"宝玉道："宝姐姐也算疼你了。明儿宝姐姐出阁，少不得是你跟去了。"莺儿抿嘴一笑。宝玉笑道："我常常和袭人说，明儿不知哪一个有福的消受你们主子奴才两个呢。"²莺儿笑道："你还不知道我们姑娘有几样世人都没有的好处呢，模样儿还在次。"宝玉见莺儿娇憨婉转，语笑如痴，早不胜其情了，哪禁又提起宝钗来！³便问她道："好处在哪里？好姐姐，细细告诉我。"莺儿笑道："我告诉你，你可不许又告诉她去。"宝玉笑道："这个自然的。"正说着，只听外头说道："怎么这样静悄悄的！"⁴二人回头看时，不是别人，正是宝钗来了。宝玉忙让坐。宝钗坐了，因问莺儿："打什么呢？"一面问，一面向她手里去瞧，才打了半截。宝钗笑道："这有什么趣儿，倒不如打个络子把玉络上呢。"⁵一句话提醒了宝玉，便拍手笑道："倒是姐姐说得是，我就忘了。只是配个什么颜色才好？"宝钗道："若用杂色断然使不得，大红又犯了色，黄的又不起眼，黑的又过暗。等我想个法儿把那金线拿来，配着黑珠儿线，一根一根地拈上，打成络子，这才好看。"⁶

　　宝玉听说，喜之不尽，一叠声便叫袭人来取金线。正值袭人端了两碗菜走进来，告诉宝玉道："今儿奇怪，才刚太太打发人给我送了两碗菜来。"⁷宝玉笑道："必定是今儿菜多，送来给你们大家吃的。"袭人道："不，是指名给我送来，还不叫我过去磕头。这可是奇了！"宝钗笑道："给你的，你就吃去，这有什么可猜疑的！"袭人笑道："从来没有的事，倒叫我不好意思的。"宝钗抿嘴一笑，说道："这就不好意思了？明儿还有比这个更叫你不好意思的呢。"袭人听了话内有因，素知宝钗不是轻嘴薄舌奚落人的，自己方想起上日王夫人的意思来，便不再提，⁸将菜与宝玉看了，说："洗了手来拿线。"说毕，便一直出去了。吃过饭，洗了手，

1. 知回目中用名之由来。

2. 不知自己将来事者，偏有此疑问，可见造化弄人。

3. 八字写出莺儿天真可爱，宝玉太多情。于宝钗亦动心。唯与钟情輘輘不同耳。

4. 若真告诉出世人皆无的好处来，又有何妙言可说哉！故非立刻截断不可。留下惹人猜想空间。

5. 说话者并无作隐寓的意思，但客观上络住通灵玉又自有摆脱不了命运束缚的暗示。

6. 论颜色搭配，宝钗又高出一筹。金与黑配，似亦有象征性。

7. 前王夫人感袭人护玉心意，说过"我自有道理""我自然不辜负你"的话，现在已开始在兑现了。

8. 宝钗事事留神，王夫人的一番苦心，她看得透彻明白，倒是袭人要经她提醒方想起来。

进来拿金线与莺儿打络子。此时，宝钗早被薛蟠遣人来请出去了。

这里宝玉正看着打络子，忽见邢夫人那边遣了两个丫鬟送了两样果子来与他吃，[1] 问他："可走得了？若走得动，叫哥儿明儿过去散散心，太太着实记挂着呢。"宝玉忙道："若走得了，必定请太太的安去。疼得比先好些，请太太放心罢。"一面叫她两个坐下，一面又叫秋纹来，把才拿来的那果子拿一半送与林姑娘去。[2] 秋纹答应了，刚欲去时，只听得黛玉在院内说话，宝玉忙叫"快请"。要知端的，且听下回分解。

> 1. 慰问宝玉，一人不漏，邢夫人虽隔了一层，岂可无所表示。

> 2. 不忘与黛玉共享。

## 【总评】

宝玉养伤期间，除其父辈和推故不出面的赵姨娘、环儿外，荣国府上上下下，一批批地都来探望，本回就将这件事作个了结。

贾母由凤姐陪着，与邢、王二位夫人等一群人来怡红院，黛玉见了，触景生情，感伤自己无父母。紫鹃催她回去吃药、歇息，是为时时点醒其病情；她记起《西厢记》红娘唱词，是为自叹命薄；鹦哥儿念出她《葬花吟》中结尾六句，是反复强调此乃谶语。

薛蟠向母亲和妹妹悔过道歉，写出呆霸王憨厚爽直一面。一家归于平静和睦，薛姨妈便拉宝钗也来看宝玉。

宝玉想吃小荷叶小莲蓬儿汤，凤姐为找寻模子折腾了一阵子，借此细节侧笔写荣府的奢华。宝钗说话讨贾母欢心，贾母便赞道："从我们家四个女孩儿算起，都不如宝丫头。"这话与宝黛乃贾母最溺爱之人并不矛盾，更不能成为续书硬编贾母弃黛取钗情节的理由。凤姐命玉钏儿、莺儿端汤去给宝玉，便生出回目所标的两段故事。

玉钏儿因其姊金钏儿事，开始时"满脸怒色"，挡不住宝玉低声下气、温存和悦，而有"三分喜色"，终至被宝玉哄得"亲尝莲叶羹"，又不慎将碗撞落，烫了宝玉的手。宝玉反问玉钏儿："烫了哪里了？疼不疼？"两个前来请安的婆子见了，谈论起来，谈宝玉是个"呆子"，还把"龄官划蔷"、对不情之物（燕子、鱼儿、星星、月亮）说话感叹，及甘受毛丫头的气等事联系起来，可谓是对宝玉为人的小结。

宝玉求莺儿打络子，莺儿谈了许多用何种颜色搭配，取何种花样的话。作者本"工诗善画"（张宜泉语），写来自然得心应手。莺儿问："装什么的络子？"宝玉道："汗巾子就好。"问颜色，则说"大红的"，还有"松花色"。这不正是宝玉与琪官交换互赠汗巾子的颜色吗？可见，挨父亲一顿下死手的板子，居然习性不改，毫无作用。宝钗走来，她的建议是"倒不如打个络子把玉络上呢"，且说须用"金线"。其象征性隐寓，耐人寻味。

王夫人专派人送两碗菜来给袭人，是对上回她所说"我就把他交给你了，好歹留心，保全了他就是保全了我，我自然不辜负你"的呼应。

# 第三十六回

## 绣鸳鸯梦兆绛芸轩　识分定情悟梨香院

【题解】

本回回目诸本大体一致，略有异同，如己卯、庚辰本后句作"识分定情语梨花院"，显然不对；梦稿本前句中"梦兆"作"惊梦"，也非原意。此用蒙府、戚序本回目。前句说，宝钗来找宝玉，正值他在房（绛芸轩）中午睡，她无意中代袭人刺绣有鸳鸯图案的活计，俨然像女主人的样子；又听到宝玉梦中喊出不要"金玉姻缘"的话。这一切都是未来命运的预兆，故用"梦兆"二字。后句中"分定"是命中注定的意思。书中写宝玉从龄官对自己很冷淡和对贾蔷十分深情而"深悟人生情缘各有分定"。脂评：绛芸轩梦兆是金针暗度法，夹写月钱是为袭人渐入金屋步位。梨香院是明写大家蓄戏，不免奸淫之陋，可不慎哉慎哉！（己）评语中某些话，恐有后半部佚稿中情节为依据，值得进一步探索研究。

话说贾母自王夫人处回来，见宝玉一日好似一日，心中自是欢喜。因怕将来贾政又叫他，遂命人将贾政的亲随小厮头儿唤来，吩咐他："以后倘有会人待客诸样的事，你老爷要叫宝玉，你不用上来传话，就回他说：我说了，一则打重了，得着实将养几个月才走得；二则他的星宿不利①，祭了星不见外人，过了八月才许出二门。"¹那小厮头儿听了，领命而去。贾母又命李嬷嬷、袭人等来，将此话说与宝玉，使他放心。²那宝玉素日本就懒与士大夫诸男人接谈，又最厌峨冠礼服、贺吊往还等事，今日得了这句话，越发得了意，不但将亲戚朋友一概杜绝了，而且连家庭中晨昏定省②亦发都随他的便了；³日日只在园中游卧，不过每日一清早到贾母、王夫人处走走就回来了，却每每甘心为诸丫鬟充役，⁴竟也得十分闲消日月。或如宝钗辈有时见机导劝，反生起气来，只说"好好的一个清

1. 因祸得福，有保护伞了。

2. 老祖母太过溺爱了。

3. 因此，有了免去世务应酬，不做学业功课，不受严父管教的自由空间。

4. 本性所好，当然甘心。

---

① 星宿（xiù 秀）不利——古时迷信常把人的命运与星座的位置、运行联系在一起，所以人有灾祸疾病，就说"星宿不利"，要祭星消灾，祭了星就不与外人见面。星宿，星座。

② 晨昏定省——即"昏定晨省"，古时子女侍奉父母的礼节，意即晚上服侍父母安寝，早上省视问好。

净洁白女儿，也学得钓名沽誉，入了国贼禄鬼之流。[1] 这总是前人无故生事，立言竖辞，原为导后世的须眉浊物。不想我生不幸，亦且琼闺绣阁中亦染此风，真真有负天地钟灵毓秀①之德"！[2] 因此祸延古人，除《四书》外，竟将别的书焚了。[3] 众人见他如此疯癫，也都不向他说这些正经话了。独有林黛玉自幼不曾劝他去立身扬名等话，所以深敬黛玉。[4]

闲言少述。如今且说王凤姐自见金钏儿死后，忽见几家仆人常来孝敬她些东西，又不时地来请安奉承，自己倒生了疑惑，不知何意。[5] 这日，又见人来孝敬她东西，因晚间无人时笑问平儿道："这几家人不大管我的事，为什么忽然这么和我贴近？"平儿冷笑道："奶奶连这个都想不起来了？我猜他们的女儿都必是太太房里的丫头，如今太太房里有四个大的，一个月一两银子的分例，下剩的都是一个月只几百钱。如今金钏儿死了，必定他们要弄这两银子的巧宗儿呢。"[6] 凤姐听了笑道："是了，是了，倒是你提醒了。我看这起人也太不知足，钱也赚够了，苦事情又侵不着，弄个丫头搪塞着身子也就罢了，又还想这个。也罢了，他们几家的钱容易也不能花到我跟前，这是他们自寻的，送什么来我就收什么，横竖我有主意。"[7] 凤姐儿安下这个心，所以只管迁延着，等那些人把东西送足了，然后乘空方回王夫人。

这日午间，薛姨妈母女两个与林黛玉等正在王夫人房里大家吃西瓜，凤姐儿得便回王夫人道："自从玉钏儿姐姐死了，太太跟前少着一个人。太太或看准了哪个丫头好，就吩咐，下月好发放月钱的。"[8] 王夫人听了，想了一想道："依我说，什么是例，必定四个五个的，够使就罢了，竟可以免了罢。"凤姐笑道："论理，太太说的也是。只是这原是旧例，别人屋里还有两个呢，太太倒不按例了。况且省下一两银子也有限。"王夫人听了，又想一想道："也罢，这个分例只管关了来，不用补人，就把这一两银子给她妹妹玉钏儿罢。[9] 她姐姐服侍了我一场，没个好结果，剩下

1. 所谓"导劝"，无非是"何不在外头大事上做工夫"之类，不劝还好，越劝越反感，鄙薄愤恨名利场之心，一至于此。

2. 归咎于历来为圣人儒教立说之书，极尖锐的离经叛道言论，以"疯癫"为掩护。

3. 若讥贬《四书》，为当时所不容；再说弊病也不出在孔孟本身。

4. 钗、黛之差异，除个性外，对生活理想的追求，各有不同取向（人生观、价值观），是宝玉最为看重的，所以这里不说"爱"，只说"敬"。

5. 必有所求，必有所图。

6. 平儿机灵，一猜就中。

7. 是阿凤做法：来者不拒，送的全收，是你自寻的，谁教你小看我！世间如此花冤枉钱、白费气力的人不少。

8. 从金钏儿死后须补缺，说到发放月钱，渐渐向袭人受王夫人特惠靠拢。

9. 将原有分例给了玉钏儿，以补自己内心对其姊不幸的愧疚，过渡得好。

---

　　① 钟灵毓秀——意谓天地间灵秀之气聚集和养育了有才智的人。钟，聚。毓，养育。

她妹妹跟着我，吃个双分子也不为过逾了。"凤姐答应着，回头找玉钏儿笑道："大喜，大喜！"玉钏儿过来磕了头。王夫人又问道："正要问你，如今赵姨娘、周姨娘的月例多少？"[1]凤姐道："那是定例，每人二两。赵姨娘有环兄弟的二两，共是四两，另外四串钱。"王夫人道："月月可都按数给她们？"凤姐见问得奇，忙道："怎么不按数给！"王夫人道："前儿我恍惚听见有人抱怨，说短了一吊钱，是什么原故？"[2]凤姐忙笑道："姨娘们的丫头，月例原是人各一吊钱。从旧年他们外头商议的，姨娘们每位的丫头分例减半，人各五百钱，每位两个丫头，所以短了一吊钱。这也抱怨不着我，我倒乐得给她们呢，他们外头又扣着，难道我添上不成？这个事我不过是接手儿，怎么来，怎么去，由不得我作主。我倒说了两三回，仍旧添上这两份的为是。他们说只有这个项数，叫我也难再说了。如今我手里每月连日子都不错给她们呢。先时在外头关，哪个月不打饥荒，何曾顺顺溜溜地得过一遭儿？"王夫人听说，也就罢了。半日，又问："老太太屋里几个一两的？"凤姐道："八个。如今只有七个，那一个是袭人。"王夫人道："这就是了。你宝兄弟也并没有一两的丫头，袭人还算是老太太房里的人。"凤姐笑道："袭人原是老太太的人，不过给了宝兄弟使。她这一两银子还在老太太的丫头分例上领。如今说因为袭人是宝玉的人，裁了这一两银子，断乎使不得。若说再添一个人给老太太，这个还可以裁她的。若不裁她的，须得环兄弟屋里也添上一个才公道均匀了。[3]就是晴雯、麝月等七个大丫头，每月人各月钱一吊，佳蕙等八个小丫头，每月人各月钱五百，还是老太太的话，别人如何恼得气得呢？"薛姨娘笑道："只听凤丫头的嘴，倒像倒了核桃车①似的，只听她的账也清楚，理也公道。"[4]凤姐笑道："姑妈，难道我说错了不成？"薛姨妈笑道："说得何尝错，只是你慢些说岂不省力。"凤姐才要笑，忙又忍住了，听王夫人示下。王夫人想了半日，向凤姐儿道："明儿挑一个好丫头送去老太太使，补袭人，把袭人的一份裁了。

1. 不知为何要问赵、周姨娘的月例，读了后文方知。

2. 估计是赵姨娘出的怨言，传到了王夫人耳中。这样摆明的问题，凤姐说起缘故来，必头头是道，是挑不出一丝毛病来的。但前问月例，并不为此。

3. 问到老太太房里丫头的分例，凤姐不但说得一清二楚，倒向王夫人提出个难题：贾环屋里也得再添上一个丫头才能摆平。既总管荣府家务，须处事公正公平，不徇私情，方经得起检验，不落人口实。凤姐大有经验老到的政治家风度。

4. 真能形容得出，赞语也恰当中肯。

————————————

①　倒了核桃车——以不断的响声喻人会说话，滔滔不绝。

把我每月的月例二十两银子里拿出二两银子一吊钱来给袭人。以后凡事有赵姨娘、周姨娘的，也有袭人的，只是袭人的这一份都从我的分例上匀出来，不必动官中的就是了。"¹ 凤姐一一答应了，笑推薛姨妈道："姑妈听见了，我素日说的话如何？今儿果然应了我的话。" 薛姨妈道："早就该如此。² 模样儿自然不用说的，她的那一种行事大方，说话见人和气里头带着刚硬要强，这个实在难得。" 王夫人含泪说道："你们哪里知道袭人那孩子的好处，比我的宝玉强十倍。宝玉果然是有造化的，能够得她长长远远地服侍他一辈子，也就罢了。"³ 凤姐道："既这么样，就开了脸，明放她在屋里岂不好？" 王夫人道："那就不好了，一则都年轻，二则老爷也不许，三则那宝玉见袭人是个丫头，纵有放纵的事，倒能听她的劝，如今作了跟前人①，那袭人该劝的也不敢十分劝了。如今且浑着，等再过二三年再说。"⁴

说毕半日，凤姐见无话，便转身出来。刚至廊檐上，只见有几个执事的媳妇子正等她回事呢，见她出来都笑道："奶奶今儿回什么事，说了这半天？可是要热着了。" 凤姐把袖子挽了几挽，跐着那角门的门槛子②，笑道："这里过门风倒凉快，吹一吹再走。"⁵ 又告诉众人道："你们说我回了这半日的话，太太把二百年的事都想起来问我，难道我不说罢？" 又冷笑道："我从今以后倒要干几样刻毒事了。抱怨给太太听，我也不怕。糊涂油蒙了心，烂了舌头，不得好死的下作东西，别作娘的春梦！明儿一裹脑子扣的日子还有呢。如今裁了丫头的钱，就抱怨了咱们。也不想一想是奴几③，也配使两三个丫头！"⁶ 一面骂一面方走了，自去挑人回贾母话去，不在话下。

却说王夫人等这里吃毕西瓜，又说了一会闲话，各自方散去。宝钗与黛玉等回至园中，宝钗因约黛玉往藕香榭去，黛玉固说立刻要洗澡，便各自散了。

1. 对袭人的感激和不辜负许诺实现了。要摆平的难题解决了，询问姨娘们月例的用意也明白了。这不仅仅是每月所得银子多少的问题，是预先非正式地提升袭人的身份、地位。钱从自己分例中出，更是意味深长。可怜慈母心！

2. 以凤姐的才干，善察言观色，哪能看不透王夫人的心思。薛姨妈然其言，可知众人对袭人的观感都不错。

3. 动情之语，美好愿景，岂其不然！总是造化捉弄人。"孩子"二字，愈见亲热，故后文连呼二声"我的儿"。（己）忽加"我的宝玉"四字，愈令人堕泪。加"我的"二字者，是明显袭人是彼的。然彼的何如此好，我的何如此不好，又气又愧，宝玉罪有万重矣！作者有多少眼泪写此一句，观者又不知有多少眼泪也。（己）评者总认为作者是在此书中借宝玉其人，表达自我惭恨和忏悔心情。此评虽有卓见，怕也未必尽然。

4. 二三年等得了吗？一旦风波骤起，一切都改变了，落空了。

5. 细节处也不忘紧扣季节环境来写，所以有真实感。

6. 前文回太太所问时，轻轻松松，侃侃而谈，以为凤姐不在意，也不知道谁在告她状，那就想错了；以为凤姐真的那么公道，不徇私，那么一视同仁，也想错了。

---

① 跟前人——意谓由丫头而成了侍妾。
② 跐着门槛子——脚尖踩在门槛上。
③ 奴几——奴才辈人。

宝钗独自行来，顺路进了怡红院，意欲寻宝玉去闲谈以解午倦。[1] 不想一入院来，鸦雀无闻，一并连两只仙鹤在芭蕉下都睡着了。[2] 宝钗便顺着游廊来至房中，只见外间床上横三竖四都是丫头们睡觉。[3] 转过十锦槅子，来至宝玉的房内，见宝玉在床上睡着了，袭人坐在身旁，手里做针线，旁边放着一柄白犀麈①。[4] 宝钗走近前来，悄悄地笑道："你也过于小心了，这个屋里哪里还有苍蝇、蚊子，还拿蝇帚子赶什么？"袭人不防，猛抬头见是宝钗，忙放下针线起身，悄悄笑道："姑娘来了，我倒也不防，吓了一跳。姑娘不知道，虽然没有苍蝇、蚊子，谁知有一种小虫子，从这纱眼里钻进来，人也看不见，只睡着了，咬一口，就像蚂蚁夹的。"宝钗道："怨不得。这屋子后头又近水，又都是香花儿，这屋子里头又香。这种虫子都是花心里长的，闻香就扑。"[5] 说着，一面又瞧她手里的针线，原来是个白绫红里的兜肚，上面扎着鸳鸯戏莲的花样，[6] 红莲绿叶，五色鸳鸯。宝钗道："嗳哟，好鲜亮活计！这是谁的，也值得费这么大工夫？"袭人向床上努嘴儿。[7] 宝钗笑道："这么大了，还戴这个？"袭人笑道："他原是不戴，所以特特地做得好了，叫他看见由不得不戴。如今天气热，睡觉都不留神，哄他戴上了，便是夜里纵盖不严些儿，也就罢了。[8] 你说这一个就用了工夫，还没看见他身上现戴的那一个呢。"宝钗笑道："也亏你奈烦。"袭人道："今儿做的工夫大了，脖子低得怪酸的。"又笑道："好姑娘，你略坐一坐，我出去走走就来。"说着便走了。宝钗只顾看着活计，便不留心一蹲身，刚刚的也坐在袭人方才坐的那个所在，因又见那活计实在可爱，不由得拿起针来替她代刺。[9]

不想林黛玉因遇见史湘云约她来与袭人道喜，二人来至院中，见静悄悄的，湘云便转身先到厢房里去找袭人。林黛玉却来至窗外，隔着纱窗往里一看，[10] 只见宝玉穿着银红纱衫子，随便睡着在床上，宝钗坐在身旁做针线，旁边放着蝇帚子。林

1. 见黛玉回去，不致猜疑，才顺路进怡红院来。"解午倦"是其来意，故以下写足午倦时景象。

2. 先以睡鹤作陪衬，构图雅致。

3. 再写到丫头们的样子，更好看。只有在怡红院里才能见到这种景象，宝玉从来不管束她们也。

4. 或问：正睡觉时，姑娘直入男子房中，岂无授受之嫌？答曰：大观园中小儿女们白天任意往来，已成习惯，都不避嫌，黛、湘亦如此。宝钗是为闲谈解午倦而来，并不知宝玉正在睡觉，倘不是丫头们也睡着，必先回二爷："宝姑娘来了！"这一节所写多凑巧之事，但都是情理中可能有的。

5. 这种小虫常能遇到。旧红学评点家有深求这些话的，作双关秽语解读，当与心存贬袭、钗成见有关，不敢苟同。

6. 象征配偶。

7. 情态如见。

8. 关爱入微。

9. 袭人暂离，宝钗独处，毫不在意，正其胸怀坦荡处。看此绣鸳鸯情景，则又俨然是一位女主人。然句句都写出是无意间的作为。作者不但常用言语诗谜作谶，也以行动举止来显现命运的先兆，宿命观念可谓强矣！

10. 约好来道喜，湘云性直，自然先去厢房找袭人，黛玉则另有关心之人。

---

① 白犀麈（zhǔ 主）——用犀牛角做柄的拂尘。麈，鹿的一种，尾可制拂尘。

黛玉见了这个景况，连忙把身子一藏，手捂着嘴不敢笑出来，招手儿叫湘云。[1] 湘云一见她这般景况，只当有什么新闻，忙也来一看，也要笑时，忽然想起宝钗素日待她厚道，便忙掩住口。知道林黛玉口里不让人，怕她取笑，便忙拉过她来道："走罢。[2] 我想起袭人来，她说午间要到池子里去洗衣裳，想必去了，咱们那里找她去。"林黛玉心下明白，冷笑了两声，只得随她走了。[3]

这里宝钗只刚做了两三个花瓣儿，忽见宝玉在梦中喊骂说："和尚、道士的话如何信得？什么是'金玉姻缘'，我偏说是'木石姻缘'！"[4] 薛宝钗听了这话不觉怔了。忽见袭人走进来笑道："还没有醒呢？"宝钗摇头。袭人又笑道："我才碰见林姑娘、史大姑娘，她们可曾进来？"宝钗道："没见她们进来。"因向袭人笑道："她们没告诉你什么话？"[5] 袭人笑道："左不过是她们那些玩话，有什么正经说的。"宝钗笑道："今儿她们说的可不是玩话，我正要告诉你呢，你又忙忙地出去了。"

一句话未完，只见凤姐儿打发人来叫袭人。宝钗笑道："就是为那话了。"[6] 袭人只得唤起两个丫鬟来，一同宝钗出怡红院，自往凤姐这里来。果然是告诉她这话，又叫她与王夫人叩头，且不必去见贾母，倒把袭人不好意思的。见过王夫人急忙回来，宝玉已醒了，问起原故，袭人且含糊答应，至夜间人静，袭人方告诉了宝玉。[7] 宝玉喜不自禁，又向她笑道："我可看你回家去不去了！那一回往家里走了一趟，回来就说你哥哥要赎你，又说在这里没着落，终究算什么，说了那么些无情无义生分的话吓我。从今以后，我可看谁敢来叫你去！"[8] 袭人听了便冷笑道："你倒别这么说。从此以后我是太太的人了，我要走连你也不必告诉，只回了太太就走。"宝玉笑道："就便算我不好，你回了太太竟去了，叫别人听见说我不好，你去了，你也没意思。"袭人笑道："有什么没意思，难道做了强盗贼，我也跟着罢？再不然，还有一个死呢。人活百岁，横竖要死，这一口气不在，听不见看不见就罢了。"[9] 宝玉听见这话，便忙捂她的嘴

1. 反应甚快，所见景况，自然看作新闻。

2. 场面虽不多见，但也非见不得人的事。湘云立即想起宝钗为人厚道，不愿让黛玉取笑她，各自性情、关系，都写得到位。

3. 不能不走，醋意可想而知。

4. 像个主妇还不是先兆的全部，必定要显示宝玉对"金玉姻缘"的结果心意难平才算完。故有此呓语，即《终身误》曲开头二句意，落实了回目"梦兆"二字。

5. 听袭人说见林、史来此，只想到她们会告诉好消息，自己全无半点心虚样子，可知宝钗本来就没有要遮遮掩掩的事情。称"兆"，都不是有意做出来的。

6. 不错。王夫人与凤姐谈月例事，钗、黛等都在场。

7. 不张扬为是。

8. 总记着谈赎回的事，那次确是吓着了。今后就不会再去了？恐未必。

9. 做"强盗贼"倒不会，倘若闯下"丑祸"，还跟不跟？脂评曾说"袭人是好胜所误"（第二十二回评），这里说"还有一个死""一口气"等语，可与前面薛姨妈赞她"说话见人和气里头带着刚硬要强"相印证。如此看来，变故发生时，为争口气，跟不跟还真难说。

说道：“罢，罢，罢！不用说这些话了。”袭人深知
宝玉性情古怪，听见奉承吉利话，又厌虚而不实，
听了这些尽情实话，又生悲感，[1]便悔自己说冒撞
了，连忙笑着用话截开，只拣那宝玉素喜谈者问之。
先问他春风秋月，再谈及粉淡脂浓，然后谈到女
儿如何好，不觉又谈到女儿死，[2]袭人忙掩住口。
宝玉谈至浓快时，见她不说了，便笑道：“人谁不
死，只要死得好。那些个须眉浊物，只知道文死谏，
武死战，这二死是大丈夫死名死节，究竟何如不死
的好！[3]必定有昏君他方谏，他只顾邀名，猛拼一死，
将来弃君于何地？必定有刀兵他方战，猛拼一死，
他只顾图汗马之名，将来弃国于何地？[4]所以这皆
非正死。”袭人道：“忠臣良将，皆出于不得已他才
死。”[5]宝玉道：“那武将不过仗血气之勇，疏谋少
略，他自己无能，送了性命，这难道也是不得已！
那文官更不比武官了，他念两句书淤在心里，若
朝廷少有疵瑕，他就胡谈乱劝，只顾他邀忠烈之名，
浊气一涌，即时拼死，这难道也是不得已？[6]还要
知道，那朝廷是受命于天，他不圣不仁，那天也断
断不把这万几重任与他了。[7]可知那些死的都是沽
名，并不知大义。比如我此时若果有造化，该死
于时的，如今趁你们在，我就死了。再能够你们
哭我的眼泪流成大河，把我的尸首漂起来，送到
那鸦雀不到的幽僻之处，随风化了，自此再不要
托生为人，就是我死得得时了。”[8]袭人忽见说出这
些疯话来，忙说困了，不理他。那宝玉方合眼睡着，
至次日，也就丢开了。[9]

　　一日，宝玉因各处游得烦腻，便想起《牡丹亭》
曲来，[10]自己看了两遍，犹不惬怀，因闻得梨香院
的十二个女孩子中有小旦龄官最是唱得好，因着
意出角门来找时，只见宝官、玉官都在院内，见
宝玉来了，都笑让坐。宝玉因问“龄官在哪里？”
众人都告诉他说：“在她房里呢。”宝玉忙至她房内，
只见龄官独自倒在枕上，见他进来，文风不动。[11]
宝玉素习与别的女孩子玩惯了的，只当龄官也同别
人一样，因进前来身旁坐下，又陪笑央她起来唱“袅

1. 性情中人罢了，以世俗眼光看，当
然古怪。

2. 想不到从谈女儿，能过渡到大题目上。

3. 向大丈夫当“文死谏，武死战”的
传统道德观念发起挑战。

4. 从为君为国立论，找出其中矛盾不
合理来，当时只能如此，并非只因
文禁严酷，实也不可能有更新更深
的认识。

5. 大概忠婢义仆，也出于不得已才离
旧主换新主的。

6. 批判未必能触其根本，但自有其难能
可贵处：一、直接抨击政治，讥议
官场；二、鄙视藐视，态度极其鲜明、
激烈。

7. 此处“朝廷”即皇帝。有这几句称功
颂德语宣示“大义”，方于文禁无大
碍。且与首回声称“虽有些指奸责佞，
贬恶诛邪之语，亦非伤时骂世之旨”
的话，尽量保持一致。“伤时骂世”
纵然非主题，也是重要内容，否则
又何必非�插上这段不相干的议论不
可呢？是表现宝玉屡教不改，说“疯
话”的毛病越来越严重了吧。

8. 又转回到自己的身上说死。想得倒美，
只是太一厢情愿了。哪能有这许多
人都为你流泪？反跌以下“识分定
情悟”情节。

9. 是疯话，随手抹去最妥。

10. 又生出一事来。

11. 神已驰彼，视而不见。龄官个性极强。

晴丝"一套①。不想龄官见他坐下，忙抬身起来躲避，正色说道："嗓子哑了。前儿娘娘传进我们去，我还没有唱呢。"¹宝玉见她坐正了，再一细看，原来就是那日蔷薇花下划"蔷"字那一个。又见如此景况，从来未经过这番被人弃厌，自己便讪讪的红了脸，只得出来了。²宝官等不解何故，因问其所以。宝玉便说了出来。宝官便说道："只略等一等，蔷二爷来了叫她唱，是必唱的。"³宝玉听了，心下纳闷，因问："蔷哥儿哪去了？"宝官道："才出去了，一定还是龄官要什么，他去变弄去了。"⁴

宝玉听了以为奇特。少站片时，果见贾蔷从外头来了，手里提着个雀儿笼子，上面扎着个小戏台，并一个雀儿，兴兴头头往里走找龄官。见了宝玉，只得站住。宝玉问他："是个什么雀儿？会衔旗串戏台？"贾蔷笑道："是个玉顶金豆。"宝玉道："多少钱买的？"贾蔷道："一两八钱银子。"一面说，一面让宝玉坐，自己往龄官房里来。宝玉此刻把听曲子的心都没了，且要看他和龄官是怎样。⁵只见贾蔷进去笑道："你起来瞧这个玩意儿。"龄官起身问："是什么？"贾蔷道："买了个雀儿你玩，省得天天闷闷的没个开心。我先玩个你看。"说着，便拿些谷子哄得那个雀儿果然在戏台上乱串，衔鬼脸旗帜。众女孩子都笑道："有趣！"独龄官冷笑了两声，赌气仍睡去了。⁶贾蔷还只管陪笑，问她好不好。龄官道："你们家把好好的人弄了来，关在这牢坑里学这个劳什子还不算，你这会子又弄个雀儿来，也偏生干这个。你分明是弄了它来打趣形容我们，还问我好不好。"⁷贾蔷听了不觉慌起来，连忙赌身立誓。又道："今儿我哪里的脂油蒙了心！费一二两银子买它来，原说解闷，就没有想到这上头。罢，罢！放了生，免免你的灾病。"说着，果然将雀儿放了，一顿把那笼子拆了。龄官还说："那雀儿虽不如人，它也有个老雀儿在窝里，你拿了它来弄这个劳什子也

1. 竟如躲避瘟神。当头给个钉子碰：你难道比娘娘还有面子？回应元妃省亲时，龄官执意不肯演唱《游园》《惊梦》二出，贾蔷也拗她不过。

2. 实在难堪，不受此重创，哪能有所觉悟。

3. 龄官害相思，旁观者早看在眼里。

4. 连贾蔷处处迁就，也逃不过旁观者的眼睛。

5. 是该好好看看。

6. 必有缘故。

7. 多心了，活像颦儿。然话中透露作者借人物之口说出在阶级压迫社会里同情受奴役者精神痛苦和渴望自由的极可贵的人道主义思想。

___

① "袅晴丝"一套——《牡丹亭·惊梦》中第一支曲《步步娇》的开头三个字为"袅晴丝"。一个宫调若干支曲组成"一套"，实际上也就是一出。

忍得！[1] 今儿我咳嗽出两口血来，太太打发人来
找你，叫你请大夫来细问问，你且弄这个来取笑。
偏生我这没人管没人理的，又偏病。"说着又哭
起来。[2] 贾蔷忙道："昨儿晚上我问了大夫，他说
不相干。他说吃两剂药，后儿再瞧。谁知今儿又
吐了。这会子请他去。"说着，便要请去。龄官
又叫："站住！这会子大毒日头地下，你赌气子去
请了来我也不瞧。"[3] 贾蔷听如此说，只得又站住。
宝玉见了这般景况，不觉痴了，这才领会了划
"蔷"的深意。[4] 自己站不住，便抽身走了。贾蔷
一心都在龄官身上，也不顾送，倒是别的女孩子
送了出来。

　　那宝玉一心裁夺盘算，痴痴地回至怡红院中，
正值林黛玉和袭人坐着说话儿呢。宝玉一进来，
就和袭人长叹，说道："我昨晚上的话竟说错了，
怪道老爷说我是'管窥蠡测'。[5] 昨夜说你们的眼
泪单葬我，这就错了。我竟不能全得了。从此后
只是各人得各人的眼泪罢了。"[6] 袭人昨夜不过是
些玩话，已经忘了，不想宝玉今又提起来，便笑
道："你可真真有些疯了。"宝玉默默不对，自此，
深悟人生情缘各有分定，[7] 只是每每暗伤："不知
将来葬我洒泪者为谁？"此皆宝玉心中所怀，也
不可十分妄拟。[8]

　　且说林黛玉当下见了宝玉如此形象，便知是
又从哪里着了魔来，也不便多问，[9] 因向他说道：
"我才在舅母跟前听的，明儿是薛姨妈的生日，
叫我顺便来问你出去不出去。你打发人前头说一
声去。"宝玉道："上回连大老爷的生日我也没去，
这会子我又去，倘或碰见了人呢？我一概都不去。
这么怪热的，又穿衣裳，我不去姨妈也未必恼。"[10]
袭人忙道："这是什么话？她比不得大老爷。[11] 这
里又住得近，又是亲戚，你不去岂不叫她思量。
你怕热，只清早起到那里磕个头，吃钟茶再来，
岂不好看！"宝玉未说话，黛玉便先笑道："你看
人家赶蚊子的分上，也该去走走。"[12] 宝玉不解，
忙问："什么赶蚊子？"袭人便将昨日睡觉无人作
伴,宝姑娘坐了一坐的话说了出来。宝玉听了忙说：

1. 再表人文精神。龄官真是一朵多刺的
玫瑰。

2. 是向心上人撒娇，怎么"没人管没人
理"？蔷儿不是人吗？因生病，就更
像林姑娘了。

3. 对管她的蔷爷竟用命令口气说话，什
么关系还不明白？话虽强硬，却极心
疼贾蔷。宝玉看在眼里还能不理解？
自己经历得多了。

4. 当初只关心她被雨淋，并不思索划"蔷"
深意，至此方恍然领悟。这条线拉得
够长的。

5. 是大观园竣工"试才题对额"时说的话。

6. 挫折与失败的一大收获：从以自我为
中心的美梦中清醒过来。

7. 总束一句，点醒回目。

8. 作者虚拟此书乃石头所作，石头是通
灵的，凡人物心中所想，皆了无隐遁。
此言"不可十分妄拟"，与当年秦钟"得
趣馒头庵"，宝玉要睡时"算账"，石
头便以"未见真切，未曾记得，此系
疑案，不敢纂创"而将事情隐去的说
法相同。

9. 不问为是。

10. 厌烦应酬，又有贾母之命可免去此类，
故必先说不去。

11. 袭人促其去，劝得对。光凭前薛姨妈
对宝玉那样疼爱，若不去，岂不令她
失望。

12. 昨日窥见情景，不吐不快。

"不该。我怎么睡着了，亵渎了她。"一面又说："明日必去。"[1]

正说着，忽见史湘云穿得齐齐整整走来辞说家里打发人来接她。宝玉、黛玉听说，忙站起来让坐。史湘云也不坐，宝、林两个只得送她至前面。那史湘云只是眼泪汪汪的，见有她家人在跟前，又不敢十分委屈。[2]少时，薛宝钗赶来，愈觉缱绻难舍。还是宝钗心内明白，她家人若回去告诉了她婶娘，待她家去又恐受气，因此倒催她走了。[3]众人送至二门前，宝玉还要往外送，[4]倒是湘云拦住了。一时回身又叫宝玉到跟前，悄悄地嘱道："便是老太太想不起我来，你时常提着，打发人接我去。"[5]宝玉连连答应了。眼看着她上车去了，大家方才进来。要知端的，且听下回分解。

1. 不免有愧歉之意，就为这一事，也非去不可。

2. 湘云可怜，多少委屈，尽在"眼泪汪汪"中。

3. 处事理智，只把难舍之情藏在心中。

4. 宝玉感情外露，故止不住脚。每逢此时，就忘却严父，可知前云"为你们死也情愿"不假。（己）这是第三十四回中对前来探望伤势的黛玉说的，原话是"我便为这些人死了，也是情愿的"。

5. 嘱托对了人，办法也想得好。湘云的话让人听了心酸。此真余音绕梁之笔。

## 【总评】

宝玉得贾母特许，只在园中静养，不待客应酬。宝钗辈见机劝导，宝玉大以为逆耳，认为是闺阁沾染上书本导人立身扬名的风气，使"好好的一个清净洁白的女儿，也学得钓名沽誉，入了国贼禄鬼之流"，故"除《四书》外，竟将别的书焚了"。作者借述宝玉"疯癫"言行，以寄自身对封建正统道德教育的憎恶。

王夫人闻知姨娘们的丫头被扣了一吊钱，便与凤姐谈起月钱分发的事。凤姐"像倒了核桃车似的"滔滔不绝地谈起每月银钱分配情况，包括使用丫头多少。这方面是未见有人写过的，可看出从主子的月例到大小丫头的月钱，等级差别是很大的。王夫人从自己份内拨银给袭人，是有意树榜样，也让袭人能感恩尽心。

宝钗来至怡红院，宝玉午睡未醒，袭人正在为他绣鸳鸯肚兜，她走开后，宝钗坐在袭人的位置上代她刺绣，俨然像一个女主人。这有隐约预示将来的象征意义。可偏在此时，宝玉说梦话："和尚、道士的话如何信得，什么是'金玉姻缘'，我偏说是'木石姻缘'！"恰好与《红楼梦曲·终身误》开头的话相印证。

袭人知王夫人的恩赐，与宝玉谈及人终有一死，引出了宝玉的一段"疯话"来。比起宝玉厌恶别人劝他走科考仕途，学世务应酬，又进了一步。这次是对封建时代为官者信条"文死谏，武死战"的大胆否定，是在直接讥评政治。

宝玉来梨香院找演小旦的龄官，想叫她唱《牡丹亭》中"袅晴丝"一套。他以为自身优越，所有女孩子都该围着他转。不料这个划"蔷"的龄官偏弃厌他，不肯唱。一会儿，贾蔷买来扎着小戏台的雀儿笼子给龄官解闷，龄官以笼中雀自比的一番话，道出了被"关在这牢坑里"学戏女孩子内心的屈辱与辛酸。她敏感，小性，也爱哭，又恰好"咳嗽出两口血来"，大有黛玉之风。钟情于她的贾蔷听了话，慌忙放雀拆笼，又要立刻去请医生，"一心都在龄官身上"。这一切宝玉看在眼里，"深悟人生情缘各有定分"，更清醒地认识到现实是怎么回事。

# 第三十七回

## 秋爽斋偶结海棠社　蘅芜苑夜拟菊花题

**【题解】**

　　本回回目诸本基本一致，此用己卯、庚辰本回目。秋爽斋为探春所居，她忽然兴起，奉笺宝玉，相约邀众姊妹同结诗社，因初次作诗以咏白海棠为题，遂名海棠社。次日，湘云来到贾府，被宝钗邀到住处蘅芜苑安歇，二人对诗社热情很高，夜间，共同商议为再次开社又拟了菊花诗十二题，以备众人选用。脂评：此回才放笔写诗写词作札，看他诗复诗，词复词，札又札，总不相犯。（庚）

　　这年贾政又点了学差①，择于八月二十日起身。¹是日，拜过宗祠及贾母起身，宝玉诸子弟等送至洒泪亭。

　　却说贾政出门去后，外面诸事不能多记。单表宝玉每日在园中任意纵性的逛荡，真把光阴虚度，岁月空添。这日正无聊之际，只见翠墨进来，手里拿着一副花笺送与他。²宝玉因道："可是我忘了，才说要瞧瞧三妹妹去的，可好些了？你偏走来。"翠墨道："姑娘好了，今儿也不吃药了，不过是凉着了一点儿。"宝玉听说，便展开花笺看时，上面写道：

　　娣②探谨奉：

　　二兄文几：前夕新霁，月色如洗，因惜清景难逢，讵忍就卧。时漏已三转，犹排徊于桐槛之下，未防风露所欺，致获采薪之患③。³昨蒙亲劳抚嘱，又复数遣侍儿问切，兼以鲜荔并真卿④墨迹见

1. 结社吟诗，参与者众，动静也大，若贾政在家，必定知道，赞成还是反对是两难选择，且再掺和进来，只能横生枝节，使姊妹们行动拘束，难以尽兴。不如让他出差离家最妥。又借此点出时在仲秋季节。

2. 风雅之事来了。由探春发起，送笺宝玉，见三姑娘志趣高雅、兄妹情深。

3. 探春帖子，丽词秀句，似六朝小品，即说得病缘故，亦由赏景兴浓而起。

---

① 点了学差——委派为提督学政。学差，提督学政，简称"学政"，俗称"学台"，朝廷派往各省督察科举、学校等事务的官员。

② 娣（dì 第）——女弟。古时女子对兄称"妹"，对姊称"娣"。这里探春故意抹掉性别界线，将宝玉视同姊姊，具名也只用一"探"字，既表亲切，又增风趣。戚序、甲辰及程高诸本，未细察作意，改"娣"作"妹"，不从。

③ 采薪之患——对自己生病的谦称，意思说因病不能打柴。语出《孟子·公孙丑下》。

④ 真卿——颜真卿，又称"颜鲁公"。唐代大书法家。

赐，<sup>1</sup>何痌瘝①惠爱之深哉耶！今因伏几凭床处默之时，忽思及历来古人中，处名攻利敌之场，犹置一些山滴水之区②，远招近揖，投辖攀辕③，务结二三同志者盘桓于其中，或竖词坛，或开吟社，虽一时之偶兴，<sup>2</sup>遂成千古之佳谈。娣虽不才，窃同叨④栖处于泉石之间，而兼慕薛、林之技。<sup>3</sup>风庭月榭，惜未宴集诗人；帘杏溪桃，或可醉飞吟盏。孰谓莲社⑤之雄才，独许须眉；直以东山⑥之雅会，让余脂粉。<sup>4</sup>若蒙棹雪而来⑦，娣则扫花以待⑧。特此谨奉。

宝玉看了，不觉喜得拍手笑道：“倒是三妹妹高雅，我如今就去商议。”一面说，一面就走，翠墨跟在后面。刚到了沁芳亭，只见园中后门上值日的婆子手里拿着一个字帖走来，<sup>5</sup>见了宝玉便迎上去，口内说道：“芸哥儿请安，在后门口等着呢，叫我送来的。”宝玉打开看时，写道是：

　　不肖男芸恭请

　　父亲大人万福金安。<sup>6</sup>男思自蒙天恩，认于膝下，日夜思一孝顺，竟无可孝顺之处。前因买办花草，上托大人金福，竟认得许多花儿匠，<sup>7</sup>并认得许多名园。前因忽见有白海棠一种，不可多得。故变尽方法，只弄得两盆。大人若视男是亲男一般，<sup>8</sup>便留下赏玩。因天气暑热，恐园中姑娘们不便，故不敢面见。奉书恭启，并叩台安。

　　　　　　　　　　　　　　男芸跪书。⑨<sup>9</sup>

宝玉看了笑问道：“独他来了？还有什么人？”婆子道：

**侧批：**

1. 所送颜真卿墨迹，在第四十回写探春房中陈设时见到，即“烟霞闲骨格，泉石野生涯”一联。前后针线缜密如此。

2. 点回目“偶结”二字。

3. 钗、黛吟咏，技高一等，此诸芳所共识。

4. 脂粉不让须眉，正见探春之志高自负，语句中透出一股英气。

5. 偏偏又来一帖，两相对照，煞是好看。

6. 戏认干儿子事，竟如此认真写来。作者不愧幽默大师。

7. 真欲喷饭，真好新鲜文字！（己）

8. 皆千古未有之奇文。初读令人不解，思之则喷饭。（己）

9. 一笑。（蒙）程高、甲辰诸本皆误抄作正文，大谬。

---

① 痌瘝（tōng guān 通关）——对疾苦的关怀。

② 名攻利敌之场、些山滴水之区——争名夺利的场所，指繁华的闹市；后者指范围很小的人工园景。

③ 投辖攀辕——形容挽留客人心切。辖，古代车上的金属零件，插于轴端孔内，使轮不离轴。汉代陈遵为留客，将客人车辖投入井中。辕，驾车用的伸于前端的直木或曲木；攀辕，即挽住车子不让走。

④ 窃同叨——我幸得一道。窃，表示自己心意的谦词。

⑤ 莲社——佛教净土宗最初所结的文社，东晋慧远创立于庐山东山寺（内有白莲池），曾招陶渊明去参加。

⑥ 东山——在会稽山阴（今浙江山阴）。东晋谢安曾隐居东山，常与友人会聚，为文作诗，吟咏山水。

⑦ 棹（zhào 照）雪而来——乘兴而来。用《世说新语》中王子猷冒雪“夜乘小船”访戴安道事；有“吾本乘兴而行”等语。

⑧ 扫花以待——殷勤期待客人到来。杜甫《客至》诗：“花径不曾缘客扫，蓬门今始为君开。”原表示自己疏懒，待客不周，今反用其意。

⑨ 贾芸送白海棠帖一封——此帖半文不白，语言多似通非通，比如“大人若视男如亲男一般”等语，就很滑稽，可见作者的诙谐幽默。

"还有两盆花儿。"宝玉道："你出去说，我知道了，难为他想着。你便把花儿送到我屋里去就是了。"一面说，一面同翠墨往秋爽斋来，只见宝钗、黛玉、迎春、惜春已都在那里了。[1]

众人见他进来，都笑说道："又来了一个。"探春笑道："我不算俗，偶然起了个念头，写了几个帖儿试一试，谁知一招皆到。"宝玉笑道："可惜迟了，早该起个社的。"黛玉说道："你们只管起社，可别算我，我是不敢的。"迎春笑道："你不敢谁还敢呢！"[2]宝玉道："这是一件正经大事，大家鼓舞起来，不要你谦我让的。各有主意只管说出来大家平章①。[3]宝姐姐也出个主意，林妹妹也说个话儿。"宝钗道："你忙什么！人还不全呢。"[4]一语未了，李纨也来了，进门笑道："雅得紧！要起诗社，我自荐我掌坛。前儿春天我原有这个意思的。我想了一想，我又不会作诗，瞎乱些什么，[5]因而也忘了，就没说得。既是三妹妹高兴，我就帮你作兴起来。"[6]

黛玉道："既然定要起诗社，咱们都是诗翁了，先把这些姐妹叔嫂的字样改了才不俗。"[7]李纨道："极是，何不大家起个别号，彼此称呼倒雅。我是定了'稻香老农'，再无人占的。"[8]探春笑道："我就是'秋爽居士'罢。"宝玉道："居士、主人到底不恰，且又累赘。[9]这里梧桐、芭蕉尽有，或指梧桐、芭蕉起个倒好。"探春笑道："有了，我最喜芭蕉，就称'蕉下客'罢。"众人都道别致有趣。黛玉笑道："你们快牵了她去，炖了脯子吃酒。"[10]众人不解。黛玉笑道："你们不知，古人曾云'蕉叶覆鹿'②。她自称'蕉下客'，可不是一只鹿了？快做了鹿脯来。"众人听了，都笑起来。探春因笑道："你别忙使巧话来骂人，我已替你想了个极当的美号了。"[11]又向众人道："当日娥皇、女英洒泪在竹上成斑，故今斑竹又名湘妃竹。如今她住的是潇湘馆，她又爱哭，将来她想林姐夫，那些竹子也是要变成斑竹的。以后都叫她作'潇湘妃子'就完了。"[12]大家听

1. 都是热心人。迎、惜虽不善诗，有此雅会，岂肯错过！

2. 谦让太过了，难怪二姑娘要顶她嘴。必得如此，方是妙文。若也如宝玉说兴头话，则不是黛玉矣。（己）

3. 唯恐别人打退堂鼓，黄了这事。这是"正紧大事"已妙，且曰"平章"更妙，的是宝玉的口角。（己）

4. 妙，宝钗自有主见，真不诬也。（己）

5. 李纨也有兴难得，自荐掌坛因年长也，非为夸诗，故有"不会作诗"谦语。

6. 愿为成此事而作贡献也。看他又是一篇文字，分叙单传之法也。（己）

7. 可知前日"不敢"是过谦之词。看他写黛玉，真可人也。（己）

8. 起别号是文坛风气。未起诗社，先起别号。（己）真妙，一个花样。（己）

9. 想别出新意，不落俗套。

10. 忽出此语，不知何意，经解说方知，黛玉心思敏捷，却引出探春大可玩味的调侃。

11. 来而不往非礼也，看她如何说。

12. "将来她想林姐夫"云云，于戏谑中作谶语，全无牵强痕迹。

---

①　平章——评论。

②　蕉叶覆鹿——《列子·周穆王》中故事：郑国有个樵夫，无意中遇到一头惊鹿，把它打死后，怕别人看到，把鹿藏起来，还用蕉（原通"樵"）叶覆盖着。不久，他忘记鹿藏在哪儿了，还以为自己是做了个梦。后人多用"蕉鹿"比喻世事变化无常。

说，都拍手叫妙。林黛玉低了头，方不言语。[1]李纨笑道："我替薛大妹妹也早已想了个好的，也只三个字。"惜春、迎春都忙问是什么。[2]李纨道："我是封她为'蘅芜君'了，[3]不知你们如何？"探春笑道："这个封号极好。"宝玉道："我呢？你们也替我想一个。"[4]宝钗笑道："你的号早有了，'无事忙'三字恰当得很。"[5]李纨道："你还是你的旧号'绛洞花主'就好。"[6]宝玉笑道："小时候干的营生，还提它作什么！"[7]探春道："你的号多得很，又起什么。我们爱叫你什么，你就答应着就是了。"[8]宝钗道："还得我送你个号罢。有最俗的一个号，却于你最当。天下难得的是富贵，又难得的是闲散，这两样再不能兼有，不想你兼有了，就叫你'富贵闲人'也罢了。"[9]宝玉笑道："当不起，当不起！倒是随你们混叫去罢。"李纨道："二姑娘、四姑娘起个什么号？"迎春道："我们又不大会诗，白起个号做什么？"[10]探春道："虽如此，也起个才是。"宝钗道："她住的是紫菱洲，就叫她'菱洲'；四丫头在藕香榭，就叫她'藕榭'就完了。"

李纨道："就是这样好。但序齿我大，你们都要依我的主意，管情说了大家合意。我们七个人起社，我和二姑娘、四姑娘都不会作诗，须得让出我们三个人去。我们三个各分一件事。"探春笑道："已有了号，还只管这样称呼，不如没有了。以后错了，也要立个罚约才好。"李纨道："立定了社，再定罚约。我那里地方大，竟在我那里作社。我虽不能作诗，这些诗人竟不厌俗客，我作个东道主人，我自然也清雅起来了，于是要推我作社长。[11]我一个社长自然不够，必要再请两位副社长，就请菱洲、藕榭二位学究来，一位出题限韵，一位誉录监场。亦不可拘定了我们三个不作，若遇

1. 妙极，趣极，所谓"夫人必自侮然后人侮之"，看因一谑便勾出一美号来，何等妙文哉！另一花样。（己）脂评引语出《孟子·离娄上》。

2. 插一句以免冷落二人。妙文。迎春、惜春固不能答言，然不便撕之不序，故插地二人问。试思近日诸豪宴集，雄语伟辩之时，座上或有一二愚夫不敢接谈，偏好问，亦可厌之事。（庚）

3. "君"为尊号，楚辞用以称神有云中君、湘君；汉武帝之外祖母被尊为平原君，其姊号为修成君，皆是，故此处说"封"。

4. 必有是问。（己）

5. 问李纨，宝钗抢答，有情理。作调侃语，是绰号、诨号，不是雅号。真恰当，形容得尽。（己）

6. 与宝玉"居士、主人到底不恰"语相违。妙极，又点前文。通部中从头至末，前文已过者，恐去之冷落，使人忘怀，得便一点；未来者，恐来之突然，或先伏一线，皆行文之妙诀也。（己）此是补笔，前文未提过此号，只有第三回王夫人向黛玉介绍宝玉"是这家里的混世魔王"时，有脂批说"与绛洞花主为对看"。批书人记混了。

7. 小时候好模仿文人时髦，长成后以为羞。清代即评《红》者中，也多有以"主人"为号的，如梦觉主人、伊园主人、海圃主人、话石主人、西园主人、护花主人等。报言如闻，不知大时又有何营生。（己）

8. 更妙，若只管挨次一个一个乱起，则成何文字。另一花样。（己）

9. 仍是调侃，见地也精到。

10. 假斯文、守钱虏来看此句。（己）

11. 即前云"我自荐我掌坛""帮你作兴起来"之意。李纨自幼读书，鉴赏诗颇有眼力，但创作平平，又因年长，为人公正，所以在吟咏赛场上，最合适当裁判长，而当不了优秀运动员。

见容易些的题目、韵脚，我们也随便作一首。你们四个却是要限定的。若如此便起，若不依我，我也不敢附骥①了。"迎春、惜春本性懒于诗词，又有薛、林在前，听了这话便深合己意，二人皆说"极是"。探春等也知此意，见她二人悦服，也不好强，只得依了。因笑道："这话也罢了，只是自想好笑，好好的我起了个主意，反叫你们三个来管起我来了。"¹宝玉道："既这样，咱们就往稻香村去。"李纨道："都是你忙，今日不过商议，等我再请。"²宝钗道："也要议定几日一会才好。"探春道："若只管会得多，又没趣了。一月之中，只可两三次才好。"宝钗点头道："一月只要两次就够了。拟定日期，风雨无阻。除这两日外，倘有高兴的，她情愿加一社的，或情愿到她那里去，或附就了来，亦可使得，岂不活泼有趣。"众人都道："这个主意更好。"

探春道："只是原系我起的意，我须得先作个东道主人，方不负我这兴。"³李纨道："既这样说，明日你就先开一社如何？"探春道："明日不如今日，就是此刻好。⁴你就出题，菱洲限韵，藕榭监场。"迎春道："依我说，也不必随一人出题限韵，竟是拈阄公道。"李纨道："方才我来时，看见他们抬进两盆白海棠来，倒是好花。你们何不就咏起它来？"⁵迎春道："都还未赏，先倒作诗。"⁶宝钗道："不过是白海棠，又何必要见了才作。古人的诗赋，也不过都是寄兴寓情耳。若都等见了才作，如今也没这些诗了。"⁷迎春道："既如此，待我限韵。"说着，走到书架前抽出一本诗来，随手一揭，这首竟是一首七言律，递与众人看了，都该作七言律。迎春掩了诗，又向一个小丫头道："你随口说一个字来。"那丫头正倚门立着，便说了个"门"字。⁸迎春笑道："就是门字韵，'十三元②'了。头一个韵定要这'门'字。"说着，又要了韵牌匣子③过来，

1. 谐语有致。

2. 既然自承做东，哪能匆匆忙忙，毫无准备。不过，若真又写李纨如何安排开社，文字不免拖泥带水。

3. 说得有理。

4. 好！何必舍近就远，此刻即行，剪去多少枝蔓。

5. 送得也巧。真正好题，妙在未起诗社，先得了题目。（己）

6. 老实人说老实话，殊不知作诗切忌老实。

7. 绝妙诗论，推而广之，写小说何尝都要照着葫芦画瓢。真诗人语。（己）

8. 所限韵部及韵脚几个字，都是咏白海棠所宜用的，更是代她们写诗的作者在构思时早选定的。想不到融于情节中，竟能穿插得如此灵巧。

---

① 附骥——多作依附先辈、名流而沾光的谦辞。本来是个比喻，说苍蝇飞不远，但附在良马尾巴上就可跑千里了。见《史记·伯夷列传》及司马贞索隐。

② "十三元"——唐宋以后，作近体诗都用"平水韵"（即《佩文诗韵》所分 106 部韵）中的平声韵，它分为上平声、下平声各 15 部，每部有个字为韵目，如上平声是"一东""二冬""三江""四支"……"十三元""十四寒""十五删"。"门"，字韵属"元"部。这种先规定韵脚的作诗叫"限韵"。

③ 韵牌匣子——将诗韵中平声韵每一部里的同韵字，分别刻在小牌上，装于匣内，以备作诗时选用。

抽出"十三元"一屉，又命那小丫头随手拿四块。那丫头便拿了"盆""魂""痕""昏"四块来。宝玉道："这'盆''门'两个字不大好作呢！"待书一样预备下四份纸笔，便都悄然各自思索起来。<u>独黛玉或抚弄梧桐，或看秋色，或又和丫鬟们嘲笑。</u>[1] 迎春又命丫鬟炷了一支"梦甜香"。[2] 原来这"梦甜香"只有三寸来长，有灯草粗细，以其易烬，故以此烬为限，如香烬未成便要受罚。一时探春便先有了，自提笔写出，又改抹了一回，递与迎春。因问宝钗："蘅芜君，你可有了？"宝钗道："有却有了，只是不好。"宝玉背着手，在回廊上踱来踱去，<u>因向黛玉说道："你听，她们都有了。"</u>[3] 黛玉道："你别管我。"宝玉又见宝钗已誊写出来，因说道："了不得！香只剩了一寸了，我才有了四句。"又向黛玉道：<u>"香快完了，只管蹲在那潮地下作什么？"</u>[4] 黛玉也不理。宝玉道："我可顾不得你了，好歹也写出来罢。"说着，也走在案前写了。李纨道："我们要看诗了，若看完了，还不交卷是必罚的。"宝玉道：<u>"稻香老农虽不善作却善看，又最公道，你就评阅优劣，我们都服的。"</u>[5] 众人都道："自然。"于是先看探春的稿上写道是：

咏白海棠　　限门盆魂痕昏

斜阳寒草带重门，苔翠盈铺雨后盆。
<u>玉是精神难比洁，雪为肌骨易销魂。</u>[6]
芳心一点娇无力，倩影三更月有痕。
莫谓缟仙能羽化，多情伴我咏黄昏。①

大家看了，称赞一回，又看宝钗的：

<u>珍重芳姿昼掩门，</u>[7] 自携手瓮灌苔盆。
胭脂洗出秋阶影，<u>冰雪招来露砌魂。</u>[8]
<u>淡极始知花更艳，</u>[9]<u>愁多焉得玉无痕。</u>[10]
<u>欲偿白帝凭清洁，</u>[11] 不语婷婷日又昏。②

1. 正是在思索作诗而偏偏摆出一副不必劳神的样子，黛玉诗才敏捷、性情自负活现。看他单写黛玉。（己）

2. 好香，专能撰此新奇字样。（己）

3. 一心在意黛玉，唯恐其落后，可知评诗也必偏心。

4. 作诗呢，还会作什么？真是"无事忙"！

5. 这话说对了。理岂不公。（己）

6. 颔联也颇精警，只是句法稍平直。

7. 宝钗诗全是自写身分，讽刺时事，只以品行为先，才技为末。纤巧流荡之词，绮靡秾艳之语，一洗皆尽，非不能也，屑而不为也。最恨近日小说中，一百美人诗词语气，只得一个艳稿。（己）

8. 句法较探春多一层锤炼功夫。看她清洁自厉，终不肯作一轻浮语。（己）

9. 懂辩证法，最是全篇中警句。好极！高情巨眼，能几人哉！正"一鸟不鸣山更幽"也。引句出王安石《钟山绝句二首》其一；取南朝梁王籍《入若耶溪》诗"鸟鸣山更幽"句翻案。

10. 语中有刺。看她讽刺林、宝二人，省手。（己）

11. 将来能不遭诟诼而保洁者，恐怕只有宝钗了。看她收到自己身上来，是何等身分！（己）

---

① 探春"斜阳寒草带重门"一律——后六句都是以花拟人，比作仙子。销魂，这里是使人迷恋陶醉的意思。倩影，指花的美好的身姿。月有痕，月有影子。缟仙，白衣仙子，指花。缟，白绢。羽化，道家称成仙飞升为"羽化"。末两句说，不要说白衣仙女会升天飞去，她正多情地伴我在黄昏中吟咏呢。

② 宝钗"珍重芳姿昼掩门"一律——"胭脂"二句是诗的一种修辞句法，意谓秋阶旁有洗去胭脂的倩影，露砌边招来冰雪的精魂。洗出，洗掉所涂抹的而显出本色。露砌，带露水的阶边。"愁多"句，就玉说，"痕"是瑕癜；以人拟，"痕"是泪痕，其实就是指花的怯弱姿态或含露的样子。白帝，西方之神，管辖秋事。这句说花儿要报答白帝雨露化育之恩，全凭自身保持清洁。

李纨笑道："到底是蘅芜君。"[1] 说着又看宝玉的，道是：

> 秋容浅淡映重门，七节攒成雪满盆。
> 出浴太真冰作影，捧心西子玉为魂。[2]
> 晓风不散愁千点，[3] 宿雨还添泪一痕。[4]
> 独倚画栏如有意，清砧怨笛送黄昏。[①][5]

大家看了，宝玉说探春的好，[6] 李纨终要推宝钗这诗有身分，因又催黛玉。黛玉道："你们都有了？"说着提笔一挥而就，掷与众人。[7] 李纨等看她写道是：

> 半卷湘帘半掩门，[8] 碾冰为土玉为盆。[9]

看了这句，宝玉先喝起彩来，只说"从何处想来"！又看下面道是：

> 偷来梨蕊三分白，借得梅花一缕魂。[10]

众人看了，也都不禁叫好，说"果然比别人又是一样心肠"。又看下面道是：

> 月窟仙人缝缟袂，秋闺怨女拭啼痕。[11]
> 娇羞默默同谁诉，倦倚西风夜已昏。[②][12]

众人看了，都道是这首为上。李纨道："若论风流别致，自是这首；若论含蓄浑厚，终让蘅芜稿。"[13] 探春道："这评得有理，潇湘妃子当居第二。"李纨道："怡红公子是压尾，你服不服？"宝玉道："我的那首原不好，这评得最公。"[14] 又笑道："只是蘅、潇二首还要斟酌。"[15] 李纨道："原是依我评论，不与你们相干，再有多说者必罚。"宝玉听说，只得罢了。李纨道："从此后，我定于每月初二、十六这两日开社，出题、限韵都要依我。这其间，

1. 赞誉之意已溢于言表。

2. 颔联只有宝玉才适合写，详见注释①。

3. 这句直是自己一生心事。(己)

4. 妙在终不忘黛玉。(己)

5. 宝玉再细心作，只怕还有好的，只是一心挂着黛玉，故平妥不警也。(己) 怕也不欲与姐妹们争胜。

6. 评诗唯亲，不知是在说诗还是说人。

7. 用"一挥""掷与"，神情如见。可知最后交卷，非才思迟钝，而是情节安排需要由她唱压台戏。

8. 发端突兀有势。且不说花，且说看花的人，起得突然别致。(己)

9. 若看作是对宝钗讥语的反击，则锋芒毕露。极妙，料定她自与别人不同。(己)

10. 宋代卢梅坡《雪梅》诗："梅须逊雪三分白，雪却输梅一段香。"黛玉此联也许受到它的启发。

11. 已涉仙界，又缝缟素，似非吉兆。虚敲旁比，真逸才也，且不脱落自己。(己)

12. 心有隐私，娇羞难言，向谁一诉衷情；倦体难支，不觉大暮降临。看她终结到自己。一人是一人口气。逸才仙品，固让颦儿；温雅沉着，终是宝钗。今日之作，宝玉自应居末。(己)

13. 不附和众议，作公道评论，有主见。

14. 自己居末，而称公评，心态不错。话内细思，则似有不服先评之意。(己)

15. 不服者为此，替林妹妹抱不平。文章高下，本难定评，况喜爱不同，见仁见智可也。

---

① 宝玉"秋容浅淡映重门"一律——秋容，指秋花的容貌。攒（zǎn）：簇聚。这句说花在枝上层层而生，开得很繁。"出浴"二句，唐玄宗宠爱杨贵妃，曾赐浴华清池，诗歌、戏曲都写她肤如"凝脂"，这里以其身影如冰雪洁白喻白海棠；又以捧心西施风韵格调似玉比花。二句隐寓"雪"姑娘宝钗之"冷"、病西施黛玉与宝玉亲似一体，"玉为魂"，即宝玉梦游幻境时仙子所说"有绛珠妹子的生魂前来游玩"之意。"独倚"句，如写"愁""泪"一样，都是以花拟人。清砧（zhēn 真）：清苦的捣衣声。砧，捣衣石。古时常秋夜捣衣，诗词中多借以写妇女思念丈夫的愁怨。

② 黛玉"半卷湘帘半掩门"一律——湘帘，湘竹制的门帘，首句是说看花人。"半卷""半掩"与末联花的娇羞倦态相呼应。"偷来"二句，意即白净如同梨花，风韵可比梅花。月窟，月中仙境。袂，衣袖，指代衣服。缟袂，喻白花；但"缝缟袂"，似隐裁制丧服。

你们有高兴的，只管另择日子补开，哪怕一个月每天都开社，我只不管。只是到了初二、十六这两日，是必往我那里去。"宝玉道："到底要起个社名才是。"探春道："俗了又不好，特新了，刁钻古怪也不好。可巧才是海棠诗开端，就叫个海棠社罢。[1]虽然俗些，因真有此事，也就不碍了。"说毕，大家又商议了一回，略用些酒果，方各自散去。也有回家的，也有往贾母、王夫人处去的。当下别人无话。[2]

且说袭人[3]因见宝玉看了字帖儿便慌慌张张地同翠墨去了，也不知何事。后来又见后门上婆子送了两盆海棠花来。袭人问是哪里来的，婆子便将宝玉前一番缘故说了。袭人听说，便命她们摆好，让她们在下房里坐了，自己走到自己房内秤了六钱银子封好，又拿了三百钱走来，都递与那两个婆子，道："这银子赏那抬花来的小子们，这钱你们打酒吃罢。"[4]那婆子们站起来，眉开眼笑，千恩万谢地不肯受，见袭人执意不收，方领了。袭人又道："后门上外头可有该班的小子们？"婆子忙应道："天天有四个，原预备里面差使的。姑娘有什么差使，我们吩咐去。"袭人笑道："有什么差使？今儿宝二爷要打发人到小侯爷家与史大姑娘送东西去，可巧你们来了，顺便出去叫后门上的小子们雇辆车来。回来你们就往这里拿钱，不用叫他们又往前头混碰去。"婆子答应着去了。袭人回至房中，拿碟子盛东西与史湘云送去，[5]却见橱子①上碟槽空着。因回头见晴雯、秋纹、麝月等都在一处做针黹，袭人问道："这一个缠丝白玛瑙碟子哪去了？"众人见问，都你看我，我看你，都想不起来。半日，晴雯笑道："给三姑娘送荔枝去的，[6]还没送来呢。"袭人道："家常送东西的家伙也多，巴巴地拿这个去。"晴雯道："我何尝不也这样说。他说这个碟子配上鲜荔枝才好看。[7]我送去，三姑娘见了也说好看，叫连碟子放着，就没带来。你再瞧，那橱子尽上头的一对联珠瓶还没收来呢。"[8]秋纹笑道："提起这瓶来，我又想起笑话。我们宝二爷说声

1. 有事可凭，顺理成章，无须大雅。

2. 一路总不写薛、林兴头，可见她二人并不着意于此。不写薛、林，正是大手笔。独她二人长于诗，必使二人为之，则极腐矣。全是错综法。（己）

3. 忽然写到袭人，真令人不解，看他如何终此诗社之文。（己）

4. 怡红院全凭袭人当家，看她处置此细事，何等周全妥当。难怪得上下众口好评。

5. 是宝玉记挂起湘云来叫送的，但先不说送什么。线头却牵出，观者犹不理会。不知是何碟何物，令人犯思索。（己）

6. 前探春招宝玉结诗社帖子中已提到，所谓"兼鲜荔并真卿墨迹见赐"是也。前后丝丝密合。

7. 自然好看，原该如此。可恨今之有一二好花者，不肯像景而用。（己）

8. 由玛瑙碟子带出联珠瓶来，又由瓶带出送花事来，然后丫头受赏，彼此谑语讥讽，接二连三，牵五挂四，没完没了。最后仍能归到诗社事上来，此展示生活场景的大开大合写法，非单纯一条线说故事可比。

---

① 橱子——像书架的木器家具，分大小式样不同的格子，可放置器皿、玩物、摆设。

孝心一动，也孝敬到二十分。因那日见园里桂花，折了两枝，原是自己要插瓶的，忽然想起来说，这是自己园里的才开的新鲜花儿，不敢自己先玩，巴巴地把那一对瓶拿下来，亲自灌水插好，叫个人拿着，亲自送一瓶进老太太，又进一瓶与太太。[1] 谁知他孝心一动，连跟的人都得了福了。可巧那日是我拿去的。老太太见了这样，喜得无可无不可，见人就说：'到底是宝玉孝顺我，连一枝花儿也想得到。别人还只抱怨我疼他。'你们知道，老太太素日不大同我说话的，有些不入她老人家的眼的。那日竟叫人拿几百钱给我，说我可怜见的，生得单柔。这可是再想不到的福气。几百钱事小，难得这个脸面。[2] 及至到了太太那里，太太正和二奶奶、赵姨奶奶、周姨奶奶好些人翻箱子，找太太当日年轻的颜色衣裳，不知要给哪一个。[3] 一见了，连衣裳也不找了，且看花儿。又有二奶奶在旁边凑趣儿，夸宝玉又是怎样孝敬，又是怎样知好歹，有的没的说了两车话。[4] 当着众人，太太自为又增了光，堵了众人的嘴。太太越发喜欢了，现成的衣裳就赏了我两件。衣裳也是小事，年年横竖也得，却不像这个彩头。"晴雯笑道："呸！没见世面的小蹄子！那是把好的给了人，挑剩下的才给你，你还充有脸呢！"[5] 秋纹道："凭她给谁剩的，到底是太太的恩典。"晴雯道："要是我，我就不要。若是给别人剩下的给我，也罢了。一样这屋里的人，难道谁又比谁高贵些？把好的给她，剩下的才给我，我宁可不要。[6] 冲撞了太太，我也不受这口软气。"秋纹忙问道："给这屋里谁的？我因为前儿病了几天，家去了，不知是给谁的。好姐姐，你告诉我知道知道。"晴雯道："我告诉了你，难道你这会退还太太去不成？"[7] 秋纹笑道："胡说！我白听了喜欢喜欢。哪怕给这屋里的狗剩下的，[8] 我只领太太的恩典，也不犯管别的事。"众人听了，都笑道："骂得巧，可不是给了那西洋花点子哈巴儿①了。"[9] 袭人笑道："你们

1. 说宝玉是孽根、不肖、叛逆等都无不可，只是不能责他没有孝心。虽说是忽然心血来潮，却实实出自他善良天性。

2. 因意外获小惠而庆幸感恩，亦人情常见，今之善于感情投资者，颇懂此中诀窍。

3. 要给的人近在眼前。

4. 凤姐甚疼宝兄弟，常见特殊关爱，今背后夸他孝顺，知好歹，是深知其为人的话。

5. 所谓"心比天高，身为下贱"也。虽语有所指，也难得在那个时代的丫头身上，见不到奴颜媚骨。

6. 原来就在屋里，此人已呼之欲出。

7. 妙在不告诉是给谁，却作反问，这才逗出秋纹那句话来。

8. 是有意还是无意，很难说。

9. 若以为作者借此在痛斥袭人是走狗奴才，这就过于夸张了。丫头们奚落其善讨主子喜欢如哈巴儿，是不错的，今人则谓之奴性。须知阶级烙印人人难免，表现出来不尽相同，有时在思想观念上会彼此对立，如晴雯与袭人即是。作者有一定倾向性，但并非事事处处非黑白分明不可，并非借小说在自觉地表达反封建意识。那样既不可能，也是写不出好小说来的。故不可仅据此划线来臧否人物。

————————————

①　西洋花点子哈巴儿——从外国带来的花毛哈巴狗。花点子，当指袭人姓花，或因袭人正穿着花点子衣服。

这起烂了嘴的！得了空就拿我取笑打牙儿①。一个
个不知怎么死呢！”秋纹笑道：“原来姐姐得了，我
实在不知道。我赔个不是罢。”袭人笑道：“少轻狂
罢。你们谁取了碟子来是正经。”¹麝月道：“那瓶儿
也该得空收来了。老太太屋里还罢了，太太屋里人
多手杂。别人还可以，赵姨奶奶一伙的人，见是这
屋里的东西，又该使黑心弄坏了才罢。太太也不大
管这些事，不如早些收来是正经。”晴雯听说，便掷
下针黹道：“这话倒是，等我取去。”秋纹道：“还是
我取去罢，你取你的碟子去。”晴雯笑道：“我偏取
一遭儿去。是巧宗儿你们都得了，难道不许我得一
遭儿？”²麝月笑道：“通共秋丫头得了一遭儿衣裳，
哪里今儿又巧，你也遇见找衣裳不成？”晴雯冷笑道：
“虽然碰不见衣裳，或者太太看见我勤谨，一个月也
把太太的公费里分出二两银子来给我，也定不得。”³
说着又笑道：“你们别和我装神弄鬼的，什么事我不
知道。”一面说，一面往外跑了。秋纹也同她出来，
自去探春那里取了碟子来。

　　袭人打点齐备东西，叫过本处的一个老宋妈妈
来，⁴向她说道：“你先好生梳洗了，换了出门的衣裳
来，如今打发你与史大姑娘送东西去。”那宋妈妈道：
“姑娘只管交给我，有话说与我，我收拾了就好一顺
去的。”袭人听说，便端过两个小掐丝盒子来。先揭
开一个，里面装的是红菱和鸡头②两样鲜果；又揭
那一个，是一碟子桂花糖蒸新栗粉糕。又说道：“这
都是今年咱们这里园子里新结的果子，宝二爷送来
与姑娘尝尝。再，前日姑娘说这玛瑙碟子好，姑娘
就留下玩罢。⁵这绢包儿里头是姑娘上日叫我做的活
计，姑娘别嫌粗糙，能着用罢。替我们请安，替二
爷问好就是了。”宋妈妈道：“宝二爷不知还有什么
说的没有，姑娘再问问去，回来又别说忘了。”袭
人因问秋纹道：“方才可见在三姑娘那里？”秋纹道：
“他们都在那里商议起什么诗社呢，又都作诗。想来
没话，你只去罢。”宋妈妈听了，⁶便拿了东西出去，

1. 看他忽然夹写女儿喁喁一段，总不
脱正事。所谓此书一回是两段，两
段中却有无限事体，或有一语透至
一回者，或有反补上回者，错综穿
插，从不一气直起直泻至终为了。
（己）

2. 只怕还有话要说，未必真想去。若
真去了，后来大观园出丑事，太太
也就不会不认识晴雯了。

3. 这就是了。物不平则鸣，毕竟彼此
月例差别太悬殊了。晴雯不过说说
而已。

4. 宋，送之。随事生文，妙。（己）

5. 前文说袭人“拿碟子盛东西与史湘
云送去”，发现不见了，晴雯想起来，
就叫她从探春处取回。原来是因为
湘云喜欢，打算趁机送给她。袭人
真有心人！妙，隐这一件公案。余想：
袭人必要玛瑙碟子盛去，何必骄奢
轻发如是耶？因有此一案，则无怪
矣。（己）

6. 后文说宋妈妈送东西给湘云，还告
知起诗社事，若非此时听见，如何
能得知。细。

---

① 打牙儿——弄舌，说俏皮话。
② 鸡头——即芡实。水生，夏日开花，叶似荷而小，果实可食。

另外穿戴了。袭人又嘱咐她：“从后门出去，有小子和车等着呢。”宋妈妈去后，不在话下。

一时宝玉回来，先忙着看了一回海棠，至房内告诉袭人起诗社的事。袭人也把打发宋妈妈与史湘云送东西去的话告诉了宝玉。宝玉听了拍手道：“偏忘了她。我自觉心里有件事，只是想不起来，亏你提起来，正要请她去。这诗社里若少了她还有什么意思。”[1] 袭人劝道：“什么要紧，不过是玩意儿。她比不得你们自在，家里又作不得主儿。告诉她，她要来又由不得她；不来她又牵肠挂肚的，没的叫她不受用。”宝玉道：“不妨事，我回老太太打发人接她去。”正说着，宋妈妈已经回来，回复道生受①，与袭人道乏。又说：“问二爷作什么呢，我说和姑娘们起什么诗社作诗呢。史姑娘说，他们作诗也不告诉她去，急得了不得。”[2] 宝玉听了，立身便往贾母处来，立逼着叫人接去。[3] 贾母因说：“今儿天晚了，明日一早再去。”宝玉只得罢了，回来闷闷的。

次日一早，便又往贾母处来催逼人接去。直到午后，史湘云才来，宝玉方放了心，[4] 见面时，就把始末原由告诉她，又要与她诗看。李纨等因说道：“且别给她看，先说与她韵。”[5] 她后来，先罚她和了诗：若好，便请入社；若不好，还要罚她一个东道再说。”湘云笑道：“你们忘了请我，我还要罚你们呢。就拿韵来，我虽不能，只得勉强出丑。容我入社，扫地焚香我也情愿。”[6] 众人见她这般有趣，越发喜欢，都埋怨昨日怎么忘了她，遂忙告诉她韵。史湘云一心兴头，等不得推敲删改，一面只管和人说着话，心内早已和成，即用随便纸笔录出，[7] 先笑说道：“我却依韵和了两首，好歹我却不知，不过应命而已。”说着递与众人。众人道：“我们四首也算想绝了，再一首也不能。你倒弄了两首，哪里有许多话说，必要重了我们的。”[8] 一面说，一面看时，只见那两首诗写道：

1. 若只说忘了，不好；必说心里有件事，想不起，方千妥万妥。湘云是诗社中最有意思角色，未正面描述前，先从宝玉口中说出，有引人入胜效果。

2. 若非从宋妈处得消息，如何写她“急得了不得”。倘由庸笔来写，必是宝玉想起来，请她，她高兴得了不得。作者偏不写高兴，而写她急。

3. “急得了不得”的还有宝玉，“立逼着”三字，活龙活现。

4. “无事忙”有事了，还不更忙？

5. 先不看别人的，只凭自己本领做才有意思。

6. 早技痒难熬了。“就拿韵来！”怎么听去就像水泊梁山好汉说“拿酒来”。但能入社，不辞充役，爽快人说得真有趣！

7. 诗思敏捷是湘云一大本领。可见越是好文字，不管怎样就有了；越用工夫越讲究笔墨，终成涂鸦。（己）

8. 竭力用众人的话来反衬，以怀疑和低估来推高其所作。说实在的，已有四首，又加两首，谁能用同样诗题、同样韵脚连写六首而立意、风格各异，不彼此“重了”呢？雪芹真神乎其技矣！

---

① 生受——难为，麻烦。

### 其 一

神仙昨日降都门，[1]种得蓝田玉一盆。[2]
自是霜娥偏爱冷，[3]非关倩女亦离魂。
秋阴捧出何方雪？[4]雨渍添来隔宿痕。
却喜诗人吟不倦，岂令寂寞度朝昏。①

### 其 二

蘅芷阶通萝薜门，也宜墙角也宜盆。[5]
花因喜洁难寻偶，[6]人为悲秋易断魂。
玉烛滴干风里泪，晶帘隔破月中痕。
幽情欲向嫦娥诉，[7]无奈虚廊夜色昏。[8]②

众人看一句，惊讶一句，看到了赞到了，都说："这个不枉作了海棠诗，真该要起海棠社了。"史湘云道："明日先罚我个东道，[9]就让我先邀一社可使得？"众人道："这更妙了！"因又将昨日的诗与她评论一回。

至晚，宝钗将湘云邀往蘅芜苑去安歇。湘云灯下计议如何设东拟题。宝钗听她说了半日，皆不妥当，因向她说道："既开社，便要作东。虽然是个玩意儿，也要瞻前顾后，又要自己便宜，又要不得罪了人，然后方大家有趣。你家里你又作不得主，一个月通共那几吊钱，你还不够盘缠呢。这会子又干这没要紧的事，你姐姐听见了，越发抱怨你了。况且你就都拿出来，做这个东道也不够。难道为这个家去要不成？还是和这里要呢？"[10]一席话提醒了湘云，倒踌蹰起来。宝钗道："这个我已经有个主意。[11]我们当铺里有一个伙计，他家田里出的好肥螃蟹，前儿送了几斤来。现在这里的人，从老太太起，连园子里的人，有多一半都是爱吃螃蟹的。前日姨娘还说要请老太太在园子里赏桂花、吃螃蟹，[12]因为有事还没有请。你如今且把诗社别提起，只普通一请。等他们散了，咱有多少诗作不得呢。我和

1. 天外落笔，直透下句。落想便新奇，不落彼四套。（己）

2. 用神仙种玉故事，恰好。好，"盆"字押得更稳，总不落彼四套。（己）

3. 又不脱自己将来形景。（己）"偏爱冷"与"湘云是自爱所误"（第二十二回脂评）可互为印证。

4. 遣词造句都妙。清初李玉有《一捧雪》戏曲，乃以雪名玉杯，此借以喻花而将秋阴拟人，故言"捧出"。秋有阴而无雪，故用"何方"设问，且表惊喜。拍案叫绝，压倒群芳在此一句。（己）

5. 湘云成长之路坎坷不平，无论寄养叔家，还是招至荣府，皆深知自爱，随遇而安，此名花植于墙角盆中无不相宜之寓意吧！

6. 总喻将来不肯蒙受垢语污名而与丈夫分手。

7. 嫦娥亦"碧海青天夜夜心"之孤栖者。

8. 二首真可压卷。诗是好诗，文是奇奇怪怪之文，总令人想不到忽有二首来压卷。（己）

9. 罚也有自己讨的，有趣！

10. 好宝钗！对要好闺友，只以诚相待，实话实说，全不绕弯子，给做事不瞻前顾后且正在兴头上的湘云泼冷水，让她面对自己处境，想想做东的困难。

11. 不光给人出难题，办法也替她想好了。

12. 赏桂吃蟹便成下回后半作诗的题材。

---

① 湘云"神仙昨日降都门"一律——蓝田，山名，在陕西西安市南，以产白玉著名，古神怪故事中有神仙种玉事。"自是"句，自是，本是。霜娥，亦称"青女"，管霜雪的女神。"非关"句，用唐代陈玄祐《离魂记》事：倩娘与王宙相爱，魂离身go随王宙远遁共居。此谓海棠非关倩娘事而也像离了魂的女子一样多情。

② 湘云"蘅芷阶通萝薜门"一律——"玉烛"句，白色蜡烛烧完时，剩下的是一堆凝脂，以喻花。晶帘，水晶帘，从帘内可见帘外景物，唯白色的东西不明显，故曰"隔破"，谓月中花影模糊。

哥哥说，要几篓极肥极大的螃蟹来，再往铺子里取上几坛好酒来，再备四五桌果碟，岂不又省事，又大家热闹了！"¹湘云听了，心中自是感服，极赞她想得周到。宝钗又笑道："我是一片真心为你的话。你千万别多心，想着我小看了你，咱们两个就白好了。²你若不多心，我就好叫他们办去。"湘云忙笑道："好姐姐，你这样说，倒多心待我了。凭她怎么糊涂，连个好歹也不知，还成个人了？我若不把姐姐当作亲姐姐一样看，上回那些家常话、烦难事也不肯尽情告诉你了。"³宝钗听说，便唤一个婆子来："出去和大爷说，像前日的大螃蟹要几篓来，明日饭后请老太太、姨娘赏桂花。你说，大爷好歹别忘了，我今儿已请下人了。"⁴那婆子出去说明回来，无话。

　　这里宝钗又向湘云道："诗题也不要过于新巧了。你看古人诗中哪里有那些刁钻古怪的题目和那极险的韵①，若题过于新巧，韵过于险，再不得有好诗，终是小家气。诗固然怕说熟话，然更不可过于求生，⁵只要头一件立意清新，自然措词就不俗了。究竟这也算不得什么，还是纺绩、针黹是你我的本等②。⁶一时闲了，倒是于身心有益的书看几章是正经。"湘云只答应着，因笑道："我如今心里想着，昨日作了海棠诗，我如今要作个菊花诗如何？"宝钗道："菊花倒也合景，只是前人作的太多了。"湘云道："我也是如此想着，恐怕落套。"宝钗想了一想，说道："有了，如今以菊花为宾，以人为主，竟拟出几个题目来，都是两个字：一个虚字，一个实字，实字便用'菊'字，虚字就用通用门的。如此又是咏菊，又是赋事，前人也没作过③，也不能落套。⁷赋景、咏物两关着，又新鲜又大方。"湘云笑道："这却很好。只是不知用何等虚字才好。你

1. 办法想得确实好，只是要自家破费了。而且还尽量将操办事说得简便，以免对方不安。

2. 出自好心，也须防伤人自尊，故作此表白，无微不至。

3. 肝胆相照之言。

4. 必得如此叮咛，阿呆兄方记得。（己）也见宝钗办事认真，想得周到。

5. 高见。非但作诗，即书画、论著，无不如此。固怕亦步亦趋，人云亦云，了无新意，更不可"徒为供人之目"而故作姿态，或为求轰动效应而独创奇谈怪论。

6. 这句煞风景。今之读者尤不喜欢此类说教。然不说这话，醉心于论诗说词，便不是薛宝钗了。

7. 前人诗文集中固少见此种，清代则已相当流行。见注释③。

---

①　险韵——以极难押韵的字押韵。有两类情况：一、某一韵部所属的字多或常用字较多，因而选择余地较大的叫宽韵；反之，选择余地较小的叫窄韵；特别窄的就叫险韵，如上平"三江"韵。二、所押之字，虽属宽韵部，却生僻难用，或以常人思路看来此字与诗题内容仿佛风马牛不相及的，也叫险韵。

②　本等——本分。

③　一个虚字，一个实字……又是咏菊，又是赋事，前人也没作过——小说虽称是宝钗、湘云想出来的新鲜作诗法，其实是对当时已存在着的诗风的艺术反映。比如与作者同时代的宗室文人永恩《诚正堂稿》和永奎（嵩山）的《神清室诗稿》中就有彼此唱和的《菊花八咏》诗，诗题有《访菊》《对菊》《种菊》《簪菊》《问菊》《梦菊》《供菊》《残菊》等，小说中几乎和这一样，可见并非向壁虚构。

先想一个我听听。"宝钗想了一想，笑道："《菊梦》就好。"湘云笑道："果然好。我也有一个，《菊影》可使得？"宝钗道："也罢了。只是也有人作过，若题目多，这个也夹得上。我又有了一个。"湘云道："快说出来。"宝钗道："《问菊》如何？"湘云拍案叫妙，因接说道："我也有了，《访菊》如何？"宝钗也赞有趣，因说道："索性拟出十个来，写上再定。"说着，二人研墨蘸笔，湘云便写，宝钗便念，一时凑了十个。湘云看了一遍，又笑道："十个还不成幅，索性凑成十二个便全了，[1] 也如人家的字画册页一样。"宝钗听说，又想了两个，一共凑成十二。又说道："既这样，一发编出它个次序先后来。"湘云道："如此更妙，竟弄成个菊谱了。"宝钗道："起首是《忆菊》；忆之不得，故访，第二是《访菊》；访之既得，便种，第三是《种菊》；种既盛开，故相对而赏，第四是《对菊》；相对而兴有余，故折来供瓶为玩，第五是《供菊》；既供而不吟，亦觉菊无彩色，第六便是《咏菊》；既入词章，不可不供笔墨，第七便是《画菊》；既为菊如是碌碌，究竟不知菊有何妙处，不禁有所问，第八便是《问菊》；菊如解语，使人狂喜不禁，第九便是《簪菊》；如此人事虽尽，犹有菊之可咏者，《菊影》《菊梦》二首续在第十第十一；末卷便以《残菊》总收前题之盛。这便是三秋的好景妙事都有了。"湘云依言将题录出，又看了一回，又问："该限何韵？"宝钗道："我平生最不喜限韵，分明有好诗，何苦为韵所缚。咱们别学那小家派，只出题，不拘韵。原为大家偶得了好句取乐，并不为那些难人。"[2] 湘云道："这话很是。这样大家的诗还进一层。但只是咱们五个人，这十二个题目，难道每人作十二首不成？"宝钗道："那也太难人了。将这题目誊好，都要七言律诗，明日贴在墙上。他们看了，谁作哪一个就作哪一个。有力量者，十二首都作也可；不能的，一首不成也可。高才捷足者为尊。若十二首已全，便不许他后赶着又作，罚他就完了。"湘云道："这倒也罢了。"二人商议妥帖，方才熄灯安寝。要知端的，且听下回分解。

1. 作者总喜欢凑"十二"之数。

2. 据意择韵，以韵承意，才是作诗的正路。如果迁意就韵，因韵求事，就本末倒置了。但限韵风气，当时相当普遍。难得宝钗此论，且得宝玉赞同，在下一回中，宝玉说："我也最不喜限韵。"

## 【总评】

　　大观园儿女们结社作诗的种种情况，是当时知识阶层文化精神生活的反映，也可视作与作者多有接触的宗室文人、旗人子弟互相吟咏唱酬活动（在他们的集子中就可找到）的艺术写照；只是这种普遍存在的社会现象，经作者重新构思、加工、变形，被写入到虚构的大观园群芳的趣闻故事中而已。

　　探春诗才不及林、薛，却多风雅之趣；她与宝玉兄妹情深，由她发花笺邀结诗社是最自然的。作者把她和贾芸的帖子放在一起写，艺术上颇有安排。探春的请帖是一篇骈散相杂、写得很漂亮的短简。文笔干净利落，措辞藻丽多彩，与贾芸半文不白、似通非通的帖子形成对照，艺术效果上相得益彰。贾芸平时说话生动活泼，写信却另找陈词俗套来妆点，以为不如此就不够斯文。什么话都从"前因""因"开头，在"认得许多花儿匠"之前还加"竟"字，如此等等，百般扭捏，反成效颦。但从这个令人发笑的帖子中，仍可看出他办事能干、处处讨宝玉喜欢的"伶俐乖觉"的性格特点。赞扬探春文采风流，揶揄贾芸不通文墨，不过是眼前文章高下的对比，到后半部写他们遭遇时，却又完全反过来了。探春不论才志多高，"生于末世运偏消"，一点也不能有所作为；而被人瞧不起的贾芸，如脂评说"此人后来荣府事败"时"有一番作为"，却偏能一显身手。这是很深刻的，能发人深思。

　　作诗先起雅号，也是历来社会风气，但不宜尽落前人窠臼，故宝玉说"居士（如秋爽居士）、主人（如绛洞花主）到底不恰，且又累赘"。探春给黛玉起"潇湘妃子"雅号说的戏言，又是作谶："将来她想林姐夫，那些竹子也要变成斑竹的"，岂非是用闲语"将后半部线索提动"！李纨见有人"抬进两盆白海棠来"，就提议以咏白海棠为诗题。迎春道："都还未赏，先倒作诗。"宝钗道："不过是白海棠，又何必定要见了才作。古人的诗赋，也不过都是寄兴寓情耳。若都见了才作，如今也没有这些诗了。"此真作诗高论！套用其言来论小说创作，不知如何："若都要亲身经历了才写，如今也没有一部《红楼梦》了。"

　　宝玉说李纨对诗"虽不善作却善看，又最公道"，大家都服她的优劣评阅。李纨评："若论风流别致，自是这首（黛玉诗）；若论含蓄浑厚，终让蘅芜稿。"黛玉屈居第二。宝玉说"还要斟酌"，当然是表现他对人和对诗的偏爱。毕竟评诗见仁见智，不可能像判田径赛成绩那样客观。

　　秋纹丫头受老太太、太太赞赏，得了彩头，大为得意。晴雯尖刻地嘲笑她，谈话扯上了"狗剩下的"，有人便戏语指袭人是"西洋花点子哈巴儿"。这段虽属过渡性文字，却突出了晴雯反对媚主、维护自身尊严的可贵品格。

　　因结诗社，宝玉想起了湘云，催贾母立刻接她来，与上回结尾湘云临别嘱咐接上了榫。湘云诗思敏捷，言谈间便作了两首，反成"压倒群芳"之作。脂评告诉我们，诗句多有"不脱自己将来形景"处，如"自是霜娥偏爱冷""花因喜洁难寻偶""烛泪""嫦娥"等，皆暗示她和她丈夫后来成了牛郎织女那样的"白首双星"。又"也宜墙角也宜盆"句，让人联想到她无论处境如何变化，总能随遇而安、因地而宜的开朗心胸。

　　"夜拟菊花题"用一个虚字、一个实字拟成十二题，虽说是宝钗、湘云想出来的新鲜作诗法，其实也是对当时诗风的艺术反映。

# 第三十八回
## 林潇湘魁夺菊花诗　薛蘅芜讽和螃蟹咏

**【题解】**

本回回目诸本基本相同，两句所说都是诗社吟咏事。前句说的是在开社时，众人共作菊花诗十二题，其中林黛玉所选作的《咏菊》等三首，经讨论，被评为最佳，因而夺魁。后句说，作完菊花诗后，宝玉又说："今日持螯（蟹钳）赏桂，亦不可无诗。"便将自己即兴作的一首出示，引出黛、钗各和一首，薛宝钗的咏螃蟹诗因其讽刺世人辛辣，被大家推为"食蟹绝唱"。有回前脂评曰：题曰："菊花诗"，"螃蟹咏"，偏自太君前。阿凤若许诙谐中不失体，鸳鸯、平儿宠婢中多少放肆之迎合取乐，写来似难入题，却轻轻用弄水、戏鱼、看花等游玩事，及王夫人云"这里风大"一句收住入题，并无纤毫牵强。此重作轻抹法也。妙极，好看煞！（己）

话说宝钗、湘云二人计议已妥，一宿无话。<u>湘云次日便请贾母等赏桂花。</u>[1] 贾母等都说："倒是她有兴头，须要扰她这雅兴。"[2] 至午，贾母果然带了王夫人、凤姐兼请薛姨妈等进园来。贾母因问："<u>哪一处好？</u>"[3] 王夫人道："<u>凭老太太爱在哪一处，就在哪一处。</u>"[4] 凤姐道："藕香榭已经摆下了，那山坡下两颗桂花开得又好，河里的水又碧清。<u>坐在河当中亭子上岂不敞亮，看着水，眼也清亮。</u>"[5] 贾母听了说："这话很是。"说着，引了众人往藕香榭来。原来这藕香榭盖在池中，四面有窗，左右有曲廊可通，亦是跨水接岸，后面又有曲折竹桥暗接。众人上了竹桥，凤姐忙上来搀着贾母，口里说："<u>老祖宗只管迈大步走，不相干的，这竹子桥规矩是咯吱咯喳的。</u>"[6]

一时进入榭中，只见栏杆外另放着两张竹案，一个上面设着杯箸酒具，一个上头设着茶筅、茶盂各色茶具。那边有两三个丫头煽风炉煮茶，这一边另外几个丫头也煽风炉烫酒呢。贾母喜得忙问："这茶想得到，且是地方、东西都干净。"湘云笑道：

1. 原是薛家打算要请的，今让湘云出面，将这份做东的人情给了她，都是宝钗出的主意。

2. 喜欢热闹的贾母，见侄孙女来请，能不欣然答应？若在世俗小家，则云："你是客，在我们舍下，怎么反扰你的呢？"一何可笑！（己）

3. 必如此问方好。（己）

4. 必是王夫人知此答方好。（己）

5. 知者乐水，岂其然乎？（己）"知"通"智"，所谓"仁者乐山，智者乐水"。

6. 竹桥别出心裁的设计，阿凤无微不至的服侍，只从她一句话中写出，真神了！如见其势，如临其上，非走过者必形容不到。（己）

"这是宝姐姐帮着我预备的。"[1]贾母道："我说这个孩子细致，凡事想得妥当。"[2]一面说，一面又看见柱上挂的黑漆嵌蚌的对子，命人念。湘云念道：

> 芙蓉影破归兰桨　菱藕香深写竹桥①[3]

贾母听了，又抬头看匾，因回头向薛姨妈道："我先小时，家里也有这么一个亭子，叫作什么'枕霞阁'。[4]我那时也只像她们姊妹这么大年纪，同姊妹们天天玩去。那日谁知我失了脚掉下去，几乎没淹死，好容易救了上来，到底被那木钉把头碰破了。如今这鬓角上那指头顶大一块窝儿就是那残破了。众人都怕经了水，又怕冒了风，都说活不得了，谁知竟好了。"凤姐不等人说，先笑道："那时要活不得，如今这么大福可叫谁享呢！可知老祖宗从小儿的福寿就不小，神差鬼使碰出那个窝儿来，好盛福寿。寿星老儿头上原是一个窝儿，因为万福万寿盛满了，所以倒凸高出些来了。"[5]未及说完，贾母与众人都笑软了。[6]贾母笑道："这猴儿惯得了不得了，只管拿我取笑起来，恨得我撕你那油嘴！"凤姐笑道："回来吃螃蟹，恐积了冷在心里，讨老祖宗笑一笑开开心，一高兴多吃两个就无妨了。"[7]贾母笑道："明儿叫你日夜跟着我，我倒常笑笑觉得开心，不许回家去。"王夫人笑道："老太太因为喜欢她，才惯得她这样，还这样说她，明儿越发无礼了。"贾母笑道："我喜欢她这样，况且她又不是那不知高低的孩子。家常没人，娘儿们原该这样。横竖礼体不错就罢，没的倒叫她从神儿似的作什么！"[8]

说着一齐进入亭子，献过茶，凤姐忙着搭桌子，要杯箸。上面一桌：贾母、薛姨妈、宝钗、黛玉、宝玉。东边一桌：史湘云、王夫人、迎、探、惜。西边靠门一小桌：李纨和凤姐的，虚设座位，

---

1. 不肯掠人之美。

2. 称赞得是。

3. 上句，比王维"莲动下渔舟"（《山居秋暝》）多一层曲折。下句，俗人以为菱藕无香，此妙在言香，更着一"深"字；"写"，杨藏、甲辰、程高诸本妄改作"泻"，以状桥之势，则成拱桥矣。前文写明是"曲折竹桥"，总是不细读之故。

4. 怪不得下文湘云雅号起作"枕霞旧友"。

5. 窝儿能盛福寿已巧，讵料更将老寿星扯上。如此精彩谐语，唯雪芹笔下有，他人续写凤姐，半句也不能。

6. 看他忽用贾母数语，闲闲又补出此书之前，似已有一部十二钗的一般，令人遥忆不能一见。余则将欲补出枕霞阁中十二钗来，岂不又添一部新书？（己）

7. 答得好，且懂物性养生。

8. 凤姐不像小家媳妇那样拘拘束束，难得开笑脸，在长辈前不敢多说一句话，弄得"从神儿似的"。故明义说她"不似小家拘束态，笑时偏少默时多"（《题红楼梦》二十绝句之十五），真不错。敢于调笑贾母而能让她喜欢，正在于知高低、识礼体，此是绝大本领，旁人难学。近日之暴发专讲礼法，竟不知礼法；此似无礼，而礼法井井。所谓"整瓶不动半瓶摇"，又曰"习惯成自然"，真不谬也。（己）

---

① "芙蓉"一联——芙蓉，指水芙蓉，即荷花。兰桨，木兰制的桨，指代小舟。上句说见水动影破方知船来；下句说竹桥架于水面生长菱藕的幽深处，恰如画出。写，画。

二人皆不敢坐，只在贾母、王夫人两桌上伺候①。¹
凤姐吩咐："螃蟹不可多拿来，仍旧放在蒸笼里，²拿
十个来，吃了再拿。"一面又要水洗了手，站在贾母
跟前剥蟹肉，头次让薛姨妈。薛姨妈道："我自己掰
着吃香甜，不用人让。"凤姐便奉与贾母。二次的便
与宝玉，又说："把酒烫得滚热的拿来。"又命小丫
头们去取菊花叶儿、桂花芯熏的绿豆面子②来，预备
洗手。史湘云陪着吃了一个，就下座来让人，又出
至外头，命人盛两盘子与赵姨娘、周姨娘送去。³又
见凤姐走来道："你不惯张罗，你吃你的去。我先替
你张罗，等散了我再吃。"湘云不肯，又命人在那
边廊上摆了两桌，让鸳鸯、琥珀、彩霞、彩云、平
儿去坐。⁴鸳鸯因向凤姐笑道："二奶奶在这里伺候，
我们可吃去了。"凤姐儿道："你们只管去，都交给
我就是了。"说着，史湘云仍入了席。凤姐和李纨
也胡乱应个景儿。凤姐仍是下来张罗，一时出至廊
上。鸳鸯等正吃得高兴，见她来了，鸳鸯等站起来
道："奶奶又出来作什么? 让我们也受用一会子。"⁵
凤姐笑道："鸳鸯小蹄子越发坏了，我替你当差，倒
不领情，还抱怨我。还不快斟一钟酒来我喝呢。"鸳
鸯笑着忙斟了一杯酒，送到凤姐唇边，凤姐一扬脖
子吃了。琥珀、彩霞二人也斟上一杯，送到凤姐唇
边，那凤姐也吃了。平儿早剔了一壳黄子送来，凤
姐道："多倒些姜醋。"⁶一面也吃了，笑道："你们坐
着吃罢，我可去了。"鸳鸯笑道："好没脸，吃我们
的东西。"凤姐儿笑道："你和我少作怪。你知道你
琏二爷爱上了你，要和老太太讨了你作小老婆呢。"
鸳鸯道："啐，这也是作奶奶说出来的话! 我不拿腥
手抹你一脸算不得。"⁷说着赶着就要抹。凤姐儿央道：
"好姐姐，饶我这一遭儿罢!"琥珀笑道："鸳丫头要
去了，平丫头还饶她? 你们看看她，没有吃了两个
螃蟹，倒喝了一碟子醋，她也算不会揽酸了。"平儿
手里正掰了个满黄的螃蟹，听如此奚落她，便拿着

1. 仍遵此家礼，小女儿可坐，媳妇只
应一旁伺候。

2. 螃蟹要趁热吃，亦一诀。

3. 湘云礼数人情也周到。

4. 原在一旁伺候的都是贾母、王夫人、
凤姐的丫头将军们，也得招待好。

5. 写出鸳鸯首席丫头身份，特有面子，
故说话敢与凤姐调笑叫板。

6. 非凤姐口重，吃螃蟹原须有姜有醋，
尤其是姜。近见北方吃蟹，往往有
醋而无姜，殊不知吃蟹用姜越多越
好，姜多才不会吃坏肚子。

7. 凤姐的嘴岂肯让人半步。鸳鸯一句
挑逗，让她火力全开，从打嘴仗到
动手，"战争"升级。

---

① 二人皆不敢坐，只在贾母、王夫人两桌上伺候——清代旗俗家庭礼法规定，未出嫁的姊妹地位尊于媳妇，儿
女们可以陪坐在父母身旁吃饭，而儿媳妇只能站在一旁像婢仆那样地伺候。
② 菊花叶儿、桂花芯熏的绿豆面子——菊叶、绿豆粉有去掉蟹腥的效果，故用来擦洗手。

螃蟹照琥珀脸上来抹，口内笑骂："我把你这嚼舌根的小蹄子！"琥珀也笑着往旁边一躲，<u>平儿使空了，往前一撞，正恰恰地抹在凤姐儿腮上。</u>[1]凤姐儿正和鸳鸯嘲笑，不防唬了一跳，"嗳呀"了一声。众人撑不住都哈哈地大笑起来。凤姐也禁不住笑骂道："死娼妇！吃离了眼了，混抹你娘的。"平儿忙赶过来替她擦了，亲自去端水。鸳鸯道："阿弥陀佛！这是个报应。"<u>贾母那边听见，一叠声问："见了什么这样乐？告诉我们也笑笑。"</u>[2]鸳鸯等忙高声笑回道："<u>二奶奶来抢螃蟹吃，平儿恼了，抹了她主子一脸的螃蟹黄子。主子奴才打架呢。</u>"[3]贾母和王夫人等听了也笑起来。贾母笑道："你们看她可怜见的，把那小腿子、脐子给她点子吃也就完了。"鸳鸯等笑着答应了，高声又说道："这满桌子的腿子，二奶奶只管吃就是了。"凤姐洗了脸走来，又服侍贾母等吃了一会。<u>黛玉弱，不敢多吃，只吃了一点儿夹子肉就下来了。</u>[4]

贾母一时不吃了，大家方散，都洗了手，也有看花的，也有弄水看鱼的，游玩了一回。王夫人因向贾母说："这里风大，才又吃了螃蟹，老太太还是回房去歇歇罢了。若高兴，明日再来逛逛。"贾母听了笑道："正是呢。我怕你们高兴，我走了又怕扫了你们的兴。既这么说，咱们就都去罢。"回头又嘱咐湘云："别让你宝哥哥、林姐姐多吃了。"湘云答应着。又嘱咐湘云、宝钗二人说："<u>你两个也别多吃。那东西虽好吃，不是什么好的，吃多了肚子疼。</u>"[5]二人忙应着，送出园外，仍旧回来，命将残席收拾了另摆。宝玉道："也不用摆，咱们且作诗。把那大团圆桌子放在当中，酒菜都放着。也不必拘定座位，有爱吃的去吃，大家散坐岂不便宜？"宝钗道："这话极是。"湘云道："<u>虽如此说，还有别人。</u>"因又命另摆一桌，拣了热螃蟹来，请袭人、紫鹃、司棋、待书、入画、莺儿、翠墨等一处共坐。山坡桂树底下铺下两条花毡，命答应的婆子并小丫头等也都坐了，只管随意吃喝，等使唤再来。[6]

湘云便取了诗题，用针绾在墙上。众人看了

1. 若只有两人对垒，总不热闹，于是将琥珀、平儿也牵进来，遂造成席间躲、撞、误抹的混乱，不复杂化不罢休。凤姐非一味对下人苛严者，能放下身段与丫头们嬉闹取乐，博取亲近好感，是她又一大本领。主婢之间如此融洽的欢乐场面，让只会念阶级对立经的头脑僵化的庸俗社会学者瞠目结舌。

2. 转写那边反响，两边着色。

3. 诙谐的回话，只是半真半假。

4. 黛玉不可不提，能点到体弱，浅尝即止便可。

5. 关爱孙辈，老太太作经验之谈。

6. 一人不漏，面面俱到，方能皆大欢喜。

都说："新奇固新奇，只怕作不出来。"湘云又把不限韵的原故说了一番。宝玉道："这才是正理，我也最不喜限韵。"[1]林黛玉因不大吃酒，又不吃螃蟹，自命人掇了一个绣墩倚栏坐着，拿着钓竿钓鱼。宝钗手里拿着一枝桂花玩了一回，俯在窗槛上掐了桂蕊掷向水面，引得游鱼浮上来唼喋①。[2]湘云出一回神，[3]又让一回袭人等，又招呼山坡下的众人只管放量吃。探春和李纨、惜春立在垂柳阴中看鸥鹭。迎春又独在花阴下拿着花针儿穿茉莉花。[4]宝玉又看了一回黛玉钓鱼，一回又俯在宝钗旁边说笑两句，一回又看袭人等吃螃蟹，自己也陪她饮两口酒。袭人又剥一壳肉给他吃。[5]黛玉放下钓竿，走至座间，拿起那乌银梅花自斟壶来，拣了一个小小的海棠冻石蕉叶杯。[6]丫鬟看见，知她要饮酒，忙着走上来斟。黛玉道："你们只管吃去，让我自己斟才有趣儿。"说着便斟了半盏，看时，却是黄酒，因说道："我吃了一点子螃蟹，觉得心口微微的疼，须得热热的吃口烧酒。"宝玉忙道："有烧酒。"便命将那合欢花浸的酒②烫一壶来。[7]黛玉也只吃了一口，便放下了。宝钗也走过来，另拿了一只杯来，也饮了一口放下，便蘸笔至墙上把头一个《忆菊》勾了，底下又赘了一个"蘅"字。[8]宝玉忙道："好姐姐，第二个我已经有了四句了，你让我作罢！"宝钗笑道："我好容易有了一首，你就忙得这样。"黛玉也不说话，接过笔来把第八个《问菊》勾了，接着把第十一个《菊梦》也勾了，也赘上一个"潇"字。[9]宝玉也拿起笔来，将第二个《访菊》也勾了，也赘上一个"怡"字。探春走来看看道："竟没人作《簪菊》，让我作这《簪菊》。"又指着宝玉笑道："才宣过总不许带出闺阁字样来③，你可要留神！"说着，只见湘云走来，将第四、第五《对菊》《供菊》一连两个都勾了，也赘上一个"湘"字。探春道："你

1. 与前宝钗说诗所见略同。

2. 为黛、钗绰约风姿作画。

3. 想想作为东道主，还有什么疏忽不周之处；此处可想者，如如何感谢宝钗，如何作诗等。

4. 又写两样姿态。看他各人各式，亦如画家有孤笔独出，有攒三聚五，疏疏密密，直是一幅百美图。（己）

5. 写宝玉到处乱窜，似无头苍蝇。

6. 写壶非写壶，正写黛玉。（己）妙杯，非写杯，正写黛玉。"拣"字有神理。盖黛玉不善饮，此任兴也。（己）

7. 伤哉！作者扰记矮𩰚舫前以合欢花酿酒乎？屈指二十年矣！（己）此批当是畸笏叟（即作者生父曹𫖯）所加。𩰚（ào），大头深貌。"矮𩰚舫"，当是为状似宽头低矮舫船的小屋而起的名。若按第四十一回脂评"尚记丁巳春日谢园送茶乎？展眼二十年矣！丁丑仲春，畸笏"计算，雪芹当时十二三岁左右，应随家人居于北京崇文门蒜市口"十七间半"内。

8. 妙极，韵极。（己）

9. 这两个妙题，料定黛卿必喜，岂让他人作去哉！（己）偏先不提后文被评为"第一"的第六个《咏菊》。

---

① 唼喋（shà zhá 霎闸）——水鸟或水面鱼儿争食的声音，此作鱼儿争食解。

② 合欢花浸的酒——合欢花，即马缨花。可作药材，泡酒服用，有解郁安神等功效。

③ 总不许带出闺阁字样来——作诗除限题、限体、限韵以外，也还可以有别的限制，如闺阁作诗偏"不许带出闺阁字样来"即是。所以姊妹们的诗中有"科头坐"、"抱膝吟"、行来"负手"、头戴"葛巾"以及"拍手任他笑路旁"等语，与通常文人所作无异。这仿佛只是以文字为游戏的规定，其实是便于借此反映当时的文化精神生活和儒林风貌。

也该起个号。"湘云笑道："我们家里如今虽有几处<u>轩馆</u>，我又不住着，<u>借了来也没趣</u>。"[1]宝钗笑道："方才老太太说，你们家也有这么个水亭叫'<u>枕霞阁</u>'，难道不是你的？如今虽没了，你到底是旧主人。"[2]众人都道有理，宝玉不待湘云动手，便代将"湘"字抹了，改了一个"霞"字。又有顿饭工夫，十二题已全，各自誊出来，都交与迎春，另拿了一张雪浪笺过来，一并誊录出来，某人作的底下赘明某人的号。李纨等从头看起：

忆　菊　　蘅芜君

怅望西风抱闷思，蓼红苇白断肠时。
空篱旧圃秋无迹，瘦月清霜梦有知。
念念心随归雁远，寥寥坐听晚砧痴，
谁怜我为黄花病？慰语重阳会有期。[①3]

访　菊　　怡红公子

闲趁霜晴试一游，酒杯药盏莫淹留。
霜前月下谁家种，槛外篱边何处秋？
蜡屐远来情得得，冷吟不尽兴悠悠。
黄花若解怜诗客，休负今朝挂杖头！[②4]

种　菊　　怡红公子

携锄秋圃自移来，篱畔庭前故故栽。
昨夜不期经雨活，今朝犹喜带霜开。
冷吟秋色诗千首，醉酹寒香酒一杯。
泉溉泥封勤护惜，好知井径绝尘埃。[③]

对　菊　　枕霞旧友

别圃移来贵比金，一丛浅淡一丛深。
萧疏篱畔科头坐，清冷香中抱膝吟。

1. 不愿夸当年富，湘云有个性。近之不读书暴发户，偏爱起一别号。一笑。（己）

2. 宝钗事事留心，所以记得贾母说笑时的话。

3. 宝钗此回中共作诗三首，此首外，尚有《画菊》和《螃蟹咏》。三首中居然都提到"重阳"，即此句和"粘屏聊以慰重阳""长安涎口盼重阳"，这是非常奇怪的。若以为是诗题与季节偶合，那么，他人所作的菊花诗尚有十首，加上螃蟹诗两首，共十二首，都是同样季节、写相同对象，为何"重阳"二字一次也未用，独宝钗首首都用呢？所以是很难说得通的。按作者拟人物诗作多"不脱自己将来形景"（第三十七回脂评）的习惯，我以为"重阳"很可能与宝钗将来某重大事件有关，比如成婚之类，因无其他佐证，姑且存疑，以待再研究。

4. "挂杖头"庚辰本原抄无误，被另笔改"挂"作"挂"，同于其他诸本，以为用《世说新语》阮修"以百钱挂杖头，至酒店，便独酣畅"事。其实是不对的。宝玉于此诗中以病弱者自拟，故以挂杖表示出访，与首联"药盏"呼应。若用杖头钱事，则外出是为饮酒而非访菊了。酒不自携，而备钱往沽，岂酒肆中有菊可赏，要黄花不负诗客是很难的。发端既说出游胜于在家饮酒，莫为"酒杯"所"淹留"，最后又推翻原意，诗能这样写吗？后人改诗改字，不顾整体，往往如此。

---

① 宝钗《忆菊》一首——蓼红苇白之时，菊尚未开，故怅望西风，抱闷思而断肠。"秋无迹"即"花无迹"的修辞说法，说唯梦中能见，正写"忆"字。五六句将菊比为所忆之远别亲人，故由北雁南飞而勾起思念之情，盼着远方的讯息；听捣衣砧声而独自久久痴坐。戚序、程高诸本押"迟"字，当以为砧声不应言"痴"而改。其实，此为诗歌修辞的特殊句法，犹言"远心随归雁，痴坐听晚砧"。菊开于重阳（农历九月九日），故末谓相会有期以慰其心病。

② 宝玉《访菊》一首——首联说正可趁晴访菊，不必为了耽酒或病弱而留在家里。"何处秋"，即"何处花"的修辞说法。"谁家""何处"都为写"访"。蜡屐（jī机），木底鞋，古人制屐上蜡，多穿它游山玩水。得得，特地，唐时方言。末言菊如怜我，莫辜负我今天乘兴游访。

③ 宝玉《种菊》一首——首言亲自移来菊苗，栽于庭前篱边。故故，特意。不期，不料。秋色、寒香，皆指菊。酹（lèi泪），酒洒于地表示祭奠。也可引申为对菊举酒。末谓我一心只爱惜菊花，便可知居于幽僻之地是为了与尘世的喧闹隔绝。井径，偏僻小径。

数去更无君傲世，看来惟有我知音。[1]
秋光荏苒休辜负，相对原宜惜寸阴。①

### 供菊　　枕霞旧友

弹琴酌酒喜堪俦，几案婷婷点缀幽。
隔座香分三径露，抛书人对一枝秋。
霜清纸帐来新梦，圃冷斜阳忆旧游。[2]
傲世也因同气味，春风桃李未淹留。②[3]

### 咏菊　　潇湘妃子

无赖诗魔昏晓侵，绕篱欹石自沉音。
毫端蕴秀临霜写，口角噙香对月吟。[4]
满纸自怜题素怨，片言谁解诉秋心？[5]
一从陶令平章后，千古高风说到今。③

### 画菊　　蘅芜君

诗余戏笔不知狂，岂是丹青费较量。
聚叶泼成千点墨，攒花染出几痕霜。[6]
淡浓神会风前影，跳脱秋生腕底香。[7]
莫认东篱闲采撷，粘屏聊以慰重阳。④[8]

### 问菊　　潇湘妃子

欲讯秋情众莫知，喃喃负手叩东篱。
孤标傲世偕谁隐？一样开花为底迟？[9]
圃露庭霜何寂寞，鸿归蛩病可相思？[10]
休言举世无谈者，解语何妨话片时。⑤

1. 恰如骏马注坡，奔腾而下，造句极流动而遣词极工整，无丝毫琢刻痕迹而有洒脱之致。坐对傲霜枝，直抒独居自爱情怀。

2. 此句得黛玉大赞，妙处有说，只是未及其象征隐义。大观园败落凄冷之时，"两鬓已成霜"的湘云岂能不追忆今日与同游吟咏之乐吗？

3. 亦有"终究是云散高唐，水涸湘江"意。

4. 李宫裁极赏此句，是此诗夺魁的亮点。"口角噙香"，固不妨理解为吟咏时口中含着一枝菊花，又可视其为吟出芳香诗句的修辞说法。

5. 上联固精巧，此联似更应着眼，我们仿佛从中可听到雪芹"都云作者痴，谁解其中味"之心声。

6. 绘画行家语。

7. 妙句，韵极。

8. 扣题乃紧，然总是画饼意。

9. 黛玉淡薄功名，真有隐逸之风。此"开花"，与《葬花吟》中垒成香巢同喻。

10. 望穿秋水而终无音信也。

---

① 湘云《对菊》一首——科头，不戴帽子，借指不拘礼法，与下联"傲世"关合。唐代王维《与卢员外象过崔处士兴宗林亭》诗："科头箕踞（抱膝而坐）长松下，白眼看他世上人。"菊有"傲霜枝"之称，湘云自称其知音，正说自己高傲。末谓不要辜负好时光，对菊应尽情赏玩，好景是不长的。

② 湘云《供菊》一首——以菊插瓶，置室内供观赏，所以说弹琴饮酒时，高兴有它作伴。"几案"句倒装，即"（菊花）婷婷点缀几案幽"。"隔座"句，即一座之隔而闻到菊花的香气。三径露，菊的修辞说法，用陶潜《归去来辞》"三径就荒，松菊犹存"意。"香分三径露"，说菊从三径折得，与下句用"一枝"同写出"供"字。纸帐来新梦，房内新供菊枝，使睡梦也增香。纸帐，用藤皮茧纸制的透气性好的帐子。圃冷，菊圃冷落。末言自己也与菊一样傲世，并不迷恋世俗的荣华。春风桃李，也可喻幸福美景。湘云二诗，题虽异，却有两点共同：好时光不久和自傲。这与脂评说"湘云是自爱所误"（第二十二回）是一致的。

③ 黛玉《咏菊》一首——首言诗歌创作冲动所带来的不得安宁的心情。无赖，无端，无法可想。欹，通"倚"。沉音，默念。临霜写，描绘菊花，即言咏菊。噙，含着。香，修辞上兼因菊、人和诗句三者而言。"口角"，戚序本作"口底"，己卯、庚辰、甲辰诸本作"口齿"，不成对。从舒序、程甲乙本。素怨，即秋怨，与下句"秋心"互文，秋叫"素秋"。末言自从陶渊明吟咏菊花以后，历来都称颂诗人与菊的高风。

④ 宝钗《画菊》一首——首联谓诗后戏笔画菊，乃乘一时之逸兴不经意所作，岂存心绘画，苦苦构思而成哉！国画中有泼墨、晕染等法，颔联所写即是。攒，簇聚。"淡浓"句谓对风前之菊花姿影心领神会，然后在纸上用浓淡来表现。跳脱，灵活。"秋生腕底香"即"腕底生秋香"。七句谓不要错认是真的菊花而随手就去采撷，说画得神态逼真。陶渊明有"采菊东篱下"（《饮酒》）的名句。撷，拿取。粘屏，贴在屏风上。慰重阳，时值重阳而不得赏菊，以观画代之，可安慰一下寂寞的心情。画中婵娟，似有金玉成空隐意。

⑤ 黛玉《问菊》一首——秋情，即中二联所问到的种种情怀。负手，两手在背后相握，是有所思的样子。叩，询问。东篱，指代菊。孤标，孤高的品格。为底，为何。蛩（qióng 穷），蟋蟀。可，是否。

簪　菊　　蕉下客

瓶供篱栽日日忙，折来休认镜中妆。

长安公子因花癖，彭泽先生是酒狂。

短鬓冷沾三径露，葛巾香染九秋霜。[1]①

高情不入时人眼，拍手凭他笑路旁。

菊　影　　枕霞旧友

秋光叠叠复重重，潜度偷移三径中。

窗隔疏灯描远近，篱筛破月锁玲珑。[2]

寒芳留照魂应驻，霜印传神梦也空。[3]

珍重暗香休踏碎，[4]凭谁醉眼认朦胧。②

菊　梦　　潇湘妃子

篱畔秋酣一觉清，和云伴月不分明。

登仙非慕庄生蝶，忆旧还寻陶令盟。[5]

睡去依依随雁断，惊回故故恼蛩鸣。

醒时幽怨同谁诉？衰草寒烟无限情。③[6]

残　菊　　蕉下客

露凝霜重渐倾欹，宴赏才过小雪时。

蒂有余香金淡泊，枝无全叶翠离披。[7]

半床落月蛩声病，万里寒云雁阵迟。[8]

明岁秋风知再会，暂时分手莫相思。④[9]

众人看一首赞一首，彼此称扬不绝。李纨笑道：

1. 切"簪"字，用事无痕，措辞亦妙。

2. 题之正面，借灯月之光写影，构想新奇。

3. 用笔空灵虚幻，措辞玄妙，隐寓存焉。

4. 程高本改"休踏碎"为"踏碎处"，谬甚。影岂能踏碎？踏碎了还谈得上"珍重"吗？妄改者真是以朦胧醉眼在看诗了。

5. 用词令人想起北静王曾有"逝者已登仙界"之语（第十五回）。"陶令"只是门面，旧"盟"当向甄士隐午梦中"寻"，警幻能说。

6. 梦觉时哀鸣低回，所见唯有萧索颓败而已。

7. 菊开时易措辞，残时难形容。看这一联写得何等瑰丽，真是佳句。

8. 床前明月西沉，故乡遥望，云山万里，盼雁书而不至。此正"把骨肉家园齐来抛闪"景象。

9. 此"知"，即含不知意，犹"知多少"即"不知多少"；与写元妃回宫前说"倘明岁天恩仍许归省"用意相似。"分手莫相思"，亦《分骨肉》曲中"从今分两地，各自保平安。奴去也，莫牵连"词意。

---

① 探春《簪菊》一首——头上插菊是古时重阳节风俗。男子也簪菊，故言"休认镜中妆"，以别于通常女子对镜妆饰时将珠花等首饰插于发间。长安公子，当指唐代诗人杜牧，他是京兆（长安）人，其祖父杜佑曾为两朝宰相，故称公子；其《九日齐山登高》诗有"菊花须插满头归"之句。彭泽先生，陶渊明，为彭泽令时，将公田都种了制酒的高粱，说："吾尝得醉于酒足矣！"故称"酒狂"。短鬓，用杜甫《春望》诗"白头搔更短，浑欲不胜簪"及《重九》诗"羞将短发还吹帽"等句意以切重阳簪菊。三径露，指代菊，因诗"露"，所以用"冷沾"。葛巾，葛布做的头巾，用陶潜"葛巾漉酒"事。九秋霜，亦代菊。九秋，即秋天，秋季三个月九十天，故称三秋或九秋。末两句意谓时俗之人不能理解那种高尚情操，就让他们在路旁见插花醉酒的样子而拍手笑吧。李白《襄阳歌》："襄阳小儿齐拍手……笑杀山公醉似泥。"陆游《小舟游近村舍舟步归》诗："儿童共道先生醉，折得黄花插满头。"此兼取两诗意化用之。

② 湘云《菊影》一首——先说菊影（秋光）随日光不知不觉移动。接着写隔窗透出疏稀灯光在地上描下远近菊影；竹篱似筛子透过月光碎形如把精巧菊花身影锁在里面。五六句说菊留影能传神，其中当有花魂在，但它毕竟是虚像；"梦也空"即其修辞说法。末写爱惜心情：菊影（暗香）在地，怕会将它踏碎，不知醉酒之人可认得清其朦胧身影否？

③ 黛玉《菊梦》一首——篱边秋菊于酣睡中梦魂依稀伴随着白云明月。如翩跹而成仙，却不是羡慕庄子变作蝴蝶（庄周梦中化蝶事见《庄子·齐物论》，为点"梦"而引出）；梦似旧友，却似陶潜与菊之永结盟好。"登仙"又为死之隐语，黛玉之死又证了"木石前盟"，用语双关。梦中依恋之心，随雁飞到绝远之处，可知所思相隔千里；惊醒后又时时为自身的凄凉孤单而悲伤。故故，屡屡，时时。与前《种菊》用此二字义有别。

④ 探春《残菊》一首——立冬后的一个节气为小雪，其时菊已呈倾侧歪斜之状，花蒂上金色的余瓣（余香）已蔫淡不鲜，枝干上翠叶也散乱不全。后半首以秋虫悲鸣、秋雁不见写残菊，借菊说人已万里隔断音讯，分手而去，相思无益。

"等我从公评来。通篇看来，<u>各人有各人的警句</u>。¹今日公评：《咏菊》第一，《问菊》第二，《菊梦》第三，题目新，诗也新，立意更新，恼不得要推潇湘妃子为魁了；然后《簪菊》《对菊》《供菊》《画菊》《忆菊》次之。"宝玉听说，喜得拍手叫："极是，极公道！"²黛玉道："<u>我那首也不好，到底伤于纤巧些</u>。"³李纨道："巧得却好，不露堆砌生硬。"黛玉道："<u>据我看来，头一句好的是'圃冷斜阳忆旧游'，这句背面傅粉</u>①。'抛书人对一枝秋'已经妙绝，将供菊说完，没处再说，故翻回来想到未折未供之先，意思深透。"⁴李纨笑道："固如此说，你的'口角噙香'一句也敌得过了。"探春又道："到底要算蘅芜君沉着，'秋无迹''梦有知'，把个'忆'字竟烘染出来了。"宝钗笑道："你的'短鬓冷沾''葛巾香染'，也就把簪菊形容得一个缝儿也没了。"湘云笑道："'偕谁隐''为底迟'，真真把个菊花问得无言可对。"李纨笑道："你的'科头坐''抱膝吟'，竟一时也舍不得别开，菊花有知，也必腻烦了。"说得大家都笑了。宝玉笑道："<u>我又落第</u>。⁵难道'谁家种''何处秋'，'蜡屐远来''冷吟不尽'，都不是访不成？'昨夜雨''今朝霜'，都不是种不成？但恨敌不上'口角噙香对月吟''清冷香中抱膝吟'，'短鬓''葛巾'，'金淡泊''翠离披''秋无迹''梦有知'这几句罢了。"又道："明儿闲了，我一个人作出十二首来。"李纨道："你的也好，只是不及这几句新巧就是了。"

大家又评了一回，复又要了热蟹来，就在大圆桌子上吃了一回。宝玉笑道："<u>今日持螯</u>②<u>赏桂，亦不可无诗</u>。⁶我已吟成，谁还敢作呢？"说着，便忙洗了手，提笔写出。⁷众人看道：

持螯更喜桂阴凉，泼醋擂姜兴欲狂。

1. 此言可从。

2. 太情绪化，只凭印象评分，当不得公道的裁判员。

3. 固是谦辞，然亦贵在有自知之明。

4. 此是高见，诗家经验之谈。以下诸芳所好，皆有灼见，妙在以趣语笑谈出之。

5. 非心有不平，说几句自辩的话，亦略一解颐，宝玉在姊妹前总甘于殿后，心态极好。

6. 想不到宝玉挑头又要作诗。全是他忙，全是他不及，妙极！（己）

7. 我知道了，定是"钓诗钩"，不会有好诗的。且莫看诗，只看他偏于如许大回诗后，又写一回诗，岂世人想得到的。（己）

---

① 背面傅粉——本绘画技法，在绢面上涂铅粉，以衬托画面，使清晰鲜明。喻写作上的反衬手法。

② 持螯（áo 敖）——手持螃蟹夹子，即吃蟹。

饕餮王孙应有酒，横行公子却无肠。
脐间积冷馋忘忌，指上沾腥洗尚香。
原为世人美口腹，坡仙曾笑一生忙。①

黛玉笑道："这样的诗，要一百首也有。"[1]宝玉笑道："你这会子才力已尽，不说不能作了，还贬人家。"[2]黛玉听了，并不答言，也不思索，提起笔来一挥，已有了一首。众人看道：

铁甲长戈死未忘，堆盘色相喜先尝。
螯封嫩玉双双满，壳凸红脂块块香。
多肉更怜卿八足，助情谁劝我千觞。
对斯佳品酬佳节，桂拂清风菊带霜。②

宝玉看了，正喝彩，黛玉便一把撕了，命人烧去，[3]因笑道："我作的不及你的，我烧了它。你那个很好，比方才的菊花诗还好，你留着它给人看。"宝钗接着笑道："我也勉强了一首，未必好，写出来取笑儿罢。"说着，也写了出来。大家看时，写道是：

桂霭桐阴坐举觞，长安涎口盼重阳。
眼前道路无经纬，皮里春秋空黑黄。[4]

看到这里，众人不禁叫绝。宝玉道："骂得痛快！我的诗也该烧了。"又看底下道：

酒未敌腥还用菊，性防积冷定须姜。[5]
于今落釜成何益，月浦空余禾黍香。③

众人道："这是食蟹绝唱，这些小题目，原要寓大

1. 这样的诗，怎能入得了黛玉之眼，只能遭到讥贬了。看她这一说。（己）

2. 我本为钓你等诗而作，你既说大话，我就用激将，说你才尽，看你作不作。

3. 不假思索，又喝彩。率尔凑成之作，撕了烧去为是。

4. 一篇之警策，全诗只为此两句而有。

5. 喜欢吃螃蟹者切记。

---

① 宝玉"持螯更喜桂阴凉"一首——此诗写食蟹之兴高采烈。饕餮（tāo tiè 涛贴）王孙，宝玉自指；饕餮，本古代传说中贪吃的凶兽，后用以说人贪馋能吃。横行公子，指蟹，蟹称"横行介士（战士）"，又称"无肠公子"。横行、无肠，既是蟹的特点，又可双关说人的恣意任性、没有心机，即所谓"偏僻""乖张"。金代元好问《送蟹与兄》诗："横行公子本无肠，惯耐江湖十月霜。"传统医学认为蟹性咸寒，不可恣食，其腹间脐壳（长脐为雄，团脐为雌）内积寒尤甚，当忌食。香，与"腥"同义。苏轼（自号东坡居士，人称坡仙）《初到黄州》诗："自笑平生为口忙，老来事业转荒唐。"

② 黛玉"铁甲长戈死未忘"一首——铁甲长戈，喻蟹壳蟹脚。色相，借佛家语说蟹煮熟后颜色好看。怜，爱。卿，昵称对方，指蟹。助情，助兴。觞，酒杯。"对斯"句，谓蟹是下酒佳肴，与知己斟酒持螯，方不辜负重阳佳节。

③ 宝钗"桂霭桐阴坐举觞"一首——霭（ǎi 矮），云气，此指桂花香气。涎口，馋嘴。蟹横行，所以眼前的道路是直是横，它是不管的。皮里春秋，原说人外表不露好恶而心存褒贬，后又可用以说人心机诡深而不动声色。蟹肚内膏黄膜黑，有不同颜色，故借"春秋"说各种花样。然亦徒劳，因其不免被人煮食。菊花酒可辟除恶气、解蟹腥。生姜性热解寒。落釜，放到锅里去煮，既煮食，横行与诡计又有何用。末句说蟹已死，其生长之处，唯见月映水光，稻谷飘香而已。此诗表面讽蟹，借题骂世，讥刺不走正道者的可悲下场，小说已点明。

意，才算是大才，只是讽刺世人太毒了些。"[1]说　　**1. 此番议论很值得注意，详见本回总评。**
着，只见平儿复进园来。不知作什么，且听下
回分解。

---

**【总评】**

　　作诗自是本回主题，如何切入有讲究。做菊花诗，上回已写了拟题；作螃蟹咏，也要有由头才自然。所以开头先写贾母一行到藕香榭赏桂吃蟹；有趣话，有玩笑，写得很热闹，中心人物是凤姐。她敢于拿贾母小时头上碰出的伤疤来取笑，还能引得老太太非常开心，这是绝大本领。但对丫头又能放下架子，恣意戏闹，还用螃蟹黄子抹来抹去。鸳鸯告贾母说："主子奴才打架呢！"这样写主与奴之间的融洽关系、欢乐气氛而非阶级斗争，或许会让一些头脑僵化者傻眼，不知该如何评说。

　　林黛玉的三首菊花诗，被评为冠、亚、季军。如果作者只是为了表现她的诗才出众，为什么在前面咏白海棠时要让湘云"压倒群芳"（脂评语），在后面讽和螃蟹咏时却又称宝钗之作为"绝唱"呢？原来作者还让所咏之物的"品质"去暗合吟咏它的人物。咏物抒情，恐怕没有谁能比黛玉的身世和气质与被称为"傲霜枝"的菊花更相适合的了。她比别人能更充分、更真实、更自然地表达自己的思想感情，是完全合乎情理的。"口角噙香"句固好，"满纸自怜题素怨，片言谁解诉秋心？"难道不就是作者写在小说开卷的那首"自题绝句"在具体情节中所激起的回响吗？这实在比之于让黛玉夺魁这件事本身，更能表明作者对人物的倾向性。

　　三首螃蟹咏中，前两首是陪衬。众人评宝钗诗说："这是食蟹绝唱，这些小题目，原要寓大意，才算大才，只是讽刺世人太毒了些。"这里明白告诉我们两点：一、以小寓大——《红楼梦》常借儿女之情的琐事，寄托政治、社会的大感慨；二、旨在骂世。所以此诗可视作一首以闲吟景物的外衣伪装起来的政治讽刺诗。其犀利锋芒集中于第二联："眼前道路无经纬，皮里春秋空黑黄。"这作为一切政治掮客、官场赌棍、野心家、奸恶之徒的画像，十分惟肖，他们总是心怀叵测，横行一时，背离正道，走到邪路上去，结果机关算尽，却逃脱不了可悲可耻的下场；就像螃蟹肚子里花样虽多，终不免被人煮食。所以小说特地强调："看到这里，众人不禁叫绝。宝玉道：'骂得痛快！我的诗也该烧了。'"此诗出自宝钗之手，与人物性格、修养是协调的。宝钗博学多才，精通世态人情，作诗含蓄老练，蕴藏深厚；为人虽随分从时，平和宽容，却绝不软弱糊涂。她是个很有心机、必要时也能口角锋芒的强者。这样的人，吟出这样的诗来，是可信的。

# 第三十九回

## 村姥姥是信口开河　情哥哥偏寻根究底

**【题解】**

　　本回回目诸本文字略有异同。如"姥姥"写作"嫽嫽"或"老老"，又或作"老妪"；"情哥哥"或作"痴情子"。唯杨藏本、卞藏本作"村老妪荒（杨本讹作'谎'）谈承色笑，痴情子实意觅踪迹"，不见佳，显系后改。此用己卯本参庚辰本称呼用字。刘姥姥"二进"荣国府，贾母喜欢，留她在府小住。因众人爱听她说村里事，她没话时便信口开河地编出些话来讲，别人犹可，唯情哥哥宝玉听讲"一个十七八岁极标致的小姑娘"抽柴火故事未完被阻断，就背地里拉着姥姥刨根问底，并对其信口胡诌之言信以为真。回目二句，说的是同一件事。

　　话说众人见平儿来了，都说："你们奶奶作什么呢，怎么不来了？"平儿笑道："她哪里得空儿来。因为说没有好生吃得，又不得来，所以叫我来问还有没有，叫我要几个拿了家去吃罢。"湘云道："有，多着呢。"忙命人拿盒子装了十个极大的。平儿道："多拿几个团脐的。"众人又拉平儿坐，平儿不肯。<u>李纨拉着她笑道："偏要你坐。"拉着她身旁坐下，端了一杯酒送到她嘴边。</u>[1] 平儿忙喝了一口就要走。李纨道："偏不许你去。显见得你只有凤丫头，就不听我的话了。"说着又命嬷嬷们："先送了盒子去，就说我留下平儿了。"那婆子一时拿了盒子回来说："二奶奶说，叫奶奶和姑娘们别笑话要嘴吃。这个盒子里是方才舅太太那里送来的菱粉糕和鸡油卷儿，给奶奶、姑娘们吃的。"又向平儿道："说使唤你来你就贪住玩不去了。劝你少喝一杯儿罢。"平儿笑道："多喝了又把我怎么样？"[2] 一面说，一面只管喝，又吃螃蟹。李纨揽着她笑道："可惜这么个好体面模样儿，命却平常，只落得屋里使唤。不知道的人，谁不拿你当作奶奶、太太看！"

　　平儿一面和宝钗、湘云等吃喝，一面回头笑道："奶奶，别只摸得我怪痒的。"李氏道："嗳哟！这硬的是

1. 李纨特喜欢平儿，也许是因为都有如今说来大可非议的传统美德。

2. 此话敢在二奶奶面前说？心存畏惧者大抵如此。

什么？"平儿道："钥匙。"¹ 李氏道："什么钥匙？要紧梯己东西怕人偷了去，却带在身上？我成日家和人说笑，有个唐僧取经，就有个白马来驮他①；有个刘智远打天下，就有个瓜精来送盔甲②；有个凤丫头，就有个你。你就是你奶奶的一把总钥匙，还要这钥匙做什么？"² 平儿笑道："奶奶吃了酒，又拿我来打趣着取笑儿了。"宝钗笑道："这倒是真话。我们没事儿评论起人来，你们这几个都是百个里头挑不出一个来，妙在各人有各人的好处。"³ 李纨道："大小都有个天理。比如老太太屋里，要没那个鸳鸯如何使得？⁴ 从太太起，哪一个敢驳老太太的回，她现敢驳回。偏老太太只听她一个人的话。老太太那些穿戴的，别人不记得，她都记得，要不是她经管着，不知叫人诓骗了多少去呢。那孩子心也公道，虽然这样，倒常替人说好话儿，还倒不倚势欺人的。"⁵ 惜春笑道："老太太昨儿还说，她比我们还强呢。"平儿道："那原是个好的，我们哪里比得上她。"宝玉道："太太屋里的彩霞，是个老实人。"探春道："可不是，外头老实，心里有数儿。太太是那么佛爷似的，事情上不留心，她都知道。凡百一应事都是她提着太太行。连老爷在家出外去的一应大小事，她都知道。太太忘了，她背后告诉太太。"李纨道："那也罢了。"指着宝玉道："这一个小爷屋里要不是袭人，你们度量，到个什么田地！凤丫头就是个楚霸王，也得这两只膀子好举千斤鼎③。她不是这丫头，就得这么周到了？"⁶ 平儿笑道："先时陪了四个丫头来，死的死去的去，只剩下我一个孤鬼了。"李纨道："你倒是有造化。凤丫头也是有造化的。想当初你珠大爷在日，何曾也没两个人。你们看我还是那容不下人的？天天只见她两个不自在。所以你珠大爷一没了，趁年轻我都打发了。若有一个好的守得住，我到底有个膀臂了。"说着，不觉滴下泪来。众人都道："这又何必伤心，不如散了倒好。"说着，便都洗了手，大家约

1. 两个字带出李纨一番妙评来。

2. 通俗小说戏曲本子一定看得不少。是趣话，也是实话。取喻现成。

3. 从平儿说到"你们这几个"，带出鸳鸯、彩霞、袭人来，都是丫头中的佼佼者，得空便为她们勾勒着色。作者将人物形象的刻画，看得比故事情节的叙述更重要得多，是此书之所以成功的一大原因。

4. 信了这话，便知后来贾赦起色心想夺贾母所爱，成不了事。

5. 李纨不但评诗有眼光，评人也极中肯到位。试看她几句话中，有多少层意思在。

6. 袭人无须细说，点到即可。话又从同一道理兜回到眼前平儿身上来，极是。用楚霸王臂膀作比，与前面说唐僧、刘智远的话，色调上也保持一致。

---

① 唐僧取经，有白马来驮他——唐僧取经，旅途艰险，龙王三太子化成白马，驮他去西天。见《西游记》第十五回。
② 刘智远打天下，有瓜精来送盔甲——明初无名氏《白兔记·看瓜》一出中故事。刘本瓜园看瓜人，得到瓜精所示盔甲、兵书、宝剑后，投军立功，衣锦还乡。刘后来成了五代后汉的开国皇帝。
③ 楚霸王举千斤鼎——项羽灭秦后，自封西楚霸王。《史记·项羽本纪》说他"长八尺余，力能扛鼎"。此比平儿为凤姐的左膀右臂。

着往贾母、王夫人处问安。

众婆子、丫头打扫亭子，收拾杯盘。袭人便和平儿一同往前去，袭人因让平儿到房里坐坐，再吃一钟茶。平儿说："不吃茶了，再来罢。"一面说，一面便要出去。袭人又叫住问道："这个月的月钱，连老太太和太太还没放呢，是为什么？"平儿见问，忙转身至袭人跟前，又见方近无人，悄悄说道：[1]"你快别问，横竖再迟两天就放了。"袭人笑道："这是为什么，唬得你这样？"平儿悄声告诉她道："这个月的月钱，我们奶奶早已支了，放给人使呢。等别处的利钱收了来，凑齐了才放呢。因为是你，我才告诉你，[2]可不许告诉一个人去。"袭人笑道："她难道还短钱使，还没个足厌？何苦还操这心！"平儿笑道："何曾不是呢。她这几年拿着这一项银子，翻出有几百来了。她的公费月例又使不着，十两八两零碎攒了放出去，只她这梯己利钱，一年不到，上千的银子呢！"袭人笑道："拿着我们的钱，你们主子、奴才赚利钱，哄得我们呆等。"[3]平儿道："你又说没良心的话。你难道还少钱使？"[4]袭人道："我虽不少，只是我也没地方使去，就只预备我们那一个。"[5]平儿道："你倘若有要紧事用银钱使时，我那里还有几两银子，你先拿来使，明儿我扣下你的就是了。"袭人道："此时也用不着，怕一时要用起来不够了，我打发人去取就是了。"

平儿答应着，一径出了园门来至家内，只见凤姐儿不在房里。忽见上回来打抽丰①的那刘姥姥和板儿又来了，[6]坐在那边屋里，还有张材家的、周瑞家的陪着，又有两三个丫头在地下倒口袋里的枣子、倭瓜并些野菜。众人见她进来，都忙站起来了。[7]刘姥姥因上次来过，知道平儿的身分，忙跳下地来问"姑娘好"，又说："家里都问好。早要来请姑奶奶的安，看姑娘来的，因为庄家忙，好容易今年多打了两石粮食，瓜果、菜蔬也丰盛。这是头一起摘下来的，并没敢卖呢，留的尖儿②孝敬姑奶奶、姑娘们尝尝。[8]姑娘们天天山珍海味的也吃腻了，这个吃个野意儿，也算是我们的穷

1. 如此神秘兮兮，必有不可告人之事。

2. 原来为此。平、袭关系也够铁的。

3. 是笑着说的，虽不以为然，但并非愤愤不平意。

4. 立刻站在主子一边说话，所谓"没良心的话"，潜台词是：你能拿月钱二两，还不是二奶奶与太太商议定的，别忘了二奶奶对你的好。

5. "我们那一个"，宝玉也。这话也敢对平儿讲，真是铁姊儿了。对宝玉真可谓全心全意。也许将来宝玉真的需要袭人"供奉"，只是跟她现在憧憬的大不一样。

6. 又有好戏看了。

7. 虽是丫头身份，谁敢不尊重？妙文！上回是先见平儿后见凤姐，此则是先见凤姐后见平儿也，何错综巧妙得情得理之至也耶？（庚）

8. 感恩知报是姥姥最大美德。瓜果、菜蔬不值什么，难得她一片诚心。

---

① 打抽丰——揩油、分肥、得有钱人一点好处的意思。原意说往丰稔之地抽分一点钱粮。因音近也作"打秋风"。

② 尖儿——其中最好的。

心。"平儿忙道："多谢费心。"又让坐，自己也坐了。又让张婶子、周大娘坐，又命小丫头子倒茶去。周瑞、张材两家的因笑道："姑娘今儿脸上有些春色，眼睛圈儿都红了。"平儿笑道："可不是。我原是不吃的，大奶奶和姑娘们只是拉着死灌，不得已喝了两盅，脸就红了。"张材家的笑道："我倒想着要吃呢，又没人让我。明儿再有人请姑娘，可带了我去罢。"说着，大家都笑了。周瑞家的道："早起我就看见那螃蟹了，一斤只好秤两三个。这么两三大篓，想是有七八十斤呢。若是上上下下只怕还不够①。"平儿道："哪里够，不过都是有名儿的吃两个子。那些散众的，也有摸得着的，也有摸不着的。"刘姥姥道："这样螃蟹，今年就值五分一斤。十斤五钱，五五二两五，三五一十五，再搭上酒菜，一共倒有二十多两银子。阿弥陀佛！这一顿的钱够我们庄家人过一年的了。"[1]平儿因问："想是见过奶奶了？"[2]刘姥姥道："见过了，叫我们等着呢。"说着，又往窗外看天气，[3]说道："天好早晚了，我们也去罢，别出不去城才是饥荒呢。"周瑞家的道："这话倒是，我替你瞧瞧去。"说着一径去了，半日方来，笑道："可是你老的福来了，竟投了这两个人的缘了。"平儿等问怎么样，周瑞家的笑道："二奶奶在老太太的跟前呢。我原是悄悄地告诉二奶奶：'刘姥姥要家去呢，怕晚了赶不出城去。'二奶奶说：'大远的，难为她扛了那些沉东西来。晚了就住一夜，明儿再去。'[4]这可不是投上二奶奶的缘了！这也罢了，偏生老太太又听见了，问刘姥姥是谁。二奶奶便回明白了。老太太说：'我正想个积古的老人家说话儿，请了来我见一见。'这可不是想不到天上缘分了！"[5]说着，催刘姥姥下来前去。刘姥姥道："我这生像儿怎好见的！好嫂子，你就说我去了罢。"平儿忙道："你快去罢，不相干的。我们老太太最是惜老怜贫的，比不得狂三诈四的那些人。想是你怯上，我和周大娘送你去。"说着，同周瑞家的引了刘姥姥往贾母这边来。

　　二门口该班的小厮们见了平儿出来，都站了起来，

1. 叹世之言。

2. 写平儿伶俐如此。（己）

3. 估量该到告辞时候了。

4. 此话非虚情假意，在凤姐就很难得了。

5. 贾母则又不同，欲请来见面交谈，姥姥真是遇"真佛"了。以下许多精彩文字，皆由这"缘分"而生。

①　"若是上上下下"句——此句之前，庚辰诸本原有"周瑞家的道"，杨传镛先生以为"若将周瑞改张材，不但通顺，且文意婉曲"。

有两个又跑上来，赶着平儿叫"姑娘"。[1]平儿问："又说什么？"那小厮笑道："这会子也好早晚了，我妈病着，等我去请大夫。好姑娘，我讨半日假可使得？"平儿道："你们倒好，都商议定了，一天一个告假，又不回奶奶，只和我胡缠。前日住儿去了，二爷偏生叫他，叫不着，我应起来了，还说我作了情。你今儿又来了。"[2]周瑞家的道："当真的，他妈病了，姑娘也替他应着，放了他罢。"平儿道："明儿一早来。听着，我还要使你呢，再睡得日头晒着屁股再来！你这一去，带个信儿给旺儿，就说奶奶的话，问着他那剩的利钱。明日若不交了来，奶奶也不要了，就索性送他使罢。"[3]那小厮欢天喜地答应去了。

平儿等来至贾母房中，彼时，大观园中姊妹们都在贾母前承奉。[4]刘姥姥进去，只见满屋里珠围翠绕，花枝招展的，并不知都系何人。只见一张榻上歪着一位老婆婆，身后坐着一个纱罗裹的美人一般的丫鬟在那里捶腿，凤姐儿站着正说笑。刘姥姥便知是贾母了，[5]忙上来陪着笑，福了几福①，口里说："请老寿星安。"[6]贾母亦忙欠身问好，又命周瑞家的端过椅子来坐着。那板儿仍是怯人，不知问候。贾母道："老亲家，你今年多大年纪了？"[7]刘姥姥忙立身答道："我今年七十五了。"贾母向众人道："这么大年纪了，还这么健朗。比我大好几岁呢。[8]我要到这么大年纪，还不知怎么动不得呢。"刘姥姥笑道："我们生来是受苦的人，老太太生来是享福的。若我们也这样，那些庄家活也没人做了。"贾母道："眼睛牙

1. 小厮们有事告假，都找上平儿，不敢面对二奶奶，是写平儿既做得了主，又待人好心宽厚。想这一个"姑娘"，非下称上之"姑娘"也。按北俗以姑母曰"姑姑"，南俗曰"娘娘"，此"姑娘"定是"姑姑""娘娘"之称。每见大家风俗，多有小童称少主妻曰"姑姑""娘娘"者。按此书中若干人说话语气及动用器物、饮食诸类，皆东西南北互相兼用，此"姑娘"之称，亦南北相兼而用无疑矣。（己）

2. 不免有怨言。分明几回没写到贾琏，今忽闲中一语，便补得贾琏这边天天热闹，令人却如看见听见一般，所谓不写之写也。（己）

3. 袭人问月钱，更提醒了平儿，便借传奶奶的话讨利钱，说得借债者哪敢拖欠。交待过袭人的话。看她如此说，真比凤姐又甚一层，李纨之语不谬也。不知阿凤何福得此一人。（己）

4. 妙极！连宝玉一并算入姊妹队中了。（己）此时难说宝玉一定在场。饭后再去时，则明言有宝玉在。

5. 有多年历练的刘姥姥看如此光景，哪能不知。奇奇怪怪文章。在刘姥姥眼中，以为阿凤至尊至贵，普天下人都该站着说，阿凤独坐才是。如何今见阿凤独站哉？真妙文字。（己）此评将刘姥姥当作傻帽儿了，欠妥，我不凭。

6. 更妙！贾母之号何其多耶？在诸人口中则曰"老太太"，在阿凤口中则曰"老祖宗"，在僧尼口中则曰"老菩萨"，在刘姥姥口中则曰"老寿星"者，却似有数人，想去则皆贾母，难得如此，各尽其妙。刘姥姥亦善应接。（庚）

7. 称呼得体，问得也亲切。神妙之极！看官至此，必想贾母如何相称，谁知公然曰"老亲家"，何等现成，何等大方，何等有情理！若云作者心中编出，余断断不信。何也？盖编得出者，断不能有这等情理。（己）"心中编出"，也是平日观察体验生活的积累，不必将两者对立起来。

8. 健朗从劳动中得，农村长寿者都如此。可知贾母此时七十出头些。

① 福——也叫"万福"，旧时女子的一种行礼，"但微屈其膝而躬（身子）不曲"（明田艺蘅《留青日札》），双手相握置胸右上下移动。

齿都还好？”刘姥姥道：“都还好，就是今年左边的槽牙活动了。”[1]贾母道：“我老了，都不中用了，眼也花，耳也聋，记性也没了。你们这些老亲戚，我都不记得了。亲戚们来了，我怕人笑我，我都不会。不过嚼得动的吃两口，睡一觉，闷了时和这些孙子、孙女儿玩笑一回就完了。”刘姥姥笑道：“这正是老太太的福了。我们想这么着不能。”贾母道：“什么福，不过是个老废物罢了。”说得大家都笑了。贾母又笑道：“我才听见凤哥儿说，你带了好些瓜菜来，叫她快收拾去了，我正想个地里现撷的瓜儿、菜儿吃。外头买的，不像你们田地里的好吃。”[2]刘姥姥笑道：“这是野意儿，不过吃个新鲜。依我们倒想鱼肉吃，只是吃不起。”[3]贾母又道：“今儿既认着了亲，别空空的就去。不嫌我这里，就住一两天再去。[4]我们也有个园子，园子里头也有果子，你明日也尝尝，带些家去，也算看亲戚一趟。”凤姐儿见贾母喜欢，也忙留道：“我们这里虽不比你的场院大，空屋子还有两间。你住两天，把你们那里的新闻故事儿说些与我们老太太听听。”贾母笑道：“凤丫头别拿她取笑儿。她是乡屯里的人，老实，哪里搁得住你打趣她。”[5]说着，又命人去先抓果子与板儿吃。板儿见人多了，又不敢吃。贾母又命拿些钱给他，叫小幺儿们带他外头玩去。刘姥姥吃了茶，便把些乡村中所见所闻的事情说与贾母，贾母越发得了趣味。正说着，凤姐儿便命人来请刘姥姥吃晚饭。贾母又将自己的菜拣了几样，命人送过去与刘姥姥吃。[6]

凤姐知道合了贾母的心，吃了饭便又打发过来。鸳鸯忙命老婆子带了刘姥姥去洗了澡，自己挑了两件随常的衣服命给刘姥姥换上。[7]那刘姥姥哪里见过这般行事，忙换了衣裳出来，坐在贾母榻前，又搜寻些话出来说。彼时宝玉、姊妹们也都在这里坐着，他们何曾听见过这些话，自觉比那些瞽目先生们说的书还好听。[8]那刘姥姥虽是个村野人，却生来有些见识，况且年纪老了，世情上经历过的，[9]见头一个贾母高兴，第二见这些哥儿、姐儿们都爱听，便没了话也编出些话来讲。[10]因说道：“我们村庄上种地、种菜，每年每日，春夏秋冬，风里雨里，哪里有个

1. 老来要享福，眼与牙最重要，确是贾母的问。回答也极妥，若说眼也明、齿也坚，反不真实。

2. 姥姥听了一定高兴。

3. 好了，这次让你吃个够！

4. 哪会空空的去！住一两天只怕不够。

5. 贾母对凤姐的性情行事太了解了，所料没错，不打趣还能是凤姐？对姥姥的本领却完全没有估计到，搁不住打趣还能是刘姥姥？这话看出贾母为人厚道来。

6. 看贾母对姥姥有多喜欢。

7. 鸳鸯想得周全，能拿主意。一段鸳鸯身分、权势、心机，只写贾母也。（己）

8. 古人陈年故事，哪有鲜活的新闻好听。

9. 交代姥姥自幼颖悟，阅历丰富。

10. 这就写到回目“信口开河”了。

坐着的空儿，天天都是在那地头子上作歇马凉亭<sup>①</sup>，<sup>1</sup>什么奇奇怪怪的事不见呢。就像去年冬天，接连下了几天雪，地下压了三四尺深。我那日起得早，还没出房门，只听外头柴草响。我想着必定是有人偷柴草来了。我爬着窗眼儿一瞧，却不是我们村庄上的人。"贾母道："必定是过路的客人们冷了，见现成的柴，抽些烤火去也是有的。"刘姥姥笑道："也并不是客人，所以说来奇怪。老寿星当个什么人？原来是一个十七八岁极标致的小姑娘，梳着溜油光的头，穿着大红袄儿、白绫裙子……"<sup>2</sup>刚说到这里，忽听外面人吵嚷起来，又说："不相干的，别唬着老太太！"贾母等听了，忙问怎么了。丫鬟回说："南院马棚里走了水<sup>②</sup>，不相干，已经救下去了。"贾母最胆小的，听了这话，忙起身扶了人出至廊上来瞧，只见东南上火光犹亮。贾母唬得口内念佛，忙命人去火神跟前烧香。王夫人等也忙都过来请安，又回说"已经救下去了，老太太请进房去罢。"贾母足足地看着火光熄了，方领众人进来。<sup>3</sup>宝玉且忙着问刘姥姥："那女孩儿大雪地里作什么抽柴草？倘或冻出病来呢？"<sup>4</sup>贾母道："都是才说抽柴草惹出火来了，你还问呢！别说这个了，再说别的罢。"宝玉听说，心内虽不乐，也只得罢了。刘姥姥便又想了一篇话，说道："我们庄子东边庄上，有个老奶奶子，今年九十多岁了。她天天吃斋念佛，谁知就感动了观音菩萨，夜里来托梦说'你这样虔心，原本你该绝后的，如今奏了玉皇，给你个孙子。'原来这老奶奶只有一个儿子，这儿子也只一个儿子，好容易养到十七八岁上死了，<sup>5</sup>哭得什么似的。落后果然又养了一个，今年才十三四岁，生得雪团儿一般，聪明伶俐非常。可见这些神佛是有的。"<sup>6</sup>这一席话，实<sup>③</sup>合了贾母、王夫人的心事，连王夫人也都听住了。

宝玉心中只记挂着抽柴的故事，因闷闷地心中筹画。探春因问他："昨日扰了史大妹妹，咱们回去商议着邀一社，又还了席，也请老太太赏菊花何如？"宝玉笑道："老太太说了，还要摆酒还史妹妹的席，叫咱们作陪呢。等吃了老太太的，咱们再请不迟。"探春道："越往前去越冷

1. 人多以为此书中富贵气象，没有经历过的人写不出。我倒以为曾沉浸在这种生活中的人，看平常了，反视而不见，没有激情了，倒不如生活反差大的人，能留下深刻印象。像这些随口而出的话，我以为更须有真正的生活体验，交往过地头的农民。

2. 这话还能不激起宝玉极大的关爱热情？妙在就此打断，这才有回目中的"寻根究底"。刘姥姥口气如此。（己）

3. 一段为后回作引，然偏于宝玉爱听时截住。（己）"后回"即第四十回，在下一回回末，刘姥姥行酒令说"花儿落了结个大倭瓜"引得众人大笑时，忽被外面发生一件事打断。可惜因末页破失已无法知道是何事了。但写法上与这里插马棚失火情节相似，故称"作引"。参见下一回末批评。

4. 活宝玉！失火什么要紧，女孩儿冻出病来才糟呢。

5. 巧极，编出来的事，无意中竟说得像贾珠。

6. 又养一个，不像宝玉又像谁？这就未必是无意的了。

---

①　歇马凉亭——旧时驿路边供往来行人避暑避雨、歇马休息的亭子。这里说农民只能把地头当作凉亭来休息。
②　走了水——实即"失了火"。旧时迷信，失火时忌讳直说。
③　实——此据庚辰本，己卯作"时"，杨传镛先生以为"乃暗字讹写"。

了，老太太未必高兴。"宝玉道："老太太又喜欢下雨下雪的。不如咱们等下头场雪，请老太太赏雪岂不好？咱们雪下吟诗也更有趣了。"林黛玉忙笑道："咱们雪下吟诗？依我说，还不如弄一捆柴火，雪下抽柴，不更有趣儿呢！"[1]说着，宝钗等都笑了。宝玉瞅了她一眼，也不答话。

一时散了，背地里宝玉足的拉了刘姥姥，细问那女孩儿是谁。刘姥姥只得编了告诉他道："那原是我们庄北沿地埂子上有一个小祠堂里供的，不是神佛，当先有个什么老爷。"说着又想名姓。宝玉道："不拘什么名姓，你不必想了，只说原故就是了。"[2]刘姥姥道："这老爷没有儿子，只有一位小姐，名叫若玉。[3]小姐知书识字，老爷太太爱如珍宝。可惜这若玉小姐生到十七岁，一病死了。"[4]宝玉听了，跌足叹惜，又问："后来怎么样？"刘姥姥道："因为老爷、太太思念不尽，便盖了这祠堂，塑了这若玉小姐的像，派了人烧香拨火。如今日久年深的，人也没了，庙也烂了，那像就成了精。"[5]宝玉忙道："不是成精，规矩这样人是虽死不死的。"[6]刘姥姥道："阿弥陀佛！原来如此。不是哥儿说，我们都当她成精。[7]她时常变了人出来各村庄店道上闲逛。我才说这抽柴火的就是她了。我们村庄上的人还商议着要打了这塑像、平了庙呢。"宝玉忙道："快别如此。若平了庙，罪过不小。"刘姥姥道："幸亏哥儿告诉我，我明儿回去拦住他们就是了。"宝玉道："我们老太太、太太都是善人，就是合家大小也都好善喜舍，最爱修庙塑神的。我明儿做一个疏头①，替你化些布施，你就做香头②，攒了钱把这庙修盖了，再装潢了泥像，每月给你香火钱烧香岂不好？"刘姥姥道："若这样，我托那小姐的福，也有几个钱使了。"宝玉又问她地名庄名，来往远近，坐落何方。刘姥姥便顺口胡诌了出来。[8]

宝玉信以为真，回至房中盘算了一夜。次日一早，便出来给了茗烟几百钱，按着刘姥姥说的方向、地名，着茗烟去先踏看明白，回来再做主意。那茗烟去后，宝玉左等也不来，右等也不来，急得热锅上的蚂蚁一般。好容易等到日落，方见茗烟兴兴头头地回来了。宝玉忙

1. 黛玉等在一旁早看透情哥哥心思了，调侃语妙不可言。

2. 急切之情如见。

3. 名也起得巧，岂不就像黛玉。

4. 你看像不像？难道黛玉不是"一病死了"，倒是投水自尽的？

5. 编得不错，以为事情无从查证，宝玉也会就此作罢，岂其不然。

6. 有此想头，后来才信晴雯成了花神。

7. 刘姥姥戏演得不错，能让因情入迷的宝玉越说越认真。

8. 若再细说庄名、里程、方位就不成文章了，只用"顺口胡诌"省略掉最好。

---

①　疏头——旧时僧道拜忏时焚化的祝告文叫"疏头"，此指修庙募捐的启事。
②　香头——庙里管香火的头目。

问："可有庙了？"茗烟笑道："爷听得不明白，要我好
找。那地名坐落不似爷说的一样，所以找了一日，找
到东北上田埂子上才有一个破庙。"宝玉听说，喜得
眉开眼笑，忙说道："刘姥姥有年纪的人，一时错记了
也是有的。你且说你见的。"茗烟道："那庙门却倒是
朝南开，也是稀破的。我找得正没好气，一见这个，
我说'可好了'，连忙进去。一看泥胎，唬得我跑出
来了，活似真的一般。"宝玉喜得笑道："她能变化人
了，自然有些生气。"茗烟拍手道："哪里是什么女孩
儿，竟是一位青脸红发的瘟神爷。"[1]宝玉听了，啐了
一口，骂道："真是一个无用的杀才！这点子事也干不
来。"茗烟道："二爷又不知看了什么书，或者听了谁
的混话，信真了，把这件没头脑的事派我去碰头，怎
么说我没用呢？"宝玉见他急了，忙抚慰他道："你别
急。改日闲了你再找去。[2]若是她哄我们呢，自然没了，
若竟是有的，你岂不也积了阴骘。我必重重地赏你。"
正说着，只见二门上的小厮来说："老太太房里的姑娘
们站在二门口找二爷呢。"〔要知端详，下回分解。〕

1. 这一段颇似相声或喜剧科白，必
有几个来回，到最后才摊底牌。

2. 碰了壁仍不死心，真顽石脾气。

## 【总评】

李纨拉住来拿蟹的平儿闲谈，说平儿是凤姐的"总钥匙"，因而又在谈话中带出鸳鸯之于
贾母、彩霞之于王夫人、袭人之于宝玉，都有类似之处。这是得空便为人物上色，以加深人
们的印象。袭人与平儿关系特好，故透露凤姐拿公众的月钱放出去，赚利钱事。再次点染凤
姐贪财本性。

刘姥姥带板儿到来，是"二进"荣府，这次不为借贷，她是带着刚摘下的枣子、倭瓜、
野菜等土产特地来孝敬奶奶、太太、小姐们的。可见这个农村老妪，是个感恩图报的人。有
人谈及这次螃蟹的花费，姥姥听了说："这一顿的钱够我们庄家人过一年的了。"大有深意。

刘姥姥不但投了凤姐的缘，也投了贾母的缘。平儿说："我们老太太最是惜老怜贫的。"此
非虚言，两老相见场景写得相当到位。姥姥有丰富的阅历经验，深知大宅中上下喜闻之事，
故其"搜寻些话来说"，比说书还好听。说"一个十七八岁极标致的小姑娘"前来抽柴草，才
开头，就被"南院马棚里走了水（失了火）"打断，这是很好的安排。火熄后，宝玉要姥姥继
续讲女孩儿抽柴草事，被贾母阻止，刘姥姥也立即变换话题，讲了个胡诌的求佛得孙子的故事，
可见她善于察言观色，懂得怎样才能投贾母、王夫人所好。

宝玉之痴，就在谈话散后，拉了刘姥姥"寻根问底"，定要知道"那女孩儿是谁"，说不
得姥姥只能"信口开河"再编下去。结尾时，宝玉竟给茗烟钱，要他私下去寻访，谁知茗烟
回来说，见到的"竟是一位青脸红发的瘟神爷"。作者以风趣幽默的笔触，把"情不情"的宝
玉的那股呆劲儿给写活了。

# 第四十回
## 史太君两宴大观园　金鸳鸯三宣牙牌令

**【题解】**

　　本回回目诸本都一致。回目前后两句，指的是同一件事：刘姥姥令贾母（史太君）十分喜欢，贾母就由众人陪同与姥姥一道进大观园游玩。其间两次设宴招待。席上还由鸳鸯（姓金）为令官行酒令。牙牌，又称骨牌，牌九，游戏用具，亦作赌具，用它来行酒令叫"牙牌令"。这次所行之令，用其中能组成"一副儿"的三张牙牌来玩，每一张都由令官依次来宣称牌名，故曰"三宣"。

　　话说宝玉听了，忙进来看时，只见琥珀站在屏风跟前说："快去吧，立等你说话呢。"宝玉来至上房，只见贾母正和王夫人、众姊妹商议给史湘云还席。[1] 宝玉因说道："我有个主意。既没有外客，吃的东西也别定了样数，谁素日爱吃的拣样儿做几样。也不要按桌席，每人跟前摆一张高几，各人爱吃的东西一两样，用一个什锦攒心盒子①，自斟壶，岂不别致！"贾母听了，说："很是。"忙命人传与厨房："明日就拣我们爱吃的东西做了，按着人数，再装了盒子来。[2] 早饭也摆在园子里吃。"商议之间，早又掌灯，一夕无话。

　　次日清早起来，可喜这日天气清朗。李纨侵晨先起，看着老婆子、丫头们扫那些落叶，[3] 并擦抹桌椅，预备茶酒器皿。只见丰儿带了刘姥姥、板儿进来，说："大奶奶倒忙得紧。"李纨笑道："我说你昨儿去不成，只忙着要去。"刘姥姥笑道："老太太留下我，叫我也热闹一天去。"丰儿拿了几把大小钥匙，说道："我们奶奶说了，外头的高几恐不够使，不如开了楼把那收着的拿下来使一天罢。奶奶原该亲自来的，因和太太说话呢，请大奶奶开了，带着

1. 湘云做过东，须还席方合礼数。

2. 后并未专写明还席，已命厨房"明日"做了，而次日一早，贾母等就陪刘姥姥游园，可知"两宴"也就是还席了。若专为刘姥姥设宴，她又不是什么贵宾，便不合情理了。

3. 是八月尽的光景。（戚）

---

　　① 攒心盒子——简称"攒盒"，一种盛果菜、糕点的盒子，盒中分许多格，用来分盛各种食品，每一格子都攒向中心。

人搬罢。"李氏便命素云接了钥匙，又命婆子出去把二门上的小厮叫几个来。李氏站在大观楼下往上看，命人上去开了缀锦阁，一张一张往下抬。小厮、老婆子、丫头一齐动手，抬了二十多张下来。[1] 李纨道："好生着，别慌慌张张鬼赶来似的，仔细碰了牙子①！"又回头向刘姥姥笑道："姥姥也上去瞧瞧。"[2] 刘姥姥听说，巴不得一声儿，便拉了板儿登梯上去。进里面，只见乌压压地堆着些围屏、桌椅、大小花灯之类，虽不大认得，只见五彩炫耀，各有奇妙。念了几声佛便下来了。然后锁上门，一齐才下来。李纨道："恐怕老太太高兴，索性把船上划子、篙桨、遮阳幔子都搬了下来预备着。"[3] 众人答应，又复开了，色色的搬了下来。命小厮传驾娘们到船坞里撑出两只船来。

正乱着安排，只见贾母已带了一群人进来了。李纨忙迎上去，笑道："老太太高兴，倒进来了。我只当还没梳头呢，才撷了菊花要送去。"一面说，一面碧月早捧过一个大荷叶式的翡翠盘子来，里面养着各色折枝菊花。贾母便拣了一朵大红的簪于鬓上。因回头看见了刘姥姥，忙笑道："过来戴花儿。"一语未完，凤姐便拉过刘姥姥来笑道："让我打扮你。"说着，将一盘子花横三竖四地插了一头。贾母和众人笑得不住。[4] 刘姥姥笑道："我这头也不知修了什么福，今儿这样体面起来。"众人笑道："你还不拔下来摔到她脸上呢，把你打扮得成了个老妖精了。"刘姥姥笑道："我虽老了，年轻时也风流，爱个花儿粉儿的，今儿老风流才好。"[5]

说笑之间，已来至沁芳亭子上。丫鬟们抱了一个大锦褥子来，铺在栏杆榻板上。贾母倚柱坐下，命刘姥姥也坐在旁边，因问她："这园子好不好？"刘姥姥念佛说道："我们乡下人到了年下，都上城来买画儿贴。时常闲了，大家都说，怎么得也到画儿上去逛逛。想着那个画儿也不过是假的，哪里有这个真地方。谁知我今儿进这园子里一瞧，竟比那画儿还强十倍。怎么得有人也照着这个园子画一张，我带了家去，给他们见见，死了也得好处。"[6] 贾母听说，便指着惜春笑道：

1. 前商议还席时，宝玉出主意："也不要按桌席，每人跟前摆一张高几"，所以要准备这么多。

2. 必借刘姥姥的眼睛，见证荣国府家具器物繁多之盛况，故让她亲自看看。

3. 想得不错，确是用上了。

4. "尘世难逢开口笑，菊花须插满头归"（杜牧《九日齐山登高》诗）意境。千余年前沿袭下来的风俗，今得于此一见。

5. 姥姥亦喜谐笑，心态尚年轻。

6. "异日图将好景，归去凤池夸。"此柳永夸杭州之《望海潮》词也。若改"凤池"作"山村"，即姥姥所言。因此带出惜春来。

---

① 牙子——指装饰桌凳沿边的雕花镶木。

"你瞧我这个小孙女儿，她就会画。等明儿叫她画一张如何？"刘姥姥听了喜得忙跑过来，拉着惜春说道："我的姑娘，你这么大年纪儿，又这么个好模样，还有这个能干，别是神仙托生的罢！"¹

贾母少歇一回，自然领着刘姥姥都见识见识，先到了潇湘馆。一进门，只见两边翠竹夹路，土地下苍苔布满，中间羊肠一条石子墁的路。²刘姥姥让出路来与贾母众人走，自己却赼走土地①。³琥珀拉她说道："姥姥，你上来走，仔细青苔滑了！"刘姥姥道："不相干的，我们走熟了的，⁴姑娘们只管走罢。可惜你们的那绣鞋，别沾脏了。"她只顾上头和人说话，不防底下果踩滑了，咕咚一跤跌倒。众人都拍手哈哈地笑起来。贾母笑骂道："小蹄子们，还不搀起来！只站着笑。"说话时，刘姥姥已爬了起来，自己也笑了，说道："才说嘴就打了嘴。"贾母问她："可扭了腰了不曾？叫丫头们捶一捶。"刘姥姥道："哪里说得我这么娇嫩了。哪一天不跌两下子，都要捶起来，还了得呢！"⁵紫鹃早打起湘帘，贾母等进来坐下。林黛玉亲自用小茶盘捧了一盖碗茶来奉与贾母。王夫人道："我们不吃茶，姑娘不用倒了。"林黛玉听说，便命丫头把自己窗下常坐的一张椅子挪到下首，请王夫人坐了。刘姥姥因见窗下案上设着笔砚，又见书架上磊着满满的书，刘姥姥道："这必定是哪位哥儿的书房了。"⁶贾母笑指黛玉道："这是我这外孙女儿的屋子。"刘姥姥留神打量了林黛玉一番，方笑道："这哪里像个小姐的绣房，竟比那上等的书房还好。"贾母因问："宝玉怎么不见？"⁷众丫头们答说："在池子里船上呢。"贾母道："谁又预备下船了？"李纨忙回说："才开楼拿几，我恐怕老太太高兴，就预备下了。"贾母听了，方欲说话时，人回说："姨太太来了。"贾母等刚站起来，只见薛姨妈早进来了，一面归座笑道："今儿老太太高兴，这早晚就来了。"贾母笑道："我才说来迟了的要罚他，不想姨太太就来迟了。"

说笑一会，贾母因见窗上纱的颜色旧了，便和王夫人说道："这个纱新糊上好看，过了后来就不翠了。

1. 倒不是"神仙托生"，只怕将来皈依神仙去。

2. 为潇湘馆幽境一染。

3. 姥姥能替别人着想。

4. 走惯的泥路未必有青苔。

5. 跌跤一节总为这两句话而有。作者深意在焉。

6. 正为写黛玉。

7. 因提起"哥儿的书房"而想到，有神理。

---

① 赼（jìn尽）走土地——小心地行走在泥地上。赼，可通"靳"，谨慎行走。

这个院子里头又没有个桃杏树，这竹子已是绿的，再拿这绿纱糊上反不配。¹我记得咱们先有四五样颜色糊窗的纱呢。明儿给她把这窗上的换了。"凤姐儿忙道："昨儿我开库房，看见大板箱里还有好些匹银红蝉翼纱，²也有各样折枝花样的，也有流云卍福花样的，也有百蝶穿花花样的，颜色又鲜，纱又轻软，我竟没见过这样的。拿了两匹出来，作两床绵纱被，想来一定是好的。"贾母听了笑道："呸！人人都说你没有不经过、不见过的，连这个纱还不认得呢，明儿还说嘴！"³薛姨妈等都笑说："凭她怎么经过见过，如何敢比老太太呢。老太太何不教导了她，我们也听听。"凤姐儿也笑说："好祖宗，教给我罢。"贾母笑向薛姨妈众人道："那个纱，比你们的年纪还大呢。"⁴怪不得她认作蝉翼纱，原也有些像，不知道的都认作蝉翼纱。正经名字叫作'软烟罗'。"凤姐儿道："这个名儿也好听。只是我这么大了，纱罗也见过几百样，从没听见过这个名色。"贾母笑道："你能够活了多大，见几样没放放的东西，就说嘴来了。那个软烟罗只有四样颜色：一样雨过天晴，一样秋香色，一样松绿的，一样就是银红的；若是做了帐子，糊了窗屉，远远的看着就似烟雾一样，所以叫作'软烟罗'。那银红的又叫作'霞影纱'。如今上用①的府纱也没有这样软厚轻密的了。"⁵薛姨妈笑道："别说凤丫头没见，连我也没听见过。"凤姐儿一面说话，早命人取了一匹来了。贾母说："可不是这个，先时原不过是糊窗屉，后来我们拿这个作被作帐子试试，也竟好。明儿就找出几匹来，拿银红的替她糊窗子。"⁶凤姐答应着。众人都看了称赞不已。刘姥姥也觑着眼看个不了，念佛道："我们想它作衣裳也不能，拿着糊窗子，岂不可惜？"贾母道："倒是做衣裳不好看。"凤姐忙把自己身上穿的一件大红棉纱袄子襟儿拉了出来，向贾母、薛姨妈道："看我的这袄儿。"贾母、薛姨妈都说："这也是上好的了，如今上用内造②的，竟比不上这个。"⁷凤

1. 对建筑与环境的色调搭配有行家眼光。

2. 认准是蝉翼纱了？且听贾母怎么说。

3. 当众奚落凤姐，只有贾母可以。

4. 王夫人说过"我如今已将五十岁的人"（第三十三回），则老姊妹薛姨妈岁数当也小不了多少。那纱的年纪居然还要大，可知必是国公爷在世时的事。若以写此书时计算起，当在作者出生前早就过世了的先祖曹寅生活的全盛年代。接着，贾母又嘲凤姐"你能够活了多大"，也令我想起凤姐跟赵嬷嬷闲聊南巡、省亲时说过的话："可恨我小几岁年纪，若早生二三十年，如今这些老人家也不薄我没见世面了。"（第十六回）此类文字都仿佛流露着作者我生也晚的感慨。

5. 这是世代任江宁织造的曹家人的看家本领，听得多了，所以写来也头头是道，能与"上用的府纱"作质地比较，着实令人吃惊。

6. 宠爱外孙女之情可见。

7. 据档案史料，曹頫任职后期，内务府多责罚各织造处所进上用绸缎，不"依照旧式，敬谨将丝制熟，织成极细厚重之缎"，而"改变旧式……织得粗糙而轻薄"，因此曹頫等各被罚俸一年。（雍正四年三月初十议处本）又有上用缎、官缎"皆甚粗糙轻薄，而比早年织进者已大为不如"等语。（雍正四年十一月二十九日折）可知贾母等议论的话，多有现实素材为依据。

① 上用——皇帝所用。
② 内造——宫廷内所织造。清时，由江宁、苏州、杭州三处织造府专任其职。

姐儿道："这个薄片子，还说是内造上用呢，竟连这个官用的也比不上了。"贾母道："再找一找，只怕还有青的。若有时，都拿出来，送这刘亲家两匹，再做一个帐子我挂，下剩的配上里子，做些夹背心子给丫头们穿，¹ 白收着霉坏了。"凤姐忙答应了，仍命人送去。贾母起身笑道："这屋里窄，再往别处逛去。"刘姥姥念佛道："人人都说大家子住大房。昨儿见了老太太正房，配上大箱、大柜、大桌子、大床，果然威武。那柜子比我们一间房子还大还高。怪道后院子里有个梯子。我想又不上房晒东西，预备个梯子作什么？² 后来我想起来，定是为开顶柜取放东西，非离了那梯子怎么得上去呢？如今又见了这小屋子，更比大的越发齐整了。满屋里的东西都只好看，都不知叫什么，我越看越舍不得离了这里。"凤姐道："还有好的呢，我都带你去瞧瞧。"说着一径离了潇湘馆。

　　远远望见池中一群人在那里撑船。贾母道："他们既预备下船，咱们就坐一回。"说着，便向紫菱洲蓼溆一带走来。未至池前，只见几个婆子手里都捧着一色捏丝戗金①五彩大盒子走来。³ 凤姐忙问王夫人早饭在哪里摆。王夫人道："问老太太在哪里，就在哪里罢了。"贾母听说，便回头说："你三妹妹那里就好。你就带了人摆去，我们从这里坐了船去。"凤姐听说，便回身同了李纨、探春、鸳鸯、琥珀带着端饭的人等，抄着近路到了秋爽斋，就在晓翠堂上调开桌案。鸳鸯笑道："天天咱们说外头老爷们吃酒吃饭都有一个篾片相公②，拿他取笑儿。咱们今儿也得了一个女篾片了。"李纨是个厚道人，听了不解。⁴ 凤姐儿却知说的是刘姥姥了，也笑说道："咱们今儿就拿她取个笑儿。"二人便如此这般的商议。李纨笑劝道："你们一点好事也不做，又不是小孩子，还这么淘气，仔细老太太说。"鸳鸯笑道："很不与你相干，有我呢。"⁵

　　正说着，只见贾母等来了，各自随便坐下。

1. 姥姥宜用青色，而不宜红绿；"雨过天晴"做成帐子一定好看；做衣裳虽不好看，做背心却不错。贾母还真是不错的设计师。

2. 旧时北地百姓上房晒瓜菜薯片之类者甚多。

3. 前商议还席时说过吃的用盒子装，此时遵命送来。

4. 鸳鸯打定主意要拿姥姥取笑儿，李纨一时不解，正写其为人。

5. 何等自信！摸透了贾母脾性。

---

① 捏丝戗（qiàng 呛）金——把金属丝条做成各种图案填嵌在器皿上，如景泰蓝工艺即是。
② 篾片相公——"篾片"为"清客"的俗称，即在豪门富家帮闲，专事趋奉凑趣的门客。

先有丫头端过两盘茶来，大家吃毕。凤姐手里拿着块西洋布手巾，裹着一把乌木三镶银箸，掂掇①人位，按席摆下。贾母因说："把那一张小楠木桌子抬过来，让刘亲家近我这边坐着。"众人听说，忙抬了过来。凤姐一面递眼色与鸳鸯，鸳鸯便拉了刘姥姥出去，悄悄地嘱咐了刘姥姥一席话，又说："这是我们家的规矩，若错了，我们就笑话呢。"<u>1</u>调停已毕，然后归座。薛姨妈是吃过饭来的，不吃，只坐在一边吃茶。<u>2</u>贾母带着宝玉、湘云、黛玉、宝钗一桌，王夫人带着迎春姊妹三个人一桌，刘姥姥傍着贾母一桌。贾母素日吃饭，皆有小丫鬟在旁边，拿着漱盂、麈尾、巾帕之物。如鸳鸯，是不当这差的了，今日鸳鸯偏接过麈尾来拂着。丫鬟们知道她要撮弄刘姥姥，便躲开让她。<u>3</u>鸳鸯一面侍立，一面悄向刘姥姥说道："别忘了。"刘姥姥道："姑娘放心。"<u>4</u>那刘姥姥入了座，拿起箸来，沉甸甸的不伏手。原是凤姐和鸳鸯商议定了，单拿了一双老年四楞象牙镶金的筷子与刘姥姥。<u>5</u>刘姥姥见了，说道："这又爬子比俺那里铁锨还沉，哪里犟得过它。"<u>6</u>说得众人都笑起来。

只见一个媳妇端了一个盒子站在当地，一个丫鬟上来揭去盒盖，里面盛着两碗菜。李纨端了一碗放在贾母桌上。凤姐儿偏拣了一碗鸽子蛋放在刘姥姥桌上。<u>7</u>贾母这边说声"请"，刘姥姥便站起身来，高声说道："老刘，老刘，食量大似牛，吃个老母猪不抬头。"<u>8</u>自己却鼓着腮不语。众人先是发怔，后来一听，上上下下都哈哈大笑起来。<u>9</u>史湘云撑不住，一口饭都喷了出来；林黛玉笑岔了气，伏着桌子"嗳哟"；宝玉早滚到贾母怀里，贾母笑得搂着宝玉叫"心肝"；王夫人笑得用手指着凤姐儿，只说不出话来；薛姨妈也撑不住，口里的茶喷了探春一裙子；探春手里的饭碗都合在迎春身上；惜春离了座位，拉着她奶母叫"揉一揉肠子"。地下的无一个不弯腰屈背，也有躲出去蹲着笑去的，也有忍着笑上来替她姊妹换衣裳的，<u>10</u>独有凤姐、鸳鸯二人撑着，还只管让刘姥姥。刘姥姥拿起箸来，只觉不听使，又说道：

---

① 掂掇——估计，盘算。

1. 好，不说出嘱咐什么。

2. 妙！若只管写薛姨妈来则吃饭，则成何文理。（己）

3. 丫鬟们也会看阵势，对鸳鸯都有所了解也。

4. 再次提醒，以防失算。

5. 亦策划中一环。

6. 生猛鲜活的话，谁写得出？

7. 且看用这样的筷子如何吃鸽子蛋。

8. 再三叮嘱原来为此。姥姥亦善解人意者。

9. 通常写哄堂大笑情景，到此为止了，谁知还有精彩的分镜头特写。

10. 最神奇的文字，每种笑态都合其人的特点。你可以去翻检世界上任何伟大作家的作品，无论是塞万提斯、狄更斯、福楼拜、巴尔扎克、雨果、莫泊桑、托尔斯泰、契诃夫、陀思妥耶夫斯基、杰克·伦敦、海明威……总之，任何一位巨匠的杰作，你可曾见到过这样写笑的文字，或者写别种情态写得足可与此处媲美的文字也行。我想你是找不到的。曹雪芹绝对是独一无二的。当然，世界文学之林的大师们也都有其独有的长处，这是无须烦言的。这段文字中只没有写一个人的笑，那就是宝钗，这也值得深思。

"这里的鸡儿也俊，下的这蛋也小巧，怪俊的。我且舀攞一个。"[1] 众人方住了笑，听见这话，又笑起来。贾母笑得眼泪出来，琥珀在后捶着。贾母笑道："这定是凤丫头促狭鬼儿闹的，快别信她的话了。"那刘姥姥正夸鸡蛋小巧，要舀攞一个，凤姐儿笑道："一两银子一个呢，你快尝尝罢，那冷了就不好吃了。"刘姥姥便伸箸子要夹，哪里夹得起来，满碗里闹了一阵，好容易撮起一个来，才伸着脖子要吃，偏又滑下来滚在地下，忙放下箸子要亲自去捡，早有地下的人捡了出去了。刘姥姥叹道："一两银子，也没听见个响声儿就没了。"[2] 众人已没心吃饭，都看着她取笑。贾母又说："谁这会子又把那个筷子拿了出来？又不请客摆大筵席。都是凤丫头支使的，还不换了呢！"地下的人原不曾预备这牙箸，本是凤姐和鸳鸯拿了来的，听如此说，忙收了过去，也照样换上一双乌木镶银的。刘姥姥道："去了金的，又是银的，到底不及俺们那个伏手。"凤姐儿道："菜里若有毒，这银子下去了，就试得出来。"刘姥姥道："这个菜里有毒，俺们那些菜都成了砒霜了。哪怕毒死了，也要吃尽了。"[3] 贾母见她如此有趣，吃得又香甜，把自己的菜也都端过来与她吃。又命一个老嬷嬷来，将各样的菜给板儿夹在碗里。

一时吃毕，贾母等都往探春卧室中去闲话。这里收拾过残桌，又放了一桌。刘姥姥看着李纨与凤姐儿对坐着吃饭，叹道："别的罢了，我只爱你们家这行事。怪道说'礼出大家'。"凤姐儿忙笑道："你可别多心，才刚不过大家取乐儿。"一言未了，鸳鸯也进来笑道："姥姥别恼，我给你老人家赔个不是。"[4] 刘姥姥笑道："姑娘说哪里话，咱们哄着老太太开个心儿，可有什么恼的！你先嘱咐我，我就明白了，不过大家取个笑儿。我要心里恼，也就不说了。"[5] 鸳鸯便骂人："为什么不倒茶给姥姥吃？"刘姥姥忙道："刚才那个嫂子倒了茶来，我吃过了。姑娘也该用饭了。"凤姐儿便拉鸳鸯坐下道："你和我们吃了罢，省得回来又闹。"鸳鸯便坐下了。婆子们添上碗箸来，三人吃毕。刘姥姥笑道："我看你们这些人都只吃这一点儿就完了，亏你们也不饿。怪

1. 也不知是真不知还是装不知。

2. 趣极。"夹""闹""撮"，用词变化有神理，还以"一两银子"的话首尾呼应，真像一出绝妙的短喜剧。

3. 说得也有俚趣。

4. 凤姐、鸳鸯过后向姥姥赔不是，这就对了。倘一味恶作剧戏弄，便无礼了，反低了自己身份，也非她二人本心本意。

5. 一场精彩的演出，不但要有最有本领的编剧、导演，也靠悟性和演技都很高的天才演员，刘姥姥在这方面完全有资格获得金奖。

只道凤儿都吹得倒。"鸳鸯便问："今儿剩的菜不少，都哪去了？"婆子们道："都还没散呢，在这里等着一齐散与他们吃。"鸳鸯道："他们吃不了这些，挑两碗给二奶奶屋里平丫头送去。"[1]凤姐儿道："她早吃了饭了，不用给她。"鸳鸯道："她不吃了，喂你们的猫。"婆子听了，忙拣了两样，拿盒子送去。[2]鸳鸯道："素云哪去了？"李纨道："她们都在这里一处吃，又找她作什么？"鸳鸯道："这就罢了。"凤姐儿道："袭人不在这里，你倒是叫人送两样给她去。"[3]鸳鸯听说，便命人也送两样去后，鸳鸯又问婆子们："回来吃酒的攒盒可装上了？"婆子道："想必还得一回子。"鸳鸯道："催着些儿。"婆子答应了。

　　凤姐儿等来至探春房中，只见她娘儿们正说笑。探春素喜阔朗，这三间屋子并不曾隔断。当地放着一张花梨大理石大案，案上磊着各种名人法帖，并数十方宝砚，各色笔筒、笔海内插的笔如树林一般。那一边设着斗大的一个汝窑花囊①，插着满满的一囊水晶球的白菊。[4]西墙上当中挂着一大幅米襄阳《烟雨图》②，左右挂着一副对联，乃是颜鲁公③墨迹，其联云：

烟霞闲骨格　泉石野生涯④[5]

案上设着大鼎。左边紫檀架上放着一个大观窑的大盘，盘内盛着数十个娇黄玲珑大佛手。右边洋漆架上悬着一个白玉比目磬⑤，旁边挂着小锤。那板儿略熟了些，便要摘那锤子要击，丫鬟们忙拦住他。他又要那佛手吃，[6]探春拣了一个与他说："玩罢，吃不得的。"东边便设着卧榻，拔步床⑥上悬着葱绿双绣花卉草虫的纱帐。板儿又跑过来看，说"这是蝈蝈，

1. 大丫头姊妹间的情谊。

2. 凤姐说不用给她，鸳鸯说她不吃喂猫，婆子二话不说，立遵后者之命行事。只此细节便看出鸳鸯何等权势体面。

3. 袭人当然也不应遗落。

4. 恰如进到雅好文墨的士大夫书斋里。

5. 与前结诗社帖子中说宝玉曾以"真卿墨迹见赐"一语对上榫，构思完整，文心细密如此！颜真卿并未真的写过这样的对联，是雪芹模拟其为人而虚构的代笔，一如前秦可卿卧室中拟秦少游所书对联。士大夫多喜欢自称"野客""山人"，以示风雅清高。探春羡慕能为朝廷"立出一番事业来"的男人，通过她对这些字画陈设的爱好，表现出当时士大夫的思想志趣，是很典型的。

6. 既写探春雅趣，也借此带出板儿来。板儿与佚稿中贾府败后之事有关，是刘姥姥二进荣府不可缺的角色，但因小儿并无太多事可写，故得便时点染一下。

---

①　汝窑花囊——汝窑，汝州（今河南汝州）以青器窑闻名，始建于北宋。花囊，插花用器，大腹，无口，顶盖上开多孔以备插花枝。

②　米襄阳《烟雨图》——宋代大书画家米芾，襄阳人，世称"米襄阳"，以画烟雨中景物著称。

③　颜鲁公——唐代大书法家颜真卿，封鲁国公，世称"颜鲁公"。

④　"烟霞"一联——意思是天性风流闲散如烟霞一般，山野人的生活常以泉石为伴。唐代田游岩爱好烟霞、泉石成癖，见《新唐书》本传。

⑤　比目磬——制成比目鱼形的挂磬。磬，古代的一种打击乐器。

⑥　拔步床——一种制作讲究的高脚大床，前有挂幔帐用的雕镂的纱厨和踏步，两头有小柜。因上床时要跨一两步，故称"拔步床"。

这是蚂蚱"。刘姥姥忙打他一巴掌，骂道："下作黄子①，没干没净地乱闹！倒叫你进来瞧瞧，就上脸②了。"打得板儿哭起来，众人忙劝解方罢。贾母因隔着纱窗往后院内看了一回，因说："这后廊檐下的梧桐也好了，就只细些。"正说话，忽一阵风过，隐隐听得鼓乐之声。贾母问："是谁家娶亲呢？这里临街倒近。"¹王夫人等笑回道："街上的哪里听得见，这是咱们的那十来个女孩子们演习吹打呢。"贾母便笑道："既她们演，何不叫她们进来演习。她们也逛一逛，咱们可又乐了。"凤姐听说，忙命人出去叫来，又一面吩咐摆下条桌，铺上红毡子。贾母道："就铺排在藕香榭的水亭子上，借着水音更好听。²回来咱们就在缀锦阁底下吃酒，又宽阔，又听得近。"众人都说："那里好。"贾母向薛姨妈笑道："咱们走罢。她们姊妹们都不大喜欢人来，生怕脏了屋子。咱们别没眼色，正经坐一回子船喝酒去。"³说着，大家起身便走。探春笑道："这是哪里的话，求着老太太、姨妈、太太来坐坐还不能呢！"贾母笑道："我的这三丫头却好，只有两个玉儿可恶。⁴回来吃醉了，咱们偏往他们屋里闹去。"

说着，众人都笑了，一齐出来。走不多远，已到了荇叶渚。那姑苏选来的几个驾娘早把两只棠木舫撑来，众人扶了贾母、王夫人、薛姨妈、刘姥姥、鸳鸯、玉钏儿上了这一只，落后李纨也跟上去。凤姐儿也上去，立在船头上，也要撑船。贾母在舱内道："这不是玩的，虽不是河里，也有好深的。你快不给我进来！"凤姐儿笑道："怕什么！老祖宗只管放心。"说着便一篙点开。到了池当中，船小人多，凤姐只觉乱晃，忙把篙子递与驾娘，方蹲下了。⁵然后迎春姊妹等并宝玉上了那只，随后跟来。其余老嬷嬷、散众丫鬟俱沿河随行。宝玉道："这些破荷叶可恨，怎么还不叫人来拔去。"宝钗笑道："今年这几日，何曾饶了这园子闲了，天天逛，哪里还有叫人来收拾的工夫。"林黛玉道："我最不喜欢李义山的诗，只喜他一句：'留得残荷听雨声。'③偏你们又不留着残荷了。"宝玉道："果然好句，以后咱们就别叫人拔去了。"⁶说着，已到了花溆的萝港之下，觉得阴

1. 如此写到梨香院里十二"官"的演习吹打，也别致。

2. 经验之谈，深知临水听曲的妙处。

3. 说话总带风趣。

4. "可恶"是反话，正是最溺爱、最操心的人。

5. 总见凤姐好强逞能个性。

6. 与她喜散不喜聚心态一致，爱萧条零落景象，古人以为乃人之气数使然，非关评李商隐诗也。凡黛玉之所赏，宝玉必赞同。

---

① 下作黄子——骂孩子的话，犹言"下流种子"。

② 上脸——得意忘形；自以为了不起。

③ "留得残荷"句——唐代李商隐，字义山，其《宿骆氏亭寄怀崔雍崔衮》诗："秋阴不散霜飞晚，留得枯荷听雨声。"与小说引句有一字之异。

森透骨，两滩上衰草残菱，更助秋情。[1]

贾母因见岸上的清厦旷朗，便问："这是你薛姑娘的屋子不是？"众人道："是。"贾母忙命拢岸，顺着云步石梯上去，一同进了蘅芜苑，只觉异香扑鼻。那些奇草仙藤愈冷愈苍翠，都结了实，似珊瑚豆子一般，累垂可爱。[2]及进了房屋，雪洞一般，一色玩器全无，[3]案上只有一个土定瓶①，瓶中供着数枝菊花，并两部书、茶奁、茶杯而已。床上只吊着青纱帐幔，衾褥也十分朴素。贾母叹道："这孩子太老实了。你没有陈设，何妨和你姨娘要些。我也不理论，也没想到，你们的东西自然在家里没带了来。"[4]说着，命鸳鸯去取些古董来，又嗔着凤姐儿："不送些玩器来与你妹妹，这样小器！"王夫人、凤姐儿等都笑回说："她自己不要的。我们原送了来，都退回去了。"薛姨妈也笑说："她在家里也不大弄这些东西的。"贾母摇头道："使不得。虽然她省事，倘或来一个亲戚，看着不像；[5]二则年轻的姑娘们，房里这样素净，也忌讳。[6]我们这老婆子越发该住马圈去了。你们听那些书上、戏上说的，小姐们的绣房精致得还了得呢。她们姊妹们虽不敢比那些小姐们，也不要很离了格儿。有现成的东西，为什么不摆？若很爱素净，少几样倒使得。我最会收拾屋子的，如今老了，没这闲心了。她们姊妹们也还学着收拾得好，只怕俗气，有好东西也摆坏了。我看她们还不俗。如今让我替你收拾，包管又大方又素净。[7]我的梯己两件，收到如今，没给宝玉看见过，若经了他的眼，也没了。"说着，叫过鸳鸯来，亲吩咐道："你把那石头盆景儿和那架纱桌屏，还有个墨烟冻石鼎，这三样摆在这案上就够了。再把那水墨字画白绫帐子拿来，把这帐子也换了。"[8]鸳鸯答应着，笑道："这些东西都搁在东楼上的不知哪个箱子里，还得慢慢找去，明儿再拿去也罢了。"贾母道："明日后日都使得，只别忘了。"说着，坐了一会方出来，一径来至缀锦阁下。文官等上来请过安，因问："演习何曲？"贾母道："只拣你们生的演习几套罢。"文官等下来，往藕香榭去，不提。

这里凤姐儿已带着人摆设整齐，上面左右两张榻，榻上都铺着锦裀蓉簟②，每一榻前有两张雕漆几，也有海棠

1. "萝港"之名，因藤萝侧垂，覆盖其上而起。秋色惨淡，水港幽暗，自是另一种境界。

2. 宜与"大观园试才题对额"回写蘅芜苑文字对看，亦同中有异。

3. 出人意表，与姊妹们房间竟大不一样，写"欲偿白帝凭清洁"的宝钗如此。

4. 这话是非说不可的，不然像是嫌人家置办不起。

5. 面子问题，一层。

6. 忌讳，又一层，是更重要的。不同观念喜好对撞，又暗示宝钗孤居结局。

7. 想见贾母年轻时。人老了，眼光仍在。

8. 稍加点缀，便能令房间改观，做到大方又素净，确是设计布置的行家。

---

① 土定瓶——一种定窑烧制的粗质瓷瓶。定窑为北宋建于定州（今河北定州）的著名瓷窑。

② 锦裀蓉簟（diàn 电）——锦裀，华美的毯子，褥子。蓉簟，有荷花图案的竹席。

式的，也有梅花式的，也有荷叶式的，也有葵花式的，也有
方的，也有圆的，其式不一。一个上面放着炉瓶一分<sup>①</sup>攒盒；
一个上面空设着，预备放人所喜之食。上面二榻四几，是贾
母、薛姨妈；下面一椅两几，是王夫人的，余者都是一椅一
几。东边是刘姥姥，刘姥姥之下便是王夫人。西边便是史湘
云，第二便是宝钗，第三便是黛玉，第四迎春、探春、惜
春，挨次下去，宝玉在末。李纨、凤姐二人之几设于三层槛
内，二层纱橱之外。攒盒式样，亦随几之式样。<u>每人一把乌
银洋錾自斟壶，</u><sup>1</sup>一个十锦珐琅杯。大家坐定，贾母先笑道：
"咱们先吃两杯，今日也行一令才有意思。"薛姨妈等笑说
道："老太太自然有好酒令，我们如何会呢，安心要我们醉了。
我们都多吃两杯就有了。"贾母笑道："姨太太今儿也过谦起
来，想是厌我老了。"薛姨妈笑道："不是谦，只怕行不上来
倒是笑话了。"王夫人忙笑道："便说不上来了，只多吃一杯
酒，醉了睡觉去，还有谁笑话咱们不成？"薛姨妈点头笑道：
"依令。<u>老太太到底吃一杯令酒才是。</u>"贾母笑道："这个自然。"
<u>说着便吃了一杯。</u><sup>2</sup>

　　凤姐儿忙走至当地，笑道："既行令，还叫鸳鸯姐姐来行
更好。"众人都知贾母所行之令必得鸳鸯提着，故听了这话
都说："很是。"<sup>3</sup>凤姐儿便拉了鸳鸯过来。王夫人笑道："既在
令内，没有站着的理。"回头命小丫头子："端一张椅子，放
在你二位奶奶的席上。"鸳鸯也半推半就，谢了座，便坐下，
也吃了一盅酒，笑道："<u>酒令大如军令，不论尊卑，惟我是
主。违了我的话，是要受罚的。</u>"<sup>4</sup>王夫人等都笑道："一定如
此，快些说来。"鸳鸯未开口，刘姥姥便下了席，摆手道："别
这样捉弄人，我家去了。"众人都笑道："这却使不得。"鸳鸯
喝命小丫头子们："拉上席去！"<sup>5</sup>小丫头子们也笑着，果然拉
入席中。刘姥姥只叫："饶了我罢！"鸳鸯道："再多言的罚一
壶。"<sup>6</sup>刘姥姥方住了。鸳鸯道："如今我说骨牌副儿<sup>②</sup>，从老太
太起，顺领说下去，至刘姥姥止。比如我说一副儿，将这三
张牌拆开，先说头一张，次说第二张，再说第三张，<sup>7</sup>说完了，
合成这一副儿的名字。无论诗词歌赋、成语俗话，比上一句，
都要叶韵。错了的罚一杯。"众人笑道："这个令好，就说出

1. 两次宴会，文章的重点
完全不同，并无重复，
是值得注意处。每人一
把自斟壶，也是前已商
定的。

2. 酒令是贾母提出的，自
应尊为行令者，故请她
吃令酒。

3. 转由能干的鸳鸯来行令，
是代劳之意，以免贾母
费心思受累。

4. 看她说的。

5. 酒令亦如山。

6. 说到做到，果有军威。

7. 回目"三宣"，此之谓也。

---

① 炉瓶一分——一套焚香用具，即香炉、著瓶、香盒三物，总称"炉瓶三事"。分，份。
② 骨牌副儿——骨牌共三十二张，刻有等于两粒骰子的点色，即上下的点数都是少则一，多至六；一、四点色红，
二、三、五、六点色绿。三张牌点色成套的就成"一副儿"，有一定的名称，如行令中所说的。

来。"鸳鸯道："有了一副了，左边是张'天'。"贾母道："头上有青天。"众人道："好。"鸳鸯道："当中是个'五与六'。"贾母道："六桥梅花香彻骨。"鸳鸯道："剩得一张'六与幺'。"贾母道："一轮红日出云霄。"鸳鸯道："凑成便是个'蓬头鬼'。"贾母道："这鬼抱住钟馗腿。"①¹ 说完，大家笑着喝彩。贾母饮了一杯。

鸳鸯又道："有了一副。左边是个'大长五'。"薛姨妈道："梅花朵朵风前舞。"鸳鸯道："右边还是个'大五长'。"薛姨妈道："十月梅花岭上香。"鸳鸯道："当中'二五'是杂七。"薛姨妈道："织女牛郎会七夕。"² 鸳鸯道："凑成'二郎游五岳'。"³ 薛姨妈道："世人不及神仙乐。"②⁴ 说完，大家称赏，饮了酒。鸳鸯又道："有了一副。左边'长幺'两点明。"湘云道："双悬日月照乾坤。"鸳鸯道："右边'长幺'两点明。"湘云道："闲花落地听无声。"⁵ 鸳鸯道："中间还得'幺四'来。"湘云道："日边红杏倚云栽。"鸳鸯道："凑成'樱桃九点熟'。"湘云道："御园却被鸟衔出。"③ 说完饮了一杯。鸳鸯道："有了一副。左边是'长三'。"宝钗道："双双燕子语梁间。"鸳鸯道："右边是'三长'。"宝钗道："水荇牵风翠带长。"鸳鸯道："当中'三六'九点在。"宝钗道："三山半落青天外。"鸳鸯道："凑成'铁锁链孤舟'。"宝钗道："处处风波处处愁。"④⁶ 说完饮毕。鸳鸯又道："左边一个'天'。"

1. 孙子孙女们哪一个不抱老祖宗的腿?

2. 又一个"白首双星"。

3. "二郎"是宝二爷吗?

4. 还记得跛足道人唱《好了歌》吗? 每节开头都是"世人都晓神仙好"。

5. 好景不长，闲花自落，谁又能知其中蹊跷。

6. "好知运败金无彩"（第八回），后来宝钗所历风波烦恼必定不少。

---

① 贾母所行之令——"天"，上下都是六点的牌叫"天牌"。"头上有青天"，俗话，犹言"做人要凭良心"。以"六桥"比六点，"梅花"比五点。以"彻骨"切合点色刻在骨上。"一轮红日"比上面一点红；下面六点色绿，以青云为比。三张牌是六六、五六、幺六，五与幺相加也是六，成"一副儿"，叫"蓬头鬼"。相传唐代钟馗（kuí 葵）死后成了能捉鬼的神道。这里说他反被鬼抱住大腿，所以引人发笑。元明杂剧中有《庆丰年五鬼闹钟馗》一剧，其中有五鬼一拥而上扯衣抱腿，与钟馗扭打的情节。

② 薛姨妈所行之令——"大长五""大五长"都是上下皆五点的牌，叫"梅花"。"梅花朵朵""十月梅花"都比其牌点色，因为它是上下两"朵"共"十"点。"七夕"比"杂七"，用牛郎织女事及下句，或隐寓宝玉、宝钗夫妇的将来。"二郎游五岳"，成套点色名称。三张牌是五五、二五、五五，有五个点色同的就成"一副儿"，以"二郎"比一个"二"，"五岳"比五个"五"。传说杨戬（jiǎn 剪）为灌口二郎神。五岳，即中岳嵩山、东岳泰山、南岳衡山、西岳华山、北岳恒山。

③ 湘云所行之令——上下都是一点红的牌叫"长幺"，也叫"地牌"。用李白《上皇西巡南京歌》"双悬日月照乾坤"和刘长卿《别严元士》诗"闲花落地听无声"比其点色。以"日月"和"闲花"出两点红；以"乾坤"（天地）和"落地"切"地牌"。用"日边红杏"句（参见第五回《红楼梦曲·虚花悟》注）比"幺四"；"日"比一点红，"红杏"比四点红。三张牌是幺幺、幺四、幺幺，共九点，全红，故用"樱桃九点熟"为喻名其成套点色。唐玄宗有敕赐百官樱桃事，又樱桃传为莺鸟所含，故一名"含桃"。此令末句连上说樱桃虽熟了，却被鸟从皇帝的花园里衔走，是终于落空的意思。

④ 宝钗所行之令——"长三""三长"都是上下三点绿色成斜线的牌。两道斜线形状有点像双燕并栖，也像荇菜逐波、翠带随风。杜甫《曲江对雨》诗："林花著雨胭脂湿，水荇牵风翠带长。""三六"九点，用李白《登金陵凤凰台》诗句作比，以"三山"说上面三点绿，以"青天"说下面六点，六点是"天牌"的一半，正好合"半落青天"。杜诗写回首繁华，不堪俯仰。李诗写凤去台空，长安不见的惆怅。三张牌是三三、三六、三三，所有的"三"像一条条"铁锁链"，以孤"六"象征"孤舟"或以中间一张九点（孤九）谐音"孤舟"（南方俗语音）。唐寅《题画》诗："莫嫌此地风波险，处处风波处处愁。

黛玉道："良辰美景奈何天。"宝钗听了，回头看着她。[1] 黛玉只顾怕罚，也不理论。鸳鸯道："中间'锦屏'颜色俏。"黛玉道："纱窗也没有红娘报。"[2] 鸳鸯道："剩了'二六'八点齐。"黛玉道："双瞻玉座引朝仪。"鸳鸯道："凑成'篮子'好采花。"黛玉道："仙杖香挑芍药花。"① 说完饮了一口。鸳鸯道："左边'四五'成花九。"迎春道："桃花带雨浓。"② 众人道："该罚！错了韵，而且又不像。"迎春笑着饮了一口。[3] 原是凤姐儿和鸳鸯都要听刘姥姥的笑话，故意都命说错，都罚了。[4] 至王夫人，鸳鸯代说了一个，下便该刘姥姥。刘姥姥道："我们庄家人闲了，也常会几个人弄这个，但不如说得这么好听。少不得我也试一试。"[5] 众人都笑道："容易说的。你只管说，不相干。"鸳鸯笑道："左边'四四'是个人。"刘姥姥听了想了半日，说道："是个庄家人罢。"众人哄堂笑了。贾母笑道："说得好，就是这样说。"刘姥姥也笑道："我们庄家人，不过是现成的本色，众位别笑。"鸳鸯道："中间'三四'绿配红。"刘姥姥道："大火烧了毛毛虫。"[6] 众人笑道："这是有的，还说你的本色。"鸳鸯道："右边'幺四'真好看。"刘姥姥道："一个萝卜一头蒜。"[7] 众人又笑了。鸳鸯笑道："凑成便是'一枝花'。"刘姥姥两只手比着，说道："花儿落了结个大倭瓜。"③ 众人大笑起来。只听外面乱嚷[8]〔——且听下回分解。〕

1. 听出毛病来了，碍于公众场合，不便说。
2. 一而再出格，总为第四十二回宝钗"兰言"开导情节而有。
3. 若个个都说得妥当，无人受罚，亦太板了。别人说迎春错了，她并不在意，甚妥。
4. 再补上句更妥，免得以为迎春连押韵都不会，也替姥姥解除畏惧心理。
5. 难得她鼓起勇气来。
6. 像极，趣极！
7. 妙极，恰极，十足本色，不知作者如何想来。
8. 此句后诸本均无交代。因而我们无从知道外面究竟发生了什么，为何乱嚷。下回开头也没有结束行牙牌令的交代，直接转写喝酒。据此推断，最大的可能是最初抄本第四十回末因破损而残缺了一页（抄本不论是四回、五回、八回、十回、二十回装订成册，第四十回都在末尾），故勉强连缀痕迹宛然。大概外面乱嚷是发生了一件令人虚惊的小事，行文上为了截住行牙牌令的描写。这一点由上一回刘姥姥说故事，被马棚失火打断一段之后的一条脂评可证："一段为后回作引，然偏于宝玉爱听时截住。"缺损处，虽未必有关宏旨，但毕竟是件憾事。

---

① 黛玉所行之令——"良辰"句出汤显祖《牡丹亭·惊梦》杜丽娘唱词。上四红下六绿的牌叫"锦屏"，因点色排列成长方形，像美丽的屏风。纱窗，像六点，窗上多用绿纱，以比色。红娘，比四点红。所引句为王实甫《西厢记》第一本第四折中张生唱词："侯门不许老僧敲，纱窗外定有红娘报。"有的《西厢记》版本如金圣叹评改本后一句作"纱窗也没有红娘报"，与黛玉说的一样，可知曹雪芹读到的是接近这类的本子。杜甫《紫宸殿退朝口号》诗："双瞻御座引朝仪。""御座"今引作"玉座"，若非音讹，则为寓意（宝玉名）而改。八点齐排，如左右宫人引百僚分两行朝见皇帝。三张牌六六、四六、二六，四与二加起来也是六，成一副儿，叫"篮子"，四周绿点像篮筐，红四像花。末句谓采花者是仙女。"芍药花"代表爱情，古代男女赠芍药以结情好。见《诗经·郑风·溱洧》。

② 迎春所行之令——李白《访戴天山道士不遇》诗："犬吠水声中，桃花带雨浓。"用比"四五"花九，不像，"浓"与"九"也不协韵。

③ 刘姥姥所行之令——上下都是四点红的牌叫"人牌"。"三四"，上面三点绿斜行，像"毛毛虫"。下面四点红，像"大火"。"幺四"，上面一点红像"一个萝卜"，下面四点红像"一头蒜"，蒜头多瓣，皮紫红。三张牌是四四、三四、幺四，三与幺加起来也是四，成一副儿，叫"一枝花"。三点斜绿像花枝，其余都是红点像花朵。唐代名妓李娃旧名一枝花。此或隐寓巧姐"流落在烟花巷"。倭瓜，即南瓜，诸红点合成之状，既可比花，也可比瓜。花落结瓜可喻女子已婚嫁生育。

**【总评】**

　　刘姥姥既得贾母欢心，留她多住些日子，让她在这里尽情地吃喝玩乐个够，于是便安排了刘姥姥进大观园。大观园景物虽在竣工之初及元春省亲时有过描述，但自从分给宝玉和众姊妹居住后，各处室内陈设等都未曾描写。现在正好借姥姥惊奇的眼睛将它一一写出。同时表现荣府宴饮的靡费奢华、席间的嬉戏玩乐等等，也都是难得的恰当机会，所以详尽地加以描写。于是，这场游园便成了自省亲以来待客规格最高、游乐气氛最浓、烦恼最少、笑声最多的全盛日。

　　李纨让刘姥姥登梯上缀锦阁去看，是展示大观园内有专门用于堆放各色家具用品的地方。头上插菊花情节是写已延续了千百年之久的古代风俗。谈及风景如画，点到惜春画大观园事，她作画书中几次提到，后来必有情节交代，但续书忽略了，没有写。到潇湘馆一段有三个看点：一是姥姥被青苔滑了，跌了一跤。这既写出潇湘馆的幽处环境特点，也借此对照一下乡间劳动妇女，不像富家儿女那么"娇嫩"，动不动就"扭了腰"。二是黛玉居处笔砚在案，书籍满架，像"哥儿的书房"。这是为黛玉喜欢看书作诗，有文化品位设色。三是贾母命换新窗纱而引出关于纱织品种类、颜色、质地、用途的一番谈话。这是"织造世家"出身的作者见闻最广的看家本领，所以说得头头是道。由老祖母说出，尤符合从家庭生活中取材的真实情况。

　　秋爽斋中晓翠堂上设宴，鸳鸯与凤姐商议拿刘姥姥取笑，让众人尤其是贾母开心。这是一段趣味性极强的情节。刘姥姥诙谐的语言和滑稽的举止，惹出了许多笑话。其中姥姥说了"食量大如牛"的话后，描绘众人不同笑态的一段是经典性的画面，在古今中外任何一部小说中都难以见到。事后，凤、鸳向姥姥赔不是，写得周全。否则，一味恶意捉弄，不但有损凤姐、鸳鸯形象，也显不出久经世故的刘姥姥善解人意、存心凑趣的本领了。贫富悬殊，饮食的精粗与习惯上的巨大差异，是构成这幕精彩喜剧的基础。

　　探春的居处布置、陈设，突出了她"素喜阔朗"的个性。黛玉独喜"留得残荷听雨声"诗句，借此写船过荷塘，别出心裁。宝钗屋内"雪洞一般，一色玩器全无"的光景，引起贾母"年轻的姑娘，房里这样素净也忌讳"的话，也发人深省。

　　在藕香榭的第二次开宴，写法与第一次有别：上次重在取笑；此次则补写贾府在宴会上的规矩、讲究和饮食的奢侈。坐席的上下尊卑，都有严格的顺序，安排也都有其一定的道理。喝酒要行酒令，行牙牌令的规定，让黛玉都"怕罚"，迎春还真的被罚，可见非有点文化素养者还玩不了。但刘姥姥居然能用"现成的本色"语言闯过了这一关。

# 第 四 十 一 回

## 栊翠庵茶品梅花雪　怡红院劫遇母蝗虫

**【题解】**

　　本回回目诸本多作"贾宝玉品茶栊翠庵，刘姥姥醉卧怡红院"，略有差别，也只在"姥姥"或作"老妪"，"醉卧"或作"卧醉"等微细处；对句看似明白顺畅，但问题是到栊翠庵品茶的并非只有宝玉一人。这里采用的是庚辰本回目；以庚本此回回前脂评开头用语看，应是唯一存原貌者，故从之。评曰："此回栊翠品茶，怡红遇劫。盖妙玉虽以清净无为自守，而怪洁之癖未免有过，老妪只污得一杯，见而勿用，岂似玉儿日享洪福，竟至无以复加而不自知。故老妪眠其床，卧其席，酒屁熏其屋，却被袭人遮过，则仍用其床其席其屋。亦作者特为转眼不知身后事写来作戒，纨袴公子可不慎哉！"回目上句说，贾母等人与刘姥姥至栊翠庵，妙玉奉茶招待，又特邀钗、黛、宝玉喝梯己茶，用的是往年从梅花上扫下的雪水烹的。下句说刘姥姥多吃了酒食，腹泻如厕后，头晕目眩，误闯入怡红院，在宝玉床上睡着了，令其房中遭"劫"。"母蝗虫"是事后黛玉背地里给姥姥起的绰号，是笑话她饮食胃口好。

　　话说刘姥姥两只手比着说道："花儿落了结个大倭瓜。"众人听了哄堂大笑起来。[1] 于是吃过门杯，又逗趣笑道："实告诉说罢，我手脚子粗笨，又喝了酒，仔细失手打了这瓷杯。有木头的杯取个来，我便失了手掉了地下也不碍。"众人听了，又笑起来。凤姐听如此说，便忙笑道："果真要木头的，我就取了来。可有一句先说下：这木头的可比不得瓷的，它都是一套，定要吃遍一套方使得。"刘姥姥听了心下掂掇道："我方才不过是趣话取笑儿，谁知她果真竟有。我时常在村庄乡绅大家子也赴过席，金杯银杯倒都也见过，从来没见有木头杯之说。哦！是了，想必是小孩子使的木碗儿，不过诓我多喝两碗。别管它，横竖这酒蜜水似的，多喝点子也无妨。"[2]想毕便说："取来再商量。"

　　凤姐乃命丰儿："到前面里间屋，书架子上有十个竹根套杯取来。"丰儿听了，答应着才要去，鸳

1. 这几句话显然是后来书稿整理者从上一回结尾中移来的，以便在上回末页缺损的情况下，能与此回开头连接起来。然而如此连接，破绽仍明显，主要有三：一、上回末最后一句"只听外面乱嚷"无着落，不知嚷什么；二、席上不再行牙牌令没有一句话交代，不合情理；三、上回明明说每人"一个十锦珐琅杯"，这里却成了失手易打碎的"瓷杯"。这之前定有要换姥姥杯子的细节，缺失了，所以前后矛盾。

2. 为登厕伏脉。（庚）

鸳笑道："我知道你这十个杯还小。况且你才说是木头的，这会子又拿了竹根的来，倒不好看。[1]不如把我们那里的黄杨根整抠的十个大套杯拿来，灌她十下子。"凤姐笑道："更好了。"鸳鸯果命人取来。刘姥姥一看，又惊又喜：惊的是一连十个，挨次大小分下来，那大的足似个小盆子，第十个极小的还有手里的杯子两个大；喜的是雕镂奇绝，一色山水树木人物，并有草字以及图印。因忙说道："拿了那小的来就是了，怎么这么多？"凤姐笑道："这个杯没有喝一个的理。我们家因没有这么大量的，所以没人敢使它。姥姥既要，好容易寻了出来，必定要挨次吃一遍才使得。"刘姥姥唬得忙道："这可不敢。好姑奶奶，竟饶了我罢！"贾母、薛姨妈、王夫人都知道她年纪的人禁不起，忙笑道："说是说，笑是笑，不可多吃了，只吃这头一杯罢。"[2]刘姥姥道："阿弥陀佛！我还是小杯吃罢。把这大杯收着，我带了家去慢慢地吃罢。"说得众人又笑起来。鸳鸯无法，只得命人满斟了一大杯，刘姥姥两手捧着喝。

　　贾母、薛姨妈都道："慢些，不要呛了。"薛姨妈又命凤姐布了菜。凤姐笑道："姥姥要吃什么，说出名儿来，我拣了喂你。"刘姥姥道："我知什么名儿，样样都是好的。"贾母笑道："你把茄鲞①拣些喂她。"[3]凤姐听说，依言拣些茄鲞送入刘姥姥口中，因笑道："你们天天吃茄子，也尝尝我们的茄子弄得可口不可口。"刘姥姥笑道："别哄我，茄子跑出这个味儿来了，我们也不用种粮食，只种茄子了。"众人笑道："真是茄子，我们再不哄你。"刘姥姥诧异道："真是茄子？我白吃了这半日。姑奶奶再喂我些，这一口细嚼嚼。"凤姐果又拣了些放入口内。刘姥姥细嚼了半日，笑道："虽有一点茄子香，只是还不像是茄子。告诉我是什么法子弄的，我也弄着吃去。"凤姐笑道："这也不难。[4]你把才下来的茄子把皮劏②了，只要净肉，切成碎丁子，用鸡油炸了，再用鸡脯子肉并香菌、新笋、蘑菇、五香腐干、各色干果子俱切成丁子，用鸡汤煨干，将香

1. 要木头的，先说竹根的，只为写出荣府藏物之富，无奇不有。

2. 长辈们自当与凤、鸳等不同，有惜老之心，非只为捉弄取乐也。

3. "茄鲞"因此便成了如今各种"红楼宴"中必不可少的一道菜。

4. 说不难，做起来却是够麻烦的。传统菜肴中也确有此类喧宾夺主的做法。凤姐所说的做法也不知真有，还是作者想出来的。书中菜肴名不少，只有这种说得最详尽。笔者曾品尝过好几家"红楼宴"，"茄鲞"的做法、味道都不一样，也难说有多好。

---

①　茄鲞（xiǎng 享）——腌腊茄子。鲞，原指腊鱼、鱼干。
②　劏（qiān 千）——削。

油一收，外加糟油一拌，盛在瓷罐子里封严，要吃时拿出来，用炒的鸡瓜①一拌就是。"

刘姥姥听了，摇头吐舌，说道："我的佛祖！倒得十来只鸡来配它，怪道这个味儿！"一面说笑，一面慢慢地吃完了酒，还只管细玩那杯。凤姐笑道："还不足兴，再吃一杯罢。"刘姥姥忙道："了不得，那就醉死了。我因为爱这样范②，亏他怎样作了。"鸳鸯笑道："酒吃完了，到底这杯子是什么木的？"¹刘姥姥笑道："怨不得姑娘不认得，你们在这金门绣户的，如何认得木头！²我们成日家和树林子作街坊，困了枕着它睡，乏了靠着它坐，荒年间饿了还吃它，眼睛里天天见它，耳朵里天天听它，口儿里天天讲它，所以好歹真假我是认得的。让我认一认。"一面说，一面细细端详了半日道："你们这样的人家断没有那贱东西，那容易得的木头你们也不收着了。我据着这杯笨重，断乎不是杨木，这一定是黄松的。"众人听了，哄堂大笑起来。³

只见一个婆子走来请问贾母，说："姑娘们都到了藕香榭，请示下就演罢，还是再等一会子？"贾母忙笑道："可是，倒忘了他们，就叫他们演罢。"那个婆子答应去了。不一时，只听得箫管悠扬，笙笛并发。正值风清气爽之时，那乐声穿林度水而来，自然使人神怡心旷。⁴宝玉先禁不住拿起壶来斟了一杯，一口饮尽，复又斟上，才要饮，只见王夫人也要饮，命人换暖酒，宝玉连忙将自己的杯捧了过来，送到王夫人口边，王夫人便就他手内吃了两口。⁵一时暖酒来了，宝玉仍归旧座，王夫人提了暖壶下席来，众人都出了席，薛姨妈也立起来，贾母忙命李纨、凤姐二人接过壶来："让你姑妈坐了，大家才便。"王夫人见如此说，方将壶递与凤姐，自己归座。贾母笑道："大家吃上两杯，今日着实有趣。"说着擎杯让薛姨妈，又向湘云、宝钗道："你姐妹两个也吃一杯。你林妹妹虽不大会吃，也别饶她。"说着自己已干了。湘云、宝钗、黛玉也都干了。当下刘

1. 考一考姥姥。

2. 误会了，当作别人不认得，岂可放过这夸口说嘴的机会。

3. 当场露了馅儿，先已交代过，套杯恰恰是黄杨根雕成的。

4. 印证了上回贾母说过听曲"借着水音更好听"的话。"穿林度水"四字极妙。

5. 对母亲一片温情。妙极！忽写宝玉如此，便是天地间母子之至情至性。献芹之民之意，令人酸鼻。（庚）

---

① 鸡瓜——鸡丁。
② 样范——模样。今江南方言中仍有。

姥姥听见这般音乐，且又有了酒，越发喜得手舞足蹈起来。宝玉因下席过来向黛玉笑道："你瞧刘姥姥的样子。"黛玉笑道："当日圣乐一奏，百兽率舞①，如今才一牛耳。"[1] 众姐妹都笑了。

　　须臾乐止，薛姨妈出席笑道："大家的酒想也都有了，且出去散散再坐罢。"贾母也正要散散，于是大家出席，都随着贾母游玩。贾母因要带着刘姥姥散闷，遂携了刘姥姥至山前树下盘桓了半晌，又说与她这是什么树，那是什么石，这是什么花。刘姥姥一一的领会，又向贾母道："谁知城里不但人尊贵，连雀儿也是尊贵的。偏这雀儿到了你们这里，它也变俊了，也会说话了。"[2] 众人不解，因问什么雀儿变俊了，会说话。刘姥姥道："那廊下金架子上站的绿毛红嘴是鹦哥儿，我是认得的。那笼子里黑老鸹子怎么又长出凤头来②，也会说话呢？"[3] 众人听了，又都笑将起来。

　　一时只见丫头们来请用点心。贾母道："吃了两杯酒倒也不饿。也罢，就拿了这里来大家随便吃些罢。"丫头们听说，便去抬了两张几来，又端了两个小捧盒。揭开看时，每个盒内两样，这盒内是两样蒸食：一样是藕粉桂糖糕，一样是松瓤鹅油卷；那盒内是两样炸的：一样是只有一寸来大的小饺儿。贾母因问什么馅子，婆子们忙回是螃蟹的。贾母听了，皱眉说道："这会子油腻腻的，谁吃这个！"[4] 又看那一样是奶油炸的各色小面果，也不喜欢。因让薛姨妈吃，薛姨妈只拣了一块糕。贾母拣了一个卷，只尝了一尝，剩的半个递与丫头了。

　　刘姥姥因见那小面果子都玲珑剔透，各式各样，便拣了一朵牡丹花样的笑道："我们乡里最巧的姐儿们，剪子也不能铰出这么个纸的来。我又爱吃又舍不得吃，包些家去给她们做花样子去倒好。"[5] 众人都笑了。贾母笑道："家去我送你一坛子。你先趁热吃这个罢。"别人不过拣各人爱吃的拣了一两样就罢了；刘姥姥原不曾吃过这些东西，

1. 虽是说笑，总嫌尖刻。毋须讳言，黛玉实有很强的贵族小姐的优越感。

2. 与前宴时说"这里的鸡儿也俊，下的蛋也小巧"同出一辙。

3. 说得有趣，恐是有意博笑。

4. "甲第纷纷厌粱肉"，饥民听这话，不知作何感想。

5. 借比较，夸贾府厨工手艺高，反射出乡间剪纸手艺巧。看花色精美糕点，确能生出此种心情。

---

①　圣乐一奏，百兽率舞——舜的乐曲一奏起来，百兽都随着乐声而起舞。出《尚书》。
②　黑老鸹子长出凤头来——乌鸦头上长一撮凤毛，指八哥。凤头，鸟的羽冠。

且都作得小巧，不显盘堆的，她和板儿每样吃了些就去了半盘子。剩的，凤姐又命攒了两盘并一个攒盒拿与文官等吃去。忽见奶子抱了大姐儿来，大家哄她玩了一会。<u>那大姐儿因抱着一个大柚子玩的，忽见板儿抱着一个佛手，便也要佛手。</u>[1]丫头们哄她取去，大姐儿等不得，便哭了。众人忙把柚子与了板儿，将板儿的佛手哄过来与她才罢。那板儿因玩了半日佛手，此刻又两手抓着些果子吃，<u>又忽见这柚子又香又圆，</u>[2]更觉好玩，且当球踢着玩去，也就不要佛手了。

当下贾母等吃过茶，又带了刘姥姥至栊翠庵来。妙玉忙接了进去。至院中，见花木繁盛，贾母笑道："到底是她们修行的人，没事常常修理，比别处越发好看。"一面说一面便往东禅堂来。妙玉笑往里让，贾母道："我们才都吃了酒肉，你这里头有菩萨，冲了罪过。<u>我们这里坐坐，把你的好茶拿来我们吃一杯就去了。</u>"[3]妙玉听了，忙去烹了茶来。宝玉留神看她是怎么行事，<u>只见妙玉亲自拣了一个海棠花式雕漆填金云龙献寿的小茶盘，里面放一个成窑五彩小盖钟①，捧与贾母。</u>[4]贾母道："我不吃六安茶②。"妙玉笑道："知道。这是老君眉③。"贾母接了，又问是什么水。妙玉笑回："是旧年蠲④的雨水。"贾母便吃了半盏，便笑着递与刘姥姥说："你尝尝这个茶。"<u>刘姥姥便一口吃尽，笑道："好是好，就只淡些，再熬浓些更好了。"贾母、众人都笑起来。</u>[5]然后众人都是一色官窑脱胎填白盖碗⑤。

那妙玉便把宝钗和黛玉的衣襟一拉，二人随她出去，宝玉悄悄地随后跟了来。只见妙玉让她二人在耳房内，宝钗坐在榻上，黛玉便坐在妙玉的蒲团上；妙玉自向风炉上扇滚了水，另泡了一

1. 小儿常情，遂成千里伏线。（庚）指后半部佚稿中板儿与大姐儿（巧姐）的归宿，参见下一条脂评。

2. 柚子，即今香圆（橼）之属也，与"缘"通。佛手者，正指迷津者也。以小儿之戏，暗透前后通部脉络，隐隐约约，毫无一丝漏泄，岂独为刘姥姥之俚言博笑而有此一大回文字哉！（庚）可知巧姐将来得以跳出欲海"迷津"而步上正道，且与板儿有"缘"结为夫妻。

3. 栊翠庵茶好，想早有所闻。

4. 最高规格，然止于礼遇而已。

5. 小茶钟半盏，恐不够姥姥一口。老君眉，属绿茶品种，用嫩尖，清香轻淡是其特色。传统茶艺中茶、水、烹、杯都有讲究，已一一写到。即如烧汤火候也很要紧，东坡有诗称"蟹眼已过鱼眼生，飕飕欲作松风鸣"（《试院煎茶》），又曰"松风忽作泻时声"（《汲江煎茶》）。"蟹眼""鱼眼"，喻水将沸冒起的小大气泡，而烧汤之火"候有松声即去"，若大沸，则"汤老"，不堪用。此曰"熬浓些"，岂是肉骨头汤！茶久"熬"，成中药了。尚记丁巳春日，谢园送茶乎？展眼二十年矣！丁丑仲春，畸笏。（靖）丁巳，乾隆二年（1737），作者13岁；丁丑，乾隆二十二年（1757）。

---

① 成窑五彩小盖钟——景德镇在明代成化年间官窑烧制的瓷器，以彩制著称。钟，同"盅"，小杯。

② 六安茶——安徽霍山县旧属六安郡，其大蜀山产茶著名。

③ 老君眉——即今洞庭湖君山所产之银针茶。嫩芽上被银白色茸毛，比为老子的长寿眉，故名。历代为贡品。

④ 蠲（juān捐）——同"涓"，清洁，引申为封藏保洁的意思。或谓谐"攒"字，聚集。

⑤ 官窑脱胎填白盖碗——官窑，宋五大名窑之一。脱胎，一种凸印团花的青瓷制品。填白，以粉白釉料衬底，以增光泽的工艺。

壶茶。宝玉便走了进来笑道："偏你们吃梯己茶呢。"二人都笑道："你又赶了来餐①茶吃。这里并没你的。"妙玉刚要去取杯，只见道婆收了上面的茶盏来。妙玉忙命："将那成窑的茶杯别收了，搁在外头去罢。"宝玉会意，知为刘姥姥吃了，她嫌脏不要了。¹又见妙玉另拿出两只杯来。一个旁边有一耳，杯上镌着"孤爬斝②"三个隶字，后有一行小真字是"晋王恺珍玩③"，又有"宋元丰五年四月眉山苏轼见于秘府④"一行小字。²妙玉便斟了一斝递与宝钗。那一只形似钵而小，也有三个垂珠篆字，镌着"杏犀盉⑤"。妙玉斟了一盉与黛玉。仍将前番自己常日吃茶的那只绿玉斗来斟与宝玉。³宝玉笑道："常言'世法平等⑥'，她两个就用那样古玩奇珍，我就是个俗器了。"妙玉道："这是俗器？不是我说狂话，只怕你家里未必找得出这么一个俗器来呢。"⁴宝玉笑道："俗说'随乡入乡'，到了你这里，自然把这金玉珠宝一概贬为俗器了。"⁵妙玉听如此说，十分欢喜，遂又寻出一只九曲十环一百二十节蟠虬整雕竹根的一个大盉⑦出来，笑道："就剩了这一个，你可吃得了这一海？"宝玉喜得忙道："吃得了。"妙玉笑道："你虽吃得了，也没这些茶糟蹋。⁶岂不闻'一杯为品，二杯即是解渴的蠢物，三杯便是饮牛饮驴了'。你吃这一海便成什么？"说得宝钗、黛玉、宝玉都笑了。妙玉执壶，只向海内斟了约有一杯。宝玉细细吃了，果觉轻淳无比，赏赞不绝。妙玉正色道："你这遭吃茶是托她两个福，独你来了我是不给你吃的。"⁷宝玉笑道："我深知道的，我也不领你的情，只谢她二人便是了。"妙玉听了方说："这话明白。"黛

1. 贾母让姥姥尝一口茶，不料让妙玉损失一只成窑杯。妙玉偏僻处，此所谓"过洁世同嫌"也。他日瓜洲渡口，红颜屈从枯骨，固不能各示劝惩，岂不哀哉？（靖）此批透露妙玉结局，然详情莫明，原抄错乱特甚，此用郑庆山校文。

2. 所镌"王恺""苏轼"等字样，皆为显示茶具是古玩珍奇而虚构，非真有实事实物。即如"元丰五年四月"，苏轼贬官在黄州已度过了三个寒食节，那年的四月二十八日，他还书写《眉山远景楼记》于雪堂上，根本不在汴京，如何能进朝廷"秘府"！

3. 姥姥喝过一口的成窑杯"嫌脏不要了"，这里又如此。可见妙玉的"洁"与"不洁"，都打上深深的阶级和感情的烙印。

4. 真是妙玉说的话，自鸣清高的出家人，却以藏有古代豪门富室的杯子和奇珍宝物而得意自豪，实在也是个讽刺。

5. 见风施舵，转得快！

6. 茶下"糟蹋"二字，成窑杯已不屑再要，妙玉真清洁高雅，然亦怪谲孤僻甚矣。实有此等人物，但罕耳。（庚）评者未看出妙玉言行带有矫情的味道。

7. 此话是说给宝钗、黛玉听的。以钗、黛的高智商，哪能信！玉兄独至，岂真无茶吃？作书人又弄狡猾，只瞒不过老朽。然不知落笔时作者作如何想。丁亥夏。（靖）

---

① 餐——当念作"蹭（cèng）"，揩油沾光之义。北京有此方言。

② 孤爬斝（bān páo jiǎ 班咆甲）——孤、爬，葫芦类，可作饮器。斝，古代酒器，似爵而稍大。此谓限制孤爬生长，使之成斝状，或将斝制作成孤爬状的饮器。

③ 小真字是"晋王恺珍玩"——小真字，正楷小字。王恺，晋代豪富，喜收藏珍奇宝物。

④ 秘府——宫廷中收藏图书珍秘之处。

⑤ 杏犀盉（qiáo 乔）——以杏黄色半透明的犀牛角制成的碗类饮器

⑥ 世法平等——平等看待世间一切事物。佛家语。

⑦ 盉（hǎi 海）——大的杯碗。下文接着称为"海"，可知义通。

玉因问:"这也是旧年的雨水?"妙玉冷笑道:"<u>你这么个人竟是大俗人,连水也尝不出来。</u>¹这是五年前我在玄墓蟠香寺住着,收的梅花上的雪,共得了那一鬼脸青①的花瓮一瓮,总舍不得吃,埋在地下,今年夏天才开了。我只吃过一回,这是第二回了。你怎么尝不出来?隔年蠲的雨水哪有这样轻淳,如何吃得!"<u>黛玉知她天性怪僻,</u>²不好多话亦不好多坐,吃过茶便约着宝钗走了出来。

宝玉和妙玉陪笑道:"<u>那茶杯虽然脏了,白撂了岂不可惜?依我说不如就给了那贫婆子罢,她卖了也可以度日。你道可使得?</u>"³妙玉听了,想了一想点头说道:"这也罢了。<u>幸而那杯子是我没吃过的,若我吃过的,我就砸碎了也不能给她。</u>⁴你要给她,我也不管,我只交给你,快拿了去罢。"宝玉笑道:"自然如此,<u>你哪里和她说话授受去,越发连你也脏了。</u>⁵只交与我就是了。"妙玉便命人拿来递与宝玉,宝玉接了,又道:"<u>等我们出去了,我叫几个小幺儿来河里打几桶水来洗地如何?</u>"⁶妙玉笑道:"这更好了,只是你嘱咐他们,抬了水只搁在山门外头墙根下,别进门来。"宝玉道:"这是自然的。"说着便袖着那杯,递与贾母房中的小丫头拿着,说:"明日刘姥姥家去,给她带去罢。"交代明白,贾母已经出来要回去。妙玉亦不甚留,送出山门,回身便将门闭了。不在话下。

且说贾母因觉身上乏倦,便命王夫人和迎春姊妹陪了薛姨妈去吃酒,自己便往稻香村来歇息。凤姐忙命人将小竹椅抬来,贾母坐上,两个婆子抬起,凤姐、李纨和众丫鬟、婆子围随去了,不在话下。这里薛姨妈也就辞出。王夫人打发文官等出去,将攒盒散与众丫鬟们吃去,自己便也乘空歇着,随便歪在方才贾母坐的榻上,命一个小丫头放下帘子来,又命她捶着腿,吩咐她:"老太太那里有信,你就叫我。"说着,<u>也歪着睡着了。</u>⁷

宝玉、湘云等看着丫鬟将攒盒搁在山石上,也有坐在山石上的,也有坐在草地下的,也有靠着树

1. 谁敢说黛玉俗?妙玉的个性写得太突出了。

2. 黛是解事人。(靖)

3. 宝玉有人情味,毕竟秉性善良。

4. 所谓好洁,竟生如此心态,这就怪癖了。若非宝玉要求,恐这一步也未必肯让。

5. 能体察其心,索性顺着她的话说。

6. 揣摩其心理到位,故能处处投其所好。妙玉对宝玉之有好感,或许这也是个原因。

7. 长辈们若将刘姥姥当上宾,始终奉陪,便不合情理,故提前一一离去。因乏倦要歇息是人上了年纪不耐劳累,又见园子范围之大,一次看不尽,且为姥姥登厕迷路营造必要条件。

———————————

① 鬼脸青——一种深青色釉的瓷器。

的，也有傍着水的，倒也十分热闹。一时又见鸳鸯来了，要带着刘姥姥各处去逛，众人也都赶着取笑。一时来至"省亲别墅"的牌坊底下，刘姥姥道："嗳呀！这里还有个大庙呢。"说着，便爬下磕头。众人笑弯了腰。刘姥姥道："笑什么？这牌楼上的字我都认得。我们那里这样的庙宇最多，都是这样的牌坊，那字就是庙的名字。"众人笑道："你认得这是什么庙？"刘姥姥便抬头指那字道："这不是'玉皇宝殿'四字？"众人笑得拍手打掌，还要拿她取笑。刘姥姥觉得腹内一阵乱响，忙得拉着一个小丫头，要了两张纸，就解衣。<u>众人又是笑，又忙喝她："这里使得么！"</u>[1]忙命一个婆子带了东北角上去了。那婆子指与她地方，便乐得走开去歇息。[2]

那刘姥姥因喝了些酒，她脾气①不与黄酒相宜，且吃了许多油腻饮食发渴，多喝了几碗茶，不免通泻起来，蹲了半日方完。及出厕来，酒被风禁，且年迈之人蹲了半天，忽一起身，只觉得眼花头眩，辨不出路径。四顾一望，皆是树木山石、楼台房舍，却不知哪一处是往哪一路去的了，只得顺着一条石子路慢慢地走来。及至到了房舍跟前，又找不着门。再找了半日，忽见一带竹篱，<u>刘姥姥心中自忖道："这里也有扁豆架子？"</u>[3]一面想，一面顺着花障走了来，得了一个月洞门进去。只见迎面忽有一带水池，只有七八尺宽，石头砌岸，里面碧浏清水，流往那边去了，上面有一块白石横架在上面。刘姥姥便度石过去，顺着石子甬路走去，转了两个弯子，只见有一房门。于是进了房门，<u>只见迎面一个女孩儿满面含笑迎了出来。</u>[4]刘姥姥忙笑道："姑娘们把我丢下了，要我碰头碰到这里来。"说了，只觉那女孩儿不答。刘姥姥便赶来拉她的手，"咕咚"一声便撞到板壁上，把头碰得生疼。细瞧了一瞧，原来是幅画儿。刘姥姥自忖道："原来画儿有这样活凸出来的。"一面想一面看，一面又用手摸去，却是一色平的，因点头叹了两声。一转身，方得了一个小门，门上挂着葱绿撒花软帘。

────────────

① 脾气——指脾胃的适应能力。

1. 幸好喝住了！亵渎"玉皇宝殿"，罪过，罪过！

2. 姥姥又不是小孩儿，也没有在一旁等着的道理。

3. 想得妙，作者写农妇感受之真切，令人惊奇。

4. "凭谁醉眼认朦胧？"

刘姥姥掀帘进去，抬头一看，只见四面墙壁玲珑剔透，琴剑瓶炉皆贴在墙上，锦笼纱罩，金彩珠光，连地下踩的砖皆是碧绿凿花了，¹ 找门出去，哪里有门？左一架书，右一架屏。刚从屏后得了一门转去，只见她亲家母也从外面迎了进来。刘姥姥诧异，忙问道："你想是见我这几日没家去，亏你找我来。哪一位姑娘带你进来的？"她亲家只是笑，不还言。刘姥姥笑道："你好没见世面，见这园里的花好，你就没死活戴了一头。"她亲家也不答。便心中忽然想起：² "常听见大富贵人家有一种穿衣镜，这别是我在镜子里头呢。"想毕，伸手一摸，再细一看，可不是，四面雕空紫檀板壁将这镜子嵌在中间。因说："这已经拦住，如何走出去呢？"一面说，一面只管用手摸。这镜子原是西洋机括，可以开合。不意刘姥姥乱摸之间，其力巧合，便撞开消息①，掩过镜子，露出门来。刘姥姥又惊又喜，迈步出来，忽见有一副最精致的床帐。她此时又带了七八分醉，又走乏了，便一屁股坐在床上，只说歇歇，不承望身不由己，便前仰后合的，朦胧着两眼，一歪身就睡熟在床上。³

且说众人等她不见，板儿没了他姥姥，急得哭了。众人都笑道："别是掉在茅厕里了？快叫人去瞧瞧。"因命两个婆子去找，回来说没有。众人各处搜寻不见。袭人战敨②其道路："定是她醉了迷了路，顺着这一条路往我们后院子里去了。⁴ 若进了花障子到后房门进去，虽然碰头，还有小丫头们知道；若不进花障子再往西南上去，若绕出去还好，若绕不出去可够她绕回子好的。我且瞧瞧去。"一面想着，一面回来，进了怡红院便叫人，谁知那几个在房子里的小丫头已偷空玩去了。

袭人一直进了房门，转过集锦槅子，就听得鼾齁如雷。忙进来，只闻得酒屁臭气满屋。⁵ 一瞧，只见刘姥姥扎手舞脚地仰卧在床上。袭人这一惊不小，慌忙赶上来将她没死活地推醒。那刘姥姥惊醒，睁

1. 怡红院之富丽景象，竟在如此场合中写出，也是意想不到的。

2. 为菊花插满头作镜中影，若也写碰头之类动作，便与见画生误会重复了，故写自己想起，有变化。程高本于此等处，加油添醋，增写了若干细节，反成蛇足。

3. 叙来合情合理。

4. 袭人最熟知怡红院周边环境，她的估计肯定错不了。

5. 未见其人，先听到鼾声，闻着臭气，写来逼真。此怡红院所以称遇"劫"也。

---

① 消息——即"机括"，开关装置。

② 战敨（diān duó 颠夺）——亦作"掂敨"。掂量、盘算、思忖。

眼见了袭人，连忙爬起来道："姑娘，我失错了！并没弄脏了床帐。"一面说，一面用手去掸。袭人恐惊动了人，被宝玉知道了，只向她摇手不叫她说话。忙将当地大鼎内贮了三四把百合香，仍用罩子罩上。[1]些须收拾收拾，所喜不曾呕吐。忙悄悄地笑道："不相干，有我呢。你随我出来。"刘姥姥答应着，跟了袭人出至小丫头们房中，命她坐了，向她说道："你就说醉倒在山子石上，打了个盹儿。"[2]刘姥姥答应知道。又与她两碗茶吃，方觉酒醒了，因问道："这是哪个小姐的绣房，这样精致？[3]我就像到了天宫里一样。"袭人微微笑道："这个么，是宝二爷的卧室。"那刘姥姥吓得不敢作声。袭人带她从前面出去，见了众人，只说她在草地下睡熟了，带了她来的。众人都不理会，也就罢了。

一时贾母醒了，就在稻香村摆晚饭。贾母因觉懒懒的，也没吃饭，便坐了竹椅小敞轿回至房中歇息，命凤姐儿等去吃饭。她姊妹方复进园来。[4]要知端的，〔且听下回分解。〕

1. 袭人从来都想息事宁人，故用鼎香掩饰之。

2. 这话也非说不可。

3. 上回认黛玉住处为"哥儿的书房"，此则反以为宝玉之居是"小姐的绣房"，颠倒得妙。

4. 末了二三行，庚辰本如此，戚序本则分在下一回开头。似是作者原来于此处只是定下大致分回情节。

**【总评】**

此回是刘姥姥游大观园的下半部分。姥姥喝酒怕失手打了瓷杯，就说"有木头的杯取个来"。本是谈笑，不料真有。借此显示荣国府收藏珍奇玩物之丰富。姥姥被灌酒，为下文醉卧怡红院植根。菜肴之丰盛，不铺陈罗列，只拣一种凉菜"茄鲞"的繁复烹制方法来写，是聪明的办法。宝玉"将自己的杯捧过来送到王夫人口边，王夫人便就他手内吃了两口"，是写母子情深，别以为"不肖"的逆子是没有孝心和温情。凤姐的女儿大姐儿与板儿玩柚子和佛手，如脂评所说，是为"暗透前后通部脉络"。

贾母领刘姥姥及众姊妹一行来到栊翠庵品茶。妙玉这个来自苏州的带发修行的尼姑，原也是官宦人家的贵小姐，她受贾府供养，却自命清高，有怪异的洁癖。作者在这段情节中出色地展示了她的性格、志趣和为人，以及她对宝玉的特殊感情。她对贾母、刘姥姥、钗黛和宝玉的态度都各不相同，写得极为细腻、生动，值得我们仔细品味和思索。

刘姥姥宴后腹响肠息，慌忙如厕后眼花头眩，不辨来路，误闯入怡红院，竟醉卧在宝玉床上熟睡。这是一段有趣的文字。"酒屁臭气满屋"，被找来的袭人遮掩了过去。这与前文栊翠庵妙玉过洁之举，洁与脏形成了极大的反差。脂评有"作者特为转眼不知身后事写来作戒"之语（见本回题解引），令人深思。

# 第四十二回
## 蘅芜君兰言解疑癖　潇湘子雅谑补余香

**【题解】**

　　本回回目有几种本子与这里采用的庚辰本回目在上下句的末了一个字上不同，如"疑癖"，蒙府、戚序、卞藏本作"疑语"；"余香"，卞藏、甲辰、程高本作"余音"。上句说，宝钗用真诚的话解开了黛玉心中的疙瘩。黛玉小性多疑，故称"疑癖"。下句说黛玉用文雅的戏语（以前多尖刻讥刺）打趣宝钗，继续表现她俩未尽友情的美好。补，续。用"余香"正为与"兰言"相应。古人说，真诚的话就像兰花一样香，语本《易·系辞上》："二人同心，其利断金；同心之言，其臭（同'嗅'，气味）如兰"。可知改作"疑语""余音"皆不当。此回回目和内容，都强调钗、黛友谊。看过雪芹全部原稿的脂砚斋等人，在此回前有评语曰："钗、玉名虽二个，人却一身，此幻笔也。今书至三十八回时，已过三分之一有余，故写是回，使二人合而为一。请看黛玉逝后宝钗之文字，便知余言不谬矣。"评语似乎是说，钗、黛各代表女儿美质优点的两个不同方面，分别塑造成两种类型人物，若将各自所长"合而为一"，则为作者心目中之理想女儿。太虚幻梦中之可卿，名曰"兼美"，《红楼序曲》又称书为"怀金悼玉"而作，或亦可窥见此意。又曹雪芹原稿分回未最后确定，原来篇幅长的大回后被整理者分为小回，故回数前后不一致，评语说"三十八回"，却置于四十二回即此。以前者算，"三分之一有余"原稿应是一百十回；以后者算，应是一百二十回。所以研究原作应有几回，是个很难确定的问题。


　　话说她姊妹复进园来，吃过饭，大家散出，都无别话。

　　且说刘姥姥带着板儿先来见凤姐儿，说："明日一早定要家去了。虽然住了两三天，日子却不多，把古往今来没见过的，没吃过的，没听过的，都经验了。难得老太太和姑奶奶并那些小姐们，连各房里的姑娘们都这样怜贫惜老照看我。我这一回去没别的报答，<sup>1</sup>惟有请些高香天天给你们念佛，保佑你们长命百岁的，就算我的心了。"凤姐儿笑道："你别喜欢。都是为你，老太太也被风吹病了，睡着说不好过；我们大姐儿也着了凉，在那里发热呢。"刘姥姥听了忙叹道："老太太有年纪的人，不惯十分劳乏的。"凤姐儿道："从来没像昨儿高兴。往常也进园子逛去，不过到一两处坐坐就回来了。昨儿因为你在这里，要叫

1. 此时是这样想，将来就难说了，恐有大报答的日子。

你都逛逛，一个园子倒走了多半个。大姐儿因为找我去，太太递了一块糕给她，谁知风地里吃了就发起热来。"刘姥姥道："小姐儿只怕不大进园子，生地方小人儿家原不该去。比不得我们的孩子，会走了，哪个坟圈子里不跑去。[1]一则风扑了也是有的；二则只怕她身上干净，眼睛又净，或是遇见什么神了。依我说，给她瞧瞧祟书本子①，仔细撞客②着。"一语提醒了凤姐儿，便叫平儿拿出《玉匣记》来，着彩明来念。彩明翻了一回，念道："八月二十五日，病者在东南方得遇花神。用五色纸钱四十张，向东南方四十步送之，大吉。"凤姐儿笑道："果然不错，园子里头可不是花神！只怕老太太也是遇见了。"一面命人请两份纸钱来，着两个人来，一个与贾母送祟，一个与大姐儿送祟。果见大姐儿安稳睡了。[2]

　　凤姐儿笑道："到底是你们有年纪的经历得多。我这大姐儿时常要病，也不知是什么原故。"刘姥姥道："这也有的事。富贵人家养的孩子多太娇嫩，自然禁不得一些儿委屈，再她小人儿家，过于尊贵了，也禁不起。以后姑奶奶倒少疼她些就好了。"[3]凤姐儿道："这也有理。我想起来，她还没个名字，你就给她起个名字。一则借借你的寿；二则你们是庄家人，不怕你恼，到底贫苦些，你贫苦人起个名字，只怕压得住她。"[4]刘姥姥听说，便想了一想，笑道："不知她几时生的？"凤姐儿道："正是生的日子不好呢，可巧是七月初七日。"刘姥姥忙笑道："这个正好，就叫她作巧哥儿罢。这叫作'以毒攻毒，以火攻火'的法子。姑奶奶定要依我这名字，她必长命百岁。日后大了，各人成家立业，或一时有不遂心的事，必然是遇难成祥，逢凶化吉，却从这'巧'字上来。"[5]

　　凤姐儿听了，自是欢喜，忙道谢，又笑道："只保佑她应了你的话就好了。"说着，叫平儿来吩咐道："明儿咱们有事，恐怕不得闲儿。你这空儿闲着，把送姥姥的东西打点了，[6]她明儿一早就好走得便宜了。"刘姥姥忙说："不敢多破费了。已经遭扰了几日，又拿着走，越发心里不安起来。"凤姐儿道："也没有什么，不过随常的东西。好也罢，歹也罢，带了去，你们街坊邻舍看着也

1. 是农村实况，非有生活体验者说不出。

2. 岂真送了就安稳哉？盖妇人之心意皆如此；即不送，岂有一夜不睡之理？作者正描愚人之见耳。（庚）凤姐的聪明固无人能及，然亦有愚昧无知的一面。

3. 此是实情，值得深思。比如种花木，天天照料反而不好。今之独生子女，多有受宠爱呵护太过，反禁不起风寒病邪者。

4. 小儿起个阿狗之类贱名，穿那已养大了的小儿穿过的旧衣服等皆属此种。一篇愚妇无理之谈，实是世间必有之事。（庚）

5. 七月七日称"七夕"，有乞巧风俗，故取名"巧"。应了这话固好，批书人焉能不心伤！狱庙相逢之日，始知"遇难成祥，逢凶化吉"实伏线于千里。哀哉伤哉！此后文字，不忍卒读。辛卯冬日。（靖）后来刘姥姥救巧姐出火坑，大概是在狱神庙与凤姐相逢时闻知消息，并受其所托，故称"巧"。不过巧姐被卖到烟花巷遭蹂躏已是既成事实。批书人对事态如此发展深感失望痛心，他原以为巧姐可以保全贞操的！所以大叹"哀哉伤哉"。

6. 不用关照，早打点好了。

---

①　祟书本子——说鬼神吉凶的迷信书，下文《玉匣记》即其一种。

②　撞客——迷信谓鬼神附体而得病招灾。

热闹些，也是上城一次。"

说着，只见平儿走来说："姥姥过这边瞧瞧。"刘姥姥忙赶了平儿到那边屋里，<u>只见堆着半炕东西。</u>[1] 平儿一一地拿与她瞧着，又说道："这是昨日你要的青纱一匹，奶奶另外送你一个实地子月白纱作里子。这是两个茧绸①，作袄儿裙子都好。这包袱里是两匹绸子，年下做件衣裳穿。这是一盒子各样的内造点心，也有你吃过的，也有没吃过的，拿去摆碟子请客，比你们买的强些。这两条口袋是你昨日装瓜果来的，如今这一个里头装了两斗御田粳米，<u>熬粥是难得的；</u>[2] 这一条里头是园子里的果子和各样干果子。这一包是八两银子。这都是我们奶奶给的。这两包每包里头五十两，共是一百两，是太太给的，叫你拿去或者做个小本买卖，或者置几亩地，以后再别求亲靠友的。"说着，又悄悄笑道："这两件袄儿和两条裙子，还有四块包头，一包绒线，可是我送姥姥的。<u>那衣裳虽是旧的，我也没大很穿，你要弃嫌，我就不敢说了。</u>"[3]

平儿说一样，刘姥姥就念一句佛，已经念了几千声佛了，又见平儿也送她这些东西，又如此谦逊，忙念佛道："姑娘说哪里话？这样好东西我还弃嫌！我便有银子，也没处去买这样的呢。只是<u>我怪臊的，</u>[4] 收了又不好，不收又辜负了姑娘的心。"平儿笑道："休说外话，咱们都是自己，我才这样。你放心收了罢，<u>我还和你要东西呢。到年下，你只把你们晒的那个灰条菜干子和豇豆、扁豆、茄子、葫芦条儿，各样干菜带些来——我们这里上上下下都爱吃这个——就算了，</u>[5] 别的一概不要，别罔费了心。"刘姥姥千恩万谢地答应了。平儿道："你只管睡你的去。我替你收拾妥当了，就放在这里，明儿一早打发小厮们雇辆车装上，不用你费一点心的。"

刘姥姥越发感激不尽，过来又千恩万谢地辞了凤姐儿，过贾母这边睡了一夜，次早梳洗了，就要告辞。因贾母欠安，众人都过来请安，出去传请大夫。一时婆子回："大夫来了。"老嬷嬷请贾母进幔子去坐。贾母道："我也老了，哪里养不出那阿物儿来，还怕他不成！不用放幔子，<u>就这样瞧罢。</u>"[6] 众婆子听了，便拿过一张小桌子来，放下一个小枕头，便命人请。

---

① 茧绸——柞蚕丝绸，质坚牢。

<br>

1. 丰收景象。

2. 吴振棫《养吉斋丛录》："康熙二十年，圣祖于丰泽园稻田中偶见一穗与众穗迥异。次年命择膏埌，以布此种。其米作微红色。嗣后四十余年，悉炊此米作御膳，外间不可得也。其后种植渐广，内仓积存始多。世宗时，河东总督田文镜病初愈，尝以此米赐之，作粥最佳也。"

3. 平儿真会说话，全无德色。

4. 本无贪婪之心而所获却大过所望，连丫头都有馈赠。我何功德，受此厚爱？故不免害臊。

5. 使姥姥拿得安心的良策。所要的东西，也全是厌食膏腴思换口味所需。如此一说，姥姥以后倒不能不来了。

6. 老太君非年轻媳妇，故以为隔幔就诊多余，然能摹写其说话口气如此有趣，还真不容易。

一时只见贾珍、贾琏、贾蓉三个人将王太医领来。王太医不敢走甬路，只走旁阶，跟着贾珍到了阶矶上。早有两个婆子在两边打起帘子，两个婆子在前导引进去，又见宝玉迎了出来。只见贾母穿着青绉绸一斗珠的羊皮褂子①端坐在榻上。两边四个未留头的小丫鬟都拿着蝇帚、漱盂等物；又有五六个老嬷嬷雁翅②排立两旁，碧纱橱后隐隐约约有许多穿红着绿戴宝簪珠的人。王太医便不敢抬头，忙上来请了安。贾母见他穿着六品服色，便知是御医了，¹也含笑问："供奉③好？"因问贾珍："这位供奉贵姓？"贾珍等忙回："姓王。"贾母笑道："当日太医院正堂有个王君效，好脉息④。"王太医忙躬身低头，含笑回答："那是晚生家叔祖。"贾母听了，笑道："原来这样，也算是世交了。"一面说，一面慢慢地伸手放在小枕上。老嬷嬷端着一张小杌⑤，连忙放在小桌前，略偏些。王太医便屈一膝坐下，歪着头诊了半日，又诊了那只手，忙欠身低头退出。²贾母笑道："劳动了。珍儿，让出去好生看茶。"

贾珍、贾琏等忙答应了几个"是"，复领王太医出到外书房中。王太医说："太夫人并无别症，不过偶感一点风寒，究竟不用吃药，不过略清淡些，常暖着一点儿，就好了。如今写个方子在这里，若老人家爱吃，便按方煎一剂吃，若懒怠吃，也就罢了。"说着，吃过茶，写了方子。刚要告辞，只见奶子抱了大姐儿出来笑说："王老爷也瞧瞧我们。"王太医听说，忙起身，就奶子怀中，左手托着大姐儿的手，右手诊了一诊，又摸了一摸头，又叫伸出舌头来瞧瞧，笑道："我说了姐儿又要骂我了，只是要清清净净地饿两顿就好了。不必吃煎药，我送丸药来，临睡时用姜汤研开，吃下去就是了。"³说毕，作辞而去。贾珍等拿了药方来，回明贾母原故，将药方放在案上出去，不在话下。这里王夫人和李纨、凤姐儿、宝钗姊妹等见大夫出去，方从橱后出来。王夫人略坐一坐，也回房去了。

刘姥姥见无事，方上来和贾母告辞。贾母说："闲了再来。"又命鸳鸯来："好生打发你姥姥出去，我身上不好，不

1. 是见过大世面的，只一眼就能看出从医者的身份来。

2. 深知贾府家世地位，故举止毕恭毕敬；细诊脉息，便已了然，不多说一句话。

3. 诊视幼儿又是个写法。两次都不发一问，是区区小羔，何须多问。医道高明，从所嘱几句话中也不难看出。

---

① 青绉绸一斗珠的羊皮褂子——黑色绉绸面羔羊皮的褂子。未出生的胎羊皮经加工，毛卷曲如粒粒珍珠，故名，又叫"珍珠毛"。
② 雁翅——喻排列整齐。
③ 供奉——有专长而供职内廷，受皇帝差遣的人，这里是对王太医的尊称。
④ 好脉息——医生的切脉功夫最能见出医术之高下，故医道高明者，便说他"好脉息"或"好脉理"。
⑤ 杌（wù 误）——小凳子。

能送你。"刘姥姥道了谢，又作辞，方同鸳鸯出来。到了下房，鸳鸯指炕上一个包袱说道："这是老太太的几件衣裳，[1] 都是往年间生日节下众人孝敬的。老太太从不穿人家做的，收着也可惜，却是一次也没穿过的。昨日叫我拿出两套来送你带去，或是送人，或是自己家里穿罢，别见笑。这盒子里是你要的面果子。这包儿里是你前儿说的药：梅花点舌丹也有，紫金锭也有，活络丹也有，催生保命丹也有①，每一样是一张方子包着，总包在里头了。这是两个荷包，带着玩罢。"说着，便抽开系子，掏出两个"笔锭如意"的锞子②来给她瞧，又笑道："荷包拿去，这个留下给我罢。"[2]

刘姥姥已喜出望外，早又念了几千声佛，听鸳鸯如此说，便说道："姑娘只管留下罢了。"鸳鸯见她信以为真，便笑着仍与她装上，道："哄你玩呢，我有好些呢。留着年下给小孩子们罢。"说着，只见一个小丫头拿了个成窑钟子来，递与刘姥姥，[3] 道："这是宝二爷给你的。"刘姥姥道："这是哪里说起，我哪一世修了来的，今儿这样！"说着，便接了过来。鸳鸯道："前儿我叫你洗澡换的衣裳是我的，你不弃嫌，我还有几件也送你罢。"刘姥姥又忙道谢。鸳鸯果然又拿出两件来与她包好。刘姥姥又要到园中辞谢宝玉和众姊妹、王夫人等去。[4] 鸳鸯道："不用去了。他们这会子也不见人，回来我替你说罢。闲了再来。"又命了一个老婆子，吩咐她："二门上叫两个小厮来，帮着姥姥拿了东西送出去。"婆子答应了，又和刘姥姥到了凤姐儿那边，一并拿了东西，在角门上命小厮们搬了出去，直送刘姥姥上车去了。不在话下。

且说宝钗等吃过早饭，又往贾母处问过安，回园至分路之处，宝钗便叫黛玉道："颦儿，跟我来，有一句话问你。"黛玉便同了宝钗来至蘅芜苑中，进了房，宝钗便坐了，笑道："你跪下，我要审你。"[5] 黛玉不解何故，因笑道："你瞧宝丫头疯了！审问我什么？"宝钗冷笑道："好个千金小姐！好个不出闺门的女孩儿！满嘴里说的是什么？你只实说便

1. 在平儿屋里已见"堆着半炕东西"，不料到贾母处下房，又有"炕上一个包袱"许多东西给她，也是姥姥想不到的。

2. 若无此一戏，只是一个送一个谢，不免平板。也写活了鸳鸯个性，可视作前文戏弄姥姥的余音。

3. 该送的一样都不遗漏。

4. 辞谢众人，在姥姥是应有之礼，若真去了，又有何可写哉？

5. 不扯别的，不绕弯子，直奔主题，然总令人不解。以玩笑语说出，已定下委婉劝导调子。

---

① 梅花点舌丹等药——都是较贵重的中医成药。梅花点舌丹，治疮毒肿痛，口舌溃烂。紫金锭，即太乙紫金丹，治温湿时邪引起的昏乱呕泄，及小儿痰壅惊闭；外用治痈疮。活络丹，又名小活络丸，能祛风活络，治风寒湿痹，麻木拘挛。催生保命丹，治难产。

② "笔锭如意"的锞子——铸有笔和如意图案的金银小元宝。以"笔锭"谐音"必定"，以取吉祥。

罢。"黛玉不解，只管发笑，心里也不免疑惑起来，口里只说："我何曾说什么？你不过要捏我的错儿罢了。你倒说出来我听听。"宝钗笑道："你还装憨儿。昨儿行酒令，你说的是什么？[1]我竟不知哪里来的。"黛玉一想，方想起来昨儿失于检点，把《牡丹亭》《西厢记》说了两句，不觉红了脸，[2]便上来搂着宝钗笑道："好姐姐，原是我不知道，随口说的。你教给我，再不说了。"宝钗笑道："我也不知道，听你说得怪生的，所以请教你。"黛玉道："好姐姐，你别说与别人，我以后再不说了。"

宝钗见她羞得满脸飞红，满口央告，便不肯再往下追，[3]因拉她坐下吃茶，款款地告诉她道："你当我是谁？我也是个淘气的，[4]从小七八岁上也够个人缠的。我们家也算是个读书人家，[5]祖父手里也极爱藏书。先时人口多，姊妹弟兄也在一处，都怕看正经书。弟兄们也有爱诗的，也有爱词的，诸如这些《西厢》《琵琶》以及《元人百种》①，无所不有。他们是偷背着我们看，我们却也偷背着他们看。[6]后来大人知道了，打的打，骂的骂，烧的烧，才丢开了。所以咱们女孩儿家不认字的倒好。男人们读书不明理，尚且不如不读书的好，何况你我。就连作诗写字等事，原不是你我份内之事，究竟也不是男人份内之事。[7]男人们读书明理，辅国治民，这便好了。只是如今并不听见有这样的人，读了书，倒更坏了。[8]这是书误了他，可惜他也把书糟蹋了，所以竟不如耕种买卖，倒没有什么大害处。你我只该做些针黹纺织的事才是，偏又认得了字，既认得了字，不过拣那正经的看也罢了，最怕见了那些杂书移了性情，就不可救了。"[9]一席话，说得黛玉垂头吃茶，心下暗服，只有答应"是"的一字。忽见素云进来说：[10]"我们奶奶请二位姑娘商议要紧的事呢。二姑娘、三姑娘、四姑娘、史姑娘、宝二爷都在那里等着呢。"宝钗道："又是什么事？"黛玉道："咱们到了那里就知道了。"说着，便和宝钗往稻香村来，果见众人都在那里。

李纨见了她两个先笑道："社还没起，就有脱滑②的了，四丫头要告一年的假呢。"黛玉笑道："都是老太太

1. 原来为此。

2. 自愧失于检点，要从当时历史条件环境去设想。若是今天的女孩儿，能随口引《牡丹亭》《西厢记》词句，正可炫耀文学修养深厚。

3. 适可而止，与人为善也。

4. 要说服人，莫过现身说法。

5. "也算"二字太谦。（靖）

6. 当时年轻男女精神文化生活写照。可见诗词戏曲类文学作品对他们吸引力之大。

7. 男人分内究竟是何事？（靖）对作诗写字"也不是男人份内之事"说法，表示怀疑。

8. 此话有借题发挥，伤时骂世之嫌。

9. 卒章显志，一席话之要旨所在。所谓"移了性情"，或即不能守身、不遵礼教之谓也。

10. 黛玉既被说服，此事已完，自可藏住。

---

①　《琵琶》《元人百种》——《琵琶》即元末高则诚所作的南戏剧本《琵琶记》，演蔡伯喈应考，中状元，入赘相府，其妻赵五娘求乞进京寻夫故事。《元人百种》，即明臧懋循编《元曲选》，收元人杂剧近百种。

②　脱滑——溜走。

昨儿一句话，又叫她画什么园子图儿，惹得她乐得告假了。"探春笑道："也别怪老太太，都是刘姥姥一句话。"黛玉忙笑道："可是呢，都是她一句话。她是哪一门子的姥姥，直叫她个'母蝗虫'就是了。"[1]说着，大家都笑起来。宝钗笑道："世上的话，到了凤丫头嘴里也就尽了。幸而凤丫头不认得字，不大通，不过一概是市俗取笑。更有颦儿这促狭嘴，她用《春秋》的法子①，将市俗的粗话，撮其要，删其繁，再加以润色，比方出来，一句是一句。这'母蝗虫'三字，把昨儿那些形景都现出来了。[2]亏她想得倒也快。"众人听了，都笑道："你这一注解，也就不在她两个以下。"李纨道："我请你们大家商议，给她多少日子的假。我给了她一个月，她嫌少，你们怎么说？"黛玉道："论理一年也不多。这园子盖才盖了一年，如今要画，自然得二年工夫呢。又要研墨，又要蘸笔，又要铺纸，又要着颜色，又要……"刚说到这里，众人知道她是取笑惜春，便都笑问说："还要怎样？"黛玉自己也撑不住笑道："又要照着这样儿慢慢地画，可不得二年的工夫？"众人听了，都拍手笑个不住。宝钗笑道："有趣，最妙落后一句是'慢慢地画'，她可不画去，怎么就有了呢？所以昨儿那些笑话儿虽然可笑，回想是没味的。你们细想颦儿这几句话，虽淡淡的，回想却有滋味。我倒笑得动不得了。"[3]惜春道："都是宝姐姐赞得她越发逞强，这会子又拿我取笑儿。"黛玉忙拉她笑道："我且问你，还是单画这园子呢，还是连我们众人都画在上头呢？"惜春道："原说只画这园子的，昨儿老太太又说，单画园子成个房样子了，叫连人都画上，就像行乐图似的才好。我又不会这工细楼台，又不会画人物，又不好驳回，正为这个为难呢。"黛玉道："人物还容易，你草虫上能不能？"[4]李纨道："你又说不通的话了，这个上头哪里又用得着草虫？或者翎毛倒要点缀一两样。"黛玉笑道："别的草虫不画罢了，昨儿'母蝗虫'不画上，岂不缺了典！"众人听了，又都笑起来。黛玉一面笑得两手捧着胸口，一面说道："你快画罢，我连题跋都有了，起个名字就叫作《携蝗大嚼图》。"众人听了越发哄然大笑得前仰后合。[5]只听"咕咚"一声响，不知什么倒了，急忙看时，原来是湘云伏在椅子背上，

---

① 《春秋》的法子——以含蓄简短的言词来褒贬。

1. 如此鄙视姥姥，不免欺人。

2. 居然宝钗大赞，众人附和，可见豪门闺秀们高人一等的优越感都差不多。

3. 看他刘姥姥笑后复一笑，亦想不到之文也。听宝卿之评，亦千古定论。（庚）批书人竟也以为宝钗之评中肯，实大可怀疑。此时大家讥笑姥姥，日后大厦倾倒，还不知谁该笑谁呢。

4. 黛玉岂不知画中不宜草虫，必另有说头。

5. 宴席上不知礼让，吃相难看，是长期农村贫困生活所致，何必如此不体谅人！众人固能对黛玉的尖刻讥语笑得前仰后合，我却笑不出来，我不信曹雪芹也以为刘姥姥只是可鄙，恐是为将来这位有侠义心肠，能拼着老命千方百计救巧姐出火坑的老人家前后境遇对照作的大反跌。

那椅子原不曾放稳，被她全身伏着背子大笑，她又不防，两
下里错了劲，向东一歪，连人带椅都歪倒了，幸有板壁挡住，
不曾落地。众人一见，越发笑个不住。宝玉忙赶上去扶了
起来，方渐渐止了笑。

　　宝玉和黛玉使个眼色儿。黛玉会意，便走至里间，将
镜袱揭起照了照，只见两鬓略松了些，忙开了李纨的妆奁，
拿出抿子①来，对镜抿了两抿，仍旧收拾好了，方出来，指
着李纨道："这是叫你带着我们作针线、教道理呢，你反招
了我们来大玩大笑的。"李纨笑道："你们听她这刁话。她领
着头儿闹，引着人笑了，倒赖我的不是。真真恨得我，——
只保佑明儿你得一个利害婆婆，再得几个千刁万恶的大姑
子、小姑子，试试你那会子还这么刁不刁了。"

　　黛玉早红了脸，拉着宝钗说："咱们放她一年的假罢。"
宝钗道："我有一句公道话，你们听听，藕丫头虽会画，不
过是几笔写意②。如今画这园子，非离了肚子里头有几幅丘
壑的，如何成得？这园子却是像画儿一般，山石树木，楼阁
房屋，远近疏密，也不多，也不少，恰恰的是这样。<u>你只
照样儿往纸上一画，是必不能讨好的。这要看纸的地步远近，
该多该少，分主分宾，该添的要添，该减的要减，该藏的要藏，
该露的要露。</u>[1]这一起了稿子，再端详斟酌，方成一幅图样。
第二件，这些楼台房舍是必要用界划③的。一点不留神，栏
杆也歪了，柱子也塌了，门窗也倒竖过来，阶矶也离了缝，
甚至于桌子挤到墙里头去，花盆放在帘子上来，岂不倒成了
一张笑'话'儿了？第三，要安插人物，也要有疏密，有高低。
衣褶裙带，手指足步，最是要紧；一笔不细，不是肿了手，
就是瘸了脚，染脸撕发，倒是小事。依我看来，竟难得很。
如今一年的假也太多，一月的假也太少，竟给她半年的假，
再派了宝兄弟帮着她。并不是为宝兄弟知道教着她画，那
就更误了事；为的是有不知道的，或难安插的，宝兄弟好
拿出去问问那会画的相公，就容易了。"

　　宝玉听了，先喜得说："这话极是。詹子亮的工细楼台
就极好，程日兴的美人是绝技，如今就问他们去。"宝钗道：
"我说你是'无事忙'，说了一声，你就问去，也等着商议

1. 宝钗之画论，即工于绘画
的曹雪芹之论说。拿手的
本领，怎能不借此机会大
大发挥一番。其中的道理
也是适用于写小说的，比
如写在小说中的故事和人
物，也不能照搬生活，那
同样"是必不能讨好的"。

---

① 抿子——刷发油的小刷子。
② 写意——画法，与工笔相对，用简疏的笔墨画出对象的特征。
③ 界划——国画中，用界尺划线，标出宫室楼阁等物的大小位置。

定了再去。如今且说拿什么画？"宝玉道："家里有雪浪纸①，又大又托墨②。"宝钗冷笑道："我说你不中用！那雪浪纸写字，画写意画儿，或是会山水的画南宗山水③，托墨，禁得皴染④。拿了画这个，又不托色，又难渲⑤，画也不好，纸也可惜。¹我教你一个法子：原先盖这园子就有一张细致图样，虽是匠人描的，那地步方向是不错的。你和太太要了出来，也比着那纸大小，和凤丫头要一块重绢，叫相公矾了，²叫他照着这图样删补着立了稿子，添了人物就是了。就是配这些青绿颜色，并泥金泥银，也得他们配去。你们也得另炀上风炉子，预备化胶、出胶、洗笔。还得一张粉油大案，铺上毡子。你们那些碟子也不全，笔也不全，都得从新再治一份儿才好。"³

惜春道："我何曾有这些画器？不过随手写字的笔画画罢了。就是颜色，只有赭石、广花⑥、藤黄、胭脂这四样。再有，不过是两支着色笔就完了。"宝钗道："你怎不早说？这些东西我却还有，只是你也用不着，给你也白放着。如今我且替你收着，等你用着这个的时候我送你些。也只可留着画扇子，若画这大幅的，也就可惜了的。今儿替你开个单子，⁴照着单子和老太太要去。你们也未必知道得全，我说着，宝兄弟写。"宝玉早已预备下笔砚了，原怕记不清白，要写了记着，听宝钗如此说，喜得提起笔来静听。宝钗说道："头号排笔四支，二号排笔四支，三号排笔四支，大染四支，中染四支，小染四支，大南蟹爪十支，小蟹爪十支，须眉十支，大著色二十支，小著色二十支，开面十支，柳条二十支⑦，箭头朱四两，南赭四两，石黄四两，石青四两，石绿四两，管黄四两，广花八两，蛤粉四匣，胭脂十片，大赤飞金二百帖，青金二百帖⑧，广匀胶四两，净矾四两。矾绢的胶矾在外，别管他们，你

1. 内行话，适合书法、写意画的纸，不适合画有众多亭台楼阁的工笔画。

2. 用重绢矾过就对了，正好画金绿山水、众多人物、建筑。

3. 作画程序已了然与胸。

4. 单子出自绘画经验的积累，经得起行家的检验挑剔，故敢不避明细。写小说者若不懂绘画，哪里开得出单子，只怕连下列这许多画笔、颜料也未必说得出名称，辨得清用途。

---

① 雪浪纸——宜于作画的一种优质宣纸。
② 托墨——附墨性能好、墨色显明、宜于写字作画的纸质。
③ 南宗山水——山水画自唐以后，分南北两大派；南宗水墨简洁，多用效染，重在笔意气韵，亦称文人画，以王维为代表；北宗彩色凝重，勾勒精细，以工力规模见长，以李思训父子为代表。
④ 皴（cūn村）染——画山石、树林时常用的技法，用多次水墨擦染，使山石等显得有层次向背和立体感。又分很多不同名目，如披麻皴、大斧劈皴、小斧劈皴等。"染"，己、庚、蒙、戚诸本原作"搜"。
⑤ 渲（wèng）——用水墨或彩色烘染轮廓外部，使画的物象明显突出。"渲"，列藏本作"渲渍"。
⑥ 广花——又叫"花青"，国画中的蓝色颜料。
⑦ "排笔"至"柳条"——皆笔名。
⑧ "箭头朱"至"青金"——皆颜料或作颜料用的金箔名。

只把绢交出去叫他们矾去。这些颜色，咱们淘澄飞跌①着，又玩了，又使了，包你一辈子都够使了。再要顶细绢笭四个，粗绢笭二个，担笔四支，大小乳钵四个，大粗碗二十个，五寸粗碟十个，三寸粗白碟二十个，风炉两个，沙锅大小四个，新瓷罐二口，新水桶四只，一尺长白布口袋四条，桴炭二十斤，柳木炭一斤，三屉木箱一个，直地纱一丈，生姜二两，酱半斤。"黛玉忙道："铁锅一口，锅铲一个。"宝钗道："这作什么？"黛玉笑道："你要生姜和酱这些作料，我替你要铁锅来好炒颜色吃的。"[1]众人都笑起来。宝钗笑道："你哪里知道！那粗色碟子保不住不上火烤，不拿姜汁子和酱预先抹在底子上烤过了，一经了火是要炸的。"[2]众人听说，都道："原来如此。"

　　黛玉又看了一回单子，笑着拉探春悄悄地道："你瞧瞧，画个画儿又要这些水缸、箱子来了。想必她糊涂了，把她的嫁妆单子也写上了。"[3]探春"嗳"了一声，笑个不住，说道："宝姐姐，你还不拧她的嘴？你问问她编排你的话。"宝钗笑道："不用问，狗嘴里还有象牙不成！"一面说，一面走上来，把黛玉按在炕上，便要拧她的脸。黛玉笑着忙央告："好姐姐，饶了我罢！颦儿年纪小，只知说，不知道轻重，作姐姐的教导我。姐姐不饶我，我还求谁去？"[4]众人不知话内有因，都笑道："说得好可怜见的，连我们也软了，饶了她罢。"

　　宝钗原是和她玩，忽听她又拉扯上前番说她胡看杂书的话，便不好再和她厮闹，[5]放起她来。黛玉笑道："到底是姐姐，要是我，再不饶人的。"[6]宝钗笑指她道："怪不得老太太疼你，众人爱你伶俐，今儿我也怪疼你的了。过来，我替你把头发拢一拢。"[7]黛玉果然转过身来，宝钗用手拢上去。宝玉在旁看着，只觉更好，不觉后悔：不该令她抿上鬓去，也该留着，此时叫她替她抿去。正自胡思，只见宝钗说道："写完了，明儿回老太太去。若家里有的就罢；若没有的，就拿些钱去买了来，我帮着你们配。"宝玉忙收了单子。

　　大家又说了一回闲话。至晚饭后，又往贾母处来请安。贾母原没有大病，不过是劳乏了，兼着了些凉，温

1. 风趣之极。开列长长清单，本枯燥乏味文字，有此插话，便立刻化板滞为灵动矣。

2. 趣话正为引出这一经验之谈，没有实践过的人怕想不出。

3. 此所谓"雅谑"也，并无一丝嘲讽意。

4. 双关语。暗暗照应前说话不检点，向宝钗求饶情节。黛玉说话确有机带双敲习惯。

5. 前番认真，此是玩笑，不相混为是。

6. 仍带双关意。

7. 听出来了，因其伶俐而疼之是真意。替她拢头发，因按她在炕上要拧脸之故。甚细。

① 淘澄（dèng 邓）飞跌——调制颜料的几个步骤。淘，水洗去土研碎。澄，研细兑胶澄清。飞，澄清后将上浮的淡色吹去。跌，再摇荡碗盏，只留下沉底的重色。

存①了一日，又吃了一剂药，疏散一疏散，至晚也就好了。

不知次日又有何话，且听下回分解。

【总评】

　　刘姥姥来见凤姐说，"明日一早定要家去了"。谈到为老太太、大姐儿着凉不适"送祟"事，凤姐想起请姥姥给大姐儿起名，姥姥据大姐儿七月初七生日给起了名说："或一时有不遂心的事，必然是遇难成祥，逢凶化吉，却从这'巧'字上来。"靖本独有的一条带重要信息的脂评说："应了这话固好，批书人焉能不心伤！狱庙相逢之日，始知'遇难成祥，逢凶化吉'实伏线于千里。哀哉伤哉！此后文字不忍卒读。辛卯冬日。"由此评语可知后来巧姐确实已"流落在烟花巷"里，过着被人蹂躏的非人生活了。刘姥姥从火坑里救出她来，不过是免于她永沦苦海罢了，所以脂评才有"焉能不心伤"的话。

　　刘姥姥离荣府时，所获之丰大大超乎她的想象，光是银子就给了一百零八两，还不算"笔锭如意"的锞子（金银小元宝）在内；东西更多到堆了半个炕，什么御田粳米、衣裤裙袄、绸纱料子、内造点心、面果子、常用药物、水果干果，还有宝玉向妙玉讨来给她的一个成窑盅子等等，还特地命"小厮们雇辆车装上"。在后来贾府事败、巧姐遭难时，刘姥姥仗义"忍耻"，拼老命，伸援手，"招大姐"，不是偶然的。

　　黛玉在宴请刘姥姥席上行牙牌令怕罚，不及深思，随口引了《牡丹亭》《西厢记》中的句子，宝钗当时只"回头看着她"，并未说什么。待姥姥回家后，她将黛玉带至蘅芜苑房中，笑着"审"她，问她行洒令时说了什么。黛玉想起来后，满脸羞愧，央告宝钗以后"再不说了"。宝钗便"不肯再往下追"，转而现身说法，说自己从前"也偷背着他们看"，直说到"最怕见了那些杂书移了性情，就不可救了"，说得黛玉"心下暗服"。对恪守妇道的宝钗来说，这本是最自然不过的事，黛玉听了心服，也不足为怪。毕竟她们都是那个时代社会的人。作者的美学标准就是描述不失真，主观上并没有将反封建、反理学作为自己小说的主题，所以回目称宝钗之言为"兰言"，意即好友真诚的话。至于今天看来，这些情节客观上能说明什么，有何意义，那是另一回事。

　　前时，黛玉见刘姥姥醉态，曾讥之以"当日圣乐一奏，百兽率舞，如今才一牛耳"；如今又给她取绰号为"母蝗虫"，还说惜春画游园行乐，可叫《携蝗大嚼图》，不免尖刻。

　　宝钗论绘画大是内行。雪芹本工画，故说来头头是道。作画与写小说有不少相通之处，因而也可从中领略作者撰此书的构思布局、塑造形象等方法技巧。说绘画所需种种用具而不遗漏，非精通此道者不能。开列清单本是枯燥乏味之事，在高手笔下，居然也能如此有趣。黛玉调笑说，是用来"炒颜色吃的"，又说"想必她糊涂了，把她的嫁妆单子也写上了"，此即回目所谓"雅谑"也。

---

　　①　温存——休息、静养。

# 第四十三回
## 闲取乐偶攒金庆寿　不了情暂撮土为香

【题解】

本回回目诸本一致。上句：贾母要替凤丫头过生日，就对王夫人说："今年人又齐全，料着又没事，咱们大家好生乐一日。"故用"闲取乐"三字；过生日要花钱，又说："我想着，咱们也学那小家子，大家凑份子，多少尽着这钱去办，你道好玩不好玩？"故称"偶攒金庆寿"。下句：宝玉对死去的金钏儿旧情未了，便在她生日那天，借故私出城外祭奠，因匆忙中未曾备香，只得以荷包中的香料代替。"撮土为香"，是比喻条件不许可情况下，不妨因陋就简，只以诚信为主。

话说王夫人因见贾母那日在大观园不过着了些风寒，不是什么大病，请医生吃了两剂药也就好了，便放了心，因命凤姐来，吩咐她预备给贾政带送东西。[1]正商议着，只见贾母打发人来请，王夫人忙引着凤姐儿过来。王夫人又请问："这会子可又觉大安些？"贾母道："今日可大好了。方才你们送来野鸡崽子汤，我尝了一尝，倒有味儿，又吃了两块肉，心里很受用。"王夫人笑道："这是凤丫头孝敬老太太的。算她的孝心虔，不枉了素日老太太疼她。"[2]贾母点头笑道："难为她想着。若是还有生的，再炸上两块，咸浸浸的，吃粥有味儿。那汤虽好，就只不对稀饭。"凤姐听了，连忙答应，命人去厨房传话。

这里贾母又向王夫人笑道："我打发人请你来，不为别的。初二是凤丫头的生日，上两年我原早想替她做生日，偏到跟前有大事，就混过去了。今年人又齐全，料着又没事，咱们大家好生乐一日。"[3]王夫人笑道："我也想着呢。既是老太太高兴，何不就商议定了？"贾母笑道："我想往年不拘谁作生日，都是各自送各自的礼，这个也俗了，也觉很生分的似的。今儿我出个新法子，又不生分，又可取笑。"王夫人忙道：

1. 贾政出差在外，须提一笔，以免读者忘却。

2. 要写贾母为凤姐过生日，先说凤姐处处孝敬贾母。

3. 真喜欢享乐之人，所谓"闲取乐"也。贾母犹云"好生乐一日"，可见逐日虽乐，皆还不趁心也。所以世人无论贫富，各有愁肠，终不能时时遂心如意。此是至理，非不足语也。（庚）

"老太太怎么想着好，就怎么样行。"贾母笑道："我想着，咱们也学那小家子，大家凑份子，多少尽着这钱去办，你道好玩不好玩？"[1]王夫人笑道："这个很好，但不知怎么凑法？"贾母听说，益发高兴起来，忙遣人去请薛姨妈、邢夫人等，又叫请姑娘们并宝玉，那府里珍儿媳妇并赖大家的等有头脸管事的媳妇也都叫了来。

众丫头、婆子见贾母十分高兴，也都高兴，忙忙地各自分头去请的请，传的传，没顿饭的工夫，老的、少的、上的、下的，乌压压挤了一屋子。只薛姨妈和贾母对坐，邢夫人、王夫人只坐在房门前两张椅子上，宝钗姊妹等五六个人坐在炕上，宝玉坐在贾母怀前，地下满满地站了一地。贾母忙命拿几个小杌子来，给赖大母亲等几个高年有体面的嬷嬷坐了。贾府风俗：年高服侍过父母的家人，比年轻的主子还有体面，[2]所以尤氏、凤姐儿等只管地下站着，那赖大的母亲等三四个老嬷嬷告个罪，都坐在小杌子上了。

贾母笑着把方才一席话说与众人听了。众人谁不凑这趣儿；再也有和凤姐儿好的，情愿这样的；有畏惧凤姐儿的，巴不得来奉承：况且都是拿得出来的，所以一闻此言，都欣然应诺。贾母先道："我出二十两。"薛姨妈笑道："我随着老太太，也是二十两了。"[3]邢夫人、王夫人道："我们不敢和老太太并肩，自然矮一等，每人十六两罢了。"尤氏、李纨也笑道："我们自然又矮一等，每人十二两罢。"贾母忙和李纨道："你寡妇失业的，哪里还拉你出这个钱，我替你出了罢。"[4]凤姐忙笑道："老太太别高兴，且算一算账再揽事。老太太身上已有两份呢，这会子又替大嫂子出十二两，说着高兴，一会子回想又心疼了。过后儿又说'都是为凤丫头花了钱'，使个巧法子哄着我拿出三四倍来暗里补上，我还做梦呢。"说得众人都笑了。贾母笑道："依你怎么样呢？"[5]凤姐笑道："生日没到，我这会子已经折受①得不受用了。我一个钱饶不出，惊动这些人，实在不安，不如大嫂子这份我替她出了罢。[6]我到了那一日多吃些东西，就享些福了。"邢夫人等听了，

---

① 折受——受之折福的意思。受过分待遇的谦辞。

1. 贾府庆寿，从未用"凑份子"办法聚钱，今偶尔一用，故曰"偶攒金"。原来凑份子是小家之事。近见多少人家，红白事一出，且筹算分子之多寡，不知何说？（庚）看他写与宝钗作生日后，又偏写与凤姐作生日。阿凤何人也，岂不为彼之华诞大用一回笔墨哉？只是亏他如何想来，特写于宝钗之后，较姊妹胜而有余；于贾母之前，较诸父母相去不远。一部书中，若一个一个只管写过生日，复成何文哉？故起用宝钗，盛用阿凤，终用贾母，各有妙文，各有妙景。余者诸人，或一笔不写，或偶因一语带过，或丰或简，其情当理合，不表可知。岂必谆谆死笔，按数而写众人之生日哉？（庚）迥不犯宝钗。（庚）

2. 借此表一表尊老是贾府祖传家风。在感情上，作者对往昔大家庭有自豪一面，值得注意。

3. 不宜少出，也不宜逾越。

4. 必如是方妙。（庚）且看阿凤妙语，听说凑份子，心里已有一本账。

5. 又写阿凤一评，更妙！若一笔直下，有何趣哉？（庚）

6. 说是替大嫂子出，恐已有算计，结果必定是口惠而实不至。

都说"很是"。贾母方允了。

　　凤姐儿又笑道："我还有一句话呢。我想老祖宗自己二十两，又有林妹妹、宝兄弟的两份子。姨妈自己二十两，又有宝妹妹的一份子，这倒也公道。只是二位太太每位十六两，自己又少，又不替人出，这有些不公道。老祖宗吃了亏了！"[1]贾母听了，忙笑道："到底是我的凤丫头向着我，这说得很是。要不是你，我叫她们又哄了去了。"凤姐笑道："老祖宗只把她姐儿两个交给两位太太，一位占一个，派多派少，每位替出一份就是了。"贾母忙说："这很公道，就是这样。"赖大的母亲忙站起来笑说道："这可反了！我替二位太太生气。在那边是儿子媳妇，在这边是内侄女儿，倒不向着婆婆、姑娘，倒向着别人。这儿子媳妇成了陌路人，内侄女儿竟成了个外侄女儿了。"说得贾母与众人都大笑起来。[2]赖大之母因又问道："少奶奶们十二两，我们自然也该矮一等了。"贾母听说道："这使不得。你们虽该矮一等，我知道你们这几个都是财主，份位虽低，钱却比她们多①。[3]你们和她们一例才使得。"众嬷嬷听了，连忙答应。贾母又道："姑娘们不过应个景儿，每人照一个月的月例就是了。"又回头叫："鸳鸯，来，你们也凑几个人，商议凑了来。"鸳鸯答应着，去不多时，带了平儿、袭人、彩霞等，还有几个小丫鬟来，也有二两的，也有一两的。

　　贾母因问平儿："你难道不替你主子作生日，还入在这里头？"平儿笑道："我那个私自另外有了，这是官中的，也该出一份。"贾母笑道："这才是好孩子。"凤姐又笑道："上下都全了。还有二位姨奶奶，她们出不出，也问一声儿。尽到她们是理，不然，她们只当小看了她们了。"[4]贾母听了，忙说："可是呢，怎么倒忘了她们！只怕她们不得闲儿，叫一个丫头问问去。"说着，早有丫头去了。半日，回来说道："每位也出二两。"贾母喜道："拿笔砚来算明，共计多少？"尤氏因悄骂凤姐道："我把你

1. 说的话像是向着贾母，实则唯恐漏了什么人，总透出多多益善的贪心。

2. 写阿凤全付精神，虽一戏，亦人想不到之文。（庚）

3. 贾母明察，心里着实有数。惊魂夺魄只此一句。所以一部书全是老婆舌头，全是讽刺世事，反面春秋也。所谓痴子弟正照风月鉴，若单看了家常老婆舌头，岂非痴子弟乎？（庚）

4. 众人凑钱为自己过生日，还不满足，一个都不放过。纯写阿凤，以衬后文。（庚）

---

①　份位虽低，钱却比她们多——指的是赖大之母等人。"份位"，庚辰本作"果位"，杨传镛先生以为"果位"是原文，此乃用佛语，合贾母声口。

这没足厌的小蹄子！这么些婆婆婶子来凑银子给你过生日，你还不足，又拉上两个苦瓠子①作什么？"¹ 凤姐也悄笑道："你少胡说，一会子离了这里，我才和你算账。她们两个为什么苦呢？有了钱也是白填送别人，不如拘了来咱们乐。"²

说着，早已合算了，共凑了一百五十两有余。贾母道："一日戏酒用不了。"尤氏道："既不请客，酒席又不多，两三日的用度都够了。头等，戏不用钱，省在这上头。"贾母道："凤丫头说哪一班好，就传哪一班。"凤姐道："咱们家的班子都听熟了，倒是花几个钱叫一班来听听罢。"贾母道："这件事我交给珍哥媳妇了。索性叫凤丫头别操一点心，受用一日才算。"³尤氏答应着。又说了一回话，都知贾母乏了，才渐渐地散出来。

尤氏等送邢夫人、王夫人二人散去，便往凤姐房里来，商议怎么办生日的话。凤姐儿道："你不用问我，你只看老太太的眼色行事就完了。"⁴尤氏笑道："你这阿物儿，也忒行了大运了。我当有什么事叫我们去，原来单为这个。出了钱不算，还要我来操心，你怎么谢我？"凤姐笑道："别扯臊②，我又没叫你来，谢你什么！你怕操心，这会子就回老太太去，再派一个就是了。"尤氏笑道："你瞧她，兴③得这样儿！我劝你收着些儿好，太满了，就要泼出来的。"⁵二人又说了一回方散。

次日，将银子送到宁国府来。尤氏方才起来梳洗，因问："是谁送过来的？"丫鬟们回说："是林大娘。"尤氏便命叫了她来。丫鬟走至下房，叫了林之孝家的过来。尤氏命她脚踏上坐了，一面忙着梳洗，一面问她："这一包银子共多少？"林之孝家的回说："这是我们底下人的银子，凑了先送过来。老太太和太太们的还没有呢。"正说着，丫鬟们回说："那府里太太和姨太太打发人送份子来了。"尤氏笑骂道："小蹄子们，专会记得这些没要紧的话。昨儿不过老太太一时高兴，故意的要学那小家子凑份子，你们就记得，到了你们

---

① 苦瓠子——苦味的葫芦。喻苦命人。
② 扯臊——不知羞。
③ 兴——兴奋，得意。

1. 尤氏非书中要角，也未见有多少能耐，然悄骂凤姐的话却说得好。

2. 虽是实情，仍可看出为银子欺人。纯写阿凤，以衬后文，二人形景如见，语言如闻，真描画得到。（庚）

3. 恐难受用。所以特受用了，才有琏卿之变。乐极生悲，自然之理。（庚）

4. 一大秘诀，却非阿凤独有，行事只看上头眼色行事者多多。

5. 被说中了，所谓"身后有余忘缩手"也，要收也难。

嘴里当正经的说。还不快接了进来，好生待茶，再打发她们去。"丫鬟应着，忙接了银子进来，一共两封，连宝钗、黛玉的都有了。尤氏问："还少谁的？"林之孝家的道："还少老太太、太太、姑娘们的和底下姑娘们的。"尤氏道："还有你们大奶奶的呢？"林之孝家的道："奶奶过去，这银子都从二奶奶手里发，一共都有了。"

　　说着，尤氏已梳洗了，命人伺候车辆。一时来至荣府，先来见凤姐。只见凤姐已将银子封好，正要送去。尤氏问："都齐了？"凤姐儿笑道："都有了，快拿了去罢，丢了我不管。"尤氏笑道："我有些信不及，倒要当面点一点。"[1]说着，果然按数一点，只没有李纨的一份。尤氏笑道："我说你贪鬼呢，怎么你大嫂子的没有？"凤姐儿笑道："那么些还不够使？短一份儿也罢了，等不够了我再给你。"[2]尤氏道："昨儿你在人跟前作人，今儿又来和我赖，这个断不依你！我只和老太太要去。"凤姐儿笑道："我看你利害。明儿有了事，我也'丁是丁，卯是卯'①的，你也别抱怨。"[3]尤氏笑道："你一般的也怕。不看你素日孝敬我，我才是不依你呢。"说着，把平儿的一份拿了出来，说道："平儿，来，把你的收起去，等不够了，我替你添上。"平儿会意，因说道："奶奶先使着，若剩下了，再赏我也是一样。"尤氏笑道："只许你主子作弊，就不许我作情儿？"平儿只得收了。

　　尤氏又道："我看着你主子这么细致，弄这些钱哪里使去？使不了，明儿带了棺材里使去。"[4]一面说着，一面又往贾母处来。先请了安，大概说了两句话，便走到鸳鸯房中和鸳鸯商议，只听鸳鸯的主意行事，何以讨贾母的喜欢。二人计议妥当。尤氏临走时，也把鸳鸯的二两银子还她，说："这还使不了呢。"说着，一径出来，又至王夫人跟前说了一回话。因王夫人进了佛堂，把彩霞②的一份也还了她。见凤姐不在跟前，一时把周、赵二人的也还了。她两个还不敢收。[5]尤氏

1. 前凤姐自认为李纨出份子，已被尤氏猜透心思，故信不过经她手里发的银子。

2. 果真如此，被抓住了，只好耍赖。可见阿凤处处心机。（庚）

3. 这句玩笑话，带着威胁性，掂量之下，尤氏不敢不依。

4. 戏言成谶。此言不假，伏下后文短命。尤氏亦能干事矣，惜不能劝夫治家，惜哉，痛哉！（庚）评尤氏语而用"惜哉，痛哉"，应也与其不幸结局有关，惜无从知其详。

5. 做人情，既有平儿，自该有鸳鸯、彩霞。退还二位姨娘是不但知其闲钱不多，也知其是迫于形势拿出来的，只看她们不敢收回便知。阿凤声势亦甚矣。（庚）

---

① 丁是丁，卯是卯——"丁"谐音"钉"，"卯"谐音"铆"（铆眼）。钉与铆必须定准，方能接合。喻办事认真，不肯通融。

② 原作"彩云"，据前文改。

道："你们可怜见的，哪里有这些闲钱？凤丫头便知道了，有我应着呢。"二人听说，千恩万谢的方收了。[1]

展眼已是九月初二日，园中人都打听得尤氏办得十分热闹，不但有戏，连耍百戏的并说书的男女先儿①全有，都打点取乐玩耍。李纨又向众姊妹道："今儿是正经社日，可别忘了。[2]宝玉也不来，想必他只图热闹，把清雅就丢了。"[3]说着，便命丫鬟去瞧作什么，快请了来。丫鬟去了半日，回说："花大姐姐说，今儿一早就出门去了。"[4]众人听了，都诧异说："再没有出门之理。这丫头糊涂，不知说话。"因又命翠墨去。一时翠墨回来说："可不真出了门了。说有个朋友死了，出去探丧去了。"[5]探春道："断然没有的事。凭他什么，再没今日出门之理。你叫袭人来，我问她。"刚说着，只见袭人走来。李纨等都说道："今儿凭他有什么事，也不该出门。头一件，你二奶奶的生日，老太太都这么高兴，两府上下众人来凑热闹，他倒走了！第二件，又是头一社的正日子，他也不告假，就私自去了！"袭人叹道："昨儿晚上就说了，今儿一早有要紧的事，到北静王府里去，就赶回来的。劝他不要去，他必不依。今儿一早起来，又要素衣裳穿，想必是北静王府里的要紧姬妾没了，也未可知。"李纨等道："若果如此，也该去走走，只是也该回来了。"说着大家又商议："咱们只管作诗，等他回来罚他。"刚说着，只见贾母已打发人来请，便都往前头去了。袭人回明宝玉的事，贾母不乐，便命人去接。[6]

原来宝玉心里有件私事，于头一日就吩咐茗烟："明日一早要出门，备下两匹马，在后门口等着，不要别一个跟着。说给李贵，我往北府里去了。倘或有人找我，叫他拦住，不用找，[7]只说北府里留下了，横竖就来的。"茗烟也摸不着头脑，只得依言说了。今儿一早，果然备了两匹马，在园后门等着，天亮了，只见宝玉遍体纯素，从角门出来，一语不发，跨上马，一弯腰，顺着街就趱②下去了。茗烟也只得跨马加鞭

1. 知情而敢担当，人情才做到点子上。尤氏亦可谓有才矣。论有德，比阿凤高十倍，惜乎不能谏夫治家，所谓人各有当也。此方是至情至理。最恨近之野史中，恶则无往不恶，美则无一不美，何不近情理之如是耶？（庚）评语末了几句说出作者所坚持的美学理想。鲁迅说过，《红楼梦》一出来，传统的写法都打破了，不再是好人都好，坏人都坏了。作者敢于如实描写，从无讳饰，因而人物都是活的。亦即此意。

2. 忽提诗社事，难怪当社长。看书者已忘，批书人亦已忘，作者竟未忘。忽写此事，真忙中愈忙，紧处愈紧也。（庚）

3. 此独宝玉乎？亦谓世人。余亦谓宝玉忘了，不然何不来耶？（庚）

4. 必如此安排，方见宝玉重情不重礼。奇文。（庚）

5. 想是劝过的，拦不住。奇文。信有之乎？花团锦簇之日，偏如此写法。（庚）

6. 若真去人接，便露馅儿了。

7. 想到了，故有此番嘱咐，必拦住，方可瞒过。

① 男女先儿——指男女盲艺人。为人说唱弹奏，谑笑取乐。先儿，先生。

② 趱（diān 颠）——通作"颠"，犹言溜。

赶上，在后面忙问："往哪里去？"宝玉道："这条路是往哪里去的？"茗烟道："这是出北门的大道。出去了冷清清没有可玩的。"宝玉听说，点头道："<u>正要冷清清的地方才好。</u>"[1]说着，索性加了两鞭，那马早已转了两个弯子，出了城门。

　　茗烟越发不得主意，只得紧紧跟着。一气跑了七八里路出来，人烟渐渐稀少，宝玉方勒住马，回头问茗烟道："这里可有卖香的？"茗烟道："香倒有，不知是哪一样？"宝玉想道："<u>别的香不好，须得檀、芸、降①三样。</u>"[2]茗烟笑道："这三样可难得。"宝玉为难。茗烟见他为难，因问道："要香作什么使？我见二爷时常小荷包里有散香，何不找一找？"一句提醒了宝玉，便回手从衣襟下掏出一个荷包来，摸了一摸，竟有两星沉、速②，心内欢喜，只是不恭些，<u>再想自己亲身带的，倒比买的又好些。</u>[3]于是又问炉炭。茗烟道："这可罢了。荒郊野外，哪里有？既用这些，何不早说？带了来，岂不便宜！"宝玉道："<u>糊涂东西，若可带了来，又不这样没命地跑了。</u>"[4]

　　茗烟想了半日，笑道："我得了个主意，不知二爷心下如何？我想二爷不止用这个呢，只怕还要用别的，这也不是事。如今我们再往前走二里地，<u>就是水仙庵了。</u>"[5]宝玉听了，忙问："水仙庵就在这里？更好了，我们就去。"说着，就加鞭前行，一面回头向茗烟道："这水仙庵的姑子长往咱们家去，咱们这一去到那里和她借香炉使使，她自然是肯的。"茗烟道："别说是咱们家的香火，就是平白不认识的庙里，和她借，她也不敢驳回。只是一件，<u>我常见二爷最厌这水仙庵的，如何今儿又这样喜欢了？</u>"[6]宝玉道："我素日因恨俗人不知原故，混供神，混盖庙，这都是当日有钱的老公们和那些有钱的愚妇们，听见有个神，就盖起庙来供着，也不知那神是何人；<u>因听些野史小说，便信真了。</u>[7]比如这水仙庵里面，因供的是洛神③，故名水

1. 像是为避人耳目，给人悬念。

2. 香要贵重的，总因情重。

3. 随身带的更好，是因贴心。

4. 总是怕家人追问吧。奇奇怪怪，不知为何，看他下文怎样。（庚）

5. 庙名却巧，要祭之人怕也成水仙了吧。

6. 此一问正为回答而设。如此宝玉方能解说为何平时讨厌而如今又喜欢的缘故。

7. 近闻刚丙庙，又有三教庵，以如来为尊，太上为次，先师为末，真杀有余辜。（庚）"三教"为儒、道、释。刚丙庙、三教庵皆北京所实有；刚丙庙"在颐和园东宫门迤南"，三教庵"在万泉庄"或曰"在西单牌楼中京畿道"。

---

①　檀、芸、降——三种较贵重的香。分别用檀香木、芸香草、降香木制成。

②　两星沉、速——两小块沉香和速香合成的香料。香中有黄熟香一种，质轻虚，俗讹为速香。

③　信野史，供洛神——曹植《洛神赋》序称洛水之神"名曰宓妃"乃"有所感而赋焉"。赋中有"其形也，翩若惊鸿，婉若游龙""远而望之，皎若太阳升朝霞；迫而察之，灼若芙蕖（荷花）出绿波"等语，故下文引之。又第五回赞警幻仙姑赋亦颇借其词意，可参看。信野史而庙供，当年北京实有。

仙庵。殊不知古来并没有个洛神，那原是曹子建的谎话，谁知这起愚人就塑了像供着。今儿却合我的心事，故借它一用。"[1]

说着，早已来至门前。那老姑子见宝玉来了，事出意外，竟像天上掉下个活龙来的一般，忙上来问好，命老道来接马。宝玉进去，也不拜洛神之像，却只管赏鉴。虽是泥塑的，却真有"翩若惊鸿，婉若游龙"之态，"荷出绿波，日映朝霞"之姿。[2]宝玉不觉滴下泪来。老姑子献了茶，宝玉因和她借香炉。那姑子去了半日，连香供纸马都预备了来。宝玉道："一概不用。"说着，命茗烟捧着炉，出至后院中，拣一块干净地方儿，竟拣不出。茗烟道："那井台上如何？"宝玉点头，一齐来至井台上，将炉放下。[3]茗烟站过一旁。

宝玉掏出香来焚上，含泪施了半礼，[4]回身命收了去。茗烟答应，且不收，忙爬下磕了几个头，口内祝道："我茗烟跟二爷这几年，二爷的心事，我没有不知道的，只有今儿这一祭祀，没有告诉我，我也不敢问。只是这受祭的阴魂，虽不知名姓，想来自然是那人间有一、天上无双的极聪明、极俊雅的一位姐姐妹妹了。二爷心事不能出口，让我代祝：你若芳魂有感，香魄多情，虽然阴阳间隔，既是知己之间，时常来望候二爷，未尝不可。你在阴间，保佑二爷来生也变个女孩儿，和你们一处相伴，再不可又托生这须眉浊物了。"[5]说毕，又磕几个头，才爬起来。[6]

宝玉听他没说完，便撑不住笑了。[7]因踢他道："休胡说！看人听见笑话。"[8]茗烟起来，收过香炉，和宝玉走着，因道："我已经和姑子说了，二爷还没用饭，叫她随便收拾了些东西，二爷勉强吃些。我知道今儿咱们里头大排筵宴，热闹非常，二爷为此才躲了出来。横竖在这里清净一天，也就尽到礼了。若不吃东西，断使不得。"宝玉道："戏酒既不吃，这随便素的吃些何妨。"茗烟道："这才是呢。还有一说，咱们来了，必有人不放心。若没有人不放心，便晚了进城何妨？若有人不放心，二爷须得进城回家去才是。第一，老太太、太太也放了心；第二，礼也尽了，不过如此。就是家去了，看戏吃酒，也并不是二爷有意，

1. 洛神虽假，心事却真；寄真于假，假亦真矣！

2. 此处用《洛神赋》句自妙。"翩若"二句是原文；"荷出"二句是句意。参见前页注释③。

3. "井台"亦如"水仙"，巧妙关合，亡者呼之欲出矣。茗烟犹蒙在鼓里。妙极之文！宝玉心中拣定是井台上了，故意使茗烟说出，使彼不犯疑猜矣。宝玉亦有欺人之才，盖不用耳。（庚）

4. 只施半礼，恰到好处。倘双膝跪地行大礼，反不合适。

5. 跟随身边久了，摸透宝玉习性，方说得出这趣话来。

6. 试思宝玉之为人，岂不应有一极伶俐乖巧小童哉？此一祝亦如《西厢记》中双文降香，第三炷则不语，红娘则代祝数语，直将双文心事道破。此处若写宝玉一祝，则成何文字？若不祝，直成一哑谜，如何散场？故写茗烟一戏，直戏入宝玉心中……今看此回，直欲将宝玉当作一个极轻俊羞怯的女儿看，茗烟则极乖觉可人之丫鬟也。（庚）

7. 非但假中有真，且能悲中有喜，作者之绝技也。

8. 说中了，才踢他。也知人笑，更奇。（庚）

原不过陪着父母尽孝道。二爷若单为了这个，不顾老太太、太太悬心，就是方才那受祭的阴魂也不安生。二爷想我这话如何？"宝玉笑说："你的意思我猜着了，你想着只你一个跟了我出来，回来你怕担不是，所以拿这大题目来劝我。¹我才来了，不过为尽个礼，再去吃酒看戏，并没说一日不进城。这已完了心愿，赶着进城，大家放心，岂不两尽其道。"²茗烟道："这更好了。"说着，二人来至禅堂，果然那姑子收拾了一桌素菜。

　　宝玉胡乱吃了些，茗烟也吃了，二人便上马仍回旧路。茗烟在后面，只嘱咐："二爷好生骑着，这马总没大骑的，手里提紧着！"³一面说着，早已进了城，仍从后门进去，忙忙来至怡红院中。袭人等都不在房里，只有几个老婆子看屋子，见他来了，都喜得眉开眼笑道："阿弥陀佛，可来了！把花姑娘急疯了！上头正坐席呢，二爷快去罢。"宝玉听说，忙将素服脱了，自去寻了华服换上，问在什么地方坐席，老婆子回说在新盖的大花厅上。

　　宝玉听说，一径往花厅①来，耳内早已隐隐闻得歌管之声。刚至穿堂那边，只见玉钏儿独坐在廊檐下垂泪，⁴一见他来，便收泪说道："凤凰来了，快进去罢。再一会子不来，都反了。"⁵宝玉陪笑道："你猜我往哪里去了？"玉钏儿不答，只管擦泪。⁶宝玉忙进厅里，见了贾母、王夫人等，众人真如得了凤凰一般。宝玉忙赶着与凤姐儿行礼。贾母、王夫人都说他不知好歹："怎么也不说声就私自跑了，这还了得！明儿再这样，等老爷回家来，必告诉他打你。"说着，又骂跟的小厮们都偏听他的话，说哪里去就去，也不回一声儿。一面又问他到底哪去了，可吃了什么，可唬着了。⁷宝玉只回说："北静王的一个爱妾昨日没了，给他道恼②去。他哭得那样，不好撇下就回来，所以多等了一会子。"贾母道："以后再私自出门，不先告诉我们，一定叫你老子打你。"宝玉答应着。因又要打跟的小子们，众人又忙说情，又劝道：

1. 亦知这个大，妙极！（庚）

2. 这是大通的意见，世人不及的去处。（庚）

3. 看他偏不写凤姐那样热闹，却写这般清冷，真世人意料不到这一篇文字也。（庚）

4. 如此写出宝玉情祭者为谁，可谓高明之极。总是千奇百怪的文字。（庚）

5. 是平常言语，却是无限文章、无限情理。看至后文，再细思此言，则可知矣。（庚）评语中的"后文"，当指后半部佚稿中宝玉因惹出"丑祸"，离家淹留在外（狱神庙）、贾府上下焦急地盼他平安回来。作者惯用此种谶语式手法来预示后事。

6. 若回答猜到或猜不到都不好，只有不答最好，也最合情理。谁管你去哪里，我姐姐的死都是你害的！

7. 溺爱之至。奇文，毕肖。（庚）

①　花厅——正厅之外的内厅，多建于跨院或园中，周围点缀以湖石花木，供饮宴、会客等用。
②　道恼——旧时向丧家吊问，称"道烦恼"或"道恼"。

"老太太也不必过虑了，他已经回来，大家该放心乐一回了。"贾母先不放心，自然发恨，今见来了，喜且有余，哪里还恨，也就不提了。还怕他不受用，或者别处没吃饱，路上着了惊怕，反百般地哄他。袭人早过来服侍，大家仍旧看戏。当日演的是《荆钗记》①，¹贾母、薛姨妈等都看得心酸落泪，也有叹的，也有骂的。要知端的，下回分解。

1. 剧情偏又与投水、哭祭有关。

【总评】

　　贾母喜欢凤丫头，要给她过生日，提议"学那小家子，大家凑份子"。这法子好，若用荣府公款开支，反而难援例摆平。有此一举，府中各种人等的尊卑地位、经济状况得到一次展示机会。贾母自认出银二十两，薛姨妈照样跟进，她处客位，少出说不过去，但也不能超过贾母去。邢、王夫人"不敢和老太太并肩"，所以减等，是礼数使然。尤氏、李纨"自然又矮一等"，故再减。贾母体恤李纨"寡妇失业"，要替她出。凤姐要老太太"算一算账再揽事"，因为她身上还有"林妹妹、宝兄弟的两份子"。说的话好像向着贾母，其实是唯恐漏掉孙辈们的份子，她对银子的态度总是多多益善。但话仍讲得漂亮："惊动这些人，实在不安，不如大嫂子这份我替她出了罢。"其实心里早有算计，准备口惠而实不至。轮到赖大之母等众嬷嬷，想再矮一等，贾母以为不可，说"我知道你们这几个都是财主，份位虽低，钱却比她们多。你们和她们一例才使得"，是明察实情的话。丫头们也都有出份。凤姐还要人去问周、赵二姨娘，收管银子的尤氏指出其"没足厌"，"又拉上两个苦瓠子"。后见凤姐没出李纨一份，索性也将平儿、鸳鸯、彩云和周、赵姨娘的份子都私下退还给了她们。原因不尽相同，皆有借此做人情、笼络之意。

　　凤姐的生日恰好也是金钏儿的生日，却没有人会想起那个不幸的丫头的好日子来。只有"情不情"的宝玉记得。所以，一大早他"遍体纯素"带着小厮茗烟，各跨一匹马，从角门出来，直奔北门大道，向人烟稀少处去。中途又要买香又要借香炉，终于到庵中捧炉至后院焚香祭奠起来。这段情节的描述，奇妙处在于自始至终不说明宝玉是去祭谁（所谓北静王爱妾死了，自是谎话），全用暗示手法让读者心里明白：比如宝玉要买香而无处买时，茗烟提醒他用荷包里的散香，宝玉心想："自己亲身带的，倒比买的又好些"。再如所到处名"水仙庵"，又说"古来并没有个洛神，那原是曹子建的谎话……今儿却合我心事，故借它一用"；香炉只放在它后院的"井台上"。茗烟以谐语代宝玉祝祷的话，已猜中必是"一位姐姐妹妹"。宝玉回来"刚至穿堂那边，只见玉钏儿独坐在廊檐下垂泪"。宝玉赔笑说："你猜我往哪里去了？"玉钏儿不答，只管擦泪，如此等等。就连当天演的戏《荆钗记》，其中也有王十朋江边祭哭的事。所以下回开头，黛玉有"不拘哪里的水舀一碗，看着哭去"的讥诮语，她大概已猜到八九分了。

---

① 《荆钗记》——南戏剧本，作者有元柯丹丘、明初朱权诸说，写宋王十朋与妻钱玉莲悲欢离合故事。其中有钱拒绝富豪逼迫，投江自杀，为人救起情节。十朋以为妻已死，故下回开始说到他江边祭哭事。

# 第四十四回
## 变生不测凤姐泼醋　喜出望外平儿理妆

【题解】

　　本回回目诸本一致。上句：凤姐生日那天，贾琏乘机与鲍二家的偷情，被突然回房的凤姐撞见，即所谓"变生不测"，由此而引起醋性大发的凤姐一场大闹。下句：在这场冲突中，无辜的平儿作了凤姐的出气筒，挨了打。受委屈的平儿被李纨陪到怡红院重新梳理妆饰，让平时想接近她而一直没有机会的宝玉"喜出望外"，忙个不亦乐乎。

　　话说众人看演《荆钗记》，宝玉和姊妹一处坐着。林黛玉因看到《男祭》这一出上，便和宝钗说道："这王十朋也不通得很，不管在哪里祭一祭罢了，必定跑到江边子上来作什么？俗语说，'睹物思人'，天下的水总归一源，不拘哪里的水舀一碗，看着哭去，也就尽情了。"[1] 宝钗不答。宝玉回头要热酒敬凤姐。[2]

　　原来贾母说今日不比往日，定要叫凤姐痛乐一日。本来自己懒怠坐席，只在里间屋里榻上歪着，和薛姨妈看戏，随心爱吃的拣几样放在小几上，随意吃着说话儿；将自己两桌席面赏那没有席面的大小丫头并那应差听差的妇人等，命她们在窗外廊檐下也只管坐着随意吃喝，不必拘礼。王夫人和邢夫人在地下高桌上坐着，外面几席是她姊妹们坐。贾母不时吩咐尤氏等："让凤丫头坐在上面，你们好生替我待东①，难为她一年到头辛苦。"[3] 尤氏答应了，又笑回说道："她坐不惯首席，坐在上头，横不是竖不是的，酒也不肯吃。"贾母听了，笑道："你不会，等我亲自让她去。"凤姐儿忙也进来，笑说："老祖宗，别信她们的话，我吃了好几钟了。"贾母

1. 黛玉何等心思，又时时在意宝玉一言一行，此次不辞而别，纵有借口，瞒得过别人也瞒不过她。故指桑骂槐，借王十朋多此一举相讥。

2. 每当被黛玉奚落，宝玉总是装聋作哑。

3. 贾母推重夸奖，说的也是实情，一时体面风光，与展眼发生的不测之变形成明显反差。

---

　　① 待东——亦作"代东"，代做东，替主人招待客人。东，东道主。

笑着，命尤氏："快拉她出去，按在椅子上，你们都轮流敬她。她再不吃，我当真的就亲自去了。"¹尤氏听说，忙笑着又拉她出来坐下，命人拿了台盏①斟了酒，笑道："一年到头，难为你孝顺老太太、太太和我。我今儿没什么疼你的，亲自斟杯酒，乖乖儿地在我手里喝一口。"凤姐儿笑道："你要安心孝敬我，跪下，我就喝。"尤氏笑道："说得你不知是谁！我告诉你说，好容易今儿这一遭，过了后儿，知道还得像今儿这样不得了？趁着尽力灌丧两钟罢。"²

　　凤姐儿见推不过，只得喝了两钟。接着众姊妹也来，凤姐也只得每人的喝一口。赖大妈妈见贾母尚这等高兴，也少不得来凑趣儿，领着些嬷嬷们也来敬酒。凤姐儿也难推脱，只得喝了两口。鸳鸯等也都来敬，凤姐儿真不能了，忙央告道："好姐姐们，饶了我罢，我明儿再喝罢。"鸳鸯笑道："真个的，我们是没脸的了？就是我们在太太跟前，太太还赏个脸呢。往常倒有些体面，今儿当着这些人，倒拿起主子的款儿来了。我原不该来，不喝，我们就走。"³说着真个回去了。凤姐儿忙赶上拉住，笑道："好姐姐，我喝就是了。"说着拿过酒来，满满的斟了一杯喝干。⁴鸳鸯方笑了散去。

　　然后又入席。凤姐儿自觉酒沉②了，心里突突地似往上撞，要往家去歇歇，⁵只见那耍百戏的上来，便和尤氏说："预备赏钱，我要洗洗脸去。"尤氏点头。凤姐儿瞅人不防，便出了席，往房门后檐下走来。平儿留心，也忙跟了来，⁶凤姐儿便扶着她。才至穿廊下，只见她房里的一个小丫头正在那里站着，见她两个来了，回身就跑。凤姐儿便疑心，忙叫。那丫头先只装听不见，无奈后面连平儿也叫，只得回来。凤姐儿越发起了疑心，忙和平儿进了穿堂，叫那小丫头子也进来，把槅扇关了。凤姐儿坐在小院子的台阶上，命那丫头子跪了，喝命平儿："叫两个二门上的小厮来，拿绳子鞭子，把那眼睛里没主子的小蹄子打烂了！"那小丫头子已经唬得魂飞魄散，

―――――――――

① 台盏——有托盘的酒杯。
② 酒沉——饮酒过了量。

1. 老祖宗下命，看起来非醉不可了。

2. 闲闲一戏语，伏下后文，令人可伤，所谓"盛筵难再"。（庚）又作谶语。

3. 一路下来，算一算不知喝了多少，到此真不能了。可又怎能推辞！鸳鸯是什么人？能当众不给面子？听听她的话，何等锋利强硬！凤姐哪得罪得起。

4. 压垮骆驼的最后一根稻草。

5. 正是这个感觉，写来合情合理。

6. 不跟来就没有下半回"理妆"事了。

哭着只管磕头求饶。凤姐儿问道："我又不是鬼，你
见了我，不说规规矩矩站住，怎么倒往前跑？"小
丫头子哭道："我原没看见奶奶来。我又记挂着房里
无人，所以跑了。"凤姐儿道："房里既没人，谁又
叫你来的？你便没看见我，我和平儿在后头扯着脖
子叫了你十来声，越叫越跑。离得又不远，你聋了
不成？你还和我强嘴！"说着，便扬手一掌打在脸
上，打得那小丫头子一栽；这边脸上又一下，登时
小丫头子两腮紫胀起来。[1] 平儿忙劝："奶奶仔细手
疼。"凤姐便说："你再打着，问她跑什么。她再不说，
把嘴撕烂了她的！"

那小丫头子先还强嘴，后来听见凤姐儿要烧了
红烙铁来烙嘴，方哭道："二爷在家里，打发我来
这里瞧着奶奶的，若见奶奶散了，先叫我送信儿去
的。不承望奶奶这会子就来了。"凤姐儿见话中有
文章，便又问道："叫你瞧着我做什么？难道怕我家
去不成？必有别的原故，快告诉我，我从此以后疼
你。你若不细说，立刻拿刀子来割你的肉。"[2] 说着，
回头向头上拔下一根簪子来，向那丫头嘴上乱戳。
唬得那丫头一行躲，一行哭求道："我告诉奶奶，可
别说我说的。"平儿一旁劝，一面催她，叫她快说。
丫头便说道："二爷也是才来房里的，睡了一会醒了，
打发人来瞧瞧奶奶，说才坐席，还得好一会才来呢。
二爷就开了箱子，拿了两块银子，还有两根簪子、
两匹缎子，叫我悄悄地送与鲍二的老婆去，叫她进
来。她收了东西就往咱们屋里来了。二爷叫我来瞧
着奶奶，底下的事我就不知道了。"[3]

凤姐听了，已气得浑身发软，忙立起身来，一
径来家。刚至院门，只见又有一个小丫头在门前探
头儿，一见了凤姐，也缩头就跑。[4] 凤姐儿提着名字
喝住。那丫头本来伶俐，见躲不过了，索性跑了出来，
笑道："我正要告诉奶奶去呢，可巧奶奶来了。"[5]
凤姐儿道："告诉我什么？"那小丫头便说，二爷在
家这般如此如此，将方才的话也说了一遍。凤姐啐
道："你早做什么了？这会子我看见你了，你来推干
净儿！"说着也扬手一下，打得那丫头一个趔趄。

便蹑手蹑脚地走至窗前，往里听时，只听里头

1. 凤姐手段本就厉害，何况醉酒时。

2. 软硬兼施。

3. 还能有什么事？

4. 层层设防，又怎能防得住。如见其
　形。（庚）

5. 两个小丫头都是用来监视报信的，
　前后反应不同，不作重复文字。

说笑。那妇人笑道："多早晚你那阎王老婆死了就好了。"贾琏道："她死了再娶一个也是这样，又怎么样呢？"那妇人道："她死了，你倒是把平儿扶了正，只怕还好些。"贾琏道："如今连平儿她也不叫我沾一沾了。平儿也是一肚子委屈不敢说。[1]我命里怎么就该犯了'夜叉星'！"

　　凤姐听了，气得浑身乱战。又听他俩都赞平儿，便疑平儿素日背地里自然也有愤怨语了。[2]那酒越发涌了上来，也并不忖度，回身把平儿先打了两下，一脚踢开门进去，也不容分说，抓着鲍二家的厮打一顿。又怕贾琏走出去，便堵着门站着骂道："好淫妇！你偷主子汉子，还要治死主子老婆！平儿，过来！你们淫妇、忘八一条藤儿，多嫌着我，外面你哄我！"说着，又把平儿打了几下。[3]打得平儿有冤无处诉，只气得干哭。骂道："你们做这些没脸的事，好好的又拉上我做什么！"说着，也把鲍二家的厮打起来。

　　贾琏也因吃多了酒，进来高兴，未曾做得机密，一见凤姐来了，已没了主意。又见平儿也闹起来，把酒也气上来了。凤姐儿打鲍二家的，他已又气又愧，只不好说的，今见平儿也打，便上来踢骂道："好娼妇！你也动手打人！"平儿怯怯，忙住了手，哭道："你们背地里说话，为什么拉我呢？"凤姐见平儿怕贾琏，越发气了，又赶上来打着平儿，偏叫打鲍二家的。平儿急了，便跑出来找刀子要寻死。[4]外面众婆子、丫头忙拦住解劝。这里凤姐见平儿寻死去，便一头撞在贾琏怀里，叫道："你们一条藤儿害我，被我听见了，倒都唬起我来。你也勒死我罢！"贾琏气得墙上拔出剑来，说道："不用寻死，我也急了，一齐杀了，我偿了命，大家干净。"正闹得不开交，只见尤氏等一群人来了，说："这是怎么说？才好好的，就闹起来。"贾琏见了人，越发"倚酒三分醉"，逞起威风来，[5]故意要杀凤姐儿。凤姐儿见人来了，便不似先前那般泼了；[6]丢下众人，便哭着往贾母那边跑。

　　此时戏已散出，凤姐跑到贾母跟前，爬在贾母怀里，只说："老祖宗救我！琏二爷要杀我呢。"[7]贾母、邢夫人、王夫人等忙问怎么了。凤姐儿哭道："我

1. 这些话听在凤姐耳朵里，对平儿大为不利。

2. 疑平儿素日有怨愤语，虽属多心，亦非平白无故。凡事写来总不脱"情理"二字。

3. 既因心有所疑，也因软的可欺。奇极！先打平儿，可是世人想得着的？（庚）

4. 三面受气，如何不急？

5. 总以为倚酒逞威能保住面子，给人以占理印象。天下小人大都如是。（庚）

6. 也为占理，不能给人以泼悍印象。天下奸雄、妒妇、恶妇大都如是，只是恨无阿凤之才耳。（庚）

7. 先营造危急严重情势。瞧她称呼。（庚）

才家去换衣裳，不防琏二爷在家和人说话，我只当
是有客来了，唬得我不敢进去。在窗户外头听了一
听，原来是和鲍二家的媳妇商议，说我利害，要拿
毒药给我吃了，治死我，把平儿扶了正。我原气了，
又不敢和他吵，原打了平儿两下，问他为什么要害
我。他臊了，就要杀我。"[1] 贾母听了，都信以为真，
说："这还了得！快拿了那下流种子来！"

一语未完，只见贾琏拿着剑赶来，后面许多人
跟着。[2] 贾琏明仗着贾母素日疼他们，连母亲、婶母
也无碍，故逞强闹了来。邢夫人、王夫人见了，气
得忙拦住，骂道："这下流种子！你越发反了，老太
太在这里呢！"那贾琏乜斜着眼道："都是老太太惯的
她，她才这样。连我也骂起来了！"邢夫人气得夺
下剑来，只管喝他："快出去！"那贾琏撒娇撒痴，
涎言涎语的，还只乱说。贾母气得说道："我知道你
不把我们放在眼里，叫人把他老子叫来，看他去不
去！"贾琏听见这话，方趔趄着脚儿出去了，赌气
也不往家去，便往外书房来。

这里邢夫人、王夫人也说凤姐儿。贾母笑道："什
么要紧的事！小孩子们年轻，馋嘴猫儿似的，哪里
保得住不这么着。从小儿世人都打这么过的。[3] 都是
我的不是，她多吃了两口酒，又吃起醋来。"说得众
人都笑了。贾母又道："你放心，等明儿我叫他来替
你赔不是；你今儿别过去臊他。"因又骂："平儿
那蹄子，素日我倒看她好，怎么暗地里这么坏！"[4]
尤氏等笑道："平儿没有不是，是凤丫头拿着人家出
气。两口子不好对打，都拿着平儿煞性子。平儿委
屈得什么似的呢，老太太还骂人家。"贾母道："原
来这样，我说那孩子倒不像那狐媚魇道的。既这么
着，可怜见的白受他们的气。"因叫："琥珀，来，
你去告诉平儿，就说我的话：我知道她受了委屈，
明儿我叫凤丫头替她赔不是。今儿是她主子的好日
子，不许她胡闹。"

原来平儿早被李纨拉入大观园去了。[5] 平儿哭得
哽噎难抬。宝钗劝道："你是个明白人，[6] 素日凤丫
头何等待你，今儿不过她多吃了一口酒。她可不拿
你出气，难道倒拿别人出气不成？别人又笑话她吃

1. 听她告状时如何改换事实真相，偏
不说偷情，也无须再说。

2. 贾琏不聪明，正好替凤姐的话作证。

3. 贾母不糊涂，不论谁怎么说，怎么
表演，不过是那么回事，心里明明
白白，在她看来"什么要紧"，不
过是"馋嘴猫儿"行为。评论家们
常引这几句话来证明贾府世世代代
都道德败坏，不以为耻，习以为常；
或据此更严谴贾母纵容儿孙胡作非
为等等。笔者以为不应对贾母责之
太过。一来，此时为宽慰凤姐，劝
其不必醋劲儿太大，要想得开；二
来，所言的对象是"世人"，是普遍
现象，非"家里人"或"我辈"，是
阅人多矣、洞明世事之言。难道能
说世上年轻人都能够清心寡欲吗？

4. 没有这点误会，就没有尤氏的纠正、
贾母的转怜。真好文章。

5. 可知吃蟹一回非闲文也。（庚）指第
三十九回写李纨对平儿特亲热、欣
赏，夸她是凤姐的"总钥匙""膀臂"。

6. 宝钗处事冷静理智，有她来劝就好。
必用宝钗评出，方是身分。（庚）

醉了。你只管这会子委屈，素日你的好处岂不都是假的了？"正说着，只见琥珀走来，说了贾母的话。平儿自觉面上有了光辉，方才渐渐地好了，也不往前头来。宝钗等歇息了一会，方来看贾母、凤姐。

宝玉便让了平儿到怡红院中来。袭人忙接着，笑道："我先原要让你的，只因大奶奶和姑娘们都让你，我就不好让的了。"平儿也陪笑说"多谢"。因又说道："好好儿的，从哪里说起！无缘无故白受了一场气。"袭人笑道："二奶奶素日待你好，这不过是一时气急了。"平儿道："二奶奶倒没说的，只是那淫妇治的我，她又偏拿我凑趣，况还有我们那糊涂爷，倒打我。"说着，便又委屈，禁不住落泪。宝玉忙劝道："好姐姐，别伤心，我替他两个赔不是罢。"[1] 平儿笑道："与你什么相干？"宝玉笑道："我们弟兄姊妹都一样。他们得罪了人，我替他赔个不是也是应该的。"又道："可惜这新衣裳也沾了，这里有你花妹妹的衣裳，何不换了下来，拿些烧酒喷了，熨一熨，把头也另梳一梳。"一面说，一面便吩咐小丫头子们舀洗脸水，烧熨斗来。

平儿素日只闻人说宝玉专能和女孩儿们接交；宝玉素日因平儿是贾琏的爱妾，又是凤姐儿的心腹，故不肯和她厮近，因不能尽心，也常为恨事。平儿今见他这般，心中也暗暗地掂掇："果然话不虚传，色色想得周到。"又见袭人特特地开了箱子，拿出两件不大穿的衣裳来与她换，便赶忙地脱下自己的衣服，忙去洗了脸。宝玉一旁笑劝道："姐姐还该擦上些脂粉，不然倒像是和凤姐姐赌气了似的。况且又是她的好日子，而且老太太又打发了人来安慰你。"平儿听了有理，便去找粉，只不见粉。宝玉忙走至妆台前，将一个宣窑①瓷盒揭开，里面盛着一排十根玉簪花棒，拈了一根递与平儿。又笑向她道："这不是铅粉，这是紫茉莉花种，研碎了，兑上香料制的。"平儿倒在掌上看时，果见轻、白、红、香，四样俱美；扑在面上，也容易匀净，且能润泽肌肤，不似别的粉青重涩滞。然后看见胭脂也不是成张的，却是一

1. 可笑！难怪平儿要说"与你什么相干"，你赔得着吗？然知宝玉之性情为人，就不奇怪了。作者无一处不把握住人物的特殊性格。

———————————————

　　① 宣窑——明代宣宗宣德年间的官窑瓷器，色彩鲜艳、精致。

个小小的白玉盒子，里面盛着一盒，如玫瑰膏子一样。宝玉笑道："那市卖的胭脂都不干净，颜色也薄。这是上好的胭脂拧出汁子来，淘澄净了渣滓，配了花露蒸叠成的。只用细簪子挑一点儿，抹在手心里，用一点水化开，抹在唇上；手心里的就够打颊腮了。"平儿依言妆饰，果见鲜艳异常，且又甜香满颊。宝玉又将盆内开的一枝并蒂秋蕙用竹剪刀撷了下来，与她簪在鬓上，<u>忽见李纨打发丫头来唤她，方忙忙地去了。</u>[1]

宝玉因自来从未在平儿前尽过心——且平儿又是个极聪明、极清俊的上等女孩儿，比不得那起俗拙蠢物——深为恨怨。<u>今日是金钏儿的生日，故一日不乐。</u>[2]不想落后闹出这件事来，竟得在平儿前稍尽片心，亦今生意中不想之乐也。因歪在床上，心内怡然自得。忽又思及贾琏惟知以淫乐悦己，并不知作养脂粉。<u>又思平儿并无父母兄弟姊妹，独自一人，供应贾琏夫妇二人；贾琏之俗，凤姐之威，她竟能周全妥帖，今儿还遭荼毒，想来此人薄命比黛玉犹甚。</u>[3]想到此间，便又伤感起来，不觉凄然泪下。因见袭人等不在房内，尽力落了几点痛泪。复起身，<u>又见方才的衣裳上喷的酒已半干，便拿熨斗熨了叠好；见她的手帕子忘去，上面犹有泪渍，又拿至脸盆中洗了晾上。</u>[4]又喜又悲，闷了一回，也往稻香村来。说一回闲话，掌灯后方散。

平儿就在李纨处歇了一夜，凤姐儿只跟着贾母。贾琏晚间归房，冷清清的，又不好去叫，只得胡乱睡了一夜。次日醒了，想昨日之事，大没意思，后悔不来。邢夫人记挂着昨日贾琏醉了，忙一早过来，叫了贾琏过贾母这边来。贾琏只得忍愧前来，在贾母面前跪下。贾母问他："怎么了？"贾琏忙陪笑说："昨儿原是吃了酒，惊了老太太的驾了，今儿来领罪。"贾母啐道："下流东西，灌了黄汤，不说安分守己地挺尸去，倒打起老婆来了！<u>凤丫头成日家说嘴，霸王似的一个人，昨儿唬得可怜。要不是我，你要伤了她的命，这会子可怎么样？</u>"[5]贾琏一肚子的委屈，不敢分辩，只认不是。贾母又道："那凤丫头和平儿还不是个美人胎子？你还不足，成日

1. 忽使平儿在绛芸轩中梳妆，非但世人想不到，宝玉亦想不到者也。作者费尽心机了。写宝玉最善闺阁中事，诸如胭粉等类，不写成别致文章，则宝玉不成宝玉矣。然要写，又不便特为此费一番笔墨，故思及借人发端。然借人又无人，若袭人辈，则逐日皆如此，又何必拣一日细写，似觉无味。若宝钗等，又系姊妹，更不便来细搜袭人之妆奁，况也是自幼知道的了。因左想右想，须得一个又甚亲，又甚疏，又可唐突，又不可唐突，又和袭人等极亲，又和袭人等不大常处，又得袭人辈之美，又不得袭人辈之修饰一人来，方可发端，故思及平儿一人方如此，故放手细写绛芸闺中之什物也。（庚）

2. 至此方明白说出。先不乐，然后乐，方是"喜出望外"。原来为此。宝玉之私祭，玉钏之潜哀，俱针对矣。然于此刻补明，又一法也。真千变万化之文。万法俱备，毫无脱漏，真好书也。（庚）

3. 平儿身世之不幸，居然由宝玉默想中补明，实出人意料。

4. 国外有某汉学翻译家介绍《红楼梦》，将贾宝玉误译成女性。我总纳闷，尽管宝玉确有脂粉气，且总与姊妹们混在一起，又何至于不辨男女呢？今若单看这几句，便知老外把他错当成姑娘，不足怪矣。

5. 凤姐在贾母前的表演，还是相当成功的。

家偷鸡摸狗，脏的臭的都拉了你屋里去。为这起淫妇打老婆，又打屋里的人，你还亏是大家子公子出身，活打了嘴了！你若眼睛里有我，你起来，我饶了你，乖乖地替你媳妇赔个不是，拉了她家去，我就喜欢了。¹要不然，你只管出去，我也不敢受你的跪。"贾琏听如此说，又见凤姐儿站在那边，也不盛妆，哭得眼睛肿着，也不施脂粉，黄黄脸儿，²比往常更觉可怜可爱。想着："不如赔了不是，彼此也好了，又讨老太太的喜欢了。"想毕，便笑道："老太太的话我不敢不依，只是越发纵了她了。"贾母笑道："胡说！我知道她最有礼的，再不会冲撞人。她日后得罪了你，我自然也作主，叫你降伏就是了。"

贾琏听说，爬起来，便与凤姐儿作了一个揖，笑道："原来是我的不是，二奶奶饶过我罢。"满屋里的人都笑了。贾母笑道："凤丫头，不许恼了，再恼我就恼了。"说着，又命人去叫了平儿来，命凤姐儿和贾琏两个安慰平儿。贾琏见了平儿，越发图不得①，所谓"妻不如妾，妾不如偷"，³听贾母一说，便赶上来说道："姑娘昨日受了屈了，都是我的不是。奶奶得罪了你，也是因我而起。我赔了不是不算外，还替你奶奶赔个不是。"说着，也作了一个揖，引得贾母笑了，凤姐儿也笑了。

贾母又命凤姐儿来安慰她。平儿忙走上来给凤姐儿磕头，说："奶奶的千秋②，我惹了奶奶生气，是我该死。"凤姐儿正自愧悔昨日酒吃多了，不念素日之情，浮躁起来，为听了旁人的话，无故给平儿没脸。今反见她如此，又是惭愧，又是心酸，忙一把拉起来，落下泪来。⁴平儿道："我服侍了奶奶这么几年，也没弹我一指甲。就是昨儿打我，我也不怨奶奶，都是那淫妇治的，怨不得奶奶生气。"说着，也滴下泪来了。⁵贾母便命人将他三人送回房去："有一个再提此事，即刻来回我，我不管是谁，拿拐棍子给他一顿。"三个人从新给贾母、邢、王二位夫人磕了头。老嬷嬷答应了，送他三人回去。

----

① 图不得——不能自持。
② 千秋——生日。此为祝颂长寿语。

1. 贾母亦善于调解夫妻纠纷。

2. 大妙大奇之文！此一句便伏下病根了。草草看去，便可惜了作者行文苦心。（庚）批书人甚细心。

3. 见不施脂粉的凤姐已觉可怜可爱，再看理过妆、施过脂粉的平儿而不自持，就难怪了。总写好色之徒神情心态。要他赔不是，还不张口就来。

4. 此种愧悔，人性之所同，真写得出！

5. 此所以为平儿也。脂评常在书中以小见大，如批此句谓：妇人女子之情毕肖，但世之大英雄羽翼偶摧，尚按剑生悲，况阿凤与平儿哉？所谓此书真是哭成的。（庚）

至房中，凤姐儿见无人，方说道："我怎么像个阎王，又像夜叉？那淫妇咒我死，你也帮着咒我。千日不好也有一日好。可怜我熬得连个淫妇也不如了，我还有什么脸来过这日子？"说着，又哭了。[1]贾琏道："你还不足，你细想想，昨儿谁的不是多？[2]今儿当着人，还是我跪了一跪，又赔不是，你也争足了光了。这会子还叨叨，难道还叫我替你跪下才罢？太要足了强，也不是好事。"[3]说得凤姐儿无言可对，平儿"嗤"的一声笑了。贾琏也笑道："又好了！真真我也没法了。"

正说着，只见一个媳妇来回说："鲍二媳妇吊死了。"[4]贾琏、凤姐儿都吃了一惊。凤姐忙收了怯色，反喝道："死了罢了，有什么大惊小怪的！"[5]一时只见林之孝家的进来，悄回凤姐道："鲍二媳妇吊死了，她娘家的亲戚要告呢。"凤姐儿笑道：[6]"这倒好了，我正想要打官司呢！"林之孝家的道："我才和众人劝了他们一回，又威吓了一阵，又许了他几个钱，也就依了。"凤姐儿道："我没一个钱！有钱也不给，只管叫他告去。也不许劝他，也不用镇吓他，只管让他告去，告不成倒问他个'移尸讹诈'！"[7]林之孝家的正在为难，见贾琏和她使眼色儿，心下明白，便出来等着。贾琏道："我出去瞧瞧，看是怎么样。"凤姐儿道："不许给他钱！"[8]

贾琏一径出来，和林之孝来商议，着人去作好作歹，许了二百两发送才罢。贾琏生恐有变，又命人去和王子腾说了，将番役仵作①人等叫了几名来，帮着办丧事。那些人见了如此，纵要复辩，亦不敢辩，只得忍气吞声罢了。贾琏又命林之孝将那二百银子入在流年账上，分别添补，开销过去。[9]又梯己②给鲍二些银两，安慰他说："另日再挑个好媳妇给你。"鲍二又有体面，又有银子，有何不依，便仍然奉承贾琏，[10]不在话下。

里面凤姐心中虽不安，面上只管佯不理论。因房中无人，便拉平儿笑道："我昨儿灌丧了酒了，你

---

① 番役仵作——番役，任缉捕的差役。仵作，管验尸的差役。
② 梯己——也作"体己"，有时作私房钱解，这里是私下的意思。

1. 心中余忿难平，因贾母有言在先，只能来软的。辖治丈夫，此是首计，懦夫来看此句。（庚）

2. 难说，难说，都有不是，论多少不如论先后。妙！不敢自说没不是，只论多少。懦夫来看！（庚）

3. 只此句说对了。

4. 这一来方有丑事的了结，也借此使凤姐、贾琏形象更多面、丰满。倒也有气性，只是又是情景一个，可怜！（庚）

5. 立即收起怯色，反露牙竖毛，厉声怒吼。这正是凤姐。写阿凤如此。（庚）

6. 怕什么也不怕告，要打官司，岂非正撞在枪口上了？偏于此处写阿凤笑，坏哉阿凤！（庚）

7. 早有成竹在胸。写阿凤如此！（庚）

8. 说是这么说，何尝不料到暗中是要给的，但在众人前总以维护颜面、立威为要。

9. 没有银子是打发不去的，只好商之于管家，挪公款为私用了，此类弊端大概不是初次了。大弊小弊，无一不到。（庚）

10. 可悲可叹！为天下夫妻一哭。（庚）

别愤怨。打了哪里？让我瞧瞧。"平儿道："也没打
重。"只听得说："奶奶、姑娘都进来了。"要知端的，
下回分解。

**【总评】**

　　这一回写的是贾琏乘着庆凤姐生日举办酒宴之机，与鲍二家的偷情，被突然回家的凤姐
逮住，掀起了一场醋海风波的全过程。

　　宴席上大家轮流来敬凤姐的酒，鸳鸯更不依不饶。不如此，凤姐就不会饮酒过量而要回
房去歇歇。贾琏派小丫头设了两道防线，若不被凤姐识破叫住，就不可能将私通者逮个正着。
那妇人将"平儿扶了正"等话，实代表了旁观者对阿凤、平儿的观感；不是恰好被凤姐听到，
平儿也不会挨打，也就没有她到怡红院来理妆的事……如此一环扣一环，丝毫没有牵强之嫌。
凤姐向贾母哭诉原委，只将事情经过略加改变，就全掩过自己泼悍一面，获取了同情。

　　贾母有句话，常被评说者引用，以此证明伤风败俗的丑行在贾府中历来如此，或指责贾
母纵容儿孙辈胡来，即"小孩子们年轻，馋嘴猫儿似的，哪里保得住不这么着，从小儿世人
都打这么过的"。她是泛指，说的是"世人"，倒似乎也并非没有一定的道理。

　　平儿受委屈，被李纨拉入大观园。宝钗劝慰，自是理性之言。宝玉要替他兄嫂两人向平
儿赔不是。平儿笑道："与你什么相干？"此正彰显宝玉之为人，不如此，就不是宝玉了。平
儿到怡红院，宝玉请她换衣、梳妆、擦脂粉，忙个不亦乐乎。他对胭脂的质地、用法之内行，
还胜过女儿。这一节说宝玉"得在平儿前稍尽片心，亦今生意中不想之乐也"，回目"喜出望外"，
即指他而言；同时也借此为平儿出力一写。

　　次日情景是风波的收尾。在贾母主持下，贾琏向凤姐作揖赔不是，也给平儿赔了不是。
平儿与凤姐则互表歉疚。三人回至房中，人报"鲍二媳妇吊死了"。虽然"贾琏、凤姐儿都吃
了一惊"，但凤姐仍大声呵斥，丝毫不肯示弱，声称连一个钱也不赔。还是贾琏偷偷许了二百
两银子才罢，而银子则取自公款，命家人"入在流年账上，分别添补，开销过去"。

# 第 四 十 五 回
## 金兰契互剖金兰语　风雨夕闷制风雨词

**【题解】**

本回回目诸本一致。上句:"金兰契""金兰语",分指深挚的友情投合和挚友间的知心话。与第四十二回回目中"兰言"一词出处同,《易·系辞上》:"二人同心,其利断金;同心之言,其臭(气味)如兰。"这是说,宝钗与黛玉之间结成了诚挚的友谊,互相剖白自己的真心话。下句:林黛玉在一个秋风秋雨的傍晚,为排遣内心的苦闷而吟成了《秋窗风雨夕》一诗。

话说凤姐儿正抚恤平儿,忽见众姊妹进来,忙让坐了,平儿斟上茶来。凤姐儿笑道:"今儿来得这么齐全,倒像下帖子请了来的。"探春先笑道:"我们有两件事:一件是我的,一件是四妹妹的,还夹着老太太的话。"1 凤姐儿笑道:"有什么事,这么要紧?"探春笑道:"我们起了个诗社,头一社就不齐全,众人脸软,所以就乱了。我想必得你去作个监社御史,铁面无私才好。再四妹妹为画园子,用的东西这般那般不全,回了老太太,老太太说:'只怕后头楼底下还有当年剩下的。找一找,若有呢,拿出来,若没有,叫人买去。'"

凤姐笑道:"我又不会作什么'湿'的'干'的,2 要我吃东西去不成?"探春道:"你虽不会作,也不要你作。你只监察着我们里头有偷安怠惰的,该怎么样罚他就是了。"凤姐儿笑道:"你们别哄我,我猜着了。哪里是请我作监社御史!分明是叫我作个进钱的铜商①。3 你们弄什么社,必是要轮流作东道的。你们的月钱不够花了,想出这个法子来拘我去,好和我要钱。可是这个主意?"一席话说得众人都笑起来了。李纨笑道:"真真你是个水晶心肝玻璃人。"4 凤姐儿笑道:

1. 听起来事情还不少,说穿了,只有一个字,往下看便知。

2. "诗"与"湿"谐音。

3. 一语道破。佩服,佩服!众姊妹齐登门,还能有什么事?以凤姐的本领,还能猜不到?

4. 夸她绝顶聪明,别人的心思一眼就看透。

---

① 进钱的铜商——供给钱的富商。进,进奉,供给朝廷。西汉邓通得铜山而铸钱,大富。

"亏你是个大嫂子呢！姑娘们原交给你带着念书、学规矩、针线的，她们不好，你要劝。这会子她们起诗社能用几个钱，你就不管了？老太太、太太罢了，原是老封君①。你一个月十两银子的月钱，比我们多两倍子。老太太、太太还说你'寡妇失业的'，可怜，不够用，¹又有个小子，足的又添了十两，和老太太、太太平等。又给你园子地，各人取租子。年终分年例，你又是上上份儿。你娘儿们，主子、奴才共总没十个人，吃的穿的仍旧是官中的。一年通共算起来，也有四五百银子。这会子你就每年拿出一二百两银子来，陪她们玩玩，能几年的限？她们各人出了阁，难道还要你赔不成？这会子你怕花钱，调唆她们来闹我，我乐得去吃一个河涸海干，我还通不知道呢！"

李纨笑道："你们听听，我说了一句，她就疯了，说了两车的无赖泥腿市俗专会打细算盘、分斤拨两的话出来。²这东西，亏她托生在诗书大宦名门之家做小姐，出了嫁又是这样，她还是这么着；若是生在贫寒小户人家，作个小子，还不知怎么下作贫嘴恶舌的呢！天下人都被你算计了去！昨儿还打平儿呢，亏你伸得出手来！那黄汤难道灌丧了狗肚子里去了？气得我只要给平儿打抱不平。³忖度了半日，好容易'狗长尾巴尖儿'②的好日子，又怕老太太心里不受用，因此没来，究竟气还未平。你今儿又招我来了。给平儿拾鞋也不要，你们两个只该换一个过子才是。"⁴说得众人都笑了。

凤姐忙笑道："竟不是为诗为画来找我的，这脸子竟是为平儿来报仇的。我竟不承望平儿有你这么一位仗腰子的人。早知道，便有鬼拉着我的手打她，我也不打了。平姑娘，过来！我当着大奶奶、姑娘们替你赔个不是。担待我'酒后无德'③罢。"⁵说着，众人又都笑起来了。李纨笑问平儿道："如何？我说必定要给你争争气才罢。"平儿笑道："虽如此，奶奶们取笑，我禁不起。"李纨道："什么禁不起，有我呢！快拿了钥匙叫你主子开了楼房找东西去。"凤姐儿笑道："好嫂子，

1. 为宝钗生日凑份子时，就数贾母说的这些话她记得牢。当时阻断说"且算一算账再揽事"，自是指"又有林妹妹、宝兄弟的两份子"。如今看来，不妨另作别解：李纨的进账，她算得比谁都清楚，老太太可算不过她。

2. 心直口拙之人急了，恨不得将万句话来并成一句，说死那人，毕肖！（庚）此评有见地，只是"口拙"二字还可斟酌。李纨是老实公道，可说起话来并不笨拙。能伤人的不一定都是刀子，木棍也照样可以。

3. 想到平儿意不平。

4. 说要将平儿"扶正"，谁都觉得过分；换个说法，意思还一样，又出之于大嫂子之口，却能引得众人笑。天下事往往如此。

5. 凤姐真有本领！既消了李纨的气，又给了平儿好大面子，还在众人前显得待"房里人"不错，有肚量。

---

① 封君——原指受封地的贵族，后亦称因丈夫或子孙显贵而受封典者。
② "狗长尾巴尖儿"的好日子——对生日的戏谑说法。传说小狗在母胎里要长足尾巴才出生。
③ 酒后无德——饮酒而神志不乱，叫"有酒德"；饮酒而醉，胡言乱语，发酒疯，叫"无酒德"。

你且同她们回园子里去。我才要把这米账和他们算一算，那边大太太又打发人来叫，又不知有什么话说，须得过去走一趟。还有年下你们添补的衣服，还没打点给他们做去。"李纨笑道："这些事我都不管，你只把我的事完了，我好歇着去，省得这些姑娘小姐闹我。"凤姐忙笑道："好嫂子，赏我一点空儿。你是最疼我的，怎么今儿为平儿就不疼我了？往常你还劝我说：'事情虽多，也该保养身子，捡点着偷空儿歇歇。'你今儿反倒逼我的命了。况且误了别人的年下衣裳无碍，她姊妹们的若误了，却是你的责任，老太太岂不怪你不管闲事，连一句现成的话也不说？我宁可自己落不是，岂敢带累你呢！"李纨笑道："你们听听，说得好不好？把她会说话的！我且问你，这诗社你到底管不管？"凤姐儿笑道："这是什么话，我不入社花几个钱，不成了大观园的反叛了？还想在这里吃饭不成？明儿一早就到任，下马拜了印，先放下五十两银子给你们慢慢地作会社东道。过后几天——我又不作诗作文，只不过是个俗人罢了——'监察'也罢，不'监察'也罢，有了钱了，你们还撺出我来？"[1]说得众人又都笑起来。

凤姐儿道："过会子我开了楼房，凡有这些东西，都叫人搬出来。你们看，若使得，留着使；若少什么，照你们单子，我叫人替你们买去就是了。画绢，我就裁出来，那图样没有在太太跟前，还在那边珍大爷那里呢。说给你们别碰钉子去。我打发人取了来，一并叫人连绢交给相公们矾去，如何？"李纨点头笑道："这难为你，果然这样还罢了。既如此，咱们家去罢，等着她不送了去，再来闹她。"说着，便带了她姊妹就走。凤姐儿道："这些事再没两个人，都是宝玉生出来的。"[2]李纨听了，忙回身笑道："正是为宝玉来，反忘了他。头一社是他误了。我们脸软，你说该怎么罚他？"凤姐想了一想，说道："没别的法子，只叫他把你们各人屋里的地罚他扫一遍才好。"[3]众人都笑道："这话不差。"

说着，才要回去，只见一个小丫头扶了赖嬷嬷进来。凤姐儿等忙站起来，笑道："大娘坐。"又都向她道喜。赖嬷嬷向炕沿上坐了，笑道："我也喜，主

1. 尽管凤姐对钱很在意，很精明，但她很清楚维护大家庭和谐关系，得到老太太、太太们欢心，使各房姊妹们对自己有好感，更重要得多。故立即表明不当"大观园的反叛"的态度，慷慨地放下五十两银子来，让众人皆大欢喜。这也是凤姐高明之处。

2. 谁在背后怂恿，一猜就中，以前协理宁国府办丧事，不也是由宝玉推荐，贾珍出面才请得她的。他们叔嫂间彼此都有相当的了解。

3. 宝玉何曾扫过地，不过受这样的罚，也未必不乐意。

子们也喜。若不是主子们的恩典，我们这喜从何来？昨儿奶奶又打发彩哥儿赏东西，我孙子在门上朝上磕了头了。"李纨笑道："多早晚上任去？"赖嬷嬷叹道："我哪里管他们，由他们去罢！前儿在家里给我磕头，我没好话，我说：'哥哥儿，你别说你是官儿了，横行霸道的！你今年活了三十岁，虽然是人家的奴才，一落娘胎胞，主子恩典放你出来，上托着主子的洪福，下托着你老子娘，也是公子哥儿似的读书认字，也是丫头、老婆、奶子捧凤凰似的，长了这么大。你哪里知道那'奴才'两字是怎么写？[1] 只知道享福，也不知道你爷爷和你老子受的那苦恼，熬了两三辈子，好容易挣出你这么个东西来。从小儿三灾八难，花的银子也照样打出你这么个银人儿来了。[2] 到二十岁上，又蒙主子的恩典，许你捐个前程在身上。你看那正根正苗的忍饥挨饿的，要多少？你一个奴才秧子，仔细折了福！如今乐了十年，不知怎么弄神弄鬼的，求了主子，又选了出来。州县官儿虽小，事情却大，为那一州的州官，就是那一方的父母。你不安分守己，尽忠报国，孝敬主子，只怕天也不容你！'"

李纨、凤姐儿都笑道："你也多虑。我们看他也就好。先那几年，还进来了两次，这有好几年没来了，年下生日，只见他的名字就罢了。前儿给老太太、太太磕头来，在老太太那院里，见他又穿着新官的服色，倒发的威武了，比先时也胖了。他这一得了官，正该你乐呢，反倒愁起这些来！他不好，还有他父母呢，你只受用你的就完了。闲了坐个轿子进来，和老太太斗一日牌，说一天话儿，谁好意思的委屈了你。家去一般也是楼房厦厅，谁不敬你，自然也是老封君似的了。"

平儿斟上茶来，赖嬷嬷忙站起来接了，笑道："姑娘不管叫哪个孩子倒来罢了，又折受我。"说着，一面吃茶，一面又道："奶奶不知道。这些小孩子们全要管得严，饶这么严，他们还偷空儿闹个乱子来，叫大人操心。知道的说小孩子们淘气；不知道的，人家就说仗着财势欺人，连主子的名声也不好。恨得我没法儿，常把他老子叫来骂一顿，才好些。"因又指宝玉道："我不怕你嫌我，如今老爷不过这么管你一管，老太

1. 借赖嬷嬷孙子从出生得主子恩赐，将他从奴才身份放出，读书享福，如今长大了，还凭主子之力捐得前程，当上了州官，来慨叹世代当奴才所受的痛苦，又勾勒出一幅当时现实社会中新暴发户的画面。

2. 说出话来全是一个世代老嬷嬷叹往昔艰难的口吻。

太护在头里。当日老爷小时，挨你爷爷的打，谁没看见的。¹ 老爷小时，何曾像你这么天不怕地不怕的了。还有那边大老爷，虽然淘气，也没像你这扎窝子①的样儿，也是天天打。还有东府里你珍哥儿的爷爷，那才是火上浇油的性子，说声恼了，什么儿子，竟是审贼！如今我眼里看着，耳朵里听着，那珍大爷管儿子，倒也像当日老祖宗的规矩，只是管的到三不着两②的。他自己也不管一管自己，这些兄弟侄儿怎么怨得不怕他？你心里明白，喜欢我说；不明白，嘴里不好意思，心里不知怎么骂我呢。"

　　正说着，只见赖大家的来了，接着周瑞家的、张材家的都进来回事情。凤姐儿笑道："媳妇来接婆婆来了。"赖大家的笑道："不是接她老人家的，倒是打听打听奶奶、姑娘们赏脸不赏脸。"² 赖嬷嬷听了，笑道："可是我糊涂了，正经说的话且不说，且说'陈谷子、烂芝麻'的混捣熟③。因为我们小子选了出来，众亲友要给他贺喜，少不得家里摆个酒。我想，摆一日酒，请这个也不是，请那个也不是。又想了一想，托主子洪福，想不到的这样荣耀，就倾了家，我也是愿意的。因此吩咐他老子连摆三日：³头一日，在我们破花园子里摆几席酒，一台戏，请老太太、太太们、奶奶、姑娘们去散一日闷；外头大厅上一台戏，摆几席酒，请老爷们、爷们去增增光；第二日再请亲友；第三日再把我们两府里的伴儿请一请。热闹三天，也是托着主子的洪福一场，光辉光辉。"

　　李纨、凤姐儿都笑道："多早晚的日子？我们必去，只怕老太太高兴要去，也定不得。"赖大家的忙道："择了十四的日子，只看我们奶奶的老脸罢了。"凤姐笑道："别人不知道，我是一定去的。先说下，我是没有贺礼的，也不知道放赏，吃完了一走，可别笑话。"⁴ 赖大家的笑道："奶奶说哪里话？奶奶要赏我们，三二万银子就有了。"赖嬷嬷笑道："我才去请老太太，老太太也说去，可算我这脸还好。"说毕，又叮咛了一回，方起身要走，因看见周瑞家的，便想起一事来，⁵ 因说道："可是还有

1. 得意时总倚老卖老教训小辈，恐是其从前管教小孩习惯使然。话匣子一开，便煞不住，作为贾家几辈人生活的见证，说话间又带出许多往事作补笔。

2. 凤姐没猜对，原来是来打听消息的。赖家要办庆宴，事前并不透露。赖嬷嬷来了半日，也未提起，只顾讲别的了。如此叙事变化，为避平板也。写老年人糊涂，一得意，便忘了来贾府所为何事，也合情合理。

3. 谁都知道赖嬷嬷家已成财主，摆三日筵席，何至于便"倾了家"呢？无非要表示盛情厚意而已。

4. 看透赖家为感恩并摆一摆阔而邀，不吃白不吃，去吃是赏人家光，故拿定主意不做蚀本生意，先把话放下。是阿凤说话神理，换不得别人。

5. 又补出一事。原来是周瑞家的想借此机会，来向凤姐求情，放她儿子一马。

---

　① 扎窝子——"扎窝"本指飞鸟归巢，宝玉整天在内帏里混，不思有所作为。
　② 到三不着两——不得要领，不能抓在点子上。
　③ 混捣熟——说滥了的话，即"陈谷子、烂芝麻"之意。

一句话问奶奶：这周嫂子的儿子犯了什么不是，撵了他不用？"凤姐儿听了，笑道："正是，我要告诉你媳妇，事情多，也忘了。赖嫂子回去说给你老头子，两府里不许收留他小子，叫他各人去罢。"

赖大家的只得答应着。周瑞家的忙跪下央求。赖嬷嬷忙道："什么事？说给我评评。"凤姐儿道："前日我的生日，里头还没吃酒，他小子先醉了。老娘那边送了礼来，他不说在外头张罗，倒坐着骂人，礼也不送进来。两个女人进来了，他才带着小幺们往里抬。小幺们倒好，他拿的一盒子倒失了手，撒了一院子馒头。人去了，打发彩明去说他，他倒骂了彩明一顿。<u>这样无法无天的忘八羔子，还不撵了作什么！</u>"¹赖嬷嬷笑道："我当什么事情，原来为这个。奶奶听我说：他有不是，打他骂他，使他改过，撵了去断乎使不得。他又比不得是咱们家的家生子儿，他现是太太的陪房。奶奶只顾撵了他，太太脸上不好看。依我说，奶奶教导他几板子，以戒下次，仍旧留着才是。不看他娘，也看太太。"<u>凤姐儿听说，便向赖大家的说道："既这样，打他四十棍，以后不许他吃酒。"</u>²赖大家的答应了。周瑞家的磕头起来，又要与赖嬷嬷磕头，赖大家的拉着方罢。然后他三人去了，李纨等也就回园中来。

至晚，果然凤姐命人找了许多旧收的画具出来，送至园中。宝钗等选了一回，各色东西，可用的只有一半，将那一半又开了单子，与凤姐儿去照样置买，不必细说。

一日，外面矾了绢，起了稿子进来。<u>宝玉每日便在惜春这里帮忙。</u>³探春、李纨、迎春、宝钗等也多往那里来闲坐，一则观画，二则便于会面。宝钗因见天气凉爽，<u>夜复渐长，</u>⁴遂至母亲房中商议，打点此针线来——<u>日间至贾母处、王夫人处省候两次，不免又承色①陪坐，闲话半时；园中姊妹处也要度时闲话一回，故日间不大得闲——每夜灯下女工，必至三更方寝。</u>⁵

黛玉每岁至春分、秋分之后，必犯嗽疾；今秋又遇贾母高兴，多游玩了两次，未免过劳了神，近日又复

① 承色——看人脸色、顺人心意的侍候。

1. 别以为赖嬷嬷来请赴宴，是求情大好时机，凤姐必碍于情面有所顾忌，这太小看了这位总理荣国府的铁娘子了。试看她当着周瑞家的面，臭骂她儿子，就知其管辖下人之严。不知主奴尊卑有别，不把差事当回事，扰乱大家庭宗法统治的秩序，这就叫"无法无天"，必得重重治他。

2. 雷霆手段。还算给了赖嬷嬷点面子，赖说"教导他几板子"，凤就下令"打他四十棍"，看你还敢不敢再犯！

3. 前宝钗有话，派宝兄弟相帮，遇难好拿去问会画的相公。自忙不暇，又加上一"帮"字，可笑可笑。所谓《春秋》笔法。（庚）

4. 秋凉天气与下写黛玉犯嗽、感伤作诗皆有干系。"复"字妙！补出宝钗每年夜长之事，皆《春秋》字法也。（庚）似求之过深，四季寒暑总是周而"复"始的。

5. 下写宝钗探视黛玉，可见是偷闲而来，愈见难得。灯下秋夕。写针线下"商议"二字，直将寡母训女多少温存活现在纸上。不写阿呆兄，已见阿呆兄终日醉饱优游，怒则叫，喜则跃，家务一概无闻之形景毕露矣。《春秋》笔法。（庚）

嗽起来，觉得比往常又重，所以总不出门，只在自己房中将养。有时闷了，又盼个姊妹来说些闲话排遣；及至宝钗等来望候她，说不得三五句话，又厌烦了。众人都体谅她病中，且素日形体娇弱，禁不得一些委屈，所以她接待不周，礼数粗忽，也都不苛责。

这日，宝钗来望他，因说起这病症来。宝钗道："这里走的几个太医，虽都还好，只是你吃他们的药，总不见效，不如再请一个高明的人来瞧一瞧，治好了岂不好？每年间闹一春夏，又不老，又不小①，成什么？不是个常法。"¹黛玉道："不中用。我知道我这病是不能好的了。²且别说病，只论好的日子我是怎么个形景，就可知了。"宝钗点头道："可正是这话。古人说'食谷者生'②，你素日吃的竟不能添养精神气血，也不是好事。"³黛玉叹道："'死生有命，富贵在天'③，也不是人力可强的。今年比往年反觉又重了些似的。"说话之间，已咳嗽了两三次。

宝钗道："昨儿我看你那药方上，人参、肉桂觉得太多了。虽说益气补神，也不宜太热。依我说，先以平肝健胃为要，肝火一平，不能克土④，胃气无病，饮食就可以养人了。每日早起，拿上等燕窝一两，冰糖五钱，用银铫子⑤熬出粥来，若吃惯了，比药还强，最是滋阴补气的。"⁴黛玉叹道："你素日待人，固然是极好的，然我最是个多心的人，只当你心里藏奸。从前日你说看杂书不好，又劝我那些好话，竟大感激你。往日竟是我错了，实在误到如今。⁵细细算来，我母亲去世得早，又无姊妹兄弟，我长了今年十五岁，⁶竟没一个人像你前日的话教导我。怨不得云丫头说你好，我往日见她赞你，我还不受用，昨儿我亲自经过，才知道了。比如若是你说了那个，我再不轻放过你的；⁷你竟不介意，反劝我那些话，可知我竟自误了。若不是从前日看出来，今日这话，再不对你说。你方才说叫我吃燕窝粥的话，

1. 探病者常多虚礼，以为说些看去精神不错，很快就能康复之类的话，是安慰病者，自认做了好事。其实意思不大，多来了还让病者受累。宝钗全无此套，一上来就直截了当，实话实说，确是难得。

2. 生病最怕自己先失去信心，但情况也确如所言。

3. 入不敷出，如何养生？真金玉之言。

4. 直指处方用药不当，并不容易：一、要自己深通医理，说出个所以然来；二、要不怕担风险，敢于负责任；三、要想出更有效、更妥善的办法来。宝钗一一做到，所说的几句话，就算让极有修养的太医来说，也不过如此。

5. 黛玉可爱之处，非心胸狭隘者可比。一旦看出宝姊姊真心相待，便敢掏心窝子，痛悔从前，承认自己错了。其率直的真性情，令人感动。剖心之语，真不愧"金兰"之喻。

6. 黛玉才十五岁，记清。（庚）

7. 自我解剖能够如此，再无什么可保留的了。

---

① 又不老，又不小——因老幼多在床上睡，黛玉既非老，又非小，故云。
② 食谷者生——我国传统医学认为人食五谷，能养气血，食纳佳者，生命力强。
③ 死生有命，富贵在天——语出《论语·颜渊》。
④ 肝火一平，不能克土——中医理论以五行配五脏，有相生相克之说。肝属木，脾属土。肝火旺，即木盛，则克土，使脾胃病；肝平，则脾胃健，食纳增。
⑤ 铫（diào 吊）子——亦作"吊子"，有柄有嘴的小锅，用以煎熬饮料。

虽然燕窝易得，但只我因身上不好了，每年犯这个病，也没什么要紧的去处。请大夫，熬药，人参、肉桂，已经闹了个天翻地覆，这会子我又兴出新文来，熬什么燕窝粥。老太太、太太、凤姐姐，这三个人便没话说，那些底下的婆子、丫头们，未免不嫌我太多事了。你看这里这些人，因见老太太多疼了宝玉和凤丫头两个，他们尚虎视眈眈，背地里言三语四的，[1] 何况于我！况我又不是他们这里正经主子，原是无依无靠投奔了来的，[2] 他们已经多嫌着我了。如今我还不知进退，何苦叫他们咒我？"

宝钗道："这样说，我也是和你一样。"黛玉道："你如何比我？你又有母亲，又有哥哥；这里又有买卖地土，家里又仍旧有房有地。你不过是亲戚的情分，白住了这里，一应大小事情，又不沾他们一文半个，要走就走了。我是一无所有，吃穿用度，一草一纸，皆是和他们家的姑娘一样，那起小人岂有不多嫌的！"宝钗笑道："将来也不过多费得一副嫁妆罢了，如今也愁不到这里。"[3] 黛玉听了，不觉红了脸，笑道："人家才拿你当个正经人，把心里的烦难告诉你听，你反拿我取笑儿。"宝钗笑道："虽是取笑，却也是真话。你放心，我在这里一日，我与你消遣一日；你有什么委屈烦难，只管告诉我，我能解的，自然替你解一日。我虽有个哥哥，你也是知道的；只有个母亲，比你略强些。咱们也算同病相怜。你也是个明白人，何必作'司马牛之叹'①？[4] 你才说的也是，多一事不如省一事。我明日家去，和妈妈说了，只怕我们家里还有，与你送几两。每日叫丫头们就熬了，又便宜，又不惊师动众的。"[5] 黛玉忙笑道："东西是小，难得你多情如此！"宝钗道："这有什么放在口里的！只愁我人人跟前失于应候罢了。只怕你烦了，我且去了。"黛玉道："晚上再来，和我说句话儿。"宝钗答应着便去了，不在话下。

这里黛玉喝了两口稀粥，仍歪在床上。不想日未落时天就变了，渐渐沥沥下起雨来。秋霖脉脉，阴晴不定，那天渐渐的黄昏，且阴得沉黑，兼着那雨滴竹

1. 能自尊自爱。言语中补出大家庭在表面和乐的背后，彼此攀比妒恨，互不服气的实况。

2. 说来凄凉，难怪作者第三回便拟目称"荣国府收养林黛玉"。

3. 宝钗此一戏，直抵过通部黛玉之戏宝钗矣！又恳切，又真情，又平和，又雅致，又不穿凿，又不牵强。黛玉因识得宝钗后方吐露真情，宝钗亦识得黛玉后方肯戏也。此是大关节、大章法，非细心看不出。细思二人此时好看之极，真是儿女小窗中喁喁也。（庚）评得精彩！此是全书情节发展的重大转折。此后，再也没有黛玉含酸讥诮的事了，初期林薛间的猜疑、避嫌等等，一扫而空。

4. 通部众人必从宝钗之评方定，然宝钗亦必从颦儿之评始可，何妙之至！（庚）所谓定评，应是说黛玉实不必为孤女无靠而发愁，倒应该时时留意保养身体；也是说宝钗为人之好，光有袭人、湘云夸赞还不能算数，必待黛玉也心悦诚服始可。

5. 看似偶然想起，实则必早有打算，难得她如此周到。绛珠称"情情"，生前便因受甘露之惠而誓以一生眼泪相报，此时欲报无由，能不深受感动？

---

①　司马牛之叹——司马牛是孔子的学生，曾因没有兄弟而感叹。见《论语·颜渊》。

梢，更觉凄凉。[1] 知宝钗不能来，[2] 便在灯下随便拿了一本书，却是《乐府杂稿》，有《秋闺怨》《别离怨》等词①。黛玉不觉心有所感，[3] 亦不禁发于章句，遂成《代别离》一首，拟《春江花月夜》之格，乃名其词曰《秋窗风雨夕》②。其词曰：

> 秋花惨淡秋草黄，耿耿秋灯秋夜长。
> 已觉秋窗秋不尽，哪堪风雨助凄凉！
> 助秋风雨来何速！惊破秋窗秋梦绿。
> 抱得秋情不忍眠，自向秋屏移泪烛。
> 泪烛摇摇爇短檠，牵愁照恨动离情。[4]
> 谁家秋院无风入？何处秋窗无雨声？
> 罗衾不奈秋风力，残漏声催秋雨急。
> 连宵脉脉复飕飕，灯前似伴离人泣。[5]
> 寒烟小院转萧条，疏竹虚窗时滴沥。
> 不知风雨几时休，已教泪洒窗纱湿。③

吟罢搁笔，方要安寝，丫鬟报说："宝二爷来了。"[6] 一语未完，只见宝玉头上带着大箬笠④，身上披着蓑衣，黛玉不觉笑了，说："哪里来的渔翁？"[7] 宝玉忙问："今儿好些？吃了药没有？今儿一日吃了多少饭？"[8] 一面说，一面摘了笠，脱了蓑衣，忙一手举起灯来，一手遮住灯光，向黛玉脸上照了一照，觑着眼，细瞧了一瞧，笑道："今儿气色好了些。"

黛玉看脱了蓑衣，里面只穿半旧红绫短袄，系着绿汗巾子，膝上露出绿绸撒花裤子，底下是掐金满绣的绵纱袜子，靸着蝴蝶落花鞋。黛玉问道："上头怕雨，底下这鞋袜子不怕雨的？也倒干净。"宝玉笑道："我这一套是全的。

1. 因悔长久自误，又兼病体难痊，不免情绪低落，风雨黄昏正配合此时心境而写。

2. 多盼望宝钗能再来说说话！

3. 述黛玉作此诗缘由，作者也是暗作谶语的。"心有所感"四字便是故意含混，但绝非说黛玉有此体验而引起感触，因为那是不可能有的。这里虚拟的乐府题，本仿前人旧题，专用以写夫妻离别怨恨的。如王昌龄《闺怨》写少妇独居"悔教夫婿觅封侯"，李白《远别离》写娥皇、女英洒泪斑竹故事。黛玉《咏白海棠》有"秋闺怨女拭啼痕"句，脂评："且不脱落自己。"可知是将来的预兆。后宝玉因变故而离家不归也恰在秋天。

4. 点出"离情"。

5. 再点自己是"离人"。

6. 为暗示诗中远离者即宝玉，故一个刚搁笔，一个就进来了。

7. 这一比甚妙，读下去便知。

8. 关怀备至。一句。（庚）两句。（庚）三句。（庚）

---

① 《乐府杂稿》《秋闺怨》《别离怨》——虚拟的书名和篇名。实际上当是说宋郭茂倩《乐府诗集》一类书及《秋怨》《闺怨》《远别离》一类诗。

② 《代别离》《春江花月夜》《秋窗风雨夕》——代，拟；模仿而作。前人多有在题目上加"拟"或"代"字的仿乐府古题之诗，如鲍照有《代东门行》《拟行路难》等。《春江花月夜》，初唐张若虚的著名歌行，它将景物描写与抒写离相思之情融成一体，多用重字、回环、复叠、蝉联（上句结尾与下句开头用词关联）等句式反复抒情，语言浅显，易于记诵，相当于通俗流行歌曲。黛玉仿此格调而作，故所拟题目《秋窗风雨夕》亦与之成对偶。

③ "秋花惨淡秋草黄"一首——"助凄凉"，庚辰本原同，后改笔作"助秋凉"，当是为增加"秋"这一重字而又能与下句蝉联而改，然作诗不当以词害意，故不从。"秋梦绿"，秋夜梦中所见草木葱茏的春夏景象。程高本作"秋梦续"，"续"与"惊破"抵触，又与下句"不忍眠"矛盾。抱得，怀抱。"秋屏移泪烛"，用唐人杜牧《秋夕》诗"银烛秋光冷画屏"及其《赠别》诗"蜡烛有心还惜别，替人垂泪到天明"意。"移泪烛"，程高本作"挑泪烛"，不妥，灯草才用"挑"，烛芯只用"剪"。爇（ruò若），点燃。檠（qíng情），灯架，蜡烛台。脉脉，通"霡霡"，细雨连绵。

④ 箬笠——斗笠，竹篾编的衬一层箬竹叶的笠帽，防雨用具。

有一双棠木屐，才穿了来，脱在廊檐上了。"黛玉又看那蓑衣斗笠不是寻常市卖的，十分细致轻巧，因说道："是什么草编的？怪道穿上不像那刺猬似的。"宝玉道："这三样都是北静王送的。[1]他闲了下雨时，在家里也是这样。你喜欢这个，我也弄一套来送你。别的都罢了，惟有这斗笠有趣，竟是活的。上头的这顶儿是活的，冬天下雪，戴上帽子，就把竹信子①抽了，去下顶子来，只剩了这圈子。下雪时，男女都戴得，我送你一顶冬天下雪戴。"黛玉笑道："我不要它。戴上那个，成个画儿上画的和戏上扮的渔婆儿了。"及说了出来，方想起话未忖度，与方才说宝玉的话相连，后悔不及，羞得脸飞红，便伏在桌上嗽个不住。[2]

宝玉却不留心，[3]因见案上有诗，遂拿起来看了一遍，又不禁叫好。黛玉听了，忙起来夺在手内，向灯上烧了。宝玉笑道："我已背熟了，烧也无碍。"黛玉道："我也好了些，多谢你一天来几次瞧我，下雨还来。这会子夜深了，我也要歇着，你且请回去，明儿再来。"宝玉听说，回手向怀中掏出一个核桃大小的一个金表来，[4]瞧了一瞧，那针已指到戌末亥初之间，忙又揣了，说道："原该歇了，又扰得你劳了半日神。"说着，披蓑戴笠出去了，又翻身进来，问道："你想什么吃？你告诉我，我明儿一早回老太太，岂不比老婆子们说得明白？"[5]黛玉笑道："等我夜里想着了，明儿早起告诉你。你听，雨越发紧了，快去罢。可有人跟着没有？"有两个婆子答应："有人，外面拿着伞、点着灯笼呢。"黛玉笑道："这个天点灯笼？"宝玉道："不相干，是明瓦②的，不怕雨。"

黛玉听说，回手向书架上把个玻璃绣球灯拿了下来，命点一支小蜡来，递与宝玉，道："这个又比那个亮，正是雨里点的。"宝玉道："我也有这么一个，怕她们失脚滑倒了打破了，所以没点来。"黛玉道："跌了灯值钱，跌了人值钱？你又穿不惯木屐子。[6]那灯笼命她们前头照着。这个又轻巧又亮，原是雨里自己拿着的。你自己手里拿着这个，岂不好？明儿再送来。

---

① 竹信子——也叫"竹芯子"，帽顶中的竹签子。

② 明瓦——用蛎壳加工成薄片，呈半透明状，嵌在灯架上，可挡风避雨，又透光线。

---

1. 好！一提北静王，前宝玉私祭，也借口去北静王家。后来宝玉遭厄，淹留于狱神庙，当有北静王援手，始得经一年后回来。

2. 宝玉此次探望，只为有这句失言而写。妙极之文！使黛玉自己直说出夫妻来，却又云"画的""扮的"。本是闲谈，却是暗隐不吉之兆，所谓"画儿中爱宠"是也。谁曰不然！（庚）总不离宿命！作者对现实世界的深刻悲观主义情绪，竟使此类作谶成了最常用手法，是本书文字上的一大特色。

3. 宝玉心眼大，自然不会留心这些细节。必云"不留心"方好，方是宝玉。若着心又有何文字？且直是一时时猎色之贼矣。（庚）

4. 怀表在当时是舶来品，非与外贸大商有联络的显贵之家不能有。此句"金表"前，原文多出"一个"二字，重复了，今据文理删去。

5. 直与后部宝钗之文遥遥针对。（庚）后部之文已不可得见，难以揣测其如何"针对"。

6. 关心备至。

就失了手也有限的，怎么忽然又变出这'剖腹藏珠'①的脾气来！"宝玉听说，连忙接了过来。前头两个婆子打着伞，提着明瓦灯，后头还有两个小丫鬟打着伞。宝玉便将这个灯递与一个小丫头捧着，宝玉扶着她的肩，一径去了。

就有蘅芜苑的一个婆子，也打着伞，提着灯，送了一大包上等燕窝来，还有一包子洁粉梅片雪花洋糖，[1]说："这比买的强。姑娘说了：'姑娘先吃着，完了再送来。'"黛玉回说："费心。"命她外头坐了吃茶。婆子笑道："不吃茶了，我还有事呢。"黛玉笑道："我也知道你们忙。如今天又凉，夜又长，越发该会个夜局，痛赌两场了。"婆子笑道："不瞒姑娘说，今年我大沾光儿了。横竖每夜各处有几个上夜的人，误了更，也不好，不如会个夜局，又坐了更，又解了闷。今儿又是我的头家，如今园门关了，就该上场了。"[2]黛玉听说，笑道："难为你。误了你发财，冒雨送来。"命人给她几百钱，打些酒吃，避雨气。那婆子笑道："又破费姑娘赏酒吃。"说着，磕了一个头，外面接了钱，打伞去了。

紫鹃收起燕窝，然后移灯下帘，服侍黛玉睡下。黛玉自在枕上感念宝钗，一时又羡她有母兄；一面又想宝玉虽素日和睦，终有嫌疑。[3]又听见窗外竹梢蕉叶之上，雨声渐沥，清寒透幕，不觉又滴下泪来。直到四更将阑，方渐渐地睡了。暂且无话。要知端的，〔下回分解。〕

1. 言而有信，立马兑现。

2. **指夜开赌局。** 几句闲话，将潭潭大宅夜间所有之事描写一尽。虽偌大一园，且值秋冬之夜，岂不寥落哉？今用老妪数语，更写得每夜深人定之后，各处灯光灿烂，人烟簇集，柳陌之上，花巷之中，或提灯同酒，或寒月烹茶者，竟仍有络绎人迹不绝，不但不见寥落，且觉更胜于日间繁华矣。此是大宅妙景，不可不写出；又伏下后文，且又衬出后文之冷落。此闲话中写出，正是不写之写也。脂砚斋评。（庚）

3. **原本心中只有宝玉一人，现在又多了个宝钗。**

---

## 【总评】

众姊妹到凤姐处，与她谈两件事：一是诗社要凤姐做"监社御史"；一是惜春画园子，东西不齐全。凤姐一听就明白，是向她这个总管财物的人伸手来了。有贾母之命，她当然不会拒绝，但还是说了两车打细算盘的话。李纨提起昨日平儿挨打，要替她"打抱不平"，凤姐当众赔不是，是对上一回的回应。

赖嬷嬷为其"奴才秧子"的孙子得以升州官，要摆酒，来请主子们赏光，此是插曲。她教孙辈别忘了起家不易，有句话颇受评说者注意："你哪里知道那'奴才'两字是怎么写！"

宝钗探望黛玉，一来就直接对其病症和疗效提出自己不同于太医的看法，没有半句虚语客套。因为对医理知识有充分的自信，所以也不怕代太医出主意："依我说，先以平肝健胃为要，肝火一平，不能克土，胃气无病，饮食就可以养人了。"这才说到吃燕窝。总是尽量把自己提

---

①　剖腹藏珠——喻只重物不重身。见《资治通鉴·唐太宗贞观元年》。

出的建议的道理说透。这实在比礼节性地探望病人，讲几句宽慰病人的好话，真诚多了。

黛玉是个聪明人，对自己病情的深浅也心里有数，只是在疾病外，精神上也还有压力，总觉得自己孤苦伶仃，是无依无靠来投奔贾府的。平时什么用度都得花人家的，因贾母宠爱，已被一些人嫉恨，现在怎么可以为养病再出新花样要吃燕窝呢？黛玉自尊心很强，不愿讨嫌，不愿背地里被人说不知进退。宝钗听了黛玉的倾诉，有的放矢地将她的顾虑一一消除，说是"你放心，我在这里一日，我与你消遣一日；你有什么委屈烦难，只管告诉我，我能解的，自然替你解一日"。这是真诚的许诺，她是这么说的，也是这么做的。就连燕窝的来源，也为她妥善解决了：将家里有的送来，以免惊师动众。这样真诚相待的态度，能不教黛玉感动吗？宝钗是个封建时代的淑女，没有叛逆性，受传统的伦理道德影响很深，但在她身上同样可以找出许多优点来。

在这次"互剖金兰语"的情节中，黛玉的自省自责态度，也同样让我们感动："我最是个多心的人，只当你心里藏奸……往日竟是我错了，实在误到如今。"如此坦诚、直率、勇敢地向宝钗承认自己的错误，真是太难得、太令人钦佩了！她的心地竟像水晶般的透明、洁净。这就是黛玉特别可爱可敬之处。

从此，钗黛间的矛盾基本上消除了。这恰好证明作者无意将她俩描写成情敌的关系，虽则在此之前，多心的黛玉常有一些猜疑，言语间时时流露出醋意。同时，她们之间真诚友谊的建立，使造成黛玉悲剧另有原因，显得更可信了。

黛玉作《秋窗风雨夕》诗，已没有《葬花吟》中那种抑塞不平之气和傲世态度，而显得更加苦闷、颓伤。病魔缠身和对昔日因多心而招致烦恼的深自悔恨，使她加重了精神负担，是她消沉的原因。

《秋闺怨》《别离怨》或《代别离》这类题目，在乐府中从来都有特定的内容，只写男女别离的愁怨，并不写背乡离亲、寄人篱下的内容。何况，此时黛玉双亲都已过世，家中别无亲人，诗中"别离""离情""离人"等语是用不上的。所以，"黛玉不觉心有所感"，感的只能是对未来命运的隐约预感。而这一预感倒恰恰被后半部佚稿中宝玉获罪、拘留于狱神庙不归，因而与黛玉生离死别的情节所证实。黛玉刚写完诗搁下笔，宝玉就进来了。黛玉先说宝玉打扮得像渔翁，接着说漏了嘴，又把自己比作"画儿上画的和戏上扮的渔婆"，因而羞红了脸。对此，用心极细的脂评揭示作者这样写的用意说："妙极之文！使黛玉自己直说出夫妻来，却又云'画的''扮的'。本是闲谈，却是暗隐不吉之兆，所谓'画儿中爱宠'是也。谁曰不然！"可知作者的宿命观念根深蒂固，并不只是警幻册子判词、红楼梦曲及"制灯谜贾政悲谶语"回才有。

# 第四十六回

## 尴尬人难免尴尬事　鸳鸯女誓绝鸳鸯偶

【题解】

本回回目诸本基本一致，唯蒙府、戚序、卞藏本"鸳鸯偶"作"鸳鸯侣"。此据庚辰本。"尴尬人"指邢夫人，她要为丈夫贾赦去讨贾母房里的鸳鸯来做小老婆，其媳妇王熙凤以为此事难行得通，徒惹贾母生气，故称"尴尬事"。果然，鸳鸯知道后，发誓不去贾赦房里，强硬地拒绝了这次一厢情愿的说媒。故这段情节又常称"鸳鸯抗婚"。"鸳鸯偶"，喻男女作成配偶。有回前脂评曰：此回亦有本而笔，非泛泛之笔也。只看他题纲用"尴尬"二字于邢夫人，可知包藏含蓄文字之中莫能量也。（庚）指出此回情节应有真事为素材。

　　话说林黛玉直到四更将阑，方渐渐地睡去，暂且无话。

　　如今且说凤姐儿因见邢夫人叫她，不知何事，忙另穿戴了一番，坐车过来。邢夫人将房内人遣出，悄向凤姐儿道："叫你来不为别的，有一件为难的事，<u>老爷托我，我不得主意，先和你商议。</u>[1]老爷因看上了老太太的鸳鸯，要她在房里，叫我和老太太讨去。我想这倒是平常有的事，只是怕老太太不给，你可有法子？"凤姐儿听了，忙道："<u>依我说，竟别碰这个钉子去。老太太离了鸳鸯，饭也吃不下去的，哪里就舍得了？</u>[2]况且平日说起闲话来，老太太常说，老爷如今上了年纪，作什么左一个小老婆右一个小老婆放在屋里？没的耽误了人家。放着身子不保养，官儿也不好生作去，成日家和小老婆喝酒。太太听这话，很喜欢老爷么？<u>这会子回避还恐回避不及，反倒拿草棍儿戳老虎的鼻子眼儿去了！</u>[3]太太别恼，我是不敢去的。明放着不中用，而且反招出没意思来。<u>老爷如今上了年纪，行事不妥，太太该劝才是，</u>[4]比不得年轻，作这些事无碍。如今兄弟、侄儿、儿子、孙子一大群，还这么闹起来，怎么见人呢？"邢夫人冷笑道："<u>大家子三房四妾的也多，偏咱们</u>

1. 怕是主意已定，来拉凤姐儿做帮手的。

2. 聪明人第一感觉判断正确无误。

3. 道理再明白不过，说得也足够生动，怎奈婆婆固执己见，听不进去。

4. 若能劝夫自重，也不会做尴尬事了。

就使不得？我劝了也未必依。就是老太太心爱的丫头，这么胡子苍白了又作了官的一个大儿子，要了作房里人，也未必好驳回的。¹ 我叫了你来，不过商议商议，你先派上了一篇不是。也有叫你要去的理？自然是我说去。² 你倒说我不劝，你还不知道那性子的？劝不成，先和我恼了。"

　　凤姐儿知道邢夫人禀性愚弱①，只知承顺贾赦以自保，³ 次则婪聚财货为自得，家下一应大小事务俱由贾赦摆布；凡出入银钱事务，一经她手，便克啬异常，以贾赦浪费为名，"须得我就中俭省，方可偿补"；儿女奴仆，一人不靠，一言不听的。如今又听邢夫人如此的话，便知她又弄左性，劝了也不中用，连忙陪笑说道："太太这话说得极是。⁴ 我能活了多大，知道什么轻重。想来父母跟前，别说一个丫头，就是那么大的一个活宝贝，不给老爷给谁？⁵ 背地里的话，哪里信得？我竟是个呆子。琏二爷或有日得了不是，老爷、太太恨得那样，恨不得立刻拿来一下子打死；及至见了面，也罢了，依旧拿着老爷、太太心爱的东西赏他。如今老太太待老爷，自然也是那样了。依我说，老太太今儿喜欢，要讨，今儿就讨去。⁶ 我先过去哄着老太太发笑，等太太过去了，我搭讪着走开，把屋子里的人我也带开，太太好和老太太说的。给了更好，不给也没妨碍，众人也不得知道。"

　　邢夫人见她这般说，便又喜欢起来，⁷ 又告诉她道："我的主意，先不和老太太说。老太太说不给，这事便死了。我心里想着：先悄悄地和鸳鸯说，她虽害臊，我细细地告诉了她，她自然不言语，就妥了。那时再和老太太说，老太太虽不依，搁不住她愿意，常言'人去不中留'，自然这就妥了。"凤姐儿笑道："到底是太太有智谋，这是千妥万妥的。⁸ 别说是鸳鸯，凭她是谁，哪一个不想巴高望上、不想出头的？这半个主子不做，倒愿意做个丫头？将来配个小子，就完了。"邢夫人笑道："正是这个话了。别说鸳鸯，就是那些执事的大丫头，谁不愿意这样呢？你先过去，别露一点风声，我吃了晚饭就过来。"

1. 越说得仿佛有理，越见其愚不可及。

2. 有这句话，凤姐心里一块石头落了地。

3. "禀性愚弱"四字定评。且看凤姐如何转舵。

4. 当机立断，顷刻变脸。

5. 只顺着婆婆说过的话说，且更加码。

6. 够坏的，急着想看看执拗的婆婆如何碰钉子，如何拿草棍儿戳老虎鼻子眼儿。

7. 可笑。

8. 居然听不出真话假话，看不出赞同嘲弄，真笨到家了！

---

① 愚弱——愚蠢执拗。庚辰本作"愚僵"，"僵"即"弱"字，故下文说她"弄左性，劝了也不中用"。列藏本作"愚强"，义应同；蒙府本、戚序本作"愚拙"，当为后人所改；甲辰本、程高本作"愚弱"，更非原意。

凤姐儿暗想："鸳鸯素日是个可恶的①，虽如此说，保不严她就愿意。我先过去了，太太后过去，若她依了，便没话说；倘或不依，太太是多疑的人，只怕就疑我走了风声，使她拿腔作势的。那时太太又见应了我的话，羞恼变成怒，拿我出起气来，倒没意思。<u>不如同着一齐过去了，她依也罢，不依也罢，就疑不到我身上了。</u>¹想毕，因笑道："方才临来，舅母那边送了两笼子鹌鹑，我吩咐他们炸了，原要赶太太晚饭上送过来的。我才进大门时，见小子们抬车，说太太的车拔了缝，拿去收拾去了。不如这会子坐了我的车，一齐过去倒好。"邢夫人听了，便命人来换衣服。凤姐忙着服侍了一回，娘儿两个坐车过来。凤姐儿又说道："太太过老太太那里去，我若跟了去，老太太若问起我过来作什么的，倒不好。不如太太先去，我脱了衣裳再来。"

邢夫人听了有理，便自往贾母处来，和贾母说了一回闲话，便出来，假托往王夫人房里去，从后房门出去，打鸳鸯的卧房门前过。只见鸳鸯正坐在那里做针线，见了邢夫人，忙站起来。邢夫人笑道："做什么呢？我瞧瞧，你扎的花儿越发好了。"一面说，一面便进来接她手内的针线瞧了一瞧，只管赞好。放下针线，又浑身打量。<u>只见她穿着半新的藕合色的绫袄，青缎掐牙背心，下面水绿裙子。蜂腰削肩，鸭蛋脸面，乌油头发，高高的鼻子，两边腮上微微的几点雀斑。</u>²

鸳鸯见这般看她，自己倒不好意思起来，心里便觉诧异，因笑问道："太太，这会子不早不晚的，过来做什么？"邢夫人使个眼色儿，跟的人退出。邢夫人便坐下，拉着鸳鸯的手，笑道："我特来给你道喜来了。"鸳鸯听了，<u>心中已猜着三分，不觉红了脸，</u>³低了头，不发一言。听邢夫人道："你知道，你老爷跟前竟没有个可靠的人，⁴心里再要买一个，又怕那些人牙子②家出来的，不干不净，也不知道毛病儿，买了来家，三日两日又猴鬼吊猴的。因满府里要挑一个家生女儿收

1. 无此心机，还是凤姐吗？

2. 庸笔写人物，必在初次出场时形容一番，犹戏台上角色之亮相。作者偏不用此套，全视人物在情节进展中之需要而定，鸳鸯已出场多次，几成熟人，却到此时方细写其着装、姿容，此种艺术经验，大可借鉴。

3. 机灵人何须多言，一听便猜着了。

4. 老爷有无可靠的人，与我什么相干？脂评则所见不同：说得得体。我正想，开口一句不知如何说，如此则妙极是极，如闻如见。（庚）

---

① 可恶的——这里是捉摸不透的意思。
② 人牙子——人贩子。牙子，买卖经纪人。

了，又没个好的：不是模样儿不好，就是性子不好，有了这个好处，没了那个好处。因此冷眼选了半年，这些女孩子里头，就只你是个尖儿，[1] 模样儿，行事做人，温柔可靠，一概是齐全的。意思要和老太太讨了你去，收在屋里。你比不得外头新买的，你这一进去了，进门就开了脸，就封你姨娘，又体面，又尊贵。你又是个要强的人。俗语说的，‘金子终得金子换’，谁知竟被老爷看中了你。如今这一来，你可遂了素日心高志大的愿了，[2] 也堵一堵那些嫌你的人的嘴。跟了我回老太太去！”说着，拉了她的手就要走。

1. 还用得着你说。

2. 古时，陈涉叹曰：“燕雀安知鸿鹄之志哉！”鸳鸯固非鸿鹄，其志亦不大，又岂以做老爷小妾、受封姨娘为荣哉！

　　鸳鸯红了脸，夺手不行。邢夫人知她害臊，便又说道：“这有什么臊处？你又不用说话，只跟着我就是了。”鸳鸯只低了头不动身。邢夫人见她这般，便又说道：“难道你不愿意不成？若果然不愿意，可真是个傻丫头了。[3] 放着主子奶奶不作，倒愿意作丫头？三年二年，不过配上个小子，还是奴才。你跟了我们去，你知道我的性子又好，又不是那不容人的人。老爷待你们又好。过一年半载，生下个一男半女，你就和我并肩了。家里的人，你要使唤谁，谁还不动？现成主子不做去，[4] 错过这个机会，后悔就迟了。”鸳鸯只管低了头，仍是不语。邢夫人又道：“你这么个响快人，怎么又这样积粘①起来？有什么不称心之处，只管说与我，我管保你遂心如意就是了。”鸳鸯仍不语。[5] 邢夫人又笑道：“想必你有老子娘，你自己不肯说话，怕臊。你等他们问你，这也是理。[6] 让我问他们去，叫他们来问你，有话只管告诉他们。”说毕，便往凤姐儿房中来。

3. 不知究竟谁傻？

4. 这样的主子不做也罢。

5. 鸳鸯哪里是特别害臊的人，一再不语，只不过是不想冲撞大太太。

6. 一根筋，转不过弯儿来，总是说一厢情愿的话。

　　凤姐儿早换了衣服，因房内无人，便将此话告诉了平儿。平儿也摇头笑道：“据我看，此事未必妥。平常我们背着人说起话来，听她那主意未必是肯的。也只说着瞧罢了。”凤姐儿道：“太太必来这屋里商议。依了还可，若不依，白讨个臊，当着你们，岂不脸上不好看。你说给她们炸些鹌鹑，再有什么配几样，预备吃饭。你且别处逛逛去，估量着去了，再来。”[7] 平儿听说，照样传给婆子们，便逍遥自在地往

7. 想得周到。平儿出去逛，才有机会在园子里遇见鸳鸯向她和袭人一诉曲衷。

────────

① 积粘——即“滞粘”，不干脆。

园子里来。

　　这里鸳鸯见邢夫人去了，必在凤姐儿房里商议去了，必定有人来问她的，不如躲了这里。[1] 因找了琥珀说道："老太太要问我，只说我病了，没吃早饭，往园子里逛逛就来。"琥珀答应了。鸳鸯也往园子里来，各处游玩，不想正遇见平儿。平儿因见无人，便笑道："新姨娘来了！"[2] 鸳鸯听了，便红了脸，说道："怪道你们串通一气来算计我！等着我和你主子闹去就是了。"平儿听了，自悔失言，便拉她到枫树底下，[3] 坐在一块石上，索性把方才凤姐过去回来所有的形景言词，始末原由，告诉与她。鸳鸯红了脸，向平儿冷笑道："这是咱们好，比如袭人、琥珀、素云、紫鹃、彩霞、玉钏儿、麝月、翠墨，跟了史姑娘去的翠缕，死了的可人和金钏，去了的茜雪，连上你我，[4] 这十来个人，从小儿什么话儿不说？什么事儿不作？这如今都大了，各自干各自的去了，[5] 然我心里仍是照旧，有话有事，并不瞒你们。这话我先放在你心里，且别和二奶奶说：别说大老爷要我做小老婆，就是太太这会子死了，他三媒六聘地娶我去做大老婆，我也不能去。"[6]

　　平儿方欲笑答，只听山石背后哈哈地笑道："好个没脸的丫头，亏你不怕牙碜①。"二人听了，不免吃了一惊，忙起身向山石背后找寻，不是别人，却是袭人笑着走了出来，问："什么事情？告诉我。"说着，三人坐在石上。平儿又把方才的话说与袭人听，袭人道："真真这话，论理不该我们说，这个大老爷也太好色了，[7] 略平头正脸的，他就不放手了。"平儿道："你既不愿意，我教你个法子，不用费事就完了。"[8] 鸳鸯道："什么法子？你说来我听。"平儿笑道："你只和老太太说，就说已经给了琏二爷了，大老爷就不好要了。"[9] 鸳鸯啐道："什么东西！你还说呢！前儿你主子不是这么混说的？谁知应到今儿了！"[10] 袭人笑道："他们两个都不愿

1. 终不免女儿气，不知躲在哪里方无人来罗皂，写得可怜可爱。（庚）

2. 虽是打趣，却出于两人素日要好，无话不谈，故脱口而出，非存心要讥刺挖苦也。

3. 随笔带出妙景。正愁园中草木黄落，不想看此一句，便恍如置身于千霞万锦、绛雪红霜之中矣。（庚）稍嫌夸张。

4. 余按此一算，亦是十二钗。真镜中花，水中月，云中豹，林中之鸟，穴中之鼠，无数可考，无人可指，有迹可追，有形可据，九曲八折，远响近影，迷离烟灼，纵横隐现，千奇百怪，眩目移神，现千手千眼大游戏法也。脂砚斋。（庚）稍嫌夸张。

5. 说来不免有几分悲凉。此语已可伤，犹未各自干各自去，日后更有各自之处也，知之乎？（庚）

6. 有志气！可知也有丫头不慕虚荣，不稀罕当奶奶的。能不受制于人，活得快乐自在，比什么都重要。或以为鸳鸯只是感主子知遇之恩，决心矢忠于贾母，以封建道德来解说，未必是真正理解她。

7. 一语道破。

8. 读来一喜，都想听听是什么好法子。

9. 原来只是一句玩笑话，也只有知心好友才肯这么说。

10. 所谓"混说""应到今儿"，指的是前螃蟹宴上，鸳鸯取笑凤姐，凤姐回说："你和我少作怪，你知道你琏二爷爱上你了，要和老太太讨了你作小老婆呢！"行文前后一一呼应如此。

―――――――――――

①　牙碜（chen）——令人肉麻，受不了。原意谓食物中夹砂石，嚼起来硌牙，皮肤为之起栗。

意，我就和老太太说，叫老太太说把你已经许了宝玉了，大老爷也就死了心了。"<sup>1</sup>鸳鸯又是气，又是臊，又是急，因骂道："两个蹄子不得好死的！人家有为难的事，拿着你们当正经人，告诉你们，与我排解排解，你们倒替换着取笑儿。你们自为都有了结果了，将来都是做姨娘的。据我看，天下的事，未必都遂心如意。你们且收着些儿，别忒乐过了头儿！"<sup>2</sup>

二人见她急了，忙陪笑央告道："好姐姐，别多心，咱们从小儿都是亲姊妹一般，不讨无人处偶然取个笑儿。<sup>3</sup>你的主意告诉我们知道，也好放心。"鸳鸯道："什么主意！我只不去就完了。"平儿摇头道："你不去，未必得干休。大老爷的性子，你是知道的。虽然你是老太太房里的人，此刻不敢把你怎么样，将来难道你跟老太太一辈子不成？也要出去的。那时落了他的手，倒不好了。"鸳鸯冷笑道："老太太在一日，我一日不离这里，若是老太太归西去了，他横竖还有三年的孝呢，没个娘才死了，他先收小老婆的！等过了三年，知道又是怎么个光景？那时再说。纵到了至急为难，我剪了头发作姑子去；不然，还有一死。一辈子不嫁男人，又怎么样？乐得干净呢！<sup>①</sup>"<sup>4</sup>平儿、袭人笑道："真个这蹄子没了脸，越发信口儿都说出来了。"鸳鸯道："事到如此，臊一回子怎么样？你们不信，慢慢地看着就是了。太太才说了，找我老子娘去。我看她南京找去！"平儿道："你的父母都在南京看房子，没上来，终究也寻得着。现在还有你哥哥、嫂子在这里。可惜你是这里的家生女儿，不如我们两个人是单在这里。"鸳鸯道："家生女儿怎么样？'牛不吃水强按头'？我不愿意，难道杀我的老子娘不成！"

正说着，只见她嫂子从那边走来。<sup>5</sup>袭人道："当时找不着你的爹娘，一定和你嫂子说了。"鸳鸯道："这个娼妇，专管是个'九国贩骆驼的<sup>②</sup>'，听了这话，她有个不奉承去的！"说话之间，已来到跟前。她嫂子笑道：

1. 袭人也来这么一下子，但也非言出无因，第二十四回鸳鸯来到怡红院，宝玉曾要吃她嘴上的胭脂，被鸳鸯叫袭人"出来瞧瞧"才罢。这些事女儿们大概都会记住。

2. 随口回敬袭人的话，谁料又成谶语，不幸言中。

3. 干净了结取笑，言归正传。

4. 真情表白已清楚说出作者原构思中鸳鸯的结局，正是她名字的反义："一辈子不嫁男人"。绝非落到了贾赦手里。事情是明摆着的：一、享福人贾母归西何时，说不准；二、再加三年守孝，更不知到何时了；三、那时光景早已大变，贾赦先获罪"致使锁枷杠"了（见首回脂评）；四、出路也想过了，首先是"那时再说"，万一遇急难，还可做尼姑。至于说"不然，还有一死"，实在只不过是一句表示"不从"的口头常语，连袭人也说过。第三十六回宝玉说她将要离去，就"没意思"，袭人反驳说："有什么没意思，难道做了强盗贼，我也跟着罢？再不然，还有一个死呢。人活百岁，横竖要死，这一口气不在，听不见看不见就罢了。"你看，说得比鸳鸯还狠呢。可知"殉主"之想，鸳鸯从未有过。

5. 说到曹操，曹操就到。

---

① 一辈子不嫁男人，又怎么样？乐得干净呢——鸳鸯结局实即如此。小说中人名，有些是取其反义的，如贾赦后"致使锁枷杠"，实是"不赦"；晴雯的遭遇恰恰是"乌云浊雾"；鸳鸯亦如此，她偏偏不是双栖而是独宿。参见拙著《论红楼梦佚稿》中《鸳鸯没有死》。戚序本回末有评："鸳鸯女从热闹中别具一幅肠胃，不轻许人一事，是宦途中药石仙方。"批书人从鸳鸯不轻许人，联想到官场上也只有如此方可保全自己；则其所了解到佚稿中的鸳鸯，必不悬梁"殉主"，所以才比之为"药石仙方"。

② 九国贩骆驼的——喻好管闲事、到处招揽钻营的人。甲辰、程高本"九国"作"六国"。

"哪里没找到，姑娘跑了这里来！你跟了我来，我和你说话。"平儿、袭人都忙让坐。他嫂子说："姑娘们请坐，我找我们姑娘说句话。"袭人、平儿都装不知道，笑道："什么这样忙？我们这里猜谜儿，赢手批子打呢，等猜了这个再去。"鸳鸯道："什么话？你说罢。"她嫂子笑道："你跟我来，到那里我告诉你，横竖有好话儿。"鸳鸯道："可是大太太和你说的那话？"[1] 他嫂子笑道："姑娘既知道，还奈何我！快来，我细细地告诉你，可是天大的喜事！"

　　鸳鸯听说，立起身来，照她嫂子脸上下死劲啐了一口，指着她骂道：[2] "你快夹着屄嘴离了这里，好多着呢！什么'好话'！宋徽宗的鹰，赵子昂的马，都是好画儿。什么'喜事'！状元痘儿灌的浆又满是喜事①。怪道成日家羡慕人家女儿做了小老婆，一家子都仗着她横行霸道的，一家子都成了小老婆了！看得眼热了，也把我送在火坑里去。我若得脸呢，你们在外头横行霸道，自己就封自己是舅爷了；我若不得脸，败了时，你们把忘八脖子一缩，生死由我去！"[3] 一面骂，一面哭，平儿、袭人拦着劝。她嫂子脸上下不来，因说道："愿意不愿意你也好说，不犯着牵三挂四的。俗语说，'当着矮人，别说短话'。姑奶奶骂我，我不敢还言；这二位姑娘并没惹着你，'小老婆'长，'小老婆'短，人家脸上怎么过得去？"[4] 袭人、平儿忙道："你倒别这么说，她也并不是说我们，你倒别牵三挂四的。你听见哪位太太、太爷们封我们做小老婆？况且我们两个也没有爹娘、哥哥、兄弟在这门子里仗着我们横行霸道的。她骂的人自有她骂的，我们犯不着多心。"鸳鸯道："她见我骂了她，她臊了，没得盖脸，又拿话挑唆你们两个。幸亏你们两个明白，原是我急了，也没分别出来，她就挑出这个空儿来。"她嫂子自觉没趣，赌气去了。

　　鸳鸯气得还骂，平儿、袭人劝她一回，方罢了。平儿因问袭人道："你在那里藏着做什么的？我们竟没看见你。"袭人道："我因为往四姑娘房里瞧我们宝二

1. 问得好，不说也知道。

2. 收起和颜悦色，顷刻变成一头护崽发怒的母狮，恨不得一口咬住嫂子喉咙，将她撕个粉碎。

3. 泼辣尖刻，痛快淋漓！

4. 小人伎俩，见处于劣势，便施挑拨。

---

① 状元痘儿灌的浆又满是喜事——状元痘即天花痘疹，疹发出灌浆饱满，可转危为安，故曰"喜事"，亦对其嫂所言的嘲讽。

爷去的，¹谁知迟了一步，说是来家里来了。我疑惑怎么不遇见呢，想要往林姑娘家里找去，又遇见她的人说也没去。我这里正疑惑是出园子去了，可巧你从那里来了，我一闪，你也没看见。后来她又来了。我从这树后头走到山子石后，我却见你两个说话来了，谁知你们四个眼睛没见我。"

一语未了，又听身后笑道："四个眼睛没见你？你们六个眼睛竟没见我！"三人吓了一跳，回身一看，不是别个，正是宝玉走来。²袭人先笑道："叫我好找，你哪里来？"宝玉笑道："我从四妹妹那里出来，迎头看见你来了，我就知道是找我去的，我就藏了起来哄你。看你低着头过去了，进了院子又出来了，逢人就问。我在那里好笑，只等你到了跟前，吓你一跳的，后来见你也藏藏躲躲的，我就知道也是要哄人了。我探头往前看了一看，却是她两个，所以我就绕到你身后。你出去，我就躲在你躲的那里了。"平儿笑道："咱们再往后找找去，只怕还找出两个人来，也未可知。"³宝玉笑道："这可再没有了。"鸳鸯已知话俱被宝玉听了，只伏在石头上装睡。宝玉推她笑道："这石头上冷，咱们回房里去睡，岂不好？"说着，拉起鸳鸯来，又忙让平儿来家吃茶。平儿和袭人都劝鸳鸯走，鸳鸯方立起身来，四人竟往怡红院来。宝玉将方才的话俱已听见，此时心中自然不快，⁴只默默地歪在床上，任她三人在外间说笑。

外边邢夫人因问凤姐儿鸳鸯的父母，凤姐因说："她爹的名字叫金彩，⁵两口子都在南京看房子，从不大上京。她哥哥金文翔，⁶现在是老太太那边的买办。她嫂子也是老太太那边浆洗上的头儿。"⁷邢夫人便命人叫了她嫂子金文翔媳妇来，细细说与她。金家媳妇自是喜欢，兴兴头头去找鸳鸯，指望一说必妥，不想被鸳鸯抢白一顿，又被袭人、平儿说了几句，羞恼回来，便对邢夫人说："不中用，她倒骂了我一场。"因凤姐儿在旁，不敢提平儿，只说："袭人也帮着她抢白我，说了许多不知好歹的话，回不得主子的。太太和老爷商议再买罢。谅那小蹄子也没有这么大福，我们也没有这么大造化。"邢夫人听了，因说道："又与袭人什么相干？她们如何知道的？"又问："还有谁在跟

1. 先提宝二爷，不使下文突兀。

2. 通部情案，皆必从石兄挂号，然各有各稿，穿插神妙。（庚）作者假托小说为石头所记自身经历的故事，而石头即宝玉脖子上挂的通灵玉，所以非关宝玉的"情案"，也总是"穿插"着宝玉出场。

3. 有人窥听，反而不知，无人时，却要找；写此种心理，令凑巧之事不露穿凿痕迹。

4. 闻女儿出嫁必不快，何况是大老爷想占鸳鸯。

5. 姓金名彩，由"鸳鸯"二字化出，因文而生文也。（庚）

6. 更妙。（庚）

7. 只鸳鸯一家，写得荣府中人各有各职，如目已睹。（庚）

前？"金家的道："还有平姑娘。"凤姐儿忙道：<u>"你不该拿嘴巴子打她回来？我一出了门，她就逛去了，回家来连一个影儿也摸不着她！她必定也帮着说什么来！"</u>[1]金家的道："平姑娘没在跟前，远远地看着倒像是她，可也不真切，不过是我白忙度。"[2]凤姐便命人："去快找了她来，告诉她我来家了，太太也在这里，请她来帮个忙儿。"丰儿忙上来回道："林姑娘打发了人下请字，请了三四次。她才去了。奶奶一进门，我就叫她去的。林姑娘说：'告诉你奶奶，我烦她有事呢。'"凤姐儿听了，方罢，<u>故意地还说："天天烦她，有些什么事！"</u>[3]

　　邢夫人无计，吃了饭回家，晚间告诉了贾赦。贾赦想了一想，即刻叫贾琏来，说："南京的房子还有人看着，不止一家，即刻叫上金彩来。"贾琏回道：<u>"上次南京信来，金彩已经得了痰迷心窍，那边连棺材银子都赏了，不知如今是死是活，便是活着，人事不知，叫来也无用。他老婆子又是个聋子。"</u>[4]贾赦听了，喝了一声，又骂："下流囚攮的！偏你这么知道，还不离了我这里！"唬得贾琏退出，一时又叫传金文翔。贾琏在外书房伺候着，又不敢家去，又不敢见他父亲，只得听着。一时金文翔来了，小幺儿们直带入二门里去，隔了五六顿饭的工夫，才出来去了。贾琏暂且不敢打听，隔了一会，又打听贾赦睡了，方才过来。至晚间，凤姐儿告诉他，方才明白。

　　鸳鸯一夜没睡，至次日，<u>她哥哥回贾母，接她家去逛逛，贾母允了，命她出去。鸳鸯意欲不去，又怕贾母疑心，只得勉强出来。</u>[5]她哥哥只得将贾赦的话说与她，又许她怎么体面，又怎么当家作姨娘。鸳鸯只咬定牙不愿意。她哥哥无法，少不得去回复了贾赦。贾赦怒起来，因说道："我这话告诉你，叫你女人向她说去，就说我的话：<u>'自古嫦娥爱少年'，她必定嫌我老了，大约她恋着少爷们，多半是看上了宝玉，只怕也有贾琏。若有此心，叫她早早歇了，我要她不来，以后谁还敢收？此是一件。第二件，想着老太太疼她，将来自然往外聘作正头夫妻去。叫她细想，凭她嫁到谁家，也难出我的手心。除非她死了，或是终身不嫁男人，我就服了她！</u>[6]若不然时，叫她趁早回心转意，

1. 是说给邢夫人听的。末一句问，细加玩味，令金家的感到有威胁。

2. 为挽回失言，竟不敢说实话，凤姐威势可见。

3. 丰儿的回话，想是凤姐不愿让平儿卷入其中而教的，从说话用"故意"二字，看出其心机来。

4. 贾赦蛮横，不达目的不罢休，欲找来其父母相逼。幸好一个病危，一个聋子，才干净地断了这念头。

5. 办法尚未想周全，不欲先惊动贾母。

6. 惹怒了贾赦，放下重话来。无奈人算不如天算。以为女人离了男人便不能活，也是好色大老爷的想头。

有多少好处。"贾赦说一句，金文翔应一声"是"。贾赦道："你别哄我，我明儿还打发你太太过去问鸳鸯，你们说了，她不依，便没你们的不是，若问她，她再依了，仔细你的脑袋！"

金文翔忙应了又应，退出回家，也等不得告诉他女人转说，竟自己对面说了这话。把个鸳鸯气得无话可回，想了一想，便说道："我便愿意去，也须得你们带了我回声老太太去。"[1] 她哥嫂听了，只当回想过来，都喜之不尽。她嫂子即刻带了她上来见贾母。

1. 这一想，主意已定。

可巧王夫人、薛姨妈、李纨、凤姐儿、宝钗等姊妹并外头的几个执事有头脸的媳妇，都在贾母跟前凑趣儿呢。鸳鸯喜之不尽，[2] 拉了她嫂子，到贾母跟前跪下，一行哭，一行说，把邢夫人怎么来说，园子里她嫂子又如何说，今儿她哥哥又如何说，"因为不依，方才大老爷索性说我恋着宝玉，不然要等着往外聘，凭我到天上，这一辈子也跳不出他的手心去，终究要报仇。我是横了心的，当着众人在这里，我这一辈子别说是'宝玉'，便是'宝金''宝银''宝天王''宝皇帝'，竖横不嫁人就完了！[3] 就是老太太逼着我，我一刀子抹死了，也不能从命！若有造化，我死在老太太之先；若没造化，该讨吃的命，服侍老太太归了西，我也不跟着我老子娘、哥哥去，我或是寻死，或是剪了头发当尼姑去！若说我不是真心，暂且拿话来支吾。日后再图，天地鬼神，日头月亮照着嗓子，从嗓子里头长疔烂了出来，烂化成酱在这里"！[4] 原来她一进来时，便袖了一把剪子，一面说着，一面左手打开头发，右手便铰，众婆娘、丫鬟忙来拉住，已剪下半绺来了。众人看时，幸而她的头发极多，铰得不透，连忙替她挽上。

2. 所想的办法正须人多，好摊开在光天化日之下，所以大喜也。

3. 横下心来，当众宣称一辈子不嫁人，句句掷地有声。或有研究者称当时文禁严酷，曹雪芹之伟大在于敢借题发挥，骂最高统治者"宝皇帝"，据说就是乾隆皇帝。如此研究《红楼梦》，真能让作者吓出一身冷汗。

4. 破釜沉舟，可泣鬼神。

贾母听了，气得浑身乱战，口内只说："我通共剩了这么一个可靠的人，他们还要来算计！"因见王夫人在旁，便向王夫人道："你们原来都是哄我的！外头孝敬，暗地里盘算我。[5] 有好东西也来要，有好人也来要，剩了这么个毛丫头，见我待她好了，你们自然气不过，弄开了她，好摆弄我！"王夫人忙站起来，不敢还一言。[6] 薛姨妈见连王夫人怪上，反不好劝的了。李纨一听见鸳鸯这话，早带了姊妹们出去。[7] 探春

5. 老太太气糊涂了，有之，有之。

6. 王夫人毕竟老实。千奇百怪，王夫人亦有罪乎？老人家迁怒之言，必应如此。（庚）

7. 此话此事，实非家庭伦理教化所宜，尤不宜小辈们掺和，故大嫂子忙带姊妹们出去。

有心的人，想王夫人虽有委屈，如何敢辩；薛姨妈现是亲姊妹，自然也不好辩的；宝钗也不便为姨母辩；李纨、凤姐、宝玉一概不敢辩；这正用着女孩儿之时，迎春老实，惜春小，因此，窗外听了一听，便走进来，陪笑向贾母道："这事与太太什么相干？老太太想一想，也有大伯子要收屋里的人，小婶子如何知道？便知道，也推不知道。"[1]

犹未说完，贾母笑道："可是我老糊涂了！[2]姨太太别笑话我。你这个姐姐她极孝顺我，不像我那大太太一味怕老爷，婆婆跟前不过应景儿。可是我委屈了她。"薛姨妈只答应"是"，又说："老太太偏心，多疼小儿子媳妇，也是有的。"贾母道："不偏心！"因又说："宝玉，我错怪了你娘，你怎么也不提我，看着你娘委屈？"宝玉笑道："我偏着娘说大爷大娘不成？通共一个不是，我娘在这里不认，却推给谁去？我倒要认是我的不是，老太太又不信。"[3]贾母笑道："这也有理。你快给你娘跪下，你说：太太别委屈了，老太太有年纪了，看着宝玉罢。"宝玉听了，忙走过去，便跪下要说；王夫人忙笑着拉他起来，说："快起来，快起来，断乎使不得！终不成你替老太太给我赔不是不成？"宝玉听说忙站起来。[4]贾母又笑道："凤姐儿也不提我。"[5]

凤姐儿笑道："我倒不派老太太的不是，老太太倒寻上我了？"[6]贾母听了，与众人都笑道："这可奇了！倒要听听这不是。"凤姐儿道："谁教老太太会调理人，调理得水葱儿似的，怎么怨人要？我幸是孙子媳妇，若是孙子，我早要了，还等到这会子呢！"[7]贾母笑道："这倒是我的不是了？"凤姐儿笑道："自然是老太太的不是了。"贾母笑道："这样，我也不要了，你带了去罢！"凤姐儿道："等着修了这辈子，来生托生男人，我再要罢。"贾母道："你带了去，给琏儿放在屋里，看你那没脸的公公还要不要了！"[8]凤姐儿道："琏儿不配，就只配我和平儿这一对烧糊了的卷子①和他混罢。"[9]说得众人都笑起来。

丫鬟回说："大太太来了。"王夫人忙迎了出去。

———————————

① 烧糊了的卷子——烧焦了的面食。喻面目黑丑。卷子，馒头的一种。

1. 值此关键时刻，方见出探春有见识，有胆量，有才干，有担当。

2. 自认糊涂者必不糊涂。

3. 宝玉也善言词，说的也是理。

4. 宝玉亦有罪了？（庚）

5. 怪到凤姐头上，便有妙语可听了。阿凤也有了罪？奇奇怪怪之文，所谓《石头记》不是作出来的。（庚）

6. "语不惊人死不休"，这样的话，谁想得到？

7. 爱新觉罗·永忠曾以"混沌一时七窍凿"的诗句来赞曹雪芹的绝顶聪明，若移之于凤姐身上，谁曰不宜？以责怪为奉承，亏她想得出这样的话来。

8. 真是妙不可言！凤姐、平儿都说过这一戏言，现在居然轮到贾母也这样说，可是想得到的？

9. 妙语。一场双方施尽全力的紧张决战，居然以如此轻松的谐笑来结束，又谁能想得到？

要知端的，〔下回分解。〕

## 【总评】

这一回从头到尾没有穿插其他不相干的情节，写的只是一件事：鸳鸯抗婚。

邢夫人将她儿媳妇凤姐儿叫去，告诉她老爷想讨鸳鸯。凤姐是头脑很清醒、对人相当了解、能准确判断情势的人，所以立即表示此事办不成，自己也不敢去说，要太太劝老爷作罢。邢夫人很不高兴，也想不通，说"也有叫你要去的理？自然是我说去"。"凤姐知道邢夫人禀性愚翳"，好"弄左性"，"劝了也不中的"，既说由她说去，没自己的事，马上就见风转舵，赔笑表示赞同，还怂恿说"老太太今儿喜欢，要讨，今儿就讨去"，存心让她去碰钉子。自己则谨慎行事，以防事不谐，疑心到是自己"走了风声"或从中作梗。邢夫人和凤姐都写得很到位。

写鸳鸯拒绝议婚的经过，有几个层次：一、邢夫人找她说，她只是红脸，不言语；拉她走，她也"夺手不行"。邢夫人还当她害羞，不信她真会不愿意，正见其愚。二、鸳鸯避人，躲到大观园里去，遇上平儿和袭人，都是她"从小儿什么话儿不说"的好友，这就给了她吐露心里真实想法的机会；平、袭是说了几句密友间并无恶意的"取笑儿"的话，但这只能激得她把心里话说得更透彻。三、鸳鸯的嫂子来作说客，这又给了鸳鸯发泄心中愤怒的机会，所以把那个"九国贩骆驼的"嫂子骂得个狗血淋头，若在太太、奶奶面前说，就不能如此淋漓痛快。四、她哥哥金文翔来说，"鸳鸯只咬定牙不愿意"，她哥哥只得回复贾赦，使贾赦发怒，讲出"难出我的手心"一类狠话来威胁，还要她哥带话回去再问。至此，鸳鸯意识到不得不最后摊牌了。所以反而说："我便愿意去，也须得你们带了我回声老太太去。"便拉着她嫂子去见贾母。于是演出了悲情感人、破釜沉舟的一幕，把情节发展推向了高潮。

当着贾母和恰好"都在贾母跟前凑趣儿"的众人面，鸳鸯把事情和盘托出，从邢夫人、她嫂子哥哥到大老爷，如何轮番来说，如何放下威胁、诽谤的话来，原原本本地说了。其中表明自己心迹的最核心的一句话是："我这一辈子别说是'宝玉'，便是'宝金''宝银''宝天王''宝皇帝'，竖横不嫁人就完了！"这意思在园中对平儿、袭人也说过："一辈子不嫁男人，又怎么样？乐得干净呢。"至于做尼姑，去寻死，那是遇万不得已情况，为表不屈的决心而极言之的话，并非其意。所以鸳鸯后来的命运极可能是终身独居。续书写其"殉主"是看偏了，忘了她说过的话："若是老太太归西去了，他横竖还有三年的孝呢，没个娘才死了，他先收小老婆的；等过了三年，知道又是怎么个光景？那时再说。"从无殉主之想。贾赦是说过"也难出我手心"的话，可这样的虚声恫吓当不了真。就算真一直存着"终究要报仇"的念头，他后来自己"致使锁枷杠"了，先被别人报了仇，还谈什么娶妾。鸳鸯对平儿、袭人说："据我看，天下的事，未必都遂心如意"，这话还真说着了。此书中有以反义为人名者，如大恶不赦之人，偏叫"赦"；命运如"乌云浊雾"者，却叫"晴雯"；名为"鸳鸯"，原来是永远不成双的。回目"誓绝鸳鸯偶"，也是发誓不嫁人的意思。

过分强调此书政治性而又处处寻找微言大义者，有因鸳鸯说了"宝皇帝"一词而以为作者借此大胆讥刺最高封建统治者。其实，这与雍正或乾隆皇帝有什么相干？小说正不该如此读。

此回自凤姐被邢夫人叫去起，到凤姐调笑贾母会调理人结，首尾相应。

# 第四十七回
## 呆霸王调情遭苦打　冷郎君惧祸走他乡

【题解】

　　本回回目诸本大同小异，基本一致，唯蒙府、戚序、卞藏本"苦打"作"毒打"；卞藏本"他乡"作"别乡"，此用庚辰本。回目所标内容，只占此回后一半篇幅，前半则是上回鸳鸯抗婚的余音。又回目两句，实际写到的只有前一句。呆霸王薛蟠有玩弄同性优伶娈童之癖，所谓"龙阳"之好。他把席间见到的会串戏却有豪侠之气的柳湘莲误当成可侮弄对象而向他调情，结果被柳骗到郊外，给他一顿痛打。贾府派人找到受伤起不来的薛蟠后，将他抬回家中养伤。后一句中的"冷郎君"即指柳湘莲，因为他被视作"冷心冷面"的人而并非姓冷。"惧祸走他乡"事，书中并未实写，所谓"柳湘莲一时酒后放肆，如今酒醒，后悔不及，惧罪逃走了"，只不过是薛姨妈不愿再生事，编出来哄儿子的话。但柳湘莲远走他乡是肯定的。因为在遇见薛蟠前，曾于酒席间对宝玉说过："眼前我还要出门去走走，外头逛个三年五载再回来。"宝玉问他为何，他仅以"你不知道我的心事"作答，显得相当神秘。

　　话说王夫人听见邢夫人来了，连忙迎了出去。邢夫人犹不知贾母已知鸳鸯之事，正还要来打听信息。进了院门，早有几个婆子悄悄地回了她，她方知道。待要回去，里面已知；又见王夫人接了出来，[1] 少不得进来，先与贾母请安，贾母一声儿不言语，自己也觉得愧悔。凤姐儿早指一事回避了。鸳鸯也自回房去生气。薛姨妈、王夫人等恐碍着邢夫人的脸面，也都渐渐地退了。邢夫人且不敢出去。

　　贾母见无人，方说道："我听见你替你老爷说媒来了。你倒也三从四德的①，只是这贤惠也太过了！你们如今也是孙子儿子满眼了，你还怕他，劝两句都使不得？还由着你老爷的那性儿闹。"邢夫人满面通红，回道："我劝过几次不依。老太太还有什么不知道的呢，我也是不得已儿。"贾母道："他逼着你杀人，你也杀去？[2] 如今你也想想，你兄弟媳妇本来老实，又生得多病多痛，上上下下哪不是她

1. 进退两难，这才是真的尴尬。

2. 虽不是杀人，仗势逼人去卖身也差不多。以下贾母为邢夫人详述为何不能放走鸳鸯的道理。

───────────

① 三从四德——封建妇道。三从，指妇女幼从父兄，嫁从夫，夫死从子。四德，指妇女的品德、辞令、仪容、女工。

操心？你一个媳妇虽然帮着，也是天天'丢下笆儿弄扫帚'。凡百事情，我如今都自己减了。她们两个就有一些不到的去处，有鸳鸯，那孩子还心细些，我的事情，她还想着一点子：该要去的，她就要了来；该添什么，她就度空儿告诉她们添了。鸳鸯再不这样，她娘儿两个，里头外头，大的小的，哪里不忽略一件半件？我如今反倒自己操心去不成？还是天天盘算，和你们要东西去？我这屋里有的没的，剩了她一个，年纪也大些，我凡百的脾气性格儿，她还知道些。二则她还投主子们的缘法，也并不指着我和这位太太要衣裳去，又和那位奶奶要银子去。所以这几年，一应事情，她说什么，从你小婶和你媳妇起，以至家下大大小小，没有不信的。所以不单我得靠，连你小婶、媳妇也都省心。我有了这么个人，便是媳妇和孙子媳妇有想不到的，我也不得缺了，也没气可生了。这会子她去了。你们弄个什么人来我使？<u>你们就弄她那么一个真珠的人来，</u>[1]不会说话也无用。我正要打发人和你老爷说去：<u>他要什么人，我这里有钱，叫他只管一万八千的买去，</u>[2]就这个丫头不能。留下她服侍我几年，就比他日夜服侍我尽了孝的一般。你来得也巧，你就去说，更妥当了。"

说毕，命人来："请了姨太太、你姑娘们来说个话儿，才高兴，怎么又都散了？"丫头们忙答应着去了。众人忙赶的又来。只有薛姨妈向丫鬟道："我才来了，又作什么去？你就说我睡了觉。"那丫头道："<u>好亲亲的姨太太，姨祖宗！</u>[3]我们老太太生气呢。你老人家不去，没个开交了。只当疼我们罢！你老人家嫌乏，我背了你老人家去。"薛姨妈笑道："小鬼头儿，你怕些什么？不过骂几句完了。"说着，只得和这小丫头子走来。贾母忙让坐，又笑道："咱们斗牌罢。姨太太的牌也生，咱们一处坐着，别叫凤丫头混了我们去。"薛姨妈笑道："正是呢，老太太替我看着些儿。<u>就是咱们娘儿四个斗呢，还是再添个呢？</u>"王夫人笑道："可不只四个。"[4]凤姐儿道："再添一个人热闹些。"贾母道："叫鸳鸯来，叫她在这下手里坐着。姨太太的眼花了，咱们两个的牌，都叫她瞧着些儿。"凤姐儿叹了一声，向探春道："<u>你们知书识字的，倒不学算命？</u>"[5]探春道："这又奇了！这会子你倒不打点精神赢老太太几个钱，又想算命？"凤姐儿道：

1. 前赖嬷嬷说"花的银子也照样打出你这么个银人儿来了"，这里贾母说"你们就弄她这么一个真珠的人来"，上了年纪的人说话都是这口吻。

2. 你算算，在老太太眼里，鸳鸯的身价该值几何？才过了二百多年，当时买一个好丫头，居然与今天到超市买件高档一点的商品差不多，世事变化真是翻天覆地啊！

3. 奇称、趣称。从未听见过，却有情理。

4. 老实人言语。（庚）

5. 凤姐说出话来，总令人惊奇不解，必待说明后，方能绕过弯子来。

"我正要算算今儿该输多少呢，我还想赢呢！你瞧瞧，场子没上，左右都埋伏下了。"说得贾母、薛姨妈都笑起来。

　　一时鸳鸯来了，便坐在贾母下手，鸳鸯之下便是凤姐儿。铺上红毡，洗牌告幺①，五人起牌。斗了一回，鸳鸯见贾母的牌已十严，只等一张二饼，便递了暗号与凤姐儿。¹凤姐儿正该发牌，便故意踌躇了半晌，笑道："我这一张牌定在姨妈手里扣着呢。我若不发这一张，再顶不下来的。"²薛姨妈道："我手里并没有你的牌。"凤姐儿道："我回来是要查的。"薛姨妈道："你只管查。你且发下来，我瞧瞧，是张什么。"凤姐儿便送在薛姨妈跟前。薛姨妈一看，是个二饼，便笑道："我倒不稀罕它，只怕老太太满了。"凤姐儿听了，忙笑道："我发错了。"贾母笑得已掷下牌来，说："你敢拿回去！谁叫你错的不成？"³凤姐儿道："可是我要算一算命呢？这是自己发的，也怨埋伏！"贾母笑道："可是你自己该打着你那嘴，问着你自己才是。"又向薛姨妈笑道："我不是小器爱赢钱，原是个彩头儿。"薛姨妈笑道："可不是这样，哪里有那样糊涂人说老太太爱钱呢？"

　　凤姐儿正数着钱，听了这话，忙又把钱穿上了，向众人笑道："够了我的了。竟不为赢钱，单为赢彩头儿。我到底小器，输了就数钱，快收起来罢。"贾母规矩是鸳鸯代洗牌，因和薛姨妈说笑；不见鸳鸯动手，贾母道："你怎么恼了，连牌也不替我洗？"鸳鸯拿起牌来，笑道："二奶奶不给钱。"贾母道："她不给钱，那是她交运了。"便命小丫头子："把她那一吊钱都拿过来！"小丫头子真就拿了，搁在贾母旁边。凤姐儿忙笑道："赏我罢！我照数儿给就是了。"薛姨妈笑道："果然凤丫头小器，不过是玩儿罢了。"凤姐听说，便站起来，拉着薛姨妈，回头指着贾母素日放钱的一个木匣子，笑道："姨妈瞧瞧，那个里头不知玩了我多少去了！这一吊钱玩不了半个时辰，那里头的钱就招手儿叫它。只等把这一吊也叫进去了，牌也不用斗了，老祖宗的气也平了，又有正经事差我办去了。"⁴话说未完，引得贾母、众人笑个不住。偏有平儿怕钱不够，又送了一吊来。凤姐儿道："不用放在我跟前，也放在老太太的那一处罢。一齐叫进去，倒省事，

1. 为了逗贾母开心、消气，都存心在玩牌中输钱给她。此法至今仍有沿用者。此妙在凤姐、鸳鸯不须事先招呼，自然都心领神会，一搭一档，配合默契。

2. 演得不错，像极！

3. 被人耍了，反得意地笑人，世间事如此者不少。

4. 一场精彩演出，竟不用事先排练，就能配合得天衣无缝，真该给凤姐颁个奖。

————————————
　　①　洗牌告幺——洗牌，把牌弄乱再分。告幺，翻牌或掷骰，按点数多少起牌。

不用做两次，叫箱子里的钱费事。"¹贾母笑得手里的牌撒了一桌子，推着鸳鸯，叫："快撕她的嘴！"

平儿依言放下钱，也笑了一回，方回来。至院门前，遇见贾琏问她："太太在哪里呢？老爷叫我请过去呢。"平儿忙笑道："在老太太跟前呢，站了这半日，还没动呢。趁早儿丢开手罢。老太太生了半日气，这会子亏二奶奶凑了半日趣儿，才略好了些。"贾琏道："我过去，只说讨老太太的示下，十四往赖大家去不去，好预备轿子的。又请了太太，又凑了趣儿，岂不好？"平儿笑道："依我说，你竟不去罢。合家子连太太、宝玉都有了不是，这会子你又填限①去了。"贾琏道："已经完了，难道还找补不成？况且与我又无干；二则老爷亲自吩咐我请太太的，这会子我打发了人去，倘若知道了，正没好气呢，指着这个拿我出气罢。"说着就走。平儿见他说得有理，也便跟了过来。

贾琏到了堂屋里，便把脚步放轻了，往里间探头，只见邢夫人站在那里。凤姐儿眼尖，先瞧见了，使眼色儿，不命他进来，又使眼色与邢夫人。邢夫人不便就走，只得倒了一碗茶来，放在贾母跟前。贾母一回身，贾琏不防，便没躲伶俐。贾母便问："外头是谁？倒像个小子一伸头儿。"凤姐儿忙起身说："我也恍惚看见一个人影儿，让我瞧瞧去。"一面说，一面起身出来。贾琏忙进去，陪笑道："打听老太太十四可出门？好预备轿子。"贾母道："既这么样，怎么不进来？又作鬼作神的。"贾琏陪笑道："见老太太玩牌，不敢惊动，不过叫媳妇出来问问。"贾母道："就忙到这一时，等她家去，你问多少问不得？哪一遭儿你这么小心来着！又不知是来作耳报神的，也不知是来作探子的，²鬼鬼祟祟，倒吓我一跳。什么好下流种子！你媳妇和我玩牌呢，还有半日的空儿，你家去再和那赵二家的商量治你媳妇去罢。"³说着，众人都笑了。鸳鸯笑道："鲍二家的，老祖宗又拉上赵二家的。"贾母也笑道："可是，我哪里记得什么'抱'着'背'着的，⁴提起这些事来，不由我不生气！我进了这门子，作重孙子媳妇起，到如今，我也有了重孙子媳妇了，连头带尾五十四年，⁵凭着大惊小险、千奇百怪的事，

① 填限——又作"填馅"。原指砌墙时，于墙中填充泥土砖块。后为白白代人受过的意思。

1. 平儿亦知凑趣，故送钱来，正好给主子有了讲趣话的话题。才花两吊钱，便获得满堂彩，贾母都笑得不行了，真值！

2. 贾母世事经历得多，一看就明白了，哪里瞒得过她？

3. 凤姐生日，凑份子办酒宴是贾母的提议，本想借此尽情地乐一场，不料被贾琏的丑事搅了。当时为宽慰凤姐，虽说得轻描淡写，心里自然有气，所以记得；可又记不清是谁家媳妇，故张冠李戴。

4. 趣话天成，诙谐之至。

5. 倘贾母进门当媳妇时，十七八岁，如今七十一二岁了，与她问刘姥姥年纪时所说的话完全符合。

也经了些，从没经过这些事。还不离了我这里呢！"

贾琏一声儿不敢说，忙退了出来。平儿站在窗外
站着，悄悄笑道："我说着你不听，到底碰在网里了。"
正说着，只见邢夫人也出来。贾琏道："都是老爷闹的，
如今都搬在我和太太身上。"邢夫人道："我把你这没孝
心、雷打的下流种子！人家还替老子死呢，白说了几句，
你就抱怨了。你还不好好的呢，这几日生气，仔细他捶
你！"贾琏道："太太快过去罢，叫我来请了好半日了。"
说着，送他母亲出来，过那边去。

邢夫人将方才的话只略说了几句，<u>贾赦无法，又
含愧，自此便告病，且不敢见贾母</u>，[1]只打发邢夫人及
贾琏每日过去请安。<u>只得又各处遣人购求寻觅，终究费
了八百两银子，买了一个十七岁的女孩子来，名唤嫣红，
收在屋内</u>。[2]不在话下。

这里斗了半日牌，吃晚饭才罢。此一二日间无话。

展眼到了十四日，黑早，赖大的媳妇又进来请。
贾母高兴，便带了王夫人、薛姨妈及宝玉姊妹等，到赖
大花园中坐了半日。那花园虽不及大观园，却也十分齐
整宽阔；泉石林木，楼阁亭轩，也有好几处惊人骇目的。
外面厅上，薛蟠、贾珍、贾琏、贾蓉并几个近族的；很
远的就没来，贾赦也没来。赖大家内，<u>也请了几个现任
的官长并几个世家子弟作陪</u>。[3]因其中有个柳湘莲，薛
蟠自上次会过一次，已念念不忘。又打听他最喜串戏①，
且串的都是生旦风月戏文，不免错会了意，误认他作了
风月子弟，正要与他相交，恨没个引进；这日可巧遇
见，竟乐得无可不可。且贾珍等也慕他的名，酒盖住了
脸，就求他串了两出戏。下来，移席和他一处坐着，问
长问短，说此说彼。

那柳湘莲原是世家子弟，<u>读书不成，父母早丧，
素性爽侠，不拘细事，酷好耍枪舞剑，赌博吃酒，以至
眠花卧柳，吹笛弹筝，无所不为。因他年纪又轻，生得
又美，不知他身份的人，都误认作优伶一类</u>。[4]那赖大
之子赖尚荣与他素习交好，故今日请来作陪。不想酒后
别人犹可，独薛蟠又犯了旧病。湘莲心中早已不快，得

1. 只能如此。早知今日，何必当初。

2. 本性难改。首选既不可得，退
而求其次。

3. 笼络官场，拉拢大户，亦新发
之家所必有。

4. 柳湘莲出场须先表明其身世为
人，为阿呆看走了眼而鲁莽调
情写出缘由来。

---

① 串戏——演戏。

便意欲走开完事，无奈赖尚荣死也不放。赖尚荣又说：
"方才宝二爷又嘱咐我，[1]才一进门，虽见了，只是人多，
不好说话，叫我嘱咐你，散的时候别走，他还有话说呢。
你既一定要去，等我叫出他来，你两个见了再走，与我
无干。"说着，便命小厮们到里头找一个老婆子，悄悄告诉：
"请出宝二爷来。"那小厮去了没一盏茶时，果见宝玉出
来了。赖尚荣向宝玉笑道："好叔叔，把他交给你，我张
罗人去了。"说着，一径去了。

　　宝玉便拉了柳湘莲到厅侧小书房中坐下，问他："这
几日可到秦钟的坟上去了？"[2]湘莲道："怎么不去？前日
我们几个人放鹰①去，离他坟上还有二里。我想，今年
夏天的雨水勤，恐怕他的坟站不住。我背着众人走到那
里去瞧了一瞧，果然又动了一点子。回家来就便弄了几
百钱，第三日一早出去，雇了两个人，收拾好了。"[3]宝
玉道："怪道呢！上月我们大观园的池子里结了莲蓬，我
摘了十个，叫茗烟出去，到坟上供他去。回来我也问他：
'可被雨冲坏了没有。'他说：'不但不冲，且比上回又新
了些。'我想着，不过是这几个朋友新筑了。我只恨我
天天圈在家里，一点儿做不得主，行动就有人知道，不
是这个拦，就是那个劝，能说不能行。虽然有钱，又
不由我使。"[4]湘莲道："这个事也用不着你操心，外头有
我，你只心里有了就是。眼前十月初一，我已经打点下
上坟的花销。你知道我一贫如洗，家里是没得积聚的，
纵有几个钱来，随手就光的，不如趁空儿留下这一份，
省得到了跟前扎煞手②。"[5]宝玉道："我也正为这个要打
发茗烟找你，你又不大在家，知道你天天萍踪浪迹，没
个一定的去处。"湘莲道："你也不用找我。这个事不过
各尽其道。眼前我还要出门去走走，外头逛个三年五载
再回来。"[6]宝玉听了，忙问道："这是为何？"柳湘莲冷
笑道："你不知道我的心事，等到跟前，你自然知道。我
如今要别过了。"[7]宝玉道："好容易会着，晚上同散，岂
不好？"湘莲道："你那令姨表兄还是那样，再坐着，未
免有事，[8]不如我回避了倒好。"宝玉想了一想，说道：
"既是这样，倒是回避他为是。只是你要果真远行，必

---

① 放鹰——打猎。鹰为猎鹰。
② 扎煞手——张开双手，表示没有办法。

1. 又让宝玉插一脚，亦前脂评所
谓"通部情案，皆必从石兄挂
号"也。

2. 不但与宝玉相识，还曾是秦钟
朋友，从未提及过。忽提此人，
使我堕泪。近几回不见提此人，
自谓不表矣，乃忽于此处向柳
湘莲提及，所谓"方以类聚，
物以群分"也。（庚）此评因
提及秦钟而"堕泪"，令人不解。
难道也是还泪债的？

3. 原来交情还不浅。不知因常听
其串戏唱曲而结识，还是都爱
"眠花卧柳"。

4. 一泄心头郁闷。也是与宝玉处
境类似者所共有的烦恼。

5. 此语可怪！所谓"留下这一份"
者，银子财物也。却不知为
何"趁空儿"便可留下，是在
行商贩货吗？不像；是去打劫
吗？无据。恐是作者故意不写
明的。

6. 可知"走他乡"是既定主意，
与薛蟠不相干。

7. 说来神秘兮兮，心事无人知，
不猜也罢。

8. 薛蟠言行之不堪，早看出来了。

须先告诉我一声，千万别悄悄地去了。"说着，便滴下泪来。柳湘莲道："自然要辞的。你只别和别人说就是。"说着，便站起来要走，又道："你就进去罢，不必送我。"

一面说，一面出了书房。刚至大门前，早遇见薛蟠在那里乱嚷乱叫说："谁放了小柳儿走了！"柳湘莲听了，火星乱迸，恨不得一拳打死，[1]复思酒后挥拳，又碍着赖尚荣的脸面，只得忍了又忍。薛蟠忽见他走出来，如得了珍宝，忙趔趄着上来，一把拉住，笑道："我的兄弟，你往哪里去了？"湘莲道："走走就来。"薛蟠笑道："好兄弟，你一去都没兴了，好歹坐一坐，你就是疼我了。[2]凭你有什么要紧的事，交给哥，你只别忙，有你这个哥，你要做官发财都容易。"

湘莲见他如此不堪，心中又恨又愧，早生一计，便拉他到避人之处，笑道："你真心和我好，假心和我好呢？"薛蟠听见这话，喜得心痒难挠，乜斜着眼，忙笑道："好兄弟，你怎么问起我这话来？我要是假心，立刻死在眼前！"湘莲道："既如此，这里不便。等坐一坐，我先走，你随后出来，跟到我下处①，咱们替别喝一夜酒。我那里还有两个绝好的孩子②，从没出门③的。你可连一个跟的人也不用带，[3]到了那里，服侍的人都是现成的。"薛蟠听如此说，喜得酒醒了一半，说："果然如此？"湘莲道："如何！人拿真心待你，你倒不信了！"薛蟠忙笑道："我又不是呆子，怎么有个不信的呢！既如此，我又不认得，你先去了，我在哪里找你？"湘莲道："我这下处在北门外头，你可舍得家，城外住一夜去？"薛蟠笑道："有了你，我还要家做什么？"[4]湘莲道："既如此，我在北门外头桥上等你。咱们席上且吃酒去。你看我走了之后，你再走，他们就不留心了。"薛蟠听了，连忙答应。于是二人复又入席，饮了一回。那薛蟠难熬，只拿眼看湘莲，心内越想越乐，左一壶，右一壶，并不用人让，自己便吃了又吃，不觉酒已八九分了。

湘莲便起身出来，瞅人不防，去了。至门外，命小厮杏奴："先家去罢，我到城外就来。"[5]说毕，已跨马直出北门，桥上等候薛蟠。没顿饭时的工夫，只见薛蟠骑着一匹

1. 光听这称呼，能不火冒三丈？你把我柳大爷当什么人了？奇谈。（靖）

2. 此语亦不堪。呆子声口如闻。（靖）

3. 投其所好，亦计策中阻其带着人去之法。

4. 摹写因欲火而入魔者之言毕肖。

5. 想得周密。

---

① 下处——自称居处。
② 绝好的孩子——这里指娈童。
③ 从没出门——这里是从未出外接客的意思。

大马，远远地赶了来，张着嘴，瞪着眼，头似拨浪鼓①一般，不住左右乱瞧。及至从湘莲马前过去，只顾望远处瞧，不曾留心近处，反踩过去了。¹湘莲又是笑，又是恨，便也撒马随后赶来。薛蟠往前看时，渐渐人烟稀少，便又圈马回来再找。不想一回头见了湘莲，如获奇珍，忙笑道："我说你是个再不失信的。"湘莲笑道："快往前走，仔细人看见，跟了来，就不便了。"说着，先就撒马前去，薛蟠也紧紧地跟来。

　　湘莲见前面人迹已稀，且有一带苇塘，便下马，将马拴在树上，向薛蟠笑道："你下来，咱们先设个誓，日后要变了心，告诉人去的，便应了誓。"薛蟠笑道："这话有理。"连忙下了马，也拴在树上，便跪下说道："我要日久变心，告诉人去的，天诛地灭！"²一语未了，只听"噌"的一声，颈后好似铁锤砸下来，只觉得一阵黑，满眼金星乱迸，身不由己便倒下了。湘莲走上来瞧瞧，知道他是个笨家，不惯挨打，只使了三分气力，向他脸上拍了几下，登时便开了果子铺②。薛蟠先还要挣挫起来，又被湘莲用脚尖点了两点，仍旧跌倒，³口内说道："原是两家情愿，你不依，只好说，为什么哄出我来打我？"一面说，一面乱骂。湘莲道："我把你瞎了眼的，你认认柳大爷是谁！你不说哀求，你还伤我！我打死你也无益，只给你个利害罢。"说着，便取了马鞭过来，从背至胫，打了三四十下。

　　薛蟠酒已醒了大半，觉得疼痛难禁，不禁有"嗳哟"之声。湘莲冷笑道："也只如此！我只当你是不怕打的。"一面说，一面又把薛蟠的左腿拉起来，朝苇中浔泥处拉了几步，滚得满身泥水，又问道："你可认得我了？"薛蟠不应，只伏着哼哼。湘莲又掷下鞭子，用拳头向他身上擂了几下。薛蟠便乱滚乱叫，说："肋条折了！⁴我知道你是正经人，因为我错听了旁人的话了。"湘莲道："不用拉旁人，你只说现在的。"薛蟠道："现在也没什么说的。不过你是个正经人，我错了。"湘莲道："还要说软些，才饶你。"薛蟠哼哼着道："好兄弟。"湘莲便又一拳。薛蟠"嗳"了一声，道："好哥哥。"湘莲又连两拳。薛蟠忙"嗳哟"叫道："好老爷，饶了我这没眼睛的瞎子罢！⁵从今以后，我敬你怕你了。"湘莲道："你

1. 情状可笑之极！恰恰是"酒已八九分"人着急的傻相。

2. 心机不错，若不跪下发誓，这第一下出手就不会有如此效果。

3. 练家子本领偏用"三分气力""拍了几下""点了两点"之类淡淡的话写来。

4. 薛蟠叫痛也叫得活龙活现。

5. 阿呆错会了"说软些"的意思，越说得亲热，越揍得凶；总算在揍揍中逐渐学会规矩。

---

① 拨浪鼓——一种两边挂木珠为锤、带柄的小鼓，旧时货郎担常用以叫卖。
② 果子铺——形容被殴后，皮破血流，脸上青一块、紫一块。

把那水喝两口。"薛蟠一面听了，一面皱眉道："那水脏得
很，怎么喝得下去！"湘莲举拳就打。薛蟠忙道："我喝，
我喝……"说着，只得俯头向苇根下喝了一口，犹未咽
下去，只听"哇"的一声，把方才吃的东西都吐了出来。
湘莲道："好脏东西，你快吃尽了，饶你。"薛蟠听了，叩
头不迭，道："好歹积阴功饶我罢！这至死不能吃的。"湘
莲道："这样气息，倒熏坏了我。"说着，丢下薛蟠，便牵
马认镫<sup>①</sup>去了。这里薛蟠见他已去，方放下心来，后悔自
己不该误认了人。待要挣挫起来，无奈遍体疼痛难禁。<sup>1</sup>

　　谁知贾珍等席上忽不见了他两个，各处寻找不见。
有人说："恍惚出北门去了。"薛蟠的小厮们素日是惧他的，
他吩咐了不许跟去，谁还敢找去？<sup>2</sup>后来还是贾珍不放心，
命贾蓉带着小厮们寻踪问迹的，直找出北门，下桥二里
多路，忽见苇坑边薛蟠的马拴在那里。众人都道："可好了！
有马必有人。"一齐来至马前，只听苇中有人呻吟。大家
忙走来一看，只见薛蟠衣衫零碎，面目肿破，没头没脸，
遍身内外，滚得似个泥猪一般。贾蓉心内已猜着九分了，
忙下马，令人搀了出来，笑道："薛大叔天天调情，今儿
调到苇子坑里来了。必定是龙王爷也爱上你风流，要你
招驸马去，你就碰到龙犄角上了。"<sup>3</sup>薛蟠羞得恨没地缝
儿，钻不进去，哪里爬得上马去？贾蓉只得命人赶到关
厢<sup>②</sup>里雇了一乘小轿子，薛蟠坐了，一齐进城。贾蓉还
要抬往赖家去赴席，薛蟠百般央告，又命他不要告诉人，
贾蓉方依允了，让他各自回家。贾蓉仍往赖家回复贾珍
并方才形景。贾珍也知为湘莲所打，也笑道："他须得吃
个亏才好。"至晚散了，便来问候。薛蟠自在卧房将养，
推病不见。
　　贾母等回来，各自归家时，薛姨妈与宝钗见香菱哭
得眼睛肿了。<sup>4</sup>问其原故，忙赶来瞧薛蟠时，脸上身上虽
有伤痕，并未伤筋动骨。薛姨妈又是心疼，又是发恨，
骂一回薛蟠，又骂一回柳湘莲，意欲告诉王夫人，遣人
寻拿柳湘莲。宝钗忙劝道："这不是什么大事，不过他们
一处吃酒，酒后反脸常情。<sup>5</sup>谁醉了，多挨几下子打，也

1. 后悔晚了，得到一次实实在
在的教训。纨袴子弟齐来看
此。（靖）

2. 亦如秦法自误。（庚）此评乃
引《史记·刺客列传》事。
荆轲刺秦王时，臣下失据不
能救，其文曰："而秦法：群
臣侍殿上者，不得持尺寸之兵；
诸郎中执兵者皆陈殿下，非
有诏令不得上。"因而险些遭
遇不测。

3. 不自爱自重者，人人得而轻
侮之。贾蓉何等人物，见此
可笑情状，岂肯放过不嘲弄！

4. 为阿呆而哭真不值得，将来
自己有被打而痛哭的日子。

5. 宝钗理智，劝止及时；这样
的亏多吃点好。

---

①　认镫——将脚踏进马镫，即上马。
②　关厢——即城关，城门附近地区。

是有的。况且咱们家的无法无天，也是人所共知。妈不过是心疼的缘故。要出气也容易，等三五天哥哥养好了出得去时，那边珍大爷、琏二爷这干人，也未必白丢开了，自然备个东道，叫了那个人来，当着众人替哥哥赔不是认罪就是了。如今妈先当件大事告诉众人，倒显得妈偏心溺爱，纵容他生事招人，今儿偶然吃了一次亏，妈就这样兴师动众，倚着亲戚之势，欺压常人。"薛姨妈听了道："我的儿，到底是你想得到，我一时气糊涂了。"宝钗笑道："这才好呢。他又不怕妈，又不听人劝，一天纵似一天，吃过两三个亏，他倒罢了。"

薛蟠睡在炕上，痛骂柳湘莲，又命小厮们去拆他的房子，打死他，和他打官司。薛姨妈禁住小厮们，只说柳湘莲一时酒后放肆，如今酒醒，后悔不及，惧罪逃走了。[1]薛蟠听见如此说了……要知端的，〔且听下回分解。〕

1. 原来回目中"惧祸"二字，只是薛姨妈哄哄儿子的谎话，除非柳湘莲出走，另有未写出来的隐情。

**【总评】**

贾母将前来打听信息的邢夫人好好地教训了一顿。讥诮她"三从四德""贤惠也太过了"，说得她"满面通红"。最后要她跟老爷去说，"他要什么人，我这里有钱，叫他只管一万八千的买去，就只这个丫头不能。留下她服侍几年，就比他日夜服侍我尽了孝的一般"。

接着写贾母、薛姨妈、凤姐、鸳鸯四人斗牌（打麻将）。凤姐与鸳鸯早有打算，要让贾母开心消气，所以串通好，故意输给贾母。凤姐还装"小器"，舍不得给钱，说了许多趣话，直逗得"贾母笑得手里的牌撒了一桌子"。

邢夫人回家将贾母所说告知贾赦，贾赦含愧告病，不敢见贾母。但"终究费了八百两银子，买了一个十七岁的女孩子来，名唤嫣红，收在屋内"。

接上第四十五回赖嬷嬷要摆酒来请贾府众人。到那天，贾母带了王夫人、薛姨妈及宝玉姊妹等"到赖大花园中坐了半日"。但这次请酒写的主要是柳湘莲和薛蟠，还捎带上宝玉。柳湘莲是个"素性爽侠，不拘细事，酷好耍枪舞剑，赌博吃酒"的人，因为他生得美，薛蟠错认作"优伶一类"人，酒后"又犯了旧病"，即好男风的毛病。应该说同性恋是一种性变态，但有此习好者并非个别，清代小说中常有反映。柳湘莲对薛蟠的不堪言行，当然怒不可遏，碍于席上主人的面子，没有当场发作，便心生一计，将薛蟠骗至郊外，狠狠地揍了他一顿，打得他挣挫不起来。幸好贾珍遣人去找，找到后雇了一乘轿子抬回来。

# 第 四 十 八 回

## 滥情人情误思游艺　　慕雅女雅集苦吟诗

【题解】

　　本回回目诸本皆同。"滥情人"指薛蟠，他属于警幻仙姑所说的"皮肤滥淫之蠢物"一类，故谓。上回写他因误看人而去调情，结果吃了大亏，即所谓"情误"。他挨打后羞于见人，就想到跟随熟人离家外出做买卖，逛上一年半载躲一躲再说。"游艺"这里指出游学行商本领。"慕雅女"指香菱，她羡慕小姐们聚集在一起吟诗填词的风雅生活，便趁着薛蟠外出行商的机会，搬进大观园来与宝钗同住，并拜师求教，下苦工夫学着作诗，以期学会了也能成为诗社的一员。有回前脂评曰：题曰"柳湘莲走他乡"，必谓写湘莲如何走，今却不写，反细写阿呆兄之游艺……文章歧路，令人不识者如此。至"情小妹"回中，方写湘莲文字，真神化之笔。（庚）"情小妹"回，指第六十六回"情小妹耻情归地府"。

　　且说薛蟠听见如此说了，气方渐平。三五日后，疼痛虽愈，伤痕未平，只装病在家，愧见亲友。

　　展眼已到十月，因有各铺面伙计内有算年账要回家的，少不得家内治酒饯行。<u>内有一个张德辉，年过六十，自幼在薛家当铺内揽总，</u>[1]家内也有二三千金的过活①，今岁也要回家，明春方来。因说起："今年纸扎香料短少，明年必是贵的。明年先打发大小儿上来，当铺内照管照管；赶端阳前，我顺路贩些纸扎香扇来卖。除去关税花销，亦可以剩得几倍利息。"薛蟠听了，心中忖度："如今我挨了打，正难见人，想着要躲个一年半载，又没处去躲。天天装病，也不是事。况且我长了这么大，<u>文不文，武不武，</u>[2]虽说做买卖，究竟戥子②、算盘从没拿过；地土风俗，远近道路又不知道，不如也打点几个本钱，和张德辉逛一年来。赚钱也罢，不赚钱也罢，且躲躲羞去。二则逛逛山水，

1. 自家店铺内多年老伙计，必是可靠的。

2. 也算有几分难得的自知，可惜劣根已生成，振作不起，也难改恶习。

---

①　过活——资产。

②　戥（děng 等）子——一种称金银或药物的小秤。

也是好的。"心内主意已定，至酒席散后，便和张德辉说知，命他等一二日，一同前往。

晚间，薛蟠告诉了他母亲。薛姨妈听了，虽是欢喜，但又恐他在外生事。花了本钱倒是末事。因此不命他去，[1] 只说："好歹你守着我，我还放心些。况且也不用做这买卖，也不等着这几百银子来用。你在家里安分守己的，就强似这几百银子了。"薛蟠主意已定，哪里肯依。只说："天天又说我不知世事，这个也不知，那个也不学；如今我发狠把那些没要紧的都断了，如今要成人立事，学习着做买卖，又不准我了，叫我怎么样？我又不是个丫头，把我关在家里，何日是个了日？况且那张德辉又是个年高有德的，咱们和他是世交，我同他去，怎么得有舛错？[2] 我就一时半刻有不好的去处，他自然说我劝我。就是东西贵贱，行情他是知道的，自然色色问他，何等顺利，倒不叫我去。过两日我不告诉家里，私自打点了一走，明年发了财回来，那时才知道我呢！"说毕，赌气睡觉去了。

薛姨妈听他如此说，因和宝钗商议。宝钗笑道："哥哥果然要经历正事，正是好的了。只是他在家里说得好听，到了外头，旧病复犯，越发难拘束了。[3] 但也愁不得许多。他若是真改了，是他一生的福；若不改，妈也不能又有别的法子。一半尽人力，一半听天命罢了。这么大人了，若只管怕他不知世路，出不得门，干不得事，今年关在家里，明年还是这个样儿。他既说得名正言顺，妈就打量着丢了八百、一千银子，竟交与他试一试。横竖有伙计们帮着，也未必好意思哄骗他的。[4] 二则他出去了，左右没了助兴的人，又没了倚仗的人，到了外头，谁还怕谁，有了的吃，没了的饿着，举眼无靠，他见了这样，只怕比在家里省了事也未可知。"[5] 薛姨妈听了，思忖半晌，说道："倒是你说得是。花两个钱，叫他学些乖来也值了。"商议已定，一宿无话。

至次日，薛姨妈命人请了张德辉来，在书房中命薛蟠款待酒饭，自己在后廊下，隔着窗子，向里千言万语嘱托张德辉照管薛蟠。张德辉满口应承，吃过饭告辞，又回说："十四日是上好出行日期，大世兄即刻打点行李，雇下骡子，十四一早就长行了。"薛蟠喜

1. 行文是要顿挫的，源于人性之复杂，若无此一曲折，便不真了。

2. 此言可凭，是唯一能使母亲稍得宽慰的要素。

3. 宝钗虽主张放他出去，然并非全无疑虑，故话中也有曲折。后来续写者便不知行文要曲折，是一大差别。

4. 权衡去留得失，也知具可行条件。

5. 作书者曾吃此亏，批书者亦曾吃此亏，故特于此注明，使后人深思默戒。脂砚斋。（庚）此批提供作者、脂砚斋事历的线索。可知曹雪芹曾为谋生计而外出做买卖，受过饱一顿、饥一顿、举目无亲的苦，或者还有赔本之类的挫折。脂砚斋也有过类似经历。

之不尽，将此话告诉了薛姨妈。薛姨妈便和宝钗、香菱并两个老年的嬷嬷，连日打点行装。派下薛蟠之乳父老苍头①一名，当年谙事旧仆二名，外有薛蟠随身常使小厮二人，主仆一共六人，[1]雇了三辆大车，单拉行李使物，又雇了四个长行骡子。薛蟠自骑一匹家内养的铁青大走骡，外备一匹坐马。诸事完毕，薛姨妈、宝钗等连夜劝戒之言，自不必备说。

至十三日，薛蟠先去辞了他母舅，然后过来辞了贾宅诸人。贾珍等未免又有饯行之说，也不必细述。至十四日一早，薛姨妈、宝钗等直同薛蟠出了仪门，母女两个，四只泪眼看他去了，方回来。

薛姨妈上京带来的家人不过四五房，并两三个老嬷嬷、小丫头，今跟了薛蟠一去，外面只剩了一两个男子。因此薛姨妈即日到书房，将一应陈设玩器并帘幔等物，尽行搬了进来收贮，命那两个跟去的男子之妻，一并也进来睡觉。[2]又命香菱将他屋里也收拾严紧，"将门锁了，晚间和我去睡"。宝钗道："妈既有这些人作伴，不如叫菱姐姐和我作伴去。我们园里又空，夜长了，我每夜作活，越多一个人，岂不越好？"[3]薛姨妈听了，笑道："正是，我忘了，原该叫她同你去才是。我前日还同你哥哥说：文杏又小，道三不着两的，莺儿一个人，不够服侍的，还要买一个丫头来你使。"宝钗道："买的不知底里，倘或走了眼，花了钱事小，没的淘气。倒是慢慢地打听着，有知道来历的，买个还罢了。"[4]一面说，一面命香菱收拾了衾褥妆奁，命一个老嬷嬷并臻儿送至蘅芜苑去，然后宝钗和香菱才同回园中来。[5]

香菱笑向宝钗道："我原要和奶奶说的，大爷去了，我和姑娘作伴儿去。又恐怕奶奶多心，说我贪着园里来玩；谁知你竟说了。"宝钗笑道："我知道你心里羡慕这园子不是一日两日的了，只是没个空儿。就每日来一趟，慌慌张张的，也没趣儿。所以趁着机会，索性住上一年，我也多个作伴的，你也遂了心。"香菱笑道："好姑娘，趁着这个工夫，你教给我作诗罢。"[6]

1. 光看跟从的人，已排场不小，亦见家人对此行的关怀。

2. 欲使香菱能入园与宝钗去做伴，先写薛姨妈命两个跟去的旧仆之妻进来同宿，令安排更顺理成章。

3. 香菱之愿可遂矣！

4. 闲言过耳无迹，然已伏下一事矣。（庚）恐后有买得之婢。惹人生气事。

5. 细想香菱之为人也，根基不让迎、探，容貌不让凤、秦，端雅不让纨、钗，风流不让湘、黛，贤惠不让袭、平，所惜者幼年罹祸，命运乖蹇，至为侧室，且虽曾读书，不能与林、湘辈并驰于海棠之社耳。然此一人岂可不入园哉？故欲令入园，终无可入之隙。筹画再四，欲令入园，必呆兄远行后方可。然阿呆兄又如何方可远行？曰名不可，利不可，正事不可，必得万人想不到，自己忽发一机之事方可。因此思及"情"之一字，乃呆素所误者，故借"情误"二字生出一事，使阿呆游艺之志已坚，则菱卿入园之隙方妥。回思因欲香菱入园，是写阿呆情误；因欲阿呆情误，先写一赖尚荣；实委婉严密之甚也。脂砚斋评。（庚）此批甚当。（靖）

6. 立表一大心愿。写得何其有趣！今忽见菱卿此句，合卷从纸上另走出一娇小美人来，并不是湘、林、探、凤等一样口气声色，真神骏之技，虽驰驱万里而不见有倦怠之色。（庚）

---

① 老苍头——老仆人。汉时仆隶头缠深青色布，故谓。

宝钗笑道:"我说你'得陇望蜀①'呢。我劝你今儿头一日进来,先出园东角门,从老太太起,各处各人,你都瞧瞧,问候一声儿,也不必特意告诉他们说搬进园来。若有提起因由的,你只带口说我带了你进来作伴儿就完了。回来进了园,再到各姑娘房里走走。"

香菱应着,才要走时,只见平儿忙忙地走来。[1]香菱忙问了好,平儿只得陪笑相问。宝钗因向平儿笑道:"我今儿带了她来作伴儿,正要去回你奶奶一声儿。"平儿笑道:"姑娘说的是哪里话?我竟没话答言了。"宝钗道:"这才是正理。店房也有个主人,庙里也有个住持。虽不是大事,到底告诉一声,便是园里坐更上夜的人,知道添了她两个,也好关门候户的了。你回去就告诉一声罢,我不打发人说去了。"平儿答应着,因又向香菱笑道:"你既来了,也不拜一拜街坊邻舍去?"[2]宝钗笑道:"我正叫她去呢。"平儿道:"你且不必往我们家去,二爷病了,在家里呢。"香菱答应着去了,先从贾母处来,不在话下。

且说平儿见香菱去了,便拉宝钗悄说道:"姑娘可听见我们的新闻了?"宝钗道:"我没听见新闻。因连日打发我哥哥出门,所以你们这里的事,一概也不知道,连姊妹们这两日也没见。"平儿笑道:"老爷把二爷打了个动不得,难道姑娘就没听见?"[3]宝钗道:"早起恍惚听见了一句,也信不真。我也正要瞧你奶奶去呢,不想你来了。又是为了什么打他?"平儿咬牙骂道:"都是那贾雨村什么风村,半路途中哪里来的饿不死的野杂种!认了不到十年,生了多少事出来![4]今年春天,老爷不知在哪个地方看见了几把旧扇子,回家来,看家里所有收着的这些好扇子都不中用了,立刻叫人各处搜求。谁知就有一个不知死的冤家,混号儿世人叫他作石呆子,[5]穷得连饭也没得吃,偏他家就有二十把旧扇子,死也不肯拿出大门来。二爷好容易烦了多少情,见了这个人,说之再三,他把二爷请到他家里坐着,拿出这扇子,略瞧了一瞧。据二爷说,原是不能再有的,全是湘妃、棕竹、麋

1. 必有急事。"忙忙"二字奇,不知有何妙文。(庚)

2. 有促她快去之意,盖来谈之事不欲其知也。是极!恰是戏言,实欲支出香菱去也。(庚)

3. 前宝玉挨其父打,今贾琏亦挨其父打,却不知为何;一用正面详写,一只侧面提及。既言打得"动不得",必要说出原因,如此又带出一事来。

4. 从未见平儿如此臭骂过人,贾雨村之为人可想而知矣!一句"生出多少事",暗含无数见不得人的勾当。

5. 既以"呆子"相称,必有异于常人处。

___

① 得陇望蜀——谓不知足,得寸进尺,语出《后汉书·岑彭传》。

鹿、玉竹①的，皆是古人写画真迹。¹回来告诉了，老爷便叫买他的，要多少银子给他多少。偏那石呆子说：'我饿死冻死，一千两银子一把，我也不卖！'²老爷没法子，天天骂二爷没能为。已经许了他五百两，先兑银子，后拿扇子。他只是不卖，只说：'要扇子先要我的命！'姑娘想想，这有什么法子？谁知雨村那没天理的听见了，便设了个法子，讹他拖欠官银，拿他到衙门里去，说：'所欠官银，变卖家产赔补。'把这扇子抄了来，作了官价，送了来。³那石呆子如今不知是死是活。⁴老爷拿着扇子，问着二爷说：'人家怎么弄了来？'二爷只说了一句：'为这点子小事，弄得人坑家败业，也不算什么能为！'⁵老爷听了，就生了气，说二爷拿话堵老爷，因此这是第一件大的。这几日，还有几件小的，我也记不清，所以都凑在一处，就打起来了。也没拉倒，用板子棍子，就站着，不知拿什么，混打一顿，脸上打破了两处。我们听见姨太太这里有一种丸药，上棒疮的，姑娘快寻一丸子给我。"宝钗听了，忙命莺儿去要了一丸来与平儿。宝钗道："既这样，替我问候罢，我就不去了。"平儿答应着去了，不在话下。

　　且说香菱见过众人之后，吃过晚饭，宝钗等都往贾母处去了，自己便往潇湘馆中来。⁶此时，黛玉已好了大半，见香菱也进园来住，自是欢喜。香菱因笑道："我这一进来了，也得了空儿，好歹教给我作诗，就是我的造化了！"⁷黛玉笑道："既要学作诗，你就拜我为师。我虽不通，大略也还教得起你。"⁸香菱笑道："果然这样，我就拜你为师。你可不许腻烦的。"黛玉道："什么难事，也值得去学！不过是起、承、转、合②，当中承、转是两副对子，平声对仄声，虚的对虚的，实的对

1. 不须细表，为避繁也。

2. 饿死冻死是小事，扇子就是性命，正见其呆性。世间确有此种怪异癖好者，特用浓墨画一笔。

3. 比"乱判葫芦案"时又老练了许多。

4. 还用说？前已表过"要扇子先要我的命"，哪里还有活路？首回甄士隐歌"因嫌纱帽小，致使锁枷杠"二句，脂评注明"贾赦、雨村一干人"，则二人后来获罪，肯定与此次故设冤狱，谋扇害命事被揭发出来相关。

5. 贾琏滥淫，固其垢病，然见此类坑害百姓事，能说公道话，可知其正义感尚未泯灭。书中人物，多不用单色调。

6. 是进学堂来了。

7. 因宝钗说她"得陇望蜀"，并未应允是否教她作诗，故又向黛玉再提，可见其愿望之迫切。

8. 找对人了。黛玉对作诗固深有经验，居然好为人师，也是想不到的。或因居馆寂寥，正可借此找个诗友，让自己有机会谈谈心得了。由此也能看出对女孩子是否应该读书作诗一事，钗、黛的不同想法。

---

① 湘妃、棕竹、麋鹿、玉竹——作扇股用的四种名贵的竹子。
② 起、承、转、合——律诗四联，以其顺序称，为首、颔、颈、尾；以作诗的普遍性结构章法说，则为起、承、转、合。起，为起头，发端，往往点题；承，为承接，承上一联而述，即继续发挥开端提出的意思；转，为转折，犹如文章之换段，另换角度，再转出新的意思来；合，为综合，即总全篇而结束。

实的<sup>①</sup>，若是果有了奇句，连平仄、虚实不对都使得的。"<sup>1</sup>香菱笑道："怪道我常弄一本旧诗，偷空儿看一两首，又有对得极工的，又有不对的。又听见说'一三五不论，二四六分明<sup>②</sup>'。看古人的诗上，亦有顺的，亦有二四六上错了的，所以天天疑惑。如今听你一说，原来这些格调规矩，竟是末事，只要词句新奇为上。"黛玉道："正是这个道理，词句究竟还是末事，第一是立意要紧。若意趣真了，连词句不用修饰，自是好的，这叫做'不以词害意<sup>③</sup>'。"<sup>2</sup>

香菱笑道："我只爱陆放翁的诗：'重帘不卷留香久，古砚微凹聚墨多'<sup>④</sup>，说得真有趣！"黛玉道："断不可看这样的诗。你们因不知诗，所以见了这浅近的就爱；一入了这个格局，再学不出来的。<sup>3</sup>你只听我说，你若真心要学，我这里有《王摩诘全集》<sup>⑤</sup>，你且把他的五言律读一百首，细心揣摩透熟了，然后再读一二百首老杜<sup>⑥</sup>的七言律，次再李青莲<sup>⑦</sup>的七言绝句读一二百首。肚子里先有了这三个人作了底子，<sup>4</sup>然后再把陶渊明、应玚、谢、阮、庾、鲍<sup>⑧</sup>等人的一看。你又是这样一个极聪敏伶俐的人，不用一年的工夫，不愁不是诗翁了。"香菱听了，笑道："既这样，好姑娘，你就把这书给我拿出来，我带回去，夜里念几首也是好的。"黛玉听说，便命紫鹃将王右丞的五言律拿来，递与香菱，又道："你只看有红圈的，都是我选的。有一首，

1. 看她说得多轻巧！当时一谈到学诗，都指学近体诗，尤其是律诗，由此入手，能掌握字声、押韵、对仗、章法等基本格律也。因对作诗了然于胸，故寥寥数语，便把格律事说完了。

2. 须将格律、词句、立意三者位置摆正了。

3. 此即宋人严羽所谓"入门须正，立志须高"，"若自退屈，即有下劣诗魔入其肺腑之间"，"路头一差，愈骛愈远，由入门之不正也"。（《沧浪诗话·诗辩》）

4. 学律绝大概没有更好楷模了，亦严沧浪所谓"当以盛唐为法"也。初学者以此三大家诗打"底子"，路子正，是最妥的方法。

---

① 平声对仄声，虚的对虚的，实的对实的——古人将字声分为平、上、去、入四声，上、去、入声调不平，总称仄声。律诗形式中，规定一句之中两字平仄相间，一联之间，平仄相反，故曰"平声对仄声"。中二联对仗，动词、形容词、副词、语助词等等称虚词，名词为实词，均须对称，故曰"虚的对虚的，实的对实的"。诸本原来均作"虚的对实的，实的对虚的"，当系笔误，今改。

② 一三五不论，二四六分明——对作律诗字声平仄要求的一种流行说法。即七律一句中，第一、第三、第五字规定的平仄声要求不严，可以变通；第二、第四、第六字必须严格，不可任意改变。其实，这只是大略的粗疏的说法。在某种句式中，也有一三五必须论的，也有二四六可以不分明的。

③ 不以词害意——不能因为追求文字格律而损害内容。见《孟子·万章上》。

④ "重帘"二句——陆游《书室明暖，终日婆娑其间，倦则扶杖至小园，戏作长句》之二诗原句。清阁若璩《潜丘札记》卷四："何屺瞻告余：陆放翁之才，万顷海也，今人第以其'疏帘不卷留香久，古砚微凹积墨多'等句，遂认作苏州一老清客耳。"

⑤ 《王摩诘全集》——即《王右丞集》，王维，字摩诘，唐代大诗人，五律有很高的成就，官终尚书右丞，故又称"王右丞"。

⑥ 老杜——唐代大诗人杜甫。其七律之成就，唐代无与伦比。后人称他"老杜"，以别于另一位称"小杜"的唐代著名诗人杜牧。

⑦ 李青莲——唐代大诗人李白，幼年居绵州昌隆青莲乡（今四川江油），自号青莲居士。他的七绝成就极高。

⑧ 应玚、谢、阮、庾、鲍——应玚，汉末诗人，"建安七子"之一。谢，谢灵运，南朝宋诗人。阮，阮籍，三国魏诗人。庾，庾信，北周诗人。鲍，鲍照，南朝宋诗人。

念一首。不明白的，问你姑娘；或者遇见我，我讲与你就是了。"香菱拿了诗，回至蘅芜苑中，诸事不顾，只向灯下一首一首地读起来。宝钗连催她数次睡觉，她也不睡。[1]宝钗见她这般苦心，只得随她去了。

　　一日，黛玉方梳洗完了，只见香菱笑吟吟地送了书来，又要换杜律。黛玉笑道："共记得多少首？"香菱笑道："凡红圈选的，我尽读了。"黛玉道："可领略了些滋味没有？"香菱笑道："我倒领略了些滋味，不知可是不是，说与你听听。"黛玉笑道："正要讲究讨论，方能长进。[2]你且说来我听。"香菱笑道："据我看来，诗的好处，有口里说不出来的意思，想去却是逼真的；有似乎无理的，想去竟是有理有情的。"[3]黛玉笑道："这话有了些意思，但不知你从何处见得？"香菱笑道："我看他《塞上》[①]一首内一联云：'大漠孤烟直，长河落日圆。'想来烟如何直？日自然是圆的。这'直'字似无理，'圆'字似太俗。合上书一想，倒像是见了这景的。若说再找两个字换这两个，竟再找不出两个字来。再还有：'日落江湖白，潮来天地青。'[②]这'白''青'两个字也似无理。想来，必得这两个字才形容得尽；念在嘴里，倒像有几千斤重的一个橄榄。还有：'渡头余落日，墟里上孤烟。'[③]这'余'字和'上'字，难为他怎么想来！我们那年上京来，那日下晚便湾住船[④]，岸上又没有人，只有几棵树，远远的几家人家做晚饭，那个烟竟是碧青，连云直上。谁知我昨日晚上看了这两句，倒像我又到了那个地方去了。"[4]

　　正说着，宝玉和探春也来了，也都入座听她讲诗。宝玉笑道："既是这样，也不用看诗，会心处不在多，[5]听你说了这两句，可知'三昧'[⑤]你已得了。"黛玉笑道："你说他这'上孤烟'好，你还不知他这一句还是套了前人的来。我给你这一句瞧瞧，更比这

1. 学诗，潜心细读经典之作是第一步，非以苦为乐，下硬工夫不可。

2. 难怪李、杜相交亦以"细论文"为乐。

3. 香菱所言，虽似寻常说话，并无高妙深论，却能点中好诗佳句之要害，道出它给人的真切感受。

4. 都是作者诗论和读诗感受的故事化、通俗化。

5. 说得好，读诗以"会心"二字最要紧，不在多，而在真正有所领悟。

----

① 《塞上》——指王维《使至塞上》诗。"大漠"一联，为诗之五六句。
② "日落"二句——王维《送邢桂州》诗之五六句。
③ "渡头"二句——王维《辋川闲居赠裴秀才迪》诗之五六句。
④ 湾住船——停泊。
⑤ 三昧——事物之精奥、秘诀。佛家语。

个淡而现成。"说着，便把陶渊明的"暧暧远人村，依依墟里烟"①翻了出来，递出香菱。香菱瞧了，点头叹赏，笑道："原来'上'字是从'依依'两个字上化出来的！"宝玉大笑道："你已得了，不用再讲，越发倒学杂了。¹你就作起来，必是好的。"探春笑道："明儿我补一个柬来，请你入社。"香菱笑道："姑娘何苦打趣我！²我不过是心里羡慕，才学着玩罢了。"探春、黛玉都笑道："谁不是玩？难道我们是认真作诗呢！若说我们认真成了诗，出了这园子，把人的牙还笑倒了呢！"³宝玉道："这也算自暴自弃了。前日我在外头和相公们商议画儿，他们听见咱们起诗社，求我把稿子给他们瞧瞧。我就写了几首给他们看看，谁不真心叹服！他们都抄了刻去了。"⁴探春、黛玉忙问道："这是真话么？"宝玉笑道："说谎的是那架上的鹦哥。"黛玉、探春听说，都道："你真胡闹！且别说那不成诗，便是成诗，我们的笔墨，也不该传到外头去。"宝玉道："这怕什么？古来闺阁中的笔墨不要传出去，如今也没人知道了。"

　　说着，只见惜春打发了入画来请宝玉，宝玉方去了。香菱又逼着黛玉换出杜律来，又央黛玉、探春二人："出个题目，让我诌去，⁵诌了来，替我改正。"黛玉道："昨夜的月最好，我正要诌一首，竟未诌成，你竟作一首来。'十四寒'②的韵，由你爱用哪几个字去。"香菱听了，喜得拿回诗来，又苦思一回，作两句诗；又舍不得杜诗，又读两首。如此茶饭无心，坐卧不定。⁶宝钗道："何苦自寻烦恼！都是颦儿引的你，我和她算账去。你本来呆头呆脑的，⁷再添上这个，越发弄成个呆子了。"香菱笑道："好姑娘，别混我。"⁸一面说，一面作了一首，先与宝钗看了，笑道："这个不好，不是这个作法。你别怕臊，只管拿了给她瞧去，看她是怎么说。"香菱听了，便拿了诗找黛玉。黛玉看时，只见写道是：

> 月挂中天夜色寒，清光皎皎影团团。
> 诗人助兴常思玩，野客添愁不忍观。

1. 近见诗歌鉴赏文章，多好作长篇大论，这个这样讲，那个又那样讲，反令初学者无所适从，不得要领。

2. 何尝不想加入，来试身手，不知真能学会否，哪里就敢奢望。

3. 作者借人物之口，自占地步。毕竟要模拟众多闺阁之作，并非易事。

4. 也不妄自菲薄，特有宝玉之言；闺中戏作，本自取其乐，不欲外传，被评头品足，也是实情，故再有"胡闹"的话。

5. 一读二论三作，实践极重要。即便不学作诗，只限于欣赏或研究诗，自己学不学着作，还是很不一样的。事非经过不知难，有实践，才有真切体验，才能更深切领会前人创作之甘苦，好诗究竟好在哪里。

6. 一心专注必有的精神状态。

7. "呆头呆脑的"，有趣之至！最恨野史有一百个女子，皆曰聪敏伶俐，究竟看来，她行为也平平。今以"呆"字为香菱定评，何等妩媚之至也。（庚）

8. 正在兴头上，哪肯听这些！如闻如见。（庚）

---

① "暧暧"二句——陶潜《归园田居》诗中句。
② 十四寒——诗韵中平声分上平声、下平声，各十五部，每部有一字为韵目。十四寒，即上平声第十四部，以"寒"字为韵目者。

翡翠楼边悬玉镜，珍珠帘外挂冰盘。

良宵何用烧银烛，晴彩辉煌映画栏。①

黛玉笑道："意思却有，只是措词不雅。皆因你看的诗少，被它缚住了。¹ 把这首丢开，再作一首，只管放开胆子去作。"

1. 诗有诗的语言，固可写得明白如话，却不是只会说常话、套话、俗话，那至多是顺口溜，也即所谓"措词不雅"，像"诗人助兴常思玩"即是。也不能被诗题"缚住"，打不开思路。根本原因说得一清二楚。

香菱听了，默默地回来，索性连房也不入，只在池边树下，或坐在山石上出神，或蹲在地下抠土，² 来往的人都诧异。李纨、宝钗、探春、宝玉等听得此信，都远远地站在山坡上瞧着她。只见她皱一回眉，又自己含笑一回。宝钗笑道："这个人定要疯了！昨夜嘟嘟哝哝，直闹到五更天才睡下，没一顿饭的工夫，天就亮了，我就听见她起来了，忙忙碌碌梳了头，就找颦儿去。³ 一回来了，呆了一日，作了一首又不好，自然这会子另作呢。"宝玉笑道："这正是'地灵人杰'②，老天生人，再不虚赋情性的。我们成日叹说：可惜她这么个人竟俗了，谁知到底今日！可见天地至公。"宝钗听了，笑道："你能够像她这苦心就好了，学什么有个不成的？"宝玉不答。⁴

2. 描摹苦吟情状如画。

3. 真到了王国维所说的第二境界："衣带渐宽终不悔，为伊消得人憔悴"也。（见《人间词话》）

4. 宝钗总好劝人，宝玉从来恶劝。

只见香菱兴兴头头的，又往黛玉那边去了。探春笑道："咱们跟了去，看她有些意思没有。"说着，一齐都往潇湘馆来。只见黛玉正拿着诗和她讲究。众人因问黛玉："作得如何？"黛玉道："自然算难为她了，只是还不好。这一首过于穿凿了，⁵ 还得另作。"众人因要诗看时，只见作道：

非银非水映窗寒，试看晴空护玉盘。

淡淡梅花香欲染，丝丝柳带露初干。

只疑残粉涂金砌，恍若轻霜抹玉栏。

梦醒西楼人迹绝，余容犹可隔帘看。③

5. 所谓"穿凿"，如注释中说过多比附也。眼睛仍只盯住月亮本身，没有真正放开。咏物诗若不能寄情寓兴，只就物说物，必不见佳。

宝钗笑道："不像吟月，'月'字底下添一个'色'字倒还使得。⁶ 你看，句句倒是月色。这也罢了，原是诗从胡

6. 可知律诗内容与题目差一点不得。

---

① "月挂"一首——助兴常思玩，常思赏月以助诗兴。野客，山野之人，隐士之类。翡翠、珍珠，为求措辞华丽给楼和帘加上的饰词。玉镜、冰盘，喻月。银烛，银白色的蜡烛。此首堆砌辞藻，凑泊成句，首尾两联，只说得个"月亮很亮"，内容空洞，写得很幼稚。

② 地灵人杰——亦作"人杰地灵"，山川灵秀，人物杰出。

③ "非银"一首——梅花香欲染，形容其香气之浓。诗词中多写月夜梅花，所以用梅烘染月。柳带，柳条。残粉涂金砌，阶台上涂了一层淡淡的铅粉。古以"金粉楼台"称华丽建筑。余容，将西沉的月亮，拟人说法。此首能用烘染手法，已较大胆，然过多地比附，反成写月色而非月。

说来，¹再迟几天就好了。"香菱自为这首妙绝，听如此说，自己又扫了兴，不肯丢开手，便要思索起来。因见她姊妹们说笑，便自己走到阶前竹下闲步，挖心搜胆，耳不旁听，目不别视。一时，探春隔窗笑说道："菱姑娘，你闲闲罢！"香菱怔怔答道："'闲'字是'十五删'①的，错了韵了。"众人听了，不觉大笑起来。²宝钗道："可真是诗魔了。都是颦儿引的她！"黛玉道："圣人说，'诲人不倦'②，她又来问我，我岂有不说之理！"

李纨笑道："咱们拉了她往四姑娘房里去，引她瞧瞧画儿，叫她醒一醒才好。"说着，真个出来拉了她过藕香榭，至暖香坞中。惜春正乏倦，在床上歪着睡午觉，画缯③立在壁间，用纱罩着。众人唤醒了惜春，揭纱看时，十停方有了三停。香菱见画上有几个美人，因指着笑道："这一个是我们姑娘，那一个是林姑娘。"探春笑道："凡会作诗的，都画在上头，你快学罢！"³说着，玩笑了一回。

各自散后，香菱满心中还是想诗。至晚间，对灯出了一回神，至三更以后，上床卧下，两眼鳏鳏④，直到五更，方才朦胧睡去了。一时天亮，宝钗醒了，听了一听，她安稳睡了，心下想："她翻腾了一夜，不知可作成了？这会子乏了，且别叫她。"正想着，只听香菱从梦中笑道："可是有了！难道这一首还不好？"宝钗听了，又是可叹，又是可笑，连忙唤醒了她，问她："得了什么？你这诚心都通了仙了。学不成诗，还弄出病来呢！"一面说，一面梳洗了，会同姊妹往贾母处来。原来香菱苦志学诗，精血诚聚，日间作不出，忽于梦中得了八句，⁴梳洗已毕，便忙录出来，自己并不知好歹，便拿来又找黛玉。刚到沁芳亭，只见李纨与众姊妹方从王夫人处回来，宝钗正告诉她们，说她梦中作诗说梦话。⁵众人正笑，抬头见她来了，便都争着要诗看。且听下回分解。

1. 何等胆量，敢说这一句！真诗人语。

2. 可知清人律诗押韵，尚严守韵部。近人则有将"只等闲"与"铁索寒"押在一起的；还有将"三江""七阳"通押的。

3. 一直叙来都是香菱学诗事，故以惜春作画略为穿插，以免行文单调，或可称"诗中有画"；又说画中美人都是"会作诗"的，则又可称"画中有诗"。

4. 这一现象，历来多有，苏东坡、陆放翁皆有梦中得诗事。现代的心理学、神经学方面的科学家有合理解说，此处以"精血诚聚"四字概说之可也。

5. 一部大书起是梦，宝玉情是梦，贾瑞淫又是梦，秦之家计长策又是梦，今作诗也是梦，一并风月鉴亦从梦中所有，故红楼梦也。余今批评亦在梦中，特为梦中之人特作此一大梦也。脂砚斋。（庚）

① 十五删——上平声第十五部，韵目为"删"。寒、删两部，韵近，易致混淆。近人作律有通用两部者，如七律《长征》"只等闲""铁索寒"通押。
② 诲人不倦——教导别人，不辞疲倦。语出《论语·述而》。
③ 画缯——作画用的绢帛。
④ 鳏鳏（guān 关）——形容睁着眼的样子。鳏，一种鱼，目常睁而不闭，似人之忧愁失眠，故丧妻者曰鳏。

**【总评】**

　　薛蟠挨打后，装病在家，愧见亲友，听薛家所开的当铺内伙计张德辉谈起两地贩卖可获厚利，便动了心，想与他一同外出一年半载去做买卖，既可借此躲躲羞，又可逛逛山水，主意定后，告诉其母。薛姨妈先是反对，后听宝钗说让他自己去经历经历，学些乖来，未必不好，就同意了。因有薛蟠的离家，香菱才得进大观园与宝钗同住，才有学作诗、与诸女孩斗草玩耍等事。

　　叙述中插入一事：贾赦看中石呆子二十把古董扇子，欲购不得，贾雨村知道后，设计讹石呆子"拖欠官银，拿他到衙门里去"，抄了他扇子送来给贾赦。而原先声称"要扇子先要我的命"的石呆子，则"不知是死是活"。此事连做儿子的贾琏都看不过去，出语讥讽，遭其父一顿打。脂评曾对《好了歌注》"因嫌纱帽小，致使锁枷杠"二句有批说："贾赦、雨村一干人。"看来，这一弊案在后半部佚稿中还得揭出来。

　　香菱自幼遭人拐卖，沦为奴隶；薛蟠占其为妾后，精神上是很寂寞的。她十分羡慕小姐们雅集吟咏，也渴望过那种精神文化生活。如今有了机会，便拜林黛玉为师，学起作诗来了。在她学诗的情节中，作者把自己的诗论和写诗的体会故事化了。他仿效初学者的笔调，揣摩他们习作中易犯的通病，以及他们在实践中逐步摸索前进的过程，把不同阶段的成绩都一一真实地再现出来，使这些诗歌成为小说描写不可分割的有机组成部分，艺术上是非常成功的。

　　黛玉先给香菱讲诗的基本格律（因当时学诗都指学近体格律诗，即律诗、绝句），强调在必要时可以突破。对诗的好坏来说，不但格律是末事，就连词句也是末事，第一立意要紧。若意趣真了，连词句不用修饰，自是好的，这叫作"不以词害意"，说法无疑是非常正确的。接着就是读诗，黛玉为她挑选的是王维的五律、杜甫的七律和李白的七绝各一二百首。所举盛唐三大家都是唐诗中写近体诗成就最高的三位，这叫作"入门须正，立志须高"（严羽《沧浪诗话》）。再下来便是检验读后对"诗的好处"的领略程度。若不能领略，读再多也枉然。香菱聪慧，颇能领略其中妙处，宝玉说她已得"三昧"。最后是动手试写，开始创作实践。读诗，领会其好处是一回事，自己作诗能否作得好又是另一回事。但自己实践过、摸索过、尝过创作的甘苦，再去读诗，又必然更能加深对诗的领会，这与只读不作是不一样的。

　　香菱开始写的诗不好，她接受教训，继续摸索，终于有成。这除了凭她天赋外，自己主观努力也十分重要。小说中对其苦吟有不少生动的描写；其中用情节来穿插，尤有风趣，如探春叫她："菱姑娘，你闲闲罢！"她却答道："'闲'字是'十五删'的，错了韵了。"因为此次作诗规定用"十四寒"韵，与"十五删"韵不能通押，前人很严格；近人作律，则有不遵此的。最后，写她忽于梦中得了八句，其实也不神秘，从心理学角度看，那正是日间苦志思索所形成的一种精神状态的反映。

# 第四十九回
## 琉璃世界白雪红梅　脂粉香娃割腥啖膻

【题解】

　　本回回目诸本两歧，除相同者外，蒙府、戚序、卞藏本作"白雪红梅园林佳景，割腥啖膻闺阁野趣"，异文平弱无味，当是后人所改。此用庚辰本回目。上句："琉璃世界"，形容大观园一场大雪后的景象，所谓"四顾一望，并无二色"，"自己却如装在玻璃盆内一般"。"白雪红梅"，指此时"栊翠庵中有十数株红梅，如胭脂一般，映着雪色，分外显得精神"。下句：史湘云悄悄与宝玉商议，要了块生鹿肉来，在园子里自己生火，边割边烧烤着吃。虽生鹿肉属腥膻野味，经烧过，香气四溢，引得几位姊妹也来品尝。有回前评曰：此回系大观园集十二正钗之文。（庚）

　　话说香菱见众人正说笑，她便迎上去笑道："你们看这一首。若使得，我便还学；若还不好，我就死了这作诗的心了。"说着，把诗递与黛玉及众人，看时，只见写道是：

<u>精华欲掩料应难，影自娟娟魄自寒。</u>[1]
一片砧敲千里白，半轮鸡唱五更残。
绿蓑江上秋闻笛，红袖楼头夜倚栏。
博得嫦娥应借问：缘何不使永团圆？①

1. 恰好寄寓自身半生的经历遭际，也透露学诗终有成的希望。

众人看了笑道："<u>这首不但好，而且新巧有意趣。</u>[2]可知俗语说：'天下无难事，只怕有心人。'社里一定请你了。"香菱听了，心下不信，料着是她们哄自己的话，还只管问黛玉、宝钗等。

　　正说之间，只见几个小丫头并老婆子忙忙地走来，都笑道："来了好些姑娘、奶奶们，我们都不认得，奶

2. 前后三首诗代表长期实践中不同摸索阶段而已。从初试到成功，跨度是很大的。若在真实生活中，只怕连作三十次，也绝不可能臻此境地。

---

① "精华"一首——精华，月之光华。影，月之形；魄，月之质。首联既咏月，又暗寓自身，寄情于景。颔联用特殊修辞句式，笔法老练，如"一片""千里"，既是说砧，又是说月，借李白"长安一片月，万户捣衣声"诗意；又如"残"字，是残月，也是残更，是自残，敲残，还是唱残，随心会意。颈联拓展境界，野客添愁，少妇感怀。蓑衣古用草编，故言"绿"，月夜吹笛，闻之犹悲。结句感喟，本是诗人的，偏推给寂寞嫦娥，诗意曲折，又扣诗题。"团圆"二字，月与人合咏。

奶、姑娘们快认亲去。"李纨笑道："这是哪里的话？你到底说明白了，是谁的亲戚？"那婆子、丫头都笑道："奶奶的两位妹子都来了，还有一位姑娘，说是薛大姑娘的妹妹；还有一位爷，说是薛大爷的兄弟。我这会子请姨太太去呢，奶奶和姑娘们先上去罢。"说着，一径去了。宝钗笑道："我们薛蝌和他妹妹来了不成？"李纨也笑道："我们婶子又上京来了不成？他们也不能凑在一处，这可是奇事。"大家纳闷，来至王夫人上房，只见乌压压一地的人。

原来邢夫人之兄嫂带了女儿岫烟进京来投邢夫人的，可巧凤姐之兄王仁也正进京，两亲家一处打帮来了。走至半路泊船时，正遇见李纨之寡婶，带着两个女儿——大名李纹，次名李绮，也上京。大家叙起来，又是亲戚，因此三家一路同行。后有薛蟠之从<sup>①</sup>薛蝌，因当年父亲在京时，<u>已将胞妹薛宝琴许配都中梅翰林之子为婚，正欲进京发嫁，</u>[1]闻得王仁进京，他也随后带了妹子赶来。所以今日会齐了，来访投各人亲戚。

于是大家见礼叙过，贾母、王夫人都欢喜非常。贾母因笑道："怪道昨日晚上灯花爆了又爆，结了又结，原来应到今日。"一面叙些家常，一面收看带来的礼物，一面命留酒饭。凤姐儿自不必说，忙上加忙。李纨、宝钗自然和婶母、姊妹叙离别之情。黛玉见了，先是欢喜，次后想起众人皆有亲眷，独自己孤单，没个亲眷，不免又去垂泪。宝玉深知其情，十分劝慰了一番方罢。

然后宝玉忙忙至怡红院中，向袭人、麝月、晴雯等笑道："<u>你们还不快看人去！谁知宝姐姐的亲哥哥是那个样子，他这叔伯兄弟形容举止另是一样了，倒像是宝姐姐的同胞弟兄似的。</u>[2]更奇在你们成日家只说宝姐姐是绝色的人物，你们如今瞧瞧她这妹子，还有大嫂嫂的两个妹子，我竟形容不出来了。<u>老天，老天！你有多少精华灵秀，生出这些人上之人来！</u>[3]可知我井底之蛙，成日家只说现在的这几个人是有一无二的，谁知不必远寻，就是本地风光，一个赛似一个。如今我又长了一层学问了。除了这几个，难道还有几个不成？"一面说，一面自笑自叹。<u>袭人见他又有些魔意，便不肯去瞧。</u>[4]晴雯等早去

<hr>

①　从弟——堂弟。

1. 写大观园盛事，前有省亲、两宴，此则于香菱学诗后，环绕群芳毕集作即景联句等事，续写精神文化生活盛况，故让宝琴等四裙钗一时会齐，以免逐个交代，正为了省事。彼等皆配角，盛时同宴乐，事败各分散，与全书情节发展关系不大。宝琴特一开始就写明她已许配待嫁。

2. 薛蝌虚表一笔，便足以想象其形容举止。

3. 新到诸钗，亦用虚笔相夸。后文尚有大赞宝琴长得好之处，因而有评论者说宝琴是超过钗、黛、湘的全书中最美的人物。其实，这样死抠作者行文一字一句，作逻辑推理，是将空灵的文学语言当成严格的科学说明，过于认真，也过于拘泥了。

4. 不肯去看，心中对宝玉有微词也。

瞧了一遍回来，嘻嘻笑向袭人道："你快瞧瞧去！大太太的一个侄女儿，宝姑娘一个妹妹，大奶奶两个妹妹，倒像一把子四根水葱儿。"[1]

一语未了，只见探春也笑着进来找宝玉，因说道："咱们的诗社可兴旺了。"[2]宝玉笑道："正是呢。这是你一高兴起诗社，所以鬼使神差来了这些人。但只一件，不知她们可学过作诗不曾？"探春道："我才都问了问她们，虽是她们自谦，看光景没有不会的。便是不会也没难处，你看香菱就知道了。"袭人笑道："她们说薛大姑娘的妹妹更好，三姑娘看着怎么样？"探春道："果然的，据我看，连她姐姐并这些人总不及她。"[3]袭人听了，又是诧异，又笑道："这也奇了，还从哪里再寻好的去呢？我倒要瞧瞧去。"探春道："老太太一见了，喜欢得无可不可的，已经逼着太太认了干女儿了。老太太要养活，才刚已经定了。"宝玉喜得忙问："这果然的？"探春道："我几时说过谎？"又笑道："有了这个好孙女儿，就忘了你这孙子了。"宝玉笑道："这倒不妨，原该多疼女儿些才是正理。[4]明儿十六，咱们可该起社了。"探春道："林丫头刚起来了，二姐姐又病了，终是七上八下的。"宝玉道："二姐姐又不大作诗，没有她又何妨？"探春道："索性等几天，等她们新来的混熟了，咱们邀上她们，岂不好？这会子大嫂子、宝姐姐心里自然没有诗兴的，况且湘云没来，[5]颦儿才好了，人都不合式；不如等着云丫头来了，这几个新的也熟了，颦儿也大好了，大嫂子和宝姐姐心也闲了，香菱诗也长进了，如此邀一满社，岂不好？咱们两个如今且往老太太那里去听听，除宝姐姐的妹妹不算外，她一定是在咱们家住定了的。倘或那三个要不在咱们这里住，咱们央告着老太太留下她们，也在园子里住下，咱们岂不多添几个人，越发有趣了！"宝玉听了，喜得眉开眼笑，忙说道："倒是你明白。我终究是个糊涂心肠，空喜欢一会子，却想不到这上头。"

说着，兄妹两个一齐往贾母处来，果然王夫人已认了宝琴作干女儿，贾母欢喜非常，连园中也不命住，晚上跟着贾母一处安寝。[6]薛蝌自向薛蟠书房中住下。贾母便和邢夫人说："你侄女儿也不必家去了，园里住几天逛逛再去。"邢夫人兄嫂家中原艰难，这一上京，原仗的是邢夫人与他们治房舍，帮盘缠，听如此说，岂不

1. 好形容！

2. 正是为此而添人的。

3. 谁更好看些，各人各爱，本是最难说的事；由探春先夸，以后再有人夸，就不突然了。

4. 宝玉心态从来如此。

5. 这是第一个缺不得的人。

6. 贾母之爱幼，不只是对亲孙子、外孙女而已，也难得。

愿意。邢夫人便将邢岫烟交与凤姐。凤姐筹算得园中姊妹多，性情不一，且又不便另设一处，莫若送到迎春一处去，倘日后邢岫烟有些不遂意的事，纵然邢夫人知道了，与自己无干。[1] 从此后，若邢岫烟家去住的日期不算，若在大观园住到一个月上，凤姐儿亦照迎春份例送一份与岫烟。凤姐儿冷眼掂掇岫烟心性为人，[2] 竟不像邢夫人及她的父母一样，却是个极温厚可疼的人。因此凤姐反怜她家贫命苦，比别的姊妹多疼她些，邢夫人倒不大理论了。

　　贾母、王夫人因素喜李纨贤惠，且年轻守节，令人敬服，今见她寡婶来了，便不肯令她外头去住。那李婶虽十分不肯，无奈贾母执意不从，只得带着李纹、李绮在稻香村住下了。[3]

　　当下安插既定，谁知保龄侯史鼐又迁委①了外省大员，不日要带了家眷去上任。贾母因舍不得湘云，便留下她了，接到家中。原要命凤姐儿另设一处与她住，史湘云执意不肯，只要与宝钗一处住，因此也就罢了。[4]

　　此时大观园中，比先更热闹了多少：李纨为首，余者迎春、探春、惜春、宝钗、黛玉、湘云、李纹、李绮、宝琴、邢岫烟，再添上凤姐儿和宝玉，一共十三个。[5] 叙起年庚，除李纨年纪最长，他十二个人，皆不过十五六七岁，或有这三个同年，或有那五个共岁，或有这两个同月同日，或有那两个同刻同时，所差者大半是时刻月分而已。连他们自己也不能记清谁长谁幼，一并贾母、王夫人及家中婆子、丫鬟也不能细细分晰，不过是"弟""兄""姊""妹"四个字，随便乱叫。[6]

　　如今香菱正满心满意只想作诗，又不敢十分啰唣宝钗，可巧来了个史湘云。那史湘云又是极爱说话的，哪里禁得起香菱又请教她谈诗，越发高了兴，没昼夜高谈阔论起来。[7] 宝钗因笑道："我实在聒噪得受不得了。一个女孩儿家，只管拿着诗作正经事讲起来，叫有学问的人听了反笑话，说不守本分。[8] 一个香菱没闹清，偏又添了你这么个话口袋子，满嘴里说的是什么？怎么是'杜工部之沉郁，韦苏州之淡雅'，又怎么是'温八叉之绮靡，

1. 侄女自当与女儿安排住在一起。筹算精细是阿凤处事之道。

2. 脂评注"掂掇"：音颠夺，心内忖度也。（庚）

3. 李纨之寡婶及二女自当住稻香村。

4. 蘅芜苑已有香菱，再加湘云也够了。好在宝琴被贾母叫去住，如此已一一安顿妥当。

5. 十二正钗，有八个已齐了；另四个是来不了的：元春在宫中，可卿已死，妙玉出家人，巧姐尚幼。纹、绮、琴、烟辈既非正钗，亦非副钗，只是陪客。

6. 有人想把书中人物尤其是群芳的年龄按长幼顺序排出个谱来，结果发现很难梳理得清而不彼此矛盾的，因而十分烦恼。我想，这未必是研究小说的好办法。你看，连她们自己都记不清谁长谁幼，只是随便乱叫。你又何必去花这份心思呢？

7. 真巧，凑到一起了。这种没完没了的讨论，生活中也能见到。

8. 宝钗的说法，无疑属"保守派"言论，但两个姑娘如此日夜无休止地高谈阔论，恐也难免会令旁听者不耐烦。

---

① 迁委——调动官职。

李义山之隐僻'①。¹放着两个现成的诗家不知道，提那些死人做什么？"湘云听了，忙笑问道："现在是哪两个？好姐姐，你告诉我。"宝钗笑道："呆香菱之心苦，疯湘云之话多。"²湘云、香菱听了，都笑起来。

正说着，只见宝琴来了，披着一领斗篷，金翠辉煌，不知何物。宝钗忙问："这是哪里的？"宝琴笑道："因下雪珠儿，老太太找了这一件给我的。"香菱上来瞧道："怪道这么好看，原来是孔雀毛织的。"湘云笑道："哪里是孔雀毛，就是野鸭子头上的毛做的。³可见老太太疼你了，这样疼宝玉，也没给他穿。"宝钗道："真俗语说'各人有各人的缘法'。我也再想不到她这会子来，既来了，又有老太太这么疼她。"湘云道："你除了在老太太跟前，就在园里来，这两处，只管玩笑吃喝。到了太太屋里，若太太在屋里，只管和太太说笑，多坐一会无妨；若太太不在屋里，你别进去，那屋里人多心坏，都是要害咱们的。"⁴说得宝钗、宝琴、香菱、莺儿等都笑了。宝钗笑道："说你没心，却又有心；虽然有心，到底嘴太直了。我们这琴儿就有些像你。你天天说要我作亲姐姐，我今儿竟叫你认她作亲妹妹罢。"湘云又瞅了宝琴半日，笑道："这一件衣裳也只配她穿，别人穿了，实在不配。"

正说着，只见琥珀走来，笑道："老太太说：叫宝姑娘别管紧了琴姑娘，她还小呢，让她爱怎么样就怎么样；⁵要什么东西只管要去，别多心。"宝钗忙起身答应了，又推宝琴，笑道："你也不知是哪里来的这段福气！你倒去罢，仔细我们委屈着你。我就不信我哪些儿不如你。"说话之间，宝玉、黛玉都进来了，宝钗犹自嘲笑。湘云因笑道："宝姐姐，你这话虽是玩话，却有人真心是这样想呢。"琥珀笑道："真心恼的再没别人，就只是他。"口里说，手指着宝玉。宝钗、湘云都笑道："他倒不是这样人。"琥珀又笑道："不是他，就是她。"说着，又指着黛玉。湘云便不则声。⁶宝钗忙笑道："更不是了。我的妹妹和她的妹妹一样，她喜

1. 倘看过诗话之类书的，便会发现诗家们也多类似的喋喋不休。

2. 极妙的调侃。

3. 后回提到过它，名叫凫靥裘。

4. 当然是在说笑话，但从宝钗批评她"嘴太直"来看，又似话出有因。这种地方留给读者自己去想最妥。

5. 贾母之喜爱宝琴，一至于此。亦深知宝钗之为人是要严管宝琴的。

6. 湘云还以为黛玉心里会恼，故不作声。是不知道黛玉病中相谈、赠燕窝之事也。脂砚。（庚）

---

① "杜工部之沉郁"四句——杜工部，杜甫，曾任检校工部员外郎，其诗沉郁顿挫。韦苏州，唐诗人韦应物，曾为苏州刺史，其山水田园诗自然淡远。温八叉，唐诗人温庭筠，传说他八叉手而成诗八韵，所以有此外号，善写闺情，诗风艳丽。李义山，唐诗人李商隐，字义山，诗好用典，旨意隐晦难解。

欢得比我还疼呢，哪里还恼？你信云儿混说①，她的那嘴有什么实据！"

宝玉素习深知黛玉有些小性儿，且尚不知近日黛玉和宝钗之事，正恐贾母疼宝琴，她心中不自在；¹今见湘云如此说了，宝钗又如此答，再审度黛玉声色，亦不似往日，果然与宝钗之说相符，心中闷闷不解②。因想："她两个素日不是这样的，如今看来，竟更比他人好了十倍。"² 一时又见林黛玉赶着宝琴叫"妹妹"，并不提名道姓，直似亲姊妹一般。那宝琴年轻心热，³且本性聪敏，自幼读书识字，⁴今在贾府住了两日，大概人物已知。又见诸姊妹都不是那轻薄脂粉，且又和姐姐皆和契，故也不肯怠慢。其中又见林黛玉是个出类拔萃的，便更与黛玉亲敬异常。宝玉看着，只是暗暗地纳罕。⁵

一时宝钗姊妹往薛姨妈房内去后，湘云往贾母处来，林黛玉回房歇着。宝玉便找了黛玉来，笑道："我虽看了《西厢记》，也曾有明白的；几回说了取笑，你还曾恼过。如今想来，竟有一句不解，我念出来，你讲讲我听听。"黛玉听了，便知有文章，⁶因笑道："你念出来我听。"宝玉笑道："那《闹简》上有一句说得最好，'是几时孟光接了梁鸿案？'③这句最妙。'孟光接了梁鸿案'这七个字，不过是现成的典，难为他这'是几时'三个虚字，问得有趣。⁷是几时接了？你说说我听听。"黛玉听了，禁不住也笑起来，因笑道："这原问得好。她也问得好，你也问得好。"宝玉道："先时你只疑我，如今你也没的说，我反落了单。"黛玉笑道："谁知她竟真是个好人，我素日只当她藏奸。"因把说错了酒令起，连送燕窝病中所谈之事，细细告诉了宝玉，宝玉方知缘故。⁸因笑道："我说呢，正纳闷'是几时孟光接了梁

1. 有意提起黛玉平时的"小性儿"和宝玉为此而担心。

2. 见惯以往钗、黛总是针锋相对，所以奇怪。

3. 四字道尽，不犯宝钗。脂砚斋评。（庚）

4. 我批此书，竟得一秘诀，以告诸公：凡野史中所云才貌双全佳人者，细细通审之，只得一个粗知笔墨之女子耳。此书凡云知书识字者，便是上等才女，不信时只看他通部行为及诗词诙谐皆可知。妙在此书从不肯自下评注，云此人系何等人，只借书中人闲评一二语，故不得有未密之缝被看书者指出，真狡猾之笔耳。（庚）

5. 因此接写向黛玉问明原委事。

6. 特以《西厢记》词句请教，若不知话里"有文章"，便不是林黛玉了。

7. 宝玉问得也有趣。

8. 前钗、黛结下"金兰"之谊是全书的大过节、大关键，故特用湘云误会、宝玉不解再次写明，以令醒目。有人以为如此一来，钗、黛间没有冲突，便看不到有趣文字了。殊不知此书不落"三角恋爱"套头，《红楼梦》是超越"木石""金玉"成空的良缘梦范围的。宝、黛、钗之间的悲剧，只不过是整个家庭大悲剧中的一部分，虽则是重要部分。生活是极丰富多彩的，这一冲突解决了，还有别的冲突。我们正不该要求作者按我们的愿望或习惯爱好去写小说。

---

① 你信云儿混说——诸本同。庚辰本"云"作"口"，则成了责怪琥珀混说，不对，混说者应是湘云。脂砚还为湘云的态度作过解说："是不知道黛玉病中相谈、赠燕窝之事也。"故下面紧接"她"字，而不是"你"字，可知庚辰本抄误。

② 闷闷不解——列藏、蒙府、戚序、戚宁本同。程高本作"甚是不解"。唯庚辰本作"闷闷不乐"。钗黛亲近要好，宝玉岂有"不乐"之理，知亦误。

③ 是几时孟光接了梁鸿案——出自《西厢记》。原为红娘嘲莺莺暗中早应了张生的约会，此为宝玉奇怪黛玉"是几时"已接受了宝钗的友谊。下文"小孩儿家口没遮拦"，宝玉借此取笑黛玉在行酒令时随口就用了《西厢记》词句。钗黛的亲近正从谈论此事开始。

鸿案’，原来是从‘小孩儿家口没遮拦’上就接了案了。”[1]

黛玉因又说起宝琴来，想起自己没有姊妹，不免又哭了。宝玉忙劝道："这又自寻烦恼了。你瞧瞧，今年比旧年越发瘦了，你还不保养！每天好好的，你必是自寻烦恼哭一会子，才算完了这一天的事。"黛玉拭泪道："近来我只觉心酸，眼泪却像比旧年少了些似的。心里只管酸痛，眼泪却不多。"[2]宝玉道："这是你哭惯了，心里疑的，岂有眼泪会少的！"

正说着，只见他屋里的小丫头子送了猩猩毡斗篷①来，又说："大奶奶才打发人来说，下了雪，要商议明日请人作诗呢。"一语未了，只见李纨的丫头走来请黛玉。宝玉便邀着黛玉同往稻香村来。黛玉换上掐金挖云红香羊皮小靴②，罩了一件大红羽纱面白狐皮里的鹤氅③，束一条青金闪绿双环四合如意绦④，头上罩了雪帽。二人一齐踏雪行来，只见众姊妹都在那边，都是一色大红猩猩毡与羽毛缎的斗篷，独李纨穿一件青哆罗呢⑤对襟褂子，薛宝钗穿一件莲青斗纹锦上添花洋线番耙丝⑥的鹤氅；邢岫烟仍是家常旧衣，并无避雪之衣。[3]一时史湘云来了，穿着贾母与她的一件貂鼠脑袋面子、大毛黑灰鼠里子、里外发烧⑦大褂子；头上戴着一顶挖云鹅黄片金里、大红猩猩毡昭君套⑧，又围着大貂鼠风领⑨。黛玉先笑道："你们瞧瞧，孙行者来了。她一般的也拿着雪褂子，故意妆出个小骚达子⑩来。"湘云笑道："你们瞧我里头打扮的。"一面说，一面脱了褂子。只见她里头穿着一件半新的靠色三镶领袖秋香色盘金五色绣龙窄裉小袖掩衿⑪银鼠短

1. 说得也巧，指酒席上行令"没遮拦"也。

2. 读来惊心。说眼泪好像少些，一是为强调心里酸痛更甚；二是暗示"泪债"已偿还不少了。后四十回续书即据此写黛玉夭亡前已无眼泪，是看了这几句话。应知脂评已有"绛珠之泪至死不干"语（第三回）。

3. 众姊妹所穿"一色大红"，只此三人不同：李纨寡妇身份，不宜大红；宝钗素来好淡不好艳；岫烟则因贫寒无衣故也。

---

① 猩猩毡斗篷——红色毛毡制的披风。猩猩，猩红色，传猩猩血可作红色染料。
② 掐金挖云红香羊皮小靴——掐金，用金线嵌制镶作边缘。挖云，挖成云状的花边衬色，作装饰用。红香羊皮，产于蒙古被列为贡品的一种细揉羊皮，染作红色。
③ 鹤氅（chǎng 敞）——原指鸟羽制成的御寒外衣，此指仿制的衣裳。
④ 青金闪绿双环四合如意绦——青金，即"金青"，黑色。闪绿，夹绿色。谓黑丝线加绿丝线织成丝带。双环四合如意，丝带结扣的花样。
⑤ 哆罗呢——一种国外舶来的阔幅呢料。
⑥ 莲青斗纹锦上添花洋线番耙丝——莲青，紫色。斗纹，交叉花纹。锦上添花，在图案之上再添花卉图样。洋线番耙丝，国外来的丝线毛线混合织物。
⑦ 里外发烧——表里都有毛的皮褂子。
⑧ 片金、昭君套——片金，一种丝织品。昭君套，一种女用风帽。
⑨ 风领——防风的皮领子。
⑩ 小骚达子——亦作"小臊鞑子"，犹今人骂"小洋鬼子"。骚，狐臭，兽类臭气，同"臊"。鞑，鞑靼，本蒙古族的别称，后亦泛指北方少数民族。
⑪ 靠色三镶、秋香色、窄裉（kèn）、掩衿——靠色三镶，红色的三道镶边；靠，指靠红色。秋香色，黄绿色，指短袄的颜色。窄裉，窄腰身。掩衿，大襟，满襟。

袄，里面短短的一件水红妆缎狐肷褶子①，腰里紧紧束着一条蝴蝶结子长穗五色宫绦，脚下也穿着麀皮小靴，越显得蜂腰猿臂，鹤势螂形②。¹众人都笑道："偏她只爱打扮成个小子的样儿，原比她打扮女儿更俏丽了些。"²

湘云笑道："快商议作诗！我听听是谁的东家？"李纨道："我的主意。想来昨儿的正日已过了，再等正日又太远，可巧又下雪，不如大家凑个社，又给她们接风，又可以作诗。你们意思怎么样？"宝玉先道："这话很是。只是今日晚了，若到明儿晴了，又无趣。"³众人看道："这雪未必晴，纵晴了，这一夜下的也够赏了。"李纨道："我这里虽好，又不如芦雪广③好。⁴我已经打发人笼地炕去了，咱们大家拥炉作诗。老太太想来未必高兴；况且咱们小玩意儿，单给凤丫头个信儿就是了。你们每人一两银子就够了，送到我这里来。"指着香菱、宝琴、李纹、李绮、岫烟，"五个不算外，咱们里头二丫头病了不算，四丫头告了假也不算，你们四份子送了来，我包总五六两银子也尽够了。"宝钗等一齐应诺。因又拟题限韵，李纨笑道："我心里自己定了，等到了明日临期，横竖知道。"说毕，大家又闲话了一回，方往贾母处来。本日无话。

到了次日一早，宝玉因心里记挂着这事，一夜没好生得睡，⁵天亮了就爬起来。掀开帐子一看，虽然门窗尚掩，只见窗上光辉夺目，心内早踌躇起来，抱怨定是晴了，日光已出。⁶一面忙起来揭起窗屉，从玻璃窗内往外一看，原来不是日光，竟是一夜大雪，下的将有一尺多厚，天上仍是搓绵扯絮一般。宝玉此时欢喜非常，忙唤人起来，盥漱已毕，只穿一件茄色哆罗呢狐皮袄子，罩一件海龙皮小鹰膀褂子④，束了腰，披了玉针蓑，戴上金藤笠，登上沙棠屐⑤，忙忙地往芦雪广来。出了院门，四顾一望，并无二色，远远的是

1. 真造语天才，奇峭无比。脂评称"鹤势螂形"四字曰：近之拳谱中有坐马势，便似螂之蹲立。昔人爱轻捷便俏，闲取一螂，观其仰颈叠胸之势。今四字无出处，却写尽矣。脂砚斋评。（庚）脂砚先生兴趣广泛，还爱看拳谱。或以为是作者之续弦妻，不知雪芹从何处觅得女拳师来为伴，真咄咄怪事！

2. 至今尚有姑娘爱打扮成小子模样的，湘云若生活在今天，怕是连头发也剪掉了！

3. 明日是晴是雪，给人留下悬念。

4. 赏雪吟诗好去处。

5. 无事已忙，有事还用说？

6. 兴奋之前，先写失望，才更有意思。有过如此误判经验的，又岂止宝玉一人！

---

① 水红妆缎狐肷褶子——淡红色妆缎面的狐裘。狐肷，狐胸腹部的皮毛。褶子，一种大领的便外衣，长仅及膝。

② 蜂腰猿臂，鹤势螂形——腰围纤细，双臂修长，轻盈灵动。"猿臂"诸本原讹作"猿背"，今改。螂，螳螂。

③ 芦雪广（yǎn眼）——"广"，蒙府、戚序、戚宁本作"庵"，列藏本作"庐"，程甲本有作"庭"的，多数作"亭"，甲辰本有空字的，多数作"亭"，梦稿本、程乙本作"庭"。皆误，今从庚辰本。广，非"廣"之简体字，也非"庵"的别写，原有此本字。义为就山崖筑成之房屋也。唐代韩愈《陪杜侍御游湘西两寺》诗："剖竹走泉源，开廊架崖广。"小说中建筑之名多不重复，如怡红院、潇湘馆、蘅芜苑、秋爽斋、藕香榭、稻香村、栊翠庵等等，庵有栊翠，似不致再用。芦雪广正"傍山临水"而建，芦花似雪，言其临水；广，正说傍山。

④ 海龙皮小鹰膀褂子——一种海獭皮之类的皮毛制成的加两袖子的褂子。

⑤ 玉针蓑、金藤笠、沙棠屐——玉针、金藤，都是形容蓑笠之美的饰词。制蓑衣的莎草之类草，形状如针；以藤皮编笠帽，刷桐油后，呈金黄色。沙棠，木名，宜制木履。

青松翠竹，自己却如装在玻璃盆内一般。于是走至山坡之下，顺着山脚，刚转过去，已闻得一股寒香拂鼻。回头一看，恰是妙玉门前，栊翠庵中有十数株红梅，如胭脂一般，映着雪色，分外显得精神，好不有趣！ ¹ 宝玉便立住，细细地赏玩一回方走。只见蜂腰板桥上一个人打着伞走来，是李纨打发了请凤姐儿去的人。

　　宝玉来至芦雪广，只见丫鬟、婆子正在那里扫雪开径。原来这芦雪广盖在傍山临水河滩之上，一带几间茅檐土壁，槿篱竹牖①，推窗便可垂钓，² 四面皆是芦苇掩覆；一条去径，逶迤穿芦度苇过去，便是藕香榭的竹桥了。众丫鬟、婆子见他披蓑戴笠而来，却笑道："我们才说正少一个渔翁，如今果然全了。姑娘们吃了饭才来呢，你也太性急了！"宝玉听了，只得回来。刚至沁芳亭，见探春正从秋爽斋出来，围着大红猩猩毡斗篷，戴着观音兜②，扶着个小丫头，后面一个妇人打着一把青绸油伞。宝玉知她往贾母处去，遂立在亭边，等她来到，二人一同出园前去。

　　宝琴正在里间房内梳洗更衣。一时众姊妹来齐，宝玉只嚷饿了，连连催饭。好容易等摆上饭米，头一样菜便是牛乳蒸羊羔。³ 贾母便说："这是我们有年纪的人的药，没见天日的东西，可惜你们小孩子们吃不得。今儿另外有新鲜鹿肉，你们等着吃。"众人答应了。宝玉却等不得，只拿茶泡了一碗饭，就着野鸡瓜齑，忙忙地咽完了。贾母道："我知道你们今儿又有事情，连饭也不顾吃了。"便叫"留着鹿肉，与他晚上吃"，凤姐忙说"还有呢"，方才罢了。史湘云便悄和宝玉计较道："有新鲜鹿肉，不如咱们要一块，自己拿了园里弄着，又玩又吃。"⁴ 宝玉听了，巴不得一声儿，便真和凤姐要了一块，命婆子送入园去。

　　一时，大家散后，进园齐往芦雪广来，听李纨出题限韵。独不见湘云、宝玉二人。黛玉道："他两个再到不了一处，若到一处，生出多少故事来！这会子一定算计那块鹿肉去了。"⁵ 正说着，只见李婶也走来看热闹，因问李纨道："怎么一个带玉的哥儿和那一个挂金麒麟的姐儿，那样干净清秀，又不少吃的，他两个在那里商议着要吃生肉呢，说得有来有去的。我只不信，肉也生吃得的？"众人听了，都笑道："了不得，

1. 雪景如绘，恰恰是回目的前八个字。必曰"妙玉门前"，因妙玉系十二正钗之一。虽不参与雅集，却可顺便带出其名来。

2. 再来一个蓑笠翁就更好了。

3. 由羊羔引出鹿肉来。此羊羔指胎羊而非小羊，故言"没见天日的东西"，作药膳，性大补，然只适合老年人而不宜青壮。不知是否因为多激素的缘故。

4. 真是个野小子，非湘云想不出这主意来。

5. 只有她一猜就中。联诗极雅之事，偏于雅前写出小儿啖腥茹血极腌臜的事来，为锦心绣口作配。（庚）

---

①　槿篱竹牖（yǒu 有）——木槿为夏秋开花的灌木，密植于庭院可当作篱笆。竹牖，竹窗。
②　观音兜——女用风帽的一种，状似观音所戴的样式。

快拿了他两个来。"黛玉笑道："这可是云丫头闹的，我的卦再不错。"

李纨等忙出来，找着他两个，说道："你们两个要吃生的，我送你们到老太太那里吃去。哪怕吃一只生鹿，撑病了不与我相干。¹这么大雪，怪冷的，替我作祸呢！"宝玉笑道："没有的事，我们烧着吃呢。"李纨道："这还罢了。"只见老婆们拿了铁炉、铁叉、铁丝蒙①来，李纨道："仔细割了手，不许哭！"说着，同探春进去了。

凤姐打发了平儿来回复不能来，²为发放年例正忙。湘云见了平儿，哪里肯放。平儿也是个好玩的，素日跟着凤姐儿无所不至，见如此有趣，乐得玩笑，因而褪去手上的镯子，三个人围着火，平儿便要先烧三块吃。那边宝钗、黛玉平素看惯了，不以为异；宝琴等及李婶深为罕事。探春与李纨等已议定了题韵。³探春笑道："你闻闻，香气这里都闻见了，我也吃去。"说着，也找了他们来。李纨也随来，说："客已齐了，你们还吃不够？"湘云一面吃，一面说道："我吃这个方爱吃酒，吃了酒才有诗。若不是这鹿肉，今儿断不能作诗。"⁴说着，只见宝琴披着凫靥裘站在那里笑。湘云笑道："傻子！你来尝尝。"宝琴笑说："怪脏的。"宝钗道："你尝尝去，好吃的。你林姐姐弱，吃了不消化，不然她也爱吃。"宝琴听了，便过去吃了一块，果然好吃，便也吃起来。

一时，凤姐儿打发小丫头来叫平儿。平儿说："史姑娘拉着我呢，你先走罢。"小丫头去了。一时，只见凤姐也披了斗篷走来，⁵笑道："吃这样好东西，也不告诉我！"说着，也凑在一处吃起来。黛玉笑道："哪里找这一群花子去！罢了，罢了，今日芦雪广遭劫，生生被云丫头作践了。我为芦雪广一大哭！"⁶湘云冷笑道："你知道什么！'是真名士自风流'，你们都是假清高，最可厌的。我们这会子腥膻，大吃大嚼，回来却是锦心绣口。"⁷宝钗笑道："你回来若作得不好了，把那肉掏了出来，就把这雪压的芦苇子塞上些，以完此劫。"⁸

说着，吃毕，洗漱了一回。平儿戴镯子时，却少了一个，左右前后乱找了一番，踪迹全无。⁹众人都诧异。凤姐儿笑道："我知道这镯子的去向。你们只管作诗去，我们也不用找，只管前头去，不出三日，包管就有了。"¹⁰说着又问："你

1. 该她说，是大嫂子，又是社长，有安全责任在身。

2. 又一挫，少了凤姐，总是憾事，且看她究竟来不来。

3. 前后只写众人围火烧鹿肉吃，中间插一句作诗事，别样叙法。

4. 只用湘云的话，便将鹿肉与作诗连了起来。

5. 如何？还是来了。

6. 必有此话反衬，才有趣。
大约此话不独黛玉，观书者亦如此。（庚）未必，未必！

7. 驳得好！何谓雅，何谓俗？本对立统一。湘云心直口快个性活现。

8. 看宝钗如今与黛玉站在同一边说话了。所谓用"芦苇子塞上"，是腹中草莽之意，恰是"茅塞"一语。

9. 又插一事，第五十二回写到。

10. 对查找失物，凤姐颇有自信。

① 铁丝蒙——铁丝罩，烤肉用具。

们今儿作什么诗？老太太说了，离年又近了，正月里还该作些灯谜儿大家玩笑。"众人听了，都笑道："可是倒忘了。如今赶着作几个好的，预备着正月里玩。"说着，一齐来至地炕屋内，只见杯盘果菜俱已摆齐，墙上已贴出诗题、韵脚、格式来了。宝玉、湘云二人忙看时，只见题目是"即景联句①，五言排律②一首，限'二萧'韵"。后面尚未列次序。李纨道："我不大会作诗，我只起三句罢，[1] 然后谁得了谁先联。"宝钗道："到底分个次序。"要知端的，且听下回分解。

1. 联句起头，不受他人限制，故谦语自承，但是否竟由李纨来作，还得看下去方知。

【总评】

此回的开头是上回香菱学诗情节的结尾。她拿出第三篇习作来，得到众人的称赞。三首诗是三个阶段成绩优劣的代表和浓缩。在现实生活中，也许要写上三十首、三百首才可能有如此大步的跨越。"天下无难事，只怕有心人"正是点题语。

荣国府来了一帮姑娘亲戚：邢岫烟、李纹、李绮、薛宝琴，人谓"倒像一把子四根水葱儿"。史湘云因照料她的叔伯迁外省上任，贾母也就将她接了过来，她们分别与迎春、李纨和宝钗做伴同住。这一来，大观园女儿国到了人丁最兴旺、最热闹的时期。

香菱一心想作诗，如今来了个极爱说话的史湘云，正好向她请教，于是两人就"没有昼夜高谈阔论起来"。什么"杜工部之沉郁，韦苏州之淡雅""温八叉之绮靡，李义山之隐僻"，聒噪得人受不了。这可能也是当时诗坛风气的折射，故宝钗戏谑之为"呆香菱之心苦，疯湘云之话多"。

宝玉素知黛玉有小性儿，对宝钗多有讥语，现在突然发现钗、黛关系十分亲密，与前大不一样，心里又是"不解"又是"纳罕"。直到他到黛玉房中，用《西厢记》中词句"是几时孟光接了梁鸿案"相询问，黛玉"因把说错了酒令起，连送燕窝病中所谈之事，细细告诉了宝玉，宝玉方知缘故"。的确，自"兰言解疑癖"和"互剖金兰语"两回后，钗、黛之间的猜疑与矛盾已消除了。作者本无意要将宝钗写成黛玉的情敌，这一点是许多读此书的人至今也不能理解的。

这一回对人物各种服饰作细致的描写是一大特色，也是一个亮点。即如史湘云作"小子"模样的打扮，书中就说她"越显得蜂腰猿臂，鹤势螂形"，便是绝妙的形容。服饰之中写到斗篷的次数尤多，也都各有其妙用，已为评论家所关注。景物描写则以"白雪红梅"显精神，它为下回咏红梅提供诗材，也为"宝琴立雪图"张本。

群芳聚会作诗前，湘云出主意与宝玉一道讨得一块生鹿肉来自己烧烤，引得姊妹们也纷纷来尝鲜。黛玉笑她们是"一群花子"，湘云答以"是真名士自风流"，还说"我们这会子腥膻，大吃大嚼，回来却是锦心绣口"。写活了湘云，也大增情节的风趣。

---

① 联句——数人相聚共作一首诗，这种形式起于汉武帝时的《柏梁台诗》，后有演变。联句之风，清代特盛。曹雪芹友人敦诚《四松堂集》等书中仍存有芹圃（即雪芹）、松堂、苘庄等人联句多首。

② 排律——又称"长律"。即超过八句，可多至百韵以上的律诗，格律上是律诗的延长，除首尾两联可散行外，中间不论多少句，都须对仗。多用五言。联句多用此体。

# 第 五 十 回
## 芦雪广争联即景诗　暖香坞创制春灯谜

**【题解】**

　　此回回目诸本大体一致，唯"芦雪广（音眼，傍山建筑。详见上回注释）"蒙府、戚序、卜藏本"广"作"庵"；列藏本作"庐"；甲辰、程高本作"庭"或"亭"，皆非。此用庚辰本回目。下句"暖香坞"庚辰本讹作"暖春坞"，从诸本改。"创制"诸本作"雅制"，不从。因所制灯谜，除一般谜底外，尚另含隐义，即还有深一层的谜底，是其"创"意，非通常之"雅"制。下回仿此法作"怀古诗"，则以"新编"隐其用意。群芳在一起作诗，上回末李纨已宣布，这次为"即景联句"，即以眼前景物为题，由多人各联一二句共成一首诗。可以排好顺序来联，也可谁先想好谁就先联。回中所写，主要是后一种，其中湘云、黛玉诗思敏捷，彼此"争"着来联。暖香坞是惜春的住处。众人来到这里，遵贾母心意，以诗词制成春节时玩的灯谜，湘云、宝钗、宝玉、黛玉各有所作。

　　话说薛宝钗道："到底分个次序，让我写出来。"说着，便令众人拈阄为序。<u>起首恰是李氏，然后按次各各开出。</u>[1] 凤姐儿说道："既这样说，我也说一句在上头。"众人都笑说道："更妙了！"宝钗便将"稻香老农"之上补了一个"凤"字，李纨又将题目讲与她听。

　　凤姐儿想了半日，笑道："你们别笑话我。我只有一句粗话，下剩的我就不知道了。"众人都笑道："越是粗话越好。你说了，就只管干正事去罢。"凤姐儿笑道："我想，<u>下雪必刮北风，昨夜听见一夜的北风，我有了一句，就是'一夜北风紧'，可使得？</u>"众人听了，都相视笑道："<u>这句虽粗，不见底下的，这正是会作诗的起法。不但好，而且留了多少地步与后人。</u>[2] 就是这句为首，稻香老农快写上，续下去。"凤姐和李婶、平儿又吃了两杯酒，自去了。这里李纨便写了：

　　　　一夜北风紧，

自己联道：

　　　　开门雪尚飘。入泥怜洁白，

1. 虽规定得明明白白，却未必能一一照办，世间事大抵如此。一定要按次序，恰又不按次序，似脱落处而不脱落，文章歧路如此！（庚）

2. 发端句明明是惯作排律的行家所拟，却偏偏穿插成由没有文墨的凤姐来说；又让众人道出如此开头的好处来，好像只是凑巧碰上的。作者用笔之灵巧，真令人意想不到。

香菱道：

> 匝地惜琼瑶①。有意荣枯草，

探春道：

> 无心饰葭苕②。价高村酿熟③，

李绮道：

> 年稔府粱饶④。葭动灰飞管⑤，

李纹道：

> 阳回斗转杓⑥。寒山已失翠，

岫烟道：

> 冻浦不闻潮。易挂疏枝柳，

湘云道：[1]　　　　　　　　　　　　　　　　1. 想此时湘云尚按次序联句。

> 难堆破叶蕉。麝煤融宝鼎⑦，

宝琴道：

> 绮袖笼金貂。光夺窗前镜，

黛玉道：

> 香粘壁上椒⑧。斜风仍故故⑨，

宝玉道：

> 清梦转聊聊⑩。[2] 何处梅花笛⑪？　　　2. 稍觉有悲凉意味。

宝钗道：

---

① 匝地惜琼瑶——这里说雪似美玉而惜其遍地抛洒。匝，满，遍。
② 无心饰葭苕（tiáo 条）——饰，装点。苕，苇花，秋开冬萎，开时一片白，诗中多喻雪，如苏轼《将之湖州》诗："溪上苕花正浮雪。"芦雪广"四面皆是芦苇掩覆"，其名当由此而得。
③ 价高村酿熟——谓酒涨价，因大雪天寒，唐代郑谷《辇下冬暮咏怀》诗："烟含紫禁花期近，雪满长安酒价高。"
④ 年稔（rěn 忍）府粱饶——年成好，官仓粮食多。稔，庄稼成熟。古人以为"雪是五谷之精"，冬雪大瑞，便得"年登岁稔"。
⑤ 葭（jiā 家）动灰飞管——意即"管中葭灰飞动"。葭，芦苇。古代候验节气之具叫灰琯，将芦苇茎中薄膜制成灰，置于十二乐律的玉管内，到某一节气，相应律管内的灰会自行飞出。
⑥ 阳回斗转杓——阳气复来，形如水杓的北斗七星斗柄所指的方位改变了。
⑦ 麝煤融宝鼎——鼎炉中燃起香燃料以取暖。融，炊烧使气上腾。
⑧ "光夺"二句——意即〔雪〕夺窗前之镜光，〔雪〕粘壁上〔沾得〕之椒香"。夺，超过。椒，芳香植物，古代后妃居室，多以椒和泥涂壁，取其温馨。
⑨ 故故——屡屡，阵阵。
⑩ 聊聊——稀少，说梦因冷而难成。
⑪ 梅花笛——因《梅花落》笛曲而名。

谁家碧玉箫？鳌愁坤轴陷①，

李纨笑道："我替你们看热酒去罢。"宝钗命宝琴续联，只见湘云站起来道：¹

　　龙斗阵云销②。野岸回孤棹③，

宝琴也站起道：²

　　吟鞭指灞桥④。赐裘怜抚戍⑤，

湘云哪里肯让人，且别人也不如她敏捷，都看她扬眉挺身地说道：³

　　加絮念征徭。坳垤审夷险⑥，

宝钗连声赞好，也便联道：

　　枝柯怕动摇。皑皑轻趁步，

黛玉忙联道：

　　翦翦舞随腰⑦。煮芋成新赏⑧，

一面说，一面推宝玉，命他联。宝玉正看宝钗、宝琴、黛玉三人共战湘云，⁴十分有趣，哪里还顾得联诗，今见黛玉推他，方联道：

　　撒盐是旧谣⑨。苇蓑犹泊钓⑩，

湘云笑道："你快下去，你不中用，倒耽搁了我。"⁵一面只听宝琴联道：

1. 湘云已抢在宝琴之先了。

2. 难道我不会联？所以也站起来。

3. 作诗不让人的情神如见。的是湘云。写海棠是一样笔墨，如今联句又是一样写法。（靖）批语未指明对应的正文，姑从陈庆浩《新编石头记脂砚斋评语辑校》系于此。

4. 与"三英战吕布"只有文武之分。

5. 不但口快，心也急。

---

① 鳌愁坤轴陷——背负大山的大海龟恐雪压大地塌陷而发愁。坤轴，地轴。据《列子》等神话传说。
② 龙斗阵云销——以玉龙斗罢喻雪。宋代张元《咏雪》诗："战罢玉龙三百万，败鳞残甲满天飞。"龙斗时云集，斗罢云消。
③ 回孤棹——以孤舟返回写雪，用王子猷雪夜访戴，兴尽而返典故。见《世说新语·任诞》。
④ 吟鞭指灞桥——唐昭宗时宰相郑綮（qìng 庆），答人问有无新诗曰："诗思在灞桥风雪中驴子背上，此何以得之？"桥在长安东。见宋尤袤《全唐诗话》。
⑤ 赐裘怜抚戍——唐开元时，宫中制绵袍赐边军。有士兵于袍中得一诗曰："沙场征戍客，寒苦若为眠？战袍经手作，知落阿谁边？蓄意多添线，含情更着绵。今生已过也，重结后生缘。"查问结果，为一宫女所作，玄宗深悯之，命她嫁给那士兵。见《唐诗纪事》。下句亦用此事。
⑥ 坳（āo 凹，又读 ào 奥）垤（dié 叠）审夷险——意谓覆雪之地，须察高低不平。坳，低洼地。垤，小土堆。夷，平坦，安全。
⑦ "皑皑（ái 捱）"二句——诗文中多以"风回雪舞"喻女子步态，此则以轻步舞腰来点风雪。李商隐《歌舞》诗："回雪舞轻腰。"皑皑，白。翦翦，风尖细状。
⑧ 煮芋成新赏——雪天煮芋为食，如赏新奇美味。小说下文写到"李纨命人将那蒸的大芋头盛了一盘"。
⑨ 撒盐是旧谣——"撒盐空中"的"旧谣"是说下雪的。参见第五回正册判词之一说。这两句程高本改为"苦茗成新赏，孤松订久要"，有道学气。
⑩ 苇蓑犹泊钓——芦雪广可"垂钓"，宝玉"披蓑戴笠"，人称"渔翁"。唐柳宗元《江雪》诗："孤舟蓑笠翁，独钓寒江雪。"此句与下句渔与樵对仗，比程高本此句改作"泥鸿从印迹"工切。

林斧不闻樵①。伏象千峰凸，

湘云忙联道：

　　盘蛇一径遥②。¹ 花缘经冷结③，

宝钗与众人又忙赞好。探春又联道：

　　色岂畏霜凋！深院惊寒雀，

湘云正渴了，忙忙地吃茶，已被岫烟联道：²

　　空山泣老鸮④。阶墀随上下，

湘云忙丢下茶杯，忙联道：³

　　池水任浮漂。照耀临清晓，

黛玉联道：

　　缤纷入永宵。诚忘三尺冷⑤，

湘云忙笑联道：

　　瑞释九重焦⑥。僵卧谁相问⑦？

宝琴也忙笑联道：

　　狂游客喜招⑧。天机断缟带⑨，

湘云又忙道：

　　海市失鲛绡⑩。

1. 该赞好，确是联得工稳。

2. 岫烟亦能诗者，若只有初次联，似太少；又抢不过几位快手，故写她趁湘云口渴吃茶空隙，再联。

3. 写湘云争联神情，连用几个"忙"字。

――――――――――

① 林斧不闻樵――林间已不闻樵夫的斧声。戚序本作"乍停樵"，不妥；程高本作"或闻樵"，更误，雪天大观园内岂能"闻樵"？今从庚辰本。

② "伏象"二句――意即"千峰凸起如象伏，一径遥遥似蛇盘"。象色白，故为喻；雪地足印使小径更显。唐代韩愈《咏雪赠张籍》诗："岸类长蛇搅，陵犹巨象豗（huī 灰，打架）。"

③ 花缘经冷结――花，雪花，叫"六出花"。"结"，庚辰、蒙府、列藏诸本作"绪"，当是形讹；戚序、戚宁本作"聚"，以为"绪"是音讹而改。今从甲辰、程甲、程乙本。

④ 老鸮（xiāo 消）――鸮，鸱鸮，猫头鹰，叫声凄厉似泣。与上句写雀饥噪声如惊，同样说雪大。

⑤ 诚忘三尺冷――将士因忠诚而忘却戍守的寒苦。诚，忠。李世民《赐萧瑀》诗："疾风知劲草，板荡识诚臣。"诚臣，即忠臣。三尺，剑。出《汉书·高帝纪》。雪里刀剑随身，尤觉寒冷，即"霜清剑佩寒"（陆游《梦仙》诗）意。或谓"三尺"指雪，以为用"程门立雪"典，不对。排律对仗的修辞要求，以上下句相称相类始可，如前"花缘"一联，"花""色"皆指雪。"阶墀"四句省却的也全是"雪"。若"三尺"代雪（从未见这样的代法），则下句之"九重"必同指方能相称。又"程门立雪"事，典籍明言"雪深一尺"，岂可增量而附会之？又有"三尺"指代微躯之说，也不对。

⑥ 瑞释九重焦――皇帝因瑞雪能兆丰年而解除了焦虑。宋玉《九辩》："君之门以九重。"九重，指代皇帝。

⑦ 僵卧谁相问――用袁安卧雪典故：大雪，洛阳令出外视察，见百姓都除雪开路，方能出门。独袁安门口无路，以为已死。除雪入户，见安僵卧。问："何不出？"安曰："大雪，人皆饿，不宜干人。"见《后汉书·袁安传》注引《汝南先贤传》。

⑧ 狂游客喜招――唐代王元宝每逢大雪，扫雪开路，招客饮宴，名曰"暖寒会"。见五代王仁裕《开元天宝遗事》。

⑨ 天机断缟带――天机，天上织女用的织机。缟带，白色丝带，喻雪。韩愈《咏雪赠张籍》诗："随车翻缟带，逐马散银杯。"

⑩ 海市失鲛绡――海市，海市蜃楼，海上幻景。鲛绡，传说海中鲛人所织的白色丝织品，亦喻雪。

林黛玉不容她道出，接着便道：[1]

　　　　寂寞对台榭，

湘云忙联道：

　　　　清贫怀箪瓢①。

宝琴也不容情，也忙道：

　　　　烹茶冰渐沸，

湘云见这般，自为得趣，又是笑，又忙联道：

　　　　煮酒叶难烧。

黛玉也笑道：

　　　　没帚山僧扫，

宝琴也笑道：

　　　　埋琴稚子挑②。

湘云笑得弯了腰，忙念了一句，众人问："到底说的是什么？"湘云喊道：[2]

　　　　石楼闲睡鹤，

黛玉笑得捂着胸口，高声嚷道：[3]

　　　　锦罽暖亲猫③。[4]

宝琴也忙笑道：

　　　　月窟翻银浪，

湘云忙联道：

　　　　霞城隐赤标④。

黛玉忙笑道：

　　　　沁梅香可嚼，

宝钗笑着称好，也忙联道：

1. 黛玉岂肯让湘云独占，故不容她说出下一联出句，便接了过来。这一来，联句就从每人两句变成一句，以此表示速度明显加快了。

2. 一边笑，一边说，又加她原本就咬舌，众人自然不易听清。她索性就喊，有趣！

3. 湘、黛二人笑态不同：一个笑弯了腰，一个捂着胸口，都切合各自体质特点。黛玉唯恐像湘云说的大家听不清，也就高声嚷了起来。

4. 难怪联句者自己先绝倒，作诗以"猫"字押韵毕竟不多。此句不但妥帖，且有谐趣。

────────────

① 清贫怀箪瓢——清贫者在风雪饥寒中想着有简单的食物充饥。箪，盛饭竹器。箪食瓢饮事，出《论语·雍也》。
② "没帚"二句——意即"山僧扫没帚〔之雪〕，稚子挑埋〔于雪中之〕琴。"下句出典未详。
③ 锦罽（jì季）暖亲猫——天寒，猫贴着毯子以取暖。锦罽，锦毯。
④ "月窟"二句——谓雪如月光倾泻大地，隐没了赤城山的高峰。银浪，喻月光。霞城，赤城山，在浙江天台县北，"土色皆赤，状似云霞，望之如雉堞（城墙）"。赤标，谓赤色高峰望之可作标识。

　　　　　　淋竹醉堪调①。¹　　　　　　　　　　　1.此联精警，用事无痕。

宝琴也忙道：

　　　　　　或湿鸳鸯带，

湘云忙联道：

　　　　　　时凝翡翠翘②。

黛玉又忙道：

　　　　　　无风仍脉脉，

宝琴又忙笑联道：

　　　　　　不雨亦潇潇③。

　　湘云伏着，已笑软了。众人看她三人对抢，也都不顾作
诗，看着也只是笑。黛玉还推她往下联，又道："你也有
才尽力穷之时。我听听，还有什么舌根嚼了？"湘云只
伏在宝钗怀里，笑个不住。²宝钗推她起来道："你有本事，　　2.依恋宝钗之情可见。
把'二萧'的韵全用完了，我才服你。"湘云起身笑道：　　　3."二萧"韵部的字虽未用尽，
"我也不是作诗，竟是抢命呢！"³众人笑道："倒是你说　　　　但能用的也差不多了。湘云所
罢。"探春早已料定没有自己联的了，便早写出来，因说：　　　说可知文字游戏的成分多于
"还没收住呢。"李纹听了，接过来，便联了一句道：　　　　作诗。

　　　　　　欲志今朝乐，

李绮收了一句道：

　　　　　　凭诗祝舜尧。

　　李纨道："够了，够了！虽没作完了韵，剩的字若生扭用　　4.仍回到吃鹿肉上来，以证湘云
了，倒不好了。"说着，大家来细细评论一回，独湘云的　　　不是凭空夸口。
多，都笑道："这都是那块鹿肉的功劳。"⁴　　　　　　　　　5.历来联句都无名篇佳作，是各
　　李纨笑道："逐句评去，都还一气，只是宝玉又落了　　　　人思路、修养、才情不同使然，
第了。"⁵宝玉笑道："我原不会联句，只好担待我罢。"李　　　若能"都还一气"，就算很不
纨笑道："也没有社社担待你的。又说韵险了，又整误了，　　错了。倘写得自然浑成，反不
又不会联句了，今日必罚你。我才看见栊翠庵的红梅有　　　真实。宝玉"落第"，方有乞
　　　　　　　　　　　　　　　　　　　　　　　　　　　　　红梅事生出。

────────────

　　①　"沁梅"二句——上句典出《花史》：宋时，"铁脚道人尝爱赤脚走雪中，兴发则朗诵《南华·秋水篇》，嚼梅花
　　　　满口，和雪咽之，曰：'吾欲寒香沁入肺腑。'"下句谓醉闻雪压竹之声，正好弹琴。用宋代王禹偁《黄冈竹楼记》
　　　　意："冬宜密雪，有碎玉声，宜鼓琴，琴调和畅。"文中亦言"醉"酒。
　　②　"或湿"二句——主语都是雪。翘，古代妇女的一种首饰，状如翠鸟尾上长羽。
　　③　"无风"二句——主语亦都是雪。脉脉，本含情不语的样子，这里形容雪的轻柔飘舞。潇潇，本小雨飘洒声，
　　　　这里形容雪落微微有声。

趣，我要折一枝来插瓶。可厌妙玉为人，我不理她。如今罚你去取一枝来。"¹众人都道："这罚得又雅又有趣。"宝玉也乐为，答应着就要走。湘云、黛玉一齐说道："外头冷得很，你且吃杯热酒再去。"于是湘云早执起壶来，黛玉递了一个大杯，满斟了一杯。湘云笑道："你吃了我们这酒，你要取不来，加倍罚你！"宝玉忙吃了一杯，冒雪而去。

李纨命人好好跟着，黛玉忙拦说："不必，有了人，反不得了。"²李纨点头说："是。"一面命丫鬟将一个美女耸肩瓶拿来，贮了水，准备插梅，因又笑道："回来该咏红梅了。"湘云忙道："我先作一首。"宝钗忙道："今日断乎不容你再作了！你都抢了去，别人都闲着也没趣。回来还罚宝玉，他说不会联句，如今就叫他自己作去。"黛玉笑道："这话很是。我还有个主意，方才联句不够，莫若拣那联得少的人作红梅诗。"宝钗笑道："这话是极。方才邢、李三位屈才，且又是客；³琴儿和颦儿、云儿三个人也抢了许多，我们一概都别作，只让她三个作才是。"李纨因说："绮儿也不大会作，还是让琴妹妹罢。"宝钗只得依允，又道："就用'红梅花'三个字作韵，每人一首七律。邢大妹妹作'红'字，你们李大妹妹作'梅'字，琴儿作'花'字。"李纨道："饶过宝玉去，我不服。"湘云忙道："有个好题目命他作。"众人问："何题？"湘云道："命他就作'访妙玉乞红梅'，岂不有趣？"⁴众人听了，都说："有趣。"

一语未了，只见宝玉笑嘻嘻地捐①了一枝红梅进来，众丫鬟忙已接过，插入瓶内。众人都笑称谢。宝玉笑道："你们如今赏罢，也不知费了我多少精神呢！"说着，探春早又递过一钟暖酒来。众丫鬟走上来，接了蓑笠掸雪。各人房中丫鬟都添送衣服来，袭人也遣人送了半旧的狐腋褂来。李纨命人将那蒸的大芋头盛了一盘，又将朱橘、黄橙、橄榄等物盛了两盘，命人带与袭人去。湘云且告诉宝玉方才的诗题，又催宝玉快作。宝玉道："好姐姐妹妹们，让我自己用韵罢，别限韵了。"⁵众人都说："随你作去罢。"

1. 为人宽厚平实的李纨不喜怪癖矫情的妙玉，并不足怪。想出来处罚的方法却最好不过。只怕以后宝玉要争着"落第"了。

2. 黛玉早将妙玉看得透透的。在栊翠庵品茶时，妙玉对宝玉说："独你来了我是不给你吃的。"这话骗得了谁也骗不了黛玉。

3. 正要看看新来客人诗才如何，所以借红梅花为题，以少作屈才为由，再请补作，叙来合理。宝琴虽抢联甚多，毕竟非自己立意构思，亦未能展才，故让她替代李绮来作，此事由李纨开口确定最妥。赋诗各人分得一字为韵，是古已有之的老办法。可见此书无所不包。

4. 这题目出得好，与《咏红梅花》又不同，着眼在访与乞。

5. 不喜限韵，宝玉、宝钗所见略同：第三十七回末，宝钗说："我平生最不喜限韵，分明有好诗，何苦为韵所缚……只出题，不拘韵，原为大家偶得了好句取乐，并不为那些难人。"也许，这也正是作者对诗的见解。

---

①　捐——庚辰本作"勴"，字生奥，诸本皆改，如蒙府、戚序本作"背"，列藏本作"捧"，甲辰、程甲、程乙作"擎"。词书谓"勴"，渠焉切，音虔（qián 前），负物也。实即今之"捐"字。

一面说，一面大家看梅花。原来这一枝梅花只有二尺来高，旁有一横枝纵横而出，约有五六尺长，其间小枝分歧，或如蟠螭①，或如僵蚓，或孤削如笔，或密聚如林，花吐胭脂，香欺兰蕙，¹各各称赏。谁知邢岫烟、李纹、薛宝琴三人都已吟成，各自写了出来。众人便依"红梅花"三字之序看去，写道是：

咏红梅花　得"红"字　　　邢岫烟

桃未芳菲杏未红，冲寒先喜笑东风。

魂飞庚岭春难辨，霞隔罗浮梦未通。

绿萼添妆融宝炬，缟仙扶醉跨残虹。²

看来岂是寻常色，浓淡由他冰雪中。②

咏红梅花　得"梅"字　　　李纹

白梅懒赋赋红梅，逞艳先迎醉眼开。

冻脸有痕皆是血，酸心无恨亦成灰。³

误吞丹药移真骨，偷下瑶池脱旧胎。

江北江南春灿烂，寄言蜂蝶漫疑猜。③

咏红梅花　得"花"字　　　薛宝琴

疏是枝条艳是花，春妆儿女竞奢华。

闲庭曲槛无余雪，流水空山有落霞。⁴

幽梦冷随红袖笛，游仙香泛绛河槎。

前身定是瑶台种，无复相疑色相差。④

众人看了，都笑称赏了一番，又指末一首说：更好。宝玉见宝琴年纪最小，才又敏捷，深为奇异。黛玉、湘云二人斟了一小杯酒，齐贺宝琴。宝钗笑道："三首各有各

1. 不但形容文字精彩，且可看出作者对折枝梅花造型的脱俗审美情趣。一篇《红梅赋》。（庚）

2. 颔、颈二联警精，绝妙好词，如何想来？

3. 也切，只下笔稍嫌着力。

4. 风情无限，神来之笔。若以"雪"谐音"薛"，"落霞"歇后"孤鹜"，则似尚有隐寓意。

---

① 蟠螭——盘龙。螭，似龙而无角。

② 岫烟红梅诗一首——首联说红梅早开。芳菲，本花草香美，此即开放之意。花开如笑。三四句谓红梅若移向庚岭，景色与春天很难区别；因其色似红霞，却不能与罗浮山之梦相通。借大庚岭点梅，借春点红。用隋赵师雄游罗浮山梦见梅花化为"淡妆素服"的美女与人欢宴歌舞的故事。（见《龙城录》）用"隔""未通"，说所咏之梅与梦中所见颜色不同。五六句说梅以尊绿华仙女加了红妆，燃着红烛，又似梅花仙子喝醉酒跨过尚留残色的霓虹。绿萼，本梅之纯绿者，借喻拟人说萼绿华，九嶷仙人。（见《增补事类统编》）虹以赤色最显，形残时，犹可见。（见江淹《赤虹赋》）末谓花非"寻常"色，既说美丽，又说非通常淡色之梅。

③ 李纹红梅诗一首——冻脸，因红梅又开于冰雪中，故为喻。酸心，梅蕊育梅子，故言酸；待到过时，花亦乌有，故曰"成灰"。借意李商隐《无题》诗："春心莫共花争发，一寸相思一寸灰。"颈联以花的脱胎换骨来形容，丹药点红，瑶池种仙桃，今化为红梅。故末言蜂蝶莫错认作桃杏，疑猜是否已到春色灿烂的季节。

④ 宝琴红梅诗一首——"春妆"句为红梅设喻。"无余雪""有落霞"含蓄地说梅非白是红。以残雪喻梅诗中常有，如唐戎昱《早梅》诗："不知近水花先发，疑是经春雪未消。"五六句谓随着女子所吹的笛声，梅亦做起幽梦来了，它的香气使人如乘槎邀游仙境。槎，木筏。《博物志》载银河与海相通，居海岛者在八月可定期见有木筏水面来去，有人登筏，结果碰与牛郎织女。绛河，银河的别称。用绛河代银河，为点花红。色相，佛家语，此言花的颜色和样子。

好。你们两个天天捉弄厌了我，如今又捉弄她来了。"李纨
又问宝玉："你可有了？"宝玉忙道："我倒有了，才一看见
这三首，又吓忘了，等我再想。"¹湘云听说，便拿了一支铜
火箸击着手炉，笑道："我击鼓了，若鼓绝不成，又要罚的。"
宝玉笑道："我已有了。"黛玉提起笔来，笑道："你念，我写。"
湘云便击了一下，笑道："一鼓绝。"宝玉笑道："有了，你写
吧。"众人听他念道：

　　　　酒未开樽句未裁，

黛玉写了，摇头笑道："起得平平。"湘云又道："快着！"宝
玉笑道：

　　　　寻春问腊到蓬莱。²

黛玉、湘云都点头笑道："有些意思了。"宝玉又道：

　　　　不求大士瓶中露，为乞嫦娥槛外梅。①³

黛玉写了，又摇头道："凑巧而已。"湘云忙催二鼓，宝玉又
笑道：

　　　　入世冷挑红雪去，离尘香割紫云来。②⁴
　　　　槎枒谁惜诗肩瘦，衣上犹沾佛院苔。③⁵

黛玉写毕，湘云大家才评论时，只见几个丫鬟跑进来道："老
太太来了。"众人忙迎出来。大家又笑道："怎么这等高兴！"
说着，远远见贾母围了大斗篷，带着灰鼠暖兜④，坐着小竹
轿，打着青绸油伞，鸳鸯、琥珀等五六个丫鬟，每个人都是
打着伞，拥轿而来。李纨等忙往上迎，贾母命人止住说："只
站在那里就是了。"来至跟前，贾母笑道："我瞒着你太太和
凤丫头来了。⁶大雪地下，我坐着这个无妨，没的叫她娘儿
们来踩雪。"众人忙一面上前接斗篷，搀扶着，一面答应着。

　　贾母来至室中，先笑道："好俊梅花！你们也会乐，我
来着了。"说着，李纨早命拿了一个大狼皮褥来，铺在当中。

1. 说得有趣，宝玉也幽默。
小说语言若干枯无味，定
是庸才。

2. "春"点红；"腊"代梅；"蓬
莱"，栊翠庵也。妙！

3. 妙玉若见此两句，说不定
有多欢喜呢！

4. 上联流动如话，此联工整
锤炼，大得律诗法度。

5. 此回眸一笑法，绝顶聪明。

6. 贾母虽老，兴致不减。

---

① "不求"二句——大士，指观音大士，传其净瓶中有甘露，可救灾厄。这里以观音、嫦娥比妙玉。槛外，栏
杆之外，又与妙玉自称"槛外人"巧合。
② "入世"二句——将栊翠庵比为仙境，折梅回"去"称"入世"；"来"到庵里乞梅称"离尘"。梅称"冷香"，
故分"冷""香"于二句中。"挑红雪""割紫云"喻折红梅。宋代毛滂《红梅》诗："谁将绛雪点寒枝。"唐代
李贺《杨生青花紫石砚歌》："踏天磨刀割紫云。"原说采紫色石。
③ "槎枒"二句——前句意即"谁惜诗人瘦肩槎枒"。槎枒，亦作"楂枒""查牙"。本歧出貌，这里形容瘦骨嶙
峋的样子，肩因冷而耸。后句实说归途中尚念栊翠庵之清幽。
④ 暖兜——一种防风保暖的帽子。

贾母坐了，因笑道："你们只管照旧玩笑吃喝。我因为天短了，不敢睡中觉，抹了一回牌，想起你们来了，我也来凑个趣儿。"李纨早又捧过手炉来。探春另拿了一副杯箸来，亲自斟了暖酒，奉与贾母。贾母便饮了一口，问那个盘子里是什么东西。众人忙捧了过来，回说："是糟鹌鹑。"贾母道："这倒罢了，撕一两点腿子来。"李纨忙答应了，要水洗手，亲自来撕。贾母又道："你们仍旧坐下说笑，我听。"又命李纨："你也只管坐下，就如同我没来的一样才好，不然我就去了。"[1]众人听了，方依次坐下，只李纨挪到尽下边。贾母因问："作何事了？"众人便说："作诗。"贾母道："有作诗的，不如作些灯谜，大家正月里好玩的。"[2]众人答应了。

说笑了一会，贾母便说："这里潮湿，你们别久坐，仔细受了潮湿。"因说："你四妹妹那里暖和，我们到那里瞧瞧她的画儿，赶年可有了？"众人笑道："哪里能年下就有了？只怕明年端阳有了。"贾母道："这还了得！它竟比盖这园子还费工夫了。"

说着，仍坐了竹椅轿，大家围随，过了藕香榭，穿入一条夹道，东西两边皆有过街门，门楼上里外皆嵌着石头匾，如今进的是西门，向外的匾上凿着"穿云"二字，向里的凿着"度月"两字。来至当中，进了向南的正门，贾母下了轿，惜春已接了出来。从里边游廊过去，便是惜春卧房，门斗上有"暖香坞"三个字。[3]早有几个人打起猩红毡帘，已觉温香拂脸。[4]大家进入房中，贾母并不归坐，只问："画在哪里？"惜春因笑问："天气寒冷了，胶性皆凝涩不润，画了恐不好看，故此收起来。"贾母笑道："我年下就要的。你别托懒儿，快拿出来给我快画！"[5]

一语未了，忽见凤姐儿披着紫绒羯褂，笑嘻嘻地来了，口内说道："老祖宗今儿也不告诉人，私自就来了，要我好找。"贾母见她来了，心中自是喜悦，道："我怕你们冷着了，所以不许人告诉你们去。你真是个鬼灵精儿，到底找了我来。以理，孝敬也不在这上头。"凤姐儿笑道："我哪里是孝敬的心找了来？我因为到了老祖宗那里，鸦没雀静的，[6]问小丫头子们，她又不肯说，叫我找到园里来。我正疑惑，忽然又来了两三个姑子，我心

1. 看着孙辈们笑谈欢乐，对老祖母来说，便是一大享受。

2. 与前文由下人传话一样，再次嘱要作灯谜。

3. 这一处是前面没有提到过的。看他又写出一处。从起至末，一笔一部之文也有，千万笔成一部之文也有，一二笔成一部之文也有。如"试才"一回，起若都说完，以后则索然无味，故留此几处以为后文之点染也。此方活泼不板，眼目屡新。（庚）

4. 切"暖香"之名。各处皆如此，非独因"暖香"二字方有此景。戏注于此，以博一笑耳。（庚）

5. 一面再说到惜春作画，无论画成画不成，皆须有所交代。谁知八十回后续作竟完全忘却此事，一句也不再提起。

6. 这四个字俗语中常闻，但不能落纸笔耳，便欲写时，究竟不知系何四字。今如此写来，真是不可移易。（庚）

里才明白了：那姑子必是来送年疏①，或要年例香例银子，老祖宗年下的事也多，一定是躲债来了。我赶忙问了那姑子，果然不错。我连忙把年例给了她们去了。如今来回老祖宗，债主已去，不用躲着了。已预备下希嫩的野鸡，请用晚饭去，再迟一会就老了。"她一行说，众人一行笑。凤姐儿也不等贾母说话，便命人抬过轿子来。贾母笑着，挽了凤姐的手，仍上轿，带着众人，说笑出了夹道东门。一看，四面粉妆银砌，忽见宝琴披着凫靥裘，站在山坡上遥等，身后一个丫鬟，抱着一瓶红梅。¹众人都笑道："怪道少了两个人，她却在这里等着，也弄梅花去了。"贾母喜得忙笑道："你们瞧，这雪坡上，配上她的这个人品，又是这件衣裳，后头又是这梅花，像个什么？"众人都笑道："就像老太太屋里挂的仇十洲②画的《艳雪图》。"贾母摇头笑道："那画的哪里有这件衣裳？人也不能这样好！"²一语未了，只见宝琴背后又转出一个披大红猩毡的人来。贾母道："那又是哪个女孩儿？"众人笑道："我们都在这里，那是宝玉。"贾母笑道："我的眼越发花了。"说话之间，来至跟前，可不是宝玉和宝琴！宝玉笑向宝钗、黛玉等道："我才又到了栊翠庵。妙玉每人送你们一枝梅花，我已经打发人送去了。"³众人都笑说："多谢你费心！"

说话之间，已出了园门，来至贾母房中。吃毕饭，大家又说笑了一会。忽见薛姨妈也来了，说："好大雪，一日也没过来望候老太太。今日老太太倒不高兴？正该赏雪才是。"贾母笑道："何曾不高兴！我找了她们姊妹们去玩了一会子。"薛姨妈笑道："昨日晚上，我原想着今日要和我们姨太太借一日园子，摆两桌粗酒，请老太太赏雪的；又见老太太安息得早，我闻得女儿说老太太心下不大爽快，因此今日也没敢惊动。早知如此，我正该请。"⁴贾母笑道："这才是十月里头场雪，往后下雪的日子多呢，再破费不迟。"薛姨妈笑道："果然如此，算我的孝心虔了。"

凤姐儿笑道："姑妈，仔细忘了如今先秤五十两银子来，交给我收着，一下雪，我就预备下酒，姨妈也不用

1. 又另是一幅可题作"白雪红梅"的美人图。

2. 借名人之画作比，又说画不及真。前人题画诗、风景诗亦有此法，此处写来特灵活。

3. 宝玉再到栊翠庵，想是去致谢的。妙玉一高兴，乐得大大方方，拿贾府园内花木，送贾家姊妹们每人一枝做人情。

4. 薛姨妈有心要宴请贾母赏雪，大概与薛家人宝琴兄妹前来叨扰贾府，宝琴又被认作干孙女，得贾母赠衣裳、招同住，特别宠爱有关。借此一请，或可聊表谢忱。

①　年疏——一种求神祈福的祭文，请僧尼持诵过，于年终前送至施主家，以便焚化。
②　仇十洲——明代画家仇英，号十洲，擅长工笔画山水、人物、楼阁等。

操心，也不得忘了。"¹贾母笑道："既这么说，姨太太给她五十两银子收着，我和她每人分二十五两。到下雪的日子，我装心里不快，混过去了，姨太太更不用操心，我和凤丫头倒得了实惠。"²凤姐将手一拍，笑道："妙极了！这和我的主意一样。"众人都笑了。贾母笑道："呸！没脸的，就顺着竿子爬上来了！你不说姨太太是客①，在咱们家受屈，我们该请姨太太才是，哪里有破费姨太太的理！³不这样说呢，还有脸先要五十两银子，真不害臊！"凤姐儿笑道："我们老祖宗最是有眼色的，试一试姑妈：若松呢，拿出五十两来，就和我分；这会子估量着不中用了，翻过来拿我做法子，说出这些大方话来。如今我也不和姑妈要银子，竟替姑妈出银子，治了酒，请老祖宗吃了，我另外再封五十两银子孝敬老祖宗，算是罚我个包揽闲事，这可好不好？"⁴话未说完，众人已笑倒在炕上。

贾母因又说及宝琴雪下折梅，比画儿上还好，因又细问她的年庚八字并家内景况。薛姨妈度其意思，大约是要与宝玉求配。⁵薛姨妈心中固也遂意，只是已许过梅家了，因贾母尚未明说，自己也不好拟定，遂半吐半露告诉贾母道："可惜这孩子没福，前年她父亲就没了。她从小儿见的世面倒多，跟着她父母四山五岳都走遍了。她父亲是个好乐的，各处因有买卖，带着家眷这一省逛一年，明年又往那一省逛半年，所以天下十停，走了有五六停了。⁶那年在这里，把她许了梅翰林的儿子，偏第二年他父亲就辞世了，如今她母亲又是痰症……"凤姐也不等说完，便嗐声跺脚地说："偏不巧，我正要作个媒呢，又已经许了人家。"贾母笑道："你要给谁说媒？"凤姐儿笑道："老祖宗别管，我心里看准了，他们两个确是一对。如今已许了人，说也无益，不如不说罢了。"贾母也知凤姐儿之意，听见已有了人家，也就不提了。⁷大家又闲话了一会方散。一宿无话。

次日雪晴。饭后，贾母又亲嘱惜春："不管冷暖，你只画去；赶到年下，十分不能，便罢了。第一要紧把昨日琴儿和丫头、梅花，照模照样，一笔别错，快快添上。"惜春听了，虽是为难，只得应了。一时众人都来看她如

1. 是笑话还是真话？看来只是说笑。但事涉银子，凤姐也不会不闪过念头。只是她已练就了敢于对长辈大胆说笑的一身本领。

2. 不料贾母也如此幽默，想是听说姨妈要请她，心里特别高兴。

3. 这是实话了。

4. 凤姐是何等人物！哪会说不过老太太？不"顺着竿子爬"，倒着爬也行。为让老祖宗高兴，甘愿自己贴出银子来做赔本生意。不但会算小账，更会算大账。阿凤真不愧是大才！

5. 只不过那么一问，便都揣摩贾母心思。就算猜对了，也只表明贾母在宝玉将来婚姻大事上甚为切心，尚未最终决定选谁。前已说过娶亲还早，且等二三年再说。多方打听，"有备无患"，自在情理之中。

6. 为后文宝琴作怀古绝句及真真国女儿诗先铺好路。

7. 凤姐当然也能猜到，既已没戏了，乐得说句风凉话，以博一笑。但彼此都知道，此话题应适可而止，不宜挑破。

———————————

① 你不说姨太太是客——诸本同。庚辰本"你不说"作"你不该说"，大误。很显然，这是贾母嘲凤姐厚脸贪心，不把薛姨妈当客人。

何画，惜春只是出神。李纨因笑向众人道："让她自己想去，咱们且说话儿。昨儿老太太只叫作灯谜，回家和绮儿、纹儿睡不着，我就编了两个《四书》的。她两个每人也编了两个。"

众人听了，都笑道："这倒该作的。先说了，我们猜猜。"李纨笑道："'观音未有世家传'，打《四书》一句。"湘云接着就说："'在止于至善。'①"宝钗笑道："你也想一想'世家传'三个字的意思再猜。"李纨笑道："再想。"黛玉笑道："哦，是了！是'虽善无征'②。"¹众人都笑道："这句是了。"李纨又道："一池青草草何名。"湘云忙道："这一定是'蒲芦也'③。再不是不成？"李纨笑道："这难为你猜。纹儿的是'水向石边流出冷'，打一古人名。"探春笑问道："可是山涛④？"李纹笑道："是。"李纨又道："绮儿的是个'萤'字，打一个字。"众人猜了半日，宝琴笑道："这个意思却深，不知可是花草的'花'字？"李绮笑道："恰是了。"众人道："萤与花何干？"黛玉笑道："妙得很！萤可不是草化的⑤？"众人会意，都笑了，说："好！"

宝钗道："这些虽好，不合老太太的意思，不如作些浅近的物儿，大家雅俗共赏才好。"²众人都道："也要作些浅近的俗物才是。"湘云想了一想，笑道："我编了一支《点绛唇》，恰真是个俗物，你们猜猜。"说着便念道：

> 溪壑分离，红尘游戏，真何趣？
> 名利犹虚，后事终难继。⑥

众人都不解，想了半日，也有猜是和尚的，也有猜是道士的，也有猜是偶戏人的。宝玉笑了半日道："都不是，我

1. 猜得不错，却不是什么吉利话，恰成了自己的谶语。

2. 从李纨所受的家教看，她据《四书》而编谜，很自然。但这样掉书袋的东西，谁喜欢？说它雅不如说它迂。故宝钗另提建议。

---

① 在止于至善——语出《大学》，意谓臻于最完美的境地。湘云以"至善"，去扣"观音"是可以的，她是大善士。但以"止"字去扣"未有世家传"，未能紧切谜面。故宝钗要她想一想"世家传"三字，暗示应扣紧没有子孙传代的意思。

② 虽善无征——语出《中庸》："上焉者虽善无征。"本意谓先王之礼虽好，但无从考稽。征，验证、考稽。但作谜底时，则借用"征"字的另一含义，即"纳征"之"征"，是成婚的意思；既无成婚事，自无后代。

③ 蒲芦也——蒲芦，芦苇。《中庸》："夫政也者，蒲芦也。故为政在人，取人以身。"

④ 山涛——魏晋名士，字巨源。性好老庄，本韬晦不求闻达，为"竹林七贤"之一。四十岁后出仕，成了司马氏王朝的新贵，推举嵇康为官，遭嵇拒绝。嵇写了著名的《与山巨源绝交书》。

⑤ 萤可不是草化的——萤火虫在水边草根产卵，次年蛹成虫。古人误以为它是草腐烂变化而成的。《礼记·月令》："季夏之月……腐草为萤。""花"可拆开成"草""化"二字，故为谜底。

⑥ 《点绛唇》（溪壑分离）一首——点绛唇，曲牌名，谜语是用此曲牌格式写的。谜底是耍的猴儿。曲子说猴子被人捕捉住后，就离了溪边谷中，到闹市中供人耍玩，让它穿戴起来，扮成文官武将，但这些全是虚假的，而且还给人剃了尾巴去。此谜作者大有深意。

猜着了，必定是耍的猴儿。"¹湘云笑道："正是这个了。"众人道："前头都好，末后一句怎么解？"湘云道："哪一个耍的猴儿，不是剁了尾巴去的？"众人听了，都笑起来，说："偏她编个谜儿也是刁钻古怪的。"

　　李纨道："昨日姨妈说，琴妹妹见的世面多，走的道路也多，你正该编谜儿，正用着了。你的诗且又好，何不编几个我们猜一猜？"宝琴听了，点头含笑，自去寻思。²宝钗也有了一个，念道：

　　　　镂檀锲梓一层层，岂系良工堆砌成？
　　　　虽是半天风雨过，何曾闻得梵铃声！①³
　　　　　　　　——打一物。

众人猜时，宝玉也有了一个，念道：

　　　　天上人间两渺茫，琅玕节过谨提防。
　　　　鸾音鹤信须凝睇，好把唏嘘答上苍。②⁴

黛玉也有了一个，念道是：

　　　　骒骊何劳缚紫绳？驰城逐堑势狰狞。
　　　　主人指示风雷动，鳌背三山独立名。③⁵

探春也有了一个，方欲念时，宝琴走过来笑道：⁶"我从小儿所走的地方的古迹不少。我今拣了十个地方的古迹，作了十首怀古的诗。诗虽粗鄙，却怀往事，又暗隐俗物十件，姐姐们请猜一猜。"众人听了，都说："这倒巧，何不写出来大家一看？"要知端的，〔下回分解。〕

1. 谜儿众人不解，只让宝玉猜中，并非偶然。它就像从大荒山来到人间的石头的遭遇；也像宝玉一生道路的漫画缩影；还像是对后来"树倒猢狲散"的贾府的讽刺。作者写制作灯谜的创意已现。

2. 已开始了下回情节。

3. 俗物谜底倘是松球，深层谜底应是宝玉出家。"风雨"当喻贾府发生变故；末句言末明宝玉弃家为僧心意。

4. 俗物谜底倘是风筝，深层谜底应是"对境悼颦儿"（第七十九回脂评）。"琅玕节过"，则说潇湘馆由"凤尾森森，龙吟细细"一变而为"落叶萧萧，寒烟漠漠"（第二十六回正文及脂评）景象。"鸾音鹤信"，瑞禽来接黛玉归天之象。

5. 俗物谜底倘是走马灯，深层谜底应是黛玉夭亡。前两句似喻其一往情深，义无反顾，至死而"万苦不怨"（第三回末脂评）。此"风雷"当指其内心情感之震荡，全因念"主人"宝玉之安危而"动"；"三山"，海外蓬莱等三座仙山；言其登仙界而成"世外仙姝"也。

6. 为暗示宝琴之诗谜也用相同方式，故不容探春念（只虚晃一枪）而立即接上。

---

① "镂檀锲梓一层层"一首——说谜底之物像一座层层叠叠的宝塔，仿佛是檀、梓一类木雕，但它并不经工匠之手。而是天然生成的。一般的宝塔，檐角上多悬铜铃，风吹动时会发出声音。现在说它在风雨过时是不会响的。凡有关佛教的事物，多称"梵"。此首后人猜谜底，有以为是松球，松球之形，既像层塔，又像无声的梵铃。若然，则"半天风雨"乃松涛声也。宋代石曼卿《古松》诗："影摇千尺龙蛇动，声撼半天风雨寒。"

② "天上人间两渺茫"一首——琅玕（láng gān 郎甘），青玉石。常喻竹。有人以为谜底是会发声的风筝。若然，则风筝在天，地下望之渺茫，放线过竹竿时须防挂住，后两句则形容其发声。明代陈沂《询刍录·风筝》："于鸢首以竹为笛，使风入作声之鸣筝，俗呼风筝。"三首灯谜诗似有隐意寄托，参见拙著《红楼梦诗词曲赋鉴赏》。

③ "骒骊何劳缚紫绳"一首——骒骊，亦作"绿耳"，千里马名，传说为周穆王"八骏"之一。紫绳，指缰绳。谓其驰过城池，越过沟渠，甚骁勇。有人猜谜底是走马灯。若然，则末句说元宵灯节之鳌山。北宋汴京元宵节搭灯山作鳌背神山形，上立千百种彩灯。见孟元老《东京梦华录》。

## 【总评】

　　联句是清代文人十分盛行的风气，在作者好友敦诚的《四松堂集》中就能找到不少。但这种诗近乎诗伴酒友间的吟咏游戏，是不可能产生真正有艺术价值的作品的。有评点家指出《芦雪广即景联句》有"杂乱""重叠"的疵病，说"雪芹于此似欠检点"（野鹤《读红楼札记》）。其实，"杂乱"本是这种百衲衣式的联句体的通病。如果写得自然一气、精彩动人，就不真实，倒反而"欠检点"了。湘云说："我也不是作诗，竟是抢命呢！"对这类受制于人、"抢命"而作的东西，是不能以寻常个人写排律作品的标准去要求的。作者忠实于事物本来有的面貌是不应受到责备的。联句只有起头不受别人思路影响，自有高下之分。作者让没有多少文化的凤姐，来说上一句"粗话"："一夜北风紧。"却"留了多少地步与后人"，"正是会作诗的起法"。这是绝妙的穿插，精心的安排。

　　联句中做得少的人要受罚，宝玉"落第"，被罚往栊翠庵去讨红梅，大家说"这罚得又雅又有趣"，宝玉求之不得。众人又商议要作咏红梅诗，说是宝玉"叫他自己作去"，"方才邢、李三位屈才，且又是客"，就请她三人作，其中李绮"不大会作"，让了给宝琴，安排谁作诗，也错落有致。将某句诗的每个字当作韵，分给不同的人来作的办法，古已有之，此即是。邢、李、薛三诗，似都有为命运自我写照的隐意，因无提示线索可据，不必深求。宝玉这次不受韵脚所限，所以诗写得相当漂亮。

　　宝琴立雪、丫头捧梅之景，是她的特写镜头，被比作仇十洲《艳雪图》，正说她长得好看，受贾母喜爱。为请贾母赏雪，凤姐说"先秤五十两银子来，交给我收着"，后来又说"我另外再封五十两银子孝敬老祖宗"，虽然都是戏语，但其爱财之心，仍可窥见。薛姨妈见贾母问宝琴"年庚八字并家内景况"，猜度"是要与宝玉求配"，连忙说其父生前已"把她许了梅翰林的儿子"了。此事也不过写贾母一时对宝琴的好感，不宜过度引申。

　　贾母说"有作诗的，不如作些灯谜，大家正月里好玩"。李纨就据《四书》作了两首，引出湘云的《点绛唇》曲"耍的猴儿"谜诗，被宝玉猜中，大有深意。这样，就又有了宝钗、宝玉和黛玉的谜诗，也像有所隐寓，但主要作用恐怕还是为下回薛小妹的怀古诗谜作引。

# 第 五 十 一 回
## 薛小妹新编怀古诗　胡庸医乱用虎狼药

**【题解】**

　　本回回目诸本皆同。薛宝钗的堂妹宝琴从小随父母走遍四山五岳，见闻甚广。因此"拣了十个地方的古迹，作了十首怀古诗"为灯谜，拿给大家看，居然没有人能猜中。其实猜不中的未必是谜底俗物，而是作者隐含其中深层次的谜。这里"新编"的"新"，与上回回目中"创制"的"创"一样，都还有暗示手法"创新"的含义。所谓"怀古"，表面上是追念古人古事，其深层次的隐义是作者借此来表达怀念小说中"作古"的死者，故也不妨说是悼念。说是灯谜，其实也是人生之谜。小说中写到死去的入册裙钗，计有正钗黛玉、元春、迎春、凤姐、李纨、可卿；副钗香菱；又副钗晴雯、金钏儿（未明言，应是）共九人。二尤等不属此列。这九人应当就是十首诗隐写的对象，其中第一首是总说。回目后句说，晴雯外感风寒，发热病倒，老嬷嬷请来一个大夫只是庸医，开的方子用药过猛，幸好被宝玉看后及时阻止住了，另换别的大夫。虎狼药，喻药性特别猛烈，用之不当会损害健康，甚至危及生命的药材、方剂。此庸医正文中未言姓氏，回目冠以"胡"姓，想亦是取胡乱之意。

　　话说众人闻得宝琴将素习所经过各省内的古迹为题，作了十首怀古绝句，内隐十物，皆说："这自然新巧。"都争着看时，只见写道是：

赤壁怀古　其一

赤壁沉埋水不流，徒留名姓载空舟。

喧阗一炬悲风冷，无限英魂在内游。①1

交趾怀古　其二

铜铸金镛振纪纲，声传海外播戎羌。

马援自是功劳大，铁笛无烦说子房。②2

1. 总言死亡相藉。奇在赤壁之战，江上空舟所书恰是"曹"字。此"一炬"与甄士隐家遭火灾的象征性十分相似。

2. 寓元春。"金镛"，隐宫闱；张衡《东京赋》："宫悬金镛。"南齐武帝置金镛于景阳宫，令宫人闻钟声即起梳妆，此即为"振纪纲"。次句状晋封后声势显赫。马援正受恩遇，忽病死于征途中，与"喜荣华正好，恨无常又到""望家乡，路远山高"合。末句尚不得索解。

---

① 《赤壁怀古》一首——赤壁，山名，在今湖北省嘉鱼县东北，长江南岸。东汉建安十三年（208），孙权与刘备联军用火攻大破曹操军于此。诗言曹军伤亡惨重，折戟沉尸于江中，江水为之不流。战舰成空，徒留将帅之姓名而已。喧阗（tián 田）：声音大而杂。一炬，一把火，指三江口周瑜纵火。此诗谜底，有人猜为"蚊子灯"，一种捕蚊的器具。

② 《交趾怀古》一首——交趾，古郡名，汉武帝时置，辖境相当今两广大部和越南北部。东汉光武帝时，大将马援曾率兵镇压了交趾人民的起义，立铜柱为汉界。秦灭六国，曾收兵器铸钟和铜人，此借指马援建立战功。镛，大钟。"铜铸金镛"，程高本作"铜柱金城"，乃为牵合史事而改，不从。马援曾于金城（今甘肃兰州）一带击败先零羌兵，故言"声播戎羌"，羌族又称西戎。末谓若论劳苦功高，当数马援，有笛曲可征其事迹，用不着去说汉初的张良（字子房）。崔豹《古今注》:《武溪深》，马援南征时作。门生爱寄生善笛，援作歌以和之。"此首谜底，有人猜为"喇叭"。

### 钟山怀古　其三

名利何曾伴汝身，无端被诏出凡尘。
牵连大抵难休绝，莫怨他人嘲笑频。①1

### 淮阴怀古　其四

壮士须防恶犬欺，三齐位定盖棺时。
寄言世俗休轻鄙，一饭之恩死也知。②2

### 广陵怀古　其五

蝉噪鸦栖转眼过，隋堤风景近如何？
只缘占得风流号，惹得纷纷口舌多。③3

### 桃叶渡怀古　其六

衰草闲花映浅池，桃枝桃叶总分离。
六朝梁栋多如许，小照空悬壁上题。④4

---

① 《钟山怀古》一首——钟山，亦称北山，即今南京市东北的紫金山。南朝宋文帝筑室于钟山西岩下，谓之招隐馆。至齐时周颙（yóng）亦于此立隐舍，供在京任职时的假日休憩之用。孔稚珪作《北山移文》，借周颙事，以讽刺隐士贪图官禄的虚伪情态，文中言其隐而复出，未必实有其事，因孔作乃寓言体游戏文章。诗谓隐者何尝存名利之想，乃奉命出山尘世为官，世俗之牵挂、连累，本难断绝，故免不了会频频遭人嘲笑。本诗谜底，有人猜为"木偶"。

② 《淮阴怀古》一首——淮阴，秦置县名，故城在今江苏淮安市南。汉高祖封韩信为淮阴侯于此。韩信早年曾遭恶少之欺，受到过钻人裤裆下的侮辱；功成后，又被吕后诬陷，终遭诛杀。他在破赵平齐后，要求为王，刘邦立他为齐王。项羽曾分齐地为三国，故称"三齐"。此句似言其封王之日，正是决定他最后结局之时。末谓其知恩能报。韩信贫贱时曾挨饿，一个漂洗丝绵的妇人给其饭食。后韩信受封，召见妇人，赠以千金为报。此首谜底，有人猜为"马桶"；有人猜为祭亡灵用的供品"打狗棒"，好让死者在阴间过"恶狗村"时防身；有人则猜为"纳宝瓶"，一种瓦陶器皿的陪葬品，用以盛食品、物品纳于棺中，谓亡灵持之，可以无恐。

③ 《广陵怀古》一首——广陵，古郡名，即今江苏扬州市。隋炀帝曾开凿运河，自长安至江都（即广陵），两岸堤上，种植杨柳，谓之隋堤，又沿河造离宫四十余所，江都宫尤为华丽。炀帝率后妃、百官、僧尼一二十万人大举出游江都，穷极侈靡，耗尽国力。诗后二句说炀帝好逸乐游玩，得了个"风流"皇帝称号，故招来后世纷纷讥贬。有人猜此谜为"牙签"。清时，牙签以柳木制成，除剔牙用的牙签外，古代作藏书标志的也称"牙签"。

④ 《桃叶渡怀古》一首——桃叶渡，在今南京市秦淮河与青溪合流处。晋代王献之的妾桃叶，曾渡河与献之分别，献之在渡口作《桃叶歌》相赠，桃叶作《团扇歌》以答。诗以秋日桃叶离枝来说人的分别。梁栋：大臣的代称。献之曾为中书令。多如许，多半如此，指难免都有离别亲人的憾恨。末谓题着字的壁上徒然地挂着画像。此首人猜"团扇""门神""镜子""油灯""纱灯"不一。

1. 寓李纨。她青春丧偶，心如"槁木死灰"，不闻外界事，不曾为"名利"所系。后来"被诏出凡尘"，"戴珠冠，披凤袄"，全因儿子贾兰爵禄高登的缘故，这就是"牵连"。可惜"黄泉路近"，病死了，只获得个"虚名儿"，"枉与他人作笑谈"。

2. 寓王熙凤。"恶犬"似指贾琏，将来凤姐运蹇，反被他所欺，终至遭休弃。或隐其被人告发，以至获罪遭厄，被拘于狱神庙。凤姐独操大权、包揽诉讼、索贿敛财的"三齐位"，既确定于她协理宁府秦可卿"盖棺"之时，也是决定她自己下场的时刻，犹韩信自矜功伐而遭诛。后两句则指接济了因挨饿而告贷的刘姥姥而终得姥姥的报恩。

3. 寓晴雯。怡红院"绿柳周垂"，通往柳叶渚还有一条柳堤，故以"隋堤"作比。晴雯、宝玉"相与共处者，仅五年八月有奇"，故曰"转眼过"。其"册子"判词说："风流灵巧招人怨，寿夭多因诽谤生。"后两句即此意。

4. 寓迎春。首句景象，第七十九回迎春被接出大观园后已写到，宝玉"天天到紫菱洲一带地方徘徊瞻顾"，"看那岸上的蓼花苇叶，池内的翠荇香菱，也都摇摇落落，似有追忆故人之态"。"桃枝桃叶"本是同根，恰好喻姊弟关系。后两句寓意难测。三句似是说"金陵诸钗遭遇多半如此"的隐语。后来是否会有宝玉空对迎春所遗小照并伤悼题句一类情节，便不好说了。

青冢怀古　其七

黑水茫茫咽不流，冰弦拨尽曲中愁。
汉家制度诚堪叹，樗栎应惭万古羞。①1

马嵬怀古　其八

寂寞脂痕渍汗光，温柔一旦付东洋。
只因遗得风流迹，此日衣衾尚有香。②2

蒲东寺怀古　其九

小红骨贱最身轻，私掖偷携强撮成。
虽被夫人时吊起，已经勾引彼同行。③3

梅花观怀古　其十

不在梅边在柳边，个中谁拾画婵娟？
团圆莫忆春香到，一别西风又一年。④4

---

① 《青冢怀古》一首——青冢，王昭君的墓，在今内蒙古呼和浩特市南。黑水，即呼市南之大黑河。冰弦，指一种优质蚕丝制成的琵琶弦。传说王嫱出塞，弹琵琶以寄恨。汉家制度，指汉元帝遣昭君和亲事。《西京杂记》说元帝凭画工画像召见后宫，宫人都贿赂画工，独王嫱不肯，所以她的像画得最坏，不得见元帝。后匈奴求亲，元帝按图选昭君去，临行才发现她最美，悔之不及，杀毛延寿等画工。这个故事并不符史实，昭君是自愿和亲的。因其流传广，此亦用之。"诚堪叹"，"叹"字原诸本歧出：庚辰本作"叹"，蒙府本作"噪"，戚序、戚宁本作"操"，甲辰、程高本作"笑"，列藏本作"燥"，旁点去，添"笑"字。实在应该是"操"字，"噪""操""燥"，盖其形讹也。樗（chū初）栎，古人说它是不成材的树，用以喻无用之人，指元帝。此谜诸家都猜木匠用的"墨斗"。

② 《马嵬怀古》一首——马嵬，马嵬驿，亦叫马嵬坡。在今陕西兴平县西。天宝末，安禄山叛兵攻破潼关，玄宗仓皇逃往蜀地，西出长安百余里，至马嵬，六军驻马不进，指杨家为致乱祸根，杀杨国忠，杨贵妃被迫缢死，卒年三十八。渍（zì自），液体粘在东西上。此首人猜"肥皂"。

③ 《蒲东寺怀古》一首——蒲东寺，传奇小说《莺莺传》（《会真记》）和杂剧《西厢记》中虚构的佛寺，名普救寺，因在蒲郡之东，又称蒲东寺。张生与崔莺莺同寓居寺中而恋爱。小红：指莺莺的婢女红娘。她为男女双方撮合，使之配成一对；老夫人生疑，曾拷打红娘，逼其说出自己女儿与张生的私情。此谜有猜为"灯笼""鞋拔"或"骰子"者。

④ 《梅花观怀古》一首——梅花观，《牡丹亭》中虚构之寺观。戏曲中写杜丽娘抑郁成疾，死葬梅花观梅树下，死前曾自画肖像，并题诗曰："近睹分明似俨然，远观自在若飞仙；他年得傍蟾宫客，不在梅边在柳边。"末句隐柳梦梅之名。后柳梦梅旅居该观，拾得画像，与丽娘鬼魂相聚，并受托将她躯体救活，后结为夫妻。个中，此中。画婵娟，指杜的自画像。春香，杜之婢女。戏中柳在外怀念丽娘，有"砧声又报一年秋"等语。此首有人猜为"扇子"。

1. 寓香菱。她受夏金桂虐待，"酿成干血之症""病入膏肓"，如"册子"中所画"一方池沼，其中水涸泥干"，与首句正合。她永别故乡亲人，身世寂寞孤凄，恰如出塞之昭君，拨琵琶而"分明怨恨曲中论"。"汉家"之"汉"，借作"汉子"即丈夫解，则三四句嘲薛蟠无用之句意甚明。

2. 寓秦可卿。一二句写她"淫丧天香楼"。"渍汗光"三字，状缢者遗容如见。"行事又温柔和平"是可卿特点。三四句是男女行房事的隐语。

3. 寓金钏儿。"小红"可作婢女的通称，宋代已有。"身轻骨贱"之语，非认真严词谴责，无非指金钏儿对宝玉说了些挑逗性的话。"私掖偷携"谓其与宝玉拉拉扯扯。金钏儿虽被王夫人打巴掌，撵了出去，但宝玉却已情系逝者，而有"不了情暂撮土为香"事。

4. 寓黛玉。首句以杜丽娘心中只有柳梦梅，喻黛玉心中只有宝玉。"画婵娟"，在书中已有细节写到，如脂评所说是"画儿中爱宠"即镜中花、水中月，终成画饼之意。宝玉自秋天离家，流落一年之后方得归来，其间虽牵挂思念黛玉，盼能"团圆"，无奈黛玉已在那年春尽花落时泪尽而逝了。

众人看了，都称奇道妙。宝钗先说道："前八首都是史鉴上有据的；后二首却无考，我们也不大懂得，不如另作两首为是。"¹黛玉忙拦道："这宝姐姐也忒'胶柱鼓瑟①'、矫揉造作了。这两首虽于史鉴上无考，咱们虽不曾看这些外传，不知底里，难道咱们连两本戏也没有见过不成？²那三岁孩子也知道，何况咱们？"探春便道："这话正是了。"李纨又道："况且她原是到过这个地方的。这两件事虽无考，古往今来，以讹传讹，好事者竟故意地弄出这古迹来以愚人。比如那年上京的时节，单是关夫子②的坟，倒见了三四处。³关夫子一生事业，皆是有据的，如何又许多的坟？自然是后来人敬爱他生前为人，只怕从这敬爱上穿凿出来，也是有的。及至看《广舆记》③上，不止关夫子的坟多，自古来有些名望的人，坟就不少，无考的古迹更多。如今这两首虽无考，凡说书唱戏，甚至于求的签上皆有注批，老小男女，俗语口头，人人皆知皆说的。况且又并不是看了《西厢记》《牡丹亭》的词曲，⁴怕看了邪书。这竟无妨，只管留着。"宝钗听说，方罢了。大家猜了一回，皆不是。⁵

冬日天短，不觉又是前头吃晚饭之时，一齐前来吃饭。因有人回王夫人说："袭人的哥哥花自芳进来说，他母亲病重了，想她女儿。他来求恩典，接袭人家去走走。"⁶王夫人听了，便说道："人家母女一场，岂有不许她去的！"一面就叫了凤姐来，告诉了凤姐，命她酌量去办理。

凤姐儿答应了，回至房中，便命周瑞家的去告诉袭人原故。又吩咐周瑞家的："再将跟着出门的媳妇传一个，你们两个人，再带两个小丫头子，跟了袭人去。外头派四个有年纪跟车的。要一辆大车，你们带着坐；要一辆小车，给丫头们坐。"周瑞家的答应了，才要去，凤姐儿又道："那袭人是个省事的，你告诉她说我的话：叫她穿几件颜色好衣裳，大大的包一包袱衣裳拿着，包袱也要好好的，手炉也要拿好的。临走时，叫她先来，我瞧瞧。"⁷

1. 难怪前文有贾母带话，叫宝钗不要对妹子管得太严，是料定她要管的。

2. 驳得是。余谓颦儿必有尖语来讽，不望竟有此饰词代为解释，此则真心以待宝钗也。（庚）

3. 连李纨都以为不必干涉。不过仍是老实人说的话，还举关夫子坟多为佐证。其实谁见有蒲东寺、梅花观假古迹来？

4. 怎知不是看了书作的？就看了又怎么样？

5. 这九个字岂不奇怪？这么多冰雪聪明的女孩子，怎会谁也猜不着呢？可知又是在暗示所指并非谜底俗物，那当然就猜不着了。

6. 倘袭人不回家去，晴雯等也不致夜间淘气，也就不会有感风寒而生病的事了。情节环环相扣。

7. 出门回家去探亲的丫头，一定要穿着体面；事关外人对贾府的观感和管事人的名声。何况她是太太所喜欢的人，所以必定要亲自看过才放心。

---

① 胶柱鼓瑟——鼓，弹奏。瑟上之柱，用以系弦调音，若用胶粘住，则欲弹曲而音不能调。比喻处事拘板而不知变通。语出《史记·廉颇蔺相如列传》。

② 关夫子——指关羽，字云长，三国蜀汉大将，本河东解县（今山西临猗西南）人。后世加以神化，尊为"关圣大帝"，故到处有他的坟和庙。

③ 《广舆记》——明代陆应旸所撰的地理书。

周瑞家的答应去了。

半日，果见袭人穿戴了来，两个丫头与周瑞家的拿着手炉与衣包。凤姐儿看袭人头上戴着几枝金钗珠钏，倒华丽；又看身上穿着桃红百花刻丝银鼠袄子，葱绿盘金彩绣绵裙，外面穿着青缎灰鼠褂。凤姐笑道："这三件衣裳都是太太的，赏了你倒是好的；但只这褂子太素了些，如今穿着也冷，你该穿一件大毛的。"袭人笑道："太太就只给了这灰鼠的，还有一件银鼠的。说赶年下再给大毛的，还没有得呢。"凤姐笑道："我倒有一件大毛的，我嫌风毛儿①出不好了，正要改去。也罢，先给你穿去罢。等年下太太给你作的时节，我再作罢，只当你还我一样。"众人都笑道："奶奶惯会说这话。成年家大手大脚的，替太太不知背地里赔垫了多少东西，¹真真赔得是说不出来的，哪里又和太太算去？偏这会子又说这小气话取笑儿。"凤姐儿笑道："太太哪里想得到这些？究竟这又不是正经事，再不照管，也是大家的体面。说不得我自己吃些亏，把众人打扮体统了，宁可我得个好名也罢了。一个一个像'烧糊了的卷子'似的，人先笑话我，说我当家倒把人弄出个花子来了。"众人听了，都叹说："谁似奶奶这样圣明！在上体贴太太，在下又疼顾下人。"²一面说，一面只见凤姐儿命平儿将昨日那件石青刻丝八团天马皮褂子②拿出来，与了袭人。又看包袱，只得一个弹墨花绫水红绸里的夹包袱，里面只包着两件半旧棉袄与皮褂。凤姐又命平儿把一个玉色绸里的哆罗呢的包袱拿出来，又命包上一件雪褂子。

平儿走去拿了出来：一件是半旧大红猩猩毡的，一件是半旧大红羽纱的。袭人道："一件就当不起了。"平儿笑道："你拿这猩猩毡的。把这件顺手带出来，叫人给邢大姑娘送去。昨儿那么大雪，人人都穿着不是猩猩毡，就是羽缎羽纱的，十来件大红衣裳，映着大雪，好不齐整！就只她穿着那件旧毡斗篷，越发显得拱肩缩背，好不可怜见的。如今把这件给她罢。"³

凤姐笑道："我的东西，她私自就要给人。我一个还花不够，再添上你提着，更好了！"众人笑道："这都是

1. 真会说奉承话！知道凤姐爱听人家说自己大手大脚，替太太赔垫等语。

2. 背地里可不是这么说的。"对下人严了些"的话似曾听见过。

3. 画出岫烟拮据状态。此举固平儿心地善良处，然亦是在下人前给凤姐面子。平儿聪慧，深知主子，才敢自己做主。李纨夸她是"总钥匙"的话，不谬。

---

①　风毛儿——皮毛外衣边缘露出的毛边，是装饰性的。
②　天马皮褂子——用一种生活在沙碛中的狐狸的腹部皮毛制成的皮袄。

奶奶素日孝敬太太，疼爱下人。若是奶奶素日是小气的，只以东西为事，不顾下人的，姑娘哪里还敢这样了？"凤姐笑道："所以知道我的心的，也就是她还知三分罢了。"说着，又嘱咐袭人道："你妈若好了就罢；若不中用了，只管住下，打发人来回我，我再另打发人给你送铺盖去。可别使他们的铺盖和梳头的家伙。"[1] 又吩咐周瑞家的道："你们自然是知道这里的规矩的，也不用我嘱咐了。"周瑞家的答应："都知道。我们这去到那里，总叫他们的人回避。若住下，必是另要一两间内房的。"说着，跟了袭人出去，又吩咐预备灯笼，遂坐车往花自芳家来，不在话下。

这里凤姐又将怡红院的嬷嬷唤了两个来，吩咐道："袭人只怕不来家了，你们素日知道那大丫头们，哪两个知好歹，派出来在宝玉屋里上夜。你们也好生照管着，别由着宝玉胡闹。"两个嬷嬷去了，一时来回说："派了晴雯和麝月在屋里，我们四个人原是轮流着带管上夜的。"凤姐听了点头，又说道："晚上催他早睡，早上催他早起。"老嬷嬷们答应了，自回园去。一时，果有周瑞家的带了信回凤姐说："袭人之母业已停床①，不能回来。"[2] 凤姐回明了王夫人，一面着人往大观园去取她的铺盖妆奁。

宝玉看着晴雯、麝月二人打点妥当，送去之后，晴雯、麝月皆卸罢残妆，脱换过裙袄。晴雯只在熏笼②上围坐，麝月笑道："你今儿别装小姐了，我劝你也动一动儿。"晴雯道："等你们都去尽了，我再动不迟。有你们一日，我且受用一日。"[3] 麝月笑道："好姐姐，我铺床，你把那穿衣镜的套子放下来，上头的划子③划上，你的身量比我高些。"说着便去与宝玉铺床。晴雯"嗐"了一声，笑道："人家才坐暖和了，你就来闹。"此时宝玉正坐着纳闷，想袭人之母不知是死是活，忽听见晴雯如此说，便自己起身出去，放下镜套，划上消息，进来笑道："你们暖和罢，都完了。"[4] 晴雯笑道："终究暖和不成的，我又想起来，汤婆子④还没拿来呢。"麝月道："这难为你想着！他素日

---

1. 嫌不干净也。细极。不过是寻常嘱咐，也必句句认真摹写，作者真不容易！

2. 必是如此，若能当日回来，也不写这一情节了。

3. 逗麝月，故意不听其提醒。

4. 确是宝玉行为，体贴丫头，全无主人架子。

---

① 停床——人死后，先将尸体停放在灵床上，置于住屋正中，以备入棺，叫"停床"。
② 熏笼——也叫"火箱"，覆盖在香炉或火盆上的笼罩，有用竹编制成的，也有用金属制成箱形的。
③ 划子——指镜框上压镜帘用的，可以转动的小签子。
④ 汤婆子——一种取暖用具。金属制成的扁圆形瓶罐。注入热水，盖紧，置于被中，用以取暖。

又不要汤婆子，咱们那熏笼上暖和，比不得那屋里炕冷，今儿可以不用。"宝玉笑道："这个话，你们两个都在那上头睡了，我这外边没个人，我怪怕的，一夜也睡不着。"晴雯道："我是在这里睡的，麝月，你往他外边睡去。"说话之间，天已二更，麝月早已放下帘幔，移灯炷香，服侍宝玉卧下，二人方睡。

晴雯自在熏笼上，麝月便在暖阁外边。至三更以后，宝玉睡梦之中便叫袭人。叫了两声，无人答应，自己醒了，方想起袭人不在家，自己也好笑起来。[1]晴雯已醒，因笑唤麝月道："连我都醒了，她守在旁边还不知道，真是个挺死尸的！"麝月翻身打个哈气①，笑道："他叫袭人，与我什么相干！"因问："作什么？"宝玉说："要吃茶。"麝月忙起来，单穿红绸小棉袄儿。宝玉道："披上我的袄儿再去，仔细冷着。"麝月听说，回手便把宝玉披着起夜的一件貂颏满襟暖袄披上，下去向盆内洗洗手，先倒了一钟温水，拿了大漱盂，宝玉漱了一口，然后才向茶槅上取了茶碗，先用温水涮了一涮，向暖壶中倒了半碗茶，递与宝玉吃了；自己也漱了一漱，吃了半碗。晴雯笑道："好妹妹，也赏我一口儿。"麝月笑道："越发上脸儿了！"晴雯道："好妹妹，明儿晚上你别动，我服侍你一夜，如何？"麝月听说，只得也服侍她漱了口，倒了半碗茶与她吃过。[2]麝月笑道："你们两个别睡，说着话儿，我出去走走回来。"晴雯笑道："外头有个鬼等着你呢！"宝玉道："外头自然有大月亮的，我们说话，你只管去。"一面说，一面便嗽了两声。

麝月便开了后房门，揭起毡帘一看，果然好月色。晴雯等她出去，便欲唬她玩耍。仗着素日比别人气壮，不畏寒冷，也不披衣，只穿着小袄，便蹑手蹑脚地下了熏笼，随后出来。宝玉笑劝道："看冻着，不是玩的！"晴雯只摆手，随后出了房门。只见月光如水，忽然一阵微风，只觉侵肌透骨，不禁毛骨森然。心下自思道："怪道人说热身子不可被风吹，这一冷果然利害。"[3]一面正要唬麝月，只听宝玉高声在内说道："晴雯出去了！"[4]晴雯忙回身进来，笑道："哪里就唬死了她？偏你惯会

1. 将来恐有误叫晴雯的时候。

2. 将来恐有向宝玉讨茶喝的时候。

3. 迟了！不以身试冷，哪知厉害！

4. 既怕麝月被吓着，又怕晴雯被冻着，真是宝玉！

———————————

① 哈气——呵欠。

这蝎蝎螫螫老婆寒像①的！"宝玉笑道："倒不为唬坏了她，头一件你冻着也不好；二则她不防，不免一喊，倘或惊醒了别人，不说咱们是玩意儿，倒反说袭人才去了一夜，你们就见神见鬼的。[1] 你来把我的这边被掖一掖。"晴雯听说，便上来掖了掖，伸手进去，焐②一焐时，宝玉笑道："好冷手！我说看冻着。"一面又见晴雯两腮如胭脂一般，用手摸了一摸，也觉冰冷。宝玉道："快进被来焐焐罢。"

　　一语未了，只听"咯噔"的一声门响，麝月慌慌张张地笑了进来，说道："吓了我一跳好的，黑影子里，山子石后头，只见一个人蹲着。我才要叫喊，原来是个大锦鸡，见了人，一飞飞到亮处来，我才看真了。[2] 若冒冒失失一嚷，倒闹起人来。"一面说，一面洗手。又笑道："晴雯出去，我怎么不见？一定是要唬我去了。"宝玉笑道："这不是她？在这里焐呢！我若不叫得快，可是倒唬一跳。"晴雯笑道："也不用我唬去，这小蹄子已经自惊自怪的了。"一面说，一面仍回自己被中去。麝月道："你就这么'跑解马'③似的，打扮得伶伶俐俐的出去了不成？"宝玉笑道："可不就这么出去了。"麝月道："你死不拣好日子！你出去站一站，把皮不冻破了你的！"[3] 说着，又将火盆上的铜罩揭起，拿灰锹重将熟炭埋了一埋，拈了两块素香放上，仍旧罩了。至屏后，重剔了灯，方才睡下。

　　晴雯因方才一冷，如今又一暖，不觉打了两个喷嚏。[4] 宝玉叹道："如何？到底伤了风了。"麝月笑道："她早起就嚷不受用，一日也没吃碗正经饭，她这会子不说保养些，还要捉弄人。明儿病了，叫她自作自受！"宝玉问道："头上可热？"晴雯嗽了两声，说道："不相干，哪里这么娇嫩起来了！"说着，只听外间房中十锦格上的自鸣钟"当当"的两声，外间值宿的老嬷嬷嗽了两声，因说道："姑娘们睡罢，明儿再说笑罢。"宝玉方悄悄地笑道："咱们别说话了，又惹她们说话。"说着，方大家睡了。

　　至次日起来，晴雯果觉有些鼻塞声重，懒怠动弹。[5]

1. 谁说不是？

2. 有此虚惊，半夜情景便逼真，也见园内环境。

3. 麝月说话，何其生动！恨后人续写，全无此种语言。

4. 果然来了！

5. 是中寒邪症状。

---

①　蝎蝎螫螫老婆寒像——形容一点小事，便惊慌失措，好像怕被蝎子螫了似的。螫，蜂蝎以尾刺人。老婆寒像，诸本多改作"老婆汉像"，今从庚辰本。此俚俗方言。杨传镛先生谓："我们乡下有寒婆婆之说，形容人萎萎缩缩的。"

②　焐（wù 务）——以热物接触冷物而使之变暖，或以被絮等物覆盖使之暖和。小说中本无此字而皆写作"渥"字，实为借字，今据义均改为通行用字。

③　跑解（xiè 谢）马——马术杂技。骑马表演者都穿短衣。

宝玉道："快不要声张！太太知道，又叫你搬了家去养息。家里纵好，到底冷些，不如在这里。你就在里间屋里躺着，我叫人请了大夫，悄悄地从后门进来瞧瞧就是了。"晴雯道："虽如此说，你到底要告诉大奶奶一声儿；不然，一时大夫来了，人问起来，怎么说呢？"宝玉听了有理，便唤了一个老嬷嬷来，吩咐道："你回大奶奶去，就说晴雯白冷着了些，不是什么大病。袭人又不在家，她若家去养病，这里更没有人了。传一个大夫，悄悄地从后门进来瞧瞧，别回太太罢了。"老嬷嬷去了半日，来回说："大奶奶知道了，说：'吃两剂药好了便罢，若不好时，还是出去的为是。如今时气不好，恐沾带了；别人事小，姑娘们的身子要紧。'"晴雯睡在暖阁里，只管咳嗽，听了这话，气得喊道："我哪里就害瘟病了？生怕过了人！我离了这里，看你们这一辈子都别头疼脑热的！"说着，便真要起来。¹宝玉忙按她，笑道："别生气，这原是她的责任，生恐太太知道了说她。不过白说一句。你素习好生气，如今肝火自然又盛了。"

正说时，人回："大夫来了。"宝玉便走过来，避在书架之后。²只见两三个后门口的老嬷嬷带了一个大夫进来。这里的丫鬟都回避了。有三四个老嬷嬷，放下暖阁上的大红绣幔，晴雯从幔中单伸出手去。那大夫见这只手上有两根指甲，足有三寸长，尚有金凤花①染得通红的痕迹，³便忙回过头来。有一个老嬷嬷忙拿了一块手帕掩了。那大夫方诊了一回脉，起身到外间，向嬷嬷们说道："小姐的症是外感内滞，近日时气不好，竟算是个小伤寒。幸亏是小姐，素日饮食有限，风寒也不大，不过是血气原弱，偶然沾带了些，吃两剂药疏散疏散就好了。"说着，便又随婆子们出去。

彼时，李纨已遣人知会过后门上的人及各处丫鬟回避，那大夫只见了园中的景致，并不曾见一女子。一时出了园门，就在守园门的小厮们的班房内坐了，开了药方。老嬷嬷道："老爷且别去，我们小爷啰唆，恐怕还有话问。"大夫忙道："方才不是小姐，是位爷不成？那屋子竟是绣房，又是放下幔子来的，如何是位爷呢？"⁴老嬷嬷悄悄笑道："我的老爷，怪道小厮们才说今儿请

1. 丫头有病，若不能马上就好，便要出去养，以免传染他人。所谓"沾带"时气，或"瘟病"，当指病毒性恶性流感之类。此时只不过说说而已，将来是否真要演出这一幕呢？

2. 不欲让外来的医者知病者身份，因而回避。

3. 此是爱美的女孩儿时尚，也只能养两根，多了有碍干事。这又是晴雯的标志，再提到这两根指甲时，不知是何等境况？想来令人悲痛。

4. 竟能问出这话来，真是糊涂郎中！

---

① 金凤花——即凤仙花，花瓣捣烂包在指甲上，指甲即可染成红色。

了一位新大夫来了，真不知我们家的事。那屋子是我们小哥儿的，那人是他屋里的丫头，倒是个大姐。哪里的小姐！若是小姐的绣房，小姐病了，你那么容易就进去了？"说着，拿了药方进去。

宝玉看时，上面有紫苏、桔梗、防风、荆芥等药，后面又有枳实、麻黄①。宝玉道："该死，该死！他拿着女孩儿们也像我们一样地治，如何使得！凭她有什么内滞，这枳实、麻黄如何禁得！¹谁请了来的？快打发他去罢！再请一个熟的来。"老婆子道："用药好不好，我们不知道。如今再叫小厮去请王太医去倒容易，只是这个大夫又不是告诉总管房请的，这轿马钱是要给他的。"宝玉道："给他多少？"婆子道："少了不好看，也得一两银子，才是我们这门户的礼。"宝玉道："王太医来了给他多少？"婆子笑道："王太医和张太医每常来了，也并没个给钱的，不过每年四节一趸②送礼，那是一定的年例。这人新来了一次，须得给他一两银子去。"

宝玉听说，便命麝月去取银子。麝月道："花大姐姐还不知搁在哪里呢？"宝玉道："我常见她在螺甸③小柜子里取钱，我和你找去。"说着，二人来至袭人堆东西的房内，开了螺甸柜子，上一格子都是些笔墨、扇子、香饼、各色荷包、汗巾等物；下一格却有几串钱。于是开了抽屉，才看见一个小簸箩内放着几块银子，倒也有一把戥子。麝月便拿了一块银子，提起戥子来问宝玉："哪是一两的星儿？"宝玉笑道："你问我？有趣，你倒成了才来的了。"麝月也笑了，又要去问人。宝玉道："拣那大的给他一块就是了。又不做买卖，算这些做什么！"麝月听了，便放下戥子，拣了一块，掂了一掂，笑道："这一块只怕是一两了。宁可多些好，别少了，叫那穷小子笑话，不说咱们不识戥子，倒说咱们有心小气似的。"²那婆子站在外头台矶上笑道："那是五两的锭子夹了半边，这一块至少还有二两呢！这会子又没夹剪④，姑娘收了这块，再拣一块小些的罢。"麝月早掩了柜子出来，笑道："谁

1. 治病除要对症下药外，尚须视患者的性别、年龄、体质强弱的差异，在用药处方上有所不同。这是我国传统医学的一大特色。如枳实一味，医家称其在消滞功能上有"冲墙倒壁"的力量。用于体质弱者，必当慎之又慎。

2. 宝玉杂学旁收，药理医道所知甚多。然长期锁在金丝笼子里娇养惯了，对书本外的日常生活知识，即所谓"世务"，往往十分无知，即如戥子、银子重量等小事，竟一窍不通。麝月从小在贵族深宅中伺候人，足不出户，也犯同样毛病。因而共同表演了这让人笑话的一出。写来是很引人深思的。此书写贵族之家场景，细心刻画方方面面，无一丝遗漏，非同庸手写书，只会叙述故事情节而已。

---

① 紫苏、桔梗、防风、荆芥及枳实、麻黄——紫苏等均外感常用的发散药，枳实、麻黄和后文提到的石膏，虽亦用于外感内滞之症，但因其药性猛烈，医者多视患者之体质而慎用之。

② 一趸（dǔn 吨）——总共，归成总数。

③ 螺甸——亦作"螺钿""螺填"。用贝壳薄片制成图像，镶嵌在漆器或雕镂器物上的一种工艺。

④ 夹剪——一种切割金银的剪子，口短柄长。

又找去！多了些，你拿了去罢。"宝玉道："你只快叫茗烟再请王大夫去就是了。"婆子接了银子，自去料理。

一时，茗烟果请了王太医来。先诊了脉，后说病症，与前相仿。只是方子上果没有枳实、麻黄等药，倒有当归、陈皮、白芍等，药之分量较先也减了些。[1]宝玉喜道："这才是女孩儿们的药，虽然疏散，也不可太过。旧年我病了，却是伤寒，内里饮食停滞，他瞧了，还说我禁不起麻黄、石膏、枳实等狼虎药。我和你们一比，我就如那野坟圈子里长的几十年的一棵老杨树，你们就如秋天芸儿进我的那才开的白海棠。[2]连我禁不起的药，你们如何禁得起？"麝月等笑道："野坟里只有杨树不成？难道就没有松柏？我最嫌的是杨树，那么大笨，树叶子只一点子，没一丝风，它也乱响。你偏比它，也太下流了。"宝玉笑道："松柏不敢比，连孔子都说：'岁寒然后知松柏之后凋也。'①可知这两件东西高雅，不怕羞臊的才拿它混比呢。"

说着，只见老婆子取了药来。宝玉命把煎药的银吊子找了出来，[3]就命在火盆上煎。晴雯因说："正经给他们茶房里煎去，弄得这屋里药气，如何使得？"宝玉道："药气比一切的花香、果子香都雅。[4]神仙采药烧药，再者高人逸士采药治药，是最妙的一件东西。这屋里我正想各色都齐了，就只少药香，如今恰好全了。"一面说，一面早命人煨上。又嘱咐麝月打点东西，遣老嬷嬷去看袭人，劝她少哭。——妥当，方过前边来贾母、王夫人处问安吃饭。

正值凤姐儿和贾母、王夫人商议说："天又短又冷，不如以后大嫂子带着姑娘们在园子里吃饭一样；等天长暖和了，再来回地跑，也不妨。"[5]王夫人笑道："这也是好主意，刮风下雪倒便宜。吃些东西受了冷气也不好；空心走来，一肚子冷风，压上些东西也不好。不如园后门里头的五间大房子，横竖有女人们上夜的，挑两个厨子女人在那里，单给她姊妹们弄饭。新鲜菜蔬是有分例的，在总管房里支了去，或要钱，或要东西；那些野鸡、獐、狍各样野味，分些给她们就是了。"贾

1. 是行话。当归、白芍是妇女方剂中常用之药。

2. 再点回目，说不顾对象"乱用虎狼药"之弊。比得也有趣。所举峻猛药材，在方剂学中倒是常用的重要药物，历来医家亦颇有善用此者，如晚清民国初在医林擅胜名的实验派大师张锡纯，凡遇有实热发烧者，必重用生石膏，以为有效无害，且首创与西药合用，如以"阿斯匹林石膏汤"治外感发热，见所著《衷中参西录》。

3. "找"字神理，乃不常用之物也。（庚）

4. 前人有此雅趣。白居易即事诗："室香罗药气，笼暖焙茶烟。"郑谷也有"药香沾笔砚，竹色染衣巾"诗句。

5. 管事者想得周到。

---

　　① "岁寒"句——出《论语·子罕》。常喻人的节操坚贞。

母道："我也正想着呢，就怕又添个厨房多事些。"凤姐道："并不多事。一样的份例，这里添了，那里减了。就便多费些事，小姑娘们冷风朔气的，别人还可，第一林妹妹如何禁得住？就连宝兄弟也禁不住，何况众位姑娘！"[1]贾母道："正是这话了。上次我要说这话，我见你们的大事太多了，如今又添出这些事来……"要知端的，〔下回分解。〕

1. 事经细密盘算过，得失明摆着。"朔"字又妙！朔作诏，北音也。用此音，奇想奇想！（庚）

## 【总评】

雪芹借诗作谶或诗有隐寓，前已屡见。薛宝琴《怀古绝句十首》不揭底，又说"大家猜了一回，皆不是"，这样写用意何在？我曾说过："十首绝句，其实就是《红楼梦》的《录鬼簿》，是已死和将死的大观园女儿的哀歌。这就是真正的'谜底'。名曰'怀古'（也许可解作怀念作古的女儿），实则悼今；说是'灯谜'，其实就是人生之'谜'。"（拙著《红楼梦诗词曲赋鉴赏》）当然，不作这样的深求，只当它写宝琴足迹广、见闻多、有诗才，也未始不可。

薛宝钗挑剔她妹妹作的蒲东寺（出《西厢记》）、梅花观（出《牡丹亭》）二首，说是史鉴中无考，"我们也不大懂得"，要她另作两首。黛玉笑她"矫揉造作"，可谓一语破的。钗、黛之间的猜疑虽可消除，但不等于为人的信条也能因此改变。

凤姐有出色的当家才干，她对下人并非一味严厉，而是恩威并用。袭人要回家探望母病，凤姐想得十分周到，要她换上好的行头，还送她大毛外衣；这固然为了荣府的体面，自己"得了好名"，但众人说她"在上体贴太太，在下又疼顾下人"的话，也不能认为全是阿谀奉承。此书不以单一色彩描绘人，所以写得真实、鲜活。

袭人一走，晴雯、麝月代司其职，有两个小地方值得注意：一是"宝玉睡梦之中便叫袭人"，将来晴雯夭折后，他睡梦中也仍叫晴雯。二是晴雯得病，宝玉说："快不要声张，太太知道，又叫你搬了家去养息。"大奶奶（李纨）也有"若不好时，还是出去的为是，如今时气不好，恐沾带了"等语，晴雯生气地喊："我哪里就害瘟病了？生怕过了人！"这又为后来她遭谗言、病中被逐出大观园作铺垫。此书之前后照应，往往如此。

此书写到人物染病、就诊、处方的地方不少，但完整地描写其全过程，表现我国传统医学原理之处是晴雯得病治病情节。先是她深夜想吓麝月而不慎外感风寒，写得十分周详；其次便是"胡庸医乱用虎狼药"，这就表现我国传统医学不但要求用药须对症，更要"以人为本"，要看对象的体质强弱，也就是宝玉一语破的的话："该死，该死！他拿着女孩儿们也像我们一样地治，如何使得！"枳实、麻黄固然与外感内滞对症，但这二味在中药学上是被形容为有"冲墙倒壁"力量的峻药，以晴雯之弱质是肯定受不了的。所以，后来另请大夫，换了"当归、陈皮、白芍等，药之分量较先也减了些"。这是中医与西医的重要区别之一，也是传统医学的优势所在。

宝玉与麝月不知银子重量，不识戥子，看来有点可笑，但描写成长于这样环境中的"怡红公子"和长期陪伴他的丫头没有基本生活知识，倒是很典型的。

# 第 五 十 二 回

## 俏平儿情掩虾须镯　勇晴雯病补雀金裘

【题解】

本回回目诸本基本一致。唯甲辰本"雀金裘"作"雀毛裘"。上句：几回前，写平儿来到芦雪广与大家一齐吃鹿肉前，先褪下手上的镯子，事后再戴时，却少了一个，到处找不到。凤姐传话给各处查访，被宋妈查到，原来是宝玉院里的小丫头坠儿偷了。平儿通达人情，怕此事说出来宝玉面子上不好看，就回凤姐说，是镯子褪了口，掉落路上，自己捡回来的，从而掩饰了窃镯真相。镯子名叫"虾须镯"。下句：贾母刚送给宝玉一件"雀金裘"，据说是俄罗斯孔雀毛织成的。（我国史记上有孔雀毛织裘的记载，见《南齐书·文惠太子传》。）宝玉穿上它，不小心被火星烧了一块，想尽办法，无人能补，病中的晴雯便勇敢地承担了此任。

　　贾母道："正是这话了。上次我要说这话，我见你们的大事多，如今又添出这些事来，你们固然不敢抱怨，未免想着我只顾疼这些小孙子、孙女儿，就不体贴你们这当家人了。你既这么说出来，更好了。"因此时薛姨妈、李婶都在座，邢夫人及尤氏婆媳也都过来请安，还未过去，贾母因向王夫人等说道："<u>今儿我才说这话，素日我不说：一则怕逞了凤丫头的脸①，二则众人不服。今儿你们都在这里，都是经过妯娌姑嫂的，还有像她这样想得到的没有？</u>"[1] 薛姨妈、李婶、尤氏等齐笑说："真个少有。别人不过是礼上面子情儿，实在她是真疼小叔子、小姑子。就是老太太跟前，也是真孝顺。"贾母点头叹道："我虽疼她，我又怕她太伶俐了，也不是好事。"凤姐儿忙笑道："这话老祖宗说差了。世人都说，'太伶俐聪明，怕活不长'。世人都说得，世人都信得，独老祖宗不当说，不当信。老祖宗只有伶俐聪明过我十倍的，怎么如今这样福寿双全的？只怕我明儿还胜老祖宗一倍呢！我活一千岁后，等老祖宗归了西，我才死呢。"贾母笑道："众人都死了，单剩下咱

1. 此是贾母真正疼凤丫头的话，也是有实据说的话。

───────────

① 逞脸——因受宠而得意忘形起来。

们两个老妖精，有什么意思！"说得众人都笑了。

宝玉因记挂着晴雯、袭人等事，便先回园里来。到了房中，药香满室，一人不见，只见晴雯独卧于炕上，脸面烧得飞红。又摸了一摸，只觉烫手。忙又向炉上将手烘暖，伸进被去摸了一摸身上，也是火烧。因说道："别人去了也罢，<u>麝月、秋纹也这样无情，各自去了</u>？"晴雯道："秋纹是我撺了她去吃饭的，<u>麝月是方才平儿来找她出去了。两人鬼鬼祟祟的，不知说什么。必是说我病了不出去</u>。"[1]宝玉道："<u>平儿不是那样人。况且她并不知你病特来瞧你</u>，[2]想来一定是找麝月来说话，偶然见你病了，随口说特瞧你的病，这也是人情乖觉取和的常事。便不出去，有不是，又与她何干？你们素日又好，断不肯为这无干的事伤和气。"晴雯道："<u>这话也是，只是疑她为什么忽然又瞒起我来</u>。"[3]宝玉笑道："让我从后门出去，到那窗根下听听说些什么，来告诉你。"说着，果然从后门出去，至窗下潜听。

只闻麝月悄问道："<u>你怎么就得了的</u>？"[4]平儿道："那日洗手时不见了，二奶奶就不许吵嚷，<u>出了园子，即刻就传给园里各处的妈妈们小心查访</u>。[5]我们只疑惑邢姑娘的丫头，本来又穷，只怕小孩子家没见过，拿了起来，也是有的。再不料定是你们这里的。幸而二奶奶没有在屋里，你们这里的宋妈去了，<u>拿着这支镯子，说是小丫头子坠儿偷起来的，被她看见，来回二奶奶的</u>。[6]我赶忙接了镯子，想了一想：宝玉是偏在你们身上留心用意、争胜要强的，<u>那一年有个良儿偷玉</u>，[7]刚冷了这一二年，闲时还有人提起来趁愿；这会子又跑出一个偷金的来了，而且更偷到街坊家去了。偏是他这样，偏是他的人打嘴。所以我倒忙叮咛宋妈：<u>千万别告诉宝玉，只当没有这事，别和一个人提起</u>。[8]第二件，老太太、太太听了也生气。三则袭人和你们也不好看。所以我回二奶奶，<u>只说：'我往大奶奶那里去的，谁知镯子褪了口，丢在草根底下，雪深了，没看见</u>。[9]今儿雪化尽了，黄澄澄的映着日头，还在那里呢，我就拣了起来。'二奶奶也就信了，所以我来告诉你们。你们以后防着她些，别使唤她到别处去。等袭人回来，你们商议着，变个法子打发出去就完了。"麝月道："这小娼妇也见过些东西，怎么这么眼皮子浅！"平儿道："究竟这镯子能多重，原是

1. 会是什么事呢？读者也不解，难怪晴雯疑心说自己。

2. 说得有理。

3. 再也想不到是因为自己火爆脾气，人家才瞒她的。宝玉一篇推情度理之谈以射正事，不知何如？（庚）

4. 妙！这才有神理，是平儿说过一半了。若此时从平儿口中从头说起一原一故，直是二人特等宝玉来听方说起也。（庚）

5. 当时凤姐只说"不出三日，包管就有了"，并未再写为何就有了。至此方补出。

6. 妙极！红玉既有归结，坠儿岂可不表哉？可知"奸""贼"二字是相连的。故"情"字原非正道，坠儿原不情也，不过一愚人耳；可以传奸，即可以为盗。二次小窃皆出于宝玉房中，亦大有深意在焉。（庚）奸、贼、情之论，皆不高明。

7. 又补出良儿偷玉事。第八回脂评曾有"塞玉一段又为'误窃'一回伏线"之语，看来此处提偷玉事，也同样有为后来情节伏线的作用。

8. 平儿能体贴人，故回目"掩"字前加一"情"字，不想告诉宝玉，却全听见了。

9. 必编出话来瞒过凤姐，才能息事宁人。

二奶奶的，说这叫做'虾须镯'，¹倒是这颗珠子还罢了。晴雯那蹄子是块爆炭，要告诉了她，她是忍不住的。一时气了，或打或骂，依旧嚷出来不好，所以单告诉你留心就是了。"²说着，便作辞而去。

　　宝玉听了，又喜，又气，又叹。喜的是平儿竟能体贴自己；气的是坠儿小窃；叹的是坠儿那样一个伶俐人，作出这样丑事来。因而回至房中，把平儿之语一长一短告诉了晴雯。又说："她说你是个要强的，如今病着，听了这话，越发要添病，等好了再告诉你。"³晴雯听了，果然气得蛾眉倒蹙，凤眼圆睁，即时就叫坠儿。宝玉忙劝道："你这一喊出来，岂不辜负了平儿待你我之心了。不如领她这个情，过后打发她就完了。"晴雯道："虽如此说，只是这口气如何忍得！"⁴宝玉道："这有什么气的？你只养病就是了。"

　　晴雯服了药，至晚间又服二和，夜间虽有些汗，还未见效，仍是发烧头疼，鼻塞声重。次日，王太医又来诊视，另加减汤剂①。虽然稍减了烧，仍是头疼。宝玉便命麝月："取鼻烟来，给她嗅些，痛打几个嚏喷，就通了关窍。"麝月果真去取了一个金镶双扣金星玻璃的一个扁盒来，递与宝玉。宝玉便揭翻盒扇，里面有西洋珐琅的黄发赤身女子，两肋又有肉翅，盒里面盛着些真正汪恰洋烟②。⁵晴雯只顾看画儿，宝玉道："嗅些，走了气就不好了。"晴雯听说，忙用指甲挑了些嗅入鼻中，不见怎样。便又多多挑了些嗅入。忽觉鼻中一股酸辣，透入囟门③，接连打了五六个嚏喷，眼泪鼻涕，登时齐流。⁶晴雯忙收了盒子，笑道："了不得，好辣，快拿纸来！"早有小丫头子递过一搭子细纸，晴雯便一张一张地拿来醒鼻子。宝玉笑问："如何？"晴雯笑道："果觉通快些，只是头还疼。"宝玉笑道："索性尽用西洋药治一治，只怕就好了。"说着，便命麝月："和二奶奶要去，就说我说了，姐姐那里常有那西洋贴头疼的膏子药，叫作'依弗哪'，⁷找寻一点儿。"

　　麝月答应了。去了半日，果拿了半节来。便去找一块红缎子角儿，铰了两块指顶大的圆式，将那药烤和

1. 点醒回目。

2. 说出之所以"鬼鬼祟祟"的原因来。

3. 本为解晴雯之惑而去偷听的，自然只能告诉她。只是瞒过"是块爆炭"的话，另编出善良的谎言来。

4. 疾恶如仇。

5. 汪恰，西洋一等宝烟也。（庚）

6. 写得出。（庚）

7. "依弗哪"为拉丁文音译，其义即如所述。

---

① 加减汤剂——基本上仍用原来的汤药方剂，只调整其中几味药或其用量稍作增减。
② 汪恰洋烟——一种进口的高级鼻烟。
③ 囟（xìn 信）门——头顶中间颅盖各骨合缝相会处。

了，用簪挺摊上。晴雯自拿着一面靶镜，贴在两太阳
上。麝月笑道："病得蓬头鬼一样，如今贴了这个，倒
俏皮了。二奶奶贴惯了，倒不大显。"说毕，又向宝玉
道："二奶奶说了：明日是舅老爷生日，太太说了叫你
去呢。明儿穿什么衣裳？今儿晚上好打点齐备了，省
得明儿早起费手。"[1] 宝玉道："什么顺手，就是什么罢了。
一年闹生日也闹不清！"说着，便起身出房，往惜春房
中去看画。

　　刚到院门外边，忽见宝琴的小丫鬟名小螺的从那
边过去，宝玉忙赶上问："哪里去？"小螺笑道："我们
二位姑娘都在林姑娘房里呢，我如今也往那里去。"宝
玉听了，转步也便同她往潇湘馆来。不但宝钗姊妹在此，
且连邢岫烟也在那里，四人围坐在熏笼上叙家常。紫
鹃倒坐在暖阁里，临窗作针黹。一见他来，都笑说："又
来了一个！可没了你的坐处了。"宝玉笑道："好一幅'冬
闺集艳图'！可惜我迟来了一步。横竖这屋子比各屋子
暖，这椅子坐着并不冷。"说着，便坐在黛玉常坐的搭
着灰鼠椅搭的一张椅上。因见暖阁之中有一玉石条盆，
里面攒三聚五栽着一盆单瓣水仙，点着宣石①，便极
口赞："好花！这屋子越暖，这花香得越浓。[2] 怎昨儿未
见？"黛玉因道："这是你家的大总管赖大婶子送薛
二姑娘的，两盆腊梅，两盆水仙。她送了我一盆水仙，
送了蕉丫头一盆腊梅。我原不要的，又恐辜负了她的心。
你若要，我转送你如何？"宝玉道："我屋里却有两盆，
只是不及这个。琴妹妹送你的，如何又转送人，这个
断使不得！"黛玉道："我一日药吊子不离火，我竟是
药培着呢，哪里还搁得住花香来熏？越发弱了。况且
这屋子里一股药香，反把这花香搅坏了。不如你抬了去，
这花也倒清净了，没杂味来搅它。"宝玉笑道："我屋里
今儿也有病人煎药呢，你怎么知道的？"黛玉笑道："这
话奇了，我原是无心的话，谁知你屋里的事？你不早
来听说古记②，这会子来了，自惊自怪的。"

　　宝玉笑道："咱们明儿下一社又有了题目了，就咏
水仙、腊梅。"[3] 黛玉听了，笑道："罢，罢！我再不敢

----

① 宣石——产于今安徽宁国（旧属宣城），石质坚硬，色泽洁白，多用于叠假山。
② 古记——本为记旧事的书，在这里"说古记"犹言"说故事"。

1. 提到"穿什么衣裳"，不知不觉
已为后面补雀金裘事作引头。

2. 由花香说到药香、煎药；由腊梅、
水仙说到作诗咏花；又由《咏〈太
极图〉》说到真真国女儿诗，如
泻水平地上，见空便入。

3. 说说而已，未必真的去作。

作诗了，作一回，罚一回，没的怪羞的。"说着，便两手捂起脸来。宝玉笑道："何苦来！又奚落我作什么？我还不怕臊呢，你倒捂起脸来了。"宝钗因笑道："下次我邀一社，四个诗题，四个词题。每人四首诗，四阕词。头一个诗题《咏〈太极图〉》①，限"一先"的韵，五言排律，要把"一先"韵都用尽了，一个不许剩。"¹宝琴笑道："这一说，可知姐姐不是真心起社了，这分明是难人。若论起来，也强扭得出来，不过颠来倒去弄些《易经》②上的话生填，究竟有何趣味！我八岁时节，跟我父亲到西海沿子上买洋货。谁知有个真真国③的女孩子，²才十五岁，那脸面就和那西洋画上的美人一样，也披着黄头发，打着联垂④，满头戴的都是珊瑚、猫儿眼、祖母绿这些宝石；身上穿着金丝织的锁子甲，洋锦袄袖；带着倭刀，也是镶金嵌宝的。实在画儿上的也没她好看。有人说她通中国的诗书，会讲'五经'，能作诗填词，因此我父亲央烦了一位通事官⑤，烦她写了一张字，就写的是她作的诗。"

众人都称奇道异。宝玉忙笑道："好妹妹，你拿出来我瞧瞧。"宝琴笑道："在南京收着呢，此时哪里去取来？"宝玉听了，大失所望，便说："没福得见这世面！"黛玉笑拉宝琴道："你别哄我们。我知道你这一来，你的这些东西未必放在家里，自然都是要带了来的，这会子又扯谎说没带来。他们虽信，我是不信的。"宝琴便红了脸，低头微笑不语。³宝钗笑道："偏这个颦儿惯说这些白话，把你就伶俐的！"黛玉笑道："若带了来，就给我们见识见识也罢了。"宝钗笑道："箱子、笼子一大堆，还没理清，知道在哪个里头呢！等过日收拾清了，找出来，大家再看就是了。"又向宝琴道："你若记得，何不念念我们听听？"宝琴方答道："记得是一首五言律，外国的女子，也就难

1. 特挑出为了难人而设极限的方法来，连诗题也是最抽象无趣的。可知也只是说笑而已。

2. 都只为引出宝琴的诗来，而宝琴又推给所谓的"真真国女孩子"。此女年龄正与其自身合，至于珠宝首饰、奇装异服的打扮，应是据其经历见闻，又发挥想象临时虚构的，认真不得。

3. 黛玉岂是能轻易骗过的人！

---

① 《咏〈太极图〉》——北宋周敦颐曾绘制《太极图说》，发挥《易传》宇宙之创成源于太极之说。清时，康熙也曾命学士编修们各撰《太极图论》一篇进览。此类论说宇宙人生本源的抽象大道理的题目，若用于作诗，难免不"颠来倒去弄些《易经》上的话生填"。

② 《易经》——儒家"五经"之一，也叫《周易》或简称《易》。内容包括《经》《传》两部分，《经》主要是卦、爻和卦辞、爻辞，后人常作占卜之用；《传》包括解释《经》的七种十篇文字。

③ 真真国——有些学者认为是实指的国名，但说法不一，或以为指柬埔寨，古称"真腊国"，或以为指锡兰，或以为指伊斯兰教诸国。但更可能的应是作者虚拟的国名。小说中虚拟的地名本不少，如胡州（胡诌）、大如州（大概如此）等等，何况宝琴所述本是信口编造。可见，国名"真真"就是"真真假假"的意思。

④ 联垂——分垂两边的发辫。

⑤ 通事官——翻译官。

为她了。"宝钗道："你且别念，等把云儿叫了来，也叫她听听。"说着，便叫小螺来，吩咐道："你到我那里去，就说我们这里有一个外国美人来了，作得好诗，请你这'诗疯子'来瞧去，再把我们'诗呆子'也带来。"[1] 小螺笑着去了。

　　半日，只听湘云笑问："哪一个外国美人来了？"一头说，一头果和香菱来了。众人笑道："人未见形，先已闻声。"宝琴等忙让坐，遂把方才的话重叙了一遍。湘云笑道："快念来听听。"宝琴因念道：

　　　　昨夜朱楼梦，今宵水国吟。
　　　　岛云蒸大海，岚气接丛林。
　　　　月本无今古，情缘自浅深。
　　　　汉南春历历，焉得不关心①？[2]

众人听了，都道："难为她！竟比我们中国人还强。"一语未了，只见麝月走来说：[3]"太太打发人来告诉二爷，明儿一早往舅舅那里去，就说太太身上不大好，不得亲自来。"宝玉忙站起来，答应道："是。"因问宝钗、宝琴可去。宝钗道："我们不去，昨儿单送了礼去了。"大家说了一回方散。

　　宝玉因让诸姊妹先行，自己落后。黛玉便又叫住他，问道："袭人到底多早晚回来？"宝玉道："自然等送了殡才来呢。"黛玉还有话说，又不曾出口，出了一回神，便说道："你去罢。"宝玉也觉心里有许多话，只是口里不知要说什么，想了一想，也笑道："明日再说罢。"一面下了阶矶，低头正欲迈步，复又忙回身问道："如今的夜越发长了，你一夜咳嗽几遍？醒几次？"[4] 黛玉道："昨儿夜里好了，只嗽了两遍，却只睡了四更一个更次，就再不能睡了。"宝玉又笑道："正是，有句要紧的话，这会子才想起来。"一面说，一面便挨过身来，悄悄道："我想宝姐姐送你的燕窝——"一语未了，只见赵姨娘走了进来瞧黛玉，问："姑娘这两天

1. 吩咐也风趣，"有一个外国美人来了"，虽是玩话，却也是变一个方式道破宝琴在信口编造。"诗疯子""诗呆子"竟叫成绰号了，当然只有在提到作诗时才如此称呼。

2. 诗，当是隐寓宝琴自己将来的遭遇，她最终可能流落于海岛。全篇都写身在异乡"水国"，怀念从前在"朱楼"所过的那段春梦般的生活。

3. 诗听过就可，是真是假，不宜再多发挥，故立即用麝月走来截断。

4. 读者只当是宝玉的一般关心语，看过此书后半部的脂砚斋则另有所见：此皆好笑之极，无味扯淡之极，回思则皆沥血滴髓之至情至神也。岂别部偷寒送暖、私奔暗约，一味淫情浪态之小说可比哉？（庚）评语"回思"句，或暗示将来生离死别时，流落在外的宝玉对一病不起的黛玉揪心的牵挂。

---

① "昨夜朱楼梦"一首——诗说，昨夜还在贵族之家做着好梦，今晚却已在这环海之岛国吟咏了。这里唯见海上水气蒸云涛，山间雾霭连丛林，一片异地风光。海上生明月，想到古时之月本与今无异，只因人的感情有深浅不同，故多情人不免会望月生慨。如李白《把酒问月》诗说："今人不见古时月，今月曾经照古人。古人今人若流水，共看明月皆如此。"人生易老，往事历历，俯仰今昔，真不堪迟暮之感！岚（lán 兰），山中雾气。缘，因为。自，本有。汉南，非实指汉水之南，是用典。北朝庾信《枯树赋》："昔年种柳，依依汉南；今看摇落，凄怆江潭；树犹如此，人何以堪！"（赋又用桓温见前所植柳已十围而慨叹流涕事，见《世说新语·言语》）诗借汉南杨柳春色指"朱楼"之春色，说昔时情景如在眼前。此诗或有隐寓，参见拙著《红楼梦诗词曲赋鉴赏》该诗的"鉴赏"。

好？"黛玉便知她是从探春处来，从门前过，顺路的人情。黛玉忙陪笑让坐，说："难得姨娘想着，怪冷的，亲自走来。"又忙命倒茶，一面又使眼色与宝玉。宝玉会意，便走了出来。

正值吃晚饭时，见了王夫人，王夫人又嘱他早去。宝玉回来，看晴雯吃了药。<u>此夕宝玉便不命晴雯挪出暖阁来，自己便在晴雯外边。又命将熏笼抬至暖阁前，</u>[1]麝月便在熏笼上睡。一宿无话。

1. 宝玉对晴雯，难得如此关怀体贴。

至次日，天未明时，晴雯便叫醒麝月道："你也该醒了，只是睡不够！你出去叫人给他预备茶水，我叫醒他就是了。"麝月忙披衣起来道："咱们叫起他来，穿好衣裳，抬过这火箱去，再叫她们进来。老嬷嬷们已经说过，不叫他在这屋里，怕过了病气。如今她们见咱们挤在一处，又该唠叨了。"晴雯道："我也是这么说呢。"二人才叫时，宝玉已醒了，忙起身披衣。麝月先叫进小丫头子来，收拾妥当了，才命秋纹、檀云等进来，一同服侍宝玉梳洗毕。麝月道："<u>天又阴阴的，只怕有雪，穿那一套毡的罢。</u>"[2]宝玉点头，即时换了衣裳。小丫头便用小茶盘捧了一盖碗建莲①红枣汤来，宝玉喝了两口。麝月又捧过一小碟法制紫姜②来，宝玉嚼了一块。又嘱咐了晴雯一回，便往贾母处来。

2. 叫换了雪天穿的衣服，与"雀金裘"近了。

贾母犹未起来，知道宝玉出门，便开了房门，命宝玉进来。宝玉见贾母身后宝琴面向里睡着未醒。贾母见宝玉身上穿着荔色哆罗呢的天马箭袖，大红猩猩毡盘金彩绣石青妆缎沿边的排穗褂子。贾母道："下雪呢？"宝玉道："天阴着，还没下呢。"<u>贾母便命鸳鸯来："把昨儿那一件乌云豹③的氅衣给他罢。</u>"[3]鸳鸯答应了，走去果取了一件来。宝玉看时，金翠辉煌，碧彩闪灼，又不似宝琴所披之凫靥裘。只听贾母笑道："<u>这叫作'雀金呢'，这是俄罗斯国拿孔雀毛拈了线织的。前儿把那一件野鸭子的给了你小妹妹，这件给你罢。</u>"[4]宝玉磕了一个头，便披在身上。贾母笑道："你先给你娘瞧瞧去再去。"

3. 果然，贾母见宝玉的穿着，赐氅衣了，写来无一丝牵强。

4. 特说出衣料和产地，以见比送宝琴的"凫靥裘"更难得。有批"小妹妹"脂评说："小"字更妙！盖王夫人之末女也。（庚）

---

① 建莲——产于今福建建宁县的穿心白莲子。
② 法制紫姜——用传统成法制成的嫩姜酱菜。
③ 乌云豹——沙狐的腹皮叫"天马"，领下皮叫"乌云豹"，都是贵重的皮毛。

宝玉答应了，便出来，只见鸳鸯站在地下揉眼睛。因自那日鸳鸯发誓决绝之后，她总不和宝玉说话。宝玉正自日夜不安，此时见她又要回避，宝玉便上来笑道："好姐姐，你瞧瞧，我穿着这个好不好？"鸳鸯一摔手，便进贾母房中去了。宝玉只得来到王夫人房中，与王夫人看了，然后又回至园中，与晴雯、麝月看过，复回至贾母房中，回说："太太看了，只说可惜了的，叫我仔细穿，别糟蹋了它。"[1]贾母道："就剩了这一件，你糟蹋了也再没了。这会子特给你做这个，也是没有的事。"说着，又嘱咐他："不许多吃酒，早些回来。"宝玉应了几个"是"。

老嬷嬷跟至厅上，只见宝玉的奶兄李贵和王荣、张若锦、赵亦华、钱启、周瑞六个人，带着茗烟、伴鹤、锄药、扫红四个小厮，背着衣包，抱着坐褥，笼着一匹雕鞍彩辔的白马，早已伺候多时了。老嬷嬷又吩咐了他六个人些话，六个人忙答应了几个"是"，忙捧鞭坠镫。宝玉慢慢地上了马，李贵和王荣笼着嚼环，钱启、周瑞二人在前引导，张若锦、赵亦华在两边紧贴宝玉后身。宝玉在马上笑道："周哥，钱哥，咱们打这角口走罢，省得到了老爷的书房门口又下来。"周瑞侧身笑道："老爷不在家，书房天天锁着的，爷可以不用下来罢了。"宝玉笑道："虽锁着，也要下来的。"[2]钱启、李贵等都笑道："爷说的是。便托懒不下来，倘或遇见赖大爷、林二爷，虽不好说爷，也劝两句。有的不是，都派在我们身上，又说我们不教爷礼了。"周瑞、钱启便一直出角门来。

正说话时，顶头果见赖大进来。宝玉忙笼住马，意欲下来，赖大忙上来抱住腿。宝玉便在镫上站起来，笑携他的手，说了几句话。接着又见一个小厮带着二三十个拿扫帚、簸箕的人进来，见了宝玉，都顺墙垂手立住，独那为首的小厮打千儿，请了个安。宝玉不识名姓，只微笑点了点头。马已过去，[3]那人方带人去了。于是出了角门，门外又有李贵等六人的小厮并几个马夫，早预备下十来匹马专候。一出角门，李贵等都各上了马，前引傍围地一阵烟去了，不在话下。

这里晴雯吃了药，仍不见病退，急得乱骂大夫，说："只会骗人的钱，一剂好药也不给人吃。"[4]麝月笑劝

1. 王夫人叮嘱仔细穿，别糟蹋，正为宝玉不小心烧坏而有。

2. 顺笔写到清代贵族之家的礼仪规矩甚严，做儿子的不能骑着马过父亲居室书房外，必须要下来，以示恭敬。这种细节都一一写到，是此书不同于别的小说处。

3. 总为后文伏线。（庚）

4. 火爆性子，不知想吃什么好药。奇文！真娇憨女儿之语也。（庚）

她道："你太性急了，俗语说：'病来如山倒，病去如抽丝。'又不是老君的仙丹，哪有这样灵药！你只静养几天，自然好了。你越急越着手。"晴雯又骂小丫头子们："哪里钻沙①去了！瞅我病了，都大胆子走了。明儿我好了，一个一个的才揭你们的皮呢！"唬得小丫头子篆儿忙进来问："姑娘作什么？"[1]晴雯道："别人都死绝了，就剩了你不成？"说着，只见坠儿也蹭了进来。晴雯道："你瞧瞧这小蹄子，不问，她还不来呢！这里又放月钱了，又散果子了，你该跑在头里了。你往前些，我是老虎，吃了你？"坠儿只得前凑。晴雯便冷不防欠身一把将她的手抓住，[2]向枕边取了一丈青②，向她手上乱戳，口内骂道："要这爪子作什么？拈不得针，拿不动线，只会偷嘴吃。眼皮子又浅，爪子又轻，打嘴现世的，不如戳烂了！"坠儿疼得乱哭乱喊。[3]麝月忙拉开坠儿，按晴雯睡下，笑道："你才出了汗，又作死！等你好了，要打多少打不得？这会子闹什么！"晴雯便命人叫宋嬷嬷进来，说道："宝二爷才告诉了我，叫我告诉你们，坠儿很懒，宝二爷当面使她，她拨嘴儿不动，连袭人使她，她背后骂她。今儿务必打发她出去，明儿宝二爷亲自回太太就是了。"[4]宋嬷嬷听了，心下便知镯子事发，因笑道："虽如此说，也等花姑娘回来，知道了，再打发她。"晴雯道："宝二爷今儿千叮咛万嘱咐的，什么'花姑娘''草姑娘'，我们自然有道理。你只依我的话，快叫她家的人来领她出去！"麝月道："这也罢了，早也去，晚也去，带了去，早清净一日。"

宋嬷嬷听了，只得出去，唤了她母亲来，打点了她的东西。又来见晴雯等，说道："姑娘们怎么了，你侄女儿不好，你们教导她，怎么撵出去？也到底给我们留个脸儿。"[5]晴雯道："你这话只等宝玉来问他，与我们无干。"那媳妇冷笑道："我有胆子问他去！他哪一件事不是听姑娘们的调停？他纵依了，姑娘们不依，也未必中用。比如方才说话，虽是背地里，姑娘就直叫他的名字。在姑娘们就使得，在我们就成了野人了。"[6]晴雯听说，益发急红了脸，说道："我叫了他的名字了，你在

1. 先进来的偏是篆儿，坠儿听到再问才"蹭"进来，有情理。此"姑娘"亦如"姑姑""娘娘"之称，亦如贾琏处小厮呼平儿，皆南北互用之语也。脂砚。（庚）

2. "欠身"二字细。是病卧之时。（庚）

3. 或有评者责晴雯对地位比她低的小丫头太凶狠，以为阶级压迫由高到低层层皆然。只看地位高低，不问是非曲直，恐也未必是公道之论。人们对小偷之痛恨，往往在抓获时将其打得半死，若见过此类情景的，或不至于苛责晴雯了。

4. 犹不解恨，必欲即刻撵了出去。

5. 坠儿的娘不知女儿偷镯之事，故如此说。"侄女"二字妙！余前注不谬。（庚）所谓"前注"当指"姑娘"系"姑姑""娘娘"之称。

6. 气上来了，不免顶撞。宝玉凡事依从丫头，已无人不知。抓住称呼为口实，让晴雯更受不了。

---

① 钻沙——水中有些小鱼小蟹能钻进沙里躲藏起来，故用以骂人跑得无影无踪。
② 一丈青——一种细长的带有挖耳小杓的簪子，长约四寸许，形状如针。

老太太跟前告我去,说我撒野,也撵出我去!"麝月忙道:"嫂子,你只管带了人出去,有话再说。这个地方岂有你叫喊讲礼的? 你见谁和我们讲过礼? 别说嫂子你,就是赖奶奶、林大娘,也得担待我们三分。便是叫名字,从小儿直到如今,都是老太太吩咐过的,你们也知道的,恐怕难养活,巴巴地写了他的小名儿,各处贴着,叫万人叫去,为的是好养活。连挑水、挑粪、花子都叫得,何况我们![1] 连昨儿林大娘叫了一声'爷',老太太还说她呢,此是一件。二则,我们这些人常回老太太的话去,可不叫着名字回话,难道也称'爷'?哪一日不把"宝玉"两个字念二百遍,偏嫂子又来挑这个了! 过一日嫂子闲了,在老太太、太太跟前,听听我们当着面儿叫他就知道了。嫂子原也不得在老太太、太太跟前当些体统差事,成年家只在三门外头混,怪不得不知我们里头的规矩。[2] 这里不是嫂子久站的,再一会,不用我们说话,就有人来问你了。有什么分证的话,且带了她去,你回了林大娘,叫她来找二爷说话。家里上千的人,你也跑来,我也跑来,我们认人问姓,还认不清呢!"说着,便叫小丫头子:"拿了擦地的布来擦地!"那媳妇听了,无言可对,亦不敢久立,赌气带了坠儿就走。宋嬷嬷忙道:"怪道你这嫂子不知规矩,你女儿在这屋里一场,临去时,也给姑娘们磕个头。[3] 没有别的谢礼——便有谢礼,她们也不希罕——不过磕个头,尽了心。怎么说走就走?"坠儿听了,只得翻身进来,给她两个磕了两个头,又找秋纹等。她们也不睬她。那媳妇嗐声叹气,口不敢言,抱恨而去。[4]

晴雯方才又闪了风,着了气,反觉更不好了。翻腾至掌灯,刚安静些,只见宝玉回来,进门就嗐声跺脚。[5]麝月忙问原故,宝玉道:"今儿老太太欢欢喜喜地给了这个褂子,谁知不防,后襟子上烧了一块,幸而天晚了,老太太、太太都不理论。"一面说,一面脱下来。麝月瞧时,果见有指顶大的烧眼,说:"这必定是手炉里的火迸上了。这不值什么,赶着叫人悄悄地拿出去,叫个能干织补匠人织上就是了。"[6]说着,便用包袱包了,交与一个嬷嬷送出去,说:"赶天亮就有才好,千万别给老太太、太太知道!"婆子去了半日,仍旧拿回来,说:"不但织补匠人,能干裁缝、绣匠并做女工

1. 麝月机灵,一番话堵了坠儿娘的嘴,也着实够厉害的。

2. 说着说着,话就越来越损,有失厚道。

3. 宋嬷嬷也来这么一下,真教被撵者难堪。

4. 被撵者虽灰溜溜,毕竟是怀恨而去,晴雯多结怨,绝非好事。

5. 一边病情加重,一边懊恼而归,接得紧。

6. 必先一松,以为容易弥补。

的问了，都不认得这是什么，都不敢揽。"¹麝月道："这怎么样呢？明儿不穿也罢了。"宝玉道："明儿是正日子，老太太、太太说了，还叫穿这个去呢。²偏头一日就烧了，岂不扫兴！"晴雯听了半日，忍不住翻身说道："拿来我瞧瞧罢！没那福气穿就罢了，这会子又着急。"宝玉笑道："这话倒说的是。"说着，便递与晴雯。又移过灯来，细看了一会，晴雯道："这是孔雀金线织的，如今咱们也拿孔雀金线，就像界线①似的界密了，只怕还可混得过去。"麝月笑道："孔雀线现成的，但这里除了你，还有谁会界线？"晴雯道："说不得我挣命罢了！"³宝玉忙道："这如何使得！才好了些，如何做得活！"晴雯道："不用你蝎蝎螫螫的，我自知道。"一面说，一面坐起来，挽了一挽头发，披了衣裳，只觉头重身轻，满眼金星乱迸，实实撑不住。待不做，又怕宝玉着急，少不得狠命咬牙捱着。便命麝月只帮着拈线。晴雯先拿了一根比一比，笑道："这虽不很像，若补上，也不很显。"宝玉道："这就很好，哪里又找俄罗斯国的裁缝去！"⁴晴雯先将里子拆开，用茶杯口大的一个竹弓钉牢在背面，再将破口四边用金刀刮得散松松的，然后用针纫了两条，分出经纬，亦如界线之法，先界出地子来，然后依本衣之纹来回织补。织补两针，又看看，织补两针，又端详端详。无奈头晕眼黑，气喘神虚，补不上三五针，便伏在枕上歇一会。⁵宝玉在旁，一时又问："吃些滚水不吃？"一时又命："歇一歇。"一时又拿一件灰鼠斗篷替她披在背上，一时又命："拿个拐枕与她靠着。"急得晴雯央告道："小祖宗！你只管睡罢。再熬上半夜，明儿把眼睛抠搂了，怎么处！"⁶

宝玉见她着急，只得胡乱睡下，仍睡不着。一时只听自鸣钟已敲了四下，⁷刚刚补完；又用小牙刷慢慢地剔出茸毛来。麝月道："这就很好，若不留心，再看不出的。"宝玉忙要了瞧瞧，笑说："真真一样了。"晴雯已嗽了几阵，好容易补完了，说了一声："补虽补了，到底不像，我也再不能了！""嗳哟"了一声，便身不由主倒下了。要知端的，且听下回分解。

---

① 界线——刺绣和缝纫工艺中的一种纵横线织法。

1. 然后一紧，原来竟无办法。

2. 再说出明儿非穿不可，必令情势逼得无路可走，才由晴雯挺身而出。

3. 晴雯针线活之巧，无人可替代，不得已，只好豁出去了。

4. 能混得过去就好。妙谈！（庚）

5. 竟能将女工的界线织补法写得如此具体，作者本领真绝了！若非平时观察留心，又如何写得出？写晴雯病补神情，可谓已到拼命地步，真不愧加一"勇"字。

6. 体力已快难以支撑了，还一心只想着别让宝玉熬夜抠搂了眼睛，此正晴雯令人感动处。

7. 按"四下"，乃寅正初刻，"寅"此样法，避讳也。（庚）此批言作者避其先祖曹寅讳，自有重要资料价值。然是否真有意避讳，尚有可疑；书中曾写薛蟠误认"唐寅"为"庚黄"，还说谁知什么"糖银""果银"。

**【总评】**

　　宝玉处的小丫头坠儿偷了平儿的"虾须镯"，被宋妈查到，来回二奶奶。平儿接了镯子，心想：此事闹出来，宝玉和袭人等几个丫头脸上都不好看，老太太、太太也生气，便向凤姐撒了个谎，说是自己不慎"镯子褪了口，丢在草根底下"，今儿雪化尽了，拣了回来。平儿特来将此事告诉麝月，要她们防着点坠儿，"等袭人回来，你们商议着，变个法子打发出去就完了"。这些话被悄悄到窗根下前来听平儿说什么的宝玉全听到了，回房告诉病中的晴雯，把晴雯"气得蛾眉倒蹙，凤眼圆睁，即时就叫坠儿"，被宝玉劝住。在平儿话中曾带出"那一年有个良儿偷玉"一句来，应是为后半部佚稿中"'误窃'一回"（第八回脂评）情节作引。

　　谈起诗社作诗，引出薛宝琴口述的"真真国女儿诗"来。外国美人作中国诗的奇闻，在对外交流逐渐增多的康、雍、乾时代和宝琴之父乃皇家出海经办洋货的豪商等条件来看，虽非绝无可能，但从书中的描述来看，显然又是宝琴信口编造，黛玉所谓的"这会子又扯谎"。诗，似乎隐寓着宝琴自己的将来。

　　晴雯"是块爆炭"，等宝玉一出门，她就叫来坠儿，"向枕边取了一丈青，向她手上乱戳"，有评论者以为晴雯对比她地位更低的小丫头也够凶狠的，这未免有点不辨是非曲直而只论地位高低了。晴雯出于正义感而站在受欺压而反抗的小女孩们一边的时候也有。她惩罚坠儿，正表现其疾恶如仇的性格而已。她命人叫来宋嬷嬷，要她去叫坠儿妈来将坠儿领走。坠儿妈还负气争辩。麝月为人虽近袭人，但这次也完全站在晴雯一边，她们一道代宝玉撵走了坠儿。晴雯因此而多树了敌，也在情理之中。

　　宝玉临出门前，贾母给了他一件"雀金呢"裘衣，却不防后襟子上烧了一块。晴雯为救宝玉之急，将补裘的难题承担了下来，全然不顾惜自己难以支撑的病体。回目叫"勇晴雯病补雀金裘"，在她名字前加一个"勇"字，可以看出作者对她的这种牺牲精神的颂扬态度。当初，贾母看中她可以给宝玉使唤，一个重要原因是她慧心巧手，干针线活儿比谁都好，在这段情节中也得到了证实。

　　文字的精彩还在于作者并非干巴巴地叙述事情的经过，这里每个细节描写都形象而逼真：晴雯说的话有鲜明个性；一举一动都确像出自一个体质羸弱的病人；尤其是这样的织补活儿，其操作过程的每一环节，作者居然也能像行家似的说得头头是道。这就使我们不能不惊讶作者的生活知识是何等广博。

# 第 五 十 三 回
## 宁国府除夕祭宗祠　荣国府元宵开夜宴

**【题解】**

　　本回回目诸本一致，唯列藏本"宗祠"误作"宗祀"，"元宵"误作"元霄"。回目文义明白，无须解释；写法上却很特别，很少有什么故事情节，却将宁、荣二府从除夕前到元宵节的岁时礼仪习俗一一加以展示，给我们描绘出一幅大家族春节礼俗的详尽的历史性画卷。由此，使我们领悟到《红楼梦》并非是一部所谓的爱情小说，也不是以宝玉、黛玉、宝钗等男女主角的恋爱婚姻纠葛为全书故事主要发展线索的。它的情节主线是贾府的荣枯兴衰，着眼于描写与这一大家族相关的形形色色人物和广阔的社会生活场景。

　　话说宝玉见晴雯将雀裘补完，已使得力尽神危，忙命小丫头子来替她捶着，彼此捶打了一会。歇下没一顿饭的工夫，天已大亮；且不出门，只叫："快传大夫！"一时王太医来了，诊了脉，疑惑说道："昨日已好了些，今日如何反虚浮微缩①起来，敢是吃多了饮食？不然就是劳了神思。外感却倒清了，这汗后失于调养，非同小可。"[1] 一面说，一面出去开了药方进来。宝玉看时，已将疏散驱邪诸药减去，倒添了茯苓、地黄、当归等益神养血之剂。宝玉一面忙命人煎去，一面叹说："这怎么处？倘或有个好歹，都是我的罪孽。"晴雯睡在枕上，嗐道："好太爷！你干你的去罢，哪里就得痨病了！"

　　宝玉无奈，只得去了。至下半天，说身上不好，就回来了。晴雯此症虽重，幸亏她素习是个使力不使心的；[2] 再者素习饮食清淡，饥饱无伤。这贾宅中的风俗秘法，无论上下，只一略有些伤风咳嗽，总以净饿为主，次则服药调养。故于前日一病时，净饿了两三日，又谨慎服药调治，如今劳碌了些，又加倍培养了几日，便渐渐地好了。近日园中姊妹皆各

1. 说得有理。

2. 谓其心地单纯，无忧无虑也。前写张友士为秦可卿看病，则称"思虑太过。此病是忧虑伤脾"。可知古人说"有动于中，必摇其精"的话不谬。

---

① 虚浮微缩——中医诊脉术语。虚浮，脉象似羽毛浮水，漂浮无力，是正气不足的现象；微缩，脉象微弱似无，触指即回，亦阴阳并虚、气血两亏的症状。

在房中吃饭，炊爨饮食亦便，宝玉自能变法要汤要羹调停，¹不必细说。

　　袭人送母殡后，业已回来，麝月便将平儿所说宋妈、坠儿一事，并晴雯撵逐坠儿出去，也曾回过宝玉等语，一一地告诉了一遍。袭人也没别说，只说太性急了些。只因李纨亦因时气感冒，邢夫人又正害火眼，迎春、岫烟皆过去朝夕侍药；²李婶之弟又接了李婶和李纹、李绮家去住几日；³宝玉又见袭人常常思母含悲，晴雯犹未大愈，因此诗社之日，皆未有人作兴，便空了几社。

　　当下已是腊月，离年日近，王夫人与凤姐治办年事。王子腾升了九省都检点①，贾雨村补授了大司马②，协理军机，参赞朝政，⁴不提。

　　且说贾珍那边，开了宗祠，着人打扫，收拾供器，请神主③，又打扫上房，以备悬供遗真影像④。此时荣、宁二府内外上下，皆是忙忙碌碌。这日，宁府中尤氏正起来，同贾蓉之妻打点送贾母这边针线礼物，⁵正值丫头捧了一茶盘押岁锞子进来，回说："兴儿回奶奶，前儿那一包碎金子，共是一百五十三两六钱七分，里头成色不等，共总倾⑤了二百二十个锞子。"说着递上去。尤氏看了一看，只见也有梅花式的，也有海棠式的，也有"笔锭如意"的，也有"八宝联春"的。尤氏命："收起这个来，叫他把银锞子快快交了进来。"丫鬟答应去了。

　　一时贾珍进来吃饭，贾蓉之妻回避了。贾珍因问尤氏："咱们春祭的恩赏⑥，可领了不曾？"尤氏道："今儿我打发蓉儿关⑦去了。"贾珍道："咱们家虽不等这几两银子使，多少是皇上天恩。早关了来，给那边老太太见过，置了祖宗的供，上领皇上天恩，下则是托祖宗的福。咱们哪怕用一万银子供祖宗，到底不如这个又体面，又是沾恩锡福的。除咱们这样一二家之外，那些世袭穷官儿家，若不仗着这银子，拿什么上供过年？真正皇恩浩大，想得周到。"⁶尤氏道："正是这话。"

　　① 都检点——也作"都点检"，五代时的官名，为禁军的最高长官，北宋初已废。
　　② 大司马——汉武帝置的官名，执掌兵权的最高长官，隋以后废。明清时作兵部尚书的别称。
　　③ 神主——奉祀死者的牌位，有底座的木牌，上刻写死者的官衔、姓名。
　　④ 遗真影像——死者的遗像。
　　⑤ 倾——将金银重新镕铸。
　　⑥ 春祭的恩赏——春节前，皇帝赏赐给大臣祭祖的银两。
　　⑦ 关——也说成"关领"，领取。

1. 是凤姐的功劳。宝玉服侍晴雯，亦算尽心了。

2. 妙在一人不落，事事皆到。（庚）

3. 来的也有理，去的也有情。（庚）

4. 惯于徇私枉法者，反晋升为朝中显贵了。

5. 自可卿死后，贾蓉又娶妻了。

6. 极重虚荣的贾珍，借朝廷春祭赏赐百官的惯例歌功颂德。

二人正说着，只见人回："哥儿来了。"贾珍便命："叫他进来。"只见贾蓉捧了一个小黄布口袋进来。贾珍道："怎么去了这一日？"贾蓉陪笑回说："今儿不在礼部关领了，又分在光禄寺①库上，因又到了光禄寺，才领了下来。光禄寺的官儿们都说，问父亲好，多日不见，都着实想念。"贾珍笑道："他们哪里是想我。这又到了年下了，不是想我的东西，就是想我的戏酒了。"¹一面说，一面瞧那黄布口袋，上有印，就是"皇恩永锡"四个大字；那一边又有礼部祠祭司的印记，又写着一行小字，道是："宁国公贾演、荣国公贾源，恩赐永远春祭赏共二份，净折银若干两，某年月日龙禁尉候补侍卫贾蓉当堂领讫，值年寺丞某人。"下面一个朱笔花押。

贾珍吃过饭，盥漱毕，换了靴帽，命贾蓉捧着银子跟了来，回过贾母、王夫人，又至这边，回过贾赦、邢夫人，方回家去，取出银子，命将口袋向宗祠大炉内焚了。又命贾蓉道："你去问问你琏二婶子，正月里请吃年酒的日子拟了没有。若拟定了，叫书房里明白开了单子来，咱们再请时，就不能重犯了。²旧年不留神，重了几家，人家不说咱们不留心，倒像两宅商议定了，送虚情怕费事一样。"贾蓉忙答应了过去。一时，拿了请人吃年酒的日期单子来了。贾珍看了，命交与赖升去看了，请人别重了这上头的日子。因在厅上看着小厮们抬围屏、擦抹几案、金银供器。

只见小厮手里拿着个禀帖，并一篇账目，回说："黑山村的乌庄头②来了。"贾珍道："这个老砍头的今儿才来！"³说着，贾蓉接过禀帖和账目，忙展开捧着，贾珍倒背着两手，向贾蓉手内看那红禀帖，上写着："门下庄头乌进孝叩请爷、奶奶万福金安，并公子小姐金安。新春大喜大福，荣贵平安，加官进禄，万事如意。"贾珍笑道："庄家人有些意思。"贾蓉也忙笑说："别看文法，只取个吉利罢了。"一面忙展开单子看时，只见上面写着："大鹿三十只，獐子五十只，狍子五十只，暹猪二十个，汤猪二十个，龙猪二十个，野猪二十个，家腊猪二十个，野羊二十个，青羊二十个，家汤羊二十个，家风羊二十个，鲟鳇鱼二个，

1. 官场弊端，比比皆是。

2. 请吃年酒，须先排定日程表。

3. 交一年租税的来了，贾珍嫌其迟，未见先骂，称呼如闻。

---

①　光禄寺——官署名。北齐时置，掌管皇家膳食等事；至清代，只管祭祀所用膳食等事。
②　庄头——为贵族地主经营田庄的代理人。

各色杂鱼二百斤，活鸡、鸭、鹅各二百只，风鸡、鸭、鹅二百只，野鸡、兔子各二百对，熊掌二十对，鹿筋二十斤，海参五十斤，鹿舌五十条，牛舌五十条，蛏干二十斤，榛、松、桃、杏瓤各二口袋，大对虾五十对，干虾二百斤，银霜炭上等选用一千斤、中等二千斤，柴炭三万斤，御田胭脂米二石，[1]碧糯五十斛，白糯五十斛，粉粳五十斛，杂色粱谷各五十斛，下用常米一千石，各色干菜一车，外卖粱谷、牲口各项折银二千五百两。外门下孝敬哥儿姐儿玩意：活鹿两对，活白兔四对，黑兔四对，活锦鸡两对，西洋鸭两对。"①

　　贾珍便命："带进他来。"一时只见乌进孝进来，只在院内磕头请安。贾珍命人拉他起来，笑说："你还硬朗？"[2]乌进孝笑回道："托爷的福，还走得动。"贾珍道："你儿子也大了，该叫他走走也罢了。"乌进孝笑道："不瞒爷说，小的们走惯了，不来也闷得慌。他们可不是都愿意来见见天子脚下的世面？他们到底年轻，怕路上有闪失，再过几年就可放心了。"贾珍道："你走了几日？"乌进孝道："回爷的话，今年雪大，外头都是四五尺深的雪，前日忽然一暖一化，路上竟难走得很，耽搁了几日。虽走了一个月零两日，[3]因日子有限了，怕爷心焦，可不赶着来了。"

　　贾珍道："我说呢，怎么今儿才来。我才看那单子上，今年你这老货又来打擂台②来了。"[4]乌进孝忙进前了两步，回道："回爷说，今年年成实在不好。从三月下雨起，接接连连直到八月，竟没有一连晴过五日。九月里一场碗大的雹子，方近一千三百里地，连人带房并牲口、粮食，打伤了上千上万的，所以才这样。小的并不敢说谎。"贾珍皱眉道："我算定了，你

1. 《在园杂志》曾有此说。（庚）清刘廷玑《在园杂志》："浙闽总督范公时崇随驾热河，每赐御用食馔，内有殊红色大米饭一种。传旨云：'此本无种，其先特产上苑，只一二根苗穗，迥异他禾。乃登剖之，粒如丹砂，遂收其种，种于御园。今兹广获其米，一岁两熟，只供御膳。'"

2. 这就算见面时客气话了。

3. 贾府所置田地产之多之广可想见。

4. 看来是对付庄头的老手，说出话来有一套。

---

① 乌进孝进物清单——獐子：即麇，似鹿而小，无角。狍子："狍"同"麅"，一种力大善跑的鹿。暹猪：当是产于泰国（暹罗）的猪。汤猪：宰杀后用开水去净毛的家猪。龙猪：一种皮薄肉嫩、出产于广东南雄龙王岩和江西龙南县的长毛猪。家腊猪：家庭腌腊的猪。野羊：即羚羊。青羊：一种毛色带青的山羊。家汤羊：宰杀后用汤去毛而不剥皮的家羊。家风羊：经腌制风干的家羊。鲟鳇鱼二个：鲟，古称"鳣（xún 旬）"，体形很大（重可达数百斤或称千斤）的珍贵鱼类。鳇，古称"鳣（zhān 毡）"，形体类鲟的大鱼（大者二三丈），亦珍品。清单上此鱼数量，诸本各异：庚辰、列藏本为"二个"，蒙府本为"二十个"，戚序、戚宁本称"二十尾"，梦稿、甲辰及程高本为"二百个"，今从庚辰本。兔子：梦稿、甲辰、程高本作"野猫"，实即野兔，当时京师有此叫法。瓤：果核的仁。银霜炭：一种色呈银灰、无烟耐烧的优质炭。御田胭脂米：一种长粒的优质稻米，煮熟后质软色红有香气。康熙时种于京郊御田。也叫"玉田米"。又谓称"红稻""红莲稻"者即此。
② 打擂台——这里引申为存心耍花样、来较量本领，看谁能占得便宜。

至少也有五千两银子来，这够做什么的？如今你们一共只剩了八九个庄子，今年倒有两处报了旱涝，你们又打擂台，真真是又教别过年了。"[1] 乌进孝道："爷的这地方还算好呢！我兄弟离我那里只一百多里，谁知竟又大差了。他现管着那府里八处庄地，比爷这边多着几倍，今年也只这些东西，不过多二三千两银子，也是有饥荒打呢。"贾珍道："正是呢，我这边倒可以，没有什么外项大事，不过是一年的费用。我受用些就费些；我受些委屈就省些。再者年例送人请人，我把脸皮厚些，可省些也就完了。比不得那府里，这几年添了许多花钱的事，一定不可免是要花的，却又不添些银子产业。这一二年倒赔了许多，不和你们要，找谁去？"[2]

　　乌进孝笑道："那府里如今虽添了事，有去有来，娘娘和万岁爷岂不赏的？"[3] 贾珍听了，笑向贾蓉等道："你们听听他这话，可笑不可笑？"贾蓉等忙笑道："你们山坳海沿子上的人，哪里知道这道理。娘娘难道把皇上的库给了我们不成！她心里纵有这心，她也不能作主。岂有不赏之理，按时到节，不过是些彩缎、古董、玩意儿；纵赏银子，不过一百两金子，才值了一千两银子，够一年的什么？这二年，哪一年不多赔出几千银子来！头一年省亲，连盖花园子，你算算那一注共花了多少，就知道了。再两年，再省一回亲，只怕就净穷了。"[4] 贾珍笑道："所以他们庄家老实人，外明不知里暗的事，黄柏木作磬槌子——外头体面里头苦。"[5] 贾蓉又笑向贾珍道："果真那府里穷了。前儿我听见凤姑娘和鸳鸯悄悄商议，要偷出老太太的东西去当银子呢。"[6] 贾珍笑道："那又是你凤姑娘的鬼，哪里就穷到如此。她必定是见去路太多了，实在赔得狠了，不知又要省哪一项的钱，先设出这法子来，[7] 使人知道，说穷到如此了。我心里却有个算盘，还不至如此田地。"说着，便命人带了乌进孝出去，好生待他，不在话下。

　　这里贾珍吩咐将方才各物，留出供祖宗的来，将各样取了些，命贾蓉送过荣府里。然后自己留了家中所用的，余者派出等例来，一份一份地堆在月台底下，命人将族中的子侄唤来，分与他们。[8] 接着荣国府也送了许多供祖之物及与贾珍之物。贾珍看着收拾完备供

1. 光看那张呈上的单子，已够吓人的，谁知仍不满足，还说"教别过年了"。怪不得在阶级斗争为纲年代里，要读者好好看看乌进孝的单子，以便了解封建地主阶级的剥削是怎么回事。

2. 是实话，所以才可怕。

3. 局外人自然那么想。是庄头口中语气。脂砚。（庚）

4. 答的也是实情，非装穷叹苦。省亲既寄托南巡接驾，则作者恐也有借此写自先祖曹寅始，任上大量亏空官银的感慨在。

5. 新鲜趣语。（庚）

6. 批"凤姑娘"脂评：此亦南北互用之文，前注不谬。（庚）前注说过"此姑娘亦'姑姑''娘娘'之称"。偷当事定是贾蓉从凤姐处听得。

7. 怕也是有以往作为为依据而言。

8. 长房宁府所收得之物，须按惯例分给次房荣府及族中无收入子侄。

器，靸着鞋，披着一件猞猁狲①大裘，命人在厅柱下石矶上太阳中铺了一个大狼皮褥子，负暄②闲看各子弟们来领取年物。因见贾芹亦来领物，贾珍叫他过来，说道："你作什么也来了？谁叫你来的？"贾芹垂手回说："听见大爷这里叫我们领东西，我没等人去就来了。"贾珍道："我这东西，原是给你那些闲着无事的、无进益的小叔叔兄弟们的。那二年你闲着，我也给过你的。<u>你如今在那府里管事，家庙里管和尚、道士们，一月又有你的份例外，这些和尚的份例银子都从你手里过，你还来取这个，太也贪了！</u>[1]你自己瞧瞧，你穿的可像个手里使钱办事的？先前说你没进益，如今又怎么了？比先倒不像了。"贾芹道："我家里原人口多，费用大。"贾珍冷笑道："你还支吾我。你在家庙里干的事，打量我不知道呢！你到了那里，自然是爷了，没人敢违拗你。你手里又有了钱，离着我们又远，你就为王称霸起来，<u>夜夜招聚匪类赌钱，</u>[2]养老婆小子。这会子花得这个形象，你还敢领东西来？领不成东西，领一顿驮水棍③去才罢。等过了年，我必和你琏二叔说，换回你来。"贾芹红了脸，不敢答言。人回："<u>北府水王爷送了字联、荷包来了。</u>"[3]贾珍听说，忙命贾蓉出去款待，"只说我不在家"。贾蓉去了。这里贾珍看着领完东西，回房与尤氏吃毕晚饭，一宿无话。至次日，比往日更忙，都不必细说。

　　已到了腊月二十九日了，各色齐备，<u>两府中都换了门神、联对、挂牌，新油了桃符④，焕然一新。</u>[4]<u>宁国府从大门、仪门、大厅、暖阁、内厅、内三门、内仪门并内塞门⑤，直到正堂，一路正门大开，两边阶下，一色朱红大高照，点得两条金龙一般。</u>[5]次日，由贾母有诰封者，<u>皆按品级着朝服，先坐八人大轿，带领着众人进宫朝贺行礼。</u>[6]领宴毕回来，便到宁国府暖阁下轿。诸子弟有未随入朝者，皆在宁府门前排班伺候，然后引入宗祠。

　　<u>且说薛宝琴是初次进，便细细留神打量这宗祠。</u>[7]原

1. 盖知贾芹之为人，故骂其贪心。

2. 这一回文字断不可少。（庚）贾府之败，从内部而言，必先有家丑外扬或所干坏事走漏消息，让人有可乘之机，然后才被挟怨者利用来告发。这些恐与"招聚匪类赌钱"有很大关系。脂评在别处也有同样暗示。

3. 北静王水溶与后半部宝玉情节有关，故时时提及。

4. 换新门神、春联等风俗保持至今。

5. 从大门口起直到正堂，一路都开正门，两边点起红灯，是最隆重的布置。

6. 祭宗祠之前，受诰封者必须先进宫朝贺行礼。

7. 宗祠的建筑、景观、联额等，必从旁观者眼中看出，是书中定法；且必定要让初到者来看，故选中了薛宝琴。

---

①　猞猁狲——即猞猁，兽名，也叫土豹，是野猫的一种。皮毛贵重。

②　负暄——晒太阳取暖。

③　驮水棍——背水负重时用以支撑的棍棒。这里"领一顿驮水棍去"即"招一顿打"的意思。

④　桃符——传说黄帝曾立桃板于门，画二神以驱鬼，神名神荼、郁垒。后世风俗沿此，称画门神或书神名之桃木板为桃符；转而也称门上春联为桃符。

⑤　内塞门——"塞门"之名见于《论语·八佾》，乃指设于门口以蔽内外的屏风，这里当指内仪门与正堂之间的屏门。

来宁府西边另一个院子，黑油栅栏内五间大门，上面悬一匾，写着是"贾氏宗祠"四个字，旁书"衍圣公①孔继宗书"。[1] 两旁有一副长联，写道是：

> 肝脑涂地，兆姓赖保育之恩；
> 功名贯天，百代仰蒸尝之盛。②[2]

亦衍圣公所书。进入院中，白石甬路，两边皆是苍松翠柏。月台上设着青绿古铜鼎彝等器。抱厦前上面悬一九龙金匾，写道是："星辉辅弼"③，乃先皇御笔。两边一副对联，写道是：

> 勋业有光昭日月，
> 功名无间及儿孙。

亦是御笔。五间正殿前悬一闹龙填青匾，写道是"慎终追远"④。旁边一副对联，写道是：

> 已后儿孙承福德，
> 至今黎庶念宁荣。

俱是御笔。里边香烛辉煌，锦帐绣幕，虽列着些神主，却看不真切。[3] 只见贾府人分昭穆⑤排班立定：贾敬主祭，贾赦陪祭，贾珍献爵，贾琏、贾琮献帛，宝玉捧香，贾菖、贾菱展拜毯，守焚池。青衣乐奏，三献爵，拜兴毕，焚帛奠酒，礼毕乐止，退出。[4] 众人围随着贾母，至正堂上。影前锦幔高挂，彩屏张护，香烛辉煌。上面正居中悬着宁、荣二祖遗像，皆是披蟒腰玉，两边还有几轴列祖遗影。

贾荇、贾芷等从内仪门挨次列站，直到正堂廊下。槛外方是贾敬、贾赦，槛内是各女眷。众家人小厮皆在仪门之外。每一道菜至，传至仪门，贾荇、贾芷等便接了，按次传至阶上贾敬手中。贾蓉系长房长孙，独他随女眷在槛内。每贾敬捧菜至，传与贾蓉，贾蓉便传与他妻子，又传与凤姐、尤氏诸人，直传至供桌前，方传与

1. "衍圣公孔继宗"，"继宗"与"衍圣"同义，显然出于作者虚拟，有研究者考当时某真人姓名恰巧与其近似，以为即此处所指，殆不可信。

2. 庚辰本有条墨笔眉批称"此联宜掉转"（俞平伯疑其为绮园所批）。因为楹联通常上句以仄声字作结，下句以平声字作结，此联则相反。

3. 若能看得真切，便不是宝琴眼中了。

4. 礼仪井然，亏他写得出。

---

① 衍圣公——孔子后裔之封号，自宋仁宗至和二年始称，沿袭至今。梦稿、程高本此句作"特晋爵太傅前翰林掌院事王希献书"，当是后人因忌讳"衍圣公"其真人避免"厚诬至圣先师"的罪名而改。

② "肝脑涂地"一联——兆姓：万民、百姓。十亿或万亿为兆。蒸尝：祭祀；秋祭叫"尝"，冬祭叫"蒸"，亦作"烝"。

③ 星辉辅弼——对朝廷重臣的誉词，谓贾氏如明星辉耀，辅佐着日月。弼，辅助。

④ 慎终追远——谨慎地保持晚节并教育好子孙，时时回想祖上的功德和所得到的恩荣。语出《论语·学而》，原指居丧能守礼法，尽孝道。

⑤ 昭穆——封建宗法制规定的宗庙、祭祀排列次序：始祖居中，以下二世、四世、六世……位于始祖左方，称"昭"；三世、五世、七世……位于右方，称"穆"。

王夫人。王夫人传与贾母，贾母方捧放在桌上。[1]邢夫人在供桌之西，东向立，同贾母供放。直至将菜饭汤点酒茶传完，贾蓉方退出，下阶归入贾芹阶位之首。当时凡从"文"旁之名者，贾敬为首；下则从"玉"者，贾珍为首；再下从"草"头者，贾蓉为首；左昭右穆，男东女西，俟贾母拈香下拜，众人方一齐跪下。将五间大厅，三间抱厦，内外廊檐，阶上阶下，两丹墀内，花团锦簇，塞得无一隙空地。鸦雀无闻，只听铿锵叮当，金铃玉佩微微摇曳之声，并起跪靴履飒沓之响。[2]一时礼毕，贾敬、贾赦等便忙退出，至荣府专候与贾母行礼。

尤氏上房早已袭地铺满红毡，[3]当地放着象鼻三足鳅沿鎏金珐琅大火盆，正面炕上铺着新猩红毡，设着大红彩绣云龙捧寿的靠背引枕，外另有黑狐皮的袱子搭在上面，大白狐皮坐褥，请贾母上去坐了。两边又铺皮褥，让贾母一辈的两三个妯娌坐了。这边横头排插之后小炕上，也铺了皮褥，让邢夫人等坐了。地下两面相对十二张雕漆椅上，都是一色灰鼠椅搭小褥，每一张椅下一个大铜脚炉，让宝琴等姊妹坐了。尤氏用茶盘亲捧茶与贾母，蓉妻捧与众老祖母；然后尤氏又捧与邢夫人等，蓉妻又捧与众姊妹。凤姐、李纨等只在地下伺候。茶毕，邢夫人等便先起身来侍贾母。贾母吃茶，与老妯娌闲话了两三句，便命看轿。凤姐儿忙上去挽起来。尤氏笑回说："已经预备下老太太的晚饭。每年都不肯赏些体面，用过晚饭过去，果然我们就不及凤丫头不成？"凤姐儿挽着贾母，笑道："老祖宗快走罢，咱们家去吃去，别理她。"[4]贾母笑道："你这里供着祖宗，忙得什么似的，哪里搁得住我闹！况且每年我不吃，你们也要送去；不如还送了去，我吃不了，留着明儿再吃，岂不多吃些？"[5]说得众人都笑了。又吩咐她："好生派妥当人夜里照看香火，不是大意得的。"尤氏答应了。一面走出来，至暖阁前上了轿。尤氏等闪过屏风，小厮们才领轿夫请了轿，出大门。尤氏亦随邢夫人等同至荣府。[6]

这里轿出大门，这一条街上，东一边合面设列着宁国公的仪仗执事乐器；西一边合面设列着荣国公的仪仗执事乐器，来往行人皆屏退不从此过。一时来至荣府，也是大门正门直开到底。如今便不在暖阁下轿了，过了

1. 每上一道菜，如何传递，不嫌其循序繁复，不省略一个人，先后转手，皆合乎规矩，岂是容易写的？

2. 众人随贾母跪拜一幕，场面壮观，看上一眼，便令人目眩神摇；真不减王右丞"万国衣冠拜冕旒"句。(《和贾舍人早朝大明宫之作》)

3. 以下写宁府为贾母等奉茶，上房陈设、座次，谁捧茶给谁，谁先谁后，又一套礼节规矩。

4. 能与尤氏如此说话揶揄的，也只有凤姐。

5. 贾母也说得有趣。

6. 贾敬、贾赦已先至荣府专候贾母，此则再说尤氏、邢夫人同往。以下述说到荣国府众人为贾母行礼情景。

大厅，便转弯向西，至贾母这边正厅上下轿。众人围随同至贾母正室之中，亦是锦裀绣屏，焕然一新。当地火盆内焚着松柏香、百合草。贾母归了坐，老嬷嬷来回："老太太们来行礼。"贾母忙又起身要迎，只见两三个老妯娌已进来了。大家挽手笑了一回，让了一回。吃茶去后，贾母只送至内仪门便回来归正坐。贾敬、贾赦等领诸子弟进来。贾母笑道："一年价难为你们，不行礼罢。"一面说着，一面男一起，女一起，一起一起俱行过了礼。左右两旁设下交椅，然后又按长幼挨次归坐受礼。两府男妇、小厮、丫鬟，亦按差役上、中、下行礼毕，<u>散押岁钱、荷包、金银锞，摆上合欢宴来。男东女西归坐，献屠苏酒、合欢汤、吉祥果、如意糕毕，</u>贾母起身进内间更衣，众人方各散出。那晚，<u>各处佛堂灶王前焚香上供，王夫人正房院内设着天地纸马香供，</u>[1]大观园正门上也挑着大明角灯，两溜高照，各处皆有路灯。上下人等，皆打扮得花团锦簇，一夜人声嘈杂，语笑喧阗，爆竹起火①，络绎不绝。

　　至次日五鼓，贾母等又按品大妆，摆全副执事进宫朝贺，兼祝元春千秋。领宴回来，又至宁府祭过列祖，方回来。[2]受礼毕，便换衣歇息。所有贺节来的亲友一概不会，只和薛姨妈、李婶二人说话取便，或者同宝玉、宝琴、钗、黛等姊妹赶围棋、抹牌作戏。王夫人与凤姐天天忙着请人吃年酒，那边厅上院内皆是戏酒，亲友络绎不绝。一连忙了七八日，才完了。[3]早又元宵将近，宁荣二府皆张灯结彩。十一日是贾赦请贾母等，次日贾珍又请，贾母皆去随便领了半日。[4]王夫人和凤姐儿连日被人请去吃年酒，不能胜记。

　　至十五日之夕，贾母便在大花厅上命摆几席酒，定一班小戏，满挂各色花灯，带领荣、宁二府各子侄、孙男、孙媳等家宴。[5]贾敬素不茹酒，也不去请他；于十七日祖祀已完，他便仍出城去修养；便这几日在家内，亦是静室默处，一概无听无闻，不在话下。贾赦略领了贾母之赐，也便告辞而去。贾母知他在此彼此不便，也就随他去了。贾赦自到家中，与众门客赏灯吃酒，自然是笙歌聒耳，锦绣盈眸，其取便快乐，另与这边不同的。[6]

1. 除夕风俗：散押岁钱、摆合欢宴、设纸马香供送灶王爷上天，一应俱全。

2. 大年初一，仍须再次进宫朝贺，回来再次祭祖，以见礼仪之繁缛。

3. 按年前排定日程，请人吃年酒，一连七八天。

4. 十一、十二日，赦、珍辈再请贾母。

5. 元宵夜贾母带领宁、荣二府小辈们家宴。

6. 贾赦在荣府，总显得隔了一层。又交待一个。（庚）

---

　　① 起火——点燃后能升空的爆竹。

这边贾母花厅之上，共摆了十来席。每一席旁边设一几，几上设炉瓶三事，焚着御赐百合宫香。又有八寸来长、四五寸宽、二三寸高的点着山石、布满青苔的小盆景，俱是新鲜花卉。又有小洋漆茶盘，内放着旧窑茶杯并十锦小茶吊，里面泡着上等名茶。一色皆是紫檀透雕，嵌着大红纱透绣花卉并草字诗词的璎珞①。原来绣这璎珞的也是个姑苏女子，名唤慧娘。[1]因她亦是书香宦门之家，她原精于书画，不过偶然绣一两件针线作耍，并非市卖之物。凡这屏上所绣之花卉，皆仿的是唐、宋、元、明各名家的折枝花卉，故其格式配色皆从雅，本来非一味浓艳匠工可比。每一枝花侧，皆用古人题此花之旧句，或诗或歌不一，皆用黑绒绣出草字来，且字迹勾踢、转折、轻重、连断，皆与笔草无异，亦不比市绣字迹，板强可恨。她不仗此技获利，所以天下虽知，得者甚少，凡世宦富贵之家，无此物者甚多，当今便称为"慧绣"。竟有世俗射利者，近日仿其针迹，愚人获利。偏这慧娘命夭，十八岁便死了，如今竟不能再得一件的了。凡所有之家，纵有一两件，皆珍藏不用。有那一干翰林文魔先生们，因深惜"慧绣"之佳，便说这"绣"字不能尽其妙，这样笔迹说一"绣"字，反似乎唐突了，便大家商议了，将"绣"字便隐去，换了一个"纹"字，所以如今都称为"慧纹"。若有一件真"慧纹"之物，价则无限。贾府之荣，也只有两三件，上年将那两件已进了上，目下只剩这一副璎珞，一共十六扇，贾母爱如珍宝，[2]不入在请客各色陈设之内，只留在自己这边，高兴摆酒时赏玩。又有各色旧窑小瓶中都点缀着"岁寒三友""玉堂富贵"等鲜花草。

上面两席是李婶、薛姨妈二位。贾母于东边设一透雕夔龙护屏矮足短榻，靠背、引枕、皮褥俱全。榻之上一头又设一个极轻巧洋漆描金小几，几上放着茶吊、茶碗、漱盂、洋巾之类，又有一个眼镜匣子。贾母歪在榻上，与众人说笑一回，又自取眼镜向戏台上照一回，[3]又向薛姨妈、李婶笑说："恕我老了骨头疼放肆，容我歪着相陪罢。"又命琥珀坐在榻上，拿着美人拳②捶腿。榻下并不摆席面，

1. 写贾母所摆家宴设置种种，其中又专挑"慧绣"或称"慧纹"一种作重点来细写。

2. 详述慧纹璎珞之精巧难得、价高罕有，以见贾府之藏物，多世间绝品。作者本出身世代织造之家，故对此类特别熟知，说来头头是道。

3. 当是舶来品，贵族们常用的手持单柄眼镜，从"照"字上看出。

---

① 璎珞——同"缨络"，此指有许多扇刺绣联结而成的陈设品。
② 美人拳——一种长柄的小锤，锤头或以皮革包裹，或制成一二小囊，内塞棉絮，如莲房状，老年人用以捶打腰腿。

只有一张高几，却设着璎珞、花瓶、香炉等物。外另设一精致小高桌，设着酒杯匙箸，将自己这一席设于榻旁，命宝琴、湘云、黛玉、宝玉四人坐着。每一馔一果来，先捧与贾母看了，喜则留在小桌上，尝一尝，仍撤了放在他四人席上，只算他四人是跟着贾母坐。[1] 故下面方是邢夫人、王夫人之位，再下便是尤氏、李纨、凤姐、贾蓉之妻；西边一路便是宝钗、李纹、李绮、岫烟、迎春姊妹等。

两边大梁上，挂着一对联三聚五玻璃芙蓉彩穗灯。每一席前竖一柄漆干倒垂荷叶，叶上有烛信，插着彩烛。这荷叶乃是錾珐琅的，活信可以扭转，如今皆将荷叶扭转向外，将灯影逼住，全向外照，看戏分外真切。窗格、门户一齐摘下，全挂彩穗各种宫灯。廊檐内外及两边游廊罩棚，将各色羊角、玻璃、戳纱、料丝，或绣，或画，或堆，或抠，或绢，或纸诸灯挂满。[2] 廊上几席，便是贾珍、贾琏、贾环、贾琮、贾蓉、贾芹、贾菱、贾菖等。

贾母也曾差人去请众族中男女，奈他们或有年迈，懒于热闹的；或有家内没有人，不便来的；或有疾病淹缠，欲来竟不能来的；或有一等妒富愧贫，不来的；甚至于有一等憎畏凤姐之为人而赌气不来的；或有羞口羞脚，不惯见人，不敢来的；因此族众虽多，女客来者，只不过贾菌之母娄氏，带了贾菌来了，[3] 男子只有贾芹、贾芸、贾菖、贾菱四个，现是在凤姐麾下办事的来了。当下人虽不全，在家庭间小宴中，数来也算是热闹的了。

当下又有林之孝之妻，带了六个媳妇，抬了三张炕桌，每一张上搭着一条红毡，毡上放着选净一般大新出局的铜钱①，用大红彩绳串着，每二人搭一张，共三张。林之孝家的指示：将那两张摆至薛姨妈、李婶的席下，将一张送至贾母榻下来。贾母便说："放在当地罢。"这媳妇们都素知规矩的，放下桌子，一并将钱都打开，将彩绳抽去，散堆在桌上。[4]

正唱《西楼·楼会》②这出将终，于叔夜因赌气去了，那文豹便发科诨道："你赌气去了，恰好今日正月十五，

---

① 新出局的铜钱——铸钱局新铸成的铜钱。新铸的钱未经磨损，铜质厚重，图文清晰，常被人作喜庆赏赐之用。
② 《西楼·楼会》——清初袁于令撰《西楼记》传奇，写于叔夜和妓女穆素徽悲欢离合故事，其中《病晤》一出写二人正在西楼相会，书童文豹来传于父之命，让他去"赴社"，于只得与穆相别，赌气而去。这出戏的演出本叫《楼会》，俗称《西楼会》。

---

1. 贾母最宠爱的四个孙辈儿女，待遇特殊。

2. 真是灯节气象。

3. 贾菌特于此一提。首回甄士隐歌中有"昨怜破袄寒，今嫌紫蟒长"句，脂评："贾兰、贾菌一干人。"可知他后来也和贾兰一样，做高官。续书全忽略了，再未提及其人。

4. 知为赏赐之用。

荣国府中老祖宗家宴，待我骑了这马，赶进去讨些果子吃，是要紧的。"[1] 说毕，引得贾母等都笑了。薛姨妈等都说："好个鬼头孩子，可怜见的！"凤姐便说："这孩子才九岁了。"贾母笑说："难为他说得巧。"便说了一个"赏"字。[2] 早有三个媳妇已经手下预备下小笸箩，听见一个"赏"字，走上去，向桌上的散钱堆内，每人便撮了一笸箩，走出来，向戏台说："老祖宗、姨太太、亲家太太赏文豹买果子吃的！"说着向台上便一撒，只听"豁啷啷"满台的钱响。[3] 贾珍、贾琏已命小厮们抬了大笸箩的钱来，暗暗地预备在那里。听见贾母一赏——要知端的，〔下回分解。〕

1. 戏班子于收场时，往往由小丑插科打诨，临时编几句应景的谐语为台词，引观剧者一笑，讨个彩头，此亦惯例。

2. 因其幼小而机灵，故得贾母欢心。

3. 早设定下的戏剧性效果，满台钱响，博得全场皆大欢喜。

**【总评】**

　　春节已近，宁国府贾珍那边开了宗祠，准备祭祖宗。书中提到拿出上千两金银来，遣人熔铸成各色"押岁锞子"备用；向朝廷领取"春祭的恩赏"以示荣耀；还要拟出请亲友贵客来吃年酒的单子，以免举办的日子重犯等等，写得诸务冗杂繁复。

　　贾府开支的一项重要来源，是各地庄子中的田产岁赋，由庄头收得上交。黑山村庄头乌进孝送来年货，一张长长的单子已足以让旁观者惊讶，可贾珍仍嫌太少，说是"又来打擂台来了""这够做什么的""真真是教别过年了"。乌庄头诉说农村旱涝灾情，贾珍则一味说府上花钱多，赔钱多，"不和你们要，找谁去？"所以，在强调阶级斗争的年代里，这张单子便成了贾府残酷剥削农民的有力罪证。

　　送来的年物，留出供祖宗的、送荣府的、自己家用的，其余分给族中"无进益的"子侄。来领年物的人中有贾芹，贾珍以为他太贪，数落他说："你在家庙里干的事，打量我不知道呢！你到了那里，自然是爷了，没人敢违拗你。你手里又有了钱，离着我们又远，你就为王称霸起来，夜夜招聚匪类赌钱，养老婆小子……"这为后四十回续书写贾府门口有"匿名揭帖儿"揭贾芹"窝娼聚赌"丑行所本。

　　除夕前，二府换新门神、联对、桃符等，次日，先进宫朝贺行礼，然后引入宗祠，种种细节皆从初来的薛宝琴眼中看出，是作者惯用的表现方法。祭宗祠的礼仪程序，写得甚细，男女尊卑、挨次排列，都有讲究。每上一道菜，如何从仪门外传至仪门，再至阶上，至槛内，至供桌前，最后由贾母捧放在桌上，前前后后经手的人何止十余。祭祀过祖宗，又须与贾母行礼，也有繁缛礼节。大年初一，"贾母等又按品大妆，摆全副执事进宫朝贺"，"领宴回来，又至宁府祭过列祖"，回来受礼毕，方得以歇息。以后七八日都是你来我往吃年酒，待忙完，又近元宵。当晚光是荣府大花厅内，就要摆上十来席酒，一边吃喝，一边看戏，贾母说声"赏"，还用大小笸箩向戏台上撒钱。这一回的描述，为后世保留下当时贵族大家庭如何欢度春节的极其丰富、形象的资料。

# 第 五 十 四 回

## 史太君破陈腐旧套　王熙凤效戏彩斑衣

**【题解】**

　　本回回目诸本一致，只有个别错字，如甲辰本"套"误作"倉"（仓）；列藏本"斑"误作"班"。回前脂评：首回楔子内云，古今小说"千部共出一套"云云，犹未泄真，今借老太君一写，是劝后来胸中无机轴之诸君子不可动笔作书。凤姐乃太君之要紧陪堂，今题"斑衣戏彩"，是作者酬我阿凤之劳，特贬贾珍、琏辈之无能耳。（庚）元代郭居业编《二十四孝》记舜到黄庭坚等二十四个孝子传说故事。其中一则说，春秋楚国的"老莱子年七十，作婴儿戏，着五彩斑斓衣，取水上堂，跌仆卧地，为小儿啼，欲母喜"（出《高士传》）。此为"老莱娱亲"故事，"戏彩斑衣"即指此。又蒙府本有回前诗云："积德于今到子孙，都中旺族首吾门。可怜立业英雄辈，遗脉谁知祖父恩？"郑庆山等研究者将其排除在脂评之外，然作者是谁，所指为何，尚不能确解。或有史料参考价值，姑系于此。又回末也有长评，其后半云："是作者借他人酒杯，消自己块垒，画一幅行乐图，铸一面菱花镜，为全部总评。噫！作者已逝，圣叹云亡，愚不自谦，辄拟数语，知我罪我，其听之矣！"金圣叹，当是比脂砚斋，他于雪芹病逝约半年后过世。

　　却说贾珍、贾琏暗暗预备下大笸箩的钱，听见贾母说"赏"，他们也忙命小厮们快撒钱。只听满台钱响，贾母大悦。

　　二人遂起身，小厮们忙将一把新暖银壶递在贾琏手内，随了贾珍趋至里面。贾珍先至李婶席上，躬身取下杯来，回身，贾琏忙斟了一盏；然后便至薛姨妈席上，也斟了。二人忙起身笑说："二位爷请坐着罢了，何必多礼。"于是除邢、王二夫人，满席都离了席，俱垂手旁侍。<u>贾珍等至贾母榻前，因榻矮，二人便屈膝跪了。贾珍在先捧杯，贾琏在后捧壶。</u>[1]虽只二人奉酒，那贾环弟兄等，却也是排班按序，一溜随着他二人进来，见他二人跪下，也都一溜跪下。宝玉也忙跪下了。史湘云悄推他，笑道："你这会子又帮跪下作什么？有这样，你也去斟一巡酒，岂不好？"宝玉悄笑道："再等一会子再斟去。"说着，等他二人斟完起来，方起来。又与邢夫人、王夫人斟过了。贾珍笑道：

1. 贾珍、贾琏孙辈中为长者，须向席上贾母奉酒，是必有之礼。

“妹妹们怎么样呢？”贾母等都说：“你们去罢，她们倒便宜些。”说了，贾珍等方退出。

当下天未二鼓，戏演的是《八义》中《观灯》①八出。正在热闹之际，宝玉因下席往外走。贾母因说：“你往哪里去？外头爆竹利害，仔细天上掉下火纸来烧了！”[1]宝玉回说：“不往远去，只出去就来。”贾母命婆子们好生跟着。于是宝玉出来，只有麝月、秋纹并几个小丫头随着。贾母因说：“袭人怎么不见？她如今也有些拿大了，单支使小女孩子出来。”王夫人忙起身，笑回道：“她妈前日没了，因有热孝②，不便前头来。”[2]贾母听了点头，又笑道：“跟主子，却讲不起这孝与不孝。若是她还跟我，难道这会子也不在这里不成？皆因我们太宽了，有人使，不查这些，竟成了例了。”凤姐儿忙过来，笑回道：“今儿晚上她便没孝，那园子里也须得她看着，灯烛花炮最是耽险的。这里一唱戏，园子里的人谁不偷来瞧瞧。她还细心，各处照看照看。况且这一散后，宝兄弟回去睡觉，各色都是齐全的。若她再来了，众人又不经心，散了回去，铺盖也是冷的，茶水也不齐备，各色都不便宜，所以我叫她不用来，只看屋子。散了又齐备，我们这里也不耽心，又可以全她的礼，岂不三处有益。[3]老祖宗要叫她，我叫她来就是了。”

贾母听了这话，忙说：“你这话很是，比我想得周到，快别叫她了。但只她妈几时没了，我怎么不知道？”凤姐笑道：“前儿袭人去亲自回老太太的，怎么倒忘了？”贾母想了一想，笑说：“想起来了。我的记性竟平常了。”众人都笑说：“老太太哪里记得这些事。”贾母因又叹道：“我想着，她从小儿服侍了我一场，又服侍了云儿一场，末后给了一个魔王宝玉，亏她魔了这几年。她又不是咱们家根生土长的奴才，没受过咱们什么大恩典。她妈没了，我想着要给她几两银子发送，也就忘了。”凤姐儿道：“前儿太太赏了她四十两银子，也就是了。”[4]贾母听说，点头道：“这还罢了。正好鸳鸯的娘前儿也死了，我想她老子娘都在南边，我也没叫她家去守孝，如今叫她两个一处作伴儿去。”又命婆子将些果子、菜馔、点心之类与她两个吃去。琥珀笑说：“还等这会子呢，她早就去了。”[5]说着，大家又

---

① 《八义》中《观灯》——明代徐元《八义记》传奇剧本，据元杂剧《赵氏孤儿》改编，写春秋时期晋国权臣屠岸贾残杀赵盾全家，唯孤儿赵武幸存，后来报了仇的故事。为赵氏效力者有八义士，故名。《观灯》为该剧中《宴赏元宵》一出。

② 热孝——父母新丧百日内为热孝。

吃酒看戏。

　　且说宝玉一径来至园中，众婆子见他回房，便不跟去，只坐在园门里茶房内烤火，和管茶的女人偷空饮酒斗牌。宝玉至院中，虽是灯光灿烂，却无人声。麝月道："她们都睡了不成？咱们悄悄地进去，吓她们一跳。"于是大家蹑足潜踪的进了镜壁一看，只见袭人和一人对面，都歪在地炕上，那一头有两三个老嬷嬷打盹。宝玉只当她两个睡着了，才要进去，忽听鸳鸯叹了一声，说道："可知天下事难定。论理，你单身在这里，父母在外头，每年他们东去西来，没个定准，想来你是再不能送终的了；偏生今年就死在这里，你倒出去送了终。"¹袭人道："正是。我也想不到能够看父母回首①。太太又赏了四十两银子，这倒也算养我一场，我也不敢妄想了。"宝玉听了，忙转身悄向麝月等道："谁知她也来了。我这一进去，她又赌气走了，不如咱们回去罢，让她两个清清静静地说一回。"²袭人正一个人闷着，幸而她来得好。"说着，仍悄悄地出来。

　　宝玉便走过山石之后去站着撩衣，麝月、秋纹皆站住，背过脸去，口内笑说："蹲下再解小衣，仔细风吹了肚子。"后面两个小丫头子知是小解，忙先出去茶房预备去了。这里宝玉刚转过来，只见两个媳妇子迎面来了，问："是谁？"秋纹道："宝玉在这里。你大呼小叫仔细吓着他。"那媳妇们忙笑道："我们不知道，大节下来惹祸了。姑娘们可连日辛苦了！"说着，已到了跟前。麝月等问："手里拿的是什么？"媳妇们道："是老太太赏金、花二位姑娘吃的。"秋纹笑道："外头唱的是《八义》，没唱《混元盒》②，哪里又跑出'金花娘娘'来了？"³宝玉笑命："揭起来我瞧瞧。"秋纹、麝月忙上去将两个盒子揭开。两个媳妇忙蹲下身子③。⁴宝玉看了，两盒内都是席上所有的上等果品菜馔，点了一点头，迈步就走。麝月二人忙胡乱掷了盒盖，跟上来。宝玉笑道："这两个女人倒和气，会说话。她们天天乏了，倒说你们连日辛苦，倒不是那矜功自伐④的。"麝月道："这好的也很好，那不知礼的也太不知礼。"宝玉笑道："你们是明白人，担待她们是粗笨可怜

1. 鸳鸯以能为父母送终为幸，因自己娘死前不得见一面也。"天下事难定"一语，感叹如闻，却有深意。

2. 宝玉心地善良，能体贴人处。

3. 秋纹亦能借媳妇称鸳鸯、袭人二人之姓笑说诙谐话，且又如此熟悉戏剧情节，实是作者幽默和文化素养使然。

4. 细腻之极！一部大观园之文皆若食肥蟹，至此一句，则又三月于镇江上唼出网之鲜鲻矣。（庚）以评语取喻看，这个批书人似早年在镇江一带生活过。

---

　　① 回首——死亡的讳称。
　　② 《混元盒》——明末清初无名氏（或题张照）撰的一部神魔剧。以水神金花娘娘同张真人斗法为全剧线索。
　　③ 两个媳妇忙蹲下身子——主子命揭盖瞧，奴婢下蹲不看，写礼数至细。
　　④ 矜功自伐——亦作"自矜功伐"，居功自夸。伐，功劳。

的人就完了。"一面说，一面来至园门。

那几个婆子虽吃酒斗牌，却不住出来打探，见宝玉来了，也都跟上了。来至花厅后廊上，只见那两个小丫头一个捧着小沐盆，一个搭着手巾，又拿着沤子①小壶，在那里久等。秋纹忙先伸手向盆内试了一试，说道："你越大越粗心了，哪里弄的这冷水！"小丫头笑道："姑娘瞧瞧这个天，我怕水冷，巴巴地倒的是滚水，这还冷了。"正说着，可巧见一个老婆子提着一壶滚水走来。小丫头便说："好奶奶，过来给我倒上些。"那婆子道："哥哥儿，这是老太太泡茶的，劝你走了舀去罢，哪里走大了脚。"[1] 秋纹道："凭你是谁的，你不给？我管把老太太茶吊子倒了洗手！"那婆子回头见是秋纹，忙提起壶来就倒。[2] 秋纹道："够了！你这么大年纪，也没个见识，谁不知是老太太的水！要不着的人就敢要了？"婆子笑道："我眼花了，没认出这姑娘来。"宝玉洗了手，那小丫头子拿小壶倒了些沤子在他手内，宝玉沤了。秋纹、麝月也趁热水洗了一回，沤了，跟进宝玉来。

宝玉便要了一壶暖酒，也从李婶、薛姨妈斟起，二人也笑让坐。贾母便说："他小，让他斟去，大家倒要干过这杯。"说着，便自己干了。邢、王二夫人也忙干了，让她二人，薛、李也只得干了。贾母又命宝玉道："连你姐姐妹妹一齐斟上，不许乱斟，都要叫她干了。"宝玉听说，答应着，一一按次斟了。至黛玉前，偏她不饮，拿起杯来，放在宝玉唇边，宝玉一气饮干。黛玉笑说："多谢。"[3] 宝玉替她斟上一杯。凤姐儿便笑道："宝玉，别喝冷酒，仔细手颤，明儿写不得字，拉不得弓。"宝玉忙道："没有吃冷酒。"凤姐儿笑道："我知道没有，不过白嘱咐你。"然后宝玉将里面斟完，只除贾蓉之妻是丫头们斟的。[4] 复出至廊上，又与贾珍等斟了。坐了一回方进来，仍归旧座。

一时上汤后，又接献元宵。贾母便命："将戏暂歇歇，小孩子们可怜见的，也给他们些滚汤滚菜的吃了再唱。"[5] 又命将各色果子、元宵等物拿些与他们吃去。一时歇了戏，便有婆子带了两个门下常走的女先儿进来，放两张杌子在那一边，命她坐了，将弦子、琵琶递过去。贾母便问李、薛二人："听何书？"她二人都回说："不拘什么都好。"贾母便问："近来可有添些什么新书？"那两个女先儿回说："倒

1. 称呼好听之极！虽不能据婆子话便推定当时丫头也缠脚，但普遍流行以小脚为美的观念却十分明显。

2. 婆子势利眼，见是宝玉房中的大丫头之一秋纹，哪敢得罪！

3. 贾母兴致高，不让孙辈姐姐妹妹们拘于礼而推辞不饮，独黛玉例外。宝玉已知其体质不宜酒，故代饮。两心默契，写来出色。

4. 细，贾蓉新娶的妻子，岂宜由宝玉来给她斟酒。

5. 依然怜惜辛苦唱戏的孩子们。

① 沤（òu 怄）子——一种润肤的香蜜。下文"沤"作动词用，是涂抹的意思。

有一段新书，是残唐五代的故事。"[1]贾母问是何名，女先儿道："叫作《凤求鸾》。"贾母道："这个名字倒好，不知因什么起的？你先大概说说原故，若好再说。"女先儿道："这书上乃是说残唐之时，有一位乡绅，本是金陵人氏，名唤王忠，曾做过两朝宰辅。如今告老还家，膝下只有一位公子，名唤王熙凤……"众人听了，笑将起来。贾母笑道："这不重了我们凤丫头了？"媳妇忙上去推她，道："这是二奶奶的名字，少混说！"贾母笑道："你说，你说。"[2]女先儿忙笑着站起来说："我们该死了！不知是奶奶的讳。"凤姐儿笑道："怕什么！你们只管说罢，重名重姓的多着呢。"女先儿又道："这年，王老爷打发了王公子上京赶考，那日遇见大雨，进到一个庄上避雨。谁知这庄上也有个乡绅，姓李，与王老爷是世交，便留下这公子住在书房里。这李乡绅膝下无儿，只有一位千金小姐。这小姐芳名叫作雏鸾，琴棋书画，无所不通……"

　　贾母忙道："怪道叫作《凤求鸾》，不用说，我已猜着了，自然是这王熙凤要求这雏鸾小姐为妻了。"[3]女先儿笑道："老祖宗原来听过这一回书。"众人都道："老太太什么没听过，便没听过，也猜着了。"贾母笑道："这些书都是一个套子，左不过是些佳人才子，最没趣儿。把人家女儿说得那样坏，还说是'佳人'，编得连影儿也没有了。开口都是书香门第，父亲不是尚书，就是宰相。生一个小姐，必是爱如珍宝。这小姐必是通文知礼，无所不晓，竟是个绝代佳人。只一见了一个清俊的男人，不管是亲是友，便想起终身大事来，父母也忘了，书礼也忘了，鬼不成鬼，贼不成贼，哪一点儿是佳人？[4]便是满腹文章，做出这些事来，也算不得是佳人了。比如男人，满腹文章去作贼，难道那王法就看他是才子，不入贼情一案了不成？[5]可知那编书的是自己塞了自己的嘴。再者，既说是世宦书香大家小姐，都知礼读书，连夫人都知书识礼，便是告老还家，自然这样大家人口不少，奶母、丫鬟，服侍小姐的人也不少，怎么这些书上，凡有这样的事，就只小姐和紧跟的一个丫鬟？你们白想想，那些人都是管什么的？可是前言不答后语？"

　　众人听了，都笑说："老太太这一说，是谎都批出来了。"贾母笑道："这有个原故：编这样书的，有一等妒人家富贵，或有求不遂心，所以编出来污秽人家。再一

1. 这里说有位叫王熙凤的公子的《凤求鸾》故事出于残唐五代；续书一百零一回中则说是汉朝人物，女仆还说"前年李先儿说过这一回书"，前后对不上头了。

2. 所谓"门下常走的女先儿"，居然不知贾府中总管家事的王熙凤，亦怪事。

3. 自然是一猜就中。

4. 将全是一个套子的才子佳人书，种种前言不搭后语尽情挖苦一番，是楔子中所言的再发挥。

5. "文章满腹去作贼"，余谓多多。（靖）

等他自己看了这些书，看魔了，他也想一个佳人，所以编了
出来取乐，何尝他知道那世宦读书家的道理！别说他那书上
那些世宦书礼大家，如今眼下真的，拿我们这中等人家说起，
也没有那样的事，别说是那些大家子。¹可知是诌掉了下巴
的话。所以我们从不许说这些书，连丫头们也不懂这些话。
这几年我老了，他们姊妹们住得远，我偶然闷了，说几句听
听，她们一来，就忙叫歇了。"李、薛二人都笑说："这正是
大家的规矩，连我们家也没这些杂话给孩子们听见。"

　　凤姐儿走上来斟酒笑道："罢，罢！酒冷了，老祖宗喝
一口润润嗓子再掰谎①。这一回就叫作《掰谎记》，²就出在
本朝、本地、本年、本月、本日、本时，老祖宗一张口难说
两家话，花开两朵，各表一枝，是真是谎且不表，再整观灯
看戏的人。老祖宗且让这二位亲戚吃一杯酒，看两出戏之后，
再从昨朝话言掰起，如何？"³她一面斟酒，一面笑说，未曾
说完，众人俱已笑倒。两个女先儿也笑个不住，都说："奶
奶好刚口②。奶奶要一说书，真连我们吃饭的地方都没了。"

　　薛姨妈笑道："你少兴头些！外头有人，比不得往常。"
凤姐儿笑道："外头的只有一位珍大爷。我们还是论哥哥妹
妹，从小儿一处淘气淘了这么大。这几年因做了亲，我如
今立了多少规矩。便不是从小儿的兄妹，便以伯叔论，那
《二十四孝》上'斑衣戏彩'，他们不能来'戏彩'，引老祖
宗笑一笑，我这里好容易引得老祖宗笑了一笑，多吃了一点
东西，大家喜欢，都该谢我才是，难道反笑话我不成？"⁴贾
母笑道："可是，这两日我竟没有痛痛地笑一场，倒是亏她，
才一路笑得我心里痛快了些，我再吃一钟酒。"吃着酒，又
命宝玉："也敬你姐姐一杯。"凤姐儿笑道："不用他敬，我讨
老祖宗的寿罢。"说着，便将贾母的杯拿起来，将半杯剩酒
吃了，将杯递与丫鬟，另将温水浸的杯换了一个上来。于是
各席上的杯都撤去，另将温水浸着待换的杯斟了新酒上来，
然后归坐。

　　女先儿回说："老祖宗不听这书，或者弹一套曲子听听
罢。"贾母便说道："你们两个对一套'将军令'③罢。"二人
听说，忙和弦按调拨弄起来。贾母因问："天有几更了？"众

1. "白玉为堂金作马"，能造
"天上人间诸景备"的大观
园的贾府，在贾母口中尚
谦称"中等人家"，不知"大
家"又当如何？只能凭读
者自己去拟想了。此亦"欲
穷千里目，更上一层楼"，
留有想象空间的写法。

2. 归结得恰当，让题意更醒目。

3. 学着女先儿说书的滥言俗
套腔调。

4. 回目"效戏彩斑衣"，特
于此点明出处含义。然所
指内容实不仅仅是凤姐学
女先儿说书的陈腔滥调而
已，后文耍贫嘴、说笑话
等也都包括在内。

———————————

①　掰（bāi）谎——戳穿谎言。掰，用双手将物分开。此字诸本多讹作"辨""辩"。
②　刚口——也作"纲口"。说书艺人的用语，犹言口才。
③　"将军令"——民间乐曲名。它是中调曲，由弦管乐器合奏，通称弹套。

婆子忙回："三更了。"贾母道："怪道寒浸浸的起来。"早有丫鬟拿了添换的衣裳送来。王夫人起身陪笑说道："老太太不如挪进暖阁里地炕上，倒也罢了。这二位亲戚也不是外人，我们陪着就是了。"贾母听说，笑道："既这样说，不如大家都挪进去，岂不暖和？"[1]王夫人道："恐里间坐不下。"贾母笑道："我有道理。如今也不用这些桌子，只用两三张并起来，大家坐在一处挤着，又亲香，又暖和。"众人都道："这才有趣。"

说着，便起了席。众媳妇忙撤去残席，里面直顺并了三张大桌，另又添换了果馔摆好。贾母便说："这都不要拘礼，只听我分派你们就坐才好。"说着，便让薛、李正面上坐，自己西向坐了，叫宝琴、黛玉、湘云三人皆紧依左右坐下，[2]向宝玉说："你挨着你太太。"于是邢夫人、王夫人之中夹着宝玉，宝钗等姊妹在西边，挨次下去便是娄氏带着贾菌、尤氏、李纨夹着贾兰，[3]下面横头便是贾蓉之妻。贾母便说："珍哥儿带着你兄弟们去罢，我也就睡了。"

贾珍等忙答应，又都进来。贾母道："快去罢！不用进来，才坐好了，又都起来。你快歇着，明日还有大事呢。"贾珍忙答应了，又笑道："留下蓉儿斟酒才是。"贾母笑道："正是，忘了他。"贾珍答应了一个"是"，便转身带领贾琏等出来。二人自是欢喜，便命人将贾琮、贾璜各自送回家去，便邀了贾琏去追欢买笑，不在话下。

这里贾母笑道："我正想着，虽然这些人取乐，竟没一对双全的，就忘了蓉儿。这可全了，蓉儿就合你媳妇坐在一处，倒也团圆了。"因有家人媳妇回说开戏，贾母笑道："我们娘儿们正说得兴头，又要吵起来。况且那孩子们熬夜，怪冷的。也罢，叫他们且歇歇，把咱们的女孩子们叫了来，就在这台上唱两出给他们瞧瞧。"[4]媳妇们听了，答应了出来，忙得一面着人往大观园去传人，一面二门口去传小厮们伺候。小厮们忙至戏房，将班中所有的大人一概带出，只留下小孩子们。

一时，梨香院的教习，带了文官等十二个人，从游廊角门出来。婆子们抱着几个软包，因不及抬箱，估量着贾母爱听的三五出戏的彩衣包了来。婆子们带了文官等进去见过，只垂手站着。贾母笑道："大正月里，你师父也不放你们出来逛逛？你们唱什么？刚才八出《八义》闹得我头疼，咱们清淡些好。你瞧瞧，薛姨太太、这李亲家太太，

1. 时至半夜三更，贾母兴犹未尽。

2. 仍要这三个干孙女、外孙女、侄孙女不离左右。

3. 又提贾菌、贾兰，曾孙辈中将来得出人头地者。

4. 此前演唱者文豹等一批小孩子，是临时雇来的戏班子。贾母心目中，家养于梨香院的文官等十二个女孩子，可能唱得更出彩，故想让她们也有个表演的机会。

都是有戏的人家，不知听过多少好戏的。这些姑娘都比咱们家姑娘见过好戏，听过好曲子。如今这小戏子又是那有名玩戏的人家的班子，虽是小孩子，却比大班还强。咱们好歹别落了褒贬！少不得弄个新样儿的，叫芳官唱一出《寻梦》①，只用管箫和，笙、笛一概不用。"¹ 文官笑道："这也使得。我们的戏自然不能入姨太太和亲家太太、姑娘们的眼，不过听我们一个发脱口齿②，再听一个喉咙罢了。"贾母笑道："正是这话了。"李婶、薛姨妈喜得都笑道："好个灵透孩子！她也跟着老太太打趣我们。"贾母笑道："我们这原是随便的玩意儿，又不出去做买卖，所以竟不大合时。"说着，又道："叫葵官唱一出《惠明下书》③，也不用抹脸。只用这两出，叫他们听个疏异④罢了。若省一点力，我可不依。"²

　　文官等听了出来，忙去扮演上台，先是《寻梦》，次是《下书》。众人都鸦雀无闻。薛姨妈因笑道："实在戏也看过几百班，从没见用箫管的。"贾母道："也有，只是像方才《西楼·楚江情》⑤一支，多有小生吹箫和的。这大套的实在少。这也在主人讲究不讲究罢了。这算什么出奇？"指湘云道："我像她这么大的时节，他爷爷有一班小戏，偏有一个弹琴的凑了来，即如《西厢记》的《听琴》⑥，《玉簪记》的《琴挑》⑦，《续琵琶》的《胡笳十八拍》⑧，竟成了真的了。³ 比这个更如何？"众人都道："这更难得了。"贾母便命个媳妇来，吩咐文官等，叫她们吹一套《灯月圆》。媳妇领命而去。

　　当下贾蓉夫妻二人捧酒一巡。凤姐儿因见贾母十分高兴，便笑道："趁着女先儿们在这里，不如叫她们击鼓，咱们传梅，行一个'春喜上眉梢'的令，如何？"⁴ 贾母笑道：

1. 是鼓励自家班子的话。所点经典剧目，自是清淡高雅，不致耳边喧阗，闹得人头疼。

2. 虽为自家班芳官、葵官演出表示谦虚，却不欲落人褒贬，必要求她们非卖力唱好不可，写出贾母真实心态。

3. 竟在诸著名剧目中带出曹寅的传奇剧本来，非人料想得到。作者为其先祖多才多艺的自豪感，洋溢纸上。

4. "击鼓传花"游戏，至今文娱活动中还经常使用。

---

① 《寻梦》——《牡丹亭》第十二出，写杜丽娘梦中与柳梦梅相会后，次日独自回忆梦中的情景。
② 发脱口齿——发声吐字，唱戏要求能做到字正腔圆。
③ 《惠明下书》——《西厢记》第二本第一折（一作楔子），写惠明和尚给白马将军杜确送信，请他前来普救寺解围。
④ 疏异——差异，指唱腔风格韵味不同。所点两出戏，《寻梦》由旦角唱，声调低回婉转；《下书》由净角唱，声调高亢激越。
⑤ 《西楼·楚江情》——《西楼记》第八出《病晤》中著名的曲子。
⑥ 《西厢记》的《听琴》——剧中第二本第五折，写莺莺月下听张生弹琴。
⑦ 《玉簪记》的《琴挑》——明代高濂《玉簪记》传奇剧本写尼姑陈妙常还俗嫁给潘必正的故事。第十六出《奇弄》，演出本称《琴挑》，叙二人借琴传情事。
⑧ 《续琵琶》的《胡笳十八拍》——作者祖父曹寅撰《续琵琶》又称《后琵琶》传奇剧本，写蔡文姬（琰）被南匈奴掠走，后为曹操设法赎归，夫妻团圆故事。因元代高则诚已有《琵琶记》南戏，写文姬之父蔡伯喈（邕）与赵五娘故事，故此剧称"续"或"后"。剧中《制拍》一出叙文姬创作《胡笳十八拍》诗，倾诉自己生逢乱离、流落异国的不幸遭遇。

"这是个好令，正对时对景。"忙命人取了一面黑漆铜钉花腔令鼓来，与女先儿们击着；席上取了一枝红梅。贾母笑道："若到谁手里住了，吃一杯，也要说个什么才好。"凤姐儿笑道："依我说，谁像老祖宗要什么有什么呢。我们这不会的，岂不没意思。依我说也要雅俗共赏，不如谁输了，谁说个笑话罢。"众人听了，都知道她素日善说笑话，最是她肚内有无限的新鲜趣谈。今见如此说，不但在席的诸人喜欢，连地下服侍的老小人等无不喜欢。<u>那小丫头子们都忙出去找姐唤妹的，告诉她们："快来听，二奶奶又说笑话儿了。"众丫头子们便挤了一屋子。</u>[1]

于是戏完乐罢，贾母命将些汤点果菜与文官等吃去，便命响鼓。那女先儿们皆是惯的，<u>或紧或慢，或如残漏之滴，或如进豆之疾，或如惊马之乱驰，或如疾电之光而忽暗；其鼓声慢，传梅亦慢，鼓声疾，传梅亦疾；恰恰至贾母手中，鼓声忽住。</u>[2]大家呵呵一笑，贾蓉忙上来斟了一杯。众人都笑道："自然老太太先喜了，我们才托赖些喜。"贾母笑道："这酒也罢了，只是这笑话倒有些难说。"<u>众人都说："老太太的比凤姐儿的还好还多，赏一个，我们也笑一笑儿。"</u>[3]贾母笑道："并没什么新鲜发笑的，少不得老脸皮子厚地说一个罢了。"因说道："一家子养了十个儿子，娶了十房媳妇。<u>惟有第十个媳妇聪明伶俐，心巧嘴乖。公婆最疼，</u>[4]成日家说那九个不孝顺。这九个媳妇委屈，便商议说：'咱们九个心里孝顺，只是不像那小蹄子嘴巧，所以公公婆婆老了，只说她好。这委屈向谁诉去？'大媳妇有主意，便说道：'咱们明儿到阎王庙去烧香，和阎王爷说去，问他一问：叫我们托生为人，为什么单的给那小蹄子一张乖嘴，我们都是笨的？'众人听了，都喜欢，说这主意不错。第二日，便都到阎王庙里来烧了香，九个人都在供桌底下睡着了。九个魂专等阎王驾到，左等不来，右等也不来。正在着急，只见孙行者驾着筋斗云来了，看见九个魂，便要拿金箍棒打。唬得九个魂忙跪下央求。孙行者问原故，九个人忙细细地告诉了他。孙行者听了，把脚一跺，叹了一口气道：'这原故幸亏遇见我，等着阎王来了，他也不得知道的。'九个人听了，就求说：'大圣发个慈悲，我们就好了。'孙行者笑道：'这却不难。那日你妯娌十个托生时，可巧我到阎王那里去的，因为撒了泡尿在地下，你那小婶子便吃了。你们如今要伶俐嘴乖，有的是尿，再撒泡你们吃了

1. 未说笑话，先造声势。

2. 形容得有声有色。恰至贾母手中而鼓止，非偶然碰巧，谁都知道是事先有安排，无须写出。

3. 天上众星拱北辰。众人奉承老太太，是自然之理。

4. 自言最疼心巧嘴乖的媳妇，妙！

就是了。'"[1]

　　说毕，大家都笑起来。凤姐儿笑道："好的，幸而我们都笨嘴笨腮的，不然，也就吃了猴儿尿了。"尤氏、娄氏都笑向李纨道："咱们这里谁是吃过猴儿尿的，别装没事人儿。"薛姨妈笑道："笑话儿不在好歹，只要对景就发笑。"说着，又击起鼓来。小丫头子们只要听凤姐儿的笑话，便悄悄地和女先儿说明，以咳嗽为记。[2]须臾传至两遍，刚到了凤姐儿手里，小丫头子们故意咳嗽，女先儿便住了。众人齐笑道："这可拿住她了！快吃了酒，说一个好的，别太逗得人笑得肠子疼。"[3]

　　凤姐儿想了一想，笑道："一家子也是过正月半，合家赏灯吃酒，真真的热闹非常。祖婆婆、太婆婆、婆婆、媳妇、孙子媳妇、重孙子媳妇、亲孙子、侄孙子、重孙子、灰孙子、滴滴搭搭的孙子、孙女儿、侄孙女儿、外孙女儿、姨表孙女儿、姑表孙女儿……嗳哟哟，[4]真好热闹！"众人听她说着，已经笑了，都说："听数贫嘴，又不知编派哪一个呢？"尤氏笑道："你要招我，我可撕你的嘴！"凤姐儿起身拍手笑道："人家费力说，你们混，我就不说了。"贾母笑道："你说你说，底下怎么样？"凤姐儿想了一想，笑道："底下就团团地坐了一屋子，吃了一夜酒，就散了。"

　　众人见她正言厉色地说了，便再无别话，都怔怔地还等往下说，只觉冰冷无味。[5]史湘云看了她半日，凤姐儿笑道："再说一个过正月半的。几个人抬着个房子大的炮仗往城外放去，引了上万的人跟着瞧。有一个性急的人等不得，便偷着拿香点着了。只听'噗哧'一声，众人哄然一笑，都散了。这抬炮仗的人抱怨卖炮仗的捆得不结实，没等放，就散了。"湘云道："难道他本人没听见响？"凤姐儿道："这本人原是聋子。"[6]众人听说，一回想，不觉一齐失声都大笑起来。又想着先前那一个没完的，问她："先一个怎么样？也该说完。"凤姐儿将桌子一拍，说道："好啰唆！到了第二日是十六日，年也完了，节也完了，我看着人忙着收东西还闹不清，哪里还知道底下的事了？"[7]众人听说，复又笑将起来。凤姐儿笑道："外头已经四更，依我说，老祖宗也乏了，咱们也该'聋子放炮仗——散了'罢。"尤氏等用手帕子捂着嘴，笑得前仰后合，指她说道："这个东西真会数贫嘴。"贾母笑道："真真这凤丫头，越发贫嘴了。"一面说，一面吩咐道："她提起炮仗来，咱们也把烟

1. 所谓说笑话是"雅俗共赏"，今听此说，俗则有之，雅却未必。

2. 写丫头们想听凤姐说笑话，先与击鼓者联系暗号，其实女先儿都老于此道，欲停贾母手中时，不须先招呼，自有办法。

3. 造足声势，却未必真能如此可笑。

4. 耍贫嘴者的噱头而已。

5. 大出众人所料，竟"冰冷无味"，有深意。不知乐极生悲道理者，不知"散了"之深刻含意，是真正可笑处。

6. 仍是借俗语说"散了"。

7. 岂止"冰冷无味"而已，简直是大不吉利的话。沉溺于乐事中人，哪能知道底下的事。

火放了，解解酒。"1

　　贾蓉听了，忙出去，带着小厮们就在院内安下屏架，将烟火设吊齐备。这烟火皆系各处进贡之物，虽不甚大，却极精巧，各色故事俱全，夹着各色花炮。林黛玉禀气虚弱，不禁"毕驳"之声，贾母便搂她在怀中。薛姨妈便搂着湘云。湘云笑道："我不怕。"宝钗等笑道："她专爱自己放大炮仗，还怕这个呢！"王夫人便将宝玉搂入怀内。凤姐儿笑道："我们是没人疼的了。"2尤氏笑道："有我呢，我搂着你。也不怕臊，你这会子又撒娇了，听见放炮仗，吃了蜜蜂儿屎似的，今儿又轻狂起来。"凤姐儿笑道："等散了，咱们园子里放去。我比小厮们还放得好呢。"

　　说话之间，外面一色一色地放了又放，又有许多的"满天星""九龙入云""平地一声雷""飞天十响"之类的零碎小爆竹方罢。然后又命小戏子打了一回"莲花落"①，撒了满台的钱，命那些孩子们满台抢钱取乐。又上汤时，贾母说道："夜长，觉得有些饿了。"凤姐儿忙回说："有预备的鸭子肉粥。"贾母道："我吃些清淡的罢。"凤姐儿忙道："也有枣儿熬的粳米粥，预备太太们吃斋的。"贾母笑道："不是油腻腻的，就是甜的。"凤姐儿又忙道："还有杏仁茶，只怕也甜。"贾母道："倒是这个还罢了。"说着，又命人撤去残席，外面另设上各种精致小菜。大家随便吃了些，用过漱口茶，方散。

　　十七日一早，又过宁府行礼，伺候掩了宗祠，收过影像，方回来。此日便是薛姨妈家请吃年酒。十八日便是赖大家，十九日便是宁府赖升家，二十日便是林之孝家，二十一日便是单大良家，二十二日便是吴新登家。3这几家，贾母也有去的，也有不去的，也有高兴，直待众人散了方回的，也有兴尽，半日一时就来的。凡诸亲友来请，或来赴席的，贾母一概怕拘束不会，自有邢夫人、王夫人、凤姐儿三人料理。连宝玉只除王子腾家去了，余者亦皆不会，只说贾母留下解闷。所以倒是家下人家来请，贾母可以自便之处，方高兴去逛逛，闲言不提。且说当下元宵已过4——〔下回分解。〕

1. 本以为不再专门写放爆竹烟花事，谁知仍写。

2. 黛玉禀气虚弱、湘云胆大淘气，都借放炮仗事描画一番；又见长者对小辈们的疼爱。

3. 元宵后还得忙于应付亲友、老家仆家人来请吃年酒好几天。自除夕前到元宵后，整个春节，几乎天天都写，事事不漏。别的小说中是见不到的。

4. 此句令人想起首回中一僧一道给甄士隐念的言词"好防元宵佳节后，便是烟消火灭时"，不免心惊。

----

　　① "莲花落"——民间曲名。宋时已流行，原为乞儿所唱，后为专业艺人采用，演奏时用竹板按拍伴奏。

**【总评】**

此回是上回庆元宵的延续。写众人向贾母敬酒行礼、演戏说法等事。袭人未到，凤姐回说是在照看园子，以防灯烛花炮出意外，鸳鸯因作伴。宝玉回房，未进内先听到她俩在谈心，他怕自己进去鸳鸯"又赌气走了"，便悄悄退出来，此举可见其对女儿体贴之心。

席间听女先儿说书——《凤求鸾》，才起了个头，贾母便猜到了后面情节的发展，且大加嘲讽。凤姐称之为老祖宗的《掰谎记》。这是对小说楔子中石头所说的"至若佳人才子等书，则又千部共出一套……故逐一看去，悉皆自相矛盾，大不近情理之话"的印证；评议中还带出男人"满腹文章去作贼"的比喻来，说那些书全是"前言不答后语"，"可知是诌掉了下巴的话"。

凤姐尽量引贾母笑，还举《二十四孝》中老莱子七十岁学婴儿"斑衣戏彩"，卧地作小儿啼哭以取悦双亲的故事来点回目。所以贾母说："这两日我竟没有痛痛地笑一场，倒是亏她，才一路笑得我心里痛快了些。"

梨香院文官等十二个女孩子演唱的剧目，多出自《牡丹亭》《西厢记》，可见当时已普遍流行。贾母说自己年轻时，"他爷爷有一班小戏"，弹琴的节目中有"《续琵琶》的《胡笳十八拍》"。这是曹雪芹先祖父曹寅所撰之传奇剧本，雪芹当是有意将真实素材嵌入虚构的故事情节之中。

击鼓传花，行"春喜上眉梢"令——罚说笑话，贾母以吃了猴儿尿讽"伶俐嘴乖"者，自是调笑凤姐。凤姐说了个聋子放炮仗——"都散了"的笑话，还说："到了第二日是十六日，年也完了，节也完了，我看着人忙着收东西还闹不清，哪里还知道底下的事了？"令人联想到首回癞僧念的"好防佳节元宵后，便是烟消火灭时"的话，大是不吉之兆。

放过炮仗烟火后，自十八日起到二十二日，便是赖大家等一批老婢仆家请主子们吃年酒，"贾母也有去的，也有不去的"。这样，作者用整整两回书的篇幅，详尽地写下了贾府过春节的全过程。

蔡义江新评 红楼梦

曹雪芹 著

蔡义江 评注

下

商务印书馆
The Commercial Press

责任编辑：李　节

装帧设计：李杨桦

责任印制：陈　晗

# 第 五 十 五 回

## 辱亲女愚妾争闲气　欺幼主刁奴蓄险心

【题解】

　　本回回目诸本皆同。探春代替病中凤姐管理家事，遇其生母赵姨娘的兄弟赵国基死了，探春援旧例赏银二十两，赵姨娘嫌少，前来哭闹相争，还辱骂探春，回目上句即指此。吴新登媳妇等奴婢，欺探春年轻，要试她处事能力，存心事事刁难，想看她笑话，结果一一碰了钉子，回目下句指此。蒙府本回前回末有评，虽非脂砚、畸笏等圈内人所批，但亦偶有灼见，如回前批曰："此回接上文，恰似黄钟大吕后，转出羽调商声，别有清凉滋味。"此回气氛确有不同，故有研究者视其为贾府盛衰的分界线。又回末评，从才干精明的探春尚受内外欺侮而联想到世上成事之难，叹曰："士方有志作一番事业，每读至此，不禁为之投书以起，三复流连而欲泣也！"亦能"以小见大"。

　　且说元宵已过，只因当今以孝治天下，目下宫中有一位太妃欠安，故各嫔妃皆为之减膳谢妆，<u>不独不能省亲，亦且将宴乐俱免。故荣府今岁元宵亦无灯谜之集</u>。①1

　　刚将年事忙过，<u>凤姐儿便小月</u>②了，2在家一月不能理事，天天两三个太医用药。<u>凤姐儿自恃强壮，虽不出门，然筹画计算，想起什么事来，便命平儿去回王夫人，任人谏劝，她只不听</u>。3王夫人便觉失了膀臂，一人能有许多的精神？凡有了大事，自己主张；将家中琐碎之事，一应都暂令李纨协理。李纨是个尚德不尚才的，未免逞纵了下人。王夫人便命探春合同李纨裁处，只说过了一月，凤姐将息好了，仍交与她。<u>谁知凤姐禀赋气血不足，兼年幼不知保养，平生争强斗智，心力更亏，故虽系小月，竟着实亏虚下来。一月之后，复添了下红之症</u>③。4她虽不肯说出来，众人看她面目黄瘦，便知失于调养。王夫人只令她好生服药调养，

1. 此一小段为交代无省亲、制灯谜等事所应有，实不当删去。

2. 凤姐须调养，请探春代理以显身手，亦见其因操劳伤神而落下病根也。

3. 一味逞强，绝非好事，劳心更比劳力伤身。

4. **渐酿成促寿之大症。**

————————————

①　"亦无灯谜之集"以上一小段——诸本无，当是后人删去，今从庚辰本。

②　小月——小产。俗称分娩为"坐月子"。

③　下红之症——即崩漏，妇女行经期之外，阴道仍淋漓不断地出血的病症；中医称血量少的叫"漏"，血量多的叫"崩"，危重的叫"血山崩"。

不令她操心。她自己也怕成了大症，遗笑于人，便想偷空调养，恨不得一时复旧如常。谁知一直服药调养到八九月间，才渐渐的起复过来，下红也渐渐止了。此是后话。

如今且说王夫人见她如此，探春与李纨暂难谢事，园中人多，又恐失于照管，因又特请了宝钗来，托她各处小心："老婆子们不中用，得空儿吃酒斗牌，白日里睡觉，夜里斗牌，我都知道的。[1]凤丫头在外头，她们还有个惧怕，如今她们又该取便了。好孩子，你还是个妥当人。你兄弟妹妹们又小，我又没工夫，你替我辛苦两天，照看照看。凡有想不到的事，你来告诉我，别等老太太问出来，我没话回。那些人不好了，你只管说。他们不听，你来回我，别弄出大事来才好。"宝钗听说，只得答应了。

时届孟春，黛玉又犯了嗽疾。湘云亦因时气所感，亦卧病于蘅芜苑，一天医药不断。探春同李纨相住间隔，二人近日同事，不比往年，来往回话人等亦不便，故二人议定：每日早晨，皆到园门口南边的三间小花厅上去会齐办事；[2]吃过早饭，于午错方回房。这三间厅，原系预备省亲之时众执事太监起坐之处，故省亲之后，也用不着了，每日只有婆子们上夜。如今天已和暖，不用十分修饰，只过略略地铺陈了，便可她二人起坐。这厅上也有一匾，题着"补仁谕德"①四字，家下俗呼皆只叫"议事厅"。如今她二人每日卯正至此，午正方散。凡一应执事媳妇等来往回话者，络绎不绝。

众人先听见李纨独办，各各心中暗喜，以为李纨素日是个厚道多恩无罚的，自然比凤姐儿好搪塞。便添了一个探春，也都想着不过是个未出闺阁的年轻小姐，且素日也最平和恬淡，因此都不在意，比凤姐儿前更懈怠了许多。[3]只三四日后，几件事过手，渐觉探春精细处不让凤姐，只不过是言语安静、性情和顺而已。[4]

可巧连日有王公侯伯世袭官员十几处，皆系荣、宁非亲即友，或世交之家，或有升迁，或有黜降，或有婚丧红白等事，王夫人贺吊迎送，应酬不暇，前边更无人。她二人便一日皆在厅上起坐，宝钗便一日在上房监察，至王夫人回方散。每于夜间针线暇时，临寝之先，坐了小轿，带领园中上夜人等，各处巡察一次。[5]她三人如此一理，更觉

---

① 补仁谕德——补足仁爱，晓谕德行。

1. 疏于管理，大观园出现之弊端。倘不及时整顿，恐要出事。

2. 恰如朝廷议政办事，只有大小之分。

3. 软的欺，硬的怕；放松管束，便先懈怠，人情如此。

4. 渐觉非如所愿。这是小姐身分耳，阿凤未出阁想亦如此。（庚）

5. 日夜勤政。就此组成了以探春为主的"三驾马车"。

比凤姐儿当权时倒更谨慎了些。因而里外下人都暗中抱怨说："刚刚的倒了一个'巡海夜叉'①，<sup>1</sup> 索性连夜里偷着吃酒玩的工夫都没了。"

这日，王夫人正是往锦乡侯府去赴席，李纨与探春早已梳洗，伺候出门去后，回至厅上坐了。刚吃茶时，只见吴新登的媳妇进来回说："赵姨娘的兄弟赵国基昨日死了。<sup>2</sup> 昨日回过太太，太太说知道了，叫回姑娘、奶奶来。"说毕，便垂手旁侍，再不言语。彼时来回话者不少，都打听她二人办事如何：若办得妥当，大家则安个畏惧之心；若少有嫌隙不当之处，不但不畏服，一出二门，还要编出许多笑话来取笑。吴新登的媳妇心中已有主意，若是凤姐前，她便早已献勤，说出许多主意，又查出许多旧例来，任凤姐儿拣择施行；<sup>3</sup> 如今她藐视李纨老实，探春是年轻的姑娘，所以只说出这一句话来，试她二人有何主见。探春便问李纨，李纨想了一想，便道："前儿袭人的妈死了，听见说赏银四十两，这也赏她四十两罢了。"<sup>4</sup> 吴新登家的听了，忙答应了"是"，接了对牌就走。探春道："你且回来。"<sup>5</sup> 吴新登家的只得回来。探春道："你且别支银子。我且问你：那几年老太太屋里的几位老姨奶奶，也有家里的、也有外头的这两个分别。家里的若死了人是赏多少？外头的死了人是赏多少？你且说两个我们听听。"<sup>6</sup>

一问，吴新登家的便都忘了，<sup>7</sup> 忙陪笑回说："这也不是什么大事，赏多赏少，谁还敢争不成？"探春笑道："这话胡闹。依我说，赏一百好例。若不按例，别说你们笑话，明儿也难见你二奶奶。"<sup>8</sup> 吴新登家的笑道："既这么说，我查旧账去，此时却记不得。"探春笑道："你办事办老了的，还记不得，倒来难我们。你素日回你二奶奶，也现查去？若有这道理，凤姐姐还不算利害，也就算是宽厚了！<sup>9</sup> 还不快找了来我瞧。再迟一日，不说你们粗心，反像我们没主意了。"吴新登家的满面通红，忙转身出来。众媳妇们都伸舌头，<sup>10</sup> 这里又回别的事。

一时吴家的取了旧账来。探春看时，两个家里的赏过皆是二十两，两个外头的皆赏过四十两。外还有两个外头的，一个赏过一百两，一个赏过六十两。这两笔底下皆有原故：一个是隔省迁父母之柩，外赏六十两；一个是现买

1. 管得严，总不免有抱怨。比得恰好。

2. 考验探春办事能力的大好时机到了。

3. 可恶！此媳妇是个惯于仗势欺人、有心机难对付的角色。

4. 管家办事与平日待人不同，得依照规矩处置，做不得老好人，老实人不知其中的弊害。

5. 探春精细。

6. 一问便抓到要害。

7. 不是真忘了，是装的。

8. 驳得好，尤妙在笑着说。全在理正，不在色厉。

9. 好探春！一句"倒来难我们"，直剖刁奴险心。

10. 也尝尝玫瑰花刺的厉害。

---

① 巡海夜叉、镇山太岁——对严于职守的管事者的怨称，比之为海中巡逻的恶鬼、山间守卫的凶神。

葬地，外赏二十两。探春便递与李纨看了。探春便说："给她二十两银子。把这账留下，我们细看看。"吴新登家的去了。

忽见赵姨娘进来，[1]李纨、探春忙让坐。赵姨娘开口便说道："这屋里的人都踩下我的头去还罢了。姑娘你也想一想，该替我出气才是。"一面说，一面眼泪鼻涕哭起来。探春忙道："姨娘这话说谁？我竟不解。谁踩姨娘的头？说出来，我替姨娘出气。"[2]赵姨娘道："姑娘现踩我，我告诉谁？"探春听说，忙站起来说道："我并不敢。"李纨也忙站起来劝。赵姨娘道："你们请坐下，听我说。我这屋里熬油似的熬了这么大年纪，又有你和你兄弟，这会子连袭人都不如了，我还有什么脸？连你也没脸面，别说我了！"[3]

探春笑道："原来为这个。我说我并不敢犯法违理。"一面便坐了，拿账翻与赵姨娘看，又念与她听，又说道："这是祖宗手里旧规矩，人人都依着，偏我改了不成？[4]也不但袭人，将来环儿收了外头的，自然也是同袭人一样。这原不是什么争大争小的事，讲不到有脸没脸的话上。她是太太的奴才，我是按着旧规矩办。说办得好，领祖宗的恩典、太太的恩典；若说办得不均，那是她糊涂不知福，也只好凭她抱怨去。太太连房子赏了人，我有什么有脸之处；一文不赏，我也没什么没脸之处。依我说，太太不在家，姨娘安静些养神罢了，何苦只要操心？太太满心疼我，因姨娘每每生事，几次寒心。我但凡是个男人，可以出得去，我必早走了，立一番事业，那时自有我一番道理。[5]偏我是女孩儿家，一句多话也没我乱说的。太太满心里都知道。如今因看重我，才叫我照管家务。还没有做一件好事，姨娘倒先来作践我。倘或太太知道了，怕我为难，不叫我管，那才正经没脸，连姨娘也真没脸！"[6]一面说，一面不禁滚下泪来。

赵姨娘没了别话答对，便说道："太太疼你，你越发该拉扯拉扯我们。你只顾讨太太的疼，就把我们忘了。"探春道："我怎么忘了？叫我怎么拉扯？这也问他们各人，哪一个主子不疼出力得用的人？哪一个好人用人拉扯的？"李纨在旁只管劝说："姨娘别生气。也怨不得姑娘，她满心里有拉扯，口里怎么说得出来。"[7]探春忙道："大嫂子也糊涂了。我拉扯谁？谁家姑娘们拉扯奴才了？[8]他们的好歹，你们该知道，与我什么相干！"赵姨娘气得问道："谁叫你拉扯别

1. 不用问，是吴新登家的挑唆来的。

2. 哪里是真的不解，对自己所行有信心，所以说话神闲气定。

3. 是赵姨娘口气，必是似是而非的攀比。

4. 这是块大牌，并非说改就可以改掉的。

5. 羡慕男人能建功立业，做一番大事，写"才自精明"的探春虽有大志，却受性别限制的心态是真实的。但其中也有作者对有才干、有抱负而受其他条件限制，只能屈居下位，不得酬志的男子汉的感慨寄托在。

6. 这一层是真的担心。

7. 好心人未必说妥当话。此一说岂非火上浇油。

8. 被激出来的话。若不理解在宗法制统治下大家庭的等级观念是怎么回事，可能以为探春太不近人情，甚至可责其缺乏人性。可是那个时代的人，包括作者在内却未必是这么看的。

人去了？你不当家，我也不来问你。你如今现说一是一，说二是二。如今你舅舅死了，你多给了二三十两银子，难道太太就不依你？[1] 分明太太是好太太，都是你们尖酸刻薄，可惜太太有恩无处使。姑娘放心，这也使不着你的银子。明儿等出了阁，我还想你额外照看赵家呢！如今没有长羽毛，就忘了根本，只拣高枝儿飞去了！"[2]

探春没听完，已气得脸白气噎，抽抽咽咽地一面哭一面问道："谁是我舅舅？我舅舅年下才升了九省检点，哪里又跑出一个舅舅来？[3] 我倒素习按理尊敬，越发敬出这些亲戚来了。既这么说，环儿出去，为什么赵国基又站起来，又跟他上学？为什么不拿出舅舅的款来？何苦来，谁不知道我是姨娘养的！必要过两三个月寻出由头来，彻底来翻腾一阵，生怕人不知道，故意地表白表白。也不知谁给谁没脸？幸亏我还明白，但凡糊涂不知理的，早急了！"李纨急得只管劝，赵姨娘只管还唠叨。

忽听有人说："二奶奶打发平姑娘说话来了。"[4] 赵姨娘听说，方把口止住。只见平儿走进来，赵姨娘忙陪笑让坐，又忙问："你奶奶好些？我正要瞧去，就只没得空儿。"李纨见平儿进来，因问她："来做什么？"平儿笑道："奶奶说，赵姨奶奶的兄弟没了，恐怕奶奶和姑娘不知有旧例。若照常例，只得二十两。如今请姑娘裁夺着，再添些也使得。"[5] 探春早已拭去泪痕，忙说道："又好好的添什么？谁又是二十四个月养下来的？不然，也是那出兵放马、背着主子逃出命来过的人不成？[6] 你主子真个倒巧，叫我开了例，她做好人，拿着太太不心疼的钱，乐得做人情。你告诉她，我不敢添减，混出主意。她添她施恩，等她好了出来，爱怎么添，添了去。"[7] 平儿一来时，已明白了对半，今听这一番话，越发会意。见探春有怒色，便不敢以往日喜乐之时相待，只一边垂手默侍。[8]

时值宝钗也从上房中来，探春等忙起身让坐。未及开言，又一个媳妇进来回事。因探春才哭了，便有三四个小丫鬟捧了沐盆、巾帕、靶镜等物来。此时探春因盘膝坐在矮板榻上，那捧盆的丫鬟走至跟前，便双膝跪下，高捧沐盆。那两个小丫鬟也都在旁屈膝捧着巾帕并靶镜脂粉之饰。平儿见待书不在这里，便忙上来与探春挽袖卸镯，又接过一条大手巾来，将探春面前衣襟掩了。探春方伸手向面盆中盥沐。那媳妇便回道："回奶奶、姑娘，家学里支

1. 不将两种观念的冲突写到极致，不肯罢休。"舅舅"二字又成了交集点。

2. 赵姨娘的观念，处处照顾赵家才算不忘本。

3. 两个"舅舅"，一则承认，一则否认；一则为荣，一则为耻，全由主奴而非血缘关系决定。这自然是一种扭曲。但这就是封建社会。

4. 早有预料。

5. 将球踢给探春。

6. 想测试一下探春，没门儿，两句话就顶回去了。"不然"之后，指在贾府有特殊身份的世代老仆焦大，与以前情节对上榫。"出兵放马，背着主子逃出命来"，取近百年前作者祖上有过的真事为素材。

7. 毫不客气，将球踢回给凤姐。

8. 亦善解人意者，察言观色，只做识时务人。

环爷和兰哥儿的一年公费。"平儿先道:"你忙什么! 你睁着眼看见姑娘洗脸,你不出去伺候着,先说话来。二奶奶跟前,你也这么没眼色来着? 姑娘虽然恩宽,我去回了二奶奶,只说你们眼里都没姑娘,你们都吃了亏,可别怨我! "[1]唬得那个媳妇忙陪笑说道:"我粗心了。"一面说,一面忙退出去。

探春一面匀脸,一面向平儿冷笑道:"你迟了一步,还有可笑的:连吴姐姐这么个办老了事的,也不查清楚了,就来混我们。幸亏我们问她,她竟有脸说忘了。[2]我说她回你主子事也忘了再找去? 我料着你那主子未必有耐性儿等她去找。"平儿忙笑道:"她有这一次,管包腿上的筋早折了两根。姑娘别信她们。那是她们瞅着大奶奶是个菩萨,姑娘又是个腼腆小姐,固然是托懒来混。"说着,又向门外说道:"你们只管撒野,等奶奶大安了,咱们再说。"[3]门外的众媳妇都笑道:"姑娘,你是个最明白的人,俗语说,'一人作罪一人当',我们并不敢欺蔽小姐。如今小姐是娇客①,若认真惹恼了,死无葬身之地。"平儿冷笑道:"你们明白就好了。"又陪笑向探春道:"姑娘知道二奶奶本来事多,哪里照看得这些,保不住不忽略。俗语说,'旁观者清',这几年姑娘冷眼看着,或有该添该减的去处,二奶奶没行到,姑娘竟一添减:[4]头一件,于太太的事有益;第二件,也不枉姑娘待我们奶奶的情义了。"话未说完,宝钗、李纨皆笑道:"好丫头,真怨不得凤丫头偏疼她! 本来无可添减的事,如今听你一说,倒要找出两件来斟酌斟酌,不辜负你这话。"探春笑道:"我一肚子气,没人煞性子,正要拿她奶奶出气去,偏她碰了来,说了这些话,叫我也没了主意了。"一面说,一面叫进方才那媳妇来问:"环爷和兰哥儿家学里这一年的银子,是做哪一项用的?"那媳妇便回说:"一年学里吃点心或者买纸笔,每位有八两银子的使用。"探春道:"凡爷们的使用,都是各屋里领了月钱。环哥的是姨娘领二两,宝玉的是老太太屋里袭人领二两,兰哥儿的是大奶奶屋里领。怎么学里每人又多这八两? 原来上学去的,是为这八两银子! 从今儿起把这一项蠲了。[5]平儿回去告诉你奶奶,说我的话,把这一条务必免了。"平儿笑道:"早就该免。旧年奶奶原说要免的,因年下忙,就忘了。"

1. 平儿也是好角色,眼前就为探春立威。

2. 愤犹未平。前日"倒来难我们",此日"就来混我们",说来都是刺。

3. 有这样的护法使者,还怕镇不住小鬼?"菩萨""腼腆小姐",措辞也妙。

4. 定是凤姐授意的,即便不是,也必是深知主子心意而言;竭力给探春撑腰、松绑,支持她大胆做主,放手去干。

5. 既言可添减,便先蠲免家学费用一项,有利无弊,说了就做,探春的改革,迈出了第一步。

---

① 娇客——通常多指女婿,亦指家中未婚的小姐,此即指探春。

那个媳妇只得答应着去了。就有大观园中媳妇捧了饭
盒来，待书、素云早已抬过一张小饭桌来，平儿也忙着上
菜。探春笑道："你说完了话，干你的去罢，在这里又忙什
么？"平儿笑道："我原没事的，二奶奶打发了我来，一则
说话，二则恐这里人不方便，原是叫我帮着妹妹们服侍奶
奶、姑娘的。"探春因问："宝姑娘的饭怎么不端来一处吃？"
丫鬟们听说，忙出至檐外，命媳妇去说："宝姑娘如今在厅
上一处吃，叫她们把饭送了这里来。"探春听说，便高声说
道："你别混支使人！那都是办大事的管家娘子们，你们支
使她要饭要茶的，连个高低都不知道！<sup>1</sup> 平儿这里站着，你
叫叫去。"

　　平儿忙答应了一声出来。那些媳妇们都忙悄悄地拉住
笑道："哪里用姑娘去叫，我们已有人叫去了。"一面说，
一面用手帕掸石矶上说："姑娘站了半天乏了，这太阳影里
且歇歇。"平儿便坐下。又有茶房里的两个婆子拿了个坐
褥铺下，说："石头冷，这是极干净的，姑娘将就坐一坐
罢。"平儿忙陪笑道："多谢。"一个又捧了一碗精致新茶出
来，<sup>2</sup> 也悄悄笑说："这不是我们常用的茶，原是伺候姑娘们
的，姑娘且润一润罢。"平儿忙欠身接了，因指众媳妇悄
悄说道："你们太闹得不像了。她是个姑娘家，不肯发威动
怒，这是她尊重，你们就藐视欺负她。果然招她动了大气，
不过说她一个粗糙就完了，你们就现吃不了的亏！<sup>3</sup> 她撒个
娇，太太也得让她一二分，二奶奶也不敢怎样。你们就这
么大胆子小看她，可是鸡蛋往石头上碰。"众人都忙道："我
们何尝敢大胆了，都是赵姨奶奶闹的。"平儿也悄悄地说：
"罢了，好奶奶们，'墙倒众人推'，那赵姨奶奶原有些到
三不着两的，有了事就都赖她。你们素日那眼里没人，心
术利害，我这几年难道还不知道？二奶奶若是略差一点儿
的，早被你们这些奶奶治倒了。<sup>4</sup> 饶这么着，得一点空儿，
还要难她一难，好几次没落了你们的口声<sup>①</sup>。众人都道她
利害，你们都怕她，惟我知道她心里也就不算不怕你们呢。
前儿我们还议论到这里，再不能依头顺尾，必有两场气生。
那三姑娘虽是个姑娘，你们都横看<sup>②</sup>了她。二奶奶在这些
大姑子、小姑子里头，也就只单畏她五分。<sup>5</sup> 你们这会子倒

1. 探春治家精明处，恩威并用，
此语为安抚众媳妇也，故高
声说。

2. 众媳妇婆子只怕连累自己，
连忙都来巴结平儿。

3. 劝媳妇们快快收敛，要权衡
得失，知所进退。

4. 不能全赖赵姨娘，说得在理。
必道破众媳妇眼里没人，心
术厉害，才便于管束辖治。

5. 一再为三姑娘树威信，要她
们掂掂自己的分量，比起二
奶奶来如何？

————————————

① 口声——口实，话柄。
② 横看——小看，轻视；犹俗话"把人看扁了"。

不把她放在眼里了！"

正说着，只见秋纹走来，众媳妇忙赶着问好，又说："姑娘也且歇一歇，里头摆饭呢。等撤下饭桌子来，再回话去。"秋纹笑道："我比不得你们，我哪里等得。"说着，便直要上厅去。平儿忙叫："快回来！"[1]秋纹回头，见了平儿，笑道："你又在这里充什么外围的防护？"一面回身便坐在平儿褥上。平儿悄问："回什么？"秋纹道："问一问宝玉的月银，我们的月钱，多早晚才领。"平儿道："这什么大事！你快回去告诉袭人，说我的话，凭有什么事，今儿都别回。若回一件，管驳一件；回一百件，管驳一百件。"[2]秋纹听了，忙问："这是为什么了？"平儿与众媳妇等都忙告诉她原故，又说："正要找几件利害事与有体面的人来开例，作法子镇压，与众人作榜样呢。何苦你们先来碰在这钉子上！[3]你这一去说了，她们若拿你们也作一二件榜样，又碍着老太太、太太；若不拿你们作一二件，人家又说偏一个向一个，仗着老太太、太太威势的就怕，也不敢动，只拿着软的作鼻子头①。你听听罢，二奶奶的事，她还要驳两件，才压得众人口声呢。"秋纹听了，伸舌笑道："幸而平姐姐在这里，没的臊一鼻子灰。我趁早知会她们去。"说着，便起身走了。

接着宝钗的饭至，平儿忙进来服侍。那时赵姨娘已去，三人在板床上吃饭。宝钗面南，探春面西，李纨面东。众媳妇皆在廊下静候，里头只有她们紧跟常侍的丫鬟伺候，别人一概不敢擅入。这些媳妇们都悄悄地议论说："大家省事罢，别安着没良心的主意。连吴大娘才都讨了没意思，咱们又是什么有脸的！"[4]她们一边悄议，等饭完回事。只觉里面鸦雀无声，并不闻碗箸之声。一时，只见一个丫鬟将帘栊高揭，又有两个将桌抬出。茶房内早有三个丫头捧着三沐盆水，见饭桌已出，三人便进去了。一会又捧出沐盆并漱盂来，方有待书、素云、莺儿三个每人用茶盘捧了三盖碗茶进去。一时等她三人出来，待书命小丫头子："好生伺候着，我们吃了饭来换你们，可又别偷坐着去。"众媳妇们方慢慢地一个一个地安分回事，不敢如先前轻慢疏忽了。

探春气方渐平，因向平儿道："我有一件大事，早要和你奶奶商议，如今可巧想起来。你吃了饭快来。宝姑娘也

_____

① 作鼻子头——当作开例的人。

──────────

1. 拦得是。

2. 平儿见机快，不愿见宝玉、袭人屋里人来碰钉子。

3. 难得她深知探春的用心，正要拿有体面的人开刀来作榜样。平儿的见识也是在凤姐身边修炼出来的，只是心地善良平和罢了。

4. 一场纷争，总算见到实效了。

在这里，咱们四个人商议了，再细细问你奶奶可行可止。"平儿答应回去。

凤姐因问："为何去这一日？"平儿便笑着将方才的原故细细说与她听了。凤姐儿笑道："好，好，好，好个<u>三姑娘！我说她不错。</u>[1]只可惜她命薄，没托生在太太肚里。"平儿笑道："奶奶也说糊涂话了。她便不是太太养的，难道谁敢小看她，不与别的一样看了？"凤姐儿叹道："你哪里知道，虽然庶出一样，女儿却比不得男人，将来攀亲时，如今有一种轻狂人，先要打听姑娘是正出是庶出，多有为庶出不要的。殊不知别说庶出，便是我们的丫头，比人家的小姐还强呢。将来不知哪个没造化的，挑庶正误了事呢；也不知哪个有造化的，不挑庶正的得了去。"说着，又向平儿笑道："你知道我这几年生了多少省俭的法子，一家子大约也没个不背地里恨我的。我如今也是骑上老虎了。虽然看破些，无奈一时也难宽放。<u>二则家里出去的多，进来的少</u>：凡百大小事仍是照着老祖宗手里的规矩，却一年进的产业又不及先时。多省俭了，外人又笑话，老太太、太太也受委屈，家下人也抱怨刻薄；<u>若不趁早儿料理省俭之计，再几年就都赔尽了。</u>[2]"

平儿道："可不是这话！将来还有三四位姑娘，还有两三个小爷，一位老太太，这几件大事未完呢。"凤姐儿笑道："我也虑到这里。倒也够了：<u>宝玉和林妹妹，他两个一娶一嫁，可以使不着官中的钱，老太太自有梯己拿出来。</u>[3]二姑娘是大老爷那边的，也不算。剩了三四个，满破着每人花上一万银子。环哥婆亲有限，花上三千两银子，不拘哪里省一抿子①也就够了。老太太的事出来，一应都是全了的，不过零星杂项，便费也满破三五千两。如今再俭省些，陆续也当就够了。只怕如今<u>平空再生出一两件事来，可就了不得了。</u>[4]咱们且别虑后事，你且吃了饭，快听她商议什么。这正碰了我的机会，我正愁没个膀臂。虽有个宝玉，他又不是这里头的货，纵收伏了他，也不中用。大奶奶是个佛爷，也不中用。二姑娘更不中用，亦且不是这屋里的人。四姑娘小呢。兰小子更小。环儿更是个燎毛的小冻猫子，只等有热灶火炕让他钻去罢。真真一个娘肚里跑出这样天悬地隔的两个人来，我想

① 一抿子——一点点。抿子，原是刷头发的小刷子，蘸发油极少，故用以说量少。

1. 巨眼识英雄，被凤姐连声夸好不容易。

2. 此评书人所以听出有清凉意味的"羽调商声"也。盛极而衰，入不敷出，贾府开始走下坡路了。

3. 管家人开始算经济总账了。宝黛二人将来，在其心目中似已有配成一对的预计。

4. 怕出事说不准真会出事。又算算能替代自己来治家操持诸者，除了探春外，竟再也找不出一个来。

到这里就不服。再者林丫头和宝姑娘她两个倒好，偏又都是亲戚，又不好管咱家务事。况且一个是美人灯儿，风吹吹就坏了；一个是拿定了主意，'不干己事不张口，一问摇头三不知'，也难十分去问她。¹倒只剩了三姑娘一个，心里嘴里都也来得，又是咱家的正人，太太又疼她，虽然面上淡淡的，皆因是赵姨娘那老东西闹的，心里却是和宝玉一样呢。比不得环儿，实在令人难疼，要依我的性子，早撵出去了。如今她既有这主意，正该和她协同，大家做个膀臂，我也不孤不独了。²按正理，天理良心上论，咱们有她这一个人帮着，咱们也省些心，于太太的事也有些益。若按私心藏奸上论，我也太行毒了，也该抽头退步，回头看看了；再要穷追苦克，人恨极了，暗地里笑里藏刀，咱们两个才四个眼睛、两个心，一时不防，倒弄坏了。³趁着紧溜①之中，她出头一料理，众人就把往日咱们的恨暂可解了。还有一件，我虽知你极明白，恐怕你心里挽不过来，如今嘱咐你：她虽是姑娘家，心里却事事明白，不过是言语谨慎。她又比我知书识字，更利害一层了。如今俗语说，'擒贼必先擒王'，她如今要作法开端，一定是先拿我开端。倘或她要驳我的事，你可别分辩，你只越恭敬，越说驳得是才好。千万别想着怕我没脸，和她一犟，就不好了。"⁴

平儿不等说完，便笑道："你太把人看糊涂了。我才已经行在先，这会子又反嘱咐我。"凤姐儿笑道："我是恐怕你心里眼里只有了我，一概没有别人之故，不得不嘱咐；既已行在先，更比我明白了。你又急了，满口里'你''我'起来。"平儿道："偏说'你'！你不依，这不是嘴巴子，再打一顿。难道这脸上还没尝过的不成！"凤姐儿笑道："你这小蹄子，要掂多少过子②才罢？看我病得这样，还来怄我！过来坐下，横竖没人来，咱们一处吃饭是正经。"⁵

说着，丰儿等三四个小丫头子进来放小炕桌。凤姐只吃燕窝粥，两碟子精致小菜，每日份例菜已暂减去。丰儿便将平儿的四样份例菜端至桌上，与平儿盛了饭来。平儿屈一膝于炕沿之上，半身犹立于炕下，陪着凤姐儿吃了饭，服侍漱盥。⁶漱毕，嘱咐了丰儿些话，方往探春处来。只见院中寂静，人已散出。要知端的，〔下回分解。〕

1. 自是阿凤口中对林、薛二位的形容。

2. 唯一可依靠之人。为支持大厦不倾，凤姐可谓用心矣！阿凤有才处全在择人，收纳膀臂羽翼，并非一味倚才自恃者可知。这方是大才。（庚）

3. 怃然自惕。奈何无力挽回颓势！

4. 主子与丫头想得一样，不待教而先行矣。

5. 态度亲切。凤姐之才又在能买邀人心。（己）

6. 写平儿领主子之情如此。

---

① 紧溜——紧要关头，也说成"紧留子"。

② 掂多少过子——翻腾多少遍；抓住话柄，反复说个没完。

## 【总评】

年事刚忙完，凤姐便小产了；一个月后，又添崩漏之症，服药调养到八九月间，才得以恢复。这期间，当家的事王夫人暂请李纨协理；但怕她太厚道，管不住下人，又命探春合同裁处，后来还再请宝钗也来帮着照看。三驾马车共同管家，并不比凤姐当权时稍有懈怠；故有"刚刚的倒了一个'巡海夜叉'，又添了三个'镇山太岁'"的议论。当然，在这三人中，真正起关键作用的是探春，本回就着重表现她精明的治家才干。

头一件碰上的就是吴新登的媳妇来回："赵姨娘的兄弟赵国基昨日死了。"吴家媳妇藐视李纨老实、探春年轻，存心要测试她们办事的主见，故静观不语。若有处置不当，"不但不畏服，一出二门，还要编出许多笑话来取笑"。回目中说的"欺幼主"的"刁奴"，就是指这类奴婢。李纨果然宽厚，想援引袭人丧母之例赏银四十两了事，被探春拦阻，反问吴家媳妇从前赏家里家外人的旧例。媳妇想以"记不得"来搪塞，遭到严词训斥，不得已取来旧账给探春看，探春便按规定只赏二十两。

大概受吴家媳妇的挑唆，"愚妾"赵姨娘接着便进来哭闹，说是探春踩了她的头，"连袭人都不如了"，等等，探春毫不怯让，口角锋芒，对其生母的种种丑语一一予以驳回。她完全按"祖宗手里旧规矩"办事，所以有恃无恐；又以封建宗法统治的贵族大家庭中的主奴关系定亲疏，其说法在当时也难找出漏洞来。她的话中有"谁又是二十四个月养下来的？不然，也是那出兵放马、背着主子逃出命来过的人不成？"这后一句又像是作者在不知不觉中点其军功起家的祖先曾经历过的事。

又有个媳妇来，为的是"家学里支环爷和兰哥儿的一年公费"，每人八两银子。探春问清用途，说是"凡爷们的使用，都是各屋里领了月钱的"，"从今儿起把这一项蠲（免除）了"。敢作敢当，真有杀伐决断的才干。

平儿悄悄跟众媳妇说，要她们别小看了三姑娘，否则是"鸡蛋往石头上碰"。秋纹走来，要问宝玉的月银和她们的月钱何时领，被平儿拦住，为她细析了情势，以免她去碰钉子。这是用侧笔写探春。

最后平儿回去告诉凤姐，凤姐连赞"好，好，好！好个三姑娘！我说她不错"，还嘱咐平儿"她如今要作法开端，一定是先拿我开端，倘或她要驳我的事，你可别分辩，你只越恭敬，越说驳得是才好"。知己知彼，一击两鸣，将凤姐与探春都写足了。凤姐评说诸钗之言，可谓语语中的。说宝黛"一娶一嫁，可以使不着官中的钱，老太太自有梯己拿出来"，似已认定他们将来必是一对配偶。

# 第五十六回
## 敏探春兴利除宿弊　时宝钗小惠全大体

【题解】

　　本回回目诸本差异只在上下句头一字。此用己卯、庚辰本。蒙府、戚序、杨藏、卞藏本"时宝钗"作"识宝钗"；甲辰、程高本作"贤宝钗"，均系后改。列藏本原抄同己、庚本，但"敏"被点改作"贾"，"时"被点改作"薛"。"时"是能随时俯仰、合乎时宜之意。回目是继上回情节，写敏智过人的探春对荣国府存在已久的弊端加以革除；宝钗参与其中，颇识时务，在改革大观园管理办法时，能照顾多方利益，给各处婢仆下人以一定的好处，既赢得众人好感，又不失贵族大家庭的传统。

　　话说平儿陪着凤姐儿吃了饭，服侍盥漱毕，方往探春处来。只见院中寂静，只有丫鬟、婆子、诸内壸①近人在窗外听候。

　　平儿进入厅中，她姊妹三人正议论些家务，说的便是年内赖大家请吃酒，他家花园中事故。见她来了，探春便命她脚踏上坐了，因说道："我想的事不为别的，因想着我们一月有二两月银外，丫头们又另有月钱。前儿又有人回，要我们一月所用的头油脂粉，每人又是二两。这又同才刚学里的八两一样，重重叠叠，事虽小，钱有限，看起来也不妥当。你奶奶怎么就没想到这个？"[1]

　　平儿笑道："这有个原故：姑娘们所用的这些东西，自然是该有份例。每月买办买了，令女人们各房交与我们收管，不过预备姑娘们使用就罢了；没有个我们天天各人拿着钱找人买头油又是脂粉去的理。所以外头买办总领了去，按月使女人按房交与我们的。姑娘们的每月这二两，原不是为买这些的，[2]原为的是一时当家的奶奶、太太或不在，或不得闲，姑娘们偶然一时可巧要几个钱使，省得找人去。这是恐怕姑娘们受委屈，可知这个钱并不是买这个

1. 议论到的头一件事：姑娘、丫头都领月钱外，又有脂粉钱，以为重复了。此事尚小，后面还有一件关系大的。

2. 月钱原是零花钱，非专为买脂粉而有。

────────────

　　① 内壸（kǔn 捆）——内室。

才有的。如今我冷眼看着，各房里的我们的姊妹都是现拿钱买这些东西的竟有一半。我就疑惑，不是买办脱了空，迟些日子，就是买的不是正经货，弄些使不得的东西来搪塞。"[1] 探春、李纨都笑道："你也留心看出来了。脱空是没有的，也不敢，只是迟些日子，催急了，不知哪里弄些来，不过是个名儿，其实使不得，依然得现买。就用这二两银子，另叫别人的奶妈子的或是弟兄哥哥的儿子买了来，才使得。若使了官中的人，依然是那一样的。不知他们是什么法子，是铺子里坏了不要的，他们都弄了来，单预备给我们。"平儿笑道："买办买的是那样的，他买了好的来，买办岂肯和他善开交，又说他使坏心，要夺这买办了，所以他们也只得如此。宁可得罪了里头，不肯得罪了外头办事的人。[2] 姑娘们只宁可使奶妈子们，他们也就不敢闲话了。"探春道："因此我心中不自在。钱费两起，东西又白丢一半，通算起来，反费了两折子，不如竟把买办的每月蠲了为是。[3] 此是一件事。第二件，年里往赖大家去，你也去的，你看他那小园子，比咱们这个如何？"平儿笑道："还没有咱们这一半大，树木花草也少多了。"探春道："我因和他家女儿说闲话儿。谁知那么个园子，除他们戴的花、吃的笋菜鱼虾之外，一年还有人包了去，年终足有二百两银子剩。[4] 从那日，我才知道，一个破荷叶，一根枯草根子，都是值钱的。"

宝钗笑道："真真膏粱纨袴之谈。虽是千金小姐原不知事，但你们都念过书，识字的，竟没看见朱夫子有一篇《不自弃》文①不成？"探春笑道："虽也看过，不过是勉人自励，虚比浮词，哪里都真有的？"宝钗道："朱子都有虚比浮词？那句句都是有的。你才办了两天时事，就利欲熏心，把朱子都看虚浮了。你再出去，见了那些利弊大事，越发把孔子也看虚了！"[5] 探春笑道："你这样一个通人，竟没看见《姬子》书？②当日姬子有云：'登利禄之场，处运筹之界者，窃尧舜之词，背孔孟之道……'"宝钗笑道："底下一句呢？"探春笑

1. 由平儿说出让买办总领银子买采的弊端所在，可见并非不知情。集体采购，往往犯这个毛病。

2. 都只怕挡了人家财路而得罪人。

3. 此举除弊有之：买办得不到油水了；兴利则只有能为贾府节省开支，姑娘丫头们却也并未因此受益。光做只减不添的事，恐难得到众人拥护。

4. 这一项关系较大，却是先着眼于获利。

5. 虽是说笑，却也不无微词；尤其是探春不敬朱熹之言，此正宝钗奉为圭臬者。

---

① 《不自弃》文——见南宋朱熹《朱子文集大全类编》卷二十一"庭训"。大旨说，世间万物，即如顽石、蝮蛇、人粪、草灰……也都是有用的，人更不应该自暴自弃，怨天尤人，当继承祖德，造福子孙，成就事业。或谓此文非出自朱熹，乃托名之作。

② 你这样一个通人，竟没看见《姬子》书——通人，学识渊博、贯通古今的人。姬子，当是作者虚拟的书名、人名，所引之言，也应是杜撰。姬，本为周之国姓。"姬子书"，己卯、庚辰、列藏、梦稿本均作"子书"，"没看见子书"语言不合理。蒙府本旁添"姬"字，今从甲辰、程高本。

道："如今只断章取义。念出底下一句，我自己骂我自己不成？"
宝钗道："天下没有不可用的东西，既可用，便值钱。难为你
<u>是个聪敏人，这些正事、大节目事竟没经历，也可惜迟了。"</u>[1]
李纨笑道："叫了人家来，不说正事，你们且对讲学问！"宝
钗道："学问中便是正事。<u>此刻于小事上用学问一提，那小事
越发作高一层了。</u>[2]不拿学问提着，便都流入市俗去了。"

　　<u>三人自是取笑之谈，说笑了一回，便仍谈正事。</u>[3]探春又
接着说道："咱们这园子只算比他们的多一半，加一倍算，一
年就有四百银子的利息。若此时也出脱①生发银子，自然小
器，不是咱们这样人家的事。若不派出两个一定的人来，既
有许多值钱之物，一味任人作践，也似乎暴殄天物②。<u>不如
在园子里所有的老妈妈中，拣出几个本分老诚，能知园圃事
的，准派她们收拾料理，也不必要她们交租纳税，只问她们
一年可以孝敬些什么。</u>[4]一则园子有专定之人修理，花木自然
一年好似一年的，也不用临时忙乱。二则也不至作践，白辜
负了东西。三则老妈妈们也可借此小补，不枉年日在园中辛
苦。四则亦可以省了这些花儿匠、山子匠并打扫人等的工费。
将此有余以补不足，未为不可。"宝钗正在地下看壁上的字画，
听如此说一则，便点一回头，说完，便笑道："善哉，三年之
<u>内无饥馑矣③！"</u>[5]李纨笑道："好主意。这果一行，太太必喜
欢。省钱事小，第一有人打扫，专司其职，又许她们去卖钱。
使之以权，动之以利，再无不尽职的了。"平儿道："这件事
须得姑娘说出来。我们奶奶虽有此心，也未必好出口。此刻
姑娘们在园里住着，不能多弄些玩意儿去陪衬，反叫人去监
管修理，图省钱，这话断不好出口。"

　　宝钗忙走过来，摸着她的脸笑道："<u>你张开嘴，我瞧瞧你
的牙齿、舌头是什么做的。从早起来到这会子，你说了这些话，
一套一个样子。</u>[6]也不奉承三姑娘，也没见说你奶奶才短想不
到，也并没有三姑娘说一句你就说一句是。横竖三姑娘一套
话出来，你就有一套话进去。总是三姑娘想得到的，你奶奶
也想到了，只是必有个不可办的原故。这会子又是因姑娘住
的园子，不好因省钱令人去监管。你们想想这话，<u>若果真交
与人弄钱去的，那人自然是一枝花也不许掐，一个果子也不</u>

1. 反点题，文法中又一变体
也。（己）意谓探春欲兴
利除弊，本是"正事、大
节目事"，反而从说她"没
经历""可惜迟了"等话
中点明。所谓"迟了"，
当叹其"生于末世"也。

2. 今之所谓上纲到理论高度
或找到理论依据。

3. 作者又用"金蝉脱壳"之
法。（己）意谓上面谈的
学问本是"正事"，现在
却又否定之，是有意不让
人抓住真实的意图。作者
恐有借此寄托政治人物实
行改革措施的可能。

4. "承包责任制"的想法初
步形成。

5. 借用儒家从政治国的经典
论述语来说笑，既写了
人，又令寄托在有意无意
之间。

6. 对口舌伶俐的平儿如此
夸法。

---

① 出脱——卖出去。
② 暴殄（tiǎn 舔）天物——任意糟蹋财物资源。
③ 三年之内无饥馑矣——这是宝钗套《论语》《孟子》中的惯用语，增加说话的诙谐。

许动了，姑娘们分中自然不敢，天天与小姑娘们就吵不清了。[1]她这远愁近虑，不亢不卑，她奶奶便不是和咱们好，听她这一番话，也必要自愧得变好了，不和也变和了。"探春笑道："我早起一肚子气，听她来了，忽然想起她主子来，素日当家使出来的好撒野的人，我见了她更生了气。谁知她来了，避猫鼠儿似的站了半日，怪可怜的。接着又说了那么些话，不说她主子待我好，倒说'不枉姑娘待我们奶奶素日的情意了'。[2]这一句话，不但没了气，我倒愧了，又伤起心来。我细想，我一个女孩儿家，自己还闹得没人疼没人顾的，我哪里还有好处去待人！"口内说到这里，不免又流下泪来。

李纨等见她说得恳切，又想她素日因赵姨娘每生诽谤，在王夫人跟前，亦为赵姨娘所累，亦都不免流下泪来，都忙劝道："趁今日清净，大家商议两件兴利剔弊的事，也不枉太太委托一场。又提这没要紧的事做什么？"平儿忙道："我已明白了。姑娘竟说，谁好，竟一派人，就完了。"探春道："虽如此说，也须得回你奶奶一声。我们这里搜剔小遗，已经不当。皆因你奶奶是个明白人，我才这样行，若是糊涂多蛊多妒①的，我也不肯，倒像抓她乖一般。岂可不商议了行！"[3]平儿笑道："既这样，我去告诉一声。"说着去了，半日方回，笑说："我说是白走一趟，这样好事，奶奶岂有不依的。"

探春听了，便和李纨命人将园中所有婆子的名单要来，大家参度，大概定了几个。又将她们一齐传来，李纨大概告诉与她们。众人听了，无不愿意。也有说："那一片竹子单交给我，一年工夫，明年又是一片。除了家里吃的笋，一年还可交些钱粮。"这一个说："那一片稻地交给我，一年这些玩的大小雀鸟的粮食，不必动官中钱粮，我还可以交钱粮。"探春才要说话，人回："大夫来了，进园瞧姑娘。"众婆子只得去领大夫。平儿忙说："单你们，有一百个也不成个体统，难道没有两个管事的头脑带进大夫来？"回事的那人说："有，吴大娘和单大娘她两个在西南角上聚锦门等着呢。"平儿听说，方罢了。

众婆子去后，探春问宝钗如何。宝钗笑答道："幸

---

① 多蛊（gǔ古）多妒——动辄就猜疑、妒忌别人。

1. 这话不是说说的，后来果然出现了这样的事。

2. 难怪宝钗要夸平儿，举止说话都让探春实实在在地受到感动。

3. 敬重都是互相的，将议定的事回原来的管家人凤姐，理应如此。

于始者怠于终，缮其辞者嗜其利①。"探春听了，点头称赞，便向册上指出几个人来与她三人看。平儿忙去取笔砚来。她三人说道："这一个老祝妈是个妥当的，¹ 况她老头子和她儿子，代代都是管打扫竹子，如今竟把这所有的竹子交与她。这一个老田妈本是种庄稼的，² 稻香村一带凡有菜蔬稻稗之类，虽是玩意儿，不必认真大治大耕，也须得她去，再一按时加些培植，岂不更好？"探春又笑道："可惜蘅芜苑和怡红院这两处大地方，竟没有出利息之物！"李纨忙笑道："蘅芜苑里更利害！如今香料铺并大市大庙卖的各色香料、香草儿，都不是这些东西？算起来，比别的利息更大。怡红院别说别的，单只说春夏天一季玫瑰花，共下多少花？还有一带篱笆上的蔷薇、月季、宝相②、金银藤，单这没要紧的花草干了，卖到茶叶铺、药铺去，也值几个钱。"探春笑道："原来如此。只是弄香草的，没有在行的人。"平儿忙笑道："跟宝姑娘的莺儿，她妈就是会弄这个的。³ 上回她还采了些晒干了，编成花篮葫芦给我玩的，姑娘倒忘了不成？"宝钗笑道："我才赞你，你倒来捉弄我了。"三人都诧异，都问："这是为何？"宝钗道："断断使不得！你们这里多少得用的人，一个一个闲着没事办，这会子我又弄个人来，叫那起人连我也看小了。我倒替你们想出一个人来：怡红院有个老叶妈，⁴ 她就是茗烟的娘。那是个诚实老人家，她又和我们莺儿的娘极好，不如把这事交与叶妈。她有不知的，不必咱们说，她就找莺儿的娘去商议了。哪怕叶妈全不管，竟交与那一个，那是她们私情儿，有人说闲话，也就怨不到咱们身上了。⁵ 如此一行，你们办得又至公，于事又甚妥。"李纨、平儿都道："是极。"⁶ 探春笑道："虽如此，只怕她们见利忘义。"⁷ 平儿笑道："不相干，前儿莺儿还认了叶妈做干娘，请吃饭吃酒，两家和厚得好得很呢。"⁸ 探春听了，方罢了。又共同斟酌出几人来，俱是她四人素习冷眼取中的，用笔圈出。

一时，婆子们来回："大夫已去。"将药方送上去，三人看了，一面遣人送出去取药，监派调服；一面探春与李纨明示诸人：某人管某处，"按四季，除家中定例用多少外，余者任凭你们采取了去取利，年终算账。"探春笑道："我又想

1. "祝"谐音"竹"，恰好派她管竹子。

2. 姓"田"的当然管庄稼，因事拟姓，便于读者记得。

3. 不能都一直这样说下去，叙述也须有曲折变化，故再派管花草的，便先由平儿推荐莺儿的妈（莺本不离花草树木），却又不被采纳。莺儿是宝钗的人，以宝钗为人处事之谨慎，能将有好处的事自己揽来吗？旁人会怎么看？所以必定是要避这个嫌的。

4. "叶妈"就对了，花草都有叶子；叶能成茗。

5. 想得周全，叶妈与莺儿娘极好，则有前往请教之便，而无招来闲言之虞。极妥，极妥！写宝钗之谨言慎行、深思熟虑如此。

6. 宝钗此等非与凤姐一样，此是随时俯仰，彼则逸才瑜蹈也。（己）此批合回目赠宝钗"时"字。

7. 这是探春敏智过人处，此讽亦不可少。（己）此批点回目赠探春"敏"字。

8. 夹写大观园中多少儿女家常闲景，此亦补前文之不足也。（己）

---

① 幸于始者怠于终，缮其辞者嗜其利——事情开始时感到庆幸的人到最后往往就不想干了；嘴上爱说漂亮话的人总是一味想从中得到好处。缮，修饰。

② 宝相——属蔷薇科的花。

起一件事：若年终算账归钱时，自然归到账房，仍是上头又添一层管主，还在他们手心里，又剥一层皮。¹这如今我们兴出这事来，派了你们，已是跨过他们的头去了，心里有气，只说不出来。你们年终去归账，他还不捉弄你们等什么？再者，这一年间，管什么的，主子有一全份，他们就得半份。这是家里的旧例，²人所共知的，别的偷着的在外。如今这园子里是我的新创，竟别人他手，每年归账，竟归到里头来才好。"宝钗笑道："依我说，里头也不用归账。³这个多了，那个少了，倒多了事。不如问她们谁领这一份的，她就揽一宗事去。不过是园里的人的动用。我替你们算出来了，有限的几宗事：不过是头油、胭粉、香、纸，每一位姑娘几个丫头，都是有定例的。再者，各处笤帚、撮簸、掸子，并大小禽鸟、鹿、兔吃的粮食。不过这几样，都是她们包了去，不用账房去领钱。⁴你算算，就省下多少来？"平儿笑道："这几宗虽小，一年通共算了，也省得下四百两银子。"

宝钗笑道："却又来，一年四百，二年八百两，取租的房子也能置得几间，薄地也可添几亩了。虽然还有敷余的，但她们既辛苦闹一年，也要叫她们剩些贴补贴补自家。虽是兴利节用为纲，然亦不可太啬。纵再省上二三百银子，失了大体统，也不像。⁵所以如此一行，外头账房里一年少出四五百银子，也不觉得很艰啬了，她们里头却也得些小补。这些没营生的妈妈们，也宽裕了；园子里花木，也可以每年滋长蕃盛；你们也得了可使之物。这庶几不失大体。若一味要省时，哪里不搜寻出几个钱来。凡有些余利的，一概入了官中，那时里外怨声载道，岂不失了你们这样人家的大体？如今这园里几十个老妈妈们，若只给了这几个，那剩的也必抱怨不公。⁶我才说的，她们只供给这几样，也未免太宽裕了。一年竟除这个之外，她每人不论有余无余，只叫她拿出若干贯钱来，大家凑齐，单散与这些园中的妈妈们。⁷她们虽不料理这些，却日夜也是在园中照看、当差之人，关门闭户，起早睡晚，大雨大雪，姑娘们出入，抬轿子，撑船，拉冰床①，一应粗糙活计，都是她们的差使。一年在园里辛苦到头，这园

1. 雁过拔毛的事从来都有，探春顾虑得对。

2. 管一行，捞一行的油水，还是大家庭中沿袭多年的"旧例"。切紧回目中"宿弊"二字。

3. 探春欲自己另立账户，避开账房的中间盘剥，却不如宝钗想得更妥善。

4. 至此承包制已基本确立了。

5. 着力写回目中"全大体"三字。

6. 这一层也必须考虑到，不宜厚此薄彼，犹草木之得雨露均沾。

7. 以有余补不足，是个办法。

---

①　抬轿子、拉冰床——大观园不容男子进出，故抬轿用女仆。冰床，一种在冰上可滑行的交通工具，用人力拖拉或撑杆滑行。

内既有出息，也是分内该沾带些的。[1] 还有一句至小的话，索性说破了：你们只管了自己宽裕，不分与她们些，她们虽不敢明怨，心里却都不服，只用假公济私的，多摘你们几个果子，多掐几枝花儿，你们有冤还没处诉。她们也沾带了些利息，你们有照顾不到的，她们就替你照顾了。"[2]

众婆子听了这个议论，又去了账房受辖制，又不与凤姐儿去算账，一年不过多拿出若干贯钱来，各各欢喜异常，都齐声说："愿意。强如出去被他们揉搓着，还得拿出钱来呢。"那不得管地的，听了每年终又无故得分钱，也都喜欢起来，[3] 口内说："她们辛苦收拾，是该剩些钱贴补的。我们怎么好'稳坐吃三注'①的?"宝钗笑道："妈妈们也别推辞了，这原是分内应当的。你们只要日夜辛苦些，别躲懒纵放人吃酒赌钱就是了。不然，我也不该管这事。你们一般听见，姨娘亲口嘱托我三五回，说大奶奶如今又不得闲儿，别的姑娘又小，托我照看照看。我若不依，分明是叫姨娘操心。我们奶奶又多病多痛，家务也忙。我原是个闲人，便是个街坊邻居，也要帮着些，何况是亲姨娘托我。我免不得去小就大，讲不起众人嫌我。倘或我只顾了小分，沾名钓誉，那时酒醉赌博，生出事来，我怎么见姨娘?[4] 你们那时后悔也迟了，就连你们素日的老脸也都丢了。这些姑娘小姐们，这么一所大花园，都是你们照管，皆因看得你们是三四代的老妈妈，最是循规蹈矩的，原该大家齐心顾些体统。[5] 你们反纵放别人任意吃酒赌博，姨娘听见了，教训一场犹可，倘若被那几个管家娘子听见了，她们也不用回姨娘，竟教导你们一番。你们这年老的，反受了年小的教训，虽是她们是管家，管得着你们，何如自己存些体统，她们如何得来作践?[6] 所以我如今替你们想出这个额外的进益来，也为大家齐心，把这园里周全得谨谨慎慎，使那些有权执事的看见这般严肃谨慎，且不用她们操心，她们心里岂不敬服? 也不枉替你们筹画进益，既能夺得她们之权，生你们之利，岂不行无为之治，分她们之忧?[7] 你们去细想想这话。"众人都欢声鼎沸说："姑娘说得很是。从此姑娘、奶奶只管放心，姑娘、奶奶这样疼顾我们，我们再要不体上情，天地也不容了!"[8]

1. 说得有理。

2. 今所谓须调动方方面面的积极性。

3. 果然普遍反应良好。

4. 宝钗好开导人，先从自身说起。

5. 然后抬举老妈妈，激发其自尊自重心意。

6. 又进一层，要老妈妈们自己管好园子，不让执事者"作践"。

7. 归纳起来，尽心尽责对双方都有好处。"无为之治"，说得有意思。

8. 一番开导，收效甚好，就此结束回目所标内容，以下转写甄府来人人事。

---

① 稳坐吃三注——赌博常用语，喻不费气力而赢得钱财。三注，赌博时在天门、上门、下门三处下的赌注。

刚说着，只见林之孝家的进来，说："江南甄府里家眷昨日到京，今日进宫朝贺，此刻先遣人来送礼请安。"[1]说着，便将礼单送上去。探春接了，看道是："上用的妆缎蟒缎十二匹，上用杂色缎十二匹，上用各色纱十二匹，上用宫绸十二匹，官用各色缎纱绸绫二十四匹。"李纨也看过，说："用上等封儿赏他。"因又命人去回了贾母，贾母便命人叫李纨、探春、宝钗等也都过来，将礼物看了。李纨收过一边，吩咐内库上人说："等太太回来看了再收。"贾母因说："这甄家又不与别家相同。上等赏封儿赏男人。只怕展眼又打发女人来请安，预备下尺头。"一语未完，果然人回："甄府四个女人来请安。"[2]贾母听了，忙命人带进来。

那四个人都是四十往上年纪，穿戴之物，皆比主子不甚差别。请安问好毕，贾母便命拿了四个脚踏来。她四人谢了坐，待宝钗等坐了，方才坐下。贾母便问："多早晚进京的？"四人忙起身回说："昨日进的京，今日太太带了姑娘进宫请安去了，故令女人们来请安，问候姑娘们。"贾母笑问道："这些年没进京，也不想到今年来。"四人也都笑回道："正是，今年是奉旨进京的。"贾母问道："家眷都来了？"四人回说："老太太和哥儿、两位小姐并别位太太都没来，就只太太带了三姑娘来了。"贾母道："有人家没有？"四人道："尚没有。"贾母笑道："你们大姑娘和二姑娘，这两家都和我们家甚好。"四人笑道："正是。每年姑娘们有信回去说，全亏府上照看。"贾母笑道："什么照看，原是世交，又是老亲，[3]原应当的。你们二姑娘更好，更不自尊自大，所以我们才走得亲密。"四人笑道："这是老太太过谦了。"贾母又问："你这哥儿也跟着你们老太太？"四人回说："也是跟着老太太。"贾母道："几岁了？"又问："上学不曾？"四人笑说："今年十三岁。因长得齐整，老太太很疼，自幼淘气异常，天天逃学，老爷、太太也不便十分管教。"[4]贾母笑道："也不成了我们家的了！你这哥儿叫什么名字？"四人道："因老太太当作宝贝一样，他又生得白，老太太便叫作宝玉。"[5]贾母笑向李纨等道："偏也叫个宝玉。"李纨等忙欠身笑道："从古至今，同时隔代，重名的很多。"四人也笑道："起了这小名儿之后，我们上下都疑惑，不知哪位亲友家也倒似曾有一个的。只是这十来年没进京来，却记不得真了。"贾母笑道："岂

1. 写同一家事，分情况相同的甄与贾两家来叙述，不但可互补，还可替代：前面大半部只写贾府；甄府如同虚设；到后半部，则有具体写甄府而贾府只用侧笔虚点的地方，尤其是宝玉其人。因为败落后的种种困苦悲惨状况，不再有诸如南巡接驾、下旨抄家、获罪枷号等惹眼的历史性独特标志，作者正不妨多用真事，选择有自身真切感受的故事来作素材。为此，必通过主角宝玉来点明甄与贾的同一性。虽然，甄宝玉的相同特点，在第二回贾雨村向冷子兴说过，但读者可能忽略或忘却，故须再次强调两个宝玉其实是一样的。以下所写皆为此目的而有。

2. 好，只用四个女人出面，才能继续保持只用虚笔的写法。

3. 岂止世交、老亲而已，原是此家即彼家。

4. 为人一样否？

5. 名字一样。

敢，就是我的孙子。人来！"众媳妇、丫头答应了一声，
走近几步。贾母笑道："园里把咱们的宝玉叫了来，给
这四个管家娘子瞧瞧，比他们的宝玉如何？"[1]

　　众媳妇听了，忙去了；半刻，围了宝玉进来。四
人一见，忙起身笑道："唬了我们一跳。若是我们不进
府来，倘若别处遇见，还只当我们的宝玉后赶着也进了
京呢。"[2]一面说，一面都上来拉他的手，问长问短。宝
玉忙也笑问好。贾母笑道："比你们的长得如何？"李纨
等笑道："四位妈妈才一说，可知是模样相仿了。"贾母
笑道："哪有这样巧事？大家子孩子们再养得娇嫩，除
了脸上有残疾、十分黑丑的，大概看去都是一样的齐整。
这也没有什么怪处。"四人笑道："如今看来，模样是一
样。据老太太说，淘气也一样。我们看来，这位哥儿性
情，却比我们的好些。"[3]贾母忙问："怎见得？"四人笑道：
"方才我们拉哥儿的手说话便知。我们那一个，只说我
们糊涂，慢说拉手，他的东西，我们略动一动也不依。
所使唤的人，都是女孩子们。"[4]四人未说完，李纨姊妹
等禁不住都失声笑出来。贾母也笑道："我们这会子也
打发人去见了你们宝玉，若拉他的手，他也自然勉强忍
耐一时。可知你我这样人家的孩子们，凭他们有什么刁
钻古怪的毛病儿，见了外人，必是要还出正经礼数来
的。[5]若他不还正经礼数，也断不容他刁钻去了。就是
大人溺爱的，也是他一则生得得人意，二则见人礼数，
竟比大人行出来的不错，使人见了可爱可怜，背地里所
以才纵他一点子。若一味他只管没里没外，不与大人争
光，凭他生得怎样，也是该打死的。"四人听了，都笑说：
"老太太这话正是。虽然我们宝玉淘气古怪，有时见了
人客，规矩礼数，更比大人有趣。所以无人见了不爱，
只说'为什么还打他'。殊不知他在家里无法无天，大
人想不到的话他偏会说，想不到的事他偏要行，[6]所以
老爷、太太恨得无法。就是弄性，也是小孩子的常情，
胡乱花费，这也是公子哥儿的常情，怕上学，也是小孩
子的常情，都还治得过来。第一，天生下来这一种刁
钻古怪的脾气，如何使得！"一语未了，人回："太太
回来了。"王夫人进来，问过安。她四人请了安，大概
说了两句，贾母便命歇歇去。王夫人亲捧过茶，方退
出。四人告辞了贾母，便往王夫人处来，说了一会家

1. 口说无凭，当面验证。

2. 长相一样否？

3. 故意设两人有差别处。

4. 厌恶婆子爱女儿还是一样。

5. 贾母的话否定了媳妇说贾家宝玉
性情好些的话，结果仍是一样。

6. 故有"混世魔王"之号，"行为
偏僻性乖张"之评。

务，打发她们回去，不必细说。

　　这里贾母喜得逢人便告诉，也有一个宝玉，也都一般形景。众人都为天下之大，世宦之多，同名者也甚多，祖母溺爱孙儿者亦古今所有常事耳，不是什么罕事，故皆不介意。独宝玉是个迂阔呆公子的心性，<sup>1</sup>自为是那四人承悦贾母之词。后至蘅芜苑去看湘云病去，史湘云说他：“你放心闹罢，先是‘单丝不成线，独树不成林’，如今有了个对子，闹急了，再打狠了，你逃走到南京找那一个去。”宝玉道：“哪里的谎话，你也信了，偏又有个宝玉了？”湘云道：“怎么列国有个蔺相如，汉朝又有个司马相如①呢？”宝玉笑道：“这也罢了，偏又模样儿也一样，这是没有的事。”湘云道：“怎么匡人看见孔子，只当是阳虎②呢？”宝玉笑道：“孔子、阳虎虽同貌，却不同名，蔺与司马虽同名，而又不同貌，偏我和他就两样俱同不成？”湘云没了话答对，<sup>2</sup>因笑道：“你只会胡搅，我也不和你分证。有也罢，没也罢，与我无干。”说着，便睡下了。

　　宝玉心中便又疑惑起来：“若说必无，然亦似必有；若说必有，又并无目睹。”心中闷闷，回至房中榻上默默盘算，不觉就忽忽地睡去，不觉竟到了一座花园之内。宝玉诧异道：“除了我们大观园，竟又有这一个园子？”<sup>3</sup>正疑惑间，从那边来了几个女儿，都是丫鬟。宝玉又诧异道：“除了鸳鸯、袭人、平儿之外，也竟还有这一干人？”<sup>4</sup>只见那些丫鬟笑道：“宝玉怎么跑到这里来了？”宝玉只当是说他，自己忙来陪笑，说道：“因我偶步到此，不知是哪位世交的花园。好姐姐们，带我逛逛。”众丫鬟都笑道：“原来不是咱们家的宝玉。他生得倒也还干净，嘴儿也倒乖觉。”宝玉听了忙道：“姐姐们，这里也竟还有个宝玉？”丫鬟们忙道：“‘宝玉’二字，我们是奉老太太、太太之命，为保佑他延寿消灾的。我们叫他，他听见喜欢。你是哪里远方来的臭小厮，也乱叫起来！<sup>5</sup>仔细你的臭肉，不打烂你的！”又一个丫鬟笑道：“咱们快走罢，别叫宝玉看见。”又说：“同这臭小厮说了话，把咱们熏臭了！”说着，一径去了。

1. 此事别人不介意，他介意，必定要分证是真话谎话。

2. 这一驳有理，疑惑仍不得解。

3. 进入花园最平常不过，之所以“诧异”，可见必两园十分相似。写园可知。（己）

4. 若非相貌很像，也应姣好可比。写人可知，妙在并不说“更强”二字。（己）

5. 巧在这些话数回前麝月对坠儿的娘也说过。

---

①　蔺相如、司马相如——蔺相如，战国时期赵国的上卿。司马相如，西汉武帝时的大赋家。

②　匡人看见孔子，只当是阳虎——阳虎，即阳货，春秋时期鲁国人，曾欺压过匡（地属卫国，在今河南睢县西）人，后孔子过匡时，匡人错认作是阳虎，将他拘留了五天。事见《史记·孔子世家》。

宝玉纳闷道："从来没有人如此荼毒①我，她们如何竟这样？真亦有我这样一个人不成？"一面想，一面顺步早到了一所院内。宝玉又诧异道："除了怡红院，也竟还有这么一个院落？"¹忽上了台矶，进入屋内，只见榻上有一个人卧着，那边有几个女孩儿做针线，也有嘻笑玩耍的。只见榻上那个少年叹了一声。一个丫鬟笑问道："宝玉，你不睡又叹什么？想必为你妹妹病了，你又胡愁乱恨呢。"²

宝玉听说，心下也便吃惊。只见榻上少年说道："我听见老太太说，长安都中也有个宝玉，和我一样的性情，我只不信。我才作了一个梦，竟梦中到了都中一个花园子里头，遇见几个姐姐，都叫我臭小厮，不理我。我好容易找到他房里，偏他睡觉，³空有皮囊，真性不知哪去了。"宝玉听说，忙说道："我因找宝玉来到这里。原来你就是宝玉！"榻上的忙下来拉住，笑道："原来你就是宝玉！这可不是梦里了？"宝玉道："这如何是梦？真而又真了。"⁴一语未了，只见人来说："老爷叫宝玉。"唬得二人皆慌了。一个宝玉就走，一个宝玉便忙叫："宝玉快回来，快回来！"⁵

袭人在旁，听他梦中自唤，忙推醒他，笑问道："宝玉在哪里？"此时宝玉虽醒，神意尚恍惚，因向门外指说："才出去了。"袭人笑道："那是你梦迷了。你揉眼细瞧瞧，是镜子里照的你的影儿。"⁶宝玉向前瞧了一瞧，原是那嵌的大镜对面相照，自己也笑了。早有人捧过漱盂茶卤②来，漱了口。麝月道："怪道老太太常嘱咐说，小人屋里不可多有镜子。小人魂不全，有镜子，照多了，睡觉惊恐作胡梦。⁷如今倒在大镜子那里安了一张床。有时放下镜套还好；往前去，天热困倦不定，哪里想得到放它，比如方才就忘了。自然是先躺下照着影儿玩的，一时合上眼，自然是胡梦颠倒；不然，如何看着自己叫自己的名字？不如明儿挪进床来是正经。"一语未了，只见王夫人遣人来叫宝玉，不知有何话说，⁸〔且听下回分解。〕

1. 居然也还有个怡红院。

2. 南京的宝玉愁恨也与都中的宝玉一样。

3. 梦中说梦，玄而又玄，恰恰是太虚幻境的对联："假作真时真亦假，无为有处有还无。"

4. 你说是梦还是真？

5. 山鸟自呼名。

6. 写成两个宝玉，本是作者镜中影的思路。

7. 作者给自己虚构幻设的情节，找出一个理由来解释，以免荒诞不经之讥。

8. 此下紧接"慧紫鹃试忙玉"。（己）

---

① 荼毒——这里是侮辱的意思。
② 茶卤——浓酽的茶汁。

## 【总评】

上回已表探春治家精明才干，此回进一步写她在管理家务中实施兴利除弊的改革；宝钗参与重要决策，使改革措施的推行，减少了阻力。探春名字前加一"敏"字，是说她目光敏锐，能及时发现弊端之所在；宝钗名字前加一"时"字，是说她识时务、合时宜，能顾全大局的意思。以前评论探春的改革，多着重说她是改良主义者，小小的局部的改革措施，挽救不了贾府趋向衰败、覆灭的命运。这话虽不错，但对探春来说，未免是苛求，一个未出阁的姑娘怎么可能成为这样一个内外关系极其复杂的贵族大家庭的命运的主宰呢？

探春前已将家学的公费蠲了，如今又发现外头买办总管每月将各房的奶奶、小姐、丫头们买头油、脂粉的钱都领了去，而买来的东西质地差，不合用，众姊妹还得另外再自己花钱去买，造成"钱费两起，东西又白丢一半"的浪费，于是把给买办的钱也蠲了。改革就这样继续着。

探春到赖大家去时，见他家的小园子虽不及自家园子一半大，却除了能供应戴花及笋菜鱼虾外，年终时足有二百两银子的剩余。于是兴起了管理制度改革的念头。她与宝钗讨论，扯出朱子《不自弃》文、《姬子》书等，都是为实施改革找理论依据，所谓"此刻于小事上用学问一提，那小事越发作高一层了"。探春想出的办法，用今天的话来说，也许就是"家庭生产承包制"。她还列举了这办法的四大好处。于是就选择可靠的承包对象，结果由祝妈管竹林，田妈管庄稼，叶妈管花花草草，皆随事起姓。

宝钗考虑问题更周全，她觉得如此创举，应尽量照顾好各方面的关系，减少矛盾。革弊"虽以兴利节用为纲"，但也不能光想着多收银子，不给承包者"宽裕"些，"太啬"了，这个家反"失了大体统"。既言包，索性将各房里的化妆用品、清洁用具以及养家禽牲畜的粮食饲料等也都包了出去，不向外头账房领取，让账房一年能少支出四五百两银。同时，又让承包者除规定上交之银、供给之物以外，每人还拿出若干贯钱来，凑齐了，"单散与这些园中的妈妈们"。因为大多数妈妈并不包地，但照看这园子，当差、关门闭户、抬轿、撑船，一应活计，都缺不了她们。妈妈们因可以稳得补贴，都感激宝钗的照顾。宝钗说："这原是分内应当的。你们只要日夜辛苦些，别躲懒纵放人吃酒赌钱就是了。"说话尽量讲透道理，让众人心里悦服，因而都说："从此姑娘、奶奶只管放心，姑娘、奶奶这样疼顾我们，我们再要不体上情，天地也不容了！"

后半回内容是回目中不标明的，说江南甄府家眷到京，进宫朝贺。但主要目的在于再次提起甄家宝玉与贾家宝玉全然一样，甚至让贾宝玉在午梦中照到自己的镜中影。这大概与作者让甄、贾两家事互为补充、以假存真的特殊艺术构思有关。甄宝玉是上半部书中不正面写的，到下半部，则要写到，所谓"真事欲显，假事将尽"（第七十一回脂评）也。写甄，也就等于写贾。故脂评批"金满箱，银满箱，展眼乞丐人皆谤"称"甄玉、贾玉一干人"。又说有"甄宝玉送玉"情节，以为"乃通部书之大过节、大关键"之一（第十七、十八回脂评）。甄与贾相似相关，虽在"冷子兴演说"一回说起过，但恐读者忘却，故再于此一提。

# 第 五 十 七 回
## 慧紫鹃情辞试忙玉　慈姨妈爱语慰痴颦

【题解】

　　本回回目诸本在选择用字上颇有差异。蒙府、甲辰、程高本"忙玉"作"莽玉";戚序、杨藏、卞藏本"忙玉"作"宝玉","姨妈"作"姨母";列藏本除"忙玉"作"宝玉"外,"慈姨妈"作"薛姨妈",皆不称对仗。此用己卯、庚辰本回目,有上回末条脂评可证其为原拟。上句谓慧心的紫鹃在宝玉前谎称黛玉要被接回苏州老家去,以试探他对小姐是否有真情。宝玉称"忙玉",因宝钗给他取过"无事忙"的诨号(第三十七回),在此回情节中,也因宝玉信了谎言忽成傻呆,凭空给一家人添了忙乱。下句谓慈祥的薛姨妈出于对黛玉的疼爱,说了自己对她将来终身大事的想法,以劝慰痴心的颦儿不妨宽怀。用"慈""爱""慰"等正面的褒词,而非"奸""假""诳"等贬词,可知作者对人物的态度是明确的,很值得注意。

　　话说宝玉听王夫人唤他,忙至前边来,原来是王夫人要带他拜甄夫人去。宝玉自是欢喜,忙去换衣服,跟了王夫人到那里。见其家中形景,自与荣、宁不甚差别,或有一二稍盛者。细问,果有一宝玉。甄夫人留席,竟日方回,宝玉方信。因晚间回家来,王夫人又吩咐预备上等的席面,定名班大戏,请过甄夫人母女。后二日,她母女便不作辞,回任去了,无话。

　　这日,宝玉因见湘云渐愈,然后去看黛玉。正值黛玉才歇午觉,宝玉不敢惊动,因紫鹃正在回廊上,手里做针黹,便上来问她:"昨日夜里咳嗽可好了?"紫鹃道:"好些了。"宝玉笑道:"阿弥陀佛!宁可好了罢。"[1]紫鹃笑道:"你也念起佛来,真是新闻!"宝玉笑道:"所谓'病笃乱投医'了。"一面说,一面见她穿着弹墨绫薄绵袄,外面只穿着青缎夹背心,宝玉便伸手向她身上摸了一摸,说道:"穿这样单薄,还在风口里坐着![2]春天风馋①,时气又不好,你再病了,越

1. 黛玉的病成了宝玉的心病,可惜是"空劳牵挂"。

2. 虽出于关心,举动总太轻率,亦性情使然。

――――――――――――

　　① 风馋——风容易侵袭人体致病。

发难了。"紫鹃便说道:"从此咱们只可说话,别动手动脚的,一年大二年小的,叫人看着不尊重。打紧的那起混账行子们背地里说你,你总不留心,还只管和小时一般行为,如何使得!姑娘常常吩咐我们,不叫和你说笑。你近来瞧她,远着你还恐远不及呢。"[1] 说着便起身,携了针线进别房去了。

宝玉见了这般景况,心中忽浇了一盆冷水一般,[2] 只瞅着竹子发了一回呆。因祝妈正来挖笋修竿,便怔怔地走出来,一时魂魄失守,心无所知,随便坐在一块山石上出神,不觉滴下泪来。直呆了五六顿饭工夫,千思万想,总不知如何是可。偶值雪雁从王夫人房中取了人参来,从此经过,忽扭项看见桃花树下石上一人,手托着腮颊出神,不是别人,却是宝玉。[3] 雪雁疑惑道:"怪冷的,他一个人在这里作什么?春天凡有残疾的人都犯病,敢是他犯了呆病了?"[4] 一边想,一边便走过来,蹲下笑道:"你在这里作什么呢?"宝玉忽见了雪雁,便说道:"你又作什么来找我?你难道不是女儿?她既防嫌,不许你们理我,你又来寻我,倘被人看见,岂不又生口舌?你快家去罢了。"雪雁听了,只当是他又受了黛玉的委屈,只得回至房中。

黛玉未醒,将人参交与紫鹃。紫鹃因问他:"太太做什么呢?"雪雁道:"也歇中觉,所以等了这半日。姐姐你听笑话儿:我因等太太的工夫,和玉钏儿姐姐坐在下房里说话儿,谁知赵姨奶奶招手儿叫我。[5] 我只当有什么话说,原来她和太太告了假,出去给她兄弟伴宿坐夜,明儿送殡去,跟她的小丫头子小吉祥儿没衣裳,要借我的月白缎子袄儿。我想她们一般也有两件子的,往脏地方去,恐怕弄脏了,自己的舍不得穿,故此借别人的。[6] 借我的弄脏了也是小事,只是我想,她素日有些什么好处到咱们跟前!所以我说了,'我的衣裳簪环,都是姑娘叫紫鹃姐姐收着呢。如今先得去告诉她,还得回姑娘呢。姑娘身上又病着,竟费了大事,误了你老出门,不如再转借罢。'"紫鹃笑道:"你这个小东西,倒也巧。你不借给她,你往我和姑娘身上推,叫人怨不着你。她这会子就下去了,还是等明日一早才去?"雪雁道:"这会子就去的,只怕此时已去了。"紫鹃点点头。雪雁道:"姑娘还没醒呢?是谁给了宝玉气受?坐在那里哭呢。"[7] 紫鹃听了,忙问:"在哪里?"雪雁道:"在沁芳亭后头桃花底下呢。"[8]

1. 君子可欺之以方。这话只能骗像宝玉这样的实心人。

2. 没有女孩子理他,这日子怎么过?宜其遍身凉透。

3. 宝玉此时的神情状态,必从一旁人眼中看出才好,于是出现了雪雁。画出宝玉来,却又不画阿颦,何等笔力!偏不从鹃写,却写一雁,更奇是仍归写鹃。(己)

4. 将呆性看成真病,还联想到残疾春天发作,真是小女孩的奇想。写妍憨女儿之心,何等新巧!(己)

5. 以为雪雁一回来,必先告诉紫鹃自己所见到宝玉的情景;偏不写,而先说赵姨娘借衣事。可知她以为宝玉受黛玉委屈是常事,见得多了,不必大惊小怪。

6. 几句话勾勒出赵姨娘小心眼、小算盘、贪小利面目,难怪人都瞧不起,雪雁也不会让她占一点儿便宜。

7. 见姑娘未醒,才知自己原先想的不对,宝玉不是受了黛玉的气,这才发问,写来合情合理。

8. 是宝黛共读《西厢记》的地方。

　　紫鹃听说，忙放下针线，又嘱咐雪雁："好生听叫。若问我，答应我就来。"说着，便出了潇湘馆，一径来寻宝玉。走至宝玉跟前，含笑说道："我不过说了那两句话，为的是大家好，你就赌气，跑了这风地里来哭，作出病来唬我。"宝玉忙笑道："谁赌气了！我因为听你说得有理。我想你们既这样说，自然别人也是这样说，将来渐渐地都不理我了，我所以想着自己伤心。"<u>紫鹃也便挨他坐着。宝玉笑道："方才对面说话，你尚走开，这会子如何又来挨我坐着？"</u>¹紫鹃道："你都忘了？几日前，你们姊妹两个正说话，赵姨娘一头走了进来，——我才听见她不在家，所以我来问你。<u>正是前日你和她才说了一句'燕窝'，就歇住了，总没提起，我正想着问你。</u>"²宝玉道："也没什么要紧。不过我想着宝姐姐也是客中，既吃燕窝，又不可间断，若只管和她要，也太托实①。虽不便和太太要，我已经在老太太跟前略露了个风声，只怕老太太和凤姐姐说了。我正要告诉她的，竟没告诉完。如今我听见一日给你们一两燕窝，这也就完了。"紫鹃道："原来是你说了，这又多谢你费心。我们正疑惑，老太太怎么忽然想起来叫人每一日送一两燕窝来呢？这就是了。"宝玉笑道："<u>这要天天吃惯了，吃上三二年就好了。</u>"紫鹃道："<u>在这里吃惯了，明年家去，哪里有这闲钱吃这个。</u>"³

　　宝玉听了，吃了一惊，忙问："谁？往哪个家去？"⁴紫鹃道："你妹妹回苏州家去。"宝玉笑道：⁵"你又说白话。苏州虽是原籍，因没了姑父姑母，无人照看，才就了来的。明年回去找谁？可见是扯谎。"⁶紫鹃冷笑道："你太看小了人。你们贾家独是大族，人口多的；除了你家，别人只得一父一母，房族中真个再无人了不成？我们姑娘来时，原是老太太心疼她年小，虽有叔伯，不如亲父母，故此接来住几年。<u>大了该出阁时，自然要送还林家的。终不成林家的女儿在你贾家一世不成？林家虽贫到没饭吃，也是世代书宦之家，断不肯将他家的人丢在亲戚家，落人的耻笑。</u>⁷所以早则明年春天，迟则秋天，这里纵不送去，林家亦必有人来接的。<u>前日夜里姑娘和我说了，叫我告诉你：将从前小时玩的东西，有</u>

────────────
　　①　托实——实心眼儿，引申为不知谦让客气，不识相。

1. 挨着宝玉坐，为挽回前一刻对他的疏远；却不回答宝玉所问，也不避开，只顾谈别的事，好像根本就没有听见，写得恰到好处。

2. 第五十二回宝玉曾对黛玉"悄悄道：'我想宝姐姐送你的燕窝——'一语未了，只见赵姨娘走了进来瞧黛玉"，就此打断了，没了下文。想不到隔了五回，忽然在此接上。小说的前后结构布局，竟精细到令人不可思议地步！

3. 正在好好地谈吃燕窝事，忽然很自然地接上一句令人捉摸不透的话。轩然大波，就此掀起。作者之笔真如神龙夭矫，风云莫测。

4. 吃惊是免不了的，还以为自己听错了呢。这句不成话，细读细嚼，方有无限神情滋味。（己）

5. 不信其言，故笑也。"笑"字奇甚！（己）

6. 遭欺诳前，偏先戳穿她是在"扯谎"，有层次。此论极是。不介意。（己）

7. 心实的宝玉终究禁不住存心哄他的紫鹃一番巧辩攻击，被忽悠了。"丢在亲戚家，落人的耻笑"云云，直如穿胸利剑。

她送你的，叫你都打点出来还她。她也将你送她的打叠了在那里呢。"¹宝玉听了，便如头顶上响了一个焦雷一般。紫鹃看他怎样回答，只不作声。忽见晴雯找来说："老太太叫你呢，谁知在这里。"²紫鹃笑道："他这里问姑娘的病症。我告诉了他半日，他只不信。你倒拉他去罢。"说着，自己便走回房去了。

晴雯见他呆呆的，一头热汗，满脸紫胀，忙拉他的手，一直到怡红院中。袭人见了这般，慌起来，只说时气所感，热汗被风扑了。无奈宝玉发热事犹小可，更觉两个眼珠儿直直的起来，口角边津液流出，皆不知觉。给他个枕头，他便睡下；扶他起来，他便坐着；倒了茶来，他便吃茶。³众人见他这般，一时忙乱起来，又不敢造次去回贾母，先便差人出去请李嬷嬷。

一时李嬷嬷来了，看了半日，问他几句话，也无回答；用手向他脉门摸了摸，嘴唇人中①上边着力掐了两下，掐得指印如许来深，竟也不觉疼。李嬷嬷只说了一声："可了不得了！""呀"的一声，便搂着放声大哭起来。急得袭人忙拉她说："你老人家瞧瞧可怕不怕，且告诉我们，去回老太太、太太去。你老人家怎么先哭起来？"李嬷嬷捶床捣枕说："这可不中用了！我白操了一世心了！"⁴袭人等以她年老多知，所以请她来看；如今见她这般一说，都信以为实，也都哭起来。

晴雯便告诉袭人，方才如此这般。袭人听了，便忙到潇湘馆来，见紫鹃正服侍黛玉吃药，也顾不得什么，便走上来问紫鹃道："你才和我们宝玉说了些什么？你瞧瞧他去，你回老太太去，我也不管了！"说着，便坐在椅上。黛玉忽见袭人满面急怒，又有泪痕，举止大变，⁵便不免也慌了，忙问："怎么了？"袭人定了一回，哭道："不知紫鹃姑娘说了些什么话，那个呆子眼也直了，⁶手脚也冷了，话也不说了，李妈妈掐着也不疼了，已死了大半个了！⁷连李妈妈都说不中用了，那里放声大哭，只怕这会子都死了！"

黛玉一听此言，李嬷嬷乃久经的老妪，说不中用了，可知必不中用。"哇"的一声，将腹中之药，一概呛出，抖肠搜肺、炽胃扇肝地痛声大嗽了几阵，一时面红发乱，

---

1. 临了再当头下此重锤，宝玉如何受得了？

2. 岔开得好。

3. 写得出。是精神上突然遭受极大打击，以致失魂落魄、丧失意志的样子。紫鹃虽极聪慧，却因太冒失，做了最愚蠢的事，殊不知黛玉是宝玉的生魂。

4. 闻言丧胆。

5. 何曾见过袭人如此急怒！

6. 直呼"那个呆子"，怨愤之情如见。

7. 情急中语，不可以寻常句法求。奇极之语！从急怒娆愁口中描出不成话之话来，方是千古奇文。五字是一口气来的。（己）

---

①　人中——穴位名，处于鼻下唇上的凹沟当中，刺激此穴，能救治昏厥，使神志清醒。

目肿筋浮，喘得抬不起头来。¹紫鹃忙上来捶背，黛玉伏枕喘息了半晌，推紫鹃道："你不用捶，你竟拿绳子来勒死我是正经！"²紫鹃哭道："我并没说什么，不过是说了几句玩话，他就认真了。"袭人道："你还不知道他那傻子！每每玩话认了真。"黛玉道："你说了什么话？趁早儿去解说，他只怕就醒过来了。"³紫鹃听说，忙下了床，同袭人到了怡红院。

谁知贾母、王夫人等已都在那里了。贾母一见了紫鹃，便眼内出火，骂道："你这小蹄子！和他说了什么？"紫鹃忙道："并没说什么，不过说了几句玩话。"谁知宝玉见了紫鹃，方"嗳呀"了一声，哭出来了。⁴众人一见，方都放下心来。贾母便拉住紫鹃，只当她得罪了宝玉，所以拉紫鹃命他打。谁知宝玉一把拉住紫鹃，死也不放，说："要去连我也带了去。"⁵众人不解，细问起来，方知紫鹃说"要回苏州去"一句玩话引出来的。贾母流泪道："我当有什么要紧大事，原来是这句玩话。"又向紫鹃道："你这孩子，素日最是个伶俐聪敏的，你又知道他有个呆根子，平白的哄他作什么？"薛姨妈劝道："宝玉本来心实，可巧林姑娘又是从小儿来的，他姊妹两个一处长了这么大，比别的姊妹更不同。这会子热剌剌地说一个去，别说他是个实心的傻孩子，便是冷心肠的大人，也要伤心。⁶这并不是什么大病，老太太和姨太太只管万安，吃一两剂药就好了。"

正说着，人回："林之孝家的、单大良家的都来瞧哥儿来了。"贾母道："难为她们想着，叫她们来瞧瞧。"宝玉听了一个"林"字，便满床闹起来，说："了不得了！林家的人接她们来了，快打出去罢！"贾母听了，也忙说："打出去罢。"又忙安慰说："那不是林家的人。林家的人都死绝了，没人来接她的，你只管放心罢！"宝玉哭道："凭他是谁，除了林妹妹，都不许姓林的！"⁷贾母道："没姓林的来，凡姓林的，我都打走了。"一面吩咐众人："以后别叫林之孝家的进园来，你们也别说'林'字。好孩子们，你们听我这句话罢！"⁸众人忙答应，又不敢笑。一时宝玉又一眼看见了十锦格子上陈设的一只金西洋自行船，便指着乱叫说："那不是接她们来的船了？湾在那里呢！"贾母忙命拿下来。袭人忙拿下来。宝玉伸手要，袭人递过去，宝玉便掖在被中，笑道："这可去

---

1. 将病中黛玉闻讯后之急痛情状，一一描摹出来，读来历历在目。

2. 如此强烈的反应，昭示宝玉就是黛玉的生命；为他而生，为他而死，将来为为他遭受的苦难而不惜流尽最后一滴眼泪，把整个生命化作一团爱的熊熊烈火以"证前缘"的感人肺腑的情节，是完全能令人信服的。

3. 知己之言。欲拯救痴心人，除此一法，别无他途。

4. 还好，还好！尚有可救！

5. 祖孙双方都写得到位。

6. 薛姨妈实话实说，充满人情味。

7. 极端无理的话，却是绝望挣扎中最真实的心声。

8. 为了宝贝孙子，什么话都依从，甚至恳求众人也如此。可怜老祖母的心！后来续书写贾母形象，恰如《孔雀东南飞》中的焦仲卿阿母。其势利可憎，竟不顾宝玉之所爱，弃病危的外孙女如敝屣，如此冷面寡恩，能相信这是同一个人吗？

不成了!"一面说,一面死拉着紫鹃不放。

一时人回:"大夫来了。"贾母忙命:"快进来。"王夫人、薛姨妈、宝钗等暂避里间。贾母便端坐在宝玉身旁。王太医进来见许多的人,忙上去请了贾母的安,拿了宝玉的手,诊了一回。那紫鹃少不得低了头,王大夫也不解何意,起身说道:<u>"世兄这症乃是急痛迷心。古人曾云:'痰迷有别:有气血亏柔,饮食不能熔化痰迷者;有怒恼中,痰裏而迷者;有急痛壅塞者。'此亦痰迷之症</u>①,<u>系急痛所致</u>,[1]<u>不过一时壅蔽,较诸痰迷似轻。"</u>贾母道:"你只说怕不怕,谁同你背药书呢!"王太医忙躬身笑说:"不妨,不妨。"贾母道:"果真不妨?"王太医道:"实在不妨,都在晚生身上。"贾母道:<u>"既如此,请到外面坐;开药方若吃好了,我另外预备好谢礼,叫他亲自捧了,送去磕头;若耽误了,我打发人去拆了太医院的大堂。"王太医只躬身笑说:"不敢,不敢。"</u>[2]他原听了说"另具上等谢礼,命宝玉去磕头",故满口说"不敢",竟未听见贾母后来说拆太医院之戏语,犹说"不敢",贾母与众人反倒笑了。一时按方煎了药来服下,果觉比先安静。无奈宝玉只不肯放紫鹃,只说她去了,便是要回苏州去了。贾母、王夫人无法,只得命紫鹃守着他,另将琥珀去服侍黛玉。

黛玉不时遣雪雁来探消息,这边事务尽知,自己心中暗叹。幸喜众人都知宝玉原有些呆气,自幼是他二人亲密,如今紫鹃之戏语亦是常情,宝玉之病亦非罕事,因不疑到别事去。

晚间,宝玉稍安,贾母、王夫人等方回房去。一夜还遣人来问讯几次。李奶母带领宋嬷嬷等几个年老人用心看守,紫鹃、袭人、晴雯等日夜相伴。<u>有时宝玉睡去,必从梦中惊醒,不是哭了,说黛玉已去,便是说有人来接。每一惊时,必得紫鹃安慰一番方罢。</u>[3]彼时贾母又命将祛邪守灵丹及开窍通神散各样上方秘制诸药,按方饮服。次日又服了王太医的药,渐次好起来。宝玉心下明白,因恐紫鹃回去,故有时或作佯狂之态,紫鹃自那日也着实后悔,如今日夜辛苦,并没有怨意。袭人等皆心安神定,因向紫鹃笑道:"都是你闹的,还得你来治。

1. 王太医毕竟不是胡庸医,略诊脉息,便一语中的,说得如此有把握,看来不会有大碍了。

2. 在这样重要关头,稍得宽慰,便说谐语,作者的幽默感随时都会表露。虽说只是戏语,这话也不是谁都说得的,只有老太君这样的身份,处在这样的心情下,才可以。

3. 这才合情合理,不能一说安静了,便恬然入梦,连惊悸也没有了。

---

① 痰迷之症——中医理论认为心主神志思虑,若神志不清,则由"痰迷心窍"所致。

也没见我们这呆子，听了风就是雨，往后怎么好！"暂且按下。

因此时湘云之症已愈，天天过来瞧看，见宝玉明白了，便将他病中狂态形容了与他瞧，引得宝玉自己伏枕而笑。<u>原来他起先那样，竟是不知的；如今听人说，还不信。</u>[1] 无人时，紫鹃在侧，宝玉又拉她的手，问道："你为什么唬我？"紫鹃道："不过是哄你玩的，你就认真了。"宝玉道："你说的那样有情有理，如何是玩话？"紫鹃笑道："那些玩话，都是我编的。林家实没了人口，纵有，也是极远的族中，也都不在苏州住，各省流寓不定。纵有人来接，老太太也必不放去的。"宝玉道："便老太太放去，我也不依。"紫鹃笑道：<u>"果真的你不依？只怕是口里的话。你如今也大了，连亲也定下了。过二三年再娶了亲，你眼睛里还有谁了？"</u>[2]

宝玉听了，又惊问："谁定了亲？定了谁？"紫鹃笑道："年里我就听见老太太说，要定下琴姑娘呢。不然，那么疼她？"宝玉笑道："人人只说我傻，你比我更傻。不过是句玩话，她已经许给梅翰林家了。果然定下了她，我还是这个形景了？先是我发誓赌咒，砸那劳什子，你都没劝过说我疯？刚刚的这几日才好了，你又来怄我。"一面说，一面咬牙切齿的，又说道：<u>"我只愿这会子立刻我死了，把心迸出来，你们瞧见了，然后连皮带骨，一概都化成一股灰；灰还有形迹，不如再化一股烟；烟还可凝聚，人还有见，须得一阵大乱风，吹得四面八方都登时散了，这才好！"</u>[3] 一面说，一面又滚下泪来。紫鹃忙上来，捂[①]他的嘴，替他擦眼泪，又忙笑解释道：<u>"你不用着急。这原是我心里着急，故来试你。"</u>[4]

宝玉听了，更又诧异，问道："你又着什么急？"紫鹃笑道："你知道，我并不是林家的人，我也和袭人、鸳鸯是一伙的，偏把我给了林姑娘使。<u>偏生她又和我极好，比她苏州带来的还好十倍，一时一刻，我们两个离不开。</u>[5]我如今心里却愁，她倘或要去了，我必要跟了她去的。我是合家在这里，我若不去，辜负了我们素日的情肠；若去，又弃了本家。所以我疑惑，故设出这谎话来问你，谁知你就傻闹起来。"宝玉笑道："原来是你愁这个，所以你是傻

---

① 捂——用手扪住。小说中皆作"握"，据今通用字改。

1. 与大醉醒后不知醉时之事差不多。

2. 不信宝玉真能如此。前薛姨妈、凤姐曾猜测贾母动过为宝玉、宝琴定亲的念头。此事紫鹃居然也略有所闻，故更为黛玉的命运担心。

3. 恨别人不理解自己的心而说出来的狠话：但愿心能昭然，有情人能感知，不辞自己形体化为乌有。

4. 点题。说出"试"字来。

5. 试之根由：感知遇之恩，紫鹃与黛玉之亲密，已如影随形。不知她后来结局如何？当亦如其名所示："啼鸟还知如许恨，料不啼清泪长啼血"（辛弃疾《贺新郎》词）了。

子。从此后再别愁了。我只告诉你一句囤话①：活着，咱们一处活着；不活着，咱们一处化灰化烟，如何？"¹紫鹃听了，心下暗暗筹画。

　　忽有人回："环爷、兰哥儿问候。"宝玉道："就说难为他们，我才睡了，不必进来。"婆子答应去了。紫鹃笑道："你也好了，该放我回去瞧瞧我们那一个去了。"宝玉道："正是这话。我昨日就要叫你去的，偏又忘了。我已经大好了，你就去罢。"紫鹃听说，方打叠铺盖、妆奁之类。宝玉笑道："我看见你文具里头有两三面镜子，你把那面小菱花的给我留下罢。我搁在枕头旁边，睡着好照，明儿出门带着也轻巧。"紫鹃听说，只得与他留下。先命人将东西送过去，然后别了众人，自回潇湘馆来。

　　林黛玉近日闻得宝玉如此形景，未免又添些病症，多哭几场。²今见紫鹃来了，问其原故，已知大愈，仍遣琥珀去服侍贾母。夜间人定后，紫鹃已宽衣卧下之时，悄向黛玉笑道："宝玉的心倒实，听见咱们去，就那样起来。"黛玉不答。紫鹃停了半晌，自言自语地说道："一动不如一静。我们这里就算好人家，别的都容易，最难得的是从小儿一处长大，脾气情性都彼此知道的了。"黛玉啐道："你这几天还不乏，趁这会子不歇一歇，还嚼什么蛆！"紫鹃笑道："倒不是白嚼蛆，我倒是一片真心为姑娘。替你愁了这几年了，无父母无兄弟，谁是知疼着热的人？趁早儿老太太还明白硬朗的时节，作定了大事要紧。俗语说，'老健春寒秋后热'②，倘或老太太一时有个好歹，那时虽也完事，只怕耽误了时光，还不得趁心如意呢。公子王孙虽多，哪一个不是三房五妾，今儿朝东，明儿朝西？娶一个天仙来，也不过三夜五夕，也丢在脖子后头了。甚至于为妾为丫头，反目成仇的。若娘家有人有势的还好些，若是姑娘这样的人，有老太太一日还好一日，若没了老太太，也只是凭人去欺负了。所以说，拿主意要紧。姑娘是个明白人，岂不闻俗语说'万两黄金容易得，知心一个也难求'？"³黛玉听了，便说道："这丫头今儿可疯了？怎么去了几日，忽然变了一个人？我明儿必回老太太，退回去，我不敢要你了。"紫鹃笑道："我说的是好话，不过叫你心里留神，并没叫你

1. 承前言而来，将彼此同命运的心愿说到底了。

2. 又偿还了不少泪。

3. 催其快拿定主意。这还用得着催吗？关键是要有人为她出面，为她作主，更要自己的病能渐渐好起来。否则，即使说定了，挨不到佳期，又有何用？

----

①　囤（dǔn）话——总起来的话。
②　老健春寒秋后热——意谓老年人的健康是难以持久的，就像春天的寒冷、秋后的暑热一样，都长不了。

去为非作歹。何苦回老太太，叫我吃了亏，又有何好处？"说着，竟自睡了。黛玉听了这话，口内虽如此说，心内未尝不伤感，待她睡了，便直泣了一夜，[1]至天明方打了一个盹儿。次日，勉强盥漱了，吃了些燕窝粥。便有贾母等亲来看视了，又嘱咐了许多话。

1. 总为报答前生神瑛侍者甘露之惠而不停地还泪。

目今是薛姨妈的生日，自贾母起，诸人皆有祝贺之礼。黛玉亦早备了两色针线送去。是日，也定了一班小戏请贾母、王夫人等，独有宝玉与黛玉二人不曾去得。至晚散时，贾母等顺路又瞧了他二人一遍，方回房去。次日，薛姨妈家又命薛蝌陪诸伙计吃了一天酒，连忙了三四天，方完备。

因薛姨妈看见邢岫烟生得端雅稳重，且家道贫寒，是个钗荆裙布①的女儿，便欲说与薛蟠为妻。因薛蟠素习行止浮奢，又恐糟踏了人家的女儿。正在踌躇之际，忽想起薛蝌未娶，看他二人，恰是一对天生地设的夫妻，[2]因谋之于凤姐儿。凤姐儿笑道："姑妈素知我们太太有些左性的，这事等我慢谋。"因贾母去瞧凤姐儿时，凤姐儿便和贾母说："薛姑妈有件事求老祖宗，只是不好启齿的。"[3]贾母忙问何事，凤姐儿便将求亲一事说了。贾母笑道："这有什么不好启齿？这是极好的好事。等我和你婆婆说了，怕她不依？"因回房来，即刻就命人来请了邢夫人过来，硬作保山。邢夫人想了一想：薛家根基不错，且现今大富，薛蝌生得又好，且贾母硬作保山，将计就计便应了。

2. 薛姨妈有主见，择媳只重人品，不嫌贫寒，不羡富贵，心地也善良淳厚，她看中的必不错。

3. 商之于凤姐就对了。她深知以薛姨妈名义先求老祖宗，就没有不成的。

贾母十分喜欢，忙命人请了薛姨妈来。二人见了，自然有许多谦辞。邢夫人即刻命人去告诉邢忠夫妇。他夫妇原是此来投靠邢夫人的，如何不依，早极口地说："妙极！"贾母笑道："我最爱管个闲事，今儿又管成了一件事，[4]不知得多少谢媒钱？"薛姨妈笑道："这是自然的。纵抬了十万银子来，只怕不希罕。但只一件，老太太既是主亲，还得一位才好。"贾母笑道："别的没有，我们家折腿烂手的人还有两个。"说着，便命人去叫过尤氏婆媳二人来。贾母告诉她原故，彼此忙都道喜。贾母吩咐道："咱们家的规矩，你是尽知的，从没有两亲

4. 得意语。因岫烟尚有自己父母和大姑邢夫人在，故称"管闲事"。

---

① 钗荆裙布——也说成"荆钗布裙"，折荆枝为钗，裁粗布作裙，形容女子贫寒俭朴。

家争礼争面的。如今你算替我在当中料理，也不可太啬，也不可太费，把他两家的事周全了回我。"尤氏忙答应了。薛姨妈喜之不尽，回家来忙命写了请帖，补送过宁府。尤氏深知邢夫人情性，本不欲管，无奈贾母亲嘱咐，只得应了，惟有忖度邢夫人之意行事。薛姨妈是个无可无不可的人，倒还易说。这且不在话下。

　　如今薛姨妈既定了邢岫烟为媳，合宅皆知。邢夫人本欲接出岫烟去住，贾母因说："这又何妨，[1]两个孩子又不能见面，就是姨太太和她一个大姑，一个小姑，又何妨？况且都是女儿，正好亲香呢。"邢夫人方罢。

　　蝌、岫二人，前次途中曾有一面之遇，大约二人心中也皆如意。只是邢岫烟未免比先时拘泥了些，不好与宝钗姊妹共处闲话，又兼湘云是个爱取戏的，更觉不好意思。幸她是个知书达礼的，虽有女儿身分，还不是那种假羞诈愧、一味轻薄造作之辈。宝钗自见她时，见她家业贫寒，二则别人之父母皆年高有德之人，独她父母偏是酒糟透之人，于女儿分中平常；邢夫人也不过是脸面之情，亦非真心疼爱。且岫烟为人雅重，迎春是个有气的死人，连她自己尚未照管齐全，如何能照管到她身上！凡闺阁中家常一应需用之物，或有亏乏，无人照管，她又不与人张口。宝钗倒暗中每相体贴接济，[2]也不敢与邢夫人知道，亦恐多心闲话之故耳。如今却世人意料之外，奇缘作成这门亲事。岫烟心中先取中宝钗，然后方取薛蝌。有时，岫烟仍与宝钗闲话，宝钗仍以姊妹相呼。

　　这日，宝钗因来瞧黛玉，恰值岫烟也来瞧黛玉，二人在半路相遇。宝钗含笑唤她到跟前，二人同走至一块石壁后，宝钗笑问她："这天还冷得很，你怎么倒全换了夹的了？"岫烟见问，低头不答。宝钗便知道又有了原故。[3]因又笑问道："必定是这个月的月钱又没得？凤丫头如今也这样没心没计了。"岫烟道："她倒想着不错日子给，因姑妈打发人和我说，一个月用不了二两银子，叫我省一两给爹妈送出去。要使什么，横竖有二姐姐的东西，能着些儿搭着就使了。[4]姐姐想，二姐姐是个老实人，也不大留心。我使她的东西，她虽不说什么，她那些妈妈、丫头，哪一个是省事的？哪一个是嘴里不尖的？我虽在那屋里，却不敢很使唤她们。过

1. 这对年轻人的婚姻就此定了。旧时习俗定亲后，在婚事举行前，新人彼此不能同处，不再见面，故邢夫人有将岫烟接出去的打算。贾母以为不妨，看来倒比她开明些。

2. 难得宝钗如此细心体贴，借自己心中所想，将岫烟父母姑姐之为人，皆用一语勾画一遍，如"酒糟透之人""脸面之情""有气的死人"，说得都很到位。

3. 关心岫烟穿着单薄，且一见其神态便知有故，何等细心！

4. 邢夫人非但对岫烟全无疼爱之情，且对贾赦前妻所生的迎春也好不到哪里去，所以才会出此馊主意。

三天五天，我倒得拿出些钱来给她们打酒买点心吃才好。因此，一月二两银子还不够使，如今又去了一两。前儿我悄悄地把绵衣服叫人当了几吊钱盘缠①。"[1] 宝钗听了，愁眉叹道："偏梅家又合家在任上，后年才进来。若是在这里，琴儿过去了，好再商议你这事，离了这里就完了。如今不先完了他妹妹的事，也断不敢先娶亲的。如今倒是一件难事。再迟两年，又怕你熬煎出病来。等我和妈再商议，有人欺负你，你只管耐些烦儿，千万别自己熬煎出病来。不如把那一两银子明儿也索性给了他们，倒都歇心。你以后也不用白给那些人东西吃，她们尖刺让她们去尖刺，很听不过了，各人走开。倘或短了什么，你别存那小家儿女气，只管找我去。并不是作亲后方如此，你一来时，咱们就好的。便怕人闲话，你打发小丫头悄悄地和我说去就是了。"[2] 岫烟低头答应了。

宝钗又指她裙上一个碧玉佩，问道："这是谁给你的？"岫烟道："这是三姐姐给的。"宝钗点头笑道："她见人人皆有，独你一个没有，怕人笑话，故此送你一个。这是她聪明细致之处。但还有一句话，你也要知道：这些妆饰，原出于大官富贵之家的小姐，你看我从头至脚，可有这些富丽闲妆？然七八年之先，我也是这样来着。如今一时比不得一时了，所以我都自己该省的就省了。将来你这一到了我们家，这些没有用的东西，只怕还有一箱子。咱们如今比不得她们了，总要一色从实守分为主，不必比她们才是。"[3] 岫烟笑道："姐姐既这样说，我回去摘了就是了。"宝钗忙笑道："你也太听说了。这是她好意送你，你不佩着，她岂不疑心？我不过是偶然提到这里，以后知道就是了。"岫烟忙又答应，又问："姐姐此时哪里去？"宝钗道："我到潇湘馆去。你且回去把那当票叫丫头送来，我那里悄悄地取出来，晚上再悄悄地送给你去，早晚好穿，不然，风扇了事大。但不知当在哪里了？"岫烟道："叫作'恒舒典'，是鼓楼西大街的。"宝钗笑道："这闹在一家去了！伙计们倘或知道了，好说'人没来，衣裳先过来了。'"[4] 岫烟听说，便知是她家的本钱，也不觉红了脸，一笑，二人走开。

宝钗就往潇湘馆来，正值她母亲也来瞧黛玉，正说

1. 原来为此。当掉绵衣只为打点姐姐房里的下人，说来够可怜的！

2. 最难得的是宝钗的真诚，其体贴与体谅，并非为了沽名钓誉。

3. "从实守分"而不慕虚荣，既律己又劝人，是话的一面；更可注意者，薛家的境况已一年不如一年，这是首次从宝钗口中说出的，与书中贾府由盛渐衰的总趋势相一致。

4. 凑巧的事生出趣话来，也由此可知薛家日常开支的一方来源。

---

① 盘缠——与通常作旅费解有别，这里是开支、花费、使用的意思。

闲话呢。宝钗笑道："妈多早晚来的？我竟不知道。"薛姨妈道："我这几天连日忙，总没来瞧瞧宝玉和她。所以今儿瞧他二个，都也好了。"黛玉忙让宝钗坐了，因向宝钗道："天下的事，真是人想不到的，怎么想得到姨妈和大舅母又作一门亲家？"薛姨妈道："我的儿，你们女孩家哪里知道，自古道：'千里姻缘一线牵'。管姻缘的有一位月下老人，预先注定，暗里只用一根红丝，把这两个人的脚绊住，凭你两家隔着海，隔着国，有世仇的，也终究有机会作了夫妇。这一件事都是出人意料之外，凭父母、本人都愿意了，或是年年在一处的，以为是定了的亲事，若月下老人不用红线拴的，再不能到一处。比如你姐妹两个的婚姻，此刻也不知在眼前，也不知在山南海北呢！"[1]宝钗道："惟有妈，说动话就拉上我们。"一面说，一面伏在她母亲怀里，笑说："咱们走罢。"黛玉笑道："你瞧！这么大了，离了姨妈，她就是个最老道①的；见了姨妈，她就撒娇儿。"薛姨妈用手摩弄着宝钗，叹向黛玉道："你这姐姐就和凤哥儿在老太太跟前一样，有了正经事，就和她商量，没了事，幸亏她开开我的心。我见了她这样，有多少愁不散的？"

黛玉听说，流泪叹道："她偏在这里这样，分明是气我没娘的人，故意来刺我的眼。"[2]宝钗笑道："妈，瞧她轻狂，倒说我撒娇儿！"薛姨妈道："也怨不得她伤心，可怜没父母，到底没个亲人。"又摩挲黛玉，笑道："好孩子，别哭。你见我疼你姐姐，你伤心了，你不知我心里更疼你呢！你姐姐虽没了父亲，到底有我，有亲哥哥，这就比你强了。我每每和你姐姐说，心里很疼你，只是外头不好带出来的。[3]你这里人多口杂，说好话的人少，说歹话的人多，不说你无依无靠，为人作人可配人疼，只说我们看老太太疼你了，我们也洑上水②去了。"[4]黛玉笑道："姨妈既这么说，我明日就认姨妈做娘，姨妈若是弃嫌不认，便是假意疼我了。"薛姨妈道："你不厌我，就认了才好。"宝钗忙道："认不得的！"[5]黛玉道："怎么认不得？"宝钗笑问道："我且问你，我哥哥还没定亲事，为什么反将邢妹妹先说与我兄弟了，是什么道理？"黛

1. 薛姨妈一番话，虽不过是世俗常谈，并无新意，但此刻由薛蝌、岫烟的意外成配而想起，感慨钗、黛姐妹二人婚姻事也难确知，就不能不说有某种预感了。

2. 心极敏感之孤女，怎禁得眼前宝钗母女间如此柔情温馨的景象？

3. 本来就很疼黛玉，见到她为没有父母疼而如此伤心，自然就更疼了。不是尽说好话哄孩子。

4. 道出对外不敢过于表露的原因：怕被旁人看作势利。贾母之疼爱黛玉，只从话中带出，是用不写而写的虚笔。

5. 怪极！这又为何？

---

①　老道——也作"老到"，老练。
②　洑（fú 副）上水——游向上游，喻巴结有权势者。洑，游泳。

玉道："他不在家，或是属相生日不对，所以先说与兄弟了。"宝钗笑道："非也。我哥哥已经相准了，只等来家就下定了，也不必提出人来。我方才说你认不得娘，你细想去。"¹说着，便和她母亲挤眼儿发笑。

　　黛玉听了，便也一头伏在薛姨妈身上，说道："姨妈不打她，我不依！"薛姨妈忙也搂她，笑道："你别信你姐姐的话，她是玩你呢！"宝钗笑道："真个的，妈明儿和老太太求了她作媳妇，岂不比外头寻的好？"²黛玉便够上来要抓她，口内笑说："你越发疯了！"薛姨妈忙也笑劝，用手分开方罢。因又向宝钗道："连邢女儿我还怕你哥哥糟蹋了她，所以给你兄弟说了。别说这孩子，我也断不肯给他。前儿老太太因要把你妹妹说给宝玉，偏生又有了人家，不然，倒是一门好亲。前儿我说定了邢女儿，老太太还取笑说，'我原要说她的人，谁知她的人没到手，倒被她说了我们的一个去了'。³虽是玩话，细想来，倒也有些意思。我想宝琴虽有了人家，我虽没人可给，难道一句话也不说？我想着，你宝兄弟老太太那样疼他，他又生得那样，若要外头说去，老太太断不中意，不如竟把你林妹妹定与他，岂不四角俱全①？"⁴

　　林黛玉先还怔怔地听，后来见说到自己身上，便啐了宝钗一口，红了脸，拉着宝钗笑道："我只打你！你为什么招出姨妈这些老没正经的话来？"⁵宝钗笑道："这可奇了！妈说你，为什么打我？"紫鹃忙也跑来，笑道："姨太太既有这主意，为什么不和太太说去？"薛姨妈哈哈笑道："你这孩子，急什么！想必催着你姑娘出了阁，你也要早些寻一个小女婿去了。"⁶紫鹃听了，也红了脸，笑道："姨太太真个倚老卖老的起来。"说着，便转身去了。黛玉先骂："又与你这蹄子什么相干？"后来见了这样，也笑起来说："阿弥陀佛！该，该，该！也臊了一鼻子灰去了！"薛

1. 宝钗已不把黛玉当外人了，所以才敢说这样的玩笑话。由玩笑话引出真主意来，十分自然。

2. "比外头寻的好"一语，更提醒了薛姨妈的想头。

3. 又补出老太太的取笑话来。所谓"她的人"指宝琴；"我们的一个"指岫烟。若说宝黛事，便没有彼此之分了。

4. 水到渠成的话。想到说出，一步步写来都合情合理。

5. 啐宝钗，还要打她，看似奇怪，却是情理必然，难道可以啐打姨妈不成？

6. 紫鹃又心急了，"试忙玉"的教训难道忘了？这样大的事，哪有刚得了主意，立刻就跑去说的？岫烟的事，都还要先与凤姐商议，是凤姐见机向老太太说的，且老太太、太太对宝玉事，早有过再等两年的话，总得看合适的机会才能提起。心急的不只有紫鹃，也还有一些评论家，为了将"慈姨妈"说成"奸姨妈"，也发问道：既有此言，怎么就不去跟贾母、王夫人说呢？还将紫鹃的话堵了回去，可知存心不良，在麻痹黛玉，多虚伪！对抱成见的人，不辩也罢。

————————————

① 四角俱全——各方面都完美无缺。

姨妈母女及屋内婆子、丫鬟都笑起来。婆子们因也笑道："姨太太虽是玩话，却倒也不差呢。到闲了时，和我们老太太一商议，姨太太竟做媒，保成这门亲事，是千妥万妥的。"薛姨妈道："我一出这主意，老太太必喜欢的。"[1]

一语未了，忽见湘云走来，手里拿着一张当票，口内笑道："这是什么账篇子？"黛玉瞧了，也不认得。[2]地下婆子们都笑道："这可是一件奇货，这个乖，可不是白教人的。"宝钗忙一把接了，看时，正是岫烟才说的当票，忙折了起来。薛姨妈忙说："那必定是哪个妈妈的当票子失落了，回来急得她们找。哪里得的？"湘云道："什么是当票子？"众人都笑道："真真是个呆子，连个当票子也不知道。"薛姨妈叹道："怨不得她，真真是侯门千金，而且又小，哪里知道这个？哪里去有这个？便是家下人有这个，她如何得见？别笑她是呆子，若给你们家小姐们看了，也都成了呆子。"众婆子笑道："林姑娘方才也不认得。别说姑娘们，此刻宝玉，他倒是外头常走出去的，只怕也还没见过呢。"薛姨妈忙将原故讲明。湘云、黛玉二人听了，方笑道："原来为此。人也太会想钱了，[3]姨妈家的当铺也有这个不成？"众人笑道："这又呆了。'天下老鸹一般黑'，岂有两样的！"薛姨妈因又问："是哪里拾的？"湘云方欲说时，宝钗忙说："是一张死了没用的，不知哪年勾了账的，香菱拿着哄她们玩的。"[4]薛姨妈听了此话是真，也就不问了。一时人来回："那府里大奶奶过来，请姨太太说话呢。"薛姨妈起身去了。

这里屋内无人时，宝钗方问湘云何处拾的。湘云笑道："我见你令弟媳的丫头篆儿，悄悄地递与莺儿。莺儿便随手夹在书里，只当我没看见。我等她们出去了，我偷着看，竟不认得。知道你们都在这里，所以拿来大家认认。"黛玉忙问："怎么，她也当衣裳不成？既当了，怎么又给你？"宝钗见问，不好隐瞒她两个，遂将方才之事，都告诉了她二人。[5]黛玉便说："兔死狐悲，物伤其

1. 再用婆子们的话突现薛姨妈的"玩话"是"不差"的，"老太太必喜欢的"。《葬花吟》有"三月香巢已垒成，梁间燕子太无情"句，探其隐寓意，当指宝黛亲事已定，宝玉忽因祸匆匆出走。一年后再回家时，已是"人去梁空巢也倾"了。所以揣测后来确是由薛姨妈出头，向老太太说了这门"定亲"事的。可"好事多磨"，突遭劫难，致使"心事终虚化"，谁又能事先料得到呢？

2. 湘、黛不认得当票，犹宝玉不识戥子。

3. 也是"不当家不知柴米贵"的话。

4. 宝钗机智如此！不亚于滴翠亭"金蝉脱壳"。

5. 隐瞒不住，说了为是，况都是闺中好友。

类。"不免感叹起来。史湘云便动了气，说："等我问着二姐姐去！我骂那起老婆子、丫头一顿，给你们出气，何如？"[1] 说着，便要走。宝钗忙一把拉住，笑道："你又发疯了，还不给我坐下呢！"黛玉笑道："你要是个男人，出去打一个抱不平儿。你又充什么荆轲、聂政①！真真好笑。"湘云道："既不叫我问她去，明儿也把她接到咱们苑里一处住去，岂不好？"宝钗笑道："明日再商量。"说着，人报三姑娘、四姑娘来了。三人听了，忙掩了口，不提此事。要知端的，且听下回分解。

1. 路见不平，准备出手，确是湘云。

【总评】

　　本回开头便了结甄府来京之事。但仍不忘说王夫人带宝玉去拜见甄夫人，见其"家中形景，自与荣、宁不甚差别"的话，以强调甄与贾原可合二为一的意图。

　　黛玉的丫头紫鹃为其主子的终身大事着急，对宝玉编了一套谎话，以试探他对黛玉的真情。试探成功了，却险些闯下大祸。作者用浓墨重彩的笔触着力描写这段故事，让读者充分领会宝黛彼此之间感情的分量和深度。宝玉听信林家要来人将黛玉接回苏州去的话和黛玉听说宝玉"眼也直了，手脚也冷了""连李妈妈都说不中用了"的话时，反应居然是同样的强烈。曹雪芹原稿八十回后，写为了痛惜知己的不幸，"绛珠之泪，至死不干，万苦不怨"，宝玉"空对着山中高士晶莹雪，终不忘世外仙姝寂寞林"，终至弃家为僧，从这一节的描写中，都能得到令人信服的印证。

　　下半回转入薛氏母女对黛玉的爱怜和关怀。在此之前，小说对薛姨妈着墨不太多，只是宝玉至梨香院探望宝钗病，被百般爱护的薛姨妈留住，让他与黛玉一道在家吃酒那次（第八回）有过一番描写，现在又再次着重写到她。但事非直入，在此之前，先写姨妈为邢岫烟说媒。她喜欢岫烟的"端雅稳重"，开始时"欲说与薛蟠为妻，因薛蟠素习行止浮奢，又恐糟蹋人家的女儿"，遂想到薛蝌，结果一说便成。在叙述过程中，也将岫烟家道贫寒，衣着短少，典当换钱等事夹入一写，更见薛氏母女对她的关心照顾。然后才转入写母女俩看望黛玉，她们谈婚论嫁，打趣玩笑，逐渐引入正题，最终薛姨妈说出自己真正的想法："我想着，你宝兄弟老太太那样疼他，他又生得那样，若要外头说去，老太太断不中意，不如竟把你林妹妹定与他，岂不四角俱全？"

　　受续书写贾母、凤姐等用"调包计"，弃黛取钗，凑成"金玉良姻"的影响，续作者和一些评论者，都对薛姨妈有贬语微词，以为她有心藏奸，言行虚伪，势利而糊涂。这是很不公平的。若从偏见看问题，则本回回目"慈姨妈爱语慰痴颦"就必须改成"奸姨妈假语诳痴颦"才符合实际了。这显然不是作者的本意。

---

　　① 荆轲、聂政——这里等于说"好汉"。荆轲，战国末期，奉燕太子丹之命行刺秦王嬴政，未成被杀。聂政，战国时期韩人，为严遂报仇，刺杀韩相侠累后自杀。均见《史记·刺客列传》。

# 第五十八回
## 杏子阴假凤泣虚凰　茜纱窗真情揆痴理

【题解】

　　本回回目诸本大体一致，只个别字有异文或抄讹。如戚序、卞藏本"茜纱窗"作"茜红纱"；甲辰本"虚凰"作"虚鸾"。此外，尚有"虚"讹作"处"，"凤"或"凰"讹作"风"者。此用己卯、庚辰本回目。上句：宝玉在往潇湘馆路上，经过山石之后一棵大杏树下，发现有人在烧纸钱，后来才知道是扮演小生的藕官哭祭已死去的扮演小旦的菂官，因为她们从前常演夫妻，日久生情。假凤虚凰，喻虚假的夫妻。神鸟凤凰，雄为凤，雌为凰。下句：菂官死后，又补蕊官为小旦，与藕官仍常演夫妻，二人情谊也还不错。芳官曾问藕官是否"得新弃旧"，她说出了一番痴情人的道理。茜纱窗，指代宝玉的住处怡红院。揆（kuí 葵），揣测。真情揆痴理，指宝玉听了芳官转告他藕官为何烧纸的秘密后，揣度藕官那些使他惊喜不已的话中的道理。

　　话说她三人因见探春等进来，忙将此话掩住不提。探春等问候过，大家说笑了一会方散。

　　谁知上回所表的那位老太妃已薨①，凡诰命等皆入朝随班，按爵守制②。敕谕天下：凡有爵之家，一年内不得筵宴音乐，庶民皆三月不得婚嫁。贾母、邢、王、尤、许婆媳祖孙等，皆每日入朝随祭，至未正以后方回。在大内偏宫二十一日后，方请灵入先陵，地名曰孝慈县③。1 这陵离都来往得十来日之功，如今请灵至此，还要停放数日，方入地宫，故得一月光景。2 宁府贾珍夫妻二人，也少不得是要去的。两府无人，因此大家计议，家中无主，少不得又大家计议，便报了尤氏产育，将她腾挪出来，协理荣、宁两处事体。因又托了薛姨妈在园内照管她姊妹、丫鬟。薛姨妈只得也挪进园来。3 因宝钗处有湘

1. 随事命名。（己）此评原误入正文，庚辰本亦然，却有墨眉批云："'命名'句似批语"。是。今据戚序本校改为批语。

2. 周到细腻之至。真细之至，不独写侯府得理，亦且将皇宫赫赫写得令人不敢坐阅。（己）

3. 尤氏岂有掌管两府诸务的才干？薛姨妈治家本领也有限，且又非贾家人，一大园子的姊妹、丫头如何照管得过来？只是能挪进园子来住，聊胜于无罢了。

――――――――――――――

① 上回所表的那位老太妃已薨（hōng 轰）——古代诸侯死叫薨，后来也用以称皇妃、诸王、大臣的死。"上回所表"，指第五十五回开始时提到"目下宫中有一位太妃欠安"一段，可是除庚辰本有那一小段外，其他诸本均已删除，因此，在其他诸本中，"上回所表"云云，都成了无本之木、无源之水了。

② 守制——遵守居丧制度的种种限制。

③ 孝慈县——作者虚拟的地名。

云、香菱；李纨处目今李婶母女虽去，然有时亦来住三五日不定，贾母又将宝琴送与她去照管；迎春处有岫烟；探春因家务冗杂，且不时有赵姨娘与贾环来嘈聒，甚不方便；惜春处房屋狭小；况贾母又千叮咛万嘱咐，托她照管林黛玉，薛姨妈素习也最怜爱她的，今既巧遇这事，便挪至潇湘馆来和黛玉同房，[1]一应药饵饮食，十分经心。黛玉感戴不尽，以后便亦如宝钗之呼，连宝钗前亦直以"姐姐"呼之，宝琴前直以"妹妹"呼之，俨似同胞共出，[2]较诸人更似亲切。贾母见如此，也十分喜悦放心。薛姨妈只不过照管她姊妹，禁约得丫头辈，一应家中大小事务，也不肯多口。尤氏虽天天过来，也不过应名点卯，亦不肯乱作威福。且她家内上下，也只剩她一个料理；再者，每日还要照管贾母、王夫人的下处一应所需饮馔铺设之物，所以也甚操劳。

　　当下荣、宁两处主人既如此不暇，并两处执事人等，或有跟随入朝的，或有朝外照理下处事务的，又有先踩踏①下处的，也都各各忙乱。因此两处下人无了正经头绪，也都偷安，或乘隙结党；[3]与权暂执事者，窃弄威福。荣府只留得赖大并几个管事照管外务。这赖大手下常用的几个人已去，虽另委人，也都是些生的，只觉不顺手。且他们无知，或赚骗无节，或呈告无据，或举荐无因，种种不善，在在生事，[4]也难备述。

　　又见各官宦家，凡养优伶男女者，一概蠲免遣发，尤氏等便议定，待王夫人回家回明，也欲遣发十二个女孩子。[5]又说："这些人原是买的，如今虽不学唱，尽可留着使唤，只令其教习们自去也罢了。"王夫人因说："这学戏的倒比不得使唤的，她们也是好人家的儿女，因无能，卖了做这事，装丑弄鬼的几年，如今有这机会，不如给她们几两银子盘费，各自去罢。当日祖宗手里都是有这例的。咱们如今损阴坏德，而且还小器。如今虽有几个老的还在，那是她们各有原故，不肯回去的，所以才留下使唤，大了配了咱们家的小厮们了。"尤氏道："如今我们也去问她十二个，有愿意回去的，就带了信儿，叫上她父母来亲自来领回去，给她们几两银子盘缠，方妥当。若不叫上她父母亲人来，只怕有混账人

1. 贾母第一不放心多病的黛玉无人照管。

2. 感姨妈之厚爱，与钗、琴姐妹关系更亲密了一层。

3. 上既不能严管，下则弊端丛生。

4. 八字总括弊端，是衰落之象。

5. 看来梨香院的戏班子要从此散伙了。藕官等女孩子们故事也由此引入。

---

　　①　踩踏——实地察看。"踩"，小说中多写作"跴"。今用通行字。

顶名冒领出去，又转卖了，岂不辜负了这恩典！若有不愿意回去的，就留下。"王夫人笑道："这话妥当。"[1]

尤氏等又遣人告诉了凤姐儿。[2]一面说与总理房中，每教习给银八两，令其自便。凡梨香院一应物件，查清记册收明，派人上夜。将十二个女孩子叫来当面细问，倒有一多半不愿意回家的：也有说父母虽有，他只以卖我们为事，这一去还被他卖了；也有父母已亡，或被叔伯兄弟所卖的；也有说无人可投的；也有说恋恩不舍的。所愿去者止四五人。王夫人听了，只得留下。将去者四五人皆令其干娘领回家去，单等她亲父母来领；将不愿去者分散在园中使唤。贾母便留下文官自使，将正旦芳官指与宝玉，将小旦蕊官送了宝钗，将小生藕官指与了黛玉，将大花面葵官送了湘云，将小花面豆官送了宝琴，将老外艾官与了探春，尤氏便讨了老旦茄官去。[3]当下各得其所，就如倦鸟出笼，每日园中游戏。众人皆知她们不能针黹，不惯使用，皆不大责备。其中或有一二个知事的，愁将来无应时之技，亦将本技丢开，便学起针黹纺绩女工诸务。

一日正是朝中大祭，贾母等五更便去了。先到下处用些点心小食，然后入朝。早膳已毕，方退至下处；用过早饭，略歇片刻，复入朝；待中晚二祭完毕，方出至下处歇息；用过晚饭，方回家。可巧这下处乃是一个大官的家庙里，乃比丘尼焚修①，房舍极多极净。东西二院，荣府便赁了东院，北静王府便赁了西院。太妃少妃每日宴息，见贾母等在东院，彼此同出同入，都有照应。外面诸事，不消细述。

且说大观园中，因贾母、王夫人天天不在家内，又送灵去一月方回，各丫鬟、婆子皆有闲空，多在园内游玩。更又将梨香院内服侍的众婆子一概撤回，并散在园内听使，更觉园内人多了几十个。因文官等一干人或心性高傲，或倚势凌下，或拣衣挑食，或口角锋芒，大概不安分守理者多，因此众婆子无不含怨，只是口中不敢与她们分证。如今散了学，大家称了愿，也有丢开手的，也有心地狭窄、犹怀旧怨的，因将众

1. 戏班子分去留两批处理，依自愿原则是妥当的。

2. 凤姐养病期间，虽不管家，这样的事仍须相告为是。看他任意部俚诙谐之中，必有一个"礼"字还清，足见是大家形景。（己）

3. 留下八人，各有所属，记清。每一角色的重要程度亦与其主人重要性相称。

---

① 比丘尼焚修——意谓尼姑焚香修道处。佛家称和尚为比丘，尼姑为比丘尼。比丘，梵语，意为行乞者。

人皆分在各房名下，不敢来厮侵。¹

可巧这日乃是清明之日，贾琏已备下年例祭祀，带领贾环、贾琮、贾兰三人去往铁槛寺祭柩烧纸。宁府贾蓉也同族中几人各办祭祀前往。因宝玉未大愈，故不曾去得。饭后发倦，袭人因说："天气甚好，你且出去逛逛，省得丢下粥碗就睡，存在心里。"宝玉听说，只得拄了一支杖，靸着鞋，步出院外。²因近日将园中分与众婆子料理，各司各业，皆在忙时，也有修竹的，也有剁树①的，也有栽花的，也有种豆的，池中又有驾娘们行着船夹泥②的，种藕的。³香菱、湘云、宝琴与些丫鬟等都坐在山石上，瞧她们取乐。宝玉也慢慢行来。湘云见了他来，忙笑说："快把这船打出去！他们是接林妹妹的。"⁴众人都笑起来。宝玉红了脸，也笑道："人家的病，谁是好意的③！你也形容着取笑儿。"湘云笑道："病也比人家另一样，原招笑儿，反说起人来。"说着，宝玉便也坐下，看着众人忙乱了一回。湘云因说："这里有风，石头上又冷，坐坐去罢。"

宝玉也正要去瞧林黛玉，便起身拄拐，辞了她们，从沁芳桥一带堤上走来。只见柳垂金线，桃吐丹霞，山石之后，一株大杏树，花已全落，叶稠阴翠，上面已结了豆子大小的许多小杏。⁵宝玉因想道："能病了几天，竟把杏花辜负了！不觉倒'绿叶成阴子满枝'④了！"因此，仰望杏子不舍。又想起邢岫烟已择了夫婿一事，虽说是男女大事，不可不行，但未免又少了一个好女儿。不过两年，便也要"绿叶成阴子满枝"了。再过几日，这杏树子落枝空，再几年，岫烟也未免乌发如银，红颜似槁了。因此，不免伤心，只管对杏流泪叹息。⁶正悲叹时，忽有一个雀儿飞来落于枝上乱啼。宝玉又发了呆性，心下想道："这雀儿必定是杏花正开时它曾来过，今见无花空有子叶，故也乱啼。这声韵必是啼哭之声，⁷可恨公冶长⑤

---

① 剁（wū乌）树——修斫树枝。
② 夹泥——也叫"罱（lǎn览）泥"，用两根附着箕的长竹竿，捞取河底烂泥作肥料。
③ 谁是好意的——哪里是故意的；谁自己喜欢那样。
④ 绿叶成阴子满枝——喻女已婚嫁生育。唐代杜牧为湖州刺史，寻访一位十四年前相遇相约的姑娘，知其已出嫁并生有三子，便作诗感慨说："自是寻春去较迟，不须惆怅怨芳时。狂风落尽深红色，绿叶成阴子满枝。"见《唐诗纪事》。
⑤ 公冶长——孔子的学生，传说他能通鸟语。

---

**右栏批注：**

1. 将文官等女孩子总写几句，不过都是贫苦小家出身，在贾府管事人看来，没有教养，不服管束。其实多半只是年幼任性，爱淘气而已。为此后写她们与人冲突闹事，先作铺垫。

2. 画出病势。（己）如今除老年人外，即使病体未复的，也少见拄杖者。

3. 一片劳动生产繁忙景象，承包效果初见。

4. 取笑宝玉，哪管他病未大愈，说话无一丝顾忌，除了湘云，还能有谁！

5. 作者本擅长诗词曲赋，写景自是拿手，寥寥几笔，总能形容得如诗似画。

6. 与以前婆子形容过他有痴病的情状对景。近之淫书满纸伤春，究竟不知伤春原委。看他并不提"伤春"字样，却艳恨秾愁，香流满纸矣。（己）

7. 不写则已，要写就必写透。未写藕官哭泣，先写雀儿啼哭。

不在眼前，不能问他。但不知明年再发时，这个雀儿可还记得飞到这里来与杏花一会了？"

正胡思间，忽见一股火光从山石那边发出，将雀儿惊飞。宝玉吃一大惊，又听那边有人喊道："藕官，你要死！怎弄些纸钱进来烧？[1] 我回奶奶们去，仔细你的肉！"宝玉听了，益发疑惑起来，忙转过山石看时，只见藕官满面泪痕，蹲在那里，手里还拿着火，守着些纸钱灰作悲。宝玉忙问道："你与谁烧纸钱？快不要在这里烧。你或是为父母兄弟，你告诉我名姓，外头去叫小厮们打了包袱，写上名姓去烧。"藕官见了宝玉，只不作一声。宝玉数问不答。[2] 忽见一个婆子恶狠狠地走来拉藕官，口内说道："我已经回了奶奶们了，奶奶们气得了不得。"藕官听了，终是孩气，怕辱没了没脸，便不肯去。婆子道："我说你们别太兴头过余了，如今还比得你们在外头随心乱闹呢！这是尺寸地方儿①。"指宝玉道："连我们的爷还守规矩呢，你是什么阿物儿，跑来胡闹！怕也不中用，跟我快走罢！"[3] 宝玉忙道："她并没烧纸钱，原是林妹妹叫她来烧那烂字纸的。你没看真，反错告了她。"[4]

藕官正没了主意，见了宝玉，也正添了畏惧；忽听他反掩饰，心内转忧成喜，也便硬着口说道："你很看真是纸钱么？我烧的是林姑娘写坏了的字纸！"那婆子听如此说，亦发狠起来，便弯腰向纸灰中拣那不曾化尽的遗纸，拣了两点在手内，说道："你还嘴硬？有据有证在这里。我只和你厅上讲去！"[5] 说着，拉了袖子，就拽着要走。宝玉忙把藕官拉住，用拄杖敲开那婆子的手，[6] 说道："你只管拿了那个回去。实告诉你：我昨夜做了一个梦，梦见杏花神和我要一挂白钱，不可叫本房人烧，要一个生人替我烧了，我的病就好得快。所以我请了这白钱，巴巴儿地和林姑娘烦了她来，替我烧了祝赞。原不许一个人知道的，所以我今日才能起来，偏你看见了。我这会子又不好了，都是你冲了！[7] 你还要告她去？藕官，只管去，见了她们，你就照依我这话说。等老太太回来，我就说她故意来冲神祇，保佑我早死。"藕官听了，益发得了主意，反倒拉着婆子要走。那婆子听了这话，忙丢下纸钱陪笑，央告宝玉道："我原不知道，二爷若回

1. 现实景象打破遐思幻想。突现火光，突闻喊声，雀飞人惊，读来神悚。

2. 教她如何回答得上？

3. 也有被当场逮住的时候，称心快意之语。如何？必是含怨之人。又拉上宝玉，画出小人得意来。（己）

4. 不用问是非，宝玉必是站在藕官一边。只是匆忙间，谎撒得实在不高明。

5. 对付老婆子，靠赖不是好办法。证据在人家手里，如何蒙混得过去？

6. 想不到拄杖还有这个用处。

7. 这个谎就说得聪明多了，还带有进攻性，能不叫婆子害怕？

---

① 尺寸地方儿——讲究规矩的地方。尺寸，法度；规矩。

了老太太，我这老婆子岂不完了？<sup>1</sup>我如今回奶奶们去，就说是爷祭神，我看错了。"宝玉道："你也不许再回去了，我便不说。"婆子道："我已经回了，叫我来带她，我怎好不回去的？也罢，就说我已经叫到了，又被林姑娘叫了去了。"宝玉想了一想，方点头应允。那婆子只得去了。

这里宝玉又问她："到底是为谁烧纸？我想来，若是为父母兄弟，你们皆烦人外头烧过了，这里烧这几张，必有私自的情理。"藕官因方才护庇之情，感激于衷，便知他是自己一流的人物，便含泪说道："我这事，<u>除了你屋里的芳官，并宝姑娘的蕊官，并没第三个人知道。</u><sup>2</sup>今日被你遇见，又有这段意思，少不得也告诉了你，只不许再对一人言讲。"又哭道："我也不便和你面说，你只回去背人悄问芳官就知道了。"说毕，佯常<sup>①</sup>而去。

宝玉听了，<u>心下纳闷，<sup>3</sup>只得踱到潇湘馆，瞧黛玉益发瘦得可怜，问起来，比往日已算大愈了。</u><sup>4</sup>黛玉见他也比先大瘦了，想起往日之事，不免流下泪来。些微谈了谈，便催宝玉去歇息调养。宝玉只得回来。因记挂着要问芳官那原委，偏有湘云、香菱来了，正和袭人、<u>芳官说笑，不好叫她，恐人又盘诘，只得耐着。</u><sup>5</sup>

一时芳官又跟了她干娘去洗头。<u>她干娘偏又先叫了她亲女儿洗过了后才叫芳官洗。</u><sup>6</sup>芳官见了这般，便说她偏心，"把你女儿的剩水给我洗。我一个月的月钱都是你拿着，沾我的光不算，反倒给我剩东剩西的！"她干娘羞愧变成恼，便骂她："不识抬举的东西！<u>怪不得人人都说戏子没一个好缠的。凭你什么好人，入了这一行，都弄坏了。</u><sup>7</sup>这一点子屄崽子，也挑么挑六，咸屄淡舌，咬群的骡子似的！"娘儿两个吵起来。

袭人忙打发人去说："少乱嚷！瞅着老太太不在家，一个个连句安静话也不说了。"晴雯因说："都是芳官不省事，不知狂的什么！也不过是会两出戏，倒像<u>杀了贼王、擒了反叛来的！</u>"袭人道："'一个巴掌拍不响'，<u>老的也太不公些，小的也太可恶些。</u>"<sup>8</sup>宝玉道："怨

---

① 佯常——即"扬长"，丢下别人，自管自离去的样子。

1. 人人皆知贾母溺爱孙子，又相信神祇，这一告还了得！

2. 是藕官隐私，此事只与芳、蕊二官有关。三官的现在主子，恰好是宝、黛、钗三位书中的男女主角。这样的构思安排，看来也与他们不无关系。

3. 既答应告诉他，为何又不说，要他去问芳官？连观书者亦纳闷。（己）

4. 既曰大愈，尚瘦如此，总为步步走近不祥而写。好，若只管病亦不好。（己）

5. 总不肯作一直笔。

6. 因小事又生一波。

7. 歧视艺人语，亦世俗偏见，正好用来辱骂。

8. 晴、袭说话各异，亦性情和所见的差异，与宝玉态度又不一样。

不得芳官。自古说：'物不平则鸣。①'¹她少亲失眷的，在这里没人照看了，赚了她的钱，又作践她，如何怪得！"²因又向袭人道："她一月多少钱？以后不如你收了过来照管她，岂不省事？"袭人道："我要照看她，哪里不照看了，又要她那几个钱才照看她？没的讨人骂去！"说着，便起身至那屋里，取了一瓶花露油，并些鸡卵、香皂、头绳之类，叫一个婆子来送给芳官去，叫她另要水自洗，不要吵闹了。³她干娘越发羞愧，便说芳官"没良心，花掰②我克扣你的钱"，便向她身上拍了几下，芳官便哭起来。⁴宝玉便走出来，袭人忙劝："作什么？我去说她。"晴雯忙先过来，指她干娘说道："你老人家太不省事！你不给她好的洗，我们饶给她东西，你不自燥，还有脸打她！她要还在学里学艺，你也敢打她不成？"⁵那婆子便说："'一日叫娘，终身是母。'她排场我，我就打得。"

袭人唤麝月道："我不会和人拌嘴，晴雯性子太急，你快过去震吓她两句。"⁶麝月听了，忙过来说道："你且别嚷。我且问你：别说我们这一处，你看满园子里，谁在主子屋里教导过女儿的？便是你的亲女儿，既分了房，有了主子，自有主子打得骂得；再者，大些的姑娘姐姐们可以打得骂得，谁许你老子娘又半中间管闲事了？都这样管，又要叫她们跟着我们学什么？越老越没了规矩！你见前儿坠儿的娘来吵，你也来跟她学？⁷你们放心，因连日这个病那个病，老太太又不得闲心，所以我没回。等两日闲了，咱们痛回一回，大家把威风煞一煞儿才好！宝玉才好了些，连我们也不敢大声说话，你反打得人狼嚎鬼叫的。上头能出了几日门，你们就无法无天的，眼睛里没了我们，再两天你们就该打我们了！她不要你这干娘，怕粪草埋了她不成？"⁸

宝玉恨得用拄杖敲着门槛子说道：⁹"这些老婆子都是些铁心石头肠子，也是件大奇的事。不能照看，反倒折挫，天长地久，如何是好！"¹⁰晴雯道："什么'如何是好'，都撵了出去，不要这些中看不中吃的！"那婆子羞愧难当，一言不发。那芳官只穿着海棠红的小棉袄，底

1. 自来经语未遭如是用也。（己）称韩文公之言为"经语"因其"文以载道"乎？

2. 宝玉是非立场鲜明。

3. 顺从宝玉心意，息事宁人。

4. 恼羞成怒，欲安静而不可得。

5. 可知前责芳官太狂，非庇护她干娘也。现在又责她干娘，可知还是有正义感的。

6. 好！知量才而用。袭人自己和晴雯是两个极端，麝月有锋利的口齿，前与坠儿娘争辩可否叫"宝玉"之名，已见识过了。

7. 提前警示其莫蹈覆辙。

8. 果然会说话。

9. 拄杖的又一用途。

10. 是宝玉口气。画出宝玉来。（己）

---

① 物不平则鸣——语出韩愈《送孟东野序》："大凡物不得其平则鸣。……人之于言也亦然，有不得已者而后言，其歌也有思，其哭也有怀。凡出乎口而为声者，其皆有弗平者乎！"

② 花掰——胡编乱造。

下绿绸撒花夹裤，敞着裤腿，[1]一头乌油似的头发披在脑后，哭得泪人一般。麝月笑道："把个莺莺小姐反弄成才拷打的红娘了！[2]这会子又不妆扮了，还是这么松怠怠的。"宝玉道："她这本来面目极好！倒别弄紧衬了。"[3]晴雯过去拉了她，替她洗净了发，用手巾拧干，松松地挽了一个慵妆髻，[4]命她穿了衣服，过这边来了。

接着，司内厨的婆子来问："晚饭有了，可送不送？"小丫头听了，进来问袭人。袭人笑道："方才胡吵了一阵，也没留心听钟几下了。"晴雯道："那劳什子又不知怎么了，又得去收拾。"说着，便拿过表来瞧了一瞧，说："再略等半钟茶的工夫就是了。"小丫头去了。麝月笑道："提起淘气，芳官也该打几下。昨儿是她摆弄了那坠子半日，就坏了。"[5]说话之间，便将食具打点现成。一时小丫头子捧了盒子进来站住。晴雯、麝月揭开看时，还是只四样小菜。晴雯笑道："已经好了，还不给两样清淡菜吃！这稀饭咸菜闹到多早晚？"一面摆好，一面又看那盒中，却有一碗火腿鲜笋汤，忙端了放在宝玉跟前。宝玉便就桌上喝了一口，[6]说："好烫！"袭人笑道："菩萨！能几日不见荤，馋得这样起来！"一面说，一面忙端起，轻轻用口吹。[7]因见芳官在侧，便递与芳官，笑道："你也学着些服侍，别一味呆憨呆睡。口劲轻着，别吹上唾沫星儿。"芳官依言果吹了几口，甚妥。[8]

她干娘也忙端饭，在门外伺候。向日芳官等一到时，原从外边认的，就同往梨香院去了。这干婆子原系荣府三等人物，不过令其与她们浆洗，皆不曾入内答应①，故此不知内帏规矩。今亦托赖她们方入园中随女归房。这婆子先领过麝月的排场，方知了一二分，生恐不令芳官认她做干娘，便有许多失利之处，故心中只要买转她们。今见芳官吹汤，便忙跑进来，笑道："她不老成，仔细打了碗，让我吹罢！"[9]一面说，一面就接。晴雯忙喊："快出去！你让她砸了碗，也轮不到你吹！你什么空儿跑到这里格子②来了？还不出去！"[10]一面又骂小丫头们："瞎了心的，她不知道，你们也不说给她！"

①　答应——听候差遣。
②　里格子——内室，里间。

1. 每一细节无不活现。四字奇想，写得纸上跳出一个女优来。（己）

2. 趣极！芳官是正旦，恰好是扮演莺莺的角色。

3. 宝玉好天然本色，不喜拘礼约束的话。

4. 晴雯最惯于挽成这种随随便便的发式。

5. 钟停了，就看表，装备相当齐全。原来钟是芳官弄坏的，故麝月说她也该打。让人看出小女孩的顽皮淘气。

6. 画出病人。（己）

7. 有些版本"好烫"讹作或妄改作"好汤"，甚谬；是不细读下文之故。

8. 袭人看出宝玉很喜欢芳官，故叫她学着吹汤。

9. 这主意可打错了，非但不知内帏规矩，也缺心眼儿，不知宝玉的好恶。若真的端过来吹，这汤非被宝玉连碗都砸了不可。

10. 幸亏喊得快。

小丫头们都说："我们撺她，她不出去；说她，她又不信。如今带累我们受气，你可信了？我们到的地方儿，有你到的一半，还有你一半到不去的呢！何况又跑到我们到不去的地方，还不算，又去伸手动嘴的了。"一面说，一面推她出去。阶下几个等空盒家伙的婆子见她出来，都笑道："嫂子也没用镜子照一照，就进去了。"[1]羞得那婆子又恨又气，只得忍耐下去了。

　　芳官吹了几口，宝玉笑道："好了，仔细伤了气。你尝一口，可好了？"[2]芳官只当是玩话，只是笑看着袭人等。[3]袭人道："你就尝一口何妨？"晴雯笑道："你瞧我尝。"说着，就喝了一口。[4]芳官见如此，自己也便尝了一口，说："好了。"递与宝玉。宝玉喝了半碗，吃了几片笋，又吃了半碗粥，就罢了。众人拣收出去了。小丫头捧了沐盆，盥漱已毕，袭人等出去吃饭。宝玉便使个眼色与芳官，芳官本自伶俐，又学了几年戏，何事不知？便装说头疼，不吃饭了。[5]袭人道："既不吃饭，你就在屋里作伴儿，把这粥给你留着，一时饿了再吃。"说着都去了。

　　这里宝玉和她只二人，宝玉便将方才从火光发起，如何见了藕官，又如何谎言护庇，又如何藕官叫我问你，从头至尾，细细地告诉她一遍，又问她祭的果系何人。[6]芳官听了，满面含笑，又叹一口气，说道："这事说来可笑又可叹。"宝玉听了，忙问如何。芳官笑道："你说她祭的是谁？祭的是死了的菂官①。"宝玉道："这是友谊，也应当的。"芳官笑道："哪里是友谊？她竟是疯傻的想头，说她自己是小生，菂官是小旦，常做夫妻，虽说是假的，每日那些曲文排场，皆是真正温存体贴之事，故此二人就疯了，虽不做戏，寻常饮食起坐，两个人竟是你恩我爱。菂官一死，她哭得死去活来，至今不忘，所以每节烧纸。后来补了蕊官，我们见她一般的温柔体贴，也曾问她得新弃旧的。[7]她说：'这又有个大道理，比如男子丧了妻，或有必当续弦者也必要续弦为是。但只是不把死的丢过不提，便是情深意重了。若一味因死的不续，孤守一世，

①　菂（dì的）官——菂，莲子。己卯、庚辰、列藏本皆同；梦稿、蒙府、戚序、戚宁、甲辰、程甲乙本均作"药官"，讹，当是后人改。菂与藕同体，为莲之实与根，喻两人夫妻般的亲密关系，故莲子落去后，以莲蕊（蕊官）补之，以待来年再结实也。

妨了大节，也不是理，死者反不安了。'¹ 你说可是又疯又呆？说来可是好笑？"宝玉听说了这篇呆话，独合了他的呆性，不觉又是欢喜，又是悲叹，又称奇道绝，说："天既生这样人，又何用我这须眉浊物玷辱世界！"² 因又忙拉芳官嘱道："既如此说，我也有一句话嘱咐她，我若亲对面与她讲，未免不便，须得你告诉她。"芳官问何事。宝玉道："以后断不可烧纸钱。这纸钱原是后人异端，不是孔子的遗训。以后逢时按节，只备一个炉，到日随便焚香，一心诚虔，就可感格①了。³ 愚人原不知，无论神佛、死人，必要分出等例，各式各例的。殊不知只以'诚信'二字为主。即值仓皇流离之日②，虽连香亦无，随便有土有草，只以洁净，便可为祭，⁴ 不独死者享祭，便是神鬼，皆是来享的。你瞧瞧我那案上，只设一炉，不论日期，时常焚香。他们皆不知原故，我心里却各有所因。随便有新茶，便供一钟茶，有新水，就供一盏水，或有鲜花，或有鲜果，甚至于荤羹腥菜，只要心诚意洁，便是佛也都可来享，所以说，只在敬不在虚名。以后快命她不可再烧纸。"芳官听了，便答应着，一时吃过饭，便有人回："老太太、太太回来了。"〔要知端的，且听下回分解。〕

1. 这段大道理总为阐明将来宝玉作为而有，是极重要的暗示。却为甲辰、程高本所删除。

2. 宝玉听后的反应，是判断作者为暗示将来之所以成"金玉姻缘"而写此情节的依据。可惜也被甲辰、程高诸本尽行删除。

3. 作者虽非无神论者，却也并不迷信。

4. "仓皇流离之日"六字，触目惊心。

## 【总评】

　　此回的中心故事是藕官在园中烧纸钱祭奠死者和芳官述说其中的原委。本来十二个女孩子都是在梨香院学唱戏的，起居在一块儿，很难单独地描述其中某一个。现在遇上一件事，才有了这样的机会：当朝老太妃薨，官宦之家都得遵守居丧制度，停止婚宴戏乐。于是，荣府打算遣发十二个女孩子回去，又怕来领的人将她们转卖，所以当面问她们意愿，不愿回去的，就留下。结果一大半不愿回去，便分散到各处听使唤。如将芳官分给了宝玉；演小旦的蕊官分给宝钗；演小生的藕官分给黛玉……这样，芳官等便有故事可写了。

　　清明节，宝玉病起拄拐出来，欲去瞧黛玉。有一段园中美景的描写和宝玉见杏花已过，便兴"绿叶成阴子满枝"的叹息，又见一个雀儿飞来乱啼，更是触景生情。这是接着要展开故事前，对时节、景物、心情、氛围先作必要的渲染、衬托，犹舞台上的布景和音响效果。

　　藕官烧纸钱作悲，几乎同时被管园子的婆子和宝玉发现。对此，二人是两种截然不同的态度，宝玉对女孩子的同情、体贴，立时显现。宝玉的机敏应变和执意庇护，使藕官"感激于衷"，这才告诉宝玉"回去背人悄问芳官"；其中原委自己难以启齿，故不先透露。这也增加了情节

---

①　感格——感通，指感动神灵。
②　即值仓皇流离之日——请读者注意，这句话看似随口假设，其实，必深有用心，可以视作是作者在预言后事。甲辰、程高诸本删去，其前后文亦多有删节。

的悬念。

　　宝玉问芳官，书中不直接叙出。先有芳官与她干娘为洗头事争吵，麝月教训了她干娘；又有为争着要替宝玉吹汤事，干娘受晴雯等羞辱。这些女孩子之所以愿留下来，不愿被遣送走，以及她们供使唤的情况，由此类描述，可见一斑。

　　芳官述说藕官烧纸原委，是本回重中之重。她说藕官"祭的是死了的药官"，说藕官"竟是疯傻的想头，说她自己是小生，药官是小旦，常做夫妻，虽说是假的（故回目称'假凤''虚凰'），每日那些曲文排场，皆是真正温存体贴之事，故此二人就疯了，虽不做戏，寻常饮食起坐，两个人竟是你恩我爱。药官一死，她哭得死去活来，至今不忘，所以每节烧纸"。

　　在我看来，对研究佚稿情节更有价值的是下面的话，芳官继续说："后来补了蕊官，我们见她一般的温柔体贴，也曾问她得新弃旧的。她说：'这又有个大道理，比如男子丧了妻，或有必当续弦者也必要续弦为是。但只是不把死的丢过不提，便是情深意重了。若一味因死的不续，孤守一世，妨了大节，也不是理，死者反不安了。'你说可是又疯又呆？说来可是好笑？"关键是宝玉的反应："宝玉听说了这篇呆话，独合了他的呆性，不觉又是欢喜，又是悲叹，又称奇道绝。说：'天既生这样人，又何用我这须眉浊物玷辱世界！'"

　　这就完全解释了黛玉泪尽夭亡后，为何宝玉还会娶宝钗，而且婚后也曾有过彼此"谈旧之情"（第二十回脂评）的日子，为何心里"意难平"的宝玉"终不忘世外仙姝寂寞林"。宝玉要芳官告诉藕官"以后断不可烧纸钱"，"只备一个炉，到日随便焚香，一心诚虔，就可感格了"，也就是他祭金钏儿的办法。最令人触目惊心的是仿佛无意间随口说的那句假设性的话："即值仓皇流离之日……"这真是无意的吗？从作者行文的习惯看，不是的。

# 第 五 十 九 回

## 柳叶渚边嗔莺咤燕　绛芸轩里召将飞符

【题解】

　　此回回目诸本基本一致，唯蒙府、甲辰、程高本"咤"作"叱"；庚辰本"芸"讹作"云"。此用己卯本回目。回目所说的是因丫头们采摘柳条、花朵，引起管园子的婆子与她们的一场争吵。"莺"，指宝钗的丫头莺儿，她编得一手好花篮，所以要折柳采花。"燕"，指宝玉的小丫头春燕，正好与莺儿在一起，管园中花木的是她姑妈，姑妈见花木被折，就指桑骂槐地责打春燕，还唆使春燕的娘来打骂她。春燕逃回，她娘追至怡红院来闹。"绛芸轩"，宝玉居室名。袭人等管不住她，就派人去请平儿，即所谓"召将"；恰值平儿有事来不了，便传下话来：撵她出去，打四十板子，即所谓"飞符"，借军中传令的用语。

　　话说宝玉多添了一件衣服，拄杖前边来，都见过。因每日辛苦，都要早些歇息，一宿无话。次日五鼓，又往朝中去。[1]

　　离送灵日不远，鸳鸯、琥珀、翡翠、玻璃四人，都忙着打点贾母之物；玉钏、彩云、彩霞等皆打点王夫人之物；当面查点与跟随的管事媳妇们。跟随的一共大小六个丫鬟、十个老婆子媳妇子，男人不算。连日收拾驮轿①器械。鸳鸯与玉钏儿皆不随去，只看屋子。一面先几日预发帐幔铺陈之物，先有四五个媳妇并几个男人领了出来，坐了几辆车绕道先至下处，铺陈安插等候。

　　临日，贾母带着蓉妻坐一乘驮轿，王夫人在后亦坐一乘驮轿；贾珍骑马，率领众家丁围护。又有几辆大车与婆子、丫鬟等坐，并放些随换的衣包等件。是日，薛姨妈、尤氏率领诸人直送至大门外方回。贾琏恐路上不便，一面打发了他父母起身，赶上贾母、王夫人驮轿，自己也随后带领家丁押后跟来。

　　荣府内，赖大添派人丁上夜，将两处厅院都关了，一

1. 不过是一位老太妃薨，与皇家稍沾亲带故的贵族之家，便有如许入朝随班等事，及停宴止乐，不得婚嫁种种禁忌。因而想到有"揭秘"《红楼梦》为清宫秘史者，竟说元春省亲是乾隆元年事，元年元宵距雍正帝驾崩不过数月，正值举国大哀之时，岂能行如此热闹大喜之事！可知只图说得好听，不顾起码常识了。园内出许多事，亦乘此空隙。

_____

　　① 驮（tuó 驼）轿——北方一种用两匹牲口驮着走的轿子。

应出入人等皆走西边小角门。日落时，便命关了仪门，不放人出入。园中前后东西角门亦皆关锁，只留王夫人大房之后常系她姊妹出入之门，东边通薛姨娘的角门，这两门因在内院，不必关锁。里面鸳鸯和玉钏儿也各将上房关了，自领丫鬟、婆子下房去安歇。每日林之孝之妻进来，带领十来个婆子上夜，穿堂内又添了许多小厮们坐更打梆子，已安插得十分妥当。

　　一日清晓，宝钗春困已醒，搴帷下榻，微觉轻寒，及启户视之，见苑中土润苔青，原来五更时落了几点微雨。于是唤起湘云等人来，一面梳洗，<u>湘云因说两腮作痒，恐又犯了杏斑癣，因问宝钗要些蔷薇硝擦</u>。[1] 宝钗道："前儿剩的都给了妹子。"因说："颦儿配了许多，我正要和她要些，因今年竟没发痒，就忘了。"<u>因命莺儿去取些来</u>。[2] 莺儿应了，才去时，蕊官便说："我同你去，顺便瞧瞧藕官。"说着，一径同莺儿出了蘅芜苑。

　　二人你言我语，一面行走，一面说笑，不觉到了柳叶渚①，顺着柳堤走来。因见柳叶才吐浅碧，<u>丝若垂金</u>，莺儿便笑道："<u>你会拿这柳条子编东西不会？</u>"[3] 蕊官笑道："编什么东西？"莺儿道："什么编不得？玩的使的都可。等我摘些下来，带着这叶子编一个花篮，采了各色花放在里头，才是好玩呢！"说着，且不去取硝，且伸手挽翠披金，采了许多嫩条，命蕊官拿着。她却一行走，一行编花篮，随路见花便采一二枝，编出一个玲珑过梁的篮子。枝上自有本来的翠叶满布，将花放上，却也别致有趣。喜得蕊官笑道："好姐姐，给了我罢！"莺儿道："<u>这一个咱们送林姑娘，回来咱们再多采些，编几个大家玩</u>。"[4] 说着，来至潇湘馆中。

　　黛玉也正晨妆，见了篮子，便笑说："这个新鲜花篮是谁编的？"莺儿笑说："我编了送姑娘玩的。"黛玉接了，笑道："<u>怪道人人赞你的手巧，这玩意儿却也别致</u>。"[5] 一面瞧了，一面便命紫鹃挂在那里。莺儿又问候了薛姨妈，方和黛玉要硝。黛玉忙命紫鹃包了一包，递与莺儿。黛玉又说道："我好了，今日要出去逛逛。你回去说与姐姐，不用过来问候妈了，也不敢劳她来瞧我，我梳了头，同妈都往你那里去，

1. 春天易发之皮肤病。蔷薇硝又引出下一回事。

2. 莺儿此去，又惹出一场争吵来。

3. 拿手本领，见柳丝不觉技痒。

4. 偶一为之尚可，多采怕要惹出事来。

5. 这一夸，更让莺儿有兴头了。

---

①　柳叶渚——己、庚、梦、杨诸本原作"杏叶渚"，然本回回目各本都作"柳叶渚"，二者不一致。戚（蒙不存）、列本则于正文中改"杏"为"柳"，以求统一，今姑从之。

连饭也端了那里去吃，大家热闹些。"

莺儿答应了出来，便到紫鹃房中找蕊官。只见蕊官与藕官二人正说得高兴，不能相舍，¹莺儿便笑说："姑娘也去呢，藕官先同我们去等着，岂不好？"紫鹃听如此说，便也说道："这话倒是，她这里淘气得也可厌。"一面说，一面便将黛玉的匙箸用一块洋巾包了，交与藕官道："你先带了这个去，也算一趟差了。"

藕官接了，笑嘻嘻同她二人出来，一径顺着柳堤走来。莺儿便又采些柳条，索性坐在山石上编起来；又命蕊官先送了硝去再来。她二人只顾爱看她编，哪里舍得去。莺儿只顾催说："你们再不去，我也不编了。"藕官便说："我同你去了，再快回来。"二人方去了。

这里莺儿正编，只见何婆的小女儿春燕走来，²笑问："姐姐编什么呢？"正说着，蕊、藕二人也到了。春燕便向藕官道："前儿你到底烧什么纸？被我姨妈看见了，要告你，没告成，倒被宝玉赖了她一大些不是，气得她一五一十告诉我妈。³你们在外头这二三年积了些什么仇恨，如今还不解开？"藕官冷笑道："有什么仇恨？她们不知足，反怨我们了。在外头这两年，别的东西不算，只算我们的米菜，不知赚了多少家去，合家子吃不了，还有每日买东买西赚的钱在外。逢我们使她们一使儿，就怨天怨地的。你说说，可有良心？"

春燕笑道："她是我的姨妈，也不好向着外人反说她的。⁴怨不得宝玉说：'女孩儿未出嫁，是颗无价的宝珠；出了嫁，不知怎么就变出许多的不好的毛病来，虽是颗珠子，却没有光彩宝色，是颗死珠了；再老了，更变得不是珠子，竟是鱼眼睛了！⁵分明一个人，怎么变出三样来？'这话虽是混话，倒也有些不差。别人不知道，只说我妈和姨妈，她老姊妹两个如今越老了越把钱看得真了。⁶先是老姐儿两个在家，抱怨没个差使，没个进益，幸亏有了这园子，把我挑进来，可巧把我分到怡红院。家里省了我一个人的费用不算外，每月还有四五百钱的余剩，这也还说不够。后来老姊妹二人都派到梨香院去照看她们，藕官认了我姨妈，芳官认了我妈，这几年着实宽裕了。如今挪进来也算撒开手了，还只无厌。⁷你说好笑不好笑？我姨妈刚和藕官吵了，接着我妈为洗头就和芳官吵。⁸芳官连要洗头也不给她洗。昨日得月钱，推不去了，买了东西，先

1. 与前芳官所述情况一样。

2. 春燕来的真不是时候，她哪里知道自己会成为无辜的替罪羊！何婆即芳官的干娘。

3. 原来前儿逮住藕官烧纸钱的是她姨妈。

4. 凡声称不好说她的，必定是要说她的。

5. 不意从春燕口中补出宝玉如此令人发笑的比喻来。

6. 如何？还是要说她了吧？

7. 交代清藕官、芳官各自所认的干娘。

8. 一个为烧纸吵，一个为洗头吵，都够差劲的。这样的干娘，真不该认！怕也由不得她们不认。

叫我洗。我想了一想：我自有月钱，就没了钱，要洗时，不管袭人、晴雯、麝月哪一个跟前，和她们说一声，也都容易，何必借这个光儿？好没意思。所以我不洗。她又叫我妹妹小鸠儿洗了才叫芳官，果然就吵起来。[1] 接着又要给宝玉吹汤，你说，可笑死了人！我见她一进来，我就告诉那些规矩。她只不信，只要强作知道，足的讨个没趣儿。幸亏园里的人多，没人分记得清楚谁是谁的亲故。若有人记得，只我们一家人吵，什么意思呢？[2] 你这会子又跑了来弄这个。这一带地上的东西，都是我姑妈管着。[3] 她一得了这地方，比得了永远基业还利害，每起早睡晚，自己辛苦了还不算，每日逼着我们来照看，生恐有人糟蹋，我又怕误了我的差使。如今我们进来了，老姑嫂两个照看得谨谨慎慎，一根草也不许人动。你还掐这些花儿，又折她的嫩树。[4] 她们即刻就来，仔细她们抱怨。"莺儿道："别人乱折乱掐使不得，独我使得。自从分了地基之后，各房里每日皆有份例，吃的不用算，单算花草玩意儿，谁管什么，每日谁就把各房里姑娘、丫头戴的，必要各色送些折枝去，另外还有插瓶的。惟有我们姑娘说了：'一概不用送，等要什么再和你们要。'究竟总没要过一次。[5] 我今便掐些，她们也不好意思说的。"

一语未了，她姑妈果然拄了拐走来。莺儿、春燕等忙让坐。那婆子见采了许多嫩柳，又见藕官等都采了许多鲜花，心内便不受用，看着莺儿编，又不好说什么，[6] 便说春燕道："我叫你来照看照看，你就贪住玩不去了。倘或叫起你来，你又说我使你了，拿我做隐身符儿①，你来乐！"春燕道："你老又使我，又怕，这会子反说我。难道把我劈八瓣子不成？"莺儿笑道："姑妈，你别信小燕的话。这都是她摘下来的，烦我给她编，我撺她，她不去。"[7] 春燕笑道："你可少玩儿，你只顾玩儿，老人家就认真了。"

那婆子本是愚顽之辈，兼之年迈昏聩②，惟利是命，一概情面不管，正心疼肝断，无计可施，听莺儿如此说，便倚老卖老，拿起拄杖来向春燕身上击了几下，骂道："小蹄子！我说着你，你还和我强嘴儿呢！你妈恨得牙痒，要撕你的肉吃呢，你还和我梆子似的！"[8] 打得春燕又愧又急，

1. 又将洗头事经过，补得更详尽些。愈见春燕娘为偏心亲生女，太无理，太可厌。

2. 说是"只我们一家人吵"，两个婆子还不算数，尚有第三个呢！

3. 第三个出现了，是姑妈。

4. 园子分给专人管理，就免不了有阻拦纷争之事，这一点探春等在一开始商议时，就估计到了。

5. 莺儿说出了分管者对各房都有供花之责，宝钗不爱花花草草，所以放弃，便宜了管园者。但仅凭此便以为可任意折掐，不致引起干涉，也未免过于天真了。

6. 不好直着说，不等于不能绕着弯子说。

7. 坏了！这玩笑也开得？总以为自己面子大，过高估计了婆子的气量。

8. 从叙述婆子为人和描写她的言行看，作者的倾向性还是很明显的。

---

① 隐身符儿——迷信所说的能使人隐身的符箓，这里近乎说挡箭牌。
② 昏聩（mào 茂）——两眼昏花；可引申为昏聩糊涂。

因哭道:"莺儿姐姐玩话,你老就认真打我。我妈为什么恨我?我又没烧胡了洗脸水①,¹有什么不是?"莺儿本是玩话,忽见婆子认真动了气,忙上去拉住笑道:"我才是玩话,你老人家打她,我岂不愧?"那婆子道:"姑娘,你别管我们的事!难道为姑娘在这里,不许我管孩子不成?"莺儿听见这般蠢话,便赌气红了脸,撒了手,冷笑道:"你老人家要管,哪一刻管不得,偏我说了一句玩话,就管她了。我看你老管去!"说着便坐下,仍编柳篮子。

偏又有春燕的娘出来找她,²喊道:"你不来舀水,在那里做什么呢?"这婆子便接声儿道:"你来瞧瞧,你的女儿连我也不服了!在那里排揎我呢。"那婆子一面走过来说:"姑奶奶,又怎么了?我们丫头眼里没娘罢了,连姑妈也没了不成?"莺儿见她娘来了,只得又说原故。她姑妈哪里容人说话,便将石上的花柳与她娘瞧道:"你瞧瞧,你女儿这么大孩子玩的!她先领着人糟蹋我,我怎么说人?"³她娘也正为芳官之气未平,又恨春燕不遂她的心,便走上来打耳刮子,⁴骂道:"小娼妇!你能上去了几年?你也跟着那起轻薄浪小妇学,怎么就管不得你们了?⁵干的我管不得,你是我屄里掉出来的,难道也不敢管你不成?既是你们这起蹄子到得去的地方我到不去,你就该死在那里伺候,又跑出来浪汉!"一面又抓起柳条子来,直送到她脸上,问道:"这叫作什么?这编的是你娘的屄!"莺儿忙道:"那是我编的,你老别指桑骂槐!"⁶那婆子深妒袭人、晴雯一干人,已知凡房中大些的丫鬟,都比她们有些体统权势,凡见了这一干人,心中又畏又让,未免又气又恨,亦且迁怒于众;复又看见了藕官,又是她令姊的冤家,四处凑成一股怨气。⁷

那春燕啼哭着往怡红院去了。她娘又恐问她为何哭,怕她又说出打她,⁸自己又要受晴雯等的气,不免着起急来,又忙喊道:"你回来!我告诉你再去。"春燕哪里肯回来,急得她娘跑了去又拉她。她回头看见,便也往前飞跑。她娘只顾赶她,不防脚下被青苔滑倒,引得莺儿三个人反都笑了。莺儿赌气将花柳皆掷于河中,自回房去。这里把个婆子心疼得只念佛,又骂:"促狭小蹄子!糟蹋了花儿,雷也是要打的!"自己且掐花与各房送去,不提。

---

① 烧胡了洗脸水——喻根本不可能有的过错。

1. 新鲜话。

2. 又来一个更蠢更凶的。

3. 连莺儿都说在内了,还说"怎么说人"。

4. 因洗头吹汤事自取其辱,反将一肚子气撒在女儿身上,故一上来就动手打。

5. 打耳刮子仍不解气,还骂,什么难听下流的话,都张口就来。

6. 晚了!早怎么自恃有脸,只说玩话?

7. 从莺儿想到袭、晴辈,见藕官又想到她令姊为干涉烧纸钱碰一鼻子灰,都凑在一起了。可见凡事原因都复杂,不能只就眼前所见而论。

8. 既要打骂泄愤,何必害怕着急。

却说春燕一直跑入院中，顶头遇见袭人往黛玉处去问安。春燕便一把抱住袭人说："姑娘救我！我娘又打我呢。"袭人见她娘来了，<u>不免生气</u>，便说道："<u>三日两头儿，打了干的打亲的，还是卖弄你女儿多，还是认真不知王法？</u>"[1]这婆子虽来了几日，见袭人不言不语，是好性儿的，便说道："姑娘你不知道，别管我们闲事！都是你纵的，这会子还管什么？"说着，便又赶着打。[2]袭人气得转身进来，见麝月正在海棠下晾手巾，听得如此喊闹，便说："姐姐别管，看她怎样！"一面使眼色与春燕，春燕会意，便直奔了宝玉去。众人都笑说："<u>这可是没有的事都闹出来了。</u>"[3]麝月向婆子道："你再略煞一煞气儿，难道这些人的脸面，和你讨一个情，还讨不下来不成？"

那婆子见她女儿奔到宝玉身边去，又见宝玉拉了春燕的手说："你别怕，有我呢！"春燕一行哭，又一行把方才莺儿等事都说出来。宝玉越发急起来，说："你只在这里闹也罢了，怎么连亲戚也都得罪起来？"麝月又向婆子及众人道："怨不得这嫂子说我们管不着她们的事，我们虽无知错管了，<u>如今请出一个管得着的人来管一管，嫂子就心服口服，也知道规矩了。</u>"便回头命小丫头子："去把平儿给我们叫来！[4]平儿不得闲，就把林大娘叫了来。"那小丫头应了就走。众媳妇上来笑说："嫂子，快求姑娘们叫回那孩子罢。平姑娘来了，可就不好了！"那婆子说道："<u>凭是哪个平姑娘来了，也评个理，没有个娘管女儿，大家管着娘的！</u>"[5]众人笑道："你当是哪个平姑娘？是二奶奶屋里的平姑娘。她有情呢，说你两句，她一翻脸，嫂子你'吃不了兜着走'！"

说话之间，只见那小丫头子回来说："<u>平姑娘正有事，问我作什么，我告诉了她，她说：'既这样，且撵她出去，告诉林大娘，在角门外打她四十板子就是了。'</u>"[6]那婆子听如此说，自不舍得出去，便又泪流满面，央告袭人等说："好容易我进来了，况且我是寡妇，家里没人，正好一心无挂地在里头服侍姑娘们。姑娘们也便宜，我家里也省些嚼裹①。我这一去，又要自己生火过活，将来不免又没了过活。"袭人见她如此，<u>早又心软了，</u>[7]便说："你既要在这里，又不守规矩，又不听说，

①　嚼裹——诸本或作"较过""搅过"。杨传镛先生说："《红》书中有些东北方言、方音，此点吴恩裕先生说过，他是东北（满）人。我意'较过'系'嚼裹'讹（汪曾祺京味小说中用过此二字，见《晚饭花集》），即指吃穿。也有用'浇裹'的，意同，但不如'嚼裹'显豁。'嚼'读jiáo。近日观《骆驼祥子》连续剧，虎妞口中数出'嚼裹'字样。"

---

1. 袭人生气时，也只会说这样的话，算是最厉害的了。

2. 蠢人，蠢人！不识眉眼高低，见人不言语、好性儿，便以为软弱可欺，居然敢当面指责，要袭人别管闲事！

3. 麝月这次反不出头责骂，也劝袭人别管，是存心看婆子闹出点从未有过的事来，好抓住把柄。

4. 看她行事！命小丫头去叫平儿来。此即回目中所谓"召将"也。

5. 婆子偏不知厉害，还振振有词，以为自己占理。正写其愚不可及。

6. 恰似传回一道军令，即所谓"飞符"。

7. 最怕被撵走，没了活路。袭人自己也是苦出身，深知这意味着什么。毕竟心地也善良。

又乱打人，哪里弄你这个不晓事的来，天天斗口，也叫人笑话，失了体统。"晴雯道："理她呢！打发去了是正经，谁和她去对嘴对舌的！"那婆子又央众人道："我虽错了，姑娘们吩咐了，我以后改过。姑娘们哪不是行好积德。"一面又央春燕道："原是我为打你起的，究竟没打成你，[1] 我如今反受了罪。你也替我说说！"宝玉见如此可怜，只得留下，[2] 吩咐她不可再闹。那婆子一一地谢过了下去。

　　只见平儿走来，问系何事。袭人等忙说："已完了，不必再提。"平儿笑道："'得饶人处且饶人'，得省的将就省些事也罢了。[3] 能去了几日，只听各处大小人儿都作起反来了，一处不了又一处，叫我不知管哪一处的是。"袭人笑道："我只说我们这里反了，原来还有几处。"平儿笑道："这算什么！正和珍大奶奶算呢，这三四天的工夫，一共大小出来了八九件了。你这里是极小的，算不起数儿来，还有大的可气可笑之事。"[4] 不知袭人问她果系何事，且听下回分解。

1. 难道打耳刮子不算打？

2. 宝玉本自仁厚。

3. 平儿虽凤姐得力干将，却不肯为虎作伥，反而常成为主子的刹车皮、缓冲器、减压阀。

4. 举此类矛盾纠纷一件，写足写透，却说是"极小的"，还有多件，"还有大的"，实只虚晃一枪，凭读者想象，是文章作法。总为写贾府趋衰时内部乱象。可知此书非以宝、黛、钗恋爱婚姻为主线。

【总评】────────────────────────────────

　　贾母、王夫人及贾珍等带着一批人出门，去为老太妃送灵，而凤姐尚在养病之中，少了几位镇宅巨灵，大观园就未免有点不安静起来。本回写的是莺儿、春燕等小丫头，还包括新分去的几个女孩子，跟她们亲妈、姨妈、干妈等管园子的老婆子之间的矛盾冲突。虽由一些小事引发，却也能在桃源式的大观园中闹得鸡飞狗跳的。

　　宝钗命莺儿去黛玉处要些蔷薇硝来给湘云擦杏斑癣，蕊官想瞧藕官，也跟着去。经柳叶渚，手巧的莺儿采了新柳枝来编成花篮，又采各色鲜花放在里头，有趣别致。回来途中，应蕊官、藕官之求，还折柳采花编篮，遇何婆之女春燕，一起议论她们的娘、姨娘等一帮管园子的老婆子越老越爱钱，将女孩子们的月钱都盘剥了去，还贪得无厌。春燕举出宝玉讲的"混话"说："女孩儿未出嫁是颗无价的宝珠；出了嫁……是颗死珠了；再老了……竟是鱼眼睛了。"以为这话"倒也有些不差"。

　　因为采了嫩柳鲜花，招致管这块地的春燕姑妈生气，不敢对莺儿发作，就将气撒在春燕身上，用拐杖打她。恰巧春燕娘找来，一听姑妈言，"便走上来打耳刮子"，还骂出一些难听的脏话来，春燕哭着奔向怡红院讨救兵，宝玉自然护着她，麝月还叫小丫头去请出平儿来管，回来传话说："既这样，且撵她出去，告诉林大娘，在角门外打她四十板子就是了。"这才将婆子们吓住，求饶。据说，这样的事，"三四天的工夫，一共大小出来了八九件了"。可见，大观园也并非真是世外桃源。

# 第 六 十 回
## 茉莉粉替去蔷薇硝　玫瑰露引来茯苓霜

**【题解】**

　　本回回目诸本基本一致。唯庚辰本"茉莉"作"茉藜"；蒙府、列藏、杨藏、甲辰、程高本"引来"作"引出"。此用戚序本回目。回目说，贾环在宝玉处见芳官得了蔷薇硝，要想分一半，芳官心中不愿，就拿茉莉粉冒充送他，引得赵姨娘来怡红院闹事。芳官向宝玉讨得玫瑰露送给柳五儿，五儿娘又倒了些给热病中的侄儿吃，她哥嫂就回馈一包茯苓霜。不料这事后来也惹出了麻烦。

　　话说袭人因问平儿，何事这等忙乱。平儿笑道："都是世人想不到的，说来也好笑，等几日告诉你，如今没头绪呢，且也不得闲儿。"一语未了，只见李纨的丫鬟来了，说："平姐姐可在这里？奶奶等你，你怎么不去了？"平儿忙转身出来，口内笑说："来了，来了。"袭人等笑道："她奶奶病了，她又成了香饽饽了，都抢不到手。"平儿去了，不提。

　　这里宝玉便叫春燕："你跟了你妈去，到宝姑娘房里给莺儿几句好话听听，也不可白得罪了她。"春燕答应了，和她妈出去。宝玉又隔窗说道："不可当着宝姑娘说，仔细反叫莺儿受教导。"[1]

　　娘儿两个应了出来，一壁走着，一面说闲话儿。春燕因向她娘道："我素日劝你老人家再不信，何苦闹出没趣来才罢。"她娘笑道："小蹄子，你走罢！俗语道：'不经一事，不长一智。'我如今知道了，你又该来支问①着我！"春燕笑道："妈，你若安分守己在这屋里，长久了，自有许多的好处。我且告诉你句话，宝玉常说：将来这屋里的人，无论家里外头的，一应我们这些人，他都要回太太全放出去，与本人父母自便呢。[2]你只说这一件，可好

1. 体贴女孩子入微。宝玉深知宝钗之为人，唯恐莺儿未得赔罪，倒受训斥。

2. 纵然在贾府不愁吃穿，毕竟是受人役使的奴才。倘将来得人身自由，能成家立业，仍是此生一大心愿。补前文不足处。（庚）

――――――――――――

　　①　支问――责怪。

不好？"她娘听说，喜得忙问："这话果真？"春燕道："谁可扯这谎做什么？"婆子听了，便念佛不绝。

当下来至蘅芜苑中，正值宝钗、黛玉、薛姨妈等吃饭。莺儿自去泡茶。春燕便和她妈一径到莺儿前，陪笑说"方才言语冒撞了，姑娘莫嗔莫怪，特来陪罪"等语。莺儿忙笑让坐，又倒茶。她娘儿两个说有事，便作辞回来。忽见蕊官赶出叫："妈妈，姐姐，略站一站。"一面走上来，递了一个纸包与她们，说是蔷薇硝，带与芳官去擦脸。[1] 春燕笑道："你们也太小气了，还怕那里没这个与她，巴巴地你又弄一包给她去。"蕊官道："她是她的，我送的是我的。好姐姐，千万带回去罢！"春燕只得接了。娘儿两个回来，正值贾环、贾琮二人来问候宝玉，也才进去。[2] 春燕便向她娘说："只我进去罢，你老不用去。"她娘听了，自此便百依百随的，不敢倔强了。

春燕进来，宝玉知道回复了，便先点头。春燕知意，便不再说一语，略站了一站，便转身出来，使眼色与芳官。芳官出来，春燕方悄悄地说与她蕊官之事，并与了她硝。宝玉并无与琮、环可谈之语，[3] 因笑问芳官："手里是什么？"芳官便忙递与宝玉瞧，又说："是擦春癣的蔷薇硝。"宝玉笑道："难为她想得到。"贾环听了，便伸着头瞧了一瞧，又闻得一股清香，便弯着腰向靴筒内掏出一张纸来托着，笑说："好哥哥，给我一半儿！"[4] 宝玉只得要与他。芳官心中因是蕊官之赠，不肯与别人，连忙拦住，笑说道："别动这个，我另拿些来。"宝玉会意，忙笑包上，说道："快取来。"

芳官接了这个，自去收好，便从奁中去寻自己常使的。启奁看时，盒内已空，心中疑惑："早间还剩了些，如何没了？"因问人时，都说不知。麝月便说："这会子且忙着问这个！不过是这屋里人一时短了使了。你不管拿些什么给他们，他们哪里看得出来？快打发他们去了，咱们好吃饭。"[5] 芳官听了，便将些茉莉粉包了一包拿来。贾环见了，喜得就伸手来接。芳官便忙向炕上一掷。贾环只得向炕上拾了，[6] 揣在怀内，方作辞而去。

原来贾政不在家，且王夫人等又不在家，贾环连日也便装病逃学。如今得了硝，兴兴头头来找彩云，正值彩云和赵姨娘闲谈，贾环嘻嘻向彩云道："我也得了一包好的，送你擦脸。[7] 你常说蔷薇硝擦癣，比外头的银硝强。

1. 即上回湘云犯杏斑癣，宝钗遣莺儿同蕊官去黛玉处取来之硝。蕊官与芳官特好，故留一纸包，要春燕捎去相赠。

2. 不妙！贾环是见什么都想要的人。

3. 能有什么话可谈。

4. 黏着哥探头探脑，窥看能分得什么好东西。一闻到香气，便掏出纸来托着，模样何等可笑！

5. 如此贪小又不知自重的爷，自然连丫头也瞧不起，只想赶快打发他走。芳官以粉充硝，正遵其言。

6. 鄙弃的举止，当也是向麝月学的，贾环则只要东西，不要自尊。

7. 原来讨硝为此。

你且看看，可是这个？"彩云打开一看，"嗤"的一声笑了，
说道："你是和谁要来的？"贾环便将方才之事说了。彩云
笑道："这是他们哄你这乡老儿呢！这不是硝，这是茉莉粉。"
贾环看了一看，果然比先的带些红色，闻闻也是喷香，因
笑道："这也是好的，硝、粉一样，留着擦罢，自是比外头
买的高便好。"彩云只得收了。赵姨娘便说："有好的给你？
谁叫你要去了？怎怨她们耍你！依我，拿了去照脸摔给她
去，趁着这会子撞尸的撞尸去了，挺床①的挺床，吵一出
子，大家别心净，也算是报仇。¹莫不成两个月之后，还找
出这个碴儿来问你不成？便问你，你也有话说。宝玉是哥
哥，不敢冲撞他罢了。难道他屋里的猫儿狗儿也不敢去问
问不成？"贾环听说，便低了头。彩云忙说："这又何苦生
事！不管怎样，忍耐些罢了。"²赵姨娘道："你快休管，横
竖与你无干。乘着抓住了理，骂她那些浪淫妇们一顿，也
是好的。"³又指贾环道："呸！你这下流没刚性的，也只好
受这些毛崽子的气！平白我说你一句儿，或无心中错拿了
一件东西给你，你倒会扭头暴筋，瞪着眼，蹬摔②娘。这
会子被那起屄崽子耍弄也就罢了，你明儿还想这些家里人
怕你呢！你没有屄本事，我也替你羞！"

　　贾环听了，不免又愧又急，又不敢去，只摔手说道："你
这么会说，你又不敢去。支使了我去闹，他们倘或往学里
告去，我挨了打，你敢自不疼呢！遭遭儿调唆我去，闹出
了事来，我挨了打骂，你一般也低了头。⁴这会子又调唆我
和毛丫头们去闹！你不怕三姐姐？你敢去，我就服你！"⁵
只这一句话，便戳了她娘的肺，便喊说："我肠子里爬出来
的，我再怕起来，这屋里越发有得说了。"一面说，一面
拿了那包子，便飞也似的往园中去了。⁶彩云死劝不住，只
得躲入别房。贾环便也躲出仪门，自去玩耍。

　　赵姨娘直进园子，正是一头火，顶头正遇见藕官的干
娘夏婆子走来。⁷见赵姨娘气恨恨地走来，因问："姨奶奶
哪去？"赵姨娘又说："你瞧瞧！这屋里连三日两日进来的
唱戏的小粉头们，都三般两样，掯人分两放小菜碟儿了。
若是别一个，我还不恼，若叫这些小娼妇捉弄了，还成个
什么！"夏婆子听了，正中己怀，忙问因何。赵姨娘悉将

1. 总教唆环儿去闹事。吵得大
家不心净，算报仇，真将赵
姨娘的妒恨心态写绝了。骂
语中"撞尸的"，当指王夫
人等；"挺床的"，当指凤姐。
语言也够恶毒的。

2. 彩云倒不多事。独与环儿好，
也是人各有所爱。

3. 本来不骂日子就难过，何况
以为自己占了理。

4. 环儿不敢，口出怨言，说的
倒是实情。

5. 摆明是激将。

6. 对愚妇，这一着灵得很。提
别人犹可，偏提探春，还不
一点就着。

7. 火遇上油了。总给前去闹事
者增添动力。

---

① 挺床——即"停床"，骂人在床上卧病像死尸躺在灵床上。
② 蹬摔——顿足摔手，发脾气顶撞。

芳官以粉作硝、轻侮贾环之事说了。夏婆子道："我的奶奶，你今儿才知道，这算什么事！连昨日这个地方，她们私自烧纸钱，宝玉还拦在头里。人家还没拿进什么来，就说使不得，不干不净的东西忌讳，这烧纸倒不忌讳？你老想一想，这屋里除了太太，谁还大似你？你老自己撑不起来，但凡撑起来的，谁还不怕你老人家？<sup>1</sup>如今我想，乘着这几个小粉头儿都不是正经货，得罪了她们也有限的。快把这两件事抓着理，扎个筏子，我在旁帮着作证据。<sup>2</sup>你老把威风抖一抖，以后也好争别的理。便是奶奶、姑娘们，也不好为那起小粉头子说你老的。"赵姨娘听了这话，越发有理，便说："烧纸的事不知道，你却细细地告诉我。"夏婆子便将前事一一地说了。又说："你只管进去。倘或闹起来，还有我们帮着你呢。"<sup>3</sup>赵姨娘听了，越发得了意，仗着胆子，便一径到了怡红院中。

可巧宝玉、黛玉在那里，便往那里去了。芳官正与袭人等吃饭，见赵姨娘来了，忙都起身笑让："姨奶奶吃饭，有什么事这么忙？"赵姨娘也不答话，走上来，便将粉照着芳官脸上撒来，手指芳官骂道：<sup>4</sup>"小淫妇！你是我银子钱买来学戏的，不过娼妇、粉头之流，我家里下三等奴才也比你高贵些，你都会看人下菜碟儿！宝玉要给东西，你拦在头里，莫不是要了你的了？拿这个哄他，你只当他不认得呢！好不好，他们是手足，都是一样的主子，哪里有你小看他的！"

芳官哪里禁得住这话，一行哭，一行便说："没了硝，我才把这个给他的。若说没了，又恐他不信，难道这不是好的？我便学戏，也没往外头去唱。我一个女孩儿家，知道什么是'粉头''面头'的！姨奶奶犯不着来骂我，我又不是姨奶奶家买的。'梅香拜把子——都是奴儿<sup>①</sup>'呢！"<sup>5</sup>袭人忙拉她说："休胡说！"赵姨娘气得上来便打了两个耳刮子。袭人等忙上来拉劝，说："姨奶奶别和她小孩子一般见识，等我们说她。"芳官挨了两下打，哪里肯依，便撞头打滚，泼哭泼闹起来。口内便说："你打得起我么？你照照那模样儿再动手！我叫你打了去，我还活着！"便撞在怀里叫她打。众人一面劝，一面拉她。

1. 抬高其身价以壮其胆，令其飘飘然昏昏然，不知自身分量，不计行为后果。竭尽挑唆之能事。

2. 此话当真？倒要看看敢不敢作证。

3. 又说一遍，倒要看看怎么个帮法。

4. 也不先问句好，一副全然不顾身份、不要颜面，无赖撒泼的样子。

5. 夏婆说除了太太数她大，芳官却敢说犯不着来骂，不过都是奴才，当面剥了她的脸。

---

① 梅香拜把子——都是奴儿——歇后语。意思说不管老儿，也都是奴才。梅香，婢女的常用名，指代婢女。拜把子，结拜成兄弟姐妹。儿，指长幼排行。"奴儿"除庚辰本外，诸本均作"奴才"。

晴雯悄拉袭人说："别管她们，让她们闹去，看怎么开交！如今乱为王了，什么你也来打，我也来打，都这样起来，还了得呢！"[1]

外面跟着赵姨娘来的一干人听见如此，心中各各称愿，都念佛说："也有今日！"又有那一干怀怨的老婆子，见打了芳官，也都称愿。[2]

当下藕官、蕊官等正在一处作耍，湘云的大花面葵官、宝琴的豆官两个，闻了此信，慌忙找着她两个说："芳官被人欺侮，咱们也没趣，须得大家破着大闹一场，方争过气来。[3]"四人终是小孩子心性，只顾她们情分上义愤，便不顾别的，一齐跑入怡红院中。豆官先便一头几乎不曾将赵姨娘撞了一跌。那三个也便拥上来，放声大哭，手撕头撞，把个赵姨娘裹住。[4]晴雯等一面笑，一面假意去拉。[5]急得袭人拉起这个，又跑了那个，口内只说："你们要死，有委屈只好说，这样没理如何使得！"赵姨娘反没了主意，只好乱骂。蕊官、藕官两个一边一个，抱住左右手；葵官、豆官前后头顶住。[6]四人只说："你只打死我们四个就罢！"芳官直挺挺躺在地下，哭得死过去。

正没开交，谁知晴雯早遣春燕回了探春。[7]当下尤氏、李纨、探春三人带着平儿与众媳妇走来，将四个喝住。问起原故，赵姨娘便气得瞪着眼，粗了筋，一五一十，说个不清。[8]尤、李两个不答言，只喝禁她四人。探春便叹气说：[9]"这是什么大事，姨娘也太肯动气了！我正有一句话要请姨娘商议，怪道丫头说不知在哪里，原来在这里生气呢，姨娘快同我来。"尤氏、李氏都笑说："姨娘请到厅上来，咱们商量。"

赵姨娘无法，只得同她三人出来，口内犹说长说短。探春便说："那些小丫头子们原是些玩意儿，喜欢呢，和她说说笑笑，不喜欢，便可以不理她。便她不好了，也如同猫儿狗儿抓咬了一下子，可恕就恕，不恕时，也只该叫了管家媳妇们去，说给她去责罚，何苦自己不尊重，大呼小喝，也失了体统！你瞧周姨娘，怎不见人欺她，她也不寻人去。[10]我劝姨娘且回房去煞煞性儿，别听那些混账人的调唆，没的惹人笑话，自己呆，白给人作粗活。[11]心里有二十分的气，也忍耐这几天，等太太回来，自然料理。"一席话说得赵姨娘闭口无言，只得回房去了。

这里探春气得和尤氏、李纨说："这么大年纪，行出

1. 晴雯也是冷眼看她能得什么结果的心态。

2. 作者眼观八方，不漏一丝。赵姨娘不过是被调唆出来充当了一批怀怨老婆子的代表。打了芳官自然是替她们出了一口气。

3. 另有一方不愿被婆子们欺侮的诸"官"势力也须看到。她们虽只是一群小女孩儿，却相当团结，个个是初生之犊。

4. 想不到这些平时只扮演莺莺、红娘角色的人，也能演出一场全武行。人人奋不顾身，一拥而上，赵姨娘一人怎敌得过十只手，她又不是双枪陆文龙！

5. 真好看！晴雯本就有正义感，故只做出劝架的样子，明显站在小女孩儿一边。一个"笑"字，一个"假"字写出她见赵姨娘遭围攻时的幸灾乐祸来。

6. 战术不错，形成包围，将对手紧紧困住，让她动弹不得。

7. 见机得快，正该去回她。

8. 这种鸡毛蒜皮的事，纵有条理也说不清，何况气得不行。其实说不说都差不多，谁不知她的行为！

9. 三人表现不同，看法一样。尤、李只能顾体统，让探春去说，但看她先叹气便知无奈！

10. 一语道破，举周姨娘作比，令其无词以对。

11. 不用问，就知是听人调唆而来，故责其"呆"。

来的事总不叫人敬服。这是什么意思，也值得吵一吵，并不留体统！耳朵又软，心里又没有算计。这又是那起没脸面的奴才们的调停，作弄出个呆人，替她们出气。"¹ 越想越气，因命人查是谁调唆的。媳妇们只得答应着，出来相视而笑，都说是："大海里哪里寻针去？"只得将赵姨娘的人并园中人唤来盘诘，都说不知道。² 众人也无法，只得回探春："一时难查，慢慢地访查；凡有口舌不妥的，一总来回了责罚。"

　　探春气渐渐平服方罢。可巧艾官便悄悄地回探春说："都是夏妈素日和我们不对，每每地造言生事。³ 前儿赖藕官烧钱，幸亏是宝玉叫她烧的，宝玉自己应了，她才没话。今儿我与姑娘送手帕去，看见她和姨奶奶在一处说了半天，喊喊喳喳的，见了我才走开了。"探春听了，虽知情弊，亦料定她们皆一党，本皆淘气异常，便只答应，也不肯据此为实。⁴

　　谁知夏婆子的外孙女儿蝉姐儿，便是探春处当役的，时常与房中丫鬟们买东西、呼唤人，众女孩儿皆待她好。这日饭后，探春正上厅理事。翠墨在家看屋子，因命蝉姐儿出去叫小幺儿买糕去。蝉儿便说："我才扫了个大院子，腰腿生疼的，你叫个别的去罢。"翠墨笑说："我又叫谁去？你趁早儿去，我告诉你一句好话，你到后门顺路告诉你老娘防着些儿。"说着，便将艾官告她老娘的话告诉了她。⁵ 蝉姐儿听了，忙接了钱道："这个小蹄子也要捉弄人，等我告诉去。"说着，便起身出来。至后门边，只见厨房内此刻手闲之时，都坐在阶砌上说闲话呢，她老娘亦在内。蝉姐儿便命一个婆子出去买糕。她且一行骂，一行说，将方才之话告诉与夏婆子。夏婆子听了，又气又怕，便欲去找艾官问她，又欲往探春前去诉冤。蝉姐儿忙拦住说：⁶ "你老人家去怎么说呢？这话怎得知道的？可又叨登①不好了。说给你老防着就是了，哪里忙到这一时儿！"

　　正说着，忽见芳官走来，扒着院门，笑向厨房中柳家媳妇说道："柳嫂子，宝二爷说了：晚饭的素菜要一样凉凉的酸酸的东西，只别搁上香油弄腻了。"柳家的笑道："知道。今儿怎遣你来告诉这么一句要紧话？你不嫌脏，进来逛逛儿不是？"⁷ 芳官才进来，忽有一个婆子手里托了一碟糕来。

1. 估计得一点不错。

2. 必定都推不知道。原来说要出来相帮的人躲到哪儿去了？

3. 偏有艾官看见，将夏妈调唆事向探春告发了。

4. 探春谨慎，不冒失处理。

5. 是非之事最易传播，不料艾官告发事又由翠墨告诉蝉姐儿，再让她去告诉她老娘夏婆。关系复杂化了。

6. 当初调唆闹事的胆子哪里去了？幸好被拦住没去表白。

7. 柳家媳妇对芳官过分热情，不知为何。

---

　　① 叨登——即"倒腾"，这里是应付的意思。

芳官便戏道："谁买的热糕？我先尝一块儿。"蝉姐儿一手接了，道："这是人家买的，你们还稀罕这个！"柳家的见了，忙笑道："芳姑娘，你喜吃这个？我这里有才买下给你姐姐吃的。她不曾吃，还收在那里，干干净净没动呢。"说着，便拿了一碟出来，递与芳官，又说："你等我替你炖口好茶来。"一面进去，现通开火炖茶。[1]芳官便拿着那糕，举到蝉姐儿脸上，说："谁稀罕吃你那糕！这个不是糕不成？我不过说着玩罢了，你给我磕头，我也不吃。"说着，便将手内的糕一块一块的掰了，掷着打雀儿玩，口内笑说："柳嫂子，你别心疼，我回来买二斤给你。"[2]小蝉姐气得怔怔的，瞅着冷笑道："雷公老爷也有眼睛，怎不打这作孽的？她还气我呢。我可拿什么比你们，又有人进贡，又有人作干奴才，溜溜你们好上好儿，帮衬着说句话儿。"众媳妇都说："姑娘们，罢哟！天天见了就咕唧。"有几个伶透的，见她们对了口，怕又生事，都拿起脚来各自走开了。当下蝉姐儿也不敢十分说，一面咕唧着去了。

　　这里柳家的见人散了，忙出来和芳官说："前儿那话儿说了不曾？"[3]芳官道："说了。等一二日再提这事，偏那赵不死的又和我闹了一场。前儿那玫瑰露姐姐吃了不曾？她到底可好些？"柳家的道："可不都吃了。她爱得什么似的，又不好问你再要。"芳官道："不值什么，等我再要些来给她就是了。"

　　原来这柳家的有个女儿，今年才十六岁，虽是厨役之女，却生得人物与平、袭、紫、鸳皆类。因她排行第五，便叫她作五儿。[4]因素有弱疾，故没得差。近因柳家的见宝玉房中的丫鬟差轻人多，且又闻得宝玉将来都要放她们，故如今要送她到那里去应名儿，正无头路，可巧这柳家的是梨香院的差役，她最小意殷勤，服侍得芳官一干人比别的干娘还好。[5]芳官等亦待她们极好。如今便和芳官说了，央芳官去与宝玉说。宝玉虽是依允，只是近日病着，又见事多，尚未说得。

　　前言少述，且说当下芳官回至怡红院中，回复了宝玉。宝玉正听见赵姨娘厮吵，心中自是不悦，说又不是，不说又不是，只得等吵完了，打听着探春劝了她去后，方从蘅芜苑回来，劝了芳官一阵，大家安妥。今见她回来，又说还要些玫瑰露与柳五儿吃去，宝玉忙道："有的，我

1. 殷勤得太过分了，不免令人疑惑。

2. 恃宠而骄，不厚道。何苦如此气蝉姐儿！怪不得晴雯说她狂。

3. 原来有求于人。不说明"那话儿"指什么，正是说私下话的情理。反正芳官一听就明白。

4. 五月之柳，春色可知。（庚）

5. 原来要为女儿差使应名找门路，补明殷勤服侍之故。

又不大吃，你都给她去罢。"<u>1</u> 说着，命袭人取了出来，见瓶中亦不多，遂连瓶与了她。

芳官便自携了瓶与她去。正值柳家的带进她女儿来散闷，在那边犄角子一带地方儿逛了一回，便回到厨房内，正吃茶歇脚。见芳官拿了一个五寸来高的小玻璃瓶来，迎亮照看，里面小半瓶胭脂一般的汁子，还道是宝玉吃的西洋葡萄酒。母女两个忙说："快拿旋子①烫滚水，你且坐下。"芳官笑道："<u>就剩了这些，连瓶子都给你们罢。</u>"<u>2</u> 五儿听了，方知是玫瑰露，忙接了，谢了又谢。芳官又问她："好些？"五儿道："今儿精神些，进来逛逛。这后边一带，也没什么意思，不过是些大石头、大树和房子后墙，正经好景致也没看见。"芳官道："你为什么不往前去？"柳家的道："我没叫她往前去。姑娘们也不认得她，倘有不对眼的人看见了，又是一番口舌。明儿托你携带她，有了房头②，怕没有人带着她逛呢！只怕逛腻了的日子还有呢！"芳官听了，<u>笑道："怕什么？有我呢。"</u>3柳家的忙道："嗳哟哟，我的姑娘！我们的头皮儿薄，比不得你们。"说着，又倒了茶来。<u>芳官哪里吃这茶，只漱了一口，就走了。</u>4柳家的说道："我这里占着手，五丫头送送。"

五儿便送出来，因见无人，又拉着芳官说道："我的话到底说了没有？"芳官笑道："难道哄你不成？我听见屋里正经还少两个人的窝儿，并没补上。一个是红玉的，琏二奶奶要了去，还没给人来。一个是坠儿的，也还没补。如今要你一个也不算过分。<u>皆因平儿每每地和袭人说，凡有动人动钱的事，得挨的且挨一日更好。</u>5如今三姑娘正要拿人扎筏子呢，连她屋里的事都驳了两三件，如今正要寻我们屋里的事<u>没寻着，何苦来往网里碰去！</u>6倘或说些话驳了，那时老了③，倒难回转。不如等冷一冷，老太太、太太心闲了，凭是天大的事，先和老的一说，没有不成的。"五儿道："虽如此说，我却性急等不得了。趁如今挑上来了，<u>一则给我妈争口气，也不枉养我一场；二则我添了月钱，家里又从容些；</u>7三则我的心开一开，只怕这病就好了。便是请大夫、吃药，也省了家里的钱。"芳官道："我都知道了，你只放心。"二人别过，芳官自去不提。

---

① 旋子——亦作"镟子"，铜锡制的筒形的温酒用具；内盛热水，酒壶置其中以温酒。
② 房头——犹言"户头"，奴婢之归属，指被分配在某一主子的屋里干活。
③ 老了——事成定局了。

<br>

1. 是前面写到过王夫人特意给他的。芳官来替五儿再要，宝玉毫不吝啬。

2. 若不连瓶子都给，也许就没事。

3. 说话总是骄矜态度，好像自己是什么了不起的人物。

4. 吃过怡红院的茶，厨房里的茶还能吃？

5. 尚未去打通关节的原因之一。

6. 原因之二。

7. 为母。（庚）二为家中。（庚）三为自己。

单表五儿回来，与她娘深谢芳官之情。她娘因说："再不承望得了这些东西，虽然是个珍贵物儿，却是吃多了也最动热。竟把这个倒些送个人去，也是个大情。"五儿问："送谁？"她娘道："送你舅舅的儿子，昨日热病，也想这些东西吃。如今我倒半盏与他去。"[1]五儿听了，半日没言语，随她妈倒了半盏子去，将剩的连瓶放在家伙厨内。五儿冷笑道："依我说，竟不给他也罢了。倘或有人盘问起来，倒又是一场事了。"[2]她娘道："哪里怕起这些来，还了得了！我们辛辛苦苦的，里头赚些东西，也是应当的。难道是贼偷的不成？"说着，不听，一径去了。直至外边她哥哥家中，她侄子正躺着。一见了这个，她哥嫂侄男，无不欢喜。现从井上取了凉水，和吃了一碗。心中一畅，头目清凉。[3]剩的半盏，用纸覆着，放在桌上。

可巧又有家中几个小厮，同她侄儿素日相好的，走来问候他的病。内中有一小伙名唤钱槐者，乃系赵姨娘之内侄。[4]他父母现在库上管账，他本身又派跟贾环上学。因他有些钱势，尚未娶亲，素日看上了柳家的五儿标致，一心和父母说了，欲娶她为妻。也曾央中保媒人再四求告。柳家父母却也情愿，争奈五儿执意不从，虽未明言，却行止中已带出，她父母未敢应允。近日又想往园内去，越发将此事丢开，只等三五年后放出时，自向外边择婿了。钱家见她如此，也就罢了。怎奈钱槐不得五儿，心中又气又愧，发恨定要弄取成配，方了此愿。[5]今也同人来瞧望柳侄，不期柳家的在内。

柳家的忽见一群人来了，内中有钱槐，便推说不得闲，起身走了。她哥嫂忙说："姑妈怎么不吃茶就走？倒难为姑妈记挂。"柳家的因笑道："只怕里面传饭，再闲了，出来瞧佫子罢。"她嫂子因向抽屉内取了一个纸包出来，拿在手内，送了柳家的出来，至墙角边，递与柳家的，[6]又笑道："这是你哥哥昨儿在门上该班儿，谁知这五日一班，竟偏冷淡，一个外财没发。只有昨儿有粤东的官儿来拜，送了上头两小篓子茯苓霜。[7]余外给了门上人一篓作门礼，你哥哥分了这些。那地方千年松柏最多，所以单取了茯苓的精液和了药，不知怎么弄出这怪俊的白霜儿来。说第一用人乳和着，每日早起吃一钟，最补人的。第二用牛奶子，万不得已，用滚白水也好。我们想着，正宜外甥女儿吃。原是上半日打发小丫头子送了家去的，她说锁着门，连外

1. 闲话传来传去易生事，东西送来送去就不会？且看如何？

2. 五儿倒先有预感。

3. 果然是好东西。

4. 偏是赵姨娘亲戚，恐来者不善。

5. 怀此念头，怎么有好事？

6. 虽说礼尚往来，总是多事，且行止又不光明磊落。

7. 回目所谓"引来茯苓霜"。

甥女儿也进去了。本来我要瞧瞧她去，给她带了去的，又想：主子们不在家，各处严紧，我又没什么差使，有要没紧，跑些什么？况且这两日风声，闻得里头家反宅乱的，[1] 倘或沾带了，倒值多的。姑娘来得正好，亲自带去罢。"

柳氏道了生受，作别回来。刚到了角门前，只见一个小幺儿笑道："你老人家哪里去了？里头三次两趟叫人传呢，我们三四个人都找你老去了，还没来，你老人家却从哪里来了？这条路又不是家去的路，我倒疑心起来。"那柳家的笑骂道："好猴儿崽子！……"要知端的，且听下回分解。

1. 风声传得也快。近日来贾府里"家反宅乱"的，连外人都已知道。

---

**【总评】**

此回是上回大观园里老婆子与小女孩发生冲突争吵的续篇，角色略有变换。

蕊官托带蔷薇硝送给芳官，被正在宝玉处的贾环瞧见，要分一半。芳官不愿将蕊官所赠送人，拿茉莉粉充作硝给了他。贾环拿回去被彩云一眼看破，赵姨娘便借此生事，要"报仇"，唆使贾环前去闹事。贾环不敢去，赵姨娘就自己一头火赶往园内，又遇藕官干娘夏婆子走来给她煽风壮胆，于是赵姨娘直闯怡红院。

她一上来"便将粉照芳官脸上撒来"，破口大骂，接着还打了芳官两个耳刮子。芳官哪里肯依，"便撞头打滚，泼哭泼闹起来"。藕官、蕊官、葵官、豆官一帮小姊妹得知，激于义愤，一拥而上，"放声大哭，手撕头撞，把个赵姨娘裹住"。"晴雯等一面笑，一面假意去拉"，且"早遣春燕回了探春"。正没开交时，尤氏、李纨、探春带着平儿及众媳妇赶到，喝住了这场打闹。探春责怪赵姨娘"自己不尊重"，"失了体统"，"惹人笑话"。

艾官将夏婆子挑拨事向探春告发，夏婆的外孙女蝉姐儿得知后，忙传讯夏婆，夏婆听了又气又怕。

芳官来找厨役柳家媳妇，又与小蝉姐斗气。柳家的巴结芳官，求她跟宝玉说，将女儿柳五儿补入怡红院差役，宝玉依允，只因事多，尚未说得。芳官又向宝玉讨得玫瑰露去给五儿，五儿娘又将玫瑰露倒了半盏去给热病中的侄子吃。她哥嫂就回馈她一包茯苓霜。谁知在后回中，玫瑰露和茯苓霜又惹出"失窃"案来。若以为写几位主角的恋爱婚姻故事是此书主线，则不但详述贾府过春节礼仪习俗多余，连花这么多笔墨写家中种种矛盾弊端，也都成喧宾夺主的枝蔓了。

# 第 六 十 一 回

## 投鼠忌器宝玉瞒赃　　判冤决狱平儿行权

**【题解】**

　　本回回目诸本差异,都在上下句末二字,如己卯、庚辰本作"情赃""情权",语生造,且重字,疑有误;戚序本作"情赃""徇私",贬语不当;卞藏本作"认赃""夺权",宝玉自"认"拿了便非"赃"物,平儿何曾"夺"凤姐之"权"?列藏本原抄同己、庚本,被点改作"认赃""行权"。现据情理,姑用蒙府、程高本回目。柳五儿被误当窃玫瑰露的小偷,关了起来。经查核,原来王夫人处失窃的玫瑰露是赵姨娘叫彩云偷了给贾环的,宝玉怕揭出真相来会对探春造成伤害,便自认是从母亲处拿的,瞒了贾环所得的赃物。平儿据宝玉所言回复了凤姐。凤姐不信,要她继续追查。平儿劝其别操心,乐得施恩,说服了凤姐,也放了柳家母女等人。投鼠忌器,即平儿所说"不肯为打老鼠伤了玉瓶",乃指怕伤害探春的面子,故不揭发赵姨娘。语出《汉书·贾谊传》。行权,行施权宜之法。权,变通,灵活性,非权力之意。

　　话说那柳家的笑道:"好猴儿崽子!你亲婶子找野老儿去了,你岂不多得一个叔叔?有什么疑的!别讨我把你头上的马子盖似的几根屎毛挦①下来。还不开门让我进去呢!"这小厮且不开门,且拉着笑说:"<u>好婶子,你这一进去,好歹偷些杏子出来赏我吃。</u>[1]我这里老等。你若忘了时,日后半夜三更打酒买油的,我不给你老人家开门,也不答应你,随你干叫去。"柳氏啐道:"发了昏的!今年还比往年?把这些东西都分给了众奶奶了。一个个的不像抓破了脸的!人打树底下一过,两眼就像那黧鸡②似的,还动她的果子!昨儿我从李子树下一走,偏有一个蜜蜂儿往脸上一过,我一招手儿,偏你那好舅母就看见了。她离得远,看不真,只当我摘李子呢,就尻声浪嗓喊起来,又是'还没供佛呢',又是'老太太、太太不在家,还没进鲜呢;等进了上头,嫂子们都有分的'。[2]倒像谁害了馋痨,等李子出汗呢。叫

1. 从小厮叫偷杏的闲话中,带出一段如今果树都严管着的话头来。

2. 这段话全从古乐府《君子行》"君子防未然,不处嫌疑间。瓜田不纳履,李下不正冠"末句化出。赶蜜蜂比"正冠"更容易被人误认作是摘李。

---

① 马子盖、挦(xún寻)——即马桶盖,儿童发式,剃去四周只留中间头发,状如马桶盖。"马"原作"杩",据通用字改。挦,拔。

② 黧(lí梨)鸡——鸟名,黑色,尾长,好斗,遇到侵犯,眼呈惊恐状,起飞追逐相搏。

我也没好话说，抢白了她一顿。可是你舅母、姨娘两三个亲戚都管着？怎不和她们要去，倒和我来要？这可是‘仓老鼠和老鸹去借粮——守着的没有，飞着的有’？”小厮笑道："哎哟哟！没有罢了，说上这些闲话！我看你老以后就用不着我了？就便是姐姐有了好地方，将来更呼唤着的日子多着呢，只要我们多答应她些就有了。"柳氏听了，笑道："你这个小猴精，又捣鬼吊白的！你姐姐有什么好地方了？"那小厮笑道："别哄我了，早已知道了。单是你们有内纤，难道我们就没有内纤不成？[1]我虽在这里听呵，里头却也有两个姊妹成个体统的，什么事瞒了我们！"

　　正说着，只听门内又有老婆子向外叫："小猴儿们，快传你柳婶子去罢，再不来可就误了！"柳家的听了，不顾和小厮说话，忙推门进去，笑说："不必忙，我来了。"一面来至厨房，——虽有几个同伴的人，她们都不敢自专，单等她来调停分派——一面问众人："五丫头哪去了？"众人都说："才往茶房里找她们姊妹去了。"

　　柳家的听了，便将茯苓霜搁起，且按着房头分派菜馔。忽见迎春房里小丫头莲花儿走来说：[2]"司棋姐姐说了，要碗鸡蛋，炖得嫩嫩的。"柳家的道："就是这样尊贵。不知怎的，今年这鸡蛋短得很，十个钱一个还找不出来。昨儿上头给亲戚家送粥米①去，四五个买办出去，好容易才凑了二十个来②。我哪里去？你说给她，改日吃罢。"莲花儿道："前儿要吃豆腐，你弄了些馊的，叫她说了我一顿。今儿要鸡蛋又没有了。[3]什么好东西！我就不信连鸡蛋都没有了，别叫我翻出来！"一面说，一面真个走来，揭起菜箱一看，只见里面果有十来个鸡蛋，说道："这不是？你就这么利害！吃的是主子的，我们的份例，你为什么心疼？又不是你下的蛋，怕人吃了。"柳家的忙丢了手里的活计，便上来说道："你少满嘴里混嗳！你娘才下蛋呢！通共留下这几个，预备菜上的浇头③。姑娘们不要，还不肯做上去呢，预备接急的。你们吃了，倘或一声要起来，没有好的，

1. 真是没有不透风的墙。柳五儿尚未进得怡红院，小厮就听到风声了。可知贾府里婢仆间彼此传话，已成为他们生活中不可缺少的事了。

2. 总是写春景将残。（己）是否符合起名用意，尚可商榷。但批书人注意到作者在写贾府渐趋衰落的景象，倒是看得很准的。

3. 倘果真如此，柳家的不免看人下菜碟，有点势利了。

---

① 送粥米——近人王澧批云："江南旧俗，凡生子之家，其戚馈食物与产母，谓之送粥米。余幼时犹闻此言。或北俗亦有此例耶？又昔有贵族生子，其母家与田若干亩，谓之粥米庄。"

② 好容易才凑了二十个来——"二十个"，庚辰、蒙府、戚序、甲辰、程高本作"二千个"，今排印本多从之；列藏本作"三千个"。其实，都是不合理的。文中提到这是单管姑娘的厨房，四五十人一天不过吃鸡、鸭各二，肉十来斤，何用二三千个蛋？还说"不肯做上去"。一碗蛋汤只用一二个蛋，尚怕用掉后没有应急的，可知凑来的是"二十个"无疑，且与莲花儿翻出"十来个"正相符合，故从己卯本。

③ 浇头——菜肴或面条起锅盛于碗盘后，再在其表面加上些菜的片、丁、丝以增味色，叫浇头。

连鸡蛋都没了！你们深宅大院，水来伸手，饭来张口，只
知鸡蛋是平常物件，哪里知道外头买卖的行市呢。别说这
个，有一年连草根子还没了的日子还有呢。¹ 我劝他们，细
米白饭，每日肥鸡大鸭子，将就些儿也罢了。吃腻了膈，
天天又闹起故事来了。鸡蛋、豆腐，又是什么面筋、酱萝
卜炸儿，敢自倒换口味。只是我又不是答应你们的，一处
要一样，就是十来样。我倒别伺候头层主子，只预备你们
二层主子了。"²

　　莲花听了，便红了面，喊道："谁天天要你什么来？
你说上这两车子话！叫你来，不是为便宜，却为什么？前
儿小燕来说，晴雯姐姐要吃芦蒿，你怎么忙得还问肉炒鸡
炒？小燕说荤的因不好，才另叫你炒个面筋的，少搁油才
好。你忙得倒说自己发昏，赶着洗手炒了，狗颠儿似的亲
捧了去。³ 今儿反倒拿我作筏子，说我给众人听。"柳家的
忙道："阿弥陀佛！这些人眼见的。别说前儿一次，就从旧
年一立厨房以来，凡各房里，偶然间不论姑娘、姐儿们要
添一样半样，谁不是先拿了钱来另买另添？有的没的，名
声好听。说我单管姑娘的厨房省事，又有剩头儿，算起账
来，惹人恶心：连姑娘带姐儿们四五十人，一日也只管要
两只鸡，两只鸭子，十来斤肉，一吊钱的菜蔬。你们算算，
够作什么的？连本项两顿饭还撑持不住，还搁得住这个点
这样，那个点那样，买来的又不吃，又买别的去？既这样，
不如回了太太，多添些份例，也像大厨房里预备老太太的
饭，把天下所有的菜蔬用水牌①写了，天天转着吃，吃到
一个月现算倒好。⁴ 连前儿三姑娘和宝姑娘偶然商议了要吃
个油盐炒枸杞芽儿来，现打发个姐儿拿着五百钱来给我，
我倒笑起来了，说：'二位姑娘就是大肚子弥勒佛，也吃不
了五百钱的去。这三二十个钱的事，还预备得起。'赶着
我送回钱去，到底不收，说赏我打酒吃，⁵ 又说：'如今厨
房在里头，保不住屋里的人不去叨登，一盐一酱，哪不是
钱买的？你不给又不好，给了你又没得赔。你拿着这个钱，
权当还了她们素日叨登东西的窝儿。'这就是明白体下的
姑娘，我们心里只替她念佛。没的赵姨奶奶听了，又气又
忿，又说太便宜了我，隔不了十天，也打发个小丫头子来
寻这样，寻那样，我倒好笑起来。你们竟成了例，不是这

1. 虽牢骚话，好像是危言耸听。
遇大灾之年，饥民吃草根树
皮的事尽有。

2. 讥司棋等是二层主子，是嫌
多事、难伺候的怨言。

3. 一一都看在眼里。可不是厚
彼薄此？

4. 话中带出贾母的伙食规格，
与办御膳差不多了。

5. 又夸探、钗二姑娘是明白人，
能体谅下情，要添菜便拿现
钱来，只多不少。是寒碜莲
花儿。

---

① 水牌——一种可以书写、可以擦去的粉漆记事木牌。

个，就是那个，我哪里有这些赔的？"

　　正乱时，只见司棋又打发人来催莲花儿，说她："死在这里了，怎么就不回去？"莲花儿赌气回来，便添了一篇话，告诉了司棋。司棋听了，不免心头起火。此刻伺候迎春饭罢，带了小丫头们走来，见了许多人正吃饭，见她来的势头不好，都忙起身陪笑让坐。司棋便喝命小丫头子动手："凡箱柜所有的菜蔬，只管丢出去喂狗，大家赚不成！"小丫头子们巴不得一声，七手八脚抢上去，一顿乱翻乱掷的，[1] 慌得众人一面拉劝，一面央告司棋说："姑娘别误听了小孩子的话。柳嫂子有八个头，也不敢得罪姑娘。说鸡蛋难买是真。我们才也说她不知好歹，凭是什么东西，也少不得变法儿去。她已经悟过来了，连忙蒸上了。姑娘不信，瞧那火上。"[2]

　　司棋被众人一顿好言，方将气劝得渐渐平了。小丫头子们也没得摔完东西，便拉开了。司棋连说带骂，闹了一回，方被众人劝去。柳家的只好摔碗丢盘，自己咕嘟了一会，蒸了一碗鸡蛋，令人送去。司棋全泼在地下了。[3] 那人回来，也不敢说，恐又生事。

　　柳家的打发她女儿喝了一回汤，吃了半碗粥，又将茯苓霜一节说了。五儿听罢，便心下要分些赠芳官，遂用纸另包了一半，趁黄昏人稀之时，自己花遮柳隐地来找芳官。且喜无人盘问。一径到了怡红院门前，不好进去，只在一簇玫瑰花前站立，远远地望着。有一盏茶时，可巧小燕出来，忙上前叫住。小燕不知是哪一个，至跟前方看真切，因问："作什么？"五儿笑道："你叫出芳官来，我和她说话。"小燕悄笑道："姐姐太性急了，横竖等十来日就来了，只管找她做什么。方才使了她往前头去了，你且等她一等。不然，有什么话告诉我，等我告诉她。恐怕你等不得，只怕关园门了。"[4] 五儿便将茯苓霜递与了小燕，又说这是茯苓霜，如何吃，如何补益，"我得了些送她的，转烦你递与她就是了。"说毕，作辞回来。

　　正走蓼溆一带，忽见迎头林之孝家的带着几个婆子走来，五儿藏躲不及，只得上来问好。林之孝家的问道："我听见你病了，怎么跑到这里来？"五儿陪笑道："因这两日好些，跟我妈进来散散闷。才因我妈使我到怡红院送家伙去。"林之孝家的说道："这话岔了。方才我见你妈出去，我才关门。既是你妈使了你去，她如何不告诉我说你在这

1. 司棋也太蛮横了！这一乱翻腾，藏的什么东西都暴露无遗了。为下文指证玫瑰露而写。

2. 毕竟不敢过于得罪了，故作了补救。

3. 如此做法，太过分了！司棋恰是其老实主子迎春的反面。

4. 这话还不是白说的，下文便知。

里呢，竟出去让我关门，是何主意？可知是你扯谎。"[1]五儿听了，没话回答，只说："原是我妈一早教我取去的，我忘了，挨到这时，我才想起来了。只怕我妈错当我先出去了，所以没和大娘说得。"

　　林之孝家的听她辞钝色虚，又因近日玉钏儿说那边正房内失落了东西，几个丫头对赖，没主儿，心下便起了疑。可巧小蝉、莲花儿并几个媳妇子走来，见了这事，便说道："林奶奶倒要审审她。这两日她往这里头跑得不像，鬼鬼唧唧的，不知干些什么事。"[2]小蝉又道："正是。昨儿玉钏姐姐说，太太耳房里的柜子开了，少了好些零碎东西。琏二奶奶打发平姑娘和玉钏姐姐要些玫瑰露，谁知也少了一罐子。若不是寻露，还不知道呢！"莲花儿笑道："这话我没听见。今儿我倒看见一个露瓶子。"[3]林之孝家的正因这些事没主儿，每日凤姐儿使平儿催逼她，一听此言，忙问："在哪里？"莲花儿便说："在她们厨房里呢。"林之孝家的听了，忙命打了灯笼，带着众人来寻。五儿急得便说："那原是宝二爷屋里的芳官给我的。"林之孝家的便说："不管你'方官''圆官'，现有了赃证，我只呈报了，凭你主子前辩去。"一面说，一面进入厨房，莲花儿带着，取出露瓶。恐还有偷的别物，又细细搜了一遍，又得了一包茯苓霜，一并拿了，带了五儿来回李纨与探春。[4]

　　那时李纨正因兰哥儿病了，不理事务，只命去见探春。探春已归房，人回进去，丫鬟们都在院内纳凉，探春在内盥沐，只有待书回进去。半日，出来说："姑娘知道了，叫你们找平儿回二奶奶去。"林之孝家的只得领出来。到凤姐儿那边，先找着了平儿，平儿进去回了凤姐。凤姐方才歇下，听见此事，便吩咐："将她娘打四十板子，撵出去，永不许进二门；把五儿打四十板子，立刻交给庄子上，或卖或配人。"[5]平儿听了出来，依言吩咐了林之孝家的。五儿吓得哭哭啼啼，给平儿跪着，细诉芳官之事。平儿道："这也不难，等明日问了芳官，便知真假。但这茯苓霜，前日人送了来，还等老太太、太太回来看了才敢打动，这不该偷了去。"五儿见问，忙又将她舅舅送的一节说了出来。平儿听了，笑道："这样说，你竟是个平白无辜之人，拿你来顶缸①的。此时天晚，奶奶才进了药歇下，不便为这点

① 顶缸——代人受过。

1. 不会扯谎，当场被戳穿。

2. 又都是得罪过的人，哪会有好事？

3. 着！正是翻箱倒柜所获。

4. 捉贼捉赃。不料正路来的东西，都被当成贼赃了。

5. 凤姐自是毫不容情，用了重典。若不能洗脱罪名，柳家母女都完了。

子小事去絮叨。¹ 如今且将她交给上夜的人看守一夜，等明儿我回了奶奶，再作道理。"林之孝家的不敢违拗，只得带了出来，交与上夜的媳妇们看守，自便去了。

这里五儿被人软禁起来，一步不敢多走。又兼众媳妇也有劝她说："不该做这没行止的事。"也有抱怨说："正经更还坐不上来，又弄个贼来给我们看，倘或眼不见寻了死，逃走了，都是我们的不是。"于是又有素日一干与柳家不睦的人，见了这般，十分趁愿，都来奚落嘲戏她。这五儿心内又气又委屈，竟无处可诉；且本来怯弱有病，这一夜思茶无茶，思水无水，思睡无衾枕，呜呜咽咽，直哭了一夜。²

谁知和她母女不和的那些人，巴不得一时撵出她们去，惟恐次日有变，大家先起了个清早，都悄悄地来买转平儿，一面送些东西，一面又奉承她办事简断，一面又讲述她母亲素日许多不好。³ 平儿一一地都应着，打发她们去了，却悄悄地来访袭人，问她可果真芳官给她露了。⁴ 袭人便说："露却是给了芳官，芳官转给何人，我却不知。"袭人于是又问芳官，芳官听了，唬天跳地，忙应是自己送她的。⁵ 芳官便又告诉了宝玉，宝玉也慌了，⁶ 说："露虽有了，若勾起茯苓霜来，她自然也实供。若听见了是她舅舅门上得的，她舅舅又有了不是，岂不是人家的好意，反被咱们陷害了？"因忙和平儿计议："露的事虽完，然这霜也是有不是的。好姐姐，你只叫她说也是芳官给她的就完了。"平儿笑道："虽如此，只是她昨晚已经同人说是她舅舅给的了，如何又说你给的？况且那边所丢的露，也正无主儿，如今有赃证的白放了，又去找谁？谁还肯认？众人也未必心服。"晴雯走来，笑道："太太那边的露，再无别人，分明是彩云偷了给环哥儿去了。你们可瞎乱说。"⁷

平儿笑道："谁不知是这个原故！但今玉钏儿急得哭，悄悄问着她，她若应了，玉钏也罢了，大家也就混着不问了。难道我们好意兜揽这事不成？可恨彩云不但不应，她还挤玉钏儿，说她偷了去了。两个人窝里发炮，先吵得合府皆知，我们如何装没事人，少不得要查的。殊不知告失盗的就是贼，⁸ 又没赃证，怎么说她？"宝玉道："也罢！这件事我也应起来，就说是我唬她们玩的，悄悄地偷了太太的来了。两件事都完了。"⁹ 袭人道："也倒是件阴骘事，保全人的贼名儿。只是太太听见，又说你小孩子气，不知好歹了。"平儿笑道："这也倒是小事。如今便从赵姨娘屋里起了赃来也容易，我

1. 平儿虽未遽信其自辩平白无辜，然亦不贸然处置，想已有主意了。关乎母女命运的判决，在奶奶们看来，却是"这点子小事"。

2. 怯弱有病之身，再委屈受气，一夜不得茶水睡眠，必大伤元气。可知柳五儿必非福寿之辈。

3. 可怕！欲得好处，托人相帮，送礼奉承都不稀罕；岂料想要整倒别人，也用上这一套。幸好平儿还不糊涂。

4. 调查核实是唯一好办法。

5. 芳官的反应，竟似被蛇咬了一口。

6. 可知宝玉闻五儿被冤也震动不小。

7. 聪明人一猜就中。

8. 彩云非胆小之人，索性来个贼喊捉贼。

9. 或讥议宝玉缺男子汉气。试看他敢将这样的事自己揽过来担在肩上！不是常人都甘愿承当的。

只怕又伤着一个好人的体面。别人都别管，这一个人岂不又生气？我可怜的是她，不肯为打老鼠伤了玉瓶。"说着把三个指头一伸。[1] 袭人等听说，便知她说的是探春。大家都忙说："可是这话。竟是我们这里应了起来的为是。"平儿又笑道："也须得把彩云和玉钏儿两个孽障叫了来，问准了她方好。不然，她们得了益，不说为这个，倒像我没了本事，问不出来，烦出这里来完事。她们以后越发偷的偷，不管的不管了。"[2] 袭人等笑道："正是，也要你留个地步。"

平儿便命人叫了她两个来，说道："不用慌，贼已有了。"玉钏儿先问："贼在哪里？"平儿道："现在二奶奶屋里呢，问她什么应什么。我心里明知不是她偷的，可怜她害怕，都承认了。这里宝二爷不过意，要替她认一半。我待要说出来，但只是这做贼的，素日又是和我好的一个姊妹；窝主却是平常，里面又伤着一个好人的体面，因此为难。少不得央求宝二爷应了，大家无事。[3] 如今反要问你们两个，还是怎样？若从此以后大家小心存体面，这便求宝二爷应了；若不然，我就回了二奶奶，别冤屈了好人。"彩云听了，不觉红了脸，一时羞恶之心感发，便说道："姐姐放心，也别冤屈了好人，也别带累了无辜之人伤体面。偷东西原是赵姨奶奶央告我再三，我拿了些与环哥是情真。连太太在家我们还拿过，各人去送人，也是常事。我原说嚷两天就罢了。如今既冤屈了好人，我心也不忍。姐姐竟带了我回二奶奶去，我一概应了完事。"[4]

众人听了这话，一个个都诧异，她竟这样有肝胆。宝玉忙笑道："彩云姐姐果然是个正经人。如今也不用你应，我只说是我悄悄地偷的唬你们玩。如今闹出事来，我原该承认。只求姐姐们以后省些事，大家就好了。"彩云道："我干的事，为什么叫你应？死活我该去受。"平儿、袭人忙道："不是这样说，你一应，未免又叨登出赵姨奶奶来，那时三姑娘听了，岂不生气。[5] 竟不如宝二爷应了，大家无事；且除这几个人，皆不得知道这事，何等的干净！但只以后千万大家小心些就是了。要拿什么，好歹耐到太太到家，哪怕连这房子给了人，我们就没干系了。"彩云听了，低头想了一想，方依允。

于是大家商议妥帖，平儿带了她两个并芳官往前边来至上夜房中，叫了五儿，将茯苓霜一节，也悄悄地教她说

1. 说出不去起真赃之故，将"投鼠忌器"成语阐述得明白。

2. 是极，是极！平儿不是一味畏畏缩缩怕得罪人的人。必须犯事人承认后才能宽恕。

3. 说话最有策略，不点贼名，却说"和我好的一个姊妹"，不说窝藏赃物之处，只说怕"伤着一个好人的体面"。等于告诉对方事情经过已查得一清二楚。然后说出宝玉"应了"，以留情面，以存体面。末了才说若不承认，便回凤姐。足以让犯事者掂量掂量得失。平儿真是人才！

4. 彩云果有羞恶之心，也有豁出去自己承担的性气。

5. 再说明彩云不能自己应承的原委。

系芳官所赠，五儿感谢不尽。平儿带她们来至自己这边，已见林之孝家的带领了几个媳妇，押解着柳家的等够多时。林之孝家的又向平儿说："今儿一早押了她来，恐园里没人伺候姑娘们的饭，我暂且将秦显的女人派了去伺候。姑娘一并回明奶奶，她倒干净谨慎，以后就派她常伺候罢。"[1] 平儿道："秦显的女人是谁？我不大相熟。"林之孝家的道："她是园里南角子上夜的，白日里没什么事，所以姑娘不大相识。高高的孤拐①，大大的眼睛，最干净爽利的。"玉钏儿道："是了。姐姐，你怎么忘了？她是跟二姑娘的司棋的婶娘。司棋的父母虽是大老爷那边的人，她这叔叔却是咱们这边的。"

平儿听了，方想起来，笑道："哦！你早说是她，我就明白了。"又笑道："也太派急了些。如今这事，八下里水落石出了，连前儿太太屋里丢的，也有了主儿，是宝玉那日过来和这两个孽障要什么的，偏这两个孽障怄他玩，说太太不在家，不敢拿。宝玉便瞅她两个不提防的时节，自己进去拿了些什么出来。这两个孽障不知道，就吓慌了。如今宝玉听见带累了别人，方细细地告诉了我，拿出东西来我瞧，一件不差。那茯苓霜也是宝玉外头得了的，也曾赏过许多人。不独园内人有，连妈妈子们讨了出去给亲戚们吃，又转送人；袭人也曾给过芳官之流的人。他们私情各相来往，也是常事。前儿那两篓还摆在议事厅上，好好的原封没动，怎么就混赖起人来。[2] 等我回了奶奶再说。"说毕，抽身进了卧房，将此事照前言回了凤姐儿一遍。

凤姐儿道："虽如此说，但宝玉为人，不管青红皂白，爱兜揽事情。别人再求求他去，他又搁不住人两句好话，给他个炭篓子戴上②，什么事他不应承。[3] 咱们若信了，将来若大事也如此，如何治人？还要细细地追求才是。依我的主意，把太太屋里的丫头都拿来，虽不便擅加拷打，只叫她们垫着磁瓦子③跪在太阳地下，茶饭也别给吃。一日不说跪一日，便是铁打的，一日也管招了。又道是'苍蝇不抱没缝的蛋'。虽然这柳家的没偷，到底有些影儿，人才说她。虽不加贼刑，也革出不用。朝廷家原有挂误④的，倒也不算委屈

1. 派来人补位倒快！可见都盯着这个好差使空缺，想尽快安插个自己人。

2. 没动过两篓赠物，是宝玉也能应下茯苓霜，并堵住众人之口的关键。

3. 凤姐熟知宝玉脾气，想瞒过她谈何容易！

---

① 孤拐——颧骨。
② 炭篓子戴上——即戴高帽子的意思。
③ 磁瓦子——碎瓷片。
④ 挂误——亦作"诖误"。牵累；引申为官员受连累被撤职。

了她。"[1]平儿道："何苦来操这心！'得放手时须放手'，什么大不了的事，乐得施恩呢！依我说，纵在这屋里操上一百分心，终究咱们是回那边屋里去的。没的结些小人仇恨，使人含怨。况且自己又三灾八难的，好容易怀了一个哥儿，到了六七个月还掉了，焉知不是素日操劳太过，气恼伤着的！[2]如今乘早儿见一半不见一半的，也倒罢了。"一席话，说得凤姐儿倒笑了，说道："凭你这小蹄子发放去罢。我才精爽些了，没的淘气！"平儿笑道："这不是正经话？"说毕，转身出来，一一发放。

要知端的，且听下回分解。

1. 若真按此处置，几个丫头都够受的，连不曾偷的柳家母女都不能宽免，真不让酷吏行径！

2. 以宽救严，以恩济威。平儿之言让凤姐不能不听从。此视情势而变通，亦即"行权"之所以不可少也。

**【总评】**

　　老太太、太太外出，凤姐养病期间，荣府里总不太安宁。上两回已写了老婆子、赵姨娘跟小丫头、小女孩们哭闹吵闹事，这一回更牵出偷窃行为和"判冤决狱"的经过来。事情其实也并不严重，但如此大家众多成员中，因利害亲疏而形成的恩恩怨怨关系，却盘根错节，极其复杂。

　　柳家媳妇与看门的小幺儿的对话，可看出园子里果木被婆子们管得紧，这应是"除宿弊"改革的效果。迎春的小丫头莲花儿到厨房里找柳家媳妇要鸡蛋羹，做厨娘的柳氏说，今年就是鸡蛋短缺。莲花儿不信，动手去翻。这样，她后来说在厨房见过玫瑰露瓶子就合情合理了。柳氏虽为"份例"少，需求多，要赔钱发牢骚，但诸如"有一年连草根子还没有了的日子还有呢"之类话，也不无可令人警戒处。她话虽这么说，毕竟还不敢得罪二姑娘，所以蛋羹还是蒸上了，谁知司棋拿来，顺手泼在地下，未免太过。这样，她与柳家媳妇就结了怨。

　　五儿要将茯苓霜分赠给芳官，从怡红院回来路上，遇上林之孝家的带几个婆子来查失窃。询问间，五儿扯了谎而"辞钝色虚"，恰值小蝉儿、莲花儿走来，说是见过玫瑰露瓶子，带众人到厨房里，找出露瓶和一包茯苓霜来，当作贼赃，将五儿带到平儿处，被平儿命人先看管起来，关了一夜。

　　与柳家媳妇不和的人，乘机向平儿送物、进谗，盼能将柳家母女撵走。平儿并不糊涂，到宝玉处亲自核实情况，不但知五儿所言属实，且经晴雯提醒，知太太处的玫瑰露定是彩云偷了去给贾环的。她以为若到赵姨娘处去起赃容易，但怕揭出真相会伤了探春。宝玉想到这一层，便表示愿自认从王夫人处拿的，为唬丫头们玩。平儿以为须问准了真犯才好，便单独找来玉钏儿、彩云谈。彩云"一时羞恶之心感发"，说："偷东西原是赵姨奶奶央告我再三，我拿了些与环哥是情真。"但此事平儿还照与宝玉商量好的回了凤姐儿。

　　凤姐不是个可以轻易瞒过的人，她深知宝玉的脾气，只要别人求他，"什么事他不应承"，因而要平儿用点厉害来追查。平儿之为人，毕竟与她名字一样，她以前就说过"得饶人处且饶人"的话，如今也劝凤姐说："何苦来操这心！'得放手时须放手'，什么大不了的事，乐得施恩呢……"说服了凤姐，将柳家母女等"一一发放"，了结了此案。

# 第 六 十 二 回

## 憨湘云醉眠芍药裀　呆香菱情解石榴裙

**【题解】**

  本回回目诸本基本一样，只"石榴"一词，己卯、庚辰、杨藏、卞藏本作"柘榴"；蒙府、戚序、甲辰、程高本作"石榴"；列藏本原抄"柘榴"，点改作"石榴"。今据文内称裙用"石榴红绫"制，从"石榴"。宝玉生日宴席上，湘云喝醉了酒，跑到山后石凳上，以芍药花的花瓣作垫褥枕头，睡了一觉。大家找到她时，犹梦呓作酒令。裀（yīn 因），通"茵"，双层床垫。香菱与芳官等女孩子一起，玩"斗草"游戏，彼此打闹起来，滚在地上，污了石榴裙。恰好遇见宝玉，找袭人拿来裙子，让香菱当场就解下脏裙，换上干净的。石榴裙、红裙，诗文中提到时，常关风情。

  话说平儿出来吩咐林之孝家的道："大事化为小事，小事化为没事，方是兴旺之家。若得不了一点子小事，便扬铃打鼓地乱折腾起来，不成道理。[1] 如今将她母女带回，照旧去当差，将秦显家的仍旧退回。再不必提此事，只是每日小心巡察要紧。"说毕，起身走了。柳家的母女忙向上磕头，林家的带回园中，回了李纨、探春，二人皆说："知道了，宁可无事，很好。"

  司棋等人空兴头了一阵。那秦显家的好容易等了这个空子钻了来，只兴头了半天。在厨房内正乱接收家伙、米粮、煤炭等物，又查出许多亏空来，说："粳米短了两石，常用米又多支了一个月的，炭也欠着额数。"一面又打点送林之孝家的礼，悄悄地备了一篓炭，五百斤木柴，一担粳米在外边，就遣了子侄送入林家去了。又打点送账房的礼，又预备几样菜蔬请几位同事的人，说："我来了，全仗列位扶持。自今以后，都是一家人了，我有照顾不到的，好歹大家照顾些。"正乱着，忽有人来说与她："看过这早饭就出去罢。柳嫂儿原无事，如今还交与她管了。"秦显家的听了，轰去魂魄，垂头丧气，登时掩旗息鼓，卷包而出。送人之物白丢了许多，自己倒要折变了赔补亏空。[2] 连

1. 此非万应之方，然平儿治家理念如此。

2. 真可谓"偷鸡不着，反蚀把米"。

司棋都气了个倒仰，无计挽回，只得罢了。

赵姨娘正因彩云私赠了许多东西，被玉钏儿吵出，生恐查诘出来，每日捏一把汗，打听信儿。忽见彩云来告诉说："都是宝玉应了，从此无事。"赵姨娘方把心放下来。谁知贾环听如此说，便起了疑心，将彩云凡私赠之物都拿了出来，照着彩云的脸摔了去，说："这两面三刀的东西！我不稀罕。你不和宝玉好，他如何肯替你应？你既有担当给了我，原该不与一个人知道。[1]如今你既然告诉他，如今我再要这个也没趣儿。"

彩云见如此，急得赌身发誓，至于哭了。百般解说，贾环执意不信，说："不看你素日之情，去告诉二嫂子，就说你偷来给我，我不敢要。你细想去。"[2]说毕，摔手出去了。急得赵姨娘骂："没造化的种子，蛆心孽障！"气得彩云哭个泪干肠断。[3]赵姨娘百般地安慰她："好孩子，他辜负了你的心，我看得真。让我收起来，过两日，他自然回转过来了。"说着，便要收东西。彩云赌气一顿包起来，乘人不见时，来至园中，都撒在河内，顺水沉的沉漂的漂了。[4]自己气得夜间在被内暗哭。

当下又值宝玉生日已到。原来宝琴也是这日，二人相同。因王夫人不在家，也不曾像往年热闹。只有张道士送了四样礼，换的寄名符儿；还有几处僧尼庙的和尚、姑子送了供尖儿②，并寿星、纸马、疏头，并本命星官、值年太岁、周年换的锁儿。[5]家中常走的男女先儿来上寿。王子腾那边，仍是一套衣服、一双鞋袜、一百寿桃、一百束上用银丝挂面。薛姨妈处减一等。其余家中人，尤氏仍是一双鞋袜；凤姐儿是一个宫制四面扣合荷包，里面装一个金寿星，一件波斯国②所制玩器。各庙中遣人去放堂③舍钱。又另有宝琴之礼，不能备述。姐妹中皆随便，或有一扇的，或有一字的，或有一画的，或有一诗的，聊复应景而已。

这日，宝玉清晨起来，梳洗已毕，冠带出来。至前厅院中，已有李贵等四五个人在那里设下天地香烛。宝玉炷了香，行毕礼，奠茶焚纸后，便至宁府中宗祠、祖先堂两处行毕礼，出至月台上，又朝上遥拜贾母、贾政、王夫人等。[6]一顺到尤

- 1. "狗咬吕洞宾"，也得怪自己瞎了眼。

- 2. 无情无义一至于此，还谈"素日之情"。写贾环不堪如此。

- 3. 怎能不气！若能引以为戒，倒未必不是好事。

- 4. 是有性气人行事情理。

- 5. 道士僧尼，说是出家人远离世俗，然豪门富家主人或公子的生日记得最清楚，必有贺礼，不亦怪事乎？

- 6. 虽祖母、父母不在家，非郑重过生日，但祭祖、遥拜双亲、到各长者处行礼，甚至看望诸奶妈等种种礼仪，仍一切如常不缺。

---

① 供尖儿——油炸的面粉小条，拌蜜，堆成塔形以供神，通常叫蜜供。

② 波斯国——即今伊朗。

③ 放堂——施主把财物布施给寺庙中的僧众。

氏上房，行过礼，坐了一会，方回荣府。先至薛姨妈处，薛姨妈再三拉着，然后又遇见薛蝌，让一回，方进园来。晴雯、麝月二人跟随，小丫头夹着毡子，从李氏起，一一挨着所长的房中到过。复出二门，至李、赵、张、王四个奶妈家，让了一回，方进来。虽众人要行礼，也不曾受。回至房中，袭人等只都来说一声就是了。王夫人有言，不令年轻人受礼，恐折了福寿，故皆不磕头。

歇一时，贾环、贾兰等来了，袭人连忙拉住，坐了一坐便去了。宝玉笑说："走乏了！"便歪在床上。方吃了半盏茶，只听外面咭咭呱呱，一群丫头笑了进来。原来是翠墨、小螺、翠缕、入画，邢岫烟的丫头篆儿，并奶子抱着巧姐儿，彩鸾、绣鸾八九个人，<u>都抱着红毡笑着走来，</u>¹ 说："拜寿的挤破了门了，快拿面来我们吃。"刚进来时，探春、湘云、宝琴、岫烟、惜春也都来了。宝玉忙迎出来，笑说："不敢起动，快预备好茶！"进入房中，不免推让一回，大家归座。

袭人等捧过茶来，才吃了一口，平儿也打扮得花枝招展的来了。宝玉忙迎出来，笑说："我方才到凤姐姐门上，回了进去，不能见，我又打发人进去让姐姐的。"平儿笑道："我正打发①你姐姐梳头，不得出来回你。后来听见又说让我，我哪里禁当得起，所以特赶来磕头。"宝玉笑道："我也禁当不起。"袭人早在外间安了座，让她坐。平儿便福下去，宝玉作揖不迭。平儿便跪下去，宝玉也忙还跪下，袭人连忙搀起来，又下了一福，宝玉又还了一揖。<u>袭人笑推宝玉："你再作揖。"²</u> 宝玉道："已经完了，怎么又作揖？"袭人笑道："这是她来给你拜寿。<u>今儿也是她的生日，你也该给她拜寿。"³</u> 宝玉听了，喜得忙作下揖去，说："原来今儿也是姐姐的芳诞。"平儿还万福不迭。<u>湘云拉宝琴、岫烟说："你们四个人对拜寿，直拜一天才是。"⁴</u> 探春忙问："原来邢妹妹也是今儿？我怎么就忘了！"忙命丫头："去告诉二奶奶，赶着补了一份礼，与琴姑娘的一样，送到二姑娘屋里去。"丫头答应着去了。岫烟见湘云直口说出来，少不得要到各房去让让。

探春笑道："倒有些<u>意思</u>，一年十二个月，月月有几个生日。人多了，便这等巧，也有三个一日，两个一日的。

———————————

① 打发——这里是服侍的意思。

大年初一也不白过，大姐姐占了去。怨不得她福大，生日比别人就占先。又是太祖太爷的生日。过了灯节，就是老太太和宝姐姐，她们娘儿两个遇得巧。三月初一是太太，初九是琏二哥哥。二月没人……"袭人道："二月十二是林姑娘，怎么没人？[1]就只不是咱家的人。"探春笑道："我这个记性是怎么了！"宝玉笑指袭人道："她和林妹妹是一日，所以她记得。"[2]探春笑道："原来你两个倒是一日。每年连头也不给我们磕一个。平儿的生日我们也不知道，这也是才知道。"平儿笑道："我们是哪牌儿名上的人，生日也没拜寿的福，又没受礼的职份，可吵闹什么，可不悄悄地过去？今儿她又偏吵出来了。等姑娘们回房，我再行礼去罢。"探春笑道："也不敢惊动。只是今儿倒要替你过个生日，我心里才过得去。"[3]宝玉、湘云等一齐都说："很是。"探春便吩咐了丫头："去告诉她奶奶，就说我们大家说了，今儿一日不放平儿出去，我们也大家凑了份子过生日呢。"丫头笑着去了，半日回来说："二奶奶说了，多谢姑娘们给她脸。不知过生日给她些什么吃，只别忘了二奶奶，就不来絮聒她了。"众人都笑了。

探春因说道："可巧今儿里头厨房不预备饭，一应下面弄菜，都是外头收拾。咱们就凑了钱，叫柳家的来揽了去，只在咱们里头收拾倒好。"众人都说："是极。"探春一面遣人去问李纨、宝钗、黛玉，一面遣人去传柳家的进来，吩咐她内厨房中快收拾两桌酒席。柳家的不知何意，因说："外厨房都预备了。"探春笑道："你原来不知道，今儿是平姑娘的华诞。外头预备的是上头的，这如今我们私下又凑了份子，单为平姑娘预备两桌请她。你只管拣新巧的菜蔬预备了来，开了账，我那里领钱。"柳家的笑道："原来今日也是平姑娘的千秋，我竟不知道。"说着，便向平儿磕下头去，慌得平儿拉起她来。[4]柳家的忙去预备酒席。

这里探春又邀了宝玉，同到厅上去吃面，等到李纨、宝钗一齐来全，又遣人去请薛姨妈与黛玉。因天气和暖，黛玉之疾渐愈，故也来了。花团锦簇，挤了一厅的人。[5]

谁知薛蝌又送了巾、扇、香、帛四色寿礼与宝玉，宝玉于是过去陪他吃面。两家皆治了寿酒，互相酬送，彼此同领。至午间，宝玉又陪薛蝌吃了两杯酒。宝钗带了宝琴过来与薛蝌行礼，把盏毕，宝钗因嘱薛蝌："家里的酒也不用送过那边去，这虚套竟可收了。你只请伙计们吃罢。我

1. 屈指算到三月，则此时当是四月。有研究者遂据此推定作者曹雪芹生日是四月某日，将小说与真事合二为一了。是否有理，且不置评。

2. 说袭人记得，其实也是宝玉自己记得。记得此二人，合理。

3. 虽不知平儿为保其面子，瞒了赵姨娘令彩云偷露事，但对她全力相助兴利除弊事还是深怀感激的，故有此言。

4. 柳家的正找不到机会谢平儿替其母女洗刷冤情呢。

5. 虽不足与"史太君两宴大观园"盛况相比，也算相当可以了。

们和宝兄弟进去，还要待人去呢，也不能陪你了。"薛蝌忙说："姐姐、兄弟只管请，只怕伙计们也就好来了。"<u>宝玉忙又告过罪，方同他姊姊回来。</u>[1]

　　一进角门，<u>宝钗便命婆子将门锁上，把钥匙要了，自己拿着。</u>[2]宝玉忙说："这一道门何必关，又没多的人走。况且姨娘、姐姐、妹妹都在里头，倘或家去取什么，岂不费事？"宝钗笑道："小心没过逾的。你瞧你们那边，<u>这几日七事八事，竟没有我们这边的人，可知是这门关得有功效了。</u>[3]若是开着，保不住哪起人图顺脚，抄近路从这里走，拦谁的是？不如锁了，连妈和我也禁着些，大家别走。纵有了事，就赖不着这边的人了。"宝玉笑道："原来姐姐也知道我们那边近日丢了东西？"宝钗笑道："你只知道玫瑰露和茯苓霜两件，乃因人而及物；若非因人，你连这两件还不知道呢。殊不知<u>还有几件比这两件大的呢。若以后叨登不出来，是大家的造化；若叨登出来，不知里头连累多少人呢！</u>[4]你也是不管事的人，我才告诉你。平儿是个明白人，我前儿也告诉了她，皆因她奶奶不在外头，所以使她明白了。若不犯出来，大家乐得丢开手；若犯出来，她心里已有稿子。自有头绪，就冤屈不着平人了。你只听我说，以后留神小心就是了，这话也不可对第二个人讲。"

　　说着，来到沁芳亭边，只见袭人、香菱、待书、素云、晴雯、麝月、芳官、蕊官、藕官等十来个人，都在那里看鱼作耍。见她们来了，都说："芍药栏里预备下了，快去上席罢。"<u>宝钗等遂携了她们同到了芍药栏中红香圃三间小敞厅内。</u>[5]连尤氏已请过来了，诸人都在那里，只没平儿。

　　原来平儿出去，有赖、林诸家送了礼来，连三接四，上中下三等家人，来拜寿送礼的不少。平儿忙着打发赏钱道谢，一面又色色地回明凤姐儿，不过留下几样，也有不收的，也有收下即刻赏与人的。忙了一回，又直待凤姐儿吃过面，方换了衣裳，往园里来。

　　刚进了园，就有几个丫鬟来找她，一同到了红香圃中。只见筵开玳瑁，褥设芙蓉①。众人都笑道："寿星全了。"上面四座，定要让他四个人坐，四人皆不肯。薛姨妈说："我老天拔地，又不合你们的群儿，我倒觉拘得慌，不如我到厅

1. 面面俱到，连薛蝌送寿礼、治寿酒都不遗漏。

2. 不知要防谁进出。

3. 原来是怕再有事，连累在内，宝钗行事必谨慎小心。上回所出之事，想已从平儿或莺儿处闻知其详。

4. 第五十九回末平儿曾说起春燕娘追打等几件事，是"极小的"，"还有大的可气可笑之事"，但并未说明果系何事。这里宝钗又说还有几件大的，若"叨登"出来，要连累许多人，也仍未揭底。不知是否指惹出后来抄检大观园的司棋与潘又安结私情事，还是在第八十回后方能明白的别的事，比如说由吃酒赌博，招来匪类而引起的，或者竟是虚晃一枪，作不写之写。

5. 好名称。为即将演出一场"湘云醉酒"的好戏准备就布景。

---

①　筵开玳瑁，褥设芙蓉——意谓筵席间摆开以玳瑁为装饰的坐具，坐具上铺设着绣有芙蓉的坐褥。玳瑁，龟类动物，甲壳可作装饰品。

上随便躺躺去倒好。我又吃不下什么去，又不大吃酒，这里让他们，倒便宜。"[1]尤氏等执意不从。宝钗道："这也罢了，倒是让妈在厅上歪着自如些。有爱吃的送些过去，倒自在了。且前头没人在那里，又可照看了。"探春等笑道："既这样，恭敬不如从命。"因大家送了她到议事厅上，眼看着命丫头们铺了一个锦褥并靠背引枕之类，又嘱咐："好生给姨妈捶腿。要茶要水。别推三扯四的。回来送了东西来，姨妈吃了，就赏你们吃。只别离了这里出去。"小丫头们都答应了。

探春等方回来。终究让宝琴、岫烟二人在上，平儿面西坐，宝玉面东坐。[2]探春又接了鸳鸯来，二人并肩对面相陪。西边一桌，宝钗、黛玉、湘云、迎春、惜春依序，一面又拉了香菱、玉钏儿二人打横。三桌上，尤氏、李纨，又拉了袭人、彩云陪坐。四桌上，便是紫鹃、莺儿、晴雯、小螺、司棋等人围坐。当下探春等还要把盏，宝琴等四人都说："这一闹，一日都坐不成了。"方才罢了。两个女先儿要弹词上寿。众人都说："我们没人要听那些野话，你厅上去说给姨太太解闷儿去罢。"[3]一面又将各色吃食拣了，命人送与薛姨妈去。

宝玉便说："雅坐无趣，须要行令才好。"众人中有的说行这个令好，那个又说行那个令好。黛玉道："依我说，拿了笔砚将各色令都写了，拈成阄儿，咱们抓出哪个来就是哪个。"[4]众人都道妙，即命拿了一副笔砚花笺。香菱近日学了诗，又天天学写字，见了笔砚便图不得，连忙起座说："我写。"大家想了一会，共得了十来个，念着，香菱一一地写了，搓成阄儿，掷在一个瓶中间。

探春便命平儿拣，平儿向内搅了一搅，用箸夹了一个出来，打开看，上写着"射覆"①二字。宝钗笑道："把个酒令的祖宗拈出来了。[5]'射覆'从古有的，如今失了传，这是后人纂的，比一切的令都难。这里头倒有一半是不会的，不如毁了，另拈一个雅俗共赏的。"探春笑道："既拈了出来，如何又毁？如今再拈一个，若是雅俗共赏的，便叫她们行去。咱们行这个。"说着，又叫袭人拈了一个，却是"拇

① 射覆——早在汉代就有的游戏。是把某物先遮盖或隐藏起来（覆），让人猜（射）。古法已失传。后世用字隐物让人猜和用隐语猜物的游戏，也叫"射覆"。玩法是：覆者想好供人猜的物名，说一字而可与此物名组成有出处的词语的；射者则要另说一字，也可与此物名组成有出处的词语的，才算射（猜）中。这要靠书读得多，记得熟，脑子灵，所以说"比一切的令都难"。

1. 薛姨妈锐的倒是实话。都是些十几岁的小辈姑娘，中间夹一个老的，彼此都拘束，哪得畅快自在！

2. 四位寿星，不分主婢，尊客为上。

3. 犹今之年轻人有适合自己年龄段的活泼浪漫爱好。故宁可嬉戏笑闹，也不耐烦听那些编造拙劣、千篇一律的陈旧故事，故讥之为"野话"。

4. 设计得妙！若不用抓阄方法，就不能合情合理地展示古已有之的"射覆"酒令。难道座中谁还会特意提出用它来玩？

5. 碰巧拈得，便无话可说；好让博古通今的宝钗有说头了。

战"①。史湘云笑着说："这个简断爽利，合了我的脾气。我不行这个'射覆'，没的垂头丧气闷人，我只划拳去了。"¹ 探春道："惟有她乱令，宝姐姐快罚她一钟。"宝钗不容分说，便灌了湘云一杯。²

探春道："我吃一杯，我是令官，也不用宣，只听我分派。"命取了令骰、令盆来，"从琴妹掷起，挨下掷去，对了点的二人射覆。"宝琴一掷，是个"三"。岫烟、宝玉等皆掷得不对，直到香菱方掷了一个"三"。宝琴笑道："只好室内生春②，若说到外头去，可太没头绪了。"探春道："自然。三次不中者罚一杯。你覆，她射。"

宝琴想了一想，说了个"老"字。香菱原生于这令，一时想不到，满室满席都不见有与"老"字相连的成语。湘云先听了，便也乱看，忽见门斗上贴着"红香圃"三个字，便知宝琴覆的是"吾不如老圃"③的"圃"字。见香菱射不着，众人击鼓又催，便悄悄地拉香菱，教她说"药"字。黛玉偏看见了，说"快罚她！又在那里私相传递呢。"哄得众人却知道了，忙又罚了一杯，恨得湘云拿筷子敲黛玉的手。³于是罚了香菱一杯。下则宝钗和探春对了点子。探春便覆了一个"人"字。宝钗笑道："这个'人'字泛得很。"探春笑道："添一个字，两覆一射，也不泛了。"说着，便又说了一个"窗"字。宝钗一想，因见席上有鸡，便射着她是用"鸡窗""鸡人"④二典了，因射了一个"埘"字。探春知她射着，用了"鸡栖于埘"的典，⁴二人一笑，各饮一口门杯。

湘云等不得，早和宝玉"三""五"乱叫，划起拳来。那边尤氏和鸳鸯隔着席，也"七""八"乱叫，划起来。平儿、袭人也作了一对划拳，叮叮当当，只听得腕上的镯子响。⁵一时，湘云赢了宝玉，鸳鸯赢了尤氏，袭人赢了平儿，三个人限酒底酒面。湘云便说："酒面要一句古文，一句旧诗，一句骨牌名，一句曲牌名，还要一句时宪书⑤上有的话。共

1. 非不能也。豪爽脾气，不耐静坐默思掉书袋的玩意儿。

2. 令未行先被灌了一杯。

3. 湘云急性子，心思也敏捷，遂不顾令规递消息被抓，又罚了一杯。写得生动。

4. 昔读《唐诗三百首》李商隐《无题》诗"分曹射覆蜡灯红"句，究不知此二字是怎样的游戏。此虽申明古法失传，后人所纂，但毕竟只行两遍令，用添个字的"两覆一射"，便将"射覆"之戏交代得明明白白，增人见识。《红楼梦》真可当作古代生活的百科书来读。

5. 精彩形容。只点染一笔，便将群芳划拳情景写活了。

---

① 拇战——也叫"划拳""搳拳""豁拳"。

② 室内生春——指"射覆"的物名，只限于室内有的。

③ 吾不如老圃——老圃，老园丁。语出《论语·子路》，是孔子的话。宝琴覆的是"红香圃"的"圃"字，她说"老"，用的是孔子语。湘云提示香菱射"药"（芍药），因与"圃"字可组成"药圃"一词。王维《济州过赵叟家宴》诗："荷锄修药圃，散帙曝农书。"

④ 鸡窗、鸡人——探春想到鸡，便覆了"人"与"窗"（两覆一射）。晋人宋处宗买得一鸡，置于窗间，鸡作人语，与处宗共学，后因以鸡窗指书房。出《幽明录》。鸡人，已见第二十二回薛宝钗灯谜七律注。宝钗射以"埘"，用《诗经·王风·君子于役》"鸡栖于埘"典。埘，墙上挖洞为鸡窠。

⑤ 时宪书——即历书，因避乾隆帝名弘历的讳，故称"时宪书"。

总凑成一句话。酒底要关人事的果菜名。"众人听了，都笑说："惟有她的令也比人唠叨，倒也有意思。"便催宝玉快说。宝玉笑道："谁说过这个，也等想一想儿。"黛玉便道："你多喝一钟。我替你说。"[1] 宝玉真个喝了酒，听黛玉说道：

> 落霞与孤鹜齐飞，风急江天过雁哀，却是一只折足雁，叫得人九回肠，——这是鸿雁来宾。[①][2]

说得大家笑了，说："这一串子倒有些意思。"黛玉又拈了一个榛瓤，说酒底道：

> 榛子非关隔院砧，何来万户捣衣声？[②]

令完，鸳鸯、袭人等皆说的是一句俗话，都带一个"寿"字的，不能多赘。[3]

大家轮流乱划了一阵。这上面湘云又和宝琴对了手，李纨和岫烟对了点子。李纨便覆了一个"瓢"字[③]，岫烟便射了一个"绿"字，[4] 二人会意，各饮一口。湘云的拳却输了，[5] 请酒面、酒底。宝琴笑道："请君入瓮。"[④] 大家笑起来，说："这个典用得当。"湘云便说道：

> 奔腾而砰湃，江间波浪兼天涌，须要铁锁缆孤舟，既遇着一江风，——不宜出行。[⑤]

说得众人都笑了，说："好个诌断了肠子的！怪道她出这个令，故意惹人笑。"又听她说酒底。湘云吃了酒，拣了一块鸭肉

---

1. 宝玉一时未想好，由黛玉代劳已非第一次了。从前作《杏帘在望》五律，暗地里当枪手便是。只不过这次是明替。

2. 不但酒底说"榛子"可能有深意，酒面说的几句话，或也有。将来一个"泪尽夭亡"，另一个便成了"孤鹜"，亦即"哀"鸣不已的让人"九回肠"的"折足雁"。不是也有象征性吗？

3. 若逐个写去，不免呆板，且鸳、袭辈少文墨，能有何精彩话可写？然亦不能没有，故只用略语省去。

4. 写划拳中又捎带一笔"覆射"，以见席上行酒令场景之热闹，两边都玩，不使有一方遭冷落。

5. 又得罚酒了！不知湘云已喝了几杯？

---

① 黛玉酒令半首——"落霞与孤鹜齐飞，秋水共长天一色"为唐代王勃《滕王阁序》中的名句。鹜：野鸭。风急江天过雁哀：陆游《寒夕》诗："风急江天无过雁，月明庭户有疏砧。"酒令似反用此意。折足雁：骨牌名。由六点绿和三点绿组成的牌，六点像雁身，三点斜行像雁的一只脚。九回肠：曲牌名。原是愁极之辞，语本司马迁《报任少卿书》。鸿雁来宾：历书中引语，出《礼记·月令》："季秋之月，鸿雁来宾。"来宾，飞来旅宿。

② 黛玉说酒底二句——榛（zhēn 真）子：又叫榛栗、榛瓤、榛树果实，如栗而小，味亦如栗。"榛"与"砧"音同义异，故曰与捣衣之砧声无关，又"榛子"可谐"虔子"，即挚诚忠贞的意思，故榛子古人为"妇人之贽"，见《左传·庄公二十四年》。李白《子夜吴歌》："长安一片月，万户捣衣声。"是怀念"良人"的诗。黛玉所说令语或有深意。

③ 瓢、绿——席上有酒瓮，故李纨覆"瓢樽"之"瓢"，岫烟射"绿樽"之"绿"。宋代苏辙《九日》诗："瓢樽空挂壁。"唐代刘希夷《送友人之新丰》诗："愁向绿樽生。"又杜甫《对雪》诗："瓢弃樽无绿，炉存火似红。"前五字中，覆、射、底三者皆包括。

④ 请君入瓮——"以其人之道还治其人之身"时用此语。唐武则天命来俊臣审周兴，来与周对食时问他：囚犯不招供有什么办法。周说：这很容易，拿大瓮来，四面用炭炙烧，把囚犯放入瓮中，还怕他不招？来即命取瓮生火，告知奉命审问，请周入瓮。周"惶恐叩头请罪"。见《资治通鉴·唐纪》天授二年。说酒面、酒底的办法是湘云想出来的，现在她输了，就请她用自己的办法罚自己。

⑤ 湘云酒令半首——奔腾而砰湃：北宋欧阳修《秋声赋》中句。砰湃，即"澎湃"。江间波浪兼天涌：杜甫《秋兴八首》诗中句。铁锁缆孤舟：骨牌名，已见第四十回宝钗牙牌名注；上句写江上浪大，此用赤壁曹军以铁锁联结单船只，上铺木板，使平稳如陆行。后为周瑜火攻所破。一江风：曲牌名。不宜出行：历书中有某天是否吉利，是否宜出门远行的说明。

呷口，忽见碗内有半个鸭头，遂拣了出来吃脑子。众人催她："别只顾吃，你到底快说了。"湘云便用箸子举着说道：

这鸭头不是那丫头，头上哪讨桂花油？①1

众人越发笑起来，引得晴雯、小螺、莺儿等一干人都走过来，说："云姑娘会开心儿，拿着我们取笑儿，快罚一杯才罢！怎见得我们就该擦桂花油的？倒得每人给一瓶子桂花油擦擦。"黛玉笑道："她倒有心给你们一瓶子油，又怕挂误着打窃盗的官司。"2众人不理论，宝玉却明白，忙低了头。彩云有心病，不觉地红了脸。宝钗忙暗暗地瞅了黛玉一眼。黛玉自悔失言，原是趣宝玉的，就忘了趣着彩云。自悔不及，忙一顿行令划拳岔开了。

　　底下宝玉可巧和宝钗对了点子，宝钗便覆了一个"宝"字，宝玉想了一想，便知是宝钗作戏，指自己所佩通灵玉而言，便笑道："姐姐拿我作雅谑，我却射着了。说出来姐姐别恼，就是姐姐的讳'钗'字就是了。"众人道："怎么解？"宝玉道："她说'宝'，底下自然是'玉'了。我射'钗'字，旧诗曾有'敲断玉钗红烛冷'②，岂不射着了？"湘云说道："这用时事却使不得，两个人都该罚。"香菱忙道："不止时事，这也有出处。"湘云道："'宝玉'二字并无出处，不过是春联上或有之，诗书纪载并无，算不得。"香菱道："前日我读岑嘉州五言律，现有一句说，'此乡多宝玉'③，怎么你倒忘了？后来又读李义山七言绝句，又有一句'宝钗无日不生尘'④，3我还笑说他两个名字都原来在唐诗上呢。"众人笑说："这可问住了，快罚一杯。"湘云无话，只得饮了。4

　　大家又该对点的对点，划拳的划拳。这些人因贾母、王夫人不在家，没了管束，便任意取乐，呼三喝四，喊七叫八。满厅中红飞翠舞，玉动珠摇，5真是十分热闹。玩了一会，大家方起席散了。一散，倏然不见了湘云，只当她外头自便就来，谁知越等越没了影响，使人各处去找，哪里找得着。6

1. 酒面言风波险恶甚明；酒底则用谐音别开生面，戏语又引起有趣的对话来。

2. 酒席上冲口而出，说了不该说的话，在黛玉也非第一次了。少心机的人往往有之。以前只关乎自己，这次却无意中刺着了别人。如此点一下昨日之事，也很有意思。

3. 所引三句唐诗，皆嵌入二人名字，又要暗作谶语，实在不易。

4. 不能再饮了，再饮非醉倒不可。

5. 骈字俪句，信手拈来，无不尽妙。

6. 想是去醉乡了。

---

① 湘云说酒底二句——席上有鸭，"鸭头"与"丫头"谐音作趣语。桂花油：古时妇女用的搽发油。
② 敲断玉钗红烛冷——唐代郑谷《题邸间壁》诗中句。玉钗，烛花。此语成谶，所谓金玉成空也。
③ 此乡多宝玉——唐代岑参曾为嘉州刺史，世称岑嘉州，其《送张子尉南海》诗："此乡多宝玉，慎勿厌清贫。"小说中引上句，歇后一句似非偶然巧合宝玉将来之"贫穷难耐凄凉"。
④ 宝钗无日不生尘——唐代李商隐，字义山，其《残花》诗曰："若但掩关劳独梦，宝钗何日不生尘。""何日""无日"，义同。寓意自明。

接着林之孝家的同着几个老婆子来，生恐有正事呼唤；二者恐丫鬟们年轻，乘王夫人不在家，不服探春等约束，恣意痛饮，失了体统，<u>故来请问有事无事。</u>¹探春见她们来了，便知其意，忙笑道："你们又不放心，来查我们来了。我们并没有多吃酒，不过是大家玩笑，将酒作个引子。妈妈们别担心。"李纨、尤氏都笑说："你们歇着去罢，我们也不敢叫她们多吃了。"林之孝家的等人笑说："我们知道，连老太太叫姑娘们吃酒，姑娘们还不肯吃，何况太太们不在家，自然玩罢了。我们怕有事，来打听打听。<u>二则天长了，姑娘们玩一会子，还该点补些小食儿。素日又不大吃杂东西，如今吃一两杯酒，若不多吃些东西，怕受伤。</u>"²探春笑道："妈妈们说得是，我们也正要吃呢。"因回头命取点心来。两旁丫鬟们答应了，忙去传点心。探春又笑让："你们歇着去罢，或是姨妈那里说话儿去。我们即刻打发人送酒你们吃去。"林之孝家的等人笑回："不敢领了。"又站了一回，方退了出来。平儿摸着脸笑道："我的脸都热了，也不好意思见她们。依我说，竟收了罢，别惹她们再来，倒没意思了。"探春笑道："不相干，横竖咱们不认真喝酒，就罢了。"

正说着，只见一个小丫头笑嘻嘻地走来，说："<u>姑娘们快瞧云姑娘去！吃醉了图凉快，在山子后头一块青板石凳上睡着了。</u>"³众人听说，都笑道："快别吵嚷。"说着，都走来看时，果见湘云卧于山石僻处一个石凳子上，业经香梦沉酣。四面芍药花飞了一身，满头脸衣襟上皆是红香散乱。手中的扇子在地下，也半被落花埋了。一群蜂蝶闹嚷嚷地围着她。<u>又用鲛帕包了一包芍药花瓣枕着。</u>⁴众人看了，又是爱，又是笑，忙上来推唤挽扶。<u>湘云口内犹作睡语说酒令，</u>唧唧嘟嘟说：

　　　　泉香而酒冽，玉碗盛来琥珀光，直饮到梅梢月上，醉扶归，——却为宜会亲友。①⁵

众人笑推她说道："快醒醒儿，吃饭去，这潮凳上还睡出病来呢。"湘云慢启秋波，见了众人，又低头看了一看自己，方知是醉了。原是来纳凉避静的，不觉的因多罚了两杯酒，

1. 欲急反缓。不接写湘云去何处，偏说管家婆子们来看，却又担心有人"恣意痛饮"。文笔令人不测。

2. 空腹喝酒伤身，是特意来提醒姑娘们该吃些点心的。这么一说便显得殷勤关怀。

3. 意外传来喜讯，让众人乐不可支。

4. 湘云的标志性画面，此书的经典文字。美不胜收，不可以常理论。细细推敲起来，竟没有一句是生活真实，却有无穷的诗。可知此书全得力于艺术想象，而非描摹真事的写生画、肖像画。本来嘛，想象是可以超越现实的，比实际感受更丰富、更生动、更活跃。多少人都以为作者必有过繁华生活的亲身经历，才能写出此书来。错了，亲自经历的人往往身在福中不知福，习以为常，反写不出来。只有伟大的艺术天才，即具备超凡想象力，而又以惊奇目光、怀着复杂心情、见闻过别人繁华生活的人，才有可能写出来。

5. 妙极！更是颊上添毫之笔。但绝非现实。你看，湘云像不像着了脂粉的酒中仙李太白、醉翁欧阳修？

---

① 湘云睡语所说酒令——"泉香而酒冽"：欧阳修《醉翁亭记》中句。冽，清。"玉碗盛来琥珀光"：李白《客中作》诗中句。梅梢月上：骨牌名。上，升起。由一点红和五点绿组成的牌，下面五点像梅花，上面一点像月亮。醉扶归：曲牌名。取意于唐代张演《社日村居》诗："桑柘影斜春社散，家家扶得醉人归。"又作王驾、张蟾诗。宜会亲友：历书上认为吉利的日子所说的话。

娇弱不胜，便睡着了，心中反觉自愧。连忙起身，扎挣着同
人来至红香圃中，用过水，又吃了两盏酽茶。探春忙命将醒
酒石①拿来给她衔在口内，一时又命她喝了些酸汤，方才觉
得好了些。

当下又选了几样果菜与凤姐送去，凤姐儿也送了几样来。
宝钗等吃过点心，大家也有坐的，也有立的，也有在外观花
的，也有扶栏观鱼的，各自取便，说笑不一。探春便和宝琴
下棋，宝钗、岫烟观局。林黛玉和宝玉在一簇花下唧唧哝哝，
不知说些什么。只见林之孝家的和一群女人带了一个媳妇进
来。那媳妇愁眉苦脸，也不敢进厅，只到了阶下，便朝上跪
下了，碰头有声。¹探春因一块棋受了敌，算来算去，纵得了
两个眼，便折了官着②，两眼只瞅着棋枰，一只手却伸在盒
内，只管抓弄棋子作想。林之孝家的站了半天。因回头要茶
时，才看见，问："什么事？"林之孝家的便指那媳妇说："这
是四姑娘屋里的小丫头彩儿的娘，现是园内伺候的人。嘴很
不好，才是我听见了，问着她，她说的话也不敢回姑娘，竟
要撵出去才是。"探春道："怎么不回大奶奶？"²林之孝家的
道："方才大奶奶往厅上姨太太处去了，顶头看见，我已回明
白了，叫回姑娘来。"探春道："怎么不回二奶奶？"平儿道："不
回去也罢，我回去说一声就是了。"探春点点头道："既这么
着，就撵出她去，等太太来了，再回定夺。"说毕，仍又下棋。
这里林之孝家的带了那人出去不提。

黛玉和宝玉二人站在花下，遥遥知意。黛玉便说道："你
家三丫头倒是个乖人。虽然叫她管些事，倒也一步儿不肯多
走。差不多的人，就早作起威福来了。"³宝玉道："你不知道
呢，你病着时，她干了好几件事。这园子也分了人管，如今
多掐一草也不能了。又蠲了几件事，单拿我和凤姐姐作筏子，
禁别人。最是心里有算计的人，岂只乖而已！"⁴黛玉道："要
这样才好，咱们家里也太花费了。我虽不管事，心里每常闲
了，替你们一算计，出的多，进的少，如今若不省俭，必致
后手不接。"⁵宝玉笑道："凭他怎么后手不接，也短不了咱们
两个人的。"黛玉听了，转身就往厅上寻宝钗说笑去了。

1. 既春景将残、盛时渐过，
一口欢笑中也会有些煞风
景事出现，这不就是？

2. 探春非好权势者，也不优
柔寡断，只是不想逾越长
幼，故欲由李纨去裁决。

3. 所作所为，由旁观者来
评说。

4. 黛玉、宝玉各有所见举其
敢作敢为，杀伐决断处，
以补前言之不足。

5. 为家道渐趋式微担忧，却
从不管事的黛玉口中说出。

---

①　醒酒石——传说中有醒酒石，前人所记与此为日常备用之品不同，或谓此即中医入药所用的寒水石，由石灰
　　岩形成，为块状晶体，表面光滑，性寒无毒，可祛热止渴。
②　两个眼、官着——围棋术语。一方所留空隙而对方不能下子者，叫"眼"。有两个眼相连的子才能活。下棋至
　　双方争夺之地已毕，尚众周边角上空白，可轮流下子将它填满，叫"收官着""收官子"或"收官"。但下子
　　占边地亦有大小，要争机会；折了官着，即失了收官的机会。

宝玉正欲走时，只见袭人走来，手内捧着一个小连环洋漆茶盘，里面可式放着两钟新茶，因问："她往哪去了？我见你两个半日没吃茶，巴巴地倒了两钟来，她又走了。"宝玉道："那不是她？你给她送去。"说着，自拿了一钟。袭人便送了那钟去，偏和宝钗在一处，只得一钟茶，便说："哪位渴了哪位先接了，我再倒去。"宝钗笑道："我倒不渴，只要一口漱一漱就够了。"说着，先拿起来喝了一口，剩下半杯，递在黛玉手内。袭人笑说："我再倒去。"黛玉笑道："这病，大夫不许多吃茶，这半钟尽够了，难为你想得到。"说毕饮干，将杯放下。[1]袭人又来接宝玉的。宝玉因问："这半日没见芳官，她在哪里呢？"袭人四顾一瞧，说："才在这里，几个人斗草的，这会子不见了。"

宝玉听说，便忙回至房中，果见芳官面向里睡在床上。宝玉推她说道："快别睡觉，咱们外头玩去，一会儿好吃饭。"芳官道："你们吃酒不理我，教我闷了半日，可不来睡觉罢了。"[2]宝玉拉了她起来，笑道："咱们晚上家里再吃，回来我叫袭人姐姐带了你桌上吃饭，何如？"芳官道："藕官、蕊官都不上去，单我在那里，也不好。我也不惯吃那个面条子，早起也没好生吃，才刚饿了，我已告诉了柳嫂子，先给我做一碗汤，盛半碗粳米饭送来，我这里吃了就完事。若是晚上吃酒，不许教人管着我，我要尽力吃够了才罢。[3]我先在家里，吃二三斤好惠泉酒呢。如今学了这劳什子，他们说怕坏嗓子，这几年也没闻见。趁今日，我是要开斋了。"宝玉道："这个容易。"

说着，只见柳家的果遣了人送了一个盒子来。小燕接着揭开，里面是一碗虾丸鸡皮汤，又是一碗酒酿清蒸鸭子，一碟腌的胭脂鹅脯，还有一碟四个奶油松瓤卷酥，并一大碗热腾腾、碧荧荧蒸的绿畦香稻粳米饭。[4]小燕放在案上，走去拿了小菜并碗箸过来，拨了一碗饭。芳官便说："油腻腻的，谁吃这些东西！"[5]只将汤泡饭吃了一碗，拣了两块腌鹅，就不吃了。宝玉闻着，倒觉比往常之味又胜些似的，遂吃了一个卷酥，又命小燕也拨了半碗饭，泡汤一吃，十分香甜可口。[6]小燕和芳官都笑了。

吃毕，小燕便将剩的要交回。宝玉道："你吃了罢，若不够，再要些来。"小燕道："不用要，这就够了。方才麝月姐姐拿了两盘子点心给我们吃了，我再吃了这个，尽不用再吃了。"说着，便站在桌旁一顿吃了，又留下两个卷酥，说："这个留着给我妈吃。晚上要吃酒，给我两碗酒吃就是了。"宝玉笑道："你也

1. 真真闺阁金兰契，借二人同喝一杯茶细节，写出钗、黛情真谊深来，勿草草看过！

2. 撒娇本领，不学就会。以为自己多重要。

3. 为"群芳开夜宴"先敲响开场锣鼓，也为自己须一醉方休作预告。

4. 为讨好芳官，规格极高，给宝玉吃也不过如此。

5. 这话只从贾母口中听到过，芳官何人，居然也说，难怪被晴雯骂"狂"。

6. 宝玉被人讥为在丫头前低三下四，没性气，即如此类。

爱吃酒？等着咱们晚上痛喝一阵。你袭人姐姐和晴雯姐姐量也好，也要喝，只是每日不好意思。趁今儿大家开斋。[1] 还有一件事，想着嘱咐你，我竟忘了，此刻才想起来。以后芳官全要你照看她，她或有不到的去处你提她，袭人照顾不过这些人来。"小燕道："我都知道，都不用操心。但只这五儿怎么样？"宝玉道："你和柳家的说去，明儿直叫她进来罢，等我告诉她们一声就完了。"[2] 芳官听了，笑道："这倒是正经。"小燕又叫两个小丫头进来，服侍洗手倒茶，自己收了家伙交与婆子，也洗了手，便去找柳家的，不在话下。

宝玉便出来，仍往红香圃寻众姐妹，芳官在后拿着巾扇。刚出了院门，只见袭人、晴雯二人携手回来。宝玉问："你们做什么？"袭人道："摆下饭了，等你吃饭呢。"宝玉便笑着将方才吃饭的一节，告诉了她两个。袭人笑道："我说你是猫儿食，闻见了香就好。隔锅饭儿香。[3] 虽然如此，也该上去陪她们，多少应个景儿。"晴雯用手指戳在芳官额上，说道："你就是个狐媚子，什么空儿，跑了去吃饭！两个人怎么就约下了？也不告诉我们一声儿。"[4] 袭人笑道："不过是误打误撞的遇见了，说约下，可是没有的事。"晴雯道："既这么着，要我们无用，明儿我们都走了，让芳官一个人，就够使了。"袭人笑道："我们都去了便得，你却去不得。"晴雯道："惟有我是第一个要去的，又懒又笨，性子又不好，又没用。"袭人笑道："倘或那孔雀褂子再烧个窟窿，你去了，谁可会补呢？你倒别和我拿三撒四的，我烦你做个什么，把你懒得横针不拈，竖线不动。一般也不是我的私活烦你，横竖都是他的，你就都不肯做。怎么我去了几天，你病得七死八活，一夜连命也不顾，给他做了出来，这又是什么原故？[5] 你到底说话呀！别只佯憨，和我笑，也当不了什么。"大家说着，来至厅上。薛姨妈也来了。大家依序坐下吃饭。宝玉只用茶泡了半碗饭，应景而已。一时吃毕，大家吃茶闲话，又随便玩笑。

外面小螺和香菱、芳官、蕊官、藕官、豆官等四五个人，都满园中玩了一回，大家采了些花草来兜着，坐在花草堆中斗草。这一个说："我有观音柳。"那一个说："我有罗汉松。"那一个又说："我有君子竹。"这一个又说："我有美人蕉。"这个又说："我有星星翠。"那个又说："我有月月红。"这个又说："我有《牡丹亭》上的牡丹花。"那个又说："我有《琵琶记》里的枇杷果。"豆官便说："我有姐妹花。"众人没了，香菱便

1. 又是个馋酒的，让宝玉话中带出袭、晴也爱喝。

2. 用人之事，先斩后奏，宝玉欠斟酌。

3. 不过是这点意思，比得却有趣。人物对话语言，从不干枯无味，是作者一大本事。

4. 晴雯又是一种态度、说法，二人绝不相混。

5. 平时不肯做针线活儿，急难时，倒舍命出力，正见其心气高，却重情义。

说：我有夫妻蕙。"豆官说："从没听见有个夫妻蕙。"香菱道："一箭一花为兰，一箭数花为蕙。凡蕙有两枝，上下结花者为兄弟蕙，有并头结花者为夫妻蕙。¹我这枝并头的，怎么不是？"豆官没得说了，便起身笑道："依你说，若是这两枝一大一小，就是老子儿子蕙了。若是两枝背面开的，就是仇人蕙了。你汉子去了大半年，你想夫妻了？便扯上蕙也有夫妻，好不害羞！"²

香菱听了，红了脸，忙要起身拧她，笑骂道："我把你这个烂了嘴的小蹄子！满嘴里汗憨①得胡说！"豆官见她要勾来，怎容她起来，便忙连身将她压倒。回头笑着央告蕊官等："你们来！帮着我拧她诌嘴。"两个人滚在草地下。众人拍手笑说："了不得了！那是一洼子水，可惜污了她的新裙子了。"豆官回头看了一看，果见旁边有一汪积雨，香菱的半扇裙子都污湿了，自己不好意思，忙夺手跑了。众人笑个不住，怕香菱拿她们出气，也都哄笑一散。³

香菱起身，低头一瞧，那裙上犹滴滴点点流下绿水来。正恨骂不绝，可巧宝玉见她们斗草，也寻了些花草来凑戏，⁴忽见众人跑了，只剩下香菱一个低头弄裙，因问："怎么散了？"香菱便说："我有一枝夫妻蕙，她们不知道，反说我诌，因此闹起来，把我的新裙子也脏了。"宝玉笑道："你有夫妻蕙，我这里倒有一枝并蒂菱。"⁵口内说，手内却真个拈着一枝并蒂菱花，又拈了那枝夫妻蕙在手内。香菱道："什么夫妻不夫妻，并蒂不并蒂，你瞧瞧这裙子！"宝玉方低头一瞧，便"嗳呀"了一声，说："怎么就拖在泥里了？可惜！这石榴红绫最不经染。"⁶香菱道："这是前儿琴姑娘带了来的。姑娘做了一条，我做了一条，今儿才上身。"宝玉跌脚叹道："若你们家，一日糟蹋这一百件也不值什么，只是头一件，既系琴姑娘带来的，你和宝姐姐每人才一件，她的尚好，你的先脏了，岂不辜负她的心！二则姨妈老人家嘴碎，饶这么样，我还听见常说你们不知过日子，只会糟蹋东西，不知惜福呢！⁷这叫姨妈看见了，又说个不清。"香菱听了这话，却碰在心坎儿上，反倒喜欢起来，因笑道："就是这话了。我虽有几条新裙子，都不和这一样，若有一样的，赶着换了也就好了。⁸过后再说。"

宝玉道："你快休动！只站着方好，不然连小衣儿、膝裤②、鞋面都要拖脏。我有个主意：袭人上月做了一条，和这个一模一

1. 此段描述一群小女孩玩"斗草"之戏亦增人见识。将兰、蕙之别，借释疑说明。

2. 从"夫妻蕙"之名引出"仇人蕙"之问，像是无意间玩话，却又扯上香菱想汉子；她为薛蟠之妾，后来命运岂非恰好从"夫妻"变成"仇人"？对话之巧妙，一至于此。

3. 豆官"夺手跑了"与众人"哄笑一散"，像是戏台上角色之下场。若不下场，宝玉又如何上场演出？

4. 如此一说，方不见作者有意安排痕迹。

5. 与"夫妻蕙"意同，倒还有一个名字中的字。

6. 点出"石榴裙"来。若"经染"，洗干净就行，也不急了。

7. 人老了，喜欢教导年轻人要爱惜东西、学会过日子也是常情。

8. 这句提醒了宝玉。

---

① 汗憨——患热病而汗不得出，则发高烧而胡言乱语，叫汗憨，借以形容人说昏话，诸本多用造字、借字，今改。

② 膝裤——也叫"褶衣""袜""膝袜"，近乎今之长统袜，原有底，女子缠足后，改无底直桶状，覆于鞋面，可盖住缠足布上口。

样的，她因有孝，如今也不穿。¹ 竟送了你换下这个来，如何？"香菱笑着摇头说："不好。倘或她们听见了，倒不好。"宝玉道："这怕什么！等她孝满了，她爱什么，难道不许你送她别的不成？你若这样，不是你素日为人了。况且不是瞒人的事，只管告诉宝姐姐也可，只不过怕姨妈老人家生气罢了。"香菱想了一想有理，便点头笑道："就是这样罢了，别辜负了你的心。我等着你，千万叫她亲自送来才好。"

宝玉听了，喜欢非常，答应了，忙忙地回来。一壁里低头心下暗算："可惜这么一个人，没父母，连自己本姓都忘了，被人拐出来，偏又卖与了这个霸王。"² 因又想起："上日平儿也是意外想不到的，今日更是意外之意外的事了。"一壁胡思乱想，³ 来至房中，拉了袭人，细细告诉了她原故。香菱之为人，无人不怜爱的。袭人又本是个手中撒漫①的，况与香菱素相交好，一闻此信，忙就开箱取了出来，折好，随了宝玉来寻香菱，见她还站在那里等呢。袭人笑道："我说你太淘气了，足的淘出个故事来才罢。"香菱红了脸，笑说："多谢姐姐了，谁知那起促狭鬼使黑心！"说着，接了裙子，展开一看，果然同自己的一样。又命宝玉背过脸去，自己又手向内解下来，将这条系上。⁴ 袭人道："把这脏了的交与我拿回去，收拾了再给你送来。你若拿回去，看见了，也是要问的。"香菱道："好姐姐，你拿去不拘给哪个妹妹罢。我有了这个，不要它了。"⁵ 袭人道："你倒大方得好。"香菱忙又万福道谢，袭人拿了脏裙便走。

香菱见宝玉蹲在地下，将方才的夫妻蕙与并蒂菱用树枝儿抠了一个坑，先抓些落花来铺垫了，将这菱、蕙安放好，又将些落花来掩了，方撮土掩埋平服。香菱拉他的手，笑道："这又叫做什么？怪道人人说你惯会鬼鬼祟祟使人肉麻的事。"⁶ 你瞧瞧，你这手弄得泥乌苔滑的，还不快洗去！"宝玉笑着，方起身走了去洗手，香菱也自走开。

二人已走远了数步，香菱复转身回来，叫住宝玉。宝玉不知有何话，扎着两只泥手，笑嘻嘻地转来，问："什么？"香菱红了脸，只顾笑。因那边她的小丫头臻儿走来说："二姑娘等你说话呢。"香菱方向宝玉道："裙子的事，可别和你哥哥说才好。"⁷ 说毕，即转身走了。宝玉笑道："可不我疯了？往虎口里探头儿去呢。"说着，也回去洗手去了。不知端详，且听下回分解。

1. 这些事，宝玉记得最清。

2. 借怜惜之情，一提身世往事。

3. 视此事为意外之幸也。又下此四字。（己）

4. 当场脱换，见其"呆"性，也完"情解"二字。

5. 此话也呆。

6. 因人惜花，故葬之。不怪香菱笑"肉麻"。

7. 多余的嘱咐。若非有人来，还不好意思说出口。香菱若不说，也许宝玉想起来会说："你放心，我是不会告诉别人的！"没有说，只是没有觉得香菱做错了什么。

---

① 撒漫——不吝啬，花钱赠物很大方。

## 【总评】

本回开头是说平儿处理好失窃案后，让一些想找碴儿整人、自捞好处的人颇感失望，帮派恩怨，未解除反结下了。

一连好几回，写的事有点像阴雨连绵的天气，到本回总算放晴了。贾母、贾政、王夫人都不在家，宝玉的生日"也不曾像往年热闹"。好在有宝琴、岫烟、平儿与他同一天生日，姨妈、嫂子、姐姐、妹妹凑在一起，倒也花团锦簇。

大家凑份子，在芍药栏中红香圃内摆下了酒席。宝玉说，"雅坐无趣，须要行令才好"。于是拈阄儿，拈出个"射覆"来，是"酒令的祖宗"，在座的倒有一半不会。为能"雅俗共赏"，又再加拈一次，结果是"拇战"，即划拳。湘云说："这个简断爽利，合了我的脾气。我不行这个'射覆'，没的垂头丧气闷人，我只划拳去了。"表现了湘云行事"简断爽利"的性格。但这并不等于她不爱动脑筋，那个"一句古文，一句旧诗，一句骨牌名，一句曲牌名，还要一句时宪书上的话，共总凑成一句话"的"诌断了肠子的"酒令，便是她想出来的。她行令时说酒底令语最惹人发笑，即"这鸭头不是那丫头，头上哪讨桂花油"的话。湘云诗才敏捷，何难说一句关人事的果菜名，却偏要别出心裁地讲俏皮话，打趣丫头，逗人发笑。这样的个性，对一个贵族小姐来说，已颇有几分豪放不羁了。

当然最能表现湘云这方面性格的，还是她喝醉酒后，居然憨态可掬地敢于独自到山后的青板石凳上睡大觉；虽香梦沉酣，犹能睡语说酒令。因而，"憨湘云醉眠芍药裀"成了她标志性的图画，二百多年来，不知有多少画家、工匠描绘、塑造过这一形象。然而，一位贵小姐醉眠石上的事，也许根本不曾有过。芍药花的飘落，实际上也不大可能造成如文中所写的那番景象："四面芍药花飞了一身，满头脸、衣襟上皆是红香散乱。手中的扇子在地上，也半被落花埋了。一群蜂蝶闹嚷嚷地围着她。又用鲛帕包了一包芍药花瓣枕着"等；但它是艺术，是诗。惟妙惟肖地复制出生活真实来是美，超越生活真实、创造出理想图景的更是美，因为它还迸发出作者才华与激情的光辉。

虽然庆生日热闹事多，但并非始终是一片阳光灿烂，也时有乌云飘过。如林之孝家的带进"嘴很不好"的管园媳妇来回探春，媳妇被撵了出去；黛玉对宝玉说出"如今若不省俭，必致后手不接"的话来；等等。种种不如意的事、不祥和的声音，自年初元宵节过后，竟仿佛如影随形，即使是写喜庆欢乐的场景，也总会隐隐约约地出现。

宝玉关心芳官，回房谈起吃饭喝酒，接着柳家的送来食盒，宝玉又对小燕说到"等着咱们晚上痛喝一阵"等，都已为下回"寿怡红群芳开夜宴"情节起了头。

香菱与芳官、蕊官、藕官、豆官等在园中玩"斗草"游戏，也是《红楼梦》中特有的一道风景，除诗词外，其他小说中很少写到。这里写的游戏有两条规则：一是要拿出实物来，所以大家先要采，借此写出大观园花草品种繁多；二是要说出能对得上的名目来，如"观音柳"对"罗汉松"，"君子竹"对"美人蕉"，"星星翠"对"月月红"，甚至还有《牡丹亭》上的牡丹花"对《琵琶记》里的枇杷果"这样的巧对。不懂作诗、没有学过对仗的人是说不出来的。香菱学过，或有可能，那些女孩子们如何有此本领？这也是诗化、理想化了的写法。从"夫妻蕙"扯到"仇人蕙"，仿佛是无心调笑打趣，其实早已为香菱的不幸婚姻作了谶语。彼此一番打闹，污了香菱的石榴裙，恰值宝玉"也寻了些花草来头凑戏"，见此情景，忙找袭人来解救。写这段故事的目的，自是刻画香菱和宝玉之个性和为人。

# 第 六 十 三 回
## 寿怡红群芳开夜宴　死金丹独艳理亲丧

【题解】

　　本回回目诸本相同，唯己卯、庚辰本将"宴"写作"晏"，从他本用字。回目上句：为庆贺怡红公子寿辰，怡红院大小丫头自己凑钱为宝玉开办夜宴，饮酒作乐。先还私下请来钗、黛、湘、探、菱等一批姐妹和大嫂子李纨行令吃酒，待她们走后，又关起门来再乐。下句：贾敬修道，服用丹砂，中毒身死。正值贾珍父子等皆不在家，只得由尤氏前往玄真观处理公公的丧事，入殓后，停灵于铁槛寺。

　　话说宝玉回至房中洗手，因与袭人商议："晚间吃酒，大家取乐，不可拘泥。如今吃什么好，早说给她们备办去。"袭人笑道："你放心，我和晴雯、麝月、秋纹四个人，每人五钱银子，共是二两。芳官、碧痕、小燕、四儿四个人，每人三钱银子，她们有假的不算，共是三两二钱银子，早已交给了柳嫂子，预备四十碟果子。我和平儿说了，已经抬了一坛好绍兴酒藏在那边了。我们八个人单替你过生日。"[1] 宝玉听了，喜得忙说："她们是哪里的钱，不该叫她们出才是。"晴雯道："她们没钱，难道我们是有钱的？这原是各人的心，哪怕她偷的呢，只管领她们的情就是了。"[2]

　　宝玉听了，笑说："你说得是。"袭人笑道："你一天不挨她两句硬话村①你，你再过不去。"晴雯笑道："你如今也学坏了，专会架桥拨火儿②。"说着，大家都笑了。宝玉说："关院门罢。"袭人笑道："怪不碍人说你是'无事忙'，这会子关了门，人倒疑惑，索性再等一等。"[3] 宝玉点头，因说："我出去走走，四儿舀水去，小燕一个跟我来罢。"说着，走至外边，因见无人，便问五儿之事。[4] 小燕道："我才告诉了柳嫂子，她倒喜欢得很。只是五儿那夜受了委屈烦恼，回家去又气病了，哪里来得！只等好了罢。"[5]

1. 从未见过这样过生日的，任何豪华的丰盛的宴会都无法与之相比。宝玉素来被讥为能让丫头使唤的人，今日获得了最大的回报。天下事贵在真心诚意。

2. "原是各人的心"，说得透彻。

3. 所见甚是。

4. 只让春燕一人跟着，原来为此。

5. 不是好兆头。

---

①　村——数落，说话使人难堪。
②　架桥拨火儿——比喻利用别人说话进行挑拨，以引起双方不满或争吵。

宝玉听了，不免后悔长叹，因又问："这事袭人知道不知道？"
小燕道："我没告诉，不知芳官可说了不曾。"宝玉道："我却没
告诉过她，也罢，等我告诉她就是了。"说毕，复走进来，故
意洗手。

　　已是掌灯时分，听得院门前有一群人进来。大家隔窗悄视，
果见林之孝家的和几个管事的女人走来，前头一人提着大灯
笼。[1]晴雯悄笑道："她们查上夜的人来了。这一出去，咱们好
关门了。"只见怡红院凡上夜的人，都迎了出去，林之孝家的
看了不少。林之孝家的吩咐："别耍钱吃酒，放倒头睡到大天亮。
我听见是不依的。"众人都笑说："哪里有大胆子的人。"[2]林之
孝家的又问："宝二爷睡下了没有？"众人都回："不知道。"袭
人忙推宝玉。宝玉趿了鞋，便迎出来，[3]笑道："我还没睡呢。
妈妈进来歇歇。"又叫："袭人，倒茶来。"林之孝家的忙进来，
笑说："还没睡呢？如今天长夜短了，该早些睡，明儿起得方早；
不然，到了明日起迟了，人笑话，说不是个读书上学的公子了，
倒像那起挑脚汉了。"说毕，又笑。宝玉忙笑道："妈妈说得是。
我每日都睡得早，妈妈每日进来，可都是我不知道的，已经睡
了。今儿因吃了面，怕停住食，所以多玩一会。"林之孝家的
又向袭人等笑说："该沏些普洱茶①吃。"袭人、晴雯二人忙笑
说："沏了一盏子女儿茶②，已经吃过两碗了。大娘也尝一碗，
都是现成的。"说着，晴雯便倒了一碗来。

　　林之孝家的又笑道："这些时，妾听见二爷嘴里都换了字眼，
赶着这几位大姑娘们竟叫起名字来。[4]虽然在这屋里，到底是
老太太、太太的人，还该嘴里尊重些才是。若一时半刻偶然叫
一声便得，若只管顺口叫起来，怕以后兄弟侄儿照样，便惹人
笑话，说这家子的人眼里没有长辈。"宝玉笑道："妈妈说得是。
我原不过是一时半刻的。"袭人、晴雯都笑说："这可别委屈了
他。直到如今，他可'姐姐'没离了口，不过玩的时候叫一声
半声名字，若当着人，却是和先一样。"[5]林之孝家的笑道："这
才好呢，这才是读书知礼的。越自己谦越尊重，别说是三五代
的陈人，现从老太太、太太屋里拨来的，便是老太太、太太
屋里的猫儿狗儿，轻易也伤它不得。这才是受过调教的公子行
事。"说毕，吃了茶，便说："请安歇罢，我们走了。"宝玉还说：

1. 幸好未关院门。

2. 众口一词，不必教就会。

3. 演得也像。

4. 看来耳报神还不少。既
管事，说一通要谨守礼
仪，也算尽责。

5. 袭人晴雯双护玉。即便
过了关，还得听她教训
一番。

---

①　普洱茶——云南普洱一带产的名茶，能醒酒消食，化痰生津。
②　女儿茶——当指普洱茶的一种。清代张泓《滇南新语》："普茶珍品，则有毛尖、芽茶、女儿之号。"或谓用青
　　桐或牛李子等嫩芽制成之饮料，恐不是的。

"再歇歇。"那林之孝家的已带了众人，又查别处去了。

这里晴雯等忙命关了门，进来笑说："这位奶奶哪里吃了一杯来了？唠三叨四的，¹又排场了我们一顿去了。"麝月笑道："她也不是好意的？少不得也要常提着些儿。也提防着怕走了大褶儿①的意思。"说着，一面摆上酒果。袭人道："不用高桌，咱们把那张花梨圆炕桌子放在炕上坐，又宽绰，又便宜。"说着，大家果然抬来。麝月和四儿那边去搬果子，用两个大茶盘，做四五次方搬运了来。两个老婆子蹲在外面火盆上筛酒。

宝玉说："天热，咱们都脱了大衣裳才好。"众人笑道："你要脱你脱，我们还要轮流安席②呢。"宝玉笑道："这一安就安到五更天了。知道我最怕这些俗套子，在外人跟前不得已的，这会子还怄我，就不好了。"众人听了，都说："依你。"于是先不上坐，且忙着卸妆宽衣。²一时将正妆卸去，头上只随便挽着鬓儿，身上皆是长裙短袄。宝玉只穿着大红棉纱小袄子，下面绿绫弹墨夹裤，散着裤脚，倚着一个各色玫瑰、芍药花瓣装的玉色夹纱新枕头，和芳官两个先划拳。当时芳官满口嚷热，³只穿着一件玉色红青驼绒三色缎子斗的水田小夹袄③，束着一条柳绿汗巾，底下是水红撒花夹裤，也散着裤腿。头上齐额编着一圈小辫，总归至顶心，结一根鹅卵粗细的总辫，拖在脑后。右耳眼内只塞着米粒大小的一个小玉塞子，左耳上单戴着一个白果大小的硬红镶金大坠子，越显得面如满月犹白，眼如秋水还清。⁴引得众人笑说："他两个倒像一对双生的弟兄两个。"

袭人等一一地斟了酒来说："且等等再划拳，虽不安席，每人在手里吃我们一口罢了。"于是袭人为先，端在唇上吃了一口，余依次下去，一一吃过，大家方团团坐定。小燕、四儿因炕沿坐不下，便端了两张椅子近炕放下。那四十个碟子，皆是一色白粉定窑的，不过只小茶碟大，里面不过是山南海北，中原外国，或干或鲜，或水或陆，天下所有的酒馔果菜。⁵

宝玉因说："咱们也该行个令才好。"袭人道："斯文些的才好，别大呼小叫，惹人听见。二则我们不识字，可不要那

---

① 走了大褶儿——喻错了大规矩。
② 安席——宴会入席时先行一套敬酒、行礼等礼节，叫安席，所以要穿戴整齐才合礼。
③ 玉色红青驼绒三色缎子斗的水田小夹袄——玉色，天青色。红青，带红的黑色，也叫绀青。驼绒，亦作"驼茸"，深黄赤色。斗，拼合，水田，用不同颜色方形布块缀合而成，如分界的水田。

些文的。"麝月笑道:"拿骰子咱们抢红①罢。"宝玉道:"没趣,不好。咱们占花名儿好。"¹晴雯笑道:"正是,早已想弄这个玩意儿了。"袭人道:"这个玩意虽好,人少了没趣。"²小燕笑道:"依我说,咱们竟悄悄地把宝姑娘、云姑娘、林姑娘请了来玩一回子,到二更天再睡不迟。"袭人道:"又开门喝户地闹,倘或遇见巡夜的问呢?"宝玉道:"怕什么!咱们三姑娘也吃酒,再请她一声才好。还有琴姑娘。"众人都道:"琴姑娘罢了,她在大奶奶屋里,叨登得大发了。"宝玉道:"怕什么!你们就快请去。"小燕、四儿都得不了一声,二人忙命开了门,分头去请。

晴雯、麝月、袭人三人又说:"她两个去请,只怕宝、林两个不肯来,须得我们请去,死活拉她来。"³于是袭人、晴雯忙又命老婆子打个灯笼,二人又去。果然宝钗说"夜深了",黛玉说"身上不好",她二人再三央求说:"好歹给我们一点体面,略坐坐再来。"探春听了,却也欢喜。因想:"不请李纨,倘或被她知道了,倒不好。"⁴便命翠墨同了小燕也再三地请了李纨和宝琴二人,会齐,先后都到了怡红院中。袭人又死活拉了香菱来。⁵炕上又并了一张桌子,方坐开了。

宝玉忙说:"林妹妹怕冷,过这边靠板壁坐。"又拿个靠背垫着些。袭人等都端了椅子,在炕沿下一陪。黛玉却离桌远远地靠着靠背,因笑向宝钗、李纨、探春等道:"你们日日说人夜聚饮博,今儿我们自己也如此,以后怎么说人?"⁶李纨笑道:"这有何妨。一年之中不过生日节间如此,并无夜夜如此,这倒也不怕。"

说着,晴雯拿了一个竹雕的签筒来,里面装着象牙花名签子,摇了一摇,放在当中。又取过骰子来,盛在盒内,摇了一摇,揭开一看,里面是五点,数至宝钗。宝钗便笑道:"我先抓,不知抓出个什么来。"说着,将筒摇了一摇,伸手掣出一根,大家一看,只见签上画着一支牡丹,题着"艳冠群芳"四字,⁷下面又有镌的小字一句唐诗,道是:

　　任是无情也动人。②

1. 开夜宴者既称"群芳",自当玩占花名之戏。

2. 因此就有了悄悄去请人之事。

3. 估计得一点也不错。袭人的面子尤大。

4. 又一种请法,总不雷同。

5. 香菱被称"慕雅女"(第四十八回回目),如此雅集,岂可缺了她!

6. 这一层也是非提不可的,由李纨来解说最妥。此次夜宴已成半公开了。

7. 花名签多利用《千家诗》等当时较普及的选本上众所周知的诗来作人物特质和命运的暗示,其中谶语式的隐寓,又往往存在于所标原诗句的前后句,甚至全诗。这是又一种别出心裁写作的巧思妙构。

---

① 抢红——掷骰子的名目,以得红点多者为胜。
② "任是"句——出唐代罗隐《牡丹花》诗:"似共东风别有因,绛罗高卷不胜春。若教解语应倾国,任是无情也动人。芍药与君为近侍,芙蓉何处避芳尘!可怜韩令功成后,辜负秾华过此身!"作者在写花名签时,采用隐前歇后的手法,把对人物命运的暗示,巧寓于明提的那一句诗的前后诗句中,如该首的末了几句即是。韩令,指韩弘,唐元和十四年曾为中书令,他到长安时见时俗耽玩牡丹,命人把居第中的牡丹都斫去,见《唐国史补》。

又注着："在席共贺一杯，此为群芳之冠，随意命人，不拘诗词雅谑，道一则以侑酒①。"¹ 众人看了，都笑说："巧得很，你也原配牡丹花。"说着，大家共贺了一杯。宝钗吃过，便笑说："芳官唱一支我们听罢。"芳官道："既这样，大家吃了门杯好听的。"于是大家吃酒。芳官便唱："寿筵开处风光好②……"众人都道："快打回去！这会子很不用你来上寿。拣你极好的唱来。"² 芳官只得细细地唱了一支《赏花时》：³

1. 故以下命芳官唱曲。

2. 每出一种主意或演一种曲目，必先有不妥的主意、曲目被否定，以增行文曲折。此种写法几成作者习惯。

3. 曲名巧合宝玉眼前情景。

　　　　翠凤毛翎扎帚叉，闲为仙人扫落花。您看那凤起玉尘沙。猛可的那一层云下，抵多少门外即天涯！您再休要剑斩黄龙一线儿差，再休向东老贫穷卖酒家。您与俺眼向云霞。洞宾呵，您得了人可便早些儿回话；若迟呵，错教人留恨碧桃花。③

才罢。

　　宝玉却只管拿着那签，口内颠来倒去念"任是无情也动人"，听听这曲子，眼看着芳官不语。湘云忙一手夺了，掷与宝钗。宝钗又掷了一个十六点，数到探春，探春笑道："我还不知得个什么呢。"伸手掣了一根出来，自己一瞧，便掷在地下，红了脸，笑道："这东西不好，不该行这令。这原是外头男人们行的令，许多混话在上头。"⁴ 众人不解，袭人等忙拾了起来，众人看上面是一枝杏花，那红字写着"瑶池仙品"四字，诗云：

4. 每人掣签，反应各不相同，探春此一掷，增加了读者对签中内容的好奇心。

　　　　日边红杏倚云栽。④

注云："得此签者，必得贵婿，⁵ 大家恭贺一杯，共同饮一杯。"众人笑道："我说是什么呢！这签原是闺阁中取戏的，除了这两三根有这话的，并无杂话，这有何妨！我们家已有了个王妃，难道你也是王妃不成？⁶ 大喜，大喜！"说着大家来敬，探春哪里肯饮，却被湘云、香菱、李纨等三四个人强死强活灌了下去。探春只命：

5. 脸红原来为此。

6. 佚稿中探春后来远嫁作海外王妃之说缘此。

---

① 侑（yòu 又）酒——劝酒。

② "寿筵"句——明代无名氏戏曲《牧羊记·庆寿》中第一支曲《山花子》的首句。

③ 《赏花时》曲——汤显祖《邯郸记·度世》中唱词，乃何仙姑在蓬莱仙境扫花见吕洞宾时所唱。梦稿、列藏、甲辰、程高诸本皆只引两句，作"唱了一支《赏花时》'翠凤毛翎扎帚叉，闲踏天门扫落花'才罢。从有"才罢"二字语气看，似不应引很长的唱词，否则语气难以相接。然"闲踏天门"四字，显系后人据汤著校改。雪芹原应是"闲为仙人"，证据是李白《寄王屋山人孟大融》诗有"闲与仙人扫落花"句，曹寅在其《些山有诗谢梦……》诗后自注："予留别有'愿为筇竹杖'之句，些山集青莲句有'闲为仙人扫落花'，故及之。"李白诗"闲与"，曹寅引作"闲为"。此处引曲文虽异汤著，却同于曹寅误记太白之句文字，可知出于其孙辈雪芹之手无疑。故姑从己卯、庚辰、蒙府、戚序、戚宁诸本全引曲文，不以汤著校改。曲文劝洞宾别再冒失行事，别再贪杯误事，赶快找到接替扫花的人来，以免因来不及参加蟠桃宴而遗憾。

④ "日边"句——唐代高蟾《下第后上永崇高侍郎》诗："天上碧桃和露种，日边红杏倚云栽。芙蓉生在秋江上，不向东风怨未开。"前两句参见第五回《红楼梦曲·虚花悟》注。后两句是科举落第后的自况；其隐义可与探春册子判词中"涕送江边望""莫向东风怨别离"等语参证。

"蠲了这个，再行别的。"众人断不肯依。湘云拿着她的手，强掷了个十九点出来，[1]便该李氏掣。

李氏摇了一摇，掣出一根来一看，笑道："好极。你们瞧瞧，这劳什子竟有些意思。"众人瞧那签上，画着一枝老梅，写着"霜晓寒姿"四字，那一面旧诗是：

　　　竹篱茅舍自甘心。①

注云："自饮一杯，下家掷骰。"李纨笑道："真有趣，你们掷去罢。我只自吃一杯，不问你们的废与兴。"[2]说着，便吃酒，将骰过与黛玉。黛玉一掷，是个十八点，便该湘云掣。湘云笑着，揎拳掳袖地伸手掣了一根出来。大家看时，一面画着一枝海棠，题着"香梦沉酣"四字，那面诗道是：

　　　只恐夜深花睡去。②

黛玉笑道："'夜深'两个字，改'石凉'两个字。"[3]众人便知她趣白日间湘云醉卧的事，都笑了。湘云笑指那自行船与黛玉看，又说："快坐上那船家去罢，别多话了！"众人都笑了。因看注云："既云'香梦沉酣'，掣此签者不便饮酒，只令上下二家各饮一杯。"湘云拍手笑道："阿弥陀佛，真真好签！"恰好黛玉是上家，宝玉是下家。二人斟了两杯，只得要饮。宝玉先饮了半杯，瞅人不见，递与芳官，芳官端起来便一扬脖。黛玉只管和人说话，将酒全折在漱盂内了。[4]

湘云便绰起骰子来，一掷个九点，数去该麝月。麝月便掣了一根出来。大家看时，这面是一枝荼蘼花，题着"韶华胜极③"四字，那边写着一句旧诗，道是：

　　　开到荼蘼花事了。④

注云："在席各饮三杯送春。"麝月问："怎么讲？"宝玉皱眉，忙将签藏了，[5]说："咱们且喝酒。"说着，大家吃了三口，以充三杯之数。麝月一掷个十九点，该香菱。香菱便掣了一根并蒂花，题着"联春绕瑞"，[6]那面写着一句旧诗，道是：

1. 姑娘中最数不扭扭捏捏的湘云忙。

2. 不说"好与坏""输与赢"，偏说"废与兴"，有意思。在贾府一败涂地时，不知何故，独李纨能得幸免连累。岂止幸免，还依仗着儿子贾兰的穿"紫蟒"而"爵禄高登"，所谓"老来富贵也真侥幸"。不知这里说不问废兴的话是否也透露了一点消息。

3. 调侃得有趣。

4. 二人同饮也巧，宝玉只饮一半，留给贪杯的芳官；黛玉弱质，本不宜饮酒，写来各自相宜。

5. 此签最巧，如注释④所言"花事了"三字隐意还双关。参前脂评"袭人出嫁之后，宝玉、宝钗身边还有一人……故袭人出嫁后云：'好歹留着麝月'……"（第二十回评）及有"麝月之婢"却"弃而为僧"（第二十一回评）等语，则了然矣。

6. 与"斗草"时宝玉有"并蒂菱"恰好一样。并蒂之花，非指阿呆兄，乃夏桂花也。

---

① "竹篱"句——宋代王淇《梅》诗："不受尘埃半点侵，竹篱茅舍自甘心。只因误识林和靖，惹得诗人说到今。"北宋林逋，赐谥和靖先生，其《咏梅》诗句"疏影横斜水清浅，暗香浮动月黄昏"二句最负盛誉。亦可与李纨判词参照。

② "只恐"句——苏轼《海棠》诗："东风袅袅泛崇光，香雾空蒙月转廊。只恐夜深花睡去，故烧高烛照红妆。"已见第十七、十八回注。后两句乃惜春光短促，好景难留，正合湘云之将来。

③ 韶华胜极——韶华，春光。胜极，字面上是说好得很，实质上有好事到了头的意思。

④ "开到"句——宋代王淇《春暮游小园》诗："一从梅粉褪残妆，涂抹新红上海棠。开到荼蘼花事了，丝丝天棘出莓墙。"荼蘼在春花中开得最晚，所谓"一年春事到荼蘼"。据脂评，袭人出嫁后，麝月是最后留在贫穷潦倒的宝玉夫妇身边的唯一一丫头。则"花事了"，既是说"诸芳尽"（所以大家都送春），又是说花袭人之事已经"了"了——她嫁人了（与续书写袭人出嫁在宝玉出家之后不同）。

连理枝头花正开。①

注云："共贺掣者三杯，大家陪饮一杯。"香菱便又掷了个六点，该黛玉掣。黛玉默默地想道："不知还有什么好的被我掣着方好。"一面伸手取了一根，只见上面画着一枝芙蓉，题着"风露清愁"四字，那面一句旧诗，道是：

莫怨东风当自嗟。②

注云："自饮一杯，牡丹陪饮一杯。"1众人笑说："这个好极！除了她，别人不配作芙蓉。"黛玉也自笑了。于是饮了酒，便掷了个二十点，该着袭人。袭人便伸手取了一支出来，却是一枝桃花，题着"武陵别景"③四字，那一面写着旧诗，道是：

桃红又是一年春。④

注云："杏花陪一盏，坐中同庚者陪一盏，同辰者陪一盏，同姓者陪一盏。"众人笑道："这一回热闹有趣。"2大家算来，香菱、晴雯、宝钗三人皆与她同庚，黛玉与她同辰，只无同姓者。芳官忙道："我也姓花，我也陪她一钟。"3于是大家掷了酒，黛玉因向探春笑道："命中该着招贵婿的，4你是杏花，快喝了，我们好喝。"探春笑道："这是个什么话，大嫂子顺手给她一下子。"李纨笑道："人家不得贵婿反挨打，我也不忍的。"5说得众人都笑了。

袭人才要掷，只听有人叫门。老婆子忙出去问时，原来是薛姨妈打发人来了，接黛玉的。6众人因问："几更了？"人回："二更以后了，钟打过十一下了。"宝玉犹不信，要过表来瞧了一瞧，已是子初初刻十分了。黛玉便起身说："我可撑不住了，回去还要吃药呢。"众人说："也都该散了。"袭人、宝玉等还要留着众人。李纨、宝钗等都说："夜太深了不像，这已是破格了。"袭人道："既如此，每位再吃一杯再走。"说着，晴雯等已都掷满了酒，每人吃了，都命点灯。袭人等直送过沁芳亭河那边，方回来。

1. 黛玉固当自嗟，而宝钗也因此而饮了一杯苦酒。此即"陪饮"用意。

2. 按此注所言，实际可行性甚小：必有人先掣得杏花而后可；又倘席间无同庚同辰同姓者，亦不能行。此亦非现实之趣笔，不必责其穿凿。

3. 必先说无，然后才有。怪道名叫芳官。能得饮自喜。

4. "命中该着"四字要紧。此段情节构思，本不脱作者宿命观念。

5. 看只是玩话，但黛玉不能得婿，可不是玩话。

6. 奇文，不接宝钗，而接黛玉。（列）作此批者读书不细。第五十八回开端写贾府入朝随班，有曰："况贾母又千叮咛万嘱咐，托她照管林黛玉，薛姨妈素习也最怜爱她的，今既巧遇这事，便挪至潇湘馆来和黛玉同房，一应药饵饮食，十分经心。"不接黛玉接谁？

---

① "连理"句——宋代朱淑真《落花》（一作《惜春》）诗："连理枝头花正开，妒花风雨便相催。愿教青帝长为主，莫遣纷纷落翠苔。"香菱之命运，实在在花签所引歇后一句："妒花风雨便相催。"

② "莫怨"句——宋代欧阳修《明妃曲·再和王介甫》诗末有几句："明妃去时泪，洒向枝上花；狂风日暮起，飘泊落谁家？红颜胜人多薄命，莫怨东风当自嗟。"签引末句而隐前红颜薄命等语。

③ 武陵别景——犹言陶渊明笔下的那个武陵（今湖南常德）捕鱼人所发现的桃花源。别景，别有天地。

④ "桃红"句——宋代谢枋得《庆全庵桃花》诗："寻得桃源好避秦，桃红又见一年春。花飞莫遣随流水，怕有渔郎来问津。"随着贾府事败，袭人嫁给了蒋玉菡，好比两度春风。

关了门，大家复又行起令来。袭人等又用大钟斟了几钟，用盘攒了各样果菜，与地下的老嬷嬷们吃。彼此有了三分酒，便猜拳赢唱小曲儿。那天已四更时分，老嬷嬷们一面明吃，一面暗偷，酒缸已罄，[1]众人听了纳罕，方收拾盥漱睡觉。芳官吃得两腮胭脂一般，眉梢眼角越添了许多丰韵，身子图不得，便睡在袭人身上，说："好姐姐，心跳得很。"[2]袭人笑道："谁许你尽力灌起来！"小燕、四儿也图不得，早睡了。晴雯还只管叫。宝玉道："不用叫了，咱们且胡乱歇一歇罢。"自己便枕了那红香枕，身子一歪，便也睡了。袭人见芳官醉得很，恐她唾酒，只得轻轻起来，就将芳官扶在宝玉之侧，由她睡了。[3]自己却在对面榻上倒下。大家黑甜一觉，不知所之。

及至天明，袭人睁眼一看，只见天色晶明，忙说："可迟了！"向对面床上瞧了一瞧，只见芳官头枕着炕沿上，睡犹未醒，连忙起来叫她。宝玉已翻身醒了，笑道："可迟了？"因又推芳官起身。那芳官坐起来，犹发怔揉眼睛。袭人笑道："不害羞！你吃醉了，怎么也不拣地方儿，乱挺下了？"[4]芳官听了，瞧了一瞧，方知是和宝玉同榻，忙笑地下地来说："我怎么吃得不知道了？"宝玉笑道："我竟也不知道了。若知道，给你脸上抹些黑墨。"说着，丫头进来伺候梳洗。宝玉笑道："昨儿有扰，今儿晚上我还席。"袭人笑道："罢，罢，罢！今儿可别闹了，再闹就有人说话了。"宝玉道："怕什么！不过才两次罢了。咱们也算是会吃酒了，那一坛子酒怎么就吃光了？正在有趣，偏又没了。"袭人笑道："原要这样才有趣。必至兴尽了，反无后味了。昨儿都好上来了，晴雯连臊也忘了，我记得她还唱了一个。"四儿笑道："姐姐忘了？连姐姐还唱了一个呢。在席的谁没唱过？"[5]众人听了，俱红了脸，用两手捂着，笑个不住。

忽见平儿笑嘻嘻地走来，说："我亲自来请昨日在席的人，今儿我还东，短一个也使不得。"众人忙让坐吃茶。晴雯笑道："可惜昨夜没她。"平儿忙问："你们夜里做什么来？"袭人便说："告诉不得你。昨儿夜里热闹非常，连往日老太太、太太带着众人玩，也不及昨儿这一玩。[6]一坛酒我们都鼓捣光了，一个个吃得把臊都丢了，三不知地又都唱起来。四更多天，才横三竖四地打了一个盹儿。"平儿笑道："好！白和我要了酒来，也不请我，还说着给我听，气我。"晴雯道："今儿他还席，必来请你的，等着罢。"平儿

1. 酒缸不空，怕还不会终宴。

2. 画出芳官醉态。

3. 写来毫不牵强。明义《题红楼梦》诗："醉倚公子怀中睡，明日相看笑不休。"

4. 想得好！扶她睡下的人，故意笑她不拣地方乱睡。真有这种事。

5. 夜宴已过，还有这许多话可说，如余音袅袅，不绝于耳。酒酣忘乎所以，人人都唱的热闹场面，引人遐想，当时却不详写，只于此时补充，真能杀回马枪！

6. 这话不假。

笑问道："'他'是谁，谁是'他'？"晴雯听了，赶着笑打，说着："偏你这耳朵尖，听得真。"[1]平儿笑道："这会子有事，不和你说，我干事去了。一回再打发人来请，一个不到，我是打上门来的。"宝玉等忙留她，已经去了。

这里宝玉梳洗了，正吃茶，忽然一眼看见砚台底下压着一张纸，因说道："你们这随便混压东西也不好。"袭人、晴雯等忙问："又怎么了，谁又有了不是了？"宝玉指道："砚台下是什么？一定又是哪位的样子，忘记了收的。"[2]晴雯忙启砚拿了出来，却是一张字帖儿，递与宝玉看时，原来是一张粉红笺子，上面写着："槛外人妙玉恭肃遥叩芳辰。"宝玉看毕，直跳了起来，[3]忙问："这是谁接了来的？也不告诉。"袭人、晴雯等见了这般，不知道是哪个要紧的人来的帖子，忙一齐问："昨儿谁接下了一个帖子？"四儿忙飞跑进来，笑说："昨儿妙玉并没亲来，只打发个妈妈送来，我就搁在那里，谁知一顿酒就忘了。"众人听了，道："我当谁的，这样大惊小怪！这也不值得。"[4]

宝玉忙命："快拿纸来。"当时拿了纸，研了墨，看她下着"槛外人"三字，自己竟不知回帖上回个什么字样才相敌，只管提笔出神，半天仍没主意。因又想："若问宝钗去，她必又批评怪诞，不如问黛玉去。"想罢，袖了帖儿，径来寻黛玉。[5]刚过了沁芳亭，忽见岫烟颤颤巍巍地迎面走来。[6]宝玉忙问："姐姐哪里去？"岫烟笑道："我找妙玉说话。"宝玉听了诧异，说道："她为人孤癖，不合时宜，万人不入她目。原来她推重姐姐，竟知姐姐不是我们一流的俗人。"岫烟笑道："她也未必真心重我，但我和她做过十年的邻居，只一墙之隔。她在蟠香寺修炼，我家原寒素，赁房居住，就赁的是她庙里的房子，住了十年，无事到她庙里去作伴。我所认的字，都是承她所授。[7]我和她又是贫贱之交，又有半师之分。因我们投亲去了，闻得她因不合时宜，权势不容，竟投到这里来。如今又天缘凑合，我们得遇，旧情竟未易，承她青目，更胜当日。"

宝玉听了，恍如听了焦雷一般，喜得笑道："怪道姐姐举止言谈，超然如野鹤闲云，原来有本而来。正因她的一件事我为难，要请教别人去。如今遇见姐姐，真是天缘巧合，求姐姐指教。"[8]说着，便将拜帖取与岫烟看。岫烟笑道："她这脾气竟不能改，竟是生成这等放诞诡僻了。从来没见拜帖上下别号的，这可是俗语说的'僧不僧，俗

1. 忽从称呼偶失检点，写出人物关系来。文思真不可测！

2. 说是字帖红笺前，先误认作针线活儿的"样子"。仍是不用直笔法。

3. 不跳才怪呢！帖文亦蹈俗套之外。（己）

4. 值不值得，因人而异；在宝玉看来，这又是意外之意外。

5. 说是去问黛玉，结果问的人又不是，还是曲折行文。

6. 四个俗字，写出一个活跳美人，转觉别书中若干"莲步香尘""纤腰玉体"字样无味之甚。（列）今人读此，难体会出有多好，想是经过二三百年，人们的审美观已大改变了。

7. 补出往昔一段意想不到的缘分。

8. 如何？结果问的是岫烟。

不俗，女不女，男不男'，成个什么道理！"¹宝玉听说，忙笑道："姐姐不知道，她原不在这些人中算，她原是世人意外之人。因取我是个些微有知识的<sup>①</sup>，方给我这帖子。²我因不知回什么字样才好，竟没了主意，正要去问林妹妹，可巧遇见了姐姐。"

岫烟听了宝玉这话，且只顾用眼上下细细打量了半日，方笑道："怪道俗语说的'闻名不如见面'，又怪不得妙玉竟下这帖子给你，又怪不得上年竟给你那些梅花。³既连她这样，少不得我告诉你原故。她常说古人中自汉、晋、五代、唐、宋以来，皆无好诗，只有两句好，说道：'纵有千年铁门槛，终须一个土馒头。'所以她自称'槛外之人'。⁴又常赞文是庄子的好，故又或称为'畸人'<sup>②</sup>。她若帖子上自称'畸人'的，你就还她个'世人'。畸人者，她自称是畸零之人；你谦自己乃世中扰扰之人，⁵她便喜了。如今她自称'槛外之人'，是自谓蹈于铁槛之外了；故你如今只下'槛内人'，便合了她的心了。"⁶宝玉听了，如醍醐灌顶<sup>③</sup>，"嗳哟"了一声，方笑道："怪道我们家庙说是'铁槛寺'呢！原来有这一说。姐姐就请，让我去写回帖。"岫烟听了，便自往栊翠庵来。宝玉回房写了帖子，上面只写"槛内人宝玉熏沐谨拜"几字，亲自拿了到栊翠庵，只隔门缝儿投进去，便回来了。⁷

因又见芳官梳了头，挽起鬏来，戴了些花翠，忙命她改妆，又命将周围的短发剃了去，露出碧青头皮来，当中分大顶，又说："冬天做大貂鼠卧兔儿<sup>④</sup>戴，脚上穿虎头盘云五彩小战靴，或散着裤腿，只用净袜厚底镶鞋。"又说："'芳官'之名不好，竟改了男名才别致。"因又改作"雄奴"。芳官十分称心，又说："既如此，你出门也带我出去。有人问，只说我和茗烟一样的小厮就是了。"宝玉笑道："到底人看得出来。"芳官笑道："我说你是无才的。⁸咱家现有几家土番，你就说我是个小土番儿。况且人人说我打联垂好看，你想这话可妙？"宝玉听了，喜出意外，忙笑道："这却很好。我亦常见官员人等，多有跟从外国献俘之种，图其不畏风霜，鞍马便捷。既这等，再起个番名叫作'耶律雄奴'。'雄奴'二音，

1. 从未见过用"放诞诡僻"四字来形容出家人的，不只是拜帖上写别号而已。其实，那张拜帖倒是很有人情味的。

2. 只能这么说，是辞令，非实情。

3. 岫烟来贾府不久，与宝玉未有过如此交谈，是初交口吻。见其甚卫护妙玉，态度也极谦和，可知人谓其对姐妹们极好的话不虚，故有"又怪不得"二句，用囫囵语深许之也。

4. 出范成大诗，已见第十五回"铁槛寺"注。又曹寅《续琵琶》中也引过这两句诗，作者或受先祖影响。"皆无好诗"一语，摹写孤傲的妙玉说话口气。

5. 又带出"畸人"一词来解说，未知与"畸笏叟"有无干系。

6. 为"槛外人"作解，则"槛内人"便是自谦未离世俗纷扰之人。

7. 如法炮制，也不当面递交。必亲自拿去，是不放心他人。

8. 恃宠而骄。用芳官一骂，有趣。（己）

---

① 些微有知识的——谦虚地说自己稍与世俗之人有所不同。

② 畸人——性情乖僻，不与世俗相合的人。语出《庄子·大宗师》。

③ 醍醐（tí hú 题胡）灌顶——佛家语，经人指点，顿时领悟的意思。醍醐，从乳酪中提取之精华，佛家用以比喻智慧和佛性。灌顶，本古印度一种仪式，国王即位或弟子入佛门，法师以水或醍醐洒其头顶，表示祝福。

④ 大貂鼠卧兔儿——样子像卧兔的一种貂皮帽。

又与'匈奴'相通，都是犬戎①名姓。况且这两种人，自尧舜时便为中华之患，晋、唐诸朝，深受其害。②幸得咱们有福，生在当今之世，大舜之正裔，圣虞之功德仁孝，赫赫格天，同天地日月亿兆不朽，所以凡历朝中跳梁猖獗之小丑，到了如今，竟不用一干一戈，皆天使其拱手俯头，缘远来降。我们正该作践他们，为君父生色。"芳官笑道："既这样着，你该去操习弓马，学些武艺，挺身出去，拿几个反叛来，岂不尽忠效力了？何必借我们，你鼓唇摇舌的自己开心作戏，却说是称功颂德呢！"宝玉笑道："所以你不明白。如今四海宾服，八方宁静，千载百载，不用武备。咱们虽一戏一笑，也该称颂，方不负坐享升平了。"¹芳官听了有理，二人自为妥帖甚宜。宝玉便叫她"耶律雄奴"。

究竟贾府二宅，皆有先人当年所获之囚，赐为奴隶，只不过令其饲养马匹，皆不堪大用。湘云素习憨戏异常，她也最喜武扮的，每每自己束銮带，穿折袖③。近见宝玉将芳官扮成男子，她便将葵官也扮了个小子。那葵官本是常刮剔短发，好便于面上粉墨油彩，手脚又伶便，打扮了又省一层手。李纨、探春见了也爱，便将宝琴的豆官也就命她打扮了一个小童，²头上两个丫髻，短袄红鞋，只差了涂脸，便俨然是戏上的一个琴童。湘云将"葵官"改了，换作"大英"；因她姓韦，便叫她作"韦大英"，方合自己的意思，暗有"惟大英雄能本色"之语，何必涂朱抹粉，才是男子。豆官身量年纪皆极小，又极鬼灵，故曰豆官。园中人也有唤她作"阿豆"的，也有唤她作"炒豆子"的，宝琴反说"琴童""书童"等名太熟了，竟是"豆"字别致，便换作"豆童"。

因饭后平儿还席，说红香圃太热，便在榆荫堂中摆了几席新酒佳肴。可喜尤氏又带了佩凤、偕鸳二妾过来游玩。³这二妾亦是青年娇憨女子，不常过来的，今既入了这园，再遇见湘云、香菱、芳、蕊一干女子，所谓"方以类聚，物以群分"二语不错，只见她们说笑不了，也不管尤氏在那里，只凭丫鬟们去服侍，且同众人一一地游玩。

一时到了怡红院，忽听宝玉叫"耶律雄奴"，把佩凤、

1. 谈民族矛盾，或因话题敏感而可能有遮饰之词，则此处若干称功颂德语，便不宜认真。作者写这些情节的用意何在，不易断定。姑且存疑而不置评。但若据此夸大为全书表现民族意识，则显然不妥。

2. 将这批小女孩儿的艺名"某官"改换，倒可以理解；但不知何以纷纷女扮男装，或当时真有此类习俗，待考。

3. 榆荫堂在大观园内，稻香村之北，南邻红香圃。贾珍二妾是初次出场。

---

① 犬戎——我国古代西部少数民族，从事游牧，战国后期与北狄融合为匈奴族。

② 这两种人，自尧舜时便为中华之患，晋、唐诸朝，深受其害——此类近乎站在汉民族立场来谈论民族矛盾的话，在当时一般士人中或应有所忌避，而小说作者却不然，颇值得注意。列藏、梦稿、甲辰、程甲、程乙诸本几乎全部删去宝玉、湘云等为芳官、葵官、豆官改名的数段文字，或即基于此种忌避的考虑。

③ 折袖——袖口挽上一块的服式，又叫"挽袖"。

偕鸾、香菱三个人笑在一处，问是什么话，大家也学着叫这名字，又叫错了音韵，或忘了字眼，甚至于叫出"野驴子"来，[1]引得合园中人凡听见无不笑倒。宝玉又见人人取笑，恐作践了她，忙又说："海西福朗思牙①，闻有金星玻璃宝石，他本国番语以金星玻璃名为'温都里纳'②。如今将你比作它，就改名唤作'温都里纳'可好？"[2]芳官听了更喜，说："就是这样罢。"因此又唤了这名。众人嫌拗口，仍翻汉名，就唤"玻璃"。

闲言少述。且说当下众人都在榆荫堂中以酒为名，大家玩笑，命女先儿击鼓。平儿采了一枝芍药，大家约二十来人传花为令，热闹了一回。因人回说："甄家有两个女人送东西来了。"探春和李纨、尤氏三人出去议事厅相见。这里众人且出来散一散。佩凤、偕鸾两个去打秋千玩耍，[3]宝玉便说："你两个上去，让我送。"慌得佩凤说："罢了！别替我们闹乱子，倒是叫'野驴子'来送送使得。"宝玉忙笑说："好姐姐们，别玩了，没的叫人跟着你们学着骂她。"偕鸾又说："笑软了，怎么打呢？掉下来栽出你的黄子来。"佩凤便赶着她打。

正玩笑不绝，忽见东府中几个人慌慌张张跑来，说："老爷宾天③了。"[4]众人听了，唬了一大跳，忙都说："好好的并无疾病，怎么就没了？"家下人说："老爷天天修炼，定是功行圆满，升仙去了。"尤氏一闻此言，又见贾珍父子并贾琏等皆不在家，一时竟没个着己的男子来，未免慌了。只得忙卸了妆饰，命人先到玄真观将所有的道士都锁了起来，等大爷来家审问。[5]一面忙忙坐车，带了赖升一干家人、媳妇出城。又请太医看视，到底系何病。

大夫们见人已死，何处诊脉来，素知贾敬导气之术④，总属虚诞，更至参星礼斗，守庚申⑤，服灵砂⑥，妄作虚为，

1. 或以为作者借此暗骂某对象，恐求之过深。

2. 不料以起外国名字为时髦者，那时就有。

3. 前宝玉与紫英、玉菡等行酒令，有"女儿乐，秋千架上春衫薄"句，于此处写一笔。大家千金不合作此戏，故写不及探春等人也。（己）

4. 在笑声不绝中来报丧，如晴天响炸雷，文势突兀。

5. 写明只能由尤氏一人处理之故。因事出突然，故将道士锁了以待审问。

---

① 福朗思牙——即法兰西的别译。

② 温都里纳——法语译音，意为带金星的宝石。

③ 宾天——到天上做客。古时用以称帝王之死，后泛称尊者的死亡。

④ 导气之术——即导引之术，古代的一种用呼吸配合动作的养生术，可疗病健身。近乎气功、瑜伽之类，被道教蒙上神秘色彩后，往往将人引向歧途。

⑤ 守庚申——也叫"守三尸"，道教迷信的养生术。道教认为人身中有"三尸"神怪，每到庚申日，即向天帝告发人的罪过，减人禄寿。若在那一天能静坐不眠，则可避此祸害。

⑥ 服灵砂——灵砂，又称"丹砂"，即朱砂，为氧化汞矿物。道教以为服丹砂可以长生不死，历来害人不浅。贾敬死状，即汞（水银）中毒现象。

过于劳神费力，反因此伤了性命的。如今虽死，肚中坚硬似铁，面皮嘴唇烧得紫绛皲裂。便向媳妇回说："系玄教中吞金服砂，烧胀而殁。"[1] 众道士慌得回说："原是老爷秘法新制的丹砂吃坏事，小道们也曾劝说：'功行未到，且服不得。'不承望老爷于今夜守庚申时，悄悄地服了下去，便升仙了。这恐是虔心得道，已出苦海，脱去皮囊，自了去也。"[2] 尤氏也不听，只命锁着，等贾珍来发放，且命人去飞马报信。一面看视这里窄狭，不能停放，横竖也不能进城的，忙装裹好了，用软轿抬至铁槛寺来停放。[3] 掐指算来，至早也得半月的工夫，贾珍方能来到。目今天气炎热，实不得相待，遂自行主持，命天文生①择了日期入殓。[4] 寿木已系早年备下，寄在此庙的，甚是便宜。三日后，便开丧破孝。一面且做起道场来等贾珍。

荣府中凤姐儿出不来，李纨又照顾姊妹，宝玉不识事体，只得将外头之事，暂托了几个家中二等管事人。贾瑞、贾珖、贾珩、贾璎、贾菖、贾菱等各有执事。尤氏不能回家，便将她继母接来，在宁府看家。她这继母只得将两个未出嫁的小女带来，一并起居，才放心。[5]

且说贾珍闻了此信，即忙告假，并贾蓉是有职之人。礼部见当今隆敦孝弟，不敢自专，具本请旨。原来天子极是仁孝过天的，且更隆重功臣之裔，一见此本，便诏问贾敬何职。礼部代奏："系进士出身，祖职已荫其子贾珍。贾敬因年迈多疾，常养静于都城之外玄真观，今因疾殁于观中。其子珍，其孙蓉，现因国丧，随驾在此，故乞假归殓。"天子听了，忙下额外恩旨曰："贾敬虽白衣，无功于国，念彼祖父之功，追赐五品之职。令其子孙扶柩，由北下之门进都，入彼私第殡殓。任子孙尽丧，礼毕扶柩回籍。外着光禄寺按上例赐祭。朝中由王公以下，准其祭吊。钦此。"此旨一下，不但贾府中人谢恩，连朝中所有大臣，皆嵩呼②称颂不绝。[6]

贾珍父子星夜驰回。半路中又见贾瑞、贾珖二人领家丁飞骑而来，看见贾珍，一齐滚鞍下马请安。贾珍忙问："作什么？"贾瑞回说："嫂子恐哥哥和侄儿来了，老太太路上无人，叫我们两个来护送老太太的。"贾珍听了，赞称不绝，又问家中如何料理。贾瑞等便将如何拿了道士，如何挪至家庙，怕家内无人，接了亲家母和两个姨娘在上房住着。贾蓉当下也

1. 坐实是修道术、服丹砂致死，合回目。

2. 道士欲推卸责任，一是说劝阻不听；二是说恐是好事，故将自寻死路之蠢行，说成得道脱离苦海。全是对迷信的讽刺。

3. 又被鬼笑铁门槛，"终须一个土馒头"也。

4. 完回目"独艳理亲丧"五字。

5. 二尤姐妹从此陷污泥沼泽中不能自拔矣！原为放心而来，终是放心而去，妙甚！（己）

6. 总于此等不关痛痒处称恩颂德。

---

① 天文生——俗称"风水先生"，本为明清钦天监的职官，掌观察天文星象，推算时日吉凶。
② 嵩呼——臣下祝颂皇帝，高呼万岁。原说嵩山向汉武帝三呼万岁。见《汉书·武帝纪》。

下了马，听见两个姨娘来了，便和贾珍一笑。¹贾珍忙说了几声"妥当"，加鞭便走。店也不投，连夜换马飞驰。

一日，到了都门，先奔入铁槛寺。那天已是四更天气，坐更的闻知，忙喝起众人来。贾珍下了马，和贾蓉放声大哭，从大门外便跪爬进来，至棺前稽颡泣血①，直哭到天亮，喉咙都哑了方住。²尤氏等都一齐见过。贾珍父子忙按礼换了凶服，在棺前俯伏。无奈自要理事，竟不能目不视物，耳不闻声，少不得减些悲戚，好指挥众人。因将恩旨备述与众亲友听了，一面先打发贾蓉家中来料理停灵之事。

贾蓉巴不得一声儿，先骑马飞来至家，³忙命前厅收桌椅，下槅扇，挂孝幔子，门前起鼓手棚、牌楼等事。又忙着进来看外祖母、两个姨娘。原来尤老安人②年高喜睡，常歪着了；他二姨娘、三姨娘都和丫头们作活计，见他来了，都道烦恼。贾蓉且嘻嘻地望他二姨娘笑说："二姨娘，你又来了？我们父亲正想你呢。"⁴尤二姐便红了脸，骂道："蓉小子！我过两日不骂你几句，你就过不得了！越发连个体统都没了。还亏你是大家公子哥儿，每日念书学礼的，越发连那小家子瓢坎的也跟不上！"说着，顺手拿起一个熨斗来，搂头就打，吓得贾蓉抱着头，滚到怀里告饶。⁵尤三姐便上来撕嘴，又说："等姐姐来家，咱们告诉她。"

贾蓉忙笑着跪在炕上求饶，她两个又笑了。贾蓉又和二姨抢砂仁吃，尤二姐嚼了一嘴渣子，吐了他一脸，贾蓉用舌头都舔着吃了。⁶众丫头看不过，都笑说："热孝在身上，老娘才睡了觉，她两个虽小，到底是姨娘家。你太眼里没有奶奶了。回来告诉爷，你吃不了兜着走！"贾蓉撇下他姨娘，便抱着丫头们亲嘴，说："我的心肝！你说得是，咱们馋她两个。"⁷丫头们忙推他，恨得骂："短命鬼儿！你一般有老婆、丫头，只和我们闹。知道的说是玩，⁸不知道的人，再遇见那脏心烂肺的、爱多管闲事嚼舌头的人，吵嚷得那府里谁不知道，谁不背地里嚼舌说咱们这边混账！"贾蓉笑道："各门另户，谁管谁的事？都够使的了。从古至今，连汉朝和唐朝，人还说'脏唐臭汉'，何况咱们这宗人家！⁹谁家没风流事？别讨我说出来：连那边大老爷这么利害，琏叔还和那小姨娘不干净呢。凤姑娘那样刚强，瑞叔还想她的账。哪一件瞒了我！"

---

① 稽颡泣血——以头叩地，悲痛哭泣。颡，额。
② 安人——明清时六品官之妻封"安人"，这里只是对妇女的尊称。

1. 父子都贼相。

2. 演得过于夸张了，便成丑态。

3. 从未见如此勤快过，急不可待了。

4. 开口说话，便不顾体统，不要廉耻了，如此父与子也属罕见。

5. 拿熨斗搂头打，也不像样。一个竟如此告饶。

6. 恶形恶状。

7. 描摹色狼行径。

8. 哪有这样的玩法？妙极之玩，天下有是之玩，亦有趣甚。此语余亦亲闻者，非编有也。（己）

9. 居然敢引古为证，"脏""臭"二字则甚妥。

贾蓉只管信口开河胡言乱道之间，只见她老娘醒了，忙请安问好，又说："难为老祖宗劳心，又难为两位姨娘受委屈，我们爷儿们感戴不尽。惟有等事完了，我们合家大小登门去磕头。"尤老人点头道："我的儿，倒是你们会说话。亲戚们原是该的。"又问："你父亲好？几时得了信赶到的？"贾蓉笑道："才刚赶到的，先打发我瞧你老人家来了。好歹求你老人家事完了再去。"[1]说着，又和他二姨挤眼。那尤二姐便悄悄咬牙含笑骂："很会嚼舌头的猴儿崽子，留下我们给你爹作娘不成！"贾蓉又戏她老娘道："放心罢，我父亲每日为两位姨娘操心，要寻两个又有根基又富贵又年青又俏皮的两位姨爹，好聘嫁这二位姨娘的。这几年总没拣得，可巧前日路上才相准了一个。"[2]尤老只当真话，忙问："是谁家的？"尤二姐丢了活计，一头笑，一头赶着打，说："妈，别信这雷打的！"连丫头们都说："天老爷有眼，仔细雷要紧！"又值人来回话："事已完了，请哥儿出去看了，回爷的话去。"那贾蓉方笑嘻嘻地去了。不知如何，且听下回分解。

1. "事完了再去"，岂止贾敬丧事？恐生出许多事来，一时完不了。

2. 还能相准谁？除了他父子俩，只有贾琏。

## 【总评】

此书中写开宴的不少，但这次寿怡红的夜宴，怕是独一无二的。在哪里还能找出类似的事来呢？它的独特就在于八个并非有钱的大小丫头，心甘情愿地每人拿出三钱五钱银子凑在一起，为她们名分上的主子、实际上的好友宝玉办酒席、过生日。宝玉虽心里高兴，花丫头们的钱却于心不忍。晴雯说得好："这原是各人的心，哪怕她偷的呢。"所以，虽不过"只有小茶碟大"的四十碟果菜、一坛好绍兴酒，却比任何豪奢的筵席、祝寿的重礼都要珍贵得多。

夜宴在一定程度上是偷着乐，偷着乐比公然乐更乐，故开宴前先写林之孝家的带人来查夜。因天热，大家都脱了大衣外套，卸了正妆。此处特为芳官的俏丽可爱出力一写。她满口嚷热，脂砚斋已敏锐地联想到"既冷时思此热，果然一梦矣"。开宴后，临时还拉来宝、云、林等一批姑娘们来玩花名签。花名签每个都带象征性，都是谶语（详见拙著《红楼梦诗词曲赋鉴赏》）。送走主子们后，怡红院关门再饮，直至"大家黑甜一觉，不知所之"。此乐事之巅峰。

妙玉遣人送来"遥叩芳辰"的帖子，是深入少女内心的真实而有分寸的动人一笔，切莫庸俗化或以道学眼光鄙视之。芳官改名"耶律雄奴"等，好深求的研究者往往以为有所隐寓寄托，表现汉民族意识。我们以为与其穿凿，不如存疑。

贾敬之死，因其迷信修炼服食丹砂可长生所致，写得明白。因理丧二尤出场。写贾珍、贾蓉父子调戏玩弄尤氏姐妹前，先写他们在贾敬灵柩前的情态：二人"放声大哭，从大门外便跪爬进来，至棺前稽颡泣血，直哭到天亮，喉咙都哑了方住"；接着便写他们对二尤的轻薄，让"众丫头看不过"的举止，正为揭露其丧亲哀痛的表现，全是装出来让人看的丑态。

# 第 六 十 四 回
## 幽淑女悲题五美吟　浪荡子情遗九龙佩

**【题解】**

本回回目诸本一致。上句：幽淑女，指林黛玉，她写诗本来是自己寄慨，并不让外人看的，故称。她自谓："我曾见古史中有才色的女子，终身遭际，令人可喜、可羡、可悲、可叹者甚多，今日饭后无事，因欲择出数人，胡乱凑几首诗，以寄托感慨"，不料被宝玉翻到，命名为《五美吟》。下句：浪荡子，指贾琏，因其行为放荡，到处偷情而称。他贪图尤二姐美色，看到有合适机会，便将自己带的一个汉玉九龙佩解下，暗中相赠，以结私情。


题曰：

深闺有奇女，绝世空珠翠。

情痴苦泪多，未惜颜憔悴。

哀哉千秋魂，薄命无二致。

嗟彼桑间人，好丑非其类。①1

话说贾蓉见家中诸事已妥，连忙赶至寺中，回明贾珍。于是连夜分派各项执事人役，并预备一切应用幡杠等物。择于初四日卯时请灵柩进城，一面使人知会诸位亲友。是日，丧仪炫耀，宾客如云，自铁槛寺至宁府，夹道而观者，何啻②万数。也有羡慕的，也有嗟叹的，又有一等半瓶醋的读书人，说是"丧礼与其奢易，莫若俭戚"③的，一路纷纷议论不一。至未申时方到，将灵柩停放在正室之内。供奠举哀已毕，亲友渐次散回，只剩族中人分理迎宾

1. 回前诗，脂评又称"标题诗"，其意当指标明此回题意的诗。多采用绝句形式。如首回（即作者自题一绝）、第四回、第六回、第十三回、第十七、十八回用用五绝；第二回、第五回、第七回、第八回用七绝。用五古的尚未见过。又第十七、十八回以后，再也未见有回前诗，恐是因为分回拟目尚须调整，先行空缺。本回已是第六十四回，倒又有。这两点是可疑处。因此有研究者将它当作评诗处理。此本未作评诗，理由已见注释。诗，究竟是评者还是作者所写，一时不易断定，姑存之。

---

① "深闺有奇女"一首——这首五古见于列藏本及嘉庆诗词抄本。每回正文前有题诗，回末有对句，是早期抄本的典型格式，故知非评诗。其大意谓黛玉乃居于深闺的奇女子，惜绝世才华虽有珠翠增色亦是枉然。情太痴必多伤感，红颜因之而憔悴，竟不自惜。可怜自古有才色的女子，也都同样命薄。唉，那些贾府中的浪荡子及二尤之流，不过是滥淫者而非痴情人。其间美好与丑恶，实不可同日而语。古代卫地的桑间、濮上是男女常欢会的地方，故以"桑间"称淫风。

② 啻（chì翅）——止，仅，但。

③ 丧礼与其奢易，莫若俭戚——丧礼与其办得奢靡而无真情，不如俭朴而哀痛。语本《论语·八佾》。易，轻慢，不上心。

送客等事。近亲只有邢大舅等相伴未去。<sup>1</sup>

　　贾珍、贾蓉此时为礼法所拘，不免在灵旁藉草枕块<sup>①</sup>，恨若居丧。<sup>2</sup>人散后，仍乘空寻他小姨子们厮混。宝玉亦每日在宁府穿孝，至晚人散，方回园里。凤姐身体未愈，虽不能时常在此，或遇开坛诵经、亲友打祭之日，亦扎挣过来，相帮尤氏料理料理。

　　一日，供毕早饭，因此时天气尚长，贾珍等连日劳倦，不免在灵旁假寐。宝玉见无客至，遂欲回家看视黛玉，因先回至怡红院中。进入门来，只见院中寂静悄无人声，有几个老婆子与小丫头们在回廊下取便乘凉，也有睡卧的，也有坐着打盹的。宝玉也不去惊动。只有四儿看见，连忙上前来打帘子。将掀起时，只见芳官自内带笑跑出，几乎与宝玉撞个满怀。<sup>3</sup>一见宝玉，方含笑站住说道：“你怎么来了？你快与我拦住晴雯，她要打我呢。”一语未了，只听得屋内嘻嘻哗喇的乱响，不知是何物撒了一地。随后晴雯赶来骂道：“我看你这小蹄子往哪里去！输了不叫打。宝玉不在家，我看谁来救你！”<sup>4</sup>宝玉连忙拦住笑道：“你妹子小，不知怎么得罪了你，看我的分上，饶了她罢。”

　　晴雯也不想宝玉此时回来，乍一见，不觉好笑，遂笑说道：“芳官竟是个狐狸精变的，就是会拘神遣将的，符咒也没有这样快。”<sup>5</sup>又笑道：“就是你真请了神来，我也不怕。”遂夺手仍要捉拿芳官。芳官早已藏在宝玉身后。宝玉遂一手拖了晴雯，一手携了芳官，进入屋内。看时，只见西边炕上麝月、秋纹、碧痕、紫绡等正在那里抓子儿赢瓜子<sup>②</sup>呢。却是芳官输与晴雯，芳官不肯叫打，跑了出去。晴雯因赶芳官，将怀内的子儿撒了一地。宝玉欢喜道：“如此长天，我不在家，正恐你们寂寞，吃了饭睡觉，睡出病来，大家寻件事玩笑消遣甚好。”<sup>6</sup>因不见袭人，又问道：“你袭人姐姐呢？”晴雯道：“袭人么？越发道学了，独自一个在屋里面壁<sup>③</sup>呢。这好一会我们没进去，不知她作什么呢，一些声气也听不见。你快瞧瞧去罢，或者此时参悟了，也未可定。”<sup>7</sup>

　　宝玉听说，一面笑，一面走至里间。只见袭人坐在近窗

1. 列藏本有回前总批称：此一回紧接贾敬灵柩进城，原当铺叙宁府丧仪之盛。但上回秦氏病故，凤姐理丧，已描写殆尽，若仍极力写去，不过加倍热闹而已。故书中于迎灵送殡极忙乱处，却只闲闲数笔带过。亦与贾府在走下坡有关，故多出路人议论来。

2. “居丧”前加“恨若”二字，真《春秋》笔法。

3. 如此又写出一段宝玉不在时怡红院内情景。生活处处处于动态之中。

4. 对话生猛活跳！一听便知是在玩赌输了要挟打的游戏；又补出平时丫头们闹，宝玉总是护着年幼的芳官；今偏又在到家时说他不在家。

5. 亦承前言而来，确是晴雯才说的话。

6. 非但不责备，反欢喜、鼓励大家玩闹。宝玉不同常人处，总从丫头们身上着想。

7. 说得好奇怪！袭人再一本正经，何至于去面壁参禅呢？

---

① 藉草枕块——垫着干草、枕着土块睡觉。古时居父母丧的礼节，表示极度悲痛。
② 抓子儿赢瓜子——抓子儿，小儿女游戏，将若干果核、石子或缝制成方的小米袋抓起，向上抛接，以赛输赢。赢瓜子，赢家拍打输家的手心或身上某处。
③ 面壁——佛家面对墙壁，默坐静修。

的床上，手中拿着一根灰色绦子，正在那里打结子呢。见宝玉进来，连忙站起来，笑道："晴雯这东西，编派我什么呢？我因要赶着打完这结子，没工夫和她们瞎闹，因哄她们道：'你们玩去罢，趁着二爷不在家，我要在这里静坐一坐，养一养神。'[1] 她就编派了许多混话，什么'面壁了''参禅了'的，等一会我不撕她那嘴！"

　　宝玉笑着，挨近袭人坐下，瞧她打的结子，问道："这么长天，你也该歇息歇息，或和她们玩去，要不，瞧瞧林妹妹去也好。怪热的，打这个哪里使？"袭人道："我见你带的扇套还是那年东府里蓉大奶奶的事情上做的。那个青东西除族中或亲友家夏天有丧事方带得着，一年遇着带一两遭，平常又不犯做。如今那府里有事，这是要过去天天带的，所以我赶着另作了一个。[2] 等打完了结子，给你换下那旧的来。你虽然不讲究这，若叫老太太回来看见，又该说我们躲懒，连你穿带之物都不经心了。"宝玉笑道："这真难为你想得到。只是也不可过于赶，热着了，倒是大事。"说着，芳官早托了一杯凉水内新湃的茶来。[3] 因宝玉素习秉赋柔脆，[4] 虽暑月不敢用冰，只以新汲井水，将茶连壶浸在盆内，不时更换，取其凉意而已。宝玉就芳官手内吃了半盏，遂向袭人道："我来时已吩咐了茗烟，若珍大哥那边有要紧人客来时，令彼即来通禀；若无甚要事，我就不过去了。"说毕，遂出了房门，又回头向碧痕等道："如有事，往林姑娘处来找我。"于是一径往潇湘馆来看黛玉。

　　将过了沁芳桥，只见雪雁领着两个老婆子，手中都拿着菱藕瓜果之类。[5] 宝玉忙问雪雁道："你们姑娘从来不大吃这些凉东西的，拿这些瓜果何用？莫非是要请哪位姑娘、奶奶么？"雪雁笑道："我告诉你，可不许你对姑娘说去。"宝玉点头应允。雪雁便命那两个婆子："先将瓜果送去交与紫鹃姐姐。她要问我，你就说我做什么呢，就来。"那婆子答应着去了。雪雁方说道："我们姑娘这两日方觉身上好些了。今日饭后，三姑娘来，会着要瞧二奶奶去，姑娘也没去。又不知想起什么来，自己伤感了一回，提笔写了好些，不知是诗啊词啊。[6] 叫我传瓜果去时，又听得叫紫鹃将屋内摆着的小琴桌上的陈设搬了下来，将桌子挪在外间当地，又叫将那龙文鼒①放在桌上，等瓜果来时听用。若说是请人呢，

1. 原来晴雯戏言因此语而生，写出晴、袭个性不同。

2. 热天遇有丧事，扇套须用青色；平日则用暖色或花样。留意于宝玉生活起居、穿着佩戴，可谓无微不至。此亦其他丫头所不及。

3. 聊表谢忱。

4. 从小养尊处优的贵家公子无不如此。

5. 黛玉的丫头领着婆子拿瓜果回潇湘馆去，不知何用？必被宝玉所问，如此逐渐引入题意。

6. 切回目中"悲题"二字。

---

　　① 鼒（zī 资）——脂评："子之切，小鼎也。"

不犯先忙着把个炉摆出来；若说是点香呢，我们姑娘素日屋里除摆新鲜花儿、木瓜、佛手之类，又不大喜熏香；就是点香，亦当点在常坐卧之处。难道是老婆子们把屋子熏臭了，要拿香熏熏不成？<u>究竟连我也不知何故。</u>"[1] 说毕，便连忙去了。

  宝玉这里，不由得低头细想，心内道："据雪雁说来，必有原故。若是同哪一位姊妹们闲坐，亦不必如此先设馔具。或者是姑爹、姑妈的忌辰①，但我记得每年到此日期，老太太都吩咐另外整理看馔，送去与林妹妹私祭，此时已过。<u>大约是因七月为瓜果之节，家家都上秋季的坟，林妹妹有感于心，所以在私室自己奠祭，取《礼记》'春秋荐其时食'②之意，也未可定。</u>[2] 但我此刻走去，见林妹妹伤感，必极力劝解，又怕她烦恼郁结于心；若竟不去，又恐她过于伤感，无人劝止；两件皆足致疾。<u>莫若先到凤姐姐处一看，在彼稍坐即回。如若见林妹妹伤感，再设法开解，既不至使其过悲，哀痛稍申，亦不至抑郁致病。</u>"[3] 想毕，遂出了园门，一径到凤姐处来。

  正有许多执事婆子们回事毕，纷纷散出。凤姐儿正倚着门和平儿说话呢。一见了宝玉，笑道："你回来了么？我才吩咐了林之孝家的，叫她使人告诉跟你的小厮，若没什么事，趁便请你回来歇息歇息。再者那里人多，你哪里禁得住那些气味。不想恰好你倒来了。"宝玉笑道："多谢姐姐记挂。我也因今日没事，又见姐姐这两日没往那府里去，不知身上可大愈否，所以回来看视看视。"凤姐道："左右也不过是这样，三日好、两日不好的。<u>老太太、太太不在家，这些大娘们，嗳，哪一个是安分的！每日不是打架，就拌嘴，连赌博偷盗的事情都闹出来了两三件了。</u>[4]虽说有三姑娘相帮办理，她又是个没出阁的姑娘。也有好叫她知道的，也有对她说不得的事，也只好强扎挣着罢了。<u>总不得心静一会。别说想病好，求其不添也就罢了。</u>"[5]宝玉道："虽如此说，姐姐还要保重身体，少操些心才是。"说毕，又说了些闲话，别过凤姐，一直往园中走来。

  进了潇湘馆的院门看时，只见炉袅残烟，奠余玉醴。紫鹃正看着人往里搬桌子，收陈设呢。宝玉便知已经祭完

1. 雪雁岂能知道何故！读者也只能从她命紫鹃设炉焚香中猜到或与祭祀有关。

2. 宝玉所想近一步，但也不能确知。谁又能想到是为祭祀古代女子而设的呢？

3. 体贴备至。

4. 家里不断地闹出事来，又从凤姐口中一皴染。

5. 此话不假。凤姐之病是她促寿之源，亦因其太过要强，太过操心操劳所致。

---

  ① 忌辰——已故长辈死的日子，因有禁忌饮酒作乐之习俗，故称。

  ② 春秋荐其时食——意谓每逢春秋祭祀，把四时鲜物作祭品，献给祖先。

了，走入屋内，只见黛玉面向里歪着，病体恹恹，大有不胜之态。[1] 紫鹃连忙说道："宝二爷来了。"黛玉方慢慢地起来，含笑让坐。宝玉道："妹妹这两天可大好些了？气色倒觉比先静些，只是为何又伤心了？"黛玉道："可是你没的说了，好好的我多早晚又伤心了？"宝玉笑道："妹妹脸上现有哭泣之状，如何还哄我呢。只是我想妹妹素日本来多病，凡事当各自宽解，不可过作无益之悲。若作践坏了身子，将来使我……"[2] 说到这里，觉得以下的话有些难说，连忙咽住。只因他虽说与黛玉自小一处长大，情投意合，又愿同生死，却只是心中领会，从来未曾当面说出。况兼黛玉心重，每每因说话间造次，得罪了黛玉，致彼哭泣。今日原为的是来劝解黛玉，不想又把话说造次了，接不下去，心中一急，又怕黛玉恼他。又想一想自己的心实在是为好，因而转急为悲，早已滚下泪来。黛玉起先原恼宝玉说话不论轻重，如今见此光景，心有所感，本来素习爱哭，此时亦不免无言对泣。

却说紫鹃端了茶来，打量他二人不知又为何事角口，因说道："姑娘才身上好些，宝二爷又来怄气来了，到底是怎么样？"宝玉一面拭泪，笑道："谁敢怄妹妹了！"一面搭讪着起来闲步，只见砚台底下微露一纸角，不禁伸手拿起。[3] 黛玉忙要起身来夺，已被宝玉揣在怀内，笑央道："好妹妹！赏我看看罢。"黛玉道："不管什么，来了就混翻。"

一语未了，只见宝钗走来，笑道："宝兄弟要看什么？"宝玉因未见上面是何言词，又不知黛玉心中如何，未敢造次回答，却望着黛玉笑。黛玉一面让宝钗坐，一面笑说道："我曾见古史中有才色的女子，终身遭际，令人可喜、可羡、可悲、可叹者甚多。今日饭后无事，因欲择出数人，胡乱凑几首诗，以寄感慨。[4] 可巧探丫头来会我瞧凤姐姐去，我因身上懒懒的，没同她去，适才做了五首，一时困倦起来，撂在那里，不想二爷来了，就瞧见了。其实给他看也倒没有什么，但只我嫌他是不是的写了给人看去。"[5] 宝玉忙道："我多早晚给人看了？昨日那把扇子，原是我爱那几首白海棠的诗，所以我自己用小楷写了，不过为的是拿在手中看着便易。我岂不知闺阁中诗词字迹是轻易往外传诵不得的？自从你说了，我总没拿出园子去。"宝钗道："林妹妹这虑得也是。你既写在扇子上，偶然忘记了，拿在书房里去，被相公们看见了，岂有不问是谁做的呢。倘

1. 黛玉病体更时时提起，步步加重，且总与其悲感相连。

2. 截住为是。即使话未说完，意思已全明白了，也已造次了。

3. 虽无意间见到，心中早已有数，因雪雁说过姑娘"写了好些不知是诗啊词啊"。

4. 正为说出这段"诗序"来，才让宝钗上场，向她说明最恰当。

5. 诗词字迹，外界已稍有所知，借黛玉顾虑，宝玉辩白，交代清原委。也见宝玉行事，向来不顾前后。

或传扬开去，反为不美。自古道'女子无才便是德'，总以贞静为主，女工次之。[1]其余诗词之类，不过是闺中游戏，原可以会，可以不会。咱们这样人家的姑娘，倒不要这些才华的名誉。"因又笑向黛玉道："拿出来给我看看无妨，只不叫宝兄弟拿出去就是了。"黛玉笑道："既如此说，连你也可以不必看了。"又指着宝玉笑道："他早已抢了去了。"宝玉听了，方自怀内取出，凑至宝钗身旁，一同细看。只见写道：

西　施

一代倾城逐浪花，吴宫空自忆儿家。

效颦莫笑东邻女，<u>头白溪边尚浣纱</u>。[1][2]

虞　姬

肠断乌骓夜啸风，[3]虞兮幽恨对重瞳。

黥彭甘受他年醢，饮剑何如楚帐中！[2]

明　妃

绝艳惊人出汉宫，红颜命薄古今同。

君王纵使轻颜色，予夺权何畀画工？[3]

绿　珠

瓦砾明珠一例抛，何曾石尉重娇娆！

都缘顽福前生造，更有同归慰寂寥。[4]

红　拂

长揖雄谈态自殊，美人巨眼识穷途。

1. "珍重芳姿"的姐姐自然一有机会，就说闺中以贞静、女工为要那一套。以前就拿它开导过林妹妹。只是宝兄弟未必肯听。

2. 或由王维《洛阳女儿行》"谁怜越女颜如玉，贫贱江头自浣纱"得机杼。

3. 甲辰、程高本改"乌骓"为"乌啼"，大谬。此以战马悲鸣写兵败。

----

① 《西施》一首——倾城，绝色美女。逐浪花，随浪花逝去。越灭吴后，西施的命运有二说：一说重归范蠡，随他泛游五湖而去；一说西施被沉于江，此用后一说。儿家，你，指西施。后两句说，莫笑东邻丑女模仿西施捧心皱眉的样子，她老来倒还能在若耶溪边漂丝呢。

② 《虞姬》一首——楚汉战争的最后阶段，项羽被刘邦军围于垓下，夜闻汉军四面楚歌，感到绝望，对其侍妾虞姬作悲歌："力拔山兮气盖世，时不利兮骓不逝；骓不逝兮可奈何，虞兮虞兮奈若何？"虞姬也作歌相和。（见《史记·项羽本纪》）乌骓（zhuī追），项羽的马名。啸风，马于风中嘶鸣也。重瞳，指项羽，史书说他的眼睛长两个眸子。黥（qíng晴）彭，黥布（即英布）与彭越，他们原是项羽的部将，降刘邦后，破楚有功，封王，后又谋反，被诛杀。诗句讥其降汉之下场。醢（hǎi海），剁尸剐肉的酷刑。饮剑，自刎。虞姬自刎当是后来史书的敷演。

③ 《明妃》一首——明妃，即王昭君，触晋文帝司马昭讳，改称明妃或明君。其和亲事见第五回警幻仙姑赋注及第五十一回《青冢怀古》诗注。末句谓因何将决定命运之权交与画工。予夺，给予和剥夺。畀（bì闭），给。

④ 《绿珠》一首——《晋书·石崇传》：石崇有妓名绿珠，美而善笛，孙秀使人求之，石崇勃然不允。孙秀怒，假传帝命收捕石崇，石崇正宴于楼上，谓绿珠曰："我今为尔得罪。"绿珠泣曰："当效死于君前。"因自投于楼下而死。石崇曾任南蛮校尉，故称石尉。一二句说石崇实未曾重视过绿珠，故弃之如瓦砾。此即所谓翻古人之意。三四句谓石崇还是有前生注定的厚福的，因为他虽被拘捕受戮，但已有绿珠殉情，可与他作伴，使他在地府不至寂寞。"同归"一词出潘岳《金谷》诗："投分寄石友，白首同所归。"潘后亦同时受戮，人以为诗语成谶。见《晋书·潘岳传》。

尸居余气杨公幕，岂得羁縻女丈夫！①

宝玉看了，赞不绝口，又说道："妹妹这诗，恰好只做了五首，何不就命名曰《五美吟》？"[1]于是不容分说，便提笔写在后面。宝钗亦说道："做诗不论何题，只要善翻古人之意。若要随人脚踪走去，纵使字句精工，已落第二义②，究竟算不得好诗。[2]即如前人所咏昭君之诗甚多，有悲挽昭君的，有怨恨延寿的，又有讥汉帝不能使画工图貌贤臣而画美人的，纷纷不一。后来王荆公复有'意态由来画不成，当时枉杀毛延寿'③；永叔有'耳目所见尚如此，万里安能制夷狄'④。二诗俱能各出己见，不袭前人。今日林妹妹这五首诗，亦可谓命意新奇，别开生面了。"

仍欲往下说时，只见有人回道："琏二爷回来了。适才外间传说，往东府里去了好一会了，想必就回来的。"[3]宝玉听了，连忙起身，迎至大门以内等待。恰好贾琏自外下马进来。于是宝玉先迎着贾琏跪下，口中给贾母、王夫人等请了安，又给贾琏请了安。二人携手走了进来。只见李纨、凤姐、宝钗、黛玉、迎、探、惜等早在中堂等候，一一相见已毕。因听贾琏说道："老太太明日一早到家，一路身体甚好。今日先打发了我来回家看视，明日五更仍要出城迎接。"说毕，众人又问了些路途的景况。因贾琏是远路适归，遂大家别过，让贾琏回房歇息。一宿晚景，不必细述。

至次日饭时前后，果见贾母、王夫人等到来。[4]众人接见已毕，略坐了一坐，吃了一杯茶，便领了王夫人等人过宁府中来。只听见里面哭声震天，却是贾瑞、贾珖送贾母到家，即过这边来了。当下贾母进入里面，早有贾赦、贾琏率领族中人哭着迎了出来。他父子一边一个，挽了贾母，走至灵前，又有贾珍、贾蓉跪着，扑入贾母怀中痛哭。贾母暮年人，见此光景，亦搂了珍、蓉等痛哭不已。贾赦、贾琏在旁苦劝，方略略止住。又转至灵右，见了尤氏婆媳，不免又相持大痛一场。

1. 《五美吟》与后《十独吟》对照。（蒙）《十独吟》当是后半部佚稿中的十首组诗，很可能是湘云所作。大概是借古史上十个独处的女子，如寡妇、弃妇、尼姑、独身女子和与丈夫分离的妇女等的愁怨，来写那时候的现实感触的。本书中最终独居的女子不少，如李纨、妙玉、宝钗、湘云、惜春五人，加上第七十七回末已写到去做尼姑的芳官、蕊官、藕官三人，以及在我看来也是终身不嫁的鸳鸯、紫鹃，就刚好是十个人了。

2. 借读黛玉新诗发议论，既赞宋人"各出己见"，又夸阿颦"命意新奇"。看来，这五首诗大概也有所隐寓，一时难窥其奥，为免穿凿，姑不深求。

3. 回来就要生事了。去往东府，名义上是为贾敬之丧，实则是为尤氏姐妹而去。

4. 自第五十八回始，因老太妃薨，贾母、王夫人等入朝随班，至此时方回，已隔六七回情节矣！

---

① 《红拂》一首——红拂，本隋大臣杨素之婢。李靖以布衣入见杨素，从容谈论天下大事，红拂知其将来必非庸碌之辈，遂私奔相从，共辅李世民。见唐代杜光庭《虬髯客传》。长揖，程高本改为"长剑"，误。巨眼，梦稿本作"具眼"，亦通；然第一回有"巨眼英豪"之语。尸居余气，用以说人将死，意思是虽存余气，而形同尸体。红拂投奔李靖，李靖恐杨素不肯罢休。红拂说："彼尸居余气，不足畏也。"杨公幕，杨素的府署。羁縻，束缚，留住。女丈夫，后人称红拂与李靖、虬髯客为"风尘三侠"。

② 第二义——第二等、第二流。

③ 王荆公"意态"二句——宋代王安石，被封为荆国公，人称"王荆公"。诗句出其《明妃曲》之一。

④ 永叔"耳目"二句——宋代欧阳修，字永叔。诗句出其《再和明妃曲》。

哭毕，众人方上前，一一请安问好。贾珍因贾母才回家来，未得歇息，坐在此间看着，未免要伤心，遂再三求贾母回家，王夫人等亦再三相劝。贾母不得已，方回来了。

果然，年迈的人禁不住风霜伤感，至夜间，便觉头闷身酸，鼻塞声重。连忙请了医生来诊脉下药，足足地忙乱了半夜一日。幸而发散得快，未曾传经①，¹ 至三更天，些须发了点汗，脉静身凉，大家方放了心。至次日，仍服药调理。又过了数日，乃贾敬送殡之期，贾母犹未大愈，遂留宝玉在家侍奉。凤姐因未曾甚好，亦未去。其余贾赦、贾琏、邢夫人、王夫人等，率领家人仆妇，都送至铁槛寺，至晚回园。贾珍、尤氏并贾蓉仍在寺中守灵，等过百日后，方扶柩回籍。² 家中仍托尤老娘并二姐、三姐照管。

却说贾琏素日既闻尤氏姐妹之名，恨无缘得见。近因贾敬停灵在家，每日与二姐、三姐相认已熟，不禁动了垂涎之意。况知与贾珍、贾蓉等素有聚麀②之诮，³ 因而乘机百般撩拨，眉目传情。尤三姐却只是淡淡相对，只有二姐也十分有意，但只是眼目众多，无从下手。贾琏又怕贾珍吃醋，不敢轻动，只好二人心领神会而已。此时出殡以后，贾珍家下人少，除尤老娘带领二姐、三姐并几个粗使的丫鬟、老婆子在正室居住外，其余婢妾都随在寺中。外面仆妇，不过晚间巡更，日间看守门户，白日无事，亦不进里面去。所以贾琏便欲趁此下手，遂托相伴贾珍为名，亦在寺中住宿，⁴ 又时常借着替贾珍料理家务，不时至宁府中来勾搭二姐。

一日，有小管家俞禄来回贾珍道："前者所用棚杠孝布并请杠人青衣，共使银一千两，除给银五百两外，仍欠五百两。昨日两处买卖人俱来催讨，奴才特来讨爷的示下。"贾珍道："你向库上去领就是了，这又何必来问我。"俞禄道："昨日已曾向库上去领，但只是老爷宾天以后，各处支领甚多，所剩还要预备百日道场及寺中用度，此时竟不能发给。⁵ 所以奴才今日特来回爷，或者爷内库里暂且发给，或者挪借何项，吩咐了奴才好办。"贾珍笑道："你

1. 今人非学中医者，多不知外邪由表及里传经的道理。每得外感之症，必挨到症状重时方开始服药，延误趁早散发时间。殊不知伤风感冒，用药如救火，贵在及时。

2. 给贾琏偷情偷娶腾出时机来。

3. 如蝇逐臭。

4. 不在家住有了托词，可找机会去东府混，免于凤姐生疑。

5. 家道趋落，又从宁府开支日益拮据点出。

---

① 传经——中医术语。人体感受外邪，初期邪在表，若不及时发散，则会逐步传而至里，病情亦随之而转深。如风寒由太阳经（表）传入阳明经（半表半里）等，叫"传经"。

② 聚麀（yōu 优）——麀，雌鹿。禽兽杂交，故一头雌兽常有与数头父子雄兽交配的，叫"聚麀"，用以比人父子同占有一个女子。

还当是先呢，有银子放着不使。你无论哪里暂且借了给他罢。"俞禄笑回道："若说一二百，奴才还可以挪借；这四五百两，奴才一时哪里办得来！"贾珍想了一想，向贾蓉道："你问你娘去，昨日出殡以后，有江南甄家送来打祭银五百两，未曾交到库上去，你先要了来，给他去罢。"贾蓉答应了，连忙过这边来，回了尤氏，复转来回他父亲道："昨日那项银子已使了二百两，下剩的三百两，令人送至家中，交与老娘收了。"贾珍道："既然如此，你就带了他去，向你老娘要了出来，交给他。再也瞧瞧家中有事无事，问你两个姨娘好。[1] 下剩的，俞禄先借了添上罢。"

贾蓉与俞禄答应了，方欲退出，只见贾琏走了进来，俞禄忙上前请了安。贾琏便问何事，贾珍一一告诉了。贾琏心中想道："趁此机会，正可至宁府寻二姐。"[2] 一面遂说道："这有多大事，何必向人借去。昨日我方得了一项银子，还没使呢，莫若给他添上，岂不省事？"贾珍道："如此甚好。你就吩咐了蓉儿，一并令他取去。"贾琏忙道："这必得我亲身取去。再我这几日没回了，还要给老太太、老爷、太太们请请安去。再到阿哥那边查查家人有无生事，也给亲家太太请请安。"贾珍笑道："只是又劳动老二，我心不安。"贾琏也笑道："自家兄弟，这又何妨。"贾珍又吩咐贾蓉道："你跟了你叔叔去，[3] 也到那边给老太太、老爷、太太们请安，说我和你娘都请安，打听打听老太太身上可大安了，还服药呢没有。"贾蓉一一答应了，跟随贾琏出来，带了几个小厮，骑上马，一同进城。

在路叔侄闲话。贾琏有心，便提到尤二姐，[4] 因夸说如何标致，如何做人好，举止大方，言语温柔，无一处不令人可敬可爱，"人人都说你婶子好，据我看，哪里及你二姨一零儿呢！"贾蓉揣知其意，便笑道："叔叔既这么爱她，我给叔叔作媒，说了做二房何如？"[5] 贾琏笑道："敢是好呢，只怕你婶子不依，再也怕你老娘不愿意。况且我听见说，你二姨已有了人家了。"[6] 贾蓉道："这都无妨。我二姨、三姨都不是我老爷养的，原是我老娘带了来的。听见说我老娘在那一家时，就把我二姨许给皇粮庄头张家，指腹为婚。后来张家遭了官司，败落了，我老娘又自那家嫁了出来，如今这十数年，两家音信不通。我老娘时常抱怨，要与他家退婚，我父亲也要将二姨转聘。只等有了好人家，不过令人找着张家，给他十数两

1. 以为只让贾蓉回家，原来也是给贾琏一同去的机会，叙来曲折。

2. 如何？有心人见缝插针。

3. 贾琏欲将尤二姐弄到手，必须与贾珍、贾蓉父子相谋获准方有可能。与蓉儿先沟通最方便。于是写贾珍无意中促成了这一机会。

4. 试探贾蓉想法。

5. 贾蓉是何种人，自然一听就明白，且正符合自己的小算盘，故立即将琏叔意愿挑明。

6. 欲成事须过三关：一、凤姐，二、尤老娘，三、早有婚约的张家。

银子，写上一张退婚字儿。想张家穷极了的人，见了银子，有什么不依的。再他也知道咱们这样的人家，也不怕他不依。又是叔叔这样人说了做二房，我管保我老娘和我父亲都愿意。倒只是婶子那里却难。"[1]

贾琏听到这里，心花都开了，哪里还有什么话说，只是一味呆笑而已。贾蓉又想了一想，笑道："叔叔若有胆量，依我的主意行去,管保无妨,不过多花上几个钱。"贾琏忙道："有何主意，快些说来，我没有不依的。"贾蓉道："叔叔回家，一点声色也别露。等我回明了我父亲，向我老娘说妥，然后在咱府后方近左右，买上一所房子及应用家伙什物，再拨两窝子家人过去服侍。择了日子，人不知，鬼不觉，娶了过去，嘱咐家人不许走漏风声。嫂子在里面住着，深宅大院，哪里就得知道了。叔叔两下里住着，过个一年半载，即或闹出来，不过挨上老爷一顿骂。叔叔只说婶子总不生育，原是为子嗣起见，所以私自在外面作成此事。[2]就是婶子，见生米做成熟饭，也只得罢了。再求一求老太太，没有不完的事。"

自古道"欲令智昏"。[3]贾琏只顾贪图二姐美色，听了贾蓉一篇话，遂为计出万全，将现今身上有服，并停妻再娶，严父妒妻种种不妥之处，皆置之度外了。却不知贾蓉亦非好意，素日因同他两个姨娘有情，只因贾珍在内，不能畅意。如今若是贾琏娶了，少不得在外居住，趁贾琏不在时，好去鬼混之意。[4]贾琏哪里意想及此，遂向贾蓉致谢道："好侄儿，你果然能够说成了，我买两个绝色的丫头谢你。"说着，已至宁府门首。贾蓉说道："叔叔进去，向我老娘要出银子来，就交给俞禄罢。我先给老太太请安去。"贾琏含笑点头道："老太太跟前，别提我和你一同来的。"贾蓉道："知道。"又附耳向贾琏道："今日要遇见二姨，可别性急了，[5]闹出事来，往后倒难办了。"贾琏笑道："少胡说！你快去罢。我在这里等你。"于是贾蓉自去给贾母请安。

贾琏进入宁府，早有家人头儿率领家人等请安，一路围随至厅上。贾琏一一地问了些话，不过塞责而已，便命家人散去，独自往里面走来。原来贾琏、贾珍素日亲密，又是弟兄，本无可避忌之人，自来是不等通报的。[6]于是走至上房，早有廊下伺候的老婆子打起帘子，让贾琏进去。贾琏进入房中一看，只见南边炕上只有尤二姐带着两个丫鬟一处做活，却不见尤老娘与三姐。贾琏忙上前问好相见。

1. 三关中最难通过的凤姐。但蓉儿心中已有成算，只是说话先作一顿挫。

2. 生女儿不算"生育"，必生儿子可继香火始可。这是传统伦理观念中的大事，可作理由。

3. 一语中的，预后不良。

4. 蓉儿不怀好意的心思，非交代清不可。

5. 难说。

6. 这一层也须说明白。

尤二姐亦含笑让坐，贾琏便靠东边板壁坐了，仍将上首
让与二姐。寒温毕，贾琏笑问道："亲家太太和三妹妹哪
里去了，怎么不见？"尤二姐笑道："才有事往后面去了，
也就来的。"此时，伺候的丫鬟因倒茶去，无人在跟前，
贾琏便睨视二姐一笑，二姐亦低了头，只含笑不理。贾
琏又不敢造次动手动脚，因见二姐手中拿着一条拴着荷
包的手巾摆弄，便搭讪着往腰内摸了一摸，说道："槟榔
荷包也忘记带来了，妹妹有槟榔，赏我一口吃。"二姐道：
"槟榔倒有，只是我的槟榔从来不给人吃。"

贾琏便笑着，欲近身来拿。[1] 二姐怕人看见不雅，便
连忙一笑，撂了过来。贾琏接在手中，都倒了出来，拣
了半块吃剩下的，撂在口中吃了，又将剩下的都揣了起来。
刚要把荷包亲身送过去，只见两个丫鬟倒了茶来。[2] 贾琏
一面接了茶吃茶，一面暗将自己带的一个汉玉九龙佩解了
下来，拴在手巾上，趁丫鬟回头时，仍撂了过去。[3] 二姐
亦不去拿，只装看不见，仍坐着吃茶。只听后面一阵帘
子响，却是尤老娘、三姐带着两个小丫头自后面走来。[4]
贾琏送目与二姐，令其拾取，这尤二姐亦只是不理。贾琏
不知二姐何意，甚是着急，只得迎上来与尤老娘、三姐
相见。一面又回头看二姐时，只见二姐笑着，没事人似的；
再又看一看手巾，已不知哪里去了，贾琏方放了心。[5]

于是大家归座后，叙了些闲话。贾琏说道："大嫂子说，
前日有一包银子交给亲家太太收起来了，今日因要还人，
大哥令我来取，再也看看家里有事无事。"尤老娘听了，
连忙使二姐拿钥匙去取银子。这里贾琏又说道："我也要
给亲家太太请请安，瞧瞧二位妹妹。亲家太太脸面倒好，
只是二位妹妹在我们家里受委屈。"尤老娘笑道："咱们都
是至亲骨肉，说哪里的话。在家里也是住着，在这里也是
住着。不瞒二爷说，我们家里自从先夫去世，家计也着
实艰难了，全亏了这里姑爷帮助。[6] 如今姑爷家里有了这
样大事，我们不能别的出力，白看一看家还有什么委屈了
的呢？"正说着，二姐已取了银子来，交与尤老娘。尤老
娘便递与贾琏。贾琏又命一个小丫头叫了一个老婆子来，
吩咐她道："你把这个交给俞禄，叫他拿过那边去等我。"
老婆子答应了出去。

只听得院内是贾蓉的声音说话。须臾进来，给他老
娘、姨娘请了安，又向贾琏笑道："才刚老爷还问叔叔呢，

1. 还是性急了。

2. 不给彼此勾搭有充裕时间，
为能看好戏演出。若无难度，
何有绝技？

3. 数句完后半回回目。

4. 尚未拾取，已闻帘响人来，
特造成情势极其紧急局面。

5. 妙在仍笑着若无其事，动作
之迅速，令旁观者不能察觉
有何改变。真魔术师手法！

6. 有此一说，可知能得尤老娘
允准不成问题。

说是有什么事情要使唤。原要使人到寺里去叫，我回老爷
说，叔叔就来。老爷还吩咐我，路上遇着叔叔叫快去呢。"
贾琏听了，忙要起身，又听贾蓉和他老娘说道："那一次我
和老太太说的，我父亲要给二姨说的姨爹，就和我这叔叔
的面貌身量差不多儿。老太太说好不好？"一面说着，又悄
悄地用手指着贾琏，和他二姨努嘴儿。[1] 二姐倒不好意思说
什么，只见三姐笑骂道："坏透了的小猴儿崽子！没了你娘
的话说了，等我撕他那嘴！"[2] 一面说着，便赶了过来，贾
蓉早笑着跑了出去。贾琏也笑着辞了出来，走至厅上，又
吩咐了家人们不可要钱吃酒等话；又悄悄地央贾蓉，回去
急速和他父亲说。[3] 一面便带了俞禄过来，将银子添足，交
彼拿去。一面去见他父亲，给贾母去请安，不提。

却说贾蓉见俞禄跟了贾琏去取银子，自己无事，便仍
回至里面，和他两个姨娘嘲戏了一回，方起身。至晚到寺，
见了贾珍，回道："银子已经交给俞禄了。老太太已大愈了，
如今已经不服药了。"说毕，又趁便将路上贾琏要娶尤二姐
做二房之意说了。又说如何在外面置房子住，不使凤姐知道，
"此时总不过为的是子嗣艰难起见，为的是二姨是见过的，
亲上做亲，比别处不知道的人家说了来的好。所以二叔再
三央我对父亲说。"只不说是他自己的主意。[4]

贾珍想了想，笑道："其实倒也罢了，只不知你二姨心
中愿意不愿意。明日你先去和你老娘商量，叫你老娘问准
了你二姨，再作定夺。"于是又教了贾蓉一篇话，便走过来，
将此事告诉了尤氏。尤氏却知此事不妥，因而极力劝止。
无奈贾珍主意已定，素日又是顺从惯了的，况且她与二姐
本非一母，不便深管，也只得由他们闹去罢。[5]

至次日一早，果然贾蓉复进城来见他老娘，将他父亲
之意说了，又添上许多话，说贾琏做人如何好，目今凤姐
身子有病，已是不能好的了，暂且买了房子，在外面住着，
过个一年半载，只等凤姐一死，便接了二姨进去作正室。[6]
又说他父亲此时如何聘，贾琏那边如何娶，如何接了你老
人家养老，往后三姨也是那边应了替聘。说得天花乱坠，
不由得尤老娘不肯。况且素日全亏贾珍周济，此时又是贾
珍作主替聘，而且妆奁不用自己置买，贾琏又是青年公子，
比张华胜强十倍，遂连忙过来与二姐商议。二姐又是水性
的人，在先已和姐夫不妥，[7] 又常怨恨当时错许张华，致使
后来终身失所。今见贾琏有情，况是姐夫将她聘嫁，有何

1. 滑贼！用似真似假的玩话
当面试探老娘态度。

2. 非是三姐贞淑，是写她不
肯受侮遭蓉儿戏弄也。把
握分寸恰好。

3. 到底还是急不可待。

4. 自然不说。

5. 尤氏还算清醒，可惜无法
坚持己见。

6. 这一层是未提过的，对说
动尤老娘大有作用；只是
不知凤姐、尤二姐谁先死。

7. 点明二姐水性和与姐夫贾
珍关系，正为后文可再写
珍、琏等淫乱之事。

不肯，也便点头依允。当下回复了贾蓉，贾蓉回了他父亲。

　　次日，命人请了贾琏到寺中来，贾珍当面告诉了他尤老娘应允之事。贾琏自是喜出望外，又感谢贾珍、贾蓉父子不尽。于是三人商议着，使人看房子，打首饰，给二姐置买妆奁及新房中应用床帐等物。不过几日，早将诸事办妥。[1]已于宁荣街后二里远近小花枝巷内买定一所房子，共二十余间；又买了两个小丫鬟。贾珍又给了一房家人，叫鲍二夫妻两口，以备二姐过去时服侍。[2]又使人将张华父子叫来，逼勒着与尤老娘写了退婚书。[3]

　　却说张华之祖，原当皇粮庄头，后来死去。至张华父亲时，仍充此役，因与尤老娘前夫相好，所以将张华与尤二姐指腹为婚。后来不料遭了官司，败落了家产，弄得衣食不周，哪里还娶得起媳妇呢。尤老娘又自那家嫁了出来。两家有十数年音信不通。今被贾府家人唤至，逼他与二姐退婚，心中虽不愿意，无奈惧怕贾珍等势焰，不敢不依，只得写了一张退婚文约。[4]尤老娘与银十两，两家罢亲，不提。

　　这里贾琏等见诸事已妥，遂择了初三黄道吉日，以便娶二姐过门。未知如何，下回分解。正是：

　　　　只为同枝贪色欲，致教连理起戈矛。[5]

1. 办此种事能不利索！

2. 竟是故人！鲍二前妻被捉奸上吊后，已另娶了：又一同服侍贾琏偷娶之人！世事可悲可叹。

3. 不必细写，只"逼勒"二字已足够。

4. 对张华家世作一番交代，恐其人非一笔带过者。心中不愿，惧势屈从，总非好事，不知是否会种下祸根。

5. 同枝，谓珍、琏兄弟；连理，谓琏、凤夫妻。

【总评】

　　底本在曹雪芹在世时抄出的三个本子——甲戌本、己卯本、庚辰本（都称《脂砚斋重评石头记》，现存的均为过录本）中，甲戌本止于第二十八回；己卯、庚辰本都缺了第六十四、六十七回。因而有人怀疑这两回是后人补作的。从文字上看，这两回并无破绽，是一色的，也无人有单独补写两回的本领；何况，如列藏本此回还保留着回前有总批、标题诗，回末有对句的原设计格式。所以，这一疑问完全可以消除。

　　为贾敬守灵期间，贾宝玉偷空回家，欲看望黛玉。到潇湘馆，"只见黛玉面向里歪着，病体恹恹，大有不胜之态"，见她刚刚哭过，便劝她"凡事当各自宽解，不可过作无益之悲，若作践坏了身子，将来使我……"话说了一半，说不下去，"早已滚下泪来"。黛玉"见此光景，心有所感，本来素习爱哭，此时亦不免无言对泣"。回前标题诗有"情痴苦泪多，未惜颜憔悴"句，当指此。后来黛玉夭亡，似乎从这里的"过作无益之悲""作践坏了身子"等暗示性的话，也可看出端倪来。

　　黛玉私室祭奠、感伤哭泣，原因是古代五美女的亡灵有触于心，即标题诗中所谓"哀哉千秋魂，薄命无二致"。说"薄命"古今一致，正可证明《五美吟》有隐写黛玉命运的用意在。若以为指的只是五美都薄命，则与所咏人物不尽符合，至少红拂不能算薄命；何况书中也明言这些女子的命运，有的是"令人可喜可羡"的。可见，这是暗示吟咏者本人的遭遇与《红拂》

等诗中双关语所藏深意相合，则黛玉最终离开"尸居余气"的贾府而回到离恨天去，或即红拂未受"杨公幕"的"羁縻"而出走的寓意。

在蒙府、戚序、甲辰诸本中，存一条脂评，对五首诗被命名为《五美吟》批曰："《五美吟》与后《十独吟》对照。"《十独吟》在后四十回续书中没有出现，当是已散佚的后半部原稿中宝钗或湘云写的诗。仅此一批，便可见本回绝非后人的补作。

后半回写"浪荡子"贾琏见尤氏姐妹而"动了垂涎之意"。他知道二尤"与贾珍、贾蓉等素有聚麀之诮"，乃淫荡女，所以才敢"百般撩拨"，找机会勾搭。贾蓉揣知其意，便为叔叔出主意，将尤二姐娶做二房，瞒着凤姐另找房子，自己则盘算可以伺机去鬼混。"欲令智昏"，于是贾琏"情遗九龙佩"，由贾蓉与贾珍商量了向尤老娘说媒，还在小花枝巷内买定房子，另雇婢仆……

标题诗末二句说："嗟彼桑间人，好丑非其类。"桑间、濮上，以称淫风；"桑间人"指尤氏姐妹等，与黛玉自然是"好丑非其类"的。把不同的两类人和事写在同一回中，在艺术表现上有衬托作用，虽则两者就"薄命"而言，并"无二致"。但一则贞静，一则淫佚，显然不可同日而语。后来，宝玉招惹"丑祸"，连累黛玉蒙受流言之辱，此回与题诗，也是预为她澄清垢辱，申明她原是和晴雯一样洁白无瑕的。

# 第 六 十 五 回

## 膏粱子惧内偷娶妾　淫奔女改行自择夫

　　话说贾琏、贾珍、贾蓉等三人商议，事事妥帖，至初二日，先将尤老和三姐送入新房。尤老一看，虽不似贾蓉口内之言，倒也十分齐备，母女二人已称了心。鲍二夫妇见了，如一盆火，赶着尤老一口一声唤"老娘"，又或是"老太太"；赶着三姐唤"三姨"，或是"姨娘"。至次日五更天，一乘素轿，将二姐抬来。各色香烛、纸马，并铺盖以及酒饭，早已备得十分妥当。一时，贾琏素服坐了小轿而来，拜过天地，焚了纸马。那尤老见二姐身上头上焕然一新，不似在家模样，十分得意。[1] 搀入洞房。是夜贾琏同她颠鸾倒凤，百般恩爱，不消细说。

　　那贾琏越看越爱，越瞧越喜，不知怎生奉承这二姐，乃命鲍二等人不许提三说二的，直以"奶奶"称之，自己也称"奶奶"，竟将凤姐一笔勾倒。有时回家中，只说在东府有事羁绊，凤姐辈因知他和贾珍相得，自然是或有事商议，也不疑心。再家下人虽多，都不管这些事。便有那游手好闲、专打听小事的人，也都去奉承贾琏，乘机讨些便宜，谁肯去露风。[2] 于是贾琏深感贾珍不尽。贾琏一月出五两银子，做天天的供给。若不来时，她母女三人一处吃饭；若贾琏来了，他夫妻二人一处吃，她母女便回房自吃。贾琏又将自己积年所有的梯己，一并

1. 愚妇见识、心态。

2. 交代清能瞒住多日的原因：凤姐不疑、下人不管、专喜打听消息者能乘机从贾琏处讨得好处。

搬了与二姐收着；又将凤姐素日之为人行事，枕边衾内，尽情告诉了她，只等一死，便接她进去。二姐听了，自是愿意。<u>当下十来个人，倒也过起日子来，十分丰足。</u>[1]

　　眼见已是两个月光景。这日，贾珍在铁槛寺作完佛事，晚间回家时，因与他姊妹久别，竟要去探望探望。<u>先命小厮去打听贾琏在与不在。小厮回来说不在，贾珍欢喜，</u>[2]将左右一概先遣回去，只留两个心腹小童牵马。一时到了新房，已是掌灯时分，悄悄入去。两个小厮将马拴在圈内，自往下房去听候。

　　贾珍进来，屋内才点灯，先看过了尤氏母女，然后二姐出见，贾珍仍唤"二姨"。大家吃茶，说了一回闲话。贾珍因笑说："我作的这保山如何？若错过了，打着灯笼还没处寻，过日你姐姐还备了礼来瞧你们呢。"说话之间，尤二姐已命人预备下酒馔，关起门来，都是一家人，原无避讳。那鲍二来请安，贾珍便说："你还是个有良心的小子，所以叫你来服侍。日后自有大用你之处，不可在外头吃酒生事，我自然赏你。倘或这里短了什么，你琏二爷事多，那里人杂，你只管去回我。我们弟兄，不比别人。"鲍二答应道："是，小的知道。若小的不尽心，除非不要这脑袋了。"贾珍点头说："要你知道。"当下四人一处吃酒。<u>尤二姐知局</u>①，便邀她母亲说："我怪怕的，妈同我到那边走走来。"<u>尤老也会意，便真个同她出来，</u>[3]只剩小丫头们。<u>贾珍便和三姐挨肩擦脸，百般轻薄起来。小丫头子们看不过，也都躲了出去，凭他两个自在取乐，不知作些什么勾当。</u>[4]

　　跟的两个小厮都在厨下和鲍二饮酒，鲍二女人上灶。忽见两个丫头也走了来，嘻笑要吃酒，鲍二因说："姐儿们，不在上头服侍，也偷来了。一时叫起来没人，又是事。"他女人骂道："<u>胡涂浑呛了的忘八！你撞丧那黄汤罢。撞丧醉了，夹着你那膦子挺你的尸去！叫不叫，与你屄相干！一应有我承当，风雨横竖洒不着你头上来。</u>[5]"这鲍二原是因妻子发迹的，近

　　①　知局——识相，知趣。

1. 必先写日子过得舒心满意，后文被迫结束这段偷着乐生活时，方能显出"好事多磨"来。

2. 一看便知不怀好意。

3. 二姐知趣要退出，让贾珍与三姐二人去取乐，已非做姊姊者应有之行事，尤老娘居然也会意，随之退出，如此做母亲者与老鸨何异？后人改三姐之淫荡为贞淑，便让老娘不走，如程高本改写二姐去后："剩下尤老娘与三姐儿相陪，那三姐虽向来和贾珍偶有戏言，但不似她姐姐那样随和儿。所以贾珍虽有垂涎之意，却也不肯造次了，致讨没趣。况且尤老娘在旁边陪着，贾珍也不好太露轻薄。"为了给三姐重新妆扮，连尤老娘丑态、贾珍丑行都一齐掩盖了。这样乱改不知有何好处？

4. 两个轻薄人还能干什么勾当？小丫头是看不过才躲出去到厨房要酒喝的。程高本删改了二人不堪文字，却仍让小丫头不在一旁服侍，擅自到厨下要酒喝。如此一来，鲍二的责问岂非很有道理了？何用他女人再骂丈夫糊涂！妄改前后有机联系的文字，必致顾此失彼，前言不搭后语。

5. 语言泼辣生动，用粗话脏字，见其无教养身份。程高本以为用字不雅，将"屄"改作"什么"，还将"膦子"改作"脑袋"，上下易了位，却忘了同时改"夹着"二字，成了"夹着你那脑袋"，脑袋如何能夹？用什么夹？真不怕人笑掉下巴！

日越发亏她。自己除赚钱吃酒之外，一概不管，贾琏等也不肯责备她，故他视妻如母，百依百随，且吃够了，便去睡觉。这里鲍二家的陪着这些丫鬟、小厮吃酒，讨他们的好，准备在贾珍前上好儿。

四人正吃得高兴，忽听叩门之声，鲍二家的忙出来开门。看时，见是贾琏下马，问有事无事。[1]鲍二女人便悄悄告他说："大爷在这里西院里呢。"贾琏听了，便回至卧房。只见尤二姐和她母亲都在房中，见他来了，二人面上便有些讪讪的。[2]贾琏反推不知，只命："快拿酒来！咱们吃两杯好睡觉，我今日很乏了。"尤二姐忙上来陪笑，接衣捧茶，问长问短。贾琏喜得心痒难受。一时，鲍二家的端上酒来，二人对饮。他丈母不吃，自回房中睡去了。两个小丫头分了一个过来服侍。

贾琏的心腹小童隆儿拴马去，见已有了一匹马，细瞧一瞧，知是贾珍的，心下会意，也来厨下。只见喜儿、寿儿两个正在那里坐着吃酒，见他来了，也都会意，[3]故笑道："你这会子来得巧。我们因赶不上爷的马，恐怕犯夜①，往这里来借宿一宵的。"隆儿便笑道："有的是炕，只管睡。我是二爷使我送月银的，交给了奶奶，我也不回去了。"喜儿便说："我们吃多了，你来吃一钟。"

隆儿才坐下，端起杯来，忽听马棚内闹将起来。原来二马同槽，不能相容，互相蹶踢起来。[4]隆儿等慌得忙放下酒杯，出来喝马，好容易喝住，另拴好了，方进来。鲍二家的笑说："你三人就在这里罢，茶也现成，我可去了。"说着，带门出去。这里喜儿喝了几杯，已是楞子眼了。隆儿、寿儿关了门，回头见喜儿直挺挺地仰卧炕上，二人便推他说："好兄弟，起来好生睡，只顾你一个人，我们就苦了。"那喜儿便说道："咱们今儿可要公公道道地贴一炉子烧饼，[5]要有一个充正经人，我痛把你妈一肏！"隆儿、寿儿见他醉了，也不便多说，只得吹了灯，将就睡下。

尤二姐听见马闹，心下便不自安，只管用言语混乱贾琏。[6]那贾琏吃了几杯，春兴发作，便命收了酒果，掩门宽衣。尤二姐只穿着大红小袄，散挽乌云，满脸春色，比白日更增了颜色。贾琏搂她笑道："人人都说我们那夜叉婆齐整，如今我看来，给你拾鞋也不要。"尤二姐道："我虽标致，却无品行，[7]看来到底是不标致的好。"贾琏忙问道："这话如何说？我却不解。"尤

1. 都知有不速之客，谁知也有不速之主。突然到来，未免心理准备不足，此问写得到位，无事难道就不来了？

2. 是心里有愧者的情态。特意让出来给贾珍与三姐幽会，能不有愧？

3. 写小厮们口中不说，心里都明白主子干什么。

4. 巧思。借二马同槽作象征性讥讽。

5. 贴烧饼，男子同性间性行为的廋语。有其主必有其仆。

6. 还以为贾琏不知，故想掩饰。

7. 倒还有自知之明。

---

① 犯夜——古时有禁止夜间行走的法律，违反夜行禁例的叫"犯夜"。

二姐滴泪说道:"你们拿我作愚人待,什么事我不知道?我如今和你做了两个月夫妻,日子虽浅,我也知你不是愚人。我生是你的人,死是你的鬼,如今既做了夫妻,我终身靠你,岂敢瞒藏一字。<u>我算是有靠,将来我妹子却如何结果?</u>¹据我看来,这个形景,恐非长策,要作长久之计方可。"贾琏听了笑道:"你且放心,我不是拈酸吃醋之辈。<u>前事我已尽知,你也不必惊慌。</u>²<u>你因妹夫是作兄的,自然不好意思,不如我去破了这例。</u>"³说着走了,便至西院中来,只见窗内灯烛辉煌,二人正吃酒取乐。

贾琏便推门进去,笑说:"大爷在这里,兄弟来请安。"贾珍羞得无话,只得起身让坐。贾琏忙笑道:"何必又作如此景象,咱们弟兄从前是如何样来!大哥为我操心,我今日粉身碎骨,感激不尽。大哥若多心,我意何安!从此以后,还求大哥如昔方好,不然兄弟宁可绝后,再不敢到此处来了。"说着,便要跪下。慌得贾珍连忙搀起,只说:"兄弟怎么说,我无不领命。"贾琏忙命人:"看酒来,我和大哥吃两杯。"又拉尤三姐:"你过来,陪小叔子一杯。"贾珍笑着说:"老二,到底是你,哥哥必要吃干这钟。"说着一扬脖。

尤三姐站在炕上,指着贾琏笑道:"你不用和我花马吊嘴的,咱们清水下杂面,你吃我看①!见提着影戏人子上场,好歹别戳破这层纸儿。②你别油蒙了心,打量我们不知道你府上的事!<u>这会子花了几个臭钱,你们哥儿俩拿着我们姐儿两个权当粉头来取乐儿,你们就打错了算盘了!</u>⁴我也知道你那老婆太难缠,如今把我姐姐拐了来做二房,偷的锣儿敲不得。我也要会会那凤奶奶去,看她是几个脑袋,几只手。若大家好,取和便罢;<u>倘若有一点叫人过不去,我有本事不先把你两个的牛黄狗宝③掏了出来,再和那泼妇拼了这命,也不算是尤三姑奶奶!</u>⁵喝酒怕什么,咱们就喝!"说着,自己绰起壶来,斟了一杯,自己先喝了半杯,搂过贾琏的脖子来就灌,说:"我和你哥哥已经吃过了,咱们来亲香亲香!"唬得贾琏酒都醒了。<u>贾珍也不承望尤三姐这等无耻老辣。</u>⁶弟兄两个本是风月场中耍惯的,不想今日反被这闺女一席话说住。尤三姐一叠声又叫:"将姐姐请来!要

1. 自己有靠恐未必,妹子结果更难料;事至今日,哪里还能有什么"长策""长久之计"?

2. 所谓"前事",指二姐曾与贾珍不干不净。

3. "破了这例",说来像似大胆有勇气,实则极厚颜无耻;意谓索性兄弟俩共占姐妹俩,不分彼此。这一来,便无长幼之分,谁也不亏欠谁了。

4. 直揭穿贾琏卑劣心思。三姐不同于二姐处,不在谁贞谁淫,有行无行,而在于三姐秉性刚烈,看得透彻,不甘心受人欺侮,被人当作粉头(妓女),供人取乐一时。

5.《水浒》中有拼命三郎,此书中复见拼命三姐。

6. 四字确评。贾珍能玷污其身,却对其性情脾气,茫然无知。

---

① 花马吊嘴、清水下杂面,你吃我看——花马吊嘴,花言巧语。"清水"两句为歇后语。杂面是以绿豆粉为主制作的面条,若不多加油、荤鲜等配料,单用清水煮,便味涩难吃。所以接着说"你吃我看",意思说我倒要看看你怎么个吃法。

② "见提着"二句——也是歇后语。意谓别让人把丢人的事情说穿了。影戏人子,皮影戏中用纸剪成的人物;戳破纸,戏就演不成了。

③ 牛黄狗宝——这里用来骂人心肠坏。牛黄,牛的胆囊结石。狗宝,癞狗腹内的结石。都可做中药药材。

乐咱们四个一处同乐。俗语说'便宜不过当家'①，他们是弟兄，咱们是姊妹，又不是外人，只管上来！"¹尤二姐反不好意思起来。贾珍得便就要一溜，尤三姐哪里肯放。贾珍此时方后悔，不承望她是这种为人，与贾琏反不好轻薄起来。

　　这尤三姐松松挽着头发，大红袄子半掩半开，露着葱绿抹胸，一痕雪脯。底下绿裤红鞋，一对金莲或翘或并，没半刻斯文。两个坠子却似打秋千一般，灯光之下，越显得柳眉笼翠雾，檀口点丹砂。本是一双秋水眼，再吃了酒，又添了饧涩淫浪。不独将她二姊压倒，据珍、琏评去，所见过的上下贵贱若干女子，皆未有此绰约风流者。二人已酥麻如醉，不禁去招她一招。她那淫态风情，反将二人禁住。那尤三姐放出手眼来，略试了一试，他弟兄两个竟全然无一点别识别见，连口中一句响亮话都没了，不过是"酒色"二字而已。自己高谈阔论，任意挥霍洒落②一阵，拿他弟兄二人嘲笑取乐，竟真是她嫖了男人，并非男人淫了她。一时，她的酒足兴尽，也不容他弟兄多坐，撵了出去，自己关门睡去了。²

　　自此后，或略有丫鬟、婆娘不到之处，便将贾珍、贾琏、贾蓉三个泼声厉言痛骂，说他爷儿三个诓骗了她寡妇孤女。贾珍回去之后，以后亦不敢轻易再来。有时，尤三姐自己高了兴，悄命小厮来请，方敢去一会；到了这里，也只好随她的便。谁知这尤三姐天生脾气不堪，仗着自己风流标致，偏要打扮得出色另式，作出许多万人不及的淫情浪态来，哄得男子们垂涎落魄，欲近不能，欲远不舍，迷离颠倒，她以为乐。³她母姊二人也十分相劝，她反说："姐姐糊涂！咱们金玉一般的人，白叫这两个现世宝玷污了去，也算无能。而且他家有一个极利害的女人，如今瞒着她不知，咱们方安。倘或一日她知道了，岂有甘休之理！势必有一场大闹，不知谁生谁死。趁如今，我不拿他们取乐作践准折，到那时白落个臭名，后悔不及！"⁴因此一说，她母女见不听劝，也只得罢了。那尤三姐天天挑拣穿吃，打了银的，又要金的，有了珠子，又要宝石，吃的肥鹅，又宰肥鸭。或不称心，连桌一推；衣裳不如意，不论绫缎新整，便用剪刀剪碎，撕一条，骂一句。⁵究竟贾珍等何曾遂意了一日，反花了许多昧心钱。

　　贾琏来了，只在二姐房内，心中也悔上来。无奈二姐倒

1. 这原是贾琏的打算，现在由三姐说了出来，就看你敢不敢上了。

2. 一段骇人耳目的精彩奇文，从未在别的小说中读到过类似尤三姐这样的奇女子形象。此番出色表演也是对珍、琏等愚庸无识、懦怯无能的酒色之徒的极度蔑视和无情嘲弄。

3. 以勾引男子，哄他垂涎为乐，是有这种心态的女人，只是程度上不及三姐罢了。这段文字颇不合欲将三姐写成贞洁女子者的心意，故在程高本中也被删改得面目全非。那位大胆妄改者，必定仍持有好人都好，坏人都坏的旧写作观念。

4. 洞若观火，逆料后事极准。"拿他们取乐作践准折"句，道出自己不愿光做赔本生意。

5. 非形容三姐骄奢无度，是将其借此报复心态写到极致。

---

①　便宜不过当家——好处不让给外人。

②　挥霍洒落——挥霍，发挥。洒落，言行毫不拘谨。

是个多情人，以为贾琏是终身之主了，凡事倒还知疼着痒。若论起温柔和顺，凡事必商必议，不敢恃才自专，实较凤姐高十倍；若论标致、言谈行事，也胜五分。虽然如今改过，但已经失了脚，有了一个"淫"字，凭有甚好处，也不算了。¹偏这贾琏又说："谁人无错？知过必改就好。"故不提已往之淫，只取现今之善，便如胶投漆，似水如鱼，一心一计，誓同生死，哪里还有凤、平二人在意了。二姐在枕边衾内，也常劝贾琏说："你和珍大哥商议商议，拣个相熟的人，把三丫头聘了罢。留着她不是常法子，终究要生出事来，怎么处？"贾琏道："前日我也曾回过大哥的，他只是舍不得。我说：'是块肥羊肉，只是烫得慌；玫瑰花儿可爱，刺太扎手。咱们未必降得住，正经拣个人聘了罢。'他只意意思思①的，就丢开手了。你叫我有何法？"二姐道："你放心。咱们明日先劝三丫头，她肯了，让她自己闹去。闹得无法，少不得聘她。"²贾琏听了说："这话极是。"

至次日，二姐另备了酒，贾琏也不出门，至午间特请她小妹过来，与她母亲上坐。尤三姐便知其意，³酒过三巡，不用姐姐开口，先便滴泪泣道：⁴"姐姐今日请我，自有一番大礼要说。但妹子不是那愚人，也不用絮絮叨叨提那从前丑事，我已尽知，说也无益。既如今姐姐已得了好处安身，妈也有了安身之处，我也要自寻归结去，方是正礼。但终身大事，一生至一死，非同儿戏。我如今改过守分，只要拣一个素日可心如意的人，方跟他去。⁵若凭你们拣择，虽是富比石崇，才过子建，貌比潘安的，我心里进不去，也白过了一世。"贾琏笑道："这也容易。凭你说是谁就是谁，一应彩礼都有我们置办，母亲也不用操心。"尤三姐泣道："姐姐知道，不用我说。"贾琏笑问二姐："是谁？"二姐一时也想不起来。大家想来，贾琏便料定是此人无疑了，便拍手笑道："我知道了。这人原不差，果然好眼力！"⁶二姐笑问："是谁？"贾琏笑道："别人她如何进得去，一定是宝玉。"⁷二姐与尤老听了，亦以为然。尤三姐便啐了一口道：⁸"我们有姊妹十个，也嫁你弟兄十个不成？⁹难道除了你家，天下就没了好男子了不成？"¹⁰众人听了，都诧异："除去他，还有哪一个？"¹¹尤三姐笑道："别只在眼前想，姐姐只在五年前想，就是了。"¹²

---

① 意意思思——犹豫不决。

1. 此语可叹！那个时代是不容许犯"淫"女子改过的。二姐如此，三姐怕也难成例外。

2. 以三姐不驯之性情，要能聘出去，恐也只有此一途了。

3. 是聪明人。全用醍醐灌顶，全是大翻身、大解悟法。(己)

4. 真好文章！若庸手来写，必二姐先开口，且不知要绕多少弯子。全用如是等语，一洗尊障。(己)

5. 这真可谓是自由恋爱的美好理想，也与回目"改行自择夫"相合。可在那个时代，又谈何容易！

6. 好像猜得很准，说得很自信；从作者行文必有曲折的习惯看，我知道一定猜错了。

7. 宝玉老被当作女儿心上人的猜疑对象，前写鸳鸯即如此，也是宝玉多招女孩儿喜欢的缘故。

8. 一听就反感。奇！不知何为？(己)

9. 触着痛处了，驳得好！有理之极！(己)

10. 恨及于贾府了，驳得更好！一骂反有理。(己)

11. 庸人之见耳！余亦如此想。(己)

12. 妙在此时偏不说出，故立即被打断。奇甚！(己)

正说着，忽见贾琏的心腹小厮兴儿走来请贾琏，说："老爷那边紧等着叫爷呢。小的答应往舅老爷那边去了，小的连忙来请。"贾琏又忙问："昨日家里没人问？"[1]兴儿道："小的回奶奶说，爷在家庙里同珍大爷商议作百日的事，只怕不能来家。"贾琏忙命拉马，隆儿跟随去了，留下兴儿答应人来事务。

尤二姐拿了两碟菜，命拿大杯斟了酒，就命兴儿在炕沿下蹲着吃，一长一短向他说话儿。问他家里奶奶多大年纪，怎个利害的样子，老太太多大年纪，太太多大年纪，姑娘几个，各样家常等语。兴儿笑嘻嘻地在炕沿下一头吃，一头将荣府之事备细告诉她母女。又说："我是二门上该班的人。我们共是两班，一班四个，共是八个。这八个人有几个是奶奶的心腹，有几个是爷的心腹。奶奶的心腹，我们不敢惹；爷的心腹，奶奶的人就敢惹。[2]提起我们奶奶来，告诉不得，奶奶心里歹毒，口里尖快。我们二爷也算是个好的，哪里见得她！倒是跟前的平姑娘为人很好，虽然和奶奶一气，她倒背着奶奶常作些个好事。[3]小的们凡有了不是，奶奶是容不过的，只求她去就完了。如今合家大小，除了老太太、太太两个人，没有不恨她的，只不过面子情儿怕她。皆因她一时看得人都不及她，只一味哄着老太太、太太两个人喜欢。她说一是一，说二是二，没人敢拦她。又恨不得把银子钱省下来，堆成山，好叫老太太、太太说她会过日子，殊不知苦了下人，她讨好儿。估着有好事，她就不等别人去说，她先抓尖儿；或有了不好事或她自己错了，她便一缩头，推到别人身上来，她还在旁边拨火儿。如今连她正经婆婆大太太都嫌了她，说她'雀儿拣着旺处飞，黑母鸡一窝儿，自家的事不管，倒替人家去瞎张罗'。若不是老太太在头里，早叫过她去了。"[4]

尤二姐笑道："你背着她这等说她，将来你又不知怎么说我呢。[5]我又差她一层儿，越发有得说了。"兴儿忙跪下说道："奶奶要这样说，小的不怕雷打！但凡小的们有造化，起先娶奶奶时，若得了奶奶这样的人，小的们也少挨些打骂，也少提心吊胆的。如今跟爷的这几个人，谁不背前背后称扬奶奶圣德怜下？我们商量着叫二爷要出来，情愿来答应奶奶呢。"[6]尤二姐笑道："猴儿崽的，还不起来呢！说句玩话就唬得那样起来。你们作什么来？我还要找了你奶奶去呢。"[7]兴儿连忙摇手说："奶奶千万不要去！我告诉奶奶，一辈子别见她才好。嘴甜心苦，两面三刀；上头一脸笑，脚下使绊子；

明是一盆火，暗是一把刀：都占全了。¹只怕三姨的这张嘴还说她不过，奶奶这样斯文良善的人，哪里是她的对手！"

尤氏笑道："我只以礼待她，她敢怎样！"²兴儿道："不是小的吃了酒，放肆胡说，奶奶便有礼让，她看见奶奶比她标致，又比她得人心，她怎肯甘休善罢？人家是醋罐子，她是醋缸醋瓮。凡丫头们，二爷多看一眼，她有本事当着爷打个烂羊头。虽然平姑娘在屋里，大约一年二年之间，两个有一次到一处，她还要口里掂十个过子呢，气得平姑娘性子发了，哭闹一阵，说：'又不是我自己寻来的，你又浪着劝我，我原不依，你反说我反了。这会子又这样！'她一般的也罢了，倒央告平姑娘。"尤二姐笑道："可是扯谎？这样一个夜叉，怎么反怕屋里人呢？"³兴儿道："这就是俗语说的'天下逃不过一个理字去'了。这平儿是她自幼的丫头，陪了过来，一共四个，嫁人的嫁人，死的死了，只剩了这个心腹。她原为收了屋里，一则显她的贤良名儿，二则又叫拴爷的心，好不外头走邪路。又还有一段因果：我们家的规矩，凡爷们大了，未娶亲之先，都先放两个人服侍的。⁴二爷原有两个，谁知她来了没半年，都寻出不是来，都打发出去了。别人虽不好说，自己脸上过不去，所以强逼着平姑娘作了房里人。那平姑娘又是个正经人，从不把这件事放在心上，也不会挑妻窝夫的，倒一味忠心赤胆服侍她，所以才容下了。"⁵

尤二姐笑道："原来如此。但我听见你们家还有一位寡妇奶奶和几位姑娘。她这样利害，这些人如何依得？"⁶兴儿拍手笑道："原来奶奶不知道。我们家这位寡妇奶奶，她的诨名叫作'大菩萨'，第一个善德人。我们家的规矩又大，寡妇奶奶们不管事，只宜清净守节。妙在姑娘们又多，只把姑娘们交给她，看书写字，学针线，学道理，这是她的责任。除此，问事不知，说事不管。只因这一向她病了，事多，这大奶奶暂管几日。究竟也无可管，不过是按例而行，不像她多事逞才。我们大姑娘不用说，但凡不好，也没这段大福了。二姑娘的诨名是'二木头'，戳一针，也不知'嗳哟'一声。三姑娘的诨名是'玫瑰花'。"尤氏姊妹忙笑问何意。兴儿笑道："玫瑰花又红又香，无人不爱的，只是有刺戳手。也是一位神道①，可惜不是太太养的，'老鸹窝里出凤凰'。四姑娘小，她正经是珍大爷亲妹子，因自幼无母，老太太命太

----

1. 虽是贬语，倒也是实情，归纳得不错。

2. 厚道人一厢情愿的想头。

3. 总是不信凤姐真有兴儿说的那么坏。

4. 通房丫头事，前虽偶有提及，但何人何时可收，总不太了然，经此一说方知，原来还是贾府的"规矩"。

5. 这一段交代清醋性极大的凤姐何以能容下平儿。

6. 有此一问，又引出兴儿一篇演说词来，只着重说各人性情特色。可见作者是何等注重人物形象的塑造，一有机会便将她们不同的色彩渲染一番，令读者印象更鲜明。

----

① 神道——喻很有本领、很不简单的人。

太抱过来，养这么大，也是一位不管事的。奶奶不知道，我们家的姑娘不算，另外有两个姑娘，真是天上少有，地下无双。[1]一个是我们姑太太的女儿，姓林，小名儿叫什么黛玉，面庞身段和三姨不差什么，一肚子文章，只是一身多病，这样的天，还穿夹的，出来风儿一吹就倒了。我们这起没王法的嘴，都悄悄地叫她'多病西施'。还有一位姨太太的女儿，姓薛，叫什么宝钗，竟是雪堆出来的。每常出门或上车，或一时院子里瞥见一眼，我们鬼使神差，见了她们两个，不敢出气儿。"[2]尤二姐笑道："你们大家子规矩，虽然你们小孩子进得去，然遇见小姐们，原该远远地藏开。"兴儿摇手道："不是，不是。那正经大礼，自然远远地藏开，自不必说。就藏开了，自己不敢出气，是生怕这气大了，吹倒了姓林的，气暖了，吹化了姓薛的。"[3]说得满屋里都笑起来了。不知端详，且听下回分解。

1. 以介绍林、薛为压台，并不从深层次上去说，以符合小厮身份。

2. 此话怎解？

3. 兴儿耍贫嘴，亦作者幽默。

## 【总评】

　　贾琏偷娶尤二姐事毕，贾珍趁贾琏不在，便去探望二尤，与她们吃酒寻欢，还"挨肩擦脸，百般轻薄"尤三姐，"小丫头子们看不过，也都躲出去，凭他二人自在取乐，不知作些什么勾当"。贾珍父子帮贾琏娶二姐的意图，于此可见。

　　贾琏突然回来，本是尴尬场面，好在都厚颜，各自心照不宣。于此插入马棚内"二马同槽，不能相容，互相蹶踢起来"的细节，以畜比人，讽刺中也极具幽默感。

　　二姐想到三姐尚无靠，向贾琏求"长久之计"，贾琏乘机想"破了这例"——哥儿俩共占有姐儿俩，便直闯西院贾珍与尤三姐吃酒取乐处，调戏三姐。谁知尤三姐嘲弄笑骂，比贾琏等更"无耻老辣"，淫情浪态，反将二人禁住。这段泼辣文字，他人难到。三姐"酒足兴尽，也不容他弟兄多坐，撵了出去，自己关门睡去了"。此后，稍有不如意，便厉言痛骂贾珍等，"说他爷儿三个诓骗了她寡妇孤女"，又挑拣穿吃，让贾珍等白白花了许多昧心钱。

　　尤二姐自己称了心，与贾琏和她老娘商量着要给三姐"拣个人聘了"。三姐表明心意：从今"改过守分"，但终身大事必须自己来挑拣对象。问其意中人，但言"只在五年前想，就是了"，并未说是柳湘莲，留悬念于下回。

　　本回末了，由贾琏的心腹小厮兴儿来述说凤姐的厉害和醋劲，尤二姐听了，半信半疑。兴儿还为二姐一一介绍荣府中的奶奶、姑娘们情况，从"大菩萨"李纨、"二木头"迎春、"玫瑰花"探春、四姑娘惜春，直数到黛玉、宝钗，说"自己不敢出气，是生怕这气大了，吹倒了姓林的，气暖了，吹化了姓薛的"。

　　有一点须要指出：作者写尤三姐其人，与后人改动过的形象有很大的差别。虽则此回回目从不同版本文字差异看，未必是作者原拟，但"淫奔女改行自择夫"之说是能符合作者原意的。后来如程高本等则将"淫奔女"尤三姐改为操守贞烈的女子，反而有损于作者创造这一悲剧形象的深刻社会意义。

# 第 六 十 六 回
## 情小妹耻情归地府　冷二郎一冷入空门

**【题解】**

　　本回回目诸本一致。"情小妹"，指尤三姐。她由贾琏牵线，让柳湘莲同意娶她为妻，并收下定礼鸳鸯剑。后湘莲闻知三姐出自最不干净的宁国府，便后悔定亲，要索回定礼退婚。三姐知他嫌弃自己不贞，便自刎以殉自己的痴情了。此即回目上句所言。下句中"冷二郎"，指柳湘莲，因贾琏说他"最是冷面冷心的"，故谓。他见尤三姐在他的面前如此刚烈地殉情，才悔之不及，心灰意冷之下，便削发随跛道士出家了。

　　话说鲍二家的打了兴儿一下子，¹笑道："原有些真的，叫你又编了这些混话，越发没了捆儿①。你倒不像跟二爷的人，这些混话倒像是宝玉那边的了。"² 尤二姐才要又问，忽见尤三姐笑问道："可是你们家那宝玉，除了上学，他作些什么？"³ 兴儿笑道："姨娘别问他，说起来，姨娘也未必信。他长了这么大，独他没有上过正经学堂。我们家从祖宗直到二爷，谁不是寒窗十载，偏他不喜读书。老太太的宝贝，老爷先还管，如今也不敢管了。成天家疯疯癫癫的，说的话人也不懂，干的事人也不知。外头人人看着好清俊模样儿，心里自然是聪明的，谁知是外清而内浊，见了人，一句话也没有。所有的好处，虽没上过学，倒难为他认得几个字。每日也不习文，也不学武，又怕见人，只爱在丫头群里闹。再者也没刚柔，有时见了我们，喜欢时，没上没下大家乱玩一阵；不喜欢，各自走了，他也不理人。我们坐着卧着，见了他也不理，他也不责备。因此，没人怕他，只管随便，都过得去。"

　　尤三姐笑道："主子宽了，你们又这样；严了，又抱怨，可知你们难缠。"⁴ 尤二姐道："我们看他倒好，原

1. 作者叙述故事，除告一段落处外，原是连续写下的，然后才分出章回。此处开头，本与上回末文字紧密相连，隔断后，只加"话说"二字，没有一句说明，所以显得突兀。

2. "宝玉那边的"，指小厮茗烟，油嘴滑舌说混话出了名的。好极之文，将茗烟等已全写出，可谓一击两鸣法，不写之写也。（己）

3. 本以为不再点评宝玉了，谁知经鲍二家的一提"宝玉那边"，又让三姐就此发问，问话中偏加"除了上学"，总以为上学读书是必有的事，却又不然。拍案叫绝！此处方问，是何文情！（己）

4. 有头脑，有见地，也敢说。不苟同讥贬。

_____

　　① 没了捆儿——没有谱儿，散漫无羁。

来这样! 可惜了一个好胎子。"尤三姐道: "姐姐信他胡说, 咱们也不是见过一面两面的? 行事、言谈、吃喝, 原有些女儿气, 那是天天只在里头惯了的。若说糊涂, 哪些儿糊涂? 姐姐记得穿孝时咱们同在一处, 那日正是和尚们进来绕棺①, 咱们都在那里站着, 他只站在头里挡着人。人说他不知礼, 又没眼色。过后, 他没悄悄地告诉咱们说: '姐姐不知道, 我并不是没眼色。我想和尚们脏, 恐怕气味熏了姐姐们。' 接着他吃茶, 姐姐又要茶, 那个老婆子就拿了他的碗去倒。他赶忙说: '我吃脏了的, 另洗了再拿来。' 这两件上, 我冷眼看去, 原来他在女孩子们前, 不管怎样都过得去, 只不大合外人的式, 所以他们不知道。"[1]尤二姐听说, 笑道: "依你说, 你两个已是情投意合了。竟把你许了他, 岂不好? "[2]三姐见有兴儿, 不便说话, 只低了头磕瓜子。兴儿笑道: "若论模样儿、行事为人, 倒是一对好的。只是他已有了, 只未露形。将来准是林姑娘定了的。因林姑娘多病, 二则都还小, 故尚未及此。再过三二年, 老太太便一开言, 那是再无不准的了。"[3]

　　大家正说话, 只见隆儿又来了, 说: "老爷有事, 是件机密大事, 要遣二爷往平安州去。不过三五日就起身, 来回也得半月工夫。[4]今日不能来了。请老奶奶早和二姨定了那事, 明日爷来, 好作定夺。"说着, 带了兴儿, 也回去了。

　　这里尤二姐命掩了门早睡, 盘问她妹子一夜。[5]至次日午后, 贾琏方来了。尤二姐因劝他说: "既有正事, 何必忙忙又来, 千万别为我误事。"贾琏道: "也没甚事, 只是偏偏的又出来了一件远差。出了月就起身, 得半月工夫才来。"尤二姐道: "既如此, 你只管放心前去, 这里一应不用你记挂。三妹子她从不会朝更暮改的。她已说了改悔, 必是改悔的。她已择定了人, 你只要依她就是了。"贾琏忙问是谁, 尤二姐笑道: "这人此刻不在这里, 不知多早晚才来, 也难为她眼力。她自己说了, 这人一年不来, 她等一年, 十年不来, 等十年; 若这人死了, 再不来了, 她情愿剃了头当姑子去, 吃长斋念佛, 以了今生。"贾琏问: "到底是谁, 这样动她的心? "二

1. 三姐能独立思考, 观察人比二姐深得多, 冷眼看宝玉挡人、洗碗两件小事, 便知他不糊涂, 只是他尊重女孩子们不被外人理解罢了。

2. 一句半开玩笑的话, 却又让谈话引到宝玉与黛玉已定准了的话题上。作者之笔真如游龙之不可捉摸。

3. 宝黛成配偶, 贾府人人看法一致。三二年不算久, 可病体能支持多久呢? 一旦风云突变, 又谁能预料呢?

4. 此去招来三姐梦中人, 大梦也就醒了!

5. 一夜盘问, 二姐方得知根知底。

---

　　① 绕棺——做佛事超度亡灵的一种仪式, 和尚们前后列成一队, 绕棺材而行, 口诵经文。

姐笑道:"说来话长。五年前,我们老娘家里做生日,妈和我们到那里与老娘拜寿。她家请了一起串客<sup>①</sup>,里头有个做小生的,叫作柳湘莲,<sup>1</sup>她看上了,如今要是他才嫁。旧年,我们闻得柳湘莲惹了一个祸逃走了,不知可又来了不曾?"贾琏听了,说:"怪道呢!我说是个什么样的人,原来是他!果然眼力不错。你不知道,这柳二郎,那样一个标致人,最是冷面冷心的,差不多的人,他都无情无义,他最和宝玉合得来。<sup>2</sup>去年因打了薛呆子,他不好意思见我们的,不知哪里去了一向。后来听见有人说来了,不知是真是假。一问宝玉的小子们,就知道了。倘或不来时,他萍踪浪迹,知道几年才,岂不白耽搁了?"尤二姐道:"我们这三丫头,说得出来,干得出来,<sup>3</sup>她怎样说,只依她便了。"

二人正说之间,只见尤三姐走来说道:"姐夫,你只放心。我们不是那心口两样的人,说什么是什么。若有了姓柳的来,我便嫁他。从今日起,我吃斋念佛,只服侍母亲,等他来了,嫁了他去;若一百年不来,我自己修行去了。"说着,将一根玉簪击作两段,说:"一句不真,就如这簪子!"<sup>4</sup>说着,回房去了,真个竟"非礼不动,非礼不言"起来。贾琏没了法,只得和二姐商议了一回家务,复回家与凤姐商议起身之事。一面着人问茗烟,茗烟说:"竟不知道,大约未来。若来了,我必是知道的。"一面又问他的街坊,也说未来。贾琏只得回复了二姐。至起身之日已近,前两天便说起身,却先往二姐这边来住两夜,从这里再悄悄长行。果见小妹竟又换了一个人,又见二姐持家勤慎,自是不消记挂。

是日,一早出城,就奔平安州大道,晓行夜住,渴饮饥餐。方走了三日,那日正走之间,顶头来了一群驮子,内中一伙,主仆十来骑马。走得近来一看,不是别人,竟是薛蟠和柳湘莲来了。贾琏深为奇怪,<sup>5</sup>忙伸马<sup>②</sup>迎了上来,大家一齐相见,说些别后寒温,便入一酒店歇下,叙谈叙谈。贾琏因笑道:"闹过之后,我们忙着请你两个和解,谁知柳兄踪迹全无。怎么你两个今日倒在一处了?"薛蟠笑道:"天下竟有这样奇事:我同伙计贩

1. 至此,大幕才拉开。千奇百怪之文,何至于此!(己)

2. "冷二郎"之称,方得到解释。既说"无情无义",如何又同宝玉合得来?此语真假,尚须考察。

3. 不错,不错,这话可信。

4. 大有古时祖逖中流击楫发誓气概。

5. 谁不奇怪?能碰上正想寻找的人已是奇事,何况结伴同行的竟是昨日仇家。

---

① 串客——即"票友",戏曲、曲艺的非职业演员。串,表演。

② 伸马——让马快跑。

了货物，自春天起身，往回里走，一路平安。谁知前
日到了平安州界，遇见一伙强盗，已将东西劫去。不
想柳二弟从那边来了，方把贼人赶散，夺回货物，还
救了我们的性命。[1]我谢他又不受，所以我们结拜了生
死弟兄，如今一路进京。从此后，我们是亲弟亲兄一
般。[2]到前面岔口上分路，他就往南去二百里，有他一
个姑妈，他去望候望候。我先进京去安置了我的事，
然后给他寻一所宅子，寻一门好亲事，大家过起来。"
贾琏听了道："原来如此，倒教我们悬了几日心。"因又
听道寻亲，便忙说道："我正有一门好亲事，堪配二弟。"
说着，便将自己娶尤氏，如今又要发嫁小姨一节说了
出来，只不说尤三姐自择之语。[3]又嘱薛蟠："且不可告
诉家里，等生了儿子，自然是知道的。"

　　薛蟠听了大喜，说："早该如此，这都是舍表妹之
过。"[4]湘莲忙笑说："你又忘情了，还不住口！"薛蟠忙
止住不语，便说："既是这等，这门亲事定要做的。"湘
莲道："我本有愿，定要一个绝色的女子。如今既是贵
昆仲①高谊，顾不得许多了，任凭裁夺，我无不从命。"
贾琏笑道："如今口说无凭，等柳兄一见，便知我这内
娣②的品貌，是古今有一无二的了。"[5]湘莲听了大喜，
说："既如此说，等弟探过姑母，不过月中就进京的，
那时再定，如何？"贾琏笑道："你我一言为定。只是
我信不过柳兄，你乃萍踪浪迹，倘然淹滞不归，岂不
误了人家？须得留一定礼。"湘莲道："大丈夫岂有失
信之理！小弟素系寒贫，况在客中，如何能有定礼？"[6]
薛蟠道："我这里现成，就备一份，二哥带去。"贾琏笑
道："也不用金帛之礼，须是柳兄亲身自有之物，不论
物之贵贱，不过我带去取信耳。"湘莲道："既如此说，
弟无别物，此剑防身，不能解下。囊中尚有一把鸳鸯
剑，乃吾家传代之宝，弟也不敢擅用，[7]只随身收藏而
已。贾兄请拿去为定。弟纵系水流花落之性，然亦断
不舍此剑者。"说毕，大家又饮了几杯，方各自上马，
作别起程。正是：将军不下马，各自奔前程。

1. 叙述奇遇经过说得含混，其中
大有隐情：湘莲一个人怎能对
付得了既劫货又要人性命的"一
伙强盗"？是经过刀剑拳脚过
招，打败了强盗吗？只字未提，
只说"赶散"，对方又不是一群
鸡。除非柳二郎是威名震江湖
的豪侠，或者竟是同伙的黑道
头面人物。联想到他避祸出走，
浪迹萍踪，也不知以何为业，
岂非大可怀疑？不过，无论何
种情况，他都属甄士隐之歌中
的"强梁"之列是可以肯定的。

2. 昔日哄他下跪立誓，挨了重拳，
如今真的结拜成"生死兄弟"了，
还如"亲弟亲兄一般"，看来阿
呆也有能招人喜欢处。这哪里
真是"冷面冷心""无情无义"
人之所为！

3. 自然不能说。

4. 贾琏偷偷纳妾，不用问，薛蟠
必定赞成。舍表妹，指凤姐。

5. 虽说做媒不免要说好话，但也
并非全是虚言。貌自姣好，不
用说；品则分今昔，若既往不咎，
比哪个幽淑女也无逊色。

6. 有定礼，必先说没有。原来家
道贫寒，不知他长期浪迹，如
何维持生计。

7. 以剑定婚，谁知凶兆？平时不
用，一旦施用，尚有鸳鸯乎？

---

① 昆仲——对他人兄弟的敬称。昆，兄。仲，老二，弟。
② 内娣（dì 弟）——妻子的妹妹，小姨。娣，女弟，即妹，但在古代尚有区别，对"兄"而言，称"妹"；对"姊"
　　而言，称"娣"。

　　且说贾琏一日到了平安州，见了节度，完了公事。因又嘱他十月前后务要还来一次。[1] 贾琏领命，次日连忙取路回家，先到尤二姐处探望。谁知自贾琏出门之后，尤二姐操持家务，十分谨肃，每日关门合户，一点外事不闻。她小妹果是个斩钉截铁之人，每日侍奉母姊之余，只安分守己，随分过活。虽是夜晚间孤衾独枕，不惯寂寞，奈一心丢了众人，只念柳湘莲早早回来，完了终身大事。

　　这日贾琏进门，见了这般景况，喜之不尽，深念二姐之德。大家叙些寒温之后，贾琏便将路遇湘莲一事说了出来，又将鸳鸯剑取出，递与三姐。三姐看时，上面龙吞夔护①，珠宝晶荧，将靶一掣，里面却是两把合体的，一把上面錾着一"鸳"字，一把上面錾着一"鸯"字，冷飕飕，明亮亮，如两痕秋水一般。三姐喜出望外，[2] 连忙收了，挂在自己绣房床上，每日望着剑，自笑终身有靠。贾琏住了两天，回去复了父命，回家合宅相见。那时，凤姐已大愈，出来理事行走了。[3] 贾琏又将此事告诉了贾珍。贾珍因近日又相遇了新友，将这事丢过，不在心上，任凭贾琏裁夺；只怕贾琏独力不加，少不得又给了他三十两银子。贾琏拿来交与二姐预备妆奁。

　　谁知八月内湘莲方进了京，先来拜见薛姨妈，[4] 又遇见薛蝌，方知薛蟠不惯风霜，不服水土，一进京时，便病倒在家，请医调治。听见湘莲来了，请入卧室相见。薛姨妈也不念旧事，只感救恩，母子们十分称谢。又说起亲事一节，凡一应东西，皆已妥当，只等择日。柳湘莲也感激不尽。

　　次日，又来见宝玉，二人相会，如鱼得水。湘莲因问贾琏偷娶二房之事。宝玉笑道："我听见茗烟一干人说，我却未见，我也不敢多管。我又听见茗烟说琏二哥哥着实问你，不知有何话说？"湘莲就将路上所有之事，一概告诉宝玉。宝玉笑道："大喜，大喜！难得这个标致人，果然是个古今绝色，堪配你之为人。"湘莲道："既是这样，他哪里少了人物，如何只想到我？况且我又素日不甚和他相厚，也关切不至此。路

1. 此次出门办了三姐事，下次再出门，看看还有什么事会发生？先作预告。

2. 乐极悲生，当时谁料得到？

3. 是警讯。

4. 因与薛蟠已结拜为兄弟。

---

　　① 龙吞夔（kuí 逵）护——指剑鞘上有夔龙纹的图案装饰。夔，古代传说中的神兽，似龙而只有一只脚。

上忙忙的，就那样再三要定，难道女家反赶着男家不成？我自己疑惑起来，后悔不该留下那剑作定礼。所以后来想起你来，可以细细问个底里才好。"宝玉道："你原是个精细人，如何既许了定礼，又疑惑起来？你原说只要一个绝色的，如今既得了个绝色便罢了，何必再疑？"湘莲道："你既不知他娶，如何又知是绝色？"宝玉道："她是珍大嫂子的继母带来的两位小姨。我在那里和她们混了一个月，¹怎么不知？真真一对尤物①，她又姓尤。"²湘莲听了跌足道："这事不好，断乎做不得了！你们东府里，除了那两个石头狮子干净，只怕连猫儿狗儿都不干净。我不做这剩忘八！"³宝玉听说，红了脸。湘莲自惭失言，连忙作揖说："我该死胡说！⁴你好歹告诉我，她品行如何？"宝玉笑道："你既深知，又来问我做什么？连我也未必干净了。"湘莲笑道："原是我自己一时忘情，好歹别多心。"宝玉笑道："何必再提，这倒似有心了。"湘莲作揖告辞出来，心下想："若去找薛蟠，一则他现卧病，二则他又浮躁，⁵不如去索回定礼。"主意已定，便一径来找贾琏。

贾琏正在新房中，闻得湘莲来了，喜之不禁，忙迎了出来，让到内室与尤老相见。湘莲只作揖，称"老伯母"，自称"晚生"，贾琏听了诧异。吃茶之间，湘莲便说："客中偶然忙促，谁知家姑母于四月间订了弟妇，使弟无言可回。⁶若从了老兄，背了姑母，似非合理。若系金帛之定，弟不敢索取，但此剑系祖父所遗，请仍赐回为幸。"贾琏听了，便不自在，还说："定者，定也。原怕反悔，所以为定。岂有婚姻之事，出入随意的？⁷还要斟酌。"湘莲笑道："虽如此说，弟愿领责领罚，然此事断不敢从命。"贾琏还要饶舌，湘莲便起身说："请兄外坐一叙，此处不便。"那尤三姐在房内明明听见。好容易等了他来，今忽见反悔，便知他在贾府中得了消息，自然是嫌自己淫奔无耻之流，不屑为妻。⁸今若容他出去和贾琏说退亲，料那贾琏必无法可处，自己岂不无趣！一听贾琏要同他出去，连忙摘下剑来，将一股

1. 这话说得欠妥，教湘莲也疑其与三姐有染。其实三姐谈起宝玉时，对二姐说："咱们也不是见过一面两面的？"如是而已。

2. 这话听来也容易让湘莲将三姐从坏处想。可巧。（己）

3. 东府之丑已外扬，故湘莲亦有所闻。嘲讽够毒的，只是无意中将在那里混过的宝玉也装进去了，故使他脸红。极奇之文，极趣之文！《金瓶梅》中有云："把忘八的脸打绿了"，已奇之至，此云"剩忘八"岂不更奇？（己）

4. 醒悟到冒失了。忽用湘莲提东府之事，骂及宝玉，可是人想得到的？所谓一人不曾放过。（己）

5. 不找就对了。否则，必横生枝节。因此明白作者为何写薛蟠一到家，就生病了。

6. 也只有这条理由可作借口。

7. 说的也是理。

8. 聪明人一听"此处不便"，自然明白。当初连小丫头都看不过躲出去，贾府中还能有不知丑事的？

---

①　尤物——奇特的人物，多专指对人有很大诱惑力的美女。

雌锋隐在肘后，出来便说："你们不必出去再议，还你的定礼。"一面泪如雨下，<u>左手将剑并鞘送与湘莲，右手回肘只往项上一横</u>。可怜：

　　　　<u>揉碎桃花红满地，玉山倾倒再难扶</u>①。1

　　芳灵蕙性，渺渺冥冥，不知哪边去了。当下唬得众人急救不迭。尤老一面嚎哭，一面又骂湘莲。贾琏忙揪住湘莲，命人捆了送官。尤二姐忙止泪，反劝贾琏说："你太多事，人家并没威逼她死，是她自寻短见。你便送他到官，又有何益？反觉生事出丑。不如放他去罢，岂不省事？"贾琏此时也没了主意，便放了手，命湘莲快去。<u>湘莲反不动身，泣道："我并不知是这等刚烈贤妻，可敬，可敬！"湘莲反扶尸大哭一场。</u>2等买了棺木，眼见入殓，又俯棺大哭一场，方告辞而去。

　　出门正无所之，昏昏默默，自想方才之事："原来尤三姐这样标致，又这等刚烈！"自悔不及。正走之间，<u>只见薛蟠的小厮寻他家去，</u>3那湘莲只管出神。那小厮带他到新房之中，十分齐整。忽听环佩叮当，尤三姐从外而入，一手捧着鸳鸯剑，一手捧着一卷册子，向柳湘莲泣道：<u>"妾痴情待君五年矣！不期君果冷心冷面，妾以死报此痴情。</u>4妾今奉警幻之命，前往太虚幻境，修注案中所有一干情鬼。妾不忍一别，故来一会，从此再不能相见矣！"说毕便走。湘莲不舍，忙欲上来拉住问时，那尤三姐便说："来自情天，去由情地。<u>前生误被情惑，今既耻情而觉，</u>5与君两无干涉。"说毕，一阵香风，无踪无影去了。

　　湘莲惊觉，似梦非梦，睁眼看时，哪里有薛家小童，也非新室，竟是一座破庙，旁边坐着一个瘸腿道士捕虱。湘莲便起身稽首相问："此系何方？仙师仙名法号？"道士笑道：<u>"连我也不知道此系何方，我系何人，不过暂来歇足而已。"</u>6柳湘莲听了，不觉冷然如寒冰侵骨，<u>掣出那股雄剑，将万根烦恼丝</u>②<u>一挥而尽，</u>7便随那道士不知往哪里去了。后回便见。

────────────────
① 玉山倾倒——喻尤三姐倒地身亡。《世说新语·容止》中形容嵇康容仪美好说："其醉也，傀俄若玉山之将崩。"
② 万根烦恼丝——指头发。佛家宣扬落发为僧，可免尘世种种烦恼，故把头发称作烦恼丝。

1. 惊心动魄！惨不忍睹场面，仍不失悲壮之美，这才是艺术。庸手写死，总是回光返照，出气大入气小，喉间响动，手凉了，目光散了……什么都不放过，一派老婆舌头。津津乐道死亡的自然状态，岂复有美有诗！

2. 竟不走，竟称"贤妻"，竟扶尸大哭！说此人冷面冷心、无情无义，谁信？真情恰似岩浆，深藏地下时哪能见到？

3. 已入幻境了。

4. 借生者之幻觉，一泄死者之怨恨。

5. 归到"耻情"二字。

6. 打破迷关，在此一语。"暂来歇足"，作者之悲情深矣！故千年前的大诗人也有"天地者，万物之逆旅"的叹息。

7. 甄士隐的抢过道人褡裢，柳湘莲的挥剑断烦恼丝，贾宝玉的"悬崖撒手"，一例都是决绝态度。

## 【总评】

小厮兴儿继续说荣府事，谈论到宝玉，对其行事为人又作一番渲染。尤二姐随口对三姐笑说"竟把你许了他，岂不好"，引出兴儿"只是他已有了，只未露形"的话来，作者再次借下人之口，提醒读者注意，众人心目中宝黛终成眷属已是无可置疑的事："将来准是林姑娘定了的。因林姑娘多病，二则都还小，故尚未及此。再过三二年，老太太便一开言，那是再无不准的了。"这就解释了为何凤姐与薛姨妈等都曾有此二人配对"四角俱全"的想头而却未向贾母提及。"再过三二年"，时间虽不长，可谁又能料到此前贾府会突生变故，黛玉的弱质挨不过这场劫数呢？黛玉每每有自己病体恐难持久的预感，可见并非无故。

贾琏奉父命要往平安州去出趟远差，为时须半月光景。出门前，尤三姐说出自己的意中人是柳湘莲，贾琏以为三姐眼力不错，但也告诉她这位柳二郎"最是冷面冷心的，差不多的人他都无情无义，他最和宝玉合得来"。这话与后来情节有关。尤三姐为表明心迹，此生只嫁柳湘莲，将一根玉簪一击两段，发下誓。从此便如"换了一个人"。

贾琏奔平安州大道三日后，十分奇巧地遇上薛蟠、柳湘莲，他们已从冤家对头变成了结拜的生死弟兄了。薛蟠述说原因的话，很值得注意："谁知前日到了平安州界，遇见一伙强盗，已将东西劫去。不想柳二弟从那边来了，方把贼人赶散，夺回货物，还救了我们的性命。"这里，作者也许是故意含糊其辞，引人思索；柳湘莲的出现怎么这样巧呢？他一个人怎么就能将"一伙强盗""赶散"呢？何况强盗还相当凶恶，他若不来，薛蟠一帮人就没命了。"赶散"是什么意思？是打败强盗使之散去，还是让他们听命散去？如此看来，柳湘莲若非行侠江湖，已树威名，便是在做盗首了。作者大概以为没有必要讲得太明白。脂评曾在甄士隐所唱"训有方，保不定日后作强梁"句旁批曰："柳湘莲一干人。"此处正交代其"作强梁"也。有的研究者以为他"一冷入空门"后，还另有"作强梁"故事，那是不对的。

柳湘莲将"传代之宝"鸳鸯剑交贾琏作为"定礼"后，尤三姐固喜出望外，"每日望着剑，自笑终身有靠"，柳湘莲却在见了宝玉后，听其所述，顿生悔意，决定退婚，所谓"你们东府里，除了那两个石狮子干净，只怕连猫儿狗儿都不干净，我不做这剩忘八！"话虽说得尖刻，问题还是看得很透很准的。

写尤三姐之死并不容易，从情节发展的需要看，在这儿运用侧笔或旁人叙述都不合适，非得正面来描写不可。可是死亡本身是丑陋的，现在既要表现其殉情的刚烈，又要写得令人产生无限惋惜之情，且画面还要不失艺术美感，真不知该如何落笔。若庸手来写，又岂能胜任。可是曹雪芹举重若轻，简捷的叙述，加上两句七言诗语，便立臻完美了。神来之笔，真叫人叹为观止。

柳湘莲似梦非梦地再见尤三姐向他泣诉衷情的细节，让三姐有个宣泄殉情前内心潜台词的机会，同时也让湘莲昏聩迷乱的精神状态得到生动的表现。鸳鸯剑雌剑刎颈，雄剑削发，名为"鸳鸯"，却成了斩断一对鸳鸯情缘的利剑。柳湘莲从此离开了小说的故事情节，这正是完整的结局。若再写他的任何后事，都必然不可避免地会成为蛇足。

# 第 六 十 七 回

## 馈土物颦卿念故里　讯家童凤姐蓄阴谋

**【题解】**

　　本回回目与文字诸本差异分两大类：一、杨藏、程高本为一类；庚辰本原缺，人民文学出版社 1975 年影印本用蒙府本配；蒙府本原也缺，又是据程甲本抄配的。回目作"见土仪颦卿思故里　闻秘事凤姐讯家童"。二、戚序、列藏、甲辰本为另一类，回目如本书所标；从残存回目可知卞藏本亦属此类。目前排印出版的各种《红楼梦》本多用第一类。其实，细加比较，即可发现第二类文字虽较繁，总体上仍优于第一类，也当接近原作；第一类是经过后人不少删改的，删改得并不高明。所以本书采用第二类文字，出入处择要在有关注释中说明。回目上句：薛蟠回家带了两大箱东西送给他妈和妹妹，除了家常应用之物外，还有许多江南苏州一带的土产、小玩意儿。宝钗将它分送给姐妹们。黛玉见了故乡之物，触动乡愁，十分感伤。下句：小厮们泄露贾琏偷娶消息，被平儿闻知，告诉凤姐，于是叫来兴儿讯问，得知事情经过后，就独自盘算多时，想出一个狠主意来。

　　话说尤三姐自戕之后，尤老娘以及尤二姐、贾珍、尤氏并贾蓉、贾琏等闻之，俱各不胜悲痛伤感，自不必说，忙着人治买棺木盛殓，送往城外埋葬。柳湘莲见尤三姐身亡，迷性不悟，尚有痴情眷恋，被道人数句偈言打破迷关，竟自削发出家，跟随疯道人飘然而去，不知何往。后事暂且不表。

　　且说薛姨妈闻知湘莲已说定了尤三姐为妻，心中甚喜，正自高高兴兴，要打算替他买房屋治器用办妆奁，择吉日迎娶过门等事，以报他救命之恩。忽有家中小厮见薛姨妈，告知尤三姐自戕与柳湘莲出家的信息，心甚叹息。<u>正自猜疑是为什么原故，</u>[1] 时值宝钗从园里过来，薛姨妈对宝钗说道："我的儿，你听见了没有？你珍大嫂子的妹妹尤三姐，她不是已经许定了给你哥哥的义弟柳湘莲了的？这也很好。不知为什么自刎了。那柳湘莲也出了家了。真正奇怪的事，叫人意想不到！"宝钗听了，<u>并不在意，</u>[2] 便说道："俗语说得好：'天有不测风云，人有旦夕祸福。'这也是他们前生命定，活该不是夫妻。妈所为的是因有救哥哥的一段好处，故谆谆感

1. 东府事在西府住的薛姨妈自然知之甚少。

2. 平时关心别人冷暖的宝钗，对一个自刎一个出家倒不在意，也是想不到的。

叹。如果他二人齐齐全全的，妈自然该替他料理，如今死的死了，出家的出家了。依我说，也只好由他罢了。妈也不必为他们伤感，损了自己的身子。倒是自从哥哥打江南回来了一二十日，贩了来的货物，想来也该发完了。那同伴去的伙计们辛辛苦苦的，来回几个月，妈同哥哥商议商议，也该请一请，酬谢酬谢才是。不然，倒叫他们看着无礼似的。"

　　母女正说话之间，见薛蟠自外而入，眼中尚有泪痕未干。一进门，便向他母亲拍手说道："妈，可知柳大哥、尤三姐的事么？"薛姨妈说："我才听见说，正在这里和你妹子说这件公案呢。"薛蟠说："这事奇不奇？"薛姨妈说："可是柳相公那样一个年轻聪明的人，怎么就一时糊涂跟着道士去了呢？我想他前世必是有夙缘、有根基的人，所以才容易听得进这些度化他的话去。<u>你们好了一场，他又无父母兄弟，只身一人在此，你该各处找一找才是。靠那跛足道士疯疯癫癫的，能往哪里远去！</u>[1]左不过是在这方近左右的庙里寺里躲藏着罢咧。"薛蟠说："何尝不是呢。我一听见这个信儿，就连忙带了小厮们在各处寻找去，连个影儿也没有。又去问人，人人都说不曾看见。<u>我因如此，急得没法，唯有望着西北上大哭了一场回来。</u>"说着，眼眶儿又红上来了。[2]薛姨妈说："你既找寻了没有，也算把你作朋友的心也尽了。焉知他这一出家，不是得了好处去呢？你也不必太过虑了。一则张罗张罗买卖，<u>二则你把自己娶媳妇应办的事情，倒是早些料理料理。</u>[3]咱们家里没人手儿，竟自'笨雀儿先飞'，省得临期丢三忘四的不齐全，令人笑话。再者，你妹妹才说，你也回家半个多月了，想货物也该发完了，同你作买卖的伙计们，也该设桌酒席请请他们，酬酬劳乏才是。他们固然是咱们约请的吃工食劳金的人，到底也算是外客，又陪着你走了一二千里的路程，受了四五个月的辛苦，而且在路上又替你担了多少的惊怕沉重。"薛蟠闻听，说："妈说得很是，妹妹想得周到，我也这样想来着。只因这些日子为各处发货，闹得头晕，又为柳大哥的亲事又忙了这几日，反倒落了一个空，白张罗了一会子，倒把正经事都误了。要不然，就定了明儿后儿下帖儿请罢。"薛姨妈道："由你办去罢。"

　　话犹未了，外面小厮进来回说："<u>张管总的伙计着人送了两个箱子来，</u>[4]说这是爷各自买的，不在货账里面。本

1. 薛姨妈毕竟慈爱。这才有薛蟠已各处找过而没影儿的话。

2. 也算有情有义了。

3. 薛蟠将娶媳妇事，于此提起。

4. 这才写到回目中"馈土物"上来。

要早送来，因货物箱子压着，没得拿；昨儿货物发完了，所以今日才送来了。"一面说，一面又见两个小厮搬进了两个夹板夹的大棕箱来。薛蟠一见说："嗳哟，可是我怎么就糊涂到这步田地了！特特地给妈和妹妹带来的东西，都忘了，没拿了家里来，还是伙计送了来了。"宝钗说："亏你才说！还是特特地带来的，还是这样放了一二十天才送来，若不是特特地带来，必定是要放到年底下才送进来呢。你也诸事太不留心了。"[1]薛蟠笑道："想是我在路上叫贼把魂吓掉了，还未归窍呢。"

　　说着，大家笑了一阵，便向回话的小厮说："东西收下了，叫他们回去罢。"薛姨妈同宝钗忙问："是什么好东西，这样捆着夹着的？"便命人挑了绳子，去了夹板，开了锁看时，却是些绸缎、绫锦、洋货等家常应用之物。独有宝钗她的那个箱子里，除笔、墨、砚、各色笺纸、香袋、香珠、扇子、扇坠、花粉、胭脂、头油等物外，还有虎丘带来的自行人、酒令儿，水银灌的打筋斗的小小子，沙子灯①，一出一出的泥人儿的戏，用青纱罩的匣子装着，又有在虎丘山上作的薛蟠的像，泥捏成的，与薛蟠毫无相差，以及许多碎小玩意儿的东西。[2]宝钗一见，满心欢喜，便叫自己使的丫头来吩咐："你将我的这个箱子，与我拿了园子里去，我好就近从那边送人。"说着，便站起身来，告辞母亲，往园子里来了。[3]这里薛姨妈将自己这个箱子里的东西取出，一份一份地打点清楚，着同喜丫头送往贾母并王夫人等处去不讲。

　　且说宝钗随着箱子到了自己房中，将东西逐件逐件过目，除将自己留用外，遂一份一份配合妥当；也有送笔、墨、纸、砚的；也有送香袋、扇子、香坠的；也有送脂粉、头油的；也有单送玩意儿的。酌量其人分办。只有黛玉的与别人不同，比众人加厚一倍。[4]一一打点完毕，使莺儿同一老婆子跟着，送往各处。

　　其李纨、宝玉等以及诸人，不过收了东西，赏赐来使，皆说些见面再谢等语而已。惟有林黛玉她见江南家乡之物，反自触物伤情，因想起她父母来了。[5]便对着这些东西，挥泪自叹，暗想："我乃江南之人，父母双亡，又无兄弟，只

1. 倘诸事都留心，就不是呆霸王了。

2. 给宝钗的箱子是情节的重点，里面装的东西不厌其烦地逐一写出，越有乡土特色的，说得越具体。从馈赠花色之多，不难看出阿呆对妹子还是相当不错的。

3. 写宝钗满心欢喜一节很生动，不但特意吩咐清楚，自己也立即告辞，紧随箱子回园，其内心之欣喜跃然纸上。惜现行诸排印本取文字较简一类版本，改动者不能领会作者行文意，遂妄加增删。如这几句话被改成："因叫莺儿带着几个老婆子将这些东西连箱子送到园里去，又和母亲、哥哥说了一回闲话儿，才回园里去了。"不让宝钗马上走，岂复有欣喜神情！

4. 金兰契情同亲姐妹，非别人可比。

5. 正面写"颦卿念故里"。

────────────

① 虎丘、自行人、酒令儿、沙子灯——虎丘，小山名，苏州名胜，在城西北角，相传古时有白虎踞其上，故名；自晋代建寺起，为佛家圣地。虎丘到处出售苏州的民间工艺小玩意儿，其中捏泥人儿尤为绝技。自行人，也叫"自走洋人"，外来的玩具人，装发条、齿轮，能行走。酒令儿，指行酒令用的牙筹。沙子灯，一种玻璃灯。

身一人，可怜寄居外祖母家中，而且又多疾病，除外祖母以及舅母、姐妹看问外，哪里还有一个姓林的亲人来看问看问，给我带些土物。"想到这里，不觉就大伤起心来了。紫鹃乃服侍黛玉多年，朝夕不离左右的，深知黛玉心肠，但也不敢说破，只在一旁劝说道："姑娘的身子多病，早晚尚服丸药，这两日看着不过比那些日子略饮食好些，精神壮一点儿，还算不得十分大好。<u>今儿宝姑娘送来这些东西，可见宝姑娘素日看姑娘甚重，</u>[1]姑娘看着该喜欢才是，为什么反倒伤感？这不是宝姑娘送东西为的是叫姑娘喜欢，这反倒是招姑娘烦恼了不成？若令宝姑娘知道了，怎么脸上下得来呢？<u>再者姑娘也想一想，老太太、太太们为姑娘的病症千方百计请好大夫诊脉配药调治，所为的是病情好。</u>[2]这如今才好些，又这样哭哭啼啼的，岂不是自己糟蹋自己的身子，不肯叫老太太喜欢？难道说姑娘这个病不是因素日从忧虑过度上伤多了气血得的么？姑娘的千金贵体别自己看轻了。"紫鹃正在这里劝解黛玉，只听见小丫头子在院内说："宝二爷来了。"紫鹃忙说："快请。"

话犹未毕，只见宝玉已进房来了。黛玉让坐毕，宝玉见黛玉泪痕满面，便问："妹妹，又是谁得罪了你了？两眼都哭得红了，是为什么？"黛玉不回答。<u>旁边紫鹃将嘴向床上一努，宝玉会意，</u>[3]便往床上一看，见堆着许多东西，就知道是宝钗送来的，便取笑说道："<u>好东西，想是妹妹要开杂货铺么？摆着这些东西作什么？</u>"[4]黛玉只是不理。紫鹃说："二爷还提东西呢。因宝姑娘送了些东西来，我们姑娘一看，就伤心哭起来了。我正在这里好劝歹劝，总劝不住呢。而且又是才吃了饭，若只管哭，大发了，再吐了，犯了旧病，可不叫老太太骂死了我们么？倒是二爷来得很好，替我们劝一劝。"宝玉本是聪明人，而且一心总留意在黛玉身上最重，所以深知黛玉之为人心细心窄，而又多心要强，不落人后，因见了人家哥哥自江南带了东西来送人，又系故乡之物，勾想起痛肠来，是以伤感是实。这是宝玉心里揣摩黛玉的心病，却不肯明明地说出，恐黛玉越发动情①，[5]乃笑道："你们

1. 得最关心小姐的紫鹃的话证实，所谓"旁观者清"。

2. 又提到老太太、太太千方百计，莫谓无亲人关怀也。

3. 神情活现。聪明人能不领会？

4. 总想逗妹妹笑，且见所赠丰厚。

5. 细心、体贴。

---

① "宝玉本是聪明人，而且一心总留意在黛玉身上最重，所以深知黛玉之为人……"一节——写宝玉体贴黛玉入微。程甲诸本亦加删除。

姑娘的原故不为别的，为的是宝姑娘送来的东西少，所以生气伤心。妹妹，你放心！等我明年往江南去与你多多的带两船来，省得你淌眼抹泪的。"[1] 黛玉听了这些话，不由"嗤"的一声笑了，忙说道："我任凭怎么没有见世面，也到不了这步田地，因送的东西少，就生气伤心。我又不是两三岁的小孩子，你也忒把人看得小气了。我有我的缘故，你哪里知道。"说着说着，眼泪又流下来了。宝玉忙走到床前，挨着黛玉坐下，将那些东西一件一件拿起来，摆弄着细瞧，故意问：[2] "这是什么，叫什么名字？那是什么做的，这样齐整？这是什么，要它做什么使用？妹妹，你瞧，这一件可以摆在书阁儿上作陈设，放在条案上当古董儿倒好呢！"一味地将些没要紧的话来支吾。搭讪了一会，黛玉见宝玉那些呆样子，问东问西，招人可笑，稍将烦恼丢开，略有些喜笑之意。宝玉见她有些喜色，便说道："宝姐姐送东西来给咱们，我想着，咱们也该到她那里道个谢去才是，[3] 不知妹妹可去不去？"黛玉原不愿意为送些东西来就特特地道谢去，不过一时见了，谢一声就完了。今被宝玉说得有理难以推托，无奈只得同宝玉去了。[①]这且不提。

且说薛蟠听了母亲之言，急忙下请帖，置办酒席。张罗了一日，至次日，请了四位伙计，俱已到齐，不免说些贩卖、账目、发货之事。不一时，上席让坐，薛蟠与各位奉酒酬劳。里面薛姨妈又使人出来致谢道乏，毕，内有一位问道："今日席上怎么柳大哥不出来？[4] 想是东家忘了，没请么？"薛蟠闻言，把眉一皱，叹了一口气道："休提，休提，想来众位不知深情。若说起此人，真真可叹！于两日前，忽被一个道士度化得出了家，跟着他去了。你们众位听一听，可奇不奇？"众人说道："我们在店内也听见外面人吵嚷说，有一个道士三言两语把一个俗家子弟度了去了，又闻说一阵风刮了去了，又说驾着一片彩云去了，纷纷议论不一。我们因发货事忙，哪里有工夫当正经事，也没去仔细打听，到如今还是似信不信的，今听此言，那道士度化的原来就是柳大哥么？早知是他，我们大家也该劝解劝解。任凭怎么，也不容他去。嗳，又少了一个有趣儿的好朋友了！实实在在的可惜可叹。也怨不得东家你心里

1. 明知不是，故意说反话，宝玉也用尽心思了。

2. 宝玉技穷矣！竟像在哄三岁小孩，样子越笨拙，越能令黛玉感动，难得知己如此用心。

3. 岂为道谢尽礼，乃想出理由让妹妹去散散心，忘却忧伤也。简本改为让黛玉来说这话："你不用在这里混搅了，咱们到宝姐姐那边去罢！"好好的文章被改得嚼蜡无味了！

4. 为对同行伙计们有个交代，故有此一问。

---

① 宝玉拉黛玉去宝钗处道谢，黛玉无可奈何同宝玉去了一节——程甲本删改成黛玉主动提议去宝钗处，按当时黛玉心情论，不合情理；又以黛玉要去听薛蟠说"南边的古迹"为理由，更是弄巧成拙。

不爽快。"内中一个道："别是这么着罢？"众人问："怎么样？"那人道："想他那样一个伶俐人，未必是真跟了道士去罢。柳大哥原会些武艺，又有力量，或者看破了道士有些什么妖术邪法的破绽出来，故意假跟了他去，在背地摆布他也未可知。"薛蟠说："谁知道，果能如此，倒也罢了，世上也少一个妖言惑众的人了。"众人道："那时，难道你知道了也没找寻他去不成？"薛蟠说："城里城外，哪里没有找到！不怕你们笑话，我还哭了一场呢。"言毕，只是长吁短叹，无精打采的，不像往日高兴玩笑，让酒畅饮。席上虽设了些鸡鹅鱼鸭，山珍海味，美品佳肴，<u>怎奈东家愁眉叹气，众伙计看此光景，不便久坐，不过随便喝了几杯酒，吃了些饭食，就都大家散了。</u>¹这也不提。

　　且说宝玉拉了黛玉至宝钗处来道谢。彼此见面，未免各说几句客言套语。黛玉便对宝钗说道："<u>大哥哥辛辛苦苦地能带了多少东西来，搁得住送我们这些处，你还剩什么呢？</u>"²宝玉说："可是这话呢。"宝钗笑道："<u>东西不是什么好的，不过是远路带来的土物儿，大家看着略觉新鲜似的。我剩不剩什么要紧，</u>³我如今果爱什么，今年虽然不剩，明年我哥哥去时，再叫他给我带些来，有什么难呢？"宝玉听说，忙笑道："<u>明年再带什么来，我们还要姐姐送我们呢。可别忘了我们！</u>"⁴黛玉说："你只管说你，不必拉扯上'我们'的字眼，姐姐你瞧，宝哥哥不是给姐姐来道谢，竟是又要定下明年的东西来了。"⁵宝玉笑说："我要出来，难道没有你的一份不成？你不知道帮着说，反倒说起这散话来了。"黛玉听了，笑了一声。宝钗问："你二人如何来得这样巧，是谁会谁去的？"宝玉说："休提，我因姐姐送我东西，想来林妹妹也必有；我想要道谢，想林妹妹也必来道谢，故此我就到她房里会了她一同要到这里来。谁知到她家，她正在房里伤心落泪，也不知是为什么这样爱哭。"宝玉刚说到"落泪"两字，见黛玉瞪了他一眼，恐他往下还说。宝玉会意，随即换过口来说道："林妹妹这几日因身上不爽快，恐怕又病扳嘴①，故此着急落泪。我劝解了一会子，才拉了她来了。一则道谢；二则省得叫她一个人在房里坐着只是发闷。"宝钗说："妹妹

1. 此段文字，未见精彩，问题在有无必要写向伙计们交代。

2. 思忖得细。

3. 回答甚得体。

4. 连说三个"我们"，自己却不觉有何不妥。

5. 黛玉早不愿与宝钗争风，故撇开宝玉拉扯，说趣话。

———————

　①　恐怕又病扳嘴——怕又生病招人闲话。此句所在的这一段文字，程甲本基本上全删。

怕病，固然是正理，也不过是在那饮食起居、穿脱衣服冷热上加些小心就是了，为什么伤起心来呢？妹妹难道不知道，一伤心，难免不伤气血精神，把要紧的伤了，反倒要受病的。妹妹你细想想。"黛玉说："姐姐说得很是。我自己何尝不知道呢，只因我这几年，姐姐是看见的，哪一年不病一两场？病得我怕怕的了。药，无论见效不见效，一闻见，先就头疼发恶心，怎么不叫我怕病呢？"[1]宝钗说："虽然如此说，却也不该伤心，倒是觉着身上不爽快，反自己勉强扎挣着，出来各处走走逛逛，把心松散松散，比在屋里闷坐着还强呢。伤心是自己添病的大毛病。我那两日不时觉着发懒，浑身乏倦，只是要歪着，心里也是为时气不好，怕病，因此偏扭着它，寻些事情作作，一般里也混过去了。妹妹别怪我说，越怕越有鬼。"宝玉听说，忙问道："鬼在哪里呢，我怎么看不见一个鬼？"惹得众人哄声大笑。[2]宝钗说道："呆小爷，这是比喻的话，哪里真有鬼呢！认真的果有鬼，你又该骇哭了。"黛玉因此笑道："姐姐说得很是。很该说他，谁叫他嘴快！"宝玉说："有人说我的不是，你就乐了。你这会子也不懊恼了，咱们也该走罢。"于是彼此又说笑一会，二人辞了宝钗出来。宝玉仍把黛玉送至潇湘馆门首，自己回家。这且不提。

　　且说赵姨娘因见宝钗送环哥儿物件，忙忙接下，心中甚喜，满口嘴夸奖："人人都说宝姑娘会行事，很大方，今日看来，果然不错。她哥哥能带了多少东西来，她挨家送到，并不遗漏一处，也不露出谁薄谁厚，[3]连我们搭拉嘴子①她都想到，实在的可敬。若是林姑娘，也罢了么，也没人给她送东西带什么来；即或有人带了来，她只是拣着那有势力、有体面的人头儿跟前才送去，[4]哪里还轮得到我们娘儿们身上呢！可见人会行事，真真露着各别另样的好。"赵姨娘因环哥儿得了东西，深为得意，不住地托在掌上摆弄瞧看一会，想宝钗乃系王夫人之表侄女，特要在王夫人跟前卖好儿。[5]自己叠叠歇歇②地拿着那东西，走至王夫人房中，站在一旁说道："这是宝姑娘才给环哥的，她哥哥带来的，她年轻轻的人想得周到，我还给了送东西的小丫头二百钱。听见说姨太太也给太太送来了，不知是什么东

1. 顺着宝玉为她掩饰的话说，再点长年病魔缠身。

2. 并无可笑处。宝玉怎么会如此浅薄，连这句话也听不懂，还要宝钗来解说呢？是故意说傻话，还是掺入了他人改笔？怪事！

3. 谁薄谁厚，从何知之？不过任意褒贬而已。

4. 没人带东西来，也算不是？既然没有，又如何知道会送给谁？总写其以得小利而定好恶。宝钗受好评，何用赵姨娘来说。当初刚来贾府时，作者就说过她"不比黛玉孤高自许，目无下尘，故比黛玉大得下人之心"。

5. 小人之心，恐卖不了好。

---

①　搭拉嘴子——晦气失意的人。
②　叠叠歇歇——过于小心谨慎的样子。

西？你们瞧瞧这一个门里头，这就是两份儿，能有多少呢？怪不得老太太同太太都夸她疼她，果然招人爱。"说着，将抱的东西递过去与王夫人瞧。谁知王夫人头也没抬，手也没伸，只口内说了声"好，给环哥玩罢咧"，并无正眼看一看。[1] 赵姨娘因招了一鼻子灰，满肚气恼，无精打采地回至自己房中，将东西丢在一边，说了许多劳儿三、巴儿四①，不着要的一套闲话；也无人问她，她却自己咕嘟着嘴，一边子坐着。可见赵姨娘为人小器糊涂，饶得了东西，反说许多令人不入耳生厌的闲话，也怨不得探春生气，看不起她。闲话休提。

　　且说宝钗送东西的丫头回来，说："也有道谢的，也有赏赐的，独有给巧姐儿送的那一份儿，仍旧拿回来了。"宝钗一见，不知何意，便问："为什么这一份没送去呢，还是送了去没收呢？"莺儿说："我方才给环哥儿送东西去的时候，见琏二奶奶往老太太房里去了。我想，琏二奶奶不在家，知道交给谁呢，所以没有去送。"宝钗说："你也太糊涂了。二奶奶不在家，难道平儿、丰儿也不在家不成？你只管交给她们收下，等二奶奶回来，自有她们告诉就是了，必定要你当面交给才算么？"莺儿听了，复又拿着东西出了园子，往凤姐处去。在路上走着，便对拿东西的老婆子说："早知道，一就事儿送了去不完了，省得又跑这一趟。"老婆子说："闲着也是白闲着，借此出来逛逛也好。只是姑娘你今日来回各处走了好些路儿，想是不惯，乏了，咱们送了这个，可就完了，一打总儿再歇着。"二人说着话，到了凤姐处，送了东西，回来见宝钗。②

　　宝钗问道："你见了琏二奶奶没有？"莺儿说："我没见。"宝钗说："想是二奶奶还没有回来么？"丫头说："回是回来了。因丰儿对我说：'二奶奶自老太太屋里回房来，不像往日欢天喜地的，一脸的怒气，叫了平儿去，唧唧咕咕地说话，也不叫人听见。[2] 连我都撵出来了，你不必见，等我替你回一声儿就是了。'因此便着丰儿拿进去，回了出来说：'二奶奶说，给你们姑娘道生受。'赏了我们一吊钱，就回来了。"宝钗听了，自己纳闷，也想不出凤

1. 自讨没趣。

2. 不先写消息如何泄露，而写凤姐一脸怒气，落笔不寻常。

---

　　① 劳儿三、巴儿四——东拉西扯，不三不四。
　　② "且说宝钗送东西的丫头回来"一段——程甲本全删。

姐是为什么生气。①这也不表。

且说袭人见宝玉,¹ 便问:"你怎么不逛,就回来了?你原说约着林姑娘两个同到宝姑娘处道谢去,可去了没有?"宝玉说:"你别问,我原说是要会林姑娘同去的,谁知到了她家,她在房里守着东西哭呢。我也知道林姑娘的那些原故的,又不好直问她,又不好说她,只装不知道,搭讪着说别的宽解了她一会子,才好了。然后方拉了她到了宝姐姐那里道了谢,说了一会子闲话,方散了。我又送她到家,我才回来了。"袭人说:"你看送林姑娘的东西,比送我们的多些少些,还是一样呢?"² 宝玉说:"比送我们的多着一两倍呢。"² 袭人说:"这才是明白人,会行事。宝姑娘她想别的姐妹等都是亲的热的跟着,有人送东西,惟有林姑娘离家二三千里远,又无一个亲人在这里,哪有人送东西。³ 况且她们两个不但是亲戚,还是干姐妹,难道你不知道林姑娘去年曾认过薛姨太太作干妈的?论理多给她些也是该的。"②

宝玉笑说:"你就是会评事的一个公道老儿。"说着话儿,便叫小丫头取了拐枕来,要在床上歪着。袭人说:"你不出去了?我有一句话告诉你。"宝玉便问:"什么话?"袭人说:"素日琏二奶奶待我很好,你是知道的。她自从病了一大场之后,如今又好了。我早就想着要到那里看看去,⁴ 只因琏二爷在家不方便,始终没有去,闻说琏二爷不在家,你今日又不往哪里去,而且初秋天气,不冷不热,一则看二奶奶,尽个礼,省得日后见了,受她的数落;二则借此逛一逛。你同她们看着家,我去去就来。"晴雯说:"这却是该的,难得这个巧空儿。"宝玉说:"我才为她议论宝姑娘,夸她是个公道人,这一件事,行的又是一个周到人了。"⁵ 袭人笑道:"好小爷,你也不用夸我,你只在家同她们好生玩;好歹别睡觉,睡出病来,又是我担沉重。"宝玉说:"我知道了,你只管去罢。"言毕,袭人遂到自己房里,换了两件新鲜衣服,拿着把镜儿照着,抿了抿头,匀了匀

1. 不接着写凤姐、平儿,却放下不表,而说袭人,亦意想不到。

2. 可见馈赠之物厚薄是有的,关键在该与不该,送的人是怎么想的。

3. 宝钗的心思,却由袭人道出,是一击两鸣法。

4. 看来叙事又将回到凤姐身上。难道袭人与凤姐一脸怒气也有什么干系?不像。文章脉络总不让人预先猜到。

5. 厚待黛玉、探望凤姐,两件事都甚合宝玉心意,故特评其为公道人、周到人。袭人是该受到夸奖。

---

① "宝钗问道"一段——程甲本改成莺儿自己"看见二奶奶一脸的怒气"等。与上一段参看,可知原来写凤姐发觉贾琏偷娶事,是一步步逐渐引出来的,程甲本加以简化了。

② "且说袭人见宝玉"一段——重点写袭人对宝钗厚赠黛玉礼物的完全理解和赞同。程甲本也把这一段全删掉了。

脸上脂粉，步出下房。复又嘱咐了晴雯、麝月几句话，便出了怡红院来。[①]

至沁芳桥上立住，往四下里观看那园中景致。时值秋令，秋蝉鸣于树，草虫鸣于野；见这石榴花也开败了，荷叶也将残上来了，倒是芙蓉近着河边，都发了红铺铺的咕嘟子，衬着碧绿的叶儿，倒令人可爱。[1]一壁里瞧着，一壁里下了桥。走了不远，迎见李纨房里使唤的丫头素云，跟着个老婆子，手里捧着个洋漆盒儿走来。袭人便问："往哪里去？送的是什么东西？"素云说："这是我们奶奶给三姑娘送去的菱角、鸡头。"袭人说："这个东西，还是咱们园子里河内采的，还是外头买来的呢？"[2]素云说："这是我们房里使唤的刘妈妈，她告假瞧亲戚去，带来孝敬奶奶的。因三姑娘在我们那里坐着看见了，我们奶奶叫人剥了让她吃。她说：'才喝了热茶了，不吃，一会子再吃罢。'故此给三姑娘送了家去。"言毕，各自分路走了。

袭人远远地看见那边葡萄架底下，有一个人拿着掸子在那里动手动脚的，因迎着日光，看不真切。至离得不远，那祝老婆子见了袭人，便笑嘻嘻地迎上来，说道："姑娘今日怎么得工夫出来闲逛，往哪里去？"袭人说："我哪里还得工夫来逛，我往琏二奶奶家瞧瞧去。你在这里做什么？"那祝婆子说："我在这里赶马蜂呢。今年三伏里雨水少，不知怎么，这些果木树上长了虫子，把果子吃得巴拉眼睛[②]的，掉了好些下来，可惜了儿的白扔了！就是这葡萄，刚成了珠儿，怪好看的，那马蜂、蜜蜂儿满满的围着蚛[③]，都咬破了。这还罢了，喜鹊、雀儿，它也来吃这个葡萄。还有一个毛病儿，无论雀儿虫儿，一嘟噜[④]上只咬破三五个，那破的水淌到好的上头，连这一嘟噜都是要烂的。这些雀儿、马蜂可恶着呢，故此我在这里赶。姑娘你瞧！咱们说话的空儿没赶，就蚛了许多上来了。"袭人道："你就是不住手地赶，也赶不了这许多；你刚赶了这里，那里又来了。倒是告诉买办说，叫他多多地作些冷布口袋来，一嘟噜一嘟噜地套上，免得翎禽草虫糟蹋，而且又透风，捂不坏。"[3]婆子笑道："倒是

1. 园中秋景如绘，缓缓叙来，并不急着说凤姐事。

2. "至沁芳桥上立住"一段，程甲诸本将一开始园景描绘简化为"池中莲藕新残相间，红绿离披"十二个字，然后全删此段，径接下段葡萄架下祝老婆子事。此段中袭人问素云所送菱角、鸡头"还是咱们园子里河内采的，还是外头买来的呢"，既写袭人为人恪守大家族规矩，又为下段之事先铺垫作引。以次要的事作引再写主要的事，此正雪芹惯用手法，即此可判断是程甲诸本删改原作，而非戚序诸本增益原作。

3. 作者也知果树栽培防虫办法，至今仍有在用的，口袋材料多有用纸的，不定用冷布（纱布）。

---

① "宝玉笑说"一段——上段写袭人是"公道人"，此写其为"周到人"，她要去看看凤姐是心里"早就想着"的，以见其考虑问题周到。程甲本也全删改了，结果成为袭人"忽想起"去看看，失却了描写的意义。不知是否程甲本整理者以为袭人不该得到好评。

② 巴拉眼睛——"巴拉"也作"疤癞"，形容果子被虫咬破后像烂疮洞眼。

③ 蚛（zhòng 仲）——虫啮，被虫咬残。原错写，如戚序、戚宁本作"蝫"，甲辰本作"啋"，皆系自造字。今据文意改。

④ 一嘟噜——一束，一串。

姑娘说的是。我今年才上来，哪里就知道这些巧法儿呢。"

　　袭人说："如今这园子里这些果品有好些种，倒是哪样先熟得快些？"祝老婆子说："如今才入七月的门，果子都是才红上来，要是好吃，想来还得月尽头儿才熟透了呢。姑娘不信，我摘一个给姑娘尝尝①。"<u>袭人正色说道："这哪里使得？不但没熟吃不得，就是熟了，一则没有供鲜，二则主子们尚然没有吃②，咱们如何先吃得呢？你是府里的陈人，难道连这个规矩也不晓得么？"</u>¹老婆子忙笑道："姑娘说得有理。我因为姑娘问我，我白这样说。"口内说，心里暗说道："够了！我方才幸亏是在这里赶马蜂，若是顺着手儿摘一个尝尝，叫她们看见，还了得了！"袭人说："我方才告诉你要口袋的话，你就回一回二奶奶，叫管事的做去罢。"言毕，遂一直出了园子的门，就到凤姐这里来了。

　　<u>正是凤姐与平儿议论贾琏之事。因见袭人她是轻易不来之人，又不知是有什么事情，便连忙止住话语，</u>²勉强带笑说道："贵人从哪阵风儿刮了我们这个贱地来了？"袭人笑说："我就知道奶奶见了我，是必定要先麻烦③我一顿的，我有什么说的呢！但是奶奶欠安，本心惦着要过来请请安，头一件，琏二爷在家不便；二则奶奶在病中，又怕嫌烦，故未敢来。想奶奶素日疼爱我的那个份儿上，自必是体谅我，再不肯恼我的。"凤姐笑道："<u>宝兄弟屋里虽然人多，也就靠着你一个儿照看，也实在的离不开。</u>³我常听见平儿告诉我说，你背地里还惦着我，常问，我听见就喜欢得什么似的。今日见了你，我还要给你道谢呢，我还舍得麻烦你吗？我的姑娘！"袭人说："我的奶奶，若是这样说，就是真疼我了。"凤姐拉了袭人的手，让她坐下。袭人哪里肯坐，让之再三，方才挨炕沿脚踏上坐了。

　　平儿忙自己端了茶来。袭人说："你叫小人们端罢，劳动姑娘，我倒不安。"一面站起，接过茶来吃着，<u>一面回头看见床沿上放着一个活计簸罗儿内，装着一个大红洋锦的小兜肚，</u>⁴袭人说："奶奶一天七事八事的，忙得不了，还有工夫作活计

1. 前问素云菱角、鸡头来源，用意在此补明。总为写袭人之为人。

2. 只提一句二人正"议论贾琏之事"，又搁下，去应付袭人，总不急着说如何知道的。生活的本来状态，就是大事小事混在一起，错综复杂的。

3. 此话有理，非别的丫头都不干事，乃是说能诸事想得周全，有责任心，遇事又能妥善处置的，唯袭人一人而已。

4. 又扯上活计小兜肚，引出些闲话来。

---

①　姑娘不信，我摘一个给姑娘尝尝——袭人问园中果品"哪样先熟得快些"，祝婆误以为她想尝新，所以告诉她果子都还未熟，不好吃。程甲诸本闹了个笑话：把袭人的问话删掉，让祝婆讨好袭人说："今年果子虽糟蹋了些，味儿倒好，不信摘一个姑娘尝尝。"但忘了把袭人回答"不但没熟吃不得"的话也改一下，结果变成没有熟的葡萄味儿倒好；而且让祝婆那样说，无异让她声称自己先尝过了。这些可笑处，都是不审原意乱改的结果。

②　一则没有供鲜，二则主子们尚然没有吃——先该祀奉祖宗和先得让主子尝，袭人说理周全。不知何故，程甲本删去后一条，只说供鲜。

③　麻烦——这里是数落的意思。

么？"凤姐说："我本来就不会作什么，如今病了才好，又着兼家务事闹个不清，哪里还有工夫做这些呢？要紧要紧的我都丢开了。这是我往老太太屋里请安去，正遇见薛姨太太送老太太这个锦，老太太说：'这个花红柳绿的倒对，给小孩子们做小衣小裳儿的，穿着倒好玩呢！'因此我就问老祖宗讨了来。还惹得老祖宗说了好些玩话，说我是老太太的命中小人，见了什么要什么，见了什么拿什么。[1]惹得众人都笑了。你是知道我是脸皮儿厚，不怕说的人，老祖宗只管说，我只管装听不见，拿着就走。[2]所以才交给平儿，给巧姐儿先作件小兜肚穿着玩，剩下的等消闲有工夫再作别的。"①

1. 小人，小孩也。"命中小人"，玩话也说得独到。

2. 是凤姐自画像，说得风趣。

　　袭人听毕，笑道："也就是奶奶，才能够怄得老祖宗喜欢罢咧。"伸手拿起来一看，便夸道："果然好看！各样颜色都有。好材料也须得这样巧手的人做才对。况又是巧姐儿她穿的，抱了出去，谁不多看一看。"又问道："巧姐儿哪里去了？我怎么这半日没见她？"平儿说："方才宝姑娘那里送了些玩的东西来，她一见了很希罕，就摆弄着玩了好一会子，[3]她奶妈子才抱了出去，想是乏了，睡觉去了。"袭人说："巧姐儿比先前自然越发会玩了。"平儿说："小脸蛋子，吃得银盆似的，见了人就赶着笑，再不得罪人，真真的是我奶奶的解闷的宝贝疙瘩儿。"凤姐便问："宝兄弟在家做什么呢？"袭人笑道："我才求他同晴雯她们看家，我才告了假来了。可是呢！只顾说话，我也来了好大半天了，要回去了。别叫宝玉在家里抱怨，说我屁股沉，到那里就坐住了。"[4]说着，便立起身来告辞，回怡红院来了。这且不提。②

3. 又从小兜肚扯到巧姐，毫无牵强，是说闲话的样子，且又合上宝钗送来玩物事。巧姐正十二钗之人，虽无情节可写，也该顺便捎上一笔，以免冷落。

4. 写闲谈不休历时久，正为写凤姐大事在心，却能沉得住气，不露声色。今见排印本据程高诸本删去闲谈情节，是不识文章用意也。

　　且说凤姐见平儿送出袭人来，复又把平儿叫入房中，追问前事，[5]越说越气，说道："二爷在外边偷娶老婆，你说是听见二门上的小厮们说的，到底是哪个说的呢？"[6]平儿说："是旺儿他说的。"凤姐便命人把旺儿叫来，问道："你二爷在外边买房子娶小老婆，你知道么？"旺儿说："小的终日在二门上听差，如何知道二爷的事，这是听见兴儿告诉的。"凤姐说："兴儿是几时告诉你的？"旺儿说："还是二爷没起身的头里告诉的。"凤姐又问："兴儿在哪里呢？"旺儿说："兴儿

5. 这才能转入正式叙贾琏之事。

6. 得消息不必写过程，极简便。

---

①　"平儿忙自己端了茶来"一段——从平儿端茶、凤姐闲话看，她们都特尊重袭人。程甲诸本皆删去。
②　"袭人听毕"一段——写凤姐心里装着贾琏之事，却不露声色，继续与袭人闲聊，直至袭人离去。程甲本删去闲谈巧姐等内容，让袭人听到外间有丫头说旺儿已被叫来候着，"袭人知他们有事"，故告辞。看来，原作注重塑造个性和合乎情理。改笔追求叙事紧凑和情节热闹。

在新二奶奶那里呢。"¹ 凤姐一听，满腔怒气，啐了一口，骂道："下作猴儿崽子！什么是'新奶奶''旧奶奶'，你就私自封奶奶了？满嘴里胡说，这就该打嘴巴。"又问："兴儿他是跟二爷的人，怎么没有跟了二爷去呢？"旺儿说："特留下他在家里照看尤二姐，²故此未曾跟了去。"凤姐听说，忙得一叠连声命旺儿："快把兴儿叫来！"

旺儿忙忙地跑了出去，见了兴儿，只说："二奶奶叫你呢。"兴儿正在外边同小子们玩笑，听见叫他，也不问旺儿二奶奶叫他做什么，³便跟了旺儿，急急忙忙地来至二门前。回明进去，见了凤姐，请了安，旁边侍立。凤姐一见，便先瞪了两眼，问道："你们主子奴才在外面干的好事！你们打量我是呆瓜，不知道？你是紧跟二爷的人，自必深知根由。你须细细地对我实说，稍有一些儿隐瞒撒谎，我将你的腿打折了！"兴儿跪下磕头，说："奶奶问的是什么事，是我同爷干的？"⁴凤姐骂道："好小杂种！你还敢来支吾我？我问你，二爷在外边，怎么就说成了尤二姐？怎么买房子、治家伙？怎么娶了过来？一五一十地说个明白，饶你狗命！"

兴儿听说，仔细想了一想："此事两府皆知，就是瞒着老爷、太太、老太太同二奶奶不知道，终究也是要知道的。我如今何苦来瞒着，⁵不如告诉了她，省得挨眼前打，受委屈。"再兴儿一则年幼，不知事的轻重；二则素日又知道凤姐是个烈口子，连二爷还惧怕她五分；三则此事原是二爷同珍大爷、蓉哥儿他叔侄弟兄商量着办的，与自己无干。故此把主意拿定，壮着胆子，跪下说道：⁶"奶奶别生气，等奴才回禀奶奶听：只因那府里的太老爷的丧事上穿孝，不知二爷怎么看见过尤二姐几次，大约就看中了，动了要说的心。故此先同蓉哥商议，求蓉哥替二爷从中调停办理，做了媒人说合，事成之后，还许下谢礼。蓉哥满应，将此话转告诉了珍大爷；珍大爷告诉了珍大奶奶和尤老娘。尤老娘听了很愿意，但说是："二姐从小儿已许过张家为媳，如何又许二爷呢？恐张家知道，生出事来不妥当。"⁷珍大爷笑道："这算什么大事，交给我！便说那张姓小子，本是个穷苦破落户，哪里见得多给他几两银子，叫他写张退亲的休书，就完了。'后来，果然找了姓张的来，如此说明，写了休书，给了银子去了。二爷闻知，才放心大胆地说定了。又恐怕奶奶知道，拦阻不依，所以在外边咱们后身儿买了几间房子，治了东西，就娶过来了。珍大爷还给了爷两口人使唤。二爷时常推说给老爷办事，又说

---

1. 触心触肺的称呼。

2. 一经斥骂，立即改称呼。

3. 完全不曾想到会有事，何况正在玩笑时。

4. 是装不知，也是没有十分把握。

5. 瞬间判断情势得失，决定实说了。这样写是最合情理的，兴儿并不笨。若写他因害怕不敢说实话，只是狡赖，或者在威吓下一点点交代，都不真实。

6. 兴儿细想没有再隐瞒的必要的种种理由，合情合理，故能拿定主意，全盘招供，凤姐也就静听他述说完，一次也不曾打断他的话。程甲本删改者大概嫌如此招供过于便捷，不够热闹有趣。遂重新改写，加以发挥，不让兴儿有"仔细想了一想"的机会，却让凤姐不断发火发威，喝骂冷笑，兴儿不断磕头，自打嘴巴，就像戏台上插科打诨的小丑，"把凤姐倒怄笑了，两边的丫头也都抿嘴儿笑"。整个过程是问一句、答一句的挤牙膏。两种版本两个凤姐：一则是机关算尽，用心莫测；一则是恃势逞威，性情浮躁。

7. 尤老娘的顾忌看似不值一提。后来是否会生出事来，还真难说得很。

给珍大爷张罗事，都是些支吾的谎话，竟是在外头住着。从
前原是娘儿三个住着，还要商量给尤三姐说人家，又许下厚
聘嫁她；如今尤三姐也死了，只剩下那尤老娘跟着尤二姐住
着作伴儿呢。这是一往从前的实话，并不敢隐瞒一句。"[1] 说
毕，复又磕头。

　　凤姐听了这一篇言词，只气得痴呆了半天，面如金纸，
两只吊梢子眼越发直竖起来了，浑身乱战。半晌，连话也说
不上来，只是发怔。[2] 猛低头，见兴儿在地下跪着，便说道：
"这也没有你的大不是，但只是二爷在外头行这样的事，你
也该早些告诉我才是。这却很该打，因你肯实说，不撒谎，
且饶恕你这一次。"[3] 兴儿说："未能早回奶奶，这是奴才该
死！"便叩头有声。凤姐说："你去罢。"兴儿才立起身要走，
凤姐又说："叫你时，须要快来，不可远去。"[4] 兴儿连连答应
了几个"是"，就出去了。到外面，伸了伸舌头，说："够了
我的了，差一差儿没有挨一顿好打。"暗自后悔不该告诉旺儿，
又愁二爷回来怎么见，各自害怕。这且不提。

　　且说凤姐见兴儿出去，回头向平儿说："方才兴儿说的话，
你都听见了没有？"平儿说："我都听见了。"凤姐说："天下
哪有这样没脸的男人！吃着碗里，看着锅里，见一个，爱一
个，真成了喂不饱的狗，实在是个弃旧迎新的坏货。只可惜
这五六品的顶带给他！他别想着俗语说的'家花哪有野花香'
的话，他要信了这个话，可就大错了。多早晚在外面闹一个
很没脸、亲戚朋友见不得的事出来，他才罢手呢！"平儿一
旁劝道："奶奶生气，却是该的。但奶奶身子才好了，也不可
过于气恼。看二爷自从鲍二的女人那一件事之后，倒很收了
心，好了呢，如今为什么又干起这样事来？这都是珍大爷他
的不是。"凤姐说："珍大爷固有不是，也总因咱们那位下作
不堪的爷他眼馋，人家才引诱他罢咧，[5] 俗语说'牛儿不吃水，
也强按头么？'"平儿说："珍大爷干这样事，珍大奶奶也该
拦着不依才是。"凤姐说："可是这话咧！珍大奶奶也不想一
想，把一个妹子要许几家子弟才好，先许了姓张的，今又嫁
了姓贾的；天下的男人都死绝了，都嫁到贾家来！难道贾家
的衣食这样好不成？这不是说幸而那一个没脸的尤三姐知道
好歹，早早儿死了，若是不死，将来不是嫁宝玉，就是嫁环
哥儿呢。总也不给她妹子留一些儿体面，叫妹子日后怎么抬
头竖脸的见人呢？妹子好歹也罢咧！那妹子本来也不是她亲
的，而且听见说原是个混账烂桃。难道珍大奶奶现做着命妇，

1. 和盘托出，是兴儿乖觉处。

2. 臭骂、说狠话都不算什
   么，这才是真怒。如此出
   色的文字，居然也被删改
   本砍掉！

3. "凤姐听了这一篇言词"
   一节，写凤姐气之已极，
   极传神；但她说出话来反
   格外温和。这是真凤姐，
   是凤姐可畏之处。程甲诸
   本把这些都删得干干净净。

4. 放过兴儿，以免打草惊蛇。

5. 首先怪罪贾琏自己，凤姐
   与平儿看问题的角度不同。

家中有这样一个打嘴现世的妹子，也不知道羞躁，躲避着些，反到大面上扬名打鼓的，在这门里丢丑，也不怕笑话么？再者，珍大爷也是做官的人，别的律例不知道也罢了，连个服中娶亲，停妻再娶，使不得的规矩，他也不知道不成？¹你替他细想一想，他干的这件事，是疼兄弟，还是害兄弟呢？"平儿说："珍大爷只顾眼前，叫兄弟喜欢，也不管日后的轻重干系了。"凤姐儿冷笑道："这是什么'叫兄弟喜欢'，这是给他毒药吃呢！若论亲叔伯兄弟中，他年纪又最大，又居长，不知教导学好，反引诱兄弟学不长进，担罪名儿，日后闹出事来，他在一边缸沿儿上站着看热闹，真真我要骂也骂不出口来。再者，他那边府里的丑事坏名儿，已经叫人听不上了，必定也叫兄弟学他一样，才好显不出他的丑来。这是什么做哥哥的道理？倒不如撒泡尿浸死了，替太老爷死了也罢咧，活着作什么呢！²你瞧，东府里太老爷那样厚德，吃斋念佛行善，怎么反得了这样一个儿子孙子？大概是好风水都叫他老人家一个人拔尽了。"³平儿说："想来不错。若不然，怎么这样差着格儿呢？"凤姐说："这件事幸而老太太、老爷、太太不知道，倘或吹到这几位耳朵里去，不但咱们那没出息的二爷挨打受骂，就是珍大爷和珍大奶奶也保不住要吃不了兜着走呢！"连说带詈①，直闹了半天，连午饭也推头疼，没过去吃。

平儿看此光景越说越气，劝道："奶奶也煞一煞气儿，事从缓来，等二爷回来，慢慢地再商量就是了。"凤姐听了此言，从鼻孔内哼了两声，冷笑道："好罢咧，等爷回来，可就迟了！"⁴平儿便跪在地下，再三苦劝安慰一会子，凤姐才略消了些气恼。喝了口茶，喘息了良久，便要了拐枕，歪在床上，闭着眼睛打主意。平儿见凤姐儿躺着，方退出去。偏有不懂眼的几起子回事的人来，都被丰儿撵出去了。又有贾母处着玛瑙来问："二奶奶为什么不吃饭？老太太不放心，着我来瞧瞧。"凤姐因是贾母处打发人来，遂勉强起来，说："我不过有些头疼，并没别的病，请老太太放心。我已经躺了一躺儿，好了。"言毕，打发来人去后，却自己一个人将前事从头至尾细细地盘算多时，得了个"一计害三贤"②的狠主意出来。自己暗想：

1. 又想出一条罪状来：违反律例。

2. 恨极贾珍之语，鄙视其行事。

3. 正因贾敬只顾自己吃斋念佛，任其儿孙胡作非为才如此。不闻《红楼梦曲·好事终》有"箕裘颓堕皆从敬"语？所谓"厚德""好风水"都成莫大讽刺。

4. 已准备抓住时机，来个迅雷不及掩耳的袭击。

---

① 詈（lì利）——骂。这一大段凤姐讯问完后与平儿的议论是情理中所应有的，程甲本亦删去。

② 一计害三贤——即"二桃杀三士"事。春秋时期齐景公手下有三位勇士，齐相晏婴设计要除掉他们，就请景公送两只桃子给三个人，要他们论功食桃，引起了矛盾，结果三人皆羞愧而自杀。见《晏子春秋·谏下二》。后往往用来比喻利用矛盾，借刀杀人。这一段程甲本亦删。

须得如此如此方妥。[1]主意已定，也不告诉平儿，反外面作出嘻笑自若、无事的光景，并不露出恼恨妒嫉之意。[2]

于是叫丫头传了来旺来吩咐，令他明日传唤匠役人等，收拾东厢房，裱糊铺设等语。平儿与众人皆不知为何缘故。[3]要知端的，且听下回分解。

1. "细细地盘算多时"，才不致有疏漏缺失。正面点出"蓄阴谋"三字来。

2. "主意已定"数句，程甲本删改为套话"眉头一皱，计上心来"。此谓"也不告诉平儿"，程甲本却是凤姐叫来平儿，把自己计谋告诉了她，当然未说出详情就"下回分解"了。平儿之为人，凤姐深知，这样的狠主意不告诉她是对的，是在情理之中的。我们从后两回所写的事件看，平儿也确非凤姐之同谋。

3. "于是叫丫头"数句扣紧回目"蓄阴谋"字样，程甲本删去，故回目亦改。

## 【总评】

此回亦与第六十四回一样，是己卯、庚辰本所缺，被疑为后人补作者。抄本有缺属常见现象，何况是过录本，故后补之说不足信。唯此回文字不同版本差异甚大，确有后人改动痕迹。大体上可分繁简两类，目前整理出版的排印本多取简本，以为行文紧凑。其实，细加对勘，可发现繁本更接近原作。这一点已在题解中说了。因文字差异而关系最大的，是后半回中对凤姐形象的描写，读者自行比较即知。

薛蟠回家带了两箱货物给母亲和宝钗。给宝钗的那箱，除了文具、化妆用品、香袋、扇子等外，是许多苏州特产的"碎小玩意儿"，如自行人、酒令儿、泥人儿等，她除自留一些外，都分送给大家，其中给黛玉的"比众人加厚一倍"。黛玉见到这些家乡之物，触动身世之感，流泪感伤，幸有宝玉前去相慰。宝黛共至宝钗处谢她馈赠，谈到黛玉的病，宝钗说这种病"最怕伤心"，时时点醒黛玉不幸的要害。赵姨娘因环儿也得了馈赠，逢人大夸宝姑娘，还特意拿赠物到王夫人跟前卖好；王夫人瞧也不瞧一眼，让她碰了一鼻子灰。

宝钗遣莺儿送东西到凤姐处给巧姐，引出见二奶奶"一脸怒气，叫了平儿去，唧唧咕咕地说话，也不叫人听见"等语。这是情节转入凤姐闻知贾琏偷娶尤二姐消息的开端。但文章并不接叙下去，却先述袭人想去看望病后的凤姐"尽个礼"。有两段文字写袭人评事"公道"，行事"周到"的，均被简本删去。也许是删者以为袭人不该受此好评吧。袭人来至园中的文字，恐也因褒赞多或还嫌其过于枝蔓，也大部分被删除，以至于有的地方前后有了矛盾。凤姐见袭人后，虽心中有事而不露声色，仍殷勤相待，直至袭人离去。这不但写凤姐敬重袭人为人，也表现凤姐遇大事能沉得住气。简本删节后，也对凤姐形象的塑造有损。

关系最大的莫过于对凤姐"讯家童"一段的描写，繁本着重于"凤姐蓄阴谋"，她生气而不动怒，静听兴儿述说，一次也不曾打断他的话。简本去掉回目中"蓄阴谋"字样，改成"闻秘事凤姐讯家童"，让凤姐不断发威喝骂，兴儿不断磕头求饶，还自打嘴巴，如戏台上之小丑然，把凤姐和在旁的丫头们都逗乐了。讲过程也是挤牙膏式的，问一句，答一句。大概篡改者以为这样文字才热闹好看，把凤姐写得性情十分浮躁。这些在本回的评注中都已有提及。

# 第六十八回
## 苦尤娘赚入大观园　酸凤姐大闹宁国府

【题解】

　　本回回目诸本基本一致，唯庚辰本"酸凤姐"作"俊凤姐"，从情节看，用"俊"显然不当。蒙府、戚序本"大闹"作"闹翻"。此用己卯本回目。苦尤娘，指尤二姐；加一"苦"字，特状其进入大观园后的境况。赚，诓骗。二姐受凤姐低声下气、和颜悦色的假言假态的蒙骗，将她当作极好的人，便随之搬到大观园来住，进入了凤姐事先设好的圈套。随后，凤姐唆使被逼退亲的张家状告贾琏，借此去东府大骂贾珍父子、尤氏等，还要拉他们去见官，将宁国府闹个底朝天。

　　话说贾琏起身去后，偏值平安节度巡边在外，约一个月方回。贾琏未得确信，只得住在下处等候。及至回来相见，将事办妥，回程已是将两个月的限了。[1]

　　谁知凤姐心下早已算定，只待贾琏前脚走了，回来便传各色匠役，收拾东厢房三间，照依自己正室一样装饰陈设。[2]至十四日，便回明贾母、王夫人，说十五一早要到姑子庙进香去。只带了平儿、丰儿、周瑞媳妇、旺儿媳妇四人。未曾上车，便将原故告诉了众人，又吩咐众男人，素衣素盖，一径前来。

　　兴儿引路，一直到了二姐门前扣门。鲍二家的开了。兴儿笑说："快回二奶奶去，大奶奶来了。"鲍二家的听了这句，顶梁骨走了真魂，[3]忙飞跑进报与尤二姐。尤二姐虽也一惊，但已来了，只得以礼相见，于是忙整衣迎了出来。至门前，凤姐方下车进来。尤二姐一看，只见头上皆是素白银器，身上月白缎袄，青缎披风，白绫素裙；眉弯柳叶，高吊两梢，目横丹凤，神凝三角；俏丽若三春之桃，清素如九秋之菊。周瑞、旺儿二女人搀入院来。尤二姐陪笑，忙迎上来万福，张口便叫："姐姐下降，不曾远迎，望恕仓促之罪！"说着，便福了下来。凤姐忙陪笑还礼不迭。二人携手同入室中。[4]

　　凤姐上座，尤二姐命丫鬟拿褥子来，便行礼，说："奴家

1. 不是贾琏将事办妥，是凤姐已将事办妥了。

2. 事关门面，要争得众人有好感，这一步必不可少。

3. 老对头，知道厉害，能不吓掉魂？

4. 放得下身段，亲密之至！"笑里藏刀"，此之谓也。

年轻，一从到了这里，诸事皆系家母和家姐商议主张。今日有幸相会，若姐姐不弃奴家寒微，凡事求姐姐的指示教训。奴亦倾心吐胆，只服侍姐姐。"说着，便行下礼去。凤姐忙下座，以礼相还，口内忙说："皆因奴家妇人之见，一味劝夫慎重，不可在外眠花卧柳，恐惹父母担忧。此皆是你我之痴心，怎奈二爷错会奴意。[1] 眠花宿柳之事，瞒奴或可；今娶姐姐二房之大事，亦人家大礼，亦不曾对奴说。奴亦曾劝二爷早行此礼，以备生育。不想二爷反以奴为那等嫉妒之妇，私自行此大事，并未说知。使奴有冤难诉，惟天地可表。[2] 前于十日之先，奴已风闻，恐二爷不乐，遂不敢先说。今可巧远行在外，故奴家亲自拜见过，还求姐姐下体奴心，起动大驾，挪至家中。你我姊妹同居同处，彼此合心，谏劝二爷，慎重世务，保养身体，方是大礼。[3] 若姐姐在外，奴在内，虽愚贱不堪相伴，奴心又何安？再者，使外人闻知，亦甚不雅观。二爷之名也要紧，倒是谈论奴家，奴亦不怨。所以今生今世，奴之名节，全在姐姐身上。那起下人小人之言，未免见我素日持家太严，背后加减些言语，自是常情。姐姐乃何等样人物，岂可信真！若我实有不好之处，上头三层公婆，中有无数姊妹妯娌，况贾府世代名家，岂容我到今日？今日二爷私娶姐姐在外，若别人则怒，我则以为幸。正是天地神佛不忍我被小人们诽谤，故生此事。我今来求姐姐进去和我一样同居同处，同分同例，同侍公婆，同谏丈夫。喜则同喜，悲则同悲；情似亲妹，和比骨肉。不但那起小人见了，自悔从前错认了我；就是二爷来家一见，他作丈夫之人，心中也未免暗悔。所以姐姐竟是我的大恩人，使我从前之名一洗无余了。[4] 若姐姐不随奴去，奴亦情愿在此相陪。奴愿作妹子，每日服侍姐姐梳头洗脸。[5] 只求姐姐在二爷跟前替我好言方便方便，容我一席之地安身，奴死也愿意。"说着，便呜呜咽咽哭将起来。尤二姐见了这般，也不免滴下泪来。

二人对见了礼，分序坐下。平儿忙也上来要见礼。尤二姐见她打扮不凡，举止品貌不俗，料定是平儿，连忙亲身搀住，只叫："妹子快休如此！你我是一样的人。"凤姐忙也起身笑说："折死她了！妹子只管受礼，她原是咱们的丫头。以后快别如此。"[6] 说着，又命周家的从包袱里取出四匹上色尺头、四对金珠簪环为拜见礼，尤二姐忙拜受了。二人吃茶，对诉已往之事。凤姐口内全是自怨自错，"怨不得别人，如今只求姐姐疼我"等语。[7]

---

1. 好辞令！居然用"你我"二字拉近关系。

2. 装成贤惠妻子，毕肖！话中先提出"嫉妒之妇"自占地步。

3. 描绘出一幅同心营造和谐家庭的美好图景。

4. 纵使最有辩才的人，怕也说不得如此周全，如此恳切。

5. 这一步更厉害，越低声下气，越具威胁性。说白了，就是不管你愿不愿去，都非去不可。

6. 总要让二姐感到已是奶奶了，比平儿高出一等。

7. 总括一句更妙，将戏演到极致。倘若世间真有变作绵羊的狼，这就是了。

尤二姐见了这般，便认她是个极好的人，小人不遂心，诽谤主子，亦是常理，故倾心吐胆，叙了一会，竟把凤姐认为知己。[1] 又见周瑞等媳妇在旁边称扬凤姐素日许多善政，只是吃亏心太痴了，惹人怨。又说："已经预备了房屋，奶奶进去一看便知。"尤氏心中早已要进去同住方好，今又见如此，岂有不允之理，[2] 便说："原该跟了姐姐去，只是这里怎样？"凤姐儿道："这有何难，姐姐的箱笼细软，只管着小厮搬了进去。这些粗笨货要它无用，还叫人看着。姐姐说谁妥当，就叫谁在这里。"尤二姐忙说："今日既遇见姐姐，这一进去，凡事只凭姐姐料理。我也来的日子浅，又不曾当过家，世事不明白，如何敢作主？这几件箱笼拿进去罢。我也没有什么东西，那也不过是二爷的。"

凤姐听了，便命周瑞家的记清，好生看管着，抬到东厢房去。于是催着尤二姐穿戴了，二人携手上车，又同坐一处，又悄悄地告诉她："我们家的规矩大。这事老太太一概不知，倘或知二爷孝中娶你，管把他打死了。[3] 如今且别见老太太、太太。我们有一个花园子极大，姊妹们住着，轻易没人去的。你这一去且在园里住两天，等我设个法子回明白了，那时再见方妥。"尤二姐道："任凭姐姐裁处。"那些跟车的小厮们皆是预先说明的，如今不去大门，只奔后门而来。

下了车，赶散众人，凤姐便带尤氏进了大观园的后门，来到李纨处相见了。彼时大观园中十停人已有九停人知道了。今忽见凤姐带了进来，引动多人来看问。尤二姐一一见过。众人见她标致和悦，无不称扬。凤姐一一地吩咐了众人："都不许在外走了风声，若老太太、太太知道，我先叫你们死。"园中婆子、丫鬟都素惧凤姐的，况又系贾琏国孝家孝中所行之事，知道关系非常，都不管这事。[4] 凤姐悄悄地求李纨收养几日，"等回明了，我们自然过去的。"李纨见凤姐那边已收拾了房屋，况在服中不好倡扬，自是正理，只得收下权住。[5] 凤姐又变法将她的丫头一概退出，又将自己的一个丫头送她使唤。[6] 暗暗吩咐园中媳妇们："好生照看着她。若有走失逃亡，一概和你们算账。"自己又去暗中行事，合家之人都暗暗地纳罕，说："看她如何这等贤惠起来了？"那尤二姐得了这个所在，又见园中姊妹各各相好，倒也安心乐业的，自为得其所矣。[7]

谁知三日之后，丫头善姐便有些不服使唤起来。[8] 尤二姐因说："没了头油了，你去回声大奶奶，拿些来。"善姐便道：

1. 少见世面的老实人，哪能识得人情险恶，一心将狼认作外婆了。

2. 成了。

3. 计划中步骤，非关照不可。若先让老太太知道了，下一步就难走了。

4. 一手遮天。

5. 求李纨暂且收养，正利用其忠厚、恪守家规。

6. 关键措施：撤换其近侍，在其身边另安插耳目亲信。这一手，现实世界中各派政治势力、利益集团展开斗争时，也在施用。

7. 放松一笔，蓄势，以便再起波澜。

8. 以反义取名，犹不赦之人名赦，终身不嫁之人名鸳鸯，恶丫头偏名善姐。

"二奶奶，你怎么不知好歹，没眼色？<sup>1</sup> 我们奶奶天天承应了老太太，又要承应这边太太、那边太太。这些妯娌姊妹，上下几百男女，天天起来，都等她的话。一日少说，大事也有一二十件，小事还有三五十件。外头的从娘娘算起，以及王公侯伯家，多少人情客礼，家里又有这些亲友的调度。银子上千钱上万，一日都从她一个手、一个心、一个口里调度，哪里为这点子小事去烦琐她！我劝你能<sup>①</sup>着些儿罢。咱们又不是明媒正娶来的。这是她亘古少有一个贤良人，才这样待你，若差些儿的人，听见了这话，吵嚷起来，把你丢在外，死不死，活不活，你又敢怎样呢！"<sup>2</sup> 一席话说得尤氏垂了头，自为有这一说，少不得将就些罢了。那善姐渐渐地连饭也怕端来与她吃，或早一顿，或晚一顿，所拿来之物，皆是剩的。尤二姐说过两次，她反先乱叫起来。<sup>3</sup> 尤二姐又怕人笑她不安分，少不得忍着。隔上五日八日，见凤姐一面，那凤姐却是和容悦色，满嘴里"姐姐"不离口。又说："倘有下人不到之处，你降不住她们，只管告诉我，我打她们。"又骂丫头、媳妇说："我深知你们，软的欺，硬的怕，背开我的眼，还怕谁。倘或二奶奶告诉我一个'不'字，我要你们的命！"<sup>4</sup> 尤氏见她这般的好心，想道："既有她，何必我又多事？下人不知好歹也是常情。我若告了她们，受了委屈，反叫人说我不贤良。"因此，反替她们遮掩。<sup>5</sup>

　　凤姐一面使旺儿在外打听细事，这尤二姐之事，皆已深知。原来已有了婆家的，女婿现在才十九岁，成日在外嫖赌，不理生业，家私花尽，父亲撵他出来，现在赌钱场存身。父亲得了尤婆十两银子，退了亲的，这女婿尚不知道。原来这小伙子名叫张华。凤姐都一一尽知原委，便封了二十两银子与旺儿，悄悄命他将张华勾来养活，"着他写一张状子，只管往有司衙门中告去，就告琏二爷国孝家孝之中，背旨瞒亲，仗财依势，强逼退亲，停妻再娶"等语。<sup>6</sup> 这张华也深知利害，先不敢造次<sup>②</sup>。旺儿回了凤姐，凤姐气得骂："癞狗扶不上墙的种子！你细细地说给他，便告我们家谋反，也没事的。不过是借他一闹，大家没脸。若告大了，我这里自然能够平息的。"<sup>7</sup> 旺儿领命，只得细说与张华。凤姐又吩咐旺儿："他若告了你，你就和他

1. 开口便恶。

2. 也亏凤姐能量材用人，派来的丫头对其主子要作践二姐的意图领会得十分透彻，故羞辱起二姐来，毫不留情。

3. 变本加厉，恶语不足，索性在饮食上也虐待起来。

4. 凤姐的厉害在能揣摩透二姐不愿多事的心思，继续扮作好人。对下人威胁说"要你们的命"，就为封住二姐的口，让她不敢告，吃尽哑巴亏。

5. 可叹仍不醒悟！

6. 这一着儿够大胆的！没有绝对把握，谁敢走这步险棋？

7. 非口出狂言，是看透了官场内幕。

――――――――――

① 能——同"耐"。
② 造次——冒失。

对词去。"¹ 如此如此，这般这般，"我自有道理。" 旺儿听了有她作主，便又命张华状子上添上自己，说："你只告我来往过付①，一应调唆二爷做的。" 张华便得了主意，和旺儿商议定了，写了一纸状子，次日便往都察院处喊了冤。

察院坐堂看状，见是告贾琏的事，上面有家人旺儿一名，只得遣人去贾府传旺儿来对词。青衣②不敢擅入，只命人带信。那旺儿正等着此事，不用人带信，早在这条街上等候。见了青衣，反迎上去笑道："起动众位，必是兄弟的事犯了。说不得，快来套上。"² 众青衣不敢，只说："你老去罢，别闹了。"³ 于是来至堂前跪了。察院命将状子与他看。旺儿故意看了一遍，碰头说道："这事小的尽知，小的主人实有此事。但这张华素与小的有仇，故意攀扯小的在内。其中还有别人，求老爷再问。" 张华碰头说："虽还有人，小的不敢告他，所以只告他下人。" 旺儿故意急得说："糊涂东西，还不快说出来！这是朝廷公堂之上，凭是主子，也要说出来。" 张华便说出贾蓉来。⁴ 察院听了无法，只得去传贾蓉。

凤姐又差了庆儿，暗中打听告了起来，便忙将王信唤来，告诉他此事，命他托察院只虚张声势，警唬而已，⁵ 又拿了三百银子与他去打点。是夜，王信到了察院私第，安了根子。那察院深知原委，收了赃银。次日回堂，只说张华无赖，因拖欠了贾府银两，诳捏虚词，诬赖良人。都察院又素与王子腾相好，王信也只到家说了一声，况是贾府之人，巴不得了事，便也不提此事，且都收下，只传贾蓉对词。⁶

且说贾蓉等正忙着贾珍之事，忽有人来报信，说有人告你们如此如此，这般这般，快作道理。贾蓉慌了，忙来回贾珍。贾珍说："我防了这一着，只亏他大胆子。" 即刻封了二百银子，着人去打点察院；又命家人去对词。正商议之间，人报："西府二奶奶来了。"⁷ 贾珍听了这个，倒吃了一惊，忙要同贾蓉藏躲，不想凤姐进来了，说："好大哥哥，带着兄弟们干的好事！"⁸ 贾蓉忙请安，凤姐拉了他就进来。贾珍还笑说："好生伺候你婶娘，吩咐他们杀牲口③备饭。"

---

1. 知官场不敢传贾府主子，最多传其家仆，故早设定好让旺儿去应对官司。

2. 写出颠倒乾坤来：嫌犯等候皂隶，还笑脸相迎！

3. 衙门差役见到被拘讯者也不敢得罪，口称"你老"，要他"别闹了"，亦怪事。

4. 双簧演得不错，只告下人起不了震慑作用，必须当场咬出个主子来，让察院无法回避，所以说出贾蓉。剧本都是事前编好的，编剧是凤姐。贾蓉本听命于凤姐，是她手下的心腹干将，居然成了背叛她的主谋，能不痛恨给他点警唬？

5. 随时获取信息，掌握诉讼的度，以免事情真的闹大，不可挽回。故又差人传话，只能虚张声势。察院竟成了贾府的办事机构！揭示官场中官官相护的真相如此。

6. 赃银是必定要收的，凤姐所托之事，则一一照办。

7. 来的正是时候，不让贾珍直接去打点察院，必将官司一手包揽过来。

8. 开门见山，威仪棣棣，恰似闯入贼窝掷下一句话来。

---

① 过付——双方做交易，中间人来往交付钱物，叫"过付"。

② 青衣——这里指"皂隶"，衙门中的差役。

③ 牲口——指鸡鸭等家禽。

说了，忙命备马，躲往别处去了。

这里凤姐儿带着贾蓉走来上房，尤氏正迎了出来，见凤姐气色不善，忙笑说："什么事情这等忙？"凤姐照脸一口唾沫，啐道：[1] "你尤家的丫头没人要了，偷着只往贾家送！难道贾家的人都是好的，普天下死绝了男人了！你就愿意给，也要三媒六证，大家说明，成个体统才是。你痰迷了心，脂油蒙了窍！国孝家孝，两重在身，就把个人送了来。这会子被人家告我们，我又是个没脚蟹①，连官场中都知道我利害吃醋，如今指名提我，要休我。[2] 我来了你家，干错了什么不是，你这等害我？或是老太太、太太有了话在你心里，使你们做这圈套要挤我出去？[3] 如今咱们两个一同去见官，分证明白。回来咱们公同请了合族中人，大家觌面②说个明白。给我休书，我就走路。"[4] 一面说，一面大哭，拉着尤氏，只要去见官。急得贾蓉跪在地下碰头，只求："婶婶息怒。"凤姐儿一面又骂贾蓉："天雷劈脑子、五鬼分尸的没良心的种子！[5] 不知天有多高，地有多厚，成日家调三窝四，干出这些没脸面、没王法、败家破业的营生。你死了的娘阴灵也不容你！[6] 祖宗也不容你！还敢来劝我！"哭骂着，扬手就打。贾蓉忙磕头有声说："婶婶别动气，仔细手，让我自己打。婶子别生气。"说着，自己举手，左右开弓，自己打了一顿嘴巴子，又自己问着自己说："以后可再顾三不顾四地混管闲事了？以后还单听叔叔的话，不听婶婶的话了？"众人又是劝，又要笑，又不敢笑。[7]

凤姐儿滚到尤氏怀里，嚎天恸地，大放悲声，只说："给你兄弟娶亲，我不恼。为什么使他违旨背亲，将混账名儿给我背着？咱们只去见官，省得捕快皂隶来拿。再者，咱们只过去见了老太太、太太和众族人，大家公议了，我既不贤良，又不容丈夫娶亲买妾，只给我一纸休书，我即刻就走。[8] 你妹妹我也亲身接了来家，生怕老太太、太太生气，也不敢回，现在三茶六饭，金奴银婢地住在园里。我这里赶着收拾房子，和我的一样，[9] 只等老太太知道了，原说接过来大家安分守己的，我也不提旧事了。谁知又是有了人家的。[10] 不知你们干的什么事，我一概不知道。如今告我，我昨日急了，纵然我出去见官，也丢的是你贾家的脸，

1. 算来这口恶气也只能向尤氏出了。

2. 虽是编出来的话，提"休"字作者岂无用意？

3. 明知老太太、太太宠自己，故意说给尤氏听。

4. 又提"休书"，今日当然绝无此事，他年会不会真有呢？

5. 从咒骂语不难想见她咬牙切齿的样子。

6. 原来蓉儿是贾珍已故前妻所生。

7. 贾蓉这段自打嘴巴子，让众人要笑又不敢笑的描写自是精彩。却被上回为追求情节热闹而妄改文字者写入凤姐讯家童中，说："那兴儿真个自己左右开弓，打了自己十几个嘴巴"，还因他把尤二姐错说成二奶奶"又自己打了个嘴巴，把凤姐儿倒怄笑了。两边的丫头也都挨着嘴儿笑"。作者哪会接连重复同样的描写？如此效颦，实在是糟蹋原作。

8. 连续三次提"休书"，怕真是在为将来身微运蹇，被丈夫所休，"哭向金陵"老家的情节谶语。

9. 摆给外人看的贤良德性，也不忘提到。

10. 正是借此事兴讼来闹东府的。

---

① 没脚蟹——俗语，喻手足无措，不能有所作为。
② 觌（dí敌）面——当面。觌，相见。

少不得偷把太太的五百两银子去打点。¹如今把我的人还锁
在那里。"说了又哭，哭了又骂，后来放声又哭起祖宗爹妈
来，又要寻死撞头。把个尤氏揉搓成一个面团，衣服上全
是眼泪鼻涕，²尤氏并无别话，只骂贾蓉："孽障种子，和你
老子作的好事！我就说不好的。"凤姐儿听说，哭着两手搬
着尤氏的脸，紧对相问道：³"你发昏了？你的嘴里难道有茄
子塞着？不然，他们给你嚼子衔上了？⁴为什么你不告诉我
去？你若告诉了我，这会子平安不了？怎得经官动府，闹
到这步田地？你这会子还怨他们！自古说'妻贤夫祸少'，
'表壮不如里壮'，你但凡是个好的，他们怎得闹出这些事
来！你又没才干，又没口齿，锯了嘴子的葫芦①，就只会一
味瞎小心，图贤良的名儿。⁵总是他们也不怕你，也不听你。"
说着，啐了几口。尤氏也哭道："何曾不是这样，你不信，
问问跟的人，我何曾不劝的，也得他们听。叫我怎么样呢？
怨不得妹妹生气，我只好听着罢了。"⁶

众姬妾、丫鬟、媳妇已是乌压压跪了一地，陪笑求说：
"二奶奶最圣明的。虽是我们奶奶的不是，奶奶也作践得够
了。⁷当着奴才们，奶奶们素日何等的好来，如今还求奶奶
给留脸。"说着，捧上茶来。凤姐也摔了，一面止了哭，挽
头发，又喝骂贾蓉："出去请大哥哥来。我对面问他，亲大
爷的孝才五七，侄儿娶亲，这个礼我竟不知道。我问问，
也好学着日后教导子侄的。"⁸贾蓉只跪着磕头，说："这事
原不与我父母相干，都是儿子一时吃了屎，调唆着叔叔作的。
我父亲也并不知道。如今我父亲正要商量接太爷出殡，婶
婶若闹了起来，儿子也是个死。只求婶婶责罚儿子，儿子
谨领。这官司还求婶婶料理，儿子竟不能干这大事。⁹婶婶
是何等样人，岂不知俗语说的'胳膊只折在袖子里'。儿子
糊涂死了，既作了不肖的事，就同那猫儿狗儿一般。婶婶
既教训，就不和儿子一般见识的，少不得还要婶婶费心费力，
将外头的事压住了才好。原是婶婶有这个不肖的儿子，既
惹了祸，少不得委屈还要疼儿子。"说着，又磕头不绝。

凤姐见他母子这般，也再难往前施展了，只得又转过
一副形容言谈来，与尤氏反赔礼说：¹⁰"我是年轻不知事的
人，一听见有人告诉了，把我吓昏了，不知方才怎样得罪
了嫂子。可是蓉儿说的'胳膊折了，往袖子里藏'，少不得

① 锯了嘴子的葫芦——俗语，喻有口无舌，不会说话。

----

1. 乘机虚报了二百两。

2. 形容得出。

3. 如此轻慢尤氏的举动，作者如何想来？

4. 如此连嘲带骂的话语，也亏作者写得出！此书语言之丰富，真是一大神奇！

5. 话不在凶在狠，能击中要害就是本领。

6. 读至此，不禁对尤氏心生同情。

7. 如此多人的跪求，是不能不放在眼里的，凤姐也须掂量掂量。

8. 且看她如何收摊，先转换对象，要找躲出去的贾珍来评理，自然是虚张声势而已。幸蓉儿机灵，自己承担责任，让凤姐有台阶下。

9. 这话对凤姐心思了，官司事岂肯让别人插手！

10. 见风使舵，也要转得快，毫无难处，才是老手。

要嫂子体谅我。还要嫂子转替哥哥说了，先把这官司按下去才好。"尤氏、贾蓉一齐都说："婶婶放心，横竖一点儿连累不着叔叔。婶婶方才说用过了五百两银子，少不得我娘儿们打点五百两银子与婶婶送过去，好补上。[1]不然，岂有反教婶婶又添上亏空之名，越发我们该死了。但还有一件，老太太、太太们跟前，婶婶还要周全方便，别提这些话方好。"[2]

凤姐儿又冷笑道："你们饶压着我的头干了事，这会子反哄着我替你们周全。我虽然是个呆子，也呆不到如此。嫂子的兄弟是我的丈夫，嫂子既怕他绝后，我岂不比嫂子更怕绝后？嫂子的令妹就是我的妹子一样。我一听见这话，连夜喜欢得连觉也睡不成，赶着传人收拾了屋子，就要接进来同住。[3]倒是奴才小人的见识，他们倒说'奶奶太好性儿了。若是我们的主意，先回了老太太、太太，看是怎样，再收拾房子去接也不迟。'我听了这话，教我要打要骂的，才不言语了。谁知偏不称我的意，偏打我的嘴，半空里又跑出一个张华来告了一状。我听见了，吓得两夜没合眼儿，又不敢声张，只得求人去打听这张华是什么人，这样大胆。打听了两日，谁知是个无赖的花子。我年轻不知事，反笑了说：'他告什么？'倒是小子们说：'原是二奶奶许了他的。他如今正是急了，冻死饿死，也是个死；现在有这个理他抓着，纵然死了，死得倒比冻死饿死还值些。怎么怨得他告呢？这事原是爷做得太急了。国孝一层罪，家孝一层罪，背着父母私娶一层罪，停妻再娶一层罪。[4]俗语说："拼着一身剐，敢把皇帝拉下马。"[5]他穷疯了的人，什么事作不出来？况且他又拿着这满理，不告等请不成？'嫂子说，我便是个韩信、张良，听了这话，也把智谋吓回去了。你兄弟又不在家，又没个商议，少不得拿钱去垫补。谁知越使钱越被人拿住了刀靶儿，越发来讹。我是耗子尾巴上长疮，多少脓血儿？所以又急又气，少不得来找嫂子。"[6]尤氏、贾蓉不等说完，都说："不必操心，自然要料理的。"[7]贾蓉又道："那张华不过是穷急了，故舍了命去告咱们。我如今想了一个法儿，竟许他些银子，只叫他应个妄告不实之罪，咱们替他打点完了官司。他出来时，再给他些银子就完了。"凤姐冷笑道："好孩子，怨不得你顾一不顾二的，做这些事出来。原来你竟糊涂。若依你说的这话，他暂且依了，且打出官司来，又得了银子，眼前自然了事。这些

1. 听话的人，用银子的话不会不记住。凤姐来宁府，本来就不是单纯为出气。娘儿们这一说，也就放心了。

2. 老太太、太太处须有周全的办法，也要尤氏等能配合，这本来也是凤姐找上门来要解决的问题。

3. 更怕绝后、乐不成眠，说的比唱的还好听。

4. 清清楚楚列数四层罪，是反复算计的结果。

5. 引此俗语，本只在形容穷疯了的人的心态，后来竟成"造反有理"的经典语录，也是意想不到的。

6. 说着说着，从穷疯说到使钱、讹钱，说到自己拿不出许多来，才找上门来。凤姐之迷财敛财，也是治不好的膏肓痼疾了。

7. 一听就明白，所以"不等说完"就答应。

人既是无赖之徒，银子到手，一旦光了，他又寻事故讹诈。倘又叨登起来这事，咱们虽不怕，也终担心。搁不住他说，既没毛病，为什么反给他银子？终究是不了之局。"[1]

贾蓉原是个明白人，听如此一说，便笑道："我还有个主意，'来是是非人，去是是非者'①，这事还得我了才好。如今我竟去问张华个主意，或是他定要人，或是他愿意了事，得钱再娶。他若说一定要人，少不得我去劝我二姨，叫她出来，仍嫁他去；[2]若说要钱，我们这里少不得给他。"凤姐儿忙道："虽如此说，我断舍不得你姨娘出去，我也断不肯使她出去。好侄儿，你若疼我，只能可多给他钱为是。"[3]贾蓉深知凤姐口虽如此，心却是巴不得只要本人出来，她却做贤良人。[4]如今怎说怎依。

凤姐儿欢喜了，又说："外头好处了，家里终究怎么样？你也同我过去回明才是。"尤氏又慌了，拉凤姐讨主意，如何撒谎才好。[5]凤姐冷笑道："既没这本事，谁叫你干这事了？这会子又这个腔儿，我又看不上！待要不出个主意，我又是个心慈面软的人，凭人撮弄我，我还是一片痴心，说不得让我应起来。如今你们只别露面，我只领了你妹妹去与老太太、太太们磕头，只说原系你妹妹，我看上了很好。[6]正因我不大生长，原说买两个人放在屋里的，今既见你妹妹很好，而又是亲上做亲的，我愿意娶来做二房。皆因她家中父母姊妹亲近一概死了，日子又艰难，不能度日，若等百日之后，无奈无家无业，实难等得。我的主意接了进来，已经把厢房收拾了出来，暂且住着。等满了服再圆房②。仗着我这不怕臊的脸，死活赖去，有了不是，也寻不着你们了。你们母子想想，可使得？"尤氏、贾蓉一齐笑说："到底是婶婶宽洪大量，足智多谋。等事妥了，少不得我们娘儿两个过去拜谢。"[7]尤氏忙命丫鬟们服侍凤姐梳妆洗脸，又摆酒饭，亲自递酒拣菜。

凤姐也不多坐，执意就去了。进园中，将此事告诉与尤二姐，又说，我怎么操心打听，又怎么设法子，须得如此如此，方能救下众人无罪。少不得我去拆开这鱼头③，大家才好。[8]要知端详，且听下回分解。

右侧批注：

1. 蓉儿想出的法子，不管可行不可行，都非驳不可，不然官司被看得容易了。

2. 看出凤姐在为难自己，故意又出个主意，其中自己出面去劝二姐出去、仍嫁张华的选项，是要试探的重点。

3. 已抓在手中的猎物，岂能再放走？再出去，要别人不疑是阿凤挤走的，难矣！故必须继续装作能容人的贤良人。能可，宁可。

4. 也是明白人，这点心思怎瞒得过他？

5. 要尤氏同去是先吓唬她一下，知道她没这个本事，也不敢。主意早想好了。

6. 端出自己做个贤良人的主意来，却说得自己独担风险，让尤氏母子心存感激。

7. 果不出所料，得到尤氏母子的感谢。

8. 也不忘告知尤二姐自己如何操心排难，让她照自己编的剧本去演。

---

① 来是是非人，去是是非者——意谓谁招惹的是非，还得由谁去解决。来，招得。去，消除。
② 圆房——虽有夫妻名分，但因故先不同房，待到合适的时候，才同房，叫"圆房"。
③ 拆开这鱼头——喻处理麻烦的事情。

**【总评】**

凤姐为了出这口受蒙蔽、被愚弄的恶气，也为了捍卫自身的利益，趁贾琏起身远去平安州办事之机，立即实施其报复计划。在维护夫权的封建社会里，这种报复主要也只能加在像尤二姐那样的弱者身上；也因为同样原因，报复者还必须使自己所作所为能得到为妻者有贤惠品德的好评，才不至于因捅刀子而让自己也受到伤害。这就是她思量情势后要遵守的行动法则。

凤姐的突然袭击，让服侍尤二姐的鲍二家的一听大奶奶来了，"顶梁骨走了真魂"。可凤姐放下身段，甘愿服低做小对二姐说的那番软话，既找到洗刷自己名声的最好理由，又堵了小人之口，还给二姐描绘出美好前景，这才是凤姐真正厉害处。她根本不让二姐有退路，说："若姐姐不随奴去，奴亦情愿在此相陪。奴愿作妹子，每日服侍姐姐梳头洗脸……"话是说得不能再低声下气了，骨子里似乎是说："你若不跟我走，也别想我会放过你！"当然，尤二姐不会把她想得那么坏，何况凤姐还送了不薄的见面礼，给足了面子。所以，二姐入其彀中是必然的。

入大观园后，先将二姐的丫头一概退出，将凤姐自己使唤的丫头送她使唤，耳目手足都掌控起来。这一着，政治舞台上的夺权者也惯于使用。三日后，那个派进去的名叫"善姐"的丫头便露出不善嘴脸，先是"不服使唤起来"，还教训二姐，"渐渐地连饭也怕端来与她吃"，早一顿、晚一顿，拿来的"皆是剩的"。二姐一说话，"她反先乱叫起来"。这些事一看便知，都有幕后指使。而凤姐见面则和颜悦色，"满嘴里'姐姐'不离口"，还当她的面骂丫头："倘或二奶奶告诉我一个'不'字,我要你们的命！"尤二姐能为诉苦而要了人家的命吗？所以"反替她们遮掩"。

另一个占理的办法是派旺儿打探尤二姐"细事"，知她原有婆家，便诱逼其未婚婿张华往衙门状告贾琏"国孝（老太妃薨）家孝（贾敬死）之中，背旨瞒亲，仗财依势，强逼退亲，停妻再娶"。张不敢造次，凤姐扬言"便告我们家谋反，也没事的"。还指使旺儿被传，到公堂去扯出贾蓉来，以便对出馊主意、拉皮条的贾珍父子造成刑法论罪的压力。这一险着儿也只有胆识过人、深谙官场黑幕的凤姐敢用。

凤姐知官府已审理此案,立即对宁国府发起猛烈攻击。其目的：一、出积压心头的恶气；二、让宁府知理亏，完全被自己操控；三、顺便也借此敲诈宁府；四、统一口径，共同骗过贾母、王夫人，以期获贤惠之名。气首先撒在尤氏身上，将她骂得个狗血淋头，拉着她要去见官，"把个尤氏揉搓成一个面团，衣服上全是眼泪鼻涕"。贾珍躲出去了，贾蓉向凤姐求饶，还"左右开弓，自己打了一顿嘴巴子"，且自问说："以后可再顾三不顾四地混管闲事了？以后还单听叔叔的话，不听婶婶的话了？"众人"又要笑，又不敢笑"。这一细节描写，可以证明上一回中简本写凤姐审问兴儿的"热闹文字"是后人加油添醋的改笔，在简本上一回里，也有"那兴儿真个自己左右开弓，打了自己十几个嘴巴"，"又自己打了个嘴巴，把凤姐儿倒怄笑了，两边的丫头也都抿嘴儿笑"等等，若都是曹雪芹一人的手笔，岂能如此连着重复！此回既是原作，则上回简本中的删和改，乃出自后人之手无疑。

城堡攻陷、敌人举手投降后，凤姐立即变脸，转为安抚。她反而向尤氏赔礼道歉，但并没有忘记提起为打点官府、平息官司花了多少钱，当然数量是虚报的，三百两银子说成了五百两，让宁府心甘情愿地拿出来。同时也商量如何向贾母等撒谎，给家里有个交代；提出的主意当然是早就胸有成竹的了。

# 第 六 十 九 回
## 弄小巧用借剑杀人　觉大限吞生金自逝

**【题解】**

　　本回回目诸本相同。凤姐略施小计，挑拨贾琏新得的侍妾秋桐与尤二姐之间的矛盾，利用生性妒悍的秋桐来欺侮凌辱二姐，让她生不如死，这就是"借剑杀人"的含义。尤二姐有了身孕，却被庸医用化瘀活血药打落胎儿。这一来，二姐顿时觉得大限已到，再无活着的意愿，便悄悄地吞下一块生金自杀了。大限，死期。

　　话说尤二姐听了，又感谢不尽，只得跟了她来。尤氏那边怎好不过来的，<u>少不得也过来跟着凤姐去回方是大礼。</u>[1]凤姐笑说："你只别说话，等我去说。"尤氏道："<u>这个自然。但一有了不是，是往你身上推的。</u>"[2]说着，大家先来至贾母房中。

　　正值贾母和园中姊妹们说笑解闷，忽见凤姐带了一个标致小媳妇进来，忙觑着眼瞧，说："这是谁家的孩子？好可怜见的。"凤姐上来笑道："<u>老祖宗倒细细地看看，好不好？</u>"[3]说着，忙拉二姐说："这是太婆婆，快磕头。"二姐忙行了大礼，展拜起来。又指着众姊妹说，这是某人某人，"你先认了，太太瞧过了，再见礼。"二姐听了，<u>一一又从新故意地问过，</u>[4]垂头站在旁边。贾母上下瞧了一遍，因又笑问："你姓什么？今年十几了？"凤姐忙又<u>笑说："老祖宗且别问，只说比我俊不俊。"</u>[5]贾母又戴上了眼镜，命鸳鸯、琥珀："把那孩子拉过来，我瞧瞧肉皮儿。"众人都抿嘴笑着，只得推她上去。贾母细瞧了一遍，又命琥珀："拿出手来我瞧瞧。"<u>鸳鸯又揭起裙子来。</u>[6]贾母瞧毕，摘下眼镜来，笑说道："竟是个齐全孩子，我看比你俊些。"凤姐听说，笑着忙跪下，<u>将尤氏那边所编之话一五一十细细地说了一遍，</u>[7]"少不得老祖宗发慈心，先许她进来，住一年后再圆房。"贾母听了道："这有什么不是？既你这样贤良，很好。只是一年后方可圆得房。"

1. 凤姐原打算独自带二姐去见贾母的，以免尤氏去了不会应对，败露谎言。若真如此，反不合常理了：哪有尤氏自家妹子要嫁到贾家，自己不出面见贾母之理？故临时改变主意，让她也跟了去，只不说话。

2. 想到万一贾母责怪，自己不会说话，仍觉心悸。

3. 开头这样说，凤姐是经过"沙盘推演"的。

4. 二姐也有备而来，主动配合导演。

5. 按原计划走，定要先得到贾母肯定的回答。

6. 是让看脚的大小。

7. 作省笔好！上回已说得很详细了，若再说一遍，就呆了。

凤姐听了，叩头起来，又求贾母："着两个女人一同带去见太太们，说是老祖宗的主意。"[1] 贾母依允，遂使二人带去，见了邢夫人等。王夫人正因她风声不雅，深为忧虑，见她今行此事，岂有不乐之理。于是尤二姐自此见了天日，[2] 挪到厢房住居。

凤姐一面使人暗暗调唆张华，只叫他要原妻。[3] 这里还有许多赔送外，还给他银子安家过活。张华原无胆无心告贾家的，后来又见贾蓉打发了人来对词，那人原说的："张华先退了亲，我们皆是亲戚。接到家里住着是真，并无娶嫁之说。皆因张华拖欠了我们的债务，追索不与，方诬赖小的主人那些个。"察院都和贾、王两处有瓜葛，况又受了贿，只说张华无赖，以穷讹诈，状子也不收，打了一顿赶出来。[4] 庆儿在外替张华打点，也没打重。又调唆张华说："亲原是你家定的，你只要亲事，官必还断给你。"于是又告。[5] 王信那边又透了消息与察院，察院便批："张华所欠贾宅之银，令其限内按数交还；其所定之亲，仍令其有力时娶回。"又传了他父亲来，当堂批准。他父亲亦系庆儿说明，乐得人财两进，便去贾家领人。[6]

凤姐儿一面吓得来回贾母，说如此这般，"都是珍大嫂子干事不明，并没和那家退准，惹人告了，如此官断。"贾母听了，忙唤了尤氏过来，说她作事不妥，"既是你妹子从小曾与人指腹为婚，又没退断，使人混告了。"尤氏听了，只得说："他连银子都收了，怎么没准？"凤姐在旁又说："张华的口供上现说不曾见银子，也没见人去。他老子又说：'原是亲家母说过一次，并没应准。亲家母死了，你们就接进去作二房。'如此没有对证，只好由他去混说。幸而琏二爷不在家，没曾圆房，这还无妨。只是人已来了，怎好送回去，岂不伤脸？"贾母道："又没圆房，没的强占人家有夫之人，名声也不好，不如送给他去。哪里寻不出好人来。"[7] 尤二姐听了，又回贾母说："我母亲实于某年月日给了他十两银子退准的。他因穷急了告，又翻了口。我姐姐原没错办。"贾母听了，便说："可见刁民难惹。既这样，凤丫头去料理料理。"[8]

凤姐听了，无法，只得应着。回来只命人去找贾蓉。[9] 贾蓉深知凤姐之意，若要使张华领回，成何体统！便回了贾珍，暗暗遣人去说张华："你如今既有许多银子，何必定要原人。若只管执定主意，岂不怕爷们一怒，寻出个由

1. 挟天子以令诸侯。

2. 说是"自此见了天日"，实则是从此要过不见天日的日子了。如何向老太太、太太回明二姐事，此前作了许多铺垫，待到写见面依允，却用简捷的几笔说完，以见凤姐谋划周密，一切全在其意料之中。

3. 既获"贤良"之名，再不怕让尤氏和二姐出丑了。这本是要达到的目的，否则所为何来？

4. 受贿赃官自然照办。

5. 有凤姐心腹在一手操办，或左或右，自然都听幕后指使。

6. 得察院批准来领人，给贾府制造险情。

7. 如此说方是贾母。

8. 两难境地，只能托付凤姐去料理。凤姐本欲令宁府当场出丑，谁知真要她来拆这个鱼头！

9. 将难题丢回给宁府，让他们自己去解决。

头，你死无葬身之地。你有了银子，回家去，什么好人寻不出来。你若走时，还赏你些路费。"¹ 张华听了，心中想了一想："这倒是好主意。"和父亲商议已定，约共也得了有百金，父子次日起个五更，便回原籍去了。²

贾蓉打听得真了，来回了贾母、凤姐，说："张华父子妄告不实，惧罪逃走，官府已知此情，也不追究，大事完毕。"凤姐听了，心中一想："若必定着张华带回二姐去，未免贾琏回来再花几个钱包占住，不怕张华不依；还是二姐不去，自己相伴着还妥当，且再作道理。只是张华此去，不知何往，倘或他再将此事告诉了别人，或日后再寻出这由头来翻案，岂不是自己害了自己？原先不该如此将刀靶付与外人去的。"³ 因此，悔之不迭。复又想了一条主意出来，悄命旺儿遣人寻着了他，或讹他作贼，和他打官司，将他治死，或暗中使人算计，务将张华治死，方剪草除根，保住自己的名誉。⁴

旺儿领命出来，回家细想："人已走了完事，何必如此大做！人命关天，非同儿戏。我且哄过她去，再作道理。"⁵ 因此在外躲了几日，回来告诉凤姐，只说："张华因有几两银子在身上，逃去第三日，在京口地界，五更天，已被截路打闷棍的打死了。他老子唬死在店房，在那里验尸掩埋。"凤姐听了不信，说："你要扯谎，我再使人打听出来，敲你的牙！"⁶ 自此，方丢过不究。凤姐和尤二姐和美非常，竟比亲姊妹还胜十倍。⁷

那贾琏一日事毕回来，先到了新房中，已竟悄悄地封锁，只有一个看房子的老头儿。贾琏问起原故，老头子细说原委，贾琏只在镫中跌足，少不得来见贾赦与邢夫人，将所完之事回明。贾赦十分欢喜，说他中用，赏了他一百两银子，又将房中一个十七岁的丫鬟名唤秋桐者，赏他为妾。⁸ 贾琏叩头领去，喜之不尽。见了贾母和家中人，回来见凤姐，未免脸上有些愧色。谁知凤姐儿她反不似往日容颜，同尤二姐一同出迎，叙了寒温。贾琏将秋桐之事说了，未免脸上有些得意之色，骄矜之容。凤姐听了，忙命两个媳妇坐车往那边接了来。心中一刺未除，又平空添了一刺，说不得且吞声忍气，将好颜面换出来遮饰。一面又命摆酒接风，一面带了秋桐来见贾母与王夫人等。贾琏心中也暗暗地纳罕。⁹

---

1. 无非威逼利诱。

2. 若不远遁，后果恐更难设想。

3. 智者千虑，必有一失。

4. 为绝后患，不惜痛下杀手，然"机关算尽太聪明"，人算不如天算。

5. 非旺儿不忠，留下隐患，是天理不容，故难事事称心。

6. 虽心中怀疑也无可如何了，若有时机未到的报应，总是自己作恶造成的。

7. 假象。是做给外人看的。

8. 竟以满足色欲为奖赏。贾赦家教如此，做儿子的贪色好淫，不足怪矣。此后凤姐行事，须适应新情况，但借剑杀人的原则不变。

9. 奇怪怎么会变得如此贤良了？心机诡深者一反常态，绝非好事。

那日已是腊月十二日，贾珍起身，先拜了宗祠，然后过来辞拜贾母等人。和族中人直送到洒泪亭方回，独贾琏、贾蓉二人送出三日三夜方回。一路上，贾珍命他好生收心治家等语，二人口内答应，也说些大礼套话，不必烦叙。

且说凤姐在家，外面待尤二姐自不必说得，只是心中又怀别意。无人处只和尤二姐说：[1]"妹妹的声名很不好听，连老太太、太太们都知道了，说妹妹在家做女孩儿就不干净，又和姐夫有些首尾，'没人要的了你拣了来，还不休了再寻好的！'我听见这话，气了个倒仰，查是谁说的，又查不出来。这日久天长，这些个奴才们跟前怎么说嘴？我反弄了个鱼头来拆。"说了两遍，自己已气病了，茶饭也不吃。除了平儿，众丫头媳妇无不言三语四，指桑说槐暗相讥刺。[2]

秋桐自为系贾赦之赐，无人僭她的，连凤姐、平儿皆不放在眼里，岂肯容她？张口是"先奸后娶、没汉子要的娼妇，也来要我的强。"凤姐听了，暗乐；尤二姐听了，暗愧暗怒暗气。[3]凤姐既装病，便不和尤二姐吃饭了。[4]每日只命人端了菜饭，到她房中去吃，那茶饭都系不堪之物。平儿看不过，自拿了钱出来，弄菜与她吃，或是有时只说和她园中去玩，在园中厨内，另做了汤水与她吃，也无人敢回凤姐。[5]只有秋桐，一时撞见了，便去说舌，告诉凤姐说："奶奶的名声，生是平儿弄坏了的。这样好菜好饭，浪着不吃，却往园里去偷吃。"凤姐听了，骂平儿说："人家养猫拿耗子，我的猫倒只咬鸡。"[6]平儿不敢多说，自此也要远着了。又暗恨秋桐，难以出口。

园中姊妹如李纨、迎春、惜春等人，皆为凤姐是好意；然宝黛一干人暗为二姐担心。[7]虽都不便多事，惟见二姐可怜，常来了倒还都悯恤她。每常无人处，说起话来，尤二姐便淌眼抹泪，又不敢抱怨。凤姐儿又并无露出一点坏形来。贾琏来家时，见了凤姐贤良，也便不留心。况素习以来，因贾赦姬妾、丫鬟最多，贾琏每怀不轨之心，只未敢下手。如这秋桐辈等人，皆是恨老爷年迈昏愦，贪多嚼不烂，没的留下这些人作什么。因此除了几个知礼有耻的，余者或有与二门上小幺儿们嘲戏的，甚至于与贾琏眉来眼去，私相偷期的，只惧贾赦之威，未曾到手。这秋桐便和贾琏有旧，从未来过一次。今日天缘凑

1. 坏主意要出来了。悄悄说的话，便是行动第一步。

2. 气病不吃饭，是阴谋中步骤，独平儿心里明白。前只善姐一人作践，今则群起而侮之了。

3. 剑已在手。

4. 点明装病和不吃饭的用心。

5. 说出平儿善良来。

6. 这一骂犹胜赞美。

7. 并非个个都以为是好意，自有看得破的人在；缘智慧有高低、眼光有深浅也。

巧,竟赏了他,真是一对烈火干柴,如胶投漆,燕尔新婚①,连日哪里拆得开。那贾琏在二姐身上之心,也渐渐淡了,只有秋桐一人是命。¹凤姐虽恨秋桐,且喜借她先可发脱二姐,自己且抽头②,用"借剑杀人"之法,"坐山观虎斗"。等秋桐杀了尤二姐,自己再杀秋桐。²主意已定,没人处,常又私劝秋桐说:"你年轻不知事。她现是二房奶奶,你爷心坎儿上的人,我还让她三分,你去硬碰她,岂不是自寻其死?"³

那秋桐听了这话,越发恼了,天天大口乱骂,说:"奶奶是软弱人,那等贤惠,我却做不来。奶奶把素日的威风,怎都没了?奶奶宽洪大量,我却眼里揉不下沙子去。⁴让我和这淫妇做一回,她才知道。"凤姐在屋里,只装不敢出声儿。气得尤二姐在房里哭泣,连饭也不吃,又不敢告诉贾琏。次日,贾母见她眼睛红红的肿了,问她,又不敢说。秋桐正是抓乖卖俏之时,她便悄悄地告诉贾母、王夫人等说:"她专会作死,好好的成天家号丧,背地里咒二奶奶和我早死了,她好和二爷一心一计地过。"⁵贾母听了,便说:"人太生娇俏了,可知心就嫉妒。凤丫头倒好意待她,她倒这样争风吃醋。可是个贱骨头!"⁶因此,渐次便不大欢喜。众人见贾母不喜,不免又往下踏践起来,弄得这尤二姐要死不能,要生不得。⁷还是亏了平儿,时常背着凤姐,看她这般,与她排解排解。

那尤二姐原是个花为肠肚、雪作肌肤的人,如何经得这般折磨,不过受了一个月的暗气,便恹恹得了一病,四肢懒动,茶饭不进,渐次黄瘦下去。⁸夜来合上眼,只见她小妹子手捧鸳鸯宝剑前来,说:"姐姐,你一生为人心痴意软,终吃了这亏。休信那妒妇花言巧语,外作贤良,内藏奸狡,她发狠定要弄你一死方罢。⁹若妹子在世,断不肯令你进来,即进来时,亦不容她这样。此亦系理数应然,你我生前淫奔不才,使人家丧伦败行,故有此报。你速依我,将此剑斩了那妒妇,一同归至警幻案下,听其发落。不然,你则白白地丧命,且无人怜惜。"尤二姐泣道:"妹妹,我一生品行既亏,今日之报,既系当然,何必又生杀戮之冤。随我去忍耐。若天见怜,使我好了,

1. 喜新厌旧,贪色欲者通病。

2. 正面点题。

3. 看准其恃宠妒悍特点,劝其退让,只为激起其恼怒。

4. 果然一激就跳,被人当作凶器,反认其贤惠,亦属蠢货。

5. 信口诽谤,毫无忌惮。作者对进谗者之憎恶特甚。

6. 本非圣明,也难免昏昏,何况彼以替凤姐不平在说话。

7. 众人自然看贾母脸色行事,二姐无路可走矣!

8. 通往地府之门已徐徐打开。

9. 作三姐托梦来看,固然不错,若理解为二姐由此绝境,已有所醒悟,特借梦境一泄内心幽愤悔恨心情,也未尝不可。

---

① 燕尔新婚——新婚和美。"燕"亦作"宴"。宴尔,安乐的样子。语出《诗经·邶风·谷风》。
② 抽头——赌博用语,本谓从赢者所得的钱中分取少额的钱,后用以说从旁坐收渔利。

岂不两全？"小妹笑道："姐姐，你终是个痴人。自古'天网恢恢，疏而不漏'，天道好还。①你虽悔过自新，然已将人父子兄弟致于麀聚之乱，天怎容你安生？"¹尤二姐泣道："既不得安生，亦是理之当然，奴亦无怨。"小妹听了，长叹而去。尤二姐惊醒，却是一梦。等贾琏来看时，因无人在侧，便泣道："我这病不能好了。我来了半年，腹中已有了身孕，但不能预知男女。倘天见怜，生了下来还可，若不然，我这命就不保，何况于他！"²贾琏亦泣说："你只放心，我请明人来医治。"于是出去，即刻请医生。

　　谁知王太医亦谋干了军前去效力，回来好讨荫封的。小厮们走去，便请了个姓胡的太医，名叫君荣的，进来诊脉。³看了，说是经水不调，全要大补。贾琏便说："已是三月庚信②不行，又常作呕酸，恐是胎气。"胡君荣听了，复又命老婆子们请出手来，再看看。尤二姐少不得又从帐内伸出手来。胡君荣又诊了半日，说："若论胎气，肝脉自应洪大。然木盛则生火，经水不调，亦皆因由肝木所致。医生要大胆，须得请奶奶将金面略露一露，医生观观气色，方敢下药。"贾琏无法，只得命将帐子掀起一缝，尤二姐露出脸来。胡君荣一见，魂魄如飞上九天，通身麻木，一无所知。⁴一时掩了帐子，贾琏陪他出来，问是如何。胡太医道："不是胎气，只是瘀血凝结。如今只以下瘀血、通经脉要紧。"⁵于是写了一方，作辞而去。

　　贾琏命人送了药礼，抓了药来，调服下去。只半夜，尤二姐腹痛不止，谁知竟将一个已成形的男胎打了下来。⁶于是血行不止，二姐就昏迷过去。贾琏闻知，大骂胡君荣。一面再遣人去请医调治，一面命人去打告胡君荣。胡君荣听了，早已卷包逃走。⁷这里太医便说："本来气血生成亏弱，受胎以来，想是着了些气恼，郁结于中。这位先生擅用虎狼之剂，如今大人元气十分伤其八九，一时难保就愈。煎、丸二药并行，还要一些闲言闲事不闻，庶可望好。"⁸说毕而去。急得贾琏查是谁

1. "一步行来错，回头已百年"，时代造成失足女子不能自新的悲情，令人浩叹！发生"丧伦败行""麀聚之乱"的丑行，难道只有女子才该受到天谴吗？如此忏悔自责，正是封建制度加在女子身上的精神枷锁。

2. 期盼生育子嗣，本是娶二姐的一大理由，却至此方说出已有身孕来，令读者急欲知道老天真能见怜否。

3. 不妙！怎么又是姓胡的？第五十一回有过"胡庸医乱用虎狼药"，当时幸好有颇懂药理的宝玉阻拦，才未出事；贾琏哪有这学问？

4. 怪事！何至于如此反应？若谓因见绝色而神魂颠倒，则胡君荣只是好色之徒，非专注于医道者可知；倘另有隐情，比如说有人要他做手脚，一见病者面，顿觉作孽，因而魂魄俱丧，却又找不到半点实据。总之，请他来诊治，二姐非倒霉不可。

5. 二姐都已自知怀孕，大夫却说要"下瘀血、通经脉"，何南辕北辙如此？俗话说"庸医杀人"，真正不错。

6. 从那个时代"无后为大"的观念来看，造此孽者，罪不可恕。

7. 从何及时得知消失逃走的？

8. 这位太医诊断可信。"擅用虎狼之剂"一语，正与前写为晴雯乱处方情节相合。要望其病愈，除服药外，不再受闲言气恼是关键所在，也是欲置其于死地者可乘之隙。

---

①　"天网恢恢，疏而不漏"，天道好还——天的法网，恢宏广大，看似疏而不密，但作恶之人都不能漏网。天道是喜欢报应的。"天网"二句，出《老子》，"漏"原作"失"。好还，喜好偿还。

②　庚信——又叫"月信"，女子的月经。

请了姓胡的来，一时查了出来，便打了半死。

凤姐比贾琏更急十倍，只说："咱们命中无子，好容易有了一个，又遇见这样没本事的大夫。"于是天地前烧香礼拜，自己通陈祷告说："我或有病，只求尤氏妹子身体大愈，再得怀胎生一男子，我愿吃长斋念佛。"贾琏、众人见了，无不称赞。[1]贾琏与秋桐在一处时，凤姐又做汤做水的，着人送与二姐。又骂平儿不是个有福的，"也和我一样，我因多病了，你却无病也不见怀胎。如今二奶奶这样，都因咱们无福，或犯了什么，冲得她这样。"因又叫人出去算命打卦，偏算命的回来又说："系属兔的阴人冲犯。"大家算将起来，只有秋桐一人属兔，说她冲的。[2]

秋桐近见贾琏请医调治，打人骂狗，为尤二姐十分尽心，她心中早浸了一缸醋在内了。今又听见如此说她冲了，凤姐儿又劝她说："你暂且别处去躲几个月再来。"[3]秋桐便气得哭骂道："理那起瞎肏的，混嚼舌根！我和她'井水不犯河水'，怎么就冲了她？好个爱八哥儿①，在外头什么人不见，偏来了就有人冲了。白眉赤眼②，哪里来的孩子？她不过指着哄我们那个棉花耳朵的爷罢了。纵有孩子，也不知姓张姓王。[4]奶奶希罕那杂种羔子，我不喜欢！老了谁不成？谁不会养？一年半载养一个，倒还是一点搀杂没有的呢！"骂得众人又要笑，又不敢笑。

可巧邢夫人过来请安，秋桐便哭告邢夫人说："二爷、奶奶要撵我回去，我没了安身之处，太太好歹开恩！"邢夫人听说，慌得数落了凤姐儿一阵，又骂贾琏："不知好歹的种子！凭她怎不好，是你父亲给的。为个外头来的撵她，连老子都没了。你要撵她，你不如还你父亲去倒好。"说着，赌气去了。秋桐更又得意，索性走到她窗户根底下，大哭大骂起来。尤二姐听了，不免更添烦恼。[5]

晚间，贾琏在秋桐房中歇了，凤姐已睡，平儿过来瞧她，又悄悄劝她：[6]"好生养病，不要理那畜生。"尤二姐拉她哭道："姐姐，我从到了这里，多亏姐姐照应。为

1. 是真的急？真的祷告？真的愿长斋念佛？偏能得到众人称赞，写愚人被凤姐玩弄于掌中。

2. 又出一阴着儿，是得到医嘱不可闻闲言的启发。

3. 再激其恼怒。

4. 模拟气忿骂语毕肖。说不信有胎，不信真是贾家种，直将二姐视同下贱妓女。

5. 贾赦所赐之人，必利用这一靠山去哭诉委屈，果然赢得愚蠢的邢夫人撑腰，于是暗中谣传的冲犯成了公开的明目张胆的辱骂，给身心濒临崩溃的二姐致命的一击。

6. 平儿不忍二姐遭如此残酷折磨，偷偷前去相慰，竟成了最后诀别者。

---

① 爱八哥儿——又说成"爱巴物儿"，原来意思是可爱的东西，这里是讥刺性的反语。

② 白眉赤眼——北京骂人狭邪不正的话，相当于说妓院里出来的。北京古习妓院祀奉白眉神，长髯伟貌，骑马持刀，长相似关羽，后多讹供供关云长像；区别在于该神白眉赤眼。见明沈德符《野获编》。

我，姐姐也不知受了多少闲气。我若逃得出命来，我必答报姐姐的恩德，只怕我逃不出命来，也只好等来生罢！"平儿也不禁滴泪说道："想来都是我坑了你。我原是一片痴心，从没瞒她的话。既听见你在外头，岂有不告诉她的？谁知生出这些个事来！"[1] 尤二姐忙道："姐姐这话错了。若姐姐便不告诉她，她岂有打听不出来的？不过是姐姐说的在先，况且我也要一心进来，方成个体统，与姐姐何干！"二人哭了一回，平儿又嘱咐了几句，夜已深了，方去安息。

这里尤二姐心下自思："病已成势，日无所养，反有所伤，料定必不能好。况胎已打下，无可悬心，何必受这些零气，不如一死，倒还干净。[2] 常听见人说，生金子可以坠死，岂不比上吊自刎又干净？"想毕，扎挣起来，打开箱子，找出一块生金，也不知多重，狠命含泪，便吞入口中，几次狠命直脖，方咽了下去。于是赶忙将衣服首饰穿戴齐整，上炕躺下了。当下人不知，鬼不觉。

到第二日早晨，丫鬟、媳妇们见她不叫人，乐得且自己去梳洗。凤姐便和秋桐都上去了。平儿看不过，说丫头们："你们就只配没人心的打着骂着使也罢了，一个病人，也不知可怜可怜。她虽好性儿，你们也该拿出个样儿来，别太过逾了，'墙倒众人推'！"丫鬟听了，急推房门进来看时，却穿戴得齐齐整整，死在炕上。于是方吓慌了，喊叫起来。平儿进来看了，不禁大哭。众人虽素习惧怕凤姐，然想尤二姐实在温和怜下，比凤姐原强，如今死去，谁不伤心落泪，只不敢与凤姐看见。[3]

当下合宅皆知。贾琏进来，搂尸大哭不止。凤姐也假意哭道："狠心的妹妹，你怎么丢下我去了！辜负了我的心。"尤氏、贾蓉等也来哭了一场，劝住贾琏。贾琏便回了王夫人，讨了梨香院停放五日，挪到铁槛寺去，王夫人依允。贾琏忙命人去开了梨香院的门，收拾出正房来停灵。贾琏嫌后门出灵不像，便对着梨香院的正墙上，通街现开了一个大门。两边搭棚，安坛场做佛事。用软榻铺了锦缎衾褥，将二姐抬上榻去，用衾单盖了。八个小厮和几个媳妇围随，从内子墙①一带抬往梨香院来。那里已请下天文生预备，揭起衾单一看，只见这尤二姐面

1. 是深深的内疚，也是揭底，二姐落到今日地步，谁是罪魁，已说得明明白白，只是晚了！

2. 写得水到渠成，人生大戏自然而然就落幕了。

3. 可悲！只是在死后，才天良发现。

———————————

① 　内子墙——府第中相邻院落之间夹道两边的墙。

色如生，比活着还美貌，贾琏又搂着大哭，只叫："奶奶，你死得不明，都是我坑了你！"贾蓉忙上来劝："叔叔，解着些儿，我这个姨娘自己没福。"说着，又向南指大观园的界墙，贾琏会意，只悄悄跌脚说："我忽略了，终究对出来，我替你报仇。"[1]天文生回说："奶奶卒于今日正卯时，五日出不得，或是三日，或是七日方可。明日寅时入殓大吉。"[2]贾琏道："三日断乎使不得，竟是七日。因家叔、家兄皆在外，小丧不敢多停，等到外头，还放五七做大道场才掩灵。明年往南去下葬。"天文生应诺，写了殃榜①而去。宝玉已早过来，陪哭一场。众族中人也都来了。

1. 经蓉儿一指，便领会，恼恨之语，不宜只当一句空话看。

2. 又用"寅"字，可见前脂砚斋说自鸣钟敲了四下是避"寅"字讳的话，不足信；可信的是作者先祖是曹寅。

　　贾琏忙进去找凤姐，要银子治办棺椁丧礼。凤姐见抬了出去，推有病，道："老太太、太太说我病着，忌三房②，不许我去。"因此，也不出来穿孝，且往大观园中来。绕过群山，至北界墙根下往外听，隐隐绰绰听了一言半语，回来又回贾母说如此这般。贾母道："信他胡说！谁家痨病死的孩子不烧了一撒？也认真地开丧破土起来。[3]既是二房一场，也是夫妻之分，停五七日抬了出去，或一烧，或乱葬地上埋了完事。"凤姐笑道："可是这话。我又不敢劝他。"正说着，丫鬟来请凤姐，说："二爷等着奶奶拿银子呢。"凤姐只得来了，便问他："什么银子？家里近来艰难，你还不知道？咱们的月例，一月赶不上一月，鸡儿吃了过年粮。昨儿我把两个金项圈当了三百银子，你还做梦呢！这里还有二三十两银子，你要就拿去。"[4]说着，命平儿拿了出来，递与贾琏，指着贾母有话，又去了。恨得贾琏没话可说，只得开了尤氏箱柜，去拿自己的梯己。及开了箱柜，一滴无存，[5]只有些折簪烂花，并几件半新不旧的绸绢衣裳，都是尤二姐素习所穿的，不禁又伤心哭了起来。自己用个包袱一齐包了，也不命小厮、丫鬟来拿，便自己提着来烧。

3. 从贾母话中透露凤姐前来回的是什么，换新笔法。其中必造谣说二姐得了痨病，是无疑的。

4. 丫头有亲人死了，也给这个数。悭吝无情如此！

5. 不知是生前贴补完了，还是死后被人搜了去。

　　平儿又是伤心，又是好笑，忙将二百两一包的碎银子偷了出来，到厢房拉住贾琏，悄递与他说：[6]"你只别作声才好，你要哭，外头多少哭不得，又跑了这里来点眼③。"贾琏听说，便说："你说得是。"接了银子，又将一条裙子

6. 紧急时还是靠平儿仗义相助。

① 殃榜——旧时京师人家有丧，要请阴阳先生来为亡者写招魂文书，叫殃榜。
② 忌三房——旧时习俗，生病的人不能进入产房、新房和停灵的凶房，叫"忌三房"。
③ 点眼——引人注意，显眼。

递与平儿说："这是她家常穿的，你好生替我收着，作个念心儿①。"平儿只得接了，自己收去。贾琏拿了银子与衣服，走来命人先去买板。好的又贵，中的又不要。贾琏骑马自去要瞧，至晚间，果抬了一副好板进来，价银五百两赊着，连夜赶造。¹一面分派了人口穿孝守灵，晚来也不进去，只在这里伴宿。正是：〔要知端的，且听下回分解。〕

1. 也与贾珍一个脾气，都爱玩虚的。"死者长已矣"，要好板何用？

## 【总评】

凤姐领尤二姐到贾母处，按想好的骗词一说，果得贾母同意，还夸凤姐"贤良"。凤姐便在贾母处找了"两个女人一同带去看太太们，说是老祖宗的主意"，自然没有不顺利通过之理。

尤二姐既"见了天日"，凤姐便要让她出丑了。暗暗派人调唆张华，只叫他要讨还原妻二姐，还让贾母闻知而陷入进退两难境地，只好丢给凤姐去料理。官司则由珍、蓉父子出钱摆平。凤姐又怕"刀靶"落在别人手里，将来"翻案"，暗地又遣旺儿去"治死"张华，"剪草除根"。旺儿谎报张华已死，很可能在后半部佚稿中，真的翻出来成了凤姐罪状之一。

事态的发展并非都可预料。凤姐的报复计划也不可能事先详细确定，须伺机而动。自贾琏回家后发生的事，多在其预料之外。贾赦赏秋桐给贾琏为妾，凤姐，"心中一刺未除，又平空添了一刺"，只得暂"吞声忍气"。秋桐性妒悍，正好利用她与尤二姐的矛盾从中挑拨煽风，自己"坐山观虎斗"，以达到"借剑杀人"的目的。二姐梦见三姐，可视作其劫数难逃的预兆和心理反应。

尤二姐有了孕，本应是贾家喜事，却为她招来了灭顶之灾。庸医胡君荣将胎气当作"瘀血凝结"来治，"擅用虎狼之剂"，结果"将一个已成形的男胎打了下来"，二姐大出血，命在垂危。这是偶然事故吗？小厮去请姓胡的来，背后有无人指使，书中没说。但凤姐叫人出去算命打卦，回来说"系属兔的阴人冲犯"，大家算来，"只有秋桐一人属兔，说她冲的"，看来就不像是出于偶然巧合了。

秋桐被此说一激，自然悍性大发，骂那打下的胎儿是"也不知姓张姓王"的"杂种羔子"，向邢夫人哭诉进谗，还到尤二姐"窗户根底下，大哭大骂起来"。这些应就是凤姐"弄小巧""借"的"剑"。二姐就这样被逼上了绝路。

二姐吞金自尽后，贾琏以为"死得不明"，贾蓉的暗示，令"贾琏会意"，所以才有"我忽略了，终究对出来，我替你报仇"的话。这似乎也非一时气话，像是留待后半部故事中另有下文的。

平儿在此回情节中，虽是很不重要的角色，写她的笔墨也不算多，但她对尤二姐遭遇出于真诚的同情和富有仁爱之心，却也表现得十分到位。

---

① 念心儿——死者留下的纪念品。

# 第七十回
## 林黛玉重建桃花社　史湘云偶填柳絮词

**【题解】**

　　本回回目除甲辰本将"桃花社"讹作"梅花社"外,诸本都一样。林黛玉作《桃花行》一诗,得到李纨称赏,因此将"海棠社"改名为"桃花社",要黛玉为社主,重新恢复起社。史湘云见暮春时节柳花飘舞,偶然兴起,填成《如梦令》小词一阕,引起姐妹们的兴趣,黛玉就规定以"柳絮"为题,限几个小令词调,起社请大家填词。蒙府、戚序本有回前评诗一首,虽非作者圈内人作,然已知宝玉出家结局,看出《桃花行》的谶语性质,故录于此,诗云:"空将佛事图相报,已触飘风散艳花。一片精神传好句,题成谶语任吁嗟。"

　　话说贾琏自在梨香院伴宿七日夜,天天僧道不断做佛事。贾母唤了他去,吩咐不许送往家庙中。贾琏无法,只得又和时觉说了,就在尤三姐之上点了一个穴,破土埋葬。那日送殡,只不过族中人与王信夫妇、尤氏婆媳而已。凤姐一应不管,只凭他自去办理。

　　因又年近岁逼,诸务猥集不算外,又有林之孝开了一个人名单子来,<u>共有八个二十五岁的单身小厮,应该娶妻成房,等里面有该放的丫头们好求指配。</u>[1]凤姐看了,先来问贾母和王夫人。大家商议,虽有几个应该发配的,奈各人皆有原故:第一个鸳鸯发誓不去。<u>自那日之后,一向未和宝玉说话,也不盛妆浓饰。众人见她志坚,也不好相强。</u>[2]第二个琥珀,现又有病,这次不能了。彩云因近日和贾环分崩,也染了无医之症。只有凤姐儿和李纨房中粗使的大丫头出去了。其余年纪未足,令他们外头自娶去了。

　　原来这一向因凤姐病了,李纨、探春料理家务,不得闲暇,接着过年过节,<u>出来许多杂事,竟将诗社搁起。</u>[3]如今仲春天气,虽得了工夫,怎奈宝玉因冷遁了柳湘莲,剑刎了尤小妹,金逝了尤二姐,气病了柳五儿,<u>连连接接,闲愁胡恨,一重不了一重添。</u>[4]弄得情色若痴,语言常乱,似

1. 贾府中小厮和丫头到一定年龄,可男女指配的风俗,于此写一笔。

2. 点出鸳鸯独身过此生的决心已坚不可移。

3. 提起诗社来,使下文写开社作诗填词不觉突兀。

4. 种种事故增添重重愁恨,是贾府不祥的先兆,也不断给重情的宝玉精神上加深对现实的悲观情绪。

染怔忡之疾①。慌得袭人等又不敢回贾母，只百般逗他玩笑。

　　这日清晨方醒，只听外间房内咭呱之笑声不断。袭人因笑说："你快出去解救，晴雯和麝月两个人按住温都里纳②胳肢呢。"宝玉听了，忙披上灰鼠袄子，出来一瞧，只见她三人被褥尚未叠起，大衣也未穿。那晴雯只穿葱绿院绸小袄，红小衣，红睡鞋，披着头发，骑在雄奴身上。麝月是红绫抹胸，披着一身旧衣，在那里抓雄奴的肋肢。雄奴却仰在炕上，穿着撒花紧身儿，红裤绿袜，两脚乱蹬，笑得喘不过气来。宝玉忙笑说："两个大的欺负一个小的，等我助力。"说着，也上床来胳肢晴雯。晴雯触痒，笑得忙丢下雄奴，和宝玉对抓，雄奴趁势又将晴雯按倒，向她肋下抓动。袭人笑说："仔细冻着了！"看他四人裹在一处，倒好笑。1

　　忽有李纨打发了碧月来说："昨儿晚上，奶奶在这里把块手帕子忘了去，不知可在这里？"小燕说："有，有，有。我在地下拾了起来，不知是哪一位的，才洗了出来，晾着还未干呢。"碧月见他四人乱滚，因笑道："倒是这里热闹，大清早起就咭咭呱呱地玩到一处。"2宝玉笑道："你们那里人也不少，怎么不玩？"碧月道："我们奶奶不玩，把两个姨娘和琴姑娘也宾③住了。如今琴姑娘又跟了老太太前头去，更寂寞了。两个姨娘今年过了，到明年冬天，都去了，又更寂寞呢。你瞧，宝姑娘那里，出去了一个香菱，就冷清了多少，把个云姑娘落了单。"3

　　正说着，只见湘云又打发了翠缕来说："请二爷快出去瞧好诗。"宝玉听了，忙问："哪里的好诗？"4翠缕笑道："姑娘们都在沁芳亭上，你去了便知。"宝玉听了，忙梳洗了出来，果见黛玉、宝钗、湘云、宝琴、探春都在那里，手里拿着一篇诗看。见他来时，都笑说："这会子还不起来，咱们的诗社散了一年，也没有人作兴。如今正是和春时节④，万物更新，正该鼓舞另立起来才好。"5湘云笑道："一起诗社时是秋天，就不应发达。如今恰好万物逢春，皆主生盛。况这首桃花诗又好，就把海棠社改作桃花社。"宝玉听着，点头说："很好。"且忙着要

1. 在这场玩闹中，宝玉暂时忘却了烦恼，他与丫头们已无任何区别了，除了实际的性别。

2. 碧月与自己所处的拘板环境比，话中不免流露出几分羡慕。

3. 此时还不算寂寞冷清，以后只怕还有更寂寞冷清的日子呢。

4. 先有人作成好诗，请宝玉去看。写开社作诗，每次都不一样。

5. 因诗而引出重起诗社之议，很自然。时节虽好，人事却未必能凭鼓舞诗兴而得气象更新。

---

①　怔忡之疾——中医病症名。因情志波动、思虑过度或劳累伤神所引发，病人自觉心动不安、心慌不能自主、言语行动容易走神的一种症候。

②　温都里纳——即芳官，下文"雄奴"也是她。见第六十三回宝玉为芳官改名的段落。

③　宾——受拘束。

④　和春时节——诸本多作"初春时节"，初春非桃花季节，何况上文提到若干天前宝玉"似染怔忡之疾"时，已称"如今仲春天气"，下文明确提到读诗当天的日子说"明日乃三月初二日"，可知"初春"有误，列藏本作"和春"，是，从之。

诗看。众人都又说："咱们此时就访稻香老农去，大家议定好起社。"说着，一齐起来，都往稻香村来。宝玉一壁走，一壁看那纸上写着《桃花行》一篇曰：[1]

> 1. 一边走一边看，又是变换写法。

> 桃花帘外东风软，<u>桃花帘内晨妆懒</u>。
> 帘外桃花帘内人，人与桃花隔不远。
> 东风有意揭帘栊，花欲窥人帘不卷。
> 桃花帘外开仍旧，<u>帘中人比桃花瘦</u>。[2]
> 花解怜人花也愁，隔帘消息风吹透。
> 风透湘帘花满庭，庭前春色倍伤情。
> 闲苔院落门空掩，斜日栏杆人自凭。
> <u>凭栏人向东风泣</u>，[3] 茜裙偷傍桃花立。
> 桃花桃叶乱纷纷，花绽新红叶凝碧。
> 雾裹烟封一万株，烘楼照壁红模糊。
> 天机烧破鸳鸯锦，春酣欲醒移珊枕。
> 侍女金盆进水来，香泉影蘸胭脂冷。
> 胭脂鲜艳何相类？花之颜色人之泪。[4]
> 若将人泪比桃花，泪自长流花自媚。
> 泪眼观花泪易干，泪干春尽花憔悴。[5]
> 憔悴花遮憔悴人，花飞人倦易黄昏。
> 一声杜宇春归尽，寂寞帘栊空月痕。①[6]

> 2. 帘外桃花与帘内人，先是一盛一衰，两相对照，渐至好花易落，与红颜同命，都归黄土，是此诗立意。先只说人懒，此则言瘦，皆自况。虽是套"莫道不消魂，帘卷西风，人比黄花瘦"（李清照《醉花阴》）古人句的，却也无碍，正为暗示人之消魂也。

> 3. 又进一层言泣。

> 4. 人之泪作胭脂色，则血泪也。

宝玉看了，并不称赞，却滚下泪来。<u>便知出自黛玉</u>，[7] 因此落泪，又怕众人看见，又忙自己擦了。因问："你们怎么得来？"宝琴笑道："你猜是谁作的？"宝玉笑道："<u>自然是潇湘子稿</u>。"宝琴笑道："现是我作的呢。"宝玉笑道："我不信。<u>这声调口气，迥乎不像蘅芜之体，所以不信</u>。"[8] 宝钗笑道："所以你不通。难道杜工部首首都作'丛菊两开他日泪'之句不成？一般的也有'红绽雨肥梅''水荇牵风翠带长'之媚语。②"宝玉笑道："固然如此。但我

> 5. 终于人、时、花合一了。与欧阳修《蝶恋花》词"泪眼问花花不语，乱红飞过秋千去"意象颇有相似。

> 6. 帘栊寂寞，谓人去馆空也。则啼血之杜鹃，岂紫鹃乎？这才是真正的"冷月葬花魂"景象。

> 7. 知音自有灵犀相通。

> 8. 借诗体之辨，作者自述此书中所拟人物诗，皆合各自不同性情、修养、生活经历。

---

① 《桃花行》一首——诗是黛玉自己命运象征性的写照，或即所谓"诗谶"。蒙府、戚序本回前有诗曰："空将佛事图相报，已触飘风散艳花。一片精神传好句，题成谶语任吁嗟。"意思说，虽宝玉后来出家皈依佛门，企图以此来报答黛玉对他的深情，但那也是徒然，因为那时黛玉早已如遭狂风的桃花那样飘散了。黛玉现在花费精神留下好诗佳句来，写成的却只是谶语，任凭人们去惋叹吧。茜裙，红纱裙。"天机"句，说桃花如仙女用天机所织出的红色云锦烧破了落于地面。"烧""鸳鸯"（表示喜兆的图案）皆示红色。春酣，春天刚睡，亦说酒酣，暗点红色。珊枕，珊瑚枕。此句说红颜移枕欲起。"香泉"句，意谓蘸着有影的水洗脸而感到有些冷。传说以桃花雪水洗脸能使容貌姣好。杜宇，杜鹃。

② "难道杜工部"二句——大家之诗，风格境界往往是多样的，并非只是一种面目。即如杜甫（曾任检校工部员外郎）的诗并非全然沉郁悲怆，也有清丽秀媚之句。"丛菊两开他日泪"出《秋兴八首》之一；"红绽雨肥梅"出《陪郑广文游何将军山林十首》之五；"水荇牵风翠带长"出《曲江对雨》。

知道姐姐断不许妹妹有此伤悼语句，妹妹虽有此才，是断不肯作的。比不得林妹妹曾经离丧，作此哀音。"[1]众人听说，都笑了。

已至稻香村中，将诗与李纨看了，自不必说，称赏不已。说起诗社，大家议定：明日乃三月初二日，就起社，便改"海棠社"为"桃花社"，林黛玉就为社主。[2]明日饭后，齐集潇湘馆。因又大家拟题，黛玉便说："大家就要桃花诗一百韵。"[3]宝钗道："使不得。从来桃花诗最多，纵作了必落套，比不得你这一首古风。须得再拟。"正说着，人回："舅太太来了，[4]请姑娘们出去请安。"因此大家都往前头来见王子腾的夫人，陪着说话。吃饭毕，又陪入园中来各处游玩一遍。至晚饭后掌灯方去。

次日乃是探春的寿日，元春早打发了两个小太监送了几件玩器。合家皆有寿仪，自不必细说。饭后，探春换了礼服各处去行礼。黛玉笑向众人道："我这一社开得又不巧了，偏忘了这两日是她的生日。虽不摆酒唱戏的，少不得都要陪她在老太太、太太跟前玩笑一日，如何能得闲空儿。"因此改至初五。[5]

这日，众姊妹皆在房中侍早膳毕，便有贾政书信到了。宝玉请安，将请贾母的安禀①拆开，念与贾母听，上面不过是请安的话，说六月中准进京等语。其余家信事务之帖，自有贾琏和王夫人开读。众人听说六七月回京，都喜之不尽。[6]偏生近日王子腾之女许与保宁侯之子为妻，择日于五月初十日过门，凤姐儿又忙着张罗，常三五日不在家。这日，王子腾的夫人又来接凤姐儿，一并请众甥男甥女闲乐一日。贾母和王夫人命宝玉、探春、黛玉、宝钗四人同凤姐去。众人不敢违拗，只得回房去另妆饰了起来。五人作辞，去了一日，掌灯方回。

宝玉进入怡红院，歇了半刻，袭人便乘机见景劝他收一收心，闲时把书理一理预备着。宝玉屈指算一算，说："还早呢。"袭人道："书是第一件，字是第二件。到那时，你纵然有了书，你的字写的在哪里呢？"[7]宝玉笑道："我时常也有写了的好些，难道都没收着？"袭人道："何曾没收着。你昨儿不在家，我就拿出来，共总数了一数，才有五六十篇。这三四年的工夫，难道只有这几张字不成？[8]依我说，从明日起，把别的心全收了起来，天天快临几张字补上。虽不能按日都有，

1. 宝钗之辩，驳不倒宝玉的认定。极有自信，绝无误判。

2. 点回目。

3. 先提出的主意，必是不妥的，此等处，作者从不直叙。

4. 必打断才好，哪能呆呆地只谈作诗。

5. 生活中本什么事都有，未必改期推迟两天开社，就一定开得了。

6. 如何？又有别的事了吧？贾政数月后可回家的消息，大家高兴，宝玉肯定还有别的想法。

7. 父亲回来必问功课，袭人首先想到，已在为宝玉盘算了，真是无微不至。

8. 写的字不到拿得出的十分之一，交不了账，哪有心思再作诗？

---

①　安禀——儿女给父母的信；谓敬禀请安也。

也要大概看得过去。"宝玉听了，忙得自己又亲检了一遍，实在搪塞不去，便说："明日为始，一天写一百字才好。"说话时，大家安息。

至次日起来，梳洗了，便在窗下研墨，恭楷临帖。贾母因不见他，只当病了，忙使人来问。宝玉方去请安，便说："写字之故，先将早起清晨的工夫尽了出来，再作别的，因此出来迟了。"贾母听了，便十分欢喜，就吩咐他："以后只管写字念书，不用出来也使得。你去回你太太知道。"宝玉听说，便往王夫人房中来说明。王夫人便说："临阵磨枪也中用？ 有这会子着急，天天写写念念，有多少完不了的！¹ 这一赶，又赶出病来才罢。"宝玉回说："不妨事。"这里贾母也说怕急出病来。探春、宝钗等都笑说："老太太不用急。书虽替他不得，字却替得的。我们每人每日临一篇给他，搪塞过这一步就完了。一则老爷到家不生气，二则他也急不出病来。"贾母听说，喜之不尽。²

原来林黛玉闻得贾政回家，必问宝玉的功课，宝玉肯分心，恐临期吃了亏。因此自己只装作不耐烦，把诗社便不起，也不以外事去勾引他。³ 探春、宝钗二人每日也临一篇楷书字与宝玉，宝玉自己也每日加工，或写二百三百不拘。至三月下旬，便将字又集凑出许多来。⁴ 这日正算，再得五十篇也就混得过去了。谁知紫鹃走来，送了一卷东西与宝玉，拆开看时，却是一色老油竹纸上临的钟、王蝇头小楷①，字迹且与自己十分相似。喜得宝玉向紫鹃作了一个揖，又亲自来道谢。接着湘云、宝琴二人亦皆临了几篇相送。凑成虽不足功课，亦足搪塞了。宝玉放了心，于是将所应读之书，又温理过几遍，正是天天用功。可巧近海一带海啸，又糟蹋了几处生民。地方官题本奏闻，奉旨就着贾政顺路查看赈济回来。如此算去，至冬底方回。⁵ 宝玉听了，便把书字又搁过一边，仍是照旧游荡。

时值暮春之际，史湘云无聊，因见柳花飘舞，便偶成一小令，调寄《如梦令》②，⁶ 其词曰：

岂是绣绒残吐，卷起半帘香雾。纤手自拈来，空

1. 学生临考也多如此。

2. 以前只黛玉一人作枪手，如今姐妹都公然表示愿为其代笔搪塞，亦摸透老太太为孙子着急心思。

3. 黛玉自然不会等听人说了才想到。如何相助，却先不漏风。为此而搁下起诗社事也于此交代。

4. 说"三月下旬"要紧。否则，桃花时节怎写暮春柳絮词？ 可知前面刚说开社，便被诸事打断，也为此而安排的。

5. 字，既足以搪塞，书，也温习过了。贾政自不须早回，故让其延至冬底方回，好给众人有充分自由活动时间。

6. 因此促成开社填词。点回目。

---

① 钟、王蝇头小楷——三国魏钟繇，东晋王羲之，皆书法大家。蝇头，常喻细小。

② 小令，调寄《如梦令》——短小的词称令，小令即小词。词都有一个词调（或称词牌），如《如梦令》《临江仙》等，它在最初创调时亦即题目，以后只代表一定的声调格式，题目又另拟。用某一词调填写的词，常常说成"调寄某词调"。

使鹃啼燕妒。且住，且住！莫放春光别去。①1

自己作了，心中得意，便用一条纸儿写好，与宝钗看了，又来找黛玉。黛玉看毕，笑道："好！也新鲜有趣，我却不能。"湘云笑道："咱们这几社总没有填词。你明日何不起社填词，改个样儿，岂不新鲜些？"2黛玉听了，偶然兴动，便说："这话说得极是。我如今便请他们去。"说着，一面吩咐预备了几色果点之类，一面就打发人分头去请众人。这里她二人便拟了"柳絮"之题，又限出几个调来，写了，绾在壁上。

众人来看时："以柳絮为题，限各色小调。"3又都看了史湘云的，称赏了一回。宝玉笑道："这词上我倒平常，少不得也要胡诌起来。"于是大家拈阄，宝钗便拈了《临江仙》，宝琴拈了《西江月》，探春拈了《南柯子》，黛玉拈了《唐多令》，宝玉拈了《蝶恋花》。紫鹃炷了一支梦甜香，大家思索起来。一时，黛玉有了，写完。接着宝琴、宝钗都有了。她三人写完，互相看时，宝钗便笑道："我先瞧完了你们的，再看我的。"探春笑道："嗳呀，今儿这香怎么这样快，已剩了三分了！我才有了半首。"因又问宝玉可有了。宝玉虽作了些，只是自己嫌不好，又都抹了要另作，回头看香，已将烬了。李纨等笑道："这算输了。蕉丫头的半首且写出来。"探春听说，忙写了出来。众人看时，4上面却只半首《南柯子》，写道是：

　　　　空挂纤纤缕，徒垂络络丝。也难绾系也难羁，一
　　任东西南北各分离。②5

李纨笑道："这却也好作，何不续上？"宝玉见香没了，情愿认负，不肯勉强塞责，将笔搁下，来瞧这半首。见没完时，反倒动了兴，开了机，乃提笔续道是：

　　　　落去君休惜，飞来我自知。莺愁蝶倦晚芳时，纵
　　是明春再见——隔年期！③6

1. 与"展眼吊斜晖"（湘云判词）都是美好时光苦短的意思。

2. 作者有意让诗词曲都在书中展示，故改样换新。

3. 题因湘云词而定，调限小令，为其通俗易成也。若出长调慢词，都有清真手段，则闺阁成大晟乐府矣，反不合情理。

4. 却是先看没作完的，总是又变一格也。（己）

5. 与"从今分两地，各自保平安，奴去也，莫牵连"（《红楼梦曲·分骨肉》）意同。非探春才短，只能作半首，因寓意已明，实不须再作也。

6. 隐意总为宝玉出走，淹留在外，一年后始得回家，其时黛玉已逝作谶。

_____

① 湘云"岂是绣绒残吐"一首——绣绒，喻柳花。残吐，借女子唾出的绣绒线头，说柳絮因残而离枝。香雾，喻飞絮蒙蒙。以手拈柳絮代表占得了春光，所以说使春鸟产生妒忌。莫放，己卯、庚辰诸本作"莫使"，与前句"空使"用字重复，且拈絮是想留春，以"莫放"为好，从戚序、戚宁本。词与湘云好景不长的命运一致。

② 探春"空挂纤纤缕"半首——谓柳条虽似缕如丝，却难系住柳絮。络络，联缀的样子。绾（wǎn 挽）系，打成结把东西拴住。羁，缚住。词与探春远嫁不归的命运一致。

③ 宝玉续"落去君休惜"半首——我自知，等于说"人莫知"，植物抽叶开花是在不知不觉中进行的。隔年期，意谓须等柳絮再生。词为宝玉后来所遭遇作谶，参见拙著《红楼梦诗词曲赋鉴赏》。

众人笑道:"正经你分内的又不能,这却偏有了。纵然好,也不算得。"说着,看黛玉的《唐多令》:

> 粉堕百花洲,香残燕子楼。一团团逐对成球。飘泊亦如人命薄,空缱绻,说风流! 草木也知愁,韶华竟白头! 叹今生谁拾谁收? 嫁与东风春不管,凭尔去,忍淹留。①1

众人看了,俱点头感叹,说:"太作悲了,好是固然好的。"因又看宝琴的是《西江月》:

> 汉苑零星有限,隋堤点缀无穷。三春事业付东风,明月梅花一梦。 几处落红庭院? 谁家香雪帘栊? 江南江北一般同,偏是离人恨重!②2

众人都笑说:"到底是她的声调壮。'几处''谁家'两句最妙。"宝钗笑道:"终不免过于丧败。我想,<u>柳絮原是一件轻薄无根无绊的东西,然依我的主意,偏要把它说好了,才不落套。</u>3所以我诌了一首来,未必合你们的意思。"众人笑道:"不要太谦。我们且赏鉴,自然是好的。"因看这一首《临江仙》道是:

> 白玉堂前春解舞,东风卷得均匀。

湘云先笑道:"好一个'东风卷得均匀'! 这一句就出人之上了。"又看底下道:

> 蜂团蝶阵乱纷纷。几曾随逝水? 岂必委芳尘? 万缕千丝终不改,任他随聚随分。韶华休笑本无根,好风频借力,送我上青云!③4

1. 末句寓意尤显。表面写忍心看柳絮"飘泊"在外,久留不归,实则无异隐写黛玉临终内心独白:时到如今,你忍心不回家来,我也只好任你去了!

2. "明月梅花一梦"句,隐寓双关,除用《龙城录》赵师雄游罗浮山典故外,宝琴许嫁之人,恰好为梅翰林之子,则这一姻缘将来或似梦成空也难说。程乙本大概以为柳絮时节不当言"梅花",遂妄改为"梨花",致全湮原意。末写离恨,则其《真真国女儿诗》中已言之矣。

3. 记得有故事说:士人相聚,以"红"字为韵,各成诗一句。作花红、枫叶红、晚霞红、猎火红者纷纷不一。一人独言柳絮红,众以为非。则曰:我诗有上句,连起来是"斜阳返照桃花坞,柳絮飞来片片红"。

4. 后四十回续书写宝钗愿假冒病危中的黛玉,与宝玉成婚情节,对此后读者影响极大。至今不少人仍存有深恶宝钗、薛姨妈、袭人等为人之成见。其中便有人指此词末几句,谓此即宝钗欲夺取宝二奶奶宝座之心迹。其实,谶语非其人有意识说的话,乃作者宿命观的表现。此词只寓客观形势造成被世人视作"上青云"的"金玉良姻"的结果,宝钗最终不免被宝玉所弃,乃出于"韶华"时"本无根"也。

---

① 黛玉"粉堕百花洲"一首——首二句以柳絮堕枝飘残,隐喻女子死亡。百花洲,指在姑苏山上的百花洲,黛玉是姑苏人。燕子楼,唐女子关盼盼曾居此楼十余年念旧不嫁。见白居易《燕子楼三首并序》。后多用以说女子孤独悲愁。又苏轼《永遇乐》词:"燕子楼空,佳人何在? 空锁楼中燕。"故也用以说女子亡去。逐对成球,形容柳絮碰到时黏在一起。"球"可谐音"逑",配偶,隐义双关。缱绻(qiǎn quǎn 浅犬):缠绵,情好难分。嫁与东风:唐代李贺《南园》诗:"可怜日暮嫣香落,嫁与春风不用媒。"

② 宝琴"汉苑零星"一首——汉皇家园林宜春苑(即曲江池)多植柳,号柳衙,但远不及隋堤规模,故曰"有限"。明月梅花一梦,用"梦断罗浮"典(参见第五十回邢岫烟《咏红梅花》诗注),取其梦醒惆怅之意。香雪,喻柳絮。古以折柳赠别,故以离恨。苏轼《杨花词》:"细看来不是杨花,点点是离人泪。"

③ 宝钗"白玉堂前"一首——春解舞,谓柳絮被春风吹起,如翩翩起舞。均匀,谓舒卷自如。"几曾"二句谓柳絮何曾随流水逝去,亦未委弃于尘土中。下片说柳絮随风忽聚忽散,柳树依旧长条飘拂。春光中的柳絮本无根之物,然借助于风力,也能平步青云。宋代洪迈《夷坚志》卷四曾记人作《临江仙》题纸鸢词,有"当风轻借力,一举入高空"之语,为此词所本。词亦处处合宝钗身份及境遇。

众人拍案叫绝，都说："果然翻得好，气力自然是这首为尊。缠绵悲戚，让潇湘妃子；情致妖媚，却是枕霞；小薛与蕉客今日落第，要受罚的。"宝琴笑道："我们自然受罚，但不知交白卷子的，又怎么罚？"李纨道："不要忙，这定要重重地罚他，下次为例。"[1]

一语未了，只听窗外竹子上一声响，恰似窗屉子倒了一般，众人吓了一跳。丫鬟们出去瞧时，帘外丫鬟嚷道："一个大蝴蝶风筝，挂在竹梢上了。"众丫鬟笑道："好一个齐整风筝！不知是谁家放的，断了绳。拿下它来。"宝玉等听了，也都出来看时，宝玉笑道："我认得这风筝，这是大老爷那院里嫣红姑娘放的。[2]拿下来给她送过去罢。"紫鹃笑道："难道天下没有一样的风筝，单她有这个不成？我不管，我且拿起来。"探春道："紫鹃也学小气了。你们一般的也有，这会子拾人走了的，也不怕忌讳？"[3]黛玉笑道："可是呢，知道是谁放晦气①的，快丢出去罢！把咱们的拿出来，咱们也放晦气。"紫鹃听了，赶着命小丫头们将这风筝送出与园门上值日的婆子去了，倘有人来找，好还他们去的。

这里小丫头们听见放风筝，巴不得一声儿，七手八脚，[4]都忙着拿出一个美人风筝来。也有搬高凳去的，也有捆剪子股②的，也有拨籰子③的。宝钗等都立在院门前，命丫头们在院外敞地下放去。宝琴笑道："你这个不大好看，不如三姐姐的那一个软翅子大凤凰好。"[5]宝钗笑道："果然。"因回头向翠墨笑道："你去把你们的拿来也放放。"翠墨笑嘻嘻地果然也取去了。宝玉又兴头起来，也打发个小丫头子家去，说："把昨儿赖大娘送我的那个大鱼取来。"小丫头子去了半天，空手回来，笑道："晴姑娘昨儿放走了。"宝玉道："我还没放一遭儿呢。"探春笑道："横竖是给你放晦气罢了。"宝玉道："也罢。再把那个大螃蟹拿来罢。"丫头去了，同了几个人扛了一个美人并籰子来，说道："袭姑娘说，昨儿把螃蟹给了三爷了。[6]这一个是林大娘才送来的，放这一个罢。"宝玉细看了一回，只见这美人做得十分精致，[7]心中欢喜，便命叫放起来。

此时，探春的也取了来，翠墨带着几个小丫头子们，在那边山坡上已放了起来。宝琴也命人将自己的一个大红蝙蝠

1. 若真的再写宝玉受罚，就呆了，前已写过罚他访妙玉乞红梅，还罚什么？故立即打断，转入写放风筝。

2. 偏他认得。

3. 俗传放风筝是放走晦气，故忌讳拾了来。

4. 是写小丫头贪玩的童心。

5. 特将探春的风筝先夸一句，因为将着重写到。

6. 螃蟹自该给贾环。

7. 宝玉得美人也对。

---

① 放晦气——迷信习俗，以为将风筝放走，可以把不祥也放走，叫"放晦气"。

② 剪子股——用竹竿抖放风筝，在竿头斜缚一小棍，呈剪刀形，以便挑线，叫"剪子股"。

③ 籰（yuè 月）子——绕线工具，这里指放风筝用的线车子。

也取来。宝钗也高兴，也取了一个来，却是一连七个大雁的，¹ 都放起来了。独有宝玉的美人放不起来。宝玉说丫头们不会放，自己放了半天，只起房高，便落下来了，急得宝玉头上出汗。众人又笑，宝玉恨得掷在地下，指着风筝道："若不是个美人，我一顿脚，跺个稀烂！"² 黛玉笑道："那是顶线①不好，拿出去，另使人打了顶线，就好了。"³ 宝玉一面使人拿去另打顶线，一面又取一个来放。大家都仰面看天上，这几个风筝都起在半空中去了。

一时，丫鬟们又拿了许多各式各样的"送饭的"②来，玩了一回。紫鹃笑道："这一回的劲大，姑娘来放罢。"黛玉听说，用手帕垫着手，⁴ 顿了一顿，果然风紧力大，接过籰子来，随着风筝的势将籰子一松，只听一阵"豁剌剌"响，登时籰子线尽。黛玉因让众人来放。众人都笑道："各人都有，你先请罢。"黛玉笑道："这一放，虽有趣，只是不忍。"⁵ 李纨道："放风筝图的是这一乐，所以又说放晦气，你更该多放些，把你这病根儿都带了去就好了。"紫鹃笑道："我们姑娘越发小气了。哪一年不放几个子？今儿忽然又心疼了。姑娘不放，等我放。"说着，便向雪雁手中接过一把西洋小银剪子来，齐籰子根下寸丝不留，"咯登"一声铰断，笑道："这一去，把病根儿可都带了去了！"那风筝飘飘摇摇，只管往后退了去。一时只有鸡蛋大小，展眼只剩了一点黑星儿，再展眼便不见了。众人皆仰面睃眼说："有趣，有趣！"③ 宝玉道："可惜不知落在哪里去了。若落在有人烟处，被小孩子得了还好；若落在荒郊野外，无人烟处，我替它寂寞。想起来，把我这个放去，教它两个作伴儿罢。"⁶ 于是也用剪子剪断，照先放了去。

探春正要剪自己的凤凰，见天上也有一个凤凰，因道："这也不知是谁家的？"众人皆笑说："且别剪你的，看它倒像要来绞的样儿。"说着，只见那凤凰渐逼近来，遂与这凤凰绞在一处。众人方要往下收线，那一家也要收线，正不开交，又见一个门扇大的玲珑"喜"字带响鞭，在半天如钟鸣一般，也逼近来。众人笑道："这一个也来绞了！且别收，让它三个绞在一处，倒有趣呢！"说着，那"喜"字果然与这两个凤凰绞

---

1. 大雁是会传书的，是盼音信否？

2. 幽默，正是宝玉的性情。

3. 内行话，有过放风筝经验的人才知。

4. 细。

5. 能体验人物心里微小的情绪变化。

6. 宝玉之体贴爱心竟及于物，无怪称其为"情不情"。换别人来写，想不到此。他日黛玉夭亡后，不知是否也有类似想头。东坡记梦词《江城子》曰："料得年年肠断处，明月夜，短松冈。"即写自己思念亡妻葬于"荒郊野外，无人烟处"的凄凉"寂寞"。

---

① 顶线——在风筝骨子上择三点，呈倒三角形，用系三根线，然后再总系在一根风筝线上。那三根线叫"顶线"，顶线的位置、长短决定风筝的平衡、倾斜度，适当时才容易放起来。

② 送饭的——放风筝时一种附加物的俗称。风筝放高后，将它挂在线上，随风沿线而上，多为彩纸之类。

③ 有趣，有趣——以下至本回结束文字，似有象征性的暗示，暗示探春将来远嫁尤为明显。甲辰、程高本删去。

在一处。[1] 三下齐收乱抛，谁知线都断了，那三个风筝，飘飘摇摇都去了。众人拍手，哄然一笑，说："倒有趣，可不知那'喜'字是谁家的，忒促狭了些！"[2] 黛玉说："我的风筝也放去了，我也乏了，我也要歇歇去了。"宝钗说："且等我们放了去，大家好散。"说着，看她姊妹都放去了，大家方散。黛玉回房，歪着养乏。要知端的，下回便见。

1. 两只凤凰和"喜"字绞在一起，显然是将来探春婚姻的象征。她抽得的花名签上就有"必得贵婿"话头（第六十三回），又她制作元宵灯谜（回目标出是"谶语"），恰恰也是风筝，且曰："游丝一断浑无力，莫向东风怨别离"。（第二十二回）

2. 怪"喜"字来绞"忒促狭"，即怪促成这场远嫁不归婚姻的背地里出主意者忒促狭。但不知是否指其生母赵姨娘。无法证实。

## 【总评】

经过多回写二尤悲剧的情节后，又重回宝、黛、钗、湘等人的故事；以作诗填词为主干，穿插些其他日常活动情节。

晴雯、麝月、芳官等丫头们咭咭呱呱地嬉笑玩闹，是怡红院独有的景象。这完全是宝玉造成的，他自己乐于参与其中，也就说明问题了。

海棠诗社建立后，只作了几次诗，大观园中变故迭起，诗社一散就是一年。黛玉作了一首《桃花行》，大家看了，提起兴来，重建诗社，改称"桃花社"，但这已是夕阳晚景了。《桃花行》与《葬花吟》《秋窗风雨夕》的基本格调一致，在不同程度上都带有"诗谶"成分，只是它专为命薄如桃花的林黛玉的夭亡，预作象征性的写照。文中借"宝玉看了，并不称赞，却滚下泪来，便知出自黛玉"和"哀音"等语，点出此诗的性质。

为行文不过于平直，不接写作诗，而写此时出差在外的贾政捎来家书，说是六七月回京。宝玉要为父亲回家时检查功课作准备，只好临时抱佛脚。书，还能勉强应付；字，写好的太少，难交账。探春、宝钗等愿做"枪手"，"每人每日临一篇给他"，因为临的是楷书，容易模仿。黛玉早想到，不声不响地已临了一大卷"钟、王蝇头小楷"叫紫鹃送去。正在"天天用功"，得讯贾政因"近海一带海啸"奉旨"查看赈济"，须"至冬底方回"，于是宝玉把功课搁下，"照旧游荡"。这才接上写众人填词。

《柳絮词》又都是每个人未来的自况。故湘云所作，以惜春、留春作结，预示其所谓美满婚姻好景不长。探春作的前半首，其远嫁不归的寓意甚明；宝玉续其后半首，也是自作谶语。黛玉之作，寄寓已如注释说明。宝琴将来归宿如何，确切的线索不多，故其词不必强作阐解。宝钗的翻案文章，必应与其命运相合：她虽成就了"金玉良姻"，却落得被弃孤居，所以词说既能"上青云"，又特点出是"本无根"的。总之，这是作者惯用的特殊表现方法。

以放风筝游戏情节作本回收场，可注意者有二：一、是作诗填词用谶语式表现方法的继续。在这段情节的描绘中，也处处有象征性、隐寓性的用意在。如黛玉要放走风筝时的"不忍"和"心疼"，宝玉对黛玉风筝飞走的特别多情牵挂，说"若落在荒郊野外，无人烟处，我替它寂寞。想起来，把我这个放去，教它两个作伴儿罢"。当然最明显的是探春的风筝被绞一段，与以前她得花签说"必得贵婿"及多处暗示她远嫁不归完全一致。二、作者本大杂家，三教九流无所不晓，故对风筝也颇内行。但这与"文革"期间有人提供假古董《废艺斋集稿》（中有《南鹞北鸢考工志》《瓶湖懋斋记盛》等），造出个曹雪芹的风筝谱毫不相干。假古董破绽百出，已被一一揭出。可参见梅节《曹雪芹佚著〈废艺斋集稿〉质疑》（《河南教育学院学报》（哲学社会科学版）2006年第1期）和任晓辉、辛欣《〈废艺斋集稿〉研究综述》（《红楼梦学刊》2006年第3期）等文。

# 第 七 十 一 回

## 嫌隙人有心生嫌隙　鸳鸯女无意遇鸳鸯

【题解】

　　本回回目诸本一致。嫌隙人，指邢夫人。一段时间来，她对儿媳王熙凤已存嫌隙，值贾府内出现些纠纷，不满凤姐处置的人就在邢夫人前挑唆，加深其嫌隙，致使她故意当众羞辱凤姐，让她下不了台。鸳鸯夜过园子，找山石后隐蔽处小解，无意间撞见了丫头司棋与小厮潘又安在幽会。通常称在野外干这种事的男女为野鸳鸯。

　　话说贾政回京之后，诸事完毕，赐假一月，在家歇息。因年景渐老，事重身衰，又近因在外几年，骨肉离分，今得晏然复聚于庭室，自觉喜幸不尽。一应大小事务，一概益发付于度外，只是看书，闷了便与清客们下棋吃酒，或日间在里面，母子夫妻共叙天伦庭闱之乐。

　　因今岁八月初三日，乃贾母八旬之庆，¹ 又因亲友全来，恐筵宴排设不开，便早同贾赦及贾珍、贾琏等商议，议定于七月二十八日起，至八月初五日止，荣、宁两处，齐开筵宴，² 宁国府中单请官客，荣国府中单请堂客①，大观园中，收拾出缀锦阁并嘉荫堂等几处大地方来，作退居②。二十八日请皇亲、驸马、王公、诸公主、郡主、王妃、国君、太君、夫人③等，二十九日便是阁下、都府、督镇及诰命等，三十日便是诸官长及诰命并远近亲友及堂客。初一日是贾赦的家宴，初二日是贾政，初三日是贾珍、贾琏，初四日是贾府中合族长幼大小共凑的家宴。初五日是赖大、林之孝等家下管事人等共凑一日。自七月上旬，送寿礼者便络绎不绝。礼部奉旨：钦赐金玉如意一柄，彩缎四端，

1. 贾母见刘姥姥时，姥姥说自己七十五岁了，贾母说"比我大好几岁呢"。（第三十九回）就算大二三岁吧，则贾母当时应是七十二三岁，难道一晃已过了七八年了，怎么也算不出来。若果真如此，则宝玉、黛玉都该超过二十岁了。还说他们年纪尚小，谈婚论嫁事等三二年再说，这怎么可能呢？喜欢给小说人物排年表的人不知如何处理这类矛盾。写小说嘛，本非编年谱，尤其在人物众多的小说中，某人大几岁、小几岁，只要大体上看得过去就行，根本算不了什么问题。即使能将年岁大小写得毫无破绽，也未必就能成为好小说。

2. 贾母过生日够隆重的，历时八天，三天外宾，五天家宴。但氛围是否相称，是另一回事。

---

　　① 官客、堂客——男客、女客。
　　② 退居——客人临时休息处。
　　③ 国君、太君、夫人——皇帝按臣子的官阶赐予其母亲、妻子的称号，历代规定不同。

金玉环四个，帑银五百两。元春又命太监送出金寿星一尊，沉香拐一只，伽南珠一串，福寿香一盒，金锭二对，银锭四对，彩缎十二匹，玉杯四只。余者自亲王、驸马以及大小文武官员之家，凡所来往者，莫不有礼，不能胜记。堂屋内设下大桌案，铺了红毡，将凡所有精细之物，都摆上，请贾母过目。<u>贾母先一二日，还高兴过来瞧瞧，后来烦了，也不过目，只说：“叫凤丫头收了，改日闲了再瞧。”</u>[1]

至二十八日，两府中俱悬灯结彩，屏开鸾凤，褥设芙蓉，笙箫鼓乐之音，通衢越巷。宁府中，本日只有北静王、南安郡王、永昌驸马、乐善郡王并几个世交公侯应袭；荣府中，南安王太妃、北静王妃并几位世交公侯诰命。<u>贾母等俱是按品大妆迎接。</u>[2]大家厮见，先请入大观园内嘉荫堂，茶毕更衣，方出至荣庆堂上拜寿入席。大家谦逊半日，方才坐席。上面两席是南北王妃，下面依序，便是众公侯的诰命。左边下手一席，陪客是锦乡侯诰命与临昌伯诰命；<u>右边下手一席，方是贾母主位。</u>[3]邢夫人、王夫人带领尤氏、凤姐并族中几个媳妇，两溜雁翅，站在贾母身后侍立。林之孝、赖大家的带领众媳妇，都在竹帘外面，伺候上菜上酒；周瑞家的带领几个丫鬟，在围屏后伺候呼唤。凡跟来的人，早又有人管待别处去了。

一时台上参了场①，台下一色十二个未留发的小厮伺候。须臾，一小厮捧了戏单至阶下，先递与回事的媳妇；这媳妇接了，才递与林之孝家的，用一小茶盘托上，挨身入帘来，递与尤氏的侍妾佩凤；佩凤接了，才奉与尤氏；尤氏托着，走至上席，<u>南安太妃谦让了一回，点了一出吉庆戏文，然后又谦让了一回，北静王妃也点了一出；众人又让了一回，命随便拣好的唱罢了。</u>[4]少时，菜已四献，汤始一道。跟来各家的人，放了赏。大家便更衣复入园来，另献好茶。

南安太妃因问宝玉。贾母笑道：“今日几处庙里念‘保安延寿经’，他跪经②去了。”又问众小姐们。[5]贾母笑道：“她们姊妹们病的病，弱的弱，见人腼腆，所以叫她们给我看屋子去了。有的是小戏子，传了一班在那边厅上，

1. 如此写自好。

2. 正规接待，恭敬有加，到者皆有诰命之尊贵来宾也。

3. 主位反在诸贵妇宾客之下。

4. 写一点戏，从戏单的层层上递，到太妃、王妃点过后，其余命妇皆不再点，礼仪井然。

5. 由太妃先问宝玉，再问小姐们，也是来客应有之礼，一丝不乱。

---

① 参场——为喜庆祝寿演戏，开演前，演员们排列在戏台上致贺，叫“参场”。

② 跪经——参加寺庙诵经以祈福，须下跪。

陪着她姨娘家姊妹们也看戏呢。"南安太妃笑道："既这样，叫人请来。"贾母回头命凤姐儿去把史、薛、林带来，"再只叫你三妹妹陪着来罢。"凤姐答应了，来至贾母这边，只见她姊妹们正吃果子看戏呢，宝玉也才从庙里跪经回来。凤姐儿说了话。宝钗姊妹与黛玉、探春、湘云五人来至园中，大家见了，不用请安、问好、让坐等事。众人中也有见过的，还有一两家不曾见过的，都齐声夸赞不绝。其中湘云最熟，南安太妃因笑道："你在这里，听见我来了，还不出来？还等请去。我明儿和你叔叔算账。"[1] 因一手拉着探春，一手拉着宝钗，问几岁了，又连声夸赞。因又松了她两个，又拉着黛玉、宝琴，也着实细看极夸一回。又笑道："都是好的，你不知叫我夸哪一个的是。"[2] 早有人将备用礼物打点出五份来：金玉戒指各五个，腕香珠五串。南安太妃笑道："你姊妹们别笑话，留着赏丫头们罢。"五人忙拜谢过。北静王妃也有五样礼物。余者不必细说。

吃了茶，园中略逛了一逛，贾母等因又让入席。南安太妃便告辞，说身上不快，"今日若不来，实在使不得，因此恕我竟先要告别了。"贾母等听说，也不便强留，大家又让了一回，送至园门，坐轿而去。接着北静王妃略坐一坐，也就告辞了。余者也有终席的，也有不终席的。

贾母劳乏了一日，次日便不会人，一应都是邢夫人、王夫人管待。有那些世家子弟拜寿的，只到厅上行礼，贾赦、贾政、贾珍等还礼管待，至宁府坐席。不在话下。

这几日，尤氏晚间也不回那府里去，白日间待客，晚间陪贾母玩笑，又帮着凤姐料理出入大小器皿以及收放赏礼事务，晚间在园内李氏房中歇宿。这日，晚间服侍过贾母晚饭后，贾母因说："你们也乏了，我也乏了，早些寻一点子吃的，歇歇去。明儿还要起早闹呢。"[3] 尤氏答应着，退了出来，到凤姐儿房里来吃饭。凤姐在楼上看着人收送礼的新围屏，只有平儿在房里与凤姐叠衣服。尤氏因问："你们奶奶吃了饭了没有？"平儿笑道："吃饭岂不请奶奶去的。"尤氏道："既这样，我别处找吃的去。饿得我受不得了。"说着就走。平儿忙笑道："奶奶请回来，这里有点心，且点补一点儿，回来再吃饭。"尤氏笑道："你们忙得这样，我园子里和她姊妹们闹去。"一面说，一面就走。平儿留不住，只得罢了。

1. 这很自然。是熟人对小辈示亲切话头，非责怪也。

2. 固是场面上话，也是实情。大观园中如此耀眼的五朵金花，谁见了能不夸呢？

3. 要热闹，就得受点累。贾母的话，道出贾府连日迎来送往，忙于应酬，以致力乏神疲情景。

且说尤氏一径来至园中，只见园中正门与各处角门仍未关，[1] 犹吊着各色彩灯，因回头命小丫头叫该班的女人。那丫鬟走入班房中，竟没一个人影儿，回来回了尤氏。尤氏便命传管家的女人。这丫头应了便出去，到二门外鹿顶内，乃是管事的女人议事取齐之所。到了这里，只有两个婆子分菜果呢。因问："哪一位奶奶在这里？东府里奶奶立等一位奶奶，有话吩咐。"这两个婆子只顾分菜果，又听见是东府里的奶奶，不大在心上，[2] 因就回说："管家奶奶们才散了。"小丫头道："散了，你们家里传她去。"婆子道："我们只管看屋子，不管传人。姑娘要传人，再派传人的去。"小丫头听了道："嗳呀嗳呀，这可反了！[3] 怎么你们不传去？你哄那新来的，怎么哄起我来了！素日你们不传，谁传去？这会子打听了梯己信儿，或是赏了哪位管家奶奶的东西，你们争着狗颠儿似的传去了，不知谁是谁呢！琏二奶奶要传，你们可也这么回？"这两个婆子一则吃了酒，二则被这丫头揭挑着弊病，便羞急成怒了，因回口道："扯你的臊！我们的事传不传，不与你相干，你未曾揭挑我们？你想想，你那老子娘在那边管家爷们跟前，比我们还更会溜呢。什么'清水下杂面，你吃我也见'的事，各家门，另家户，你有本事，排场你们那边人去！我们这边，你还早些呢！"[4] 丫头听了，气白了脸，因说道："好，好，这话说得好！"一面转身进来回话。

尤氏已早入园来。因遇见了袭人、宝琴、湘云三人，同着地藏庵的两个姑子，正说故事玩笑。尤氏因说饿了，先到怡红院，袭人装了几样荤素点心出来，与尤氏吃。两个姑子、宝琴、湘云等都吃茶，仍说故事。那小丫头子一径找了来，气狠狠地把方才的话都说了出来。尤氏听了冷笑道："这是两个什么人？"两个姑子并宝琴、湘云等听了，生怕尤氏生气，忙劝说："没有的事，必是这一个听错了。"两个姑子笑推这丫头道："你这孩子好性气，那糊涂老嬷嬷们的话，你也不该来回才是。[5] 咱们奶奶万金之躯，劳乏了几日，黄汤辣水没吃，咱们哄她欢喜一会还不得一半儿，说这些话做什么？"袭人也忙笑着拉出她去，说："好妹子，你且出去歇歇，我打发人叫她们去。"尤氏道："你不要叫人，你去就叫这两个婆子来，到那边把她们家的凤儿叫来。"袭人笑道："我请去。"尤氏说："偏不要你去。"两个姑子忙立起身来，笑说："奶奶素日宽洪大量，今日老祖宗

1. 伏下文。（庚）便是接着写的事。

2. 看人下菜碟，管事婆子通病。

3. 气太盛了！小丫头这样说话，不免招人恼怒。

4. 下人公然声称东、西二府是不相干的"各家门，另家户"，不能彼此派遣的话，传了上去，必惹恼主子，要吃亏。然正是吃了酒，又羞怒时不斟酌后果说的话。

5. 这些责怪小丫头因自己生气，就不顾奶奶感受，什么话都来回的话，也只有旁观的外人才适合说，所以才写在旁有庵里来的两个姑子。

千秋，奶奶生气，岂不惹人议论。"[1] 宝琴、湘云二人也都笑劝，尤氏道："不为老太太的千秋，我断不依！且放着就是了。"

说话之间，袭人早又遣了一个丫头去到园门外找人。可巧遇见周瑞家的，这小丫头子就把这话告诉周瑞家的。周瑞家的虽不管事，因她素日仗着是王夫人的陪房，原有些体面，心性乖滑，专惯各处献勤讨好，所以各房主人都喜欢她。[2] 她今日听了这话，忙得跑入怡红院来，一面飞走，一面口内说道："气坏了奶奶了，可了不得！我们家里如今惯得太不堪了。[3] 偏生我不在跟前，若在跟前，且打她们几个耳刮子，再等过了这几日算账。"

尤氏见了她，也便笑道："周姐姐，你来，有个理你说说。这早晚门还大开着，明灯蜡烛，出入的人又杂，倘有不防的事，如何使得？因此，叫该班的人吹灯关门，谁知一个人芽儿也没有。"周瑞家的道："这还了得！前儿二奶奶还吩咐了她们，说这几日事多人杂，一晚就关门吹灯，不是园里的人，不许放进去。今儿就没了人。这事过了这几日，必要打几个才好。"尤氏又说小丫头子的话。周瑞家的道："奶奶不要生气，等过了事，我告诉管事的，打她个臭死。只问她们，谁叫她们说这'各家门各家户'的话！[4] 我已经叫她们吹了灯，关上正门和角门了。"正乱着，只见凤姐打发人来请吃饭。尤氏道："我也不饿了，才吃了几个饽饽，请你奶奶自吃罢。"

一时，周瑞家的得便出去，便把方才的事回了凤姐，又说："这两个婆子就管家奶奶似的，时常我们和她说话，都似狠虫一般。奶奶若不戒饬，大奶奶脸上过不去。"[5] 凤姐道："既这么着，记上两个人的名字，等过了这几日，捆了送到那府里，凭大嫂子开发，或是打几下子，或是她开恩饶了她们，随她去就是了，什么大事！"周瑞家的听了，巴不得一声儿，素日因与这几个人不睦，[6] 出来了，便命一个小厮到林之孝家传凤姐的话，立刻叫林之孝家的进来见大奶奶；一面又传人立刻捆起这两个婆子来，交到马圈里，派人看守。[7]

林之孝家的不知有什么事，此时已经点灯，忙坐车进来先见凤姐。至二门上，传进话去，丫头们出来说："奶奶才歇下了。大奶奶在园子里，叫大娘见见大奶奶就是了。"林之孝家的只得进园来到稻香村，丫鬟们回进去，尤氏听

1. 也只有这话能暂且压住。

2. 周瑞家的，虽已出场多次，读者总未十分清楚其为人，特于此处作几句品评。

3. 正写她专惯献殷勤讨好。可见生事者并非只有进谗言诽谤者，也有为讨好而拱火者。

4. 抓住话柄想要严惩，便有挟私怨之嫌。

5. 说是"等过了事"再算账，谁知急不可待地立马回了凤姐。借维护大奶奶面子为名，要求"戒饬"。

6. 果然是旧有嫌隙的。

7. 捏着鸡毛当令箭。凤姐说"等过了这几日"，这话仿佛没有听见，却雷厉风行，"立刻"动手。

了，反过意不去，[1]忙唤进她来，因笑问她道："我不过为找
人找不着，因问你，你既去了，也不是什么大事，谁又把
你叫进来？倒要你白跑一遭。不大的事，已经撒开手了。"
林之孝家的也笑道："二奶奶打发人传我，说奶奶有话吩咐。"
尤氏笑道："这是哪里的话，只当你没去，白问你。这是谁
又多事，告诉了凤丫头，大约周姐姐说的。你家去歇着罢，
没有什么大事。"李纨又要说原故，尤氏反拦住了。

　　林之孝家的见如此，只得便回身出园去。可巧遇见赵
姨娘，[2]赵姨娘因笑道："嗳哟哟，我的嫂子！这会子还不家
去歇歇，还跑些什么？"林之孝家的便笑说："何曾不家去
的！"如此这般，"进来了，又是个齐头故事。"赵姨娘原
是个好察听这些事的，且素日又与管事的女人们扳厚①，互
相连络，好作首尾。方才之事已竟闻得八九，听林之孝家
的如此说，便这般如此，告诉了林之孝家的一遍，林之孝
家的听了，笑道："原来是这事，也值一个屁！开恩呢，就
不理论；心窄些儿，也不过打几下子就完了。"赵姨娘道："我
的嫂子，事虽不大，可见她们太张狂了些。巴巴地传进你
来，明明戏弄你，玩耍你。[3]快歇歇去，明儿还有事呢，也
不留你吃茶去。"

　　说毕，林之孝家的出来，到了侧门前，就有方才两个
婆子的女儿上来哭着求情。林之孝家的笑道："你这孩子好
糊涂！谁叫你娘吃酒混说了，惹出事来，连我也不知道。
二奶奶打发人捆她，连我还有不是呢。我替谁讨情去！"
这两个小丫头子才七八岁，原不识事，只管哭啼求告。缠
得林之孝家的没法，因说道："糊涂东西！你放着门路不去，
却缠我来。你姐姐现给了那边大太太作陪房费大娘的儿子，
你走过去告诉你姐姐，叫亲家娘和太太一说，什么完不了
的事！[4]一语提醒了这一个，那一个还求。林之孝家的啐道：
"糊涂攮的！她过去一说，自然都完了。没有个单放了她妈
又只打你妈的理。"说毕，上车去了。

　　这一个小丫头子果然过来告诉了她姐姐，和费婆子说
了。这费婆子原是邢夫人的陪房，起先也曾兴过时，只因
贾母近来不大作兴②邢夫人，所以连这边的人也减了威势。
凡贾政这边有些体面的人，那边各各皆虎视眈眈。这费婆

**右侧批注：**

1. 尤氏还算厚道。

2. 真巧，又碰到一个唯恐天下
　 不乱的人。

3. 总想煽动起对凤姐的不满来。

4. 老管家了，深谙主子们情况，
　 想门路自是拿手，教的办法
　 确实管用，只是这一来，必
　 加深邢夫人对凤姐的不满。

---

① 扳厚——结交，拉关系。
② 兴过时、不大作兴——兴过时，得意过一阵子。不大作兴，不大满意；冷淡。

子常倚老卖老，仗着邢夫人，常吃些酒，嘴里胡骂乱怨地出气。如今贾母庆寿这样大事，干看着人家逞才卖技办事，呼幺喝六地弄手脚，心中早已不自在，指鸡骂狗，闲言闲语地乱闹。这边的人也不和她较量。如今听了周瑞家的捆了她亲家，越发火上浇油，仗着酒兴，指着隔断的墙，大骂了一阵，[1]便走上来求邢夫人，说她亲家并没什么不是，"不过和那府里的大奶奶的小丫头白斗了两句话，周瑞家的便调唆了咱家二奶奶捆到马圈里，等过了这两日还要打。求太太——我那亲家娘也是七八十岁的老婆子——和二奶奶说声，饶她这一次罢。"

　　邢夫人自为要鸳鸯之后，讨了没意思，后来见贾母越发冷淡了她，凤姐的体面反胜自己；且前日南安太妃来了，要见她姊妹，贾母又只令探春出来，迎春竟似有如无，自己心内早已怨忿不乐，[2]只是使不出来。又值这一干小人在侧，他们心内嫉妒挟怨之事不敢施展，便背地里造言生事，调拨主人。先不过是告那边的奴才，后来渐次告到凤姐，[3]说"凤姐只哄着老太太喜欢了她，好就中作威作福，辖治着琏二爷，调唆二太太，把这边的正经太太倒不放在心上"；后来又告到王夫人，说："老太太不喜欢太太，都是二太太和琏二奶奶调唆的。"邢夫人纵是铁心铜胆的人，妇女家终不免生些嫌隙之心，近日因此着实恶绝凤姐。今又听了如此一篇话，也不说长短。[4]

　　至次日一早，见过贾母，众族中人到齐，坐席开戏。贾母高兴，又见今日无远亲，都是自己族中子侄辈，只便衣常装出来堂上受礼。当中独设一榻，引枕、靠背、脚踏俱全，自己歪在榻上。榻之前后左右，皆是一色的小矮凳。宝钗、宝琴、黛玉、湘云、迎春、探春、惜春姊妹等围绕。因贾瑞之母也带了女儿喜鸾，贾琼之母也带了女儿四姐儿，还有几房的孙女儿，大小共有二十来个。贾母独见喜鸾和四姐儿生得又好，说话行事，与众不同，心中喜欢，便命她两个也过来榻前同坐。宝玉却在榻上脚下与贾母捶腿。首席便是薛姨妈，下边两溜皆顺着房头辈数坐下去。帘外两廊，都是族中男客，也依次而坐。先是那女客一起一起行礼，后方是男客行礼。贾母歪在榻上，只命人说"免了罢"，早已都行完了。然后赖大等带领众家人，从仪门直跪至大厅上，磕头礼毕，又是众家下媳妇，然后是各房的丫鬟，足闹了两三顿饭

1. 费婆子心里本不自在，其为人和背景交代得清楚，故一听此事，便怒不可遏。细致之甚！（庚）

2. 心胸不免狭窄。

3. 又值奴才小人造言调唆生事。

4. 既心生嫌隙，恶绝凤姐，听了那些挑拨的话，反"不说长短"，绝非好事，一定是在思忖如何出这口气了。

时。[1]然后又抬了许多雀笼来，在当院中放了生。贾赦等焚过了天地寿星纸，方开戏饮酒。直到歇了中台①，贾母方进来歇息，命他们取便，因命凤姐儿留下喜鸾、四姐儿玩两日再去。凤姐儿出来便和她母亲说，她两个母亲素日都承凤姐的照顾，也巴不得一声儿。她两个也愿意在园内玩耍，至晚便不回家了。

邢夫人直至晚间散时，当着许多人，陪笑和凤姐求情说："我听见昨儿晚上二奶奶生气，打发周管家的娘子捆了两个老婆子，可也不知犯了什么罪。论理，我不该讨情，我想老太太的好日子，发狠的还舍钱舍米，周贫济老，咱们家先倒折磨起人家来了。不看我的脸，权且看老太太，竟放了她们罢。"[2]说毕，上车去了。

凤姐听了这话，又当着许多人，又羞又气，一时抓寻不着头脑，憋得脸紫胀，回头向赖大家的等笑道：[3]"这是哪里的话！昨儿因为这里的人得罪了那府里的大嫂子，我怕大嫂子多心，所以尽让她发放，并不为得罪了我。这又是谁的耳报神这么快？"王夫人因问："为什么事？"凤姐儿笑将昨日的事说了。尤氏也笑道："连我并不知道，你原也太多事了。"凤姐儿道："我为你脸上过不去，所以等你开发，不过是个礼。就如我在你那里有人得罪了我，你自然送了来尽我。凭他是什么好奴才，到底错不过这个礼去。这又不知谁过去没的献勤儿，这也当作一件事情去说。"王夫人道："你太太说得是。就是珍哥媳妇，也不是外人，也不用这些虚礼。老太太的千秋要紧，放了她们为是。"说着，回头便命人去放了那两个婆子。凤姐由不得越想越气越愧，不觉的灰心转悲，滚下泪来。因赌气回房哭泣，又不肯使人知觉。偏又贾母打发了琥珀来叫，立等说话。琥珀见了，诧异道："好好的这是什么原故？那里立等你呢。"凤姐听了，忙擦干了泪，洗面另施了脂粉，方同琥珀过来。

贾母因问道："前儿这些人家送礼来的，共有几家有围屏？"凤姐儿道："共有十六家有围屏，十二架大的，四架小的炕屏。内中只有江南甄家[4]一架大屏十二扇，

1. 孙女辈就有二十来个，直写到家人、家下媳妇、丫头们，如此众多祝寿行礼之人，却为邢夫人要出气，提供了所需环境。

2. 恶！必当着许多人说，话也刻薄之极。邢夫人为丈夫讨鸳鸯时，话多愚蠢，不料为了要羞辱凤姐，竟能想出如此聪明办法来！

3. 哪能想到竟会当众遭此无法还手的一闷棍，也真是"壮士须防恶犬欺"了。又写笑，妙！凡凤姐真怒处，必曰"笑"，凌凌不错。（庚）

4. 好，一提甄事。盖真事欲显，假事将尽。（庚）此批极重要！是探求作者为何要写一与都中贾府基本相同的江南甄家，及如何安排两家在后半部中调换位置这一情节构思的重要线索。前半写贾府盛况，以运用曹家素材而言，多属前辈老人亲历之事。非能现成可成完整故事者，必借大量虚构而后可；又上辈几件最显赫之事，如康熙南巡接驾，曹寅之女嫁纳尔苏而成王妃等，皆于史册档案中可查，时人知之者多，不能原样写出，明触忌讳，故多用变形手法，另编故事，将真事隐去。后半部写贾府遭变故败落，用曹頫被抄后离散贫穷苦难境况作素材，作者已有记忆，闻见也多，且外界难详知其家遭劫后种种，正不妨多地实录生活真实。所以极可能改为用许多篇幅正面写甄家、甄宝玉事，而贾家、贾宝玉事反而常用侧笔叙出。本来嘛，"贾作甄时甄亦贾"，两者是一样的。

---

① 歇中台——旧时戏剧演出，演到中间，演员要暂时休息，也叫"中间煞锣"。

是大红缎子刻丝'满床笏',一面是泥金'百寿图'的,
是头等的。还有粤海将军邬家的一架玻璃的还罢了。"贾
母道:"既这样,这两架别动,好生搁着,我要送人的。"
凤姐儿答应了。

鸳鸯忽过来向凤姐儿面上只管细瞧,引得贾母问说:
"你不认得她?只管瞧什么?"鸳鸯笑道:"怎么她的眼肿
肿的,所以我诧异,只管看。"贾母听说,便叫近前来,
也觑着眼看。凤姐笑道:"才觉得一阵痒痒,揉肿了些。"
鸳鸯笑道:"别又是受了谁的气了不成?"[1]凤姐道:"谁敢
给我气受,便受了气,老太太好日子,我也不敢哭。"[2]
贾母道:"正是呢。我正要吃晚饭,你在这里打发我吃,
剩下的,你就和珍儿媳妇吃了。你两个在这里帮着两个
师傅,替我拣佛豆儿①,你们也积积寿。前儿你姊妹们
和宝玉都拣了,如今也叫你们拣拣,别说我偏心。"说话
时,先摆上一桌素的来。两个姑子吃了;然后才摆上荤
的,贾母吃毕,抬出外间。尤氏、凤姐儿二人正吃,贾
母又叫把喜鸾、四姐儿二人也叫来,跟她二人吃毕,洗
了手,点上香,捧过一升豆子来。两个姑子先念了佛偈,
然后一个一个地拣在一个簸箩内,每拣一个,念一声佛。
明日煮熟了,令人在十字街结寿缘。贾母歪着,听两个
姑子又说些佛家的因果善事。

鸳鸯早已听见琥珀说凤姐哭之事,又和平儿跟前打
听得原故。晚间人散时,便回说:"二奶奶还是哭的,那
边大太太当着人给二奶奶没脸。"贾母因问:"为什么原
故?"鸳鸯便将原故说了。贾母道:"这才是凤丫头知礼处。
难道为我的生日,由着奴才们把一族中的主子都得罪了,
也不管罢?这是大太太素日没好气,不敢发作,所以今
儿拿着这个作法子,明是当着众人给凤儿没脸罢了!"[3]
正说着,只见宝琴等进来,也就不说了。

贾母因问:"你在哪里来?"宝琴道:"在园里林姐姐
屋里大家说话来的。"贾母忽想起一事来,忙唤一个老婆
子来,吩咐她:"到园里各处女人们跟前嘱咐嘱咐,留下
的喜姐儿和四姐儿虽然穷,也和家里的姑娘们是一样,
大家照看经心些。我知道咱们家的男男女女都是'一个

1. 鸳鸯讯息多,最知各种隐情,
   且特了解凤姐,故能一言中的。

2. 一口否认,是写凤姐要强个性,
   且知事之轻重,顾大局,不
   能给贾母带来不愉快。

3. 并非老太太一味偏袒凤姐,
   此类事还看得明白,说得准。

---

① 拣佛豆儿——本佛寺中的宗教活动,僧人一边念佛,一边拈豆记数,至四月八日佛诞日,煮豆请路人食,
以为结缘。京师人家仿此为习,于寿日念佛拣豆,煮之分送行人,以期积德添寿,故称"结寿缘"。

富贵心，两只体面眼①'，未必把她两个放在眼里。有人小看了她们，我听见，可不饶。"¹婆子答应了，方要走时，鸳鸯道："我说去罢。她们哪里听她的话。"说着，便一径往园子里来。

　　先到稻香村中，李纨与尤氏都不在这里。问丫鬟们，说："都在三姑娘那里呢。"鸳鸯回身，又来至晓翠堂，果见那园中人都在那里说笑。见她来了，都笑说："你这会子又跑来做什么？"又让她坐。鸳鸯笑道："不许我也逛逛么？"于是把方才的话说了一遍。李纨忙起身听了，即刻就叫人把各处的头儿唤了一个来，令她们传与诸人知道。不在话下。

　　这里尤氏笑道："老太太也太想得到，实在我们年轻力壮的人，捆上十个也赶不上。"李纨道："凤丫头仗着鬼聪明儿，还离脚踪儿不远，咱们是不能的了。"鸳鸯道："罢哟！还提'凤丫头''虎丫头'呢，她也可怜见儿的。虽然这几年没有在老太太、太太跟前有个错缝儿，暗里也不知得罪了多少人。"²总而言之，为人是难作的：若太老实了，没有个机变，公婆又嫌太老实了，家里人也不怕；若有些机变，未免又'治一经，损一经'②。如今咱们家里更好，新出来的这些底下奴字号的奶奶们，一个个心满意足，都不知要怎么样才好，稍有不得意，不是背地里嚼舌根，就是挑三窝四的。³我怕老太太生气，一点儿也不肯说。不然，我告诉出来，大家别过太平日子。这不是我当着三姑娘说，老太太偏疼宝玉，有人背地里怨言还罢了，算是偏心。如今老太太偏疼你，我听着也是不好。这可笑不可笑？"探春笑道："糊涂人多，哪里较量得许多。我说倒不如小人家人少，虽然寒素些，倒是娘儿们欢天喜地，大家快乐。我们这样人家人多，外头看着我们，不知千金万金小姐何等快乐，殊不知这里说不出来的烦难，更利害。"⁴

　　宝玉道："谁都像三妹妹好多心多事。我常劝你，总别听那些俗语，想那些俗事，只管安富尊荣才是。比不得我们没这清福，该应浊闹的。"尤氏道："谁都像你，真是一心无挂碍，只知道和姊妹们玩笑，饿了吃，困了睡，再

---

1. 几房孙女中，贾母独喜欢喜鸾和四姐儿，特意将她们留下，当有后文。作续书者则全然不提。故难知其详。贾母待人，从不以贫富定好恶，反责管家男女们都是势利眼，此是其开明处。

2. 总为凤姐受婆婆当众之辱抱不平。

3. 贾母八旬大庆日子，规模、排场都不小，宾客也多，虽隆重热闹，却少欢快气氛。总有这事那事生出，如梦魇缠绕，挥之不去。实非吉祥平安之象。从鸳鸯话中可以看出。

4. 探春所言，令人想起元春说过的话来："田舍之家，虽齑盐布帛，终能聚天伦之乐。今虽富贵已极，然骨肉各方，终无意趣！"都是各自对现实生活环境有真切体验后才说出来的话。作者对幸福观问题也有深刻的思索。

---

　　① 体面眼——即势利眼，意思是两眼专盯着体面的人。

　　② 治一经，损一经——中医术语，中医按经络学说诊断治疗疾病，医道不善者，往往治了这病，又添了那病，叫"治一经，损一经"。这里喻顾此失彼。

过几年，不过还是这样，一点后事也不虑。"宝玉笑道："我能够和姊妹们过一日是一日，死了就完了。什么后事不后事！"¹李纨等都笑道："这可又是胡说。就算你是个没出息的，终老在这里，难道她姊妹们都不出门的？"尤氏笑道："怨不得人都说他是假长了一个胎子，究竟是个又傻又呆的。"宝玉笑道："人事莫定，知道谁死谁活。倘或我在今日明日、今年明年死了，也算是遂心一辈子了。"众人不等说完，便说："可是又疯了，别和他说话才好。若和他说话，不是呆话，就是疯话。"喜鸾因笑道："二哥哥，你别这样说，等这里姐姐们果然都出了门，横竖老太太、太太也寂寞，我来和你作伴儿。"²李纨、尤氏等都笑道："姑娘也别说呆话，难道你是不出门的？这话哄谁！"说得喜鸾低了头。当下已是起更时分，大家各自归房安歇，众人都且不提。

　　且说鸳鸯一径回来，刚至园门前，只见角门虚掩，犹未上闩。此时园内无人来往，只有该班的房里灯光掩映，微月半天。³鸳鸯又不曾有个作伴的，也不曾提灯笼，独自一个，脚步又轻，所以该班的人皆不理会。偏生又要小解，因下了甬路，寻微草处，行至一山石后大桂树阴下来。⁴刚转过石后，只听一阵衣衫响，吓了一惊不小。定睛一看，只见是两个人在那里，见她来了，便想往石后树丛藏躲。鸳鸯眼尖，趁月色，看准一个穿红裙子梳鬅头①高大丰壮身材的，⁵是迎春房里的司棋。鸳鸯只当她和别的女孩子也在此方便，见自己来了，故意藏躲恐吓着耍，⁶因便笑叫道："司棋，你不快出来！吓着我，我就喊起来，当贼拿了。这么大丫头，也没个黑家白日的只是玩不够。"

　　这本是鸳鸯的戏语，叫她出来。谁知她贼人胆虚，只当鸳鸯已看见她的首尾了，⁷生恐叫喊起来，使众人知觉，更不好；且素日鸳鸯又和自己亲厚，不比别人，便从树后跑出来，一把拉住鸳鸯，便双膝跪下，只说："好姐姐，千万别嚷！"⁸鸳鸯反不知因何，忙拉她起来，笑问道："这是怎么说？"司棋满脸红胀，又流下泪来。鸳鸯再一回想，那一个人影恍惚像个小厮，心下便猜疑了八九，⁹自己反羞得面红耳赤，又怕起来。¹⁰因定了一会，忙悄问："那

① 鬅（péng 朋）头——一种疏松而高耸的发髻。

1. 这是一种得过且过，对生活前途茫然无望的观念，虽则也反传统。故小说结局也如湘云"耍的猴儿谜"所说："后事终难继"。

2. 喜鸾天真，童心未泯，难怪贾母喜欢。

3. 是月初旬起更时也。（庚）

4. 前有山石，后靠大树，是隐蔽处。是八月，随笔点景。（庚）

5. 只看发式、身材便认出，故曰"眼尖"。是月下所见之像，故不写至容貌也。（庚）

6. 或疑大观园内是否设厕所？当然有，刘姥姥就登过坑。然女孩子们贪方便，找隐蔽处解决也是常事，司棋就有过。（第二十七回）此见是女儿们常事，观书者自亦为如此。（庚）

7. 合情合理。更奇，不知后为何事。（庚）

8. 正是胆虚，故惊慌失措。奇甚！（庚）

9. 鸳鸯遇"鸳鸯"了！是聪敏女儿，妙！（庚）

10. 好！写出鸳鸯身份。是娇贵女儿，笔笔皆到。（庚）

个是谁？"司棋复跪下道："是我姑舅兄弟。"[1] 鸳鸯啐了一口，道："要死，要死！①"[2] 司棋又回头悄道："你不用藏着，姐姐已看见了，快出来磕头。"那小厮听了，只得也从树后爬出来，磕头如捣蒜。鸳鸯忙要回身，司棋拉住苦求，哭道："我们的性命都在姐姐身上，只求姐姐超生要紧！"鸳鸯道："你放心，我横竖不告诉一个人就是了。"一语未了，只听角门上有人说道："金姑娘已出去了，角门上锁罢。"[3] 鸳鸯正被司棋拉住，不得脱身，听见如此说，便接声道："我在这里有事，且略住手，我出来了。"司棋听了，只得松手让她去了。[4]〔要知端的，下回分解。〕

1. 实招。妙！（庚）

2. 如见其面，如闻其声。（庚）

3. 若无此语打断，必得再有一番纠缠。

4. 此等处最不宜拖沓，必让司棋及小厮都不能放心才好。

**【总评】**

　　贾母八旬之庆，荣、宁两处齐开筵宴，前后连续办了八天，每天请的都是哪些身份的人，酒席是什么性质的，皆一一写出。寿辰的一个月前，送寿礼的便络绎不绝。礼部奉旨钦赐和元春命太监送来的礼，还列出清单。两府挂灯结彩地布置起来，"笙箫鼓乐之音，通衢越巷"。届时来宁府、荣府的各有哪些贵宾，男宾、女宾如何分开，如何拜寿入席，席次如何排列，如何伺候，如何点戏；南安太妃、北静王妃又如何将备用礼物打点出来分给钗、黛、湘等姊妹。这一切也许有点乏味，但展现风月繁华之家的广阔场景是《红楼梦》区别于只着眼故事情节或人物命运的小说戏曲作品的一个很大的特点，也是它的历史价值之所在。

　　回目中所标的两件事，就是在贾母寿庆期间发生的。让人看出大家庭表面上虽风光如昔，实际上内部的矛盾纠纷在逐步深化，世外桃源式的大观园内也发现了漏洞，并不是净土一块。

　　尤氏见园中到晚间尚未关门，叫小丫头去找该班的女人，没有人；又叫她去找人传唤管家的女人来。小丫头找到两个婆子，却不肯去传唤，还与丫头顶撞起来，说"我们的事传不传，不与你相干"，"各家门，另家户，你有本事，排场你们那边人去"。惹得尤氏非常生气。事情被周瑞家的听到，去回了凤姐，凤姐叫人将两个婆子捆起来，派人看守，准备交尤氏处置。由此，又带出林之孝家的、好调唆生事的赵姨娘、为娘求情的两个婆子的女儿，以及邢夫人陪房费婆子，终于使受人挑唆的邢夫人对凤姐大生"嫌隙之心"。邢夫人找时机当着许多人，向儿媳妇凤姐"求情"，当众羞辱她，把个凤姐"憋得脸紫胀"，气得回房哭泣。鸳鸯打听得原委，向贾母说了；贾母心里十分明白，给凤姐撑了腰。作者通过此事的琐琐碎碎过程，揭示出大家庭内部复杂的人际关系和彼此之间的钩心斗角。《红楼梦》不同于我国历来以描写男女主角恋爱婚姻为主题的名著的创作思路，在这里也可以看得相当清楚。

　　鸳鸯夜间回来，经过园子，因要小解，无意中在山石后撞见司棋与小厮幽会的情节，已伏下三四回后傻大姐拾得绣春囊和抄检大观园于司棋箱内抄得"赃物"事。

---

① 要死，要死——庚辰本点去"要"字，旁改"该"字。程甲本改为"却羞得一句话也说不出来"。其实"要死，要死"是江南话，表现女子羞于闻见的神态是很生动形象的。它与北方话中带责备之意的"该死"有着微妙的差别。

# 第七十二回

## 王熙凤恃强羞说病　来旺妇倚势霸成亲

【题解】

　　本回回目诸本基本一致，唯庚辰本"恃强"讹作"特强"；列藏本"恃强"作"倚强"，与下句"倚势"重字了。回目上句语意易明，是说王熙凤讳疾忌医。她自从那次小产后，未彻底调养恢复，便在诸事上太过耗费心力，以致行经时，下血淅淅沥沥不止，但仍恃强硬撑，连平儿劝她也不听，反而动气发火，说平儿咒她。如此便落下了崩漏之症。下句说，贾琏、凤姐的女仆来旺媳妇，倚仗着主子的权势，想为儿子说亲，娶王夫人处要外放的丫头彩霞，得凤姐应允出面说媒。彩霞闻知旺儿之子品貌极坏，很不情愿，就找赵姨娘向贾政去说，望能将彩霞归给贾环，却没有得到结果。

　　且说鸳鸯出了角门，脸上犹红，心内突突的，真是意外之事。因想这事非常，若说出来，奸盗相连，关系人命，还保不住带累了旁人。横竖与自己无干，且藏在心内不说与一人知道。回房复了贾母的命，大家安息。从此凡晚间便不大往园中来。因思园中尚有这样奇事，何况别处。因此，连别处也不大轻走动了。[1]

　　原来那司棋因从小儿和她姑表兄弟在一处玩笑起住时，小儿戏言，便都订下将来不娶不嫁。近年大了，彼此又出落得品貌风流，常时司棋回家时，二人眉来眼去，旧情不忘，只能入手。又彼此生怕父母不从，二人便设法彼此里外买嘱园内老婆子们留门看道；[2]今日趁乱，方初次入港，虽未成双，却也海誓山盟，私传表记，[3]已有无限风情了。忽被鸳鸯惊散，那小厮早穿花度柳，从角门出去了。司棋一夜不曾睡着，又后悔不来。至次日见了鸳鸯，自是脸上一红一白，百般过不去。心内怀着鬼胎，茶饭无心，起坐恍惚。挨了两日，竟不听见有动静，方略放下了心。这日晚间，忽有个婆子来悄告诉她道："你兄弟竟逃走了，[4]三四天没归家。如今打发人四处找他呢。"司棋听了，气个倒仰，因思道："纵是闹了出来，也该死在一处。他自为是男人，先就走了，可见是个没情意的。"[5]因此，又添

1. 自己守身，行事还谨慎。

2. 花几个钱，就能买通管园婆子，贾府多事，不足怪矣。

3. "海誓山盟"倒无不可，"私传表记"可要小心！

4. 这婆子必是买通了的，告诉之事，竟是海誓山盟不算数。

5. 怎能不气死？如此胆小，只顾自己，没担当的人，还算是男人？

了一层气。次日便觉心内不快，百般支持不住，一头睡倒，恹恹的成了大病。

鸳鸯闻知那边无故走了一个小厮，园内司棋又病重，要往外挪，心下料定是二人惧罪之故，"生怕我说出来，方吓到这样。"因此，自己反过意不去，[1] 指着来望候司棋，支出人去，反自己立身发誓，与司棋说："我要告诉一个人，立刻现死现报！你只管放心养病，别白糟蹋了小命儿。"司棋一把拉住，哭道："我的姐姐，咱们从小儿耳鬓厮磨，你不曾拿我当外人待，我也不敢怠慢了你。如今我虽一着走错，你若果然不告诉一个人，你就是我的亲娘一样。从此后，我活一日，是你给我一日，我的病好之后，把你立个灵牌，我天天焚香礼拜，保佑你一生福寿双全。我若死了时，变驴变狗报答你。[2] 再俗语说，'千里搭长棚，没有不散的筵席。'[3] 再过三二年，咱们都是要离这里的。俗语又说，'浮萍尚有相逢日，人岂全无见面时。'倘或日后咱们遇见了，那时，我又怎么报你的德行！"一面说，一面哭。这一席话，反把鸳鸯说得心酸，也哭起来了。因点头道："正是这话。我又不是管事的人，何苦我坏你的声名，我白去献勤！况且，这事我自己也不便开口向人说。你只放心，从此养好了，可要安分守己，再不许胡行乱作了。"司棋在枕上点首不绝。[4]

鸳鸯又安慰了她一番，方出来。因知贾琏不在家中，又因这两日凤姐儿声色怠惰了些，不似往日一样，因顺路也来望候。因进入凤姐院中，二门上的人见是她来，便立身待她进去。[5] 鸳鸯刚至堂屋中，只见平儿从里间出来，见了她来，忙上来悄声笑道："才吃了一口饭，歇了午睡，你且这屋里略坐坐。"鸳鸯听了，只得同平儿到东边房里来。小丫头倒了茶来。鸳鸯因悄问："你奶奶这两日是怎么了？我只看她懒懒的。"平儿见问，因房内无人，便叹道："她这懒懒的，也不止今日了，这有一月之前，便是这样。又兼这几日忙乱了几天，又受了些闲气，从新又勾起来。这两日比先又添了些病，所以支持不住，便露出马脚来了。"鸳鸯忙道："既这样，怎么不早请大夫来治？"平儿叹道："我的姐姐，你还不知道她那脾气的。别说请大夫吃药，我看不过，白问了一声'身上觉怎么样'，她就动了气，反说我咒她病了。饶这样，天天还是察三访四，自己再不肯看破些且养身子。"[6] 鸳鸯道："虽然如此，到底该请大夫来瞧瞧，是什么病也都好放心。"平儿叹道："我的姐姐，说起病来，据我看也不是什么小症候。"鸳鸯忙道："是什么病呢？"平儿见问，又往前凑了一凑，向耳边说道："只从上月行了经之后，这一个

1. 毕竟宅心仁厚。

2. 重话已说得无以复加了，正见保守秘密之期望殷切。

3. 又闻说这句俗语了！想是与全书情节发展合拍。

4. 鸳鸯发誓为司棋保守秘密一段，蒙府、戚序本有回末总评数语，虽非圈内人批，亦颇有见地，曰："夏雨冬风，常不解其何自来何自去。鸳鸯与司棋相哭发誓，事已瓦释冰消，及平地风波一起，措手不及，亦不解何自来何自去。"此风波虽指即将发生的抄检大观园，但后来更大的风波——贾府事败，抄没，恐亦当如此。

5. "立身"二字写出在管门人眼中鸳鸯的身份。

6. 寥寥数语，将"恃强羞说病"形容得严丝合缝。

月,竟沥沥淅淅的没有止住。这可是大病不是?"鸳鸯听了,忙答道:"嗳哟! 依你这话,这可不成了'血山崩'①了?"平儿忙啐了一口,又悄笑道:"你女孩儿家,这是怎么说的,倒会咒人呢! "鸳鸯见说,不禁红了脸,又悄笑道:"究竟我也不知什么是崩不崩的,你倒忘了不成,先我姐姐不是害这病死了? 我也不知是什么病,因无心中听见妈和亲家妈说,我还纳闷,后来也是听见妈细说原故才明白了一二分。"[1]平儿笑道:"你该知道的,我竟也忘了。"

　　二人正说着,只见小丫头进来向平儿道:"方才朱大娘又来了。我们回了她'奶奶才歇午觉',她往太太上头去了。"[2]平儿听了点头。鸳鸯:"哪一个朱大娘?"平儿道:"就是官媒婆那朱嫂子。因有什么孙大人家来和咱们求亲,所以她这两日天天弄个帖子来赖死。"一语未了,小丫头跑来说:"二爷进来了。"说话之间,贾琏已走至堂屋门,口内唤平儿。平儿答应着,才迎出来,贾琏已找至这间房内,来至门前,忽见鸳鸯坐在炕上,便煞住脚,笑道:"鸳鸯姐姐,今儿贵脚踏贱地。"鸳鸯只坐着,笑道:"来请爷奶奶的安,偏又不在家的不在家,睡觉的睡觉。"贾琏笑道:"姐姐一年到头辛苦服侍老太太,我还没看你去,哪里还敢劳动来看我们。"又说:"巧得很,我才要找姐姐去。[3]因为穿着这袍子热,先来换个夹袍子,再过去找姐姐,不想天可怜,省我走这一趟,姐姐先在这里等我了。"一面说,一面在椅子上坐下。

　　鸳鸯因问:"又有什么说的?"贾琏未语先笑,道:"因有一件事,我竟忘了,只怕姐姐还记得:上年老太太生日,曾有一个外路和尚来孝敬一个蜡油冻的佛手②,因老太太爱,就即刻拿过来摆着了。因前日老太太生日,我看古董账,还有这一笔,却不知此时这件东西着落何方。[4]古董房里的人也回过我两次,等我问准了,好注上一笔。所以我问姐姐,如今还是老太太摆着呢,还是交到谁手里去了呢?"鸳鸯听说,便道:"老太太摆了几日,厌烦了,就给了你们奶奶。你这会子又问我来! 我连日子还记得,还是我打发了老王家的送来的。你忘了,或是问你们奶奶和平儿。"平儿正拿衣服,听见如此说,忙出来回说:"交过来

1. 必说出闻知"血山崩"的缘故,方无损未出嫁女孩儿天真纯洁形象,且举此实例来暗示凤姐之病,若不及早治愈,则后果堪忧。

2. 迎春婚嫁消息动矣。

3. 奇怪,贾琏有什么事要找鸳鸯?

4. 总不会只为了问一个冻石佛手下落吧?

---

① 血山崩——女子月经后,继续出血不止,中医称"崩漏",轻为漏,重为崩,或称血崩、血山崩。
② 蜡油冻的佛手——用色黄如蜜蜡的玉石雕成的佛手柑。冻,冻石,一种质硬色润微呈透明的玉石。

了，现在楼上放着呢。奶奶已经打发过人去说过，给了这屋里了，他们发昏没记上，又来叨登这些没要紧的事。"[1] 贾琏听说，笑道："既然给了你奶奶，我怎么不知道，你们就昧下了。"平儿道："奶奶告诉二爷，二爷还要送人，奶奶不肯，好容易留下的。这会子自己忘了，倒说我们昧下。[2] 那是什么好东西，什么没有的物儿！比那强十倍的东西也没昧下一遭，这会子爱上那不值钱的？"贾琏垂头含笑，想了一想，拍手道："我如今竟糊涂了，丢三忘四，惹人抱怨，竟大不像先了。"鸳鸯笑道："也怨不得。事情又多，口舌又杂，你再喝上两杯酒，哪里清楚得许多。"一面说，一面就起身要去。

贾琏忙也立身说道："好姐姐，再坐一坐，兄弟还有一事相求。"[3] 说着，便骂小丫头："怎么不沏好茶来！快拿干净盖碗，把昨儿进上的新茶沏一碗来。"说着，向鸳鸯道："这两日，因前日老太太的千秋，所有的几千两银子都使了。几处房租、地税，通在九月才得，这会子竟接不上。明儿又要送南安府里的礼，又要预备娘娘的重阳节礼，还有几家红白大礼，至少还得三二千两银子用，一时难去支借。俗语说，'求人不如求己。'说不得姐姐担个不是，暂且把老太太查不着的金银家伙，偷着运出一箱子来，暂押千数两银子，支腾过去。不上半月[1]的光景，银子来了，我就赎了交还，断不能叫姐姐落不是。"[4] 鸳鸯听了，笑道："你倒会变法儿，亏你怎么想了！"贾琏笑道："不是我扯谎，若论除了姐姐，也还有人手里管得起千数两银子的，只是他们为人，都不如你明白有胆量。我和他们一说，反吓住了他们。所以我'宁撞金钟一下，不打破鼓三千'。"一语未了，忽有贾母那边的小丫头子忙忙走来找鸳鸯，[5] 说："老太太找姐姐。这半日，我们哪里没找到，却在这里。"鸳鸯听说，忙得且去见贾母。

贾琏见她去了，只得回来瞧凤姐。谁知凤姐已醒了，听他和鸳鸯借当，自己不便答话，[6] 只躺在榻上。听见鸳鸯去了，贾琏进来，凤姐因问道："她可应准了？"贾琏笑道："虽然未应准，却有几分成手，须得你晚上再和她一说，就十分成了。"凤姐笑道："我不管这事。倘或说准了，这会子说得好听，到有了钱的时节，你就丢在脖子后头了，谁和你打饥荒去！倘或老太太知道了，倒把我这几年的脸面都丢了。"贾琏笑道："好

① 半月——诸本同，庚辰本作"半年"，误。贾母生日八月初三，其时八旬寿庆刚完，贾琏说"几处房租、地税，通在九月才得，这会子竟接不上"，可知相差半月光景是对的。若要等半年之久才赎还，就不是"暂押"了。

1. 说得不错，"叨登这些没要紧的事"干吗？何况东西早交过来了。

2. 自己忘了，还问别人，难道又要去送人？总像以无关紧要话开场，另有什么事要说。

3. 找鸳鸯的真正目的，大概现在要说了。

4. 为弄钱，脑筋都动到贾母身上来了。

5. 打断得好！不然教鸳鸯怎么回答呢？说"办不到"或者"让我再想想"都不妥。恰巧小丫头来找，正可避而不答。

6. 借当事，即便不是凤姐的主意，看来她也不怎么反对，若能从老太太处偷偷弄得钱来，只要不损自己的脸面，何乐而不为？从贾琏向鸳鸯告难，便可知大家庭的经济状况已日趋拮据了。

人，你若说定了，我谢你如何？"凤姐笑道："你说，谢我什么？"贾琏笑道："你说要什么，就是什么。"

平儿一旁笑道："奶奶倒不要谢的。昨儿正说，要作一件什么事，恰少一二百银子使，不如借了来，奶奶拿一二百银子，岂不两全其美。"凤姐笑道："幸亏提起我来，就是这样也罢了。"贾琏笑道："你们太也狠了！你们这会子别说一千两的当头，就是现银子，要三五千，只怕也难不倒。我不和你们借就罢了。这会子烦你说一句话，还要个利钱，真真了不得。"[1]凤姐听了，翻身起来，说："我有三千五万，不是赚的你的。如今里里外外上上下下，背着我嚼说我的不少，就差你来说了，可知没家亲引不出外鬼来。[2]我们王家可哪里来的钱，都是你们贾家赚的。别叫我恶心了！你们看着你家是什么石崇、邓通①？把我王家的地缝子扫一扫就够你们过一辈子了。[3]说出来的话，也不怕臊！现有对证：把太太和我的嫁妆细看看，比一比你们的，哪一样是配不上你们的？"贾琏笑道："说句玩话就急了。这有什么这样的，你要使一二百两银子值什么，多的没有，这还有。先拿进来，你使了再说，如何？"凤姐道："我又不等着衔口垫背②，忙了什么！"贾琏道："何苦来，不犯着这样肝火盛。"

凤姐听了，又自笑起来，"不是我着急，你说的话戳人的心。我因为想着后日是尤二姐的周年，我们好了一场，虽不能别的，到底给她上个坟，烧张纸，也是姊妹一场。[4]她虽没留下个男女，也不要'前人撒土，迷了后人的眼'③才是。"一语倒把贾琏说没了话，低头打算了半晌，方道："难为你想得周全，我竟忘了。既是后日才用，若明日得了这个，你随便使多少就是了。"

一语未了，只见旺儿媳妇走进来。凤姐便问："可成了没有？"[5]旺儿媳妇道："竟不中用。我说须得奶奶作主就成了。"贾琏便问："又是什么事？"凤姐儿见问，便说道："不是什么大事。[6]旺儿有个小子，今年十七岁了，还没得女人，因要求太太房里彩霞，不知太太心里怎么样，就没有计较得。前日太太见彩霞大了，二则又多病多灾的，因此开恩打发她出去了，给她老子娘随便自己拣女婿去罢。因此，旺儿媳妇来求我。我想他两家也就算门当户对的，一说去，自然成的，谁知她这会子

1. 原以为贾琏弄钱与凤姐弄钱是一回事，不料夫妻间还各有一本账，你得了钱，我要抽头。世间此类情况，还真有的是。

2. 看来也不能怪什么家鬼、外鬼，还是自己心里有鬼。

3. 一提到钱，就分"你们贾家""我们王家"，居然还比富夸富起来，实在可笑。

4. 罗刹忽然扮起菩萨来，想到尤二姐的周年了，实非料想得到的。真把贾琏当小儿耍了。

5. 如此没头没脑地问，写对话情景逼真。反正有第三者在，摸不着头脑自会发问，再作解释。

6. 在旺儿媳妇家是儿子的终身大事，在凤姐就不是大事，哪能比赚钱的事更大。

---

① 石崇、邓通——古时两个大富翁。西晋石崇，生活极奢靡。西汉邓通因铸钱而大富。
② 衔口垫背——旧时人死后，入殓时给死者口中含珠玉，叫"衔口"；在尸体之下垫放钱，叫"垫背"。
③ 前人撒土，迷了后人的眼——喻前辈做事不当，连累了后辈。

来了，说不中用。"贾琏道："这是什么大事，比彩霞好的多着呢。"旺儿家的陪笑道："爷虽如此说，连她家还看不起我们，别人越发看不起我们了。[1] 好容易相看准一个媳妇，我只说求爷奶奶的恩典，替作成了。奶奶又说她必肯的，我就烦了人过去试一试，谁知白讨了个没趣。若论那孩子，倒好，据我素日私意儿试她，她心里没有甚说的，只是她老子娘两个老东西，太心高了些。"

一语戳动了凤姐和贾琏，凤姐因见贾琏在此，且不作一声，只看贾琏的光景。贾琏心中有事，哪里把这点子事放在心里。待要不管，只是看着她是凤姐儿的陪房，且又素日出过力的，脸上实在过不去，因说道："什么大事！只管咕咕唧唧的。你放心且去，我明儿作媒，打发两个有体面的人，一面说，一面带着定礼去，就说是我的主意。他十分不依，叫他来见我。"旺儿家的看着凤姐，凤姐便扭嘴儿。旺儿家的会意，忙爬下就给贾琏磕头谢恩。[2] 贾琏忙道："你只给你姑娘磕头。我虽如此说了这样行，到底也得你姑娘打发个人去叫他女人上来，和他好说更好些。虽然他们必依，然这事也不可太霸道了。"[3] 凤姐忙道："连你还这样开恩操心呢，我倒反袖手旁观不成？旺儿家的，你听见了，说了这事，你也忙忙地给我完了事来。说给你男人，外头所有的账，一概赶今年年底下收了进来，少一个钱，我也不依。我的名声不好，再放一年，都要生吃了我呢。"[4]

旺儿媳妇笑道："奶奶也太胆小了。谁敢议论奶奶？若收了时，公道说，我们倒还省些事，不大得罪人。"凤姐冷笑道："我也是一场痴心白使了。我真个的还等钱作什么，不过为的是日用，出的多，进的少。这屋里有的没的，我和你姑爷一月的月钱，再连上四个丫头的月钱，通共一二十两银子，还不够三五天的使用呢。若不是我千凑万挪的，早不知过到什么破窑里去了。如今倒落了一个放账破落户的名儿。[5] 既这样，我就收了回来。我比谁不会花钱？咱们以后就坐着花，到多早晚，是多早晚。这不是样儿：前儿老太太生日，太太急了两个月，想不出法儿来，还是我提了一句，后楼上现有些没要紧的大铜锡家伙，四五箱子，拿出去弄了三百银子，才把太太遮羞礼儿搪过去了。我是你们知道的，那一个金自鸣钟卖了五百六十两银子。没半个月，大事小事没有十件，白填在里头。今儿外头也短仕了，不知是谁的主意，搜寻上老太太了。[6] 明儿再过一年，

1. 看不起总有原因，怕不是门户高低。

2. 知道此家里谁说了算，所以"看着凤姐"，贾琏话这回合凤姐意了，所以"扭嘴儿"暗示。写来如见。

3. 这还不霸道？不论谁出面说，都要人家非依不可，算什么？写的就是"倚势霸成亲"。

4. 不是为好心帮人，是做买卖，要有条件的：我帮你说成；你必须将我放出去的高利贷都如期催讨回来。

5. 可知放账乃发，所谓此家儿知耻恶之事也。（庚）此评有讹字，各家校读不同，或有校"乃"作"事"，"儿"作"鬼"者。

6. 原来所疑不误。贾琏借当确实得到凤姐主意的启示。却还说搜寻上老太太，不知谁的主意。闲语补出近日诸事。（庚）

各人搜寻到头面衣服，可就好了！"旺儿媳妇笑道："哪一位太太、奶奶的头面衣服，折变了不够过一辈子的？只是不肯罢了。"凤姐道："不是我说没了能耐的话，要像这样，我竟不能了。昨儿晚上，忽然作了一个梦，说来也可笑，[1]梦见一个人，虽然面善，却又不知名姓，找我。问他作什么，他说娘娘打发他来要一百匹锦。我问他是哪一位娘娘，他说的又不是咱们家的娘娘。我就不肯给他，他就上来夺。正夺着，就醒了。"[2]旺儿家的笑道："这是奶奶的日间操心，常应候宫里的事。"[3]

一语未了，人回："夏太府打发了一个小内监①来说话。"[4]贾琏听了，忙皱眉道："又是什么话？一年他们也搬够了。"凤姐道："你藏起来，等我见他，若是小事，罢了；若是大事，我自有话回他。"贾琏便躲入内套间去。这里凤姐命人带进小太监来，让他椅子上坐了吃茶，因问何事。那小太监便说："夏爷爷因今儿偶见一所房子，如今竟短二百两银子，打发我来问舅奶奶，家里有现成的银子暂借一二百，过一两日就送过来。"[5]凤姐儿听了，笑道："什么是'送过来'，有的是银子，只管先兑了去。改日等我们短了，再借去也是一样。"[6]小太监道："夏爷爷还说了，上两回还有一千二百两银子没送来，等今年年底下，自然一齐都送过来。"凤姐笑道："你夏爷爷好小气，这也值得提在心上？我说一句话，不怕他多心，若都这样记清了还我们，不知还了多少了。只怕没有，若有，只管拿去。"[7]因叫旺儿媳妇来，"出去，不管哪里先支二百两来。"[8]旺儿媳妇会意，因笑道："我才因别处支不动，才来和奶奶支的。"[9]凤姐道："你们只会里头来要钱，叫你们外头弄去，就不能了。"[10]说着叫平儿，"把我那两个金项圈拿出去，暂且押四百两银子。"[11]

平儿答应了，去了半日，果然拿了一个锦盒子来，里面两个锦袱包着。打开时，一个金累丝攒珠的，那珍珠都有莲子大小，一个点翠嵌宝石的。两个都与宫中之物不离上下。[12]一时拿去，果然拿了四百两银子来。凤姐命与小太监打叠起一半，那一半命人与了旺

---

① 内监——在内宫侍候的太监。

1. 反说"可笑"，妙甚！若必以此梦为凶兆，则思反落套，非《红楼》之梦矣。（庚）

2. 妙！实家常触景间梦，必有之理，却是江淹才尽之兆也。可伤！（庚）夺锦、才尽，用江淹事。南朝江淹少年时便以文章扬名，后夜梦一人自称张景阳（晋代大文人张协），谓曰："前以一匹锦相寄，今可见还。"江淹从怀中摸出数尺给他，从此文思顿减，时人谓之"江郎才尽"。见《南史·江淹传》。

3. 虽误打误撞，却也有几分歪打正着，看下文便知。淡淡抹去，妙！（庚）

4. 接得紧，才说"娘娘"，"应候宫里的事"，便来太监。

5. 不是来要锦的，却是要银子的。可谓密处不容针。（庚）

6. 亏她好辞令！前半句装慷慨，后半句说窘境。

7. 更妙！刚说不值得记住，便又说不知欠我们有多少了；又说"没有"，又说"拿去"，句句圆转灵活如滚珠。

8. 竟当面命人去支借。如此难堪局面，小太监居然不为所动，想是训练有素的，无论你说什么、做什么，反正不拿到银子不走。

9. 有眼色，立刻与凤姐演双簧。

10. 指桑骂槐，指媳妇骂太监。

11. 最后一着，只好典当首饰弄钱。太监可不管，哪怕你典儿当女！

12. 是太监眼中看，心中评。（庚）

儿媳妇，命她拿去办八月中秋节。[1] 那小太监便告辞，凤姐命人替他拿着银子，送出大门去了。这里贾琏出来笑道："这一起外祟，何日是了？"凤姐笑道："刚说着，就来了一股子。"贾琏道："昨儿周太监来，张口一千两。我略应慢了些，他就不自在。将来得罪人之处不少。[2] 这会子再发个三二百万的财就好了。"一面说，一面平儿服侍凤姐另洗了面，更衣往贾母处去伺候晚饭。

这里贾琏出来，刚至外书房，忽见林之孝走来。贾琏因问何事。林之孝说道："方才打听得雨村降了，却不知因何事，[3] 只怕未必真。"贾琏道："真不真，他那官儿也未必保得长。只怕将来有事，[4] 咱们宁可疏远着他好。"林之孝道："何尝不是，只是一时难以疏远。如今东府大爷和他更好，老爷又喜欢他，时常来往，哪个不知。"[5] 贾琏道："横竖不和他谋事，也不相干。你去再打听真了，是为什么。"

林之孝答应了，却不动身，坐在下面椅子上，且说些闲话。因又说起家道艰难，便趁势说："人口太重了，不如拣个空日回明老太太、老爷，把这些出过力的老人家，用不着的，开恩放几家出去。一则他们各有营运，二则家里一年也省些口粮月钱。再者，里头的姑娘也太多。俗语说，'一时比不得一时'，如今说不得先时的例了，[6] 少不得大家委屈些，该使八个的使六个，该使四个的便使两个。若各房算起来，一年也可以省得许多月米月钱。况且里头的女孩子们，一半都太大了，也该配人的配人。成了房，岂不又孳生出人来。"贾琏道："我也这样想着，只是老爷才回家来，多少大事未回，哪里议到这个上头。前儿官媒拿了个庚帖来求亲①，太太还说老爷才来家，每日欢天喜地地说骨肉完聚，忽然就提起这事，恐老爷又伤心，[7] 所以且不叫提这事。"林之孝道："这也是正理，太太想得周到。"贾琏道："正是，提起这话，我想起了一件事来：我们旺儿的小子，要说太太房里的彩霞。他昨儿求我，我想什么大事，不管谁去说一声去。这会子有谁闲着，我打发个人去说一声，就说我的话。"

林之孝听了，只得应着，半晌，笑道："依我说，二

1. 数回后便有赏中秋事。过下伏脉。（庚）

2. 这里所说的"外祟"是贾府开支亏空的一大原因，也是作者家庭自先祖曹寅至父亲曹頫为官期间一大额外负担。因而随着时间的推移，欠款越来越多。

3. 已是重蹈覆辙，这次未必还有起复的希望。

4. 此非虚语，预料有据，贾琏曾讥评雨村和其父为儿把古董扇子害死石呆子事。

5. 首回中脂评即批出雨村、贾赦为"因嫌纱帽小，致使锁枷扛"者，故知喜欢雨村的贾赦大概也脱不了干系，本来冤案就是两人勾结作的孽。

6. 由管家奴仆口中说出这番话来，更可知贾府真的是今非昔比，每况愈下了。

7. 指有人来为迎春说媒，迎春虽非贾政所生，政老却有亲情，倒是其生父贾赦反不把亲女儿放在心上。

---

① 官媒拿了个庚帖来求亲——官媒，旧时衙署中的女役，管女犯择配、解送等事。也指以做媒为职业的妇女。庚帖，旧时订婚时，男女双方互换的一种柬帖，上写姓名、籍贯及年庚等。

爷竟别管这件事。旺儿的那小子，虽然年轻，在外头吃酒赌钱，无所不至。[1]虽说都是奴才们，到底是一辈子的事。彩霞那孩子，这几年我虽没见，听得越发出挑得好了，何苦来白糟蹋一个人。"贾琏道："他小儿子原会吃酒，不成人。"林之孝冷笑道："岂只吃酒赌钱，在外头无所不为。我们看他是奶奶的人，也只见一半，不见一半罢了。"贾琏道："我竟不知道这些事。既这样，哪里还给他老婆，且给他一顿棍，锁起来，再问他老子娘。"[2]林之孝笑道："何必在这一时。那是我错了，等他再生事，我们自然回爷处治。如今且恕他。"贾琏不语，一时林之孝出去。

晚间，凤姐已命人唤了彩霞之母来说媒。那彩霞之母满心纵不愿意，见凤姐亲自和她说，何等体面，[3]便心不由意地满口应了出去。今凤姐问贾琏："可说了没有？"贾琏因说："我原要说的，打听得他小儿子大不成人，故还不曾说。若果然不成人，且管教他两日，再给他老婆不迟。"凤姐听说，便说："你听见谁说他不成人？"贾琏道："不过是家里的人，还有谁。"凤姐笑道："我们王家的人，连我还不中你们的意，何况奴才呢。我才已经和她娘说了，她娘已经欢天喜地应了，难道又叫进她来，不要了不成？"[4]贾琏道："既你说了，又何必退，明儿说给他老子，好生管他就是了。"[5]这里说话，不提。

且说彩霞因前日出去，等父母择人，心中虽是与贾环有旧，尚未作准。今日又见旺儿每每来求亲，早闻得旺儿之子酗酒赌博，而且容颜丑陋，一技不知，自此心中越发懊恼。生恐旺儿仗凤姐之势，一时作成，终身为患，不免心中急躁。遂至晚间，悄命她妹子小霞进二门来找赵姨娘，[6]问了端的。赵姨娘素日深与彩霞契合，巴不得与了贾环，方有个膀臂，不承望王夫人又放了出去。每唆贾环去讨，一则贾环羞口难开，二则贾环也不大甚在意，不过是个丫头，她去了，将来自然还有，[7]遂迁延着不说，意思便丢开手。无奈赵姨娘又不舍，又见她妹子来问，是晚得空，便先求了贾政。[8]贾政因说道："且忙什么，等他们再念一二年书，再放人不迟。我已经看中了两个丫头，一个与宝玉，一个给环儿。只是年纪还小，又怕他们误了书，所以再等一二年。"[9]赵姨娘道："宝玉已有了二年了，老爷难道还不知道？"贾政听了，忙问道："是谁给的？"赵姨

1. 前未言旺儿之子是何等人物，这里由知事甚多的管家林之孝说出，颇合情理。原来旺儿媳妇前谓人家瞧不起为此。

2. 像贾琏说的话，一会儿左，一会儿右，恐也只是听什么，是什么。

3. 包办儿女婚姻的常见病。今时人因图此现在体面，误了多少儿女！此正是为今时女儿一哭。（庚）

4. 已说出的话是自己的颜面，在凤姐比准备帮的人是好是坏重要。

5. 管怎管得住？塞责之词。在贾琏，此事本不上心，何况惧内。

6. 事关切身，所虑极是。焦急之余，只好走这条路了。

7. 彩霞与贾环好，真是找错了人。谁能想到他如此无情，竟弃之如敝屣。

8. 赵姨娘只有此一条路可走。

9. 贾政本不大管此类事，何况一本正经，只以念书为重，说是已看中两个丫头，怕也是搪塞之词。妙文！又写出贾老儿女之情。细思一部书，总不写贾老，则不成书；然若不如此写，则又非贾老。（庚）

娘方欲说话，只听外面一声响，[1]不知何物，大家吃了　　1. 何必枝蔓，打断为是。
一惊不小。要知端的，且听下回分解。

## 【总评】

本回的重点有二：凤姐逐渐落下病来和贾府财力在迅速减弱。这两点都关系到作者原来构思的后半部情节的发展。

本回的开头继续交代鸳鸯发现的司棋幽会事的前情及后续事。事发初，司棋还只是"怀着鬼胎"，不料其在贾府当小厮的姑表兄弟，却惧罪逃走了。司棋气得病倒，心想："纵是闹了出来，也该死在一处。他自为是男人，先就走了，可见是个没情意的。"所以，司棋的不幸，还不止是后来被贾府所逐。

凤姐的崩漏之症，非一朝而得，前已有说到。"恃强羞说病"是病之所以酿成大害的根子。人岂可讳疾忌医，但这是符合她个性的。脂评提示后半部佚稿中原有"王熙凤知命强英雄"一回（第二十一回评），不管这"知命"是否也指自身体质而言，但其要"强"的个性还是一样的。凤姐最后是"短命"而死的（第四十三、四十四回评）。这除了后来她还有种种不幸遭遇的因素外，其病体难支应该也是重要的原因。

官媒婆朱嫂子为"孙大人家""求亲"事找上门来，此迎春婚事之露头。

贾琏向鸳鸯借当，说是为预备娘娘的重阳节礼和几家红白大礼，有二三千两银子的缺口，要她将贾母查不着的金银家伙偷运出一箱来，暂时去押银子。贾琏与凤姐夫妻俩顶嘴，说"玩话"，也都离不开银子的事。可知此时荣府的经济状况已大不如前了。

来旺媳妇为儿子说亲，目标是王夫人处打算外放的丫头彩霞。彩霞"早闻得旺儿之子酗酒赌博，而且容颜丑陋，一技不知"，心里自不情愿，何况她与贾环要好着，就去找赵姨娘，赵姨娘去求贾政，贾政以两个儿子"年纪还小"没有在意。回目"来旺妇倚势霸成亲"，倚的就是贾琏、凤姐之势。这本是一件仗势包办的婚姻案，却处处不离银钱的事。如凤姐对来旺妇说："旺儿家的，你听见了，说了这事（凤姐出面说媒），你也忙忙的给我完了事来。说给你男人，外头所有的账（放出的高利贷），一概赶今年年底下收了进来，少一个钱，我也不依。我的名声不好，再放一年，都要生吃了我呢！"这就是交易。

说到花钱入不抵出，凤姐还扯出"后楼上现有些没有要紧的大铜锡家伙，四五箱子，拿出去弄了三百银子，才把太太遮羞礼儿搪过去了"，"那一个金自鸣钟卖了五百六十两银子"以及做梦梦见有人来夺锦等事。闲聊未了，就有夏太府小太监来借钱，用金项圈临时抵押来银子打发。贾琏还提到"昨儿周太监来，张口一千两，我略应慢了些，他就不自在。将来得罪人之处不少"，故有"这一起外祟，何日是了"的话。说起"家道艰难"，林之孝归结为"人口太重了"，还说"如今说不得先时的例了，少不得大家委屈些"等等。这些都令人联想起曹雪芹出生时，曹家已被亏空和负债压得喘不过气来，曹頫获罪抄家，家中除家具衣物外，别无金银珠宝，仅有当票百余张的窘困情景。当然，两者不能做简单类比，毕竟小说是小说，荣国府此时的境况，比起曹家来，又不知要强多少了。

# 第七十三回
## 痴丫头误拾绣春囊　懦小姐不问累金凤

**【题解】**

　　本回回目诸本基本一致。唯列藏本"春囊"讹作"香囊",两者含义有别;杨本"金凤"讹作"金风";程甲本"拾"讹作"捨"。绣春囊,绣着男女性行为图像或风情词句的香袋,相好者借此传情。在封建大家庭中出现此物,被视作是败坏门风的丑行。痴丫头,指替贾母干粗活"心性愚顽,一无知识"的小丫头,人称"傻大姐"。她在山石边拾到一个绣春囊,却不识得,误以为是什么有趣的玩意儿,因此掀起轩然大波,故曰"误拾"。累金凤,文中称"攒珠累丝金凤",是用细金丝编制缀联珍珠的凤形首饰,为迎春所有,却被她奶母偷去当了银子捞赌本去了。迎春知道此事,却因生性怯懦,不愿得罪人惹事,不肯去追问,还是探春看不过,为她出头。蒙府、戚序本有回前总评析此回行文章法,尚有见地,说:"贾母一席话,隐隐照起全文,便可一直叙去。接笔却置贼不论,转出赌钱;接笔又置赌钱不论,转出奸证;接笔又置奸证不论,转出讨情。一波未平,一波又起,势如怒蛇出穴,蜿蜒不就捕。"

　　话说那赵姨娘和贾政说话,忽听外面一声响,不知何物。忙问时,原来是外间窗屉不曾扣好,塌了屈戍①了,掉下来。赵姨娘骂了丫头几句,自己带领丫鬟上好,<u>方进来打发贾政安歇。不在话下。</u>[1]

　　却说怡红院中宝玉正才睡下,丫鬟们正欲各散安歇,忽听有人击院门。<u>老婆子开了,见是赵姨娘房内的丫鬟,名唤小鹊的。</u>[2]问她什么事,<u>小鹊不答,直往房内来找宝玉。</u>只见宝玉才睡下,晴雯等犹在床边坐着,大家玩笑,见她来了,都问:"什么事,这时候又跑了来作什么?"小鹊笑向宝玉道:"我来告诉你一个信儿。方才我们奶奶这般如此在老爷前说了。<u>你仔细明儿老爷问你话。</u>"[3]说着,回身就去了。袭人命留她吃茶,因怕关门,遂一直去了。

　　这里宝玉听了这话,<u>便如孙大圣听见了紧箍咒一般,登时四肢五内,一齐皆不自在起来。</u>[4]想来想去,别无它法,且理熟

1. 为贾环来讨彩霞事,没有结果。

2. 她来做什么?

3. 奇,从未见此婢也。(庚)原来是听说老爷让宝玉、环儿好好念书,想到必要考问功课,特地前来报信讨好的。鹊儿是报喜讯的,却让宝玉烦恼。

4. 比得切,是怕严父考问情状。今之贪玩怕读书学童也多有如此者。

---

① 屈戍——门窗上的搭扣。

了书，预备明儿盘考。只能书不舛错，便有它事，也可搪塞一半。想罢，忙披衣起来要读书。心中又自后悔，这些日子只说不提了，偏又丢生，早知该天天好歹温习些的。如今打算打算，肚子内现可背诵的，不过只有《学》《庸》《二论》①是带注背得出的。至上本《孟子》，就有一半是夹生的，若凭空提一句，断不能接背的；至下《孟》，就有一大半忘了。¹算起《五经》②来，因近来作诗，常把《诗经》读些，虽不甚精阐，还可塞责。别的虽不记得，素日贾政也幸未吩咐过读的，纵不知，也还不妨。至于古文，还是那几年所读过的几篇，连《左传》、《国策》、《公羊》、《穀梁》③、汉、唐等文，不过几十篇，这几年竟未曾温得半篇片语。虽闲时也曾遍阅，不过一时之兴，随看随忘，未下苦工夫，如何记得？这是断难塞责的。更有时文八股④一道，因平素深恶此道，原非圣贤之制撰，焉能阐发圣贤之微奥，不过作后人饵名钓禄之阶。²虽贾政当日起身时，选了百十篇命他读的，不过偶因见其中或一二股内，或承起之中，有作得或精致，或流荡，或游戏，或悲感，稍能动性者，偶一读之，不过供一时之兴趣，究竟何曾成篇潜心玩索。如今若温习这个，又恐明日盘诘那个；若温习那个，又恐盘驳这个。一夜之功，亦不能全然温习。因此，越添了焦躁。自己读书，不致紧要，却带累着一房丫鬟们皆不能睡。袭人、麝月、晴雯等几个大的，是不用说，在旁剪烛斟茶；那些小的，都困眼朦胧，前仰后合起来。晴雯因骂道："什么蹄子们！一个个黑日白夜挺尸挺不够，偶然一次睡迟了些，就装出这腔调来了。³再这样，我拿针戳你们两下子！"

话犹未了，只听外间"咕咚"一声，急忙看时，原来是一个小丫头子坐着打盹，一头撞到壁上了。从梦中惊醒，恰正是晴雯说这话之时，她怔怔的只当是晴雯打了她一下，遂哭央说："好姐姐，我再不敢了！"众人都发起笑来。⁴宝玉忙劝道："饶她罢，原该叫她们都睡去才是。你们也该替换着睡去。"袭人忙道："小祖宗，你只顾你的罢！通共这一夜的功夫，你把心暂且用在这几本书上，等过了这一关，由你再张罗别的，也不算误了什么。"宝玉听她说得恳切，只得又读。读了没有几句，麝月又斟了一杯

1. 借检点应考把握，将贵族家庭子弟教育情况约略一提：朱熹集注的《四书》被当时奉为最重要的经典教科书，一定要弄懂会背的。从篇幅上说，前三种相加与《孟子》各占一半，估计这部分宝玉能塞责的至多一半略多一点。

2. 学子为应付科举考试，必须会另一种本领，便是写时文八股。宝玉深恶此道，想来也反映作者的态度，一种"无材补天"的逆反，鄙夷。

3. 晴雯脾气虽火爆，却是尽心尽责的。

4. 小丫头困倦打盹小事，也用趣笔写来，不使文字干枯。

---

① 《学》《庸》《二论》——指《大学》《中庸》和《论语》。《论语》共20篇，分上下两本，故也叫"二论"。

② 《五经》——《诗经》《尚书》《礼记》《易经》《春秋》合称"五经"。

③ 《左传》《国策》《公羊》《穀梁》——即相传春秋时左丘明撰《春秋左氏传》；战国时士人撰《战国策》；战国时公羊高撰《春秋公羊传》、穀梁赤撰《春秋穀梁传》，记述当时诸侯国史事或谋士说客的策略辩辞。

④ 八股——亦叫"时文""制义""制艺"。明清时科举考试规定的文体。每篇的结构都由破题、咏题、起讲、入手、起股、中股、后股、束股八部分组成，故称"八股文"。这种文体，从内容到形式，都束缚人们思想。

茶来润舌，宝玉接茶吃了。因见麝月只穿着短袄，解了裙子，宝玉道："夜静了，冷，到底穿一件大衣裳才是。"[1] 麝月笑指着书道："你暂且把我们忘了，把心且略对着它些罢。"

话犹未了，只听金星玻璃①从后房门跑进来，口内喊说："不好了，一个人从墙上跳下来了！"[2] 众人听说，忙问："在哪里？"即喝起人来，各处寻找。晴雯因见宝玉读书苦恼，劳费一夜神思，明日也未必妥当，心下正要替宝玉想出一个主意来脱此难，正好忽逢此一惊怪，便生计向宝玉道：[3] "趁这个机会快装病，只说唬着了。"此话正中宝玉心怀，因而遂传起上夜人等来，打着灯笼各处搜寻，并无踪迹，都说："小姑娘们想是睡花了眼出去，风摇的树枝儿，错认了人。"晴雯便道："别放屁！你们查得不严，怕耽不是，还拿这话来支吾。才刚并不是一个人见的，宝玉和我们出去有事，大家亲见的。如今宝玉吓得颜色都变了，满身发热，我如今还要上房里取安魂丸药去。太太问起来，是要回明白的，[4] 难道依你说就罢了不成？"众人听了，吓得不敢则声，只得又各处去找。晴雯和玻璃二人果出去要药，故意闹得众人皆知宝玉着了惊，吓病了。[5] 王夫人听了，忙命人来看视给药，又吩咐各上夜人仔细搜查；又一面叫查二门外邻园墙上夜的小厮们。于是园内灯笼火把，直闹了一夜。至五更天，就传管家众男女，命仔细访查，一一拷问内外上夜男女人等。

贾母闻知宝玉被吓，细问原由，不敢再隐，只得回明。贾母道："我必料到有此事。如今各处上夜人都不小心，还是小事，只怕他们就是贼，也未可知。"[6] 当下邢夫人并尤氏等都过来请安，凤姐、李纨及姊妹等皆陪侍，听贾母如此说，都默无所答。独探春出位笑道："近因凤姐姐身子不好几日，园内的人，比先放肆了许多。先前不过是大家偷着一时半刻，或夜里坐更时，三四个人聚在一处，或掷骰，或斗牌，小小的玩意，不过为熬困。近来渐次放诞，竟开了赌局，甚至有头家局主，或三十吊、五十吊、一二百吊的大输赢。半月前，竟有争斗相打之事。"[7] 贾母听了，忙说："你既知道，为何不早回我们来？"探春道："我因想着太太事多，且连日不自在，所以没回。只告诉了大嫂子和管事的人们，戒饬过几次，近日好些。"贾母忙道："你姑娘家如何知道这里头的利害。[8] 你

1. 真是宝玉！临时抱佛脚时，还关心丫头冷暖。此处岂是读书之处，又岂是伴读之人？（庚）

2. 想是跳下宝玉救星来了。

3. 晴雯机灵，脑筋转得快。

4. 嘱众人要去回明太太，还替他们想好回话要点，如脸色变了、全身发热、找安魂药等。

5. 尽量闹得沸沸扬扬，让传言起作用，把戏演到位。

6. 看似过虑了，其实经历事多的老人言，正不可轻忽。

7. 探春有所见闻，难得还敢直言，确是治家干才。

8. 贾母再发重话，恐非虚言。可惜我们读不到后半部佚稿，后来贾府事败，抄没，想来不只是从外面杀进来，家庭内部争斗，暴露丑行，让外界挟怨欲告倒贾家的敌对势力有机可乘、有把柄可拿，怕也是重要原因。

---

① 金星玻璃——即芳官，也只称"玻璃"，程甲本也许忘了曾改名事，竟改为"春燕、秋纹"二人。

自为要钱常事，不过怕起争端。殊不知夜间既耍钱，就保不住不吃酒；既吃酒，就免不得门户任意开锁。或买东西，寻张觅李，其中夜静人稀，趁便藏贼引盗，何等事作不出来！况且园内的姊妹们起居所伴者，皆系丫头、媳妇们，贤愚混杂，贼盗事小，再有别事，倘略沾带些，关系不小，这事岂可轻恕！"

探春听说，便默然归座。凤姐虽未大愈，精神固比素常稍减，[1] 今见贾母如此说，便忙道："偏生我又病了。"遂回头命人速传林之孝家的等总理家事四个媳妇到来，当着贾母，申饬了一顿。贾母命即刻查了头家赌家来，有人出首者赏，隐情不告者罚。林之孝家的等见贾母动怒，谁敢徇私，忙至园内传齐了人，一一盘查。虽不免大家赖一回，终不免水落石出。查得大头家三人，小头家八人，聚赌者通共二十多人，都带来见贾母，跪在院内磕响头求饶。贾母先问大头家名姓和钱之多少。原来这三个大头家，一个就是林之孝的两姨亲家，一个就是园内厨房里柳家媳妇之妹，一个就是迎春之乳母。这是三个为首的，余者不能多记。贾母便命将骰子、牌一并烧毁，所有的钱入官，分散与众人；将为首者每人四十大板，撵出，总不许再入；从者每人二十大板，革去三月月钱，拨入圊厕行①内。[2] 又将林之孝家的申饬了一番。

林之孝家的见她的亲戚又给她打了嘴，自己也觉没趣。迎春在坐，也觉没意思。黛玉、宝钗、探春等见迎春的乳母如此，也是物伤其类的意思，遂都起身笑向贾母讨情，[3] 说："这个妈妈素日原不玩的，不知怎么，也偶然高兴。求看二姐姐面上，饶她这次罢。"贾母道："你们不知。大约这些奶子们，一个个仗着奶过哥儿姐儿，原比别人有些体面，她们就生事，比别人更可恶，专管调唆主子，护短偏向。我都是经过的。况且要拿一个作法，恰好果然就遇见了一个。你们别管，我自有道理。"[4] 宝钗等听说，只得罢了。

一时，贾母歇晌，大家散出，都知贾母今日生气，皆不敢各散回家，只得在此暂候。尤氏便往凤姐儿处来闲话了一回，因她也不自在，只得园内寻众姑嫂闲谈。邢夫人在王夫人处坐了一回，也就往园内散散心来。刚至园门前，只见贾母房内的小丫头子名唤傻大姐的，笑嘻嘻地走来，手内拿着个花红柳绿的东西，低头一壁瞧着，一壁只管走，不防迎头撞见邢夫人，抬头看见，方才站住。邢夫人因说："这痴丫头，又得了个什

1. 看他渐次写来，从不作一平易苟安之笔，况阿凤之文哉！（庚）

2. 贾母出面严惩下人是不容易见到的。

3. 偏有人要看迎春面上出来讨情，还是贾母极宠爱的三位姑娘，且看结果如何。

4. 贾母不给讨情的黛、钗、探以面子，更是少有的。然说的却是实情，从严作法，自有道理，不可谓不明智。

---

① 圊（qīng 青）厕行——管理和清扫厕所的行当。圊厕，厕所。

么狗不识儿,这么欢喜? 拿来我瞧瞧。"[1]

原来这傻大姐年方十四五岁,是新挑上来的,与贾母这边提水桶、扫院子,专作粗活的一个丫头。只因她生得体肥面阔,两只大脚,作粗活简捷爽利,且心性愚顽,一无知识,行事出言,常在规矩之外。贾母因喜欢她爽利便捷,又喜她出言可以发笑,便起名为"傻大姐",常闷来便引她取笑,毫无忌避,因此又叫她作"痴丫头"。她纵有失礼之处,见贾母喜欢,他们依然不去苛责。[2]这丫头也得了这个力,若贾母不唤她时,便入园内来玩耍。今日正在园内掏促织,忽在山石背后得了一个五彩绣香囊,其华丽精致,固是可爱,但上面绣的并非花鸟等物,一面却是两个人,赤条条的盘踞相抱,一面是几个字。这痴丫头原不认得是春意,便心下盘算:"敢是两个妖精打架? 不然,必是两口子相打。"[3]左右猜解不来,正要拿去与贾母看,[4]是以笑嘻嘻地一壁看,一壁走,忽见邢夫人如此说,便笑道:"太太真个说得巧,真个是狗不识呢![5]太太请瞧一瞧。"说着,便送过去。邢夫人接来一看,吓得连忙死紧攥住,[6]忙问:"你是哪里得的?"傻大姐道:"我掏促织儿,在山石上捡的。"邢夫人道:"快休告诉一人:这不是好东西,连你也要打死才是。皆因你素日是傻子。以后再别提起了。"这傻大姐听了,反吓得黄了脸,说:"再不敢了。"磕了个头,呆呆而去。邢夫人回头看时,都是些女孩儿,不便递与,自己便塞在袖内,心内十分罕异,揣摩此物从何而至,且不形于声色,且来至迎春室中。

迎春正因她乳母获罪,自觉无趣,心中不自在,忽报母亲来了,遂接入内室。奉茶毕,邢夫人因说道:"你这么大了,你那奶妈子行此事,你也不说说她。如今别人都好好的,偏咱们的人做出这事来,什么意思!"[7]迎春低首弄衣带,半晌答道:"我说她两次,她不听也无法。况且她是妈妈,只有她说我的,没有我说她的。"[8]邢夫人道:"胡说! 你不好了,她原该说;如今她犯了法,你就该拿出小姐的身份来。她敢不从,你就回我去

1. 不瞧也罢,这一瞧大观园便要地覆天翻了! 不接着写,反顿住,先交代清傻大姐之为人。如此安排,妥极!

2. 有何可责的? 礼岂为傻大姐这样混沌未凿之人而设?

3. 真聪明! 猜得都不错。

4. 险极,妙极! 荣府堂堂诗礼之家,且大观官园又何等严肃清幽之地,金闺玉阁尚有此等秽妙,天下浅闺薄幕之家宁不慎乎? 虽然,但此等偏出大家世族之中者,盖因其房室香宵,嬛婢混杂,乌保其个个守礼持节哉? 此正为大家世族而告戒。其浅闺薄幕之处,母女主婢日夕耳鬓交磨,一止一动悉在耳目之中,又何必淳淳再四焉!(庚)

5. 妙在用邢夫人之语作答。妙! 寓言也。大凡知此交媾之情者,真狗畜之说耳。非肆言恶恶,凡识此事者即狗矣。然则云与贾母看,则先骂贾母矣。此处邢夫人亦看,然则又骂邢夫人乎? 故作者又难。(庚)

6. 老丈夫讨丫头、买小妾,纵欲无度,帮着说倒理直气壮,毫无惧色。若有人举此等处批判封建道德礼教虚伪性,很难说是唱高调。妙! 这一"吓"字方是写世家夫人之笔,虽前明书邢夫人之为人稍劣,然亦在情理之中,若不用慎重之笔,则邢夫人直系一小家卑污极轻贱之人矣,岂得与荣府联房哉? 所谓此书针线缜密处,全在无意中一字一句之间耳,看者细心方得。(庚)

7. "咱们"二字便见自怀异心,从上文生离异发沥而来,谨密之至。更有甚于此者,君未知也,一笑。(庚)

8. 是"二木头"的话。妙极! 直画出一个懦弱小姐来。(庚)

才是。如今直等外人共知，是什么意思！[1]再者，只她去放头儿①，还恐怕她巧言花语地和你借贷些簪环、衣履作本钱，你这心活面软的，未必不周接她些。若被她骗去，我是一个钱没有的，看你明日怎么过节！"迎春不语，只低头弄衣带。[2]邢夫人见她这般，因冷笑道："总是你那好哥哥、好嫂子，一对儿赫赫扬扬，琏二爷，凤奶奶，两口子遮天盖日，百事周到，竟通共这一个妹子，全不在意。[3]但凡是我身上掉下来的，又有一话说，——只好凭他们罢了。[4]况且你又不是我养的，[5]你虽不是同他一娘所生，到底是同出一父，也该彼此瞻顾些，也免别人笑话。[6]我想，天下的事也难较定，你是大老爷跟前人养的，这里探丫头也是二老爷跟前人养的，出身一样。如今你娘死了，从前看来，你两个的娘，只有你娘比如今赵姨娘强十倍的，你该比探丫头强才是。怎么反不及她一半？谁知竟不然，这可不是异事！倒是我一生，无儿无女的，一生干净，也不能惹人笑话议论为高。"[7]旁边伺候的媳妇们便趁机道："我们的姑娘老实仁德，哪里像他们三姑娘伶牙俐齿，会要姊妹们的强。他们明知姐姐这样，竟不顾恤一点儿。"[8]邢夫人道："连她哥哥、嫂子还如是，别人又作什么呢！"一言未了，人回："琏二奶奶来了。"邢夫人听了，冷笑两声，命人出去说："请她自去养病，我这里不用她伺候。"接着，又有探春的小丫头来报说："老太太醒了。"邢夫人方起身前边来。

迎春送至院外方回。绣橘因说道："如何？前儿我回姑娘：'那一个攒珠累丝金凤，竟不知哪里去了。'回了姑娘，姑娘竟不问一声儿。[9]我说：'必是老奶奶拿去，典了银子放头儿的。'姑娘不信，只说：'司棋收着呢。'叫问司棋。司棋虽病着，心里却明白。我去问她，她说：'没有收起来，还在书架上匣内暂放着，预备八月十五恐怕要戴呢。'姑娘就该问老奶奶一声，只是脸软，怕人恼。如今竟怕无着落，明儿要都戴时，独咱们不戴，是何

1. 我敬问，"外人"为谁？（庚）

2. 被说中了的表情。

3. 加罪于琏、凤，的是父母常情，极是。何必又如此说来，便见又有私意。（庚）

4. 凤姐何曾亏待过迎春？总是自己心态不正。如何？此皆妇女私假之意，大不可者。（庚）

5. 更不好。（庚）

6. 笑话什么？老实被人欺，怎能怪上琏、凤？又问："别人"为谁？又问：彼二人虽不同母，终是同父；彼二人既同父，其父又系君之何人？吁！妇人私心今古有之。（庚）

7. 蠢话。最可恨妇人无子者引此话是说。（庚）

8. 挑拨邢、王夫人关系之言。杀、杀、杀！此辈专生离异。余因实受其盅，今读此文，直欲拔剑劈纸，又不知作者多少眼泪洒出此回也。又问：不知如何"顾恤"些？又不知有何可"顾恤"之处？直令人不解。愚妇贱婢之言，酷肖之至！（庚）忽思及有研究者以为脂评系女性所加，则"拔剑劈纸"一语岂非当改作"拔钗戳纸"？

9. 方写到回目中的"累金凤"，自己常戴之物，还靠丫头绣橘在心。

① 放头儿——这里是参与开赌局的意思。为开设赌局所需投入银钱叫放头，向赌胜者收取部分赢得的钱叫抽头。

意思呢！"¹迎春道："何用问，自然是她拿去暂时借一肩①了。我只说她悄悄地拿了出去，不过一时半晌，仍旧悄悄地送来，就完了，谁知她就忘了。今日偏又闹出来，问她想也无益。"绣橘道："何曾是忘记！她是试准了姑娘的性格，所以才这样。如今我有个主意：我竟走到二奶奶房里，将此事回了她，或她着人去要，或她省事拿几吊钱来替她赔补。如何？"²迎春忙道："罢，罢，罢！省些事罢。宁可没有了，又何必生事！"³绣橘道："姑娘怎么这样软弱！都要省起事来，将来连姑娘还骗了去呢！⁴我竟去的是。"说着便走。迎春便不言语，只好由她。

谁知迎春乳母子媳王住儿媳妇正因她婆婆得了罪，来求迎春去讨情，听她们正说金凤一事，且不进去。也因素日迎春懦弱，她们都不放在心上。如今见绣橘立意去回凤姐，估着这事脱不去的，且又有求迎春之事，只得进来，陪笑先向绣橘说："姑娘，你别去生事。姑娘的金丝凤，原是我们老奶奶老糊涂了，输了几个钱，没得捞梢②，所以暂借了去。原说一日半晌就赎的，因总未捞过本来，就迟住了。⁵可巧今儿又不知是谁走了风声，弄出事来。虽然这样，到底主子的东西，我们不敢迟误下，终究是要赎的。如今还要求姑娘看从小儿吃奶的情分，往老太太那边去讨个情面，救出她老人家来才好。"⁶迎春先便说道："好嫂子，你趁早打了这妄想，要等我去说情，等到明年也不中用的。方才连宝姐姐、林妹妹大伙儿说情，老太太还不依，何况是我一个人。我自己愧还愧不来，反去讨臊去？"⁷绣橘便说："赎金凤是一件事，说情是一件事，别绞在一处说。难道姑娘不去说情，你就不赎了不成？⁸嫂子且取了金凤来再说。"

王住儿家的听迎春如此拒绝她，绣橘的话又锋利，无可回答，一时脸上过不去，也明欺迎春素日好性儿，乃向绣橘发话道："姑娘，你别太仗势了。你满家子算一算，谁的妈妈、奶子不仗着主子哥儿、

---

① 借一肩——借人之力卸担子歇肩，喻得人之助以应付急用。

② 捞梢——即"捞本"，也叫"翻梢"，赌博中赢回输掉的钱。

1. **此即免别人笑话也。** 这个"咱们"使得，恰是女儿唧唧私语，非前问之一例可比者。（庚）

2. 这个主意是。写女儿各自有机变，个个不同。（庚）

3. 总是懦语。（庚）

4. 并非虚声恫吓。迎春不久后不是被人"骗"到孙绍祖家去落入狼窝的吗？此回后半正是迎春正文，即写其人最重要的篇章；为她出阁后"金闺花柳质，一载赴黄粱"的悲剧结局预先揭示其根源所在。因为她生存的环境，本是一个处处都遵循弱肉强食的丛林法则的社会。

5. 至此，才对偷首饰当钱捞赌本事供认不讳。除了将偷美言成"借"。

6. 找错人了，几曾见迎春为人讨过情？

7. 举出贾母不依从姑娘们说情事，这就对了。可见老太太确有眼力，当时虽未知行窃，却已觉出其并非善辈。

8. 紧咬偷金凤不放。

姐儿多得些益，偏咱们就这样'丁是丁，卯是卯'的，只许你们偷偷摸摸地哄骗了去。自从邢姑娘来了，太太吩咐一个月俭省出一两银子来与舅太太去，这里饶添了邢姑娘的使费，反少了一两银子。常时短了这个，少了那个，那不是我们供给，谁又要去？不过大家将就些罢了。算到今日，少说些也有三十两了。我们这一向的钱，岂不白填了限呢！"[1] 绣橘不待说完，便啐了一口，道："作什么的白填了三十两，我且和你算算账，姑娘要了些什么东西？"

迎春听见这媳妇发邢夫人之私意，[2] 忙止道："罢，罢，罢！你不能拿了金凤来，不必牵三扯四乱嚷。我也不要那凤了。便是太太们问时，我只说丢了，也妨碍不着你什么，你出去歇息歇息倒好。"一面叫绣橘倒茶来。绣橘又气又急，因说道："姑娘虽不怕，我们是作什么的？把姑娘的东西丢了。她倒赖说姑娘使了她们的钱，这如今竟要准折起来。倘或太太问姑娘为什么使了这些钱，敢是我们就中取势了？这还了得！"一行说，一行就哭了。司棋听不过，只得勉强过来，帮着绣橘问着那媳妇。迎春劝止不住，自拿了一本《太上感应篇》①去看。[3]

三人正没开交，可巧宝钗、黛玉、宝琴、探春等因恐迎春今日不自在，都约来安慰她。走至院中，听得两三个人较口。探春从纱窗内一看，只见迎春倚在床上看书，若有不闻之状。[4] 探春也笑了。小丫鬟们忙打起帘子报道："姑娘们来了。"迎春方放下书起身。那媳妇见有人来，且又有探春在内，不劝而自止了，遂趁便要去。探春坐下，便问："才刚谁在这里说话？倒像拌嘴似的。"[5] 迎春笑道："没有说什么，左不过是她们小题大作罢了。何必问它。"探春笑道："我才听见什么'金凤'，又是什么'没有钱只和我们奴才要'，谁和奴才要钱了？[6] 难道姐姐和奴才要钱了不成？难道姐姐不

1. 欺迎春懦弱，反赖人家用她钱，可知是存心不想赎回首饰。

2. 事涉邢夫人吩咐每月省出一两银子事，岂敢争辩！大书。此句诛心之笔。（庚）

3. 迎春标志性的画像。神妙之甚！一位懦弱小姐从纸上跳出，且书又有奇文，妙！（庚）

4. 此情状偏被探春看见，焉得不笑？看他写迎春虽稍劣，然亦大家千金之格也。（庚）

5. 是不让掩饰过去的问话。瞧他写探春气宇。（庚）

6. 早听到刚才拌嘴的话了。打定主意，此事非介入不可。故一问再问。

---

① 《太上感应篇》——晋葛洪托名太上老君所作的书，旨在劝善惩恶，宣扬因果报应。宋代欧阳修《祭石曼卿文》："有愧乎太上之忘情。"小说用此书名，或有圣人（太上）忘情，荣辱得失无动于衷的意思。

是和我们一样有月钱的，一样有用度不成？"司棋、
绣橘道："姑娘说得是了。姑娘们都是一样的，哪
一位姑娘的钱不是由着奶奶、妈妈们使，连我们
也不知道怎样是算账，不过要东西只说得一声儿。
如今她偏要说姑娘使过了头儿，她赔出许多来了。
究竟姑娘何曾和她要什么了？"探春笑道："姐姐
既没有和她要，必定是我们或者和她们要了不成！
你叫她进来，我倒要问问她。"[1] 迎春笑道："这话又
可笑。你们又无沾碍，何得带累于她？"探春道：
"这倒不然。我和姐姐一样，姐姐的事和我的也是
一般，她说姐姐就是说我。我那边的人有怨我的，
姐姐听见也即同怨姐姐是一理。[2] 咱们是主子，自
然不理论那些钱财小事，只知想起什么要什么，也
是有的事。但不知金累丝凤因何又夹在里头？"

那王住儿媳妇生恐绣橘等告出她来，遂忙进
来用话掩饰。探春深知其意，因笑道："你们所以
糊涂。如今你奶奶已得了不是，趁此求求二奶奶，
把方才的钱尚未散人的拿出些来赎取了就完了。
比不得没闹出来，大家都藏着留脸面；如今既是
没了脸，趁此时纵有十个罪，也只一人受罚，没
有砍两颗头的理。你依我说，竟是和二奶奶说去。
在这里大声小气，如何使得？"[3] 这媳妇被探春说出
真病，也无可赖了，只不敢往凤姐处自首。探春笑
道："我不听见便罢，既听见，少不得替你们分解
分解。"

谁知探春早使个眼色与待书，待书出去了。[4] 这
里正说话，忽见平儿进来。宝琴拍手笑说道："三
姐姐敢是有驱神召将的符术？"黛玉笑道："这倒
不是道家玄术，倒是用兵最精的，所谓'守如处
女，脱如狡兔' ①，出其不备之妙策也。"[5] 二人取
笑。宝钗便使眼色与二人，令其不可，[6] 遂以别话
岔开。探春见平儿来了，遂问："你奶奶可好些了？
真是病糊涂了，事事都不在心上，叫我们受这样的
委屈。"平儿忙道："姑娘怎么委屈？谁敢给姑娘气

1. 绝不肯半点含混，非要说得一清二
楚不可。两姐妹的性格，彼此形成
了最鲜明的对照。

2. 此时探春心中必定已存同是主子，
不能受下人欺侮的想法。毕竟在"欺
幼主刁奴蓄险心"（第五十五回）中，
她有过亲身体验。

3. 话都是带笑说的，却直捣住儿媳妇
心窝。

4. 不但有建议，且伴有行动。一个眼色，
待书便知如何行事了，真是强将手
下无弱兵！

5. 黛玉看得明白，故向宝琴解说，居
然还懂点兵法，也奇。

6. 不忘写一笔宝钗之为人。

---

① 守如处女，脱如狡兔——原喻作战要出其不意，攻其不备，此言举动出人意料。《孙子·九地》："是故始如处女，
敌人开户，后如脱兔，敌不及拒。"脱兔，拼命逃跑的兔子，形容行动迅疾。

受？姑娘快吩咐我。"当时，住儿媳妇方慌了手脚，遂上来赶着平儿叫："姑娘坐下，让我说原故你听听。"平儿正色道："姑娘这里说话，也有你我混插口的礼！你但凡知礼，只该在外头伺候。不叫，你进不来的，也有外头的媳妇子们无故到姑娘们房里来的例？"[1]绣橘道："你不知我们这屋里是没礼的，谁爱来就来。"平儿道："都是你们的不是。姑娘好性儿，你们就该打出去，然后再回太太去才是。"[2]

住儿媳妇见平儿出了言，红了脸，方退出去。探春接着道："我且告诉你，若是别人得罪了我，倒还罢了。如今那住儿媳妇和她婆婆，仗着是妈妈，又瞅着二姐姐好性儿，如此这般私自拿了首饰去赌钱，而且还捏造假账折算，威逼着还要去讨情，和这两个丫头在卧房里大嚷大叫，二姐姐竟不能辖治，所以我看不过，才请你来问一声：还是她原是天外的人，不知道理？还是有谁主使她如此，先把二姐姐制伏，然后就要治我和四姑娘了？"[3]平儿忙陪笑道："姑娘怎么今日说这话出来，我们奶奶如何当得起！"探春冷笑道："俗语说的，'物伤其类'，'齿竭唇亡'①，我自然有些惊心。"平儿向迎春道："若论此事，还不是大事，极好处治。但她现是姑娘的奶嫂，据姑娘怎么样为是？"[4]

当下迎春只和宝钗阅"感应篇"故事，究竟连探春之语亦不曾闻得，忽见平儿如此说，乃笑道："问我，我也没什么法子。[5]她们的不是，自作自受，我也不能讨情，我也不去苛责就是了。至于私自拿去的东西，送来，我收下；不送来，我也不要了。太太们要问，我可以隐瞒遮饰过去，是她的造化；若瞒不住，我也没法，没有个为她们反欺诳太太们的理，少不得直说。你们若说我好性儿，没个决断，竟有好主意，可以八面周全，不使太太们生气，任凭你们处治，我总不知道。"[6]众人听了，都好笑起来。黛玉笑道："真是'虎狼

1. 先斥其无礼。必是已从待书处闻知原委，是有备而来。

2. 这话说得更不留情面了。

3. 虽非真的那么想，但必定要那么说，才能震慑得住。

4. 处治有策略，将球先踢给迎春，看她心意如何。

5. 想是得道了，竟不知所谈何事！

6. 一番话剖白自己心思，任你风吹浪打，都与我无关，我只求太平。

---

① 齿竭唇亡——亦作"唇亡齿寒"，比喻彼此相依，利害相关。语出《左传·僖公五年》。

屯于阶陛，尚谈因果'①。¹若使二姐姐是个男人，这一家上下若许人，又如何裁治他们？"迎春笑道："正是。多少男人尚如此，何况我哉！"一语未了，只见又有一人进来。正不知是哪个，且听下回分解。

1. 归结得妙！不知是奚落还是夸赞。

## 【总评】

赵姨娘的丫头小鹊来怡红院报信，要宝玉仔细明天老爷问话。于是宝玉为准备功课又紧张起来。作者趁此将那个时代为谋取功名要求子弟们读的书，从《四书》到时文八股一一举出。宝玉或"未下苦工夫"，或"平素深恶此道"，所以难过此关；连夜温习，也只能徒增焦躁而已。恰巧此时芳官进来喊："不好了，一个人从墙上跳下来了！"晴雯灵机一动，叫宝玉赶快装病，只说吓着了，还故意闹得众人皆知。

宝玉是躲过了父亲的查问，却让贾母因此而动怒，严责各处上夜不用心，藏贼引盗，将来必要出大事。凤姐便急传林之孝家的等管家媳妇来申饬，命即刻查赌。查到聚赌者多人，都受大板打罚；为首者撵出，从者革钱。这是后面抄检大观园的预演，也为拾到绣春囊之所以能掀起轩然大波画出了背景，增加了说服力。

傻大姐在园内掏蟋蟀，拾得绣春囊，特点出在"山石背后"，这就把以前的某些细节暗暗地勾连了起来。早在第二十七回，就写过红玉"见司棋从山洞里出来，站着系裙子"（作者的用意，连脂砚斋都没有看出来，只是批道："小点缀，一笑。"）；两回之前，又写鸳鸯要小解，行至"山石后"发现了一对"野鸳鸯"。读者虽未必马上联想到这些细节，猜到此系何人所遗之物，但作者文心却极为细密，早已留下了让人可细心寻觅的蛛丝马迹。

邢夫人责怪迎春不说说自己的奶妈子，让她去赌钱获罪。迎春要就一言不发，要就说"只有她说我的，没有我说她的"。邢夫人说："你是大老爷跟前人养的，这里探丫头也是二老爷跟前人养的，出身一样。如今你娘死了，从前看来，你们两个的娘，只有你娘比如今赵姨娘强十倍，你该比探丫头强才是，怎么反不及她一半？"这是顺便交代清迎春身世。

接着是迎春的攒珠累丝金凤首饰不见了，她明知是奶妈子偷去典银子赌钱了，却对丫头绣橘说"宁可没有了，又何必生事"。绣橘要去回凤姐，又与来迎春处"求情"的乳母子媳住儿媳妇顶撞起来。迎春既不愿替人去说情，也不能止住争吵，就自己拿了一本《太上感应篇》去看。这成了表现迎春个性的典型画面。三姑娘探春看不过，出头为姊打抱不平，降伏了住儿媳妇。可迎春只管看书，"究竟连探春之语亦不曾闻得"，还说了一通她的处事之道。

迎春之为人，在此之前并未作专门描写，到了这里，作者特为这位"懦小姐"着力一写，或许有两层意图：一、她的丫头司棋随后在抄检中事发被逐，她却毫无作为，知其一贯为人，也就合情合理了；二、她自己不久也要被父母送往狼窝般的孙家去，知其本性懦弱，她只能任人摆布，也就是必然的了。

---

① 虎狼屯于阶陛，尚谈因果——这里笑迎春面临严重威胁，尚不闻不问。屯，聚集。阶陛，本宫殿的台阶，泛说近旁。历史上多有信佛误国的帝王，虽敌已兵临城下，尚奢谈因果玄理。

# 第七十四回
## 惑奸谗抄检大观园　矢孤介杜绝宁国府

【题解】

　　本回回目诸本大体一致，而有错字或不同用词。如"抄检"之"检"，多数本子都讹作"拣"，唯甲辰、程高本是对的；蒙府本原抄作"拣"，点改作"检"。"矢孤介"唯程高本作"避嫌隙"，显然是求通俗而后改的；蒙府本原抄作"矢孤介"，点改作"避嫌隙"。此回目参诸本互校取其底本较早、且用字无误者。上句谓奸邪小人进谗言，王夫人受其迷惑，遂有抄检大观园事；下句谓惜春坚持其孤僻廉介性情，因其丫头入画被抄出藏有贾珍赏赐给她哥哥的财物，觉得没有面子，便与入画断绝了情义，也不愿再与宁国府来往了。矢，誓，决心，坚守。

　　话说平儿听迎春说了，正自好笑，忽见宝玉也来了。原来管厨房柳家媳妇之妹，也因放头开赌得了不是。[1]这园中有素与柳家不睦的，便又告出柳家的来，说她和她妹子是伙计，虽然她妹子出名，其实赚了钱，两个人平分。因此凤姐要治柳家之罪。[2]那柳家的因得此信，便慌了手脚，因思素与怡红院人最为深厚，故走来悄悄地央求晴雯、金星玻璃等人。金星玻璃告诉了宝玉。宝玉因思内中迎春之乳母也现有此罪，不若来约同迎春讨情，比自己独去，单为柳家说情，又更妥当，故此前来。忽见许多人在此，见他来时，都问："你的病可好了？跑来作什么？"宝玉不便说出讨情一事，只说："来看二姐姐。"当下众人也不在意，且说些闲话。

　　平儿便出去办累丝金凤一事。那王住儿媳妇紧跟在后，口内百般央求，只说："姑娘好歹口内超生，我横竖去赎了来。"平儿笑道："你迟也赎，早也赎，既有今日，何必当初。你的意思得过去就过去了。既是这样，我也不好意思告人，趁早去赎了来，交与我送去，我一字不提。"[3]王住儿媳妇听说，方放下心来，就拜谢，又说："姑娘自去贵干，我赶晚拿了来，先回了姑娘，再送去，如何？"平儿道："赶晚不来，可别怨我。"说毕，二人方分

1. 管厨房柳家媳妇，即柳五儿的娘，前已有过事。

2. 本有旧隙，今再添新罪，五儿想入怡红院，怕是不可能了。

3. 前曾劝凤姐说"得饶人处且饶人"。自己就是这么做的。

路各自散了。

平儿到房，凤姐问她："三姑娘叫你作什么？"平儿笑道："三姑娘怕奶奶生气，叫我劝着奶奶些，问奶奶这两天可吃些什么。"凤姐笑道："倒是她还记挂着我。刚才又出来了一件事：有人来告柳二媳妇和她妹子通同开局，凡妹子所为，都是她作主。我想，你素日肯劝我'多一事不如省一事'，就可闲一时心，自己保养保养也是好的。我因听不进去，果然应了些，先把太太得罪了，而且自己反赚了一场病。如今我也看破了，随他们闹去罢，横竖还有许多人呢。我白操一会子心，倒惹得万人咒骂。我且养病要紧，便是病好了，我也作个好好先生，得乐且乐，得笑且笑，一概是非，都凭他们去罢。[1]所以我只答应着知道了，白不在我心上。"平儿笑道："奶奶果然如此，便是我们的造化。"

一语未了，只见贾琏进来，拍手叹气道："好好的又生事！前儿我和鸳鸯借当，那边太太怎么知道了。[2]才刚太太叫过我去，叫我不管哪里先迁挪二百银子，做八月十五节间使用。我回没处迁挪。太太就说：'你没有钱，就有地方迁挪，我白和你商量，你就搪塞我，你就没地方？前儿一千银子的当是哪里的？连老太太的东西你都有神通弄出来，这会子二百银子你就这样。幸亏我没和别人说去。'我想太太分明不短，何苦来要寻事奈何人！"凤姐儿道："那日并没一个外人，谁走了这个消息？"平儿听了，也细想那日有谁在此，想了半日，笑道："是了。那日说话时没一个外人，但晚上送东西来的时节，老太太那边傻大姐的娘，也可巧来送浆洗衣服。她在下房里坐了一会子，见一大箱子东西，自然要问，必是小丫头们不知道，说了出来，也未可知。"[3]因此便唤了几个小丫头来问："那日谁告诉傻大姐的娘了？"众小丫头慌了，都跪下赌咒发誓，说："自来也不敢多说一句话。有人凡问什么，都答应不知道。这事如何敢说。"凤姐详情①说："她们必不敢多说，倒别委屈了她们。如今且把这事靠后，且把太太打发了去要紧。宁可咱们短些，又别讨没意思。"[4]因叫平儿："把我的金项圈拿来，且去暂押二百银子来，送去完事。"贾琏道："索性多押二百，咱们也要使呢。"凤姐道：

---

① 详情——审度情理。

1. 嘴上是这么说，要真能看破，又谈何容易！历来世人到此作此想，但悔不及矣，可伤可叹！（庚）

2. 贾府之中几无秘密可言，凡做过的事，总有人知道，也总有人传话。

3. 可知鸳鸯还是借当给贾琏了。但邢夫人怎么知道的，确实不好猜。奇奇怪怪，从何处转至素日？真如常山之蛇。（庚）《孙子·九地》："故善用兵，譬如率然。率然者，常山之蛇也，击其首则尾至，击其尾则首至，击其中则首尾俱至。"

4. 身为儿子儿媳，不得不然也。

"很不必，我没处使钱。这一去还不知指哪一项赎呢！"平儿拿去，吩咐一个人唤了旺儿媳妇来领去，不一时，拿了银子来。贾琏亲自送去，不在话下。

这里凤姐和平儿猜疑，终是谁人走的风声，竟拟不出人来。凤姐又道："知道这事还是小事，<u>怕的是小人趁便，又造非言生出别的事来</u>。打紧那边正和鸳鸯结有仇了，如今听得她私自借给琏二爷东西，那起小人眼馋肚饱，连没缝儿还要下蛆的，如今有了这个因由，恐怕又造出些没天理的话来，也定不得。<u>在你琏二爷还无妨，只是鸳鸯正经女儿，带累了她受屈，岂不是咱们的过失</u>！"[1] 平儿笑道："这也无妨。鸳鸯借东西看的是奶奶，并不为的是二爷。一则鸳鸯虽应名是她私情，其实她是回过老太太的。<u>老太太因怕孙男孙女多，这个也借，那个也要，到跟前撒个娇儿，和谁要去？因此只装不知道。</u>[2]纵闹了出来，究竟那也无碍。"凤姐道："理虽如此。只是你我是知道的，不知道的，焉得不生疑呢！"

一语未了，人报："太太来了。"凤姐听了诧异，不知为何事亲来，与平儿等忙迎出来。只见<u>王夫人气色更变</u>，[3]只带一个贴己的小丫头走来，一语不发，走至里间坐下。凤姐忙奉茶，因陪笑问道："太太今日高兴，到这里逛逛？"<u>王夫人喝命："平儿出去！"</u>[4]平儿见了这般着慌，不知怎么样了，忙应了一声，带着众小丫头一齐出去，在房门外站住，索性将房门掩了，自己坐在台矶上，所有的人，一个不许进去。

凤姐也着了慌，不知有何等事。只见王夫人含着泪，从袖内掷出一个香袋子来，说："你瞧！"凤姐忙拾起一看，见是十锦春意香袋，<u>也吓了一跳，忙问："太太从哪里得来？"</u>[5]王夫人见问，越发泪如雨下，颤声说道："我从哪里得来！我天天坐在井里，拿你当个细心人，所以我才偷个空儿。谁知你也和我一样。这样的东西，大天白日，明摆在园里山石上，被老太太的丫头拾着，不亏你婆婆遇见，早已送到老太太跟前去了。<u>我且问你，这个东西如何遗在那里来？</u>"[6]

凤姐听得，也更了颜色，<u>忙问："太太怎知是我的？"</u>[7]王夫人又哭又叹，说："你反问我！你想，一家子除了你们小夫小妻，余者老婆子们，要这个何用！

1. 必定会有此顾虑，因所知之造谣生事之事太多。

2. 还是平儿看得深透，旁人恐难猜想及此。奇文神文，岂世人想得出者！前文云"一箱子"，若私自拿出，贾母其睡梦中人矣。盖此等事作者曾经，批者曾经，实系一写往事，非特造出，故弄新笔，究竟不记不神也。（庚）

3. 这是为何？奇！（庚）

4. 从未见这个态度，令人吃惊不小。

5. 见了也吓，必要问的。

6. 奇问。（庚）是先认定凤姐所遗才问的。

7. 反问得是，要王夫人说出认定是自己的理由。

再女孩子们是从哪里得来？自是那琏儿不长进下流种子那里弄来。你们又和气，当作一件玩意儿；年轻人儿女闺房私意是有的，你还和我赖！幸而园内上下人还不解事，尚未捡得。倘或丫头们捡着，你姊妹看见，这还了得！不然，有那小丫头们捡着，拿出去说是园内捡的，外人知道，这性命脸面要也不要？"[1]

凤姐听说，又急又愧，登时紫胀了面皮，便依炕沿双膝跪下，也含泪诉道："太太说得固然有理，我也不敢辩我并无这样东西。但其中还要求太太细详其理：[2]那香袋是外头雇工仿着内工绣的，带子、穗子一概是市卖货。我便年轻不尊重些，也不要这劳什子，自然都是好的，此其一。二者，这东西也不是常带着的，我纵有，也只好在家里，焉肯带在身上，各处去？况且又往园里去，个个姊妹，我们都肯拉拉扯扯，倘或露出来，不但在姊妹前，就是奴才看见，我有什么意思！我就年轻不尊重，亦不能糊涂至此。三则，论主子内，我是年轻媳妇，算起奴才来，比我更年轻的又不止一个人了。况且她们也常进园，晚间各人家去，焉知又不是她们身上的？四则，除我常在园里之外，还有那边太太常带过几个小姨娘来，如嫣红、翠云等人，皆系年轻侍妾，她们更该有这个了。还有那边珍大嫂子，她也不算甚老，她也常带过佩凤等人来，焉知又不是她们的？五则，园内丫头太多，保得住个个都是正经的不成？也有年纪大些的，知道了人事，或者一时半刻人查问不到，偷着出去，或借着因由，同二门上小幺儿们打牙犯嘴①，外头得了来的，也未可知。[3]如今不但我没此事，就连平儿，我也可以下保的。太太请细想。"

王夫人听了这一席话，大近情理，[4]因叹道："你起来。我也知道你是大家小姐出身，焉得轻薄至此，不过我气急了，拿话激你。但如今却怎么处？你婆婆才打发人封了这个给我瞧，说是前日从傻大姐手里得的，把我气了个死。"[5]凤姐道："太太快别生气。若被众人觉察了，保不定老太太不知道。且平心静气，暗暗访察，才得确实，[6]纵然访不着，外人也不能知道。这叫作'胳膊折了在袖内'。如今惟有趁着赌钱的因由革了许多人这空

---

① 打牙犯嘴——闲聊天；磨嘴皮。

1. 所以惊恐万状为此。

2. 顿时说出以下五大反驳理由来，不得不佩服她沉着冷静，分析周全，见解精到，说服力极强。

3. 五点理由，重轻不一，从一开始就说香袋质量不好，是外头雇工仿制、用料都是市卖货来看，最后一类人可能性最大，因为她们财力单薄，与外界接触机会却多。后来事实确如所料。

4. 以理服人，自能立于不败之地。

5. 邢夫人给王夫人出难题，也是不当家的推罪责给当家的。

6. 凤姐策略，一如第五十二回暗访平儿遗失虾须镯之法。

儿，把周瑞媳妇、旺儿媳妇等四五个贴近不能走话的人，安插在园里，以查赌为由。¹再如今各处的丫头也太多了，保不住人大心大，生事作耗，等闹出事来，反悔之不及。如今若无故裁革，不但姑娘们委屈烦恼，就连太太和我也过不去。不如趁此机会，以后凡年纪大些的，或有些咬牙难缠的，拿个错儿撵出去，配了人。一则保得住没有别的事，二则也可省些用度。²太太想我这话如何？"王夫人叹道："你说的何尝不是，但从公细想，你这几个姊妹，也甚可怜了。³也不用远比，只说你如今林妹妹的母亲，未出阁时，是何等的娇生惯养，是何等的金尊玉贵，那才像个千金小姐的体统。如今这几个姊妹，不过比人家的丫头略强些罢了。⁴通共每人只有两三个丫头还像个人样，余者纵有四五个小丫头子，竟是庙里的小鬼，如今还要裁革了去，不但我心不忍，只怕老太太未必就依。虽然艰难，也穷不至此。我虽没受过大荣华富贵，比你们是强的。如今我宁可省些，别委屈了她们。以后要省俭，先从我来倒使得。如今且叫人传了周瑞家的等人进来，就吩咐她们快快暗地访拿这事要紧。"凤姐听了，即唤平儿进来，吩咐出去。

一时，周瑞家的与吴兴家的、郑华家的、来旺家的、来喜家的现在五家陪房进来，余者皆在南方各有执事。⁵王夫人正嫌人少不能勘察，忽见邢夫人的陪房王善保家的走来，方才正是她送香囊来的。⁶王夫人向来看视邢夫人之得力心腹人等，原无二意，今见她来打听此事，十分关切，便向她说："你去回了太太，你也进园来照管照管，不比别人又强些？"这王善保家的正因素日进园去，那些丫鬟们不大趋奉她，她心里大不自在，要寻她们的故事又寻不着，恰好生出这事来，以为得了把柄。又听王夫人委托她，正撞在心坎上，⁷说："这个容易。不是奴才多话，论理这事该早严紧的。太太也不大往园里去，这些女孩子们，一个个倒像受了封诰似的。她们就成了千金小姐了。闹下天来，谁敢哼一声儿！不然，就调唆姑娘们①，说欺负了姑娘们了，谁还担得起。"⁸王夫人道："这也有的。常情跟姑娘的丫头，原比别的娇贵些。你们该劝她们。连主子们的姑娘不教导，尚且不堪，何况她们。"王善保家的道："别

1. 具体步骤和借口理由。

2. 后续措施：裁人。所期收益：一、防范生事；二、节省开支。总是应对贾府危机的办法。

3. 犹云"可怜"；妙文！在别人视之，今古无比，若移在荣府论，实不能比先矣。（庚）总是今非昔比语。此书以盛衰荣枯为线索甚明。

4. 所谓"观于海者难为水"，俗子谓王夫人不知足，是不可矣；又谓作太过，真蟪蛄、鸠莺之见也。（庚）《孟子·尽心上》："观于海者难为水，游于圣人之门者难为言。""蟪蛄、鸠莺之见"，谓眼界甚小，本《庄子》寓言。

5. 又伏一笔。（庚）可见八十回后佚稿中当更多地写江南甄家事。

6. 来者不善。

7. 挟私怨、寻事端而来，岂能公正办事？委其查访劣迹之任，正使小人得志。

8. 未上任，先贬丫头们，以泄积怨。

———————————————

① 不然，就调唆姑娘们——诸本同，庚辰本作"调唆姑娘的丫头们"，不可从；因为此句主语就是"女孩子们"即"姑娘的丫头们"，故应是说丫头调唆主子生事。

的都还罢了，太太不知道，头一个宝玉屋里的晴雯，那丫头仗着她生得模样儿比别人标致些，又生了一张巧嘴，天天打扮得像个西施的样子，在人跟前能说惯道，掐尖要强。一句话不投机，她就立起两个骚眼睛来骂人，妖妖趫趫<sup>①</sup>，大不成个体统。"¹

1. 晴雯危矣！亦素日锋芒太露，树敌太多，所谓"风流灵巧招人怨，寿夭多因诽谤生"也。

王夫人听了这话，猛然触动往事，便问凤姐道："上次我们跟了老太太进园逛去，有一个水蛇腰、削肩膀、眉眼又有些像你林妹妹的，正在那里骂小丫头。我的心里很看不上那狂样子，²因同老太太走，我不曾说得。后来要问是谁，又偏忘了。今日对了槛儿<sup>②</sup>，这丫头想必就是她了。"凤姐道："若论这些丫头们，共总比起来，都没晴雯生得好。论举止言语，她原轻薄些。方才太太说的倒很像她，我也忘了那日的事，不敢乱说。"

2. 以貌取人。总以为看去笨笨的是好人，长得灵巧的必不好。骂小丫头也得问个是非，该不该骂，光看表面样子，所以容易受惑。

王善保家的便道："不用这样，此刻不难叫了她来，太太瞧瞧。"³王夫人道："宝玉房里常见我的，只有袭人、麝月，这两个笨笨的倒好。若有这个，她自不敢来见我的。我一生最嫌这样的人，况且又出来这个事。好好的宝玉，倘或叫这蹄子勾引坏了，那还了得！"因叫自己的丫头来，吩咐她到园里去，"只说我说有话问她们，留下袭人、麝月服侍宝玉不必来，有一个晴雯最伶俐，叫她即刻快来。你不许和她们说什么。"

3. 见主子也看不上晴雯，想趁热打铁，立刻叫来给她颜色瞧。

小丫头子答应了，走入怡红院，正值晴雯身上不自在，睡中觉才起来，正发闷，听如此说，只得随了她来。素日这些丫鬟皆知王夫人最嫌趫妆艳饰、语薄言轻者，故晴雯不敢出头。今因连日不自在，并没十分妆饰，自为无碍。及到了凤姐房中，王夫人一见她钗鬖鬓<sup>③</sup>松，衫垂带褪，有春睡捧心之遗风<sup>④</sup>，而且形容面貌恰是上月的那人，不觉勾起方才的火来。⁴王夫人原是天真烂漫之人，喜怒出于心臆，不比那些饰词掩意之人，今既真怒攻心，又勾起往事，便冷笑道：⁵"好个美人！真像个病西施了。你天天作这轻狂样儿给谁看？你干的事打量我不知道呢！我且放着你，自然明儿揭你的皮。宝玉今日可好些？"

4. 既已有了先入之见，无论浓妆艳饰或不加妆饰，便都有不是处。王夫人既受蛊惑，再也无法理智地判别是非了。

5. 为之开脱几句。其实，王夫人虽非本性邪恶，却好感情用事，没有头脑，易被人利用。回目标"惑奸谗"三字，可知作者对受惑者昏昏，也颇有微词，但最痛恨的还是奸谗惑主的王善保家的之流。

---

① 妖妖趫趫（qiáo 乔）——女子恃色轻狂的样子，今谓妖里妖气，非妖娆美好之义。趫，本行走轻捷，引申为举止轻佻。

② 对了槛儿——情况恰好相符。"槛"也作"坎"。

③ 钗鬖（duǒ 朵）——钗饰已松开将脱落。鬖，下垂貌。

④ 春睡捧心之遗风——谓像历史上醉酒的杨贵妃和病西施。参见第五回海棠春睡图注。

晴雯一听如此说，心内大异，便知有人暗算了她。虽然着恼，只不敢作声。她本是个聪明过顶的人，见问宝玉可好些，她便不肯以实话对，[1]只说："我不大到宝玉房里去，又不常和宝玉在一处，好歹我不能知道，只问袭人、麝月两个。"王夫人道："这就该打嘴。你难道是死人，要你们作什么！"晴雯道："我原是跟老太太的人。因老太太说园里空大人少，宝玉害怕，所以拨了我去外间屋里上夜，不过看屋子。我原回过我笨，不能服侍。老太太骂了我，说'又不叫你管他的事，要伶俐的作什么！'我听了这话才去的。[2]不过十天半个月之内，宝玉闷了，大家玩一会子，就散了。至于宝玉饮食起坐，上一层有老奶奶、老妈妈们，下一层又有袭人、麝月、秋纹几个人。我闲着还要做老太太屋里的针线，所以宝玉的事，竟不曾留心。太太既怪，从此后我留心就是了。"[3]

王夫人信以为实了，忙说："阿弥陀佛！你不近宝玉，是我的造化，竟不劳你费心。既是老太太给宝玉的，我明儿回了老太太，再撵你。"[4]因向王善保家的道："你们进去，好生防她几日，不许她在宝玉房里睡觉。等我回过老太太，再处治她。"喝声："去！站在这里，我看不上这浪样儿！谁许你这样花红柳绿地妆扮！"晴雯只得出来，这一气非同小可，一出门，便拿手帕子捂脸，一头走，一头哭，直哭到园内去。[5]

这里王夫人向凤姐等自怨道："这几年我越发精神短了，照顾不到。这样妖精似的东西，竟没看见。[6]只怕这样的还有，明日倒得查查。"凤姐见王夫人盛怒之际，又因王善保家的是邢夫人的耳目，常时调唆着邢夫人生事，纵有千百样言词，此刻也不敢说，只低头答应着。[7]王善保家的道："太太且请养息身体要紧，这些小事只交与奴才。如今要查这个主儿也极容易，等到晚上园门关了的时节，内外不通风，我们竟给她们个猛不防，带着人到各处丫头们房里搜寻。想来谁有这个，断不单只有这个，自然还有别的东西。那时，翻出别的来，自然这个也是她的了。"[8]王夫人道："这话倒是。若不如此，断不能清的清、白的白的。"[9]因问凤姐如何。凤姐只得答应说："太太说是，就行罢了。"[10]王夫人道："这主意很是，不然一年也查不出来。"于是大家商议已定。

至晚饭后，待贾母安寝了，宝钗等入园时，王善保家

1. 聪明人一听就知，既已遭人暗算，再有心机怕也无济于事了，读来不平。深罪聪明，到底不错一笔。（庚）

2. 能想出这些话来，确是再聪明不过了，怎奈败局已定！

3. 临了虚晃一枪，检验自己揣测是否正确。

4. 王夫人之聪明不及晴雯十分之一，故信以为实。然而即便如此，仍打定主意要撵，真是在劫难逃！

5. 王善保家的该大大称愿称快了！

6. 竟不知她看见了什么？真的妖精正在身边拨弄是非，能看见吗？

7. 凤姐是乖觉的，显然有话想说而不敢说。借此将王善保家的真面目揭出。

8. 自告奋勇请战，要王夫人授权，于是想出不惜掀翻荣国府的狠主意来："抄检大观园"。

9. 愚妇之见，赞同抄检是"惑奸谗"的主要方面。

10. 被迫同意，大有保留。表态明确：既是太太批准的，自己服从就是了。

的便请了凤姐一并入园，喝命将角门皆上锁。[1]便从上夜的
婆子处来抄检起，不过抄检出些多余攒下蜡烛、灯油等物。
王善保家的道："这也是赃，不许动，等明儿回过太太再
动。"于是先就到怡红院中，喝命关门。当下宝玉正因晴
雯不自在，忽见这一干人来，不知为何，直扑了丫头们的
房门去，[2]因迎出凤姐来，问是何故。凤姐道："丢了一件要
紧的东西，因大家混赖，恐怕有丫头们偷了，所以大家都
查一查去疑。"一面说，一面坐下吃茶。

王善保家的等搜了一回，又细问："这几个箱子是谁
的？"都叫本人来亲自打开。袭人因见晴雯这样，知道必
有异事，又见这番抄检，只得自己先出来打开了箱子并匣
子，任其搜检一番，不过是平常动用之物。遂放下，又搜
别人的，挨次都一一搜过。到了晴雯的箱子，因问："是谁的？
怎不开了让搜？"袭人等方欲代晴雯开时，只见晴雯挽着
头发闯进来，"豁啷"一声将箱子掀开，两手提着，底子朝
天，往地下尽情一倒，将所有之物尽都倒出。王善保家的
也觉没趣，[3]看了一看，也无甚私弊之物。回了凤姐，要往
别处去。凤姐儿道："你们可细细地查，若这一番查不出来，
难回话的。"[4]众人都道："都细翻看了，没有什么差错东西。
虽有几样男人物件，都是小孩子的东西，想是宝玉的旧物，
没甚关系的。"凤姐听了，笑道："既如此，咱们就走，再
瞧别处去。"

说着，一径出来，因向王善保家的道："我有一句话，
不知是不是：要抄检只抄检咱家的人，薛大姑娘屋里，断
乎检抄不得的。"王善保家的笑道："这个自然。岂有抄起
亲戚家来。"凤姐点头道："我也这样说呢。"一头说，一头
到了潇湘馆内。黛玉已睡了，忽报这些人来，也不知为甚
事。才要起来，只见凤姐已走进来，忙按住她不许起来，只
说："睡着罢，我们就走。"这边且说些闲话。[5]

那个王善保家的带了众人，到丫鬟房中，也一一开箱
倒笼抄检了一番。因从紫鹃房中抄出两副宝玉常换下来的
寄名符儿，一副束带上的披带，两个荷包并扇套，套内有
扇子。打开看时，皆是宝玉往年往日手内曾拿过的。王善
保家的自为得意，遂忙请凤姐过来验视，又说："这些东
西从哪里来的？"凤姐笑道："宝玉和她们从小儿在一处混
了几年，这自然是宝玉的旧东西。[6]这也不算什么罕事，撂
下再往别处去是正经。"紫鹃笑道："直到如今，我们两下

1. 居然自承侦查队队长，凤姐
反成了被邀的陪同人员。于
是如虎狼出柙，来势汹汹。

2. 饿狼见兔子也不过如此。

3. 绝妙文字！此句之后，程甲
本又增加了二百几十字为诸
脂本所无，它让晴雯与王善
保家的冲突更尖锐，发了火
的晴雯指着王家的脸痛骂。
这似乎能令人解气，表现晴
雯的反抗个性，其实如此加
油添醋，反有损原作精神，
有碍于情理。上文已写晴雯
"本是个聪明过顶的人"，并
非一味任性徒逞口角锋利
者，其时避嫌犹恐不及，何
至于公然指骂，更授人以柄。
何况后人所增的过火文字既
失去分寸感，又与下文写探
春相犯，艺术上也不足取。

4. 这话是说给欲整倒晴雯的人
听的。

5. 凤姐岂肯得罪黛玉，看她不
插手抄检事。

6. 此句之后，程甲本又增加了
"况且这符儿合扇子都是老
太太和太太常见的；妈妈不
信，咱们只管拿了去"等语，
削弱凤姐说话的权威性，让
她对王家的过于低声下气，
颠倒了主仆地位。亦属蛇足。

里的账也算不清。要问这个，连我也忘了是哪年月日有的了。"王善保家的听凤姐如此说，也只得罢了。

又到探春院内，谁知早有人报与探春了。探春也就猜着必有原故，所以引出这等丑态来。遂命众丫鬟秉烛开门而待。[1]一时众人来了。探春故问何事。凤姐笑道："因丢了一件东西，连日访察不出人来，恐怕旁人赖这些女孩子们，所以索性大家搜一搜，使人去疑，倒是洗净她们的好法子。"探春冷笑道："我们的丫头，自然都是些贼，我就是头一个窝主。既如此，先来搜我的箱柜，她们所有偷了来的，都交给我藏着呢。"[2]说着，便命丫鬟们把箱柜一齐打开，将镜奁、妆盒、衾袱、衣包；若大若小之物一齐打开，请凤姐去抄阅。凤姐陪笑道："我不过是奉太太的命来，妹妹别错怪我。何必生气!"因命丫鬟们快快关上。[3]

平儿、丰儿等忙着替待书等关的关，收的收。探春道："我的东西倒许你们搜阅，要想搜我的丫头，这却不能。我原比众人歹毒，凡丫头所有的东西，我都知道，都在我这里间收着，一针一线，她们也没得收藏。要搜，只管来搜我。你们不依，只管去回太太，只说我违背了太太，该怎么处治，我去自领。[4]你们别忙，自然连你们抄的日子有呢! 你们今日早起不曾议论甄家，自己家里好好的抄家，果然今日真抄了![5]咱们也渐渐的来了。可知这样大族人家，若从外头杀来，一时是杀不死的，这是古人曾说的'百足之虫，死而不僵'，必须先从家里自杀自灭起来，才能一败涂地!"[6]说着，不觉流下泪来。

凤姐只看着众媳妇们。周瑞家的便道："既是女孩子的东西全在这里，奶奶且请到别处去罢，也让姑娘好安寝。"[7]凤姐便起身告辞。探春道："可细细地搜明白了? 若明日再来，我就不依了。"凤姐笑道："既然丫头们的东西都在这里，就不必搜了。"探春冷笑道："你果然倒乖。连我的包袱都打开了，还说没翻。明日敢说我护着丫头们，不许你们翻了。你趁早说明，若还要翻，不妨再翻一遍。"[8]凤姐知道探春素日与众不同，只得陪笑道："我已经连你的东西都搜查明白了。"[9]探春又问众人："你们也都搜明白了不曾?"周瑞家的等都陪笑说："都翻明白了。"

1. 好探春! 真个大将风度，"秉烛"开门，摆好阵势，决心迎战。

2. 开口自认贼头，反话冷峻无比。

3. 凤姐识得时务，知道碰上不好惹的强手了，立刻赔笑安抚。

4. 自己的箱柜倒许搜，想搜丫头门儿也没有。一切后果由自己独个儿承担。这才是真的厉害，这样的主子也实在太难得了! 非探春，谁有胆量敢走这一步? 是下定决心说的，破釜沉舟，在所不惜。

5. 抄检大观园当然不等于朝廷降旨的"抄家"，但正可以小见大，借写抄检来反映抄家，或让前者为后者作引。故特点出甄(真)家事。奇极! 此日甄家事。(庚)

6. 必是将来可验证的预言。内虚则外侵，于理亦然，不宜当作泛泛气话草草看过。

7. 凤姐欲让众媳妇来收场，有心机。前文已表周瑞家的惯于处处讨好，故由她说话，一看风头不对，便连忙下帆转舵。

8. 凤姐不过顺水推舟，说上一句，不料被探春抓住"就不必搜了"一句，出手反击，句句利刃，字字锋芒。

9. 好! 能屈能伸! 凤姐深惜探春之为人，故连忙赔笑改口。

那王善保家的本是个心内没成算的人，素日虽闻探春的名，她自为众人没眼力、没胆量罢了，哪里一个姑娘家就这样起来，<u>况且又是庶出，她敢怎么！</u>[1]她自恃是邢夫人陪房，连王夫人尚另眼相看，何况别个。今见探春如此，她只当是探春认真单恼凤姐，与她们无干。她便要趁势作脸献好，<u>因越众向前，拉起探春的衣襟，故意一掀，嘻嘻笑道："连姑娘身上我都翻了，果然没有什么。"</u>[2]凤姐见她这样，忙说："妈妈走罢，别疯疯癫癫的！"

一语未了，只听"拍"的一声，<u>王善保家的脸上早着了探春一掌。</u>[3]探春登时大怒，指着王善保家的问道："你是什么东西，敢来拉扯我的衣裳！我不过看着太太的面上，你又有年纪，叫你一声'妈妈'，你就狗仗人势，天天作耗，专管生事。如今越发了不得了。你打量我是同你们姑娘那样好性儿，由着你们欺负她，<u>你错了主意！</u>[4]你搜检东西我不恼，你不该拿我取笑！"说着，便亲自解衣卸裙，拉着凤姐说："你细细地翻，<u>省得叫奴才来翻我身上。</u>[5]"凤姐、平儿等忙与探春束裙整袂，口内喝着王善保家的说："妈妈吃两口酒，就疯疯癫癫起来。前儿把太太也冲撞了。快出去！不要提起了。"劝探春休得生气。探春冷笑道："我但凡有气，早一头碰死了！不然，岂许奴才来我身上翻贼赃了。明儿一早，我先回过老太太、太太，然后过去给大娘陪礼，该怎么，我就领。"

那王善保家的讨了个没意思，在窗外只说："罢了，罢了！这也是头一遭挨打。我明儿回了太太，仍回老娘家去罢。这个老命还要它做什么！"探春喝命丫鬟<u>道："你们听着她说话，还等我和她对嘴去不成？"</u>[6]待书等听说，便出去说道："你果然回老娘家去，倒是我们的造化了。只怕你舍不得去！"凤姐笑道："好丫头，<u>真是有其主，必有其仆。</u>[7]"探春冷笑道："我们作贼的人，嘴里都有三言两语的。这还算笨的，背地里就只<u>不会调唆主子。</u>[8]"平儿忙也陪笑解劝，一面又拉着待书进来。周瑞家的等人劝了一番。凤姐直待服侍探春睡下，方带着人往对过暖香坞来。

彼时李纨犹病在床上，她与惜春是紧邻，又与探春相近，故顺路先到这两处。因李纨才吃了药睡着，

1. 蠢材，蠢材！

2. 更愚蠢，更可恶，人格尊严岂容轻侮！所以古人有言"士可杀，不可辱"。

3. 能不令人叫好？我知道这一巴掌也是作者曹雪芹打的。

4. 破脸怒骂为一掌的正义性作阐释。

5. 更作颊上添毫之笔。

6. 下令痛打落水狗。

7. 看得出，凤姐内心是颇有几分欣赏的。

8. 话虽对着凤姐说，却是给媳妇们听的。

不好惊动，只到丫鬟们房中，一一地搜了一遍，也没有什么东西，遂到惜春房中来。[1] 因惜春年少，尚未识事，吓得不知当有什么事故，凤姐也少不得安慰她。谁知竟在入画箱中寻出一大包金银锞子来，约共三四十个；又有一副玉带板子①并一包男人的靴袜等物。入画也黄了脸。因问："是哪里来的？"入画只得跪下，哭诉真情，说："这是珍大爷赏我哥哥的。因我们老子娘都在南方，如今只跟着叔叔过日子。我叔叔、婶子只要吃酒赌钱，我哥哥怕交给他们又花了，所以每常得了，悄悄地烦老妈妈带进来，叫我收着的。"[2]

惜春胆小，见了这个，也害怕，说："我竟不知道。这还了得！二嫂子，你要打她，好歹带她出去打罢，我听不惯的。"[3] 凤姐笑道："这话若果真呢，也倒可恕，只是不该私自传送进来。这个可以传递，什么不可以传递。这倒是传送人的不是了。若这话不真，倘是偷来的，你可就别想活了。"入画跪着哭道："我不敢扯谎。奶奶只管明日问我们奶奶和大爷去，若说不是赏的，就拿我和我哥哥一同打死无怨。"[4] 凤姐道："这个自然要问的，只是真赏的，也有不是。谁许你私自传送东西的！你且说是谁作接应，我便饶你。下次万万不可。"惜春道："嫂子别饶她这次方可。这里人多，若不拿一个人作法，那些大的听见了，又不知怎样呢。嫂子若依她，我也不依。"[5] 凤姐道："素日我看她还好。谁没一个错，只这一次。二次犯下，二罪俱罚。[6] 但不知传递是谁？"惜春道："若说传递，再无别个，必是后门上的张妈。[7] 她常肯和这些丫头们鬼鬼祟祟的，这些丫头们也都肯照顾她。"凤姐听说，便命人记下，将东西且交给周瑞家的暂拿着，等明日对明再议。于是别了惜春，方往迎春房内来。

迎春已经睡着了，丫鬟们也才要睡，众人叩门半日才开。凤姐吩咐："不必惊动小姐。"遂往丫鬟们房里来。因司棋是王善保的外孙女儿，凤姐倒要看王家的可藏私不藏，遂留神看她搜检。[8] 先从别人箱子搜起，皆无别物。及到了司棋箱子中搜了一回，王善保家的说："也没有什么东西。"才要盖箱时，[9] 周瑞家的道："且住，

1. 有详有略，李纨处自应一笔带过。

2. 据此，东西非不法所得，也不是自己的，入画并无多大过错。

3. 又是另一个模样。

4. 可怜，吓坏了。此话可信。

5. 一心只顾自己不受沾染，主仆间情义全无，竟冷漠如此，恰恰与探春敢为丫头们担当形成鲜明对比。

6. 虽说凤姐对下人严些，却也非一味作威作福，是与非心中有数，比起惜春的绝情来，算是宽容多了，也公正多了。

7. 张妈当是前司棋买通其留门方便，并来报告她表兄弟逃走者。

8. 凤姐用心可知。

9. 有私心者必欲草草，亦获赃前一曲笔。

――――――――――

① 玉带板子——古代男子腰带上所嵌的装饰玉板。

这是什么？"说着，便伸手掣出一双男子的锦带袜并一双缎鞋来。又有一个小包袱，打开看时，里面有一个同心如意①并一个字帖儿。一总递与凤姐。凤姐因当家理事，每每看开帖并账目，也颇识得几个字了。便看那帖子是大红双喜笺帖，上面写道：

> "上月你来家后，父母已觉察你我之意。但姑娘未出阁，尚不能完你我之心愿。若园内可以相见，你可托张妈给一信息。若得在园内一见，倒比来家得说话。千万，千万！再所赐香袋二个，今已查收外，特寄香珠一串，[1]略表我心。千万收好！表弟潘又安拜具。"

凤姐看罢，不怒而反乐，[2]别人并不识字。王善保家的素日并不知道她姑表姊弟有这一节风流故事，见了这鞋袜，心内已是有些毛病，又见有一红帖，凤姐又看着笑，她便说道："必是她们胡写的账目，不成个字，所以奶奶见笑。"[3]凤姐笑道："正是。这个账竟算不过来：你是司棋的老娘，她的表弟也该姓王，怎么又姓潘呢？"王善保家的见问得奇怪，只得勉强告道："司棋的姑妈给了潘家，所以她姑表兄弟姓潘。上次逃走了的潘又安，就是她表弟。"[4]凤姐笑道："这就是了。"因说："我念给你听听。"说着，从头念了一遍，大家都吓一跳。这王善保家的一心只要拿人的错儿，不想反拿住了她外孙女儿，又气又臊。周瑞家的四人又问着她道："你老可听见了？明明白白，再没得话说了。如今据你老人家，该怎么样？"

这王家的只恨没地缝儿钻进去。凤姐只瞅着她嘻嘻地笑，向周瑞家的笑道："这倒也好。不用你们老娘操一点儿心，她鸦雀不闻地给你们弄个好女婿来，大家倒省心。"[5]周瑞家的也笑着凑趣儿。王家的气无处泄，便自己回手打自己的脸，骂道："老不死的娼妇，怎么造下孽了！说嘴打嘴，现世现报在人眼里。"[6]众人见这般，俱笑个不住，又半劝半讽的。凤姐见司棋低头不语，也并无畏惧惭愧之意，

1. 程甲本改为"再所赐香珠二串，今已查收外，特寄香袋一个"。究其将原作"香袋"与"香珠"改换的原因，大概以为既言"今已查收"，自然没有遗失，则园内拾到的香袋定是在寄送过程中不慎失落的。这是粗心所致的误会。其实，是潘又安收到香袋后才写字帖约司棋在园内幽会的，随身佩带的香袋又是在被鸳鸯冲散时于惊慌中遗落于假山间的（当然遗落一个就够了），原作构思，一丝不乱；女赠香袋，男赠香珠，也合情理。程甲本调换一下，反而与前两回所写没有联系了。

2. 抓个正着，当然开心。恶毒之至！（庚）

3. 幽默。

4. 对上榫了。

5. 谐语也毒。抄检本非其主意，碍于王夫人受惑，不得已奉命为之，岂能服气！今见调唆者自己出丑，正可借此一泄心头闷气。

6. 作者行文，只求合情合理，并不追求戏剧性，也不有意写因果报应。但生活中也有确实偶有富于戏剧性或现世现报的事，只要不穿凿，是毋须特意回避的。

---

① 同心如意——金属小玩意儿，制成两个如意上下并搭的样子，多作为男女互赠的信物。

倒觉可异。¹ 料此时夜深，且不必盘问，只怕她夜间自己去寻拙志①，遂唤两个婆子监守起她来。带了人，拿了赃证回来，且自安歇，等待明日料理。

谁知到夜里又连起来几次，下面淋血不止。² 至次日，便觉身体十分软弱，起来发晕，遂撑不住。请太医来，诊脉毕，遂立药案云："看得少奶奶系心气不足，虚火乘脾，皆由忧劳所伤，以致嗜卧好眠，胃虚土弱，不思饮食。今聊用升阳养荣之剂。"写毕，遂开了几样药名，不过是人参、当归、黄芪等类之剂。一时退出。有老嬷嬷们拿了方子回过王夫人，不免又添一番愁闷，遂将司棋等事暂且未理。

可巧这日尤氏来看凤姐，坐了一回，到园中去又看过李纨。才要望候姊妹们去，忽见惜春遣人来请，尤氏遂到了她房中来。惜春便将昨晚之事细细告诉与尤氏，又命将入画的东西一概要来与尤氏过目。³ 尤氏道："实是你哥哥赏她哥哥的，只不该私自传送，如今官盐竟成了私盐②了。"因骂入画"糊涂脂油蒙了心的！"惜春道："你们管教不严，反骂丫头。这些姊妹，独我的丫头这样没脸，我如何去见人！⁴ 昨儿我立逼着凤姐姐带了她去，她只不肯。我想，她原是那边的人，凤姐姐不带她去，也原有理。我今日正要送过去，嫂子来得恰好，快带了她去。或打，或杀，或卖，我一概不管。"⁵ 入画听说，又跪下哭求，说："再不敢了！只求姑娘看从小儿的情分，好歹生死在一处罢！"尤氏和奶娘等人也都十分分解，说："她不过一时糊涂了，下次再不敢的。她从小儿服侍你一场，到底留着她为是。"

谁知惜春虽然年幼，却天生成一种百折不回的廉介孤独僻性，任人怎说，她只以为丢了她的体面，咬定牙，断乎不肯。⁶ 更又说得好："不但不要入画，如今我也大了，连我也不便往你们那边去了。⁷ 况且近日我每每风闻得有人背地里议论多少不堪的闲话！我若再去，连我也编排上了。"尤氏道："谁议

1. 司棋倒是敢作敢当的，且自从被鸳鸯发现后，反复思考后果已久，故反而显得较平静，此作者用笔高明处。

2. 与此前所写"恃强羞说病"接住，一事不漏。

3. 让别人问不如自己问，证其是否说谎。

4. 有何没脸的事？怪癖！

5. 视同瘟疫，避之唯恐不及。

6. 所谓"廉介孤独"，其实是封闭只求自保，固执不近人情。

7. 即回目中说的"杜绝宁国府"。

---

①　寻拙志——寻短见，自杀。
②　官盐竟成了私盐——俗语，本来合法的反而变成不合法了。

论什么？又有什么可议论的！姑娘是谁？我们是谁？姑娘既听见人议论我们，或该问着他才是。"惜春冷笑道："你这话问着我倒好。我一个姑娘家，只有躲是非的，我反去寻是非，成个什么人了！还有一句话：我不怕你恼，好歹自有公论，又何必去问人。古人说得好，'善恶生死，父子不能有所勖助①'，何况你我二人之间。我只知道保得住自己就够了，不管你们。从此以后，你们有事别累我。"[1]

尤氏听了，又气又好笑，因向地下众人道："怪道人人都说这四丫头年轻糊涂，我只不信。你们听方才一篇话，无原无故，又不知好歹，又没个轻重。虽然是小孩子的话，却又能寒人的心。"众嬷嬷笑道："姑娘年轻，奶奶自然吃些亏的。"惜春冷笑道："我虽年轻，这话却不年轻。你们不看书，不识几个字，所以都是些呆子，看着明白人，倒说我年轻糊涂。"尤氏道："你是状元、榜眼、探花，古今第一个才子。我们是糊涂人，不如你明白，何如？"惜春道："状元榜眼难道就没有糊涂的不成？可知他们更有不能了悟的更多。"[2]尤氏笑道："你倒好。才是才子，这会子又作大和尚了，又讲起了悟来。"惜春道："我不了悟，我也舍不得入画了。"[3]尤氏道："可知你是个心冷口冷的人。"[4]惜春道："古人曾也说的，'不作狠心人，难为自了汉。②'我清清白白的一个人，为什么教你们带累坏了我！"[5]

尤氏心内原有病，怕说这些话。方才听说有人议论，已是心中羞恼激射，只是在惜春分中，不好发作，忍耐了大半日。今见惜春又说这句，因按捺不住，问惜春道："怎么就带累了你？你的丫头的不是，无故说我；我倒忍了这半日，你倒越发得了意，只管说这些话。你是千金万金的小姐，我们以后就不亲近，仔细带累了小姐的美名。即刻就叫人将入画带了过去！"说着，便赌气起身去了。惜春道："若果然不来，倒也省了口舌是非，大家倒还清净。"[6]尤氏也不答话，一径往前边去了。不知后事如何，〔且听下回分解。〕

1. 怕是环境造就了她如此孤僻自私的性情。

2. 顺便捎带着讥贬科举所取的状元、榜眼糊涂的多，虽言之有理，却为写她自诩能了悟人生。其实也是糊涂。

3. 这样的了悟，正是入迷。贾府败落之时，去过"独卧青灯古佛旁"的生活以求自保，亦不足怪矣。

4. 一语中的。热情与爱心都已不见了。

5. 人若没了爱心，不管别人死活，清白还有什么价值，自己先迷了，何用别人带累？

6. 求仁而得仁。且看将来过"缁衣乞食"生活能否清净。

---

① 勖（xù 序）助——勉励帮助。
② 不作狠心人，难为自了汉——不能下狠心断绝人情的牵连，就不能做一个自己保自己的人。

**【总评】**

本回的主要情节就是"抄检大观园"。"抄检"与将来贾府事败被朝廷"抄家"(第十七至十八回、二十二回、二十七回脂评)并非一回事;但两者之间在艺术表现上有着某种联系是可以肯定的。所以此回中由探春提到甄家抄家、下回一开头更坐实说"看邸报甄家犯了罪,现今抄没家私,调取进京治罪",这很值得注意。

上回写邢夫人拿到傻大姐所拾香袋后,叮嘱她"以后再别提起了",让人以为此事或许就这样不了了之。到此回才掀起大浪,且写得来势汹涌。香袋从邢夫人交到王夫人手里,等于在野派将了当权派一军。王夫人想问题简单,耳根也软,直疑香袋是凤姐两口子所有。凤姐却头脑冷静,思路缜密,极有辩才;立刻举出五条理由来反驳,还让王夫人感到"大近情理"。她们谈话中总提到"裁革"或"省俭",贾府此时的境况,已见一斑。

找绣春囊之主,凤姐主张"暗暗访察"。谁知王善保家的介入,欲泄私愤,乘机进谗。她一是诽谤晴雯,二是出抄检主意。居然都成功了。王夫人自是糊涂人,但作者仍维护她,说她"原是天真烂漫之人,喜怒出于心臆,不比那些饰词掩意之人"。回目叫"惑奸谗",不难看出作者对调唆生事的奴才王善保家的是更为痛恨的。凤姐识得情势,违心顺从。

抄检风波是在矛盾冲突中展现不同人物思想性格的好机会。作者精心地安排了情节的重轻详略,故文字精彩纷呈。如"晴雯挽着头发闯进来"倒箱子,是神来之笔,接说"王善保家的也觉没趣",恰到好处;后来程高本自作聪明,再增加晴雯指着王善保家的痛骂等过火文字,便成蛇足了。到探春院抄检一段,写得波澜壮阔,如"遂命众丫鬟秉烛开门而待"十一个字,何等气象!"我的东西倒许你们搜阅,要想搜我的丫头,这却不能。"此正探春最难得也最令人敬佩处。她说:"你们别忙,自然连你们抄的日子有呢!……咱们也渐渐的来了。可知这样大族人家,若从外头杀来,一时是杀不死的……必须先从家里自杀自灭起来,才能一败涂地!"简直就像在为贾府敲丧钟,只可惜先自杀自灭后抄没事难知其详。

作者对探春是有所偏爱的,在此回中,他倾注了很大热情来刻画这一形象。王善保家的脸上挨的那一巴掌,可谓惊天动地,令人痛快叫绝;却又那么真实,无穿凿痕迹可求。但细细想来,这一掌也正是作者借探春之手打的。曹雪芹如此痛恨这些"狗仗人势,天天作耗,专管生事"的奴才,想来必定是从其切肤之痛的生活实感出发的。

王善保家的在众人拿住其外孙女司棋结私情证据时的狼狈,又甚于挨探春的巴掌。最幸灾乐祸的人当数凤姐,她"不怒而反乐",一改先前公事公办的态度,而笑容满面、妙语连珠,竭尽其挖苦嘲弄之能事。

惜春也是重点表现的人物,以前没有机会来表现她。她后来是"勘破三春",披缁为尼的。在这里作者深刻地解剖了她的内心世界。所谓"百折不回的廉介孤独僻性",实际上是一种固执的以自我为中心、不关心他人死活的冷漠性格。人说她"心冷口冷",她的处世哲学是"我只知道保得住自己就够了",她咬定牙,撵走并无过错的丫头入画,而对别人的流泪哀伤无动于衷,就是她麻木不仁的典型性格的表现。

# 第七十五回
## 开夜宴异兆发悲音　赏中秋新词得佳谶

【题解】

本回回目诸本一致。唯列藏本将原抄"异兆"点改作"异事"；"佳谶"点改作"佳兆"，皆不妥。回目上句：贾珍居丧期间，应禁娱乐，但他却在中秋前夕仍举办夜宴，寻欢作乐，忽闻靠祠堂的墙下有悲叹之声，大家心里想到这是贾府不祥的预兆。下句中：中秋夜，贾母与众人赏月，宝玉、贾兰、贾环被命作中秋诗，但因诗未见，"佳谶"内容只好揣测，大概总是关于宝玉婚姻、贾兰官运之类。庚辰本有回前脂评曰：

　　乾隆二十一年五月初七对清。缺中秋诗，俟雪芹。
　　□□□　开夜宴　　发悲音
　　□□□　赏中秋　　得佳谶

对探索作者生活轨迹和成书情况极有研究价值。乾隆二十一年是丙子1756年，其时雪芹应在将全部书稿交付畸笏叟、脂砚斋等人誊清、加评之后，已移居西郊山村，与书稿整理者人分两处，往来不便，很少见面，故须补缺的文字，要等待作者自己最后来扫尾。宝玉等三人中秋夜都作了诗，却不见诗作。脂评证明正是尚缺待补的。回目的对句每句中间都缺二字的位置，似乎是最初尚未考虑停当。今已用"异兆""新词"字样补足，但不知是否出自作者之手。

话说尤氏从惜春处赌气出来，正欲往王夫人处去。跟从的老嬷嬷们因悄悄地回道："奶奶且别往上房去。才有甄家的几个人来，还有些东西，不知是作什么机密事。奶奶这一去恐不便。"尤氏听了道："昨日听见你爷说，看邸报甄家犯了罪，现今抄没家私，调取进京治罪。怎么又有人来？"老嬷嬷道："正是呢。才来了几个女人，气色不成气色，慌慌张张的，想必有什么瞒人的事情，也是有的。"[1]

尤氏听了，便不往前去，仍往李氏这边来了。恰好太医才诊了脉去。李纨近日也略觉精爽了些，拥衾倚枕，坐在床上，正欲一二人来说些闲话。因见尤氏进来，不似往日和蔼可亲，只呆呆地坐着。[2]李纨因问道："你过来了这半日，可在别屋里吃些东西没有？只怕饿了。"命素

1. 上回探春被抄检时，冒了一句甄家"果然今日真抄了"，读者必疑其所指，故于此补足坐实其事。前只有探春一语，过至此回，又用尤氏略为陪点，且轻轻淡染出甄家事故，此画家落墨之法也。（庚）

2. 是对惜春撵走入画，杜绝东府等种种因抄检惹出的不如意事尚怨气未消，不能释怀的情状。

云瞧有什么新鲜点心拣了来。尤氏忙止道："不必，不必。你这一向病着，哪里有什么新鲜东西。况且我也不饿。"李纨道："昨日她姨娘家送来的好茶面子<sup>①</sup>，倒是对碗来你喝罢。"说毕，便吩咐人去对茶。

尤氏仍出神无语。跟来的丫头媳妇们因问："奶奶今日中晌尚未洗脸，这会子趁便可净一净好？"尤氏点头。李纨忙命素云来取自己的妆奁。素云一面取来，一面将自己的脂粉拿来，笑道："我们奶奶就少这个。<sup>1</sup> 奶奶不嫌脏，这是我的，能着用些。"李纨道："我虽没有，你就该往姑娘们那里取去。怎么公然拿出你的来？幸而是她，若是别人，岂不恼呢！"尤氏笑道："这又何妨。自来我凡过来，谁的没使过，今日忽然又嫌脏了？"一面说，一面盘膝坐在炕沿上。银蝶上来，忙代为卸去腕镯、戒指，又将一大袂手巾盖伏在下截，将衣裳护严。小丫鬟炒豆儿捧了一大盆温水，走至尤氏跟前，只弯腰捧着。<sup>2</sup> 银蝶笑道："一个个没权变的<sup>②</sup>，说一个葫芦，就是一个瓢。奶奶不过待咱们宽些，在家里不管怎样罢了，你就得意！不管在家出外，当着亲戚也只随着便了。"尤氏道："你随她去罢，横竖洗了就完事了。"炒豆儿忙赶着跪下。尤氏笑道："我们家上下大小的人，只会讲外面假礼假体面，究竟作出来的事都够使的了。"<sup>3</sup> 李纨听如此说，便知她已知道昨夜的事，因笑道："你这话有因，谁作事究竟够使了？"尤氏道："你倒问我，你敢是病着死过去了？"<sup>4</sup>

一语未了，只见人报："宝姑娘来了。"李纨忙说快请时，宝钗已走进来。尤氏忙擦脸起身让坐，因问："怎么一个人忽然走来，别的姊妹怎么都不见？"宝钗道："正是，我也没有见她们。只因今日我们奶奶身上不自在，家里两个女人也都因时症未起炕，别的靠不得，我今儿要出去伴着老人家夜里作伴儿。<sup>5</sup> 要去回老太太、太太，我想又不是什么大事，且不用提，等好了，我横竖进来的。所以来告诉大嫂子一声。"李纨听说，只看着尤氏笑。尤氏也只看着李纨笑。<sup>6</sup>

一时，尤氏盥沐已毕，大家吃面茶。李纨因笑道：

1. 点出李纨守寡从不施脂粉。

2. 如此捧着水是写小丫头不机灵，礼数不周，故听银蝶儿一说，赶忙跪下。

3. 借银蝶责炒豆儿的话，说家中人只会讲虚礼，以表对行抄检一事的不满。恐暗中对邢、王夫人的做法亦有微词。按尤氏犯七出之条，不过只是"过于从夫"四字，此世间妇人之常情耳。其心术慈厚宽顺，竟可出于阿凤之上。特用明犯七出之人从公一论，可知贾宅中暗犯七出之人亦不少，似明犯者反可宥恕，其饰己非而扬人恶者，阴昧僻谲之流，实不能容于世者也。（庚）此为打草惊蛇法，实写邢夫人也。（庚）

4. 言下之意，你住在园中，自己也被抄了，倒无动于衷，反来问我。

5. 看宝钗之为人！已知处处被抄，独自己免了，什么意思！不如借故暂且避开这是非之地。

6. 二人都明白宝钗心思，故相视而笑，心照不宣也。写得何等细致、入情、含蓄！

---

① 茶面子——炒熟的面粉，有的还加核桃仁、瓜子仁、果脯等，用开水冲调（文中称"对"，即"兑"）了喝，这种制作好的熟面粉，叫茶面。冲调好后，叫茶汤或面茶。

② 一个个没权变的——庚辰本作"说一个个没截便的"，后四字被点去，添改成"惯的都使不得了"。梦稿本作"说一声没权变的话"。蒙府、戚序、戚宁本作"说一声没权便的"。今从列藏本。权变，能根据不同情况改变做法。

"既这样，且打发人去请姨娘的安，问是何病。我也病着，不能亲自来得。好妹妹，你去只管去，我自打发人去到你那里去看屋子。你好歹住一两天还进来，别叫我落不是。"宝钗笑道："落什么不是呢？这也是通共常情，你又不曾卖放了贼。[1]依我的主意，也不必添人过去，竟把云丫头请了来，你和她住一两日，岂不省事。"尤氏道："可是，史大妹妹往哪里去了？"宝钗道："我才打发她们找你们探丫头去了，叫她同到这里来，我也明白告诉她。"

正说着，果然报："云姑娘和三姑娘来了。"大家让坐已毕，宝钗便说要出去一事，探春道："很好。不但姨妈好了还来的，就便好了不来，也使得。"[2]尤氏笑道："这话奇怪，怎么撺起亲戚来了？"探春冷笑道："正是呢，有叫人撺的，不如我先撺。亲戚们好，也不在必要死住着才好。咱们倒是一家子亲骨肉呢，一个个不像乌眼鸡，恨不得你吃了我，我吃了你！"[3]尤氏忙笑道："我今儿是哪里来的晦气，偏都碰着你姊妹们的气头儿上了！"探春道："谁叫你赶热灶来了！"因问："谁又得罪了你呢？"因又寻思道："惜丫头不犯罗唣你，却是谁呢？"尤氏只含糊答应。

探春知她畏事，不肯多言，因笑道："你别装老实了。除了朝廷治罪，没有砍头的，你不必畏头畏尾。实告诉你罢，我昨儿把王善保那老婆子打了，我还顶着个罪呢。不过背地里说我些闲话，难道也还打我一顿不成！"[4]宝钗忙问："因何又打？"探春悉把昨夜怎的抄检，怎的打她，一一说了出来。尤氏见探春已经说了出来，便把惜春方才之事也说了出来。探春道："这是她的僻性，孤介太过，我们再傲不过她的。"[5]又告诉她们说："今日一早不见动静，打听凤辣子又病了。我就打发我妈妈出去打听王善保家的怎样。回来告诉我说：'王善保家的挨了一顿打，大太太嗔着她多事。'"尤氏、李纨道："这倒也是正理。"探春冷笑道："这种掩饰谁不会作！且再瞧就是了。"[6]尤氏、李纨皆默无所答。一时，估着前头用饭，湘云和宝钗回房打点衣衫，不在话下。

尤氏等遂辞了李纨，往贾母这边来。贾母歪在榻上，王夫人说甄家因何获罪，如今抄没了家产，回京治罪等语。[7]贾母听得不自在，恰好见她姊妹来了，因问："从

1. 只此一句透露自己要出去的真实意图。

2. 出语惊人。

3. 原来撺亲戚不过是为要发泄内心积愤的虚招，"乌眼鸡"之喻才是真话。于是这几句便成了探春揭示贾氏大家庭内部争斗实情的名言。

4. 坦承自己打了人，其胆识也基于准确估量。

5. 对惜春的臭脾气都相当了解。

6. 看得透彻，什么正理？不过为了掩饰自己放纵奴才给当家的一点颜色瞧的私心。

7. 再提甄家，知情人不免心惊。

哪里来的？可知凤姐妯娌两个的病今日怎样？"尤氏等忙回道："今日都好些。"贾母点头叹道："咱们别管人家的事，且商量咱们八月十五日赏月是正经。"[1] 王夫人笑道："都已预备下了。不知老太太拣哪里好，只是园里恐夜晚风冷。"贾母笑道："多穿两件衣服何妨，那里正是赏月的地方，岂可倒不去的。"

　　说话之间，早有媳妇、丫鬟们抬过饭桌来，王夫人、尤氏等忙上来放箸捧饭。贾母见自己的几色菜已摆完，另有两大捧盒内盛了几色菜来，便知是各房另外孝敬的旧规矩。贾母因问："都是些什么？上几次我就吩咐过，如今可以把这些蠲了罢，你们还不听。如今比不得先辐辏①的时光了！"[2] 鸳鸯忙道："我说过几次，都不听，也只罢了。"王夫人笑道："不过都是家常东西。今日我吃斋，没有别的。那些面筋、豆腐，老太太又不甚爱吃，只拣了一样椒油莼齑②酱来。"贾母笑道："这样正好，正想这个吃。"鸳鸯听说，便将碟子挪在跟前。宝琴一一地让了，方归座。贾母便命探春来同吃。探春也都让过了，便和宝琴对面坐下。待书忙去取了碗来。鸳鸯又指那几样菜道："这两样看不出是什么东西来，大老爷送来的。这一碗是鸡髓笋，是外头老爷送上来的。"一面说，一面就只将这碗笋送至桌上。贾母略尝了两点，便命："将那两样着人送回去，就说我吃了。以后不必天天送，我想吃，自然来要。"媳妇们答应着，仍送过去，不在话下。

　　贾母因问："有稀饭吃些罢了。"尤氏早捧过一碗来，说是红稻米粥。贾母接来吃了半碗，便吩咐："将这粥送给凤哥儿吃去。"又指着："这一碗笋和这一盘风腌果子狸③，给颦儿、宝玉两个吃去，那一碗肉给兰小子吃去。"[3] 又向尤氏道："我吃了，你就来吃了罢。"尤氏答应着，待贾母漱口洗手毕，贾母便下地，和王夫人说闲话行食④。尤氏告坐。探春、宝琴二人也起来了，笑道："失陪，失陪！"尤氏笑道："剩我一个人，大排桌的不惯。"贾母笑道："鸳鸯、琥珀来，趁势也吃些，又作了陪客。"尤氏笑道："好，好，好，我正要

1. 赏月且贪欢笑，要愁哪得工夫？"人家的事"实乃自家的事，作者不肯明白点出而已。贾母已看破狐悲兔死，故不改已往，聊来自遣耳。（庚）

2. 从贾母口中说出这话来，与别人闲谈分量又不一样。全书情节由盛至衰的线索脉络十分明显。

3. 心里惦记着几个没有吃饭的孙辈，由吩咐送粥送菜去可以看出。宝玉、黛玉两个合在一起送，最有意思。不能不说老太太是明白人。

---

　　① 辐辏（fú còu 福凑）——喻家道兴盛，人丁兴旺，谓如无数车辐都集中到车轮的中心。辐，轮圈连接轮心的直条。辏，聚集。
　　② 椒油莼齑（chún jī 纯机）酱——用剁碎的莼菜腌制成的菜，食前浇以花椒油。莼菜，水生植物，多产江浙一带，嫩叶滑软味美。多用来做汤。齑，菜切成碎末。
　　③ 风腌果子狸——果子狸，又名"花面狸"，状似猫，食果子等物，肉味美，为名贵之山珍，这是经腌制风干过的。
　　④ 行食——以活动帮助消化。

说呢。"贾母笑道:"看着多多的人吃饭,最有趣的。"[1]又指银蝶道:"这孩子也好,也来同你主子一块儿来吃,等你们离了我,再立规矩去。"尤氏道:"快过来,不必装假。"贾母负手看着取乐。因见伺候添饭的人手内捧着一碗下人的米饭,尤氏吃的仍是白粳饭,贾母问道:"你怎么昏了,盛这个饭来给你奶奶?"那人道:"老太太的饭吃完了。今日添了一位姑娘,所以短了些。"鸳鸯道:"如今都是'可着头做帽子'了,要一点儿富余也不能的。"王夫人忙回道:"这一二年旱涝不定,田上的米都不能按数交的。这几样细米更艰难了,所以都可着吃的多少关去①,生恐一时短了,买的不顺口。"[2]贾母笑道:"这正是'巧媳妇做不出没米的粥'来。"[3]众人都笑起来。鸳鸯道:"既这样,你就去把三姑娘的饭拿来添上,也是一样,就这样笨。"尤氏笑道:"我这个就够了,也不用取去。"鸳鸯道:"你够了,我不会吃的?"地下的媳妇们听说,方忙着取去了。一时,王夫人也去用饭。

这里尤氏直陪贾母说话取笑到起更的时候,贾母说:"黑了,过去罢。"尤氏方告辞出来。走至大门前上了车,银蝶坐在车沿上。众媳妇放下帘子来,便带着小丫头们先走,过那边大门口等着去了。因二府之门相隔没有一箭之路,每日家常来往,不必定要周备,况天黑夜晚之间,回来的遭数更多,所以老嬷嬷带着小丫头,只几步便走了过来。两边大门上的人都列在东西街口,早把行人断住。尤氏大车上也不用牲口,只用七八个小厮挽环拽轮,轻轻地便推拽过这边阶矶上了。于是众小厮退过狮子以外,[4]众嬷嬷打起帘子,银蝶先下来,然后挽下尤氏来。大小七八个灯笼照得十分真切。尤氏因见两边狮子下放着四五辆大车,便知系来赴赌之人所乘,向银蝶、众人道:"你看,坐车的是这样,骑马的还不知有几个呢![5]马自然在圈里拴着,咱们看不见。也不知道他娘老子挣下多少钱,与他们这么开心儿!"一面说,一面已到了厅上。贾蓉之妻带领家下媳妇、丫头们,也都秉烛接了出来。尤氏笑道:"成日家我要偷着瞧瞧他们,也没得便。今儿倒巧,就顺便打他们窗户跟前走过去。"[6]众媳妇答应着,提灯引路,又有

① 都可着吃的多少关去——都计算着吃的数量去领取。

1. 老人家喜欢家里人丁兴旺的心态,作者体会甚深,也写得极细腻。

2. 只说光景今不如昔,印象不深,故借短了米饭一事,让鸳鸯、王夫人告诉缘故,重作渲染,将旱涝收不上租也算上,是触及社会根基了。

3. 谚语生趣。总伏下文。(庚)

4. 夜晚女眷如何往来东西府之间,借此一写。

5. 见车马之多,可知聚赌东府来客之盛。

6. 欲写赌局喧闹场景,须借助旁观者耳目见闻,故写尤氏一行特意从他们窗户前走过去。

一个先去悄悄地知会服侍的小厮们，不要失惊打怪。于是尤氏一行人悄悄地来至窗下，只听里面称三赞四，耍笑之音虽多，又兼有恨五骂六，忿怨之声亦不少。[1]

原来贾珍近因居丧，每不得游玩旷朗，又不得观优闻乐作遣。无聊之极，便生了个破闷之法。日间以习射为由，请了各世家弟兄及诸富贵亲友来较射。[2]因说："白白的只管乱射，终无裨益，不但不能长进，而且坏了式样，必须立个罚约，赌个利物，大家才有勉力之心。"[3]因此，在天香楼下箭道内立了鹄子①，[4]皆约定每日早饭后来射鹄子。贾珍不肯出名，便命贾蓉作局家。这些来的皆系世袭公子，人人家道丰富，且都在少年，正是斗鸡走狗、问柳评花的一干游侠纨袴。[5]因此，大家议定，每日轮流作晚饭之主，——每日来射，不便独扰贾蓉一人之意。于是天天宰猪割羊，屠鹅戮鸭，好似临潼斗宝②一般，[6]都要卖弄自己家的好厨役、好烹炮。

不到半月工夫，贾赦、贾政听见这般，不知就里，反说："这才是正理，文既误矣，武事当亦该习，况在武荫③之属。"[7]两处遂也命贾环、贾琮、宝玉、贾兰等四人于饭后过来，跟着贾珍习射一回，方许回去。[8]

贾珍之志不在此，再过一二日，便渐次以歇肩④养力为由，晚间或抹抹骨牌，赌个酒东而已，至后渐次至钱。如今三四月的光景，竟一日一日赌胜于射了，公然斗叶⑤掷骰，放头开局，夜赌起来。[9]家下人借此各有些进益，巴不得如此，所以竟成了势。外人皆不知一字。近日邢夫人之胞弟邢德全也酷好如此，故也在其中。[10]又有薛蟠，头一个惯喜送钱与人的，见此岂不快乐。这邢德全虽系邢夫人之胞

1. 听得赢钱者与输钱者的不同反应。妙！先画赢家。（庚）妙！又画输家。（庚）

2. 花样翻新，门前车马之盛因此。

3. 以较射为名设赌局，则必以金银或随身所带之饰物如玉佩、金麒麟之类为赌资。

4. 天香楼下成"射圃"矣。

5. "世袭公子""游侠纨袴"可在第十四回秦氏大出殡来宾名单中找，其中曾写到有"神武将军公子冯紫英，陈也俊、卫若兰等诸王公子"，冯、卫皆脂评提到书中有"侠文"描述者，冯前已见，则卫若兰正借此登场矣。

6. 本因居丧，不得游宴娱乐，今反变本加厉，可知礼法难以制止纨袴子弟寻欢作乐的习好。

7. 为人父者岂可懵懂不辨事之正邪？亦借此写贾氏祖上军功起家及满人子弟除学文外，尚有练习骑射风俗。

8. 四人中宝玉是必不可少之人，否则他的金麒麟又如何会佩到卫若兰身上？第三十一回湘云拾宝玉遗落的金麒麟并送还时，脂评曾言"后数十回若兰在射圃所佩之麒麟，正此麒麟也。提纲伏于此回中……"可知这是宝玉所赠或赌输给他的。它也是促成卫若兰与史湘云一段短暂婚姻的不祥物。

9. 由射至赌，渐渐走了样。

10. 缺德之人偏名"德全"，亦以反义起名。

---

① 鹄（gǔ 谷）子——箭靶子。

② 临潼斗宝——喻争胜斗强，夸耀富有或卖弄所长。元明有《临潼斗宝》杂剧，写春秋秦穆公欲为霸主，约请十七国诸侯往临潼赴会，各出国宝比赛，以定输赢。

③ 武荫——因先人建立武功而后代获得武职的荫封。

④ 歇肩——庚辰等诸本皆作"歇背"，甲辰、程高本作"歇肩"，可从。

⑤ 斗叶——斗纸牌。用硬纸做的牌，较今之扑克狭长，称"叶子"，唐宋时即有，牌上原记骰子点数组成的花样，至明清多用《水浒》人物分画每一张牌上。

弟，却居心行事，大不相同：只知吃酒赌钱，眠花宿柳为乐，手中滥漫使钱，待人无二心，好酒者喜之，不饮者则亦不去亲近，无论上下主仆，皆出自一意，并无贵贱之分，因此都唤他"傻大舅"。[1] 薛蟠是早已出名的"呆大爷"。今日二人皆凑在一处，都爱"抢新快"①爽利，便又会了两家在外间炕上"抢新快"。别的又有几家在当地下大桌上打幺番②。里间又一起斯文些的，抹骨牌，打天九③。

　　此间服侍的小厮都是十五岁以下的孩子，若成丁的男子，到不了这里，故尤氏方潜至窗外偷看。[2] 其中有两个十六七岁娈童以备奉酒的，都打扮得粉妆玉琢。今日薛蟠又输了一帐④，正没好气，幸而掷第二帐完了，算来，除翻过来，倒反赢了，心中只是兴头起来。贾珍道："且打住，吃了东西再来。"因问："那两处怎样？"里头打天九的，也作了帐等吃饭。打幺番的未清，且不肯吃。于是各不能顾，先摆下一大桌，贾珍陪着吃，命贾蓉落后，陪那一起。薛蟠兴头了，便搂着一个娈童吃酒，又命将酒去敬邢傻舅。傻舅输家，没心绪，吃了两碗，便有些醉意，嗔着两个娈童只赶着赢家，不理输家了，[3] 因骂道："你们这起兔子⑤，就是这样专洑上水。天天在一处，谁的恩你们不沾？只不过我这一会子输了几两银子，你们就三六九等了！难道从此以后再没有求着我们的事了？"众人见他带酒，忙说："很是，很是。果然他们风俗不好。"因喝命："快敬酒赔罪！"两个娈童都是演就的局套，忙都跪下奉酒，说："我们这行人，师父教的：'不论远近厚薄，只看一时有钱势，就亲敬；便是活佛神仙，一时没了钱势了，也不许去理他。'况且我们又年轻，又居这个行次，求舅太爷体恤些我们，就过去了！"说着，便举着酒俯膝跪下。[4] 邢大舅心内虽软了，只还故作怒意不理。众人又劝道："这孩子是实情话。老舅是久惯怜香惜玉的，如何今日反这样起来？若不吃这酒，他两个怎样起来？"

1. "傻大舅"与"呆大爷"恰好配成一对，其为人又作了一番介绍，似非一时充当跑龙套角色，应尚有后文。只是八十回后续书中，不见此人。

2. 仍不忘提一笔尤氏窗外窥。

3. 一呆一傻戏弄娈童陪酒的种种出丑情景，皆被尤氏看在眼中。

4. 自称唯钱势是奉，作如此露骨夸张语，像是运用漫画技法。调侃，骂死世人！（庚）

---

① 抢新快——也叫"抢快"，骰子的一种玩法，规定一定点色组合的分数。然后比谁掷出的分数多。

② 打幺番——除程甲本改为"赶羊"（又叫"赶老羊"，掷骰比点数的玩法）外，诸本皆同，唯庚辰本作"打公番"，疑"公"为"幺"之讹；骰子一点叫"幺"，小也称"幺"。比法不详，或是以点小为胜的玩法。今从诸本。

③ 打天九——骨牌的一种玩法。以"天牌"（十二点的牌）与九点的牌相配为最尊，叫"打天九"。

④ 一帐——庚辰本作"一张"，此写掷骰，非斗叶，似不应称"张"。梦稿本作"一场"。程甲本删改之，然有"冲帐"等字样。疑"一帐"为一次结算之意。今从蒙府、戚序、戚宁、甲辰诸本。

⑤ 兔子——骂娈童（男宠）的话。古人谓兔子属阴，又难辨雄雌。男人为妓，则讥其不男不女，亦男亦女也。

邢大舅已撑不住了，便说道："若不是众位说，我再不理。"说着，方接过来一气喝干。又斟上一碗来。

这邢大舅便酒勾往事，醉露真情起来，乃拍案对贾珍叹道："怨不得他们视钱如命。多少世宦大家出身的，若提起'钱势'二字，连骨肉都不认了。[1]老贤甥，昨日我和你那边的令伯母赌气，你可知道否？"贾珍道："不曾听见。"邢大舅叹道："就为钱这件混账东西。利害，利害！"贾珍深知他与邢夫人不睦，每遭邢夫人弃恶，故出怨言，因劝道："老舅，你也太散漫些。若只管花去，有多少给老舅花的？"邢大舅道："老贤甥，你不知我邢家底里。我母亲去世时，我尚小，世事不知。她姊妹三个人，只有你令伯母年长出阁，一分家私，都是她把持带来。[2]如今二家姐虽也出阁，她家也甚艰窘，三家姐尚在家里，一应用度，都是这里陪房王善保家的掌管。我便来要钱，也非要的是你贾府的，我邢家家私，也就够我花的了。无奈竟不得到手，所以有冤无处诉。"[3]贾珍见他酒后叨叨，恐人听见不雅，连忙用话解劝。

外面尤氏等听得十分真切，乃悄向银蝶笑道："你听见了？这是北院里大太太的兄弟抱怨她呢。可怜她亲兄弟还是这样说，这就怨不得这些人了。"[4]因还要听时，正值打么番者也歇住了，要吃酒。因有一个问道："方才是谁得罪了老舅？我们竟不曾听明白，且告诉我们评评理。"邢德全见问，便把两个变童不理输的、只赶赢的话说了一遍。这一个年少的纨袴道："这样说，原可恼的，怨不得舅太爷生气。我且问你两个：舅太爷虽然输了，输的不过是银子钱，并没有输丢了鸡巴，怎么就不理他了？"[5]说着，众人大笑起来，连邢德全也喷了一地饭。尤氏在外面悄悄地啐了一口，骂道："你听听，这一起子没廉耻的小挨刀的！才丢了脑袋骨子，就胡嗳嚼毛了。再舀攘下黄汤去，还不知嗳出些什么来呢！"一面说，一面便进去卸妆安歇。至四更时，贾珍方散，往佩凤房里去了。

次日起来，就有人回："西瓜、月饼都全了，只待分派送人。"贾珍吩咐佩凤道："你请你奶奶看着

1. 邢大舅虽嗜酒好赌无行，待人却不以钱势为厚薄，几句醉话倒是有所感而发。

2. 邢夫人克扣迎春一两月银，前已写过，其从来为人却写得不多，今通过其兄弟将把持家产，不恤弟妹事补出，是重贬其人。

3. 既知其为人，如何还能得手？众恶之，必察也。今邢夫人一人，贾母先恶之，恐贾母心偏，亦可解之。若贾琏、阿凤之怨怒，儿女之私，亦可解之。若探春之怒，女子不识大而知小，亦可解之。今又忽用乃弟一怨，吾不知将又何如矣！（庚）

4. 经尤氏这么一说，大太太之为人，便足以定案矣！

5. 说此秽语。是让尤氏不便再听，速速离去。

送罢，我还有别的事呢。"佩凤答应去了，回了尤氏，尤氏只得一一分派，遣人送去。一时，佩凤又来说："爷问奶奶，今儿出门不出？说咱们是孝家，明儿十五过不得节，今儿晚上倒好，可以大家应个景儿，吃些瓜果酒饼。"[1]尤氏道："我倒不愿出门呢。那边珠大奶奶又病了，凤丫头又睡倒了，我再不过去，越发没个人了。"[2]况且他又不得闲，应什么景儿！"佩凤道："爷说了，今儿已辞了众人，直等十六才来呢，好歹定要请奶奶吃酒的。"尤氏笑道："请我，我没得还席。"佩凤笑着去了，一时，又来，笑道："爷说，连晚饭也请奶奶吃，好歹早些回来，叫我跟了奶奶去呢。"尤氏道："这样，早饭吃什么？快些吃了，我好走。"佩凤道："爷说，早饭在外头吃，请奶奶自己吃罢。"尤氏问道："今日外头有谁？"佩凤道："听见说外头有两个南京新来的，倒不知是谁。"说话之间，贾蓉之妻也梳妆了来见过。少时，摆上饭来，尤氏在上，贾蓉之妻在下相陪，婆媳二人吃毕饭。尤氏便换了衣服，仍过荣府来，至晚方回去。

　　果然贾珍煮了一口猪，烧了一腔羊，余者桌菜及果品之类，不可胜记。就在会芳园丛绿堂中，屏开孔雀，褥设芙蓉，带领妻子姬妾，先饭后酒，开怀赏月作乐。将一更时分，真是风清月朗，上下如银。[3]贾珍因要行令，尤氏便叫佩凤等四个人也都入席，下面一溜坐下，猜枚划拳，饮了一回。贾珍有了几分酒，益发高兴，便命取了一竿紫竹箫来，命佩凤吹箫，文花唱曲，喉清嗓嫩，真令人魄醉魂飞。[4]唱罢，复又行令。那天将有三更时分，贾珍酒已八分。大家正添衣饮茶，换盏更酌之际，忽听那边墙下有人长叹之声。大家明明听见，都悚然疑畏起来。[5]贾珍忙厉声叱咤，问："谁在那里？"连问几声，没有人答应。尤氏道："必是墙外边家里人，也未可知。"贾珍道："胡说！这墙四面皆无下人的房子，况且那边又紧靠着祠堂，[6]焉得有人！"一语未了，只听得一阵风声，竟过墙去了。恍惚闻得祠堂内槅扇开阖之声。只觉得风气森森，比先更觉凉飒起来；月色惨淡，也不似先明朗。众人都觉毛发倒竖。[7]贾珍酒已醒了一半，只比别人撑持得住些，心下也十分疑畏，便大没兴头起来。勉强又坐了一会子，

1. 依礼法习俗，居丧孝家是不可以过中秋节的，因为它是庆团圆的节。然贾珍哪肯放过赏月饮酒机会，故提前至十四开宴以应景。

2. 述明荣府中当家的一一病倒，须得尤氏过去照应。

3. 八个字便写出一片极幽静的夜景来。

4. 又八字写乐曲之声令人销魂，都为反跌下文而营造气氛。

5. 叹声发自墙下，所以可疑。余亦悚然疑畏。（庚）

6. 令人不敢细思量。奇绝神想，余更为之悚惧矣！（庚）

7. 写神秘恐怖情景文字并不罕见，续书中多有。能写得如此毫无穿凿痕迹而又耸人心魄的却未见。更难得的是它只在表达思想内容最有必要时才写，并不单纯为营造神秘气氛，故与世俗宣扬鬼神迷信观念不可同日而语。

就归房安歇去了。次日一早起来，乃是十五日，带领众子侄开祠堂，行朔望之礼①，细察祠内，都仍是照旧好好的，并无怪异之迹。贾珍自为醉后自怪，也不提此事。礼毕，仍闭上门，看着锁禁起来。<u>¹</u>

　　贾珍夫妻至晚饭后方过荣府来。只见贾赦、贾政都在贾母房内坐着说闲话，与贾母取笑。贾琏、宝玉、贾环、贾兰皆在地下侍立。贾珍来了，都一一见过。说了两句话后，贾母命坐，贾珍方在近门小杌子上告了坐，警身②侧坐。贾母笑问道："这两日，你宝兄弟的箭如何了？"贾珍忙起身道："大长进了，不但样式好，而且弓也长了一个力气③。"贾母道："这也够了，且别贪力，仔细努伤。"²贾珍忙答应几个"是"。贾母又道："你昨日送来的月饼好，西瓜看着好，打开却也罢了。"贾珍笑道："月饼是新来的一个专做点心的厨子，我试了试果然好，才敢做了孝敬。西瓜往年都还可以，不知今年怎么就不好了。"贾政道："大约今年雨水太勤之故。"贾母笑道："此时月已上了，咱们且去上香。"说着，便起身扶着宝玉的肩，带领众人齐往园中来。

　　当下园之正门俱已大开，吊着羊角大灯。嘉荫堂前月台上，焚着斗香④，秉着风烛，陈献着瓜饼及各色果品。邢夫人等一干女客，皆在里面久候。真是月明灯彩，人气香烟，晶艳氤氲，不可形状。³地下铺着拜毯锦褥。贾母盥手上香，拜毕，于是大家皆拜过。贾母便说："赏月在山上最好。"因命在那山脊上的大厅上去。众人听说，就忙着到那里去铺设。贾母且在嘉荫堂中吃茶少歇，说些闲话。

　　一时，人回："都齐备了。"贾母方扶着人上山来。王夫人等因说："恐石上苔滑，还是坐竹椅上去。"贾母道："天天有人打扫，<u>况且极平稳的宽路，何必不疏散疏散筋骨。</u>"⁴于是贾赦、贾政等在前导引，又是两个老婆子秉着两把羊角手罩，鸳鸯、琥珀、尤氏等贴

1. 未写荣府"庆中秋"，却先写宁府"开夜宴"；未写荣府数尽，先写宁府异兆。盖宁乃家宅，凡有关于吉凶者，必先示之，且列祖祀此，岂无得而警乎？凡人先人虽远，然气息相关，必有之理也。非宁府之祖独有感应也。（庚）谓其是列祖示警，固有理，解释出于宁府而非荣府之原故，未必尽妥。

2. 先只有一句提及宝玉参与习射，恐读者忽略，故特用贾母问讯嘱咐再次提醒。

3. 排场与昔日相比，并不消减多少。

4. 欲自己步行上山，可知兴致也还不减。

---

① 朔望之礼——每逢初一（朔）、十五（望）照例举行的祭祖的仪礼。
② 警身——挺直身子；表示恭敬。
③ 一个力气——也叫"一个劲"，古时开弓计算拉力的单位。每十斤叫"一力"。
④ 斗香——有多种：一、将线香编成斗形，中置香木屑，祀月时焚之；二、将许多香攒聚成尖塔形，自顶焚之；三、糊纸为斗，中置烛香，中秋夜焚以祀月。

身挽扶，邢夫人等在后围随，从下逶迤而上，不过百余步，至山之峰脊上，便是这座敞厅。因在山之高脊，故名曰凸碧山庄。于厅前平台上列下桌椅，又甩一架大围屏隔作两间。凡桌椅形式皆是圆的，特取团圆之意。[1]上面居中贾母坐下，左垂首贾赦、贾珍、贾琏、贾蓉，右垂手贾政、宝玉、贾环、贾兰，团团围坐。只坐了桌半壁，下面还有半壁余空。贾母笑道："常日倒还不觉人少，今日看来，究竟咱们的人也甚少，算不得甚么。[2]想当年过的日子，到今夜，男女三四十个，何等热闹！今日就这样，太少了。待要再叫几个来，他们都是有父母的，家里去应景，不好来的。如今叫女孩们来坐那边罢。"于是令人向围屏后将迎春、探春、惜春三个请出来。贾琏、宝玉等一齐出坐，先尽他姊妹坐了，然后在下方依次坐定。

贾母便命折一枝桂花来，命一媳妇在屏后击鼓传花。若花到谁手中，饮酒一杯，罚说笑话一个。[3]于是先从贾母起，次贾赦，一一接过。鼓声两转，恰恰在贾政手中住了，[4]只得饮了酒。众姊妹弟兄皆你悄悄地扯我一下，我暗暗地又捏你一把，都含笑，倒要听是何笑话。[5]贾政见贾母喜悦，只得承欢。方欲说时，贾母又笑道："若说得不笑了，还要罚。"贾政笑道："只得一个，说来不笑，也只好受罚了。"因笑道："一家子一个人，最怕老婆……"才说了一句，大家都笑了。因从不曾见贾政说过笑话，所以才笑。[6]贾母笑道："这必是好的。"贾政笑道："若好，老太太多吃一杯。"贾母笑道："自然。"贾政又说道："这个怕老婆的人，从不敢多走一步。偏是那日是八月十五，到街上买东西，便遇见了几个朋友，死活拉到家里去吃酒。不想吃醉了，便在朋友家睡着了，第二日醒了，后悔不及，只得来家赔罪。他老婆正洗脚，说：'既是这样，你替我舔舔就饶你。'这男人只得给她舔，未免恶心要吐。他老婆便恼了，要打，说：'你这样轻狂！'吓得她男人忙跪下求说：'并不是奶奶的脚脏，只因昨晚吃多了黄酒，又吃了几块月饼馅子，所以今日有些作酸呢。'"说得贾母与众人都笑了。[7]贾政忙斟了一杯，送与贾母。贾母笑道："既这样，快叫人取烧酒来，别叫你们受累。"众人又都笑起来。

于是又击鼓，便从贾政传起，可巧传至宝玉鼓止。

1. 团圆之象只在人而不在器物。

2. 人少了，不比当年，才是兴慨的主因，偏是笑着说。未饮先感人丁，总是将散之兆。（庚）批书人读过全稿，知"家亡人散各奔腾"之日不远。

3. 罚说笑话，以前倒没有写过。不犯前几次饮酒。（庚）

4. 令读者有意外之喜。奇妙！偏在政老手中，竟能使政老一谑，真大文章矣！（庚）

5. 是众姊妹弟兄必有的期待。余也要细听。（庚）

6. 如何想来？观察体验生活真细！是极！摹神之至！（庚）

7. 贾政一本正经之人，忽说出如此笑话来，只能用他自己的话来形容："未免恶心要吐"。可知人之内心，有平时不易窥见者。这方是政老之谑，亦善谑矣。（庚）

宝玉因贾政在坐，自是踧踖①不安，花偏又在他手内，因想："说笑话，倘或说不好了，又说没口才，连一笑话也不能，何况别的，这有不是；若说好了，又说正经的不会，只惯油嘴贫舌，更有不是。不如不说的好。"¹乃起身辞道："我不能说笑话，求再限别的罢了。"贾政道："既这样，限一个'秋'字，就即景作一首诗。若好，便赏你；若不好，明日仔细。"贾母忙道："好好的行令，如何又要作诗？"贾政道："他能的。"贾母听说，"既这样，就快作。"命人取了纸笔来，贾政道："只不许用那些'冰''玉''晶''银''彩''光''明''素'等样堆砌字眼，要另出己见，试试你这几年的情思。②"宝玉听了，碰在心坎上，遂立想了四句，向纸上写了，呈与贾政看，道是："……"贾政看了，点头不语。²贾母见这般，知无甚大不好，便问："怎么样？"贾政因欲贾母喜悦，便说："难为他。只是不肯念书，到底词句不雅。"贾母道："这就罢了。他能多大？定要他做才子不成！这就该奖励他，以后越发上心了。"贾政道："正是。"因回头命个老嬷嬷出去吩咐书房内的小厮，"把我海南带来的扇子取两把给他。"宝玉忙拜谢，仍复归座行令。当下贾兰见奖励宝玉，他便出席，也做一首，递与贾政看时，写道是："……"贾政看了，喜不自胜。³遂并讲与贾母听时，贾母也十分欢喜，也忙令贾政赏他。

于是大家归坐，复行起令来。这次，在贾赦手内住了，只得吃了酒，说笑话。因说道："一家子一个儿子，最孝顺。偏生母亲病了，各处求医不得，便请了一个针灸的婆子来。这婆子原不知道脉理，只说是心火，如今用针灸之法，针灸针灸就好了。这儿子慌了，便问：'心见铁即死，如何针得？'婆子道：'不用针心，只针肋条就是了。'儿子道：'肋条离心甚远，怎么就能好呢？'婆子道：'不妨事。你不知天下父母心偏的多呢。'"众人听

1. 实写旧日往事。（庚）凡书中写到宝玉怕其父亲、避其父亲或在父亲面前局促不安等细节，本属最平常不过的事，批书人总说是作者在写往昔实事，此等处不可真信。

2. "道是"之后，本是宝玉所作之诗，因尚缺未补，故"道是"二字，也多被诸本或点去或删却。既云"得佳谶"，在宝玉必是可隐寓婚姻之类语句，其父不表赞许，完全可以理解。

3. 贾兰之作必是能显露其飞腾之兆者，故贾政见而大喜。

---

① 踧踖（cù jí 促吉）——恭敬而不安的样子。

② 只不许用那些"冰""玉""晶""银""彩""光""明""素"等堆砌字眼……——作诗规定不许用一些形容所咏之物的常用字的诗体，叫"禁体物语诗"，也称"禁体诗"，因欧阳修任颍州刺史时曾约宾客作过，后又称"欧阳体"。这种诗体可使作诗者"于艰难中特出奇丽"，比如他的《雪》诗序曰："'玉''月''梨''梅''练''絮''白''舞''鹤''银'等字，皆请勿用。"因这些字是写"雪"的常用字。苏轼喻此体为"白战不许持寸铁"（《聚星堂雪》），也曾被而成数首佳作。这里不许用的都是些写中秋月的常用字。有所限，写诗较难，写成会更奇特巧妙。作者构思费心力，是这些诗所以暂缺的原因。

说，都笑起来。贾母也只得吃半杯酒，半日，笑道："我也得这个婆子针一针就好了。"[1] 贾赦听说，便知自己出言冒撞，贾母疑心，忙起身笑与贾母把盏，以别言解释。贾母亦不好再提，且行起令来。

不料这次花却在贾环手里。[2] 贾环近日读书稍进，其脾胃中不好务正，也与宝玉一样，故每常也好看些诗词，专好奇诡仙鬼一格。今见宝玉作诗受奖，他便技痒，只当着贾政不敢造次。如今可巧花在手中，便也索纸笔来，立挥一绝与贾政。[3] 贾政看了，亦觉罕异，只是词句终带着不乐读书之意，遂不悦道："可见是弟兄了。发言吐气，总属邪派，将来都是不由规矩准绳，一起下流货。妙在古人中有'二难'①，你两个也可以称'二难'了。只是你两个的'难'字，却是作'难以教训'之'难'字讲才好。哥哥是公然以温飞卿自居，如今兄弟又自为曹唐②再世了。"说得贾赦等都笑了。贾赦乃要诗瞧了一遍，连声赞好，道："这诗据我看甚是有骨气。想来咱们这样人家，原不比那起寒酸，定要'雪窗萤火'③，一日蟾宫折桂，方得扬眉吐气。咱们的子弟都原该读些书，不过比别人略明白些，可以做得官时，就跑不了一个官的。何必多费了工夫，反弄出书呆子来。所以我爱他这诗，竟不失咱们侯门的气概。"[4] 因回头吩咐人去取了自己的许多玩物来赏赐与他。因又拍着贾环的头，笑道："以后就这么做去，方是咱们的口气，将来这世袭的前程，定跑不了你袭呢。"贾政听说，忙劝说："不过他胡诌如此，哪里就论到后事了。"说着，便斟上酒，又行了一回令。[5]

贾母便说："你们去罢。自然外头还有相公们候着，也不可轻忽了他们。况且二更多了，你们散了，再让我和姑娘们多乐一回，好歇着了。"贾赦等听了，方止了令，又大家公进了一杯酒，方带着子侄们出去了。要知端详，再听下回。

1. 此笑话"言者无心，听者有意"乎？若必谓贾赦故意借机讥刺其母，恐不至于。然写出贾母心中自知对待二子彼此有厚薄自妙。

2. 此次击鼓传花之戏，花多到平时少说酒令者手中，是让赦、政及环儿等亦有展示自己的机会。

3. 此时之贾环已较当初作灯谜时有进矣。偏写贾政戏谑，已是异文，而贾环作诗，实奇中又奇之奇文也，总在人意料之外。竟有人曰：贾环如何又有好诗，似前言不搭后语矣。盖不可向说。问：贾环亦荣公之正脉，虽少年顽劣，乃今古小儿常情耳，读书岂无长进之理哉？况贾政之教是子弟，自己大觉疏忽矣。若是贾环连一平仄也不知，岂荣府是寻常膏粱不知诗书之家哉？然后知宝玉之一种情思，正非有益之聪明，不得谓比诸人皆妙者也。（庚）

4. 贾环之作亦缺，难知其详。然从说他"专好奇诡仙鬼一格""自为曹唐再世"，贾赦又赞其"有骨气""不失咱们侯门气概"等语来看，则其诗或有怪诞之语、骄横之气。

5. 便又轻轻抹去也。（庚）从此评可推知三诗实为三人将来作谶。

---

① 二难——东汉陈寔有二子，长元方，次季方。元方之子与季方之子各论其父功德，争之不决，问陈寔，陈寔说："元方难为兄，季方难为弟。"意谓兄弟二人才智难分高下。见《世说新语·德行》。故后有"难兄难弟"的成语。

② 曹唐——晚唐诗人，作品多为游仙诗。罗隐曾讥其"洞里有天春寂寂，人间无路月茫茫"一联非游仙，"乃是鬼耳"。小说言贾环"专好奇诡仙鬼一格"，故说他"自为曹唐再世"。

③ 雪窗萤火——说勤学苦读。晋孙康家贫，无油点灯，曾借窗前雪光读书。晋车胤亦贫，曾夏夜捉萤火虫盛于纱袋中照读。

**【总评】**

贾府的衰象已到了越来越明显的地步。

信息先是从闲谈中传出的。如甄家的获罪抄家事，一再提到。探春发牢骚说："咱们倒是一家子亲骨肉呢，一个个不像乌眼鸡？恨不得你吃了我，我吃了你！"贾母吃饭，要各房免除另外孝敬菜的旧规矩，说是如今比不得先前兴盛时光了。临时增加人吃饭，饭就不够，鸳鸯说："如今都是'可着头做帽子'了，要一点儿富余也不能的。"如此等等。

尤氏一行有意去窥探贾珍等人晚上都在干什么，于是我们看到了宁府中人所过的日子。

贾珍因居丧，不能看戏听乐，无聊之极，想出以习射为由，请亲友们来比射箭，赌输赢，轮流做东，天天吃喝。"这些来的皆系世袭公子"，后来连宝玉等荣府子弟也来参加。这是佚稿中"卫若兰射圃"情节的露头。卫若兰正是"世袭公子"，他与宝玉的关系，从泛的说，"通部情案，皆必从石兄挂号"（第四十六回脂评）；具体说，湘云拾到宝玉遗落的金麒麟又送还宝玉，后来却到了卫若兰身上，故脂评说"后数十回若兰在射圃所佩之麒麟，正此麒麟也"（第三十一回评）。因此要写宝玉也学射，而且让贾母见贾珍时还问："这两日你宝兄弟的箭如何了？"按作者行文习惯来看，若兰射圃事应该紧接第七十九回（含现八十回；是后人将其分为两回的）之后就写到的。不幸得很，"惜'卫若兰射圃'文字迷失无稿"（第二十六回脂评）；而且是在雪芹原稿"誊清时与'狱神庙慰宝玉'等五六稿，被借阅者迷失"的。这就是为何《红楼梦》一书，雪芹的文字仅止于第七十九回的缘故，因为下面抄不出来了。

渐渐地由射变赌，"赌胜于射"，进而夜赌，外人莫知。其间，出一个邢夫人的胞弟、人称"傻大舅"的邢德全，是个"只知吃酒赌钱、眠花宿柳为乐，手中滥漫使钱"的家伙，他与邢夫人不睦。出此一人，或与后来贾府变故有关系，只是难知其详。夜赌时，还玩起"娈童"来了，丧风败俗，丑态尽出。按礼制，有孝的人家，八月十五是"过不得节"的。贾珍等便提前在十四夜"应景"。杀猪烹羊，与妻妾们一同赏月饮酒，吹箫唱曲，尽情玩乐。"忽听那边（紧靠祠堂）墙下有人长叹之声"，即回目所说的"异兆发悲音"。这段描写，虽不免神秘恐怖，但也是为表现贾府败亡命运已不远，列祖列宗向不肖子孙示警的艺术上的需要，与存心宣扬鬼神迷信观念毕竟有别。

中秋夜，大家陪贾母到凸碧山庄赏月。贾母说"究竟咱们的人也甚少"，脂评："未饮先感人丁，总是将散之兆。"这"将散"二字大可注意。席上击鼓传花，虽是罚讲笑话，却总少欢乐气氛。贾政的怕老婆笑话，趣味庸俗，用他自己的话说，"未免恶心要吐"。贾赦的偏心父母笑话，又让贾母疑其借故事讥讽自己。宝玉、贾兰、贾环的罚作诗，穿插其中，叙来不板。

中秋诗，本是下半回重点，今缺。除了书中注释所言，写"禁体物语诗"较难，构思本就费力外，还要写成有"佳谶"性质的诗，当然更不能一挥而就。既称"佳谶"，可推想的宝玉诗大概寓金玉姻缘隐意；贾兰诗当寓其后来有腾达官运；唯贾环诗难猜，贾赦赞其"甚是有骨气"，"不失咱们侯门的气概"，也不知何所见而言。由贾赦来赞，未必是正面的，有时作者故意说反话，也是可能的。

# 第七十六回
## 凸碧堂品笛感凄清　凹晶馆联诗悲寂寞

【题解】

　　本回回目诸本基本一致。唯庚辰等几种本子"凄清"作"凄情"（有的点改过来），与下句"寂寞"对仗不称。卞藏本作"凄凉"，也不佳。今据戚序本回目。凸碧堂，指凸碧山庄，贾母等众人赏月处。贾母本以为月下闻笛，十分雅致。谁知起初尚觉悠扬可听，渐渐地便感到笛声凄清，反引起内心的感伤来了。凹晶馆，又叫凹晶溪馆，在山坡底下近水处。林黛玉与史湘云二人相约到那里赏月联句，不但景象寂寞，诗境也越联越凄楚颓丧了。

　　话说贾赦、贾政带领贾珍等散去不提。且说贾母这里命将围屏撤去，两席并而为一。众媳妇另行擦桌整果，更杯洗箸，陈设一番。贾母等都添了衣，盥漱吃茶，方又入坐，团团围绕。贾母看时，宝钗姊妹二人不在坐内，知她们家去圆月去了，[1] 且李纨、凤姐二人又病着，少了四个人，便觉冷清了好些。[2] 贾母因笑道："往年你老爷们不在家，咱们索性请过姨太太来，大家赏月，却十分闹热。忽一时想起你老爷来，又不免想到母子、夫妻、儿女不能一处，也都没兴。及至今年你老爷来了，正该大家团圆取乐，又不便请他们娘儿们来说说笑笑。况且他们今年又添了两口人，也难丢了他们，跑到这里来。偏又把凤丫头病了，有她一人来说说笑笑，还抵得十个人的空儿。可见天下事总难十全。"说毕，不觉长叹一声，[3] 遂命拿大杯来斟热酒。王夫人笑道："今日得母子团圆，自比往年有趣。往年娘儿们虽多，终不似今年自己骨肉齐全的好。"贾母笑道："正是为此，所以我才高兴拿大杯来吃酒。你们也换大杯才是。"邢夫人等只得换上大杯来。因夜深体乏，且不能胜酒，未免都有些倦意，无奈贾母兴犹未阑，只得陪饮。[4]

　　贾母又命将氍毺铺于阶上，命将月饼、西瓜、果品等类都叫搬下去，令丫头、媳妇们也都团团围坐赏月。贾母因见月至中天，比先越发精彩可爱，因说："如此好月，不可不闻笛。"[5] 因命人将十番上女孩子传来。贾母道："音乐多了，反失雅致，

1. 不为回家团圆，是因发生抄检事避嫌去了。

2. 已奏响了主旋律。不想这次中秋，反写得十分凄楚。（庚）

3. 离了凤姐，贾母便少乐趣，由此生慨。所谓"人有悲欢离合，月有阴晴圆缺，此事古难全"也。

4. 非兴致特高，乃不甘冷落，欲找回往昔，强打精神寻乐趣而已。

5. 确是熟知赏月雅兴之经验谈，然没想到乐境是会随心境而变的。

只用吹笛的远远地吹起来就够了。"说毕，刚去吹时，只见跟邢夫人的媳妇走来，向邢夫人前说了两句话。贾母便问："什么事？"那媳妇便回说："方才大老爷出去，被石头绊了一下，歪了腿。"¹贾母听说，忙命两个婆子快看去，又命邢夫人快去。邢夫人遂告辞起身。贾母便又说："珍哥媳妇也趁着便就家去罢，我也就睡了。"尤氏笑道："我今日不回去了，定要和老祖宗吃一夜。"贾母笑道："使不得，使不得。你们小夫妻家，今夜不要团圆团圆，如何为我耽搁了！"尤氏红了脸，笑道："老祖宗说得我们太不堪了。我们虽然年轻，已经是十来年的夫妻，也奔四十岁的人了。况且孝服未满，²陪着老太太玩一夜还罢了，岂有自去团圆的理？"贾母听说，笑道："这话很是，我倒也忘了孝未满。可怜你公公已是二年多了，³可是我倒忘了，该罚我一大杯。既这样，你就索性别送，陪着我罢。你叫蓉儿媳妇送去，就顺便回去罢。"尤氏说了。蓉妻答应着，送出邢夫人，一同至大门，各自上车回去。不在话下。

这里贾母仍带众人赏了一回桂花，又入席换暖酒来。正说着闲话，猛不防只听那壁厢桂花树下，呜呜咽咽，悠悠扬扬，吹出笛声来。趁着这明月清风，天空地净，真令人烦心顿解，万虑齐除，都肃然危坐，默默相赏。⁴听约两盏茶时，方才止住，大家称赞不已。于是遂又斟上暖酒来。贾母笑道："果然可听么？"众人笑道："实在可听。我们也想不到这样，须得老太太带领着，我们也得开些心胸。"贾母道："这还不大好，须得拣那曲谱越慢的吹来越好。"⁵说着，便将自己吃的一个内造瓜仁油松穰月饼，又命斟一大杯热酒，送给谱笛之人，慢慢地吃了，再细细地吹一套来。媳妇们答应了，方送去，只见方才瞧贾赦的两个婆子回来说："瞧了。右脚面上白肿了些，如今调服了药，疼得好些了，也不甚大关系。"贾母点头叹道："我也太操心。打紧说我偏心，我反这样。"⁶因就将方才贾赦的笑话，说与王夫人、尤氏等听。王夫人等因笑劝道："这原是酒后大家说笑，不留心也是有的，岂有敢说老太太之理。老太太自当解释才是。"

只见鸳鸯拿了软巾兜与大斗篷来，说："夜深了，恐露水下来，风吹了头，须要添了这个。坐坐也该歇了。"贾母道："偏今儿高兴，你又来催。难道我醉了不成，偏到天亮！"⁷因命再斟酒来。一面戴上兜巾①，披了斗篷，大家陪着又饮，说些

---

① 兜巾——老妇、病妇、产妇为防风吹而遮住额头四周的帽圈。

1. 老年人跌跤受伤，大是不祥。

2. 借团圆之说，一提尤氏年纪及孝服未满，自然引出贾母的话来。

3. 不是算贾敬，却是算赦死期也。（庚）此评提示贾赦死期不远。与首回批"致使锁枷扛"指雨村、贾赦一条同看，可知其获罪被枷锁后，当死于狱中或流放途中。当年威胁鸳鸯"难出我手心"，谁知自己先撒手了。世事难料，往往如此。

4. 必当写这番情景，方显得月下闻笛确能生除烦净心之效。

5. 大是内行话。

6. 毕竟是儿子，好歹也操点心。不料对适才"偏心"之谴，仍存耿耿。

7. 内心挣扎的赌气话，不甘心也不信真的找不回乐趣。

笑话。只听桂花阴里，呜呜咽咽，袅袅悠悠，又发出一缕笛音来，果真比先越发凄凉。大家都寂然而坐。夜静月明，且笛声悲怨，贾母年老带酒之人，听此声音，不免有触于心，禁不住堕下泪来。[1]此时，众人此时都不禁有凄凉寂寞之意。半日，方知贾母伤感，才忙转身陪笑，发语解释。[2]又命换暖酒，且住了笛。

尤氏笑道："我也就学一个笑话，说与老太太解解闷。"贾母勉强笑道："这样更好，快说来我听。"尤氏乃说道："一家子养了四个儿子：大儿子只一个眼睛，二儿子只一个耳朵，三儿子只一个鼻子眼，四儿子倒都齐全，偏又是个哑巴。"正说到这里，只见贾母已蒙眬双眼，似有睡去之态。[3]尤氏方住了，忙和王夫人轻轻地请醒。贾母睁眼笑道："我不困，白闭闭眼养神。你们只管说，我听着呢。"[4]王夫人等笑道："夜已四更了，风露也大，请老太太安歇罢。明日再赏十六，也不辜负这月色。"贾母道："哪里就四更了？"王夫人笑道："实已四更，她们姊妹们熬不过，都去睡了。"贾母听说，细看了一看，果然都散了，只有探春一人在此。贾母笑道："也罢。你们也熬不惯夜，况且弱的弱，病的病，去了倒省心。只是三丫头可怜，尚还等着。你也去罢，我们散了。"说着，便起身，吃了一口清茶，便有预备下的竹椅小轿，便围着斗篷坐上，两个婆子搭起，众人围随，出园去了。不在话下。

这里众媳妇收拾杯盘碗盏时，却少了个细茶杯，各处寻觅不见，[5]又问众人："必是谁失手打了。撂在哪里，告诉我，拿了磁瓦去交收，是证见，不然，又说偷起来了。"众人都说："没有打了，只怕跟姑娘的人打了，也未可知。你细想想，或问问她们去。"一语提醒了这管家伙的媳妇，因笑道："是了，那一会记得是翠缕拿着的。我去问她。"说着，便去找时，刚下了甬路，就遇见紫鹃和翠缕来了。[6]翠缕便问道："老太太散了？可知我们姑娘哪去了？"这媳妇道："我来问那一个茶钟往哪里去了，你们倒问我要姑娘。"翠缕笑道："我因倒茶给姑娘吃的，展眼回头，就连姑娘也没了。"[7]那媳妇道："太太才说，都睡觉去了。你不知哪里玩去了，还不知道呢。"翠缕向紫鹃道："断乎没有悄悄地睡去之理，只怕在哪里走了一走。如今见老太太散了，赶过前边送去，也未可知。我们且往前边找找去。有了姑娘，自然你的茶钟也有了。你明日一早再找，有什么忙的！"媳妇笑道："有了下落，就不必忙了，明儿就和你要罢。"说毕，回去查收家伙。这里紫鹃和翠缕便往贾母处来。不在话下。

1. 心境变了，笛声怎能不生凄凉之感。乐极尚能生悲，何况只是强乐。

2. "忧从中来"，如何解释得了？"转身"妙！画出对月听笛，如痴如呆，不觉尊长在上之形景来。（庚）

3. 意兴阑珊之态。总写出凄凉无兴景况来。（庚）

4. 强挣之言，逼真！活画。（庚）

5. 忽写收拾碗盏，检点少了茶杯，如此度到黛、湘踪迹，也别出心裁。

6. 有消息了，正是黛、湘的丫头。妙，又出一个。（庚）

7. 茶杯已有下落，只待找人了。

原来黛玉和湘云二人并未去睡觉。只因黛玉见贾府中许多人赏月，贾母犹叹人少，不似当年热闹，又提宝钗姊妹家去，母女弟兄自去赏月等语，不觉对景感怀，自去俯栏垂泪。宝玉近因晴雯病势甚重，诸务无心，[1] 王夫人再四遣他去睡，他也便去了。探春又因近日家事着恼，无暇游玩；虽有迎春、惜春二人，偏又素日不大甚合。所以只剩了湘云一人宽慰她，因说："你是个明白人，何必作此形像自苦。我也和你一样，我就不似你这样心窄。何况你又多病，还不自己保养。可恨宝姐姐姊妹，天天说亲道热，早已说今年中秋，要大家一处赏月，必要起社，大家联句，到今日，便弃了咱们，自己赏月去了。社也散了，诗也不做了。[2] 倒是他们父子叔侄纵横起来。你可知宋太祖说得好：'卧榻之侧，岂容他人酣睡。①' 她们不做，咱们两个竟联起句来，明日羞她们一羞。"

黛玉见她这般劝慰，不负她的豪兴，因笑道："你看这里这等人声嘈杂，有何诗兴？"[3] 湘云笑道："这山上赏月虽好，终不及近水赏月更妙。你知道这山坡底下就是池沿，山坳里近水一个所在，就是凹晶馆。可知当日盖这园子时，就有学问。这山之高处，就叫作凸碧；山之低洼近水处，就叫作凹晶。[4] 这'凸''凹'二字，历来用的人最少。如今直用作轩馆之名，更觉新鲜，不落窠臼。可知这两处一上一下，一明一暗，一高一矮，一山一水，竟是特因玩月而设此两处。有爱那山高月小的，便往这里来；有爱那皓月清波的，便往那里去。[5] 只是这两个字俗念作'洼''拱'二音，便说俗了，不大见用。只陆放翁用了一个'凹'字，说：'古砚微凹聚墨多'，还有人批他俗，岂不可笑！"林黛玉道："也不只放翁才用，古人中用者太多。如江淹《青苔赋》②，东方朔《神异经》③，以至《画记》上云'张僧繇画一乘寺'的故事④，不可胜举。只是今人不知，误作俗字用了。[6] 实和你说罢，这两个字还是我拟的呢。因那年试宝玉，因他拟了几处，也有存的，也有删改的，也有尚未拟的。这是后来我们大家把这没有名色的，也都拟出来了，注了出处，写了这房屋的坐落，一

1. 必须交代到，不然没有不与黛玉在一起之理。如此一说，又见宝玉甚在乎晴雯病情。带一笔，妙，更觉谨密不漏。（庚）

2. 说此埋怨的话，正为提起作诗联句事。也可见凡事并不能都如预期，都能如愿。

3. 如此一说，便引出湘云要她同去凹晶馆联句的雅兴来。

4. 湘云本就话多，因此两处特色及命名，正好让她大大发挥一通。

5. 说得何等精彩动听！

6. 好极，未赛诗句优劣，先比见识高低。黛玉又在湘云之上。

---

① 卧榻之侧，岂容他人酣睡——此喻赏月作诗寻寻乐趣本是姊妹们的事，不能让男子们反而"纵横起来"。此话原是赵匡胤说明自己为何要发兵围金陵，消灭南唐李朝时所作的比喻。见宋杨亿《谈苑》。
② 江淹《青苔赋》——其中有句曰："悲凹险兮，唯流水而驰骛。"
③ 东方朔《神异经》——实为托名东方朔撰的志怪小说集，其中有句曰："其湖无凹凸，平满无高下。"
④ 《画记》上云"张僧繇画一乘寺"的故事——《画记》或指唐代张彦远《历代名画记》。张僧繇，南朝梁画家，多画佛寺壁画。据唐代许嵩《建康实录》称："一乘寺……寺门遍画凹凸花，代称张僧繇手迹。其花……远望眼晕如凹凸，就视即平，世咸异之，乃名凹凸寺。"

并带进去，与大姐姐瞧了。她又带出来，命给舅舅瞧过。谁知舅舅倒喜欢起来，又说：'早知这样，那日该就叫他姊妹一并拟了，岂不有趣！'所以凡我拟的，一字不改都用了。[1]如今就往凹晶馆去看看。"

说着，二人便同下了山坡。只一转弯就是池沿，沿上一带竹栏相接，<u>直通着那边藕香榭的路径</u>。[2]因这几间就在此山怀抱之中，乃凸碧山庄之退居，因洼而近水，<u>故见其额曰"凹晶溪馆"</u>。[3]因此处房宇不多，且又矮小，故只有两个老婆子上夜。今日，打听得凸碧山庄的人应差，与她们无干，这两个老婆子关了月饼、果品并犒赏的酒食来，<u>二人吃得既醉且饱，早已熄灯睡了</u>。[4]

黛玉、湘云见熄了灯，湘云笑道："倒是她们睡了好。咱们就在这卷棚底下赏这水、月，如何？"二人遂在两个湘妃竹墩上坐下。只见天上一轮皓月，池中一轮水月，上下争辉，如置身于晶宫鲛室之内。微风一过，粼粼然池面皱碧铺纹，真令人神清气爽。[5]湘云笑道："怎得这会子坐上船吃酒倒好。这要是我家里这样，我就立刻坐船了。"黛玉笑道："正是古人常说得好，'事若求全何所乐'。据我说，这也罢了，偏要坐船起来。"湘云笑道："得陇望蜀，人之常情。可知那些老人家说得不错。说贫穷之家自为富贵之家事事趁心，告诉他说竟不能遂心，他们不肯信的；必得亲历其境，他方知觉了。就如咱们两个，虽父母不在，然却也忝①在富贵之乡，只你我就有许多不遂心的事。"黛玉笑道："不但你我不能趁心，<u>就连老太太、太太以至宝玉、探丫头等人，无论事大事小，有理无理，其不能各遂其心者，同一理也，何况你我旅居客寄之人了</u>！"[6]湘云听说，恐怕黛玉又伤感起来，忙道："休说这些闲话，咱们且联诗。"

正说间，只听笛韵悠扬起来。黛玉笑道："今日老太太、太太高兴了，<u>这笛子吹得有趣，倒是助咱们的兴趣了</u>。[7]咱两个都爱五言，就还是五言排律罢。"湘云道："限何韵？"黛玉笑道："咱们数这个栏杆的直棍，这头到那头为止。它是第几根，就用第几韵。

---

① 忝（tiǎn 舔）——辱；有愧于。谦辞。

1. 原来还有这一段故事！细细想来，确是不错，大观园如许景点馆楼，宝玉一人哪里题得过来？又不曾请外来名手大家代拟，黛、钗等姊妹也试拟自在情理之中，但想不到于此时方始补明。如此说来，湘云赞"盖这园子时，就有学问"，倒是无意中在夸黛玉了，有趣！

2. 点明，妙，不然此园竟有多大地亩了？（庚）大观园本虚拟幻设而成，不能以寻常道里计。

3. 馆之正名。

4. 妙极！此书有进一步写法，如王夫人云："她姊妹可怜，哪里像当日林姑娘那样。"又如贾母云："如今人少，哪里有当日人多"等数语；此谓进一步法也。有退一步法，如宝钗对邢岫烟云："此一时也，彼一时也，如今比不得先的话了，只好随时适分。"……今方收拾过贾母高乐，却又写出二婆子高乐，此进一步之实事也。……所谓法法皆全。全然不爽也。（庚）

5. 又一种月夜景象，与前几次写各不相犯。

6. 所言渐涉哲理，本也可由此而超然、泰然、释然，然总难成达者，心中仍不忘是旅居客寄之人。

7. 与前写山上贾母等人品笛合榫。妙，正吹笛之时，勿认作又一处之笛也。（庚）

若十六根,便是'一先'①起。这可新鲜?"湘云笑道:"这倒别致。"
于是二人起身,便从头数至尽头止,得十三根。湘云道:"偏又是'十
三元'了。这个少作排律,只怕牵强不能押韵呢②。少不得你先起一
句罢了。"黛玉笑道:"倒要试试咱们谁强谁弱,只是没有纸笔记。"
湘云道:"不妨,明儿再写。只怕这一点聪明还有。"黛玉道:"我先
起一句现成的俗语罢。"因念道:

> 三五中秋夕,[1]

湘云想了一想,道:

> 清游拟上元③。撒天箕斗④灿,

林黛玉笑道:

> 匝地⑤管弦繁。几处狂飞盏,

湘云笑道:"这一句'几处狂飞盏'有些意思。[2]这倒要对得好呢。"
想了一想,笑道:

> 谁家不启轩⑥。轻寒风剪剪⑦,

黛玉道:"对得比我的却好。只是底下这句又说熟话了,就该加劲说
了去才是。"湘云道:"诗多韵险,也要铺陈些才是。纵有好的,且留
在后头。"[3]黛玉笑道:"到后头没有好的,我看你羞不羞。"因联道:

> 良夜景暄暄⑧。争饼嘲黄发⑨,

湘云笑道:"这句不好,杜撰,用俗事来难我了。"黛玉笑道:"我说
你不曾见过书呢。'吃饼'是旧典,《唐书》《唐志》,你看了来再说。"

1. 排律自当如此大
开门起头。

2. 品鉴有眼力,并
非客气话。

3. 所言更是,对句
确实工稳有致。
二人边联边评,
所谈多是作诗体
会。

---

① 若十六根,便是"一先"——诗平声韵共三十部,分上平声和下平声。各十五部;下平声第一为"先"韵,称"一
先",自上平声第一部往下数,是第十六部。

② 这个少作排律,只怕牵强不能押韵呢——二句诸本略有差异,因而断句也有不同。庚辰本原抄同上;改笔在
"这个"后旁添"韵很"二字。若断句作"这个韵很少。作排律只怕……",则不符实际,"十三元"的字并不
少,《佩文韵府》就收 161 字,真少的韵如"三江"收 49 字,"十五删"收 62 字,"十二侵"收 70 字,"十五咸"
收 41 字。所以只能说"十三元"中比较容易押的字要做一首有几十韵甚至上百韵的排律,就嫌少了。所以应
断句作"这个韵很少作排律,只怕……"。梦稿本作:"这韵少做排律,只怕……";蒙府、戚序、戚宁本也如此,
只是"做"作"作"。甲辰本作"这个作排律的少"。列藏本作"这个韵作排律只怕……"。程甲本作"这个韵
可用的少,作排律只怕……"。今从庚辰本原抄文字。

③ 拟上元——可与元宵节相比。

④ 箕斗——南箕北斗,星宿名。此泛指星星。

⑤ 匝地——遍地。

⑥ 启轩——打开窗户,为赏月。

⑦ 剪剪——风尖细的样子。

⑧ 暄暄——暖融融,指气氛。

⑨ 争饼嘲黄发——即"嘲黄发之争饼"。黄发,老年人。唐僖宗曾以红绫束饼赐曲江新进士。徐寅作诗说:"莫欺
老缺残牙齿,曾吃红绫饼馅来。"见宋代秦再思《洛中记异》。黛玉借争"吃饼"来说争名位,故用"嘲"字。

湘云笑道："这也难不倒我，我也有了。"因联道：

　　分瓜笑绿媛①。香新荣玉桂，

黛玉笑道："'分瓜'可是实实你的杜撰了。"湘云笑道："明日咱们对查了出来，大家看看，这会子别耽误工夫。"黛玉笑道："虽如此，下句也不好，不犯着又用'玉桂''金兰'等字样来塞责。"因联道：

　　色健茂金萱②。蜡烛辉琼宴，

湘云笑道："'金萱'二字便宜了你，省了多少力。这样现成的韵，被你得了，只是不犯着替他们颂圣去。¹况且下句你也是塞责了。"黛玉笑道："你不说'玉桂'，我难道强对个'金萱'么？再也要铺陈些富丽，方才是即景之实事。"湘云只得又联道：

　　觥筹乱绮园③。分曹④尊一令，

黛玉笑道："下句好，只是难对些。"因想了一想，联道：

　　射覆听三宣。骰彩红成点，

湘云笑道："'三宣'有趣，竟化俗成雅了。²只是下句又说上骰子。"少不得联道：

　　传花鼓滥喧。晴光摇院宇，

黛玉笑道："对得却好。下句又溜了，只管拿些风月来塞责。"湘云道："究竟没说到月上，也要点缀点缀，方不落题。"³黛玉道："且姑存之，明日再斟酌。"因联道：

　　素彩接乾坤。赏罚无宾主，

湘云道："又说他们作什么，不如说咱们。"只得联道：

　　吟诗序仲昆。构思时倚槛，

1. 因"玉桂"而对以"金萱"，确实现成，但不知"颂圣"一语，还与作者祖上家事有关联否？康熙三十八年（1699）四月，皇帝南巡回驭，止跸于江宁织造府中，曾接见曹寅之母孙氏（为玄烨幼时保母），帝喜而劳之曰："此吾家老人也。"赏赐甚厚。值庭中萱花开，遂御书"萱瑞堂"三大字以赐。一时名人文士题咏无数。（冯景《解春集文钞》有记其事）

2. 说是"难对"，其实显然受李商隐《无题》诗"分曹射覆蜡灯红"句启发，兼用书中写过的"射覆"之戏及"三宣牙牌令"事，特写来令人不觉罢了。

3. 题写中秋夜，不宜离"月"太远之谓。

---

① 分瓜笑绿媛——即"笑绿媛之分瓜"。绿媛，年轻姑娘；"绿"即"绿鬓""绿云"，亦即女子的黑发。分瓜，切西瓜。《燕京岁时记》："八月十五日祭月，其祭，果饼必圆，分瓜必牙错。"又"分瓜"即"破瓜"，拆"瓜"字，像两个"八"，隐"二八"（十六）之年。唐人曾用之。段成式《戏高侍郎》诗："犹怜最小分瓜日，奈许迎春得藕（谐'偶'）时。"此亦"笑绿媛"，湘云借以作戏语。

② 色健茂金萱——萱草茂盛而色泽鲜明。萱，忘忧草，俗称"金针菜"，花呈金黄色，旧时常指代母亲。湘云说"只是不犯着替他们颂圣去"，意谓用不着代人祝母寿，因为她们自己都是丧父母的。

③ 觥（gōng工）筹乱绮园——觥，古代酒器。筹，行酒令用的竹签。乱，形容觥筹交错。绮园，绮丽的园林。

④ 分曹——分职，行酒令作谜猜物，要分作的人和猜的人。

黛玉道："这可以入上你我了。"因联道：

> 拟景或依门。酒尽情犹在，

湘云说道："这时候了？①"¹乃联道：

> 更残乐已谖②。渐闻语笑寂，

黛玉说："这时候，可知一步难似一步了。"²因联道：

> 空剩雪霜痕③。阶露团朝菌④，

湘云笑道："这一句怎么押韵，让我想想。"因起身负手，想了一想，笑道："够了，幸而想出一个字来，几乎败了。"因联道：

> 庭烟敛夕榅⑤。秋湍泻石髓⑥，

黛玉听了，不禁也起身叫妙，说："这促狭鬼！果然留下好的。这会子才说。'榅'字，亏你想得出。"湘云道："幸而昨日看《历朝文选》见了这个字，我不知是何树，因要查一查。宝姐姐说：'不用查，这就是如今俗叫作"明开夜合"的'。我信不及，到底查了一查，果然不错。看来宝姐姐知道的竟多。"³
黛玉笑道："'榅'字用在此时更恰，也还罢了。只是'秋湍'一句亏你好想。只这一句，别的都要抹倒。⁴我少不得打起精神来对一句，只是再不能似这一句了。"因想了一想，道：

> 风叶聚云根⑦。宝婺情孤洁⑧，

湘云道："这对得也还好。只是下一句你也溜了，幸而是景中情，不单用'宝婺'来塞责。"因联道：

> 银蟾气吐吞⑨。药经灵兔捣，

右侧批注：

1. 不知不觉已写到"酒尽"宴散，故湘云有此一句。

2. 明的说以下诗越来越难做了，暗中却有日子难挨的双关寓意在。

3. 穿插得妙！不但解释了"榅"字，且带出宝钗来，想宝钗之诗才，与黛、湘正可鼎足而三，虽未参与此次联句，却借查生僻字推崇其博学多识，自是极妥的写法。

4. 石上清泉湍急，正能倒映月光闪动，构句含蓄有致，故被称作佳句。

---

① 这时候了——意思是已经到这个时候了吗。是对黛玉联"酒尽情犹在"句而言的，是带疑惑的感叹语气。诸本同。庚辰本原抄作"这候了"，当漏"时"字。后改者不审句意，又将"这"点去，添改"是时"，成了"是时候了"，所指不清，不可从。黛玉接着说"这时候，可知一步难似一步了"，正重复湘云的话。
② 谖（xuān 宣）——忘记，引申为停止。
③ 雪霜痕——喻照在景物上的月光。
④ 阶露团朝菌——意谓露湿台阶时朝菌已团生。朝菌，一种早晨生的菌类植物，生命短促。
⑤ 庭烟敛夕榅（hūn 昏）——意谓夕烟笼庭院中，榅叶已合合。榅，合欢树，又有合昏、夜台、马缨花等名，乔木，羽状复叶，小叶入夜则合。
⑥ 秋湍泻石髓——湍，急流。泻石髓，从石窟中泻出。石髓，石钟乳；有石灰岩处多洞窟。此意境能借水映月，故黛玉赞之。
⑦ 风叶聚云根——意谓风吹落叶，积聚于山石之上。古人以为云气从山石中出来，故称云根。
⑧ 宝婺（wù 雾）情孤洁——宝婺，婺女星。以女神相拟，所以说"情孤洁"，实即说其清朗明净。
⑨ 银蟾气吐吞——银蟾，月亮。因癞蛤蟆而用"气吐吞"，传说蟾吞月，则月亏缺；吐月，则月盈圆。此偏义于吐，言月亮光彩焕发。

黛玉不语点头，半日遂念道：

　　　　人向广寒奔。[1]犯斗邀牛女，

湘云也望月点首，联道：

　　　　乘槎待帝孙①。虚盈轮莫定，

黛玉笑道："又用比兴了。"因联道：

　　　　晦朔魄空存②。壶漏声将涸，

湘云方欲联时，黛玉指池中黑影与湘云看，道："你看那河里，怎么像个人往黑影里去了，敢是个鬼罢？"湘云笑道："可是，又见鬼了。我是不怕鬼的，等我打它一下。"因弯腰拾了一块小石片，向那池中打去，只听打得水响，<u>一个大圆圈将月影荡散复聚者几次</u>。[2]只听那黑影里戛然一声，却飞起一个白鹤来，直往藕香榭去了。黛玉笑道："原来是它，猛然想不到，反吓了一跳。"湘云笑道："这个鹤有趣，倒助了我了。"因联道：

　　　　窗灯焰已昏。寒塘渡鹤影③，[3]

林黛玉听了，又叫好，又跺足，说道："了不得，这鹤真是助她的了！这一句更比'秋湍'不同，叫我对什么才好？'影'字只有一个'魂'字可对，况且'寒塘渡鹤'，何等自然，何等现成，何等有景！且又新鲜，我竟要搁笔了。"湘云笑道："大家细想就有了，不然，就放着明日再联也可。"黛玉只看天，不理她，半日，猛然笑道："你不必捞嘴④，我也有了，你听听。"因对道：

　　　　冷月葬花魂⑤。[4]

湘云拍手赞道："果然好极！非此不能对。好个'葬花魂'！"

1. 是辞世登仙之象，广寒宫当在离恨天高处。

2. 正是月光下水面上景象。写得出，试思若非亲历其境者，如何摹写得如此！（庚）平时留意观察，便有可能写出。

3. 以"鹤影"隐喻湘云将来孤居形景恰好，小说曾写她长得"鹤势螂形"。

4. 联句已达高潮，此次吟咏正为写出此两句而有。

---

① "犯斗"二句——晋张华《博物志》：海上客乘槎（木筏）游仙回来后，曾问方士严君平。严说："某年月日。客星犯牵牛宿。"一算。正是他到天河的时候。参见第五十回宝琴《咏红梅花》诗注。邀，见面。帝孙，也叫天孙，即织女星。二句用的是同一传说。

② "盈虚"二句——盈虚，指月的圆缺。轮，月轮。晦朔，农历月末一天叫晦，月初一天叫朔；晦朔无月。魄，月魄，已无月光而徒存魂魄。两句都借月隐寓人事，黛玉"又用比兴了"的话，或是暗示。

③ 寒塘渡鹤影——取意于杜诗"鸟影度寒塘"（《和裴迪登新津寺寄王侍郎》）。

④ 捞嘴——多说多话。

⑤ 冷月葬花魂——黛玉赞湘云"'寒塘渡鹤'何等自然，何等现成，何等有景！""冷月葬花"正足匹配。庚辰本原抄作"葬死魂"，是行书形讹（庚辰本抄手文化不高，形讹字特多）。后改者以为音讹，遂点改为"葬诗魂"，列藏、甲辰、程高本沿袭之；梦稿、蒙府、戚序、戚宁本仍作"葬花魂"。葬花魂，用明代叶绍袁《午梦堂集·续窈闻记》中事，叶之幼女小鸾夭亡，鬼魂受戒，答其师问："'曾犯痴否？'女云：'犯。——勉弃珠环收汉玉，戏捐粉盒葬花魂。'师大赞……"详见拙著《论红楼梦佚稿·冷月葬花魂》（浙江古籍出版社）。

因又叹道："诗固新奇，只是太颓丧了些。你现病着，不该作此过于凄清奇谲之语。"[1] 黛玉笑道："不如此，如何压倒你？下句竟还未得，只为用工在这一句了。"

一语未了，只见栏外山石后转出一个人来，笑道："好诗，好诗！果然太悲凉了。不必再往下联，若底下只这样去，反不显这两句了，倒觉得堆砌牵强。"二人不防，倒唬了一跳。细看时，不是别人，却是妙玉。二人皆诧异，[2] 因问："你如何到了这里？"妙玉笑道："我听见你们大家赏月，又吹得好笛，我也出来玩赏这清池皓月。顺脚走到这里，忽听见你两个联诗，更觉清雅异常，故此听住了。只是方才我听见这一首诗中，有几句虽好，只是过于颓败凄楚。此亦关人之气数而有，所以我出来止住。[3] 如今老太太都已早散了，满园的人想俱已睡熟了，你两个的丫头还不知在哪里找你们呢。你们也不怕冷了，快同我来，到我那里去吃杯茶，只怕就天亮了。"黛玉笑道："谁知道就这个时候了。"

三人遂一同来至栊翠庵中。只见龛焰犹青，炉香未烬。几个老嬷嬷也都睡了，只有小丫鬟在蒲团上垂头打盹。妙玉唤她起来，现去烹茶。忽听叩门之声，小丫鬟忙去开门看时，却是紫鹃、翠缕与几个老嬷嬷来找她姊妹两个。[4] 进来见她们正吃茶，因都笑道："要我们好找，一个园里走遍了，连姨太太那里都找到了。才到了那山坡底下小庭里找时，可巧那里上夜的正睡醒了。我们问她们，她们说：'方才庭外头棚下两个人说话，后来又添了一个，听见说大家往庵里去。'我们就知是这里了。"

妙玉忙命小丫鬟引她们到那边去坐着歇息吃茶。自己却取了笔砚纸墨出来，将方才的诗，命她二人念着，遂从头写出来。黛玉见她今日十分高兴，便笑道："从来没见你这样高兴，若不见你这样高兴，我也不敢唐突请教。这还可以见教否？若不堪时，便就烧了，若还可改，即请改正改正。"妙玉笑道："也不敢妄改、评赞。只是这才有了二十二韵。我意思想着：你二位警句已出，再若续时，恐后力不加；我竟要续貂①，又恐有玷。"[5] 黛玉从没见妙玉作过诗，今见她高兴如此，忙说："果然如此，我们的虽不好，亦可以带好了。"妙玉道："如今收结，到底还该归到本来面目上去。若

1. 先由湘云说出诗意颓丧，不利病体。这是旧时的普遍观念。

2. 出人意料。细思妙玉之出身、教养，岂不能诗者，特因出家人不加入奉谕赋诗、结社吟咏之列，故始终不得一展其才华。今借此机遇，让她一显身手，亦偶而露峥嵘也。原可诧异，余亦诧异。（庚）

3. 再由妙玉说出诗句过于颓败凄楚，申足"悲寂寞"题意。关于气数之说，更突出作诗人非福寿之辈。

4. 必让紫鹃、翠缕等及时找来，否则，全家上下一夜都得为她俩担心了。

5. 闻此言而喜悦者岂独黛玉？读者也无不期待能一睹妙玉之佳句。

---

① 续貂——谓前作甚佳，难以为继；常作续作的谦辞或贬辞。古代近侍官以貂尾为冠饰，因任官滥，貂尾不足，代之以狗尾。故有"貂不足，狗尾续"之语。见《晋书·赵王伦传》。

只管丢了真情真事，且去搜奇捡怪，一则失了咱们的闺阁面目，二则也与题目无涉了。"林、史二人皆道："极是。"妙玉遂提笔，一挥而就，¹ 递与她二人道："休要见笑。依我必须如此，方翻转过来。虽前头有凄楚之句，亦无甚碍了。"² 二人接了看时，只见她续道：

> 香篆销金鼎①，脂冰腻玉盆②。
> 箫增嫠妇泣③，衾倩侍儿温。
> 空帐悬文凤，闲屏掩彩鸳。
> 露浓苔更滑，霜重竹难扪。
> 犹步萦纡沼，还登寂历原。
> 石奇神鬼搏，木怪虎狼蹲④。
> 赑屃⑤朝光透，罘罳⑥晓露屯。
> 振林千树鸟，啼谷一声猿。³
> 歧熟焉忘径⑦，泉知不问源。
> 钟鸣栊翠寺，鸡唱稻香村。
> 有兴悲何继⑧，无愁意岂烦。⁴
> 芳情只自遣，雅趣向谁言。⁵
> 彻旦休云倦，烹茶更细论⑨。⁶

后书：右中秋夜大观园即景联句三十五韵。

黛玉、湘云二人皆赞赏不已，说："可见我们天天是舍近而求远，现有这样诗仙在此，却天天去纸上谈兵。"妙玉笑道："明日再润色。此时想已快天明了，到底要歇息歇息才是。"林、史二人听说，便起身告辞，带领丫鬟出来。妙玉送至门外，看她们去远，方掩门进来。不在话下。

1. 看他写妙玉成竹在胸的样子。

2. 思路是凭夜尽晓来将意境翻转过来。

3. 仍用六韵写夜景，至"朝光""晓露"显现，则"神鬼""虎狼"之假象立时消散，然后是一片早晨开阔明朗境界，大观园也被夸张地展现成大好山川图画。深谷猿啼，古寺钟鸣都一一出现，想必就是所谓诗化。

4. 作直接翻转悲愁之语。

5. 切二人联句，非多人共作之诗。

6. 眼前之事，又巧用杜甫《春日忆李白》诗"何时一尊酒，重与细论文"结意。

---

① 香篆销金鼎——鼎形香炉中的篆文形状的香已经焚尽。

② 脂冰腻玉盆——脂冰，即冰脂，脂膏，指蜡烛油，语词结构与"香篆"同，皆主体置前。腻玉盆，凝于烛盆中。两句写时久夜深。

③ 箫增嫠（lí 梨）妇泣——箫声能使寡妇为之而哭泣。嫠妇，寡妇。苏轼《前赤壁赋》："客有吹洞箫者，倚歌而和之；其声呜呜然，如怨，如慕，如泣，如诉……舞幽壑之潜蛟，泣孤舟之嫠妇。"此用其事。"增"，庚辰本作"憎"，列藏、甲辰、程高本亦沿袭之，非是；此又与"葬花魂"抄写形讹之例同。今从梦稿、蒙府、戚序、戚宁本。

④ "石奇"二句——谓石头、树木形状奇特，似鬼搏兽蹲。苏轼《石钟山记》："大石侧立千尺，如猛兽奇鬼，森然欲搏人。"

⑤ 赑屃（bì xì 币戏）——传说龙所生的怪物，像龟，好负重；石碑下当座的大龟即是，此处指代碑石。

⑥ 罘罳（fú sī 浮思）——古代宫门外或城角上有两孔的屏。此泛指门外有孔的垣屏。

⑦ 歧熟焉忘径——歧，岔路。焉，哪会。忘径，迷路。与下句同为借游山水说哲理，自谓能知大道本源，不至迷途，是慕古人意。《列子》："大道以多歧亡羊。"《淮南子》："杨朱见歧路而泣，谓其可以南，可以北。"

⑧ 悲何继——甲辰、程高本作"悲何极"，意思变成"悲伤哪里有个完呢"，不可通，既与"有兴"矛盾，亦与妙玉要将凄楚之句"翻转过来"相抵触。

⑨ 细论——指细论诗之得失优劣。

这里翠缕向湘云道："大奶奶那里还有人等着咱们睡去呢。如今还是那里去好。"湘云笑道："你顺路告诉她们，叫她们睡罢。我这一去，未免惊动病人，不如闹林姑娘半夜去罢。"说着，大家走至潇湘馆中，有一半人已睡去。二人进去，方才卸妆宽衣，盥漱已毕，方上床安歇。紫鹃放下绡帐，移灯掩门出去。

谁知湘云有择席之病①，虽在枕上，只是睡不着。黛玉又是个心血不足，常常失眠的，今日又错过困头，自然也是睡不着。二人在枕上翻来覆去。黛玉因问道："你怎么还没睡着？"湘云微笑道："我有择席的病，况且走了困，只好躺躺罢。你怎么也睡不着？"黛玉叹道：[1]"我这睡不着，也并非今日了。大约一年之中，通共也只好睡十夜满足的。"湘云道："却是你病的原故，所以……"不知下文什么，〔且听下回分解。〕

1. 一"笑"一"叹"，只二字便写出平日之形景。（庚）

【总评】

本回的全部情节，只如回目标出的，仿佛是一首"感凄清""悲寂寞"的中秋夜曲，为不久即将"树倒猢狲散"的贾府布下了一片惨淡愁云。

"举杯消愁愁更愁"是本回述说情节的基调。贾母赶走贾赦、贾政、贾珍等一批男的，本以为只留媳妇、姊妹们在一起赏月饮酒，没有拘束，反会愉快得多，可事实并非如此。爱热闹的贾母见人少冷清，"不觉长叹一声"。大家"因夜深体乏"，"未免都有些倦意，无奈贾母兴犹未阑，只得陪饮"。这不是写贾母兴致高，而是写她对冷落少欢的局面的不甘心、不服气，必要强寻欢笑。故酒换大杯，还命吹笛。月下笛声，悠悠扬扬，本能解人烦忧，不料境随心移，反令贾母怅触堕泪。尤氏欲给老太太解闷，自告奋勇说笑话。刚说了个开头，"只见贾母已蒙眬双眼，似有睡去之态"。不得已，大家只好散了。

湘云要宽慰黛玉对景感怀的悲伤，硬拉她到筑于水边的凹晶馆去，二人自个儿赏月联句，这也是强自挣扎，其寂寞情景，可想而知。"天上一轮皓月，池中一轮水月，上下争辉"的景色确是美极了。可联句从开头的故作精神，强颜欢笑，却不知不觉地渐渐转出悲音。其间还夹杂着一些隐含双关义的对话，如一个说："这时候了？"一个说："这时候，可知一步难似一步了！"直至说出"寒塘渡鹤影，冷月葬花魂"这二人自我写照的警句，被妙玉出来打断。

妙玉从未作过诗，以其聪慧才智，岂能不会吟咏，故借此偶然一露峥嵘。她想用自己所续把颓败凄楚的调子翻转过来，便从夜尽晓来的意思上做文章。但这不过是一种企图逃避不幸命运的主观愿望罢了。黑暗过去之后，曙光是会来临的，但是光明并不属于行将败亡的封建大家庭，也不存在于佛教信徒的内心"彻悟"之中。自以为能辨歧途、知泉源的妙玉，最后自己也不能免去流落瓜洲渡口（据靖本脂评）"好一似，无瑕白玉遭泥陷"的可悲下场。

① 择席之病——换一个地方睡觉，就要失眠的毛病。

# 第七十七回

## 俏丫鬟抱屈夭风流　美优伶斩情归水月

【题解】

　　本回回目诸基本一致。唯"丫鬟"一词，庚辰、列藏本作"丫嬛"；他本多作"丫环"；卞藏本"抱"作"负"。此用甲辰、程高本回目。俏丫鬟。指长得十分俏丽的晴雯，她遭到王善保家的等老婆子的谗言诽谤，被惑的王夫人发怒，将带病的她撵出怡红院，很快地这个年纪轻轻、风流灵巧的姑娘，就含着极大的冤屈死去了。这场祸事所及，还有一批原来学戏的小姑娘，也不让她们继续留在园内，在情势逼迫下，芳官只好斩断情缘，削发随水月庵智通去当尼姑。"美优伶"指的就是她。当时，还有蕊官、藕官二人，也跟了地藏庵的圆信为尼去了。

　　话说王夫人见中秋已过，凤姐病已比先减了，虽未大愈，然亦可出入行走得了，仍命大夫每日诊脉服药，又开了丸药方子来，配调经养荣丸。因用上等人参二两，王夫人命人取时，翻寻了半日，只向小匣内寻了几枝簪挺粗细的。王夫人看了嫌不好，命再找去，又找了一大包须末出来。王夫人焦躁道："用不着偏有，但用着了，再找不着！成日家我说叫你们查一查，都归拢在一处，你们白不听，就随手混撂。[1] 你们不知它的好处，用起来得多少换①买来还不中使呢！"彩云道："想是没了，就只有这个。上次那边的太太来寻了些去，太太都给过去了。"王夫人道："没有的话，你再细找找。"彩云只得又去找，拿了几包药来说："我们不认得这个，请太太自看。除这个再没有了。"王夫人打开看时，也都忘了，不知都是什么，并没有一枝人参。又一面遣人去问凤姐有无，凤姐来说："也只有些参膏。芦须②虽有几枝，也不是上好的，每日还要煎药里用呢。"王夫人听了，只得向邢夫人那里问去。邢夫人说：

1. 先不写抄检后事，而写为配药方找人参却处处不顺心。王夫人焦躁，看似因此而起，其实还与园内出事，连日来忙碌，未处置停当，心情大坏有关。

---

①　换——商业行话，交易贵重货物时，为换得一定重量的货物所需银子重量的倍数。如下文以三十两银子换得一两人参称"三十换"。

②　参膏、芦须——用碎参、参须熬制成的膏；连芦带须的人参。芦，顶部长叶处。须，参的细根。参的加工多样，有的是只留粗枝截去芦头和须根的。

"因上次没了，才往这里来寻，早已用完了。"王夫人没法，只得亲身过来请问贾母。[1]贾母忙命鸳鸯取出当日所余的来，竟还有一大包，皆有手指头粗细的，遂称了二两与王夫人。[2]王夫人出来，交与周瑞家的拿去，令小厮送与医生家去；又命将那几包不能得辨的药也带了去，命医生认了，各记号上来。

　　一时，周瑞家的又拿了进来，说："这一包包都各包好，记上名字了。但这包人参，固然是上好的，如今就连三十换也不能得这样的了，但年代太陈了。这东西比别的不同，凭是怎样好的，只过一百年后，便自己就成了灰了。如今这个虽未成灰，然已成了朽糟烂木，也无性力的了。请太太收了这个，倒不拘粗细，好歹再换些新的倒好。"[3]王夫人听了，低头不语，半日才说："这可没法了，只好去买二两来罢。"也无心看那些，只命："都收了罢。"因向周瑞家的说："你就去说给外头人们，拣好的换二两来。倘或一时老太太问你们，只说用的是老太太的，不必多说。"[4]

　　周瑞家的方才要去时，宝钗因在坐，乃笑道："姨娘且住。如今外头卖的人参都没好的。虽有一枝全的，他们也必截做两三段，镶嵌上芦泡须枝，掺了好卖，看不得粗细。[5]我们铺子里常和参行交易，如今我去和妈说了，叫哥去托个伙计，过去和参行商议说明，叫他把未作的原枝好参兑二两来。不妨咱们多使几两银子，也得了好的。"王夫人笑道："倒是你明白。就难为你亲自走一趟。"于是宝钗去了，半日回来，说："已遣人去，赶晚就有回信。明日一早去配也不迟。"王夫人自是喜悦，因说道："'卖油的娘子水梳头'，自来家里有的，好坏不知给了人多少。这会子轮到自己用，反倒各处求人去了。"说毕长叹。宝钗笑道："这东西虽然值钱，究竟不过是药，原该济众散人才是。咱们比不得那没见世面的人家，得了这个，就珍藏密敛的。"[6]王夫人点头道："这话极是。"

　　一时，宝钗去后，因见无别人在室，遂唤周瑞家的来问："前日园中搜检的事情，可得下落？"周瑞家的已和凤姐等人商议定妥，一字不隐，遂回明王夫人。王夫人听了，虽惊且怒，却又作难，因思司棋系迎春之人，皆系那边的人，只得令人去回邢夫人。周瑞家的回道："前日那边太太嗔着王善保家的多事，打了几个嘴巴子，如今她也装病在家，不肯出头了。况且又是她外孙女儿，自己打了嘴，她只好

1. 一再碰壁，只剩下最后希望了：问贾母。

2. 看似难题得到圆满解决：有一大包，且支头甚粗，可这符合作者行文曲折的一贯思路吗？且看下文。

3. 还是解决不了问题：拿去的人参亦如今日之贾府，外面看着甚好甚大，实质上却已快成朽糟烂木了。

4. 照顾老太太心情要紧，不能让她再失落了。

5. 宝钗还知市上卖参行情，弊端触及社会层面。

6. 随口一劝，见宝钗之品格为人，难得。

装个忘了，日久平服了再说。如今我们过去回时，恐怕又多心，倒像是咱们多事似的。不如直把司棋带过去，一并连赃证与那边太太瞧了，不过打一顿，配了人，再指个丫头来，岂不省？[1] 如今白告诉去，那边太太再推三阻四的，又说：'既这样，你太太就该料理，又来说什么。'岂不反耽搁了？倘或那丫头瞅空寻了死，反不好了。如今看了两三天，人都有个偷懒的时候，倘一时不到，岂不倒弄出事来？"王夫人想了一想，说："这也倒是。快办了这一件，再办咱们家的那些妖精。"[2]

周瑞家的听说，会齐了那几个媳妇，先到迎春房里，回迎春道："太太们说了，司棋大了，连日她娘求了太太，太太已赏了配人，今日叫她出去，另挑好的与姑娘使。"说着，便命司棋打点走路。迎春听了含泪，似有不舍之意。因前夜已闻得别的丫鬟悄悄地说了原故，虽数年之情难舍，但事关风化，亦无可如何了。那司棋也曾求了迎春，实指望迎春能死保赦下的，只是迎春语言迟慢，耳软心活，是不能作主的。[3] 司棋见了这般，知不能免，因哭道："姑娘好狠心！哄了我这两日，如今怎么连一句话也没有？"周瑞家的等说道："你还要姑娘留你不成？便留下，你也难见园里的人了。依我们的好话，快快收了这样子，倒是人不知鬼不觉地去罢，大家体面些。"

迎春含泪道："我知道你干了什么大不是，我还十分说情留下，岂不连我也完了？你瞧入画也是几年的，怎么说去就去了。自然不止你两个，想这园子里凡大的都要去呢。依我说，将来终有一散，不如你各人去罢。"周瑞家的道："所以到底是姑娘明白。明儿还有打发的人呢，你放心罢。"司棋无法，只得含泪与迎春磕头，和众姊妹告别。又向迎春耳根说："姑娘，好歹打听我受罪，替我说个情儿，就是主仆一场！"[4] 迎春亦含泪答应："放心。"

于是周瑞家的等人带了司棋出了院门，又命两个婆子将司棋所有的东西都与她拿着。走了没几步，只见后头绣橘赶来，一面也擦着泪，一面递与司棋一个绢包，说："这是姑娘给你的。主仆一场，如今一旦分离，这个与你作个想念罢。"[5] 司棋接了，不觉更哭起来了，又和绣橘哭了一回。周瑞家的不耐烦，只管催促，二人只得散了。司棋因又哭告道："姊姊大娘们，好歹略徇个情儿，如今且歇一歇，让我到相好的姊妹跟前辞一辞，也是我们这几年好了

1. 王夫人是个自己没有头脑定见的人，只听旁人出的主意。

2. 糟了！为了护住宝贝儿子，仍不忘要除"妖"。

3. 求迎春保她完全多余，是溺水者乱抓触及之物的举动。

4. 还不死心。

5. 可知迎春只是懦弱，并非无情无义。弱者可怜！

一场。"周瑞家的等人皆各有事务，作这些事，便是不得
已了；况且又深恨她们素日大样，如今哪里有工夫听她
的话，因冷笑道："我劝你走罢，别拉拉扯扯的了。我们
还有正经事呢。谁是你一个衣胞里爬出来的，辞她们作
什么？她们看你的笑声还看不了呢。你不过是挨一会是
一会罢了，难道就算了不成！依我说快走罢。"一面说，
一面总不住脚，直带着往后角门出去了。司棋无奈，又
不敢再说，只得跟了出来。

　　可巧正值宝玉从外而入，一见带了司棋出去，又见
后面抱着些东西，料着此去再不能来了。因闻得上夜之
事，又晴雯之病亦因那日加重，细问晴雯，又不说是为
何。上日又见入画已去，今见司棋亦走，不觉如丧魂魄
一般，[1] 因忙拦住，问道："哪里去？"周瑞家的等皆知宝
玉素日行为，又恐唠叨误事，因笑道："不干你事，快念
书去罢。"宝玉笑道："好姐姐们！且站一站，我有道理。"
周瑞家的便道："太太吩咐不许少捱一刻，又有什么道理！
我们只知遵太太的话，管不得许多。"司棋见了宝玉，因
拉住哭道："她们做不得主，你好歹求求太太去！"宝玉
不禁也伤心，含泪说道："我不知你做了什么大事，[2] 晴
雯也气病了，如今你又去。都要去了，这却怎么的好！"
周瑞家的发躁向司棋道："你如今不是副小姐了，若不听
话，我就打得你了。别想着往日有姑娘护着，任你们作耗。
越说着，你还不好好地走！如今又和小爷们拉拉扯扯的，
成个什么体统！"那几个媳妇不由分说，拉着司棋便出
去了。

　　宝玉又恐她们去告舌，恨得只瞪着她们，看已去远，
方指着恨道："奇怪，奇怪！怎么这些人，只一嫁了汉子，
染了男人的气味，就这样混账起来，比男人更可杀了！"[3]
守园门的婆子听了，也不禁好笑起来，因问道："这样说，
凡女儿个个是好的了，女人个个是坏的了？"宝玉点头道：
"不错，不错！"

　　婆子们笑道："还有一句话，我们糊涂不解，倒要请
问……"方欲说时，只见几个老婆子走来，忙说道："你
们小心，传齐了伺候着，此刻太太亲自来园里，[4] 在那里
查人呢，只怕还查到这里来呢。"又吩咐："快叫怡红院
的晴雯姑娘的哥嫂来，在这里等着，领出他妹妹去。"[5] 因
又笑道："阿弥陀佛！今日天睁了眼，把这一个祸害妖精

1. 喜聚不喜散的人，终于看到
一个个散去了。是无法面对
悲剧发生，非对入画、司棋
有特别情谊。

2. 风潮骤至，如何抵挡得住？
就算知情，也绝难求免挽回，
何况连什么事都不知道，哪
能有作为？

3. 像是可笑的傻话，却由深切
感受而生。这里男人、女人、
女儿的差别，实不在性别和
生理年龄上，而在于是否沾染
上算计别人、造事生非、狗
仗人势、欺凌弱者、见钱眼开、
贪婪成性等种种社会恶习。

4. 不让说出问话来，即被打断，
正写事起突然，才闻风声，已
是黑云压顶，电闪雷鸣临头。

5. 如遭霹雳，心胆俱裂。

退送了，大家清净些。"[1]宝玉一闻得王夫人进来亲查，便料定晴雯也保不住了，早飞也似地赶了去，所以，这后来趁愿之语，竟未得听见。

宝玉及到了怡红院，只见一群人在那里，王夫人在屋里坐着，一脸怒色，见宝玉也不理。晴雯四五日水米不曾沾牙，如今现从炕上拉了下来，蓬头垢面，两个女人搀架起来去了。[2]王夫人吩咐："只许把她贴身衣服撂出去，余者，好衣服留下，给好丫头们穿。"又命把这里所有的丫头们都叫来，一一过目。

原来王夫人自那日着恼之后，王善保家的去趁势告倒了晴雯，本处有人和园中不睦的，也就随机趁便，下了些话。王夫人皆记在心，[3]因节间有碍，故忍了两日，今日特来亲自阅人。一则为晴雯事犹可，二则因竟有人指宝玉为由，说他大了，已解人事，都由屋里的丫头们不长进，教习坏了。因这事更比晴雯一人较甚，[4]乃从袭人起，以至于极小作粗活的小丫头们，个个亲自看了一遍。

因问："谁是和宝玉一日生日的？"本人不敢答应，老嬷嬷指道："这一个蕙香又叫做四儿的，是同宝玉一日生日的。"王夫人细看了一看，虽比不上晴雯一半，却也有几分水秀；视其行止，聪明皆露在外面，且也打扮得不同。[5]王夫人冷笑道："这也是个不怕臊的！她背地里说的，'同日生日就是夫妻'，这可是你说的？打量我隔得远，都不知道呢。可知道我身子虽不大来，我的心耳神意，时时都在这里。难道我通共一个宝玉，就白放心凭你们勾引坏了不成！"[6]这个四儿见王夫人说着她素日和宝玉的私语，不禁红了脸，低头垂泪。[7]王夫人即命："也快把她家的人叫来，领出去配人。"

又问："谁是耶律雄奴？"老嬷嬷们便将芳官指出。王夫人道："唱戏的女孩子，自然是狐狸精了！[8]上次放你们，你们又懒怠去，可就该安分守己才是。你就成精鼓捣起来，调唆着宝玉无所为！"芳官哭辩道①："并不敢调唆什么了。"王夫人冷笑道："你还强嘴！我且问你：前年我们往皇陵上去，是谁调唆宝玉要柳家的丫头五儿了？

1. 园中代表两种不同势力婢仆间的争斗，竟形成如此鲜明对立！谁胜谁败，一目了然。纵然宝玉飞快赶到，又能如何？

2. 晴雯横遭摧残，只寥寥数语，用笔冷峻之极！

3. 敲实诽谤出自何人，"告倒"二字定谳。

4. 宝玉渐解人事，与丫头"教习"何干？这样的话也听得进，可知人必先自惑，然后他人始得惑之。

5. 成见在心，人长得水秀、聪明些也都成了不正经模样，与断定晴雯是妖精一样逻辑，可怕！

6. 一句玩话，便成了"勾引"罪证，必是先听信了谗言。话中说隔得远而能知闻，可见有耳报神。

7. 在毫无防备下，说出她私下玩话，自然只有惶恐，无从辩白。若能想想刚才老嬷嬷怎么会对太太指认自己与宝玉同生日的，便明白正是这些嬷嬷下的火，否则怎么知道此等琐细的事？怡红院平时嬉嬉闹闹，以为有宝玉在，全不在乎，谁料四周围婆子们正虎视眈眈，竖起耳朵来细听着每一丝动静。

8. 活不下去了，才学戏的，让奶奶、太太、小姐们都过足了戏瘾，开心过了，回过头来，却说这话，罪过，罪过！

---

① 芳官哭辩道——庚辰本作"劳管笑辩道"，五个字中就抄错三个，校改者仅点改"劳"为"芳"；列藏、甲辰、程高本沿袭其讹，"哭"皆作"笑"，今校注本居然也不改；细审前后文，此时之芳官是再也"笑"不出来的。从梦稿、蒙府、戚序、戚宁本。

幸而那丫头短命死了，不然进来了，你们又连伙聚党，遭害这园子。[1]你连你干娘都欺倒了，岂止别人！"因喝命："唤她干娘来领去，就赏她外头自寻个女婿去吧。把她的东西一概给她。"又吩咐："上年凡有姑娘分的唱戏的女孩子们，一概不许留在园里，都令其各人干娘带出去，自行聘嫁。"[2]一语传出，这些干娘皆感恩趁愿不尽，都约齐来与王夫人磕头领去。

王夫人又满屋里搜检宝玉之物。凡略有眼生之物，一并命收的收，卷的卷，着人拿到自己房内去了。因说："这才干净，省得旁人口舌。"因又吩咐袭人、麝月等人："你们小心！往后再有一点分外之事，我一概不饶。因叫人查看了，今年不宜迁挪，暂且挨过今年，明年一并给我仍旧搬出去心净。"[3]说毕，茶也不吃，遂带领众人又往别处去阅人。暂且说不到后文。

如今且说宝玉只当王夫人不过来搜检搜检，无甚大事，谁知竟这样雷嗔电怒地来了。所责之事，皆系平日私语，一字不爽，料必不能挽回的。虽心下恨不能一死，但王夫人盛怒之际，自不敢多言一句，多动一步，一直跟送王夫人到沁芳亭。王夫人命："回去好生念念那书！仔细明儿问你。才已发下狠了。"宝玉听如此说，方回来，一路打算："谁这样犯舌？况这里事也无人知道，如何就都说着了？"[4]一面想，一面进来，只见袭人在那里垂泪；[5]且去了第一等的人，岂不伤心，便倒在床上也哭起来。袭人知他心内别的还犹可，独有晴雯是第一件大事，乃推他劝道："哭也不中用了。你起来，我告诉你，晴雯已经好了，她这一家去，倒心净养几天。你果然舍不得她，等太太气消了，你再求老太太，慢慢地叫进来，也不难。[6]不过太太偶然信了人的诽言，一时气头上如此罢了。"宝玉哭道："我究竟不知晴雯犯了何等滔天大罪！"袭人道："太太只嫌她生得太好了，未免轻佻些。在太太是深知这样美人似的人必不安静，所以很嫌她，像我们这粗粗笨笨的倒好。"宝玉道："这也罢了。咱们私自玩话怎么也知道了？又没外人走风，这可奇怪！"袭人道："你有甚忌讳的，一时高兴了，你就不管有人无人了。我也曾使过眼色，也曾递过暗号，被那人已知道了，你反不觉。"[7]宝玉道："怎么人人的不是，太太都知道，单挑出你和麝月、秋纹来？"[8]

1. 怪道一直想安排她进园进来，以为只是生病未愈，却是夭折了。从王夫人话中侧笔叙出，省去不少闲文。续书仍写她在怡红院服侍，真太粗心了。

2. 祸及一大片。

3. 一段神奇鬼讶之文，不知从何想来。王夫人从来不理家务，岂不一木偶哉？且前文隐隐约约已有无限口舌浸润之谮，原非一日矣。若无此一番更变，不独终无散场之局，且亦大不近乎情理。况此亦皆余旧日目睹亲闻、作者身历之现成文字。非搜造而成者，故迥不与他小说之离合悲欢窠臼相对，想遭零落之大族儿子见此，虽事各有殊，然其情理似亦有默契于心者焉。（庚）

4. 这样的疑惑是一定会有的。

5. 物伤其类。怡红院遭浩劫，袭人能不流泪？

6. 实是能叫回晴雯来的唯一办法，如果她病体能挺得住的话。

7. 说着走漏风声的真实原因了。俗话说："害人之心不可有，防人之心不可无。"宝玉从来喜怒哀乐随心，又是家里宠儿，哪有防人之心？哪会想到周围还埋伏着危机？

8. 这就要看谁最招人嫉恨、最易树敌了。这一问，已见心中动疑。

袭人听了这话，心内一动，低头半日，无可回答，因便笑道："正是呢。若论我们，也有玩笑不留心的孟浪①去处，怎么太太竟忘了？想是还有别的事，等完了，再发放我们，也未可知。"宝玉笑道："你是头一个出了名的至善至贤之人，她两个又是你陶冶教育的，焉得还有孟浪该罚之处！¹只是芳官尚小，过于伶俐些，未免倚强压倒了人，惹人厌。四儿是我误了她，还是那年我和你拌嘴的那日起，叫上来作些细活，未免夺占了地位，故有今日。²只是晴雯也是和你一样，从小儿在老太太屋里过来的，虽然她生得比人强些，也没甚妨碍去处；就只是她的性情爽利，口角锋芒些，究竟也不曾得罪你们。想是她过于生得好了，反被这好所误。"³说毕，复又哭起来。

> 1. 话虽带几分讥讽，却回答了自己提出来的疑问。

> 2. 说这话更显见有疑袭人等人之意。

> 3. 说到晴雯，不免感情用事，明明是在说因她生得好而受院内排挤。在那种情势下，宝玉的过敏心态完全可以理解，却不可据此以为实。

袭人细揣此话，好似宝玉有疑她之意，竟不好再往前再劝，因叹道："天知道罢了。⁴此时也查不出人来了，白哭一会子也无益。倒是养着精神，等老太太喜欢时，回明白了，再要来是正理。"宝玉冷笑道："你不必虚宽我的心。等到太太平服了，再瞧势头去要时，知她的病等得等不得？⁵她自幼上来娇生惯养，何尝受过一日委屈。连我知道她的性格，还时常冲撞了她。她这一下去，就如同一盆才抽出嫩箭来的兰花送到猪窝里去一般。⁶况又是一身重病，里头一肚子的闷气。她又没有亲爷热娘，只有一个醉泥鳅姑舅哥哥。她这一去，一时也不惯的，哪里还等得几日？知道还能见她一面两面不能了！"⁷说着，又越发伤心起来。

> 4. 我深信袭人无辜，非偏袒其人，是从她一贯的为人品格知道的。

> 5. 说到关键处了。了解晴雯者，莫过于宝玉，从其体质、病情、性格到去处环境，无一不了然于胸，担忧是绝对有理由的。

> 6. 以自己都难免时有冲撞，推想别人哪能将她当回事。嫩兰入猪窝比喻恰极妙极，只有倾注了极大感情的人才想得出。

> 7. 此去必凶多吉少，事事都想到了，非出于真情体贴，哪能如此！

袭人笑道："可是你'只许州官放火，不许百姓点灯②'。我们偶然说一句略妨碍些的话，就说是不利之谈，你如今好好的咒她是该的了？她便比别人娇些，也不至这样起来。"宝玉道："不是我妄口咒她，今年春天已有兆头的。"袭人忙问何兆。宝玉道："这阶下好好的一棵海棠花，竟无故死了半边，我就知有异事，果然应在她身上。"⁸袭人听了，又笑起来，因说道："我待不说，又撑不住，你太也婆婆妈妈的了。这样的话，岂是你读

> 8. 因特重晴雯，故有此想头，非热衷宣扬神秘观念，后续写已枯之海棠复开，称为异兆，不免效颦。

---

① 孟浪——鲁莽，冒失。

② 只许州官放火，不许百姓点灯——比喻做同样的事，不约束自己，却要指责别人。田登当州官，忌讳与"登"同音的字，触犯者要受笞挞，州里人只好把"灯"叫作"火"。元宵放灯，吏人出告示写道："本州依例放火三日。"所以百姓用那两句话讽刺他。见陆游《老学庵笔记》。

书的男人说的。<sup>1</sup>草木怎又关系起人来？若不婆婆妈妈的，真也成了个呆子了。"宝玉叹道："你们哪里知道，不但草木，凡天下之物，皆是有情有理的，也和人一样，得了知己，便极有灵验的。若用大题目比，就有孔子庙前之桧、坟前之蓍<sup>①</sup>，诸葛祠前之柏<sup>②</sup>，岳武穆坟前之松<sup>③</sup>。这都是堂堂正大、随人之正气，千古不磨之物。世乱则萎，世治则荣，几千百年了，枯而复生者几次。这岂不是兆应？<sup>2</sup>小题目比，就是杨太真沉香亭之木芍药<sup>④</sup>、端正楼之相思树<sup>⑤</sup>，王昭君冢上之草<sup>⑥</sup>，岂不也有灵验？所以这海棠亦应其人欲亡，故先就死了半边。"

袭人听了这篇痴话，又可笑，又可叹，因笑道："真真的这话越发说上我的气来了。那晴雯是个什么东西，就费这样心思，比出这些正经人来。<sup>3</sup>还有一说，她纵好，也灭不过我的次序去。便是这海棠，也该先来比我，也还轮不到她。想是我要死的了。"<sup>4</sup>宝玉听说，忙捂她的嘴，劝道："这是何苦！<sup>5</sup>一个未清，你又这样起来。罢了，再别提这事，别弄得去了三个，又饶上一个。"袭人听说，心下暗喜道："若不如此，你也不能了局。"

宝玉乃道："从此休提起，全当她们三个死了，也不过如此。况且死了的也曾有过，<sup>6</sup>也没见我怎么样，此一理也。如今且说现在的，倒是把她的东西，作瞒上不瞒下，悄悄地打发人送出去，与了她。再或有咱们常时积攒下的钱，拿几吊出去给她养病，也是你姊妹好了一场。"袭人听了，笑道："你太把我们看得又小器又没人心了。这话还等你说！<sup>7</sup>我才已将她素日所有的衣裳，以至各什物，

1. 袭人之言不可谓缺乏见识，却引出世之治乱皆有兆应的种种传说故事来。

2. 以大见小，不成比例，旁人听来，近乎荒唐。

3. 说上气来，奚落宝玉，实亦作者自占地步。

4. 袭人也有气，要一争高低，实人情之常。在我看来，恰恰证明她是清白的，不知读者以为然否？

5. 宝玉之疑、之比，不过一时痛极，不能理智，任着性子信口说说的，岂能真不在乎袭人？

6. 金钏儿也。

7. 比宝玉想得更早，也更周全，这就是袭人。

---

① 孔子庙前之桧、坟前之蓍（shī 师）——山东曲阜孔庙原为孔子故宅，相传庙前两株桧树为孔子手植，历代几经枯死而后又复生。《阙里志》谓"圣人手泽，其盛衰关于天地气运"。蓍草古用于占卜，相传孔子坟前生的最为灵验，为四方所珍。

② 诸葛祠前之柏——四川成都诸葛武侯祠内有古柏苍郁，相传唐末亦枯瘁，至北宋时又复生，新枝耸云。见宋田况《儒林公议》。

③ 岳武穆坟前之松——南宋孝宗平反岳飞冤狱，赐谥"武穆"，其杭州西湖西北岸岳坟前之树木，相传其柯枝皆向南生长，是英灵精忠报效南宋的感应；又岳坟一带多植松树，通往灵隐之路即名九里松。

④ 杨太真沉香亭之木芍药——唐玄宗、杨贵妃（道号太真）曾在沉香亭赏牡丹（即木芍药），命李白作《清平乐》新词。又沉香亭前有牡丹一株，"朝则深碧，暮则深黄，夜则粉白"，昼夜颜色不同，玄宗说："此花木之妖也。"《青琐高议》又载有人进贡牡丹异种，独开一朵，玄宗未及赏，忽被鹿衔去，人谓应验了后来安禄山之事。因"鹿""禄"谐音也。

⑤ 端正楼之相思树——华清宫有端正楼，是杨贵妃梳洗之所。相思树，为石楠树，玄宗见树而思念杨妃，呼为端正树，故亦称相思树。唐代温庭筠《题端正树》（一作《题相思树》）诗："草木荣枯似人事，绿阴寂寞汉陵秋。"

⑥ 王昭君冢上之草——传说胡地多白草，只有王昭君墓上的草常青。参见第五十一回《青冢怀古》诗注。

总打点下了，都放在那里。如今白日里人多眼杂，又恐生事，且等到晚上，悄悄地叫宋妈给她拿出去。我还有攒下的几吊钱，也给她去罢。"宝玉听了，感谢不尽。袭人笑道："我原是久已出了名的贤人，连这一点子好名儿还不会买来不成？"¹宝玉听她点方才的话，忙陪笑抚慰。一时晚间，果密遣宋妈送去。

> 1. 对适才宝玉的讥刺，心有委屈，尚未释然。

宝玉将一切人稳住，便独自得便，出了后角门，央一个老婆子带他到晴雯家去瞧瞧。先这婆子百般不肯，只说怕人知道，"回了太太，我还吃饭不吃饭！"无奈宝玉死活央告，又许她些钱，那婆子方带了他来。这晴雯当日系赖大家用银子买的，那时晴雯才得十岁，尚未留头。²因常跟赖嬷嬷进来，贾母见她生得伶俐标致，十分喜爱。故此赖嬷嬷就孝敬了贾母使唤，后来所以到了宝玉房里。这晴雯进来时，也不记得家乡父母，只知有个姑舅哥哥，专能庖宰，也沦落在外，故又求了赖家的收买进来吃工食。赖家的见晴雯虽到贾母跟前，千伶百俐，嘴尖性大，却倒还不忘旧，故又将她姑舅哥哥收买进来，把家里的一个女孩子配了他。³成了房后，谁知她姑舅哥哥一朝身安泰，就忘却当年流落时，任意吃死酒，家小也不顾。偏又娶了个多情美色之妻，见他不顾身命，不知风月，一味死吃酒，便不免兼葭倚玉①之叹，红颜寂寞之悲。又见他器量宽宏，并无嫉衾妒枕之意，这媳妇遂恣情纵欲，满宅内，便延揽英雄，收纳材俊，上上下下，竟有一半是她考试过的。⁴若问他夫妻姓甚名谁，便是上回贾琏所接见的多浑虫、灯姑娘儿的便是了。目今晴雯只有这一门亲戚，所以出来就在他家。

> 2. 乘此补出晴雯以往简历。

> 3. 不忘旧是其善良本性，可惜这对姑舅哥嫂太不成器。

> 4. 嫂子的纵欲淫荡恰好成为纯洁无邪的晴雯的反衬。

此时，多浑虫外头去了，那灯姑娘吃了饭去串门子，只剩下晴雯一人在外间房内爬着。⁵宝玉命那婆子在院门外瞭哨，他独自掀起草帘进来，一眼就看见晴雯睡在芦席土炕上，幸而衾褥还是旧日铺的。心内不知自己怎么才好，因上来含泪伸手轻轻拉她，悄唤两声。当下晴雯又因着了风，又受了她哥嫂的歹话，病上加病，嗽了一日，才蒙眬睡了。忽闻有人唤她，强展星眸，一见是宝玉，又惊又喜，又悲又痛，忙一把死攥住他的手。哽咽了半日，方说出半句话来："我只

> 5. 正为让宝玉与晴雯有短暂单独见面倾诉的机会。

---

① 兼葭倚玉——即"兼葭倚玉树"，形容两个品貌相差悬殊的人共处。兼葭，芦苇，喻贱陋。玉树，喻美而贵。语出《世说新语·容止》。

当不得见你了。"¹接着，便嗽个不住。宝玉也只有哽咽之分。晴雯道："阿弥陀佛！你来得好，且把那茶倒半碗我喝。渴了这半日，叫半个人也叫不着。"²宝玉听说，忙拭泪问："茶在哪里？"晴雯道："那炉台上就是。"宝玉看时，虽有个黑沙吊子，却不像个茶壶。只得桌上去拿了一个碗，也甚大甚粗，不像个茶碗，未到手内，先就闻得油膻之气。宝玉只得拿了来，先拿些水洗了两次，复又用水汕过，方提起沙壶斟了半碗。看时，绛红的，也太不成茶。³晴雯扶枕道："快给我喝一口罢，这就是茶了。哪里比得咱们的茶。"宝玉听说，先自己尝了一尝，并无清香，且无茶味，只一味苦涩，略有茶意而已。尝毕，方递与晴雯。只见晴雯如得了甘露一般，一气都灌下去了。⁴

宝玉心下暗道："往常那样好茶，她尚有不如意之处，今日这样。看来，可知古人说的'饱饫烹宰，饥餍糟糠'①，又道是'饭饱弄粥'，可见都不错了。"一面想，一面流泪问道："你有什么说的，趁着没人，告诉我。"晴雯呜咽道："有什么可说的！不过挨一刻是一刻，挨一日是一日。我已知道横竖不过三五日的光景，我就好回去了。只是一件，我死也不甘心的：我虽生得比别人略好些，并没有私情密意勾引你怎样，如何一口死咬定了我是个狐狸精！我大不服。今日既已担了虚名，而且临死，不是我说句后悔的话，早知如此，我当日也另有个道理。⁵不料痴心傻意，只说大家横竖是在一处。不想平空里生出这一节话来，有冤无处诉！"说毕，又哭。

宝玉拉着她的手，只觉瘦如枯柴，腕上犹戴着四个银镯，因泣道："且卸下这个来，等好了再戴上罢。"因与她卸下来，塞在枕下。又说："可惜这两个指甲，好容易长了二寸长，这一病好了，又损好些。"晴雯拭泪，就伸手取了剪刀，将左指上两根葱管一般的指甲齐根铰下，又伸手向被内，将贴身穿着的一件旧红绫袄脱下，并指甲都与宝玉，道："这个你收了，以后就如见我一般。快把你袄儿脱下来我穿。我将来在棺材里独自躺着，也就像还在怡红院一样。⁶论理不该如此，只是担了虚名，我可也是无可如何了。"宝玉听说，忙宽衣

1. 是见到唯一的知心人，也可算是这世界上唯一的亲人了。事出意外，怎不悲喜交集？

2. 被丢弃不管、等待死亡的惨状不难想见。

3. 没有体验过的人写不出来。

4. 试问宝玉：这茶味比当年栊翠庵喝的相差几何？

5. 与司棋拉住宝玉哭求说情截然不同，不存幻想，也没有一句寻求救援的话，有的只是一腔至死也不甘心、不服气的愤恨。这才是晴雯！莫大冤情，昭示明白。

6. 读至此，谁能不热泪飞迸？迟到的情，迟到的爱，竟化作能战胜黑暗与死亡的耀眼的人性光辉。这样的文字，谁也写不出，只有在"哭成此书"的曹雪芹笔下才有。

---

① 饱饫（yù 育）烹宰，饥餍糟糠——饫，厌食。烹宰，鱼肉之类。餍，满足。

换上，藏了指甲。晴雯又哭道："回去她们看见了要问，不必撒谎，就说是我的。既担了虚名，索性如此，也不过这样了。"¹

一语未了，只见她嫂子笑嘻嘻掀帘进来，说道："好呀！你两个的话，我已都听见了。"² 又向宝玉道："你一个作主子的，跑到下人房里作什么？看我年轻又俊，敢是来调戏我么？"宝玉听说，吓得忙陪笑央道："好姐姐，快别大声！她服侍我一场，我私自来瞧瞧她。"灯姑娘便一手拉了宝玉进里间来，笑道："你不叫嚷①也容易，只是依我一件事。"说着，便坐在炕沿上，却紧紧地将宝玉搂入怀中。³ 宝玉如何见过这个，心内早突突地跳起来了，急得满面红胀，又羞又怕，只说："好姐姐，别闹！"灯姑娘乜斜醉眼，笑道："呸！成日家听见你风月场中惯作工夫的，怎么今日就反讪起来？"宝玉红了脸，笑道："姐姐放手，有话咱们好说，外头有老妈妈，听见什么意思！"灯姑娘笑道："我早进来了，已叫那婆子去园门等着呢。我等什么似的，今儿等着了你。虽然闻名不如见面，空长了一个好模样儿，竟是没药性的炮仗，只好装幌子罢了，倒比我还发讪怕羞。可知人的嘴一概听不得的。就比如方才我们姑娘下来，我也料定你们素日偷鸡盗狗的。我进来一会子，在窗下细听，屋内只你二人，若有偷鸡盗狗的事，岂有不谈及于此，谁知你两个竟还是各不相扰。可知天下委屈事也不少。如今我反后悔错怪了你们。既然如此，你但放心。以后你只管来，我也不罗唣你。"⁴

宝玉听说，才放下心来，方起身整衣，央道："好姐姐，你千万照看她两天！我如今去了。"说毕出来，又告诉晴雯。二人自是依依不舍，也少不得一别。晴雯知宝玉难行，遂用被蒙头，总不理他，⁵ 宝玉方出来。意欲到芳官、四儿处去，无奈天黑，出来了半日，恐里面人找他不见，又恐生事，遂且进园来了，明日再作计较。⁶ 因仍入后角门，看角门的小厮正抱铺盖，里边嬷嬷们正查人，若再迟一步，也就关了。

宝玉进入园中，且喜无人知道。到了自己房内，告诉袭人，只说在薛姨妈家去的，也就罢了。一时铺床，

1. 勇晴雯挑战传统礼教。

2. 密不容针，彼此刚表完心迹，立时截断。

3. 此等处，引得后之抄录整理者大为兴起，便信笔加油添醋，如程高本还有什么"紧紧将两条腿夹住""就要动手"之类，大写灯姑娘如何强拉宝玉寻欢，十分不堪。

4. 从灯姑娘深受感动来写宝玉与晴雯的洁白关系，才是原作的构思，并不只为写灯姑娘如何淫荡也。

5. "多情却似总无情"，越不理，越见其情重！

6. 必如此写方合情合理；若真去了，又有何新奇文字可写哉？

---

① 你不叫嚷——是"你不叫我嚷"的意思。

袭人不得不问："今日怎么睡？"[1]宝玉道："不管怎么睡罢了。"原来这一二年间，袭人因王夫人看重了她了，越发自要尊重。凡背人之处，或夜晚之间，总不与宝玉狎昵，较先幼时反倒疏远了。况虽无大事办理，然一应针线，并宝玉及诸小丫头出入银钱、衣履、什物等事，也甚烦琐；且有吐血旧症，虽愈，然每因劳碌，风寒所感，即嗽中带血，故迩来夜间总不与宝玉同房。[2]宝玉夜间常醒，又极胆小，每醒必唤人。因晴雯睡卧警心，且举动轻便，故夜晚一应茶水、起坐呼唤之任，皆悉委她一人。所以宝玉外床只是她睡。[3]今她去了，袭人只得要问，因思此任比日间紧要之意。宝玉既答不管怎样，袭人只得还依旧年之例，遂仍将自己铺盖搬来，设于床外。

宝玉发了一晚上呆。及催他睡下，袭人等也都睡后，听着宝玉在枕上长吁短叹，覆去翻来，直至三更以后，方渐渐地安顿了。略有鼾声，袭人方放心，也就朦胧睡着。没半盏茶时，只听宝玉叫："晴雯。"[4]袭人忙睁开眼，连声答应，问："作什么？"宝玉因要吃茶。袭人忙下去，向盆内蘸过手，从暖壶内倒了半盏茶来吃过。宝玉乃笑道："我近来叫惯了她，却忘了是你。"袭人笑道："她一乍来时，你也曾睡梦中直叫我，半年后才改了。我知道这晴雯人虽去了，这两个字只怕是不能去的。"[5]说着，大家又卧下。宝玉又翻转了一个更次，至五更方睡去时，只见晴雯从外头走来，仍是往日形景，进来笑向宝玉道："你们好生过罢，我从此就别过了。"说毕，翻身便走。宝玉忙叫时，又将袭人叫醒。袭人还只当他惯了口乱叫，却见宝玉哭了，说道："晴雯死了！"[6]袭人笑道："这是哪里话！你就知道胡闹，被人听着，什么意思！"宝玉哪里肯听，恨不得一时亮了，就遣人去问信。

及至亮时，就有王夫人房里小丫头立等叫开前角门，传王夫人的话：[7]"'即时叫起宝玉，快洗脸，换了衣裳快来，因今儿有人请老爷寻秋赏桂花，老爷因喜欢他前儿作的诗好，故此要带他们去。'[8]这都是太太的话，一句别错了。你们快飞告诉去，立逼他快来，老爷在上屋里还等他们吃面茶呢。环哥儿已来了，快飞快飞！再着一个人去叫兰哥儿，也要这等说。"里面的婆子听一句，应一句，一面扣钮子，一面开门。一面早有两三个人，一行扣衣，一行分头去了。袭人听得叩院门，便知有事，

1. 这一问显然与少了晴雯有关，难道本来宝玉不是和袭人同房睡的？因此带出一段交代文字来。

2. 说明夜间不与宝玉同房的理由：一、自要尊重；二、休养身体。

3. 再说夜间委晴雯以伴睡之任的必要。既如此，宝玉与晴雯能长久以来安然无事，就更难得了。

4. 习惯成自然。蒙府、戚序本加回末总评，有数语说此事曰："前文叙袭人奔丧时，宝玉夜来吃茶先呼袭人，此又夜来吃茶先呼晴雯。字字龙跳天门，虎卧凤阙；语语婴儿恋母、稚鸟寻巢。"评语自好。

5. 一色两曜文字，叙来极近情理。却有研究者因"半年后才改"等语，为其计算时间，结论是不符实际，是破绽，因为时间上安排不下云云。纵然有理，我总以为小说不该如此读法。

6. 写得像因思虑惊悸过度而生幻梦一般，恰是真正的噩耗，他人不知，宝玉自能有所感应。欲求证实，须待下回。用如此幻笔写"夭风流"，亦出人意外。

7. 不让宝玉有可能遣人问信之间隙，故来小丫头立等传话。

8. 就这样，硬将探听晴雯信息隔断，总是整体安排的需要，不使故事情节叙述单线进行。

忙一面命人问时，自己已起来了。听得这话，忙促人来舀了面汤，催宝玉起来盥漱，她自去取衣。因思跟贾政出门，便不肯拿出十分出色的新鲜衣履来，只拣那二等成色的来。宝玉此时亦无法，只得忙忙地前来。果然贾政在那里吃茶，十分喜悦。宝玉忙行了省晨之礼。贾环、贾兰二人也都见过宝玉。贾政命坐吃茶，向环、兰二人道："宝玉读书不如你两个，论题联和诗这种聪明，你们皆不及他。今日此去，未免强你们做诗，宝玉须听便助他们两个。"¹ 王夫人等自来不曾听见这等考语，真是意外之喜。

　　一时，候他父子二人等去了，方欲过贾母这边来时，就有芳官等三个的干娘走来，回说："芳官自前日蒙太太的恩典赏了出去，她就疯了似的，茶也不吃，饭也不用，勾引上藕官①、蕊官，三个人寻死觅活，只要剪了头发做尼姑去。² 我只当是小孩子家一时出去不惯，也是有的，不过隔两日就好了。谁知越闹越凶，打骂着也不怕。实在没法，所以来求太太，或是就依她们做尼姑去，或教导她们一顿，赏给别人作女儿去罢，我们没这福。"王夫人听了道："胡说！哪里由得她们起来，佛门也是轻易入进去的？每人打一顿给她们，看还闹不闹了！"³

　　当下因八月十五日，各庙内上供去，皆有各庙内的尼姑来送供尖之例，王夫人曾于十五日就留下水月庵的智通与地藏庵的圆信②住两日，至今未回，听得此信，巴不得又拐两个女孩子去作活使唤。⁴ 因都向王夫人道："咱们府上到底是善人家。因太太好善，所以感应得这些小姑娘们皆如此。虽说佛门轻易难入，也要知道佛法平等，我佛立愿，原是一切众生，无论鸡犬，皆要度脱它。无奈迷人不醒，若果有善根，能醒悟，即可以超脱轮回。所以经上现有虎狼蛇虫得道者就不少。如今这两三个姑娘，既然无父无母，家乡又远，她们既经了这富贵，又想从小儿命苦，入了这风流行次，将来知道终身怎样，所以苦海回头，立意出家修修来世，也是她们的高意。⁵ 太太倒不要阻了善念。"

　　王夫人原是个好善的，先听彼等之语不肯听其自由

1. 环、兰二人读书大概还有长进，说作诗不及宝玉，是公道话。

2. 芳官等人的归宿是必须有交代的，故在此插入。寻死觅活地不肯随干娘去，细细想来也合情理，如芳官是吃尽干娘苦头的。至于生出去做尼姑的念头，正是心灵上受此大刺激、大挫折的结果，合回目"斩情"二字。

3. 在为尼前，必先作此一波折。王夫人之所以不准，是认为那是不懂事的小女孩的意气用事，是一时心血来潮，是胡闹，弄得不好，还惹出别的事来。

4. 看来作者对庙庵里的尼姑，尤其是当家尼姑没有什么好感，所以将她们的用心说得如此直白。

5. 有此番花言巧语，不容王夫人不听。

---

① 藕官——此用戚、梦两本文字，系后改。庚辰诸本原系"药官"，蒙府本尚作"药官"。
② 圆信——诸本同。庚辰本抄作"两信"点去，旁改"圆心"，不从。

者，因思芳官等不过皆系小儿女，一时不遂之谈，恐将来熬不得清净，反致获罪。今听了这两个拐子的话，[1]大近情理，且近日家中多故，又有邢夫人遣人来知会，明日接迎春家去住两日，以备人家相看，且又有官媒婆来求说探春等事，[2]心绪甚烦，哪里着意在这些小事上。既听此言，便笑答道："你两个既这等说，你们就带了作徒弟去，如何？"[3]两个姑子听了，念一声佛道："善哉，善哉！若如此，可是你老人家阴德不小。"说毕，便稽首拜谢。王夫人道："既这样，你们问她们去。若果真心，即上来就当着我拜了师父去罢。"

这三个女人听了出去，果然将她三人带来。王夫人问之再三。她三人已是立定主意，遂与两个姑子叩了头，又拜辞了王夫人。王夫人见她们意皆决断，知不可强了，反倒伤心可怜，[4]忙命人取了些东西来赏赐了她们，又送了两个姑子些礼物。从此，芳官跟了水月庵的智通，蕊官、藕官二人跟了地藏庵的圆信，各自出家去了。[5]再听下回分解。

1. 直称"拐子"以代替"姑子"，同时贬听信其言者。

2. 迎春出嫁不远，又提给探春说媒，不知成与不成。"三春"之去，必定都早。

3. 求之不得的话，名义上是"徒弟"，实际上是童工，是奴隶。

4. 把握人性都有分寸，绝不极端。虽则"伤心可怜"，为了保全儿子，却并无悔意。

5. 芳官之"归水月"，是否即是她最后结局，后文不再提到，实很难说。她的出家，当与士隐、湘莲等有别。

【总评】

此回是抄检大观园的后续故事，是写这场风波后对那些被王夫人和婆子们视作"祸害妖精"的丫鬟们、唱戏小女孩们的严厉处置。对这些不幸的女孩子来说，这无异于一场从天而降的灾难、躲不过的生关死劫。

叙述先从治凤姐的病，须用二两上等人参一事引入。旧时，有钱人家普遍都存人参，玉堂金马的荣国府如今居然找不出可用的来。贾母处虽有"一大包""手指头粗细的"，"然已成了朽糟烂木，也无性力的了"。这细节颇有象征性，令人联想到冷子兴说过的那句话："如今外面的架子虽未甚倒，内囊却也尽上来了"。

写晴雯被逐，先从宝玉正碰上司棋被逐写起。司棋拉住宝玉要他去向夫人求情，是病急乱投医。宝玉连她犯了何事都不知道，自然只能眼睁睁地看着几个媳妇硬将司棋拖走而恨恨地说："奇怪，奇怪！怎么这些人只一嫁了汉子，染了男人的气味，就这样混账起来，比男人更可杀了。"在这些"疯话"里，"女儿""女人""男人"的含义都是超越性别、年龄的，说的是是否染上了这吃人社会中的种种恶习。

宝玉赶到怡红院，见晴雯被人架走的情景，只用几句话说完，冷峻简约，恰似一株娇嫩的兰花被一脚踩烂了。接着便交代王夫人盛怒的原因，便是前面回目中所说的"惑奸谗"三字。进谗能得逞，又与王夫人最切心她唯一的宝贝儿子宝玉相关。她说："难道我通共一个宝玉，就白放心凭你们勾引坏了不成！"所以这次亲查，祸及一大片。

有一点顺便指出：王夫人反驳芳官的话说："前年我们往皇陵上去，是谁调唆宝玉要柳家的丫头五儿了？幸而那丫头短命死了，不然进来了，你们又连伙聚党……"这里明明白白补出五儿已死。可到后四十回续书中，居然让她死而复活，进入宝玉房中，甚至还专写了"候芳魂五儿承错爱"一回,这是很可笑的。

宝玉猜疑"谁这样犯舌",向王夫人告了密,因为王夫人"所责之事,皆系平日私语,一字不爽"。被怀疑的对象是袭人:"怎么人人的不是,太太都知道,单不挑出你和麝月、秋纹来?"还讥诮她说:"你是头一个出了名的至善至贤之人,她两个又是你陶冶教育的,焉得还有孟浪该罚之处!"

此事在贬袭评说者中,就有人认为宝玉疑得对,肯定是袭人为排挤、打击受宠于宝玉的晴雯、芳官、四儿等人,在背后做了手脚,作者只是借宝玉之口点出而没有正面写出来而已。其实,这样看并不公平,也不符合事实。进谗告密者,小说中已明写出来了。除王善保家的外,犯舌说事的人尚多。宝玉为贾母之最宠者,怡红院丫头的身价也随之而高。招来周围小人、管事媳妇的嫉恨是很自然的,特别像晴雯那样个性倔强、锋芒外露的人,恨的人就更多了。宝玉喜怒任性,有恃无恐,平时说话,根本没有防人之心,袭人说他:"你有甚忌讳的,一时高兴了,你就不管有人无人了。我也曾使过眼色,也曾递过暗号,被那人已知道了,你反不觉。"这真是一语道破的话。如果真要找出泄密的源头,恐怕第一个就是宝玉自己。袭人替人揽过的事倒有,却从未有背后进谗的事。宝玉挨打那次,她明知贾环动了口舌,为宁人息事,不肯在王夫人私下问她时说出贾环告状事,可见其为人还是相当厚道的。

当然,袭人曾对王夫人建议过"怎么变个法儿,以后竟还教二爷搬出园子来住就好了",以及说了一番"君子防未然"的道理。这与告密完全是两码事,但对王夫人的思想还是很有影响的。怒逐晴雯等人,也是她遇事多、思想上的担心逐渐积累的结果。从这方面看,又未始不能说袭人也是促成晴雯等人悲剧的因素之一。不过,那是作者也未必明确意识到的属于两类思想道德范畴的矛盾冲突了。

宝玉与晴雯的诀别,是写得最精彩感人的一段。宝玉来到时,恰值多浑虫和灯姑娘都出门去了,免去了节外生枝。晴雯想喝茶一节,细节之生动逼真,若没有体验过是想象不出来的。晴雯的哭诉冤情、铰指甲,与宝玉换贴身袄儿等描写,都可谓血泪文字,不知作者倾注了多少热泪!

晴雯刚说完最重要的话时,被"笑嘻嘻掀帘进来"的灯姑娘打断,是善于剪裁。灯姑娘拉宝玉进里间欲趁机寻欢,其反衬作用甚明,但也不必过分渲染,反冲淡悲剧气氛。因为这里着重在表现连灯姑娘这样的人也被深深地感动而收起邪念。后来,程高本在这些地方就多出后人添油加醋的文字,实在是不足取的。

当晚,宝玉睡梦中叫"晴雯",要茶吃,袭人笑道:"她一乍来时,你也曾睡梦中直叫我,半年后才改了……"有人就找作者"破绽",为此而排出时间表,以为从袭人陪伴宝玉睡,到后来换晴雯来陪,时间上安排不下,有矛盾。此类挑剔,实非读小说方法。

芳官去水月庵,蕊官、藕官去地藏庵,各自出家,是情势所逼,与甄士隐、柳湘莲出家即画上句号有别,是否尚有后文还难说。尤其是芳官,小说写她笔墨不少,又为宝玉所宠爱,焉知后来宝玉不会像探望晴雯那样去一看究竟;就算他自己不能,有感宝玉旧情者为他仗义探庵,也未必没有可能。

# 第 七 十 八 回

## 老学士闲征姽婳词　痴公子杜撰芙蓉诔

**【题解】**

　　本回回目诸本相同，唯字有用异体或讹写之别，如卞藏本"征"讹作"微"等。老学士，指贾政，他为表彰前代遗落的可嘉人事，而命宝玉、贾环、贾兰三人各作《姽婳词》一首，以颂扬林四娘事迹。姽婳（guǐ huà 鬼话）：语词初见于宋玉《神女赋》，形容女子美好贞静；故小说中说加"将军"二字形容林四娘"更觉妩媚风流"。痴公子，指贾宝玉，他听了小丫头所编的晴雯之死的故事，信以为真，认定逝者是被上天召唤去，当上了芙蓉花花神了。于是肆无忌惮地杜撰一篇长长的诔文来祭奠亡魂，以寄托自己的悲愤伤悼的情怀。诔（lěi 垒）：历叙死者生前行事，在丧礼中宣读的一种文体，相当于现在的悼词。晋代陆机《文赋》："诔缠绵而凄怆。"

　　话说两个尼姑领了芳官等去后，王夫人便往贾母处来省晨，见贾母喜欢，便趁便回道：[1]"宝玉屋里有个晴雯，那丫头也大了，而且一年之间病不离身。我常见她比别人分外淘气，也懒。前日又病倒了十几天，叫大夫瞧，说是女儿痨①。所以我就赶着叫她下去了。[2]若养好了，也不用叫她进来，就赏她家配人去也罢了。再那几个学戏的女孩子，我也作主放出去了。一则她们都会戏，口里没轻没重，只会混说，女孩儿们听了，如何使得？二则她们既唱了会子戏，白放了她们，也是应该的。[3]况丫头们也太多，若说不够使，再挑上几个来，也是一样。"

　　贾母听了，点头道："这倒是正理，我也正想着如此呢。但晴雯那丫头，我看她甚好，怎么就这样起来？我的意思，这些丫头的模样、爽利、言谈、针线，多不及她，将来只她还可以给宝玉使唤得。[4]谁知变了。"王夫人笑道："老太太挑中的人原不错。只怕她命里没造化，所以得了这个病。俗语又说，'女大十八变'。况且有本事的人，未免就有些调歪。老太太还有什么不曾经验过的。三年前，我也就留心这件事。先只取中了她，[5]我便留心，冷眼看

1. 趁贾母喜欢时回此事，正恐其不以为然，心里不自在也。

2. 是谎报军情。晴雯体质柔弱，外感风寒，又兼连日来大受气恼，不能安静服药调养是实，又何曾得过痨病来？

3. 只说她们口里没轻重，怕女孩们听了不好，却绝口不提教坏宝玉，也不说"唱戏的女孩子自然是狐狸精了"，反而将一概逐出说成是白放出去，倒像是对她们恩惠有加似的。

4. 贾母自比王夫人会看人，原来的看法和用意也不错。这些话实是对后者委婉的批评。

5. 明明抄检前听了谗言才认出的，却偏这样说，是因为老太太曾看好她。

---

① 女儿痨——旧时称痨病者，即今之结核病，又常指肺结核，年轻女子易患，叫女儿痨。

去，她色色虽比人强，只是不大沉重。若说沉重，知大礼，莫若袭人第一。虽说贤妻美妾，然也要性情和顺，举止沉重的更好些。就是袭人模样虽比晴雯略次一等，然放在房里，也算得一二等的了。况且行事大方，心地老实，这几年来，从未逢迎着宝玉淘气。凡宝玉十分胡闹的事，她只有死劝的。因此品择了二年，一点不错了，我就悄悄地把她丫头的月分钱止住，我的月分银子里批出二两银子来给她。不过使她自己知道，越发小心效好之意。且不明说者，一则宝玉年纪尚小，[1] 老爷知道了，又恐说耽误了书；二则宝玉再自为已是跟前的人，不敢劝他说他，反倒纵性起来。所以直到今日，才回明老太太。"

贾母听了，笑道："原来这样，如此更好了。袭人本来从小儿不言不语，我只说她是没嘴的葫芦。既是你深知，岂有大错误的。[2] 而且你这不明说与宝玉的主意更好。且大家别提此事，只是心里知道罢了。[3] 我深知宝玉将来也是个不听妻妾劝的。[4] 我也解不过来，也从未见过这样的孩子。别的淘气都是应该的，只他这种和丫头们好，却是难懂。我为此也担心，每冷眼查看。他只和丫头们闹，必是人大心大，知道男女的事了，所以爱亲近她们。既细细查试，究竟不是为此，岂不奇怪！[5] 想必他原是个丫头，错投了胎不成？"说着，大家笑了。王夫人又回今日贾政如何夸奖，又如何带他们逛去，贾母听了，更加喜悦。

一时，只见迎春妆扮了前来告辞过去。凤姐也来省晨，伺候过早饭，又说笑了一回。贾母歇晌后，王夫人便唤了凤姐，问她丸药可曾配来。凤姐道："还不曾呢，如今还是吃汤药。太太只管放心，我已大好了。"[6] 王夫人见她精神复初，也就信了。[7] 因告诉撵逐晴雯等事，又说："怎么宝丫头私自回家睡了，你们都不知道？我前儿顺路都查了一查。谁知兰小子这一个新进来的奶子也十分的妖乔，我也不喜欢她。我也说与你嫂子了，好不好叫她各自去罢。况且兰小子也大了，用不着这些奶子了。我因问你大嫂子：'宝丫头出去，难道你也不知道不成？'她说是告诉了她的，不过两三日，等你姨妈好了就进来。你姨妈究竟没甚大病，不过还是咳嗽腰疼，年年是如此的。她这去必有原故，敢是有人得罪了她不成？那孩子心重，[8] 亲戚们住一场，别得罪了人，反不好了。"凤姐笑道："谁可好好的得罪着她？她们天天在园子里，左不过是她们姊妹那一群人。"王夫人道："别

1. 又说年纪尚小，好像老长不大。

2. 贾母自无异议。若因王夫人极赏而深贬袭人，则不可。

3. 可为贾母不挑明宝玉婚事作一解。

4. 说对了。后半部佚稿中原有"薛宝钗借词含讽谏"一回，恐只能对宝玉起反作用，他哪是听劝的？

5. 贾母虽不能了解宝玉，看得却比旁人深一层。

6. 总是勉强。（庚）

7. 王夫人不但喜欢笨笨的人，自己也不太聪明。只用此一句，便入后文。（庚）

8. 心重是对事情方方面面都想到，并非小心眼儿爱生气，只疑有人得罪她，却想不到是为避嫌，可见不聪明。

是宝玉有嘴无心，傻子似的从没个忌讳，高兴了，信嘴胡说
也是有的。"凤姐笑道："这可是太太过于操心了。若说他出
去干正经事，说正经话去，却像个傻子；若只叫他进来在这
些姊妹跟前，以至于大小丫头们跟前，他最有尽让，又恐怕
得罪了人，那是再不得有人恼他的。我想薛妹妹此去，想必
为着前日搜检众丫头的东西的原故。她自然为信不及园里的
人才搜检，她又是亲戚，现也有丫头、老婆在内，我们又不
好去搜检，恐我们疑她，所以多了这个心，自己回避了，也
是应该避嫌疑的。"¹

　　王夫人听了这话不错，自己遂低头想了一想，便命人请
了宝钗来，分析前日的事，以解她的疑心，又仍命她进来照
旧居住。宝钗陪笑道："我原早要出去的，只是姨娘有许多大
事，所以不便来说。可巧前日妈又不好了，家里两个靠得的
女人也病着，所以我趁便出去了。姨娘今日既已知道了，我
正好明讲出情理来，就从今日辞了，好搬东西的。"王夫人、
凤姐都笑着："你太固执了。正经再搬进来为是，休为没要紧
的事，反疏远了亲戚。"宝钗笑道："这话说得太不解了，并
没为什么事我出去。我为的是妈近来神思比先大减，而且夜
晚没有得靠的人，通共只我一个。二则如今我哥哥眼看要娶
嫂子，²多少针线活计，并家里一切动用的器皿，尚有未齐备
的，我也须得帮着妈去料理料理。姨娘和凤姐姐都知道我们
家的事，不是我撒谎。三则自我在园里，东南上小角门子就
常开着，原是为我走的。保不住出入的人就图省路，也从那里
走，又没人盘查，设若从那里出一件事来，岂不两碍脸面？³
而且我进园里来睡，原不是什么大事，因前几年年纪皆小，
且家里没事，有在外头的不如进来，姊妹相共，或作针线，
或相玩笑，皆比在外头闷坐着好。如今彼此都大了，也彼此
皆有事。况姨娘这边历年皆遇不遂心的事故，那园子也太大，
一时照顾不到，皆有关系，惟有少几个人，就可以少操些心。
所以今日不但我执意辞去之外，还要劝姨娘，如今该减些的
就减些，也不为失了大家的体统。⁴据我看，园里这一项费用，
也竟可以免的，说不得当日的话。姨娘深知我家的，难道我
们当日也是这样零落不成？"凤姐听了这篇话，便向王夫人
笑道："这话依我说竟是，不必强她了。"王夫人点头道："我
也无可回答，只好随你便罢了。"

　　话说之间，只见宝玉等已回来，因说他父亲还未散，"恐
天黑了，所以先叫我们回来了。"⁵王夫人忙问："今日可有丢

1. 凤姐就聪明多了，想的
也是。

2. 带出薛蟠将娶妻事来。
香菱可要遭罪了！

3. 这一层考虑是宝钗不在
园里睡的重要原因之一。

4. 大观园已不比往昔，亟
须减负，又从宝钗口中
说出。

5. 欲将贾政命作诗和探听
晴雯信息两件事穿插起
来写。故去后有短暂回
来机会，但接待宾客又
"还未散"，且诗也未见，
可见还得再去。

了丑？"宝玉笑道："不但不丢丑，还拐了许多东西来。"接着，就有老婆子们从二门上小厮手内接了东西来。王夫人一看时，只见扇子三把，扇坠三个，笔墨共六匣，香珠三串，玉绦环三个。宝玉说道："这是梅翰林送的，那是杨侍郎送的，这是李员外送的，每人一份。"说着，又向怀中取出一个旃檀香小护身佛来，说："这是庆国公单给我的。"王夫人又问在席何人、作何诗词等，语毕，只将宝玉一份令人拿着，同宝玉、兰、环，前来见过贾母。贾母看了，喜欢不尽，不免又问些话。无奈宝玉一心记着晴雯，答应完了话时，便说："骑马颠了，骨头疼。"<sup>1</sup>贾母便说："快回房去，换了衣服，疏散疏散就好了，不许睡倒。"宝玉听了，便忙入园来。

　　当下麝月、秋纹已带了两个小丫头来等候，见宝玉辞了贾母出来，秋纹便将笔墨拿起来，一同随宝玉进园来。宝玉满口里说："好热！"一壁走，一壁便摘冠解带，将外面的大衣服都脱下来，麝月拿着，<sup>2</sup>只穿着一件松花绫子夹袄，袄内露出血点般大红裤子来。秋纹见这条红裤是晴雯手内针线，因叹道："这条裤子以后收了罢，真是物件在人去了！"麝月忙道："这是晴雯的针线。"又叹道："真真物在人亡了！"秋纹将麝月拉了一把，笑道："这裤子配着松花色袄儿、石青靴子，越显出这靛青<sup>①</sup>的头、雪白的脸来了。"宝玉在前，只装听不见，又走了两步，便止步道："我要走一走，这怎么好？"麝月道："大白日里还怕什么？还怕丢了你不成！"因命两个小丫头跟着，"我们送了这些东西去再来。"宝玉道："好姐姐，等一等我再去。"麝月道："我们去了就来。两个人手里都有东西，倒像摆执事的，一个捧着文房四宝，一个捧着冠袍带履，成个什么样子！"<sup>3</sup>宝玉听说，正中心怀，便让她两个去了。

　　他便带了两个小丫头到一石后，也不怎么样，只问她二人道："自我去了，你袭人姐姐打发人瞧晴雯姐姐去了不曾？"这一个答道："打发宋妈瞧去了。"宝玉道："回来说什么？"小丫头道："回来说，晴雯姐姐直着脖子叫了一夜，今日早起，就闭了眼，住了口，世事不知，也出不得一声儿，只有倒气的分儿了。"<sup>4</sup>宝玉忙道："一夜叫的是谁？"小丫头子说："一夜叫的是娘。"<sup>5</sup>宝玉拭泪道："还叫谁？"小丫头

1. 心已在彼，急欲脱身。

2. 看来心里已打好算盘了，想摆脱麝月、秋纹独自去问讯，总须让她俩有点事，不跟在身旁才好。看他用智之处。（庚）

3. 像摆执事的样子吗？这原是要让你们先回去而设计的。

4. 惨死的真实状况，只让小丫头口中转述而出已足够，不须再渲染，作者始终保持冷峻态度。

5. 六个最简单的字包含多少潜台词，让人有多少想象余地！从来不知自己亲娘是谁的晴雯却叫了一夜的娘，想是在叫：娘啊！你为什么要生下我来，让我在这世上遭受这样的痛苦？

---

① 靛青——本指青蓝染料或青蓝色，但古时习惯常以青指代黑，如"青丝""云青青兮欲雨"等等，此正指黑色的头发。

子道："没有听见叫别人了。"宝玉道："你糊涂！想必没有听真。"[1]

　　旁边那一个小丫头最伶俐，听宝玉如此说，便上来说："真个她糊涂。"[2]又向宝玉道："不但我听得真切，我还亲自偷着看去的。"宝玉听说，忙问："你怎么又亲自看去？"小丫头道："我因想晴雯姐姐素日与别人不同，待我们极好。如今她虽受了委屈出去，我们不能别的法子救她，只亲去瞧瞧，也不枉素日疼我们一场。就是人知道了，回了太太，打我们一顿，也是愿受的。所以我拼着挨一顿打，偷着下去，瞧了一瞧。谁知她平生为人聪明，至死不变。她因想着那起俗人不可说话，所以只闭眼养神，见我去了，便睁开眼，拉我的手问：'宝玉哪去了？'我告诉她实情。她叹了一口气说：'不能见了！'我就说：'姐姐何不等一等他回来见一面，岂不两完心愿？'她就笑道：'你们还不知道，我不是死，如今天上少了一位花神，玉皇敕命我去司主。[3]我如今在未正二刻到任司花，宝玉须待未正三刻才到家，只少得一刻的工夫，不能见面。世上凡该死之人，阎王勾取了过去，是差些小鬼来捉人魂魄。若要迟延一时半刻，不过烧些纸钱，浇些浆饭，那鬼只顾抢钱去了，该死的人就可多待些个工夫。[4]我这如今是天上的神仙来召请，岂可捱得时刻？'我听了这话，竟不大信，及进来到房里，留神看时辰表时，果然是未正二刻，她咽了气；正三刻上，就有人来叫我们，说你来了。这时候倒都对合。"

　　宝玉忙道："你不识字看书，所以不知道。这原是有的。不但花有一个神，一样花有一位神之外，还有总花神。但她不知是作总花神去了，还是单管一样花的神？"这丫头听了，一时诌不出来。恰好这是八月时节，园中池上芙蓉正开。这丫头便见景生情，[5]忙答道："我也曾问她是管什么花的神，告诉我们，日后也好供养的。她说：'天机不可泄漏。你既这样虔诚，我只告诉你，你只可告诉宝玉一人。[6]除他之外，若泄了天机，五雷就来轰顶的。'她就告诉我说，她就是专管这芙蓉花的。"①宝玉听了这话，不但不为怪，亦

1. 宝玉难以面对冷酷现实，凡是不符自己想象的，都不愿相信，这真是个情的理想主义者。

2. 这个小丫头是应愿而生的。感谢她编造美丽谎言。

3. 幸而有这些荒唐言，我们才能读到一篇神奇的诔文。不让晴雯之死布满黑暗与凄惨，让它透出一丝线理想与光明。这是饱含激情的文学天才才有的艺术构思。

4. 好，奇之至！又从来皆说"阎王法定三更死，谁能留人至五更"。今忽以小女儿一篇无稽之谈，反成无人敢翻之案；且又寓意调侃，骂尽世态，岂非文章之至耶？寄语观者，至此不浮一大白者，以后不必看书也。（庚）

5. 这丫头若识字看书，定是个诗人。

6. 的的确确称得上"最伶俐"。

---

① 小丫头编造晴雯为芙蓉花主情节——实作者利用传说而创新，宋代欧阳修《六一诗话》记石曼卿死后，故人有见之者曰："恍忽如梦中言：'我今为鬼仙也，所主芙蓉城。'欲呼故人往游，不得，怂然骑一青骡，去如飞。"又宋代张师正《括异志》记丁度死时，有人见美人数十人两两并行，丁按辔其后，问之，曰："诸女御迎芙蓉城主。"故苏轼诗云："芙蓉城中花冥冥，谁其主者石与丁。"以上故事，雪芹友人敦敏也曾用过，其《吊宅三卜孝廉》诗："大暮安可醒，一痛成千古。岂真记玉楼，果为芙蓉主。"

且去悲而生喜，乃指芙蓉笑道："此花也须得这样一个人去司掌。我早就料定她那样的人必有一番事业做的。虽然超出苦海，从此不能相见，也免不得伤感思念。"因又想："虽然临终未见，如今且去灵前一拜，也算尽这五六年的情意。"[1]

想毕，忙至房中，又另穿戴了，只说去看黛玉，遂一人出园来，往前次之处去，意为停枢在内。谁知她哥嫂见她一咽气，便回了进去，希图早些得几两发送例银。王夫人闻知，便命赏了十两烧埋银子。又命："即刻送到外头焚化了罢，女儿痨死的，断不可留！"她哥嫂听了这话，一面得银，一面就雇了人来入殓，抬往城外化人场上去了。剩的衣履簪环，约有三四百金之数，她兄嫂自收了，为后日之计。二人将门锁上，一同送殡去未回。宝玉走来，扑了个空。[2]

宝玉自立了半天，别无法术，只得复身进入园中。待回至房中，甚觉无味，因乃顺路来找黛玉。偏黛玉不在房中，[3]问其何往，丫鬟们回说："往宝姑娘那里去了。"宝玉又至蘅芜苑中，只见寂静无人，房内搬得空空落落的，不觉吃一大惊。[4]忽见几个老婆子走来，宝玉忙问："这是什么原故？"老婆子道："宝姑娘出去了。这里交我们看着，还没有搬清楚。我们帮着送了些东西去，这也就完了。你老人家请出去罢，让我们扫扫灰尘也好，从此你老人家省跑这一处的腿子了。"宝玉听了，怔了半天，因看着那院中的香藤异蔓，仍是翠翠青青，忽比昨日好似改作凄凉了一般，更又添了伤感。默默出来，又见门外的一条翠樾埭①上，也半日无人来往，不似当日各处房中丫鬟不约而来者络绎不绝。又俯身看那埭下之水，仍是溶溶脉脉地流将过去。[5]心下因想："天地间竟有这样无情的事！"[6]悲感一番，忽又想到："去了司棋、入画、芳官等五个，死了晴雯，今又去了宝钗，迎春虽尚未去，然连日也不见回来，且接连有媒人来求亲。大约园中之人，不久都要散的了。[7]纵生烦恼，也无济于事。不如还是找黛玉去相伴一日，回来还是和袭人厮混，只这两三个人，只怕还是同死同归的。"[8]想毕，仍往潇湘馆来，偏黛玉尚未回来。宝玉想，亦当出去候送才是；无奈不忍悲感，还是不去的好，遂又垂头丧气地回来。

正在不知所以之际，忽见王夫人的丫头进来找他说："老爷回来了，找你呢，又得了好题目来了。快走，快走！"[9]宝

---

1. 尽礼只为尽情意，但不知能否如愿。

2. 冷酷的现实总不让宝玉悲痛之心稍得宽慰。收拾晴雯，故为红颜一哭，然亦大令人不堪。（庚）

3. 碰壁。

4. 再碰壁。

5. 景随情移。真所谓悲凉之雾遍布华林也。

6. 若不如此，多情人怎会流于无情之地？

7. 不幸言中。

8. 只怕由不得你。

9. 又转叙另一面情节。

---

①　翠樾埭（dài 代）——樾，树荫。埭，堤坝。

玉听了，只得跟了出来。到王夫人房中，他父亲已出去了。王夫人命人送宝玉至书房中。

彼时，贾政正与众幕友谈论寻秋之胜，又说："快散时，忽然谈及一事，最是千古佳谈。'风流隽逸，忠义慷慨'八字皆备，倒是个好题目，大家要作一首挽词。"众幕宾听了，都忙请教系何等妙事。贾政乃道："当日曾有一位王，封曰恒王，出镇青州。这恒王最喜女色，且公余好武，因选了许多美女，日习武事。每公余辄开宴连日，令众美女习战斗攻拔之事。其姬中有姓林行四者，姿色既冠，且武艺更精，皆呼为林四娘。[1] 恒王最得意，遂超拔林四娘统辖诸姬，又呼为'姽婳将军'。"众清客都称："妙极，神奇！竟以'姽婳'下加'将军'二字，反更觉妖媚风流，真绝世奇文也！想这恒王也是千古第一风流人物了。"

贾政笑道："这话自然是如此，但更有可奇可叹之事。"众清客都愕然惊问道："不知底下有何等奇事？"贾政道："谁知次年便有'黄巾''赤眉'① 一干流贼余党，复又乌合，抢掠山左一带。[2] 恒王意为犬羊之辈，不足大举，因轻骑前剿。不意贼众颇有诡谲智术，两战不胜，恒王遂为众贼所戮。于是青州城内，文武官员，各各皆谓：'王尚不胜，你我何为？'遂将有献城之举。林四娘得闻凶报，遂集聚众女将，发令说道：'你我皆向蒙王恩，戴天履地，不能报其万一。今王既殒身国事，我意亦当殒身于王。尔等有愿随者，即时同我前往；有不愿者，亦早各散。'众女将听她这样，都一齐说：'愿意！'于是林四娘带领众人，连夜出城，直杀至贼营。里头众贼不防，也被斩戮了几员首贼。后来大家见不过是几个女人，料不能济事，遂回戈倒兵，奋力一阵，把林四娘等一个不曾留下，倒作成了这林四娘的一片忠义之志。后来报至中都，自天子百官，无不惊骇。想其朝中自然又有人去剿灭，天兵一到，化为乌有，不必深论。只就林四娘一节，众位听了，可羡不可羡？"② 众幕友都叹道："实在可羡可奇！实是个妙题，原该大家挽一挽才是。"[3]

说着，早有人取了笔砚，按贾政口中之言，稍加改易了几

1. 说到作诗要写的对象了。

2. 泛指也。妙！赤眉、黄巾两时之事，今合而为一，盖云不过是此等众类，非特历历指名某赤某黄，若云不合两用，便呆矣。此书全是如此，为混人也。（庚）

3. 此回"芙蓉诔"为主，"姽婳词"为宾。述史事恐只为启读者作某种联想而有，并不为记载某一真事。故事既随情节需要而虚构，似不须费尽心思去考证史料。至于作者写这段故事的真实意图何在，在艺术上倒有探索之必要。

---

① 黄巾、赤眉——东汉末张角等领导的农民起义军，以头裹黄巾为标志，号"黄巾军"。西汉末樊崇领导的农民起义军，以红色涂眉，号"赤眉军"。

② 贾政所述林四娘故事——亦利用明代传说史事另加改编，清人记其事者甚多。如陈维崧《妇人集》、王渔洋《池北偶谈》、蒲松龄《聊斋志异》、林西仲《林四娘记》等。然与此处所述，多不甚合。

个字，便成了一篇短序，递与贾政看了。贾政道："不过如此。他们那里已有原序。昨日因又奉恩旨，着察核前代以来，应加褒奖而遗落未经奏请各项人等，无论僧尼、乞丐与女妇人等，有一事可嘉，即行汇送履历至礼部，备请恩奖。所以他这原序也送往礼部去了。大家听见这新闻，所以都要作一首《姽婳词》，以志其忠义。"众人听了，都又笑道："这原该如此。只是更可羡者，本朝皆系千古未有之旷典隆恩，实历代所不及处，可谓'圣朝无阙事'①，唐朝人预先就说了，竟应在本朝。如今年代，方不虚此一句。"¹贾政点头道："正是。"

说话间，贾环叔侄亦到，贾政命他们看了题目。他两个虽能诗，较腹中之虚实，虽也去宝玉不远，但第一件，他两个终是别途；若论举业一道，似高过宝玉，若论杂学，则远不能及。²第二件，他二人才思滞钝，不及宝玉空灵娟逸，每作诗亦如八股之法，未免拘板庸涩。³那宝玉虽不算是个读书人，然亏他天性聪敏，且素喜好些杂书。他自谓古人中也有杜撰的，也有误失之处，拘较不得许多。若只管怕前怕后起来，纵堆砌成一篇，也觉得甚无趣味。因心里怀着这念头，每见一题，不拘难易，他便毫无费力之处，就如世上油嘴滑舌之人，无风作有，信着伶口俐舌，长篇大论，胡扳乱扯，敷演出一篇话来。虽无稽考，却都说得四座春风。虽有正言厉语之人，亦不得压倒这一种风流去的。②⁴

近日贾政年迈，名利大灰，然起初天性也是个诗酒放诞之人，因在子侄辈中，少不得规以正路。⁵近见宝玉虽不读书，竟颇能解此，细评起来，也还不算十分玷辱了祖宗。就思及祖宗们各各亦皆如此，虽有深精举业的，也不曾发迹过一个，看来此亦贾门之数。况母亲溺爱，遂也不强以举业逼他了。⁶所以近日是这等待他。又要环、兰二人举业之余，怎得亦同宝玉才好，所以每欲作诗，必将三人一齐唤来对作。③⁷

闲言少述。且说贾政又命他三人各吊一首，谁先成者赏，佳者额外加赏。贾环、贾兰二人，近日当着多人皆作过几首了，胆量愈壮，今看了题目，遂自去思索。一时，贾兰先有了。贾环生恐落后，也就有了。二人皆已录出，宝玉尚

---

1. 如此颂圣，引人注目，岂述说之事有所忌讳乎？

2. 公允之论。杂学也是作小说者最重要的知识修养，对科举考试却毫无用处。若叫宝玉去应试举业，无疑是要名落孙山的。

3. 环、兰作诗之所以只能是庸才。

4. 宝玉作诗文之所以才情不凡，亦为后之谏文预先作评赞。

5. 如此说更真实。任何人年轻时与渐老后自有不同，没有一生下来就古板的人。

6. 宝玉不走科举之路，得到父亲的谅解，叙来毫不勉强。

7. 说清唤三人同来作诗的心意。妙！世事皆不可无足厌，只有"读书"二字是万不可足厌的，父母之心可不甚哉？近之父母只怕儿子不能名利，岂不可叹乎？（庚）

---

① 圣朝无阙事——阙事，缺失之事，过错。唐代岑参《寄左省杜拾遗》诗："圣朝无阙事，自觉谏书稀。"
② 述宝玉等作诗才情一段——甲辰、程高本全删。
③ 贾政不强以举业逼宝玉一段——甲辰、程高本亦删，因后四十回写了宝玉用心于举业和中举，若不删，矛盾太明显。

出神。<sup>1</sup> 贾政与众人且看他二人的二首。贾兰的是一首七言绝句，写道是：

> 姽婳将军林四娘，玉为肌骨铁为肠；
> 捐躯自报恒王后，此日青州土亦香。<sup>①2</sup>

众幕宾看了，便皆大赞："小哥儿十三岁的人，就如此，可知家学渊源，真不诬矣。"贾政笑道："稚子口角，也还难为他。"又看贾环的，是首五言律，写道是：

> 红粉不知愁，将军意未休。
> 掩啼离绣幕，抱恨出青州。
> 自谓酬王德，讵能复寇仇？
> 谁题忠义墓，千古独风流！<sup>②3</sup>

众人道："更佳。到底是大几岁年纪，立意又自不同。"贾政道："倒还不甚大错，终不恳切。"众人道："这就罢了。三爷才大不多两岁，俱在未冠之时，如此用了功去，再过几年，怕不是大阮、小阮<sup>③</sup>了？"贾政道："过奖了。只是不肯读书的过失。"因又问宝玉怎样。众人道："二爷细心镂刻，定又是风流悲感，不同此等的了。"

　　宝玉笑道："这个题目似不称近体，须得古体，或歌或行<sup>④</sup>，长篇一首，方能恳切。"<sup>4</sup> 众人听了，都立身摇头拍手道："我说他立意不同！每一题到手，必先度其体格宜与不宜，这便是老手妙法。就如裁衣一般，未下剪时，须度其身量。这题目名曰《姽婳词》，且既有了序，此必是长篇歌行，方合体的。或拟温八叉《击瓯歌》，或拟白乐天《长恨歌》，或拟古词<sup>⑤</sup>，半叙半咏，

1. 是在构思？还是尚未从晴雯之死中回过神来？妙！偏写出钝态来。（庚）

2. 王维《少年行四首》其二："纵死犹闻侠骨香。"末句之意出此。

3. 诗意平平，总少灵气。

4. 宝玉这话说得很对。众幕宾之语虽有意誉扬，理却不错。

---

① "捐躯"二句——"土亦香"，诸本同，甲辰、程高本作"土尚香"，显为后人所改。其实，原意是说不但侠骨留香，连埋它的尘土也芳香了，故用"亦"。青州，府名，在山东，明初改益都路置，治所在益都（今益都县）。永乐年间，唐赛儿农民军起义于此。

② "红粉不知愁"一首——红粉、将军，皆指林四娘。不知愁、意未休，一写她在恒王生前，一写她得悉恒王战死后，故心中愤恨不止。"谁题"，蒙府、戚序、戚宁本作"诗题"；程高本作"好题"；从庚辰、梦稿、列藏本。

③ 大阮、小阮——指魏晋时的阮籍和他侄儿阮咸，都是当时"竹林七贤"中的人物。

④ 近体、古体、歌行——律诗、绝句等讲究平仄格律的诗体定型和盛行于唐代，唐人就称它为近体；不讲究格律的诗体以前早有，就称之为古体。歌行起于汉乐府。有单称"歌"或单称"行"的，也有合称"歌行"的。歌是通称，"衍其事曰行"。到唐代，歌行成了包括有参差句在内的七言古体的别称。

⑤ 或拟温八叉《击瓯歌》，或拟白乐天《长恨歌》，或拟古词——庚辰、梦稿本无"或拟温八叉《击瓯歌》"句，或抄漏，姑补。蒙府、戚序、戚宁本"或拟古词"句接在"《击瓯歌》"之后，欠妥，不从。列藏、甲辰、程高本于"《击瓯歌》"之后，又多"或拟李长吉《会稽歌》"一句，然李贺所作《还自会稽歌》是一首抒情的五古，并非叙事性的歌行，题中虽有"歌"，但不能算歌行（绝句也有称"歌"的，如《峨眉山月歌》《秋浦歌》等）。幕宾清客何至于在说"长篇歌行"时举此，不可从。温庭筠所作全名为《郭处士击瓯歌》。古词，当指《木兰诗》之类。

流利飘逸，始能尽妙。"贾政听说，也合了主意，遂自提笔向纸上要写，[1] 又向宝玉笑道："如此，你念我写，若不好了，我捶你那肉。谁许你先大言不惭了！"宝玉只得念了一句，道是：

> 恒王好武兼好色，

贾政写了看时，摇头道："粗鄙。"一幕宾道："要这样方古，究竟不粗。且看他底下的。"贾政道："姑存之。"宝玉又道：

> 遂教美女习骑射。秾歌艳舞不成欢，
> 列阵挽戈为自得。

贾政写出，众人都道："只这第三句便古朴老健，极妙！这四句平叙出，也最得体。"贾政道："休谬加奖誉，且看转得如何。"[2] 宝玉念道：

> 眼前不见尘沙起，将军俏影红灯里。

众人听了这两句，便都叫："妙！好个'不见尘沙起'！又承一句'俏影红灯里'，用字用句，皆入神化了。"[3] 宝玉道：

> 叱咤时闻口舌香①，霜矛雪剑娇难举。

众人听了，便拍手笑道："益发画出来了。当日敢是宝公也在座，见其娇且闻其香否？不然，何体贴至此？"宝玉笑道："闺阁习武，任其勇悍，怎似男人。[4] 不待问而可知娇怯之形的了。"贾政道："还不快续！又有你说嘴的了。"宝玉只得又想了一想，念道：

> 丁香结子芙蓉绦②，

众人都道："转'绦'，'萧韵'，更妙，这才流利飘荡。而且这一句也绮靡秀媚得妙。"贾政写了，看道："这一句不好。已写过'口舌香''娇难举'，何必又如此。这是力量不加，故又用这些堆砌货来搪塞。"宝玉笑道："长歌也须得要些词藻点缀点缀，不然便觉萧索。"贾政道："你只顾用那些，这一句底下，如何能转至武事？若再多说两句，岂不蛇足了？"宝玉道："如此，底下一句转煞住，想亦可矣。"贾政冷笑道："你有多大本领？上头说了一句大开门的散话，如今又要一句连转带煞，岂不心有余而力不足些？"[5] 宝玉听了，垂头想了一想，说了一句道：

1. 难得贾政听了也合心意。

2. 众人非谬夸，所称之妙，恐亦作者自己较满意处。歌行体四句一转韵，作一小节的格式，用得最为普遍，故说"且看转得如何"。

3. 自有洒脱之至。

4. 能把握住将刀剑叱咤和娇怯脂香两端融为一体。贾老在座，故不便出"浊物"二字，妙甚，细甚！（庚）

5. 作者颇多将写歌行的心得及自评优劣融入情节之中，驳难是其常用手法之一，比如此处说"连转带煞"便是。

---

① "叱咤"句——叱咤，吆喝；喊口令。时闻口舌香，作者友人敦诚《鹪鹩庵笔麈》："吾宗紫幢居士（爱新觉罗·文昭）《丽人诗》中有'脂香随语过'之句，较之'夜深私语口脂香'（白居易《江南喜逢萧九彻》中句），尤觉艳媚无痕。"

② "丁香"句——丁香结子，状如丁香花蕾的扣结。芙蓉绦，色如芙蓉的丝带。

不系明珠系宝刀。

忙问："这一句可还使得？"众人拍案叫绝。贾政写了，看着笑道："且放着，再续。"宝玉道："若使得，我便要一气下去了。若使不得，索性涂了，我再想别的意思出来，再另措词。"[1]贾政听了，便喝："多话！不好再作，便作十篇百篇，还怕辛苦了不成！"宝玉听说，只得想了一会，便念道：

战罢夜阑心力怯，脂痕粉渍污鲛绡。

贾政道："又一段，底下怎样？"宝玉道：

明年流寇走山东①，强吞虎豹②势如蜂。

众人道："好个'走'字！便见得高低了。且通句转得也不板。"宝玉又念道：

王率天兵思剿灭，一战再战不成功。
腥风吹折陇头麦，日照旌旗虎帐空。③
青山寂寂水澌澌，正是恒王战死时。
雨淋白骨血染草，月冷黄沙鬼守尸。

众人都道："妙极，妙极！布置、叙事、词藻，无不尽美。[2]且看如何至四娘，必另有妙转奇句。"宝玉又念道：

纷纷将士只保身，青州眼见皆灰尘。
不期忠义明闺阁④，愤起恒王得意人。

众人都道："铺叙得委婉。"贾政道："太多了，底下只怕累赘呢。"宝玉乃又念道：

恒王得意数谁行⑤？就死将军林四娘⑥，
号令秦姬驱赵女⑦，艳李秾桃临战场。
绣鞍有泪春愁重，铁甲无声夜气凉。[3]
胜负自然难预定，誓盟生死报前王。⑧
贼势猖獗不可敌，柳折花残实可伤，

1. 宝玉自知接得好，十分得意和自信，因而对其父故作谦逊。

2. 叙事也须有布置，有辞藻，方能出色，此言可从。

3. 同写林四娘出征情景，若与贾环之"掩啼离绣幕，抱恨出青州"二句对看，则其父所言一则"空灵娟逸"，一则"拘板庸涩"立判。

① 走山东——走，奔驰，流窜。山东，太行山之东。
② 强吞虎豹——即强吞如虎豹。
③ "腥风"二句——借景物写恒王兵败战死。虎帐，军中主将所在的帐幕。
④ "不期"句——想不到忠义昭明于闺阁之中，即闺阁能明忠义。
⑤ 数谁行（háng 航）——要算哪一个。行，语助词，用于自称、人称名词之后。
⑥ 就死将军林四娘——就死将军，犹今之谓敢死队队长。就死，就义赴死也。庚辰本原抄如此，改笔点去"死"添"是"成了"就是"，语拙笨而诸本皆沿袭之。程甲本遂改为"姽嫿"，虽用词亦妥，但毕竟是后改；且题曰"姽嫿"，诗中正可不必重复。故从庚辰原抄。
⑦ 秦姬赵女——相传战国时的秦国、赵国两地多出美女。
⑧ "绣鞍"四句——诸本同。庚辰本"绣鞍"二句在"胜负"二句之后，从文义上看，诸本为优。

魂依城郭家乡近，马践胭脂骨髓香。①
星驰羽报入京师，谁家儿女不伤悲！
天子惊慌恨失守，此时文武皆垂首。
何事文武立朝纲，不及闺中林四娘！1
我为四娘长太息，歌成余意尚彷徨②。

1. 若非借作诗为名，谁敢写这样讥议朝政的话？

念毕，众人都大赞不止，又都从头看了一遍。贾政笑道："虽然说了几句，到底不大恳切。"因说："去罢。"三人如得了赦一般，一齐出来，各自回房。

众人皆无别话，不过至晚安歇而已。独有宝玉一心凄楚，2回至园中，猛见池上芙蓉，想起小丫鬟说晴雯作了芙蓉之神，不觉又喜欢起来，乃看着芙蓉，嗟叹了一会。忽又想起："死后并未至灵前一祭，如今何不在芙蓉前一祭，岂不尽了礼？比俗人去灵前祭吊，又更觉别致。"想毕，便欲行礼，忽又止住道："虽如此，亦不可太草率，也须得衣冠整齐，奠仪周备，方为诚敬。"想了一想，"如今若学那世俗之奠礼，断然不可；竟也还别开生面，另立排场，风流奇异，于世无涉，方不负我二人之为人。3况且古人有云：'潢污行潦藻荇之贱，可以羞王公，荐鬼神。③'原不在物之贵贱，全在心之诚敬而已。此其一也。二则诔文挽词，也须另出己见，自放手眼，亦不可蹈袭前人的套头，填几字搪塞耳目之文，亦必须洒泪泣血，一字一咽，一句一啼；宁使文不足，悲有余，万不可尚文藻而反失悲切。4况且古人多有微词，非自我今作俑也④。奈今之人全惑于'功名'二字，故尚古之风一洗皆尽，恐不合时宜，于功名有碍之故。我又不希罕那功名，我又不为世人观阅称赞，5何必不远师楚人之《大言》《招魂》《离骚》《九辩》《枯树》《问难》《秋水》《大人先生传》等

2. 一离应酬场所，愁恨立时涌上心头。

3. 未祭吊，先有丢开世人俗礼之想，实因晴雯之为人及二人之情意系世间罕有。

4. 真情文字无不如此。为文造情者决写不出好文章来。

5. "微词"二字着眼！可知诔文中伤时骂世、甚或讥贬时政之语在所难免。虽借仿古而开脱，也仍会有碍观瞻。不稀罕功名、不迎合世人云云，显露宝玉也有硬骨头阳刚之气的一面，或可称之为顽石本性。这些话后来持正统观念的谨慎整理者哪敢保留，故提笔将它删得一干二净。

---

① "贼势"四句——诸本同。程高本为求音节变化而转韵，改押入声，作"贼势猖獗不可敌，柳折花残血凝碧。马践胭脂骨髓香，魂依城郭家乡隔"。林四娘乃出城战死，所以说"魂依城郭"，并非率兵远征边陲，下一"隔"字是只求渲染，不顾文义。

② 余意尚彷徨——尚有未能尽言之感慨留在心中不去。

③ "潢污"数句——语本《左传·隐公三年》，有节略。意谓若果有挚诚之心，虽坑沟之积水，野生之水草，也可以奉献王公，祭奠鬼神。潢污，坑洼中的死水。行潦，车沟里的积水。羞，进献食物。荐，奉献。

④ "况且"二句——微词：也作"微辞"，隐含讥刺贬义的言辞；又作"微言"解，含义很深的有寄托的言辞。作俑：首创先例。俑，古代陪葬用的木偶、陶偶人。《孟子·梁惠王上》引孔子语"始作俑者，其无后乎"。意谓最初造出俑来陪葬的人，怕是要断子绝孙的吧。孔子、孟子反对以人殉葬，故亦反对以俑陪葬。

法①，或杂参单句，或偶成短联，或用实典，或设譬寓，随意所之，信笔而去；喜则以文为戏，悲则以言志痛，辞达意尽为止，何必若世俗之拘拘于方寸之间哉！"¹宝玉本是个不读书之人，再心中有了这篇歪意，怎得有好诗好文作出来。他自己却任意纂著，并不为人知慕，所以大肆妄诞，竟杜撰成一篇长文，²用晴雯素日所喜之冰鲛縠②一幅，楷字写成，名曰《芙蓉女儿诔》，前序后歌。又备了四样晴雯所喜之物，于是夜月下，命那小丫头捧至芙蓉花前。先行礼毕，将那诔文即挂于芙蓉枝上，乃泣涕念曰：³

维太平不易之元③，蓉桂竞芳之月，无可奈何之日，⁴怡红院浊玉，⁵谨以群花之蕊、冰鲛之縠、沁芳之泉、枫露之茗：四者虽微，聊以达诚申信，乃致祭于白帝宫中抚司秋艳④芙蓉女儿之前曰：⁶

窃思女儿自临浊世，⁷迄今凡十有六载。⁸其先之乡籍姓氏，湮沦而莫能考者久矣。⁹而玉得于衾枕栉沐之间，栖息宴游之夕，亲昵狎亵，相与共处者，仅五年八月有奇。¹⁰

噫！女儿曩⑤生之昔，其为质则金玉不足喻其贵，其为性则冰雪不足喻其洁，其为神则星日不足喻其精，其为貌则花月不足喻其色⑥。¹¹姊妹悉慕媄

1. 先将为文格式、准则作一概述。

2. 再自贬一通，以切回目"痴"与"杜撰"等字样。

3. 诸君阅至此，只当一笑话看去，便可醒倦。（庚，原抄混作正文）批书人特谨慎，先放烟幕。

4. 挽词祭文发端必叙年月日，因此书开卷即言"无朝代年纪可考"，故用此奇称。说年是反讽，说日是自况。年便奇。（庚）是八月。（庚）日更奇。细思日何难于说真某某，今偏用如此说，则可知矣。（庚）

5. 对清纯如逝者而言，故作自惭语。自谦得更奇。盖常以"浊"字评天下之男子，竟自谓，所谓以责人之心责己矣。（庚）

6. 四件祭品不能想得更好了，称呼也极妥、极妙。奇香。奇帛。奇奠。奇茗。奇称。（庚）

7. 世之浊最可恨。世不浊，因物所混而浊也。前后便有照应。（庚）

8. 无奈太匆匆！方十六岁而夭，亦伤矣！（庚）

9. 身世可怜！

10. 相处苦短。相共不足六载，一旦夭别，岂不可伤！（庚）

11. 从杜牧之文章中借势，是善学古人之例。

---

① 《大言》等作品——《大言赋》《九辩》为楚宋玉作。《招魂》司马迁定其为屈原作，王逸则以为宋玉作，研究者证其非。《离骚》屈原作。《枯树赋》为北周庾信作。《问难》，或指《答客难》，为汉东方朔作；或指《解难》，为汉扬雄作。《秋水》为《庄子》中的一篇。《大人先生传》为阮籍作。这些作品微言大义，多有寄托。宝玉所想作诔文应该如何如何这一大段对我们理解作者创作意图很重要的文字，在程高本中全被删去。

② 冰鲛縠（hú湖）——一种白而细的绉纱。縠，有皱纹的丝织品。传说鲛人能织绡。明洁如冰，暑天能令人凉快而命名。

③ 维太平不易之元——维，句首语气助词。诔文格式，开头应先交代年月日。但小说开头已声称此书"无朝代年纪可考"，故作此谐语，第十三、十四回有"奉天永建太平之国""奉天洪建兆年不易之朝"等字样，亦同此。表面上都是歌颂升平，置于具体事件、环境中，恰恰又成了绝妙的嘲讽。不易，不变。元，纪年。

④ 白帝宫中抚司秋艳——秋天司时之神为白帝，参见第三十七回宝钗《咏白海棠》诗注。抚司秋艳，掌管秋花。

⑤ 曩（nǎng）——从前，以往。

⑥ "其为质"四句——仿效唐代杜牧《李长吉歌诗叙》中语："云烟绵联，不足以态也；水之迢迢，不足为其情也；春之盎盎，不足为其和也；秋之明洁，不足为其格也……"

娴①，姬媪咸仰惠德。

　　孰料鸠鸩恶其高，鹰鸷翻遭罦罬②；薋葹妒其臭，茝兰竟被芟鉏③！¹花原自怯，岂奈狂飙？柳本多愁，何禁骤雨？偶遭蛊蛀④之谮，遂抱膏肓之疚⑤。故尔樱唇红褪，韵吐呻吟；杏脸香枯，色陈顑颔⑥。诼谣謑诟，出自屏帏；荆棘蓬榛，蔓延户牖。岂招尤则替，实攘诟而终⑦。既忳幽沉⑧于不尽，复含罔屈⑨于无穷。高标见嫉，闺帏恨比长沙⑩；直烈遭危，巾帼惨于羽野⑪。²自蓄辛酸，谁怜夭折？仙云既散，芳趾难寻。洲迷聚窟，何来却死之香⑫？海失灵槎，不获回生之药⑬。

　　眉黛烟青，昨犹我画；指环玉冷，今倩谁温？³鼎炉之剩药犹存，襟泪之余痕尚渍。镜分鸾别，愁开麝月之奁⑭；梳化龙飞，哀折檀云之齿⑮。委金钿于草

---

1. 先奏响《离骚》旋律，痴公子竟抒发楚大夫屈灵均之不平。

2. 又用古史上有关政治民生的绝大典故！后之妄改者必折损其锋芒，磨光其棱角，不知是何居心？最可笑者莫过于不顾以女比男句意，将鲧胡改为王昭君，竟让晴雯远嫁番邦去了！

3. 书中描写过晴雯手冷，宝玉为其焐暖细节。虽未见画眉，但推想曾有此事，完全可信。

---

① 娎娴（yīng xián 英闲）——女子美好叫娎。娴，文雅。
② "孰料"二句——罦罬（fū zhuō 肤拙），捕鸟的网，这里作动词用，捕获。诔文用了许多楚辞里的词语，以寄托爱憎褒贬。如"鹰鸷"原为屈原表达与楚国贵族恶势力斗争的不屈精神；"鸠鸩"就代表那股恶势力，因鸠多鸣，像人话多而不实；鸩传说羽毒，能杀人；其他如作香花的"茝兰""蘅杜"，恶草的"薋葹"，也表示正邪的对立；"顑颔""诼谣"，皆屈赋曾用；"玉虬""瑶象"或"丰隆""望舒"等，也被屈原借用来表现过自己高洁的品行和理想。
③ "薋葹"二句——薋，蒺藜。葹，苍耳。两种植物都带刺，故借喻恶人。臭（xiù 嗅），气味；此指香气。茝（chǎi），白芷，芳香植物。芟鉏（shān zū 删租），割去锄掉。"鉏"同"锄"。
④ 蛊蛀（gǔ chài 古瘥）——传说把许多毒虫放在一起，使互相咬杀，最后剩下的叫蛊，以为可用来毒害人；蛀是蝎子一类毒虫。这里"蛊蛀"就是阴谋毒害人的意思。
⑤ 膏肓（huāng 荒）之疚——膏肓在心以下横隔膜以上部位，古人以为病入此部位即不治。疚，久病。
⑥ 顑颔（hǎn hàn 喊旱）——脸色枯黄憔悴。
⑦ "岂招尤"二句——尤，过失。替，废；受损害。攘诟，蒙受耻辱。这两句程高本删去。
⑧ 忳（tún 屯）幽沉——积郁着内心深处的怨恨。忳，忧郁。
⑨ 罔屈——冤屈。不直叫罔。
⑩ 长沙——汉代贾谊年纪很轻就在朝廷里担任职务，因受到权贵排挤，被贬为长沙王太傅（辅佐官），死时年仅三十三岁，后人常称他为贾长沙。
⑪ 直烈遭危，巾帼惨于羽野——古代神话：禹的父亲鲧（gǔn 滚）擅自拿息壤（长生不息的神土）堵塞洪水，帝命祝融杀之于羽山的荒野。脂评："鲧刚直自命，舜殛于羽山。《离骚》曰：'鲧婞（xìng 幸，倔强）直以亡身兮，终然夭乎羽之野。'"程高本改为"贞烈遭危，巾帼惨于雁塞"。换成王昭君出塞和亲事，大不妥。一、"直烈"虽改成"贞烈"，与和亲事仍挨不上边；二、晴雯是被逼死的，故言"惨"，非远嫁可比；三、与上两句一样，都说"闺帏""巾帼"遭遇之不幸甚于男子，昭君难道是须眉吗？
⑫ "洲迷"二句——传说西海中有聚窟洲，洲上有大树，香闻数百里，叫作返魂树，煎木制丸，名振灵丸，或名却死香，能起死回生。（见汉东方朔《十洲记》）迷，不知去路。
⑬ "海失"二句——传说东海中蓬莱仙岛上有不死之药，秦代徐福带了许多童男女入海寻找，一去不归。槎，筏子，借作船义。又海上有浮灵槎泛天河事，此捏合而用之。
⑭ "镜分"二句——传说罽宾国王捉到鸾鸟一只，养了三年不肯叫，听说鸟见同类才鸣，就挂一面镜子让它照。鸾见影，悲鸣冲天，一奋而死，后多称镜为鸾镜。（见南朝宋刘敬叔《异苑》）又兼用南朝陈太子舍人徐德言与乐昌公主夫妻乱离中分别，各执破镜之半，后得以重逢团圆事。（见唐代孟棨《本事诗》）麝月，巧用丫头名，南朝陈徐陵《玉台新咏序》："麝月共嫦娥竞爽。"指月亮，这里又可指代镜子。奁，女子梳妆用的镜匣。
⑮ "梳化"二句——晋人陶侃悬梭于壁，化龙飞去。（见《异苑》《晋书》）本传引其事借"梳"作"梭"。梳，恰合晴雯事。檀云，丫头名，也是巧用。檀云之齿，又是檀木梳之齿。前后一奁一梳，皆物是人非之意。

荼，拾翠匌于尘埃①。楼空鸤鹊，徒悬七夕之针②；带断鸳鸯，谁续五丝之缕③？¹

况乃金天属节，白帝司时；孤衾有梦，空室无人。桐阶月暗，芳魂与倩影同消；蓉帐香残，娇喘共细言皆绝。连天衰草，岂独蒹葭④；匝地悲声，无非蟋蟀。²露苔晚砌，穿帘不度寒砧；雨荔秋垣，隔院希闻怨笛⑤。芳名未泯，檐前鹦鹉犹呼；艳质将亡，槛外海棠预老。捉迷屏后，莲瓣无声；斗草庭前⑥，兰芽枉待。³抛残绣线，银笺彩缕谁裁⑦？折断冰丝，金斗御香未熨⑧。

昨承严命，既趋车而远涉芳园；今犯慈威，复拄杖而近抛孤柩⑨。及闻槥棺被燹，惭违共穴之盟；⑩石椁成灾，愧迨同灰之诮⑪。

尔乃⑫西风古寺，淹滞青燐⑬；落日荒丘，零星白骨。楸榆飒飒，蓬艾萧萧。隔雾圹以啼猿，绕烟塍而泣鬼。自为红绡帐里，公子情深；始信黄土垄中，女儿命薄！⁴汝南泪血⑭，斑斑洒向西风；梓泽余

1. 怡红院中针线手艺之巧者，无过晴雯，如此写来恰极。

2. 从影消形灭、香残语绝，转入连天衰草、遍地悲声，恰如乐曲音调起伏变化的自然连接，真神来之笔！

3. 鹦鹉呼名，潇湘馆事；斗草之戏，香菱玩过；装作离开却躲着窃听他人对话，或可当作捉迷；只有海棠预萎一事，被认为是应在晴雯身上。可知凡能适合的情节，都不妨移来写入。

4. 此非诔文中警策之句，特因通俗白描，一听就懂，被旁听之黛玉引出，与宝玉讨论修改，致成谶语。

---

① "委金钿"二句——谓人已死去，首饰都掉在地上。白居易《长恨歌》："花钿委地无人收，翠翘金雀玉搔头。"钿，金翠制的花形首饰。匌（è 娥），古代妇女的头花鬓饰。

② "楼空"二句——《荆楚岁时记》："七夕人家妇女结彩缕，穿七孔针，陈瓜果于庭中，以乞巧。"鸤（zhī 支）鹊，汉武帝所建楼观名；此因七夕有鹊成桥牛郎织女相会传说而借其楼名，其实鸤鹊与鹊不是同一种鸟。

③ "带断"二句——喻情人永别。五丝之缕，五色丝，可指七夕之"彩缕"，亦可指织绣所用，晴雯工织，有补裘事。

④ "连天"二句——用《诗经·秦风·蒹葭》："蒹葭苍苍，白露为霜。所谓伊人，在水一方。"诗乃怀人之作。

⑤ "雨荔"二句——雨荔秋垣，谓雨打在长满薜荔的墙垣上。唐代柳宗元《登柳州城楼寄漳汀封连四州》诗："惊风乱飐芙蓉水，密雨斜侵薜荔墙。"怨笛，《晋书·向秀传》：向秀与嵇康、吕安友善，后嵇、吕被杀，向秀经其山阳旧居，闻邻人吹笛而伤感，作《思旧赋》。后人称这个故事为"山阳闻笛"或"邻笛山阳"。说"希闻"是反用典故。

⑥ 鹦鹉、海棠、捉迷、斗草——皆小说中情节，有的原不属晴雯，如鹦鹉写在潇湘馆，斗草写了香菱等；有的是广义的，如捉迷即可指晴雯偷听宝玉在麝月前议论她事。莲瓣，喻女子的脚，此指脚步。

⑦ 银笺彩缕谁裁——银笺，白纸，当指刺绣所用的纸样。彩缕，庚辰、梦稿、蒙府、列藏本作"彩缯"，有误；甲辰、程甲本作"彩袖"，当是臆改。从戚序本。

⑧ "折断"二句——折断，因皱折而有痕的意思。冰丝，传说冰蚕所吐之丝，这里泛说丝绢衣衫。金斗，熨斗。宋代秦观《如梦令》："睡起熨沉香，玉腕不胜金斗。"

⑨ "昨承"四句——严命，父命。慈威，母威。拄杖，谓因哀痛而致病。近抛，路虽近而不能保住的意思，与"远涉"为对。戚序、戚宁本作"遽抛"；甲辰、程高本作"遣抛"；庚辰、列藏本缺字；今从梦稿本。柩，棺木。

⑩ "及闻"二句——槥（huì 慧），小而薄的棺材。燹（xiǎn 险），野火，引申为焚烧。共穴之盟，死当同葬的盟约。穴，墓穴。

⑪ "石椁（guǒ 果）"二句——椁，棺外的套棺；若用石板搭架或砖块垒砌而成、内封棺材的也叫石椁。迨（dài 代），及。句谓自己不能一道化烟化灰，对因此而将受到的讥诮感到惭愧。同灰，李白《长干行》："十五始展眉，愿同尘与灰。"

⑫ 尔乃——发语词，赋中常用，不能解作"你是"。下文"若夫"也是发语词。

⑬ 淹滞青燐——青色的燐火缓缓飘动。骨中磷质遇到空气燃烧而发的光，旧时误以为鬼火。

⑭ 汝南泪血——宝玉以汝南王自比，以汝南王爱妾刘碧玉比晴雯。《乐府诗集》引《乐苑》曰："《碧玉歌》者，宋汝南王所作也。碧玉，汝南王妾名，以宠爱之甚，所以歌之。"北周庾信《结客少年场行》："定知刘碧玉，偷嫁汝南王。"汝南、碧玉之事，详情已不可知。

衷①，默默诉凭冷月②。

呜呼！固鬼蜮②之为灾，岂神灵而亦妒？钳诐奴之口③，讨岂从宽？剖悍妇之心，忿犹未释！¹在君之尘缘虽浅，然玉之鄙意岂终。因蓄惓惓④之思，不禁谆谆之问。

始知上帝垂旌，花宫待诏⑤，生侪兰蕙，死辖芙蓉。听小婢之言，似涉无稽；据浊玉之思，则深为有据。何也？昔叶法善摄魂以撰碑⑥，李长吉被诏而为记⑦，事虽殊，其理则一也。²故相物以配才，苟非其人，恶乃滥乎⑧？始信上帝委托权衡，可谓至洽至协，庶不负其所秉赋也。因希其不昧之灵，或陟降⑨于兹；特不揣鄙俗之词，有污慧听。乃歌而招之曰：

天何如是之苍苍兮，乘玉虬以游乎穹窿⑩耶？
地何如是之茫茫兮，驾瑶象⑪以降乎泉壤耶？³
望伞盖之陆离兮，抑箕尾⑫之光耶？
列羽葆而为前导兮，卫危虚⑬于旁耶？
驱丰隆以为比从兮，望舒月以离耶？⑭
听车轨而伊轧兮，御鸾鹥⑮以征耶？⁴

1. 说到诽谤者，如闻切齿咬牙之声。

2. 举历史上著名传说，为小婢之言作证。

3. 转入写歌词，仍以楚骚之声调领起。

4. 一路写来已俨然是神女飞仙出游。

---

① 梓泽余衷——用石崇、绿珠事。石崇有别馆在河阳的金谷，一名梓泽，这里指代其主人石崇，宝玉用以自喻。余衷，还未说完的心里话。

② 蜮（yù 育）——传说中水边的害人虫，能含了沙射人的影子，令人致病。《诗经·小雅·何人斯》："为鬼为蜮。"陆德明释"蜮"："状如鳖，三足，一名射工，俗呼之水弩，在水中含沙射人，一曰射人影。"此指阴谋暗害人者。

③ 钳诐奴之口——钳，夹住，可引申为封闭。《庄子·胠箧》："钳扬、墨之口。"诐（bì 币）奴，搬弄是非的奴才。诐，奸邪而善辩，可引申为弄舌。与"悍妇"同指王善保家的和周围的一伙奴才管家。小说曾写她们进谗"告倒了晴雯"。

④ 惓惓（quán 权）——同"拳拳"，情意深厚。

⑤ 垂旌、待诏——垂旌，用竿挑着旌旗，作为使者征召的信号。待诏，本汉官职名，此谓等待诏命，即供职的意思。

⑥ 叶法善摄魂以撰碑——相传唐代术士叶法善把当时著名的文章家、书法家李邕的灵魂从梦中摄去，给他祖父叶有道撰述书写碑文，世称"追魂碑"。

⑦ 李长吉被诏而为记——唐代李贺，字长吉。李商隐作《李长吉小传》说：李贺死时，家人见绯衣人驾赤虬来召李贺，说上帝建成了白玉楼，召他去写记文。还说天上快乐，不像人间悲苦，要他不必推辞。

⑧ "苟非"二句——如果人不相称，不是滥任了这个职位吗？梦稿、蒙府、戚序、戚宁诸本增"其位"二字，多余，不从。

⑨ 陟降——陟是上登，降是下降，古籍里往往只用其偏义，这里是降临的意思。

⑩ 穹窿——天宇。天看上去中间高，四方下垂像篷帐，故称穹窿。

⑪ 瑶象——指美玉和象牙制成的车子。《离骚》："为余驾飞龙兮，杂瑶象以为车。"

⑫ 箕尾——箕星和尾星。古代神话，商王的相傅说（悦）死后，精神寄托于箕星和尾星之间，叫作"骑箕尾"。（见《庄子·大宗师》）这里隐指芙蓉女儿的灵魂。

⑬ 危虚——危、虚与箕、尾都是属于二十八宿星座的名称。脂评："危、虚二星为卫护星。"

⑭ "驱丰隆"二句——丰隆，神话中的云神（一作雷神）。望舒，驾月车的神。《离骚》："吾令丰隆乘云兮，求宓妃之所在。""前望舒使先驱兮，后飞廉使奔属。"从此处句法看"望舒"之"望"又兼作动词用。"离"，诸本都作"临"，从文义看，此处以"离"为是，今从庚辰本。

⑮ 鹥（yī 依）——凤凰。《离骚》："驷玉虬以乘鹥兮。"

闻馥郁而菱然①兮，纫蘅杜以为缰②耶？

炫裙裾之烁烁兮，镂明月以为珰③耶？

籍葳蕤而成坛畤④兮，檠莲焰以烛兰膏⑤耶？

文瓟瓠以为觯斝兮，漉醽醁以浮桂醑耶？⑥

瞻云气而凝睇⑦兮，仿佛有所觇⑧耶？

俯窈窕而属耳⑨兮，恍惚有所闻耶？

期汗漫而无天阏⑩兮，忍捐弃余于尘埃耶？[1]

倩风廉⑪之为余驱车兮，冀联辔而携归耶？

余中心为之慨然兮，徒嗷嗷而何为耶？

君偃然而长寝兮，岂天运之变于斯耶？

既窀穸⑫且安稳兮，反其真而复奚化⑬耶？

余犹枉梏而悬附⑭兮，灵格余以嗟来⑮耶？

来兮止兮，君其来耶！[2]

　　若夫鸿蒙而居，寂静以处，虽临于兹，余亦莫睹。[3]
寒烟萝而为步障，列枪蒲而森行伍。警柳眼⑯之贪眠，释
莲心⑰之味苦。素女⑱约于桂岩，宓妃⑲迎于兰渚。弄玉吹

1. 说到自身尚处浊世，作天上人间之叹。

2. 归到招灵魂来作伴之意，水到渠成。

3. 歌毕仍继以文。以灵魂纵使来临也无法看到，再作一波折。

---

① "闻馥郁"句——"闻"诸本皆同，庚辰本作"问"，显系抄讹。菱（ài 爱）然，本草木盛貌，此形容香气浓郁。梦稿本作"梦然"，是形讹。戚序、戚宁本作"葛然"；甲辰、程甲本作"飘然"，皆系改笔。从庚辰、蒙府、列藏本。

② "纫蘅杜"句——把杜蘅、杜若等香草串起来作为身上的佩带。缰（xiāng 襄），佩带。《离骚》："纫秋兰以为佩。"

③ 珰——耳坠子。《孔雀东南飞》："耳著明月珰。"

④ "籍葳蕤"句——以繁茂的花叶垫底作为祭坛。畤（zhì 治），古代帝王祭天地五帝之所。

⑤ 檠（qíng 晴）莲焰、烛兰膏——在莲形灯台里点燃起灯焰，烧起香油。檠，灯架。

⑥ "文瓟瓠"二句——瓟（bó 博）瓠（hú 胡），葫芦类瓜，硬壳可制酒器。觯（zhì 至，又读 zhī 支）斝（jiǎ 假），两种古代酒器名。漉，滤过。醽醁，美酒名，色绿。桂醑，桂花酒。

⑦ 凝睇——注视。庚辰本作"凝盼"，甲辰、程甲本作"凝眸"，从梦稿、蒙府、列藏、戚序、戚宁本。

⑧ 觇（chān 搀）——看，窥见。

⑨ 俯窈窕而属耳——俯首向深远处侧耳倾听。窈窕，深远的样子。列藏本作"穷窿"，甲辰、程甲本作"波痕"，不从。

⑩ "期汗漫"句——汗漫，《淮南子·道应训》："吾与汗漫期于九垓（即九天）之外。"作仙人的拟名，寓混混茫茫广大无垠而不可知见之意。天阏（è 饿），阻挡，止。

⑪ 风廉——即"飞廉"，神话中的风神。

⑫ 窀穸（zhūn xī 谆希）——墓穴。

⑬ "反其真"句——死了何必又要化仙。反其真，返本归原，指死，语见《庄子·大宗师》。

⑭ 悬附——"悬疣附赘"的省语，指瘤和息肉，身体上多余的东西。《庄子·大宗师》："彼以生为附赘悬疣，以死为决疣溃痈。"这是厌世主义的比喻。

⑮ 嗟来——招唤灵魂到来的话。《庄子·大宗师》："嗟来桑户（人名）乎！嗟来桑户乎！"

⑯ 柳眼——初生的柳叶，状似人之睡眼初展。

⑰ 莲心——莲子心味苦，古乐府中常用喻男女思念之苦，因"莲心"可谐音"怜心"。

⑱ 素女——神女名，善弹瑟。（见《史记·封禅书》）

⑲ 宓（fú 伏）妃——传说是伏羲氏的女儿，溺死于洛水中，成了洛神。（见《文选·洛神赋》李善注）

笙①，寒簧击敔②。征嵩岳之妃③，启骊山之姥④。龟呈洛浦之灵⑤，兽作咸池之舞⑥。潜赤水兮龙吟，集珠林兮凤翥⑦。爰格爰诚，匪簠匪筥⑧。发轫乎霞城，返旌乎玄圃⑨。既显微而若通，复氤氲⑩而倏阻。离合兮烟云，空蒙兮雾雨。尘霾敛兮星高，溪山丽兮月午。何心意之怦怦，若窈窕之栖栩⑪？余乃欷歔怅望，泣涕彷徨。¹人语兮寂历，天籁兮筜篁⑫。鸟惊散而飞，鱼唼喋⑬以响。志哀兮是祷，成礼兮期祥。呜呼哀哉！尚飨⑭！

读毕，遂焚帛奠茗，犹依依不舍。小鬟催至再四，方才回身。忽听山石之后有一人笑道："且请留步。"二人听了，不免一惊。那小鬟回头一看，却是个人影从芙蓉花中走出来，她便大叫："不好，有鬼！晴雯真来显魂了！"²唬得宝玉也忙看时，——且听下回分解。

1. "忽魂悸以魄动，恍惊起而长嗟"！看他从虚幻之境转到现实景象来，仿佛从梦中醒来，只留下无尽失落与惆怅而已。

2. 借小丫头错看，喝醒晴雯之死为黛玉夭亡作引意图。

## 【译文】

### 芙 蓉 女 儿 挽 词

千秋万岁太平年，芙蓉桂花飘香月，无可奈何伤怀日，怡红院浊玉，谨以百花蕊为香，

---

① 弄玉吹笙——相传秦穆公之女弄玉善吹笙，嫁与萧史，萧善吹箫，引来凤凰，夫妻随凤化仙飞去。（见汉刘向《列仙传》及明陈耀文《天中记》）

② 寒簧击敔（yǔ语）——寒簧，仙女名，偶因一笑下滴人间，后深悔而复归月府。（见明叶绍袁《午梦堂集·续窈闻记》）清洪昇《长生殿》借为月中仙子，嫦娥的侍儿。敔，古代的一种木质的打击乐器，制成伏虎形。

③ 嵩岳之妃——指灵妃。《旧唐书·礼仪志》：武则天临朝时，"下制号嵩山为神岳，尊嵩山神为天中王，夫人为灵妃。"

④ 骊山之姥（mǔ母）——即骊山老母，女仙名。《汉书·律历志》载太史令张寿王言，谓殷周时有骊山女子为天子，才艺出众，所以传闻后世。唐宋以后，传为女仙，尊称"老母"。

⑤ 龟呈洛浦之灵——传说夏禹治水，洛水中有神龟背着文书来献给他。（见《尚书·洪范》汉孔安国传）又黄帝东巡黄河，过洛水，黄河中的龙背了图来献，洛水中的龟背了书来献，上面都是赤文篆字。（见《汉书·五行志》注引刘向说）

⑥ 兽作咸池之舞——传说舜时，夔作乐，百兽都一起跳舞。（见《史记·五帝本纪》）咸池，是尧的乐曲名，一说是黄帝的乐曲。

⑦ 赤水、珠林——神话中地名和树。珠林也称珠树林、三株（又作"珠"）树，传说"树如柏，叶皆为珠"。（见《山海经·海外南经》）凤集珠林，见《异苑》。翥（zhù住），飞翔。

⑧ "爰格"二句——爰，《诗经》等古籍中多作连接两个意义有关的词的语助词，此亦仿之。格，在这里有感动的意思，如"格于皇天"。匪，通"非"。簠（fǔ甫）、筥（jǔ举），古代祭祀和宴会用的盛粮食的器皿。意谓祭在心诚，不在供品。

⑨ "发轫"二句——轫，阻车轮的木棒，车发动时须抽去。发轫，启程，出发。霞城，神话以为元始天尊居处。玄圃，亦作"悬圃"，亦神仙居处，传说在昆仑山上。《离骚》："朝发轫于苍梧兮，夕余至乎悬圃。"

⑩ 氤氲（yīn yūn 因晕）——烟云笼罩。

⑪ 栩栩——形容真实生动。此言梦境。

⑫ 天籁兮筜篁（yún dāng 云珰）——天籁，自然界发出的声音，如风声、雨声等。筜篁，本指一种长节的竹子，此泛指竹。

⑬ 唼喋（shà zhá 霎闸）——水鸟或水面上鱼儿争食的声音。

⑭ 尚飨——旧时祭文中固定的结束语。意思是请死者来享用供祭之物。尚，表希望之词。

冰鲛縠为帛，取来沁芳亭泉水，敬上枫露茶一杯。这四件东西虽然微薄，姑且借此表示自己一番诚挚恳切的心意，将它们放在白帝宫中管辖秋花之神的芙蓉女儿面前，祭奠说：

我默默思念：姑娘自从降临这污浊的人世，至今已有十六年了。你先辈的籍贯和姓氏，都早已湮没，无从查考，而我能够与你在起居梳洗、饮食玩乐之中亲密无间地相处，仅仅只有五年八个月零一点的时间啊！

回想姑娘当初活着的时候，你的品质，黄金美玉难以比喻其高贵；你的心地，晶冰白雪难以比喻其纯洁；你的神智，明星朗日难以比喻其光华；你的容貌，春花秋月难以比喻其娇美。姊妹们都爱慕你的娴雅，婆妈们都敬仰你的贤惠。

可是，谁能料到恶鸟仇恨高翔者，雄鹰反而遭到网获；臭草妒忌芬芳者，香兰竟然被人剪除。花儿原来就怯弱，怎么能应对狂风？柳枝本来就多愁，如何禁得起急雨？偶然遭遇恶毒的诽谤，随即得了不治之症。所以，樱桃般的嘴唇，褪去鲜红，而发出了痛苦的呻吟；甜杏似的脸庞，丧失芳香，而呈现出憔悴的病容。流言蜚语，产生于屏内幕后；荆棘毒草，爬满了门前窗口。哪里是自招罪愆而泯灭，实在乃蒙受垢辱而瞑终。你既怀着不尽的忧念，又含着无穷的冤屈呵！高尚的品格，被人妒忌，姑娘的愤恨恰似受打击被贬到长沙去的贾谊；刚烈的气节，遭到暗伤，姑娘的悲惨超过窃神土救洪灾被杀在羽野的鲧。独自怀着无限辛酸，有谁怜惜你的不幸夭亡？你既像仙家的云彩那样消散，我又到哪里去寻找你的踪迹？无法知道聚窟洲的去路，从哪里得来不死的神香？没有仙筏能渡海到蓬莱，也得不到回生的妙药。

你眉毛上的黛色如青烟缥缈，昨天还是我亲手描画；你手上的指环已玉质冰凉，如今又有谁把它焐暖？炉罐里的药渣依然留存，衣襟上的泪痕至今未干。镜已破碎，鸾鸟失偶，我满怀愁绪，不忍打开麝月的镜匣；梳亦化去，云龙飞升，我便哀伤不已，折损檀云的梳齿。你那镶嵌着金玉的珠花，被委弃在杂草丛中；翡翠发饰落在尘土里，被人拾走。鸩鹊楼人去楼空，七月七日牛女鹊桥相会的夜晚，你已不再向针眼中穿线乞巧；鸳鸯带空余断缕，哪一个能够用五色的丝线再把它接续起来？

况且，正当秋天，五行属金，西方白帝，应时司令。孤单的被褥中虽然有梦，空寂的房子里已经无人。在种着梧桐树的台阶前，月色多么昏暗！你芬芳的魂魄和美丽的姿影一同逝去；在绣着芙蓉花的纱帐里，香气已经消散，你娇弱的喘息和细微的话音也都消失。一望无际的衰草，又何止芦苇苍茫！遍地凄凉的声音，无非是蟋蟀悲鸣。点点夜露，洒在覆盖着青苔的阶石上，捣衣砧的声音不再穿过帘子进来；阵阵秋雨，打在爬满了薜荔的墙垣上，也难听到隔壁院子里哀怨的笛声。你的名字尚在耳边，屋檐前的鹦鹉还在呼唤；你的生命行将结束时，栏杆外的海棠就预先枯萎。过去，你躲在屏风后捉迷藏；现在，听不到你的脚步声了。从前，你去到庭院前斗草；如今，那些香草香花也白白等待你去采摘了！刺绣的线已经丢弃，还有谁来裁纸样、定颜色？洁白的绢已经断裂，也无人去烧熨斗、燃香料了！

昨天，我奉严父之命，有事乘车远出家门，既来不及与你诀别；今天，我干犯着慈母的威严，拄着杖前来吊唁，谁知你的灵柩又被人抬走。及至听到你的棺木被焚烧的消息，我顿时感到自己已违背了与你死同墓穴的誓盟。你的长眠之所竟遭受如此的灾祸，我深深惭愧曾对你说过要同化灰尘的旧话。

看那西风古寺旁，青燐徘徊不去；落日下的荒坟上，白骨散乱难收！听那楸树榆木飒飒作响，蓬草艾叶萧萧低吟！哀猿隔着雾腾腾的墓窟啼叫，冤鬼绕着烟蒙蒙的田塍哭泣。原来以为红绡帐里的公子，感情特别深厚；现在始信黄土堆中的姑娘，命运实在悲惨！我正如汝南王失去了碧玉,那斑斑泪血只能向西风挥洒;又好比石季伦保不住绿珠,这默默衷情唯有对冷月倾诉。

啊!这本是鬼蜮阴谋制造的灾祸,哪里是老天妒忌我们的情谊!钳住长舌奴才的烂嘴,我的诛伐岂肯从宽!剖开凶狠妇人的黑心,我的愤恨也难消除!你与尘世的缘分虽浅,而我对你的情意却深。因为我怀着一片痴情,难免就老是问个不停。

现在才知道上帝传下了旨意,封你为花宫待诏。活着时,你既与兰蕙为伴;死了后,就请你当芙蓉主人。听小丫头的话,似乎荒唐无稽,以我浊玉想来,实在颇有依据。为什么呢?从前唐代的叶法善就曾把李邕的魂魄从梦中摄走,叫他书写碑文;诗人李贺也被上帝派人召去,请他给白玉楼作记。事情虽然不同,道理则是一样的。所以,什么事物都要找到能够与它相配的人,假如用非其人,那岂不是用人太滥了吗?现在,我才相信上帝衡量一个人,把事情托付给他,可谓恰当妥善之极,将不至于辜负他的品性和才能。所以,我希望你不灭的灵魂能降临到这里。我特地不揣鄙陋粗俗,把这番话说给你听,并作一首歌来招唤你的灵魂。说:

> 天空为什么这样苍苍啊!
> 是你驾着玉龙在天庭遨游吗?
> 大地为什么这样茫茫啊!
> 是你乘着象牙的车降临九泉之下吗?
> 看那宝伞多么绚烂啊!
> 是你所骑的箕星和尾星的光芒吗?
> 排开装饰着羽毛的华盖在前开路啊!
> 是危星和虚星卫护着你两旁吗?
> 让云神随行作为侍从啊!
> 你望着那赶月车的神来送你走吗?
> 听车轴伊伊哑哑响啊!
> 是你驾驭着鸾凤出游吗?
> 闻到扑鼻的香气飘来啊!
> 是你把杜蘅串联成佩带吗?
> 衣裙是何等光彩夺目啊!
> 是你把明月镂成了耳坠子吗?
> 借繁茂的花叶作为祭坛啊!
> 是你点燃了灯火烧着了香油吗?
> 以雕刻着花纹的葫芦作为饮器啊!
> 是你在酌绿酒饮桂浆吗?
> 抬眼望天上的烟云而凝视啊!
> 我仿佛窥察到了什么;
> 俯首向深远的地方而侧耳啊!
> 我恍惚闻听到了什么。
> 你和茫茫大士约会在无限遥远的地方吗?
> 怎么就忍心把我抛弃在这尘世上呢!

请风神为我赶车啊！

你能带着我一起乘车而去吗？

我的心里为此而感慨万分啊！

白白地哀叹悲号有什么用呢？

你静静地长眠不醒了啊！

难道说天道变幻就是这样的吗？

既然墓穴是如此安稳啊！

你死后又何必要化仙而去呢？

我至今还身受桎梏而成为这世上的累赘啊！

你的神灵能有所感应而到我这里来吗？

来呀，来了就别再去了啊！

你还是到这儿来吧！

你住在混沌之中，处于寂静之境；即使降临到这里，也看不见你的踪影。我取女萝作为帘幕屏障，让菖蒲像仪仗一样排列两旁。还要警告柳眼不要贪睡，教那莲心不再味苦难当。素女邀约你在长满桂树的山间，宓妃迎接你在开遍兰花的洲边。弄玉为你吹笙，寒簧为你击敔；召来嵩岳灵妃，惊动骊山老母。灵龟像大禹治水时那样背着书从洛水跃出，百兽像听到了尧帝的咸池曲那样群群起跳舞。潜伏在赤水中呵，龙在吟唱；栖息在珠林里呵，凤在飞翔。恭敬虔诚就能感动神灵，不必用祭器把门面装潢。

你从天上的碧霞城乘车动身，回到了昆仑山的玄圃仙境。既若隐若显仿佛可以往来交接，又忽然被青云笼罩无法接近。人生离合呵，好比浮云轻烟聚散不定；神灵缥缈呵，却似薄雾细雨难以看清。尘埃阴霾已经消散呵，明星高悬；溪光山色多么美丽呵，月到中天。为什么我的心如此烦乱不安？仿佛是梦中景象在眼前展现。于是我慨然叹息，怅然四望，流泪哭泣，流连彷徨。

人们呵，早已进入梦乡，竹林呵，奏起天然乐章；只见那受惊的鸟儿四处飞散，只听得水面上鱼儿喋喋作响。我写下内心的悲哀呵，作为祈祷，举行这祭奠的仪式呵，期望吉祥。悲痛呵！请来将此香茗一尝！

**【总评】**

在叙述晴雯等故事过程中，夹杂着描写大观园的日趋冷落。宝玉想："去了司棋、入画、芳官等五个，死了晴雯，今又去了宝钗，迎春虽尚未去，然连日也不见回来，且接连有媒人来求亲。大约园中之人，不久都要散的了。"这就是小说情节发展到此时新定下的基调。

晴雯之死如何表现是个难题。若正面描写其孤独、悲惨地死去，又有什么可写的呢？难道不断地去重复这延续一夜的单调的痛苦过程？何况，死亡的自然形态是丑恶的，只让人看那通向不可抗拒的无尽的黑暗，又有何意义？反而会损伤晴雯这一美好而悲壮的形象。若完全略去不写，就不能充分表现迫害她的客观环境的残酷无情，读者对她的同情也会减弱。所以是个两难课题。作者才情天纵，他创造性地用两个小丫头截然不同的真假叙述，将双重印象重叠起来，解决了这个矛盾。

老实的小丫头转达说："晴雯姐姐直着脖子叫了一夜，今日早起，就闭了眼，住了口，世事不知，也出不得一声儿，只有倒气的分儿了。"宝玉问"叫的是谁"，回答是"一夜叫的是娘"。这就是残酷的现实,晴雯临死前精神和肉体上的痛苦已表露无遗。从小不知自己父母是谁的她,却整夜叫娘,发人深思。其潜台词应是:"你为什么要生下我来,让我遭受如此的痛苦!"

可就在宝玉从其主观愿望出发,希望晴雯还能在最后一刻提到自己时,幻境出现了。另一个最伶俐的小丫头便开始编造故事:晴雯曾拉着她手主动问"宝玉哪去了",还告诉她一个秘密:自己被"玉皇敕命"去天上当花神了。谎言很美丽,也很明显,宝玉岂真是说什么信什么的愚昧无知的糊涂人!只因他心目中的晴雯是那么的纯洁、善良、正直、美丽、可爱,应该有个与她品质相称的最好的结局,才合乎天理。所以感情上说什么也无法把她与她真实的惨死状况联系起来。而这个最伶俐的小丫头的话,恰好说到他心里去了,与他的想象一样。他原是个"情痴",重情不重理的,所以不但愿信以为真,还反过来给小丫头解说一番道理。这才有了那篇洋洋洒洒的奇文《芙蓉女儿诔》。

就这样,晴雯之死又有了一层绚丽夺目的光彩,尽管对作者、宝玉或读者来说,它都只不过是一种感情的寄托,一种美好的幻想。但是,有与没有这样的寄托与幻想,却大不一样。《红楼梦》不但写出了封建王国的黑暗、污浊与冷酷,作者往往还从中透出热情的、理想的、追求美好愿望的光芒。这正是它不同于其他小说之处,也是它最可珍贵之处。

此回中,宝玉及环、兰作《姽婳词》情节,给人以一种仿佛硬性插入、节外生枝的感觉。戚序本有评说它与诔文"如罗浮二山烟雨为连合,时有精气来往"。言下之意,似乎作者有将晴雯与林四娘作某种类比的意图。倘果真如此,实在也并不妥当,因为两者太不一样了。若借此暗示都有某种政治寄托,倒是可能的。《姽婳词》看起来对立面是所谓"黄巾、赤眉一干流贼余党",颂扬的是当今皇帝有褒奖前代所遗落的可嘉人事的圣德,实质上则是指桑骂槐,讥刺当朝统治者的昏庸无能:

> 天子惊慌恨失守,此时文武皆垂首。
>
> 何事文武立朝纲,不及闺中林四娘。

如果不是借作诗为名,敢于这样直接干涉时政,讥讽朝廷吗?《芙蓉诔》中借口"大肆妄诞""任意纂著",抨击小人当道、鬼蜮为灾的现实世界处更多。宝玉说:"况且古人多有微词,非自我今作俑也。"诔文有寄托,已说得很清楚了。

此回文字被甲辰本(又称"梦觉本",其整理时间应与成续书相近)、程高本删削不少,原因之一,当是为适应后四十回情节。这自然是削足适履。如宝玉作《姽婳词》与《芙蓉诔》之前,都有大段重要原文被删,其中说贾政从此"不强以举业逼"宝玉的文字,当然更非删不可,否则与宝玉随后"奉严词两番入家塾"及"中乡魁"等情节直接冲突了。读者应多加注意。

《芙蓉女儿诔》是小说中唯一不求通俗性的很特殊的重要作品,古文基础不深的读者难免会有阅读障碍。为此,我对这篇诔文作了白话今译。

# 第七十九回 （含第八十回）
## 薛文龙悔娶河东狮 贾迎春误嫁中山狼

【题解】

　　本回回目原包括今八十回文字在内，列藏本只七十九回，仍保留着未分回形式可证。今从之。诸本被后人分成两回后，七十九回仍用原来回目，唯甲辰本"狮"作"吼"。第八十回回目则另拟，如庚辰本回目尚未拟就；蒙府、戚序本作"懦弱迎春肠回九曲　姣怯香菱病入膏肓"；杨藏、卞藏本上下句各减一字，"懦弱"作"懦"，"姣怯"作"姣"或"娇"。因"病入膏肓"是不治将死之语，与续书要让香菱一直活下去的构思抵触，故甲辰本另拟作"美香菱屈受贪夫棒　丑道士胡诌妒妇方"，程高本又将"丑道士"改作"王道士"。回目"薛文龙"，指薛蟠，他字表文龙。"河东狮"，喻妒悍的妻子，语本苏轼作诗嘲龙丘居士陈慥，中有"忽闻河东狮子吼，拄杖落手心茫然"等语，因陈好佛，故借佛家语戏之。后因称悍妇对丈夫发怒为"河东狮吼"，此指夏金桂。"中山狼"，见第五回迎春判词"子系中山狼"注，指孙绍祖。因迎春婚后备受丈夫非人折磨，故曰"误嫁"。

　　话说宝玉才祭完了晴雯，只听花影中有人声，倒唬了一跳。及走出来细看，不是别人，却是林黛玉，[1]满面含笑，口内说道："好新奇的祭文！可与《曹娥碑》①并传的了。"宝玉听了，不觉红了脸，笑答道："我想着世上这些祭文，都过于熟滥了，所以改个新样，原不过是我一时的玩意，谁知又被你听见了。有什么大使不得的，何不改削改削？"

　　黛玉道："原稿在哪里？倒要细细一读。长篇大论，不知说的是些什么，只听见中间有两句，什么'红绡帐里，公子多情；黄土垄中，女儿薄命。'[2]这一联意思却好，只是'红绡帐里'未免熟滥些。[3]放着现成的真事，为什么不用？"宝玉忙问："什么现成的真事？"黛玉笑道："咱们如今都系霞影纱糊的窗槅，何不说，'茜纱窗下，公子多情'呢？"宝玉听了，不禁跌足笑

1. 还能是谁？所谓前仆后继也。

2. 藻绘满目，长篇大论，如何能听清？只此两句还算口头熟话，所以记得。说得合情合理。

3. 用词稍欠高雅。唯陈言之务去。滥语熟言，总是文章一病。

① 《曹娥碑》——东汉孝女曹娥，父溺于江，寻尸不得，投江而死。度尚为其立碑，命弟子邯郸淳作碑文，操笔而成，无所点改。（文见《古文苑》）后传蔡邕见碑文，赞为"绝妙好辞"。今浙江省有曹娥江，即其地。

道："好极，是极！到底是你想得出，说得出。可知天下古今现成的好景妙事尽多，只是愚人蠢子说不出，想不出罢了。但只一件：虽然这一改新妙之极，但你居此则可，在我实不敢当。"说着，又接连说了一二百句"不敢"。

黛玉笑道："何妨。我的窗即可为你之窗，何必分晰得如此生疏。古人异姓陌路，尚然同肥马，衣轻裘，敝之而无憾①，何况咱们。"宝玉笑道："论交之道，不在肥马轻裘，即黄金白璧，亦不当锱铢较量。②倒是这唐突闺阁，万万使不得的。如今我索性将'公子''女儿'改去，竟算是你诔她的倒妙。况且素日你又待她甚厚，故今宁可弃此一篇大文，万不可弃此'茜纱'新句。竟莫若改作'茜纱窗下，小姐多情；黄土垄中，丫鬟薄命。'¹如此一改，虽于我无涉，我也是惬怀的。"黛玉笑道："她又不是我的丫头，何用作此语。况且'小姐''丫鬟'亦不典雅，等我的紫鹃死了，我再如此说，还不算迟。"²宝玉听了，忙笑道："这是何苦，又咒她。"³黛玉笑道："是你要咒的，并不是我说的。"宝玉道："我又有了，这一改可妥当了。莫若说'茜纱窗下，我本无缘；黄土垄中，卿何薄命。'"⁴黛玉听了，怵然变色，心中虽有无限的狐疑乱拟，⁵外面却不肯露出，反连忙含笑点头称妙，说："果然改得好。再不必乱改了，快去干正经事罢。"⁶才刚太太打发人，叫你明儿一早快过大舅母那边去。你二姐姐已有人家求准了，想是明儿那家人来拜允，所以叫你们过去呢。"宝玉拍手道："何必如此忙？我身上也不大好，明儿还未必能去呢。"黛玉道："又来了，我劝你把脾气改改罢。一年大，二年小，……"一面说话，一面咳嗽起来。⁷宝玉忙道："这里风冷，咱们只顾呆站在这里，快回去罢。"黛玉道："我也家去歇息了，明儿再见罢。"说着，便自取路去了。宝玉只得闷闷地转步，又忽想起来黛玉无人随伴，忙命小丫头子跟了送回去。自己到了怡红院中，果有王夫人打发老嬷嬷来，吩咐他明日一早过贾赦那边去，与方才黛玉之言相对。

1. 说说而已，越改越不好。

2. 明是为与阿颦作谶，却先偏说紫鹃，总用此狡猾之法。（庚）

3. 没事人，就算咒也无碍。

4. 如此我亦为妥极，但试问当面用"尔""我"字样，究竟不知是为谁之谶，一笑，一叹。一篇诔文总因此二句而有，又当知虽诔晴雯，而又实诔黛玉也，奇幻至此。若云必因晴雯来，则呆之至矣。（庚）观此，知虽诔晴雯，实乃诔黛玉也。试观"证前缘"回，黛玉逝后诸文，便知。（靖）此评提供了原作写黛玉之死的回目文字。"前缘"，即"木石前盟"。

5. 怵然，忧虑不安地。慧心人可为一叹。观此句，便知诔文实不为晴雯而作也。（庚）以上脂评皆言二人之死有相似处，除病弱外，黛玉也应受流言压力，故有"质本洁来还洁去，强于污淖陷渠沟"等语。宝玉未及为晴雯送终，连告别遗体或灵柩也不可得，这也与后来宝玉离家流落未归相似。"绛珠之泪，至死不干，万苦不怨"，黛玉不顾自身地怜惜宝玉之不幸，其还泪报灌溉之恩，以生命酬知己，实不亚于晴雯之赠指甲，易小袄。

6. 如此明显的不吉利话，越疑心，越要掩饰，故强作无事，不愿再谈。

7. 得空便点。总为后文伏线。阿颦之病，可见不是一笔两笔所写。（庚）

---

① 同肥马，衣轻裘，敝之而无憾——《论语·公冶长》："愿车马衣轻裘，与朋友共，敝之而无憾。"
② "论交"数句——说到交友的道理，不但"肥马轻裘"，即使是再贵重的"黄金白璧"也不应该有丝毫计较。锱铢，古代重量单位中的轻微者。四锱为一两，六铢为一锱。

原来贾赦已将迎春许与孙家了。这孙家乃是大同府人氏，[1]祖上系军官出身，乃当日宁、荣府中之门生，算来亦系世交。如今孙家只有一人在京，现袭指挥之职，此人名唤孙绍祖，生得相貌魁梧，体格健壮，弓马娴熟，应酬权变，[2]年纪未满三十，且又家资饶富，[3]现在兵部候缺题升。因未有室，贾赦见是世交子侄，且人品家当都相称合，遂青目择为东床娇婿。亦曾回明贾母。贾母心中却不十分称意，[4]但想来拦阻亦未必听，儿女之事，自有天意前因，况且她是亲父主张，何必出头多事；为此，只说"知道了"三字，余不多及。贾政又深恶孙家，虽是世交，当年不过是彼祖希慕宁、荣之势，有不能了结之事，才拜在门下的，并非诗礼名族之裔。因此，倒劝谏过两次，无奈贾赦不听，也只得罢了。[5]

宝玉却从未会过这孙绍祖一面的，次日只得过去了，聊以塞责。只听见说娶亲的日子甚急，不过今年，就要过门的；又见邢夫人等回了贾母，将迎春接出大观园去等事，越发扫去了兴头，每日痴痴呆呆的，不知作何消遣。又听得说陪四个丫头过去，更又跌足自叹道："从今后，这世上又少了五个清洁人了！"[6]因此，天天到紫菱洲一带地方徘徊瞻顾，见其轩窗寂寞，屏帐翛然①，不过有几个该班上夜的老妪；[7]再看那岸上的蓼花苇叶，池内的翠荇香菱，也都觉摇摇落落，似有追忆故人之态，迥非素常逞妍斗色之可比。既领略得如此寥落凄惨之景，是以情不自禁，乃信口吟成一歌曰：[8]

池塘一夜秋风冷，吹散芰荷红玉影。
蓼花菱叶不胜愁，重露繁霜压纤梗②。[9]
不闻永昼敲棋声，燕泥点点污棋枰。
古人惜别怜朋友，况我今当手足情！

宝玉方才吟罢，忽闻背后有人笑道："你又发什么呆呢？"宝玉回头忙看是谁，原来是香菱。宝玉一转

1. 设云，"大概相同"也。若必云真大同府，则呆。（庚）

2. 作者写不堪人物外表，也从不丑化。画出一个俗物来。（庚）

3. 恐是贾赦着眼点。此句断不可少。（庚）

4. 贾母不称意的，必无好人。

5. 贾政亦深恶，其人可知矣。不听劝谏是贾赦脾气。

6. 奇怪！连四个丫头也算在不清洁人内。然从后文说孙绍祖为人看，却非危言耸听。

7. 先为"对景悼颦儿"作引（庚、靖）。五字当是佚稿中回目文字，其时宝玉流落归来（当在秋风季节），黛玉先已病逝（当在春残花落时）。

8. 此回题上半截是"悔娶河东狮"，今偏连"中山狼"，倒装业下情上，细腻写来，可见迎春是书中正传，阿呆夫妻是副，宾主次序严肃之至。其婚娶俗礼一概不及，只用宝玉一人过去，正是书中之大旨。（庚）迎春出嫁事虽提起在先，但写她真识得"误嫁"却在后，即在今诸本第八十回的最后。因本是一回，故回目所标次序并未颠倒。

9. 此句并无不妥，恐是原有的。

① 见其轩窗寂寞，屏帐翛（xiāo 消）然——翛然，本义为自由自在的样子，引申为任其摆着挂着，无人过问的样子。
② 重露繁霜压纤梗——诸本同；庚辰本作"吹散芰荷红玉影"，重出诗的第二句，用笔勾去，下批"此句遗失"。据此，有两种可能：一、庚辰本因抄错而漏掉了底本中此诗的第四句，审核者注明以待补，而在其他诸本中尚保存着原句；二、原句因抄错而遗失，其他诸本中"重露"句为后人所补。

身，笑问道："我的姐姐，你这会子跑到这里来做什么？许多日子也不进来逛逛。"香菱拍手，笑嘻嘻地说道："我何曾不要来。如今你哥哥回来了，哪里比先时自由自在的了。才刚我们奶奶使人找你凤姐姐的，竟没找着，说她往园子里来了。我听见了这信，我就讨了这件差，进来找她。遇见她的丫头，说在稻香村呢。如今我往稻香村去，谁知又遇见了你。我且问你，袭人姐姐这几日可好？怎么忽然把个晴雯姐姐也没了，到底是什么病？二姑娘搬出去得好快！你瞧瞧，这地方好空落落的。"宝玉应之不迭，又让她同到怡红院去吃茶。[1]香菱道："此刻竟不能，等我找着琏二奶奶，说完了正经事再来。"

1. 因还有话要说。断不可少。（庚）

宝玉道："什么正经事这么忙？"香菱道："为你哥哥娶嫂子的事，所以要紧。"[2]宝玉道："正是。说的到底是哪一家的？只听见吵嚷了这半年，今儿又说张家的好，明儿又要李家的，后儿又议论王家的。这些人家的女儿，她也不知道造了什么罪，叫人家好端端的议论。"香菱道："如今定了，可以不用扳扯别家了。"宝玉忙问："定了谁家的？"香菱："因你哥哥上次出门贸易时，在顺路，到了个亲戚家去。这门亲原是老亲，且又和我们是同在户部挂名行商，也是数一数二的大门户。前日说起来，你们两府都也知道的。合长安城中，上至王侯，下至买卖人，都称她家是'桂花夏家'。"[3]宝玉笑问道：[4]"如何又称为'桂花夏家'？"香菱道："本姓夏，非常的富贵，其余田地不用说，单有几十顷地独种桂花。凡这长安城里城外桂花局，俱是她家的，连宫里一应陈设盆景，亦是她家贡奉，因此才有这个诨号。如今太爷也没了，只有老奶奶带着一个亲生的姑娘过活，也并没有哥儿兄弟，可惜她们家竟绝了后。"[5]

2. 出题处，闲闲引出。（庚）

3. 夏日何得有桂？又桂花时节焉得又有雪？三者原系风马牛，今若强凑合，故终不相符。从来败运之事，大都如此，当局者自不解耳。（庚）

4. 听得桂花诨号，原觉新雅，故不由一笑，余亦欲笑问。（庚）

宝玉忙道："咱们也别管他绝后不绝后，只是这姑娘可好？你们大爷怎么就中意了？"[6]香菱笑道："一则是天缘，二则是'情人眼里出西施'。当年又是通家来往，从小儿都一处厮混过。叙亲是姑舅兄妹，又没嫌疑。虽离开了这几年，前儿一到她家，夏奶奶又是没儿子的，一见了你哥哥出落得这样，又是哭，又是笑，竟比见了儿子的还胜。又令他兄妹相见，谁知这姑娘出落得花朵儿似的了，在家里也读书写字，所以你哥哥当时就一心看准了。连当铺里老朝奉①、伙计们一群人，连搅了人家三四日，他们还留多住，好容易苦辞才放回家。你哥哥一进门，就咕咕唧唧求我们奶奶去求亲。我们奶奶原也是见过这

5. 可知是从小娇纵惯了的。

6. 必是首先看中貌美了。补出阿呆素日难得中意来。（庚）

---

① 朝奉——原宋朝官名，后作为对有钱有身份的人或店铺中有地位雇员的称呼。

姑娘的，且又门当户对，也就依了。和这里姨太太、凤姑娘商议了，打发人去一说，就成了。只是娶的日子太急，所以我们忙乱得很。[1]我也巴不得早些过来，又添一个作诗的人了。"[2]宝玉冷笑道：[3]"虽如此说，但只我倒替你担心虑后呢。"[4]香菱听了，不觉红了脸，正色道："这是什么话！素日咱们都是厮抬厮敬的，今日忽然提起这些事来，是什么意思？怪不得人人都说你是个亲近不得的人。"[5]一面说，一面转身走了。

宝玉见她这样，便怅然如有所失，呆呆地站了半天，思前想后，不觉滴下泪来，只得没精打采，还入怡红院来。一夜不曾安稳，睡梦之中犹唤晴雯，或魇魔惊怖，种种不宁。次日，便懒进饮食，身体作热。此皆近日抄检大观园、逐司棋、别迎春、悲晴雯等羞辱、惊恐、悲凄之所致，兼以风寒外感，故酿成一疾，卧床不起。贾母听得如此，天天亲来看视。王夫人心中自悔不合因晴雯过于逼责了他。[6]心中虽如此，脸上却不露出。只吩咐众奶娘等好生服侍看守，一日两次带进医生来诊脉下药。一月之后，方才渐渐地痊愈。贾母命好生保养，过百日，方许动荤腥油面等物，方可出门行走。

这一百日内，连院门前皆不许到，只在房中玩笑。四五十日后，就把他拘约得火星乱迸，哪里忍耐得住。虽百般设法，无奈贾母、王夫人执意不从，也只得罢了。因此，和那些丫鬟们无所不至，恣意耍笑作戏。又听得薛蟠摆酒唱戏，热闹非常，已娶亲入门；闻得这夏家小姐十分俊俏，也略通文翰，宝玉恨不得就过去一见才好。再过些时，又闻得迎春出了阁，宝玉思及当时姊妹们一处，耳鬓厮磨，从今一别，纵得相逢，也必不似先前那等亲密。眼前又不能去一望，真令人凄惶迫切之至。少不得潜心忍耐，暂同这些丫鬟们厮闹释闷，幸免贾政责备逼迫读书之难。这百日内，只不曾拆毁了怡红院，和这些丫头们无法无天，凡世上所无之事，都玩耍出来。[7]如今且不消细说。

且说香菱自那日抢白了宝玉之后，心中自为宝玉有意唐突她，"怨不得我们宝姑娘不敢亲近，可见我不如宝姑娘远矣。怨不得林姑娘时常和他角口，气得痛哭，自然唐突她也是有的了。从此倒要远避才好。"因此，以后连大观园也不轻易进来了。日日忙乱着，薛蟠娶过亲，自为得了护身符，自己身上分去责任，到底比这样安宁些；二则又闻得是个有

1. 清楚交代了定亲经过，且见其一片热心。阿呆求妇一段文字，却从香菱口中补明，省却许多闲文累笔。（庚）

2. 真是呆香菱的呆想头。妙极！香菱口声断不可少。看她作此语，知其心中略无忌讳疑虑等意，真是浑然天真！余为之一哭。（庚、靖）

3. 大不以为然。忽曰"冷笑"道，二字便有文章。（庚）

4. 真心话，且不幸言中了。又为香菱之谶，偏是此等事体等到。（庚）

5. 本想给香菱泼点冷水，不料自己反被当头泼了一盆。真正冤屈了宝玉。

6. 每每事后懊悔，当初怎么不谨慎行事？

7. 如此虚写一笔自好，不过是玩耍，何必一一细写？借宝玉百日养病，省却写阿呆娶亲许多笔墨。

才有貌的佳人，自然是典雅和平的。因此，她心中盼过门的日子，比薛蟠还急十倍。[1] 好容易盼得一日娶过了门，也便十分殷勤，小心服侍。

原来这夏家小姐，今年方十七岁，生得亦颇有姿色，亦颇识得几个字。若论心中的邱壑经纬①，颇步熙凤之后尘。只吃亏了一件，从小时，父亲去世得早，又无同胞弟兄，寡母独守此女，娇养溺爱，不啻珍宝，凡女儿一举一动，彼母皆百依百随，因此未免娇养太过，竟酿成个盗跖②的性气。爱自己，尊若菩萨，窥他人，秽如粪土；外具花柳之姿，内秉风雷之性。[2] 在家中，时常就和丫鬟们使性弄气，轻骂重打的。今日出了阁，自为要作当家的奶奶，比不得作女儿时腼腆温柔，须要拿出些威风来，才钤压得住人。况且见薛蟠气质刚硬，举止骄奢，若不趁热灶一气炮制熟烂，将来必不能自竖旗帜矣。[3] 又见有香菱这等一个才貌俱全的爱妾在室，越发添了"宋太祖灭南唐"之意③，"卧榻之侧，岂容他人酣睡"之心。[4] 因她家多桂花，她小名就唤做金桂。她在家时，不许人口中带出"金桂"二字来，凡有不留心误道一字者，她便定要苦打重罚才罢。她因想"桂花"二字是禁止不住的，须另唤一名，因想桂花曾有广寒嫦娥之说，便将桂花改为"嫦娥花"，又寓自己身份如此。

薛蟠本是个怜新弃旧的人，且是有酒胆，无饭力④的。[5] 如今得了这样一个妻子，正在新鲜兴头上，凡事未免尽让她些。那夏金桂见了这般形景，便也试着一步紧似一步。一月之中，二人气概还都相平；至两月之后，便觉薛蟠的气概渐次低矮了下去。

一日，薛蟠酒后，不知要行何事，先与金桂商议，金桂执意不从。薛蟠忍不住，便发了几句话，赌气自行了。这金桂便气得哭如醉人一般，茶汤不进，装起病来。[6] 请医疗治，医生又说："气血相逆，当进宽胸顺气之剂。"薛姨妈恨得骂了薛蟠一顿，[7] 说："如今娶了亲，眼前抱儿子了，还是这样胡闹。人家凤凰蛋似的，[8] 好容易养了一个女儿，比花朵儿还轻巧，原看你是个人物，才给你作老婆。你不说收了

1. 尽往好处想，呆香菱心实又心热，可悲，可怜！

2. 将夏金桂之为人及其根源先总说几句。

3. 然后画出她要称霸家中、骑在丈夫头上的悍妇心态。

4. 最后又写她必欲除去香菱的妒妇性气，此是着重描述的。

5. 表达得出。

6. 小试身手，初探深浅。

7. 好心婆婆理应护着儿媳，谁知反助长悍妇气焰。

8. 妙语！谁见凤凰来？何况是蛋。

---

① 心中的邱壑经纬——这里喻聪明才干，心机之深浅。
② 盗跖——古代传说中的大盗，名跖。《庄子》中有《盗跖》篇。
③ 宋太祖灭南唐之意——不容他人与自己共享。意同于"'卧榻之旁，岂容他人酣睡'之心"。
④ 有酒胆，无饭力——喻表面上好像很刚强，实际上却懦怯无能。

心，安分守己，一心一计，和和气气地过日子，还是这样胡闹，昧噪①了黄汤，折磨人家。这会子花钱吃药白糟心！"

　　一席话，说得薛蟠后悔不迭，反来安慰金桂。金桂见婆婆如此说丈夫，越发得了意，便装出些张致②来，总不理薛蟠。薛蟠没了主意，惟自怨而已，好容易十天半月之后，才渐渐地哄转过金桂的心来。<u>自此，便加一倍小心，不免气概又矮了半截下来。</u>¹那金桂见丈夫旗纛渐倒，婆婆良善，也就渐渐地持戈试马起来。先时，不过挟制薛蟠，后来倚娇作媚，将及薛姨妈，又将至薛宝钗。<u>宝钗久察其不轨之心，每随机应变，暗以言语弹压其志。金桂知其不可犯，每欲寻隙，又无隙可乘，只得曲意俯就。</u>²

　　一日，金桂无事，因和香菱闲谈，问香菱家乡父母。香菱皆答忘记，金桂便不悦，说有意欺瞒了她。因问她："'香菱'二字是谁起的名字？"香菱便答："姑娘起的。"金桂冷笑道："人人都说姑娘通，只这一个名字就不通。"香菱忙笑道："嗳哟！奶奶不知道，我们姑娘的学问，连我们姨老爷时常还夸呢。"③金桂听了，将脖项一扭，嘴唇一撇，鼻孔里"嗤嗤"两声，³拍着掌冷笑道："菱角花谁闻见香来着？若说菱角香了，正经那些香花放在哪里？可是不通之极！"香菱道："不独菱花，就连荷叶、莲蓬，都是有一股清香的。但它那原不是花香可比，若静日静夜，或清早半夜，细领略了去，那一股清香比是花儿④都好闻呢。就连菱角、鸡头、苇叶、芦根，得了风露，那一股清香，就令人心神爽快的。"⁴金桂道："依你说，那兰花、桂花，倒香得不好了？"⁵香菱说到热闹头上，忘了忌讳，便接口道："兰花、桂花的香，又非别花之香可比……"

　　一句未完，<u>金桂的丫鬟名唤宝蟾者，忙指着香菱的脸说道："要死，要死！你怎么直叫起姑娘的名字来了！"</u>⁶香菱猛省了，反不好意思，忙陪笑赔罪说："一时说顺了嘴，奶奶别计较。"金桂笑道："这有什么，你也太小心了。但只是我想这个'香'字到底不妥，意思要换一个字，不知你服不服？"香菱忙笑道："奶奶说哪里话，此刻连我一身一体俱属奶奶，何得换一名字反问我服不服，叫我如何当得起！奶奶说哪一

1. 初战便气馁，败局已定。

2. 邪难压正，突出宝钗来。

3. 这几句与香菱夸宝钗语语气紧相连接，难以割断，被分入第八十回开头，不免生硬。画出一个悍妇来。（庚）真真追魂摄魄之笔。（庚）

4. 菱藕之清香难与俗人道。说得出便是慧心人，何况菱卿哉！（庚）

5. 曲解他人意是狡辩者伎俩。又陪一个兰花，一则是自高声价，二则是诱人犯法。（庚）

6. 宝蟾如此登场，可知也不是什么好东西。

---

① 昧噪——即"撞丧"，喝酒的贬语。

② 张致——花样。

③ "还夸呢"句——此句之后，除列藏本外，诸本均分到第八十回。因第七十九、八十回原是一回，所以合起来的字数与七十八回差不多；回目原来也只有七十九回一个，今他本第八十回回目是后人拟的。

④ 是花儿——各种花儿。

个字好，就用哪一个。"金桂笑道："你虽说得是，只怕姑娘多心，说：'我起的名字反不如你，你能来了几日，就驳我的回了！'"香菱笑道："奶奶有所不知，当日买了我来时，原是给老奶奶使唤的，故此姑娘起得名字。后来我自服侍了爷，就与姑娘无涉了。如今又有了奶奶，益发不与姑娘相干。况且姑娘又是极明白的人，如何恼得这些呢。"[1]金桂道："既这样说，'香'字竟不如'秋'字妥当。菱角、菱花，皆盛于秋，岂不比'香'字有来历些？"香菱道："就依奶奶这样罢了。"自此后，遂改了"秋"字，宝钗亦不在意。[2]

只因薛蟠天性是"得陇望蜀"的，如今得娶了金桂，又见金桂的丫鬟宝蟾有三分姿色，举止轻浮可爱，便时常要茶要水的，故意撩逗她。宝蟾虽亦解事，只是怕着金桂，不敢造次，且看金桂的眼色。金桂亦颇觉察其意，想着："正要摆布香菱，无处寻隙，如今他既看上了宝蟾，且舍出宝蟾去与他，他一定就和香菱疏远了。[3]我且乘他疏远之时，便摆布了香菱。那时，宝蟾原是我的人，也就好处了。"打定了主意，伺机而发。

这日，薛蟠晚间微醺，又命宝蟾倒茶来吃。薛蟠接碗时，故意捏她的手。宝蟾又乔装躲闪，连忙缩手。两下失误，"豁啷"一声，茶碗落地，泼了一身一地的茶。薛蟠不好意思，佯说宝蟾不好生拿着。宝蟾说："姑爷不好生接。"金桂冷笑道："两个人的腔调儿都够使了。别打量谁是傻子！"[4]薛蟠低头微笑不语，宝蟾红了脸出去。

一时，安歇之时，金桂便故意地撵薛蟠别处去睡："省得你馋痨饿眼。"薛蟠只是笑。金桂道："要作什么和我说，别偷偷摸摸的不中用。"薛蟠听了，仗着酒盖脸，便趁势跪在被上，拉着金桂笑道："好姐姐，你若要把宝蟾赏了我，你要怎样，就怎样。你要活人脑子，也弄来给你。"[5]金桂笑道："这话好不通。你爱谁，说明了，就收在房里，省得别人看着不雅。我可要什么呢！"薛蟠得了这话，喜得称谢不尽。是夜，曲尽丈夫之道，奉承金桂。[6]次日也不出门，只在家中厮奈①，越发放大了胆。

至午后，金桂故意出去，让个空儿与他二人。薛蟠便拉拉扯扯的起来。宝蟾心里也知八九了，也就半推半就，正要入港。谁知金桂是有心等候的，料必在难分之际，便叫丫头小舍儿过来。原来这小丫头也是金桂从小儿在家使唤的，因她自幼父母双亡，无人看管，便大家叫她作小舍儿，专作些粗笨的生活。[7]金桂如

----

① 厮奈——厮守着混日子。

----

1. 竭力为宝钗开脱。

2. 何等胸次气度，哪能在意此类小事。

3. 与当年凤姐利用秋桐弄小巧颇有几分相似，只是心机手段不及凤姐而已。

4. 见机挑明已看穿两人心意，且等阿呆主动提出来。

5. 在金桂诱导下，果然说了实话，且是阿呆声口。

6. 也算交易。"曲尽丈夫之道"，奇闻奇语。（庚、靖）

7. 可知并非宝蟾一类人。铺叙小舍儿首尾，忙中又点"薄命"二字，与痴丫头遥遥作对。（庚）

今有意独唤她来，吩咐道："你去告诉香菱①，到我屋里，将手帕取来，不必说我说的。"¹小舍儿听了，一径寻着香菱，说："菱姑娘，奶奶的手帕子忘记在屋里了。你去取来送上去，岂不好？"

香菱正因金桂近日每每地折挫她，不知何意，百般竭力挽回不暇，²听了这话，忙往房里来取。不防正遇见他二人推就之际，一头撞了进去，自己倒羞得耳面飞红，忙转身回避不迭。那薛蟠自为是过了明路的，除了金桂，无人可怕，所以连门也不掩。今见香菱撞来，故也略有些惭愧，还不十分在意。³无奈宝蟾素日最是说嘴要强的，今遇见了香菱，便恨无地可入，忙推开薛蟠，一径跑了，口内还恨怨不迭，说他强奸力逼等语。⁴薛蟠好容易圈哄得要上手，却被香菱打散，不免一腔兴头，变作了一腔恶怒，都在香菱身上。不容分说，赶出来，啐了两口，骂道："死娼妇！你这会子作什么来撞尸游魂！"香菱料事不好，三步两步，早已跑了。薛蟠再来找宝蟾，已无踪迹了，于是恨得只骂香菱。

至晚饭后，已吃得醺醺然，洗澡时，不防水略热了些，烫了脚，便说香菱有意害他，赤条精光赶着香菱踢打了两下。香菱虽未受过这气苦，既到了此时，也说不得了，只好自悲自怨，⁵各自走开。

彼时，金桂已暗和宝蟾说明，今夜令薛蟠和宝蟾在香菱房中去成亲，命香菱过来陪自己睡。先是香菱不肯，金桂说她嫌脏了，再必是图安逸，怕夜里劳动服侍。又骂说："你那没见世面的主子，见一个爱一个，把我的人霸占了去，又不叫你来。到底是什么主意？想必是逼我死了罢了。"薛蟠听了这话，又怕闹黄了宝蟾之事，忙又赶来骂香菱："不识抬举！再不去，便要打了！"香菱无奈，只得抱了铺盖来。金桂命她在地下铺睡。香菱无奈，只得依命。刚睡下，便叫倒茶，一时又叫捶腿，如是者一夜七八次，总不使其安逸稳卧片时。⁶那薛蟠得了宝蟾，如获珍宝，一概都置之不顾。恨得金桂暗暗地发恨道："且叫你乐这几天，等我慢慢地摆布了来，那时可别怨我！"一面隐忍，一面设计摆布香菱。

半月光景，忽又装起病来，只说心疼难忍，四肢不能转动。⁷请医疗治不效，众人都说是香菱气的。闹了两日，忽又从金桂

---

1. 这话只宜对傻乎乎的木头人说，想小舍儿必资质愚钝，故平时只作些粗笨生活。金桂坏极，所以独使小舍儿为此。（庚）

2. 从香菱的为人看，再也想不到金桂为何要折挫她。总为痴心人一哭。（庚）

3. 阿呆本来脸皮就厚，又有恃无恐，自不在意。

4. 也只好说给自己听听罢了。

5. 此时，不知有否想起新妇进门前宝玉说过替她"担心虑后"的话？

6. 命香菱过来，原来就为能这样折磨她。同住一处，恐也使其另有别计可施。

7. 果然又出新花样了。半月工夫，诸计安矣。（庚）

---

① 香菱——前文虽有金桂将"香菱"之名改为"秋菱"的记述，但实际上在以后文字中诸脂评本均未再出现"秋菱"之名，或许是借此表示金桂只是一时任性为难香菱，以显示自己高明，未必认真要改，故言而未行。唯甲辰、程甲本从这里起，无论是人物对话或客观叙述，都把"香菱"改作了"秋菱"，但又不能统一，如紧接改名后的一小段里，用的仍是"香菱"；程甲本八十回之后，多用"香菱"，也用"秋菱"。今从诸脂评本。

枕头内抖出纸人来，上面写着金桂的年庚八字，有五根针钉在心窝并四肢骨节等处。[1]于是众人反乱起来，当作新闻，先报与薛姨妈。薛姨妈先忙手忙脚的；薛蟠自然更乱起来，立刻要拷打众人。金桂笑道："何必冤枉众人，大约是宝蟾的镇魔法儿。"[2]薛蟠道："她这时并没多空儿在你房里，何苦赖好人？"[3]金桂冷笑道："除了她还有谁，莫不是我自己不成！[4]虽有别人，谁可敢进我的房呢？"薛蟠道："香菱如今是天天跟着你，她自然知道，先拷问她就知道了。"金桂冷笑道："拷问谁，谁肯认？依我说，竟装个不知道，大家丢开手罢了。横竖治死我，也没什么要紧，乐得再娶好的。若据良心上说，左不过你三个多嫌我一个。"说着，一面痛哭起来。

薛蟠更被这一席话激怒，顺手抓起一根门闩来，[5]一径抢步找着香菱，不容分说，便劈头劈面打起来，一口咬定是香菱所施。香菱叫屈，薛姨妈跑来，禁喝说："不问明白，就打起人来了。这丫头服侍了这几年，哪一点不周到，不尽心？她岂肯如今作这没良心的事！你且问个清浑皂白，再动粗卤。"金桂听见她婆婆如此说，生怕薛蟠耳软心活了，便益发嚎啕大哭起来，[6]一面又哭喊说："这半个多月，把我的宝蟾霸占了去，不容她进我的房，唯有香菱跟着我睡。我要拷问宝蟾，你又护到头里。你这会子又赌气打她去。治死我，再拣富贵的标致的娶来就是了，何苦作出这些把戏来！"薛蟠听了这些话，越发着了急。

薛姨妈听见金桂句句挟制着儿子，百般恶赖的样子，十分可恨。无奈儿子偏不硬气，已是被她挟制软惯了。如今又勾搭上丫头，被她说霸占了去，她自己反要占温柔让夫之礼。[7]这魔魔法究竟不知谁作的，实是俗语说的"清官难断家务事"，此时正是公婆难断床帏事了。因此无法，只得赌气喝骂薛蟠，说："不争气的孽障，骚狗也比你体面些！谁知你三不知地把陪房丫头也摸索上了，叫老婆说霸占了丫头，什么脸出去见人！也不知谁使的法子，也不问青红皂白好歹就打人。我知道你是个得新弃旧的东西，白辜负了我当日的心。她既不好，你也不许打。我即刻叫人牙子来卖了她，你就心净了。"说着，命香菱："收拾了东西，跟我来。"一面叫人："去！快叫个人牙子来，多少卖几两银子，拔去肉中刺、眼中钉，大家过太平日子！"[8]

薛蟠见母亲动了气，早也低了头了。金桂听了这话，便隔着窗子往外哭道："你老人家只管卖人，不必说着一个、扯

1. 与前马道婆、赵姨娘所施又有不同：前隐蔽，不令人知，此张扬，当作新闻；前为治死凤姐、宝玉，此只为嫁祸香菱。

2. 明知不是，故意说。恶极，坏极！（庚）

3. 上钩了。正要老兄此句。（庚）

4. 正是，正是。

5. 只会被撒泼老婆当棍使，十足蠢驴，脓包！与前要打死宝玉遥遥一对。（庚）

6. 犹怕火烧得不旺，泼油煽风，变本加厉。

7. 虽看得一清二楚，偏儿子自己不争气，奈何，奈何！

8. 动真怒说的气话，在薛姨妈是极少见的。

着一个的。我们很是那吃醋拈酸、容不下人的不成？怎么'拔出肉中刺、眼中钉'？是谁的钉，谁的刺？但凡多嫌着她，也不肯把我的丫头也收在房里了。"薛姨妈听说，气得身战气噎，道："这是谁家的规矩？婆婆这里说话，媳妇隔着窗子拌嘴。亏你是旧家人家的女儿！¹满嘴里大呼小喊，说的是什么！"薛蟠急得跺脚，说："罢哟，罢哟！看人听见笑话。"金桂意谓一不作，二不休，越发发泼喊起来了，说："我不怕人笑话！你的小老婆治我害我，我倒怕人笑话？再不然，留下她，就卖了我！谁还不知道你薛家有钱，行动拿钱垫人①，又有好亲戚，挟制着别人。你不趁早施为，还等什么？嫌我不好，谁叫你们瞎了眼，三求四告地跑了我们家作什么去了！这会子人也来了，金的银的也赔了，略有个眼睛鼻子的也霸占去了，该挤发我了！"一面哭喊，一面滚揉，自己拍打。²薛蟠急得说又不好，劝又不好，打又不好，央告又不好，只是出入嗐声叹气，抱怨说运气不好。³

当下薛姨妈早被薛宝钗劝进去了，只命人来卖香菱。宝钗笑道："咱们家从来只知买人，并不知卖人之说，妈可是气糊涂了。倘或叫人听见，岂不笑话。哥哥、嫂子嫌她不好，留着我使唤，我正也没人使呢。"⁴薛姨妈道："留下她还是淘气，不如打发了她倒干净。"宝钗笑道："她跟着我也是一样，横竖不叫她到前头去。从此断绝了他那里，也如卖了一般。"香菱早已跑到薛姨妈跟前，痛哭哀求，只不愿出去，情愿跟着姑娘。薛姨妈也只得罢了。

自此以后，香菱果跟随宝钗去了，把前面路径竟行断绝。虽然如此，终不免对月伤悲，挑灯自叹。本来怯弱，虽在薛蟠房中几年，皆由血分中有病，是以并无胎孕。今复加以气怒伤感，内外折挫不堪，竟酿成干血之症②，日渐羸瘦作烧，饮食懒进，请医诊视服药，亦不效验。⁵

那时，金桂又吵闹了数次，气得薛姨妈母女惟暗中垂泪，怨命而已。薛蟠虽曾仗着酒胆，挺撞过两三次，持棍欲打，那金桂便递与他身子，随意叫打；这里持刀欲杀时，便伸与他脖项。薛蟠也实不能下手，只得乱闹一阵罢了。如今习惯成自然，反使金桂越发长了威风，薛蟠越发软了气骨。虽是香菱犹在，

1. 媳妇极端无礼，从受气的婆婆话中点明。然旧家规矩并不为金桂而设，何况其母只宠不教。

2. 写出撒泼丑态来。

3. 既不责怪自己，只好抱怨运气，点到"悔娶"题意。

4. 唯此一法最妥，可暂免遭罪。

5. 只是离开丈夫迟了，已到医药无效地步，可知离死期不远。

---

① 拿钱垫人——仗着有钱欺压人。

② 干血之症——中医病名，即干血痨，妇女长期月经减少或闭经，形体消瘦，潮热盗汗，目暗颧红，口干厌食等症。文中说"请医诊视服药，亦不效验"，即写她"病入膏肓"，其结果自然是"香魂返故乡"，或者说像她的"册子"上所画一池水已"水涸泥干，莲枯藕败"。

却亦如不在的一般，纵不能十分畅快，也就不觉碍眼了，且姑置不究。

如此又渐次寻趁宝蟾。宝蟾却不比香菱的情性，最是个烈火干柴，既和薛蟠情投意合，便把金桂忘在脑后。[1]近见金桂又作践她，她便不肯低服容让半点儿。先是一冲一撞的拌嘴、角口，后来金桂气急了，甚至于骂，再至于厮打。她虽不敢还言还手，便大撒泼性，拾头打滚，寻死觅活，昼则刀剪，夜则绳索，无所不闹。[2]薛蟠此时一身难以两顾，惟徘徊观望于二者之间，十分闹得无法，便出门躲在外厢。金桂不发作性气，有时欢喜，便纠聚人来斗纸牌，掷骰子作乐。又生平最喜啃骨头，每日务要杀鸡鸭，将肉赏人吃，只单以油炸焦骨头下酒。[3]吃得不耐烦，或动了气，便肆行海骂，说："有别的忘八粉头乐的，我为什么不乐！"薛姨母女总不去理她。薛蟠亦无别法，惟日夜悔恨不该娶这搅家星罢了，都是一时没了主意。[4]于是宁、荣二宅之人，上上下下，无有不知，无有不叹者。

此时，宝玉已过了百日，出门行走。亦曾过来，见过金桂："举止形容，也不怪厉，一般是鲜花嫩柳，与众姊妹不差上下的人，焉得这等样情性！可为奇之至极。"[5]因此，心下纳闷。这日，与王夫人请安去，又正遇见迎春奶娘来家请安，说起孙绍祖甚属不端："姑娘惟有背地里淌眼抹泪的，只要接了来家，散诞①两日。"王夫人因说："我正要这两日接她去，只因七事八事的都不遂心，[6]所以就忘了。前儿宝玉去了，回来也曾说过的。[7]明日是个好日子，就接她去。"正说着，贾母打发人来找宝玉，说："明儿一早往天齐庙还愿去。"宝玉如今巴不得各处去逛逛，听见如此，喜得一夜不曾合眼，盼明不明的。

次日一早，梳洗穿戴已毕，随了两三个老嬷嬷，坐车出西城门外天齐庙②来烧香还愿。这庙里已于昨日预备停妥的。宝玉天生性怯，不敢近狰狞神鬼之像。这天齐庙本系前朝所修，极其宏壮。如今年深岁久，又极其荒凉。里面泥胎塑像，皆极其凶恶，是以忙忙地供过纸马、钱粮，便退至道院歇息。一时，吃过饭，众嬷嬷和李贵等人围随宝玉，到处散诞玩耍了一回。宝玉困倦，复回至静室安歇。众嬷嬷生恐他睡着了，便请当家的老王道士来陪他说话儿。[8]这老王道士专意在江湖上卖

---

① 散诞——亦作"散旦"，闲散松快地过日子。

② 天齐庙——即东岳庙。唐玄宗开元十三年，曾封泰山神为天齐王。

1. 强盗遇上劫贼了。妙！所谓天理还报不爽。（列）

2. 本领也像同出师门，可谓棋逢敌手。

3. 这一怪癖不知如何想来，恐生活素材亦有所本，对塑造夏金桂性情增色不少。

4. 正面写出回目"悔娶"二字来。补足本题。（庚）

5. 好容貌而坏性情，生活中不乏其人，只是宝玉想不到，平庸小说家也未必想到。别书中形容妒妇，必曰黄发鹜面，岂不可笑！（庚）

6. 草蛇灰线，后文方不见突然。（庚）可知佚稿八十回后必大故迭起，一波未过，一波又至。

7. 宝玉去探望已知大概，故先有此言，不待奶娘来告诉后方知，如此写更好。

8. 到天齐庙还愿，就为遇见王道士而写。

药，弄些海上方治人射利。这庙外现挂着招牌，丸散膏丹，色色俱备。亦常在宁、荣两宅走动熟惯，都与他起了个诨号，唤他作"王一贴"，言他的膏药最验，只一贴百病皆除之意。当下王一贴进来，宝玉正歪在炕上想睡，李贵等正说"哥儿别睡着了"，厮混着。看见王一贴进来，都笑道："来得好，来得好。王师父，你极会说古记的，说一个与我们小爷听听。"王一贴笑道："正是呢。哥儿别睡，仔细肚子里面筋作怪。"说着，满屋里人都笑了。[1]

宝玉也笑着起身整衣。王一贴喝命徒弟们快泡好酽茶来。茗烟道："我们爷不吃你的茶，连在这屋里坐着，还嫌膏药气息呢。"王一贴笑道："不当家花花的①，膏药从不拿进这屋里来的。知道哥儿今日必来，头三五天就拿香熏了又熏了。"宝玉道："可是呢，天天只听见你的膏药好，到底治什么病？"王一贴道："哥儿若问我的膏药，说来话长，其中细理，一言难尽。共药一百二十味，君臣相济②，宾主得宜，温凉兼用，贵贱殊方。[2]内则调元补气，开胃口，养荣卫③，宁神安志，去寒去暑，化食化痰；外则和血脉，舒筋络，出死肌，生新肉，去风散毒。其效如神，贴过的便知。"宝玉道："我不信一张膏药就治这些病。[3]我且问你，倒有一种病，可也贴得好么？"王一贴道："百病千灾，无不立效。若不见效，哥儿只管揪着胡子，打我这老脸，拆我这庙，何如？只说出病源来。"宝玉笑道："你猜，若你猜得着，便贴得好了。"[4]王一贴听了，寻思一会，笑道："这倒难猜，只怕膏药有些不灵了。"宝玉命李贵等："你们且出去散散。这屋里人多，越发蒸臭了。"李贵等听说，且都出去自便，只留下茗烟一人。这茗烟手内点着一枝梦甜香，宝玉命他坐在身旁，却倚在他身上。王一贴心有所动，[5]便笑嘻嘻走近前来，悄悄地说道："我可猜着了！想是哥儿如今有了房中的事情，要滋助的药，可是不是？"

话犹未完，茗烟先喝道："该死，打嘴！"宝玉犹未解，[6]忙问："他说什么？"茗烟道："信他胡说！"唬得王一贴不敢再问，只说："哥儿明说了罢。"宝玉道："我问你，可有贴女人的妒病方子没有？"[7]王一贴听说，拍手笑道："这可罢了。不

1. 俚俗说笑，开口便能见出角色行当。王一贴又与张道士遥遥一对，特犯不犯。（庚）

2. 一说药理，全是江湖郎中蒙骗人的套话、空话。

3. 别忘了，宝玉是懂点医理的，故不信。

4. 哪有让人猜病的？可见非认真求医问药。

5. 见宝玉倚在茗烟身上而心动，动的却是歪念头。四字好。万端生于心，心邪则意在于邪。（列、庚）

6. 由茗烟喝阻好！宝玉哪有茗烟懂得多？"未解"妙！若解则不成文矣。（列、庚）

7. 奇问！原来心里有治病救人之想。千古奇文奇语，仍归结至上半回正文，细密如此！（列）

---

① 不当家花花的——吴语，罪过的意思。"家"亦作"价"，与"花花的"，皆语气助词，无义。

② 君臣相济——起主要作用的药与起辅助作用的药配搭起来而收到良效。"济"，利；成。庚辰、蒙府、甲辰、程甲本作"际"，梦稿、戚序、戚宁本作"配"，今从列藏本。

③ 养荣卫——中医术语。"荣卫"又作"营卫"。人体生化血液，营养周身的功能叫"营"，抵御病邪、卫护肌表的功能叫"卫"，营主内，卫主外，二者相互影响，须注意保养，不使失和，才能保持健康。

但说没有方子，就是听也没有听见过。"¹宝玉笑道："这样还算不得什么。"王一贴又忙道："贴妒病的膏药倒没经过，倒有一种汤药，或者可医，只是慢些儿，不能立竿见影的效验。"²宝玉问："什么汤药？怎么吃法？"王一贴道："这叫做'疗妒汤'，用极好的秋梨一个，二钱冰糖，一钱陈皮，水三碗，梨熟为度。每日清早吃这么一个梨，吃来吃去，就好了。"宝玉道："这也不值什么，只怕未必见效。"王一贴道："一剂不效，吃十剂；今日不效，明日再吃；今年不效，吃到明年。横竖这三味药都是润肺开胃、不伤人的，甜丝丝的，又止咳嗽，又好吃。吃过一百岁，人横竖是要死的，死了还妒什么！那时就见效了。"³说着，宝玉、茗烟都大笑不止，骂："油嘴的牛头！"王一贴笑道："不过是闲着解午盹罢了，有什么关系。说笑了你们，就值钱。实告诉你们说，连膏药也是假的。我有真药，我还吃了作神仙呢。有真的，跑到这里来混？"⁴正说着，吉时已到，请宝玉出去，焚化钱粮散福。功课完毕，方进城回家。

那时，迎春已来家好半日，孙家的婆娘、媳妇等人已待过晚饭，打发回家去了。迎春方哭哭啼啼的，在王夫人房中诉委屈，说孙绍祖"一味好色，好赌酗酒，家中所有的媳妇、丫头，将及淫遍。略劝过两三次，便骂我是'醋汁子老婆拧出来的'。⁵又说老爷曾收着他五千银子，不该使了他的。如今他来要了两三次不得，他便指着我的脸，说道：'你别和我充夫人娘子！你老子使了我五千银子，把你准折卖给我的。⁶好不好打一顿，撵在下房里睡去。当日有你爷爷在时，希图上我们的富贵，赶着①相与的。论理，我和你父亲是一辈，如今强压我的头，卖了一辈，又不该作了这门亲，倒没的叫人看着赶势利似的。'"⁷一行说，一行哭得呜呜咽咽，连王夫人并众姊妹无不落泪。王夫人只得用言语解劝，说："已是遇见了不晓事的人，可怎么样呢！想当日你叔叔也曾劝过大老爷，不叫作这门亲。大老爷执意不听，一心情愿，到底作不好了。我的儿！这也是你的命。"⁸迎春哭道："我不信我的命就这么苦！从小儿没了娘，幸而过婶子这边来，过了几年心净日子，如今偏又是这么个结果！"

王夫人一面解劝，一面问她随意要在哪里安歇。迎春道："乍乍②地离了姊妹们，只是眠思梦想；二则还记挂着我的屋

---

① 赶着——拼命巴结着的意思。
② 乍乍——刚刚。

子，还得在园里旧房子里住得三五天，死也甘心了。不知下次还可得住不得住了呢！"[1] 王夫人忙劝道："快休乱说！不过年轻的夫妻们斗牙斗齿，亦是万万人之常事，何必说这丧话。"仍命人忙忙地收拾紫菱洲房屋，命姊妹们陪伴着解释①。又吩咐宝玉："不许在老太太跟前走漏一些风声，倘或老太太知道了这些事，都是你说的。"宝玉唯唯地听命。迎春是夕仍在旧馆安歇，众姊妹等更加亲热异常。

一连住了三日，才往邢夫人那边去。先辞过贾母及王夫人，然后与众姊妹分别，更皆悲伤不舍，还是王夫人、薛姨妈等安慰劝释，方止住了，过那边去。[2] 又在邢夫人处住了两日，就有孙绍祖的人来接去。迎春虽不愿去，无奈惧孙绍祖之恶，只得勉强忍情，作辞去了。邢夫人本不在意，也不问其夫妻和睦，家务烦难，只面情塞责而已。[3] 要知端的，且听下回分解。

1. 此时思及紫菱洲旧居，已如住在天堂里了！"金闺花柳质，一载赴黄粱。"这次回去，哪里还有"下次"？

2. 凡迎春之文皆从宝玉眼中写出。前"悔娶河东狮"是实写；"误嫁中山狼"出迎春口中，可谓虚写。以虚虚实实变幻体格，各尽其法。（列、庚）可证第七十九、八十回原是一回，此回最后几小段迎春哭诉，众人劝释，便是虚写她"误嫁"之正文。

3. 蒙府、戚序本回末总评称："此文一为择婿者说法，一为择妻者说法。择婿者必以得人物轩昂、家道丰厚、荫袭公子为快；择妻者必以得容貌艳丽、妆奁富厚、子女盈门为快。殊不知以貌取人，失之子羽；试看桂花夏家、指挥孙家，何等可羡可乐，卒至迎春含悲、薛蟠贻恨，可慨也夫！"或谓后四十回续书使小说增加了揭露封建婚姻罪恶的意义，其实这一层意义早包括在小说中了，只不过《红楼梦》不限于写婚姻问题而已。

【总评】

曹雪芹原作保存下来的，这是最后一回。为什么不上不下是七十九回呢？因为如前所述，从已露头的宁府召集诸世袭公子共同比射箭的情节看，原作的第八十回极可能是"卫若兰射圃"文字，可是这一回原稿在"誊清时""被借阅者迷失"（"迷失"的共有"五六稿"之多），抄不出来了。若非如此，抄出的部分至少也会凑个整数。仅止于第七十九回的原来样子，在中华书局影印出版的"列藏本"《石头记》中还保存着。早期整理者正因为无法再多出一回来，只好将此回分成字数少一点的两回，以凑足八十回。

本回是写两对相当有代表性的婚姻悲剧——薛蟠娶了"河东狮"夏金桂和迎春嫁给"中山狼"孙绍祖。前面还有一段上回"杜撰芙蓉诔"的余响——宝黛关于修改诔文字句的讨论。

无论是黛玉从芙蓉花中走出来，被小鬟误认作晴雯显魂，还是使"黛玉听了，怵然变色"的改文"茜纱窗下，我本无缘；黄土垄中，卿何薄命"，都显然是通过形貌相似和谶语不祥，将晴雯与黛玉的命运共同处联系起来。这在有关注释所引的脂评中，已说得很清楚了。

薛蟠的婚姻，错在以貌取人，只看"这姑娘出落得花朵儿似的"，薛姨妈比他多一条："且又门当户对"，却都对其性格、品行、能否和睦相处不放在心上，结果是个"外具花柳之姿，内秉风雷之性"、有"盗跖的性气"的悍妇。她先将丈夫拿下马，最后还欺到婆婆头上，好端端的一个家庭被闹得天翻地覆，而"薛蟠亦无别法，惟日夜悔恨不该娶这搅家星罢了"。

———————————

① 解释——宽解其烦恼的意思。

薛蟠的婚姻，作者详细地正面描述其过程，因为它还关系到一个重要人物——香菱的命运。宝玉先有预感，颇为香菱"担心虑后"，可香菱听了，反大不乐意，因为她正"一头热"，对薛蟠的迎娶比谁都兴奋。谁知从此掉进了地狱，备受金桂的欺凌、折磨，还遭丈夫的毒打。书中说，本就怯弱的香菱，"今复加以气怒伤感，内外折挫不堪，竟酿成干血之症，日渐羸弱作烧，饮食懒进，请医诊视服药，亦不效验"。所以，将此回分成二回的一些本子，后来拟目为"姣怯香菱病入膏肓"，可见，其结果确如其册子判词所说，"自从两地生孤木"之后，已距"致使香魂返故乡"不远了。续书后来改写香菱命运，是为要宣扬福善祸淫、因果有报的思想。

宝玉想要治好夏金桂的妒病，向道士王一贴打听方子。这段情节把专卖假药、混骗钱财的江湖郎中的嘴脸，写得活龙活现。其中说"疗妒汤"一节，更是极诙谐风趣文字，充分体现了作者特有的幽默感，这种笔墨在续书中是找不到的。

迎春的婚姻更具有普遍性。看起来，她像是被"中山狼，无情兽"吃掉的，其实，吞噬她的是整个封建宗法制度。她从小死了娘，她父亲贾赦和邢夫人对她毫不怜惜。贾赦欠了孙家五千两银子，将她嫁给孙家，实际上等于拿她抵债。当初，虽有人劝阻这门亲事，但"大老爷执意不听"，谁也没有办法，因为儿女的婚事决定于父母。后来，迎春回贾府哭诉她在孙家所受到的虐待，尽管大家十分伤感，也无可奈何，因为嫁出去的女儿已是属于夫家的人了，所以只好忍心把她再送回狼窝里去。

在大观园女儿国中，迎春是成为包办婚姻的牺牲品的一个典型代表。续书把宝黛悲剧也写成因为婚姻不自由而产生的悲剧，这并不能提高原著的思想性。《红楼梦》虽然暴露封建婚姻罪恶，但绝不是一部以反对婚姻不自由为主题或主线的书。它所揭露的封建社会不合理的方面，要广泛、深刻得多。改变贾府这个封建大家庭"食尽鸟飞、惟余白地"、最终没落的总构思和情节发展的总方向，只能是缩小和改变了全书悲剧的性质，把"红楼梦"写成"良缘梦"，也只能是削弱和降低了原著的思想、艺术价值。

# 第八十一回
## 占旺相四美钓游鱼　奉严词两番入家塾①

**【题解】**

从本回起，包括回目在内，皆后人所续。

佚名氏续作后四十回的时间，大约与乾隆甲辰（1784年）梦觉主人作序的八十回抄本的整理抄出相距不远，比程伟元收得后四十回，与友人高鹗共同"细加厘剔，截长补短，抄成全部，复为镌板"的一百二十回刻本至少早七八年。详见拙著《红楼梦是怎样写成的——后四十回续书何时写成？》（北京图书馆出版社2004年10月）。

贾府最终败亡的结局既要改变，多时聚集在大观园上空的黑云也逐渐散去，雷声停了。于是有"四美钓游鱼"之类的无谓情节。宝玉虽仍说些傻话、疯话，但也一变惊世骇俗之言而为幼稚无知的话。贾政则改变了前回说到的"名利大灰"的心情和"不强以举业逼他"的态度，而"严词"要求宝玉为"应试选举"做好准备，"自今日起，再不许做诗做对的了，单要学习八股文章"。

且说迎春归去之后，邢夫人像没有这事，倒是王夫人抚养了一场，却甚实伤感，在房中自己叹息了一回。只见宝玉走来请安，看见王夫人脸上似有泪痕，也不敢坐，只在旁边站着。王夫人叫他坐下，宝玉才捱上炕来，就在王夫人身旁坐了。王夫人见他呆呆地瞅着，似有欲言不言的光景，便道："你又为什么这样呆呆的？"宝玉道："并不为什么，只是昨儿听见二姐姐这种光景，我实在替她受不得。虽不敢告诉老太太，却这两夜只是睡不着。我想咱们这样人家的姑娘，哪里受得这样的委屈。况且二姐姐是个最懦弱的人，向来不会和人拌嘴，偏偏儿的遇见这样没人心的东西，竟一点儿不知道女人的苦处。"说着，几乎滴下泪来。王夫人道："这也是没法儿的事。俗语说的，'嫁出去的女孩儿泼出去的水'，叫我能怎么样呢？"宝玉道："我昨儿夜里倒想了一个主意：咱们索性回明了老太太，把二姐姐接回来，还叫她紫菱洲住着，仍旧我们姐妹弟兄们一块儿吃，一块儿玩，省得受孙家那混账行子的气。等他来接，咱们硬不叫她去。由他接一百回，咱们留一百回，只说是老太太的主意。这个岂不好好！"王夫人听了，又好笑，又好恼，说道："你又发了呆气了，混说的是什么！大凡做了女孩儿，终究是要出门子的，嫁到人家去，娘家哪里顾得，也只好看她自己的命运，碰得好就好，碰得不好也就没法儿。你难道没听见人

---

① 回目——占旺相：看谁运气好。占，原是占卜，即观察龟甲上兆象的吉凶。旺相，阴阳家用语，指人行动得时，运气旺盛。严词，父亲的训导。

说'嫁鸡随鸡，嫁狗随狗'，哪里个个都像你大姐姐做娘娘呢。况且你二姐姐是新媳妇，孙姑爷也还是年轻的人，各人有各人的脾气，新来乍到，自然要有些扭别的。过几年大家摸着脾气儿，生儿长女以后，那就好了。你断断不许在老太太跟前说起半个字，我知道了是不依你的。快去干你的去罢，不要在这里混说。"说得宝玉也不敢作声，坐了一回，无精打采地出来了。憋着一肚子闷气，无处可泄，走到园中，一径往潇湘馆来。

　　刚进了门，便放声大哭起来。黛玉正在梳洗才毕，见宝玉这个光景，倒吓了一跳，问："是怎么了？和谁怄了气了？"连问几声。宝玉低着头，伏在桌子上，呜呜咽咽哭得说不出话来。黛玉便在椅子上怔怔地瞅着他，一会子问道："到底是别人和你怄了气了，还是我得罪了你呢？"宝玉摇手道："都不是，都不是。"黛玉道："那么着为什么这么伤起心来？"宝玉道："我只想着咱们大家越早些死的越好，活着真真没有趣儿！"黛玉听了这话，更觉惊讶，道："这是什么话，你真正发了疯了不成！"宝玉道："也并不是我发疯，我告诉你，你也不能不伤心。前儿二姐姐回来的样子和那些话，你也都听见看见了。我想人到了大的时候，为什么要嫁？嫁出去受人家这般苦楚！还记得咱们初结'海棠社'的时候，大家吟诗做东道，那时候何等热闹。如今宝姐姐家去了，连香菱也不能过来，二姐姐又出了门子了，几个知心知意的人都不在一处，弄得这样光景。我原打算去告诉老太太接二姐姐回来，谁知太太不依，倒说我呆、混说，我又不敢言语。这不多几时，你瞧瞧，园中光景已经大变了。若再过几年，又不知怎么样了。故此越想，不由人不心里难受起来。"黛玉听了这番言语，把头渐渐地低了下去，身子渐渐地退至炕上，一言不发，叹了口气，便向里躺下去了。

　　紫鹃刚拿进茶来，见他两个这样，正在纳闷。只见袭人来了，进来看见宝玉，便道："二爷在这里呢么，老太太那里叫呢。我估量着二爷就是在这里。"黛玉听见是袭人，便欠身起来让坐。黛玉的两个眼圈儿已经哭得通红了。宝玉看见道："妹妹，我刚才说的不过是些呆话，你也不用伤心。你要想我的话时，身子更要保重才好。你歇歇儿罢，老太太那边叫我，我看看去就来。"说着，往外走。袭人悄问黛玉道："你两个人又为什么？"黛玉道："他为他二姐姐伤心；我是刚才眼睛发痒揉的，并不为什么。"袭人也不言语，忙跟了宝玉出来，各自散了。宝玉来到贾母那边，贾母却已经歇晌，只得回到怡红院。

　　到了午后，宝玉睡了中觉起来，甚觉无聊，随手拿了一本书看。袭人见他看书，忙去沏茶伺候。谁知宝玉拿的那本书却是《古乐府》[①]，随手翻来，正看见曹孟德"对酒当歌，人生几何"[②]一首，不觉刺心。因放下这一本，又拿一本看时，却是《晋文》[③]，翻了几页，忽然把书掩上，托着腮，只管痴痴地坐着。袭人倒了茶来，见他这般光景便道："你为什么又不看了？"宝玉也不答言，接过茶来喝了一口，便放下了。袭人一时摸不着头脑，也只管站在旁边呆呆地看着他。忽见宝玉站起来，嘴里咕咕哝哝地说道："好一个'放浪形

---

① 《古乐府》——元代左克明编选的古代乐府诗集名，所收作品自先秦至隋朝，共十卷。
② "对酒"二句——曹操，字孟德，作《短歌行》，这是诗的开头两句。
③ 《晋文》——收录晋人文章的集子。这里是为引出下文宝玉的话，不必指实是哪一本书。

骸之外'①！"袭人听了，又好笑，又不敢问他，只得劝道："你若不爱看这些书，不如还到园里逛逛，也省得闷出毛病来。"那宝玉只管口中答应，只管出着神往外走了。

一时走到沁芳亭，但见萧疏景象，人去房空。又来至蘅芜院，更是香草依然，门窗掩闭。转过藕香榭来，远远地只见几个人在蓼溆一带栏杆上靠着，有几个小丫头蹲在地下找东西。宝玉轻轻地走在假山背后听着。只听一个说道："看它浮上来不浮上来。"好似李纹的语音。一个笑道："好，下去了。我知道它不上来的。"这个却是探春的声音。一个又道："是了，姐姐你别动，只管等着。它横竖上来。"一个又说："上来了。"这两个是李绮、邢岫烟的声儿。宝玉忍不住，拾了一块小砖头儿，往那水里一撂。"咕咚"一声，四个人都吓了一跳，惊讶道："这是谁这么促狭？唬了我们一跳。"宝玉笑着从山子后直跳出来，笑道："你们好乐啊！怎么不叫我一声儿？"探春道："我就知道再不是别人，必是二哥哥这样淘气。没什么说的，你好好儿的赔我们的鱼罢。刚才一个鱼上来，刚刚儿的要钓着，叫你唬跑了。"宝玉笑道："你们在这里玩竟不找我，我还要罚你们呢！"大家笑了一回。宝玉道："咱们大家今儿钓鱼，占占谁的运气好。看谁钓得着，就是他今年的运气好，钓不着，就是他今年运气不好。咱们谁先钓？"探春便让李纹，李纹不肯。探春笑道："这样就是我先钓。"回头向宝玉说道："二哥哥，你再赶走了我的鱼，我可不依了。"宝玉道："头里原是我要唬你们玩，这会子你只管钓罢。"

探春把丝绳抛下，没十来句话的工夫，就有一个杨叶窜儿②吞着钩子把漂儿坠下去，探春把竿一挑，往地下一撂，却活迸的。待书在满地上乱抓，两手捧着搁在小磁坛内，清水养着。探春把钓竿递与李纹。李纹也把钓竿垂下，但觉丝儿一动，忙挑起来，却是个空钩子。又垂下去，半晌，钓丝一动，又挑起来，还是空钩子。李纹把那钩子拿上来一瞧，原来往里钩了。李纹笑道："怪不得钓不着。"忙叫素云把钩子敲好了，换上新虫子，上边贴好了苇片儿③。垂下去一会儿，见苇片直沉下去，急忙提起来，倒是一个二寸长的鲫瓜儿。李纹笑着道："宝哥哥钓罢。"宝玉道："索性三妹妹和邢妹妹钓了，我再钓。"岫烟却不答言。只见李绮道："宝哥哥先钓罢。"说着水面上起了一个泡儿。探春道："不必尽着让了。你看那鱼都在三妹妹那边呢，还是三妹妹快着钓罢。"李绮笑着接了钓竿儿，果然沉下去就钓了一个。然后岫烟也钓着了一个，遂将竿子仍旧递给探春，探春才递与宝玉。宝玉道："我是要做姜太公④的。"便走下石矶，坐在池边钓起来，岂知那水里的鱼看见人影儿，都躲到别处去了。宝玉抢着钓竿等了半天，那钓丝儿动也不动。刚有一个鱼儿在水边吐沫，宝玉把竿子一幌，又唬走了。急得宝玉道："我最是个性儿急的人，它偏性儿慢，这可怎么样呢。好鱼儿，快来罢！你也成全成全我呢。"说得四人都笑了。一言未了，只见钓丝微微一动。宝玉喜得满怀，用力往上一兜，把钓竿往石上一碰，折作两段，

---

① 放浪形骸之外——晋代王羲之《兰亭集序》中的话。意谓不受任何约束，自由自在地游乐。放浪，放纵。形骸，身体。

② 杨叶窜儿——常在淡水水面窜游的小鱼，状如杨柳叶子。

③ 苇片儿——用苇秆切成小片做的鱼漂，使鱼钩不致沉底，从其浮沉察看鱼是否上钩。

④ 姜太公——西周吕尚，姜姓，吕氏，字子牙，俗称姜太公，传说他曾垂钓于渭水滨，用的是无饵的直钩，故俗谚有"姜太公钓鱼，愿者上钩"的话。

丝也振断了，钩子也不知往哪里去了。众人越发笑起来。探春道："再没见像你这样卤人。"

正说着，只见麝月慌慌张张地跑来说："二爷，老太太醒了，叫你快去呢。"五个人都唬了一跳。探春便问麝月道："老太太叫二爷什么事？"麝月道："我也不知道。就只听见说是什么闹破了，叫宝玉来问，还要叫琏二奶奶一块儿查问呢。"吓得宝玉发了一回呆，说道："不知又是哪个丫头遭了瘟了。"探春道："不知什么事，二哥哥你快去，有什么信儿，先叫麝月来告诉我们一声儿。"说着，便同李纹、李绮、岫烟走了。

宝玉走到贾母房中，只见王夫人陪着贾母摸牌。宝玉看见无事，才把心放下了一半。贾母见他进来，便问道："你前年那一次大病的时候，后来亏了一个疯和尚和个瘸道士治好了的。那会子病里，你觉得是怎么样？"宝玉想了一回，道："我记得得病的时候儿，好好的站着，倒像背地里有人把我拦头一棍，疼得眼睛前头漆黑，看见满屋子里都是些青面獠牙、拿刀举棒的恶鬼。躺在炕上，觉得脑袋上加了几个脑箍似的。以后便疼得任什么不知道了。到好的时候，又记得堂屋里一片金光直照到我房里来，那些鬼都跑着躲避，便不见了。我的头也不疼了，心上也就清楚了。"贾母告诉王夫人道："这个样儿也就差不多了。"

说着凤姐也进来了，见了贾母，又回身见过了王夫人，说道："老祖宗要问我什么？"贾母道："你前年害了邪病，你还记得怎么样？"凤姐儿笑道："我也不很记得了。但觉自己身子不由自主，倒像有些鬼怪拉拉扯扯要我杀人才好，有什么拿什么，见什么杀什么。自己原觉很乏，只是不能住手。"贾母道："好的时候还记得么？"凤姐道："好的时候好像空中有人说了几句话似的，却不记得说什么来着。"贾母道："这么看起来竟是她。他姐儿两个病中的光景和才说的一样。这老东西竟这样坏心，宝玉枉认了她做干妈。倒是这个和尚道人，阿弥陀佛！才是救宝玉性命的，只是没有报答他。"凤姐道："怎么老太太想起我们的病来呢？"贾母道："你问你太太去，我懒待说。"

王夫人道："才刚老爷进来说起宝玉的干妈竟是个混账东西，邪魔外道的。如今闹破了，被锦衣府拿住，送入刑部监<sup>①</sup>，要问死罪的了，前几天被人告发的。那个人叫做什么潘三保，有一所房子卖与斜对过当铺里。这房子加了几倍价钱，潘三保还要加，当铺里哪里还肯。潘三保便买嘱了这老东西，因她常到当铺里去，那当铺里人的内眷都与她好的。她就使了个法儿，叫人家的内人便得了邪病，家翻宅乱起来。她又去说这个病她能治，就用些神马<sup>②</sup>纸钱烧献了，果然见效。她又向人家内眷们要了十几两银子。岂知老佛爷有眼，应该败露了。这一天急要回去，掉了一个绢包儿。当铺里人捡起来一看，里头有许多纸人，还有四丸子很香的香。正诧异呢，那老东西倒回来找这绢包儿。这里的人就把她拿住，身边一搜，搜出一个匣子，里面有象牙刻的一男一女，不穿衣服，光着身子的两个魔王，还有七根朱红绣花针。立时送到锦衣府去，问出许多官员家大户太太、姑娘们的隐情事来。

---

① 锦衣府、刑部监——锦衣府，也叫"锦衣卫"，即锦衣亲军都指挥使司，明代机构，听命于皇帝的专管纠查、侦察的特务组织。刑部监，刑部属下的监狱。刑部，中央级的官署中有六部，此为其中之一，掌管国家的法律、刑狱事务。

② 神马——神像。当时京师因不敢直接言神而叫"神马儿"。（见《燕京岁时记》）

所以知会了营①里，把她家中一抄，抄出好些泥塑的煞神，几匣子闹香②。炕背后空屋子里挂着一盏七星灯③，灯下有几个草人，有头上戴着脑箍的，有胸前穿着钉子的，有项上拴着锁子的。柜子里无数纸人儿，底下几篇小账，上面记着某家验过，应找银若干。得人家油钱香分④也不计其数。凤姐道："咱们的病一准是她。我记得咱们病后，那老妖精向赵姨娘处来过几次，要向赵姨娘讨银子，见了我，便脸上变貌变色，两眼鸎鸡似的。我当初还猜疑了几遍，总不知什么原故。如今说起来，却原来都是有因的。但只我在这里当家，自然惹人恨怨，怪不得人治我。宝玉可和人有什么仇呢，忍得下这样毒手。"贾母道："焉知不因我疼宝玉不疼环儿，竟给你们种了毒了呢。"王夫人道："这老货已经问了罪，决不好叫她来对证。没有对证，赵姨娘哪里肯认账。事情又大，闹出来，外面也不雅，等她自作自受，少不得要自己败露的。"贾母道："你这话说的也是，这样事，没有对证，也难作准。只是佛爷菩萨看得真，他们姐儿两个，如今又比谁不济了呢。罢了，过去的事，凤哥儿也不必提了。今日你和你太太都在我这边吃了晚饭再过去罢。"遂叫鸳鸯、琥珀等传饭。凤姐赶忙笑道："怎么老祖宗倒操起心来！"王夫人也笑了。只见外头几个媳妇伺候。凤姐连忙告诉小丫头子传饭："我和太太都跟着老太太吃。"正说着，只见玉钏儿走来对王夫人道："老爷要找一件什么东西，请太太伺候了老太太的饭完了自己去找一找呢。"贾母道："你去罢，保不住你老爷有要紧的事。"王夫人答应着，便留下凤姐儿伺候，自己退了出来。

　　回至房中，和贾政说了些闲话，把东西找了出来。贾政便问道："迎儿已经回去了？她在孙家怎么样？"王夫人道："迎丫头一肚子眼泪，说孙姑爷凶横得了不得。"因把迎春的话述了一遍。贾政叹道："我原知不是对头，无奈大老爷已说定了，教我也没法。不过迎丫头受些委屈罢了。"王夫人道："这还是新媳妇，只指望她以后好了好。"说着，"嗤"的一笑。贾政道："笑什么？"王夫人道："我笑宝玉，今儿早起特特的到这屋里来，说的都是些孩子话。"贾政道："他说什么？"王夫人把宝玉的言语笑述了一遍。贾政也忍不住的笑，因又说道："你提宝玉，我正想起一件事来。这小孩子天天放在园里，也不是事。生女儿不得济，还是别人家的人；生儿若不济事，关系非浅。前日倒有人和我提起一位先生来，学问人品都是极好的，也是南边人。但我想南边先生性情最是和平，咱们城里的小孩，个个踢天弄井⑤，鬼聪明倒是有的，可以搪塞就搪塞过去了；胆子又大，先生再要不肯给没脸，一日哄哥儿似的，没的白耽误了。所以老辈子不肯请外头的先生，只在本家择出有年纪再有点学问的请来掌家塾。如今儒大太爷虽学问也只中平，但还弹压得住这些小孩子们，不至以颟顸⑥了事。我想宝玉闲着总不好，不如仍旧叫他家塾中读书去罢了。"王夫人道："老爷说的很是。自从老爷外任去了，他又常病，竟耽搁了好几年。如今且在家学里温习温习，也是好的。"贾政点头，又说些闲话，不提。

①　营——指清代禁卫军之一的五城巡捕营。
②　闹香——即闷香，一种能使人昏迷的毒香。
③　七星灯——一种祭神的油灯，有七个灯芯排列成北斗状。
④　油钱香分（fèn 忿）——僧尼道婆巫祝等借口供佛敬神，向人骗取钱财所立的名目。
⑤　踢天弄井——形容孩子极顽皮，说他上蹿下跳，闹得天翻地覆。
⑥　颟顸（mān hān）——糊涂，马虎。

　　且说宝玉次日起来，梳洗已毕，早有小厮们传进话来说："老爷叫二爷说话。"宝玉忙整理了衣服，来至贾政书房中，请了安，站着。贾政道："你近来作些什么功课？虽有几篇字，也算不得什么。我看你近来的光景，越发比头几年散荡了，况且每每听见你推病不肯念书。如今可大好了，我还听见你天天在园子里和姊妹们玩玩笑笑，甚至和那些丫头们混闹，把自己的正经事，总丢在脑袋后头。就是做得几句诗词，也并不怎么样，有什么稀罕处！比如应试选举，到底以文章为主，你这上头倒没有一点儿工夫。我可嘱咐你：自今日起，再不许做诗做对的了，单要习学八股文章。限你一年，若毫无长进，你也不用念书了，我也不愿有你这样的儿子了。"遂叫李贵来，说："明儿一早，传茗烟跟了宝玉去收拾应念的书籍，一齐拿过来我看看，亲自送他到家学里去。"喝命宝玉："去罢！明日起早来见我。"宝玉听了半日，竟无一言可答，因回到怡红院来。

　　袭人正在着急听信，见说取书，倒也欢喜。独是宝玉要人即刻送信与贾母，欲叫拦阻。贾母得信，便命人叫宝玉来，告诉他说："只管放心先去，别叫你老子生气。有什么难为你，有我呢。"宝玉没法，只得回来嘱咐了丫头们："明日早早叫我，老爷要等着送我到家学里去呢。"袭人等答应了，同麝月两个倒替着醒了一夜。

　　次日一早，袭人便叫醒宝玉，梳洗了，换了衣服，打发小丫头子传了茗烟在二门上伺候，拿着书籍等物。袭人又催了两遍，宝玉只得出来过贾政书房中来，先打听老爷过来了没有。书房中小厮答应："方才一位清客相公请老爷回话，里边说梳洗呢，命清客相公出去候着去了。"宝玉听了，心里稍稍安顿，连忙到贾政这边来。恰好贾政着人来叫，宝玉便跟着进去。贾政不免又嘱咐几句话，带了宝玉上了车，茗烟拿着书籍，一直到家塾中来。

　　早有人先抢一步回代儒说："老爷来了。"代儒站起身来，贾政早已走入，向代儒请了安。代儒拉着手问了好，又问："老太太近日安么？"宝玉过来也请了安。贾政站着，请代儒坐了，然后坐下。贾政道："我今日自己送他来，因要求托一番。这孩子年纪也不小了，到底要学个成人的举业，才是终身立身成名之事。如今他在家中只是和些孩子们混闹，虽懂得几句诗词，也是胡诌乱道；就是好了，也不过是风云月露，与一生的正事毫无关涉。"代儒道："我看他相貌也还体面，灵性也还去得，为什么不念书，只是心野贪玩？诗词一道，不是学不得的，只要发达了以后，再学还不迟呢。"贾政道："原是如此。目今只求叫他读书、讲书、作文章。倘或不听教训，还求太爷认真地管教管教他，才不至有名无实地白耽误了他的一世。"说毕，站起来，又作了一个揖，然后说了些闲话，才辞了出去。代儒送至门首，说："老太太前替我问好请安罢。"贾政答应着，自己上车去了。

　　代儒回身进来，看见宝玉在西南角靠窗户摆着一张花梨①小桌，右边堆下两套旧书，薄薄儿的一本文章，叫茗烟将纸墨笔砚都搁在抽屉里藏着。代儒道："宝玉，我听见说你前儿有病，如今可大好了？"宝玉站起来道："大好了。"代儒道："如今论起来，你可也该用功了。你父亲望你成人恳切得很。你且把从前念过的书，打头儿理一遍。每日早起理

---

　　① 花梨——指花梨木，质硬纹细，常作贵重家具。

书[1]，饭后写字，晌午讲书、念几遍文章就是了。"宝玉答应了个"是"，回身坐下时，不免四面一看。见昔时金荣辈不见了几个，又添了几个小学生，都是些粗俗异常的。忽然想起秦钟来，如今没有一个做得伴说句知心话儿的，心上凄然不乐，却不敢作声，只是闷着看书。代儒告诉宝玉道："今日头一天，早些放你家去罢。明日要讲书了。但是你又不是很愚夯的，明日我倒要你先讲一两章书我听，试试你近来的功课何如，我才晓得你到怎么个分儿上头。"说得宝玉心中乱跳。欲知明日听解何如，且听下回分解。

---

① 理书——温习书本。

# 第 八 十 二 回

## 老学究讲义警顽心　病潇湘痴魂惊恶梦

【题解】

　　听说宝玉又要上学，贾母、黛玉都叫好。贾母说："好了，如今野马上了笼头了。"黛玉说："你要取功名，这个（指八股文章）也清贵些。"宝玉上课讲经义，水平不低，说："德乃天理，色是人欲。"已像个理学家了。黛玉做梦，见贾母翻脸不管，已换了个人。写黛玉病情，似老婆子舌头："只见满盒子痰，痰中好些血星。"也不管读者读了有什么感受。

　　话说宝玉下学回来，见了贾母。贾母笑道："好了，如今野马上了笼头了。去罢，见见你老爷，回来散散儿去罢。"宝玉答应着，去见贾政。贾政道："这早晚就下了学了么？师父给你定了工课没有？"宝玉道："定了。早起理书，饭后写字，晌午讲书、念文章。"贾政听了，点点头儿，因道："去罢，还到老太太那边陪着坐坐去。你也该学些人功道理，别一味地贪玩。晚上早些睡，天天上学早些起来。你听见了？"宝玉连忙答应几个"是"，退出来，忙忙又去见王夫人，又到贾母那边打了个照面儿。

　　赶着出来，恨不得一走就走到潇湘馆才好。刚进门口，便拍着手笑道："我依旧回来了！"猛可里倒唬了黛玉一跳。紫鹃打起帘子，宝玉进来坐下。黛玉道："我恍惚听见你念书去了。这么早就回来了？"宝玉道："嗳呀，了不得！我今儿不是被老爷叫了念书去了么，心上倒像没有和你们见面的日子了。好容易熬了一天，这会子瞧见你们，竟如死而复生的一样，真真古人说'一日三秋'①，这话再不错的。"黛玉道："你上头去过了没有？"宝玉道："都去过了。"黛玉道："别处呢？"宝玉道："没有。"黛玉道："你也该瞧瞧她们去。"宝玉道："我这会子懒待动了，只和妹妹坐着说一会子话儿罢。老爷还叫早睡早起，只好明儿再瞧她们去了。"黛玉道："你坐坐儿，可是正该歇歇儿去了。"宝玉道："我哪里是乏，只是闷得慌。这会子咱们坐着才把闷散了，你又催起我来。"黛玉微微地一笑，因叫紫鹃："把我的龙井茶给二爷沏一碗。二爷如今念书了，比不得头里。"紫鹃笑着答应，去拿茶叶，叫小丫头子沏茶。宝玉接着说道："还提什么念书，我最厌这些道学话。更可笑的是八股文章，拿它诓功名混饭吃也罢了，还要说代圣贤立言②。好些的，不过拿些经书凑搭凑搭还罢了；更有一种可笑的，肚子里原没有什么，东拉西扯，弄的牛鬼蛇神，

---

① 一日三秋——即常言"一日不见，如隔三秋"。三秋，三年。语本《诗经·王风·采葛》。

② 代圣贤立言——明清科举制以"四书""五经"命题试士，规定要用八股文模拟古代圣贤的语气来阐发经义，而不许发挥自己的见解，叫"代圣贤立言"。

还自以为博奥。这哪里是阐发圣贤的道理！目下老爷口口声声叫我学这个，我又不敢违拗，你这会子还提念书呢。"黛玉道："我们女孩儿家虽然不要这个，但小时跟着你们雨村先生念书，也曾看过。内中也有近情近理的，也有清微淡远的。那时候虽不大懂，也觉得好，不可一概抹倒。况且你要取功名，这个也清贵些。"宝玉听到这里，觉得不甚入耳，因想黛玉从来不是这样人，怎么也这样势欲熏心起来？又不敢在她跟前驳回，只在鼻子眼里笑了一声。

正说着，忽听外面两个人说话，却是秋纹和紫鹃。只听秋纹道："袭人姐姐叫我老太太那里接去，谁知却在这里。"紫鹃道："我们这里才沏了茶，索性让他喝了再去。"说着，二人一齐进来。宝玉和秋纹笑道："我就过去，又劳动你来找。"秋纹未及答言，只见紫鹃道："你快喝了茶去罢，人家都想了一天了。"秋纹啐道："呸，好混账丫头！"说得大家都笑了。宝玉起身才辞了出来。黛玉送到屋门口儿，紫鹃在台阶下站着，宝玉出去，才回房里来。

却说宝玉回到怡红院中，进了屋子，只见袭人从里间迎出来，便问："回来了么？"秋纹应道："二爷早来了，在林姑娘那边来着。"宝玉道："今日有事没有？"袭人道："事却没有。方才太太叫鸳鸯姐姐来吩咐我们：如今老爷发狠叫你念书，如有丫鬟们再敢和你玩笑，都要照着晴雯、司棋的例办。我想，服侍你一场，赚了这些言语，也没什么趣儿。"说着，便伤起心来。宝玉忙道："好姐姐，你放心。我只好生念书，太太再不说你们了。我今儿晚上还要看书，明日师父叫我讲书呢。我要使唤，横竖有麝月、秋纹呢，你歇歇去罢。"袭人道："你要真肯念书，我们服侍你，也是欢喜的。"宝玉听了，赶忙吃了晚饭，就叫点灯，把念过的"四书"翻出来。只是从何处看起？翻了一本，看去章章里头似乎明白，细按起来，却不很明白。看着小注，又看讲章，闹到梆子下来了，自己想道："我在诗词上觉得很容易，在这个上头竟没头脑。"便坐着呆呆地呆想。袭人道："歇歇罢，做工夫也不在这一时的。"宝玉嘴里只管胡乱答应。麝月、袭人才服侍他睡下，两个才也睡了。及至睡醒一觉，听得宝玉炕上还是翻来覆去。袭人道："你还醒着呢么？你倒别混想了，养养神，明儿好念书。"宝玉道："我也是这样想，只是睡不着。你来给我揭去一层被。"袭人道："天气不热，别揭罢。"宝玉道："我心里烦躁得很。"自把被窝褪下来。袭人忙爬起来按住，把手去他头上一摸，觉得微微有些发烧。袭人道："你别动了，有些发烧了。"宝玉道："可不是！"袭人道："这是怎么说呢！"宝玉道："不怕，是我心烦的原故。你别吵嚷，省得老爷知道了，必说我装病逃学，不然怎么病得这样巧。明儿好了，原到学里去，就完事了。"袭人也觉得可怜，说道："我靠着你睡罢。"便和宝玉捶了一回脊梁，不知不觉大家都睡着了。

直到红日高升，方才起来，宝玉道："不好了，晚了！"急忙梳洗毕，问了安，就往学里来了。代儒已经变着脸，说："怪不得你老爷生气，说你没出息。第二天你就懒惰，这是什么时候才来！"宝玉把昨儿发烧的话说了一遍，方过去了，原旧念书。

到了下晚，代儒道："宝玉，有一章书你来讲讲。"宝玉过来一看，却是"后生可畏"章[①]。宝玉心上说："这还好，幸亏不是《学》《庸》。"问道："怎么讲呢？"代儒道："你把

---

①　"后生可畏"章——出《论语·子罕》，该章全文曰："子曰：'后生可畏，焉知来者之不如今也？四十、五十而无闻焉，斯亦不足畏也已。'"小说中有阐解。

节旨①句子细细儿讲来。"宝玉把这章先朗朗地念了一遍，说："这章书是圣人勉励后生，教他及时努力，不要弄到……"说到这里，抬头向代儒一瞧。代儒觉得了，笑了一笑道："你只管说，讲书是没有什么避忌的。《礼记》上说'临文不讳'②，只管说，'不要弄到'什么？"宝玉道："不要弄到老大无成。先将'可畏'二字激发后生的志气，后把'不足畏，二字警惕后生的将来。"说罢，看着代儒。代儒道："也还罢了。串讲呢？"宝玉道："圣人说，人生少时，心思才力，样样聪明能干，实在是可怕的。哪里料得定他后来的日子不像我的今日。若是悠悠忽忽到了四十岁，又到五十岁，既不能够发达，这种人虽是他后生时像个有用的，到了那个时候，这一辈子就没有人怕他了。"代儒笑道："你方才节旨讲得倒清楚，只是句子里有些孩子气。'无闻'二字不是不能发达做官的话。'闻'是实在自己能够明理见道，就不做官也是有'闻'了。不然，古圣贤有遁世不见知的，岂不是不做官的人，难道也是'无闻'么？'不足畏'是使人料得定，方与'焉知'的'知'字对针，不是'怕'的字眼。要从这里看出，方能入细。你懂得不懂得？"宝玉道："懂得了。"代儒道："还有一章，你也讲一讲。"代儒往前揭了一篇，指给宝玉。宝玉看是"吾未见好德如好色者也"③。宝玉觉得这一章却有些刺心，便陪笑道："这句话没有什么讲头。"代儒道："胡说！譬如场中出了这个题目，也说没有做头么？"宝玉不得已，讲道："是圣人看见人不肯好德，见了色便好得了不得。殊不想德是性中本有的东西，人偏都不肯好它。至于那个色呢，虽也是从先天中带来，无人不好的。但是德乃天理，色是人欲，人哪里肯把天理好得像人欲似的。孔子虽是叹息的话，又是望人回转来的意思。并且见得人就有好德的，好得终是浮浅，直要像色一样的好起来，那才是真好呢。"代儒道："这也讲得罢了。我有句话问你：你既懂得圣人的话，为什么正犯着这两件病？我虽不在家中，你们老爷也不曾告诉我，其实你的毛病我却尽知的。做一个人，怎么不望长进？你这回儿正是'后生可畏'的时候，'有闻''不足畏'全在你自己做去了。我如今限你一个月，把念过的旧书全要理清，再念一个月文章。以后我要出题目，叫你作文章了。如若懈怠，我是断乎不依的。自古道：'成人不自在，自在不成人。'④你好生记着我的话。"宝玉答应了，也只得天天按着功课干去。不提。

　　且说宝玉上学之后，怡红院中甚觉清净闲暇。袭人倒可做些活计，拿着针线要绣个槟榔包儿，想着如今宝玉有了功课，丫头们可也没有饥荒了。早要如此，晴雯何至弄到没有结果？兔死狐悲，不觉滴下泪来。忽又想到自己终身本不是宝玉的正配，原是偏房。宝玉的为人，却还拿得住，只怕娶了一个利害的，自己便是尤二姐、香菱的后身。素来看着贾母、王夫人光景及凤姐儿往往露出话来，自然是黛玉无疑了。那黛玉就是个多心人。想到此际，

---

① 节旨——经书的注释本中总括正文章节大意的话。
② 临文不讳——封建时代讳言君王、尊亲、圣人的名字或不敬的话（如下面说的"老大无成"），但在抄写或讲读儒家经典时，可不受此限制，叫"临文不讳"。语出《礼记·曲礼上》。
③ 吾未见好德如好色者——出《论语·子罕》，该章就只孔子说的这句话。
④ "成人"二句——意谓人要有所成就，必须刻苦努力，严格约束自己。南宋朱熹曾引此语，称之为"谚"。见南宋罗大经《鹤林玉露》卷九。

脸红心热，拿着针不知戳到哪里去了，便把活计放下，走到黛玉处去探探她的口气。

　　黛玉正在那里看书，见是袭人，欠身让坐。袭人也连忙迎上来问："姑娘这几天身子可大好了？"黛玉道："哪里能够，不过略硬朗些。你在家里做什么呢？"袭人道："如今宝二爷上了学，房中一点事儿没有，因此来瞧瞧姑娘，说说话儿。"说着，紫鹃拿茶来。袭人忙站起来道："妹妹坐着罢。"因又笑道："我前儿听见秋纹说，妹妹背地里说我们什么来着？"紫鹃也笑道："姐姐信她的话！我说宝二爷上了学，宝姑娘又隔断了，连香菱也不过来，自然是闷的。"袭人道："你还提香菱呢！这才苦呢，撞着这位太岁奶奶，难为她怎么过！"把手伸着两个指头道："说起来，比她还利害，连外头的脸面都不顾了。"黛玉接着道："她也够受了，尤二姑娘怎么死了！"袭人道："可不是。想来都是一个人，不过名分里头差些，何苦这样毒！外面名声也不好听。"黛玉从不闻袭人背地里说人，今听此话有因，便说道："这也难说。但凡家庭之事，不是东风压了西风，就是西风压了东风。"袭人道："做了旁边人，心里先怯了，哪里倒敢去欺负人呢！"

　　说着，只见一个婆子在院里问道："这里是林姑娘的屋子么？哪位姐姐在这里呢？"雪雁出来一看，模模糊糊认得是薛姨妈那边的人，便问道："作什么？"婆子道："我们姑娘打发来给这里林姑娘送东西的。"雪雁道："略等等儿。"雪雁进来回了黛玉，黛玉便叫领她进来。那婆子进来，请了安，且不说送什么，只是觑着眼瞧黛玉，看得黛玉脸上倒不好意思起来，因问道："宝姑娘叫你来送什么？"婆子方笑着回道："我们姑娘叫给姑娘送了一瓶儿蜜饯荔枝来。"回头又瞧见袭人，便问道："这位姑娘不是宝二爷屋里的花姑娘么？"袭人笑道："妈妈怎么认得我？"婆子笑道："我们只在太太屋里看屋子，不大跟太太、姑娘出门，所以姑娘们都不大认得。姑娘们碰着到我们那边去，我们都模糊记得。"说着，将一个瓶儿递给雪雁，又回头看看黛玉，因笑着向袭人道："怨不得我们太太说这林姑娘和你们宝二爷是一对儿，原来真是天仙似的。"袭人见她说话造次，连忙岔道："妈妈，你乏了，坐坐吃茶罢。"那婆子笑嘻嘻地道："我们那里忙呢，都张罗琴姑娘的事呢。姑娘还有两瓶荔枝，叫给宝二爷送去。"说着，颤颤巍巍告辞出去。黛玉虽恼这婆子方才冒撞，但因是宝钗使来的，也不好怎么样她。等她出了屋门，才说一声道："给你们姑娘道费心。"那老婆子还只管嘴里咕咕哝哝地说："这样好模样儿，除了宝玉，什么人擎受①得起？"黛玉只装没听见。袭人笑道："怎么人到了老来，就是混说白道的，叫人听着又生气，又好笑。"一时雪雁拿过瓶子来与黛玉看。黛玉道："我懒待吃，拿了搁起去罢。"又说了一回话，袭人才去了。

　　一时，晚妆将卸，黛玉进了套间，猛抬头看见了荔枝瓶，不禁想起日间老婆子的一番混话，甚是刺心。当此黄昏人静，千愁万绪，堆上心来。想起自己身子不牢，年纪又大了。看宝玉的光景，心里虽没别人，但是老太太、舅母又不见有半点意思。深恨父母在时，何不早定了这头婚姻。又转念一想道："倘若父母在时，别处定了婚姻，怎能够似宝玉这般人材心地，不如此时尚有可图。"心内一上一下，辗转缠绵，竟像辘轳一般。叹了一回气，掉了几点泪，无情无绪，和衣倒下。

－－－－－－－－－－

①　擎受——承受，担当。

不知不觉，只见小丫头走来说道："外面雨村贾老爷请姑娘。"黛玉道："我虽跟他读过书，却不比男学生，要见我作什么？况且他和舅舅往来，从未提起我，也不便见的。"因叫小丫头："回复'身上有病不能出来'，与我请安道谢就是了。"小丫头道："只怕要与姑娘道喜，南京还有人来接。"说着，又见凤姐同邢夫人、王夫人、宝钗等都来笑道："我们一来道喜，二来送行。"黛玉慌道："你们说什么话？"凤姐道："你还装什么呆！你难道不知道林姑爷升了湖北的粮道①，娶了一位继母，十分合心合意？如今想着你撂在这里，不成事体，因托了贾雨村作媒，将你许了你继母的什么亲戚，还说是续弦，所以着人到这里来接你回去。大约一到家中，就要过去的，都是你继母作主。怕的是道儿上没有照应，还叫你琏二哥送去。"说得黛玉一身冷汗。黛玉又恍惚父亲果在那里做官的样子，心上急着，硬说道："没有的事，都是凤姐姐混闹！"只见邢夫人向王夫人使个眼色儿："她还不信呢，咱们走罢。"黛玉含着泪道："二位舅母坐坐去。"众人不言语，都冷笑而去。黛玉此时心中干急，又说不出来，哽哽咽咽。恍惚又是和贾母在一处的似的，心中想道："此事惟求老太太，或还可救。"于是两腿跪下去，抱着贾母的腰说道："老太太救我！我南边是死也不去的。况且有了继母，又不是我的亲娘。我是情愿跟着老太太一块儿的。"但见老太太呆着脸儿笑道："这个不干我事。"黛玉哭道："老太太，这是什么事呢？"老太太道："续弦也好，倒多一副妆奁。"黛玉哭道："我若在老太太跟前，决不使这里分外的闲钱，只求老太太救我！"贾母道："不中用了。做了女人，终是要出嫁的，你孩子家不知道，在此地终非了局。"黛玉道："我在这里情愿自己做个奴婢过活，自做自吃，也是愿意。只求老太太作主。"老太太总不言语。黛玉抱着贾母的腰哭道："老太太，你向来最是慈悲的，又最疼我的，到了紧急的时候，怎么全不管！不要说我是你的外孙女儿，是隔了一层了，我的娘是你的亲生女儿，看我娘份上，也该护庇些。"说着，撞在怀里痛哭，听见贾母道："鸳鸯，你来送姑娘出去歇歇。我倒被她闹乏了。"黛玉情知不是路了，求去无用，不如寻个自尽，站起来，往外就走。深痛自己没有亲娘，便是外祖母与舅母姊妹们，平时何等待得好，可见都是假的。又一想："今日怎么独不见宝玉？或见一面，看他还有法儿？"便见宝玉站在面前，笑嘻嘻地说："妹妹大喜呀！"黛玉听了这一句话，越发急了，也顾不得什么了，把宝玉紧紧拉住说："好，宝玉，我今日才知道你是个无情无义的人了！"宝玉道："我怎么无情无义？你既有了人家儿，咱们各自干各自的了。"黛玉越听越气，越没了主意，只得拉着宝玉哭道："好哥哥，你叫我跟了谁去？"宝玉道："你要不去，就在这里住着。你原是许了我的，所以你才到我们这里来。我待你是怎么样的，你也想想。"黛玉恍惚又像果曾许过宝玉的，心内忽又转悲作喜，问宝玉道："我是死活打定主意的了。你到底叫我去不去？"宝玉道："我说叫你住下。你不信我的话，你就瞧瞧我的心。"说着，就拿着一把小刀子往胸口上一划，只见鲜血直流。黛玉吓得魂飞魄散，忙用手捂着宝玉的心窝，哭道："你怎么做出这个事来，你先来杀了我罢！"宝玉道："不怕，我拿我的心给你瞧。"还把手在划开的地方儿乱抓。黛玉又颤又哭，又怕人撞破，抱住宝玉痛哭。宝玉道："不好了，我的心没有了，活不得了。"说着，眼睛往上一翻，咕咚就倒了。黛玉拼命放声大哭。只

---

① 粮道——即"督粮道"，或称"粮储道"，负责督运漕粮的官。

听见紫鹃叫道："姑娘，姑娘！怎么魇住了？快醒醒儿，脱了衣服睡罢。"黛玉一翻身，却原来是一场恶梦。

喉间犹是哽咽，心上还是乱跳，枕头上已经湿透，肩背身心，但觉冰冷。想了一回："父亲死得久了，与宝玉尚未放定<sup>①</sup>，这是从哪里说起？"又想梦中光景，无倚无靠，再真把宝玉死了，那可怎么样好？一时痛定思痛，神魂俱乱。又哭了一回，遍身微微地出了一点儿汗，扎挣起来，把外罩大袄脱了，叫紫鹃盖好了被窝，又躺下去。翻来覆去，哪里睡得着。只听得外面渐渐飒飒，又像风声，又像雨声。又停了一会子，又听得远远的咿呼声儿，却是紫鹃已在那里睡着，鼻息出入之声。自己扎挣着爬起来，围着被坐了一会。觉得窗缝里透进一缕凉风来，吹得寒毛直竖，便又躺下。正要朦胧睡去，听得竹枝上不知有多少家雀儿的声儿，啾啾唧唧，叫个不住。那窗上的纸，隔着屉子，渐渐地透进清光来。

黛玉此时已醒得双眸炯炯，一回儿咳嗽起来，连紫鹃都咳嗽醒了。紫鹃道："姑娘，你还没睡着么？又咳嗽起来了，想是着了风。这会儿窗户纸发清了，也待好亮起来了。歇歇儿罢，养养神，别尽着想长想短的了。"黛玉道："我何尝不要睡，只是睡不着。你睡你的罢。"说了又嗽起来。紫鹃见黛玉这般光景，心中也自伤感，睡不着了。听见黛玉又嗽，连忙起来，捧着痰盒。这时天已亮了。黛玉道："你不睡了么？"紫鹃笑道："天都亮了，还睡什么呢。"黛玉道："既这样，你就把痰盒儿换了罢。"紫鹃答应着，忙出来换了一个痰盒儿，将手里的这个盒儿放在桌上，开了套间门出来，仍旧带上门，放下撒花软帘，出来叫醒雪雁。开了屋门去倒那盒子时，只见满盒子痰，痰中好些血星，唬了紫鹃一跳，不觉失声道："嗳哟，这还了得！"黛玉里面接着问是什么，紫鹃自知失言，连忙改说道："手里一滑，几乎撂了痰盒子。"黛玉道："不是盒子里的痰有了什么？"紫鹃道："没有什么。"说着这句话时，心中一酸，那眼泪直流下来，声儿早已岔了。黛玉因为喉间有些甜腥，早自疑惑，方才听见紫鹃在外边诧异，这会子又听见紫鹃说话声音带着悲惨的光景，心中觉了八九分，便叫紫鹃："进来罢，外头看凉着。"紫鹃答应了一声，这一声更比头里凄惨，竟是鼻中酸楚之音。黛玉听了，凉了半截。看紫鹃推门进来时，尚拿手帕拭眼。黛玉道："大清早起，好好的为什么哭？"紫鹃勉强笑道："谁哭来！早起起来，眼睛里有些不舒服。姑娘今夜大概比往常醒的时候更大罢，我听见咳嗽了大半夜。"黛玉道："可不是，越要睡，越睡不着。"紫鹃道："姑娘身上不大好，依我说，还得自己开解着些。身子是根本，俗语说的：'留得青山在，依旧有柴烧。'况这里自老太太、太太起，哪个不疼姑娘。"只这一句话，又勾起黛玉的梦来。觉得心头一撞，眼中一黑，神色俱变。紫鹃连忙端着痰盒，雪雁捶着脊梁，半日才吐出一口痰来。痰中一缕紫血，簌簌乱跳。紫鹃、雪雁脸都唬黄了。两个旁边守着，黛玉便昏昏躺下。紫鹃看着不好，连忙努嘴叫雪雁叫人去。

雪雁才出屋门，只见翠缕、翠墨两个人笑嘻嘻的走来。翠缕便道："林姑娘怎么这早晚还不出门？我们姑娘和三姑娘都在四姑娘屋里讲究四姑娘画的那张园子景儿呢。"雪雁连忙摆手儿，翠缕、翠墨二人倒都吓了一跳，说："这是什么原故？"雪雁将方才的事一一告诉她二人。二人都吐了吐舌头儿说："这可不是玩的！你们怎么不告诉老太太去？这还了得！你们怎么这么胡涂。"雪雁道："我这里才要去，你们就来了。"正说着，只听紫鹃叫道："谁在外头说话？姑娘问呢。"三个人连忙一齐进来。翠缕、翠墨见黛玉盖着被躺在床上，见了她二人便说道："谁告诉你们了？你们这样大惊小怪的。"翠墨道："我们姑娘和云姑娘才都在四姑娘屋里讲究四姑娘画的那张园子图儿，叫我们来请姑娘来，不知姑娘身上又欠安了。"黛玉道："也不是什么大病，不过觉得身子略软些，躺躺儿就起来了。你们回去告诉三姑娘和云姑娘，饭后若无事，倒是请她们来这里坐坐罢。宝二爷没到你们那边去？"二人答道："没有。"翠墨又道："宝二爷这两天上了学了，老爷天天要查功课，哪里还能像从前那么乱跑呢。"黛玉听了，默然不言。二人又略站了一回，都悄悄地退出来了。

且说探春、湘云正在惜春那边论评惜春所画大观园图，说这个多一点，那个少一点，这个太疏，那个太密。大家又议着题诗，着人去请黛玉商议。正说着，忽见翠缕、翠墨二人回来，神色匆忙。湘云便先问道："林姑娘怎么不来？"翠缕道："林姑娘昨日夜里又犯了病了，咳嗽了一夜。我们听见雪雁说，吐了一盒子痰血。"探春听了，诧异道："这话真么？"翠缕道："怎么不真。"翠墨道："我们刚才进去瞧了瞧，颜色不成颜色，说话儿的气力儿都微了。"湘云道："不好的这么着，怎么还能说话呢。"探春道："怎么你这么糊涂，不能说话不是已经……"说到这里，却咽住了。惜春道："林姐姐那样一个聪明人，我看她总有些瞧不破，一点半点儿都要认起真来。天下事哪里有多少真的呢！"探春道："既这么着，咱们都过去看看。倘若病得利害，咱们好过去告诉大嫂子回老太太，传大夫进来瞧瞧，也得个主意。"湘云道："正是这样。"惜春道："姐姐们先去，我回来再过去。"

于是探春、湘云扶了小丫头，都到潇湘馆来。进入房中，黛玉见她二人，不免又伤心起来。因又转念想起梦中，连老太太尚且如此，何况她们。况且我不请她们，她们还不来呢。心里虽是如此，脸上却碍不过去，只得勉强令紫鹃扶起，口中让坐。探春、湘云都坐在床沿上，一头一个。看了黛玉这般光景，也自伤感。探春便道："姐姐怎么身上又不舒服了？"黛玉道："也没什么要紧，只是身子软得很。"紫鹃在黛玉身后偷偷的用手指那痰盒儿。湘云到底年轻，性情又兼直爽，伸手便把痰盒拿起来看。不看则已，看了唬的惊疑不止，说："这是姐姐吐的？这还了得！"初时，黛玉昏昏沉沉，吐了也没细看，此时见湘云这么说，回头看时，自己早已灰了一半。探春见湘云冒失，连忙解说道："这不过是肺火上炎①，带出一半点来，也是常事。偏是云丫头，不拘什么，就这样蝎蝎螫螫的！"湘云红了脸，自悔失言。探春见黛玉精神短少，似有烦倦之意，连忙起身说道："姐姐静静地养养神罢，我们回来再瞧你。"黛玉道："累你两位惦着。"探春又嘱咐紫鹃好生留神服侍姑娘，紫鹃答应着。探春才要走，只听外面一个人嚷起来。未知是谁，下回分解。

————————————

① 肺火上炎——中医用语。肺阴虚而火旺，火上升而致有咯血等现象，多见于支气管扩张或肺结核。

# 第八十三回
## 省宫闱贾元妃染恙　闹闺阃薛宝钗吞声

**【题解】**

　　黛玉因错听骂语而哭晕过去，是人为制造矛盾冲突，是"穿凿"，欠合情理。多愁善感并不等于患多疑多惧的病症。按原作者构思，元春省亲别后，便是永诀，无贾母等再入宫闱探病事。夏金桂闹腾，致使薛氏母女受气，前已述过。

　　话说探春、湘云才要走时，忽听外面一个人嚷道："你这不成人的小蹄子！你是个什么东西，来这园子里头混搅！"黛玉听了，大叫一声道："这里住不得了。"一手指着窗外，两眼反插上去。原来黛玉住在大观园中，虽靠着贾母疼爱，然在别人身上，凡事终是寸步留心。听见窗外老婆子这样骂着，在别人呢，一句是贴不上的，竟像专骂着自己的。自思一个千金小姐，只因没了爹娘，不知何人指使这老婆子来这般辱骂，哪里委屈得来，因此肝肠崩裂，哭晕去了。紫鹃只是哭叫："姑娘怎么样了？快醒转来罢。"探春也叫了一回。半晌，黛玉回过这口气，还说不出话来，那只手仍向窗外指着。

　　探春会意，开门出去，看见老婆子手中拿着拐棍赶着一个不干不净的毛丫头道："我是为照管这园中的花果树木来到这里，你作什么来了！等我家去打你一个知道。"这丫头扭着头，把一个指头探在嘴里，瞅着老婆子笑。探春骂道："你们这些人，如今越发没了王法了！这里是你骂人的地方儿吗？"老婆子见是探春，连忙陪着笑脸儿说道："刚才是我的外孙女儿，看见我来了，她就跟了来。我怕她闹，所以才吆喝她回去，哪里敢在这里骂人呢。"探春道："不用多说了，快给我都出去。这里林姑娘身上不大好，还不快去！"老婆子答应了几个"是"，说着，一扭身去了。那丫头也就跑了。

　　探春回来，看见湘云拉着黛玉的手，只管哭，紫鹃一手抱着黛玉，一手给黛玉揉胸口，黛玉的眼睛方渐渐地转过来了。探春笑道："想是听见老婆子的话，你疑了心了么？"黛玉只摇摇头儿。探春道："她是骂她外孙女儿，我才刚也听见了。这种东西，说话再没有一点道理的，她们懂得什么避讳。"黛玉听了，点点头儿，拉着探春的手道："妹妹……"叫了一声，又不言语了。探春又道："你别心烦。我来看你，是姊妹们应该的，你又少人服侍。只要你安心肯吃药，心上把喜欢事儿想想，能够一天一天地硬朗起来，大家依旧结社做诗，岂不好呢？"湘云道："可是三姐姐说的，那么着不乐？"黛玉哽咽道："你们只顾要我喜欢，可怜我哪里赶得上这日子，只怕不能够了！"探春道："你这话说得太过了。

谁没个病儿灾儿的，哪里就想到这里来了。你好生歇歇儿罢，我们到老太太那边，回来再看你。你要什么东西，只管叫紫鹃告诉我。"黛玉流泪道："好妹妹，你到老太太那里，只说我请安，身上略有点不好，不是什么大病，也不用老太太烦心的。"探春答应道："我知道，你只管养着罢。"说着，才同湘云出去了。

　　这里紫鹃扶着黛玉躺在床上，地下诸事，自有雪雁照料，自己只守着旁边，看着黛玉，又是心酸，又不敢哭泣。那黛玉闭着眼躺了半晌，哪里睡得着。觉得园里头平日只见寂寞，如今躺在床上，偏听得风声，虫鸣声，鸟语声，人走的脚步声，又像远远的孩子们啼哭声，一阵一阵地聒噪得烦躁起来，因叫紫鹃放下帐子来。雪雁捧了一碗燕窝汤递与紫鹃，紫鹃隔着帐子轻轻问道："姑娘喝一口汤罢？"黛玉微微应了一声。紫鹃复将汤递给雪雁，自己上来搀扶黛玉坐起，然后接过汤来，搁在唇边试了一试，一手搂着黛玉肩臂，一手端着汤送到唇边。黛玉微微睁眼，喝了两三口，便摇摇头儿不喝了。紫鹃仍将碗递给雪雁，轻轻扶黛玉睡下。

　　静了一时，略觉安顿。只听窗外悄悄问道："紫鹃妹妹在家么？"雪雁连忙出来，见是袭人，因悄悄说道："姐姐屋里坐着。"袭人也便悄悄问道："姑娘怎么着？"一面走，一面雪雁告诉夜间及方才之事。袭人听了这话，也嗔怔了，因说道："怪道刚才翠缕到我们那边，说你们姑娘病了，唬得宝二爷连忙打发我来看看是怎么样。"正说着，只见紫鹃从里间掀起帘子望外看，见袭人，点头儿叫她。袭人轻轻走过来问道："姑娘睡着了吗？"紫鹃点点头儿，问道："姐姐才听见说了？"袭人也点点头儿，蹙着眉道："终究怎么样好呢？那一位昨夜也把我唬了个半死儿。"紫鹃忙问怎么了，袭人道："昨日晚上睡觉还是好好儿的，谁知半夜里一叠连声地嚷起心疼来，嘴里胡说白道，只说好像刀子割了去的似的。直闹到打亮梆子①以后，才好些了。你说唬人不唬人？今日不能上学，还要请大夫来吃药呢。"正说着，只听黛玉在帐子里又咳嗽起来。紫鹃连忙过来，捧痰盒儿接痰。黛玉微微睁眼，问道："你和谁说话呢？"紫鹃道："袭人姐姐来瞧姑娘来了。"说着，袭人已走到床前。黛玉命紫鹃扶起，一手指着床边，让袭人坐下。袭人侧身坐了，连忙陪着笑劝道："姑娘倒还是躺着罢。"黛玉道："不妨，你们快别这样大惊小怪的。刚才是说谁半夜里心疼起来？"袭人道："是宝二爷偶然魇住了，不是认真怎么样。"黛玉会意，知道是袭人怕自己又悬心的原故，又感激，又伤心。因趁势问道："既是魇住了，不听见他还说什么？"袭人道："也没说什么。"黛玉点点头儿。迟了半日，叹了一声，才说道："你们别告诉宝二爷说我不好，看耽搁了他的工夫，又叫老爷生气。"袭人答应了，又劝道："姑娘还是躺躺歇歇罢。"黛玉点头，命紫鹃扶着歪下。袭人不免坐在旁边，又宽慰了几句，然后告辞，回到怡红院，只说黛玉身上略觉不受用，也没什么大病。宝玉才放了心。

　　且说探春、湘云出了潇湘馆，一路往贾母这边来。探春因嘱咐湘云道："妹妹，回来见了老太太，别像刚才那样冒冒失失的了。"湘云点头笑道："知道了，我头里是叫她唬得

----

　　① 亮梆子——天将明时所打的最后一次梆子。

忘了神了。"说着，已到贾母那边。探春因提起黛玉的病来。贾母听了，自是心烦，因说道："偏是这两个玉儿多病多灾的。林丫头一来二去的大了，她这个身子也要紧。我看那孩子太是个心细。"众人也不敢答言。贾母便向鸳鸯道："你告诉他们，明儿大夫来瞧了宝玉，就叫他到林姑娘那屋里去。"鸳鸯答应着，出来告诉了婆子们，婆子们自去传话。这里探春、湘云就跟着贾母吃了晚饭，然后同回园中去。不提。

到了次日，大夫来了，瞧了宝玉，不过说饮食不调，着了点儿风邪，没大要紧，疏散疏散就好了。这里王夫人、凤姐等一面遣人拿了方子回贾母，一面使人到潇湘馆告诉说大夫就过来。紫鹃答应了，连忙给黛玉盖好被窝，放下帐子。雪雁赶着收拾房里的东西。

一时，贾琏陪着大夫进来了，便说道："这位老爷是常来的，姑娘们不用回避。"老婆子打起帘子，贾琏让着进入房中坐下。贾琏道："紫鹃姐姐，你先把姑娘的病势向王老爷说说。"王大夫道："且慢说。等我诊了脉，听我说了，看是对不对，若有不合的地方，姑娘们再告诉我。"紫鹃便向帐中扶出黛玉的一只手来，搁在迎手①上。紫鹃又把镯子连袖子轻轻地搂起，不叫压住了脉息。那王大夫诊了好一会儿，又换那只手也诊了，便同贾琏出来，到外间屋里坐下，说道："六脉皆弦②，因平日郁结所致。"说着，紫鹃也出来站在里间门口。那王大夫便向紫鹃道："这病时常应得头晕，减饮食，多梦，每到五更，必醒个几次。即日间听见不干自己的事，也必要动气，且多疑多惧。不知者疑为性情乖诞，其实因肝阴亏损，心气衰耗，都是这个病在那里作怪。不知是否？"紫鹃点点头儿，向贾琏道："说的很是。"王太医道："既这样就是了。"说毕，起身同贾琏往外书房去开方子。小厮们早已预备下一张梅红单帖③。王太医吃了茶，因提笔先写道：

> 六脉弦迟，素由积郁。左寸无力，心气已衰。关脉独洪，肝邪偏旺。木气不能疏达，势必上侵脾土④，饮食无味；甚至胜所不胜⑤，肺金定受其殃。气不流精，凝而为痰；血随气涌，自然咳吐。理宜疏肝保肺，涵养心脾。虽有补剂，未可骤施。姑拟黑逍遥⑥以开其先，复用归肺固金以继其后。不揣固陋，俟高明裁服。

又将七味药与引子写了。贾琏拿来看时，问道："血势上冲，柴胡使得么？"王大夫笑道：

---

① 迎手——用以靠臂肘的方枕。这里是说拿它当诊脉时病人搁手的脉枕用。

② 六脉皆弦——中医切脉分左右手和寸、关、尺，共六个部位，分主人体各脏腑，即左寸主心，左关主肝，左尺主肾，右寸主肺，右关主脾，右尺主命门。弦，是脉象的一种，脉长而直，浮而紧，有点像按在琴弦上的感觉。下文说"六脉弦迟"，迟，也是一种脉象，就是慢。肝气长期郁结，脉象就如此，布及"六脉"，说明病情已影响到各部位。

③ 梅红单帖——红梅色的单页礼帖，喜庆时用，也用来让医师书写处方。

④ "木气"二句——中医学说以五脏配五行，即肺属金，肝属木，肾属水，心属火，脾属土。木气，即肝气，肝的作用、习性。肝气喜疏泄，如果郁结而不能疏达，则首先会影响到它能克制的部分脾（木克土）；脾胃受制，则食纳不佳。

⑤ 甚至胜所不胜——五行有相生相克之说，如金能克木，金就是木"所不胜"的，但木旺也可以反侮金：肝木结郁而生火，火能烁金，使肺金受损，这也就是"胜所不胜"。

⑥ 黑逍遥——中药成方有"逍遥散"，以柴胡、当归、白芍等七味药配制而成，其主要功能是疏肝健脾，后医者又加地黄，以适应阴亏血虚者。地黄成药色黑，所以叫"黑逍遥"。

"二爷但知柴胡是升提之品，为吐衄①所忌。岂知用鳖血拌炒，非柴胡不足宣少阳甲胆之气。②以鳖血制之，使其不致升提，且能培养肝阴，制遏邪火。所以《内经》③说：'通因通用，塞因塞用。'④柴胡用鳖血拌炒，正是'假周勃以安刘'⑤的法子。"贾琏点头道："原来是这么着，这就是了。"王大夫又道："先请服两剂，再加减或再换方子罢。我还有一点小事，不能久坐，容日再来请安。"说着，贾琏送了出来，说道："舍弟的药就是那么着了？"王大夫道："宝二爷倒没什么大病，大约再吃一剂就好了。"说着，上车而去。

这里贾琏一面叫人抓药，一面回到房中告诉凤姐黛玉的病原与大夫用的药，述了一遍。只见周瑞家的走来回了几件没要紧的事，贾琏听到一半，便说道："你回二奶奶罢，我还有事呢。"说着就走了。周瑞家的回完了这件事，又说道："我方才到林姑娘那边，看她那个病，竟是不好呢。脸上一点血色也没有，摸了摸身上，只剩得一把骨头。问问她，也没有话说，只是淌眼泪。回来紫鹃告诉我说：'姑娘现在病着，要什么自己又不肯要，我打算要问二奶奶那里支用一两个月的月钱。如今吃药虽是公中的，零用也得几个钱。'我答应了她，替她来回奶奶。"凤姐低了半日头，说道："竟这么着罢：我送她几两银子使罢，也不用告诉林姑娘。这月钱却是不好支的，一个人开了例，要是都支起来，那如何使得呢！你不记得赵姨娘和三姑娘拌嘴了，也无非为的是月钱。况且近来你也知道，出去的多，进来的少，总绕不过弯儿来。不知道的，还说我打算得不好；更有那一种嚼舌根的，说我搬运到娘家去了。周嫂子，你倒是那里经手的人，这个自然还知道些。"周瑞家的道："真正委屈死人！这样大门头儿，除了奶奶这样心计儿当家罢了。别说是女人当不来，就是三头六臂的男人，还撑不住呢。还说这些个混账话。"说着，又笑了一声道："奶奶还没听见呢，外头的人还更糊涂呢。前儿周瑞回家来，说起外头的人，打量着咱们府里不知怎么样有钱呢。也有说：'贾府里的银库几间，金库几间，使的家伙都是金子镶了玉石嵌的。'也有说：'姑娘做了王妃，自然皇上家的东西分得了一半子给娘家。前儿贵妃娘娘省亲回来，我们还见她带了几车金银回来，所以家里收拾摆设得水晶宫似的。那日在庙里还愿，花了几万银子，只算得牛身上拔了一根毛罢咧。'有人还说：'他门前的狮子只怕还是玉石的呢。园子里还有金麒麟，叫人偷了一个去，如今剩下一个了。家里的奶奶、姑娘不用

---

① 吐衄（nǜ）——吐血或出鼻血。

② "岂知"二句——柴胡宣通肝胆之气效力最著，故非此不可，从它作为方剂中之君药可知，只是它有提升的性能，不利于咯血，鳖血性寒，用以拌炒柴胡可抑制它的提升作用，又能滋养肝阴。少阳，指经络中的足少阳经，即胆经。甲胆，即胆。五行与天干相配，肝胆属木，木为甲乙，故又常以甲指胆，乙指肝。

③ 《内经》——指先秦医家整理成书的《黄帝内经》，分《素问》和《灵枢》两部分，是我国现存较早的重要医学典籍。

④ 通因通用，塞因塞用——中医的反治法。一般情况下，通泄之症用固涩法治；闭塞之症用疏利法治，这是以塞治通，以通治塞。但病有虚实表本之不同，有似实而虚或似虚而实的，有似通而塞或似塞而通的等等。现象与实质相反，则治法也非反之不可，似通的反要用通法治，似塞的反要用塞法治。

⑤ 假周勃以安刘——谓凭借周勃之力以安定刘氏之天下。周勃是武将，刘邦认为他"厚重少文"（谓其品行诚朴而少文饰），很看重他，曾言"安刘氏者必勃也"。（见《汉书·周勃传》）这里借以比喻柴胡之性能功效，以为欲宣泄肝胆之气，抑邪扶正以安本，非柴胡莫属；至于拌炒用的鳖血，恰似可以佐助周勃而成其功的陈平、王陵等人。

说，就是屋里使唤的姑娘们，也是一点儿不动，喝酒下棋，弹琴画画，横竖有服侍的人呢。单管穿罗罩纱，吃的戴的，都是人家不认得的。那些哥儿姐儿们更不用说了，要天上的月亮，也有人去拿下来给他玩。'还有歌儿呢，说是'宁国府，荣国府，金银财宝如粪土。吃不穷，穿不穷，算来……'"说到这里，猛然咽住。原来那时歌儿说道是"算来总是一场空"。这周瑞家的说溜了嘴，说到这里，忽然想起这话不好，因咽住了。凤姐儿听了，已明白必是句不好的话了，也不便追问，因说道："那都没要紧。只是这金麒麟的话从何而来？"周瑞家的笑道："就是那庙里的老道士送给宝二爷的小金麒麟儿。后来丢了几天，亏了史姑娘捡着还了他，外头就造出这个谣言来了。奶奶说这些人可笑不可笑？"凤姐道："这些话倒不是可笑，倒是可怕的。咱们一日难似一日，外面还是这么讲究。俗语儿说的，'人怕出名猪怕壮'，况且又是个虚名儿，终究还不知怎么样呢。"周瑞家的道："奶奶虑的也是。只是满城里茶坊酒铺儿以及各胡同儿都是这样说，并且不是一年了，哪里捂得住众人的嘴。"凤姐点点头儿，因叫平儿称了几两银子，递给周瑞家的道："你先拿去交给紫鹃，只说我给她添补买东西的。若要官中的，只管要去，别提这月钱的话。她也是个伶透人，自然明白我的话。我得了空儿，就去瞧姑娘去。"周瑞家的接了银子，答应着自去。不提。

且说贾琏走到外面，只见一个小厮迎上来，回道："大老爷叫二爷说话呢。"贾琏急忙过来，见了贾赦。贾赦道："方才风闻宫里头传了一个太医院御医、两个吏目[1]去看病，想来不是宫女儿下人了。这几天娘娘宫里有什么信儿没有？"贾琏道："没有。"贾赦道："你去问问二老爷和你珍大哥。不然，还该叫人去到太医院里打听打听才是。"贾琏答应了，一面吩咐人往太医院去，一面连忙去见贾政、贾珍。贾政听了这话，因问道："是哪里来的风声？"贾琏道："是大老爷才说的。"贾政道："你索性和你珍大哥到里头打听打听。"贾琏道："我已经打发人往太医院打听去了。"一面说着，一面退出来，去找贾珍。只见贾珍迎面来了，贾琏忙告诉贾珍。贾珍道："我正为也听见这话，来回大老爷、二老爷去的。"于是两个人同着来见贾政。贾政道："如系元妃，少不得终有信的。"说着，贾赦也过来了。

到了晌午，打听的人尚未回来。门上人进来，回说："有两个内相在外，要见二位老爷呢。"贾赦道："请进来。"门上的人领了老公[2]进来。贾赦、贾政迎至二门外，先请了娘娘的安，一面同着进来，走至厅上，让了坐。老公道："前日这里贵妃娘娘有些欠安。昨日奉过旨意，宣召亲丁四人，进里头探问。许各带丫头一人，余皆不用。亲丁男人只许在宫门外递个职名，请安听信，不得擅入。准于明日辰巳时进去，申酉时出来。"贾政、贾赦等站着听了旨意，复又坐下，让老公吃茶毕，老公辞了出去。

贾赦、贾政送出大门，回来先禀贾母。贾母道："亲丁四人，自然是我和你们两位太太了。那一个人呢？"众人也不敢答言，贾母想了一想，道："必得是凤姐儿，她诸事有照应。你们爷儿们——各自商量去罢。"贾赦、贾政答应了出来，因派了贾琏、贾蓉看家外，凡"文"字辈至"草"字辈一应都去。遂吩咐家人预备四乘绿轿，十余辆大车，明

---

①　吏目——太医院中职位在御医之下、医士之上的医官。

②　老公——对太监称老公公，简称老公。

儿黎明伺候。家人答应去了。贾赦、贾政又进去，回明老太太，辰巳时进去，申酉时出来，今日早些歇歇，明日好早些起来，收拾进宫。贾母道："我知道，你们去罢。"赦、政等退出。这里，邢夫人、王夫人、凤姐儿也都说了一会子元妃的病，又说了些闲话，才各自散了。

次日黎明，各间屋子丫头们将灯火俱已点齐，太太们各梳洗毕，爷们亦各整顿好了。一到卯初，林之孝和赖大进来，至二门口回道："轿车俱已齐备，在门外伺候着呢。"不一时，贾赦、邢夫人也过来了。大家用了早饭。凤姐先扶老太太出来，众人围随，各带使女一人，缓缓前行。又命李贵等二人先骑马去外宫门接应，自己家眷随后。"文"字辈至"草"字辈各自登车骑马，跟着众家人，一齐去了。贾琏、贾蓉在家中看家。

且说贾家的车辆轿马，俱在外西垣门口歇下等着。一回儿，有两个内监出来说："贾府省亲的太太、奶奶们，着令入宫探问，爷们俱着令内宫门外请安，不得入见。"门上人叫快进去。贾府中四乘轿子跟着小内监前行，贾家爷们在轿后步行跟着，令众家人在外等候。走近宫门口，只见几个老公在门上坐着，见他们来了，便站起来说道："贾府爷们至此。"贾赦、贾政便捱次立定。轿子抬至宫门口，便都出了轿。早有几个小内监引路，贾母等各有丫头扶着步行。走至元妃寝宫，只见奎壁①辉煌，琉璃照耀。又有两个小宫女儿传谕道："只用请安，一概仪注都免。"贾母等谢了恩，来至床前请安毕，元妃都赐了坐。贾母等又告了坐。元妃便向贾母道："近日身上可好？"贾母扶着小丫头，颤颤巍巍站起来，答应道："托娘娘洪福，起居尚健。"元妃又向邢夫人、王夫人问了好，邢、王二夫人站着回了话。元妃又问凤姐家中过的日子若何，凤姐站起来，回奏道："尚可支持。"元妃道："这几年来，难为你操心。"凤姐正要站起来回奏，只见一个宫女传进许多职名，请娘娘龙目。元妃看时，就是贾赦、贾政等若干人。那元妃看了职名，眼圈儿一红，止不住流下泪来。宫女儿递过绢子，元妃一面拭泪，一面传谕道："今日稍安，令他们外面暂歇。"贾母等站起来，又谢了恩。元妃含泪道："父女弟兄，反不如小家子得以常常亲近。"贾母等都忍着泪道："娘娘不用悲伤，家中已托着娘娘的福多了。"元妃又问："宝玉近来若何？"贾母道："近来颇肯念书。因他父亲逼得严紧，如今文字也都做上来了。"元妃道："这样才好。"遂命外宫赐宴，便有两个宫女儿、四个小太监引了到一座宫里，已摆得齐整，各按座次坐了。不必细述。一时吃完了饭，贾母带着她婆媳三人谢过宴，又耽搁了一回。看看已近酉初，不敢羁留，俱各辞了出来。元妃命宫女儿引道，送至内宫门，门外仍是四个小太监送出。贾母等依旧坐着轿子出来，贾赦接着，大伙儿一齐回去。到家又要安排明后日进宫，仍令照应齐集。不提。

且说薛家夏金桂赶了薛蟠出去，日间拌嘴没有对头，秋菱②又住在宝钗那边去了，只剩得宝蟾一人同住。既给与薛蟠作妾，宝蟾的意气又不比从前了。金桂看去，更是一个对头，自己也后悔不来。

---

① 奎壁——以蛤粉涂抹的白壁。"奎"，通"魁"，大蛤。
② 秋菱——即香菱。甲辰、程高本在第八十回中已改香菱为秋菱（诸本仍用香菱），第八十回以后，程高本则杂用二名，亦无严格规律。

一日，吃了几杯闷酒，躺在炕上，便要借那宝蟾做个醒酒汤儿，因问着宝蟾道："大爷前日出门，到底是到哪里去？你自然是知道的了。"宝蟾道："我哪里知道。他在奶奶跟前还不说，谁知道他那些事！"金桂冷笑道："如今还有什么奶奶太太的，都是你们的世界了。别人是惹不得的，有人护庇着，我也不敢去虎头上捉虱子。你还是我的丫头，问你一句话，你就和我摔脸子，说塞话①。你既这么有势力，为什么不把我勒死了？你和秋菱不拘谁做了奶奶，那不清净了么！偏我又不死，碍着你们的道儿。"宝蟾听了这话，哪里受得住，便眼睛直直地瞅着金桂道："奶奶这些闲话只好说给别人听去，我并没和奶奶说什么。奶奶不敢惹人家，何苦来拿着我们小软儿②出气呢。正经的，奶奶又装听不见，没事人一大堆了。"说着，便哭天哭地起来。金桂越发性起，便爬下炕来，要打宝蟾。宝蟾也是夏家的风气，半点儿不让。金桂将桌椅杯盏尽行打翻，那宝蟾只管喊冤叫屈，哪里理会她半点儿。

岂知薛姨妈在宝钗房中听见如此吵嚷，叫香菱："你去瞧瞧，且劝劝她。"宝钗道："使不得！妈妈别叫她去。她去了岂能劝她，那更是火上浇了油了。"薛姨妈道："既这么样，我自己过去。"宝钗道："依我说妈妈也不用去，由着她们闹去罢。这也是没法儿的事了。"薛姨妈道："这哪里还了得！"说着，自己扶了丫头，往金桂这边来。宝钗只得也跟着过去，又嘱咐香菱道："你在这里罢。"

母女同至金桂房门口，听见里头正还嚷哭不止。薛姨妈道："你们是怎么着，又这样家翻宅乱起来，这还像个人家儿！矮墙浅屋的，难道都不怕亲戚们听见笑话了么？"金桂屋里接声道："我倒怕人笑话呢！只是这里扫帚颠倒竖，也没有主子，也没有奴才，也没有妻，没有妾，是个混账世界了。我们夏家门子里没见过这样规矩，实在受不得你们家这样委屈了！"宝钗道："大嫂子，妈妈因听见闹得慌，才过来的。就是问得急了些，没有分清'奶奶''宝蟾'两字，也没有什么。如今且先把事情说开，大家和和气气的过日子，也省得妈妈天天为咱们操心。"那薛姨妈道："是啊，先把事情说开了，你再问我的不是还不迟呢。"金桂道："好姑娘，好姑娘，你是个大贤大德的。你日后必定有个好人家，好女婿，决不像我这样守活寡，举眼无亲，叫人家骑上头来欺负的。我是个没心眼儿的人，只求姑娘，我说话别往死里挑捡，我从小儿到如今，没有爹娘教导。再者我们屋里老婆、汉子、大女人、小女人的事，姑娘也管不得！"宝钗听了这话，又是羞，又是气，见她母亲这样光景，又是疼不过，因忍了气，说道："大嫂子，我劝你少说句儿罢。谁挑捡你？又是谁欺负你？不要说是嫂子，就是秋菱，我也从来没有加她一点声气儿的。"金桂听了这几句话，更加拍着炕沿大哭起来说："我哪里比得秋菱，连她脚底下的泥我还跟不上呢！她是来久了的，知道姑娘的心事，又会献勤儿；我是新来的，又不会献勤儿，如何拿我比她！何苦来，天下有几个都是贵妃的命，行点好儿罢！别修得像我嫁个糊涂行子守活寡，那就是活活儿的现了眼了！"薛姨妈听到这里，万分气不过，便站起身来道："不是我护着自己的女孩儿，她句句劝你，你却句句怄她。你有什么过不去，不要寻她，勒死我倒也是希松的。"宝钗忙劝道："妈妈，你老人家不用动气。咱们既来劝她，自己生气，倒多

---

①　摔脸子，说塞话——放下脸来，说顶撞人的话。

②　小软儿——弱小的人。

了层气，不如且出去，等嫂子歇歇儿再说。"因吩咐宝蟾道："你可别再多嘴了。"跟了薛姨妈出得房来。

　　走过院子里，只见贾母身边的丫头同着秋菱迎面走来。薛姨妈道："你从哪里来？老太太身上可安？"那丫头道："老太太身上好，叫来请姨太太安，还谢谢前儿的荔枝，还给琴姑娘道喜。"宝钗道："你多早晚来的？"那丫头道："来了好一会子了。"薛姨妈料她知道，红着脸说道："这如今我们家里闹得也不像个过日子的人家了，叫你们那边听见笑话。"丫头道："姨太太说哪里的话，谁家没个碟大碗小磕着碰着的呢。那是姨太太多心罢咧。"说着，跟了回到薛姨妈房中，略坐了一回就去了。宝钗正嘱咐香菱些话，只听薛姨妈忽然叫道："左肋疼痛得很。"说着，便向炕上躺下。唬得宝钗、香菱二人手足无措。要知后事如何，下回分解。

# 第 八 十 四 回
## 试文字宝玉始提亲　探惊风贾环重结怨

**【题解】**

宝玉的科考和婚姻二事，被写成后四十回情节的主干，所以要有"试文字"和"提亲"。"试文字"，让续作者自己过足了写八股文如何破题的瘾。"提亲"，由凤姐点破说："一个'宝玉'，一个'金锁'，老太太怎么忘了？"可以前凤姐是深知贾母属意黛玉的，不知何时改了主意。贾环失手打翻巧姐的药锅子，是偶然性小事，就为他后来要报复凤姐而卖她，用"重结怨"三字，未免小题大做。

却说薛姨妈一时因被金桂这场气怄得肝气上逆，左肋作痛。宝钗明知是这个原故，也等不及医生来看，先叫人去买了几钱钩藤①来，浓浓的煎了一碗，给她母亲吃了。又和秋菱给薛姨妈捶腿揉胸，停了一会儿，略觉安顿。这薛姨妈只是又悲又气，气的是金桂撒泼，悲的是宝钗有涵养，倒觉可怜。宝钗又劝了一回，不知不觉地睡了一觉，肝气也渐渐平复了。宝钗便说道："妈妈，你这种闲气不要放在心上才好。过几天走得动了，乐得往那边老太太、姨妈处去说说话儿散散闷也好。家里横竖有我和秋菱照看着，谅她不敢怎么样。"薛姨妈点点头道："过两日看罢了。"

且说元妃疾愈之后，家中俱各喜欢。过了几日，有几个老公走来，带着东西银两，宣贵妃娘娘之命，因家中省问勤劳，俱有赏赐。把物件银两一一交代清楚。贾赦、贾政等禀明了贾母，一齐谢恩毕，太监吃了茶去了。大家回到贾母房中，说笑了一回。外面老婆子传进来说："小厮们来回道，那边有人请大老爷说要紧的话呢。"贾母便向贾赦道："你去罢。"贾赦答应着，退出来自去了。

这里贾母忽然想起，和贾政笑道："娘娘心里却甚实惦记着宝玉，前儿还特特地问他来着呢。"贾政陪笑道："只是宝玉不大肯念书，辜负了娘娘的美意。"贾母道："我倒给他上了个好儿，说他近日文章都做上来了。"贾政笑道："哪里能像老太太的话呢。"贾母道："你们时常叫他出去作诗作文，难道他都没作上来么？小孩子家慢慢地教导他，可是人家说的，'胖子也不是一口儿吃的'。"贾政听了这话，忙陪笑道："老太太说得是。"贾母又道："提起宝玉，我还有一件事和你商量。如今他也大了，你们也该留神看一个好孩子给他定

---

① 钩藤——茜草科植物，多在叶腋处生有二曲钩，取其带曲钩的茎枝入药，有平肝熄风的作用。

下。这也是他终身的大事。也别论远近亲戚，什么穷啊富的，只要深知那姑娘的脾性儿好，模样儿周正的就好。"贾政道："老太太吩咐得很是。但只一件，姑娘也要好，第一要他自己学好才好，不然，不稂不莠①的，反倒耽误了人家的女孩儿，岂不可惜。"贾母听了这话，心里却有些不喜欢，便说道："论起来，现放着你们作父母的，哪里用我去操心。但只我想宝玉这孩子从小儿跟着我，未免多疼他一点儿，耽误了他成人的正事，也是有的。只是我看他那生来的模样儿也还齐整，心性儿也还实在，未必一定是那种没出息的，必至糟蹋了人家的女孩儿。也不知是我偏心，我看着横竖比环儿略好些，不知你们看着怎么样。"几句话说得贾政心中甚实不安，连忙陪笑道："老太太看的人也多了，既说他好，有造化的，想来是不错。只是儿子望他成人性儿太急了一点，或者竟和古人的话相反，倒是'莫知其子之美②'了。"一句话把贾母也怄笑了，众人也都陪着笑了。贾母因说道："你这会子也有了几岁年纪，又居着官，自然越历练越老成。"说到这里，回头瞅着邢夫人和王夫人笑道："想他那年轻的时候，那一种古怪脾气，比宝玉还加一倍呢。直等娶了媳妇，才略略的懂了些人事儿。如今只抱怨宝玉，这会子我看宝玉比他还略体些人情儿呢。"说得邢夫人、王夫人都笑了。因说道："老太太又说起逗笑儿的话儿来了。"说着，小丫头子们进来告诉鸳鸯："请示老太太，晚饭伺候下了。"贾母便问："你们又咕咕唧唧的说什么？"鸳鸯笑着回明了。贾母道："那么着，你们也都吃饭去罢，单留凤姐儿和珍哥媳妇跟着我吃罢。"贾政及邢、王二夫人都答应着，伺候摆上饭来。贾母又催了一遍，才都退出各散。

　　却说邢夫人自去了。贾政同王夫人进入房中。贾政因提起贾母方才的话来，说道："老太太这样疼宝玉，毕竟要他有些实学，日后可以混得功名才好，不枉老太太疼他一场，也不至糟蹋了人家的女儿。"王夫人道："老爷这话自然是该当的。"贾政因着个屋里的丫头传出去告诉李贵："宝玉放学回来，索性吃饭后再叫他过来，说我还要问他话呢。"李贵答应了"是"。至宝玉放了学，刚要过来请安，只见李贵道："二爷先不用过去。老爷吩咐了，今日叫二爷吃了饭再过去呢，听见还有话问二爷呢。"宝玉听了这话，又是一个闷雷。只得见过贾母，便回园吃饭。三口两口吃完，忙漱了口，便往贾政这边来。

　　贾政此时在内书房坐着，宝玉进来请了安，一旁侍立。贾政问道："这几日我心上有事，也忘了问你。那一日，你说你师父叫你讲一个月的书就要给你开笔③，如今算来将两个月了，你到底开了笔了没有？"宝玉道："才做过三次。师父说，且不必回老爷知道，等好些，再回老爷知道罢。因此这两天总没敢回。"贾政道："是什么题目？"宝玉道："一个是《吾十有五而志于学》④，一个是《人不知而不愠》⑤，一个是《则归墨》⑥三字。"

①　不稂（láng郎）不莠（yǒu友）——本谓庄稼长得好，没有野草。稂、莠，都是混杂在禾苗中的野草。语出《诗·小雅·大田》。明清时，已混同"不郎不秀"用，郎、秀，人分等第之称，意谓不上不落，不成材。这样，成语与本来的意思恰恰相反。这里正是如此。
②　莫知其子之美——古代有谚语说："人莫知其子之恶。"谓父母偏爱自己的孩子，看不到他们的过错。贾政改"恶"为"美"，作谐语。
③　开笔——指开始学习作文。
④　吾十有五而志于学——语出《论语·为政》，是孔子老来自述经历的话，说自己在十五岁时就立志学习。
⑤　人不知而不愠——语出《论语·学而》，意谓人家不了解我，我也不生气。愠，怒，怨。
⑥　则归墨——《孟子·滕文公下》："杨朱、墨翟之言盈天下，天下之言不归杨，则归墨。"意谓杨、墨两家学说影响极大，人们的言论主张，不属于这一家，便属于那一家。

贾政道："都有稿儿么？"宝玉道："都是做了抄出来师父又改的。"贾政道："你带了家来了，还是在学房里呢？"宝玉道："在学房里呢。"贾政道："叫人取了来我瞧。"宝玉连忙叫人传话与茗烟："叫他往学房中去，我书桌子抽屉里有一本薄薄儿竹纸本子，上面写着'窗课'[1]两字的就是，快拿来。"一回儿茗烟拿了来递给宝玉。宝玉呈与贾政。贾政翻开看时，见头一篇写着题目是《吾十有五而志于学》。他原本破[2]的是"圣人有志于学，幼而已然矣。"代儒却将幼字抹去，明用"十五"。贾政道："你原本'幼'字便扣不清题目了。'幼'字是从小起至十六以前都是'幼'。这章书是圣人自言学问工夫与年俱进的话，所以十五、三十、四十、五十、六十、七十俱要明点出来，才见得到了几时有这么个光景，到了几时又有那么个光景。师父把你'幼'字改了'十五'，便明白了好些。"看到承题[3]，那抹去的原本云："夫不志于学，人之常也。"贾政摇头道："不但是孩子气，可见你本性不是个学者的志气。"又看后句，"圣人十五而志之，不亦难乎"，说道："这更不成话了。"然后看代儒的改本云："夫人孰不学，而志于学者卒鲜。此圣人所为自信于十五时欤？"便问："改的懂得么？"宝玉答应道："懂得。"又看第二艺[4]，题目是《人不知而不愠》，便先看代儒的改本云："不以不知而愠者，终无改其说乐矣。"方觑着眼看那抹去的底本，说道："你是什么？——'能无愠人之心，纯乎学者也。'上一句似单做了'而不愠'三个字的题目，下一句又犯了下文'君子'的分界[5]。必如改笔才合题位呢。且下句找清上文，方是书理[6]。须要细心领略。"宝玉答应着。贾政又往下看，"夫不知，未有不愠者也；而竟不然。是非由说而乐者，曷克臻此[7]？"原本末句"非纯学者乎"。贾政道："这也与破题同病的。这改的也罢了，不过清楚，还说得去。"第三艺是《则归墨》，贾政看了题目，自己扬着头想了一想，因问宝玉道："你的书讲到这里了么？"宝玉道："师父说，《孟子》好懂些，所以倒先讲《孟子》，大前日才讲完了。如今讲'上论语'呢。"贾政因看这个破、承，倒没大改。破题云："言于舍杨之外，若别无所归者焉。"贾政道："第二句倒难为你。""夫墨，非欲归者也；而墨之言已半天下矣，则舍杨之外，欲不归于墨，得乎？"贾政道："这是你做的么？"宝玉答应道："是。"贾政点点头儿，因说道："这也并没有什么出色处，但初试笔能如此，还算不离。前年我在任上时，还出过《惟士为能》[8]这个题目。那些童生都读过前人这篇，不能自出心裁，每多抄袭。你念过没有？"宝玉道：

---

① 窗课——作文练习。明清时举子习作八股文的本子上常题此二字，意思是书窗下所作的八股文练习。

② 破——即破题。八股文的开头几句要求点破题意，叫"破题"。

③ 承题——承接破题，申述其义的叫"承题"。

④ 第二艺——第二篇作文。

⑤ 犯了下文"君子"的分界——八股文破题，要求紧扣题目，在破时既不能有所遗漏，也不能说到界限之外去。如《人不知而不愠》一题，不能像宝玉那样漏说"人不知"，只说"而不愠"；又不能将《论语》中此句的下文"不亦君子乎"的意思也拉进来在破题时说，宝玉之写"纯乎学者也"就有这个毛病，所以说"犯了下文"，使题意界限不清，或者叫不合"题位"，即今所谓不切题。

⑥ 书理——即文理。

⑦ 曷克臻此——怎么能达到这个境地呢？

⑧ 惟士为能——《孟子·梁惠王上》："无恒产而有恒心者，惟士为能。"意谓没有土地、房屋等固定的产业而能持久地保有良好的思想道德的，只有"士"才能做得到。

"也念过。"贾政道:"我要你另换个主意,不许雷同了前人,只做个破题也使得。"宝玉只得答应着,低头搜索枯肠。贾政背着手,也在门口站着作想。只见一个小小厮往外飞走,看见贾政,连忙侧身垂手站住。贾政便问道:"作什么?"小厮回道:"老太太那边姨太太来了,二奶奶传出话来,叫预备饭呢。"贾政听了,也没言语。那小厮自去了。

谁知宝玉自从宝钗搬回家去,十分想念,听见薛姨妈来了,只当宝钗同来,心中早已忙了,便乍①着胆子回道:"破题倒作了一个,但不知是不是。"贾政道:"你念来我听。"宝玉念道:"天下不皆士也,能无产者亦仅矣。"贾政听了,点着头道:"也还使得。以后作文,总要把界限分清,把神理想明白了,再去动笔。你来的时候老太太知道不知道?"宝玉道:"知道的。"贾政道:"既如此,你还到老太太处去罢。"宝玉答应了个"是",只得拿捏②着慢慢地退出,刚过穿廊月洞门的影屏,便一溜烟跑到老太太院门口。急得茗烟在后头赶着叫:"看跌倒了!老爷来了。"宝玉哪里听得见。刚进得门来,便听见王夫人、凤姐、探春等笑语之声。

丫鬟们见宝玉来了,连忙打起帘子,悄悄告诉道:"姨太太在这里呢。"宝玉赶忙进来给薛姨妈请安,过来才给贾母请了晚安。贾母便问:"你今儿怎么这早晚才散学?"宝玉悉把贾政看文章并命作破题的话述了一遍。贾母笑容满面。宝玉因问众人道:"宝姐姐在哪里坐着呢?"薛姨妈笑道:"你宝姐姐没过来,家里和香菱作活呢。"宝玉听了,心中索然,又不好就走。只见说着话儿已摆上饭来,自然是贾母、薛姨妈上坐,探春等陪坐。薛姨妈道:"宝哥儿呢?"贾母忙笑说道:"宝玉跟着我这边坐罢。"宝玉连忙回道:"头里散学时,李贵传老爷的话,叫吃了饭过去。我赶着要了一碟菜,泡茶吃了一碗饭,就过去了。老太太和姨妈、姐姐们用罢。"贾母道:"既这么着,凤丫头就过来跟着我。你太太才说今儿吃斋,叫她们自己吃去罢。"王夫人也道:"你跟着老太太、姨太太吃罢,不用等我,我吃斋呢。"于是凤姐告了坐,丫头安了杯箸,凤姐执壶斟了一巡,才归坐。

大家吃着酒。贾母便问道:"可是,才姨太太提香菱,我听见前儿丫头们说'秋菱',不知是谁,问起来才知道是她。怎么那孩子好好的又改了名字呢?"薛姨妈满脸飞红,叹了口气道:"老太太再别提起。自从蟠儿娶了这个不知好歹的媳妇,成日家咕咕唧唧,如今闹得也不成个人家了。我也说过她几次,她牛心不听说,我也没那么大精神和他们尽着吵去,只好由他们去。可不是,她嫌这丫头的名儿不好,改的。"贾母道:"名儿什么要紧的事呢?"薛姨妈道:"说起来我也怪臊的,其实老太太这边有什么不知道的。她哪里是为这名儿不好,听见说她因为是宝丫头起的,她才有心要改。"贾母道:"这又是什么原故呢?"薛姨妈把手绢子不住地擦眼泪,未曾说,又叹了一口气,道:"老太太还不知道呢,这如今媳妇子专和宝丫头怄气。前日老太太打发人看我去,我们家里正闹呢。"贾母连忙接着问道:"可是,前儿听见姨太太肝气疼,要打发人看去;后来听见说好了,所以没着人去。依我劝,姨太太竟把他们别放在心上。再者,他们也是新过门的小夫妻,过些时自然就好了。我看宝丫头性格儿温厚和平,虽然年轻,比大人还强几倍。前日那小丫头

---

① 乍——这里作"壮""大"解。

② 拿捏——扭捏,拘谨的、不自然的样子。

子回来说，我们这边还都赞叹了她一会子。都像宝丫头那样心胸儿脾气儿，真是百里挑一的。不是我说句冒失话，那给人家作了媳妇儿，怎么叫公婆不疼，家里上上下下的不宾服①呢。"宝玉头里已经听烦了，推故要走，及听见这话，又坐了，呆呆地往下听。薛姨妈道："不中用。她虽好，到底是女孩儿家。养了蟠儿这个糊涂孩子，真真叫我不放心，只怕在外头喝点子酒，闹出事来。幸亏老太太这里的大爷、二爷常和他在一块儿，我还放点儿心。"宝玉听到这里，便接口道："姨妈更不用悬心。薛大哥相好的都是些正经买卖大客人，都是有体面的，哪里就闹出事来。"薛姨妈笑道："依你这样说，我敢只不用操心了。"说话间，饭已吃完。宝玉先告辞了，晚间还要看书，便各自去了。

这里丫头们刚捧上茶来，只见琥珀走过来向贾母耳朵旁边说了几句，贾母便向凤姐儿道："你快去罢，瞧瞧巧姐儿去罢！"凤姐听了，还不知何故，大家也怔了。琥珀遂过来向凤姐道："刚才平儿打发小丫头子来回二奶奶，说巧姐儿身上不大好，请二奶奶忙着些过来才好呢。"贾母因说道："你快去罢，姨太太也不是外人。"凤姐连忙答应，在薛姨妈跟前告了辞。又见王夫人说道："你先过去，我就去。小孩子家魂儿还不全呢，别叫丫头们大惊小怪的，屋里的猫儿狗儿，也叫她们留点神儿。尽着孩子贵气，偏有这些琐碎。"凤姐答应了，然后带了小丫头回房去了。

这里薛姨妈又问了一回黛玉的病。贾母道："林丫头那孩子倒罢了，只是心重些，所以身子就不大很结实了。要赌灵性儿，也和宝丫头不差什么；要赌宽厚待人里头，却不济她宝姐姐有耽待、有尽让了。"薛姨妈又说了两句闲话儿，便道："老太太歇着罢。我也要到家里去看看，只剩下宝丫头和香菱。打那么②同着姨太太看看巧姐儿。"贾母道："正是。姨太太上年纪的人，看看是怎么不好，说给他们，也得点主意儿。"薛姨妈便告辞，同着王夫人出来，往凤姐院里去了。

却说贾政试了宝玉一番，心里却也喜欢，走向外面和那些门客闲谈。说起方才的话来，便有新进到来、最善大棋③的一个王尔调名作梅的说道："据我们看来，宝二爷的学问已是大进了。"贾政道："哪有进益，不过略懂得些罢咧，'学问'两个字早得很呢！"詹光道："这是老世翁过谦的话。不但王大兄这般说，就是我们看，宝二爷必定要高发的。"贾政笑道："这也是诸位过爱的意思。"

那王尔调又道："晚生还有一句话，不揣冒昧，和老世翁商议。"贾政道："什么事？"王尔调陪笑道："也是晚生的相与，做过南韶道的张大老爷家有一位小姐，说是生得德言功貌④俱全，此时尚未受聘。他又没有儿子，家资巨万。但是要富贵双全的人家，女婿又要出众，才肯作亲。晚生来了两个月，瞧着宝二爷的人品学业，都是必要大成的。老世翁这样门楣，还有何说。若晚生过去，包管一说就成。"贾政道："宝玉说亲却也是年纪了，

---

① 宾服——心悦诚服。
② 打那么——从那里。
③ 大棋——围棋。
④ 德言功貌——封建礼教规定妇女应有的四种品行。东汉班昭《女诫·妇行》："妇有四行，一曰妇德，二曰妇言，三曰妇容，四曰妇功。"程高诸本原作"德容功貌"，"容"与"貌"同，而漏"言"，今据义改。

并且老太太常说起。但只张大老爷素来尚未深悉。"詹光道:"王兄所提张家,晚生却也知道。况和大老爷那边是旧亲,老世翁一问便知。"贾政想了一回,道:"大老爷那边不曾听得这门亲戚。"詹光道:"老世翁原来不知,这张府上原和邢舅太爷那边有亲的。"贾政听了,方知是邢夫人的亲戚。

坐了一回,进来了,便要同王夫人说知,转问邢夫人去。谁知王夫人陪了薛姨妈到凤姐那边看巧姐儿去了。那天已经掌灯时候,薛姨妈去了,王夫人才过来了。贾政告诉了王尔调和詹光的话,又问巧姐儿怎么了。王夫人道:"怕是惊风的光景。"贾政道:"不甚利害呀?"王夫人道:"看着是搐风①的来头,只还没搐出来呢。"贾政听了,便不言语,各自安歇,一宿晚景不提。

却说次日邢夫人过贾母这边来请安,王夫人便提起张家的事,一面回贾母,一面问邢夫人。邢夫人道:"张家虽系老亲,但近年来久已不通音信,不知他家的姑娘是怎么样的。倒是前日孙亲家太太打发老婆子来问安,却说起张家的事,说他家有个姑娘,托孙亲家那边有对劲的提一提。听见说只这一个女孩儿,十分娇养,也识得几个字,见不得大阵仗儿,常在房中不出来的。张大老爷又说,只有这一个女孩儿,不肯嫁出去,怕人家公婆严,姑娘受不得委屈,必要女婿过门赘在他家,给他料理些家事。"贾母听到这里,不等说完,便道:"这断使不得!我们宝玉别人服侍他还不够呢,倒给人家当家去!"邢夫人道:"正是老太太这个话。"贾母因向王夫人道:"你回来告诉你老爷,就说我的话,这张家的亲事是作不得的。"王夫人答应了。贾母便问:"你们昨日看巧姐儿怎么样?头里平儿来回我,说很不大好,我也要过去看看呢。"邢、王二夫人道:"老太太虽疼她,她哪里耽得住!"贾母道:"却也不止为她,我也要走动走动,活活筋骨儿。"说着,便吩咐:"你们吃饭去罢,回来同我过去。"邢、王二夫人答应着出来,各自去了。

一时吃了饭,都来陪贾母到凤姐房中。凤姐连忙出来接了进去。贾母便问:"巧姐儿到底怎么样?"凤姐儿道:"只怕是搐风的来头。"贾母道:"这么着还不请人赶着瞧!"凤姐道:"已经请去了。"贾母因邢、王二夫人进房来看,只见奶子抱着,用桃红绫子小绵被儿裹着,脸皮趣青②,眉梢鼻翅微有动意。贾母同邢、王二夫人看了看,便出外间坐下。正说间,只见一个小丫头回凤姐道:"老爷打发人问姐儿怎么样。"凤姐道:"替我回老爷,就说请大夫去了。一会儿开了方子,就过去回老爷。"

贾母忽然想起张家的事来,向王夫人道:"你该就去告诉你老爷,省得人家去说了回来,又驳回。"又问邢夫人道:"你们和张家如今为什么不走了?"邢夫人因又说:"论起那张家行事,也难和咱们作亲,太啬克,没的玷辱了宝玉。"凤姐听了这话,已知八九,便问道:"太太不是说宝兄弟的亲事?"邢夫人道:"可不是么。"贾母接着因把刚才的话告诉凤姐。凤姐笑道:"不是我当着老祖宗太太们跟前说句大胆的话,现放着天配的姻缘,何用别处去找。"贾母笑问道:"在哪里?"凤姐道:"一个'宝玉',一个'金锁',老太太怎么忘了?"贾母笑了一笑,因说:"昨日你姑妈在这里,你为什么不提?"凤姐道:"老祖

---

① 搐(chù触)风——又叫"抽风",小儿惊风病的一种症状,手足抽搐不已。搐,牵动。

② 趣青——与江浙方言说"铁青"近似,是很青的意思。

宗和太太们在前头，哪里有我们小孩子家说话的地方儿。况且姨妈过来瞧老祖宗，怎么提这些个，这也得太太们过去求亲才是。"贾母笑了，邢、王二夫人也都笑了。贾母因道："可是我背晦了。"

说着人回："大夫来了。"贾母便坐在外间，邢、王二夫人略避。那大夫同贾琏进来，给贾母请了安，方进房中。看了出来，站在地下，躬身回贾母道："姐儿一半是内热，一半是惊风。须先用一剂发散风痰药，还要用四神散①才好，因病势来得不轻。如今的牛黄都是假的，要找真牛黄方用得。"贾母道了乏，那大夫同贾琏出去开了方子，去了。凤姐道："人参家里常有，这牛黄倒怕未必有，外头买去，只是要真的才好。"王夫人道："等我打发人到姨太太那边去找。他家蟠儿是向与那些西客②们做买卖，或者有真的也未可知，我叫人去问问。"正说话间，众姊妹都来瞧来了，坐了一回，也都跟着贾母等去了。

这里煎了药，给巧姐儿灌了下去，只听"喀"的一声，连药带痰都吐出来，凤姐才略放了一点儿心。只见王夫人那边的小丫头拿着一点儿的小红纸包儿，说道："二奶奶，牛黄有了。太太说了，叫二奶奶亲自把分量对准了呢。"凤姐答应着接过来，便叫平儿配齐了真珠、冰片、朱砂，快熬起来。自己用戥子按方秤了，搀在里面，等巧姐儿醒了好给她吃。只见贾环掀帘进来说："二姐姐，你们巧姐儿怎么了？妈叫我来瞧瞧她。"凤姐见了他母子便嫌，说："好些了。你回去说，叫你们姨娘想着。"那贾环口里答应，只管各处瞧看。看了一回，便问凤姐儿道："你这里听得说有牛黄，不知牛黄是怎么个样儿，给我瞧瞧呢。"凤姐道："你别在这里闹了，姐儿才好些。那牛黄都煎上了。"贾环听了，便去伸手拿那锅子瞧时，岂知措手不及，"沸"的一声，锅子倒了，火已泼灭了一半。贾环见不是事，自觉没趣，连忙跑了。凤姐急得火星直爆，骂道："真真哪一世的对头冤家！你何苦来，还来使促狭！从前你妈要想害我，如今又来害姐儿。我和你几辈子的仇呢？"一面骂平儿不照应。正骂着，只见丫头来找贾环。凤姐道："你去告诉赵姨娘，说她操心也太苦了。巧姐儿死定了，不用她惦着了！"平儿急忙在那里配药再熬，那丫头摸不着头脑，便悄悄问平儿道："二奶奶为什么生气？"平儿将环哥弄倒药锅子说了一遍。丫头道："怪不得他不敢回来，躲了别处去了。这环哥儿明日还不知怎么样呢。平姐姐，我替你收拾罢。"平儿说："这倒不消。幸亏牛黄还有一点，如今配好了，你去罢。"丫头道："我一准回去告诉赵姨奶奶，也省得她天天说嘴。"

丫头回去果然告诉了赵姨娘。赵姨娘气得叫："快找环儿！"环儿在外间屋子里躲着，被丫头找了来。赵姨娘便骂道："你这个下作种子！你为什么弄洒了人家的药，招得人家咒骂？我原叫你去问一声，不用进去。你偏进去，又不就走，还要虎头上捉虱子。你看我回了老爷，打你不打！"这里赵姨娘正说着，只听贾环在外间屋子里更说出些惊心动魄的话来。未知何言，下回分解。

---

① 四神散——由四种祛风解热毒的珍贵药配制而成的粉状药剂。以"四神散"为名的方剂有好多种，用药各异，从下文所述看，是指牛黄、珍珠、冰片、朱砂四种。
② 西客——来自西域的客商。

# 第八十五回
## 贾存周报升郎中任　薛文龙复惹放流刑①

【题解】

　　贾政升了官，宾客来贺，车马填门，写得很热闹，连宝玉心里都非常高兴。贾府萧索的气氛彻底消散了。但续作者将小人物贾芸的为人却看错了。让袭人以为他"也是个心术不正的货"。薛蟠又犯案了。还是打死人命。续书模仿前面写过的情节的地方不少，这不过是其中一例而已。

　　话说赵姨娘正在屋里抱怨贾环，只听贾环在外间屋里发话道："我不过弄倒了药锦子，洒了一点子药，那丫头子又没就死了，值的她也骂我，你也骂我，赖我心坏，把我往死里糟蹋。等着我明儿还要那小丫头子的命呢，看你们怎么着！只叫她们提防着就是了。"那赵姨娘赶忙从里间出来，捂住他的嘴说道："你还只管信口胡嗔②，还叫人家先要了我的命呢！"娘儿两个吵了一回。赵姨娘听见凤姐的话，越想越气，也不着人来安慰凤姐一声儿。过了几天，巧姐儿也好了。因此两边结怨比从前更加一层了。

　　一日，林之孝进来回道："今日是北静郡王生日，请老爷的示下。"贾政吩咐道："只按向年旧例办了，回大老爷知道，送去就是了。"林之孝答应了，自去办理。不一时，贾赦过来同贾政商议，带了贾珍、贾琏、宝玉去与北静王拜寿。别人还不理论，惟有宝玉素日仰慕北静王的容貌威仪，巴不得常见才好，遂连忙换了衣服，跟着来到北府。贾赦、贾政递了职名候谕。不多时，里面出来了一个太监，手里掐着数珠儿，见了贾赦、贾政，笑嘻嘻地说道："二位老爷好？"贾赦、贾政也都赶忙问好。他兄弟三人也过来问了好。那太监道："王爷叫请进去呢。"于是爷儿五个跟着那太监进入府中，过了两层门，转过一层殿去，里面方是内宫门。刚到门前，大家站住，那太监先进去回王爷去了。这里门上小太监都迎着问了好。一时那太监出来，说了个"请"字，爷儿五个肃敬跟入。

　　只见北静郡王穿着礼服，已迎到殿门廊下。贾赦、贾政先上来请安，揎次便是珍、琏、宝玉请安。那北静郡王单拉着宝玉道："我久不见你，很惦记你。"因又笑问道："你那块

<hr>

① 回目——郎中：部属官名。职位次于尚书、侍郎、丞，分掌各司事务。薛文龙，原作"薛文起"。甲戌本第四回："这薛公子学名薛蟠，字表文龙"，诸本作"文起"。古人的名与字，义常相关联，名既曰"蟠"，则字自以"文龙"为是，"起"当是"龙"之草体形讹，第七十九回包括程甲本在内的诸本回目皆作"薛文龙悔娶……"可证。今校改。
② 胡嗔（qìn沁）——胡言乱语；骂人的话。嗔，畜生呕吐。

玉儿好？"宝玉躬着身，打着一半千儿，回道："蒙王爷福庇，都好。"北静王道："今日你来，没有什么好东西给你吃的，倒是大家说说话儿罢。"说着，几个老公打起帘子，北静王说"请"，自己却先进去，然后贾赦等都躬着身跟进去。先是贾赦请北静王受礼，北静王也说了两句谦辞，那贾赦早已跪下，次及贾政等捱次行礼，自不必说。

那贾赦等复肃敬退出。北静王吩咐太监等让在众戚旧一处，好生款待，却单留宝玉在这里说话儿，又赏了坐。宝玉又磕头谢了恩，在挨门边绣墩上侧坐，说了一回读书作文诸事。北静王甚加爱惜，又赏了茶，因说道："昨儿巡抚吴大人来陛见，说起令尊翁前任学政①时，秉公办事，凡属生童，俱心服之至。他陛见时，万岁爷也曾问过，他也十分保举，可知是令尊翁的喜兆。"宝玉连忙站起，听毕这一段话，才回启道："此是王爷的恩典，吴大人的盛情。"正说着，小太监进来回道："外面诸位大人老爷都在前殿谢王爷赏宴。"说着，呈上谢宴并请午安的帖子来。北静王略看了一看，仍递给小太监，笑了一笑，说道："知道了，劳动他们。"那小太监又回道："这贾宝玉王爷单赏的饭预备了。"北静王便命那太监带了宝玉到一所极小巧精致的院里，派人陪着吃了饭，又过来谢了恩。北静王又说了些好话儿，忽然笑说道："我前次见你那块玉倒有趣儿，回来说了个式样，叫他们也作了一块来。今日你来得正好，就给你带回去玩罢。"因命小太监取来，亲手递给宝玉。宝玉接过来捧着，又谢了，然后退出。北静王又命两个小太监跟出来，才同着贾赦等回来了。贾赦便各自回院里去。

这里贾政带着他三人回来，见过贾母，请过了安，说了一回府里遇见的人。宝玉又回了贾政吴大人陛见保举的话。贾政道："这吴大人本来咱们相好，也是我辈中人，还倒是有骨气的。"又说了几句闲话儿，贾母便叫"歇着去罢。"贾政退出，珍、琏、宝玉都跟到门口。贾政道："你们都回去陪老太太坐着去罢。"说着，便回房去。刚坐了一坐，只见一个小丫头回道："外面林之孝请老爷回话。"说着递上个红单帖来，写着吴巡抚的名字。贾政知是来拜，便叫小丫头叫林之孝进来。贾政出至廊檐下。林之孝进来回道："今日巡抚吴大人来拜，奴才回了去了。再奴才还听见说，现今工部出了一个郎中缺，外头人和部里都吵嚷是老爷拟正②呢。"贾政道："瞧罢咧。"林之孝又回了几句话，才出去了。

且说珍、琏、宝玉三人回去，独有宝玉到贾母那边，一面述说北静王待他的光景，并拿出那块玉来。大家看着笑了一回。贾母因命人："给他收起去罢，别丢了。"因问："你那块玉好生戴着罢？别闹混了。"宝玉在项上摘了下来，说："这不是我那一块玉？哪里就掉了呢。比起来，两块玉差远着呢，哪里混得过。我正要告诉老太太，前儿晚上我睡的时候，把玉摘下来挂在帐子里，它竟放起光来了，满帐子都是红的。"贾母说道："又胡说了，帐子的檐子是红的，火光照着，自然红是有的。"宝玉道："不是。那时候灯已灭了，屋里都漆黑的了，还看得见它呢？"邢、王二夫人抿着嘴笑。凤姐道："这是喜信发动了。"宝玉道："什么喜信？"贾母道："你不懂得。今儿个闹了一天，你去歇歇儿去罢，别在这里说呆话了。"宝玉又站了一回儿，才回园中去了。

---

① 学政——即提督学政，朝廷派往各省掌管教育的最高行政官。

② 拟正——官吏代理或试任职务后，得到正式任命，叫"拟正"。

　　这里贾母问道："正是。你们去看薛姨妈说起这事没有？"王夫人道："本来就要去看的，因凤丫头为巧姐儿病着，耽搁了两天，今日才去的。这事我们都告诉了，姨妈倒也十分愿意，只说蟠儿这时候不在家，目今他父亲没了，只得和他商量商量再办。"贾母道："这也是情理的话。既这么样，大家先别提起，等姨太太那边商量定了再说。"

　　不说贾母处谈论亲事，且说宝玉回到自己房中，告诉袭人道："老太太与凤姐姐方才说话含含糊糊，不知是什么意思。"袭人想了想，笑了一笑道："这个我也猜不着。但只刚才说这些话时，林姑娘在跟前没有？"宝玉道："林姑娘才病起来，这些时何曾到老太太那边去呢。"正说着，只听外间屋里麝月与秋纹拌嘴。袭人道："你两个又闹什么？"麝月道："我们两个斗牌，她赢了我的钱，她拿了去，她输了钱，就不肯拿出来。这也罢了，她倒把我的钱都抢了去了。"宝玉笑道："几个钱什么要紧，傻丫头，不许闹了！"说得两个人都咕嘟着嘴，坐着去了。这里袭人打发宝玉睡下。不提。

　　却说袭人听了宝玉方才的话，也明知是给宝玉提亲的事。因恐宝玉每有痴想，这一提起，不知又招出他多少呆话来，所以故作不知，自己心上却也是头一件关切的事。夜间躺着想了个主意，不如去见紫鹃，看她有什么动静，自然就知道了。

　　次日一早起来，打发宝玉上了学，自己梳洗了，便慢慢地去到潇湘馆来。只见紫鹃正在那里掐花儿呢，见袭人进来，便笑嘻嘻地道："姐姐屋里坐着。"袭人道："坐着，妹妹掐花儿呢吗？姑娘呢？"紫鹃道："姑娘才梳洗完了，等着温药呢。"紫鹃一面说着，一面同袭人进来。见了黛玉正在那里拿着一本书看。袭人陪着笑道："姑娘怨不得劳神，起来就看书。我们宝二爷念书，若能像姑娘这样，岂不好了呢！"黛玉笑着把书放下。雪雁已拿着个小茶盘里托着一钟药，一钟水，小丫头在后面捧着痰盒、漱盂进来。原来袭人来时要探探口气；坐了一回，无处入话，又想着黛玉最是心多，探不成消息，再惹着了她倒是不好，又坐了坐，搭讪着辞了出来了。

　　将到怡红院门口，只见两个人在那里站着呢。袭人不便往前走，那一个早看见了，连忙跑过来。袭人一看，却是锄药，因问："你作什么？"锄药道："刚才芸二爷来了，拿了个帖儿，说给咱们宝二爷瞧的，在这里候信。"袭人道："宝二爷天天上学，你难道不知道？还候什么信呢！"锄药笑道："我告诉他了。他叫告诉姑娘，听姑娘的信呢。"袭人正要说话，只见那一个也慢慢地蹭了过来，细看时，就是贾芸，溜溜湫湫往这边来了。袭人见是贾芸，连忙向锄药道："你告诉说知道了，回来给宝二爷瞧罢。"那贾芸原要过来和袭人说话，无非亲近之意，又不敢造次，只得慢慢蹉来。相离不远，不想袭人说出这话，自己也不好再往前走，只好站住。这里袭人已掉背脸，往回里去了。贾芸只得怏怏而回，同锄药出去了。

　　晚间宝玉回房，袭人便回道："今日廊下小芸二爷来了。"宝玉道："作什么？"袭人道："他还有个帖儿呢。"宝玉道："在哪里？拿来我看看。"麝月便走去在里间屋里书橱子上头拿了来。宝玉接过看时，上面皮儿上写着"叔父大人安禀"。宝玉道："这孩子怎么又不认我作父亲了？"袭人道："怎么？"宝玉道："前年他送我白海棠时称我作'父亲大人'，今日这帖子封皮上写着'叔父'，可不是又不认了么？"袭人道："他也不害臊，你也不害臊！

他那么大了，倒认你这么大儿的作父亲，可不是他不害臊？你正经连个……"刚说到这里，脸一红，微微地一笑。宝玉也觉得了，便道："这倒难讲。俗语说：'和尚无儿，孝子多着呢。'只是我看着他还伶俐得人心儿，才这么着；他不愿意，我还不希罕呢！"说着，一面拆那帖儿，袭人也笑道："那小芸二爷也有些鬼鬼头头的。什么时候又要看人，什么时候又躲躲藏藏的，可知也是个心术不正的货。"宝玉只顾拆开看那字儿，也不理会袭人这些话。袭人见他看那帖儿，皱一回眉，又笑一笑儿，又摇摇头儿，后来光景竟大不耐烦起来。袭人等他看完了，问道："是什么事情？"宝玉也不答言，把那帖子已经撕作几段。袭人见这般光景，也不便再问，便问宝玉吃了饭还看书不看。宝玉道："可笑芸儿这孩子竟这样的混账。"袭人见他所答非所问，便微微地笑着问道："到底是什么事？"宝玉道："问他作什么，咱们吃饭罢。吃了饭歇着罢，心里闹得怪烦的。"说着叫小丫头子点了一个火儿来，把那撕的帖儿烧了。

　　一时小丫头们摆上饭来。宝玉只是怔怔地坐着，袭人连哄带怄，催着吃了一口儿饭，便搁下了，仍是闷闷地歪在床上。一时间，忽然掉下泪来。此时袭人、麝月都摸不着头脑。麝月道："好好儿的，这又是为什么了？都是什么芸儿雨儿的，不知什么事弄了这么个浪帖子来，惹的这么傻了的似的，哭一会子，笑一会子。要天长日久闹起这闷葫芦来，可叫人怎么受呢！"说着，竟伤起心来。袭人旁边由不得要笑，便劝道："好妹妹，你也别怄人了。他一个人就够受了，你又这么着。他那帖子上的事，难道与你相干？"麝月道："你混说起来了。知道他帖儿上写的是什么混账话，你混往人身上扯。要那么说，他帖儿上只怕倒与你相干呢。"袭人还未答言，只听宝玉在床上"噗嗤"的一声笑了，爬起来抖了抖衣裳，说："咱们睡觉罢，别闹了。明日我还起早念书呢。"说着，便躺下睡了。一宿无话。

　　次日，宝玉起来梳洗了，便往家塾里去。走出院门，忽然想起，叫茗烟略等，急忙转身回来叫："麝月姐姐呢？"麝月答应着出来，问道："怎么又回来了？"宝玉道："今日芸儿要来了，告诉他别在这里闹，再闹，我就回老太太和老爷去了。"麝月答应了，宝玉才转身去了。刚往外走着，只见贾芸慌慌张张往里来，看见宝玉连忙请安，说："叔叔大喜了。"那宝玉估量着是昨日那件事，便说道："你也太冒失了，不管人心里有事没事，只管来搅！"贾芸陪笑道："叔叔不信只管瞧去，人都来了，在咱们大门口呢。"宝玉越发急了，说："这是哪里的话！"正说着，只听外边一片声嚷起来。贾芸道："叔叔听，这不是？"宝玉越发心里狐疑起来，只听一个人嚷道："你们这些人好没规矩，这是什么地方，你们在这里混嚷！"那人答道："谁叫老爷升了官呢，怎么不叫我们来吵喜[1]呢。别人家盼着吵还不能呢。"宝玉听了，才知道是贾政升了郎中了，人来报喜的。心中自是甚喜。连忙要走时，贾芸赶着说道："叔叔乐不乐？叔叔的亲事要再成了，不用说，是两层喜了。"宝玉红了脸，啐了一口道："呸！没趣儿的东西！还不快走呢。"贾芸把脸红了道："这有什么的，我看你老人家就不……"宝玉沉着脸道："就不什么？"贾芸未及说完，也不敢言语了。

---

① 吵喜——也叫"闹喜"。旧时家遇升官、及第等喜庆事，报喜的人在门前喧闹，表示祝贺，以求得赏钱。

宝玉连忙来到家塾中，只见代儒笑着说道："我才刚听见你老爷升了。你今日还来了么？"宝玉陪笑道："过来见了太爷，好到老爷那边去。"代儒道："今日不必来了，放你一天假罢。可不许回园子里玩去。你年纪不小了，虽不能办事，也当跟着你大哥他们学学才是。"宝玉答应着回来。刚走到二门口，只见李贵走来迎着，旁边站住笑道："二爷来了么，奴才才要到学里请去。"宝玉笑道："谁说的？"李贵道："老太太才打发人到院里去找二爷，那边的姑娘们说二爷学里去了。刚才老太太打发人出来叫奴才去给二爷告几天假，听说还要唱戏贺喜呢，二爷就来了。"说着，宝玉自己进去。进了二门，只见满院里丫头老婆都是笑容满面，见他来了，笑道："二爷这早晚才来，还不快进去给老太太道喜呢！"

宝玉笑着进了房门，只见黛玉挨着贾母左边坐着呢，右边是湘云。地下邢、王二夫人。探春、惜春、李纨、凤姐、李纹、李绮、邢岫烟一干姊妹，都在屋里，只不见宝钗、宝琴、迎春三人。宝玉此时喜得无话可说，忙给贾母道了喜，又给邢、王二夫人道喜，一一见了众姊妹，便向黛玉笑道："妹妹身体可大好了？"黛玉也微笑道："大好了。听见说二哥哥身上也欠安，好了么？"宝玉道："可不是，我那日夜里忽然心里疼起来，这几天刚好些，就上学去了，也没能过去看妹妹。"黛玉不等他说完，早扭过头和探春说话去了。凤姐在地下站着笑道："你两个哪里像天天在一处的，倒像是客一般，有这些套话，可是人说的'相敬如宾'了。"说得大家一笑。林黛玉满脸飞红，又不好说，又不好不说，迟了一回儿，才说道："你懂得什么？"众人越发笑了。凤姐一时回过味来，才知道自己出言冒失，正要拿话岔时，只见宝玉忽然向黛玉道："林妹妹，你瞧芸儿这种冒失鬼。"说了一句，方想起来，便不言语了。招得大家又都笑起来，说："这从哪里说起？"黛玉也摸不着头脑，也跟着讪讪地笑。宝玉无可搭讪，因又说道："可是，刚才我听见有人要送戏，说是几儿①？"大家都瞅着他笑。凤姐儿道："你在外头听见，你来告诉我们。你这会子问谁呢？"宝玉得便说道："我外头再去问问去。"贾母道："别跑到外头去，头一件看报喜的笑话，第二件你老子今日大喜，回来碰见你，又该生气了。"宝玉答应了个"是"，才出来了。

这里贾母因问凤姐谁说送戏的话，凤姐道："说是舅太爷那边说，后儿日子好，送一班新出的小戏儿给老太太、老爷、太太贺喜。"因又笑着说道："不但日子好，还是好日子呢。"说着这话，却瞅着黛玉笑。黛玉也微笑。王夫人因道："可是呢，后日还是外甥女儿的好日子呢。"贾母想了一想，也笑道："可见我如今老了，什么事都糊涂了。亏了有我这凤丫头是我个'给事中'②。既这么着，很好，他舅舅家给他们贺喜，你舅舅家就给你做生日，岂不好呢。"说得大家都笑起来，说道："老祖宗说句话儿都是上篇上论的，怎么怨得有这么大福气呢。"说着，宝玉进来，听见这些话，越发乐得手舞足蹈了。一时，大家都在贾母这边吃饭，甚热闹，自不必说。饭后，那贾政谢恩回来，给宗祠里磕了头，便来给贾母磕头，站着说了几句话，便出去拜客去了。这里接连着亲戚族中的人来来去去，

---

① 几儿——哪一天。

② 给事中——喻能常提醒自己处理事情的得力助手。本为官名，古时常在皇帝左右备顾问应对等事，清时属都察院，为谏官。

闹闹攘攘，车马填门，貂蝉①满座，真是：

> 花到正开蜂蝶闹，月逢十足海天宽。

如此两日，已是庆贺之期。这日一早，王子腾和亲戚家已送过一班戏来，就在贾母正厅前搭起行台。外头爷们都穿着公服陪侍，亲戚来贺的约有十余桌酒。里面为着是新戏，又见贾母高兴，便将琉璃戏屏隔在后厦，里面也摆下酒席。上首薛姨妈一桌，是王夫人、宝琴陪着；对面老太太一桌，是邢夫人、岫烟陪着；下面尚空两桌，贾母叫她们快来。一回儿，只见凤姐领着众丫头，都簇拥着林黛玉来了。黛玉略换了几件新鲜衣服，打扮得宛如嫦娥下界，含羞带笑地出来见了众人。湘云、李纹、李纨都让她上首座，黛玉只是不肯。贾母笑道："今日你坐了罢。"薛姨妈站起来问道："今日林姑娘也有喜事么？"贾母笑道："是她的生日。"薛姨妈道："咳，我倒忘了。"走过来说道："恕我健忘，回来叫宝琴过来拜姐姐的寿。"黛玉笑说"不敢"。大家坐了。那黛玉留神一看，独不见宝钗，便问道："宝姐姐可好么？为什么不过来？"薛姨妈道："她原该来的，只因无人看家，所以不来。"黛玉红着脸微笑道："姨妈那里又添了大嫂子，怎么倒用宝姐姐看起家来？大约是她怕人多热闹，懒待来罢。我倒怪想她的。"薛姨妈笑道："难得你惦记她。她也常想你们姊妹们，过一天我叫她来大家叙叙。"

说着，丫头们下来斟酒上菜，外面已开戏了。出场自然是一两出吉庆戏文，乃至第三出，只见金童玉女，旗幡宝幢，引着一个霓裳羽衣的小旦，头上披着一条黑帕，唱了一回儿进去了。众皆不识，听见外面人说："这是新打②的《蕊珠记》③里的《冥升》。小旦扮的是嫦娥，前因堕落人寰，几乎给人为配，幸亏观音点化，她就未嫁而逝，此时升引月宫。不听见曲里头唱的'人间只道风情好，哪知道秋月春花容易抛，几乎不把广寒宫忘却了'。"第四出是《吃糠》④，第五出是达摩带着徒弟过江回去⑤，正扮出些海市蜃楼，好不热闹。

众人正在高兴时，忽见薛家的人满头汗闯进来，向薛蝌说道："二爷快回去，并里头回明太太也请速回去，家中有要事。"薛蝌道："什么事？"家人道："家去说罢。"薛蝌也不及告辞就走了。薛姨妈见里头丫头传进话去，更骇得面如土色，即忙起身，带着宝琴，别了一声，即刻上车回去了。弄得内外愕然。贾母道："咱们这里打发人跟过去听听，到底是什么事，大家都关切的。"众人答应了个"是"。

不说贾府依旧唱戏，单说薛姨妈回去，只见有两个衙役站在二门口，几个当铺里伙计陪着，说："太太回来自有道理。"正说着，薛姨妈已进来了。那衙役们见跟从着许多男妇簇拥着一位老太太，便知是薛蟠之母。看见这个势派，也不敢怎么，只得垂手侍立，

---

① 貂蝉——貂尾和金蝉。原为汉代皇帝的近臣侍中、中常侍的冠上饰物，后用以指代达官贵人。

② 打——排演。

③ 《蕊珠记》——剧本名，疑佚失于近代。蕊珠，道家的天上仙宫名，据出名《冥升》及演月宫事，研究者推测其故事情节可能与已佚的元庾天锡《秋月蕊珠宫》（亦作《蕊珠记》）一剧有关，或竟是其改编本。

④ 《吃糠》——明代高则诚《琵琶记》中有《糟糠自厌》一出，后昆曲演出剧目称《吃糠》。写汉代蔡伯喈考中状元，入赘相府，家乡陈留遭遇灾荒，结发妻赵五娘吃糠度日，诚心侍奉公婆事。

⑤ 达摩带着徒弟过江回去——明代张凤翼《祝发记》传奇中有《达摩渡江》一出，演达摩与徒弟相约于招提寺相会，折苇渡江，遇剧中主人公徐孝克，点化其出家事。故事背景是南朝梁代。

让薛姨妈进去了。

那薛姨妈走到厅房后面，早听见有人大哭，却是金桂。薛姨妈赶忙走来，只见宝钗迎出来，满面泪痕，见了薛姨妈，便道："妈妈听了先别着急，办事要紧。"薛姨妈同着宝钗进了屋子，因为头里进门时，已经走着听见家人说了，吓得战战兢兢的了，一面哭着，因问："到底是和谁？"只见家人回道："太太此时且不必问那些底细。凭他是谁，打死了总是要偿命的，且商量怎么办才好。"薛姨妈哭着出来道："还有什么商议？"家人道："依小的们的主见，今夜打点银两，同着二爷赶去和大爷见了面，就在那里访一个有斟酌的刀笔先生①，许他些银子，先把死罪撕掳开，回来再求贾府去上司衙门说情。还有外面的衙役，太太先拿出几两银子来打发了他们，我们好赶着办事。"薛姨妈道："你们找着那家子，许他发送银子，再给他些养济银子，原告不追，事情就缓了。"宝钗在帘内说道："妈妈，使不得！这些事越给钱越闹得凶，倒是刚才小厮说的话是。"薛姨妈又哭道："我也不要命了，赶到那里见他一面，同他死在一处就完了。"宝钗急得一面劝，一面在帘子里叫人："快同二爷办去罢。"丫头们攒进薛姨妈来。薛蝌才往外走，宝钗道："有什么信，打发人即刻寄了来，你们只管在外头照料。"薛蝌答应着去了。

这宝钗方劝薛姨妈，那里金桂趁空儿抓住香菱，又和她嚷道："平常你们只管夸，他们家里打死了人，一点事也没有，就进京来了的；如今撺掇得真打死人了。平日里只讲有钱有势有好亲戚，这时候我看着也是唬得慌手慌脚的了。大爷明儿有个好歹儿不能回来时，你们各自干你们的去了，撂下我一个人受罪！"说着，又大哭起来。这里薛姨妈听见，越发气得发昏，宝钗急得没法。正闹着，只见贾府中王夫人早打发大丫头过来打听来了。宝钗虽心知自己是贾府的人了，一则尚未提明，二则事急之时，只得向那大丫头道："此时事情头尾尚未明白，就只听见说我哥哥在外头打死了人，被县里拿了去了，也不知怎么定罪呢，刚才二爷才去打听去了。一半日得了准信，赶着就给那边太太送信去。你先回去道谢太太惦记着，底下我们还有多少仰仗那边爷们的地方呢。"那丫头答应着去了。薛姨妈和宝钗在家抓摸不着。

过了两日，只见小厮回来，拿了一封书交给小丫头拿进来。宝钗拆开看时，书内写着：

> 大哥人命是误伤，不是故杀。今早用蝌出名补了一张呈纸进去，尚未批出。大哥前头口供甚是不好，待此纸批准后再录一堂②，能够翻供得好，便可得生了。快向当铺内再取银五百两来使用，千万莫迟！并请太太放心。余事问小厮。

宝钗看了，一一念给薛姨妈听了。薛姨妈拭着眼泪说道："这么看起来，竟是死活不定了。"宝钗道："妈妈先别伤心，等着叫进小厮来问明了再说。"一面打发小丫头把小厮叫进来。薛姨妈便问小厮道："你把大爷的事细说与我听听。"小厮道："我那一天晚上，听见大爷和二爷说的，把我唬糊涂了。"未知小厮说出什么话来，下回分解。

---

① 有斟酌的刀笔先生——心中有成算、笔下有讲究的以替人书写诉讼状文为职业的人。刀笔，本古代在竹简上写字的工具（笔误写的便用刀刮去），后用以称公牍文书或诉讼状文，"刀笔"一词又增"下笔如刀，能够杀人"一层意思。

② 再录一堂——再提审一次犯人，重新记录其口供。堂，过堂，审讯。

# 第 八 十 六 回

## 受私贿老官翻案牍　寄闲情淑女解琴书

**【题解】**

　　受贿的官吏为薛蟠的罪行翻案，是"乱判葫芦案"的改版。算命先生据八字算出正月初一生日的女子是"贵人"，"可惜荣华不久，只怕遇着寅年卯月"，是印证元春册子判词中"三春争及初春景，虎兔相逢大梦归"的话，称赞算命的说得很准。看来，续作者还是能弹几下琴，也翻过琴谱之类书的，所以编出"解琴书"的情节。

　　话说薛姨妈听了薛蝌的来书，因叫进小厮问道："你听见你大爷说，到底是怎么就把人打死了呢？"小厮道："小的也没听真切。那一日大爷告诉二爷说——"说着，回头看了一看，见无人，才说道："大爷说，自从家里闹得特利害，大爷也没心肠了，所以要到南边置货去。这日想着约一个人同行，这人在咱们这城南二百多地住。大爷找他去了，遇见在先和大爷好的那个蒋玉菡，带着些小戏子进城。大爷同他在个铺子里吃饭喝酒，因为这当槽儿①的尽着拿眼瞟蒋玉菡，大爷就有了气了。后来，蒋玉菡走了。第二天，大爷就请找的那个人喝酒，酒后想起头一天的事来，叫那当槽儿的换酒，那当槽儿的来迟了，大爷就骂起来了。那个人不依，大爷就拿起酒碗照他打去。谁知那个人也是个泼皮，便把头伸过来叫大爷打。大爷拿碗就砸他的脑袋一下，他就冒了血了，躺在地下，头里还骂，后头就不言语了。"薛姨妈道："怎么也没人劝劝吗？"那小厮道："这个没听见大爷说，小的不敢妄言。"薛姨妈道："你先去歇歇罢。"小厮答应出来。这里薛姨妈自来见王夫人，托王夫人转求贾政。贾政问了前后，也只好含糊应了，只说等薛蝌递了呈子，看他本县怎么批了再作道理。

　　这里薛姨妈又在当铺里兑了银子，叫小厮赶着去了。三日后果有回信。薛姨妈接着了，即叫小丫头告诉宝钗，连忙过来看了。只见书上写道：

　　　　带去银两做了衙门上下使费。哥哥在监也不大吃苦，请太太放心。独是这里的人很刁，尸亲见证都不依，连哥哥请的那个朋友也帮着他们。我与李祥两个俱系生地生人，幸找着一个好先生，许他银子，才讨个主意，说是须得拉扯着同哥哥喝酒的吴良，弄人保出他来，许他银两，叫他撕掳。他若不依，便说张三是他打死，明推在异乡人身上，他吃不住，就好办了。我依着他，果然吴良出来。现在买嘱尸亲见证，

---

　　① 当槽儿的——酒店里伺候顾客的人；堂倌。

又做了一张呈子。前日递的，今日批来，请看呈底便知。

因又念呈底道：

> 具呈人某，呈为兄遭飞祸代伸冤抑事。窃生胞兄薛蟠，本籍南京，寄寓西京。于某年月日备本往南贸易。去未数日，家奴送信回家，说遭人命。生即奔宪治①，知兄误伤张姓，及至囹圄②。据兄泣告，实与张姓素不相认，并无仇隙。偶因换酒角口，生兄将酒泼地，恰值张三低头拾物，一时失手，酒碗误碰囟门身死。蒙恩拘讯，兄惧受刑，承认斗殴致死。仰蒙宪天仁慈，知有冤抑，尚未定案。生兄在禁，具呈诉辩，有干例禁。生念手足，冒死代呈，伏乞宪慈恩准，提证质讯，开恩莫大。生等举家仰戴鸿仁，永永无既③矣。激切上呈。

批的是：

> 尸场检验，证据确凿。且并未用刑，尔兄自认斗杀，招供在案。今尔远来，并非目睹，何得捏词妄控。理应治罪，思念为兄情切，且恕。不准。

薛姨妈听到那里，说道："这不是救不过来了么？这怎么好呢！"宝钗道："二哥的书还没看完，后面还有呢。"因又念道："有要紧的问来使便知。"薛姨妈便问来人，因说道："县里早知我们的家当充足，须得在京里谋干得大情，再送一份大礼，还可以复审，从轻定案。太太此时必得快办，再迟了就怕大爷要受苦了。"

薛姨妈听了，叫小厮自去，即刻又到贾府与王夫人说明原故，恳求贾政。贾政只肯托人与知县说情，不肯提及银物。薛姨妈恐不中用，求凤姐与贾琏说了，花上几千银子，才把知县买通。薛蟠那里也便弄通了。

然后知县挂牌坐堂，传齐了一干邻保证见尸亲人等，监里提出薛蟠。刑房书吏俱一一点名。知县便叫地保对明初供，又叫尸亲张王氏并尸叔张二问话。张王氏哭禀道："小的的男人是张大，南乡里住，十八年前死了。大儿子、二儿子也都死了，光留下这个死的儿子叫张三，今年二十三岁，还没有娶女人呢。为小人家里穷，没得养活，在李家店里做当槽儿的。那一天晌午，李家店里打发人来叫俺，说'你儿子叫人打死了。'我的青天老爷，小的就唬死了。跑到那里，看见我儿子头破血出的躺在地下喘气儿，问他话也说不出来，不多一会儿就死了。小人就要揪住这个小杂种拼命。"众衙役吆喝一声。张王氏便磕头道："求青天老爷伸冤，小人就只这一个儿子了。"

知县便叫"下去"，又叫李家店的人问道："那张三是你店内佣工的么？"那李二回道："不是佣工，是做当槽儿的。"知县道："那日尸场上，你说张三是薛蟠将碗砸死的，你亲眼见的么？"李二说道："小的在柜上，听见说客房里要酒。不多一回，便听见说'不好了，打伤了。'小的跑进去，只见张三躺在地下，也不能言语。小的便喊禀地保，一面报他母亲去了。他们到底怎样打的，实在不知道，求太爷问那喝酒的便知道了。"知县喝道："初

---

① 宪治——指县衙门。尊称上官叫"宪"。下文"宪天""宪慈"，指县官。
② 囹圄（líng yǔ 零语）——牢狱。
③ 仰戴鸿仁，永永无既——感戴大恩，永远无尽。既，完。

审口供，你是亲见的，怎么如今说没有见？"李二道："小的前日唬昏了，乱说。"衙役又吆喝了一声。

知县便叫吴良问道："你是同在一处喝酒的么？薛蟠怎么打的，据实供来。"吴良说："小的那日在家，这个薛大爷叫我喝酒。他嫌酒不好要换，张三不肯。薛大爷生气把酒向他脸上泼去，不晓得怎么样就碰在那脑袋上了。这是亲眼见的。"知县道："胡说！前日尸场上薛蟠自己认拿碗砸死的，你说你亲眼见的，怎么今日的供不对？掌嘴！"衙役答应着要打，吴良求着说："薛蟠实没有与张三打架，酒碗失手，碰在脑袋上的。求老爷问薛蟠，便是恩典了。"

知县叫提薛蟠，问道："你与张三到底有什么仇隙？毕竟是如何死的？实供上来。"薛蟠道："求太老爷开恩，小的实没有打他。为他不肯换酒，故拿酒泼他，不想一时失手，酒碗误碰在他的脑袋上。小的即忙掩他的血，哪里知道再掩不住，血淌多了，过一回就死了。前日尸场上怕太老爷要打，所以说是拿碗砸他的。只求太爷开恩！"知县便喝道："好个糊涂东西！本县问你怎么砸他的，你便供说恼他不换酒才砸的，今日又供是失手碰的。"知县假作声势，要打要夹，薛蟠一口咬定。

知县叫仵作将前日尸场填写伤痕据实报来。仵作禀报说："前日验得张三尸身无伤，惟囟门有磁器伤长一寸七分，深五分，皮开，囟门骨脆，裂破三分。实系磕碰伤。"知县查对尸格①相符，早知书吏改轻，也不驳诘，胡乱便叫画供。张王氏哭喊道："青天老爷！前日听见还有多少伤，怎么今日都没有了？"知县道："这妇人胡说！现有尸格，你不知道么？"叫尸叔张二便问道："你侄儿身死，你知道有几处伤？"张二忙供道："脑袋上一伤。"知县道："可又来。"叫书吏将尸格给张王氏瞧去，并叫地保、尸叔指明与她瞧："现有尸场亲押证见，俱供并未打架，不为斗殴。只依误伤吩咐画供。将薛蟠监禁候详②，余令原保领出，退堂。"

张王氏哭着乱嚷，知县叫众衙役撵她出去。张二也劝张王氏道："实在误伤，怎么赖人！现在太老爷断明，不要胡闹了。"薛蝌在外打听明白，心内喜欢，便差人回家送信。等批详回来，便好打点赎罪，且住着等信。只听路上三三两两传说，有个贵妃薨了，皇上辍朝三日。这里离陵寝③不远，知县办差垫道，一时料着不得闲，住在这里无益，不如到监告诉哥哥："安心等着，我回家去，过几日再来。"薛蟠也怕母亲痛苦，带信说："我无事，必须衙门再使费几次，便可回家了。只是不要可惜银钱。"

薛蝌留下李祥在此照料，一径回家，见了薛姨妈，陈说知县怎样徇情，怎样审断，终定了误伤，将来尸亲那里，再花些银子，一准赎罪，便没事了。薛姨妈听说，暂且放心，说："正盼你来家中照应。贾府里本该谢去，况且周贵妃薨了，他们天天进去，家里空落落的。我想着，要去替姨太太那边照应照应作伴儿，只是咱们家又没人。你这来得正好。"薛蝌道："我在外头原听见说是贾妃薨了，这么才赶回来的。我们元妃好好儿的，怎么说死了？"薛姨妈道："上年原病过一次，也就好了。这回又没听见元妃有什么病。只闻那府里头几

① 尸格——也叫"尸单"，验尸表格。
② 候详——等候写公文上报。详，上报请示的公文。
③ 陵寝——皇家墓地备祭祀的宫殿建筑。

天老太太不大受用,合上眼便看见元妃娘娘。众人都不放心,直至打听起来,又没有什么事。到了大前儿晚上,老太太亲口说是'怎么元妃独自一个人到我这里?'众人只道是病中想的话,总不信。老太太又说:'你们不信,元妃还与我说是荣华易尽,须要退步抽身。'众人都说:'谁不想到? 这是有年纪的人思前想后的心事。'所以也不当件事。恰好第二天早起,里头吵嚷出来说娘娘病重,宣各诰命进去请安。她们就惊疑得了不得,赶着进去。她们还没有出来,我们家里已听见周贵妃薨逝了。你想外头的讹言,家里的疑心,恰碰在一处,可奇不奇!"

宝钗道:"不但是外头的讹言舛错,便在家里的,一听见'娘娘'两个字,也就都忙了,过后才明白。这两天那府里这些丫头婆子来说,她们早知道不是咱们家的娘娘。我说:'你们哪里拿得定呢?'她们道:'前几年正月,外省荐了一个算命的,说是很准。那老太太叫人将元妃八字夹在丫头们八字里头,送出去叫他推算。他独说:"这正月初一日生日的那位姑娘,只怕时辰错了,不然,真是个贵人,也不能在这府中。"老爷和众人说:"不管她错不错,照八字算去。"那先生便说:"甲申年正月丙寅,这四个字内有伤官败财①,惟申字内有正官禄马,这就是家里养不住的,也不见什么好。这日子是乙卯,初春木旺,虽是比肩,哪里知道愈比愈好,就像那个好木料,愈经斫削,才成大器。"独喜得时上什么辛金为贵,什么巳中正官禄马独旺,这叫作飞天禄马格。又说什么"日禄归时,贵重得很,天月二德坐本命,贵受椒房之宠。这位姑娘若是时辰准了,定是一位主子娘娘。"这不是算准了么? 我们还记得说,"可惜荣华不久,只怕遇着寅年卯月②,这就是比而又比,劫而又劫,譬如好木,太要做玲珑剔透,本质就不坚了。"'她们把这些话都忘记了,只管瞎忙。我才想起来告诉我们大奶奶,今年哪里是寅年卯月呢!"宝钗尚未说完,薛蟠急道:"且不要管人家的事,既有这样个神仙算命的,我想哥哥今年什么恶星照命,遭这么横祸,快开八字与我给他算去,看有妨碍么。"宝钗道:"他是外省来的,不知如今在京不在了。"

说着,便打点薛姨妈往贾府去。到了那里,只有李纨、探春等在家接着,便问道:"大爷的事怎么样了?"薛姨妈道:"等详上司才定,看来也到不了死罪了。"这才大家放心。探春便道:"昨晚太太想着说,上回家里有事,全仗姨太太照应,如今自己有事,也难提了。心里只是不放心。"薛姨妈道:"我在家里也是难过。只是你大哥遭了事,你二兄弟又办事去了,家里你姐姐一个人,中什么用? 况且我们媳妇儿又是个不大晓事的,所以不能脱身过来。目今那里知县也正为预备周贵妃的差事,不得了结案件,所以你二兄弟回来了,我才得过来看看。"李纨便道:"请姨太太这里住几天更好。"薛姨妈点头道:"我也要在这

---

① 伤官败财——与下文"正官""禄马""比肩""天月二德坐本命""比而又比,劫而又劫"等等,皆星相家谈生辰八字的术语。星相术士论生年的天干(甲乙丙丁……),有"合官"的,有"合财"的,有"比肩"的等等,如果两干不相配合,就叫"伤官""败财";甲、乙相并的,叫"比肩"。"正官禄马""飞天禄马"都是吉相,因为"禄马"是"年方吉神"。"天月二德"是指"天德""月德"二吉星。"坐本命"是守着本命年(出生年的干支)的意思。"比而又比,劫而又劫",是好上加好,结果反损而又损的意思。"比",和顺;天干与地支中五行相同叫"比和"。

② 只怕遇着寅年卯月——第五回元春的册子判词中有"虎兔相逢大梦归"句,"虎兔相逢"原隐寓不详。可以作多种揣测,如生肖属兔的人遇上属虎的人或适逢虎年,等等。续作者则以"寅年卯月"去附会,故借星相之说作此语。

边给你们姐妹们作作伴儿，就只你宝妹妹冷静些。"惜春道："姨妈要惦着，为什么不把宝姐姐也请过来？"薛姨妈笑着说道："使不得。"惜春道："怎么使不得？她先怎么住着来呢？"李纨道："你不懂的，人家家里如今有事，怎么来呢？"惜春也信以为实，不便再问。

正说着，贾母等回来。见了薛姨妈，也顾不得问好，便问薛蟠的事。薛姨妈细述了一遍。宝玉在旁听见什么蒋玉菡一段，当着众人不问，心里打量是："他既回了京，怎么不来瞧我？"又见宝钗也不过来，不知是怎么个原故。心内正自呆呆地想呢，恰好黛玉也来请安。宝玉稍觉心里喜欢，便把想宝钗来的念头打断，同着姊妹们在老太太那里吃了晚饭。大家散了，薛姨妈将就住在老太太的套间屋里。

宝玉回到自己房中，换了衣服，忽然想起蒋玉函给的汗巾，便向袭人道："你那一年没有系的那条红汗巾子还有没有？"袭人道："我搁着呢。问它做什么？"宝玉道："我白问问。"袭人道："你没有听见，薛大爷相与这些混账人，所以闹到人命关天。你还提那些作什么？有这样白操心，倒不如静静儿地念念书，把这些个没要紧的事撂开了也好。"宝玉道："我并不闹什么，偶然想起，有也罢，没也罢，我白问一声，你们就有这些话。"袭人笑道："并不是我多话。一个人知书达理，就该往上巴结才是。就是心爱的人来了，也叫她瞧着喜欢尊敬啊！"宝玉被袭人一提，便说："了不得！方才我在老太太那边，看见人多，没有与林妹妹说话。她也不曾理我，散的时候，她先走了，此时必在屋里。我去就来。"说着就走。袭人道："快些回来罢，这都是我提头儿，倒招起你的高兴来了。"

宝玉也不答言，低着头，一径走到潇湘馆来。只见黛玉靠在桌上看书。宝玉走到跟前，笑说道："妹妹早回来了？"黛玉也笑道："你不理我，我还在那里做什么！"宝玉一面笑说："他们人多说话，我插不下嘴去，所以没有和你说话。"一面瞧着黛玉看的那本书。书上的字一个也不认得，有的像"芍"字，有的像"茫"字，也有一个"大"字旁边"九"字加上一勾，中间又添个"五"字，也有上头"五"字"六"字又添一个"木"字，底下又是一个"五"字，看着又奇怪，又纳闷，便说："妹妹近日愈发进了，看起天书来了。"黛玉"嗤"的一声笑道："好个念书的人，连个琴谱[①]都没有见过？"宝玉道："琴谱怎么不知道，为什么上头的字一个也不认得？妹妹，你认得么？"黛玉道："不认得瞧它做什么？"宝玉道："我不信，从没有听见你会抚琴。我们书房里挂着好几张，前年来了一个清客先生，叫做什么嵇好古，老爷烦他抚了一曲。他取下琴来说，'都使不得'，还说：'老先生若高兴，改日携琴来请教。'想是我们老爷也不懂，他便不来了。怎么你有本事藏着？"黛玉道："我何尝真会呢。前日身上略觉舒服，在大书架上翻书，看有一套琴谱，甚有雅趣，上头讲的琴理甚通，手法说得也明白，真是古人静心养性的工夫。我在扬州，也听得讲究过，也曾学过，只是不弄了，就没有了。这果真是'三日不弹，手生荆棘'。前日看这几篇没有曲文，只有操名[②]。我又到别处找了一本有曲文的来看着，才有意思，究竟

---

① 琴谱——古琴的曲谱。记弹琴的音调指法，每一声用一定的符号和数字合写在一起，表示按弦的哪一部位、指法和第几弦，很像一个方块字，故宝玉误以为是不认得的怪字写的"天书"。

② 操名——古琴曲名叫"操"，有"十二操"如《将归操》《猗兰操》《龟山操》等。

怎么弹得好，实在也难。书上说的，师旷鼓琴，能来风雷龙凤[①]；孔圣人尚学琴于师襄，一操便知其为文王[②]；高山流水，得遇知音[③]。"说到这里，眼皮儿微微一动，慢慢地低下头去。

宝玉正听得高兴，便道："好妹妹，你才说的实在有趣，只是我才见上头的字，都不认得，你教我几个呢。"黛玉道："不用教的，一说便可以知道的。"宝玉道："我是个糊涂人，得教我那个'大'字加一勾，中间一个'五'字的。"黛玉笑道："这'大'字'九'字是用左手大拇指按琴上的九徽[④]，这一勾加'五'字是右手钩五弦。并不是一个字，乃是一声，是极容易的。还有吟、揉、绰、注、撞、走、飞、推等法[⑤]，是讲究手法的。"宝玉乐得手舞足蹈地说："好妹妹，你既明琴理，我们何不学起来？"黛玉道："琴者，禁也。[⑥]古人制下，原以治身，涵养性情，抑其淫荡，去其奢侈。若要抚琴，必择静室高斋，或在层楼的上头，在林石的里面，或是山巅上，或是水涯上。再遇着那天地清和的时候，风清月朗，焚香静坐，心不外想，气血和平，才能与神合灵，与道合妙。所以古人说'知音难遇'，若无知音，宁可独对着那清风明月，苍松怪石，野猿老鹤，抚弄一番，以寄兴趣，方为不负了这琴。还有一层，又要指法好，取音好。若必要抚琴，先须衣冠整齐，或鹤氅，或深衣[⑦]，要如古人的像表，那才能称圣人之器。然后盥了手，焚上香，方才将身就在榻边，把琴放在案上，坐在第五徽的地方儿，对着自己的当心，两手方从容抬起，这才心身俱正。还要知道轻重疾徐，卷舒自若，体态尊重方好。"宝玉道："我们学着玩，若这么讲究起来，那就难了。"

两个人正说着，只见紫鹃进来，看见宝玉，笑说道："宝二爷，今日这样高兴。"宝玉笑道："听见妹妹讲究的，叫人顿开茅塞，所以越听越爱听。"紫鹃道："不是这个高兴，说的是二爷到我们这边来的话。"宝玉道："先时妹妹身上不舒服，我怕闹得她烦。再者，我又上学，因此显着就疏远了似的。"紫鹃不等说完，便道："姑娘也是才好，二爷既这么说，坐坐也该让姑娘歇歇儿了，别叫姑娘只是讲究劳神了。"宝玉笑道："可是，我只顾爱听，也就忘了妹妹劳神了。"黛玉笑道："说这些倒也开心，也没有什么劳神的。只是怕我只管说，你只管不懂呢。"宝玉道："横竖慢慢地自然明白了。"说着，便站起来道："当真的妹妹歇歇儿罢。明儿我告诉三妹妹和四妹妹去，叫她们都学起来，让我听。"黛玉笑道："你也太

---

① "师旷"二句——师旷是春秋晋国的乐师，善弹琴。晋平公曾让他演奏，引来玄鹤舞鸣，风雨大作。见《韩非子·十过》。

② "孔圣人"二句——师襄是春秋鲁国的乐师，也善弹琴。孔子曾向他学琴，师襄弹一曲《文王操》，孔子从琴声中仿佛看见了周文王的样子。见《史记·孔子世家》。

③ 高山流水，得遇知音——《列子·汤问》："伯牙善鼓琴，钟子期善听。伯牙鼓琴，志在高山，钟子期曰：'善哉，峨峨兮若泰山！'志在流水，曰：'善哉，洋洋乎若江河！'"后因以"高山流水"称知音。

④ 九徽——徽，琴徽，指示各音节所在位置的圆点标志，多用金玉或珠蚌镶出。九徽，即从琴首数起的第九个圆点。

⑤ 吟、揉、绰、注、撞、走、飞、推等法——弹琴的指法：轻按细动，微发颤声叫"吟"；重按大动，声亦响叫"揉"；弹之疾徐叫"绰""注""撞""走""飞""推"，皆手指上下变化之法。

⑥ 琴者，禁也——《白虎通·礼乐》："琴者，禁也。所以禁止淫邪，正人心也。"汉儒中有一派好用同音、近音字来解释事物，以宣扬自己的思想观点，如"医者，意也"也属此类。

⑦ 深衣——一种上衣和下衣相连、前后都很长的衣服，古代大夫、士晚间或闲居时所穿。

受用了。即如大家学会了抚起来,你不懂,可不是对……"①黛玉说到那里,想起心上的事,便缩住口,不肯往下说了,宝玉便笑道:"只要你们能弹,我便爱听,也不管牛不牛的了。"黛玉红了脸一笑,紫鹃、雪雁也都笑了。

于是走出门来,只见秋纹带着小丫头捧着一盆兰花来,说:"太太那边有人送了四盆兰花来,因里头有事,没有空儿玩它,叫给二爷一盆,林姑娘一盆。"黛玉看时,却有几枝双朵儿的,心中忽然一动,也不知是喜是悲,便呆呆地呆看。那宝玉此时却一心只在琴上,便说:"妹妹有了兰花,就可以做《猗兰操》③了。"黛玉听了,心里反不舒服。回到房中,看着花,想到"草木当春,花鲜叶茂,想我年纪尚小,便像三秋蒲柳。若是果能随愿,或者渐渐地好来,不然,只恐似那花柳残春,怎禁得风催雨送?"想到那里,不禁又滴下泪来。紫鹃在旁看见这般光景,却想不出原故来:"方才宝玉在这里那么高兴,如今好好的看花,怎么又伤起心来?"正愁着没法儿劝解,只见宝钗那边打发人来。未知何事,下回分解。

---

①　可不是对——黛玉欲说的必是"对牛弹琴"。

②　《猗兰操》——亦名《幽兰操》,相传为孔子所作。孔子周游列国,诸侯都不任用他,他从卫国返鲁国途中,见空谷幽兰独茂,感喟香兰与众草为伍,如贤者生不逢时,因作此操。见《琴操》卷上。

# 第八十七回
## 感秋深抚琴悲往事　坐禅寂走火入邪魔

**【题解】**

　　宝钗给黛玉的信，说灾祸，危言耸听，混淆是非；作诗，则是古诗中现成语词的堆砌，不伦不类，莫知所云。信中"无故呻吟"四字，可作确评。

　　柳五儿出现在厨房中是大怪事，续作者竟疏忽到没有看清前面王夫人说过"幸而那丫头短命死了"等话，让她死而复活。

　　黛玉的琴曲四章，与宝钗所作面目雷同，也多属古人诗文中旧套。妙玉听琴，过于神秘化。坐禅而走火入魔，是讥其欲念未尽，故内虚外乘，先中邪魔，后遭劫持。宣扬理学和宗教共同鼓吹的"存天理，灭人欲"的道理。

　　却说黛玉叫进宝钗家的女人来，问了好，呈上书子。黛玉叫她去喝茶，便将宝钗书打开看时，只见上面写着：

　　　　妹生辰不偶①，家运多艰，姊妹伶仃，萱亲衰迈。兼之猇声狺语②，旦暮无休；更遭惨祸飞灾，不啻惊风密雨③。夜深辗侧，愁绪何堪！属在同心④，能不为之愍恻⑤乎？回忆海棠结社，序属清秋，对菊持螯，同盟欢洽；犹记"孤标傲世偕谁隐，一样花开为底迟"之句，未尝不叹冷节遗芳⑥，如吾两人也。感怀触绪，聊赋四章。匪曰无故呻吟，亦长歌当哭⑦之意耳。

　　　　悲时序之递嬗⑧兮，又属清秋。感遭家之不造⑨兮，独处离愁⑩。北堂有萱兮，

① 生辰不偶——生辰八字不吉利。迷信说法"数偶"运气好，"数奇"运气坏。
② 猇（xiāo 消）声狺（yín 银）语——虎吼声和狗叫声。喻其嫂夏金桂的恶声恶语。
③ 不啻惊风密雨——啻，但，只。惊风密雨，喻遭受打击。柳宗元《登柳州城楼寄漳、汀、封、连四州刺史》诗："惊风乱飐芙蓉水，密雨斜侵薜荔墙。"
④ 属在同心——与自己要好的朋友。
⑤ 愍恻——同情。"愍"同"悯"。
⑥ 冷节遗芳——冷落的秋季里所余的花，指菊。以菊比人，节又是节守。
⑦ 长歌当哭——以放声歌唱代替哭泣。古乐府《悲歌》："悲歌可以当泣，远望可以当归。"
⑧ 递嬗（shàn 善）——更替，变迁。
⑨ 不造——不幸。语出《诗经·周颂·闵予小子》。
⑩ 离愁——遭遇忧愁。离，同"罹"，遭到。

何以忘忧①？无以解忧兮，我心咻咻②！一解。

云凭凭兮秋风酸③，步中庭兮霜叶干。何去何从兮，失我故欢。静言思之④兮恻肺肝！二解。

惟鲔有潭兮，惟鹤有梁。鳞甲潜伏兮，羽毛何长⑤！搔首问兮茫茫，高天厚地兮，谁知余之永伤？三解。

银河耿耿兮寒气侵，月色横斜兮玉漏沉⑥。忧心炳炳⑦兮发我哀吟，吟复吟兮，寄我知音。四解。

黛玉看了，不胜伤感。又想："宝姐姐不寄与别人，单寄与我，也是惺惺惜惺惺⑧的意思。"正在沉吟，只听见外面有人说道："林姐姐在家里呢么？"黛玉一面把宝钗的书叠起，口内便答应道："是谁？"正问着，早见几个人进来，却是探春、湘云、李纹、李绮。彼此问了好，雪雁倒上茶来，大家喝了，说些闲话。因想起前年的菊花诗来，黛玉便道："宝姐姐自从挪出去，来了两遭，如今索性有事也不来了，真真奇怪。我看她终究还来我们这里不来。"探春微笑道："怎么不来，横竖要来的。如今是他们尊嫂有些脾气，姨妈上了年纪的人，又兼有薛大哥的事，自然得宝姐姐照料一切，哪里还比得先前有工夫呢。"

正说着，忽听得嗡喇喇一片风声，吹了好些落叶打在窗纸上。停了一回儿，又透过一阵清香来。众人闻着，都说道："这是何处来的香风？这像什么香？"黛玉道："好像木樨香。"探春笑道："林姐姐终不脱南边人的话，这大九月里的，哪里还有桂花呢！"黛玉笑道："原是啊！不然，怎么不竟说是桂香，只说似乎像呢。"湘云道："三姐姐，你也别说。你可记得'十里荷花，三秋桂子'⑨？在南边正是晚桂开的时候了。你只没有见过罢了，等你明日到南边去的时候，你自然也就知道了。"探春笑道："我有什么事到南边去？况且这个也是我早知道的，不用你们说嘴。"李纹、李绮只抿着嘴儿笑。黛玉道："妹妹，这可说不齐。俗语说，'人是地行仙'⑩，今日在这里，明日就不知在哪里。譬如我，原是南边人，怎么到了这里呢？"湘云拍着手笑道："今儿三姐姐可叫林姐姐问住了。不但林姐姐是南边人到这里，就是我们这几个人就不同。也有本来是北边的；也有根子是南边，

---

① "北堂"二句——《诗经·卫风·伯兮》："焉得谖草，言树之背。"毛传："谖草令人忘忧。背，北堂也。"谖，同"萱"。萱草，又叫忘忧草。北堂，古为母亲所居的地方，所以后来以"萱堂""萱亲"指代母亲。

② 咻咻——本嘘气声，引申为不安宁、悲哀。以上为一章，乐章中的一章一节也叫"一解"。

③ "云凭凭"句——凭凭，云盛多的样子。秋风酸，酸，令人酸楚凄凉。李贺《金铜仙人辞汉歌》："东关酸风射眸子。"

④ 静言思之——"言"，语助词，无义。《诗经·卫风·氓》："静言思之，躬自悼矣。"

⑤ "惟鲔（wěi委）"四句——鲔，鲟鳇鱼的古称。四句意谓鲔游于深潭，鹤栖于鱼梁（留缺口捕鱼的阻水堤堰；另解"梁"为屋梁），本应有安居之所，为何蛟龙潜伏不出，鸟雀反得高翔？比喻君子失意，小人得势。后两句另解：鱼龟可潜藏水底，飞鸟可高翔天空，言外之意，我则无处可以安身。

⑥ 玉漏沉——计时的漏壶快要水尽声歇了，即夜将尽的意思。

⑦ 炳炳——同"恻恻"，深忧的样子。《诗经·小雅·颊弁》："未见君子，忧心恻恻。"

⑧ 惺惺惜惺惺——聪明人怜惜聪明人。惺惺，聪慧的样子。常用来说同病相怜。

⑨ 十里荷花，三秋桂子——形容杭州西湖之美。北宋柳永《望海潮》词："有三秋桂子，十里荷花。"

⑩ 人是地行仙——俗谚："人是地行仙，一日不见走三千。"地行仙，是佛经中说的十种仙人的一种。四方行走而不休息。借以说人生飘忽不定。

生长在北边的；也有生长在南边，到这北边的，今儿大家都凑在一处。可见人总有一个定数，大凡地和人，总是各自有缘分的。"众人听了，都点头，探春也只是笑。又说了一会子闲话儿，大家散出。

黛玉送到门口，大家都说："你身上才好些，别出来了，看着了风！"于是黛玉一面说着话儿，一面站在门口，又与四人殷勤了几句，便看着她们出院去了。进来坐着，看看已是林鸟归山，夕阳西坠。因史湘云说起南边的话，便想着："父母若在，南边的景致，春花秋月，水秀山明，二十四桥①，六朝遗迹。不少下人服侍，诸事可以任意，言语亦可不避。香车画舫，红杏青帘，惟我独尊。今日寄人篱下，纵有许多照应，自己无处不要留心。不知前生作了什么罪孽，今生这样孤凄。真是李后主说的'此间日中，只以眼泪洗面'②矣！"一面思想，不知不觉神往那里去了。

紫鹃走来，看见这样光景，想着必是因刚才说起南边北边的话来，一时触着黛玉的心事了，便问道："姑娘们来说了半天话，想来姑娘又劳了神了。刚才我叫雪雁告诉厨房里，给姑娘作了一碗火肉③白菜汤，加了一点儿虾米儿，配了点青笋紫菜。姑娘想着好么？"黛玉道："也罢了。"紫鹃道："还熬了一点江米粥。"黛玉点点头儿，又说道："那粥该你们两个自己熬了，不用他们厨房里熬才是。"紫鹃道："我也怕厨房里弄得不干净，我们各自熬呢。就是那汤，我也告诉雪雁和柳嫂儿说了，要弄干净着。柳嫂儿说了，她打点妥当，拿到她屋里，叫她们五儿瞅着炖呢。"黛玉道："我倒不是嫌人家肮脏，只是病了好些日子，不周不备，都是人家；这会子又汤儿粥儿的调度，未免惹人厌烦。"说着，眼圈儿又红了。紫鹃道："姑娘这话也是多想。姑娘是老太太的外孙女儿，又是老太太心坎儿上的。别人求其在姑娘跟前讨好儿还不能呢，哪里有抱怨的！"黛玉点点头儿，因又问道："你才说的五儿，不是那日和宝二爷那边的芳官在一处的那个女孩儿？"紫鹃道："就是她。"黛玉道："不听见说要进来么？"紫鹃道："可不是，因为病了一场，后来好了才要进来，正是晴雯她们闹出事来的时候，也就耽搁住了。"黛玉道："我看那丫头倒也还头脸儿干净。"

说着，外头婆子送了汤来。雪雁出来接时，那婆子说道："柳嫂儿叫回姑娘，这是她们五儿作的，没敢在大厨房里作，怕姑娘嫌肮脏。"雪雁答应着，接了进来。黛玉在屋里已听见了，吩咐雪雁告诉那老婆子回去说，叫她费心。雪雁出来说了，老婆子自去。这里雪雁将黛玉的碗箸安放在小几儿上，因问黛玉道："还有咱们南来的五香大头菜，拌些麻油、醋可好么？"黛玉道："也使得，只不必累赘了。"一面盛上粥来。黛玉吃了半碗，用羹匙舀了两口汤喝，就搁下了。两个丫鬟撤了下来，拭净了小几，端下去，又换上一张常放的小几。黛玉漱了口，盥了手，便道："紫鹃，添了香了没有？"紫鹃道："就添去。"

---

① 二十四桥——扬州古代名胜。《方舆胜览》谓二十四桥隋代已有。北宋沈括《梦溪笔谈·补笔谈》中曾列举其名。至南宋已"或存或废，不可得其考"（王象之《舆地纪胜》）。清代李斗《扬州画舫录》谓二十四桥是一座桥名，"即吴家砖桥，一名红药桥，在熙春"后台。此说不可信。杜牧诗"二十四桥明月夜，玉人何处教吹箫"，若只有一座桥，又何必说"何处"呢？
② "李后主说的"句——五代南唐末代国主李煜，字重光，世称李后主。以词著名，亡国后为宋所俘，所引是他给金陵旧宫人的信中的话。"此间日中"原作"此中日夕"。见宋王铚《默记》卷下。
③ 火肉——即火腿。

黛玉道："你们就把那汤和粥吃了罢，味儿还好，且是干净。待我自己添香罢。"两个人答应了，在外间自吃去了。

这里黛玉添了香，自己坐着。才要拿本书看，只听得园内的风自西边直透到东边，穿过树枝，都在那里唏嚦哗喇不住地响。一回儿，檐下的铁马①也只管叮叮当当地乱敲起来。一时，雪雁先吃完了，进来伺候。黛玉便问道："天气冷了，我前日叫你们把那些小毛儿衣服晾晾，可曾晾过没有？"雪雁道："都晾过了。"黛玉道："你拿一件来我披披。"雪雁走去将一包小毛衣服抱来，打开毡包，给黛玉自拣。只见内中夹着个绢包儿，黛玉伸手拿起，打开看时，却是宝玉病时送来的旧手帕，自己题的诗，上面泪痕犹在。里头却包着那剪破了的香囊、扇袋并宝玉通灵玉上的穗子。原来晾衣服时，从箱中捡出，紫鹃恐怕遗失了，遂夹在这毡包里的。

这黛玉不看则已，看了时，也不说穿哪一件衣服，手里只拿着那两方手帕，呆呆地看那旧诗。看了一回，不觉的簌簌泪下。紫鹃刚从外间进来，只见雪雁正捧着一毡包衣裳，在旁边呆立，小几上却搁着剪破的香囊，两三截儿扇袋和那铰折了的穗子。黛玉手中自拿着两方旧帕，上边写着字迹，在那里对着滴泪。正是：

　　　　失意人逢失意事，新啼痕间旧啼痕。

紫鹃见了这样，知是她触物伤情，感怀旧事，料道劝也无益，只得笑着道："姑娘还看那些东西作什么？那都是那几年宝二爷和姑娘小时，一时好了，一时恼了，闹出来的笑话儿。要像如今这样斯抬斯敬，哪里能把这些东西白糟蹋了呢！"紫鹃这话原给黛玉开心，不料这几句话更提起黛玉初来时和宝玉的旧事来，一发珠泪连绵起来。紫鹃又劝道："雪雁这里等着呢，姑娘披上一件罢。"那黛玉才把手帕撂下。紫鹃连忙拾起，将香袋等物包起拿开。这黛玉方披了一件皮衣，自己闷闷地走到外间来坐下。回头看见案上宝钗的诗启尚未收好，又拿出来瞧了两遍，叹道："境遇不同，伤心则一。不免也赋四章，翻入琴谱，可弹可歌，明日写出来寄去，以当和作。"便叫雪雁将外边桌上笔砚拿来，濡墨挥毫，赋成四叠②。又将琴谱翻出，借他《猗兰》《思贤》③两操，合成音韵，与自己做的配齐了，然后写出，以备送与宝钗。又即叫雪雁向箱中将自己带来的短琴拿出，调上弦，又操演了指法。黛玉本是个绝顶聪明人，又在南边学过几时，虽是手生，到底一理就熟。抚了一番，夜已深了，便叫紫鹃收拾睡觉。不提。

却说宝玉这日起来梳洗了，带着茗烟正往书房中来，只见墨雨笑嘻嘻地跑来，迎头说道："二爷，今日便宜了！太爷不在书房里，都放了学了。"宝玉道："当真的么？"墨雨道："二爷不信，那不是三爷和兰哥儿来了？"宝玉看时，只见贾环、贾兰跟着小厮们，两个笑嘻嘻的，嘴里咭咭呱呱，不知说些什么，迎头来了。见了宝玉都垂手站住。宝玉问道："你

---

① 铁马——檐铁，悬挂在屋檐下的铁片或铃铛，风吹时相碰击则响。
② 叠——乐章中同调重奏一章叫一叠。
③ 《思贤》——即《思士操》，古琴曲名。相传周文王思贤士，得吕尚（姜子牙）于渭滨，共载而归，喜而鼓琴，作此操，故又名《文王思士》。

们两个怎么就回来了？"贾环道："今日太爷有事，说是放一天学，明儿再去呢。"宝玉听了，方回身到贾母、贾政处去禀明了，然后回到怡红院中。袭人问道："怎么又回来了？"宝玉告诉了她，只坐了一坐儿，便往外走。袭人道："往哪里去，这样忙法？就放了学，依我说也该养养神儿了。"宝玉站住脚，低了头，说道："你的话也是。但是好容易放一天学，还不散散去？你也该可怜我些儿了。"袭人见说得可怜，笑道："由爷去罢。"正说着，端了饭来。宝玉也没法儿，只得且吃饭，三口两口忙忙地吃完，漱了口，一溜烟往黛玉房中去了。

　　走到门口，只见雪雁在院中晾绢子呢。宝玉因问："姑娘吃了饭了么？"雪雁道："早起喝了半碗粥，懒待吃饭。这时候打盹儿呢。二爷且到别处走走，回来再来罢。"

　　宝玉只得回来。无处可去，忽然想起惜春有好几天没见，便信步走到蓼风轩来。刚到窗下，只见静悄悄一无人声。宝玉打量她也睡午觉，不便进去。才要走时，只听屋里微微一响，不知何声。宝玉站住再听，半日又"拍"的一响。宝玉还未听出，只见一个人道："你在这里下了一个子儿，那里你不应么？"宝玉方知是下大棋，但只急切听不出这个人的语音是谁。底下方听见惜春道："怕什么？你这么一吃我，我这么一应，你又这么吃，我又这么应。还缓着一着儿呢，终究连得上。"那一个又道："我要这么一吃呢？"惜春道："阿嗄，还有一着'反扑'①在里头呢！我倒没防备。"宝玉听了听，那一个声音很熟，却不是她们姊妹。料着惜春屋里也没外人，轻轻打帘进去。看时，不是别人，却是那栊翠庵的槛外人妙玉。这宝玉见是妙玉，不敢惊动。妙玉和惜春正在凝思之际，也没理会。宝玉却站在旁边看她两个的手段。只见妙玉低着头，问惜春道："你这个'畸角儿'②不要了么？"惜春道："怎么不要？你那里头都是死子儿，我怕什么。"妙玉道："且别说满话，试试看。"惜春道："我便打了起来，看你怎么样。"妙玉却微微笑着，把边上子一接，却搭转一吃，把惜春的一个角儿都打起来了，笑着说道："这叫做'倒脱靴势'③。"

　　惜春尚未答言，宝玉在旁情不自禁，哈哈一笑，把两个人都唬了一大跳。惜春道："你这是怎么说！进来也不言语，这么使促狭唬人。你多早晚进来的？"宝玉道："我头里就进来了，看着你们两个争这个'畸角儿'。"说着，一面与妙玉施礼，一面又笑问道："妙公轻易不出禅关④，今日何缘下凡一走？"妙玉听了，忽然把脸一红，也不答言，低了头，自看那棋。宝玉自觉造次，连忙陪笑道："倒是出家人比不得我们在家的俗人，头一件心是静的。静则灵，灵则慧……"宝玉尚未说完，只见妙玉微微地把眼一抬，看了宝玉一眼，复又低下头去，那脸上的颜色渐渐地红晕起来。宝玉见她不理，只得讪讪地旁边坐了。惜春还要下子，妙玉半日说道："再下罢。"便起身理理衣裳，重新坐下，痴痴地问着宝玉道："你从何处来？"宝玉巴不得这一声，好解释前头的话，忽又想道："或是妙玉的机锋。"转红了脸，答应不出来。妙玉微微一笑，自和惜春说话。惜春也笑道："二哥哥，

---

①　反扑——围棋术语。俗称"倒包"，指有意送给对方吃一子后，反过来连吃对方数子的手段。

②　畸角儿——围棋棋盘中的某一角，面积虽小，但易活棋，从而多占子，常为双方所争，故又有"金角""银角"之称。

③　倒脱靴势——设法将已被对方围住的棋子接引出来，反而将对方围住的手段。

④　禅关——这里指僧尼修行的地方。

这什么难答的，你没的听见人家常说的，'从来处来'么？这也值得把脸红了，见了生人的似的。"妙玉听了这话，想起自家，心上一动，脸上一热，必然也是红的，倒觉不好意思起来。因站起来说道："我来得久了，要回庵里去了。"惜春知妙玉为人，也不深留，送出门口。妙玉笑道："久已不来，这里弯弯曲曲的，回去的路头都要迷住了。"宝玉道："这倒要我来指引指引，何如？"妙玉道："不敢，二爷前请。"

　于是二人别了惜春，离了蓼风轩，弯弯曲曲，走近潇湘馆，忽听得叮咚之声。妙玉道："哪里的琴声？"宝玉道："想必是林妹妹那里抚琴呢。"妙玉道："原来她也会这个，怎么素日不听见提起？"宝玉悉把黛玉的事述了一遍，因说："咱们去看她。"妙玉道："从古只有听琴，再没有看琴的。"宝玉笑道："我原说我是个俗人。"说着，二人走至潇湘馆外，在山子石坐着静听，甚觉音调清切。只听得低吟道：

　　风萧萧兮秋气深，美人千里兮独沉吟。望故乡兮何处，倚栏杆兮涕沾襟。

歇了一回，听得又吟道：

　　山迢超①兮水长，照轩窗兮明月光。耿耿不寐兮银河渺茫，罗衫怯怯兮风露凉。

又歇了一歇。妙玉道："刚才'侵'字韵是第一叠，如今'阳'字韵是第二叠了。咱们再听。"里边又吟道：

　　子之遭兮不自由，予之遇兮多烦忧。之子与我兮心焉相投，思古人兮俾无尤②。

妙玉道："这又是一拍。何忧思之深也！"宝玉道："我虽不懂得，但听她声调，也觉得过悲了。"里头又调了一回弦。妙玉道："君弦太高了，与无射律只怕不配呢③。"里边又吟道：

　　人生斯世兮如轻尘，天上人间兮感夙因。感夙因兮不可慭，素心如何天上月④。

妙玉听了，呀然失色道："如何忽作变徵⑤之声？音韵可裂金石矣。只是太过。"宝玉道："太过便怎么？"妙玉道："恐不能持久。"正议论时，听得君弦"蹦"的一声断了。妙玉站起来，连忙就走。宝玉道："怎么样？"妙玉道："日后自知，你也不必多说。"竟自走了。弄得宝玉满肚疑团，没精打采的，归至怡红院中，不表。

---

① 迢超——高远。藤本、王本作"迢迢"。
② 思古人兮俾无尤——语用《诗经·邶风·绿衣》："我思古人，俾无讻兮。""讻"同"尤"，过失。俾，使得。谓思念古人的美德，使自己避免过错。"古"又通作"故"，则故人谓老朋友。
③ "君弦"二句——君弦，最粗的一根弦，也叫"大弦"。无射（yì 亦）律，古人定音分十二个高低不同的标准音，叫"十二律"，无射为其中一律，音阶较高。君弦是低音，亦用以定基音，若定音太高，无射律之音阶则相对更高，演奏就要发生困难。
④ "感夙因兮"二句——有感于前生因、现世果之不可断绝，我心中之忧愁犹如天上之月光耿耿长在。慭（chuò 龊），通作"辍"，停止，断绝。素心，纯洁的心。化用曹操《短歌行》"明明如月，何时可掇？忧从中来，不可断绝"的意思。
⑤ 变徵（zhǐ 纸）——古代五音为宫、商、角、徵、羽。又有变徵、变宫，共七声音阶。以变徵音为起点的调式，多表现悲凉激越情绪。黛玉突然改变弹琴调式，在曲词上同样体现：前三章都用平声押韵，此章末句本也应用平声字与一二句"尘""因"相押，现在却转而用入声字"月"与"慭"押韵，打破了常格。这种出人意料的换韵方法，在古体诗中多用以表现一种情绪的激荡变化。

单说妙玉归去，早有道婆接着，掩了庵门，坐了一回，把《禅门日诵》①念了一遍。吃了晚饭，点上香拜了菩萨，命道婆自去歇着，自己的禅床靠背俱已整齐，屏息垂帘，跏趺②坐下，断除妄想，趋向真如③。坐到三更过后，听得屋上"骨碌碌"一片瓦响，妙玉恐有贼来，下了禅床，出到前轩，但见云影横空，月华如水。那时天气尚不很凉，独自一个凭栏站了一回，忽听房上两个猫儿一递一声厮叫。

那妙玉忽想起日间宝玉之言，不觉一阵心跳耳热。自己连忙收慑心神，走进禅房，仍到禅床上坐了。怎奈神不守舍，一时如万马奔驰，觉得禅床便恍荡起来，身子已不在庵中。便有许多王孙公子要求娶她，又有些媒婆扯扯拽拽，扶她上车，自己不肯去。一会儿，又有盗贼劫她，持刀执棍的逼勒，只得哭喊求救。早惊醒了庵中女尼、道婆等众，都拿火来照看。只见妙玉两手撒开，口中流沫。急叫醒时，只见眼睛直竖，两颧鲜红，骂道："我是有菩萨保佑，你们这些强徒敢要怎么样？"众人都唬得没了主意，都说道："我们在这里呢，快醒转来罢！"妙玉道："我要回家去，你们有什么好人，送我回去罢。"道婆道："这里就是你住的房子。"说着，又叫别的女尼忙向观音前祷告，求了签，翻开签书看时，是触犯了西南角上的阴人④。就有一个说："是了。大观园中西南角上本来没有人住，阴气是有的。"一面弄汤弄水的在那里忙乱。那女尼原是自南边带来的，服侍妙玉自然比别人尽心，围着妙玉坐在禅床上。妙玉回头道："你是谁？"女尼道："是我。"妙玉仔细瞧了一瞧，道："原来是你。"便抱住那女尼呜呜咽咽地哭起来，说道："你是我的妈呀，你不救我，我不得活了！"那女尼一面唤醒她，一面给她揉着。道婆倒上茶来喝了，直到天明才睡了。

女尼便打发人去请大夫来看脉，也有说是思虑伤脾的，也有说是热入血室⑤的，也有说是邪祟触犯的，也有说是内外感冒的，终无定论。后请得一个大夫来看了，问："曾打坐过没有？"道婆说道："向来打坐的。"大夫道："这病可是昨夜忽然来的么？"道婆道："是。"大夫道："这是走火入魔⑥的原故。"众人问："有碍没有？"大夫道："幸亏打坐不久，魔还入得浅，可以有救。"写了降伏心火的药，吃了一剂，稍稍平复些。外面那些游头浪子听见了，便造作许多谣言说："这样年纪，哪里忍得住！况且又是很风流的人品，很乖觉的性灵，以后不知飞在谁手里，便宜谁去呢。"过了几日，妙玉病虽略好，神思未复，终有些恍惚。

---

① 《禅门日诵》——清代寺庙中僧尼常诵的佛家经文、仪文、律、偈、咒等文字的选录本。不署编选者姓氏和年代，当编于清代。

② 跏趺（jiā fū 加夫）——佛教徒盘脚打坐的姿势；两脚背交叉压在左右大腿上。

③ 真如——佛家语，原意为事物的真相、本位。或解释作绝对的永恒真理。佛家认为它非思维所能反映、语言所能表达。在这里意为无欲无念的境界。

④ 阴人——鬼魂。

⑤ 热入血室——中医妇科病症名。谓邪热侵入子宫，患者夜间胡言乱语，如见鬼状。

⑥ 走火入魔——原作"走魔入火"，应作"走火入魔"，如回目所标；又下文说"魔还入得浅"，可知所"入"者"魔"也。当是笔误，今改。火，本指道家炼丹火候，后喻打坐修炼时，神不守舍（躯体），以致心火妄动为走火。入魔，进入邪乱迷惑的境地。魔，是妄念妄想等妨碍和破坏修行得道的一切心理活动，也就是魔鬼。近人王濋以"魔"为"识神"，曲解本不成文理之"走魔入火"四字，以为是说妙玉走神而入于淫，大旨虽近，解释则不足信。

一日，惜春正坐着，彩屏忽然进来，回道："姑娘知道妙玉师父的事吗？"惜春道："她有什么事？"彩屏道："我昨日听见邢姑娘和大奶奶那里说呢。她自从那日和姑娘下棋回去，夜间忽然中了邪，嘴里乱嚷说，强盗来抢她来了，到如今还没好。姑娘，你说这不是奇事吗？"惜春听了，默然无语，因想："妙玉虽然洁净，毕竟尘缘未断。可惜我生在这种人家，不便出家；我若出了家时，哪有邪魔缠扰，一念不生，万缘俱寂。"想到这里，蓦与神会，若有所得，便口占一偈云：

> 大造本无方，云何是应住？①
> 既从空中来，应向空中去。

占毕，即命丫头焚香。自己静坐了一回，又翻开那棋谱来，把孔融、王积薪②等所著看了几篇。内中"荷叶包蟹势""黄莺搏兔势"③都不出奇，"三十六局杀角势"一时也难会难记，独看到"八龙走马"④，觉得甚有意思。正在那里作想，只听见外面一个人走进院来，连叫："彩屏！"未知是谁，下回分解。

---

① "大造"二句——神力创造万物，本无迹可寻，什么是应该迷恋执着的呢？大造，佛教鼓吹佛法无边，能造大千世界，故称大造。

② 孔融、王积薪——孔融，东汉人，字文举，能诗文，擅长围棋。王积薪，唐玄宗时的围棋家，人称其棋艺为唐代第一，著有《围棋十诀》。

③ 黄莺搏兔势——从名称看，有点滑稽，"黄莺"扑蝶则可，如何能"搏兔"？有讹无疑。有二说：一、古棋谱中有一种名为"黄莺搏兔"的残局着法，一般又称为"黄莺扑蝶"，小说续作者将两个名称搞混了，以致张冠李戴；二、围棋古谱《玄玄棋经》中载有一种"苍鹰搏兔势"的着法，较为平淡，与小说中所说惜春看了觉得"不出奇"相合，所以"黄莺搏兔势"指的应是这一棋势。两说不妨并存。

④ 八龙走马——程乙本作"十龙走马"，此用程甲本。古虽有以"龙"称"马"的，但"八龙走马"之名仍费解。有人指出，它是《玄玄棋经》中所载"八王走马势"与"十王走马势"之讹，因为这两种棋势着法都很巧妙，与小说所写"甚有意思"合。该棋书中另有"八龙升天势""八龙生津势"两种。续作者因此而混淆"八王"与"八龙"也有可能。（参见《红楼梦学刊》1992年第2辑316页）

# 第八十八回

## 博庭欢宝玉赞孤儿　正家法贾珍鞭悍仆

【题解】

　　多无谓又乏味的搪塞情节。宝玉向贾母赞贾兰，只为表示"这孩子明儿大概还有一点儿出息"；巧姐见贾芸就哭，就为表示二人是"前世的冤家"；还有些见鬼、说鬼话的事，不知是否凤姐不祥之兆。

　　却说惜春正在那里揣摩棋谱，忽听院内有人叫彩屏，不是别人，却是鸳鸯的声儿。彩屏出去，同着鸳鸯进来。那鸳鸯却带着一个小丫头，提了一个小黄绢包儿。惜春笑问道："什么事？"鸳鸯道："老太太因明年八十一岁，是个暗九①。许下一场九昼夜的功德，发心要写三千六百五十零一部《金刚经》。这已发出外面人写了。但是俗说，《金刚经》就像那道家的符壳，《心经》才算是符胆②。故此，《金刚经》内必要插着《心经》，更有功德。老太太因《心经》是更要紧的，观自在又是女菩萨③，所以要几个亲丁奶奶、姑娘们写上三百六十五部，如此，又虔诚，又洁净。咱们家中除了二奶奶：头一宗她当家没有空儿，二宗她也写不上来，其余会写字的，不论写得多少，连东府珍大奶奶、姨娘们都分了去，本家里头自不用说。"惜春听了，点头道："别的我做不来，若要写经，我最信心④的。你搁下喝茶罢。"

　　鸳鸯才将那小包儿搁在桌上，同惜春坐下。彩屏倒了一钟茶来。惜春笑问道："你写不写？"鸳鸯道："姑娘又说笑话了。那几年还好，这三四年来，姑娘见我还拿了拿笔儿么？"惜春道："这却是有功德的。"鸳鸯道："我也有一件事：向来服侍老太太安歇后，自己念上米佛⑤，已经念了三年多了。我把这个米收好，等老太太做功德的时候，我将它衬

---

①　暗九——八十一是九九相乘之数，称"暗九"，迷信以为是个不吉利的岁数，不容易过去。故要做功德，祈福消灾。

②　"《金刚经》就像"二句——二经全称为《金刚般若波罗蜜经》和《般若波罗蜜多心经》，同属《般若经》系列。二经旧时多印，《心经》概括简短，便于持诵，是《般若经》的提要精义，所以比之为"符胆"，说它是"更要紧的"。道家画符篆，传言能驱鬼镇魔。"符壳"，指符篆的外形笔画；"符胆"，指符篆的内涵精义。

③　观自在又是女菩萨——观自在，观世音菩萨的别名（梵语的别译）。观世音，唐时避太宗李世民讳，但称"观音"。观音本非女身，六朝人画其像皆男相，至唐宋，名手所绘像仍不作妇人。宋寿涯禅师咏鱼蓝观音，有"金兰""茜裙"等语，也仅为观音之变相，后世化为女菩萨，又变为妙庄玉女。

④　信心——诚心。

⑤　念米佛——旧时念佛有用米记数者，即念一声佛号拨一粒米，叫念米佛。

在里头，供佛施食，也是我一点诚心。"惜春道："这样说来，老太太做了观音，你就是龙女①了。"鸳鸯道："哪里跟得上这个份儿！却是除了老太太，别的也服侍不来，不晓得前世什么缘分儿。"说着要走，叫小丫头把小绢包打开，拿出来道："这素纸一扎，是写《心经》的。"又拿起一子儿藏香②，道："这是叫写经时点着写的。"惜春都应了。

鸳鸯遂辞了出来，同小丫头来至贾母房中，回了一遍。看见贾母与李纨打双陆③，鸳鸯旁边瞧着。李纨的骰子好，掷下去，把老太太的锤④打下了好几个去。鸳鸯抿着嘴儿笑。忽见宝玉进来，手中提了两个细篾丝的小笼子，笼内有几个蝈蝈儿，说道："我听说老太太夜里睡不着，我给老太太留下解解闷。"贾母笑道："你别瞅着你老子不在家，你只管淘气。"宝玉笑道："我没有淘气。"贾母道："你没淘气，不在学房里念书，为什么又弄这个东西呢？"宝玉道："不是我自己弄的。今儿因师父叫环儿和兰儿对对子，环儿对不来，我悄悄地告诉了他。他说了，师父喜欢，夸了他两句。他感激我的情，买了来孝敬我的。我才拿了来孝敬老太太的。"贾母道："他没有天天念书么，为什么对不上来？对不上来，就叫你儒大爷爷打他的嘴巴子，看他臊不臊！你也够受了，不记得你老子在家时，一叫做诗做词，唬得倒像个小鬼儿似的？这会子又说嘴了。那环儿小子更没出息，求人替做了，就变着方法儿打点人。这么点子孩子，就闹鬼闹神的，也不害臊，赶大了，还不知是个什么东西呢！"说得满屋子人都笑了。贾母又问道："兰小子呢，做上来了没有？这该环儿替他了，他又比他小了，是不是？"宝玉笑道："他倒没有，却是自己对的。"贾母道："我不信，不然，就也是你闹了鬼了。如今你还了得，'羊群里跑出骆驼来了，就只你大。'你又会做文章了。"宝玉笑道："实在是他作的。师父还夸他明儿一定有出息呢。老太太不信，就打发人叫了他来亲自试试，老太太就知道了。"贾母道："果然这么着，我才喜欢。我不过怕你撒谎。既是他做的，这孩子明儿大概还有一点儿出息。"

因看着李纨，又想起贾珠来，"这也不枉你大哥哥死了，你大嫂子拉扯他一场，日后也替你大哥哥顶门壮户。"说到这里，不禁流下泪来。李纨听了这话，却也动心，只是贾母已经伤心，自己连忙忍住泪，笑劝道："这是老祖宗的余德，我们托着老祖宗的福罢咧。只要他应得了老祖宗的话，就是我们的造化了。老祖宗看着也喜欢，怎么倒伤起心来呢？"因又回头向宝玉道："宝叔叔明儿别这么夸他，他多大孩子，知道什么！你不过是爱惜他的意思，他哪里懂得，一来二去，眼大心肥，哪里还能够有长进呢。"贾母道："你嫂子这也说得是。就只他还太小呢，也别逼憷⑤紧了他。小孩子胆儿小，一时逼急了，弄出点子毛病来，书倒念不成，把你的工夫都白糟蹋了。"贾母说到这里，李纨却忍不住扑簌簌掉下泪来，连忙擦了。

---

① 龙女——观音的女弟子。相传为婆竭罗龙王的女儿，八岁已聪慧异常，听文殊菩萨说《法华经》，便能领悟。
② 一子儿藏香——束西藏所产的供佛香。藏香质优，"其味浓厚，得沉、檀、芸、降之全"。(《燕京岁时记·藏香》)
③ 双陆——也叫"双鹿"，赌博游戏的一种。有一底盘，双方各用十六枚（一说十五枚）棒槌形的"马"立在自己一方，以两颗骰子掷点数，按数在底盘上占步，并可打掉对方的"马"，比谁的"马"先走到对方。
④ 锤——即"双陆"中的"马"，形似锤。
⑤ 逼憷——逼迫。

只见贾环、贾兰也都进来给贾母请了安。贾兰又见过他母亲，然后过来，在贾母旁边侍立。贾母道："我刚才听见你叔叔说你对的好对子，师父夸你来着。"贾兰也不言语，只管抿着嘴儿笑。鸳鸯过来说道："请示老太太，晚饭伺候下了。"贾母道："请你姨太太去罢。"琥珀接着便叫人去王夫人那边请薛姨妈。这里宝玉、贾环退出。素云和小丫头们过来把双陆收起。李纨尚等着伺候贾母的晚饭，贾兰便跟着他母亲站着。贾母道："你们娘儿两个跟着我吃罢。"李纨答应了。一时摆上饭来，丫鬟回来禀道："太太叫回老太太，姨太太这几天浮来暂去，不能过来回老太太，今日饭后家去了。"于是贾母叫贾兰在身旁边坐下，大家吃饭，不必细述。

却说贾母刚吃完了饭，盥漱了，歪在床上说闲话儿。只见小丫头子告诉琥珀，琥珀过来回贾母道："东府大爷请晚安来了。"贾母道："你们告诉他，如今他办理家务乏乏的，叫他歇着去罢。我知道了。"小丫头告诉老婆子们，老婆子才告诉贾珍。贾珍然后退出。

到了次日，贾珍过来料理诸事。门上小厮陆续回了几件事，又一个小厮回道："庄头送果子来了。"贾珍道："单子呢？"那小厮连忙呈上。贾珍看时，上面写着不过是时鲜果品，还夹带菜蔬、野味若干在内。贾珍看完，问向来经管的是谁。门上的回道："是周瑞。"便叫周瑞："照账点清，送往里头交代。等我把来账抄下一个底子，留着好对。"又叫："告诉厨房，把下菜中添几宗，给送果子的来人，照常赏饭给钱。"

周瑞答应了。一面叫人搬至凤姐儿院子里去，又把庄上的账同果子交代明白，出去了。一会儿，又进来回贾珍道："才刚来的果子，大爷曾点过数目没有？"贾珍道："我哪里有工夫点这个呢。给了你账，你照账点就是了。"周瑞道："小的曾点过，也没有少，也不能多出来。大爷既留下底子，再叫送果子来的人问问他，这账是真的假的。"贾珍道："这是怎么说？不过是几个果子罢咧，有什么要紧！我又没有疑你。"说着，只见鲍二走来，磕了一个头，说道："求大爷原旧放小的在外头伺候罢。"贾珍道："你们这又是怎么着？"鲍二道："奴才在这里又说不上话来。"贾珍道："谁叫你说话？"鲍二道："何苦来，在这里作眼睛珠儿。"周瑞接口道："奴才在这里经管地租庄子银钱出入，每年也有三五十万来往，老爷、太太、奶奶们从没有说过话的，何况这些零星东西。若照鲍二说起来，爷们家里的田地房产都被奴才们弄完了。"贾珍想道："必是鲍二在这里拌嘴，不如叫他出去。"因向鲍二说道："快滚罢！"又告诉周瑞说："你也不用说了，你干你的事罢。"二人各自散了。

贾珍正在厢房里歇着，听见门上闹得翻江搅海。叫人去查问，回来说道："鲍二和周瑞的干儿子打架。"贾珍道："周瑞的干儿子是谁？"门上的回道："他叫何三，本来是个没味儿的，天天在家里喝酒闹事，常来门上坐着。听见鲍二与周瑞拌嘴，他就插在里头。"贾珍道："这却可恶！把鲍二和那个什么何几给我一块儿捆起来！周瑞呢？"门上的回道："打架时，他先走了。"贾珍道："给我拿了来，这还了得了！"众人答应了。

正嚷着，贾琏也回来了，贾珍便告诉了一遍。贾琏道："这还了得！"又添了人去拿周瑞。周瑞知道躲不过，也找到了。贾珍便叫："都捆上！"贾琏便向周瑞道："你们前头的话也不要紧，大爷说开了，很是了。为什么外头又打架？你们打架已经使不得，又弄个野杂种什么何三来闹。你不压伏压伏他们，倒竟走了。"就把周瑞踢了几脚。贾珍道："单打周瑞不中用。"喝命人把鲍二和何三各人打了五十鞭子，撵了出去，方和贾琏两个商量正事。下人背地里便生出许多议论来：也有说贾珍护短的；也有说不会调停的；也有说他本不是好人，前儿尤家姊妹弄出许多丑事来，那鲍二不是他调停着二爷叫了来的吗？这会子又嫌鲍二不济事，必是鲍二的女人服侍不到了。人多嘴杂，纷纷不一。

却说贾政自从在工部掌印，家人中尽有发财的。那贾芸听见了，也要插手弄一点事儿，便在外头说了几个工头，讲了成数，便买了些时新绣货，要走凤姐儿门子。凤姐正在房中听见丫头们说："大爷、二爷都生了气，在外头打人呢。"凤姐听了，不知何故，正要叫人去问，只见贾琏已进来了，把外面的事告诉了一遍。凤姐道："事情虽不要紧，但这风俗儿断不可长。此刻还算咱们家里正旺的时候儿，他们就敢打架。以后小辈儿们当了家，他们越发难制伏了。前年我在东府里，亲眼见过焦大吃得烂醉，躺在台阶子底下骂人，不管上上下下，一混汤子的混骂。他虽是有过功的人，到底主子奴才的名分，也要存点儿体统才好。珍大奶奶，不是我说，是个老实头，个个人都叫她养得无法无天的。如今又弄出一个什么鲍二，我还听见是你和珍大爷得用的人，为什么今儿又打他呢？"贾琏听了这话刺心，便觉讪讪的，拿话来支开，借有事，说着就走了。

小红进来回道："芸二爷在外头要见奶奶。"凤姐一想，"他又来做什么？"便道："叫他进来罢。"小红出来，瞅着贾芸微微一笑。贾芸赶忙凑近一步，问道："姑娘替我回了没有？"小红红了脸，说道："我就是见二爷的事多。"贾芸道："何曾有多少事能到里头来劳动姑娘呢！就是那一年姑娘在宝二叔房里，我才和姑娘……"小红怕人撞见，不等说完，赶忙问道："那年我换给二爷的一块绢子，二爷见了没有？"那贾芸听了这句话，喜得心花俱开，才要说话，只见一个小丫头从里面出来，贾芸连忙同着小红往里走。两个人一左一右，相离不远。贾芸悄悄地道："回来我出来，还是你送出我来。我告诉你，还有笑话儿呢。"小红听了，把脸飞红，瞅了贾芸一眼，也不答言。同他到了凤姐门口，自己先进去回了，然后出来，掀起帘子，点手儿，口中却故意说道："奶奶请芸二爷进来呢。"

贾芸笑了一笑，跟着她走进房来，见了凤姐儿，请了安，并说："母亲叫问好。"凤姐也问了他母亲好。凤姐道："你来有什么事？"贾芸道："侄儿从前承婶娘疼爱，心上时刻想着，总过意不去。欲要孝敬婶娘，又怕婶娘多想。如今重阳时候，略备了一点儿东西。婶娘这里哪一件没有？不过是侄儿一点孝心。只怕婶娘不肯赏脸。"凤姐儿笑道："有话坐下说。"贾芸才侧身坐了，连忙将东西捧着搁在旁边桌上。凤姐又道："你不是什么有余的人，何苦又去花钱！我又不等着使。你今日来意，是怎么个想头儿，你倒是实说。"贾芸道："并没有别的想头儿，不过感念婶娘的恩惠，过意不去罢咧。"说着，微微地笑了。凤姐道："不是这么说。你手里窄，我很知道，我何苦白白儿使你的！你要我收下这个东西，须先和我说明白了。要是这么含着骨头露着肉的，我倒不收。"

贾芸没法儿，只得站起来，陪着笑儿说道："并不是有什么妄想。前几日听见老爷总办陵工<sup>①</sup>，侄儿有几个朋友办过好些工程，极妥当的，要求婶娘在老爷跟前提一提。办得一两种，侄儿再忘不了婶娘的恩典。若是家里用得着侄儿，也能给婶娘出力。"凤姐道："若是别的，我却可以作主。至于衙门里的事，上头呢，都是堂官司员定的；底下呢，都是那些书办<sup>②</sup>衙役们办的，别人只怕插不上手。连自己的家人也不过跟着老爷服侍服侍。就是你二叔去，亦只是为的是各自家里的事，他也并不能僭越公事。论家事，这里是踩一头儿橇一头儿的，连珍大爷还弹压不住。你的年纪儿又轻，辈数儿又小，哪里缠得清这些人呢。况且衙门里头的事差不多儿也要完了，不过吃饭瞎跑。你在家里什么事作不得，难道没了这碗饭吃不成？我这是实在话，你自己回去想想就知道了。你的情意，我已经领了，把东西快拿回去，是哪里弄来的，仍旧给人家送了去罢。"

正说着，只见奶妈子一大起带了巧姐儿进来。那巧姐儿身上穿得锦团花簇，手里拿着好些玩意儿，笑嘻嘻走到凤姐身边学舌。贾芸一见，便站起来笑盈盈地赶着说道："这就是大妹妹么？你要什么好东西不要？"那巧姐儿便"哑"的一声哭了。贾芸连忙退下。凤姐道："乖乖不怕。"连忙将巧姐揽在怀里，道："这是你芸大哥哥，怎么认起生来了？"贾芸道："妹妹生得好相貌，将来又是个有大造化的。"那巧姐儿回头把贾芸一瞧，又哭起来，叠连几次。

贾芸看这光景坐不住，便起身告辞要走。凤姐道："你把东西带了去罢。"贾芸道："这一点子婶娘还不赏脸？"凤姐道："你不带去，我便叫人送到你家去。芸哥儿，你不要这么样。你又不是外人，我这里有机会，少不得打发人去叫你，没有事也没法儿，不在乎这些东东西西上的。"贾芸看见凤姐执意不受，只得红着脸道："既这么着，我再找得用的东西来孝敬婶娘罢。"凤姐儿便叫小红拿了东西，跟着贾芸送出来。

贾芸走着，一面心中想道："人说二奶奶利害，果然利害。一点儿都不漏缝，真正斩钉截铁，怪不得没有后世。这巧姐儿更怪，见了我好像前世的冤家似的。真正晦气，白闹了这么一天！"小红见贾芸没得彩头，也不高兴，拿着东西跟出来。贾芸接过来，打开包儿，拣了两件，悄悄地递给小红。小红不接，嘴里说道："二爷别这么着，看奶奶知道了，大家倒不好看。"贾芸道："你好生收着罢，怕什么！哪里就知道了呢。你若不要，就是瞧不起我了。"小红微微一笑，才接过来，说道："谁要你这些东西！算什么呢？"说了这句话，把脸又飞红了。贾芸也笑道："我也不是为东西，况且那东西也算不了什么。"说着话儿，两个已走到二门口。贾芸把下剩的仍旧揣在怀内。小红催着贾芸道："你先去罢，有什么事情，只管来找我。我如今在这院里了，又不隔手。"贾芸点点头儿，说道："二奶奶太利害，我可惜不能长来。刚才我说的话，你横竖心里明白，得了空儿，再告诉你罢。"小红满脸羞红，说道："你去罢，明儿也长来走走。谁叫你和她生疏呢？"贾芸道："知道了。"贾芸说着，出了院门。这里小红站在门口，怔怔地看他去远了，才回来了。

却说凤姐在房中吩咐预备晚饭，因又问道："你们熬了粥了没有？"丫鬟们连忙去问，

---

①　陵工——修缮帝王陵墓寝庙的工程。

②　书办——原作"书班"，据王本、梦稿本改。官署中掌理公文的官吏，通常叫胥吏，亦称"书办"。

回来回道："预备了。"凤姐道："你们把那南边来的糟东西①，弄一两碟来罢。"秋桐答应了，叫丫头们伺候。平儿走来笑道："我倒忘了，今儿晌午，奶奶在上头老太太那边的时候，水月庵的师父打发人来，要向奶奶讨两瓶南小菜，还要支用几个月的月银，说是身上不受用。我问那道婆来着：'师父怎么不受用？'她说，四五天了，前儿夜里，因那些小沙弥、小道士里头有几个女孩子，睡觉没有吹灯，她说了几次不听。那一夜看见他们三更以后灯还点着呢，她便叫他们吹灯，个个都睡着了，没有人答应，只得自己亲自起来给他们吹灭了。回到炕上，只见有两个人，一男一女，坐在炕上。她赶着问是谁，那里把一根绳子往她脖子上一套，她便叫起人来。众人听见，点上灯火一齐赶来，已经躺在地下，满口吐白沫子，幸亏救醒了。此时还不能吃东西，所以叫来寻些小菜儿的。我因奶奶不在房中，不便给她。我说：'奶奶此时没有空儿，在上头呢，回来告诉。'便打发她回去了。才刚听见说起南菜，方想起来了，不然就忘了。"凤姐听了，呆了一呆，说道："南菜不是还有呢，叫人送些去就是了。那银子过一天叫芹哥来领就是了。"又见小红进来回道："才刚二爷差人来，说是今晚城外有事，不能回来，先通知一声。"凤姐道："是了。"

说着，只听见小丫头从后面喘吁吁地嚷着，直跑到院子里来。外面平儿接着，还有几个丫头们，咕咕唧唧地说话。凤姐道："你们说什么呢？"平儿道："小丫头子有些胆怯，说鬼话。"凤姐叫那一个小丫头进来，问道："什么鬼话？"那丫头道："我才刚到后边去叫打杂儿的添煤，只听得三间空屋子里哗喇哗喇的响，我还道是猫儿耗子，又听得'嗳'的一声，像个人出气儿的似的。我害怕，就跑回来了。"凤姐骂道："胡说！我这里断不兴说神说鬼，我从来不信这些个话。快滚出去罢！"那小丫头出去了。凤姐便叫彩明将一天零碎日用账对过一遍，时已将近二更。大家又歇了一回，略说些闲话，遂叫各人安歇去罢。凤姐也睡下了。

将近三更，凤姐似睡不睡，觉得身上寒毛一乍，自己惊醒了。越躺着越发起渗②来，因叫平儿、秋桐过来作伴。二人也不解何意。那秋桐本来不顺凤姐，后来贾琏因尤二姐之事，不大爱惜她了，凤姐又笼络她，如今倒也安静，只是心里比平儿差多了，外面情儿。今见凤姐不受用，只得端上茶来。凤姐喝了一口，道："难为你，睡去罢，只留平儿在这里就够了。"秋桐却要献殷勤儿，因说道："奶奶睡不着，倒是我们两个轮流坐坐也使得。"凤姐一面说，一面睡着了。平儿、秋桐看见凤姐已睡，只听得远远的鸡叫了，二人方都穿着衣服略躺了一躺，就天亮了，连忙起来服侍凤姐梳洗。

凤姐因夜中之事，心神恍惚不宁，只是一味要强，仍然扎挣起来。正坐着纳闷，忽听个小丫头子在院里问道："平姑娘在屋里么？"平儿答应了一声，那小丫头掀起帘子进来，却是王夫人打发过来，来找贾琏，说："外头有人回要紧的官事。老爷才出了门，太太叫快请二爷过去呢。"凤姐听见，唬了一跳。未知何事，下回分解。

---

① 糟东西——糟腌的食品。南方鱼肉蛋之类，常用酒或酒糟腌制，可储之甚久。

② 渗——通作"瘆"（shèn 肾），因恐惧而颤抖皮肤起栗。

# 第 八 十 九 回
## 人亡物在公子填词　蛇影杯弓<sup>①</sup>颦卿绝粒

【题解】

　　天乍冷，宝玉添衣服，小厮拿来"晴雯所补的那件雀裘"，让宝玉见物生情，仿效前"杜撰芙蓉诔"情节，焚香酌茗，祝祭亡灵，并填起《望江南》词来。续作者以为这样写可使自己的补笔借助前文获得艺术效果。这实在只能给人以"鲁班门前掉大爷"的感觉。两首小令的命意和措辞都相当陋俗。

　　雪雁悄悄对紫鹃说："姐姐你听见了么？宝玉定了亲了！"被黛玉偷听到一点，成了她"绝粒"待毙的原因。这是进一步写黛玉只为自己的终身事而多疑多惧。

　　却说凤姐正自起来纳闷，忽听见小丫头这话，又唬了一跳，连忙问道："什么官事？"小丫头道："也不知道。刚才二门上小厮回进来，回老爷有要紧的官事，所以太太叫我请二爷来了。"凤姐听是工部里的事，才把心略略地放下，因说道："你回去回太太，就说二爷昨日晚上出城有事，没有回来，打发人先回珍大爷去罢。"那丫头答应着去了。

　　一时，贾珍过来，见了部里的人，问明了，进来见了王夫人，回道："部中来报，昨日总河<sup>②</sup>奏到，河南一带决了河口，湮没了几府州县。又要开销<sup>③</sup>国帑，修理城工。工部司官又有一番照料。所以部里特来报知老爷的。"说完退出，及贾政回家来，回明。从此，直到冬间，贾政天天有事，常在衙门里。宝玉的功课也渐渐松了，只是怕贾政觉察出来，不敢不常在学房里去念书，连黛玉处也不敢常去。

　　那时已到十月中旬，宝玉起来，要往学房中去。这日<sup>④</sup>天气陡寒，只见袭人早已打点出一包衣服，向宝玉道："今日天气很冷，早晚宁使暖些。"说着，把衣服拿出来给宝玉挑了一件穿。又包了一件，叫小丫头拿出，交给茗烟，嘱咐道："天气凉，二爷要换时，好生预备着。"茗烟答应了，抱着毡包，跟着宝玉自去。

---

①　蛇影杯弓——通常说"杯弓蛇影"。用以说人疑神疑鬼，妄自惊吓。《晋书·乐广传》：乐广宴客，有客见杯中有悬弓倒影，误以为蛇，惊吓成病。后再宴，证实是弓影，恍然而悟，病始愈。《风俗通·怪神》记应郴邀杜宣饮酒事略同。

②　总河——"河道总督"的简称，治理河道的长官。

③　开销——程甲本作"开锁"，从梦稿本、王本、金本。

④　这日——程甲本作"起来"，金本作"觉得"。从梦稿、程乙本。

宝玉到了学房中，做了自己的功课，忽听得纸窗"呼喇喇"一派风声。代儒道："天气又发冷。"把风门推开一看，只见西北上一层层的黑云，渐渐往东南扑上来。茗烟走进来回宝玉道："二爷，天气冷了，再添些衣服罢。"宝玉点点头儿。只见茗烟拿进一件衣服来，宝玉不看则已，看了时，神已痴了。那些小学生都巴着眼瞧。却原是晴雯所补的那件雀金裘。宝玉道："怎么拿这一件来！是谁给你的？"茗烟道："是里头姑娘们包出来的。"宝玉道："我身上不大冷，且不穿呢，包上罢。"代儒只当宝玉可惜这件衣服，却也心里喜他知道俭省。茗烟道："二爷穿上罢，着了凉，又是奴才的不是了。二爷只当疼奴才罢。"宝玉无奈，只得穿上，呆呆地对着书坐着。代儒也只当他看书，不甚理会。晚间放学时，宝玉便往代儒托病告假一天。代儒本来上年纪的人，也不过伴着几个孩子解闷儿，时常也八病九痛的，乐得去一个，少操一日心。况且明知贾政事忙，贾母溺爱，便点点头儿。

宝玉一径回来，见过贾母、王夫人，也是这样说，自然没有不信的。略坐一坐，便回园中去了。见了袭人等，也不似往日有说有笑的，便和衣躺在炕上。袭人道："晚饭预备下了，这会儿吃，还是等一等儿？"宝玉道："我不吃了，心里不舒服。你们吃去罢。"袭人道："那么着，你也该把这件衣服换下来了，那个东西哪里禁得住揉搓。"宝玉道："不用换。"袭人道："倒也不但是娇嫩物儿，你瞧瞧那上头的针线，也不该这么糟蹋它呀。"宝玉听了这话，正碰在他心坎儿上，叹了一口气道："那么着，你就收拾起来，给我包好了。我也总不穿它了。"说着，站起来脱下。袭人才过来接时，宝玉已经自己叠起。袭人道："二爷怎么今日这样勤谨起来了？"宝玉也不答言，叠好了，便问："包这个的包袱呢？"麝月连忙递过来，让他自己包好，回头却和袭人挤着眼儿笑。宝玉也不理会，自己坐着，无精打采。猛听架上钟响，自己低头看了看表，针已指到酉初二刻了。一时，小丫头点上灯来。袭人道："你不吃饭，喝一口粥儿罢。别净饿着，看仔细饿上虚火来，那又是我们的累赘了。"宝玉摇摇头儿，说："不大饿，强吃了倒不受用。"袭人道："既这么着，就索性早些歇着罢。"于是袭人、麝月铺设好了，宝玉也就歇下。翻来覆去只睡不着，将及黎明，反朦胧睡去，不一顿饭时，早又醒了。

此时袭人、麝月也都起来。袭人道："昨夜听着你翻腾到五更多，我也不敢问你。后来我就睡着了，不知到底你睡着了没有？"宝玉道："也睡了一睡，不知怎么就醒了。"袭人道："你没有什么不受用？"宝玉道："没有，只是心上发烦。"袭人道："今日学房里去不去？"宝玉道："我昨儿已经告了一天假了，今儿我要想园里逛一天，散散心，只是怕冷。你叫她们收拾一间房子，备下一炉香，搁下纸墨笔砚。你们只管干你们的，我自己静坐半天才好。别叫她们来搅我。"麝月接着道："二爷要静静儿的用功夫，谁敢来搅！"袭人道："这么着很好，也省得着了凉。自己坐坐，心神也不散。"因又问："你既懒待吃饭，今日吃什么？早说，好传给厨房里去。"宝玉道："还是随便罢，不必闹得大惊小怪的。倒是要几个果子搁在那屋里，借点果子香。"袭人道："哪个屋里好？别的都不大干净，只有晴雯起先住的那一间，因一向无人，还干净，就是清冷些。"宝玉道："不妨，把火盆挪过去就是了。"袭人答应了。

正说着，只见一个小丫头端了一个茶盘儿，一个碗，一双牙箸，递给麝月，道："这是刚才花姑娘要的，厨房里老婆子送了来了。"麝月接了一看，却是一碗燕窝汤，便问袭人道："这是姐姐要的么？"袭人笑道："昨夜二爷没吃饭，又翻腾了一夜，想来今日早起心里必是发空的，所以我告诉小丫头们，叫厨房里做了这个来的。"袭人一面叫小丫头放桌儿，麝月打发宝玉喝了，漱了口。只见秋纹走来，说道："那屋里已经收拾妥了，但等着一时炭劲过了，二爷再进去罢。"宝玉点头，只是一腔心事，懒怠说话。

一时，小丫头来请，说："笔砚都安放妥当了。"宝玉道："知道了。"又一个小丫头回道："早饭得了。二爷在哪里吃？"宝玉道："就拿了来罢，不必累赘了。"小丫头答应了自去。一时端上饭来，宝玉笑了一笑，向袭人、麝月道："我心里闷得很，自己吃只怕又吃不下去，不如你们两个同我一块儿吃，或者吃得香甜，我也多吃些。"麝月笑道："这是二爷的高兴，我们可不敢。"袭人道："其实也使得，我们一处喝酒，也不止今日。只是偶然替你解闷儿还使得，若认真这样，还有什么规矩体统呢。"说着，三人坐下。宝玉在上首，袭人、麝月两个打横陪着。吃了饭，小丫头端上漱口茶，两个看着撤了下去。宝玉因端着茶，默默如有所思，又坐了一坐，便问道："那屋里收拾妥了么？"麝月道："头里就回过了，这回子又问。"

宝玉略坐了一坐，便过这间屋子来。亲自点了一炷香，摆上些果品，便叫人出去，关上了门。外面袭人等都静悄无声。宝玉拿了一幅泥金角花的粉红笺出来，口中祝了几句，便提起笔来写道："怡红主人焚付晴姐知之，酹茗清香，庶几来飨。"其词[1]云：

> 随身伴，独自意绸缪。[2]谁料风波平地起，顿教躯命即时休。孰与话轻柔？东逝水，无复向西流。想象更无怀梦草[3]，添衣还见翠云裘。脉脉使人愁！

写毕，就在香上点个火，焚化了。静静儿等着，直待一炷香点尽，才开门出来。

袭人道："怎么出来了？想来又闷得慌了。"宝玉笑了一笑，假说道："我原是心里烦，才找个地方儿静坐坐儿。这会子好了，还要外头走走去呢。"说着，一径出来，到了潇湘馆中，在院里问道："林妹妹在家里呢么？"紫鹃接应道："是谁？"掀帘看时，笑道："原来是宝二爷。姑娘在屋里呢，请二爷到屋里坐着。"宝玉同着紫鹃走进来。黛玉却在里间呢，说道："紫鹃，请二爷屋里坐罢。"宝玉走到里间门口，看见新写的一副紫墨色泥金云龙笺的小对，上写着："绿窗明月在，青史古人空。"[4]宝玉看了，笑了一笑，走入门去，笑问道："妹妹做什么呢？"黛玉站起来，迎了两步，笑着让道："请坐。我在这里写经，只剩得两行了，等写完了再说话儿。"因叫雪雁倒茶。宝玉道："你别动，只管写。"说着，一面看见中间挂着一幅单条，上面画着一个嫦娥，带着一个侍者；又一个女仙，也有一个侍者，捧着一个长长儿的衣囊似的。二人身边略有些云护，别无点缀。全

---

① 其词——词牌为《望江南》，是联章两首。
② "随身"二句——造句陋俗，易生歧义：使人误以为"意绸缪"者是"随身伴"。其实续作者想说的是宝玉对随身伴侣晴雯情意绸缪。绸缪（móu 谋），情意深长。
③ 怀梦草——传说中的异草。托名东汉郭宪《洞冥记》中故事：汉武帝思念死去的李夫人，东方朔献异草一枝，让他放在怀里，当夜就梦见了李夫人，因而有怀梦草之名。
④ "绿窗"二句——唐代崔颢《题沈隐侯八咏楼》诗中原句。

仿李龙眠①白描笔意，上有"斗寒图"三字，用八分书②写着。宝玉道："妹妹这幅《斗寒图》可是新挂上的？"黛玉道："可不是。昨日她们收拾屋子，我想起来，拿出来叫她们挂上的。"宝玉道："是什么出处？"黛玉笑道："眼前熟得很的，还要问人。"宝玉笑道："我一时想不起，妹妹告诉我罢。"黛玉道："岂不闻'青女素娥俱耐冷，月中霜里斗婵娟'③。"宝玉道："是啊，这个实在新奇雅致，却好此时拿出来挂。"说着，又东瞧瞧，西走走。

雪雁沏了茶来，宝玉吃着。又等了一会子，黛玉经才写完，站起来道："简慢了。"宝玉笑道："妹妹还是这么客气。"但见黛玉身上穿着月白绣花小毛皮袄，加上银鼠坎肩；头上挽着随常云髻，簪上一枝赤金匾簪，别无花朵，腰下系着杨妃色④绣花绵裙。真比如：

　　　　亭亭玉树临风立，冉冉香莲带露开。

宝玉因问道："妹妹这两日弹琴来着没有？"黛玉道："两日没弹了。因为写字，已经觉得手冷，哪里还去弹琴。"宝玉道："不弹也罢了。我想琴虽是清高之品，却不是好东西，从没有弹琴里弹出富贵寿考来的，只有弹出忧思怨乱来的。再者，弹琴也得心里记谱，未免费心。依我说，妹妹身子又单弱，不操这心也罢了。"黛玉抿着嘴儿笑。宝玉指着壁上道："这张琴可就是么？怎么这么短？"黛玉笑道："这张琴不是短，因我小时学抚的时候，别的琴都够不着，因此特地做起来的。虽不是焦尾枯桐⑤，这鹤山凤尾，还配得齐整，龙池雁足⑥，高下还相宜。你看这断纹⑦，不是牛旄似的么？所以音韵也还清越。"宝玉道："妹妹这几天来做诗没有？"黛玉道："自结社以后没大作。"宝玉笑道："你别瞒我！我听见你吟的什么'不可惙，素心如何天上月'，你搁在琴里，觉得音响分外的响亮。有的没有？"黛玉道："你怎么听见了？"宝玉道："我那一天从蓼风轩来听见的，又恐怕打断你的清韵，所以静听了一会，就走了。我正要问你：前路是平韵，到末了儿忽转了仄韵，是个什么意思？"黛玉道："这是人心自然之音，做到哪里就到哪里，原没有一定的。"宝玉道："原来如此。可惜我不知音，枉听了一会子。"黛玉道："古来知音人能有几个？"宝玉听了，又觉得出言冒失了，又怕寒了黛玉的心。坐了一坐，心里像有许多话，却再无可讲的。黛玉因方才的话也是冲口而出，此时回想，觉得太冷淡些，也就无话。宝玉一发打量黛玉设疑，遂讪讪地站起来，说道："妹妹坐着罢。我还要到三妹妹那里瞧瞧去呢。"黛玉道："你若是见了三妹妹，替我问候一声罢。"宝玉答应着，

----

① 李龙眠——北宋画家。名公麟，字伯时，号龙眠山人。擅长画马和佛像。所画人物，多用线条，自然流畅，不设色，人称"白描"。
② 八分书——汉代隶书体的别称。
③ "青女"二句——唐代李商隐《霜月》诗原句。青女：主霜雪的女神。素娥：即嫦娥。
④ 杨妃色——粉红色。
⑤ 焦尾枯桐——古代著名的好琴焦尾琴；用枯桐制成。《后汉书·蔡邕传》："吴人有烧桐以爨者，邕闻火烈之声，知其良木，因请而裁为琴，果有美音，而其尾犹焦，故时人名曰焦尾琴焉。"
⑥ 鹤山凤尾、龙池雁足——古琴上几个部位的名称。鹤山，即岳山，又名琴鹤，琴首一端用以架弦的横木。凤尾，即琴尾。龙池，琴底前端的长方孔；尾端方孔叫凤池或凤沼。雁足，琴腰底部的两只木足。
⑦ 断纹——古琴上的髹漆，年代久了，出现裂纹，叫"断纹"，纹如牛旄者为上品，即纹路好像千百条毛发。

便出来了。

黛玉送至屋门口，自己回来闷闷地坐着，心里想道："宝玉近来说话，半吐半吞，忽冷忽热，也不知他是什么意思。"正想着，紫鹃走来道："姑娘，经不写了？我把笔砚都收好了？"黛玉道："不写了，收起去罢。"说着，自己走到里间屋里床上歪着，慢慢地细想。紫鹃进来问道："姑娘喝碗茶罢？"黛玉道："不喝呢。我略歪歪儿，你们自己去罢。"

紫鹃答应着出来，只见雪雁一个人在那里发呆。紫鹃走到她跟前问道："你这会子也有了什么心事了么？"雪雁只顾发呆，倒被她唬了一跳，因说道："你别嚷，今日我听见了一句话，我告诉你听，奇不奇。你可别言语。"说着，往屋里努嘴儿。因自己先行，点着头儿叫紫鹃同她出来，到门外平台底下，悄悄儿地道："姐姐你听见了么？宝玉定了亲了！"紫鹃听见，唬了一跳，说道："这是哪里来的话？只怕不真罢。"雪雁道："怎么不真！别人大概都知道，就只咱们没听见。"紫鹃道："你是哪里听来的？"雪雁道："我听见待书说的，是个什么知府家，家资也好，人才也好。"

紫鹃正听时，只听得黛玉咳嗽了一声，似乎起来的光景。紫鹃恐怕她出来听见，便拉了雪雁摇摇手儿，往里望望，不见动静，才又悄悄儿地问道："她到底怎么说来？"雪雁道："前儿不是叫我到三姑娘那里去道谢吗，三姑娘不在屋里，只有待书在那里。大家坐着，无意中说起宝二爷的淘气来，她说宝二爷怎么好，只会玩儿，全不像大人的样子，已经说亲了，还是这么呆头呆脑。我问她定了没有，她说是定了，是个什么王大爷做媒的。那王大爷是东府里的亲戚，所以也不用打听，一说就成了。"紫鹃侧着头想了一想，"这句话奇！"又问道："怎么家里没有人说起？"雪雁道："待书也说的，是老太太的意思。若一说起，恐怕宝玉野了心，所以都不提起。待书告诉了我，又叮嘱千万不可露风，说出来，只道是我多嘴。"把手往里一指，"所以她面前也不提。今日是你问起，我不犯瞒你。"

正说到这里，只听鹦鹉叫唤，学着说："姑娘回来了，快倒茶来！"倒把紫鹃、雪雁吓了一跳，回头并不见人，便骂了鹦鹉一声，走进屋内。只见黛玉喘吁吁地刚坐在椅子上。紫鹃搭讪着问茶问水。黛玉问道："你们两个哪里去了？再叫不出一个人来。"说着，便走到炕边，将身子一歪，仍旧倒在炕上，往里躺下，叫把帐子撩下。紫鹃、雪雁答应出去。她两个心里疑惑方才的话只怕被她听了去了，只好大家不提。

谁知黛玉一腔心事，又窃听了紫鹃、雪雁的话，虽不很明白，已听得了七八分，如同将身撂在大海里一般。思前想后，竟应了前日梦中之谶。千愁万恨，堆上心来，左右打算，不如早些死了，免得眼见了意外的事情，那时反倒无趣。又想到自己没了爹娘的苦，自今以后，把身子一天一天的糟蹋起来，一年半载，少不得身登清净①。打定了主意，被也不盖，衣也不添，竟是合眼装睡。紫鹃和雪雁来伺候几次，不见动静，又不好叫唤。晚饭都不吃。点灯以后，紫鹃掀开帐子，见已睡着了，被窝都蹬在脚后。怕她着了凉，轻轻儿拿来盖上。黛玉也不动，单待她出去，仍然褪下。那紫鹃只管问雪雁："今儿的话，到底是真的是假的？"雪雁道："怎么不真！"紫鹃道："待书怎么知道的？"雪雁道："是

---

① 身登清净——离开尘世，即死去。

小红那里听来的。"紫鹃道："头里咱们说话，只怕姑娘听见了，你看刚才的神情，大有原故。今日以后，咱们倒别提这件事了。"说着，两个人也收拾要睡。紫鹃进来看时，只见黛玉被窝又蹬下来，复又给她轻轻盖上。一宿晚景不提。

次日，黛玉清早起来，也不叫人，独自一个呆呆地坐着。紫鹃醒来，看见黛玉已起，便惊问道："姑娘怎么这么早？"黛玉道："可不是，睡得早，所以醒得早。"紫鹃连忙起来，叫醒雪雁，伺候梳洗。那黛玉对着镜子，只管呆呆地自看。看了一回，那泪珠儿断断连连，早已湿透了罗帕。正是：

> 瘦影正临春水照，卿须怜我我怜卿。①

紫鹃在旁也不敢劝，只怕倒把闲话勾引旧恨来。迟了好一会，黛玉才随便梳洗了，那眼中泪渍，终是不干。又自坐了一会，叫紫鹃道："你把藏香点上。"紫鹃道："姑娘，你睡也没睡得几时，如何点香？不是要写经？"黛玉点点头儿。紫鹃道："姑娘今日醒得太早，这会子又写经，只怕太劳神了罢？"黛玉道："不怕，早完了早好！况且我也并不是为经，倒借着写字解解闷儿。以后你们见了我的字迹，就算见了我的面儿了。"说着，那泪直流下来。紫鹃听了这话，不但不能再劝，连自己也撑不住滴下泪来。

原来黛玉立定主意，自此以后，有意糟蹋身子，茶饭无心，每日渐减下来。宝玉下学时，也常抽空问候，只是黛玉虽有万千言语，自知年纪已大，又不便似小时可以柔情挑逗，所以满腔心事，只是说不出来。宝玉欲将实言安慰，又恐黛玉生嗔，反添病症。两个人见了面，只得用浮言劝慰，真真是亲极反疏了。

那黛玉虽有贾母、王夫人等怜恤，不过请医调治，只说黛玉常病，哪里知她的心病。紫鹃等虽知其意，也不敢说。从此，一天一天的减，到半月之后，肠胃日薄一日，果然粥都不能吃了。黛玉日间听见的话，都似宝玉娶亲的话，看见怡红院中的人，无论上下，也像宝玉娶亲的光景。薛姨妈来看，黛玉不见宝钗，越发起疑心，索性不要人来看望，也不肯吃药，只要速死。睡梦之中，常听见有人叫"宝二奶奶"的。一片疑心，竟成蛇影。一日，竟是绝粒，粥也不喝，恹恹一息，垂毙殆尽。未知黛玉性命如何，且看下回分解。

---

① "瘦影"二句——病中照镜，顾影自怜的话。春水，喻镜。卿，对人的昵称，这里指镜中形象，诗句是明代风流故事中抄来的。明支小白（如增）《小青传》述武林冯生姬妾小青早慧，工诗词，嫁冯生后遭遇悲惋，曾作诗曰："新妆欲与画图争，知在昭阳第几名。瘦影自临春水照，卿须怜我我怜卿。"

# 第 九 十 回

## 失绵衣贫女耐嗷嘈　送果品小郎惊叵测①

【题解】

　　误会法和虚惊一场是续作者惯用的写法。让黛玉再次偷听到丫头们的谈话：原来说亲事并不像自己疑惧的那样，所以病就渐渐好起来。贾母猜到其中原因，索性向王夫人、凤姐挑明宝玉之婚事要弃黛取钗，要大家保密。邢岫烟缺衣御寒事，以前已写过，这里再写。金桂、宝蟾送果品，欲勾引薛蝌情节，读过其他小说，便似曾相识。


　　却说黛玉自立意自戕之后，渐渐不支，一日竟至绝粒。从前十几天内，贾母等轮流看望，她有时还说几句话，这两日索性不大言语。心里虽有时昏晕，却也有时清楚。贾母等见她这病不似无因而起，也将紫鹃、雪雁盘问过两次，两个哪里敢说。便是紫鹃欲向待书打听消息，又怕越闹越真，黛玉更死得快了，所以见了待书，毫不提起。那雪雁是她传话弄出这样缘故来，此时恨不得长出百十个嘴来说"我没说"，自然更不敢提起。到了这一天黛玉绝粒之日，紫鹃料无指望了，守着哭了会子，因出来偷向雪雁道："你进屋里来，好好儿地守着她。我去回老太太、太太和二奶奶去，今日这个光景，大非往常可比了。"雪雁答应，紫鹃自去。

　　这里雪雁正在屋里伴着黛玉，见她昏昏沉沉，小孩子家那里见过这个样儿，只打量如此便是死的光景了，心中又痛又怕，恨不得紫鹃一时回来才好。正怕着，只听窗外脚步走响，雪雁知是紫鹃回来，才放下心了，连忙站起来，掀着里间帘子等她。只见外面帘子响处，进来了一个人，却是待书。那待书是探春打发来看黛玉的，见雪雁在那里掀着帘子，便问道："姑娘怎么样？"雪雁点点头儿，叫她进来。待书跟进来，见紫鹃不在屋里，瞧了瞧黛玉，只剩得残喘微延，唬得惊疑不止，因问："紫鹃姐姐呢？"雪雁道："告诉上屋里去了。"

　　那雪雁此时只打量黛玉心中一无所知了，又见紫鹃不在面前，因悄悄地拉了待书的手，问道："你前日告诉我说的什么王大爷给这里宝二爷说了亲，是真话么？"待书道："怎么不真！"雪雁道："多早晚放定的？"侍书道："哪里就放定了呢！那一天我告诉你时，是我听见小红说的。后来我到二奶奶那边去，二奶奶正和平姐姐说呢，说那都是门客们借着这个事讨老爷的喜欢，往后好拉拢的意思。别说大太太说不好，就是大太太愿意，说

---

　　① 回目——嗷嘈：聒噪，吵闹。叵测：不测。叵，不可。

那姑娘好，那大太太眼里看得出什么人来！再者，老太太心里早有了人了，就在咱们园子里的。大太太哪里摸得着底呢。老太太不过因老爷的话，不得不问问罢咧。又听见二奶奶说，宝玉的事，老太太总是要亲上作亲的，凭谁来说亲，横竖不中用。"雪雁听到这里，也忘了神了，因说道："这是怎么说！白白地送了我们这一位的命了！"待书道："这是从哪里说起？"雪雁道："你还不知道呢！前日都是我和紫鹃姐姐说来着，这一位听见了，就弄到这步田地了。"待书道："你悄悄儿地说罢，看仔细她听见了。"雪雁道："人事都不省了，瞧瞧罢，左不过在这一两天了。"正说着，只见紫鹃掀帘进来说："这还了得！你们有什么话，还不出去说，还在这里说！索性逼死她就完了。"待书道："我不信有这样奇事。"紫鹃道："好姐姐，不是我说，你又该恼了，你懂得什么呢！懂得也不传这些舌了。"

　　这里三个人正说着，只听黛玉忽然又嗽了一声。紫鹃连忙跑到炕沿前站着，待书、雪雁也都不言语了。紫鹃弯着腰，在黛玉身后轻轻问道："姑娘，喝口水罢？"黛玉微微答应了一声。雪雁连忙倒了半盅滚白水，紫鹃接了托着，待书也走近前来。紫鹃和她摇头儿，不叫她说话，待书只得咽住了。站了一回，黛玉又嗽了一声。紫鹃趁势问道："姑娘，喝水呀？"黛玉又微微应了一声，那头似有欲抬之意，哪里抬得起。紫鹃爬上炕去，爬在黛玉旁边，端着水，试了冷热，送到唇边，扶了黛玉的头，就到碗边，喝了一口。紫鹃才要拿时，黛玉意思还要喝一口，紫鹃便托着那碗不动。黛玉又喝了一口，摇摇头儿，不喝了，喘了一口气，仍旧躺下。半日，微微睁眼，说道："刚才说话不是待书么？"紫鹃答应道："是。"待书尚未出去，因连忙过来伺候。黛玉睁眼看了，点点头儿，又歇了一歇，说道："回去问你姑娘好罢。"待书见这番光景，只当黛玉嫌烦，只得悄悄地退出去了。

　　原来那黛玉虽则病势沉重，心里却还明白。起先待书、雪雁说话时，她也模糊听见了一半句，却只作不知，也因实无精神答理。及听了雪雁、待书的话，才明白过前头的事情原是议而未成的，又兼待书说是凤姐说的，老太太的主意亲上作亲，又是园中住着的，非自己而谁？因此一想，阴极阳生，心神顿觉清爽许多，所以才喝了两口水，又要想问待书的话。恰好贾母、王夫人、李纨、凤姐听见紫鹃之言，都赶着来看。黛玉心中疑团已破，自然不似先前寻死之意。虽身体软弱，精神短少，却也勉强答应一两句了。凤姐因叫过紫鹃问道："姑娘也不至这样，这是怎么说，你这样唬人？"紫鹃道："实在头里看着不好，才敢去告诉的，回来见姑娘竟好了许多，也就怪了。"贾母笑道："你也别怪她，她懂得什么。看见不好就言语，这倒是她明白的地方，小孩子家不嘴懒脚懒就好。"说了一回，贾母等料着无妨，也就去了。正是：

　　　　心病终须心药治，解铃还是系铃人①。

_____

① "解铃"句——明代瞿汝稷《指月录》：法灯性格豪放，不干正事，众僧轻视他，独法眼禅师颇器重。一天，法眼问众僧："老虎脖子上拴的金铃，谁能把它解下来？"众僧答不上来。正好法灯过来，法眼又问他，法灯答道："拴上去的人能解下来。"法眼对众僧说："你们可不能再轻视他了。"成语由此而来。用以说谁惹出的事，还该由谁去解决。

　　不言黛玉病渐减退，且说雪雁、紫鹃背地里都念佛。雪雁向紫鹃说道："亏她好了，只是病得奇怪，好得也奇怪。"紫鹃道："病得倒不怪，就只好得奇怪。想来宝玉和姑娘必是姻缘。人家说的'好事多磨'，又说道'是姻缘棒打不回'。这样看起来，人心天意，他们两个竟是天配的了。再者，你想那一年，我说了林姑娘要回南去，把宝玉没急死了，闹得家翻宅乱。如今一句话又把这一个弄得死去活来。可不说的三生石上百年前结下的么？"说着，两个悄悄地抿着嘴笑了一回。雪雁又道："幸亏好了。咱们明儿再别说了，就是宝玉娶了别的人家儿的姑娘，我亲见他在那里结亲，我也再不露一句话了。"紫鹃笑道："这就是了。"不但紫鹃和雪雁在私下里讲究，就是众人也都知道黛玉的病也病得奇怪，好也好得奇怪，三三两两，唧唧哝哝议论着。不多几时，连凤姐儿也知道了，邢、王二夫人也有些疑惑，倒是贾母略猜着了八九。

　　那时正值邢、王二夫人、凤姐等在贾母房中说闲话，说起黛玉的病来。贾母道："我正要告诉你们，宝玉和林丫头是从小儿在一处的，我只说小孩子们，怕什么？以后时常听得林丫头忽然病，忽然好，都为有了些知觉了。所以我想他们若尽着搁在一块儿，毕竟不成体统。你们怎么说？"王夫人听了，便呆了一呆，只得答应道："林姑娘是个有心计儿的。至于宝玉，呆头呆恼，不避嫌疑是有的。看起外面，却还都是个小孩儿形象。此时若忽然或把那一个分出园外，不是倒露了什么痕迹了么？古来说的：'男大须婚，女大须嫁'，老太太想，倒是赶着把他们的事办办也罢了。"贾母皱了一皱眉，说道："林丫头的乖僻，虽也是她的好处，我的心里不把林丫头配他，也是为这点子。况且林丫头这样虚弱，恐不是有寿的。只有宝丫头最妥。"王夫人道："不但老太太这么想，我们也是这样。但林姑娘也得给她说了人家儿才好，不然，女孩儿家长大了，哪个没有心事？倘或真与宝玉有些私心，若知道宝玉定下宝丫头，那倒不成事了。"贾母道："自然先给宝玉娶了亲，然后给林丫头说人家，再没有先是外人后是自己的。况且林丫头年纪到底比宝玉小两岁。依你们这样说，倒是宝玉定亲的话，不许叫她知道倒罢了。"凤姐便吩咐众丫头们道："你们听见了？宝二爷定亲的话，不许混吵嚷；若有多嘴的，提防着她的皮！"贾母又向凤姐道："凤哥儿，你如今自从身上不大好，也不大管园里的事了。我告诉你，须得经点儿心。不但这个，就像前年那些人喝酒耍钱，都不是事。你还精细些，少不得多分点心儿，严紧严紧他们才好。况且我看他们也就只还服你。"凤姐答应了。娘儿们又说了一回话，方各自散了。

　　从此，凤姐常到园中照料。一日，刚走进大观园，到了紫菱洲畔，只听见一个老婆子在那里嚷。凤姐走到跟前，那婆子才瞧见了，早垂手侍立，口里请安。凤姐道："你在这里闹什么？"婆子道："蒙奶奶们派我在这里看守花果，我也没有差错，不料邢姑娘的丫头说我们是贼。"凤姐道："为什么呢？"婆子道："昨儿我们家的黑儿跟着我到这里玩了一回，她不知道，又往邢姑娘那边去瞧了一瞧，我就叫她回去了。今儿早起听见她们丫头说，丢了东西。我问她丢了什么，她就问起我来了。"凤姐道："问了你一声，也犯不着生气呀！"婆子道："这里园子，到底是奶奶家里的，并不是她们家里的。我们都是奶奶派的，贼名儿怎么敢认呢？"凤姐照脸啐了一口，厉声道："你少在我跟前唠唠叨叨的！

你在这里照看，姑娘丢了东西，你们就该问哪，怎么说出这些没道理的话来！把老林叫了来，撵出她去！"丫头们答应了。

只见邢岫烟赶忙出来，迎着凤姐陪笑道："这使不得，没有的事，事情早过去了。"凤姐道："姑娘，不是这个话。倒不讲事情，这名分上太岂有此理了！"岫烟见婆子跪在地下告饶，便忙请凤姐到里边去坐。凤姐道："她们这种人我知道，她除了我，其余都没上没下的了。"岫烟再三替她讨饶，只说自己的丫头不好。凤姐道："我看着邢姑娘的份上，饶你这一次。"婆子才起来，磕了头，又给岫烟磕了头，才出去了。

这里二人让了坐。凤姐笑问道："你丢了什么东西了？"岫烟笑道："没有什么要紧的，是一件红小袄儿，已经旧了的。我原叫她们找，找不着就罢了。这小丫头不懂事，问了那婆子一声，那婆子自然不依了。这都是小丫头糊涂不懂事，我也骂了几句，已经过去了，不必再提了。"凤姐把岫烟内外一瞧，看见虽有些皮绵衣服，已是半新不旧的，未必能暖和，她的被窝多半是薄的。至于房中桌上摆设的东西，就是老太太拿来的，却一些不动，收拾得干干净净。凤姐心上便很爱敬她，说道："一件衣服原不要紧，这时候冷，又是贴身的，怎么就不问一声儿呢？这撒野的奴才，了不得了！"说了一回，凤姐出来，各处去坐了一坐，就回去了。到了自己房中，叫平儿取了一件大红洋绉的小袄儿，一件松花色绫子一斗珠儿的小皮袄，一条宝蓝盘锦镶花绵裙，一件佛青①银鼠褂子，包好叫人送去。

那时，岫烟被那老婆子聒噪了一场，虽有凤姐来压住，心上终是不安。想起"许多姊妹们在这里，没有一个下人敢得罪她的，独自我这里，他们言三语四，刚刚凤姐来碰见。"想来想去，终是没意思，又说不出来。正在吞声饮泣，看见凤姐那边的丰儿送衣服过来。岫烟一看，决不肯受。丰儿道："奶奶吩咐我说，姑娘要嫌是旧衣裳，将来送新的来。"岫烟笑谢道："承奶奶的好意，只是因我丢了衣服，她就拿来，我断不敢受。你拿回去，千万谢你们奶奶！承你奶奶的情，我算领了。"倒拿个荷包给了丰儿。那丰儿只得拿了去了。

不多时，又见平儿同着丰儿过来，岫烟忙迎着问了好，让了坐。平儿笑说道："我们奶奶说，姑娘特外道得了不得。"岫烟道："不是外道，实在不过意。"平儿道："奶奶说，姑娘要不收这衣裳，不是嫌太旧，就是瞧不起我们奶奶。刚才说了，我要拿回去，奶奶不依我呢。"岫烟红着脸笑谢道："这样说了，叫我不敢不收。"又让了一回茶。

平儿同丰儿回去，将到凤姐那边，碰见薛家差来的一个老婆子，接着问好。平儿便问道："你哪里来的？"婆子道："那边太太、姑娘叫我来请各位太太、奶奶、姑娘们的安。我才刚在奶奶前问起姑娘来，说姑娘到园中去了。可是从邢姑娘那里来么？"平儿道："你怎么知道？"婆子道："方才听见说。真真的二奶奶和姑娘们的行事叫人感念。"平儿笑了一笑说："你回来坐着罢。"婆子道："我还有事，改日再过来瞧姑娘罢。"说着走了。平儿回来，回复了凤姐。不在话下。

---

① 佛青——又叫"佛头青"。深青色。绘如来佛塑像头上螺髻用此色，故名。

且说薛姨妈家中被金桂搅得翻江倒海，看见婆子回来，述起岫烟的事，宝钗母女二人不免滴下泪来。宝钗道："都为哥哥不在家，所以叫邢姑娘多吃几天苦。如今还亏凤姐姐不错。咱们底下也得留心，到底是咱们家里人。"说着，只见薛蝌进来说道："大哥哥这几年在外头相与的都是些什么人！连一个正经的也没有，来一起子，都是些狐群狗党。我看他们哪里是不放心，不过将来探探消息儿罢咧。这两天都被我赶出去了。以后吩咐了门上，不许传进这种人来。"薛姨妈道："又是蒋玉菡那些人哪？"薛蝌道："蒋玉菡却倒没来，倒是别人。"薛姨妈听了薛蝌的话，不觉又伤心起来，说道："我虽有儿，如今就像没有的了。就是上司准了，也是个废人。你虽是我侄儿，我看你还比你哥哥明白些，我这后辈子全靠你了。你自己从今更要学好。再者，你聘下的媳妇儿，家道不比往时了。人家的女孩儿出门子不是容易，再没别的想头，只盼着女婿能干，她就有日子过了。若邢丫头也像这个东西……"说着把手往里头一指，道："我也不说了。邢丫头实在是个有廉耻、有心计儿的，又守得贫，耐得富。只是等咱们的事情过去了，早些把你们的正经事完结了，也了我一宗心事。"薛蝌道："琴妹妹还没有出门子，这倒是太太烦心的一件事。至于这个，可算什么呢！"大家又说了一回闲话。

薛蝌回到自己房中，吃了晚饭，想起邢岫烟住在贾府园中，终是寄人篱下，况且又穷，日用起居不想可知。况兼当初一路同来，模样儿、性格儿都知道的。可知天意不均：如夏金桂这种人，偏教她有钱，娇养得这般泼辣；邢岫烟这种人，偏教她这样受苦。阎王判命的时候，不知如何判法的。想到闷来，也想吟诗一首，写出来出出胸中的闷气。又苦自己没有工夫，只得混写道：

> 蛟龙失水似枯鱼，两地情怀感索居①。
> 同在泥涂多受苦，不知何日向清虚②！

写毕，看了一回，意欲拿来粘在壁上，又不好意思。自己沉吟道："不要被人看见笑话。"又念了一遍，道："管他呢，左右粘上自己看着解闷儿罢。"又看了一回，到底不好，拿来夹在书里。又想："自己年纪可也不小了，家中又碰见这样飞灾横祸，不知何日了局，致使幽闺弱质，弄得这般凄凉寂寞。"

正在那里想时，只见宝蟾推门进来，拿着一个盒子，笑嘻嘻放在桌上。薛蝌站起来让坐。宝蟾笑着向薛蝌道："这是四碟果子，一小壶儿酒，大奶奶叫给二爷送来的。"薛蝌陪笑道："大奶奶费心！但是叫小丫头们送来就完了，怎么又劳动姐姐呢？"宝蟾道："好说。自家人，二爷何必说这些套话；再者，我们大爷这件事，实在叫二爷操心，大奶奶久已要亲自弄点什么儿谢二爷，又怕别人多心。二爷是知道的，咱们家里都是言合意不合，送点子东西没要紧，倒没的惹人七嘴八舌的讲究。所以今日些微的弄了一两样果子，一壶酒，叫我亲自悄悄儿地送来。"说着，又笑瞅了薛蝌一眼，道："明儿二爷再别说这些话，叫人听着怪不好意思的。我们不过也是底下的人，服侍得着大爷，就服侍得着二爷，这有何妨呢！"

---

① 索居——独居。此感与岫烟尚未成婚。
② 清虚——天空。与"泥涂"对举，喻富贵尊荣的地位。

薛蝌一则秉性忠厚，二则到底年轻，只是向来不见金桂和宝蟾如此相待，心中想到刚才宝蟾说为薛蟠之事，也是情理，因说道："果子留下罢，这个酒儿，姐姐只管拿回去。我向来的酒上实在很有限，挤住了，偶然喝一钟，平日无事，是不能喝的。难道大奶奶和姐姐还不知道么？"宝蟾道："别的我作得主，独这一件事，我可不敢应。大奶奶的脾气儿，二爷是知道的，我拿回去，不说二爷不喝，倒要说我不尽心了。"薛蝌没法，只得留下。宝蟾方才要走，又到门口往外看看，回过头来向着薛蝌一笑，又用手指着里面说道："她还只怕要来亲自给你道乏呢！"薛蝌不知何意，反倒讪讪的起来，因说道："姐姐替我谢大奶奶罢。天气寒，看凉着。再者，自己叔嫂也不必拘这些个礼。"宝蟾也不答言，笑着走了。

薛蝌始而以为金桂为薛蟠之事，或者真是不过意，备此酒果给自己道乏，也是有的。及见了宝蟾这种鬼鬼祟祟、不尴不尬的光景，也觉了几分。却自己回心一想："她到底是嫂子的名分，哪里就有别的讲究了呢！或者宝蟾不老成，自己不好意思怎么样，却指着金桂的名儿，也未可知。然而到底是哥哥的屋里人，也不好……"忽又一转念："那金桂素性为人毫无闺阁理法，况且有时高兴，打扮得妖调非常，自以为美，又焉知不是怀着坏心呢？不然，就是她和琴妹妹也有了什么不对的地方儿，所以设下这个毒法儿，要把我拉在浑水里，弄一个不清不白的名儿，也未可知。"想到这里，索性倒怕起来。正在不得主意的时候，忽听窗外"扑哧"地笑了一声，把薛蝌倒唬了一跳。未知是谁，下回分解。

# 第 九 十 一 回

## 纵淫心宝蟾工设计　布疑阵宝玉妄谈禅

**【题解】**

从前谈禅，语浅意深，所以宝玉答不上来（见第二十二回）。这一次恰恰相反，话倒好像很玄，什么"弱水三千"啦，"瓢"啦，"珠"啦，意思却十分浅露，它只是用佛语、诗句遮盖着的谈情说爱。最不该的是宝玉居然用道潜和尚（参寥）赠给妓女的诗句来答黛玉，而她也不生气；不知是否黛玉书读少了，所以不知出处。

话说薛蝌正在狐疑，忽听窗外一笑，唬了一跳，心中想道："不是宝蟾，定是金桂。只不理她们，看她们有什么法儿。"听了半日，却又寂然无声。自己也不敢吃那酒果。掩上房门，刚要脱衣时，只听见窗纸上微微一响。薛蝌此时被宝蟾鬼混了一阵，心中七上八下，竟不知如何是好。听见窗纸微响，细看时，又无动静，自己反倒疑心起来，掩了怀，坐在灯前，呆呆地细想；又把那果子拿了一块，翻来覆去地细看。猛回头，看见窗上纸湿了一块，走过来觑着眼看时，冷不防外面往里一吹，把薛蝌唬了一大跳。听得吱吱的笑声，薛蝌连忙把灯吹灭了，屏息而卧。只听外面一个人说道："二爷为什么不喝酒吃果子，就睡了？"这句话仍是宝蟾的语音。薛蝌只不作声装睡。又隔有两句话时，又听得外面似有恨声道："天下哪里有这样没造化的人！"薛蝌听了，是宝蟾，又似是金桂的语音。这才知道她们原来是这一番意思，翻来覆去，直到五更后才睡着了。

刚到天明，早有人来叩门。薛蝌忙问是谁，外面也不答应。薛蝌只得起来，开了门看时，却是宝蟾，拢着头发，掩着怀，穿一件片锦边琵琶襟小紧身①，上面系一条松花绿半新的汗巾，下面并未穿裙，正露着石榴红洒花夹裤，一双新绣红鞋。原来宝蟾尚未梳洗，恐怕人见，赶早来取家伙。薛蝌见她这样打扮便走进来，心中又是一动，只得陪笑问道："怎么这样早就起来了？"宝蟾把脸红着，并不答言，只管把果子折在一个碟子里，端着就走。薛蝌见她这般，知是昨晚的原故，心里想道："这也罢了。倒是她们恼了，索性死了心，也省得来缠。"于是把心放下，唤人舀水洗脸。自己打算在家里静坐两天，一则养养心神，二则出去怕人找他。原来和薛蟠好的那些人，因见薛家无人，只有薛蝌在那里办事，年纪又轻，便生许多觊觎之心。也有想插在里头做跑腿的；也有能做状子的，认得一二

---

① 琵琶襟小紧身——一种大襟短、用排扣密联上下的贴身小衫。

个书役①的，要给他上下打点的；甚至有叫他在内趁钱的；也有造作谣言恐吓的：种种不一。薛蝌见了这些人，远远躲避，又不敢面辞，恐怕激出意外之变，只好藏在家中听候传详。不提。

且说金桂昨夜打发宝蟾送了些酒果去，探探薛蝌的消息，宝蟾回来，将薛蝌的光景一一地说了。金桂见事有些不大投机，便怕白闹一场，反被宝蟾瞧不起，欲把两三句话遮饰，改过口来，又可惜了这个人。心里倒没了主意，只怔怔地坐着。哪知宝蟾亦知薛蟠难以回家，正欲寻个头路，因怕金桂拿她，所以不敢透漏。今见金桂所为，先已开了端了，她便乐得借风使船，先弄薛蝌到手，不怕金桂不依，所以用言挑拨。见薛蝌似非无情，又不甚兜揽，一时也不敢造次。后来见薛蝌吹灯自睡，大觉扫兴，回来告诉金桂，看金桂有甚方法，再作道理。及见金桂怔怔的，似乎无计可施，她也只得陪金桂收拾睡了。

夜里哪里睡得着，翻来覆去，想出一个法子来：不如明儿一早起来，先去取了家伙，却自己换上一两件动人的衣服，也不梳洗，越显出一番娇媚来。只看薛蝌的神情，自己反倒装出一番恼意，索性不理他。那薛蝌若有悔心，自然移船泊岸②，不愁不先到手。及至见了薛蝌，仍是昨晚这般光景，并无邪僻之意，自己只得以假为真，端了碟子回来，却故意留下酒壶，以为再来搭转之地。只见金桂问道："你拿东西去，有人碰见么？"宝蟾道："没有。""二爷也没问你什么？"宝蟾道："也没有。"金桂因一夜不曾睡着，也想不出一个法子来，只得回思道："若作此事，别人可瞒，宝蟾如何能瞒？不如我分惠于她，她自然没有不尽心的。我又不能自去，少不得要她作脚③，倒不如和她商量一个稳便主意。"因带笑说道："你看二爷到底是个怎么样的人？"宝蟾道："倒像个糊涂人。"金桂听了笑道："你如何说起爷们来了？"宝蟾也笑道："他辜负奶奶的心，我就说得他！"金桂道："他怎么辜负我的心？你倒得说说。"宝蟾道："奶奶给他好东西吃，他倒不吃，这不是辜负奶奶的心么？"说着，却把眼溜着金桂一笑。金桂道："你别胡想。我给他送东西，为大爷的事不辞劳苦，我所以敬他；又怕人说瞎话，所以问你。你这些话向我说，我不懂是什么意思。"宝蟾笑道："奶奶别多心，我是跟奶奶的，还有两个心么！但是事情要密些，倘或声张起来，不是玩的。"

金桂也觉得脸飞红了，因说道："你这个丫头，就不是个好货！想来你心里看上了，却拿我作筏子，是不是呢？"宝蟾道："只是奶奶那么想罢咧，我倒是替奶奶难受。奶奶要真瞧二爷好，我倒有个主意。奶奶想，哪个耗子不偷油呢？他也不过怕事情不密，大家闹出乱子来，不好看。依我想，奶奶且别性急，时常在他身上不周不备的去处，张罗张罗。他是个小叔子，又没娶媳妇儿，奶奶就多尽点心儿和他贴个好儿，别人也说不出什么来。过几天，他感奶奶的情，他自然要谢候奶奶。那时，奶奶再备点东西儿在咱们屋里，我帮着奶奶灌醉了他，怕跑了他？他要不应，咱们索性闹起来，就说他调戏奶奶。

---

① 书役——即书办、书吏。
② 移船泊岸——喻主动接近。
③ 作脚——充当传递消息的亲信。

他害怕，他自然得顺着咱们的手儿。他再不应，他也不是人，咱们也不至白丢了脸面。奶奶想怎么样？"金桂听了这话，两颧早已红晕了，笑骂道："小蹄子！你倒偷过多少汉子的似的，怪不得大爷在家时离不开你。"宝蟾把嘴一撇，笑说道："罢哟！人家倒替奶奶拉纤，奶奶倒往我们说这个话咧！"从此，金桂一心笼络薛蝌，倒无心混闹了。家中也少觉安静。

当日，宝蟾自去取了酒壶，仍是稳稳重重，一脸的正气。薛蝌偷眼看了，反倒后悔，疑心或者是自己错想了她们，也未可知。果然如此，倒辜负了她这一番美意，保不住日后倒要和自己也闹起来，岂非自惹的呢？过了两天，甚觉安静。薛蝌遇见宝蟾，宝蟾便低头走了，连眼皮儿也不抬；遇见金桂，金桂却一盆火儿的赶着。薛蝌见这般光景，反倒过意不去。这且不表。

且说宝钗母女觉得金桂几天安静，待人忽亲热起来，一家子都为罕事。薛姨妈十分欢喜，想到必是薛蟠娶这媳妇时冲犯了什么，才败坏了这几年。目今闹出这样事来，亏得家里有钱，贾府出力，方才有了指望。媳妇儿忽然安静起来，或者是蟠儿转过运气来了，也未可知。于是自己心里倒以为希有之奇。

这日饭后，扶了同贵过来，到金桂房里瞧瞧。走到院中，只听一个男人和金桂说话。同贵知机，便说道："大奶奶，老太太过来了。"说着，已到门口。只见一个人影儿在房门后一躲，薛姨妈一吓，倒退了出来。金桂道："太太请里头坐。没有外人，他就是我的过继兄弟，本住在屯里，不惯见人。因没有见过太太，今儿才来，还没去请太太的安。"薛姨妈道："既是舅爷，不妨见见。"金桂叫兄弟出来见了薛姨妈，作了一个揖，问了好。薛姨妈也问了好，坐下叙起话来。薛姨妈道："舅爷上京几时了？"那夏三道："前月我妈没有人管家，把我过继来的。前日才进京，今日来瞧姐姐。"薛姨妈看那人不尴尬①，于是略坐坐儿，便起身道："舅爷坐着罢。"回头向金桂道："舅爷头上末下②的来，留在咱们这里吃了饭再去罢。"金桂答应着，薛姨妈自去了。

金桂见婆婆去了，便向夏三道："你坐着，今日可是过了明路的了，省得我们二爷查考你。我今日还叫你买些东西，只别叫众人看见。"夏三道："这个交给我就完了。你要什么，只要有钱，我就买得来。"金桂道："且别说嘴，你买上了当，我可不收。"说着，二人又笑了一回，然后金桂陪夏三吃了晚饭，又告诉他买的东西，又嘱咐一回，夏三自去。从此夏三往来不绝。虽有个年老的门上人，知是舅爷，也不常回，从此生出无限风波，这是后话。不表。

一日，薛蟠有信寄回，薛姨妈打开叫宝钗看时，上写：

　　　　男在县里也不受苦，母亲放心。但昨日县里书办说，府里已经准详，想是我们的情到了。岂知府里详上去，道里反驳下来。亏得县里主文相公好，即刻做了回文

---

① 不尴尬——亦说成"尴尬"或"不尴不尬"。神态不正常，不自然。

② 头上末下——头一遭，初次。

项上去了。那道里却把知县申饬。现在道里要亲提，若一上去，又要吃苦。必是道里没有托到。母亲见字，快快托人求道爷去。还叫兄弟快来，不然，就要解道。银子短不得。火速，火速！

薛姨妈听了，又哭了一场，自不必说。薛蝌一面劝慰，一面说道："事不宜迟。"薛姨妈没法，只得叫薛蝌到县照料，命人即便收拾行李，兑了银子，家人李祥本在那里照应的，薛蝌又同了一个当中伙计连夜起程。

那时，手忙脚乱，虽有下人办理，宝钗又恐他们思想不到，亲来帮着，直闹至四更才歇。到底富家女子娇养惯的，心上又急，又苦劳了一会，晚上就发烧。到了明日，汤水都吃不下。莺儿去回了薛姨妈。薛姨妈急来看时，只见宝钗满面通红，身如燔灼，话都不说。薛姨妈慌了手脚，便哭得死去活来。宝琴扶着劝薛姨妈。秋菱也泪如泉涌，只管叫着。宝钗不能说话，手也不能摇动，眼干鼻塞。叫人请医调治，渐渐苏醒回来。薛姨妈等大家略略放心。早惊动荣、宁两府的人，先是凤姐打发人送十香返魂丹①来，随后王夫人又送至宝丹②来。贾母、邢、王二夫人以及尤氏等都打发丫头来问候，却都不叫宝玉知道。一连治了七八天，终不见效，还是她自己想起冷香丸，吃了三丸，才得病好。后来宝玉也知道了。因病好了，没有瞧去。

那时，薛蝌又有信回来。薛姨妈看了，怕宝钗担忧，也不叫她知道。自己来求王夫人，并述了一会子宝钗的病。薛姨妈去后，王夫人又求贾政。贾政道："此事上头可托，底下难托，必须打点才好。"王夫人又提起宝钗的事来，因说道："这孩子也苦了。既是我家的人了，也该早些娶了过来才是，别叫她糟蹋坏了身子。"贾政道："我也是这么想。但是她家乱忙，况且如今到了冬底，已经年近岁逼，不无各自要料理些家务。今冬且放了定，明春再过礼，过了老太太的生日，就定日子娶。你把这番话先告诉薛姨太太。"王夫人答应了。

到了明日，王夫人将贾政的话向薛姨妈述了。薛姨妈想着也是。到了饭后，王夫人陪着来到贾母房中，大家让了坐。贾母道："姨太太才过来？"薛姨妈道："还是昨儿过来的。因为晚了，没得过来给老太太请安。"王夫人便把贾政昨夜所说的话，向贾母述了一遍，贾母甚喜。说着，宝玉进来了。贾母便问道："吃了饭了没有？"宝玉道："才打学房里回来，吃了，要往学房里去，先见见老太太。又听见说姨妈来了，过来给姨妈请请安。"因问："宝姐姐可大好了？"薛姨妈笑道："好了。"原来方才大家正说着，见宝玉进来，都煞住了。宝玉坐了坐，见薛姨妈情形不似从前亲热，"虽是此刻没有心情，也不犯大家都不言语"，满腹猜疑，自往学中去了。

晚间回来，都见过了，便往潇湘馆来。掀帘进去，紫鹃接着。见里间屋内无人，宝玉道："姑娘哪里去了？"紫鹃道："上屋里去了。知道薛姨妈过来，姑娘请安去了。二爷没有到上屋里去么？"宝玉道："我去了来的，没有见你姑娘。"紫鹃道："这也奇了。"宝玉问：

① 十香返魂丹——中医成药。由沉香、檀香、乳香、丁香、降香等二十多味药配制而成的丸药。主治因七情气郁而致的神昏厥逆，牙关紧闭，痰涎壅盛，神志不清，语言狂乱，哭笑失常。

② 至宝丹——中医成药。又名"局方至宝丹"。由犀角、朱砂、雄黄、玳瑁等九味药制成的丸剂。主治中暑、中恶、中风、温病痰热内闭等症。

"姑娘到底哪里去了？"紫鹃道："不定。"宝玉往外便走。刚出屋门，只见黛玉带着雪雁，冉冉而来。宝玉道："妹妹回来了。"缩身退步进来。黛玉进来，走入里间屋内，便请宝玉里头坐。紫鹃拿了一件外罩换上，然后坐下，问道："你上去看见姨妈没有？"宝玉道："见过了。"黛玉道："姨妈说起我没有？"宝玉道："不但没有说起你，连见了我也不像先时亲热。今日我问起宝姐姐病来，她不过笑了一笑，并不答言。难道怪我这两天没有去瞧她么？"黛玉笑了一笑道："你去瞧过没有？"宝玉道："头几天不知道；这两天知道了，也没有去。"黛玉道："可不是。"宝玉道："老太太不叫我去，太太也不叫我去，老爷又不叫我去，我如何敢去！若是像从前这扇小门走得通的时候，要我一天瞧她十趟也不难。如今把门堵了，要打前头过去，自然不便了。"黛玉道："她哪里知道这个原故。"宝玉道："宝姐姐为人是最体谅我的。"黛玉道："你不要自己打错了主意。若论宝姐姐，更不体谅，又不是姨妈病，是宝姐姐病。向来在园中，做诗、赏花、饮酒，何等热闹，如今隔开了，你看见她家里有事了，她病到那步田地，你像没事人一般，她怎么不恼呢？"宝玉道："这样难道宝姐姐便不和我好了不成？"黛玉道："她和你好不好，我却不知，我也不过是照理而论。"

宝玉听了，瞪着眼呆了半晌。黛玉看见宝玉这样光景，也不睬他，只是自己叫人添了香，又翻出书来，细看了一会。只见宝玉把眉一皱，把脚一跺，道："我想这个人，生他做什么！天地间没有了我，倒也干净！"黛玉道："原是有了我，便有了人；有了人，便有无数的烦恼生出来，恐怖、颠倒、梦想，更有许多缠碍。——才刚我说的都是玩话，你不过是看见姨妈没精打采，如何便疑到宝姐姐身上去？姨妈过来原为她的官司事情心绪不宁，哪里还来应酬你？都是你自己心上胡思乱想，钻入魔道里去了。"宝玉豁然开朗，笑道："很是，很是。你的性灵比我竟强远了。怨不得前年我生气的时候，你和我说过几句禅语，我实在对不上来。我虽丈六金身，还借你一茎所化①。"

黛玉乘此机会，说道："我便问你一句话，你如何回答？"宝玉盘着腿，合着手，闭着眼，噇着嘴，道："讲来。"黛玉道："宝姐姐和你好，你怎么样？宝姐姐不和你好，你怎么样？宝姐姐前儿和你好，如今不和你好，你怎么样？今儿和你好，后来不和你好，你怎么样？你和她好，她偏不和你好，你怎么样？你不和她好，她偏要和你好，你怎么样？"宝玉呆了半晌，忽然大笑道："任凭弱水三千，我只取一瓢饮②。"黛玉道："瓢之漂水奈何？"宝玉道："非瓢漂水，水自流，瓢自漂耳！③"黛玉道："水止珠沉，奈何？"宝玉道："禅心

---

① "我虽"二句——《渊鉴类函·释教·佛四》："佛身长丈六尺，黄金色，环佩日月光，变化无常，无所不入，故能化通万物而大济群生。"因佛能"化通万物"，则"青青翠竹，总是法身；郁郁黄花，无非般若"。(《五灯会元》)无情草木皆可现佛身。故有"一茎草化丈六金身"的俗语，喻从一点根本可化出万千变相。丈六金身，高过常人一倍的化身佛形象。宝玉借此俗语自谦说纵使对禅理略有领悟，也不过是借你至高性灵点化的结果。

② "任凭"二句——喻天下女子虽多，我只和你一个人好。弱水，传说中西方的河流，其水"鸿毛不浮"，故名。三千，言水多。

③ "瓢之漂水奈何""非瓢漂水，水自流，瓢自漂耳"——对话隐喻的大意为："好不成怎么办？""不是好不成，而是心不坚的缘故。"瓢之漂水，木瓢被水漂走。《六祖大师法宝坛经》：僧人见风动幡，甲言风动，乙言幡动，争执不下，惠能说："非风非幡，仁者心自动耳。"小说中对话，套用此。下文"水止珠沉"喻死。

已作沾泥絮，莫向春风舞鹧鸪。[①]"黛玉道："禅门第一戒是不打诳语的。"宝玉道："有如三宝！[②]"

黛玉低头不语。只听见檐外老鸹"呱呱"地叫了几声，便飞向东南上去。宝玉道："不知主何吉凶？"黛玉道："人有吉凶事，不在鸟音中。"忽见秋纹走来说道："请二爷回去。老爷叫人到园里来问过，说二爷打学里回来了没有。袭人姐姐只说已经来了。快去罢。"吓得宝玉站起身来，往外忙走，黛玉也不敢相留。未知何事，下回分解。

---

① "禅心"二句——喻意为：我决心去做和尚，不再想家了。上句见于《东坡集》：苏轼在徐州时，参寥（道潜和尚）去拜访他，酒席上，苏轼叫一个妓女去向他讨诗，参寥口占一诗说："多谢尊前窈窕娘，好将幽梦恼襄王。禅心已作沾泥絮，肯逐春风上下狂？"说出家人的心如沾在泥上的柳絮，已不会再作轻狂之态了。下句见《交州异物志》："鹧鸪其志怀南，不思北徂（往），南人闻之则思家，故郑谷诗云：'坐中亦有江南客，莫向春风唱鹧鸪。'（《席上赠歌者》）""鹧鸪"，曲名，故曰"唱"。续作者取而改为"舞"，以与上句"沾泥絮"相连，实在很勉强。

② 有如三宝——发誓之语。犹言"对天发誓"。三宝，佛家语。指佛、法（佛教教义）、僧。

# 第 九 十 二 回
## 评女传巧姐慕贤良　玩母珠贾政参聚散

【题解】

　　宝玉给巧姐讲《女孝经》《列女传》，也奇。这么短时间，他就继承贾代儒老塾师的衣钵，能把历来贤良故事说得头头是道。

　　司棋以其个性而言，情急撞墙倒是可能的。她表兄也备好棺木，自刎殉情，就不免穿凿了。一个事尚未发而先丢下所爱畏罪潜逃的人，岂能如此！

　　贾政似乎并没有如回目所标，从母珠能聚集小珠的现象中，"参"出什么人生"聚散"的道理来，有的只是因贾雨村升官，把他起起落落的以往经历再复述一遍。

　　话说宝玉从潇湘馆出来，连忙问秋纹道："老爷叫我作什么？"秋纹笑道："没有叫。袭人姐姐叫我请二爷，我怕你不来，才哄你的。"宝玉听了，才把心放下，因说："你们请我也罢了，何苦来唬我！"说着，回到怡红院内。袭人便问道："你这好半天到哪里去了？"宝玉道："在林姑娘那边，说起薛姨妈、宝姐姐的事来，便坐住了。"袭人又问道："说些什么？"宝玉将打禅语的话述了一遍。袭人道："你们再没个计较。正经说些家常闲话儿，或讲究些诗句，也是好的，怎么又说到禅语上了？又不是和尚。"宝玉道："你不知道，我们有我们的禅机，别人是插不下嘴去的。"袭人笑道："你们参禅参翻了，又叫我们跟着打闷葫芦了。"宝玉道："头里我也年纪小，她也孩子气，所以我说了不留神的话，她就恼了。如今我也留神，她也没有恼的了。只是她近来不常过来，我又念书，偶然到一处，好像生疏了似的。"袭人道："原该这么着才是。都长了几岁年纪了，怎么好意思还像小孩子时候的样子。"

　　宝玉点头道："我也知道。如今且不用说那个。我问你，老太太那里打发人来说什么来着没有？"袭人道："没有说什么。"宝玉道："必是老太太忘了。明儿不是十一月初一日么，年年老太太那里必是个老规矩，要办消寒会①，齐打伙儿坐下，喝酒说笑。我今日已经在学房里告了假了。这会子没有信儿，明儿可是去不去呢？若去了呢，白白地告了假；若不去，老爷知道了，又说我偷懒。"袭人道："据我说，你竟是去的是，才念的好些儿了，又想歇着。依我说也该上紧些才好。昨儿听见太太说，兰哥儿念书真好，他打学房里回来，还各自念书作文章，天天晚上弄到四更多天才睡。你比他大多了，又是叔叔，倘或赶不上他，

_____

　　① 消寒会——冬季里，富家约亲朋好友，聚会饮酒吟咏，以消磨寒冬，叫"消寒会"。

又叫老太太生气。倒不如明儿早起去罢。"麝月道："这样冷天，已经告了假，又去，倒叫学房里说。既这么着，就不该告假呀。显见得是告谎假，脱滑儿。依我说，落得歇一天。就是老太太忘记了，咱们这里就不消寒了么？咱们也闹个会儿，不好么？"袭人道："都是你起头儿，二爷更不肯去了。"麝月道："我也是乐一天是一天，比不得你要好名儿，使唤一个月，再多得二两银子！"袭人啐道："小蹄子，人家说正经话，你又来胡拉混扯的了。"麝月道："我倒不是混拉扯，我是为你。"袭人道："为我什么？"麝月道："二爷上学去了，你又该咕嘟着嘴想着，巴不得二爷早一刻儿回来，就有说有笑的了。这会儿又假撇清①，何苦呢！我都看见了。"

袭人正要骂她，只见老太太那里打发人来，说道："老太太说了，叫二爷明儿不用上学去呢。明儿请了姨太太来给她解闷，只怕姑娘们都来家里的。史姑娘、邢姑娘、李姑娘们都请了，明儿来赴什么'消寒会'呢。"宝玉没有听完便喜欢道："可不是？老太太最高兴的，明日不上学，是过了明路的了。"袭人也便不言语了。那丫头回去。宝玉认真念了几天书，巴不得玩这一天。又听见薛姨妈过来，想着宝姐姐自然也来。心里喜欢，便说："快睡罢，明日早些起来。"于是一夜无话。

到了次日，果然一早到老太太那里请了安，又到贾政、王夫人那里请了安，回明了老太太今儿不叫上学，贾政也没言语，便慢慢退出来，走了几步，便一溜烟跑到贾母房中。见众人都没来，只有凤姐那边的奶妈子带了巧姐儿，跟着几个小丫头过来，给老太太请了安，说："我妈妈先叫我来请安，陪着老太太说说话儿。妈妈回来就来。"贾母笑着道："好孩子，我一早就起来了。等他们总不来，只有你二叔叔来了。"那奶妈子便说："姑娘，给你二叔叔请安。"宝玉也问了一声"姐姐好？"巧姐儿道："我昨夜听见我妈妈说，要请二叔叔去说话。"宝玉道："说什么呢？"巧姐儿道："我妈妈说，跟着李妈认了几年字，不知道我认得不认得。我说都认得，我认给妈妈瞧。妈妈说我瞎认，不信，说我一天尽子玩，哪里认得。我瞧着那些字也不要紧，就是那《女孝经》②也是容易念的。妈妈说我哄她，要请二叔叔得空儿的时候给我理理。"贾母听了，笑道："好孩子，你妈妈是不认得字的，所以说你哄她。明儿叫你二叔叔理给她瞧瞧，她就信了。"宝玉道："你认了多少字了？"巧姐儿道："认了三千多字，念了一本《女孝经》，半个月头里又上了《列女传》。"宝玉道："你念了懂得吗？你要不懂，我倒是讲讲这个你听罢。"贾母道："做叔叔的也该讲究给侄女儿听听。"

宝玉道："那文王后妃③是不必说了，想来是知道的。那姜后脱簪待罪④，齐国的无盐虽丑，能安邦定国，是后妃里头的贤能的⑤。若说有才的，是曹大姑、班婕妤、蔡文姬、

---

① 假撇清——假装事情与己无关而为自己辩白。
② 《女孝经》——唐代侯莫陈（复姓）邈之妻郑氏，因侄女策为永王妃，遂编撰此书以规戒。书仿《孝经》，分十八章，宣扬妇女应守孝道。
③ 文王后妃——指周文王的正妃太姒，她被当作古代的妇德楷模。
④ 姜后脱簪待罪——姜后，周宣王的正妃。传说宣王曾早卧晚起，不能及时临朝听政，姜后便摘掉簪珥，待罪于永巷，认为过错在己。宣王感动，"遂复姜后，而勤于政事，早朝晏退，卒成中兴之名"。见刘向《列女传》。
⑤ "齐国的无盐"三句——无盐，战国齐邑名，后多指代无盐的女子钟离春。钟离春貌极丑，行年四十，无求婚者，自己求见齐宣王，陈述危害齐国的四种坏事，宣王纳之，拜为无盐君，立为后，齐国大治。见刘向《列女传》。

谢道韫诸人①，孟光的荆钗布裙，鲍宣妻的提瓮出汲②，陶侃母的截发留宾③，还有画荻教子④的，这是不厌贫的。那苦的里头，有乐昌公主破镜重圆⑤，苏蕙的回文感主⑥。那孝的是更多了，木兰代父从军，曹娥投水寻父的尸首等类也多，我也说不得许多。那个曹氏的引刀割鼻⑦，是魏国的故事。那守节的更多了，只好慢慢地讲。若是那些艳的，王嫱、西子、樊素、小蛮、绛仙⑧等。妒的是秃妾发、怨洛神⑨等类，也少。文君、红拂是女中的……"贾母听到这里，说："够了，不用说了。你讲得太多，她哪里还记得呢。"巧姐儿道："二叔叔才说的，也有念过的，也有没念过的。念过的二叔叔一讲，我更知道了好些。"宝玉道："那字是自然认得的了，不用再理。明儿我还上学去呢。"巧姐儿道："我还听见我妈妈昨儿说，我们家的小红，头里是二叔叔那里的，我妈妈要了来，还没有补上人呢。我妈妈想着要把什么柳家的五儿补上，不知二叔叔要不要。"宝玉听了更喜欢，笑着道："你听你妈妈的话，要补谁就补谁罢咧，又问什么要不要呢。"因又向贾母笑道："我瞧大姐姐这个小模样儿，又有这个聪明儿，只怕将来比凤姐姐还强呢，又比她认得字。"贾母道："女孩儿家认得字呢也好，只是女工针黹倒是要紧的。"巧姐儿道："我也跟着刘妈妈学着做呢。什么扎花儿咧，拉锁子⑩，我虽弄不好，却也学着会做几针儿。"贾母道："咱们这样人家固然不仗着自己做，但只到底知道些，日后才不受人家的拿捏。"巧姐儿答应着"是"，

---

① 曹大姑、班婕妤、蔡文姬、谢道韫——曹大姑，班昭，曾续撰其兄班固未竟之《汉书》，其夫曹世叔，故称她为"曹大家（gū姑）"。班婕妤，汉成帝时的妃嫔，婕妤为妃嫔的称号。她为赵飞燕所谮，作《团扇歌》以自伤。蔡文姬，即蔡琰。谢道韫有"咏絮才"。皆见第一至五回注。

② 鲍宣妻提瓮出汲——东汉鲍宣就学于富家桓氏，桓氏将女儿少君嫁鲍宣为妻，嫁妆礼物很盛，鲍宣不悦，以为妻必骄富。妻将所有侍御服饰都退给娘家，自己着布衣，提瓮汲水，恪守妇道。见《东观汉记·列女传》。

③ 陶侃母截发留宾——东晋陶侃贫贱时，孝廉范逵来访，时值大雪，家贫无资款待，侃母私下剪下头发卖给邻居，治席待客。范逵闻之，叹曰："非此母不生此子！"见《晋书·列女传》。

④ 画荻教子——宋代欧阳修四岁丧父，母郑氏守节自誓，亲自教育儿子，家贫，只好以获画地教学写字。获，状似芦苇。见《宋史·欧阳修传》。

⑤ 乐昌公主破镜重圆——南朝陈太子舍人徐德言与乐昌公主夫妻乱离重逢事。参见第七十八回芙蓉女儿诔文中"镜分鸾别"注。

⑥ 苏蕙回文感主——十六国时前秦窦滔妻苏蕙"善属文。滔，苻坚时为秦州刺史，被徙流沙，苏氏思之，织锦为《回文璇玑图诗》，宛转循环以读之，诗甚凄惋，凡八百四十字。"（《晋书·列女传》）唐武则天《璇玑图序》所载有异，谓窦滔出镇襄阳，携宠姬而绝苏氏音问，苏自伤，因织锦为回文，题诗二百余首，纵横反复，皆为文章。滔读而感之，乃以礼邀迎苏氏，恩好愈重。小说既有"感主"之说，当用武氏所撰文字。

⑦ 曹氏引刀割鼻——三国魏曹文叔早死，其妻为夏侯令之女，欲拒改嫁，先断发，继截耳，终至引刀割鼻。司马懿闻而嘉之。见《三国志·魏志·诸夏侯曹传》。

⑧ 樊素、小蛮、绛仙——唐代白居易有家妓，樊素善歌，小蛮善舞，曾为诗曰："樱桃樊素口，杨柳小蛮腰。"见唐代孟棨《本事诗·事感》。隋炀帝宫女吴绛仙，善画长蛾眉，炀帝宠爱之，说："古人言'秀色若可餐'，如绛仙，真可疗饥矣！"见唐代颜师古《隋遗录》卷上。

⑨ 秃妾发、怨洛神——秃妾发：唐代任瓌妻柳氏事。太宗赐兵部尚书任瓌二宫女为妾，妻妒，烧二女头发秃尽。太宗闻之，赐酒给柳氏说："喝了就会死，倘你不妒了，就不必喝；还要妒，就喝下去。"柳氏说："我们结发夫妻，出身微贱，彼此支持，才得荣耀。今若多姬妾，实在不如死。"便喝光酒睡着等死，其实酒无毒。太宗对任说："如此性情，我也害怕。"只好别宅安置二宫女。见唐代张鷟《朝野佥载》卷三。怨洛神：晋代刘伯玉妻段氏事。刘常在妻前诵读《洛神赋》，说："能娶这样的女子，就没有遗憾了。"妻："你怎能赞美水神而轻视我呢？我死，何愁不是水神。"当夜投河死。后托梦给丈夫说："你愿要水神，我已做水神了。"见唐代段成式《酉阳杂俎·诺皋记上》。

⑩ 拉锁子——刺绣时将线编成锁链状组成图案的手艺。

还要宝玉解说《列女传》，见宝玉呆呆的，也不敢再说。

你道宝玉呆的是什么？只因柳五儿要进怡红院，头一次是她病了，不能进来；第二次王夫人撵了晴雯，大凡有些姿色的，都不敢挑。后来又在吴贵家看晴雯去，五儿跟着她妈给晴雯送东西去，见了一面，更觉娇娜妖媚。今日亏得凤姐想着，叫她补入小红的窝儿，竟是喜出望外了。所以呆呆地想她。

贾母等着那些人，见这时候还不来，又叫丫头去请。回来李纨同着她妹子、探春、惜春、史湘云、黛玉都来了，大家请了贾母的安。众人厮见。独有薛姨妈未到，贾母又叫请去。果然姨妈带着宝琴过来。宝玉请了安，问了好，只不见宝钗、邢岫烟二人。黛玉便问起："宝姐姐为何不来？"薛姨妈假说身上不好。邢岫烟知道薛姨妈在坐，所以不来。宝玉虽见宝钗不来，心中纳闷，因黛玉来了，便把想宝钗的心暂且搁开。不多时，邢、王二夫人也来了。凤姐听见婆婆们先到了，自己不好落后，只得打发平儿先来告假，说是："正要过来，因身上发热，过一回儿就来。"贾母道："既是身上不好，不来也罢。咱们这时候很该吃饭了。"丫头们把火盆往后挪了一挪儿，就在贾母榻前一溜摆下两桌，大家序次坐下。吃了饭，依旧围炉闲谈，不须多赘。

且说凤姐因何不来？头里为着倒比邢、王二夫人迟了，不好意思，后来旺儿家的来回说："迎姑娘那里打发人来请奶奶安，还说并没有到上头，只到奶奶这里来。"凤姐听了纳闷，不知又是什么事，便叫那人进来，问："姑娘在家好？"那人道："有什么好的！奴才并不是姑娘打发来的，实在是司棋的母亲央我来求奶奶的。"凤姐道："司棋已经出去了，为什么来求我？"那人道："自从司棋出去，终日啼哭。忽然那一日她表兄来了，她母亲见了，恨得什么似的，说他害了司棋，一把拉住要打。那小子不敢言语。谁知司棋听见了，急忙出来，老着脸和她母亲道：'我是为他出来的，我也恨他没良心。如今他来了，妈要打他，不如勒死了我。'她母亲骂她：'不害臊的东西！你心里要怎么样？'司棋说道：'一个女人配一个男人。我一时失脚，上了他的当，我就是他的人了，决不肯再失身给别人的。我恨他为什么这样胆小，一身作事一身当，为什么要逃？就是他一辈子不来了，我也一辈子不嫁人的。妈要给我配人，我原拼着一死的。今儿他来了，妈问他怎么样。若是他不改心，我在妈跟前磕了头，只当是我死了，他到哪里，我跟到哪里，就是讨饭吃，也是愿意的。'她妈气得了不得，便哭着骂着说：'你是我的女儿，我偏不给他，你敢怎么着。'哪知道那司棋这东西糊涂，便一头撞在墙上，把脑袋撞破，鲜血直流，竟死了。她妈哭着救不过来，便要叫那小子偿命。她表兄也奇，说道：'你们不用着急。我在外头原发了财，因想着她才回来的，心也算是真了。你们若不信，只管瞧。'说着，打怀里掏出一匣子金珠首饰来。她妈妈看见了，便心软了，说：'你既有心，为什么总不言语？'她外甥道：'大凡女人都是水性杨花，我若说有钱，她便是贪图银钱了。如今她只为人，就是难得的。我把金珠给你们，我去买棺盛殓她。'那司棋的母亲接了东西，也不顾女孩儿了，便由着外甥去。哪里知道她外甥叫人抬了两口棺材来。司棋的母亲看见诧异，说：'怎么棺材要两口？'她外甥笑道：'一口装不下，得两口才好。'司棋的母亲见她外甥又不哭，只当是他心疼的傻了。岂知他忙着把司棋收拾了，也不啼哭，眼错不见，把带的小刀子往脖子里一抹，也就抹死了。司棋的母亲懊悔起来，倒哭得了不得。如今坊上知道了，要报官。她急了，央我来求奶奶说个人情，她再过来给奶奶磕头。”

凤姐听了，诧异道："哪有这样傻丫头，偏偏的就碰见这个傻小子！怪不得那一天翻出那些东西来，她心里没事人似的，敢只是这么个烈性孩子。论起来我也没这么大工夫管她这些闲事，但只你才说的，叫人听着怪可怜见儿的。也罢了，你回去告诉她，我和你二爷说，打发旺儿给她撕掳就是了。"凤姐打发那人去了，才过贾母这边来。不提。

且说贾政这日正与詹光下大棋，通局的输赢也差不多，单为着一只角儿死活未分，在那里打劫①。门上的小厮进来回道："外面冯大爷要见老爷。"贾政道："请进来。"小厮出去请了，冯紫英走进门来。贾政即忙迎着。冯紫英进来，在书房中坐下，见是下棋，便道："只管下棋，我来观局。"詹光笑道："晚生的棋是不堪瞧的。"冯紫英道："好说，请下罢。"贾政道："有什么事吗？"冯紫英道："没有什么话。老伯只管下棋，我也学几着儿。"贾政向詹光道："冯大爷是我们相好的，既没事，我们索性下完了这一局再说话儿。冯大爷在旁边瞧着。"冯紫英道："下采②不下采？"詹光道："下采的。"冯紫英道："下采的是不好多嘴的。"贾政道："多嘴也不妨，横竖他输了十来两银子，终究是不拿出来的。往后只好罚他做东便了。"詹光笑道："这倒使得。"冯紫英道："老伯和詹公对下吗？"贾政笑道："从前对下，他输了；如今让他两个子儿，他又输了。时常还要悔几着，不叫他悔，他就急了。"詹光也笑道："没有的事。"贾政道："你试试瞧。"大家一面说笑，一面下完了。做起棋来，詹光还了棋头③，输了七个子儿。冯紫英道："这盘终吃亏在打劫里头。老伯劫少，就便宜了。"

贾政对冯紫英道："有罪，有罪！咱们说话儿罢。"冯紫英道："小侄与老伯久不见面。一来会会，二来因广西的同知进来引见，带了四种洋货，可以做得贡的。一件是围屏，有二十四扇橱子，都是紫檀雕刻的。中间虽说不是玉，却是绝好的硝子石④，石上镂出山水、人物、楼台、花鸟等物。一扇上有五六十个人，都是宫妆的女子，名为'汉宫春晓'。人的眉、目、口、鼻，以及出手、衣褶，刻得又清楚，又细腻。点缀布置，都是好的。我想尊府大观园中正厅上却可用得着。还有一个钟表，有三尺多高，也是一个小童儿拿着时辰牌，到了什么时候，他就报什么时辰。里头也有些人在那里打十番的。这是两件重笨的，却还没有拿来。现在我带在这里两件却有些意思儿。"就在身边拿出一个锦匣子，见几重白绵裹着；揭开了绵子，第一层是一个玻璃盒子，里头金托子，大红绉绸托底，上放着一颗桂圆大的珠子，光华耀目。冯紫英道："据说这就叫做母珠。"因叫拿一个盘儿来。詹光即忙端过一个黑漆茶盘，道："使得么？"冯紫英道："使得。"便又向怀里掏

---

① 打劫——原作"打结"，是别字，今改。下围棋时，对方提我一子，我须按规定在棋盘其他地方走了一子后方可提还的走法，叫"打劫"。

② 下采——下赌注。

③ "做起棋"二句——棋终，要计算所得子数多少，为在棋盘上数起来方便，双方可互换棋子、填满某些空当，叫"做棋"。又，终局时如黑棋有七块，而白棋仅有一块，则黑方应贴还白方六子，谓之"还棋头"。这是旧时围棋计算胜负的规定之一，民国后渐废止不行。

④ 硝子石——一种像玉的石头。

出一个白绢包儿，将包儿里的珠子都倒在盘里散着，把那颗母珠搁在中间，将盘置于桌上。看见那些小珠子儿滴溜滴溜都滚到大珠身边来，一会儿把这颗大珠子抬高了，别处的小珠子一颗也不剩，都粘在大珠上。詹光道："这也奇怪。"贾政道："这是有的，所以叫做母珠，原是珠之母。"

那冯紫英又回头看着他跟来的小厮道："那个匣子呢？"那小厮赶忙捧过一个花梨木匣子来。大家打开看时，原来匣内衬着虎纹锦，锦上叠着一束蓝纱。詹光道："这是什么东西？"冯紫英道："这叫做鲛绡帐。"在匣子里拿出来时，叠得长不满五寸，厚不上半寸，冯紫英一层一层的打开，打到十来层，已经桌上铺不下了。冯紫英道："你看，里头还有两折，必得高屋里去，才张得下。这就是鲛丝所织，暑热天气张在堂屋里头，苍蝇蚊子一个不能进来，又轻又亮。"贾政道："不用全打开，怕叠起来倒费事。"詹光便与冯紫英一层一层折好收拾。冯紫英道："这四件东西价儿也不很贵，两万银他就卖。母珠一万，鲛绡帐五千，'汉宫春晓'与自鸣钟五千。"贾政道："哪里买得起。"冯紫英道："你们是个国戚，难道宫里头用不着么？"贾政道："用得着的很多，只是哪里有这些银子？等我叫人拿进去给老太太瞧瞧。"冯紫英道："很是。"

贾政便着人叫贾琏把这两件东西送到老太太那边去，并叫人请了邢、王二夫人、凤姐儿都来瞧着，又把两样东西一一试过。贾琏道："他还有两件：一件是围屏，一件是乐钟。共总要卖二万银子呢。"凤姐儿接着道："东西自然是好的，但是哪里有这些闲钱。咱们又不比外任督抚要办贡。我已经想了好些年了，像咱们这种人家，必得置些不动摇的根基才好，或是祭地，或是义庄①，再置些坟屋。往后子孙遇见不得意的事，还是点儿底子，不到一败涂地。我的意思是这样，不知老太太、老爷、太太们怎么样？若是外头老爷们要买，只管买。"贾母与众人都说："这话说得倒也是。"贾琏道："还了他罢。原是老爷叫我送给老太太瞧，为的是宫里好进，谁说买来搁在家里？老太太还没开口，你便说了一大些丧气话！"

说着，便把两件东西拿了出去，告诉贾政，只说老太太不要。便与冯紫英道："这两件东西好可好，就只没银子。我替你留心，有要买的人，我便送信给你去。"冯紫英只得收拾好，坐下说些闲话，没有兴头，就要起身。贾政道："你在我这里吃了晚饭去罢。"冯紫英道："罢了，来了就叨扰老伯吗！"贾政道："说哪里的话。"正说着，人回："大老爷来了。"贾赦早已进来。彼此相见，叙些寒温。不一时，摆上酒来，肴馔罗列，大家喝着酒。至四五巡后，说起洋货的话，冯紫英道："这种货本是难消的，除非要像尊府这种人家，还可消得，其余就难了。"贾政道："这也不见得。"贾赦道："我们家里也比不得从前了，这回儿也不过是个空门面。"冯紫英又问："东府珍大爷可好么？我前儿见他，说起家常话儿来，提到他令郎续娶的媳妇，远不及头里那位秦氏奶奶了。如今后婆的到底是哪一家的，我也没有问起。"贾政道："我们这个侄孙媳妇儿，也是这里大家，从前做过京畿道的胡老爷的女孩儿。"紫英道："胡道长我是知道的。但是他家教上也不怎么样。也罢了，只要姑娘好就好。"

---

① 义庄——封建大家族所置田产中，有一部分作为族中公产，借收租所得，赡养资助贫困族人，叫"义庄"。

贾琏道:"听得内阁里人说起,贾雨村又要升了。"贾政道:"这也好,不知准不准。"贾琏道:"大约有意思的了。"冯紫英道:"我今儿从吏部里来,也听见这样说。雨村老先生是贵本家不是?"贾政道:"是。"冯紫英道:"是有服的还是无服①的?"贾政道:"说也话长。他原籍是浙江湖州府人②,流寓到苏州,甚不得意。有个甄士隐和他相好,时常周济他。以后中了进士,得了榜下知县③,便娶了甄家的丫头。如今的太太不是正配。岂知甄士隐弄到零落不堪,没有找处。雨村革了职以后,那时还与我家并未相识,只因舍妹丈林如海林公在扬州巡盐的时候,请他在家做西席,外甥女儿是他的学生。因他有起复的信,要进京来,恰好外甥女儿要上来探亲,林姑老爷便托他照应上来的;还有一封荐书,托我吹嘘吹嘘。那时看他不错,大家常会。岂知雨村也奇:我家世袭起,从'代'字辈下来,宁、荣两宅,人口房舍,以及起居事宜,一概都明白,因此,遂觉得亲热了。"因又笑说道:"几年间,门子也会钻了。由知府推升转了御史,不过几年,升了吏部侍郎,署兵部尚书。为着一件事降了三级,如今又要升了。"冯紫英道:"人世的荣枯,仕途的得失,终属难定。"贾政道:"像雨村算便宜的了。还有我们差不多的人家,就是甄家,从前一样功勋,一样的世袭,一样的起居,我们也是时常往来。不多几年,他们进京来,差人到我这里请安,还很热闹。一会儿抄了原籍的家财,至今杳无音信。不知他近况若何,心下也着实惦记。看了这样,你想,做官的怕不怕!"

贾赦道:"咱们家是最没有事的。"冯紫英道:"果然,尊府是不怕的。一则里头有贵妃照应;二则故旧好,亲戚多;三则你家自老太太起,至于少爷们,没有一个刁钻刻薄的。"贾政道:"虽无刁钻刻薄,却没有德行才情。白白的衣租食税,哪里当得起!"贾赦道:"咱们不用说这些话,大家吃酒罢。"大家又喝了几杯,摆上饭来。吃毕,喝茶。冯家的小厮走来,轻轻地向紫英说了一句。冯紫英便要告辞了。贾赦、贾政道:"你说什么?"小厮道:"外面下雪,早已下了梆子④了。"贾政叫人看时,已是雪深一寸多了。贾政道:"那两件东西,你收拾好了么?"冯紫英道:"收好了。若尊府要用,价钱还自然让些。"贾政道:"我留神就是了。"冯紫英道:"我再听信罢。天气冷,请罢,别送了。"贾赦、贾政便命贾琏送了出去。未知后事如何,下回分解。

---

① 有服无服——指宗族关系的远近。服,丧服。古时丧服按照与死者关系的远近,分为五种不同的形式,称为五服。在五服之内,叫有服;五服之外,叫无服。

② 他原籍是浙江湖州府人——甲戌本第一回:"这贾雨村原系胡州人氏"于"胡州"旁脂评:"胡诌也。"犹甄士隐岳丈"名唤封肃,本贯大如州人氏",脂评:"托言大概如此之风俗也。"今坐实雨村是浙江湖州人,恐非曹雪芹本意。

③ 榜下知县——会试中进士后,除留任京官外,其余分发到各省被任命为知县,叫"榜下知县"。

④ 下了梆子——已打过了梆子,意即时间已入初更。

# 第九十三回
## 甄家仆投靠贾家门　水月庵掀翻风月案

**【题解】**

　　曹雪芹构思江南甄家与都中贾家两相对照，其意图虽略可窥见，然甄家在后来情节发展中的安排，难知究竟，恐未必都是一虚一实，或后来有详略替换的写法（脂评所谓"假去真来"）也难说。这在续作者是难以理解和想象的，故只能写成与贾家是世交的另一家。对此，裕瑞《枣窗闲笔》批评说："观前五十六回中，写甄家来京四个女人见贾母，言甄宝玉情性并其家事，隐约异同，是一是二，令人真假难分，斯为妙文。后宝玉对镜作梦云云，明言真甄假贾，仿佛镜中现影者。讵意伪续四十回家，不解其旨，呆呆造出甄贾两玉，相貌相同，情性各异，且与李绮结婚，则同贾府俨成二家，嚼蜡无味，将雪芹含蓄双关极妙之意荼毒尽矣！"甄应嘉荐家人包勇投靠贾府，即续书构思甄家情节的开始。

　　匿名揭帖儿揭贾芹在水月庵的丑行，使贾政等气得发昏，然情节叙述，均干枯乏味。


　　却说冯紫英去后，贾政叫门上人来吩咐道："今儿临安伯那里来请吃酒，知道是什么事？"门上的人道："奴才曾问过，并没有什么喜庆事。不过南安王府里到了一班小戏子，都说是个名班。伯爷高兴，唱两天戏，请相好的老爷们瞧瞧，热闹热闹。大约不用送礼的。"说着，贾赦过来问道："明儿二老爷去不去？"贾政道："承他亲热，怎么好不去的？"说着，门上进来回道："衙门里书办来请老爷明日上衙门，有堂派的事①，必得早些去。"贾政道："知道了。"说着，只见两个管屯里地租子的家人走来，请了安，磕了头，旁边站着。贾政道："你们是郝家庄的？"两个答应了一声，贾政也不往下问，竟与贾赦各自说了一回话儿散了。家人等秉着手灯，送过贾赦去。

　　这里贾琏便叫那管租的人道："说你的。"那人说道："十月里的租子，奴才已经赶上来了。原是明儿可到，谁知京外拿车，把车上的东西，不由分说，都掀在地下。奴才告诉他，说是府里收租子的车，不是买卖车。他更不管这些。奴才叫车夫只管拉着走，几个衙役就把车夫混打了一顿，硬扯了两辆车去了。奴才所以先来回报，求爷打发个人到衙门里去要了来才好。再者，也整治整治这些无法无天的差役才好。爷还不知道呢，更可怜的是那买卖车，客商的东西全不顾，掀下来，赶着就走。那些赶车的但说句话，打的头破血出的。"贾琏听了，骂道："这个还了得！"立刻写了一个帖儿，叫家人："拿去向拿车的

---

　　① 堂派的事——由堂官交办的事。清代中央各部长官通称堂官。

衙门里要车去,并车上东西。若少了一件,是不依的。快叫周瑞。"周瑞不在家,又叫旺儿。旺儿晌午出去了,还没有回来。贾琏道:"这些忘八羔子,一个都不在家!他们终年家吃粮不管事。"因吩咐小厮们:"快给我找去!"说着,也回到自己屋里睡下。不提。

且说临安伯第二天又打发人来请。贾政告诉贾赦道:"我是衙门里有事,琏儿要在家等候拿车的事情,也不能去。倒是大老爷带宝玉应酬一天也罢了。"贾赦点头道:"也使得。"贾政遣人去叫宝玉,说:"今儿跟大爷到临安伯那里听戏去。"宝玉喜欢得了不得,便换上衣服,带了茗烟、扫红、锄药三个小子出来,见了贾赦,请了安,上了车,来到临安伯府里。门上人回进去,一会子出来说:"老爷请。"于是贾赦带着宝玉走入院内,只见宾客喧阗。贾赦、宝玉见了临安伯,又与众宾客都见过礼。大家坐着说笑了一回。只见一个掌班的拿着一本戏单,一个牙笏,向上打了一个千儿,说道:"求各位老爷赏戏。"先从尊位点起,挨至贾赦,也点了一出。那人回头见了宝玉,便不向别处去,竟抢步上来打个千儿道:"求二爷赏两出。"

宝玉一见那人,面如傅粉,唇若涂朱,鲜润如出水芙蕖,飘扬似临风玉树。原来不是别人,就是蒋玉菡。前日听得他带了小戏儿进京,也没有到自己那里;此时见了,又不好站起来,只得笑道:"你多早晚来的?"蒋玉菡把手在自己身子上一指,笑道:"怎么二爷不知道么?"宝玉因众人在坐,也难说话,只得胡乱点了一出。蒋玉菡去了,便有几个议论道:"此人是谁?"有的说:"他向来是唱小旦的,如今不肯唱小旦,年纪也大了,就在府里掌班。头里也改过小生。他也攒了好几个钱,家里已经有两三个铺子,只是不肯放下本业,原旧领班。"有的说:"想必成了家了。"有的说:"亲还没有定。他倒拿定一个主意,说是人生配偶,关系一生一世的事,不是混闹得的,不论尊卑贵贱,总要配的上他的才能。所以到如今还并没娶亲。"宝玉暗忖度道:"不知日后谁家的女孩儿嫁他?要嫁着这样的人材儿,也算是不辜负了。"

那时开了戏,也有昆腔,也有高腔,也有弋腔、梆子腔①,做得热闹。过了晌午,便摆开桌子吃酒。又看了一回,贾赦便欲起身。临安伯过来留道:"天色尚早,听见说蒋玉菡还有一出《占花魁》②,他们顶好的首戏。"宝玉听了,巴不得贾赦不走。于是贾赦又坐了一会。果然蒋玉菡扮着秦小官服侍花魁醉后神情,把这一种怜香惜玉的意思,做得极情尽致。以后对饮对唱,缠绵缱绻。宝玉这时不看花魁,只把两只眼睛独射在秦小官身上。更加蒋玉菡声音响亮,口齿清楚,按腔落板,宝玉的神魂都唱了进去了。直等这出戏进场后,更知蒋玉菡极是情种,非寻常戏子可比。因想着:《乐记》③上说的是:'情动于中,故形于声。声成文,谓之音。'所以知声,知音,知乐,有许多讲究。声音之原,

① 高腔、弋腔、梆子腔——高腔,唱时后台众人帮腔,只用打击乐器,不用管弦伴奏,声调高亢。弋腔,由昆腔演变,用昆腔之辞,而变其音节。梆子腔,用梆子按节拍伴奏,其声急而繁。
② 《占花魁》——清代李玉根据明话本《卖油郎独占花魁》改编的传奇。写卖油郎秦重与名妓莘瑶琴相爱结合的故事。
③ 《乐记》——《礼记》中的一篇。是我国古代音乐理论的重要著作。

不可不察。诗词一道，但能传情，不能入骨，自后想要讲究讲究音律。"宝玉想出了神，忽见贾赦起身，主人不及相留。宝玉没法，只得跟了回来。

　　到了家中，贾赦自回那边去了，宝玉来见贾政。贾政才下衙门，正向贾琏问起拿车之事。贾琏道："今儿门人拿帖儿去，知县不在家。他的门上说了：'这是本官不知道的，并无牌票①出去拿车，都是那些混账东西在外头撒野挤讹头②。既是老爷府里的，我便立刻叫人去追办，包管明儿连车连东西一并送来。如有半点差迟，再行禀过本官，重重处治。此刻本官不在家，求这里老爷看破些，可以不用本官知道更好。'"贾政道："既无官票，到底是何等样人在那里作怪？"贾琏道："老爷不知，外头都是这样。想来明儿必定送来的。"贾琏说完下来，宝玉上去见了。贾政问了几句，便叫他往老太太那里去。

　　贾琏因为昨夜叫空了家人，出来传唤，那起人多已伺候齐全。贾琏骂了一顿，叫大管家赖升："将各行档的花名册子拿来，你去查点查点。写一张谕帖，叫那些人知道：若有并未告假，私自出去，传唤不到，贻误公事的，立刻给我打了撵出去！"赖升连忙答应了几个"是"，出来吩咐了一回。家人各自留意。

　　过不几时，忽见有一个人头上戴着毡帽，身上穿着一身青布衣裳，脚下穿著一双撒鞋③，走到门上，向众人作了个揖。众人拿眼上上下下打量了他一番，便问他是哪里来的。那人道："我自南边甄府中来的。并有家老爷手书一封，求这里的爷们呈上尊老爷。"众人听见他是甄府来的，才站起来让他坐下，道："你乏了，且坐坐，我们给你回就是了。"门上一面进来回明贾政，呈上来书。贾政拆书看时，上写着：

　　　世交夙好，气谊素敦④。遥仰襜帷⑤，不胜依切。弟因菲材获谴⑥，自分万死难偿，幸邀宽宥，待罪边隅。迄今门户凋零，家人星散。所有奴子包勇，向曾使用，虽无奇技，人尚愨实⑦。倘使得备奔走，糊口有资，屋乌之爱⑧，感佩无涯矣！专此奉达，余容再叙。不宣⑨。

贾政看完，笑道："这里正因人多，甄家倒荐人来，又不好却的。"吩咐门上："叫他见我。且留他住下，因材使用便了。"门上出去，带进人来，见贾政，便磕了三个头，起来道："家老爷请老爷安。"自己又打个千儿，说："包勇请老爷安。"贾政回问了甄老爷的好，便把他上下一瞧。但见包勇身长五尺有零，肩背宽肥，浓眉爆眼，磕额⑩长髯，气色粗黑，垂着手站着。便问道："你是向来在甄家的，还是住过几年的？"包勇道："小的向在甄家的。"

---

①　牌票——官府发给下属办事的证明文件。

②　挤讹头——也叫"拿讹头"。敲竹杠；找人差错，诈取钱物。

③　撒鞋——亦作"靸鞋"，一种帮纳得很密的布鞋。

④　气谊素敦——情谊一直很深厚。

⑤　襜帷——车上的帷幕，以此敬称对方。对人尊敬，往往不直接称其人而以车驾、座席等指代之。

⑥　菲材获谴——才能薄弱而获罪受罚。

⑦　愨（què 确）实——诚实。

⑧　屋乌之爱——通常也说成"爱屋及乌"。谓爱其人，连带对其屋上的乌鸦也有感情。见《说苑·贵德》。这里意思是因为对我不错，从而对我的仆人也有所照顾。

⑨　不宣——旧时朋友间写信的结尾套语，意谓不一一细说。

⑩　磕额——额头凸出。

贾政道："你如今为什么要出来呢？"包勇道："小的原不肯出来。只是家爷再四叫小的出来，说是别处你不肯去，这里老爷家里只当原在自己家里一样的，所以小的来的。"贾政道："你们老爷不该有这事情，弄到这样的田地。"包勇道："小的本不敢说，我们老爷只是太好了，一味的真心待人，反倒招出事来。"贾政道："真心是最好的了。"包勇道："因为太真了，人人都不喜欢，讨人厌烦是有的。"贾政笑了一笑道："既这样，皇天自然不负他的。"

包勇还要说时，贾政又问道："我听见说你们家的哥儿不是也叫宝玉么？"包勇道："是。"贾政道："他还肯向上巴结么？"包勇道："老爷若问我们哥儿，倒是一段奇事。哥儿的脾气也和我家老爷一个样子，也是一味的诚实；从小儿只管和那些姐妹们在一处玩，老爷、太太也狠打过几次，他只是不改。那一年太太进京的时候儿，哥儿大病了一场，已经死了半日，把老爷几乎急死，装裹都预备了。幸喜后来好了，嘴里说道，走到一座牌楼那里，见了一个姑娘，领着他到了一座庙里，见了好些柜子，里头见了好些册子；又到屋里，见了无数女子，说是多变了鬼怪似的，也有变做骷髅儿的。他吓急了，便哭喊起来。老爷知他醒过来了，连忙调治，渐渐的好了。老爷仍叫他在姊妹们一处玩去，他竟改了脾气了，好着时候的玩意儿一概都不要了，惟有念书为事。就有什么人来引诱他，他也全不动心。如今渐渐的能够帮着老爷料理些家务了。"贾政默然想了一回，道："你去歇歇去罢。等这里用着你时，自然派你一个行次儿。"包勇答应着退下来，跟着这里人出去歇息。不提。

一日贾政早起，刚要上衙门，看见门上那些人在那里交头接耳，好像要使贾政知道的似的，又不好明回，只管咕咕唧唧的说话。贾政叫上来问道："你们有什么事，这么鬼鬼祟祟的？"门上的人回道："奴才们不敢说。"贾政道："有什么事不敢说的？"门上的人道："奴才今儿起来开门出去，见门上贴着一张白纸，上写着许多不成事体的字。"贾政道："哪里有这样的事，写的是什么？"门上的人道："是水月庵里的腌脏话。"贾政道："拿给我瞧。"门上的人道："奴才本要揭下来，谁知他贴得结实，揭不下来，只得一面抄，一面洗。刚才李德揭了一张给奴才瞧，就是那门上贴的话。奴才们不敢隐瞒。"说着呈上那帖儿。贾政接来看时，上面写着：

> 西贝草斤年纪轻，水月庵里管尼僧。一个男人多少女，窝娼聚赌是陶情。不肖子弟来办事，荣国府内出新闻。①

贾政看了，气得头昏目晕，赶着叫门上的人不许声张，悄悄叫人往宁、荣两府靠近的夹道子墙壁上再去找寻。随即叫人去唤贾琏出来。

贾琏即忙赶至。贾政忙问道："水月庵中寄居的那些女尼、女道，向来你也查考查考过没有？"贾琏道："没有。一向都是芹儿在那里照管。"贾政道："你知道芹儿照管得来照管不来？"贾琏道："老爷既这么说，想来芹儿必有不妥当的地方儿。"贾政叹道："你瞧瞧

---

① "西贝"六句——"西贝草斤"合而成"贾芹"二字，此仿古谣谚作。《后汉书·五行志》："献帝践祚之初，京师童谣曰：'千里草，何青青；十日卜，不得生。''千里草，为'董'，'十日卜'为'卓'。"然汉谣拆字为句，每句自有意义，今拆"贾芹"二字，则全不成语。尼僧，尼姑。陶情，陶冶性情；寻欢作乐的讥语。"出新闻"，王本作"出新文"，程乙本作"好声名"，今据程甲、藤本。

这个帖儿写的是什么。"贾琏一看，道："有这样事么。"正说着，只见贾蓉走来，拿着一封书子，写着"二老爷密启"。打开看时，也是无头榜①一张，与门上所贴的话相同。贾政道："快叫赖大带了三四辆车子到水月庵里去，把那些女尼、女道士一齐拉回来。不许泄漏，只说里头传唤。"赖大领命去了。

且说水月庵中小女尼、女道士等初到庵中，沙弥与道士原系老尼收管，日间教她些经忏。以后元妃不用，也便习学得懒了。那些女孩子们年纪渐渐地大了，都也有个知觉了。更兼贾芹也是风流人物，打量芳官等出家，只是小孩子性儿，便去招惹她们。哪知芳官竟是真心，不能上手，便把这心肠移到女尼、女道士身上。因那小沙弥中有个名叫沁香的，和女道士中有个叫做鹤仙的，长得都甚妖娆，贾芹便和这两个人勾搭上了。闲时便学些丝弦，唱个曲儿。

那时，正当十月中旬。贾芹给庵中那些人领了月例银子，便想起法儿来，告诉众人道："我为你们领月钱，不能进城，又只得在这里歇着。怪冷的，怎么样？我今儿带些果子酒，大家吃着乐一夜，好不好？"那些女孩子都高兴，便摆起桌子，连本庵的女尼也叫了来，惟有芳官不来。贾芹喝了几杯，便说道要行令。沁香等道："我们都不会，倒不如搳拳罢。谁输了喝一杯，岂不爽快？"本庵的女尼道："这天刚过晌午，混嚷混喝的不像，且先喝几盅，爱散的先散去；谁爱陪芹大爷的，回来晚上尽子喝去，我也不管。"

正说着，只见道婆急忙进来说："快散了罢。府里赖大爷来了。"众女尼忙乱收拾，便叫贾芹躲开。贾芹因多喝了几杯，便道："我是送月钱来的，怕什么！"话犹未完，已见赖大进来，见这般样子，心里大怒。为的是贾政吩咐不许声张，只得含糊装笑道："芹大爷也在这里呢么？"贾芹连忙站起来道："赖大爷，你来作什么？"赖大说："大爷在这里更好。快快叫沙弥、道士收拾上车进城，宫里传呢。"贾芹等不知原故，还要细问。赖大说："天已不早了，快快的，好赶进城。"众女孩子只得一齐上车。赖大骑着大走骡，押着赶进城。不提。

却说贾政知道这事，气得衙门也不能上了，独坐在内书房叹气。贾琏也不敢走开。忽见门上的进来禀道："衙门里今夜该班是张老爷，因张老爷病了，有知会来请老爷补一班。"贾政正等赖大回来要办贾芹，此时又要该班，心里纳闷，也不言语。贾琏走上去说道："赖大是饭后出去的，水月庵离城二十来里，就赶进城，也得二更天。今日又是老爷的帮班，请老爷只管去。赖大来了，叫他押着，也别声张，等明儿老爷回来再发落。倘或芹儿来了，也不用说明，看他明儿见了老爷怎么样说。"贾政听来有理，只得上班去了。

贾琏抽空才要回到自己房中，一面走着，心里抱怨凤姐出的主意，欲要埋怨，因她病着，只得隐忍，慢慢地走着。且说那些下人，一人传十，传到里头。先是平儿知道，即忙告诉凤姐。凤姐因那一夜不好，恹恹的总没精神，正是惦记铁槛寺的事情。听说外头贴了匿名揭帖的一句话，吓了一跳，忙问："贴的是什么？"平儿随口答应，不留神，就错说了，道："没要紧，是馒头庵里的事情。"凤姐本是心虚，听见馒头庵的事情，这

---

① 无头榜——即下文所言"匿名揭帖"，不具名地攻击他人的示众文字。今称"匿名信"。

一唬直唬怔了，一句话没说出来，急火上攻，眼前发晕，咳嗽了一阵，哇的一声，吐出一口血来。平儿慌了，说道："水月庵里，不过是女沙弥、女道士的事，奶奶着什么急？"凤姐听是水月庵，才定了定神，说道："呸，糊涂东西！到底是水月庵呢，是馒头庵？"平儿笑道："是我头里错听了是馒头庵，后来听见不是馒头庵，是水月庵。我刚才也就说溜了嘴，说成馒头庵了。①"凤姐道："我就知道是水月庵。那馒头庵与我什么相干！原是这水月庵是我叫芹儿管的。大约克扣了月钱。"平儿道："我听着不像月钱的事，还有些腌臜话呢。"凤姐道："我更不管那个。你二爷哪里去了？"平儿说："听见老爷生气，他不敢走开。我听见事情不好，我吩咐这些人不许吵嚷。不知太太们知道了么？但听见说老爷叫赖大拿这些女孩子去了。且叫个人前头打听打听。奶奶现在病着，依我竟先别管他们的闲事。"

正说着，只见贾琏进来。凤姐欲待问他，见贾琏一脸的怒气，暂且装作不知。贾琏饭没吃完，旺儿来说："外头请爷呢，赖大回来了。"贾琏道："芹儿来了没有？"旺儿道："也来了。"贾琏便道："你去告诉赖大，说老爷上班儿去了。把这些个女孩子暂且收在园里，明日等老爷回来，送进宫去。只叫芹儿在内书房等着我。"旺儿去了。

贾芹走进书房，只见那些下人指指点点，不知说什么，看起这个样儿来，不像宫里要人。想着问人，又问不出来。正在心里疑惑，只见贾琏走出来。贾芹便请了安，垂手侍立，说道："不知道娘娘宫里即刻传那些孩子们做什么？叫侄儿好赶！幸喜侄儿今儿送月钱去，还没有走，便同着赖大来了。二叔想来是知道的。"贾琏道："我知道什么！你才是明白的呢。"贾芹摸不着头脑儿，也不敢再问。贾琏道："你干的好事！把老爷都气坏了。"贾芹道："侄儿没有干什么。庵里月钱是月月给的，孩子们经忏是不忘记的。"贾琏见他不知，又是平素常在一处玩笑的，便叹口气道："打嘴的东西，你各自去瞧瞧罢！"便从靴掖儿里头拿出那个揭帖来，扔与他瞧。贾芹拾来一看，吓得面如土色，说道："这是谁干的！我并没得罪人，为什么这么坑我！我一月送钱去，只走一趟，并没有这些事。若是老爷回来，打着问我，侄儿便该死了。我母亲知道，更要打死。"说着，见没人在旁边，便跪下去说道："好叔叔，救我一救儿罢！"说着，只管磕头，满眼泪流。贾琏想道："老爷最恼这些，要是问准了有这些事，这场气也不小。闹出去也不好听，又长那个贴帖儿的人的志气了。将来咱们的事多着呢。倒不如趁着老爷上班儿，和赖大商量着，若混过去，就可以没事了。现在没有对证。"想定主意，便说："你别瞒我，你干的鬼鬼祟祟的事，你打量我都不知道呢！若要完事，就是老爷打着问你，你一口咬定没有才好。没脸的，起去罢！"叫人去唤赖大。

不多时，赖大来了。贾琏便与他商量。赖大说："这芹大爷本来闹得不像了。奴才今儿到庵里的时候，他们正在那里喝酒呢。帖儿上的话，是一定有的。"贾琏道："芹儿，你听！赖大还赖你不成？"贾芹此时红涨了脸，一句也不敢言语。还是贾琏拉着赖大，央

---

① 水月庵说成馒头庵——第十五回："原来这馒头庵就是水月庵……离铁槛寺不远。"作者原寓意谓人总不免一死，分得一个土"馒头"，世间繁华何异"水月"镜花。故"馒头"即"水月"，都是成空之意。续作者不察，分而为二，故有此分辨的话。

他："护庇护庇罢，只说芹哥儿在家里找来的。你带了他去，只说没有见我。明日你求老爷，也不用问那些女孩子了，竟是叫了媒人来，领了去一卖完事。果然娘娘再要的时候儿，咱们再买。"赖大想来，闹也无益，且名声不好，就应了。贾琏叫贾芹："跟了赖大爷去罢，听着他教你。你就跟着他。"说罢，贾芹又磕了一个头，跟着赖大出去。到了没人的地方儿，又给赖大磕头。赖大说："我的小爷，你太闹得不像了！不知得罪了谁，闹出这个乱儿。你想想，谁和你不对罢？"贾芹想了一想，忽然想起一个人来。未知是谁，下回分解。

# 第 九 十 四 回

## 宴海棠贾母赏花妖[①]　失宝玉通灵知奇祸

【题解】

　　花儿反季节开放偶亦有之，古人以为是花妖，是异兆，前人记其事的也屡见。唯命宝玉、环、兰作赏花诗，是对前贾政命三人作《中秋诗》《姽婳词》情节的模仿。说实话，三首诗都写得很蹩脚；别人尚可，宝玉居然也像能说好话来讨长辈欢心的孝子，写得如此笨拙俗气，毫无诗意，实在令人难以置信。

　　宝玉钟情黛玉，又"行为偏僻性乖张"，要顺利配成"金玉姻缘"，非彻底解除其思想武装，让他成为可任人摆布的傻瓜不可，这就编造出通灵玉神秘失踪的事。


　　话说赖大带了贾芹出来，一宿无话，静候贾政回来。单是那些女尼、女道重进园来，都喜欢得了不得，欲要到各处逛逛，明日预备进宫。不料赖大便吩咐了看园的婆子并小厮看守，惟给了些饮食，却是一步不准走开。那些女孩子摸不着头脑，只得坐着，等到天亮。园里各处的丫头虽都知道拉进女尼们来预备宫里使唤，却也不能深知原委。

　　到了明日早起，贾政正要下班，因堂上发下两省城工估销册子[②]，立刻要查核，一时不能回家，便叫人回来告诉贾琏说："赖大回来，你务必查问明白。该如何办，就如何办了，不必等我。"贾琏奉命，先替芹儿喜欢，又想道：若是办得一点影儿都没有，又恐贾政生疑，"不如回明二太太，讨个主意办去，便是不合老爷的心，我也不至甚担干系。"主意定了，进内去见王夫人，陈说："昨日老爷见了揭帖生气，把芹儿和女尼、女道等都叫进府来查办。今日老爷没空问这种不成体统的事，叫我来回太太，该怎么便怎么样。我所以来请示太太，这件事如何办理？"王夫人听了，诧异道："这是怎么说，若是芹儿这样起来，这还成咱们家的人了么！但只这个贴帖儿的也可恶，这些话可是混嚼说得的么！你到底问了芹儿有这件事没有呢？"贾琏道："刚才也问过了。太太想，别说他干了没有，就是干了，一个人干了混账事也肯应承么？但只我想芹儿也不敢行此事，知道那些女孩子都是娘娘一时要叫的，倘或闹出事来，怎么样呢？依侄儿的主见，要问也不难，若问出来，太太怎么个办法呢？"王夫人道："如今那些女孩子在哪里？"贾琏道："都在园里锁着呢。"王夫人道："姑娘们知道不知道？"贾琏道："大约姑娘们也都知道是预备宫里头

---

①　花妖——花木出现不按季节开放或花的颜色、形状、数量特异等现象，古人称之为"花木之妖"，一些有迷信观念的人以为它是凶兆；有唯物思想的人如韩非等则以为不足为怪。

②　估销册子——经费预算册。

的话，外头并没提起别的来。"王夫人道："很是。这些东西一刻也是留不得的。头里我原要打发她们去来着，都是你们说留着好，如今不是弄出事来了么！你竟叫赖大那些人带去，细细的问她的本家有人没有，将文书查出，花上几十两银子，雇只船，派个妥当人送到本地，一概连文书发还了，也落得无事。若是为着一两个不好，个个都押着她们还俗，那又太造孽了。若在这里发给官媒，虽然我们不要身价，他们弄去卖钱，哪里顾人的死活呢！芹儿呢，你便狠狠地说他一顿。除了祭祀喜庆，无事叫他不用到这里来，看仔细碰在老爷气头儿上，那可就吃不了兜着走了。并说与账房儿里，把这一项钱粮档子销了。还打发个人到水月庵说，老爷的谕：除了上坟烧纸，若有本家爷们到她那里去，不许接待。若再有一点不好风声，连老姑子一并撵出去。"

贾琏一一答应了，出去将王夫人的话告诉赖大，说："是太太主意，叫你这么办去。办完了，告诉我去回太太。你快办去罢。回来老爷来，你就按着太太的话回去。"赖大听说，便道："我们太太真正是个佛心，这班东西着人送回去！既是太太好心，不得不挑个好人。芹哥儿竟交给二爷开发了罢。那个贴帖儿的，奴才想法儿查出来，重重地收拾他才好。"贾琏点头说："是了。"即刻将贾芹发落。赖大也赶着把女尼等领出，按着主意办去了。晚上贾政回家，贾琏、赖大回明贾政。贾政本是省事的人，听了也便撂开手了。独有那些无赖之徒，听得贾府发出二十四个女孩子出来，哪个不想。究竟那些人能够回家不能，未知着落，亦难虚拟。

且说紫鹃因黛玉渐好，园中无事，听见女尼等预备宫内使唤，不知何事，便到贾母那边打听打听，恰遇着鸳鸯下来闲着，坐下说闲话儿，提起女尼的事。鸳鸯诧异道："我并没有听见，回来问问二奶奶就知道了。"正说着，只见傅试家两个女人过来请贾母的安，鸳鸯要陪了上去。那两个女人因贾母正睡晌觉，就与鸳鸯说了一声儿，回去了。紫鹃问："这是谁家差来的？"鸳鸯道："好讨人嫌，家里有了一个女孩儿生得好些，便献宝的似的，常常在老太太面前夸她家姑娘长得怎么好，心地怎么好，礼貌上又能，说话儿又简绝，做活计儿手儿又巧，会写会算，尊长上头最孝敬的，就是待下人也是极和平的。来了就编这么一大套，常常说给老太太听。我听着很烦。这几个老婆子真讨人嫌，我们老太太偏爱听那些个话。老太太也罢了，还有宝玉，素常见了老婆子，便很厌烦的，偏见了他们家的老婆子便不厌烦，你说奇不奇？前儿还来说，他们姑娘现有多少人家儿来求亲，他们老爷总不肯应，心里只要和咱们这种人家作亲才肯。一回夸奖，一回奉承，把老太太的心都说活了。"紫鹃听了一呆，便假意道："若老太太喜欢，为什么不就给宝玉定了呢？"鸳鸯正要说出原故，听见上头说："老太太醒了。"鸳鸯赶着上去。

紫鹃只得起身出来，回到园里。一头走，一头想道："天下莫非只有一个宝玉？你也想他，我也想他。我们家的那一位，越发痴心起来了。看她的那个神情儿，是一定在宝玉身上的了。三番五次地病，可不是为着这个是什么！这家里'金'的'银'的还闹不清，若添了一个什么傅姑娘，更了不得了。我看宝玉的心也在我们那一位的身上；听着鸳鸯的说话，竟是见一个爱一个的，这不是我们姑娘白操了心了吗？"紫鹃本是想着黛玉，往下一想，连自己也不得主意了，不免掉下泪来。要想叫黛玉不用瞎操心呢，又恐怕她烦恼；

若是看着她这样，又可怜见儿的。左思右想，一时烦躁起来，自己啐自己道："你替人担什么忧！就是林姑娘真配了宝玉，她的那性情儿也是难服侍的。宝玉性情虽好，又是贪多嚼不烂的。我倒劝人不必瞎操心，我自己才是瞎操心呢！从今以后，我尽我的心服侍姑娘，其余的事全不管。"这么一想，心里倒觉清净。回到潇湘馆来，见黛玉独自一人坐在炕上，理从前做过的诗文词稿。抬头见紫鹃来，便问："你到哪里去了？"紫鹃道："我今儿瞧了瞧姊妹们去。"黛玉道："敢是找袭人姐姐么？"紫鹃道："我找她做什么。"

黛玉一想，这话怎么顺嘴说了出来，反觉不好意思，便啐道："你找谁与我什么相干！倒茶去罢。"紫鹃也心里暗笑，出来倒茶。只听见园里的一叠声乱嚷，不知何故。一面倒茶，一面叫人去打听。回来说道："怡红院里的海棠本来萎了几棵，也没人去浇灌他。昨日宝玉走去，瞧见枝头上好像有了骨朵儿似的。人都不信，没有理他。忽然今日开得很好的海棠花，众人诧异，都争着去看。连老太太、太太都哄动了，来瞧花儿呢。所以大奶奶叫人收拾园里败叶枯枝，这些人在那里传唤。"黛玉也听见了，知道老太太来，便更了衣，叫雪雁去打听，"若是老太太来了，即来告诉我"。雪雁去不多时，便跑来说："老太太、太太好些人都来了，请姑娘就去罢。"

黛玉略自照了一照镜子，掠了一掠鬓发，便扶着紫鹃到怡红院来，已见老太太坐在宝玉常卧的榻上，黛玉便说道："请老太太安。"退后，便见了邢、王二夫人，回来与李纨、探春、惜春、邢岫烟彼此问了好。只有凤姐因病未来；史湘云因她叔叔调任回京，接了家去；薛宝琴跟她姐姐家去住了；李家姐妹因见园内多事，李婶娘带了在外居住，所以黛玉今日见的只有数人。大家说笑了一回，讲究这花开得古怪。贾母道："这花儿应在三月里开的，如今虽是十一月，因节气迟，还算十月，应着小阳春的天气，因为和暖，开花也是有的①。"王夫人道："老太太见得多，说得是。也不为奇。"邢夫人道："我听见这花已经萎了一年，怎么这回不应时候儿开了，必有个原故。"李纨笑道："老太太与太太说得都是。据我的糊涂想头，必是宝玉有喜事来了，此花先来报信。"探春虽不言语，心内想："此花必非好兆，大凡顺者昌，逆者亡。草木知运，不时而发，必是妖孽。"只不好说出来。独有黛玉听说是喜事，心里触动，便高兴说道："当初田家有荆树一棵，三个弟兄因分了家，那荆树便枯了。后来感动了他弟兄们，仍旧归在一处，那荆树也就荣了。可知草木也随人的。如今二哥哥认真念书，舅舅喜欢，那棵树也就发了。②"贾母、王夫人听了喜欢，便说："林姑娘比方得有理，很有意思。"

正说着，贾赦、贾政、贾环、贾兰都进来看花。贾赦便说："据我的主意，把他砍去，必是花妖作怪。"贾政道："见怪不怪，其怪自败。不用砍它，随它去就是了。"贾母听见，便说："谁在这里混说！人家有喜事好处，什么怪不怪的。若有好事，你们享去；若是不好，我一个人当去。你们不许混说！"贾政听了，不敢言语，讪讪地同贾赦等走出来。

---

① 应着小阳春的天气，因为和暖，开花也是有的——程甲本作"应着小阳春的开花也天气因为和暖是有的"，藤本作"应着小阳春的天气这花开因为和暖是有的"，今从梦稿本。小阳春，农历十月，常有和暖天气，故俗称"十月小阳春"。

② "当初田家"故事——出南朝梁吴均《续齐谐记》。荆树，紫荆树。

那贾母高兴，叫人传话到厨房里，快快预备酒席，大家赏花。叫："宝玉、环儿、兰儿各人做一首诗志喜。林姑娘的病才好，不要她费心；若高兴，给你们改改。"对着李纨道："你们都陪我喝酒。"李纨答应了"是"，便笑对探春道："都是你闹的。"探春道："饶不叫我们做诗，怎么我们闹的。"李纨道："海棠社不是你起的么？如今那棵海棠也要来入社了。"大家听着，都笑了。一时摆上酒菜，一面喝着。彼此都要讨老太太的欢喜，大家说些兴头话。宝玉上来，斟了酒，便立成了四句诗，写出来念与贾母听，道：

> 海棠何事忽摧隤？今日繁花为底开？
> 应是北堂增寿考，一阳旋复占先梅。[①]

贾环也写了来，念道：

> 草木逢春当茁芽，海棠未发候偏差[②]。
> 人间奇事知多少，冬月开花独我家。

贾兰恭楷誊正，呈与贾母，贾母命李纨念道：

> 烟凝媚色春前萎，霜浥[③]微红雪后开。
> 莫道此花知识浅，欣荣预佐合欢杯。

贾母听毕，便说："我不大懂诗，听去倒是兰儿的好，环儿做得不好。都上来吃饭罢。"宝玉看见贾母喜欢，更是兴头，因想起："晴雯死的那年，海棠死的；今日海棠复荣，我们院内这些人自然都好，但是晴雯不能像花的死而复生了。"顿觉转喜为悲。忽又想起前日巧姐提凤姐要把五儿补入，或此花为她而开，也未可知，却又转悲为喜，依旧说笑。

贾母还坐了半天，然后扶了珍珠回去了。王夫人等跟着过来。只见平儿笑嘻嘻地迎上来，说："我们奶奶知道老太太在这里赏花，自己不得来，叫奴才来服侍老太太、太太们，还有两匹红送给宝二爷包裹这花，当作贺礼。"袭人过来接了，呈与贾母看。贾母笑道："偏是凤丫头行出点事儿来，叫人看着又体面，又新鲜，很有趣儿。"袭人笑着向平儿道："回去替宝二爷给二奶奶道谢，要有喜，大家喜。"贾母听了，笑道："嗳哟，我还忘了呢！凤丫头虽病着，还是她想得到，送得也巧。"一面说着，众人就随着去了。平儿私与袭人道："奶奶说，这花开得奇怪，叫你铰块红绸子挂挂，便应在喜事上去了。以后也不必只管当作奇事混说。"袭人点头答应，送了平儿出去。不提。

且说那日宝玉本来穿着一裹圆的皮袄在家歇息，因见花开，只管出来看一回，赏一回，叹一回，爱一回的，心中无数悲喜离合，都弄到这株花上去了。忽然听说贾母要来，便去换了一件狐腋箭袖，罩一件元狐腿外褂，出来迎接贾母。匆匆穿换，未将通灵宝玉挂上。及至后来贾母去了，仍旧换衣，袭人见宝玉脖子上没有挂着，便问："那块玉呢？"宝玉道："才刚忙乱换衣，摘下来放在炕桌上，我没有带。"袭人回看桌上，并没有玉，便向各处

---

[①] "海棠何事"一首——摧隤（tuí 颓），同"摧颓"，这里是枯萎的意思。底，何，什么。占先梅，比梅花占先了。

[②] 候偏差——错过了季节。

[③] 浥——润湿。

找寻，踪影全无，吓得袭人满身冷汗。宝玉道："不用着急，少不得在屋里的。问她们就知道了。"袭人当作麝月等藏起吓她玩，便向麝月等笑着说道："小蹄子们！玩呢，到底有个玩法。把这件东西藏在哪里了？别真弄丢了，那可就大家活不成了。"麝月等都正色道："这是哪里的话！玩是玩，笑是笑，这个事非同儿戏，你可别混说！你自己昏了心了，想想罢，想想搁在哪里了。这会子又混赖人了。"袭人见她这般光景，不像是玩话，便着急道："皇天菩萨，小祖宗！到底你摆在哪里去了？"宝玉道："我记得明明放在炕桌上的，你们到底找啊。"袭人、麝月、秋纹等也不敢叫人知道，大家偷偷儿的各处搜寻。闹了大半天，毫无影响，甚至翻箱倒笼，实在没处去找，便疑到方才这些人进来，不知谁捡了去了。袭人说道："进来的，谁不知道这玉是性命似的东西呢，谁敢捡了去呢！你们好歹先别声张，快到各处问去。若有姊妹们捡着吓我们玩呢，你们给她磕头，要了回来；若是小丫头偷了去，问出来，也不回上头，不论把什么送她换了出来都使得的。这可不是小事，真要丢了这个，比丢了宝二爷的还利害呢。"麝月、秋纹刚要往外走，袭人又赶出来嘱咐道："头里在这里吃饭的倒先别问去。找不成，再惹出些风波来，更不好了。"麝月等依言，分头各处追问。人人不晓，个个惊疑。麝月等回来，俱目瞪口呆，面面相窥。宝玉也吓怔了。袭人急得只是干哭。找是没处找，回又不敢回，怡红院里的人吓得个个像木雕泥塑一般。

大家正在发呆，只见各处知道的都来了。探春叫把园门关上，先命个老婆子带着两个丫头，再往各处去寻去；一面又叫告诉众人："若谁找出来，重重的赏银。"大家头宗要脱干系，二宗听见重赏，不顾命地混找了一遍，甚至于茅厕里都找到。谁知那块玉竟像绣花针儿一般，找了一天，总无影响。李纨急了，说："这件事不是玩的，我要说句无礼的话了。"众人道："什么呢？"李纨道："事情到了这里，也顾不得了。现在园里，除了宝玉，都是女人。要求各位姐姐、妹妹、姑娘都要叫跟来的丫头脱了衣服，大家搜一搜。若没有，再叫丫头们去搜那些老婆子并粗使的丫头。"大家说道："这话也说得有理。现在人多手乱，鱼龙混杂，倒是这么一来，你们也洗洗清。"探春独不言语。那些丫头们也都愿意洗净自己。先是平儿起。平儿说道："打我先搜起。"于是各人自己解怀，李纨一气儿混搜。探春嗔着李纨道："大嫂子，你也学那起不成材料的样子来了。那个人既偷了去，还肯藏在身上？况且这件东西，在家里是宝，到了外头不知道的是废物，偷它做什么？我想来必是有人使促狭。"

众人听说，又见环儿不在这里，昨儿是他满屋里乱跑，都疑到他身上，只是不肯说出来。探春又道："使促狭的只有环儿。你们叫个人去悄悄地叫了他来，背地里哄着他，叫他拿出来，然后吓着他，叫他不要声张，这就完了。"大家点头称是。

李纨便向平儿道："这件事还是得你去才弄得明白。"平儿答应，就赶着去了。不多时，同了环儿来了。众人假意装出没事的样子，叫人沏了碗茶，搁在里间屋里。众人故意搭讪走开，原叫平儿哄他。平儿便笑着向环儿道："你二哥哥的玉丢了，你瞧见了没有？"贾环便急得紫涨了脸，瞪着眼，说道："人家丢了东西，你怎么又叫我来查问，疑我。我是犯过案的贼么？"平儿见这样子，倒不敢再问，便又陪笑道："不是这么说，怕三爷要拿了去吓他们，所以白问问瞧见了没有，好叫他们找。"贾环道："他的玉在他身上，看见不看见该问他，怎么问我？捧着他的人多着咧，得了什么不来问我，丢了东西就来问我！"说着，起身就走。众人不好拦他。这里宝玉倒急了，说道："都是这劳什子闹事！我也不要它了。你们也不用闹了。环儿一去，必是嚷得满院里都知道了，这可不是闹事了么？"袭人等急得又哭道："小祖宗，你看这玉丢了没要紧，若是上头知道了，我们这些人就要粉身碎骨了。"说着，便嚎啕大哭起来。

众人更加伤感，明知此事掩饰不来，只得要商议定了话，回来好回贾母诸人。宝玉道："你们竟也不用商议，硬说我砸了就完了。"平儿道："我的爷，好轻巧话儿！上头要问为什么砸的呢？她们也是个死啊！倘或要起砸破的碴儿来，那又怎么样？"宝玉道："不然，便说我前日出门丢了。"众人一想，这句话倒还混得过去，但只这两天又没上学，又没往别处去。宝玉道："怎么没有，大前儿还到南安王府里听戏去了呢，便说那日丢的。"探春道："那也不妥。既是前儿丢的，为什么当日不来回？"众人正在胡思乱想，要装点撒谎，只听得赵姨娘的声儿，哭着喊着走来说："你们丢了东西，自己不找，怎么叫人背地里拷问环儿！我把环儿带了来，索性交给你们这一起沆上水的，该杀该剐，随你们罢！"说着，将环儿一推，说："你是个贼，快快地招罢！"气得环儿也哭喊起来。

李纨正要劝解，丫头来说："太太来了。"袭人等此时无地可容，宝玉等赶忙出来迎接。赵姨娘暂且也不敢作声，跟了出来。王夫人见众人都有惊惶之色，才信方才听见的话，便道："那块玉真丢了么？"众人都不敢作声。王夫人走进屋里坐下，便叫袭人，慌得袭人连忙跪下，含泪要禀。王夫人道："你起来，快快叫人细细找去，一忙乱倒不好了。"袭人硬咽难言。宝玉生恐袭人真告诉出来，便说道："太太，这事不与袭人相干。是我前日到南安王府那里听戏，在路上丢了。"王夫人道："为什么那日不找？"宝玉道："我怕她们知道，没有告诉她们。我叫茗烟等在外头各处找过的。"王夫人道："胡说！如今脱换衣服，不是袭人她们服侍的么？大凡哥儿出门回来，手巾、荷包短了，还要个明白，何况这块玉不见了，便不问的么？"宝玉无言可答。赵姨娘听见，便得意了，忙接口道："外头丢了东西，也赖环儿！"话未说完，被王夫人喝道："这里说这个，你且说那些没要紧的话！"赵姨娘便不敢言语。还是李纨、探春从实地告诉了王夫人一遍。王夫人也急得泪如雨下，索性要回明贾母，去问邢夫人那边跟来的这些人去。

凤姐病中，也听见宝玉失玉，知道王夫人过来，料躲不住，便扶了平儿来到园里。正值王夫人起身要走，凤姐姣怯怯地说："请太太安。"宝玉等过来问了凤姐好。王夫人因说道："你也听见了么？这可不是奇事吗？刚才眼错不见就丢了，再找不着。你去想想，打从老太太那边丫头起，至你们平儿，谁的手不稳，谁的心促狭。我要回了老太太，认真地查出来才好。不然，是断了宝玉的命根子了。"凤姐回道："咱们家人多手杂，自古说的，'知人知面不知心'，哪里保得住谁是好的？但是一吵嚷，已经都知道了，偷玉的人若叫太太查出来，明知是死无葬身之地，他着了急，反要毁坏了灭口，那时可怎么处呢？据我的糊涂想头，只说宝玉本不爱它，撂丢了，也没有什么要紧。只要大家严密些，别叫老太太、老爷知道。这么说了，暗暗地派人去各处察访，哄骗出来，那时玉也可得，罪名也好定。不知太太心里怎么样？"王夫人迟了半日，才说道："你这话虽也有理，但只是老爷跟前怎么瞒得过呢？"便叫环儿过来道："你二哥哥的玉丢了，白问了你一句，怎么你就乱嚷？若是嚷破了，人家把那个毁坏了，我看你活得活不得！"贾环吓得哭道："我再不敢嚷了。"赵姨娘听了，哪里还敢言语。王夫人便吩咐众人道："想来自然有没找到的地方儿，好端端的在家里的，还怕它飞到哪里去不成？只是不许声张。限袭人三天内给我找出来。要是三天找不着，只怕也瞒不住，大家那就不用过安静日子了。"说着，便叫凤姐儿跟到邢夫人那边商议踩缉①。不提。

这里李纨等纷纷议论，便传唤看园子的一干人来，叫把园门锁上，快传林之孝家的来，悄悄儿地告诉了她，叫她吩咐前后门上，三天之内，不论男女下人，从里头可以走动，要出去时，一概不许放出。只说里头丢了东西，待这件东西有了着落，然后放人出来。林之孝家的答应了"是"，因说："前儿奴才家里也丢了一件不要紧的东西，林之孝必要明白，上街去找了一个测字的，那人叫做什么刘铁嘴，测了一个字，说的很明白，回来依旧一找，便找着了。"袭人听见，便央及林家的道："好林奶奶！出去快求林大爷替我们问问去。"那林之孝家的答应着出去了。邢岫烟道："若说那外头测字打卦的，是不中用的。我在南边闻妙玉能扶乩，何不烦她问一问。况且我听见说，这块玉原有仙机，想来问得出来。"众人都诧异道："咱们常见的，从没有听她说起。"麝月便忙问岫烟道："想来别人求她是不肯的，好姑娘，我给姑娘磕个头，求姑娘就去。若问出来了，我一辈子总不忘你的恩！"说着，赶忙就要磕下头去，岫烟连忙拦住。黛玉等也都怂恿着岫烟速往栊翠庵去。一面林之孝家的进来说道："姑娘们大喜。林之孝测了字回来说，这玉是丢不了的，将来横竖有人送还来的。"众人听了，也都半信半疑，惟有袭人、麝月喜欢得了不得。探春便问："测的是什么字？"林之孝家的道："他的话多，奴才也学不上来，记得是拈了个赏人东西的'赏'字。那刘铁嘴也不问，便说：'丢了东西不是？'"李纨道："这就算好。"林之孝家的道："他还说，'赏'字上头一个'小'字，底下一个'口'字，这件东西很可嘴里放得，必是个珠子宝石。"众人听了，夸赞道："真是神仙！往下怎么说？"林之孝家的道："他说底下'贝'字，拆开不成一个'见'字，可不是'不见'了？因上头拆了'当'字，叫快到当铺里找去。'赏'字加一'人'字，可不是'偿'字？只要找着当铺就有人，有了人便赎了来，可不是偿还了吗？"众人道："既这么着，就先往左近找起，横竖几个当铺都找遍了，少不得就有了。咱们有了东西，再问人就容易了。"李纨道："只要东西，哪怕不问人都使得。林嫂子，烦你就把测字的话快去告诉二奶奶，回了太太，先叫太太放心。就叫二奶奶快派人查去。"林家的答应了便走。

众人略安了一点儿神，呆呆地等岫烟回来。正呆等，只见跟宝玉的茗烟在门外招手儿，叫小丫头子快出来。那小丫头赶忙地出去了。茗烟便说道："你快进去告诉我们二爷和里头太太、奶奶、姑娘们，天大喜事！"那小丫头子道："你快说罢，怎么这么累赘！"茗烟笑着拍手道："我告诉姑娘，姑娘进去回了，咱们两个人都得赏钱呢。你打量什么？宝二爷的那块玉呀，我得了准信来了。"未知如何，下回分解。

---

① 踩缉——跟踪追捕。

# 第九十五回
## 因讹成实元妃薨逝　以假混真宝玉疯癫

**【题解】**

　　续作者硬派出身于官宦之家的妙玉来扮演巫婆角色，让她画符念咒，见神弄鬼，以便得到乩书中那几句并不难懂的话，为将来癫和尚送玉，以至最后僧道挟持宝玉出家先造舆论。

　　元春之死本应与宫闱内部政治势力斗争相关，故其《恨无常》曲中曾"向爹娘梦里相寻告：儿命已入黄泉，天伦呵，须要退步抽身早！"说得极显豁，极悲险。脂评还指出她的死"乃通部书之大过节、大关键"之一。现在这一切都丢开了，反通过元春之死称功颂德一番，说是因为"圣眷隆重，身体发福"才"多痰"致疾的，仿佛她的死也足以显示皇恩浩荡似的。

　　失玉后，有谋财者"以假混真"，送来赝品，宝玉没瞧就知其假。这是将通灵玉说得与宝玉是一体，如同其心智魂灵一般，所以丢失了才会丧魂落魄，成了"疯癫"。


　　话说茗烟在门口和小丫头子说宝玉的玉有了，那小丫头急忙回来告诉宝玉。众人听了，都推着宝玉出去问他，众人在廊下听着。宝玉也觉放心，便走到门口，问道："你哪里得了？快拿来。"茗烟道："拿是拿不来的，还得托人做保去呢。"宝玉道："你快说是怎么得的，我好叫人取去。"茗烟道："我在外头知道林爷爷去测字，我就跟了去。我听见说在当铺里找，我没等他说完，便跑到几个当铺里去。我比给他们瞧，有一家便说有。我说：'给我罢。'那铺子里要票子。我说：'当多少钱？'他说：'三百钱的也有，五百钱的也有。前儿有一个人拿这么一块玉，当了三百钱去；今儿又有人也拿了一块玉，当了五百钱去。'"宝玉不等说完，便道："你快拿三百五百钱去取了来，我们挑着看是不是。"里头袭人便啐道："二爷不用理他！我小时候儿听见我哥哥常说，有些人卖那些小玉儿，没钱用，便去当。想来是家家当铺里有的。"众人正在听得诧异，被袭人一说，想了一想，倒大家笑起来，说："快叫二爷进来罢，不用理那糊涂东西了。他说的那些玉，想来不是正经东西。"

　　宝玉正笑着，只见岫烟来了。原来岫烟走到栊翠庵见了妙玉，不及闲话，便求妙玉扶乩①。妙玉冷笑几声，说道："我与姑娘来往，为的是姑娘不是势利场中的人。今日怎么听了哪里的谣言，过来缠我？况且我并不晓得什么叫扶乩。"说着，将要不理。岫烟懊悔

---

　　① 扶乩（jī 机）——也叫"扶鸾"。一种请神问疑的迷信活动：由二人扶一"丁"字形的木架在沙盘上，谓神降时，木架即随神的意志划字，能为人决疑治病，预示吉凶。

此来,知她脾气是这么着的,"一时我已说出,不好白回去,又不好与她质证她会扶乩的话。"只得陪着笑将袭人等性命关系的话说了一遍。见妙玉略有活动,便起身拜了几拜。妙玉叹道:"何必为人作嫁!但是我进京以来,素无人知,今日你来破例,恐将来缠绕不休。"岫烟道:"我也一时不忍,知你必是慈悲的。便是将来他人求你,愿不愿在你,谁敢相强?"妙玉笑了一笑,叫道婆焚香,在箱子里找出沙盘乩架,书了符,命岫烟行礼,祝告毕,起来同妙玉扶着乩。不多时,只见那仙乩疾书道:

噫!来无迹,去无踪,青埂峰下倚古松。欲追寻,山万重,入我门来一笑逢。

书毕,停了乩。岫烟便问:"请是何仙?"妙玉道:"请的是拐仙①。"岫烟录了出来,请教妙玉解识。妙玉道:"这个可不能,连我也不懂。你快拿去,他们的聪明人多着哩。"

岫烟只得回来。进入院中,各人都问:"怎么样了?"岫烟不及细说,便将所录乩语递与李纨。众姊妹及宝玉争看,都解的是:"一时要找是找不着的,然而丢是丢不了的,不知几时不找便出来了。但是青埂峰不知在哪里?"李纨道:"这是仙机隐语。咱们家里哪里跑出青埂峰来?必是谁怕查出,撂在有松树的山子石底下,也未可定。独是'入我门来'这句,到底是入谁的门呢?"黛玉道:"不知请的是谁?"岫烟道:"拐仙。"探春道:"若是仙家的门,便难入了。"

袭人心里着忙,便捕风捉影地混找,没一块石底下不找到,只是没有。回到院中,宝玉也不问有无,只管傻笑。麝月着急道:"小祖宗!你到底是哪里丢的?说明了,我们就是受罪,也在明处啊!"宝玉笑道:"我说外头丢的,你们又不依。你如今问我,我知道么?"李纨、探春道:"今儿从早起闹起,已到三更来的天了。你瞧林妹妹已经撑不住,各自去了。我们也该歇歇儿了,明儿再闹罢。"说着,大家散去。宝玉即便睡下。可怜袭人等哭一回,想一回,一夜无眠。暂且不提。

且说黛玉先自回去,想起"金""石"的旧话来,反自喜欢,心里说道:"和尚道士的话真个信不得。果真'金''玉'有缘,宝玉如何能把这玉丢了呢?或者因我之事,拆散他们的'金玉'也未可知。"想了半天,更觉安心,把这一天的劳乏竟不理会,重新倒看起书来。紫鹃倒觉身倦,连催黛玉睡下。黛玉虽躺下,又想到海棠花上,说:"这块玉原是胎里带来的,非比寻常之物,来去自有关系。若是这花主好事呢,不该失了这玉呀!看来此花开的不祥,莫非他有不吉之事?"不觉又伤起心来。又转想到喜事上头,此花又似应开,此玉又似应失,如此一悲一喜,直想到五更方睡着。

次日,王夫人等早派人到当铺里去查问,凤姐暗中设法寻找。一连闹了几天,总无下落。还喜贾母、贾政未知。袭人等每日提心吊胆。宝玉也好几天不上学,只是怔怔的,不言不语,没心没绪的。王夫人只知他因失玉而起,也不大着意。那日正在纳闷,忽见贾琏进来请安,嘻嘻地笑道:"今日听得军机贾雨村打发人来告诉二老爷说,舅太爷升了内阁大学士,奉旨来京,已定明年正月二十日宣麻②。有三百里的文书③去了,想舅太爷昼夜趱行,半个

---

① 拐仙——传说中的"八仙"之一"铁拐李"。相传他姓李名玄,遇太上老君而得道,跛足,拄铁拐杖。
② 宣麻——宣布任命。唐代任免将相,以黄、白麻纸书写诏书,宣告于朝廷,叫宣麻。
③ 三百里的文书——日夜行程三百里的急递公文。

多月就要到了。侄儿特来回太太知道。"王夫人听说，便欢喜非常。正想娘家人少，薛姨妈家又衰败了，兄弟又在外任，照应不着。今日忽听兄弟拜相回京，王家荣耀，将来宝玉都有倚靠，便把失玉的心又略放开些了。天天专望兄弟来京。

忽一天，贾政进来，满脸泪痕，喘吁吁地说道："你快去禀知老太太，即刻进宫。不用多人的，是你服侍进去。因娘娘忽得暴病，现在太监在外立等。他说：'太医院已经奏明痰厥①，不能医治。'"王夫人听说，便大哭起来。贾政道："这不是哭的时候，快快去请老太太。说得宽缓些，不要吓坏了老人家。"贾政说着，出来吩咐家人伺候。王夫人收了泪，去请贾母，只说元妃有病，进去请安。贾母念佛道："怎么又病了？前番吓得我了不得，后来又打听错了。这回情愿再错了也罢。"王夫人一面回答，一面催鸳鸯等开箱取衣饰，穿戴起来。王夫人赶着回到自己房中，也穿戴好了，过来伺候。一时出厅，上轿进宫。不提。

且说元春自选了凤藻宫后，圣眷隆重，身体发福，未免举动费力。每日起居劳乏，时发痰疾。因前日侍宴回宫，偶沾寒气，勾起旧病。不料此回甚属利害，竟至痰气壅塞，四肢厥冷。一面奏明，即召太医调治。岂知汤药不进，连用通关之剂②，并不见效。内官忧虑，奏请预办后事，所以传旨命贾氏椒房进见。贾母、王夫人遵旨进宫，见元妃痰塞口涎，不能言语。见了贾母，只有悲泣之状，却少眼泪。贾母进前请安，奏些宽慰的话。少时贾政等职名递进，宫嫔传奏，元妃目不能顾，渐渐脸色改变。内宫太监即要奏闻，恐派各妃看视，椒房姻戚未便久羁，请在外宫伺候。贾母、王夫人怎忍便离，无奈国家制度，只得下来，又不敢啼哭，惟有心内悲感。朝门内官员有信。不多时，只见太监出来，立传钦天监。贾母便知不好，尚未敢动。稍刻，小太监传谕出来说："贾娘娘薨逝。"是年甲寅年十二月十八日立春，元妃薨日是十二月十九日，已交卯年寅月，存年四十三岁。贾母含悲起身，只得出宫上轿回家。贾政等亦已得信，一路悲戚。到家中，邢夫人、李纨、凤姐、宝玉等出厅，分东西迎着贾母请了安，并贾政、王夫人请安，大家哭泣。不提。

次日早起，凡有品级的，按贵妃丧礼，进内请安哭临③。贾政又是工部，虽按照仪注办理，未免堂上又要周旋他些，同事又要请教他，所以两头更忙，非比从前太后与周妃的丧事了。但元妃并无所出，惟谥曰"贤淑贵妃"。此是王家制度，不必多赘。只讲贾府中男女天天进宫，忙得了不得。幸喜凤姐儿近日身子好些，还得出来照应家事，又要预备王子腾进京，接风贺喜。凤姐胞兄王仁知道叔叔入了内阁，仍带家眷来京。凤姐心里喜欢，便有些心病，有这些娘家的人，也便撑开，所以身子倒觉比前好了些。王夫人看见凤姐照旧办事，又把担子卸了一半，又眼见兄弟来京，诸事放心，倒觉安静些。

独有宝玉原是无职之人，又不念书，代儒学里知他家里有事，也不来管他；贾政正忙，自然没有空儿查他。想来宝玉趁此机会竟可与姊妹们天天畅乐。不料他自失了玉后，

---

① 痰厥——中医病名，因痰涎壅塞而呈昏迷状态的危症。
② 通关之剂——中医所说的通关开窍的药，如通关散等。治痰壅、昏厥、牙关紧闭等症。
③ 哭临——封建时代帝后之丧，集众举哀，叫"哭临"，即"哭临宫殿"的意思。

终日懒怠走动，说话也糊涂了。并贾母等出门回来，有人叫他去请安，便去；没人叫他，他也不动。袭人等怀着鬼胎，又不敢去招惹他，恐他生气。每天茶饭，端到面前便吃，不来也不要。袭人看这光景，不像是有气，竟像是有病的。袭人偷着空儿到潇湘馆告诉紫鹃，说是"二爷这么着，求姑娘给他开导开导。"紫鹃虽即告诉黛玉，只因黛玉想着亲事上头，一定是自己了，如今见了他，反觉不好意思："若是他来呢，原是小时在一处的，也难不理他；若说我去他，断断使不得。"所以黛玉不肯过来。袭人又背地里去告诉探春。哪知探春心里明明知道海棠开得怪异，"宝玉"失得更奇，接连着元妃姐姐薨逝，谅家道不祥，日日愁闷，哪有心肠去劝宝玉。况兄妹们男女有别，只好过来一两次。宝玉又终是懒懒的，所以也不大常来。

宝钗也知失玉。因薛姨妈那日应了宝玉的亲事，回去便告诉了宝钗。薛姨妈还说："虽是你姨妈说了，我还没有应准，说等你哥哥回来再定。你愿意不愿意？"宝钗反正色地对母亲道："妈妈这话说错了。女孩儿家的事情是父母做主的。如今我父亲没了，妈妈应该做主的；再不然，问哥哥；怎么问起我来？"所以薛姨妈更爱惜她，说她虽是从小娇养惯的，却也生来的贞静。因此，在她面前，反不提起宝玉了。宝钗自从听此一说，把"宝玉"两字自然更不提起。如今虽然听见失了玉，心里也甚惊疑，倒不好问，只得听旁人说去，竟像不与自己相干的。只有薛姨妈打发丫头过来了好几次问信，因她自己的儿子薛蟠的事焦心，只等哥哥进京，便好为他出脱罪名；又知元妃已薨，虽然贾府忙乱，却得凤姐好了，出来理家，也把贾家的事撂开了。只苦了袭人，虽然在宝玉跟前低声下气的服侍劝慰，宝玉竟是不懂，袭人只有暗暗地着急而已。

过了几日，元妃停灵寝庙①，贾母等送殡去了几天。岂知宝玉一日呆似一日，也不发烧，也不疼痛，只是吃不像吃，睡不像睡，甚至说话都无头绪。那袭人、麝月等一发慌了，回过凤姐几次。凤姐不时过来，起先道是找不着玉生气，如今看他失魂落魄的样子，只有日日请医调治。煎药吃了好几剂，只有添病的，没有减病的。及至问他哪里不舒服，宝玉也不说出来。

直至元妃事毕，贾母惦记宝玉，亲自到园看视。王夫人也随过来。袭人等忙叫宝玉接去请安。宝玉虽说是病，每日原起来行动。今日叫他接贾母去，他依然仍是请安，惟是袭人在旁扶着指教。贾母见了，便道："我的儿，我打量你怎么病着，故此过来瞧你。今你依旧的模样儿，我的心放了好些。"王夫人也自然是宽心的。但宝玉并不回答，只管嘻嘻地笑。贾母等进屋坐下，问他的话，袭人教一句，他说一句，大不似往常，直是一个傻子似的。贾母愈看愈疑，便说："我才进来看时，不见有什么病；如今细细一瞧，这病果然不轻，竟是神魂失散的样子。到底因什么起的呢？"王夫人知事难瞒，又瞧瞧袭人怪可怜的样子，只得便依着宝玉先前的话，将那往南安王府里去听戏时丢了这块玉的话，悄悄地告诉了一遍。心里也彷徨得很，生恐贾母着急，并说："现在着人在四下里找寻，求签问卦，都说在当铺里找，少不得找着的。"贾母听了，急得站起来，眼泪直流，说道："这件玉如何是丢得的！你们忒不懂事了！难道老爷也是撂开手的不成？"王夫人知

---

① 寝庙——指古代宗庙前后的两个部分。《礼记·月令》郑玄注："凡庙，前曰庙，后曰寝"。

贾母生气，叫袭人等跪下，自己敛容低首，回说："媳妇恐老太太着急，老爷生气，都没敢回。"贾母咳道："这是宝玉的命根子。因丢了，所以他是这么失魂丧魄的。还了得！况是这玉满城里都知道，谁捡了去，便叫你们找出来么？叫人快快请老爷，我与他说。"那时，吓得王夫人、袭人等俱哀告道："老太太这一生气，回来老爷更了不得了。现在宝玉病着，交给我们尽命地找来就是了。"贾母道："你们怕老爷生气，有我呢！"便叫麝月传人去请。不一时，传进话来，说："老爷谢客去了。"贾母道："不用他也使得。你们便说我说的话，暂且也不用责罚下人，我便叫琏儿来，写出赏格，悬在前日经过的地方，便说，有人捡得送来者，情愿送银一万两；如有知人捡得，送信找得者，送银五千两。如真有了，不可吝惜银子。这么一找，少不得就找出来了。若是靠着咱们家几个人找，就找一辈子，也不能得！"王夫人也不敢直言。贾母传话告诉贾琏，叫他速办去了。贾母便叫人："将宝玉动用之物，都搬到我那里去。只派袭人、秋纹跟过来，余者仍留园内看屋子。"宝玉听了，终不言语，只是傻笑。

贾母便携了宝玉起身，袭人等搀扶出园。回到自己房中，叫王夫人坐下，看人收拾里间屋内安置，便对王夫人道："你知道我的意思么？我为的园里人少，怡红院里的花树忽萎忽开，有些奇怪。头里仗着一块玉能除邪祟，如今此玉丢了，生恐邪气易侵，故我带他过来一块儿住着。这几天也不用叫他出去。大夫来，就在这里瞧。"王夫人听说，便接口道："老太太想的自然是。如今宝玉同着老太太住了，老太太的福气大，不论什么都压住了。"贾母道："什么福气！不过我屋里干净些，经卷也多，都可以念念，定定心神。你问宝玉，好不好？"那宝玉见问，只是笑。袭人叫他说"好"，宝玉也就说"好"。王夫人见了这般光景，未免落泪，在贾母这里，不敢出声。贾母知王夫人着急，便说道："你回去罢，这里有我调停他。晚上老爷回来，告诉他不必来见我，不许言语就是了。"王夫人去后，贾母叫鸳鸯找些安神定魄的药，按方吃了。不提。

且说贾政当晚回家，在车内听见道儿上人说道："人要发财，也容易得很。"那个问道："怎么见得？"这个人又道："今日听见荣府里丢了什么哥儿的玉了，贴着招帖儿，上头写着玉的大小式样颜色，说有人捡了送去，就给一万两银子；送信的还给五千呢。"贾政虽未听得如此真切，心里诧异，急忙赶回，便叫门上的人，问起那事来。门上的人禀道："奴才头里也不知道，今儿晌午，琏二爷传出老太太的话，叫人去贴帖儿，才知道的。"贾政便叹气道："家道该衰，偏生养这么一个孽障！才养他的时候，满街的谣言，隔了十几年，略好了些。这会子又大张晓谕地找玉，成何道理！"说着，忙走进里头去问王夫人。王夫人便一五一十地告诉。贾政知是老太太的主意，又不敢违拗，只抱怨王夫人几句。又走出来，叫瞒着老太太，背地里揭了这个帖儿下来。岂知早有那些游手好闲的人揭了去了。

过了些时，竟有人到荣府门上，口称送玉来。家内人们听见，喜欢得不得了，便说："拿来，我给你回去。"那人便怀内掏出赏格来，指给门上人瞧："这不是你府上的帖子么，写明送玉来的给银一万两。二太爷，你们这会子瞧我穷，回来我得了银子，就是个财主了。别这么待理不理的！"门上听他话头来得硬，说道："你到底略给我瞧一瞧，我好给你回去。"那人初倒不肯，后来听人说得有理，便掏出那玉，托在掌中一扬，说："这是不是？"众家人原是在外服役，只知有玉，也不常见，今日才看见这玉的模样儿了，急忙跑到里头，抢头报似的。那日贾政、贾赦出门，只有贾琏在家。众人回明，贾琏还细问："真不真？"门上人口称："亲眼见过，只是不给奴才，要见主子，一手交银，一手交玉。"贾琏却也喜欢，忙去禀知王夫人，即便回明贾母。把个袭人乐得合掌念佛。贾母并不改口，一叠连声："快叫琏儿请那人到书房内坐下，将玉取来一看，即便送银。"贾琏依言，请那人进来，当客待他，用好言道谢："要借这玉送到里头，本人见了，谢银分厘不短。"那人只得将一个红绸子包儿送过去。贾琏打开一看，可不是那一块晶莹美玉吗？贾琏素昔原不理论，今日倒要看看。看了半日，上面的字也仿佛认得出来，什么"除邪祟"等字。贾琏看了，喜之不胜，便叫家人伺候，忙忙的送与贾母、王夫人认去。

这会子惊动了合家的人，都等着争看。凤姐见贾琏进来，便劈手夺去，不敢先看，送到贾母手里。贾琏笑道："你这么一点儿事，还不叫我献功呢！"贾母打开看时，只见那玉比先前昏暗了好些。一面用手擦摸，鸳鸯拿上眼镜儿来，戴着一瞧，说："奇怪！这块玉倒是的。怎么把头里的宝色都没了呢？"王夫人看了一会子，也认不出，便叫凤姐过来看。凤姐看了道："像倒像，只是颜色不大对。不如叫宝兄弟自己一看，就知道了。"袭人在旁，也看着未必是那一块，只是盼得的心盛，也不敢说出不像来。凤姐于是从贾母手中接过来，同着袭人，拿来给宝玉瞧。这时，宝玉正睡着才醒。凤姐告诉道："你的玉有了。"宝玉睡眼蒙眬，接在手里，也没瞧，便往地上一摔，道："你们又来哄我了！"说着，只是冷笑。凤姐连忙拾起来，道："这也奇了，怎么你没瞧就知道呢？"宝玉也不答言，只管笑。王夫人也进屋里来了，见他这样，便道："这不用说了。他那玉原是胎里带来的一种古怪东西，自然他有道理。想来这个必是人见了帖儿，照样做的。"大家此时恍然大悟。

贾琏在外间屋里听见这话，便说道："既不是，快拿来给我问问他去。人家这样事，他敢来鬼混！"贾母喝住道："琏儿，拿了去给他，叫他去罢。那也是穷极了的人没法儿了，所以见我们家有这样事，他便想着赚几个钱，也是有的。如今白白地花了钱，弄了这个东西，又叫咱们认出来了。依着我，不要难为他，把这玉还他，说不是我们的，赏给他几两银子。外头的人知道了，才肯有信儿就送来呢。若是难为了这一个人，就有真的，人家也不敢拿来了。"贾琏答应出去。那人还等着呢，半日不见人来，正在那里心里发虚，只见贾琏气忿忿走出来了。未知何如，下回分解。

# 第 九 十 六 回
## 瞒消息凤姐设奇谋　　泄机关颦儿迷本性

**【题解】**

　　《聊斋》有《姊妹易嫁》故事,凤姐想出来的"调包儿的法子"亦属此类。标目捧其为"设奇谋",细想来却是不计后果的想头。凤姐心思本极精细周密,对宝黛处处爱护有加,以她之大才,真不该出此下策。贾母知人知事,最不糊涂,又最溺爱宝黛,现在写她欣然同意这馊主意,实在让人认不出她来了。

　　机关的泄漏,让黛玉精神上受到致命打击,过程的细节描写,较为成功。只是又让傻大姐来充当捅娄子的角色,总不免有重复原作之憾。黛玉去问宝玉,见了面,两人相对傻笑,是说神志都不清了。这样,就扫除了实施"调包计"的障碍。

　　话说贾琏拿了那块假玉忿忿走出,到了书房。那个人看见贾琏的气色不好,心里先发了虚了,连忙站起来迎着。刚要说话,只见贾琏冷笑道:"好大胆,我把你这个混账东西!这里是什么地方儿,你敢来掉鬼!"回头便问:"小厮们呢?"外头轰雷一般,几个小厮齐声答应。贾琏道:"取绳子去捆起他来!等老爷回来问明了,把他送到衙门里去。"众小厮又一齐答应:"预备着呢。"嘴里虽如此,却不动身。那人先自唬得手足无措,见这般势派,知道难逃公道,只得跪下给贾琏磕头,口口声声只叫:"老太爷别生气!是我一时穷极无奈,才想出这个没脸的营生来。那玉是我借钱做的,我也不敢要了,只得孝敬府里的哥儿玩罢。"说毕,又连连磕头。贾琏啐道:"你这个不知死活的东西!这府里希罕你的那朽不了的浪东西①!"正闹着,只见赖大进来,陪着笑向贾琏道:"二爷别生气了。靠他算个什么东西,饶了他,叫他滚出去罢。"贾琏道:"实在可恶。"赖大、贾琏作好作歹,众人在外头都说道:"糊涂狗攘的!还不给爷和赖大爷磕头呢!快快地滚罢,还等窝心脚呢!"那人赶忙磕了两个头,抱头鼠窜而去。从此,街上闹动了:"贾宝玉弄出'假宝玉'来。"

　　且说贾政那日拜客回来,众人因为灯节底下,恐怕贾政生气,已过去的事了,便也都不肯回。只因元妃的事忙碌了好些时,近日宝玉又病着,虽有旧例家宴,大家无兴,也无有可记之事。到了正月十七日,王夫人正盼王子腾来京,只见凤姐进来回说:"今日

───────────────

　　① 浪东西——假东西,滥货。

二爷在外听得有人传说，我们家大老爷赶着进京，离城只二百多里地，在路上没了。太太听见了没有？"王夫人吃惊道："我没有听见，老爷昨晚也没有说起，到底在哪里听见的？"凤姐道："说是在枢密①张老爷家听见的。"王夫人怔了半天，那眼泪早流下来了，因拭泪说道："回来再叫琏儿索性打听明白了来告诉我。"凤姐答应去了。王夫人不免暗里落泪，悲女哭弟，又为宝玉担忧。如此连三接二，都是不随意的事，哪里搁得住！便有些心口疼痛起来。又加贾琏打听明白了，来说道："舅太爷是赶路劳乏，偶然感冒风寒，到了十里屯地方，延医调治；无奈这个地方没有名医，误用了药，一剂就死了。但不知家眷可到了那里没有。"王夫人听了，一阵心酸，便心口疼得坐不住，叫彩云等扶了上炕，还扎挣着叫贾琏去回了贾政，"即速收拾行装，迎到那里，帮着料理完毕，即刻回来告诉我们，好叫你媳妇儿放心。"贾琏不敢违拗，只得辞了贾政起身。

贾政早已知道，心里很不受用，又知宝玉失玉以后，神志昏愦，医药无效；又值王夫人心疼。那年正值京察②，工部将贾政保列一等；二月，吏部带领引见。皇上念贾政勤俭谨慎，即放了江西粮道。即日谢恩，已奏明起程日期。虽有众亲朋贺喜，贾政也无心应酬，只念家中人口不宁，又不敢耽延在家。

正在无计可施，只听见贾母那边叫："请老爷。"贾政即忙进去，看见王夫人带着病也在那里，便向贾母请了安。贾母叫他坐下，便说："你不日就要赴任，我有多少话与你说，不知你听不听？"说着，掉下泪来。贾政忙站起来，说道："老太太有话，只管吩咐，儿子怎敢不遵命呢？"贾母咽哽着说道："我今年八十一岁的人了，你又要做外任去。偏有你大哥在家，你又不能告亲老③。你这一去了，我所疼的只有宝玉，偏偏的又病得糊涂，还不知道怎么样呢！我昨日叫赖升媳妇出去，叫人给宝玉算算命，这先生算得好灵，说：'要娶了金命的人帮扶他，必要冲冲喜才好；不然，只怕保不住。'我知道你不信那些话，所以教你来商量。你的媳妇也在这里，你们两个也商量商量，还是要宝玉好呢？还是随他去呢？"贾政陪笑说道："老太太当初疼儿子这么疼的，难道做儿子的就不疼自己的儿子不成么？只为宝玉不上进，所以时常恨他，也不过是恨铁不成钢的意思。老太太既要给他成家，这也是该当的，岂有逆着老太太不疼他的理！如今宝玉病着，儿子也是不放心。因老太太不叫他见我，所以儿子也不敢言语。我到底瞧瞧宝玉是个什么病。"王夫人见贾政说着，也有些眼圈儿红，知道心里是疼的，便叫袭人扶了宝玉来。宝玉见了他父亲，袭人叫他请安，他便请了个安。贾政见他脸面很瘦，目光无神，大有疯傻之状，便叫人扶了进去，便想到："自己也是望六④的人了，如今又放外任，不知道几年回来。倘或这孩子果然不好，一则年老无嗣，虽说有孙子，到底隔了一层；二则老太太最疼的是宝玉，若有差错，可不是我的罪名更重了？"瞧瞧王夫人一包眼泪，又想到她身上，复站起来说："老太太这么大年纪，想法儿疼孙子，做儿子的还敢违拗？老太太主意该怎么便怎么就是

---

① 枢密——本"枢密使"的简称，为枢密院首长，掌军机、边防等事务。后对军机大臣也尊称"枢密"。
② 京察——考核京官的一种制度。明代规定六年举行一次，清代改为三年一次。
③ 告亲老——官吏因父母或祖父母年老，家中无兄弟者可辞官回家养亲，叫"告亲老"，也叫"告终养"。
④ 望六——将近六十岁。

了。但只姨太太那边，不知说明白了没有？”王夫人便道：“姨太太是早应了的。只为蟠儿的事没有结案，所以这些时总没提起。”贾政又道：“这就是第一层的难处。他哥哥在监里，妹子怎么出嫁？况且贵妃的事虽不禁婚嫁，宝玉应照已出嫁的姐姐，有九个月的功服[①]，此时也难娶亲。再者，我的起身日期已经奏明，不敢耽搁，这几天怎么办呢？”

　　贾母想了一想：“说得果然不错。若是等这几件事过去，他父亲又走了。倘或这病一天重似一天，怎么好？只可越些礼办了才好。”想定主意，便说道：“你若给他办呢，我自然有个道理，包管都碍不着。姨太太那边，我和你媳妇亲自过去求她。蟠儿那里，我央蝌儿去告诉他，说是要救宝玉的命，诸事将就，自然应的。若说服里娶亲，当真使不得。况且宝玉病着，也不可教他成亲，不过是冲冲喜。我们两家愿意，孩子们又有‘金玉’的道理，婚是不用合的了。即挑了好日子，按着咱们家份儿过了礼[②]。赶着挑个娶亲日子，一概鼓乐不用，倒按宫里的样子，用十二对提灯，一乘八人轿子抬了来，照南边规矩拜了堂，一样坐床撒帐[③]，可不是算娶了亲了么？宝丫头心地明白，是不用虑的。内中又有袭人，也还是个妥妥当当的孩子，再有个明白人常劝她，更好。她又和宝丫头合得来。再者，姨太太曾说：‘宝丫头的金锁也有个和尚说过，只等有玉的便是婚姻。’焉知宝丫头过来，不因金锁倒招出他那块玉来，也定不得。从此一天好似一天，岂不是大家的造化？这会子只要立刻收拾屋子，铺排起来，这屋子是要你派的。一概亲友不请，也不排筵席；待宝玉好了，过了功服，然后再摆席请人。这么着，都赶得上；你也看见了他们小两口的事，也好放心地去。”

　　贾政听了，原不愿意，只是贾母做主，不敢违命，勉强陪笑说道：“老太太想得极是，也很妥当。只是要吩咐家下众人，不许吵嚷得里外皆知，这要担不是的。姨太太那边，只怕不肯；若是果真应了，也只好按着老太太的主意办去。”贾母道：“姨太太那里有我呢，你去吧。”贾政答应出来，心中好不自在。因赴任事多，部里领凭，亲友们荐人，种种应酬不绝，竟把宝玉的事听凭贾母交与王夫人、凤姐儿了。惟将荣禧堂后身王夫人内屋旁边一大跨所二十余间房屋指与宝玉，余者一概不管。贾母定了主意，叫人告诉他去，贾政只说很好。此是后话。

　　且说宝玉见过贾政，袭人扶回里间炕上。因贾政在外，无人敢与宝玉说话，宝玉便昏昏沉沉地睡去。贾母与贾政所说的话，宝玉一句也没有听见。袭人等却静静儿地听得明白。头里虽也听得些风声，到底影响，只不见宝钗过来，却也有些信真。今日听了这些话，心里方才水落归槽，倒也喜欢。心里想道：“果然上头的眼力不错，这才配得是。我也造化。若她来了，我可以卸了好些担子。但是这一位的心里只有一个林姑娘，幸亏

　①　九个月的功服——旧时丧服根据亲疏分五等，在时间和服式上都有差别，即斩衰、齐衰、大功、小功、缌麻，称“五服”。功服，指大功、小功；大功服期九个月，小功五个月。大功丧服用粗熟麻布制。元春是宝玉已嫁的姊妹，按礼穿大功服。

　②　过礼——古称“纳币”，俗称“过定”。婚嫁双方议定后，男方送聘礼至女方家，叫“过礼”。

　③　坐床撒帐——旧时婚礼的一种风俗。新郎新娘入洞房，并坐于床沿，男向右，女向左，妇女以金钱彩果散掷，或由傧相撒果于帐中，并说吉祥话以示祝贺。见宋代孟元老《东京梦华录·娶妇》及《清稗类钞·婚姻》。

他没有听见，若知道了，又不知要闹到什么份儿了。"袭人想到这里，转喜为悲，心想："这件事怎么好？老太太、太太哪里知道他们心里的事？一时高兴，说给他知道，原想要他病好——若是他仍似前的心事：初见林姑娘，便要摔玉砸玉；况且那年夏天在园里，把我当作林姑娘，说了好些私心话；后来因为紫鹃说了句玩话儿，便哭得死去活来——若是如今和他说要娶宝姑娘，竟把林姑娘撩开，除非是他人事不知还可，若稍明白些，只怕不但不能冲喜，竟是催命了！我再不把话说明，那不是一害三个人了么？"袭人想定主意，待等贾政出去，叫秋纹照看着宝玉，便从里间出来，走到王夫人身旁，悄悄地请了王夫人到贾母后身屋里去说话。贾母只道是宝玉有话，也不理会，还在那里打算怎么过礼，怎么娶亲。

那袭人同了王夫人到了后间，便跪下哭了。王夫人不知何意，把手拉着她说："好端端的，这是怎么说？有什么委屈，起来说。"袭人道："这话奴才是不该说的，这会子因为没有法儿了。"王夫人道："你慢慢地说。"袭人道："宝玉的亲事，老太太、太太已定了宝姑娘了，自然是极好的一件事。只是奴才想着，太太看去，宝玉和宝姑娘好，还是和林姑娘好呢？"王夫人道："他两个因从小儿在一处，所以宝玉和林姑娘又好些。"袭人道："不是'好些'。"便将宝玉素与黛玉这些光景一一地说了，还说："这些事都是太太亲眼见的。独是夏天的话，我从没敢和别人说。"王夫人拉着袭人道："我看外面儿已瞧出几分来了，你今儿一说，更加是了。但是刚才老爷说的话，想必都听见了，你看他的神情儿怎么样？"袭人道："如今宝玉若有人和他说话，他就笑，没人和他说话，他就睡，所以头里的话却倒都没听见。"王夫人道："倒是这件事叫人怎么样呢？"袭人道："奴才说是说了，还得太太告诉老太太，想个万全的主意才好。"王夫人便道："既这么着，你去干你的，这时候满屋子的人，暂且不用提起，等我瞅空儿回明老太太，再作道理。"说着，仍到贾母跟前。

贾母正在那里和凤姐儿商议，见王夫人进来，便问道："袭人丫头说什么，这么鬼鬼祟祟的？"王夫人趁问，便将宝玉的心事细细回明贾母。贾母听了，半日没言语。王夫人和凤姐也都不再说了。只见贾母叹道："别的事都好说。林丫头倒没有什么。若宝玉真是这样，这可叫人作了难了！"只见凤姐想了一想，因说道："难倒不难，只是我想了个主意，不知姑妈肯不肯。"王夫人道："你有主意，只管说给老太太听，大家娘儿们商量着办罢了。"凤姐道："依我想，这件事只有一个调包儿的法子。"贾母道："怎么调包儿？"凤姐道："如今不管宝兄弟明白不明白，大家吵嚷起来，说是老爷做主，将林姑娘配了他了。瞧他的神情儿怎么样。要是他全不管，这个包儿也就不用掉了；若是他有些喜欢的意思，这事却要大费周折呢！"王夫人道："就算他喜欢，你怎么样办法呢？"凤姐走到王夫人耳边，如此这般的说了一遍。王夫人点了几点头儿，笑了一笑，说道："也罢了。"贾母便问道："你娘儿两个捣鬼，到底告诉我是怎么着呀！"凤姐恐贾母不懂，露泄机关，便也向耳边轻轻地告诉了一遍。贾母果真一时不懂，凤姐笑着又说了几句。贾母笑道："这么着也好，可就只忒苦了宝丫头了。倘或吵嚷出来，林丫头又怎么样呢？"凤姐道："这个话原只说给宝玉听，外头一概不许提起，有谁知道呢？"

正说间，丫头传进话来，说："琏二爷回来了。"王夫人恐贾母问及，使个眼色与凤姐。凤姐便出来迎着贾琏，努了个嘴儿，同到王夫人屋里等着去了。一会儿，王夫人进来，已见凤姐哭得两眼通红。贾琏请了安，将到十里屯料理王子腾的丧事的话说了一遍，便说："有恩旨赏了内阁的职衔，谥了文勤公，命本宗扶枢回籍，着沿途地方官员照料。昨日起身，连家眷回南去了。舅太太叫我回来请安问好，说如今想不到不能进京，有多少话不能说。听见我大舅子要进京，若是路上遇见了，便叫他来到咱们这里细细地说。"王夫人听毕，其悲痛自不必言。凤姐劝慰了一番，"请太太略歇一歇，晚上来，再商量宝玉的事罢。"说毕，同了贾琏回到自己房中，告诉了贾琏，叫他派人收拾新房。不提。

一日，黛玉早饭后，带着紫鹃到贾母这边来，一则请安，二则也为自己散散闷。出了潇湘馆，走了几步，忽然想起忘了手绢子来，因叫紫鹃回去取来，自己却慢慢地走着等她。刚走到沁芳桥那边山石背后、当日同宝玉葬花之处，忽听一个人呜呜咽咽在那里哭。黛玉煞住脚听时，又听不出是谁的声音，也听不出哭着叨叨的是些什么话。心里甚是疑惑，便慢慢地走去。及到了跟前，却见一个浓眉大眼的丫头在那里哭呢。黛玉未见她时，还只疑府里这些大丫头有什么说不出的心事，所以来这里发泄发泄；及至见了这个丫头，却又好笑，因想到："这种蠢货，有什么情种！自然是那屋里作粗活的丫头，受了大女孩子的气了。"细瞧了一瞧，却不认得。那丫头见黛玉来了，便也不敢再哭，站起来拭眼泪。

黛玉问道："你好好的为什么在这里伤心？"那丫头听了这话，又流泪道："林姑娘，你评评这个理。她们说话，我又不知道，我就说错了一句话，我姐姐也不犯就打我呀！"黛玉听了，不懂她说的是什么，因笑问道："你姐姐是哪一个？"那丫头道："就是珍珠姐姐。"黛玉听了，才知道她是贾母屋里的，因又问："你叫什么？"那丫头道："我叫傻大姐儿。"黛玉笑了一笑，又问："你姐姐为什么打你？你说错了什么话了？"那丫头道："为什么呢，就是为我们宝二爷娶宝姑娘的事情。"黛玉听了这句话，如同一个疾雷，心头乱跳。略定了定神，便叫这丫头："你跟了我这里来。"那丫头跟着黛玉到那犄角儿上葬桃花的去处，那里背静。黛玉因问道："宝二爷娶宝姑娘，她为什么打你呢？"傻大姐道："我们老太太和太太、二奶奶商量了，因为我们老爷要起身，说就赶着往姨太太商量，把宝姑娘娶过来罢。头一宗，给宝二爷冲什么喜；第二宗……"说到这里，又瞅着黛玉笑了一笑，才说道："赶着办了，还要给林姑娘说婆婆家呢。"黛玉已经听呆了。这丫头只管说道："我又不知道她们怎么商量的，不叫人吵嚷，怕宝姑娘听见害臊。我白和宝二爷屋里的袭人姐姐说了一句：'咱们明儿更热闹了，又是宝姑娘，又是宝二奶奶，这可怎么叫呢？'林姑娘，你说我这话害着珍珠姐姐什么了吗？她走过来就打了我一个嘴巴，说我混说，不遵上头的话，要撵出我去。我知道上头为什么不叫言语呢？你们又没告诉我，就打我！"说着，又哭起来。

那黛玉此时心里竟是油儿、酱儿、糖儿、醋儿倒在一处的一般，甜、苦、酸、咸，竟说不上什么味儿来了。停了一会儿，颤巍巍地说道："你别混说了。你再混说，叫人听见，又要打你了。你去罢。"说着，自己转身要回潇湘馆去。那身子竟有千百斤重的，两只脚却像踩着棉花一般，早已软了，只得一步一步慢慢地走将来。走了半天，还没到沁芳桥畔。原来脚下软了，走得慢，且又迷迷痴痴，信着脚从那边绕过来，更添了两箭地的路。这时刚到沁芳桥畔，却又不知不觉地顺着堤往回里走起来。紫鹃取了绢子来，却不见黛玉。正在那里看时，只见黛玉颜色雪白，身子晃晃荡荡的，眼睛也直直的，在那里东转西转。又见一个丫头往前头走了，离得远，也看不出是哪一个来。心中惊疑不定，只得赶过来，轻轻地问道："姑娘怎么又回去？是要往哪里去？"黛玉也只模糊听见，随口应道："我问问宝玉去。"紫鹃听了，摸不着头脑，只得搀着她到贾母这边来。

黛玉走到贾母门口，心里微觉明晰，回头看见紫鹃搀着自己，便站住了问道："你作什么来的？"紫鹃陪笑道："我找了绢子来了。头里见姑娘在桥那边呢，我赶着过去问姑娘，姑娘没理会。"黛玉笑道："我打量你来瞧宝二爷来了呢，不然怎么往这里走呢？"紫鹃见她心里迷惑，便知黛玉必是听见那丫头什么话了，惟有点头微笑而已。只是心里怕她见了宝玉，那一个已经是疯疯傻傻，这一个又这样恍恍惚惚，一时说出些不大体统的话来，那时如何是好？心里虽如此想，却也不敢违拗，只得搀她进去。

那黛玉却又奇怪了，这时不似先前那样软了，也不用紫鹃打帘子，自己掀起帘子进来，却是寂然无声。因贾母在屋里歇中觉，丫头们也有脱滑玩去的，也有打盹儿的，也有在那里伺候老太太的。倒是袭人听见帘子响，从屋里出来一看，见是黛玉，便让道："姑娘屋里坐罢。"黛玉笑着道："宝二爷在家么？"袭人不知底里，刚要答言，只见紫鹃在黛玉身后和她努嘴儿，指着黛玉，又摇摇手儿。袭人不解何意，也不敢言语。黛玉却也不理会，自己走进房来。看见宝玉在那里坐着，也不起来让坐，只瞅着嘻嘻地傻笑。黛玉自己坐下，却也瞅着宝玉笑。两个人也不问好，也不说话，也无推让，只管对着脸傻笑起来。袭人看见这番光景，心里大不得主意，只是没法儿。

忽然听着黛玉说道："宝玉，你为什么病了？"宝玉笑道："我为林姑娘病了。"袭人、紫鹃两个吓得面目改色，连忙用言语来岔。两个却又不答言，仍旧傻笑起来。袭人见了这样，知道黛玉此时心中迷惑不减于宝玉，因悄和紫鹃说道："姑娘才好了，我叫秋纹妹妹同着你搀回姑娘，歇歇去罢。"因回头向秋纹道："你和紫鹃姐姐送林姑娘去罢，你可别混说话。"秋纹笑着，也不言语，便来同着紫鹃搀起黛玉。那黛玉也就站起来，瞅着宝玉只管笑，只管点头儿。紫鹃又催道："姑娘，回家去歇歇罢。"黛玉道："可不是？我这就是回去的时候儿了。"说着，便回身笑着出来了，仍旧不用丫头们搀扶，自己却走得比往常飞快。紫鹃、秋纹后面赶忙跟着走。

黛玉出了贾母院门，只管一直走去。紫鹃连忙搀住，叫道："姑娘，往这里来。"黛玉仍是笑着，随了往潇湘馆来。离门口不远，紫鹃道："阿弥陀佛，可到了家了！"只这一句话没说完，只见黛玉身子往前一栽，"哇"的一声，一口血直吐出来。未知性命如何，且听下回分解。

# 第九十七回

## 林黛玉焚稿断痴情　薛宝钗出闺成大礼

【题解】

　　贾母探望黛玉，说的话都能让人看出她已变得冷面寡恩、道貌岸然了，全不像一位慈祥的外祖母对病危的外孙女出自真心的疼爱。

　　黛玉焚稿断痴情的情节，从明代才女冯小青焚稿故事中借得。前此，续作者已取小青《焚余草》中诗句来写过黛玉，如"瘦影自临春水照，卿须怜我我怜卿"即是（第八十九回）。

　　宝玉在与宝钗成大礼的过程中，或喜或疑，又似清醒，又似糊涂，全视情节发展的需要，已可以随意调控。只是宝钗之为人，一直来是个"珍重芳姿"、自尊心极强的姑娘，现在居然要让她扮演如此卑微屈辱的角色，不知其情何以堪！

　　话说黛玉到潇湘馆门口，紫鹃说了一句话，更动了心，一时吐出血来，几乎晕倒，亏了还同着秋纹，两个人挽扶着黛玉到屋里来。那时秋纹去后，紫鹃、雪雁守着，见她渐渐苏醒过来，问紫鹃道："你们守着哭什么？"紫鹃见她说话明白，倒放了心了，因说："姑娘刚才打老太太那边回来，身上觉着不大好，唬得我们没了主意，所以哭了。"黛玉笑道："我哪里就能够死呢！"这一句话没完，又喘成一处。

　　原来黛玉因今日听得宝玉、宝钗的事情，这本是她数年的心病，一时急怒，所以迷惑了本性。及至回来吐了这一口血，心中却渐渐地明白过来，把头里的事一字也不记得了。这会子见紫鹃哭，方模糊想起傻大姐的话来。此时反不伤心，惟求速死，以完此债。这里紫鹃、雪雁只得守着，想要告诉人去，怕又像上次招得凤姐儿说她们失惊打怪的。

　　哪知秋纹回去，神情慌遽，正值贾母睡起中觉来，看见这般光景，便问："怎么了？"秋纹吓得连忙把刚才的事回了一遍。贾母大惊说："这还了得！"连忙着人叫了王夫人、凤姐过来，告诉了她婆媳两个。凤姐道："我都嘱咐到了，这是什么人去走了风呢？这不更是一件难事了吗！"贾母道："且别管那些，先瞧瞧去，是怎么样了。"说着，便起身带着王夫人、凤姐等过来看视。见黛玉颜色如雪，并无一点血色，神气昏沉，气息微细。半日又咳嗽了一阵，丫头递了痰盒，吐出都是痰中带血的。大家都慌了。只见黛玉微微睁眼，看见贾母在她旁边，便喘吁吁地说道："老太太，你白疼了我了！"贾母一闻此言，十分难受，便道："好孩子，你养着罢，不怕的！"黛玉微微一笑，把眼又闭上了。外面丫头进来回凤姐道："大夫来了。"于是大家略避。王大夫同着贾琏进来，诊了脉，说道："尚不妨事。这是郁气伤肝，肝不藏血，所以神气不定。如今要用敛阴止血的药，方可望好。"

王大夫说完，同着贾琏出去开方取药去了。

　　贾母看黛玉神气不好，便出来告诉凤姐等道："我看这孩子的病，不是我咒她，只怕难好。你们也该替她预备预备，冲一冲。或者好了，岂不是大家省心？就是怎么样，也不至临时忙乱。咱们家里这两天正有事呢。"凤姐儿答应了。贾母又问了紫鹃一回，到底不知是哪个说的。贾母心里只是纳闷，因说："孩子们从小儿在一处儿玩，好些是有的。如今大了，懂得人事，就该要分别些，才是做女孩儿的本分，我才心里疼她。若是她心里有别的想头，成了什么人了呢！我可是白疼了她了。你们说了，我倒有些不放心。"因回到房中，又叫袭人来问。袭人仍将前日回王夫人的话并方才黛玉的光景述了一遍。贾母道："我方才看她却还不至糊涂，这个理我就不明白了。咱们这种人家，别的事自然没有的，这心病也是断断有不得的。林丫头若不是这个病呢，我凭着花多少钱都使得；若是这个病，不但治不好，我也没心肠了。"凤姐道："林妹妹的事，老太太倒不必挂心①，横竖有她二哥哥天天同着大夫瞧看。倒是姑妈那边的事要紧。今日早起，听见说，房子不差什么就妥当了。竟是老太太、太太到姑妈那边，我也跟了去，商量商量。就只一件，姑妈家里有宝妹妹在那里，难以说话，不如索性请姑妈晚上过来，咱们一夜都说结了，就好办了。"贾母、王夫人都道："你说得是。今日晚了，明日饭后，咱们娘儿们就过去。"说着，贾母用了晚饭。凤姐同王夫人各自归房。不提。

　　且说次日凤姐吃了早饭过来，便要试试宝玉，走进里间说道："宝兄弟大喜！老爷已择了吉日，要给你娶亲。你喜欢不喜欢？"宝玉听了，只管瞅着凤姐笑，微微地点点头儿。凤姐笑道："给你娶林妹妹过来，好不好？"宝玉却大笑起来。凤姐看着，也断不透他是明白是糊涂，因又问道："老爷说，你好了才给你娶林妹妹呢；若还是这么傻，便不给你娶了。"宝玉忽然正色道："我不傻，你才傻呢。"说着，便站起来说："我去瞧瞧林妹妹，叫她放心。"凤姐忙扶住了，说："林妹妹早知道了。她如今要做新媳妇了，自然害羞，不肯见你的。"宝玉道："娶过来，她到底是见我不见？"凤姐又好笑，又着忙，心里想："袭人的话不差。提了林妹妹，虽说仍旧说些疯话，却觉得明白些。若真明白了，将来不是林姑娘，打破了这个灯虎儿，那饥荒才难打呢！②"便忍笑说道："你好好儿的便见你，若是疯疯颠颠的，她就不见你了。"宝玉说道："我有一个心，前儿已交给林妹妹了。她要过来，横竖给我带来，还放在我肚子里头。"凤姐听着竟是疯话，便出来看着贾母笑。贾母听了，又是笑，又是疼，便说道："我早听见了。如今且不用理他，叫袭人好好地安慰他。咱们走罢。"

　　说着，王夫人也来。大家到了薛姨妈那里，只说惦记着这边的事，来瞧瞧。薛姨妈感激不尽，说些薛蟠的话。喝了茶，薛姨妈才要人告诉宝钗③，凤姐连忙拦住，说："姑妈不必告诉宝妹妹。"又向薛姨妈陪笑说道："老太太此来，一则为瞧姑妈，二则也有句要紧

---

①　挂心——程甲本作"张心"，程乙本作"张逻"，梦稿本作"张罗"，从藤本、王本。

②　"打破了"二句——意谓揭穿了谜底，场面才难收拾呢。灯虎儿，灯谜。打饥荒，指为满足宝玉欲求之事而想出"调包"花样来。

③　宝钗——程甲、程乙诸本无，从藤本。

的话，特请姑妈到那边商议。"薛姨妈听了，点点头儿说："是了。"于是大家又说些闲话，便回来了。

当晚，薛姨妈果然过来，见过了贾母，到王夫人屋里来，不免说起王子腾来，大家落了一回泪。薛姨妈便问道："刚才我到老太太那里，宝哥儿出来请安，还好好儿的，不过略瘦些，怎么你们说得很利害？"凤姐便道："其实也不怎么样，只是老太太悬心。目今老爷又要起身外任去，不知几年才来。老太太的意思，头一件叫老爷看着宝兄弟成了家，也放心；二则也给宝兄弟冲冲喜，借大妹妹的金锁压压邪气，只怕就好了。"薛姨妈心里也愿意，只虑着宝钗委屈，便道："也使得，只是大家还要从长计较计较才好。"王夫人便按着凤姐的话和薛姨妈说，只说："姨太太这会子家里没人，不如把妆奁一概蠲免。明日就打发蝌儿去告诉蟠儿，一面这里过门，一面给他变法儿撕掳官事。"并不提宝玉的心事。又说："姨太太既作了亲，娶过来，早早好一天，大家早放一天心。"正说着，只见贾母差鸳鸯过来候信。薛姨妈虽恐宝钗委屈，然也没法儿，又见这般光景，只得满口应承。鸳鸯回去回了贾母。贾母也甚欢喜，又叫鸳鸯过来求薛姨妈和宝钗说明原故，不叫她受委屈。薛姨妈也答应了，便议定凤姐夫妇作媒人。大家散了。王夫人姊妹不免又叙了半夜话儿。

次日，薛姨妈回家，将这边的话细细地告诉了宝钗，还说："我已经应承了。"宝钗始则低头不语，后来便自垂泪。薛姨妈用好言劝慰，解释了好些话。宝钗自回房内，宝琴随去解闷。薛姨妈又告诉了薛蝌，叫他："明日起身，一则打听审详的事，二则告诉你哥哥一个信儿。你即便回来。"

薛蝌去了四日，便回来回复薛姨妈道："哥哥的事，上司已经准了误杀，一过堂就要题本了，叫咱们预备赎罪的银子。妹妹的事，说：'妈妈做主很好的。赶着办又省了好些银子，叫妈妈不用等我，该怎么着就怎么办罢。'"薛姨妈听了，一则薛蟠可以回家，二则完了宝钗的事，心里安放了好些。便是看着宝钗心里好像不愿意似的，"虽是这样，她是女儿家，素来也孝顺守礼的人，知我应了，她也没得说的。"便叫薛蝌："办泥金庚帖①，填上八字，即叫人送到琏二爷那边去，还问了过礼的日子来，你好预备。本来咱们不惊动亲友，哥哥的朋友，是你说的，都是混账人；亲戚呢，就是贾、王两家，如今贾家是男家，王家无人在京里。史姑娘放定的事，她家没有来请咱们，咱们也不用通知。倒是把张德辉请了来，托他照料些，他上几岁年纪的人，到底懂事。"薛蝌领命，叫人送帖过去。

次日，贾琏过来见了薛姨妈，请了安，便说："明日就是上好的日子，今日过来回姨太太，就是明日过礼罢。只求姨太太不要挑饬②就是了。"说着，捧着通书③来。薛姨妈也谦逊了几句，点头应允。贾琏赶着回去，回明贾政。贾政便道："你回老太太说，既不叫亲友们知道，诸事宁可简便些。若是东西上，请老太太瞧了就是了，不必告诉我。"贾琏答应，

---

① 泥金庚帖——用泥金笺写的订婚帖。上写男女姓名、年庚八字等。旧时多用泥金纸作笺帖用于喜庆事。

② 挑饬——挑剔苛求。

③ 通书——旧称历书或婚书都叫"通书"。历书为择吉日；婚书为男家通知女家迎娶之日期。日子既定"明日"，所奉应是婚书。

进内将话回明贾母。

这里王夫人叫了凤姐命人将过礼的物件都送与贾母过目，并叫袭人告诉宝玉。那宝玉又嘻嘻地笑道："这里送到园里，回来园里又送到这里。咱们的人送，咱们的人收，何苦来呢？"贾母、王夫人听了，都喜欢道："说他糊涂，他今日怎么这么明白呢？"鸳鸯等忍不住好笑，只得上来一件一件的点明给贾母瞧，说："这是金项圈，这是金珠首饰，共八十件。这是妆蟒四十匹。这是各色绸缎一百二十匹。这是四季的衣服，共一百二十件。外面也没有预备羊酒①，这是折羊酒的银子。"贾母看了，都说好，轻轻地与凤姐说道："你去告诉姨太太说：不是虚礼，求姨太太等蟠儿出来，慢慢地叫人给他妹妹做来就是了。那好日子的被褥，还是咱们这里代办了罢。"凤姐答应了出来，叫贾琏先过去，又叫周瑞、旺儿等，吩咐他们："不必走大门，只从园里从前开的便门内送去，我也就过去。这门离潇湘馆还远，倘别处的人见了，嘱咐他们不用在潇湘馆里提起。"众人答应着，送礼而去。宝玉认以为真，心里大乐，精神便觉得好些，只是语言总有些疯傻。那过礼的回来，都不提名说姓，因此上下人等虽都知道，只因凤姐吩咐，都不敢走漏风声。

且说黛玉虽然服药，这病日重一日。紫鹃等在旁苦劝，说道："事情到了这个份儿，不得不说了。姑娘的心事，我们也都知道。至于意外之事，是再没有的。姑娘不信，只拿宝玉的身子说起，这样大病，怎么做得亲呢？姑娘别听瞎话，自己安心保重才好。"黛玉微笑一笑，也不答言，又咳嗽数声，吐出好些血来。紫鹃等看去，只有一息奄奄，明知劝不过来，惟有守着流泪，天天三四趟去告诉贾母。鸳鸯测度贾母近日比前疼黛玉的心差了些，所以不常去回。况贾母这几日的心都在宝钗、宝玉身上，不见黛玉的信儿，也不大提起，只请太医调治罢了。

黛玉向来病着，自贾母起，直到姊妹们的下人，常来问候。今见贾府中上下人等都不过来，连一个问的人都没有，睁开眼，只有紫鹃一人。自料万无生理，因扎挣着向紫鹃说道："妹妹，你是我最知心的，虽是老太太派你服侍我这几年，我拿你就当作我的亲妹妹。"说到这里，气又接不上来。紫鹃听了，一阵心酸，早哭得说不出话来。迟了半日，黛玉又一面喘，一面说道："紫鹃妹妹，我躺着不受用，你扶起我来靠着坐坐才好。"紫鹃道："姑娘的身上不大好，起来又要抖搂②着了。"黛玉听了，闭上眼不言语了。一时，又要起来，紫鹃没法，只得同雪雁把她扶起，两边用软枕靠住，自己却倚在旁边。

黛玉哪里坐得住，下身自觉硌得疼，狠命地撑着。叫过雪雁来道："我的诗本子……"说着，又喘。雪雁料是要她前日所理的诗稿，因找来送到黛玉跟前。黛玉点点头儿，又抬眼看那箱子。雪雁不解，只是发怔。黛玉气得两眼直瞪，又咳嗽起来，又吐了一口血。雪雁连忙回身取了水来，黛玉漱了，吐在盂内。紫鹃用绢子给她拭了嘴。黛玉便拿那绢子指着箱子，又喘成一处，说不上来，闭了眼。紫鹃道："姑娘歪歪儿罢。"黛玉又摇摇头儿。紫鹃料是要绢子，便叫雪雁开箱，拿出一块白绫绢子来。黛玉瞧了，撂在一边，使劲说道：

---

① 羊酒——古时以羊和酒作赐赠或庆贺的礼物，故聘礼中除金银、首饰、衣物、箱笼外，必有羊酒。

② 抖搂——掀开，这里指因掀开衣被而受凉。

"有字的！"紫鹃这才明白过来，要那块题诗的旧帕，只得叫雪雁拿出来，递给黛玉。紫鹃劝道："姑娘歇歇罢，何苦又劳神，等好了再瞧罢。"只见黛玉接到手里，也不瞧诗，扎挣着伸出那只手来，狠命的撕那绢子，却是只有打颤的份儿，哪里撕得动。紫鹃早已知她是恨宝玉，却也不敢说破，只说："姑娘何苦自己又生气！"黛玉点点头儿，掖在袖里，便叫雪雁点灯。雪雁答应，连忙点上灯来。

黛玉瞧瞧，又闭了眼坐着，喘了一会子，又道："笼上火盆。"紫鹃打量她冷。因说道："姑娘躺下，多盖一件罢。那炭气只怕耽不住。"黛玉又摇头儿。雪雁只得笼上，搁在地下火盆架上。黛玉点头，意思叫挪到炕上来。雪雁只得端上来，出去拿那张火盆炕桌。那黛玉却又把身子欠起，紫鹃只得两只手来扶着她。黛玉这才将方才的绢子拿在手中，瞅着那火，点点头儿，往上一摞。紫鹃唬了一跳，欲要抢时，两只手却不敢动。雪雁又出去拿火盆桌子，此时那绢子已经烧着了。紫鹃劝道："姑娘，这是怎么说呢？"黛玉只作不闻，回手又把那诗稿拿起来，瞧了瞧，又摞下了。紫鹃怕她也要烧，连忙将身倚住黛玉，腾出手来拿时，黛玉又早拾起，摞在火上。此时紫鹃却够不着，干急。雪雁正拿进桌子来，看见黛玉一摞，不知何物，赶忙抢时，那纸沾火就着，如何能够少待，早已烘烘地着了。雪雁也顾不得烧手，从火里抓起来，摞在地下乱踩，却已烧得所余无几了①。那黛玉把眼一闭，往后一仰，几乎不曾把紫鹃压倒。紫鹃连忙叫雪雁上来，将黛玉扶着放倒，心里突突地乱跳。欲要叫人时，天又晚了；欲不叫人时，自己同着雪雁和鹦哥等几个小丫头，又怕一时有什么原故。好容易熬了一夜。

到了次日早起，觉黛玉又缓过一点儿来。饭后，忽然又嗽又吐，又紧起来。紫鹃看着不祥了，连忙将雪雁等都叫进来看守，自己却来回贾母。哪知到了贾母上房，静悄悄的，只有两三个老妈妈和几个做粗活的丫头在那里看屋子呢。紫鹃因问道："老太太呢？"那些人都说不知道。紫鹃听这话诧异，遂到宝玉屋里去看，竟也无人。遂问屋里的丫头，也说不知。紫鹃已知八九，"但这些人怎么竟这样狠毒冷淡！"又想到黛玉这几天竟连一个人问的也没有，越想越悲，索性激起一腔闷气来，一扭身，便出来了。自己想了一想，"今日倒要看看宝玉是何形状！看他见了我怎么样过得去！那一年我说了一句谎话，他就急病了。今日竟公然做出这件事来！可知天下男子之心真真是冰寒雪冷，令人切齿的！"一面走，一面想，早已来到怡红院。只见院门虚掩，里面却又寂静得很。紫鹃忽然想到："他要娶亲，自然是有新屋子的，但不知他这新屋子在何处？"

正在那里徘徊瞻顾，看见墨雨飞跑，紫鹃便叫住她。墨雨过来笑嘻嘻地道："姐姐在这里做什么？"紫鹃道："我听见宝二爷娶亲，我要来看看热闹儿，谁知不在这里，也不知是几儿？"墨雨悄悄地道："我这话只告诉姐姐，你可别告诉雪雁她们。上头吩咐了，连你们都不叫知道呢。就是今日夜里娶，哪里是在这里！老爷派琏二爷另收拾了房子了。"说着，又问："姐姐有什么事么？"紫鹃道："没什么事，你去罢。"墨雨仍旧飞跑去了。紫鹃自己发了一回呆，忽然想起黛玉来，这时候还不知是死是活。因两泪汪汪，咬着牙，

---

①　烧得所余无几了——黛玉焚稿似仿明代冯小青故事情节。小青凄惋成疾，焚其诗稿，卒后，姻戚集刊其诗词为《焚余草》。

发狠道："宝玉！我看她明儿死了，你算是躲得过不见了。你过了你那如心如意的事儿，拿什么脸来见我！"一面哭，一面走，呜呜咽咽地自回去了。

还未到潇湘馆，只见两个小丫头在门里往外探头探脑的，一眼看见紫鹃，那一个便嚷道："那不是紫鹃姐姐来了吗？"紫鹃知道不好了，连忙摆手儿不叫嚷，赶忙进去看时，只见黛玉肝火上炎，两颧红赤。紫鹃觉得不妥，叫了黛玉的奶妈王奶奶来，一看，她便大哭起来。这紫鹃因王奶奶有些年纪，可以仗个胆儿，谁知竟是个没主意的人，反倒把紫鹃弄得心里七上八下。忽然想起一个人来，便命小丫头急忙去请。你道是谁？原来紫鹃想起李宫裁是个孀居，今日宝玉结亲，她自然回避。况且园中诸事，向系李纨料理，所以打发人去请她。

李纨正在那里给贾兰改诗，冒冒失失地见一个丫头进来回说："大奶奶，只怕林姑娘不好了，那里都哭呢！"李纨听了，吓了一大跳，也不及问了，连忙站起身来便走，素云、碧月跟着，一头走着，一头落泪，想着："姐妹在一处一场，更兼她那容貌才情，真是寡二少双，惟有青女、素娥可以仿佛一二，竟这样小小的年纪就作了北邙乡女①！偏偏凤姐想出一条偷梁换柱之计，自己也不好过潇湘馆来，竟未能少尽姊妹之情。真真可怜可叹！"一头想着，已走到潇湘馆的门口。里面却又寂然无声，李纨倒着忙起来："想来必是已死，都哭过了。那衣衾未知装裹妥当了没有？"连忙三步两步走进屋子来。

里间门口一个小丫头已经看见，便说："大奶奶来了。"紫鹃忙往外走，和李纨走了个对脸。李纨忙问："怎么样？"紫鹃欲说话时，惟有喉中哽咽的份儿，却一字说不出，那眼泪一似断线珍珠一般，只将一只手回过去指着黛玉。李纨看了紫鹃这般光景，更觉心酸，也不再问，连忙走过来看时，那黛玉已不能言。李纨轻轻叫了两声，黛玉却还微微地开眼，似有知识之状，但只眼皮嘴唇微有动意，口内尚有出入之息，却要一句话、一点泪，也没了。

李纨回身，见紫鹃不在跟前，便问雪雁。雪雁道："她在外头屋里呢。"李纨连忙出来，只见紫鹃在外间空床上躺着，颜色青黄，闭了眼，只管流泪，那鼻涕眼泪把一个砌花锦边的褥子已湿了碗大的一片。李纨连忙唤她，那紫鹃才慢慢地睁开眼，欠起身来。李纨道："傻丫头！这是什么时候，且只顾哭你的！林姑娘的衣衾，还不拿出来给她换上，还等多早晚呢？难道她个女孩儿家，你还叫她赤身露体，精着来，光着去吗？"紫鹃听了这句话，一发止不住痛哭起来。李纨一面也哭，一面着急，一面拭泪，一面拍着紫鹃的肩膀说："好孩子，你把我的心都哭乱了，快着收拾她的东西罢，再迟一会子就了不得了。"

正闹着，外边一个人慌慌张张跑进来，倒把李纨唬了一跳。看时，却是平儿，跑进来，看见这样，只是呆磕磕地发怔。李纨道："你这会子不在那边，做什么来了？"说着，林之孝家的也进来了。平儿道："奶奶不放心，叫来瞧瞧。既有大奶奶在这里，我们奶奶就只顾那一头儿了。"李纨点点头儿。平儿道："我也见见林姑娘。"说着，一面往里走，一面早已流下泪来。这里李纨因和林之孝家的道："你来得正好，快出去瞧瞧去，告诉管事的预备林姑娘的后事。妥当了，叫他来回我，不用到那边去。"林之孝家的答应了，还站着。

---

① 北邙乡女——说女子死亡。北邙，泛指墓地，见第一回"北邙山"注。

李纨道："还有什么话呢？"林之孝家的道："刚才二奶奶和老太太商量了，那边用紫鹃姑娘使唤使唤呢。"李纨还未答言，只见紫鹃道："林奶奶，你先请罢！等着人死了，我们自然是出去的，哪里用这么……"说到这里，却又不好说了，因又改说道："况且我们在这里守着病人，身上也不洁净。林姑娘还有气儿呢，不时地叫我。"李纨在旁解说道："当真这林姑娘和这丫头也是前世的缘法儿。倒是雪雁是她南边带来的，她倒不理会。惟有紫鹃，我看她两个一时也离不开。"林之孝家的头里听了紫鹃的话，未免不受用，被李纨这番一说，却也没的说，又见紫鹃哭得泪人一般，只好瞅着她微微地笑，因又说道："紫鹃姑娘这些闲话倒不要紧，只是她却说得，我可怎么回老太太呢？况且这话是告诉得二奶奶的吗？"

　　正说着，平儿擦着眼泪出来道："告诉二奶奶什么事？"林之孝家的将方才的话说了一遍。平儿低了一回头，说："这么着罢，就叫雪姑娘去罢。"李纨道："她使得吗？"平儿走到李纨耳边说了几句，李纨点点头儿道："既是这么着，就叫雪雁过去也是一样的。"林之孝家的因问平儿道："雪姑娘使得吗？"平儿道："使得，都是一样。"林家的道："那么，姑娘就快叫雪姑娘跟了我去。我先去回了老太太和二奶奶。这可是大奶奶和姑娘的主意，回来姑娘再各自回二奶奶去。"李纨道："是了。你这么大年纪，连这么点子事还不耽呢！"林家的笑道："不是不耽，头一宗，这件事老太太和二奶奶办的，我们都不能很明白；再者，又有大奶奶和平姑娘呢。"说着，平儿已叫了雪雁出来。原来雪雁因这几日嫌她小孩子家懂得什么，便也把心冷淡了；况且听是老太太和二奶奶叫，也不敢不去，连忙收拾了头。平儿叫她换了新鲜衣服，跟着林家的去了。随后平儿又和李纨说了几句话。李纨又嘱咐平儿打那么催着林之孝家的叫她男人快办了来。平儿答应着出来，转了个弯子，看见林家的带着雪雁在前头走呢，赶忙叫住道："我带了她去罢，你先告诉林大爷办林姑娘的东西去罢。奶奶那里我替回就是了。"那林家的答应着去了。这里平儿带了雪雁到了新房子里，回明了，自去办事。

　　却说雪雁看见这般光景，想起她家姑娘，也未免伤心，只是在贾母、凤姐跟前不敢露出。因又想道："也不知用我作什么？我且瞧瞧。宝玉一日家和我们姑娘好得蜜里调油，这时候总不见面了，也不知是真病假病。怕我们姑娘不依，他假说丢了玉，装出傻子样儿来，叫我们姑娘寒了心，他好娶宝姑娘的意思。我看看他去，看他见了我傻不傻。莫不成今儿还装傻么！"一面想着，已溜到里间屋子门口，偷偷儿的瞧。这时宝玉虽因失玉昏愦，但只听见娶了黛玉为妻，真乃是从古至今、天上人间、第一件畅心满意的事了，那身子顿觉健旺起来，只不过不似从前那般灵透，——所以凤姐的妙计，百发百中，——巴不得即见黛玉。盼到今日完姻，真乐得手舞足蹈，虽有几句傻话，却与病时光景大相悬绝了。雪雁看了，又是生气，又是伤心。她那里晓得宝玉的心事，便各自走开。

　　这里宝玉便叫袭人快快给他装新，坐在王夫人屋里，看见凤姐、尤氏忙忙碌碌，再盼不到吉时，只管问袭人道："林妹妹打园里来，为什么这么费事，还不来？"袭人忍着笑道："等好时辰就来。"又听见凤姐与王夫人道："虽然有服，外头不用鼓乐，咱们南边规矩要拜堂的，冷清清使不得。我传了家内学过音乐、管过戏子的那些女人来吹打，热闹些。"

王夫人点头说："使得。"

一时，大轿从大门进来，家里细乐①迎出去，十二对宫灯排着进来，倒也新鲜雅致。傧相请了新人出轿。宝玉见新人蒙着盖头，喜娘②披着红，扶着。下首扶新人的，你道是谁？原来就是雪雁。宝玉看见雪雁，犹想："因何紫鹃不来，倒是她呢？"又想道："是了，雪雁原是她南边家里带来的，紫鹃仍是我们家的，自然不必带来。"因此，见了雪雁竟如见了黛玉的一般欢喜。傧相赞礼③，拜了天地。请出贾母受了四拜，后请贾政夫妇登堂行礼毕，送入洞房。还有坐床撒帐等事，俱是按金陵旧例。贾政原为贾母作主，不敢违拗，不信冲喜之说。哪知今日宝玉居然像个好人一般，贾政见了，倒也喜欢。

那新人坐了床，便要揭起盖头的，凤姐早已防备，故请贾母、王夫人等进去照应。宝玉此时到底有些傻气，便走到新人跟前说道："妹妹身上好了？好些天不见了，盖着这劳什子做什么？"欲待要揭去，反把贾母急出一身冷汗来。宝玉又转念一想道："林妹妹是爱生气的，不可造次。"又歇了一歇，仍是按捺不住，只得上前揭了。喜娘接去盖头。雪雁走开，莺儿等上来伺候。宝玉睁眼一看，好像宝钗，心里不信，自己一手持灯，一手擦眼，一看，可不是宝钗么！只见她盛妆艳服，丰肩悭体，鬟低鬓軃，眼睛④息微。真是荷粉露垂，杏花烟润⑤了。宝玉发了一回怔，又见莺儿立在旁边，不见雪雁。宝玉此时心无主意，自己反以为是梦中了，呆呆地只管站着。众人接过灯去，扶了宝玉，仍旧坐下，两眼直视，半语全无。贾母恐他病发，亲自扶他上床。凤姐、尤氏请了宝钗进入里间床上坐下，宝钗此时自然是低头不语。

宝玉定了一回神，见贾母、王夫人坐在那边，便轻轻地叫袭人道："我是在哪里呢？这不是做梦么？"袭人道："你今日好日子，什么梦不梦的混说！老爷可在外头呢。"宝玉悄悄儿地拿手指着道："坐在那里这一位美人儿是谁？"袭人捂了自己的嘴，笑得说不出话来，歇了半日才说道："是新娶的二奶奶。"众人也都回过头去，忍不住地笑。宝玉又道："好糊涂！你说，二奶奶到底是谁？"袭人道："宝姑娘。"宝玉道："林姑娘呢？"袭人道："老爷作主娶的是宝姑娘，怎么混说起林姑娘来？"宝玉道："我才刚看见林姑娘了么，还有雪雁呢，怎么说没有？你们这都是做什么玩呢？"凤姐便走上来，轻轻地说道："宝姑娘在屋里坐着呢，别混说，回来得罪了她，老太太不依的。"宝玉听了，这会子糊涂更利害了。本来原有昏愦的病，加以今夜神出鬼没，更叫他不得主意，便也不顾别的了，口口声声只要找林妹妹去。贾母等上前安慰，无奈他只是不懂。又有宝钗在内，又不好明说。知宝玉旧病复发，也不讲明，只得满屋里点起安息香来，定住他的神魂，扶他睡下。众人鸦雀无闻。停了片时，宝玉便昏沉睡去，贾母等才得略略放心，只好坐以待旦，叫凤姐去请宝钗安歇。宝钗置若罔闻，也便和衣在内暂歇。贾政在外，未知内里原由，只就

---

① 细乐——弦管乐器所奏的乐。
② 喜娘——旧时婚礼中照料新娘的妇女。
③ 傧相赞礼——由傧相在婚礼中司仪。古时傧相是接引宾客和赞礼的人，后来司仪往往另有其人，而傧相只指陪伴新郎新娘的男子和女子。
④ 睛（shùn 顺）——眼皮微动的样子。
⑤ 荷粉露垂，杏花烟润——蒲松龄《聊斋志异·胡四姐》中描写胡四姐的原句。

方才眼见的光景想来，心下倒放宽了。恰是明日就是起程的吉日，略歇了一歇，众人贺喜送行。贾母见宝玉睡着，也回房去暂歇。

次早，贾政辞了宗祠，过来拜别贾母，禀称："不孝远离，惟愿老太太顺时颐养。儿子一到任所，即修禀①请安，不必挂念。宝玉的事，已经依了老太太完结，只求老太太训诲。"贾母恐贾政在路不放心，并不将宝玉复病的话说起，只说："我有一句话，宝玉昨夜完姻，并不是同房。今日你起身，必该叫他远送才是。他因病冲喜，如今才好些，又是昨日一天劳乏，出来恐怕着了风。故此问你：你叫他送呢，我即刻去叫他；你若疼他，我就叫人带了他来，你见见，叫他给你磕头就算了。"贾政道："叫他送什么？只要他从此以后认真念书，比送我还喜欢呢。"贾母听了，又放了一条心，便叫贾政坐着，叫鸳鸯去，如此如此，带了宝玉，叫袭人跟着来。鸳鸯去了不多一会，果然宝玉来了，仍是叫他行礼。宝玉见了父亲，神志略敛些，片时清楚，也没什么大差。贾政吩咐了几句，宝玉答应了。贾政叫人扶他回去了，自己回到王夫人房中，又切实的叫王夫人管教儿子，"断不可如前娇纵。明年乡试，务必叫他下场。"王夫人一一地听了，也没提起别的，即忙命人扶了宝钗过来，行了新妇送行之礼，也不出房。其余内眷俱送至二门而回。贾珍等也受了一番训饬。大家举酒送行，一班子弟及晚辈亲友直送至十里长亭而别。

不言贾政起程赴任。且说宝玉回来，旧病陡发，更加昏愦，连饮食也不能进了。未知性命如何，下回分解。

---

① 修禀——修书，写信；告诉长辈事情，称"禀"。

# 第九十八回
## 苦绛珠魂归离恨天　病神瑛泪洒相思地

**【题解】**

　　黛玉悲惨地死了，这与末了宝玉出家一样，是使《红楼梦》最终仍能保留其悲剧基调的最重要原因，是续书最大的功绩。能做到这一点，在当时已是相当难得的了。

　　黛玉之死，写得凄凉，死后几笔环境描写，烘托气氛，也很成功，赢得了无数读者一掬同情之泪。但平心而论，不足之处也是明显的：

　　一、写"黛玉气绝，正是宝玉娶宝钗的这个时辰"。刻意制造戏剧性效果，并非艺术的上乘境界。曹雪芹坚持的美学理想是："追踪蹑迹，不敢稍加穿凿，徒为供人之目而反失其真传者。"而续作之失，正是好穿凿。

　　二、太津津乐道死亡过程的生理现象。如"回光返照"，"喘了一会子，闭了眼歇着"，"攥着不肯松手"，"喘成一处，只是出气大，入气小，已经促疾得很了"，手"已经凉了，连目光也都散了"，"端水来给黛玉擦洗"，"猛听黛玉直声叫道：'宝玉，宝玉，你好……'说到'好'字，便浑身冷汗，不作声了。……那汗愈出，身子便渐渐地冷了"。从艺术美的角度看，缺乏目的性，也不是高格调的写法。

　　三、最重要的莫过于表现黛玉的精神状态。在喊"宝玉，你好……"之后，未叫出的应是"狠心""无情"之类词，总是写黛玉误会宝玉薄幸变心，遂怀恨而殁。绛珠"还泪"，本为报答神瑛甘露之惠，今以怨报德，如何证得前缘？岂不有愧于梁祝？读过雪芹原稿的脂评，说黛玉最后是怜惜宝玉的不幸与痛苦，将自己最无私的爱连同衰弱的生命都一齐奉献了出来："所以绛珠之泪，至死不干，万苦不怨，所谓'求仁而得仁，又何怨！'（《论语》中语）悲夫！"（第三回评）这是升华了的最感人的无私的崇高精神境界，续作者是想不到的。有拙作长文《曹雪芹笔下的林黛玉之死》，收在附录中，可参看。

　　宝玉的"病势一天好似一天"，因为钗、黛的难题都已解决，没有必要再让他老是痴傻下去了。他去哭灵，"哭得死去活来"，"哭得气噎喉干"。这在改编的越剧、电视剧中，都是极煽情的场面，也赚得过许多观众的眼泪。但冷静下来想一想：这到底是谁在还谁的"泪债"，却不免令人生疑。

　　话说宝玉见了贾政，回至房中，更觉头昏脑闷，懒怠动弹，连饭也没吃，便昏沉睡去。仍旧延医诊治，服药不效，索性连人也认不明白了。大家扶着他坐起来，还是像个好人。

一连闹了几天。那日恰是回九①之期，若不过去，薛姨妈脸上过不去；若说去呢，宝玉这般光景。贾母明知是为黛玉而起，欲要告诉明白，又恐气急生变；宝钗是新媳妇，又难劝慰，必得姨妈过来才好；若不回九，姨妈嗔怪。便与王夫人、凤姐商议道："我看宝玉竟是魂不守舍，起动是不怕的，用两乘小轿，叫人扶着，从园里过去，应了回九的吉期，以后请姨妈过来安慰宝钗，咱们一心一计地调治宝玉，可不两全？"王夫人答应了，即刻预备。幸亏宝钗是新媳妇，宝玉是个疯傻的，由人掇弄过去了。宝钗也明知其事，心里只怨母亲办得糊涂，事已至此，不肯多言。独有薛姨妈看见宝玉这般光景，心里懊悔，只得草草完事。到家，宝玉越加沉重，次日连起坐都不能了。日重一日，甚至汤水不进，薛姨妈等忙了手脚，各处遍请名医，皆不识病源。只有城外破寺中住着个穷医，姓毕别号知庵的，诊得病源是悲喜激射，冷暖失调，饮食失时，忧忿滞中，正气壅闭：此内伤外感之症。于是度量用药，至晚服了，二更后，果然省些人事，便要水喝。贾母、王夫人等才放了心，请了薛姨妈带了宝钗，都到贾母那里，暂且歇息。

宝玉片时清楚，自料难保，见诸人散后，房中只有袭人，因唤袭人至跟前，拉着手哭道："我问你，宝姐姐怎么来的？我记得老爷给我娶了林妹妹过来，怎么被宝姐姐赶了去了？她为什么霸占住在这里？我要说呢，又恐怕得罪了她。你们听见林妹妹哭得怎么样了？"袭人不敢明说，只得说道："林姑娘病着呢。"宝玉又道："我瞧瞧她去。"说着，要起来。岂知连日饮食不进，身子哪能动转，便哭道："我要死了！我有一句心里的话，只求你回明老太太：横竖林妹妹也是要死的，我如今也不能保，两处两个病人都要死的。死了越发难张罗，不如腾一处空房子，趁早将我同林妹妹两个抬在那里，活着也好一处医治、服侍，死了也好一处停放。你依我这话，不枉了几年的情分。"袭人听了这些话，便哭得哽嗓气噎。

宝钗恰好同了莺儿过来，也听见了，便说道："你放着病不保养，何苦说这些不吉利的话！老太太才安慰了些，你又生出事来。老太太一生疼你一个，如今八十多岁的人了，虽不图你的封诰，将来你成了人，老太太也看着乐一天，也不枉了老人家的苦心。太太更是不必说了，一生的心血精神，抚养了你这一个儿子，若是半途死了，太太将来怎么样呢？我虽是命薄，也不至于此。据此三件看来，你便要死，那天也不容你死的，所以你是不得死的。只管安稳着，养个四五天后，风邪散了，太和正气一足，自然这些邪病都没有了。"宝玉听了，竟是无言可答，半晌，方才嘻嘻地笑道："你是好些时不和我说话了，这会子说这些大道理的话给谁听？"宝钗听了这话，便又说道："实告诉你说罢，那两日你不知人事的时候，林妹妹已经亡故了。"宝玉忽然坐起来，大声诧异道："果真死了吗？"宝钗道："果真死了。岂有红口白舌咒人死的呢！老太太、太太知道你姊妹和睦，你听见她死了，自然你也要死，所以不肯告诉你！"

宝玉听了，不禁放声大哭，倒在床上，忽然眼前漆黑，辨不出方向，心中正自恍惚，只见眼前好像有人走来。宝玉茫然问道："借问此是何处？"那人道："此阴司泉路。你寿未终，何故至此？"宝玉道："适闻有一故人已死，遂寻访至此，不觉迷途。"那人道："故人是谁？"

① 回九——出嫁的女儿同丈夫初次回娘家探望，叫"回门"；又因习俗多在婚后第九天，所以又叫"回九"。

宝玉道:"姑苏林黛玉。"那人冷笑道:"林黛玉生不同人,死不同鬼,无魂无魄,何处寻访?凡人魂魄,聚而成形,散而为气;生前聚之,死则散焉。常人尚无可寻访,何况林黛玉呢?汝快回去罢。"宝玉听了,呆了半晌,道:"既云死者散也,又如何有这个阴司呢?"那人冷笑道:"那阴司说有便有,说无就无。皆为世俗溺于生死之说,设言以警世,便道上天深怒愚人①,或不守分安常;或生禄未终,自行夭折;或嗜淫欲,尚气逞凶,无故自陨者,特设此地狱,囚其魂魄,受无边的苦,以偿生前之罪。汝寻黛玉,是无故自陷也。且黛玉已归太虚幻境,汝若有心寻访,潜心修养,自然有时相见。如不安生,即以自行夭折之罪,囚禁阴司,除父母外,欲图一见黛玉,终不能矣。"那人说毕,袖中取出一石,向宝玉心口掷来。宝玉听了这话,又被这石子打着心窝,吓得即欲回家,只恨迷了道路。正在踌躇,忽听那边有人唤他。回首看时,不是别人,正是贾母、王夫人、宝钗、袭人等围绕哭泣叫着。自己仍旧躺在床上。见案上红灯,窗前皓月,依然锦绣丛中,繁华世界。定神一想,原来竟是一场大梦。浑身冷汗,觉得心内清爽。仔细一想,真正无可奈何,不过长叹数声而已。

宝钗早知黛玉已死,因贾母等不许众人告诉宝玉知道,恐添病难治,自己却深知宝玉之病实因黛玉而起,失玉次之,故趁势说明,使其一痛决绝,神魂归一,庶可疗治。贾母、王夫人等不知宝钗的用意,深怪她造次。后来见宝玉醒了过来,方才放心,立即到外书房请了毕大夫进来诊视。那大夫进来诊了脉,便道:"奇怪!这回脉气沉静,神安郁散,明日进调理的药,就可以望好了。"说着出去。众人各自安心散去。

袭人起初深怨宝钗不该告诉,惟是口中不好说出。莺儿背地也说宝钗道:"姑娘忒性急了。"宝钗道:"你知道什么!好歹横竖有我呢。"那宝钗任人诽谤,并不介意,只窥察宝玉心病,暗下针砭②。一日,宝玉渐觉神志安定,虽一时想起黛玉,尚有糊涂。更有袭人缓缓地将"老爷选定的宝姑娘为人和厚,嫌林姑娘秉性古怪,原恐早夭。老太太恐你不知好歹,病中着急,所以叫雪雁过来哄你"的话,时常劝解。宝玉终是心酸落泪。欲待寻死,又想着梦中之言,又恐老太太、太太生气,又不能撩开。又想黛玉已死,宝钗又是第一等人物,方信金石姻缘有定,自己也解了好些。宝钗看来不妨大事,于是自己心也安了,只在贾母、王夫人等前尽行过家庭之礼后,便设法以释宝玉之忧。宝玉虽不能时常坐起,亦常见宝钗坐在床前,禁不住生来旧病。宝钗每以正言劝解,以"养身要紧,你我既为夫妇,岂在一时"之语安慰他。那宝玉心里虽不顺遂,无奈日里贾母、王夫人及薛姨妈等轮流相伴,夜间宝钗独去安寝,贾母又派人服侍,只得安心静养。又见宝钗举动温柔,也就渐渐地将爱慕黛玉的心肠略移在宝钗身上。此是后话。

却说宝玉成家的那一日,黛玉白日已昏晕过去,却心头口中一丝微气不断,把个李纨和紫鹃哭得死去活来。到了晚间,黛玉却又缓过来了,微微睁开眼,似有要水要汤的

---

① 深怒愚人——程甲本作"深恕遇人",今据梦稿、王、藤、金诸本。
② 针砭——砭,砭石,石针,我国最古老的医疗工具,用以治痈疽除脓血。后来针刺治病也叫砭。故"针砭"常用来比喻能刺痛需救治的对象的有益的批评、揭露。

光景。此时雪雁已去，只有紫鹃和李纨在旁。紫鹃便端了一盏桂圆汤和的梨汁，用小银匙灌了两三匙。黛玉闭着眼，静养了一会子，觉得心里似明似暗的。此时李纨见黛玉略缓，明知是回光返照的光景，却料着还有一半天耐头，自己回到稻香村，料理了一回事情。

这里黛玉睁开眼一看，只有紫鹃和奶妈并几个小丫头在那里，便一手攥了紫鹃的手，使着劲说道："我是不中用的人了！你服侍我几年，我原指望咱们两个总在一处，不想我……"说着，又喘了一会子，闭了眼歇着。紫鹃见她攥着不肯松手，自己也不敢挪动。看她的光景比早半天好些，只当还可以回转，听了这话，又寒了半截。半天，黛玉又说道："妹妹，我这里并没亲人，我的身子是干净的，你好歹叫他们送我回去。"说到这里，又闭了眼不言语了。那手却渐渐紧了，喘成一处，只是出气大，入气小，已经促疾得很了。

紫鹃忙了，连忙叫人请李纨，可巧探春来了。紫鹃见了，忙悄悄地说道："三姑娘，瞧瞧林姑娘罢！"说着，泪如雨下。探春过来，摸了摸黛玉的手，已经凉了，连目光也都散了。探春、紫鹃正哭着叫人端水来给黛玉擦洗，李纨赶忙进来了。三个人才见了，不及说话。刚擦着，猛听黛玉直声叫道："宝玉，宝玉！你好……"说到"好"字，便浑身冷汗，不作声了。紫鹃等急忙扶住，那汗愈出，身子便渐渐地冷了。探春、李纨叫人乱着拢头穿衣，只见黛玉两眼一翻，呜呼！

　　　　香魂一缕随风散，愁绪三更入梦遥！

当时黛玉气绝，正是宝玉娶宝钗的这个时辰。紫鹃等都大哭起来。李纨、探春想她素日的可疼，今日更加可怜，也便伤心痛哭。因潇湘馆离新房子甚远，所以那边并没听见。一时，大家痛哭了一阵，只听得远远一阵音乐之声，侧耳一听，却又没有了。探春、李纨走出院外再听时，惟有竹梢风动，月影移墙，好不凄凉冷淡！一时叫了林之孝家的过来，将黛玉停放毕，派人看守，等明早去回凤姐。

凤姐因见贾母、王夫人等忙乱，贾政起身，又为宝玉昏愦更甚，正在着急异常之时，若是又将黛玉的凶信一回，恐贾母、王夫人愁苦交加，急出病来，只得亲自到园。到了潇湘馆内，也不免哭了一场。见了李纨、探春，知道诸事齐备，便说："很好。只是刚才你们为什么不言语，叫我着急？"探春道："刚才送老爷，怎么说呢？"凤姐道："还倒是你们两个可怜她些。这么着，我还得那边去招呼那个冤家呢。但是这件事好累坠[1]，若是今日不回，使不得；若回了，恐怕老太太搁不住。"李纨道："你去见机行事，得回再回方好。"凤姐点头，忙忙的去了。

凤姐到了宝玉那里，听见大夫说不妨事，贾母、王夫人略觉放心，凤姐便背了宝玉，缓缓地将黛玉的事回明了。贾母、王夫人听得，都唬了一大跳。贾母眼泪交流，说道："是我弄坏了她了。但只是这个丫头也忒傻气！"说着，便要到园里去哭她一场，又惦记着宝玉，两头难顾。王夫人等含悲共劝贾母："不必过去，老太太身子要紧。"贾母无奈，只得叫王夫人自去。又说："你替我告诉她的阴灵：'并不是我忍心不来送你，只为有个亲疏。你

---

　① 累坠——即累赘、麻烦。

是我的外孙女儿，是亲的了；若与宝玉比起来，可是宝玉比你更亲些。倘宝玉有些不好，我怎么见他父亲呢？’”说着，又哭起来。王夫人劝道：“林姑娘是老太太最疼的，但只寿夭有定。如今已经死了，无可尽心，只是葬礼上要上等的发送。一则可以少尽咱们的心，二则就是姑太太和外甥女儿的阴灵儿也可以少安了。”贾母听到这里，越发痛哭起来。凤姐恐怕老人家伤感太过，明仗着宝玉心中不甚明白，便偷偷地使人来撒个谎儿，哄老太太道：“宝玉那里找老太太呢。”贾母听见，才止住泪问道：“不是又有什么缘故？”凤姐陪笑道：“没什么缘故，他大约是想老太太的意思。”贾母连忙扶了珍珠儿，凤姐也跟着过来。

走至半路，正遇王夫人过来，一一回明了贾母。贾母自然又是哀痛的，只因要到宝玉那边，只得忍泪含悲地说道：“既这么着，我也不过去了，由你们办罢，我看着心里也难受，只别委屈了她就是了。”王夫人、凤姐一一答应了。贾母才过宝玉这边来，见了宝玉，因问：“你做什么找我？”宝玉笑道：“我昨日晚上看见林妹妹来了，她说要回南去。我想没人留得住，还得老太太给我留一留她。”贾母听着，说：“使得，只管放心罢。”袭人因扶宝玉躺下。

贾母出来，到宝钗这边来。那时宝钗尚未回九，所以每每见了人，倒有些含羞之意。这一天，见贾母满面泪痕，递了茶，贾母叫她坐下。宝钗侧身陪着坐了，才问道：“听得林妹妹病了，不知她可好些了？”贾母听了这话，那眼泪止不住流下来，因说道：“我的儿，我告诉你，你可别告诉宝玉。都是因你林妹妹，才叫你受了多少委屈！你如今作媳妇了，我才告诉你：这如今你林妹妹没了两三天了，就是娶你的那个时辰死的。如今宝玉这一番病，还是为着这个。你们先都在园子里，自然也都是明白的。”宝钗把脸飞红了，想到黛玉之死，又不免落下泪来。贾母又说了一回话，去了。自此，宝钗千回万转，想了一个主意，只不肯造次；所以过了回九，才想出这个法子来。如今果然好些，然后大家说话，才不至似前留神。

独是宝玉虽然病势一天好似一天，他的痴心总不能解，必要亲去哭她一场。贾母等知他病未除根，不许他胡思乱想，怎奈他郁闷难堪，病多反复。倒是大夫看出心病，索性叫他开散了，再用药调理，倒可好得快些。宝玉听说，立刻要往潇湘馆来。贾母等只得叫人抬了竹椅子过来，扶宝玉坐上。贾母、王夫人即便先行。到了潇湘馆内，一见黛玉灵柩，贾母已哭得泪干气绝。凤姐等再三劝住。王夫人也哭了一场。李纨便请贾母、王夫人在里间歇着，犹自落泪。

宝玉一到，想起未病之先，来到这里，今日屋在人亡，不禁嚎啕大哭。想起从前何等亲密，今日死别，怎不更加伤感！众人原恐宝玉病后过哀，都来解劝，宝玉已经哭得死去活来。大家搀扶歇息。其余随来的，如宝钗，俱极痛哭。独是宝玉必要叫紫鹃来见，问明姑娘临死有何话说。紫鹃本来深恨宝玉，见如此，心里已回过些来；又见贾母、王夫人都在这里，不敢洒落①宝玉，便将林姑娘怎么复病，怎么烧毁帕子，焚化诗稿，并将

---

① 洒落——即数落，责备。

临死说的话，一一地都告诉了。宝玉又哭得气噎喉干。探春趁便又将黛玉临终嘱咐带柩回南的话也说了一遍。贾母、王夫人又哭起来。多亏凤姐能言劝慰，略略止些，便请贾母等回去。宝玉哪里肯舍，无奈贾母逼着，只得勉强回房。

　　贾母有了年纪的人，打从宝玉病起，日夜不宁，今又大痛一阵，已觉头晕身热。虽是不放心惦着宝玉，却也挣扎不住，回到自己房中睡下。王夫人更加心痛难禁，也便回去，派了彩云帮着袭人照应，并说："宝玉若再悲戚，速来告诉我们。"宝钗是知宝玉一时必不能舍，也不相劝，只用讽刺的话说他。宝玉倒恐宝钗多心，也便饮泣收心。歇了一夜，倒也安稳。明日一早，众人都来瞧他，但觉气虚身弱，心病倒觉去了几分。于是加意调养，渐渐地好起来。贾母幸不成病，惟是王夫人心痛未痊。那日薛姨妈过来探望，看见宝玉精神略好，也就放心，暂且住下。

　　一日，贾母特请薛姨妈过去商量，说："宝玉的命，都亏姨太太救的，如今想来不妨了，独委屈了你的姑娘。如今宝玉调养百日，身体复旧，又过了娘娘的功服，正好圆房。要求姨太太作主，另择个上好的吉日。"薛姨妈便道："老太太主意很好，何必问我？宝丫头虽生得粗笨，心里却还是极明白的。她的情性，老太太素日是知道的。但愿他们两口儿言和意顺，从此老太太也省好些心，我姐姐也安慰些，我也放了心了。老太太便定个日子，还通知亲戚不用呢？"贾母道："宝玉和你们姑娘生来第一件大事，况且费了多少周折，如今才得安逸，必要大家热闹几天。亲戚都要请的。一来酬愿，二则咱们吃杯喜酒，也不枉我老人家操了好些心。"薛姨妈听说，自然也是喜欢的，便将要办妆奁的话也说了一番。贾母道："咱们亲上做亲，我想也不必这些。若说动用的，他屋里已经满了。必定宝丫头她心爱的要你几件，姨太太就拿了来。我看宝丫头也不是多心的人，不比得我那外孙女儿的脾气，所以她不得长寿。"说着，连薛姨妈也便落泪。恰好凤姐进来，笑道："老太太、姑妈又想着什么了？"薛姨妈道："我和老太太说起你林妹妹来，所以伤心。"凤姐笑道："老太太和姑妈且别伤心，我刚才听了个笑话儿来了，意思说给老太太和姑妈听。"贾母拭了拭眼泪，微笑道："你又不知要编派谁呢？你说来，我和姨太太听听。说不笑，我们可不依。"只见那凤姐未曾张口，先用两只手比着，笑弯了腰了。未知她说出些什么来，下回分解。

# 第 九 十 九 回
## 守官箴①恶奴同破例　阅邸报老舅自担惊

**【题解】**

　　凤姐拿宝玉、宝钗房中隐私，向贾母、王夫人说"笑话"，趣味低级，也并不可笑，可大家都笑了，仿佛大家都没有心肝了。凤姐本口才最好，每见贾母，必妙语连珠；可现在口拙齿钝，全无风趣，真不可思议。

　　贾政听属下说些官场弊端，及其翻阅薛蟠案本等事，皆远不及以前葫芦僧门子所述明白透彻。周琼作书给贾政，商议其子与探春结亲事，这就准备把三姑娘作了结了。探春之远嫁，应有结怨者铰断风筝线，使之远去，若如此平淡家常，岂能入薄命之列。


　　话说凤姐见贾母和薛姨妈为黛玉伤心，便说："有个笑话儿说给老太太和姑妈听。"未曾开口，先自笑了，因说道："老太太和姑妈打量是哪里的笑话儿？就是咱们家的那二位新姑爷、新媳妇啊！"贾母道："怎么了？"凤姐拿手比着道："一个这么坐着，一个这么站着；一个这么扭过去，一个这么转过来。一个又……"说到这里，贾母已经大笑起来，说道："你好生说罢，倒不是他们两口儿，你倒把人怄得受不得了。"薛姨妈也笑道："你往下直说罢，不用比了。"凤姐才说道："刚才我到宝兄弟屋里，我听见好几个人笑。我只道是谁，巴着窗户眼儿一瞧，原来宝妹妹坐在炕沿上，宝兄弟站在地下。宝兄弟拉着宝妹妹的袖子，口口声声只叫：'宝姐姐，你为什么不会说话了？你这么说一句话，我的病包管全好。'宝妹妹却扭着头，只管躲。宝兄弟却作了一个揖，上前又拉宝妹妹的衣服。宝妹妹急得一扯，宝兄弟自然病后是脚软的，索性一扑，扑在宝妹妹身上了。宝妹妹急得红了脸，说道：'你越发比先不尊重了。'"说到这里，贾母和薛姨妈都笑起来。凤姐又道："宝兄弟便立起身来，笑道：'亏了跌了这一跤，好容易才跌出你的话来了。'"薛姨妈笑道："这是宝丫头古怪。这有什么的，既作了两口儿，说说笑笑的怕什么？她没见她琏二哥和你。"凤姐儿笑道："这是怎么说呢？我饶说笑话给姑妈解闷儿，姑妈反倒拿我打起卦②来了！"贾母也笑道："要这么着才好。夫妻固然要和气，也得有个分寸儿。我爱宝丫头就在这尊重上头。只是我愁着宝玉还是那么傻头傻脑的，这么说起来，比头里竟明白多了。你再说说，还有什么笑话儿没有？"凤姐道："明儿宝玉圆了房，亲家太太抱了

----

① 官箴（zhēn 珍）——本指古代百官对帝王的劝诫，后因称官吏的诫辞。
② 打卦——占卦，这里是取乐的意思。

外孙子,那时候不更是笑话儿了么?"贾母笑道:"猴儿!我在这里同着姨太太想你林妹妹,你来怄个笑儿还罢了,怎么臊起皮来了!你不叫我们想你林妹妹,你不用太高兴了,你林妹妹恨你,将来不要独自一个到园里去,提防她拉着你不依。"凤姐笑道:"她倒不怨我。她临死咬牙切齿,倒恨着宝玉呢。"贾母、薛姨妈听着,还道是玩话儿,也不理会,便道:"你别胡拉扯了。你去叫外头挑个很好的日子给你宝兄弟圆了房儿罢。"凤姐去了,择了吉日,重新摆酒,唱戏,请亲友。这不在话下。

却说宝玉虽然病好复原,宝钗有时高兴,翻书观看,谈论起来,宝玉所有眼前常见的,尚可记忆,若论灵机,大不似从前活变了,连他自己也不解。宝钗明知是"通灵"失去,所以如此。倒是袭人时常说他:"你何故把从前的灵机都忘了?那些旧毛病忘了才好,为什么你的脾气还觉照旧,在道理上更糊涂了呢?"宝玉听了,并不生气,反是嘻嘻地笑。有时宝玉顺性胡闹,多亏宝钗劝说,诸事略觉收敛些。袭人倒可少费些唇舌,惟知悉心服侍。别的丫头素仰宝钗贞静和平,各人心服,无不安静。

只有宝玉到底是爱动不爱静的,时常要到园里去逛。贾母等一则怕他招受寒暑,二则恐他睹景伤情,虽黛玉之柩已寄放城外庵中,然而潇湘馆依然人亡屋在,不免勾起旧病来,所以也不使他去。况且亲戚姊妹们如宝琴①已回到薛姨妈那边去了;史湘云因史侯回京,也接了家去了,又有了出嫁的日子,所以不大常来。只有宝玉娶亲那一日,与吃喜酒这天,来过两次,也只在贾母那边住下。为着宝玉已经娶过亲的人,又想自己就要出嫁的,也不肯如从前的诙谐谈笑,就是有时过来,也只和宝钗说话,见了宝玉,不过问好而已;那邢岫烟却是因迎春出嫁之后,便随着邢夫人过去;李家姊妹也另住在外,即同着李婶娘过来,亦不过到太太们与姐妹们处请安问好,即回到李纨那里略住一两天就去了:所以园内的只有李纨、探春、惜春了。贾母还要将李纨等挪进来,为着元妃薨后,家中事情接二连三,也无暇及此。现今天气一天热似一天,园里尚可住得,等到秋天再挪。此是后话,暂且不提。

且说贾政带了几个在京请的幕友,晓行夜宿,一日到了本省,见过上司,即到任拜印受事,便查盘各属州县粮米仓库。贾政向来作京官,只晓得郎中事务都是一景儿的事情,就是外任,原是学差,也无关于吏治上。所以外省州县折收粮米,勒索乡愚,这些弊端,虽也听见别人讲究,却未尝身亲其事,只有一心做好官。便与幕宾商议,出示严禁,并谕以一经查出,必定详参揭报②。初到之时,果然胥吏畏惧,便百计钻营,偏遇贾政这般古执。那些家人跟了这位老爷在都中一无出息,好容易盼到主人放了外任,便在京指着在外发财的名头向人借贷,做衣裳,装体面,心里想着到了任,银钱是容易的了。不想这位老爷呆性发作,认真要查办起来,州县馈送,一概不受。门房、签押③等人,心里盘

---

① 如宝琴——程甲本作"为宝琴",藤、王、金本作"薛宝琴"。此就宝玉角度而言,宝钗既为妻,称宝琴似不必连姓;再看上文语气有所待,知"为"乃"如"之行草形讹,今改。

② 详参揭报——向上司揭发弊端,进行弹劾。

③ 签押——收发、处理公文的部门称"签押房",其办事人员叫"签押"。下文"签押上呈进一封书子",则指签押房。

算道："我们再挨半个月，衣服也要当完了。债又逼起来，那可怎么样好呢？眼见得白花花的银子，只是不能到手。"那些长随①也道："你们爷们到底还没花什么本钱来的。我们才冤，花了若干的银子，打了个门子②，来了一个多月，连半个钱也没见过！想来跟这个主儿是不能捞本儿的了。明儿我们齐打伙儿告假去。"次日，果然聚齐，都来告假。贾政不知就里，便说："要来也是你们，要去也是你们。既嫌这里不好，就都请便。"

那些长随怨声载道而去。只剩下些家人，又商议道："他们可去的去了，我们去不了的，到底想个法儿才好。"内中有一个管门的叫李十儿，便说："你们这些没能耐的东西，着什么忙！我见这'长'字号儿的在这里，不犯给他出头。如今都饿跑了，瞧瞧你十太爷的本领，少不得本主儿依我。只是要你们齐心，打伙儿弄几个钱，回家受用；若不随我，我也不管了，横竖拼得过你们。"众人都说："好十爷！你还主儿信得过。若你不管，我们实在是死症了。"李十儿道："不要我出了头，得了银钱，又说我得了大份儿了，窝儿里反起来，大家没意思。"众人道："你万安，没有的事。就没有多少，也强似我们腰里掏钱。"

正说着，只见粮房书办走来找周二爷。李十儿坐在椅子上，跷着一只腿，挺着腰，说道："找他做什么？"书办便垂手陪着笑，说道："本官到了一个多月的任，这些州县太爷见得本官的告示利害，知道不好说话，到了这时候，都没有开仓。若是过了漕③，你们太爷们来做什么的？"李十儿道："你别混说！老爷是有根蒂的，说到哪里是要办到哪里。这两天原要行文催兑，因我说了缓几天，才歇的。你到底找我们周二爷做什么？"书办道："原为打听催文的事，没有别的。"李十儿道："越发胡说！方才我说催文，你就信嘴胡诌。可别鬼鬼祟祟来讲什么账，我叫本官打了你，退你！"书办道："我在这衙门内已经三代了，外头也有些体面，家里还过得，就规规矩矩伺候本官升了还能够，不像那些等米下锅的。"说着，回了一声："二太爷，我走了。"李十儿便站起，堆着笑说："这么不禁玩，几句话就脸急了。"书办道："不是我脸急，若再说什么，岂不带累了二太爷的清名呢？"李十儿过来拉着书办的手，说："你贵姓啊？"书办道："不敢，我姓詹，单名是个会字，从小儿也在京里混了几年。"李十儿道："詹先生，我是久闻你的名的。我们兄弟们是一样的，有什么话，晚上到这里，咱们说一说。"书办也说："谁不知道李十太爷是能事的，把我一诈，就吓毛了。"大家笑着走开。那晚便与书办咕唧了半夜。

第二天，拿话去探贾政，被贾政痛骂了一顿。隔一天拜客，里头吩咐伺候，外头答应了。停了一会子，打点已经三下了，大堂上没有人接鼓。好容易叫个人来打了鼓。贾政蹳出暖阁，站班喝道的衙役只有一个。贾政也不查问，在墀下上了轿，等轿夫又等了好一回，来齐了，抬出衙门，那个炮只响得一声。吹鼓亭的鼓手，只有一个打鼓，一个吹号筒。贾政便也生气，说："往常还好，怎么今儿不齐集至此？"抬头看那执事，却是搀前落后。勉强拜客回来，便传误班的要打。有的说因没有帽子误的；有的说是号衣当了误的；又有的说是三天没吃饭抬不动。贾政生气，打了一两个，也就罢了。

---

① 长随——官吏身边的仆从。

② 打了个门子——寻了个门路，意谓谋得了个差使。

③ 过了漕——超过了漕运的期限。

　　隔一天，管厨房的上来要钱，贾政带来银两付了。以后便觉样样不如意，比在京的时候倒不便了好些。无奈，便唤李十儿问道："我跟来这些人，怎样都变了？你也管管。现在带来银两，早使没了，藩库①俸银尚早，该打发京里取去。"李十儿禀道："奴才哪一天不说他们？不知道怎么样，这些人都是没精打采的，叫奴才也没法儿。老爷说家里取银子，取多少？现在打听节度衙门这几天有生日，别的府道老爷都上千上万的送了，我们到底送多少呢？"贾政道："为什么不早说？"李十儿说："老爷最圣明的。我们新来乍到，又不与别位老爷很来往，谁肯送信？巴不得老爷不去，便好想老爷的美缺。"贾政道："胡说！我这官是皇上放的，不与节度做生日，便叫我不做不成！"李十儿笑着回道："老爷说得也不错。京里离这里很远，凡百的事，都是节度奏闻。他说好便好，说不好便吃不住。到得明白，已经迟了。就是老太太、太太们，哪个不愿意老爷在外头烈烈轰轰地做官呢？"

　　贾政听了这话，也自然心里明白，道："我正要问你，为什么都说起来？"李十儿回说："奴才本不敢说。老爷既问到这里，若不说，是奴才没良心；若说了，少不得老爷又生气。"贾政道："只要说得在理。"李十儿说道："那些书吏衙役，都是花了钱买着粮道的衙门，哪个不想发财？俱要养家活口。自从老爷到了任，并没见为国家出力，倒先有了口碑载道。"贾政道："民间有什么话？"李十儿道："百姓说，凡有新到任的老爷，告示出得愈利害，愈是想钱的法儿。州县害怕了，好多多的送银子。收粮的时候，衙门里便说，新道爷的法令，明是不敢要钱，这一留难叨蹬②，那些乡民心里愿意花几个钱，早早了事。所以那些人不说老爷好，反说不谙民情。便是本家大人，是老爷最相好的，他不多几年，已巴到极顶的分儿，也只为识时达务，能够上和下睦罢了。"贾政听到这话，道："胡说！我就不识时务吗？若是上和下睦，叫我与他们'猫鼠同眠'③吗？"李十儿回道说："奴才为着这点忠心儿掩不住，才这么说。若是老爷就是这样做去，到了功不成、名不就的时候，老爷又说奴才没良心，有什么话，不告诉老爷了。"

　　贾政道："依你怎么做才好？"李十儿道："也没有别的，趁着老爷的精神年纪，里头的照应，老太太的硬朗，为顾着自己就是了。不然，到不了一年，老爷家里的钱也都贴补完了，还落了自上至下的人抱怨，都说老爷是做外任的，自然弄了钱藏着受用。倘遇着一两件为难的事，谁肯帮着老爷？那时办也办不清，悔也悔不及。"贾政道："据你一说，是叫我做贪官吗？送了命还不要紧，必定将祖父的功勋抹了才是？"李十儿回禀道："老爷极圣明的人，没看见旧年犯事的几位老爷吗？这几位都与老爷相好，老爷常说是个做清官的，如今名在哪里？现有几位亲戚，老爷向来说他们不好的，如今升的升、迁的迁，只在要做的好就是了。老爷要知道，民也要顾，官也要顾。若是依着老爷，不准州县得一个大钱，外头这些差使谁办？只要老爷外面还是这样清名声原好，里头的委屈，只要奴才办去，关碍不着老爷的。奴才跟主儿一场，到底也要掏出忠心来。"贾政被李十儿一

---

①　藩库——省库，主管一省财赋和人事的布政使司，又称"藩司"。

②　留难叨蹬——刁难和折腾人。

③　猫鼠同眠——唐龙朔元年，洛州猫鼠同处，人以此比盗窃者与执法者狼狈为奸，有司废职。见《新唐书·五行志》。

番言语，说得心无主见，道："我是要保性命的，你们闹出来，不与我相干！"说着，便踱了进去。

李十儿便自己做起威福，钩连内外一气的哄着贾政办事，反觉得事事周到，件件随心。所以贾政不但不疑，反多相信。便有几处揭报，上司见贾政古朴忠厚，也不查察。惟是幕友们耳目最长，见得如此，得便用言规谏，无奈贾政不信，也有辞去的，也有与贾政相好在内维持的。于是，漕务事毕，尚无陨越①。

一日，贾政无事，在书房中看书。签押上呈进一封书子，外面官封，上开着："镇守海门等处总制公文一角②，飞递江西粮道衙门。"贾政拆封看时，只见上写道：

> 金陵契好，桑梓③情深。昨岁供职来都，窃喜常依座右。仰蒙雅爱，许结朱陈④，至今佩德勿谖⑤。只因调任海疆，未敢造次奉求，衷怀歉仄，自叹无缘。今幸棨戟遥临⑥，快慰平生之愿。正申燕贺⑦，先蒙翰教，边帐光生，武夫额手⑧。虽隔重洋，尚叨樾荫⑨。想蒙不弃卑寒，希望茑萝之附⑩。小儿已承青盼，淑媛素仰芳仪。如蒙践诺，即遣冰人⑪。途路虽遥，一水可通。不敢云百辆之迎，敬备仙舟以俟。兹修寸幅⑫，恭贺升祺，并求金允。临颖不胜待命之至⑬。

> 世弟周琼顿首。

贾政看了，心想："儿女姻缘，果然有一定的。旧年因见他就了京职，又是同乡的人，素来相好，又见那孩子长得好，在席间原提起这件事。因未说定，也没有与她们说起。后来他调了海疆，大家也不说了。不料我今升任至此，他写书来问。我看起门户却也相当，与探春到也相配。但是我并未带家眷，只可写字与他商议。"正在踌躇，只见门上传进一角文书，是议取到省会议事件。贾政只得收拾上省，候节度派委。

---

① 陨越——失败，出问题。

② 总制公文一角——总制，总督；地方最高长官。旧时一封公文称"一角"。

③ 桑梓——古代家宅边多种植桑树和梓树，后用以作故乡的代称。

④ 朱陈——古村名，在今江苏丰县东南。白居易《朱陈村》诗："徐州古丰县，有村曰朱陈；一村唯两姓，世世为婚姻。"后遂用朱陈为联姻的代词。

⑤ 佩德勿谖——感您恩德未忘。

⑥ 棨（qǐ 启）戟遥临——指贾政远道出任江西。棨戟，有彩帛套子或涂上油漆的木戟。古代官吏出行时作前导的一种仪仗。唐代王勃《滕王阁序》："都督阎公之雅望，棨戟遥临。"

⑦ 燕贺——语本《淮南子·说林训》："大厦成而燕雀相贺。"这里用以表示对新任官职的庆贺。

⑧ "边帐"二句——边地的军帐内为之而增加光彩，我武人周琼以手加额，表示庆幸。

⑨ 叨樾荫——受到您的荫庇。叨，承受。樾荫，两木交聚而成的树阴。周武王曾将中暑的人置于樾荫下，"天下怀其德"。（见《淮南子·人间训》）故后以樾荫称别人的荫庇。

⑩ 茑（niǎo 鸟）萝之附——茑和女萝都是蔓生植物，附于他物上生长，比喻同别人有亲戚关系，以依附自谦。《诗经·小雅·颊弁》："茑与女萝，施于松柏。"

⑪ 冰人——媒人。《晋书·索统传》：令狐策梦立冰上，与冰下人语。索统为他详梦，说他代阳（冰上）语阴（冰下），要做媒人了。

⑫ 寸幅——指简短的书信。

⑬ "临颖"句——提笔写信时非常盼望能得到您的答复。颖，指笔锋。

　　一日，在公馆闲坐，见桌上堆着一堆字纸，贾政一一看去，见刑部一本："为报明事，会看得金陵籍行商薛蟠……"贾政便吃惊道："了不得，已经提本了！"随用心看下去，是"薛蟠殴伤张三身死，串嘱尸证捏供误杀一案"。贾政一拍桌道："完了！"只得又看底下，是：

　　　　据京营节度使咨称："缘薛蟠籍隶金陵，行过太平县，在李家店歇宿，与店内当槽之张三素不相认。于某年月日，薛蟠令店主备酒邀请太平县民吴良同饮，令当槽张三取酒。因酒不甘，薛蟠令换好酒。张三因称酒已沽定难换。薛蟠因伊倔强，将酒照脸泼去，不期去势甚猛，恰值张三低头拾箸，一时失手，将酒碗掷在张三囟门，皮破血出，逾时殒命。李店主趋救不及，随向张三之母告知。伊母张王氏往看，见已身死，随喊禀地保，赴县呈报。前署县诣验，仵作将骨破一寸三分及腰眼一伤，漏报填格，详府审转。看得薛蟠实系泼酒失手，掷碗误伤张三身死，将薛蟠照过失杀人，准斗杀罪收赎。"等因前来。臣等细阅各犯证尸亲前后供词不符，且查《斗杀律》注云："相争为斗，相打为殴。"必实无争斗情形，邂逅身死，方可以过失杀定拟。应令该节度审明实情，妥拟具题。今据该节度疏称：薛蟠因张三不肯换酒，醉后拉着张三右手，先殴腰眼一拳。张三被殴回骂，薛蟠将碗掷出，致伤囟门深重，骨碎脑破，立时殒命。是张三之死实由薛蟠以酒碗砸伤深重致死，自应以薛蟠拟抵，将薛蟠依《斗杀律》拟绞监候①，吴良拟以杖徒②。承审不实之府州县应请……

以下注着"此稿未完"。

　　贾政因薛姨妈之托，曾托过知县，若请旨革审起来，牵连着自己，好不放心。即将下一本开看，偏又不是。只好翻来覆去将报看完，终没有接这一本的，心中狐疑不定，更加害怕起来。

　　正在纳闷，只见李十儿进来："请老爷到官厅伺候去，大人衙门已经打了二鼓了。"贾政只是发怔，没有听见。李十儿又请了一遍。贾政道："这便怎么处？"李十儿道："老爷有什么心事？"贾政将看报之事说了一遍。李十儿道："老爷放心。若是部里这么办了，还算便宜薛大爷呢！奴才在京的时候听见，薛大爷在店里叫了好些媳妇，都喝醉了生事，直把个当槽儿的活活打死的。奴才听见不但是托了知县，还求琏二爷去花了好些钱，各衙门打通了，才提的，不知道怎么部里没有弄明白。如今就是闹破了，也是官官相护的，不过认个承审不实，革职处分罢，哪里还肯认得银子听情呢？老爷不用想，等奴才再打听罢，不要误了上司的事。"贾政道："你们哪里知道？只可惜那知县听了一个情，把这个官都丢了，还不知道有罪没有呢！"李十儿道："如今想它也无益，外头伺候着好半天了，请老爷就去罢。"贾政不知节度传办何事，且听下回分解。

　　---

①　绞监候——清代制度中判死刑立即执行的叫"立决"；暂行监禁，等秋审后再决定行刑的叫"监候"；犯绞刑的叫"绞监候"，犯斩刑的叫"斩监候"。
②　杖徒——杖刑与徒刑。杖刑用荆条、竹板等拷打犯人的背、臀等处；徒刑强制犯人服一定期限的劳役。

# 第 一 ○ ○ 回
## 破好事香菱结深恨　悲远嫁宝玉感离情

**【题解】**

　　金桂勾引薛蝌，被香菱撞见，"从此把香菱恨入骨髓"。原作最后一回写过薛蟠与宝蟾"推就之际"，香菱撞入，使薛蟠"一腔兴头"化为"恶怒"。后续文字与前面情节雷同如此。

　　探春远嫁，宝钗兴悲，宝玉更悲，都只为与亲人离别而已，并无更多新意。

　　话说贾政去见了节度，进去了半日，不见出来，外头议论不一。李十儿在外也打听不出什么事来，便想到报上的饥荒，实在也着急。好容易听见贾政出来，便迎上来跟着，等不得回去，在无人处，便问："老爷进去这半天，有什么要紧的事？"贾政笑道："并没有事。只为镇海总制是这位大人的亲戚，有书来嘱托照应我，所以说了些好话。又说'我们如今也是亲戚了'。"李十儿听得，心内喜欢，不免又壮了些胆子，便竭力怂恿贾政许这亲事。贾政心想，薛蟠的事到底有什么挂碍，在外头信息不早，难以打点，故回到本任来便打发家人进京打听，顺便将总制求亲之事回明贾母，如若愿意，即将三姑娘接到任所。家人奉命，赶到京中，回明了王夫人，便在吏部打听得贾政并无处分，惟将署太平县的这位老爷革职。即写了禀帖，安慰了贾政，然后住着等信。

　　且说薛姨妈为着薛蟠这件人命官司，各衙门内不知花了多少银钱，才定了误杀具题。原打量将当铺折变给人，备银赎罪，不想刑部驳审，又托人花了好些钱，总不中用，依旧定了个死罪，监着守候秋天大审①。薛姨妈又气又疼，日夜啼哭。宝钗虽时常过来劝解，说是："哥哥本来没造化，承受了祖父这些家业，就该安安顿顿地守着过日子。在南边已经闹得不像样，便是香菱那件事情，就了不得。因为仗着亲戚们的势力，花了些银钱，这算白打死了一个公子。哥哥就该改过，做起正经人来，也该奉养母亲才是。不想进了京仍是这样。妈妈为他，不知受了多少气，哭掉了多少眼泪。给他娶了亲，原想大家安安逸逸地过日子，不想命该如此，偏偏娶的嫂子又是一个不安静的，所以哥哥躲出门的。真正俗语说的，'冤家路儿狭'，不多几天就闹出人命来了。妈妈和二哥哥也算得不尽心的了，花了银钱不算，自己还求三拜四的谋干。无奈命里应该，也算自作自受。大凡养儿女是为着老来有靠，便是小户人家，还要挣一碗饭养活母亲，哪里有将现成的闹光了，

---

① 秋天大审——清代对各省死刑案件的一种复审制度，因在每年秋季举行，所以叫秋审。

反害得老人家哭得死去活来的？不是我说，哥哥的这样行为，不是儿子，竟是个冤家对头。妈妈再不明白，明哭到夜，夜哭到明，又受嫂子的气。我呢，又不能常在这里劝解。我看见妈妈这样，哪里放得下心！他虽说是傻，也不肯叫我回去。前儿老爷打发人回来说，看见京报，唬得了不得，所以才叫人来打点的。我想哥哥闹了事，担心的人也不少。幸亏我还是在跟前的一样，若是离乡调远，听见了这个信，只怕我想妈妈也就想杀了。我求妈妈暂且养养神，趁哥哥的活口现在，问问各处的账目。人家该咱们的，咱们该人家的，亦该请个旧伙计来算一算，看看还有几个钱没有。"

薛姨妈哭着说道："这几天为闹你哥哥的事，你来了，不是你劝我，便是我告诉你衙门的事。你还不知道，京里的官商名字已经退了，两个当铺已经给了人家，银子早拿来使完了。还有一个当铺，管事的逃了，亏空了好几千两银子，也夹在里头打官司。你二哥哥天天在外头要账，料着京里的账已经去了几万银子，只好拿南边公分里银子并住房折变才够。前两天还听见一个谎信，说是南边的公当铺也因为折了本儿收了。若是这么着，你娘的命可就活不成的了！"说着，又大哭起来。

宝钗也哭着劝道："银钱的事，妈妈操心也不中用，还有二哥哥给我们料理。单可恨这些伙计们，见咱们的势头儿败了，各自奔各自的去也罢了，我还听见说帮着人家来挤我们的讹头。可见我哥哥活了这么大，交的人总不过是些个酒肉弟兄，急难中是一个没有的。妈妈若是疼我，听我的话；有年纪的人，自己保重些。妈妈这一辈子想来还不致挨冻受饿。家里这点子衣裳家伙，只好听凭嫂子去，那是没法儿的了。所有的家人婆子，瞧他们也没心在这里，该去的叫他们去。就可怜香菱苦了一辈子，只好跟着妈妈过去。实在短什么，我要是有的，还可以拿些过来，料我们那个也没有不依的。就是袭姑娘也是心术正道的，她听见我哥哥的事，她倒提起妈妈来就哭。我们那一个还道是没事的，所以不大着急；若听见了，也是要唬个半死儿的。"薛姨妈不等说完，便说："好姑娘，你可别告诉他。他为一个林姑娘，几乎没要了命，如今才好了些。要是他急出个原故来，不但你添一层烦恼，我越发没了依靠了。"宝钗道："我也是这么想，所以总没告诉他。"

正说着，只听见金桂跑来外间屋里哭喊道："我的命是不要的了！男人呢，已经是没有活的份儿了。咱们如今索性闹一闹，大伙儿到法场上去拼一拼。"说着，便将头往隔断板①上乱撞，撞得披头散发。气得薛姨妈白瞪着两只眼，一句话也说不出来。还亏得宝钗"嫂子"长、"嫂子"短，好一句、歹一句地劝她。金桂道："姑奶奶，如今你是比不得头里的了。你两口儿好好地过日子，我是个单身人儿，要脸做什么！"说着，便要跑到街上，回娘家去，亏得人还多，扯住了，又劝了半天方住。把个宝琴唬得再不敢见她。若是薛蝌在家，她便抹粉施脂，描眉画鬓，奇情异致地打扮收拾起来。不时打从薛蝌住房前过，或故意咳嗽一声，或明知薛蝌在屋，特问房里何人。有时遇见薛蝌，她便妖妖乔乔、娇娇痴痴地问寒问热，忽喜忽嗔。丫头们看见，都赶忙躲开。她自己也不觉得，只是一意一心要弄得薛蝌感情时，好行宝蟾之计。那薛蝌却只躲着，有时遇见，也不敢不周旋一二，只怕她撒泼放刁的意思。更加金桂一则为色迷心，越瞧越爱，越想越幻，哪里还看得出

---

①　隔断板——或叫隔板，大房间中隔开里外间的板壁。

薛蝌的真假来。只有一宗,她见薛蝌有什么东西都是托香菱收着,衣服缝洗,也是香菱,两个人偶然说话,她来了,急忙散开,一发动了一个"醋"字。欲待发作薛蝌,却是舍不得,只得将一腔隐恨都搁在香菱身上。却又恐怕闹了香菱得罪了薛蝌,倒弄得隐忍不发。

一日,宝蟾走来,笑嘻嘻地向金桂道:"奶奶,看见了二爷没有?"金桂道:"没有。"宝蟾笑道:"我说二爷的那种假正经是信不得的。咱们前日送了酒去,他说不会喝;刚才我见他到太太那屋里去,那脸上红扑扑儿的一脸酒气。奶奶不信,回来只在咱们院门口等他,他打那边过来时,奶奶叫住他问问,看他说什么。"金桂听了,一心的怒气,便道:"他哪里就出来了呢?他既无情义,问他作什么!"宝蟾道:"奶奶又迁了。他好说,咱们也好说;他不好说,咱们再另打主意。"金桂听着有理,因叫宝蟾:"瞧着他,看他出去了。"宝蟾答应着出来。金桂却去打开镜奁,又照了一照,把嘴唇儿又抹了一抹,然后拿一条洒花绢子,才要出来,又似忘了什么的,心里倒不知怎么是好。只听宝蟾外面说道:"二爷,今日高兴啊。哪里喝了酒来了?"金桂听了,明知是叫她出来的意思,连忙掀起帘子出来。

只见薛蝌和宝蟾说道:"今日是张大爷的好日子,所以被他们强不过,吃了半钟,到这时候脸还发烧呢。"一句话没说完,金桂早接口道:"自然人家外人的酒比咱们自己家里的酒是有趣儿的。"薛蝌被她拿话一激,脸越红了,连忙走过来陪笑道:"嫂子说哪里的话!"宝蟾见他二人交谈,便躲到屋里去了。这金桂初时原要假意发作薛蝌两句,无奈一见他两颊微红,双眸带涩,别有一种谨愿可怜之意,早把自己那骄悍之气,感化到爪洼国去了,因笑说道:"这么说,你的酒是硬强着才肯喝的呢。"薛蝌道:"我哪里喝得来!"金桂道:"不喝也好,强如像你哥哥喝出乱子来,明儿娶了你们奶奶儿,像我这样守活寡受孤单呢!"说到这里,两个眼已经乜斜了,两腮上也觉红晕了。薛蝌见这话越发邪僻了,打算着要走。金桂也看出来了,哪里容得,早已走过来一把拉住。薛蝌急了道:"嫂子,放尊重些!"说着,浑身乱颤。金桂索性老着脸道:"你只管进来,我和你说一句要紧的话。"正闹着,忽听背后一个人叫道:"奶奶,香菱来了!"把金桂唬了一跳。回头瞧时,却是宝蟾掀着帘子看他二人的光景,一抬头见香菱从那边来了,赶忙知会金桂。金桂这一惊不小,手已松了。薛蝌得便脱身跑了。那香菱正走着,原不理会,忽听宝蟾一嚷,才瞧见金桂在那里拉住薛蝌,往里死拽。香菱却唬得心头乱跳,自己连忙转身回去。这里金桂早已连吓带气,呆呆地瞅着薛蝌去了。怔了半天,恨了一声,自己扫兴归房,从此把香菱恨入骨髓。那香菱本是要到宝琴那里,刚走出腰门,看见这般,吓回去了。

是日,宝钗在贾母屋里,听得王夫人告诉老太太要聘探春一事。贾母说道:"既是同乡的人,很好。只是听见说那孩子到过我们家里,怎么你老爷没有提起?"王夫人道:"连我们也不知道。"贾母道:"好便好,但是道儿太远。虽然老爷在那里,倘或将来老爷调任,可不是我们孩子太单了吗?"王夫人道:"两家都是做官的,也是拿不定。或者那边还调进来。即不然,终有个叶落归根。况且老爷既在那里做官,上司已经说了,好意思不给么?

想来老爷的主意定了，只是不敢做主，故遣人来回老太太的。"贾母道："你们愿意更好。只是三丫头这一去，不知三年两年那边可能回家？若再迟了，恐怕我赶不上再见她一面了！"说着，掉下泪来。王夫人道："孩子们大了，少不得总要给人家的。就是本乡本土的人，除非不做官还使得，若是做官的，谁保得住总在一处？只要孩子们有造化就好。譬如迎姑娘倒配得近呢，偏是时常听见她被女婿打闹，甚至不给饭吃。就是我们送了东西去，她也摸不着。近来听见益发不好了，也不放她回来。两口子拌起来，就说咱们使了他家的银钱。可怜这孩子总不得个出头的日子！前儿我惦记她，打发人去瞧她，迎丫头藏在耳房里，不肯出来。老婆子们必要进去，看见我们姑娘这样冷天还穿着几件旧衣裳。她一包眼泪地告诉婆子们说：'回去别说我这么苦，这也是命里所招，也不用送什么衣服东西来，不但摸不着，反要添一顿打，说是我告诉的。'老太太想想，这倒是近处眼见的，若不好，更难受。倒亏了大太太也不理会她，大老爷也不出头。如今迎姑娘实在比我们三等使唤的丫头还不如。我想探丫头虽不是我养的，老爷既看见过女婿，定然是好才许的。只请老太太示下，择个好日子，多派几个人，送到他老爷任上。该怎么着，老爷也不肯将就。"贾母道："有他老子作主，你就料理妥当，拣个长行的日子送去，也就定了一件事。"王夫人答应着"是"。宝钗听得明白，也不敢则声，只是心里叫苦："我们家里姑娘们就算她是个尖儿，如今又要远嫁，眼看着这里的人一天少似一天了！"见王夫人起身告辞出去，她也送了出来。一径回到自己房中，并不与宝玉说话。见袭人独自一个做活，便将听见的话说了，袭人也很不受用。

却说赵姨娘听见探春这事，反欢喜起来，心里说道："我这个丫头，在家忒瞧不起我，我何尝还是个娘？比她的丫头还不济！况且洑上水，护着别人。她挡在头里，连环儿也不得出头。如今老爷接了去，我倒干净，想要她孝敬我，不能够了！只愿意她像迎丫头似的，我也称称愿。"一面想着，一面跑到探春那边与她道喜，说："姑娘，你是要高飞的人了。到了姑爷那边，自然比家里还好，想来你也是愿意的。便是养了你一场，并没有借你的光儿。就是我有七分不好，也有三分的好，总不要一去了把我搁在脑杓子后头。"探春听着毫无道理，只低头作活，一句也不言语。赵姨娘见她不理，气忿忿地自己去了。

这里探春又气又笑又伤心，也不过自己掉泪而已。坐了一会，闷闷地走到宝玉这边来。宝玉因问道："三妹妹，我听见林妹妹死的时候，你在那里来着。我还听见说，林妹妹死的时候，远远的有音乐之声。或者她是有来历的，也未可知。"探春笑道："那是你心里想着罢了。只是那夜却怪，不似人家鼓乐之音，你的话或者也是。"宝玉听了，更以为实。又想前日自己神魂飘荡之时，曾见一人，说是黛玉生不同人，死不同鬼，必是哪里的仙子临凡。忽又想起那年唱戏做的嫦娥，飘飘艳艳，何等风致。过了一会，探春去了，因必要紫鹃过来，立即回了贾母去叫她。

无奈紫鹃心里不愿意，虽经贾母、王夫人派了过来，也就没法，只是在宝玉跟前不是暖声，就是叹气的。宝玉背地里拉着她，低声下气，要问黛玉的话，紫鹃从没好话回答。宝钗倒背底里夸她有忠心，并不嗔怪她。那雪雁虽是宝玉娶亲这夜出过力的，宝钗见她心地不甚明白，便回了贾母、王夫人，将她配了一个小厮，各自过活去了。王奶妈，养着她，将来好送黛玉的灵柩回南。鹦哥等小丫头，仍服侍了老太太。

　　宝玉本想念黛玉，因此及彼，又想跟黛玉的人已经云散，更加纳闷。闷到无可如何，忽又想起黛玉死得这样清楚，必是离凡返仙去了，反又喜欢。忽然听见袭人和宝钗那里讲究探春出嫁之事，宝玉听了，"啊呀"的一声，哭倒在炕上。唬得宝钗、袭人都来扶起，说："怎么了？"宝玉早哭得说不出来，定了一回子神，说道："这日子过不得了！我姊妹们都一个一个地散了。林妹妹是成了仙去了。大姐姐呢，已经死了，这也罢了，没天天在一块。二姐姐呢，碰着了一个混账不堪的东西。三妹妹又要远嫁，总不得见的了。史妹妹又不知要到哪里去。薛妹妹是有了人家的。这些姐姐妹妹，难道一个都不留在家里，单留我做什么？"

　　袭人忙又拿话解劝。宝钗摆着手说："你不用劝他，让我来问他。"因问着宝玉道："据你的心里，要这些姐妹都在家里陪到你老了，都不要为终身的事吗？若说别人，或者还有别的想头，你自己的姐姐妹妹，不用说没有远嫁的；就是有，老爷作主，你有什么法儿？打量天下独是你一个人爱姐姐妹妹呢？若是都像你，就连我也不能陪你了。大凡人念书，原为的是明理，怎么你益发糊涂了！这么说起来，我同袭姑娘各自一边儿去，让你把姐姐妹妹们都邀了来守着你。"宝玉听了，两只手拉住宝钗、袭人道："我也知道。为什么散得这么早呢？等我化了灰的时候再散也不迟。"袭人掩着他的嘴道："又胡说！才这两天身上好些，二奶奶才吃些饭。若是你又闹翻了，我也不管了。"宝玉慢慢地听她两个人说话都有道理，只是心上不知道怎样才好，只得强说道："我却明白，但只是心里闹得慌。"宝钗也不理他，暗叫袭人快把定心丸给他吃了，慢慢地开导他。袭人便欲告诉探春，说临行不必来辞。宝钗道："这怕什么？等消停几日，待他心里明白，还要叫他们多说句话儿呢。况且三姑娘是极明白的人，不像那些假惺惺的人，少不得有一番箴谏。他以后便不是这样了。"正说着，贾母那边打发过鸳鸯来说："知道宝玉旧病又发，叫袭人劝说安慰，叫他不要胡思乱想。"袭人等应了。鸳鸯坐了一会子去了。

　　那贾母又想起探春远行，虽不备妆奁，其一应动用之物，俱该预备，便把凤姐叫来，将老爷的主意告诉了一遍，即叫她料理去。凤姐答应，不知怎么办理，下回分解。

# 第 一 〇 一 回
## 大观园月夜感幽魂　散花寺神签惊异兆

**【题解】**

　　脂砚斋曾批鬼判们来拘拿秦钟一段字（第十六回）说："《石头记》一部中，皆是近情近理必有之事、必有之言，又如此等荒唐不经之谈，间亦有之，是作者故意游戏之笔耶？以破色取笑，非如别书认真说鬼话也。""认真说鬼话"的，何用找"别书"，续书中如此回者即有不少，亦脂评始料所不及也。

　　大观园闹鬼，王熙凤见鬼。虽渲染得冷风落叶，砭人肌骨，但写"一只大狗"似的鬼怪形相，却显得笨拙可笑。让从来不信阴司报应的凤姐受惊吓，是让她由不信鬼神到相信神灵是有的，这才去散花寺求签。写"神签"的灵验，续作者弄巧成拙的地方颇多。如签上明题着"王熙凤衣锦还乡"，以求巧合。但以前女先儿说书，明明说王熙凤"是残唐五代的故事"（第五十四回），现在却将它搬到"汉朝"去了；还有许多明明白白的不吉利诗句话语，都将它写在"上上大吉"的签上，相当不合情理。

　　却说凤姐回至房中，见贾琏尚未回来，便分派那管办探春行装食事的一干人。那天已有黄昏以后，因忽然想起探春来，要瞧瞧她去，便叫丰儿与两个丫头跟着，头里一个丫头打着灯笼。走出门来，见月光已上，照耀如水，凤姐便命打灯笼的："回去罢。"因而走至茶房窗下，听见里面有人嘁嘁喳喳的，又似哭，又似笑，又似议论什么的。凤姐知道不过是家下婆子们又不知搬什么是非，心内大不受用，便命小红进去，装做无心的样子，细细打听着，用话套出原委来。小红答应着去了。

　　凤姐只带着丰儿来至园门前，门尚未关，只虚虚地掩着。于是主仆二人方推门进去，只见园中月色比着外面更觉明朗，满地下重重树影，杳无人声，甚是凄凉寂静。刚欲往秋爽斋这条路来，只听"嗖"的一声风过，吹的那树枝上落叶满园中"喇喇喇"的作响，枝梢上"吱喽喽"发哨，将那些寒鸦宿鸟都惊飞起来。凤姐吃了酒，被风一吹，只觉身上发噤起来。那丰儿也把头一缩，说："好冷！"凤姐也撑不住，便叫丰儿："快回去把那件银鼠坎肩儿拿来，我在三姑娘那里等着。"丰儿巴不得一声，也要回去穿衣裳来，答应了一声，回头就跑了。

　　凤姐刚举步走了不远，只觉身后"咈咈哧哧"，似有闻嗅之声，不觉头发森然竖了起来。由不得回头一看，只见黑油油一个东西在后面伸着鼻子闻她呢，那两只眼睛恰似灯光一般。凤姐吓得魂不附体，不觉失声的"咳"了一声，却是一只大狗。那狗抽头回身，拖着一个扫帚尾巴，一气跑上大土山上，方站住了，回身犹向凤姐拱爪儿。

　　凤姐儿此时心跳神移，急急地向秋爽斋来。已将来至门口，方转过山子，只见迎面有一个人影儿一晃。凤姐心中疑惑，心里想着必是哪一房里的丫头，便问："是谁？"问了两声，并没有人出来，已经吓得神魂飘荡，恍恍惚惚的似乎背后有人说道："婶娘连我也不认得了？"凤姐忙回头一看，只见这人形容俊俏，衣履风流，十分眼熟，只是想不起是哪房哪屋里的媳妇来。只听那人又说道："婶娘只管享荣华、受富贵的心盛，把我那年说的立万年永远之基，都付于东洋大海了。"凤姐听说，低头寻思，总想不起。那人冷笑道："婶娘那时怎样疼我了，如今就忘在九霄云外了。"凤姐听了，此时方想起来是贾蓉的先妻秦氏，便说道："嗳呀！你是死了的人哪，怎么跑到这里来了呢？"啐了一口，方转回身，脚下不防一块石头绊了一跤，犹如梦醒一般，浑身汗如雨下。虽然毛发悚然，心中却也明白，只见小红、丰儿影影绰绰的来了。凤姐恐怕落人的褒贬，连忙爬起来，说道："你们做什么呢，去了这半天？快拿来我穿上罢。"一面丰儿走至跟前，服侍穿上，小红过来搀扶。凤姐道："我才到那里，她们都睡了，咱们回去罢。"一面说，一面带了两个丫头急急忙忙回到家中。贾琏已回来了，只是见她脸上神色更变，不似往常，待要问她，又知她素日性格，不敢突然相问，只得睡了。

　　至次日五更，贾琏就起来要往总理内庭都检点太监①裘世安家来打听事务。因太早了，见桌上有昨日送来的抄报，便拿起来闲看。第一件是云南节度使王忠一本，新获了一起私带神枪②火药出边事，共有十八名人犯。头一名鲍音，口称系太师③镇国公贾化家人。第二件苏州刺史李孝一本，参劾纵放家奴，倚势凌辱军民，以致因奸不遂，杀死节妇一家人命三口事。凶犯姓时名福，自称系世袭三等职衔贾范家人。贾琏看见这两件，心中早又不自在起来，待要看第三件，又恐迟了不能见裘世安的面，因此急急地穿了衣服，也等不得吃东西，恰好平儿端上茶来，喝了两口，便出来骑马走了。

　　平儿在房内收拾换下的衣服。此时凤姐尚未起来，平儿因说道："今儿夜里我听着奶奶没睡什么觉，我这会子替奶奶捶着，好生打个盹儿罢。"凤姐半日不言语。平儿料着这意思是了，便爬上炕来，坐在身边，轻轻地捶着。才捶了几拳，那凤姐刚有要睡之意，只听那边大姐儿哭了。凤姐又将眼睁开，平儿连向那边叫道："李妈，你到底是怎么着？姐儿哭了，你到底拍着她些。你也歪好睡了！"那边李妈从梦中惊醒，听得平儿如此说，心中没好气，只得狠命拍了几下，口里嘟嘟囔囔地骂道："真真的小短命鬼儿，放着尸不挺，三更半夜嚎你娘的丧！"一面说，一面咬牙，便向那孩子身上拧了一把。那孩子"哇"的一声大哭起来了。凤姐听见，说："了不得！你听听，她该挫磨④孩子了。你过去把那黑心的养汉老婆下死劲地打她几下子，把姐姐抱过来。"平儿笑道："奶奶别生气，她哪里敢挫磨姐儿，只怕是不提防，错碰了一下子也是有的。这会子打她几下子没要紧，明儿叫她们背地里嚼舌根，倒说三更半夜打人。"凤姐听了，半日不言语，长叹一声，说道："你瞧瞧，

---

① 总理内庭都检点太监——官名是虚拟的，意即总管太监。
② 神枪——以火药发射的枪，明清时称"神枪"。
③ 太师——古时，太师、太傅、太保称"三公"；明清时，太师只是朝臣兼任的虚衔。
④ 挫磨——折磨。

这会子不是我十旺八旺①的呢，明儿我要是死了，剩下这小孽障，还不知怎么样呢！"平儿笑道："奶奶这么说，大五更的，何苦来呢！"凤姐冷笑道："你哪里知道，我是早已明白了。我也不久了。虽然活了二十五岁，人家没见的也见了，没吃的也吃了，也算全了，所有世上有的也都有了，气也算赌尽了，强也算争足了，就是'寿'字儿上头缺一点儿，也罢了。"平儿听说，由不得滚下泪来。凤姐笑道："你这会子不用假慈悲，我死了，你们只有欢喜的。你们一心一计和和气气的，省得我是你们眼里的刺似的。只有一件，你们知好歹，只疼我那孩子就是了。"平儿听说这话，越发哭得泪人似的。凤姐笑道："别扯你娘的臊了，哪里就死了呢？哭得那么痛！我不死还叫你哭死了呢。"平儿听说，连忙止住哭，道："奶奶说得这么伤心。"一面说，一面又捶，半日不言语，凤姐又矇眬睡去。

平儿方下炕来要去，只听外面脚步响。谁知贾琏去迟了，那裘世安已经上朝去了，不遇而回，心中正没好气，进来就问平儿道："那些人还没起来呢么？"平儿回说："没有呢。"贾琏一路摔帘子进来，冷笑道："好，好！这会子还都不起来，安心打擂台打撒手儿！"一叠声又要吃茶。平儿忙倒了一碗茶来。原来那些丫头、老婆见贾琏出了门，又复睡了，不打量这会子回来，原不曾预备。平儿便把温过的拿了来。贾琏生气，举起碗来，"哗啷"一声，摔了个粉碎。

凤姐惊醒，唬了一身冷汗，"嗳哟"一声，睁开眼，只见贾琏气狠狠地坐在旁边，平儿弯着腰拾碗片子呢。凤姐道："你怎么就回来了？"问了一声，半日不答应，只得又问一声。贾琏嚷道："你不要我回来，叫我死在外头罢？"凤姐笑道："这又是何苦来呢！常时我见你不像今儿回来得快，问你一声，也没什么生气的。"贾琏又嚷道："又没遇见，怎么不快回来呢！"凤姐笑道："没有遇见，少不得耐烦些，明儿再去早些儿，自然遇见了。"贾琏嚷道："我可不吃着自己的饭，替人家赶獐子呢。我这里一大堆的事，没个动秤儿的②，没来由为人家的事瞎闹了这些日子，当什么呢？正经那有事的人还在家里受用，死活不知，还听见说要锣鼓喧天的摆酒唱戏做生日呢。我可瞎跑他娘的腿子！"一面说，一面往地下啐了一口，又骂平儿。

凤姐听了，气的干咽，要和他分证；想了一想，又忍住了，勉强陪笑道："何苦来生这么大气！大清早起，和我叫喊什么？谁叫你应了人家的事！你既应了，就得耐烦些，少不得替人家办办。也没见这个人自己有为难的事，还有心肠唱戏摆酒的闹。"贾琏道："你可说么，你明儿倒也问问他！"凤姐诧异道："问谁？"贾琏道："问谁！问你哥哥。"凤姐道："是他吗？"贾琏道："可不是他，还有谁呢！"凤姐忙问道："他又有什么事，叫你替他跑？"贾琏道："你还在坛子里③呢。"凤姐道："真真这就奇了，我连一个字儿也不知道。"贾琏道："你怎么能知道呢？这个事连太太和姨太太还不知道呢。头一件怕太太和姨太太不放心，二则你身上又常嚷不好，所以我在外头压住了，不叫里头知道的。说起来，真真可人恼，

---

①　十旺八旺——程甲本作"十旺八旺"，金本作"七望八望"。以虚数言多，汉语习惯用"七""八"相连，如"七零八落""七拼八凑"等，故知"十"为"七"之讹。今从王本。

②　动秤儿的——喻实在去干事情的人。

③　还在坛子里——意思与"还蒙在鼓里"同。

你今儿不问我，我也不便告诉你。你打量你哥哥行事像个人呢，你知道外头人都叫他什么？"凤姐道："叫他什么？"贾琏道："叫他什么，叫他'忘仁'！"凤姐"扑哧"的一笑："他可不叫王仁，叫什么呢？"贾琏道："你打量那个王仁吗？是忘了仁义礼智信的那个'忘仁'哪！"凤姐道："这是什么人这么刻薄嘴儿糟蹋人。"贾琏道："不是糟蹋他吗！今儿索性告诉你，你也不知道知道你那哥哥的好处。到底知道他给他二叔做生日呵！"凤姐想了一想，道："噯哟！可是呵，我还忘了问你，二叔不是冬天的生日吗？我记得年年都是宝玉去。前者老爷升了，二叔那边送过戏来，我还偷偷儿地说：'二叔为人是最啬刻的，比不得大舅太爷。他们各自家里还乌眼鸡似的。不么，昨儿大舅太爷没了，你瞧他是个兄弟，他还出了个头儿揽了个事儿？'所以那一天说，赶他的生日，咱们还他一班子戏，省了亲戚跟前落亏欠。如今这么早就做生日，也不知是什么意思。"贾琏道："你还做梦呢！他一到京，接着舅太爷的首尾就开了一个吊①，他怕咱们知道拦他，所以没告诉咱们，弄了好几千银子。后来二舅嗔着他，说他不该一网打尽。他吃不住了，变了个法子，就指着你们二叔的生日撒了个网，想着再弄几个钱，好打点二舅太爷不生气。也不管亲戚朋友冬天夏天的，人家知道不知道，这么丢脸！你知道我起早为什么？这如今因海疆的事情，御史参了一本，说是大舅太爷的亏空，本员已故，应着落其弟王子胜、侄王仁赔补。爷儿两个急了，找了我给他们托人情。我见他们吓得那么个样儿，再者又关系太太和你，我才应了。想着找找总理内庭都检点老裴替办办，或者前任后任挪移挪移。偏又去晚了，他进里头去了，我白起来跑了一趟。他们家里还那里定戏摆酒呢。你说说，叫人生气不生气？"

凤姐听了，才知王仁所行如此。但她素性要强护短，听贾琏如此说，便道："凭他怎么样，到底是你的亲大舅儿。再者，这件事死的大太爷、活的二叔都感激你。罢了，没什么说的，我们家的事，少不得我低三下四地求你了，省的带累别人受气，背地里骂我。"说着，眼泪早流下来，掀开被窝，一面坐起来，一面挽头发，一面披衣裳。贾琏道："你倒不用这么着，是你哥哥不是人，我并没说你呀。况且我出去了，你身上又不好，我都起来了，她们还睡觉，咱们老辈子有这个规矩么？你如今作好好先生，不管事了。我说了一句，你就起来，明儿我要嫌这些人，难道你都替了她们么？好没意思啊！"凤姐听了这些话，才把泪止住了，说道："天呢不早了，我也该起来了。你有这么说的，你替他们家在心的办办，那就是你的情分了。再者，也不光为我，就是太太听见也喜欢。"贾琏道："是了，知道了。'大萝卜还用屎浇？'②"平儿道："奶奶这么早起来做什么？哪一天奶奶不是起来有一定的时候儿呢。爷也不知是哪里的邪火，拿着我们出气。何苦来呢！奶奶也算替爷挣够了，哪一点儿不是奶奶挡头阵？不是我说，爷把现成儿的也不知吃了多少，这会子替奶奶办了一点子事，又关会着好几层儿呢，就是这么拿糖作醋的起来，也不怕人家寒心。况且这也不单是奶奶的事呀！我们起迟了，原该爷生气，左右到底是奴才呀。奶奶跟前，尽着身子累得成了个病包儿了，这是何苦来呢！"说着，自己的眼圈儿也红了。那贾琏本是一肚子闷气，哪里见得这一对娇妻美妾又尖利又柔情的话呢，便笑道："够了，算了罢！她

---

① "接着"句——凭着舅太爷的关系就办了吊唁的事。丧家择日行吊唁礼仪叫"开吊"。

② 大萝卜还用屎浇——俗语俏皮话，意即"还用你教我？""浇"谐音"教"。

一个人就够使的了，不用你帮着。左右我是外人，多早晚我死了，你们就清净了。"凤姐道："你也别说那个话，谁知道谁怎么样呢？你不死，我还死呢，早死一天早心净！"说着，又哭起来。平儿只得又劝了一回。

那时天已大亮，日影横窗。贾琏也不便再说，站起来出去了。这里凤姐自己起来，正在梳洗，忽见王夫人那边小丫头过来道："太太说了，叫问二奶奶今日过舅太爷那边去不去？要去，说叫二奶奶同着宝二奶奶一路去呢。"凤姐因方才一段话，已经灰心丧意，恨娘家不给争气，又兼昨夜园中受了那一惊，也实在没精神，便说道："你先回太太去，我还有一两件事没办清，今日不能去。况且他们那又不是什么正经事。宝二奶奶要去，各自去罢。"小丫头答应着，回去回复了。不在话下。

且说凤姐梳了头，换了衣服，想了想，虽然自己不去，也该带个信儿；再者，宝钗还是新媳妇，出门子自然要过去照应照应的。于是见过王夫人，支吾了一件事，便过来到宝玉房中。只见宝玉穿着衣服，歪在炕上，两个眼睛呆呆地看宝钗梳头。凤姐站在门口，还是宝钗一回头看见了，连忙起身让坐。宝玉也爬起来，凤姐才笑嘻嘻地坐下。宝钗因说麝月道："你们瞧着二奶奶进来，也不言语声儿。"麝月笑着道："二奶奶头里进来就摆手儿不叫言语么。"凤姐因向宝玉道："你还不走，等什么呢？没见这么大人了，还是这么小孩子气的。人家各自梳头，你爬在旁边看什么？成日家一块子在屋里，还看不够？也不怕丫头们笑话？"说着，"哧"的一笑，又瞅着他呷嘴儿。宝玉虽也有些不好意思，还不理会，把个宝钗直臊得满脸飞红，又不好听着，又不好说什么。只见袭人端过茶来，只得搭讪着，自己递了一袋烟。凤姐儿笑着站起来接了，道："二妹妹，你别管我们的事，你快穿衣服罢。"

宝玉一面也搭讪着，找这个弄那个。凤姐道："你先去罢，哪里有个爷们等着奶奶们一块儿走的理呢？"宝玉道："我只是嫌我这衣裳不大好，不如前年穿着老太太给的那件雀金呢好。"凤姐因怄他道："你为什么不穿？"宝玉道："穿着太早些。"凤姐忽然想起，自悔失言，幸亏宝钗也和王家是内亲，只是那些丫头们跟前，已经不好意思了。袭人却接着说道："二奶奶还不知道呢，就是穿得，他也不穿了。"凤姐儿道："这是什么原故？"袭人道："告诉二奶奶，真真是我们这位爷的行事都是天外飞来的。那一年因二舅太爷的生日，老太太给了他这件衣裳，谁知那一天就烧了。我妈病重了，我没在家。那时候还有晴雯妹妹呢，听见说，病着整给他补了一夜，第二天老太太才没瞧出来呢。去年那一天，上学天冷，我叫茗烟拿了去给他披披。谁知这位爷见了这件衣裳，想起晴雯来了，说了总不穿了，叫我给他收一辈子呢。"凤姐不等说完，便道："你提晴雯，可惜了儿的！那孩子模样儿手儿都好，就只嘴头子利害些。偏偏儿的太太不知听了哪里的谣言，活活儿的把个小命儿要了。还有一件事，那一天我瞧见厨房里柳家的女人，她女孩儿叫什么五儿，那丫头长得和晴雯脱了影儿似的。我心里要叫她进来，后来我问她妈，她妈说是很愿意。我想着宝二爷屋里的小红跟了我去，我还没还他呢，就把五儿补过来。平儿说：'太太那一天说了，凡像那个样儿的都不叫派到宝二爷屋里呢。'我所以也就搁下了。这如今宝二爷也成了家了，还怕什么呢？不如我就叫她进来。可不知宝二爷愿意不愿意？要想着晴雯，只瞧见这五儿就是了。"宝玉本要走，听见这些话已呆了。袭人道：

"为什么不愿意？早就要弄了来的，只是因为太太的话说的结实罢了。"凤姐道："那么着，明儿我就叫她进来。太太的跟前有我呢。"宝玉听了，喜不自胜，才走到贾母那边去了。这里宝钗穿衣服。

凤姐儿看他两口儿这般恩爱缠绵，想起贾琏方才那种光景，好不伤心，坐不住，便起身向宝钗笑道："我和你向老太太屋里去罢。"笑着出了房门，一同来见贾母。宝玉正在那里回贾母往舅舅家去。贾母点头说道："去罢，只是少吃酒，早些回来。你身子才好些。"宝玉答应着出来，刚走到院内，又转身回来，向宝钗耳边说了几句不知什么。宝钗笑道："是了，你快去罢。"将宝玉催着去了。这贾母和凤姐、宝钗说了没三句话，只见秋纹进来传说："二爷打发茗烟转来，请二奶奶。"宝钗说道："他又忘了什么，又叫他回来？"秋纹道："我叫小丫头问了，茗烟说是'二爷忘了一句话，二爷叫我回来告诉二奶奶：若是去呢，快些来罢；若不去呢，别在风地里站着。'"说得贾母、凤姐并地下站着的众老婆子、丫头都笑了。宝钗飞红了脸，把秋纹啐了一口，说道："好个糊涂东西！这也值得这样慌慌张张跑了来说？"秋纹也笑着回去叫小丫头去骂茗烟。那茗烟一面跑着，一面回头说道："二爷把我巴巴地叫下马来，叫回来说的。我若不说，回来对出来，又骂我了。这会子说了，她们又骂我。"那丫头笑着跑回来说了。贾母向宝钗道："你去罢，省得他这么记挂。"说得宝钗站不住，又被凤姐怄她玩笑，正没好意思，才走了。

只见散花寺的姑子大了来了，给贾母请安，见过了凤姐，坐着吃茶。贾母因问她："这一向怎么不来？"大了道："因这几日庙中作好事，有几位诰命夫人不时在庙里起坐，所以不得空儿来。今日特来回老祖宗，明儿还有一家作好事，不知老祖宗高兴不高兴，若高兴，也去随喜随喜。"贾母便问："做什么好事？"大了道："前月为王大人府里不干净，见神见鬼的。偏生那太太夜间又看见去世的老爷。因此昨日在我庙里告诉我，要在散花菩萨跟前许愿烧香，做四十九天的水陆道场，保佑家口安宁，亡者升天，生者获福。所以我才得空儿来请老太太的安。"

却说凤姐素日最厌恶这些事的，自从昨夜见鬼，心中总是疑疑惑惑的，如今听了大了这些话，不觉把素日的心性改了一半，已有三分信意，便问大了道："这散花菩萨是谁？他怎么就能避邪除鬼呢？"大了见问，便知她有些信意，便说道："奶奶今日问我，让我告诉奶奶知道：这个散花菩萨来历根基不浅，道行非常。生在西天大树国中，父母打柴为生。养下菩萨来，头长三角，眼横四目，身长三尺，两手拖地。父母说这是妖精，便弃在冰山之后了。谁知这山上有一个得道的老猵狿出来打食，看见菩萨顶上白气冲天，虎狼远避，知道来历非常，便抱回洞中抚养。谁知菩萨带了来的聪慧，禅也会谈，与猵狿天天谈道参禅，说得天花散漫缤纷。至一千年后飞升了。至今山上犹见谈经之处，天花散漫，所求必灵，时常显圣，救人苦厄。因此世人才盖了庙，塑了像供奉。"凤姐道："这有什么凭据呢？"大了道："奶奶又来搬驳了。一个佛爷可有什么凭据呢？就是撒谎，也不过哄一两个人罢咧，难道古往今来多少明白人都被他哄了不成？奶奶只想，惟有佛家香火历来不绝，他到底是祝国祝民，有些灵验，人才信服。"凤姐听了，大有道理，因道："既这么，我明儿去试试。你庙里可有签？我去求一签，我心里的事，签上批得出？批得出来，我从此就信了。"大了道："我们的签最是灵的，明儿奶奶去求一签就知道了。"贾母道：

"既这么着，索性等到后日初一，你再去求。"说着，大了吃了茶，到王夫人各房里去请了安回去，不提。

这里凤姐勉强扎挣着，到了初一清早，令人预备了车马，带着平儿并许多奴仆，来至散花寺。大了带了众姑子接了进去。献茶后，便洗手至大殿上焚香。那凤姐儿也无心瞻仰圣像，一秉虔诚，磕了头，举起签筒，默默地将那见鬼之事并身体不安等故，祝告了一回，才摇了三下，只听"唰"的一声，筒中蹿出一支签来。于是叩头，拾起一看，只见写着"第三十三签，上上大吉"。大了忙查签簿看时，只见上面写着"王熙凤衣锦还乡①"。凤姐一见这几个字，吃一大惊，惊问大了道："古人也有叫王熙凤的么？"大了笑道："奶奶最是通今博古的，难道汉朝的王熙凤求官的这一段事也不晓得？"周瑞家的在旁笑道："前年李先儿还说这一回书的，我们还告诉她重着奶奶的名字，不要叫呢。"凤姐笑道："可是呢，我倒忘了。"说着，又瞧底下的，写的是：

> 去国离乡二十年，于今衣锦返家园。
>
> 蜂采百花成蜜后，为谁辛苦为谁甜？
>
> 行人至。音信迟。讼宜和。婚再议。②

看完也不甚明白。大了道："奶奶大喜。这一签巧得很，奶奶自幼在这里长大，何曾回南京去了？如今老爷放了外任，或者接家眷来，顺便还家，奶奶可不是'衣锦还乡'了？"一面说，一面抄了个签经交与丫头。凤姐也半疑半信的。大了摆了斋来，凤姐只动了一动，放下了要走，又给了香银。大了苦留不住，只得让她走了。凤姐回至家中，见了贾母、王夫人等，问起签来，命人一解，都欢喜非常："或者老爷果有此心，咱们走一趟也好。"凤姐儿见人人这么说，也就信了。不在话下。

却说宝玉这一日正睡午觉，醒来不见宝钗，正要问时，只见宝钗进来。宝玉问道："哪里去了，半日不见？"宝钗笑道："我给凤姐姐瞧一回签。"宝玉听说，便问是怎么样的。宝钗把签帖念了一回，又道："家中人人都说好的。据我看，这'衣锦还乡'四字里头还有原故，后来再瞧罢了。"宝玉道："你又多疑了，妄解圣意。'衣锦还乡'四字，从古至今都知道是好的，今儿你又偏生看出缘故来了。依你说，这'衣锦还乡'还有什么别的解说？"宝钗正要解说，只见王夫人那边打发丫头过来请二奶奶。宝钗立刻过去。未知何事，下回分解。

---

① 衣锦还乡——本意说富贵后穿着漂亮的衣服回到故乡，此暗示凤姐尸返金陵的结局；旧时尸体多着华服，覆以锦被入殓。

② "去国"一签签文——小说中写凤姐自幼随家人离开金陵，首句估计到她死时已有二十年时间。"蜂采"二句用唐诗，罗隐《蜂》诗："采得百花成蜜后，为谁辛苦为谁甜？"与"到头来，都是为他人作嫁衣裳"同一个意思。"行人至。音信迟"暗示，凤姐向赵姨娘死后被阴司拷打，促使自己"忏宿冤"时，已经太迟了。凤姐曾包揽狱讼，害死人命，故有"讼宜和"语。"婚再议"，指凤姐死后，贾琏将平儿扶了正，或指其女儿巧姐婚事的变化。签文从文字到内容，都有明显不吉祥的话，写在"上上大吉"的签子上，于情理有碍。

# 第 一 ○ 二 回
## 宁国府骨肉病灾祲①　大观园符水驱妖孽

**【题解】**

　　此回写贾府驱邪逐妖，作法者装神弄鬼，大肆宣扬封建迷信活动。大观园虽被搞得乌烟瘴气，捉笔者仍乐此不疲。

　　话说王夫人打发人来唤宝钗，宝钗连忙过来，请了安。王夫人道："你三妹妹如今要出嫁了，只得你们作嫂子的大家开导开导她，也是你们姊妹之情。况且她也是个明白孩子，我看你们两个也很合得来。只是我听见说，宝玉听见他三妹妹出门子，哭得了不得，你也该劝劝他。如今我的身子是十病九痛的，你二嫂子也是三日好两日不好。你还心地明白些，诸事也别说只管吞着，不肯得罪人，将来这一番家事，都是你的担子。"宝钗答应着。王夫人又说道："还有一件事，你二嫂子昨儿带了柳家媳妇的丫头来,说补在你们屋里。"宝钗道："今日平儿才带过来，说是太太和二奶奶的主意。"王夫人道："是呦，你二嫂子和我说，我想也没要紧，不便驳她的回。只是一件，我见那孩子眉眼儿上头也不是个很安顿的。起先为宝玉房里的丫头狐狸似的，我撵了几个，那时候你也知道，不然你怎么搬回家去了呢。如今有你，自然不比先前了。我告诉你，不过留点神儿就是了。你们屋里，就是袭人那孩子还可以使得。"宝钗答应了，又说了几句话，便过来了。饭后到了探春那边，自有一番殷勤劝慰之言，不必细说。

　　次日，探春将要起身，又来辞宝玉。宝玉自然难割难分。探春便将纲常大体的话说得宝玉始而低头不语，后来转悲作喜，似有醒悟之意。于是探春放心辞别众人，竟上轿登程，水舟陆车而去。

　　先前众姊妹们都住在大观园中，后来贾妃薨后，也不修葺。到了宝玉娶亲，林黛玉一死，史湘云回去，宝琴在家住着，园中人少，况兼天气寒冷，李纨姊妹、探春、惜春等俱挪回旧所。到了花朝月夕，依旧相约玩耍。如今探春一去，宝玉病后不出屋门，益发没有高兴的人了。所以园中寂寞，只有几家看园的人住着，那日，尤氏过来送探春起身，因天晚省得套车，便从前年在园里开通宁府的那个便门里走过去了。觉得凄凉满目，

---

① 灾祲（jìn 近）——由妖异造成的祸害。祲，妖气。

台榭依然，女墙①一带都种作园地一般，心中怅然如有所失。因到家中，便有些身上发热，扎挣一两天，竟躺倒了。日间的发烧犹可，夜里身热异常，便谵语②绵绵。贾珍连忙请了大夫看视。说感冒起的，如今缠经，入了足阳明胃经③，所以谵语不清，如有所见；有了大粪④，即可身安。尤氏服了两剂，并不稍减，更加发起狂来。

　　贾珍着急，便叫贾蓉来，打听外头有好医生，再请几位来瞧瞧。贾蓉回道："前儿这位太医是最兴时的了，只怕我母亲的病不是药治得好的。"贾珍道："胡说！不吃药，难道由她去罢？"贾蓉道："不是说不治。为的是前日母亲从西府去，回来是穿着园子里走来家的，一到了家，就身上发烧，别是撞客着了罢。外头有个毛半仙，是南方人，卦起的很灵，不如请他来占卦占卦。看有信儿呢，就依着他；要是不中用，再请别的好大夫来。"

　　贾珍听了，即刻叫人请来。坐在书房内喝了茶，便说："府上叫我，不知占什么事？"贾蓉道："家母有病，请教一卦。"毛半仙道："既如此，取净水洗手，设下香案。让我起出一课来看就是了。"一时，下人安排定了。他便怀里掏出卦筒来，走到上头，恭恭敬敬地作了一个揖，手内摇着卦筒，口里念道："伏以太极两仪，纲缊交感⑤。图书出而变化不穷⑥，神圣作而诚求必应。兹有信官⑦贾某，为因母病，虔请伏羲、文王、周公、孔子四大圣人⑧，鉴临在上，诚感则灵，有凶报凶，有吉报吉。先请内象三爻⑨。"说着，将筒内的钱倒在盘内，说："有灵的，头一爻就是'交'。"拿起来又摇了一摇，倒出来，说是"单"。第三爻又是"交"。捡起钱来，嘴里说是："内爻已示，更请外象三爻，完成一卦。"起出来，是"单、拆、单"。那毛半仙收了卦筒和铜钱，便坐下问道："请坐，请坐。让我来细细地看看。这个卦乃是'未济'之卦⑩。世爻是第三爻，午火兄弟劫财，晦气是一定该有的。如今尊驾为母问病，用神是初爻，真是父母爻动出官鬼来。五爻上又有一层官鬼，我看令堂太夫人的病是不轻的。还好，还好，如今子亥之水休囚，寅木动而生火。世爻

---

①　女墙——城墙上的矮墙，也泛指矮墙。
②　谵语——神志不清时的胡言乱语。
③　缠经、足阳明胃经——缠经，即传经，中医有病邪传经之说，由表传里，由阳入阴，病情逐渐加重，如初时太阳经（在表）中邪，若邪不去，过一段时间就会传入阳明经（半表半里），足阳明胃经（十二经络之一）即是。
④　大粪——大便。大便通畅后，可泻泄脾胃之热，故曰"即可身安"。
⑤　太极两仪、纲缊交感——太极，天地未分，元气混一状态。两仪，天与地。纲缊，相会相附。意谓由混一元气所生的天地两气相会合后，彼此相互作用、感应。
⑥　"图书"句——图书，指河图洛书。《易·系辞上》："河出图，洛出书，圣人则之。"传说伏羲氏时，有龙马背负"河图"从黄河跃出，有神龟背负"洛书"从洛水出来，伏羲氏据此"图书"画成八卦，而八卦能变化无穷。
⑦　信官——算卦先生对顾主的尊称；犹小说作者称读者为"看官"。
⑧　伏羲、文王、周公、孔子四大圣人——伏羲是传说中"三皇"之一，他画"八卦"；又传文王作"卦辞"，周公作"爻辞"，孔子作"十翼"，这样，就组成《周易》一书。
⑨　内象三爻（yáo 摇）——爻，构成《易》卦的基本符号，即"—"为阳爻，"——"为阴爻：每三爻合成一卦，因爻组合变化，可得八卦；两卦相重，又变化组合，可得六十四卦（六爻卦）。其符号图形就叫象。卦随爻变，故"爻"有交错、变动的意思，用以占卜。占者以制钱三枚置筒内摇动后倒出，三钱呈二背一面者为"拆"；一背二面者为"单"；三背者为"重"；三面者为"交"。播而倒一次为一爻，六次即成"六爻卦"；前三爻叫"内象"，后三爻叫"外象"，合成一卦。六爻旁附有地支"子""寅""辰""午""申""戌"等字，叫"课"。因卦起课，用以推断吉凶祸福，谓之"文王课"，因"六爻之卦"传为文王所推演。
⑩　"未济"之卦——六十四卦之一。卦象为离上坎下，即火上水下，火不能烧水，水不能灭火，不能互相发生作用，故称"未济"。《易·未济》："象曰：'火在水上，未济，君子以慎辨物居方。'"

上动出一个子孙来，倒是克鬼的。况且日月生身，再隔两日，子水官鬼落空，交到戌日就好了。但是父母爻上变鬼，恐怕令尊大人也有些关碍。就是本身世爻，比劫过重，到了水旺土衰的日子，也不好。"说完了，便撅着胡子坐着。

贾蓉起先听他捣鬼，心里忍不住要笑，听他讲的卦理明白，又说生怕父亲也不好，便说道："卦是极高明的，但不知我母亲到底是什么病？"毛半仙道："据这卦上，世爻午火变水相克，必是寒火凝结。若要断得清楚，揲蓍①也不大明白，除非用'大六壬'②才断得准。"贾蓉道："先生都高明的么？"毛半仙道："知道些。"贾蓉便要请教，报了一个时辰。毛先生便画了盘子，将神将排定算去，是戌上白虎，"这课叫做'魄化课'③。大凡白虎乃是凶将，乘旺象气受制，便不能为害。如今乘着死神死煞，及时令囚死，则为饿虎，定是伤人。就如魄神受惊消散，故名'魄化'。这课象说是人身丧魄，忧患相仍，病多丧死，讼有忧惊。按象有日暮虎临，必定是傍晚得病的。象内说，凡占此课，必定旧宅有伏虎作怪，或有形响。如今尊驾为大人而占，正合着虎在阳忧男，在阴忧女。此课十分凶险呢。"贾蓉没有听完，唬得面上失色道："先生说得很是。但与那卦又不大相合，到底有妨碍么？"毛半仙道："你不用慌，待我慢慢地再看。"低着头又咕哝了一会子，便说："好了，有救星了！算出巳上有贵神救解，谓之'魄化魂归'。先忧后喜，是不妨事的，只要小心些就是了。"

贾蓉奉上卦金，送了出去，回禀贾珍，说是："母亲的病是在旧宅傍晚得的，为撞着什么伏尸白虎。"贾珍道："你说你母亲前日从园里走回来的，可不是那里撞着的。你还记得你二婶娘到园里去，回来就病？她虽没有见什么，后来那些丫头老婆们都说是山子上一个毛烘烘的东西，眼睛有灯笼大，还会说话，把她二奶奶赶了回来，唬出一场病来。"贾蓉道："怎么不记得！我还听见宝二叔家的茗烟说，晴雯是做了园里芙蓉花的神了；林姑娘死了，半空里有音乐，必定她也是管什么花儿的。想这许多妖怪在园里，还了得！头里人多阳气重，常来常往不打紧。如今冷落的时候，母亲打那里走，还不知踹了什么花儿呢，不然，就是撞着哪一个。那卦也还算是准的。"贾珍道："到底说有妨碍没有呢？"贾蓉道："据他说，到了戌日就好了。只愿早两天好，或除两天才好。"贾珍道："这又是什么意思？"贾蓉道："那先生若是这样准，生怕老爷也有些不自在。"

正说着，里头喊说"奶奶要坐起到那边园里去，丫头们都按捺不住。"贾珍等进去安慰定了。只闻尤氏嘴里乱说："穿红的来叫我，穿绿的来赶我！"地下这些人又怕又好笑。贾珍便命人买些纸钱，送到园里烧化。果然那夜出了汗，便安静些。到了戌日，也就渐渐地好起来。

由是，一人传十，十人传百，都说大观园中有了妖怪。唬得那些看园的人也不修花补树，灌溉果蔬。起先晚上不敢行走，以致鸟兽逼人，甚至日里也是约伴持械而行。过了些时，

---

① 揲（shé 舌）蓍——占卜的一种方法。蓍，蓍草，古人用其茎占卜。揲，将草按规定数分组，以卜吉凶。

② 大六壬——占卜的一种方法。用刻有干支的两木盘代表天和地，用一中轴叠合天地两盘，验其上下所合干支及时辰等，以卜吉凶。因五行以水为首，十个天干中壬、癸属水，壬为阳水，癸为阴水，取阳舍阴，故名壬；六十甲子中，壬有六个，故名六壬。

③ 白虎，魄化课——白虎，凶神，主有丧服之灾。六壬共有七百二十课，一般又总括为六十四种课体。"魄化"，程甲本误为"鬼化"。

果然贾珍也病，竟不请医调治，轻则到园化纸许愿，重则详星拜斗。贾珍方好，贾蓉等相继而病。如此接连数月，闹得两府俱怕。从此风声鹤唳，草木皆妖。园中出息，一概全蠲，各房月例，重新添起，反弄得荣府中更加拮据。那些看园的没有了想头，个个要离此处，每每造言生事，便将花妖树怪编派起来，各要搬出，将园门封固，再无人敢到园中。以致崇楼高阁，琼馆瑶台，皆为禽兽所栖。

　　却说晴雯的表兄吴贵正住在园门口，他媳妇自从晴雯死后，听见说做了花神，每日晚间便不敢出门。这一日，吴贵出门买东西，回来晚了。那媳妇子本有些感冒着了，日间吃错了药，晚上吴贵到家，已死在炕上。外面的人因那媳妇子不妥当，便都说妖怪爬过墙吸了精去死的。于是老太太着急得了不得，另派了好些人将宝玉的住房围住，巡逻打更。这些小丫头们还说，有的看见红脸的，有的看见很俊的女人的，吵嚷不休。唬得宝玉天天害怕。亏得宝钗有把持，听得丫头们混说，便唬吓着要打，所以那些谣言略好些。无奈各房的人都是疑人疑鬼的不安静，也添了人坐更，于是更加了好些食用。

　　独有贾赦不大很信，说：“好好园子，哪里有什么鬼怪！”挑了个风清日暖的日子，带了好几个家人，手内持着器械，到园端看动静。众人劝他不依。到了园中，果然阴气逼人。贾赦还扎挣前走，跟的人都探头缩脑。内中有个年轻的家人，心内已经害怕，只听“呼”的一声，回过头来，只见五色灿烂的一件东西跳过去了，唬得“嗳哟”一声，腿子发软，便躺倒了。贾赦回身查问，那小子喘吁吁地回道：“亲眼看见一个黄脸红须绿衣青裳一个妖怪走到树林子后头山窟窿里去了。”贾赦听了，便也有些胆怯，问道：“你们都看见么？”有几个推顺水船儿的回说：“怎么没瞧见，因老爷在头里，不敢惊动罢了。奴才们还撑得住。”说得贾赦害怕，也不敢再走，急急地回来，吩咐小子们：“不要提及，只说看遍了，没有什么东西。”心里实也相信，要到真人府①里请法官驱邪。岂知那些家人无事还要生事，今见贾赦怕了，不但不瞒着，反添些穿凿，说得人人吐舌。

　　贾赦没法，只得请道士到园作法事，驱邪逐妖。择吉日，先在省亲正殿上铺排起坛场，上供三清圣像，旁设二十八宿并马、赵、温、周四大将，下排三十六天将图像②。香花灯烛设满一堂，钟鼓法器排两边，插着五方旗号③。道纪司④派定四十九位道众的执事，净了一天的坛。三位法官行香取水毕，然后擂起法鼓，法师们俱戴上七星冠，披上九宫八卦的法衣，踏着登云履，手执牙笏，便拜表请圣。又念了一天的消灾驱邪接福的《洞元经》⑤，以后便出榜召将。榜上大书“太乙、混元、上清三境灵宝符箓演教大法师，行文

---

①　真人府——指请来作法的道士的住宅。道家称修炼得道者为“真人”。
②　三清、二十八宿、马、赵、温、周四大将、三十六天将——三清，道教所崇奉的三位尊神。即元始天尊（天宝君）、灵宝天尊（太上道君）、道德天尊（太上老君）。二十八星宿虽属天文学范围，但道教也视其为神明，故也在被请之列。马、赵、温、周四大将，道教的驱魔降妖的四大护法神；原作“马、赵、温、关四大元帅”，即马天君、赵公明、温琼、关羽。至清代则有“马、赵、温、周”之说；周，指后来被真武帝收服、玉帝封其为风轮周元帅的妖怪广泽大王。三十六天将，道教所指非三十六天罡，皆有名姓，有历史人物，也有传说人物。又有玉帝所封真武魔下三十六将之说。见《北方真武祖师玄天上帝出全传》（《北游记》）。
③　五方旗号——即东方青旗、南方赤旗、西方白旗、北方黑旗、中央黄旗。
④　道纪司——州府中掌管道教事务的官署。
⑤　《洞元经》——“元”亦作“玄”，道教《太上洞玄灵宝无量度人上品妙经》的简称，因其宣扬开劫度人之说，也叫《度人经》。

敕令本境诸神到坛听用"。

那日，两府上下爷们仗着法师擒妖，都到园中观看，都说："好大法令！呼神遣将的闹起来，不管有多少妖怪也唬跑了。"大家都挤到坛前，只见小道士们将旗幡举起，按定五方站住，伺候法师号令。三位法师，一位手提宝剑，拿着法水；一位捧着七星皂旗；一位举着桃木打妖鞭，立在坛前。只听法器一停，上头令牌三下，口中念念有词，那五方旗便团团散布。法师下坛，叫本家领着到各处楼阁殿亭，房廊屋舍，山崖水畔，洒了法水，将剑指画了一回。回来连击牌令，将七星旗祭起，众道士将旗幡一聚，接下打妖鞭望空打了三下。本家众人都道拿住妖怪，争着要看，及到跟前，并不见有什么形响。只见法师叫众道士拿取瓶罐，将妖收下，加上封条。法师朱笔书符收禁，令人带回在本观塔下镇住，一面撤坛谢将。

贾赦恭敬叩谢了法师。贾蓉等小弟兄背地都笑个不住，说："这样的大排场，我打量拿着妖怪给我们瞧瞧，到底是些什么东西，哪里知道是这样收罗，究竟妖怪拿去了没有？"贾珍听见，骂道："糊涂东西！妖怪原是聚则成形，散则成气，如今多少神将在这里，还敢现形吗？无非把这妖气收了，便不作祟，就是法力了。"众人将信将疑，且等不见响动再说。那些下人只知妖怪被擒，疑心去了，便不大惊小怪，往后果然没人提起了。贾珍等病愈复原，都道法师神力。独有一个小子笑说道："头里那些响动，我也不知道，就是跟着大老爷进园这一日，明明是个大公野鸡飞过去了，拴儿吓离了眼，说得活像。我们都替他圆了个谎，大老爷就认真起来。倒瞧了个很热闹的坛场。"众人虽然听见，哪里肯信，究无人住。

一日，贾赦无事，正想要叫几个家下人搬住园中看守房屋，惟恐夜晚藏匿奸人。方欲传出话去，只见贾琏进来，请了安，回说今日到他大舅家去，听见一个荒信，"说是二叔被节度使参进来，为的是失察属员，重征粮米，请旨革职的事。"贾赦听了，吃惊道："只怕是谣言罢？前儿你二叔带书子来说，探春于某日到了任所，择了某日吉时，送了你妹子到了海疆，路上风恬浪静，合家不必挂念。还说节度认亲，倒设席贺喜，哪里有做了亲戚倒提参起来的？且不必言语，快到吏部打听明白，就来回我。"

贾琏即刻出去，不到半日回来，便说："才到吏部打听，果然二叔被参。题本上去，亏得皇上的恩典，没有交部，便下旨意，说是：'失察属员，重征粮米，苛虐百姓，本应革职，姑念初膺外任，不谙吏治，被属员蒙蔽，着降三级，加恩仍以工部员外上行走①，并令即日回京。'这信是准的。正在吏部说话的时候，来了一个江西引见知县，说起我们二叔是很感激的。但说是个好上司，只是用人不当，那些家人在外招摇撞骗，欺凌属员，已经把好名声都弄坏了。节度大人早已知道，也说我们二叔是个好人。不知怎么样，这回又参了。想是忒闹得不好，恐将来弄出大祸，所以借了一件失察的事情参的，倒是避重就轻的意思，也未可知。"贾赦未听说完，便叫贾琏："先去告诉你婶子知道，且不必告诉老太太就是了。"贾琏去回王夫人。未知有何话说，下回分解。

———————————

① 行走——在不是专任的官职上办事，称在某处或某官上行走。

# 第 一 〇 三 回
## 施毒计金桂自焚身　昧真禅雨村空遇旧

**【题解】**

香菱因薛蟠娶悍妇夏金桂，遭虐待致死，是原作中早就多次暗示过的。现在将结局颠倒过来，写"施毒计金桂自焚身"，是为宣扬善恶有报、天理昭彰，并不顾是否违反原作者构思人物命运的意图。下毒药欲害人而反害了自己的故事，实乃拾前人之唾余。如关汉卿的代表作杂剧《窦娥冤》就有同样的情节：张驴儿想毒死蔡婆，威逼窦娥成亲，不料反毒死了自己的老子。

贾雨村再遇甄士隐一节，纯属为文编造，只为小说最后要让他俩出来归结全书。

话说贾琏到了王夫人那边，一一地说了。次日，到了部里打点停妥，回来又到王夫人那边，将打点吏部之事告知。王夫人便道："打听准么？果然这样，老爷也愿意，合家也放心。那外任是何尝做得的？若不是那样的参回来，只怕叫那些混账东西把老爷的性命都坑了呢。"贾琏道："太太哪里知道？"王夫人道："自从你二叔放了外任，并没有一个钱拿回来，把家里的倒掏摸了好些去了。你瞧，那些跟老爷去的人，他男人在外头不多几时，那些小老婆子们便金头银面的妆扮起来了，可不是在外头瞒着老爷弄钱？你叔叔便由着他们闹去。若弄出事来，不但自己的官做不成，只怕连祖上的官也要抹掉了呢。"贾琏道："婶子说得很是。方才我听见参了，吓得了不得，直等打听明白才放心。也愿意老爷做个京官，安安逸逸地做几年，才保得住一辈子的声名。就是老太太知道了，倒也是放心的，只要太太说得宽缓些。"王夫人道："我知道。你到底再去打听打听。"

贾琏答应了，才要出来，只见薛姨妈家的老婆子慌慌张张地走来，到王夫人里间屋内，也没说请安，便道："我们太太叫我来告诉这里的姨太太说，我们家了不得了，又闹出事来了！"王夫人听了，便问："闹出什么事来？"那婆子又说："了不得，了不得！"王夫人哼道："糊涂东西！有要紧事，你到底说啊！"婆子便说："我们家二爷不在家，一个男人也没有，这件事情出来，怎么办？要求太太打发几位爷们去料理料理。"王夫人听着不懂，便着急道："究竟要爷们去干什么事？"婆子道："我们大奶奶死了。"王夫人听了，便啐道："这种女人死了罢咧，也值得大惊小怪的！"婆子道："不是好好儿死的，是混闹死的。快求太太打发人去办办。"说着就要走。王夫人又生气，又好笑，说："这婆子好混账！琏哥儿，倒不如你过去瞧瞧，别理那糊涂东西。"那婆子没听见打发人去，只听见说别理她，她便赌气跑回去了。

　　这里薛姨妈正在着急，再等不来，好容易见那婆子来了，便问："姨太太打发谁来？"婆子叹说道："人最不要有急难事。什么好亲好眷，看来也不中用。姨太太不但不肯照应我们，倒骂我糊涂。"薛姨妈听了，又气又急道："姨太太不管，你姑奶奶怎么说了？"婆子道："姨太太既不管，我们家的姑奶奶自然更不管了。没有去告诉。"薛姨妈啐道："姨太太是外人，姑娘是我养的，怎么不管？"婆子一时省悟道："是啊，这么着我还去。"

　　正说着，只见贾琏来了，给薛姨妈请了安，道了恼，回说："我婶子知道弟妇死了，问老婆子，再说不明，着急得很，打发我来问个明白，还叫我在这里料理。该怎么样，姨太太只管说了办去。"薛姨妈本来气得干哭，听见贾琏的话，便笑着说："倒要二爷费心。我说姨太太是待我最好的，都是这老货说不清，几乎误了事。请二爷坐下，等我慢慢地告诉你。"便说："不为别的事，为的是媳妇不是好死的。"贾琏道："想是为兄弟犯事，怨命死的？"薛姨妈道："若这样倒好了。前几个月头里，她天天蓬头赤脚地疯闹，后来听见你兄弟问了死罪，她虽哭了一场，以后倒擦脂抹粉地起来。我若说她，又要吵个了不得，我总不理她。有一天，不知怎么样要香菱去作伴，我说：'你放着宝蟾，还要香菱做什么？况且香菱是你不爱的，何苦招气生？'她必不依。我没法儿，便叫香菱到她屋里去。可怜这香菱不敢违我的话，带着病就去了。谁知道她待香菱很好，我倒喜欢。你大妹妹知道了，说：'只怕不是好心罢。'我也不理会。头几天香菱病着，她倒亲手去做汤给她吃，哪知香菱没福，刚端到跟前，她自己烫了手，连碗都砸了。我只说必要迁怒在香菱身上，她倒没生气，自己还拿笤帚扫了，拿水泼净了地，仍旧两个人很好。昨儿晚上，又叫宝蟾去做了两碗汤来，自己说同香菱一块儿喝。隔了一回，听见她屋里两只脚蹬响，宝蟾急得乱嚷，以后香菱也嚷着，扶着墙出来叫人。我忙着看去，只见媳妇鼻子眼睛里都流出血来，在地下乱滚，两手在心口乱抓，两脚乱蹬，把我就吓死了。问她也说不出来，只管直嚷，闹了一回就死了。我瞧那光景是服了毒的。宝蟾便哭着来揪香菱，说她把药药死了奶奶了。我看香菱也不是这么样的人，再者，她病得起还起不来，怎么能药人呢？无奈宝蟾一口咬定。我的二爷，这叫我怎么办？只得硬着心肠，叫老婆子们把香菱捆了，交给宝蟾，便把房门反扣了。我同你二妹妹守了一夜，等府里的门开了，才告诉去的。二爷，你是明白人，这件事怎么好？"贾琏道："夏家知道了没有？"薛姨妈道："也得撕掳明白了才好报啊。"贾琏道："据我看起来，必要经官才了得下来。我们自然疑在宝蟾身上，别人便说宝蟾为什么药死她奶奶，也是没答对的。若说在香菱身上，竟还装得上。"

　　正说着，只见荣府女人们进来说："我们二奶奶来了。"贾琏虽是大伯子，因从小儿见的，也不回避。宝钗进来见了母亲，又见了贾琏，便往里间屋里同宝琴坐下。薛姨妈也将前事告诉一遍。宝钗便说："若把香菱捆了，可不是我们也说是香菱药死的了么？妈妈说这汤是宝蟾做的，就该捆起宝蟾来问她呀！一面便该打发人报夏家去，一面报官的是。"薛姨妈听见有理，便问贾琏。贾琏道："二妹子说得很是。报官还得我去托了刑部里的人，相验问口供的时候，有照应得。只是要捆宝蟾放香菱，倒怕难些。"薛姨妈道："并不是我要捆香菱，我恐怕香菱病中受冤着急，一时寻死，又添了一条人命，才捆了交给宝蟾，也是一个主意。"贾琏道："虽是这么说，我们倒帮了宝蟾了。若要放都放，要捆都捆，她们三个人是一处的。只要叫人安慰香菱就是了。"薛姨妈便叫人开门进去，宝钗就派了带来几个女人帮着捆宝蟾。只见香菱已哭得死去活来。宝蟾反得意洋洋，以后见人要捆她，便乱嚷起来。哪禁得荣府的人吆喝着，也就捆了。竟开着门，好叫人看着。这里报夏家的人已经去了。

那夏家先前不住在京里，因近年消索，又记挂女儿，新近搬进京来。父亲已没，只有母亲，又过继了一个混账儿子，把家业都花完了，不时地常到薛家。那金桂原是个水性人儿，哪里守得住空房，况兼天天心里想念薛蝌，便有些饥不择食的光景。无奈她这一干兄弟又是个蠢货，虽也有些知觉，只是尚未入港。所以金桂时常回去，也帮贴他些银钱。这些时正盼金桂回家，只见薛家的人来，心里就想又拿什么东西来了。不料说这里姑娘服毒死了，他便气得乱嚷乱叫。金桂的母亲听见了，更哭喊起来，说："好端端的女孩儿在他家，为什么服了毒呢？"哭着喊着的，带了儿子，也等不得雇车，便要走来。那夏家本是买卖人家，如今没了钱，哪顾什么脸面。儿子头里就走，她跟了一个破老婆子出了门，在街上啼啼哭哭地雇了一辆破车，便跑到薛家。

进门也不搭话，便"儿"一声、"肉"一声的要讨人命。那时贾琏到刑部托人，家里只有薛姨妈、宝钗、宝琴，何曾见过个阵仗，都吓得不敢则声。便要与她讲理，他们也不听，只说："我女孩儿在你家，得过什么好处？两口朝打暮骂的，闹了几时，还不容他两口子在一处。你们商量着把女婿弄在监里，永不见面。你们娘儿们仗着好亲戚受用也罢了，还嫌她碍眼，叫人药死了她，倒说是服毒，她为什么服毒？"说着，直奔着薛姨妈来。薛姨妈只得后退，说："亲家太太，且请瞧瞧你女儿，问问宝蟾，再说歪话不迟。"那宝钗、宝琴因外面有夏家的儿子，难以出来拦护，只在里边着急。

恰好王夫人打发周瑞家的照看，一进门来，见一个老婆子指着薛姨妈的脸哭骂。周瑞家的知道必是金桂的母亲，便走上来说："这位是亲家太太么？大奶奶自己服毒死的，与我们姨太太什么相干？也不犯这么糟蹋呀！"那金桂的母亲问："你是谁？"薛姨妈见有了人，胆子略壮了些，便说："这就是我亲戚贾府里的。"金桂的母亲便说道："谁不知道你们有仗腰子的亲戚，才能够叫姑爷坐在监里。如今我的女孩儿倒白死了不成？"说着，便拉薛姨妈说："你到底把我女儿怎样弄杀了？给我瞧瞧！"周瑞家的一面劝说："只管瞧瞧，用不着拉拉扯扯。"便把手一推。夏家的儿子便跑进来不依，道："你仗着府里的势头儿来打我母亲么？"说着，便将椅子打去，却没有打着。里头跟宝钗的人听见外头闹起来，赶着来瞧，恐怕周瑞家的吃亏，齐打伙的上去，半劝半喝。那夏家的母子索性撒起泼来，说："知道你们荣府的势头儿。我们家的姑娘已经死了，如今也都不要命了！"说着，仍奔薛姨妈拼命。地下的人虽多，哪里挡得住，自古说的"一人拼命，万夫莫当。"

正闹到危急之际，贾琏带了七八个家人进来，见是如此，便叫人先把夏家的儿子拉出去，便说："你们不许闹，有话好好儿的说。快将家里收拾收拾，刑部里头的老爷们就来相验了。"金桂的母亲正在撒泼，只见来了一位老爷，几个在头里吆喝，那些人都垂手侍立。金桂的母亲见这个光景，也不知是贾府何人，又见她儿子已被众人揪住，又听见说刑部来验，她心里原想看见女儿尸首，先闹了一个稀烂，再去喊官去，不承望这里先报了官，也便软了些。薛姨妈已吓糊涂了。还是周瑞家的回说："他们来了，也没有去瞧她姑娘，便作践起姨太太来了。我们为好劝她，哪里跑进一个野男人，在奶奶们里头混撒村混打，这可不是没有王法了！"贾琏道："这回子不用和他讲理，等一会子打着问他，说：男人有男人的所在，里头都是些姑娘奶奶们，况且有他母亲，还瞧不见他们姑娘吗，他跑进来不是要打抢来了吗！"家人们做好做歹，压伏住了。周瑞家的仗着人多，便说："夏太太，你不懂事，既来了，该问个青红皂白。你们姑娘是自己服毒死了，不然，便是宝蟾药死她主子了，怎么不问明白，又不看尸首，就想讹人来了呢？我们就肯叫一个媳妇儿白死了不成？现在把宝蟾捆着，因为你们姑娘必要点病儿，所以叫香菱陪着她，也在一个屋里住，故此，两个人都看守在那里，原等你们来眼看着刑部相验，问出道理来才是啊。"

金桂的母亲此时势孤，也只得跟着周瑞家的到她女孩儿屋里，只见满脸黑血，直挺挺地躺在炕上，便叫哭起来。宝蟾见是她家的人来，便哭喊说："我们姑娘好意待香菱，叫她在一块儿住，她倒抽空儿药死我们姑娘！"那时，薛家上下人等俱在，便齐声吆喝道："胡说！昨日奶奶喝了汤才药死的，这汤可不是你做的？"宝蟾道："汤是我做的，端了来，我有事走了。不知香菱起来放些什么在里头药死的。"金桂的母亲听未说完，就奔香菱。众人拦住。薛姨妈便道："这样子是砒霜药的，家里决无此物。不管香菱、宝蟾，终有替她买的。回来刑部少不得问出来，才赖不去。如今把媳妇权放平正，好等官来相验。"众婆子上来抬放。宝钗道："都是男人进来，你们将女人动用的东西检点检点。"只见炕褥底下一个揉成团的纸包儿。金桂的母亲瞧见，便拾起，打开看时，并没有什么，便撩开了。宝蟾看见道："可不是有了凭据了？这个纸包儿我认得，头几天耗子闹得慌，奶奶家去与舅爷要的，拿回来搁在首饰匣内。必是香菱看见了，拿来药死奶奶的。若不信，你们看看首饰匣里有没有了。"

金桂的母亲便依着宝蟾的所言，取出匣子，只有几支银簪子。薛姨妈便说："怎么好些首饰都没有了？"宝钗叫人打开箱柜，俱是空的，便道："嫂子这些东西被谁拿去？这可要问宝蟾。"金桂的母亲心里也虚了好些，见薛姨妈查问宝蟾，便说："姑娘的东西，她哪里知道？"周瑞家的道："亲家太太别这么说呢。我知道宝姑娘是天天跟着大奶奶的，怎么说不知？"这宝蟾见问得紧，又不好胡赖，只得说道："奶奶自己每每带回家去，我管得么？"众人便说："好个亲家太太！哄着拿姑娘的东西，哄完了，叫她寻死，来讹我们。好罢了！回来相验，便是这么说。"宝钗叫人："到外头告诉琏二爷说，别放了夏家的人。"

里面金桂的母亲忙了手脚，便骂宝蟾道："小蹄子！别嚼舌头了！姑娘几时拿东西到我家去？"宝蟾道："如今东西是小，给姑娘偿命是大。"宝琴道："有了东西，就有偿命的人了。快请琏二哥哥问准了夏家的儿子买砒霜的话，回来好回刑部里的话。"金桂的母亲着了急道："这宝蟾必是撞见鬼了，混说起来。我们姑娘何尝买过砒霜？若这么说，必是宝蟾药死了的。"宝蟾急得乱嚷，说："别人赖我也罢了，怎么你们也赖起我来呢？你们不是常和姑娘说，叫她别受委屈，闹得他们家破人亡，那时将东西卷包儿一走，再配一个好姑爷。这个话是有的没有？"金桂的母亲还未及答言，周瑞家的便接口说道："这是你们家的人说的，还赖什么呢？"金桂的母亲恨得咬牙切齿地骂宝蟾说："我待你不错呀！

为什么你倒拿话来葬送我呢？回来见了官，我就说是你药死姑娘的。"宝蟾气得瞪着眼说："请太太放了香菱罢，不犯着白害别人。我见官自有我的话。"

宝钗听出这个话头儿来了，便叫人反倒放开了宝蟾，说："你原是个爽快人，何苦白冤在里头？你有话，索性说了，大家明白，岂不完了事了呢？"宝蟾也怕见官受苦，便说："我们奶奶天天抱怨说：'我这样人，为什么碰着这个瞎眼的娘，不配给二爷，偏给了这么个混账糊涂行子。要是能够同二爷过一天，死了也是愿意的。'说到那里，便恨香菱。我起初不理会，后来看见与香菱好了，我只道是香菱教她什么了，不承望昨儿的汤不是好意。"金桂的母亲接说道："益发胡说了！若是要药香菱，为什么倒药了自己呢？"宝钗便问道："香菱，昨日你喝汤来着没有？"香菱道："头几天我病得抬不起头来，奶奶叫我喝汤，我不敢说不喝。刚要扎挣起来，那碗汤已经洒了，倒叫奶奶收拾了个难，我心里很过不去。昨儿听见叫我汤，我喝不下去，没有法儿，正要喝的时候儿呢，偏又头晕起来。只见宝蟾姐姐端了去，我正喜欢，刚合上眼，奶奶自己喝着汤，叫我尝尝，我便勉强也喝了。"宝蟾不待说完便道："是了，我老实说罢。昨儿奶奶叫我做两碗汤，说是和香菱同喝。我气不过，心里想着，香菱哪里配我做汤给她喝呢？我故意的一碗里头多抓了一把盐，记了暗记儿，原想给香菱喝的。刚端进来，奶奶却拦着我到外头叫小子们雇车，说今日回家去。我出去说了回来，见盐多的这碗汤在奶奶跟前呢。我恐怕奶奶喝着咸，又要骂我。正没法的时候，奶奶往后头走动，我眼错不见，就把香菱这碗汤换了过来。也是合该如此，奶奶回来就拿了汤去到香菱床边喝着，说：'你到底尝尝。'那香菱也不觉咸。两个人都喝完了。我正笑香菱没嘴道儿①，哪里知道这死鬼奶奶要药香菱，必定趁我不在，将砒霜撒上了，也不知道我换碗。这可就是天理昭彰，自害其身了。"于是众人往前后一想，真正一丝不错，便将香菱也放了，扶着她仍旧睡在床上。

不说香菱得放，且说金桂母亲心虚事实，还想辩赖。薛姨妈等你言我语，反要她儿子偿还金桂之命。正然吵嚷，贾琏在外嚷说："不用多说了！快收拾停当，刑部的老爷就到了。"此时惟有夏家母子着忙，想来总要吃亏的，不得已反求薛姨妈道："千不是，万不是，终是我死的女孩儿不长进，这也是她自作自受。若是刑部相验，到底府上脸面不好看，求亲家太太息了这件事罢。"宝钗道："那可使不得，已经报了，怎么能息呢？"周瑞家的等人大家做好做歹地劝说："若要息事，除非夏亲家太太自己出去拦验，我们不提长短罢了。"贾琏在外也将她儿子吓住，他情愿迎到刑部具结拦验②。众人依允。薛姨妈命人买棺成殓，不提。

且说贾雨村升了京兆府尹，兼管税务。一日，出都查勘开垦地亩，路过知机县，到了急流津，正要渡过彼岸，因待人夫，暂且停轿。只见村旁有一座小庙，墙壁坍颓，露出几株古松，倒也苍老。雨村下轿，闲步进庙，但见庙内神像金身脱落，殿宇歪斜，旁有断碣，字迹模糊，也看不明白。意欲行至后殿，只见一株翠柏下荫着一间茅庐，庐中

---

① 没嘴道儿——味觉不灵。
② 具结拦验——由死者亲属出具保证文书，阻拦官府验尸，表示不怀疑死因，不再告发。

有一个道士合眼打坐。雨村走近看时，面貌甚熟，想着倒像在哪里见来的，一时再想不出来。从人便欲吆喝，雨村止住，徐步向前，叫一声："老道。"那道士双眼微启，微微地笑道："贵官何事？"雨村便道："本府出都查勘事件，路过此地，见老道静修自得，想来道行深通，意欲冒昧请教。"那道人说："来自有地，去自有方。"雨村知是有些来历的，便长揖请问："老道从何处修来，在此结庐？此庙何名？庙中共有几人？或欲真修，岂无名山？或欲结缘①，何不通衢？"那道人道："葫芦尚可安身，何必名山结舍？庙名久隐，断碣犹存，形影相随，何须修募？岂似那'玉在椟中求善价，钗于奁内待时飞'之辈耶！"

雨村原是个颖悟人，初听见"葫芦"两字，后闻"玉钗"一对，忽然想起甄士隐的事来，重复将那道士端详一回，见他容貌依然，便屏退从人，问道："君家莫非甄老先生么？"那道人从容笑道："什么'真'，什么'假'！要知道'真'即是'假'，'假'即是'真'。"雨村听说出"贾"字来，益发无疑，便从新施礼，道："学生自蒙慨赠到都，托庇获隽公车②，受任贵乡，始知老先生超悟尘凡，飘举仙境。学生虽溯洄③思切，自念风尘俗吏，未由再觐仙颜。今何幸于此处相遇！求老仙翁指示愚蒙。倘荷不弃，京寓甚近，学生当得供奉，得以朝夕聆教。"那道人也站起来回礼，道："我于蒲团之外，不知天地间尚有何物。适才尊官所言，贫道一概不解。"说毕，依旧坐下。雨村复又心疑："想去若非士隐，何貌言相似若此？离别来十九载，面色如旧，必是修炼有成，未肯将前身说破。但我既遇恩公，又不可当面错过。看来不能以富贵动之，那妻女之私更不必说了。"想罢，又道："仙师既不肯说破前因，弟子于心何忍！"正要下礼，只见从人进来，禀说："天色将晚，快请渡河。"雨村正无主意，那道人道："请尊官速登彼岸，见面有期，迟则风浪顿起。果蒙不弃，贫道他日尚在渡头候教。"说毕，仍合眼打坐。雨村无奈，只得辞了道人出庙。正要过渡，只见一人飞奔而来。未知何事，下回分解。

---

① 结缘——佛家谓积德行善，可结来世因缘，得到超度。
② 获隽公车——指考中进士。获隽，获得优秀等第。公车，汉时，地方举荐人才，由公家车马送往京城，后因此以"公车"代称入京应试的举人。
③ 溯洄——逆流而上，在此引申为追忆怀念。

# 第 一 〇 四 回
## 醉金刚小鳅生大浪　痴公子余痛触前情

【题解】

　　醉金刚倪二醉后失敬，触怒过路的贾雨村，先被扣押，后托人弄出来，"只打了几板，也没有什么罪"。因其家人托贾芸去说情，未成，倒令倪二与贾芸结怨。编这些琐事，也与原作者写此二人的构思难符。

　　贾政回家，谈及家中种种变化，触动宝玉对黛玉的旧情，于是把往事又翻腾一遍。

　　话说贾雨村刚欲过渡，见有人飞奔而来，跑到跟前，口称："老爷，方才到的那庙火起了！"雨村回首看时，只见烈焰烧天，飞灰蔽日①。雨村心想，"这也奇怪，我才出来走不多远，这火从何而来？莫非士隐遭劫于此？"欲待回去，又恐误了过河；若不回去，心下又不安。想了一想，便问道："你方才见这老道士出来了没有？"那人道："小的原随老爷出来，因腹内疼痛，略走了一走。回头看见一片火光，原来就是那庙中火起，特赶来禀知老爷。并没有见有人出来。"雨村虽则心里狐疑，究竟是名利关心的人，哪肯回去看视，便叫那人："你在这里等火灭了，进去瞧那老道在与不在，即来回禀。"那人只得答应了伺候。

　　雨村过河，仍自去查看，查了几处，遇公馆②便自歇下。明日，又行一程，进了都门，众衙役接着，前呼后拥地走着。雨村坐在轿内，听见轿前开路的人吵嚷。雨村问是何事，那开路的拉了一个人过来，跪在轿前，禀道："那人酒醉，不知回避，反冲突过来。小的吆喝他，他倒恃酒撒赖，躺在街心，说小的打了他了。"雨村便道："我是管理这里地方的，你们都是我的子民，知道本府经过，喝了酒不知退避，还敢撒赖！"那人道："我喝酒是自己的钱，醉了躺的是皇上的地，便是大人老爷也管不得。"雨村怒道："这人目无法纪，问他叫什么名字？"那人回道："我叫醉金刚倪二。"雨村听了生气，叫人："打这金刚，瞧他是金刚不是！"手下把倪二按倒，着实地打了几鞭。倪二负痛，酒醒求饶。雨村在轿内笑道："原来是这么个金刚么！我且不打你，叫人带进衙门慢慢地问你。"众衙役答应，拴了倪二，拉着便走。倪二哀求，也不中用。雨村进内复旨回曹③，哪里把

---

①　蔽日——程甲本作"蔽目"。"蔽目"为视线被某物遮挡而无所见，非自远处"回首看"景象；"蔽日"则由"烧天"而来，是。从王、藤、金诸本。

②　公馆——官府所设的馆舍，犹今之机关招待所。

③　回曹——回衙门。

这件事放在心上。

那街上看热闹的，三三两两传说："倪二仗着有些力气，恃酒讹人，今儿碰在贾大人手里，只怕不轻饶的。"这话已传到他妻女耳边。那夜果等倪二不见回家，他女儿便到各处赌场寻觅，那赌博的都是这么说，他女儿急得哭了。众人都道："你不用着急。那贾大人是荣府的一家。荣府里的一个什么二爷和你父亲相好，你同你母亲去找他说个情，就放出来了。"倪二的女儿听了，想了一想："果然我父亲常说间壁贾二爷和他好，为什么不找他去？"赶着回来，即和母亲说了。娘儿两个去找贾芸。

那日，贾芸恰在家，见她母女两个过来，便让坐。贾芸的母亲便倒茶。倪家母女即将倪二被贾大人拿去的话说了一遍，"求二爷说情放出来"。贾芸一口应承，说："这算不得什么，我到西府里说一声就放了。那贾大人全仗我家的西府里才得做了这么大官，只要打发个人去一说就完了。"倪家母女欢喜，回来便到府里告诉了倪二，叫他不用忙，已经求了贾二爷，他满口应承，讨个情便放出来的。倪二听了也喜欢。

不料贾芸自从那日给凤姐送礼不收，不好意思进来，也不常到荣府。那荣府的门上原看着主子的行事，叫谁走动，才有些体面。一时来了，他便进去通报；若主子不大理了，不论本家亲戚，他一概不回，支了去就完事。那日贾芸到府上说："给琏二爷请安。"门上的说："二爷不在家，等回来，我们替回罢。"贾芸欲要说"请二奶奶的安"，生恐门上厌烦，只得回家。又被倪家母女催逼着，说："二爷常说府上是不论哪个衙门，说一声谁敢不依。如今还是府里的一家，又不为什么大事，这个情还讨不来，白是我们二爷了。"贾芸脸上下不来，嘴里还说硬话："昨儿我们家里有事，没打发人说去，少不得今儿说了就放。什么大不了的事！"倪家母女只得听信。

岂知贾芸近日大门竟不得进去，绕到后头，要进园内找宝玉，不料园门锁着，只得垂头丧气地回来。想起："那年倪二借银与我，买了香料送给她，才派我种树。如今我没有钱去打点，就把我拒绝。她也不是什么好的，拿着太爷留下的公中银钱在外放加一钱①，我们穷本家要借一两也不能。她打量保得住一辈子不穷的了，哪知外头的声名很不好。我不说罢了；若说起来，人命官司不知有多少呢！"一面想着，来到家中，只见倪家母女都等着。贾芸无言可支，便说道："西府里已经打发人说了，只言贾大人不依。你还求我们家的奴才周瑞的亲戚冷子兴去才中用。"倪家母女听了，说："二爷这样体面爷们还不中用，若是奴才，是更不中用了。"贾芸不好意思，心里发急道："你不知道，如今的奴才比主子强多着呢！"倪家母女听来无法，只得冷笑几声，说："这倒难为二爷白跑了这几天，等我们那一个出来再道乏罢。"说毕出来，另托人将倪二弄了出来，只打了几板，也没有什么罪。

倪二回家，他妻女将贾家不肯说情的话说了一遍。倪二正喝着酒，便生气要找贾芸，说："这小杂种，没良心的东西！头里他没有饭吃，要到府内钻谋事办，亏我倪二爷帮了他。如今我有了事，他不管。好罢咧！若是我倪二闹出来，连两府里都不干净！"他妻女忙劝道："嗳！你又喝了黄汤，便是这样有天没日头的。前儿可不是醉了闹的乱子，挨了打，还没

---

① 加一钱——月息为本金十分之一的高利贷。

好呢，你又闹了。"倪二道："挨了打便怕他不成？只怕拿不着由头！我在监里的时候，倒认得了好几个有义气的朋友。听见他们说起来，不独是城内姓贾的多，外省姓贾的也不少，前儿监里收下了好几个贾家的家人。我倒说这里的贾家小一辈子并奴才们虽不好，他们老一辈的还好，怎么犯了事？我打听打听，说是和这里贾家是一家，都住在外省，审明白了，解进来问罪的，我才放心。若说贾二这小子，他忘恩负义，我便和几个朋友说他家怎样倚势欺人，怎样盘剥小民，怎样强娶有男妇女。叫他们吵嚷出来，有了风声到了都老爷①耳朵里，这一闹起来，叫他们才认得倪二金刚呢！"他女人道："你喝了酒，睡去罢！他又强占谁家的女人来了？没有的事，你不用混说了。"倪二道："你们在家里，那里知道外头的事？前年我在赌场里碰见了小张，说他女人被贾家占了，他还和我商量。我倒劝他，才了事的。但不知这小张如今哪里去了，这两年没见。若碰着了他，我倪二出个主意，叫贾老二死给我瞧瞧，好好地孝敬孝敬我倪二太爷才罢了。你倒不理我了！"说罢，倒身躺下，嘴里还是咕咕嘟嘟地说了一回，便睡去了。他妻女只当是醉话，也不理他。明日早起，倪二又往赌场中去了，不提。

　　且说雨村回到家中，歇息了一夜，将道上遇见甄士隐的事告诉了他夫人一遍。他夫人便埋怨他："为什么不回去瞧一瞧？倘或烧死了，可不是咱们没良心！"说着，掉下泪来。雨村道："他是方外②的人了，不肯和咱们在一处的。"正说着，外头传进话来，禀说："前日老爷吩咐瞧火烧庙去的回来了回话。"雨村踱了出来。那衙役打千请了安，回说："小的奉老爷的命回去，也不等火灭，便冒火进去瞧那个道士，岂知他坐的地方多烧了。小的想着那道士必定烧死了。那烧的墙屋往后塌去，道士的影儿都没有，只有一个蒲团，一个瓢儿，还是好好的。小的各处找寻他的尸首，连骨头都没有一点儿。小的恐老爷不信，想要拿这蒲团、瓢儿回来做个证见，小的这么一拿，岂知都成了灰了。"雨村听毕，心下明白，知士隐仙去，便把那衙役打发了出去。回到房中，并没提起士隐火化之言，恐她妇女不知，反生悲感，只说并无形迹，必是他先走了。

　　雨村出来，独坐书房，正要细想士隐的话，忽有家人传报说："内廷传旨，交看事件。"雨村疾忙上轿进内，只听见人说："今日贾存周江西粮道被参回来，在朝内谢罪。"雨村忙到了内阁，见了各大人，将海疆办理不善的旨意看了，出来即忙找着贾政，先说了些为他抱屈的话，后又道喜，问："一路可好？"贾政也将违例以后的话细细地说了一遍。雨村道："谢罪的本上了去没有？"贾政道："已上去了，等膳后下来看旨意罢。"正说着，只听里头传出旨来叫贾政，贾政即忙进去。各大人有与贾政关切的，都在里头等着。等了好一回，方见贾政出来，看见他带着满头的汗。众人迎上去接着，问："有什么旨意？"贾政吐舌道："吓死人，吓死人！倒蒙各位大人关切，幸喜没有什么事。"众人道："旨意问了些什么？"贾政道："旨意问的是云南私带神枪一案。本上奏明是原任太师贾化的家人，主上一时记着我们先祖的名字，便问起来。我忙着磕头奏明先祖的名字是代化，主上便笑了，还降

---

① 都老爷——御史的俗称，其署为都察院，首长为都御史。
② 方外——世外；以方外人称僧道，言其已超于世俗之外。

旨意说：'前放兵部，后降府尹的，不是也叫贾化么？'"那时雨村也在旁边，倒吓了一跳，便问贾政道："老先生怎么奏的？"贾政道："我便慢慢奏道：'原任太师贾化是云南人，现任府尹贾某是浙江湖州人。'主上又问'苏州刺史奏的贾范，是你一家了？'我又磕头奏道：'是。'主上便变色道：'纵使家奴强占良民妻女，还成事么？'我一句不敢奏。主上又问道：'贾范是你什么人？'我忙奏道：'是远族。'主上哼了一声，降旨叫出来了。可不是诧事！"众人道："本来也巧，怎么一连有这两件事？"贾政道："事倒不奇，倒是都姓贾的不好。算来我们寒族人多，年代久了，各处都有。现在虽没有事，究竟主上记着一个'贾'字就不好。"众人说："真是真，假是假，怕什么？"贾政道："我心里巴不得不做官，只是不敢告老。现在我们家里两个世袭，这也无可奈何的。"雨村道："如今老先生仍是工部，想来京官是没有事的。"贾政道："京官虽然无事，我究竟做过两次外任，也就说不齐了。"众人道："二老爷的人品行事，我们都佩服的。就是令兄大老爷，也是个好人。只要在令侄辈身上严紧些就是了。"贾政道："我因在家的日子少，舍侄的事情不大查考，我心里也不甚放心。诸位今日提起，都是至相好，或者听见东宅的侄儿家有什么不奉规矩的事么？"众人道："没听见别的，只有几位侍郎心里不大和睦，内监里头也有些。想来不怕什么，只要嘱咐那边令侄诸事留神就是了。"众人说毕，举手而散。

贾政然后回家，众子侄等都迎接上来。贾政迎着请贾母的安，然后众子侄俱请了贾政的安，一同进府。王夫人等已到了荣禧堂迎接。贾政先到了贾母那里拜见了，陈述些违别的话。贾母问探春消息，贾政将许嫁探春的事都禀明了，还说："儿子起身急促，难过重阳，虽没有亲见，听见那边亲家的人来，说得极好。亲家老爷、太太都说请老太太的安。还说今冬明春，大约还可调进京来，这便好了。如今闻得海疆有事，只怕那时还不能调。"贾母始则因贾政降调回来，知探春远在他乡，一无亲故，心下不悦。后听贾政将官事说明，探春安好，也便转悲为喜，便笑着叫贾政出去。然后弟兄相见，众子侄拜见，定了明日清晨拜祠堂。

贾政回到自己屋内，王夫人等见过，宝玉、贾琏替另[1]拜见。贾政见了宝玉果然比起身之时脸面丰满，倒觉安静，并不知他心里糊涂，所以心甚喜欢，不以降调为念，心想："幸亏老太太办理得好。"又见宝钗沉厚更胜先时，兰儿文雅俊秀，便喜形于色。独见环儿仍似先前，究不甚钟爱。歇息了半天，忽然想起："为何今日短了一人？"王夫人知是想着黛玉。前因家书未报，今日又初到家，正是喜欢，不便直告，只说是病着。岂知宝玉的心里已如刀绞，因父亲到家，只得把持心性伺候。王夫人家筵接风，子孙敬酒。凤姐虽是侄媳，现办家事，也随了宝钗等递酒。贾政便叫："递了一巡酒，都歇息去罢。"命众家人不必伺候，待明早拜过宗祠，然后进见。分派已定，贾政与王夫人说些别后的话，余者王夫人都不敢言。倒是贾政先提起王子腾的事来，王夫人也不敢悲戚。贾政又说蟠儿的事，王夫人只说他是自作自受，趁便也将黛玉已死的话告诉。贾政反吓了一惊，不觉掉下泪来，连声叹息。王夫人也撑不住，也哭了。旁边彩云等即忙拉衣，王夫人止住，重又说些喜欢的话，便安寝了。

---

① 替另——另外。

　　次日一早，至宗祠行礼，众子侄都随往。贾政便在祠旁厢房坐下，叫了贾珍、贾琏过来，问起家中事务，贾珍拣可说的说了。贾政又道："我初回家，也不便来细细查问。只是听见外头说起你家里更不比往前，诸事要谨慎才好。你年纪也不小了，孩子们该管教管教，别叫他们在外头得罪人。琏儿也该听听。不是才回家便说你们，因我有所闻，所以才说的，你们更该小心些。"贾珍等脸涨通红的，也只答应个"是"字，不敢说什么。贾政也就罢了。回归西府，众家人磕头毕，仍复进内，众女仆行礼，不必多赘。

　　只说宝玉因昨贾政问起黛玉，王夫人答以有病，他便暗里伤心，直待贾政命他回去，一路上已滴了好些眼泪。回到房中，见宝钗和袭人等说话，他便独坐外间纳闷。宝钗叫袭人送过茶去，知他必是怕老爷查问功课，所以如此，只得过来安慰。宝玉便借此说："你们今夜先睡一回，我要定定神。这时更不如从前，三言可忘两语，老爷瞧了不好。你们睡罢，叫袭人陪着我。"宝钗听去有理，便自己到房先睡。

　　宝玉轻轻地叫袭人坐着，央她："把紫鹃叫来，有话问她。但是紫鹃见了我，脸上嘴里总是有气似的，须得你去解释开了，她来才好。"袭人道："你说要定神，我倒喜欢，怎么又定到这上头了？有话你明儿问不得！"宝玉道："我就是今晚得闲，明日倘或老爷叫干什么，便没空儿。好姐姐，你快去叫她来。"袭人道："她不是二奶奶叫是不来的。"宝玉道："我所以央你去说明白了才好。"袭人道："叫我说什么？"宝玉道："你还不知道我的心，也不知道她的心吗？都为的是林姑娘。你说，我并不是负心的，我如今叫你们弄成了一个负心人了！"说着这话，便瞧瞧里头，用手一指说："她是我本不愿意的，都是老太太她们捉弄的，好端端把一个林妹妹弄死了。就是她死，也该叫我见见，说个明白，她自己死了也不怨我。你是听见三姑娘她们说的，临死恨怨我。那紫鹃为她姑娘，也恨得我了不得。你想，我是无情的人么？晴雯到底是个丫头，也没有什么大好处，她死了，我老实告诉你罢，我还做个祭文去祭她。那时林姑娘还亲眼见的。如今林姑娘死了，莫非倒不如晴雯么？死了连祭都不能祭一祭。林姑娘死了还有知的，她想起来不要更怨我么？"袭人道："你要祭便祭去，要我们做什么？"宝玉道："我自从好了起来，就想要做一首祭文的，不知道我如今一点灵机都没有了。若祭别人呢，胡乱却使得；若是她，断断俗俚不得一点儿的。所以叫紫鹃来问，她姑娘这条心，她打从哪里看出来的。我没病的头里还想得出来，一病以后都不记得。你说林姑娘已经好了，怎么忽然死的？她好的时候我不去，她怎么说？我病时候她不来，她也怎么说？所以她有的东西，我诓了过来，你二奶奶总不叫我动，不知什么意思。"袭人道："二奶奶惟恐你伤心罢了，还有什么？"宝玉道："我不信。既是她这么念我，为什么临死都把诗稿烧了，不留给我作个纪念？又听见说天上有音乐响，必是她成了神，或是登了仙去。我虽见过了棺材，到底不知道棺材里有她没有。"袭人道："你这话益发糊涂了！怎么一个人不死就搁上一个空棺材当死了人呢？"宝玉道："不是嗄！大凡成仙的人，或是肉身去的，或是脱胎去的。好姐姐，你到底叫了紫鹃来。"袭人道："如今等我细细地说明了你的心，她若肯来，还好；若不肯来，还得费多少话。就是来了，见你也不肯细说。据我主意，明后日等二奶奶上去了，我慢慢地问她，或者倒可仔细。遇着闲空儿，我再慢慢地告诉你。"宝玉道："你说得也是。你不知道我心里的着急。"

正说着，麝月出来说："二奶奶说，天已四更了，请二爷进去睡罢。袭人姐姐必是说高了兴了，忘了时候儿了。"袭人听了，道："可不是，该睡了，有话明儿再说罢。"宝玉无奈，只得含愁进去，又向袭人耳边道："明儿不要忘了。"袭人笑说："知道了。"麝月笑道："你们两个又闹鬼了。何不和二奶奶说了，就到袭人那边睡去？由着你们说一夜，我们也不管。"宝玉摆手道："不用言语。"袭人恨道："小蹄子！你又嚼舌根，看我明儿撕你！"回转头来对宝玉道："这不是二爷闹的？说了四更的话，总没有完。"说到这里，一面说，一面送宝玉进屋，各人散去。

那夜宝玉无眠，到了明日，还思这事。只闻得外头传进话来，说："众亲朋因老爷回家，都要送戏接风。老爷再四推辞，说：'唱戏不必，竟在家里备了水酒，倒请亲朋过来，大家谈谈。'于是定了后儿摆席请人，所以进来告诉。"不知所请何人，下回分解。

# 第 一 〇 五 回

## 锦衣军查抄宁国府　　骢马使①弹劾平安州

**【题解】**

　　贾府事败、抄没，不但脂评几次提到，在正文中也有明确暗示，比如抄检大观园时探春说过的话。所以，续作也不便回避。但写出来的情节，却不无可议处：

　　一、回目标"锦衣军查抄宁国府"，实际上描写的却是查抄贾赦的家产。王爷几次传旨意，要拿下的也是他。贾赦虽与贾政分开住，但他是荣国府的大老爷，怎么弄到宁国府去了呢？虽然从东府过来的焦大说："珍大爷、蓉哥儿都叫什么王爷拿了去了"，但毕竟只是转述，且最后说到御史参奏平安州，弹劾的也仍然是贾赦。

　　二、犯何罪被抄家，交代得笼统抽象，什么"贾赦交通外官，依势凌弱"之类。事先未露消息（原作中发生此类大事，必先有端倪可寻），直到贾赦被严鞫后，才略有补述。

　　三、原作构思的抄家是"树倒猢狲散""家亡人散各奔腾"，是真正的"一败涂地"，所谓"覆巢之下，焉有完卵"。而这里的抄家，对贾府来说，也不过是一次伤及四肢筋骨的挫折，并无性命之虞。至于贾政母子妻妾等，更是有惊无险。

　　话说贾政正在那里设宴请酒，忽见赖大急忙走上荣禧堂来，回贾政道："有锦衣府堂官赵老爷带领好几位司官，说来拜望。奴才要取职名来回，赵老爷说：'我们至好，不用的。'一面就下车来，走进来了。请老爷同爷们快接去。"贾政听了，心想："赵老爷并无来往，怎么也来？现在有客，留他不便，不留又不好。"正自思想，贾琏说："叔叔快去罢，再想一回，人都进来了。"正说着，只见二门上家人又报进来说："赵老爷已进二门了。"贾政等抢步接去，只见赵堂官满脸笑容，并不说什么，一径走上厅来。后面跟着五六位司官②也有认得的，也有不认得的，但是总不答话。贾政等心里不得主意，只得跟了上来让坐。众亲友也有认得赵堂官的，见他仰着脸不大理人，只拉着贾政的手，笑着说了几句寒温的话。众人看见来头不好，也有躲进里间屋里的，也有垂手侍立的。

　　贾政正要带笑叙话，只见家人慌张报道："西平王爷到了。"贾政慌忙去接，已见王爷进来。赵堂官抢上去请了安，便说："王爷已到，随来各位老爷就该带领府役把守前后门。"众官应了出去。贾政等知事不好，连忙跪接。西平郡王用两手扶起，笑嘻嘻地说道：

---

①　骢马使——指御史。东汉有御史台，明清改都察院，专主弹劾的监察机关。"骢马使"之称出《后汉书·桓典传》："（桓典）拜侍御史。常乘骢马（青白相间的马），京师畏惮，为之语曰：'行行且止，避骢马御史。'"

②　司官——清代部内各司官员的通称；此指锦衣府官员。

"无事不敢轻造,有奉旨交办事件,要赦老接旨。如今满堂中筵席未散,想有亲友在此未便,且请众位府上亲友各散,独留本宅的人听候。"赵堂官回说:"王爷虽是恩典,但东边的事,这位王爷办事认真,想是早已封门。"众人知是两府干系,恨不能脱身。只见王爷笑道:"众位只管就请,叫人来给我送出去,告诉锦衣府的官员说,这都是亲友,不必盘查,快快放出。"那些亲友听见,就一溜烟如飞地出去了。独有贾赦、贾政一干人,唬得面如土色,满身发颤。

不多一回,只见进来无数番役,各门把守,本宅上下人等一步不能乱走。赵堂官便转过一副脸来,回王爷道:"请爷宣旨意,就好动手。"这些番役却撩衣勒臂,专等旨意。西平王慢慢地说道:"小王奉旨,带领锦衣府赵全来查看贾赦家产。"贾赦等听见,俱俯伏在地。王爷便站在上头说:"有旨意:'贾赦交通外官①,依势凌弱,辜负朕恩,有忝②祖德,着革去世职。钦此。'"赵堂官一叠声叫:"拿下贾赦,其余皆看守。"维时,贾赦、贾政、贾琏、贾珍、贾蓉、贾蔷、贾芝、贾兰俱在,惟宝玉假说有病,在贾母那边打闹,贾环本来不大见人的,所以就将现在几人看住。赵堂官即叫他的家人传齐司员,带同番役,分头按房,抄查登账。这一言不打紧,唬得贾政上下人等面面相看,喜得番役家人摩拳擦掌,就要往各处动手。西平王道:"闻得赦老与政老同房各爨③的,理应遵旨查看贾赦的家资,其余且按房封锁,我们覆旨去,再候定夺。"赵堂官站起来说:"回王爷,贾赦、贾政并未分家,闻得他侄儿贾琏现在承总管家,不能不尽行查抄。"西平王听了,也不言语。赵堂官便说:"贾琏、贾赦两处须得奴才带领去查抄才好。"西平王便说:"不必忙,先传信后宅,且请内眷回避,再查不迟。"一言未了,老赵家奴番役已经拉着本宅家人领路,分头查抄去了。王爷喝命:"不许罗唣!待本爵自行查看。"说着,便慢慢地站起来要走,又吩咐说:"跟我的人一个不许动,都给我站在这里候着,回来一齐瞧着登数。"

正说着,只见锦衣司官跪禀说:"在内查出御用衣裙并多少禁用之物,不敢擅动,回来请示王爷。"一回儿,又有一起人来拦住王爷,就回说:"东跨所抄出两箱房地契,又一箱借票,却都是违例取利的。"老赵便说:"好个重利盘剥!很该全抄!请王爷就此坐下,叫奴才去全抄来,再候定夺罢。"说着,只见王府长史来禀说:"守门军传进来说,主上特命北静王到这里宣旨,请爷接去。"赵堂官听了,心里喜欢说:"我好晦气,碰着这个酸王。如今那位来了,我就好施威。"一面想着,也迎出来。

只见北静王已到大厅,就向外站着,说:"有旨意,锦衣府赵全听宣。"说:"奉旨意:'着锦衣官惟提贾赦质审,余交西平王遵旨查办。钦此。'"西平王领了,好不喜欢,便与北静王坐下,着赵堂官提取贾赦回衙。里头那些查抄的人,听得北静王到,俱一齐出来,及闻赵堂官走了,大家没趣,只得侍立听候。北静王便拣选两个诚实司官并十来个老年番役,余者一概逐出。西平王便说:"我正与老赵生气,幸得王爷到来降旨,不然,这里很吃大亏。"北静王说:"我在朝内听见王爷奉旨查抄贾宅,我甚放心,谅这里不致荼毒。

---

① 交通外官——清代严禁京官与各地官员交结,除至亲好友、世谊乡情外,内外官相交结者,要以革职处分。

② 有忝(tiǎn 舔)——有愧于。忝,辱没。

③ 同房各爨(cuàn 篡)——指兄弟分家,各立门户。爨,起火烧饭。

不料老赵这么混账。但不知现在政老及宝玉在哪里，里面不知闹到怎么样了？"众人回禀："贾政等在下房看守着，里面已抄得乱腾腾的了。"北静王①便吩咐司员："快将贾政带来问话。"众人领命，带了上来。贾政跪了请安，不免含泪乞恩。北静王便起身拉着，说："政老放心。"便将旨意说了。贾政感激涕零，望北又谢了恩，仍上来听候。王爷道："政老，方才老赵在这里的时候，番役呈禀有禁用之物并重利欠票，我们也难掩过。这禁用之物，原办进贵妃用的，我们声明也无碍。独是借券，想个什么法儿才好。如今政老且带司员实在将赦老家产呈出，也就了事，切不可再有隐匿，自干罪戾。"贾政答应道："犯官再不敢。但犯官祖父遗产并未分过，惟各人所住的房屋有的东西便为己有。"两王便说："这也无妨，惟将赦老那一边所有的交出就是了。"又吩咐司员等依命行去，不许胡混乱动。司官领命去了。

　　且说贾母那边女眷也摆家宴。王夫人正在那边说："宝玉不到外头，恐他老子生气。"凤姐带病哼哼唧唧地说："我看宝玉也不是怕人，他见前头陪客的人也不少了，所以在这里照应，也是有的。倘或老爷想起里头少个人在那里照应，太太便把宝兄弟献出去，可不是好？"贾母笑道："凤丫头病到这地位，这张嘴还是那么尖巧。"正说到高兴，只听见邢夫人那边的人一直声地嚷进来说："老太太，太太，不……不好了！多多少少的穿靴戴帽的强……强盗来了，翻箱倒笼的来拿东西。"贾母等听着发呆。又见平儿披头散发，拉着巧姐，哭啼啼地来说："不好了！我正与姐儿吃饭，只见来旺被人拴着进来说：'姑娘快快传进去请太太们回避，外面王爷就进来查抄家产！'我听了着忙，正要进房拿要紧东西，被一伙人浑推浑赶出来的，咱们这里该穿该戴的快快收拾。"王、邢二夫人等听得，俱魂飞天外，不知怎样才好。独见凤姐先前圆睁两眼听着，后来便一仰身栽到地下死了。贾母没有听完，便吓得涕泪交流，连话也说不出来。那时，一屋子人拉那个扯这个，正闹得翻天覆地。又听见一叠声嚷说："叫里面女眷们回避，王爷进来了！"

　　可怜宝钗、宝玉等正在没法，只见地下这些丫头婆子乱拉乱扯的时候，贾琏喘吁吁地跑进来说："好了，好了！幸亏王爷救了我们了！"众人正要问他，贾琏见凤姐死在地下，哭着乱叫，又怕老太太吓坏了，急得死去活来。还亏平儿将凤姐叫醒，令人扶着。老太太也回过气来，哭得气短神昏，躺在炕上。李纨再三宽慰。然后贾琏定神，将两王恩典说明，惟恐贾母、邢夫人知道贾赦被拿，又要唬死，暂且不敢明说，只得出来照料自己屋内。

　　一进屋门，只见箱开柜破，物件抢得半空。此时急得两眼直竖，淌泪发呆，听见外头叫，只得出来。见贾政同司员登记物件，一人报说：

　　　赤金首饰共一百二十三件，珠宝俱全。珍珠十三挂，淡金盘二件，金碗二对，金抢碗②二个，金匙四十把，银大碗八十个，银盘二十个，三镶金象牙箸二把，镀金执壶四把，镀金折盂③三对，茶托二件，银碟七十六件，银酒杯三十六个。黑狐皮

---

① 北静王——程甲本作"西平王"，从程乙本。
② 金抢碗——即戗金碗，在器物上镶嵌金的花纹，叫"戗金"。
③ 折盂——盛漱口水的小盂。

十八张，青狐皮六张，貂皮三十六张，黄狐皮三十张，猞猁狲皮十二张，麻叶皮①三张，洋灰皮②六十张，灰狐腿皮四十张，酱色羊皮二十张，猢狸皮二张，黄狐腿二把，小白狐皮二十块，洋呢三十度③，毕叽二十三度，姑绒④十二度，香鼠筒子十件，豆鼠皮四方，天鹅绒一卷，梅鹿皮一方，云狐⑤筒子二件，貉崽皮一卷，鸭皮⑥七把，灰鼠一百六十张，獾子皮八张，虎皮六张，海豹三张，海龙十六张，灰色羊四十把，黑色羊皮六十三张，元狐帽沿十副，倭刀⑦帽沿十二副，貂帽沿二副，小狐皮十六张，江貉皮二张，獭子皮二张，猫皮三十五张，倭股⑧十二度，绸缎一百三十卷，纱绫一百八十卷，羽线绉三十二卷，氆氇⑨三十卷，妆蟒缎八卷，蔄布三捆，各色布三捆，各色皮衣一百三十二件，棉夹单纱绢衣三百四十件。玉玩三十二件，带头⑩九副，铜锡等物五百余件，钟表十八件，朝珠九挂，各色妆蟒三十四件，上用蟒缎迎手靠背三分，宫妆衣裙八套，脂玉圈带一条，黄缎十二卷。潮银⑪五千二百两，赤金五十两，钱七千吊。一切动用家伙攒钉⑫登记，以及荣国赐第，俱一一开列。

其房地契纸、家人文书亦俱封裹。

　　贾琏在旁边窃听，只不听见报他的东西，心里正在疑惑，只闻两家王爷问贾政道："所抄家资内有借券，实系盘剥，究是谁行的？政老据实才好。"贾政听了，跪在地下磕头，说："实在犯官不理务务，这些事全不知道，问犯官侄儿贾琏才知。"贾琏连忙走上跪下，禀说："这一箱文书既在奴才屋内抄出来的，敢说不知道么？只求王爷开恩。奴才叔叔并不知道的。"两王道："你父已经获罪，只可并案办理。你今认了，也是正理，如此叫人将贾琏看守，余俱散收宅内。政老，你须小心候旨。我们进内覆旨去了。这里有官役看守。"说着，上轿出门。贾政等就在二门跪送。北静王把手一伸，说："请放心。"觉得脸上大有不忍之色。

　　此时贾政魂魄方定，犹是发怔。贾兰便说："请爷爷进内瞧老太太，再想法儿打听东府里的事。"贾政疾忙起身进内。只见各门上妇女乱糟糟的，不知要怎样。贾政无心查问，一直到贾母房中，只见人人泪痕满面，王夫人、宝玉等围住贾母，寂静无言，各各掉泪，惟有邢夫人哭作一团。因见贾政进来，都说："好了，好了！"便告诉老太太说："老爷仍旧好好的进来，请老太太安心罢。"贾母奄奄一息的，微开双目，说："我的儿，不想还见得着你！"一声未了，便嚎啕地哭起来，于是满屋里人俱哭个不住。贾政恐哭坏老母，即

①　麻叶皮——黄黑杂色的狐皮。
②　洋灰皮——一种叫洋灰鼠的皮。
③　度——度尺，等于清代营造尺的八寸一分。
④　姑绒——羊绒中细而精的一种。
⑤　云狐——集腋成裘的毛色呈云纹的狐皮。
⑥　鸭皮——野鸭头部绿色皮毛拼成的料。
⑦　倭刀——青狐的别名。
⑧　倭股——日本缎子。
⑨　氆氇——藏族生产的一种羊毛织品。
⑩　带头——袍服之外所系腰带一端的扣头，常镶嵌珠玉为饰。
⑪　潮银——成色较差的银子。
⑫　攒钉——钻孔装订。指把散页的清单装订成册。

收泪说："老太太放心罢。本来事情原不小，蒙主上天恩，两位王爷的恩典，万般轸恤。就是大老爷暂时拘质，等问明白了，主上还有恩典。如今家里一些也不动了。"贾母见贾赦不在，又伤心起来，贾政再三安慰方止。

众人俱不敢走散。独邢夫人回至自己那边，见门总封锁，丫头、婆子亦锁在几间屋内。邢夫人无处可走，放声大哭起来，只得往凤姐那边去。见二门旁舍亦上封条，惟有屋门开着，里头呜咽不绝。邢夫人进去，见凤姐面如纸灰，合眼躺着，平儿在旁暗哭。邢夫人打量凤姐死了，又哭起来。平儿迎上来说："太太不要哭。奶奶抬回来觉着像是死的了，幸得歇息一回，苏过来，哭了几声，如今痰息气定，略安一安神。太太也请定定神罢。但不知老太太怎样了？"邢夫人也不答言，仍走到贾母那边。见眼前俱是贾政的人，自己夫子被拘，媳妇病危，女儿受苦，现在身无所归，哪里禁得住。众人劝慰，李纨等令人收拾房屋，请邢夫人暂住，王夫人拨人服侍。

贾政在外，心惊肉跳，拈须搓手的等候旨意。听见外面看守军人乱嚷道："你到底是哪一边的？既碰在我们这里，就记在这里册上，拴着他，交给里头锦衣府的爷们！"贾政出外看时，见是焦大，便说："怎么跑到这里来？"焦大见问，便号天蹈地地哭道："我天天劝这些不长进的爷们，倒拿我当作冤家。爷还不知道焦大跟着太爷受的苦！今朝弄到这个田地！珍大爷、蓉哥儿都叫什么王爷拿了去了，里头女主儿们都被什么府里衙役抢得披头散发，攧①在一处空房里，那些不成材料的狗男女却像猪狗似的拦起来了。所有的都抄出来搁着，木器钉得破烂，磁器打得粉碎。他们还要把我拴起来，我活了八九十岁，只有跟着太爷捆人的，哪里倒叫人捆起来！我便说我是西府里，就跑出来。那些人不依，押到这里，不想这里也是那么着。我如今也不要命了，和那些人拼了罢！"说着撞头。众役见他年老，又是两王吩咐，不敢发狠，便说："你老人家安静些，这是奉旨的事。你且这里歇歇，听个信儿再说。"贾政听明，虽不理他，但是心里刀绞似的，便道："完了，完了！不料我们一败涂地如此！"

正在着急听候内信，只见薛蝌气吁吁地跑进来说："好容易进来了！姨父在哪里？"贾政道："来得好，但是外头怎么放进来的？"薛蝌道："我再三央说，又许他们钱，所以我才能够出入的。"贾政便将抄去之事告诉了他，便烦去打听打听，说："就有好亲，在火头上，也不便送信，是你就好通信了。"薛蝌道："这里的事，我倒想不到；那边东府的事，我已听见说，完了。"贾政道："究竟犯什么事？"薛蝌道："今朝为我哥哥打听决罪的事，在衙内闻得有两位御史，风闻得珍大爷引诱世家子弟赌博，这款还轻；还有一大款是强占良民妻女为妾，因其女不从，凌逼致死。那御史恐怕不准，还将咱们家的鲍二拿去，又还拉出一个姓张的来。只怕连都察院都有不是，为的是姓张的曾告过的。"贾政尚未听完，便跺脚道："了不得！罢了，罢了！"叹了一口气，扑簌簌地掉下泪来。

薛蝌宽慰了几句，即便又出来打听去了。隔了半日，仍旧进来，说："事情不好。我在刑科打听，倒没有听见两王覆旨的信，但听得说，李御史今早参奏平安州奉承京官，迎合上司，虐害百姓，好几大款。"贾政慌道："哪管他人的事，到底打听我们的怎么样？"

---

①　攧（chuō 戳）——这里是被迫聚集的意思。方言中尚有。

薛蝌道:"说是平安州,就有我们,那参的京官就是赦老爷。说的是包揽词讼,所以火上浇油。就是同朝这些官府,俱藏躲不迭,谁肯送信?就如才散的这些亲友,有的竟回家去了,也有远远儿的歇下打听的。可恨那些贵本家便在路上说:'祖宗挣下的功业,弄出事来了,不知道飞到哪个头上,大家也好施威。'"贾政没有听完,复又顿足道:"都是我们大爷忒糊涂,东府也忒不成事体!如今老太太与琏儿媳妇是死是活,还不知道呢。你再打听去,我到老太太那边瞧瞧。若有信,能够早一步才好。"正说着,听见里头乱嚷出来说:"老太太不好了!"急得贾政即忙进去。未知生死如何,下回分解。

# 第 一 〇 六 回
## 王熙凤致祸抱羞惭　贾太君祷天消祸患

【题解】

　　贾赦、贾琏父子被拘质后，贾琏革职放回。因有放高利贷等罪，财产都入了官。放债之事多因凤姐贪财致祸，又兼正患重病，遂生"羞惭"后悔之心。贾母见儿孙不肖，惹来查抄、监禁之灾，只有上香拜佛，求皇天菩萨保佑。这是续作者的思路。续书除关注钗、黛外，其他姊妹的命运多忽略。此处由史侯家女人带来信息：史湘云就要出阁了，算作交代。不料宝玉听了还是老想头："为什么人家养了女儿，到大了必要出嫁……"

　　话说贾政闻知贾母危急，即忙进去看视。见贾母惊吓气逆，王夫人、鸳鸯等唤醒回来，即用疏气安神的丸药服了，渐渐地好些，只是伤心落泪。贾政在旁劝慰，总说："是儿子们不肖，招了祸来，累老太太受惊。若老太太宽慰些，儿子们尚可在外料理；若是老太太有什么不自在，儿子们的罪孽更重了。"贾母道："我活了八十多岁，自做女孩儿起，到你父亲手里，都托着祖宗的福，从没有听见过那些事。如今到老了，见你们倘或受罪，叫我心里过得去么？倒不如合上眼，随你们去罢了。"说着，又哭。

　　贾政此时着急异常，又听外面说："请老爷，内廷有信。"贾政急忙出来，见是北静王府长史，一见面便说："大喜！"贾政谢了，请长史坐下，请问："王爷有何谕旨？"那长史道："我们王爷同西平郡王进内覆奏，将大人的惧怕的心，感激天恩之话都代奏了。主上甚是悯恤，并念及贵妃薨逝未久，不忍加罪，着加恩仍在工部员外上行走。所封家产，惟将贾赦的入官，余俱给还。并传旨令尽心供职。惟抄出借券，令我们王爷查核，如有违禁重利的，一概照例入官；其在定例生息的，同房地文书，尽行给还。贾琏着革去职衔，免罪释放。"贾政听毕，即起身叩谢天恩，又拜谢王爷恩典："先请长史大人代为禀谢，明晨到阙<sup>①</sup>谢恩，并到府里磕头。"那长史去了。少停，传出旨来，承办官遵旨一一查清，入官者入官，给还者给还。将贾琏放出，所有贾赦名下男妇人等造册入官。

　　可怜贾琏屋内东西，除将按例放出的文书发给外，其余虽未尽入官的，早被查抄的人尽行抢去，所存者只有家伙物件。贾琏始则惧罪，后蒙释放，已是大幸，及想起历年积聚的东西并凤姐的梯己，不下七八万金，一朝而尽，怎得不痛？且他父亲现禁在锦衣府，凤姐病在垂危，一时悲痛。又见贾政含泪叫他，问道："我因官事在身，不大理家，故叫

---

　　① 阙——皇宫、朝廷。

你们夫妇总理家事。你父亲所为，固难劝谏，那重利盘剥，究竟是谁干的？况且非咱们这样人家所为。如今入了官，在银钱，是不打紧的，这种声名出去，还了得吗！"贾琏跪下说道："侄儿办家事，并不敢存一点私心，所有出入的账目，自有赖大、吴新登、戴良等登记，老爷只管叫他们来查问。现在这几年库内的银子出多入少，虽没贴补在内，已在各处做了好些空头，求老爷问太太就知道了。这些放出去的账，连侄儿也不知道哪里的银子，要问周瑞、旺儿才知道。"贾政道："据你说来，连你自己屋里的事还不知道，那些家中上下的事更不知道了。我这回也不来查问你。现今你无事的人，你父亲的事和你珍大哥的事，还不快去打听打听！"贾琏一心委屈，含着眼泪，答应了出去。

贾政叹气，连连地想道："我祖父勤劳王事，立下功勋，得了两个世职，如今两房犯事，都革去了。我瞧这些子侄没一个长进的。老天啊，老天啊！我贾家何至一败如此！我虽蒙圣恩格外垂慈，给还家产，那两处食用自应归并一处，叫我一人哪里支撑得住？方才琏儿所说，更加诧异，说不但库上无银，而且尚有亏空，这几年竟是虚名在外。只恨我自己为什么糊涂若此。倘或我珠儿在世，尚有膀臂；宝玉虽大，更是无用之物。"想到那里，不觉泪满衣襟。又想："老太太偌大年纪，儿子们并没有自能奉养一日，反累她吓得死去活来。种种罪孽，叫我委之何人！"

正在独自悲切，只见家人禀报各亲友进来看候。贾政一一道谢，说起："家门不幸，是我不能管教子侄，所以至此。"有的说："我久知令兄赦大老爷行事不妥，那边珍哥更加骄纵。若说因官事错误，得个不是，于心无愧；如今自己闹出的，倒带累了二老爷。"有的说："人家闹的也多，也没见御史参奏。不是珍老大得罪朋友，何至如此！"有的说："也不怪御史，我们听见说是府上的家人同几个泥腿①在外头哄嚷出来的。御史恐参奏不实，所以诓了这里的人去，才说出来的。我想府上待下人最宽的，为什么还有这事？"有的说："大凡奴才们是一个养活不得的。今儿在这里都是好亲友，我才敢说。就是尊驾在外任，我保不得——你是不爱钱的，——那外头的风声也不好，都是奴才们闹的，你该提防些。如今虽说没有动你的家，倘或再遇着主上疑心起来，好些不便呢。"贾政听说，心下着忙道："众位听见我的风声怎样？"众人道："我们虽没听见实据，只闻外面人说你在粮道任上，怎么叫门上家人要钱。"贾政听了，便说道："我是对得天的，从不敢起这要钱的念头，只是奴才在外招摇撞骗，闹出事来，我就吃不住了。"众人道："如今怕也无益，只好将现在的管家们都严严地查一查，若有抗主的奴才，查出来严严地办一办。"

贾政听了点头。便见门上进来回禀说："孙姑爷那边打发人来说，自己有事不能来，着人来瞧瞧。说大老爷该他一宗银子，要在二老爷身上还的。"贾政心内忧闷，只说："知道了。"众人都冷笑道："人说令亲孙绍祖混账，真有些。如今丈人抄了家，不但不来瞧看帮补照应，倒赶忙的来要银子，真真不在理上！"贾政道："如今且不必说他。那头亲事原是家兄配错的，我的侄女儿的罪已经受够了，如今又招我来。"正说着，只见薛蝌进来说道："我打听锦衣府赵堂官必要照御史参的办去，只怕大老爷和珍大爷吃不住。"众人都道："二老爷，还得是你出去求求王爷，怎么挽回挽回才好，不然，这两家就完了。"贾政

---

① 泥腿——无赖。

答应致谢，众人都散。

那时，天已点灯时候，贾政进去请贾母的安，见贾母略略好些。回到自己房中，埋怨贾琏夫妇不知好歹，如今闹出放账取利的事情，大家不好。方见凤姐所为，心里很不受用。凤姐现在病重，知她所有什物，尽被抄抢一光，心内郁结，一时未便埋怨，暂且隐忍不言。一夜无话。

次早，贾政进内谢恩，并到北静王府、西平王府两处叩谢，求两位王爷照应他哥哥、侄儿。两位应许。贾政又在同寅相好处托情。

且说贾琏打听得父兄之事不很妥，无法可施，只得回到家中。平儿守着凤姐哭泣，秋桐在耳房中抱怨凤姐。贾琏走近旁边，见凤姐奄奄一息，就有多少怨言一时也说不出来。平儿哭道："如今事已如此，东西已去，不能复来。奶奶这样，还得再请个大夫调治调治才好。"贾琏啐道："我的性命还不保，我还管她么！"凤姐听见，睁眼一瞧，虽不言语，那眼泪流个不尽。见贾琏出去，便与平儿道："你别不达时务了，到了这样田地，你还顾我做什么？我巴不得今儿就死才好。只要你能够眼里有我，我死之后，你扶养大了巧姐儿，我在阴司里也感激你的。"平儿听了，放声大哭。凤姐道："你也是聪明人。他们虽没有来说我，他必抱怨我的。虽说事是外头闹的，我若不贪财，如今也没有我的事，不但是枉费心计，挣了一辈子的强，如今落在人后头。我只恨用人不当，恍惚听得那边珍大爷的事，说是强占良民妻子为妾，不从逼死，有个姓张的在里头，你想想还有谁？若是这件事审出来，咱们二爷是脱不了的，我那时怎样见人？我要即时就死，又耽不起吞金服毒的。你到还要请大夫，可不是你为顾我，反倒害了我了吗？"平儿愈听愈惨，想来实在难处，恐凤姐自寻短见，只得紧紧守着。

幸贾母不知底细，因近日身子好些，又见贾政无事，宝玉、宝钗在旁，天天不离左右，略觉放心。素来最疼凤姐，便叫鸳鸯："将我梯己东西拿些给凤丫头，再拿些银钱交给平儿，好好地服侍好了凤丫头，我再慢慢地分派。"又命王夫人照看了邢夫人。又加了宁国府第入官，所有财产房地等并家奴等俱造册收尽，这里贾母命人将车接了尤氏婆媳等过来。可怜赫赫宁府，只剩得她们婆媳两个并佩凤、偕鸾二人，连一个下人没有。贾母指出房子一所居住，就在惜春所住的间壁。又派了婆子四人、丫头两个服侍。一应饮食起居在大厨房内分送，衣裙什物又是贾母送去，零星需用亦在账房内开销，俱照荣府每人月例之数。那贾赦、贾珍、贾蓉在锦衣府使用，账房内实在无项可支。如今凤姐一无所有，贾琏况又多债满身，贾政不知家务，只说："已经托人，自有照应。"贾琏无计可施，想到那亲戚里头，薛姨妈家已败，王子腾已死，余在亲戚虽有，俱是不能照应，只得暗暗差人下屯，将地亩暂卖了数千金，作为监中使费。贾琏如此一行，那些家奴见主家势败，也便趁此弄鬼，并将东庄租税也就指名借用些。此是后话，暂且不提。

且说贾母见祖宗世职革去，现在子孙在监质审，邢夫人、尤氏等日夜啼哭，凤姐病在垂危，虽有宝玉、宝钗在侧，只可解劝，不能分忧，所以日夜不宁，思前想后，眼泪不干。一日傍晚，叫宝玉回去，自己扎挣坐起，叫鸳鸯等各处佛堂上香，又命自己院内焚起斗香，用拐拄着，出到院中。琥珀知是老太太拜佛，铺下大红短毡拜垫。贾母上香跪下，磕了好些头，念了一回佛，含泪祝告天地道："皇天菩萨在上，我贾门史氏，虔诚祷告，求菩萨慈悲。我贾门数世以来，不敢行凶霸道。我帮夫助子，虽不能为善，亦不敢作恶。必是后辈儿孙骄侈暴佚，暴殄天物，以致合府抄检。现在儿孙监禁，自然凶多吉少，皆由我一人罪孽，不教儿孙，所以至此。我今即求皇天保佑：在监的逢凶化吉，有病的早早安身。总有合家罪孽，情愿一人承当，只求饶恕儿孙。若皇天见怜，念我虔诚，早早赐我一死，宽免儿孙之罪。"默默说到此，不禁伤心，呜呜咽咽地哭泣起来。鸳鸯、珍珠一面解劝，一面扶进房去。

只见王夫人带了宝玉、宝钗过来请晚安，见贾母悲伤，三人也大哭起来。宝钗更有一层苦楚：想哥哥也在外监，将来要处决，不知可减缓否；翁姑虽然无事，眼见家业萧条；宝玉依然疯傻，毫无志气。想到后来终身，更比贾母、王夫人哭得悲痛。宝玉见宝钗如此大恸，他亦有一番悲戚，想的是："老太太年老不得安心，老爷、太太见此光景，不免悲伤。众姐妹风流云散，一日少似一日。追想在园中吟诗起社，何等热闹。自从林妹妹一死，我郁闷到今，又有宝姐姐过来，未便时常悲切。见她忧兄思母，日夜难得笑容。"今见她悲哀欲绝，心里更加不忍，竟嚎啕大哭。鸳鸯、彩云、莺儿、袭人见他们如此，也各有所思，便也呜咽起来。余者丫头们看得伤心，也便陪哭，竟无人解慰。满屋中哭声惊天动地，将外头上夜婆子吓慌，急报于贾政知道。

那贾政正在书房纳闷，听见贾母的人来报，心中着忙，飞奔进内。远远听得哭声甚众，打量老太太不好，急得魂魄俱丧，疾忙进来，只见坐着悲啼，神魂方定。说是"老太太伤心，你们该劝解，怎么的齐打伙儿哭起来了？"众人听得贾政声气，急忙止哭，大家对面发怔。贾政上前安慰了老太太，又说了众人几句。各自心想道："我们原恐老太太悲伤，故来劝解，怎么忘情，大家痛哭起来？"

正自不解，只见老婆子带了史侯家的两个女人进来，请了贾母的安，又向众人请安毕，便说："我们家老爷、太太、姑娘打发我来，说听见府里的事，原没有什么大事，不过一时受惊。恐怕老爷、太太烦恼，叫我们过来告诉一声，说这里二老爷是不怕的了。我们姑娘本要自己来的，因不多几日就要出阁，所以不能来了。"贾母听了，即便道谢，说："你回去给我问好。这是我们的家运合该如此。承你老爷、太太惦记，过一日再来奉谢。你家姑娘出阁，想来你们姑爷是不用说的了。他们的家计如何？"两个女人道："家计倒不怎么着，只是姑爷长的很好，为人又和平。我们见过好几次，看来与这里宝二爷差不多。还听得说，才情学问都好的。"贾母听了，喜欢道："咱们都是南边人，虽在这里住久了，那些大规矩还是从南方礼儿，所以新姑爷我们都没见过。我前儿还想起我娘家的人来，最疼的就是你们家姑娘，一年三百六十天，在我跟前的日子倒有二百多天，混得这么大了。我原想给她说个好女婿，又为她叔叔①不在家，我又不便作主。她既造化配了个好姑爷，我也放心。月里出阁，我原想过来吃杯喜酒的，不料我家闹出这样事来，我的心就像在热锅里熬的似的，哪里能够再到你们家去？你回去说我问好，我们这里的人都说请安问好。

---

① 叔叔——与下文"被她叔叔硬压着配人了"，程甲、藤、王本都作"妹妹"，今从程乙本。

你替另告诉你家姑娘，不要将我放在心里。我是八十多岁的人了，就死也算不得没福的了。只愿她过了门，两口子和顺，百年到老，我便安心了。"说着，不觉掉下泪来。那女人道："老太太也不必伤心。姑娘过了门，等回了九，少不得同姑爷过来请老太太的安，那时老太太见了才喜欢呢。"贾母点头。那女人出去。别人都不理论，只有宝玉听了发了一回怔，心里想道："如今一天一天的都过不得了。为什么人家养了女儿到大了必要出嫁？一出了嫁就改变。史妹妹这样一个人，又被她叔叔硬压着配了人，她将来见了我，必是又不理我了。我想一个人到了这个没人理的份儿，还活着做什么！"想到那里，又是伤心。见贾母此时才安，又不敢哭泣，只是闷闷的。

一时，贾政不放心，又进来瞧瞧老太太。见是好些，便出来传了赖大，叫他将合府里管事家人的花名册子拿来，一齐点了一点。除去贾赦入官的人，尚有三十余家，共男女二百十二名。贾政叫现在府内当差的男人共二十一名进来，问起历年居家用度，共有若干进来，该用若干出去。那管总的家人将近年支用簿子呈上。贾政看时，所入不敷所出，又加连年宫里花用，账上有在外浮借①的也不少。再查东省地租，近年所交不及祖上一半，如今用度比祖上更加十倍。贾政不看则已，看了急得跺脚道："这了不得！我打量虽是琏儿管事，在家自有把持，岂知好几年头里，已就寅年用了卯年的，还是这样装好看，竟把世职俸禄当作不打紧的事情，为什么不败呢？我如今要就省俭起来，已是迟了。"想到那里，背着手踱来踱去，竟无方法。

众人知贾政不知理家，也是白操心着急，便说道："老爷也不用焦心，这是家家这样的。若是统总算起来，连王爷家还不够。不过是装着门面，过到哪里就到哪里。如今老爷到底得了主上的恩典，才有这点子家产，若是一并入了官，老爷就不用过了不成？"贾政嗔道："放屁！你们这班奴才最没有良心的，仗着主子好的时候，任意开销；到弄光了，走的走，跑的跑，还顾主子的死活吗？如今你们道是没有查封是好，哪知道外头的名声。大本儿都保不住，还搁得住你们在外头支架子，说大话，诓人骗人？到闹出事来，往主子身上一推就完了。如今大老爷与珍大爷的事，说是咱们家人鲍二在外传播的，我看这人口册上并没有鲍二，这是怎么说？"众人回道："这鲍二是不在册档上的。先前在宁府册上，为二爷见他老实，把他们两口子叫过来了。及至他女人死了，他又回宁府去。后来老爷衙门有事，老太太、太太们和爷们往陵上去，珍大爷替理家事带过来的，以后也就去了。老爷数年不管家事，哪里知道这些事来？老爷打量册上没有名字的就只有这个人？不知一个人手下亲戚们也有好几个，奴才还有奴才呢！"贾政道："这还了得！"想去一时不能清理，只得喝退众人，早打了主意在心里了，且听贾赦等事审得怎样再定。

一日，正在书房筹算，只见一人飞奔进来说："请老爷快进内廷问话。"贾政听了，心下着忙，只得进去。未知凶吉，下回分解。

---

① 浮借——暂借。

# 第 一 ○ 七 回
## 散余资贾母明大义　复世职政老沐天恩

**【题解】**

贾府查抄事审结：贾赦、贾珍分别发往台站和海疆效力赎罪。盘缠、打点及衣食费用，至少须好几千两银子，留下的妻室还须赡养。贾政查库银，早已虚空，还有亏欠。不得已，贾母拿出全部私房积蓄，分给各房儿孙媳妇们，以解燃眉之困。这本是旧时家庭常有之事，在续作者看来，却是"明大义"之举。贾政送走赦、珍回家，便得到喜讯："将荣国公世职着贾政承袭。"这不但可昭示善有善报，也能借此颂扬"天恩"。

话说贾政进内，见了枢密院①各位大人，又见了各位王爷。北静王道："今日我们传你来，有遵旨问你的事。"贾政即忙跪下。众大人便问道："你哥哥交通外官，恃强凌弱，纵儿聚赌，强占良民妻女不遂逼死的事，你都知道么？"贾政回道："犯官自从主恩钦点学政任满后，查看赈恤，于上年冬底回家，又蒙堂派工程，后又任江西粮道，题参回都，仍在工部行走，日夜不敢怠惰。一应家务，并未留心伺察，实在糊涂。不能管教子侄，这就是辜负圣恩。只求主上重重治罪。"北静王据说转奏。

不多时，传出旨来，北静王便述道："主上因御史参奏贾赦交通外官，恃强凌弱。据该御史指出平安州互相往来，贾赦包揽词讼。严鞫②贾赦，据供平安州原系姻亲来往，并未干涉官事，该御史亦不能指实。惟有倚势强索石呆子古扇一款是实的，然系玩物，究非强索良民之物可比。虽石呆子自尽，亦系疯傻所致，与逼勒致死者有间③。今从宽将贾赦发往台站④效力赎罪。所参贾珍强占良民妻女为妾、不从逼死一款，提取都察院原案，看得尤二姐实系张华指腹为婚未娶之妻，因伊贫苦自愿退婚，尤二姐之母愿给贾珍之弟为妾，并非强占。再尤三姐自刎掩埋并未报官一款，查尤三姐原系贾珍妻妹，本意为伊择配，因被逼索定礼，众人扬言秽乱，以致羞忿自尽，并非贾珍逼勒致死。但身系世袭职员，罔知法纪，私埋人命，本应重治，念伊系功臣后裔，不忍加罪，亦从宽革去世职，派往海疆效力赎罪。贾蓉年幼无干，省释⑤。贾政实系在外任多年，居官尚属勤慎，免治

───────────────

① 枢密院——朝廷掌管军事机密、边防要务机关，明代已废，此借用古称。
② 鞫（jū 居）——审问。
③ 有间（jiàn 见）——有区别。
④ 台站——清代设于边远地区的驿站，罪犯发往那里，多从事驿递方面的劳役。
⑤ 省释——察其无罪而释放。省，察。

伊治家不正之罪。”贾政听了，感激涕零，叩首不及，又叩求王爷代奏下忧。北静王道：“你该叩谢天恩，更有何奏？”贾政道：“犯官仰蒙圣恩，不加大罪，又蒙将家产给还，实在扪心惶愧，愿将祖宗遗受重禄，积余置产，一并交官。”北静王道：“主上仁慈待下，明慎用刑，赏罚无差。如今既蒙莫大深恩，给还财产，你又何必多此一奏？”众官也说不必。贾政便谢了恩，叩谢了王爷出来。恐贾母不放心，急忙赶回。

上下男女人等不知传进贾政是何吉凶，都在外头打听，一见贾政回家，都略略地放心，也不敢问。只见贾政忙忙地走到贾母跟前，将蒙圣恩宽免的事细细告诉了一遍。贾母虽则放心，只是两个世职革去，贾赦又往台站效力，贾珍又往海疆，不免又悲伤起来。邢夫人、尤氏听见那话，更哭起来。贾政便道：“老太太放心。大哥虽则台站效力，也是为国家办事，不致受苦，只要办得妥当，就可复职。珍儿正是年轻，很该出力。若不是这样，便是祖父的余德亦不能久享。”说了些宽慰的话。贾母素来本不大喜欢贾赦，那边东府贾珍究竟隔了一层。只有邢夫人、尤氏痛哭不已。邢夫人想着：“家产一空，丈夫年老远出，膝下虽有琏儿，又是素来顺他二叔的，如今是都靠着二叔，他两口子更是顺那边去了。独我一人孤苦伶仃，怎么好？”那尤氏本来独掌宁府的家计，除了贾珍，也算是惟她为尊，又与贾蓉夫妇相和。如今犯事远出，家财抄尽，依往荣府，虽则老太太疼爱，终是依人门下。又带了偕鸾、佩凤，蓉儿夫妇又是不能兴家立业的人。又想着：“二妹妹、三妹妹俱是琏二叔闹的，如今他们倒安然无事，依旧夫妇完聚。只留我们几人，怎生度日？”想到这里，痛哭起来。

贾母不忍，便问贾政道：“你大哥和珍儿现已定案，可能回家？蓉儿既没他的事，也该放出来了。”贾政道：“若在定例，大哥是不能回的。我已托人徇个私情，叫我们大老爷同侄儿回家，好置办行装，衙门内业已应了。想来蓉儿同着他爷爷、父亲一起出来。只请老太太放心，儿子办去。”贾母又道：“我这几年老得不成人了，总没有问过家事。如今东府是全抄了去了，房屋入官不消说的。你大哥那边，琏儿那里，也都抄了去了。咱们西府银库，东省地土，你知道到底还剩了多少？他两个起身，也得给他们几千银子才好。”贾政正是没法，听见贾母一问，心想着：“若是说明，又恐老太太着急；若不说明，不用说将来，现在怎样办法？”定了主意，便回道：“若老太太不问，儿子也不敢说。如今老太太既问到这里，现在琏儿也在这里，昨日儿子已查了：旧库的银子早已虚空，不但用尽，外头还有亏空。现今大哥这件事，若不花银托人，虽说主上宽恩，只怕他们爷儿两个也不大好，就是这项银子尚无打算。东省的地亩，早已寅年吃了卯年的租儿了，一时也算不转来，只好尽所有的——蒙圣恩没有动的衣服、首饰——折变了，给大哥、珍儿作盘费罢了。过日的事只可再打算。”贾母听了，又急得眼泪直淌，说道：“怎么着，咱们家到了这样田地了么？我虽没有经过，我想起我家向日比这里还强十倍，也是摆了几年虚架子，没有出这样事，已经塌下来了，不消一二年就完了。据你说起来，咱们竟一两年就不能支了？”贾政道：“若是这两个世俸不动，外头还有些挪移。如今无可指称，谁肯接济？”说着，也泪流满面，“想起亲戚来，用过我们的，如今都穷了；没有用过我们的，又不肯照应了。昨日儿子也没有细查，只看家下的人丁册子，别说上头的钱一无所出，那底下的人也养不起许多。”

贾母正在忧虑，只见贾赦、贾珍、贾蓉一齐进来给贾母请安。贾母看这般光景，一只手拉着贾赦，一只手拉着贾珍，便大哭起来。他两人脸上羞惭，又见贾母哭泣，都跪在地下哭着说道："儿孙们不长进，将祖上功勋丢了，又累老太太伤心，儿孙们是死无葬身之地的了！"满屋中人看这光景，又一齐大哭起来。贾政只得劝解："倒先要打算他两个的使用。大约在家只可住得一两日，迟则人家就不依了。"老太太含悲忍泪地说道："你两个且各自同你们媳妇们说说话儿去罢。"又吩咐贾政道："这件事是不能久待的，想来外面挪移，恐不中用，那时误了钦限①怎么好？只好我替你们打算罢。就是家中如此乱糟糟的，也不是常法儿。"一面说着，便叫鸳鸯吩咐去了。这里贾赦等出来，又与贾政哭泣了一会，都不免将从前任性，过后恼悔，如今分离的话说了一会，各自同媳妇那边悲伤去了。贾赦年老，倒也抛得下；独有贾珍与尤氏怎忍分离！贾琏、贾蓉两个也只有拉着父亲啼哭。虽说是比军流减等，究竟生离死别。这也是事到如此，只得大家硬着心肠过去。

却说贾母叫邢、王二夫人同了鸳鸯等开箱倒笼，将做媳妇到如今积攒的东西都拿出来，又叫贾赦、贾政、贾珍等，一一地分派说："这里现有的银子，交贾赦三千两，你拿二千两去做你的盘费使用，留一千给大太太零用。这三千给珍儿，你只许拿一千去，留下二千交你媳妇过日子。仍旧各自度日，房子是在一处，饭食各自吃罢。四丫头将来的亲事，还是我的事。只可怜凤丫头操心了一辈子，如今弄得精光，也给她三千两，叫她自己收着，不许叫琏儿用。如今她还病得神昏气丧，叫平儿来拿去。这是你祖父留下来的衣服，还有我少年穿的衣服首饰，如今我用不着。男的呢，叫大老爷、珍儿、琏儿、蓉儿拿去分了；女的呢，叫大太太、珍儿媳妇、凤丫头拿了分去。这五百两银子交给琏儿，明年将林丫头的棺材送回南去。"分派定了，又叫贾政道："你说现在还该着人的使用，这是少不得的，你叫拿这金子变卖偿还。这是他们闹掉了我的，你也是我的儿子，我并不偏向。宝玉已经成了家，我剩下这些金银等物，大约还值几千两银子，这是都给宝玉的了。珠儿媳妇向来孝顺我，兰儿也好，我也分给他们些。这便是我的事情完了。"

贾政见母亲如此明断分晰，便跪下哭着说："老太太这么大年纪，儿孙们没点孝顺，承受老祖宗这样恩典，叫儿孙们更无地自容了！"贾母道："别瞎说，若不闹出这个乱儿，我还收着呢。只是现在家人过多，只有二老爷是当差的，留几个人就够了。你就吩咐管事的，将人叫齐了，分派妥当。各家有人便就罢了，譬如一抄尽了，怎么样呢？我们里头的，也要叫人分派，该配人的配人，赏去的赏去。如今虽说咱们这房子不入官，你到底把这园子交了才好。那些田地原交琏儿清理，该卖的卖，该留的留，断不要支架子，做空头。我索性说了罢，江南甄家还有几两银子，二太太②那里收着，该叫人就送去罢。倘或再有点事出来，可不是他们躲过了风暴又遇了雨了么！"

贾政本是不知当家立计的人，一听贾母的话，一一领命，心想："老太太实在真真是理家的人，都是我们这些不长进的闹坏了。"贾政见贾母劳乏，求着老太太歇歇养神。贾

---

① 钦限——皇帝指定的期限。

② 二太太——程甲本作"大太太"，从王、藤、金本。

母又道："我所剩的东西也有限，等我死了，做结果我的使用。余的都给我服侍的丫头。"贾政等听到这里，更加伤感，大家跪下说："请老太太宽怀，只愿儿子们托老太太的福，过了些时都邀了恩眷，那时兢兢业业地治起家来，以赎前愆①，奉养老太太到一百岁的时候。"贾母道："但愿这样才好，我死了也好见祖宗。你们别打量我是享得富贵受不得贫穷的人哪，不过这几年看看你们轰轰烈烈，我落得都不管，说说笑笑，养身子罢了。哪知道家运一败直到这样！若说外头好看，里头空虚，是我早知道的了。只是'居移气，养移体'②，一时下不得台来。如今借此正好收敛，守住这个门头，不然，叫人笑话你。你还不知，只打量我知道穷了，便着急得要死。我心里是想着祖宗莫大的功勋，无一日不指望你们比祖宗还强，能够守住也就罢了。谁知他们爷儿两个做些什么勾当！"

贾母正自长篇大论地说，只见丰儿慌慌张张地跑来回王夫人道："今早我们奶奶听见外头的事，哭了一场，如今气都接不上来。平儿叫我来回太太。"丰儿没有说完，贾母听见，便问："到底怎么样？"王夫人便代回道："如今说是不大好。"贾母起身道："嗳，这些冤家，竟要磨死我了！"说着，叫人扶着，要亲自看去。贾政即忙拦住，劝道："老太太伤了好一回的心，又分派了好些事，这会该歇歇。便是孙子媳妇有什么事，该叫媳妇瞧去就是了，何必老太太亲身过去呢？倘或再伤感起来，老太太身上要有一点儿不好，叫做儿子的怎么处呢？"贾母道："你们各自出去，等一会子再进来，我还有话说。"贾政不敢多言，只得出来料理贾赦起身的事，又叫贾琏挑人跟去。这里贾母才叫鸳鸯等派人拿了给凤姐的东西，跟着过来。

凤姐正在气厥。平儿哭得眼红，听见贾母带着王夫人、宝玉、宝钗过来，疾忙出来迎接。贾母便问："这会子怎么样了？"平儿恐惊了贾母，便说："这会子好些。老太太既来了，请进去瞧瞧。"她先跑进去，轻轻地揭开帐子。凤姐开眼瞧着，只见贾母进来，满心惭愧。先前原打算贾母等恼她，不疼的了，是死活由她的，不料贾母亲自来瞧，心里一宽，觉那拥塞的气略松动些，便要扎挣坐起。贾母叫平儿按着，"不要动，你好些么？"凤姐含泪道："我从小儿过来，老太太、太太怎么样疼我。哪知我福气薄，叫神鬼支使得失魂落魄，不但不能够在老太太跟前尽点孝心，公婆前讨个好，还是这样把我当人，叫我帮着料理家务，被我闹得七颠八倒，我还有什么脸儿见老太太，太太呢！今日老太太、太太亲自过来，我更当不起了，恐怕该活三天的又折上了两天去了。"说着悲咽。贾母道："那些事原是外头闹起来的，与你什么相干？就是你的东西被人拿去，这也算不了什么呀！我带了好些东西给你，任你自便。"说着，叫人拿上来给她瞧瞧。凤姐本是贪得无厌的人，如今被抄尽净，本是愁苦，又恐人埋怨，正是几不欲生的时候。今儿贾母仍旧疼她，王夫人也没嗔怪，过来安慰她，又想贾琏无事，心下安放好些，便在枕上与贾母磕头，说道："请老太太放心。若是我的病托着老太太的福好了些，我情愿自己当个粗使丫头，尽心竭力地服侍老太太、太太罢。"贾母听她说得伤心，不免掉下泪来。宝玉是从来没有经过这

---

① 前愆（qiān 千）——以前的罪过。

② 居移气，养移体——语见《孟子·尽心上》，意谓所处的环境可改变人的气质，所受的供养可改变人的体质。这里意思说安富尊荣惯了，不容易放下架子。

大风浪的，心下只知安乐、不知忧患的人，如今碰来碰去都是哭泣的事，所以他竟比傻子尤甚，见人哭他就哭。凤姐看见众人忧闷，反倒勉强说几句宽慰贾母的话，求着："请老太太、太太回去，我略好些，过来磕头。"说着，将头仰起。贾母叫平儿："好生服侍，短什么，到我那里要去。"说着，带了王夫人将要回到自己房中，只听见两三处哭声，贾母实在不忍闻见，便叫王夫人散去，叫宝玉："去见你大爷、大哥，送一送就回来。"自己躺在榻上下泪。幸喜鸳鸯等能用百样言语劝解，贾母暂且安歇。

不言贾赦等分离悲痛。那些跟去的人，谁是愿意的？不免心中抱怨，叫苦连天。正是生离果胜死别，看者比受者更加伤心。好好的一个荣国府，闹到人嚎鬼哭。贾政最循规矩，在伦常上也讲究的，执手分别后，自己先骑马赶至城外，举酒送行，又叮咛了好些国家轸恤勋臣，力图报称的话。贾赦等挥泪分头而别。

贾政带了宝玉回家，未及进门，只见门上有好些人在那里乱嚷，说："今日旨意：将荣国公世职着贾政承袭。"那些人在那里要喜钱，门上人和他们分争，说是："本来的世职，我们本家袭了，有什么喜报？"那些人说道："那世职的荣耀，比任什么还难得。你们大老爷闹掉了，想要这个，再不能的了。如今的圣人在位，赦过宥罪，还赏给二老爷袭了。这是千载难逢的，怎么不给喜钱？"正闹着，贾政回家，门上回了，虽则喜欢，究竟是哥哥犯事所致，反觉感极涕零，赶着进内告诉贾母。王夫人正恐贾母伤心，过来安慰，听得世职复还，自是欢喜。又见贾政进来，贾母拉了说些勤黾①报恩的话。独有邢夫人、尤氏心下悲苦，只不好露出来。

且说外面这些趋炎奉势的亲戚朋友，先前贾宅有事，都远避不来；今儿贾政袭职，知圣眷②尚好，大家都来贺喜，哪知贾政纯厚性成，因他袭哥哥的职，心内反生烦恼，只知感激天恩。于第二日进内谢恩，到底将赏还府第园子备折奏请人官。内廷降旨不必，贾政才得放心回家，以后循分供职。但是家计萧条，入不敷出。贾政又不能在外应酬。家人们见贾政忠厚，凤姐抱病不能理家，贾琏的亏缺一日重似一日，难免典房卖地。府内家人几个有钱的，怕贾琏缠扰，都装穷躲事，甚至告假不来，各自另寻门路。

独有一个包勇，虽是新投到此，恰遇荣府坏事，他倒有些真心办事，见那些人欺瞒主子，便时常不忿。奈他是个新来乍到的人，一句话也插不上，他便生气，每天吃了就睡。众人嫌他不肯随和，便在贾政前说他终日贪杯生事，并不当差。贾政道："随他去罢。原是甄府荐来，不好意思。横竖家内添这一人吃饭，虽说是穷，也不在他一人身上。"并不叫来驱逐。众人又在贾琏跟前说他怎样不好，贾琏此时也不敢自作威福，只得由他。

忽一日，包勇耐不过，吃了几杯酒，在荣府街上闲逛，见有两个人说话。那人说道："你瞧，这么个大府，前儿抄了家，不知如今怎么样了？"那人道："他家怎么能败？听见说，里头有位娘娘是他家的姑娘，虽是死了，到底有根基的。况且我常见他们来往的都是王公侯伯，哪里没有照应？便是现在的府尹，前任的兵部，是他们的一家。难道有这

----

① 勤黾（mǐn 敏）——勤勉，努力。
② 圣眷——皇帝的关顾。

些人还护庇不来么？"那人道："你白住在这里！别人犹可，独是那个贾大人更了不得！我常见他在两府来往，前儿御史虽参了，主子还叫府尹查明实迹再办。你道他怎么样？他本沾过两府的好处，怕人说他回护一家，他便狠狠地踢了一脚，所以两府里才到底抄了。你道如今的世情还了得吗！"两人无心说闲话，岂知旁边有人跟着听得明白。包勇心下暗想："天下有这样负恩的人，但不知是我老爷的什么人？我若见了他，便打他一个死，闹出事来，我承当去。"那包勇正在酒后胡思乱想，忽听那边喝道而来。包勇远远站着。只见那两人轻轻地说道："这来的就是那个贾大人了。"包勇听了，心里怀恨，趁了酒兴，便大声地道："没良心的男女！怎么忘了我们贾家的恩了。"雨村在轿内，听得一个"贾"字，便留神观看，见是一个醉汉，便不理会过去了。

那包勇醉着，不知好歹，便得意洋洋回到府中。问起同伴，知是方才见的那位大人是这府里提拔起来的。"他不念旧恩，反来踢弄咱们家里，见了他骂他几句，他竟不敢答言。"那荣府的人本嫌包勇，只是主人不计较他，如今他又在外闯祸，不得不回，趁贾政无事，便将包勇喝酒闹事的话回了。贾政此时正怕风波，听得家人回禀，便一时生气，叫进包勇骂了几句，便派去看园，不许他在外行走。那包勇本是直爽的脾气，投了主子，他便赤心护主，岂知贾政反倒责骂他。他也不敢再辩，只得收拾行李，往园中看守浇灌去了。未知后事如何，下回分解。

# 第一○八回

## 强欢笑蘅芜庆生辰　死缠绵潇湘闻鬼哭

【题解】

　　续书时不时地要把情节往宝、黛、钗三角关系上引，可又没有太多的事可写，于是想出再给宝钗过生日来。虽把姊妹们尽可能邀来，却仍写得干枯乏味。掷骰子，行酒令，可谓是对"金鸳鸯三宣牙牌令"的效颦。情节松散游离，所引曲牌、诗句略无深意，所说"二士入桃源""临老入花丛"还与《金瓶梅》第二十一回中说的相同。相形之下，大概黛玉阴魂更显得寂寞，也更觉得委屈，所以索性让她在潇湘馆里夜哭起来。黛玉如此"死缠绵"，可见其怨恨之深。

　　却说贾政先前曾将房产并大观园奏请入官，内廷不收，又无人居住，只好封锁。因园子接连尤氏、惜春住宅，太觉旷阔无人，遂将包勇罚看荒园。此时贾政理家，又奉了贾母之命，将人口渐次减少，诸凡省俭，尚且不能支持。幸喜凤姐为贾母疼惜，王夫人等虽则不大喜欢，若说治家办事，尚能出力，所以将内事仍交凤姐办理。但近来因被抄以后，诸事运用不来，也是每形拮据。那些房头上下人等，原是宽裕惯的，如今较之往日十去其七，怎能周到，不免怨言不绝。凤姐也不敢推辞，扶病承欢贾母。过了些时，贾赦、贾珍各到当差地方，恃有用度，暂且自安，写书回家，都言安逸，家中不必挂念。于是贾母放心，邢夫人、尤氏也略略宽怀。

　　一日，史湘云出嫁回门，来贾母这边请安。贾母提起她女婿甚好，史湘云也将那里过日平安的话说了，请老太太放心。又提起黛玉去世，不免大家泪落。贾母又想起迎春苦楚，越觉悲伤起来。史湘云劝解一回，又到各家请安问好毕，仍到贾母房中安歇，言及薛家这样人家，被薛大哥闹的家破人亡，今年虽是缓决人犯，明年不知可能减等。贾母道："你还不知道呢，昨儿蟠儿媳妇死得不明白，几乎又闹出一场大事来。还幸亏老佛爷有眼，叫她带来的丫头自己供出来了，那夏奶奶才没得闹了，自家拦住相验，你姨妈这里才将皮裹肉的①打发出去了。你说说，真真是六亲同运②。薛家是这样了，姨太太守着薛蟠过日，为这孩子有良心，他说哥哥在监里尚未结局，不肯娶亲。你邢妹妹在大太太那边，也就很苦。琴姑娘为她公公死了尚未满服，梅家尚未娶去。二太太的娘家舅太

---

① 将皮裹肉的——喻勉强对付，刚刚能够。程甲、藤、王诸本无"皮"字。从程乙本。

② 六亲同运——在封建宗法社会里，近支亲族间往往彼此命运相关联。六亲，六种亲属关系，古代说法略有差异，有以为父、母、兄、弟、妻、子为六亲的。

爷一死，凤丫头的哥哥也不成人，那二舅太爷也是个小气的，又是官项不清①，也是打饥荒。甄家自从抄家以后，别无信息。"湘云道："三姐姐去了，曾有书字回么？"贾母道："自从嫁了去，二老爷回来说，你三姐姐在海疆甚好。只是没有书信，我也日夜惦记。为着我们家连连的出些不好事，所以我也顾不来。如今四丫头也没有给她提亲。环儿呢，谁有功夫提起他来？如今我们家的日子比你从前在这里的时候更苦些。只可怜你宝姐姐，自过了门，没过一天安逸日子。你二哥哥还是这样疯疯癫癫，这怎么处呢？"湘云道："我从小儿在这里长大的，这里那些人的脾气，我都知道的。这一回来了，竟都改了样子了。我打量我隔了好些时没来，他们生疏我。我细想起来，竟不是的。就是见了，我瞧他们的意思，原要像先前一样的热闹，不知道怎么，说说就伤心起来了。我所以坐坐就到老太太这里来了。"贾母道："如今这样日子，在我也罢了；你们年轻轻儿的人，还了得！我正要想个法儿，叫他们还热闹一天才好，只是打不起这个精神来。"湘云道："我想起来了，宝姐姐不是后儿的生日吗？我多住一天，给她拜过寿，大家热闹一天。不知老太太怎么样？"贾母道："我真正气糊涂了。你不提，我竟忘了，后日可不是她的生日？我明日拿出钱来，给她办个生日。她没有定亲的时候，倒做过好几次，如今她过了门，倒没有做。宝玉这孩子，头里很伶俐，很淘气，如今为着家里的事不好，把这孩子越发弄得话都没有了。倒是珠儿媳妇还好，她有的时候是这么着，没的时候她也是这么着，带着兰儿静静儿地过日子，倒难为她。"湘云道："别人还不离，独有琏二嫂子，连模样儿都改了，说话也不伶俐了。明日等我来引逗她们，看她们怎么样。但是她们嘴里不说，心里要抱怨我，说我有了……"湘云说到那里，却把脸飞红了。贾母会意，道："这怕什么？原来姊妹们都是在一处乐惯了的，说说笑笑，再别留这些心。大凡一个人，有也罢，没也罢，总要受得富贵，耐得贫贱才好。你宝姐姐生来是个大方的人。头里她家这样好，她也一点儿不骄傲，后来她家坏了事，她也是舒舒坦坦的。如今在我家里，宝玉待她好，她也是那样安顿；一时待她不好，不见她有什么烦恼。我看这孩子倒是个有福气的。你林姐姐，那是个最小性儿，又多心的，所以到底不长命。凤丫头也见过些事，很不该略见些风波就改了样子。她若这样没见识，也就是小器了。后儿宝丫头的生日，我替另拿出银子来，热热闹闹给她做个生日，也叫她喜欢这一天。"湘云答应道："老太太说得很是。索性把那些姐妹们都请来了，大家叙一叙。"贾母道："自然要请的。"一时高兴道："叫鸳鸯拿出一百银子来，交给外头，叫她明日起，预备两天的酒饭。"鸳鸯领命，叫婆子交了出去。一宿无话。

次日，传话出去，打发人去接迎春；又请了薛姨妈、宝琴，叫带了香菱来；又请李婶娘。不多半日，李纹、李绮都来了。宝钗本没有知道，听见老太太的丫头来请，说："薛姨太太来了，请二奶奶过去呢。"宝钗心里喜欢，便是随身衣服过去，要见她母亲。只见她妹子宝琴并香菱都在这里，又见李婶娘等人也都来了。心想："那些人必是知道我们家的事情完了，所以来问候的。"便去问了李婶娘好，见了贾母，然后与她母亲说了几句话，便与李家姐妹们问好。湘云在旁说道："太太们请都坐下，让我们姐妹们给姐姐拜寿。"宝钗

---

①　官项不清——即公款不清，有亏空。

听了，倒呆了一呆，回来一想："可不是明日是我的生日吗？"便说："妹妹们过来瞧老太太是该的，若说为我的生日，是断断不敢的。"正推让着，宝玉也来请薛姨妈、李婶娘的安。听见宝钗自己推让，他心里本早打算过宝钗生日，因家中闹得七颠八倒，也不敢在贾母处提起。今见湘云等众人要拜寿，便喜欢道："明日才是生日，我正要告诉老太太来。"湘云笑道："扯臊！老太太还等你告诉？你打量这些人为什么来，是老太太请的。"宝钗听了，心下未信。只听贾母和她母亲道："可怜宝丫头做了一年新媳妇，家里接二连三地有事，总没有给她做过生日。今日我给她做个生日，请姨太太、太太们来，大家说说话儿。"薛姨妈道："老太太这些时心里才安，她小人儿家，还没有孝敬老太太，倒要老太太操心。"湘云道："老太太最疼的孙子是二哥哥，难道二嫂子就不疼了么？况且宝姐姐也配老太太给她做生日。"宝钗低头不语。宝玉心里想道："我只说史妹妹出了阁是换了一个人了，我所以不敢亲近她，她也不来理我。如今听她的话，原是和先前一样的。为什么我们那个过了门，更觉得腼腆了，话都说不出来了呢？"

正想着，小丫头进来说："二姑奶奶回来了。"随后李纨、凤姐都进来，大家厮见一番。迎春提起她父亲出门，说："本要赶来见见，只是他拦着不许来，说是咱们家正是晦气时候，不要沾染在身上。我扭不过，没有来，直哭了两三天。"凤姐道："今儿为什么肯放你回来？"迎春道："他又说咱们家二老爷又袭了职，还可以走走，不妨事的，所以才放我来。"说着，又哭起来。贾母道："我原是气得慌，今日接你们来给孙子媳妇过生日，说说笑笑，解个闷儿，你们又提起这些烦事来，又招起我的烦恼来了。"迎春等都不敢作声了。凤姐虽勉强说了几句有兴的话，终不似先前爽利，招人发笑。贾母心里要宝钗喜欢，故意地怄凤姐儿说话。凤姐也知贾母之意，便竭力张罗，说道："今儿老太太喜欢些了。你看这些人好几时没有聚在一处，今儿齐全。"说着，回过头去，看见婆婆、尤氏不在这里，又缩住了口。贾母为着"齐全"两字，也想邢夫人等，叫人请去。邢夫人、尤氏、惜春等听见老太太叫，不敢不来，心内也十分不愿意，想着家业零败，偏又高兴给宝钗做生日，到底老太太偏心，便来了也是无精打采的。贾母问起岫烟来，邢夫人假说病着不来。贾母会意，知薛姨妈在这里有些不便，也不提了。

一时，摆下果酒。贾母说："也不送到外头，今日只许咱们娘儿们乐一乐。"宝玉虽然娶过亲的人，因贾母疼爱，仍在里头打混，但不与湘云、宝琴等同席，便在贾母身旁设着一个坐儿，他代宝钗轮流敬酒。贾母道："如今且坐下，大家喝酒，到挨晚儿再到各处行礼去。若如今行起来了，大家又闹规矩，把我的兴头打回去，就没趣了。"宝钗便依言坐下。贾母又叫众人来道："咱们今儿索性酒脱些，各留一两个人伺候。我叫鸳鸯带了彩云、莺儿、袭人、平儿等在后间去，也喝一钟酒。"鸳鸯等说："我们还没有给二奶奶磕头，怎么就好喝酒去呢？"贾母道："我说了，你们只管去，用得着你们再来。"鸳鸯等去了。

这里贾母才让薛姨妈等喝酒，见他们都不是往常的样子，贾母着急道："你们到底是怎么着？大家高兴些才好。"湘云道："我们又吃又喝，还要怎样？"凤姐道："他们小的时候儿都高兴，如今都碍着脸不敢混说，所以老太太瞧着冷静了。"宝玉轻轻地告诉贾母道："话是没有什么说的，再说就说到不好的上头来了。不如老太太出个主意，叫她们行个令儿罢。"贾母侧着耳朵听了，笑道："若是行令，又得叫鸳鸯去。"宝玉听了，不待再说，就出席到后间去找鸳鸯，说："老太太要行令，叫姐姐去呢。"鸳鸯道："小爷，让我们舒舒服服地喝一杯罢，何苦来，又来搅什么？"宝玉道："当真老太太说的，叫你去呢。与我什么相干？"鸳鸯没法，说道："你们只管喝，我去了就来。"便到贾母那边。

老太太道："你来了，不是要行令吗？"鸳鸯道："听见宝二爷说老太太叫我，敢不来吗？不知老太太要行什么令儿？"贾母道："那文的怪闷得慌，武的又不好，你倒是想个新鲜玩意儿才好。"鸳鸯想了想道："如今姨太太有了年纪，不肯费心，倒不如拿出令盆骰子来，大家掷个曲牌名儿赌输赢酒罢。"贾母道："这也使得。"便命人取散盆放在桌上。鸳鸯说："如今用四个骰子掷去，掷不出名儿来的罚一杯。掷出名儿来，每人喝酒的杯数儿，掷出来再定。"众人听了道："这是容易的，我们都随着。"鸳鸯便打点儿，众人叫鸳鸯喝了一杯，就在她身上数起，恰是薛姨妈先掷。薛姨妈便掷了一下，却是四个幺。鸳鸯道："这是有名的，叫做'商山四皓'①。有年纪的喝一杯。"于是贾母、李婶娘、邢、王二夫人都该喝。贾母举酒要喝，鸳鸯道："这是姨太太掷的，还该姨太太说个曲牌名儿，下家儿接一句《千家诗》②。说不出的罚一杯。"薛姨妈道："你又来算计我了，我哪里说得上来。"贾母道："不说到底寂寞，还是说一句的好。下家儿就是我了，若说不出来，我陪姨太太喝一钟就是了。"薛姨妈便道："我说个'临老入花丛'③。"贾母点点头儿道："'将谓偷闲学少年。'④"说完，骰盆过到李纹，便掷了两个"四"，两个"二"。鸳鸯说："也有名了，这叫作'刘阮入天台'⑤。"李纹便接着说了个"二士入桃源"。下手儿便是李纨，说道："'寻得桃源好避秦。'⑥"大家又喝了一口。骰盆又过到贾母跟前，便掷了两个"二"，两个"三"。贾母道："这要喝酒了？"鸳鸯道："有名儿的，这是'江燕引雏'⑦。众人都该喝一杯。"凤姐道："雏是雏，倒飞了好些了。"众人瞅了她一眼，凤姐便不言语。贾母道："我说什么呢？'公领孙'罢。"下手是李绮，便说道："'闲看儿童捉柳花。'⑧"众人都说好。

宝玉巴不得要说，只是令盆轮不到，正想着，恰好到了跟前，便掷了一个"二"，两个"三"，一个"幺"，便说道："这是什么？"鸳鸯笑道："这是个'臭'⑨，先喝一杯再掷罢。"宝玉只得喝了又掷，这一掷掷了两个"三"，两个"四"。鸳鸯道："有了，这叫作'张

---

① 商山四皓——秦末东园公、甪（lù 路）里先生、绮里季、夏黄公四人，隐居商山（今陕西省商县东南），年皆八十余，须眉皓白，时称"商山四皓"。这里比骰子中四个白色的"幺"。

② 《千家诗》——旧时唐宋诗的启蒙读物。版本甚多，有宋刘克庄编的；有谢枋得选、王相注的，有王相选注的等等，所选均七言律绝，易于背诵，流传甚广。

③ 临老入花丛——与下文"二士入桃源""公领孙""秋鱼入菱窠"等皆是由骰掷出的"骨牌副儿"名。《金瓶梅》第二十一回写掷骰行令，即有"水仙子因二士入桃源""鲍老儿临老入花丛"等骨牌名儿。

④ 将谓偷闲学少年——《千家诗》中宋代程颢《春日偶成》诗："时人不识予心乐，将谓偷闲学少年。"

⑤ 刘阮入天台——即汉代刘晨、阮肇人天台山采药，遇二仙女故事。"二士入桃源"亦指此。参见第十一回"天台之路"注。

⑥ 寻得桃源好避秦——《千家诗》中宋谢枋得《庆全庵桃花》诗："寻得桃源好避秦，桃红又见一年春。"

⑦ 江燕引雏——唐殷遥《春晚山行》诗："野花成子落，江燕引雏飞。"

⑧ 闲看儿童捉柳花——《千家诗》中杨万里《初夏睡起》诗："日长睡起无情思，闲看儿童捉柳花。"

⑨ 这是个"臭"——俗语，意谓什么也不是，即所掷点色不成名目。

敞画眉'①。"宝玉明白打趣他，宝钗的脸也飞红了。凤姐不大懂得，还说："二兄弟快说了，再找下家儿是谁。"宝玉明知难说，自认："罚了罢，我也没下家。"过了令盆，轮到李纨，便掷了一下儿。鸳鸯道："大奶奶掷的是'十二金钗'。"宝玉听了，赶到李纨身旁看时，只见红绿对开，便说："这一个好看得很。"忽然想起十二钗的梦来，便呆呆地退到自己座上，心里想，"这十二钗说是金陵的，怎么家里这些人如今七大八小的就剩下这几个？"复又看看湘云、宝钗，虽说都在，只是不见了黛玉。一时按捺不住，眼泪便要下来。恐人看见，便说身上躁得很，脱脱衣服去，挂了筹②，出席去了。这史湘云看见宝玉这般光景，打量宝玉掷不出好的，被别人掷了去，心里不喜欢，便去了；又嫌那个令儿没趣，便有些烦。只见李纨道："我不说了，席间的人也不齐，不如罚我一杯。"贾母道："这个令儿也不热闹，不如蠲了罢。让鸳鸯掷一下，看掷出个什么来。"

小丫头便把令盆放在鸳鸯跟前。鸳鸯依命，便掷了两个"二"，一个"五"，那一个骰子在盆中只管转，鸳鸯叫道："不要'五'！"那骰子单单转出一个"五"来。鸳鸯道："了不得！我输了。"贾母道："这是不算什么的吗？"鸳鸯道："名儿倒有，只是我说不上曲牌名来。"贾母道："你说名儿，我给你诌。"鸳鸯道："这是'浪扫浮萍'。"贾母道："这也不难，我替你诌个'秋鱼入菱窠'。"鸳鸯下手的就是湘云，便道："'白萍吹尽楚江秋'③。"众人都道："这句很确。"

贾母道："这令完了。咱们喝两杯，吃饭罢。"回头一看，见宝玉还没进来，便问道："宝玉哪里去了，还不来？"鸳鸯道："换衣服去了。"贾母道："谁跟了去的？"那莺儿便上来回道："我看见二爷出去，我叫袭人姐姐跟了去了。"贾母、王夫人才放心。等了一回，王夫人叫人去找来。小丫头子到了新房，只见五儿在那里插蜡。小丫头便问："宝二爷哪里去了？"五儿道："在老太太那边喝酒呢。"小丫头道："我在老太太那里，太太叫我来找的。岂有在那里倒叫我来找的理？"五儿道："这就不知道了，你到别处找去罢。"小丫头没法，只得回来，遇见秋纹，便道："你见二爷哪里去了？"秋纹道："我也找他。太太们等他吃饭，这会子哪里去了呢？你快去回老太太去，不必说不在家，只说喝了酒不大受用，不吃饭了，略躺一躺再来，请老太太、太太们吃饭罢。"小丫头依言回去告诉珍珠，珍珠依言回了贾母。贾母道："他本来吃不多，不吃也罢了，叫他歇歇罢。告诉他今儿不必过来，有他媳妇在这里。"珍珠便向小丫头道："你听见了？"小丫头答应着，不便说明，只得在别处转了一转，说告诉了。众人也不理会，便吃毕饭，大家散坐说话，不提。

且说宝玉一时伤心，走了出来，正无主意，只见袭人赶来，问："是怎么了？"宝玉

---

① 张敞画眉——西汉张敞任京兆尹，曾为妻画眉，长安传言甚多，有司上奏，宣帝问他，他说："臣闻闺房之内，夫妇之私，有过于画眉者。"意思是不值得大惊小怪。见《汉书·张敞传》。后因以形容夫妻相爱。此为给骰子点色起的名称，借以打趣宝玉。

② 挂筹——行酒令时，用酒筹记数，存放酒筹，告假退席，叫"挂筹"。

③ 白萍吹尽楚江秋——《千家诗》中程颢《题淮南寺》诗："南去北来休便休，白萍吹尽楚江秋。""吹尽"，诸本皆作"吟尽"，非续作者引文有异或记误，实因"吹"，字连笔行草，字形与"吟"字极相似，抄刻者错认所致，今据出处改正。

道："不怎么，只是心里烦得慌。何不趁她们喝酒，咱们两个到珍大奶奶那里逛逛去。"袭人道："珍大奶奶在这里，去找谁？"宝玉道："不找谁，瞧瞧她既在这里，住的房屋怎么样。"袭人只得跟着，一面走，一面说。走到尤氏那边，又一个小门儿半开半掩，宝玉也不进去。只见看园门的两个婆子坐在门槛上说话儿。宝玉问道："这小门开着么？"婆子道："天天是不开的。今儿有人出来说，今日预备老太太要用园里的果子，故开着门等着。"宝玉便慢慢地走到那边，果见腰门半开。宝玉便走了进去。袭人忙拉住道："不用去，园里不干净，常没有人去，不要撞见什么。"宝玉仗着酒气，说："我不怕那些。"袭人苦苦地拉住，不容他去。婆子们上来说道："如今这园子安静的了。自从那日道士拿了妖去，我们摘花儿，打果子，一个人常走的。二爷要去，咱们都跟着。有这些人，怕什么！"宝玉喜欢，袭人也不便相强，只得跟着。

宝玉进得园来，只见满目凄凉，那些花木枯萎，更有几处亭馆，彩色久经剥落，远远望见一丛修竹，倒还茂盛。宝玉一想，说："我自病时出园，住在后边，一连几个月不准我到这里，瞬息荒凉。你看独有那几竿翠竹菁葱，这不是潇湘馆么？"袭人道："你几个月没来，连方向都忘了。咱们只管说话，不觉将怡红院走过了。"回过头来用手指着道："这才是潇湘馆呢。"宝玉顺着袭人的手一瞧，道："可不是过了吗？咱们回去瞧瞧。"袭人道："天晚了，老太太必是等着吃饭，该回去了。"宝玉不言，找着旧路，竟往前走。

你道宝玉虽离了大观园将及一载，岂遂忘了路径？只因袭人恐他见了潇湘馆，想起黛玉，又要伤心，所以用言混过。岂知宝玉只望里走，天又晚，恐招了邪气，故宝玉问她，只说已走过了，欲宝玉不去。不料宝玉的心惟在潇湘馆内。袭人见他往前急走，只得赶上。见宝玉站着，似有所见，如有所闻，便道："你听什么？"宝玉道："潇湘馆倒有人住着么？"袭人道："大约没有人罢。"宝玉道："我明明听见有人在内啼哭，怎么没人？"袭人道："你是疑心。素常你到这里，常听见林姑娘伤心[①]，所以如今还是那样。"宝玉不信，还要听去。婆子们赶上说道："二爷快回去罢。天已晚了，别处我们还敢走走，只是这里路又隐僻，又听得人说，这里林姑娘死后，常听见有哭声，所以人都不敢走的。"宝玉、袭人听说，都吃了一惊。宝玉道："可不是！"说着，便滴下泪来，说："林妹妹，林妹妹，好好儿的，是我害了你了！你别怨我，只是父母作主，并不是我负心。"愈说愈痛，便大哭起来。袭人正在没法，只见秋纹带着些人赶来，对袭人道："你好大胆！怎么领了二爷到这里来？老太太、太太她们打发人各处都找到了，刚才腰门上有人说是你同二爷到这里来了，唬得老太太、太太们了不得，骂着我，叫我带人赶来，还不快回去么！"宝玉犹自痛哭。袭人也不顾他哭，两个人拉着就走，一面替他拭眼泪，告诉他老太太着急。宝玉没法，只得回来。

袭人知老太太不放心，将宝玉仍送到贾母那边。众人都等着未散。贾母便说："袭人，我素常知你明白，才把宝玉交给你，怎么今儿带他园里去？他的病才好，倘或撞着什么，又闹起来，这便怎么处？"袭人也不敢分辩，只得低头不语。宝钗看宝玉颜色不好，心里着实的吃惊。倒还是宝玉恐袭人受委屈，说道："青天白日怕什么？我因为好些时没到园里逛逛，今儿趁着酒兴走走。哪里就撞着什么了呢！"凤姐在园里吃过大亏的，听到那里，寒毛倒竖，说："宝兄弟胆子忒大了。"湘云道："不是胆大，倒是心实。不知是会芙蓉神去了，还是寻什么仙去了。"宝玉听着，也不答言。独有王夫人急得一言不发。贾母问道："你到园里可曾唬着么？这回不用说了。以后要逛，到底多带几个人才好。不然大家早散了。回去好好地睡一夜，明日一早过来，我还要找补，叫你们再乐一天呢。不要为他又闹出什么原故来。"

众人听说，辞了贾母出来。薛姨妈便到王夫人那里住下。史湘云仍在贾母房中。迎春便往惜春那里去了。余者各自回去，不提。独有宝玉回到房中，嗳声叹气。宝钗明知其故，也不理他，只是怕他忧闷，勾出旧病来，便进里间，叫袭人来，细问她宝玉到园怎么样的光景。未知袭人怎生回说，下回分解。

# 第一〇九回
## 候芳魂五儿承错爱　还孽债迎女返真元①

**【题解】**

汉武帝思念死去的李夫人，借"怀梦草"而得梦见；唐明皇思念死去的杨贵妃，请临邛道士招致其魂魄。这两个史事上滥熟了的典故，续书都用上了。前有祝祭晴雯小令说"想象更无怀梦草"，这里又让宝玉叹息"魂魄不曾来入梦"，实在太缺乏创意。

欲梦见黛玉而搬到外室去睡，是担心芳魂不好意思来吧？黛玉不来，又想晴雯，还移情于不应再出现（早已死去）的柳五儿身上，让她来代替晴雯，只为二人长得有点像。宝玉有性需要本也正常，但拿晴雯临终前满怀愤慨说的"早知担个虚名，也就打个正经主意了"的话去挑逗五儿，不但损害宝玉形象，也亵渎了晴雯。为与妻子宝钗终成鱼水之谐，以后还怀孕生子，本不必扭扭捏捏，费这么大周折的。

贾母病重，有些事应在其寿终前有交代，于是草草写迎春和湘云。一个据说是"前儿闹了场，姑娘哭了一夜，昨日痰堵住了"，随即来报噩耗；一个是姑爷"得了暴病"，不能来探望贾母。编造之拙劣，至于此。

话说宝钗叫袭人问出原故，恐宝玉悲伤成疾，便将黛玉临死的话与袭人假作闲谈，说是："人生在世，有意有情，到了死后，各自干各自的去了，并不是生前那样个人，死后还是这样。活人虽有痴心，死的竟不知道。况且林姑娘既说仙去，她看凡人是个不堪的浊物，哪里还肯混在世上？只是人自己疑心，所以招些邪魔外祟来缠扰了。"宝钗虽是与袭人说话，原说给宝玉听的。袭人会意，也说是："没有的事。若说林姑娘的魂灵儿还在园里，我们也算好的，怎么不曾梦见了一次？"

宝玉在外间听得，细细地想道："果然也奇。我知道林妹妹死了，哪一日不想几遍，怎么从没梦过？想是她到天上去了，瞧我这凡夫俗子不能交通神明，所以梦都没有一个儿。我就在外间睡着，或者我从园里回来，她知道我的实心，肯与我梦里一见，我必要问她实在哪里去了。我也时常祭奠。若是果然不理我这浊物，竟无一梦，我便不想她了。"

主意已定，便说："我今夜就在外间睡了，你们也不用管我。"宝钗也不强他，只说："你不要胡思乱想。你不瞧瞧，太太因你园里去了，急得话都说不出来。若是知道还不保

---

① 返真元——即死亡，见第七十八回宝玉所作诔文中"反其真"注。

养身子，倘或老太太知道了，又说我们不用心。"宝玉道："白这么说罢咧，我坐一会子就进来。你也乏了，先睡罢。"宝钗知他必进来的，假意说道："我睡了，叫袭姑娘伺候你罢。"宝玉听了，正合机宜。候宝钗睡了，他便叫袭人、麝月另铺设下一副被褥，常叫人进来瞧二奶奶睡着了没有。宝钗故意装睡，也是一夜不宁。那宝玉知是宝钗睡着，便与袭人道："你们各自睡罢，我又不伤感。你若不信，你就服侍我睡了再进去，只要不惊动我就是了。"袭人果然服侍他睡下，便预备下了茶水，关好了门，进里间去照应一回，各自假寐，宝玉若有动静，再出来。宝玉见袭人等进来，便将坐更的两个婆子支到外头。他轻轻地坐起来，暗暗地祝了几句，便睡下了，欲与神交。起初再睡不着，以后把心一静，便睡去了。

　　岂知一夜安眠，直到天亮。宝玉醒来，拭眼坐起来，想了一回，并无有梦。便叹口气道："正是'悠悠生死别经年，魂魄不曾来入梦'！ [1]"宝钗却一夜反没有睡着，听宝玉在外边念这两句，便接口道："这句又说莽撞了。如若林妹妹在时，又该生气了。"宝玉听了，反不好意思，只得起来，搭讪着往里间走来，说："我原要进来的，不觉得一个盹儿就打着了。"宝钗道："你进来不进来，与我什么相干？"袭人等本没有睡，眼见他们两个说话，即忙倒上茶来。已见老太太那边打发小丫头来问："宝二爷昨夜睡得安顿么？若安顿，早早的同二奶奶梳洗了就过去。"袭人便说："你去回老太太，说宝玉昨夜很安顿，回来就过来。"小丫头去了。

　　宝钗起来梳洗了，莺儿、袭人等跟着，先到贾母那里行了礼，便到王夫人那边起至凤姐，都让过了，仍到贾母处，见她母亲也过来了。大家问起："宝玉晚上好么？"宝钗便说："回去就睡了，没有什么。"众人放心，又说些闲话。只见小丫头进来说："二姑奶奶要回去了。听见说孙姑爷那边人来，到大太太那里说了些话，大太太叫人到四姑娘那边说，不必留了，让她去罢。如今二姑奶奶在大太太那边哭呢，大约就过来辞老太太。"贾母众人听了，心中好不自在，都说："二姑娘这样一个人，为什么命里遭着这样的人！一辈子不能出头，这便怎么好！"说着，迎春进来，泪痕满面，因为是宝钗的好日子，只得含着泪，辞了众人要回去。贾母知道她的苦处，也不便强留，只说道："你回去也罢了。但是不要悲伤，碰着了这样人，也是没法儿的。过几天我再打发人接你去。"迎春道："老太太始终疼我，如今也疼不来了。可怜我只是没有再来的时候了。"说着，眼泪直流。众人都劝道："这有什么不能回来的？比不得你三妹妹，隔得远，要见面就难了。"贾母等想起探春，不觉也大家落泪。只为是宝钗的生日，即转悲为喜说："这也不难，只要海疆平静，那边亲家调进京来，就见得着了。"大家说："可不是这么着呢。"说着，迎春只得含悲而别。众人送了出来，仍回贾母那里。从早至暮，又闹了一天。众人见贾母劳乏，各自散了。

　　独有薛姨妈辞了贾母，到宝钗那里，说道："你哥哥是今年过了，直要等到皇恩大赦的时候，减了等，才好赎罪。这几年叫我孤苦伶仃，怎么处！我想要与你二哥哥完婚，你想想好不好？"宝钗道："妈妈是为着大哥哥娶了亲，唬怕的了，所以把二哥哥的事犹

---

　　[1] "悠悠"二句———白居易《长恨歌》中原句，写唐玄宗对死去的杨贵妃的思念。

豫起来。据我说，很该就办。邢姑娘是妈妈知道的，如今在这里也很苦。娶了去，虽说我家穷，究竟比她傍人门户好多着呢。"薛姨妈道："你得便的时候，就去告诉老太太，说我家没人，就要拣日子了。"宝钗道："妈妈只管同二哥哥商量，挑个好日子，过来和老太太、大太太说了，娶过去就完了一宗事。这里大太太也巴不得娶了去才好。"薛姨妈道："今日听见史姑娘也就回去了，老太太心里要留你妹妹在这里住几天，所以她住下了。我想她也是不定多早晚就走的人了，你们姊妹们也多叙几天话儿。"宝钗道："正是呢。"于是薛姨妈又坐了一坐，出来辞了众人，回去了。

　　却说宝玉晚间归房，因想："昨晚黛玉竟不入梦，或者她已经成仙，所以不肯来见我这种浊人，也是有的；不然，就是我的性儿太急了，也未可知。"便想了个主意，向宝钗说道："我昨夜偶然在外间睡着，似乎比在屋里睡得安稳些，今日起来，心里也觉清净些。我的意思还要在外间睡两夜，只怕你们又来拦我。"宝钗听了，明知早晨他嘴里念诗是为着黛玉的事了，想来他那个呆性是不能劝的，倒好叫他睡两夜，索性自己死了心也罢了。况兼昨夜听他睡得倒也安静，便道："好没来由，你只管睡去，我们拦你作什么？但只不要胡思乱想，招出些邪魔外祟来。"宝玉笑道："谁想什么？"袭人道："依我劝，二爷竟还是屋里睡罢。外边一时照应不到，着了风，倒不好。"宝玉未及答言，宝钗却向袭人使了个眼色。袭人会意，便道："也罢，叫个人跟着你罢，夜里好倒茶倒水的。"宝玉便笑道："这么说，你就跟了我来。"袭人听了，倒没意思起来，登时飞红了脸，一声也不言语。宝钗素知袭人稳重，便说道："她是跟惯了我的，还叫她跟着我罢。叫麝月、五儿照料着也罢了。况且今日她跟着我闹了一天，也乏了，该叫她歇歇了。"宝玉只得笑着出来。宝钗因命麝月、五儿给宝玉仍在外间铺设了，又嘱咐两个人醒睡些，要茶要水都留点神儿。

　　两个答应着出来，看见宝玉端然坐在床上，闭目合掌，居然像个和尚一般。两个也不敢言语，只管瞅着他笑。宝钗又命袭人出来照应。袭人看见这般，却也好笑，便轻轻地叫道："该睡了，怎么又打起坐来了？"宝玉睁开眼看见袭人，便道："你们只管睡罢，我坐一坐就睡。"袭人道："因为你昨日那个光景，闹得二奶奶一夜没睡。你再这么着，成何事体！"宝玉料着自己不睡，都不肯睡，便收拾睡下。袭人又嘱咐了麝月等几句，才进去关门睡了。这里麝月、五儿两个人也收拾了被褥，伺候宝玉睡着，各自歇下。

　　哪知宝玉要睡越睡不着，见她两个人在那里打铺，忽然想起那年袭人不在家时，晴雯、麝月两个人服侍，夜间麝月出去，晴雯要唬她，因为没穿衣服着了凉，后来还是从这个病上死的。想到这里，一心移在晴雯身上去了。忽又想起凤姐说五儿给晴雯脱了个影儿[①]，因又将想晴雯的心肠移在五儿身上。自己假装睡着，偷偷地看那五儿，越瞧越像晴雯，不觉呆性复发。听了听里间已无声息，知是睡了。却见麝月也睡着了，便故意叫了麝月两声，却不答应。五儿听见宝玉唤人，便问道："二爷要什么？"宝玉道："我要漱漱口。"五儿见麝月已睡，只得起来，重新剪了蜡花，倒了一钟茶来，一手托着漱盂。却因赶忙

---

　　① 给晴雯脱了个影儿——与晴雯长得一模一样。

起来的，身上只穿着一件桃红绫子小袄儿，松松地挽着一个鬈儿。宝玉看时，居然晴雯复生。忽又想起晴雯说的："早知担个虚名，也就打个正经主意了。"不觉呆呆地呆看，也不接茶。

那五儿自从芳官去后，也无心进来了。后来听见凤姐叫她进来服侍宝玉，竟比宝玉盼她进来的心还急。不想进来以后，见宝钗、袭人一般尊贵稳重，看着心里实在敬慕；又见宝玉疯疯傻傻，不似先前风致；又听见王夫人为女孩子们和宝玉玩笑都撵了：所以把这件事搁在心上，倒无一毫的儿女私情。怎奈这位呆爷今晚把她当作晴雯，只管爱惜起来。那五儿早已羞得两颊红潮，又不敢大声说话，只得轻轻地说道："二爷，漱口啊！"宝玉笑着接了茶在手中，也不知道漱了没有，便笑嘻嘻地问道："你和晴雯姐姐好不是啊？"五儿听了，摸不着头脑，便道："都是姐妹，也没有什么不好的。"宝玉又悄悄地问道："晴雯病重了，我看她去，不是你也去了么？"五儿微微笑着点头儿。宝玉道："你听见她说什么了没有？"五儿摇着头儿道："没有。"宝玉已经忘神，便把五儿的手一拉。五儿急得红了脸，心里乱跳，便悄悄道："二爷有什么话只管说，别拉拉扯扯的。"宝玉才放了手，说道："她和我来着：'早知担了个虚名，也就打正经主意了。'你怎么没听见么？"五儿听了这话，明明是轻薄自己的意思，又不敢怎么样，便说道："那是她自己没脸，这也是我们女孩儿家说得的吗？"宝玉着急道："你怎么也是这么个道学先生！我看你长得和她一模一样，我才肯和你说这个话，你怎么倒拿这些话来糟蹋她！"

此时五儿心中也不知宝玉是怎么个意思，便说道："夜深了，二爷也睡罢，别紧着坐着，看凉着。刚才奶奶和袭人姐姐怎么嘱咐了？"宝玉道："我不凉。"说到这里，忽然想起五儿没穿着大衣服，就怕她也像晴雯着了凉，便说道："你为什么不穿上衣服就过来？"五儿道："爷叫得紧，那里有尽着穿衣裳的空儿？要知道说这半天话儿时，我也穿上了。"宝玉听了，连忙把自己盖的一件月白绫子绵袄儿揭起来递给五儿，叫她披上。五儿只不肯接，说："二爷盖着罢，我不凉。我凉，我有我的衣裳。"说着，回到自己铺边，拉了一件长袄披上。又听了听，麝月睡得正浓，才慢慢过来说："二爷今晚不是要养神呢吗？"宝玉笑道："实告诉你罢，什么是养神，我倒是要遇仙的意思。"五儿听了，越发动了疑心，便问道："遇什么仙？"宝玉道："你要知道，这话长着呢。你挨着我来坐下，我告诉你。"五儿红了脸，笑道："你在那里躺着，我怎么坐呢？"宝玉道："这个何妨。那一年冷天，也是你麝月姐姐和你晴雯姐姐玩，我怕冻着她，还把她揽在被里焐着呢。这有什么的！大凡一个人，总不要酸文假醋的才好。"五儿听了，句句都是宝玉调戏之意，哪知这位呆爷却是实心实意的话儿。五儿此时走开不好，站着不好，坐下不好，倒没了主意了，因微微地笑道："你别混说了，看人家听见，这是什么意思？怨不得人家说你专在女孩儿身上用工夫。你自己放着二奶奶和袭人姐姐都是仙人儿似的，只爱和别人胡缠。明儿再说这些话，我回了二奶奶，看你什么脸见人。"

正说着，只听外面"咕咚"一声，把两个人吓了一跳。里间宝钗咳嗽了一声。宝玉听见，连忙努嘴儿。五儿也就忙忙地熄了灯，悄悄地躺下了。原来宝钗、袭人因昨夜不曾睡，又兼日间劳乏了一天，所以睡去，都不曾听见他们说话。此时院中一响，早已惊醒，听了听，也无动静。宝玉此时躺在床上，心里疑惑："莫非林妹妹来了，听见我和五儿说话，故意吓我们的?"翻来覆去,胡思乱想,五更以后才朦胧睡去。

　　却说五儿被宝玉鬼混了半夜,又兼宝钗咳嗽,自己怀着鬼胎,生怕宝钗听见了,也是思前想后,一夜无眠。次日一早起来,见宝玉尚自昏昏睡着,便轻轻地收拾了屋子。那时麝月已醒,便道:"你怎么这么早起来了?你难道一夜没睡吗?"五儿听这话又似麝月知道了的光景,便只是讪笑,也不答言。不一时,宝钗、袭人也都起来。开了门,见宝玉尚睡,却也纳闷:"怎么外边两夜睡得倒这般安稳?"及宝玉醒来,见众人都起来了,自己连忙爬起,揉着眼睛,细想昨夜又不曾梦见,可是仙凡路隔了。慢慢地下了床,又想昨夜五儿说的"宝钗、袭人都是天仙一般",这话却也不错,便怔怔地瞅着宝钗。宝钗见他发怔,虽知他为黛玉之事,却也定不得梦不梦,只是瞅得自己倒不好意思,便道:"二爷昨夜可真遇见仙了么?"宝玉听了,只道昨晚的话宝钗听见了,笑着勉强说道:"这是哪里的话!"那五儿听了这一句,越发心虚起来,又不好说的,只得且看宝钗的光景。只见宝钗又笑着问五儿道:"你听见二爷睡梦中和人说话来着么?"宝玉听了,自己坐不住,搭讪着走开了。五儿把脸飞红,只得含糊道:"前半夜倒说了几句,我也没听真。什么'担了虚名',又什么'没打正经主意',我也不懂,劝着二爷睡了。后来我也睡了,不知二爷还说来着没有。"宝钗低头一想,"这话明是为黛玉了。但尽着叫他在外头,恐怕心邪了,招出些花妖月姊来。况兼他的旧病原在姊妹上情重,只好设法将他的心意挪移过来,然后能免无事。"想到这里,不免面红耳热起来,也就讪讪地进房梳洗去了。

　　且说贾母两日高兴,略吃多了些,这晚有些不受用,第二天便觉着胸口饱闷。鸳鸯等要回贾政,贾母不叫言语,说:"我这两日嘴馋些,吃多了点子,我饿一顿就好了。你们快别吵嚷!"于是鸳鸯等并没有告诉人。

　　这日晚间,宝玉回到自己屋里,见宝钗自贾母、王夫人处才请了晚安回来,宝玉想着早起之事,未免赧颜抱惭。宝钗看他这样,也晓得是个没意思的光景,因想着:"他是个痴情人,要治他的这病,少不得仍以痴情治之。"想了一回,便问宝玉道:"你今夜还在外间睡去罢咧?"宝玉自觉没趣,便道:"里间外间都是一样的。"宝钗意欲再说,反觉不好意思。袭人道:"罢呀,这倒是什么道理呢!我不信睡得那么安稳。"五儿听见这话,连忙接口道:"二爷在外头睡,别的倒没什么,只是爱说梦话,叫人摸不着头脑儿,又不敢驳他的回。"袭人便道:"我今日挪到床上睡睡,看说梦话不说。你们只管把二爷的铺盖铺在里间就完了。"宝钗听了,也不作声。宝玉自己惭愧不来,哪里还有强嘴的份儿,便依着搬进里间来。一则宝玉负愧,欲安慰宝钗之心;二则宝钗恐宝玉思郁成疾,不如假以词色,使得稍觉亲近,以为移花接木之计。于是当晚袭人果然挪出去。宝玉因心中愧悔,宝钗欲笼络宝玉之心,自过门至今日,方才如鱼得水,恩爱缠绵,所谓"二五之精,妙合而凝"①的了。此是后话。

　　且说次日宝玉、宝钗同起,宝玉梳洗了,先过贾母这边来。这里贾母因疼宝玉,又

---

① 二五之精,妙合而凝——语出宋代周敦颐《太极图说》:"二五之精,妙合而凝,乾道成男,坤道成女,二气交感,化生万物。"二,指阴阳。五,指水、火、木、金、土五行。此言后来宝钗怀孕,在宝玉出家后得子贾桂。

想宝钗孝顺，忽然想起一件东西，便叫鸳鸯开了箱子，取出祖上所遗一个汉玉玦，虽不及宝玉他那块玉石，挂在身上却也稀罕。鸳鸯找出来递与贾母，便说道："这件东西，我好像从没见过。老太太这些年还记得这样清楚，说是哪一箱什么匣子里装着，我按着老太太的话，一拿就拿出来了。老太太怎么想着，拿出来做什么？"贾母道："你哪里知道，这块玉还是祖爷爷给我们老太爷，老太爷疼我，临出嫁的时候叫了我去，亲手递给我的。还说：'这玉是汉时所佩的东西，很贵重，你拿着就像见了我的一样。'我那时还小，拿了来也不当什么，便撂在箱子里。到了这里，我见咱们家的东西也多，这算得什么！从没带过，一撂便撂了六十多年。今儿见宝玉这样孝顺，他又丢了一块玉，故此，想着拿出来给他，也像是祖上给我的意思。"

一时宝玉请了安，贾母便喜欢道："你过来，我给你一件东西瞧瞧。"宝玉走到床前，贾母便把那块汉玉递给宝玉。宝玉接来一瞧，那玉有三寸方圆，形似甜瓜，色有红晕，甚是精致。宝玉口口称赞。贾母道："你爱么？这是我祖爷爷给我的，我传了你罢。"宝玉笑着，请了个安谢了，又拿了要送给他母亲瞧。贾母道："你太太瞧了，告诉你老子，又说疼儿子不如疼孙子了。他们从没见过。"宝玉笑着去了。宝钗等又说了几句话，也辞了出来。

自此，贾母两日不进饮食，胸口仍是结闷，觉得头晕目眩，咳嗽。邢、王二夫人、凤姐等请安，见贾母精神尚好，不过叫人告诉贾政，立刻来请了安。贾政出来，即请大夫看脉。不多一时，大夫来诊了脉，说是有年纪的人，停了些饮食，感冒些风寒，略消导发散些就好了。开了方子，贾政看了，知是寻常药品，命人煎好进服。以后贾政早晚进来请安。一连三日，不见稍减。贾政又命贾琏："打听好大夫，快去请来瞧老太太的病。咱们家常请的几个大夫，我瞧着不怎么好，所以叫你去。"贾琏想了一想，说道："记得那年宝兄弟病的时候，倒是请了一个不行医的来瞧好了的，如今不如找他。"贾政道："医道却是极难的，愈是不兴时的大夫倒有本领。你就打发人去找来罢。"贾琏即忙答应去了，回来说道："这刘大夫新近出城教书去了，过十来天进城一次。这时等不得，又请了一位，也就来了。"贾政听了，只得等着，不提。

且说贾母病时，合宅女眷无日不来请安。一日，众人都在那里，只见看园内腰门的老婆子进来，回说："园里的栊翠庵的妙师父知道老太太病了，特来请安。"众人道："她不常过来，今儿特地来，你们快请进来。"凤姐走到床前回贾母。岫烟是妙玉的旧相识，先走出去接她。只见妙玉头带妙常髻①，身上穿一件月白素绸袄儿，外罩一件水田青缎镶边长背心，拴着秋香色的丝绦，腰下系一条淡墨画的白绫裙，手执麈尾念珠，跟着一个侍儿，飘飘拽拽地走来。岫烟见了问好，说是："在园内住的日子，可以常常来瞧瞧你。近来因为园内人少，一个人轻易难出来，况且咱们这里的腰门常关着，所以这些日子不得见你。今儿幸会。"妙玉道："头里你们是热闹场中，你们虽在外园里住，我也不便常来亲近。如今知道这里的事情也不大好，又听说是老太太病着，又惦记你，并要瞧瞧宝姑娘。我哪管你们的门关不关，我要来就来，我不来，你们要我来也不能啊。"岫烟笑道："你还

---

① 妙常髻——宋代陈妙常带发修行为女尼，梳一种特殊的发髻，上覆巾帻，称"妙常髻"。

是那种脾气。”一面说着，已到贾母房中。

众人见了，都问了好。妙玉走到贾母床前问候，说了几句套话。贾母便道：“你是个女菩萨，你瞧瞧我的病可好得了好不了？”妙玉道：“老太太这样慈善的人，寿数正有呢。一时感冒，吃几帖药，想来也就好了。有年纪人只要宽些。”贾母道：“我倒不为这些，我是极爱寻快乐的。如今这病也不觉怎样，只是胸膈闷饱。刚才大夫说是气恼所致。你是知道的，谁敢给我气受？这不是那大夫脉理平常么？我和琏儿说了，还是头一个大夫说感冒、伤食的是，明儿仍请他来。”说着，叫鸳鸯吩咐厨房里办一桌净素菜来，请她在这里便饭。妙玉道：“我已吃过午饭了，我是不吃东西的。”王夫人道：“不吃也罢，咱们多坐一会，说些闲话儿罢。”妙玉道：“我久已不见你们，今儿来瞧瞧。”又说了一回话，便要走，回头见惜春站着，便问道：“四姑娘为什么这样瘦？不要只管爱画劳了心。”惜春道：“我久不画了。如今住的房屋不比园里的显亮，所以没兴画。”妙玉道：“你如今住在哪一所了？”惜春道：“就是你才进来的那个门东边的屋子。你要来，很近。”妙玉道：“我高兴的时候来瞧你。”惜春等说着送了出去。回身过来，听见丫头们回说大夫在贾母那边呢。众人暂且散去。

哪知贾母这病日重一日，延医调治不效，以后又添腹泻。贾政着急，知病难医，即命人到衙门告假，日夜同王夫人亲侍汤药。一日，见贾母略进些饮食，心里稍宽。只见老婆子在门外探头，王夫人叫彩云看去，问问是谁。彩云看了是陪迎春到孙家去的人，便道：“你来做什么？”婆子道：“我来了半日，这里找不着一个姐姐们，我又不敢冒撞，我心里又急。”彩云道：“你急什么？又是姑爷作践姑娘不成么？”婆子道：“姑娘不好了！前儿闹了一场，姑娘哭了一夜，昨日痰堵住了。他们又不请大夫，今日更利害了。”彩云道：“老太太病着呢，别大惊小怪的！”王夫人在内已听见了，恐老太太听见不受用，忙叫彩云带她外头说去。岂知贾母病中心静，偏偏听见，便道：“迎丫头要死了么？”王夫人便道：“没有。婆子们不知轻重，说是这两日有些病，恐不能就好，到这里问大夫。”贾母道：“瞧我的大夫就好，快请了去。”王夫人便叫彩云叫这婆子去回大太太，那婆子去了。

这里贾母便悲伤起来，说是：“我三个孙女儿，一个享尽了福，死了；三丫头远嫁不得见面；迎丫头虽苦，或者熬出来，不打量她年轻轻儿的就要死了。留着我这么大年纪的人活着做什么！”王夫人、鸳鸯等解劝了好半天。那时宝钗、李氏等不在房中，凤姐近来有病。王夫人恐贾母生悲添病，便叫人叫了她们来陪着，自己回到房中，叫彩云来埋怨：“这婆子不懂事。以后我在老太太那里，你们有事，不用来回。”丫头们依命不言。岂知那婆子刚到邢夫人那里，外头的人已传进来说：“二姑奶奶死了。”邢夫人听了，也便哭了一场。现今她父亲不在家中，只得叫贾琏快去瞧看。知贾母病重，众人都不敢回。可怜一位如花似月之女，结褵①年余，不料被孙家揉搓，以致身亡。又值贾母病笃，众人不便离开，竟容孙家草草完结。

贾母病势日增，只想这些好女儿。一时想起湘云，便打发人去瞧她。回来的人悄悄

---

① 结褵——结婚。古代女子出嫁时，母亲替她系结佩巾于胸前，以示到丈夫家应尽力家务。褵，亦作"缡"，胸前之佩巾。

地找鸳鸯，因鸳鸯在老太太身旁，王夫人等都在那里，不便上去，到了后头，找了琥珀，告诉她道："老太太想史姑娘，叫我们去打听。哪里知道史姑娘哭得了不得，说是姑爷得了暴病，大夫都瞧了，说这病只怕不能好，若变了个痨病，还可捱过四五年。所以史姑娘心里着急。又知道老太太病，只是不能过来请安，还叫我不要在老太太面前提起。倘或老太太问起来，务必托你们变个法儿回老太太才好。"琥珀听了，"咳"了一声，就也不言语了，半日说道："你去罢。"琥珀也不便回，心里打算告诉鸳鸯，叫她撒谎去，所以来到贾母床前。只见贾母神色大变，地下站着一屋子的人，嘁嘁地说："瞧着是不好了。"也不敢言语了。

这里贾政悄悄地叫贾琏到身旁，向耳边说了几句话。贾琏轻轻地答应出去了，便传齐了现在家的一干家人，说："老太太的事，待好出来了，你们快快分头派人办去。头一件，先请出板来瞧瞧，好挂里子①。快到各处将各人的衣服量了尺寸，都开明了，便叫裁缝去做孝衣。那棚杠执事都去讲定。厨房里还该多派几个人。"赖大等回道："二爷，这些事不用爷费心，我们早打算好了。只是这项银子在哪里打算？"贾琏道："这宗银子不用打算了，老太太自己早留下了。刚才老爷的主意，只要办得好，我想外面也要好看。"赖大等答应，派人分头办去。

贾琏复回到自己房中，便问平儿："你奶奶今儿怎么样？"平儿把嘴往里一努，说："你瞧去。"贾琏进内，见凤姐正要穿衣，一时动不得，暂且靠在炕桌儿上。贾琏道："你只怕养不住了。老太太的事，今儿明儿就要出来了，你还脱得过么？快叫人将屋里收拾收拾，就该扎挣上去了。若有了事，你我还能回来么？"凤姐道："咱们这里还有什么收拾的，不过就是这点子东西，还怕什么！你先去罢，看老爷叫你。我换件衣裳就来。"

贾琏先回到贾母房里，向贾政悄悄地回道："诸事已交派明白了。"贾政点头。外面又报太医进来了，贾琏接入，又诊了一回，出来悄悄地告诉贾琏："老太太的脉气不好，防着些。"贾琏会意，与王夫人等说知。王夫人即忙使眼色叫鸳鸯过来，叫她把老太太的装裹衣服预备出来。鸳鸯自去料理。贾母睁眼要茶喝，邢夫人便进了一杯参汤。贾母刚用嘴接着喝，便道："不要这个，倒一钟茶来我喝。"众人不敢违拗，即忙送上来，一口喝了，还要，又喝一口，便说："我要坐起来。"贾政等道："老太太要什么，只管说，可以不必坐起来才好。"贾母道："我喝了口水，心里好些，略靠着和你们说说话。"珍珠等用手轻轻地扶起，看见贾母这回精神好些。未知生死，下回分解。

---

① 挂里子——在棺木内壁涂刷松香、桐油、黄蜡等，叫"挂里子"。

# 第 一 一 ◯ 回
## 史太君寿终归地府　王凤姐力诎[①]失人心

**【题解】**

　　贾母临终，一一关照儿孙，都是婆婆妈妈的常事；也写回光返照、牙关已紧、喉间响动之类老人去世的自然过程。鸳鸯找凤姐争说丧事要尽量风光，不惜动用遗留给自己的全部财物，是突出她对贾母的忠心。凤姐抱病总理丧事，虽尽了心力，却处处掣肘，不听使唤，不能妥善，与她当年主办秦氏之丧的威风相比，能写出此一时彼一时来。唯夹带写到宝玉的几处，皆败笔。

　　却说贾母坐起说道："我到你们家已经六十多年了，从年轻的时候到老来，福也享尽了。自你们老爷起，儿子、孙子也都算是好的了。就是宝玉呢，我疼了他一场。……"说到那里，拿眼满地下瞅着。王夫人便推宝玉走到床前。贾母从被窝里伸出手来，拉着宝玉道："我的儿，你要争气才好！"宝玉嘴里答应，心里一酸，那眼泪便要流下来，又不敢哭，只得站着。听贾母说道："我想再见一个重孙子，我就安心了。我的兰儿在哪里呢？"李纨也推贾兰上去。贾母放了宝玉，拉着贾兰道："你母亲是要孝顺的，将来你成了人，也叫你母亲风光风光。凤丫头呢？"凤姐本来站在贾母旁边，赶忙走到眼前说："在这里呢。"贾母道："我的儿，你是太聪明了，将来修修福罢！我也没有修什么，不过心实吃亏。那些吃斋念佛的事我也不大干，就是旧年叫人写了些《金刚经》送送人，不知送完了没有？"凤姐道："没有呢。"贾母道："早该施舍完了才好。我们大老爷和珍儿是在外头罢了[②]；最可恶的是史丫头没良心，怎么总不来瞧我？"鸳鸯等明知其故，都不言语。贾母又瞧了一瞧宝钗，叹了口气，只见脸上发红。贾政知是回光返照，即忙进上参汤。贾母的牙关已经紧了，合了一回眼，又睁着满屋里瞧了一瞧。王夫人、宝钗上去轻轻扶着，邢夫人、凤姐等便忙穿衣。地下婆子们已将床安设停当，铺了被褥，听见贾母喉间略一响动，脸变笑容，竟是去了。享年八十三岁。众婆子疾忙停床。

　　于是贾政等在外一边跪着，邢夫人等在内一边跪着，一齐举起哀来。外面家人各样预备齐全，只听里头信儿一传出来，从荣府大门起至内宅门，扇扇大开，一色净白纸糊了，

---

①　力诎（qū 屈）——力穷。
②　罢了——程甲本作"乐了"，贾赦、贾珍获罪被发往台站、边疆服劳役，何"乐"之有？从王评诸本。张新之曰："看'罢了'二字，赦何尝赦。"

孝棚高起，大门前的牌楼立时竖起，上下人等登时成服。贾政报了丁忧①，礼部奏闻。主上深仁厚泽，念及世代功勋，又系元妃祖母，赏银一千两，谕礼部主祭。家人们各处报丧。众亲友虽知贾家势败，今见圣恩隆重，都来探丧。择了吉时成殓，停灵正寝。贾赦不在家，贾政为长，宝玉、贾环、贾兰是亲孙，年纪又小，都应守灵。贾琏虽也是亲孙，带着贾蓉，尚可分派家人办事。虽请了些男女外亲来照应，内里邢、王二夫人、李纨、凤姐、宝钗等是应灵旁哭泣的；尤氏虽可照应，她自贾珍外出，依住荣府，一向总不上前，且又荣府的事不甚谙练；贾蓉的媳妇更不必说了；惜春年小，虽在这里长的，她于家事全不知道。所以内里竟无一人支持，只有凤姐可以照管里头的事，况又贾琏在外作主，里外他二人，倒也相宜。

凤姐先前仗着自己的才干，原打量老太太死了，她大有一番作用。邢、王二夫人等本知她曾办过秦氏的事，必是妥当，于是仍叫凤姐总理里头的事。凤姐本不应辞，自然应了，心想："这里的事本是我管的。那些家人更是我手下的人，太太和珍大嫂子的人本来难使唤些，如今她们都去了。银项虽没有了对牌，这宗银子是现成的。外头的事又是他办着。虽说我现今身子不好，想来也不致落褒贬，必是比宁府里还得办些。"心下已定，且待明日接了三②，后日一早便叫周瑞家的传出话去，将花名册取上来。凤姐一一地瞧了，统共只有男仆二十一人，女仆只有十九人，余者俱是些丫头，连各房算上，也不过三十多人，难以点派差使。心里想道："这回老太太的事倒没有东府里的人多。"又将庄上的弄出几个，也不敷差遣。

正在思算，只见一个小丫头过来说："鸳鸯姐姐请奶奶。"凤姐只得过去，只见鸳鸯哭得泪人一般，一把拉着凤姐儿，说道："二奶奶请坐，我给二奶奶磕个头。虽说服中不行礼，这个头是要磕的。"鸳鸯说着跪下，慌得凤姐赶忙拉住，说道："这是什么礼？有话好好的说。"鸳鸯跪着，凤姐便拉起来。鸳鸯说道："老太太的事，一应内外都是二爷和二奶奶办。这宗银子是老太太留下的。老太太这一辈子也没有糟蹋过什么银钱，如今临了这件大事，必得求二奶奶体体面面地办一办才好！我方才听见老爷说什么'诗云''子曰'，我不懂；又说什么'丧与其易，宁戚'，我听了不明白。我问宝二奶奶，说是老爷的意思，老太太的丧事只要悲切才是真孝，不必糜费，图好看的念头。我想老太太这样一个人，怎么不该体面些？我虽是奴才丫头，敢说什么！只是老太太疼二奶奶和我这一场，临死了还不叫她风光风光！我想二奶奶是能办大事的，故此我请二奶奶来求作个主。我生是跟老太太的人，老太太死了，我也是跟老太太的，若是瞧不见老太太的事怎么办，将来怎么见老太太呢？"

凤姐听了这话来得古怪，便说："你放心，要体面是不难的。况且老爷虽说要省，那势派也错不得。便拿这项银子都花在老太太身上，也是该当的。"鸳鸯道："老太太的遗言说，所有剩下的东西是给我们的，二奶奶倘或用着不够，只管拿这个去折变补上。就是老爷说什么，我也不好违老太太的遗言。那日老太太分派的时候，不是老爷在这里听见的么？"凤姐道："你素来最明白的，怎么这会子那样的着急起来了？"鸳鸯道："不是我着急，为

---

① 丁忧——旧时称遭父母之丧叫"丁忧"。

② 接三——迷信说法：人死后第三天亡魂要回来，叫"回煞"，故请僧人诵经以接魂魄，叫"接三"。

的是大太太是不管事的，老爷是怕招摇的。若是二奶奶心里也是老爷的想头，说抄过家的人家，丧事还是这么好，将来又要抄起来，也就不顾起老太太来，怎么处？在我呢，是个丫头，好歹碍不着，到底是这里的声名。"凤姐道："我知道了，你只管放心，有我呢。"鸳鸯千恩万谢地托了凤姐。

那凤姐出来，想道："鸳鸯这东西好古怪，不知打了什么主意。论理，老太太身上本该体面些。嗳！不要管她，且按着咱们家先前的样子办去。"于是叫了旺儿家的来，传话出去，请二爷进来。不多时，贾琏进来，说道："怎么找我？你在里头照应着些就是了。横竖作主是咱们二老爷，他说怎么着，咱们就怎么着。"凤姐道："你也说起这个话来了，可不是鸳鸯说的话应验了么？"贾琏道："什么鸳鸯的话？"凤姐便将鸳鸯请进去的话述了一遍。贾琏道："她们的话算什么！才刚二老爷叫我去，说：'老太太的事固要认真办理，但是知道的呢，说是老太太自己结果自己；不知道的，只说咱们都隐匿起来了，如今很宽裕。老太太的这宗银子用不了，谁还要么？仍旧该用在老太太身上。老太太在南边的坟地虽有，阴宅却没有。老太太的柩是要归到南边去的。留这银子在祖坟上盖起些房屋来，再余下的置买几顷祭田。咱们回去也好，就是不回去，也叫这些贫穷族中住着，也好按时按节早晚上香，时常祭扫祭扫。'你想，这些话可不是正经主意？据你这个话，难道都花了罢？"凤姐道："银子发出来了没有？"贾琏道："谁见过银子！我听见咱们太太听见了二老爷的话，极力地撺掇二太太和二老爷说：'这是好主意。'叫我怎么着？现在外头棚扛上要支几百银子，这会子还没有发出来。我要去，他们都说有，先叫外头办了，回来再算。你想，这些奴才们，有钱的早溜了；按着册子叫去，有的说告病，有的说下庄子去了。走不动的有几个，只有赚钱的能耐，还有赔钱的本事么？"凤姐听了，呆了半天，说道："这还办什么！"

正说着，见来了一个丫头，说："大太太的话，问二奶奶，今儿第三天了，里头还很乱，供了饭，还叫亲戚们等着吗？叫了半天，来了菜，短了饭，这是什么办事的道理！"凤姐急忙进去，吆喝人来伺候，糊弄着将早饭打发了。偏偏那日人来的多，里头的人都死眉瞪眼的。凤姐只得在那里照料了一会子，又惦记着派人，赶着出来，叫了旺儿家的传齐了家人女人们，一一分派。众人都答应着不动。凤姐道："什么时候，还不供饭！"众人道："传饭是容易的，只要将里头的东西发出来，我们才好照管去。"凤姐道："糊涂东西！派定了你们，少不得有的。"众人只得勉强应着。凤姐即往上房取发应用之物，要去请示邢、王二夫人，见人多难说，看那时候已经日渐平西了，只得找了鸳鸯，说要老太太存的这一份家伙。鸳鸯道："你还问我呢，那一年二爷当了，赎了来么？"凤姐道："不用银的金的，只要这一份平常使的。"鸳鸯道："大太太、珍大奶奶屋里使的是哪里来的？"凤姐一想不差，转身就走，只得到王夫人那边找了玉钏、彩云，才拿了一份出来，急忙叫彩明登账，发与众人收管。

鸳鸯见凤姐这样慌张，又不好叫她回来，心想："她头里作事，何等爽利周到，如今怎么掣肘①得这个样儿！我看这两三天连一点头脑都没有，不是老太太白疼了她了

---

① 掣肘——拉扯臂弯处。喻做事受牵制阻挠。语出《吕氏春秋·具备》。

吗!"哪里知邢夫人一听贾政的话,正合着将来家计艰难的心,巴不得留一点子作个收局。况且老太太的事原是长房作主,贾赦虽不在家,贾政又是拘泥的人,有件事便说请大太太的主意,邢夫人素知凤姐手脚大,贾琏的闹鬼,所以死拿住不放松。鸳鸯只道已将这项银两交了出去了,故见凤姐掣肘如此,便疑为不肯用心,便在贾母灵前唠唠叨叨哭个不了。邢夫人等听了话中有话,不想到自己不令凤姐便宜行事,反说:"凤丫头果然有些不用心。"

王夫人到了晚上叫了凤姐过来,说:"咱们家虽说不济,外头的体面是要的。这两三日人来人往,我瞧着那些人都照应不到,想是你没有吩咐,还得你替我们操点心儿才好!"凤姐听了,呆了一会,要将银两不凑手的话说出,但是银钱是外头管的,王夫人说的是照应不到,凤姐也不敢辩,只好不言语。邢夫人在旁说道:"论理,该是我们做媳妇的操心,本不是孙子媳妇的事。但是我们动不得身,所以托你的,你是打不得撒手的。"凤姐紫涨了脸,正要回说,只听外头鼓乐一奏,是烧黄昏纸的时候了,大家举起哀来,又不得说。凤姐原想回来再说,王夫人催她出去料理,说道:"这里有我们的,你快快儿地去料理明儿的事罢。"

凤姐不敢再言,只得含悲忍泣地出来,又叫人传齐了众人,又吩咐了一会,说:"大娘婶子们可怜我罢!我上头挨了好些说,为的是你们不齐截,叫人笑话。明儿你们豁出些辛苦来罢。"那些人回道:"奶奶办事,不是今儿个一遭儿了,我们敢违拗吗?只是这回的事上头过于累赘。只说打发这顿饭罢,有的在这里吃,有的要在家里吃;请了那位太太,又是那位奶奶不来。诸如此类,哪得齐全?还求奶奶劝劝那些姑娘们不要挑饬就好了。"凤姐道:"头一层是老太太的丫头们是难缠的,太太们的也难说话,叫我说谁去呢?"众人道:"从前奶奶在东府里还是署事①,要打要骂,怎么这样锋利,谁敢不依?如今这些姑娘们都压不住了?"凤姐叹道:"东府里的事,虽说托办的,太太虽在那里,不好意思说什么。如今是自己的事情,又是公中的,人人说得话。再者,外头的银钱也叫不灵,即如棚里要一件东西,传了出来,总不见拿进来,这叫我什么法儿呢?"众人道:"二爷在外头,倒怕不应付?"凤姐道:"还提那个!他也是那里为难。第一件,银钱不在他手里,要一件得回一件,哪里凑手?"众人道:"老太太这项银子不在二爷手里吗?"凤姐道:"你们回来问管事的,便知道了。"众人道:"怨不得!我们听见外头男人抱怨,说:'这么件大事,咱们一点摸不着,净当苦差。'叫人怎么能齐心呢?"凤姐道:"如今不用说了。眼面前的事,大家留些神罢。倘或闹得上头有了什么说的,我和你们不依的。"众人道:"奶奶要怎么样,我们敢抱怨吗?只是上头一人一个主意,我们实在难周到的。"凤姐听了没法,只得央说道:"好大娘们!明儿且帮我一天,等我把姑娘们闹明白了,再说罢咧。"众人听命而去。

凤姐一肚子的委屈,愈想愈气,直到天亮,又得上去。要把各处的人整理整理,又恐邢夫人生气;要和王夫人说,怎奈邢夫人挑唆。这些丫头们见邢夫人等不助着凤姐的威风,更加作践起她来。幸得平儿替凤姐排解,说是:"二奶奶巴不得要好,只是老爷、

---

① 署事——代理职务。

太太们吩咐了外头，不许糜费，所以我们二奶奶不能应付到了。"说过几次，才得安静些。虽说僧经道忏，上祭挂帐，络绎不绝，终是银钱吝啬，谁肯踊跃，不过草草了事。连日王妃诰命也来得不少，凤姐也不能上去照应，只好在底下张罗，叫了那个，走了这个；发一回急，央及一会；胡弄过了一起，又打发一起。别说鸳鸯等看去不像样，连凤姐自己心里也过不去了。

邢夫人虽说是冢妇①，仗着"悲戚为孝"四个字，倒也都不理会。王夫人落得跟了邢夫人行事，余者更不必说了。独有李纨瞧出凤姐的苦处，也不敢替她说话，只自叹道："俗语说的，'牡丹虽好，全仗绿叶扶持'，太太们不亏了凤丫头，那些人还帮着吗？若是三姑娘在家还好，如今只有她几个自己的人瞎张罗，面前背后的也抱怨，说是一个钱摸不着，脸面也不能剩一点儿。老爷是一味地尽孝，庶务上头不大明白。这样的一件大事，不撒散几个钱就办得开了吗？可怜凤丫头闹了几年，不想在老太太的事上，只怕保不住脸了。"于是抽空儿叫了她的人来，吩咐道："你们别看着人家的样儿，也糟蹋起琏二奶奶来。别打量什么穿孝守灵就算了大事了，不过混过几天就是了。看见那些人张罗不开，便插个手儿也未为不可。这也是公事，大家都该出力的。"那些素服李纨的人都答应着说："大奶奶说得很是。我们也不敢那么着，只听见鸳鸯姐姐们的口话儿，好像怪琏二奶奶的似的。"李纨道："就是鸳鸯，我也告诉过她，我说琏二奶奶并不是在老太太的事上不用心，只是银子钱都不在她手里，叫她巧媳妇还作得上没米的粥来吗？如今鸳鸯也知道了，所以也不怪她了。只是鸳鸯的样子竟是不像从前了，这也奇怪。那时候有老太太疼她，倒没有作过什么威福；如今老太太死了，没有了仗腰子的了，我看她倒有些气质不大好了。我先前替她愁，这会子幸喜大老爷不在家，才躲过去了；不然，她有什么法儿。"

说着，只见贾兰走来说："妈妈睡罢。一天到晚人来客去的也乏了，歇歇罢。我这几天总没有摸摸书本儿。今儿爷爷叫我家里睡，我喜欢得很，要理个一两本书才好，别等脱了孝再都忘了。"李纨道："好孩子，看书呢，自然是好的。今儿且歇歇罢，等老太太送了殡再看罢。"贾兰道："妈妈要睡，我也就睡在被窝里头想想也罢了。"众人听了都夸道："好哥儿！怎么这点年纪，得了空儿就想到书上？不像宝二爷，娶了亲的人还是那么孩子气。这几日跟着老爷跪着，瞧他很不受用，巴不得老爷一动身就跑过来找二奶奶，不知唧唧咕咕地说些什么，甚至弄得二奶奶都不理他了。他又去找琴姑娘，琴姑娘也远避他，邢姑娘也不很同他说话。倒是咱们本家的什么喜姑娘咧、四姑娘咧，哥哥长哥哥短的和他亲密。我们看那宝二爷除了和奶奶姑娘们混混，只怕他心里也没有别的事，白过费②了老太太的心，疼了他这么大，哪里及兰哥儿一零儿呢！大奶奶，你将来是不愁的了。"

李纨道："就好也还小，只怕到他大了，咱们家还不知怎么样了呢！环哥儿你们瞧着怎么样？"众人道："这一个更不像样儿了！两个眼睛倒像个活猴儿似的，东溜溜，西看看。虽在那里嚎丧，见了奶奶、姑娘们来了，他在孝幔子里头净偷着眼儿瞧人呢。"

----

① 冢妇——旧称嫡长子之妻。
② 过费——辜负。

李纨道："他的年纪其实也不小了。前日听见说还要给他说亲呢，如今又得等着了。嗳，还有一件事，咱们家这些人，我看来也是说不清的。且不必说闲话，后日送殡，各房的车辆是怎么样了？"

众人道："琏二奶奶这几天闹得像失魂落魄的样儿了，也没见传出去。昨儿听见我的男人说，琏二爷派了蔷二爷料理，说是咱们家的车也不够，赶车的也少，要到亲戚家去借去呢。"李纨笑道："车也都是借得的么？"众人道："奶奶说笑话儿了，车怎么借不得？只是那一日所有的亲戚都用车，只怕难借，想来还得雇呢。"李纨道："底下人的只得雇，上头白车①也有雇的么？"众人道："现在大太太、东府里的大奶奶、小蓉奶奶都没有车了，不雇，哪里来的呢？"李纨听了，叹息道："先前见有咱们家儿的太太奶奶们坐了雇的车来，咱们都笑话，如今轮到自己头上了。你明儿去告诉你的男人，我们的车马早早儿的预备好了，省得挤。"众人答应了出去。不提。

且说史湘云因她女婿病着，贾母死后只来得一次，屈指算是后日送殡，不能不去。又见她女婿的病已成痨症，暂且不妨，只得坐夜前一日过来。想起贾母素日疼她；又想到自己命苦，刚配了一个才貌双全的男人，性情又好，偏偏地得了冤孽症候，不过捱日子罢了。于是更加悲痛，直哭了半夜。鸳鸯等再三劝慰不止。宝玉瞅着也不胜悲伤，又不好上前去劝。见她淡妆素服，不敷脂粉，更比未出嫁的时候犹胜几分。转念又看宝琴等淡素装饰，自有一种天生丰韵。独有宝钗浑身孝服，哪知道比寻常穿颜色时更有一番雅致。心里想道："所以千红万紫，终让梅花为魁，殊不知并非为梅花开得早，竟是'洁白清香'四字是不可及的了。但只这时候若有林妹妹，也是这样打扮，又不知怎样的风韵了！"想到这里，不觉的心酸起来，那泪珠便直滚滚地下来了，趁着贾母的事，不妨放声大哭。众人正劝湘云不止，外间又添出一个哭的来了。大家只道是想着贾母疼他的好处，所以伤悲，岂知他们两个人各自有各的心事。这场大哭，不禁满屋的人无不下泪。还是薛姨妈、李婶娘等劝住。

明日是坐夜之期，更加热闹。凤姐这日竟支撑不住，也无方法，只得用尽心力，甚至咽喉嚷破，敷衍过了半日。到了下半天，人客更多了，事情也更繁了，瞻前不能顾后。正在着急，只见一个小丫头跑来说："二奶奶在这里呢！怪不得大太太说：'里头人多，照应不过来，二奶奶是躲着受用去了。'"凤姐听了这话，一口气撞上来，往下一咽，眼泪直流，只觉得眼前一黑，嗓子里一甜，便喷出鲜红的血来，身子站不住，就蹲倒在地。幸亏平儿急忙过来扶住。只见凤姐的血吐个不住。未知性命如何，下回分解。

---

① 白车——素车，丧车；或涂以白土，或未经雕漆之车，用于丧事。

# 第 一 一 一 回

## 鸳鸯女殉主登太虚　狗彘<sup>①</sup>奴欺天招伙盗

【题解】

　　鸳鸯的结局，根据种种迹象分析，结合脂评说她"不轻许人一事，是宦途中药石仙方"（第四十六回评）等话看，应是终身未嫁，古诗有"鸳鸯不独宿"句，作者取其反义，犹晴雯命运反如"乌云浊雾"一般。详见拙文《鸳鸯没有死》（收在《追踪石头——蔡义江论红楼梦》258 页）。鸳鸯殉主身缢，实是编故事者太多封建意识；秦可卿鬼魂导引其上吊，又直钻入《聊斋》之门。

　　上夜不慎，园内失盗，是为下回写妙玉遭劫连好线索。包勇打死何三，赶走群盗，是写甄家荐来之人平时被贾府瞧不起，危难时方显忠仆本色，也是俗套。

　　话说凤姐听了小丫头的话，又气又急又伤心，不觉吐了一口血，便昏晕过去，坐在地下。平儿急来靠着，忙叫了人来搀扶着，慢慢地送到自己房中，将凤姐轻轻安放在炕上，立刻叫小红斟上一杯开水送到凤姐唇边。凤姐呷了一口，昏迷仍睡。秋桐过来略瞧了一瞧，却便走开，平儿也不叫她。只见丰儿在旁站着，平儿叫她快快地去回明白了"二奶奶吐血发晕，不能照应"的话，告诉了邢、王二夫人。邢夫人打量凤姐推病藏躲，因这时女亲在内不少，也不好说别的，心里却不全信，只说："叫她歇着去罢。"众人也并无言语。只说这晚人客来往不绝，幸得几个内亲照应。家下人等见凤姐不在，也有偷闲歇力的，乱乱吵吵，已闹得七颠八倒，不成事体了。

　　到二更多天，远客去后，便预备辞灵<sup>②</sup>。孝幕内的女眷，大家都哭了一阵。只见鸳鸯已哭得昏晕过去了，大家扶住捶闹了一阵，才醒过来，便说"老太太疼我一场，我跟了去"的话。众人都打量人到悲哭，俱有这些言语，也不理会。到了辞灵之时，上上下下也有百十余人，只鸳鸯不在。众人忙乱之时，谁去捡点。到了琥珀等一干的人哭奠之时，却不见鸳鸯，想来是她哭乏了，暂在别处歇着，也不言语。辞灵以后，外头贾政叫了贾琏问明送殡的事，便商量着派人看家。贾琏回说："上人里头，派了芸儿在家照应，不必送殡；下人里头，派了林之孝的一家子照应拆棚等事。但不知里头派谁看家？"贾政道："听见你母亲说是你媳妇病了，不能去，就叫她在家的。你珍大嫂子又说你媳妇病得利害，还叫四丫头陪着，带领了几个丫头婆子，照看上屋里才好。"贾琏听了，心想："珍大嫂子

---

① 狗彘（zhì 治）——猪狗，喻行为卑劣下贱的人。
② 辞灵——旧时丧礼之一，出殡前，死者亲友向灵柩告别，叫"辞灵"。

与四丫头两个不合，所以撺掇着不叫她去。若是上头就是她照应，也是不中用的。我们那一个又病着，也难照应。"想了一回，回贾政道："老爷且歇歇儿，等进去商量定了再回。"贾政点了点头，贾琏便进去了。

谁知此时鸳鸯哭了一场，想到："自己跟着老太太一辈子，身子也没有着落。如今大老爷虽不在家，大太太的这样行为，我也瞧不上。老爷是不管事的人，以后便乱世为王起来了，我们这些人不是要叫他们撺弄①了么？谁收在屋子里，谁配小子，我是受不得这样折磨的，倒不如死了干净。但是一时怎么样的个死法呢？"一面想，一面走回老太太的套间屋内。刚跨进门，只见灯光惨淡，隐隐有个女人拿着汗巾子，好似要上吊的样子。鸳鸯也不惊怕，心里想道："这一个是谁？和我的心事一样，倒比我走在头里了。"便问道："你是谁？咱们两个人是一样的心，要死一块儿死。"那个人也不答言。鸳鸯走到跟前一看，并不是这屋子的丫头，仔细一看，觉得冷气侵人，一时就不见。鸳鸯呆了一呆，退出在炕沿上坐下，细细一想道："哦！是了，这是东府里的小蓉大奶奶啊！她早死了的了，怎么到这里来？必是来叫我来了。她怎么又上吊呢？"想了一想，道："是了，必是教给我死的法儿。"

鸳鸯这一想，邪侵入骨，便站起来，一面哭，一面开了妆匣，取出那年绞的一缕头发，揣在怀里，就在身上解下一条汗巾，按着秦氏方才比的地方拴上。自己又哭了一回，听见外头人客散去，恐有人进来，急忙关上屋门，然后端了一个脚凳，自己站上，把汗巾拴上扣儿，套在咽喉，便把脚凳蹬开。可怜咽喉气绝，香魂出窍。正无投奔，只见秦氏隐隐在前，鸳鸯的魂魄疾忙赶上，说道："蓉大奶奶，你等等我！"那个人道："我并不是什么蓉大奶奶，乃警幻之妹可卿是也。"鸳鸯道："你明明是蓉大奶奶，怎么说不是呢？"那人道："这也有个缘故，待我告诉你，你自然明白了。我在警幻宫中，原是个钟情的首座，管的是风情月债；降临尘世，自当为第一情人，引这些痴情怨女，早早归入情司，所以该当悬梁自尽的。因我看破凡情，超出情海，归入情天，所以太虚幻境'痴情'一司，竟自无人掌管。今警幻仙子已经将你补入，替我掌管此司，所以命我来引你前去的。"鸳鸯的魂道："我是个最无情的，怎么算我是个有情的人呢？"那人道："你还不知道呢，世人都把那淫欲之事当作'情'字，所以作出伤风败化的事来，还自谓风月多情，无关紧要。不知'情'之一字，喜怒哀乐未发之时，便是个性；喜怒哀乐已发，便是情了②。至于你我这个情，正是未发之情，就如那花的含苞一样。欲待发泄出来，这情就不为真情了。"鸳鸯的魂听了，点头会意，便跟了秦氏可卿而去。

这里琥珀辞了灵，听邢、王二夫人分派看家的人，想着去问鸳鸯明日怎样坐车的，便在贾母的外间屋里找了一遍，不见，便找到套间里头。刚到门口，见门儿掩着，从门缝里望里看时，只见灯光半明不灭的，影影绰绰，心里害怕，又不听见屋里有什么动静，便走回来说道："这蹄子跑到那里去了？"劈头见了珍珠，说："你见鸳鸯姐姐来着没有？"

---

① 撺弄——捉弄。

② "不知'情'之一字"数句——《中庸》："喜怒哀乐之未发，谓之中；发而皆中节，谓之和。"朱熹集注："喜怒哀乐，情也；其未发，则性也。"

珍珠道："我也找她，太太们等她说话呢。必在套间里睡着了罢？"琥珀道："我瞧了，屋里没有。那灯也没人夹蜡花儿，漆黑怪怕的，我没进去。如今咱们一块儿进去瞧，看有没有。"琥珀等进去，正夹蜡花，珍珠说："谁把脚凳撂在这里，几乎绊我一跤。"说着，往上一瞧，唬的"嗳哟"一声，身子往后一仰，"咕咚"地栽在琥珀身上。琥珀也看见了，便大嚷起来，只是两只脚挪不动。

外头的人也都听见了，跑进来一瞧，大家嚷着，报与邢、王二夫人知道。王夫人、宝钗等听了，都哭着去瞧。邢夫人道："我不料鸳鸯倒有这样志气，快叫人去告诉老爷。"只有宝玉听见此信，便唬得双眼直竖。袭人等慌忙扶着，说道："你要哭就哭，别憋着气。"宝玉死命地才哭出来了，心想："鸳鸯这样一个人，偏又这样死法。"又想："实在天地间的灵气，独钟在这些女子身上了。她算得了死所，我们究竟是一件浊物，还是老太太的儿孙，谁能赶得上她？"复又喜欢起来。那时，宝钗听见宝玉大哭，也出来了，及到跟前，见他又笑。袭人等忙说："不好了，又要疯了！"宝钗道："不妨事，他有他的意思。"宝玉听了，更喜欢宝钗的话："倒是她还知道我的心，别人哪里知道！"正在胡思乱想，贾政等进来，着实地嗟叹着，说道："好孩子，不枉老太太疼她一场！"即命贾琏："出去吩咐人，连夜买棺盛殓，明日便跟着老太太的殡送出，也停在老太太棺后，全了她的心志。"贾琏答应出去。这里命人将鸳鸯放下，停放里间屋内。平儿也知道了，过来同袭人、莺儿等一干人都哭地哀哀欲绝。内中紫鹃也想起自己终身一无着落，恨不跟了林姑娘去，又全了主仆的恩义，又得了死所。如今空悬在宝玉屋内，虽说宝玉仍是柔情蜜意，究竟算不得什么，于是更哭得哀切。

王夫人即传了鸳鸯的嫂子进来，叫她看着入殓。遂与邢夫人商量了，在老太太项内赏了她嫂子一百两银子，还说等闲了将鸳鸯所有的东西俱赏他们。她嫂子磕了头出去，反喜欢说："真真的我们姑娘是个有志气的，有造化的，又得了好名声，又得了好发送①。"旁边一个婆子说道："罢呀，嫂子！这会子你把一个活姑娘卖了一百银子便这么喜欢了，那时候儿给了大老爷，你还不知得多少银钱呢，你该更得意了。"一句话戳了她嫂子的心，便红了脸走开了。刚走到二门上，见林之孝带了人抬进棺材来了，她只得也跟进去，帮着盛殓，假意哭嚎了几声。

贾政因她为贾母而死，要了香来，上了三炷，作了一个揖，说："她是殉葬的人，不可作丫头论。你们小一辈都该行个礼。"宝玉听了，喜不自胜，走上来恭恭敬敬磕了几个头。贾琏想她素日的好处，也要上来行礼，被邢夫人说道："有了一个爷们便罢了，不要折受她不得超生。"贾琏就不便过来了。宝钗听了，心中好不自在，便说道："我原不该给她行礼，但只老太太去世，咱们都有未了之事，不敢胡为，她肯替咱们尽孝，咱们也该托托她，好好地替咱们服侍老太太西去，也少尽一点子心哪！"说着，扶着莺儿走到灵前，一面奠酒，那眼泪早扑簌簌流下来了。奠毕，拜了几拜，狠狠地哭了她一场。众人也有说宝玉的两口子都是傻子，也有说他两个心肠儿好的，也有说她知礼的。贾政反倒合了意。一面商量定了看家的，仍是凤姐、惜春，余者都遣去伴灵。

――――――――――

①　发送——指送灵柩殡葬的费用。

一夜谁敢安眠，一到五更，听见外面齐人。到了辰初发引①，贾政居长，衰麻②哭泣，极尽孝子之礼。灵柩出了门，便有各家的路祭，一路上的风光，不必细述。走了半日，来至铁槛寺安灵，所有孝男等俱应在庙伴宿。不提。

且说家中林之孝带领拆了棚，将门窗上好，打扫净了院子，派了巡更的人，到晚打更上夜。只是荣府规例，一交二更，三门掩上，男人便进不去了，里头只有女人们查夜。凤姐虽隔了一夜，渐渐地神气清爽了些，只是哪里动得，只有平儿同着惜春各处走了一走，咐吩了上夜的人，也便各自归房。

却说周瑞的干儿子何三，去年贾珍管事之时，因他和鲍二打架，被贾珍打了一顿，撵在外头，终日在赌场过日。近知贾母死了，必有些事情领办，岂知探了几天的信，一些也没有想头，便嗳声叹气地回到赌场中，闷闷地坐下。那些人便说道："老三，你怎么样？不下来捞本了么？"何三道："倒想要捞一捞呢，就只没有钱么。"那些人道："你到你们周大太爷那里去了几日，府里的钱，你也不知弄了多少来，又来和我们装穷儿了。"何三道："你们还说呢，他们的金银不知有几百万，只藏着不用。明儿留着，不是火烧了，就是贼偷了，他们才死心呢。"那些人道："你又撒谎。他家抄了家，还有多少金银？"何三道："你们还不知道呢，抄去的是撂不了的③。如今老太太死，还留了好些金银，他们一个也不使，都在老太太屋里搁着，等送了殡回来才分呢。"

内中有一个人听在心里，掷了几骰，便说："我输了几个钱，也不翻本儿了，睡去了。"说着，便走出来，拉了何三道："老三，我和你说句话。"何三跟他出来。那人道："你这样一个伶俐人，这样穷，为你不服这口气。"何三道："我命里穷，可有什么法儿呢！"那人道："你才说荣府的银子这么多，为什么不去拿些使唤使唤？"何三道："我的哥哥！他家的金银虽多，你我去白要一二钱，他们给咱们吗？"那人笑道："他不给咱们，咱们就不会拿吗？"何三听了这话里有话，便问道："依你说，怎么样拿呢？"那人道："我说你没有本事，若是我，早拿了来了。"何三道："你有什么本事？"那人便轻轻地说道："你若要发财，你就引个头儿。我有好些朋友，都是通天的本事，不要说他们送殡去了，家里剩下几个女人，就让有多少男人也不怕。只怕你没这么大胆子罢咧。"何三道："什么敢不敢！你打量我怕那个干老子么？我是瞧着干妈的情儿上头，才认他作干老子罢咧。他又算了人了？你刚才的话，就只怕弄不来，倒招了饥荒。他们哪个衙门不熟？别说拿不来，倘或拿了来，也要闹出来的。"那人道："这么说，你的运气来了！我的朋友，还有海边上的呢，现今都在这里，看个风头，等个门路。若到了手，你我在这里也无益，不如大家下海去受用，不好么？你若撂不下你干妈，咱们索性把你干妈也带了去，大家伙儿乐一乐，好不好？"何三道："老大，你别是醉了罢？这些话混说的什么！"说着，拉了那人走到一个僻静地方，两个人商量了一回，各人分头而去。暂且不提。

---

① 发引——出殡时，送丧人执引索前导，挽灵车出发。
② 衰麻——同"缞（cuī 崔）麻"。缀于丧服胸前长六寸、宽四寸的麻布。此指穿丧服。
③ 撂不了的——没处存放的东西。

　　且说包勇自被贾政吃喝，派去看园，贾母的事出来，也忙了，不曾派他差使。他也不理会，总是自做自吃，闷来睡一觉，醒时便在园里耍刀弄棍，倒也无拘无束。

　　那日，贾母一早出殡，他虽知道，因没有派他差事，他任意闲游。只见一个女尼带了一个道婆来到园内腰门那里扣门。包勇走来，说道："女师父，哪里去？"道婆道："今日听得老太太的事完了，不见四姑娘送殡，想必是在家看家。想她寂寞，我们师父来瞧她一瞧。"包勇道："主子都不在家，园门是我看的，请你们回去罢。要来呢，等主子们回来了再来。"婆子道："你是哪里来的个黑炭头？也要管起我们的走动来了。"包勇道："我嫌你们这些人，我不叫你们来，你们有什么法儿？"婆子生了气，嚷道："这都是反了天的事了！连老太太在日还不能拦我们的来往走动呢，你是哪里的这么个横强盗，这样没法没天的？我偏要打这里走！"说着，便把手在门环上狠狠地打了几下。妙玉已气得不言语，正要回身便走，不料里头看二门的婆子听见有人拌嘴似的，开门一看，见是妙玉，已经回身走去，明知必是包勇得罪了走了。近日婆子们都知道上头太太们、四姑娘都亲近得很，恐她日后说出门上不放她进来，那时如何担得住？赶忙走来说："不知师父来，我们开门迟了。我们四姑娘在家里，还正想师父呢，快请回来。看园子的小子是个新来的，他不知咱们的事，回来回了太太，打他一顿，撵出去就完了。"妙玉虽是听见，总不理她。哪经得看腰门的婆子赶上，再四央求，后来才说出怕自己担不是，几乎急得跪下。妙玉无奈，只得随了那婆子过来。包勇见这般光景，自然不好再拦，气得瞪眼叹气而回。

　　这里妙玉带了道婆走到惜春那里，道了恼，叙了些闲话。说起："在家看家，只好熬个几夜。但是二奶奶病着，一个人又闷又是害怕。能有一个人在这里，我就放心。如今里头一个男人也没有。今儿你既光降，肯伴我一宵，咱们下棋说话儿，可使得么？"妙玉本自不肯，见惜春可怜，又提起下棋，一时高兴应了。打发道婆回去，取了她的茶具衣褥，命侍儿送了过来，大家坐谈一夜。惜春欣幸异常，便命彩屏去开上年蠲的雨水，预备好茶。那妙玉自有茶具。那道婆去了不多一时，又来了个侍者，带了妙玉日用之物。惜春亲自烹茶。两人言语投机，说了半天。那时已是初更时候，彩屏放下棋枰，两人对弈。惜春连输两盘，妙玉又让了四个子儿，惜春方赢了半子[①]。

　　这时已到四更，天空地阔，万籁无声。妙玉道："我到五更须得打坐一回，我自有人服侍，你自去歇息。"惜春犹是不舍，见妙玉要自己养神，不便扭她。正要歇去，猛听得东边上屋内上夜的人一片声喊起。惜春那里的老婆子们也接着声嚷道："了不得了，有了人了！"唬得惜春、彩屏等心胆俱裂，听见外头上夜的男人便声喊起来。妙玉道："不好了！必是这里有了贼了。"正说着，这里不敢开门，便掩了灯光，在窗户眼内往外一瞧，只是几个男人站在院内，唬得不敢作声，回身摆着手，轻轻地爬下来，说："了不得！外头有几个大汉站着。"说犹未了，又听得房上响声不绝，便有外头上夜的人进来吆喝拿贼。一个人说道："上屋里的东西都丢了，并不见人。东边有人去了，咱们到西边去。"惜春的老婆子听见有自己的人，便在外间屋里说道："这里有好些人上了房了。"上夜的都道："你瞧，

────────────────

　　①　赢了半子——围棋黑白双方共361个子，每方只平分得180.5个子，故总有输赢，不可能打平手，若得子181个，即赢了对方半子。

这可不是吗？"大家一齐嚷起来。只听房上飞下好些瓦来，众人都不敢上前。

正在没法，只听园里腰门一声大响，打进门来，见一个梢长大汉，手执木棍。众人唬得藏躲不及。听得那人喊说道："不要跑了他们一个！你们都跟我来。"这些家人听了这话，越发唬得骨软筋酥，连跑也跑不动了。只见这人站在当地，只管乱喊。家人中有一个眼尖些的看出来了，你道是谁？正是甄家荐来的包勇。这些家人不觉胆壮起来，便颤巍巍地说道："有一个走了，有的在房上呢。"包勇便向地下一扑，耸身上房，追赶那贼。这些贼人明知贾家无人，先在院内偷看惜春房内，见有个绝色女尼，便顿起淫心，又欺上屋俱是女人，且又畏惧，正要踹进门去，因听外面有人进来追赶，所以贼众上房。见人不多，还想抵挡，猛见一人上房赶来，那些贼见是一人，越发不理论了，便用短兵抵住。那经得包勇用力一棍打去，将贼打下房来。那些贼飞奔而逃，从园墙过去，包勇也在房上追捕。岂知园内早藏下几个在那里接赃，已经接过好些，见贼伙跑回，大家举械保护。见追的只有一人，明欺寡不敌众，反倒迎上来。包勇一见，生气道："这些毛贼，敢来和我斗斗！"那伙贼便说："我们有一个伙计被他们打倒了，不知死活，咱们索性抢了他出来。"这里包勇闻声即打，那伙贼便抢起器械，四五个人围住包勇乱打起来。外头上夜的人也都仗着胆子只顾赶了来。众贼见斗他不过，只得跑了。包勇还要赶时，被一个箱子一绊，立定看时，心想东西未丢，众贼远逃，也不追赶，便叫众人将灯照看。地下只有几个空箱，叫人收拾，他便欲跑回上房。因路径不熟，走到凤姐那边，见里面灯烛辉煌，便问："这里有贼没有？"里头的平儿战兢兢地说道："这里也没开门，只听上屋叫喊，说有贼呢，你到那里去罢。"包勇正摸不着路头，遥见上夜的人过来，才跟着一齐寻到上屋。见是门开户启，那些上夜的在那里啼哭。

一时，贾芸、林之孝都进来了，见是失盗，大家着急。进内查点，老太太的房门大开，将灯一照，锁头拧折。进内一瞧，箱柜已开，便骂那些上夜女人道："你们都是死人么！贼人进来，你们不知道的么？"那些上夜的人啼哭着说道："我们几个人轮更上夜，是管二三更的，我们都没有住脚，前后走的。他们是四更五更，我们的下班儿。只听见他们喊起来，并不见一个人。赶着照看，不知什么时候把东西早已丢了。求爷们问管四五更的。"林之孝道："你们个个要死！回来再说，咱们先到各处看去。"上夜的男人领着走到尤氏那边，门儿关紧。有几个接音说："唬死我们了。"林之孝问道："这里没有丢东西？"里头的人方开了门，道："这里没丢东西。"林之孝带着人走到惜春院内，只听得里面说道："了不得了！唬死了姑娘了，醒醒儿罢！"林之孝便叫人开门，问是怎样了。里头婆子开门说："贼在这里打仗，把姑娘都唬坏了。亏得妙玉父和彩屏才将姑娘救醒。东西是没失。"林之孝道："贼人怎么打仗？"上夜的男人说："幸亏包大爷上了房，把贼打跑了去了，还听见打倒一个人呢。"包勇道："在园门那里呢。"贾芸等走到那边，果见一人躺在地下死了。细细一瞧，好像周瑞的干儿子。众人见了诧异，派一个人看守着，又派两个人照看前后门，俱仍旧关锁着。

林之孝便叫人开了门，报了营官，立刻到来查勘。踏察贼迹，是从后夹道上屋的。到了西院房上，见那瓦破碎不堪，一直过了后园去了。众上夜的齐声说道："这不是贼，是强盗。"营官着急道："并非明火执杖，怎算是强盗？"上夜的道："我们赶贼，他在房上掷瓦，我们不能近前，幸亏我们家的姓包的上房打退。赶到园里，还有好几个贼，竟与姓包的打仗，打不过姓包的，才都跑了。"营官道："可又来，若是强盗，倒打不过你们的人么？不用说了，你们快查清了东西，递了失单，我们报就是了。"

贾芸等又到上屋，已见凤姐扶病过来，惜春也来。贾芸请了凤姐的安，问了惜春的好，大家查看失物。因鸳鸯已死，琥珀等又送灵去了，那些东西都是老太太的，并没见数，只用封锁，如今打从哪里查去？众人都说："箱柜东西不少，如今一空。偷的时候不少，那些上夜的人管什么的？况且打死的贼是周瑞的干儿子，必是他们通同一气的。"凤姐听了，气得眼睛直瞪瞪的，便说："把那些上夜的女人都拴起来，交给营里审问。"众人叫苦连天，跪地哀求。不知怎生发放，并失去的物有无着落，下回分解。

# 第 一 一 二 回

## 活冤孽妙尼遭大劫　死雠仇赵妾赴冥曹①

**【题解】**

妙玉是依附贾府、受其供养、带发修行的宦家小姐，她最后的流落风尘（据靖本脂评，她流落"瓜洲渡口"是可信的）是贾府败亡的结果。现在，贾府既未没落，就要为她另找归宿，于是编造出一个与贾家荣枯无关的遭贼人劫持的故事。原因是贼人觉得她"长得实在好看"，又听说她为宝玉"害起相思病来了"，故动了邪念。这实在与说妙玉的那首曲子中说的"太高""过洁"的"偏僻"个性毫不相干。在续作者看来，黛玉的病也是相思病，故有"心病终须心药医""这心病也是断断有不得的"一类话头。他想要借其遭遇说明的是：妙玉情欲不断，心地不净，因而内虚外乘，先有邪魔缠扰，后遭贼人劫持，这是她自作孽受到的报应。结论是出家人应该灭绝人欲，一念不生，万缘俱寂。在安排妙玉的结局上，原著与续作的思想差距，可以看得十分清楚。

赵姨娘被"鬼附""中邪"，着"阎王差人"来捉拿，更是恶人必遭报应的迷信说教。

话说凤姐命捆起上夜众女人，送营审问，女人跪地哀求。林之孝同贾芸道："你们求也无益。老爷派我们看家，没有事是造化；如今有了事，上下都担不是，谁救得了你？若说是周瑞的干儿子，连太太起，里里外外的都不干净。"凤姐喘吁吁地说道："这都是命里所招，和她说什么！带了她们去就是了。这丢的东西，你告诉营里去说：'实在是老太太的东西，问老爷们才知道。等我们报了去，请了老爷们回来，自然开了失单送来。'文官衙门里我们也是这样报。"贾芸、林之孝答应出去。

惜春一句话也没有，只是哭道："这些事我从来没有听见过，为什么偏偏碰在咱们两个人身上！明儿老爷、太太回来，叫我怎么见人？说把家里交给咱们，如今闹到这个份儿，还想活着么！"凤姐道："咱们愿意吗？现在有上夜的人在那里。"惜春道："你还能说，况且你又病着；我是没有说的。这都是我大嫂子害了我的，她撺掇着太太派我看家的。如今我的脸搁在哪里呢？"说着，又痛哭起来。凤姐道："姑娘，你快别这么想。若说没脸，大家一样的。你若这么糊涂想头，我更搁不住了。"

二人正说着，只听见外头院子里有人大嚷地说道："我说那三姑六婆②是再要不得的，

---

① 回目——大劫，大难。死雠（chóu 酬）仇，死对头。雠，仇敌。冥曹，地府，阴间。

② 三姑六婆——元代陶宗仪《南村辍耕录》："三姑者，尼姑、道姑、卦姑也；六婆者，牙婆（女人贩子）、媒婆、师婆（巫婆）、虔婆（鸨母）、药婆、稳婆（接生婆）也。盖与三刑六害同也。人家有一与此，而不致奸盗者，几希矣。"

我们甄府里从来是一概不许上门的。不想这府里倒不讲究这个呢。昨儿老太太的殡才出去，那个什么庵里的尼姑死要到咱们这里来。我吆喝着不准她们进来，腰门上的老婆子倒骂我，死央及叫放那姑子进去。那腰门子一会儿开着，一会儿关着，不知做什么。我不放心没敢睡，听到四更，这里就嚷起来。我来叫门倒不开了，我听见声儿紧了，打开了门，见西边院子里有人站着，我便赶走打死了。我今儿才知道这是四姑奶奶的屋子。那个姑子就在里头，今儿天没亮溜出去了。可不是那姑子引进来的贼么？"平儿等听着，都说："这是谁这么没规矩？姑娘奶奶都在这里，敢在外头混嚷吗！"凤姐道："你听见说'他甄府里'，别就是甄家荐来的那个厌物罢。"惜春听得明白，更加心里过不得。凤姐接着问惜春道："那个人混说什么姑子，你们哪里弄了个姑子住下了？"惜春便将妙玉来瞧她，留着下棋守夜的话说了。凤姐道："是她么，她怎么肯这样？是再没有的话。但是叫这讨人嫌的东西嚷出来，老爷知道了，也不好。"惜春愈想愈怕，站起来要走。凤姐虽坐不住，又怕惜春害怕，弄出事来，只得叫她先别走："且看着人把偷剩下的东西收起来，再派了人看着，才好走呢。"平儿道："咱们不敢收，等衙门里来了，踏看了才好收呢。咱们只好看着。但只不知老爷那里有人去了没有？"凤姐道："你叫老婆子问去。"一回进来说："林之孝是走不开，家下人要伺候查验的，再有的是说不清楚的，已经芸二爷去了。"凤姐点头，同惜春坐着发愁。

　　且说那伙贼原是何三等邀的，偷抢了好些金银财宝接运出去，见人追赶，知道都是那些不中用的人，要往西边屋内偷去，在窗外看见里面灯光底下两个美人：一个姑娘，一个姑子。那些贼哪顾性命，顿起不良，就要踹进来，因见包勇来赶，才获赃而逃，只不见了何三。大家且躲入窝家，到第二天打听动静，知是何三被他们打死，已经报了文武衙门。这里是躲不住的，便商量趁早归入海洋大盗一处去，若迟了，通缉文书一行，关津①上就过不去了。

　　内中一个人胆子极大，便说："咱们走是走，我就只舍不得那个姑子，长的实在好看。不知是哪个庵里的雏儿呢？"一个人道："啊呀！我想起来了，必就是贾府园里的什么栊翠庵里的姑子。不是前年外头说她和他们家什么宝二爷有原故，后来不知怎么又害起相思病来了，请大夫吃药的就是她。"那一个人听了，说："咱们今日躲一天，叫咱们大哥借钱置办些买卖行头，明儿亮钟②时候陆续出关。你们在关外二十里坡等我。"众贼议定分赃俵散③，不提。

　　且说贾政等送殡到了寺内，安厝④毕，亲友散去。贾政在外厢房伴灵，邢、王二夫人等在内，一宿无非哭泣。到了第二日，重新上祭。正摆饭时，只见贾芸进来，在老太太灵前磕了个头，忙忙地跑到贾政跟前，跪下请了安，喘吁吁地将昨夜被盗，将老太太上房的东西都偷去，包勇赶贼，打死了一个，已经呈报文武衙门的话说了一遍。贾政听了发怔。邢、王二夫人等在里头也听见了，都唬得魂不附体，并无一言，只有啼哭。贾政

---

①　关津——关口渡口，水陆交通的关卡。

②　亮钟——天将亮时，钟楼上敲钟报晓。

③　俵散——散开。俵，散。

④　安厝——安葬。厝，置。后也指停灵待葬或浅埋以待改葬。

过了一会子,问失单怎样开的。贾芸回道:"家里的人都不知道,还没有开单。"贾政道:"还好,咱们动过家的,若开出好的来,反担罪名。快叫琏儿!"

贾琏领了宝玉等去别处上祭未回,贾政叫人赶了回来。贾琏听了,急得直跳,一见芸儿,也不顾贾政在那里,便把贾芸狠狠地骂了一顿,说:"不配抬举的东西!我将这样重任托你,押着人上夜巡更,你是死人么!亏你还有脸来告诉。"说着,往贾芸脸上啐了几口。贾芸垂手站着,不敢回一言。贾政道:"你骂他也无益了。"贾琏然后跪下,说:"这便怎么样?"贾政道:"也没法儿,只有报官缉贼。但只有一件,老太太遗下的东西,咱们都没动。你说要银子,我想老太太死得几天,谁忍得动她那一项银子。原打量完了事,算了账,还人家;再有的,在这里和南边置坟产的,再有东西也没见数儿。如今说文武衙门要失单,若将几件好的东西开上,恐有碍;若说金银若干,衣饰若干,又没有实在数目,谎开使不得。倒可笑你如今竟换了一个人了,为什么这样料理不开?你跪在这里是怎么样呢!"贾琏也不敢答言,只得站起来就走。贾政又叫道:"你哪里去?"贾琏又跪下道:"赶回去料理清楚,再来回。"贾政"哼"的一声,贾琏把头低下。贾政道:"你进去回了你母亲,叫了老太太的一两个丫头去,叫她们细细地想了开单子。"贾琏心里明知老太太的东西都是鸳鸯经管,她死了问谁,就问珍珠,她们哪里记得清楚。只不敢驳回,连连地答应。起来走到里头,邢、王夫人又埋怨了一顿,叫贾琏快回去,问他们这些看家的说:"明儿怎么见我们!"贾琏也只得答应了出来,一面命人套车,预备琥珀等进城;自己骑上骡子,跟了几个小厮,如飞地回去。贾芸也不敢再回贾政,斜签着身子慢慢地溜出来,骑上了马,来赶贾琏。一路无话。

到了家中,林之孝请了安,一直跟了进来。贾琏到了老太太上屋,见了凤姐、惜春在那里,心里又恨,又说不出来,便问林之孝道:"衙门里瞧了没有?"林之孝自知有罪,便跪下回道:"文武衙门都瞧了,来踪去迹也看了,尸也验了。"贾琏吃惊道:"又验什么尸?"林之孝又将包勇打死的伙贼似周瑞的干儿子的话回了贾琏。贾琏道:"叫芸儿!"贾芸进来,也跪着听话。贾琏道:"你见老爷时,怎么没有回周瑞的干儿子做了贼,被包勇打死的话?"贾芸说道:"上夜的人说像他的,恐怕不真,所以没有回。"贾琏道:"好糊涂东西!你若告诉我,就带了周瑞来一认,可不就知道了?"林之孝回道:"如今衙门里把尸首放在市口儿招认去了。"贾琏道:"这又是个糊涂东西!谁家的人做了贼,被人打死,要偿命么?"林之孝回道:"这不用人家认,奴才就认得是他。"贾琏听了想道:"是啊,我记得珍大爷那一年要打的,可不是周瑞家的么?"林之孝回说:"他和鲍二打架来着,爷还见过的呢。"贾琏听了更生气,便要打上夜的人。林之孝哀告道:"请二爷息怒。那些上夜的人,派了他们,还敢偷懒?只是爷府上的规矩,三门里一个男人不敢进去的,就是奴才们,里头不叫,也不敢进去。奴才在外同芸哥儿刻刻查点,见三门关得严严的,外头的门一重没有开,那贼是从后夹道子来的。"贾琏道:"里头上夜的女人呢?"林之孝将分更上夜、奉奶奶的命捆着、等爷审问的话回了。贾琏又问"包勇呢?"林之孝说:"又往园里去了。"贾琏便说:"去叫来。"小厮们便将包勇带来。说:"还亏你在这里,若没有你,只怕所有房屋里的东西都抢了去了呢。"包勇也不言语。惜春恐他说出那话,心下着急。凤姐也不敢言语。只见外头说:"琥珀姐姐等回来了。"大家见了,不免又哭一场。

贾琏叫人检点偷剩下的东西，只有些衣服、尺头、钱箱未动，余者都没有了。贾琏心里更加着急，想着："外头的棚杠银、厨房的钱，都没有付给，明儿拿什么还呢？"便呆想了一会。只见琥珀等进去，哭了一会，见箱柜开着，所有的东西怎能记忆，便胡乱想猜，虚拟了一张失单，命人即送到文武衙门。贾琏复又派人上夜。凤姐、惜春各自回房。贾琏不敢在家安歇，也不及埋怨凤姐，竟自骑马赶出城外。这里凤姐又恐惜春短见，又打发了丰儿过去安慰。

天已二更。不言这里贼去关门，众人更加小心，谁敢睡觉。且说伙贼一心想着妙玉，知是孤庵女众，不难欺负。到了三更夜静，便拿了短兵器，带了些闷香，跳上高墙。远远瞧见栊翠庵内灯光犹亮，便潜身溜下，藏在房头僻处。

等到四更，见里头只有一盏海灯，妙玉一人在蒲团上打坐。歇了一会，便嗳声叹气地说道："我自元墓到京，原想传个名的，为这里请来，不能又栖他处。昨儿好心去瞧四姑娘，反受了这蠢人的气，夜里又受了大惊。今日回来，那蒲团再坐不稳，只觉肉跳心惊。"因素常一个打坐的，今日又不肯叫人相伴。岂知到了五更，寒颤起来。正要叫人，只听见窗外一响，想起昨晚的事，更加害怕，不免叫人。岂知那些婆子都不答应。自己坐着，觉得一股香气透入囟门，便手足麻木，不能动弹，口里也说不出话来，心中更自着急。只见一个人拿着明晃晃的刀进来。此时妙玉心中却是明白，只不能动，想是要杀自己，索性横了心，倒也不怕。哪知那个人把刀插在背后，腾出手来，将妙玉轻轻地抱起，轻薄了一会子，便拖起背在身上。此时妙玉心中只是如醉如痴。可怜一个极洁极净的女儿，被这强盗的闷香熏住，由着他掇弄了去了。

却说这贼背了妙玉，来到园后墙边，搭了软梯，爬上墙，跳出去了。外边早有伙计弄了车辆在园外等着，那人将妙玉放倒在车上，反打起官衔灯笼，叫开栅栏，急急行到城门，正是开门之时。门官只知是有公干出城的，也不及查诘。赶出城去，那伙贼加鞭，赶到二十里坡，和众强徒打了照面，各自分头奔南海而去。不知妙玉被劫，或是甘受污辱，还是不屈而死，不知下落，也难妄拟。

只言栊翠庵一个跟妙玉的女尼，她本住在静室后面，睡到五更，听见前面有人声响，只道妙玉打坐不安。后来听见有男人脚步，门窗响动，欲要起来瞧看，只是身子发软，懒怠开口，又不听见妙玉言语，只睁睁两眼听着。到了天亮，才觉得心里清楚，披衣起来，叫了道婆①预备妙玉茶水，她便往前面来看妙玉。岂知妙玉的踪迹全无，门窗大开。心里诧异昨晚响动，甚是疑心，说："这样早她到哪里去了？"走出院门一看，有一个软梯靠墙立着，地下还有一把刀鞘，一条搭膊，便道："不好了，昨晚是贼烧了闷香了！"急叫人起来查看，庵门仍是紧闭。那些婆子女侍们都说："昨夜煤气熏着了，今早都起不起来，这么早，叫我们做什么？"那女尼道："师父不知哪里去了。"众人道："在观音堂打坐呢。"女尼道："你们还做梦呢！你来瞧瞧。"众人不知，也都着忙，开了庵门，满园里都找到了，想来或是到四姑娘那里去了。

━━━━━━━━━━━━━━━

①　道婆——此指尼庵中的女仆。

众人来叩腰门，又被包勇骂了一顿。众人说道："我们妙师父昨晚不知去向，所以来找。求你老人家叫开腰门，问一问来了没来就是了。"包勇道："你们师父引了贼来偷我们，已经偷到手了，她跟了贼受用去了。"众人道："阿弥陀佛，说这些话的防着下割舌地狱！"包勇生气道："胡说！你们再闹，我就要打了。"众人陪笑央告道："求爷叫开门，我们瞧瞧；若没有，再不敢惊动你太爷了。"包勇道："你不信，你去找；若没有，回来问你们。"包勇说着，叫开腰门，众人找到惜春那里。

惜春正是愁闷，恬着："妙玉清早去后，不知听见我们姓包的话了没有，只怕又得罪了她，以后总不肯来。我的知己是没有了。况我现在实难见人，父母早死，嫂子嫌我。头里有老太太，到底还疼我些，如今也死了，留下我孤苦伶仃，如何了局？"想到："迎春姐姐折磨死了，史姐姐守着病人，三姐姐远去，这都是命里所招，不能自由。独有妙玉如闲云野鹤，无拘无束。我能学她，就造化不小了。但我是世家之女，怎能遂意！这回看家，已大担不是，还有何颜？在这里，又恐太太们不知我的心事，将来的后事如何呢？"想到其间，便要把自己的青丝绞去，要想出家。彩屏等听见，急忙来劝，岂知已将一半头发绞去。彩屏愈加着忙，说道："一事不了，又出一事，这可怎么好呢？"

正在吵闹，只见妙玉的道婆来找妙玉。彩屏问起来由，先唬了一跳，说是："昨日一早去了没来。"里面惜春听见，急忙问道："哪里去了？"道婆们将昨夜听见的响动，被煤气熏着，今早不见有妙玉，庵内软梯刀鞘的话说了一遍。惜春惊疑不定，想起昨日包勇的话来，必是那些强盗看见了她，昨晚抢去了，也未可知。但是她素来孤洁得很，岂肯惜命？"怎么你们都没听见么？"众人道："怎么不听见？只是我们这些人都是睁着眼，连一句话也说不出，必是那贼子烧了闷香。妙姑一人想也被贼闷住，不能言语；况且贼人必多，拿刀弄杖威逼着，她还敢声喊么？"正说着，包勇又在腰门那里嚷，说："里头快把这些混账的婆子赶了出来罢，快关腰门！"彩屏听见，恐担不是，只得叫婆子出去，叫人关了腰门。惜春于是更加苦楚，无奈彩屏等再三以礼相劝，仍旧将一半青丝笼起。大家商议不必声张，就是妙玉被抢，也当作不知，且等老爷、太太回来再说。惜春心里的死定下一个出家的念头，暂且不提。

且说贾琏回到铁槛寺，将到家中查点了上夜的人，开了失单报去的话回了。贾政道："怎样开的？"贾琏便将琥珀所记得的数目单子呈出，并说："这上头元妃赐的东西，已经注明；还有那人家不大有的东西，不便开上，等侄儿脱了孝，出去托人细细地缉访，少不得弄出来的。"贾政听了合意，就点头不言。贾琏进内见了邢、王二夫人，商量着："劝老爷早些回家才好呢，不然，都是乱麻似的。"邢夫人道："可不是，我们在这里也是惊心吊胆。"贾琏道："这是我们不敢说的，还是太太的主意，二老爷是依的。"邢夫人便与王夫人商议妥了。

过了一夜，贾政也不放心，打发宝玉进来说："请太太们今日回家，过两三日再来。家人们已经派定了，里头请太太们派人罢。"邢夫人派了鹦哥等一干人伴灵，将周瑞家的等人派了总管，其余上下人等都回去。一时忙乱套车备马。贾政等在贾母灵前辞别，众人又哭了一场。

都起来正要走时，只见赵姨娘还爬在地下不起。周姨娘打量她还哭，便去拉她。岂知赵姨娘满嘴白沫，眼睛直竖，把舌头吐出，反把家人唬了一大跳。贾环过来乱嚷。赵姨娘醒来说道："我是不回去的，跟着老太太回南去。"众人道："老太太哪用你来！"赵姨娘道："我跟了一辈子老太太，大老爷还不依，弄神弄鬼的来算计我。我想仗着马道婆要出出我的气，银子白花了好些，也没有弄死了一个。如今我回去了，又不知谁来算计我。"众人听见，早知是鸳鸯附在她身上。邢、王二夫人都不言语瞅着。只有彩云等代她央告道："鸳鸯姐姐，你死是自己愿意的，与赵姨娘什么相干？放了她罢。"见邢夫人在这里，也不敢说别的。赵姨娘道："我不是鸳鸯，她早到仙界去了。我是阎王差人拿我去的，要问我为什么和马婆子用魔魔法的案件。"说着，便叫："好琏二奶奶！你在这里老爷面前少顶一句儿罢，我有一千日的不好，还有一天的好呢。好二奶奶，亲二奶奶！并不是我要害你，我一时糊涂，听了那个老娼妇的话。"

正闹着，贾政打发人进来叫环儿。婆子们去回说："赵姨娘中了邪了，三爷看着呢。"贾政道："没有的事，我们先走了。"于是爷们等先回。这里赵姨娘还是混说，一时救不过来。邢夫人恐她又说出什么来，便说："多派几个人在这里瞅着她，咱们先走。到了城里，打发大夫出来瞅罢。"王夫人本嫌她，也打撒手儿。宝钗本是仁厚的人，虽想着她害宝玉的事，心里究竟过不去，背地里托了周姨娘在这里照应。周姨娘也是个好人，便应承了。李纨说道："我也在这里罢。"王夫人道："可以不必。"于是大家都要起身。贾环急忙道："我也在这里吗？"王夫人啐道："糊涂东西！你姨妈的死活都不知，你还要走吗？"贾环就不敢言语了。宝玉道："好兄弟，你是走不得的。我进了城，打发人来瞅你。"说毕，都上车回家。寺里只有赵姨娘、贾环、鹦鹉等人。

贾政、邢夫人等先后到家，到了上房，哭了一场。林之孝带了家下众人请了安，跪着。贾政喝道："去罢！明日问你。"凤姐那日发晕了几次，竟不能出接；只有惜春见了，觉得满面羞惭。邢夫人也不理她，王夫人仍是照常，李纨、宝钗拉着手说了几句话。独有尤氏说道："姑娘，你操心了，倒照应了好几天。"惜春一言不答，只紫涨了脸。宝钗将尤氏一拉，使了个眼色。尤氏等各自归房去了。贾政略略地看了一看，叹了口气，并不言语。到书房席地坐下，叫了贾琏、贾蓉、贾芸吩咐了几句话。宝玉在书房来陪贾政，贾政道："不必。"兰儿仍跟他母亲。一宿无话。

次日，林之孝一早进书房跪着，贾政将后被盗的事问了一遍，并将周瑞供了出来，又说："衙门拿住了鲍二，身边搜出了失单上的东西，现在夹讯，要在他身上要这一伙贼呢。"贾政听了，大怒道："家奴负恩，引贼偷窃家主，真是反了！"立刻叫人到城外将周瑞捆了，送到衙门审问。林之孝只管跪着，不敢起来。贾政道："你还跪着做什么？"林之孝道："奴才该死，求老爷开恩。"正说着，赖大等一干办事家人上来请了安，呈上丧事账簿。贾政道："交给琏二爷算明了来回。"吆喝着林之孝起来出去了。

贾琏一腿跪着，在贾政身边说了一句话。贾政把眼一瞪道："胡说！老太太的事，银两被贼偷去，难道就该罚奴才拿出来么？"贾琏红了脸，不敢言语，站起来也不敢动。贾政道："你媳妇怎么样？"贾琏又跪下说："看来是不中用了。"贾政叹口气道："我不料家运衰败一至如此！况且环哥儿他妈尚在庙中病着，也不知是什么症候，你们知道不知道？"贾琏也不敢言语。贾政道："传出话去，叫人带了大夫瞧瞧去。"贾琏即忙答应着出来，叫人带了大夫到铁槛寺去瞧赵姨娘。未知死活，下回分解。

# 第 一 一 三 回
## 忏宿冤凤姐托村妪　释旧憾情婢感痴郎

**【题解】**

　　赵姨娘遭阴司拷打而死的情景，写得丑恶可怖，如入冥府看酷刑。凤姐受到震慑，忏悔宿冤，向前来贾府的刘姥姥托孤。姥姥愿为巧姐找人家，说："我给姑娘做个媒罢，我们那里虽说是屯乡里，也有大财主人家，几千顷地，几百牲口，银子钱亦不少……"这实际上就确定了巧姐的归宿。宝玉想到紫鹃处去说说知心话，却碰了个壁。此类事，总写得不成功。

　　话说赵姨娘在寺内得了暴病，见人少了，更加混说起来，唬得众人发怔。就有两个女人搀着，赵姨娘双膝跪在地下，说一回，哭一回。有时爬在地下叫饶，说："打杀我了，红胡子的老爷，我再不敢了！"有一时双手合着，也是叫疼。眼睛突出，嘴里鲜血直流，头发披散。人人害怕，不敢近前。那时又将天晚，赵姨娘的声音只管喑哑起来了，居然鬼嚎一般。无人敢在她跟前，只得叫了几个有胆量的男人进来坐着。赵姨娘一时死去，隔了些时，又回过来，整整地闹了一夜。

　　到了第二天，也不言语，只装鬼脸，自己拿手撕开衣服，露出胸膛，好像有人剥她的样子。可怜赵姨娘虽说不出来，其痛苦之状，实在难堪。正在危急，大夫来了，也不敢诊脉，只嘱咐："办后事罢。"说了，起身就走。那送大夫的家人再三央告，说："请老爷看看脉，小的好回禀家主。"那大夫用手一摸，已无脉息。贾环听了，然后大哭起来。众人只顾贾环，谁料理赵姨娘。只有周姨娘心里苦楚，想到："做偏房侧室的下场头，不过如此。况她还有儿子的，我将来死起来，还不知怎样呢！"于是反哭得悲切。

　　且说那人赶回家去回禀了，贾政即派家人去照例料理，陪着环儿住了三天，一同回来。那人去了，这里一人传十，十人传百，都知道赵姨娘使了毒心害人，被阴司里拷打死了。又说是"琏二奶奶只怕也好不了，怎么说琏二奶奶告的呢？"这些话传到平儿耳内，甚是着急，看着凤姐的样子，实在是不能好的了。看着贾琏近日并不似先前的恩爱，本来事也多，竟像不与他相干的。平儿在凤姐跟前只管劝慰。又想着邢、王二夫人回家几日，只打发人来问问，并不亲身来看。凤姐心里更加悲苦。贾琏回来也没有一句贴心的话。

　　凤姐此时只求速死，心里一想，邪魔悉至。只见尤二姐从房后走来，渐近床前，说："姐姐，许久的不见了，做妹妹的想念得很，要见不能，如今好容易进来见见姐姐。姐姐的心机也用尽了，咱们的二爷糊涂，也不领姐姐的情，反倒怨姐姐作事过于苛刻，把他的前程去了，叫他如今见不得人。我替姐姐气不平。"凤姐恍惚说道："我如今也后悔我的心忒窄了。妹妹不念旧恶，还来瞧我。"平儿在旁听见，说道："奶奶说什么？"凤姐一时苏醒，想起尤二姐已死，必是她来索命。被平儿叫醒，心里害怕，又不肯说出，只得勉强说道："我神魂不定，想是说梦话。给我捶捶。"平儿上去捶着，见个小丫头子进来，说是："刘姥姥来了，婆子们带着来请奶奶的安。"平儿急忙下来，说："在哪里呢？"小丫头子说："她不敢就进来，还听奶奶的示下。"平儿听了点头，想凤姐病里必是懒待见人，便说道："奶奶现在养神呢，暂且叫她等着。你问她来有什么事么？"小丫头子说道："她们问过了，没有事。说知道老太太去世了，因没有报，才来迟了。"小丫头子说着，凤姐听见，便叫："平儿，你来。人家好心来瞧，不要冷淡人家。你去请了刘姥姥进来，我和她说说话儿。"平儿只得出来请刘姥姥这里坐。凤姐刚要合眼，又见一个男人一个女人走向炕前，就像要上炕似的。凤姐着忙，便叫平儿，说："哪里来了一个男人，跑到这里来了？"连叫两声，只见丰儿、小红赶来，说："奶奶要什么？"凤姐睁眼一瞧，不见有人，心里明白，不肯说出，便问丰儿道："平儿这东西哪里去了？"丰儿道："不是奶奶叫去请刘姥姥去了么？"凤姐定了一会神，也不言语。

只见平儿同刘姥姥带了一个小女孩儿进来，说："我们姑奶奶在哪里？"平儿引到炕边，刘姥姥便说："请姑奶奶安。"凤姐睁眼一看，不觉一阵伤心，说："姥姥，你好？怎么这时候才来？你瞧你外孙女儿也长得这么大了。"刘姥姥看着凤姐骨瘦如柴，神情恍惚，心里也就悲惨起来，说："我的奶奶，怎么这几个月不见，就病到这个份儿！我糊涂得要死，怎么不早来请姑奶奶的安！"便叫青儿给姑奶奶请安。青儿只是笑，凤姐看了，倒也十分喜欢，便叫小红招呼着。刘姥姥道："我们屯乡里的人，不会病的，若一病了，就要求神许愿，从不知道吃药的。我想姑奶奶的病不要撞着什么了罢？"平儿听着那话不在理，便在背地里扯她。刘姥姥会意，便不言语。哪里知道这句话倒合了凤姐的意，扎挣着说："姥姥，你是有年纪的人，说得不错。你见过的赵姨娘也死了，你知道么？"刘姥姥诧异道："阿弥陀佛！好端端一个人，怎么就死了？我记得她也有一个小哥儿，这便怎么样呢？"平儿道："这怕什么，他还有老爷、太太呢。"刘姥姥道："姑娘，你哪里知道，不好死了是亲生的，隔了肚皮子是不中用的。"这句话又招起凤姐的愁肠，呜呜咽咽地哭起来了。众人都来劝解。

巧姐儿听见她母亲悲哭，便走到炕前，用手拉着凤姐的手，也哭起来。凤姐一面哭着，道："你见过了姥姥了没有？"巧姐儿道："没有。"凤姐道："你的名字还是她起的呢，就和干娘一样，你给她请个安。"巧姐儿便走到跟前，刘姥姥忙着拉着道："阿弥陀佛，不要折杀我了！巧姑娘，我一年多不来，你还认得我么？"巧姐儿道："怎么不认得。那年在园里见的时候，我还小；前年你来，我还和你要隔年的蝈蝈儿，你也没有给我，必是忘了。"刘姥姥道："好姑娘，我是老糊涂了。若说蝈蝈儿，我们屯里多得很，只是不到我们那里去，若去了，要一车也容易。"凤姐道："不然，你带了她去罢。"刘姥姥笑道："姑娘这样千金贵体，绫罗裹大了的，吃的是好东西，到了我们那里，我拿什么哄她玩，拿什么给她吃呢？这倒不是坑杀我了么！"说着，自己还笑，她说："那么着，我给姑娘做个媒罢。我们那里虽说是屯乡里，也有大财主人家，几千顷地，几百牲口，银子钱亦不少，只是不像这里有金的，有玉的。姑奶奶是瞧不起这种人家，我们庄家人瞧着这样大财主，也算是天上的人了。"凤姐道："你说去，我愿意就给。"刘姥姥道："这是玩话儿罢咧！放着姑奶奶这样，大官大府的人家只怕还不肯给，哪里肯给庄家人。就是姑奶奶肯了，上头太太们也不给。"巧姐因她这话不好听，便走了去和青儿说话。两个女孩儿倒说得上，渐渐地就熟起来了。

这里平儿恐刘姥姥话多，搅烦了凤姐，便拉了刘姥姥说："你提起太太来，你还没有过去呢。我出去叫人带了你去见见，也不枉来这一趟。"刘姥姥便要走。凤姐道："忙什么！你坐下，我问你，近来的日子还过得么？"刘姥姥千恩万谢地说道："我们若不仗着姑奶奶，"说着，指着青儿说，"她的老子娘都要饿死了。如今虽说是庄家人苦，家里也挣了好几亩地，又打了一眼井，种些菜蔬瓜果，一年卖的钱也不少，尽够他们嚼吃的了。这两年姑奶奶还时常给些衣服布匹，在我们村里算过得的了。阿弥陀佛！前日她老子进城，听见姑奶奶这里动了家，我就几乎唬杀了。亏得又有人说，不是这里，我才放心。后来又听见说这里老爷升了，我又喜欢，就要来道喜，为的是满地的庄稼，来不得。昨儿又听说老太太没有了。我在地里打豆子，听见了这话，唬得连豆子都拿不起来了，就在地里狠狠地哭了一大场。我和女婿说：'我也顾不得你们了，不管真话谎话，我是要进城瞧瞧去的。'我女儿、女婿也不是没良心的，听见了也哭了一回子。今儿天没亮，就赶着我进城来了。我也不认得一个人，没有地方打听。一径来到后门，见是门神都糊了①，我这一唬又不小。进了门，找周嫂子，再找不着，撞见一个小姑娘，说周嫂子她得了不是了，撵了。我又等了好半天，遇见了熟人，才得进来。不打量姑奶奶也是这么病。"说着，又掉下泪来。平儿等着急，也不等她说完，拉着就走，说："你老人家说了半天，口干了，咱们喝碗茶去罢。"拉着刘姥姥到下房坐着，青儿在巧姐儿那边。刘姥姥道："茶倒不要，好姑娘，叫人带了我去请太太的安，哭哭老太太去罢。"平儿道："你不用忙，今儿也赶不出城的了。方才我是怕你说话不防头，招得我们奶奶哭，所以催你出来的。别思量。"刘姥姥道："阿弥陀佛，姑娘是你多心，我知道。倒是奶奶的病怎么好呢？"平儿道："你瞧去妨碍不妨碍？"刘姥姥道："说是罪过，我瞧着不好。"

正说着，又听凤姐叫呢。平儿及到床前，凤姐又不言语了。平儿正问丰儿，贾琏进来，向炕上一瞧，也不言语，走到里间，气哼哼地坐下。只有秋桐跟了进去，倒了茶，殷勤一回，不知喊喊喳喳地说些什么。回来，贾琏叫平儿来问道："奶奶不吃药么？"平儿道："不吃药，怎么样呢？"贾琏道："我知道么！你拿柜子上的钥匙来罢。"平儿见贾琏有气，又不敢问，只得出来凤姐耳边说了一声。凤姐不言语，平儿便将一个匣子搁在贾琏那里就走。贾琏道："有鬼叫你吗！你搁着叫谁拿呢？"平儿忍气打开，取了钥匙，开了柜子，便问道："拿什么？"贾琏道："咱们有什么吗？"平儿气得哭道："有话明白说，人死了也愿意！"贾琏道："这还要说么！头里的事是你们闹的。如今老太太的还短了四五千银子，老爷叫我拿公中的地账弄银子，你说么？外头拉的账不开发，使得么？谁叫我应这个名儿！只好把老太太给我的东西折变去罢了。你不依么？"平儿听了，一

---

① 糊门神——旧时家有丧事，将门神、对联等用白纸糊盖，表示守丧。

句不言语，将柜里东西搬出。只见小红过来说："平姐姐快走！奶奶不好呢。"平儿也顾不得贾琏，急忙过来，见凤姐用手空抓，平儿用手攥着哭叫。贾琏也过来一瞧，把脚一跺道："若是这样，是要我的命了！"说着掉下泪来。丰儿进来说："外头找二爷呢。"贾琏只得出去。

这里凤姐愈加不好，丰儿等不免哭起来。巧姐听见赶来。刘姥姥也急忙走到炕前，嘴里念佛，捣了些鬼，果然凤姐好些。一时，王夫人听了丫头的信，也过来了，先见凤姐安静些，心下略放心，见了刘姥姥，便说："刘姥姥，你好？什么时候来的？"刘姥姥便说："请太太安。"不及细说，只言凤姐的病。讲究了半天，彩云进来说："老爷请太太呢。"王夫人叮咛了平儿几句话，便过去了。

凤姐闹了一回，此时又觉清楚些。见刘姥姥在这里，心里信她求神祷告，便把丰儿等支开，叫刘姥姥坐在头边，告诉她心神不宁，如见鬼怪的样。刘姥姥便说我们屯里什么菩萨灵，什么庙有感应。凤姐道："求你替我祷告，要用供献的银钱我有。"便在手腕上褪下一只金镯子来交给她。刘姥姥道："姑奶奶，不用那个。我们村庄人家许了愿，好了，花上几百钱就是了，哪用这些！就是我替姑奶奶求去，也是许愿。等姑奶奶好了，要花什么，自己去花罢。"凤姐明知刘姥姥一片好心，不好勉强，只得留下，说："姥姥，我的命交给你了。我的巧姐儿也是千灾百病的，也交给你了。"刘姥姥顺口答应，便说："这么着，我看天气尚早，还赶得出城去，我就去了。明儿姑奶奶好了，再请还愿去。"凤姐因被众冤魂缠绕害怕，巴不得她就去，便说："你若肯替我用心，我能安稳睡一觉，我就感激你了。你外孙女儿，叫她在这里住下罢。"刘姥姥道："庄家孩子没有见过世面，没的在这里打嘴。我带她去的好。"凤姐道："这就是多心了。既是咱们一家，这怕什么？虽说我们穷了，多一个人吃饭也不碍什么。"刘姥姥见凤姐真情，落得叫青儿住几天，又省了家里的嚼吃。只怕青儿不肯，不如叫她来问问，若是她肯，就留下。于是和青儿说了几句。青儿因与巧姐儿玩得熟了，巧姐又不愿她去，青儿又愿意在这里。刘姥姥便吩咐了几句，辞了平儿，忙忙地赶出城去。不提。

且说栊翠庵原是贾府的地址，因盖省亲园子，将那庵圈在里头，向来食用香火，并不动贾府的钱粮。今日妙玉被劫，那女尼呈报到官，一则候官府缉盗的下落，二则是妙玉基业，不便离散，依旧住下，不过回明了贾府。那时贾府的人虽都知道，只为贾政新丧，且又心事不宁，也不敢将这些没要紧的事回禀。只有惜春知道此事，日夜不安。渐渐传到宝玉耳边，说："妙玉被贼劫去。"又有的说："妙玉凡心动了，跟人而走。"宝玉听得，十分纳闷："想来必是被强徒抢去。这个人必不肯受，一定不屈而死。"但是一无下落，心下甚不放心，每日长嘘短叹。还说："这样一个人，自称为'槛外人'，怎么遭此结局！"又想到："当日园中何等热闹。自从二姐姐出阁以来，死的死，嫁的嫁，我想她一尘不染，是保得住的了，岂知风波顿起，比林妹妹死得更奇！"由是一而二，二而三，追思起来，想到《庄子》上的话，虚无缥缈，人生在世，难免风流云散，不禁的大哭起来。袭人等又道是他的疯病发作，百般的温柔解劝。

宝钗初时不知何故，也用话箴规。怎奈宝玉抑郁不解，又觉精神恍惚。宝钗想不出道理，再三打听，方知妙玉被劫，不知去向，也是伤感。只为宝玉愁烦，便用正言解释。因提起："兰儿自送殡回来，虽不上学，闻得日夜攻苦。他是老太太的重孙。老太太素来望你成人，老爷为你日夜焦心，你为闲情痴意，糟蹋自己，我们守着你如何是个结果？"说得宝玉无言可答，过了一回，才说道："我哪管人家的闲事？只可叹咱们家的运气衰颓。"宝钗道："可又来，老爷、太太原为是要你成人，接续祖宗遗绪①，你只是执迷不悟，如何是好！"宝玉听来，话不投机，便靠在桌上睡去。宝钗也不理他，叫麝月等伺候着，自己却去睡了。

宝玉见屋里人少，想起："紫鹃到了这里，我从没和她说句知心的话儿，冷冷清清撂着她，我心里甚不过意。她呢，又比不得麝月、秋纹，我可以安放得的。想起从前我病的时候，她在我这里伴了好些时——如今她的那一面小镜子还在我这里——她的情义却也不薄了。如今不知为什么，见我就是冷冷的。若说为我们这一个呢，她是和林妹妹最好的，我看她待紫鹃也不错。我有不在家的日子，紫鹃原也与她有说有讲的；到我来了，紫鹃便走开了。想来自然是为林妹妹死了，我便成了家的原故。唉，紫鹃，紫鹃！你这样一个聪明女孩儿，难道连我这点子苦处都看不出来么！"因又一想："今晚她们睡的睡，做活的做活，不如趁着这个空儿，我找她去，看她有什么话？倘或我还有得罪之处，便陪个不是也使得。"想定主意，轻轻地走出了房门，来找紫鹃。

那紫鹃的下房也就在西厢里间。宝玉悄悄地走到窗下，只见里面尚有灯光，便用舌头舔破窗纸，往里一瞧，见紫鹃独自挑灯，又不是做什么，呆呆地坐着。宝玉便轻轻地叫道："紫鹃姐姐，还没有睡么？"紫鹃听了，唬了一跳，怔怔的半日，才说："是谁？"宝玉道："是我。"紫鹃听着，似乎是宝玉的声音，便问："是宝二爷么？"宝玉在外轻轻地答应了一声。紫鹃问道："你来做什么？"宝玉道："我有一句心里的话要和你说说，你开了门，我到你屋里坐坐。"紫鹃停了一会儿，说道："二爷有什么话，天晚了，请回罢，明日再说罢。"宝玉听了，寒了半截。自己还要进去，恐紫鹃未必开门；欲要回去，这一肚子的隐情越发被紫鹃这一句话勾起。无奈，说道："我也没有多余的话，只问你一句。"紫鹃道："既是一句，就请说。"宝玉半日反不言语。

紫鹃在屋里不见宝玉言语，知他素有痴病，恐怕一时实在抢白了他，勾起他的旧病，倒也不好了，因站起来，细听了一听，又问道："是走了，还是傻站着呢？有什么又不说，尽着在这里恼人。已经恼死了一个，难道还要恼死一个么？这是何苦来呢！"说着，也从宝玉舔破之处往外一张，见宝玉在那里呆听。紫鹃不便再说，回身剪了剪烛花。忽听宝玉叹了一声道："紫鹃姐姐，你从来不是这样铁心石肠，怎么近来连一句好好儿的话都不和我说了？我固然是个浊物，不配你们理我，但只我有什么不是，只望姐姐说明了，哪怕姐姐一辈子不理我，我死了倒作个明白鬼呀！"紫鹃听了，冷笑道："二爷就是这个话呀，还有什么？若就是这个话呢，我们姑娘在时，我也跟着听俗了；若是我们有什么不好处呢，我是太太派来的，二爷倒是回太太去，左右我们丫头们更算不得什么了！"说到这里，那声儿便哽咽起来，说着，又撧鼻涕。宝玉在外知她伤心哭了，便急得跺脚道："这是怎么说！

---

① 祖宗遗绪——祖宗留下的事业产业。

我的事情，你在这里几个月，还有什么不知道的？就便别人不肯替我告诉你，难道你还不叫我说，叫我憋死了不成！"说着，也呜咽起来了。

宝玉正在这里伤心，忽听背后一个人接言道："你叫谁替你说呢？谁是谁的什么？自己得罪了人，自己央及呀，人家赏脸不赏在人家，何苦来拿我们这些没要紧的垫喘儿呢！"这一句话把里外两个人都吓了一跳。你道是谁？原来却是麝月。宝玉自觉脸上没趣。只见麝月又说道："到底是怎么着？一个陪不是，一个人又不理。你倒是快快地央及呀。嗳！我们紫鹃姐姐也就太狠心了，外头这么怪冷的，人家央及了这半天，总连个活动气儿也没有。"又向宝玉道："刚才二奶奶说了，多早晚了，打量你在哪里呢，你却一个人站在这房檐底下做什么？"紫鹃里面接着说道："这可是什么意思呢？早就请二爷进去，有话明日说罢。这是何苦来！"

宝玉还要说话，因见麝月在那里，不好再说别的，只得一面同麝月走回，一面说道："罢了，罢了！我今生今世也难剖白①这个心了！惟有老天知道罢了！"说到这里，那眼泪也不知从何处来的，滔滔不断了。麝月道："二爷，依我劝，你死了心罢。白陪眼泪也可惜了儿的。"宝玉也不答言，遂进了屋子。只见宝钗睡了，宝玉也知宝钗装睡。却是袭人说了一句道："有什么话，明日说不得？巴巴儿地跑那里去闹，闹出……"说到这里，也就不肯说，迟了一迟，才接着道："身上不觉怎么样？"宝玉也不言语，只摇摇头儿，袭人一面才打发睡下。一夜无眠，自不必说。

这里紫鹃被宝玉一招，越发心里难受，直直地哭了一夜。思前想后："宝玉的事，明知他病中不能明白，所以众人弄鬼弄神地办成了。后来宝玉明白了，旧病复发，常时哭想，并非忘情负义之徒。今日这种柔情，一发叫人难受，只可怜我们林姑娘真是无福消受他。如此看来，人生缘分都有一定，在那未到头时，大家都是痴心妄想。乃至无可如何，那糊涂的也就不理会了，那情深义重的也不过临风对月，洒泪悲啼。可怜那死的倒未必知道，这活的真真是苦恼伤心，无休无了。算来竟不如草木石头，无知无觉，倒也心中干净！"想到此处，倒把一片酸热之心一时冰冷了。才要收拾睡时，只听东院里吵嚷起来。未知何事，下回分解。

---

① 剖白——程甲、藤本等作"白陪"，从程乙、梦稿本。

# 第 一 一 四 回
## 王熙凤历幻返金陵　甄应嘉蒙恩还玉阙

【题解】

　　凤姐有"一从二令三人木，哭向金陵事更哀"的判词，虽上句诉讼不绝，难有确解，但下句的主语是凤姐甚明，非言其尸返金陵，送殡者"哭"也。金陵十二钗册子，乃多年前宝玉午梦中所见；当时昏昏不解，醒后也未声张，凤姐怎么可能说出"到金陵归入册子去"的话呢？这是续作者为"照应"前文，将自己头脑中的印象强加在人物身上的例子。

　　凤姐刚死后停床，请大舅子王仁过来。王仁一到，无任何哀悼表示，开口就说"混账话"，还把外甥女巧姐叫过来听骂，向她索要财物。虽写王仁不是东西，但总觉过分，不太合情理。

　　江南甄家曾被抄家，居然也蒙"主上眷念功臣，赐还世职"。贾政托他捎信给嫁在海疆的探春；他也要将自家的宝玉暂寄住贾家。甄贾宝玉，虽名同貌同，但续作者对原作者的意图仍难了然，只好作偶然巧合处理。


　　却说宝玉、宝钗听说凤姐病得危急，赶忙起来。丫头秉烛伺候。正要出院，只见王夫人那边打发人来说："琏二奶奶不好了，还没有咽气，二爷、二奶奶且慢些过去罢。琏二奶奶的病有些古怪，从三更天起，到四更时候，琏二奶奶没有住嘴，说些胡话，要船要轿的，说到金陵归入册子去。众人不懂，她只是哭哭喊喊的。琏二爷没有法儿，只得去糊了船轿，还没拿来，琏二奶奶喘着气等呢。叫我们过来说，等琏二奶奶去了，再过去罢。"宝玉道："这也奇，她到金陵做什么？"袭人轻轻地和宝玉说道："你不是那年做梦，我还记得说有多少册子，不是琏二奶奶也到那里去么？"宝玉听了点头道："是呀，可惜我都不记得那上头的话了。这么说起来，人都有个定数的了。但不知林妹妹又到哪里去了？我如今被你一说，我有些懂得了。若再做这个梦时，我得细细地瞧一瞧，便有未卜先知的份儿了。"袭人道："你这样的人，可是不可和你说话的，偶然提了一句，你便认起真来了吗？就算你能先知了，你有什么法儿！"宝玉道："只怕不能先知，若是能了，我也犯不着为你们瞎操心了。"

　　两个正说着，宝钗走来问道："你们说什么？"宝玉恐她盘诘，只说："我们谈论凤姐姐。"宝钗道："人要死了，你们还只管议论人。旧年你还说我咒人，那个签不是应了么？"宝玉又想了一想，拍手道："是的，是的。这么说起来，你倒能先知了。我索性问问你，你知道我将来怎么样？"宝钗笑道："这是又胡闹起来了。我是就她求的签上的话混解的，你就认了真了。你就和邢妹妹一样的了，你失了玉，她去求妙玉扶乩，批出来的众人不解，她还背地里和我说妙玉怎么前知，怎么参禅悟道。如今她遭此大难，她如何自己都不知道，这可是算得前知吗？就是我偶然说着了二奶奶的事情，其实知道她是怎么样了，只怕我连我自己也不知道呢。这样下落，可不是虚诞的事，是信得的么？"宝玉道："别提她了。你只说邢妹妹罢，自从我们这里连连的有事，把她这件事竟忘记了。你们家这么一件大事，怎么就草草的完了？也没请亲唤友的。"宝钗道："你这话又是迂了。我们家的亲戚，只有咱们这里和王家最近。王家没了什么正经人了。咱们家遭了老太太的大事，所以也没请，就是琏二哥张罗了张罗。别的亲戚虽也有一两门子，你没过去，如何知道？算起来，我们这二嫂子的命和我差不多，好好的许了我二哥哥，我妈妈原想体体面面地给二哥哥娶这房亲事的。一则为我哥哥在监里，二哥哥也不肯大办；二则为咱家的事；三则为我二嫂子在大太太那边忒苦，又加着抄了家，大太太是苛刻一点的，她也实在难受。所以我和妈妈说了，便将将就就地娶了过去。我看二嫂子如今倒是安心乐意地孝敬我妈妈，比亲媳妇还强十倍呢。待二哥哥也是极尽妇道的，和香菱又甚好，二哥哥不在家，她两个和和气气地过日子。虽说是穷些，我妈妈近来倒安逸好些。就是想起我哥哥来，不免悲伤。况且常打发人家里来要使用，多亏二哥哥在外头账头儿上讨来应付他的。我听见说，城里有几处房子已经典去，还剩了一所在那里，打算着搬去住。"宝玉道："为什么要搬？住在这里，你来去也便宜些；若搬远了，你去就要一天了。"宝钗道："虽说是亲戚，到底各自的稳便些。哪里有个一辈子住在亲戚家的呢！"

宝玉还要讲出不搬去的理，王夫人打发人来说："琏二奶奶咽了气了，所有的人都过去了，请二爷、二奶奶就过去。"宝玉听了，也撑不住跺脚要哭。宝钗虽也悲戚，恐宝玉伤心，便说："有在这里哭的，不如到那边哭去。"

于是两人一直到凤姐那里，只见好些人围着哭呢。宝钗走到跟前，见凤姐已经停床，便大放悲声。宝玉也拉着贾琏的手，大哭起来。贾琏也重新哭泣。平儿等因见无人劝解，只得含悲上来劝止了。众人都悲哀不止。贾琏此时手足无措，叫人传了赖大来，叫他办理丧事。自己回明了贾政去，然后行事。但是手头不济，诸事拮据；又想起凤姐素日来的好处，更加悲哭不已；又见巧姐哭得死去活来，越发伤心。哭到天明，即刻打发人去请他大舅子王仁过来。

那王仁自从王子腾死后，王子胜又是无能的人，任他胡为，已闹得六亲不和。今知妹子死了，只得赶着过来哭了一场。见这里诸事将就，心下便不舒服，说："我妹妹在你家辛辛苦苦当了好几年家，也没有什么错处，你们家该认真地发送发送才是，怎么这时候诸事还没有齐备？"贾琏本与王仁不睦，见他说些混账话，知他不懂地什么，也不大理他。王仁便叫了他外甥女儿巧姐过来，说："你娘在时，本来办事不周到，只知道一味地奉承老太太，把我们的人都不大看在眼里。外甥女儿，你也大了，看见我曾经沾染过你们没有？如今你娘死了，诸事要听着舅舅的话。你母亲娘家的亲戚就是我和你二舅舅了。你父亲的为人，我也早知道的了，只有重别人，那年什么尤姨娘死了，我虽不在京，听见人说花了好些银子。如今你娘死了，你父亲倒是这样的将就办去吗？你也不快些劝劝你父亲！"

巧姐道："我父亲巴不得要好看，只是如今比不得从前了。现在手里没钱，所以诸事省些是有的。"王仁道:"你的东西还少么!"巧姐儿道:"旧年抄去,何尝还有呢!"王仁道:"你也这样说?我听见老太太又给了好些东西,你该拿出来。"巧姐又不好说父亲用去,只推不知道。王仁便道:"哦!我知道了,不过是你要留着做嫁妆罢咧。"巧姐听了,不敢回言,只气得哽噎难鸣地哭起来了。平儿生气说道:"舅老爷,有话等我们二爷进来再说。姑娘这么点年纪,她懂得什么!"王仁道:"你们是巴不得二奶奶死了,你们就好为王了。我并不要什么,好看些,也是你们的脸面。"说着,赌气坐着。巧姐满怀的不舒服,心想:"我父亲并不是没情。我妈妈在时,舅舅不知拿了多少东西去,如今说得这样干净!"于是便不大瞧得起她舅舅了。岂知王仁心里想来,他妹妹不知攒积了多少,虽说抄了家,那屋里的银子还怕少吗!"必是怕我来缠他们,所以也帮着这么说。这小东西儿也是不中用的。"从此,王仁也嫌了巧姐儿了。

贾琏并不知道,只忙着弄银钱使用。外头的大事叫赖大办了;里头也要用好些钱,一时实在不能张罗。平儿知他着急,便叫贾琏道:"二爷也别过于伤了自己的身子。"贾琏道:"什么身子!现在日用的钱都没有,这件事怎么办?偏有个糊涂行子又在这里蛮缠,你想有什么法儿!"平儿道:"二爷也不用着急,若说没钱使唤,我还有些东西,旧年幸亏没有抄去,在里头。二爷要,就拿去当着使唤罢。"贾琏听了,心想:"难得这样。"便笑道:"这样更好,省得我各处张罗。等我银子弄到手了还你。"平儿道:"我的也是奶奶给的,什么还不还!只要这件事办得好看些就是了。"贾琏心里倒着实感激她,便将平儿的东西拿了去,当钱使用。诸凡事情,便与平儿商量。秋桐看着,心里就有些不甘,每每口角里头便说:"平儿没有了奶奶,她要上去了。我是老爷的人,她怎么就越过我去了呢?"平儿也看出来了,只不理她。倒是贾琏一时明白,越发把秋桐嫌了,一时有些烦恼,便拿着秋桐出气。邢夫人知道,反说贾琏不好。贾琏忍气。不提。

再说凤姐停了十余天,送了殡。贾政守着老太太的孝,总在外书房。那时清客相公渐渐地都辞去了,只有个程日兴还在那里,时常陪着说说话儿。提起"家运不好,一连人口死了好些,大老爷和珍大爷又在外头,家计一天难似一天。外头东庄地亩也不知道怎么样,总不得了呀!"程日兴道:"我在这里好些年,也知道府上的人,哪一个不是肥己的?一年一年都往他家里拿,那自然府上是一年不够一年了。又添了大老爷、珍大爷那边两处的费用,外头又有些债务,前儿又破了好些财,要想衙门里缉贼追赃,是难事。老世翁若要安顿家事,除非传那些管事的来,派一个心腹的人各处去清查清查,该去的去,该留的留,有了亏空,着在经手的身上赔补,这就有了数儿了。那一座大的园子,人家是不敢买的,这里头的出息也不少,又不派人管了。那年老世翁不在家,这些人就弄神弄鬼儿的,闹得一个人不敢到园里,这都是家人的弊。此时把下人查一查,好的使着,不好的便撵了,这才是道理。"贾政点头道:"先生,你所不知,不必说下人,便是自己的侄儿,也靠不住。若要我查起来,哪能一一亲见亲知。况我又在服中,不能照管这些了。我素来又兼不大理家,有的没的,我还摸不着呢。"程日兴道:"老世翁最是仁德的人,若在别家的,这样的家计,就穷起来,十年五载还不怕,便向这些管家的要,也就够了。我听见世翁的家人还有做知县的呢。"贾政道:"一个人若要使起家人们的钱来便了不得了,只好自己俭省些。但是册子上的产业,若是实有还好,生怕有名无实了。"程日兴道:"老世翁所见极是。晚生为什么说要查查呢？"贾政道："先生必有所闻。"程日兴道："我虽知道些那些管事的神通，晚生也不敢言语的。"贾政听了，便知话里有因，便叹道："我自祖父以来，都是仁厚的，从没有刻薄过下人。我看如今这些人一日不似一日了。在我手里行出主子样儿来，又叫人笑话。"

两人正说着，门上的进来回道："江南甄老爷到来了。"贾政便问道："甄老爷进京为什么？"那人道："奴才也打听了，说是蒙圣恩起复了。"贾政道："不用说了，快请罢。"那人出去，请了进来。那甄老爷即是甄宝玉之父，名叫甄应嘉，表字友忠，也是金陵人氏，功勋之后。原与贾府有亲，素来走动的。因前年挂误革了职，动了家产。今遇主上眷念功臣，赐还世职，行取①来京陛见。知道贾母新丧，特备祭礼，择日到寄灵的地方拜奠，所以先来拜望。贾政有服，不能远接，在外书房门口等着。那位甄老爷一见，便悲喜交集，因在制中②，不便行礼，便拉着了手叙了些阔别思念的话，然后分宾主坐下，献了茶，彼此又将别后事情的话说了。

贾政问道："老亲翁几时陛见的？"甄应嘉道："前日。"贾政道："主上隆恩，必有温谕。"甄应嘉道："主上的恩典，真是比天还高，下了好些旨意。"贾政道："什么好旨意？"甄应嘉道："近来越寇③猖獗，海疆一带，小民不安，派了安国公征剿贼寇。主上因我熟悉土疆，命我前往安抚，但是即日就要起身。昨日知老太太仙逝，谨备瓣香④至灵前拜奠，稍尽微忱。"贾政即忙叩首拜谢，便说："老亲翁即此一行，必是上慰圣心，下安黎庶，诚哉莫大之功，正在此行！但弟不克亲睹奇才，只好遥聆捷报。现在镇海统制是弟舍亲，会时务望青照⑤。"甄应嘉道："老亲翁与统制是什么亲戚？"贾政道："弟那年在江西粮道任时，将小女许配与统制少君⑥，结缡已经三载。因海口案内未清，继以海寇聚奸，所以音信不通。弟深念小女，俟老亲翁安抚事竣后，拜恳便中请一视。弟即修数行，烦尊纪⑦带去，便感激不尽了。"甄应嘉道："儿女之情，人所不免。我正在有奉托老亲翁的事。日蒙圣恩召取来京，因小儿年幼，家下乏人，将贱眷全带来京。我因钦限迅速，昼夜先行，贱眷在后缓行，到京尚需时日。弟奉旨出京，不敢久留。将来贱眷到京，少不得要到尊府，定叫小犬叩见。如可进教，遇有姻事可图之处，望乞留意为感。"贾政一一答应。那甄应嘉又说了几句话，就要起身，说："明日在城外再见。"贾政见他事忙，谅难再坐，只得送出书房。

贾琏、宝玉早已伺候在那里代送，因贾政未叫，不敢擅入。甄应嘉出来，两人上去请安。应嘉一见宝玉，呆了一呆，心想："这个怎么甚像我家宝玉？只是浑身缟素。"因问："至亲久阔，爷们都不认得了。"贾政忙指贾琏道："这是家兄名赦之子琏二侄儿。"又指着宝玉道："这是第二小犬，名叫宝玉。"应嘉拍手道奇："我在家听见说老亲翁有个衔玉生的爱子，名叫宝玉。因与小儿同名，心中甚为罕异。后来想着这个也是常有的事，不在意了。岂知今日一见，不但面貌相同，且举止一般，这更奇了。"问起年纪，比这里的哥儿略小一岁。贾政便因提起承属包勇，问及"令郎哥儿与小儿同名"的话述了一遍。应嘉因属意宝玉，也不暇问及那包勇的得妥，只连连地称道："真真罕异！"因又拉了宝玉的手，极致殷勤。又恐安国公起身甚速，急须预备长行，勉强分手徐行。贾琏、宝玉送出，一路又问了宝玉好些的话。及至登车去后，贾琏、宝玉回来见了贾政，便将应嘉问的话回了一遍。贾政命他二人散去。

贾琏又去张罗，算明凤姐丧事的账目。宝玉回到自己房中，告诉了宝钗，说是："常提的甄宝玉，我想一见不能，今日倒先见了他父亲了。我还听得说他家宝玉也不日要到京了，要来拜望我老爷呢。又人人说和我一模一样的，我只不信。若是他后儿到了咱们这里来，你们都去瞧去，看他果然和我像不像。"宝钗听了道："嗳，你说话怎么越发不留神了？什么男人同你一样都说出来了，还叫我们瞧去吗！"宝玉听了，知是失言，脸上一红，连忙地还要解说。不知何话，下回分解。

# 第 一 一 五 回

## 惑偏私惜春矢素志　证同类宝玉失相知

**【题解】**

惜春"矢素志"为尼，客观上是"勘破三春梦不长"，看不见在大家庭有什么前途；主观上则是冷面冷心、不顾别人死活，只要能保住自己就好的孤介性格。她选择了进妙玉空出来的栊翠庵——一个花木繁茂、环境优美的去处。后来还有紫鹃跟着去服侍，是不错的主意。不过，在曹雪芹笔下，她可没有如此幸运。"可怜绣户侯门女，独卧青灯古佛旁。"看光景，只能是尘世间龌龊的尼庵，艰难维生，过清苦的日子，故脂评叹道："公府千金，至缁衣乞食，宁不悲夫！"（第二十二回评）

甄宝玉幼时与贾宝玉同性情，有一番阅历后，成了改邪归正的样板，主张"一个男人原该要立身扬名的"。所以与贾宝玉分道扬镳，一个求仕进，一个入空门。

宝玉要出家，也得先经过科举之门；要读书中魁，非得有点灵性不可，糊涂不得。所以就有和尚送玉来。效仿以前写法，再让宝玉莫名其妙地病得"人事不醒（省）"，"只好准备后事"。其实，通灵玉除邪祟，只有前面那一次；送玉的和尚也不必写得他遍身铜臭，勒索一万两银子。虽属假话，但刺刺不休地说了又说，总惹人生厌。

话说宝玉为自己失言，被宝钗问住，想要掩饰过去，只见秋纹进来说："外头老爷叫二爷呢。"宝玉巴不得一声，便走了去。去到贾政那里，贾政道："我叫你来不为别的，现在你穿着孝，不便到学里去，你在家里，必要将你念过的文章温习温习。我这几天倒也闲着，隔两三日要做几篇文章我瞧瞧，看你这些时进益了没有。"宝玉只得答应着。贾政又道："你环兄弟、兰侄儿我也叫他们温习去了。倘若你作的文章不好，反倒不及他们，那可就不成事了。"宝玉不敢言语，答应了个"是"，站着不动。贾政道："去罢。"宝玉退了出来，正撞见赖大诸人拿着些册子进来。

宝玉一溜烟回到自己房中，宝钗问了，知道叫他作文章，倒也喜欢。惟有宝玉不愿意，也不敢怠慢。正要坐下静静心，见有两个姑子进来，宝玉看是地藏庵的，来和宝钗说："请二奶奶安。"宝钗待理不理地说："你们好？"因叫人来："倒茶给师父们喝。"宝玉原要和那姑子说话，见宝钗似乎厌恶这些，也不好兜搭①。那姑子知道宝钗是个冷人，也不久坐，辞了要去。宝钗道："再坐坐去罢。"那姑子道："我们因在铁槛寺做了功德，好些时

---

① 兜搭——闲谈，拉扯。

没来请太太、奶奶们的安。今日来了，见过了奶奶、太太们，还要看四姑娘呢。"宝钗点头，由她去了。

那姑子便到惜春那里，见了彩屏，说："姑娘在哪里呢？"彩屏道："不用提了。姑娘这几天饭都没吃，只是歪着。"那姑子道："为什么？"彩屏道："说也话长。你见了姑娘，只怕她便和你说了。"惜春早已听见，急忙坐起，说："你们两个人好啊！见我们家事差了，便不来了。"那姑子道："阿弥陀佛！有也是施主，没也是施主，别说我们是本家庵里的，受过老太太多少恩惠呢！如今老太太的事，太太、奶奶们都见了，只没有见姑娘，心里惦记，今儿是特特地来瞧姑娘来的。"惜春便问起水月庵的姑子来。那姑子道："他们庵里闹了些事，如今门上也不肯常放进来了。"便问惜春道："前儿听见说，栊翠庵的妙师父怎么跟了人去了？"惜春道："哪里的话！说这个话的人提防着割舌头。人家遭了强盗抢去，怎么还说这样的坏话！"那姑子道："妙师父的为人怪僻，只怕是假惺惺罢？在姑娘面前，我们也不好说的。哪里像我们这些粗夯人，只知道讽经念佛，给人家忏悔，也为着自己修个善果。"惜春道："怎么样就是善果呢？"那姑子道："除了咱们家这样善德人家儿不怕，若是别人家，那些诰命夫人、小姐，也保不住一辈子的荣华。到了苦难来了，可就救不得了。只有个观世音菩萨大慈大悲，遇见人家有苦难的，就慈心发动，设法儿救济。为什么如今都说'大慈大悲救苦救难的观世音菩萨'呢！我们修了行的人，虽说比夫人、小姐们苦多着呢，只是没有险难的了。虽不能成佛作祖，修修来世或者转个男身，自己也就好了。不像如今脱生了个女人胎子，什么委屈烦难都说不出来。姑娘，你还不知道呢，要是人家姑娘出了门子，这一辈子跟着人，是更没法儿的。若说修行，也只要修得真。那妙师父自为才情比我们强，她就嫌我们这些人俗，岂知俗的才能得善缘呢，她如今到底是遭了大劫了。"

惜春被那姑子一番话说得合在机上，也顾不得丫头们在这里，便将尤氏待她怎样，前儿看家的事说了一遍，并将头发指给她瞧，道："你打量我是什么没主意恋火坑的人么？早有这样的心，只是想不出道儿来。"那姑子听了，假作惊慌道："姑娘再别说这个话！珍大奶奶听见，还要骂杀我们，撵出庵去呢！姑娘这样人品，这样人家，将来配个好姑爷，享一辈子的荣华富贵……"惜春不等说完，便红了脸，说："珍大奶奶撵得你，我就撵不得么？"那姑子知是真心，便索性激她一激，说道："姑娘别怪我们说错了话，太太、奶奶们那里就依得姑娘的性子呢？那时，闹出没意思来，倒不好。我们倒是为姑娘的话。"惜春道："这也瞧罢咧。"彩屏等听这话头不好，便使个眼色儿给姑子，叫她去。那姑子会意，本来心里也害怕，不敢挑逗，便告辞出去。惜春也不留她，便冷笑道："打量天下就是你们一个地藏庵么！"那姑子也不敢答言，去了。

彩屏见事不妥，恐担不是，悄悄地去告诉了尤氏说："四姑娘绞头发的念头还没有息呢。她这几天不是病，竟是怨命。奶奶提防些，别闹出事来，那会子归罪我们身上。"尤氏道："她哪里是为要出家，她为的是大爷不在家，安心和我过不去，也只好由她罢了。"彩屏等没法，也只好常常劝解。岂知惜春一天一天地不吃饭，只想绞头发。彩屏等吃不住，只得到各处告诉。邢、王二夫人等也都劝了好几次，怎奈惜春执迷不解。

邢、王二夫人正要告诉贾政，只听外头传进来说："甄家的太太带了他们家的宝玉来了。"众人急忙接出，便在王夫人处坐下。众人行礼，叙些温寒，不必细述。只言王夫人提起甄宝玉与自己的宝玉无二，要请甄宝玉进来一见。传话出去，回来说道："甄少爷在外书房同老爷说话，说得投了机了，打发人来请我们二爷、三爷，还叫兰哥儿，在外头吃饭，吃了饭进来。"说毕，里头也便摆饭。不提。

　　且说贾政见甄宝玉相貌果与宝玉一样，试探他的文才，竟应对如流，甚是心敬，故叫宝玉等三人出来，警励他们；再者，到底叫宝玉来比一比。宝玉听命，穿了素服，带了兄弟、侄儿出来，见了甄宝玉，竟是旧相识一般。那甄宝玉也像哪里见过的。两人行了礼，然后贾环、贾兰相见。本来贾政席地而坐，要让甄宝玉在椅子上坐。甄宝玉因是晚辈，不敢上坐，就在地下铺了褥子坐下。如今宝玉等出来，又不能同贾政一处坐着，为甄宝玉又是晚一辈，又不好叫宝玉等站着。贾政知是不便，站着又说了几句话，叫人摆饭，说："我失陪，叫小儿辈陪着，大家说说话儿，好叫他们领领大教。"甄宝玉逊谢道："老伯大人请便，侄儿正欲领世兄们的教呢。"贾政回复了几句，便自往内书房去。那甄宝玉反要送出来，贾政拦住。宝玉等先抢了一步，出了书房门槛站立着，看贾政进去，然后进来让甄宝玉坐下。彼此套叙了一回，诸如久慕竭想的话，也不必细述。

　　且说贾宝玉见了甄宝玉，想到梦中之景，并且素知甄宝玉为人，必是和他同心，以为得了知己。因初次见面，不便造次。且又贾环、贾兰在坐，只有极力夸赞说："久仰芳名，无由亲炙①，今日见面，真是谪仙②一流的人物。"那甄宝玉素来也知贾宝玉的为人，今日一见，果然不差，"只是可与我共学，不可与你适道③。他既和我同名同貌，也是三生石上的旧精魂了。既我略知了些道理，怎么不和他讲讲？但是初见，尚不知他的心与我同不同，只好缓缓地来。"便道："世兄的才名，弟所素知的。在世兄是数万人的里头选出来最清最雅的，在弟是庸庸碌碌一等愚人，忝附同名，殊觉玷辱了这两个字。"贾宝玉听了，心想："这个人果然同我的心一样的。但是你我都是男人，不比那女孩儿们清洁，怎么他拿我当作女孩儿看待起来？"便道："世兄谬赞，实不敢当。弟是至浊至愚，只不过一块顽石耳，何敢比世兄品望高清，实称此两字。"甄宝玉道："弟少时不知分量，自谓尚可琢磨。岂知家遭消索，数年来更比瓦砾犹贱，虽不敢说历尽甘苦，然世道人情略略地领悟了好些。世兄是锦衣玉食，无不遂心的，必是文章经济高出人上，所以老伯钟爱，将为席上之珍④。弟所以才说尊名方称。"

　　贾宝玉听这话头，又近了禄蠹的旧套，想话回答。贾环见未与他说话，心中早不自在。倒是贾兰听了这话，甚觉合意，便说道："世叔所言，固是太谦，若论到文章经济，实在从历练中出来的方为真才实学。在小侄年幼，虽不知文章为何物，然将读过的，细味起来，

————————————

① 亲炙——亲身受教益。语出《孟子·尽心下》。
② 谪仙——罚到人间来的神仙，多誉才学风度不凡的人，如李白被称为"谪仙人"。
③ 可与我共学，不可与你适道——《论语·子罕》："可与共学，未可与适道。"意谓可以一道学习的人未必志同道合。
④ 席上之珍——喻人才德之美。谓如草垫上放着珍宝待人聘用，语出《礼记·儒行》。

那膏粱文绣，比着令闻广誉①，真是不啻百倍的了。"甄宝玉未及答言，贾宝玉听了兰儿的话，心里越发不合，想道："这孩子从几时也学了这一派酸论。"便说道："弟闻得世兄也诋尽流俗，性情中另有一番见解。今日弟幸会芝范②，想欲领教一番超凡入圣的道理，从此可以净洗俗肠，重开眼界。不意视弟为蠢物，所以将世路的话来酬应。"甄宝玉听说，心里晓得："他知我少年的性情，所以疑我为假。我索性把话说明，或者与我作个知心朋友，也是好的。"便说道："世兄高论，固是真切。但弟少时也曾深恶那些旧套陈言，只是一年长似一年，家君致仕在家，懒于酬应，委弟接待。后来见过那些大人先生，尽都是显亲扬名的人；便是著书立说，无非言忠言孝，自有一番立德立言的事业，方不枉生在圣明之时，也不致负了父亲师长养育教诲之恩，所以把少时那一派迂想痴情，渐渐地淘汰了些。如今尚欲访师觅友，教导愚蒙，幸会世兄，定当有以教我。适才所言，并非虚意。"贾宝玉愈听愈不耐烦，又不好冷淡，只得将言语支吾。幸喜里头传出话来说："若是外头爷们吃了饭，请甄少爷里头去坐呢。"宝玉听了，趁势便邀甄宝玉进去。

那甄宝玉依命前行，贾宝玉等陪着来见王夫人。贾宝玉见是甄太太上坐，便先请过了安。贾环、贾兰也见了。甄宝玉也请了王夫人的安。两母两子，互相厮认。虽是贾宝玉是娶过亲的，那甄夫人年纪已老，又是老亲，因见贾宝玉的相貌身材与她儿子一般，不禁亲热起来。王夫人更不用说，拉着甄宝玉问长问短，觉得比自己家的宝玉老成些。回看贾兰，也是清秀超群的，虽不能像两个宝玉的形像，也还随得上。只有贾环粗夯，未免有偏爱之色。

众人一见两个宝玉在这里，都来瞧看，说道："真真奇事！名字同了也罢，怎么相貌身材都是一样的。亏得是我们宝玉穿孝，若是一样的衣服穿着，一时也认不出来。"内中紫鹃一时痴意发作，便想起黛玉来，心里说道："可惜林姑娘死了，若不死时，就将那甄宝玉配了她，只怕也是愿意的。"正想着，只听得甄夫人道："前日听得我们老爷回来说，我们宝玉年纪也大了，求这里老爷留心一门亲事。"王夫人正爱甄宝玉，顺口便说道："我也想要与令郎作伐③。我家有四个姑娘，那三个都不用说，死的死，嫁的嫁了。还有我们珍大侄儿的妹子，只是年纪过小几岁，恐怕难配。倒是我们大媳妇的两个堂妹子，生得人才齐整，二姑娘呢，已经许了人家，三姑娘正好与令郎为配。过一天，我给令郎作媒。但是她家的家计如今差些。"甄夫人道："太太这话又客套了。如今我们家还有什么？只怕人家嫌我们穷罢了。"王夫人道："现今府上复又出了差，将来不但复旧，必是比先前更要鼎盛起来。"甄夫人笑着道："但愿依着太太的话更好。这么着就求太太作个保山。"甄宝玉听他们说起亲事，便告辞出来。贾宝玉等只得陪着来到书房。见贾政已在那里，复又立谈几句。听见甄家的人来回甄宝玉道："太太要走了，请爷回去罢。"于是甄宝玉告辞出来。贾政命宝玉、环、兰相送。不提。

且说宝玉自那日见了甄宝玉之父，知道甄宝玉来京，朝夕盼望。今儿见面，原想得

---

① 膏粱之绣、令闻广誉——《孟子·告子上》："饱乎仁义也，所以不愿人之膏粱之味也；令闻广誉施于身，所以不愿人之文绣也。"意谓美名盛誉远远胜过锦衣玉食。

② 芝范——美好的风范，誉称对方的客气话。古以灵芝为瑞草，比喻人才质之美。

③ 作伐——作媒，与下文"作保山"同。语出《诗经·豳风·伐柯》。

一知己，岂知谈了半天，竟有些冰炭不投。闷闷地回到自己房中，也不言，也不笑，只管发怔。宝钗便问："那甄宝玉果然像你么？"宝玉道："相貌倒还是一样的。只是言谈间看起来，并不知道什么，不过也是个禄蠹。"宝钗道："你又编派人家了。怎么就见得也是个禄蠹呢？"宝玉道："他说了半天，并没个明心见性①之谈，不过说些什么文章经济，又说什么为忠为孝，这样人可不是个禄蠹么？只可惜他也生了这样一个相貌。我想来，有了他，我竟要连我这个相貌都不要了。"宝钗见他又发呆话，便说道："你真真说出句话来叫人发笑，这相貌怎么能不要呢？况且人家这话是正理，做了一个男人，原该要立身扬名的，谁像你一味的柔情私意。不说自己没有刚烈，倒说人家是禄蠹。"宝玉本听了甄宝玉的话，甚不耐烦，又被宝钗抢白了一场，心中更加不乐，闷闷昏昏，不觉将旧病又勾起来了，并不言语，只是傻笑。宝钗不知，只道是"我的话错了，他所以冷笑"，也不理他。岂知那日便有些发呆，袭人等怄他，也不言语。过了一夜，次日起来，只是发呆，竟有前番病的样子。

一日，王夫人因为惜春定要绞发出家，尤氏不能拦阻，看着惜春的样子是若不依她必要自尽的，虽然昼夜着人看着，终非常事，便告诉了贾政。贾政叹气跺脚，只说："东府里不知干了什么，闹到如此地位！"叫了贾蓉来说了一顿，叫他去和他母亲说："认真劝解劝解。若是必要这样，就不是我们家的姑娘了。"岂知尤氏不劝还好，一劝了，更要寻死，说："做了女孩儿，终不能在家一辈子的，若像二姐姐一样，老爷、太太们倒要烦心，——况且死了。如今譬如我死了似的，放我出了家，干干净净的一辈子，就是疼我了。况且我又不出门，就是栊翠庵原是咱们家的基址，我就在那里修行。我有什么，你们也照应得着。现在妙玉的当家的在那里。你们依我呢，我就算得了命了；若不依我呢，我也没法，只有死就完了。我如若遂了自己的心愿，那时哥哥回来，我和他说，并不是你们逼着我的；若说我死了，未免哥哥回来，倒说你们不容我。"尤氏本与惜春不合，听她的话，也似乎有理，只得去回王夫人。

王夫人已到宝钗那里，见宝玉神魂失所，心下着忙，便说袭人道："你们忒不留神，二爷犯了病，也不来回我。"袭人道："二爷的病原来是常有的，一时好，一时不好。天天到太太那里，仍旧请安去，原是好好儿的，今儿才发糊涂些。二奶奶正要来回太太，恐防太太说我们大惊小怪。"宝玉听见王夫人说她们，心里一时明白，恐她们受委屈，便说道："太太放心，我没什么病，只是心里觉着有些闷闷的。"王夫人道："你是有这病根子，早说了，好请大夫瞧瞧，吃两剂药好了不好？若再闹到头里丢了玉的时候似的，就费事了。"宝玉道："太太不放心，便叫个人来瞧瞧，我就吃药。"王夫人便叫丫头传话出来请大夫。这一个心思都在宝玉身上，便将惜春的事忘了。迟了一回，大夫看了，服药。王夫人回去。

过了几天，宝玉更糊涂了，甚至于饭食不进，大家着急起来。恰又忙着脱孝②，家中无人，又叫了贾芸来照应大夫。贾琏家下无人，请了王仁来在外帮着料理。那巧姐儿

---

① 明心见性——佛家和宋元理学的术语。用内省功夫而达到认识人生和世界。这里是精深理论的意思。

② 脱孝——丧服期满，脱去孝衣。

是日夜哭母，也是病了。所以荣府中又闹得马仰人翻。

一日，又当脱孝来家，王夫人亲身又看宝玉，见宝玉人事不醒，急得众人手足无措。一面哭着，一面告诉贾政说："大夫回了，不肯下药，只好预备后事。"贾政叹气连连，只得亲自看视，见其光景果然不好，便又叫贾琏办去。贾琏不敢违拗，只得叫人料理。手头又短，正在为难，只见一个人跑进来说："二爷，不好了！又有饥荒来了。"贾琏不知何事，这一唬非同小可，瞪着眼说道："什么事？"那小厮道："门上来了一个和尚，手里拿着二爷的这块丢的玉，说要一万赏银。"贾琏照脸啐道："我打量什么事，这样慌张！前番那假的你不知道么？就是真的，现在人要死了，要这玉做什么！"小厮道："奴才也说了。那和尚说给他银子就好了。"又听着外头嚷进来说："这和尚撒野，各自跑进来了，众人拦他拦不住。"贾琏道："哪里有这样怪事？你们还不快打出去呢！"正闹着，贾政听见了，也没了主意了。里头又哭出来，说："宝二爷不好了！"贾政益发着急。只见那和尚嚷道："要命拿银子来！"贾政忽然想起："头里宝玉的病是和尚治好的，这会子和尚来，或者有救星。但是这玉倘或是真，他要起银子来，怎么样呢？"想了一想："姑且不管他，果真人好了再说。"

贾政叫人去请，那和尚已进来了，也不施礼，也不答话，便往里就跑。贾琏拉着道："里头都是内眷，你这野东西混跑什么！"那和尚道："迟了就不能救了！"贾琏急得一面走，一面乱嚷道："里头的人不要哭了，和尚进来了！"王夫人等只顾得哭，哪里理会。贾琏走近来又嚷，王夫人等回过头来，见一个长大的和尚，唬了一跳，躲避不及。那和尚直走到宝玉炕前，宝钗避过一边，袭人见王夫人站着，不敢走开。只见那和尚道："施主们，我是送玉来的。"说着，把那块玉擎着道："快把银子拿出来！我好救他。"王夫人等惊惶无措，也不择真假，便说道："若是救活了人，银子是有的。"那和尚笑道："拿来！"王夫人道："你放心，横竖折变得出来。"那和尚哈哈大笑，手拿着玉在宝玉耳边叫道："宝玉，宝玉！你的宝玉回来了。"说了这一句，王夫人等见宝玉把眼一睁。袭人说道："好了！"只见宝玉便问道："在哪里呢？"那和尚把玉递给他手里。宝玉先前紧紧地攥着，后来慢慢地得过手来，放在自己眼前细细地一看，说："嗳呀，久违了！"里外众人都喜欢得念佛，连宝钗也顾不得有和尚了。贾琏也走过来一看，果见宝玉回过来了，心里一喜，疾忙躲出去了。

那和尚也不言语，赶来拉着贾琏就跑。贾琏只得跟着，到了前头，赶着告诉贾政。贾政听了喜欢，即找和尚施礼叩谢。和尚还了礼坐下。贾琏心下狐疑："必是要了银子才走。"贾政细看那和尚，又非前次见的，便问："宝刹何方？法师大号？这玉是哪里得的？怎么小儿一见便会活过来呢？"那和尚微微笑道："我也不知道，只要拿一万银子来就完了。"贾政见这和尚粗鲁，也不敢得罪，便说："有。"和尚道："有便快拿来罢，我要走了。"贾政道："略请少坐，待我进内瞧瞧。"和尚道："你去，快出来才好。"

贾政果然进去，也不及告诉，便走到宝玉炕前。宝玉见是父亲来，欲要爬起，因身子虚弱，起不来。王夫人按着说道："不要动。"宝玉笑着，拿这玉给贾政瞧，道："宝玉来了。"贾政略略一看，知道此事有些根源，也不细看，便和王夫人道："宝玉好过来了，这赏银怎么样？"王夫人道："尽着我所有的折变了给他就是了。"宝玉道："只怕这和尚不是要银子的罢？”贾政点头道：“我也看来古怪，但是他口口声声的要银子。”王夫人道：“老爷出去先款留着他再说。”

　　贾政出来，宝玉便嚷饿了，喝了一碗粥还说要饭。婆子们果然取了饭来，王夫人还不敢给他吃。宝玉说：“不妨的，我已经好了。”便爬着吃了一碗，渐渐地神气果然好过来了，便要坐起来。麝月上去轻轻地扶起，因心里喜欢，忘了情，说道：“真是宝贝！才看见了一会儿，就好了。亏得当初没有砸破！”宝玉听了这话，神色一变，把玉一摞，身子往后一仰。未知死活，下回分解。

# 第 一 一 六 回
## 得通灵幻境悟仙缘　送慈枢故乡全孝道

　　和尚送玉将病危的宝玉救活，却又让他魂魄出窍，重游一次幻境，使他领悟"世上的情缘，都是那些魔障"。沿途让尤三姐、鸳鸯、黛玉、晴雯、凤姐、秦氏、迎春等一一亮相，把小说楔子和第五回情节都拉了进来，宝玉一会儿翻"册子"，一会儿看"绛珠草"，还被指认为"神瑛侍者"，其中也有神仙姐姐，也有鬼怪，也在半途中喊救命等，但太虚幻境的三副联额，却都被改掉了。将原来对立统一的"真"与"假"、"有"与"无"的关系，截然分开，用"真胜假""有非无"之类废话把曹雪芹的深刻思想糟蹋得不成样子；小说成了十分庸俗的"福善祸淫"的劝世文，太虚幻境成了城隍庙。

　　贾政扶送贾母灵枢回南安葬，行前嘱咐宝玉、贾兰务必去赶考，"能够中一个举人，也好赎一赎咱们的罪名"。真是忠臣良吏！宝玉等总算没有辜负严父的期望。


　　话说宝玉一听麝月的话，身往后仰，复又死去，急得王夫人等哭叫不止。麝月自知失言致祸，此时王夫人等也不及说她。那麝月一面哭着，一面打定主意，心想："若是宝玉一死，我便自尽，跟了他去。"不言麝月心里的事，且言王夫人等见叫不回来，赶着叫人出来找和尚救治。岂知贾政进内出去时，那和尚已不见了。贾政正在诧异，听见里头又闹，急忙进来，见宝玉又是先前的样子，口关紧闭，脉息全无。用手在心窝中一摸，尚是温热。贾政只得急忙请医灌药救治。

　　哪知那宝玉的魂魄早已出了窍了。你道死了不成？却原来恍恍惚惚赶到前厅，见那送玉的和尚坐着，便施了礼。哪知和尚站起身来，拉着宝玉就走。宝玉跟了和尚，觉得身轻如叶，飘飘飖飖，也没出大门，不知从哪里走了出来。行了一程，到了个荒野地方，远远的望见一座牌楼，好像曾到过的。正要问那和尚时，只见恍恍惚惚来了一个女人。宝玉心里想道："这样旷野地方，哪得有如此的丽人，必是神仙下界了。"宝玉想着，走近前来，细细一看，竟有些认得的，只是一时想不起来。见那女人和和尚打了一个照面，就不见了。宝玉一想，竟是尤三姐的样子，越发纳闷："怎么她也在这里？"又要问时，那和尚拉着宝玉过了那牌楼，只见牌上写着"真如福地"①四个大字，两边一副对联，

---

　　①　真如福地——真实而永恒的幸福之地，作"太虚幻境"的反义。真如，佛家语，近乎所谓永恒绝对的真理。

乃是：

> 假去真来真胜假，无原有是有非无。

转过牌坊，便是一座宫门。门上横书四个大字道："福善祸淫" ①，又有一副对子，大书云：

> 过去未来，莫谓智贤能打破；
>
> 前因后果，须知亲近不相逢。

宝玉看了，心下想道："原来如此！我倒要问问因果来去的事了。"这么一想，只见鸳鸯站在那里，招手儿叫他。宝玉想道："我走了半日，原不曾出园子，怎么改了样子了呢？"赶着要和鸳鸯说话，岂知一转眼便不见了，心里不免疑惑起来。走到鸳鸯站的地方儿，乃是一溜配殿，各处都有匾额。宝玉无心去看，只向鸳鸯立的所在奔去。见那一间配殿的门半掩半开，宝玉也不敢造次进去，心里正要问那和尚一声，回过头来，和尚早已不见了。宝玉恍惚见那殿宇巍峨，绝非大观园景象，便立住脚，抬头看那匾额上写道："引觉情痴"。两边写的对联道：

> 喜笑悲哀都是假，贪求思慕总因痴。

宝玉看了，便点头叹息。想要进去找鸳鸯，问她是什么所在。细细想来，甚是熟识，便仗着胆子推门进去。满屋一瞧，并不见鸳鸯，里头只是黑漆漆的。心下害怕，正要退出，见有十数个大橱，橱门半掩。宝玉忽然想起："我少时做梦曾到过这个地方。如今能够亲身到此，也是大幸。"

恍惚间，把找鸳鸯的念头忘了。便壮着胆把上首的大橱开了橱门一瞧，见有好几本册子。心里更觉喜欢，想道："大凡人做梦说是假的，岂知有这梦便有这事。我常说还要做这个梦，再不能的，不料今儿被我找着了。但不知那册子是那个见过的不是？"伸手在上头取了一本，册上写着"金陵十二钗正册"。宝玉拿着一想道："我恍惚记得是那个，只恨记不得清楚。"便打开头一页看去。见上头有画，但是画迹模糊，再瞧不出来。后面有几行字迹，也不清楚，尚可摹拟，便细细地看去，见有什么"玉带"，上头有个好像"林"字，心里想道："不要是说林妹妹罢？"便认真看去，底下又有"金簪雪里"四字，诧异道："怎么又像她的名字呢？"复将前后四句合起来一念，道："也没有什么道理，只是暗藏着她两个名字，并不为奇。独有那'怜'字'叹'字不好。这是怎么解？"想到那里，又自啐道："我是偷着看，若只管呆想起来，倘有人来，又看不成了。"遂往后看去，也无暇细玩那画图，只从头看去。看到尾儿，有几句词，什么"相逢大梦归"一句，便恍然大悟道："是了！果然机关不爽，这必是元春姐姐了。若都是这样明白，我要抄了去细玩起来，那些姊妹们的寿夭穷通，没有不知的了。我回去自不肯泄漏，只做一个未卜先知的人，也省了多少闲想。"又向各处一瞧，并没有笔砚，又恐人来，只得忙着看去。只见图上隐隐有一个放风筝的人儿，也无心去看。急急的将那十二首诗词都看遍了。也有一看便知的，

---

① 福善祸淫——施福于善者，降祸于淫者。淫，过分的欲望享受。语出《尚书·汤诰》。

也有一想便得的，也有不大明白的，心下牢牢记着。一面叹息，一面又取那"金陵又副册"一看，看到"堪羡优伶有福，谁知公子无缘"，先前不懂，见上面尚有花席的影子，便大惊痛哭起来。

待要往后再看，听见有人说道："你又发呆了！林妹妹请你呢。"好似鸳鸯的声气，回头却不见人。心中正自惊疑，忽鸳鸯在门外招手。宝玉一见，喜得赶出来。但见鸳鸯在前，影影绰绰地走，只是赶不上。宝玉叫道："好姐姐！等等我。"那鸳鸯并不理，只顾前走。宝玉无奈，尽力赶去。忽见别有一洞天，楼阁高耸，殿角玲珑，且有好些宫女隐约其间。宝玉贪看景致，竟将鸳鸯忘了。宝玉顺步走入一座宫门，内有奇花异卉，都也认不明白。惟有白石花阑围着一颗青草，叶头上略有红色，但不知是何名草，这样矜贵。只见微风动处，那青草已摇摆不休，虽说是一枝小草，又无花朵，其妩媚之态，不禁心动神怡，魂消魄丧。

宝玉只管呆呆地看着，只听见旁边有一人说道："你是哪里来的蠢物，在此窥探仙草？"宝玉听了，吃了一惊，回头看时，却是一位仙女，便施礼道："我找鸳鸯姐姐，误入仙境，恕我冒昧之罪！请问神仙姐姐，这里是何地方？怎么我鸳鸯姐姐到此，还说是林妹妹叫我？望乞明示。"那人道："谁知你的姐姐妹妹！我是看管仙草的，不许凡人在此逗留。"宝玉欲待要出来，又舍不得，只得央告道："神仙姐姐，既是那管理仙草的，必然是花神姐姐了。但不知这草有何好处？"那仙女道："你要知道这草，说起来话长着呢。那草本在灵河岸上，名曰绛珠草。因那时萎败，幸得一个神瑛侍者日以甘露灌溉，得以长生。后来降凡历劫，还报了灌溉之恩，今返归真境。所以警幻仙子命我看管，不令蜂缠蝶恋。"宝玉听了不解，一心疑定必是遇见了花神了，今日断不可当面错过，便问："管这草的是神仙姐姐了。还有无数名花，必有专管的，我也不敢烦问，只有看管芙蓉花的是哪位神仙？"那仙女道："我却不知，除是我主人方晓。"宝玉便问道："姐姐的主人是谁？"那仙女道："我主人是潇湘妃子。"宝玉听道："是了！你不知道这位妃子就是我的表妹林黛玉。"那仙女道："胡说！此地乃上界神女之所，虽号为潇湘妃子，并不是娥皇、女英之辈，何得与凡人有亲？你少来混说，瞧着叫力士①打你出去。"

宝玉听了发怔，只觉自形秽浊，正要退出，又听见有人赶来，说道："里面叫请神瑛侍者。"那人道："我奉命等了好些时，总不见有神瑛侍者过来，你叫我哪里请去？"那一个笑道："才退去的不是么？"那侍女慌忙赶起来，说："请神瑛侍者回来。"宝玉只道是问别人，又怕被人追赶，只得踉跄而逃。正走时，只见一人手提宝剑，迎面拦住，说："哪里走！"唬得宝玉惊慌无措。仗着胆抬头一看，却不是别人，就是尤三姐。宝玉见了，略定些神，央告道："姐姐，怎么你也来逼起我来了？"那人道："你们弟兄没有一个好人，败人名节，破人婚姻，今儿你到这里，是不饶你的了！"宝玉听去话头不好，正自着急，只听后面有人叫道："姐姐，快快拦住！不要放他走了。"尤三姐道："我奉妃子之命，等候已久，今儿见了，必定要一剑斩断你的尘缘。"宝玉听了，益发着忙，又不懂这些话到

---

① 力士——即下文提到的"黄巾力士"，传说中值勤的神将。

底是什么意思，只得回头要跑。岂知身后说话的并非别人，却是晴雯。宝玉一见，悲喜交集，便说："我一个人走迷了道儿，遇见仇人，我要逃回，却不见你们一人跟着我。如今好了，晴雯姐姐，快快地带我回家去罢。"晴雯道："侍者不必多疑，我非晴雯，我是奉妃子之命，特来请你一会，并不难为你。"宝玉满腹狐疑，只得问道："姐姐说是妃子叫我，那妃子究是何人？"晴雯道："此时不必问，到了那里，自然知道。"宝玉没法，只得跟着走。细看那人背后举动，恰是晴雯："那面目声音是不错的了，怎么她说不是？我此时心里模糊。且别管她，到了那边，见了妃子，就有不是，那时再求她。到底女人的心肠是慈悲的，必是恕我冒失。"

正想着，不多时到了一个所在。只见殿宇精致，彩色辉煌，庭中一丛翠竹，户外数本苍松。廊檐下立着几个侍女，都是宫妆打扮，见了宝玉进来，便悄悄地说道："这就是神瑛侍者么？"引着宝玉的说道："就是。你快进去通报罢。"有一侍女笑着招手，宝玉便跟着进去。过了几层房舍，见一正房，珠帘高挂。那侍女说："站着候旨。"宝玉听了，也不敢则声，只得在外等着。那侍女进去不多时，出来说："请侍者参见。"又有一人卷起珠帘。只见一女子，头戴花冠，身穿绣服，端坐在内。宝玉略一抬头，见是黛玉的形容，便不禁地说道："妹妹在这里！叫我好想。"那帘外的侍女悄咤道："这侍者无礼，快快出去！"说犹未了，又见一个侍儿将珠帘放下。宝玉此时欲待进去又不敢，要走又不舍。待要问明，见那些侍女并不认得，又被驱逐，无奈出来。心想要问晴雯，回头四顾，并不见有晴雯。心下狐疑，只得快快出来，又无人引着，正欲找原路而去，却又找不出旧路了。

正在为难，见凤姐站在一所房檐下招手。宝玉看见，喜欢道："可好了！原来回到自己家里了。我怎么一时迷乱如此？"急奔前来说："姐姐在这里么，我被这些人捉弄到这个份儿，林妹妹又不肯见我，不知是何原故？"说着，走到凤姐站的地方，细看起来，并不是凤姐，原来却是贾蓉的前妻秦氏。宝玉只得立住脚，要问凤姐姐在哪里。那秦氏也不答言，竟自往屋里去了。宝玉恍恍惚惚的，又不敢跟进去，只得呆呆地站着，叹道："我今儿得了什么不是，众人都不理我。"便痛哭起来。见有几个黄巾力士执鞭赶来，说是："何处男人敢闯入我们这天仙福地来，快走出去！"宝玉听得，不敢言语。正要寻路出来，远远望见一群女子说笑前来。宝玉看时，又像有迎春等一干人走来，心里喜欢，叫道："我迷住在这里，你们快来救我！"正嚷着，后面力士赶来。宝玉急得往前乱跑，忽见那一群女子都变作鬼怪形象，也来追扑。

宝玉正在情急，只见那送玉来的和尚手，手里拿着一面镜子一照，说道："我奉元妃娘娘旨意，特来救你。"登时鬼怪全无，仍是一片荒郊。宝玉拉着和尚说道："我记得是你领我到这里，你一时又不见了。看见了好些亲人，只是都不理我，忽又变作鬼怪，到底是梦是真？望老师明白指示。"那和尚道："你到这里，曾偷看什么东西没有？"宝玉一想道："他既能带我到天仙福地，自然也是神仙了，如何瞒得他，况且正要问个明白。"便道："我倒见了好些册子来着。"那和尚道："可又来！你见了册子，还不解么？世上的情缘，都是那些魔障。只要把历过的事情细细记着，将来我与你说明。"说着，把宝玉狠命地一推，说：

"回去罢!"宝玉站不住脚,一跤跌倒,口里嚷道:"啊哟!"

王夫人等正在哭泣,听见宝玉苏来,连忙叫唤。宝玉睁眼看时,仍躺在炕上,见王夫人、宝钗等哭得眼泡红肿。定神一想,心里说道:"是了,我是死去过来的。"遂把神魂所历的事呆呆地细想,幸喜多还记得,便哈哈地笑道:"是了,是了!"王夫人只道旧病复发,便好延医调治,即命丫头、婆子快去告诉贾政,说是:"宝玉回过来了。头里原是心迷住了,如今说出话来,不用备办后事了。"贾政听了,即忙进来看视,果见宝玉苏来,便道:"没福的痴儿,你要唬死谁么!"说着,眼泪也不知不觉流下来了。又叹了几口气,仍出去叫人请医生,诊脉服药。

这里麝月正思自尽,见宝玉一过来,也放了心。只见王夫人叫人端了桂圆汤,叫他喝了几口,渐渐的定了神。王夫人等放心,也没有说麝月,只叫人仍把那玉交给宝钗给他戴上。想起那和尚来,这玉不知哪里找来的? 也是古怪。怎么一时要银,一时又不见了,莫非是神仙不成? 宝钗道:"说起那和尚来的踪迹,去的影响,那玉并不是找来的。头里丢的时候,必是那和尚取去的。"王夫人道:"玉在家里,怎么能取得了去?"宝钗道:"既可送来,就可取去。"袭人、麝月道:"那年丢了玉,林大爷测了个字,后来二奶奶过了门,我还告诉过二奶奶,说测的那字是什么'赏'字。二奶奶还记得么?"宝钗想道:"是了! 你们说测的是当铺里找去,如今才明白了,竟是个和尚的'尚'字在上头,可不是和尚取了去的么?"王夫人道:"那和尚本来古怪。那年宝玉病的时候,那和尚来说是我们家有宝贝可解,说的就是这块玉了。他既知道,自然这块玉到底有些来历。况且你女婿养下来就嘴里含着的。古往今来,你们听见过这么第二个么? 只是不知终究这块玉到底是怎么着,就连咱们这一个也还不知是怎么着。病也是这块玉,好也是这块玉,生也是这块玉……"说到这里,忽然住了,不免又流下泪来。宝玉听了,心里却也明白,更想死去的事,愈加有因,只不言语,心里细细地记忆。

那时,惜春便说道:"那年失玉,还请妙玉请过仙,说是'青埂峰下倚古松',还有什么'入我门来一笑逢'的话。想起来'入我门'三字大有讲究。佛教的法门最大,只怕二哥不能入得去。"宝玉听了,又冷笑几声。宝钗听了,不觉的把眉头儿龁揪①着,发起怔来。尤氏道:"偏你一说,又是佛门了。你出家的念头还没有歇么?"惜春笑道:"不瞒嫂子说,我早已断了荤了。"王夫人道:"好孩子,阿弥陀佛! 这个念头是起不得的。"惜春听了,也不言语。宝玉想"青灯古佛前"的诗句,不禁连叹几声。忽又想起一床席、一枝花的诗句来,拿眼睛看着袭人,不觉又流下泪来。众人都见他忽笑忽悲,也不解是何意,只道是他的旧病。岂知宝玉触处机来,竟能把偷看册上诗句俱牢牢记住了,只是不说出来,心中早有一个成见在那里了,暂且不提。

且说众人见宝玉死去复生,神气清爽,又加连日服药,一天好似一天,渐渐的复原起来。便是贾政见宝玉已好,现在丁忧无事,想起贾赦不知几时遇赦,老太太的灵柩久

---

① 龁揪(gē jiū 疙纠)——紧紧皱起。

停寺内，终不放心，欲要扶枢回南安葬，便叫了贾琏来商议。贾琏便道："老爷想得极是。如今趁着丁忧，干了一件大事更好。将来老爷起了服①，生恐又不能遂意了。但是我父亲不在家，侄儿呢又不敢僭越②。老爷的主意很好，只是这件事也得好几千银子。衙门里缉赃，那是再缉不出来的。"贾政道："我的主意是定了的，只为大爷不在家，叫你来商议商议，怎么个办法。你是不能出门的，现在这里没人，我为是好几口材都要带回去的，一个人怎么样的照应呢？想起把蓉哥儿带了去，况且有他媳妇的棺材也在里头。还有你林妹妹的，那是老太太的遗言，说跟着老太太一块儿回去的。我想这一项银子，只好在哪里挪借几千，也就够了。"贾琏道："如今的人情过于淡薄。老爷呢又丁忧；我们老爷呢，又在外头。一时借是借不出来的了，只是拿房地文书出去押去。"贾政道："住的房子是官盖的，哪里动得？"贾琏道："住房是不能动的。外头还有几所，可以出脱的，等老爷起复后再赎，也使得。将来我父亲回来了，倘能也再起用，也好赎的。只是老爷这么大年纪，辛苦这一场，侄儿们心里实不安。"贾政道："老太太的事是应该的。只要你在家谨慎些，把持定了才好。"贾琏道："老爷这倒只管放心，侄儿虽糊涂，断不敢不认真办理的。况且老爷回南，少不得多带些人去，所留下的人也有限了，这点子费用，还可以过得来。就是老爷路上短少些，必经过赖尚荣的地方，可也叫他出点力儿。"贾政道："自己的老人家的事，叫人家帮什么！"贾琏答应了"是"，便退出来，打算银钱。

贾政便告诉了王夫人，叫她管了家，自己便择了发引长行的日子，就要起身。宝玉此时身体复元，贾环、贾兰倒认真念书，贾政都交付给贾琏，叫他管教，"今年是大比的年头。环儿是有服的，不能入场。兰儿是孙子，服满了也可以考的。务必叫宝玉同着侄儿考去，能够中一个举人，也好赎一赎咱们的罪名。"贾琏等唯唯应命。贾政又吩咐了在家的人，说了好些话，才别了宗祠，便在城外念了几天经，就发引下船，带了林之孝等而去。也没有惊动亲友，惟有自家男女送了一程回来。

宝玉因贾政命他赴考，王夫人便不时催逼，查考起他的功课来。那宝钗、袭人时常劝勉，自不必说。哪知宝玉病后，虽精神日长，他的念头一发更奇僻了，竟换了一种，不但厌弃功名仕进，竟把那儿女情缘也看淡了好些。只是众人不大理会，宝玉也并不说出来。

一日，恰遇紫鹃送了林黛玉的灵枢回来，闷坐自己屋里啼哭，想道："宝玉无情，见他林妹妹的灵枢回去，并不伤心落泪，见我这样痛哭，也不来劝慰，反瞅着我笑。这样负心的人，从前都是花言巧语来哄着我们。前夜亏我想得开，不然，几乎又上了他的当。只是一件叫人不解，如今我看他待袭人等也是冷冷儿的。二奶奶是本来不喜欢亲热的，麝月那些人就不抱怨他么？我想女孩子们多半是痴心的，白操了那些时的心，看将来怎样结局。"正想着，只见五儿走来瞧她，见紫鹃满面泪痕，便说："姐姐又想林姑娘了？想一个人，闻名不如眼见，头里听着宝二爷女孩子跟前是最好的，我母亲再三的把我弄进来。岂知我进来了，尽心竭力地服侍了几次病，如今病好了，连一句好话也没有剩出来，

---

① 起服——除去丧服。
② 僭越——冒用名位，超越本分。

如今索性连眼儿也都不瞧了。"紫鹃听她说得好笑，便"噗嗤"的一笑，啐道："呸，你这小蹄子！你心里要宝玉怎么个样儿待你才好？女孩儿家也不害臊！连名公正气的屋里人瞧着他还没事人一大堆呢，有功夫理你去！"因又笑着拿个指头往脸上抹着，问道："你到底算宝玉的什么人哪？"那五儿听了，自知失言，便飞红了脸。待要解说不是要宝玉怎样看待，说他近来不怜下的话，只听院门外乱嚷说："外头和尚又来了，要那一万银子呢。太太着急，叫琏二爷和他讲去，偏偏琏二爷又不在家。那和尚在外头说些疯话，太太叫请二奶奶过去商量。"不知怎样打发那和尚，下回分解。

# 第 一 一 七 回
## 阻超凡佳人双护玉　欣聚党恶子独承家

**【题解】**

　　"佳人双护玉"一节，人为添加曲折，无非让宝玉更多得到怪僧的点拨，领悟到自己神秘的来历，坚定断绝尘缘的决心。这并不能增加人物思想内涵的深度，实属多余。

　　贾琏急事出门，留下一批或与邢夫人有隙的如邢大舅，或与凤姐结过怨的如大舅子王仁、贾环，还与贾芸、贾蔷等聚在一起，吃酒赌钱。续作者对那些典卖家当、宿娼滥赌、聚党狂欢的败家子生活不熟悉，无从想象他们席间的情景，只好再效颦从前写过场面，找几句现成的诗句文章，让这批混混一边喝酒，一边假斯文地引起唐诗、古文来。从中还带出要对巧姐打坏主意的话，如说到有个外藩王爷要选妃子等。也趁此说到妙玉有可能被杀的传闻及惜春寻死觅活要出家的事。

　　话说王夫人打发人来叫宝钗过去商量，宝玉听见说是和尚在外头，赶忙的独自一人走到前头，嘴里乱嚷道："我的师父在哪里？"叫了半天，并不见有和尚，只得走到外面。见李贵将和尚拦住，不放他进来。宝玉便说道："太太叫我请师父进去。"李贵听了，松了手，那和尚便摇摇摆摆地进去。宝玉看见那僧的形状与他死去时所见的一般，心里早有些明白了，便上前施礼，连叫："师父，弟子迎候来迟。"那僧说："我不要你们接待，只要银子，拿了来，我就走。"宝玉听来，又不像有道行的话，看他满头癞疮，浑身腌臜破烂，心里想道："自古说'真人不露相，露相不真人'，也不可当面错过。我且应了他谢银，并探探他的口气。"便说道："师父不必性急。现在家母料理，请师父坐下，略等片刻。弟子请问师父，可是从'太虚幻境'而来？"那和尚道："什么'幻境'，不过是来处来，去处去罢了！我是送还你的玉来的。我且问你，那玉是从哪里来的？"宝玉一时对答不来。那僧笑道："你自己的来路还不知，便来问我！"宝玉本来颖悟，又经点化，早把红尘看破。只是自己的底里未知，一闻那僧问起玉来，好像当头一棒，便说道："你也不用银子了，我把那玉还你罢。"那僧笑道："也该还我了。"

　　宝玉也不答言，往里就跑。走到自己院内，见宝钗、袭人等都到王夫人那里去了，忙向自己床边取了那玉，便走出来。迎面碰见了袭人，撞了一个满怀，把袭人唬了一跳，说道："太太说，你陪着和尚坐着很好，太太在那里打算送他些银两。你又回来做什么？"宝玉道："你快去回太太说，不用张罗银两了，我把这玉还他就是了。"袭人听说，即忙拉住宝玉，道："这断使不得的！那玉就是你的命，若是他拿去了，你又要病着了。"宝玉道："如今不再病的了，我已经有了心了，要那玉何用？"摔脱袭人，便要想走。袭人急得赶着嚷道："你回来，我告诉你一句话！"宝玉回过头来道："没有什么说的了。"袭人顾不得什么，一面赶着跑，一面嚷道："上回丢了玉，几乎没有把我的命要了！刚刚儿的有了，你拿了去，你也活不成，我也活不成了！你要还他，除非是叫我死了！"说着，赶上一把拉住。宝玉急了，道："你死也要还，你不死也要还！"狠命地把袭人一推，抽身要走。怎奈袭人两只手绕着宝玉的带子不放松，哭喊着坐在地下。

里面的丫头听见连忙赶来，瞧见他两个人的神情不好，只听见袭人哭道："快告诉太太去！宝二爷要把那玉去还和尚呢！"丫头赶忙飞报王夫人。那宝玉更加生气，用手来掰开了袭人的手，幸亏袭人忍痛不放。紫鹃在屋里听见宝玉要把玉给人，这一急比别人更甚，把素日冷淡宝玉的主意都忘在九霄云外了，连忙跑出来，帮着抱住宝玉。那宝玉虽是个男人，用力摔打，怎奈两个人死命地抱住不放，也难脱身，叹口气道："为一块玉，这样死命地不放，若是我一个人走了，又待怎么样呢？"袭人、紫鹃听到那里，不禁嚎啕大哭起来。

正在难分难解，王夫人、宝钗急忙赶来，见是这样形景，便哭着喝道："宝玉，你又疯了吗！"宝玉见王夫人来了，明知不能脱身，只得陪笑说道："这当什么，又叫太太着急。她们总是这样大惊小怪的，我说那和尚不近人情，他必要一万银子，少一个不能。我生气进来，拿这玉还他，就说是假的，要这玉干什么？他见得我们不希罕那玉，便随意给他些，就过去了。"王夫人道："我打量真要还他！这也罢了。为什么不告诉明白了她们，叫她们哭哭喊喊的像什么？"宝钗道："这么说呢，倒还使得。要是真拿那玉给他，那和尚有些古怪，倘或一给了他，又闹到家口不宁，岂不是不成事了么？至于银钱呢，就把我的头面折变了，也还够了呢。"王夫人听了，道："也罢了，且就这么办罢。"宝玉也不回答。只见宝钗走上来，在宝玉手里拿了这玉，说道："你也不用出去，我和太太给他钱就是了。"宝玉道："玉不还他也使得，只是我还得当面见他一见才好。"袭人等仍不肯放手，到底宝钗明决，说："放了手，由他去就是了。"袭人只得放手。宝玉笑道："你们这些人原来重玉不重人哪！你们既放了我，我便跟着他走了，看你们就守着那块玉怎么样？"袭人心里又着急起来，仍要拉他，只碍着王夫人和宝钗的面前，又不好太露轻薄，恰好宝玉一撒手就走了。袭人忙叫小丫头在三门口传了茗烟等："告诉外头照应着二爷，他有些疯了。"小丫头答应了出去。

王夫人、宝钗等进来坐下，问起袭人来由，袭人便将宝玉的话细细说了。王夫人、宝钗甚是不放心，又叫人出去，吩咐众人伺候，听着和尚说些什么。回来，小丫头传话进来回王夫人道："二爷真有些疯了。外头小厮们说，里头不给他玉，他也没法，如今身子出来了，求着那和尚带了他去。"王夫人听了，说道："这还了得！那和尚说什么来着？"小丫头回道："和尚说要玉，不要人。"宝钗道："不要银子了么？"小丫头道："没听见说。后来和尚和二爷两个人说着笑着，有好些话，外头小厮们都不大懂。"王夫人道："糊涂东西！听不出来，学是自然学得来的。"便叫小丫头："你把那小厮叫进来。"小丫头连忙出去叫进那小厮，站在廊下，隔着窗户请了安。王夫人便问道："和尚和二爷的话，你们不懂，难道学也学不来吗？"那小厮回道："我们只听见说什么'大荒山'，什么'青埂峰'，又说什么'太虚境'、'斩断尘缘'这些话。"王夫人听了也不懂。宝钗听了,唬得两眼直瞪,半句话都没有了。

正要叫人出去拉宝玉进来,只见宝玉笑嘻嘻地进来说:"好了,好了!"宝钗仍是发怔。王夫人道:"你疯疯癫癫的说的是什么?"宝玉道:"正经话,又说我疯癫。那和尚与我原是认得的,他不过也是要来见我一见。他何尝是真要银子呢,也只当化个善缘就是了。所以说明了,他自己就飘然而去了。这可不是好了么!"王夫人不信,又隔着窗户问那小厮。那小厮连忙出去问了门上的人,进来回说:"果然和尚走了。说:'请太太们放心,我原不要银子,只要宝二爷时常到他那里去去就是了。诸事只要随缘,自有一定的道理。'"王夫人道:"原来是个好和尚,你们曾问住在哪里?"门上道:"奴才也问来着,他说我们二爷是知道的。"王夫人问宝玉道:"他到底住在哪里?"宝玉笑道:"这个地方说远就远,说近就近。"宝钗不待说完,便道:"你醒醒儿罢,别尽着迷在里头!现在老爷、太太就疼你一个人,老爷还吩咐叫你干功名长进呢。"宝玉道:"我说的不是功名么?你们不知道,'一子出家,七祖升天'呢。"王夫人听到那里,不觉伤心起来,说:"我们的家运怎么好?一个四丫头口口声声要出家,如今又添出一个来了。我这样个日子过他做什么!"说着,大哭起来。宝钗见王夫人伤心,只得上前苦劝。宝玉笑道:"我说了这一句玩话,太太又认起真来了。"王夫人止住哭声道:"这些话也是混说的么!"

正闹着,只见丫头来回话:"琏二爷回来了,颜色大变,说请太太回去说话。"王夫人又吃了一惊,说道:"将就些,叫他进来罢,小婶子也是旧亲,不用回避了。"贾琏进来,见了王夫人,请了安。宝钗迎着,也问了贾琏的安。回说道:"刚才接了我父亲的书信,说是病重的很,叫我就去,若迟了,恐怕不能见面。"说到那里,眼泪便掉下来了。王夫人道:"书上写的是什么病?"贾琏道:"写的是感冒风寒起来的,如今成了痨病了。现在危急,专差一个人连日连夜赶来的。说如若再耽搁一两天,就不能见面了。故来回太太,侄儿必得就去才好。只是家里没人照管,蔷儿、芸儿虽说糊涂,到底是个男人,外头有了事来,还可传个话。侄儿家里倒没有什么事,秋桐是天天哭着喊着,不愿意在这里,侄儿叫了她娘家的人来领了去了,倒省了平儿好些气。虽是巧姐没人照应,还亏平儿的心不很坏。妞儿心里也明白,只是性气比她娘还刚硬些,求太太时常管教管教她。"说着眼圈儿一红,连忙把腰里拴槟榔荷包的小绢子拉下来擦眼。王夫人道:"放着她亲祖母在那里,托我做什么?"贾琏轻轻地说道:"太太要说这个话,侄儿就该活活儿的打死了。没什么说的,总求太太始终疼侄儿就是了。"说着,就跪下来了。王夫人也眼圈儿红了,说:"你快起来,娘儿们说话儿,这是怎么说!只是一件,孩子也大了,倘或你父亲有个一差二错,又耽搁住了,或者有个门当户对的来说亲,还是等你回来,还是你太太作主?"贾琏道:"现在太太们在家,自然是太太们做主,不必等我。"王夫人道:"你要去,就写了禀帖给二老爷送个信,说家下无人,你父亲不知怎样,快请二老爷将老太太的大事早早的完结,快快回来。"

贾琏答应了"是",正要走出去,复转回来,回说道:"咱们家的家下人,家里还够使唤,只是园里没有人,太空了。包勇又跟了他们老爷去了。姨太太住的房子,薛二爷已搬到自己的房子内住了。园里一带屋子都空着，忒没照应，还得太太叫人常查看查看。那栊翠庵原是咱们家的地基，如今妙玉不知哪里去了，所有的根基，她的当家女尼不敢自己作主，要求府里一个人管理管理。"王夫人道："自己的事还闹不清，还搁得住外头的事么？这句话好歹别叫四丫头知道，若是她知道了，又要吵着出家的念头出来了。你想，咱们家什么样的人家，好好的姑娘出了家，还了得！"贾琏道："太太不提起，侄儿也不敢说。四妹妹到底是东府里的，又没有父母，她亲哥哥又在外头，她亲嫂子又不大说得上话，侄儿听见要寻死觅活了好几次。她既是心里这么着的了，若是牛着她，将来倘或认真寻了死，比出家更不好了。"王夫人听了，点头道："这件事真真叫我也难担。我也做不得主，由她大嫂子去就是了。"贾琏又说了几句，才出来，叫了众家人来，交待清楚，写了书，收拾了行装，平儿等不免叮咛了好些话。

只有巧姐儿惨伤的了不得。贾琏又欲托王仁照应，巧姐到底不愿意，听见外头托了芸、蔷二人，心里更不受用，嘴里却说不出来。只得送了她父亲，谨谨慎慎的随着平儿过日子。丰儿、小红因凤姐去世，告假的告假，告病的告病。平儿意欲接了家中一个姑娘来，一则给巧姐作伴，二则可以带量她。遍想无人，只有喜鸾、四姐儿是贾母旧日钟爱的，偏偏四姐儿新近出了嫁了，喜鸾也有了人家儿，不日就要出阁，也只得罢了。

且说贾芸、贾蔷送了贾琏，便进来见了邢、王二夫人。他两个倒替着在外书房住下，日间便与家人厮闹，有时找了几个朋友吃个车箍辘会①，甚至聚赌，里头哪里知道。一日，邢大舅、王仁来，瞧见了贾芸、贾蔷住在这里，知他热闹，也就借着照看的名儿，时常在外书房设局赌钱喝酒。所有几个正经的家人，贾政带了几个去，贾琏又跟去了几个，只有那赖、林诸家的儿子、侄儿。那些少年托着老子娘的福，吃喝惯了的，那知当家立计的道理。况且他们长辈都不在家，便是没笼头的马了。又有两个旁主人怂恿，无不乐为。这一闹，把个荣国府闹得没上没下，没里没外。

那贾蔷还想勾引宝玉。贾芸拦住道："宝二爷那个人没运气的，不用惹他。那一年我给他说了一门子绝好的亲，父亲在外头做税官，家里开几个当铺，姑娘长的比仙女儿还好看。我巴巴儿的细细地写了一封书子给他，谁知他没造化。"说到这里，瞧了瞧左右无人，又说："他心里早和咱们这个二婶娘好上了。你没听见说，还有一个林姑娘呢，弄的害了相思病死的，谁不知道！这也罢了，各自的姻缘罢咧。谁知他为这件事倒恼了我了，总不大理。他打量谁必是借谁的光儿呢！"贾蔷听了点点头，才把这个心歇了。

他两个还不知道宝玉自会那和尚以后，他是欲断尘缘。一则在王夫人跟前不敢任性，已与宝钗、袭人等皆不大款洽了。那些丫头不知道，还要逗他，宝玉哪里看得到眼里。他也并不将家事放在心里。时常王夫人、宝钗劝他念书，他便假作攻书，一心想着那个和尚引他到那仙境的机关，心目中触处皆为俗人，却在家难受，闲来倒与惜春闲讲。他们两个人讲得上了，那种心更加准了几分，哪里还管贾环、贾兰等。那贾环为他父亲不在家，赵姨娘已死，王夫人不大理会他，便入了贾蔷一路。倒是彩云时常规劝，反被贾

---

① 车箍辘会——轮流做东的聚餐会。车箍辘，车轮。

环辱骂。玉钏儿见宝玉疯癫更甚，早和她娘说了，要求着出去。如今宝玉、贾环他哥儿两个，各有一种脾气，闹得人人不理。独有贾兰跟着他母亲上紧攻书，作了文字，送到学里请教代儒。因近来代儒老病在床，只得自己刻苦。李纨是素来沉静，除了请王夫人的安，会会宝钗，余者一步不走，只有看着贾兰攻书。所以荣府住的人虽不少，竟是各自过各自的，谁也不肯做谁的主。贾环、贾蔷等愈闹得不像事了，甚至偷典偷卖，不一而足。贾环更加宿娼滥赌，无所不为。

　　一日，邢大舅、王仁都在贾家外书房喝酒，一时高兴，叫了几个陪酒的来唱着喝着劝酒。贾蔷便说：“你们闹的太俗。我要行个令儿。”众人道：“使得。”贾蔷道：“咱们‘月’字流觞①罢。我先说起‘月’字，数到哪个便是那个喝酒，还要酒面酒底。须得依着令官，不依者罚三大杯。”众人都依了。贾蔷喝了一杯令酒，便说：“‘飞羽觞而醉月②。’”顺饮数到贾环。贾蔷说：“酒面要个‘桂’字。”贾环便说道“‘冷露无声湿桂花。’③酒底呢？”贾蔷道：“说个‘香’字。”贾环道：“‘天香云外飘。④’”大舅说道：“没趣，没趣！你又懂得什么字了，也假斯文起来！这不是取乐，竟是怄人了。咱们都蠲了，倒是搳搳拳，输家喝，输家唱，叫做‘苦中苦’。若是不会唱的，说个笑话儿也使得，只要有趣。”众人都道：“使得。”于是乱搳起来。王仁输了，喝了一杯，唱了一个。众人道：“好！”又搳起来了。是个陪酒的输了，唱了一个什么“小姐小姐多丰彩”。以后邢大舅输了，众人要他唱曲儿，他道：“我唱不上来的，我说个笑话儿罢。”贾蔷道：“若说不笑，仍要罚的。”邢大舅就喝了杯，便说道：“诸位听着：村庄上有一座元帝庙⑤，旁边有个土地祠。那元帝老爷常叫土地来说闲话儿。一日，元帝庙里被了盗，便叫土地去查访。土地禀道：‘这地方没有贼的，必是神将不小心，被外贼偷了东西去。’元帝道：‘胡说！你是土地，失了盗，不问你问谁去呢？你倒不去拿贼，反说我的神将不小心吗？’土地禀道：‘虽说是不小心，到底是庙里的风水不好。’元帝道：‘你倒会看风水么？’土地道：‘待小神看看。’那土地向各处瞧了一会，便来回禀道：‘老爷坐的身子背后两扇红门，就不谨慎。小神坐的背后是砌的墙，自然东西丢不了。以后老爷的背后亦改了墙就好了。’元帝老爷听来有理，便叫神将派人打墙。众神将叹口气道：‘如今香火一炷也没有，哪里有砖灰人工来打墙？’元帝老爷没法，叫众神将作法，却都没有主意。那元帝老爷脚下的龟将军站起来道：‘你们不中用，我有主意，你们将红门拆下来，到了夜里，拿我的肚子垫住这门口，难道当不得一堵墙么？’众神将都说道：‘好！又不花钱，又便当结实。’于是龟将军便当这个差使，竟安静了。岂知过了几天，那庙里又丢了东西。众神将叫了土地来说道：‘你说砌了墙就不丢东西，怎么如今有了墙还要丢？’那土地道：‘这墙砌的不结实。’众神将道：‘你瞧去。’土地一看，果然是一堵好墙，怎么还有失事？把手摸了一摸，道：‘我打量是真墙，哪里

---

① “月”字流觞——一种传杯行令的游戏，令语须带“月”字或与“月”有关的句子。流觞，本古人于三月三日集会于曲水旁，置酒杯于水中，任杯顺流而下，杯止即取饮的游戏。见《荆楚岁时记》。

② 飞羽觞而醉月——唐代李白《春夜宴桃李园序》中的句子。飞，举。羽觞，古代的雀形酒杯。

③ 冷露无声湿桂花——唐代王建《十五夜望月》诗：“中庭地白树栖鸦，冷露无声湿桂花。”

④ 天香云外飘——唐代宋之问《灵隐寺》诗：“桂子月中落，天香云外飘。”

⑤ 元帝庙——即玄帝庙，也叫真武庙。真武，又称玄武，为北方之神。神像黑衣黑旗，仗剑而脚踏龟蛇。

知道是个"假墙"!'"

众人听了，大笑起来。贾蔷也忍不住的笑，说道："傻大舅，你好！我没有骂你，你为什么骂我？快拿杯来罚一大杯。"邢大舅喝了，已有醉意。众人又喝了几杯，都醉起来。邢大舅说他姐姐不好，王仁说他妹妹不好，都说的狠狠毒毒的。贾环听了，趁着酒兴，也说凤姐不好，怎样苛刻我们，怎么样踏我们的头。众人道："大凡做个人，原要厚道些。看凤姑娘仗着老太太这样的利害，如今焦了尾巴梢子①了，只剩了一个姐儿，只怕也要现世现报呢！"贾芸想着凤姐待他不好，又想起巧姐儿见他就哭，也信着嘴儿混说。还是贾蔷道："喝酒罢，说人家做什么！"那两个陪酒的道："这位姑娘多大年纪了？长得怎么样？"贾蔷道："模样儿是好得很的，年纪也有十三四岁了。"那陪酒的说道："可惜这样人生在府里这样人家，若生在小户人家，父母兄弟都做了官，还发了财呢。"众人道："怎么样？"那陪酒的说："现今有个外藩王爷②，最是有情的，要选一个妃子。若合了式，父母兄弟都跟了去。可不是好事儿吗？"众人都不大理会，只有王仁心里略动了一动，仍旧喝酒。

只见外头走进赖、林两家的子弟来，说："爷们好乐呀！"众人站起来说道："老大、老三怎么这时候才来？叫我们好等。"那两个人说道："今早听见一个谣言，说是咱们家又闹出事来了。心里着急，赶到里头打听去，并不是咱们。"众人道："不是咱们就完了，为什么不就来？"那两个说道："虽不是咱们，也有些干系。你们知道是谁？就是贾雨村老爷。我们今儿进去，看见带着锁子，说要解到三法司③衙门里审问去呢。我们见他常在咱们家里来往，恐有什么事，便跟了去打听。"贾芸道："到底老大用心，原该打听打听。你且坐下喝一杯再说。"

两人让了一回，便坐下喝着酒，道："这位雨村老爷，人也能干，也会钻营，官也不小了，只是贪财。被人家参了个'婪索属员'的几款。如今的万岁爷是最圣明最仁慈的，独听了一个'贪'字，或因糟蹋了百姓，或因恃势欺良，是极生气的，所以旨意便叫拿问。若是问出来了，只怕搁不住；若是没有的事，那参的人也不便。如今真真是好时候，只要有造化，做个官儿就好。"众人道："你的哥哥就是有造化的，现做知县，还不好么？"赖家的说道："我哥哥虽是做了知县，他的行为，只怕也保不住怎么样呢。"众人道："手也长么？"赖家的点点头儿，便举起杯来喝酒。众人又道："里头还听见什么新闻？"两人道："别的事没有，只听见海疆的贼寇拿住了好些，也解到法司衙门里审问。还审出好些贼寇，也有藏在城里的，打听消息，抽空儿就劫抢人家。如今知道朝里那些老爷们都是能文能武，出力报效，所到之处，早就消灭了。"众人道："你听见有在城里的，不知审出咱们家失盗了一案来没有？"两人道："倒没有听见。恍惚有人说是有个内地里的人，城里犯了事，抢了一个女人下海去了。那女人不依，被这贼寇杀了。那贼寇正要跳出关去，被官兵拿住了，就在拿获的地方正了法了。"众人道："咱们栊翠庵的什么妙玉，不是叫人抢去，

---

① 焦了尾巴梢子——骂人断绝了后代。

② 外藩王爷——指分封在京城之外的王爷。

③ 三法司——明清两代以刑部、都察院、大理寺为三法司。

不要就是她罢？"贾环道："必是她！"众人道："你怎么知道？"贾环道："妙玉这个东西是最讨人嫌的。她一日家捏酸①，见了宝玉就眉开眼笑了。我若见了她，她从不拿正眼瞧我一瞧。真要是她，我才趁愿呢。"众人道："抢的人也不少，哪里就是她！"贾芸道："有点信儿。前日有个人说她庵里的道婆做梦，说看见是妙玉叫人杀了。"众人笑道："梦话算不得。"邢大舅道："管她梦不梦，咱们快吃饭罢。今夜做个大输赢。"众人愿意，便吃毕了饭，大赌起来。

　　赌到三更多天，只听见里头乱嚷，说是："四姑娘合珍大奶奶拌嘴，把头发都铰掉了，赶到邢夫人、王夫人那里去磕了头，说是要求容她做尼姑呢，送她一个地方。若不容她，她就死在眼前。那邢、王两位太太没主意，叫请蔷大爷、芸二爷进去。"贾芸听了，便知是那回看家的时候起的念头，想来是劝不过来的了，便和贾蔷商议道："太太叫我们进去，我们是做不得主的，况且也不好做主，只好劝去。若劝不住，只好由她们罢。咱们商量了写封书给琏二叔，便卸了我们的干系了。"两人商量定了主意，进去见了邢、王两位太太，便假意地劝了一回。

　　无奈惜春立意必要出家，就不放她出去，只求一两间净屋子给她诵经拜佛。尤氏见他两个不肯作主，又怕惜春寻死，自己便硬做主张，说是："这个不是，索性我担了罢。说我做嫂子的容不下小姑子，逼她出了家了，就完了。若说到外头去呢，断断使不得；若在家里呢，太太们都在这里，算我的主意罢。叫蔷哥儿写封书子给你珍大爷、琏二叔就是了。"贾蔷等答应了。不知邢、王二夫人依与不依，下回分解。

---

　　①　捏酸——装作清白无邪的样子。

# 第 一 一 八 回
## 记微嫌舅兄欺弱女　惊谜语妻妾谏痴人

【题解】

　　惜春修行，紫鹃相随，最后都获准了。宝玉以为是好事，人觉诧异，他就背出幻境里惜春册子中的判词诗来，幻与真不分，实在有点离谱。

　　贾芸输钱，与贾环相商，想将巧姐说给外藩买作偏房，串通王仁、邢大舅，说服邢夫人同意。这与原作写巧姐"流落在烟花巷"的构思，也相距甚远。

　　宝钗、袭人用圣贤之道跟好佛道的宝玉展开辩论，结果宝钗说："你既理屈词穷，我劝你从此把心收一收，好好地用用功，但能博得一第，便是从此而止，也不枉天恩祖德了。"这最后十几个字，宝玉听进去了，以为"还不离其宗"。所以收了佛道书，拿起时文，"当真静静地用起功来"。他自我安慰说：悟道成佛，并不关读什么书，走什么路；中了状元之后，照样可以做和尚；看破红尘的人，也不妨先尽"孝道"，以报"天恩祖德"，"内典语中无佛性，金丹法外有仙舟"嘛！这是把热衷功名利禄和看破红尘两者硬是调和起来，是一种阿Q式的"精神胜利法"。

　　话说邢、王二夫人听尤氏一段话，明知也难挽回。王夫人只得说道："姑娘要行善，这也是前生的凤根，我们也实在拦不住。只是咱们这样人家的姑娘出了家，不成了事体。如今你嫂子说了，准你修行，也是好处。却有一句话要说，那头发可以不剃的，只要自己的心真，哪在头发上头呢？你想妙玉也是带发修行的，不知她怎样凡心一动，才闹到那个份儿。姑娘执意如此，我们就把姑娘住的房子便算了姑娘的静室①。所有服侍姑娘的人，也得叫她们来问，她若愿意跟的，就讲不得说亲配人；若不愿意跟的，另打主意。"惜春听了，收了泪，拜谢了邢、王二夫人、李纨、尤氏等。王夫人说了，便问彩屏等："谁愿跟姑娘修行？"彩屏等回道："太太们派谁就是谁。"王夫人知道不愿意，正在想人。袭人立在宝玉身后，想来宝玉必要大哭，防着他的旧病。岂知宝玉叹道："真真难得！"袭人心里更自伤悲。宝钗虽不言语，遇事试探，见是执迷不醒，只得暗中落泪。

　　王夫人才要叫了众丫头来问，忽见紫鹃走上前去，在王夫人面前跪下，回道："刚才太太问跟四姑娘的姐姐，太太看着怎么样？"王夫人道："这个如何强派得人的，谁愿意，她自然就说出来了。"紫鹃道："姑娘修行，自然姑娘愿意，并不是别的姐姐们的意思。我

----

　　① 静室——修行人静坐念佛的屋子。

有句话回太太,我也并不是拆开姐姐们,各人有各人的心。我服侍林姑娘一场,林姑娘待我,也是太太们知道的,实在恩重如山,无以可报。她死了,我恨不得跟了她去。但是她不是这里的人,我又受主子家的恩典,难以从死。如今四姑娘既要修行,我就求太太们将我派了跟着姑娘,服侍姑娘一辈子,不知太太们准不准?若准了,就是我的造化了。"邢、王二夫人尚未答言,只见宝玉听到那里,想起黛玉,一阵心酸,眼泪早下来了。众人才要问他时,他又哈哈地大笑,走上来道:"我不该说的。这紫鹃蒙太太派给我屋里,我才敢说。求太太准了她罢,全了她的好心。"王夫人道:"你头里姊妹出了嫁,还哭得死去活来;如今看见四妹妹要出家,不但不劝,倒说好事。你如今到底是怎么个意思,我索性不明白了。"宝玉道:"四妹妹修行是已经准的了,四妹妹也是一定主意了?若是真的,我有一句话告诉太太;若是不定的,我就不敢混说了。"惜春道:"二哥哥说话也好笑,一个人主意不定,便扭得过太太们来了?我也是像紫鹃的话,容我呢,是我的造化;不容我呢,还有一个死呢。那怕什么!二哥哥既有话,只管说。"宝玉道:"我这也不算什么泄漏了,这也是一定的。我念一首诗给你们听听罢!"众人道:"人家苦得很的时候,你倒来做诗怄人。"宝玉道:"不是做诗,我到一个地方儿看了来的。你们听听罢。"众人道:"使得。你就念念,别顺着嘴儿胡诌。"宝玉也不分辩,便说道:

> 勘破三春景不长,缁衣顿改昔年妆。
> 可怜绣户侯门女,独卧青灯古佛旁!

李纨、宝钗听了,诧异道:"不好了!这人入了迷了。"王夫人听了这话,点头叹息,便问宝玉:"你到底是哪里看来的?"宝玉不便说出来,回道:"太太也不必问,我自有见的地方。"王夫人回过味来,细细一想,便更哭起来,道:"你说前儿是玩话,怎么忽然有这首诗?罢了,我知道了,你们叫我怎么样呢,我也没有法儿了,也只得由着你们去罢。但是要等我合上了眼,各自干各自的就完了。"

宝钗一面劝着,这个心比刀绞更甚,也撑不住,便放声大哭起来。袭人已经哭得死去活来,幸亏秋纹扶着。宝玉也不啼哭,也不相劝,只不言语。贾兰、贾环听到那里,各自走开。李纨竭力地解说:"总是宝兄弟见四妹妹修行,他想来是痛极了,不顾前后的疯话,这也作不得准的。独有紫鹃的事情,准不准,好叫她起来。"王夫人道:"什么依不依,横竖一个人的主意定了,那也是扭不过来的。可是宝玉说的,也是一定的了。"紫鹃听了磕头。惜春又谢了王夫人。紫鹃又给宝玉、宝钗磕了头。宝玉念声:"阿弥陀佛!难得,难得。不料你倒先好了。"宝钗虽然有把持,也难撑住。只有袭人也顾不得王夫人在上,便痛哭不止,说:"我也愿意跟了四姑娘去修行。"宝玉笑道:"你也是好心,但是你不能享这个清福的。"袭人哭道:"这么说,我是要死的了?"宝玉听到那里,倒觉伤心,只是说不出来。因时已五更,宝玉请王夫人安歇。李纨等各自散去。彩屏等暂且服侍惜春回去,后来指配了人家。紫鹃终身服侍,毫不改初。此是后话。且言贾政扶了贾母灵柩一路南行,因遇着班师①的兵将船只过境,河道拥挤,不能速行,在道实在心焦。幸喜遇见了海

---

① 班师——军队出征回来。

疆的官员，闻得镇海统制钦召回京，想来探春一定回家，略略解些烦心。只打听不出起程的日期，心里又烦躁。想到盘费算来不敷，不得已，写书一封，差人到赖尚荣任上借银五百，叫人沿途迎上来，应需用。那人去了几日，贾政的船才行得十数里。那家人回来，迎上船只，将赖尚荣的禀启呈上。书内告了多少苦处，备上白银五十两。贾政看了生气，即命家人："立刻送还！将原书发回，叫他不必费心。"那家人无奈，只得回到赖尚荣任所。

赖尚荣接到原书银两，心中烦闷，知事办得不周到，又添了一百，央来人带回，帮着说些好话。岂知那人不肯带回，撂下就走了。赖尚荣心下不安，立刻修书到家，回明他父亲，叫他设法告假，赎出身来。于是赖家托了贾蔷、贾芸等在王夫人面前乞恩放出。贾蔷明知不能，过了一日，假说王夫人不依的话，回复了。赖家一面告假，一面差人到赖尚荣任上，叫他告病辞官。王夫人并不知道。

那贾芸听见贾蔷的假话，心里便没头脑。连日在外又输了好些银钱，无所抵偿，便和贾环相商。贾环本是一个钱没有的，虽是赵姨娘积蓄些微，早被他弄光了，哪能照应人家。便想起凤姐待他刻薄，要趁贾琏不在家，要摆布巧姐出气，遂把这个当叫贾芸来上，故意的埋怨贾芸道："你们年纪又大，放着弄银钱的事又不敢办，倒和我没有钱的人相商。"贾芸道："三叔，你这话说的倒好笑，咱们一块儿顽，一块儿闹，哪里有银钱的事？"贾环道："不是前儿有人说是外藩要买个偏房，你们何不和王大舅商量把巧姐说给他呢？"贾芸道："叔叔，我说句招你生气的话，外藩花了钱买人，还想能和咱们走动么？"贾环在贾芸耳边说了些话，贾芸虽然点头，只道贾环是小孩子的话，也不当事。恰好王仁走来说道："你们两个人商量些什么，瞒着我么？"贾芸便将贾环的话附耳低言地说了。王仁拍手道："这倒是一种好事，又有银子！只怕你们不能。若是你们敢办，我是亲舅舅，做得主的。只要环老三在大太太跟前那么一说，我找邢大舅再一说，太太们问起来，你们齐打伙说好就是了。"

贾环等商议定了，王仁便去找邢大舅，贾芸便去回邢、王二夫人，说得锦上添花。王夫人听了，虽然入耳，只是不信。邢夫人听得邢大舅知道，心里愿意，便打发人找了邢大舅来问他。那邢大舅已经听了王仁的话，又可分肥，便在邢夫人跟前说道："若说这位郡王，是极有体面的。若应了这门亲事，虽说是不是正配，保管一过了门，姊夫的官早复了，这里的声势又好了。"邢夫人本是没主意人，被傻大舅一番假话哄得心动，请了王仁来一问，更说得热闹。于是邢夫人倒叫人出去追着贾芸去说。王仁即刻找了人去到外藩公馆说了。

那外藩不知底细，便要打发人来相看。贾芸又钻了①相看的人，说明："原是瞒着合宅的，只说是王府相亲。等到成了，她祖母作主，亲舅舅的保山，是不怕的。"那相看的人应了。贾芸便送信与邢夫人，并回了王夫人。那李纨、宝钗等不知原故，只道是件好事，也都欢喜。

那日，果然来了几个女人，都是艳妆丽服。邢夫人接了进去，叙了些闲话。那来人本知是个诰命，也不敢怠慢。邢夫人因事未定，也没有和巧姐说明，只说有亲戚来瞧，

---

① 钻了——义同"赚了"，蒙骗了。

叫她去见。那巧姐到底是个小孩子，哪管这些，便跟了奶妈过来。平儿不放心，也跟着来。只见有两个宫人打扮的，见了巧姐，便浑身上下一看，更又起身来拉着巧姐的手又瞧了一遍，略坐了一坐就走了。倒把巧姐看得羞臊，回到房中纳闷，想来没有这门亲戚，便问平儿。平儿先看见来头，却也猜着八九，必是相亲的。"但是二爷不在家，大太太作主，到底不知是哪府里的。若说是对头亲①，不该这样相看。瞧那几个人的来头，不像是本支王府②，好像是外头路数。如今且不必和姑娘说明，且打听明白再说。"

平儿心下留神打听。那些丫头、婆子都是平儿使过的，平儿一问，所有听见外头的风声都告诉了。平儿便吓得没了主意，虽不和巧姐说，便赶着去告诉了李纨、宝钗，求她二人告诉王夫人。王夫人知道这事不好，便和邢夫人说知。怎奈邢夫人信了兄弟并王仁的话，反疑心王夫人不是好意，便说："孙女儿也大了，现在琏儿不在家，这件事我还做得主。况且是她亲舅爷爷和她亲舅舅打听的，难道倒比别人不真么？我横竖是愿意的。倘有什么不好，我和琏儿也抱怨不着别人。"

王夫人听了这些话，心下暗暗生气，勉强说些闲话，便走了出来，告诉了宝钗，自己落泪。宝玉劝道："太太别烦恼，这件事我看来是不成的。这又是巧姐儿命里所招，只求太太不管就是了。"王夫人道："你一开口就是疯话。人家说定了就要接过去。若依平儿的话，你琏二哥可不抱怨我么？别说自己的侄孙女儿，就是亲戚家的，也是要好才好。邢姑娘是我们作媒的，配了你二大舅子，如今和和顺顺的过日子，不好么？那琴姑娘，梅家娶了去，听见说是丰衣足食的，很好。就是史姑娘，是她叔叔的主意，头里原好，如今姑爷痨病死了，你史妹妹立志守寡，也就苦了。若是巧姐儿错给了人家儿，可不是我的心坏？"

正说着，平儿过来瞧宝钗，并探听邢夫人的口气。王夫人将邢夫人的话说了一遍。平儿呆了半天，跪下求道："巧姐儿终身全仗着太太，若信了人家的话，不但姑娘一辈子受了苦，便是琏二爷回来，怎么说呢？"王夫人道："你是个明白人，起来听我说。巧姐儿到底是大太太孙女儿，她要作主，我能够拦她么？"宝玉劝道："无妨碍的，只要明白就是了。"平儿生怕宝玉疯癫嚷出来，也并不言语，回了王夫人，竟自去了。

这里王夫人想到烦闷，一阵心痛，叫丫头扶着，勉强回到自己房中躺下，不叫宝玉、宝钗过来，说："睡睡就好的。"自己却也烦闷。听见说李婶娘来了，也不及接待。只见贾兰进来请了安，回道："今早爷爷那里打发人带了一封书子来，外头小子们传进来的。我母亲接了，正要过来，因我老娘来了，叫我先呈给太太瞧，回来我母亲就过来来回太太。还说我老娘要过来呢。"说着，一面把书子呈上，王夫人一面接书，一面问道："你老娘来作什么？"贾兰道："我也不知道。我只见我老娘说，我三姨儿的婆婆家有什么信儿来了。"王夫人听了，想起来还是前次给宝玉说了李绮，后来放定下茶，想来此时甄宝要娶过门，所以李婶娘来商量这件事情，便点点头儿。一面拆开书信，见上面写着道：

> 近因沿途俱系海疆凯旋船只，不能迅速前行。闻探姐随翁婿来都，不知曾有信

---

① 对头亲——很相配的亲事。
② 本支王府——属于皇族宗室的王府。

否？前接到琏侄手禀，知大老爷身体欠安，亦不知已有确信否？宝玉、兰哥场期已近，务须实心用功，不可怠惰。老太太灵柩抵家，尚需日时。我身体平善，不必挂念。此谕宝玉等知道。月日手书。蓉儿另禀。

王夫人看了，仍旧递给贾兰，说："你拿去给你二叔叔瞧瞧，还交给你母亲罢。"

正说着，李纨同李婶过来。请安问好毕，王夫人让了坐。李婶娘便将甄家要娶李绮的话说了一遍。大家商议了一会子。李纨因问王夫人道："老爷的书子，太太看过了么？"王夫人道："看过了。"贾兰便拿着给他母亲瞧。李纨看了，道："三姑娘出门了好几年，总没有来，如今要回京了，太太也放了好些心。"王夫人道："我本是心痛，看见探丫头要回来了，心里略好些。只是不知几时才到？"李婶娘便问了贾政在路好。李纨因向贾兰道："哥儿瞧见了？场期近了，你爷爷惦记得什么似的。你快拿了去给二叔叔瞧去罢。"李婶娘道："他们爷儿两个又没进过学，怎么能下场呢？"王夫人道："他爷爷做粮道的起身时，给他们爷儿两个援了例监①了。"李婶娘点头。贾兰一面拿着书子出来，来找宝玉。

却说宝玉送了王夫人去后，正拿着《秋水》②一篇在那里细玩。宝钗从里间走出，见他看得得意忘言，便走过来一看，见是这个，心里着实烦闷。细想："他只顾把这些出世离群的话当作一件正经事，终究不妥。"看他这种光景，料劝不过来，便坐在宝玉旁边，怔怔地坐着。宝玉见她这般，便道："你这又是为什么？"宝钗道："我想你我既为夫妇，你便是我终身的倚靠，却不在情欲之私。论起荣华富贵，原不过是过眼烟云，但自古圣贤以人品根柢为重……"宝玉也没听完，把那书本搁在旁边，微微地笑道："据你说人品根柢，又是什么古圣贤，你可知古圣贤说过'不失其赤子之心'③。那赤子有什么好处？不过是无知、无识、无贪、无忌。我们生来已陷溺在贪、嗔、痴、爱中，犹如污泥一般，怎么能跳出这般尘网？如今才晓得'聚散浮生'四字，古人说了，不曾提醒一个。既要讲到人品根柢，谁是到那太初一步地位的？"宝钗道："你既说'赤子之心'，古圣贤原以忠孝为赤子之心，并不是遁世离群、无关无系为赤子之心。尧、舜、禹、汤、周、孔时刻以救民济世为心，所谓赤子之心，原不过是'不忍'④二字。若你方才所说的，忍于抛弃天伦，还成什么道理？"宝玉点头笑道："尧舜不强巢许，武周不强夷齐。⑤"宝钗不等他说完，便道："你这个话益发不是了。古来若都是巢、许、夷、齐，为什么如今人又把尧、舜、周、孔称为圣贤呢？况且你自比夷齐，更不成话，伯夷、叔齐原是生在殷商末世，有许多难处之事，所以才有托而逃。当此圣世，咱们世受国恩，祖父锦衣玉食，

---

① 援了例监——援引惯例捐得监生资格。由捐纳财物而取得监生资格者，叫"例监"，也叫"捐监"。
② 《秋水》——《庄子》中的篇名。
③ 不失其赤子之心——语出《孟子·离娄下》。赤子，婴儿。
④ 不忍——《孟子·公孙丑上》："人皆有不忍人之心。先王有不忍人之心，斯有不忍人之政矣。"所谓"不忍"原意是不忍见他人吃苦受难。
⑤ "尧舜"二句——巢许，巢父与许由，上古高人，尧想把天下让给他们，他们不受，而隐居山林。夷齐，伯夷与叔齐，武王伐商纣，灭商而有天下，他们耻食周粟，隐居首阳山，采薇而食，终至饿死。武周，武王与周公。见《史记·伯夷列传》。

况你自有生以来，自去世的老太太以及老爷、太太视如珍宝。你方才所说，自己想一想，是与不是？"宝玉听了，也不答言，只有仰头微笑。

宝钗因又劝道："你既理屈词穷，我劝你从此把心收一收，好好地用用功，但能博得一第，便是从此而止，也不枉天恩祖德了。"宝玉点了点头，叹了口气，说道："一第呢，其实也不是什么难事，倒是你这个'从此而止，不枉天恩祖德'，却还不离其宗。"宝钗未及答言，袭人过来说道："刚才二奶奶说的古圣先贤，我们也不懂。我只想着我们这些人，从小儿辛辛苦苦跟着二爷，不知陪了多少小心，论起理来，原该当的，但只二爷也该体谅体谅。况二奶奶替二爷在老爷、太太跟前行了多少孝道，就是二爷不以夫妻为事，也不可太辜负了人心。至于神仙那一层，更是谎话，谁见过有走到凡间来的神仙呢？哪里来的这么个和尚，说了些混话，二爷就信了真。二爷是读书的人，难道他的话比老爷、太太还重么？"宝玉听了，低头不语。

袭人还要说时，只听外面脚步走响，隔着窗户问道："二叔在屋里呢么？"宝玉听了，是贾兰的声音，便站起来笑道："你进来罢。"宝钗也站起来。贾兰进来，笑容可掬地给宝玉、宝钗请了安，问了袭人的好。袭人也问了好。便把书子呈给宝玉瞧。宝玉接在手中看了，便道："你三姑姑回来了？"贾兰道："爷爷既如此写，自然是回来的了。"宝玉点头不语，默默如有所思。贾兰便问："叔叔看见爷爷后头写的，叫咱们好生念书了？叔叔这一程子只怕总没作文章罢？"宝玉笑道："我也要作几篇熟一熟手，好去诓这个功名。"贾兰道："叔叔既这样，就拟几个题目，我跟着叔叔作作，也好进去混场。别到那时交了白卷子，惹人笑话。不但笑话我，人家连叔叔都要笑话了。"宝玉道："你也不至如此。"说着，宝钗命贾兰坐下。

宝玉仍坐在原处，贾兰侧身坐了。两个谈了一回文，不觉喜动颜色。宝钗见他爷儿两个谈得高兴，便仍进屋里去了。心中细想："宝玉此时光景，或者醒悟过来了，只是刚才说话，他把那'从此而止'四字单单的许可，这又不知是什么意思了。"宝钗尚自犹豫。惟有袭人看他爱讲文章，提到下场，更又欣然，心里想道："阿弥陀佛！好容易讲《四书》似的才讲过来了。"这里宝玉和贾兰讲文，莺儿沏过茶来。贾兰站起来接了，又说了一会子下场的规矩，并请甄宝玉在一处的话，宝玉也甚似愿意。一时，贾兰回去，便将书子留给宝玉了。

那宝玉拿着书子，笑嘻嘻走进来，递给麝月收了，便出来将那本《庄子》收了，把几部向来最得意的，如《参同契》《元命苞》《五灯会元》①之类，叫出麝月、秋纹、莺儿等都搬了搁在一边。宝钗见他这番举动，甚为罕异，因欲试探他，便笑问道："不看他倒是正经，但又何必搬开呢？"宝玉道："如今才明白过来了，这些书都算不得什么。我还要一火焚之，方为干净。"宝钗听了，更欣喜异常。只听宝玉口中微吟道：

---

① 《参同契》等书——《参同契》，同名书有两种：一为东汉魏伯阳撰之道教书，全称《周易参同契》；一为唐希迁撰，是阐发禅理的书。《元命苞》，《春秋》纬书的一种，原书已佚，清代有辑佚本；纬书是假托经义面说符箓瑞应的书。《五灯会元》，佛教书名，宋普济编，选取《传灯录》《广灯录》《续灯录》《联灯会要》《普灯录》五部禅宗语录而成。

"内典语中无佛性，金丹法外有仙舟。"①

宝钗也没很听真，只听得"无佛性""有仙舟"几个字，心中转又狐疑，且看他作何光景。宝玉便命麝月、秋纹等收拾一间静室，把那些语录、名稿及应制诗之类，都找出来，搁在静室中，自己却当真静静的用起功来。宝钗这才放了心。

那袭人此时真是闻所未闻，见所未见，便悄悄地笑着向宝钗道："到底奶奶说话透彻，只一路讲究，就把二爷劝明白了。就只可惜迟了一点儿，临场太近了。"宝钗点头微笑道："功名自有定数，中与不中倒也不在用功的迟早。但愿他从此一心巴结正路，把从前那些邪魔永不沾染就是好了。"说到这里，见房里无人，便悄说道："这一番悔悟过来，固然很好，但只一件，怕又犯了前头的旧病，和女孩儿们打起交道来，也是不好。"袭人道："奶奶说的也是。二爷自从信了和尚，才把这些姐妹冷淡了；如今不信和尚，真怕又要犯了前头的旧病呢。我想，奶奶和我，二爷原不大理会，紫鹃去了，如今只她们四个，这里头就是五儿有些个狐媚子，听见说她妈求了大奶奶和奶奶，说要讨出去给人家儿呢，但是这两天到底在这里呢。麝月、秋纹虽没别的，只是二爷那几年也都有些顽顽皮皮的。如今算来，只有莺儿二爷倒不大理会，况且莺儿也稳重。我想倒茶弄水，只叫莺儿带着小丫头们服侍就够了，不知奶奶心里怎么样？"宝钗道："我也虑的是这些，你说的倒也罢了。"从此便派莺儿带着小丫头服侍。

那宝玉却也不出房门，天天只差人去给王夫人请安。王夫人听见他这番光景，那一种欣慰之情，更不待言了。到了八月初三这一日，正是贾母的冥寿②。宝玉早晨过来，磕了头，便回去，仍到静室中去了。饭后，宝钗、袭人等都和姊妹们跟着邢、王二夫人在前面屋里说闲话儿。宝玉自在静室，冥心危坐。忽见莺儿端了一盘瓜果进来，说："太太叫人送来给二爷吃的，这是老太太的克什③。"宝玉站起来答应了，复又坐下，便道："搁在那里罢。"莺儿一面放下瓜果，一面悄悄向宝玉道："太太那里夸二爷呢。"宝玉微笑。莺儿又道："太太说了，二爷这一用功，明儿进场中了出来，明年再中了进士，作了官，老爷、太太可就不枉了盼二爷了。"宝玉也只点头微笑。莺儿忽然想起那年给宝玉打络子的时候宝玉说的话来，便道："真要二爷中了，那可是我们姑奶奶的造化了。二爷还记得那一年在园子里，不是二爷叫我打梅花络子时说的，我们姑奶奶后来带着我不知到哪一个有造化的人家儿去呢。如今二爷可是有造化的罢咧！"宝玉听到这里，又觉尘心一动，连忙敛神定息，微微地笑道："据你说来，我是有造化的，你们姑娘也是有造化的，你呢？"莺儿把脸飞红了，勉强道："我们不过当丫头一辈子罢咧，有什么造化呢！"宝玉笑道："果然能够一辈子是丫头，你这个造化比我们还大呢！"莺儿听见这话，似乎又是疯话了，恐怕自己招出宝玉的病根来，打算着要走。只见宝玉笑着说道："傻丫头，我告诉你罢。"未知宝玉又说出什么话来，且听下回分解。

---

① "内典"二句——意谓佛性不靠念经得到，全凭内心顿悟；成仙的途径也在冶炼黄金、丹砂等有形迹的修炼方法之外。内典，佛经。仙舟，喻求仙之方法途径。

② 冥寿——亦称"阴寿"，死者的生日。

③ 克什——亦作"克食"。满语，原义为恩赐，此指上的食品。王、金本作"冥"。此据程甲、程乙、藤本。

# 第 一 一 九 回
## 中乡魁宝玉却尘缘　　沐皇恩贾家延世泽

**【题解】**

　　读过原稿中宝玉出家情节的脂评以为，"宝玉有情极之毒，亦世人莫忍为者……有此世人莫忍为之毒，故后文方有'悬崖撒手'一回"（第二十一回评）。可我们现在读到的宝玉，不仅在"撒手"前要用"博得一第"来报"天恩祖德"，临行前，还对父母亲人如此留恋不舍，长跪别母，流泪致辞，仿佛是极其无奈地被人推上了绝路去的。这哪有一点"世人莫忍为之毒"呢？

　　贾环等出卖巧姐的阴谋，正要得逞的危急时刻，救星刘姥姥赶到，将她偷藏到乡下去。作恶者的勾当，原是"有干例禁"的，外藩发现后，痛骂递送年庚的王仁等人，让他们"抱头鼠窜地出来"。这一写，巧姐之事只不过是一场虚惊，当然更不是原作的构思了。

　　为了不让宝玉考后走失之事，造成太浓重的悲剧气氛，续作者尽量多地加入传统小说戏剧的大团圆结局的喜庆成分，以迎合读者的习惯心理："千里东风一梦遥"的探春，居然"服采鲜明"地回来与亲人团聚了，还"出挑得比先前更好了"，原来婚姻如此美满，真是咄咄怪事！接着是金榜题名：宝玉高中第七名举人，贾兰一百三十名，甄宝玉也中了，皆大欢喜。更遇皇上龙颜大悦，下旨大赦，贾赦免罪，贾珍免罪外，"仍袭了宁国三等世职"；薛蟠也放回，让香菱当了他媳妇；贾琏"扶平儿为正"；刘姥姥为巧姐找了个婆家，是"家财巨万，良田千顷"的姓周的大财主……总之，愿意怎么写，就怎么写。


　　话说莺儿见宝玉说话摸不着头脑，正自要走，只听宝玉又说道："傻丫头，我告诉你罢。你姑娘既是有造化的，你跟着她，自然也是有造化的了。你袭人姐姐是靠不住的。只要往后你尽心服侍她就是了。日后或有好处，也不枉你跟着她熬了一场。"莺儿听了前头像话，后头说的又有些不像了，便道："我知道了。姑娘还等我呢。二爷要吃果子时，打发小丫头叫我就是了。"宝玉点头，莺儿才去了。一时，宝钗、袭人回来，各自房中去了。不提。

　　且说过了几天，便是场期。别人只知盼望他爷儿两个作了好文章，便可以高中的了，只有宝钗见宝玉的功课虽好，只是那有意无意之间，却别有一种冷静的光景。知他要进场了，头一件，叔侄两个都是初次赴考，恐人马拥挤，有什么失闪；第二件，宝玉自和尚去后，总不出门，虽然见他用功喜欢，只是改得太速太好了，反倒有些信不及，只怕又有什么变故。所以进场的头一天，一面派了袭人带了小丫头们同着素云等给他爷儿两个收拾妥当，自己又都过了目，好好地搁起，预备着；一面过来同李纨回了王夫人，拣家里的老成管事的多派了几个，只说怕人马拥挤碰了。

次日，宝玉、贾兰换了半新不旧的衣服，欣然过来见了王夫人。王夫人嘱咐道："你们爷儿两个都是初次下场，但是你们活了这么大，并不曾离开我一天。就是不在我眼前，也是丫鬟媳妇们围着，何曾自己孤身睡过一夜。今日各自进去，孤孤凄凄，举目无亲，须要自己保重。早些作完了文章出来，找着家人，早些回来，也叫你母亲、媳妇们放心。"王夫人说着，不免伤心起来。贾兰听一句答应一句。只见宝玉一声不哼，待王夫人说完了，走过来给王夫人跪下，满眼流泪，磕了三个头，说道："母亲生我一世，我也无可答报。只有这一入场，用心作了文章，好好地中个举人出来，那时太太喜欢喜欢，便是儿子一辈子的事也完了，一辈子的不好也都遮过去了。"王夫人听了，更觉伤心起来，便道："你有这个心，自然是好的，可惜你老太太不能见你的面了。"一面说，一面拉他起来。那宝玉只管跪着，不肯起来，便说道："老太太见与不见，总是知道的，喜欢的；既能知道了，喜欢了，便不见也和见了的一样。只不过隔了形质，并非隔了神气啊。"

李纨见王夫人和他如此，一则怕勾起宝玉的病来，二则也觉得光景不大吉祥，连忙过来说道："太太，这是大喜的事，为什么这样伤心？况且宝兄弟近来很知好歹，很孝顺，又肯用功，只要带了侄儿进去，好好地作文章，早早地回来，写出来请咱们的世交老先生们看了，等着爷儿两个都报了喜，就完了。"一面叫人搀起宝玉来。宝玉却转过身来给李纨作了个揖，说："嫂子放心。我们爷儿两个都是必中的。日后兰哥还有大出息，大嫂子还要戴凤冠穿霞帔呢。"李纨笑道："但愿应了叔叔的话，也不枉……"说到这里，恐怕又惹起王夫人的伤心来，连忙咽住。宝玉笑道："只要有了个好儿子，能够接续祖基，就是大哥哥不能见，也算他的后事完了。"李纨见天气不早了，也不肯尽着和他说话，只好点点头儿。

此时，宝钗听得早已呆了，这些话，不但宝玉，便是王夫人、李纨所说，句句都是不祥之兆，却又不敢认真，只得忍泪无言。那宝玉走到跟前，深深地作了一个揖。众人见他行事古怪，也摸不着是怎么样，又不敢笑他。只见宝钗的眼泪直流下来，众人更是纳罕。又听宝玉说道："姐姐，我要走了。你好生跟着太太，听我的喜信儿罢。"宝钗道："是时候了，你不必说这些唠叨话了。"宝玉道："你倒催得我紧，我自己也知道该走了。"回头见众人都在这里，只没惜春、紫鹃，便说道："四妹妹和紫鹃姐姐跟前替我说一句罢，横竖是再见就完了。"众人见他的话又像有理，又像疯话。大家只说他从没出过门，都是太太的一套话招出来的，不如早早催他去了，就完了事了，便说道："外面有人等你呢，你再闹就误了时辰了。"宝玉仰面大笑道："走了，走了！不用胡闹了，完了事了！"众人也都笑道："快走罢。"独有王夫人和宝钗娘儿两个倒像生离死别的一般，那眼泪也不知从哪里来的，直流下来，几乎失声哭出。但见宝玉嘻天哈地，大有疯傻之状，遂从此出门走了。正是：

走来名利无双地，打出樊笼第一关。①

　　不言宝玉、贾兰出门赴考，且说贾环见他们考去，自己又气又恨，便自大为王，说："我可要给母亲报仇了。家里一个男人没有，上头大太太依了我，还怕谁！"想定了主意，跑到邢夫人那边请了安，说了些奉承的话。那邢夫人自然喜欢，便说道："你这才是明理的孩子呢。像那巧姐儿的事，原该我做主的，你琏二哥糊涂，放着亲奶奶倒托别人去。"贾环道："人家那头儿也说了，只认得这一门子，现在定了，还要备一份大礼来送太太呢。如今太太有了这样的藩王孙女婿儿，还怕大老爷没大官做么？不是我说自己的太太，他们有了元妃姐姐，便欺压得人难受。将来巧姐儿别也是这样没良心，等我去问问她。"邢夫人道："你也该告诉她，她才知道你的好处。只怕她父亲在家也找不出这么门子好亲事来。但只平儿那个糊涂东西，她倒说这件事不好，说是你太太也不愿意。想来恐怕我们得了意。若迟了，你二哥回来，又听人家的话，就办不成了。"贾环道："那边都定了，只等太太出了八字。王府的规矩，三天就要来娶的。但是一件，只怕太太不愿意，那边说是不该娶犯官的孙女，只好悄悄地抬了去，等大老爷免了罪，做了官，再大家热闹起来。"邢夫人道："这有什么不愿意，也是礼上应该的。"贾环道："既这么着，这帖子太太出了就是了。"邢夫人道："这孩子又糊涂了。里头都是女人，你叫芸哥儿写了一个就是了。"贾环听说，喜欢得了不得，连忙答应了出来，赶着和贾芸说了，邀着王仁到那外藩公馆立文书，兑银子去了。

　　哪知刚才所说的话，早被跟邢夫人的丫头听见。那丫头是求了平儿才挑上的，便抽空儿赶到平儿那里，一五一十地都告诉了。平儿早知此事不好，已和巧姐细细地说明。巧姐哭了一夜，必要等她父亲回来作主，大太太的话不能遵。今儿又听见这话，便大哭起来，要和太太讲去。平儿急忙拦住道："姑娘且慢着。大太太是你的亲祖母，她说二爷不在家，大太太做得主的，况且还有舅舅做保山。他们都是一气，姑娘一个人，哪里说得过呢？我到底是下人，说不上话去。如今只可想法儿，断不可冒失的。"邢夫人那边的丫头道："你们快快地想主意，不然，可就要抬走了。"说着，各自去了。平儿回过头来，见巧姐哭作一团，连忙扶着道："姑娘，哭是不中用的，如今是二爷够不着，听见他们的话头……"这句话还没说完，只见邢夫人那边打发人来告诉："姑娘大喜的事来了。叫平儿将姑娘所有应用的东西料理出来。若是陪送呢，原说明了等二爷回来再办。"平儿只得答应了。

　　回来又见王夫人过来，巧姐儿一把抱住，哭得倒在怀里。王夫人也哭道："姐儿不用着急，我为你吃了大太太好些话，看来是扭不过来的。我们只好应着缓下去，即刻差个家人赶到你父亲那里去告诉。"平儿道："太太还不知道么？早起三爷在大太太跟前说了，什么外藩规矩，三日就要过去的。如今大太太已叫芸哥儿写了名字年庚去了，还等得二爷么？"王夫人听说是"三爷"，便气得说不出话来，呆了半天，一叠声叫人找贾环。找

---

① "走来"二句——"走来"，程甲本作"走求"，从程乙本。名利无双地，指科举考场。樊笼，关鸟兽的笼子，比喻名利羁缚和家庭的约束。因为宝玉已把"博得一第"作为他出家的先决条件，所以把赴考说成是冲破了"第一关"。

了半日，人回："今早同蔷哥儿、王舅爷出去了。"王夫人问："芸哥呢？"众人回说不知道。巧姐屋内人人瞪眼，一无方法。王夫人也难和邢夫人争论，只有大家抱头大哭。

有个婆子进来，回说："后门上的人说，那个刘姥姥又来了。"王夫人道："咱们家遭着这样事，哪有功夫接待人。不拘怎么回了她去罢。"平儿道："太太该叫她进来，她是姐儿的干妈，也得告诉告诉她。"王夫人不言语。那婆子便带了刘姥姥进来。各人见了问好。刘姥姥见众人的眼圈儿都是红的，也摸不着头脑，迟了一会子，便道："怎么了？太太、姑娘们必是想二姑奶奶了。"巧姐儿听见提起她母亲，越发大哭起来。平儿道："姥姥别说闲话。你既是姑娘的干妈，也该知道的。"便一五一十地告诉了。把个刘姥姥也唬怔了。等了半天，忽然笑道："你这样一个伶俐姑娘，没听见过鼓儿词么？这上头的方法多着呢。这有什么难的。"平儿赶忙问道："姥姥，你有什么法儿？快说罢。"刘姥姥道："这有什么难的呢，一个人也不叫他们知道，扔崩①一走，就完了事了。"平儿道："这可是混说了。我们这样人家的人，走到哪里去？"刘姥姥道："只怕你们不走，你们要走，就到我屯里去。我就把姑娘藏起来，即刻叫我女婿弄了人，叫姑娘亲笔写个字儿，赶到姑老爷那里，少不得他就来了。可不好么？"平儿道："大太太知道呢？"刘姥姥道："我来他们知道么？"平儿道："大太太住在后头，她待人刻薄，有什么信，没有送给她的。你若前门走来，就知道了；如今是后门来的，不妨事。"刘姥姥道："咱们说定了几时，我叫女婿打了车来接了去。"平儿道："这还等得几时呢，你坐着罢。"急忙进去，将刘姥姥的话，避了旁人告诉了。

王夫人想了半天，不妥当。平儿道："只有这样。为的是太太，才敢说明。太太就装不知道，回来倒问大太太。我们那里就有人去，想二爷回来也快。"王夫人不言语，叹了一口气。巧姐儿听见，便和王夫人道："只求太太救我，横竖父亲回来，只有感激的。"平儿道："不用说了，太太回去罢。回来只要太太派人看屋子。"王夫人道："掩密些！你们两个人的衣服铺盖是要的。"平儿道："要快走了才中用呢，若是他们定了，回来就有了饥荒了。"一句话提醒了王夫人，便道："是了，你们快办去罢，有我呢。"于是王夫人回去，倒过去找邢夫人说闲话儿，把邢夫人先绊住了。平儿这里便遣人料理去了。嘱咐道："倒别避人，有人进来看见，就说是大太太吩咐的，要一辆车子送刘姥姥去。"这里又买嘱了看后门的人雇了车来。平儿便将巧姐装做青儿模样，急急地去了。后来平儿只当送人，眼错不见，也跨上车去了。

原来近日贾府后门虽开，只有一两个人看着，余外虽有几个家下人，因房大人少，空落落的，谁能照应。且邢夫人又是个不怜下人的，众人明知此事不好，又都感念平儿的好处，所以通同一气，放走了巧姐。邢夫人还自和王夫人说话，哪里理会。只有王夫人甚不放心，说了一回话，悄悄地走到宝钗那里坐下，心里还是惦记着。宝钗见王夫人神色恍惚，便问："太太的心里有什么事？"王夫人将这事背地里和宝钗说了。宝钗道："险得很！如今得快快儿地叫芸哥儿止住那里才妥当。"王夫人道："我找不着环儿呢。"宝钗道："太太总要装作不知，等我想个人去叫大太太知道才好。"王夫人点头，一任宝钗想人。

---

① 扔崩——突然，令人不防地。

暂且不言。

且说外藩原是要买几个使唤的女人，据媒人一面之辞，所以派人相看。相看的人回去禀明了藩王。藩王问起人家，众人不敢隐瞒，只得实说。那外藩听了，知是世代勋戚，便说："了不得！这是有干例禁的，几乎误了大事。况我朝觐已过，便要择日起程，倘有人来再说，快快打发出去！"这日，恰好贾芸、王仁等递送年庚，只见府门里头的人便说："奉王爷的命，再敢拿贾府的人来冒充民女者，要拿住究治。如今太平时候，谁敢这样大胆！"这一嚷，唬得王仁等抱头鼠窜地出来，埋怨那说事的人，大家扫兴而散。

贾环在家候信，又闻王夫人传唤，急得烦燥起来，见贾芸一人回来，赶着问道："定了么？"贾芸慌忙跺足道："了不得，了不得！不知谁露了风了。"还把吃亏的话说了一遍。贾环气得发怔，说："我早起在大太太跟前说得这样好，如今怎么样处呢？这都是你们众人坑了我了！"正没主意，听见里头乱嚷，叫着贾环等的名字说："大太太二太太叫呢！"两个人只得蹭进去。只见王夫人怒容满面，说："你们干的好事！如今逼死了巧姐和平儿了，快快地给我找还尸首来完事！"两个人跪下。贾环不敢言语。贾芸低头说道："孙子不敢干什么。为的是邢舅太爷和王舅爷说给巧妹妹作媒，我们才回太太们的。大太太愿意，才叫孙子写帖儿去的。人家还不要呢。怎么我们逼死了妹妹呢？"王夫人道："环儿在大太太那里说的，三日内便要抬了走。说亲作媒，有这样的么？我也不问你们，快把巧姐儿还了我们，等老爷回来再说。"邢夫人如今也是一句话儿说不出了，只有落泪。王夫人便骂贾环说："赵姨娘这样混账的东西，留的种子也是这混账的！"说着，叫丫头扶了，回到自己房中。

那贾环、贾芸、邢夫人三个人互相埋怨，说道："如今且不用埋怨。想来死是不死的，必是平儿带了她到那什么亲戚家躲了去了。"邢夫人叫了前后的门人来骂着，问："巧姐儿和平儿，知道哪里去了？"岂知下人一口同音，说是："大太太不必问我们，问当家的爷们就知道了。在大太太也不用闹，等我们太太问起来，我们有话说。要打大家打，要发大家都发。自从琏二爷出了门，外头闹得还了得！我们的月钱月米是不给了，赌钱喝酒，闹小旦，还接了外头的媳妇儿到宅里来，这不是爷吗？"说得贾芸等顿口无言。王夫人那边又打发人来催说："叫爷们快找来！"那贾环等急得恨无地缝可钻，又不敢盘问巧姐那边的人。明知众人深恨，是必藏起来了，但是这句话怎敢在王夫人面前说，只得各处亲戚家打听，毫无踪迹。里头一个邢夫人，外头环儿等，这几天闹得昼夜不宁。

看看到了出场日期，王夫人只盼着宝玉、贾兰回来。等到晌午，不见回来，王夫人、李纨、宝钗着忙，打发人去到下处打听。去了一起，又无消息，连去的人也不来了。回来又打发一起人去，又不见回来。三个人心里如热油熬煎。等到傍晚，有人进来，见是贾兰。众人喜欢，问道："宝二叔呢？"贾兰也不及请安，便哭道："二叔丢了。"王夫人听了这话便怔了，半天也不言语，便直挺挺地躺倒床上。亏得彩云等在后面扶着，下死地叫醒转来，哭着。见宝钗也是白瞪两眼，袭人等已哭得泪人一般，只有哭着骂贾兰道："糊涂东西！你同二叔在一处，怎么他就丢了？"贾兰道："我和二叔在下处，是一处吃一处睡。进了场，相离也不远，刻刻在一处的。今儿一早，二叔的卷子早完了，还等我呢。我们两个人一起去交了卷子，一同出来，在龙门口<sup>①</sup>一挤，回头就不见了。我们家接场的人都问我，李贵还说看见的，相离不过数步，怎么一挤就不见了。现叫李贵等分头的找去。我也带了人，各处号里都找遍了，没有，我所以这时候才回来。"王夫人是哭得一句话也说不出来，宝钗心里已知八九，袭人痛哭不已。贾蔷等不等吩咐，也是分头而去。可怜荣府的人，个个死多活少，空备了接场的酒饭。贾兰也忘却了辛苦，还要自己找去。倒是王夫人拦住道："我的儿，你叔叔丢了，还禁得再丢了你么？好孩子，你歇歇去罢。"贾兰哪里肯走，尤氏等苦劝不止。众人中只有惜春心里却明白了，只不好说出来，便问宝钗道："二哥哥带了玉去了没有？"宝钗道："这是随身的东西，怎么不带？"惜春听了，便不言语。袭人想起那日抢玉的事来，也是料着那和尚作怪，柔肠几断，珠泪交流，呜呜咽咽哭个不住。追想当年宝玉相待的情分："有时怄他，他便恼了，也有一种令人回心的好处，那温存体贴，是不用说了。若怄急了他，便赌誓说做和尚。哪知道今日却应了这句话。"看看那天已觉是四更天气，并没有个信儿。李纨又怕王夫人苦坏了，极力地劝着回房。众人都跟着伺候。只有邢夫人回去。贾环躲着不敢出来。王夫人叫贾兰去了，一夜无眠。次日天明，虽有家人回来，都说没有一处不寻到，实在没有影儿。于是薛姨妈、薛蝌、史湘云、宝琴、李婶等接二连三地过来请安问信。

如此一连数日，王夫人哭得饮食不进，命在垂危。忽有家人回道："海疆来了一人，口称统制大人那里来的，说我们家的三姑奶奶明日到京了。"王夫人听说探春回京，虽不能解宝玉之愁，那个心略放了些。到了明日，果然探春回来。众人远远接着，见探春出挑得比先前更好了，服采鲜明。见了王夫人形容枯槁，众人眼肿腮红，便也大哭起来，哭了一会，然后行礼。看见惜春道姑打扮，心里很不舒服。又听见宝玉心迷走失，家中多少不顺的事，大家又哭起来。还亏得探春能言，见解亦高，把话来慢慢儿地劝解了好些时，王夫人等略觉好些。再明儿，三姑爷也来了。知有这样的事，探春住下劝解。跟探春的丫头、老婆也与众姊妹们相聚，各诉别后的事。从此上上下下的人，竟是无昼无夜，专等宝玉的信。

那一夜五更多天，外头几个家人进来，到二门口报喜。几个小丫头乱跑进来，也不及告诉大丫头了，进了屋子，便说："太太、奶奶们大喜！"王夫人打量宝玉找着了，便喜欢的站起身来说："在哪里找着的？快叫他进来！"那人道："中了第七名举人。"王夫人道："宝玉呢？"家人不言语。王夫人仍旧坐下。探春便问："第七名中的是谁？"家人回说"是宝二爷。"正说着，外头又嚷道："兰哥儿中了！"那家人赶忙出去，接了报单回禀，见贾兰中了一百三十名。李纨心下喜欢，因王夫人不见了宝玉，不敢喜形于色。王夫人见贾兰中了，心下也是喜欢，只想："若是宝玉一回来，咱们这些人不知怎样乐呢！"独有宝钗心下悲苦，又不好掉泪。众人道喜，说是"宝玉既有中的命，自然再不会丢的。况天下哪有迷失了的举人！"王夫人等想来不错，略有笑容。众人便趁势劝王夫人等多进了些饮食。只见三门外头茗烟乱嚷道："我们二爷中了举人，是丢不了的了！"众人问道："怎见得呢？"茗烟道："'一举成名天下闻'，如今二爷走到哪里，哪里就知道的，谁敢不送来！"

---

① 龙门口——指科举考场的正门。旧有鱼跃过龙门而化为龙之说，故以"登龙门"喻中举荣耀。

里头的众人都说："这小子虽是没规矩，这句话是不错的。"惜春道："这样大人了，哪里有走失的？只怕他勘破世情，入了空门，这就难找着他了。"这句话又招得王夫人等又大哭起来。李纨道："古来成佛作祖成神仙的，果然把爵位富贵都抛了，也多得很。"王夫人哭道："他若抛了父母，这就是不孝，怎能成佛作祖？"探春道："大凡一个人，不可有奇处。二哥哥生来带块玉来，都道是好事，这么说起来，都是有了这块玉的不好。若是再有几天不见——我不是叫太太生气——就有些原故了，只好譬如没有生这位哥哥罢了。果然有来头成了正果，也是太太几辈子的修积。"宝钗听了不言语。袭人哪里忍得住，心里一疼，头上一晕，便栽倒了。王夫人见了可怜，命人扶她回去。贾环见哥哥、侄儿中了，又为巧姐的事大不好意思，只报怨蔷、芸两个。知道探春回来，此事不肯甘休，又不敢躲开，这几天竟是如在荆棘之中。

明日，贾兰只得先去谢恩，知道甄宝玉也中了，大家序了同年①。提起贾宝玉心迷走失，甄宝玉叹息劝慰。知贡举②的将考中的卷子奏闻，皇上一一地披阅，看取中的文章，俱是平正通达的。见第七名贾宝玉是金陵籍贯，第一百三十名又是金陵贾兰，皇上传旨询问："两个姓贾的是金陵人氏，是否贾妃一族？"大臣领命出来，传贾宝玉、贾兰问话。贾兰将宝玉场后迷失的话，并将三代陈明，大臣代为转奏。皇上最是圣明仁德，想起贾氏功勋，命大臣查复，大臣便细细地奏明。皇上甚是悯恤，命有司将贾赦犯罪情由查案呈奏。皇上又看到《海疆靖寇班师善后事宜》一本，奏的是海宴河清③，万民乐业的事。皇上圣心大悦，命九卿④叙功议赏，并大赦天下。贾兰等朝臣散后，拜了座师⑤，并听见朝内有大赦的信，便回了王夫人等。合家略有喜色，只盼宝玉回来。薛姨妈更加喜欢，便要打算赎罪。

一日，人报甄老爷同三姑爷来道喜，王夫人便命贾兰出去接待。不多一时，贾兰进来，笑嘻嘻地回王夫人道："太太们大喜了！甄老伯在朝内听见有旨意，说是大老爷的罪名免了；珍大爷不但免了罪，仍袭了宁国三等世职。荣国世职，仍是老爷袭了，俟丁忧服满，仍升工部郎中。所抄家产，全行赏还。二叔的文章，皇上看了甚喜，问知是元妃兄弟，北静王还奏说人品亦好，皇上传旨召见。众大臣奏称：'据伊侄贾兰回称出场时迷失，现在各处寻访。'皇上降旨，着五营⑥各衙门用心寻访。这旨意一下，请太太们放心，皇上这样圣恩，再没有找不着了。"王夫人等这才大家称贺，喜欢起来。

只有贾环等心下着急，四处找寻巧姐。那知巧姐随了刘姥姥，带着平儿出了城，到了庄上，刘姥姥也不敢轻亵巧姐，便打扫上房，让给巧姐、平儿住下。每日供给，虽是乡村风味，倒也洁净。又有青儿陪着，暂且宽心。那庄上也有几家富户，知道刘姥姥家

---

① 序同年——同科考中者相聚时排列名次。同榜登科者称"同年"。
② 知贡举——泛指主考官。
③ 海宴河清——海洋平静，黄河澄清，喻升平气象。
④ 九卿——朝廷高级官员。清代也指九个部门的官员，即都察院、大理寺、太常寺、光禄寺、鸿胪寺、太仆寺、通政司、宗人府、銮仪卫。
⑤ 座师——也叫"座主"。明清时，举人、进士用以称本科主考官或总裁官。
⑥ 五营——清代守卫京都的巡捕营，分南北左右中五个营，掌京都之治安。

来了贾府姑娘，谁不来瞧，都道是天上神仙。也有送菜果的，也有送野味的，倒也热闹。内中有个极富的人家，姓周，家财巨万，良田千顷；只有一子，生得文雅清秀，年纪十四岁，他父母延师读书，新近科试，中了秀才。那日他母亲看见了巧姐，心里羡慕，自想："我是庄家人家，哪能配得起这样世家小姐？"呆呆地想着。刘姥姥知她心事，拉着她说："你的心事我知道了，我给你们做个媒罢。"周妈妈笑道："你别哄我，他们什么人家，肯给我们庄家人么？"刘姥姥道："说着瞧罢。"于是两人各自走开。

刘姥姥惦记着贾府，叫板儿进城打听。那日恰好到宁荣街，只见有好些车轿在那里。板儿便在邻近打听。说是："宁荣两府复了官，赏还抄的家产，如今府里又要起来了。只是他们的宝玉中了官，不知走到哪里去了。"板儿心里喜欢，便要回去，又见好几匹马到来，在门前下马。只见门上打千儿请安，说："二爷回来了，大喜！大老爷身上安了么？"那位爷笑着道："好了，又遇恩旨，就要回来了。"还问："那些人做什么的？"门上回说："是皇上派官在这里下旨意，叫人领家产。"那位爷便喜欢进去。板儿便知是贾琏了。也不用打听，赶忙回去告诉了他外祖母。

刘姥姥听说，喜得眉开眼笑，去和巧姐儿贺喜，将板儿的话说了一遍。平儿笑说道："可不是，亏得姥姥这样一办，不然，姑娘也摸不着那好时候。"巧姐更自欢喜。正说着，那送贾琏信的人也回来了，说是："姑老爷感激得很，叫我一到家，快把姑娘送回去。又赏了我好几两银子。"刘姥姥听了得意，便叫人赶了两辆车，请巧姐、平儿上车。巧姐等在刘姥姥家住熟了，反是依依不舍，更有青儿哭着，恨不能留下。刘姥姥知她不忍相别，便叫青儿跟了进城，一径直奔荣府而来。

且说贾琏先前知道贾赦病重，赶到配所，父子相见，痛哭了一场，渐渐地好起来。贾琏接着家书，知道家中的事，禀明贾赦回来，走到中途，听得大赦，又赶了两天，今日到家，恰遇颁赏恩旨。里面邢夫人等正愁无人接旨，虽有贾兰，终是年轻。人报琏二爷回来，大家相见，悲喜交集。此时也不及叙话，即到前厅叩见了。钦命大人问了他父亲好，说："明日到内府领赏。宁国府第，发交居住。"众人起身辞别。贾琏送出门去，见有几辆屯车，家人们不许停歇，正在吵闹。贾琏早知道是巧姐来的车，便骂家人道："你们这班糊涂忘八崽子！我不在家，就欺心害主，将巧姐儿都逼走。如今人家送来，还要拦阻，必是你们和我有什么仇！"众家人原怕贾琏回来不依，想来少时才破，岂知贾琏说得更明，心下不懂，只得站着回道："二爷出门，奴才们有病的，有告假的，都是三爷、蔷大爷、芸大爷作主，不与奴才们相干。"贾琏道："什么混账东西！我完了事，再和你们说。快把车赶进来！"

贾琏进去，见邢夫人也不言语，转身到了王夫人那里，跪下磕了个头，回道："姐儿回来了，全亏太太！环兄弟太太也不用说他了。只是芸儿这东西，他上回看家，就闹乱儿；如今我去了几个月，便闹到这样。回太太的话，这种人撵了他不往来也使得。"王夫人道："你大舅子为什么也是这样？"贾琏道："太太不用说，我自有道理。"正说着，彩云等回道："巧姐儿进来了。"见了王夫人，虽然别不多时，想起这样逃难的景况，不免落下泪来。巧姐儿也便大哭。贾琏谢了刘姥姥。王夫人便拉她坐下，说起那日的话来。贾琏见平儿，外面不好说别的，心里感激，眼中流泪。自此贾琏心里愈敬平儿，打算等贾赦等回来，要扶平儿为正。此是后话，暂且不提。

邢夫人正恐贾琏不见了巧姐，必有一番的周折，又听见贾琏在王夫人那里，心下更是着急，便叫丫头去打听。回来说是巧姐儿同着刘姥姥在那里说话，邢夫人才如梦初觉，知他们的鬼，还抱怨着王夫人："调唆我母子不和，到底是哪个送信给平儿的？"正问着，只见巧姐同着刘姥姥，带了平儿，王夫人在后头跟着进来，先把头里的话都说在贾芸、王仁身上，说："大太太原是听见人说，为的是好事，哪里知道外头的鬼。"邢夫人听了，自觉羞惭。想起王夫人主意不差，心里也服。于是邢、王夫人彼此心下相安。

平儿回了王夫人，带了巧姐到宝钗那里来请安，各自提各自的苦处。又说到："皇上隆恩，咱们家该兴旺起来了。想来宝二爷必回来的。"正说到这话，只见秋纹急忙来说："袭人不好了！"不知何事，且听下回分解。

# 第 一 二 〇 回

## 甄士隐详说太虚情　贾雨村归结红楼梦

【题解】

　　贾政扶母枢安葬完毕，得家书知宝玉等中举又走失及贾赦等遇大赦等信息，日夜兼程回京。船过毗陵驿，雪中停泊，见光头赤脚一人"身上披着一领大红猩猩毡的斗篷，向贾政倒身下拜"，原来是宝玉。"未及回言"来了"一僧一道，夹住宝玉说道：'俗缘已毕，还不快走！'"追赶不及，只闻"我所居兮，青埂之峰……归彼大荒"的歌声，倏然不见，"只见白茫茫一片旷野，并无一人"。这就是小说主角贾宝玉在全书中留下的最后镜头。宝玉的打扮，鲁迅早有讥评说："无论贾氏家业再振，兰桂齐芳，即宝玉自己，也成了个披大红猩猩毡斗篷的和尚。和尚多矣，但披这样阔斗篷的能有几个，已经是'入圣超凡'无疑了。"（《坟·论睁了眼睛看》）

　　宝玉对父亲的依恋尽孝，一如对其母亲。可竟被僧道挟持而去，大有无可奈何的悲哀。原作中写"悬崖撒手"的文字，我们虽无缘看到，但宝玉义无反顾，断然与他所憎恨的现实彻底决裂的情态，却不难想象，因为脂观斋有幸读过这段文字，他将宝玉的态度与甄士隐的出家作了对比：在道士与甄士隐说完《好了歌解注》后，"士隐便说一声'走吧！'将道人肩上褡裢抢了过来背着，竟不回家，同了疯道人飘然而去"。对此，脂评说："'走吧'二字，真'悬崖撒手'，若个能行？"意思说："甄士隐这样主动、决绝的态度，真像后来贾宝玉出家啊！别人谁做得到？"

　　鲁迅很重视《红楼梦》的结局，但谈及时只述梗概，不引细节。偶有提到的除那件"大红猩猩毡斗篷"外，却特地将"只是白茫茫一片旷野"这句话，在他两种书中都引了出来，借此提醒读者注意续书是如何煞费苦心地利用自然界的白茫茫雪原，来混充《飞鸟各投林》曲中那句比喻贾府败亡景象的"落了片白茫茫大地真干净"的。

　　刘姥姥最后已像个嫌贫爱富、趋炎附势的媒婆，办妥了巧姐婚事，"刘姥姥见了王夫人等，便说些将来怎样升官，怎样起家，怎样子孙昌盛"。

　　对袭人不能为宝玉守一辈子或殉情死节，颇有微词，说什么"虽然事有前定，无可奈何，但孽子孤臣，义夫节妇，这'不得已'三字也不是一概推诿得的，此袭人所以在'又副册'也"。原稿中袭人嫁蒋玉菡甚早，他俩婚后还"供奉"宝玉夫妇，故有"花袭人有始有终"一回。这且不说，为宣扬封建贞烈观，贬其为人，居然将警幻册子分上、中、下三等的标准也搞错了。原作者是按人物地位尊卑来分的，奶奶小姐为上；姨娘侍妾为中；丫头们为下。将名入"又副册"视为讥贬的结果，是误导读者。

　　末回让甄士隐、贾雨村再出来，"详说""归结"全书，以为如此能首尾相呼应，有"虎豹之尾，可以绕额"的效果，这是明显受八股文章"起、承、转、合"程式套路的影响。其实这两个人物是最不应该再出现的。

　　话说宝钗听秋纹说袭人不好，连忙进去瞧看。巧姐儿同平儿也随着走到袭人炕前，只见袭人心痛难禁，一时气厥。宝钗等用开水灌了过来，仍旧扶她睡下，一面传请大夫。巧姐儿问宝钗道："袭人姐姐怎么病到这个样？"宝钗道："大前儿晚上，哭伤了心了，一时发晕栽倒了。太太叫人扶她回来，她就睡倒了。因外头有事，没有请大夫瞧她。所以致此。"说着，大夫来了，宝钗等略避。大夫看了脉，说是急怒所致，开了方子去了。

　　原来袭人模糊听见说，宝玉若不回来，便要打发屋里的人都出去，一急，越发不好了。到大夫瞧后，秋纹给她煎药，她独自一人躺着，神魂未定，好像宝玉在她面前，恍惚又像是个和尚，手里拿着一本册子揭着看，还说道："你别错了主意，我是不认得你们的了。"袭人似要和他说话，秋纹走来说："药好了，姐姐吃罢。"袭人睁眼一瞧，知是个梦，也不告诉人。吃了药，便自己细细地想："宝玉必是跟了和尚去。上回他要拿玉出去，便是要脱身的样子，被我揪住，看他竟不像往常，把我混推混揉的，一点情意都没有。后来待二奶奶更生厌烦。在别的姊妹跟前，也是没有一点情意。这就是悟道的样子。但是你悟了道，抛了二奶奶怎么好！我是太太派我服侍你，虽是月钱照着那样的份例，其实我究竟没有在老爷、太太跟前回明，就算了你的屋里人。若是老爷、太太打发我出去，我若死守着，又叫人笑话，若是我出去，心想宝玉待我的情分，实在不忍。"左思右想，实在难处。想到刚才的梦，好像和我无缘的话，倒不如死了干净。岂知吃药以后，心痛减了好些，也难躺着，只好勉强支持。过了几日，起来服侍宝钗。宝钗想念宝玉，暗中垂泪，自叹命苦。又知她母亲打算给哥哥赎罪，很费张罗，不能不帮着打算。暂且不表。

　　且说贾政扶贾母灵枢，贾蓉送了秦氏、凤姐、鸳鸯的棺木到了金陵，先安了葬。贾蓉自送黛玉的灵，也去安葬。贾政料理坟基的事。一日，接到家书，一行一行地看到宝玉、贾兰得中，心里自是喜欢；后来看到宝玉走失，复又烦恼，只得赶忙回来。在道儿上又闻得有恩赦的旨意，又接家书，果然赦罪复职，更是喜欢，便日夜趱行[①]。

　　一日，行到毗陵[②]驿地方，那天乍寒下雪，泊在一个清静去处。贾政打发众人上岸投帖，辞谢朋友，总说即刻开船，都不敢劳动。船中只留一个小厮伺候，自己在船中写家书，先要打发人起旱[③]到家。写到宝玉的事，便停笔。抬头忽见船头上微微的雪影里面一个人，光着头，赤着脚，身上披着一领大红猩猩毡的斗篷，向贾政倒身下拜。贾政尚未认清，急忙出船，欲待扶住问他是谁。那人已拜了四拜，站起来打了个问讯[④]。贾政才要还揖，迎面一看，不是别人，却是宝玉。贾政吃一大惊，忙问道："可是宝玉么？"那人只不言语，似喜似悲。贾政又问道："你若是宝玉，如何这样打扮，跑到这里？"宝玉未及回言，只见船头上来了两人，一僧一道，夹住宝玉说道："俗缘已毕，还不快走！"说着，三个人飘然登岸而去。贾政不顾地滑，疾忙来赶。见那三人在前，哪里赶得上。只听见

---

①　趱行——赶路。
②　毗（pí 皮）陵——古县名。治所在今江苏常州市。
③　起旱——走陆路。
④　问讯——僧尼之礼。弯腰，两手至膝，合掌上来，举至齐眉，问安，叫"问讯"。

他们三人口中不知是哪个作歌曰：

> 我所居兮，青埂之峰。我所游兮，鸿蒙太空。谁与我游兮，吾谁与从？渺渺茫茫兮，归彼大荒。

贾政一面听着，一面赶去，转过一小坡，倏然不见。贾政已赶得心虚气喘，惊疑不定，回过头来，见自己的小厮也是随后赶来。贾政问道："你看见方才那三个人么？"小厮道："看见的。奴才为老爷追赶，故也赶来。后来只见老爷，不见那三个人了。"贾政还欲前走，只见白茫茫一片旷野，并无一人。贾政知是古怪，只得回来。

众家人回船，见贾政不在船中，问了舡夫，说是"老爷上岸追赶两个和尚一个道士去了"。众人也从雪地里寻踪迎去，远远见贾政来了，迎上去接着，一同回船。贾政坐下，喘息方定，将见宝玉的话说了一遍。众人回禀，便要在这地方寻觅。贾政叹道："你们不知道，这是我亲眼见的，并非鬼怪。况听得歌声，大有玄妙。那宝玉生下时，衔了玉来，便也古怪，我早知不祥之兆，为的是老太太疼爱，所以养育到今。便是那和尚道士，我也见了三次：头一次，是那僧道来说玉的好处；第二次，便是宝玉病重，他来了，将那玉持诵了一番，宝玉便好了；第三次，送那玉来，坐在前厅，我一转眼就不见了。我心里便有些诧异，只道宝玉果真有造化，高僧仙道来护佑他的。岂知宝玉是下凡历劫的，竟哄了老太太十九年！如今叫我才明白。"说到那里，掉下泪来。众人道："宝二爷果然是下凡的和尚，就不该中举人了。怎么中了才去？"贾政道："你们哪里知道，大凡天上星宿，山中老僧，洞里的精灵，他自具一种性情。你看宝玉何尝肯念书，他若略一经心，无有不能的。他那一种脾气，也是各别另样。"说着，又叹了几声。众人便拿"兰哥得中，家道复兴"的话解了一番。贾政仍旧写家书，便把这事写上，劝谕合家不必想念了。写完封好，即着家人回去。贾政随后赶回。暂且不题。

且说薛姨妈得了赦罪的信，便命薛蝌去各处借贷，并自己凑齐了赎罪银两。刑部准了，收兑了银子，一角文书将薛蟠放出。他们母子姊妹弟兄见面，不必细述，自然是悲喜交集了。薛蟠自己立誓说道："若是再犯前病，必定犯杀犯剐！"薛姨妈见他这样，便要捂他嘴，说："只要自己拿定主意，必定还要妄口巴舌血淋淋的起这样恶誓么！只香菱跟了你，受了多少的苦处！你媳妇已经自己治死自己了。如今虽说穷了，这碗饭还有得吃，据我的主意，我便算她是媳妇了。你心里怎么样？"薛蟠点头愿意。宝钗等也说："很该这样。"倒把香菱急得脸胀通红，说是："服侍大爷一样的，何必如此。"众人便称起"大奶奶"来，无人不服。

薛蟠便要去拜谢贾家。薛姨妈、宝钗也都过来。见了众人，彼此聚首，又说了一番的话。正说着，恰好那日贾政的家人回家，呈上书子，说："老爷不日到了。"王夫人叫贾兰将书子念给听。贾兰念到贾政亲见宝玉的一段，众人听了，都痛哭起来，王夫人、宝钗、袭人等更甚。大家又将贾政书内叫家内"不必悲伤，原是借胎"的话解说了一番："与其作了官，倘或命运不好，犯了事，坏家败产，那时倒不好了，宁可咱们家出一位佛爷，倒是老爷、太太的积德，所以才投到咱们家来。不是说句不顾前后的话，当初东府里太爷，倒是修炼了十几年，也没有成了仙，这佛是更难成的。太太这么一想，心里便开豁了。”

王夫人哭着和薛姨妈道："宝玉抛了我，我还恨他呢。我叹的是媳妇的命苦，才成了一二年的亲，怎么他就硬着肠子都撇下了走了呢!"薛姨妈听了，也甚伤心。宝钗哭得人事不知。所有爷们都在外头，王夫人便说道："我为他担了一辈子的惊，刚刚儿的娶了亲，中了举人，又知道媳妇作了胎，我才喜欢些，不想弄到这样结局! 早知这样，就不该娶亲，害了人家的姑娘。"薛姨妈道："这是自己一定的。咱们这样人家，还有什么别的说的吗? 幸喜有了胎，将来生个外孙子，必定是有成立的，后来就有了结果了。你看大奶奶，如今兰哥儿中了举人，明年成了进士，可不是就做了官了么? 她头里的苦也算吃尽的了，如今的甜来，也是应为人的好处。我们姑娘的心肠儿，姐姐是知道的，并不是刻薄轻佻的人，姐姐倒不必耽忧。"王夫人被薛姨妈一番言语说得极有理，心想："宝钗小时候，便是廉静寡欲，极爱素淡的，所以才有这个事。想人生在世，真有一定数的。看着宝钗虽是痛哭，她端庄样儿一点不走，却倒来劝我，这是真真难得的! 不想宝玉这样一个人，红尘中福分，竟没有一点儿。"想了一回，也觉解了好些。又想到袭人身上："若说别的丫头呢，没有什么难处的，大的配了出去，小的服侍二奶奶就是了。独有袭人，可怎么处呢?"此时人多，也不好说，且等晚上和薛姨妈商量。

那日薛姨妈并未回家，因恐宝钗痛哭，所以在宝钗房中解劝。那宝钗却是极明理，思前想后："宝玉原是一种奇异的人，夙世前因，自有一定，原无可怨天尤人。"更将大道理的话告诉她母亲了。薛姨妈心里反倒安了，便到王夫人那里，先把宝钗的话说了。王夫人点头叹道："若说我无德，不该有这样好媳妇了。"说着更又伤心起来。薛姨妈倒又劝了一会子，因又提起袭人来，说："我见袭人近来瘦得了不得，她是一心想着宝哥儿。但是正配呢，理应守的，屋里人愿守也是有的。惟有这袭人，虽说是算个屋里人，到底她和宝哥儿并没有过明路儿的。"王夫人道："我才刚想着，正要等妹妹商量商量。若说放她出去，恐怕她不愿意，又要寻死觅活的; 若要留着她也罢，又恐老爷不依。所以难处。"薛姨妈道："我看姨老爷是再不肯叫守着的。再者，姨老爷并不知道袭人的事，想来不过是个丫头，哪有留的理呢。只要姐姐叫她本家的人来，狠狠地吩咐她，叫她配一门正经亲事，再多多地陪送她些东西。那孩子心肠儿也好，年纪儿又轻，也不枉跟了姐姐会子，也算姐姐待她不薄了。袭人那里，还得我细细劝她。就是叫她家的人来，也不用告诉她，只等她家里果然说定了好人家儿，我们还去打听打听，若果然足衣足食，女婿长的像个人儿，然后叫她出去。"王夫人听了，道："这个主意很是。不然，叫老爷冒冒失失的一办，我可不是又害了一个人了么!"薛姨妈听了，点头道："可不是么!"又说了几句，便辞了王夫人，仍到宝钗房中去了。

看见袭人满面泪痕，薛姨妈便劝解譬喻了一会。袭人本来老实，不是伶牙俐齿的人，薛姨妈说一句，她应一句，回来说道："我是做下人的人，姨太太瞧得起我，才和我说这些话。我是从不敢违拗太太的。"薛姨妈听她的话，"好一个柔顺的孩子!"心里更加喜欢。宝钗又将大义的话说了一遍，大家各自相安。

过了几日，贾政回家，众人迎接。贾政见贾赦、贾珍已都回家，弟兄叔侄相见，大家历叙别来的景况。然后内眷们见了，不免想起宝玉来，又大家伤了一会子心。贾政喝住道："这是一定的道理。如今只要我们在外把持家事，你们在内相助，断不可仍是从前这样的散漫。别房的事，各有各家料理，也不用承总。我们本房的事，里头全归于你，都要按理而行。"王夫人便将宝钗有孕的话也告诉了，将来丫头们都劝放出去。贾政听了，点头无语。

次日，贾政进内，请示大臣们，说是："蒙恩感激，但未服阕①，应该怎么谢恩之处，望乞大人们指教。"众朝臣说是代奏请旨。于是圣恩浩荡，即命陛见。贾政进内谢了恩。圣上又降了好些旨意，又问起宝玉的事来。贾政据实回奏。圣上称奇，旨意说，宝玉的文章固是清奇，想他必是过来人，所以如此。若在朝中，可以进用。他既不敢受圣朝的爵位，便赏了一个"文妙真人"的道号。贾政又叩头谢恩而出。

回到家中，贾琏、贾珍接着，贾政将朝内的话述了一遍，众人喜欢。贾珍便回说："宁国府第收拾齐全，回明了要搬过去。栊翠庵圈在园内，给四妹妹静养。"贾政并不言语，隔了半日，却吩咐了一番仰报天恩的话。贾琏也趁便回说："巧姐亲事，父亲、太太都愿意给周家为媳。"贾政昨晚也知巧姐的始末，便说："大老爷、大太太作主就是了。莫说村居不好，只要人家清白，孩子肯念书，能够上进。朝里那些官儿，难道都是城里的人么？"贾琏答应了"是"，又说："父亲有了年纪，况且又有痰症的根子，静养几年，诸事原仗二老爷为主。"贾政道："提起村居养静，甚合我意。只是我受恩深重，尚未酬报耳。"贾政说毕进内。贾琏打发请了刘姥姥来，应了这件事。刘姥姥见了王夫人等，便说些将来怎样升官，怎样起家，怎样子孙昌盛。

正说着，丫头回道："花自芳的女人进来请安。"王夫人问几句话，花自芳的女人将亲戚作媒，说的是城南蒋家的，现在有房有地，又有铺面。姑爷年纪略大了几岁，并没有娶过的，况且人物儿长得是百里挑一的。王夫人听了愿意，说道："你去应了，隔几日进来，再接你妹子罢。"王夫人又命人打听，都说是好。王夫人便告诉了宝钗，仍请了薛姨妈细细地告诉了袭人。袭人悲伤不已，又不敢违命的，心里想起宝玉那年到她家去，回来说的死也不回去的话，"如今太太硬作主张。若说我守着，又叫人说我不害臊；若是去了，实不是我的心愿"，便哭得咽哽难鸣，又被薛姨妈、宝钗等苦劝，回过念头想道："我若是死在这里，倒把太太的好心弄坏了。我该死在家里才是。"

于是，袭人含悲叩辞了众人，那姊妹分手时，自然更有一番不忍说。袭人怀着必死的心肠上车回去，见了哥哥、嫂子，也是哭泣，但只说不出来。那花自芳悉把蒋家的聘礼送给她看，又把自己所办妆奁一一指给她瞧，说："那是太太赏的，那是置办的。"袭人此时更难开口，住了两天，细想起来："哥哥办事不错，若是死在哥哥家里，岂不又害了哥哥呢？"千思万想，左右为难，真是一缕柔肠，几乎牵断，只得忍住。

那日，已是迎娶吉期。袭人本不是那一种撒泼②的人，委委屈屈地上轿而去，心里另想到那里再作打算。岂知过了门，见那蒋家办事，极其认真，全都按着正配的规矩。一进了门，丫头、仆妇都称"奶奶"。袭人此时欲要死在这里，又恐害了人家，辜负了一番

---

① 服阕——守父母之丧三年期满除服。
② 撒泼——程甲诸本原无"撒"，从金本。

好意。那夜原是哭着不肯俯就的，那姑爷却极柔情曲意地承顺。到了第二天开箱①，这姑爷看见一条猩红汗巾，方知是宝玉的丫头。原来当初只知是贾母的侍儿，益想不到是袭人。此时蒋玉菡念着宝玉待他的旧情，倒觉满心惶愧，更加周旋，又故意将宝玉所换那条松花绿的汗巾拿出来。袭人看了，方知这姓蒋的原来就是蒋玉菡，始信姻缘前定。袭人才将心事说出。蒋玉菡也深为叹息敬服，不敢勉强，并越发温柔体贴，弄得个袭人真无死所了。

看官听说：虽然事有前定，无可奈何。但孽子孤臣，义夫节妇，这"不得已"三字也不是一概推诿得的。此袭人所以在"又副册"也。②正是前人过那桃花庙的诗上说道：

千古艰难惟一死，伤心岂独息夫人！③

不言袭人从此又是一番天地。且说那贾雨村犯了婪索④的案件，审明定罪，今遇大赦，褫籍为民⑤。雨村因叫家眷先行，自己带了一个小厮，一车行李，来到急流津觉迷渡口。只见一个道者，从那渡头草棚里出来，执手相迎。雨村认得是甄士隐，也连忙打恭。士隐道："贾老先生，别来无恙？"雨村道："老仙长到底是甄老先生！何前次相逢，觌面不认？后知火焚草亭，下鄙深为惶恐。今日幸得相逢，益叹老仙翁道德高深。奈鄙人下愚不移⑥，致有今日。"甄士隐道："前者老大人高官显爵，贫道怎敢相认！原因故交，敢赠片言，不意老大人相弃之深。然而富贵穷通，亦非偶然，今日复得相逢，也是一桩奇事。这里离草庵不远，暂请膝谈，未知可否？"

雨村欣然领命。两人携手而行，小厮驱车随后，到了一座茅庵。士隐让进，雨村坐下，小童献上茶来。雨村便请教仙长超尘的始末。士隐笑道："一念之间，尘凡顿易。老先生从繁华境中来，岂不知温柔富贵乡中有一宝玉乎？"雨村道："怎么不知！近闻纷纷传述，说他也遁入空门。下愚当时也曾与他往来过数次，再不想此人竟有如是之决绝。"士隐道："非也。这一段奇缘，我先知之。昔年我与先生在仁清巷旧宅门口叙话之前，我已会过他一面。"雨村惊讶道："京城离贵乡甚远，何以能见？"士隐道："神交久矣。"雨村道："既然如此，现今宝玉的下落，仙长定能知之。"士隐道："宝玉，即'宝玉'也。那年荣、宁查抄之前，钗、黛分离之日，此玉早已离世。一为避祸，二为撮合，从此凤缘一了，形质归一。又复稍示神灵，高魁子贵，方显得此玉那天奇地灵锻炼之宝，非凡间可比。前

---

① 开箱——旧俗婚后第二天，新娘要打开陪嫁的衣箱，向夫家亲人分送礼物，叫"开箱"。

② 此袭人所以在"又副册"也——续作者贬袭人终于出嫁而未能死节，以为这是她入"又副册"的原因，其实是误会。曹雪芹本意册子有上中下三等，是按她们身份、地位区分的，与品德无关，即"正册"为小姐主子；"又副册"都是奴才丫头；介乎二者之间、身为侍妾如香菱者，则入"副册"。所以晴雯虽金玉其质，心比天高，也只能在"又副册"；凤姐弄权剑财、造孽不少，也仍在"正册"。

③ "千古"二句——清代邓汉仪《题息夫人庙》诗中原句。息妫（guī 规），春秋时息国诸侯的夫人，楚灭息，被楚文王掳而为妾，生了两个儿子，但总不与楚王讲话。问她什么缘故，她说："一个女子嫁了两个丈夫，只差一死，还有什么可说的呢！"息夫人事始载于《左传》，汉代刘向《列女传》则把她写成一个"守节而死"的烈女。历来诗人多有题咏。因后人又称她为桃花夫人，所以息夫人庙又称桃花庙。

④ 婪索——指贪污、受贿、勒索等罪行。

⑤ 褫（chǐ 耻）籍为民——革除官职去当老百姓。褫，剥去衣服，引申为革除、夺去。

⑥ 下愚不移——自谦语，出《论语·阳货》："唯上智与下愚不移。"意谓只有最明智的人和最愚笨的人是不能改变的。

经茫茫大士、渺渺真人携带下凡，如今尘缘已满，仍是此二人携归本处，这便是宝玉的下落。"雨村听了，虽不能全然明白，却也十知四五，便点头叹道："原来如此！下愚不知。但那宝玉既有如此的来历，又何以情迷至此，复又豁悟如此？还要请教。"士隐笑道："此事说来，老先生未必尽解。太虚幻境，即是真如福地。一番阅册，原始要终①之道，历历生平，如何不悟？仙草归真，焉有通灵不复原之理呢？"雨村听着，却不明白了。知仙机也不便更问，因又说道："宝玉之事，既得闻命，但是敝族闺秀，如此之多，何元妃以下，算来结局俱属平常呢？"士隐叹息道："老先生莫怪拙言，贵族之女，俱属从情天孽海而来。大凡古今女子，那'淫'字固不可犯，只这'情'字也是沾染不得的。所以崔莺、苏小②，无非仙子尘心；宋玉、相如，大是文人口孽。凡是情思缠绵的，那结果就不可问了。"雨村听到这里，不觉扭拈须长叹，因又问道："请教老仙翁，那荣、宁两府，尚可如前？"士隐道："福善祸淫，古今定理。现今荣、宁两府，善者修缘，恶者悔祸，将来兰桂齐芳③，家道复初，也是自然的道理。"雨村低了半日头，忽然笑道："是了，是了！现在他府中有一个名兰的已中乡榜，恰好应着'兰'字。适间老仙翁说'兰桂齐芳'，又道宝玉'高魁子贵'，莫非他有遗腹之子，可以飞黄腾达的么？"士隐微微笑道："此系后事，未便预说。"雨村还要再问，士隐不答，便命人设俱盘飧，邀雨村共食。

食毕，雨村还要问自己的终身，士隐便道："老先生草庵暂歇，我还有一段俗缘未了，正当今日完结。"雨村惊讶道："仙长纯修若此，不知尚有何俗缘？"士隐道："也不过是儿女私情罢了。"雨村听了，益发惊异："请问仙长，何出此言？"士隐道："老先生有所不知，小女英莲，幼遭尘劫，老先生初任之时，曾经判断。今归薛姓，产难完劫④。遗一子于薛家，以承宗祧⑤。此时正是尘缘脱尽之时，只好接引接引。"士隐说着，拂袖而起。雨村心中恍恍惚惚，就在这急流津觉迷渡口草庵中睡着了。

这士隐自去度脱了香菱，送到太虚幻境，交那警幻仙子对册。刚过牌坊，见那一僧一道缥缈而来，士隐接着说道："大士、真人，恭喜，贺喜！情缘完结，都交割清楚了么？"那僧说："情缘尚未全结，倒是那蠢物已经回来了。还得把他送还原所，将他的后事叙明，不枉他下世一回。"士隐听了，便拱手而别。那僧道仍携了玉到青埂峰下，将"宝玉"安放在女娲炼石补天之处，各自云游而去。从此后：

　　天外书传天外事，两番人作一番人。⑥

这一日，空空道人又从青埂峰前经过，见那补天未用之石仍在那里，上面字迹依然如旧，又从头地细细看了一遍，见后面偈文后又历叙了多少收缘结果的话头，便点头

---

① 原始要终——探究事物的起源和归宿。语出《周易·系辞下》。
② 苏小——苏小小，南朝齐时杭州的名妓。
③ 兰桂齐芳——从下文看，宝玉出家后，其遗腹子当起名为"桂"。此预言将来贾兰、贾桂都功成名就，很有出息。
④ 完劫——受完了人生的磨难，指死。
⑤ 以承宗祧——传宗接代。宗祧，宗庙。所谓由子孙承继宗庙之香火。
⑥ "天外"二句——上句说，这部从仙界顽石上抄录下来的"天外书"所传乃天外石头之故事；下句说，顽石在青埂峰与宝玉在人世间的两番不同经历本同属一人，现在"真"与"幻"又合二为一了。

叹道："我从前见石兄这段奇文，原说可以闻世传奇，所以曾经抄录，但未见返本还原。不知何时复有此一佳话？方知石兄下凡一次，磨出光明，修成圆觉①，也可谓无复遗憾了。只怕年深日久，字迹模糊，反有舛错，不如我再抄录一番，寻个世上清闲无事的人，托他传遍，知道奇而不奇，俗而不俗，真而不真，假而不假。或者尘梦劳人，聊倩鸟呼归去②；山灵好客，更从石化飞来③，亦未可知。"想毕，便又抄了，仍袖至那繁华昌盛的地方，遍寻了一番，不是建功立业之人，即系饶口谋衣之辈，哪有闲情更去和石头饶舌。直寻到急流津觉迷度口，草庵中睡着一个人，因想他必是闲人，便要将这抄录的《石头记》给他看看。哪知那人再叫不醒。空空道人复又使劲拉他，才慢慢的开眼坐起，便草草一看，仍旧掷下道："这事我早已亲见尽知。你这抄录的尚无舛错。我只指与你一个人，托他传去，便可归结这一新鲜公案了。"空空道人忙问何人，那人道："你须待某年、某月、某日、某时，到一个悼红轩中，有个曹雪芹先生，只说贾雨村言，托他如此如此。"说毕，仍旧睡下了。

那空空道人牢牢记着此言，又不知过了几世几劫，果然有个悼红轩，见那曹雪芹先生正在那里翻阅历来的古史。空空道人便将贾雨村言了，方把这《石头记》示看。那雪芹先生笑道："果然是'贾雨村言'了！"空空道人便问："先生何以认得此人，便肯替他传述？"曹雪芹先生笑道："说你空，原来你肚里果然空空。既是假语村言，但无鲁鱼亥豕④以及背谬矛盾之处，乐得与二三同志，酒余饭饱，雨夕灯窗之下，同消寂寞，又不必大人先生品题传世。似你这样寻根问底，便是刻舟求剑⑤、胶柱鼓瑟了。"那空空道人听了，仰天大笑，掷下抄本，飘然而去。一面走着，口中说道："果然是敷衍荒唐！不但作者不知，抄者不知，并阅者也不知。不过游戏笔墨，陶情适性而已！"后人见了这本奇传，亦曾题过四句偈语，为作者缘起之言更转一竿头⑥云：

> 说到辛酸处，荒唐愈可悲。
> 由来同一梦，休笑世人痴！⑦

---

① 光明、圆觉——佛家语。光明，谓佛性之光辉。圆觉，谓觉悟已圆满，智慧和功德已臻完美境地。

② 尘梦劳人，聊倩鸟呼归去——意谓尘世如梦，令人痛苦烦恼，姑且借鸟儿之鸣声来表达自己欲归隐山林之心意。杜鹃的叫声听来如人言"不如归去"。

③ 山灵好客，更从石化飞来——意谓山神好客，会听任幻化的石头再飞回来的。石言"飞来"用飞来峰故事：杭州灵隐有飞来峰，晋僧慧理曾登此山，叹曰："此为中天竺国灵鹫鸯山之小岭，不知何年飞来。"因名飞来峰。

④ 鲁鱼亥豕——文字传书刊刻讹误之代称。古代篆书"鲁"与"鱼"、"亥"与"豕"形近易讹。故有谚曰："书三写，'鱼'成'鲁'，'虚'成'虎'。"见《抱朴子·遐览》。又有读史书的，见有"晋师三豕涉河"句子，不解何意，原来"三豕"是"己亥"之误。见《吕氏春秋·察传》。

⑤ 刻舟求剑——与"胶柱鼓瑟"意同，皆喻拘泥固执，不知变通。《吕氏春秋·察今》中有寓言：有楚人，剑自舟中落水，刻舟为记，待舟行停止，按所刻记号入水求剑，不可得。

⑥ 更转一竿头——即"百尺竿头，更进一步"。本禅宗比喻宗教修养从较高的水平再提高一步的话，后用以泛说"更上一层楼"。

⑦ "说到"四句——前二句谓书中所写辛酸之处，因其用荒唐之言而显得更加可悲。它表示对作者在不得已的环境条件下写作的理解。但后二句却有背作者原意。"世人痴"乃《好了歌》中世人追求功名富贵、娇宠妻妾儿孙的"痴"，非作者《自题一绝》中"都云作者痴"之"痴"。对世人之痴，原作者是加以否定、嘲讽的，怎可"休笑"呢？劝人"休笑"是替所批判的对象辩白，用"由来同一梦"为世人的丑恶思想行为遮盖。

黛玉

寶釵

元春

探春

湘
雲

玅玉

迎
春

惜春

熙鳳

李紈

可卿

巧姐

# 曹雪芹与红楼梦

蔡义江 著

# 目 录

曹雪芹与《红楼梦》 …………………………………… 1

曹雪芹笔下的林黛玉之死 …………………………… 6

曹雪芹原作为何止于七十九回 …………………… 24

畸笏叟应是曹雪芹的父亲曹頫 …………………… 30

解读脂评「索书甚迫」条 ………………………… 47

《红楼梦》续作与原作的落差 …………………… 54

# 曹雪芹与《红楼梦》

《红楼梦》是中国古典长篇小说中最优秀的作品，是悠久、灿烂的中华文化的杰出代表，是世界文学宝库中的珍品，也是我们伟大的中华民族的骄傲。

《红楼梦》故事被作者曹雪芹隐去的时代，其实就是他祖辈、父辈和他自己生活的时代，即清康熙、雍正、乾隆三朝。这是我国最后一个封建王朝——大清帝国的鼎盛时期。然而，在国力强大、物质丰富的"太平盛世"的表象背后，各种隐伏着的社会矛盾和深刻危机，正在逐渐显露出来。封建社会的经济基础已日益腐朽。封建伦理道德的虚伪、败坏，政治风云的动荡、变幻，统治阶层内部各政治集团、家族及其成员间兴衰荣辱的迅速转递，以及人们对现存秩序的深刻怀疑、失望等等，都说明封建社会的上层建筑也在发生动摇，正逐渐趋向崩溃。这些都是具有典型性的时代征兆。作为文学家的曹雪芹是伟大的，他以无可比拟的传神之笔，给我们留下了一幅有封建末世社会重要时代特征的、极其生动而真实的历史画卷。

曹雪芹（1725—1764），名霑，他的字号有雪芹、芹圃、芹溪、梦阮等。他的祖上明末前居住在辽宁，在努尔哈赤的后金兵掠地时，沦为满洲贵族旗下的奴隶，并扈从入关。清开国时，曹氏归属正白旗，为内务府包衣（意即皇室之家奴），渐与皇家建立起特殊亲近的关系。曾祖曹玺之妻孙氏，当过康熙保姆，后被康熙封为一品太夫人；祖父曹寅文学修养很高，是康熙的亲信；伯父曹颙、父亲曹頫相继任袭父职，三代四人前后共做了五十八年的江宁（今江苏南京）织造。康熙南巡，以江宁织造署为行宫，曹寅曾亲自主持接驾四次。所以曹家在江南是个地位十分显赫的封建官僚大家庭。雍正即位后，曹家遭冷落，曹頫时受斥责。雍正五年（1727）末、六年（1728）初，曹頫因"织造差员勒索驿站"及亏空公款等罪，被下旨抄家，曹頫被"枷号"，曹寅遗孀与小辈等家口迁回北京，靠发还的崇文门外蒜市口少量房屋度日。曹家从此败落。其时，曹雪芹尚在幼年。

此后，在他成长的岁月中，家人亲友常绘声绘色地讲述曹家昔日的盛况，这定会不时激起他无比活跃的想象力，令他时时神游秦淮河畔老家已失去了的乐园。此外，当时统治集团由玉堂金马到陋室蓬窗的升沉变迁，曹雪芹所见所闻一定也很多，"辛苦才人用意搜"，他把广泛搜罗所得的素材，结合自家荣枯的深切感受，加以酝酿，便产生了强烈的创作冲动，一部描绘风月繁华的官僚大家庭到头来恰似一场幻梦般破灭的长篇小说构思就逐渐形成了。

《红楼梦》创作开始时，雪芹年未二十，创作此书，他前后花了十年时间，经五次增删修改。在他三十岁之前，全书除有少数章回未分定，因而个别回目也须重拟确定，以及有几处尚缺诗待补外，正文部分已基本草成（末回叫"警幻情榜"），书稿匆匆交付其亲友畸笏叟、脂砚斋等人加批誊清。最后有十年左右时间，雪芹是在北京西郊某山村度过的。不知是交通不便，还是另有原因，他似乎与畸笏叟、脂砚斋等人极少接触，也没有再去做书稿的扫尾工作，甚至没有迹象表明他审读、校正过已誊抄出来的那部分书稿，也许是迫于生计只好暂时辍笔先作"稻粱谋"吧。其友人敦诚曾写诗规劝，希望他虽僻居山村，仍能继续像从前那样写书："劝君莫弹食客铗，劝君莫叩富儿门。残杯冷炙有德色，不如著书黄叶村。"（《寄怀曹雪芹》）

不幸的事发生了：《红楼梦》书稿在加批并陆续誊清过程中，有一些亲友争相借阅，先睹为快，结果八十回后有"卫若兰射圃""狱神庙慰宝玉""花袭人有始有终""悬崖撒手"等"五六稿被借阅者迷失"。这五六稿据脂批提到的内容看，并非连着的，有的较早，有的很迟，其中也有是紧接八十回的（当是"卫若兰射圃"文字）。这样，能誊抄出来的就只能止于八十回了。"迷失"不同于焚毁，它是一个难以确定的、逐渐失去找回可能性的漫长过程。也许在很长时间内，加评、誊抄者并未明确告诉雪芹这一情况，即使他后来知道，也会抱很可能失而复得的侥幸心理，否则他在余年内又何难补作！光阴倏尔，祸福无常，雪芹穷居西山，唯一的爱子不幸痘殇，"因感伤成疾"，"一病无医"，绵延"数月"，才"四十年华"的伟大天才，竟于乾隆二十九年甲申春（1764 年 2 月 2 日后）与世长辞。《红楼梦》遂成残稿。尚未抄出的八十回后残留手稿，原应保存于亲人畸笏叟之手，但个人收藏又哪能经受得起历史长河的无情淘汰，终于也随这位未宣布身份的老人一起消失了。曹雪芹死后不到三十年，程伟元和高鹗整理、补足并刊刻付印了由不知名者续写了后四十回的《红楼梦》一百二十回本。从此，小说才得以"完整"面目呈现于世。

《红楼梦》版本，也就因此分为两大类：一是至多存八十回、大都带有脂评的抄本，简称脂本；一是一百二十回、经程高二人整理过的刻本，简称程高本或程本。我们见到影印出版的如《脂砚斋重评石头记》《戚蓼生序本石头记》等均属脂本，排印出版的如《三家评本红楼梦》《八家评批红楼梦》等均属程本，近人校注的《红楼梦》，选脂择程作为底本的都有。脂程二本相比较，脂本的优点在于被后人改动处相对少些，较接近原作面貌，所带脂评有不少是了解《红楼梦》和曹雪芹的重要原始资料；欠缺之处是只有八十回，有的仅残存几回、十几回，有明显抄错或所述前后未一致的地方，特别是与后四十回续书合在一起，有较明显的矛盾抵触。程本的好处是全书有始有终，前后文字已较少矛盾抵触，语言也流畅些，便于一般读者阅读；缺点是改动原作较大，有的是任意妄改，有的则为适应续书情节而改变了作者的原意。

　　《红楼梦》得以普及，将续作合在一起的程本功劳不小，但也因此对读者起了影响极大的误导作用。续书让黛玉死去、宝玉出家，能保持小说的悲剧结局是相当难得的；但悲剧被缩小了、减轻了，性质也在一定程度上改变了。曹雪芹原来写的是一个富贵荣华的大家庭因获罪被抄家，终至一败涂地、子孙流散、繁华成空的大悲剧。组成这大悲剧的还有众多人物各自的悲剧，而宝黛悲剧只是其中之一，虽则是极重要的。整个故事结局就像第五回《红楼梦曲·收尾·飞鸟各投林》中所写的那样：食尽鸟飞，唯余白地。至于描写包办婚姻所造成的悲剧，在原作中也是有的：由于择婿和择媳非人，"卒至迎春含悲，薛蟠贻恨"。作者的这一意图已为脂评所指出，只是批判包办婚姻并非全书的中心主题，也不是通过宝黛悲剧来表现的。

　　《红楼梦》是在作者亲见亲闻、亲身经历和自己最熟悉的、感受最深切的生活素材基础上创作的。这在中国古典长篇小说史上还是第一次。从这一点上说，它已跨入了近代小说的门槛。但它不是自传体小说，也不是小说化了的曹氏一门的兴衰史，虽则在小说中毫无疑问地融入了大量作者自身经历和自己家庭荣枯变化的种种可供其创作构思的素材。只是作者搜罗并加以提炼的素材的来源和范围都要更广泛得多，其目光和思想，更是及于整个现实社会和人生。《红楼梦》是在现实生活基础上最大胆、最巧妙、最富有创造性和想象力的艺术虚构。所以它反映的现实，其涵盖面和社会意义是极其深广的。

　　贾宝玉常被人们视为作者的化身，以为曹雪芹的思想、个性和早年的经历，便与宝玉差不多。其实，这是很大的误会。作者确有将整个故事透过主人公的经历、感受来表现的创作意图（所以虚构了作"记"的"石头"，亦即"通灵宝玉"，随伴宝玉入世，并始终挂在他的脖子上），同时也必然在塑造这个人物形象时，运用了自己的许多生活体验，但毕竟作者并非是照着自己来写宝玉的。发生在宝玉身上的事和他的思想性格特点，也有许多根本不属于作者。贾宝玉只是曹雪芹提炼生活素材后，成功地创造出来的全新的艺术形象。若找人物的原型，只怕谁也对不上号，就连熟悉曹家和雪芹自幼情况的批书人也看不出贾宝玉像谁，他说："按此书中写一宝玉，其宝玉之为人，是我辈于书中见而知有此人，实未目曾亲睹者。……合目思之，却如真见一宝玉，真闻此言者，移之第二人万不可，亦不成文字矣。"（第十九回脂评）可知，宝玉既非雪芹，亦非其叔叔。其他如林黛玉、薛宝钗，脂砚斋以为"钗、玉名虽二个，人却一身，此幻笔也"（第四十二回脂评）。此话无论正确与否，也足可证明钗、黛也是并非按生活原型实写的艺术虚构形象。

　　《红楼梦》具体、细致、生动、真实地展示了作者所处时代环境中广阔的生活场景，礼仪、习俗、爱情、友谊，种种喜怒哀乐，以至饮食穿着、生活起居等等琐事细节，无不一一毕现，这也是以前小说从未有过的。史书、笔记可以记下某些历史人物的命运、事件的始末，却无法再现两个半世纪前的生活画面，让我们仿佛身临其境地领略和感受到早已逝去的年代里所发生过的一切。《红楼梦》的这一价值，绝不应该低估。

《红楼梦》一出来，传统的写人的手法都被打破了，不再是好人都好，坏人都坏了。作者如实描写，从无讳饰，因而每个人物形象都是活生生、有血有肉的。贾宝玉、林黛玉、史湘云、晴雯，都非十全十美；王熙凤、贾琏、薛蟠、贾雨村，也并未写成十足的坏蛋。有人说，曹雪芹写了四百多个人物，与莎士比亚所写总数差不多。但莎翁笔下的人物是分散在三十几个剧本中的，而曹雪芹则将他们严密地组织在一部作品中，其中形象与个性鲜明生动的也不下几十个。

贾宝玉形象具有特殊的社会意义。他是一个传统观念中"行为偏僻性乖张""古今不肖无双"的贵族子弟。他怕读被当时封建统治者奉为经典的《四书》，却对道学先生最反对读的《西厢记》《牡丹亭》之类书爱如珍宝。他厌恶封建知识分子的仕宦道路，讽刺那些热衷功名的人是"沽名钓誉之徒""国贼禄鬼之流"，嘲笑道学所鼓吹的"文死谏，武死战"的所谓"大丈夫名节"是"胡闹"。特别是他一反"男尊女卑"的封建道德观念，说"女儿是水做的骨肉，男子是泥做的骨肉；我见了女儿便清爽，见了男子便觉浊臭逼人"。在丫鬟、僮仆、小戏子等下人面前，他从不以为自己是"主子"，别人是"奴才"，总是平等相待，给予真诚的体贴和关爱。从这个封建叛逆者的身上，我们也可以看出时代的征兆，封建主义在趋向没落，民主主义思想已逐渐萌芽。

《红楼梦》构思奇妙、精细而严密。情节的安排、人物的言行、故事的发展，都置于有机的整体结构中，没有率意的、多余的、游离的笔墨。小说的文字往往前后照应，彼此关合（故脂评常喜欢说"千里伏线"）；人物的吟咏、制谜、行令，甚至说话也常有"闲闲一笔，却将后半部线索提动"（第七回脂评）、带"谶语"性质的地方。作者落笔时，总是胸中有全局、目光贯始终的，所以读来让人有牵一发而动全身的感觉。这样的结构行文，不但为我国其他古典长篇小说中所未有，即便在近代小说中也不多见。

《红楼梦》第一回以"甄士隐""贾雨村"为回目，寓意"真事隐（去），假语存（焉）"作者想以假存真（用假的原因自有政治的、社会的、伦理道德的、文学创作的等等），实录世情，把饱含辛酸泪水的真实感受，用"满纸荒唐言"的形式表达出来，其内涵和手法，自然都很值得研究。本来，文学创作上的虚构，也就是"假语""荒唐言"，但《红楼梦》的虚构又有其相当特殊的地方。这主要表现在两个方面：

一是在描写都中的贾家故事外，又点出有一个在南京的甄家，两家相似，甚至有一个处处相同的宝玉。这样虚构的用意，有一点是明显的，即贾（假）、甄（真）必要时可用来互补。比如曹雪芹不能在小说中明写他祖父曹寅曾四次亲自接待南巡的康熙皇帝这段荣耀的家史（又不甘心埋没），能写的只是元春省亲的虚构故事，于是就通过人物聊省亲说到皇帝南巡，带出江南甄家"独他家接驾四次"的话来。这就是以甄家点真事。故脂评于此说:"甄家正是大关键、大节目,勿作泛泛口头语看。""借省亲事写南巡,出脱心中多少忆昔感今!"

另一方面也许更重要。我们说过,小说所写不限于曹氏一家的悲欢,经过提炼、集中和升华,它的包容性更大得多。我们发现,作者还常有意识地以小寓大、以家喻国,借题发挥,把发生在贾府中的故事的内涵扩大成为当时整个封建国家的缩影。产生这种写法可能性的基础是封建时代的家与国都存在着严格等级区分的宗法统治,两者十分相似,在一个权势地位显赫的封建官僚大家庭中尤其如此。大观园在当时的任何豪门私宅中是找不到的,它被放大成圆明园那样只有皇家园林才有的规模,这不是偶然的。试想,如果只有一般花园那样,几座假山、二三亭榭和一泓池水,故事又如何展开?不但宝玉每见一处风景便题对额的"乾隆遗风"式的情节无法表现,连探春治家、将园林管理采用承包制的办法来推行兴利除弊的改革,也没有必要和不可能写了。"天上人间诸景备,芳园应锡大观名",这两句总题大观园的诗,不是也可以解读成小说所描写的是从皇家到百姓、形形色色、包罗万象、蔚为"大观"的情景吗?

《红楼梦》综合体现了中国优秀的文化传统。小说的主体文字是白话,但又吸纳了文言文及其他多种文体表现之所长。有时对自然景物、人物情态的描摹,也从诗词境界中泛出,给人以一种充满诗情画意的特殊韵味和美感。小说中写入了大量的诗、词、曲、辞赋、歌谣、联额、灯谜、酒令……做到了真正的"文备众体",且又都让它们成为小说的有机组成部分。其中拟写小说人物所吟咏的诗词作品,能"按头制帽"(茅盾语),做到诗如其人,一一适合不同人物各自的个性、修养、特点,林黛玉的风流别致、薛宝钗的雍容含蓄、史湘云的清新洒脱,都各有自己的风格,互不相犯,这一点尤为难得。还有些就诗歌本身看写得或平庸,或幼稚,或笨拙,或粗俗,但从摹拟对象来说却又是惟妙惟肖、极其传神的作品,又可看出作者在小说创作上坚持"追踪蹑迹"忠实摹写生活的美学理想。

《红楼梦》写到的东西太多了。诸如建筑、园林、服饰、器用、饮食、医药、礼仪典制、岁时习俗、哲理宗教、音乐美术、戏曲游艺……无不头头是道,都有极其精彩的描述。这需要作者有多么广博的知识和高深的修养啊!在这方面,曹雪芹的多才多艺是无与伦比的,也只有他这样的伟大天才,才能写出《红楼梦》这样一部涉及领域极广的百科全书式的奇书。

蔡义江

2000 年 7 月于北京东皇城根南街 86 号

# 曹雪芹笔下的林黛玉之死

本文将要谈到的一些看法，基本上是1976年间形成的。几年来，我一直都想将它写成一篇专论，作为我打算写的《论红楼梦佚稿》一书中的主要章节，但老是受到其他事情的牵制，没有充裕的时间。凑巧，北京出版社决定将我1975年前所编的由杭州大学内部印行的《红楼梦诗词曲赋评注》一书正式出版，我就借修改此书的机会，将这些看法分散地写入有关诗词曲赋的评说和附编的资料介绍中去了。该书在1979年年底已与读者见面，但我还是觉得那样东谈一点、西说几句的写法很难使人获得比较完整的印象，也难使人根据我分散在各处提到的材料来通盘地衡量这样的推断是否真有道理；此外，受该书体例限制，有些问题也放不进去。所以，还是决定再写这篇专论，把自己的看法和依据的材料比较全面地谈一谈，以便于听取红学界朋友和读者的意见。

## 一 探讨的可能性

本文要探讨的"林黛玉之死"，正如题目所标明的是指曹雪芹所写的已散佚了的八十回后原稿中的有关情节，不是现在从后四十回续书中能读到的"林黛玉焚稿断痴情""苦绛珠魂归离恨天"等。当然，为了便于说明问题，也还得常常提到续书。

《红楼梦》后半部佚稿中宝黛悲剧的详情，我们是无法了解的了。但只要细心地研究八十回前小说原文的暗示、脂评所提供的线索，以及作者同时人富察明义的《题红楼梦》诗，并将这些材料互相加以印证，悲剧的大致轮廓还是可以窥见的。

这里有两点情况，特别值得说一说：

（一）曹雪芹创作《红楼梦》是胸中有全局、目光贯始终的；小说有完整的、统一的艺术构思，情节结构前后十分严密。在写法上，曹雪芹喜欢把未来要发生的事情，人物以后的遭遇、归宿，预先通过各种形式向读者提明或作出暗示，有时用判词歌曲，有时用诗谜谶语，有时用脂评所谓"千里伏线"，有时用某一件事或某一段描写"为后文作引"等等。即如以"不听菱歌听佛经"去作尼姑为归宿的惜春，小说开始描写她还是个孩子时，就先写她"正同水月庵的小姑子智能儿一处顽耍"，她所说的第一句话便是："我这里正和智能儿说，我明儿也剃了头同她作姑子去呢，可巧又送了花来；若剃了头可把这花儿戴在哪里呢？"（第七回，所引文字据甲戌、庚辰、戚序等脂评本互校。后同。）这就将后半部线索提动了。诸如此类，小说中是很多的。这是《红楼梦》写法上不同于其他小说的一个显著特点。它使我们探索佚稿的内容有了可能，特别是作为全书情节的大关键之一的宝黛悲剧，更不会没有线索可寻。倘若换作《儒林外史》，我们是无法从它前半部文字中研究出后半部情况来的。

（二）脂砚斋、畸笏叟等批书人与作者关系亲近得很，甚至在某种程度上可以说是作者的助手，他们是读到过现已散佚了的后半部原稿的。而这后半部原稿除了有"五六稿"

是在一次誊清时"被借阅者迷失"（但批书人也读到过，如"狱神庙慰宝玉""卫若兰射
圃"和"花袭人有始有终"等）以外，其余的稿子直到脂评的很晚年份，即作者和脂砚
斋都已相继逝世三年后的丁亥年（1767，即惋惜已有数稿"迷失"的脂评所署之年）或
者尚可怀疑写讹的甲午年（1774），都还保存在畸笏叟或者畸笏叟所知道的作者某一亲友
的手中，而没有说它已经散失。可知脂评是在了解小说全貌的基础上所加的评语，这就
使它具有特别重要的价值。现在有人骂脂砚斋、脂评"庸俗""轻薄""恶劣""凶狠""立
场反动""老奸巨猾"等等，这也许是没有真正懂得脂评。笔者是肯定脂砚斋的，并且还
认为以往研究者对脂评的利用不是太多，而是太少了；对脂评的价值不是估计得过高，
而是大大低估了。就算脂砚斋等人的观点很糟糕（其实，这是皮相之见），而我们的观点
比他高明一百倍吧，但有一点他总是胜过我们的，那就是他与作者生活在一起过，与作
者经常交谈，对作者及其家庭，以至小说的创作情况等都非常熟悉，而我们却所知甚少，
甚至连作者的生卒年、他究竟是谁的儿子等问题也都没有能取得统一的意见；脂砚斋他
读过全部原稿，而我们只能读到半部，他对后半部情况有过调查研究，而我们没有。在
这种情况下，怎能对脂评采取不屑一顾的轻率态度呢？所以，本文仍将十分重视脂评，
并尽量加以利用。这不是说我们要完全以脂砚斋等人的观点为观点，而是说要尊重他们
所提供的事实，要细心地去探寻使他们产生这样那样观点、说出这样那样话来的小说情
节基础是什么。

## 二　情节的梗概

这里先谈我们研究的结果，然后，再说明作出这样推断来的依据和理由。

曹雪芹笔下的林黛玉之死，与续书中所写的是完全不同性质的悲剧。悲剧的原因，
不是由于贾府在为宝玉择媳时弃黛取钗，也没有王熙凤设谋用"调包计"来移花接木的事，
当然林黛玉也不会因为误会宝玉变心而怨恨其薄幸。在佚稿中，林黛玉之死与婚姻不能
自主并无关系，促使她"泪尽夭亡"的是别的原因。

悲剧发生的经过大概是这样的：

宝黛爱情像桃李花开，快要结出果实来了，寤寐以求的理想眼看就要成为现实。不
料好事多磨，瞬息间就乐极悲生：贾府发生了一连串的重大变故。起先是迎春被蹂躏夭折，
探春离家远嫁不归，接着则是政治上庇荫着贾府的大树的摧倒——元春死了。三春去后，
更大的厄运接踵而至。贾府获罪（抄没还是后来的事），导火线或在雨村、贾赦，而惹祸
者尚有王熙凤和宝玉。王熙凤是由于她敛财害命等种种"造孽"；宝玉所惹出来的祸，则
仍不外乎是由那些所谓"不才之事"引出来的"丑祸"，如三十三回忠顺府长史官告发宝
玉无故引逗王爷驾前承奉的人——琪官，及贾环说宝玉逼淫母婢之类。总之，不离癞僧、
跛道所说的"声色货利"四字。

宝玉和凤姐仓皇离家，或许是因为避祸，竟由于某种意外原因而在外久久不得归来。
贾府中人与他们隔绝了音讯，因而吉凶未卜，生死不明。宝玉一心牵挂着多病善感的黛
玉如何熬得过这些日子，所谓"花原自怯，岂奈狂飙？柳本多愁，何禁骤雨？"他为黛玉
的命运担忧时，甚至忘记了自己的不幸。

　　黛玉经不起这样的打击，急痛忧忿，日夜悲啼；她怜惜宝玉的不幸，明知这样下去自身病体支持不久，却毫不顾惜自己。终于把她衰弱生命中的全部炽热的爱，化为泪水，报答了她平生唯一的知己宝玉。那一年事变发生、宝玉离家是在秋天，次年春尽花落，黛玉就"泪尽夭亡""证前缘"了。她的棺木应是送回姑苏埋葬的。

　　"一别秋风又一年"，宝玉回来时已是离家一年后的秋天。往日"凤尾森森，龙吟细细"的景色，已被"落叶萧萧，寒烟漠漠"的惨象所代替；原来题着"怡红快绿"的地方，也已"红稀绿瘦"了（均见第二十六回脂评）！绛芸轩、潇湘馆都"蛛丝儿结满雕梁"（第一回《好了歌注》中脂评）。人去楼空，红颜已归黄土陇中；天边香丘，唯有冷月埋葬花魂！这就是宝玉"对景悼颦儿"（第七十九回脂评）的情景。

　　"金玉良缘"是黛玉死后的事。宝玉娶宝钗只是事态发展的自然结果，并非宝玉屈从外力，或者失魂落魄地发痴呆病而任人摆布。婚后，他们还曾有过"谈旧之情"，回忆当年姊妹们在一起时的欢乐情景（第二十回脂评）。待贾府"事败，抄没"后，他们连维持基本生活都困难了。总之，作者如他自己所声称的那样，"不敢稍加穿凿，徒为供人耳目而反失其真传者"，他没有像续书那样人为地制造这边拜堂、那边咽气之类的戏剧性效果。

　　尽管宝钗作为一个妻子是温柔顺良的，但她并没有能从根本上治愈宝玉的巨大的精神创伤。宝玉始终不能忘怀因痛惜自己不幸而牺牲生命的黛玉，也无法解除因繁华消歇、群芳落尽而深深地留在心头的隐痛。现在，他面对着的是思想性格与黛玉截然不同的宝钗，这只会使宝玉对人生的憾恨愈来愈大。何况，生活处境又使他们还得依赖已出嫁了的袭人和蒋玉菡（琪官）的"供奉"（第二十八回脂评）。这一切已足使宝玉对现实感到愤慨、绝望、幻灭。而恰恰在这种情况下，一向人情练达的宝钗，又做出了一件愚蠢的事：她以为宝玉有了这番痛苦经历，能够"浪子回头"，所以佚稿中有"薛宝钗借词含讽谏"一回（第二十一回脂评）。以前，钗、湘对宝玉说"你就不愿读书去考举人进士的，也该常常的会会这些为官做宰的人们，谈谈讲讲些仕途经济的学问，也好将来应酬世务，日后也有个朋友"（第三十二回），还只是遭到反唇相讥。如今诸如此类的"讽谏"，对"行为偏僻性乖张"的宝玉，则无异于火上加油，所起的效果是完全相反的。这个最深于情的人，终于被命运逼成了最无情的人，于是从他的心底里滋生了所谓"世人莫忍为之毒"，不顾一切地"悬崖撒手"，离家出走，弃绝亲人的一切牵连而去做和尚了。（第二十一回脂评）

　　以上就是我们根据有关材料中所提供的线索勾画出来的宝黛悲剧情节的梗概。

　　这里有一个问题需要先谈一下：脂评中所说的小红"狱神庙慰宝玉"的"狱神庙"，或者刘姥姥与凤姐"狱庙相逢之日"的"狱庙"是否即宝玉、凤姐这次离家后的去处。以前，我确是这样想的，以为他们是抄家后，因被拘于狱神庙才离家的。后见有人异议，以为这不可能，若贾府已被抄没，则宝玉就不得重进大观园"对景悼颦儿"。这意见是对的。脂评有"因未见抄没、狱神庙"等语，则知狱神庙事当在抄没之后。可见，此次离家，另有原因，很可能是贾府遭谴责后，二人外出避风。其次，"狱庙"究竟是"狱"还是"庙"？红学界比较公认的看法以为它就是监狱，是凤姐、宝玉获罪囚禁之所。重庆有一位读者来信说，"狱神庙"不是狱，应是庙；"狱"就是"嶽（岳）"的简写，"岳神庙"也可称"岳庙"，即"东岳庙"。此说是把狱神庙当作凤姐、宝玉流落行乞之处的。因为小说预言宝玉后来"潦倒""贫穷"（第三回《西江月》词），脂评则提到凤姐"他日之身微运蹇"（第二十一回评），但都没有关于他们后来坐牢的提示；而在《好了歌注》"金满箱，银满箱，展眼乞丐人皆谤"句旁，却有脂评说："甄玉、贾玉一干人。"而提到将来"锁枷扛"的，却只是"贾赦、雨村一干人"。这样说，虽有一定道理，但应该指出，"狱神庙"之名是实有的；脂评中也未必是"岳神庙"的别写，它有时虽用指监狱，有时也可以指牵连在刑讼案子中人临时拘留待审之处。宝玉等留于狱神庙，我以为应属后一种情况，他们毕竟与判了罪、遭"锁枷扛"的贾赦、雨村等人有别。至于流落行乞，备受冻馁之苦，应是离家甚远，欲归不得而钱财已空时的情景。

有人说脂评中"芸哥仗义探庵"（靖藏本第二十四回脂评），指的就是贾芸探监。我很怀疑：本来，如果是真庙，改称庵，似乎还说得通，犹"栊翠庵"在"中秋夜大观园即景联句"中称之为"栊翠寺"。但如果"庙"是指监狱中供狱神的神橱石龛，那就很难称之为"庵"了。所以，我以为更可能的是：庙是庙，庵是庵。因为贾府事败，有一些人暂时居住在庵中是很可能的，妙玉、惜春当然更是与庵有缘的人。在"家亡人散各奔腾"的时刻，由于某种需要（比如传言、受托、送财物等等），贾芸为贾府奔波出力的机会尽多，不一定非是他自己和倪二金刚先探监，后又设法营救宝玉等出狱不可。贾芸、倪二尽管在社会上交结很广，很有办法，但如果宝玉等真的到了坐牢的地步，以贾芸、倪二这样的下层人物的身份要营救他们出狱，恐怕是不那么容易的。宝玉等能从狱神庙获释，应是借助了北静王之力。蒙府本第十四回有脂评说："宝玉见北静王水溶，是为后文之伏线。"已透露了佚稿中的情节线索（此条及狱神庙事得刘世德、蓝翎兄指教）。

### 三　判断的依据

现在，我们可以逐一地来谈谈作出以上情节判断所依据的材料和理由了。

#### 1. 眼泪还债

据脂评，佚稿中黛玉之死一回的回目叫"证前缘"，意思是"木石前盟"获得了印证，得到了应验；换一句话说，也就是黛玉实践了她身前向警幻许诺过的"眼泪还债"的誓盟。因此，有必要研究一下作者写"眼泪还债"的真正含义。绛珠仙子的话是这样说的：

> 他（神瑛侍者）是甘露之惠，我并无此水可还。他既下世为人，我也去下世为人，但把我一生所有的眼泪还他，也偿还得过他了。（第一回）

这就是说，绛珠仙子是为了偿还神瑛侍者用甘露灌溉她的恩惠，才为对方流尽眼泪的。因而悲剧的性质从虚构的果报"前缘"来说，应该是报恩；从现实的情节安排来看，应该写黛玉答谢知己以往怜爱自己的一片深情。

我们对"眼泪还债"的理解，常常容易忽略作者所暗示我们的这种性质，而只想到这是预先告诉我们：黛玉一生爱哭，而她的哭总与宝玉有关。这虽则不错，却是不够的。

因为一个人的哭，或是为了自己，或是为了别人；或是出于怨恨，或是出于痛惜，性质是不一样的。如果黛玉只为自己处境的不幸而怨恨宝玉无情，她的流泪，对宝玉来说，并没有报恩的性质，也不是作者所构思的"还债"。用恨的眼泪去还爱的甘露，是"以怨报德"，怎么能说"也偿还得过他了"呢？

所以，黛玉之死的原因是不同于续书所写的。符合"证前缘"的情节应是：前世，神瑛怜惜绛珠，终至使草木之质得成人形——赋予异物以人的生命；今生，黛玉怜惜宝玉，一往情深而不顾自身，终至付出自己的生命作为代价——化为异物。这样，才真正"偿还得过"。

这是否对本来只作黛玉一生悲戚的代词的"眼泪还债"的话求之过深了呢？我想没有。这话本来并不平常。脂评说："历来小说可曾有此句？千古未闻之奇文！"眼泪就是哭泣、悲哀，谁都知道。倘意尽乎此，何"奇"之有？又说："知眼泪还债大都作者一人耳！余亦知此意，但不能说得出。"脂评这话本来也不过是赞作者对人情体贴入微，又能用最确切的简语加以概括。谁知它竟成了不幸的预言：自从小说后半部因未传而散佚后，"眼泪还债"的原意确实已不大有人知道了；再经续书者的一番构想描写，更使读者以假作真，燕石莫辨，也就不再去探究它的原意了。

但是，原意还是寻而可得的。第三回宝玉与黛玉初次见面，有宝玉摔玉一段情节。书中写道：

> 宝玉听了（按：黛玉没有玉），登时发作起痴狂病来，摘下那玉就狠命摔去，骂道："什么罕物！连人之高低不择，还说通灵不通灵呢！我也不要这劳什子了！"……宝玉满面泪痕泣道："……如今来了这么一个神仙似的妹妹也没有，可知这不是好东西。"

宝玉骂通灵玉"高低不择"，高者，黛玉也，故曰"神仙似的妹妹"；低者，自身也，见了黛玉而自惭之语。这样的表露感情，固然是孩子的任性，"没遮拦"，大可被旁人视为"痴狂"，但唯独其赤子之心无所顾忌，才特别显得真诚感人。黛玉再也想不到一见面自己就在宝玉的心目中占有如此神圣的地位，一个寄人篱下的孤女竟会受到贾府之中的"天之骄子"如此倾心的爱恋，这怎能不使她深受感动而引为知己呢？尽管黛玉刚入贾府，处处谨慎小心；也早听说有一个"懵懂顽劣"的表兄，心里已有防范。但她的心毕竟是敏感的，是善于体察别人内心的，又如何能抵挡如此强烈的爱的雷电轰击而不使自己的心灵受到极大震撼呢？所以，她回到房中，想到险些儿因为她自己，宝玉就自毁了"命根子"，不禁满怀痛惜地流泪哭泣了。这也就是脂评所谓："惜其石必惜其人。其人不自惜，而知己能不千方百计为之惜乎？"

脂评唯恐读者误会黛玉的哭是怪罪宝玉，特指出："应知此非伤感，还甘露水也。"针对黛玉"倘或摔坏那玉，岂不因我之过"的话，则批道："所谓宝玉知己，全用体贴工夫。"这里特别值得我们注意的是脂评告诉我们这样性质的流泪是"还甘露水"。所以又有批说："黛玉第一次哭却如此写来。""这是第一次算还，不知剩下还该多少？"如果以为只要是黛玉哭，就算"还泪债"，那么，脂评所谓"第一次哭"就说错了。因为，黛玉到贾府后，至少已哭过两次；她初见外祖母时，书中明明已写她"哭个不住"了。同样，对所谓"第

"一次算还"也可以提出疑问：在黛玉流泪之前，宝玉摔玉时不是也"满面泪痕泣"的吗？倘可两相准折，黛玉不是什么也没有"算还"吗？可见，属于"还债"之泪是有特定含义的，并非所有哭泣，都可上到这本账册上去的。

黛玉为宝玉摔玉而哭泣，袭人劝她说："姑娘快休如此！将来只怕比这个更奇怪的笑话儿还有呢。若为他这种行止你多心伤感，只怕你伤感不了呢！"不知宝黛悲剧结局的读者是想不到作者写袭人这话有什么深意的。然而，它确是在暗示后来许多"还泪"的性质。袭人所谓"他这种行止"，就是指宝玉不自惜的自毁自弃行为；所谓"你多心伤感"，就是指黛玉觉得是自己害了宝玉，即她自己所说的"因我之过"。这当然是出于爱惜体贴，并非真正的"多心伤感"。针对袭人最后两句话，蒙古王府本有一条脂评说：

> 后百十回黛玉之泪，总不能出此二语。

这是非常重要的提示，它告诉我们后来黛玉泪尽夭亡，正是由于宝玉这种不自惜的行止而引起她的怜惜伤痛；而且到那时，黛玉可能也有"岂不因我之过"一类自责的想头（所谓"多心"）。当然，我们没有批书人那样的幸运，不能读到"后百十回"文字。不过，脂评的这种提示，对我们正确了解八十回中描写黛玉几次最突出的流泪伤感情节的用意，还是很有帮助的。

我们暂且把第二十七回"埋香冢飞燕泣残红"放在一边以后再谈，那一回的情节是为"长歌当哭"的"葬花吟"一诗而安排的。此外，作者特别着力描写黛玉"眼泪还债"的大概还有三处：

（1）第二十九回"痴情女情重愈斟情"。写的是因"金玉"之说和金麒麟引起的一场小风波，并非真正出于什么妒忌或怀疑，而是双方在爱情的"你证我证，心证意证"中产生的琐琐碎碎的"口角之争"。但结果闹到宝玉痴病又发，"赌气向颈上抓下通灵玉来，咬牙狠命往地下一摔道：'什么劳什子，我砸了你完事！'……宝玉见没摔碎，便回身找东西来砸。林黛玉见他如此，早已哭起来，说道：'何苦来，你摔砸那哑巴物件！有砸它的，不如来砸我！'"袭人劝宝玉说，倘若砸坏了，妹妹心里怎么过得去。黛玉"听了这话说到自己心坎儿上来，可见宝玉连袭人不如，越发伤心大哭起来"，刚吃下的香薷饮解暑汤也"哇"的一声吐了出来。这里，小小的误会，只是深挚的爱情根苗上的一点枝叶，它绝不会导致对对方的根本性的误解，如续书中所写那样以为宝玉心中另有所属。何况黛玉之误会有第三者插足事，至第三十二回"诉肺腑"后已释。所以无论是宝玉砸玉（对"金玉"之说的愤恨），还是黛玉痛哭（惜宝玉砸玉自毁），都不过是他们初次相见时那段痴情心意的发展和重演。所以此回脂评又有"一片哭声，总因情重"之说，特提醒读者要看清回目之所标。其实，只要看黛玉当时的内心独白，就知道她因何流泪了。她想：

> 你心里自然有我，虽有"金玉相对"之说，你岂是重这邪说不重我的！我便时常提这"金玉"，你只管了然自若无闻的，方见得是待我重（按：宝玉却听不得"金玉"这两个字，一提就恼火）……

又想：

> 你只管你，你好我自好，你何必为我而自失！殊不知你失我自失……

这些都是说得再明确不过的了。这样全出之于一片爱心的流泪，名之曰"还债"，谁谓不宜？

（2）第三十四回"情中情因情感妹妹"（注意！回目中又连用三个"情"字）。宝玉挨了他父亲贾政狠狠的笞挞，黛玉为之痛惜不已，哭得"两个眼睛肿得桃儿一般"。并且实际上等于以"泪"为题，在宝玉所赠的手帕上写了三首绝句。绛珠仙子游于离恨天外时，"只因尚未酬报灌溉之德，故其五内便郁结着一段缠绵不尽之意"；黛玉见帕，领会宝玉对自己的苦心，也"一时五内沸然炙起"，"由不得余意缠绵"。这样的描写，恐怕也不是巧合。在前八十回中，这是黛玉还泪最多的一次。作者还特写明这种激动悲感，使她"觉得浑身火热，面上作烧……只见腮上通红，自羡压倒桃花，却不知病由此萌"。最后一句话值得玩味：表面上只是说黛玉之病起于多愁善感，哭得太多；实则还是在提请读者注意，不要以为黛玉的悲伤只是为了自身的不幸，她将来泪尽而逝，也正与现在的情况相似，都是为了酬答知己，为了还债。所以她在作诗题帕时"也想不起嫌疑避讳等事"，直截了当地提出了"暗洒闲抛却为谁"的问题。

（3）第五十七回"慧紫鹃情辞试忙玉"。宝玉听紫鹃哄他说，林姑娘要回苏州去了，信以为真，竟眼直肢凉，"死了大半个"。不必说，林黛玉自然为此"又添些病症，多哭几场"。她乍一听宝玉不中用时，竟未问原因，就不能控制自己的情感，反应之强烈和不知避嫌，简直与发"痴狂病"而摔玉的宝玉一样：

> 黛玉一听此言，李妈妈乃是经过的老妪，说不中用了可知必不中用。"哇"的一声将腹中之药一概呛出，抖肠搜肺，炽胃扇肝的痛声大嗽了几阵。一时面红发乱，目肿筋浮，喘的抬不起头来。紫鹃忙上来捶背。黛玉伏枕喘息半晌，推紫鹃道："你不用捶，你竟拿绳子来勒死我是正经！"

这是把宝玉的生命看得比自己生命更重要的真正罕见的爱！有这样爱的人，将来在宝玉生死不明情况下，能为他的不幸而急痛忧忿、流尽泪水，这是完全能令人信服的。

总之，作者在描写黛玉一次次"眼泪还债"时，都在为最后要写到的她的悲剧结局作准备。

### 2. 潇湘妃子

"潇湘妃子"是古代传说中，舜妃娥皇、女英哭夫而自投湘水死后成湘水女神之称，也叫湘妃。历来用其故事者，总离不开说夫妻生离死别，相思不尽、恸哭遗恨等等。如果不管什么关系，什么性质，只要有谁老哭鼻子便叫她潇湘妃子，推敲起来，恐怕有些勉强。因为娥皇、女英泣血染竹本是深于情的表现，并非一般地多愁善感，无缘无故地爱哭。同样，如果黛玉真是像续书所写那样，因婚嫁不如意而悲愤致死，那与湘妃故事也是不相切合的，作者又何必郑重其事地命其住处为"潇湘馆"，赠其雅号为"潇湘妃子"，称她为"林潇湘"呢？

雅号是探春给她取的，探春有一段话说：

> 当日娥皇、女英洒泪在竹上成斑，故今斑竹又名湘妃竹。如今她住的是潇湘馆，她又爱哭，将来她想林姐夫，那些竹子也是要变成斑竹的。以后都叫她作潇湘妃子就完了。（第三十七回）

话当然是开玩笑说的。但作者的用意就像是写惜春与智能儿开玩笑说自己将来也剪了头发去做尼姑一样。同时，探春所说的"想林姐夫"意思也很明确，当然不是续书所写那样"恨林姐夫"或者"怀疑林姐夫"。

在探春给她取雅号之前，宝玉挨打受苦，黛玉作诗题帕，也曾自比湘妃说：

> 彩线难收面上珠，湘江旧迹已模糊。
>
> 窗前亦有千竿竹，不识香痕渍也无？

"湘江旧迹""香痕"，都是说泪痕，也就是以湘妃自比。这是作者在写黛玉的内心世界：在她心中已将宝玉视同丈夫，想象宝玉遭到不测时，自己也会同当年恸哭殉情的娥皇、女英一样。同时，作者也借此暗示黛玉将来是要"想林姐夫"的。倘若不是如此，这首诗就有点不伦不类了：表哥不过是被他父亲打了一顿屁股，做妹妹的怎么就用起湘妃泪染斑竹的典故来了呢？

此外，据脂评提示，佚稿末回"警幻情榜"中对黛玉又有评语曰"情情"，意谓一往情深于有情者。它与"潇湘妃子"之号的含义也是一致的。但与我们在续书中所见的那个因误会而怨恨宝玉的林黛玉形象，却有点对不上了。

### 3.《终身误》与《枉凝眉》

判断黛玉之死最可靠的依据，当然是第五回太虚幻境的册子判词和《红楼梦曲》。因为人物的结局已在此一一注定。册子中钗、黛合一个判词，其隐寓已见拙著《红楼梦诗词曲赋评注》，且置而勿论。关于她们的曲子写得更明白易晓。为便于讨论，引曲文如下：

#### 终身误

> 都道是金玉良姻，俺只念木石前盟。空对着，山中高士晶莹雪；终不忘，世外仙姝寂寞林。叹人间，美中不足今方信：纵然是齐眉举案，到底意难平。

#### 枉凝眉

> 一个是阆苑仙葩，一个是美玉无瑕。若说没奇缘，今生偏又遇着他；若说有奇缘，如何心事终虚化？一个枉自嗟呀，一个空劳牵挂；一个是水中月，一个是镜中花。想眼中能有多少泪珠儿，怎禁得秋流到冬尽，春流到夏！

《终身误》是写宝钗的，曲子正因为她终身寂寞而命名。宝钗的不幸处境，表现为婚后丈夫（宝玉）对她并没有真正的爱情，最后弃绝她而出家为僧。但宝玉的无情，又与他始终不能忘怀为他而死的林黛玉有关。所以，曲子从宝玉对钗、黛的不同态度去写；不过，此曲所要预示的还是宝钗的命运。从曲子中我们可以看出："木石前盟"的证验在前，"金玉良姻"的结成在后。

《枉凝眉》是写黛玉的，意思是锁眉悲伤也是枉然。在这支曲子中，值得我们注意的问题有三个：

（1）在前一曲中，写到了宝、黛、钗三人；而此曲中，则只写宝黛，并无一字涉及宝钗。这是为什么呢？我们认为合理的解说应该是：宝钗后来的冷落寂寞处境，如前所述，与宝玉对黛玉生死不渝的爱情有关，而黛玉之死却与宝钗毫不相干，所以一则提到，一则不提。倘如续书所写宝钗是黛玉的情敌，黛玉乃死于宝钗夺走了她的宝玉，那么，岂有在写宝钗命运的曲子中倒提到黛玉，反在写黛玉结局的曲子中不提宝钗之理？

（2）曲文说："一个枉自嗟呀，一个空劳牵挂。""嗟呀"，就是悲叹、悲伤；"枉自嗟呀"与曲名《枉凝眉》是同一个意思，说的是林黛玉；"空劳牵挂"，则说贾宝玉。只有人分两地，不知对方情况如何，时时惦记悬念，才能用"牵挂"二字。如果不是宝玉离家出走，淹留在外，不知家中情况，而依旧与黛玉同住在大观园内，那么，怡红院到潇湘馆没有几步路，来去都很方便（通常宝黛之间一天总要走几趟），又有什么好"牵挂"的呢？续书中所写的实际上是"一个迷失本性，一个失玉疯癫"，既然两人都成了头脑不清醒的傻子，还谈得上谁为谁伤感，谁挂念谁呢？

（3）曲子的末句是说黛玉终于流尽了眼泪，但在续书中的林黛玉，从她听傻大姐泄露消息，精神上受到重大打击起，直到怀恨而死，却始终是一点眼泪也没有的。她先是发呆、精神恍惚，见人说话，老是微笑，甚至来到宝玉房里，两人见了面也不交谈，"只管对着脸傻笑起来"；接着便吐血、卧床、焚稿绝情；最后直声叫"宝玉！宝玉！你好……"而死。如果宝黛悲剧的性质确如续书所推想的那样，突然发现自己完全受骗、被人推入最冷酷的冰窟里的黛玉，因猛受巨大刺激而神志失常是完全可能的。在这种情况下，她没有哭泣，反而傻笑，也符合情理；甚至可以说，这样的描写比写她流泪更能说明她精神创伤之深。所以，许多《红楼梦》的读者，甚至近代大学者王国维，都很欣赏续书中对黛玉迷本性的那段描写。然而，如果把这一情节与前八十回所写联系起来，从全书应有统一的艺术构思角度来考虑，从宝黛思想性格的发展逻辑、他们的精神境界应该达到的高度、他们在贾府中受到特别娇养溺爱的地位，以及事实上已被众人所承认的他俩特殊关系等等方面来衡量，这样的描写就失去了前后一致性和真实性。因为，毕竟曹雪芹要写的宝黛悲剧的性质并非如此，而这种既定的性质不是在八十回之后可以任意改变的。真正成功的艺术品，它应该是由每一个有机部分组成的统一整体。由于失魂落魄的黛玉没有眼泪，对宝玉断绝了痴情，怀恨而死，曹雪芹原来"眼泪还债"的艺术构思被彻底改变了，取消了。黛玉这支宿命曲子中唱词也完全落空了。很显然，从曲子来看，黛玉原来应该是日夜流泪哭泣的，她的眼中泪水流尽之日，也就是她生命火花熄灭之时。所以脂评说"绛珠之泪至死不干"。

曲文中"想眼中能有多少泪珠儿，怎禁得秋流到冬尽，春流到夏"，初读似乎是泛泛地说黛玉一年到头老是爱哭，因而体弱多病，终至夭折（程高本删去了"秋流到冬尽"的"尽"字，就是把它当成了泛说。其实，它是实指，贾府事败是在秋天，所谓"到头来，谁见把秋捱过"，宝黛也正是在这个时候仓皇离散的（后面还将谈到）。于是，"秋闺怨女拭啼痕"（黛玉这一《咏白海棠》诗句，脂评已点出"不脱落自己"），自秋至冬，冬尽春来，宝玉仍无消息，终于随着春尽花落，黛玉泪水流干，红颜也就老死了。"怎禁得……春流到夏"，就是暗示我们：不到宝玉离家的次年夏天，黛玉就泪尽夭亡了。曹雪芹真是慧心巧手！

### 4. 明义的题诗

富察明义是曹雪芹的同时人，年纪比雪芹小二十岁光景，从他的亲属和交游关系看，与雪芹有可能是认识的。他的《绿烟琐窗集》有《题红楼梦》绝句二十首，并有诗序说："曹子雪芹出所撰《红楼梦》一部……惜其书未传，世鲜知者，余见其钞本焉。"可知题诗之时，曹雪芹尚在人世。因此，无论富察明义所见的钞本是只有八十回，还是"未传"的更完整的稿本，他无疑是知道全书基本内容的。因为二十首诗中，最后三首都涉及八十回后的情节。所以从资料价值上说，它与脂评一样，是很可珍贵的。

我们不妨来看看富察明义的《题红楼梦》诗中与本文所讨论的问题直接有关的第十八、二十两首诗。前一首说：

> 伤心一首葬花词，似谶成真自不知。
> 安得返魂香一缕，起卿沉痼续红丝？

这一首诗中，值得注意的是两点：

（1）前两句告诉我们：林黛玉的《葬花吟》是诗谶，但她当初触景生情、随口吟唱时，并不知道自己诗中所说的种种将来都要应验的，"成真"的。这使我们联想起第二十七回回末的一条脂评说："余读《葬花吟》至再至三四，其凄楚感慨，令人身世两忘，举笔再四，不能下批。有客曰：'先生身非宝玉，何能下笔？即字字双圈，批词通仙，料难遂颦儿之意，俟看玉兄之后文再批。'噫唏！阻余者想亦《石头记》来的，故停笔以待。"这条脂评说，批书人如果"身非宝玉"，或者没有看过"玉兄之后文"，不管你读诗几遍，感慨多深，都不可能批得中肯。为什么这样说呢？因为只有宝玉才能从歌词内容中预感到现实的将来，而领略其悲凉，想到"林黛玉的花颜月貌将来亦到无可寻觅之时，宁不心碎肠断"！想到那时"自身尚不知何在何往，则斯处、斯园、斯花、斯柳，又不知当属谁姓矣！"倘换作别人，听唱一首诗又何至于"恸倒山坡之上"呢？批书人当然不能有宝玉那种预感，不过，他可以在读完小说中写宝黛悲剧的文字后，知道这首《葬花吟》原来并非只表现见花落泪的伤感，实在都是谶语。所以批书人要"停笔以待"，待看过描写宝玉"对景悼颦儿"等"后文"再批。或谓批语中"玉兄之后文"非指后半部文字，乃指下一回开头宝玉恸倒于山坡上的一段文字。其实，实质还是一样，因为如前所述那段文字中宝玉预感到黛玉将来化为乌有，以及大观园将属于别人等等，并非泛泛地说人事有代谢，其预感之准确可信，也只有到了这些话都一一应验之时才能完全明白，才能真正领会其可悲。因此，正可不必以指此来排斥指彼。

从"似谶成真"的角度来看《葬花吟》，我们认为，如"红消香断有谁怜""一朝飘泊难寻觅"和"他年葬侬知是谁"等等，可以说是预示将来黛玉之死，亦如晴雯那样死得十分凄凉。但那并非如续书所写大家都忙于为宝玉办喜事，无暇顾及；而因为那时已临近"家亡人散各奔腾"的时刻，"各自须寻各自门"，或者为了自保，也就顾不上去照料黛玉了。"柳丝榆荚自芳菲，不管桃飘与李飞"，或含此意。"三月香巢已垒成，梁间燕子太无情。明年花发虽可啄，却不道人去梁空巢也倾！"或者是说，那年春天里宝黛的婚事已基本说定了，可是到了秋天，发生了变故，就像梁间燕子无情地飞去那样，宝玉离家不归了。所以她恨不得"胁下生双翼"也随之而去，宝玉被人认为做了"不才之事"，总有别人要随之而倒霉。先有金钏儿，后有晴雯，终于流言也轮到了黛玉，从"质本洁来还洁去，强于污淖陷渠沟"等花与人双关的话中透露了这个消息。此诗结尾六句"侬今葬花人笑痴，他年葬侬知是谁？试看春残花渐落，便是红颜老死时。一朝春尽红颜老，花落人亡两不知"最值得注意，作者居然在小说中重复三次，即第二十七回吟唱、第二十八回宝玉闻而有感，以及第三十五回中鹦鹉学舌，这是作者有意的强调，使读者加深印象，以便在读完宝黛悲剧故事后知道这些话原来是"似谶成真"的。它把"红颜老死"的时节和凄凉的环境都预先通过诗告诉了我们。"花落人亡两不知"，"花落"用以比黛玉夭折；"人亡"则说宝玉流亡在外不归。

（2）明义的诗后两句告诉我们，黛玉之死与宝玉另娶宝钗无关。明义说，真希望有起死回生的返魂香，能救活黛玉，让宝黛两个有情人成为眷属，把已断绝了的月老红丝绳再接续起来。这里说，只要"沉痼"能起，"红丝"也就能续，可以看出明义对宝玉没有及早赶回，或者黛玉没有能挨到秋天宝玉回家是很遗憾的。使明义产生这种遗憾心情的宝黛悲剧，是不可能像续书中写的那样的。如果在贾府上辈做主下，给宝玉已另外定了亲，试问，起黛玉的"沉痼"又有何用？难道"续红丝"是为了让她去做宝二姨娘不成？

明义的最后一首诗说：

> 馔玉炊金未几春，王孙瘦损骨嶙峋。
> 青蛾红粉归何处？惭愧当年石季伦！

有人以为此诗中的"王孙"，可能是指作者曹雪芹。我以为这样理解是不妥当的。组诗是《题红楼梦》，说的都是小说中的人物和情节，不会到末一首，忽然去说作者家世；何况小说是假托石头所记，不肯明标出作者的。再说，以石崇因得罪孙秀而招祸，终至使爱姬绿珠为其殉情作比，对于曹頫被抄家时还是个未成年孩子的曹雪芹来说，事理上是根本不合的！

小说中的贾宝玉倒确实曾以石崇自比。他在《芙蓉女儿诔》中就说："梓泽（石崇的金谷园的别名）余衷，默默诉凭冷月。"（这"冷月葬花魂"式的诔文，实际上也是悼颦儿的谶语。靖藏本此回脂评说："观此知虽诔晴雯，实乃诔黛玉也。试观'证前缘'回、黛玉逝后诸文便知。"）此外，黛玉的《五美吟》中也写过石崇："瓦砾明珠一例抛，何曾石尉重娇娆？"这些就是富察明义借用石季伦事的依据。可知此诗是说贾宝玉无疑，首句言瞬息繁华，次句即宝玉后来"贫穷难耐凄凉"时的形状的写照；"王孙"一词宝玉在作《螃蟹咏》中就用以自指，所谓"饕餮王孙应有酒，横行公子却无肠"是也（第三十八回）。后两句是自愧之语。不能保全的"青蛾红粉"之中，最主要的当然是指林黛玉，则黛玉之死乃因宝玉惹祸而起甚明，故可比为石崇。倘若如续书所写，宝黛二人都是受别人蒙骗、摆布、作弄的，那么，黛玉的死，宝玉是没有责任的，又何须自感"惭愧"呢？

### 5. "莫怨东风当自嗟"

"寿怡红群芳开夜宴"中众姐妹席上行令掣签，所掣到的花名签内容，都与人物的命运有关（参见拙著《红楼梦诗词曲赋评注》）。黛玉所掣到的是芙蓉花签，上有"风露清愁"四字，这与富察明义诗中说晴雯的"芙蓉吹断秋风狠"含义相似，不过蕴蓄得多。上刻古诗一句："莫怨东风当自嗟"，出自欧阳修《明妃曲》。我最初以为这句诗仅仅是为了隐它上一句"红颜胜人多薄命"。否则，既有"莫怨东风"，又说"当自嗟"，岂非说黛玉咎由自取？后来才知道它是黛玉为了宝玉而全不顾惜自己生命安危的隐语，看似批评黛玉不知养生，实则是对她崇高爱情的颂扬（如果按续书所写，这句诗当改成"当怨东风莫自嗟"了）。这一点，可以从戚序本第三回末的一条脂批中找到证明：

> 补不完的是离恨天，所余之石岂非离恨石乎？而绛珠之泪偏不因离恨而落，为惜其石而落。可见，惜其石必惜其人。其人不自惜，而知己能不千方百计为之惜乎！所以绛珠之泪至死不干，万苦不怨，所谓"求仁而得仁，又何怨"（按：《论语》中语）。悲夫！

石头有"无才补天，枉入人世"之恨，绛珠是从不为石头无才补天而落泪的；宝玉"不自惜"，黛玉却千方百计地怜惜他。所以，黛玉虽眼泪"至死不干"，却"万苦不怨"，也就是说，她明知这样悲感等于自杀，也不后悔。脂评用"悲夫"表达了极大的同情，而作者却把这一点留给读者，他只冷冷地说：年轻人又何必这样痴情而自寻烦恼呢！所以，警幻仙子有歌曰："春梦随云散，飞花逐水流。寄言众儿女，何必觅闲愁！"（首句说繁华如梦，瞬息间风流云散；次句喻红颜薄命，好比落花随流水逝去。警幻的这首"上场诗"实也有统摄全书的作用。）又有薄命司对联说："春恨秋悲皆自惹，花容月貌为谁妍？""皆自惹"与"当自嗟"或者"觅闲愁"也都是一个意思。可见，曹雪芹写小说是八方照应，一笔不苟的；就连"春恨秋悲"四字，也都有具体情节为依据而并非泛泛之语。

### 6. 贾府中人对宝黛关系的看法

第二十五回中王熙凤曾对黛玉开玩笑说："'你既吃了我们家的茶，怎么不给我们家作媳妇儿？'众人听了，一齐都笑起来。"对此，甲戌本、庚辰本都有脂评夹批。甲戌本批说：

> 二玉事在贾府上下诸人，即看书、批书人皆信定一段好夫妻，书中常常每每道及，岂其不然，叹叹！

庚辰本批说：

> 二玉之配偶，在贾府上下诸人，即观者、作者皆为无疑，故常常有此等点题语。我也要笑。

接着，"李宫裁笑向宝钗道：'真真我们二婶子的诙谐是好的。'"庚辰本又有批说：

> 该她赞！

　　这些脂评说明：①宝黛应成配偶，是"贾府上下诸人"的一致看法，这当然包括上至贾母、下至丫鬟在内。贾母说宝黛俩"不是冤家不聚头"，脂批便指出"二玉心事……用太君一言以定"（第二十九回）。凤姐合计贾府将来要办的婚嫁大事，把宝黛合在一起算，说"宝玉和林妹妹，他两个一娶一嫁，可以使不着官中的钱，老太太自有梯己拿出来"（第五十五回）。尤二姐先疑三姐是否想嫁给宝玉，兴儿便笑道："若论模样儿行事为人，倒是一对好的。只是他已有了，只未露形。将来准是林姑娘定了的。因林姑娘多病，二则都还小，故尚未及此。再过三二年，老太太便一开言，那是再无不准的了。"（第六十六回）凡此种种都证明宝黛之应成为夫妻是上上下下一致的看法。后来"岂其不然"是出于他们意料之外的原因。②不但"众人听了，一齐都笑起来"，批书人也被逗乐了，故曰"我也要笑"。倘若曹雪芹也为了追求情节离奇，后来让凤姐设谋想出实际上是最不真实的"调包计"来愚弄宝黛二人，那么脂评应该批"奸雄！奸雄！""可畏！可杀！"或者"全是假！"一类话才对。现在偏偏附和众人说"我也要笑"，岂非全无心肝！③李纨为人厚道，处事公允，从未见她作弄过人；由她来赞，更说明凤姐的诙谐说出了众人心意，并非故意取笑黛玉。程高本把说赞语的人换了，删去"李宫裁"，而改成"宝钗笑道：'二嫂子的诙谐真是好的。'"故意给读者造成凤姐与宝钗心照不宣、有意藏奸的错觉，看来是为了避免与续书所编造的情节发生矛盾。

　　如贾母那样的封建家庭的太上家长形象，其特点是否必定只有势利、冷酷，必定只喜欢宝钗那样温柔敦厚，有"停机"妇德，能劝夫求仕的淑女呢？恐怕不是的。现实中任何身份的人都不可能是一个模子中铸出来的。曹雪芹笔下的贾母的性格特点，不是势利冷酷，相反的是以"怜贫惜贱，爱老慈幼"为其信条的；她自己好寻欢作乐，过快活日子，对小辈则凡事迁就，百般纵容溺爱，是非不明。她对宝钗固有好感（只是不满她过于爱好素净无华），但对凤姐那种能说会道、敢笑敢骂的"辣子"作风更有偏爱。一次，凤姐拿贾母额上旧伤疤说笑话，连王夫人都说"老太太因为喜欢她，才惯得她这样……明儿越发无礼了"。贾母却说："我喜欢她这样，况且她又不是那不知高低的孩子。家常没人，娘儿们原该这样，横竖礼体不错就罢，没的倒叫她从神儿似的作什么？"（第三十八回）从贾母那里出来的晴雯和陪伴她的鸳鸯也都不是好惹的。她对宝玉百依百顺，对外孙女黛玉也是非常溺爱的。第二十二回写凤姐与贾琏商量如何给宝钗做生日。贾琏说："你今儿糊涂了。现有比例，那林妹妹就是例。往年怎么给林妹妹过的，如今也照依给薛妹妹过就是了。"不过，小说中黛玉过生日并未实写。有一条脂评说：

　　……最奇者黛玉乃贾母溺爱之人也，不闻为作生辰，却云特意与宝钗，实非人想得着之文也。此书通部皆用此法瞒过多少见者。余故云不写而写是也。

脂评认为按理应写黛玉做生辰而未写，是"不写而写"，这且不去管它。值得注意的是脂评认为"黛玉乃贾母溺爱之人"。如果批书人读到的后半部中，贾母也像续书中所写的那样，一反以往，变得对外孙女极其道学、冷漠、势利，竟将她置于死地而不顾，试问，他会不会写出这样的评语来呢？有人说，续书中的贾母写得比八十回中更深刻，更能揭露封建家长的阶级本质。就算这样，那也不妨另写一部小说，另外创造一个冷酷卫道的贾母，何必勉强去改变原来的形象呢？再说，从封建社会里来的、一味溺爱子女而从不肯违拗他们心意的老祖母，难道我们还见得少？

第五十七回"慈姨妈爱语慰痴颦"写了薛姨妈对黛玉的深深爱怜、抚慰（如同她对宝玉一样）。最后，她对宝钗说："我想着，你宝兄弟老太太那样疼他，他又生的那样，若要外头说去，断不中意。不如竟把你林妹妹定与他，岂不四角俱全？"当然，有了这一想法，不等于非要立即去说，马上催促定亲不可。小说也不能这样一直写去的。不过作者的用意显然是像写凤姐说诙谐话一样，是在描写贾府上下诸人对宝黛之可成配偶已无疑问，"故每每提及"，以便将来反衬贾府发生变故、宝黛"心事终虚化"。但有人以为这是写薛姨妈的虚伪、阴险，即使在回目中已明标了"慈""爱"，他们也认为这是虚的，大概如果实写，应作"奸姨妈假语诳痴颦"了。这真是用有色眼镜在看问题了！薛姨妈如果真的存着要将宝钗嫁给宝玉之心（其实，薛氏母女寄住贾府的目的之一是为了送宝钗上京来"待选"后宫"才人赞善之职"的，所以没有要为宝钗说亲的问题。当然，后来四大家一衰俱衰，这个目的达不到了），那么，她理应在黛玉面前千方百计回避谈这一类问题才是，究竟有什么必要非要主动将问题挑明不可呢？

### 7. 宝钗与黛玉的关系

宝玉精神上属于黛玉，最终却与宝钗结婚，于是在小说布局上似乎鼎足而三；"木石前盟"与"金玉良姻"既然都是宝玉不可改变的命运，所以小说的前半也得有种种伏笔。在"神龙见首不见尾"的情况下，这三者的关系是很容易错看成是三角关系的。我想，在这一点上，续作者就是想追随原作而误解了它的线索才写得貌合神离的。

黛玉因为爱宝玉，对宝玉的似乎泛爱，难免有过妒忌。首先对宝钗，其次是湘云。这在小说中都可以找到。湘云是"英豪阔大宽宏量，从未将儿女私情略萦心上"的；宝钗呢，实在也不曾与黛玉争过宝玉，或者把黛玉当情敌对待。宝钗因为和尚有以金配玉的话"总远着宝玉"，元春赐物，给她的与宝玉同（薛姨妈一家在贾府毕竟是客，与自己的妹妹们或视同妹妹的黛玉自有所不同，待客优厚，礼所当然），她"心里越发没意思起来"（第二十八回）。她并非第三者，应该说是清楚的。有人以为宝钗滴翠亭扑蝶时的急中生智的话是存心嫁祸于黛玉，这恐怕求之过深了。当时宝钗心里在想些什么，书中是明明白白写出来的。想，便是动机，除此之外，再另寻什么存心，那就是强加于人了。宝钗想的，根本与黛玉无关，而且说"犹未想完"，就听到"咯吱"一声开窗，她不得不当即作出反应，装作在与黛玉捉迷藏。对于这样的灵活机变，脂评只是连声称赞道："像极！好煞！妙煞！焉得不拍案叫绝！"并认为"池边戏蝶，偶尔适兴，亭外急智脱壳，明写宝钗非拘拘然一迂女夫子"。我是赞成脂评的分析的，并认为如果后半部的情节发展足以证实宝钗确是用心机要整倒黛玉，以脂评之细心，又何至于非要谬赞宝钗不可呢！

黛玉妒忌宝钗，对宝玉有些误会或醋意，都是开始一阶段中的暂时现象。自从第四十五回起，就再也没有了。可惜许多读者都忽略了这一点。误会已释，黛玉知宝钗并非对自己"心里藏奸"，就与她推心置腹地谈心里话了。这一回回目叫"金兰契互剖金兰语"，正是说两人义同金兰，交情契合，并不像是反话。此外，当宝钗说到"将来也不过多费得一副嫁妆罢了，如今也愁不到这里"时，脂砚斋有双行夹批说：

宝钗此一戏，直抵过通部黛玉之戏宝钗矣！又恳切，又真情，又平和，又雅致，又不穿凿，又不强率，黛玉因识得宝钗后方吐真情，宝钗亦识得黛玉后方肯戏也。此是大关节，大章法。非细心看不出。细思二人此时好看之极，真是儿女小窗中唧唧也。

也许有人会说，这是脂砚斋的陈腐观点，扬薛是错误的，不足为据。我们一开始就说过，问题不在于脂砚斋观点如何，而应该先弄清楚他的这种观点必须建立在怎样的情节基础上。我们说，只有在八十回之后宝钗确实没有与黛玉同时要争夺宝玉为丈夫的情况下，脂砚斋才有可能说宝钗的话是"恳切"的、"真情"的，才有可能说黛玉是"识得宝钗"的，才有可能认为她们确如回目所标是金兰之交。

### 8. 其他依据

小说中可推断后来黛玉之死情节的线索还有不少，现列举如下：

第一回："蛛丝儿结满雕梁"。脂评："潇湘馆、紫（绛）芸轩等处。"按：独举宝黛二人居处并非偶然。一个离家已久，一个人死馆空。倘以为这是一般地指贾府没落，脂评何不说"荣国府、大观园等处"？

第二十二回："（黛玉说）'这一去，一辈子也别来，也别说话！'宝玉不理。"脂评："此是极心死处。将来如何？"按：评语末四字已点出将来情景：对黛玉来说，宝玉一去，真是到死也没有回来。

又脂评："盖宝玉一生行为，颦知最确……"按：据此知黛玉不会误会宝玉变心。

第二十八回："（黛玉说）赶你回来，我死了也罢了！"脂评："何苦来，余不忍听！"按：此语成谶，故曰"不忍听"。

第三十二回："宝玉出了神，见袭人和他说话；并未看出是何人来，便一把拉住，说道：'好妹妹，我的这心事从来也不敢说，今儿我大胆说出来，死也甘心！我为你也弄了一身的病在这里，又不敢告诉人，只好掩着。只等你的病好了，只怕我的病才得好呢，睡里梦里也忘不了你！'袭人听了这话，吓得魄消魂散……这里袭人见他去了，自思方才之言，一定是因黛玉而起，如此看来，将来难免不才之事，令人可惊可畏。想到此间，也不觉怔怔的滴下泪来，心下暗度如何处治方免此丑祸。"按：用如此重笔来写，可以预料袭人所担心的"不才之事"和"丑祸"肯定是难免的。

第三十四回："袭人对王夫人说：'二爷素日性格，太太是知道的。他又偏好在我们队里闹，倘若不防，前后错了一点半点，不论真假，人多口杂，那起小人的嘴有什么避讳，心顺了，说得比菩萨还好，心不顺，就贬的连畜牲不如。二爷将来倘若有人说好，不过大家直过没事，若要叫人说出一个不好字来，我们不用说粉身碎骨罪有万重都是平常小事，但后来二爷一生的声名品行岂不完了……'"又宝玉挨打，薛氏母女责怪薛蟠，兄妹因此怄气闹了一场。脂评："袭卿高见动夫人，薛家兄妹空争气。"按：脂评褒袭对不对是另一个问题。但由此可见，宝玉后来确实未免"丑祸"，所以脂评赞袭人之言为"高见"，说她有先见之明；说蟠、钗争吵生气是"空争气"，意思是宝玉惹祸，怪不得别人调唆。

第三十五回脂评："此回是以情说法，警醒世人。黛玉因情凝思默度，忘其有身，忘其有病（按：黛玉之'痴'在于忘我）；而宝玉千屈万折，因情忘其尊卑，忘其痛苦，并忘其性情（按：此所谓宝玉之'痴'）。爱河之深，何可泛溢，一溺其中，非死不止（按：黛玉死于此）。且泛爱者不专，新旧叠增，岂能尽乎；其多情之心不能不流于无情之地（按：宝玉之出家缘此）。究其立意，倏忽千里而自不觉，诚可悲夫！"

第五十二回："（宝玉说）你一夜咳嗽几遍？醒几次？"脂评："此皆好笑之极，无味扯淡之极，回思则皆沥血滴髓之至情至神也……"按：宝玉此时"扯淡之极"的话，正是将来自身遭厄、不能回家时，日夜悬念黛玉病况的心声，亦即《枉凝眉》中所谓"空劳牵挂"也。

第五十八回："芳官笑道：'你说她（藕官）祭的是谁？祭的是死了的菂官。'……'她竟是疯傻的想头，说她自己是小生，菂官是小旦，常做夫妻……虽不做戏，寻常饮食起坐，两人竟是你恩我爱。菂官一死，她哭得死去活来，至今不忘，所以每节烧纸。后来补了蕊官，我们见她一般的温柔体贴，也曾问她得新弃旧的；她说：这又有个大道理，比如男子丧了妻，或有必当续弦者也必要续弦为是。便只是不把死的丢过不提，便是情深意重了。若一味因死的不续，孤守一世，妨了大节，也不是理，死者反不安了。你说可是又疯又呆？说来可是可笑？'宝玉听说了这篇呆话，独合了他的呆性，不觉又是喜欢，又是悲叹，又称奇道绝，说天既生这样的人，又何用我这须眉浊物玷辱世界。因又忙拉芳官嘱道：'既如此说，我也有一句话嘱咐她……以后断不可烧纸钱。……以后逢时按节，只备一个炉，到日随便焚香，一心诚虔就可感格了。……即值仓皇流离之日，虽连香亦无，随便有土有草，只以洁净便可为祭……'"按：藕、菂、蕊实为宝、黛、钗写影。本来，一个戏班中死了小旦，小生没有人搭配，再补一个是很平常的，谈不上什么"得新弃旧"。而现在偏要以真的丧妻续弦相比，说出一番"大道理"来，让宝玉听了觉得很合他的心意，这自然是有目的的。对此，俞平伯先生提出过很有道理的看法。大意是：有的人会想，宝玉将来以何等心情来娶宝钗，另娶宝钗是否"得新弃旧"。作者在这里已明白地回答了我们，另娶有时是必要的，也不必一定不娶，只要不忘记死者就是了。这就说明了宝玉为什么肯娶宝钗，又为什么始终不忘黛玉（见《读〈红楼梦〉随笔》）。此外，宝玉强调对死者不必拘习俗礼教，只要"一心诚虔"。他祭金钏儿、诔晴雯是如此，悼颦儿想必也如此。其中"即值仓皇流离之日"一语，触目惊心，简直就像在对我们宣告后事。

小说中的诗词带谶语性质的更多。除已提到的外，如《代别离·秋窗风雨夕》是在"仓皇流离"后，黛玉"枉自嗟呀"的诗谶；《桃花行》是黛玉夭亡的象征。《唐多令·咏柳絮》也是黛玉自叹薄命："嫁与东风春不管（用李贺《南园》诗'可怜日暮嫣香落，嫁与春风不用媒'意），凭尔去，忍淹留！"这岂不等于写出了黛玉临终前对知己的内心独白："我的生命行将结束了！时到如今，你忍心不回来看看我，我也只好任你去了！""大观园中秋联句"中的"冷月葬花魂"（有抄本中"花"形讹为"死"，后人误以为音讹而改作"诗"）是用明代叶小鸾的诗意作谶的，叶年十七未嫁而卒，著有诗词集《返生香》，是著名才女，如此等等。

　　小说中也还有为宝黛悲剧作引的有关情节。如第二十五回，宝黛相配事刚被凤姐说出，仿佛好事可望，便乐极生悲，凤姐、宝玉同遭魔魇，险些丧命。第三十三回，宝玉大承笞挞，黛玉怜惜痛哭。第七十四回，抄检大观园。第七十七回，晴雯夭折。第七十八回，宝玉作诔。直至第七十九回，迎春已去，宝玉"见其轩窗寂寞，屏帐俨然"，一片"寥落凄惨之景"，脂评明点出"先为'对景悼颦儿'作引"。种种暗示越来越多，造成了一场暴风雨已渐渐迫近了的感觉。脂评提到"狱神庙"事说"哀哉伤哉！此后文字，不忍卒读"（靖藏本第五十二回批）！看来，后半部确是大故迭起，黛玉死后，不久就有"抄没、狱神庙"等事，贾府鲜花着锦、烈火烹油之盛，瞬息间皆熏歇烬灭，光沉响绝，景况是写得很惨的。

　　总之，只要我们潜心细读，谨慎探究，曹雪芹本来的艺术构思和原稿的情节线索是不难窥见的。

## 四　余言

　　我们讨论的问题，大概会与《红楼梦》研究中的许多问题发生关系。比如小说的主题思想问题、情节的主线问题、人物的评价问题、艺术表现方法问题等等，都有待进一步研究。

　　有人说，续书所写的宝黛爱情悲剧，使小说有了更深一层的暴露婚姻不自由的反封建的意义。其实，这层意义原来就有，典型人物是迎春，她的遭遇足以暴露封建包办婚姻的罪恶（丫鬟司棋是另一种婚姻不自由的受害者，此外，还有英莲、金哥、智能儿等等）。《红楼梦》不是《西厢记》《牡丹亭》或《梁祝》，它所包含的思想意义要深广得多。续书将宝黛悲剧也写成包办婚姻的悲剧，反而影响了小说主题的统一。因为宝黛不同于迎春，他们是小说中的主角，主角的命运是与主题分不开的。这样，前八十回与后四十回就各自有了不同的中心：前八十回反复强调的是"盛宴必散"，将来贾府"树倒猢狲散"，"一败涂地"；而后四十回则突出了封建家长包办婚姻所造成的不幸。婚姻不自由与大家庭的败落是两回事，两者之间并没有必然的联系，将它们凑合在一起，我看不出究竟有多大好处。

　　在情节主线的讨论中，已见到好几种不同意见。在这方面，我是一个调和主义者。在我看来，以贾府为代表的四大家族的衰败，与宝黛悲剧的发生是同一回事，而宝玉愤俗弃世、偏僻乖张的思想性格或者说叛逆性格的发展，也是与他经历这样重大的变故、翻了大筋斗分不开的。同样，《红楼梦》是反映政治斗争还是写爱情悲剧的问题，研究者也有不同意见。在我看来，两者几乎是不可分的。贾府之获罪、抄没，大观园繁华消歇，当然是封建阶级内部政治斗争的结果，但宝黛爱情悲剧的发生也正与此密切相关。

　　在人物评价上，诸如宝钗、袭人、凤姐、贾母、王夫人、薛姨妈等人，多被认为是作者所讽刺、揭露的反面人物。是否都是讽刺、揭露？我很怀疑。《红楼梦》中是找不到一个完人的。作者常常有褒有贬，当然，褒贬的程度有不同，倾向性也有明显和不明显。曹雪芹的创作思想与今天有些理论不同，小说中的许多人物形象很难简单地划归正面人物或反面人物。再说，对这些人物的客观评价是一回事，而作者对他们的主观态度又是一回事，两者是有距离的，有时简直相反。加之更麻烦的是，如果我们不了解作者的完整构思，不知道这些人物后来怎样，而囫囵读一百二十回书，那么，续作者的构思、描写，还会在很大程度上对我们发生影响，使我们很难作出符合原意的评价，从而也就不能很科学地来总结《红楼梦》这部伟大的古典小说的艺术经验。从悲剧的性质，到人物的精神境界，曹雪芹笔下的林黛玉之死与续书中所写有如此大的差异，就不难想见构成故事情节的其他各式各样人物的描写，原作与续作又有多么大的不同。所以，我觉得光是对《红楼梦》中的人物形象及其社会意义作出比较切合实际的分析评价，我们就还得做许多深入、细致的研究工作。

原载《红楼梦学刊》1981 年第 1 期

# 曹雪芹原作为何止于七十九回

《红楼梦》前八十回是曹雪芹原作，后四十回是他人续作，已属红学常识。这里为什么要提出七十九回来呢？

我说的七十九回，其实就是八十。因为雪芹偕新婚妻子迁往北京西郊某山村居住之前，交付畸笏叟、脂砚斋等人加批、整理的手稿，是到末回"警幻情榜"止都已完成的全部书稿①；但结果他们编好回序、誊清抄出来的，却只有七十九回。第八十回是后来将七十九回一分为二凑成的，原来只是一回。这一情形，从"列藏本"仍只有七十九回，而文字实际上包括今八十回，略无分回痕迹，可看得很清楚②。庚辰本已分作两回，但八十回尚未拟出回目。到其他诸本才分别拟了回目，但回目文字并不一致。我们提七十九回，就为尽量保持其原始状态，以便探寻造成这一情况的原因。

如果不是遇到特殊情况，原稿在整理中要先告一段落时，按习惯心理，总会凑个整数，比如四十、八十，或至少是某数的倍数，常用的如三十六、七十二、一百零八。而七十九既非整数，也非某数的倍数，不上不下，就突然停止了。这最最合理的解释就是恰巧只能抄到七十九回，第八十回抄不出来了。

第八十回怎么了？难道说它恰好迷失了？原稿还在整理、誊清过程中就丢失了，这可能吗？答：是的，真的是丢失了，而且正是在"誊清"过程中"迷失"的。有脂评为证：

> 茜雪至"狱神庙"方呈正文。袭人正文标目曰："花袭人有始有终"。余只见有一次誊清时，与"狱神庙慰宝玉"等五六稿被借阅者迷失。叹叹！——丁亥夏，畸笏叟。（第二十回评）

说得清清楚楚：在"誊清时""被借阅者迷失"，且有"五六稿"之多，提到原稿"迷失"的还有三条评：

> "狱神庙"回有茜雪、红玉一大回文字，惜迷失无稿。叹叹！——丁亥夏，畸笏叟。（第十六回评）

> 叹不能得见"宝玉悬崖撒手"文字为恨！——丁亥夏，畸笏叟。（第二十五回评）

> 写倪二、紫英、湘莲、玉菡侠文，皆各得传真写照之笔，惜"卫若兰射圃"文字迷失无稿。叹叹！——丁亥夏，畸笏叟。（第二十六回评）

---

① 详见拙著《红楼梦是怎样写成的？》有关章节，北京图书馆出版社 2004 年版。
② 见中华书局影印本《石头记》。

当时，未完成誊清、装订，亲友们便争相借阅、先睹为快的情况不难想象。前半部稿，工作正在进行过程中，不致被借走迷失；后半部稿，尚未着手整理，才会发生这样的意外。

借阅者将原稿迷失事，应该发生得较早。怎么不及时告诉作者？怎么未见在作者尚活着时批出？上引几条脂评都署"丁亥夏"，那是 1767 年，是雪芹逝世（1764）三年之后了。这是怎么回事呢？

书稿的"迷失"，与将它投于水、焚于火不同，是个逐渐失去找回希望和改变期待心情的漫长过程。开始时没有告诉作者是完全符合情理的，因为尚处在催问借阅者，请他去找回送来或尚处在回想、对质借走后是否已归还、交在谁手中等责任问题的阶段；即使若干年后，见到雪芹，将这个坏消息透露给他，他也会抱着同样侥幸心理等待"迷失"的原稿能找；毕竟重新补写并不是一件很容易且愉快的事，特别是他会认为来日方长，索性等书稿交回，从头再检查一遍再说，补写并非当务之急。谁料光阴倏忽，祸福难测，才"四十年华"、僻居西山的曹雪芹，未及将畸笏叟手中的书稿要回再做扫尾工作，便突然离世了。半年后，脂砚斋也相继别去。三年中，去世的尚有杏斋（情况不详）等"圈内人"①，故有"今丁亥夏，只剩朽物一枚，宁不痛杀"之叹（第二十二回评），最终完成全书的一切希望都已断绝，畸笏老人这才以无比沉痛的心情，一一检点那次"迷失"原稿的惨重损失。

被"借阅者""迷失"的"五六稿"究竟是多少呢？

我以为至少是五六回，或许还更多一些。不说"回"而称"稿"，我想，是因为写成每个故事时，只大体上分回，事应在前；根据篇幅长短，再作适当调整，最后确定回序，事应在后。有些故事情节，开始打算写一回的，写完后，发现太长，宜分成两回甚至三回的，前已有过（如元春省亲）。脂评提到"狱神庙"回茜雪、红玉情节时，称"一大回"，看来也可能比较长、最后是否还可分成两回也难说，所以，索性笼统地称"稿"更确切些。

那么，"迷失"的都是哪些故事内容呢？

脂评中提到的已有四种：（1）狱神庙；（2）袭人有始有终；（3）宝玉悬崖撒手；（4）卫若兰射圃。不在其列的如迎春被折磨致死；探春远嫁不归；元春早卒，贾府大树摧倒；宝玉、凤姐等惹祸离家；黛玉泪尽证前缘；宝玉回来见落叶萧萧、寒烟漠漠景象，对景悼颦儿；贾府事败、抄没、子孙流散；惜春为尼，缁衣乞食；妙玉流落瓜洲渡口；凤姐命塞，执帚扫雪，哭向金陵，回首惨痛，短命而死；金玉成姻，夫妻谈旧；巧姐被卖在烟花巷；刘姥姥救其出火坑，忍耻招她为板儿媳妇——直至末回"警幻情榜"，应该都还在续有批语的畸笏叟手中。这部分残稿中，尚有一个完整的回目是我们知道的，那就是"薛宝钗借词含讽谏　王熙凤知命强英雄"（第二十一回评）。

如果"迷失"的原稿是连着的若干回，也许还好办些；现在东缺一稿，西缺一稿，

---

① 靖藏本第二十二回脂评："前批知者寥寥。不数年，芹溪、脂砚、杏斋诸子皆相继别去。今丁亥夏只剩朽物一枚，宁不痛杀！"庚辰本中此条仅有其首尾，无中间提及三人姓名的句子。

断断续续，互不连贯，实在是难以再整理誊清了。那么，"迷失"的原稿中有没有本来应该是紧接第七十九回的第八十回呢？这就是本文要重点探寻的。

"宝玉悬崖撒手"是写他弃家为僧的，应在最后；不知是与"警幻情榜"同属末回呢，还是末回的上一回。

"花袭人有始有终"是在贾府事败、抄没之后。那时，黛玉早夭亡，金玉已成姻，但生计艰难，要靠琪官、袭人夫妇来"供奉"他们，所谓"好知运败金无彩，堪叹时乖玉不光"是也。也比较晚，但在宝玉出家之前。

"狱神庙慰宝玉"在宝玉处于落难之时，他心里牵挂着远在潇湘馆中病重的黛玉；黛玉也正痛惜平生唯一知己的"不自惜"，为他的不幸遭遇而日夜嗟呀悲啼，即将泪尽"证前缘"之日，所谓"一个枉自嗟呀，一个空劳牵挂"是也。这比前两稿又早，但与七十九回尚有不少距离，也是接不上的。

这样，就只剩下"卫若兰射圃"文字了，看看它是否存在这种可能性。经仔细阅读小说原文，我们高兴地发现这正是我们要寻找的目标。

雪芹写每个故事情节有个习惯，即在数回前先露个头，接着还写别的事，数回过后，再直接写到它。举例来说：

例一，迎春的"误嫁中山狼"，写在第七十九回，但在第七十二回，就先提到这样的细节：

> 鸳鸯问："哪一个朱大娘？"平儿道："就是官媒婆那朱嫂子。因有什么孙大人家和咱们求亲，所以她这两日天天弄个帖子来赖死赖活。"

同回中又写道：

> 贾琏道："……前儿官媒拿了个庚帖来求亲，太太还说老爷才来家，每日欢天喜地地说骨肉完聚，忽然就提起这事，恐老爷又伤心，所以且不叫提这事。"

直到第七十九回，才直接写"误嫁"这件事：

> 原来贾赦已将迎春许与孙家了。这孙家乃是大同府人氏。

其间相隔七回之多。

例二，晴雯的"抱屈夭风流"，写在第七十七回，但在第七十四回就写王善保家的在王夫人面前进谗言，告倒了她。中间也有三回距离。

例三，司棋与小厮潘又安幽会的"东窗事发"。在第七十一回，先写鸳鸯无意中撞见园中山石后的一对"野鸳鸯"；在第七十三回，写傻大姐拾到绣春囊；到第七十四回，抄检大观园，才在迎春处查获司棋风流事的物证。中间也相隔三回。

可见，这是雪芹行文的习惯：写某人某事，从露头到正面叙写，中间必相隔数回，少则三回，多至七回。再看"卫若兰射圃"文字，如果它写在第八十回，那么，也很有可能在三至七回前先有露头。据此，检点小说原文，我们发现它确实在第七十五回中已露头了。相隔回数恰是三至七回的平均数——五回。该回中有这样一段文字：

> 原来贾珍近因居丧，每不得游玩旷荡，又不得观优闻乐作遣。无聊之极，便生

了个破闷之法。日间以习射为由，请了各世家弟兄及诸富贵亲友来较射。因说："白白的只管乱射，终无裨益，不但不能长进，而且坏了式样，必须立个罚约，赌个利物。大家才有勉力之心。"因此在天香楼下箭道内立了鹄子，皆约定每日饭后来射鹄子。贾珍不肯出名，便命贾蓉作局家。这些来的皆系世袭公子，人人家道丰富，且都在少年，正是斗鸡走狗、问柳评花的一干游荡纨袴。……贾赦、贾政听见这般，不知就里，反说这才是正理，文既误矣，武事当亦该习，况在武荫之属。两处遂也命贾环、贾琮、宝玉、贾兰等四人于饭后过来，跟着贾珍习射一回，方许回去。

习射之事，既如此开了头，绝不会没有下文。请来较射的都是些"世家弟兄""世袭公子"，而卫若兰从其姓名在秦氏送殡队伍中初次出现时，便介绍过他的身份，正是这样的人。那么，宁府习射为什么又要拉上荣府的人、特别是宝玉呢？宝玉的参加习射，是情节发展所必不可少的。第三十一回有一条脂评说：

> 后数十回若兰在射圃所佩之麒麟，正此麒麟也。提纲伏于此回中，所谓草蛇灰线在千里之外。

史湘云拾到宝玉遗落的金麒麟，又送还给宝玉，原来以后到了卫若兰身上。想来不外两条途径：一、宝玉与若兰交往，建立了友谊，于是以金麒麟相赠，其作用或略似蒋玉菡、袭人之汗巾；二、两人在较射中，宝玉输给了若兰，据所立"罚约，赌个利物"，宝玉将金麒麟充作了赌资，这种可能性也极大。无论是哪种情况，宝玉与若兰一起习射的机会是务必要有的，所以要让宝玉也来参加。作者唯恐只带到一句，引不起注意，还特地在后面通过贾母的问话来加深读者的印象：

> 贾母笑问道："这两日你宝兄弟的箭如何了？"贾珍忙起身笑道："大长进了，不但样式好，而且弓也长了一个力气。"贾母道："这也够了，且别贪力，仔细努伤。"贾珍忙答应几个"是"。

宝玉的金麒麟成了卫若兰身上的佩饰，只不过是故事的发端；卫若兰后来成了史湘云的"才貌仙郎"，却未能"博得个地久天长"，短暂的欢乐后，"终究是云散高唐，水涸湘江"，永远地结束了正常的夫妻生活。脂评批甄士隐解注《好了歌》"说什么脂正浓、粉正香，如何两鬓又成霜"句说："宝钗、湘云一干人。"在婚后好景不长，便孤居终身这点上，钗、湘确有相似之处。小说中但凡与宝玉沾上点边的女儿，薄命者真是太多了。钗、黛、湘及亲姊妹们外，金钏儿、晴雯、袭人、芳官……都无不如此。这只怕都是作者有意为之的。

有个回目叫"因麒麟伏白首双星"。自小说传世后，惑于此回目者甚多，最流行也影响最大的误解，大概是以为宝玉最终与湘云成为夫妻，以偕白头；甚至还有一种上个世纪初许多学人曾读到过的，而后来却找不到了、写得很粗糙的续书，也这样描写，让一些研究者也误以为是雪芹原稿[①]。

这实在都从曲解回目的含义而来。作者的原意只是说，因为宝玉得了金麒麟，从而

---

① 见《跋姜亮夫先生口述的一种〈红楼梦〉续书》及附文，收入《蔡义江论红楼梦》一书，宁波出版社1997年版，及《我读红楼梦》一书，天津人民出版社1982年版。

埋下了湘云夫妻到老都分离的伏线。因为"双星"一词，历来是有特定含义的，千余年来都没有改变过，它专指牵牛、织女星而言，并不像今天可以用来指两颗卫星、两个明星或者两位杰出人物等等。"双星"一词超越牛郎织女含义的用法，至少到晚清前，是找不到例证的。但清文人中既有昧于此词特定含义（诗词中最多）而会错了意的，后来也就跟着进一步加深了误解。其实，"白首双星"就只能是夫妻到老都像牛郎和织女那样地分离的意思，别的解说都是错的。

梅节兄对史湘云的结局，曾作过认真的探索。他以为是卫若兰婚后发现湘云也有这样一个金麒麟，因此怀疑湘云婚前与宝玉有染，以为那麒麟就是他俩的信物，于是夫妻反目①。我非常赞同他的分析和推断，因为这不仅符合回目的原意，也与脂评说的"湘云是自爱所误"（第二十二回评）没有任何抵触。不过谈湘云命运，已经与我们要重点关注的问题远了，且就此打住。

小说中写了几个有豪侠气质的人物，脂评称之为"为金闺间色之文"。其中写倪二、冯紫英、柳湘莲、蒋玉菡的"侠文""皆各得传真写照之笔。惜'卫若兰射圃'文字迷失无稿"（第二十六回评）。前四个人物都写在八十回之前，有的后来还出现；唯有卫若兰没有写到，这也是他即将出现的一条理由。倘若写在"三春去后诸芳尽"后，就不能成为"为金闺间色之文"了。

总之，从种种迹象看，"卫若兰射圃"文字都应该就是原稿中的第八十回，因为它"迷失"了，所以整理、誊清好的，只能止于第七十九回了。明白这一点，就可以弄清《红楼梦》原稿致残的原因。至于后半部未抄出而保存在畸笏叟手中的大部分原稿，就因为没有再抄出来，也随着这位老人不知何时去世而在这人世间消失了。这是完全可以理解的：最初，畸笏从作者手中接过书稿时，实在没有足够的重视，对原稿的整理誊抄过程中有可能损坏、缺失，掉以轻心；以致某些回末"破失"和有些文字遭墨污而辨认不清、只好空缺的情况，就能说明问题。当然，最严重的自然是"五六稿被借阅者迷失"了。以前，过于开放，疏于管理；在造成无可估量又无可挽回的惨重损失后，又过于保守，不肯外传，以为所余残稿只要由自己保管着，不再外借，便万无一失了。这种狭隘的短视的陋见，其失策的严重后果，更甚于保管的疏忽大意。一个没有特殊地位的个人的收藏，又如何禁得起历史风风雨雨的无情淘汰？今天，曹雪芹的手稿，不论有否被抄录过的，不是一张也没有留存下来吗？就连誊清后的原抄本也一本都没有发现。这就是这部伟大的小说不幸成为残稿的真实情况。

由此得出两个结论：

一、《红楼梦》原本是写完了的，除了个别诗作如中秋诗尚缺待补、某些分回及回目尚须最后确定拟就外，整部小说是完整的。因此，首回脂评所说"书未成，芹为泪尽而逝"及第二十二回末所说"此回未成而芹逝矣"中的"未成"，都不是"未写成"而是"未补成"的意思（靖藏本的评语即多一"补"字）。本来嘛，所有重要人物及贾府的结局，脂评都一一提到，且连末回都有了，怎么可能是未写成呢？第二十二回到惜春迷止，在"此

---

① 详见梅节、马力《红学耦耕集》，文化艺术出版社 2000 年修订版。

回未成"条前，尚有一条脂评说："此后破失，俟再补。"可见书成残稿，都是人为的、因不小心而造成的。

二、真理往往是最简单的、平淡无奇的。那些为《红楼梦》后半部没有传世而找寻种种动听、离奇理由的说法，实在与事实真相相差太远。比如一种说法以为后半部写到贾府败亡，政治上触犯忌讳的地方太多，因此脂砚斋、畸笏叟等亲友不敢再将它传抄出来。这实在是没有任何依据的凭空揣测。传奇戏曲中主人公获罪、奉旨抄家、坐牢、杀头的故事情节有的是，也不见有何关碍。曹雪芹从来不是顾头不顾尾的小说家，很难想象他写到后半部，忽然不用"满纸荒唐言"，处处写出犯政治忌讳的话来。所以，"不敢抄出"云云，实在是自己把《红楼梦》看成是反清小说了。从这一观念出发，于是又有另一种更有戏剧性、更富想象力的说法产生：说是乾隆读到过《红楼梦》全书，担心它的影响力，便派尚无功名的程伟元、高鹗将后半部加以篡改，以替代原作传世。这简直与某小说家编造秦可卿原是康熙废太子胤礽根本不存在的私生女、肝脑涂地地矢忠于康熙的曹寅是"太子党"故事差不多。只要说得动听，是否违反历史常识有什么要紧！

2006年7月大暑于
宁波市文教路 28 弄 8 号 202 室

# 畸笏叟应是曹雪芹的父亲曹頫

如果说参看脂评来读《红楼梦》，脂砚斋最能帮助我们对小说文字加深理解的话，那么，要了解曹雪芹其人、家世，以及有关成书等情况的，为我们提供有价值资料最多的，大概非畸笏叟莫属了。

畸笏是谁？说法甚多。如周汝昌以为即脂砚，是雪芹的续弦妻，相当于小说中之湘云；吴世昌以为是曹宣的第四子曹硕，字竹磵；王利器、戴不凡以为是曹頫；俞平伯以为大概是雪芹的舅舅；赵冈最初以为是曹颙的遗腹子，后改变为最可能是雪芹的叔叔（据敦敏《瓶湖懋斋记盛》——此文研究者多以为是《废艺斋集稿》提供者孔祥泽伪托）或李煦之子李鼎。如此等等，还有别的指认。我想，不论是哪种说法，重要的是所举理由、证据充分，没有明显矛盾、破绽。否则，即使猜中对象，说出来别人也不信服。

## 一　从与市井泼皮交往来看

小说第二十四回"醉金刚轻财尚义侠"写到泼皮倪二借钱给贾芸，庚辰本有眉批说：

> 余卅年来，得遇金刚之样人不少，不及金刚者亦不少，惜书上不便历历注上芳讳，是余不足心事也。——壬午孟夏。

从这是眉批又署年壬午看，是畸笏批无疑。壬午是1762年，上推三十年是雍正十年（1732），即曹頫抄家后的四年。有人会想：若畸笏是曹頫，他怎么会把距抄家三十四年说成三十年呢？

其实，批书人不是从被抄家时算起的，他也绝不会那么算。因为曹頫获罪后是被拘禁"枷号"的。只有当他被释放获得自由后，才有可能走在市街上，才有机会遇上像倪二那样的人。所以，他意思是说，自从我获释，或沦为贱民三十年来。

曹頫革职抄家在雍正六年。到雍正七年七月二十九日刑部《为知照曹頫获罪抄没缘由业经转行事致内务府移会》云：

> 曹頫因骚扰驿站获罪，现今枷号。（见《历史档案》1983年第一期《新发现的有关曹雪芹家世档案》）

雍正七年十二月初四日刑部《为知照查催曹寅得受赵世显银两情形致代内务府咨文》云：

> 查曹寅之子曹頫亦任江宁织造，业已带罪在京。（同上）

雍正八年起，未见档案提及曹頫，想仍"带罪""枷号"。为什么曹頫被"枷号"得这么久呢？原来他属下骚扰驿站，勒索银两，须由曹頫分赔，可他一直无力赔补，直到雍正去世才被免除。雍正五年，曾明文规定，用苛峻之法，以枷号作为催追犯官拖欠银两的惩罚和震慑手段：

> 嗣后内务府佐领人等，有应追拖欠官私银两，应枷号催追；应带锁者带锁催追，俟交完日再行治罪释放，著为定例。（《大清会典》卷二三一《内务府六·慎刑司》，转引自黄进德《曹頫考论》）

那么，曹頫后来有没有被从轻发落的可能呢？有。那应该是在雍正九年到十年间。周汝昌曾引乾隆即位后论雍正一朝政策的上谕，其中说：

> 皇考初政峻厉，至雍正九年十年以来，人心已知法度，吏治已渐澄清，未始不敦崇宽简，相安乐易；见臣工或有不善，失于苛刻者，每多救其流弊；宽免体恤之恩，时时下逮。（《红楼梦新证·史事稽年·雍正九年》，华艺出版社1998年版）

周先生还说："赵执信独于雍正十年始敢作悼念李煦诗，其故亦正在此。"

又黄进德兄《曹雪芹江南家世丛考·曹頫考论》中敏锐地察觉到"《朱批谕旨》雍正十一年刊行本与现存其朱批手迹，于曹頫奏折作过两处修改"：一是曹頫雍正二年正月初七日《奏谢准允将织造补库分三年带完折》，文曰：

> 窃念奴才自负重罪，碎首无辞，今蒙天恩如此保全，实出望外，奴才实系再生之人，唯有感泣待罪，只知清补钱粮为重，其余家口妻孥，虽至饥寒迫切，奴才一切置之度外，在所不顾。凡有可以省得一分，即补一分亏欠，务期于三年之内，请补全完，以无负万岁开恩矜全之至意。

以为雪芹早年曾享乐过的人不妨留意，此折上奏时，大概雪芹还未出生，而曹頫已是何种境况，我们不难想见。正如进德兄所说，此折"情辞凄切可悯"。可雍正态度如何呢？原朱批说：

> 只要心口相应，若果能如此，大造化人了！

进德兄谓其"字挟风霜，切齿之声，依稀可闻"。但到了十一年刊本经改动过的朱批却说：

> 好勉之，但须言行相符。所奏甚属可嘉，唯须实力奉行耳。

语气完全不同，改为嘉勉口吻了。

二是曹頫雍正二年《请安折》，十一年刊本朱批，将原来"不要乱跑门路，瞎费心思力量买祸受"，改为"不可乱投门路，枉费心思力量而购觅灾祸"；将"因你们向来混账风俗惯了"，改为"朕因尔等习惯最下风俗，专以结交附托为良策"。进德兄谓"分明是雍正帝晚年手笔。一经改动，词气婉转多矣"。（同上）

进德兄根据雍正晚年对曹頫态度的改变，推断说："对曹頫格外开恩，从轻发落，提前开释，也不无可能。但就时间上说，也该是雍正十一年以后的事了。"

此言有理。但我的看法稍有不同：雍正调整治贪司法政策应在前，修改文字刊刻朱批应在后；实行宽赦，即时可行，刊行书册，须费工时。结合乾隆谕文明言"至雍正九年十年以来"语，曹頫在尚欠银三百余两未赔完情况下，而得以提前开释，应在雍正十年。此后，自称"朽物""废人"的曹頫，当然只能闲居于崇文门外蒜市口平房中，与这一带市井平民为伍了；因家境贫困而常常需向人借贷，也属情理中事。对照其"壬午孟夏"批语中所述，可谓严丝合缝。

## 二　因姊早逝致成"废人"

《红楼梦》第十八回有几句话说："那宝玉未入学堂之先，三四岁时已得贾妃手引口传，教授了几本书，数千字在腹内了。其名分虽系姊弟，其情状有如母子。"这本是很平常叙述，一般人很难对此写下什么评语。但在庚辰本这几句话的旁边，却有侧批说：

> 批书人领至〔过〕此教，故批至此，竟放声大哭，俺先姊〔仙〕逝太早，不然，余何得为废人耶？

这是谁加的批呢？有的研究者作脂砚斋批来推论，我以为不对。这是个人自我身世感触极为明显的批语，与脂砚斋面向读者所加的多带阐释性的批并非一路，而且此批也未被以后诸本所收录。我希望读者注意一下己卯本与庚辰本的一个很明显的差别，不在正文而在批语。己卯本除前十回基本是白文本外，从第十一回起，便只有双行夹批一种格式，而不见眉批和侧批。己卯、庚辰年整理出来的是"脂砚斋凡四阅评过"的本子，所以我以为脂砚斋将自己此前的批都整理成双行夹批了。本来是并未过录他人批语的，所以己卯本如此。

庚辰本前十一回也是白文，从第十二回起，便都有双行夹批，这些与己卯本一样。但不同的是它增加了大量眉批、侧批，其中最突出的是畸笏叟批，当然也还有署名松斋、梅溪等诸公的批。我认为那是在新整理好的定本上，再过录一直存放在畸笏处的书稿上原有的其他人批语而成的。过录者有可能就是畸笏自己，所以他把己卯、庚辰以后自己再加的批也抄在上面。庚辰本上眉批、侧批中只有极少数是脂砚新加的，且署有"脂砚斋"或"己卯冬夜"之类字样。所以，我断定前引这条侧批是畸笏叟加的，若以其批语的特征来印证，更觉无可置疑。

现在该来看看畸笏叟若是曹頫对不对了。

曹寅有长女，也就是曹頫的大姊，后来称曹佳氏。康熙四十五年（1706）十一月，她嫁给了镶红旗王子讷尔苏，当时讷尔苏是十七岁。大姊大概是十六岁，应生于康熙三十年（1691）。婚后两年，即康熙四十七年（1708），她生长子福彭时，应是十八岁。康熙五十四年（1715），曹頫在其兄曹颙病故后，承嗣袭职江宁织造时，上折自称"黄口无知"，周汝昌谓"可知时年甚幼"，但未确定其几岁。假定曹頫只有十六岁，则其大姊比他大九岁；若已有十八岁，则大姊也比他大七岁，都相似小说写贾妃与宝玉"其名分虽系姊弟，其情状有如母子"。

曹頫虽血缘上只是曹寅的侄儿，但他从小就寄养在曹寅任职的江宁织造府署中，如他在袭职年《复奏家务家产折》中所云：

> 奴才自幼蒙故父曹寅带在江南抚养长大。

曹頫从小受到比他大八九岁的姊姊疼爱，在家中未正式延师教读前，先有大姊"手引口传"地教他识字读书，实在是非常符合情理的事。

大姊出嫁后，为讷尔苏生过四个儿子，是福彭、福季、福靖、福端。最小的一个出生于康熙五十六年（1717），大姊才二十七岁。我以为此后不久，她命不长，就病故了。福端自幼失母抚爱培养，所以也只活了十四岁。（见《关于江宁织造曹家档案史料》附录二《有关讷尔苏的世系及其生平简历的史料》，中华书局1975年版。）再说，从福端出生，到曹頫被革职抄没，尚有十一年时间，其间大姊必已逝世，否则曹頫虽获罪，也不至于忍辱负重这么多年。

曹頫获罪的直接原因是"骚扰驿站"，有档案史料可据。至于要赔补历年积累的亏空，已被抄没家产人口抵过了。唯有因勒索驿站所得的银两，哪怕你已倾家荡产，也得设法赔出来。如果赔不出，那就"枷号催追，应带锁者带锁催追"，直至"交完"才得"释放"。这是不久前由雍正亲自立下的"定例"。

曹頫应赔补的银两是多少呢？四百四十三两二钱。这实在不算多。王熙凤弄权铁槛寺，一开口就要老尼姑三千两银子，扬言是给小厮们做盘缠，自己一个钱也不要，说"便是三万两，我此刻还拿得出来"。可曹頫那时从哪里去弄这四百多两银子呢？家破人亡后，"两代孀妇"及家属，总算在京城崇文门外蒜市口有个朝廷施舍给他们的平房住，能混口粗饭吃不饿死就不错了，哪有余力再为在押犯还钱？所以，曹頫就不能不陷入长期被"枷号催追"的苦难处境了。

当然，曹家的当家人在大牢受罪，家中的孤儿寡母们也不会见死不救。他们会千方百计向人告贷，省下半两一钱银子，攒聚起来，总想尽早凑足这笔救命钱，把他给赎出来。他们确实也尽了努力，结果交完了没有呢？从雍正六年到十三年止，在长达七年时间内，才交了银子一百四十一两，尚欠三百零二两二钱，还不到应交的三分之一。是年八月雍正病死，十月，内务府才奉旨宽免欠项人员，曹頫也在其内，这才算最终了结此劫。曹家当时的贫困悲惨境况不难想见。

枷号，作为惩罚手段，是重是轻，今人可能不甚了解，或以为是对任何犯人都普遍适用的一般性刑具。我翻看史料，则常见"重责枷革"或"重究枷责"之类用语。枷有多重呢？历代未有定制。《皇朝通典·刑·刑制》谓"枷，以干木为之，长三尺，径二尺九寸，重二十五斤"。但黄进德《曹頫考论》一文开头就说：

> 曹頫自己，扛上了六十斤重的木枷，带罪在京。（见《曹雪芹江南家世丛考》312页，黑龙江教育出版社2000年版）

究竟是二十五斤还是六十斤，我不敢断定。但我相信它作为惩处手段是相当苛酷的。《唐语林·政事下》引《国史补》曾有这样一个故事：

> 王悦为盩厔镇将，清苦肃下。有军士犯禁，杖而枷之，约曰："百日乃脱，未及百日而脱者死。"又曰："我死则脱，尔死则脱，天子之命则脱。非此，臂可折，约不可改也。"由是秋毫不犯。

诚然，曹頫的"枷号"，大概不会昼夜不脱，也许只是定时加于颈上枷示，但在数年时间内老要受几十斤重的木枷的重压，一个文弱书生怕是颈椎和腰部都会受到严重的伤害。如果不是雍正忽发"善心"，将他提前开释，也许挨不到皇帝驾崩的那一天就被枷死了，谁知道呢?

有人也许会想到曹頫的一门贵亲,即其大姊夫平郡王讷尔苏。为什么在这样紧要关头,不伸一下援手呢? 虽然他在雍正四年也因罪革退王爵,但家产人口未动;别的事也许要避避嫌疑,设法命家人给曹家送去几百两银子作为接济生活费,大概不算违法吧? 曹頫的大姊如果活着,她是不会让这个她从小带大的小弟弟为这点银子赔不上而长期受罪的。可她偏又死得太早,讷尔苏家其他人怕有牵连,但求自保,推开而唯恐不及,哪还有人愿意去招惹这个麻烦!

甲戌本第五回(此回未抄写成双行夹批格式,有的诗句正文下本就有空白,故在诗下加的单行、双行、甚至三行批,其性质实同于眉批、侧批)有判词云:

> 势败休云贵,家亡莫论亲。

其下空处有批云:

> 非经过者,此二句则云纸上谈兵,过来人哪得不哭!

我断定这也是畸笏即曹頫有切肤之痛所发的感慨。雪芹当然知道,也感同身受,所以小说中才有这样的话。

有研究者解释那条批中"废人"一词说:

> 此人自幼由长姐负责教读。不幸姐姐早死,此人幼年便因无人督导,致使学业荒废,老大以后,一事无成,乃自叹为废人。(赵冈、陈钟毅《红楼梦研究新编》130页,联经出版事业公司1975年版)

我的解释是:曹頫自获罪后,不但被革职为民,再也当不了官,还因长期"枷号",身上落下了残疾,以致许多正常人可做的体力事,他都做不了,所以才自称"废人";他自号"畸笏",必定也与此有关,这一点留待后面再说。

### 三 "余二人"即"我们做父母的"

甲戌本第一回未抄成双行夹批格式,只有眉批和侧批,使脂砚批与畸笏等的批有时不易分辨。眉批的位置特别挤,有些眉批所在的位置,与对应的正文相比,后移了四五行,甚至有隔十行之远的。下面两条批雪芹自题一绝,特别是其中"一把辛酸泪""谁解其中味"句意的眉批就是如此。此二批本该分开的,还连抄了;该连着的,却分开了。经校改后,抄录如下:

> 能解者方有辛酸之泪哭成此书。——壬午除夕。

> 书未成,芹为泪尽而逝。余尝哭芹,泪亦待尽。每意觅青埂峰再问石兄,奈不遇癞头和尚何? 怅怅! 今而后,唯愿造化主再出一芹一脂,是书何幸,余二人亦大快遂心于九泉矣! ——甲申八月泪笔。

前一条是说怎样的人才可能写成此书,是揭示性、说明性的;后一条是记此书未成的憾恨,是记叙性、抒情性的。二批虽都与"辛酸泪"有关,但性质不同,绝不应相混。至于"壬午除夕"四字属上批,是所署时间,不属下批,非"书未成"的时间状语,我在其他文章中已有说明，不再赘述。现在，我们把注意力集中到后批的"余二人"上，看如何解释方妥。

一些研究者以为此批是脂砚斋所加，或者说是后来又化名畸笏叟的脂砚斋。他感慨雪芹逝世，使此书致残。但这样解释难以说通的是"再出一芹一脂"句：既然"一脂"尚在人世，如何祈求"再出"一个？又若以为"余二人"即指"一芹一脂"，难道脂砚斋已预见到自己即将离世，怎么阴阳不分地跟死者混在一起说什么"大快遂心于九泉"之类的话呢？

大多数研究者以为脂砚斋与畸笏叟并非一人，其时雪芹、脂砚都已先后逝世，故畸笏叟加批伤悼之。这看法我完全同意，只是"余二人"所指，长期以来没法落实。我曾猜过也许是畸笏和杏斋。所依据的只是毛国瑶从迷失前的靖藏本中录下的一条有争议的批语，该批云：

> 前批知者寥寥。不数年，芹溪、脂砚、杏斋诸子皆相继别去。今丁亥夏，只剩朽物一枚，宁不痛杀！（按：庚辰本亦有此批，但无中间"不数年"那句列出三个名字来的话。）

从此批看，熟知小说创作情由的，连畸笏自己共四人。既然"甲申（1764）八月"（据"夕葵书屋"本存条文字）芹、脂已相继故去，那么只有杏斋和畸笏二人了；到丁亥（1767）夏，连杏斋也相继死了，岂非"只剩朽物一枚"？这样解释，似乎也通。但仍有两大疑点：一、杏斋何许人？除此批外，再也未见有别处提到；二、他和畸笏是什么关系？畸笏怎么就能不加说明地把他拉在一起而向人宣称"余二人"？所以总觉得不对头，但又无从去找更合理的另一个。

我思索了很久，直到忽记起另有一条批语也说过"余二人"，于是找出来对照，联想曹頫的处境及其与雪芹的父子关系，就豁然开朗了，原来"余二人"就是"我们做父母"的意思。

那是在第二十四回，贾芸来到母舅卜世仁家，打算向开香料铺的舅舅赊些冰片、麝香用，却被舅舅冷嘲热讽地数落一顿，赊欠不着，倒受了一肚子气。有侧批云：

> 余二人亦不曾有是气。

俞平伯以及有些研究者，说畸笏叟大概是雪芹的舅舅，便是从这条批语得出来的。其实，不能作这样的推断，这完全看反了。因为书中描写的是贾芸受舅舅的气，而不是舅舅生贾芸的气。再说，舅舅叫卜世仁，谐音"不是人"；在此批之前之后，还有一些应同为畸笏所加的侧批，在提到卜世仁姓名时，说：

> 既云"不是人"，如何肯共事？想芸哥此来空了。

在写到舅舅教贾芸低声下气，去跟贾府大房里的"管家或管事的人们嬉和嬉和，也弄个事儿管管"时，批道：

> 可怜可叹！余竟为之一哭。

在写到"贾芸听他唠叨得不堪，便起身告辞"时，批道：

有志气，有果断。

畸笏的态度十分明显。贾芸之娘舅的可憎可恶的势利嘴脸，在书中被雪芹刻画得入木三分，批书人何至于反而去对号，说此处之舅舅是写自己呢？所以，说畸笏是雪芹舅舅，是没有理由，也站不住的。

如果畸笏是曹頫，那就解释通了。曹頫被释放恢复自由后，家里除多了一个吃饭的"废人"外，并不能在经济上为全家减轻负担，上有老母寡嫂，下有垂髫童稚，夫妻二人常要向人告贷赊欠以救急，是在情理之中的。借赊之事不可能总顺利，焦急、失望、气恼也会常有。但曹頫毕竟是曾有来历的，即使遇到的是势利眼，也不过遭拒绝而已，大概还不至于受人嘲弄而深感屈辱，像曹雪芹笔下经艺术强化了的贾芸受侮时的狼狈处境。所以才说，我们做父母的虽也常常要向人告贷求助，但还不曾受过这样的窝囊气。批语实是赞雪芹写卜世仁这样的势利小人的可恶，十分成功。

再回头看本节开头引出的后一条眉批，也就顺理成章了。批语先说"书未成，芹为泪尽而逝"，这是要记述的主旨。接着便说"余尝哭芹，泪亦待尽"。雪芹英年早逝，亲友们当然都会伤悼，可除了亲生父母，又有谁会日日夜夜地恸哭不已，以至到"泪亦待尽"的地步呢？爱子以血泪生命写成的奇书，不幸成了残稿，此恨绵绵，如何弥补？遂生"造化主再出一芹一脂"，使此书得以完璧问世之想。若果能如此，我们做父母的也就死而无憾了。——这话是任何人都可随便说的吗？倘非身为父母，只是一般的亲友，会说出"大快遂心于九泉"这样极重的话吗？

### 四　谁能说赦就赦说删就删呢？

关于秦可卿致死的情节，雪芹原来写的与今天我们见到的不一样，这一点几乎人人都已不同程度地知道。研究者得出这个结论的主要依据，就是自称"老朽"的畸笏叟下面这条批语：

"秦可卿淫丧天香楼"作者用史笔也。老朽因有魂托凤姐贾家后事二件，岂是安富尊荣坐享人能想得到者；其事虽未漏，其言其意，令人悲切感服，姑赦之。因命芹溪删去遗簪、更衣诸文，是以此回只十页，删去天香楼一节，少却四五页也。

上引文字是据靖藏本批语，参甲戌本批语，互校而成的。甲戌本至"因命芹溪删去"为止，作一条，并无"遗簪、更衣诸文"六字；末了"此回只十页……"等语，另作一条。但主要的意思，二本之批完全一样。我们要研究的还是畸笏的身份，即他与雪芹的关系。

有三点值得注意：

（一）所言秦氏魂谈"贾家后事二件"即应了"树倒猢狲散"俗话，败落之后，第一，祭祀的钱粮谁出；第二，家塾的供给谁给，都没有着落。如果及早规定交纳定例，多置族内共有田产，则祖宗祭祀可以不绝，子孙退可务农读书。这种事对一般读者来说，兴趣是不大的，读了也印象不深。可是对曹家人来说，就完全不同了。小说中秦氏的预见，大概在现实生活中会是曹家事后悔恨时总结出的教训。

你想，像贾氏祭宗祠那样规模的祭祖，曹頫事败后，因钱粮无人出，大概不会再有了。

务农，虽未必是自己下田，多半是雇人、收租，但得有田，曹家的私田都入了官，何况雪芹也不愿去"补地之坑陷"，读书的机会也丧失了。所以雪芹才靠自学发展其文学天才，且成了个杂家。凡此种种，曹家的当家人曹頫感受是最深的，所以读到这一段文字才会"悲切感服"。

（二）原稿中秦氏"淫丧"情节，本是曹雪芹以太史公著《史记》精神，"秉刀斧之笔"之所为，非畸笏出主意要他写的。书既是别人写的，写不写"淫丧"，是否从刀斧之笔下赦免秦氏，关您"老朽"什么事？怎么您就可以说"姑赦之"呢？难道雪芹没有写作自主权，非听您不可，您对他有那么大的权威？是的，因为这位"老朽"就是曹頫，书是他儿子写的。从封建纲常"父为子纲"的伦理关系看，这就完全不足为怪了；做父亲的是有资格代表儿子说话的，他说赦免秦氏，你就得赦她。还记得脂砚斋曾说雪芹得"严父之训"吗？

（三）"因命芹溪删去"，你掂量掂量，这是与雪芹什么关系的人才能说出来的话。

有的研究者硬是要往雪芹的女友或妻子身上扯，叫人无法理解。雪芹无论是写或是删这段情节时，至多也不过二十几岁，他哪来自称"老朽"的女友或妻子呢？就算批语是若干年后才写的，她还能老到哪里去？这且不去说它。又以为"命"字未必只有上对下、长对幼、尊对卑才可用，也有很一般的用法，相当于"教""叫"之类；还举小说中钗、黛辈在诗会酒宴上闹着玩时也用过"命"字来作为例证。要这么说，丫头鸳鸯还充当过"三宣牙牌令"的主将呢！

其实，看"命"字在什么具体情况下用，就不会搞错。它是紧接着"姑赦之"而来的，能赦免别人罪的，还不是尊长、有权威者？退一步说，就算它只等于"教""叫"，"我教他把杯子递过去"与"我教他删掉书中写好这段情节"也还是不一样的。后一种情况，用今天的习惯用语说，必定是"建议删去"或"请考虑是否删掉更好些"之类的话，哪能如此不客气地直截了当用一个"命"字，而雪芹也完全听"命"于他？我以为即使是雪芹的舅舅、叔叔、兄长，也不会如此说话。

有人说，雪芹接受意见是有原则的，如果他不同意删掉秦氏"淫丧"情节，是不会因畸笏说了，便删改的。这话也许有部分道理。因为只点出些令读者疑心的细节，本也是一种"不写之写"的手法，在揭露此类丑事上，留下一片烟云模糊之处，未必没有它的好处。但这是另一个问题，丝毫不影响我们判断如此居高临下、老气横秋说话的畸笏就是雪芹的生父曹頫。

#### 五　常提及雪芹儿时情状

畸笏叟的批，多为眉批或侧批，也有一些是回前后的批，没有脂砚所特有的双行夹批。从这些眉、侧批中，我们发现畸笏提到雪芹早年事情的批特多。如第八回在"再或可巧遇见他父亲，更为不妥"句旁，有侧批云：

> 本意正传，实是囊时苦恼，叹叹！

"叹叹"是畸笏的习惯用语，能知作者儿时此类苦恼的，莫过其父。同回写到"贾母又与了一个荷包并一个金魁星"，又有批说：

> 作者今尚记金魁星之事乎？抚今思昔，肠断心摧。

从"尚记"二字推想，雪芹当时一定还幼小。我揣测曹頫在获释（雪芹八九岁）后，曾携雪芹去探望在京的某祖上老亲故交，对方老太太给雪芹一个金魁星作见面礼。这在曹頫看来是很大的面子，所以印象很深。但雪芹是否记得还难说，写这种细事，未必非凭自己经历不可。那时，曹頫已沦为贱民了，想想自家过去的荣华，一定感触良多，故有"肠断心摧"之语。

第三十八回，在写到"便命将那合欢花浸的酒烫一壶来"时，有批说：

> 伤哉！作者犹记矮𩣡舫前以合欢花酿酒乎？屈指二十年矣。

可惜批语虽有"二十年"之数而未署年份，不然便可据此而推算出是何年的事。估计雪芹可能十二三岁左右，若相差不远，是应仍随家人居住在北京崇文门外蒜市口"十七间半"内。矮𩣡舫，当是他们为形似舫船的小屋所起的室名。

第四十一回，栊翠庵妙玉请诸人品茶一段，靖藏本有批说：

> 尚记丁巳春日，谢园送茶乎？展眼二十年矣！——丁丑仲春，畸笏。

这条有署名及确切年月的批语，似是与上一条同时所加。对判断雪芹逝世之享年有参考价值。"送茶"时的丁巳是 1737 年，雪芹是十二三岁；加批时的丁丑是 1757 年，雪芹已三十二三岁了。若按有些研究者总好从雪芹享年多的去算，说他活了四十八九岁，死于"壬午除夕"，这就要比说他享年四十、死于甲申春的大上十岁。从"合欢花酿酒"或"送茶"二事看，似皆属幼年之所为，故问其"尚记……乎"或慨叹其"犹记"，这与雪芹十二三岁的年龄恰好符合。若雪芹是二十二三岁，则已成人，再玩"合欢花酿酒"游戏或给人"送茶"，恐怕都不太合适吧。所以我说雪芹甲申春死时恰好"四十年华"之说合理而可信。从二批来看，畸笏是始终亲近雪芹并对其幼年琐细小事都有记忆的人，这个人不是闲居在家里的父亲又能是谁呢？还有第二十回，批玩赌钱游戏说："实写幼时往事，可伤。"批输了一二百钱时说："作者尚记一大百乎？叹叹！"亦属此类。

第七十五回，宝玉因贾政在座，特别拘束，本来要说笑话的，想想这也不是，那也不是，只好不说。有批说：

> 实写旧日往事。

孩子怕父亲是很普遍的，未必一定是实写往事，倒是从畸笏批可察觉出做父亲的这种特殊情结。

对同一情节，脂砚的批就是隔了一层的第三者说的话了。诸如"非世家曾经严父之训者，断写不出此一句"，"非世家公子，断写不及此"等等，让人误以为作者过去曾享受过富家子弟的生活。畸笏才是真正了解雪芹儿时情况的，知道他从懂事的时候起，就没有过上一天好日子，所以他的批语也从来不谈这些，不会让人产生这方面的错觉。

当然，脂砚斋对雪芹以往的情况也有一定的了解，只是时间都比较晚。比如第四十八回，薛家人谈论薛蟠出门去做生意，说是"到了外头，谁还怕谁，有了的吃，没有的饿着，举眼无靠，他见了这样，只怕比在家里省了事也未可知"。有脂批说：

> 作书者曾吃此亏，批书者亦曾吃此亏，故特于此证明，使后人深思默戒。——
> 脂砚斋。

我们由此知道雪芹也曾一度出门去谋生，举目无亲，结果吃了亏。这很可能是脂砚听雪芹自己说的：就算脂砚自己了解情况，甚至他们相约出门，也总是在雪芹长大后，能独立生活时的事。对雪芹的幼年情况，脂砚斋还是惘然无所知的。以往研究脂评的人，总是分不清某条涉及作者经历、家世的批评，是脂砚斋的还是畸笏叟的，常常一股脑儿算作脂砚斋的，这一来，自然难以理清头绪，得出正确的结论来。

### 六  对曹寅时代的事也常提及

曹頫是曹寅从小在江宁带大的，曹寅因政务有较长时间去扬州，也就带上他。可见彼此感情是很深的，与亲生父子没有什么两样。曹頫后来批雪芹书提到曹寅，总十分动情。

第十三回，秦可卿死后，写到"另设一坛于天香楼"时，有两条批语，一条是前面提到过的"删却！是未删之笔"；另一条唯见于靖藏本上的，说：

> 何必定用"西"字？读之令人酸鼻。

据批语抄录者毛国瑶说，靖藏本上"天香楼"三字作"西帆楼"，故有是批。这是不是雪芹听了要他删却此句的意见后所作的改笔，而畸笏仍有意见，以为不必定用"西"字。不过此句作"西帆楼"的文字，并没有在任何版本上保存下来，除了据说在已迷失的靖藏本中有，这就成了疑案。此外，改笔易楼名中有"西"字，畸笏又忌讳用，按逻辑推理，"天香楼"事当亦取材于雪芹祖父曹寅时代的家中传闻。

因为是丑事，所以畸笏才忌讳"西"字，以免刺痛他伤逝的怀抱。曹寅在世日，其江宁织造署内之居处，多用"西"字命名，如署内花园称"西园"，园中又有"西池""西亭"等。此外，曹寅室有"西堂""西轩"；诗集有《西轩集》，词集称《西农》；自号"西堂扫花行者"，人称"西堂公"等等。总之，"西"字几乎成了曹寅的标志性字眼，所以曹頫才会触"西"生情。

若在另一种情况下，畸笏或者就说曹頫不但不讳，反而会责怪雪芹为什么不用"西"字。第二回，贾雨村与冷子兴闲聊，谈起贾家在石头城的老宅，说到"就是后一带花园子里"时，有批云：

> "后"字何不直用"西"字？

大概畸笏觉得小说在这种读者不会注意的细节处，不必故意变幻，隐去真事，倒不如直接说"西边花园子里"更有纪念意义。有趣的是另有一位批书友人见畸笏此批后，接了一句批语在后面，作为回答（甲戌本连抄成一条，其实是不同人批的两条），说：

> 恐先生堕泪，故不敢用"西"字。

这就和第十三回畸笏批"西帆楼"的话对上了。因为畸笏一见"西"字，便"酸鼻"，动感情，可现在却又要作者"直用'西'字"，所以那位后批者跟他开个玩笑，调侃他；言下之意是劝他不必如此容易伤感。

第五回，批《飞鸟各投林》曲说：

> 与"树倒猢狲散"句作反照。

这句俗话是曹寅常说的口头禅。如施瑮《病中杂赋》诗有"廿年树倒西堂闭"句，自注云：

> 曹楝亭公（寅）时拈佛语，对坐客云："树倒猢狲散。"今忆斯言，车轮腹转。（《隋村先生遗集》卷六）

第十三回，批"应了那句'树倒猢狲散'的俗语"句，又说：

> "树倒猢狲散"之语今犹在耳，屈指三十五年矣！哀哉伤哉，宁不痛杀！

因为话是曹寅说的，有研究者就从曹寅卒年计算起，这没有道理。这句俗话又不是曹寅的临终遗言，既是口头禅，他今年说了，去年也会说，前若干年也可能说，根本无法"屈指"计算。原来批语是针对"应了那句……俗语"而说的。所谓应验之时，就是曹𫖯获罪抄没、家破人亡之日。那是在雍正六年（1728）初；数到第三十五个年头，为乾隆二十七年壬午（1762）。是年畸笏的批最多，光署明时间的，从"壬午春"到"壬午除夕"，就多至四十三条，还有未署年月的。此批纪年明确，故不必再署。叹"哀哉伤哉"的，也许可以说不一定非曹𫖯本人不可，但说"宁不痛杀"的，就不像是别人也会说的话了；至于扳着手指头在算这个黑色日子的，真是非曹𫖯莫属了。

康熙南巡，曹寅四次接驾，将织造署改建为行宫，是载入清史册的大事。曹𫖯自然最了解，所以他加的有关的批不少。如第十六回有批说：

> 借省亲事写南巡，出脱心中多少忆昔感今！

又有批说：

> 大观园用省亲事出题，是大关键处，方见大手笔行文之意。——畸笏。

批"只预备接驾一次"句说：

> 又要瞒人。

这是畸笏在对照曹家实事，故有此语。又批"还有如今现在江南的甄家"句说：

> 甄家正是大关键、大节目，勿作泛泛口头语看。

这是在提醒读者，作者要说真事了。甄，即"真"；在书中具体描写的贾家事，往往是假的，却以甄家来点真事，故曰"大关键、大节目"。又批"独他家接驾四次"，说：

> 点正题正文。

这是说，作者用这样看似随口带出来的话，来点明他心中真正想要说的意思，所以也是最紧要的文字。批"'罪过可惜'四字，竟顾不得了"句说：

> 真有是事，经过见过。

若非上了年纪的曹家成员，无论他是什么舅舅、叔叔，能在织造署中（也是曹寅及其家属当时的居处）亲自"经过见过"康熙南巡吗？

再如第二十八回，写宝玉与冯紫英、薛蟠及锦香院妓女云儿在一起喝酒行令，有这样几句话："我先喝一大海（大碗称海），发一新令，有不遵者，连罚十大海；逐出席外，与人斟酒。"对此，畸笏有两条批说：

> 大海饮酒，西堂产九台灵芝日也。批书至此，宁不悲乎！——壬午重阳日。
> 谁曾经过？叹叹！西堂故事。

为表现冯紫英、薛蟠等人的豪爽个性，写大碗喝酒是很自然的，亦属常事。所以书中的描写未必一定如批书人所言是取材于作者出生很久之前爷爷时代的故事。但这无关紧要，关键在于批书人是亲自经历过曹寅时代西堂中"大海饮酒"的一次宴会的；也许就是为庆贺西堂种植的灵芝忽然长出九层枝瓣的祥瑞而举行的吧。这又不会是随便找出一位亲友中的长者来就有条件参加的。凡此种种，目标无不都指向曹頫。

## 七　抄家留下难忘的记忆

雍正皇帝下旨抄没曹頫家，时间是雍正五年十二月二十四日，将递送密旨行程和到达江宁后部署策划的时间加起来，负责执行的范时绎实际动手查抄的时间，是可以有个大体上推算的，具体日期虽说不太准，但应在正月元宵节前夕，这已是不少研究者的共识。这一点也是可以从畸笏批语中得到印证的：

第一回，甄士隐拖三岁女儿英莲看街上热闹，遇一僧一道，那僧人一见就大哭，要士隐把女儿——所谓"有命无运，累及爹娘之物"舍给他。士隐不理睬，他就大笑起来，念了四句诗：

> 惯养娇生笑你痴，菱花空对雪澌澌。
> 好防佳节元宵后，便是烟消火灭时。

在甲戌本中，"好防佳节元宵后"句旁，有侧批说：

> 前后一样，不直云"前"而云"后"，是讳知者。

癞僧的诗是对甄士隐说的，暗示两件事：第一，痴心疼爱的女儿英莲，从元宵节后，要改变命运，只能过悲惨生活了；第二，甄家又被突如其来的一场大火烧得精光，"只有他夫妻并几个家人的性命不曾伤了"。两件事是连着发生的（本是同一件事，今分作二事写），对甄家来说，真可谓一败涂地，"烟消火灭"。

大家知道，写在小说开头的甄士隐的故事，有点像话本中的"得胜头回"，是整部书故事情节象征性的缩影。所以，"烟消火灭"与"落得片白茫茫大地真干净"都同样象征贾府的彻底败亡；同样，甄英莲也是群芳薄命的象征。可曹雪芹高明处，还在于这个小故事又可成为曹家真实遭遇的象征，是所谓"一击两鸣"的。而批书的畸笏更着眼于后者。

甄英莲被父亲抱着看街，见僧道时，是夏天，书中说她"年方三岁"，过了年到元宵，虚岁是四岁；作者曹雪芹卒于甲申（1764）春，享年四十（古以虚岁算），往上推，当生于雍正三年（1725），到抄家的雍正六年（1728），恰巧也是四虚岁，从此改变了命运。这是偶然的吗？我以为并非偶然。当然，我不是像有些人一说到小说中某一艺术形象用了某人的真事，便以为这形象整个地是在影射某人。曹雪芹与甄英莲相同处，只是也从三四岁起，过着苦日子，成了"有命无运，累及爹娘"要为他操心的人而已。他倒并没有从小被人贩子拐卖等等的事。

畸笏对他家被抄事发生在元宵前夕，记得太清楚了，也只有曹家的人才能记得那么清楚。他拿小说与现实去对号，这才批道：元宵"前"与元宵"后"其实是一样的，这里不说"前"而说"后"，是为了不让知情人看出这里隐去的真事。对这个倒霉日子有如此刻骨铭心记忆的人，怕是在曹家也不多吧？

第十三回末尾，凤姐受贾珍之托，准备协理宁国府、操办秦氏丧事前，曾在家细细分析宁府种种弊端，她归纳为五条，畸笏有眉批说：

> 旧族后辈受此五病者颇多，余家更甚，三十年前事见书于三十年后，令余悲恸，血泪盈面。（甲戌本眉批）

> 读五件事未完，余不禁失声大哭，三十年前，作书人在何处耶？（庚辰本眉批）

这里"三十年前事"，显然等于说"事败抄没之前的事"。这样，从雍正六年（1728）起，数到三十，应是乾隆二十二年（1757）丁丑。这一年正是畸笏加批之年，其批"谢园送茶"一条，即署作"丁丑仲春，畸笏"；只不过在"壬午"年之前，他的批署名号、时间极少见而已，但实际数量并不少。

从"血泪盈面""失声大哭"等语看，批书人必定是所举种种弊端的受害者、事败抄没的亲历者，而不可能仅仅是这一事件的旁观者。他读此五件事，怅触感伤不已，恨不能早早听到如此洞察弊端的话，现在再引以为戒也晚了，故叹云："三十年前，作书人在何处耶？"意谓三十年前，为什么没有这样的作书人呢？或谓作书人若能早三十年前写此书多好！总之表示以不能早读到此书为恨。有人断章取义说，既言"三十年前作书人"，则书作于三十年前无疑，以此否定曹雪芹是此书的原作者，这实在是极大的误解。这里的问句只是表示感叹，是根本无须回答的。"作书人在何处耶？"既与作书人当时是否已出生或已逝世无关，更与他居住在何处不相干。这种以问句表感叹的用法，在诗文中是常见的，如李贺写冬季宫中寒冷说："御沟冰合如环素，火井温泉在何处？"（《河南府试十二月乐词·十一月》）即是。

我们难道不能从畸笏如此追悔莫及的嗟叹中看出他的实际身份吗？

## 八　对作者行文妙处留语慰勉

在脂砚斋批语中，曹頫常被称作"严父"，其实，严父也有慈爱的一面，当雪芹写出实在精妙绝伦的文字时，他除得意外，也会情不自禁地流露出父子间的脉脉温情。

第二十七回，写黛玉葬花一段，畸笏有条批，两种本子略有不同：

> "开生面""立新场"，是书多多矣！唯此回更生更新。非阿颦断无是佳吟，非石兄断无是情聆赏。难为了作者了。故留数字以慰之。（甲戌本眉批）

"开生面""立新场",是书不止《红楼梦》一回,唯此回更生更新。且读去非阿颦断无是佳吟,非石兄断无是章法行文,愧杀古今小说家也。——畸笏。(庚辰本眉批)

此外,靖藏本亦有此条,其结尾说:"难为了作者,且愧杀古今小说家也,故留数语以慰之。"很显然,这是把两种不同结尾都凑合在一起了,语句不顺畅,接合痕迹宛然。

批语开头六字,取自甲戌本第五回回目:"开生面梦演红楼梦　立新场情传幻境情"。由此可证,甲戌本上此回回目是作者原拟的,这也符合雪芹对仗常用叠字的习惯,到庚辰本,此回回目被人改成"游幻境指迷十二钗　饮仙醪曲演红楼梦",却仍过录了此条批语,这一改,开头三四句就有点不知所云了。

可以看出,甲戌本的批语写得比较早,雪芹尚健在,故畸笏有"难为了作者了,故留数字以慰之"的话。庚辰本上的批语,大概是雪芹逝世之后,畸笏再整理自己的批语时,改写了几句已不适用的结尾。批语所考虑的阅读对象也因此而改变了,本来主要是写给作者看的,经改写后成了给一般读者看的了。

能窥见畸笏与雪芹之间关系的,只有甲戌本上的批语;它话虽不多,但字里行间都透露出作为父亲的畸笏的欣喜和对辛苦写书的孩子的一片爱心。

### 九　特别关心书稿与有权保存遗物

从种种迹象看,在曹雪芹的成书过程中,畸笏叟都扮演着书稿总管的角色,有时此总管的权力还很大。这是合乎情理的。在封建时代,连儿子本人也属父母所有,儿子写成的书稿,当然在很大程度上可算作是做父亲自己的东西,除了不改变书的作者是曹雪芹这一名义。

再说,此书虽则只是以虚构的故事情节、人物形象为主的小说,而非曹氏家史,但作者要表达的感受、想象的基础和情节发展的主体架构,却来自现实生活,特别是自己家庭今昔变化的种种见闻,同时又花去雪芹十年心血,所以,书更与曹家息息相关。畸笏也因此自始至终都在关心此书的写作情况,并加入到书稿的加批、誊清、校对等整理工作的进程中去。从雪芹曾遵其命删去天香楼情节一事看,畸笏无疑是最早的介入者,当然,可能还有雪芹早逝的弟弟棠村。

小说的第十七、十八回,甲戌本缺,己卯、庚辰本未分开,只作字数特多的一长回,回目也只是一个,叫"大观园试才题对额　荣国府归省庆元宵"。回前有一批说:

此回宜分二回方妥。

这条较早的批语完全是对作者说的。希望他最后再考虑将此回分开,所以极可能是畸笏加的。这种有偶尔存在长回的现象,说明作者在写作时,不是先一一拟妥回目文字和回次,而只是草拟一个像回目草稿似的情节提示,或叫写作提纲,待写完初稿后,再分回拟目或调整初拟的章回的。如果原先只打算写一回的,写得长了,就可以分成两回。除第十七、十八回外,第七十九、八十回的情况也是如此。在列藏本中,就还没有分开,第七十九回是其最后一回而内容却包括了第八十回。我说过,作者生前没有把书上的批语都看一遍,去做改正讹误、补上缺漏、统一体例等扫尾工作,所以后来的调整分回和重拟回目的那部分工作，都是别人做的，非出自作者之手。

第二十二回，贾府上自贾母，下到姊妹兄弟，都制春灯谜，到惜春谜止（谜底尚未揭晓），后面就破失了，不知还有什么人做什么谜，回目上说"悲谶语"的贾政也没有看完。畸笏便在惜春谜上加眉批说：

> 此后破失，俟再补。

以后，畸笏又先后加两批于回末，说：

> 暂记宝钗制谜云：
>
> 　朝罢谁携两袖烟，琴边衾里总无缘。
> 　晓筹不用鸡人报，午夜无烦侍女添。
> 　焦首朝朝还暮暮，煎心日日复年年。
> 　光阴荏苒须当惜，风雨阴晴任变迁。
>
> 此回未成而芹逝矣，叹叹！——丁亥夏，畸笏叟。

（庚辰本眉批。靖藏本"此回未成"作"此回未补成"）

现在看到的本子上，惜春谜后至回末，各种版本的文字包括谜语都颇有差异，除宝钗之"朝罢谁携"七律一首是畸笏凭记忆写出或据曾抄录此谜者抄得或雪芹自己告诉他的原稿文字外，其余均属后人增补文字。甲辰本还将宝钗谜改属黛玉，并加批说："此黛玉一生愁绪之意。"又另增宝玉镜谜和宝钗竹夫人谜而加批说："此宝玉之镜花水月。""此宝钗金玉成空。"可见较晚的甲辰本已有后人之批混入脂批内。程高本此处文字则全据甲辰本。有人说："朝罢谁携"一谜，从文字含意看，本该属于黛玉，畸笏谓"宝钗制谜"，当是误记。其实不然，畸笏并未搞错。因非本文讨论范围，此谜之解释和当属谁问题，请参见拙著《红楼梦诗词曲赋鉴赏》（中华书局 2001 年版）。

畸笏对书稿是否完好无损的关心，于此可见一斑。

第七十五回"赏中秋新词得佳谶"，回前又有畸笏批云：

> 乾隆二十一年五月初七对清。缺中秋诗，俟雪芹。
> □□□开夜宴　发悲音
> □□□赏中秋　得佳谶

乾隆二十一年丙子为 1756 年。此回内写宝玉、贾兰、贾环三人中秋夜都作了诗，却不见诗作。从诗递给贾政看后，都接"道是""写道是"字样，对诗作还有评论，回目还点出"得佳谶"来看，可知非略去；今有畸笏批证明是尚缺待补。回目对句的每句中间缺二字，似最初尚未考虑停当；今已用"异兆""新词"字样补足，但不知是否出自雪芹之手。

这些批语可看出畸笏校对工作的主动、细致、认真。

再有一件事也看出畸笏对此书的热情。第二十三回，"黛玉葬花"一段，先有批说：

> 此图欲画之心久矣，誓不遇仙笔不写，恐亵我颦卿故也。——己卯冬。

己卯冬是脂砚斋加批的时间，可知脂砚早有心请一位高手来为"黛玉葬花"作画，但心愿未能实现。畸笏见批后，便将此事放在心上，也一直在为此物色对象，直到七八年后，雪芹、脂砚都已在此之前相继过世，他还为错过一次好机会而遗憾地加批道：

> 丁亥春间，偶识一浙省新发，其白描美人真神品物，甚合余意。奈彼因宦缘所缠，无暇，且不能久留都下，未几，南行矣。余至今耿耿，怅然之至。恨与阿颦结一笔墨缘之难若此。叹叹！——丁亥夏，畸笏叟。

陈庆浩兄谓："按一般以此'浙省新发'为余集。余集（1738—1823），字蓉裳，号秋室，浙江仁和人。'乾隆时以白描美人著称于世。'乾隆三十一年丙戌进士。"……丁亥年（1767），为余集中进士的次年，时年三十岁。

此事又见畸笏为此书增色之心，久而弥坚。

再就是丁亥年他对此书有"五六稿被借阅者迷失"所造成的不可弥补的损失的清点和慨叹。因为后面谈书稿致残时还要详说，这里就略去不说了。

此书的作者手稿和八十回后未抄出的残稿，雪芹死后，一直保存在畸笏手中，这是可以由他还在继续于书稿上加批语证明的。雪芹死于甲申春，畸笏的"甲申八月泪笔"，即是雪芹逝世半年后所加（"甲申八月"在甲戌本上抄成"甲午八日"，因有夕葵书屋本留下此批残页可校，知"甲午"为"甲申"之讹，"日"为"月"之讹）。丁亥年批甚多，这已是作者卒后三个多年头了。

靖藏本有未明其所在正文的长批（陈庆浩兄《辑录》中暂系于第十七、十八回中），引庾信《哀江南赋序》一大段文字，然后说：

> 大族之败，必不至如此之速，特以子孙不肖，招接非类，不知创业之艰难。当知"瞬息荣华，暂时欢乐"，无异于"烈火烹油，鲜花着锦"，岂得久乎？戊子孟夏，读《庾子山文集》，因将数语系此。后世子孙，其毋慢忽之！

曹頫被抄家问罪的公开罪状，我们可以从历史档案中查到，但东窗事发与事态发展的细微曲折原因，并不是我们弄得清楚的，而它有时恰恰可以起着关键性的作用。这里"子孙不肖（像是有自责之意），招接非类"八字，或许真是推究其中隐情的一条重要线索。署年"戊子"，于此初见，为乾隆三十三年（1768），已在雪芹去世四年之后，其时，畸笏应是古稀老人了。

从以上所引材料看，畸笏对书稿的整理状况是极为关心的；对一部本已完稿了的大书最终致残的痛心和憾恨又是那么的强烈，你说，这位畸笏老人该是谁呢？

特别是雪芹逝世后，作者身后留下的手稿已成唯一最重要的遗物，其所有权不属于他最至亲的家属又该归谁呢？畸笏若不是曹頫，他在雪芹在世时，或可代他保管书稿，作者死后，他还能不归还作者家属而长期占为己有吗？而且年复一年地继续在上面加批，毫无顾忌地向世人公开宣示：书稿已归他所有，这实在是不可想象的事。

### 十　自号"畸笏"的含义可思

曹頫为什么要自号"畸笏"呢？它究竟有什么含义？

"畸"，有残、废、零落、不偶等义。"笏"，是臣僚朝见皇帝时用的板子，通常用木、竹制成，也有用象牙的，可视作为官者的标志；如家中为官者多，就说"笏满床"。二字组合在一起，意思与丢了官的人或没落世家相近；也与小说中所写"为官的，家业凋零"差不多。曹頫获罪革职后用以自号，最切合其身份。

再从另一个角度看，曹頫在押时，因无力赔补"骚扰驿站"须交出的欠银，长期受"枷号"之苦，落得身体受伤致残，故自称"废人"。"畸"，亦即残废；"笏"与"頫"可谐音，则"畸笏"岂不就是"废人曹頫"了吗？

综上所述，我的结论是：无论从哪一方面看，畸笏叟都只能是曹頫。

**2003 年国庆黄金周北京—浙江旅次**

# 解读脂评"索书甚迫"条

庚辰本第二十一回，写宝玉"趁着酒兴""续"（现代人叫"活剥"，即"套"或"改"）《庄子·胠箧》一段文字后，"掷笔就寝"，次日早晨黛玉走来，见了"不觉又气又笑"，就提笔写了"无端弄笔是何人"一绝讥刺他。在这段情节之上，足足占了三面书眉的篇幅，写有一条长批，其中提到"索书甚迫"事，引起了一些研究者的兴趣，但因解读不同，得出的结论自然也各异。比如有人以为"索书"者是书稿的作者曹雪芹自己；也有人以为是奉乾隆皇帝之命来索要此书者。由此而引申出来的说法，哪能一样？

这本是一桩无法找到实据来查证的公案，就像我们无法确证曹雪芹早年由其弟棠村作序的《风月宝鉴》究竟是一部怎么样的书一样。所有各种说法都只能是揣测，其可信的程度和参考价值，全凭你所举的理由是否能成立。在述说我们对此条脂评理解之前，为了便于探讨，还是先将它引录如下：

> 赵香梗先生《秋树根偶谭》内，兖州少陵台有子美祠，为郡守毁为己祠。先生叹子美生遭丧乱，奔走无家，孰料千百年后，数椽片瓦，犹遭贪吏之毒手，甚矣才人之厄也！因改公《茅屋为秋风所破歌》数句，为少陵解嘲："少陵遗像太守欺无力，忍能对面为盗贼。公然折克作己祠，旁人有口呼不得。梦归来兮闻叹息：白日无光天地黑。安得旷宅千万间，太守取之不尽生欢颜，公祠免毁安如山。"读之令人感慨悲愤，心常耿耿。

> 　　壬午九月，因索书甚迫，姑志于此，非批《石头记》也。为续《庄子因》数句，真是打破胭脂阵，坐透红粉关。另开生面之文，无可评处。

脂评原有几个形讹的错字，已参考陈庆浩兄的校文作了改正。赵香梗及其著作未详，估计有可能是比批书人的畸笏叟（壬午年的批都是他加的）略早一点的清代人。脂评的格式是按原样抄的，即"壬午九月……"一段比前面文字低一二格，应是前段的跋文，犹脂评后的署年月、名号，所以应视作同一条批，而不是彼此无关的两条批。

可是，历来研究者大都把它当成两条批来对待。后一段文字因有"索书甚迫"四字，颇为惹眼，为大家所关心，引用频率较高，且各有对"索书"者为谁的猜测；而对前一段文字，最早作出解释的是俞平伯先生，他在《脂砚斋红楼梦辑评》头版中注明"此批与本书无涉，疑为作者自为"[1]。另外吴小如在 1962 年 6 月 5 日《光明日报》、吴恩裕在《有关曹雪芹十种》、吴世昌在《红楼探源》亦对此批作过分析。如吴小如认为"索的

---

① 俞平伯：《脂砚斋红楼梦辑评》，上海文艺联合出版社 1954 年版。

'书'是《秋树根偶谭》，'索者'是一位偶谈的所有者"[1]。吴恩裕先生则认为"（脂砚斋）因为欣赏曹雪芹续庄子续得好，而是时又适值雪芹索书甚急，于是就把使他感动的赵'改'的杜诗也抄在《石头记》书端，给雪芹看看，这当然'非批石头记也'"[2]。而吴世昌先生则说："很显然，壬午九月向脂砚'索书甚迫'的正是作者。从这条说明，可知作者与脂砚斋保持经常接触，每当几回写完或改完以后，作者就交给脂砚批评。"[3]

畸笏叟为什么要把赵香梗改杜甫诗的事批在这里呢？

首先，小说的情节触发了他的联想。因为宝玉改了《庄子·肤箧》的文字。书中所说的"续"，其实就是套或改。比如庄子说："擢乱六律，铄绝竽瑟，塞瞽旷之耳，而天下始人含其聪矣……"宝玉就说："焚花散麝，而闺阁始人含其劝矣……"庄子说："彼曾、史、杨、墨、师旷、工倕、离朱，皆外立其德而以爝乱天下者也……"宝玉就说："彼钗、玉、花、麝者，皆张其罗而穴其隧，所以迷眩缠陷天下者也。"这与杜甫歌曰"南村群童欺我老无力，忍能对面为盗贼。公然抱茅入竹去，唇焦口燥呼不得……"赵氏改为"少陵遗像太守欺无力，忍能对面为盗贼。公然折克作己祠，旁人有口呼不得……"情况是一样的，所以联想及此。

但从改庄到改杜的联想，只能说明畸笏的批语加在宝玉续庄子之后书眉上的位置是不错的，却还不能使人弄清他把"非批《石头记》"的话批在此书上的意图何在。难道说他手头的纸不够用，把小说当成了记录随感的笔记本？当然不是。

请注意，"非批《石头记》"并不是"非关《石头记》"，不但不是，关系还大得很哩，否则就不会批在书中。很显然，跋文特批出"因索书甚迫，姑志于此"的话来，必然跟那位兖州郡守将杜甫祠毁为己祠一事有着密切的联系。畸笏说那件事"令人感慨悲愤，心常耿耿"，无异在暗示"索书"事也使他产生类似的难以释怀的愤然心情。那么，这岂不是在说"索书"者的行为也像公然将少陵祠堂毁作自己祠堂的太守那样，他凭借自己的权势地位，欺侮卑贱的曹家无力相拒，企图把《石头记》索取了去，改头换面，作为自己整理、加评的一部小说吗？是的，我们以为畸笏说的正是这个意思。

如果我们的理解不错的话，那么，"索书"者就绝不可能是作者曹雪芹或批书人的脂砚斋了。他们向畸笏索要书稿，本来就是很正常的分内事，无论索要得急迫不急迫，畸笏又何须加什么批语呢？再说，因为索书急迫，就把不相干的兖州太守将少陵祠窃为己有的事"姑志于此"，哪有这样的道理？芹、脂有哪一点能与那样的事联系得上的？所以，怎么说也说不通。

那么，"索书"者有无可能是乾隆皇帝呢？也就是说使者奉旨前来"索书"？绝无可能。"壬午九月"，作者还活着，书还只限于小圈子内人知道，如明义所说"惜其书未传，世鲜知者"；尤其是八十回以后的手稿，更没有几个人看过。乾隆怎么就能知道民间有人在写此书，而且对它有如此大的兴趣呢？即便是作者逝世若干年后，八十回书已在社会上

①　吴小如：《读脂批石头记随札》，《光明日报》"东风"版，1962 年 6 月 5 日。
②　吴恩裕：《有关曹雪芹十种》，中华书局 1963 年版。
③　吴世昌：《红楼探源》，北京出版社 2000 年版。

传抄开来，要说乾隆获悉后，叫高鹗去续写后四十回，那也只能是编得很蹩脚的传奇故事，一点现实的可能性也没有。倘若真有人在壬午年奉皇命前来索书，畸笏不吓死才怪呢，他还敢公开加批语将皇上比之为"贪吏"，骂他"对面为盗贼"，说自己为之而"感慨悲愤"吗？这在情理上就更说不通了。所以《脂砚斋重评石头记》被改为《乾隆御批石头记》的事是不会发生的。

此外，怡亲王府的人来"索书"有没有可能呢？没有。怡亲王府倒确实将《脂砚斋重评石头记》前八十回抄存过，现存的己卯、庚辰本，其底本应该就出自怡亲王府。这一点研究者已从该本中避怡亲王讳加以证实。但要将怡亲王与那位贪横的兖州郡守联系起来，仍然只能说是找错了对象。

雍正曾将曹𫖯交与怡亲王允祥看管，特谕示他"诸事听王子教导而行"，还说："若有人恐吓诈你，不妨你就求问怡亲王，况王子甚疼怜你，所以朕将你交与王子。"（雍正二年曹𫖯请安折朱批）这虽是获罪抄家前的事，但据研究者揣测，后来怡亲王还可能在雍正面前为曹𫖯说情，有利于减免其罪责。所以，曹家人对怡亲王府应无恶感，怡亲王府存有《石头记》早期抄本，也是顺理成章的事。

拿今己卯、庚辰本对照正文文字最可信、最接近雪芹原稿的甲戌本来看，虽可以发现己卯、庚辰本有些字句上改错、改坏、甚至妄改的地方，但在著作权的归属（包括批书人是谁）的问题上，丝毫也没有要据为己有的痕迹。相反的，正是在这个底本出自怡亲王府的本子上，还过录了大量署有批书人年月、名号的批语。畸笏叟的许多有关作者经历、家世、创作素材来源及书稿整理情况的批语，都见之于此，也包括我们上面引出来加以讨论的这条长批。所以怡亲王府也绝不可能是"索书"者。

在排除上述几类人为"索书"者的可能后，我们将目光锁定在"蒙戚系统本"上，指的是蒙古王府本和戚本（包括戚沪本、有正大字本、有正小字本、戚宁本四种）。

一般研究认为王府本和戚本是出于同一底本的姐妹本，明显不同的只是王府本没有戚本卷首戚蓼生的序。其共同底本的形成，应该是相当早的，因为戚蓼生就是与曹雪芹同时的人。据邓庆佑兄《戚蓼生研究》（载《红楼梦学刊》2003年第1辑）引1990年新编《德清县志》云：

> 戚蓼生（约1730—1792），字念功，号晓堂，德清人。乾隆三十四年（1769）进士，授刑部主事，升郎中……

这样，他只比雪芹小六七岁，与敦氏兄弟年岁差不多。他为《石头记》作序未署年月，想亦不会太晚，其所据底本当更早些。

蒙戚系统的本子费很大心思地作了一番整理加工是非常明显的；但同样明显的，是它利用了《脂砚斋重评石头记》的成果而去掉了原书中作者与批书人彼此有密切关系和共同合作的种种痕迹。经过重新整理加工后的书，虽仍有许多批语，却好像与脂砚斋、畸笏叟、梅溪、松斋等批书人已毫无关系，甚至连《石头记》的作者是谁，也只能凭小说的叙述去推测而更无别的材料可作佐证。这具体地表现为下列几方面：

一、书名从《脂砚斋重评石头记》被改为《石头记》。

二、凡提及"雪芹""芹溪"之名号的脂批，都不选用。署时在壬午之后的批，如"书未成，芹为泪尽而逝。余尝哭芹……今而后，惟愿造化主再出一芹一脂……""此回未成而芹逝矣……"等当然没有，可不计在内外，诸如下列脂批也一概不见：

> 雪芹旧有《风月宝鉴》之书……
>
> 若云雪芹披阅增删……
>
> 余谓雪芹撰此书，中亦有传诗之意。
>
> 此等才情自是雪芹平生所长……
>
> 姑赦之，因命芹溪删去……
>
> 缺中秋诗，俟雪芹。

甚至连提及作者先祖曹寅时代事的批语："'树倒猢狲散'之语今犹在耳，屈指三十五年矣，哀哉伤哉，宁不痛杀！""借省亲事写南巡，出脱心中多少忆昔感今！""又要瞒人。"（批"只预备接驾一次"句）"点正题正文。"（批"独他家接驾四次"句）"真有是事，经过见过。"（批"'罪过可惜'四字竟顾不得了"句）"谁曾经过？叹叹！西堂故事。""大海饮酒，西堂产九台灵芝日也。批书至此，宁不悲乎！壬午重阳日。"（批"有不遵者连罚十大海"句）等，也都不选。在这些批语前前后后的批语，只要不提供曹家事具体线索的，倒有不少都被蒙戚本采用。这又是为什么？

三、将脂砚斋、畸笏叟等批书人的署名全部删除，也删除可推断批书人的署时。最引起研究者注意的是对脂砚斋署名的删除：个别处是简单的删除；大部分则是在删名处又添加上一二个字，很像是在填补删后的空缺。以第十六回为例，我们选引数条，将己卯、庚辰本与蒙府、戚序本作个对照：

1. 所谓"好事多魔"也。脂研。（己卯、庚辰本）
   所谓"好事多魔"也，奈何！（蒙府、戚序本）
2. 补前文之未到，且将香菱身分写出。脂研。（己卯、庚辰本；庚辰漏"分"字）
   补前文之未到，且并将香菱身份写出来矣。（蒙府、戚序本）
3. 问得珍重，可知是外方人意外之事。脂研。（己卯、庚辰本）
   问得珍重，可知是外方人意外之事也。（蒙府、戚序本）
4. 于闺阁中作此语，直与《击壤》同声。脂研。（己卯、庚辰本）
   于闺阁中作此语，直与《击壤》同声者也。（蒙府、戚序本）
5. 再不略让一步，正是阿凤一生断处。脂研。（己卯、庚辰本）
   再不略让一步，正是阿凤一生绝断处。（蒙府、戚序本）
6. 写贾蔷乖处。脂研。（己卯、庚辰本）
   写贾蔷乖处如见。（蒙府、戚序本）
7. 调侃"宝玉"二字妙极！脂研。（己卯、庚辰本）
   调侃"宝玉"二字妙极，确极！（蒙府、戚序本）

蒙戚本因删而添的尾巴都不大像样：例1的"奈何"，纯属无谓。例2的"写出来矣"，实在滑稽，文言文哪有这样写法的？例 3 原句中已有 "是" 字，何用再添 "也"。例 4 "者也"，也是蛇足。例 5 己卯、庚辰本 "断处" 的 "断" 是错字，甲戌本上原来是 "短处"，乃音讹。蒙戚本正要添字，便改成了 "绝断处"，难道是 "决断处" 的意思？也不对啊！由此倒也看出其过录批语的来源。例 6 本是提示性的话，加 "如见"，成了赞语。例 7 既是 "调侃"，言 "妙" 即可，何用言 "确"。周汝昌曾有过 "他好像不明白这个署名是什么玩艺儿，不但删去，而且还添上别的字充数" 的话。其实，那位删署名者并非不明白，而应该说是处心积虑。他最初所依据的原书书名明明标着 "脂砚斋重评" 字样，岂能不知？现在里里外外之名都一齐删除干净，还不是有意抹杀？至于畸笏，不但不保留其名号，就连他的批也很少选用，大概是因为他说到作者、写书和他本人的 "内情" 太多（或许索走的本子中，本来就不含有畸笏的批语）。

对揣测之所以出现删名又添字的情况，不少研究者已谈过自己的看法。比较一致的看法，认为有人对手中的抄本作了 "贴改"，而此人即为新出现的一个批书人 "立松轩"。由于他定的方针是要去掉书中一切批书人的姓名痕迹，在行侧批中出现 "脂砚" 一名时划去即可。但在双行小字批中，当将 "脂砚" 等字去掉后，双行批的位置上就多出了一些空白，这当然有些不伦不类，故立松轩就在这些空白处加上了 "别的字充数"。

四、新出现了批书人 "立松轩"。如果重新整理加工的书，一概去掉名号倒也罢了，却又署上了《脂砚斋重评石头记》中从未见过的新名号。这是在第四十一回回前题诗之下，曰：

> 任呼牛马从来乐，随分清高方可安。自古世情难意拟，淡妆浓抹有千般。
>
> 立松轩

类似这样的回前诗词曲文、回末总评还有很多，回内也有新出现的批语，因此陈庆浩、郑庆山等研究者先后把蒙戚系统内本子称之为 "立松轩本" 或 "立松轩评本"。这一来，《石头记》就改换门庭，从脂砚斋一变而成为立松轩了。

五、蒙戚本新加了许多独有的评语，回前的诗词曲文尤有自己风格。在回内加的侧批，令一般读者很难分辨出它与抄成双行夹批的脂评有什么不同。但毕竟也留下了破绽。

庚辰本的首回开头 "此开卷第一回也" 一大段文字是脂砚斋批的回前评（与甲戌本《凡例》末条文字略同），这已是许多研究者的共识。但却抄成与正文一样的格式（本应低一格抄），所以后来大多数本子都误作正文开头，蒙戚本亦如此。这段文字是没有脂评的。道理很简单，脂砚斋是不会给自己的文字加批语的。可是蒙府本却在这段文字中也加了数条侧批。其中对 "然闺阁中本自历历有人，万不可因我之不肖，自己护短，一并使其泯灭" 数句，加一侧批云：

> 因为传他，并可传我。

很明显，这里的 "他"，指的是闺阁中人；"我"，指的是 "我之不肖" 的 "我"，即作者自己。这样理解有下一页对 "三万六千五百零一块" 句的新加侧批可证，曰：

数足。偏遗我；不堪入选句中透心眼。

这个"我"，指的是被遗弃的补天石，与前例是一样用法，绝非指批书人自己。可是，就有研究者把"因为传他，并可传我"八字，当成了脂砚斋的批，又把"我"理解成脂砚自指。于是以此为例来证明脂砚斋是女性，是史湘云，是雪芹之妻。这实在是上了立松轩的当，如果这条批语确是立松轩写的话。我们想说的是蒙府本中批语既然都无署名，将自己的批与脂批抄在一起，便有鱼目混珠之嫌。

六、凡己庚本未分妥回、未拟定回目或回末破失处，在蒙戚本中都一一分妥、拟定、补齐；原缺的两回，也有了（倒未必是后人补写的，因非本文议题，兹不赘）。这样做，除了未存原貌外，对一般读者来说，还是很有优势的。

现在，回到我们讨论的主题上来。蒙戚本要整理成现在所见到的样子，实在是很不容易的事，工作相当认真，所花的工夫也很大。恐怕随便得到一个抄本（在早期，外界抄本还很难找）还未必能整理成这样。向《石头记》书稿校订、保存者畸笏叟"索书"抄录、核对、补漏等，也都是情理中事，可能还透露过自己的意图，甚至还说了些仗势欺人的不入耳的话；或者畸笏早对索书者之为人有所耳闻，或者竟是在交涉过程中了解到对方欲抛开脂砚等原班人马，另起炉灶来整理此书，向外界推出的打算。于是愤愤然地想：这岂不与赵香梗说贪吏将少陵祠"公然折克作己祠"的情况一样，你明明是"公然折克作己书"嘛！——我们以为这就是畸笏要加这条长批的原因。

我们判断，索书者是有爵禄有权势地位者，所以他提出要求时，沦为贱籍的曹家或畸笏、脂砚等人尽管很不情愿，却无法拒绝，也得罪不起；此人大概不算曹家平时交往甚密的亲友，但却可能认识或有着某种旧时关系，所以才有机会能闻知有关小说的讯息，事先读到过小说抄本，起了要整理它的念头。

周汝昌在其《影印〈蒙古王府本石头记〉序言》中曾指认所谓蒙古王府是"佟氏世家"，故人称"立松轩批"的，他称"佟批"，还把本子也称作"佟批本"。尽管这只是一种推测，并非有什么确实的资料佐证，但我们仍然觉得有参考价值。只是周先生的《序言》中有一段出于想象的话是我们难以苟同的，他说：

她（指畸笏或脂砚，周先生以为是雪芹的妻子）因境遇异常不幸，打击沉重，精神体力，早已难支，故仅仅理出前数十回，即无力续做。此时雪芹已逝，孤苦伶仃，无所依赖，遂向佟府旧识子弟行中觅请可以继志之人，付托重任，务使芹书不致湮废。于是方有"立松轩"出而承担——是为"蒙戚系"抄本之真正的编整、批阅、传录者。

本文前面所述种种，与"继志""付托"之说颇有抵触，是我们不敢附和的主要原因。

我们认为蒙戚本在脂评抄本系统中还是有重要价值的。因非本文讨论范围，因而略去未谈。望读者勿认为我们在贬低蒙戚本的贡献和重要性为幸。如果本文对"索书甚迫"一批的解释是正确的话，那么对于《红楼梦》早期抄本的研究来说，至少可以解决以下两个问题：

一、对蒙戚四本（有人称之为"立松轩本"）的来源可以有个明确的说法。

二、蒙戚四本应形成于壬午年（1762）后的一二年之间，是个很早的本子。

2004 年五一黄金周于北京天通苑、东皇城根南街，

本文收入《纪念曹雪芹逝世 240 周年 2004 扬州

国际红楼梦学术研讨会论文集》，文化艺术

出版社 2004 年 10 月版，署"杜春耕，蔡义江"

# 《红楼梦》续作与原作的落差

## 一 变了主题，与书名旨义不符

《红楼梦》是一部描绘风月繁华的官僚贵族大家庭到头来恰似一场幻梦般破灭的长篇小说。这里可以把我们称之为"主题"而脂砚斋叫做"一部之总纲"的那"四"句话，再引用一次：

> 那红尘中有却有些乐事，但不能永远依恃；况又有"美中不足，好事多磨"八个字紧相连属；瞬息间则又乐极悲生，人非物换；究竟是到头一梦，万境归空。（第一回）

所以，在警幻仙子说到有"新填《红楼梦》仙曲十二支"时，脂砚斋批道："点题。盖作者自云所历不过红楼一梦耳。"又另有批说："红楼，梦也。""红楼"是富贵生活的象征，则书名《红楼梦》其实也就是"繁华成空"的意思。所以，故事的结局是"家亡人散各奔腾"，是"树倒猢狲散"，是"好一似食尽鸟投林，落了片白茫茫大地真干净"。

可是这一主题或总纲，在续书中被改变了。贾府虽也渐渐"式微"，却又能"沐皇恩""复世职"，还预期未来说："现今荣、宁两府，善者修缘，恶者悔祸，将来兰桂齐芳，家道复初，也是自然的道理。"（第一二○回）这就根本说不上是"到头一梦，万境归空"了。倒是宝、黛、钗的恋爱婚姻，有点像一场梦幻。所以如果全书依照续作者的思路，小说只能叫《良缘梦》之类书名才合适。毕竟大家庭的荣枯，与恋爱婚姻的成败并非一回事，其间也没有必然的联系。

说到这里，我想起当年拍成电影，由徐玉兰、王文娟主演的越剧《红楼梦》，它就是部典型的《良缘梦》。当时反响强烈，至今余音不绝。这首先得归功于编剧，他在原著和续作两种不同思路中，敢于只取其中一种而舍弃另一种，他按照续书中写宝、黛、钗的封建婚姻悲剧为主的发展线索去编写，于是前八十回中，凡与这条线关系不大的人物、情节，都一概舍弃，诸如甄士隐和香菱的故事，包括贾雨村、秦可卿之死与大出殡、元春省亲与修建大观园、刘姥姥进荣国府及游园、众姊妹结社赋诗、二尤姊妹的悲剧、探春的兴利除弊、抄检大观园、晴雯之死、迎春受包办婚姻之害等等，都一律砍掉，也不管它在雪芹原来构思中有多么重要。在处理钗、黛间的关系上，也扬黛抑钗，暗示彼此是"情敌"，绝不提她们经过一段含酸的你讥我讽后，互相以诚相待，倾吐内心真实的想法，以释往日的疑虑与误会，从而结成了"金兰"友谊的情节，如"蘅芜君兰言解疑癖"（第四十二回）或者"金兰契互剖金兰语"（第四十五回）等章回，为的就是与表现钗欲取黛而代之的思路一致。越剧就其本身而言是成功的，但也不过在《孔雀东南飞》《梁祝》《西厢记》《牡丹亭》等作品外，又增加了一个写封建恋爱婚姻的故事；若就雪芹原作的构思而言，则应该说是一种颇为彻底的篡改。

但这样的篡改，责任不在编剧而在续书。既然最终要写成恋爱婚姻悲剧，还要前面那许多与此无关的人物情节何用？前几年南方又新编越剧《红楼梦》，想在前面增加那些被旧编越剧删去的部分，诸如元妃省亲之类，以为能够丰富内涵，接近原著，其实只能增加枝蔓，成了累赘。我一听到消息，就断言吃力不讨好，非失败不可。果然，新编的不及旧编远矣。

周雷、刘耕路等编剧，王扶林导演的电视连续剧《红楼梦》(俗称"87版红楼梦"——编者注) 也是只想保存一种思路，与越剧相反，他们选择了尽量寻找雪芹原作构思之路。这样，占了三十集的前八十回情节，尽管改编的艺术功力不高，也还是让许多未认真读过原著的人得到一个全新的印象，反应甚好。最后六集是八十回后的情节，他们探索着一条崎岖难行之路：根据某些红学家的一些探佚看法来编，这当然很难讨好，不被普遍认可，还招致非议，却也普及了一点红学常识：原来《红楼梦》后四十回非雪芹所作，它本来还有另一种与我们能读到的很不一样的悲剧结局。

总之，续书让黛玉死去、宝玉出家，在一定程度上保持了小说的悲剧结局虽属难得，但悲剧被缩小了，减轻了，其性质也改变了，且误导了读者。

## 二　过于穿凿，求戏剧性而失真

曹雪芹在创作上有个崇高的美学理想，或者叫美学原则，是许多从事文学创作的人所未能意识到或者即使意识到却达不到，或者不能自觉地去遵循的，那就是要竭力追求生活真实与艺术真实的高度统一、完美结合。因此，不同的作者在运用文学艺术创作所必不可少的虚构时，就可能产生巨大的差异，结果自然也就完全不同了。雪芹曾通过其虚拟的小说作者石头之口说：

> 至若离合悲欢、兴衰际遇，则又追踪蹑迹，不敢稍加穿凿，徒为供人之目而反失其真传者。

这话真是说得太好、太重要了。所谓"穿凿"，在理论上是任意牵合意义以求相通，在创作上就是不合情理地编造情节以求达到"供人之目"的效果。

续书中编造宝玉婚姻的"调包计"情节，就是最典型的"穿凿"例子。比如贾母，本来何等宽厚爱幼，明白事理，续书竟以焦仲卿阿母形象来写她利欲熏心，冷面寡恩，竟至翻脸绝情，弃病危之外孙女于不顾，这合乎情理吗？凤姐是有算机关、设毒计的本领，那也得看对谁，是不是侵犯了她自身利益。在贾府这许多姊妹兄弟中，她算计过谁？谋害过谁？就连鸳鸯、晴雯这样的丫头，她也从不肯为虎作伥，助纣为虐，何况是对她处处爱惜的宝玉和钗黛，她能出这样不计后果又骗不了谁的拙劣的馊点子吗？

还有雪芹曾写过"慈姨妈爱语慰痴颦"中的薛姨妈，怎么也会变得那么虚伪藏奸、愚昧无知，竟同意女儿去当替身，做别人变戏法的道具？而一向"珍重芳姿"、自爱自重的宝钗居然会那样屈辱地任人任意戏弄？最不好处理的当然还是既"天分高明，性情颖慧"又"行为偏僻性乖张"的宝玉，所以只好让他"失玉"成"疯癫"，变成可以任人摆布的一枚棋子。所有这一切，不是为了增加"供人之目"的戏剧性效果而大加穿凿是什么？还有什么生活真实与艺术真实可言？

金玉成婚拜堂与绛珠断气归天，被续作者安排在同一天同一个时辰内，这边细乐喧阗、喜气洋洋，那边月移竹影、阴风惨惨，虽渲染得可以，但也属穿凿之笔，也是"为供人之目反而失其真传者"。

也许有读者会大不以为然地反驳我：这样写能形成强烈的对比，给人以更深刻的印象，有什么不好？好就好吧，我不想争辩。反正我相信曹雪芹不会有这样穿凿的笔墨，他是把写得"真"放在第一位的。

### 三　扭曲形象，令前后判若二人

我在前面说"调包计"时，已提到贾母、薛姨妈、宝钗等一些人物形象，在续书中为编故事被任意扭曲，这样的例子，在后四十回中可谓俯拾皆是。

贾宝玉虽不情愿，却乖乖地遵父命入家塾去读书。贾母笑道："好了，如今野马上了笼头了！"——这像贾母说的话吗？

一开始，宝玉看不起八股文章，他的唯一知己黛玉便劝说道：

> 我们女孩儿家虽然不要这个，但小时跟着你们雨村先生念书，也曾看过。内中也有近情近理的，也有清微淡远的，那时候虽不大懂，也觉得好，不可一概抹倒。况且你要取功名，这个也清贵些。（第八十二回）

你听听，这位从来不说"混账话"的林妹妹，现在也说起这样的混账话来了。

更有奇者，宝玉上学才第二天，塾师贾代儒要他讲经义，他就能讲得让老师认可，在讲解"吾未见好德如好色者也"（《论语·子罕》）一章时，居然已经有道学家的思路，什么"德是性中本有的东西"，什么"德乃天理，色是人欲"等等，真叫人刮目相看。

宝玉本来诗才"空灵娟逸"，"每见一题，不拘难易，他便毫无费力之处，就如世上油嘴滑舌之人，无风作有，信着伶口俐舌，长篇大论，胡扳乱扯，敷演出一篇话来。虽无稽考，却都说得四座春风。虽有正言厉语之人，亦不得压倒这一种风流去的"（第七十八回，此段文字在一百二十回本中被删）。所以他能信手即景便写出"绕堤柳借三篙翠，隔岸花分一脉香""宝鼎茶闲烟尚绿，幽窗棋罢指犹凉"一类极漂亮的诗句来。当然更不必说他"大肆妄诞"撰成的一篇奇文《芙蓉女儿诔》了。

到八十回后，宝玉完全变了个人，什么文思才情都没有了，他几乎不再作什么诗。只有一次，怡红院里在晴雯死时枯萎了的海棠忽然冬日开花，贾赦、贾政说是花妖作怪，贾母说是喜兆，命人备酒赏花。宝玉、贾环、贾兰"彼此都要讨老太太的喜欢"，这才每人都凑了四句，若论优劣，半斤八两，都差不多。宝玉的诗说：

> 海棠何事忽摧隤？今日繁花为底开？
> 应是北堂增寿考，一阳旋复占先梅。

末句说，冬至阴极阳回，故海棠比梅花抢先一步开了。你看，这像不像三家村里混饭吃的胡子一大把的老学究硬挤出来的句子？遣词造句竟至如此拙劣俗气，还有一点点"空灵娟逸"的诗意才情可言吗？说它出于宝玉笔下，其谁信之？更奇怪的是这个"古今不肖无双"的封建逆子，现在居然成了那么会拍马屁、能迎合长辈心理的孝子，这个转变也太惊人了。

还可举那个送白海棠来给宝玉及姑娘们赏玩的贾芸，他处事乖巧，说话风趣，地位卑微，没有多少文化，写一个帖子，能让人喷饭，但为人不坏。曾为了告贷，受尽了势利舅舅卜世仁的气，可行事却有理、有节、有骨气，且对其母亲很有孝心。因此，已知后半部故事情节的脂砚斋，有批语说他道：

> 孝子可敬。此人后来荣府事败，必有一番作为。

这话能和靖藏本批语称后来有"芸哥仗义探庵"事完全对应起来。可是续书中的贾芸，却被写得极其不堪，让他去串通王仁出卖巧姐，成了个十足的坏蛋。

### 四　语言干枯，全无风趣与幽默

谈《红楼梦》的语言问题，从广义上来说，作品的所有艺术表现方法都可包括在内，这又是可以写成一部大专著的题目。如裕瑞《枣窗闲笔》贬后四十回文字称"诚所谓一善俱无、诸恶备具之物"，便是从总体上来评价的。虽然我很欣赏和钦佩他敏锐的鉴赏眼光，但有许多人并不接受。所以我想，还是尽量将其范围缩小，只就其语言有无诙谐风趣、富有幽默感这一点上来说。

从中国文学发展史上看，富有风趣幽默语言才能的作家并不算太多。战国时的淳于髡，汉代的东方朔，都颇有名气。但他们或并无作品，或传世文章不多（不包括托名的），对后来的影响都不算很大。真正在这方面具有影响力的了不起的大作家，庄子是一个，苏东坡是一个，曹雪芹也是一个。有些大诗人如杜甫，有时也说几句幽默话，《北征》诗叙述他乱离中回家，说"床前两小女，补绽才过膝。海图坼波涛，旧绣移曲折；天吴及紫凤，颠倒在裋褐"，又说痴女儿"学母无不为，晓妆随手抹。移时施朱铅，狼藉画眉阔"等，在全首长诗中呈现出异彩，但其主体风格仍是所谓"沉郁顿挫"。后来的戏曲家善诙谐的便多些，而《红楼梦》中风趣幽默的语言，则是其他小说中所罕见的。

贾芸将年纪比自己小的宝玉叔认作干爹，处处讨宝玉欢心，他写的一篇似通非通的《送白海棠帖》，颇能看出雪芹的幽默感。其中有"上托大人金福，竟认得许多花儿匠"的话，脂批云："直欲喷饭，真好新鲜文字！"又有"大人若视男如亲男一般"的句子，批云："皆千古未有之奇文！初读令人不解，思之则喷饭。"

在制灯谜中，也有类似文字。元春做了灯谜叫大家猜，命大家也做了送去，贾环没有猜中元春谜，自己所做的也被太监带回，说是"三爷作的这个不通，娘娘也没猜，叫我带回问三爷是什么"。众人看了他的谜，大发一笑。谜云：

> 大哥有角只八个，二哥有角只两根。
> 大哥只在床上坐，二哥爱在房上蹲。

把枕头（古人枕头两端是方形的，共有八角）、兽头（塑在屋檐角上的两角怪兽，名螭吻好望，俗称兽头）拉在一起，称作"大哥""二哥"，有八个角还用"只"字，兽既真长着两角而蹲在房屋上，制谜就不该直说。凡此种种，都说明"不通"。故脂评说："可发一笑，真环哥之谜。诸卿勿笑，难为了作者摹拟。"即此也可看出雪芹文笔之诙谐风趣。

贾宝玉同情香菱遭妒妇夏金桂的虐待，向卖假药的江湖郎中王一贴打听，"可有贴女人的妒病方子没有？"有一段精彩的描写说：

> "倒有一种汤药，或者可医，只是慢些儿，不能立竿见影的效验。"宝玉问："什么汤药？怎么吃法？"王一贴道："这叫做'疗妒汤'，用极好的秋梨一个，二钱冰糖，一钱陈皮，水三碗，梨熟为度。每日清早吃这么一个梨，吃来吃去，就好了。"宝玉道："这也不值什么，只怕未必见效。"王一贴道："一剂不效，吃十剂；今日不效，明日再吃；今年不效，吃到明年。横竖这三味药都是润肺开胃、不伤人的，甜丝丝的，又止咳嗽，又好吃。吃过一百岁，人横竖是要死的，死了还妒什么？那时就见效了。"

多么风趣！再如所谓能解胎里带来的一股热毒的"冷香丸"（其实"热毒""冷香"都是在隐喻人的品格），要用白牡丹、白荷花、白芙蓉、白梅等四季花蕊，加雨水日的雨、白露日的露、霜降日的霜、小雪日的雪拌和，分量都是十二之数。很显然，这是中医药行家编造的趣话，若以为真有这样的海上方，便傻了。还有贾瑞因妄动风月之情，落入凤姐毒设的相思局而得病，书中说他"诸如肉桂、附子、鳖甲、麦冬、玉竹等药，吃了有几十斤下去，也不见个动静"，就像老中医言谈，说得何等风趣！诸如此类，都只诙谐谈笑，从不炫耀自己的医药知识，却又字字句句不悖医理。这才是真正伟大的艺术家。

续书的作者不懂得这一点，每写一张方子，必一本正经地去抄医书，有何趣味。

作为出色的艺术形象，凤姐受到读者特殊的喜爱，读《红楼梦》的人，每当凤姐出场，往往精神为之一振，这是为什么？我想，凤姐总能说出极其机敏生动而又有鲜明个性特点的话来，也许是最重要的原因。"不似小家拘束态，笑时偏少默时多。"（明义《题红楼梦》诗）她敢大说大笑，调侃贾母，甚至拿贾母额头上的伤疤来开玩笑，毫无小家子媳妇不敢言笑的拘束态度，却又十分得体地能赢得贾母的欢心。这又是续书笔墨所望尘莫及的。

还有宝钗"机带双敲"地讥讽宝黛，黛玉指桑骂槐地借丫头奚落宝玉，为卫护宝玉喝酒，嬉笑怒骂地弄得好多事的李嬷嬷下不了台，只好说："真真这林姑娘，说出一句话来，比刀子还尖！"

诸如上述种种有趣的语言，续书中有吗？我们不必苛求续作者能写出多少，你只要在四十回书中能找出一处，甚至一句半句称得上精彩机智、幽默风趣的话来，就算我看法片面、有问题，可你能找出来吗？

### 五  缺乏创意，重提或模仿前事

续书作者为了要将自己的文字混充与前八十回出自一人之手，所以，除了不肯留下自己的名号外，还唯恐读者不信其为真品，便时时处处重提前八十回旧事，或模仿前面已有过的情节。其实，这样做并不聪明，只会暴露自己的心虚、缺乏自信与创意。

令我感到奇怪的倒是在"新红学派"出现之前的一百二三十年时间内，居然能蒙骗过大多数人，包括王国维那样的国学大师。所以，尽管胡适以及后来的许多红学家都把续书的作者认定为其实只做了"截长补短"的整理工作的高鹗——这一点缺乏证据，不能成立，已逐渐被当今一些研究者所否定；但胡适等对后四十回书乃后人续作，非雪芹原著的判断还是正确的，是有很大正面影响和历史功绩的。

续书有哪些地方是在重提或模仿前八十回情节的呢？

这太多了。你若带着这个问题去细细检点后四十回文字，那真可谓是触目皆是。这就好比一个从未到过北京而要冒充老北京的人，他说话既没有一点京腔京韵，行事也全无老北京的习惯，却在口头上老是挂着从《旅游指南》上看来的关于天安门、故宫、颐和园、王府井、长安大街等等的话头，这就能使人相信他真是世居于北京的人？除非听他说话的人自己也不知道老北京该是怎么样的。

翻开续书第一回，即一百二十回本的第八十一回，这样的地方就不下四五处之多。如宝玉对黛玉说：

> 我想人到了大的时候，为什么要出嫁？（按：类似的想头宝玉以前也表述过，且表述得更好）……还记得咱们初结"海棠社"的时候，大家吟诗做东道，那时候何等热闹！……

宝玉被贾母派了人来叫去，无缘无故地见了便问：

> 你前年那一次大病的时候，后来亏了一个疯和尚和一个瘸道士治好了的，那会子病里，你觉得是怎么样？

接着又叫来凤姐，也没头没脑地问：

> 贾母道："你前年害了那病，你还记得怎么样？"凤姐儿笑道："我也不很记得了。但觉自己身子不由自主，倒像有些鬼怪拉拉扯扯要我杀人才好，有什么拿什么，见什么杀什么。自己原觉很乏，只是不能住手。"

还有写宝玉"两番入家塾"的第一天光景：

> 回身坐下时，不免四面一看。见昔时金荣辈不见了几个，又添了几个小学生，都是些粗俗异常的。忽然想起秦钟来，如今没有一个做得伴说句知心话的，心上凄然不乐，却不敢作声，只是闷着看书。

这些就是续书文字在刚亮相时，便喋喋不休地向读者作出的表白："你们看哪，我与前八十回的联系是多么紧密啊！"我不想一回回地去搜寻此类重复前面的地方，读者不妨自己去找。下面只想再举些在阅读时曾留有印象的例子：

薛蟠从前行凶，打死冯渊，现在又犯命案，打死张三，同样也得到官场保护，翻案免罪（第八十六回）。宝钗在等待结案期间，给黛玉写信，居然又旧事重提说：

> 回忆海棠结社，序属清秋；对菊持螯，同盟欢洽。犹记"孤标傲世偕谁隐，一样花开为底迟"之句，未尝不叹冷节遗芳，如吾两人也！（第八十七回）

曹雪芹写的"勇晴雯病补雀金裘"自然是非常精彩感人的，但到后面是否还有必要用"人亡物在公子填词"来旧事重提呢？原作之所缺是应该补的，原作写得最有力的地方是用不着再添枝加叶的。可续书作者却认为这样的呼应，可以使自己的补笔借助于前文获得艺术效果，所以他也模仿"痴公子杜撰芙蓉诔"情节，写焚香酌茗，祝祭亡灵，并填起《望江南》词来了。这实在是考虑欠周。它使我想起从前一个故事：传说李白在采石矶江中捞月，溺水而死，后人便造了个李白墓来纪念他。过往游人作诗题句者不绝，其中一人诗云："采石江边一抔土，李白诗名耀千古。来的去的吟两句，鲁班门前掉大斧。"有了《芙蓉女儿诔》这样最出色的千古奇文，再去写两首命意和措辞都陋俗不堪的小令来凑热闹，不也是班门弄斧吗？晴雯若能听到宝玉对她亡灵嘀咕什么"孰与话轻柔"之类的肉麻话，一定会像当初补裘时那么说："不用你蝎蝎螫螫的！"

雪芹写过宝玉参禅，被黛玉用语浅意深的问题问住答不上来的情节，写得很机智（第二十二回）。续书因而效颦作"布疑阵宝玉妄谈禅"一回，让黛玉再一次对宝玉进行"口试"，没遮拦地提出了"宝姐姐和你好，你怎么样？宝姐姐不和你好，你怎么样"等一连串问题。宝玉的回答，话倒好像很玄，什么"弱水三千"啦，"瓢"啦，"水"啦，"珠"啦，还引古人诗句，意思却无多，无非说只和你一个人好，你若死了，我做和尚去。所以"补考"顺利通过。前一次是谈禅，这一次是用佛家语词、诗句来掩盖的说爱。回目上虽有"布疑阵"三字，其实是一眼可以看穿的。宝玉"谈禅"我后面还将提到，这里不多说了。

雪芹曾写贾政命宝玉、贾环、贾兰三人各作一首《姽婳词》，评其优劣。续书亦效仿此情节，让这三个人来作赏海棠花妖诗，由贾母来评说。

续书写宝钗婚后，贾母又给她办生日酒宴，而且还模仿从前"金鸳鸯三宣牙牌令"情节，在席上行起酒令来。只是把三张牙牌改为四个骰子，可惜的是没有把行令的人也改换一下，依旧是鸳鸯。说的是"商山四皓（骰子名）、临老入花丛（曲牌名）、将谓偷闲学少年（《千家诗》句）"等等，应该是描写贾府败落的时候，偏又行酒令、掷骰子。情节松散游离，十分无聊，所引曲牌、诗句，略无深意，只是卖弄赌博知识罢了。这还不够，以后又让邢大舅、王仁、贾环、贾蔷等在贾府外房也喝酒行令。但续书作者对那些典卖家当、宿娼滥赌、聚党狂饮的败家子生活不熟悉，无从想象描摹他们酒席间的情景，所以只好"假斯文"地引些唐诗、古文来搪塞。

贾宝玉梦游太虚幻境的情节也被仿制了。续书让宝玉魂魄出窍，重游了一次。可是为能宣扬"福善祸淫"思想，将匾额、对联都改了，"太虚幻境"成了"真如福地"，那副最有名的对联现在被改成：

　　假去真来真胜假，无原有是有非无。

原本"真"与"假"、"有"与"无"是对立的统一，现在却将它截然分开，用"真胜假""有非无"之类的废话来替代曹雪芹深刻的辩证思想。

小说以"甄士隐""贾雨村"二人开头，有"真事隐去，假语存焉"寓意在，续作者却不从这方面想，他离不了八股文"起承转合"章法的思路，定要让首尾相"合"，所以必让二人最后重新登场，因而有"甄士隐详说太虚情　贾雨村归结红楼梦"一回，貌似前呼后应，实则大悖原意。

## 六　装神弄鬼，加重了迷信成分

曹雪芹虽然不可能是个彻底唯物主义者，但也不迷信鬼神。他有宿命观念，这与他所处的时代社会环境、家庭变迁及个人遭遇等都有关系。所以，小说中时时流露出深刻的悲观主义思想情绪。这一点，在宝玉梦游"太虚幻境"，翻看"金陵十二钗"册子和听仙姬唱《红楼梦十二曲》的情节上表现得最为明显（虽然这样写还有别的目的和艺术表现上的考虑）。

小说刚开头，但其中的人物与大家庭的未来，诚如鲁迅所说："则早在册子里一一注定，末路不过是一个归结：是问题的结束，不是问题的开头。读者即小有不安，也终于奈何不得。"（《坟·论睁了眼睛看》）但这只是一种局限，而局限是任何人都避免不了的。

被遗弃的补天石的经历、癞僧跛道二仙的法术、宝黛前身——神瑛与绛珠的孽缘、警幻的浪漫主义手法，大概不会有人将它们与宣扬封建迷信观念联系在一起。秦可卿离世时灵魂托梦给凤姐，向她交代贾府后事，八月十五开夜宴时祠堂边墙下有人发出长叹之声，这又是为了情节发展的特殊需要而作的安排，且在艺术表现上写得极有分寸，可以就其真实性作出各种不同的解说，也不能简单化地与迷信鬼神相提并论。

明明白白地写到鬼的，只有秦钟之死。因为这一段各种版本的文字差异较大，我想把自己的《红楼梦》校注本（浙江文艺出版社1993年版）中的有关文字全引出来，书中说：

> 那秦钟早已魂魄离身，只剩得一口悠悠余气在胸，正见许多鬼判持牌提索来捉他。那秦钟魂魄哪里就肯去，又记念着家中无人掌管家务，又记挂着父亲还有留积下的三四千两银子，又记挂着智能尚无下落，因此百般求告鬼判。无奈这些鬼判都不肯徇私，反叱咤秦钟道："亏你还是读过书的人，岂不知俗语说的：'阎王叫你三更死，谁敢留人到五更！'我们阴间上下都是铁面无私的，不比你们阳间瞻情顾意，有许多的关碍处。"
>
> 正闹着，那秦钟的魂魄忽听见"宝玉来了"四字，便忙又央求道："列位神差，略发慈悲，让我回去，和这一个好朋友说一句话就来的。"众鬼道："又是什么好朋友？"秦钟道："不瞒列位，就是荣国公的孙子，小名宝玉的。"都判官听了，先就唬慌起来，忙喝骂鬼使道："我说你们放回了他去走走罢，你们断不依我的话，如今只等他请出个运旺时盛的人来才罢。"众鬼见都判知此，也都忙了手脚，一面又抱怨道："你老人家先是那等雷霆电雹，原来见不得'宝玉'二字。依我们愚见，他是阳间，我们是阴间，怕他也无益于我们。"都判道："放屁！俗话说得好，'天下的官管天下的事'，阴阳本无二理。别管他阴也罢，阳也罢，敬着点没错了的。"众鬼听说，只得将秦魂放回。哼了一声，微开双目，见宝玉在侧，乃勉强叹道："怎么不肯早来？再迟一步也不能见了。"宝玉忙携手垂泪道："有什么话，留下两句。"秦钟道："并无别话，以前你我见识自为高过世人，我今日才知自误了。以后还该立志功名，以荣耀显达为是。"说毕，便长叹一声，萧然长逝了。

这段出现阴司鬼差的文字，用不着我来说明，脂评就有过许多精辟的批语，只需择要抄录几条就行了。他批"正见许多鬼判持牌提索来捉他"句说：

> 看至此一句令人失望，再看至后面数语，方知作者故意借世俗愚谈愚论设譬，喝醒天下迷人，翻成千古未见之奇文奇笔。

又有批众鬼拘秦钟一段说：

> 《石头记》一部中，皆是近情近理必有之事、必有之言；又如此等荒唐不经之谈，间亦有之，是作者故意游戏之笔耶？以破色取笑，非如别书认真说鬼话也。

"游戏之笔"，"非如别书认真说鬼话"，说得多好！可谓一语破的。再如批鬼都判先倨后恭的对话说：

> 如闻其声。试问谁曾见都判来？观此则又见一都判跳出来。调侃世情固深，然游戏笔墨一至于此，真可压倒古今小说！这才算是小说。

"调侃世情"，又是一针见血的话。我由衷地钦佩脂砚斋的理解鉴赏能力，并且始终不明白为什么现在竟有少数所谓研究者，老往这位对我们加深理解《红楼梦》一书作过如此重要贡献的脂砚斋身上泼脏水。我想，他们如果有脂砚斋十分之一的理解力，就真该谢天谢地了！

再看看续书所写有关情节，完全可以说是"认真说鬼话"了。

宝玉因失玉而疯癫，得玉而痊愈，这是将通灵玉当成了宝玉的魂灵，是写他自己视玉为命，以前可不是这样的。因僧道而获救是重复前面已有过的情节，已与脂评所说"通灵玉除邪，全部只此一见，却又不灵，遇癞和尚、跛道人一点方灵应矣。写利欲之害如此"，"通灵玉除邪，全部百回只此一见，何得再言"等语不合，这且不说。为寻玉而求助于扶乩（一种占卜问疑的迷信活动，骗人的鬼把戏），由妙玉来施术，请来"拐仙"，还神奇地在沙盘上写出一首诗来指示通灵玉的去处，虽小说中人不解其意，但读者却能领略其去处的神秘性。妙玉本是出身于官宦之家的普通姑娘，除了能诗和懂茶艺外并无特殊本领，现在居然硬派她来扮演巫婆的角色，让她画符念咒，装神弄鬼。

"大观园月夜感幽魂"一回更是活见鬼。先是凤姐在园内见似"大狗""拖着一个扫帚尾巴"的怪物向她"拱爪儿"，接着就碰见秦可卿的鬼魂。吓得这个原来"从不信阴司报应"的凤姐去散花寺求"神签"，签儿自动蹿出，上书"王熙凤衣锦还乡"。

下一回又写宁府"病灾侵入""符水驱妖孽"，更是肆无忌惮地宣扬封建迷信。请来毛半仙占卦问课，什么"世爻午火变水相克"，什么"戌上白虎"是"魄化课"，主"病多丧死，讼有忧惊"，还通过人物之口肯定"那卦也还算是准的"。又写贾赦在大观园里受惊，吓得躺倒在地，家人回道："亲眼看见一个黄脸红须绿衣青裳一个妖怪走到树林子后头山窟窿里去了。"于是大写特写道士如何作法事，驱邪逐妖。

"死缠绵潇湘闻鬼哭"写得阴风惨惨、鬼气森森，恐怖异常。宝玉指潇湘馆道："我明明听见有人在内啼哭，怎么没有人？"婆子劝道："二爷快回去罢！天已晚了，别处我们还敢走，只是这里路又隐僻，又听得人说，这里林姑娘死后，常听见有哭声，所以人都不敢走。"

鸳鸯上吊前见到秦可卿，并领悟"必是教给我死的法儿"，所以死后也随秦氏的鬼魂去了。

最突出的是正面描写赵姨娘"被阴司里拷打死"的场面：

　　赵姨娘双膝跪在地下，说一回，哭一回。有时爬在地下叫饶，说："打杀我了，红胡子的爷，我再不敢了！"有一时双手合着，也是叫疼。眼睛突出，嘴角鲜血直流，头发披散。人人害怕，不敢近前。……到了第二天，也不言语，只装鬼脸，自己拿手撕开衣服，露出胸膛，好像有人剥她的样子。

　　还有写凤姐"被众冤魂缠绕"。

　　在"得通灵幻境悟仙缘"一回中，写宝玉病危，被前来送玉的和尚救活，但他让宝玉魂魄出窍，重游一次幻境，使他领悟"世上的情缘，都是那些魔障"的佛家说教。于是把小说楔子和第五回情节都拉了进来：宝玉一会儿翻看"册子"，一会儿看绛珠草，其中也有神仙姐姐，也有鬼怪，也在半途中喊救命等等，读之，足能令人作呕半日。还遇见尤三姐、鸳鸯、晴雯、黛玉、凤姐、秦可卿等阴魂，只是太虚幻境原有的三副联额都被篡改了，成了十分庸俗的"福善祸淫"的劝世文，太虚幻境也成了宣扬因果报应迷信观念的城隍庙。

## 七　因袭前人，有时还难免出丑

　　续书中有些故事情节，不是来自生活，而是来自书本。说得好一点，就像诗文中在用典故，你可以找出它的出处来；说得不好听，则是摭拾前人唾余。

　　比如宝钗替代黛玉做新娘的"调包计"，不论其是否穿凿，是否真实，情节的故事性、离奇性总是有的，所以也就有了一定的可读性。但那是续作者自己构想出来的吗？倒未必。比曹雪芹早半个多世纪的蒲松龄，其《聊斋志异》中有《姊妹易嫁》一篇，就写张氏以长女许毛家郎，女嫌毛贫，不从。迎娶日，彩舆在门，坚拒不妆。不得已，终以其妹代姊"调包"出嫁。这一情节，还不是蒲氏首创，赵起杲《青本刻聊斋志异例言》谓："编中所载事迹，有不尽无征者，如《姊妹易嫁》《金和尚》诸篇是已。"的确，冯镇峦评此篇时，就提到姊妹调包的出处：

> 唐冀州长史吉懋，取南宫县丞崔敬之女与子项为妻。女泣不从。小女白母，愿代其姊。后吉项贵至宰相。

　　可见，"调包"之构想，已落前人窠臼。

　　再如黛玉焚稿情节，全因袭明代冯小青故事。小青嫁与冯生为妾，冯生妇奇妒，命小青别居孤山，凄惋成疾，死前将其所作诗词稿焚毁，后其姻亲集刊其诗词为《焚余草》。记其事者有支小白《小青传》等多种，亦有好几种戏曲演其故事。

　　"施毒计金桂自焚身"则套的是关汉卿《感天动地窦娥冤》杂剧，差别只在恶棍张驴儿欲毒死蔡婆，而结果反毒死了自己的父亲，而悍妇夏金桂欲毒死香菱，而结果反毒死了自己。

　　最能说明问题的其实还是诗词。

　　明清时，小说中套用、移用古人现成的诗词，作为散文叙述的点缀或充作小说人物所作的诗词的现象是相当普遍的。《红楼梦》续书也如法炮制本算不了什么问题，只是曹雪芹没有这种写作习惯，《红楼梦》前八十回也不用此套，所以置于同一部书中，前后反差就大了。

比如写黛玉见旧时宝玉送的手帕而伤感，说：

> 失意人逢失意事，新啼痕间旧啼痕。

对句用的是秦观《鹧鸪天》词："枝上流莺和泪闻，新啼痕间旧啼痕。"

宝玉去潇湘馆看黛玉，见她新写的一副对联贴在里间门口，联云：

> 绿窗明月在，青史古人空。

也不说明出处，令读者误以为是续作者代黛玉拟的。其实，它是唐代著名诗人崔颢的《题沈隐侯八咏楼》诗中的原句。沈隐侯即沈约，他在任东阳郡（今浙江金华市）太守时建此楼，并于楼中写过《八咏诗》，后人因以此名楼。《八咏诗》的第一首是《登台望秋月》，故崔颢凭吊时感慨窗前明月景象犹在，而古人沈约已不可见，只留下历史陈迹了。续作者取古人之句充作自己笔墨不说；还让黛玉通过联语忽发思古之幽情，泛泛地慨叹"今人不见古时月，今月曾经照古人"，似乎也没有必要。

写黛玉病中照镜，顾影自怜说：

> 瘦影正临春水照，卿须怜我我怜卿。

这是全抄冯小青《焚余草》中的诗。诗云："新妆欲与画图争，知在昭阳第几名？瘦影自临春水照，卿须怜我我怜卿。"这首诗很有名，故演小青故事的戏曲有以《春波影》为名的。续作者竟撮拾此类，滥竽充数，以为可假冒原作，实在是太小看曹雪芹了。

黛玉窃听得丫头谈话，说什么王大爷已给宝玉说了亲，便心灰意冷，病势转重，后来知是误会，病也逐渐减退，续作者感叹说：

> 心病终须心药治，解铃还须系铃人。

这又是小说中用滥了的俗套。系铃解铃，语出明代瞿汝稷《指月录》。

第九十一回宝黛"妄谈禅"，黛玉说："水止珠沉，奈何？"意思是我死了，你怎么办？宝玉要回答的本是：我做和尚去，不再想家了。但他却引了两句诗来作为回答：

> 禅心已作沾泥絮，莫向春风舞鹧鸪。

这次拼凑古人诗就不免出丑了。"禅心"句，虽然是和尚写的，却是对妓女说的。苏轼在酒席上想跟好友诗僧参寥开开玩笑，便叫一个妓女去向他讨诗，参寥当时就口占一绝相赠，说："多谢樽前窈窕娘，好将幽梦恼襄王。禅心已作沾泥絮，肯逐东风上下狂？"怎么可以用宋人答复娼妓的话来答复黛玉呢，不怕唐突佳人？黛玉从前听宝玉引出《西厢记》中的话来说她，又哭又恼，说是宝玉欺侮了她，怎么现在反而不闹了？想必是黛玉书读少了，连《东坡集》及《苕溪渔隐丛话》之类的书也没看过，所以不知道。我在想，将《红楼梦》说成就是"青楼梦"、金陵十二钗就是秦淮河畔十二个妓女的欧阳健，实在不必引袁子才把黛玉当成"女校书"（妓女）的"糊涂"话来为自己作证，他大可振振有词地说："你们看，贾宝玉都认为林黛玉是妓女，你们还不信！"

"莫向"句出自唐诗。《异物志》云："鹧鸪其志怀南，不思北徂（往），南人闻之则思家，故郑谷诗云：'坐中亦有江南客，莫向春风唱鹧鸪。'"（《席上赠歌者》）唐时有《鹧鸪天》曲，故曰"唱"。不知续作者是记性不好，背错了唐诗，还是有意改歌唱为舞蹈，说什么"舞鹧鸪"，谁曾见有人跳"鹧鸪天舞"来？如此谈禅，真是出尽洋相！

还有凤姐散花寺求神签，求得的是"第三十三签，上上大吉"，签上有诗云：

> 蜂采百花成蜜后，为谁辛苦为谁甜？

这是抄唐罗隐《蜂》诗："采得百花成蜜后，为谁辛苦为谁甜？"它与"到头来，都是为他人作嫁衣裳"同一个意思。这样明确表述白白地辛苦一生的极不吉利的话，怎么可以写在"上上大吉"的签上呢？这是连基本常识都不顾了。

诸如此类，还不包括指明是"前人"所作的"千古艰难唯一死，伤心岂独息夫人"（第一二〇回）清初邓汉仪诗。可这样的例子，在曹雪芹写的前八十回中是一个也找不到的（行酒令用的"花名签"之类戏具上多刻《千家诗》中句，非此例）。雪芹非但不喜移用前人现成之作，恰恰相反，倒自拟以托名，将自己写的说成是古人写的。

如秦可卿卧房中的所谓"宋学士秦太虚写的"对联：

> 嫩寒锁梦因春冷，芳气笼人是酒香。

秦观，字少游，一字太虚，号淮海居士，"苏（轼）门四学士"之一。这副假托他手迹的对联只是雪芹学得很像的拟作，并不出自秦观的《淮海集》。

再如为表现探春风雅志趣而写的她内房中悬挂的一副对联：

> 烟霞闲骨格，泉石野生涯。

说明是唐代著名书法家"颜鲁公墨迹"。颜鲁公，即唐大臣颜真卿，代宗时封鲁国公。《全唐诗》存其诗一卷，并无此两句，也是雪芹的拟作。

这一方面固然因为作诗、拟对本雪芹平生所长，所谓"诗才忆曹植"（敦敏《小诗代简寄曹雪芹》），根本无须借助他人之手；另一方面也与他文学创作的美学理想有关，或者说与他文德文风大不同于流俗有关。

小说第二十二回"制灯谜贾政悲谶语"的原稿，在惜春谜后"破失"。雪芹未动手补写就突然病逝了。此回因此断尾。脂评只记下宝钗谜诗一首，并无叙述文字；后由旁人将此回补完。有两种不同的补写文字。其中一种特自以为是，将宝钗谜改属黛玉，又另增宝玉的镜谜和宝钗的竹夫人谜各一首，为程高本所采纳。宝玉的镜谜云：

> 南面而坐，北面而朝。
> 象忧亦忧，象喜亦喜。

后两句语出《孟子·万章上》。"象"，本人名，舜之异母弟，在谜中则是"好像"之义。我在读冯梦龙《挂枝儿》一书中发现了此谜，梅节兄则看到更早一点的出处，原来在李开先《诗禅》中也有。很难设想曹雪芹会将已见李开先、冯梦龙集子中的谜语，移来充作自己的文字，还特地通过本该"悲谶语"的贾政之口喝彩道："好，好！猜镜子，妙极！"居然毫无愧色地自吹自擂。曹雪芹地下有知，看到这样几近乎剽窃他人的补法，也许会摇头说:"这太丢人了!"

## 八　续书功过,看从什么角度说

我谈论续书,给人的印象大概是全盘否定的。所以,当我有时提到续书的整理刊行者程伟元、高鹗有功时,便使一些也持否定看法的朋友大不以为然,认为我自相矛盾,想与我争论续书何功之有。同时,另一些肯定续书或基本肯定的人,则仍认为我的看法太偏颇,竟把续书说得全无是处。

看来,这确是个不容易让人人都满意的问题。

我不存让大家都认可的奢望,也不想迁就各种议论,无原则地搞折中。我以为论续书之得失功过,全在于你从什么角度说,而且以为要做到公允,还必须理智地全面地考虑问题,不能情绪化,也不能只从一个角度去想。

《红楼梦》既然"书未成",是一部残稿,那么是世上只留存八十回好呢,还是有后人续写四十回,使之成为"全璧"好呢?

先不论哪种情况更好些,且说说如果没有程高本的刊行,《红楼梦》能在社会上得到如此长期、广泛、热烈的反响吗?小说的影响能像今天这么大吗?不能。我想这是不争的事实。另一方面,它也误导了广大读者,长期以来,让多少人误以为《红楼梦》就是如此的。这也是事实。可就在这样读者长期受蒙蔽,后来又得研究者指点,逐渐知道后四十回非雪芹原著的状况下——不管你指斥续书是阴谋篡改也罢,是狗尾续貂也罢——《红楼梦》仍被公认为中国古典长篇小说中最优秀的一部,而不是半部。

这究竟应当作怎样解说呢?

我想,这首先说明曹雪芹的伟大,他写得太出色了,前八十回文字太辉煌了,光芒能直透后四十回,也就是说后面的文字沾了前面的光。续书只要写某个人,无论是宝玉、黛玉、宝钗或凤姐,读者头脑里就会立即闪现他们鲜明的个性形象,从而关心起他们的命运来,这在相当程度上能弥补后面叙述的平庸、干枯和缺乏想象力;只要续作者不是存心与原作者唱对台戏,读者就会把后来写的那个人当作还是原来的那个人在说话、行事。

《红楼梦》一书的续书最多,不算今人新续的,也至少不下十几种,有的曾流传过一段时间,后来找不到了,如写贾宝玉与史湘云结合的那一种。续书有如此多的数量,这是中外文学史上独一无二的现象。

为什么其他续书都没有程、高整理的续书那样幸运呢?

原因之一是它们不满意或不满足于程高本后半部带有悲剧性的结局,要改弦易辙,另起炉灶,却又思想观念极其差劲。正如鲁迅所说:"非借尸还魂,即冥中另配,必令'生旦当场团圆',才肯放手者,乃是自欺欺人的瘾太大,所以看了小小骗局,还不甘心,定须闭眼胡说一通而后快。"(《坟·论睁了眼睛看》)他们都署有自己名号(当然是"笔名"),没有再打曹雪芹的牌子,倒也有想打曹雪芹牌子的(如逍遥子),可又太愚蠢,手法太过拙劣,没人相信。这样,不留自己名号,经程、高整理的续书,就借了曹雪芹原著之光,得以风情独占了,尽管它是以假作真的。

"假冒",本来是个坏字眼,对商品来讲,质量也一定是坏的。但对写《红楼梦》续书来说，"假冒"，就意味着要追踪原著，尽量使自己成为一名能以假乱真的出色模仿者。这不但不坏，而且还是续作者应该努力追求的一个重要目标。

那么，程高本的后四十回在这一点上做得怎么样呢？

以我们今天占有的作者生平、家世和有关此书的资料的条件，对雪芹原来构思和佚稿进行研究所积累起来的成果去要求乾隆时代的人是不切合实际的。因为当时有些资料还看不到，如清档案和作者友人的诗文，对有些资料又认识不到它们的重要价值，如脂评及其提供的佚稿线索。所以在很大程度上，他只能在比我们今天更黑暗的环境中摸索。好在曹雪芹的小说前后是一个有机的整体结构，人物的命运、故事的结局，在正文中往往先有预言性的话头、谶语式的暗示，给续作者悬想后半部情节发展以某种程度的指引。

贾府是彻底败亡的，人物的各自悲剧也环绕着这个大悲剧展开。这一点续作者或者没有看得很清楚，或者虽隐约意识到了，却又没有那样描述的自信，因为他没有那样的经历和体验，无从落笔；或者还受到头脑里传统思想观念的左右，觉得写成一败涂地、悲惨无望不好，从来的小说哪有那样结局的？如此等等。所以就走了一条较便捷的路，即只就宝、黛、钗的爱情婚姻为主线来写，觉得这样有章可循，有前人现成的作品题材可参照。

所以，我想续书改变繁华成梦的主题、不符合原著精神等种种问题，是出于续作者在思想观念上、生活经历上、美学理想上、文字修养上都与曹雪芹有太大的差距，无法追踪蹑迹地跟上这位伟大的文学天才，倒不是蓄意要篡改什么或有什么阴谋。我在其他文章里谈到某一具体问题时，也说续书篡改了这篡改了那，那只是说它违背了雪芹这方面那方面的原意，不是说续作者一开始便整个地反对原作意图而存心背道而驰。

正因为续作者有这么一点追随原作思路的动机，所以在他与雪芹各方面条件都相差极大的情况下，仍能在后半部故事情节中保持相当程度的悲剧性。其中最重要的当然是让黛玉夭亡、宝玉出家和宝钗最终守寡，尽管在写法上已知与雪芹原来的构思有别；还有其他大观园的女儿，也有一部分写到她们的不幸。这就已经很不容易了。续书能长期被许多读者不同程度地认可，甚至误认其为雪芹手笔，这就是最主要的原因。你可以比较《红楼梦》十几种不同续书，单纯从语言文字水平看，它们未必都低于程高本续书，可是就因为续写的出发点不对，结果都只能是"闭眼胡说一通"，根本无法与之争锋。

总之，只要你不认为雪芹这部残稿没有必要再去续写，就让它断了尾巴好了，或者偏激地认为有后四十回续书比没有更坏（确实也有一些人这样认为），那你就得平心静气地承认续作者和整理刊刻者所做的工作都还是有价值、有意义的，不能否认他们都是有功绩的。这样说，并不妨碍你在研究时以严厉的态度去批评续书的短处，包括续作者、整理者对前八十回文字的妄改。

也许有人会想，断尾需要续写没有问题，但是否有可能写得更好些，亦即更符合曹雪芹原意些呢？我想，在乾隆时代应该是有这种可能的，只可惜实际上并没有那样的人出现。越到近代，到今天，这样的可能性就几乎没有了，最根本的一条是我们已无从体验那个时代环境中的那种生活了。就算我们可以研究出比续书所写更符合曹雪芹八十回后佚稿的人物结局和故事情节的大概，这也无济于事。难道仅凭这些就可以进行再创作了吗？任何一部世界文学名著，都能找到介绍它情节内容梗概的文字，可是谁又能据此再写出一部与原著水平相当的作品来呢？

今人已有好几位不满旧续的作者作过这样的努力，并且已出版了自己新续的书。我对他们的热情、执着，表示理解和敬意。但我一种也没有读过。不是先抱有成见，不想读，我也曾试着去翻看，当我读到贾府中人进宫去探望元春，就像今天我们乘坐公交车、出租车或者开着自己的车去探亲访友一样方便时，我就再也读不下去了。如果那几位新续的作者，早就是我的要好朋友，并事先知道他们的打算，我一定会尽力劝说他们放弃这种努力。因为你对雪芹创作原意的理解和对后半部情节发展的合理构想是一回事，要写出来又是另一回事。哪怕你的理解再深刻、再正确，构想再符合脂评对佚稿线索的提示，你也无法重写续书去取代二百多年前写成的、不很符合雪芹原意的后四十回续书。编个结尾不同的舞台剧本、影视剧本倒有可能，因为它与小说的要求很不相同，只是要编得成功，得到广大观众的认可，也很不容易罢了。